BIBLIOTHÈQUE
DE LA PLÉIADE

Romanciers libertins du XVIIIe siècle

I

ÉDITION ÉTABLIE SOUS LA DIRECTION
DE PATRICK WALD LASOWSKI,
AVEC, POUR CE VOLUME, LA COLLABORATION
D'ALAIN CLERVAL, JEAN-PIERRE DUBOST,
MARCEL HÉNAFF, PIERRE SAINT-AMAND
ET ROMAN WALD-LASOWSKI

nrf

GALLIMARD

Pour les illustrations, voir la table des copyrights, p. 1343.

CE VOLUME CONTIENT :

Préface
par Patrick Wald Lasowski

Notice sur les gravures libertines
par Jean-Pierre Dubost

Chronologie
Note sur la présente édition
par Patrick Wald Lasowski

GODARD DE BEAUCHAMPS

Histoire du prince Apprius

Appendice

PRINCE DE LIGNE : Suite d'« Apprius »

Textes établis, présentés et annotés
par Jean-Pierre Dubost

CLAUDE DE CRÉBILLON

Le Sylphe

Le Sopha

La Nuit et le Moment

Textes établis, présentés et annotés
par Roman Wald-Lasowski

GERVAISE DE LATOUCHE

Histoire de dom B***, portier des chartreux

Texte établi, présenté et annoté
par Alain Clerval

GODARD D'AUCOUR

Thémidore

Texte établi, présenté et annoté
par Patrick Wald Lasowski

MEUSNIER DE QUERLON

La Tourière des carmélites

Appendices

Apports de l'édition de 1830

Textes établis, présentés et annotés par Alain Clerval et Patrick Wald Lasowski

VOISENON

Le Sultan Misapouf, et la Princesse Grisemine

Texte établi, présenté et annoté par Patrick Wald Lasowski

LA MORLIÈRE

Angola

Texte établi, présenté et annoté par Roman Wald-Lasowski

FOUGERET DE MONBRON

Margot la ravaudeuse

Texte établi, présenté et annoté par Patrick Wald Lasowski

BOYER D'ARGENS

Thérèse philosophe

Texte établi, présenté et annoté par Pierre Saint-Amand

GUILLARD DE SERVIGNÉ

Les Sonnettes

Texte présenté par Marcel Hénaff, établi et annoté par Patrick Wald Lasowski

Notices, Bibliographies

Notes sur les gravures

Notes et variantes

Index des notes de vocabulaire

PRÉFACE

En 1768, dans son *Dictionnaire critique, pittoresque et sentencieux*, le marquis de Caraccioli écrit à l'article « Libertin » : « Ce nom ne signifie qu'un homme débauché, et non un impie, comme le disent certains dictionnaires[1]. » Sans doute est-ce par sa modernité — au moment où la société commence à échapper à la tutelle de l'Église, à son omniprésence dans les institutions et dans les mentalités — que le XVIIIe siècle réserve le libertinage à la seule sphère du plaisir. La définition de Caraccioli témoigne de la séparation des deux sens intimement mêlés — irréligion et débauche — qui ont marqué jusque-là l'histoire du mot « libertin ». Mais cette séparation elle-même, à cette date, est loin d'être aussi nette. La recherche du plaisir est encore, bien souvent, un geste d'outrage et de provocation à l'encontre du Ciel.

Le mot « libertin » apparaît dans les traductions latines. Il appartient à la jurisprudence, au langage du droit. Le libertin est l'enfant de l'esclave affranchi, à Rome, aux premiers temps de la République. L'affranchi ne jouit pas d'une liberté complète, tandis que l'enfant d'affranchi est entièrement libre. Jean Miélot, en 1468, traduit ainsi Cicéron : « libert » pour *libertus* ; « libertin » pour *libertinus*, l'enfant d'affranchi[2]. Dans la traduction des historiens grecs et latins (Appien, Dion Cassius, Suétone ou Thucydide), des annales juridiques ou des romans, l'usage de « libertin »

1. Louis Antoine, marquis de Caraccioli, *Dictionnaire critique, pittoresque et sentencieux*, Lyon, 1768.

2. Voir R. Bossuat, « Jean Miélot, traducteur de Cicéron », *Bibliothèque de l'École des chartes*, t. XCIX, p. 113.

se répand. « Libert » est rapidement abandonné, de même qu'est abandonnée la distinction entre l'affranchi et l'enfant d'affranchi — comme elle l'avait d'ailleurs été, d'un point de vue juridique, à Rome sous les empereurs. On trouve « libertin » en ce sens chez Montaigne, on le rencontre encore chez Corneille[1], avec une nuance péjorative : il désigne un homme de basse extraction, et qui garde moralement quelque chose de sa condition antérieure.

Mais le mot relève également de la littérature sacrée. *« Surrexerunt autem quidam de synagoga quæ appellabatur Libertinorum […], disputantes cum Stephano »* : « Or quelques-uns s'élevèrent de la synagogue nommée des Libertins […], débattant avec Étienne » (Actes des Apôtres, VI, 9). Il s'agit d'une communauté d'affranchis juifs, persécuteurs du protomartyr, le diacre Étienne. Furetière écrit : « Il y avait à Jérusalem une synagogue des *Libertins* ou des *affranchis.* » À l'esclavage s'ajoute désormais une autre marque d'infamie : libertins ou affranchis sont des contestataires du dogme — *disputantes* — et des persécuteurs de la foi.

C'est en ce sens qu'en 1544 Calvin, esprit dogmatique, soucieux de légiférer et de légitimer sa propre position à travers la dénonciation des hérésies, condamne les libertins nouveaux, la nouvelle « synagogue » des Anabaptistes et « la bande » qui lui est associée. Il lance alors sa *Brieve instruction pour armer tous les bons fidèles contre les erreurs des anabaptistes.* Il publie l'année suivante son opuscule, *Contre la secte phantastique et furieuse des libertins, qui se nomment spirituelz.* Les libertins entrent dans l'ère moderne de la violence théologique.

Un tailleur d'habits d'origine picarde, Quintin (ou Quentin), et son disciple Copin (ou Chopin) ont répandu leurs abominations dans la Hollande et le Brabant en 1525. Dissidents, fauteurs de troubles, prônant le partage des biens et des plaisirs au sein d'une scandaleuse vie communautaire, ils enseignent un monisme qui justifie tous les péchés des hommes, puisque tout vient de l'esprit de Dieu… Calvin y revient encore dans la seconde édition de *Contre la secte phantastique*, augmentée d'une *Epistre de la mesme matière, contre un certain cordelier suppost de la secte : lequel est prisonnier à Rouen* (1557). Mais les choses se compliquent aussitôt. Parce qu'il y a plusieurs « libertins » en Hollande, qui ont chacun leur doctrine particulière. Parce que se répandent ailleurs d'autres formes de déviances religieuses, dont les initia-

1. Sur l'histoire du mot « libertin », voir particulièrement G. Schneider, *Der Libertin : zur Geistes- und Sozialgeschiste des Bürgertums im 16. und 17. Jahrhundert*, J.-B. Metzler, Stuttgart, 1970.

teurs sont condamnés par les catholiques et les protestants sous le nom de « libertins ». Parce que la dimension spirituelle n'est jamais seule en cause : la débauche se mêle à l'hérésie. Bayle insistera à l'article « Turlupins » de son *Dictionnaire historique et critique* (1697) : « [...] approfondissez les visions des illuminés et des quiétistes, etc., vous verrez que si quelque chose est capable de les démasquer, c'est la relation au plaisir vénérien [...]. »

Dès lors, plus *phantastique* que jamais, développant dans l'imaginaire collectif une mobilité polymorphe, rayonnant comme un foyer répulsif et fascinant, « libertin » est un mot clé — en lui se confondent les sectes, les dérives, les désordres — qui accuse tous ceux qui échappent à l'enseignement de l'Église : les turlupins qui font l'œuvre de chair en plein jour ; les pauliciens qui enracinent l'hérésie manichéenne en Bulgarie ; les adamistes, les picards ou les zélateurs du Brabant (que dénonce Marnix de Sainte-Aldegonde en 1598) ; les protestants eux-mêmes, libertins comme les autres aux yeux des catholiques. Mais aussi ceux qu'on appelle les « athéistes », les beaux esprits, les esprits forts. Et les indolents, les amateurs de vin et de plaisir.

Giordano Bruno a été brûlé en 1600, Vanini en 1619, Urbain Grandier le sera en 1634, Claude Le Petit en 1662. En 1623, la Compagnie de Jésus jette Théophile de Viau en pâture à tous les prédicateurs du royaume. Après l'*Atheomachie ou refutation des erreurs et detestables impietez dez atheistes, libertins et autres esprits profanes de ces derniers tems* (attribué à Philippe Duplessis-Mornay, 1582), après *Le Te Deum contre les athéistes libertins* de Claude Garnier (1623), le père François Garasse entre en lice. Il veut faire du poète un objet de dégoût, l'autre absolu, la cible parfaite du polémiste chrétien. Théophile est le démon incarné, faux ami de Dieu, « apprentif de l'athéisme », substitut de l'Antéchrist. *La Doctrine curieuse des beaux esprits de ce tems ou prétendus tels* (1623[1]) dresse le portrait du libertin en veneur de Satan, véritable Protée, hypocrite et blasphémateur dans la lignée des Pomponazzi, Vanini et Cosme Ruggieri. Mais le père Garasse rend sa bête noire sympathique au lecteur, tant l'attaque est violente et ridicule : « Il croyait avoir donné échec et mat à ces libertins, écrira Bayle, et il sut en peu de temps que selon le jugement du public son livre était bien plus propre à fomenter l'athéisme

1. Sur l'importance du livre de Garasse, voir Louise Godard de Donville, *Le Libertin des origines à 1665 : un produit des apologètes*, Biblio 17-51, *Papers on French Seventeenth-Century Literature*, Paris-Seattle-Tübingen, 1989. Voir aussi R. Pintard, *Le Libertinage érudit dans la première moitié du XVIIe siècle*, Boivin, 1943 ; et A. Adam, *Les Libertins au XVIIe siècle*, Buchet-Chastel, 1964.

qu'à le ruiner[1]. » Le persécuteur fait le libertin désirable à travers l'anathème. Garasse est outrancier, Théophile acquiert le charme paradoxal d'un personnage romanesque.

L'Église associe dans son combat contre le démon la dimension spirituelle et la dimension charnelle que recouvre à ses yeux le libertinage. Il est le défi à l'autorité. Il est la remise en cause du dogme, à laquelle l'Église doit opposer sa toute-puissance. Comment mettre un frein à cette dérive ? Comment interdire cet affranchissement des lois les plus sacrées ? Bossuet interpelle « les fausses religions, le libertinage d'esprit, la fureur de disputer des choses divines sans fin, sans règle, sans soumission[2] ». Le libertin est au cœur de la *disputatio*.

Toujours au XVIIe siècle, c'est un thème constant des sermons que de fustiger l'indécence des femmes — belles quêteuses, mondaines, prostituées —, comme le fait, par exemple, Polman, chanoine théologal de Cambrai, tempêtant contre la corruption des temps : « Car notre siècle est l'un des plus libertins et corrompus, qui fut jamais : étant rempli de concupiscence charnelle, de la convoitise des yeux, et d'orgueil[3]. » Le corps des femmes, leurs vêtements échancrés, suscitent le désir comme un chancre que rien n'arrête. « Les mondains, les charnels, les enfants de Babylone dardent des regards lascifs vers le blanc de cette poitrine ouverte : ils lancent des pensées charnelles entre ces deux mottes de chair : ils logent des désirs vilains dans le creux de ce sein nu [...][4]. » Le libertin a fait du corps son repaire. Voilà où « loge » son désir. Pour l'abbé Jacques Boileau aussi, dans *De l'abus des nudités de gorge* (1677), le libertin est celui qui cède au vertige des convoitises charnelles.

Honteuses et épouvantables sont alors les œuvres qui perpétuent la mémoire du divin Arétin : *L'École des filles* (1655) attribué à Michel Millot et à Jean L'Ange, l'*Aloisiæ Sigeæ Toletanæ Satyra sotadica, de Arcanis Amoris, et Veneris* (1660[5]) de Nicolas Chorier. Érudit, ancien élève des jésuites, Chorier ouvre en France l'Académie des dames. Renversant le dialogue platoni-

1. *Dictionnaire historique et critique*, art. « Garasse ».

2. *Oraison funèbre de Henriette* (prononcée le 16 novembre 1699), *Oraisons funèbres de Bossuet*, J. Truchet éd., Garnier, 1988, p. 124. Dans son *Oraison funèbre d'Anne de Gonzague* (prononcée le 9 août 1685), Bossuet s'indignait déjà : « C'est contre cette autorité que les libertins se révoltent avec un air de mépris. Mais qu'ont-ils vu, ces rares génies, qu'ont-ils vu de plus que les autres ? » (*ibid.*, p. 272).

3. *Le Chancre, ou couvre-sein féminin*, suivi de *Le Voile, ou couvre-chef féminin*, Douai, 1635, p. 84-85.

4. *Ibid.*, p. 85.

5. *Aloisiæ Sigeæ Toletanæ Satyra sotadica, de Arcanis Amoris, et Veneris. Aloisia Hispanicè scripsit. La tinitate donavit Joannes Meursius*, plus connu sous le titre *L'Académie des dames ou les Sept Entretiens galants d'Aloisia* (1680), ou *Le Meursius français*, ou encore *Les Dialogues de Luisia Sigea ou Satire sotadique de Nicolas Chorier.*

cien, parodiant la tradition religieuse et scolaire des répons, après Nanna et Antonia (des *Ragionamenti* de l'Arétin), après Suzanne et Fanchon (de *L'École des filles*), Octavie et Julie dénoncent les devoirs chimériques imposés aux femmes. Les filles échangent leurs savoirs sur le plaisir. La « putain-institutrice » dispense ses leçons. Ce n'est pas au nom d'une vérité idéale que parle le désir. Le corps est là. Dans le texte. Dans le monde.

Il est difficile, on le voit, de fixer le sens du mot — le libertin lui-même est clandestin. Il reste qu'épicuriens, sceptiques, érudits, tous, d'une manière ou d'une autre, avec éclat ou dans le secret, *surrexerunt* — ils se sont « élevés », formant cette nébuleuse active dans laquelle se fondent le libertinage séducteur et glorieux de Théophile, Saint-Pavin, Des Barreaux, Saint-Amant ou Sorel, le renversement des valeurs que mènent Saint-Évremond, La Mothe Le Vayer ou Cyrano de Bergerac, le courant scientifique et médical de Gabriel Naudé et Guy Patin, l'exigence philosophique que Gassendi transmet à son disciple François Bernier, le libertinage mondain de Mme de La Sablière et de la société du Temple.

Mais, à la fin du siècle, les écrits se sont multipliés qui réclament et pratiquent l'exercice de la raison critique, comme un principe élémentaire, comme une exigence préalable. Ce qui a été rejeté dans le secret après l'emprisonnement de Théophile, ce qui s'est constitué en groupements croisés défiant le pouvoir : les moralistes, les esprits forts, les précieux, les jansénistes, ce qui s'est développé chez les penseurs réfugiés à Londres, Amsterdam ou La Haye, les progrès réalisés en matière de science ou de philosophie, l'essor de la Librairie, Fontenelle, Bayle, Voltaire déjà, travaillant les esprits, tout cela, tout à coup, sert un esprit neuf. À la mort de Louis XIV, en quelques semaines, en quelques mois, la Régence procure un air de liberté. Les mesures politiques, les gestes privés de Philippe d'Orléans, comme les changements d'alliance, les bouleversements de fortune, les déplacements symboliques dans les formes et les lieux du pouvoir sont les signes immédiats de ce renversement.

L'ironie se généralise dans les mœurs publiques. De l'esprit fort au mauvais esprit, un vaste mouvement collectif qui s'ignore encore prend pour cible les anciennes pesanteurs. Lesage, Marivaux, Montesquieu constituent cette génération « militante », au service de l'esprit. Elle affirme cette merveille qu'est la raison, cette puissance d'étonnement qu'est le corps. Tout est bon dans cette précipitation politique, sociale, culturelle : les rires de la Foire, la carrière des filles du monde, la transformation des mœurs, le mouvement et la vitesse reconnus comme qualités majeures, la science politique, la mécanique, la physique, l'optique, la philosophie qui s'appuie sur les sciences pour ensuite se suffire à elle-même, Newton, Locke, Bayle, invoqués tous les jours. Avant le Figaro de Beaumarchais, Voltaire « fait la barbe à tout le monde ».

En septembre 1715, le peuple chante donc et danse sur le passage du carrosse qui emporte le corps de Louis XIV à Saint-Denis. On vend partout des rafraîchissements. La joie est universelle. La Régence est cette délivrance, qui saccage l'héritage du Roi-Soleil. Philippe d'Orléans libère les prisonniers de la Bastille, rappelle la Comédie-Italienne à Paris, bouleverse le système politique européen. À ses côtés, l'abbé Dubois et le banquier Law accélèrent le changement. Il semble qu'une ère nouvelle commence. Contre l'interdiction qui frappait les divertissements pendant les dernières années du règne précédent, le Régent inaugure le premier bal de l'Opéra, à Paris, au Palais-Royal, le 2 janvier 1716. La Régence s'impose alors comme un mythe d'origine qui fonde le siècle libertin.

Le souci (très réel) de l'État, dont fait montre le régent, est doublé de dérision. Les valeurs du Grand Siècle sont tournées en ridicule. La liquidation est générale. Il n'y a plus de gloire. Il n'y a pas d'« honnête homme ». Nous nous trompons sur l'intégrité du moi. Le monde se divise en fripons spirituels et vertueux imbéciles. Persuadé de la fausseté des vertus humaines, le Régent tire la leçon : il faut vivre dans le tumulte et l'excès. Hors de soi. Dans le grand air de la débauche.

Après Saint-Simon, Duclos juge à son tour le Régent dans *Mémoires secrets sur la Régence* (1790) : « La dissipation, le bruit, la débauche, lui étaient nécessaires[1]. » Avec la duchesse de Berry, sa fille, il fait « assaut d'irréligion et de mépris des mœurs ». Chacune de ses maîtresses est l'occasion d'une surenchère dans la licence, au milieu des soupers somptueux et des feux d'artifice. L'abbé Dubois a de quoi se réjouir. Précepteur du jeune prince, il a su gagner son esprit en lui enseignant « les beaux principes des libertins savants[2] ». Le passage à la pratique montre quel bon élève il fut. De son côté, devenu cardinal, le

1. Charles Pinot-Duclos, *Mémoires secrets sur le règne de Louis XIV, la Régence et le règne de Louis XV*, Paris, édition de 1864, t. I, p. 251.

2. « Il le gagna enfant, dans ses fonctions de précepteur ; il s'en empara jeune homme en favorisant son penchant pour la liberté, le faux bel air, l'entraînement à la débauche, le mépris de toute règle ; en lui gâtant par les beaux principes des libertins savants le cœur, l'esprit et la conduite, dont ce pauvre prince ne put jamais se délivrer, non plus que des sentiments contraires de la raison, de la vérité, de la conscience, qu'il prit toujours soin d'étouffer », écrit Saint-Simon (*Mémoires*, Bibl. de la Pléiade, t. VIII, p. 597).

fils de l'apothicaire de Brives poursuit à la Cour mascarades et cabrioles. À la tête de l'État, l'abbé Dubois n'a que le mot « foutre » à la bouche[1], il « sacre » Dieu tous les jours et se révèle incapable de dire la messe, mais de grande ressource dans les orgies qu'il organise pour le Régent.

Le duc d'Orléans a ses favoris — ses apôtres —, dix ou douze hommes de son intimité, avec lesquels, chaque soir, il s'enferme en compagnie de ses maîtresses et des filles d'opéra. D'abord, ils aident les cuisiniers à préparer le repas. Puis, ceux qui tirent gloire de se nommer eux-mêmes des *roués* entrent en campagne et font de chaque souper une orgie : « On buvait d'autant, on s'échauffait, on disait des ordures à gorge déployée, et des impiétés à qui mieux mieux, et, quand on avait fait bien du bruit et qu'on était ivre, on s'allait coucher, et on recommençait le lendemain[2]. » Au soleil, à l'eucharistie, à ces élévations glorieuses du signe dans lesquelles s'était reconnu le XVIIe siècle, la compagnie scélérate du Régent oppose l'image crapuleuse de la roue.

Law ne demeure pas en reste. Heureux au jeu — « grand joueur et grand combinateur, et qui avait gagné fort gros en divers pays où il avait été[3] » —, il persuade le Régent que plus le numéraire est mobile, plus il rendra service. Fi de la monnaie métallique, vive le papier-monnaie ! Il s'agit de perdre le goût littéral des espèces au bénéfice de la vitesse et de la fluidité. La Banque générale (bientôt Banque royale), avec un capital de six millions en espèces, émet cinquante millions de billets. La Louisiane est offerte en garantie. On joue les actions à la hausse, à la baisse. Law, qui a dû changer de religion, est un fervent converti, dit-on à Paris : la transsubstantiation des espèces prouve sa catholicité.

Le phénomène est capital, il fait entrer le siècle dans l'économie politique moderne, et s'inscrit pour longtemps dans la mémoire du temps. L'ivresse des échanges provoque l'abandon des valeurs — des vérités — foncières : « On se précipitait à changer terres et maisons en papier », s'indigne Saint-Simon en homme d'un autre âge. La fièvre gagne toutes les têtes. Duclos témoigne de cette enfance du siècle : « À peine étais-je au collège que le malheureux système de Law commença par enivrer

1. Mathieu Marais rapporte ainsi la querelle de la princesse d'Auvergne avec le cardinal : « Ils se sont dit leurs vérités et leurs vies l'un à l'autre. À la fin le cardinal l'a envoyée faire ...... Elle est allée se plaindre au duc d'Orléans, qui lui a dit : " Il est vrai qu'il est un peu vif, mais il est quelquefois de bon conseil. " » (*Journal et Mémoires*, avril 1723, Paris, édition de 1863-1868, t. II, p. 448).

2. Saint-Simon, *Mémoires*, *ibid.*, t. V, p. 824.

3. *Ibid.*, p. 883.

les têtes d'un fol espoir d'opulence, et finit par bouleverser les fortunes[1]. » Les conditions sont confondues, les fripons enrichis, le caractère national altéré. Law « a complètement dépravé les imaginations. La révolution subite qui se fit dans les fortunes fut pareille dans les têtes. Le déluge de billets de banque dont Paris fut inondé et qu'on se procurait par toutes sortes de moyens excita dans tous les esprits le désir de participer à ces richesses de fiction. C'était une frénésie[2] ». Ivresse de fondation, turbulence d'origine : le siècle s'ouvre à cet échange particulier entre réalité et fiction. Le renversement des fortunes, le luxe porté au plus haut point, la gangrène de la cupidité, l'appel des catastrophes : rien n'arrête cette fièvre.

Sans doute la banqueroute était-elle prévisible. Tout au long de l'année 1720, écrits satiriques, épigrammes, chansons répercutent l'effondrement. « Ainsi, tant de millions et de millions de millions, ne produisent que des zéros[3]. » Mais l'élan est donné : c'est sur le fond de cette liquidation, eux-mêmes ou leurs parents ayant été ruinés, que Marivaux, Duclos, Favart et tant d'autres entrent dans le siècle. « Le système nous avait ruinés ; mon père laissait des dettes ; je brochai une douzaine d'opéras-comiques[4]. » Les nouveaux Modernes sont les enfants du Système.

Après les années étouffantes du Versailles de Mme de Maintenon, le plaisir est lui-même subversion. Le plaisir est non conformiste. Il participe à la constitution des nouveaux réseaux. Il entretient le nouveau lien social. Sociabilité, libertinage, littérature, philosophie : on les verra solidaires et complices, créant des règles inédites qui débordent l'autorité, prise de vitesse. La littérature se jette dans la partie, étourdie de son propre feu, audacieuse, active, généreuse comme un vin de Champagne. Très vite, la pensée classique est menée à son point de rupture.

Aventures gaies, adultères, orgies, homosexualités tapageuses, véroles galopantes : la chronique galante glisse des amours du Palais-Royal aux désordres de Versailles et de la

1. *Mémoires de Duclos écrits par lui-même*, en tête de ses *Mémoires secrets*, t. I, p. 18. Duclos parle du système de Law comme d'un temps « qu'on peut nommer fabuleux ». Voltaire écrit vers juillet 1719 à Nicolas Anne Lefèvre de La Faluère : « Êtes-vous réellement devenus tous fous à Paris ? Je n'entends parler que de millions. On dit que tout ce qui était à son aise est dans la misère et tout ce qui était dans la mendicité nage dans l'opulence. Est-ce une réalité ? Est-ce une chimère ? » (*Correspondance*, Bibl. de la Pléiade, t. I, p. 61).

2. *Mémoires de Duclos écrits par lui-même*, p. 4.

3. Mathieu Marais, *Journal et Mémoires*, novembre 1720, t. I, p. 482.

4. « Notice historique sur la vie de Charles Simon Favart », dans ses *Mémoires et Correspondances littéraires, dramatiques et anecdotiques*, Paris, 1808, t. I, p. v.

Cour. Ici et là, le refrain est le même. Les grands *se jouent de la débauche.* Ils offrent en spectacle cette étrange frénésie : « On vit en débauche ouverte à Versailles, écrit Marais en juillet 1722 ; il n'y a personne à la tête qui puisse contenir les courtisans et les dames[1]. »

De là cette figure capitale, répandue à partir du Palais-Royal au-delà du cercle intime des amis du Régent, qui s'impose à la Cour et dans les salons, dans la société comme dans le roman. Initiateur, maître du jeu, séducteur, cruel, sûr de lui, le roué est l'homme à la mode, l'homme du grand ton, le libertin par excellence.

Le mot « libertin » brille ici de cet esprit de conquête qu'habitent la vanité, l'amour-propre, l'amour des possessions. « La fureur des conquêtes est en moi [...] un vice de caractère », revendique Alcibiade, dans les *Lettres athéniennes* de Crébillon (1771). Se rendre maître de l'autre et l'avilir, ne jamais s'abandonner : de Versac à Valmont, des *Égarements du cœur et de l'esprit* aux *Liaisons dangereuses*, le libertin expose la face mondaine de la séduction aristocratique. Sur le théâtre du monde, il suscite cette admiration horrifiée à travers laquelle se mesure le rayonnement du mal. Il jouit d'un monde où sa vanité trouve tant de rumeurs flatteuses. Sa passion est de « dominer », écrit Crébillon. Sa scélératesse est de n'être soumis à rien, ni aux impulsions de la nature, ni aux vertiges du sentiment, ni au code social dont il se fait un jeu. Puisque la noblesse ne croit plus aux « vertus » qui la fondent (et qui la justifient), puisque être noble n'est plus qu'un exercice de style, le libertin ne se reconnaît qu'une seule exigence : être à la hauteur de sa réputation. Telle est sa gloire et son prestige, et le service du libertinage.

Voilà ce qu'est devenu l'idéal de la courtoisie, la grande honnêteté, l'esprit de la civilité. Scruter les visages, fouiller les secrétaires, acheter des complicités, intercepter les lettres, se glisser sous un lit, forcer les chambres, réduire dans un corps à corps l'objet de son désir : le libertin mêle de la hauteur à ces indignités. Grand seigneur avec désinvolture, le roué est au-dessus des règles. Par un ultime renversement, il s'autorise de l'éclat d'un grand nom pour saccager les engagements de l'honneur. Libre de tout lien, il adopte cette position d'arrogance qui laisse filer les bienséances jusqu'à leur extrême limite. La Cour, l'Opéra, les salons, les boudoirs n'ont été créés que pour lui. Ils attendent de son insolence — le libertin devient alors l'ultime avatar du moraliste — qu'elle les révèle à eux-mêmes : la fatuité,

1. *Journal et Mémoires*, t. II, p. 319.

la cruauté, le cynisme, ne sont-ils pas des talents de société ? L'homme le plus civil du monde a fait entrer l'art de la guerre dans ses campagnes amoureuses. Mais qu'est-ce alors que la civilité ?

On ne compte plus les violences faites au sexe. C'est Mme de Gacé, que de jeunes seigneurs enivrent de toutes sortes de vins et de liqueurs, avant de la livrer à des valets dans une antichambre pour qu'ils en fassent à leur plaisir. C'est Mme de Saint-Sulpice, qui « a eu ses jours passés tout le con brûlé dans la matrice[1] », le comte de Charolais ayant mis sous sa chaise deux pétards enflammés… La violence est là comme une donnée fondamentale. Avec les rapports de force — dissimulation, affrontement, rivalité — que suscite l'inégalité des hommes et des femmes devant la société, l'éducation et le plaisir. Ce sont des exercices de cruauté dans lesquels les seigneurs libertins sont passés maîtres. Ils ont l'art du militaire et, comme à la tranchée, comme au feu du combat, font du corps féminin un champ de bataille, jusqu'à pulvériser la poudrière dans le dernier assaut.

C'est aussi la violence du sarcasme et du sang-froid : dans la plus grande intimité, le roué garde le sens de la vexation, une volonté qui fascine, une maîtrise sexuelle. Alors que le chrétien et celui qui aime aspirent à la fusion, le libertin est l'être de la séparation. Ses liaisons sont des ruptures. Plus que sur sa vigueur physique, sa pratique érotique est fondée sur cette capacité de se retenir, et de se retirer, à son gré.

Mais il y a un libertinage moins dur. Les personnages du *Sopha*, de *Thémidore*, d'*Angola*, des *Bijoux indiscrets*, de *La Nuit et le Moment* incarnent l'autre figure du libertin mondain, dont ils contribuent à diffuser l'image[2]. Le petit-maître tient à jour la liste de ses conquêtes, se livre à toutes les occasions, profite du moment. Le baron de Besenval marque dans ses *Mémoires* ce débordement qui a gagné le nouveau règne. Au commencement du règne de Louis XV, écrit-il, les hommes et les femmes de la Cour ne cherchent qu'à augmenter la liste de leurs maîtresses et de leurs amants : « Avoir pour les hommes, enlever pour les femmes, étaient les vrais motifs qui faisaient attaquer et se rendre[3]. » Le petit-maître accumule les possessions, indé-

1. *Chronique de la Régence et du règne de Louis XV* (ou *Journal de Barbier*), février 1721, Paris, 1885, t. I, p. 113.

2. Sur les figures du roué et du petit-maître, voir *Le Petit-Maître corrigé* de Marivaux, F. Deloffre éd., Genève, Droz, 1955 ; P. Laroch, *Petits-maîtres et roués. Évolution de la notion de libertinage dans le roman français du XVIIIe siècle*, Presses de l'université de Laval, 1979 ; P. Stewart, *Le Masque et la Parole. Le Langage de l'amour au XVIIIe siècle*, José Corti, 1973 ; L. Versini, *Laclos et la tradition*, Klincksieck, 1968.

3. *Mémoires du baron de Besenval sur la cour de France*, Mercure de France, coll. « Le Temps retrouvé », 1987, p. 59.

pendamment du sentiment et du désir. Il s'impose bientôt dans la littérature romanesque comme un héros de toilette — poupée mondaine, papillon inconstant — qui fait pendant à la coquette évaporée.

À travers lui, c'est toute une culture du plaisir qui se trouve fixée. C'est le libertinage à la mode, le libertinage comme mode de vie, d'être et de paraître, qui est reconnu et exalté — quand bien même la satire le prend pour cible. Le petit-maître répand les valeurs du nouveau, du futile, du petit[1]. Il assure le triomphe des arts mineurs : le petit genre de l'épigramme coïncide avec sa passion du bibelot. C'est la friandise du trait d'esprit logé dans une bonbonnière. Nul ne connaît mieux que lui les lieux, les rites, les usages du siècle : les filles du monde, le luxe des équipages, les spectacles de la Foire, le bal de l'Opéra, les bienfaits du chocolat, l'agrément du champagne, les prestiges de la toilette, les porcelaines, les diamants, les girandoles de cristal, les meubles et les miroirs somptueux, les académies de jeu, les pantins de Boucher à figures lascives, le feu des habits, un dernier pas de danse, les aigrettes et les pompons que répandent les agriministes, les almanachs et les brochures du jour, la nouvelle cuisine, la nouvelle philosophie, les romans nouveaux.

Le goût a remplacé l'amour. Le caprice et les circonstances décident de tout. Dans l'œuvre de Crébillon, le petit-maître renverse la marquise, Célie ou Cidalise, en arrachant dans les règles l'aveu d'un consentement. Ni vainqueur ni vaincu. Le petit-maître sacrifie à l'obligation « d'être poli ». Il n'y a plus ni hasard ni préméditation ; ni sincérité ni hypocrisie ; ni enthousiasme ni froideur. C'est le triomphe du moment[2].

Le petit-maître joue un rôle déterminant dans l'histoire du libertinage. Jusque dans la dévaluation de son image, réduite à la futilité, il contribue à l'effondrement des valeurs héritées du Grand Siècle. Les rêves de dignité et de grandeur se sont effondrés. Le petit-maître se réclame de « la philosophie moderne » pour « s'anéantir » sur des objets charmants. Il va de distraction en distraction. Il est, dans son étourderie métho-

1. C'est l'un des principaux aspects de l'esthétique « rococo ». Voir sur ce point J. Weisgerber, *Les Masques fragiles. Esthétique et formes de la littérature rococo*, Lausanne, L'Âge d'homme, 1991 ; J. Sgard, « Style rococo et style Régence », *La Régence* (actes du colloque de février 1968, Centre aixois d'études et de recherches sur le XVIIIe siècle), Armand Colin, 1970. Dans *Le Cosmopolite, ou les Contradictions. Histoire, conte, roman, et tout ce que l'on voudra*, Rabelleau écrit : « Le siècle dernier fut le siècle des grandes choses, des grandes passions, des grandes faiblesses, etc., le nôtre au contraire est le siècle des petites choses, il est le siècle des petites passions, des petites faiblesses, des petites amitiés, des petites haines, des petites amourettes, des *petites maisons*, des *petits appartements*, des *petits soupers*, des *petites voitures*, des petits ouvrages, des petites brochures, des petites pièces [...] » (s.l., 1760, p. 67-68).

2. Voir la Notice sur *La Nuit et le Moment*, p. 1100.

dique, dévoué à la cause de la galanterie. Infatigable, malgré son indolence.

Loin de la Cour, des salons et des boudoirs, le peuple n'y met pas tant de façons. Le mot « libertinage » se définit sur un axe qui, à travers toutes les formes d'indiscipline, mène de l'affranchissement religieux (sans rapport au plaisir) à la pratique de la débauche (sans considération religieuse), mais il demande aussi à être situé sur le plan social. « C'est à la Courtille que s'agite, le dimanche, un peuple qui consacre ce jour-là à la boisson et au libertinage, que, dans un étage au-dessus, on appelle galanterie », écrit Mercier dans son *Tableau de Paris*[1].

Là, le libertinage est celui de la délinquance dont témoignent les rapports de police et les demandes d'enfermement[2]. Ceux qui *vivent dans le libertinage* troublent le bon ordre. Tel qui s'enivre et agresse les passants ; telle qui se prostitue et débauche le voisinage. Le mot « libertin » laisse venir à lui toutes les formes de désordre. Il se charge des hontes et des craintes, des violences et des délits dont s'émeuvent la famille, le quartier, la paroisse. La paresse, l'ivrognerie, l'adultère, la prostitution, l'homosexualité, le jeu, la dilapidation des biens du ménage ou des objets du commerce, les cris, les coups, les viols, les maladies vénériennes menacent le tissu social. Couples sans aveu, associations de vagabonds et de batteurs de pavé : le scandale rejaillit sur tous et manifeste l'échec d'un processus de civilisation.

Le libertinage est cette violence irréductible qui fait tapage et monte de la rue. C'est le mot de l'invective, ou de la plainte. Rétif de la Bretonne, dans *Les Nuits de Paris*, rencontrera la femme d'un ouvrier qui se plaint que son mari « libertine » et dépense ainsi tout le gain du ménage. Parmi tant d'autres qui constituent ce milieu de la violence urbaine et de la prostitution, voici, par exemple, Antoinette Dieu. Les rapports de police la montrent toujours plongée dans les mêmes désordres, en 1740, après sa sortie de prison. « Sur les informations que j'ai fait [*sic*] de la nommée Dieu j'ai appris que c'est une fille prostituée [...][3]. » Elle mène une conduite irrégulière, est soupçonnée de vol, son père a perdu un œil dans les traitements qu'elle lui inflige avec ses amants. C'est en tout point « un mauvais sujet

1. Louis Sébastien Mercier, *Tableau de Paris*, J.-C. Bonnet éd., Mercure de France, 1994, t. I, p. 356-357.

2. Voir A. Farge et M. Foucault, *Le Désordre des familles. Lettres de cachet des archives de la Bastille*, Gallimard, 1982.

3. Le rapport de police sur Antoinette Dieu est conservé à la bibliothèque de l'Arsenal, ms. 11459.

qu'il est nécessaire de faire enfermer de nouveau ». On réclame de l'autorité qu'elle mette fin à ces excès, à l'Hôpital-Général.

Le roman de filles — qui connaît une vogue étonnante au milieu du siècle — en garde l'énergie d'un monde à conquérir : une liberté qui se gagne dans le refus. L'abandon du milieu familial, l'errance et les tribulations, le ballet des greluchons et des entreteneurs, les courses nocturnes, les séjours à l'hôpital, l'exhibition à l'Opéra sont pour Margot la ravaudeuse, l'héroïne de Fougeret de Monbron, le moyen d'acquérir un état[1]. Le dérangement d'une vie libertine se transforme alors en connaissance du monde. La conduite scandaleuse met les êtres à nu. Le désordre n'est pas dans les quartiers de misère ou aux barrières de Paris, mais au cœur de la société, dans la vanité, la cruauté, l'indifférence des puissants. Nobles, gens d'Église, gens de robe : un masque couvre l'animal. Ce sont la police et la prison qui donnent des leçons de débauche. C'est au palais ou à la Cour que se trouve la plus grande corruption.

Le roman dénonce ces fausses apparences. Il expose la vérité du monde et de son train. Il explore l'envers des choses. Le plus grand plaisir de Mlle Brion, fille du monde, dite comtesse de Launay, est de sortir la nuit. « J'avais un goût décidé pour courir toutes les nuits. [...] C'est un goût qui m'a duré dix années de ma vie, et qui m'a exposée à mille aventures nocturnes, les unes plus singulières que les autres[2]. » En manteau de nuit ou travestie en page, au risque d'être fortement condamnée, elle parcourt les allées de la Foire, dérange la foule des fidèles à Saint-Sulpice pendant la messe de minuit. La vie est surprise tout à coup. Le monde est découvert à neuf à travers l'étourdissement de ces courses nocturnes. La fille du monde fait de la nuit un lieu ouvert, un espace de rencontre auquel rien ne lui ferait renoncer. Elle n'en fait qu'à sa tête, elle ne suit que son plaisir. C'est qu'il n'y a d'autre vérité que le corps en mouvement dans le mouvement du monde. Il faut qu'elle sorte, il faut qu'elle bouge. Contre les préjugés, contre les conventions, le roman affirme les exigences du tempérament.

Le motif du libertin comme être de plaisir n'a pas cessé de se développer, au point que tout autre sens paraît secondaire[3]. Le

1. Voir la Notice sur *Margot la ravaudeuse*, p. 1262-1264.

2. *Histoire de Mlle Brion, dite comtesse de Launay*. Imprimée aux dépens de la Société des Filles du bon ton, s.l., 1754, p. 52. Sur ce rapport à la nuit, voir ma présentation de *L'Espion libertin ou le Calendrier du plaisir. Histoires, adresses, tarifs et spécialités des courtisanes de Paris*, Arles, Philippe Picquier, 2000.

3. Sur la question du plaisir, voir R. Mauzi, *L'Idée de bonheur dans la littérature et la pensée françaises au XVIIIe siècle*, Armand Colin, 1965 ; J. Starobinski, *L'Invention de la liberté. 1700-1789*, Genève, Skira, 1964.

plaisir, fait d'expérience et objet de savoir, devient une discipline qui interpelle la morale, l'histoire des sciences, la réflexion sociale et politique. Les sciences de la nature contribuent à mesurer les jouissances. Le développement des arts et des techniques le sert immédiatement : au regard du XVIIIe siècle, le plaisir est le ferment de la sociabilité.

Raison et pulsions tombent d'accord : « [...] quand on a reçu du ciel une âme faite pour désirer sans cesse et pour jouir toujours, le moyen de ne pas céder aux impulsions de la nature[1] ? » Le siège de l'âme se resserre au plus près de la « complexion » et du tempérament. Et pourquoi se dérober ? Il s'agit au contraire d'augmenter la jouissance, de mettre de l'ordre dans ses plaisirs, de soumettre le feu du désir à l'exigence méthodique. L'émotion qui étreint, le sang qui bat, le cœur qui gronde cèdent au calcul des délices. Physique de l'amour : contre tous ceux qui voient dans la sexualité une scène terrifiante et fermée sur elle-même, le siècle encyclopédique croit au progrès dans le plaisir. À *L'Art d'aimer* succède *L'Art de foutre ou Paris foutant* de Baculard d'Arnaud (1741). La Mettrie écrit *L'École de la volupté* (1747) et *L'Art de jouir* (1751). La Révolution fera un succès aux *Quarante Manières de foutre* (1790), comme aux *Travaux d'Hercule ou la Rocambole de la fouterie* (1790), dont les dernières éditions portent à quinze les exploits amoureux du héros.

Le classement des jouissances, les innombrables tables du plaisir (elles culminent dans l'œuvre de Sade comme un autre *systema naturæ*) témoignent de cette détermination. Pour Diderot comme pour Mirabeau, de l'*Encyclopédie* à l'*Erotika Biblion*, le libertin trompe la nature en détournant la jouissance des fins de reproduction auxquelles elle doit servir. L'impulsion sexuelle est réservée, comme un trésor de guerre, comme un stock fantasmatique. On accumule l'énergie sexuelle pour que l'imagination seule, désormais affranchie de toute loi, dicte son plaisir. On voudrait qu'elle puisse se développer hors du cadre théologique, débarrassée des terreurs suscitées par l'Église, conformément aux avancées de la philosophie.

L'impiété demeure, cependant. Les formes médiévales de la *parodia sacra* continuent de hanter l'imaginaire : la fête de l'Âne qui commémorait au Moyen Âge la fuite en Égypte et transformait en braiments les répons de la messe ; le *risus natalis* qui, à Noël, substituait aux hymnes religieuses des chansons bouffonnes... Nombreux sont, au XVIIIe siècle, les actes d'irréligion

1. *La Nouvelle Thérèse, ou la Protestante philosophe. Histoire sérieuse et galante*, Londres, 1774, p. 17.

qui nourrissent les rapports de police. Les sacrilèges populaires à travers laquelle survit donc l'ancienne culture médiévale, la simple étourderie, l'indifférence religieuse, la superbe des Grands dont l'incroyance est de droit divin, pour ainsi dire, l'impiété de système fondée sur la philosophie, tout cela constitue le libertinage. Les objets du culte sont souillés dans les paroisses. Puisque le Christ est poisson (*ikhthus*), on fait griller des crucifix comme s'il s'agissait de maquereaux dans les cabarets borgnes. Le guet surprend ceux qui gardent leur chapeau ou chantent des chansons obscènes devant la croix, ceux qui lisent des romans libertins pendant l'office.

À la tête du royaume, le duc d'Orléans défie la religion d'où le royaume procède. Il venge les victimes du fanatisme. Il cherche la provocation dans les lieux saints, avec un archaïsme dans l'impiété qui rappelle les libertins des siècles précédents. Les jours les plus sacrés du calendrier catholique appellent la débauche, et particulièrement le jour du calvaire. Pour que la jouissance efface l'amertume, pour qu'au scandale de la croix réponde celui du plaisir. À Versailles, une nuit de Noël, aux trois messes de minuit où il accompagne le jeune roi, le Régent montre une application extraordinaire à lire son livre de prières. Émue de ce retour de foi, une ancienne domestique lui fait compliment : « Vous êtes bien sotte, madame Imbert ; savez-vous donc ce que je lisais ? C'était Rabelais, que j'avais porté de peur de m'ennuyer[1]. » Tels sont nos libertins : ils sont, dans l'impiété et le défi, « les enfants de la messe de minuit[2] ».

Collé raconte comment « de jeunes et jolis ducs » (les ducs de Vaujours, de Daumont, de Duras, les marquis de Surgères et d'Ermenonville, les comtes de Martel et de Saxe) lui demandent d'habiller en tragédie badine une parade de La Chaussée, *Alphonse l'impuissant*, qu'ils joueront à Champs, le jour du vendredi saint 1737 (comme en écho au vendredi saint 1659, que Bussy Rabutin, Vivonne, Guiche, Canivois et Manicamp, Mancini et l'abbé Le Camus ont passé en alléluias obscènes, vins et violons). Les remontrances « bourgeoises » des auteurs sont sans effet. Collé et Duclos (qui écrit pour l'occasion une *Mort de Mardi-Gras*) sont regardés par les jeunes seigneurs « comme de pauvres imbéciles, des marguilliers et des *a pocos*[3] ». Il faut l'intervention du cardinal de Fleury pour mettre fin à l'aventure.

1. Saint-Simon, *Mémoires*, t. V, p. 250.
2. Le Roux, *Dictionnaire comique, satyrique, burlesque, libre et proverbial*, Amsterdam, 1718.
3. « *Correspondance inédite* » *de Collé, faisant suite à son* « *Journal* », H. Bonhomme éd., 1864.

La cour de France continue ainsi de donner l'exemple. Après le mariage de Louis XV en 1725, Mme de Mailly est la première maîtresse royale, accompagnée de ses trois sœurs. Les sœurs de Nesles — Mme de Mailly, Mme de Vintimille, Mme de la Tournelle (qui deviendra duchesse de Châteauroux), Mme de Lauraguais — fournissent le premier sérail. Succession des liaisons, et parties communes : « Le roi couchait quelquefois entre les deux sœurs, et le contraste de l'une à l'autre lui paraissait piquant[1]. » Bachelier et Lebel, ses valets de chambre, ne manqueront pas d'étendre plus loin le cercle des réjouissances : « Suivant les bruits de la Cour, il ne paraît plus douteux que le Roi a eu une chaudepisse, que l'on dit lui avoir été donnée par la fille d'un boucher de Poissy ou de Versailles, que le Roi a trouvée fort jolie, et qu'il s'est fait amener par Bachelier, son premier valet de chambre et son maquereau[2]. »

Le scandale éclate en avril 1739, lorsque Louis XV ne fait pas ses pâques. Ni confession ni communion. Le roi ne touche pas les écrouelles ! Il abandonne cette part sacrée du monarque qui fonde son rayonnement. Le thaumaturge de droit divin, le roi très catholique — ce « grand magicien » qui va « jusqu'à faire croire à ses sujets qu'il les guérit de toutes sortes de maux en les touchant », comme l'écrivait Montesquieu dans les *Lettres persanes* — fragilise la symbolique chrétienne. L'indignation est générale. Dès l'année suivante, il est clair que Louis XV s'entête dans son refus : le roi « paraît vouloir croupir dans le crime[3] ». La rumeur ordinaire prend le pas : « On continue de dire que la Cour est un pays de débauche et de volupté, que les dames y sont des plus lascives et ne s'étudient qu'à corrompre le cœur de ceux qui les environnent [...][4]. »

En mars 1767, l'histoire d'une jeune fille fait grand bruit dans Paris. Âgée de dix-sept ou dix-huit ans, avec une figure de vierge, cette jeune fille montre « le caractère d'un monstre ». Éprise d'une fille, elle cherche à empoisonner ses parents. Emprisonnée à l'Hôpital-Général, elle feint de communier à la messe et, s'enfermant dans les latrines avec une camarade, elle y jette l'hostie après l'avoir foulée aux pieds. Horrible profa-

1. *Mélanges historiques, satiriques et anecdotiques de M. de B*** [Bois] Jourdain*, Paris, 1807, t. II, p. 212.

2. *Journal de Barbier*, février 1738, t. III, p. 123.

3. « Archives de la Bastille. Extraits des gazetins de la police secrète (1740) », 26-27 avril 1740, *Revue rétrospective. Recueil de pièces intéressantes et de citations curieuses*, juillet-décembre 1887, Paris, p. 117. Barbier commente lui aussi l'événement dans son *Journal* : « Il est dangereux pour un roi de donner un pareil exemple à son peuple » (mars 1739, t. III, p. 167).

4. « Archives de la Bastille », 27-29 février 1740, p. 107.

nation, auprès de laquelle, dit-elle avec orgueil, le chevalier de La Barre (exécuté en 1766) n'a rien fait : « On serait disposé à croire que cette jeune personne a la tête tournée ; mais malheureusement, dit-on, elle met dans tous ses discours tant de fermeté et de présence d'esprit qu'on ne peut que croire qu'elle s'est familiarisée avec le crime par principe et que, par conséquent, la scélératesse est poussée chez elle au suprême degré[1]. » Nul doute, s'émeuvent les esprits religieux, que la jeune fille a subi la mauvaise influence des penseurs à la mode ! De fait, entre-temps l'image du philosophe est devenue déterminante, bien que complexe dans ses rapports avec le libertinage. Que l'on compare simplement ces deux propositions, la première datant de 1750 et la seconde de 1766 :

« Une des principales causes de la débauche que l'on remarque aujourd'hui dans notre jeunesse, est la lecture de certains livres obscènes que quelques misérables auteurs répandent, de temps en temps, dans le public. Le nombre de ces infâmes ouvrages s'est extrêmement multiplié depuis quelques années[2]. »

« Le plus grand danger qu'il y ait dans la publication des livres de nos nouveaux philosophes est lorsque leurs ouvrages tombent entre les mains des jeunes gens et des esprits faibles[3]. »

Claude Pougin de Saint-Aubin voit dans l'affaire du chevalier de La Barre « les plus funestes effets de cet esprit philosophique et indépendant que les Voltaire et les Rousseau s'efforcent à répandre en Europe[4] ». Le jeune homme aura eu la langue coupée, la tête tranchée, le corps réduit en cendres, pour avoir lu le *Dictionnaire philosophique portatif*, et s'être inspiré de ses mauvais principes.

Il ne s'agit plus de l'impiété classique de l'esprit fort, solitaire et secret, qui prend ses distances avec les croyances communes. De même qu'il a socialisé l'image du plaisir, le XVIIIe siècle répand la figure du philosophe nouveau. Depuis la Régence, elle prend forme à travers le rayonnement et la diffusion des œuvres, grâce à la stratégie des auteurs qui occupent les esprits et les lieux du pouvoir, et du contre-pouvoir. À partir des années 1748-1750, les correspondances, les mémoires et les gazettes témoignent combien les philosophes occupent l'actualité. Le

41. Claude Pougin de Saint-Aubin (et Jean-Louis Aubert), *Correspondance littéraire de Karlsruhe (12 juillet 1766-15 décembre 1768)*, J. Schlobach éd., Paris-Genève, Champion-Slatkine, 1995, p. 116.

2. *La Bigarrure ou Gazette galante, historique, littéraire, critique, morale, satirique, sérieuse et badine*, La Haye, octobre 1750, t. VI, p. 21.

3. *Correspondance littéraire de Karlsruhe*, p. 19.

4. *Ibid.*

conflit qui oppose jésuites et jansénistes, les tensions entre le roi et le Parlement, les questions militaires s'effacent. Les philosophes créent le débat. Propagation de l'esprit critique, en opposition à celle de la foi : les philosophes rendent palpable ce qui se joue en profondeur dans le renouvellement des mœurs et des mentalités. Le mot est à la mode, comme une estafette de civilisation. Il est sur toutes les lèvres. Les petits-maîtres eux-mêmes sont philosophes. « Aujourd'hui, c'est le titre de philosophe qu'on ambitionne, écrit Raynal à propos des *Lettres semi-philosophiques* de J.-B. Pascal ; bientôt il sera usurpé par tous les fainéants de nos cafés[1]. »

On l'entend dans cette mêlée des idées, des œuvres, des auteurs, qui tissent entre les ouvrages philosophiques et les romans libertins d'innombrables liens. L'abbé Du Laurens écrit *L'Arétin* (1763), *Le Compère Matthieu* (1766), *Je suis pucelle, histoire véritable* (1767), avant d'achever son œuvre avec *Le Portefeuille d'un philosophe, ou Mélange de pièces philosophiques, politiques, critiques, satyriques et galantes* (1774). La même inspiration confond ainsi satire, philosophie et galanterie.

Il s'agit de démoraliser le consensus, de déniaiser le siècle par un assaut continu. Tandis que le roman libertin poursuit son travail de sape à travers l'ironie, la raillerie, l'exhibition du sexuel, la philosophie ne demeure pas en reste. La nature, la morale, la politique sont dévoilées : le baron d'Holbach publie successivement, parmi bien d'autres œuvres, *Le Christianisme dévoilé* (1767), *Le Système de la nature* (1770), *Le Bon Sens du curé Meslier* (1772). Les préjugés sont abattus. C'est le mot célèbre du *Neveu de Rameau* : « [...] on tire parti de la mauvaise compagnie, comme du libertinage ; on est dédommagé de la perte de son innocence par celle de ses préjugés[2]. » La connaissance du plaisir met fin aux préventions de la morale et de l'éducation. La raison encourage ainsi la jouissance. En juin 1749, Barbier note dans son *Journal* qu'« on a arrêté aussi M. Diderot, homme d'esprit et de belles lettres, que l'on soupçonne être l'auteur d'une brochure qui a paru sous le nom de *Thérèse la philosophe* [...]. Dans ce livre qui est charmant, très bien écrit, il y a des conversations sur la religion naturelle de la dernière force et très dangereuses. On l'accuse aussi d'autres livres de cette espèce comme les *Pensées philosophiques*[3] ». Clairvoyance de la rumeur. Thérèse et

1. *Nouvelles littéraires*, janvier 1757, dans *Correspondance littéraire, philosophique et critique, Grimm, Diderot, Raynal, Meister, etc.*, Paris, 1877-1882, t. III, p. 334.

2. *Œuvres*, Bibl. de la Pléiade, p. 437.

3. *Journal de Barbier*, juin 1749, t. IV, p. 377. Sur le rapport à la philosophie, voir M. Delon, « De *Thérèse philosophe* à *La Philosophie dans le boudoir*, la place de la philosophie », *Romanistische Zeitschrift für Literaturgeschichte*, 1983.

Diderot philosophent de concert. Leur combat est le même. Du reste, dans le monde de la librairie, on appelle « ouvrages philosophiques » les romans obscènes et licencieux.

« [...] parlons raisonnablement, dis-moi un peu : qu'est-ce que la fouterie[1] ? » C'est à travers l'appel au raisonnement, porté par l'enthousiasme que suscite le rapport sexuel, que l'*Histoire de dom B***, portier des chartreux* de Gervaise de Latouche bat la générale du plaisir. Publié pour la première fois en 1741, son retentissement est extraordinaire[2]. Le roman lève les résistances. Il trousse court. Il porte au vif. « Je ne vous crois pas de ces esprits faibles que le mot de fouterie effarouche : vous connaissez assez la nature, pour savoir que l'action de foutre est aussi naturelle à l'homme que celle de boire et de manger[3] [...]. » L'argument est ancien, mais l'énergie qui entraîne le texte — prenant pour cible, longuement, méthodiquement, les croyances imposées par l'Église — emporte le lecteur. D'une page à l'autre, « foutre », « fouterie » renouvellent leur puissance d'insurrection. Au couvent des chartreux, l'entretien philosophique prépare, accompagne et conclut la scène où les corps inventent des postures nouvelles. L'*aveugle mentule* des satiriques romains apprend à raisonner... De la même manière, dans *Thérèse philosophe* (1748) de Boyer d'Argens, c'est en assistant secrètement à la conversation de Mme C... et de l'abbé T... (où se rejoue une fois encore le renversement du dialogue platonicien), c'est en reconnaissant l'homme « déterminé par les degrés de passion, dont la nature et les sensations l'affectent[4] », que Thérèse reçoit ses premières leçons : « Les ténèbres de mon esprit se dissipaient : peu à peu je m'accoutumais à penser, à raisonner conséquemment[5]. »

De sorte que ce qui compte, ce sont moins les influences exercées par la philosophie contemporaine sur Gervaise de Latouche ou le marquis d'Argens que la part éclatante de leur roman dans le chantier philosophique. Tout ce que la philosophie doit à ces récits obscènes ! Tout ce que le roman libertin apporte aux Lumières ! Matérialisme et libertinage baignent dans le même chaudron... Sans doute Bayle défendait-il le principe de l'athée honnête homme : « Il n'est pas plus étrange qu'un athée vive vertueusement qu'il n'est étrange qu'un chrétien se porte à toutes sortes de crimes », écrit-il dans ses *Pensées diverses sur la comète* (1682). Et d'Holbach prend ses distances

1. Voir *Histoire de dom B****, p. 452.
2. Voir la Notice sur *Histoire de dom B****, p. 1112.
3. *Ibid.*, p. 447.
4. Voir *Thérèse philosophe*, p. 881.
5. *Ibid.*, p. 904.

avec le libertin débauché, impie sans discernement : « La philosophie pourrait-elle se glorifier d'avoir pour adhérents dans une nation dissolue une foule de libertins dissipés et sans mœurs, qui méprisent sur parole une religion lugubre et fausse sans connaître les devoirs qu'on doit lui substituer[1] ? » Mais ce sont ici des positions de combat provisoires. Si le philosophe construit l'image de l'athée vertueux contre celle du libertin, d'Holbach sait bien qu'ils ont partie liée. Il y a là une solidarité de fait, comme celle qui, tout au long du siècle, fait servir les progrès des sciences ou de la médecine à ceux du libertinage. N'est-ce pas pour permettre à Saturnin, le portier des chartreux, de mener plus loin sa carrière, que les *Observations sur quelques endroits du traité de M. Astruc « De morbis venereis »* (1741) de La Mettrie (dont les premiers travaux concernent le traitement des maladies vénériennes) paraissent la même année que l'*Histoire de dom B**** (qui s'achève sur la vérole du héros)…

Régulièrement, le lien entre libertinage et philosophie se renouvelle. En 1774, *La Nouvelle Thérèse, ou la Protestante philosophe* (anonyme) se partage entre les « raisonnements », auxquels est sujette la narratrice, et le récit des faits dont s'impatiente le lecteur. Les *Lettres galantes et philosophiques de deux nonnes publiées par un apôtre du libertinage* paraissent trois ans plus tard. Le bon apôtre adopte à nouveau la cause commune de la galanterie et de la philosophie. Il prend pour cible le fanatisme et la superstition, défend Voltaire et Rousseau — « ces deux flambeaux de la philosophie » accusés de blasphème et d'athéisme —, cite *Thérèse philosophe* dans le débat du plaisir, de la nature et de la société.

On le voit : du matérialisme sceptique d'Abraham Gaultier (qui conçoit dans la nature une seule substance aveugle prenant toutes sortes de formes) au matérialisme hédoniste de La Mettrie, du matérialisme épicurien hérité de Théophile (qui cherche dans la lecture des Anciens le chemin de la nature) au « militantisme » collectif des encyclopédistes fondé sur les sciences, entre les traités de Condillac, d'Helvétius ou du baron d'Holbach dont Barnave et Volney retiendront l'enseignement, la mise en cause de l'idée de Providence, la négation de l'immortalité de l'âme, l'antispiritualisme fondé sur la machine, l'hypothèse de la statue ou de la table rase, trouvent dans le roman obscène un formidable champ d'expérimentation. Parce qu'il est plus souple et moins défini, le libertinage assure la cohésion du motif. Il confond les formes de la libre pensée, scepticisme,

1. *Essai sur les préjugés, ou de l'influence de opinions sur les mœurs et sur le bonheur des hommes*, Londres, 1770, p. 183.

flamboyance, érudition, mondanité, incroyance populaire. Le roman fait le lien. Il traverse la diversité des systèmes, de la religion naturelle à l'athéisme.

Si, à travers le processus de désacralisation et la lecture profane des œuvres, la critique historique de l'Écriture sainte conduira Valmont à rédiger sur le dos d'une fille sa lettre brûlante à Mme de Tourvel, c'est dans les aventures de Saturnin ou de Thérèse que le lecteur reçoit ses plus belles leçons de choses ! C'est quand il voit dom Bougre « tout couvert du foutre » dont sa maîtresse l'inonde que le matérialisme lui est rendu sensible ! C'est en lisant les innombrables dialogues du vit et du con qu'il adhère à l'importance de la sensation et de la mémoire dans la formation de l'individu. Le matérialisme et le libertinage répondent l'un de l'autre. Chacun pratique ici « l'athéisme en amour[1] ».

Malgré la diversité des sens et des scènes dont il est le foyer, il y a une sorte d'unité du libertinage avec laquelle le XVIIIe siècle cherche à se confondre. C'est un style, un transport, un rythme particulier dans le mouvement des corps et des idées, des textes et des postures. Être libertin s'éprouve à travers ces nouvelles lignes de fuite qui affectent le comportement social et renouvellent la conception de l'humain.

Arrivé à Paris, le jeune Duclos cherche les écrivains dans les cafés à la mode, et commence à fréquenter le demi-monde. « La délicieuse société ! Il ne lui manquait que d'être honnête [...][2]. » Ardeur immodérée pour les femmes, indépendance d'esprit, découverte du monde : n'est-ce pas vivre ? Duclos rencontre les filles entretenues, partage propos gaillards et parties de plaisir en compagnie des chevaliers d'industrie. L'univers s'ouvre à lui. Tête de feu entre les livres et les filles, il traverse tous les dangers et se déleste de la crapule et de la fourberie. « Heureusement je n'étais que libertin », conclut l'académicien. Innocence du libertinage ! Comme une vertu efficace au milieu des périls.

De même, tout au long du récit dont il est le héros, en dépit de l'enfermement de sa maîtresse et autres épreuves, Thémidore ne cesse de faire l'éloge de « l'aimable libertinage ». *Thémidore* (1744), le roman de Claude Godard d'Aucour, est le livre du

1. Charles Pinot-Duclos, *Mémoires pour servir à l'histoire des mœurs du XVIIIe siècle* (1751), *Œuvres complètes*, Paris, édition de 1820-1821, t. II, p. 414. C'est à propos de la marquise de Retel que le narrateur se dit « scandalisé d'entendre une femme jolie et encore jeune professer une espèce d'athéisme en amour ».

2. *Mémoires de Duclos écrits par lui-même*, p. 27.

transport. Il mène d'abord le lecteur dans une petite maison et s'achève en fêtant la libération de Rozette, d'abord internée à Bicêtre puis mise au couvent. La ferveur n'est pas retombée. Les fleurs du plaisir renaissent. « La maîtresse du chevalier de Bourval commença par des airs libres, elle embrassa son voisin, sa voisine en fit autant, et ainsi comme de main en main le libertinage prit une espèce de circulation[1]. »

Passer de main en main, diffuser cet air libre, répandre le plaisir : le libertinage n'est pas simplement la condition, le moyen ou le terme de la circulation du sens, des idées, des romans et des corps. Il est la circulation elle-même, pour ainsi dire.

★

Quel étrange personnage fait Armand Pierre Jacquin, futur chapelain du comte de Provence, historiographe du comte d'Artois. À la pensée du roman, l'abbé perd toute mesure. Son livre *Entretiens sur les romans* poursuit, en 1755, la longue querelle qui unit jésuites et jansénistes (parmi tant de censeurs) dans la malédiction du genre. Le combat mené contre l'« hérésie imaginaire » est ancien[2]. L'abbé Jacquin, qui a traduit également la diatribe du père Porée *De libris qui vulgo dicuntur romanses oratio habita* (1736), substitue à l'épouvante du prédicateur le ton de la conversation mondaine. Il dénonce cette folie, ce poison, « les folles productions de l'imagination » qui conduisent le lecteur à sa perte. Le roman serait le péché originel de la littérature.

Selon Jacquin, deux esprits se partagent le monde : l'esprit de vérité que représente l'Église, l'esprit de fiction dont le roman est l'agent. Le roman fait du monde un espace imaginaire. À travers lui, d'anciennes puissances exercent leur empire. C'est, déplore Jacquin et ceux qui avec lui condamnent le genre romanesque, le royaume des dieux païens, des temps oisifs, de la volupté et de la dissipation, de l'impiété et du caprice, du mauvais goût, de l'abandon. C'est celui de l'amour : « Enfin, pour ne pas sortir des bornes de notre sujet, les romans nous offrent eux seuls, tout ce que l'amour a de plus séduisant, et en même temps de plus criminel[3]. » La contagion du mal gagne les deux sexes

1. Voir *Thémidore*, p. 581.

2. Sur la querelle du roman, voir G. May, *Le Dilemme du roman au XVIIIe siècle*, PUF, 1963 ; H. Coulet, *Le Roman français jusqu'à la Révolution*, Armand Colin, 1967, t. I et II ; J. Rustin, « Définition et explication du roman libertin au siècle des Lumières », *Travaux de linguistique et de littérature*, XVI, 2, 1978.

3. *Entretiens sur les romans, ouvrage moral et critique, dans lequel on traite de l'origine des romans et de leurs différentes espèces, tant par rapport à l'esprit, que par rapport au cœur*, Paris, 1755, p. 305.

et tous les âges. « On se plaint tous les jours qu'il n'y a plus d'enfants ; que la malice précède l'âge, et la science du vice, la raison ; et pourquoi met-on sans scrupule, entre les mains des jeunes gens, ces livres corrupteurs qui, en échauffant leur imagination fougueuse, leur font sentir ce qu'ils ne comprennent pas encore[1] ? » La sensation précède le sens, l'imagination l'emporte sur la raison, le lecteur est alors subjugué.

Déjà, dans son *Essai de l'origine des romans* (1670), Huet marquait la merveille d'une production littéraire qui convient à toutes les nations, aux peuples barbares comme aux peuples polis, aux esprits savants comme aux simples, pourvu, cependant, que la vertu y soit couronnée et le vice châtié. La condamnation de Jacquin, au contraire, est définitive. Le genre tout entier est mis à l'Index. Aucun roman ne trouve grâce. Aucun lecteur n'est innocent. De sorte que ce n'est pas par accident que tel ou tel roman se consacrerait au libertinage. La peinture des plaisirs n'est pas contingente, et l'imagination romanesque n'est pas indécente par hasard. S'affranchissant des règles morales ou esthétiques qu'on veut lui imposer, le roman serait essentiellement libertin. L'indécence est-elle la nature du genre romanesque, et le roman libertin la met-il au jour ? En accomplissant les défauts qu'on lui reproche, celui-ci porte la crise du roman à son comble.

Alors que la littérature romanesque cherche à gagner en légitimité, les romanciers libertins continuent de faire sonner la sottise. Contre tout idéalisme, ils transgressent et désorientent le champ culturel. De siècle en siècle, d'œuvre en œuvre, Pétrone, les fabliaux, Rabelais, les *Histoires comiques* (de Sorel, Théophile de Viau ou Scarron), Crébillon, Voisenon, La Morlière, les mémoires des filles, *Les Sonnettes* de Guillard de Servigné donnent voix au vacarme du monde, au tracas sexuel, à l'appel du désir. Le roman est une chose belle et virulente dans notre histoire, aussi discordant et révélateur que le grincement des violes dans la musique comique du XVIIIe siècle.

C'est qu'en effet Nicole, Porée, Jacquin, les traités, les lettres, les discours qui dénoncent le roman en dressent l'image exactement comme le père Garasse définissait l'esprit fort et condamnait Théophile. Mêmes termes, mêmes images, même imprécation : loups ravissants, figures protéiformes, athées et impudiques, ils partagent la même définition négative. Image en creux, repoussoir. Et, de même que Théophile sort « auréolé » de l'anathème (qui lui vaut la prison), dans l'imaginaire collectif

1. *Ibid.*, p. 357.

l'image du roman flotte au-devant de lui-même, comme un mirage. Plus il est accablé, plus il montre de charme. Le lecteur est impatient d'adhérer. L'opprobre fait au roman une rampe de feu. « De tous les genres d'Ouvrages que produit la Littérature, écrit Laclos, il en est peu de moins estimés que celui des Romans ; mais il n'y en a aucun de plus généralement recherché et de plus avidement lu[1]. »

C'est donc un air d'illégitimité qui le fonde. Alors qu'on invoque contre lui l'ouvrage historique comme un modèle idéal, dépositaire de toute valeur (idéologique, esthétique, morale), le roman entretient avec le lecteur un autre rapport. Il suscite la communication des imaginaires entre eux. C'est le chant des sirènes. Les romans sont des chemins de traverse qui occupent une place distincte dans la bibliothèque. En prenant la défense des œuvres romanesques dans son essai *De l'usage des romans* (1734), Nicolas Lenglet-Dufresnoy rencontre ainsi, nécessairement, au cours de son développement, la séduction des liaisons secrètes. « On se fait un plaisir d'accorder à une maîtresse, ce qu'on croit par devoir être obligé de refuser à une épouse ; tant il y a de douceur, d'agrément et de séduction dans ce nom de maîtresse[2]. »

L'abbé Jacquin se débat vainement contre la tentation. Comme ces jésuites téméraires qui basculent aux frontières, l'abbé ne revient pas indemme. Évoquant Crébillon et La Morlière, il se surprend à cette complaisance : « Mais que fais-je moi-même ? Pourquoi rappeler au jour des objets que j'essaie d'ensevelir dans un oubli éternel ? Tirons plutôt un voile chaste et pudique sur ces peintures obscènes[3]. » Le roman est irrésistible. Le roman est irréversible. L'inquisiteur a succombé[4].

Le roman donne à voir sa propre puissance en exposant l'image de son lecteur. Si le roman libertin est avant tout roman de formation, c'est le lecteur qui est ici, à travers lui, initié à la

1. « *Cecilia ou les Mémoires d'une héritière* » (compte rendu du roman de Miss Burney, *Cecilia or Memoirs of an Heiress*, Londres, 1782, traduction française en 1783), dans le *Mercure de France* des 17 avril, 24 avril et 15 mai 1784, dans Laclos, *Œuvres complètes*, Bibl. de la Pléiade, p. 447.

2. *De l'usage des romans, où l'on fait voir leur utilité et leurs différents caractères : avec une bibliothèque des romans, accompagnée de remarques critiques sur leur choix et leurs éditions*, par M. le C. Gordon de Percel [pseudonyme de Lenglet-Dufresnoy], Amsterdam, 1734, p. 101.

3. *Entretiens sur les romans*, p. 328.

4. À la date du 8 décembre 1754, la correspondance de Pierre Rousseau, qui fait le compte rendu du livre de Jacquin, soulique cette inconséquence : « Mais nous ne saurions passer à l'auteur qui crie tant contre les romans d'avoir employé une très grande partie de sa vie à les lire, pour la satisfaction d'en faire l'analyse et d'en dire son sentiment » (Pierre Rousseau et auteurs anonymes, *Correspondance littéraire de Mannheim (1754-1756)*, J. Schlobach éd., Paris-Genève, Champion-Slatkine, 1992, p. 267).

lecture. Un lecteur fictif prend par la main le lecteur véritable... Lectrice consommée, l'héroïne de *Félicia ou Mes fredaines*, d'Andréa de Nerciat, a raison de se méfier des livres. Les ruses de Sylvina pour séduire Monrose ont de quoi l'inquiéter. « Le piège favori était de le faire appeler le matin, pour lire à son chevet. Alors c'était un bras, un téton qu'on laissait voir ; puis l'on avait chaud, l'on se découvrait, ou bien il s'agissait de quelque puce incommode [...][1]. » La main du lecteur se met alors à l'ouvrage. Il apprend à lire. Il lit du bout du doigt, et découvre Sylvina. On pourrait donner mille exemples de cette situation. Le rituel, chaque fois, est le même. Enfin seule, à l'abri des regards, avec mille précautions, Fatmé ouvre une armoire cachée dans le mur : « elle en tira un livre[2] ». Le livre fait une entrée en scène voluptueuse, la lectrice s'anime, le livre la met en feu. Qu'est-ce que lire ? Qu'est-ce que tenir un livre entre ses mains ? Que devient une femme qui lit ? Diderot invite Zima, la dédicataire du roman, à prendre *Les Bijoux indiscrets* (1748) : « Prenez, lisez, ne craignez rien. » Du reste, presse l'auteur, « on sait que *Le Sopha*, le *Tanzaï*, *Les Confessions* ont été sous votre oreiller[3] ». La belle liseuse, la tête allumée par un volume, il n'est pas de roman libertin qui ne l'offre au regard du lecteur.

Voici le jeune héros des *Sonnettes* qui se retire dans sa chambre, impatient de dévorer une brochure intéressante. Il l'abandonne bientôt pour admirer dans la chambre de l'hôtel voisin une jeune personne saisie de fureur érotique à la lecture d'un livre. La jeune fille lit à la bougie. Sa respiration se précipite, son sein se soulève, sa main s'égare. Elle est à la fois si distante et si proche : le marquis reconnaît son désir. Son regard projette sa propre image, à la manière d'une lanterne magique. Et le lecteur des *Sonnettes* se « projette » à son tour. Du lecteur véritable au jeune marquis lisant, du marquis à la jeune fille émue par la lecture, jamais le pas de la fiction n'a été aussi glissant. Le roman vérifie ses effets dans l'ordre du réel, sur son lecteur. Il y a toute une physique et une physiologie de la lecture dans cette excitation du corps, dont s'inquiétera la médecine du temps, à travers les travaux de Tissot sur l'onanisme, par exemple[4]. Il est rare qu'on y échappe. « On demandait ces jours

1. Andréa de Nerciat, *Félicia ou Mes fredaines*, Amsterdam, s.d. [1775], t. II, p. 40.

2. Voir *Le Sopha*, p. 81. Sur cette scénographie de la lecture, voir J.-M. Goulemot, *Ces livres qu'on ne lit que d'une main*, Aix-en-Provence, 1991 ; P. Wald Lasowski, *Libertines*, Gallimard, 1980.

3. Dans *Œuvres complètes de Denis Diderot*, R. Lewinter éd., Le Club français du livre, 1969, t. I, p. 495.

4. Simon André Tissot, *Tentamen de morbis ex manustupratione* (Lausanne, 1758), traduit en 1760 sous le titre *L'Onanisme, ou Dissertation physique sur les maladies produites par la masturbation* (Lausanne).

ci à une femme d'esprit du grand monde si elle avait lu *Le Portier des chartreux*, note Collé dans son *Journal.* Non, répondit-elle ; ce n'est point par aucun scrupule, mais je ne *puis souffrir ces livres qu'on ne lit que d'une main*[1]. »

Le XVIIIe siècle le pressent plus qu'aucun autre : sous les dehors de la maîtrise, lire crée un affolement. Le roman libertin atteste à sa manière que le livre exerce une influence — Voltaire ne cesse de le répéter —, qu'il agit effectivement sur le corps et l'esprit du lecteur. Lire entre dans le vaste mouvement du monde.

Félicia se met encore au lit sans sommeil. Elle demande à sa suivante le premier livre qui lui tombe sous la main. « Ce fut précisément *Thérèse philosophe.* Cette lecture m'eut bientôt mise en feu[2]. » Le roman libertin célèbre ainsi les noces de la femme et du livre. Il suppose la femme dans le secret de la lecture. Et si le récit de Nerciat montre Félicia allumée par *Thérèse philosophe*, *Thérèse philosophe* contient de son côté une scène identique où c'est à l'*Histoire de dom B**** qu'il revient d'allumer la mèche : « Baise-moi comme il faut, mon cher ami, disait Mme C… en se laissant tomber sur son lit de repos. La lecture de ton vilain *Portier des chartreux* m'a mise tout en feu[3] […]. »

Le roman marque ici un double mouvement. Le texte exhibe, si l'on peut dire, sa machinerie. Il se cherche à l'intérieur de lui-même et vise son propre foyer : la scène sexuelle. Mais ce mouvement d'involution est jeté en avant à travers la représentation des effets voluptueux de la lecture. Dans cet emboîtement, dans ces rouages successifs montés d'une œuvre à l'autre, le roman se tient au plus profond, et comme à la pointe de lui-même. Voyeur, le lecteur est pris dans cet enveloppement. Il cède une fois de plus aux miroitements du désir.

L'une des traductions françaises des *Ragionamenti* de l'Arétin porte pour titre : *Dialogue de l'Arétin ou sont desduites les vies, mœurs et deportemens de Lais et Lamia, courtisanes de Rome* (Paris, 1610). Déduire est le mot qui convient au récit. C'est « narrer, raconter au long et par le menu », précise le *Dictionnaire de l'Académie* (1718). Le roman est le déduit. Il raconte par le menu, il s'origine d'une scène sexuelle (qu'il pose au début du récit, ou à laquelle il se réfère depuis un roman antérieur), et cherche à en réactualiser l'intensité en enchaînant des péripéties. D'ailleurs,

1. Charles Collé, *Journal et Mémoires sur les hommes de lettres, les ouvrages dramatiques et les événements les plus mémorables du siècle de Louis XV*, H. Bonhomme éd., Paris, édition de 1868, t. I, p. 172.
2. *Félicia ou Mes fredaines*, t. II, p. 54.
3. Voir *Thérèse philosophe*, p. 914.

dans son *Dictionnaire comique, satyrique, burlesque, libre et proverbial* (Amsterdam, 1718), Le Roux définit « foutre » : « Il signifie faire le déduit, se réjouir avec une femme, lui courir la poste sur le ventre. »

La lecture est ainsi la première des mille et une postures dont s'enorgueillit le libertin. Accompagnant le duc de Matalone, Casanova tombe en arrêt devant Léonilda, la maîtresse du duc, sous les armes : « Elle était encore au lit, non toute nue, mais sur son séant, décente, charmante, belle comme le jour, en corset de basin lacé à larges rubans couleur de rose. Elle lisait *Le Sopha*, de l'élégant Crébillon fils[1]. » La pose de Léonilda est un indicateur romanesque. Effet d'annonce : le livre entre ses mains apparaît comme une caution, une garantie. Mieux, Léonilda paraît issue du livre, sa beauté et sa séduction sont un effet de ses lectures. À travers *Le Sopha*, la femme affiche sa puissance de séduction plus sûrement qu'une nudité. Le roman signe l'accomplissement de ses mérites, dans une harmonie réalisée entre le livre et la femme, conformément aux circonstances, en fonction de son état et de son style. Un déshabillé gracieux et des rubans roses conviennent au *Sopha* de Crébillon, l'*Histoire de dom B**** recommande une séduction plus tapageuse dans *Les Cannevas de la Pâris* (1750) : « Une belle soirée que j'attendais mon amant en habit de combat, la paillardise peinte sur les yeux, et *D. B.* entre les mains [...][2]. »

Rien n'entame cette puissance du livre à laquelle aspirent tous les romanciers libertins. Ils sont hantés par cette souveraineté. Sade fait lire à ses personnages *La Philosophie dans le boudoir*. Rétif garde en mémoire et projette à l'horizon de son œuvre ce que fut pour lui la découverte de l'*Histoire de dom B**** : « Vif, ardent, curieux, je le pris avec transport, et me mis à le lire dans mon lit ; j'oubliai tout, jusqu'à Zéphire. Après une vingtaine de pages, j'étais en feu[3]. » Une procession de jeunes filles paraît alors dans la chambre du lecteur. La fiction et le réel se confondent. Échappées du livre pour revenir s'y loger, Manon Lavergue, Cécile Decoussy, Thérèse Courbuisson, Séraphine Jolon et Agathe Favard sont jetées sur le lit l'une après l'autre. Saisies et renversées, elles n'épuisent pas les convulsions de la lecture. On comprend que, selon Jean-Pierre Moët — auteur

1. Giacomo Casanova, *Histoire de ma vie*, VI, x, F. Lacassin éd., Robert Laffont, coll. « Bouquins », 1993, t. II, p. 629.

2. Marc Antoine Jacques Rochon de Chabannes et Barthélemy François Mouffle d'Angerville, *Les Cannevas de la Pâris pour servir à l'histoire de l'hôtel du Roule* (1750), J. Hervez éd., Le Cercle du livre précieux, 1967, p. 143.

3. Nicolas Edme Rétif de la Bretonne, *Monsieur Nicolas, Cinquième époque*, Bibl. de la Pléiade, t. I, p. 1042.

notamment de *La Félicité mise à la portée de tous les hommes* (1742), nouvel éditeur de *L'Académie des dames* de Chorier en 1757, traducteur de Swedenborg —, les romans érotiques ne doivent pas être mis entre toutes les mains. Dans l'établissement de prostitution dont il définit très précisément les statuts (jusqu'à établir rigoureusement son budget), Moët défend qu'on lise aux courtisanes « des ouvrages de Mar[ivaux] et de Cr[ébillon], ils sont trop fins et spirituels, pour des êtres qui ne connaissent de plaisir que dans la matière[1] ». La violence de cet interdit ne proposera aux filles — à ces êtres de pur tempérament, qui sont au plus près de « la matière » — que des contes de fées. Car la prohibition s'étend de l'excès de finesse au trop-plein du désir. « Défendons aux mères directrices de leur permettre ces mauvais livres, qui ne sont faits que pour donner des désirs à qui déjà n'en manque pas ; ce serait jeter l'huile au feu ; parmi ces livres prohibons, entre autres, *L'Académie des dames*, *La Religieuse en chemise*, *L'École des filles*, *Le Moine au parloir*, *Le Sopha*, *Le Portier des chartreux*, et *La Tourière des Carm......*[2] »

Quel livre pour quel lecteur ? Il faudrait faire une sociologie de la lecture, définir les moyens d'accès au livre, les conditions de la lecture, les enjeux et les effets du roman libertin. Chacun rêve et constitue — pour soi, pour les autres — la bibliothèque idéale. Le motif est constant. La fée de la Librairie est présente partout. Elle commande la mise en ordre des ouvrages, et tous les modes de classement qui conviennent à la hiérarchie des genres littéraires, qui permettent l'évaluation et la caractérisation des œuvres au sein de chaque genre. Les romans libertins connaissent ainsi une classification qui oppose la gaze à la nudité, les « crayons agréables » aux « peintures chargées », ou qui distingue les trois registres, de la galanterie mondaine (Crébillon), du cynisme des filles (Fougeret de Monbron) et de l'obscénité (Gervaise de Latouche).

N'est-ce pas dans la langue que se joue cet affranchissement à travers lequel se définit le libertinage ? Dans ce glissement continu qui mène le siècle, entre le souci de son élégance et la trivialité : « Eh bien ! Montade, n'est-il pas joli, mon boudoir ? / Il le sera bien davantage quand nous l'aurons appelé par son nom : foutoir[3]. » Rendue tout à coup à son libertinage, la langue dit une autre vérité, et fait l'aveu d'elle-même.

1. *Code de Cythère ou Lit de justice d'amour*, À Érotopolis, Chez le dieu Harpocrates, À l'enseigne de la Nuit, L'an du monde 7746 [1746], p. 22.
2. *Ibid.*, p. 24.
3. Alexandre Jean Joseph Le Riche de La Popelinière, *Tableau des mœurs du temps dans les divers âges de la vie*, édition de 1911, p. 223.

Mais où est le mot propre ? Quel mot utiliser quand un mot peut se dire au lieu d'un autre ? Quand la langue et le corps répondent seuls l'un de l'autre, à l'exclusion de toute autre autorité ? On se souvient du mot de Diderot, quand, après *Nocrion* attribué à l'abbé de Bernis (1747), *Les Bijoux indiscrets* invite le sexe à se mêler à la conversation, à jaser, babiller, ou chanter à tue-tête. Le bijou ne pratique l'anglais, l'italien, l'espagnol que pour faire du français lui-même une langue étrange, une langue étrangère, un démenti de la langue officielle : « D'ailleurs, lorsque la bouche et le bijou d'une femme se contredisent, lequel croire[1] ? »

Un soupçon frappe la langue et, à travers elle, les valeurs qu'elle doit préserver. Le travail de sape se poursuit. Le libertinage met en alerte de façon permanente. Il consiste à entendre malice à tout : « À peine est-il permis de dire que la Marne se décharge dans la Seine, ou qu'un fusil est bandé[2] », écrit Moncrif en préface au *Recueil de pièces choisies* publié « À Anconne, Chez Uriel Bandant, À l'enseigne de la Liberté ». Le sexuel est partout : « Avec quelque pureté d'intention que vous employiez les mots d'enfiler, remuer, branler, large, étroit, se retirer, et cent autres, ils réveillent à présent des idées licencieuses[3]. »

Le latin n'est d'aucun secours. La langue de la religion est celle de Martial, de Suétone, de Pétrone, de Rabelais et des anatomistes. Elle n'échappe pas à la règle commune. Une novice chante mal certain mot latin. L'abbesse la reprend sur *conculcavit* : « Entonnez bien, lui disait-elle ; / Tenez-moi bien ferme ce *con* ; / Haussez le *cul* : fort bien, la belle, / Un peu plus haut encore : là, c'est bon. / Pour le *vit*, faites-le bien long[4]. » En quelque langue que ce soit, quoi qu'il dise, le locuteur est compromis. De sorte que, des subtilités du petit-maître au langage brutal de la Révolution, il faut étendre à tout le siècle le mot de Rivarol : « Si on nous laisse faire, il n'y aura bientôt plus un mot innocent dans la langue. »

Dans *Le Triomphe des religieuses*, tandis que les sœurs se révoltent contre l'ignorance et les momeries des prêtres, Agnès et Julie s'interrogent devant « l'in…gruité » des mots qui paraissent obscènes. Le mot « désir » laisse rêveur. Que dire du mot « concupiscence » ! « Je vois bien que tu suis la maxime de

1. *Les Bijoux indiscrets*, p. 517.

2. Préface au *Recueil de pièces choisies rassemblées par les soins du Cosmopolite*, À Anconne, Chez Uriel Bandant, À l'enseigne de la Liberté, 1735, p. 5.

3. *Ibid.*

4. Alexis Piron, « La Maîtresse de plain-chant », *Le Petit Enfer poétique du* XVIII*e siècle*, présenté par H. Huller, Cercle du livre précieux, 1959, p. 47-48.

sœur Dorothée qui, lorsqu'elle parle de son confesseur, ne dit jamais que mon *fesseur*, du vicaire le *caire*, du curé le *ré*[1]. »

Bien d'autres moyens seront sollicités, comme ces périphrases ou ces logogriphes proposés à la belle Nocrion qui, dans le roman de l'abbé de Bernis, peine à entreprendre son récit. C'est qu'une pudeur l'arrête : Nocrion se refuse à prononcer le nom du sexe féminin, qui est pourtant au centre des aventures d'Amador qu'elle veut raconter. On convient de recourir à l'allemand pour désigner ce qu'elle n'ose nommer. Alors le récit du chevalier « qui fait parler les Fotz » peut commencer... Mais tous les procédés — altérité de la langue étrangère, effacement de l'indécence, enveloppement des périphrases — ne servent qu'à montrer ce qui hante : le point de résistance — la sexualité — est exhibé à travers eux.

Parce qu'elle est elle-même une culbute du mot, parce qu'elle est un « nom donné à la renverse », l'anagramme est un autre secours. Cleon (le con) répond à Apprius (Priapus), Cadhubée se dit pour la débauche, Brularnes pour branleurs, Ebugors pour les bougres, Medoso pour Sodome, sonett pour tétons, ledrob pour bordel[2]. Une double lecture est possible, innocente et avertie, naïve et malicieuse. Mais, du point de vue du libertin, c'est toute la langue qu'il faut lire comme une anagramme généralisée. C'est toute la langue qu'il faut livrer au déchiffrage, pour mettre au jour la vérité du désir. Alors le nom de la belle conteuse lui-même, Nocrion, doit se lire à l'envers et révéler son obscénité.

Le roman libertin s'inscrit dans cette tension du mot couvert au terme cru. Tantôt il s'agit de « toucher au réduit », « prouver sa passion », « soutenir l'entretien ». Tantôt c'est, à l'inverse, l'impatience de mettre la langue à nu qui conduit le texte : « Je me mis aussitôt à lui allonger des coups de cul, des coups de vit, qui lui allaient, disait-elle, jusqu'au cœur[3]. »

Le subtil s'oppose au solide. Ici : sang-froid, malice, insolence méthodique, politesse, métaphore, allusion, distraction, mondanité, soupirs. Là : brutalité, cynisme, provocation, obscénité, sens propre, énergie, échauffement tapageur, cri des jouis-

1. *Le Triomphe des religieuses ou les Nonnes babillardes*, À Congo, Chez Monomotapa, Au Perroquet, 1748, dans *L'Enfer de la Bibliothèque nationale*, t. V, préface de M. Camus, Fayard, 1986, p. 213.

2. « Apprius », « Cadhubée », « les Brularnes », « les Ebugors » et « Medoso » figurent dans l'*Histoire du prince Apprius* (1728) de Godard de Beauchamps, et « Cleon » dans la *Suite d'« Apprius »* du prince de Ligne. On trouve aussi « Ebugors » et « Medoso » dans *Anecdotes pour servir à l'histoire secrète des Ebugors* (1733), « sonnett » et « ledrob » dans *Les Mille et Une Faveurs* du chevalier de Mouhy (1740).

3. Voir *Histoire de dom B****, p. 428.

sances. On connaît le talent de Crébillon à représenter les scènes les plus intenses avec les mots qui font tout passer. Ses libertins satisfont comtesses et marquises saisies par le démon de la « conversation ». La métaphore fait ses preuves. Le même mot convient au salon, et au boudoir. Le libertin ne cesse de « converser », la conversation tient lieu de libertinage. Le petit-maître de Crébillon met sa passion de la langue et de la grammaire au service du plaisir. C'est lui qui fonde la rhétorique et instruit notre rapport à l'autre comme exercice de style. La langue classique est pervertie dans son objet comme dans sa pratique. Le chiasme, le parallélisme, les figures du discours sont autant de postures érotiques pratiquées sur le « sopha ».

Dès lors, il n'y a rien qu'un auteur ne puisse dire à la suite de Crébillon, La Morlière ou Voisenon : « Vous avez tant lu d'ouvrages modernes, reprit Fatime [...]. Est-il donc si difficile d'attraper cette décence, cette honnêteté qui voile tout, ce qui fait le charme de *Tanzaï*, de *Zulmis* et de mille autres ouvrages de ce mérite[1] ? » Mondain, culturel, équivoque, le discours galant file l'ambiguïté, la narration développe l'usage du sous-entendu.

Il y a risque que le sexe — serré dans les filets de la conversation, englouti dans le mouvement de l'allusion — soit perdu de vue à force d'être passé sous silence. C'est une scène convenue, c'est un passage obligé du roman : parce qu'il est trop évasif dans sa langue, le petit-maître est soupçonné d'éprouver plus de libertinage que de désir. Mis au défi, il prend à cœur de se justifier, et redouble la malice de la langue — qui permet de *tout dire* sous la gaze — en montrant qu'il est capable de *tout faire* publiquement, sans qu'on s'en aperçoive : sous la nappe au milieu d'un repas, au fond d'un carrosse, au cours de la promenade, à la grille du couvent. Piqué par les réflexions de Clénire qui doute de son ardeur, Angola, le héros de La Morlière, l'entraîne ainsi à l'écart de la foule, au milieu d'un bal : « Il se connaissait des raisons capables de la convaincre ; *il les mit en avant* en les couvrant d'un voile favorable qui en diminuait l'éclat *éblouissant* sans rien leur ôter de leur force[2]. » Convaincue, Clénire est complaisante : « Bientôt un mouvement de générosité et l'envie de faire éclater son désintéressement aux yeux d'Angola l'obligea de continuer ses bons procédés. Elle voulut même, par un excès de délicatesse, voir à quoi cela aboutirait[3]. » Les deux voiles — la langue de l'écrivain, les manœuvres de son

1. Antoine Bret, *Le ***** [Bidet], histoire bavarde*, Londres, 1749, p. 36-37. *Zulmis et Zelmaïde* est un conte de Voisenon, paru en 1745.
2. Voir *Angola*, p. 775.
3. *Ibid.*

héros — répondent l'un de l'autre. La « délicatesse » de Clénire couronne le tout.

Au contraire, la langue obscène va droit aux mots nus avec une évidence immédiate qui est sa force de frappe. Si, en un sens, les héros de Crébillon et de La Morlière conduisent à l'abstraction sur le plan de la pratique sexuelle (que font au juste les amants ? se demande parfois le lecteur), la langue obscène s'en tient au graffiti dans l'expression outrancière, animale, du trait.

Dans la pièce du comte de Caylus, *Le Bordel ou le Jeanfoutre puni* (1732), Valère n'y va pas par quatre chemins :

« MME DRU : Que voulez-vous donc faire dans cette chambre que vous demandez ?

VALÈRE : Y foutre.

MME DRU : Et qui ?

VALÈRE : Un con[1]. »

Aussi Valère refuse-t-il la Desjardins, dont il est las, mais aussi la Carnaut, parce que cette fille « fait la petite bouche en disant *foutre* ». Ce qui vaut pour le théâtre obscène convient aussi au roman. Telle est la leçon réservée aux filles qui entrent dans la carrière. Ici, on leur demande de gazer leur langage parce qu'« une équivoque agréable plaît, et souvent les choses dites par leurs noms dégoûtent[2] ». Là, dans la *Confession de Mlle Sapho*, Mme Richard recommande d'apprendre rapidement la langue du métier, car « le terme propre placé à propos produit souvent plus d'effet, frappe, émeut, aiguillonne plus vivement les sens que l'image galante qu'y substitue par une longue circonlocution, une belle parleuse[3] ». Le siècle de l'*Encyclopédie* encourage l'usage de la langue technique. Il y a un temps pour tout, un langage adapté à chaque situation : « Tous ces détails peuvent être excellents dans la chaleur de la débauche, mais deviennent insipides et dégoûtants dans le sang-froid de la narration[4]. » À la façon dont la médecine des humeurs associe les matières et les tempéraments, le roman libertin combine ainsi, de toutes les

1. *Le Bordel ou le Jeanfoutre puni* (1732), dans *Théâtre érotique français au XVIIIe siècle*, Pauvert / Terrain vague, 1993, p. 31.

2. *Le Portefeuille de Mme Gourdan, dite la comtesse, pour servir à l'histoire des mœurs du siècle, et principalement de celles de Paris* (attribué à Théveneau de Morande, Spa, 1783), réédité sous le titre *Correspondance de Mme Gourdan*, J. Hervez éd., Bibliothèque des curieux, p. 154.

3. *Confession de Mlle Sapho ou la Secte des Anandrynes*, J. Hervez éd., Cercle du livre précieux, 1967, p. 127. Le roman de Mathieu-François Pidansat de Mairobert a d'abord été publié sous le titre *Confession d'une jeune fille ; sa suite : Apologie de la secte anandryne*, dans *L'Espion anglais*, lettres des 28 décembre 1778, 11 janvier et 11 février 1779, Londres, 1784, t. X.

4. *Ibid.*

manières, sang-froid de la narration et chaleur de la débauche, sang-froid de la débauche et chaleur de la narration. Sade appelle à cette intrépidité de la langue obscène, qui fonde la communauté de ses libertins : « Parlez, Gernande ; vos amis vous suivront : souvenez-vous d'écarter les gazes, de peindre à nu, et d'employer tous les mots techniques. Gazons la vertu, si l'on veut ; mais que le crime marche toujours à découvert[1]. » Pour les amis du crime, la langue marche à découvert.

Il s'agit, comme on le voit, de ne pas faire la petite bouche : « On ne pourra pas ici me reprocher d'avoir infecté ma pièce de mots sales et équivoques[2] », avance Grandval fils dans l'avis au lecteur de *La Nouvelle Messaline* :

> *Car de ce grand Boileau contrefaisant le ton*
> *J'appelle un vit un vit, je nomme un con un con.*

Il n'y a plus de métaphore. La réalité se rend. Le réel se gagne par l'usage du mot propre. Les mots et les choses retrouvent leur solidarité dans cette remontée du fond souterrain de la langue et du corps. Et tant pis si ce langage est obscène. Tant pis si, entre l'allusion galante et l'obscénité, ce langage est bas.

Car la langue basse est la langue tapageuse de Margot la ravaudeuse et de toutes les filles racontant leur histoire, celle que flétrit le *Dictionnaire de l'Académie* d'un « Ce mot est bas », d'un « Se dit bassement ». Mais rien ne convient mieux au témoignage des filles que cette manière de parler triviale et familière. La fille du monde écrit de corps, comme on dit « écrire de mémoire ». Rien n'est plus approprié aux aventures du sexe qui gouvernent son récit : Argot, Margot, etc., la dévoreuse. Dans la langue argotique, le « bas » désigne, absolument, le sexe féminin.

Et, cependant, il ne faut pas considérer les deux langages comme opposés ou indifférents l'un à l'autre. Ils ne constituent pas les étapes successives vers une plus grande liberté de représentation. Au moins pendant la première moitié du XVIIIe siècle (avant que la pornographie ne se développe à travers la littérature pamphlétaire), ils se voient solidaires, s'enlèvent sur le même fond, s'appuient l'un sur l'autre : ils rivalisent d'indécence. L'« art de gazer les plus fortes obscénités[3] » n'est pas une

1. Sade, *La Nouvelle Justine*, dans *Œuvres*, t. II, Bibl. de la Pléiade, p. 906.
2. « L'auteur au lecteur », *La Nouvelle Messaline* (« Tragédie en un acte par Pyron, dit Prépucius [...] », 1773), de Grandval fils, dans *Théâtre érotique français au XVIIIe siècle*, p. 223.
3. L'expression est de La Harpe, évoquant *Le Sopha* de Crébillon dans sa *Correspondance littéraire adressée à son A. I. Mgr le Grand-Duc, aujourd'hui empereur de Russie*, lettre LV, Genève, Slatkine, 1968, t. I, p. 367.

convention aimable qui permet de dire la consommation du plaisir. Il fait l'objet d'un usage pervers, dans une provocation délibérée qui cherche à vérifier jusqu'où « la décence » peut tenir à travers l'intensité des scènes et la multiplicité des postures. L'obscénité est là. Elle est dans le voile lui-même, qui affiche sans cesse son impudicité.

Et si le recours aux mots crus se donne comme une forme simple et évidente, cette immédiateté est toujours scandaleuse dans le champ culturel où elle surgit. Elle n'est jamais acquise une fois pour toutes. Le modèle anglais, si souvent invoqué durant le siècle — ce puritanisme qui demande d'appeler les choses par leur nom —, n'est pas de mise ici. La part de défi du mot propre doit se regagner à chaque fois… Dans ses *Mémoires*, Besenval raconte les petits soupers à cinq ou six qu'organise Mme de Boufflers. Le vin et la bonne chère servent de mise en train : « Lorsque le vin échauffait les têtes, et surtout celle de Mme de Boufflers, qui, dans quelque lieu qu'elle soupât, sortait rarement de table de sang-froid, on se mettait à parler ce qu'on appelait *anglais*, c'est-à-dire qu'on tenait les propos les plus libres, où l'on nommait chaque chose par son nom ; et le plus souvent on ne se quittait point sans quelques complaisances mutuelles des hommes et des femmes, qui allaient même jusqu'aux dernières faveurs[1]. »

Tel est le libertin : mauvaise langue, mauvais sujet, mauvais esprit — mais rappelons que la *mauvaise langue* désigne une pratique sexuelle. Le libertin conduit la débauche *usque ad infamiam oris*. Tête haute du phallus, langue basse du cunnilingue. Ici encore, effets de langue et pratiques du plaisir ont partie liée. Car c'est bien à célébrer — à réaliser — le corps que se voue le roman libertin.

Cependant, de même que celui-ci se développe à travers la tension entre deux langues, la représentation du corps est partagée entre deux pôles. Ils témoignent l'un et l'autre que le corps est une puissance d'ici-bas, dressée contre toutes les métaphysiques. Le désir a en effet la force d'un manifeste matérialiste. Le fait est, reprend Jacques comme un refrain dans *Jacques le fataliste* (« le fait est qu'elle était fort deshabillée… », « le fait est que je me trouvai sous elle et par conséquent elle sur moi… »). Le propre du phallus est de se situer du côté du fait, avec une évidence que rien ne peut démentir. La divinité peut se déchaîner. Les rigueurs de la Loi peuvent s'abattre : « arrive tout ce qui

1. *Mémoires du baron de Besenval sur la cour de France*, p. 63.

pourra, tant que j'aurai cela dans la main, [...] je ne craindrai pas la mort même », lance Nicole dans l'*Histoire de dom B****[1].

Dans les Vanités du XVIIe siècle, une bougie s'éteint, les pétales tombent, des fruits pourrissent dans les paniers. Le phallus érigé, lui, réfute la condamnation des douceurs de ce monde. *Ego futuo* s'oppose au *memento mori* ; au crâne d'Adam répond le vit de Saturnin, au saisissement du vide, l'expérience du plein, au dénuement volontaire, la nudité captivante du corps. Contre l'accablement de la mélancolie, le vit et le con somment le réel au nom des évidences que l'on tient dans la main ; ils somment le roman de dire le réel. Sorti du couvent et arrêté au bordel, un capucin s'avance, dans *Thérèse philosophe* : « Je ne suis point venu ici pour voir un minois : c'est pour f... un c... que je m'y suis rendu ; j'ai bien payé, ajouta-t-il ; et ce v... que je tiens en mains n'en sortira ventredieu pas qu'il n'ait f... fût-ce le diable[2]. »

Coextensif au romanesque sadien, le phallus est aussi un moyen de torture, un instrument des ténèbres. Mais surtout, de Voltaire à Sade, le sexe est objet de calculs et vaut pour sa taille. Le duc de Blangis exhibe un membre de « huit pouces juste de pourtour sur douze de long », le pape Braschi porte « huit pouces de long sur six de circonférence ». Minski emporte la palme avec « un anchois de dix-huit pouces de long sur seize de circonférence, surmonté d'un champignon vermeil et large comme le cul d'un chapeau[3] ».

On comprend dès lors l'importance de Priape dans cette symbolique du phallus. Fils de Zeus (ou de Dionysos) et d'Aphrodite, symbole de la Fécondité, associé aux silènes et aux satyres, Priape doit à la jalousie d'Héra — qui touche le ventre d'Aphrodite pendant sa grossesse — de naître difforme, pourvu d'un sexe démesuré. Priape préside naturellement à la tradition du poème satirique ou du conte en vers. De l'*Ode à Priape* (le poème qui fermera à Piron l'Académie française) aux *Offrandes à Priape ou le Boudoir des grisettes, conte nouveaux et gaillards* (1794), le dieu des Jardins continue de veiller au *versus*, le sillon retourné du champ, où la régularité du vers trouve son origine. Mais dès l'*Histoire du prince Apprius*, c'est partout dans le roman que le Mal-Bâti manifeste sa présence. Et ce « monstre à jamais vénérable » (l'expression est de Margot désignant le membre du frère Alexis) est livré à la métamorphose dans la plupart des contes

1. Voir p. 427.
2. Voir p. 951.
3. Sade, *Les Cent Vingt Journées de Sodome*, dans *Œuvres*, t. I, p. 24 ; *Histoire de Juliette*, t. III, p. 866 et 704.

de fées parodiques. Dans *Le Sultan Misapouf* de Voisenon (1746), *Angola* (1746) de La Morlière, *Le Grelot* de Baret (1754), il est envié, épié, volé par les fées ou les dieux. Le voici écumoire ou bidet, clochette ou grelot, frappé d'impuissance, menacé de mille manières, comme lorsqu'il est transformé en « onyny » (fruit chinois qui s'épanouit quand on le touche) dans *La Gaudriole* (1746) de Claude Godard d'Aucour.

Il peut prendre à la lettre le sens de l'offrande qui s'exprime dans le titre naïf *Offrandes à Priape*. C'est celui des ex-voto dont l'Antiquité a gardé la trace dans les *Priapées* (*Carmina Priapea*). Apostrophes directes à Priape, afin que le dieu intervienne et restaure les membres menacés. « " Viens en aide, ai-je dit, à cette partie de mon corps dont toi-même, ô père, tu sembles être une partie : si elle est sauvée sans ablation, j'en ferai peindre une toute pareille à celle que tu auras guérie, tout identique et de même couleur, et je te la donnerai en ex-voto. " Priape promit qu'il en serait ainsi, agita sa verge en signe d'acquiescement, et fit ce que je lui demandais[1]. » Un tableau galant, une gravure obscène, un roman libertin font penser aux ex-voto antiques offerts au dieu, pour obtenir sa protection contre la maladie et la mort. Si le texte dit la terreur de la vérole ou de la castration, ce serait peut-être pour mieux s'en délivrer. Hanté par le phallus, le roman libertin n'est-il pas lui-même comme une amulette contre le mauvais œil ? Le livre, passant sous le manteau, renouerait ainsi avec la fonction des simulacres archaïques. Voilà ce que pourrait être un livre « qu'on ne lit que d'une main ».

Mais à l'exaltation du Priape énergique et menaçant répond la valorisation de la légèreté. Les pas de danse, les musiques, les peintures à ravir, les nuages en suspension aux coupoles des églises, les beautés angéliques assurent au désir un autre mode de présence, tout aussi déterminant. Nouvelle version du phallus ailé, du *Sylphe* de Crébillon à *Éléonore ou l'Heureuse Personne* (anonyme, 1798), le sylphe inspire la littérature du siècle. Éloquent et disert, il est le parfait amant, qui apparaît au premier soupir et se réduit à l'essentiel : un souffle où s'incarne l'idéale légèreté du libertin. Le phallus prend donc son envol. L'oiseau blanc de Diderot vaut mieux que l'Ypupriapa, monstre mythique des mers du Brésil, à propos duquel le philosophe rédige un article pour l'*Encyclopédie*. Celui-ci tue les Indiens à force de les embrasser, et l'oiseau blanc — yeux noirs, plumage

1. *Priapées*, XXXXVII, 8-14, cité par J.-P. Cèbe, dans *La Caricature et la Parodie dans le monde romain antique des origines à Juvénal*, Éditions de Boccard, 1966, p. 279.

doux, pattes roses — exerce son influence sur toutes les vierges d'un couvent. D'idiotes qu'elles étaient, les jeunes cloîtrées deviennent les jeunes filles « les plus spirituelles et les plus éveillées qu'il y eût à la Chine[1] ». C'est ainsi que « l'esprit vient aux filles ».

Et puis l'oiseau reprend sa liberté. Affranchi qui « affranchit » ceux qu'il rencontre, comme le dit parfois la langue argotique, conformément à l'un des usages anciens du mot « libertin » : dans les traités de fauconnerie, l'oiseau libertin est l'oiseau de proie qui « s'écarte et ne revient pas » (*Littré*).

Mais on se tromperait fort en s'arrêtant à ces oppositions — corps priapique et corps aérien, langue basse et langue figurée — qu'il serait tentant d'utiliser pour distinguer, au sein de la littérature libertine, les textes pornographiques des textes galants. C'est davantage la collection qu'il faut entendre. C'est l'un à la suite de l'autre qu'on cite *Le Sopha* et l'*Histoire de dom B****. Ce voisinage est capital. Les romans s'appuient l'un sur l'autre. Ils constituent le même fonds. Ils s'inscrivent dans la même série, dans le même groupe évolutif et se donnent ensemble, dans leur complicité.

En témoigne la bibliothèque publique des ouvrages consacrés à l'amour qu'évoque Diderot dans *La Promenade du sceptique*. Crébillon en est le gardien ; les bustes de Meursius et de Boccace y sont couronnés ; jeunes gens et jeunes filles y « dévorent les aventures galantes du père Saturnin[2] ».

De même, dans *Thérèse philosophe*, on retrouve cette pléiade active d'œuvres solidaires : « Je dévorai des yeux, ou pour mieux dire, je parcourus tour à tour pendant les quatre premiers jours l'histoire du *Portier des chartreux*, celle de *La Tourière des carmélites*, *L'Académie des dames*, *Les Lauriers ecclésiastiques*, *Thémidore*, *Frétillon*, etc., et nombre d'autres de cette espèce [...][3]. »

Dans *La Bibliothèque des petits-maîtres :* « La lecture d'*Angola*, de *Bi-bi*, des *Bijoux indiscrets*, du *Sopha*, des *Matines de Cythère* et autres livres orthodoxes, lui apprit autant de théologie qu'il en faut pour triompher des cœurs dans les ruelles[4]. »

Dans *Le Livre à la mode* : « Comme il est du bel air d'avoir une bibliothèque, on la composera de la sorte : on aura d'abord des

1. *L'Oiseau blanc, conte bleu*, posthume, 1798, dans *Œuvres complètes de Diderot*, t. I, p. 410.

2. *La Promenade du sceptique, ou les Allées* (écrit en 1746-1747), *ibid.*, p. 379. La bibliothèque publique recueille les « archives de Cythère ».

3. Voir p. 964 et la note 15.

4. François Charles Gaudet, *Bibliothèque des petit-maîtres, ou Mémoires pour servir à l'histoire du bon ton et de l'extrêmement bonne compagnie*, 1762, p. 157. *Les Matines de Cythère* est le sous-titre de *La Nuit et le Moment* de Crébillon (1755) ; *Bi-bi, conte traduit du chinois par un Français* (1740) est de François Antoine Chevrier.

romans de toute espèce et de toutes les couleurs, tels que *L'Écumoire*, *Le Sopha*, *La Religieuse en chemise*, *Le Grelot*, etc.[1] »

Parmi tant d'autres textes encore, dans *La Cauchoise* on dresse le catalogue des œuvres propres à inspirer des idées de plaisir : quarante-neuf titres composent la liste qui s'achève sur *L'Art de foutre, ou Paris foutant*[2]. On croit entendre le colporteur offrant ses services à Mme Gourdan, tenancière de maison close : « Je viens madame, de recevoir de Hollande de superbes éditions, avec gravures en taille-douce : *La Pucelle*, *Le Portier des chartreux*, *Margot la ravaudeuse*, *Les Postures de l'Arétin*, *Les Lauriers ecclésiastiques*, *La Fille de joie*, *Les Délices du cloître*, *Le Chapitre des cordeliers*, *L'Entretien des deux nonnes, pour servir d'instruction aux jeunes demoiselles qui entrent dans le monde*, *L'Ode à Priape* et *La Foutromanie.* S'il y a, madame, quelques-uns de ces ouvrages qui vous conviennent, mandez-le-moi, avec l'heure à laquelle je pourrai vous trouver[3]. »

Le « ramas des productions frivoles » constitue la partie franche de la littérature (comme le bijou indiscret est la partie franche du corps féminin). Chacun des auteurs de romans, anonymes, écrivains identifiés, appelle un formidable collectif. C'est ainsi que les romanciers libertins investissent, s'approprient et relancent, au long du siècle, toutes les formes du récit : roman d'apprentissage, conte de fées, confession, roman épistolaire, entretien, catéchisme, aventures dans les îles, tribulations picaresques, listes et règlements, chaque roman rejouant pourtant à sa manière le jugement sur lequel s'achève le compte rendu de l'*Histoire de dom B**** : « Enfin toutes les règles du roman sont violées dans celui-ci : religion, mœurs, honnêteté, vérité, vraisemblance, rien n'est ménagé[4]. » C'est ce paradoxe qui permet à l'écriture libertine de s'affranchir des codes littéraires.

1. Louis Antoine, marquis de Caraccioli, *Le Livre à la mode*, À Verte-Feuille, De l'Imprimerie du Printemps, Au Perroquet, L'Année nouvelle [1759], p. 31-32. *L'Écumoire* est une appellation usuelle pour *Tanzaï et Néadarné* (1734) de Crébillon ; *Vénus dans le cloître ou la Religieuse en chemise* (1719) est de l'abbé Du Prat (pseudonyme de l'abbé Barrin) ; *Le Grelot* (1754) est de Paul Baret.

2. *La Cauchoise, ou Mémoires d'une courtisane célèbre*, dans *Histoire de Marguerite, fille de Suzon, nièce de D.. B.....*, Paris, 1784. *L'Art de foutre, ou Paris foutant,* Chez dom Bougre, Imprimerie de tous les fouteurs et de tous les cocus du royaume, est une pièce de François Thomas Marie de Baculard d'Arnaud (Paris, 1741).

3. *Correspondance de Mme Gourdan*, p. 68-69. *La Pucelle d'Orléans* est un « poème héroïque » de Voltaire (1762) ; *Les Postures de l'Arétin* est l'un des nombreux titres donnés aux suites d'estampes libertines (voir la Notice sur les gravures libertines) ; *La Fille de joie* est l'un des titres des traductions françaises de *Memoirs of a Woman of Pleasure* (1748-1749) de John Cleland ; *Les Délices du cloître ou la Nonne éclairée* (1761) est anonyme ; *Le Chapitre général des cordeliers* est un conte en vers de Piron (souvent repris dans des recueils collectifs comme *Les Foutaizes de Jéricho*, 1740) ; *L'Entretien de deux nonnes* est peut-être un autre titre pour *Vénus dans le cloître* ; *La Foutromanie, poème lubrique en six chants* (À Sardanapolis, s.d.) est attribué à Sénac de Meilhan.

4. « Lettre de Paris du 1er juin 1741 », *Les Amusements du cœur et de l'esprit*, La Haye, 1742, t. IV, p. 552.

Il y a, à travers la diversité des formes, une structure romanesque dominante. Le roman libertin est, on l'a dit, roman de formation. Il fait le récit d'une initiation, d'une découverte, d'une exploration du monde, au terme de laquelle le héros s'est délivré des doutes, des hésitations, des aveuglements, des terreurs qui l'habitaient. L'entrée dans le monde est une nouvelle naissance[1]. D'élève, le héros devient à son tour instituteur. D'abord naïf et soumis, il connaît enfin l'envers du monde après avoir traversé toutes les étapes nécessaires à son émancipation, depuis la première découverte du plaisir. Le jeune vicomte devient roué, cynique et désabusé, souvent ouvert sur le néant. La fille du monde est installée au terme de ses tribulations, après avoir connu « la chevalerie errante de la galanterie[2] ». Le prince a trouvé la sagesse (et la virilité) après avoir subi bien des épreuves. Ce sont parfois les malheurs de l'inconstance qui frappent tous les personnages. Les liaisons dangereuses mènent au désastre. Ici, la vie est passée comme un rêve ; là, au contraire, la vérole marque sur le corps le plus grand désenchantement.

Du moins chacun connaît désormais les protocoles, les rites, les codes sociaux. Tableaux des mœurs du temps : le héros a rencontré dans son parcours tous ceux et toutes celles qui forment le personnel du roman libertin[3]. Scènes obligées, lieux convenus, personnages types : la femme philosophe, la fausse dévote, le prêtre hypocrite, la compagne avertie, le financier cynique, l'amant usé ou la maîtresse trompeuse, les séducteurs scélérats, la galerie des débauchés, les petits-maîtres futiles, bons et mauvais génies, belles et méchantes fées, etc., jusqu'à l'exempt de police qui rappelle la menace de l'enfermement. Aux dernières pages du récit, on évalue l'évolution des mœurs. On fustige l'égoïsme et la vanité d'une société livrée au plaisir, on comprend les limites d'un monde aveuglé par les préjugés, soumis au pouvoir de l'argent et des puissants. La trajectoire du héros se révèle à ses propres yeux comme un itinéraire partagé. Heureux de son sort ou désabusé, il fait le bilan.

Il est tentant de retrouver dans le roman libertin la structure du roman classique[4], ou de nouvelles aventures de Télémaque,

1. Voir C. Reichler, *L'Âge libertin*, Éditions de Minuit, 1987.

2. L'expression est d'Antoine Bret dans son roman *La Belle Allemande, ou les Galanteries de Thérèse*, s.l.n.d. [1745], p. 70. Le roman a aussi été attribué à Claude Villaret.

3. Voir sur ce point J. Rustin, *Le Vice à la mode. Étude sur le roman français de la première partie du XVIIIe siècle*, Ophrys, 1979.

4. Voir A. Kibédi-Varga, « La Désagrégation de l'idéal classique dans le roman français de la première moitié du XVIIIe siècle », *Studies on Voltaire and the Eighteenth Century*, 26, 1963.

certes déplacées, renversées, critiquées, parodiées. Cette dimension est essentielle et ne saurait être niée. Mais il ne faut pas manquer tout ce que recrée le roman libertin dans l'ordre du récit, dans la vitalité de la langue, dans le renouveau des situations. C'est l'extrême vitesse de l'écriture dans *Thémidore*, c'est l'autodérision et la malice du *Sultan Misapouf*, c'est la *vis comica* de *Margot la ravaudeuse* et son langage bas, la multiplication des postures dans les récits de Félicia ou de Suzon, l'alternance des raisonnements et des faits, des discours et des tableaux, la revendication d'une parole féminine, la violence des sorties contre l'Église et le pouvoir, l'irruption fracassante du sexe. La narration elle-même en est affectée. Le récit à la première personne, formule dominante du roman de formation, restitue le formidable appétit de voir qui conduit le héros. La structure narrative est celle du voyeurisme. Les mises en abyme, les récits enchâssés, les reprises et les retours s'organisent d'ailleurs selon les *vues* du héros. « C'est parce que j'en ai [des mœurs], dit le prince, que j'ai des vues sur la princesse. / — Des vues ! interrompit la reine. Qu'est-ce que c'est que des vues sur ma fille ? Vous commencez à me manquer de respect », écrit Voisenon dans *Tant mieux pour elle*[1].

Ce n'est pas seulement que les lanternes magiques, et tous les instruments optiques — le téléscope, par exemple — sont présents dans le roman pour y servir la recherche des plaisirs : c'est le roman lui-même qui se construit « en perspective », à partir de la scène sexuelle, ayant la scène sexuelle pour objet.

Tout commence, pour le héros, avec la première découverte du corps à corps amoureux. Saturnin cherche un trou dans la cloison qui lui permette de voir dans la chambre voisine : « [...] j'en sentis un qui était couvert par une grande image. Je la perçai, et me fis jour. Quel spectacle ! Toinette nue comme la main, étendue sur son lit, et le père Polycarpe [...][2]. » Grâce à la percée de l'image, l'initiation au mystère du plaisir et la vision de la scène sexuelle donnent l'impulsion au récit, qui est avant tout dessillation : dans l'état d'innocence, il n'y a rien à raconter. Saturnin sera désormais conduit par cette impatience de voir, cet entêtement propre à l'œil qui mendie, s'illumine, se mobilise en véritable conspirateur. Le libertin est un espion à l'affût du secret. À travers la diversité des mises en scène, le voici qui cherche à surprendre sur le visage de Suzon « les impressions qu'y produirait le spectacle qu'elle allait avoir »... Raconter et

1. Voisenon, *Tant mieux pour elle, conte plaisant, il y a un commencement à tout*, s.l.n.d. [1760], dans *Romans et contes de M. de* ***, Londres, 1767, t. II, p. 18.

2. Voir p. 337.

voir sont solidaires. *Je raconte ce que j'ai vu, et comment à mon tour, à travers mes prouesses, j'entre dans l'espace spectaculaire du corps à corps sexuel*, pourrait dire le héros.

Le corps garde la mémoire de ses rencontres amoureuses. Chaque scène — chaque posture — est inscrite sur l'épiderme. C'est ce dont témoigne la reine dans le conte de Voisenon *Tant mieux pour elle*, lorsqu'au lieu du bain sacré qui rend aux déesses leur virginité dans la mythologie antique, la fontaine enchantée dans laquelle elle se plonge fait « paraître empreints sur le corps les portraits de tous les amants qu'on avait eus[1] ». Les voici en miniature, en position, se pressant l'un à côté de l'autre avec une ressemblance frappante. Les couleurs, les proportions, les nuances, tout est respecté. Cela forme une « galerie dans un goût nouveau » qu'il faudrait exposer au salon, dit le roi. Le récit est un bain révélateur pour ce qui s'est écrit à même la peau : cette suite d'estampes que l'expérience sexuelle a gravée pour toujours.

La mise en perspective narrative du roman libertin enchaîne les scènes démultipliant l'énergie de la description, l'*evidentia* du tableau[2]. Une nouvelle opposition traverse ainsi le champ du roman : d'un côté le récit qui s'applique à rapporter les circonstances et les manœuvres de la séduction dans un contexte social bien défini, de l'autre l'impatience qui porte le texte à multiplier les tableaux. Ici c'est aux obstacles que rencontre le héros dans sa soif de conquêtes que s'attache le texte ; là l'énergie exhibionniste le conduit à « aller droit au fait » : chaque aventure est l'occasion d'offrir au lecteur une « fantaisie » nouvelle. *Nous nous mîmes en posture* s'impose alors comme le mot d'ordre de ce qui tend à devenir un catalogue de figures amoureuses, le livre des postures sexuelles. C'est le refrain dominant de toutes les filles : les hommes ont des goûts bizarres, dans le libertinage il n'y a que la bizarrerie qui plaît. On retient les positions les plus originales, on fixe les différentes manières de foutre. Le récit cherche son point d'équilibre : « Le Clergé, l'Épée, la Robe et la Finance me placèrent tour à tour dans les attitudes les plus recherchées », confie à Thérèse la Bois-Laurier[3], qui n'en finit pas de raconter les goûts extravagants des hommes.

1. *Tant mieux pour elle*, p. 183.

2. Sur l'importance de l'hypotypose, voir J.-P. Dubost, « Le *Meursius français* et l'Érotologie moderne », *Le Corps au XVIIe siècle* (Actes du premier colloque organisé par la North American Society for Seventeenth Century French Literature et le Centre international de rencontres sur le XVIIe siècle, University of California, Santa Barbara, mars 1994), Biblio 17, *Papers on French Seventeenth-Century Literature*, Paris-Seattle-Tübingen, 1995.

3. Voir p. 937.

La littérature pamphlétaire, qui se développe à partir des années 1760-1770, encourage, à sa manière, ce relâchement du récit[1]. Anecdotes scandaleuses du roi et de la Cour, secrets mis au jour, chansons, libelles, pamphlets se multiplient comme une machine de guerre dressée contre un Louis XV usé de débauche, humilié et avili — dans ses plaisirs, dans son autorité — par la comtesse du Barry. La « réchauffée de Cythère », la « fille du bourbier » favorise — par son origine sociale, par sa proximité avec le peuple — le débordement d'un imaginaire qui met en scène le déficit de la monarchie dans les corps, les esprits et les mœurs de Versailles. « Il nous faudrait un Suétone pour peindre la crapuleuse volupté du monarque[2]. » Débilité physique et morale de Louis XV, impuissance du dauphin, encanaillement du royaume, discorde générale, dilapidation du Trésor, vérole universelle : au cœur de « cette bordeliste cour », le « vieux saint Libertin de monarque[3] » est engourdi de débauche. Il est nu et marmottant. Par la virulence de ses attaques, la littérature pamphlétaire s'autorise de cette indignité pour faire preuve de bassesse à son tour. Pornographie politique. Son influence est considérable. Le ton change. Le cynisme vise au saccage. La langue est complaisante à elle-même dans ses grimaces et ses sarcasmes. Elle tutoie le monde, généralise l'usage de l'obscénité, et cette extension marque immédiatement l'évolution du roman libertin, comme en témoignent les *Mémoires de Suzon, sœur de D.. B.....* (1778), l'*Histoire de Marguerite, fille de Suzon, nièce de D.. B.....* (1784), ou certaines œuvres de Mirabeau ou de Nerciat.

Outre celui de l'image, on ne saurait négliger le rôle de l'ouïe dans cet imaginaire. Dans l'*Histoire de dom B****, l'initiation de Saturnin commence aussi par les bruits perçus dans la chambre voisine. Le déniaisement du héros suppose ce vacarme : les chocs contre la cloison, les cris, les lits qui craquent et s'effondrent. Ils nous rappellent que la sexualité est une chose affreusement bruyante, comme un chaos sonore, un tintamarre souterrain qui ne demande qu'à éclater. Diderot y revient dans *Les Bijoux indiscrets* lorsque la cacophonie du chœur des bijoux renvoie au tohu-bohu originel, au brouhaha du monde. La sexualité assure, dans le roman libertin, ce concert intempestif.

1. Voir, tout particulièrement, R. Darnton, *Bohème littéraire et révolution. Le monde des livres au XVIIIe siècle*, Gallimard / Le Seuil, 1983.

2. « Extraits de quelques lettres à M. Fritel, instituteur général à Évreux », janvier 1772, dans Nicolas Ruault, *Gazette d'un Parisien sous la Révolution, Lettres à son frère 1783-1796*, A. Vassal éd., Perrin, 1975, p. 402.

3. *Ibid.*, mai 1772, p. 407.

Avec *Les Sonnettes* de Guillard de Servigné (1749) ou *Le Grelot* de Baret (1754), le phallus carillonne.

Il arrive aussi que l'image et le son entrent en harmonie. Thémidore, pour se distraire, sort ses cartons à estampes et les répand sur son lit. Une jeune femme qui entre prend le relais de la contemplation. « Mes estampes répandues sur le lit jouèrent leur personnage, et joignirent leur petit murmure à un certain bruit occasionné par la pratique de ce qu'elles représentaient pour la plupart[1]. » L'image glisse à la fonction de basse continue et sert d'accompagnement sonore à l'action.

Précisément parce qu'il est confronté à la scène sexuelle, le roman d'initiation donne lieu à toutes sortes d'expériences temporelles. Il faut distinguer dans cet apprentissage les différents rapports au temps qu'éprouve le héros.

C'est l'impatience d'attendre que suscite le désir : « Que le temps s'écoule lentement quand on attend[2] ! » soupire Suzon. « La plus grande vitesse est lente auprès du désir », rapporte le héros des *Sonnettes*[3].

C'est la vitesse d'exécution qui emporte l'acte sexuel : « Semblable à un *pandour*, j'arrive, j'attaque, je pille, je tire mon coup de pistolet, et je suis déjà décampé. En une minute tout fut expédié », raconte Thémidore[4], dans ce rythme propre aux petits-maîtres, dont la perversion réside dans un « ni vu ni connu ».

C'est, à l'inverse, l'organisation patiente dans la disposition de la scène : « mettons de l'ordre à nos plaisirs », répètent — avant que Sade n'en fasse une règle absolue — la plupart des libertins expérimentés (le libertinage n'est-il pas avant tout un fait d'expérience ?). Maître de cérémonie, le metteur en scène garde son sang-froid et maîtrise le déroulement du temps au moyen d'arrangements méthodiquement fixés.

Plus généralement, le plaisir a changé « les heures en moments[5] ». Le dialogue de Crébillon excelle à dire cette métamorphose du temps ordinaire, tout à coup suspendu, au bénéfice du *moment*[6]. Mais il y a encore l'expérience vertigineuse du plaisir, la syncope de la jouissance qui altère les dialogues ou

1. Voir p. 549-550.
2. *Mémoires de Suzon, sœur de D.. B..... portier des chartreux, écrits par elle-même.* Où l'on a joint *La Perle des plans économiques ou la Chimère raisonnable*, À J'enconne, Rue des Déchargeurs, Aux dépens de la Gourdan, 1778, p. LIV.
3. Voir p. 992.
4. Voir p. 539.
5. Voir *Les Sonnettes*, p. 999.
6. Voir la Notice sur *La Nuit et le Moment*, p. 1100.

le récit du narrateur restituant la scène, par le surgissement des cris, les mots entrecoupés, le balbutiement : « Ah, Dubois ! Ah, mon cher ! ah, ah, ah, mon cher ami ! où suis-je ? où suis-je ? Juste ciel, quel plaisir ! quel plai… ai… ai… ai… sir ! Holà là… là… là…[1] » Le sujet mis hors de lui perd la parole, égaré, ravi.

C'est cependant dans son rapport à l'obscénité que le roman libertin approche certaines limites de l'écriture romanesque (et annonce l'importance de la pornographie dans le roman contemporain). Que devient en effet le texte quand le corps à corps — précisément, minutieusement, longuement représenté — s'étire au-delà de ce qu'autorise (dans une sorte de tolérance de la transgression, si l'on peut dire) l'économie générale du récit ? Alors, la scène sexuelle se développe pour elle-même, hors de tout repère, en dehors du schéma narratif et physiologique qui mène de la naissance du désir au dénouement de la jouissance. Habité par le désir, le corps occupe la place. Il n'y a plus de récit. Il n'y a plus de temps.

★

On comprend la vigilance de la censure. Les romanciers libertins obsèdent le XVIIIe siècle. C'est que le lecteur recherche avec avidité les livres qui sortent des presses clandestines. Les correspondances particulières, les registres des libraires, les rapports de police témoignent de cette curiosité pour les œuvres prohibées. En dépit des mesures prises par la police, régulièrement, un nouveau livre infernal perce dans Paris. De là l'importance et le rôle spécifique des ouvrages libertins dans l'histoire de l'édition française.

« Bordez, monsieur, toutes vos frontières de soldats, écrit Diderot à M. de Sartine ; armez-les de baïonnettes pour repousser tous les livres dangereux qui se présenteront, et ces livres, pardonnez-moi l'expression, passeront entre leurs jambes ou sauteront par-dessus leurs têtes, et nous parviendront[2]. »

L'interdiction concerne les traités antireligieux, les œuvres sorties des presses jansénistes (comme les *Nouvelles ecclésiastiques* qui ne cessent de défier le pouvoir), les pamphlets politiques, les traités philosophiques, les romans obscènes. Aux frontières du royaume, les imprimeurs étrangers expédient leurs marchandises de Londres, Amsterdam, La Haye, Bruxelles, Liège, Ham-

1. *La Nouvelle Thérèse, ou la Protestante philosophe*, p. 85.
2. *Lettre historique et politique sur le commerce de la librairie* (écrite à la fin de 1763 à Sartine, ancien lieutenant de police, alors directeur de la Librairie), dans *Œuvres complètes de Diderot*, t. V, p. 366.

bourg, Francfort, Cologne, Genève, Lausanne. Imprimeries obscures ou maisons célèbres, les Rey, Cramer, Grasset, de Boubers, Bassompierre, la Société typographique de Neuchâtel se chargent des ouvrages non conformistes[1]. Par terre ou par mer, à travers les sentiers de montagnes, cachés dans les cales des navires, les livres voyagent en feuilles pour être entreposés à proximité de Paris. Ils passent les barrières de la capitale grâce à un réseau de porteurs aux gages des libraires, dissimulés dans les poches, sous les jupes, dans le double fond d'un coche, confiés au cocher d'un grand seigneur. Les œuvres de Raynal, d'Holbach, Helvétius ou Voltaire voyagent avec *L'Académie des dames*, l'*Histoire de dom B****, *Les Lauriers ecclésiastiques* de La Morlière ou *Thérèse philosophe.* Ils figurent sur les mêmes listes de commandes chez les imprimeurs. Ces « drogues » sont vendues clandestinement sur les quais, dans les jardins de Versailles ou du Palais-Royal, dans l'arrière-boutique des libraires. Les imprimeries françaises ne demeurent pas en reste. À Rouen, Avignon, Lyon, Strasbourg, les libraires de province participent au réseau des ouvrages clandestins — autrement appelés « marrons » —, qui sont aussi, bien sûr, imprimés dans Paris.

Pour se jouer de la censure, le livre porte une fausse adresse. Les *Lettres persanes* affichent Amsterdam au lieu de Rouen ; *Émile* se dit imprimé à La Haye, au lieu de Paris ; le *Dictionnaire philosophique portatif* annonce Londres quand c'est Cramer, à Genève, qui s'est chargé de l'impression. Outre Cologne, Londres ou Hambourg, le génie libertin de l'imprimerie suscite des ouvrages « À Cythère », « À Luxuropolis », « À Cent lieues de la Bastille », « À Agra », « Au Japon », « Aux Dépens de la congrégation de l'Index », « Aux Enfers » ou « À Rome ». D'une certaine manière, l'adresse n'est pas trompeuse. Elle fait partie du texte, et s'affiche comme un véritable envoi au lecteur. Jouant d'un côté sur l'effacement, de l'autre sur l'impudicité. *Néraïr et Melhoé, conte ou histoire, ouvrage orné de digressions* de Henri de Blanes est « Imprimé à …, Se vend à …, L'an de l'âge de l'auteur, LX [1740] » ; *Le Bordel ou le Jeanfoutre puni* du comte de Caylus est publié « À Anconne, chez la veuve Grosse-Motte » (1732). On attribue à l'abbé Maquin *Je ne sais quoi, par je ne sais qui*, « Imprimé je ne sais quand, Se vend je ne sais où, Chez je ne sais pas qui

1. Sur la censure des livres et la Librairie au XVIIIe siècle, voir R. Darnton, *Édition et sédition. L'Univers de la littérature clandestine au XVIIIe siècle*, Gallimard, 1991 ; N. Hermann Mascard, *La Censure des livres à Paris, 1750-1789*, PUF, 1968 ; J.-P. Belin, *Le Commerce des livres prohibés à Paris de 1750 à 1789*, 1913 ; les contributions de D. Roche, A. Sauvy, H.-J. Martin, J. Quéniart, R. Moulinas, J.-M. Goulemot, R. Darnton à l'*Histoire de l'édition française, Le Livre triomphant*, R. Chartier et H.-J. Martin éd., Fayard / Cercle de la librairie, édition de 1990, t. II.

est-ce » (1780) ; pendant la Révolution, *Dom Bougre aux États-Généraux ou Doléances du Portier des chartreux*, est dit « Par l'auteur de *La Foutromanie*, À Foutropolis, Chez Bracquemart, libraire, Rue Tire-Vit, À la Couille d'Or, Avec permission des supérieurs » (1790).

Qu'il soit janséniste, philosophique ou licencieux, le mauvais livre recrée une imagination de l'imprimé, ravivant dans l'esprit le rôle des presses, du corps typographique, de l'encre qui fixe sur le papier le signe interdit. Tandis qu'on saisit dans les paquets des colporteurs *Le Canapé couleur de feu* de Fougeret de Monbron (1741) ou *Le Sopha* de Crébillon, le procès-verbal des commis à la barrière des Champs-Élysées du 2 juillet 1745 porte ainsi qu'on a « arrêté sur la marquise du Châtelet une boîte contenant trois tiroirs en forme de cassoles » : ils sont remplis de caractères d'imprimerie, avec « d'autres ustensiles d'imprimerie pesant cinq livres suivant l'acquis à caution[1] ». Ouvrier du livre, l'écrivain clandestin voyage avec armes et bagages. Il porte sa casse avec lui.

L'année 1741 met tout particulièrement la police en alerte. C'est l'année où paraît l'*Histoire de dom B****, qui mobilisera inspecteurs et espions acharnés à retrouver tous ceux qui, de l'auteur au colporteur, ont participé à la création et à la diffusion du livre[2]. *L'Art de foutre, ou Paris foutant* vaut à l'imprimeur, Gabriel d'Osmont, et au dédicataire, Harnoncourt de Morsan, d'être mis en prison : l'auteur, Baculard d'Arnaud, fait quant à lui un séjour à Saint-Lazare. On recherche activement l'*Almanach de Priape pour l'année 1741*, qui, s'ouvrant sur une pièce de vers intitulée « Sacrifice à Priape », s'achève sur quelques vers consacrés à Vénus. En 1748, c'est *Thérèse philosophe* qui excite tout particulièrement la répression policière, et Fougeret de Monbron qu'on enferme à la Bastille pour *Margot la ravaudeuse*.

En février 1752, Barbier souligne dans son *Journal* l'acharnement des ennemis de l'*Encyclopédie*, qui ont obtenu la suppression des deux premiers tomes imprimés. Deux mois plus tard, il transcrit les « Remontrances au Roi du Parlement » qui dénoncent « la philosophie superbe » et « son malheureux système de l'impiété » inondant le royaume « d'une foule d'écrits infectés de ces détestables erreurs[3] ». Bientôt, l'attentat de Damiens contribue à redoubler de sévérité contre les écrits imprimés sans permission qui attaquent la religion et troublent l'ordre et la

1. BNF, ms. fr. 21932, f° 20, 2 juillet 1745.
2. Voir la notice sur Gervaise de Latouche, p. 1105.
3. *Journal de Barbier*, t. V, p. 198.

tranquillité de l'État : peine de mort pour les auteurs, imprimeurs et colporteurs qui diffusent de tels écrits ; ou condamnation aux galères, « à perpétuité et à temps, suivant l'exigence des cas ». Les imprimeries privées et clandestines sont sanctionnées par une forte amende. Traversés par des luttes de pouvoir, des rivalités politiques, le Conseil du roi, le Parlement, la Sorbonne, les mandements des évêques ou le bref du pape se disputent le privilège de la condamnation des ouvrages interdits.

En janvier 1759, Barbier commente longuement l'arrêt du Parlement qui condamne *De l'esprit* d'Helvétius, et six autres brochures, à être lacérés et brûlés solennellement, tandis que l'*Encyclopédie* est confiée pour examen à des censeurs théologiens. Il s'étonne de cette grande déclaration contre les philosophes du siècle, qui se retourne contre leurs auteurs : « Quoi qu'il en soit, il aurait peut-être été aussi prudent de ne pas exposer avec éloquence dans le discours de M. l'avocat général, les systèmes de déisme, de matérialisme et d'irréligion, et le venin qu'il peut y avoir dans quelques articles, y ayant bien plus de gens à portée de lire cet arrêt du 6 février, de trente pages, que de feuilleter sept volumes in-folio[1]. »

Ce point est important. Le pouvoir est confronté à la vitalité du « venin », qui circule à travers la publicité faite aux ouvrages prohibés. Les *Lettres philosophiques* de Voltaire (en 1734), les *Pensées philosophiques* de Diderot et l'*Histoire naturelle de l'âme* de La Mettrie (en 1746), *Les Mœurs* de Toussaint (en 1748), l'*Analyse raisonnée de Bayle* par Dumarsais (en 1756), *Émile* (en 1762), le *Dictionnaire philosophique portatif* et les *Lettres écrites de la montagne* (en 1765) ont eu, avec bien d'autres, « l'honneur de la brûlure ». L'imprimé mis en pièces, lacéré et brûlé au grand perron du palais, la pompe de ces exécutions menées par le bourreau fait du livre un corps glorieux, sacrifié à la cause, renommé dans la ville où l'arrêt est crié, affiché, lu[2]. Il trouve dans la cendre le moyen de renaître, grandi par le supplice.

De sorte que c'est une lutte sourde, moins tapageuse, que les lieutenants généraux de police mènent contre les romans licencieux. Ils ne sont pas cités dans les arrêts du Conseil ou du Parlement, pour ne pas ajouter à leur célébrité. Commissaires, inspecteurs chargés de la Librairie (la fonction est créée en 1737), mouches de toutes espèces (domestiques, compagnons imprimeurs, gens du métier) recherchent ces livres scandaleux qui n'ont pas sollicité la permission du grand sceau (accordée

1. *Ibid.*, t. VII, p. 129-130.
2. Voir B. de Negroni, *Le Travail des censeurs au XVIIIe siècle. 1723-1774*, Albin Michel, 1995.

par le censeur après lecture du manuscrit), ni bénéficié de la permission tacite (à laquelle le pouvoir a dû se résoudre pour permettre l'impression en France d'ouvrages « tolérés »), ni obtenu la permision secrète donnée à un libraire particulier par le lieutenant de police. Imprimeurs, libraires, colporteurs sont passibles d'amendes, du carcan, de la prison, des galères ou de l'exil. On ne cesse de multiplier les *Ordonnances qui défendent l'entrée des libelles, l'étalage des livres et boutiques portatives sur les ponts, quais, carrefours, et même dans les maisons royales*, de même que les *Défenses à tous les colporteurs de vendre ni débiter aucuns livres imprimés sans permission.* Libraires parisiens, les Boscheron, Duchesne, Grou, Jorry, Lamesle, sont sous la surveillance policière. Filatures, fouilles, perquisitions ne cessent pas. Les interrogatoires veulent faire avouer aux colporteurs qui a fourni les livres, aux libraires-imprimeurs qui est l'auteur du manuscrit. « Le gouvernement, note-t-on dans les *Mémoires secrets* en septembre 1768, toujours en garde contre les livres prohibés dont le commerce devient de plus en plus étendu, est alerte pour arrêter l'introduction qu'on pourrait faire de cette marchandise[1]. »

La Bienvenu imprimerait des livres sans permission, comme la Grande Javotte (veuve de Jean-Baptiste Auclou) ou la Delamain (veuve de Gabriel Amaulry). La veuve Vasse est embastillée puis exilée dans sa province, d'accord entre le lieutenant de police, M. de Marville, et son ministre, M. de Maurepas. En 1773, la veuve Stockdorff de Strasbourg (déjà arrêtée deux ans plus tôt) est attachée au carcan et exilée de Paris et de Strasbourg pour une durée de neuf ans : elle a vendu une brochure, *La Putain royale*, qui met en cause la comtesse du Barry. Le 2 mars 1782, une perquisition dans l'échoppe de la veuve Henri, rue du Temple, et dans sa chambre, rue de Lancry, met la main sur *Le Désœuvré ou l'Espion du boulevard du Temple* (de Mayeur de Saint-Paul), un exemplaire en feuilles du *Tableau de Paris* (de Louis Sébastien Mercier), les *Mémoires de Suzon*, la *Lettre à l'auteur de « La Nymphe de Spa »* de l'abbé Raynal.

À Paris, quai des Augustins, François Gabriel Mérigot (que des liens de famille unissent à Delatour et à Coustelier, autres libraires parisiens) apparaît comme « le plus fier marronneur que nous ayons ». Ce serait une grande capture si l'on pouvait le prendre sur le fait, « mais Mérigot est si rusé qu'on n'a jamais su l'attraper[2] ». En 1748, la surveillance de Mérigot se poursuit en

1. *Mémoires secrets pour servir à l'histoire de la République des Lettres en France, depuis 1762 jusqu'à nos jours*, Paris, édition de 1830, t. II, p. 330, septembre 1768.
2. Extraits de rapports des inspecteurs de police, bibliothèque de l'Arsenal, ms. 10300, année 1747.

Allemagne et en Hollande, où il achète *Le Sopha*, l'*Histoire de dom B****, *Angola*, *Nocrion*, *Les Lauriers ecclésiastiques*. Comment fait-il entrer les livres dans Paris ? Par quel porteur ? Par quel courrier ? L'inspecteur d'Hémery dresse à son tour la fiche du libraire incorrigible (et de son fils aîné, qui continue les ventes clandestines) : « Il a un magasin rue des Cordeliers au collège de Grammont. Et tous les livres suspects sont chez lui dans une petite chambre au quatrième, où demeure sa sœur, à côté d'une femme qui raccommode du linge. On entre par chez elle et la tapisserie couvre la porte[1]. »

Le 5 décembre 1744, pourtant, la police a dressé l'« État des livres et manuscrits saisis chez le sieur Mérigot dans une perquisition faite chez lui de l'ordre du roi par le sieur commissaire L'Épinay, accompagné de Perault [*sic*], officier de police ». Le Bon pour la prison est donné le 15 décembre. Mérigot — en faveur de qui sa femme intervient auprès du lieutenant de police — reste enfermé au For-l'Évêque jusqu'au 30 décembre. Bien d'autres comme lui — auteurs, fabricants, vendeurs, diffuseurs des mauvais livres — font l'expérience de la prison, pour une durée plus ou moins longue[2]. Selon les phases successives de la répression et de la tolérance au cours du siècle, selon la nature des œuvres incriminées, selon les protections dont ils bénéficient.

C'est ainsi qu'à propos de *Thérèse philosophe* Barbier écrit en juin 1749 : « À l'égard de ces écrits qui n'ont aucun crime que l'esprit et la police sur les mœurs, comme cela n'est lu que par peu de personnes, le crédit et la protection pourront sauver ces sortes de gens, mais pour les vers outrageant contre le roi, il ne devrait point y avoir de pardon et l'on devrait les punir sévèrement. Cela est à tous égards épouvantable[3]. » Tout ce qui met directement en cause le roi, sa famille, ses favorites est réprimé violemment. L'éditeur récidiviste, isolé, sans crédit dans la corporation, sans appui (dans la noblesse, au Parlement), reste longtemps embastillé. À l'inverse, certains ouvrages s'imposent comme des « classiques ». Il est vain de continuer à les poursuivre. Dans sa *Lettre sur le commerce de la librairie*, Diderot cite les *Lettres persanes*, *De l'esprit des lois*, *De l'esprit*, *Émile*, présents partout. Chaque écolier a son *Juvénal* et son *Pétrone* traduits. Les *Contes* de La Fontaine sont dans toutes les mains. Les censeurs y consentiront.

Les romanciers libertins, quant à eux, puisent dans la menace

1. Cité par H.-J. Martin, « La Prééminence de la librairie parisienne », *Histoire de l'édition française*, p. 346.
2. Voir D. Roche, « La Police du livre », *Histoire de l'édition française*, p. 99-108.
3. *Journal de Barbier*, t. IV, p. 377-378.

une vigueur singulière. Leur hardiesse est un défi, de la première phrase du manuscrit à la percée du livre : « Quoi qu'il y ait ici une espèce d'inquisition très sévère dans la Librairie, il sort de temps en temps de notre imprimerie des ouvrages aussi hardis et aussi licencieux que des presses de Hollande et d'Angleterre, écrit Raynal[1]. » C'est encore de *Thérèse philosophe* qu'il s'agit : « Ce livre se vend depuis un louis d'or jusqu'à cinq. Ces sortes d'ouvrages ont rarement un prix fixe. » On comprend l'intérêt du commerce défendu. Le prix peut être vingt fois supérieur au prix d'un volume autorisé équivalent. Mais il n'y a pas d'équivalent au roman proscrit. La fascination du livre défendu est immédiate. On trouve dans *Thérèse philosophe* « toutes les horreurs de la plus excessive débauche et de l'irréligion la plus effrénée », annonce Clément aux souscripteurs des *Cinq Années littéraires*[2]. Tels sont les charmes de l'horreur : « Le livre ne laisse pas de se vendre bien cher, parce qu'il est nouveau, proscrit, orné d'estampes infâmes, en un mot libertin en tout sens et à toute outrance. » Le mois précédent, il rendait compte des *Lauriers ecclésiastiques* de La Morlière en indiquant que le livre est « nouveau, très libertin, très cher et très défendu ».

On mesure difficilement aujourd'hui l'immense succès des livres interdits. L'ouvrage clandestin va jusqu'à subvertir le système chargé de l'étouffer. Rien n'est plus recherché. Les censeurs sont eux-mêmes auteurs de romans prohibés[3]. Les policiers chargés de la librairie font trafic des exemplaires saisis. Mieux encore, « la rigidité avec laquelle on a traité depuis quelque temps les colporteurs, envoyés en foule à Bicêtre, et même punis plus sévèrement et gémissant sous des peines afflictives, a intimidé les plus audacieux, et ces livres n'arrivent plus guère que par la poste ou par le canal de ceux faits pour empêcher la fraude[4]. »

La Révolution va relancer autrement la fureur d'imprimer. Les libelles antimonarchiques n'ont cessé de se multiplier. En 1789, les doléances au roi font marcher les presses. L'article XI de la Déclaration des droits de l'homme abolit la censure. La fin des corporations est décrétée en mars 1791. C'est alors que s'éprouve jusqu'à la saturation le désir d'imprimer pamphlets, romans, journaux, discours, brochures et affiches de toute nature. Le Palais-Royal — où se retrouvaient colporteurs, nou-

1. *Nouvelles littéraires*, dans *Correspondance littéraire*, t. I, p. 255-256.

2. *Les Cinq Années littéraires, ou Nouvelles littéraires, etc. Des années 1748, 1749, 1750, 1751 et 1752*, lettre XXIV, 30 janvier 1749, La Haye, 1754, t. I, p. 166-167.

3. C'est le cas de Crébillon, de Godard de Beauchamps, de Pidansat de Mairobert. Voir les notices qui sont consacrées aux deux premiers, p. 1039 et 1068.

4. *Mémoires secrets*, 25 juin 1769, t. II, p. 457.

vellistes, petits-maîtres et filles galantes — est devenu le Palais-Égalité. Les livres et les filles interpellent le passant dans l'air électrisé. Tableaux, gravures libertines, romans érotiques servent d'enseigne aux prostituées. Aux yeux de Sébastien Mercier, Paris est devenu réellement le lieu d'impression qu'annonçaient, tout au long du siècle, les romans libertins : Paris-Cythère, Paris-Sodome, Paris-Luxuropolis. « On ne lisait pas à Sodome et à Gomorrhe les livres que l'on imprime et que l'on vend publiquement au Palais-Égalité[1]. » Sade est partout en vente. Le livre obscène est partout en montre. « On n'étale plus que des livres obscènes dont les titres et les estampes repoussent également la pudeur et le bon goût : l'on vend ces monstruosités partout sur des mannes, le long des ponts, à la porte des spectacles, sur les boulevards. Le poison n'est pas cher ; dix sous le volume. Toutes les productions du libertinage, et les plus licencieuses, renchérissent les unes sur les autres, et ont attaqué sans frein et sans crainte l'honnêteté publique[2]. »

Mercier développe longuement cette image inversée de la clandestinité. Contre le secret, l'étalage généralisé des brochures infâmes. Contre le livre rare, la brochure à dix sous. Tous les manufacturiers et contrefacteurs, les flibustiers de la Librairie participent au vertige. Dans son étalement, le livre obscène témoigne à sa manière de cette crise de la jouissance qu'est la Révolution.

Le 29 septembre 1793, pourtant, la Terreur rétablit la censure. Nouveau renversement. Ce sont les livres exaltant la religion, prenant la défense du roi, dénonçant — *dévoilant* — la Révolution, qui sont désormais des ouvrages infâmes.

Auteurs emprisonnés, imprimeurs poursuivis, colporteurs mis aux fers : le roman libertin aura su traverser les épreuves. L'*Histoire de dom B****, on l'a vu, a tout particulièrement excité la répression. Le dossier constitué par la police est considérable. Parmi tant de sanctions, voici qu'« on a aussi arrêté un [...] particulier, nommé Bobiche, fort sujet à contravention, qui a déjà été à Bicêtre pour avoir débité à Fontainebleau de mauvais ouvrages ; on l'a trouvé colportant des *Portier des chartreux*, et je l'ai renvoyé à son ancien gîte », écrit le lieutenant de police de Marville à son ministre[3]. Mais on apprend en 1746 que le roman

1. Louis Sébastien Mercier, *Le Nouveau Paris* (1798), J.-C. Bonnet éd., Mercure de France, 1994, p. 390.
2. *Ibid.*, p. 430.
3. *Lettres de M. de Marville lieutenant général de police au ministre Maurepas (1742-1747)*, avril 1742, Champion, 1896, p. 22.

s'est introduit jusque dans la Cour et auprès des enfants du roi, Mme Adélaïde s'étant « vantée à son frère d'être plus savante que lui et d'avoir lu de meilleurs livres[1] ». C'est Mme d'Andlau, attachée aux filles de Louis XV, qui a fait passer le roman à la fille du roi.

Rien ne semble arrêter l'ouvrage clandestin. Menacé, poursuivi, entravé, plus qu'aucun autre le roman libertin témoigne de cette circulation des livres à laquelle le XVIIIe siècle est si attaché. « Il en est des livres comme du feu dans nos foyers ; on va prendre le feu chez son voisin ; on l'allume chez soi, on le communique à d'autres, et il appartient à tous », écrit Voltaire dans son *Dictionnaire philosophique*.

Le feu se répand en effet. L'éducation de tous est assurée. Tout l'atteste : un roman libertin entre les mains, le lecteur est à bonne école.

PATRICK WALD LASOWSKI.

1. *Bibliothèque Sade (I)*, dans *Papiers de Famille, Le Règne du père (1721-1760)*, lettre du comte de Sade à M. de Brézé, le 25 juin 1746, M. Lever éd., Fayard, 1993, t. I, p. 424.

I

NOTICE SUR LES GRAVURES LIBERTINES

Pour une archéologie de la gravure libertine.

Qu'est-ce qu'une gravure libertine ? Est-ce une gravure *libre*, c'est-à-dire indécente (ou licencieuse, lascive, obscène, etc.) dont le rôle est d'accompagner sous forme *d'illustration* des récits, romans ou dialogues que l'on conviendra de désigner par le terme de « libertins » ? Une telle définition, d'une simplicité toute positive, conduit immédiatement à une impasse.

En effet, comme le montrent les illustrations reproduites dans ce volume, les gravures que l'on trouve dans un ouvrage libertin du XVIIIe siècle ne sont pas toujours indécentes. Il arrive même parfois que le graveur s'inspire du style plutôt solennel des illustrations d'ouvrages dramatiques ou tragiques pour accompagner des textes galants ou badins. C'est le cas par exemple des gravures de Clave reau exécutées pour *Le Sopha* (fig. 1, ci-contre) ou de celles du *Sultan Misapouf*[1].

Les illustrations d'ouvrages libertins ne forment donc pas un monde strictement clos. Elles sont au contraire le plus souvent la reprise, la variation ou la perversion de motifs et de situations récur rents, tout comme l'écriture libertine elle-même suit la pente de son propre clinamen et procède par déplacements et renversements, se nourrissant de représentations antérieures qu'elle mine de l'intérieur. Ce n'est donc pas dans le seul rapport d'un texte donné et de l'image qui l'illustre, mais à partir de l'analyse de l'origine, de la reprise et de la dérive des mêmes motifs que l'on pourra rendre compte du statut de l'illustration libertine.

La banalité d'une telle définition aurait encore et surtout le désa-

1. Voir le frontispice des *Romans et contes de M. l'abbé de Voisenon* (édition de l'an VI [1798]), p. 671.

vantage d'éluder les questions redoutables auxquelles nous sommes confrontés dès que nous cherchons à distinguer l'illustration libertine de la simple pornographie, et auxquelles nous sommes tenus de répondre, à moins de renoncer d'emblée à réfléchir sur le statut de ce type d'images. Comment expliquer l'insistance des illustrateurs d'ouvrages libertins, en dehors des situations où l'image n'est pas explicitement érotique, à répéter obsessionnellement une seule et même scène, celle de la copulation, et ce parfois en l'absence totale de qualité esthétique ? Comment expliquer l'écart que l'on constate entre l'écriture libertine, qui s'effondrerait de l'intérieur comme un château de cartes si l'on en ôtait la part rhétorique et sophiste, et le statut stéréotypé des images qui l'accompagnent, lesquelles semblent plutôt pécher par simplification que par excès de complexité ? Certes, il sera toujours facile d'expliquer l'illustration libertine par le plus bas, par le moins avouable, et de la catégoriser tout simplement comme abjecte, en se bornant à constater qu'elle ne fait que préfigurer l'essor de l'industrie moderne du pornographique. Mais c'est alors appliquer à l'image le même type de jugement flottant, composé de réprobation morale et de dégoût, qui a longtemps prévalu en ce qui concerne la littérature libertine elle-même et qui, fort heureusement, n'est plus de mise aujourd'hui. Or, force est de constater que le traitement de l'iconographie libertine est à la traîne, et qu'il n'existe pas jusqu'à nos jours d'étude d'ensemble du sujet, alors que la gravure de l'époque a fait l'objet d'un intérêt continu, depuis les réflexions contemporaines de Cochin, Choffard, Doissin, Joullain, Diderot, Watelet et autres jusqu'aux plus récentes.

En donnant l'impression d'être purement gratuite et immotivée, l'illustration libertine n'incite guère à la réflexion, et ce n'est pas un hasard si les meilleures études concernant l'iconographie galante du XVIIIe siècle s'arrêtent délibérément au seuil de ce monde, confirmant par-là son statut *immonde* et *ob-scène*. Elle semble en effet ne reposer sur aucune tradition et, si ce n'est le texte qui les entoure, rien ne semble pouvoir arracher ces images à leur mutisme et à leur solitude ou offrir quelque prise au jugement esthétique. Le fait que la quasi-totalité des gravures libertines ont été clandestines, comme l'a été la production et la circulation des textes qu'elles illustraient, explique en grande partie le silence du discours. Il serait vain de chercher à exhumer un quelconque discours esthétique qui aurait pu fournir à ce monde d'images un socle de légitimité ; il n'en existe tout simplement pas. C'est donc dans les blancs du jugement de réprobation qu'il va falloir en lire les raisons. Ainsi, dans son poème didactique intitulé *La Gravure*, Louis Doissin apostrophe en ces termes le graveur qui s'est avili jusqu'à prostituer son talent au service de telles productions : « Raimondi, il ne manquerait rien à ta gloire si ton burin toujours chaste ne s'était exercé que sur des innocents sujets. La main coupable le déshonora, en le faisant servir à consacrer sur l'airain les forfaits impurs du libertinage, et à mettre au grand jour des productions infâmes, dignes des plus épaisses ténèbres. Les ris prirent la fuite, les Grâces s'éloignèrent, Vénus accoutumée à ne rougir de rien baissa les yeux et connut la pudeur ; l'amour brisa son arc et ses flèches, et éteignit son flambeau dans ses larmes[1]. »

L'indignation de Doissin est révélatrice à deux points de vue : d'abord parce qu'elle établit à l'avance le canevas argumentatif sur lequel reposera ensuite le jugement de goût — où plutôt de dégoût — qui empêchera toute réflexion sur le phénomène, mais aussi parce qu'elle prouve que Marc Antoine Raimondi était encore, à l'époque, présent dans les esprits — ce qui n'est plus tout à fait le cas de nos jours —, et que c'est dans l'art de la Renaissance, essentiellement dans l'Italie du XVIe siècle, que l'on doit situer l'origine de la gravure libertine.

En effet, de même que les *Ragionamenti* de l'Arétin sont le prototype italien de ce qui, à partir du XVIe siècle, préparera la voie de la littérature érotique et libertine de l'âge classique, on peut considérer Marc Antoine Raimondi (v. 1480-v. 1527) comme le précurseur des graveurs qui, au XVIIIe siècle, n'ont pas refusé de vouer leur talent à l'illustration d'ouvrages érotiques et libertins, comme Cochin, Gravelot, Eisen, Elluin et d'autres encore, au grand dam de ceux qui, comme Doissin, se sont indignés que l'on puisse ainsi dévoyer son art.

Doissin n'est ni le seul ni le premier à déplorer que, depuis le XVIe siècle et dans la lignée des grands graveurs italiens, le genre de la gravure libre se soit désormais bien établi. Bien avant lui, Giorgio Vasari lui-même, en évoquant l'affaire de la première suite des *Amours des dieux* gravée par Marc Antoine à partir de compositions de Jules Romain[2] (qu'il pensait avoir été faite pour illustrer les *Sonetti lussoriosi* de l'Arétin), avait déjà dit qu'il ne savait décider « lequel des deux était le plus grossier : ou les dessins du peintre pour les yeux ou les vers du poète pour les oreilles[3] ». Dès après le Concile de Trente, la censure morale s'est acharnée sur toute forme de représentation « libre », conduisant ensuite les historiens à nier les faits, tant était grande leur

1. *La Gravure, poème*, chant II, Paris, 1753, p. 53.

2. Sur ce point, voir plus bas, p. 9 à 21, ainsi que les figures 4, 11 et 14. Pour l'histoire des diverses séries de gravures dites *Les Amours des dieux* et l'exposition détaillée des redoutables questions que soulève leur reconstitution, on consultera avec un immense profit l'étude en trois tomes, aussi indispensable que splendide, de Louis Dunand et Philippe Lemarchand, à laquelle nous nous référons ici : *Les Compositions de Jules Romain intitulées « Les Amours des dieux » gravées par Marc Antoine Raimondi*, J. Lemarchand éd., Institut d'iconographie Arietis, Lausanne, s.d. (t. I) ; *Augustin Carrache. Les Compositions intitulées « Les Amours des dieux » gravées par Pierre Jode l'Ancien*, Michel Slatkine éd., Institut d'iconographie Arietis, Genève, 1990 (t. II) ; *Les Compositions de Titien intitulées « Les Amours des dieux » gravées par Gian Jacopo Caraglio*, Michel Slatkine éd., Institut d'iconographie Arietis, Genève, 1989 (t. III).

3. Giorgio Vasari, « Vie de Marc Antoine », *La Vie des meilleurs peintres, sculpteurs et architectes*, Berger-Levrault, Paris, 1984.

2

3

répulsion à penser que les plus grands noms de l'art aient pu s'abaisser à de tels sujets[1]. On retrouve ce type de condamnation chez les conservateurs et historiens de l'art du XVIIIe siècle[2], et elle s'est perpétuée jusqu'à notre époque[3]. Mais comment aurait-il pu en être autrement ? Le désintérêt et la réprobation des historiens de l'art envers l'origine italienne de la représentation libertine faisaient parfaitement écho au jugement des historiens de la littérature, pour lesquels les auteurs libertins sentaient le soufre et méritaient bien d'être maintenus « à l'Enfer », ou tout au plus d'être considérés comme auteurs

1. La gêne des historiens est allée jusqu'à faussement attribuer à Jules Romain (1499-1546) des estampes portant la signature de Raphaël, afin de dédouaner ce dernier, tout en transformant Jules Romain, auteur de nombreuses compositions libres, en bouc émissaire. C'est par exemple le cas de la gravure intitulée *Tarquin s'approchant de Lucrèce pour lui faire violence* (dont plusieurs états datent de 1523 et 1524), alors que la signature de Raphaël (*Raphael, Urbin. Inven.*) y est parfaitement visible (voir Dunand et Lemarchand, t. I, p. 176).

2. Dans une lettre à Karl Heinrich von Heineken du 14 décembre 1775, Joly, le conservateur du cabinet des Estampes de Paris, évoquant *Les Amours des dieux*, parle de « ces sales sujets qui donnèrent tant de chagrin au graveur, au peintre et au poète » (cité par Dunand et Lemarchand, t. I, p. 195). Quant à François Charles Joullain, il écrit à propos des illustrateurs libertins : « Celui qui a asservi son génie soit au dérèglement de ses idées soit à des volontés dictées par le caprice ou l'ignorance, qui le rétrécit par des occupations indignes des talents que la nature lui a accordés, celui-là, dis-je, rampera toujours dans la classe la plus obscure. » (*Réflexions sur la peinture et la gravure, accompagnées d'une courte dissertation sur le commerce de la curiosité et les ventes en général*, Metz, 1786, p. 23).

3. Il s'agit d'une véritable rengaine. Dans son ouvrage sur la Renaissance (*L'Art renaissant*, dans *Histoire de l'Art*, t. III, Denoël, 1986), Élie Faure écrit que chez Jules Romain « la grâce admirable de Raphaël s'étouffait sous le déchaînement de la sensualité bestiale ». Gonzague Truc, dans son étude sur *Léon X et son siècle* (Grasset, 1941), parle de « l'affligeant Jules Romain ». Pierre Gusman dit, en parlant de Borel, qu'il « ne peut être négligé *malgré le côté scabreux de ses sujets* » (*La Gravure française au XVIIIe siècle*, Massin, 1921, p. 18).

« de second rayon ». Si depuis Apollinaire l'appréciation de la littérature libertine a totalement changé, l'iconographie qui l'a accompagnée est encore loin d'avoir fait l'objet de la réflexion qu'elle mérite, en dépit d'analyses pertinentes de l'iconographie galante, comme celles par exemple d'Alain Guillerm ou de Philip Stewart[1]. Mais même dans ce cas la réflexion exclut la représentation libertine de son champ d'observation, en la situant au-delà de la limite extrême où l'iconographie galante disparaît en tant qu'expression artistique[2]. Or, un regard libéré de cette excessive prudence nous oblige à découvrir dans l'histoire de l'art elle-même un démenti flagrant à ce type de jugement, puisque des scènes que l'on qualifiera de lubriques, lascives, obscènes, que sais-je encore, se retrouvent quasiment inchangées depuis l'Antiquité jusqu'à la fin du XVIIIe siècle, comme le prouve la comparaison des sept premiers exemples que nous donnons ici (fig. 2 à 8). L'indéniable travail de rehaussement artistique dont ces estampes ont fait l'objet suffit à relativiser l'opposition du Beau et de l'obscène. Seul un patient travail d'archéologue permet ici de dégager les continuités et les ruptures.

À cette fin, notre approche sera à la fois historique et esthétique. En effet, on ne peut pas faire l'économie de la longue durée d'une tradition dont les modèles antérieurs renvoient directement à l'Antiquité, mais dont la source vive se situe au cœur même de la Renaissance italienne. Une fois dégagés les antécédents historiques de la gravure libertine du XVIIIe siècle, il nous faut aussi prendre en compte une dimension majeure de l'iconographie libertine qui, elle, ne peut apparaître que si l'on met en rapport l'utilisation des illustrations et les procédés de l'écriture libertine. Inconcevable hors de son époque[3], celle-ci est indissociable de ce qui, dans la fiction qu'elle a pour but de donner à *voir*, exige de notre part une réflexion précise sur cette représentation en *image* de ce qu'un *texte* donne *déjà* par lui-même à imaginer et, partant, sur cette pulsion à montrer ce qui, de toute évidence, gagne rarement à être présenté au regard[4].

1. Alain Guillerm, « Le Système de l'iconographie galante », *Dix-huitième siècle*, 12, 1980 ; Philip Stewart, *Engraven Desire : Eros, Image and Text in the French Eighteenth Century*, Durham, Duke University Press, 1992.

2. C'est bien la conclusion de la très belle étude de Philippe Stewart. Et la description précise que fait Alain Guillerm des enjeux esthétiques de l'expression érotique d'un Fragonard le conduit immanquablement à établir une hiérarchie des valeurs, en lui opposant par exemple « la conception de Eisen toute basée sur la grivoiserie et satisfaite quand elle a montré un corps dévêtu ou des amants en posture » (« Les Illustrations de Fragonard pour les *Contes* de La Fontaine », *Gazette des Beaux-Arts*, mars 1977, p. 101).

3. Pas plus que le libertinage n'est une constante de l'humanité — il est plutôt l'un des moments de la modernité et a été, en tant que tel, essentiellement limité à l'âge classique, bien que ses racines, plongeant dans la Renaissance et à travers elle dans l'Antiquité, soient multiples.

4. « Nous avons raison de haïr les gravures érotiques. Non pas parce que ces représentations seraient choquantes. Parce qu'elles sont fausses. Parce que la scène jamais présente, la scène à jamais " im-présentable " ne pourra jamais être " re-présentée " à l'homme qui en est le fruit » (Pascal Quignard, *Le Sexe et l'Effroi*, Gallimard, coll. « Folio », p. 145-146).

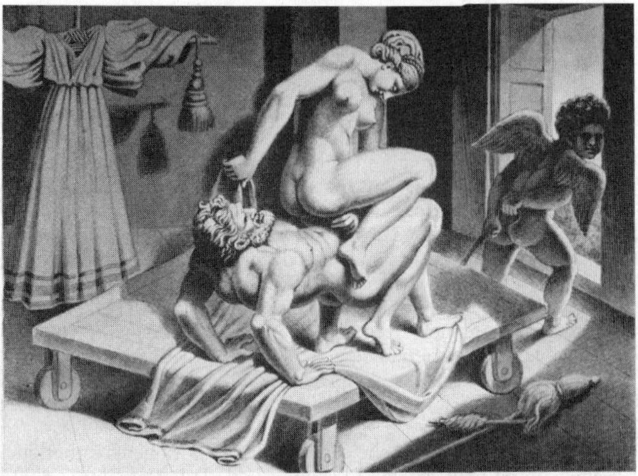

4

5

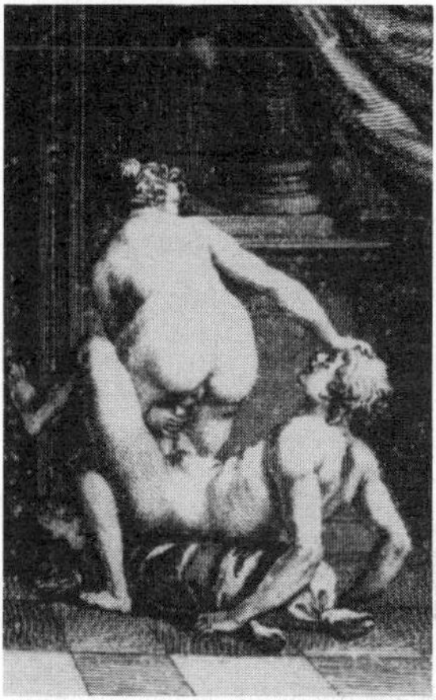

6

7

8

9

10

Trois tâches nouvelles nous semblent découler de cet ensemble complexe de questions et s'imposer à la recherche : dégager une continuité entre la gravure libertine du XVIIIe siècle et les compositions « libres » de Jules Romain, d'Augustin Carrache (1557-1602) et de Titien ; interroger les rapports d'affinité qui existent entre des images délibérément pornographiques et si peu soucieuses de qualité artistique, et la subtilité thématique et formelle de l'iconographie galante du XVIIIe siècle ; montrer enfin par quels chemins l'image libertine, bien que située à l'antipode de ce que l'on attend et exige de la gravure à l'époque, a pu trouver sa propre « ligne de fuite » au cœur des impératifs esthétiques du temps et accompagner ainsi le processus de dévalorisation qui emporte la représentation libertine et la conduit à miner de l'intérieur toutes ses instances.

Des « Amours des dieux » à la gravure libertine du XVIIIe siècle : origines italiennes de la gravure libertine.

De même que les prototypes italiens de la littérature libertine française — les *Ragionamenti* de l'Arétin, les textes de Ferrante Pallavicino ou de Lorenzo Veniero — inaugurent une tradition littéraire dont la circulation souterraine est quasiment continue tout au long du XVIIe siècle, c'est au cœur des plus prestigieux milieux intellectuels de l'Italie du XVIe siècle, autour de Raphaël, de Titien, de Jules Romain et d'Augustin Carrache, qu'il faut situer la source vive d'une tradition iconographique qui s'est maintenue des premières années du XVIe siècle jusqu'à la fin du XVIIIe siècle et au-delà. Rappelons-en brièvement les circonstances : à la fin de l'année 1524, un éditeur ami de Titien, le Baviera, publie à Rome une suite de vingt estampes représentant des scènes d'amour de la mythologie antique. Cette suite de gravures, évoquée depuis cette époque sous le nom de *I modi*, c'est-à-dire *Les Postures*, a été gravée par Marc Antoine Raimondi, d'après les dessins de Jules Romain[1]. Elles furent l'objet de la censure et détruites pour leur plus grande partie. La gravure 11 ci-dessous est la première pièce de la série des *Modi*, selon la reconstitution qu'en a faite Waldeck au XIXe siècle. La suivante provient d'un texte anonyme publié en pleine Terreur, les *Décrets des sens*, dont l'objet est de prôner l'apolitisme au nom d'un principe absolu de jouissance. On ne peut imaginer deux contextes historiques aussi différents. Et pourtant, l'illustrateur de ce texte anonyme de 1793 s'est, comme on le voit, directement inspiré de la gravure de Raimondi, à l'instar de la plupart des illustrateurs d'ouvrages libertins.

Les estampes des *Modi* de Jules Romain et Raimondi qui échappèrent à la destruction eurent tellement de succès que le Baviera demanda quelques années plus tard à Titien[2] de composer une nouvelle suite. Cette seconde série, gravée par Jacopo Caraglio (v. 1500-v. 1570) et intitulée *Gli amori degli dei* (*Les Amours des dieux*) fut diffusée à Rome en 1527. Une autre série, exécutée par le graveur Jules Bonasone (v. 1500-v. 1580), lui fit suite de peu. Elle circula sous le titre *Gli amorosi diletti degli dei* (*Les Plaisirs amoureux des dieux*). Entre 1590 et 1595, une nouvelle série de treize estampes, gravée par Pierre Jode l'Ancien (1570-1634) d'après des dessins d'Augustin Carrache, et intitulée *Le lascivie*, vint compléter les deux premières. De très nombreuses copies et variations de ces diverses séries d'estampes, ainsi que d'œuvres

11

12

1. On ne manquera pas de remarquer que la posture n° 29 de la figure 10 (p. LXX) reprend la planche 13 des *Modi* (fig. 4, p. LXVIII), et l'on voit que la n° 31 n'est pas sans rappeler la gravure anonyme n° 9, sur la même page.

2. Depuis Giorgio Vasari, il était entendu que Jacopo Caraglio avait gravé d'après des dessins de Rosso Fiorentino et Perino del Vaga. Mais la conclusion à laquelle arrivent Dunand et Lemarchand (t. II, p. 495-574) nous semble à ce point convaincante que nous redonnons à Titien ce qui lui est dû, en parfait accord avec Nicolas Chorier qui, dans son *Académie des dames*, désigne, explicitement, au XVIIe siècle, Titien au même titre que Carrache comme responsables des deux premières suite des *Amours des dieux* (sur ce point, voir mon *Académie des dames ou la Philosophie dans le boudoir du Grand Siècle*, Philippe Picquier, 1999, p. 226, 293 et 314).

13

14

d'une semblable inspiration, ont ensuite été élaborées en Italie au XVIe siècle et quantité d'autres leur ont fait suite, jusqu'au XVIIIe siècle[1], en Italie et en Europe. Elles étaient vendues chez les libraires sous le titre de *Figures de l'Arétin*, *Postures arétines*, *Postures de l'Arétin*, etc. Un passage du *Recueil des Dames* de Brantôme témoigne de la circulation de ces copies à la cour d'Henri III : « Du temps du Roy Henry troisiesme fut bien pis fait [que des pasquinades] ; car un Gentilhomme, que j'ay ouy nommer et cogneu, fit un jour present à sa maistresse d'un livre de peintures où il y avoit trente-deux Dames grandes et moyennes de la Cour, peintes au naturel, couchées et se jouans avec leurs serviteurs peints de mesme et au naïf. Telle y avoit-il qui avoit deux ou trois serviteurs, telle plus, telle moins ; ces trente-deux Dames representoient plus de sept-vingt figures de celles de l'Aretin, toutes diverses. Les personnages estoient si bien representez au naturel, qu'il sembloit qu'ils parlassent et le fissent ; les unes deshabillées et nuës, les autres vestuës avec les mêmes robbes, coeffures, parements et habillements qu'elles portoient et qu'on leur voyoit quelquesfois. Les hommes tout de mesme. Bref, ce livre fut si curieusement peint et faict, qu'il n'y avoit que redire : aussi avoit-il cousté huict à neuf cens escus, et estoit tout enluminé[2]. » Ce passage montre que dès cette époque les séries originales avaient subi des transformations importantes. Il y a multiplication des postures. Les diverses séries des *Amours des dieux* n'allaient pas au-delà de vingt postures (alors que Brantôme parle ici de « plus de sept-vingt », donc

1. C'est ainsi qu'une suite de vingt compositions, que l'on attribue traditionnellement et jusqu'à aujourd'hui à Annibal Carrache (v. 1560-v. 1609), le frère d'Augustin, a pu être gravée par le peintre et graveur français François Boitard (v. 1670-v. 1715). Voir les figures 36 et 37. Et vers la fin du XVIIIe siècle, Jacques-Joseph Coiny (1671-1809) grave une nouvelle série au vu de copies exécutées d'après la suite originale des *Amours des dieux* de Pierre Jode l'Ancien d'après les compositions d'Augustin Carrache (fig. 7, 14 et 21).

2. *Recueil des Dames*, II, VI, dans *Recueil des Dames, poésies et tombeaux*, Bibl. de la Pléiade, p. 652. Sur une gravure d'Abraham Bosse intitulée *La Galerie marchande du palais*, datant de la fin du XVIIe siècle et qui représente, à côté de boutiques de modes, l'étal d'un marchand de livres, on peut voir un panneau sur lequel sont annoncées les nouveautés des librairies et où l'on peut lire *Vesally*, *Œuvres de Boccace*, *Postures de l'Arétin*. (Sur ce qu'on appelait le « palais marchand », voir l'Appendice I de *La Tourière des carmélites*, n. 9, p. 617.)

15

16

plus de cent quarante). Les diverses « peintures » dont il est ici question ne représentaient plus des couples, comme c'est le cas pour *Les Amours des dieux*, mais déjà des groupes — de quatre et plus.

C'est moins sur le mode d'une imitation consciente et délibérée des *Amours des dieux* que par contagion que ce genre d'estampes s'est répandu. Le seul nom de l'Arétin suffisait à faire le relais, même si la plupart des graveurs, et plus tard des auteurs anonymes de récits libertins du XVIIIe siècle ne pouvaient avoir des *Ragionamenti* qu'une connaissance limitée, puisqu'ils n'avaient accès, par la traduction, qu'à quelques extraits[1].

C'est donc entourée de l'aura du « divin Arétin » que la transmission d'une origine a pu être à la fois réactivée et occultée sans cesse. On remarque par exemple sur la bacchanale reproduite page LXXII (fig. 13) plusieurs motifs inspirés des *Amours des dieux* : le couple situé sur la gauche reprend la posture de la neuvième estampe des *Modi* (fig. 14), tandis que celui de droite est l'une des nombreuses variations du motif de *Jupiter et Sémélé*, qu'à la fin du XVIIIe siècle le graveur Coiny reproduira sur la base d'une estampe d'Augustin Carrache sous le titre *Didon et Énée* (fig. 15 ci-dessus), auquel vient se superposer ici celui non moins courant de *Mars et Vénus*, Mars étant reconnaissable à son casque ailé.

Les deux figures 17 et 18[2] témoignent, quant à elles, de la reprise d'une fresque de Jules Romain représentant Jupiter et Olympias (fig. 16). Elles montrent bien d'une part la démythification de Jupiter, dont le corps se termine chez Jules Romain sous la forme d'un triton, et qui est accompagné de l'aigle et de la foudre, tandis que dans la seconde estampe (fig. 17, page suivante), le dieu reprend forme

1. La première traduction des *Ragionamenti* est parue à Lyon en 1580 (*Le Miroir des courtisanes. Où sont introduites deux courtisanes, par l'une desquelles se découvrent plusieurs tours, fraudes et traïsons qui journellement se commettent*), les deux autres à Paris en 1595 (*Histoire des amours faintes et dissimulées de Lais et Lamia, récitées par elle-mesmes, mise en forme de dialogue par P. Arétin*), en 1610 (*Dialogue de l'Arétin où sont desduites les vies, mœurs et déportements de Lais et Lamia, courtisanes de Rome*). En 1623, une édition, sous le titre *Pornodidascalus*, a été établie à partir d'une traduction espagnole du *Coloquio de las damas* (1549), ne comportant que la troisième journée de la première partie, soit un dialogue sur six.

2. Voir aussi la planche Q de *Thérèse philosophe* (édition présumée de 1780), p. 976.

humaine et les attributs olympiens sont remplacés par Cupidon, comme dans la dernière illustration de l'édition de 1748 de *Thérèse philosophe*[1]. Mais ils montrent aussi que l'abandon de la référence mythologique va de pair avec une mise en évidence du sexe de la nymphe, lequel est maintenu dans une zone d'ombre sur la fresque de Jules Romain. C'est particulièrement le cas de la figure 18 (ci-dessous), qui a servi à illustrer un recueil d'idylles antiques[2].

C'est ainsi que *Les Amours des dieux* n'a pas cessé d'être, pour de nombreux copistes anonymes de l'âge classique, et jusqu'aux auteurs de gravures d'une confondante grossièreté, le modèle le plus souvent inconscient de l'imagerie libertine. Cet oubli de l'origine, bien loin de faire obstacle à leur inspiration, a au contraire permis aux graveurs de figures libres de donner libre cours à leur talent combinatoire, plus préoccupés qu'ils étaient, afin de répondre aux demandes des éditeurs, d'improviser d'après une copie quelconque que de s'inscrire dans une tradition dont ils avaient souvent entièrement perdu de vue les enjeux artistiques. De variation en variation, les prototypes italiens ont subi de très profonds changements[3], et la remarquable continuité qui, du XVIe au XVIIIe siècle, a permis la perpétuation d'une tradition remontant à l'Antiquité, masque en fait une importante transformation de l'image « érotique ».

Entre les prototypes italiens[4] et ce qu'ils sont devenus dans le contexte de la littérature libertine XVIIIe siècle, que s'est-il passé ?

17

18

1. Voir p. 963.
2. Estampes de Jacques Barbier (1753-1790) et Charles Étienne Gaucher (1741-1804), dans *Idylles de Bion et de Moschus*, Paris, 1795.
3. Il y a bien sûr quelques exceptions notoires. À la fin du XVIIIe siècle, les gravures de Coiny, exécutées à vue sur la base d'estampes d'Augustin Carrache, sont même le seul témoin que l'on possède de l'état original des estampes. Quant à Borel et Elluin, la série rassemblée dans *L'Arétin français* montre qu'ils ont agi en parfaite connaissance de cause, s'appliquant à reprendre très exactement des postures de différentes séries.
4. Mais il faudrait aussi mentionner les graveurs allemands, notamment les pièces libres de Hans Sebald Beham (1500-1550) dont nous reproduisons ici la gravure au burin *Femmes au bain* (fig. 19), dont s'inspira l'illustrateur anonyme de l'édition de *Vénus dans le cloître* de 1746 (fig. 20).

19

20

L'apparition, au début du XVIe siècle, de gravures ayant pour sujet l'exhibition des sexes ou la représentation de postures, mais dont le statut et la finalité sont loin de correspondre à ceux de la représentation libertine, s'explique par de multiples facteurs. Le nombre croissant de pièces antiques redécouvertes au cours du XVIe siècle a d'abord fortement incité les artistes à transposer sur la surface les volumes sculpturaux ou les bas-reliefs, la beauté du corps humain devenant alors la base aussi bien de l'imitation que de l'expérimentation. C'est d'ailleurs à la même époque que le nu fait son entrée à la fois dans l'art profane et dans l'art religieux, et donne lieu à quelques mémorables oxymorons artistiques, comme l'allégorie de la grâce divine à l'aide d'un nu de femme, ou la représentation tout à fait immotivée de jeunes hommes nus à l'arrière plan de *La Sainte Famille* de Michel-Ange, ou encore ces détails de la fresque du *Jugement dernier* décorant le mur de l'autel de la chapelle Sixtine, qui auront attiré quelques ennuis au peintre et que Paul IV fit rhabiller par Daniele da Volterra (surnommé pour cette raison *il braghettone*, c'est-à-dire « le culottier »).

Mais l'irruption du nu n'est pas tout. Si l'utilisation du corps féminin comme allégorie de la grâce divine manifeste déjà un renversement considérable du dualisme du corps et de l'esprit, la représentation de corps en train de s'accoupler franchit une autre limite. Ce qui distingue absolument ces transgressions et ce que deviendra l'illustration libertine, même lorsque le même motif et la même posture sont repris, c'est que dans le premier cas la transgression de la représentation correspond à une affirmation absolue de bonheur dénuée de toute agressivité. Dans cet absolu, le bonheur de l'expression artistique se dit et s'installe, solidement appuyé sur un monde de valeurs à la fois anciennes, stables, modernes et syncrétistes. À cette époque, la redécouverte du platonisme et de ses avatars multiples rassemblés sous le vocable de « néo-platonisme », avec tout ce qu'il autorise d'ambiguïté dans la nouvelle donne humaniste, est omniprésent et diffus. Les syncrétismes que permet cette disposition d'esprit sont à ce point déterminants pour une immense partie des œuvres d'art et de littérature qu'il n'y a pas à s'étonner de la facilité avec laquelle la vénération pour la beauté du corps humain, et spécialement du corps féminin, a pu être à ce point libérée de toute visée « impure », conformément à la profonde ambivalence d'une tradition pour laquelle l'éros est à la fois de l'ordre de la chair et de la connaissance, passage et moment du Beau, creuset sensible de l'éternité de l'Idée. La joie de vivre de l'homme de la Renaissance et la force de cette ambivalence ont tellement imprégné l'époque qu'elles expliquent largement l'innocence avec laquelle l'acte copulatoire a pu servir de thème, d'objet de réflexion et d'expérimentation pour de très grands artistes tout autant ivres de beauté que de « vérité » artistique. Ni sublimation ni lubricité dans tout cela. Le désir de la chair et la passion artistique se distinguent parfaitement, et sont pourtant indissociables. Cette ambivalence, et l'équilibre des contraires qu'elle permet, se retrouvent à tous les niveaux de la représentation. Ce sont les femmes les plus « libres », les courtisanes, qui ont la plupart du temps servi de modèles aux peintres. Le visage de la *Madone aux enfants* du Parmesan est celui de la courtisane Antea, maîtresse de l'artiste, tout comme Phrynè, maîtresse de Périclès, aurait posé pour l'*Aphrodite* de Cnide de Praxitèle. Mais cette fois-ci, ce n'est plus d'Aphrodite mais de la Vierge elle-même qu'il s'agit. Et dans

21

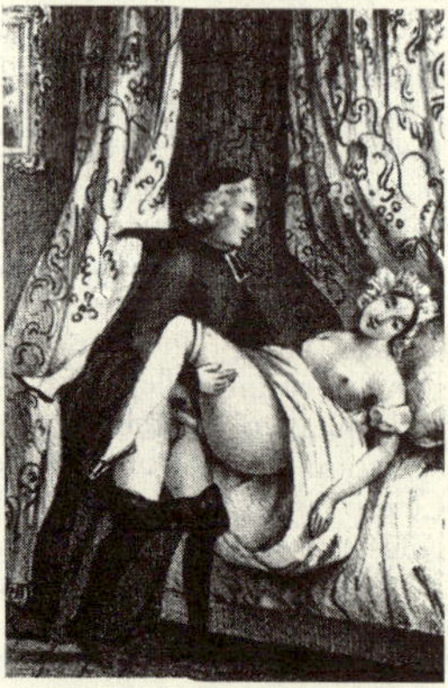

22

23

24

La Transfiguration du Christ de Raphaël, les traits de la femme que l'on voit au milieu des apôtres sont ceux de la célèbre Imperia, maîtresse d'Augustin Chigi (banquier des papes), laquelle n'était autre que la courtisane vénitienne que Lorenzo Veniero (lui-même ami du Tintoret) mentionne dans *Le Tarif des putains de Venise* au numéro 204 (« prix moyen : deux écus[1] »).

Le miracle de la Renaissance n'est pas seulement celui de l'esprit. Il est aussi la parenthèse de bonheur que permet cette pacifique cohabitation des contraires. S'il est une origine commune à l'hédonisme libertin de l'âge classique français et au bonheur édénique de la Renaissance italienne, c'est dans ce suspens de tout conflit qu'on la trouve. La déculpabilisation y est telle que la provocation que représente le brouillage délibéré du dualisme des valeurs est largement estompée par une valeur ajoutée et absolue : le Beau pour la Renaissance, la jouissance pour l'hédonisme. Rien ne semble en ce sens plus révélateur de cette subversion profonde et dénuée d'agressivité, naïve jusqu'à l'effacement de toute réflexion, que ces scènes où la négation du péché originel se dit dans l'innocence avec laquelle le XVIe siècle italien paganise le christianisme et efface toute ombre d'effroi dans la représentation du désir, scènes que la peinture et la gravure galantes du XVIIIe siècle n'auront plus alors qu'à délier de leur rapport au religieux. Que l'on confronte par exemple la copie anonyme de l'*Apollon et Hyacinthe* de Caraglio (fig. 23), et l'*Adam et Ève* (fig. 24) de Macchietti (v. 1535-v. 1564), ci-dessus.

Les deux gravures semblent sortir d'un seul et même monde

1. *La tarrifa delle putane di Venegia* paraît à Venise au milieu du XVIe siècle. Il comporte la liste des courtisanes de Venise, leur adresse et leur prix.

25

« platonicien » parce que faisant des corps le moment de la vérité du Beau, et en même temps profondément sensuel. Et c'est le même jeu des corps, entouré de la même aura de bonheur charnel et artistique, qui permet de passer de la scène biblique aux amours pédérastes des dieux grecs, et inversement.

Cet équilibre entre ciel et terre n'a pas été sans fragilité, comme le montre l'affaire de la condamnation des *Amours des dieux*[1]. Mais c'est moins de l'extérieur et de la riposte des autorités que de l'intérieur même du dispositif de la représentation que cet équilibre a été rompu. Rien ne le montre mieux que la façon avec laquelle les *Ragionamenti* de l'Arétin, en renouant avec Lucien[2], attaquent, par les armes de la dérision, du renversement de ton et de perspective le subtil équilibre de valeurs que représente le *Courtisan* de Castiglione, en faisant un usage inverse des mêmes oppositions, entraînant alors l'ensemble de l'édifice renaissant vers une dérive interne que, de piège en piège, l'écriture libertine ne cessera d'aggraver ensuite à l'âge classique, et particulièrement au XVIIIe siècle, jusqu'à la culmination sadienne. Et s'il est historiquement vrai de dire que les sonnets de l'Arétin n'ont pas été écrits pour illustrer les gravures de Raimondi, mais qu'ils ont été plutôt inspirés par elles, il reste que c'est par les ruses conjuguées du texte et de l'image que passe la « ligne de fuite » de l'iconographie libertine. Le raccourci qui conduit directement de l'éden renaissant à la perversion libertine a lieu grâce à quelques opérations simples. Il suffit parfois de dévoiler un sexe, d'incliner une jambe autrement, de déplacer quelque peu une main ou de donner au jeu des corps un angle légèrement différent pour que l'image d'origine perde son aura d'innocence. On pouvait ainsi à peu de frais faire sauter tous ces dipositifs de protection et faire alors dériver le même motif vers un processus irréversible de dévalorisation. Ainsi, par exemple, lorsque Louis-Marin Bonnet[3] exécute au XVIIIe siècle la gravure *Adam et Ève au paradis terrestre et le Tentateur* (fig. 25), on voit bien que, malgré le souci de maintenir le code du genre et de rester à la hauteur de la perfection artistique de ses modèles italiens, cette estampe, comparée à celle de Girolamo Macchietti, expose sans la moindre ambiguïté tout ce qui sépare le monde de la Renaissance de celui du XVIIIe siècle. Ici, la provocation devient formidablement indécente,

1. Tout cela d'ailleurs n'a pas été aussi gravissime que l'on pourrait le penser. Jules Romain a pu quitter Rome, se réfugier à Mantoue où il reçoit pour tâche de rénover et d'orner le palais du Té et la cathédrale. Il est condamné à mort à Rome pendant ce temps, mais en effigie seulement, et le pape le charge d'ailleurs bientôt du projet de Saint-Pierre de Rome, que seule sa mort l'empêche de mettre en œuvre.

2. En effet, les *Heteraikoi dialogoi* (*Les Dialogues des courtisanes*) de Lucien, qui mettent en scène la vie des courtisanes dans l'Athènes du IIe siècle, sont bien le prototype antique des *Ragionamenti* de l'Arétin, tant par le ton « carnavalesque » que par leur sujet — l'un de ces dialogues montre les mères enseignant à leur fille leur métier de prostituée, comme plus tard chez l'Arétin.

3. Louis-Marin Bonnet (1736-1793). L'estampe est d'après Jean-Baptiste Huet (1745-1811).

26

et le respect d'un modèle esthétique ne parvient pas à masquer l'encanaillement délibéré du motif récurrent. Il ne reste plus alors au graveur qu'à retravailler l'image en poursuivant sur la même lancée : le corps d'Ève, basculé en arrière, prend la position de celui d'Adam, il est soutenu lui-même par un second, un troisième sert de piédestal, et l'arbre de la connaissance est remplacé par un motif priapique directement emprunté aux bacchanales antiques et italiennes. Le graveur, loin d'être hors-jeu, n'a fait que saper la représentation de l'intérieur, en la piégeant à son propre jeu. Puis il l'entraîne ensuite dans un processus combinatoire et ludique[1] qui éloigne irréversiblement la représentation de ses origines. Ce n'est pas autrement qu'opère l'écriture libertine.

De la fête galante à l'estampe pornographique.

Durant le premier tiers du XVIIIe siècle, une sensibilité érotique « en mineur » vient se cristalliser en un imaginaire et en une science pratique du plaisir auxquels la peinture et la gravure donnent un cadre fortement codifié, ainsi qu'une atmosphère de séduction enjouée et délicate. L'obsession du moment érotique, la poursuite du plaisir, le culte de l'insouciance et de l'innocence amoureuses en sont les signes de reconnaissance. Les images par lesquelles cet univers clos trouve son expression sont marquées par une forte récurrence de situations narratives, et aussi par des motifs iconographiques qui perdureront jusqu'à l'époque révolutionnaire, donc bien au-delà du « joli temps » de la Régence dont ce type de représentation est essentiellement issu. Plusieurs sortes de décors viennent s'y superposer : les bosquets de l'idylle antique et le boudoir de l'intrigue amoureuse, les stèles et les temples des allégories phalliques et les architectures

27

1. Les figures 25 à 27 font partie d'une longue série combinatoire de Bonnet d'après Huet. L'une d'elles, sous forme de vignette découpée, a été ajoutée par une main inconnue à l'exemplaire Enfer 1261 de l'*Histoire galante de la tourière des carmélites, ouvrage fait pour servir de pendant au « Portier des chartreux »* (s.l., 1774).

intérieures directement empruntées aux décors antiquisants de la Renaissance. On y campe de petites intrigues, des scènes de ruse et de dissimulation, des allusions agaçantes pour l'esprit et pour l'œil.

Les peintures et les gravures vouées à l'évocation et à la célébration de ces enclos de bonheur sont en parfaite osmose avec la tendance hédoniste de la littérature libertine, qui cultive les petits riens et les genres lyriques antiques que les Grécourt, Piron, Dorat, Gentil-Bernard et autres remettent à la mode du jour : épigrammes, idylles, bucoliques, petits contes à la manière de La Fontaine. Cette littérature préfère les récits courts, alertes, propres à exprimer l'insaisissable et l'évanescent : histoires de sylphes, contes à la mode orientale, métamorphoses merveilleuses et situations exotiques. De la peinture à la gravure, de l'épigramme au conte, le raffinement hédoniste accuse le fugitif, se complaît dans les subtilités du désir et les paradoxes de l'esprit. Qu'il s'agisse de texte ou d'image, c'est l'art de l'allusion qui domine. Pour le versant littéraire de ce monde, les plus médiocres de ces auteurs sont justement tombés dans l'oubli, d'autres à tort. D'autres encore, redécouverts tardivement, sortent aujourd'hui à juste titre du « second rayon » : Claude de Crébillon bien sûr, mais aussi Boufflers, Dorat, Voisenon. Malgré la diversité des œuvres, il s'agit d'un univers parfaitement reconnaissable : culte de l'esprit, élégance et désinvolture. En manifestant un désintérêt profond pour tout ce qui ne se plie pas aux conventions de ses décors et de ses situations, ce genre de sensibilité crée un effet de raréfaction du sens, qu'elle exacerbe en jouant le jeu de l'ambiguïté avec une précision de casuiste.

Les gravures de genre et de mœurs de l'époque, qui font écho à ce libertinage « en mineur », sont elles aussi fortement marquées par la convention. Ce petit art subtil évolue dans un nombre limité de lieux communs, de moments et d'espaces hypercodifiés : le lever, le coucher, le sommeil, la toilette, le bain, les badineries dans les bosquets, etc. Tout cela enrobe la représentation des corps dans la convention du décor et les nimbe d'un ensemble de connotations aussi séductrices que mièvres. Le principe en est essentiellement contextuel et s'oppose nettement à la valeur mécanique de la représentation libertine ; le moment érotique y est toujours inscrit dans un lieu commun où la différence entre le jeu social et l'espace de l'intimité est infime. Nous *voyons* toujours celui qui surprend, nous voyons sa réaction ainsi que celle de celui qui est surpris — ou l'inattention comique de celui qui est la victime du manège. Dans ces histoires de baisers volés, de nudités surprises, de billets glissés à l'insu de la dupe, tout donne l'impression du fugitif. Les ruses et les violences du sexe ont lieu dans l'intemporalité d'une grâce qui fait l'originalité esthétique de ce monde d'images, et qui les absout en fin de compte de la médiocrité, parfaitement intentionnelle, de leurs sujets.

On excelle à l'époque à traduire en gravure la fête galante à la Watteau (c'est le cas d'Audran, Tardieu, Le Bas, Dancel, Dupuis, Cars, etc.) et bien sûr on se plaît à piller Fragonard, mais aussi

Baudouin, Lavreince, Boucher, Chardin, etc. Le meilleur de la gravure du XVIIIe siècle est voué à des scènes de genre dans lesquelles dominent l'obsession du plaisir et du bonheur mais aussi l'expression allusive de leur fragilité. C'est cet aspect fugitif, et l'attention particulière donnée au moment, aux petits riens du bonheur, au détail subtil qui fait tout le « *punctum* » d'une scène ou d'une situation. Le fait que ce petit monde galant et insouciant prenne tant de plaisir à tourner en rond dans l'espace raréfié de son bonheur n'a pas contribué à en assurer la survie dans les mémoires. La plupart des historiens de l'art ont longtemps placé ces graveurs à côté des auteurs du « libertinage galant », au *second rayon*[1].

Une fois encore, le simple jugement de valeur a entravé l'analyse précise de la différence qui sépare la représentation galante de la représentation libertine. Or, dans les deux cas, l'hédonisme est confronté au même dilemme : s'affadir ou chuter dans l'obscène. De même que, de Piron auteur de textes badins à Piron auteur de l'*Ode à Priape* (éditon de 1790), du *Temple de Gnide* (1725) de Montesquieu à *La Foutromanie* (édition de 1775), tout est affaire de nuances et de dégradés, la frontière qui sépare la gravure galante de l'irruption de l'obscène est difficile à tracer. C'est ce défi que le jugement esthétique doit relever. La dynamique de l'hédonisme tient au jeu de ses détours, et en ce sens les techniques du récit libertin « en mineur » trouvent leur correspondance dans les procédés des graveurs. Mais, en même temps, l'hédonisme ne cesse aussi de signifier, de célébrer et de supplémenter la jouissance, qui est sa seule valeur, en dehors de laquelle il n'a pas de raison d'être, et qu'il ne peut concevoir que sans cesse réitérée, sans cesse aimantée par la promesse d'une volupté extrême. En esquivant le point critique vers lequel il tend, il le célèbre, et en le célébrant, il le retarde. Qu'il s'agisse du rapport au désir ou des moyens d'en réactiver la présentation — car l'un et l'autre se confondent et cette confusion définit l'économie représentative des récits libertins « en mineur » aussi bien que de l'imagerie galante — tout est dans le moment, mais le moment est toujours celui d'une réserve, d'une tension, d'un inaccomplissement, d'un suspens au bord de la chute dans l'obscène que l'image ou le récit évitent avec une étonnante habileté. Pensons à l'écriture de Crébillon, paradigmatique en ce sens. L'*Histoire du prince Apprius*, que l'on trouve dans ce volume, en est aussi l'interminable démonstration.

1. Ainsi, pour Pierre du Colombier, ils sont « exactement à la mesure du monde qui les environne, et auxquel ils cherchent à plaire. Leur art est essentiellement social, aimable. Il ne visait pas trop haut » (*Histoire de l'art*, Fayard, 1942, p. 395). Dans son livre canonique sur l'estampe, Jean Laran écrit : « Comment ne pas aimer un art où tant de savoir-faire est dépensé pour être aimable ? Et cela dans les moindres détails : les décors, les intérieurs, les formes, les gestes, l'écriture, le feuillage même si joliment festonné, où tout est grâce, rondeurs, fossette, sourire, gaieté, discrétion ou mélancolie si légère... » (*L'Estampe*, PUF, 1959, t. I, p. 129). Loys Delteil résume ce type de jugement par ces mots : « Une époque qui ne nous apparaît plus que dans une auréole de plaisir et de grâce au point de nous empêcher, à l'heure actuelle, de discerner dans l'art le bien du médiocre et du pire » (*Manuel de l'amateur d'estampes du XVIIIe siècle*, 1910, p. 2).

Inévitablement, la *chute* dans l'indécence guette ce double mouvement d'évitement du texte ou de l'image sans lequel ce type de représentation érotique ne se maintiendrait pas un instant. C'est pourquoi ce n'est que d'un point de vue strictement catégoriel et moral que l'obscénité est définissable comme exposition impudique et provocante de l'érotisme, comme monstration délibérément osée, ou, du point de vue d'une économie du désir, comme une perte de séduction. Quand la présentation érotique est en jeu, les contraires ne s'opposent plus : le genre frivole et galant *appelle* l'obscénité comme allusion de fond, et maintient son jeu d'esquive en réactivant sans cesse cet écueil qu'il évite. Et dès que ce qui a pour nature et fonction de faire *écran* devient *objet* de représentation, le jeu du dévoilement et de l'allusion devient précaire. De même, donc, que la rencontre de l'idéal du beau artistique et de la représentation du plaisir charnel qui animait les graveurs de la Renaissance contenait en puissance les raisons de leur dépravation, la représentation « galante » sollicite aussi son double libertin.

La Fontaine, qui s'y connaissait en ruses et ambivalence érotiques, savait parfaitement que toute allusion appelle l'image qu'elle repousse, et que l'objet ainsi voilé n'en n'est que plus visible. Ainsi l'extrait du poème reproduit ci-dessous, emprunté à l'une des pièces de ses *Contes et Nouvelles en vers* intitulée « Le Tableau », expose clairement ce labyrinthe :

Qui pense finement et s'exprime avec grâce,
Fait tout passer car tout passe :
Je l'ai cent fois éprouvé :
Quand le mot est bien trouvé,
Le sexe, en sa faveur, à la chose pardonne ;
Ce n'est plus elle alors, c'est elle encor pourtant :
Vous ne faites rougir personne,
Et tout le monde vous entend.
J'ai besoin aujourd'hui de cet art important.
Pourquoi, me dira-t-on, puisque sur ces merveilles
Le sexe porte l'œil sans toutes ces façons ?
Je réponds à cela : chastes sont les oreilles
Encor que les yeux soient fripons[1].

Quoi de plus obscène par exemple que *Le Feu aux poudres* de Fragonard, où l'on voit un angelot porter à l'aide du flambeau « le feu aux poudres » entre les jambes d'une jeune fille endormie ? Les estampes dites galantes se complaisent à faire jouer l'œil contre l'oreille, le titre contre la scène, à distribuer à tous les niveaux de la représentation de simples cache-sexes qui, bien sûr, montrent d'autant plus qu'ils prétendent cacher. Tel est le cas de

1. *Nouveaux contes*, dans *Œuvres complètes*, Bibl. de la Pléiade, t. I, p. 887-888.

l'estampe de Janinet intitulée *Ah, laisse donc voir !*, qui représente une jeune femme se promenant aux bras d'un jeune homme dans un parc, lequel cache avec son chapeau la nudité d'une statue priapique. *Le Lever de la mariée* de Queverdo[1] et son complément *Le Coucher de la mariée*[2], ainsi que *L'Essai du corset*, *La Curieuse*, *Le Bouton de rose*, *La Comparaison*[3] et tant d'autres gravures célèbres de l'époque classées comme « galantes » reposent sur le même procédé : montrer d'autant plus que l'on ne donne pas à voir. Diderot, qui ne s'y est pas laissé méprendre, considérait *Le Coucher de la mariée* comme une gravure licencieuse[4]. Roger Portalis note très protocolairement à propos de *L'Oiseau privé* du même Janinet (d'après Lagrenée) : « L'intention de cette estampe est très libre[5]. » La formule est intéressante car elle constate dans la gravure un « délit d'intention » pour ainsi dire, et déplace d'un cran la définition de la gravure « libre » : ce n'est pas ce qui est donné à voir, mais la manière de donner à voir (ou ne pas voir) qui permettrait alors aussi de situer une gravure dans la catégorie des « gravures libres ».

C'est bien ainsi que les choses se passent. Ce n'est jamais le « sujet » en soi qui est licencieux, mais le jeu de l'interprétation que la gravure exige sans mot dire. Un des procédés est le recours systématique au décalement temporel — au jeu de l'avant et de l'après, qui n'est pas spécifique à la gravure puisque il est emprunté à la peinture. Qu'y a-t-il de plus fortement suggestif que *Le Verrou* de Fragonard ? Son « sujet » est à la fois ce qu'il donne à voir — à savoir le geste de l'amant pressé qui se précipite vers le verrou et la tentative panique de la jeune fille de l'en empêcher —, la *conséquence* de la scène — conséquence purement mentale et virtuelle, mais d'autant plus présente dans les détails du tableau que la dynamique des corps et l'expression des visages y conduit *nécessairement*. Sur un mode plus anecdotique, et loin de la splendide violence du tableau de Fragonard, une gravure comme

1. Sur Queverdo, voir la Note sur les gravures du *Sultan Misapouf*, p. 1210.

2. Estampe de Jean-Michel Moreau (1741-1814) et de Jean-Baptiste Simonet (1742-vers 1813) d'après le tableau de Pierre Antoine Baudouin (1723-1769).

3. *L'Essai du corset* (d'après Pierre Alexandre Wille, 1748-1821) est prétexte au dévoilement aguichant de deux jeunes seins. — La curieuse de Voyez l'aîné (1746-1805) a entrouvert sa chemise et contemple son sein dans une psyché. — Une jeune fille compare son sein à un bouton de rose (Voyez l'aîné). — Deux jeunes femmes comparent leurs seins dans la gravure de Jean-François Janinet (1752-1814) d'après Nicolas Lavreince.

4. « Monsieur Baudouin, faites-moi le plaisir de me dire en quel lieu du monde cette scène s'est passée ? Certes, ce n'est pas en France ; jamais on n'y a vu une fille si bien née, si bien élevée, à moitié nue, un genou sur le lit, sollicitée par un époux en présence de ses femmes qui la tiraillaient. La petite mine chiffonnée de la mariée, l'action ardente et peu touchante du jeune époux, ces indignes créatures qui entourent la couche, tout me présente un mauvais lieu. Je ne vois qu'une courtisane qui s'est mal trouvée des caresses d'un petit libertin et qui redoute les mêmes périls, sur lesquels quelques-unes de ses malheureuses compagnes la rassurent. Il ne manque là qu'une vieille » (*Salons*, 1767, Oxford, Clarendon Press, 1963, vol. III, p. 197).

5. Roger Portalis et Henri Béraldi, *Les Graveurs du XVIIIe siècle*, Paris, 1880-1882, p. 478.

Marchez tout doux, parlez tout bas[1] relève du même dispositif de dédoublement — ou d'engendrement — représentatif. La jeune fille est en chemise de nuit, ses seins sont découverts, et l'on aperçoit le jeune intrépide en train de pénétrer dans sa chambre par une fenêtre ; il tient encore ses chaussures à la main et l'on voit qu'elle a eu la précaution de placer une chaise sous la fenêtre qui lui sert d'échelle. À l'opposé, une ouverture laisse entrevoir les parents qui dorment dans une pièce adjacente.

On peut dire que cette séduction muette de la représentation que permet le jeu de l'avant et de l'après, récurrent dans les gravures galantes, n'en est pas vraiment une, puisqu'elle dévoile en fait sa finalité dans le jeu même de son esquive et arrive donc à épuisement au moment où elle devrait agir. En revanche, elle maintient parfaitement l'ambivalence quant à sa véritable intention. Aussi bien dans *Le Verrou* que dans *Marchez tout doux, parlez tout bas*, l'image fait signe sans ambiguïté vers ce qu'elle cache, mais son sujet véritable reste invisible — à la fois occulté et exacerbé par son absence. Et cette autre image que la représentation galante repousse et maintient ainsi en réserve, n'est rien d'autre que l'image dite « érotique » ou « pornographique ». Cette autre scène, la représentation l'occulte au profit d'une réserve de sens. C'est la place que l'éros doit réserver au dernier moment à l'esprit, afin justement de lui éviter cette chute fatale qui est le péché originel de l'image érotique — le moment de sa dévalorisation pornographique. On en conclura que l'image libertine n'est pas ce qui *s'oppose* à l'image galante comme la suggestivité érotique s'oppose à l'obscène, mais qu'elle est ce *double virtuel* devant lequelle l'image galante vient *se placer comme un écran* — et qui vient même faire parfois brusquement irruption sur la scène, comme dans certaines toiles de Boucher.

Rien ne le prouve mieux que la pratique des doubles tirages. En effet, le même atelier produisait parfois, en plus d'une première estampe fortement allusive mais apte à maintenir les codes de la décence, une autre version, dite « sans le voile » ou « sans le nuage », et destinée à un circuit clandestin. C'est ainsi par exemple qu'il existe plusieurs versions du *Verre d'eau de la Gimblette* de Fragonard, de *La Belle Cachette* de Huet, de la série des *Heures* de Baudouin, etc., lesquelles se distinguent de la gravure connue habituellement par une nudité provocante, et donnent à voir ce qui différencie le décent de l'indécent. Portalis cite une lettre de Gravelot demandant à son commanditaire des précisions sur ce point : « Ce que vous me demandez peut se faire, mais pour rendre les choses suivant votre idée, cela exige de votre part une explication plus décidée et que je susse [*sic*] bien jusqu'à quel point je dois pousser la gaillardise ; car, quoique dans ces sortes de compositions la gentillesse soit préfé-

1. De Pierre Philippe Choffard (1730-1809), d'après Pierre Antoine Baudouin (1723-1768). Le peintre Baudouin était le gendre de Boucher.

rable à la grossièreté, il y a des gens, comme vous savez, à qui il faut des perdrix et d'autres qui aiment mieux la pièce de boucherie. Est-ce donc par la simple expression de la tête du capucin que son action doit se faire connaître ? Et la main sous la robe fera-t-il [*sic*] assez sentir à quoi il s'occupe ? En un mot, le bout de tabac doit-il paraître[1] ? » Ce petit « bout de tabac » suffit à déstabiliser de manière irrémédiable l'équilibre précaire que l'image maintient entre allusion et dévoilement.

Entre mimésis et citation : l'étroite liberté des gravures libertines.

À côté de ce processus interne de dévoiement et de dévoilement, les contraintes de l'illustration ont contribué à faire de la gravure libertine un monde à part. La technique de la « gravure en petit », c'est-à-dire l'illustration de livres en format in-8, in-12, voire in-18, qui se développe de plus en plus à partir du milieu du XVIIIe siècle, a été particulièrement favorable à l'éclosion d'un genre spécifique et à l'établissement d'une tradition propre. Ce qui vaut pour une part croissante du livre du XVIIIe siècle, dont les dimensions et le contenu — texte *et* images — répondent à l'accélération de la circulation des connaissances et des opinions, vaut *a fortiori* pour les ouvrages libertins agrémentés de « figures libres ». Ces textes, « qu'on ne lit que d'une main », qui sont colportés en masse et circulent dans la discrétion, on doit pouvoir les dissimuler facilement[2]. Les gravures qui les accompagnent, pour des raisons techniques dont les conséquences esthétiques sont immédiates, sont rarement soignées, surtout s'il s'agit de gravures sur bois. À côté de réussites indéniables (voir par exemple la figure 38, p. XCIV) , on trouve de nombreuses gravures où la grossièreté de l'exécution va de pair avec celle de l'image, comme on le voit dans les trois gravures que nous reproduisons pages LXXXVIII et LXXXIX, et qui proviennent de l'édition de 1778 des *Mémoires de Suzon* (fig. 29, 30 et 31). C'est dans les éditions de mauvaise qualité, où le texte, défiguré par de nombreuses coquilles, est accompagné d'une préface et de commentaires qui trahissent le peu d'instruction de l'imprimeur clandestin, que l'on trouve en général ce genre d'illustrations.

Mais même dans les meilleures éditions, les contraintes du format condamnent l'image libertine à privilégier le frappant, le sen-

1. Cité par Roger Portalis, dans *Les Dessinateurs d'illustration au XVIIIe siècle* (1877), G. W. Hissing & Co., Amsterdam, 1970, p. 276-277.

2. « Le livre du XVIIIe siècle est fait pour se poser sur un guéridon, sur un petit meuble ; on doit pouvoir l'emporter en promenade, au jardin ; il doit pouvoir rester entrouvert entre les mains des dames rêveuses que l'on voit dans les tableaux du temps, assises sur un banc dans un parc. C'est également un livre de lecture facile, un roman ou plutôt un recueil de petit vers. Enfin, l'illustration y est abondante. Il y a des planches hors texte et aussi une infinité de vignettes ; celles-ci (des têtes de page, des culs-de-lampe) témoignent d'un souci de composition, d'harmonie, assez nouveau, entre le texte et l'image ; le XIXe et le XXe siècle n'auront plus qu'à perfectionner ce genre pour nous donner le livre moderne » (Jean Laran, *L'Estampe*, p. 134).

28

29

sationnel et le choquant. Cochin lui-même remarque à propos de la gravure en petit que, « comme son principal mérite est d'être dessinée et touchée avec beaucoup d'esprit, il faut frapper son trait avec plus de force et de hardiesse et que le travail qu'on y met soit fait avec une pointe plus badine[1] ».

Il ajoute que le détail des têtes ne peut y être aussi soigné que dans des formats plus grands, et que le graveur doit se contenter de « quelques petits coups touchés artistement ». Même les meilleurs vignettistes — Elluin, Cochin, Marillier, Eisen ou Gravelot — obéissent nécessairement aux contraintes d'un genre qui les oblige à abandonner le paradigme pictural. À la différence de la gravure galante, imitée ou non des tableaux, mais dont les dimensions et le mode de reproduction ont été différents, le rôle essentiel qu'a joué la rencontre du sujet et du format dans l'établissement de cette tradition renoue avec des usages antérieurs, comme la fabrication d'objets à motifs érotiques à la Renaissance ou la prolifération des postures sur les entailles, les émaux et camées antiques, dont un nombre important ont précisément servi de modèles à Jules Romain ou à Augustin Carrache, et dont l'archéologue Pierre-François Hugues, dit d'Hancarville, tentera de faire à la fois un relevé plus systématique et une nouvelle exploitation iconographique[2]. Si les contraintes du format l'obligent à tourner le dos à l'un des idéaux majeurs de l'esthétique de

1. *Manière de graver*, Paris, 1745, p. 84-85.
2. Voir d'Hancarville, *Monuments de la vie privée des douze Césars d'après une suite de pierres gravées sous leur règne*, [Nancy], 1782 ; *Monuments du culte secret des dames romaines pour servir de suite aux « Monuments de la vie privée des douze Césars »*, Rome, 1787.

30

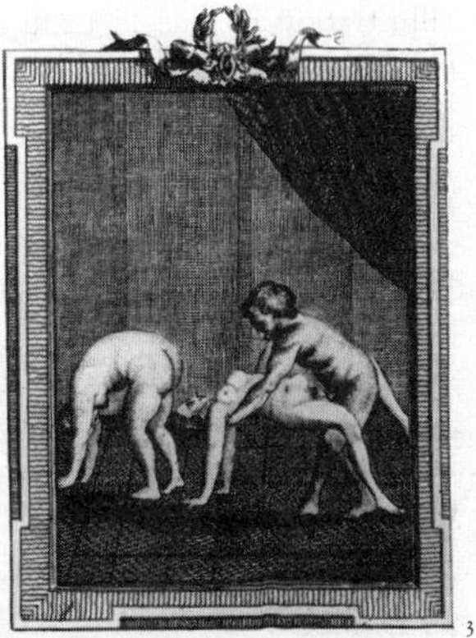
31

la gravure du XVIIIe siècle[1], l'illustration libertine se replie en revanche sur des impératifs d'ordre *rhétorique*, en prolongeant et dédoublant l'usage de l'hypotypose, c'est-à-dire la vive représentation d'une scène[2].

Le contraste est particulièrement net entre la prétention des graveurs de l'époque à égaler les pouvoirs de la peinture — et notamment le désir de rendre la magie de la lumière, la présence des étoffes, les nuances de la carnation[3] — et l'obligation que se donnent les illustrateurs de textes libertins de matérialiser par

1. L'idéal esthétique du discours courant sur la gravure au XVIIIe siècle demande que l'on comble l'écart entre peinture et gravure. On voit parfois apparaître l'idée que la gravure est bien inférieure à la peinture : « La gravure et bien froide. Elle est reléguée dans les salons », écrit Diderot (*Salons*, p. 334). L'idée qui domine serait plutôt que la gravure possède au contraire les vertus de compenser la perte des couleurs. Watelet, dans l'article « Estampes » de l'*Encyclopédie* parle en ce sens de « miracle » : si l'absence de couleurs semble placer l'estampe en rapport d'infériorité face à la peinture, « l'adresse et l'intelligence des habiles artistes ont produit des espèces de miracle qui les ont fait franchir les bornes de leur art. »

2. Nous nous permettons ici de renvoyer à notre Notice sur l'*Histoire du prince Apprius* (p. 1049-1050), où nous soulignons l'importance de l'usage de l'hypotypose pour l'écriture libertine. On pourrait paraphraser l'injonction qu'elle présuppose en ces termes : « Raconte comme si l'objet de ton récit était exposé aux yeux de ton lecteur. »

3. « Si l'impossibilité absolue les a empêchés de présenter la couleur locale de chaque objet, ils sont parvenus du moins, par des travaux variés et analogues à ce qu'ils voulaient représenter, à faire reconnaître la nature de la substance des différents corps. Les chairs représentées dans leur ouvrage font naître l'idée de la peau, des pores, et de ce duvet fin dont l'épiderme est couvert. La nature des étoffes se distingue dans leurs estampes, on y démêle non seulement la soie d'avec la laine, mais encore dans les ouvrages où la soie est employée, en reconnaît le velours, le satin, le taffetas. Représentent-ils un ciel ? Leurs travaux en imitent la légèreté, les eaux sont transparentes » (Watelet, *Encyclopédie*, article « Estampe »). De même, Doissin écrit dans *La Gravure* : « Le souverain mérite du graveur, le comble de sa gloire est de rendre tous les effets du coloris le plus varié, dans un art qui n'admet que deux couleurs, le noir et le blanc ; en sorte que l'illusion soit parfaite et que les objets n'aient pas plus de vérité dans la peinture que dans la gravure » (p. 23).

l'illustration ce que le texte ne cesse de vouloir susciter dans l'imagination du lecteur. Et pourtant, ce que Doissin demande au graveur n'est-il pas la même chose que ce que la rhétorique libertine demande à l'auteur d'ouvrages érotiques, à savoir qu'il faut « retracer les scènes originales dans toute leur vérité, dans toute leur vivacité[1] » ?

La marge devient alors bien étroite pour l'illustrateur libertin. Il est tenu, par obligation d'immoralité pour ainsi dire, de franchir la limite au-delà de laquelle cesse toute oscillation entre décence et indécence, dont la peinture et la gravure galantes tirent justement leur force.

Tiraillée par tant d'injonctions contraires, l'image libertine oscille entre la reprise des « postures arétines », et l'insertion dans les codes iconographiques ambiants — essentiellement ceux de l'imagerie galante. Or son statut d'illustration l'oblige aussi à narrativiser la surenchère libertine obscène en privilégiant à la fois l'exhibitionnisme des postures et l'incitation voluptueuse. De même que le personnage du libertin est condamné par principe à une fuite en avant sans retour, l'image libertine est acculée à se dévaloriser elle-même soit par essoufflement, soit en aggravant la surenchère. Il suffit, pour s'en apercevoir, de comparer l'illustration de l'*Histoire de dom B**** que nous reproduisons ici (fig. 34, p. XCII) et qui provient de l'édition Trotener de 1748, et la gravure correspondante de l'édition originale[2] (1741). Elles renvoient, aussi bien pour la forme des corps que pour l'arrière-fond du décor, à la Renaissance italienne en recomposant plusieurs attitudes de la suite d'estampes au trait dite d'Annibal Carrache, pillée par d'innombrables graveurs depuis le XVIe siècle. Mais dans cette gravure 34, les emprunts à la suite dite d'Annibal Carrache donnent à l'attitude des corps l'apparence d'une pose indifférente, et celle de l'édition originale laisse plutôt penser à quelque exploit de souplesse. La gravure de Borel et Elluin qui, dans l'édition Cazin (*Mémoires de Saturnin*), représente le même épisode, accuse l'atmosphère de volupté, précise l'intention de jouissance des deux partenaires et exhibe encore plus nettement les parties sexuelles. Tout invite ici le lecteur à jouer le rôle de voyeur.

Dans ce nouveau contexte, où l'érotisme est écartelé entre le volontarisme le plus exacerbé et un profond déterminisme de la nature, l'image autant que le texte se doivent de faire à la fois l'éloge de la finalité naturelle de la jouissance et de la volonté de savoir. Cette position intenable, sur laquelle repose toute l'ontologie libertine[3], est bien difficile à traduire en image. Elle conduit à une forte scission des motifs. De cette manière, l'apologie de la vérité de nature de la

1. « Il faut que le papier reçoive du burin ce sentiment, cette vie que le pinceau a communiqué à la toile. Il faut retracer les scènes originales dans toute de leur vérité, dans toute leur vivacité » (*ibid.*, p. 16).
2. Voir p. 379.
3. Nous renvoyons ici à notre article « Libertinage and Rationality : from " Will to Knowledge " to Libertine Textuality », *Yale French Studies*, 94, 1998.

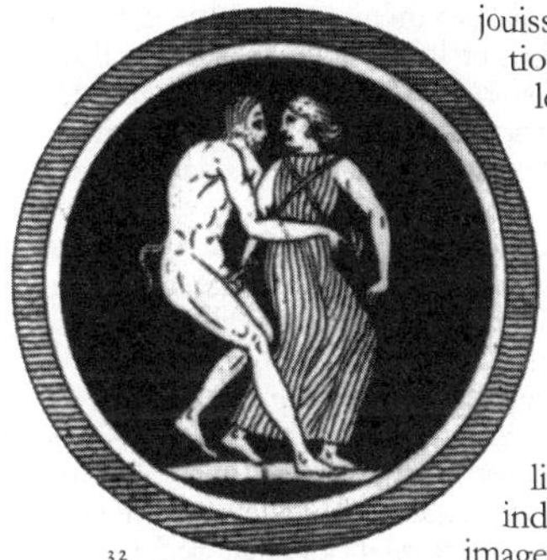

32

jouissance se traduit soit par l'utilisation d'emblèmes phalliques, soit par le recours à des motifs antiques sacrés (temples du plaisir, adorations priapiques, etc.). Son lieu d'inscription est, de préférence, le frontispice, la vignette, le cadre ou le cul-de-lampe[1]. Quant à la part humainement intentionnelle de l'idéologie libertine du plaisir, elle suffit à distinguer toute l'illustration libertine de la simple exposition indécente d'actes sexuels. Toute image libertine est un instantané de la volonté de jouir. C'est pour ces raisons que, la plupart du temps, les scènes que les illustrateurs retiennent et perpétuent par le jeu de la citation sont en suspens entre deux tendances contraires. La gravure doit d'une part laisser transparaître dans la scène que l'on met sous les yeux du lecteur l'idée d'une intention de jouissance, mais elle doit aussi agencer les corps de façon qu'on en perçoive la finalité de nature. Les corps sont tendus vers le plaisir, mais la volonté les guide avec l'habileté du technicien devenu maître dans l'art de se servir d'un instrument[2]. Ces corps inlassablement en action ont toujours quelque chose de mécanique, ils sont à la fois le moteur et le mû, et c'est essentiellement au décor de prendre en charge les connotations contextuelles. Le lit et le baldaquin, les étoffes, les rideaux, les boiseries, le feuillage des arbres, les charmilles ou l'intérieur d'une église, bien loin d'être un simple cadre, sont

33

1. Voir par exemple le frontispice des *Mémoires de Saturnin* par Borel et Elluin, p. 498, ou celui d'une des éditions de 1748 de *Thérèse philosophe*, p. 971.

2. L'auteur anonyme de *La Rhétorique des putains* en donne en quelques lignes toute la « philosophie » : « Les hommes en foutant sont parvenus peut-être en assez peu de temps à découvrir une partie des usages auxquels ils pouvaient employer leur corps. Le plus essentiel était l'art de se communiquer des mouvements, source des principaux changements que nous observons dans la nature. Un examen de ces propriétés nous fit découvrir la plus essentielle, c'est l'impénétrabilité, ou cette force par laquelle chaque corps en exclut un autre du lieu qu'il occupe. C'est le grand art du vit, jaloux de régner seul chez le con qu'il a choisi. » (*La Rhétorique des putains ou la Fameuse Maquerelle.* Ouvrage traduit de l'italien, À Rome, Aux dépens du Saint-Père, 1771, p. 14-15).

ce qui permet de fondre en une seule et même artificialité la luxure des désirs, la luxuriance des jardins et le luxe des intérieurs. Il est d'ailleurs rare que la citation de postures provenant de la Renaissance italienne s'accompagne d'une citation des décors d'origine, comme c'est le cas par exemple dans les illustrations de Borel exécutées pour *L'Arétin français*.

Or la mécanique des corps ne fait qu'un avec celle des images, qui se perpétuent par un interminable mouvement de réagencement. En puisant dans le vocabulaire iconographique libertin qui se constitue peu à peu d'un ouvrage à l'autre, les graveurs n'hésitent pas, pour illustrer telle ou telle scène, à refaire usage d'une gravure qui a déjà servi à illustrer un épisode tout à fait différent. Dans certains cas, c'est même l'ensemble des illustrations utilisées pour un ouvrage que l'on reproduit dans un texte complètement différent. Ainsi, ce sont les même gravures illustrant l'originale de l'*Histoire de dom B**** qui ont été reprises pour *Lyndamine ou l'Optimisme des pays chauds* (Londres, 1778), de même que les estampes de *Thérèse philosophe* ont aussi été réutilisées pour l'édition de 1791 de *Vénus en rut*. Les graveurs se pillent entre eux, et lorsqu'il s'agit d'éditions de moindre qualité, ils se contentent de copier en plus grossier les estampes qu'ils ont sous les yeux, dont ils éliminent souvent nombre de détails.

La consultation de l'ensemble des éditions successives de *Thérèse philosophe*, qui a été l'un des romans les plus illustrés au XVIIIe siècle, permet de suivre sur de nombreux exemplaires la continuité de cette

34

35

36

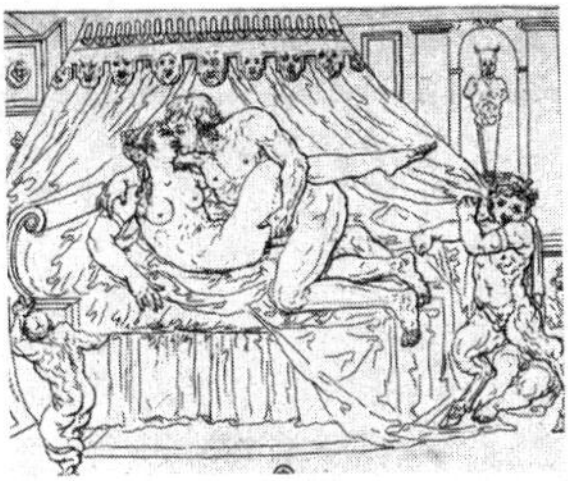

37

pratique et confirme à quel point le graveur libertin varie à peu de frais et souvent dans la hâte, afin de correspondre à la demande clandestine. Il y a cependant parfois d'étonnantes surprises. C'est le cas de l'édition de *Thérèse philosophe* de 1782-1783 (Londres) qui tranche avec l'habituelle perte de qualité à laquelle conduisent ces interminables reprises. C'est le cas aussi des illustrations de Borel, qui sont de la même période. Un tel rehaussement de qualité, qui semble surprenant, correspond en fait à celui que l'on peut apercevoir dans l'écriture libertine autour des années 1780, notamment chez Nerciat et Mirabeau. En revanche, le surgissement d'une violence brute au cœur même de l'actualité politique sous la forme de pamphlets d'inspiration libertine va de pair avec un avilissement généralisé de la gravure — qu'il s'agisse d'estampes exécutées hors livre ou d'illustrations de romans tels que *La Messaline française* (1789), *La Liberté ou Mlle Raucour* (1791), *Lyndamine ou l'Optimisme des pays chauds* (édition de 1794), etc. Rien ne montre mieux le changement de ton qui a lieu à cette époque que l'utilisation très répandue de motifs phalliques, qui, en cette fin du XVIIIe siècle, s'éloignent de plus en plus de toute référence antique, pour acquérir davantage de significations militaires explicites. Le passage qualitatif que représente l'utilisation de l'artillerie dans la guerre trouve ici son analogie phallique. Il en est bien définitivement fini de toute connotation galante.

Certes, la dévalorisation était nécessairement inscrite dans le programme de l'érotisme libertin, et si l'image libertine en est la traduction visuelle immédiate, un facteur important s'est ajouté à la contrainte technique de la « gravure en petit » et a contribué à l'aggravation de cette tendance. Il s'agit bien sûr du commerce de plus en plus florissant de l'estampe, que constatent certains observateurs lucides de l'époque, et avant tout Joullain, qui souligne à la fois la démocratisation qu'entraîne la reproductibilité des gravures[1] et

1. « La gravure supplée à l'inégalité des fortunes en satisfaisant les amateurs de toutes les classes. Les souverains, les grands, les hommes opulents, possèdent des tableaux et le public en jouit à son tour par une imitation exacte, et acquise à peu de frais » (Joullain, *Réflexions sur la peinture*, p. 28).

38 

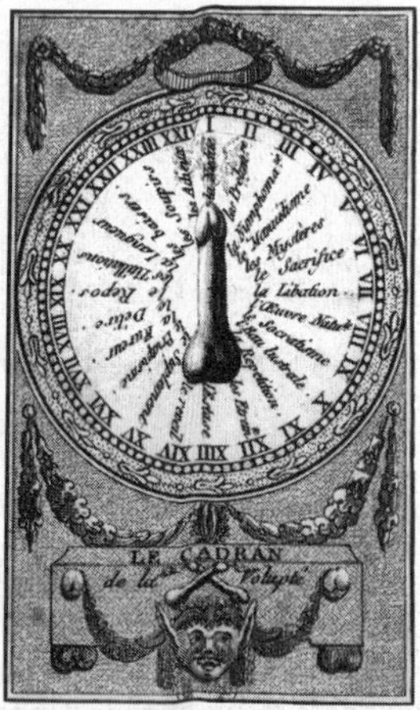

39

l'accélération qu'elle permet dans un processus généralisé d'avilissement[1]. De plus en plus divulguée par le colportage des estampes et des ouvrages clandestins, la gravure libertine tend à se fondre dans un art de masse qui l'éloigne d'autant plus de ses origines artistiques qu'il en fait une marchandise, voire de la pacotille, ouvrant ainsi la voie à l'industrie pornographique des images.

Cela dit, la question reste posée de savoir où placer l'image libertine dans l'histoire de la modernité. Cette question, qui vaut aussi bien pour la littérature libertine elle-même, ne se résoudra surtout pas selon les critères de la psychologie. À l'instar de leurs modèles en écriture, les corps libertins en action que nous présentent ces gravures sont totalement dénués de psychologie, puisqu'ils obéissent *par définition* à la loi de la jouissance, dont ils ne sont que les exécutants. Car ce qui distingue précisément la mécanique libertine de la manifestation glorieuse des ébats amoureux d'hommes devenus divins par la grâce de l'absolu du beau artistique, ce n'est pas seulement ce supplément de récit que l'illustration libertine ajoute à la tradition et le caractère nécessairement anecdotique que le graveur doit donner à l'illustration. Nous avons montré que cette dépendance envers le récit, qui fait la différence entre l'image libertine et l'image érotique tout court, ne suffit pas

1. La dernière partie de l'ouvrage de Joullain est non seulement un document de première main pour la connaissance de l'histoire du commerce de l'estampe au XVIIIe siècle, mais elle est aussi précieuse en ce qu'elle expose avec la plus grande précision la corrélation entre la commercialisation des estampes, le colportage des livres et le processus de dévalorisation que nous évoquons.

40

à définir l'image libertine, dont le statut reste finalement bien difficile à cerner. Elle n'existe qu'insérée dans le cadre d'une tradition textuelle, mais elle la déborde aussi bien. La réutilisation des mêmes images dans un intertexte délimitable permet de l'identifier comme un genre spécifique, mais le commerce des estampes montre également que cette réutilisation n'est pas limitée par le corpus matériel des ouvrages libertins, qui est pourtant son véritable lieu, et que le réagencement des images est sans limites.

Plus aucune psychologie dans tout cela. On pourra toujours souligner que c'est la demande des lecteurs qui a créé le genre, et que le destinataire de ces images en est au fond la véritable origine. Mais le « plaisir » dont l'image libertine serait le véhicule ne peut être qu'inférieur au bénéfice de plaisir que garantissent le beau artistique ou l'allusion galante, et ce n'est que par quelque effet de projection que l'on pourrait le désigner en ces termes. Il est aisé de concevoir qu'un regard historiquement daté ait suscité ce genre de production. Mais qu'en était-il de ce regard voyeur, et pourquoi a-t-il anticipé avec tant d'évidence celui du client moderne d'images dites « érotiques » ? Pourquoi la volonté de savoir a-t-elle conduit à la volonté de voir ça[1] ? En retrait par rapport à l'injonction de donner à voir que la volonté de savoir libertine exige, en excès par rapport au jeu interne que permet l'exacerbation galante de l'éros, leur immobilité apparente est un mouvement fuyant et aveugle entre diverses figures du sens. Il ne mène à rien bien sûr, mais plus

1. Nous nous permettons ici de renvoyer à notre introduction (« De la volonté de savoir à la volonté de voir ça ») à *L'Académie des dames*, p. 7 à 27.

41

profondément encore il mène à *voir* ce *rien* que le beau artistique et la rétention galante se préoccupent de sauver en art et en esprit. Ce mouvement somnambulique est celui qui, de l'apathie donjuanesque à celle du libertin sadien, donne à voir plus que la provocation qu'il exhibe, ici dans *le revers du texte* — et là dans *la positivité de l'image.* Car s'il est possible et même nécessaire de concevoir que la surexposition sadienne des principes libertins donne à voir non seulement les apories de la raison libertine, mais aussi le revers de la loi morale, c'est-à-dire son impossible hypotypose, il est bien difficile de concevoir un revers aux *médailles libertines.* Faute de pouvoir prendre la moindre distance face à la positivité de ces images, considérons donc que le *non-être* qui les habite, et que la raison érotique libertine les oblige à montrer, est le *négatif* qu'aucune lecture positive ne donnera jamais à voir.

JEAN-PIERRE DUBOST.

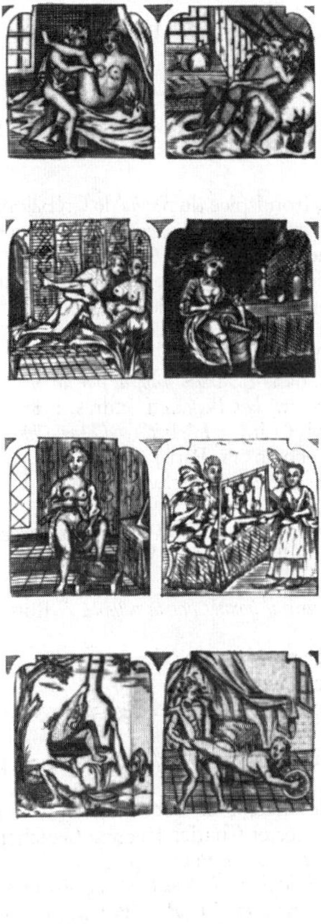

42

LÉGENDES DES ILLUSTRATIONS

Les crédits iconographiques sont précisés dans la table des copyrights, p. 1343.

1. P. Clavereau, frontispice du *Sopha* de Crébillon, édition de 1749[1].
2. Sarcophage romain, Ier siècle apr. J.-C., Musée de Naples.
3. Marc Antoine Raimondi, *Les Orgies*, détail.
4. Marc Antoine Raimondi d'après Jules Romain, *I modi*, planche nº 13, Rome, 1524 (reconstitution de Waldeck).
5. Anonyme, gravure sur bois, Venise, 1527.
6. Antoine Borel et François Roland Elluin, gravure d'après Augustin Carrache, dans *L'Arétin français par un membre de l'Académie des dames. J'appelle un chat un chat. Boileau*, Londres, 1787.
7. Jacques Joseph Coiny, *« L'Arétin » d'Augustin Carrache ou Recueil de postures érotiques*, planche nº 11, Paris, 1798.
8. Anonyme, France, XVIIIe siècle.
9. Anonyme, Italie, XVIe siècle.
10. Anonyme, *Les Quarante Manières de foutre, dédiées au clergé de France*, À Cythère [Paris], Au Temple de la Volupté, 1790.
11. *I modi*, planche nº 1.
12. *Décrets des sens sanctionnés par la volupté*, À Rome, de l'Imprimerie du Saint-Père, 1793.
13. Anonyme, France, XVIIIe siècle.
14. *I modi*, planche nº 9.
15. Jacques Joseph Coiny, *« L'Arétin » d'Augustin Carrache*, planche nº 12.
16. Jules Romain, *Jupiter et Olympias*, fresque du palais du Té, salle Psyché, Mantoue.
17. Anonyme, France, XVIIIe siècle.
18. Jacques Barbier et Charles Étienne Gaucher, *Daphnis et Naïs*, dans *Idylles de Bion et Moschus*, Paris, 1795.
19. Hans Sebald Beham, *Femmes au bain*, esquisse, 1548.
20. Anonyme, dans abbé Du Prat [Barrin], *Vénus dans le cloître ou la Religieuse en chemise*, À Dusseldorp [*sic*], frontispice de l'édition de 1746.

1. Nous ne reproduisons pas ici les diverses précisions indiquées dans les bibliographies respectives des textes du présent volume.

21. Jacques Joseph Coiny, « *L'Arétin » d'Augustin Carrache*, planche n° 13. Cette gravure reprend la composition d'Augustin Carrache intitulée *Messaline dans la loge de Lissica.*

22. Anonyme, *L'Abbé heureux et satisfait*, dans *Mémoires de Suzon, sœur de D.. B..... portier des chartreux, écrits par elle-même*, À J'enconne, Rue des Déchargeurs, Aux dépens de la Gourdan, 1778, BNF, cote Enfer 1066.

23. Anonyme, Italie, XVIe siècle. Copie de la pièce n° 12 (*Apollon et Hyacinthe*) de la suite des *Amours des dieux* gravée par Jacopo Caraglio.

24. Girolamo Macchietti, *Adam et Ève*, XVIe siècle.

25. Louis-Marin Bonnet, *Adam et Ève au paradis terrestre et le Tentateur*, d'après Jean-Baptiste Huet, XVIIIe siècle. Les figures 26 et 27 sont aussi de Bonnet, et ne possèdent pas de titre.

28. François Boucher, *Un jeune homme tend un godemiché à une jeune fille.* Ce tableau de Boucher a aujourd'hui disparu.

29, 30 et 31. *Mémoires de Suzon, sœur de D.. B..... portier des chartreux, écrits par elle-même.* Où l'on a joint *La Perle des plans économiques ou la Chimère raisonnable*, À J'enconne, Rue des Déchargeurs, Aux dépens de la Gourdan, 1778, BNF, cote Enfer 705.

32 et 33. *Vénéréides antiques avec commentaires d'Adrien Joly.*

34. Antoine Borel et François-Roland Elluin, dans Gervaise de Latouche, *Histoire de dom B***, portier des chartreux, écrite par lui-même*, édition de 1748.

35. Antoine Borel et François-Roland Elluin, dans Gervaise de Latouche, *Mémoires de Saturnin, écrits par lui-même*, 1787-1786 [*sic*].

36 et 37. Suite dite d'Annibal Carrache, planches n° 3 et n° 4.

38. Antoine Borel, frontispice de *L'Arétin français.*

39. Frontispice anonyme, *Le Cadran de la volupté, ou les Aventures de Chérubin*, Paris, s.d.

40. Anonyme, dans Boyer d'Argens, *Thérèse philosophe, ou Mémoires pour servir à l'histoire du P. Dirrag, et de Mlle Éradice*, édition de 1782-1783.

41. Anonyme, époque révolutionnaire. Sous l'estampe, on lit la légende suivante : « Ah mon ami tu te trompes met donc chaque chose à sa place. »

42. Anonyme, détails d'un dépliant, dans Meusnier de Querlon, *Histoire galante de la tourière des carmélites, ouvrage fait pour servir de pendant au « Portier des chartreux »*, édition de 1774, BNF, cote Enfer 1261.

★

Nous tenons à remercier tout particulièrement Karl Ludwig Leonhardt, qui nous a aimablement autorisé à reproduire quelques illustrations de *Thérèse philosophe* figurant dans *Ars erotica* (voir la table des copyrights, p. 1343).

J.-P. D.

CHRONOLOGIE

Pour les ouvrages traduits, nous indiquons la date de leur première publication, et non pas celle de leur traduction.

1690 John Locke, *Essai sur l'entendement humain.*

1695 Pierre Bayle, *Dictionnaire historique et critique* (1695-1697).
Gottfried Whilhelm Leibniz, *Système nouveau de la nature et de la communication des substances.*

1697 L'expulsion des Comédiens italiens, soupçonnés d'avoir voulu railler Mme de Maintenon dans *La Fausse Prude*, témoigne des rigueurs de l'ordre moral qu'impose Louis XIV.
André Campra et Antoine Houdar, dit de La Motte, *L'Europe galante*, opéra.
Charles Perrault, *Histoires ou contes du temps passé, avec des moralités.*
Florent Carton Dancourt, *La Loterie*, comédie.

1699 François de Salignac de La Mothe-Fénelon, *Les Aventures de Télémaque.*
Abbé Bignon, directeur de la Librairie (1699-1714).
Charles Dufresny, sieur de La Rivière, *Amusements sérieux et comiques d'un Siamois.*

1701 Début de la guerre de Succession d'Espagne.

1703 Charles de Marguetel de Saint-Denis, seigneur de Saint-Évremond, *Œuvres mêlées.*

1704 Antoine Galland, orientaliste, professeur d'arabe au Collège de France, publie sa traduction des *Mille et Une Nuits* (1704-1708).

1706 Jean-Philippe Rameau, premier livre des *Pièces de clavecin.*

1707 Alain René Lesage, *Le Diable boiteux.*
Prosper Jolyot de Crébillon, *Atrée et Thyeste*, tragédie.

1708 Jean-François Regnard, *Le Légataire universel*, comédie.
Nicolas Malebranche, *Entretien d'un philosophe chrétien et d'un philosophe chinois sur l'existence et la nature de Dieu.*

1709 Hiver terrible. La famine entraîne des émeutes à Paris.
Défaite française à Malplaquet.
Alain René Lesage, *Turcaret*, comédie.

1710 Gottfried Whilhelm Leibniz, *Essais de théodicée.*
Florent Carton Dancourt, *Les Agioteurs*, comédie.
François Pétis de La Croix, *Les Mille et Un Jours* (1710-1712).

1711 Exhumation des corps enterrés à Port-Royal-des-Champs.
Louis XIV ordonne la destruction des bâtiments.
Anne Lefèvre Dacier traduit l'*Iliade* d'Homère.

1712 Victoire de Denain.

1713 Le traité d'Utrecht marque la fin de la suprématie française en Europe.
La bulle *Unigenitus* de Clément XI condamne cent une propositions de l'ouvrage du père Pasquier Quesnel, oratorien janséniste, *Réflexions morales sur le Nouveau Testament.* La querelle est relancée.
Nouvelle ordonnance contre la débauche et le maquerellage publics : emprisonnement, fouet, marque infamante, etc. : les peines peuvent aller de l'amende simple (aumône obligatoire) à l'exil ou aux galères.
Robert Challe, *Les Illustres Françaises.*
Alain René Lesage, *Arlequin Mahomet*, comédie.
Antoine Hamilton, *Mémoires de la vie du comte de Grammont.*

1715 La mort de Louis XIV, le 1er septembre, suscite la liesse populaire.
Philippe d'Orléans obtient la régence du royaume (1715-1723).
Alain René Lesage, *Histoire de Gil Blas de Santillane* (1715-1735).
Thomas Simon Gueulette, *Les Mille et Un Quarts d'heures.*

1716 Le Régent autorise le retour à Paris des Comédiens italiens.
John Law, qui a su gagner la confiance de Philippe d'Orléans, fonde la Banque générale.
Premier bal masqué de l'Opéra au Palais-Royal, devenu le centre des plaisirs.

1717 Début de la colonisation forcée de la Louisiane.
Jean-Antoine Watteau, *L'Embarquement pour Cythère.*

1718 La Banque générale devient Banque royale.
Voltaire, *Œdipe*, tragédie.
Le Régent illustre une nouvelle édition de *Daphnis et Chloé.*
Jean-Antoine Watteau, *Gilles.*

1719 Daniel Defoë, *Robinson Crusoé.*
L'abbé Du Prat (pseudonyme de l'abbé Barrin), *Vénus dans le cloître ou la Religieuse en chemise.*

1720 Émeute contre la multiplication des enlèvements opérés par la police pour peupler les colonies américaines.
L'expérience du système de Law s'achève sur une grave crise financière : banqueroute et fuite de John Law en Belgique.
Pierre Carlet de Chamblain de Marivaux, *Arlequin poli par l'amour*, comédie.

1721 L'abbé Guillaume Dubois, ancien précepteur de Philippe d'Orléans, est nommé cardinal.
Charles Louis de Secondat de Montesquieu, *Lettres persanes*. L'anonymat est rapidement percé à jour et le succès immense.

1722 L'abbé Dubois est Premier ministre.
Pierre Carlet de Chamblain de Marivaux, *La Surprise de l'amour*, comédie.
Daniel Defoë, *Heurs et malheurs de la fameuse Moll Flanders.*

1723 Majorité de Louis XV.
Au mois de février, un arrêt du Conseil fixe le Code de la Librairie, qui réglemente la communauté des libraires et des imprimeurs, la censure, l'octroi des permissions et des privilèges. La rigidité du système conduira les censeurs à accepter l'édition de certains livres, qui bénéficient alors d'une permission tacite.
Mort du cardinal Dubois et mort soudaine du Régent.
Pierre Carlet de Chamblain de Marivaux, *La Double Inconstance*, comédie.

1725 Nouvelle crise économique ; inflation et colère du peuple.
Charles Louis de Secondat de Montesquieu, *Le Temple de Gnide.*
Mariage du roi avec Marie Leszczynska.

1726 Le long ministère du cardinal de Fleury commence (il se terminera en 1743).
Jonathan Swift, *Voyages de Gulliver.*

1728 Au cimetière Saint-Médard, des convulsions miraculeuses ont lieu sur la tombe du diacre Pâris, janséniste célèbre pour sa piété ; une ordonnance royale commandera la fermeture du cimetière en 1732.
Jean-Baptiste Siméon Chardin, *La Raie dépouillée.*
Antoine François, abbé Prévost d'Exiles, *Mémoires et aventures d'un homme de qualité qui s'est retiré du monde.*
John Gay, *L'Opéra du gueux.*
Pierre-François Godard de Beauchamps, *Histoire du prince Apprius.*

1729 Mort de John Law à Venise.

1730 Enregistrement de la bulle *Unigenitus* considérée désormais comme loi du royaume.
Claude-Prosper Jolyot de Crébillon, *Le Sylphe.*

Antoine Hamilton, *Histoire de Fleur d'Épine.*
Pierre Carlet de Chamblain de Marivaux, *Le Jeu de l'amour et du hasard*, comédie.

1731 Pierre Carlet de Chamblain de Marivaux, *La Vie de Marianne* (1731-1741).
Antoine François, abbé Prévost d'Exiles, *Histoire du chevalier Des Grieux et de Manon Lescaut.*
William Hogarth, *La Carrière de la prostituée.*

1732 Voltaire, *Zaïre*, tragédie.

1733 Voltaire, *Le Temple du Goût.*
Alexander Pope, *Essai sur l'homme* (1733-1735).
William Hogarth, *La Carrière du roué.*
Jean-Philippe Rameau et Simon Joseph Pellegrin, *Hyppolite et Aricie*, tragédie lyrique.

1734 Nicolas Lenglet-Dufresnoy, *De l'usage des romans, avec une Bibliothèque des romans.*
Pierre Carlet de Chamblain de Marivaux, *Le Paysan parvenu* (1734-1735).
Claude-Prosper Jolyot de Crébillon, *Tanzaï et Néadarné.*
Voltaire, *Lettres philosophiques.*
Jean-Baptiste-Louis Gresset, *Vair vert* (ou *Ververt*, ou *Ver-Vert*).

1735 Pierre Claude Nivelle de La Chaussée, *Le Préjugé à la mode*, comédie.
Guillaume Hyacinthe Bougeant, *Voyage merveilleux du prince Fan-Férédin dans la Romancie.*
Jean-Philippe Rameau et Louis Fuzelier, *Les Indes galantes*, opéra-ballet.
Carl von Linné, *Systema naturæ.*

1736 Claude-Prosper Jolyot de Crébillon, *Les Égarements du cœur et de l'esprit* (1736-1738).
Jean-Baptiste de Boyer, marquis d'Argens, *Lettres juives* (1736-1738).

1737 De nouveau chancelier (il l'avait été en 1717), Henri François d'Aguesseau cherche à proscrire les romans.
René Louis de Voyer de Paulmy d'Argenson, directeur de la Librairie (1737-1742).
Anne Claude Philippe de Tubières de Grimoard de Pestel de Levis, comte de Caylus, *Histoire de M. Guillaume, cocher.*

1738 Alexis Piron, *La Métromanie*, comédie.
Voltaire, *Éléments de la philosophie de Newton.*

1739 La société du Bout-du-Banc (comte de Caylus, Voisenon, Collé, Crébillon, Moncrif, etc.) : *Les Écosseuses.*
Jean-Philippe Rameau et Charles Antoine Le Clerc de La Bruère, *Dardanus*, tragédie lyrique.
David Hume, *Traité de la nature humaine.*

1740 Antoine François, abbé Prévost d'Exiles, *Histoire d'une Grecque moderne.*

Charles de Fieux, chevalier de Mouhy, *Les Mille et Une Faveurs.*
François Boucher, *Le Triomphe de Vénus.*
Samuel Richardson, *Paméla, ou la Vertu récompensée.*
1741 Jean-Charles Gervaise de Latouche, *Histoire de dom B***, portier des chartreux.*
Guerre de Succession d'Autriche.
Charles Pinot-Duclos, *Les Confessions du comte de* ***.
François Thomas Marie de Baculard d'Arnaud, *L'Art de foutre, ou Paris foutant.*
Charles Simon Favart, *La Chercheuse d'esprit,* opéra-comique.
Charles Pinot-Duclos, *Histoire de Mme de Luz.*
1742 Claude Villaret, *Anti-Paméla, ou Mémoires de M. D***.*
Jean Le Rond, dit D'Alembert, *Traité de dynamique.*
Edward Young, *Les Nuits* (1742-1745).
Henry Fielding, *Joseph Andrews.*
Claude-Prosper Jolyot de Crébillon, Le *Sopha.*
1743 Mort du cardinal de Fleury. Louis XV décide de présider seul le Conseil.
1744 Le roi, qui a été malade à Metz pendant sa visite aux armées, rentre à Paris en triomphe. Il est surnommé le Bien-Aimé.
Charles Pinot-Duclos, *Acajou et Zirphile.*
Claude Godard d'Aucour, *Thémidore.*
1745 Mme de Pompadour, maîtresse de Louis XV.
Bataille de Fontenoy.
Anne Gabriel Meusnier de Querlon, *La Tourière des carmélites.*
Antoine Bret, *La Belle Allemande ou les Galanteries de Thérèse.*
Pierre Louis Moreau de Maupertuis, *Vénus physique.*
Julien Offroy de La Mettrie, *Histoire naturelle de l'âme.*
Morelly, *Essai sur le cœur humain.*
William Hogarth, *Le Mariage à la mode.*
1746 Jacques de La Rochette, dit chevalier de La Morlière, *Angola.*
Claude-Henri de Fusée de Voisenon, *Le Sultan Misapouf, et la Princesse Grisemine.*
Étienne Bonnot, abbé de Condillac, *Essai sur l'origine des connaissances humaines.*
Denis Diderot, *Pensées philosophiques.*
Jean-Baptiste Joseph Willart de Grécourt, *Œuvres.*
La Serva padrona de Pergolèse (1733) jouée à Paris.
1747 Maurice de Saxe, maréchal général des camps et armées.
Création du Bureau de la discipline des mœurs, chargé spécialement de la police des filles et des femmes galantes.
Jean-Baptiste Louis Gresset, *Le Méchant.*
Jean Galli de Bibiena, *La Poupée.*

Samuel Richardson, *Clarisse Harlowe* (1747-1748).

1748 Le traité d'Aix-la-Chapelle met fin à la guerre de Succession d'Autriche.

La première édition de *Margot la ravaudeuse* de Louis-Charles Fougeret de Monbron est sans doute détruite par la police.

Jean-Baptiste de Boyer, marquis d'Argens, *Thérèse philosophe*.

Denis Diderot, *Les Bijoux indiscrets*.

Voltaire, *Zadig*.

Charles Louis de Secondat de Montesquieu, *De l'esprit des lois*.

Julien Jean Offroy de La Mettrie, *L'Homme-machine*.

David Hume, *Essais philosophiques sur l'entendement humain*.

1749 Jean-Baptiste Guillard de Servigné, *Les Sonnettes*.

Diderot est emprisonné pour sa *Lettre sur les aveugles à l'usage de ceux qui voient*.

Georges Louis Leclerc, comte de Buffon, *Histoire naturelle* (1749-1788).

Henry Fielding, *Tom Jones*.

John Cleland, *Mémoires d'une fille de joie*.

1750 Chrétien Guillaume de Lamoignon de Malesherbes, directeur de la Librairie (1750-1763).

Nouvelle édition, la première connue, de *Margot la ravaudeuse* de Louis-Charles Fougeret de Monbron.

Denis Diderot, *Prospectus* de l'*Encyclopédie*.

Jean-Jacques Rousseau, *Discours sur les sciences et les arts*.

1755 Claude-Prosper Jolyot de Crébillon, *La Nuit et le Moment*.

P. W. L.

NOTE SUR LA PRÉSENTE ÉDITION

Cette édition comptera deux volumes, dont le premier couvre la première moitié du XVIIIe siècle, le second menant jusqu'à la fin du siècle.

Nous reproduisons l'édition originale des textes — il est rare qu'elle n'ait pas été conservée, à l'inverse des manuscrits, perdus, détruits, ou inaccessibles ; seule l'édition princeps de *Margot la ravaudeuse*, parue en 1748 et, semble-t-il, immédiatement détruite par la police, demeure introuvable. Nous proposons aussi, en leur lieu, les figures illustrant ces éditions originales et, en appendice, un échantillon des gravures publiées dans les éditions ultérieures. Ces appendices font l'objet dans l'appareil critique de Notes, dues à Jean-Pierre Dubost, qui s'est en outre chargé de la Notice sur les gravures libertines, où il analyse leur origine et leur destin.

Les versions successives des textes présentent généralement peu de variantes ; nous n'avons relevé que les plus significatives. Dans le cas de *La Tourière des carmélites*, roman pour lequel existent deux états fort différents du texte, les variantes ponctuelles figurent dans l'appareil critique, alors que les principaux apports de l'édition plus tardive sont publiés en appendice, à la suite immédiate de l'édition originale.

Nous avons tacitement corrigé les coquilles, abondantes dans ce genre d'ouvrages imprimés sans grand soin et souvent dans l'urgence. Conformément aux usages de la collection, la graphie est modernisée. Toutefois, nous avons préservé les faits de langue (liés à la morphologie) et donc maintenu « vuide » et « roide », par exemple. De même, plusieurs sujets au singulier coordonnés ou juxtaposés peuvent, contrairement à l'usage moderne, commander un verbe au singulier, que l'on a conservé. Les textes originaux ne signalant pas, dans les dialogues, les changements d'interlocuteurs comme nous le faisons aujourd'hui (par le jeu des guillemets, des tirets de réplique, etc.), nous avons créé des alinéas absents des originales, mais avons limité ce genre d'intervention aux seuls échanges dialogués. Partout ailleurs, nous avons tenu à respecter la distribution des paragraphes.

Révélateur du goût libertin pour les néologismes, l'italique est conservé systématiquement lorsqu'il affecte des noms communs ou des groupes de mots. Seul n'a pas été reproduit l'italique affectant des noms propres de personnes ou de lieux — fictifs ou réels ; il est d'usage au XVIIIe siècle, sans être particulièrement significatif.

Nous avons, chaque fois que c'était possible, conservé la ponctuation d'époque. Nous avons donc laissé, le cas échéant, les points d'exclamation à la fin des interrogatives, les points d'interrogation à la fin des interrogatives indirectes, tout comme les interrogatives directes sans points d'interrogation. Nous n'avons modifié virgules, deux-points et points-virgules que lorsqu'ils pouvaient être déroutants pour le lecteur moderne. Claude de Crébillon, orfèvre de la grammaire, méritait en l'occurrence un traitement particulier, sa ponctuation étant étroitement liée à son style. C'est pourquoi nous avons été particulièrement conservateurs concernant ses textes.

À chaque auteur est consacrée une Notice biographique, dans la mesure où nous savons quelque chose de sa vie — celle de Gervaise de Latouche nous étant largement inconnue, sa Notice porte en réalité sur les conditions de fabrication de l'*Histoire de dom B****, ainsi que sur les poursuites engagées contre son livre. Ces Notices sont suivies d'une bibliographie mentionnant les principales éditions anciennes et récentes des œuvres concernées, ainsi qu'un choix d'études critiques. Une Bibliographie générale sur le libertinage au XVIIIe siècle sera proposée à la fin du tome II.

Suivent, pour chaque œuvre, une Notice, une Note sur le texte et, lorsque les textes sont accompagnés d'illustrations, une Note sur les gravures. Les notes procurent des informations linguistiques et historiques, explicitent les allusions et éclairent l'intertextualité. Un Index recense les notes de vocabulaire.

Je remercie vivement l'équipe de la Bibliothèque de la Pléiade, qui a permis et soutenu cette édition des romanciers libertins du XVIIIe siècle, avec une attention et un dévouement de tous les instants. Je remercie également tous les collaborateurs qui ont accepté d'y participer. Mes pensées vont aussi vers Jacques Cotin qui fut à l'origine de ce projet. Je sais enfin gré à Marie-Laure Deruyter, Françoise Rancoule, Véronique Chevailliez, de la maison de la recherche de l'université du Littoral, à Dunkerque, de m'avoir aidé à solliciter les fonds français et étrangers tout au long de ces années. Que tous trouvent ici l'expression de ma profonde reconnaissance.

P. W. L.

Godard de Beauchamps

HISTOIRE DU PRINCE APPRIUS, etc.

Extraite des Faſtes du monde, depuis sa création.

Manuscrit persan trouvé dans la bibliothèque de Shah-Hussain, roi de Perse, détrôné par Mamouth en 1722.

Traduction française
Par Messire Esprit, gentilhomme provençal
Servant dans les troupes de Perse.

Imprimé
À Constantinople.
L'an 1728.

AU LECTEUR

Le gentilhomme français dont nous tenons ce morceau d'hiſtoire en rapporte des choses surprenantes. La tradition persane[1] eſt, selon lui, que le prince Apprius eſt le père de toutes les têtes couronnées du monde depuis sa création, que le nombre des enfants que ce grand prince a eus de la reine Monilne[2] son épouse eſt si prodigieux que la multitude de tous les descendants du premier homme, jusqu'au dernier qui en naîtra, n'eſt pas plus innombrable. Il ajoute que les plus savants personnages turcs, persans, arabes, etc. qui ont travaillé sur l'hiſtoire que nous vous donnons la regardent comme un corps de morale qui renferme les plus belles leçons et les préceptes les plus essentiels pour la conservation de tout le genre humain. Il eſt triſte pour les amateurs des jolies choses qu'on n'ait point pu nous communiquer ces beaux commentaires, non plus que les cartes géographiques et les figures dont cet ouvrage aurait besoin[3]. Mais ce qui doit consoler, c'eſt qu'on prétend que l'hiſtoire d'Apprius a cela de merveilleux que quiconque la méditera bien pourra la comprendre foncièrement et y trouvera même souvent sa propre hiſtoire, pour peu que ce soit homme ou femme d'un certain rang, et surtout qui ait été élevé au collège, au couvent ou à la Cour.

PREMIÈRE PARTIE

Si l'idée que les hommes se font de la noblesse n'eſt pas une idée chimérique ; s'il eſt vrai qu'elle conſiſte dans une suite d'ancêtres non interrompue pendant plusieurs siècles, le prince dont nous écrivons l'hiſtoire, remontant de mâle en mâle jusqu'à la création du monde, peut se regarder comme l'être le plus noble de la nature. Cependant il ne s'eſt jamais glorifié de sa naissance parce que, sachant que la vertu n'y eſt point attachée et qu'on eſt fils de ses propres œuvres, il a toujours regardé comme frivole un avantage qui dépend du hasard. En effet quoique la plupart de ses aïeux se soient immortalisés par leurs belles actions, il s'en eſt trouvé qui ont passé leur vie dans l'indolence, dans l'oubli d'eux-mêmes ; il y en a eu d'autres assez lâches pour se laisser enlever leurs prérogatives les plus précieuses ; mais comme le mérite des uns et l'ignominie des autres n'eſt pas de notre sujet, nous revenons au prince Apprius.

Les premiers hommes, ignorants ou myſtérieux, ont déguisé presque toutes choses ou sous des fables grossières ou sous des emblèmes inintelligibles. Quand on veut pénétrer dans les temps reculés, l'obscurité arrête à chaque pas ; voici après une recherche laborieuse ce que nous avons pu débrouiller dans un chaos d'idées confuses et bizarres dont la critique la plus lumineuse ne peut dissiper les ténèbres. Nous avons beau faire pour connaître diſtinctement la vérité, nous ne la verrons jamais qu'à travers un voile.

Nous ne nous arrêtons point à dessiner toutes les figures sous lesquelles on a dépeint le prince Apprius ni à rapporter tous les noms qu'on lui a donnés. Les égarements de l'esprit humain ennuient autant qu'ils amusent, nous ne rapporterons qu'en passant quelques hiéroglyphes[4] qui le caractérisent. Chez un peuple c'eſt un dieu, chez un autre ce n'eſt qu'un homme — mais un homme singulier. Dans un pays objet de culte public, on lui dresse des autels, on lui bâtit des temples ; ailleurs on ne l'adore qu'en secret. Ici c'eſt une flamme dévorante qui consume le sacrificateur et la victime, là c'eſt une rosée vivifiante qui donne l'être et l'accroissement à tout. Autre part c'est un simple pépin de raisin. Parmi les uns c'est le phénix qui renaît de sa cendre, le rameau d'or qui se reproduit de lui-même. Parmi d'autres c'est un objet de risée, un monstre sans forme ; cependant le plus honoré et célébré de leurs dieux. Partout c'est une boussole qui régit toutes les actions humaines, c'est un aimant qui attire tout à lui. Que savons-nous ce que ne c'est pas ! Mais c'est trop nous livrer aux symboles de l'allégorie. Laissons le faux brillant de la fable, et passons à la simplicité de l'histoire[5].

Apprius était fils de Valmor et de Lusicotéria-Celpidutia[a]. S'il ne parut pas de phénomènes dans le ciel à sa naissance, il y eut sur la terre des marques d'une allégresse universelle. Tous les peuples s'empressèrent à le voir. Tous ceux qui eurent ce bonheur en furent enchantés et trouvaient même des charmes dans le seul plaisir d'entendre parler de lui. Il eut pour nourrice Pultevola qui jeune alors, fraîche, gracieuse, n'avait point encore couru ces aventures qui l'ont rendue méprisable. Elle avait dans ce temps-là ces attraits, cette finesse, cette douceur que nous ne connaissons qu'en idée : la vigueur de la santé, la force du tempérament dépendent des premiers aliments.

Apprius nourri d'un lait plein d'esprits subtils fut robuste presque en naissant. Ce fut lui, s'il nous est permis de recourir encore à l'emblème, qui, sous le nom d'Hercule[6], étouffa deux serpents dans son berceau.

Gatimonnilia prit soin de ses premières années, s'attacha à lui, de sorte qu'elle ne l'abandonna presque jamais. Il trouva dans son amitié ces joies pures et délicieuses sans lesquelles les plaisirs ne sont que fadeur. Forcé de revenir à elle quand ses emportements l'avaient refroidie, il a avoué dans tous les temps de sa vie qu'il n'a été heureux que par elle, qu'avec elle. Valmor lui avait donné le royaume des Siders, pays vaste, où l'on fait tous les jours de nouvelles découvertes. C'est au milieu des mers qui l'environnent de toutes parts que se trouve l'île flottante de Taliélaré charmante à la vue. Les Siders font mille tentatives pour y arriver, mais rebutés par le peu de succès de leur entreprise ils disent que c'est une chimère. Elle subsiste pourtant, mais tel est le grand art de l'enchanteur qui l'a bâtie qu'on croit la voir et y toucher, qu'on ne la voit et qu'on n'y touche presque jamais.

Les Siders sont légers, impétueux, volages, ils veulent avec ardeur, ils courent à l'extrême et vont toujours au-delà de ce qu'ils ont voulu, ils négligent le présent et ne s'occupent que de l'avenir, ils méprisent ce qu'ils possèdent, ne s'occupent que de l'avoir, et font leurs délices de ce qu'ils n'ont pas. Leur ambition est excessive et jamais satisfaite, leurs projets sont immenses et rarement heureux. Leur extravagance s'accroît par la contrariété, ils en font leur gloire, elle est sagesse pour eux. C'est un Sider qui fut le premier chimiste. Leur devise est : *Sperar sempre, non gioir mai.*

Le pays est fertile et dans la plus belle situation du monde. Les points de vue en sont admirables, les édifices y sont d'une hauteur prodigieuse. Les jardins y sont coupés de labyrinthes. Ces labyrinthes sont si étendus, si brouillés, qu'on s'y égare presque toujours, même avec un guide. Les fleurs y sont belles, mais sans odeur, les fruits y flattent les yeux, mais le goût y trouve peu son compte. Le climat est chaud, les orages y sont fréquents, le petit peuple va presque nu, les seigneurs sont habillés d'une étoffe singulière et qui ressemble assez à des ailes de papillons rares et bizarrement colorées. La nourriture ordinaire est délicieuse, mais si corrosive qu'elle est plus propre à irriter l'appétit qu'à le satisfaire. La liqueur qu'on y boit est forte, elle étourdit, elle enivre et ne désaltère point.

Apprius se sentit toute sa vie des impressions qu'il avait prises avec de tels courtisans. L'inconstance fut sa passion dominante. Plus flatté dans ses plaisirs de la variété que du choix, il consulta souvent le caprice aux dépens du goût et de la délicatesse. Il n'en convint jamais, parce que tout ce qui flatte paraît bon ; mais nous devons rendre témoignage à la vérité, même aux dépens de notre héros. Blâmer ses défauts, c'est rendre croyables ses vertus.

À peine eut-il douze ans que les courtisans, toujours les yeux ouverts sur leurs princes, toujours attentifs à suivre, à étudier leurs démarches pour en profiter, s'aperçurent qu'il était capable de se laisser gouverner par un favori. Il y eut de tous côtés des brigues secrètes, des sollicitations ouvertes pour cette place importante. Le roi cependant ne se déterminait point. Son indécision tenait les esprits en suspens ; les biens qu'on attend agitent presque autant que les maux qu'on souffre. Tel était l'état de la Cour, lorsqu'on fut tout étonné qu'un matin à son lever on sut qu'il avait choisi[b] le prince Danbre. Ce fut aux aspirants à se soumettre à la volonté du maître et à rechercher les bonnes grâces du favori.

Ce prince, fils de Livacguver et de Plecuanissa, était souverain de la province des Celulois, nation indépendante des

Siders, mais leur alliée[c], et qui de tout temps servit de troupes auxiliaires dans leurs armées.

Les Celulois sont petits, mais vigoureux, presque toujours en colère et en action ; l'activité de leur tempérament les ride et les vieillit de bonne heure. Il y a une union si parfaite, une dépendance si nécessaire entre eux et le prince, qu'ils ne peuvent rien sans lui, qu'il ne peut rien sans eux[7]. L'amitié est d'un si grand usage chez ce peuple qu'il est inouï qu'un Celulois ait abandonné son ami. La mort seule ou la violence peut les séparer. Toujours l'un avec l'autre, ils partagent leurs fatigues et leurs plaisirs. Cette intelligence fait leur gloire et leur force.

La jalousie suit de près la faveur. On disait de lui qu'il n'avait que le mérite de la nouveauté ; que c'était un jeune audacieux qui ne voyait rien d'impossible, un étourdi qui n'écoutait que sa folie, que son emportement ; qu'il précipiterait le roi dans quelque excès nuisible à sa santé, ou honteux à sa gloire ; que Gatimonnilia (car c'était elle qui, non contente de l'avoir introduit à la Cour, l'avait fait connaître à Apprius) serait la première à se repentir de son ouvrage ; qu'il la détruirait dans l'esprit du prince pour y régner seul. On se trompa. Il a toujours vécu parfaitement bien avec elle, il servit toujours si bien son maître qu'il en fut aimé sans interruption jusqu'à la mort, et que sa perte lui coûta des regrets infinis. Touchons quelque chose de son caractère.

Son impétuosité naturelle partait d'un fond de valeur et de fermeté merveilleuses. Intrépide à la vue du danger, il s'y jetait, non comme ne le connaissant pas, mais comme le trouvant digne de lui. Ennemi du repos, il ne s'y livrait qu'à regret, que pour des moments. Une victoire remportée l'animait à une nouvelle conquête, il ne s'occupait que de combats, que de triomphes. De là tant d'exploits entrepris avec hardiesse, soutenus avec courage, exécutés avec succès. Sa fidélité fut sans murmure et sans exemple. Les favoris, presque tous ingrats, cherchent leur élévation dans l'abaissement de ceux qui les ont créés. La gloire de son prince fut toujours l'objet de ses désirs et le terme de son ambition. Il aima le roi dans Apprius, sans vue, sans dessein, par le seul plaisir de l'aimer. Jamais il ne sépara la puissance de sa personne ; on peut dire enfin que le zèle du favori pour le service de son maître alla jusqu'à sa destruction, jusqu'à son anéantissement.

Le roi avait pour menins[8] deux jeunes Celulois de son âge. Le prince Danbre les lui recommanda, en lui faisant connaître tout leur mérite. Apprius les goûta, les aima, les combla de grâces, leur reconnaissance égala ses bontés ; ils l'aimèrent, ils s'attachèrent à lui sans réserve, sans partage. Admis à ses travaux, ils en portèrent tout le poids, toute la fatigue ; admis à ses plaisirs, ils en firent tout le charme, tout l'attrait, toute la vivacité, leur protecteur, peu jaloux de leur faveur, ne se faisant point une peine d'avouer qu'ils l'aidaient à conserver celle de leur maître.

Danbre jouit quelque temps d'une faveur oisive. Apprius, jeune encore, et sans discernement, s'abandonnait tout entier à ces jeux frivoles et sans ressource que l'enfance semble perpétuer dans ceux qu'elle est forcée de quitter. Peu à peu la dissipation fit place au recueillement. Ses idées se débrouillèrent, son goût s'épura, les choses succédèrent aux riens. Danbre alors entra dans tous ses droits. Le roi ne pouvait se passer de lui, n'était heureux qu'avec lui. Cependant il devint rêveur, il s'ennuyait, il ne parlait plus, il soupirait, un mélange confus de langueur et de vivacité éteignait et allumait tour à tour le feu de ses regards. On s'aperçut de son changement. Ses courtisans voulurent le dissiper par des fêtes, elles le rendirent plus mélancolique. Les dames en tirèrent un mauvais augure pour elles, leur temps n'était pas venu. Elles purent bientôt se détromper : ce trouble involontaire, cette insensibilité apparente, leur préparait des conquêtes dont leur vanité eut lieu d'être satisfaite.

Comme on aime le détail[9] et qu'on veut tout connaître dans les grands hommes, nous allons donner d'Apprius la plus juste idée qu'il nous sera possible. Il était dans cet âge où la beauté est de tous les sexes. La sienne était délicate, mais piquante ; flatteuse, mais animée ; il avait cet air de douceur et de majesté que les dieux impriment dans ceux qu'ils font les objets de leur complaisance et de leur prédilection. Le respect et l'admiration marchaient devant lui, il était le charme des yeux et des cœurs, on ne pouvait lui refuser le tribut d'amour qu'il exigeait, cependant il paraissait volontaire.

Le pinceau le plus vif rendrait mal ses couleurs, l'imagination même en peindrait mieux l'effet que le mélange.

Ses cheveux étaient d'un noir éclatant, rien n'en déguisait la couleur naturelle, ils frisaient sans art, ils étaient à lui. Alors on ne connaissait pas, du moins à sa cour, ce raffinement, ou plutôt cette bizarrerie de goût qui fait renoncer aux dons de la nature pour s'approprier une dépouille étrangère. Ils étaient courts. La mollesse n'avait pas encore introduit ces longues chevelures qui donnent un air efféminé à ceux qui les portent, qui les déparent, qui les rendent aussi ridicules que le seraient des lièvres affublés de la crinière d'un lion. Ennemi du faste, son habillement était fort simple, il ne consistait que dans un manteau de satin gris-blanc doublé d'un taffetas couleur de rose, rattaché par un petit nœud de ruban couleur de feu. Il s'ajustait de façon que dans les jours d'action ou de cérémonie il ne l'empêchait ni de combattre ni de faire paraître l'élégance de sa taille.

Admirablement bien fait, le mouvement libre, la démarche aisée, la contenance haute, même un peu fière, mais de cette fierté noble qui est l'apanage du souverain, il n'était ni comme ces géants que leur grandeur élève jusqu'aux cieux, que leur poids entraîne vers la terre, ni comme ces nains qu'un souffle renverse, qui échappent aux yeux. La nature qui aime l'ordre, qui cherche la proportion dans toutes ses productions, en avait fait son chef-d'œuvre, il était tel qu'on nous dépeint le dieu Mars.

Il était doux, il semblait même qu'il abordait un air timide. Ce premier trouble passé, on le trouvait aimable, caressant. Il était vif, entreprenant, ne connaissant ni d'obstacle, ni de difficulté. La résistance l'irritait, alors il n'était plus maître de lui-même ; il étincelait de colère, le feu lui sortait de toutes parts, il ne respirait que le sang et le carnage, il fallait que tout lui cédât ; honteux de son emportement, il se fâchait, il répandait des larmes ; mais comme on entre aisément dans son naturel, à la première occasion la colère succédait au repentir avec autant de rapidité que le repentir aurait succédé à la colère.

Au reste, ses vertus effaçaient ses défauts, on peut même dire qu'ils n'en étaient que des suites. Tout ce qui constitue les héros, il l'avait éminemment, surtout il était né si libéral que le sommeil même ne suspendait pas la passion qu'il avait de répandre ses grâces. Titus ne regrettait que les jours qu'il avait passés sans en faire[10]. Apprius eût regretté les nuits. Un plus long éloge l'offenserait, la modestie et le mérite marchent de compagnie.

Un jour, seul avec son favori, rompant tout à coup le silence : « Danbre, lui dit-il, je vous aime, je veux vous ouvrir mon cœur. Tout semble me rire, et tout me rit en effet. Chéri de mes sujets, tranquille dans mes États, en paix avec mes voisins, je devrais être heureux, je ne le suis pas. Des mouvements inconnus m'agitent, votre présence (tout cher que vous m'êtes) en redouble la violence, je frémis, je tremble, je frissonne, mon cœur se révolte, il m'échappe, j'ai des désirs, je ne sais où ils tendent ; mon inquiétude se nourrit de tout ce qu'on fait pour la distraire. Un feu répandu dans toutes mes veines me dévore, me consume ; le jour est un supplice pour moi, la nuit ne m'est pas plus favorable, le sommeil me fuit, ou ne suspend mes peines que pour les augmenter ; mille images bizarres et chimériques s'offrent à moi ; tantôt une troupe folâtre d'Amours m'enchaînent avec une guirlande de fleurs, me transportent sur leurs ailes dans des lieux enchantés : gazons émaillés, bocages sombres, murmures gracieux d'un ruisseau lentement fugitif, ramage attendrissant de mille et mille rossignols, dont l'écho répète les sons flatteurs, palais où brillent l'or et l'azur, où rival de la nature l'art anime ses propres ouvrages, ravissent mes yeux et mes oreilles. Des objets inconnus, mais charmants, badinent autour de moi, m'appellent, me montrent le bonheur qui est dans l'éloignement, j'y vole, tout disparaît. Tantôt brûlant d'une soif ardente, je me trouve dans un désert aride, je ne vois que des monceaux de sable, que des roches escarpées ; un bruit terrible se fait entendre ; je prête l'oreille, je regarde, c'est un torrent qui se précipite d'une montagne. Je m'y présente ; l'eau se perd sous terre, il n'en rejaillit sur moi que quelques gouttes qui ne parviennent point jusqu'à ma langue desséchée. Que te dirai-je ? mille autres plaisanteries se montrent et se détruisent ; je m'éveille et je ne me rendors plus[11].

— Seigneur, lui répondit le prince, l'état où vous êtes me touche d'autant plus que ma présence irrite vos maux. Si j'en suis la cause exilez-moi, ne me revoyez jamais. Quoi qu'il en coûte à mon amitié, elle me rend capable de vous faire ce sacrifice.

— Non, mon cher Danbre, interrompit Apprius, je ne puis consentir à vous perdre. Je suis encore plus à plaindre quand je suis éloigné de vous. Que vous êtes injuste ! J'ai besoin de vos conseils, de votre secours, et vous voulez m'abandonner. » À ces mots il le regarda avec des yeux baignés de larmes et il se tut. Le favori reprit ainsi la parole : « Vous êtes dans un âge où toutes les passions confondues dans un cœur cherchent à se développer. Le choc est rude, il est difficile de le soutenir. Il en coûte également à céder et à combattre. La victoire ou la défaite sont également douloureuses. Vous me demandez conseil. Je ne trahirai point votre confiance. Je vais vous proposer un remède violent mais nécessaire. Arrachez-vous à vous-même. Sortez de l'inaction où vous êtes. La gloire vous appelle, suivez-la. Vous n'avez point de guerre où vous puissiez faire vos premières armes. Laissez en paix vos voisins. Allez chercher au loin des dangers dignes de votre courage. Volez à la découverte de l'île de Taliélaré. Le repos et les plaisirs vous y attendent. Mettez fin à cette aventure. La gloire vous en est réservée. »

À ce discours le roi prend un air plus serein. Il semble sortir d'une longue léthargie ; un feu vif mais doux brille dans ses yeux. C'est un homme nouveau. « Ah mon cher, s'écrie-t-il en l'embrassant, que ne vous dois-je point ? Mon trouble cesse, il est dissipé, hâtez-vous de tout préparer pour cette brillante entreprise. Je sens que mon bonheur en dépend. Son idée seule me transporte, elle m'occupe tout entier. »

Danbre va trouver Gatimonnilia, lui parle du dessein du roi. D'abord elle le désapprouve, mais vaincue par ses raisons elle y donne les mains, à condition qu'elle sera du voyage. On équipe une flotte. On prend des mesures pour entretenir le calme dans le royaume pendant l'absence d'Apprius. Le jour du départ arrive, on s'embarque.

Danbre, Gatimonnilia et les deux Celulois étaient seuls dans la chambre du roi et s'efforçaient de l'amuser pendant une navigation longue, quoique heureuse. Quelquefois il entrait dans leurs entretiens, mais le plus souvent emporté par sa rêverie ou cédant à son impatience il passait des journées entières à regarder la mer et à soupirer. Le temps changea, le ciel se couvrit de nuages, le vent grossit et devint contraire, la tempête se forme, elle éclate, les pilotes se déconcertent, les vaisseaux se dispersent, l'orage redouble ; on est menacé d'un orage prochain : Apprius immobile garde un profond silence, les deux Celulois imitent leur maître, Danbre et Gatimonnilia se querellent, l'équipage jette des cris lamentables, le vaisseau s'ouvre, les flots l'engloutissent, le roi, soutenu par ses menins qui l'aident à nager, est jeté à demi mort sur le sable. Il revient à lui, demande son favori, ne le trouve point, l'appelle, le cherche de tous côtés et se désespère de sa perte. Gatimonnilia le rejoint, elle tâche de le consoler, ses soins sont inutiles, ils aperçoivent quelques pêcheurs occupés à recueillir les débris du naufrage. Ils leur demandent dans quel pays ils sont. « Vous êtes, leur répondirent-ils, dans le pays des Dotigs. Mina, qui est notre reine, a son palais à trente lieues d'ici. Comme les chemins sont difficiles et que nous sommes amis des étrangers, l'un de nous vous servira de guide en cas que vous vouliez aller à la Cour, où nous pouvons vous assurer que vous serez bien reçus. » Apprius accepta leurs offres et se mit en chemin ; le second jour il retrouva son favori, sa vue lui fit oublier tous ses malheurs.

Gatimonnilia avait pris les devants. La reine instruite par elle de la venue d'Apprius vint à sa rencontre, et le serrant tendrement se félicita de le posséder ; elle le logea dans son palais et le combla de ses caresses. Le roi se fit bientôt aux mœurs des Dotigs, et oubliant son royaume et tous ses projets se livra aux délices du pays avec autant d'emportement qu'il n'en avait jamais goûté de pareils.

Le royaume des Dotigs n'est pas fort étendu, c'est une plaine presque carrée, coupée de rivières qui se jettent l'une dans l'autre ; il y a quelques petites montagnes aux extrémités, mais peu considérables. Il est composé de cinq peuples différents, dont le principal est séparé des quatre autres par une vallée assez profonde. Ils ont tous leurs talents et leurs usages particuliers ; en général ils sont alertes, adroits, officieux et infatigables.

Mina, charmée de son nouvel hôte, inventait tous les jours quelque plaisir pour le retenir. Sa passion pour lui devint si forte qu'elle en abandonna le soin de toutes ses affaires ; elle ne pouvait se passer de sa vue. Apprius répondait à ses empressements, et leur union semblait devoir durer autant que leur vie.

Gatimonnilia, alarmée des exercices violents qu'elle lui voyait faire, lui représenta que ses excès pourraient avoir des suites funestes ; Danbre et les Celulois se joignirent à elle ; le roi ne voulut rien écouter. Elle lui demanda à se retirer. Elle fut la dupe de son dépit. Il lui dit froidement qu'elle était la maîtresse de sa destinée, qu'elle pouvait s'en aller où bon lui semblerait. Là-dessus il la congédia[d]. D'abord il fut charmé de ne plus la voir, mais bientôt il la regretta et se trouva trop heureux de la revoir quand elle voulut bien revenir. Tels sont les rois sans expérience.

Un jour Apprius entraîné par l'ardeur de la chasse s'égara. La nuit le surprit, il aperçut à la faveur d'une faible lumière quelques maisons sur une colline ; il s'y rendit et tomba entre les mains des Brularnes, peuples féroces et indomptés, bizarrement avides du bien d'autrui ; ils ne veulent le prendre que pour le dissiper en pure perte, et ne tirent d'autres avantages de leur fureur que l'affreux plaisir de se détruire eux-mêmes en faisant périr ceux dont ils se sont rendus maîtres par force ou par adresse. Disciples d'un certain Godinèse, ils apprirent de lui à commettre le crime sans honte et sans remords. Ils n'avaient ni temples, ni prêtres ; cependant ils se piquaient de religion et sacrifiaient à la terre le jour, la nuit, le matin, le soir, comme ils y étaient déterminés par leur zèle ou par leur caprice. Sans égard pour la majesté royale, ils traitèrent Apprius avec une inhumanité de barbares, le mirent en prison, le dépouillèrent, le séparèrent de son favori et ne lui laissèrent que ses deux menins, qui, épuisés eux-mêmes par les mauvais traitements qu'ils avaient reçus, ne pouvaient lui rendre aucun service.

La reine Mina fut touchée de l'état où était Apprius, mais n'osant et ne voulant pas se brouiller avec les Brularnes elle se contenta d'employer ses bons offices pour les engager à le traiter plus doucement. Ils firent peu de cas de son entremise. Ils continuèrent à le persécuter ; il eut besoin de toute la vigueur, de toute la force de son tempérament pour ne pas succomber à des épreuves si violentes, si souvent redoublées, qui l'excédaient jusqu'au vomissement. Il devint pâle, maigre, décharné, méconnaissable. À tant de maux se joignit encore une hémorragie de sang qui le réduisit à l'extrémité.

Le prince Lucanus (nous dirons dans la suite qui il était) entreprit de le retirer des mains des Brularnes. Il employa pour cet effet la princesse Cadhubée, qui se fit aider par Gatimonnilia ; elles avaient toujours été ennemies, l'intérêt d'Apprius les réunit.

Cadhubée est une personne fort extraordinaire. Regardée d'un certain côté on lui trouve des charmes, cependant elle est réellement laide. Elle est de tout pays et n'est d'aucun. Le lieu de sa naissance est inconnu. Bizarre, inconstante, impérieuse, elle va toujours à l'extrême dans ses vues. Elle fait consister les plaisirs dans le caprice et dans l'excès. Ce n'est point en elle le goût qui décide, c'est le tempérament : elle ne raffine sur rien, elle outre toutes choses, elle passe rapidement d'une idée à l'autre, la plus extravagante lui paraît toujours la plus sage, elle tire vanité de ses emportements. Incapable de réflexion, rien ne l'arrête, la fureur qui la guide a souvent des suites fâcheuses. Il semble alors que sa douleur, que ses larmes soient un repentir ; ce n'est qu'un désespoir, que la rage que lui cause l'impuissance où elle se trouve de pouvoir se satisfaire. Ses favoris sont esclaves, elle les traite avec hauteur, elle ne leur laisse que la liberté d'obéir : elle veut, elle force, elle n'a point d'autre manière de persuader.

Cadhubée avait quelque crédit sur les Brularnes, elle eut permission de voir Apprius, et fit si bien qu'ils le lui remirent entre les mains. Elle lui proposa de venir chez le prince Lucanus qui le désirait, suivant la lettre dont ce prince l'avait chargée pour Apprius. Elle était conçue en ces termes :

Lucanus, souverain de Lucanie[12], *prince héréditaire de Medoso, Ghervomo, Vergobrie, etc., au roi Apprius, salut.*

Nous avons appris avec surprise et avec douleur l'état où vous vous trouvez au milieu de nos plus grands ennemis. Les outrages que vous font ces barbares ont allumé notre juste indignation. Nous leur avons fait demander votre liberté, nous ne croyons pas qu'ils aient l'insolence de nous la refuser. Si nous nous trompons, vous nous verrez bientôt à la tête de toutes nos forces mettre tout à feu et à sang chez ces misérables, et les détruire de fond en comble. L'alliance qui a toujours été entre nos ancêtres et l'estime que nous avons de votre personne nous font espérer que vous honorerez notre cour de votre présence et que vous y viendrez recevoir toutes les marques d'amitié que vous pourrez attendre d'un frère et d'un allié,

LUCANUS.

Apprius fut sensible aux avances de Lucanus. Cependant son premier mouvement fut de refuser ses offres et de retourner dans son royaume. Les manières de Cadhubée lui déplurent, il se sentit de la répugnance à la suivre. On lui avait fait un portrait peu avantageux de Lucanus et de ses États, où l'on assure que l'air est souvent infecté d'exhalaisons sulfureuses et insupportables, et le pays souvent défiguré par des inondations incommodes et des débordements fort disgracieux. Il n'avait point en lui d'idées qui le flattassent sur ce voyage. Enfin, soit instinct ou préjugé, tout l'en détournait. La jeunesse est avide de nouveautés, mais elle veut les connaître, ou du moins s'imaginer qu'elle les connaît avant que de s'y livrer. L'envie de s'instruire, le plaisir de n'ignorer de rien l'encourage ; la honte de paraître ignorante la retient ; flottante, incertaine, il faut qu'on la détermine. Tel était Apprius.

Gatimonnilia vainquit son irrésolution et l'emporta sur le prince Danbre qui, étant à peine revenu de ses dernières aventures, craignait d'en entreprendre de nouvelles.

Il ne voulut point partir sans prendre congé de la reine Mina. La manière dont elle l'avait reçu exigeait cette marque de reconnaissance. Leur entrevue fut tendre, leur séparation douloureuse, il y eut des larmes répandues, ils se dirent un adieu qu'ils crurent éternel ; mais ils eurent dans la suite le plaisir de se revoir à la cour d'une princesse dont les aventures étroitement liées avec celles d'Apprius seront un des plus beaux endroits de cette histoire, dont nous finissons ici la première partie.

SECONDE PARTIE

La Lucanie est beaucoup plus étendue que les États de la reine Mina ; le pays, quoique stérile, est fort habité. Les relations des voyageurs (elles sont très rares) varient sur le plus ou le moins de séjour qu'ils y ont fait, la plupart même se contredisent formellement. Voici à peu près ce qu'ils en rapportent.

Cet État est d'une figure ronde, environné de hautes montagnes couvertes en tous temps de neiges qui modèrent l'excessive chaleur du climat. Une plaine assez resserrée le coupe par le milieu ; il n'y croît que quelques arbustes, qui ne produisent rien. Il y règne presque toujours un vent impétueux, dont le bruit ressemble beaucoup à celui du tonnerre ; il est au reste plus incommode que nuisible.

Les mœurs des habitants sont très singulières. Ils sont partagés en deux nations également soumises à leur prince : les Ugobers et les Chedabars.

Les Ugobers sont ennemis du faste et de l'ostentation. Leurs habits sont propres mais simples, leur maison modeste, leur nourriture frugale ; ils ont l'air sage, le maintien décent, le discours honnête. Ils fuient, ou du moins ils affectent de faire croire qu'ils fuient l'excès et le désordre. Ils se piquent de science et même de philosophie, ils en font leçon et s'efforcent, non en public, mais en particulier, de l'inspirer à leurs élèves ; ils sont mystérieux de leur morale autant que de leur culte. Un secret inviolable cache l'un et l'autre aux regards et à la pénétration de tous ceux qui n'y ont point été eux-mêmes initiés. Grands zélateurs de leur religion, ils cherchent avec soin, cultivent avec application les moyens de lui faire des prosélytes, et, rigides observateurs de leurs maximes, ils en soutiennent les pratiques jusqu'au scrupule. Ils sont au reste si doux, si humains que leur douceur est passée en proverbe et qu'on dit communément « un bon Ugober ».

Il n'en est pas de même des Chedabars, aussi faut-il dire qu'ils sont comme les esclaves des Ugobers. Ce seraient les plus méprisables, les plus malhonnêtes de tous les hommes, si leurs maîtresses n'avaient la bonté d'adoucir leur servitude. Un orgueil stupide les aveugle sur l'ignominie de leur état. Parce qu'ils sont libres en apparence, ils ne sentent pas le poids de leurs chaînes ; leur lâche complaisance les rend insensibles aux dégoûts de l'humiliation. On les flatte, on les caresse ; leur âme mercenaire s'en applaudit. Insensés, qui ne s'aperçoivent pas qu'ils sont le jouet de ceux dont ils s'imaginent faire le bonheur. Ils se piquent de beauté, mais cette beauté est molle, efféminée et passagère. Plongés dans un luxe immodéré ils ne respirent que les parures, que les ajustements ; on les reconnaît à la richesse de leurs habits, et mieux encore à leur manière de se mettre. Leurs regards sont composés, leur démarche est affectée, ils n'ont rien de naturel. Ils sont les premiers qui ont laissé croître leurs cheveux, qui les aient frisés et poudrés. Ils ont inventé l'usage des pâtes, des essences et des parfums. Leurs discours ressemblent à leurs mœurs, ils ont un langage à part, plein d'afféterie ; ils s'appellent entre eux Refers, Gnotis et Manégides. Ces noms bizarres sont leurs noms d'amitié. Ils ont parmi eux un ordre de chevalerie dont on ignore l'origine et les prérogatives. Ils tiennent tous à si grand honneur de le porter qu'il n'y a que les misérables qui ne l'aient pas. On l'appelle l'ordre de Thalactemne.

L'esclavage des Chedabars finit quelquefois. Il y en a qui se font admettre au rang des Ugobers. Alors ils oublient la bassesse de leur premier état et l'esclave prend les sentiments du maître.

Lucanus n'était point de ces princes populaires qui se communiquent à leurs sujets, qui vivent familièrement avec eux ; il était de difficile accès, ne se laissant voir qu'à ses favoris et qu'à ses médecins. Il était sujet à des vapeurs qui le jetaient dans une mélancolie noire qui l'agitait cruellement. Sa fureur redoublait quand les princesses Hermoderies venaient lui rendre visite, ce qui arrivait assez souvent. Ces princesses habitent un pays appelé Suna, elles étaient amoureuses de Lucanus ; n'ayant pu lui plaire, elles se vengent de ses mépris par les maux qu'elles lui font souffrir.

Cependant il reçut fort bien Apprius, il lui procura tous les plaisirs dont la Cour était susceptible. On lui donna deux fameux Ugobers pour l'instruire des mystères de la religion, il y fut bientôt initié; sa pénétration lui fit devancer les leçons de ses maîtres. S'il eût été dans un âge à être flatté de la réputation de sage, il eût trouvé son compte dans les éloges qu'on lui donnait de toutes parts; mais soit inconstance, soit dégoût, on s'aperçut bientôt qu'il méditait de se retirer en secret, prévoyant que Lucanus s'opposerait à son départ s'il lui en parlait. En effet l'hypocrite modestie des habitants lui déplaisait, il démêla sans peine que la vertu n'y était qu'extérieure, que la sagesse dont ils faisaient parade n'était qu'un raffinement de plaisirs dont la mystérieuse régularité flattait plus leur imagination que leur cœur. Ajoutez à cela que l'air et les vents du pays l'incommodaient; que quoiqu'il eût le plus bel appartement du palais, comme les Lucaniens n'ont pas le goût des bâtiments, il y était mal logé, et si étroitement que lui et Danbre son favori ne pouvaient se remuer dans la même chambre.

Lucanus fut surpris de l'indifférence qu'Apprius marqua pour les plaisirs de la Cour, et de la secrète antipathie qu'il découvrit en lui pour sa personne. Jusqu'alors il n'avait point fait d'infidèles; mais le roi, pensant plus noblement que le reste des hommes, sentit qu'il lui manquait quelque chose, et sans savoir précisément ce que c'était, il en désirait la possession.

Lucanus, qui l'examinait, prévit avec douleur qu'il allait lui échapper. Pour le retenir il eut recours à un moyen qu'il crut infaillible: ce fut de le tenter par la gloire et de lui en promettre une immortelle s'il voulait se mettre à la tête de ses troupes et l'aider de son courage et de ses conseils à vaincre ses ennemis.

Apprius parut ébranlé. Que ne peut point la gloire sur un jeune cœur? Pour ne point laisser refroidir ses heureuses dispositions il le pria de trouver bon qu'on l'instruisît de ses vues et qu'on tînt chez lui le lendemain un grand conseil. Le roi ne peut rien refuser. On s'assemble.

Péguirèle, général de Lucanus, brave officier qui avait vieilli à la guerre où il avait rendu des services signalés à son maître, prend la parole et dit:

« Les expressions d'un vieux soldat sont grossières, il songe aux choses plus qu'aux paroles, il se pique de bien faire et non pas de bien dire; ainsi, grand prince, j'exposerai simplement le sujet qui nous assemble. Il s'agit d'une guerre juste et nécessaire. Voyons d'abord quels sont nos ennemis, nous verrons ensuite par quels moyens nous pourrons en triompher. Le prince Lucanus est sans contredit le plus puissant monarque du monde. Cependant il veut bien vous céder la prééminence, et tenir à honneur de devoir à votre courage les conquêtes qu'il médite de faire. Le premier — et le plus opinâtre — de nos ennemis, c'est le prince Turnée qui, abusant de la situation de son État qui est sur les hauteurs de celui-ci et coupé d'une infinité de canaux, nous inonde en pleine paix et par le seul plaisir de nous faire du mal. Son extravagance est telle que, quoiqu'il soit toujours vaincu, il est toujours le premier à attaquer. Cependant, comme depuis peu[e] le prince mon maître a fait avec lui une trêve qu'il a promis d'observer religieusement, il faut attendre qu'il ait donné de nouveaux sujets de rupture pour lui faire sentir l'effort de nos armes, et nous n'attendrons pas longtemps.

« Un autre ennemi plus cruel et plus dangereux, ce sont les Brularnes. Seigneur, vous avez été parmi ce peuple, vous savez jusqu'où va leur férocité. Non contents de nous attaquer à force ouverte, ils cabalent parmi les Lucaniens, ils abusent de la jeunesse et de l'ignorance des Chedabars. Ce qu'il y a de pis (jugez combien est grande la corruption du cœur humain), on a trouvé des Ugobers en commerce avec des Brularnes. Il faut couper le mal à la racine ; de leur destruction dépend notre sûreté, notre honneur, notre salut. En les exterminant, vous vengez vos injures et les nôtres. Qui peut nous arrêter ? Le fer et la flamme sont prêts, l'ennemi est à nos portes, il ne devrait déjà plus subsister que dans la mémoire de ses destructeurs. Le troisième ennemi, contre lequel nous avons besoin de toute notre valeur et de toute notre expérience, c'est Monilne, reine des Sirlapis, qui se sont soustraits à notre obéissance pour vivre sous la sienne. Je frémis de rage quand je songe aux maux qu'elle nous a causés, à ceux qu'elle nous fait et à ceux qu'elle nous prépare. Vous ne voyez point d'étranger parmi nous : elle nous les a tous enlevés, sa cour est le centre des richesses et du commerce de toute la terre. Grâces aux dieux immortels, ses artifices n'ont séduit aucun Ugober, mais il ne nous reste au-dehors que quelques amis cachés qui n'osent paraître sous nos étendards. La crainte et la honte les retiennent, hâtons-nous d'abattre son odieuse domination. Soyons-en les destructeurs, ou nous en serons les victimes ; l'entreprise est difficile, je ne le nie pas, ses troupes sont nombreuses et aguerries, ses chefs intrépides et célèbres par mille conquêtes ; mais le courage et la patience triomphent de tous les obstacles. Hâtons-nous. Invincible quand elle attaque, pour la vaincre il faut la surprendre. Voyons maintenant par quelle voie nous y réussirons.

« Nous avons vingt mille Ugobers que j'ai l'honneur de commander, le fameux Galibernite est à la tête de quinze mille Chedabars. Comme nos voisins ont refusé d'entrer dans la Ligue, le sérénissime prince Lucanus mon maître a fait alliance avec Roulée, reine des Tègres et des Prénitres, la plus implacable ennemie de Monilne et, si j'ose le dire, plus acharnée à sa perte que nous-mêmes. Née dans un monde différent du nôtre, elle a quitté ses intérêts et passé les mers pour venir seconder notre fureur. Outre ses sujets naturels, ses troupes, qui portent partout le fer, la flamme et l'épouvante, sont composées de Palunois et de Chrenacs, et de Chusepiades. À ces noms, je vois pâlir Monilne. Ce n'est pas le tout, nous avons envoyé Cadhubée dans ses États y jeter par ses pratiques secrètes le trouble et la division ; déjà les Pimorons, qui sont nos hussards, marchent sous la conduite de leur général Alesopariel pour s'emparer des forêts qui environnent son royaume. Ces peuples se font suivre par leurs femmes et par leurs enfants ; on ne les chasse presque jamais des lieux dont ils se sont une fois rendus maîtres. On ne peut les détruire qu'en tuant leur chef, qui pour éviter ce malheur va toujours simplement habillé et confondu parmi ses soldats qui ne craignent, non plus que lui, quoi que ce soit sous le ciel, sinon un certain poison dont le nom est terrible. Ils l'appellent Vonengt Sirg, c'est le seul qui leur soit mortel.

« Vous voyez, Seigneur, par le détail de nos forces et par la sagesse des mesures que nous avons prises que la victoire ne peut nous échapper sous un chef de votre réputation.

« Mon maître vous remet son sort et ses armes entre les mains : il sera votre premier soldat. Menez-nous à l'ennemi, nous seconderons par notre obéissance et notre courage les grands exemples que vous nous donnerez. »

Péguirèle se tut. Il s'éleva dans l'assemblée un murmure confus d'applaudissements. Le désir de la gloire, celui de la vengeance, se faisait lire dans les yeux de tous les assistants. Le roi lui-même parut touché, il laissa entrevoir qu'il acceptait le commandement qu'on lui offrait d'une manière si flatteuse. Cependant il ne donna point de parole positive et voulait auparavant consulter son favori.

Le conseil finit. Apprius court chercher Danbre. On lui dit qu'il était allé à la chasse aux érases[13], gibier extraordinaire, dont on trouve quelquefois plus qu'on ne veut quand on ne s'en soucie pas, mais qu'on a de la peine à rencontrer quand on le cherche.

En attendant qu'il fût de retour le roi se fit donner un cheval pour aller à la promenade. Insensiblement il s'écarta de sa suite : un orage le surprit. Quelques arbres s'offrirent, il fut s'y mettre à couvert. Il n'y avait pas été un quart d'heure que, le ciel étant éclairci, il aperçut à quelques pas de lui une grotte d'une structure singulière qui excita sa curiosité. Il s'en approcha, l'entrée qui lui paraissait tout en feu l'arrêta, mais il connut bientôt qu'elle était faite de branches de corail. Quelques gardes vêtus de blanc étaient rangés en haie dans l'avant-cour ; ils ne laissaient entre eux que des intervalles si imperceptibles qu'il entreprit inutilement de passer au-delà. Cet obstacle le fâchant, il leur parla. Au lieu de lui répondre, ils s'ouvrirent pour faire passage à une jeune personne d'un air si vif et si brillant qu'Apprius en fut ébloui. Sa surprise fut si grande qu'à peine entendit-il les premières paroles qu'elle lui adressa : « Qui que vous soyez, lui dit-elle, qui sans doute venez me consulter sur votre destinée, que puis-je pour vous ? Je vous servirai si vous êtes amant, car je ne puis rien pour les maris, ou du moins je ne veux rien faire pour eux.

— Madame, lui répondit-il, je suis le roi des Siders, c'est le hasard qui m'a conduit ici. N'ayant pas le bonheur de vous connaître, je ne viens point vous demander de grâce.

— Quoi, Seigneur ! interrompit-elle, vous êtes le roi Apprius, ce roi si célèbre par toute la terre, qui loin de vos États vivez parmi un peuple étranger dont la malice artificieuse veut vous engager à prendre les armes contre une reine aimable que vous ne connaissez pas, que vous aimerez et que vous épouserez un jour ? Voulez-vous détruire un royaume qui doit vous appartenir ? Quittez une entreprise si funeste, si indigne de vous. Votre intérêt s'y oppose, la gloire la condamne, les dieux vous le défendent. Mais, continua-t-elle, pour faire cesser la surprise où je remarque que vous jette mon discours, apprenez qui est celle qui vous parle, et en même temps quelles sont sur vous les vues éternelles et immuables des destinées.

« Je suis fille de Prestil et de Vectivalia, on m'appelle Lugane. Élevée dès mon enfance avec des soins infinis par un père à qui la déesse Tudée avait révélé tous les secrets de la nature, conduite par une mère dont tous les talents étaient merveilleux, je devins en peu de temps un prodige. Je savais tout, je parlais de tout avec certitude. Mes défauts obscurcirent bientôt ces belles qualités. J'étais née légère, indiscrète, inconstante ; le naturel l'emporta sur la réflexion. Les connaissances solides, les choses sérieuses m'ennuyèrent, je m'en dégoûtai, je les abandonnai ; le badinage et la coquetterie devinrent mes passions dominantes, un goût de bagatelle et d'inutilité fit tout le fond de ma vie. Ce fut moi qui la première m'avisais d'apprendre aux amants l'art d'exprimer leur passion. J'inventai les termes séduisants qui flattent, qui éblouissent, qui persuadent presque toujours. J'aidai le cœur et les yeux de deux jeunes objets enflammés l'un pour l'autre à confondre leurs soupirs, à se communiquer leurs transports, à entretenir et augmenter leurs feux ; les gentillesses de l'amour, la vivacité des plaisirs, le raffinement des délices furent mon ouvrage. Les Imars, nation intrépide et dégoûtante, vinrent me demander des leçons. Je les rebutai, ils se vengèrent de mes mépris d'une manière cruelle, mais qui dans la suite m'est devenue salutaire. Ils eurent recours à la barbare Cornidétis, ma plus implacable ennemie. J'étais libre alors, ne me défiant de rien, je n'étais en garde sur rien. Mon inconsidération me fut pernicieuse. La maudite[g] Cornidétis me surprit pendant que je dormais. Elle m'attacha avec des liens imperceptibles, mais indissolubles, dans la grotte embrasée où vous me voyez. Je conserve dans ma prison l'amour que j'ai eu pour la liberté. Je fais pour en sortir des efforts qui se bornent à la vaine faveur de pouvoir prendre l'air, encore faut-il que mes gardes me le permettent. Je puis à la vérité transporter ma grotte d'un lieu à un autre, mais je n'en suis pas moins captive. À force de me dire que je devais me soumettre à ma destinée, je me le suis persuadé, ne pouvant travailler pour moi-même, je m'occupe à être utile à ceux qui ont besoin de mon secours. »

Lugane s'étant arrêtée un moment reprit ainsi la parole : « Je reviens maintenant à vous, Seigneur, l'amour de la gloire vous avait fait entreprendre la conquête de l'île de Taliélaré. Ce dessein était grand, mais parce que vous avez pris de mauvaises mesures, il ne vous a pas réussi. La tempête a dispersé vos vaisseaux, vous avez fait naufrage, et par un enchaînement de disgrâces vous avez été séduit par les caresses de la reine Mina, réduit dans un état affreux par la férocité des Brularnes, et sans moi le prince Lucanus allait vous embarquer dans une guerre funeste qui aurait mis le comble à votre imprudence. Pardonnez à ma sincérité. Le véritable zèle ménage peu les expressions. Je veux vous servir et non vous flatter. Reprenez donc votre premier projet, mais n'espérez pas parvenir à l'île de Taliélaré sans la reine Monilne. Séparez-vous donc de ses ennemis, allez à la Cour, méritez ses bonnes grâces ; vous aurez des obstacles et des ennemis à surmonter, ne vous découragez point, vous en serez victorieux. Je ne puis vous en dire davantage, votre prudence et votre valeur doivent suppléer à ce qu'il ne m'est pas permis de vous révéler. Adieu, Seigneur, une force supérieure m'ordonne de vous quitter. »

Apprius, étonné de ce qu'il venait d'entendre, resta immobile. Revenu à lui-même, il cherche Lugane, il veut lui parler ; elle avait disparu. Il se laisse aller à une si profonde rêverie qu'à peine entend-il la voix de ses gens qui l'ont retrouvé. Il retourne chez lui plein de trouble, impatient d'apprendre à son favori les prodiges qui viennent de lui arriver. Danbre l'attendait dans sa chambre. « Que je vous parle, lui dit-il dès qu'il l'aperçut, que je vous parle. » Tout le monde se retire, on les laisse seuls.

Quelque impression qu'eussent fait sur son esprit les discours de Lugane, il voulut avant que d'en parler à son favori savoir ce qu'il pensait des projets de Lucanus, résolu, s'il les approuvait, de suivre aveuglément son avis. Quand on a reconnu un ami fidèle et d'un génie supérieur au nôtre, il sied même aux princes d'avoir pour leurs conseils une inviolable condescendance. Apprius fait donc à Danbre un récit exact de ce qui s'est passé dans le conseil, lui rendant mot à mot la harangue de Péguirèle.

Danbre, qui a toujours en vue la conquête de l'île de Taliélaré, lui avoue naturellement que l'expédition qu'on lui propose n'est pas de son goût. Il appuie son sentiment de tant de raisons que le roi s'y rend. Alors il lui conte dans toutes les circonstances ce qui vient de se passer entre Lugane et lui. Danbre transporté de joie embrassa Apprius. On fait entrer Gatimonnilia, on la met de tiers dans le secret. On la consulte sur les moyens de parvenir au royaume de Monilne. Elle promet d'y rêver et d'en rendre compte le lendemain. Cependant Lucanus s'alarme de l'irrésolution d'Apprius. Il s'était flatté qu'il accepterait d'abord les offres avantageuses que Péguirèle lui avait faites de sa part. Le moindre obstacle est une offense pour les princes accoutumés à l'esprit de domination, ils veulent que rien ne s'y oppose, ils veulent même l'étendre sur leurs égaux.

Lucanus se détermine d'aller trouver le roi, et de mettre tout en usage pour le faire décider. Pendant qu'il s'occupe de cette idée, on vient lui dire qu'Apprius et toute sa suite sont sortis de ses États. Cette nouvelle le met en fureur, il ordonne qu'on courre après lui, que sans égard pour le droit des gens on lui fasse violence, qu'on le tue même. On lui obéit. Il était trop tard, le roi était en sûreté. Gatimonnilia, vive et pénétrante, s'était doutée que si Lucanus avait le moindre soupçon qu'Apprius voulût le quitter, il prendrait un parti extrême pour l'empêcher. Elle crut sagement qu'il fallait le prévenir par une prompte fuite. Tandis qu'elle prépare tout pour leur départ, deux inconnus se présentent à elle, lui disent qu'ils sont envoyés par Lugane pour offrir leurs services au roi. Elle les regarde, les examine, et les reconnaît : c'était Restecle et Neglicalide. Aussitôt elle les mène à Apprius qui sous leur conduite s'échappe et se dérobe aux poursuites de Lucanus.

D'abord il voulut prendre le chemin des États de Monılne, mais faisant réflexion que si le prince Lucanus venait l'attaquer elle ne serait peut-être pas en état de lui résister, il crut qu'il fallait lui mener un secours considérable et capable de la délivrer d'un ennemi si terrible. Ainsi nos passions s'élèvent et se détruisent. Cette reine, qu'hier Apprius voulait détruire, devient aujourd'hui l'objet de sa tendresse et de ses inquiétudes. Les prédictions de Lugane, le portrait flatteur que lui en fait Gatimonnilia, firent naître pour elle dans son cœur la plus vive passion. Il marche à grands pas vers son royaume pour s'y mettre en état de voir celui de Monilne. Mais comment y arriver ? La mer s'oppose à son impatience. Il n'a point de vaisseaux. Harzadel, le démon des bons et des mauvais événements, le tira d'embarras. Un gros navire (c'était un des siens) cinglant à pleines voiles s'offre à ses yeux. Il fait des signaux, ils sont entendus. Le bâtiment aborde à la rade, il s'embarque, la navigation fut heureuse, l'amour était du voyage. Apprius arrive, ses sujets sont charmés de le revoir, ils font éclater leurs transports.

Cependant le royaume était agité, les Siders ne peuvent rester en repos. La présence du roi dissipa la sédition. Il leva des troupes, ordonna à son armée de le suivre, et sans s'arrêter il prit les devants avec vingt mille soldats, tous gens d'élite.

Pendant qu'Apprius fait son voyage, tâchons de donner une idée simple mais claire de Monilne et de son royaume. Mais prenons auparavant un peu de relâche, et remettons à la troisième partie de cette histoire les choses merveilleuses qui nous restent à dire.

TROISIÈME PARTIE

Monilne était fille du roi Témeris et de la reine Palmenocasis, qui morts jeunes lui laissèrent de bonne heure le gouvernement de leurs États, sous la conduite d'une sage prêtresse nommée Televerna. Comme l'attrait et le charme de la beauté consistent dans un certain assemblage d'atomes sympathiques, dont quelques-uns s'échappant en colonnes imperceptibles vont frapper le cœur, on ne trouvera point ici de ces portraits romanesques, ennuyeux dans leurs détails, ridicules dans leur tout. Nous imiterons les Anciens, qui, plus sages que les Modernes (soit dit sans leur déplaire), parlaient pour le cœur plutôt que pour l'esprit, et nous dirons simplement que Monilne était belle parce qu'elle plaisait.

Son royaume est aussi singulier par sa situation que par les mœurs et la singularité de ses habitants. La carte du pays est difficile à dresser, parce que les degrés de longitude et de latitude y varient presque toujours. Les terres s'étendent en pente douce, de droite et de gauche, depuis des contrées appelées Néris jusqu'à celles qu'on nomme Tiroles, sont arrosées par le fleuve Viner qui se précipite avec impétuosité du mont Omaltte. Le reste du pays n'est pas fort connu, parce que les voyageurs se sont plus occupés des délices du lieu qu'à en faire d'exactes descriptions.

Les peuples y sont connus sous le nom général de Cistones[14] : les plus considérables s'appellent Sirlapis et Possanis. C'est parmi eux qu'on choisit les gouverneurs de provinces. On en compte sept : des Prusois, des Osnis, des Pecnèdes, des Laceroniades, des Caconosis, des Urauses, et des Célides. Ces peuples sont fort turbulents, presque toujours en guerre les uns avec les autres ; cependant par un effet inconcevable du bonheur de Monilne, leur division ne sert qu'à l'affermissement de sa puissance.

Ses sujets ne la servent qu'à genoux, ne la voient qu'à travers un voile[b], ne lui parlent que par des emblèmes. Il ne leur est permis de le faire qu'après avoir pris des leçons de la maîtresse du langage qui s'appelle Edomiste. La métaphore est si familière dans cette cour qu'on n'est jamais mieux entendu que lorsqu'on semble parler pour ne le pas être. Une louange donnée sans figure serait grossière, une grâce demandée sans détour serait sûrement refusée. La langue est simple, mais vive ; les expressions harmonieuses, le style concis. Les étrangers par le moyen de certains interprètes nommés Xeuy et Ittatenosi entendent tout ce qu'on leur dit, et font entendre tout ce qu'ils disent, de quelque nation qu'ils soient.

Venons aux qualités de Monilne. Rien ne naît ou ne reste parfait, le bien et le mal quoique ennemis se réunissent dans le même objet pour le rendre tour à tour digne d'admiration ou de censure. Cependant on peut assurer que ce qu'il y a en cette princesse d'excellent, elle se le doit à elle seule. Ce furent ses confidents, ses favoris, en un mot tout ce qui l'environne, qui lui causèrent ces altérations qu'on remarque quelquefois dans son humeur et dans son tempérament. La bonté de son naturel la défendit même longtemps de la séduction des conseils suborneurs et empoisonnés. Être toujours attaquée, résister toujours, l'humanité ne va pas jusque-là. Monilne fit des fautes légères, il est vrai, mais elle fit des fautes. Son mérite nous demande des louanges, nous lui en payons le tribut avec plaisir. L'histoire nous demande de la sincérité, nous ferons notre devoir en lui obéissant.

La pluralité des dieux n'était pas établie de son temps ; on n'avait point encore poussé la fureur superstitieuse jusqu'à défier[15] le plaisir et la douleur. Alors la crainte et l'espérance étaient des passions, rien de plus. Adorer ce qui est réellement un mal, ou ce qui ne peut pas être un bien, à qui cela est-il arrivé ? à des êtres orgueilleux qui s'imaginent tout savoir, qui se croient d'une nature infiniment supérieure à tout ce qu'ils connaissent – tranchons le mot, à des hommes. La réflexion nous emporterait trop loin, passons. Monilne adorait Nullea, déesse bizarre à la vérité, mais dont la puissance visible exigeait un culte religieux. Elle se contentait presque toujours d'un hommage d'admiration, mais dans de certaines conjonctures elle voulait des sacrifices sanglants.

Elle choisissait elle-même ses victimes, et ne fertilisait que les terres arrosées du sang qu'elle avait fait couler.

À l'exemple des souverains orientaux, Monilne faisait observer à la Cour un cérémonial assez épineux. Nous n'en rapporterons point l'étiquette, parce que changeant tous les matins on écrit l'ordre du jour, dont ceux qui viennent au palais doivent s'instruire avant que d'y entrer.

Ce palais est de figure ovale, revêtu de marbre blanc pardehors, les ameublements sont de satin couleur de feu, ses jardins sont en amphithéâtre, les hauteurs sont plantées de petits arbres, dont les branches entrelacées forment des berceaux impénétrables aux rayons du soleil et à la rigueur du froid le plus excessif.

Les ornements de la reine sont simples. Elle porte un grand voile nommé hecmesi ; elle en met un second ou un troisième, qu'on appelle olloctin[i] et rapine. Ces trois voiles sont recouverts par une grande pièce d'étoffe d'or ou d'argent, ou de taffetas, suivant la saison ; dans les jours de cérémonie et lorsqu'elle va au temple de Nullea, elle se couvre d'un bandeau appelé teversite, ou selon d'autres farivoch.

Le nombre de ses favoris est fort grand. La première personne qui eut part à ses bonnes grâces fut Perlopetra, favorite désintéressée, qui ne demandait rien pour elle-même et ne s'occupait qu'à contribuer au lustre de sa maîtresse. Sa faveur fut longue mais languissante ; sa simplicité n'avait rien de piquant. Monilne l'aima toujours par habitude, dans le temps même qu'elle ouvrait son cœur à de nouveaux engagements. Solidapanitis, jeune étourdi, la tête pleine de jeux et d'amusements, s'empara de l'esprit de la reine. Son imagination vive et fertile inventait tous les jours de ces plaisirs superficiels, qui n'ont rien de flatteur que la variété, qu'on quitte sans regret, qu'on reprend sans goût, qu'on oublie enfin d'un moment à l'autre.

Althone s'introduisit aussi dans le cœur de Monilne, on ne sait comment. Il semble en effet que ce ne fut point par ses bonnes qualités. Timide, elle veut à peine se montrer. Quand on lui parlait, elle baissait les yeux. Quand on la regardait, ses joues se couvraient d'une rougeur stupide plutôt que modeste. Cependant, la reine avait pris pour elle tant de goût qu'elle l'imitait en toutes choses. On fit pendant quelques années d'inutiles efforts pour la guérir d'un attachement si bizarre, les conseils et les remontrances ne servirent à rien. Tout ce qu'on faisait pour détruire Althone augmentait son crédit.

Ce que n'avait pu toute la Cour, Prelarva en vint à bout. L'envie de plaire est née avec nous. Mais quelque vif que soit ce sentiment, il ne se développe pas tout d'un coup. Caché dans notre cœur, il faut qu'on l'aide à se débarrasser des obstacles qui le retiennent.

Prelarva savait qu'il y a mille moyens de se rendre agréable, sans s'attacher aux choses qui dépendent de l'intérieur. Elle s'occupa de celles que le goût peut ajouter à la nature : elle inventa les ajustements, elle apprit à Monilne l'art de s'en servir. Avant elle on ne connaissait point le mérite d'une coiffure plus ou moins élevée, d'un cheveu plus ou moins avancé, d'une mouche placée d'une certaine façon. C'est par elle que souvent les habits les plus simples effacent les étoffes les plus riches ; que quelques fleurs, quelques rubans arrangés avec intelligence ternissent l'éclat des pierres les plus précieuses. D'où vient que la vue de cette personne nous fait plaisir ? d'où vient que la vue de celle-là, peut-être plus belle que l'autre, ne nous en fait point ? N'en cherchons la raison que dans le charme du je-ne-sais-quoi. Ce charme est l'ouvrage de Prelarva.

Quoiqu'elle eût lieu de croire que sa faveur serait de tous les temps, elle eut l'habileté pour la rendre plus durable de s'associer Celtiquteora. La reine se livra tout entière à cette nouvelle venue. Prelarva, loin d'être jalouse de la bonne fortune de son amie, y contribuait de bonne grâce. Celtiquteora avait une compagne qu'elle aimait tendrement, elle l'admit dans les entretiens secrets qu'elle avait avec Monilne. Lusicotéria, c'était son nom, forma d'abord le dessein de supplanter toutes ses rivales. L'ambition et l'ingratitude sont sœurs. Pour y réussir, elle se conduisit avec la reine tout différemment de celles qui l'avaient précédée. Elle s'aperçut qu'elle ignorait mille choses, qu'elle n'en avait que des idées confuses. Elle lui inspira le désir de les apprendre et s'offrit à l'en instruire. Monilne l'écoute, l'interroge. La pénétration de l'écolière va au-devant des lumières de la maîtresse : elle sait tout, le mal comme le bien. Peu s'en fallut que cette science ne lui devînt funeste. Nous nous en tenons difficilement à une spéculation stérile, nous voulons éprouver le vrai ou le faux des choses ; le chemin est court entre l'imagination et la pratique ; on se lasse bientôt de ne juger que sur la relation d'autrui ; on est bien aise d'en croire sa propre expérience. La tentation était délicate. Sans Althone la reine y succombait. Retenue par ses scrupules, elle s'arrêta au bord du précipice, et comme les choses les plus mauvaises deviennent utiles par l'usage qu'on en fait, il fut dans la suite avantageux à Monilne de connaître le bien et le mal, pour aimer l'un et pour éviter l'autre. Toute réflexion faite l'ignorance est ce qu'il y a de plus mauvais.

Tout à coup la reine se dégoûta de toutes ses favorites pour une jeune fille nommée Nectinnosca. Cette volage enjouée s'amusait de tout. Incapable d'attachement, elle passait d'un objet à un autre sans s'y arrêter. Elle aimait et cessait d'aimer, elle ne connaissait de plaisir que celui d'en changer. Cette passion était si vive en elle que pour la satisfaire elle aimait mieux manquer une occasion d'être heureuse que de n'en pas chercher une nouvelle qu'elle abandonnait dès qu'elle l'avait trouvée. Elle quitta la reine, elle revint à elle, elle la requitta encore. Cette humeur turbulente passa de la favorite à sa maîtresse. Quand on aime tant d'objets à la fois, on n'en aime aucun, la trop grande agitation dégénère en tiédeur ou insipidité, on se cherche dans la foule des choses dont on est environné, on ne se trouve plus, le plaisir trop partagé s'évapore et devient à rien. Monilne étonnée de son état veut revenir à elle-même ; son cœur se refuse à ses efforts.

Il y avait à la Cour un homme appelé Ulnine, qui passait pour sage. On ne le voyait mêlé dans aucune intrigue, dans aucune fête, dans aucune partie de plaisir, ne demandant rien pour les autres ni pour lui-même. Il vivait dans l'indépendance : on n'attribuait à sa philosophie ce qui n'était qu'un effet de son tempérament. Monilne le crut propre à lui rendre le calme qu'elle avait perdu. Elle s'adressa à lui. Jamais l'hiver couronné de glaçons n'a fait tant de ravages dans la nature que le froid poison de ses conseils en fit dans la cour de la reine. Elle changea de conduite, de mœurs, de sentiments. C'est une suspension, c'est un engourdissement de toutes les facultés de son âme, c'est une léthargie dont rien ne la peut retirer. La compagnie, la solitude lui sont également insupportables, le travail l'affadit, le repos la fatigue, les plaisirs l'importunent. Elle se fâche quand on lui parle, elle sait mauvais gré quand on ne lui parle pas. Elle sèche, elle ne vit plus, elle meurt d'une mort lente et insensible. Telle était la situation de Monilne quand Frigalia, Galler[16] et Litocris arrivèrent dans son royaume.

Frigalia, princesse des Bratides[17], était une précieuse insipide. Ni blonde, ni brune, ni bien ni mal faite, elle avait de la beauté, mais n'était point piquante ; elle avait de l'esprit, mais de cette sorte d'esprit qui ne plaît point. Elle affectait un air d'indifférence et de timidité dont personne n'était la dupe. Un fond de mépris pour les autres, d'amour-propre pour elle-même, dont on s'apercevait sans peine pour peu qu'on l'étudiât, déparait toutes ses actions.

Les Bratides sont une nation visionnaire, indéfinissable, incompréhensible, aimant le plaisir à l'excès. Elle le cherche où il n'est pas ; elle se fait des choses une idée si fausse qu'elle prend toujours l'ombre pour le corps. Elle parle de sentiments, de délices, de transports, mais tout cela n'est qu'un jargon où l'on ne comprend rien. Elle se pique de délicatesse, mais ce n'est qu'un raffinement ridicule, superficiel, chimérique. Soit antipathie naturelle ou crainte d'être trompée, elle n'a jamais de commerce avec ses voisins. Elle se suffit, ou du moins elle s'imagine se suffire à elle-même. Amoureuse de l'impossible, elle se passionne pour des objets fantastiques. Sa folie va jusqu'à vouloir donner l'existence au rien : elle ressemble aux Danaïdes, elle ressemble à Tantale.

Galler était cousin de Frigalia, Litocris était favori de Galler. Ce prince des Gimidoches était un blond, trop beau pour un homme, si pourtant on peut appeler beauté cette délicatesse efféminée qu'on blâmerait dans la coquette la plus maniérée. Ses mœurs et son esprit répondaient à sa figure, c'était le vrai original de ces colifichets dont nous voyons tant de copies. Il courait même des bruits équivoques sur son compte qu'on n'a jamais bien approfondis. On disait assez communément de lui qu'il n'était ni ce qu'il paraissait ni ce qu'il ne paraissait pas, qu'étant peut-être tous les deux il n'était ni l'un ni l'autre.

Les Gimidoches sont un peuple grossier, stupide, masse lourde et informe ; ils n'agissent que par un mouvement emprunté. Machines pour ainsi dire inanimées, sans savoir, sans industrie, on ne les emploie qu'à des ouvrages serviles.

Le hasard supplée au mérite ; Frigalia plut à Monilne. Faut-il s'en étonner ? Elle était dans cet état d'anéantissement où le cœur se livre au premier objet qui veut s'en emparer. Comme on passe rapidement d'une extrémité à une autre, elle l'aima d'abord avec une violence qui allait à l'abandon, et le temps qui détruit tout fortifia tellement au contraire cette passion que les intrigues, les jalousies, les remontrances, tout fut inutile contre une faveur si marquée.

Il y avait trois ans que Frigalia, maîtresse de l'esprit et du cœur de Monilne, faisait douter qui des deux était la reine. Pendant ce temps-là on avait parlé de plusieurs mariages. La favorite en avait éludé toutes les propositions. Elle voulait gouverner seule, ou quand elle ne pourrait plus se soutenir, faire tomber le choix sur le prince Galler dont elle était assurée.

Un jour que Frigalia, retenue chez elle par une légère indisposition, n'était point au palais, Monilne rêvait profondément sur un lit de gazon. Un magicien nommé Momelis l'aborda : « Madame, lui dit-il, je ne viens point combattre votre penchant pour Frigalia, il faut respecter le goût des rois, mais dussé-je vous déplaire, mon zèle m'ordonne de vous représenter que votre gloire et le bien de vos sujets, à qui vous devez plus qu'à vous-même, vous demandent un époux. Je veux que les princes qui jusqu'ici se sont mis sur les rangs n'étaient pas dignes de cet honneur. Je ne blâme pas vos refus, mais celui que je viens vous proposer ne vous laisse aucun prétexte : c'est le roi Apprius. En vain résisterez-vous aux dieux, ils vous l'ont destiné. Voyez », continua-t-il en lui montrant son portrait, « si cet air justifie leur choix. » Monilne jeta sur cette peinture un de ces regards momentanés que le premier mouvement dérobe à la réflexion ; ce ne fut qu'un clin d'œil, mais il eut son effet. Momelis s'aperçut de son trouble, il en sourit. « Madame, poursuivit-il, le charme de sa personne fera sur vous une bien plus vive impression : bientôt vous l'éprouverez. » Il dit et disparut[18]. Frappée de ces paroles, la reine court chez Frigalia pour lui faire part de son aventure. L'artificieuse favorite dissimula sa frayeur en l'écoutant. Maîtresse d'elle-même en apparence, elle lui dit d'un ton de voix tranquille qu'elle la suppliait d'être persuadée que ce qu'elle allait lui dire partait, si elle doit s'exprimer ainsi, d'un mouvement épuré de tendresse pour elle, où son propre intérêt n'avait point de part. Elle s'arrêta un moment, comme pour attendre que Monilne lui ordonnât de continuer. « Parlez, lui dit-elle, je vous en prie.

— Madame, reprit Frigalia, on vous trompe, Momelis est un imposteur. Cet Apprius n'est qu'une chimère, qui n'existe que dans l'imagination de ce faux prophète. Je veux qu'il y ait dans le monde un roi de ce nom. Pourquoi faut-il que vous lui sacrifiiez votre liberté, vos plaisirs, votre repos ? C'est l'ordre des dieux, me direz-vous. Eh, madame, attendez que les dieux vous parlent plus clairement. Mes sujets, ajouterez-vous, me demandent un roi. Devez-vous, pour eux, vous donner un maître ? Songez que, soumise à d'éternelles contradictions, vous allez devenir esclave, qu'un mari, quel qu'il soit, est un tyran ; le caprice le guide, l'air impérieux règne dans ses discours, sa volonté est la règle de ses actions, son amour est méprisant, son inconstance dédaigneuse, il ne se sert point de ses droits, mais il fait sentir avec hauteur qu'il peut s'en servir. Il ne prie point, il arrache. Je tire le rideau sur le détail humiliant de mille autres circonstances douloureuses, que je prie les dieux immortels d'éloigner de vous. Ma reine, vous lassez-vous d'être heureuse ? »

Alors, ne pouvant plus se contraindre, elle se jette tout en larmes aux pieds de Monilne, elle les serre avec transport, elle soupire, elle sanglote. « Quoi ? s'écria-t-elle, vous allez cesser de m'aimer, un autre va posséder ce cœur qui faisait tous mes délices ? Ces plaisirs si doux vont s'évanouir. Ils faisaient mon bonheur, ils vont faire mon désespoir. Du moins, cruelle que vous êtes, ne m'immolez pas à un inconnu ; si vous m'abandonnez, abandonnez-moi pour le prince Galler. Il vous adore ; son bonheur, si quelque chose peut adoucir ma disgrâce, me consolera de la perte du mien. Je vous réponds de sa tendresse, vos charmes doivent vous répondre de sa constance. » À ces mots elle s'arrête, ses sanglots redoublent, sa gorge s'enfle, ses yeux s'obscurcissent, elle pâlit, elle perd le sentiment. Monilne emportée par sa rêverie reste immobile, elle s'aperçoit à peine de l'état de Frigalia, elle en est touchée si faiblement qu'elle s'étonne de sa dureté. Quand les yeux voient ce qu'ils n'avaient jamais vu, le cœur ne sent plus ce qu'il sentait et sent tout ce qu'il ne sentait pas. Le trait avait pénétré, l'impression était faite, elle sort et donne ordre froidement qu'on aille secourir sa favorite, qui déjà ne l'était plus.

Cependant on apprit que le prince Lucanus avait levé des troupes qu'il destinait contre Monilne, et comme la renommée grossit ou déguise toutes choses, on ajouta qu'Apprius, à la tête d'une armée formidable, venait fondre sur ses États. Son dépit fut égal à sa crainte ; Frigalia profita de cette conjoncture pour la regagner. « Voilà donc, lui dit-elle, ce prince que les dieux vous destinaient, qui vient à main armée porter le fer et la flamme dans votre royaume, et peut-être pousser la fureur jusqu'à vous ôter la vie. Que j'envisage de malheurs ! Mais la plainte est inutile. Quand le danger presse il faut agir, il faut courir aux remèdes. Reposez-vous sur mon zèle et sur la valeur du prince Galler. Nos sujets, nos biens, nos vies, nous emploierons tout pour vous défendre. »

La reine interdite ne répondait rien, elle avait à combattre contre un ennemi que l'amour, quoique outragé, défendait encore dans son cœur. Quand l'espérance a fait certains progrès, elle devient un bien réel, on ne s'en sépare qu'avec violence. Monilne sentait moins la perte prochaine de sa couronne que l'horreur de la perdre par une main qui lui était chère. Que fera-t-elle ? Que ne fera-t-elle pas ? De tous côtés elle ne voit qu'un enchaînement funeste de disgrâces dont la moindre l'accable. Elle ne se détermine à rien, elle n'a même pas la force de le vouloir. Elle était dans cette agitation lorsqu'on vient lui dire qu'un courrier demandait à lui parler. Elle le fit entrer. « Madame, lui dit-il sans ménagement, tout est perdu. Apprius a débarqué dans vos États avec deux mille hommes. » Cette nouvelle acheva de triompher de sa constance ; elle succomba. Revenue à elle-même, sa faiblesse lui fit honte. Le soin de sa conservation et de celle de ses sujets la retira de la léthargie où l'avait plongée l'excès de sa douleur. Elle donne ordre qu'on lève des troupes, elle nomme les généraux[k] et fait tout ce que la prudence peut lui suggérer pour dissiper, ou du moins pour éloigner le danger qui la menace. Mais réfléchissant avec sagesse qu'on obtient souvent plus par la négociation que par la guerre la plus heureuse, elle crut, pour n'avoir rien à se reprocher, qu'elle devait députer vers Apprius pour savoir le motif de sa venue et pour traiter avec lui aux conditions que lui-même voudrait imposer. Elle chargea de cet emploi Carnalite et Prescanelle, qui firent une si prodigieuse diligence qu'elles trouvèrent encore Apprius dans son camp. Introduites en sa présence, elles exposèrent en tremblant leur commission, sans oser lever les yeux sur lui, croyant parler à un barbare, à un monstre dont un seul regard serait capable de les faire mourir.

Le roi eut pitié de leur trouble. « Rassurez-vous, leur dit-il, d'un air gracieux, votre maîtresse et vous n'avez rien à craindre. » Déjà les ambassadrices sont moins effrayées, elles portent sur lui leurs regards, le charme de sa vue fait son effet, elles sont gagnées. « Allez », poursuivit-il, avec cette bonté qui lui donne tant d'empire sur les cœurs, « allez dire à la reine Monilne que son inquiétude fait injure à Apprius, qu'il ne vient point attaquer ses États, mais les défendre contre ses ennemis. J'ai déjà envoyé Gatimonnilia l'assurer de mes intentions, j'irai l'en assurer moi-même incessamment. » Là-dessus, il les comble de caresses, leur fait de riches présents et les renvoie. Gatimonnilia plus prompte qu'un éclair s'était rendue à la cour de Monilne, son éloquence persuasive avait triomphé des craintes de Frigalia, des artifices de Galler et des scrupules d'Edomiste.

Prescanelle revint seule, Carnalite s'était perdue en chemin, elle acheva ce que Gatimonnilia avait si bien commencé. La reine consent qu'Apprius vienne à sa cour. Alors elle voit reparaître ses idées les plus flatteuses, dont elle s'était séparée avec tant de peine. Sa joie trop resserrée dans son cœur éclate dans ses yeux. Elle ne s'occupe que d'Apprius, elle ne parle que de lui. Il arrive. Nous avouons ingénument que toutes les ressources de notre esprit ne vont pas[19] à donner un récit fidèle de ce qui se passa dans cette entrevue. Gatimonnilia elle-même, dont nous suivons les mémoires, est si brouillée, si confuse en cet endroit, qu'on n'y trouve que quelques termes jetés au hasard d'admiration, de plaisirs, de transports et de ravissements. Nous laissons aux lecteurs à s'en faire une idée plus ou moins précise, suivant le plus ou le moins d'étendue de leur sensibilité, et de leur pénétration.

Frigalia ne put soutenir la présence d'Apprius, elle se sauve chez les Bratides, elle veut les engager à servir la fureur qui l'anime. Cette nation n'est point belliqueuse, l'ombre même du danger l'épouvante, elle refuse de prendre les armes. L'infortunée Frigalia n'a plus de ressource que dans le désespoir, elle s'y abandonne. Peu touchés de ses larmes impuissantes, les dieux n'écoutent ni ses cris, ni ses prières. Le teint livide, les yeux enfoncés, le corps décharné, spectre plus horrible que la mort même, elle erre au gré d'une rage renaissante qui la dévore sans la consumer. Elle meurt à tout moment et ne peut mourir.

Galler abandonné par Frigalia veut se retirer. Litocris plus courageux ou moins timide que son maître s'y oppose. Il lui montre que les choses ne sont pas encore désespérées, que le temps remédie aux plus grands maux, que celui qui résiste à la mauvaise fortune est presque sûr d'en triompher. « Seigneur, ajoute-t-il, cet ennemi que vous voulez fuir n'est peut-être pas si terrible. Il a sans doute des défauts qui le mettront en prise. Si vous ne pouvez le détruire à force ouverte, vous en viendrez à bout par une voie moins honorable, mais plus sûre. L'impression qu'il a faite sur Monilne ne fait que commencer, ne lui donnez pas le temps de devenir plus forte, le sexe est timide et soupçonneux, jetez dans son cœur des craintes, des défiances indiscrètes, parez-vous d'une générosité apparente, cachez vos intérêts sous un voile artificieux, louez Apprius d'un air ingénu, mêlez dans l'éloge que vous en ferez de ces légères restrictions qui semblent échapper sans dessein, mais qui portent coup. La louange maligne finement apprêtée nuit plus aux affaires d'un ennemi que la médisance qui marche à visage découvert. La Cour est un pays de souterrains, il faut y ruser. La faveur la plus brillante est la plus prête à s'écrouler. Semblable à ces places de guerre dont les fortifications extérieures paraissent inaccessibles, mais dont une mine a sapé les fondements, elle tombe au moment qu'on la croyait la mieux affermie. »

Les conseils de Litocris eurent leur effet, Galler resta à la cour de Monilne, déjà l'on commence à répandre des discours captieux qui parviennent jusqu'à la reine, elle s'inquiète, elle s'alarme. Apprius en est averti, il démêle sans peine d'où partent les coups qu'on veut lui porter. Il n'oppose aux lâches artifices de son ennemi qu'une indignation méprisante. Il se montre, Galler ne peut soutenir ses regards, il quitte la partie, la fausse valeur de Litocris s'évanouit, ils sont en fuite.

Aux conseils qui inspirent la crainte succède la honte de les avoir suivis, le désespoir ne donne point de courage à ceux dont il s'est emparé, mais il leur montre des ressources imaginaires qu'ils embrassent aveuglément. Galler et son favori lèvent une armée de Gimidoches, ils s'avancent sur les terres de Monilne, ils se flattent de pouvoir surprendre Apprius. À cette nouvelle, plus furieux qu'un tigre, il ramasse à la hâte quelques-uns de ses amis, fond sur eux avec l'impétuosité d'un aigle qui s'élance sur sa proie. Au premier choc Litocris disparaît, Galler foulé aux pieds, couvert de son sang et de ses blessures, mord la poussière en expirant. Les Gimidoches veulent faire résistance, ils sont mis en pièces.

Cette guerre terminée, le roi en eut une autre à soutenir plus pénible, mais plus glorieuse contre Lucanus. Il est sûr que si le prince Lucanus ne se fût point amusé contre les Brularnes, il eût pu faire de grands maux à Monilne. Mais il commit une faute assez ordinaire aux conquérants qui veulent ne rien laisser derrière eux. Il perdit devant une bicoque un temps qui aurait servi à conquérir une province. Les Brularnes craignant d'être forcés lui avaient demandé plusieurs fois la paix. Ils lui avaient représenté, ce qui était vrai, qu'en les exterminant, il n'affaiblissait point Monilne, qu'au contraire il diminuerait par leur destruction le nombre de ses ennemis. Ils lui avaient même offert de joindre leurs troupes aux siennes. Lucanus ne voulut rien entendre, le succès de son opiniâtreté ne fut pas heureux. La saison s'avança, les pluies inondèrent ses tranchées, la mortalité se mit dans son camp. Il médite de lever le siège, les Brularnes s'aperçoivent de son embarras, ils en profitent, ils l'attaquent en gens qui combattent pour leurs foyers, l'ardeur de conserver est plus vive que d'acquérir. Les Lucaniens ne peuvent soutenir l'effort d'un ennemi qu'ils méprisaient. Ils sont poussés de tous côtés. Ce n'est plus un combat, c'est une déroute. Les troupes auxiliaires furent les plus maltraitées, tout autant de Chrenacs et de Palunois qui tombèrent sous la main des vainqueurs. Ils les livrèrent sans miséricorde à Osirar et à Volitir, exécuteurs de leur vengeance — le premier surnommé l'impitoyable, le second l'infernal, qui les firent périr par le fer et par le feu. Après cette disgrâce Lucanus fut trop heureux d'accepter la paix qu'il avait refusé d'accorder. Il rétablit son armée, et se flattant de mieux réussir contre Monilne, il se met en marche. Roulée excitait sa fureur et ses espérances. Tirons le rideau sur les malheurs qu'enfante la guerre : campagnes dévastées, villes abandonnées au pillage, hommes, femmes, enfants de tous âges, de tout état, pêle-mêle égorgés aux pieds des autels de leurs dieux domestiques, combats opiniâtres, succès incertains funestes aux deux partis, victoires disputées ou acquises par des torrents de sang, champ de bataille jonché de morts, soldats avides de carnage, immolant de sang-froid des malheureux que la peur avait épargnés. Tout ce que l'art militaire a de stratagème, tout ce que la valeur d'un côté, la rage de l'autre peut inventer : voilà l'affreux tableau que l'imagination peut se présenter sans le secours des yeux. Une dernière action décida cette grande querelle ; Lucanus fut défait, et n'échappa qu'à peine des mains du vainqueur. Roulée fut faite prisonnière et mise aux fers. On la relégua dans l'horrible caverne de Dolber, parmi l'infâme nation des Panutis et des Tribleins. Là, sa rage est bornée et ne peut s'étendre que sur de lâches esclaves, qui, victimes éternelles de sa férocité, n'opposent aux outrages qu'ils reçoivent qu'une stupide insensibilité.

Des images plus riantes nous appellent : Apprius revient à la cour de Monilne, il est reçu comme son libérateur, tout retentit de ses louanges, son nom est porté jusqu'aux cieux, les monuments les plus pompeux, les plus flatteurs, s'élèvent à sa gloire, et consacrent à la postérité le souvenir immortel de ses éclatantes actions.

succès qu'il s'en promettait ne fut pas heureux. La saison s'avança, les pluies amenèrent les maladies, la [illegible] se mit dans son camp. Il fut alors décidé de lever le siège. Les Normands s'aperçurent [illegible], de sa [illegible], ils l'attaquent en gens qui combattent pour leurs foyers. L'attaque de [illegible] est plus vive que d'attaque. Les Français ne peuvent soutenir l'effort d'un ennemi qu'ils méprisaient. Ils sont pressés de tous côtés. Ce n'est plus un combat, c'est une déroute. Les troupes [illegible] fuient de [illegible], [illegible] de Chevaliers et de [illegible] qui tombent sous la main des vainqueurs. Ils les [illegible] sans miséricorde. [illegible] et [illegible], [illegible] de leur [illegible] — le premier [illegible] le second [illegible] les [illegible] pour par le fer [illegible]. Après cette [illegible] Normands furent heureux d'accepter la paix qu'il avait [illegible]. Il établit son armée [illegible] de [illegible] contre [illegible], les [illegible] excitant [illegible] et [illegible]. [illegible] les [illegible] sur les [illegible] qu'[illegible] de vastes villes abandonnées au pillage, hommes, femmes, enfants de tous âges, de tout état, pêle-mêle égorgés aux pieds des autels, de leurs dieux domestiques, combats opiniâtres, succès inespérés, marches [illegible] de [illegible], victoires disputées ou perdues, [illegible] par des torrents de sang, champ de bataille jonché de morts, soldats avides de carnage [illegible] des malheureux qui [illegible]. Tout ce que l'art militaire de cette guerre [illegible] que la valeur d'un côté, la rage de l'autre peut inventer [illegible] le [illegible] tableau que l'imagination [illegible] se présenter [illegible]. [illegible] grandes [illegible]. [illegible] Rouen fut faite prisonnière [illegible]. On la [illegible] dans l'horrible caverne de [illegible]. Les [illegible]

[illegible] qui, victimes [illegible] de la [illegible], [illegible] aux [illegible] de Rouen [illegible] sa [illegible].

[illegible] plus grandes [illegible] de Moulins [illegible] son [illegible] de ses ouvrages. Son nom est [illegible] les monuments les plus [illegible], les plus fameux, s'élèvent [illegible] gloire, [illegible] à la postérité [illegible] de ses [illegible] actions.

Appendice

PRINCE DE LIGNE

SUITE D'« APPRIUS »

Continuation de son histoire, ou, si on aime mieux, seconde partie, qui ne vaut pas la première, qui est écrite à merveille, peu importe

Il n'y eut personne dans le monde qui ne se ressentît du plaisir du mariage d'Apprius avec Monilne. On ne publia point de détail de la première nuit de leurs noces ; ce que l'on sait seulement, c'est que la princesse changea de nom le lendemain, en retranchant quelques lettres du sien, qui même était défiguré, puisque ce devait être Conilne ou Ninocel ; elle s'appela Cleon.

Un jour qu'ils se rappelèrent les principales époques de leur vie, ils finirent par déplorer l'égarement des humains qui, pour le peu de temps qu'ils ont à passer dans ce monde, trouvent le secret de s'y brouiller, de s'y faire la guerre et des tracasseries plus nuisibles encore que les armes au bonheur de la vie. « Je vous avoue, princesse, dit Apprius, qu'il ne manquerait rien au mien si je pouvais faire celui des autres. Ne serait-il donc pas possible de faire revenir sur la terre la paix et l'union, qui depuis si longtemps en semblent exilées ? Que la nôtre m'en paraîtrait mille fois plus heureuse, si elle devenait l'époque de celle des nations !

— Vos vues sont grandes, cher prince », lui répondit la reine d'un air gracieux ; « je reconnais en tout la belle âme de Votre Majesté. Puisse-t-elle se soutenir toujours avec la force d'esprit qu'on lui a vue de tout temps, ce nerf dans la façon de penser qui vous met, Sire, au-dessus de tous les autres souverains, et cette droiture qui vous élève si fort par-dessus même tous les hommes ; puisse, Seigneur, votre fermeté continuer sans interruption, et cette roideur avec laquelle vous avez soutenu et fini toutes vos entreprises, ne se démentir jamais ! Celle-ci est, sans doute, bien digne de vous, mais n'êtes-vous point effrayé par tous les obstacles que vous rencontrerez ?

— Non ; ma puissance, j'ose dire mes talents, dit le roi, m'assurent un succès dont je puis presque vous répondre. Vous savez, madame, que jusqu'ici tout entier à l'amour, livré à la belle ardeur que vous m'avez inspirée, je n'ai cherché qu'à prouver ma flamme plutôt qu'à la célébrer. Faisons part de notre félicité au reste des humains ; apprenons-leur à être heureux ; que tous les plaisirs ici se rassemblent ; que des fêtes, dont le goût, l'ordre et l'élégance règlent les apprêts, attirent de toutes parts ceux qui sont faits pour nous imiter. Suivons l'usage des autres cours : donnons part de notre mariage. Les peuples voisins, ennemis, quoique la politique ait empêché jusqu'à présent de nous témoigner leur haine, ne peuvent manquer de nous envoyer des ambassadeurs. C'est par eux que je veux entamer le grand œuvre.

— Ah ! Sire, que ce projet est beau, dit la reine. Pour prévenir toutes les puissances en notre faveur, commencez par leur envoyer Danbre, notre favori ; je sais plus que personne combien il persuade : il touche, pénètre, fait tomber tout sous le poids de son éloquence, et vous pouvez…

— Eh ! madame, ne m'interrompez pas, dit le roi, c'est lui-même que je veux envoyer dans toutes les cours. Je sais aussi bien que vous qu'il y sera bien reçu ; je vais faire mes dépêches et les expédier tout de suite. »

Apprius entra dans son cabinet, et Cleon dans de terribles réflexions ; ce n'était pas le ton un peu brusque avec lequel le roi l'avait priée de lui permettre d'achever ; il y avait déjà quatre jours qu'ils étaient mariés : cela était tout simple ; elle s'y attendait.

La princesse, furieuse du conseil d'envoyer Danbre ailleurs, se douta du vide cruel que son absence lui laisserait ; elle n'osa pas faire sentir à Apprius la perte que lui-même ferait. Ce prince (telle chose qu'on en ait dite dans la première partie de sa vie, que j'ai lue) paraissait si borné dès que son confident le quittait pour un moment qu'en vérité, si je l'ose dire, il n'y voyait pas plus loin que son nez.

Il n'en était pas de même de cette princesse : chaque jour était pour elle un accroissement de vertus ; les petites idées rétrécies de son enfance se dissipaient à vue d'œil, ses lumières s'agrandissaient, son imagination recevait plus d'étendue, enfin un génie plus vaste et plus ouvert qui se manifestait à tout moment promettait un règne heureux et surtout facile pour les accès. Elle admettait ses sujets avec bonté ; aisée à la compréhension, elle se chargeait elle-même d'introduire tout ce qui était profitable à l'État ; elle y mettait la main la première, et encourageait toujours ses sujets à lui insinuer les moyens d'exécuter les projets utiles.

Apprius se servait de Danbre pour écrire ses lettres et les porter, car il était bon à tout. Sa plume merveilleuse traçait ordinairement ce qu'il y avait de plus intéressant ; tout enfin était si touchant dans ce personnage qu'il ne toussait, ne crachait pas comme un autre. Il avait aussi le don des larmes, et quand il voulait réellement venir à bout de quelque chose, il n'y a personne qu'il ne mît aux abois dès qu'on le voyait baigné de ses pleurs. Avec des talents comme ceux-là, il est aisé de s'imaginer les marques de considération qu'il reçut partout. Comme il était bien monté, on crut qu'il parcourrait dans peu de temps les pays où il avait affaire.

Ce que la princesse Cleon avait prévu n'en arriva pas moins : Apprius, pensif et rêveur, était d'un morne qui ne ressemblait à rien : « Qu'eſt devenue, lui disait-elle, cette vivacité que vous mettiez dans la conversation ? Où sont ces bons mots, dont l'un n'attendait pas l'autre, ces saillies qui vous faisaient tant aimer, cette repartie prompte et toujours charmante ? Comment, Sire, on vous attaque et vous ne répondez pas ? Quel changement subit ! Ce n'eſt donc plus cet air fier et majeſtueux qui vous diſtinguait autrefois ? Votre contenance eſt perdue ; c'eſt pourtant ce que vous aviez de mieux ; et pourquoi cette négligence dans toute votre personne ? Ces beaux cheveux ne frisent plus ; vous vous êtes mis à faire peur. Avez-vous froid ? Que vous arrive-t-il ? »

Apprius avait à peine assez de force pour comprendre, mais il n'en avait pas assez pour répondre ; il dut écouter tous ces mauvais propos, et, n'en pouvant plus d'ennui, faire des vœux pour que celui qui seul avait fait sa joie jusqu'alors vînt le bannir à jamais. « Non, jamais nous ne nous séparerons ! » dit-il tout haut, en lui adressant ces mots du fond du cœur. « Jamais, mon cher Danbre, je ne vous quitterai. Puissé-je seulement vous garder auprès de moi jusqu'à la fin de mes jours ! » Le roi sentait bien que, s'il avait longtemps à vivre, Danbre serait le premier à le quitter. Cette réflexion lui coûta des larmes. « Dieux ! s'écriait-il, ce n'eſt point la possession de la plus belle femme du monde qui nous rend heureux. Ah ! l'amitié eſt cent fois préférable à l'amour ! Eh ! le moyen de jouir quand le cœur n'eſt pas content ! »

Je crois avoir passablement prouvé par tout cela qu'il manquait quelque chose au roi. Mais le temps qui détruit les parterres fait mourir les roses, éteint les plaisirs, met aussi fin aux glaçons de l'hiver, amène le printemps et les beaux jours. On dit que la philosophie vient à bout de tout ; c'eſt le temps qui fait ces prodiges, et il en eſt de la vie des hommes comme des saisons : il faut bien, dans les révolutions qui arrivent chaque année, que les bons moments succèdent aux mauvais.

Apprius fit lui-même cette réflexion, et que sans cela il y aurait bien peu de juſtice dans celui qui nous gouverne. Il n'en avait pas d'idées bien nettes, et comme il craignait de s'enfoncer dans des raisonnements qui l'auraient mené trop loin, il borna ici, ce jour-là, l'examen de ses chagrins.

On s'ennuie de ce que l'on fait toujours ; je ne connais rien de pire que l'uniformité dans la façon de vivre. C'eſt peut-être la seule chose qu'il avait de commun avec Danbre ; il pensait de même, et il fut fort aise de quitter les États de ses souverains, quoiqu'il fût fait pour être toujours au même point de faveur. Il y a toujours quantité de petits événements qui mêlent l'amertume au cours de la plus belle vie.

J'ai déjà dit tantôt que les tracasseries étaient cent fois pis que la guerre. Quelle eſt la Cour où il n'y en a pas ? Celle de Cleon n'en était pas exempte, et malgré sa douceur naturelle j'ai vu bien des gens dégoûtés de son empire. Ce ne sont point les souverains eux-mêmes qui aliènent les esprits : ils sont presque tous si bons qu'il y aurait plaisir à les servir. Mais ce qui les entoure fait souvent leur malheur et celui de ses sujets. Là ce sont des flatteurs bas et rampants, là des rapporteurs infâmes ; ailleurs des courtisans d'une espèce aussi vile, quoique plus aisés à vivre ; ils ne rougissent jamais, s'attachent à ce qu'il y a de plus honteux, n'osent point lever la tête ni regarder personne en face. Ce sont de ces gens obscurs, faits pour vivre dans ce qu'il y a de plus bas ; ils devraient être bannis des États de Cleon. Je les ai rencontrés cependant souvent dans ces bosquets charmants que l'amour seul devrait habiter. Ils venaient, indiscrets qu'ils sont, pénétrer les asiles sacrés du mystère et du plaisir. Cleon elle-même se repentit de ne les avoir pas chassés. Ils causaient de l'humeur à Apprius. Mais je crois qu'il est question de Danbre. Reprenons notre sujet.

Ce seigneur avait commencé sa tournée par la cour de Mina ; il y retrouvera toutes ses connaissances et ses amusements ; on sait qu'il y avait été autrefois avec Apprius ; on se chargea de lui en procurer encore plus. Les voyages font les gens, à la vérité, mais ils épuisent souvent les tempéraments les plus robustes ; il avait eu le temps de remettre à la cour de Cleon le sien, qui était un peu dérangé. Quelques années de plus qu'il avait outre cela le mirent en état de se mieux prêter aux jeux de cette charmante cour. L'âme n'y est point troublée par les passions qui agitent toujours les voisins de Mina ; chez elle, on se suffit à soi-même, on ne va point chercher ailleurs le bonheur qu'on peut se procurer ; elle est toujours pure, elle est toujours tranquille, elle n'est jamais menée d'amertumes, elle n'exige qu'un peu de modération. Quoique Danbre ne se plaignît point d'être logé trop à l'étroit à la cour d'Apprius, il trouva en général plus de propreté à celle de Mina, et ce fut une chose qui contribua le plus à prolonger son séjour ; il y passa d'ailleurs le temps qu'il avait destiné aux Brularnes et aux Bratides, ces deux nations relevant immédiatement de cette grande reine, qui en attire toujours chez elle ce qu'il y a de mieux. Il est fort singulier que, n'ayant aucune communication ensemble et se rencontrant souvent chez Mina, elles n'y trouvent en rien l'union qui met si fort cette cour au-dessus de celles de Lucanus et de Cleon. Les Brularnes et les Bratides vivent ensemble sans s'aimer ni se haïr. Les divertissements y sont réglés sur leur goût. On ne voit point, dans ce temps si ridiculement consacré au plaisir, comme si toute l'année n'était pas faite pour le chercher, ce mélange des deux sexes qui souvent le fait fuir au lieu de le faire trouver ; si les danses, les mascarades et les bals amenaient ces sortes de travestissement qui servent souvent de spectacle au public, l'on voyait toujours les quadrilles des Brularnes séparés de ceux des Bratides. Celles-ci éblouissaient les yeux par la parure recherchée qu'elles mettaient dans leurs ajustements. La décence, l'âme de tous les jeux, y était souvent peinte par la rougeur, qu'un baiser innocent de la plus vive d'entre elles faisait paraître sur un teint charmant. Les danses finies, elles chantaient des hymnes en l'honneur de Sapho. Les Brularnes sortaient de leur douce rêverie que leur inspiraient leurs plaisirs à la longue pour y répondre ce qu'ils savaient d'Anacréon. Cet hommage rendu au goût des Bratides et de Sapho resserrait encore plus l'union de ces deux nations, que rien cependant ne devait brouiller, car elles ne se parlaient jamais.

Celle des Brularnes était plus nombreuse ; elle avait envoyé des colonies presque partout. C'eſt encore un miracle de la nature qu'elle puisse se soutenir dans un état aussi brillant. Apprius, plus profond qu'aimable, plus politique qu'agréable, prévoyant les choses de loin, avait conçu ce projet de pacification générale, qui jusqu'alors n'avait été que les rêves d'un homme de bien, en partie pour ce peuple, qu'il n'avait pas trouvé si barbare que son hiſtorien l'a dit. Les plus jeunes seigneurs d'entre eux qui se trouvaient alors à la capitale du pays des Dotigs reçurent Danbre à merveille ; ils furent bien plus charmés de le revoir parmi eux que les Bratides, à qui apparemment Frigalia avait tenu de mauvais propos sur son compte. Il eſt vrai qu'il était un peu avantageux, mais qui en avait plus de raisons que lui ? Associé à toutes les parties de Brularnes et de Mina, retenu par la reconnaissance et par la volupté, il dut cependant s'y arracher pour achever sa commission. Elle était déjà remplie en partie. On lui avait promis un ambassadeur et une ambassadrice des deux nations, qui, chargées des pleins pouvoirs de Mina, devaient aller féliciter Apprius et Cleon du bonheur dont on disait dans le monde qu'ils jouissaient. Il n'y avait pas loin du pays des Bratides à celui des Gémidoches ; il fallait presque y passer pour aller à la cour de Lucanus, dont la cour de Mina eſt aussi éloignée que celle de Cleon l'eſt de la capitale des Dotigs. Cette ville eſt précisément à mi-chemin. Je ne fais point la relation des situations, des points de vue, des rivières ; je pourrais en parler comme un autre, ayant beaucoup couru dans la vie, et ayant traversé tous ces États différents. Ce sont les hommes que je cherche partout ; assez de voyageurs, sans moi, parcourant le monde matériel, en ont rendu compte. Ce sont les hommes qu'il faut chercher ; c'eſt à la cour de Lucanus qu'on en trouve. Mais il devait s'arrêter à celle du prince des Gémidoches ; c'eſt là qu'il n'y en a point. Ces êtres grossiers et matériels en ont un qui les gouverne et qui ne pense pas plus qu'eux. C'eſt la taille qui décide du trône dans ce pays-là. Il eſt bien malheureux que, jouissant du bonheur de l'éleƈtion, enlevé presque à tous les autres, on en abuse aussi cruellement ! Le chef de cet État, qui surpasse ses sujets en grosseur et en maussaderie, a un extérieur qui ne trompe personne. Dans ce siècle frivole où l'on s'attache toujours à des misères, il eſt permis de remarquer la façon de se mettre ; d'ailleurs elle annonce souvent le caraƈtère, et s'il y a du singulier, il perce ordinairement par là. Galles[1], c'était son nom, était toujours vêtu de velours, hiver et été, et boutonné en portemanteau. Mon étonnement eſt que tant de gens, avec des principes qui ne paraissent pas tendre au bien général de la population, s'entretiennent et se perpétuent dans le monde, malgré les guerres qui le ravagent. Partie des Gémidoches avaient été détruits, comme on sait, à la dernière bataille ; ils profitèrent des premiers moments de tranquillité pour se renouveler : il ne leur faut pas neuf mois, comme aux autres mortels. Si ceux-ci ont quelque avantage sur eux, ceux-là n'en sont pas plus à plaindre pour cela : ils ne parlent point, mais ils sont discrets ; ils ne persuadent point, mais ils touchent ; ils n'amusent guère, mais ils font mourir de plaisir. C'est la connaissance qu'on a de tant de talents divers qui les a mis en si grande réputation ; sans être intrigants, ils ont des intrigues presque à toutes les cours et à tous les couvents. C'est, je crois, de leur commerce avec de jeunes princesses et des religieuses que vient, je ne sais trop comment, ce nombre innombrable de Gémidoches qu'on rencontre partout, et souvent à la toilette des femmes. Danbre ne fut point goûté dans ce pays-là. Il prit leur silence en consentement, ne resta qu'un quart d'heure chez Galles, fit son invitation, et assuré de la bonhomie de ce peuple qui n'était point capable de refuser ce que les autres accorderaient, il vola à la cour de Lucanus.

On ne se souvenait plus de la guerre ; tout commençait à reprendre l'état heureux dont on y aurait toujours joui sans l'humeur que Péguirelle apporta jadis dans les affaires, et surtout son ambition. Ô Apprius, à quoi vous expose le courage de quelques-uns de vos sujets lorsque, guidés par l'audace et soutenus par la faveur, ils sacrifient à l'orgueil et le peuple et le monarque ! Tout enfin était oublié, les Ebugors et les Chedabars vivaient dans cette dépendance mutuelle et à laquelle ils étaient accoutumés.

Les odeurs les plus douces, les parfums les plus exquis, celui des fleurs mêlé à celui que l'art a inventé pour ajouter à la nature et aux saisons, annonce au loin l'habitation des courtisans de Lucanus ; ils ont toujours des bouquets à la boutonnière, le mouchoir hors de la poche, et un ruban couleur de rose je ne sais où, qui se fait voir je ne sais comment. On a parlé bien différemment sur leur compte ; on croit que le climat chaud qu'ils respirent abat le courage. Il y en a cependant qui ont brillé à la tête des armées ; il y a eu dans ces temps-ci un Susprien de beaucoup de mérite, né en Vergobrie, qui a battu les troupes d'un allié de Cleon. Il y a eu un Dulciman*, Ebugor aussi, qui, il y a soixante ans, s'est acquis une grande réputation en faisant la guerre à un Chedabar** qui commandait les Fie-

* C'était M. de Vendôme qui disait à un officier qui vient lui demander la permission de se marier qu'on ne valait plus rien à la guerre quand on l'était. « Monseigneur, lui dit-il, en vaudrai-je mieux si je cours les filles ? On a du tempérament. — Les autres n'en ont-ils pas ? dit M. de Vendôme. Mais qui est-ce qui s'occupe de toutes ces misères ? Moi, par exemple, je fais venir ma maîtresse, je la fous, et je lui dis ensuite : “ Monsieur, prenez votre épée et votre chapeau, et foutez-moi le camp. ” »

** On ne se douterait pas que ceci regarde le prince Eugène. Jamais la maison d'Autriche ne lui aurait confié ses armées, si on s'en était douté à Vienne. Il n'y a pourtant rien de plus sûr, avant d'y aller, étant encore abbé, il était si joli qu'il était pour tel employé. Il s'appelait madame Chimone dans ces sortes de petites parties de plaisirs innocents : c'était son nom de société. On prétend que c'est au roi de Prusse qu'on a obligation de cette découverte.

rotes. Les uns et les autres doivent même avoir du bon pour ce métier : ils connaissent mieux que personne ce qu'un général doit toujours conserver libre et ne jamais montrer aux ennemis ; ils ont aussi des principes naturels après la poursuite, qui est de profiter de ce qu'ils abandonnent en fuyant, et de traiter tous ceux qui osent leur résister comme cette partie d'entre eux qui, par complaisance, veut bien avoir le dessus dans les affaires du pays.

J'en ai vu plusieurs à la guerre qui l'emportaient sur tous leurs camarades ; ils étaient d'une habileté merveilleuse à prendre place sur les hauteurs, surtout si elles dominaient un défilé ; ils allaient eux-mêmes fouiller les bois voisins que d'autres auraient à peine soupçonnés d'exister, et ils ne s'engageaient dans ces défilés que lorsqu'ils étaient bien sûrs d'eux-mêmes. Ils ne négligent point les collines, s'en saisissent à propos, connaissent l'avantage des ravins et celui de prendre de revers tous les camps, pour peu de flancs qu'ils leur en présentent. Les Chedabars, à mesure qu'ils vieillissent au métier, gagnent bien de la ruse ; ils ne se laissent point forcer aisément, et les obstacles qu'il y a à les vaincre sont presque insurmontables. Les retranchements, les palissades, et même quelquefois les chevaux de frise sont employés à leur défense.

Ces deux nations, qui pourtant n'en font qu'une, existent toujours, malgré tout ce qu'un enchanteur ennemi fit jadis pour les détruire ; elles n'ont fait même que gagner depuis ce temps-là ; elles ont donné des lois à la Grèce, et ont amené les arts en Italie ; ont eu pour un temps l'empire du monde dans la personne des Césars, ont éclairé la France, favorisé quelquefois l'Allemagne, et sont occupées à décrasser à présent les habitants du Nord. On dirait que tous les talents ont pris plaisir à se réunir chez les sujets du grand roi Lucanus, dispersés dans tous les pays, soit pour en faire la conquête ou pour y porter les sciences ; nous en voyons briller à la Cour, à l'autel, à la chaire, au barreau, comme à l'armée. On dit que ces *Messieurs* ont un langage à eux ; c'est plutôt un jargon. Ils parlent peu, jettent seulement quelques propos en l'air. C'est ainsi qu'un d'entre eux, cherchant à faire sa cour à un jeune homme qu'il ne connaissait pas, voulut lui dire quelque chose d'obligeant ; il lui fit compliment sur ses beaux cheveux :

« Qu'ils sont longs ! lui disait-il, qu'ils sont bien plantés ! Ils vont, en vérité, je crois, jusque…

— Jusqu'aux fesses », lui dit promptement celui qui les avait.

« Qu'ils sont heureux, monsieur ! » lui répondit tout de suite l'Ebugor.

Et on les reconnaît moins à cela qu'aux façons de donner la main et d'embrasser. Ils ont alors quelques signes qui, je m'imagine, ressemblent beaucoup à ceux des francs-maçons. Les Ebugors et Chedabars firent grande fête à Danbre ; les uns et les autres ne savaient assez le cajoler. On lui donna un feu d'artifice charmant à Ghermomo, où tout le monde s'était rassemblé pour le voir ; on ne se lassait point de lui témoigner la peine qu'on avait eue de ne pouvoir pas toujours vivre avec lui, et les regrets qu'ils avaient eus tous de faire la guerre à Apprius. C'était dans le fond un malentendu, et ils rappelèrent les honnêtetés qu'il leur avait faites à tous les deux, lorsqu'il s'était arrêté chez eux. C'était un acheminement au grand projet de pacification générale. Danbre en profita, fit, comme si c'était de lui-même, quelques propositions ; elles furent acceptées. Lucanus se laissait mener par ses sujets. Comme roi des Ebugors et des Chedabars, il croyait devoir partager sa faveur, et tous avaient assez de pouvoir pour en faire ce qu'ils voulaient. On lui parla d'envoyer à la cour d'Apprius lui faire compliment sur son mariage. Il y consentit d'abord, et nomma le plus fort et le plus robuste des Ebugors et le plus joli des Chedabars pour cette commission. Ils partirent de Medoso à peu près en même temps que le jeune seigneur brularne et la plus belle des Bratides ; ils s'étaient mis en marche de la capitale des Dotigs. Si, par bonté d'âme, ils n'avaient point amené, chemin faisant, le ministre plénipotentiaire des Gémidoches, je crois qu'il ne serait jamais arrivé.

Danbre les avait tous précédés, et il revenait chargé de présents de ces tristes cours. Sa réception à la sienne fut des plus touchantes ; on ne lui donna pas le temps de respirer. Apprius le tint serré pendant une demi-heure sans pouvoir parler. La joie suffoqua également la reine. Elle se jeta au cou du roi et à la tête de Danbre. Les Cistonnes, alarmés de l'absence de ce jeune seigneur favori de la nation, ce qui le flattait bien plus que de l'être de ses souverains, furent enchantés de le revoir. On ne parlait que de lui ; on commençait à savoir le sujet de ses voyages, le succès de ses négociations, la grandeur de son mérite dont les Gémidoches mêmes avaient été jaloux, c'est tout dire. On lui donnait mille bénédictions. Son nom, prononcé avec tendresse par tous les citoyens, devenait le refrain des chansons.

On prépara, par ordre du roi, des appartements pour les ambassadeurs. Les marchands ouvraient déjà leurs boutiques. L'opulence, si nécessaire à la joie, allait, par le concours des étrangers que toutes les fêtes ne pouvaient manquer d'attirer, redonner de nouvelles forces à un État épuisé.

Les jeunes filles s'occupaient de leur ajustement, pour plaire aux nouveaux venus. On prétend même que Cleon en voulait au cœur de Lucanus ; elle espérait que sur le rapport de son ambassadeur il viendrait peut-être lui-même adorer ses appas. Apprius, de son côté, se flattait de soumettre l'insensibilité de Mina. On se réjouissait de devoir se réjouir, il n'y avait personne dans tout le pays des Cistonnes qui ne désirât un peu de variété dans les plaisirs.

L'ambassadeur ebugor et le Chedabar furent logés dans le cabinet de la reine pour être à portée à tout moment de traiter avec elle. Celui des Brularnes et l'ambassadeur des Bratides furent placés dans le voisinage du roi. On ne fit pas autant d'honneur au ministre des Gémidoches ; on le donna aux dames de la Cour qui durent en avoir soin par ordre de Leurs Majestés. Il ne demandait pas mieux, étant sans la moindre prétention. On sait cependant que Cleon le faisait quelquefois demander à son réveil pour l'entretenir en particulier, tant il eſt vrai que le gros bon sens perce toujours !

Tout ce qui était de la suite de ces représentants de diverses nations fut répandu dans les différents quartiers de la capitale, et s'accoutumèrent en peu de temps aux façons du pays. Un héraut d'armes annonça à tout le monde que les fêtes allaient commencer, et elles commencèrent. Les illuminations ne furent point oubliées ; on aura pu en lire le détail dans la gazette. On se servait à propos de la neige qui était tombée quelques jours auparavant : les monceaux qu'on en avait placés artiſtement ajoutaient à l'élégance des parterres, aux agréments du buis, et donnaient plus de luſtre aux lampions, placés avec tout le goût possible, qui tantôt suivaient la belle ordonnance du dessin des jardins délicieux du grand roi Apprius, tantôt décoraient les cinq ordres d'architecture dont ces palais sont revêtus. Peu s'en fallut qu'à cette occasion il n'y eût une fête de traîneaux. On en fut quitte pour la peur.

La partie des spectacles ne fut pas la plus négligée ; les machines, les peintures, les décorations, le tonnerre même, qui faisait le fort de la pièce qu'on avait attirée de Lexbrules, annonçait le pouvoir du maître de ces lieux. On représentait à un tel point de perfection la grêle, le vent et les autres incommodités des éléments qu'on y prenait goût. On était fâché quand tout cela finissait. On joua des tragédies qui avaient l'air de tableaux mouvants et allaient toutes seules ; on en sortait la joie au front et le bon mot sur les lèvres. On donna des opéras charmants où un accompagnement superbe paraissait vouloir empêcher d'entendre les duos ; les quatuors, qui n'étaient jamais épargnés, ajoutaient au tapage de l'orcheſtre tout ce qu'il fallait pour bien rendre le bruit du sabbat ; les oreilles en tremblaient d'effroi, et ce bruit, joint à la force dont tout cela était, suivait pendant plus d'une demi-heure ceux qui même, pour s'en défaire, étaient demeurés à des ballets dessinés comme ils étaient dansés.

Il y eut des bals masqués. C'eſt ce qui plut le plus généralement à tout le monde. Tout y était confondu. On eût pris un Ebugor pour un Brularne, un Brularne souvent pour un Ciſtonne, un Ciſtonne quelquefois pour un Chedabar, ceux-ci, de temps en temps, pour des Ebugors, et les Ebugors presque toujours pour des Ciſtonnes, les Bratides pour des Gémidoches et les Gémidoches pour le roi Apprius lui-même. Cela n'était pas flatteur après ce que j'en ai dit ; mais le prince ne leur ressemblait que du bon côté.

Les relais induſtrieux posés dans une ou deux parties du monde pour le commerce du pays, la liaison des nations, le soutien de l'amour, l'âme des affaires, l'excuse des paresseux et les propos des miniſtres apportaient chez tous les peuples divers les détails des plaisirs que Cleon seule pouvait procurer. Le nombre des étrangers augmentait chaque jour. Les souverains craignirent de la part d'Apprius des vues plus étendues qu'il n'en avait : il n'en voulait qu'au cœur, et, content de subjuguer les esprits, il dédaignait les couronnes.

Lucanus, Mina et le roi des Gémidoches lui dépêchèrent de nouveaux ambassadeurs. Ce n'étaient plus des gens aussi illustres peut-être que les premiers, qui n'avaient d'autre talent que de faire de la dépense et de bien représenter leurs maîtres, en n'en faisant aucune d'esprit. C'était tout ce qu'il y avait de plus rusé qui était chargé d'étudier le caractère dominant de la Cour, et de voir si, sous l'apparence de douceur et d'attachement à tout ce que la volupté, le tempérament et les richesses procurent de plus raffiné dans tous les genres possibles de plaisirs, on ne couvait point chez Cleon l'envie de s'agrandir. « Hélas ! disait tous les jours cette grande princesse, je voudrais à mes États bien moins d'étendue. Que l'on pénètre mal l'innocence de mes intentions ! » On ne tarda pas à s'en apercevoir et à l'écrire : le grand talent des ministres est de s'amuser, de jouer beaucoup surtout, et de faire les affaires. Cela s'appelle travailler légèrement. Ceux-ci reçurent, au milieu des festins et des réjouissances publiques, des ordres respectifs de leurs cours d'entrer dans les desseins d'Apprius et de Cleon.

Ces lettres étaient remplies de reconnaissance de leurs bons procédés, d'admiration de leur bonne foi, et d'étonnement de la modération des vainqueurs. Lucanus envoya des manchettes superbes à Apprius, Mina une bague de grand prix et le prince des Gémidoches plusieurs pièces de velours à la reine. On eut ordre de conclure. Un jour, n'en pouvant plus de plaisir, rassasiés de tous les amusements possibles que des Cistonnes, des Brularnes, des Ebugors, des Chedabars, des Bratides et des Gémidoches avaient pris ensemble pendant tant de jours et tant de nuits, ils s'assemblèrent pour parler d'affaires et ils se mirent à écrire ceci :

TRAITÉ DE PAIX

ENTRE TOUS CES GENS-LÀ

AU NOM DE LA TRÈS SAINTE TRINITÉ

Nous soussignés, représentés dignement par les ministres plénipotentiaires porteurs et exécuteurs de nos ordres et intentions, nous nous jurons une union et une alliance éternelles ; promettons de nous aider mutuellement dans nos besoins, et assistance plénière à tous ceux qui la requéreront ; de nous prêter la main en toute occasion, et de ne fausser jamais aucune condition du traité que nos ministres, en sachant plus long que nous, vont écrire ci-dessous, pour plus ample explication et plus sûre intelligence des parties y intéressées ; en foi de quoi nous avons apposé à ce le sceau de nos empires, et y aurions signé si les souverains savaient écrire, mais l'on se contentera de nos marques.

APPRIUS, CLEON, LUCANUS, MINA, GÉMIDOCHE.

Plus bas étaient les noms suivants :

Par ordre :

DANBRE, LITOCRIS, SUNA, FRIGALLE, GALLES.
Secrétaires des commandements de toutes ces puissances.

Tel était le formulaire envoyé et signé par toutes ces cours. On prétend que ce fut Danbre qui le composa, et qui l'y fit passer ensuite. Il ne perdit pourtant aucune fête pour cela, ni même un coup de dents. Voici leurs conditions :

ARTICLE PREMIER. Les parties contractantes promettent de ne plus faire de mauvaises plaisanteries, ni de tenir aucun mauvais propos qui puisse tendre à donner du ridicule, et éviter surtout les personnalités.

II. En conséquence du premier article, les Ebugors, s'attendant à son exécution, espèrent de ne plus recevoir cette épithète injurieuse de *vilain* et de *bon*, et quelquefois une plus choquante encore.

III. Les Cistonnes engagent un chacun en particulier, pour le bien général, de livrer à Volitir tout ce qui se rencontrera de Chrenacs et de Palunois, pour les exterminer par le fer et par le feu.

IV. Les Chedabars prient tous ceux qui sont à prier de ne point oublier le renvoi de Chaussepied et des Piromons ; ils promettent d'éloigner la Cristanille à jamais si on leur sauve la Roulée, qui seule peut les empêcher de conclure.

V. Les Bratides jurent de faire alliance avec tout le monde, pourvu qu'on suive les conseils de Danbre, qu'elles n'avaient jamais connu, et qu'elles reconnaissent pour l'homme de tous les pays.

VI. Les Brularnes se soumettent à tout, pourvu qu'ils aient la permission de voyager, et qu'ils ne soient pas obligés de rester dans ces vastes États de Cleon, ni d'être continuellement rétrécis dans ceux de Lucanus. Ils ne peuvent oublier les bontés de Mina.

VII. Les Gémidoches n'ont rien entendu, n'ont rien vu, mais ils feront tout ce que les autres voudront ; ils sont d'accord de tout et permettent tout.

VIII. Apprius, sans vouloir s'élever au-dessus de Lucanus et de Mina, n'attend l'étendue de son empire que de la douceur du sien, et de la variété des plaisirs qu'il sait y procurer. C'est toute sa politique. Ses sujets peuvent habiter parmi les Lucaniens, les Brularnes et même les Gémidoches. Il jure de bien recevoir de même tous ceux-là à sa cour.

Tout aurait été fini dans ce moment même, s'il n'y avait pas toujours dans tous les pays des gens plus fins que les autres, qui, pour faire les habiles, font naître des difficultés ; elles pouvaient partir aussi de l'autre principe des esprits bornés, de l'attachement aux préjugés. Il ne faut toutefois qu'un rien pour rompre tout ce qui est presque fait ; un bon mot en est souvent le signal, une plaisanterie… mais elles étaient défendues. Voici la dernière clause qui n'arrêta qu'un instant. Des Cistonnes représentèrent que, pour entrer dans l'esprit d'alliance, toutes les nations devant communiquer entre elles, ils trouveraient quelques désagréments en Vergobrie, ils craignaient les vents, disaient-ils, les exhalaisons et les bruits souterrains, qui annoncent toujours les tremblements et ajoutaient à la frayeur souvent la surprise. Que sais-je ? Ils craignaient… « Ne délibérons pas tant, dit l'un des plus sages des Ebugors ; ne délibérons même plus ; j'ose promettre de la part de ma nation aux Cistonnes de changer ce qu'ils reprochent à notre situation, un peu sulfureuse à la vérité, dès qu'ils auront réformé les mauvais airs marécageux et qu'ils nous auront mis à l'abri des inondations et de ce que la nature y a de réglé ou de déréglé, comme on le voudra, pour la plus grande incommodité de ceux qui voudront s'établir chez eux. »

Cette réponse en imposa aux difficultueux ; on convint de part et d'autre que, s'il était de l'essence des roses d'avoir des épines, on ne pouvait que les empêcher de piquer. On fit des réflexions très savantes sur la compensation du bien et du mal ; on dit là-dessus du neuf, comme on peut bien s'imaginer ; on n'avait plus rien à se reprocher. On finit par faire un grand compliment aux Brularnes, qui ne donnaient prise sur eux d'aucun côté, que la modestie empêchait de faire valoir les avantages qu'ils avaient sur tous les autres, et qui peut-être par honnêteté, mais aussi par goût, ne favorisaient pas plus celui des Cistonnes que celui des Lucaniens. Ceux qui croient toujours avoir deviné s'imaginèrent que dans le fond ils penchaient un peu pour ceux-ci ; mais on n'était point exigeant chez Apprius. On était presque sûrs qu'on y reviendrait toujours, et on vit depuis ce temps que rien ne se soutient mieux que cette union cimentée par le plaisir, la diversité et la bonne foi. On en mettait dans tout, on se communiquait tout. Le roi de Vergobrie envoya *Le Portier des chartreux* à Cleon ; celle-ci, en reconnaissance, lui fit tenir *L'Académie des dames*. Mina lui fit présent du *Cantique des Cantiques* ; pour la remercier, Lucanus lui envoya *Thérèse philosophe* et Apprius, l'ode faite en l'honneur de cette reine qui commence par ces mots* : « Que tout tremble, dirait Pindare, etc. » On donna *Vénus dans le cloître* aux Gémidoches, mais nous ne croyons pas qu'ils aient jamais pu le lire.

S'il fallait faire preuve de goût pour assister au spectacle, on serait trop heureux ; on s'y livrerait au plaisir constant de l'admiration, ou au plaisir malin d'une critique délicate et juste ; mais c'est à présent le rendez-vous des désœuvrés ; on ne s'en plaint pas dans le pays où l'esprit n'a pas percé encore l'épaisseur de la nuit qui le couvre. Mais *il devait avoir part aux* amusements d'une cour où l'on prouvait bien qu'on en avait, par le parti que l'on tirait de la journée. On y en met-

* J'en demande pardon, mais elle est de moi. Aussi n'y a-t-il que moi qui puisse la citer. C'est la première pièce de ce recueil[2].

tait partout, en vérité. On goûtait, on sentait le bon ; quand on lisait cette ode au dieu des jardins, on était en extase ; on ouvrait Pétrone, tout était dans l'enchantement ; on passait de là aux poètes, on baisait Catulle et Tibulle, on était transporté. Les Ebugors cherchaient avec avidité les endroits où Virgile et Horace paraissaient leur vouloir du bien, et les Cistonnes ne se lassaient point de l'Ovide ; on s'éclairait, on se communiquait ses lumières, ses talents. Comme il est presque décidé que celui de jouer la comédie est au-dessus de tous les autres, chacun voulut y essayer les siens. On représenta sur le théâtre de société d'Apprius *Messaline* et *La Comtesse d'Olonne*, avec tout le succès possible.

Pour la dernière preuve de la sincérité et de l'intelligence qu'on s'était jurées, Lucanus donna un confesseur à Apprius. Il lui envoya son jésuite. Celui-ci envoya son carme à Mina. Comme il faut toujours finir par ce qui a rapport au Ciel, qui doit être notre fin à tous, il est juste que, m'y sentant ramené par les noms de ces deux sociétés respectables, je dise qu'au bout de quinze jours de fêtes continuelles elles finirent elles-mêmes par un *Te Deum* magnifique et un *Domine, salvum fac regem.*

Puisse celui que je prononce en ce moment, du meilleur de mon cœur, être exaucé ! Puisse un prince semblable durer autant que ce monde, à qui il a fait tant d'honneur et de plaisir ! Qu'on ne croie pas qu'il ait fini au bout de quinze jours de divertissements, c'était le temps consacré à la célébration des noces d'Apprius et de la paix et de l'union des nations. Ce qui était donné dans sa première institution au faste, au luxe, à la grandeur des objets réunis, a continué par habitude, et ce qui était pris aux ris, aux jeux et aux amours par la représentation, leur est rendu à présent par la vie délicieuse que mènent les meilleurs Ebugors du monde, les plus jolis Chedabars, les plus doux des Brularnes, les plus vives des Bratides et les plus aimables Cistonnes des deux sexes.

PRÉFACE
DE L'OUVRAGE QU'ON VIENT DE LIRE

On ne doit pas être étonné, après ce qu'on a vu, qu'on trouve à la suite de cette mauvaise plaisanterie ce qu'on met ordinairement par-devant. J'ai déjà rendu compte dans d'autres ouvrages de ma façon, à peu près dans le même goût, des raisons que j'ai ainsi de placer ma préface. Celle-ci n'est que pour dire que j'en ai fait une, car je ne sais trop qu'y mettre. Je crois qu'il est assez d'usage de faire l'histoire de sa production. Elle est toute simple. J'avais lu *Apprius* ; il me fit beaucoup de plaisir, puisqu'il est égal à tous les autres livres de cette espèce en polissonneries, mais bien supérieur pour le style. Je fis des réflexions sur la séparation de tous les honnêtes gens dont il est question, et trouvant que ceux de ce moment-ci n'en souffrent plus, et qu'on a assez vaincu les préjugés pour réunir toutes les sectes, je me suis mis à écrire un traité de paix, qui vaut encore mieux, en vérité, que celui que nous eûmes la bêtise de faire l'année passée avec le plus malin des Ebugors[3]. Ce fut l'affaire de cinq ou six matinées. J'y sacrifiai le jeu de paume et quelques autres exercices qui me tiennent lieu de ce qui me manque dans ce pays, et que je vais tâcher de trouver dans ceux que je compte parcourir cet été.

Claude de Crébillon

LE SYLPHE

OU SONGE DE MME DE R***
ÉCRIT PAR ELLE-MÊME
À MME DE S***

Vous vous plaignez à tort de mon silence, madame, et ce n'est pas assez pour accuser les gens de paresse d'être une fois sorti de la sienne. Que je vous ennuierais si mon exactitude vous forçait quelquefois à m'écrire ! À peine avez-vous le temps de penser : considérez, peut-être ne l'avez-vous jamais fait, qu'il n'y a pas d'oisiveté au monde plus occupée que la vôtre. Le tumulte de Paris qui ne vous laisse pas le loisir de former une idée nette, les plaisirs qui se succèdent sans cesse, la compagnie nombreuse dont le mélange amuse toujours quelque ridicule qu'il puisse être, les façons de nos honnêtes gens, l'impertinence et la fadeur de nos petits-maîtres, tant de cour que de ville, contraste bizarre qui dans le grand monde se trouve toujours réuni, les aventures qui arrivent, et qui fournissent perpétuellement des occasions de médisance, les occupations de cœur qui divertissent, même quand elles n'intéressent pas, le temps de la toilette si agréablement rempli par nos jeunes sénateurs[1], le plaisir toujours varié que donne la coquetterie, le jeu qui occupe quand la désertion d'un amant ou les égards pour les bienséances[2] laissent des moments à perdre, eh ! comment, dans cet embarras, pourriez-vous quelquefois songer à moi ? Vous me reprochez mon goût pour la solitude ; si vous saviez combien j'ai été agréablement occupée dans la mienne, vous viendriez avec moi prendre part à mes amusements, quelque peu réels qu'ils soient peut-être. Vous vous moquerez de moi sans doute quand je vous avouerai que ces plaisirs que je vous vante tant ne sont que des songes ; oui, madame, ce sont des songes, mais il en est dont l'illusion est pour nous un bonheur réel, et dont le flatteur souvenir contribue plus à notre félicité que ces plaisirs d'habitude qui reviennent sans cesse, et qui nous pèsent au milieu même du désir que nous avons de les bien goûter.

Vous savez que de tout temps j'ai souhaité avec ardeur de voir un de ces esprits élémentaires, connus parmi nous sous le nom de sylphes. J'ai toujours cru que ce n'était point dans le fracas des villes qu'ils aimaient à se produire, et le pourrez-vous croire ? voilà l'idée qui m'entraînait si souvent à la campagne, et me faisait rejeter si fièrement les conteurs de fleurettes. Peut-être, sans l'envie que j'avais d'être digne de l'amour d'un sylphe, aurais-je succombé, car il y en a de jolis de ces conteurs-là : je ne me repens point de ma sévérité, puisqu'elle m'a conduite à mon but. C'est un songe ; je ne vous donnerai mon aventure que sur ce pied-là, il faut ménager votre incrédulité. Cependant, si c'était un songe, je me souviendrais de m'être endormie avant que de l'avoir commencé ; j'aurais senti mon réveil, et puis quelle apparence[3] qu'un songe eût autant de suite qu'il y en a dans ce que je vais raconter ? Comment aurais-je si bien retenu les discours du sylphe ? Il n'est pas naturel que j'aie pensé ce que vous allez entendre, toutes les idées que vous y trouverez ne m'ont jamais été familières. Oh assurément ! je n'ai pas rêvé, vous en croirez au reste ce qu'il vous plaira ; quant à moi, je ne me servirai pas de ces mots : il me semblait, je croyais voir ; je dirai : j'étais, je voyais, mais finissons ce préambule.

J'étais, un des derniers jours de la semaine passée, retirée dans ma chambre : la nuit était chaude, j'étais couchée d'une façon modeste, pour quelqu'un qui se croit seul, mais qui ne l'aurait pas été si j'eusse cru avoir des spectateurs. Ennuyée d'une compagnie provinciale qui m'avait obsédée toute la journée, je cherchais quelque dédommagement dans un livre de morale, lorsque j'entendis prononcer distinctement, quoique à demi bas, et avec un soupir, « Ô Dieu que d'appas ! » Ces paroles me surprirent, et, quittant mon livre, je tâchai, malgré la frayeur qui commençait à me saisir, de prêter une oreille attentive ; n'entendant plus rien dans ma chambre, je crus m'être trompée, et m'imaginai que mon esprit distrait m'avait rendu présent ce que je venais de lire. Cependant, il n'y avait pas d'apparence qu'il dût se trouver avec de la morale ; d'ailleurs, dans ce moment, je ne rêvais à rien qui y pût convenir. J'étais encore plongée dans ces réflexions lorsque j'entendis plus distinctement que la première fois : « Ô mortels ! êtes-vous faits pour la posséder ! » Quelque flatteuse que fût cette exclamation, elle redoubla ma peur, et rentrant précipitamment dans mon lit je me mis le drap sur la tête, demi-morte, et dans l'état affreux où peut se trouver une femme peureuse.

« Ah ! cruelle[4], s'écria-t-on alors, pourquoi vous dérober à ma vue ? Que craignez-vous de quelqu'un qui vous adore, et qui malheureusement pour lui est si respectueux qu'il n'ose employer la violence pour vous revoir ? Répondez-moi du moins, ne mettez pas mon amour au désespoir.

— Hélas ! repris-je d'une voix étouffée, que pourrais-je répondre dans l'état où une aventure si surprenante me réduit ?

— Mais que pouvez-vous craindre avec moi ? réplique-t-on. Je vous ai déjà dit que je vous adore : rassurez-vous, je ne me montrerai pas, et quoique ma vue pût bannir la crainte de votre âme, je ne veux pas vous exposer encore à la surprise qu'elle vous causerait. »

Remise un peu par ces paroles, je relève doucement mon drap. Je vis qu'il ne s'agissait que d'une déclaration d'amour, et je me souvins que j'en avais soutenu plus d'une avec fierté. Je n'ai pas l'âme faible, et je crus d'ailleurs n'avoir rien à redouter d'une aventure qui commençait de cette sorte. Cependant, on était amoureux, j'étais seule, et dans un état où j'avais tout à craindre de quelqu'un d'entreprenant et à qui je supposais plus de forces qu'à un homme. Cette réflexion m'inquiéta, je vis tout d'un coup le risque que je courais, et le vis avec d'autant plus de peur que je ne trouvais pas de moyen de le prévenir. Voilà de ces fâcheuses occasions où la vertu ne sauve de rien, j'imaginai aussi que c'était un esprit qui me parlait, et d'abord je le jugeai impalpable ; cependant cet esprit était sensible, il m'aimait : qu'est-ce qui l'aurait empêché de prendre un corps ! Ces différentes idées me tenaient dans une irrésolution qui ne finissait pas, lorsque la voix reprenant :

« Je sais tout ce qui se passe dans votre âme, ma belle comtesse, je serai respectueux, nous ne sommes entreprenants que quand nous sommes aimés.

— Bon, dis-je en moi-même, je ne crois pas que je te mette jamais à portée de me manquer de respect.

— N'en répondez pas, dit la voix, nous sommes des amants un peu dangereux, nous savons tout ce qui se passe dans le cœur d'une femme, elle ne saurait former de désirs que nous ne satisfassions, nous entrons dans tous ses caprices, nous vieillissons ses rivales, et nous augmentons ses charmes, nous connaissons toutes ses faiblesses, et quand elle pousse un soupir d'amour, que la nature dans un moment de distraction se trouve la plus forte, nous le saisissons ; en un mot, la plus légère idée de tentation devient par nos soins tentation violente, et bientôt satisfaite. Avouez que si les hommes avaient notre science, il n'y aurait pas une femme qui leur échappât. Ajoutez à cela que notre invisibilité est contre les maris jaloux, ou les mères ridicules, d'une ressource merveilleuse : point de précautions pour prévenir les leurs ; point d'yeux surveillants qu'on ne trompe avec ce secret. Mais de grâce, ajouta-t-il, cessez de vous cacher à mes yeux, cette complaisance ne vous engage à rien, puisque vous ne me verrez que quand vous le voudrez et que vos sentiments pour moi dépendent uniquement de vous. »

À ces mots, je me montrai, et l'esprit, car c'en était un, fit à ma vue un cri qui pensa me faire rentrer sous le drap, je me rassurai pourtant.

« Ah ! s'écria-t-il, en me voyant, que de beautés ! Quel dommage qu'elles fussent destinées à un vil mortel ! Il est impossible qu'elles m'échappent.

— Quoi ! Vous croyez, lui dis-je, que je ne vous échapperai pas ?

— Oui, sans doute, je le crois.

— Je trouve, repris-je, bien de la présomption dans cette idée.

— Vous vous trompez, il y en a beaucoup moins que de connaissance de votre cœur : toutes les femmes ont la même façon de penser, les mêmes mouvements, les mêmes désirs, la même vanité, et à peu de choses près les mêmes réflexions, et ces réflexions toujours faibles quand il s'agit de combattre le penchant.

— Mais la vertu, lui dis-je, croyez-vous qu'elle soit inutile ?

— Elle ne devrait pas l'être, reprit-il, et cependant, j'imagine que vous lui donnez peu d'exercice.

— C'est trop mal penser de nous, repris-je, de nous croire incapables de la moindre réflexion.

— *Non, répondit-il*, je crois que vous réfléchissez, mais que votre cœur, plus vif et plus prompt, échappe à la réflexion et vous détermine plutôt pour le sentiment que pour la raison. Ce n'est pas que vous ne pensiez assez bien pour connaître ce qu'il faut éviter, il s'élève des combats dans votre cœur, vous les soutenez pendant quelque temps, et vous succombez enfin avec cette consolation que, si votre cœur s'était trouvé moins fort que vous, vous auriez remporté la victoire.

— Croyez-vous donc, repris-je, que nous ne puissions jamais vaincre notre penchant ? Sommes-nous si cruellement esclaves de nos passions que rien ne puisse les réprimer ?

— Cet article serait, répondit-il, d'une trop longue discussion. Je crois qu'il n'est pas impossible de trouver des femmes vertueuses, mais, autant que j'en ai pu juger par votre commerce, la vertu n'est pas ce qui vous amuse le plus : vous savez qu'il en faut avoir, et il me semble que vous ne cédez à cette nécessité qu'à regret. Une chose qui me paraît autoriser mon sentiment est la tristesse et la mauvaise humeur qui règnent sur le visage d'une femme vertueuse, d'une prude, de ces personnes qui se sont faites de la vertu par orgueil pour avoir le plaisir d'insulter aux faiblesses de leur sexe. Il est des temps où elles payent le plaisir bien chèrement et qu'elles voudraient pouvoir y renoncer. Mais comment faire ? c'est une vertu affichée qu'il faut soutenir, elles en gémissent en secret ; toujours tentées, elles se feraient bientôt un délice de la tentation qui les tourmente si elles pouvaient être sûres que leurs faiblesses fussent ignorées. Leurs crieries perpétuelles contre les plaisirs prouvent moins la haine qu'elles leur portent que le regret qu'elles ont de s'en être privées par une vanité mal entendue. Ajoutez à cela qu'il est rare qu'une jolie femme soit prude ou qu'une prude soit jolie femme, ce qui la condamne à se tenir justement à cette vertu que personne n'ose attaquer, et qui est sans cesse chagrine du repos dans lequel on la laisse languir.

— Mais pensez-vous, lui dis-je, que toutes les femmes soient prudes ?

— Les hommes, répondit-il, seraient bien malheureux s'il n'y avait que des femmes de ce caractère.

— Cependant, repris-je, ils veulent que nous soyons vertueuses.

— C'est, dit-il, un raffinement de goût chez eux de devoir à leurs séductions l'anéantissement d'une chose qui leur a tant coûté à établir dans votre âme, et qui vous sied bien, quoi que vous en disiez. Non cette vertu farouche qui n'en est que la grimace, mais celle que j'imagine, et que je ne puis vous peindre parce que je n'en ai point encore trouvé de cette sorte.

— Qu'est-ce donc, lui demandai-je, que les hommes appellent vertu ?

— La résistance que vous opposez à leurs désirs, et qui naît de votre attention sur vos devoirs.

— Et quels sont-ils, repris-je, ces devoirs ?

— Ils étaient immenses, répliqua-t-il, mais comme vous les abrégez chaque jour, je crois qu'ils ne vous en restera plus à observer ; aujourd'hui, ils ne consistent plus que dans la bienséance, encore n'est-elle pas exactement suivie.

— Ce dérangement durera-t-il longtemps ? lui demandai-je.

— Tant, répondit-il, que les femmes croiront la vertu idéale et le plaisir réel, et je ne vois pas d'apparence qu'elles changent de façon de penser. D'ailleurs il n'y a point de femme qui n'ait quelque faible, et ce faible, quelque bien déguisé qu'il soit, n'échappe jamais à la recherche opiniâtre de l'amant. La voluptueuse se rend au plaisir des sens. La délicate, au charme de sentir son cœur occupé. La curieuse, au désir de s'instruire. Il en coûterait trop à l'indolente pour refuser. La vaine perdrait trop si ses appas étaient ignorés, elle veut lire dans la fureur des désirs d'un amant l'impression qu'elle peut faire sur les hommes. L'avare cède au vil amour des présents. L'ambitieuse aux conquêtes éclatantes, et la coquette à l'habitude de se rendre.

— Vous êtes bien savant, lui dis-je.

— C'est, répondit-il, que j'ai voyagé de bonne heure. Mais ne commencez-vous pas à vous endormir ? Cette grande envie de philosopher ne sied pas dans cette rencontre, et je suis sûr qu'actuellement vous me prenez pour un sylphe des plus novices. Qui sait si mal profiter des moments aussi doux que ceux que je passe auprès de vous ne mérite pas qu'on les lui donne. Un sylphe amoureux parler morale ! En bonne foi me pardonnerez-vous d'avoir si mal employé mon temps ?

— Je ne sais pas, repris-je, quel autre usage vous en voudriez faire, vous m'avez piquée, et je serai bien aise de vous prouver qu'il y a de la vertu.

— C'est-à-dire, répondit-il en riant, que vous n'en aurez que par contradiction. Je ne doute cependant pas que vous n'en ayez, et si je ne vous ai pas dit là-dessus tout ce que je pense, c'est qu'une aussi belle personne que vous offre tant de choses à louer qu'on n'a pas auprès d'elle le temps de vanter celle-là.

— Je ne vous pardonne pourtant pas de l'avoir oubliée, lui dis-je, vous m'aimez, je vous en ferai bien repentir.

— Ma belle comtesse, répondit-il, on dit à une belle qu'elle a des agréments, parce qu'en le lui répétant souvent c'est une façon polie de l'exhorter à en faire usage, mais ira-t-on la faire souvenir de sa vertu quand il est de notre intérêt qu'elle l'oublie ? Au reste, point de menaces, toutes ces finesses sont bonnes avec les hommes, mais songez que vous ne pouvez me tromper. Cela est embarrassant, et je ne m'étonne pas de vous voir rêver : un amant qui sait tout ce qu'on pense, qui pénètre tout, avec lequel on n'a aucune ressource, est quelque chose de bien incommode.

— En ce cas, répondis-je, je puis ne point essuyer cette fatigue, je ne vous aimerai pas.

— Vous n'en ferez rien, dit-il. Pour éviter de m'aimer, il faudrait que vous me disiez bien sérieusement de cesser de vous voir. Qui plus est, il faudrait le vouloir, et c'est ce que vous ne voudrez pas. Curieuse comme vous l'êtes, vous ne pourrez jamais vous empêcher de voir la fin de cette aventure. Vous êtes précisément avec moi dans le cas où sont toutes les femmes dans les commencements d'une passion. Elles savent que pour ne pas succomber il faudrait fuir ; mais la passion plaît, elle échauffe le cœur, éteint les réflexions, la séduction est continuelle, le retour sur soi-même momentané, le plaisir redouble, la vertu disparaît, l'amant reste, comment fuir ? Et assurément vous ne fuirez pas.

— Vous me paraissez un peu trop sûr de votre conquête, répondis-je, je voudrais un amant plus respectueux et dont les désirs plus timides me ménageassent davantage.

— C'est-à-dire, interrompit-il, que vous voudriez que je perdisse un temps qui m'est précieux ; je ne suis pas fait à cela.

— Les femmes, sans doute, ne vous y ont point accoutumé !

— Non, assurément, reprit-il.

— Et vous avez plu partout où vous avez adressé vos vœux ?

— Partout, non, répliqua-t-il, j'ai été souvent obligé de changer de forme pour me faire aimer. La première personne qui me plut était une jeune innocente qui avait encore peur des esprits ; je m'avisai de lui parler la nuit, je pensai la faire mourir. J'eus beau lui dire que j'étais un esprit aérien, que nous étions beaux, bien faits, l'énumération que je lui fis de nos bonnes qualités ne la rendit que plus craintive, et si je n'avais pris la figure de son maître de musique, j'étais perdu. Celle à laquelle je m'adressai ensuite était une dame de grande condition, fort ignorante, qui ne comprit rien non plus aux substances célestes, et qui ne voulut pas imaginer que je pusse être un corps solide ; cette idée me fit auprès d'elle un tort considérable. Ne pouvant la vaincre malgré elle-même, je crus qu'en prenant la ressemblance d'un fort aimable homme qui l'aimait, je pourrais la ramener : je perdis mon temps. Enfin, ne sachant plus que faire, je me mis à son service, et me travestis si bien qu'elle ne m'aurait jamais pris pour un esprit élémentaire ; et, voyez la bizarrerie, je réussis ! En Espagne[5], je trouvai une femme qui après m'avoir vu ne voulut pas de moi et me préféra son amant, je n'ai pas encore eu ce chagrin en France. Le détail de mes aventures serait trop long ; je ne dois cependant pas oublier une femme savante dont les études avaient eu pour principal objet l'astronomie et la physique. Je la vis et lui dis qui j'étais, je ne l'effrayai pas, mais, quoique avec des efforts incroyables, je ne la persuadai point. « Comment, disait-elle, est-il possible, si vous êtes dans votre région matière corporelle, que notre air ne vous ait point étouffé en descendant parmi nous ? Et si votre être n'est qu'un composé de vapeurs fines qui ne peuvent résister aux impressions de l'air et que le moindre vent peut dissoudre, à quoi pouvez-vous être bon ici ? » Loin de réfuter cet argument par des discours, je la priai de m'admettre aux preuves ; elle y consentit, déterminée sans doute par le peu de risque qu'elle crut y courir, ou, supposé qu'il y en eût, par le plaisir d'avoir trouvé dans la physique élevée quelque chose d'extraordinaire que tout le monde ne sût pas. J'essayai donc de la convaincre, mais dans le temps que je devais espérer qu'elle cédait à la force de mes raisons : « Ah Dieu ! quel songe ! » s'écria-t-elle. Avez-vous jamais vu d'incrédulité plus opiniâtre ? Je ne me rebutai pas d'abord, mais voyant qu'à quelque heure, et de quelque façon que je lui parlasse, elle s'obstinait, ainsi que vous le ferez sans doute, à me traiter de chimère et de songe, je m'ennuyai[6] de lui donner matière à rêver et la quittai, quoiqu'elle me fît espérer une conversion prochaine. *Mais vous, ajouta-t-il,* ne seriez-vous pas aussi incrédule ?

— Je ne serais pas du moins si curieuse, lui répondis-je ; je suis persuadée que je rêve, mais contente du plaisir que ce songe me donne, je ne veux pas savoir s'il pourrait être vérité.

— Et moi, reprit l'esprit, je sens que tout devient trop

vérité auprès de vous. Je ne veux plus m'exposer au danger de voir vos charmes, je pars assez malheureux pour n'avoir pu me faire aimer de vous, je vais me dérober aux rigueurs que votre cruauté me prépare.

— Que vous êtes impatient ! Comment voulez-vous que je vous aime ! Sais-je seulement ce que vous êtes !

— Avez-vous eu, répliqua-t-il, la curiosité de le demander ?

— Hélas ! répondis-je, j'ai craint de vous fâcher en vous le demandant ; cette peur, et celle que vous ne fussiez pis qu'un esprit, m'ont contrainte. Mais, puisque vous me le permettez, qu'êtes-vous ?

— Vous, dit-il, qui croyez-vous que je sois ?

— Je vous crois, repris-je, esprit, démon ou magicien. Mais sous quelque espèce que je vous imagine, je vous crois quelque chose de fort aimable et de fort singulier.

— Voudriez-vous me voir ? répondit l'esprit.

— Non, dis-je, il n'est pas temps. Répondez de grâce à mes questions : qu'êtes-vous ?

— Je suis un sylphe.

— Un sylphe ! m'écrai-je avec transport, un sylphe !

— Oui, charmante comtesse. Les aimeriez-vous ?

— Si je les aime, grand Dieu ! Mais vous me trompez, il n'en est point ; ou s'il en est, qu'est-ce que les mortelles peuvent pour votre bonheur, et comment une essence aussi céleste que la vôtre peut-elle descendre au commerce des hommes ?

— Notre félicité, dit-il, nous ennuie quand nous ne la partageons avec personne, et tout notre soin est de chercher quelque objet aimable qui mérite de nous attacher.

— Mais, interrompis-je, j'ai lu que les sylphides étaient si belles, pourquoi[7]...

— Je vous entends, dit-il, pourquoi ne nous pas attacher constamment à elles ? Nous ne les touchons pas assez, elles nous voient trop, et ce n'est jamais que par raison, et pour ne pas laisser perdre la race des sylphes, qu'elles nous accordent quelques faveurs ; la même considération nous détermine, et comme vous voyez, cela ne doit pas former entre nous de liens fort tendres. C'est, à peu près, agir comme vous autres humains quand vous êtes mariés. Nous cherchons des femmes qui nous tirent de notre léthargie, comme elles cherchent de leur côté des hommes qui les dédommagent de l'ennui que nous leur causons. Toutes ces choses sont réglées entre nous, et nous nous laissons de part et d'autre aller à notre penchant sans jalousie et sans mauvaise humeur. Vous rêvez, ajouta-t-il, avouez que c'est une chose gracieuse que d'avoir un sylphe pour amant. Il n'est point, comme je vous l'ai dit, de fantaisies que nous ne satisfassions, de biens dont nous ne comblions ce que nous aimons. Plus esclaves qu'amants, nous sommes soumis à toutes ses volontés, incommodes dans un point seulement.

— Quel est-il ? demandai-je brusquement.

— Nous exigeons de la constance, et je veux bien vous avertir que la mort la plus cruelle suit toujours avec nous la moindre apparence d'infidélité.

— Miséricorde ! m'écriai-je, je renonce à vous pour jamais ! »

L'esprit à ce discours fit un éclat de rire qui me fit remarquer la simplicité de ma peur.

« Vous riez, mon sylphe ! lui dis-je.

— Je ris, repartit-il, de ce qu'il n'y a point de femmes qui ne se révoltent sur cet article, et qui n'aiment mieux renoncer à tous les avantages que notre possession leur assure qu'à leur inconstance naturelle.

— Vous vous trompez, lui dis-je. Ne voulant point être inconstante, je n'ai rien à redouter, et cependant l'idée de ne la pouvoir devenir sans risque m'afflige sensiblement. Vous croirez toujours ne devoir mon attachement pour vous qu'à la crainte du châtiment, vous m'en aimerez moins.

— Pouvez-vous le croire ! répondit-il. Si nous sommes gênants pour les femmes dissimulées parce que nous savons tout ce qu'elles pensent, celles qui ont le cœur bon et droit doivent être charmées que rien ne nous échappe ; nous leur tenons compte de ces délicatesses de l'âme, de ces sentiments fins que la stupidité et l'indolence des hommes n'aperçoivent pas, et plus nous connaissons leur amour, plus leur bonheur est parfait. Ne croyez cependant pas que la condition que je propose soit si terrible. Les sylphes sont à tous égards si fort au-dessus des hommes qu'il s'en faut bien que ce soit un supplice de les aimer constamment. J'imagine que l'ennui d'une habitude où le cœur languit est la seule chose qui détermine une femme vers l'inconstance : elle ne voit plus dans un amant ces désirs tumultueux, lesquels, soit qu'elle les rebutât, soit qu'elle voulût les satisfaire, l'amusaient également. Ce n'est plus qu'un homme ennuyé qui s'excite par bienséance, qui dit nonchalamment qu'il aime, qui le prouve avec plus d'embarras encore, et dont le visage muet et glacé n'aide jamais à persuader ce que sa bouche prononce. Que fera une femme en pareil cas ? Par un honneur vain, et mal entendu, passera-t-elle le reste de sa jeunesse dans un lien qui ne fait plus son bonheur ? Elle change, et fait bien. On lui fait un crime de ce qu'elle change la première, c'est qu'elle sent plus vivement que les hommes, et qu'elle n'a pas de temps à perdre. D'ailleurs, c'est souvent par bonté pour celui qu'elle a aimé, elle le voit languir auprès d'elle sans pouvoir se résoudre à la quitter, parce qu'il craint de se déshonorer, elle lui fournit un prétexte, et se charge du crime. C'est un procédé bien généreux et que les hommes ne méritent pas car ils ont l'impertinence de s'en fâcher.

— Les sylphes, lui demandai-je, ne sont donc pas sujets à l'ennui et au dégoût ? Ils sont sans doute aussi constants qu'ils exigent qu'on le soit pour eux !

— Du moins, répondit-il, quand ils changent, c'est si subitement qu'on n'a pas le temps de s'en défier, on les voit encore amoureux un quart d'heure avant qu'ils disparaissent.

— Mais quelqu'un qui s'en défierait et qui changerait avant eux ? lui dis-je.

— Oubliez-vous que…

— Ah ! je m'en souviens ! Vous êtes de cruelles gens de nous priver de toutes nos ressources.

— Quand, repartit-il, vous n'auriez point l'objet de la mort devant les yeux, vous ne voudriez point changer. Le meilleur moyen d'empêcher une femme d'être inconstante est de ne lui pas donner le temps d'appuyer sur un caprice, mais ce soin serait trop fatigant pour les humains, et ce n'est qu'aux sylphes qu'il appartient de savoir employer tous les instants et de prévenir ces fantaisies momentanées qui naissent dans votre cœur.

— Je crois, lui dis-je, qu'avec ces talents heureux que vous attribuez aux sylphes, on peut encore se dégoûter d'eux. Il est bon de nous laisser désirer quelquefois, il est des temps où nos réflexions sur nos plaisirs nous amusent plus que tous les empressements d'un amant. D'ailleurs, vous avouerez que des soins perpétuels fatiguent, et ce serait assez pour m'empêcher de vous désirer que la certitude de ne vous désirer jamais vainement.

— Ce sentiment est assez singulier, repartit-il, et je doute qu'il soit vrai. Croyez qu'avec nous on n'a pas le temps de faire ces réflexions : vous devenez sylphides par notre commerce, et, participant à notre substance, le soin de répondre à nos empressements devient aussi léger pour vous qu'il l'est pour elles.

— Vous savez lever toutes les difficultés, lui dis-je, mais quand vous quittez une femme, lui reste-t-il quelque essence de vous ?

— Quelquefois par bonté, répondit-il, nous lui en enlevons une partie, par malice souvent nous la lui laissons tout entière.

— Ce procédé n'est pas bon, repris-je.

— Je conviens, dit-il, que nous pourrions nous dispenser de laisser après nous des désirs que nous seuls pouvons éteindre, mais nous ne connaissons que cela pour être regrettés, et c'est un plaisir qui nous touche. Vous rêvez ?

— Il est vrai, dis-je, je rêve que je connais dans le monde nombre de femmes sylphides.

— Oh ! vraiment, me dit-il, comme c'est à la Cour que nous faisons nos plus grands coups, il n'est pas difficile d'y reconnaître nos traces, mais il me semble que cette espèce de malice ne vous effraie pas tant que la mort sur laquelle vous vous êtes tantôt récriée. Elle a pourtant des inconvénients.

— Je les crains, mais je puis les éviter.

— En ne m'aimant pas, dit le sylphe, vous n'y gagneriez rien, c'est aussi la punition de celles qui nous résistent.

— Eh ! grand Dieu, m'écriai-je, de quel côté fuir !

— Laissons tout ce badinage, reprit le sylphe.

— Oh ! assurément, nous le laisserons, me récriai-je tout effrayée. Point de commerce, monsieur le démon. Si vous vouliez m'engager à vous donner l'immortalité, il fallait me cacher la perversité de votre caractère et les risques qui suivent les engagements qu'on prend avec vous.

— Expliquons-nous, répondit-il. Je vois que l'esprit imbu des rêveries que le comte de Gabalis a débitées, vous croyez que vous pouvez nous donner l'immortalité[8], c'est-à-dire que vous faites ce que la nature n'a pas jugé à propos de faire. Je pense encore que selon ces belles idées vous nous croyez soumis aux faibles lumières de vos sages et que nous descendons à leurs évocations. Quelle apparence qu'une essence supérieure à celle de l'homme ait besoin d'être instruite par lui et puisse être forcée à lui obéir ! Pour l'immortalité que vous prétendez pouvoir nous donner, cette imagination est encore ridicule, puisqu'il est à présumer qu'un commerce fréquent avec une substance inférieure avilirait la nôtre, loin de lui donner de nouvelles forces.

— Je vois, lui répondis-je, que j'ai été trop crédule, mais je n'en suis pas plus disposée à vous aimer ; je vous crains.

— Rassurez-vous, reprit-il, quant à la mort dont je vous ai menacée, nous n'en venons pas toujours à cette extrémité ; souvent nous changeons nous-mêmes, et vous pouvez alors rentrer dans vos droits ; mais nous ne voulons pas plus qu'on nous prévienne que vous même quand vous êtes engagées, ce sont des affronts que vous ne pardonnez point, et notre vanité eſt aussi sensible que la vôtre. Quant à l'autre châtiment, à moins que vous ne me le demandiez vous-même, je vous l'épargnerai. Voyez, consultez-vous, congédiez-moi bien sérieusement, ou acceptez les conditions que je vous propose.

— Comment voulez-vous, répondis-je, que je puisse assurer de ma tendresse quelqu'un que je ne connais pas, que je n'ai pas vu ? Je ne désavoue pas que vous ne me plaisiez déjà un peu ; mais si malheureusement vous n'étiez qu'un gnome*…

— N'en dites point de mal, interrompit le sylphe, il eſt vrai qu'ils ne sont pas d'une figure avantageuse, mais ils ne laissent pas de nous dérober bien des conquêtes ; ils sont parmi nous ce que les financiers sont parmi les hommes, et ce n'eſt pas ce que votre sexe considère le moins. Tous les jours même ils nous enlèvent nos sylphides.

— Comment, lui demandai-je, une espèce aussi supérieure que la leur eſt-elle sensible aux présents ?

— Oui, dit-il, elles prennent des gnomes pour donner à leurs amants, et quand ce soin ne les obligerait pas à répondre à la passion de ces esprits hideux, elles sont femelles, par conséquent capricieuses, le changement les amuse, et la bizarrerie de leur goût eſt pour elles un plaisir d'autant plus touchant qu'il peut leur être reproché. Mais, ma belle comtesse, ne voudrez-vous point me faire des queſtions plus intéressantes, et votre curiosité s'arrêtera-t-elle toujours sur d'aussi petits objets que ceux sur lesquels je l'ai satisfaite ? Ne me permettez-vous donc point de me montrer ?

— Ah mon sylphe ! m'écriai-je, que je crains votre présence !

— Que ne la souhaitez-vous ! » dit-il en soupirant.

Je ne répondis moi-même que par un soupir. En ce moment une lueur extraordinaire remplit ma chambre, et je vis au chevet de mon lit le plus bel homme qu'il soit pos-

* Esprits habitants de la terre, gardiens des trésors.

sible d'imaginer, des traits majestueux, et l'ajustement le plus galant et le plus noble. Sa vue m'étonna, mais ne m'effraya pas.

« Eh bien », dit-il, en se jetant à genoux devant moi avec un air plein d'amour et de respect. « Eh bien, charmante comtesse, pourriez-vous me jurer fidélité ?

— Oui, mon cher, mon aimable sylphe ! m'écriai-je, je vous jure une ardeur éternelle ! je ne redoute plus que votre inconstance. Mais comment ai-je pu mériter…

— Votre mépris pour les hommes et la passion secrète que vous aviez pour nous, me dit-il, ont déterminé la mienne ; elle est plus tendre que vous ne pensez ; je pouvais vous susciter un songe et me rendre heureux malgré vous, mais je pense avec plus de délicatesse et n'ai voulu rien devoir qu'à votre cœur. »

Hélas ! je montrai peut-être dans ce moment trop de faiblesse à mon sylphe, mais je l'adorais.

« Que vous êtes charmant, lui dis-je, mais que je serais malheureuse si vous n'étiez qu'une illusion. Est-il bien vrai que… Ah !… vous êtes palpable ! »

J'en étais là, madame, avec mon sylphe, et je ne sais ce qui serait arrivé de mon égarement et de ses transports si ma femme de chambre qui entra dans le moment ne l'eût pas effrayé. Il s'envola, je l'ai depuis vainement rappelé. Son indifférence pour moi me fait penser que ce n'est qu'une agréable illusion qui s'est présentée à mon esprit, mais n'est-il pas dommage que ce ne soit qu'un songe ?

Appendice iconographique

GRAVURE DE L'ÉDITION DE 1781

Claude de Crébillon

LE SOPHA

Conte moral

À Gaznah.
De l'Imprimerie du très-pieux,
très-clément et très-auguste sultan
des Indes.

L'an de l'Hégire M.C.X.X.
Avec privilège du susdit.

INTRODUCTION

Il y a déjà quelques siècles qu'un prince nommé Schah-Baham régnait sur les Indes. Il était petit-fils de ce magnanime Schah-Riar, de qui l'on a lu les grandes actions dans les *Mille et Une Nuits*, et qui, entre autres choses, se plaisait tant à étrangler les femmes, et à entendre des contes : celui-là même qui ne fit grâce à l'incomparable Schéhérazade qu'en faveur de toutes les belles histoires qu'elle savait.

Soit que Schah-Baham ne fût pas extrêmement délicat sur l'honneur, soit que ses femmes ne couchassent point avec leurs nègres, ou (ce qui est pour le moins aussi vraisemblable) qu'il n'en sût rien, il était bon et commode mari, et n'avait hérité de Schah-Riar que de ses vertus et de son goût pour les contes. On assure même que le recueil des contes de Schéhérazade, que son auguste grand-père avait fait écrire en lettres d'or, était le seul livre qu'il eût jamais daigné lire.

À quelque point que les contes ornent l'esprit, et quelque agréables ou quelque sublimes que soient les connaissances et les idées qu'on y puise, il est dangereux de ne lire que des livres de cette espèce. Il n'y a que les personnes vraiment éclairées, au-dessus des préjugés, et qui connaissent le vide des sciences, qui sachent combien ces sortes d'ouvrages sont utiles à la société, et combien l'on doit d'estime, et même de vénération, aux gens qui ont assez de génie pour en faire, et assez de force dans l'esprit pour s'y dévouer, malgré l'idée de frivolité que l'orgueil et l'ignorance ont attachée à ce genre. Les importantes leçons que les contes renferment, les grands traits d'imagination qu'on y rencontre si fréquemment, et les idées riantes dont ils sont toujours remplis, ne prennent rien[1] sur le vulgaire, de qui l'on ne peut acquérir l'estime qu'en lui donnant des choses qu'il n'entend jamais, mais qu'il puisse se faire honneur d'entendre.

Schah-Baham est un exemple bien mémorable de l'injustice des hommes à cet égard. Quoiqu'il sût l'origine de la féerie aussi bien que s'il eût été de ces temps-là ; que personne ne connût plus particulièrement le célèbre pays du Ginnistan[2] et ne fût plus instruit sur les fameuses dynasties des premiers rois de Perse ; et qu'il fût sans contredit, l'homme de son siècle qui possédât le mieux l'histoire de tous les événements qui ne sont jamais arrivés, on le faisait passer pour le prince du monde le plus ignorant.

Il est vrai qu'il narrait avec si peu de grâce (chose d'autant plus désagréable qu'il narrait toujours), qu'il était impossible qu'il n'ennuyât pas un peu : surtout n'ayant jamais pour auditeur que des femmes et des courtisans, personnes qui, communément aussi délicates que superficielles, s'attachent plus à l'élégance des tours qu'elles ne sont frappées de la grandeur et de la justesse des idées. C'est, sans doute, d'après ce que l'on pensait de Schah-Baham dans sa propre cour, que Scheik-Ebn-Taher-Abou-Feraïki, auteur contemporain de ce prince, nous l'a dépeint dans sa grande histoire des Indes, tel qu'on va le voir ci-dessous ; c'est à l'endroit où il parle des contes.

Schah-Baham, premier du nom, était un prince ignorant et d'une mollesse achevée. On ne pouvait pas avoir moins d'esprit, et (ce qui est assez ordinaire à ceux qui par cet endroit lui ressemblent), on ne pouvait pas s'en croire davantage. Il s'étonnait toujours de ce qui est commun et ne comprenait jamais bien que les choses absurdes et hors de toute vraisemblance. Quoique en tout un an il ne lui arrivât pas une seule fois de penser, à peine en tout un jour lui arrivait-il de se taire une minute. Il disait pourtant de lui modestement qu'à l'égard de la vivacité d'esprit, il n'y prétendait pas, mais que pour la réflexion, il ne croyait pas avoir son pareil.

Aucun des plaisirs qui sont dépendants de l'esprit ne touchait le sultan : tout exercice, quel qu'il fût, lui déplaisait ; et *cependant il n'était* pas désœuvré. Il avait des oiseaux qui ne laissaient pas de l'amuser beaucoup ; des perroquets qui, grâce aux soins qu'il prenait de leur éducation, étaient les plus bêtes perroquets des Indes, sans compter des singes auxquels il donnait une assez grande partie de son temps ; et ses femmes qui, après tous les animaux de sa ménagerie, lui paraissaient fort propres à le divertir[3].

Malgré de si grandes occupations et des plaisirs aussi variés, il fut impossible au sultan d'éviter l'ennui. Il n'y eut pas jusqu'à ces contes fameux, objets perpétuels de son étonnement et de sa vénération, et dont il était défendu, sur peine de la vie, de faire la critique, qui, à force de lui être connus, ne lui fussent devenus insipides. Il les admirait toujours, mais il bâillait en les admirant. L'ennui enfin le suivait jusque dans l'appartement de ses femmes, où il passait une partie de sa vie à les voir broder et faire des découpures[4] : arts pour lesquels il avait une estime singulière, dont il regardait l'invention comme le chef-d'œuvre de l'esprit humain, et auxquels il voulut enfin que tous les courtisans s'appliquassent.

Il récompensait trop bien ceux qui y excellaient pour qu'il y eût dans tout l'empire quelqu'un qui les négligeât. Broder ou découper étaient alors dans les Indes les seuls moyens d'arriver aux honneurs. Le sultan ne connaissait aucune autre espèce de mérite, ou du moins, ne doutait pas qu'un homme qui avait de pareils talents, n'eût à bien plus forte raison tous ceux qu'il faut pour être un bon général, ou un excellent ministre. Pour prouver à quel point il en était persuadé, il avait élevé à la place de premier vizir un de ces courtisans désœuvrés, de ceux qui, ne sachant à quoi employer leur temps, le passent à ennuyer les rois de leur présence, et réciproquement à s'ennuyer de la leur. Celui-ci, qui avait été longtemps confondu dans la foule, se trouva, heureusement pour lui, un des premiers découpeurs du royaume, lorsqu'il plut à Schah-Baham de révérer la découpure, et sans être, comme beaucoup d'autres, obligé de faire des brigues, ne dut qu'à la supériorité de ses talents l'honneur éclatant de découper auprès de son maître, et la première place de l'empire.

Entre toutes les femmes du sultan, on distinguait la sultane-reine, qui, par son esprit, faisait les délices de ceux qui, dans une cour aussi frivole, avaient encore le courage de penser et de s'instruire. Elle seule y connaissait, et y soutenait le mérite, et le sultan lui-même osait rarement n'être pas de son avis, quoiqu'elle n'approuvât ni ses goûts ni ses plaisirs ; il se contentait, lorsqu'elle le raillait sur ses singes et sur ses autres occupations, de lui dire qu'elle était caustique, défaut que les sots ne manquent jamais de trouver aux gens d'esprit.

Un jour Schah-Baham étant avec toute sa cour dans l'appartement de ses femmes, où il regardait découper avec une attention incroyable, et ne se pouvant vaincre l'ennui qui l'accablait :

« Je ne m'étonne point, dit-il en bâillant, si je m'endors : nous ne disons mot. Oh ! je voudrais de la conversation, moi !

— Eh ! de quoi voulez-vous qu'on vous parle ? demanda la sultane.

— Que sais-je ? reprit-il ; suis-je fait pour deviner cela ? Ne suffit-il pas que je veuille qu'on me parle de quelque chose, sans que je sois encore obligé de dire ce que je voudrais qu'on me dît ? Savez-vous bien que vous n'avez pas, à beaucoup près, tant d'esprit que vous vous en croyez, que vous rêvez plus que vous ne parlez, et qu'à cela près de quelques bons mots, que les trois quarts du temps je n'entends seulement pas, je vous trouve on ne peut plus stérile ? Pensez-vous, par exemple, que si la sultane Schéhérazade vivait encore, et qu'elle fût ici, elle ne vous fît pas d'elle-même, et sans en être priée par ma tante Dinarzade, les plus beaux contes du monde ? Mais vraiment, à propos d'elle, je pense une chose ! Quelque mémoire qu'elle eût, il est impossible qu'elle ait retenu tous les contes qu'elle avait appris ; que quelqu'un ne sache pas précisément ceux qu'elle avait oubliés ; qu'on n'en ait pas faits depuis elle, ou qu'actuellement même on n'en fasse pas.

— Cela n'est pas douteux, sire, dit le vizir, et je puis assurer Votre Majesté que non seulement j'en sais, mais que j'ai même le talent d'en faire de si bizarres, que ceux de feu madame votre grand-mère n'ont rien qui les puisse surpasser.

— Vizir, vizir, dit le sultan, c'est beaucoup dire ! Ma grand-mère était une personne d'un rare mérite.

— En effet, s'écria la sultane, il en faut beaucoup pour faire des contes ! Ne dirait-on pas, à vous entendre, qu'un conte est le chef-d'œuvre de l'esprit humain ? Et cependant, quoi de plus absurde ? Qu'est-ce qu'un ouvrage (s'il est vrai toutefois qu'un conte mérite de porter ce nom) ? Qu'est-ce, dis-je, qu'un ouvrage, où la vraisemblance est toujours violée et où les idées reçues sont perpétuellement renversées ; qui, s'appuyant sur un faux et frivole merveilleux, n'emploie des êtres extraordinaires et la toute-puissance de la féerie, ne bouleverse l'ordre de la nature, et celui des éléments, que pour créer des objets ridicules, singulièrement imaginés, mais qui souvent n'ont rien qui rachète l'extravagance de leur création ? Trop heureux encore si ces misérables fables ne gâtaient que l'esprit et n'allaient point par des peintures trop vives, et qui blessent la pudeur, porter jusqu'au cœur des impressions dangereuses.

— Propos de *caillette*[5], dit gravement le sultan ; grands mots qui ne signifient rien ! Ce que vous venez de dire a d'abord l'air d'être très beau ; il saisit, il faut l'avouer ; mais avec le secours de la réflexion, il est impossible que… Au fond, il ne s'agit ici que de savoir si vous avez raison, et, comme je voulais vous le dire, et que je viens de le prouver, c'est ce que je ne crois pas ; car ce n'est pas pour faire le bel esprit, assurément ; mais puisqu'un conte m'a toujours amusé, il est clair qu'il faut qu'un conte ne soit pas une chose si frivole. Ce ne sera certainement pas à moi qu'on fera croire qu'un sultan peut être une bête. D'ailleurs, c'est-à-dire par parenthèse, il est tout aussi clair qu'une chose merveilleuse, j'entends par là une de ces choses… que je dirais bien, si c'était de cela qu'il fût question… mais parlons de bonne foi ; que nous importe après tout ? Je soutiens, moi, que j'aime les contes, et qu'au surplus je ne les trouve plaisants que quand ils sont ce qu'on appelle entre gens sensés, un peu gaillards. Cela y jette un intérêt d'une vivacité… si vive ! Au reste, j'entends, je comprends bien : c'est comme si vous me disiez que vous savez des contes et que vous en faites. Voilà véritablement ce qu'il me faut. Je pensais que, pour rendre les jours moins longs, il faudrait que chacun de nous racontât des histoires ; quand je dis des histoires, je m'entends bien ! Je veux des événements singuliers, des fées, des talismans : car, ne vous y trompez pas, au moins ! il n'y a que cela de vrai. Eh bien ! nous convenons donc tous de faire des contes ? Mahomet veuille m'assister ! Mais je ne doute pas que, même sans secours, je n'en fasse de meilleurs que qui que ce soit, et la raison de cela, c'est que je sors d'une maison où l'on n'ignore pas que l'on en sait faire, et, sans vanité, d'assez bons.

« Au reste, comme je suis sans partialité quelconque, je déclare que l'on parlera chacun à son tour ; que ce sera le sort qui décidera les places et non ma volonté ; que j'entends que tout le monde ait la liberté de me faire des contes, et que chaque jour on parlera une demi-heure, plus ou moins, selon qu'il me conviendra. »

En achevant ces paroles, il fit tirer au sort toute sa cour ; malgré les vœux du vizir, il tomba sur un jeune courtisan qui, après en avoir reçu la permission du sultan, commença ainsi.

PREMIÈRE PARTIE

CHAPITRE PREMIER

LE MOINS ENNUYEUX DU LIVRE[1]

« Sire, Votre Majesté n'ignore pas que, quoique je sois son sujet, je ne suis pas la même loi qu'elle, et que je ne reconnais pour Dieu que Brahma.

— Quand je le saurais, dit le sultan, qu'est-ce que cela ferait à votre conte ? Au reste, ce sont vos affaires ; tant pis pour vous si vous croyez Brahma ; il vaudrait mieux cent fois que vous fussiez mahométan ! Je vous le dis en ami ; n'allez pas croire au moins que ce soit pour faire le docteur, car, au fond, cela ne m'importe guère. Après ?

— Nous autres sectateurs de Brahma, nous croyons la métempsycose, continua Amanzéi (c'est le nom du conteur), c'est-à-dire, pour ne point embarrasser mal à propos Votre Majesté, que nous croyons qu'au sortir d'un corps notre âme passe dans un autre, et successivement ainsi, tant qu'il plaît à Brahma, ou que notre âme soit devenue assez pure pour être mise au nombre de celles qu'enfin il juge dignes d'être éternellement heureuses.

« Quoique le dogme de la métempsycose soit parmi nous généralement établi, nous n'avons pas tous les mêmes raisons pour le croire certain, puisqu'il y a fort peu de gens à qui il soit accordé de se souvenir des différentes transmigrations de leur âme. Il arrive ordinairement qu'au sortir du corps où une âme était emprisonnée, elle entre dans un autre sans conserver aucune idée, soit des connaissances qu'elle avait acquises, soit des choses auxquelles elle a eu part.

« Ainsi, nos fautes sont perpétuellement perdues pour nous, et nous recommençons une nouvelle carrière avec une âme aussi neuve et aussi susceptible d'erreurs, et de vices, que lorsque Brahma la tira pour la première fois de cet immense tourbillon de feu, dont, en attendant sa destination, elle fait partie.

« Beaucoup d'entre nous se plaignent de cette disposition de Brahma, et je doute qu'ils aient raison. Nos âmes, destinées pendant une longue suite de siècles à passer de corps en corps, seraient presque toujours malheureuses si elles se souvenaient de ce qu'elles ont été. Telle, par exemple, qui, après avoir animé le corps d'un roi, se trouve dans celui d'un reptile, ou dans le corps d'un de ces mortels obscurs que la grandeur de leur misère rend plus à plaindre encore que les animaux les plus vils, ne soutiendrait pas sans désespoir sa nouvelle condition.

« J'avoue qu'un homme qui se voit dans le sein des richesses, ou élevé au rang suprême, s'il se souvenait de n'avoir été qu'un insecte, pourrait abuser moins de l'état heureux ou brillant où la bonté de Brahma l'a mis. À considérer, cependant, l'orgueil, la dureté, l'insolence de ces gens nés dans la bassesse et élevés par la fortune, l'on peut croire, à la promptitude avec laquelle ils perdent le souvenir de leur premier état, que, d'un corps à un autre, leur humiliation se déroberait plus rapidement encore à leurs yeux, et n'influerait en rien sur leur conduite.

« L'âme, d'ailleurs, se trouverait nécessairement surchargée du grand nombre d'idées qui lui resteraient de ces vies précédentes, et, plus affectée peut-être de ce qu'elle aurait été, que de ce qu'elle serait, négligerait les devoirs, que le corps qu'elle occupe lui prescrit, et troublerait enfin l'ordre de l'univers, au lieu d'y contribuer.

— Mon cher ami, dit alors le sultan, Mahomet me pardonne si ce n'est pas de la morale ce que vous venez de me dire !

— Sire, répondit Amanzéi, ce sont des réflexions préliminaires qui, je crois, ne sont pas inutiles.

— Fort inutiles, c'est moi qui le dis, répliqua Schah-Baham. C'est que, tel que vous me voyez, je n'aime pas la morale, et que vous m'obligerez beaucoup de la laisser là.

— J'exécuterai vos ordres, répondit Amanzéi ; il me reste cependant à dire à Votre Majesté que Brahma permet quelquefois que nous nous souvenions de ce que nous avons été, surtout quand il nous a infligé quelque peine singulière ; et ce qui le prouve, c'est que je me souviens parfaitement d'avoir été sopha[2].

— Un sopha ! s'écria le sultan ; allons, cela ne se peut pas !

Me prenez-vous pour une autruche[3], de me faire de ces contes-là ? J'ai envie de vous faire un peu brûler, pour vous apprendre à me dire, et affirmativement, de pareilles balivernes.

— Votre clémente Majesté a eu de l'humeur aujourd'hui, dit la sultane ; il est dans son auguste caractère de ne douter de rien, et elle ne veut pas croire qu'un homme ait pu être sopha. Cela n'est pas relatif à ses idées ordinaires.

— Croyez-vous ? répliqua le sultan, terrassé par l'objection. Il me semble pourtant que je n'ai pas tort. Ce n'est pas cependant que je ne pusse... Mais, parbleu ! j'ai raison. Je ne saurais en conscience croire ce que dit Amanzéi : est-ce donc pour rien que je suis musulman ?

— À merveille ! répondit la sultane ; eh bien ! écoutez Amanzéi, et ne le croyez pas.

— Ah oui ! reprit le sultan, ce ne sera point parce que la chose est incroyable qu'il faudra que je ne la croie pas ; mais parce que, fût-elle vraie, je ne dois pas la croire. Je comprends bien, cela fait une différence. Vous avez donc été sopha, mon enfant ? Cela fait une terrible aventure ! Hé, dites-moi, étiez-vous brodé ?

— Oui, sire, répondit Amanzéi : le premier sopha dans lequel mon âme entra était couleur de rose, brodé d'argent.

— Tant mieux ! dit le sultan ; vous deviez être un assez beau meuble. Enfin, pourquoi votre Brahma vous fit-il sopha plutôt qu'autre chose ? Quel était le fin[4] de cette plaisanterie ? Sopha ! Cela me passe !

— C'était, répondit Amanzéi, pour punir mon âme de ses dérèglements. Dans quelque corps qu'il l'eût mise, il n'avait pas eu lieu d'en être content ; et sans doute il crut m'humilier plus en me faisant sopha qu'en me faisant reptile.

« Je me souviens qu'au sortir du corps d'une femme, mon âme entra dans celui d'un jeune homme. Comme il était minaudier, coquet, tracassier, médisant, grand connaisseur en bagatelles, uniquement occupé de ses habits, de sa toilette, et de mille autres petits riens, à peine s'aperçut-elle qu'elle eût changé de demeure.

— Je voudrais bien, interrompit Schah-Baham, savoir un peu ce que vous faisiez pendant que vous étiez femme ; cela doit faire un détail fort curieux. J'ai toujours cru que les femmes avaient de singulières idées. Je ne sais si je me fais bien entendre, mais je veux dire qu'on a de la peine à deviner ce qu'elles pensent[5].

— Peut-être, répondit Amanzéi, serions-nous plus éclairés là-dessus si nous leur croyions moins de finesse. Il me semble que, lorsque j'étais femme, je me moquais beaucoup de ceux qui m'attribuaient des idées réfléchies, pendant que le moment seul me les faisait naître, qui cherchaient des raisons où je n'avais pris de lois que du caprice, et qui, pour vouloir trop m'approfondir, ne me pénétraient jamais. J'étais vraie dans le temps que je passais pour fausse ; on me croyait coquette, dans l'instant que j'étais tendre ; j'étais sensible[6] et l'on imaginait que j'étais indifférente. On me connaît presque toujours un caractère qui n'était pas le mien, ou qui venait de cesser de l'être. Les gens intéressés à me connaître le plus, avec qui je dissimulais le moins, à qui même, emportée par mon indiscrétion naturelle, ou par la violence de mes mouvements, je découvrais les secrets les plus cachés de ma vie, ou les sentiments les plus vrais de mon cœur, n'étaient pas ceux qui me croyaient le plus ou qui me saisissaient le mieux ; ils ne voulaient juger de moi que suivant le plan qu'ils s'en étaient fait, s'y trompaient sans cesse, et croyaient m'avoir bien connue quand ils m'avaient définie à leur gré.

— Oh ! je le savais, dit le sultan ; on ne connaît jamais bien les femmes, et, comme vous dites, il y a longtemps, pour moi, que j'y ai renoncé ; mais laissons là cette matière ; elle aiguise trop l'esprit, et elle est cause que vous m'avez fait un grand préambule dont je n'avais que faire, et que vous n'avez pas répondu à ce que je vous demandais. Il me semble que je voulais savoir ce que vous faisiez pendant que vous étiez femme.

— Il ne m'est resté de ce que je faisais alors qu'une idée fort imparfaite, répondit Amanzéi. Ce dont je me souviens le plus, c'est que j'étais galante dans ma jeunesse, que je ne savais ni haïr, ni aimer ; que, née sans caractère, j'étais tour à tour ce qu'on voulait que je fusse, ou ce que mes intérêts et mes plaisirs me forçaient d'être ; qu'après une vie fort dérangée, je finis par me faire hypocrite, et qu'enfin je mourus en m'occupant, malgré mon air prude, de ce qui, dans le cours de ma vie, m'avait amusé le plus.

« Ce fut apparemment du goût que j'avais eu pour les sophas que Brahma prit l'idée d'enfermer mon âme dans un meuble de cette espèce. Il voulut qu'elle conservât dans cette prison toutes ses facultés, moins, sans doute, pour adoucir l'horreur de mon sort que pour me la faire mieux sentir. Il ajouta que mon âme ne commencerait une nouvelle carrière que quand deux personnes se donneraient mutuellement, et sur moi, leurs prémices.

— Voilà, s'écria le sultan, bien du galimatias[7], pour dire que…

— N'allez-vous pas avoir la bonté de nous expliquer cela ? demanda la sultane.

— Pourquoi pas ? reprit-il ; j'aime assez les choses claires. Cependant si vous n'êtes pas de mon avis, je consens qu'Amanzéi soit aussi obscur qu'il le voudra. Grâce au Prophète, il ne le sera jamais pour moi.

— Il me restait assez d'idées, et de ce que j'avais fait, et de ce que j'avais vu, continua Amanzéi, pour sentir que la condition à laquelle Brahma voulait bien m'accorder une nouvelle vie me retenait pour longtemps dans le meuble qu'il m'avait choisi pour prison ; mais la permission qu'il me donna de me transporter, quand je le voudrais, de sopha en sopha, calma un peu ma douleur. Cette liberté mettait dans ma vie une variété qui devait me la rendre moins ennuyeuse ; d'ailleurs, mon âme était aussi sensible aux ridicules d'autrui que lorsqu'elle animait une femme, et le plaisir d'être à portée d'entrer dans les lieux les plus secrets et d'être en tiers dans les choses que l'on croirait le plus cachées la dédommagea de son supplice.

« Après que Brahma m'eut prononcé mon arrêt, il transporta lui-même mon âme dans un sopha que l'ouvrier allait livrer à une femme de qualité qui passait pour être extrêmement sage ; mais s'il est vrai qu'il y ait peu de héros pour les gens qui les voient de près, je puis dire aussi qu'il y a, pour leur sopha, bien peu de femmes vertueuses. »

CHAPITRE II
QUI NE PLAIRA PAS À TOUT LE MONDE

Un sopha ne fut jamais un meuble d'antichambre, et l'on me plaça, chez la dame à qui j'allais appartenir, dans un cabinet séparé du reste de son palais et où, disait-elle, elle n'allait souvent que pour méditer sur ses devoirs, et se livrer à Brahma avec moins de distraction. Quand j'entrai dans ce cabinet, j'eus peine à croire, à la façon dont il était orné, qu'il ne servît jamais qu'à d'aussi sérieux exercices. Ce n'était pas qu'il fût somptueux, ni que rien y parût trop recherché ; tout y semblait, au premier coup d'œil, plus noble que galant ; mais, à le considérer avec réflexion, on y trouvait un luxe hypocrite, des meubles d'une certaine commodité, de ces choses enfin que l'austérité n'invente pas, et dont elle n'est pas accoutumée à se servir. Il me sembla que j'étais moi-même d'une couleur bien gaie pour une femme qui affichait tant d'éloignement pour la coquetterie.

Peu de temps après que je fus dans le cabinet, ma maîtresse entra ; elle me regarda avec indifférence, parut contente, mais sans me louer trop, et, d'un air froid et distrait, elle renvoya l'ouvrier. Aussitôt qu'elle se vit seule, cette physionomie sombre et sévère s'ouvrit ; je vis un autre maintien, et d'autres yeux ; elle m'essaya avec un soin qui m'annonçait qu'elle ne comptait pas faire de moi un meuble de simple parade. Cet essai voluptueux, et l'air tendre et gai, qu'elle avait pris d'abord qu'elle[8] s'était vue sans témoins ne m'ôtaient rien de la haute idée qu'on avait d'elle dans Agra.

Je savais que ces âmes que l'on croit si parfaites ont toujours un vice favori, souvent combattu, mais presque toujours triomphant ; qu'elles paraissent sacrifier des plaisirs, qu'elles n'en goûtent quelquefois qu'avec plus de sensualité, et qu'enfin elles font souvent consister la vertu, moins dans la privation que dans le repentir. Je conclus de cela que Fatmé était paresseuse, et je me serais alors reproché de porter mes idées plus loin.

La première chose qu'elle fit après celle dont je viens de parler, fut d'ouvrir une armoire fort secrètement pratiquée dans le mur, et cachée avec art à tous les yeux ; elle en tira un livre. De cette armoire elle passa à une autre, où beaucoup de volumes étaient fastueusement étalés ; elle y prit aussi un livre qu'elle jeta sur moi avec un air de dédain, et d'ennui, et revint, avec celui qu'elle avait choisi d'abord, se plonger dans toute la mollesse des coussins dont j'étais couvert.

— Dites-nous un peu, Amanzéi, interrompit le sultan, était-elle jolie, votre femme raisonnable ?

— Oui, sire, répondit Amanzéi, elle était belle, plus qu'elle ne le paraissait.

On sentait même qu'avec moins de modestie, ces airs évaporés qui inspirent le mépris, à la vérité, mais qui excitent les désirs, elle aurait pu ne le céder à personne. Ses traits étaient beaux, mais sans jeu, sans vivacité, et n'exprimant que cet air vain et dédaigneux sans lequel les femmes de ce genre croiraient n'avoir pas une physionomie vertueuse. Tout en elle annonçait d'abord l'abandonnement et le mépris de soi-même. Quoiqu'elle fût bien faite, elle se tenait mal ; et si elle marchait noblement, c'est parce qu'une démarche lente, et posée, convient à des personnes occupées des objets les plus sérieux. La haine qu'elle témoignait pour la parure n'allait pas jusqu'à cette négligence qui rend presque toujours les vertueuses dégoûtantes : ses habits étaient simples, de couleurs obscures, mais dans leur modestie, on trouvait de la noblesse et du choix ; elle avait même soin qu'ils ne pussent rien dérober de l'élégance de sa taille, et sous l'attirail de l'austérité il était aisé de remarquer qu'elle aimait la propreté[9] la plus recherchée et la plus sensuelle.

Le livre qu'elle avait pris le dernier ne me parut pas être celui qui l'intéressait le plus. C'était pourtant un gros recueil de réflexions composées par un brahmine. Soit qu'elle crût avoir assez de celles qu'elle faisait elle-même, ou que celles-là ne portassent pas sur des objets qui lui plussent, elle ne daigna pas en lire deux, et quitta bientôt ce livre, pour prendre celui qu'elle avait tiré de l'armoire secrète, et qui était un roman dont les situations étaient tendres et les images vives. Cette lecture me paraissait si peu devoir être celle de Fatmé, que je ne pouvais revenir de ma surprise. « Sans doute, dis-je en moi-même, elle veut s'éprouver, et savoir jusqu'à quel point son âme est affermie contre toutes les idées qui peuvent porter le trouble dans celle des autres. »

Sans deviner alors le motif qui la faisait agir d'une façon si contraire aux principes que je lui croyais, je ne lui en supposai qu'un bon. Il me parut cependant que ce livre l'animait ; ses yeux devinrent plus vifs ; elle le quitta, moins pour perdre les idées qu'il lui donnait que pour s'y abandonner avec plus de volupté. Revenue enfin de la rêverie dans laquelle il l'avait plongée, elle allait le reprendre, lorsqu'elle entendit un bruit qui le lui fit cacher. Elle s'arma, à tout événement, de l'ouvrage du brahmine ; sans doute elle le croyait meilleur à montrer qu'à lire.

Un homme entra, mais d'un air si respectueux que, malgré la noblesse de sa physionomie, et la richesse de ses vêtements, je le pris d'abord pour un des esclaves de Fatmé. Elle le reçut avec tant d'aigreur ! lui parla si durement ! parut si choquée de sa présence ! si ennuyée de ses discours ! que je commençais à croire que cet homme si maltraité ne pouvait être que son mari. Je ne me trompais pas. Elle rejeta longtemps, et avec aigreur, les instantes prières qu'il lui fit de le laisser auprès d'elle, et n'y consentit enfin que pour l'accabler de l'importun détail des fautes qu'elle prétendait qu'il commettait sans cesse. Ce mari, le plus malheureux de tous les époux d'Agra, reçut cette impatiente correction, avec une douceur dont je m'indignais pour lui. L'opinion qu'il avait de la vertu de Fatmé n'était pas la seule chose qui le rendît si docile ; Fatmé était belle, et quoiqu'elle parût se soucier peu d'inspirer des désirs, elle en inspirait pourtant. Quelque peu aimable qu'elle voulût paraître aux yeux de son mari, elle éveilla sa tendresse. L'amant le plus timide, et qui parlerait d'amour pour la première fois à la femme du monde qu'il craindrait le plus, serait mille fois moins embarrassé que ce mari ne le fut pour dire à sa femme l'impression qu'elle faisait sur lui. Il la pressa tendrement et respectueusement de répondre à son ardeur ; elle s'en défendit longtemps de mauvaise grâce et céda enfin comme elle s'était défendue.

Avec quelque opiniâtreté qu'elle lui refusât tout ce qui aurait pu lui faire penser qu'elle n'avait pas, pour ce qu'il exigeait d'elle la plus forte répugnance, je crus m'apercevoir qu'elle était moins insensible qu'elle ne voulait le paraître. Ses yeux s'animèrent, elle prit un air plus attentif, elle soupira, et quoique avec nonchalance, elle devint moins oisive[10]. Ce n'était cependant pas son mari qu'elle aimait. Je ne sais quelles étaient alors les idées de Fatmé, mais soit que la reconnaissance la rendît plus douce, soit qu'elle voulût engager son mari à de nouvelles attentions, des propos assez tendres, quoique graves et mesurés, succédèrent à ce ton dur et grondeur dont elle s'était armée en le voyant. Il est apparent qu'il n'en découvrait pas le motif, ou qu'il n'en était pas touché, et il ne l'est pas moins que sa froideur ou sa distraction déplurent à Fatmé. Insensiblement elle engagea une querelle ; elle vit dans un instant à son mari les vices les plus odieux. Quelles horribles mœurs n'avait-il pas ! Quelle débauche ! Quelle dissipation ! Quelle vie ! Elle l'accabla enfin de tant d'injures, que, malgré toute sa patience, il fut obligé de la quitter. Fatmé se fâcha de son départ ; le trouble de ses yeux, moins obscur pour moi qu'il ne l'avait été pour ce mari, m'apprit que ce n'était point par son absence qu'elle aurait voulu être calmée, avant même que quelques mots assez singuliers qu'elle prononça, quand elle se vit seule, m'eussent absolument mis au fait de ce qu'elle pensait là-dessus.

Que cette femme, l'exemple et la terreur de toutes celles d'Agra, qu'elles haïssaient toutes, et que toutes voulaient cependant imiter, devant qui la moins contrainte sur ses passions se croyait obligée au moins d'être hypocrite, que cette femme aurait rassuré de gens, s'ils avaient pu, comme moi, la voir dans la solitude et la liberté du cabinet !

— Oui-da, dit le sultan, est-ce que c'était une femme, qui dans le fond… comme il y en a qui font semblant… C'est que cela arrive, au moins ! Il ne faut pas du tout croire que ce soit une chose si peu ordinaire que celle que je veux dire. Vous m'entendez bien, je pense ?

— À la façon dont Sa Majesté s'explique, reprit Amanzéi, il n'est pas bien difficile de deviner ce qu'elle désire, et sans vouloir me vanter de trop de finesse, j'ose croire que je l'ai pénétrée.

— Oui ! dit le sultan, en riant. Eh bien ! voyons un peu, qu'est-ce que je pensais ?

— Que Fatmé n'était rien moins que ce qu'elle voulait paraître, répondit Amanzéi.

— C'est cela, ou je meurs ! interrompit le sultan. Continuez ; vous avez réellement bien de l'esprit !

— Fatmé, en apparence, fuyait les plaisirs, continua Amanzéi, et ce n'était que pour s'y livrer avec plus de sûreté.

Elle n'était pas du nombre de ces femmes imprudentes, qui, ayant donné leur jeunesse à l'éclat, à la dissipation, aux jeunes gens que le caprice met à la mode, quittent dans un âge plus avancé le fard et la parure, et, après avoir été longtemps la honte et le mépris de leur siècle, veulent en devenir l'exemple, et l'ornement ; plus méprisables en affectant des vertus qu'elles n'ont pas qu'elles ne l'étaient par l'audace avec laquelle elles affichaient leurs vices. Non, Fatmé avait été plus prudente. Assez heureuse pour être née avec cette fausseté qu'inspirent aux femmes la nécessité de se déguiser, et le désir de se faire estimer (désir qui n'est pas toujours le premier qu'elles conçoivent), elle avait senti de bonne heure qu'il est impossible de se dérober aux plaisirs, sans vivre dans les plus cruels ennuis, et qu'une femme ne peut cependant s'y livrer ouvertement, sans s'exposer à une honte et à des dangers qui les rendent toujours amers. Dévouée à l'imposture dès sa plus tendre jeunesse, elle avait moins songé à corriger les penchants vicieux de son cœur qu'à les voiler sous l'apparence de la plus austère vertu. Son âme, naturellement… dirai-je voluptueuse ? non, ce n'était pas le caractère de Fatmé ; son âme était portée aux plaisirs. Peu délicate, mais sensuelle, elle se livrait au vice et ne connaissait point l'amour. Elle n'avait pas encore vingt ans ; il y en avait cinq qu'elle était mariée, et plus de huit qu'elle avait prévenu le mariage[11]. Ce qui séduit ordinairement les femmes ne prenait rien sur elle ; une figure aimable, beaucoup d'esprit lui inspiraient peut-être des désirs, mais elle n'y cédait pas. Les objets de ses passions étaient choisis parmi des gens non suspects, engagés par leur genre de vie à taire leurs plaisirs, ou entre ceux que la bassesse de leur état dérobe aux soupçons du public, que la libéralité séduit, que la crainte retient dans le silence, et qui, dévoués en apparence aux plus vils emplois, quelquefois n'en paraissent pas moins propres aux plus doux mystères de l'amour. Fatmé, au reste, méchante, colère, orgueilleuse, s'abandonnait sans danger à son caractère ; il n'y en avait même pas un défaut qu'elle n'eût fait servir avec succès à sa réputation. Haute, impérieuse, dure, cruelle, sans égards, sans foi, sans amitié, le zèle pour Brahma, le chagrin que lui causaient les dérèglements des autres, le désir de les ramener à eux-mêmes, couvraient et honoraient ses vices. C'était toujours à si bonne fin qu'elle nuisait ! Elle était si saintement vindicative ! Son âme était si pure ! Quel moyen de soupçonner un cœur si droit, si sincère, d'être conduit dans ses haines par quelque motif qui lui pût être personnel !

CHAPITRE III

QUI CONTIENT DES FAITS PEU VRAISEMBLABLES

Après le départ de son mari, Fatmé allait reprendre sa lecture, lorsqu'un vieux brahmine, suivi de deux vieilles femmes, dont il se disait le consolateur et dont il était le tyran, entra. Fatmé se leva, et les reçut d'un air si modeste, si recueilli, qu'il était impossible de n'y pas être trompé. Il fallut même que le vieux brahmine l'empêchât de se prosterner devant lui, mais ce fut d'un air d'orgueil qui me peignit si bien le cas qu'il faisait de lui-même ; il paraissait si content de ce qu'elle faisait pour lui, si persuadé même qu'il méritait encore plus, qu'il me fut impossible de ne pas rire en moi-même de la sotte vanité de ce ridicule personnage.

Il était bien difficile qu'entre des personnes d'un si rare mérite la conversation ne fût pas aux dépens d'autrui. Ce n'est point que les gens qui vivent dans la dissipation ne médisent souvent ; mais plus occupés des ridicules que des vices, la médisance n'est pour eux qu'un amusement, et ils ne sont point assez parfaits pour s'en faire un devoir. Ils nuisent quelquefois, mais ils n'ont pas toujours l'intention de nuire, ou du moins, leur légèreté et le goût des plaisirs ne leur permettent ni de la conserver longtemps, ni de songer à la mettre à profit. Cette façon aigre, et pesante de parler mal des autres, et qu'on trouve si nécessaire pour les corriger, qui, sans cette vue même, paraîtrait si condamnable, leur est inconnue ; ils…

— Aurez-vous bientôt fait ? interrompit le sultan en colère. Ne voilà-t-il pas vos chiennes de réflexions qui reviennent encore sur le tapis ?

— Mais, sire, répondit Amanzéi, il y a des occasions où elles sont indispensables.

— Et moi, je prétends, répliqua le sultan, que cela n'est pas vrai ; et quand cela serait… En un mot, puisque c'est à moi qu'on fait des contes, j'entends qu'on les fasse à ma fantaisie. Divertissez-moi, et trêve, s'il vous plaît, de toutes ces morales qui n'en finissent point et me donnent la migraine. Vous aimez à faire le beau parleur ; mais, parbleu ! j'y mettrai bon ordre, et je jure, foi de sultan, que je tuerai le premier qui osera me faire une réflexion. Nous verrons à présent comment vous vous en tirerez.

— En me préservant des réflexions, répondit Amanzéi, puisqu'elles n'ont pas le bonheur de plaire à Votre Majesté.

— Fort bien, cela, dit le sultan ; allez !

— Jamais on n'est sensible au plaisir de dire mal des autres, qu'on ne le soit aussi à celui de parler bien de soi-même.

Fatmé et les personnes qui étaient chez elle avaient trop de raisons de s'estimer beaucoup, pour ne pas mépriser tous ceux qui ne leur ressemblaient pas. En attendant qu'on leur apprêtât ce qui leur était nécessaire pour jouer[12], elles commencèrent une conversation qui ne démentit point leur caractère. Le vieux brahmine cependant dit du bien d'une femme que Fatmé connaissait, et l'éloge lui déplut. Entre toutes les choses contre lesquelles elle se déchaînait, l'amour était ce qui lui paraissait le plus digne de blâme. Qu'une femme aimât, eût-elle d'ailleurs les qualités les plus estimables, rien ne pouvait la sauver de la haine de Fatmé ; mais qu'elle eût les vices les plus déshonorants et les plus odieux, et qu'on pût ne pas nommer son amant, c'était pour elle une personne respectable, et dont on ne pouvait assez révérer la vertu.

La femme que le brahmine louait était, malheureusement pour elle, dans le cas où l'on méritait l'indignation de Fatmé. « Une femme perdue, dit-elle d'un ton aigre, peut-elle mériter vos éloges ? »

Le brahmine se défendit sur ce qu'il ignorait qu'elle eût des mœurs si condamnables, et Fatmé l'instruisit charitablement des raisons qui la lui faisaient mépriser.

« Je ne doute pas, Fatmé, lui dit alors une des femmes qui étaient chez elle, que, généreuse et portée au bien comme vous l'êtes, vous ne soyez infiniment sensible à ce que je vais vous apprendre. Nahami, cette Nahami dont nous avons ensemble tant déploré la perte, Nahami, lassée de ses erreurs, vient tout d'un coup de quitter le monde ; elle ne met plus de rouge[13].

— Hélas ! s'écria Fatmé, qu'elle est louable si ce retour est sincère !

— Mais, madame, vous êtes bonne, et les personnes de votre caractère sont facilement trompées ; je le sens par moi-même, quand on est né avec cette droiture de cœur, cette candeur que vous avez, on n'imagine pas que quelqu'un soit assez malheureux pour ne les avoir point. Après tout, c'est un beau défaut que de juger trop bien des autres. Mais, pour revenir à Nahami, je ne saurais m'empêcher de craindre que, dans le fond de l'âme, tout entière au monde, elle n'en ait pas abjuré sincèrement les erreurs. On quitte le rouge plus facilement que les vices, et souvent on prend un air plus réservé, plus modeste, moins pour commencer à entrer dans la vertu, que pour imposer au monde sur des dérèglements auxquels on est encore attaché. »

— Mon cher ami, dit Schah-Baham, en bâillant, cette conversation m'est mortelle ; pour l'amour de moi, ne l'achevez pas. Ces gens-là m'excèdent à un point que je ne puis dire. En conscience, cela ne vous ennuie-t-il pas vous-même ? En grâce, faites qu'ils s'en aillent !

— Très volontiers, sire, répondit Amanzéi.

Après avoir poussé sur Nahami la conversation aussi loin qu'elle pût aller, on revint aux médisances générales, et j'appris, en moins d'un moment, toutes les aventures d'Agra. Ensuite, on se loua, on se mit tristement au jeu, on le continua avec toute l'aigreur et toute l'avarice possibles, et l'on sortit.

— J'étais sur les épines, dit le sultan ; vous venez de m'obliger considérablement. Me donnez-vous parole qu'ils ne rentreront pas, ces gens-là ?

— Oui, sire, répondit Amanzéi.

— Eh bien ! reprit le sultan, pour vous prouver que je sais récompenser les services qu'on me rend, je vous fais émir ; d'ailleurs, c'est que vous brodez bien, vous travaillez avec ardeur, j'espère que vous sortirez bien de votre conte ; enfin… Tout cela me fait plaisir ; et puis, il faut encourager le mérite !

Le nouvel émir, après avoir rendu grâces au sultan, poursuivit ainsi :

Malgré l'air affable de Fatmé, je crus m'apercevoir que la visite de ces trois personnes avait fait sur elle le même effet que sur Votre Majesté, et que, si elle en eût été la maîtresse, elle aurait employé la journée à d'autres amusements qu'à ceux qu'elles lui avaient procurés.

Aussitôt qu'elles furent sorties, Fatmé se mit à rêver profondément, mais sans tristesse ; ses yeux s'attendrirent, ils errèrent languissamment dans le cabinet ; il semblait qu'elle désirât vivement quelque chose qu'elle n'avait pas, ou dont elle craignait de jouir. Enfin, elle appela.

À sa voix, un jeune esclave d'une figure plus fraîche qu'agréable se présenta. Fatmé, le fixant avec des yeux où régnait l'amour et le désir, parut cependant irrésolue et craintive.

« Ferme la porte ! Dahis, lui dit-elle enfin. Viens, nous sommes seuls ; tu peux sans danger te souvenir que je t'aime et me prouver ta tendresse ! »

Dahis, à cet ordre, quittant l'air respectueux d'un esclave, prit celui d'un homme que l'on rend heureux. Il me parut peu délicat, peu tendre, mais vif et ardent, dévoré de désirs, ne connaissant point l'art de les satisfaire par degrés, ignorant la galanterie, ne sentant point de certaines choses, ne détaillant rien mais s'occupant essentiellement de tout. Ce n'était pas un amant, et pour Fatmé, qui ne cherchait pas l'amusement, c'était quelque chose de plus nécessaire. Dahis louait grossièrement ; mais le peu de finesse de ses éloges ne déplaisait pas à Fatmé, qui, pourvu qu'on lui prouvât fortement qu'elle inspirait des désirs, croyait toujours être louée assez bien.

Fatmé se dédommagea avec Dahis de la réserve avec laquelle elle s'était forcée avec son mari. Moins fidèle aux sévères lois de la décence, ses yeux brillèrent du feu le plus vif ; elle prodigua à Dahis les noms les plus tendres et les plus ardentes caresses ; loin de lui rien dérober de tout ce qu'elle sentait, elle se livrait à tout son trouble. Plus tranquille, elle faisait remarquer à Dahis toutes les beautés qu'elle lui abandonnait, et le forçait même à lui demander de nouvelles preuves de sa complaisance, et que de lui-même il n'aurait pas désirées.

Dahis, cependant, paraissait peu touché. Ses yeux s'arrêtaient stupidement sur les objets que la facile Fatmé leur présentait ; c'était machinalement qu'ils faisaient impression sur lui ; son âme grossière ne sentait rien ; le plaisir ne pénétrait même pas jusqu'à elle. Pourtant, Fatmé était contente. Le silence de Dahis et sa stupidité ne choquaient point son amour-propre, et elle avait de trop bonnes raisons pour croire qu'il était sensible à ses charmes, pour ne pas préférer son air indifférent aux éloges les plus outrés, et aux plus fougueux transports d'un petit-maître.

Fatmé, en s'abandonnant aux désirs de Dahis, annonçait assez qu'elle avait aussi peu de délicatesse que de vertu, et n'exigeait pas de lui cette vivacité dans les transports, ces tendres riens que la finesse de l'âme et la politesse des manières rendent supérieurs aux plaisirs, ou qui, pour mieux dire, les font eux-mêmes.

Dahis sortit enfin, après avoir bâillé plus d'une fois. Il était du nombre de ces personnes malheureuses qui, ne pensant jamais à rien, n'ont jamais aussi rien à dire, et qui sont meilleures à occuper qu'à entendre.

Quelque idée que les amusements de Fatmé m'eussent donnée d'elle, j'avouerai qu'après la retraite de Dahis, je crus que, ne lui restant plus rien sur quoi elle pût méditer dans ce cabinet, elle en sortirait bientôt ; je me trompais : c'était sur ce genre de méditation une femme infatigable. Il n'y avait pas longtemps qu'elle était toute aux réflexions dont Dahis lui avait fourni si ample matière, lorsqu'il lui arriva de quoi en faire de nouvelles.

Un brahmine sérieux, mais jeune, frais, et avec une de ces physionomies dont l'air composé ne détruit pas la vivacité, entra dans le cabinet. Malgré son habit de brahmine, peu fait pour les grâces, il était aisé de remarquer qu'il était tourné de façon à donner des idées à plus d'une prude ; aussi était-il le brahmine d'Agra le plus recherché, le plus consolant et le plus employé. Il parlait si bien ! disait-on ; c'était avec tant de douceur qu'il insinuait dans les âmes le goût de la vertu ! le moyen sans lui de ne pas s'égarer ! Voilà ce qu'en public on disait de lui ; on verra bientôt sur quoi en particulier on lui devait des éloges, et si ceux qu'on lui donnait le plus haut étaient ceux qu'il méritait le mieux.

Cet heureux brahmine s'approcha de Fatmé d'un air doucereux et empesé, plus fade que galant. Ce n'était pas qu'il ne cherchât des airs légers, mais il copiait mal ceux qu'il prenait pour modèles et le brahmine perçait au travers du masque qu'il empruntait.

« Reine des cœurs, dit-il à Fatmé, en minaudant, vous êtes aujourd'hui plus belle que les Êtres heureux destinés au service de Brahma ! Vous élevez mon âme à une extase qui a quelque chose de céleste, et que je voudrais bien vous voir partager ! »

Fatmé, d'un air languissant, lui répondit sur le même ton ; et, le brahmine n'en changeant point, il s'établit entre eux une conversation fort tendre, mais où l'amour parlait une langue bien étrangère, et en apparence bien peu faite pour lui. Sans leurs actions, je doute que j'eusse jamais compris leurs discours.

Fatmé, qui naturellement faisait assez peu de cas de l'éloquence, et qui, quoi qu'elle en dît, n'estimait pas beaucoup celle du brahmine même, fut la première à s'ennuyer du sentiment. Le brahmine, à qui il ne plaisait pas plus qu'à elle[a], le quitta bientôt aussi, et cette conversation si fade, si doucereuse, finit comme celle de Dahis avait commencé.

Il est vrai cependant que Fatmé, en faisant les mêmes choses, était plus soigneuse des dehors. *Elle voulait et paraître* délicate, et que le brahmine pût croire qu'elle ne cédait qu'à l'amour.

Le brahmine, qui, pour le caractère et la figure, ressemblait assez à Dahis, ne lui fut inférieur en rien, et mérita tous les compliments que lui prodiguait sans cesse la complaisante Fatmé. Après qu'ils eurent donné à leur tendresse ce qu'elle avait exigé d'eux, ils tournèrent la vertu en ridicule, s'entretinrent ensemble du plaisir qu'il y a à tromper les autres, et se firent mutuellement des leçons d'hypocrisie[b]. Ces deux odieuses personnes se séparèrent enfin, et Fatmé alla désespérer son mari et faire parade de ses mortifications.

Pendant que je fus chez elle, je ne lui connus point d'autres façons d'amuser ses loisirs que celles que j'ai racontées à Votre toujours auguste Majesté.

Fatmé, toute prudente qu'elle était, s'oubliait quelquefois. Un jour que, seule avec son bramine, elle se livrait à ses transports, son mari, que le hasard conduisit à la porte du cabinet, entendit des soupirs, et de certains termes qui l'étonnèrent. Les occupations publiques de Fatmé laissaient si peu imaginer ses amusements particuliers que je doute que son mari devinât d'abord de qui partaient les soupirs, et les étranges paroles qui venaient de frapper ses oreilles.

Soit enfin qu'il crût reconnaître la voix de Fatmé, soit que la curiosité seule lui fît désirer de s'éclaircir de cette aventure, il voulut entrer dans le cabinet.

Malheureusement pour Fatmé, la porte n'était pas bien fermée et il l'enfonça d'un seul coup.

Le spectacle qui frappa ses yeux le surprit au point que sa fureur demeurant suspendue, il sembla pendant quelques instants douter de ce qu'il voyait, et ne savait à quoi se déterminer.

« Perfides ! s'écria-t-il enfin ; recevez le châtiment dû à vos vices et à votre hypocrisie ! »

À ces mots, sans écouter ni Fatmé ni le bramine, qui s'étaient précipités à ses pieds, il les fit expirer sous ses coups.

Quelque affreux que fût ce spectacle, il ne me toucha pas. Ils avaient tous deux trop mérité la mort, pour qu'ils pussent être plaints, et je fus charmé qu'une aussi terrible catastrophe apprît à tout Agra ce qu'avaient été deux personnes qu'on y avait si longtemps regardées comme des modèles de vertu.

CHAPITRE IV

OÙ L'ON VERRA DES CHOSES QU'IL SE POURRAIT BIEN QU'ON N'EÛT PAS PRÉVUES

Après la mort de Fatmé, mon âme prit son essor et vola dans un palais voisin, où tout me parut à peu près réglé comme dans celui que j'abandonnais. Dans le fond, pourtant, on y pensait d'une façon bien différente.

Ce n'était pas que la dame qui l'habitait entrât dans cet âge où les femmes un peu sensées, quand elles ne condamneraient pas la galanterie comme un vice, la regardent au moins comme un ridicule. Elle était jeune et belle, et l'on ne pouvait pas dire qu'elle n'aimait la vertu que parce qu'elle n'était point faite pour l'amour. À son air simple et modeste, au soin qu'elle prenait de faire de bonnes actions et de les cacher, à la paix qui semblait régner dans son cœur, on devait croire qu'elle était née ce qu'elle paraissait. Sage sans contrainte et sans vanité, elle ne se faisait ni une peine, ni un mérite de suivre ses devoirs. Jamais je ne la vis un moment ni triste, ni grondeuse ; sa vertu était douce et paisible ; elle ne s'en faisait pas un droit de tourmenter, ni de mépriser les autres, et elle était sur cet article beaucoup plus réservée que le sont ces femmes qui, ayant tout à se reprocher, ne trouvent cependant personne exempt de reproche. Son esprit était naturellement gai, et elle ne cherchait pas à en diminuer l'enjouement. Elle ne croyait pas sans doute, comme beaucoup d'autres, qu'on n'est jamais plus respectable que lorsqu'on est fort ennuyeux. Elle ne médisait point, et n'en savait pas moins amuser. Persuadée qu'elle avait autant de faiblesses que les autres, elle savait pardonner à celles qu'elle leur découvrait. Rien ne lui paraissait vicieux ou criminel que ce qui l'est effectivement. Elle ne se défendait pas les choses permises, pour ne se permettre, comme Fatmé, que celles qui sont défendues. Sa maison était sans faste, mais tenue noblement. Tous les honnêtes gens d'Agra se faisaient honneur d'y être admis, tous voulaient connaître une femme d'un aussi rare caractère, tous la respectaient ; et, malgré ma perversité naturelle, je me vis enfin forcé de penser comme eux.

J'étais, lorsque j'entrai chez cette dame, si rempli encore de la fausseté de Fatmé, que je ne doutai pas d'abord qu'elle ne fît les mêmes choses, et je confondis, au premier coup d'œil, la femme vertueuse avec l'hypocrite. Jamais je ne voyais entrer un esclave, ou un brahmine, sans croire qu'on me mettrait de la conversation, et je fus longtemps étonné d'y être toujours compté pour rien.

L'oisiveté à laquelle on me condamnait dans cette maison m'ennuya enfin, et persuadé que ce serait en vain que j'attendrais qu'on m'y donnât matière à observations, je quittai le sopha de cette dame, charmé d'être convaincu par moi-même qu'il y avait des femmes vertueuses, mais désirant assez peu d'en retrouver de pareilles.

Mon âme, pour varier les spectacles que son état actuel pouvait lui procurer, ne voulut pas, en quittant ce palais, rentrer dans un autre, et s'abattit dans une vilaine maison, obscure, petite, et telle que je doutais d'abord s'il y aurait de quoi m'y donner retraite. Je pénétrai dans une chambre triste, meublée au-dessous du médiocre, et dans laquelle pourtant je fus assez heureux pour rencontrer un sopha qui, terni, délabré, témoignait assez que c'était à ses dépens qu'on avait acquis les autres meubles qui l'accompagnaient. Ce fut, avant que je susse chez qui j'étais, la première idée qui me vint et, quand je l'appris, je ne changeai pas d'opinion.

Cette chambre, en effet, servait de retraite à une fille assez jolie, et qui, par sa naissance et par elle-même, étant ce qu'on appelle mauvaise compagnie, voyait cependant quelquefois les gens qui, dit-on, composent la bonne. C'était une jeune danseuse, qui venait d'être reçue parmi celles de l'empereur et dont la fortune et la réputation n'étaient pas encore faites, quoiqu'elle connût particulièrement presque tous les jeunes seigneurs d'Agra, qu'elle les comblât de ses bontés, et qui l'assurassent de leur protection. Je doute même, quelque chose qu'ils lui promissent, que sans un intendant des domaines de l'empereur qui prit du goût pour elle, la fortune eût sitôt changé de face.

Abdalathif (c'est le nom de cet intendant) par sa naissance et par son mérite personnel, ne faisait pas une conquête brillante. Il était naturellement rustre, et brutal, et depuis sa fortune il avait joint l'insolence à ses autres défauts. Ce n'était pas qu'il ne voulût être poli, mais persuadé qu'un homme comme lui honore quelqu'un quand il lui marque des égards, il avait pris cette politesse froide et sèche des gens d'un certain rang, qu'en eux on veut bien appeler dignité, mais qui dans Abdalathif était le comble de la sottise et de l'impertinence. Né dans l'obscurité la plus profonde, non seulement il l'avait oubliée, mais même, il n'y avait rien qu'il ne fît pour se donner une origine illustre. Il couronnait ses travers en jouant perpétuellement le seigneur ; vain et insolent, sa familiarité outrageait autant que sa hauteur ; ignoble[14], et sans goût dans sa magnificence, elle n'était en lui qu'un ridicule de plus. Avec peu d'esprit, et moins encore d'éducation, il n'y avait rien à quoi il ne crût se connaître et dont il ne voulût décider. Tel qu'il était cependant, on le ménageait, non qu'il pût nuire, mais il savait obliger. Les plus grands d'Agra étaient assidûment ses complaisants et ses flatteurs, et leurs femmes même étaient sur le pied de lui pardonner des impertinences qu'avec elles il poussait à l'excès, ou de ne rien refuser à ses désirs. Quelque couru qu'il fût dans Agra, il était quelquefois bien aise de se délasser des trop grands empressements des femmes de qualité, et de chercher des plaisirs qui, pour être moins brillants, n'en étaient pas moins vifs, et (selon ce qu'il avait l'insolence de dire) souvent guère plus dangereux[15].

Ce fut un soir en sortant de chez l'empereur, devant qui Amine avait dansé, que ce nouveau protecteur la ramena chez elle. Il promena dans son triste et obscur logement des regards orgueilleux, et distraits, puis, en daignant à peine lever les yeux sur elle :

« Vous n'êtes pas bien ici, lui dit-il ; il faut vous en tirer. C'est autant pour moi que pour vous, que je veux que vous soyez plus convenablement logée. On se moquerait de moi, si une fille de qui je me mêle, n'était pas d'une façon à se faire respecter. »

Après ces paroles, il s'assit sur moi, et la tirant sur lui brusquement, il prit avec elle toutes les libertés qu'il voulut ; mais comme il avait plus de libertinage, que de désirs, elles ne furent pas excessives.

Amine, que j'avais vue haute et capricieuse avec les seigneurs qui allaient chez elle, loin de prendre avec Abdalathif des airs familiers, le traitait avec un extrême respect et n'osait même le regarder que quand il paraissait désirer qu'elle le fît.

« Vous me plaisez assez, lui dit-il enfin, mais je veux qu'on soit sage. Point de jeunes gens, des mœurs, une conduite réglée : sans tout cela, nous ne serions pas longtemps bons amis. Adieu, petite, ajouta-t-il en se levant ; demain vous entendrez parler de moi : vous n'êtes point meublée de façon qu'on puisse aujourd'hui souper avec vous ; j'y vais pourvoir, bonjour. »

En achevant ces mots, il sortit. Amine le reconduisit respectueusement et revint sur moi se livrer à toute la joie que lui causait sa bonne fortune, et compter, avec sa mère, les diamants et les autres richesses qu'elle attendait le lendemain de la générosité d'Abdalathif.

Cette mère, qui, quoique femme d'honneur, était la plus complaisante des mères, exhortait sa fille à se conduire sagement dans le bonheur qu'il plaisait à Brahma de lui envoyer et, comparant l'état où elles étaient à celui dans lequel elles allaient se trouver, faisait mille réflexions sur la providence des dieux qui n'abandonne jamais ceux qui la méritent.

Elle fit après cela une longue énumération des seigneurs qui avaient été amis de sa fille.

« Combien peu leur amitié vous a-t-elle été utile, mon enfant ! lui disait-elle ; aussi, c'est bien votre faute ! Je vous l'ai dit mille fois, vous êtes née trop douce. Ou vous vous donnez par pure indolence, ce qui est un grand vice ; ou, ce qui ne vaut pas mieux et vous a donné de grands ridicules, vous vous prenez de fantaisie. Je ne dis pas qu'on ne se satisfasse quelquefois, à Dieu ne plaise ! mais il ne faut pas tellement se sacrifier à ses plaisirs qu'on en néglige la fortune ; il faut surtout éviter qu'on ne puisse dire qu'une fille comme vous peut se livrer quelquefois à l'amour, et, malheureusement, vous avez donné là-dessus matière à bien des propos. Enfin, vous êtes encore bien jeune, et j'espère que cela ne vous fera pas grand tort. Rien ne perd tant les personnes de votre condition que ces étourderies que j'ai entendu nommer des complaisances gratuites. Quand on sait qu'une fille est dans la malheureuse habitude de se donner quelquefois pour rien, tout le monde croit être fait pour l'avoir au même prix ou, du moins, à bon marché. Voyez Roxane, Atalis, Elzire : elles n'ont pas une faiblesse à se reprocher ; aussi Brahma a béni leur conduite. Moins jolies que vous, voyez comme elles sont riches ! Profitez bien de leur exemple ; ce sont des filles bien raisonnables !

— Eh oui ! ma mère, oui, répondit Amine, que cette exhortation impatientait ; j'y songerai. Mais me conseilleriez-vous pourtant de n'être qu'au monstre que j'ai actuellement ? Cela est impossible, je vous en avertis.

— Vraiment non, reprit la mère : à l'égard de son cœur, on n'en est pas la maîtresse ; je dis simplement qu'il faut que vous renonciez aux seigneurs de la Cour, à moins que vous les voyiez *incognito*, et qu'ils n'aient pour vous de meilleures façons qu'ils n'en ont eues jusqu'ici. Si vous voulez, je leur parlerai, moi. Vous avez Massoud que vous aimez ; c'est un bon choix : il n'est connu de personne, il se prête à tout, vous le faites passer pour votre parent, on le prend pour cela, il n'y a rien à dire. Ce monsieur qui vous veut du bien s'y trompera comme les autres ; en vous conduisant avec prudence, il ne se doutera de rien, et…

— Croyez-vous, ma mère, interrompit Amine, qu'il me donne des diamants ? Ah ! oui, il m'en donnera. Ce n'est pas, ajoutait-elle, que j'aie de la vanité, mais quand on tient un certain rang, on est bien aise d'être comme tout le monde. »

Là-dessus elle se mit à compter toutes les filles qui seraient désespérées et des diamants et des belles robes qu'elle aurait : idée qui la flattait plus que la fortune même.

Le lendemain, d'assez bonne heure, un char vint la prendre, et mon âme, curieuse de voir l'usage qu'Amine ferait des conseils de sa mère, la suivit. On la conduisit dans une jolie maison toute meublée, qu'Abdalathif avait dans une rue détournée. Je me plaçai, en y arrivant, dans un sopha superbe que l'on avait mis dans un cabinet extrêmement orné. Jamais je n'ai vu personne dans une aussi sotte admiration que celle qu'Amine témoignait pour tout ce qui s'y offrait à ses yeux. Après avoir curieusement examiné tout, elle vint se mettre à sa toilette[16]. Les vases précieux dont elle la vit couverte, un écrin rempli de diamants, des esclaves bien vêtus, qui, d'un air respectueux s'empressaient à la servir, des marchands et des ouvriers qui attendaient ses ordres, tout la transportait et augmentait son ivresse.

Quand elle en fut un peu revenue, elle songea au rôle qu'elle devait jouer devant tant de spectateurs. Elle parla à ses esclaves avec hauteur, aux marchands et aux ouvriers avec impertinence, choisit ce qu'elle voulut, ordonna que tout ce qu'elle commandait fût prêt pour le lendemain au plus tard, se remit à sa toilette, y resta longtemps, et en attendant les magnificences qui lui étaient destinées, se revêtit d'un déshabillé superbe qui avait été fait pour une princesse d'Agra et qu'elle trouva à peine assez beau pour elle.

Elle passa la plus grande partie de la journée à s'occuper de tout ce qu'elle voyait et à attendre Abdalathif. Vers le soir enfin, il parut.

« Eh bien ! petite, lui dit-il, comment vous trouvez-vous de tout ceci ? »

Amine se précipita à ses pieds, et, dans les termes les plus ignobles, le remercia de tout ce qu'il faisait pour elle.

J'étais étonné, moi qui jusqu'alors avais été en bonne compagnie, de tout ce qui frappait mes oreilles. Ce n'était pas que je n'eusse jamais entendu de sottises, mais, du moins, elles étaient élégantes et de ce ton noble avec lequel il semble presque qu'on n'en dit pas.

CHAPITRE V

MEILLEUR À PASSER QU'À LIRE

Avant que de s'engager dans une plus longue conversation, Abdalathif tira de sa poche une longue bourse pleine d'or, qu'il jeta sur une table, d'un air négligent.

« Serrez[17] ceci, lui dit-il, vous en aurez peu de besoin. Je me charge de toute la dépense de votre maison, et de celle de votre personne. Je vous ai envoyé un cuisinier ; c'est, après le mien, le meilleur d'Agra. Je compte souper souvent ici. Nous n'y serons pas toujours seuls, des seigneurs de mes amis, avec quelques beaux esprits à qui je prête de l'argent, y viendront quelquefois. On y joindra de vos compagnes, des plus jolies s'entend, cela fera des soupers gais, je les aime. »

À ces mots, il la conduisit dans le petit cabinet où j'étais, et la mère d'Amine, cette femme respectable, qui jusque-là avait été présente à la conversation, se retira et ferma la porte.

— Ce n'est pas d'une pareille conversation, dit Amanzéi en s'interrompant, que je rendrai un compte exact à Votre Majesté ; Amine y parut tout à fait tendre et vive jusqu'au transport. Abdalathif avait pris soin de lui dire auparavant que les femmes réservées dans leurs discours lui déplaisaient et, avec l'envie qu'Amine avait de lui plaire, son éducation et les habitudes qu'elle avait contractées, Votre Majesté imagine sans peine qu'il se tint des propos qu'il serait difficile de lui rendre et qui d'ailleurs ne la flatteraient pas.

— Pourquoi cela ? demanda le sultan ; peut-être les trouverais-je fort bons. Voyons un peu.

— Voyez ! dit la sultane en se levant ; mais comme je suis sûre qu'ils ne m'amuseraient pas, vous trouverez bon que je sorte.

— Voyez-vous cela ! s'écria le sultan, la belle modestie ! Vous croyez peut-être que j'en suis la dupe ; détrompez-vous ! Je connais les femmes à présent, et je me souviens d'ailleurs qu'un homme qui les connaissait aussi bien que moi, ou à peu près, m'a dit que les femmes ne font rien avec tant de plaisir que ce qui leur est défendu, et qu'elles n'aiment que les discours qu'il semble qu'elles ne doivent pas entendre ; par conséquent, si vous sortez, ce n'est pas que vous ayez envie de sortir. Mais n'importe, Amanzéi me dira à mon coucher ce que vous ne voulez pas qu'il me dise à présent. Cela fera précisément que je n'y perdrai rien, n'est-il pas vrai ?

Amanzéi n'avait garde de ne pas convenir que le sultan avait raison et, après avoir exagéré la prudence de sa conduite, il continua ainsi :

Après l'entretien d'Abdalathif et d'Amine, qui fut plus long qu'intéressant, on servit. Comme je n'étais pas dans la salle à manger, je ne puis, sire, vous rendre compte de ce qu'ils y dirent. Ils revinrent longtemps après. Quoiqu'ils eussent soupé tête à tête[c], il me parut qu'ils n'en avaient pas été plus sobres. Après quelques fort mauvais discours, Abdalathif s'endormit sur le sein de la dame.

Amine, toute complaisante qu'elle était, trouva mauvais d'abord qu'Abdalathif prît avec elle de si grandes libertés. Sa vanité souffrait aussi du peu de cas qu'il paraissait faire d'elle. Les éloges qu'il lui avait donnés sur la façon dont elle avait soutenu l'entretien[18] qu'elle avait eu avec lui l'avaient enorgueillie et lui faisaient croire qu'elle méritait qu'il prît la peine de l'entretenir encore. Malgré les attentions qu'elle devait à Abdalathif, elle s'ennuya de la contrainte où il la retenait, et elle en aurait étourdiment marqué son chagrin si Abdalathif, ouvrant pesamment les yeux, ne lui eût demandé, d'un ton brusque, l'heure qu'il était. Il se leva sans attendre sa réponse.

« Adieu ! lui dit-il, en la caressant brutalement ; je vous ferai dire demain si je puis souper ici. »

À ces mots, il voulut sortir. Quelque envie qu'eût Amine

qu'il la laissât libre, elle crut devoir le retenir ; quoiqu'elle poussât la fausseté jusqu'à pleurer de son départ, il fut inexorable, et se débarrassa des bras d'Amine, en lui disant qu'il voulait bien qu'elle l'aimât, mais qu'il ne prétendait pas être gêné.

D'abord qu'il fut sorti, elle sonna, en l'honorant à demi bas de toutes les épithètes qu'il méritait. Pendant qu'on la déshabillait, sa mère vint lui parler bas. La nouvelle qu'elle donnait à Amine lui fit hâter ses esclaves ; enfin elle ordonna qu'on la laissât seule. Peu de moments après que sa mère et ses esclaves se furent retirés, la première rentra. Elle menait un nègre mal fait, horrible à voir, et qu'Amine n'eut pourtant pas plutôt aperçu, qu'elle vint l'embrasser avec emportement.

— Amanzéi, dit le sultan, si vous ôtiez ce nègre-là de votre histoire, je pense qu'elle n'en serait pas plus mauvaise.

— Je ne vois pas ce qu'il y gâte, sire, répondit Amanzéi.

— Je m'en vais vous le dire, moi, répliqua le sultan, puisque vous n'avez pas l'esprit de le voir. La première femme de mon grand-père Schah-Riar couchait avec tous les nègres de son palais. Ç'a été, grâce à Dieu, une chose assez notoire. En conséquence de ce, mon susdit grand-père, non seulement fit étrangler celle-là, mais toutes les autres qu'il eut après, jusqu'à ma grand-mère Schéhérazade, qui lui en fit perdre l'habitude. Donc, je trouve fort peu respectueux que l'on vienne, après ce qui est arrivé dans ma famille, me parler de nègres, comme si je n'y devais prendre aucun intérêt. Je vous passe celui-ci, puisqu'il est venu, mais qu'il n'en vienne plus, je vous prie !

Amanzéi, après avoir demandé pardon au sultan de son étourderie, continua ainsi :

« Ah ! Massoud, dit Amine à son amant, que j'ai souffert d'être deux jours sans te voir ! Que je hais le monstre qui m'obsède ! Qu'on est malheureuse de se sacrifier à sa fortune ! »

Massoud, à tout cela, répondait assez peu de choses. Il lui dit cependant que, quoiqu'il l'aimât avec toute la délicatesse possible, il n'était pas fâché qu'Abdalathif eût pour elle des attentions. Il l'exhorta ensuite à faire tout ce qui serait convenable pour le ruiner et, se livrant après à toute la fureur des caresses d'Amine, ils commencèrent une sorte d'entretien dont la joie de tromper Abdalathif augmentait encore la vivacité. Avant que de sortir du cabinet, elle paya fort généreusement Massoud de l'extrême amour qu'il lui avait témoigné.

Elle passa avec lui la plus grande partie de la nuit, et le renvoya enfin lorsqu'elle vit paraître le jour ; et la mère d'Amine, qui, par une porte de son appartement qui donnait dans celui de sa fille, l'avait introduit, le fit sortir par la même voie.

Amine passa la matinée à essayer toutes les robes qu'elle avait commandées et à en ordonner d'autres. Ce fut son amusement jusqu'à l'heure qui lui était marquée pour aller danser chez l'empereur. Elle en fut ramenée par Abdalathif ; ils étaient suivis de quelques jolies compagnes d'Amine, de quelques jeunes omrahs[19] et de trois beaux esprits des plus renommés d'Agra. Ils s'empressèrent à l'envi de louer la magnificence d'Abdalathif, son goût, son air noble, la délicatesse de son esprit et la sûreté de ses lumières. Je ne concevais pas comment des gens qui, par leur naissance ou leurs talents, tenaient un rang distingué, pouvaient se pardonner la bassesse, et la fausseté de leurs éloges. Ils n'oubliaient pas même de louer Amine ; mais, à la vérité, c'était d'une façon qui devait lui faire sentir qu'elle n'était que subalterne, et que, sans ce qu'on voulait bien devoir à Abdalathif, on aurait été avec elle aussi familier que l'on cherchait à le paraître peu. Après les louanges d'Abdalathif, chacun se dispersa dans le salon avec qui il lui plut. La conversation était, selon ceux qui parlaient, tantôt vive, tantôt plate, et en tout il me parut que l'on ménageait assez peu les dames qui devaient souper chez Amine, et qu'elles ne s'en offensaient guère.

On descendit enfin pour souper. Comme il n'y avait pas de retraite pour mon âme dans le lieu où l'on mangeait, je ne pus pas entendre les discours qui s'y tinrent. À en juger par ceux qui précédèrent le souper et ceux qui le suivirent, on pouvait ne pas regretter de n'être point à portée de les entendre.

Abdalathif, noyé dans le vin, enivré des éloges que le mérite qu'on avait découvert à son cuisinier avait rendu plus vifs, et plus nombreux, ne tarda point à s'endormir. Un jeune homme, qui avait intérêt qu'il laissât bientôt Amine en état de disposer d'elle, osa bien l'éveiller pour lui représenter qu'un homme comme lui, chargé des plus grandes affaires, et nécessaire à l'État, autant qu'il l'était, pouvait quelquefois permettre aux plaisirs de le distraire, mais ne devait jamais s'y abandonner. Il prouva si bien enfin à Abdalathif combien il était cher au prince et au peuple, qu'il le convainquit qu'il ne pouvait différer de s'aller coucher, sans que l'État ne risquât d'y perdre son plus ferme appui.

Il sortit, et tout le monde avec lui. Quelques regards que j'avais surpris entre Amine et le jeune homme, qui venait de haranguer si bien Abdalathif, me firent croire que je le reverrais bientôt. Elle se mit à sa toilette d'un air nonchalant et, débarrassée de cet attirail superbe, plus gênant encore pour les plaisirs qu'il n'est satisfaisant pour l'amour-propre, elle ordonna qu'on la laissât seule.

La respectable mère d'Amine, gagnée apparemment par le récit que le jeune homme lui avait fait de ses souffrances (car je ne saurais croire qu'une âme si belle eût pu être sensible à l'intérêt), l'introduisit discrètement dans l'appartement de sa fille et ne se retira qu'après qu'il lui eut donné parole positive de ne faire à Amine aucune proposition qui pût alarmer la pudeur d'une fille aussi sage et aussi modeste.

« En vérité ! dit Amine au jeune homme, quand ils furent seuls, il faut que je vous aime bien tendrement pour m'être déterminée à ce que je fais ! Car enfin, je trompe un honnête homme, que je n'aime point, à la vérité, mais à qui pourtant je devrais être fidèle. J'ai tort, je le sens bien, mais l'amour est une terrible chose, et ce qu'il me fait faire aujourd'hui est bien éloigné de mon caractère.

— Je vous en sais d'autant plus de gré, répondit le jeune homme, en voulant l'embrasser.

— Oh ! pour cela, répliqua-t-elle en le repoussant, voilà ce que je ne veux pas vous permettre : de la confiance, du sentiment, du plaisir à vous voir, je vous en ai promis, mais si j'allais plus loin, je trahirais mon devoir.

— Mais, mon enfant, lui dit le jeune homme, deviens-tu folle ? Qu'est-ce donc que le jargon dont tu te sers ? Je te crois tout le sentiment du monde, assurément, mais à quoi veux-tu qu'il nous serve ? Est-ce pour cela que je suis venu ici ?

— Vous vous êtes trompé, répondit-elle, si vous avez attendu de moi quelque autre chose. Quoique je n'aime point le seigneur Abdalathif, j'ai fait vœu de lui être fidèle, et rien ne peut m'y faire manquer.

— Ah ! petite reine, repartit le jeune homme en raillant, d'abord que tu as fait un vœu, je n'ai rien à dire, cela est respectable ; et pour la rareté du fait, je te permets d'y demeurer fidèle. Hé ! dis-moi, en as-tu beaucoup fait de pareils en ta vie ?

— Ne raillez pas, répondit Amine ; je suis fort scrupuleuse.

— Oh ! tu ne m'étonnes point, répliqua-t-il ; vous autres filles, tant soit peu publiques, vous vous piquez toutes de scrupules, et vous en avez en général beaucoup plus que les femmes vertueuses. Mais à propos de ton vœu, tu aurais tout aussi bien fait de m'en instruire tantôt, et de ne me pas faire prendre la peine de venir passer la nuit ici !

— Cela est vrai, répondit-elle d'un air embarrassé ; mais vous m'avez fait des propositions si brillantes, que d'abord elles m'ont éblouie, je l'avoue.

— Hé ! lui demanda-t-il, la réflexion te les a donc gâtées ? Tiens, poursuivit-il en tirant une bourse, voilà ce que je t'ai promis ; je suis homme de parole ; il y a là-dedans de quoi guérir tes scrupules, et te relever de tous les vœux que tu as pu faire. Conviens-en du moins.

— Que vous êtes badin ! répondit-elle en se saisissant de la bourse ; vous me connaissez bien peu ! Je vous jure sans l'inclination que je me sens pour vous…

— Finissons cela, interrompit-il. Pour te prouver combien je suis noble, je te dispense des remerciements, et même de cette prodigieuse inclination que tu as pour moi : aussi bien, dans le marché que nous avons fait ensemble, ne m'a-t-elle servi à rien. Je te paie même aussi cher que si j'étais en premier, et tu sais bien que cela n'est pas dans les règles.

— Il me semble que si ! répondit Amine ; je fais une perfidie pour vous, et…

— Si je ne te payais, interrompit-il, qu'à raison de ce qu'elle te coûte, je te réponds que je t'aurais pour rien. Mais encore une fois, finissons, quoique tu aies de l'esprit autant qu'on puisse en avoir, la conversation m'ennuie. »

Quelque impatience qu'il marquât, il ne put empêcher qu'Amine, qui était la prudence même, ne comptât l'argent qu'il venait de lui donner. Ce n'était pas, disait-elle, qu'elle se défiât de lui, mais il pouvait lui-même s'être trompé ; enfin, elle ne se rendit à ses désirs que quand elle fut sûre qu'il n'avait point commis d'erreur de calcul.

Lorsque le jour fut prêt à paraître, la mère d'Amine revint, et dit au jeune homme qu'il était temps qu'il se retirât : il n'était pas tout à fait de cet avis, quoique Amine le priât de vouloir bien ménager sa réputation. Cette considération ne l'aurait sûrement pas ébranlé, et malgré ses prières, il serait resté, si Amine ne lui eût promis de lui accorder à l'avenir autant de nuits qu'elle pourrait en dérober à Abdalathif.

Outre Abdalathif, Massoud, et ce jeune homme à qui quelquefois elle tenait parole, Amine, qui avait reconnu l'utilité des conseils que sa mère lui avait donnés, recevait indifféremment tous ceux qui la trouvaient assez belle pour la désirer, pourvu cependant qu'ils fussent assez riches pour lui faire agréer leurs soupirs. Bonzes, brahmines, imans, militaires, cadis[20], hommes de toutes nations, de tout genre, de tout âge, rien n'était rebuté. Il est vrai que, comme elle avait des principes, et des scrupules, il en coûtait plus aux étrangers, à ceux surtout qu'elle regardait comme des infidèles, qu'à ses compatriotes et à ceux qui suivaient la même loi qu'elle. Ce n'était qu'à prix d'argent qu'ils pouvaient vaincre ses répugnances, et, après qu'elle s'était donnée, triompher de ses remords. Elle s'était même fait là-dessus des arrangements singuliers. Il y avait des cultes qu'elle avait plus en horreur que les autres, et je me souviendrai toujours qu'il en coûta plus à un guèbre[21], pour obtenir d'elle des complaisances, qu'il n'en avait coûté en pareil cas à dix mahométans.

Soit qu'Abdalathif fût trop persuadé de son mérite pour croire qu'Amine pût être infidèle, soit qu'aussi ridiculement il comptât sur les serments qu'elle lui avait faits de n'être jamais qu'à lui, il fut longtemps avec elle dans la plus parfaite sécurité, et sans un événement imprévu, quoiqu'il ne fût pas sans exemple, il est apparent qu'il y aurait toujours été plongé.

— J'entends bien, dit alors le sultan, quelqu'un lui dit qu'elle était infidèle.

— Non, sire ! répondit Amanzéi.

— Ah ! oui, reprit le sultan, je vois à présent que c'était tout autre chose ; cela se devine, lui-même, il la surprit.

— Point du tout, sire, repartit Amanzéi ; il aurait été trop heureux d'en être quitte à si bon marché.

— Je ne sais donc plus ce que c'était, dit Schah-Baham ; au fond ce ne sont pas mes affaires, et je n'ai pas besoin de me tourner la tête pour deviner quelque chose qui ne m'intéresse pas.

CHAPITRE VI

PAS PLUS EXTRAORDINAIRE QU'AMUSANT

Le moment fatal où toutes les grandeurs, les diamants, les richesses qu'Amine possédait, allaient s'évanouir pour elle, était venu. Du moins, pour se consoler de leur perte, lui restait-il le souvenir d'un beau songe, et Abdalathif, supposé qu'il eût rêvé, ne l'avait pas fait aussi agréablement qu'elle.

Depuis quelques jours, j'avais remarqué qu'Amine était plus triste qu'à l'ordinaire ; sa maison la nuit était fermée, et le jour elle ne voyait qu'Abdalathif. On lui avait écrit beaucoup de lettres, et toutes l'avaient chagrinée. Je me perdais en réflexions pour deviner ce qu'elle pouvait avoir, et ne pouvant le pénétrer, je fus assez imbécile pour croire que les remords dont elle était agitée causaient seuls le chagrin qu'elle paraissait avoir.

Quoique la connaissance que j'avais de son caractère dût m'interdire cette idée, la difficulté de pénétrer la cause de son inquiétude me la fit former. Je ne fus pas longtemps à voir que je m'étais trompé sur tout ce que j'avais imaginé.

Amine, l'air embarrassé, pensif, sombre, était un matin à sa toilette. Abdalathif entra. Elle rougit à sa vue, elle n'était pas accoutumée à le voir le matin, et cette visite inopinée lui déplut. Confuse, et timide, à peine osa-t-elle lever les yeux sur lui. À la mine renfrognée d'Abdalathif, aux regards terribles que de temps en temps il lançait sur elle, il n'était pas difficile de juger qu'il était tourmenté d'une idée fâcheuse à laquelle, vraisemblablement, elle avait donné lieu. Amine, sans doute, savait ce que c'était, car elle n'osa jamais le lui demander. Il garda quelque temps le silence.

« Vous êtes jolie ! lui dit-il enfin, avec une fureur ironique ; vous êtes jolie ! Oui, très fidèle ! Oh ! parbleu, ma reine, parbleu ! On saura vous apprendre à être sage, et vous mettre en lieu où vous serez forcée de l'être, du moins quelque temps.

— Quel est donc ce discours, monsieur ? lui répondit Amine

d'un air de hauteur. Est-ce à une personne comme moi qu'il peut jamais s'adresser ? Mesurez un peu vos paroles, je vous prie ! »

L'insolence d'Amine, dans la situation présente, parut si singulière à Abdalathif, que d'abord elle le confondit ; mais enfin, la fureur prenant le dessus, il l'accabla de toutes les injures, et de tout le mépris qu'il croyait lui devoir. Amine voulut alors entrer en justification, mais Abdalathif, qui, sans doute, avait des témoins convaincants de ce dont il l'accusait, lui ordonna brusquement de se taire.

Amine convint en ce moment qu'Abdalathif avait raison de se plaindre, mais il lui paraissait si peu possible que ce fût d'elle, qu'elle n'en revenait pas. Elle crut même devoir à son tour l'accabler de reproches sur ses infidélités, lui faire même des remontrances sur les mauvais choix qu'il faisait, toutes choses qu'elle ne lui disait, ajouta-t-elle, que par l'extrême intérêt qu'elle osait prendre à ce qui le regardait.

Une impudence si soutenue impatienta Abdalathif au point qu'il pensa s'échapper[22] tout à fait. Amine, voyant qu'il n'était la dupe ni de sa hauteur ni de ses reproches, et craignant, à la fureur où elle le voyait, que cette scène ne finît pour elle de la façon la plus tragique, crut enfin qu'elle devait prendre le parti des larmes et de la soumission. Ce fut en vain ; rien ne calma Abdalathif : je ne vous dirai pas ce qu'il avait, mais jamais je n'ai vu d'homme si fâché. De moment en moment, il entrait dans des accès de fureur pendant lesquels il aurait, sans doute, tout brisé dans la maison si tout ce qui y était ne lui eût pas appartenu. Cette sage considération le retenait sur un fracas indécent qui l'aurait peut-être soulagé, et la violence qu'il se faisait pour se retenir sur cela augmentait sa colère contre Amine. Ce dont il était le plus outré, c'était qu'on eût osé manquer d'une façon si cruelle à ce qu'on devait à un homme comme lui. Cela seul lui paraissait inconcevable.

Après avoir dit toutes les impertinences que sa fureur, et sa fatuité, lui dictaient tour à tour, il s'empara généralement de tout ce qu'il avait donné à Amine. Elle s'était attendue à être quittée, et elle s'en consolait, en jetant de temps en temps les yeux sur les diamants, et les autres choses qu'elle croyait qui lui resteraient ; mais quand elle vit l'impitoyable Abdalathif se mettre en devoir de tout reprendre, elle poussa les cris les plus perçants et les plus douloureux. Sa mère alors entra, se jeta mille fois aux pieds d'Abdalathif, et crut l'apaiser beaucoup en lui avouant que c'était un maudit bonze qui était cause de tout ce qui arrivait.

Loin que ce qu'on disait du bonze parût attendrir Abdalathif, il sembla le déterminer à user de toute la rigueur possible.

« Hélas ! ajoutait tristement la mère d'Amine, nous sommes bien punies de nous être fiées à un infidèle ! Ma fille sait ce que j'en pensais et que je lui ai toujours dit que cela ne pouvait que lui porter malheur ! »

Pendant ces lamentations, Abdalathif, ayant à la main un état de tout ce qu'il avait donné à Amine, se faisait tout restituer par ordre. Lorsque cela fut fait :

« À l'égard de l'argent que je vous ai donné, dit-il à Amine d'un air grave, je vous le laisse ; il n'a pas tenu à moi, petite reine, que vous n'ayez été plus heureuse. Cette mortification-ci vous rendra sans doute plus prudente, je le désire sincèrement. Allez, ajouta-t-il, je n'ai plus besoin de vous ici. Rendez grâces au ciel de ce que je ne porte pas plus loin ma colère. »

En achevant ces paroles, il ordonna à ses esclaves de les faire sortir, n'étant pas plus ému des injures atroces qu'alors elles vomissaient contre lui qu'il ne l'avait été des larmes qu'il leur avait vu répandre.

La curiosité de voir l'usage qu'Amine ferait de son humiliation me fit résoudre, malgré le dégoût que ses mœurs me causaient, à la suivre dans ce réduit obscur d'où Abdalathif l'avait tirée, et où elle retourna cacher sa honte, et la douleur de n'avoir pas su le ruiner.

Ce fut dans ce triste lieu que je fus témoin de ses regrets, et des imprécations de la vertueuse mère. Les débris de leur fortune, qui étaient encore considérables, les consolèrent enfin de ce qu'elles avaient perdu.

« Eh bien ! ma fille, disait un jour la mère d'Amine, est-ce donc un si grand malheur que ce qui vous est arrivé ? Je conviens que ce monstre que vous aviez était la libéralité même, mais est-il donc le seul à qui vous puissiez plaire ? D'ailleurs, quand vous n'en retrouveriez pas un aussi riche, croiriez-vous pour cela être malheureuse ? Non, ma fille ; où l'espèce manque, il faut se dédommager par le nombre. Si quatre ne suffisent pas pour le remplacer, prenez-en dix, plus même s'il le faut. Vous me direz peut-être que cela est sujet à des accidents, cela est vrai ; mais quand on ne se met au-dessus de rien, que l'on craint tout, on reste dans l'infortune et dans l'obscurité. »

Quelque envie qu'Amine eût de mettre à profit ces sages conseils, l'abandonnement où elle était ne lui permit pas de s'en servir aussitôt qu'elle l'aurait voulu. Son aventure avec Abdalathif lui avait si bien donné, dans Agra, la réputation d'une personne peu sûre dans le commerce[23], que, hors le fidèle Massoud, de qui la tendresse était à l'épreuve de tout, je ne vis chez elle, pendant longtemps, que quelques-unes de ses compagnes qui venaient la voir, plutôt sans doute pour jouir de son malheur, que pour l'en consoler.

Le temps, qui efface tout, effaça enfin la mauvaise opinion qu'on avait d'Amine. On la crut changée, on imagina que les réflexions qu'on lui avait laissé le temps de faire l'auraient guérie de la fureur d'être infidèle. Les amants revinrent. Un seigneur persan, qui arriva dans ce temps à Agra, et qui n'en savait que médiocrement les anecdotes, vit Amine, la trouva jolie et s'en entêta d'autant plus qu'un de ces hommes obligeants, qui ne s'occupent que du noble soin de procurer des plaisirs aux autres, l'assura que, s'il avait le bonheur de plaire à Amine, il devrait lui en savoir d'autant plus de gré que ce serait la première faiblesse qu'elle aurait à se reprocher.

Tout autre aurait cru la chose impossible, le Persan ne la trouva qu'extraordinaire. Cette nouveauté le piqua, et à l'aide de l'irréprochable témoin de la vertu d'Amine, il acheta au plus haut prix des faveurs qui, dans Agra, commençaient à être taxées au plus bas, et n'étaient pourtant pas encore aussi méprisées qu'elles auraient dû l'être.

Cette triste maison qu'Amine habitait fut encore une fois quittée pour un palais superbe, où brillait tout le faste des Indes. Je ne sais si Amine usa sagement de sa nouvelle fortune ; mon âme, rebutée d'étudier la sienne, alla chercher des objets plus dignes de s'occuper, dans le fond peut-être aussi méprisables, mais qui, plus ornés, la révoltaient moins et l'amusaient davantage.

Je m'envolai dans une maison, qu'à sa magnificence, et au goût qui y régnait de toutes parts, je reconnus pour une de celles où je me plaisais à demeurer, où l'on trouve toujours le plaisir et la galanterie, et où le vice même, déguisé sous l'apparence de l'amour, embelli de toute la délicatesse et de toute l'élégance possibles, ne s'offre jamais aux yeux que sous les formes les plus séduisantes.

La maîtresse de ce palais était charmante, et à la tendresse qu'elle avait dans les yeux, autant qu'à sa beauté, je jugeai que mon âme y trouverait des amusements. Je restai quelque temps dans son sopha, sans qu'elle daignât seulement s'y asseoir. Cependant elle aimait, et elle était aimée. Poursuivie par son amant, persécutée par elle-même, il n'y avait pas d'apparence que je lui fusse toujours aussi indifférent qu'elle semblait se le promettre.

Quand j'entrai chez elle, il avait déjà obtenu la permission de lui parler de son amour ; mais quoiqu'il fût aimable, et pressant, que même il eût déjà persuadé, il était encore bien loin de vaincre.

Phénime (c'est ainsi qu'elle s'appelait) renonçait avec peine à sa vertu, et Zulma, trop respectueux pour être entreprenant, attendait, du temps, et de ses soins, qu'elle prît pour lui autant d'amour qu'il en ressentait pour elle. Mieux informé que lui des dispositions de Phénime, je ne concevais pas qu'il pût connaître aussi peu son bonheur. Phénime, à la vérité, ne lui disait pas encore qu'elle l'aimait, mais ses yeux le lui disaient toujours. Lui parlait-elle d'une chose indifférente ? Sans qu'elle le voulût, même sans qu'elle s'en aperçût, sa voix s'attendrissait, ses expressions devenaient plus vives. Plus elle s'imposait de contrainte avec lui, plus elle lui marquait d'amour. Rien de son amant ne lui paraissait indifférent. Elle en craignait tout, et les gens qu'elle aimait le moins en étaient, en apparence, mieux traités que lui. Quelquefois elle lui imposait silence, et l'oubliant à l'instant même, elle continuait la conversation qu'elle avait voulu finir. Toutes les fois qu'il la trouvait seule (et sans s'en apercevoir elle lui en donnait mille occasions), l'émotion la plus tendre, et la plus marquée, s'emparait d'elle involontairement. Si, dans le cours d'un entretien long et animé, il arrivait à Zulma de lui baiser la main, ou de se jeter à ses genoux, Phénime s'effrayait, mais ne se fâchait pas ; c'était même si tendrement qu'elle se plaignait de ses entreprises !

— Et cependant, interrompit le sultan, il ne les continuait pas ?

— Non, assurément, sire, répondit Amanzéi, plus il était amoureux…

— Plus il était bête, dit le sultan, je le vois bien.

— L'amour n'est jamais plus timide, reprit Amanzéi, que quand…

— Oui ! timide, interrompit encore le sultan, voilà un beau conte ! Est-ce qu'il ne voyait pas qu'il impatientait cette dame ? À la place de cette femme-là, je l'aurais renvoyé pour jamais, moi qui vous parle !

— Il n'eſt pas douteux, reprit Amanzéi, qu'avec une coquette, Zulma n'eût été perdu ; mais Phénime, qui réellement désirait de n'être pas vaincue, tenait compte à son amant de sa timidité. D'ailleurs, plus il ménageait les scrupules de Phénime, plus il s'assurait la victoire. Un moment donné par le caprice, s'il n'eſt pas saisi, ne revient peut-être jamais, mais quand c'eſt l'amour qui le donne, il semble que moins on le saisit, plus il s'empresse à le rendre.

— J'ai cependant ouï dire, répliqua Schah-Baham, que les femmes n'aiment point qu'on ne les devine pas.

— Cela peut être quelquefois, répondit Amanzéi, mais Phénime pensait différemment et n'aimait jamais tant Zulma que quand il avait été plus respectueux qu'elle-même ne l'avait désiré.

— Et, demanda encore le sultan, lui arrivait-il souvent de s'y méprendre ?

— Oui, sire, répondit Amanzéi, et quelquefois si grossièrement qu'il en était ridicule. Un jour, par exemple, il entra chez Phénime ; il y avait plus d'une heure que, livrée à sa tendresse, elle ne s'occupait que de lui : elle avait commencé par le désirer vivement, et son imagination s'échauffant par degrés, elle s'abandonna voluptueusement à son désordre ; il était au plus haut point, lorsque Zulma se présenta à ses yeux. Son trouble augmenta, elle acheva de rougir en le voyant. Ah ! s'il eût deviné ce qui faisait alors rougir Phénime ! S'il eût osé même la presser ! Mais il se croyait fort mal avec elle de quelques libertés fort innocentes que la veille il avait voulu prendre, et il employa à lui en demander pardon le temps où elle ne se serait offensée de rien.

— Ah ! le butor ! s'écria le sultan ; il n'eſt pas croyable qu'on soit si bête !

— Il ne faut cependant pas que cela vous étonne, sire, repartit Amanzéi ; tout le temps que j'ai été sopha, j'ai vu manquer plus de moments[24] que je n'en ai vu saisir.

Les femmes, accoutumées à nous cacher sans cesse ce qu'elles pensent, mettent surtout leur attention à nous dissimuler les mouvements qui les portent à la tendresse, et telle a peut-être à se vanter de n'avoir jamais succombé, qui doit moins cet avantage à sa vertu qu'à l'opinion qu'elle en a su donner.

Je me rappelle, qu'étant chez une femme célèbre par sa rare vertu, j'y fus assez longtemps sans rien voir qui démentît l'idée qu'on avait d'elle dans le monde. Il est vrai qu'elle n'était pas jolie, et qu'il faut convenir qu'il n'y a point de femmes à qui il soit plus aisé d'être vertueuses qu'à celles qui manquent d'agréments. Celle-ci joignait à sa laideur un caractère d'esprit dur, et sévère, qui effrayait pour le moins autant que sa figure. Quoique personne ne se fût hasardé à essayer de la rendre sensible, on n'en croyait pas moins qu'il était impossible qu'elle le devînt. Par je ne sais quel hasard, un homme plus hardi ou plus capricieux que les autres, ou qui ne croyait pas à la vertu des femmes, un jour se trouvant seul auprès d'elle, osa lui dire qu'il la trouvait aimable. Quoiqu'il le lui dît assez froidement pour ne devoir pas en être cru, un discours si nouveau pour elle lui fit impression. Elle répondit modestement, mais avec trouble, qu'elle n'était point faite pour inspirer de pareils sentiments ; il lui baisa la main, elle en tressaillit ; son air embarrassé, sa rougeur, le feu qui tout d'un coup anima ses yeux, furent de sûrs garants du désordre qui s'élevait dans son âme. Il lui répéta, en la serrant dans ses bras avec transport, qu'elle faisait sur lui l'impression la plus vive. Je ne sais (pendant qu'elle continuait à s'en étonner) comment il fit pour lui prouver qu'il disait vrai, mais cette modestie dont elle s'était armée commença à céder à l'évidence. De quelque nature que fût la preuve qu'il lui offrait, en la convainquant, elle acheva de la subjuguer. Soit que des objets si nouveaux pour elle lui imposassent, soit qu'en ce moment elle se sentît fatiguée du poids de sa vertu, à peine se souvint-elle que la bienséance demandait au moins qu'elle combattît, et elle se rendit plus promptement que les femmes, même accoutumées à résister le moins. Cet exemple, et quelques autres de même genre, m'ont fait croire qu'il y a bien peu de femmes vertueuses qu'on ne puisse attaquer sans succès, et qu'il n'y en a point de plus faciles à vaincre que celles qui ont le moins d'habitude de l'amour. Mais je reviens aux deux amants dont je faisais l'histoire à Votre Majesté.

CHAPITRE VII

OÙ L'ON TROUVERA BEAUCOUP À REPRENDRE

Un soir, en quittant Phénime, Zulma lui demanda quand il pourrait la revoir ; quoiqu'elle craignît beaucoup sa présence, elle ne savait pas s'en passer. Ainsi, après avoir rêvé quelque temps, elle lui répondit qu'il pourrait la voir le lendemain.

Phénime, qui sentait bien tout le danger qu'il y avait pour elle à être seule avec lui, avait pensé avoir du monde, et pourtant fit dire, le jour du rendez-vous, qu'elle n'y était pour personne que pour Zulma. Il lui semblait que, quand il trouvait quelqu'un chez elle, moins il avait la liberté de lui parler de son amour, plus, par mille choses qu'il imaginait, il tâchait de lui faire comprendre qu'il en était perpétuellement occupé, et l'on est si clairvoyant dans le monde ! Elle entendait si bien Zulma ! La méchanceté des spectateurs ne pouvait-elle pas leur donner cette pénétration qu'elle ne devait qu'à l'amour ? Zulma était moins dangereux pour elle quand ils étaient seuls, puisque alors il savait être respectueux, et que devant des témoins il n'était pas assez prudent : donc il ne fallait jamais le voir en compagnie que le moins qu'il serait possible.

D'ailleurs, il était si triste quand il ne pouvait pas lui parler ! N'y avait-il pas trop d'inhumanité à le priver d'un plaisir que jusqu'alors elle avait trouvé si peu de risque à lui accorder ?

Toutes ces raisons avaient déterminé Phénime, ou du moins elle le croyait, et elle fondait toujours, soit sur les usages, soit sur des choses qui lui paraissaient aussi sensées, ce que l'amour seul lui faisait faire en faveur de Zulma.

Ce jour même elle avait été extrêmement tentée de faire son bonheur, elle s'était dit tout ce que peut se dire une femme qui veut se vaincre elle-même sur ce qu'elle oppose à son amour ; elle s'était exagéré la constance et les soins de Zulma, ce désir toujours si pressant qu'il avait de lui plaire : elle se souvenait même avec plaisir qu'il avait toujours mieux aimé être trompé qu'infidèle. Zulma d'ailleurs était jeune, spirituel, bien fait, toutes choses sur lesquelles elle ne croyait pas appuyer, mais qui n'en étaient pas moins celles qui l'avaient le plus touchée.

— Qui diable l'arrêtait donc ? demanda le sultan. Cette femme-là m'excède !

— Huit ans de vertu, répondit Amanzéi, huit ans dont une seule faiblesse allait lui enlever tout le mérite !

— En effet ! s'écria le sultan. Voilà ce qui s'appelle une perte !

— Elle eﬆ, pour une femme qui pense, plus considérable que Votre Majeﬆé ne le croit, répondit Amanzéi. La vertu eﬆ toujours accompagnée d'une paix profonde, elle n'amuse pas, mais elle satisfait. Une femme assez heureuse pour la posséder, toujours contente d'elle-même, peut ne se regarder jamais qu'avec complaisance ; l'eﬆime qu'elle a pour elle eﬆ toujours juﬆifiée par celle des autres, et les plaisirs qu'elle sacrifie ne valent pas ceux que le sacrifice lui procure.

— Dites-moi un peu, dit le sultan, croyez-vous, si j'avais été femme, que j'eusse été vertueuse ?

— En vérité, sire, répondit Amanzéi, ﬆupéfait de la queﬆion, je n'en sais rien.

— Pourquoi n'en savez-vous rien ? demanda le sultan.

— Mais, eﬆ-il croyable que l'on fasse de pareilles questions ? dit la sultane.

— Ce n'eﬆ pas vous que j'interroge, répliqua-t-il. Je veux seulement qu'Amanzéi me dise si j'aurais été vertueuse.

— Sire, je crois que oui, repartit Amanzéi.

— Eh bien ! mon cher, vous vous trompez, reprit Schah-Baham ; j'aurais été tout le contraire. Ce que j'en dis, au reﬆe, ajouta-t-il en s'adressant à la sultane, ce n'eﬆ pas pour vous dégoûter d'être vertueuse, vous ; ce que je pense là-dessus n'eﬆ que pour moi, et peut-être bien que si j'étais femme, je changerais d'avis : sur ces sortes de choses, chacun pense comme il veut, et je ne contrains personne.

— Votre maître s'embarrasse, dit en souriant la sultane à Amanzéi, et je vous réponds qu'il vous sera fort obligé si vous poursuivez votre conte.

— Ce que j'entends n'eﬆ pas mauvais, répliqua le sultan ; ne dirait-on pas que c'eﬆ moi qui interromps ?

Zulma entra, reprit Amanzéi ; et Phénime, quoiqu'il vînt plus tôt qu'elle ne l'attendait, ne laissa pas de lui dire qu'il venait bien tard.

« Que je suis heureux, Phénime, lui dit-il tendrement, que vous me trouviez coupable ! »

Phénime ne s'aperçut que dans cet instant de la force de ce qu'elle venait de lui dire ; elle voulut s'excuser, et ne sut que répondre. Zulma sourit de l'embarras où il la voyait, et elle rougit de l'avoir vu sourire. Il se jeta à ses genoux et lui baisa la main avec une ardeur extrême ; elle fit un mouvement pour la retirer, mais comme il ne faisait pas des efforts pour la retenir, elle la lui rendit.

Zulma, cependant, lui disait les choses les plus tendres ; elle ne lui répondait pas, mais elle l'écoutait avec une attention et une avidité qu'elle se serait sûrement reprochées si elle avait pu démêler ses mouvements. Sa gorge était un peu découverte ; elle s'aperçut qu'il y portait ses yeux, et voulut rapprocher sa robe.

« Ah ! cruelle ! » lui dit Zulma.

Cette exclamation suffit pour arrêter la main de Phénime. Pour laisser jouir Zulma de la légère faveur qu'elle lui accordait, sans qu'il pût rien en conclure contre elle, elle feignit d'avoir quelque chose à raccommoder à sa coiffure. Les yeux de Zulma ne purent, sans s'enflammer, s'attacher longtemps sur l'objet que Phénime lui avait abandonné. Elle se livra d'abord au plaisir d'être admirée de ce qu'elle aimait ; ses yeux se troublèrent, elle regarda Zulma languissamment, et parut plongée dans la plus tendre rêverie.

— Allons, Zulma, dit alors le sultan ; mais il ne voyait pas cela, lui ! Ah ! la cruelle bête !

Phénime, malgré le désordre qui s'emparait d'elle, poursuivit Amanzéi, s'aperçut de celui de son amant, et craignant également l'émotion de Zulma, et la sienne, elle se leva brusquement. Il fit quelques efforts pour la retenir, et n'ayant plus la force de lui parler, il tâcha, en arrosant sa main des pleurs qu'il répandait, de lui faire comprendre combien il était touché de la cruelle résolution qu'elle prenait. Tant de respect achevait d'émouvoir Phénime, mais l'amour ne l'ayant pas encore absolument vaincue, elle triompha, et de ses propres désirs, et de ceux de son amant, plus dangereux pour elle, peut-être, que les siens mêmes.

Aussitôt qu'elle se fut débarrassée des bras de Zulma, elle lui fit signe de se relever, il obéit. Ils se regardèrent quelque temps en gardant le silence. Phénime enfin lui dit qu'elle voulait jouer. Quelque déplacée que cette envie parût à Zulma, il ne savait pas résister aux volontés de Phénime, et il prépara tout lui-même avec autant de vivacité que si c'eût été lui qui eût désiré le jeu. Cette nouvelle preuve de sa soumission toucha extrêmement Phénime, et je la vis prête à lui demander pardon d'une fantaisie qu'alors elle trouvait ridicule.

Le repentir de Phénime ne dura pas autant qu'il l'aurait fallu pour le bonheur de Zulma, et plus elle se sentit émue, plus elle crut devoir lui cacher son trouble. Elle se mit donc au jeu, mais il lui inspira un ennui qui lui fit bientôt connaître que ce qu'elle avait imaginé contre Zulma était, pour elle, d'une bien faible ressource. Elle ne voulut pourtant pas croire d'abord que les dispositions où elle était pour lui causassent cette langueur dans laquelle elle se sentait, et, l'attribuant uniquement au jeu qu'elle avait choisi, elle pressa son amant d'en prendre un autre. Il obéit en soupirant, et elle n'en fut pas moins tourmentée. Ce désordre qu'elle croyait calmer, ces tendres idées dont elle cherchait à se distraire, semblaient, par la violence qu'elle se faisait, s'accroître et prendre plus d'empire sur son âme. Abîmée dans la rêverie, elle croyait regarder son jeu et ne s'occupait que de Zulma.

L'air pénétré qu'elle lui voyait, les profonds soupirs qu'il poussait, ses larmes qu'elle voyait prêtes de couler, et que son respect pour elle semblait seul retenir encore, achevèrent d'attendrir Phénime. Tout entière aux tendres mouvements qu'il lui inspirait, elle s'attacha uniquement à le regarder. Soit qu'enfin elle fût confuse de l'état où elle se trouvait, soit qu'elle ne pût plus soutenir les regards de Zulma, elle appuya sa tête sur sa main. Zulma ne la vit pas plus tôt dans cette attitude qu'il alla se jeter à ses pieds ; ou Phénime trop occupée ne le vit pas, ou elle ne voulut pas l'en empêcher. Il profita de ce moment de faiblesse pour lui baiser la main qu'elle avait libre, et il la baisa avec plus de transports qu'un amant ordinaire n'en éprouve en jouissant de tout ce qui peut le rendre heureux.

Comblé d'une faveur que, dans les termes mêmes où ils en étaient ensemble, il n'osait pas encore espérer, il voulut chercher dans les yeux de Phénime quel devait être son destin. Elle avait toujours la tête appuyée sur sa main ; il s'en empara doucement, et Phénime, en se découvrant le visage, le laissa voir couvert de ses larmes. Ce spectacle émut Zulma au point d'en verser lui-même.

« Ah ! Phénime, s'écria-t-il, en poussant un profond soupir.

— Ah ! Zulma », répondit-elle tendrement.

En achevant ces paroles ils se regardèrent, mais avec cette tendresse, ce feu, cette volupté, cet égarement que l'amour seul et l'amour le plus vrai peut faire sentir.

Zulma enfin, d'une voix entrecoupée par les soupirs, reprit la parole :

« Phénime, dit-il avec transport, ah ! s'il est vrai qu'enfin mon amour vous touche et que vous craigniez encore de me le dire, laissez du moins à ces yeux charmants, à ces yeux que j'adore, la liberté de s'expliquer en ma faveur.

— Non, Zulma, répondit-elle, je vous aime, et je ne me pardonnerais pas de vous retrancher rien d'un triomphe que vous avez si bien mérité. Je vous aime, Zulma ; ma bouche, mon cœur, mes yeux, tout doit vous le dire, et tout vous le dit… Zulma ! mon cher Zulma ! je ne suis heureuse que depuis que je peux vous apprendre tout ce que je sens pour vous ! »

À des paroles si douces et si peu attendues, Zulma pensa mourir de joie. Dans quelque égarement qu'elle le plongeât, il n'oublia pas que Phénime pouvait le rendre encore plus heureux. Quoiqu'il n'ignorât pas que l'aveu qu'elle lui faisait l'autorisait à mille choses qu'à peine, jusqu'à ce moment, il avait osé imaginer, le respect qu'il avait pour elle l'emportant sur ses désirs, il voulut attendre qu'elle achevât de décider de son sort.

Phénime connaissait trop Zulma pour se méprendre au motif qui suspendait ses empressements ; elle le regarda encore avec une extrême tendresse, et, cédant enfin aux doux mouvements dont elle était agitée, elle se précipita sur lui avec une ardeur que les termes les plus forts et l'imagination la plus ardente ne pourraient jamais bien peindre.

Que de vérité ! Que de sentiment dans leurs transports ! Non, jamais spectacle plus attendrissant ne s'était offert à mes yeux ! Tous deux, enivrés, semblaient avoir perdu tout usage de leurs sens. Ce n'était point ces mouvements momentanés que donne le désir, c'étaient ce vrai délire, cette douce fureur de l'amour toujours cherchés et si rarement sentis.

« Ô dieux ! dieux ! » disait de temps en temps Zulma, sans pouvoir en dire davantage.

Phénime, de son côté, abandonnée à tout son trouble, serrait tendrement Zulma dans ses bras, s'en arrachait pour le regarder, s'y rejetait, le regardait encore.

« Zulma, lui disait-elle avec transport, ah ! Zulma, que j'ai connu tard le bonheur ! »

Ces paroles étaient suivies de ce silence délicieux auquel l'âme se plaît à se livrer, lorsque les expressions manquent au sentiment qui la pénètre.

Zulma, cependant, avait bien des choses encore à désirer, et Phénime, à qui son ardeur les rendait en ce moment presque aussi nécessaires qu'à lui-même, loin de vouloir rien opposer à ses désirs, s'y livra aveuglément. Il semblait même qu'il fît encore plus pour elle qu'elle ne faisait pour lui ; plus elle s'était défendue contre son amour, plus elle croyait devoir lui prouver combien sa résistance lui avait coûté, et lui faire une sorte de satisfaction sur les tourments qu'elle lui avait fait éprouver si longtemps. Elle aurait rougi de s'armer de cette fausse décence qui si souvent gêne et corrompt les plaisirs, et qui, paraissant mettre sans cesse le repentir à côté de l'amour, laisse au milieu du bonheur même un bonheur encore plus doux à désirer. La tendre, la sincère Phénime se serait crue coupable envers Zulma, si elle lui avait dérobé quelque chose de l'ardeur extrême qu'il lui inspirait ; elle volait avec empressement au-devant de ses caresses, et comme, quelques moments auparavant, elle s'estimait de lui résister, elle mettait alors toute sa gloire à le bien convaincre de sa tendresse.

Dans un de ces intervalles que, tout courts qu'ils étaient, ils remplissaient par mille tendres transports :

« Phénime, lui dit Zulma, de l'air le plus passionné, vous mettez trop de vérité dans tous vos mouvements pour que je n'aie pas dû croire quelquefois que vous m'aimiez : pourquoi avez-vous retardé si longtemps cet aveu ?

— Mon cœur s'est déterminé promptement pour vous, répondit Phénime, mais ma raison s'est longtemps opposée à mes sentiments. Plus je me sentais capable de la passion la plus sincère, plus je craignais de m'engager ; sans avoir aimé, je sentais que j'exigerais plus de tendresse que je ne pourrais en inspirer. Vous seul m'avez fait connaître qu'il y a encore des hommes capables d'aimer ; vous m'aviez touchée, mais vous ne m'aviez pas vaincue. Vous l'avouerai-je, Zulma ? Cette vertu que je vous sacrifie aujourd'hui avec tant de plaisir a longtemps combattu contre vous. Je n'imaginais pas, sans désespoir, qu'une seule faiblesse allait me ravir, et la douce certitude que j'étais estimable, et le bonheur d'être estimée. Ah ! Zulma, ajouta-t-elle en le serrant dans ses bras, que tu me rends odieux tous les moments que je n'ai point passés à te prouver ma tendresse ! Qui, moi ! Zulma ! j'ai pu te résister ? Je t'ai fait répandre des larmes, et ce n'a pas toujours été celles que tu répands aujourd'hui ! Pardonne-le-moi ; j'étais plus malheureuse que toi-même ! Oui, Zulma, je me reprocherai toujours d'avoir pu croire qu'être à toi ne dût pas remplir tous mes vœux, et me tenir lieu de tout. Tu m'aimais ? et je pouvais songer à l'estime des autres ! Ah ! puis-je encore mériter la tienne ? »

Votre Majesté devine sans doute, continua Amanzéi, quelle fut la suite d'une pareille conversation. Quelque plaisir qu'elle m'ait donné, il me serait impossible de me rappeler les discours de deux amants qui, enivrés d'eux-mêmes, s'interrogeaient et ne se donnaient jamais le temps de se répondre, et dont les idées n'ayant alors entre elles aucune liaison, ne peignaient que le désordre de leur âme, et ne devaient pas avoir pour un tiers le même charme que pour eux. J'étais surpris et de la vivacité de leur passion, et des ressources qu'ils y trouvaient. Ils ne se séparèrent que fort tard, et Zulma fut à peine sorti que Phénime, qui lui avait consacré tous ses moments, se mit à lui écrire.

Zulma revint le lendemain de fort bonne heure, toujours plus amoureux, toujours plus tendrement aimé, jouir aux genoux ou dans les bras de Phénime des plus délicieux moments.

Malgré le penchant qui me portait à changer souvent de demeure, je ne pus résister au désir de savoir si Zulma et Phénime s'aimeraient longtemps, et cette curiosité m'arrêta chez elle près d'un an ; mais voyant enfin que leur amour, loin de diminuer, semblait tous les jours prendre de nouvelles forces, et qu'ils avaient même joint à toutes les délicatesses, à toute la vivacité de la passion la plus ardente, la confiance et l'égalité de l'amitié la plus tendre, j'allai chercher ailleurs ma délivrance, ou de nouveaux plaisirs.

CHAPITRE VIII

En sortant de chez Phénime, j'entrai dans une maison où, ne voyant que ces choses qui, à force d'être ordinaires, ne valent la peine ni d'être regardées, ni racontées, je ne demeurai pas longtemps. Je fus encore quelques jours sans trouver dans les différents endroits où mon inquiétude et ma curiosité me conduisirent, rien qui m'amusât ou qui dût me paraître nouveau. Ici, l'on se rendait par vanité ; là, le caprice, l'intérêt, l'habitude, même l'indolence étaient les seuls motifs des faiblesses dont on me faisait le témoin. Je rencontrais assez souvent ce mouvement vif et passager que l'on honore du nom de goût[25] ; mais je ne retrouvais nulle part cet amour, cette délicatesse, cette tendre volupté qui, chez Phénime, avaient fait si longtemps mon admiration et mes plaisirs.

Las de la vie errante que je menais, convaincu que le sentiment dont on veut sans cesse paraître rempli est cependant ce que l'on éprouve le moins, je commençai à m'ennuyer de ma destinée et à désirer vivement de trouver cette occasion qui devait terminer le supplice auquel j'étais condamné.

« Quelles mœurs ! m'écriais-je quelquefois ; non, Brahma, qui les connaît, m'a flatté d'une espérance vaine ; il n'a pas cru qu'avec ce goût effréné des plaisirs qui règne dans Agra, et ce mépris des principes qui y est si généralement répandu, je puisse jamais trouver deux personnes, telles qu'il les demande, pour m'appeler à une vie ! »

Tout entier à ces chagrinantes réflexions, je me transportai dans une maison où tout avait l'air paisible. Une fille, âgée de près de quarante ans, y logeait seule. Quoiqu'elle fût encore assez bien[26] pour pouvoir sans ridicule se livrer à l'amour, elle était sage, fuyait les plaisirs bruyants, voyait peu de monde et semblait même avoir moins cherché à se faire une société agréable qu'à vivre avec des gens qui, soit par leur âge, soit par la nature de leurs emplois, pussent la mettre à l'abri de tout soupçon. Aussi y avait-il dans Agra peu de maisons plus tristes que la sienne.

Entre les hommes qui allaient chez elle, celui qu'elle paraissait voir avec le plus de plaisir, et qui aussi la quittait le moins, était un homme déjà d'un certain âge, grave, froid, réservé, plus encore par tempérament que par état, quoiqu'il fût chef d'un collège de brahmines. Il était dur, haïssait les plaisirs et ne croyait pas qu'il y en eût aucun dont l'âme du vrai sage pût n'être pas avilie. À cette mauvaise humeur, à cet extérieur sombre, je le pris d'abord pour une de ces personnes plus farouches que vertueuses, inexorables pour les autres, indulgentes pour elles-mêmes, et blâmant en public avec aigreur les vices auxquels elles se livrent en secret ; je le pris enfin pour un faux dévot. Fatmé m'avait terriblement gâté l'esprit sur les gens dont l'extérieur était sage, et réglé.

Quoique je me sois rarement mépris en pensant mal d'eux, je me trompais sur Moclès, et lorsque je le connus, il méritait que j'eusse de lui d'autres idées. Son âme alors était droite, et sa vertu sincère.

Tout Agra le croyait plus sage même qu'il ne voulait le paraître ; personne ne doutait que son aversion pour les plaisirs ne fût réelle, et que, quelque durs que fussent ses principes, il ne les eût toujours suivis. L'on avait d'Almaïde (c'est le nom de la fille chez qui j'étais) des idées aussi favorables. L'étroite liaison qui était entre elle et Moclès n'avait donné aucun lieu à des soupçons qui leur fussent désavantageux, et quelle que soit, sur les liaisons intimes, la méchanceté du public, il n'y avait personne qui ne respectât la leur, et qui ne la crût fondée sur le goût qu'ils avaient pour la vertu.

Moclès venait tous les soirs chez Almaïde et, soit qu'ils fussent en compagnie, soit qu'ils fussent seuls, leurs actions étaient irréprochables et leurs discours sages et mesurés. Communément ils agitaient quelques points de morale. Moclès, dans ces discussions, faisait toujours briller ses lumières, et sa droiture. Une chose seule me déplaisait : c'était que deux personnes si supérieures aux autres, et qui tenaient toutes leurs passions dans des bornes si resserrées, n'eussent point triomphé de l'orgueil et que mutuellement elles se proposassent pour exemple. Souvent même, ne s'en reposant pas sur l'estime qu'ils avaient l'un pour l'autre, chacun d'eux entreprenait son panégyrique, et se louait avec une complaisance, une chaleur, une vanité dont assurément leur vertu n'aurait pas dû être contente.

Quoiqu'une maison si triste m'ennuyât beaucoup, je résolus d'y demeurer quelque temps. Ce n'était pas que j'espérasse de m'y amuser un jour, ou d'y trouver ma délivrance. Plus je croyais Almaïde et Moclès assez parfaits pour l'opérer, moins j'osais attendre d'eux une faiblesse ; mais las encore de mes courses, dégoûté du monde, sentant alors avec horreur à quel point il m'avait perverti, je n'étais pas fâché d'entendre parler morale, soit que la nouveauté dont elle était pour moi fût seulement ce qui me la rendait agréable, ou que dans les dispositions où j'étais, je la regardasse comme une chose qui pouvait m'être salutaire.

— Ah ! vraiment ! s'écria le sultan, je ne suis plus étonné que vous m'en ayez accablé, je vois où vous l'avez prise. Mais afin que vous ne soyez pas encore tenté de me montrer votre éloquence ou votre mémoire, je réitère les menaces que je vous ai faites avec tant de prudence au commencement de votre conte. Si j'étais moins clément, je vous laisserais faire, et avec le plaisir que vous avez à parler, sans doute vous iriez loin ; mais je n'aime pas la supercherie, et je veux bien vous redire encore que rien ne m'est moins salutaire que la morale.

Malgré la rare vertu dont Almaïde et Moclès étaient doués, reprit Amanzéi, ils mêlaient quelquefois à la morale des peintures du vice un peu trop détaillées. Leurs intentions, sans doute, étaient bonnes ; mais il n'en était pas plus prudent à eux de s'arrêter sur des idées dont on ne saurait trop éloigner son imagination, si l'on veut échapper au trouble qu'elles portent ordinairement dans les sens.

Almaïde et Moclès, qui n'y sentaient pas de danger, ou s'y croyaient supérieurs, ne craignaient point assez de disserter sur la volupté. Il est bien vrai qu'après en avoir vivement étalé tous les charmes, ils en exagéraient la honte, et les dangers. Ils convenaient même que la vraie félicité ne se trouve que dans le sein de la vertu, mais ils en convenaient sèchement, et comme d'une vérité trop généralement reconnue, pour avoir besoin d'être discutée. Ce n'était pas avec la même rapidité qu'ils faisaient l'examen du plaisir ; ils s'étendaient sur une matière si intéressante, et s'appesantissaient sur les détails les plus dangereux, avec une confiance dont, enfin, j'osai espérer qu'ils pourraient bien être la dupe.

Il y avait au moins un mois que, tous les soirs, ils s'amusaient de ces peintures vives que je croyais si peu faites pour eux ; et, quelque sujet qu'ils traitassent d'abord, ils retombaient toujours sur celui qu'ils auraient dû éviter. Moclès, de qui, insensiblement, ces discours avaient adouci l'humeur, venait chez Almaïde plus tôt qu'à son ordinaire, s'y amusait davantage et en sortait plus tard. Almaïde, de son côté, l'attendait avec plus d'impatience, le voyait avec plus de plaisir, l'écoutait avec moins de distraction. Quand Moclès arrivait chez elle, et qu'il y trouvait du monde, il y avait l'air contraint et embarrassé, et elle-même ne paraissait pas être plus contente. Enfin les laissait-on seuls, je remarquais sur leur visage cette joie que ressentent deux amants, qui, longtemps troublés par une visite importune, ont enfin le bonheur de pouvoir se livrer à leur tendresse. Almaïde et Moclès s'approchaient l'un de l'autre avec empressement, se plaignaient de ce qu'on ne les laissait pas assez à eux-mêmes, et se regardaient mutuellement avec une extrême complaisance. C'était à peu près la même façon de se parler, mais ce n'était plus le même ton. Ils vivaient enfin avec une familiarité qui devait les mener d'autant plus loin qu'ils s'étourdissaient sur ce qui l'avait fait naître, ou (ce que je croirais plus aisément) ne le pénétraient pas.

Moclès, un jour, louait excessivement Almaïde sur sa vertu.

« Pour moi, dit-elle, il n'eſt pas bien singulier que j'aie été sage : dans une femme, les préjugés aident la vertu, mais dans un homme, ils la corrompent. C'eſt une espèce de sottise à vous de n'être pas galants ; en nous, c'eſt un vice de l'être. Vous avez dû, vous par exemple qui me louez, en ne pensant que comme moi, mériter pourtant plus d'eſtime.

— À ne pas examiner les choses avec cette exactitude de raisonnement qui les montre telles qu'elles sont, répondit-il gravement, on imaginerait que je suis en effet plus eſtimable que vous, et l'on se tromperait. Il eſt aisé à un homme de résiſter à l'amour, et tout y livre les femmes. Si ce n'eſt pas la tendresse qui les y porte, ce sont les sens. À défaut de ces deux mouvements qui causent tous les jours tant de désordres, elles ont la vanité qui, pour être la source de leurs faiblesses que l'on doit excuser le moins, n'en eſt peut-être pas la moins ordinaire ; et ce qui, ajouta-t-il en soupirant et en levant les yeux au ciel, eſt encore plus terrible pour elles, c'eſt le désœuvrement perpétuel dans lequel elles languissent. Cette nonchalance fatale livre l'esprit aux idées les plus dangereuses ; l'imagination, naturellement vicieuse, les adopte et les étend ; la passion déjà née en prend plus d'empire sur le cœur, ou, s'il eſt encore exempt de trouble, ces fantômes de volupté que l'on se plaît à se présenter le disposent à la faiblesse. Quand, seule et abandonnée à toute la vivacité de son imagination, une femme poursuit une chimère que son désœuvrement l'a forcée d'enfanter pour n'être pas troublée dans cette jouissance imaginaire, elle écarte toutes ces idées de vertu qui la feraient rougir des illusions qu'elle se forme ; moins l'objet qui la séduit eſt réel, plus elle croit inutile de lui résiſter ; c'eſt dans le silence, c'eſt vis-à-vis d'elle-même qu'elle eſt faible ; qu'a-t-elle à craindre ? Mais ce cœur qu'elle nourrit de tendresse, ces sens qu'elle plie à l'habitude de la volupté se contenteront-ils toujours d'illusions ? Supposé même qu'elle ne cherche pas ce qui blesse plus réellement la vertu, peut-elle se flatter que dans un moment (et qui sera peut-être un de ceux où intérieurement elle s'égare) où un amant tendre, ardent, empressé, viendra gémir à ses genoux et y porter en même temps ses larmes et ses transports, elle trouvera, dans un cœur qu'elle a tant de fois livré volontairement aux charmes de la mollesse, ces principes qui seuls pouvaient la faire triompher d'une si dangereuse occasion.

— Ah ! Moclès ! s'écria Almaïde en rougissant, que la vertu est difficile à pratiquer !

— Vous êtes moins faite qu'une autre pour le croire, répondit-il, vous qui, avec tous les agréments possibles, née pour vivre au milieu des plaisirs, avez tout sacrifié à cette même vertu qu'aujourd'hui l'on sacrifie aux choses même qui sembleraient devoir le moins l'emporter sur elle.

— Je ne me flatte point, répliqua-t-elle modestement, d'être arrivée à la perfection ; mais il est vrai que j'ai tout craint, surtout ce désœuvrement dont vous venez de parler, et ces livres, et ces spectacles pernicieux qui ne peuvent qu'amollir l'âme.

— Oui, je le sais, reprit-il, et c'est à ce soin continuel de vous occuper que vous devez principalement votre sagesse, car (et je le vois par nous-mêmes) rien ne nous livre plus aux passions que l'oisiveté ; et si elle prend tout sur nous, qui sommes nés moins fragiles, jugez de ce qu'elle peut sur vous.

— Il est vrai, répondit-elle, que nous avons tout à combattre.

— Infiniment plus que nous, répliqua-t-il, et c'était ce que je vous disais. Il faut, de plus, que vous considériez que les femmes sont toujours attaquées et que (si vous en exceptez quelques-unes, sans pudeur et sans principes, qui, même sans aimer, osent les premières dire qu'elles aiment) il n'arrive pas, quelque corrompu que l'on soit aujourd'hui, que nous ayons à combattre ces soins, ces pleurs et cette obstination que nous employons tous les jours contre les femmes avec tant de succès. D'ailleurs, si vous ajoutez aux hommages qu'on leur rend, l'exemple…

— À cet égard, interrompit-elle, nous n'avons point d'avantage sur vous ; l'exemple doit même d'autant plus vous entraîner que vous êtes galants par état.

— Cela n'est pas exactement vrai pour tous les hommes, reprit-il, puisqu'il y en a beaucoup à qui leur état même interdit cette frénésie de l'âme, que l'on appelle le plaisir d'aimer : moi, par exemple, je suis dans ce cas-là.

— Quand cela ne serait pas, répliqua-t-elle, né assez

heureux pour être inaccessible aux passions, vous auriez toujours… »

Ici, Moclès leva les yeux au ciel en soupirant.

« Quoi ! continua Almaïde, vous reprocheriez-vous quelque chose ? Ah ! Moclès ! si vous n'êtes pas content de vous-même, qui peut oser l'être de soi ? Quoi ! vous auriez voulu connaître l'amour ?

— Oui, répondit-il tristement ; cet aveu m'humilie, mais je le dois à la vérité. Il est vrai aussi que je n'ai pas cédé à cette funeste tentation. En vous avouant que j'ai quelquefois été obligé de combattre, je me montre sans doute à vos yeux avec des faiblesses dont, à votre étonnement, je vois bien que vous ne me croyiez pas capable ; mais en vous tirant d'une erreur qui m'était avantageuse, je crains de vous faire encore trop bien penser de moi. Il est moins humiliant d'être tenté qu'il n'est glorieux de résister à la tentation. En vous confiant mes faiblesses, je suis forcé de vous parler de mes triomphes ; ce que je perds d'un côté, il semble que je veuille le regagner de l'autre, et je ne sais si je ne dois pas craindre que vous n'attribuiez à l'orgueil un aveu que je ne vous fais que pour éviter le mensonge. »

En achevant ce modeste discours, Moclès baissa les yeux.

« Oh ! vous ne risquez rien avec moi, lui dit vivement Almaïde ; je vous connais. Eh bien ! vous avez donc été quelquefois tenté de succomber ? Vous ne m'étonnez pas : on a beau marcher d'un pas constant à la perfection, on n'y arrive jamais.

— Ce que vous dites n'est malheureusement que trop prouvé, répondit-il.

— Hélas ! s'écria-t-elle douloureusement, pensez-vous donc que j'ai tant à me louer de moi-même et que je sois exempte de ces faiblesses que vous vous reprochez ?

— Quoi ! lui dit-il, vous aussi, Almaïde ?

— J'ai trop de confiance en vous pour vouloir rien vous cacher, reprit-elle, et je vous avouerai que j'ai eu cruellement à combattre. Ce qui m'a longtemps étonnée, et qu'encore aujourd'hui je ne conçois pas, c'est que ce trouble qui s'empare des sens, et les confond, soit indépendant de nous-mêmes : cent fois, il m'a surprise dans les occupations les plus sérieuses, et qui, naturellement, devaient y rendre mon âme moins accessible. Quelquefois je le combattais avec assez de succès ; dans d'autres temps, moins forte contre lui, malgré moi-même il m'asservissait, entraînait mon imagination, se soumettait toutes mes facultés. Que ces honteux mouvements subjuguent une âme qui se plaît à les nourrir, et qui ne se trouve heureuse qu'autant qu'elle y eſt en proie, je n'en suis pas surprise ; mais pourquoi y eſt-on exposé quand on fait le plus grand et le plus continu de ses soins de les anéantir[27] ?

— Ce que l'on appelle sagesse, répondit Moclès, consiſte beaucoup moins à n'être pas tenté qu'à savoir triompher de la tentation, et il y aurait trop peu de mérite à être vertueux si, pour l'être, l'on n'avait pas d'obſtacles à surmonter. Mais puisque nous en sommes sur ce chapitre, dites-moi, de grâce : depuis que vous êtes dans cet âge où le sang coulant dans les veines avec moins d'impétuosité vous rend moins susceptible de désirs, avez-vous encore ces mouvements affreux ?

— Ils sont beaucoup moins fréquents, repartit-elle ; mais j'y suis encore sujette.

— Je suis aussi dans le même cas, répondit-il en soupirant.

— Mais nous sommes fous de parler comme nous faisons, dit Almaïde en rougissant, et cette conversation n'eſt pas faite pour nous.

— Je doute, toutes réflexions faites, que nous devions beaucoup la craindre, répondit Moclès en souriant d'un air vain : il eſt bon de se défier de soi-même, mais ce serait aussi avoir trop mauvaise opinion de nous que de nous croire si susceptibles[28]. Je conviens que le sujet que nous traitons ramène nécessairement à de certaines idées, mais il eſt bien différent de le discuter dans la vue de s'éclairer ou dans celle de se séduire, et nous pouvons, je crois, sans nous tromper, nous répondre de nos motifs, et nous reposer sur eux de notre tranquillité. Il ne faut pas, d'ailleurs, que vous croyiez que ces sortes d'objets, si dangereux pour les gens qui vivent dans le désordre, puissent faire la même impression sur nous : par eux-mêmes, ils ne sont rien ; des personnes de la vertu la plus pure sont quelquefois forcées de s'y arrêter, sans que la discussion la plus exacte de ces matières prenne sur l'innocence de leurs mœurs. Tout eſt mal et corruption pour les cœurs corrompus, comme les choses qui paraissent les plus contraires à la sagesse sont sans pouvoir sur ceux qui ne cherchent point à s'y complaire.

— Cela n'eſt pas douteux, puisque vous le croyez, répondit-elle, et je n'ai garde de me faire des scrupules quand il vous paraît que je n'en dois pas avoir.

— Vous ne devineriez jamais, lui dit-il, la curiosité qui

m'occupe. Je n'ose vous la découvrir, parce que je la crois indiscrète, et je ne puis cependant y résister. Je voudrais savoir si jamais on ne vous a fait de propositions d'un certain genre ; si jamais enfin (pour vous montrer ma curiosité tout entière) vous n'avez essuyé les transports d'aucun homme, soit volontairement, soit malgré vous ? »

À cette question qu'Almaïde n'avait pas prévue, elle demeura étonnée, rougit et parut rêver. Enfin, prenant son parti :

« Mais oui, répondit-elle avec embarras ; et, puisque vous voulez le savoir, je vous avouerai naturellement qu'un jour un jeune étourdi[29] qui (car je ne veux rien vous dissimuler), malgré mon aversion pour les hommes, me paraissait assez aimable, me trouvant seule, me dit de ces galanteries que les hommes croient nous devoir, quand nous ne sommes pas encore parvenues à cet âge heureux qui ne leur inspire pour nous que du respect, ou que nous sommes assez à plaindre pour avoir une figure qui nous expose à leurs désirs. Nous étions seuls ; je lui répondis selon les principes que je m'étais faits. Loin que ma réponse lui imposât, il crut que je cherchais moins à lui dérober sa conquête qu'à la lui faire valoir ; il osa même m'assurer que je l'aimerais. Vous imaginez bien que je lui soutins fortement le contraire. Je ne sais avec quelles femmes vivait ordinairement cet étourdi, mais assurément, elles ne l'avaient pas accoutumé au respect. Il s'approcha de moi et, me prenant brusquement entre ses bras, il me renversa sur un sopha. Dispensez-moi, de grâce, du reste d'un récit qui blesserait ma pudeur et qui, peut-être, troublerait encore mes sens. Qu'il vous suffise de savoir…

— Non, interrompit vivement Moclès, vous me direz tout ; c'est moins, je le vois (et ne le vois pas sans frémir pour vous), la crainte d'émouvoir vos sens ou de blesser la pudeur qui vous ferme la bouche, que la honte d'avouer que vous avez été trop sensible, et ce motif, loin d'être louable, ne saurait être trop blâmé. Je puis, je crois même devoir ajouter à ce que je vous dis, que s'il est vrai que vous craignez que le récit que j'exige de vous ne vous jette dans une émotion dangereuse, vous ne pouvez le supprimer ou l'adoucir sans être coupable. N'est-il donc pour vous d'aucune conséquence d'ignorer ce que peuvent sur vous de certaines idées ? Oserez-vous compter sur vous-même quand vous ne vous serez pas éprouvée ? Ainsi donc, ménageant toujours votre âme, vous ignorerez toujours quelles sont ses forces ! Almaïde, croyez-moi, l'on ne craint jamais assez un danger que l'on ne connaît pas, et l'on ne tombe ordinairement que pour avoir trop compté sur soi-même. Vous ne pouvez donc peser trop sur toutes les circonstances de votre histoire ; ce n'est que par l'effet qu'elles feront aujourd'hui sur vous que vous pourrez apprendre jusqu'où vont les progrès que vous avez faits dans le chemin de la vertu, ou (ce qui est encore plus essentiel) ce qu'il vous reste encore à détruire pour parvenir à cette aversion totale des plaisirs, qui seule fait les vertueux. »

Ce conseil me surprit dans la bouche de Moclès ; je lui connaissais de la droiture et des lumières, et je ne concevais pas ce qui, dans cet instant, le faisait raisonner d'une façon si contraire à ses principes. « Quoi ! me dis-je avec étonnement, c'est Moclès, ce sage Moclès ! qui conseille à Almaïde de peser sur des détails qui peuvent blesser la pudeur et porter à la corruption ? » L'envie que j'avais de m'éclaircir des motifs de Moclès me le fit regarder avec attention, et je lui trouvai tant d'égarement dans les yeux, que je commençai à croire que je pourrais bien trouver ma délivrance dans le lieu du monde où j'aurais le moins osé l'attendre.

Pendant que je fondais de si douces espérances, autant sur l'idée que j'avais de la vertu d'Almaïde et de Moclès que sur le trouble où tous deux commençaient à se mettre, Almaïde continua son histoire.

CHAPITRE IX

OÙ L'ON TROUVERA UNE GRANDE QUESTION À DÉCIDER

« Je vous obéirai aveuglément, répondit Almaïde à Moclès : vous venez de me faire sentir que la vanité seule me fermait la bouche, et je vais m'en punir en vous confiant sans déguisement les circonstances de mon aventure qui me mortifient le plus. Je vous ai dit, ce me semble, que ce jeune homme *dont je vous parlais* m'avait renversée sur un sopha ; je n'étais pas encore revenue de mon étonnement qu'il s'y précipita sur moi. Quoique l'excès de ma surprise me permît à peine de lui exprimer ma colère, il la lut aisément dans mes yeux, et, voulant se précautionner contre mes cris, il parvint, malgré ma résistance, à me fermer la bouche avec le baiser le plus insolent. Il me serait impossible de vous dire combien d'abord j'en fus révoltée ; je l'avouerai pourtant, mon indignation ne fut pas longue. La nature, qui me trahissait, me porta bientôt ce baiser dans le fond du cœur ; il se mêla tout d'un coup à ma colère des mouvements qui ne la laissèrent plus agir qu'avec faiblesse. Tous mes sens se soulevèrent, un feu inconnu se glissa dans toutes mes veines ; je ne sais quel plaisir qui, en le détestant, m'entraînait, remplit insensiblement toute mon âme ; mes cris se convertirent en soupirs, et, emportée par des mouvements auxquels, malgré ma colère et ma douleur, je ne pouvais plus résister, en gémissant de l'état où je me voyais, je n'avais plus la force de me défendre.

— Voilà, s'écria Moclès, une terrible situation ! Eh bien ? continua-t-il en la regardant avec des yeux enflammés.

— Que vous dirai-je, reprit-elle. Quand je le pouvais, je lui faisais des reproches, mais c'était machinalement. Je crois que je lui parlais, que je le traitais avec tout le mépris qu'il méritait ; je dis que je le crois, car je n'oserais l'assurer. À mesure que ce trouble cruel augmentait, je sentais expirer mes forces et ma fureur ; une confusion singulière régnait dans toutes mes idées. Je ne m'étais pourtant pas encore rendue ; mais quelle résistance ! qu'elle était faible ! Et que toute faible qu'elle était, elle me coûtait encore ! Je ne me rappelle, Moclès, ce souvenir qu'avec horreur, et la honte qu'il me cause me le rend aussi présent que si je gémissais encore entre les bras de cet audacieux. Quel moment pour ma vertu ! Ah ! Moclès, comment, sentant tout le prix de cette innocence que l'on cherchait à me ravir, ne craignant rien tant, même au milieu du désordre auquel j'étais livrée, que le malheur de la perdre, trouvais-je tant de douceur dans cette volupté qui s'était emparée de moi ? Comment des craintes si vives ne m'arrachaient-elles pas aux plaisirs, ou pourquoi les plaisirs laissaient-ils encore sur mon cœur tant d'empire à la vertu ? Je souhaitais (mais avec quels efforts ! combien ne souffrais-je pas à le souhaiter !) que l'on vînt m'arracher au sort qui me menaçait ! En même temps que je formais cette idée, un mouvement contraire qui agissait sur moi avec la dernière violence, et qui cependant me déplaisait moins que le premier, me faisait désirer vivement que rien ne s'opposât à ma défaite. En rougissant de ce que je sentais, je brûlais d'en sentir davantage. Sans imaginer de nouveaux plaisirs, j'en souhaitais ; l'ardeur qui me dévorait commençait à devenir un supplice pour moi et à fatiguer mes sens.

« Quelle que fût l'ivresse dans laquelle j'étais plongée, je n'avais pas encore pu parvenir à étouffer cette voix importune qui criait au fond de mon cœur et qui, ayant pu m'arracher à ma faiblesse, continuait de me la reprocher, lorsque ce jeune homme, remarquant, sans doute, l'impression qu'il faisait sur moi, poussa enfin jusqu'au bout les outrages qu'il me faisait. Il... mais comment pourrais-je vous exprimer ce dont je rougis encore ? Occupée uniquement, autant que mon trouble me le permettait, à me défendre de ces baisers dont il m'accablait sans cesse, je n'avais point pris d'ailleurs de précautions contre lui. Malgré le cruel état où j'étais, cette nouvelle insulte réveilla ma fureur ; hélas ! ce ne fut pas pour longtemps. Je sentis bientôt augmenter mon désordre ; jusqu'aux efforts que je faisais pour échapper à cet audacieux, ou pour le déranger du moins, tout y contribuait, tout achevait de me séduire. Perdue enfin dans des transports inexprimables, dans un ravissement dont il me serait impossible de vous donner l'idée, je tombai sans force et sans mouvement entre les bras du cruel qui me faisait de si sanglants affronts.

— Quel état ! s'écria Moclès, et que j'en crains les suites !

— Elles ne furent cependant pas telles que vous les imaginez, répondit Almaïde. Au milieu d'une situation dont j'avais d'autant plus à craindre que je n'en craignais plus rien, je ne sais pourquoi mon ennemi suspendit tout d'un coup sa fureur et ses entreprises. Par un prodige que je n'ai jamais pu concevoir, et que vous ne croiriez peut-être pas, tant il est extraordinaire, dans l'instant où je n'avais plus rien à lui opposer, et où lui-même paraissait au comble de l'égarement, ses yeux, dont je ne pouvais soutenir l'éclat, et l'impression, changèrent ; une sorte de langueur, qui vint y régner, en bannit la fureur ; il chancela, et en me pressant dans ses bras avec plus de tendresse et moins de violence qu'auparavant, il devint (juste punition des maux qu'il m'avait faits !) aussi faible que je l'étais moi-même. En ce moment, mon *trouble commençait à se dissiper* et je fus assez heureuse pour pouvoir jouir de toute l'humiliation de mon ennemi ; après l'avoir considéré avec tout le plaisir possible, et remercié intérieurement Brahma de la protection visible qu'il m'avait accordée, je me relevai avec violence. À mesure que mes sens se calmaient, et que mes idées devenaient plus claires, je sentais plus vivement ma honte. Vingt fois, j'ouvris la bouche pour charger ce jeune téméraire des reproches qu'il méritait ; mais cette confusion secrète dont j'étais accablée me la ferma toujours, et après l'avoir regardé avec toute l'indignation que méritait l'insolence de son procédé, je le quittai brusquement. J'aimai mieux, à vous dire vrai, garder le silence que d'entrer dans des détails qui m'auraient fait rougir, et que la faiblesse dont je venais d'être capable me faisait craindre.

« Voilà, poursuivit-elle, la seule fois que je me sois trouvée dans ce danger que j'avais toujours craint avant que de le connaître, et que je n'ai connu que pour l'éviter avec plus de soin que jamais. Je me crus même d'autant plus obligée à le fuir que je ne doutai pas, aux mouvements que j'avais éprouvés, que je n'eusse plus de penchant à l'amour que je ne l'avais cru.

— Vous voyez bien, dit alors Moclès, qu'il est important d'essayer son âme. Mais, à propos, comment va la vôtre ? Ce récit a-t-il fait sur vous les impressions que vous craigniez ?

— Mais enfin, répondit-elle en rougissant, elle n'est pas aussi tranquille qu'elle l'était.

— De sorte, reprit-il, que si actuellement vous trouviez un téméraire, vous ne laisseriez pas d'en être un peu embarrassée.

— Ah ! ne me parlez plus de cela ! s'écria-t-elle ; ce serait le plus cruel malheur qui pût m'arriver !

— Oui, répondit-il avec distraction ; cela se conçoit aisément. »

En achevant ces paroles, il tomba dans la rêverie la plus profonde : de temps en temps, il regardait Almaïde d'un air interdit, et avec des yeux qui peignaient ses désirs et son irrésolution. L'aveu qu'Almaïde venait de lui faire de son trouble l'encourageait ; mais, son inexpérience ne lui permettant pas de savoir le mettre à profit, peu s'en fallait qu'il ne lui devînt inutile. La façon dont il devait s'y prendre pour achever de séduire Almaïde n'était pas la seule chose à laquelle il rêvât. Retenu par le souvenir de ce qu'il avait été, tyrannisé par l'idée des plaisirs, séduit, cessant de l'être, je le voyais tour à tour prêt à fuir ou à tout tenter.

Pendant qu'il éprouvait tant de combats, Almaïde n'était pas dans un état plus tranquille. Le récit que Moclès lui avait demandé avait produit tout ce qu'elle en avait craint. Ses yeux s'étaient animés ; une rougeur différente de celle que la pudeur fait naître ; des soupirs entrecoupés, de l'inquiétude, de la langueur, tout m'apprit, mieux qu'elle ne le savait elle-même, la force de l'égarement dans lequel elle était plongée. J'attendais avec impatience ce que deviendrait la situation où deux personnes si sages s'étaient si imprudemment engagées. Je craignis même quelque temps qu'ils ne sentissent l'erreur où leur trop grande sécurité les avait entraînés, et que, dans des cœurs accoutumés à la vertu, elle ne fît pas tout le progrès que mon état et les promesses de Brahma me forçaient de souhaiter.

Je crus voir enfin aux regards d'Almaïde et de Moclès, qui de moment en moment devenaient moins timides et se chargeaient de plus de volupté, que c'était moins la crainte de succomber qui les retenait que l'embarras d'amener leur chute. Tous deux étaient également tentés, tous deux me semblaient avoir le même désir et le même besoin de connaître. Cette situation pour deux personnes qui auraient eu un peu d'usage du monde n'aurait pas été embarrassante, mais Almaïde et Moclès, loin de savoir l'art de s'aider mutuellement, n'osaient, ni se confier leur état, ni se marquer, autrement que par des regards encore mal assurés, le feu dont ils se sentaient brûler. Quand même ils se seraient cru l'un à l'autre les mêmes idées, savaient-ils à quel point ils étaient séduits tous deux ? Quelle honte ne serait-ce pas pour celui qui parlerait le premier, s'il trouvait dans le cœur de l'autre quelques restes de vertu ; et comment pouvoir s'éclaircir, quand tous deux avaient tant de raisons de ne pas rompre le silence ? En supposant à Almaïde plus de faiblesse encore qu'à Moclès, elle n'en était pas moins forcée de l'attendre. À cette sagesse, dont elle avait toujours fait profession, se joignaient la pudeur et les bienséances de son sexe, qui ne lui permettaient pas de déclarer ses désirs ; et quoique pour toutes les femmes cette loi ne soit pas inviolable, Almaïde, ou tout à fait neuve[30], ou peu faite à la galanterie, craignait le mépris si justement attaché à une démarche de cette nature. D'ailleurs, savait-elle comment Moclès la prendrait ? Peut-être, si elle eût été sûre qu'en la méprisant il eût voulu céder, se *serait-elle étourdie là*-dessus ; mais, s'il s'en tenait simplement au mépris ?

Après qu'ils eurent agité quelque temps en eux-mêmes de quelle manière ils pourraient se parler sans s'exposer à la honte de ne pas réussir, Moclès, de qui un aveu formel de ses sentiments aurait trop blessé l'orgueil et l'état, crut qu'il ne pouvait mieux réussir que par le sophisme ; supposé cependant que le choix des moyens dépendît encore de l'examen qu'en pouvait faire sa raison, et qu'il ne cherchât pas encore plus à s'éblouir lui-même, ou à sauver sa gloire, en cas que l'épreuve qu'il allait tenter ne lui réussît point, qu'à tromper Almaïde. Heureux s'il eût voulu employer pour se défendre seulement la moitié de l'art qu'il mit à achever de se séduire ou à se justifier sa séduction !

— Oh, parbleu ! dit le sultan, on peut dire que s'il s'y prend mal, ce ne sera pas faute d'y avoir beaucoup rêvé.

— Mais, dit la sultane, je ne sais pas pourquoi vous êtes si étonné qu'il ait fait tant de réflexions ; il me semble que la situation où il se trouvait exigeait qu'il en fît quelques-unes.

— Quelques-unes, passe ! répondit Schah-Baham, et c'est précisément parce qu'il n'en fallait que quelques-unes qu'il n'avait pas besoin d'en faire tant. Il fallait que ces gens-là fussent terriblement tentés pour ne pas rentrer en eux-mêmes, avec le temps qu'ils se donnaient pour cela.

— Vous avez risqué de faire une remarque judicieuse, reprit la sultane.

— Vous avez risqué ! dit Schah-Baham ; oserais-je bien vous demander ce que cela veut dire ? Vous avez de petites façons de parler, aussi peu respectueuses que j'en connaisse, et dont il n'y a peut-être pas au monde de sultan qui voulût s'accommoder.

— Mais, je veux dire, répondit la sultane, qu'elle porte à faux. Toutes ces idées tumultueuses qui occupaient Almaïde et Moclès se succédaient avec une extrême promptitude ; et, si vous vouliez bien y penser, vous verriez que ce qu'Amanzéi ne nous a dit qu'en un quart d'heure ne dut pas suspendre deux minutes leurs résolutions.

— Eh bien ! répliqua le sultan, le conteur est donc une bête, s'il emploie tant de temps à rendre ce que les gens dont il parle pensèrent avec tant de promptitude.

— Je voudrais bien, reprit-elle, que vous fussiez obligé de nous en peindre autant.

— J'ai mes raisons pour croire que je m'en acquitterais fort bien, repartit-il ; mais je ferais encore mieux que tout cela, car, ce que je trouverais si difficile à dire, je ne me ferais point du tout de peine de le passer.

Les idées dans lesquelles Moclès était absorbé, ses désirs, les efforts qu'il faisait pour les éteindre, le plaisir avec lequel il s'y livrait, lui donnaient un air si sérieux et si occupé, qu'Almaïde enfin jugea à propos de lui demander ce qu'il avait pour garder si longtemps le silence.

« Je crains, ajouta-t-elle, que vous ne vous fassiez des idées noires.

— Vous avez raison ! repartit-il ; et c'est le récit que vous venez de me faire qui me les a fait naître. »

Almaïde parut étonnée de ce qu'il lui disait.

« N'en soyez pas surprise, continua-t-il, et ne soyez pas plus choquée de ce que je vais vous dire, tout extraordinaire qu'il sera dans ma bouche. Je suis désolé que ce jeune téméraire, qui vous ménagea si peu, n'ait pas eu le temps d'achever son crime.

— Ah ! Moclès ! s'écria-t-elle, et pourquoi ?

— Parce que, répondit-il, vous seriez en état de calmer des doutes qui me tourmentent depuis longtemps, que vous venez de me rendre dans toute leur force et que notre inexpérience réciproque laissera toujours subsister, puisque vous ne pourriez point répondre à mes questions, et qu'il serait trop dangereux pour moi d'interroger sur ce qui m'agite une autre personne que vous. Ma curiosité roule sur des choses d'une nature si étrange pour un homme de mon caractère, et de ma profession, qu'à moins de me connaître comme vous faites, on ne manquerait pas de l'attribuer à un motif qui ne me ferait pas honneur.

— Il est certain, répondit-elle, que vous pouvez tout me dire, sans rien risquer.

— C'est cela même, reprit-il, qui me ferait presque désirer que vous fussiez plus instruite ; car ayant en moi autant de confiance que j'en ai en vous, sûrement vous ne me cacheriez rien. Quand j'aurais pu douter de votre amitié et de la façon dont vous comptez sur ma discrétion, la vérité avec laquelle vous venez de me confier jusqu'à vos plus intimes mouvements m'en aurait convaincu.

— Sachons toujours ce qui vous occupe, répliqua-t-elle ; peut-être à force de raisonner, viendrons-nous à bout…

— *Oh non ! interrompit-il*, vous ne pourriez me donner que des conjectures ; et ce qui m'occupe est d'une nature à exiger la plus parfaite certitude. Sans vous inquiéter davantage, je vais vous dire ce que c'est et vous jugerez s'il doit m'être indifférent, pensant comme je fais, d'être sur un pareil article dans une si profonde ignorance. D'ailleurs, votre intérêt s'y trouve joint au mien, puisqu'il n'eſt pas possible que, vertueuse comme vous l'êtes, vous ne soyez pas tourmentée des mêmes idées que moi.

— Vous m'effrayez ! lui dit Almaïde ; parlez, je vous en conjure !

— Eh bien ! lui dit-il, je pense qu'il eſt possible que nous ayons fort peu de mérite à ne nous être jamais écartés de nos devoirs.

— Cela se pourrait-il ! » s'écria-t-elle, et d'un air assez fâché de ce que la conversation prenait un tour si sérieux.

« Sans doute, reprit-il, et je vais vous en convaincre. Vous n'avez, vous, jamais éprouvé les douceurs de l'amour (car, quelque chose que vous en puissiez croire, il n'eſt pas douteux que ce qui vous eſt arrivé avec ce jeune homme ne vous en a donné qu'une idée fort imparfaite) ; moi, je l'ai toujours fui ; eſt-ce là de quoi nous croire si parfaits ? Mais, direz-vous, nous avons eu des désirs et nous en avons triomphé. Eſt-ce donc une si grande victoire que celle-là ? Savions-nous ce que nous désirions ? Sommes-nous même bien sûrs d'avoir eu des désirs ? Non ! notre orgueil nous a trompés ; ce que nous avons pris pour des désirs les plus ardents était, sans doute, de bien légères tentations. Ce n'eſt, peut-être, que par ignorance que nous nous y sommes mépris, plût au ciel ! Mais s'il eſt vrai (comme je le crains bien) que la seule envie de nous exagérer nos triomphes, ou de croire seulement que nous en remportions, nous ait trompés là-dessus, dans quelle coupable erreur n'avons-nous pas vécu ? Nous nous sommes flattés d'être vertueux pendant que nous étions peut-être plus imparfaits que ceux que nous osions blâmer, et que notre vanité nous donnait même un vice de plus qu'à eux.

— Cela eſt vrai, dit Almaïde ; vous venez de faire là une affligeante réflexion !

— Ce n'eſt pas d'aujourd'hui qu'elle me tourmente, répliqua-t-il d'un air triſte, et d'autant plus que, pour me guérir de mes doutes, je ne vois qu'un moyen qui, tout simple qu'il eſt, ne laisse pas d'être dangereux.

— Voyons toujours, lui demanda-t-elle ; comme je suis précisément dans le même cas que vous, j'ai l'intérêt du monde le plus pressant à savoir ce que vous avez pensé.

— Il faut vous connaître comme je fais, répondit-il, pour ne pas craindre de vous le dire. Nous nous croyons vertueux, vous et moi ; mais, comme je vous le disais tout à l'heure, nous ne savons réellement ce qui en est, et vous n'en allez plus douter. En quoi consiste la vertu ? Dans la privation absolue des choses qui flattent le plus les sens. Qui peut savoir quelle est la chose qui les flatte le plus ? Celui-là seul qui a joui de toutes. Si la jouissance du plaisir peut seule apprendre à le connaître, celui qui ne l'a point éprouvé ne le connaît pas ; que peut-il donc sacrifier ? Rien, une chimère ; car quel autre nom donner à des désirs qui ne portent que sur une chose qu'on ignore ? Et si, comme cela est décidé, la difficulté du sacrifice en fait seule tout le prix, quel mérite peut avoir celui qui ne sacrifie qu'une idée ? Mais après s'être livré aux plaisirs et s'y être trouvé sensible, y renoncer, s'immoler soi-même, voilà la grande, la seule, la vraie vertu ! et celle que ni vous ni moi ne pouvons nous flatter d'avoir.

— Je ne le vois que trop, dit Almaïde ; il est certain que nous ne pouvons pas nous en flatter !

— Nous nous en sommes flattés pourtant », répondit vivement Moclès, qui craignait qu'en laissant à Almaïde le temps de la réflexion, elle ne sentît combien les raisonnements qu'il employait étaient faux ; « nous avons osé le croire, et, de ce moment, nous voilà coupables d'orgueil. Je suis bien aise, continua-t-il, et je vous loue sincèrement de ce que vous sentez que tant qu'on ne s'est point mis à portée de pouvoir faire une comparaison exacte du vice et de la vertu, l'on ne peut avoir sur l'un et sur l'autre que des idées fausses. D'ailleurs (car ce mal, tout grand qu'il est, n'est pas le seul), on est sans cesse tourmenté du désir d'apprendre ce que l'on s'obstine à ignorer. L'âme exercée malgré elle-même par ce mouvement de curiosité en a sûrement plus de négligence sur ses devoirs ; en proie à des distractions fréquentes, elle perd à raisonner, à entrevoir, à suivre, à détailler, à approfondir ce qu'elle a conçu, le temps que, sans cette tourmentante idée qui l'obsède toujours, elle donnerait uniquement à la pratique de la vertu. Si elle savait à quoi s'en tenir sur ce qu'elle souhaite de connaître, elle serait plus tranquille : plus tranquille, elle serait plus parfaite ; il faut donc connaître le vice, soit pour être moins troublé dans l'exercice de la vertu, *soit pour être sûr de la sienne*[31]. »

Quoique Almaïde fût dans une situation à ne pouvoir guère saisir que ce qui, en lui démontrant la nécessité du plaisir, la délivrerait de la crainte des remords, ce sophisme la fit frissonner. Elle demeura quelques moments interdite, mais l'envie qu'elle avait de s'éclairer sur la volupté ou de s'y perdre encore l'emportant sur la terreur, elle me parut enfin plus surprise qu'effrayée de ce qu'elle venait d'entendre.

« Vous croyez donc, lui demanda-t-elle d'une voix tremblante, que nous en serions plus parfaits ?

— Mais vraiment, répliqua-t-il, je n'en doute pas ; car considérez, de grâce, la position où nous sommes, et jugez s'il en est de plus horrible.

— Je ne le vois que trop, dit-elle ; elle est réellement épouvantable !

— Premièrement, continua-t-il, nous ne savons pas si nous sommes vertueux ; état triste pour des gens qui pensent comme nous. Ce doute, tout cruel qu'il est, n'est pas le seul malheur qu'entraîne notre situation : il n'est que trop certain que, contents de la privation que nous nous sommes imposée, il y a mille choses plus essentielles, peut-être, sur lesquelles nous nous sommes crus dispensés de nous observer ; par conséquent, à l'ombre d'une vertu qui pourrait bien n'être qu'imaginaire, nous avons commis des crimes réels, ou (ce qui, sans être de la même importance, a cependant des inconvénients remarquables) nous avons négligé de faire de bonnes actions. Enfin, en nous supposant tels que nous nous sommes crus jusqu'ici, je me défierais encore d'une vertu que nous avons choisie, et je n'imaginerais pas qu'il y eût un grand mérite à l'avoir. Mettez différents fardeaux au choix d'un homme, il n'est pas douteux que ce sera du plus léger qu'il se chargera.

— Je vous entends, dit-elle en soupirant ; vous voulez dire que nous avons fait de même. À combien de scrupules ne me livrez-vous pas, continua-t-elle en baissant les yeux, et comment n'en être pas tourmentée quand le seul moyen que l'on ait pour s'en délivrer en fait lui-même naître tant !

— Ce moyen, reprit-il vivement, est, dans le fond, moins à craindre qu'il ne le paraît. Je suppose (et plût au ciel que je ne supposasse rien !) que, fatigués de notre incertitude, sentant enfin qu'il est de notre devoir de nous en tirer, nous voulons connaître le plaisir et juger de ses charmes par nous-mêmes ; quel serait le danger de cette épreuve, de ne pouvoir pas nous y arracher quand une fois nous l'aurons connu ? Pour des âmes un peu faibles, j'avoue que cela serait à risquer ; mais il me semble que, sans trop de présomption, nous pouvons un peu compter sur nous-mêmes. Si, comme, à ne rien vous cacher, je le présume, ce plaisir est moins séduisant qu'on ne le dit, ce ne sera pas la peine de nous livrer à des choses à la privation desquelles, flatteuses ou non, l'on a attaché de la gloire ; si, au contraire, elles peuvent porter dans l'âme un trouble aussi grand qu'on l'assure, nous nous en priverons avec d'autant plus de joie que nous serons sûrs qu'il y a beaucoup de vertu à le faire. »

Ce raisonnement, que sans doute Almaïde aurait détesté si elle avait été plus à elle-même, fit sur une âme qui n'attendait plus pour succomber que l'apparence d'une excuse, tout l'effet que le malheureux Moclès s'en était promis. Après l'avoir regardé quelque temps avec des yeux incertains et troublés :

« Je sens comme vous, lui dit-elle, la nécessité absolue de cette épreuve ; mais avec qui la pourrions-nous faire en sûreté ? »

À ces mots, elle se pencha languissamment sur Moclès, qui, peu à peu, s'était approché d'elle, au point qu'en ce moment il la tenait entre ses bras.

« Je crois, lui répondit-il, que si nous la voulions hasarder, ce ne pourrait être qu'entre nous deux ; nous sommes sûrs l'un de l'autre, et comme nous ne pouvons point douter que ce ne soit par une plus grande recherche de la vertu que nous nous déterminions à des actions qui semblent la blesser, nous sommes certains de ne nous pas faire une habitude d'un mouvement de curiosité qui ne part que d'un si bon principe. De quelque façon que ce puisse être enfin, nous y gagnerons, puisqu'au moins le souvenir de notre chute nous garantira de l'orgueil. »

Quoique Almaïde ne répondît rien, elle paraissait encore incertaine ; Moclès, qui voulait, à quelque prix que ce fût, la déterminer, lui proposa, pour achever de la vaincre, de ne tenter cette épreuve que par degrés, afin, disait-il, que s'ils trouvaient dans leurs premiers essais assez de volupté pour fixer leurs doutes, ils n'allassent pas plus loin. Elle y consentit. Bientôt ils s'égarent, et irritant leurs désirs par des choses qui, quoiqu'elles fussent faites sans grâce et avec maladresse, n'en prenaient pas moins d'empire sur leurs sens, ils perdirent de vue le marché qu'ils venaient de faire. Tous deux, *trouvant trop ou trop* peu dans ce qu'ils sentaient, jugèrent à propos de poursuivre, ou ne purent s'arrêter, et…

— Tout d'un coup vous devîntes autre chose ? interrompit le sultan.

— Non, sire, répondit Amanzéi.

— Je ne comprends rien à cela, reprit Schah-Baham, et je sais bien pourquoi ; c'est que cela est incompréhensible, car il n'est pas douteux qu'ils n'eussent tout ce que votre Brahma demandait.

— Je le crus d'abord comme Votre invincible Majesté, repartit Amanzéi ; il fallait pourtant qu'au moins l'un des deux en eût imposé à l'autre.

— J'imagine que vous fûtes bien fâché, répliqua le sultan ; et dites-moi duquel des deux vous défiâtes-vous le plus ?

— Le récit d'Almaïde, répondit Amanzéi, me donna sur elle de grands soupçons, et l'ignorance qu'elle affecta quand elle se rendit à Moclès, quoiqu'elle fût extrême, ne m'empêcha pas de croire qu'en lui faisant le récit de son aventure, elle avait supprimé la circonstance qui me faisait rester dans ma prison.

— Voilà bien les femmes ! s'écria le sultan ; oh ! oui, votre réflexion est juste. Eh bien ! je n'en ai rien dit, mais j'aurais parié qu'elle ne disait pas tout. Si je m'en étais vanté, il y a ici des gens qui m'auraient accusé de faire l'esprit fort. Allez, allez, soyez-en certain : ce fut elle qui empêcha que vous ne fussiez délivré.

— La chose, toute probable qu'elle est, répondit Amanzéi, souffre des difficultés ; Moclès, pour un homme jusqu'alors irréprochable, me parut avoir bien de l'expérience.

— Ceci change la thèse, dit le sultan, car... ah ! oui, on le voit bien, c'était lui.

— Mais accordez-vous donc, dit la sultane ; c'était elle, c'était lui ; pourquoi, sans se tourmenter tant, ne pas penser que tous deux étaient de mauvaise foi ?

— Vous avez raison, répliqua le sultan ; à la rigueur, cela se pourrait : il me semble pourtant que ce serait plus plaisant que ce fût l'un ou l'autre ; je ne sais pas pourquoi, mais je l'aimerais mieux. Voyons toujours : que dirent-ils après ? Ce n'est pas là ce qui m'intéresse le moins.

Moclès fut le premier qui revint de son égarement ; il me parut d'abord comme étonné de se trouver entre les bras d'Almaïde, et, sa raison reprenant peu à peu son empire, à l'étonnement succéda l'horreur. Il semblait ne pouvoir pas comprendre ce qu'il voyait ; il cherchait à en douter, à se flatter qu'un songe seul lui offrait de si cruels objets. Trop sûr enfin de son malheur, il leva douloureusement les yeux sur lui-même et, se retraçant tout ce qu'il avait fait pour séduire Almaïde, combien sa criminelle passion l'avait aveuglé ! avec quel art il l'avait corrompue par degrés ! il tomba dans la douleur la plus amère.

Almaïde enfin ouvrit les yeux ; mais, encore troublée, ne distinguant pas les objets[32] aussi bien que Moclès, elle fut d'abord plus confuse qu'affligée. Soit enfin que le désespoir où elle le voyait lui fit sentir sa chute, soit que d'elle-même elle connût tout ce qu'elle avait à se reprocher : « Ah ! Moclès ! s'écria-t-elle en pleurant, vous m'avez perdue ! »

Moclès en convint ; il s'accusa de l'avoir séduite, la plaignit, tâcha de la consoler, et lui parla en homme vraiment humilié sur le danger qu'il y a à compter trop sur soi-même. Enfin, après lui avoir dit tout ce que peuvent inspirer la plus vive douleur, et le repentir le plus sincère, sans oser la regarder, il prit congé d'elle pour toujours.

Almaïde, restée seule, n'en fut ni moins honteuse, ni plus tranquille ; elle passa toute la nuit à pleurer et à se reprocher tout, jusqu'au reproche qu'elle avait fait à Moclès, et dans lequel alors elle trouvait trop de vanité. Moclès, dès le lendemain, prit le parti de la retraite la plus austère.

— Voilà qui achève de me décider, interrompit le sultan ; ce n'était pas lui.

— Et Almaïde, continua Amanzéi, toujours inconsolable, quelques jours après suivit son exemple.

— Ceci me dérange, reprit le sultan ; il fallait donc que ce ne fût pas elle. Jamais question plus difficile à décider ne s'était offerte à mon esprit, et je la laisse à résoudre à qui le pourra.

CHAPITRE X

OÙ, ENTRE AUTRES CHOSES, ON TROUVERA LA FAÇON DE TUER LE TEMPS

Quelque goût que j'eusse pris pour la morale, je commençais à m'ennuyer chez Almaïde, lorsque Moclès la séduisit. Un jour plus tard j'en serais sorti, persuadé qu'il y avait au moins dans Agra deux femmes insensibles. Ma patience heureusement me sauva une idée fausse.

Après avoir quitté Almaïde, j'errai longtemps. Les ridicules ou les vices d'un genre qui m'était déjà connu me promettant peu de plaisir, j'évitai avec soin ces maisons où tout avait l'air décent et arrangé. Mes courses me conduisirent dans un faubourg d'Agra qui était rempli de maisons fort ornées ; celle pour qui je me déterminai appartenait à un jeune seigneur qui n'y logeait pas, mais qui quelquefois y venait *incognito*[33].

Le lendemain que je m'y fus fixé, je vis, sur le soir, arriver mystérieusement une dame, qu'à sa magnificence, et plus encore à la noblesse de son air, je pris pour une femme du plus haut rang. Mes yeux furent éblouis de ses charmes ; avec plus d'éclat encore que Phénime, elle avait la même modestie et une physionomie si douce que je ne pus la voir sans m'intéresser à elle vivement. À l'air dont elle entra dans le cabinet où j'étais, il semblait qu'elle fût étonnée de la démarche qu'elle faisait ; elle ne parla qu'en tremblant à l'esclave qui la conduisait, et, sans oser lever les yeux, elle vint s'asseoir sur moi en rêvant, mais avec tant de langueur qu'il ne me fut pas difficile de deviner quel était le mouvement qui l'occupait.

À peine fut-elle seule et livrée à elle-même que, s'occupant des plus tristes réflexions, après avoir soupiré plusieurs fois, ses beaux yeux répandirent des larmes. Sa douleur paraissait cependant plus tendre que vive, et elle semblait moins pleurer des malheurs qu'en craindre. Elle avait à peine essuyé ses pleurs qu'un jeune homme, fort bien fait et mis superbement, entra avec impétuosité, et en chantant, dans le cabinet. Sa présence acheva de troubler la dame ; elle rougit, et en détournant les yeux de dessus lui et se cachant le visage, elle tâcha de lui dérober la confusion où elle était.

Pour lui, il s'avança vers elle de l'air du monde le moins tendre et le plus galant, et se jetant à ses genoux :

« Ah ! Zéphis, lui dit-il, mes yeux ne me trompent-ils pas ? Est-ce Zéphis que je vois ici ? Est-ce bien vous ? vous que j'adore et que je n'osais presque pas y espérer ! Quoi ! c'est vous qu'enfin je tiens dans mes bras ?

— Oui, répondit-elle en soupirant, c'est moi qui n'aurais jamais dû venir ici ; c'est moi qui meurs de honte de m'y trouver et qui n'ai cependant pas craint de m'y rendre.

— Que vous me rendez chère cette solitude ! s'écria-t-il en lui baisant la main.

— Ah ! répondit-elle ; qu'un jour, peut-être, elle me coûtera de regrets ! Les preuves que je vous y donne de ma faiblesse deviendront plus cruelles pour moi, à mesure qu'elles s'effaceront de votre souvenir et elles s'en effaceront, Mazulhim ; ou, si vous vous les rappelez quelquefois, ce ne sera que pour me mépriser de ce que j'aurai fait pour vous.

— Mais quelle erreur ! répliqua-t-il d'un ton badin ; pouvez-vous, belle comme vous êtes, vous former de pareilles chimères ? Savez-vous bien qu'*au vrai*[34], je n'ai jamais aimé personne aussi tendrement que vous ; et vous doutez de mes sentiments !

— Non, je n'ai point le bonheur d'en douter, reprit-elle tristement ; je sais que vous ne pouvez être ni constant, ni fidèle ; je doute même que vous sachiez aimer ; cependant je vous aime, je vous l'ai dit, et je viens dans ces lieux vous le dire encore. Je sens ma faiblesse dans toute son étendue, je m'en fais pitié à moi-même, j'en vois toutes les suites, et pourtant j'y cède. Ma raison me fait voir tout ce que j'ai à craindre ; mon amour me fait tout braver.

— Mais, en vérité, répondit-il, savez-vous bien que vous me faites un vrai tort, un tort mortel de ne me pas voir aussi tendre que je le suis ?

— Ah ! Mazulhim ! s'écria-t-elle, est-ce ainsi que vous sentez tout ce que je vous sacrifie et que vous rassurez mon cœur ? Je vous aime, Mazulhim ; si vous me connaissiez mieux, vous n'en douteriez pas. Ce cœur qui vous adore n'a (vous ne pouvez pas l'ignorer) jamais été qu'à vous ; dites-moi que vous désirez qu'il y soit toujours. Si vous saviez combien j'ai besoin de croire que vous m'aimez, vous ne me refuseriez pas de me le dire, ne fût-ce même que par humanité. C'est à vous seul aujourd'hui que mon bonheur est attaché ; vous voir, vous aimer toujours, c'est mon seul bien et mes uniques vœux. Serait-il bien vrai que vous fussiez incapable de penser pour moi comme je pense pour vous ?

— Ah ! s'écria-t-il, je vous proteste…

— Mazulhim, interrompit-elle, laissez-moi le soin de vous justifier ; je m'en acquitterai mieux que vous-même et j'ai plus d'envie de croire que vous m'aimez que vous de me le persuader.

— Je vous avouerai, madame, reprit-il d'un air plus sérieux que touché, que je ne me croyais pas assez malheureux pour que les preuves, que depuis six mois j'ai tâché de vous donner de ma tendresse, vous en eussent aussi peu persuadée. Je sens bien qu'un amour extrême, tel que celui que j'ai eu le bonheur de vous inspirer, ne va jamais sans un peu de défiance ; si celle que vous me témoignez pouvait ne tourmenter que moi, ajouta-t-il en la serrant dans ses bras, je m'en plaindrais beaucoup moins, et le plaisir de vous trouver si délicate me ferait oublier combien vous êtes injuste ; mais c'est de votre repos qu'il s'agit ici, et si vous connaissiez mieux mes sentiments, vous n'auriez pas de peine à croire qu'il m'est infiniment plus cher que le mien. »

En achevant ces mots, il voulut prendre avec Zéphis les plus tendres libertés ; mais elle se défendit d'un air si vrai que, ne pouvant plus imaginer que ce fût en elle envie de faire de ces façons auxquelles on ne prend seulement pas garde aujourd'hui, il la regarda avec étonnement.

« Eh quoi ! Zéphis, lui dit-il, est-ce ainsi que vous me prouvez votre tendresse, et devais-je m'attendre à tant d'indifférence ?

— Mazulhim, répondit-elle en pleurant, daignez m'écouter. Je ne suis pas venue ici sans savoir à quoi je m'exposais, et vous me verriez verser moins de larmes si je n'étais pas déterminée à me livrer à votre tendresse ; je vous aime, et, si je n'en croyais que les mouvements de mon cœur, je serais entre vos bras. Mais, Mazulhim, il en est encore temps, et nous ne sommes pas encore assez engagés l'un à l'autre pour que vous deviez me cacher vos sentiments. Il n'y a pas de temps où il ne me soit affreux d'apprendre que vous ne m'aimez pas, mais jugez combien j'aurais à me plaindre de vous, jugez quel serait mon état si je ne l'apprenais qu'après que ma faiblesse ne vous aurait rien laissé à désirer ! Dominé par le désir de plaire, accoutumé à l'inconstance par des succès qui ne se sont point démentis, vous ne cherchez qu'à vaincre, et vous ne voulez pas aimer. Peut-être est-ce sans passion pour moi que vous m'avez attaquée ? Examinez bien votre cœur ; vous êtes maître de ma destinée, et je ne mérite pas que vous la rendiez malheureuse. Si ce n'est pas l'amour le plus tendre qui vous attache à moi, en un mot, si vous ne m'aimez pas comme je vous aime, ne craignez pas de me le déclarer ; je ne rougirai pas d'être le prix de l'amour, mais je mourrais de honte et de douleur, si je ne m'étais vue que l'objet d'un caprice. »

Quoique ces paroles et les pleurs que Zéphis versait en

les prononçant n'attendrissent pas Mazulhim, elles lui firent prendre un ton moins froid que celui qu'il avait d'abord employé auprès d'elle.

« Que vos craintes me touchent, lui dit-il ; mais que je les mérite peu ! Est-il possible que vous vous imaginiez que je vous confonds avec ces objets méprisables qui, seuls jusqu'à ce jour, ont paru m'occuper ? J'avoue que la façon dont j'ai vécu a pu donner lieu à vos soupçons ; mais, Zéphis, voudriez-vous que j'eusse joint au ridicule d'avoir eu les femmes qui ont rempli mes loisirs la honte de les avoir aimées ? Il est vrai, je craignais l'amour ; eh ! que pouvais-je faire de mieux, pour lui échapper toujours, que de vivre avec des femmes sans mœurs et sans principes, qui, dans l'instant même qu'elles me séduisaient le plus par leurs agréments, me sauvaient, par leur caractère, du danger d'une passion ! Je suis, dites-vous, accoutumé à l'inconstance par les succès. M'estimez-vous assez peu pour croire qu'avant de vous avoir touchée, je me flattasse d'en avoir eu quelques-uns ? Il n'y a pas une de ces victoires dont, peut-être, vous me croyez si vain, qui intérieurement ne m'ait couvert de confusion ; pas une enfin qu'au prix de tout mon sang, je ne voulusse n'avoir point remportée, puisqu'elles me rendent moins dignes de vous ! »

Zéphis, à ces paroles, parut un peu rassurée et tendit la main à Mazulhim, en attachant sur lui ses beaux yeux, avec cette expression tendre et touchante que l'amour seul peut donner.

« Oui, Zéphis, continua Mazulhim, je vous aime ! ah ! combien vivement ! Avec quel plaisir je sens, à vos genoux, qu'au milieu même des transports les plus ardents, ce n'était pas à l'amour que je sacrifiais ! Qu'il m'est doux de le connaître, et de ne le connaître que par vous ! Sans vos charmes, même sans vos vertus, j'aurais, sans doute, ignoré toujours ce sentiment auquel, jusqu'à vous, je refusais de me livrer. C'est à vous seule que je le dois, c'est pour vous seule que je veux en être éternellement rempli !

— Ah ! Mazulhim ! s'écria-t-elle, que nous serons heureux si vous pensez ce que vous me dites ! S'il est vrai que vous m'aimiez, vous m'aimerez toujours ! »

À ces mots, elle se pencha sur Mazulhim, et en le serrant tendrement dans ses bras, elle approcha sa tête de la sienne. La plus tendre ivresse était peinte dans ses yeux, et bientôt Mazulhim, par ses transports, en pénétra toute son âme.

Dieux ! quels yeux, quand il eut achevé de les troubler ! Je n'avais jamais vu les mêmes qu'à Phénime.

Quelque préparée qu'elle fût cependant à rendre Mazulhim l'amant du monde le plus heureux, elle ne put, sans se souvenir de ses craintes, et peut-être de sa vertu, le voir si près de son bonheur.

« Vous ne doutez pas que je ne vous aime, lui dit-elle, en lui opposant la plus faible résistance ; mais ne pouvez-vous...

— Ah ! Zéphis ! interrompit-il, Zéphis ! pouvez-vous craindre encore de me prouver votre tendresse ? »

Zéphis soupira et ne répondit rien : plus vaincue par son amour qu'elle n'était persuadée de celui de son amant, elle céda enfin à ses désirs. Trop heureux Mazulhim ! Que de charmes s'offrirent à ses regards, et combien la pudeur de Zéphis n'en augmentait-elle pas le prix ! Aussi Mazulhim m'en parut-il vivement frappé ; tout l'étonnait, tout était en Zéphis l'objet d'un éloge et d'un baiser. Quoique, loin de condamner l'admiration dans laquelle il était plongé, je la partageasse avec lui, il me sembla que, pour la situation où il se trouvait, elle durait trop longtemps, et qu'elle semblait même suspendre ou lui faire oublier ses désirs.

Il est bien vrai que plus on est délicat, plus on s'amuse de bagatelles. Le sentiment seul connaît ces tendres écarts qu'il imagine, et qu'il varie sans cesse ; mais enfin, on ne saurait s'y plaire toujours, et si l'on s'y arrête, c'est moins pour y borner ses désirs que pour y trouver de nouvelles sources de flamme. J'eus, quelques instants, assez bonne opinion de Mazulhim pour n'attribuer l'anéantissement où je le voyais qu'à un excès d'amour, et les charmes de Zéphis justifiaient cette idée. Vraisemblablement, Zéphis le crut aussi, et plus longtemps que moi. Je ne concevais pas comment les transports d'un amant si tendre, si pressé d'être heureux, s'affaiblissaient à mesure qu'ils trouvaient de quoi augmenter : il était vif sans être ardent ; il louait, il admirait toujours ; mais n'est-ce donc que par des éloges qu'un amant sait exprimer ses désirs ?

Avec quelque adresse que Mazulhim dissimulât son malheur, Zéphis s'aperçut du peu de succès de ses charmes ; elle n'en parut ni surprise, ni choquée, et, tournant ses beaux yeux vers son amant :

« Levez-vous ! lui dit-elle avec le plus doux sourire ; je suis plus heureuse que je ne pensais. »

Mazulhim, à ce discours, qui ne lui parut qu'insultant,

s'efforça, mais vainement, de prouver à Zéphis qu'il ne méritait pas qu'elle eût de lui l'idée qu'elle semblait en avoir prise. Forcé enfin de se rendre justice :

« Hélas ! madame », lui dit-il, d'un ton qui me fit rire, « c'est que vous m'avez attristé !

— Votre trouble me divertit, répondit Zéphis, mais votre douleur m'offenserait. Il serait trop cruel pour moi que vous crussiez mon cœur blessé…

— Ah ! Zéphis ! interrompit Mazulhim, qu'il est affreux d'avoir tort avec vous, et difficile de s'en justifier !

— Cessez donc de vous affliger ! répondit tendrement Zéphis. Je crois que vous m'aimez, je ne le crois même que depuis un instant, et vous ne pouviez mieux me prouver votre tendresse que par les choses que vous vous reprochez. »

— Ah ! cela, comme l'on dit, est bon pour le discours, dit le sultan ; mais dans le fond de l'âme, cette dame-là n'était sûrement pas contente. Premièrement, c'est que par soi-même cela est affligeant, et qu'il y a apparence que ce qui afflige toutes les femmes n'en saurait divertir une, ou du moins vous conviendrez qu'en ce cas-là elle serait bien capricieuse. D'ailleurs, c'est que le sentiment n'est pas une chose si consolante, quand cela arrive, qu'on pourrait bien dire. À ce propos, je me souviens qu'un jour (j'étais, parbleu, bien jeune !), c'était une femme. Je ne vous dirai pas comment cela arriva ; nous étions pourtant tous deux… Réellement, je ne m'en serais jamais défié ; ne voilà-t-il pas que tout d'un coup… je ne sais pas trop comment vous dire cela. Eh bien ! j'eus beau lui tenir les propos du monde les plus galants ; plus je lui parlai, plus elle pleura. Je n'ai jamais vu cela qu'une fois ; mais il est vrai que c'était une chose bien attendrissante. Je lui dis pourtant, entre autres choses, qu'il ne fallait désespérer de rien, que je ne l'avais pas fait exprès…

— Eh ! finissez votre cruelle histoire, interrompit la sultane.

— Je trouve assez bon, répondit Schah-Baham, qu'il ne me soit point permis de faire un conte, et chez moi, surtout ! De là, comme je vous disais, poursuivit-il, j'ai conclu, et pour jamais, qu'il n'y a point de femme à qui cela ne fasse un certain plaisir ; par conséquent, la dame de Mazulhim, qui disait de si belles choses…

— Aurait tout autant aimé n'avoir pas eu à les dire, interrompit la sultane, cela est probable ; mais sachez pourtant que ce que vous croyez si fâcheux pour une femme l'afflige moins qu'il ne l'embarrasse.

— Ah ! oui, reprit le sultan, je n'aurais, par exemple, qu'à... mais n'ayez pas peur ! Continuez, émir.

Quelque déconcerté que Mazulhim me parût de son aventure, il me sembla qu'il était encore plus étonné de la façon dont Zéphis la prenait.

« Si quelque chose peut, lui dit-il, me consoler de cette affreuse disgrâce, c'est de voir qu'elle ne prenne rien sur votre cœur. Que de femmes me détesteraient, si elles avaient autant à se plaindre de moi !

— Je vous avoue, répondit Zéphis, que je ferais peut-être comme elles, si je pouvais attribuer cet accident à votre froideur ; mais si, comme vous me l'avez dit, et que je le crois, l'amour seul trouble vos sens, je ne trouve dans cette aventure que mille choses plus flatteuses pour moi que tous vos transports. Je vous aime trop pour ne pas croire que vous m'aimez ; peut-être aussi ai-je trop de vanité, ajouta-t-elle en souriant, pour imaginer qu'il y a de ma faute ; mais quel que soit le motif de mon indulgence, ce qu'il y a de vrai, c'est que je vous pardonne. Je vous avertis, au reste, que je serais moins tranquille sur le plus simple soupçon sur votre fidélité, que sur ce que vous appelez un crime. Oui, Mazulhim, soyez-moi fidèle, et puissé-je toujours vous trouver tel que vous êtes actuellement ! Ce que j'y perdrais du côté de ce que vous appelez des plaisirs ne le trouverais-je pas bien dans la certitude que vous seriez constant ? »

Pendant que Zéphis parlait, Mazulhim, qui aurait bien voulu lui avoir moins d'obligation, n'épargnait rien de tout ce qui pouvait faire cesser son malheur. Zéphis se prêtait à ses désirs avec une complaisance qu'intérieurement peut-être il n'approuvait pas, parce que, de moment en moment, elle le rendait moins excusable. Cette complaisance même devenait plus tendre ; insensiblement elle augmentait. Zéphis défendait moins, ou accordait de meilleure grâce ; ses yeux brillaient d'un feu que je ne leur avais pas encore vu ; il semblait que ce ne fût que dans cet instant qu'elle se fût véritablement rendue : elle n'avait jusque-là que souffert les empressements de Mazulhim, alors elle les partageait. Cette répugnance inséparable du premier moment, que tant de femmes jouent, et que si peu sentent, avait cessé. Zéphis soutenait sans embarras les éloges de Mazulhim et paraissait même désirer qu'il pût se mettre à portée de lui en donner de nouveaux : elle rougissait, et ce n'était pas la pudeur qui la faisait rougir ; ses regards ne se détournaient plus de dessus les objets qui d'abord avaient paru les blesser ; la pitié que Mazulhim lui inspirait enfin n'eut plus de bornes ; cependant…

— Ah ! oui, interrompit le sultan ; cependant… J'entends bien, voilà un impatient petit homme ! Je ne connais rien qui soit, à la longue, plus insupportable que les procédés qu'il a avec Zéphis ; je suis bien sûr qu'elle s'en fâcha.

— Et moi, dit la sultane, je la suis du contraire : se fâcher d'un pareil malheur, c'est le mériter.

— Bon ! reprit le sultan, pensez-vous qu'une femme fasse une pareille réflexion ? Ce qu'il y a de certain pour moi, c'est qu'en pareil cas je me fâcherais, et si[35], je ne m'en croirais pas moins raisonnable, non ! Voyons pourtant ce que dit Zéphis ; car, à ce que je vois, en cela comme en toute autre chose chacun a son goût.

Quelque indulgente qu'elle fût, reprit Amanzéi, l'obstination du malheur de son amant me parut l'ennuyer ; soit qu'ayant plus fait pour lui que la première fois, elle crût le mériter moins ; soit qu'étant en ce moment plus favorablement disposée, elle trouvât dans sa raison moins de force pour le soutenir.

Mazulhim, moins convaincu que Zéphis de son infortune, ou accoutumé peut-être à braver de pareils malheurs, ne pensant pas de Zéphis aussi bien qu'il le devait, tenta ce que, s'il eût été plus sage ou plus poli, il n'aurait pas tenté. Il me sembla qu'elle n'agréait pas une épreuve qui lui montrait moins encore de présomption dans Mazulhim, que la mauvaise opinion qu'il osait avoir de ses charmes.

Malgré son trouble, il lui échappa un souris malin qui semblait dire à Mazulhim qu'elle n'était point personne avec qui cette témérité fût placée et pût être heureuse. Sûre qu'il en serait bientôt puni, elle se livra à ses ridicules entreprises, avec une intrépidité que toute femme est assez vaine pour avoir en pareil cas, mais qui n'est point dans toutes justifiée par le succès. Quoique Mazulhim fût en ce moment moins à plaindre qu'il ne l'avait été, il n'était pas cependant dans une situation dont on pût le féliciter, et quels que fussent ses efforts, Zéphis eut raison de ne les avoir pas craints.

À l'air étonné de Mazulhim, je dus croire que, s'il était fait à une partie de ce qui lui arrivait, il ne l'était pas à trouver des femmes qui, comme Zéphis, ne pussent dans ses malheurs lui laisser aucune ressource. Ce que je dis toutefois sans vouloir en offenser aucune ; et que sait-on, d'ailleurs, si ce serait toujours à elles qu'on devrait s'en prendre ?

Quoi qu'il en soit, la surprise de Mazulhim fut si plaisamment marquée, et aux dépens de beaucoup d'autres femmes, faisait si bien l'éloge de Zéphis, qu'elle ne put s'empêcher d'en rire.

« Si vous me l'aviez demandé, lui dit-elle, je vous l'aurais dit, mais vous ne m'en auriez peut-être pas crue.

— J'aurais assurément eu tort, répondit-il, mais je ne devais pas m'y attendre ; une expérience de dix ans, toujours heureuse, me faisait croire toujours possible ce qu'avec vous seule j'ai inutilement tenté. Ah, Zéphis ! ajouta-t-il, faut-il que je trouve dans ce qui devrait combler mes désirs de nouvelles raisons de me plaindre !

— En effet, répondit-elle en riant, je conçois combien vous êtes malheureux, et vous devez aussi être bien sûr de toute ma pitié.

— Zéphis ! » reprit-il, avec un transport plus vrai que tous ceux que je lui avais vus, « rien n'égale ma tendresse, que vos charmes ; chaque moment augmente mon ardeur et mon désespoir ; et je sens…

— Eh ! Mazulhim ! interrompit-elle, quel aurait donc été ce bonheur dont vous regrettez tant la perte ? Non, s'il est vrai que vous m'aimiez, vous n'êtes pas à plaindre. Un seul de mes regards doit vous rendre plus heureux que tous ces plaisirs que vous cherchez, si vous les aviez trouvés auprès d'une autre.

— Vos sentiments me charment et me pénètrent, dit-il ; mais en redoublant mon amour, ils augmentent mes regrets et ma douleur.

— Finissons cet entretien, dit Zéphis en se levant.

— Quoi ! s'écria-t-il, voudriez-vous déjà me quitter ? Ah ! Zéphis ! ne m'abandonnez point à l'horreur de ma situation !

— Non, Mazulhim, répliqua-t-elle, je vous ai promis de passer ce jour avec vous. Eh ! puisse-t-il ne vous point paraître plus long qu'à moi ! Mais sortons de ce cabinet : allons jouir de la délicieuse fraîcheur qui commence à se répandre, distraire votre imagination, la détourner enfin de dessus les objets qui l'attristent, peut-être : Mazulhim, plus on cherche les plaisirs, moins on peut les goûter ; essayons si, en y arrêtant moins notre pensée, nous ne nous y disposerons pas mieux. »

La généreuse Zéphis sortit en achevant ces paroles, et Mazulhim lui donna la main de l'air du monde le plus respectueux.

Ce qu'il y a de singulier, c'est que ce Mazulhim, qui employait si mal les rendez-vous qu'on lui donnait, était l'homme d'Agra le plus recherché ; il n'y avait pas une femme qui ne l'eût eu ou qui ne voulût l'avoir pour amant ; vif, aimable, volage, toujours trompeur, et n'en trouvant pas moins à tromper, toutes les femmes le connaissaient et toutes cependant cherchaient à lui plaire ; sa réputation enfin était étonnante. On le croyait… que ne le croyait-on pas ? Et pourtant, qu'était-il ? Que ne devait-il pas à la discrétion des femmes, lui qui, ayant pour elles de si mauvais procédés, les ménageait cependant si peu ?

Après une heure de promenade, Zéphis et lui revinrent du jardin. Je cherchai promptement dans leurs yeux s'ils étaient plus contents que lorsqu'ils étaient sortis. À l'air modeste de Mazulhim, je crus que non, et je ne me trompais pas. Zéphis s'assit sur moi, nonchalamment, et Mazulhim se mit à ses pieds, sur des carreaux[36]. Ayant assez peu de chose à lui dire, et n'imaginant d'abord aucune sorte d'amusements qu'il fût en état de lui procurer, il s'abandonna à la rêverie, en la regardant assez tendrement. Honteux, peu de temps après, du personnage qu'il jouait auprès de la plus belle femme d'Agra, mais consterné encore de ses malheurs, tremblant, en voulant les réparer, d'essuyer de nouveaux affronts, il fut quelques moments sans savoir à quoi se déterminer. Il craignit enfin que son silence et sa froideur ne parussent plutôt à Zéphis des preuves d'indifférence que de crainte, ou de repentir. Il la prit brusquement dans ses bras, et, lui donnant les baisers les plus tendres, sembla vouloir sortir, par un coup d'éclat, de la profonde léthargie dans laquelle il était plongé. Zéphis d'abord parut délibérer en elle-même si elle se prêterait aux nouvelles entreprises de Mazulhim. Si sa tendresse la sollicitait à tout accorder, cette même tendresse lui faisait voir avec douleur qu'elle n'avait jamais plus de cruauté pour Mazulhim que quand elle ne lui refusait rien. Désirait-il d'être heureux, ou la connaissait-il assez peu pour croire qu'elle serait blessée, s'il ne cherchait pas à le devenir ? Était-ce enfin l'amour ou la vanité qui le ramenait si tendre ?

Pendant qu'elle s'occupait de ces idées, Mazulhim (soit qu'il cherchât uniquement à se tirer d'une situation qui l'ennuyait, soit que, comme il était admirable pour les menus détails de l'amour, il voulût empêcher Zéphis de s'ennuyer) crut devoir employer ces riens charmants quand ils précèdent ou suivent une conversation sérieuse, mais qui par leur frivolité ne sont pas faits pour en tenir lieu. Zéphis refusa d'abord de s'y prêter, mais croyant à l'empressement extrême avec lequel Mazulhim lui demandait plus de complaisance qu'il n'avait besoin qu'elle en eût, elle consentit par pure générosité, et en haussant les épaules à ce dont il se faisait de si grandes idées, et dont, car il faut lui rendre justice, elle attendait beaucoup moins que lui.

L'air inattentif et même ennuyé qu'elle garda longtemps, loin d'impatienter Mazulhim, l'engagea à redoubler ses soins, et comme il était l'homme de son temps qui savait le mieux traiter les petites choses, il la força à lui prêter plus d'attention ; de l'attention il la conduisit à l'intérêt : le peu de réalité des objets qu'il lui offrait disparut insensiblement à ses yeux ; elle seconda elle-même l'illusion où il la jetait, et connut enfin de combien de plaisirs l'imagination est la source, et combien sans elle la nature serait bornée.

Pour comble de bonheur, ce que Mazulhim avait peut-être moins regardé comme une ressource pour lui que comme une sorte de dédommagement qu'il devait à Zéphis, lui fit une impression plus vive qu'il ne s'en était flatté. Les charmes de Zéphis, devenus même plus touchants, lui firent sentir cette émotion qu'il avait jusque-là cherchée si vainement, et dans le doux désordre qui commençait à s'emparer de ses sens, ayant perdu le souvenir de ses malheurs, ou en étant alors plus irrité qu'abattu, il vainquit enfin glorieusement ces obstacles cruels, par lesquels il s'était vu si longtemps et si cruellement arrêté.

— J'entends, dit alors le sultan, c'est fort bien fait : *il vaut mieux tard que jamais* ; c'est-à-dire que…

— N'allez-vous pas nous expliquer cela, interrompit la sultane, et pensez-vous qu'Amanzéi ait eu la prudence et la finesse de nous laisser quelque chose à deviner ?

— Je n'en sais rien, reprit le sultan, ce ne sont pas là mes affaires ; mais enfin, c'est que, comme vous le savez aussi bien que moi, ce Mazulhim est un peu sujet à ces accidents, et qu'il me paraît tout simple que l'on s'informe… parce que, par hasard, il se pourrait… Eh bien ! dites-moi donc un peu : Mazulhim ?

— Sire, il fut heureux ; mais il savait mieux offenser qu'il ne savait réparer les outrages qu'il faisait, et je doute que s'il eût eu affaire à une personne moins généreuse que Zéphis, il eût pu pour si peu obtenir son pardon.

Plus vain qu'il n'était amoureux, il me parut moins sentir le bonheur de posséder Zéphis que le plaisir d'avoir moins à rougir devant elle. Ils commencèrent une conversation tendre, où Zéphis mit beaucoup de sentiment, et Mazulhim extrêmement de jargon.

Peu de temps après, on servit un souper où il avait épuisé la délicatesse et le goût. Zéphis, animée de plus en plus par la présence de son amant, lui dit mille choses fines et passionnées, qui ne me firent pas moins admirer son esprit que sa tendresse. Quoique lui-même fût étonné de tant de charmes, ils n'agissaient pas sur lui aussi vivement que sur moi, et il me parut que son orgueil était plus flatté de la conquête de Zéphis que son cœur n'était touché de cette passion vive et délicate qu'elle avait pour lui, et dont, malgré ce qu'elle craignait de son inconstance, elle était uniquement remplie.

Si la possession de Zéphis n'avait pas rendu Mazulhim aussi amoureux qu'elle l'aurait dû, il en était du moins devenu plus vif ; son cœur inaccessible au sentiment languissait encore ; toutes les vertus de Zéphis, que l'ingrat louait, sans les connaître, et peut-être sans les lui croire, loin de l'attacher à elle, semblaient l'en éloigner et le contraindre. Je ne le voyais pas même ému de l'amour tendre et vrai qu'elle avait pour lui, mais elle commençait à lui inspirer des désirs. Il la regardait avec transport, il soupirait, il lui parlait avec ardeur du bonheur dont il avait joui, et semblait attendre avec impatience que le souper finît.

Il le lui dit même ; mais soit qu'elle s'y amusât, soit qu'elle n'eût pas si bonne opinion que lui de l'après-souper, elle était moins impatiente. Cependant, elle l'aimait ; il la pressa, bientôt… Ah ! Mazulhim ! Que tu aurais été heureux si tu avais su aimer !

Peu de temps après, Zéphis sortit et Mazulhim la suivit, en lui faisant des protestations d'amour et de reconnaissance, que je crus d'autant moins vraies qu'elle les méritait mieux. Zéphis était trop estimable pour qu'il pût s'attacher constamment à elle ; elle était vraie, sans fard, sans coquetterie. Mazulhim était sa première affaire : mais ce qui aurait fait la félicité d'un autre n'était, pour ce cœur corrompu, qu'une liaison où il ne trouvait ni plaisir ni amusement. Il ne lui fallait que de ces femmes qui, nées sans sentiment et sans pudeur, ont mille aventures, sans avoir un amant, et qu'à l'indécence de leur conduite, on pourrait accuser de chercher plus encore le déshonneur que le plaisir. Il n'était pas étonnant que Mazulhim, qui n'était qu'un fat, plût aux femmes de ce genre, et qu'à son tour il les recherchât.

— Mais, Amanzéi, demanda la sultane, comment un homme de si peu de mérite avait-il pu toucher une personne aussi estimable que vous nous avez peint Zéphis ?

— Si Votre Majesté voulait bien se ressouvenir du portrait que j'ai fait de Mazulhim, répondit Amanzéi, elle s'étonnerait moins qu'il eût su plaire à Zéphis ; il avait des agréments et savait feindre des vertus. Zéphis, d'ailleurs, ne serait pas la première femme raisonnable qui eût eu le malheur d'aimer un fat, et Votre Majesté n'ignore pas qu'on ne voit autre chose tous les jours.

— Sans doute ! dit le sultan ; par exemple, il a raison, l'on ne voit que cela ; au reste, ne me demandez pas pourquoi, car je n'en sais rien.

— Ce n'est pas à vous non plus que je le demande, reprit la sultane. Ce sont des choses qu'avec tout l'esprit que vous avez, il me paraît simple que vous ne sachiez pas.

Qu'une femme raisonnable, continua-t-elle, se rende à un amour également tendre et constant ; que, sûre des sentiments et de la probité d'un homme qui l'aime (si toutefois quelque chose peut jamais l'en assurer), elle se livre enfin à lui, cela ne me surprend pas ; mais qu'elle soit capable de faiblesse pour un Mazulhim, voilà ce que je ne puis comprendre !

— L'amour, répondit Amanzéi, ne serait pas ce qu'il est, si…

— Si, si, interrompit le sultan ; allez-vous faire longtemps les beaux esprits ? Et ne vous souvient-il plus que j'ai défendu les dissertations ? Que vous importe, dites-moi, que cette Zéphis aime ce Mazulhim ; que l'une soit une bégueule et l'autre un fat ? Eh bien ! elle l'aime tel qu'il est. Vous voulez savoir pourquoi ? que ne le demandiez-vous à Amanzéi, pendant qu'il était femme ? Croyez-vous qu'il se souvienne de cela, lui, à présent ? Vous êtes cause, au reste, avec tous vos discours, que les contes que l'on me fait ne finissent point, et cela m'excède. Voyons, émir, où en étiez-vous ? Que devint cette Zéphis si raisonnable qu'elle en ennuie ? Quelle fut la fin de tout cela ?

— Celle qu'elle devait avoir, reprit Amanzéi ; Mazulhim, ne voulant pas d'abord manquer totalement d'égards pour Zéphis, la trompa le plus secrètement qu'il put. Ou les ménagements qu'il eut pour elle ne furent pas assez habilement employés pour la tromper longtemps, ou les infidélités qu'il lui faisait étaient trop fréquentes et trop marquées pour qu'il pût toujours les lui dérober. Quoi qu'il en soit, elle se plaignit ; mais comme avec toutes les délicatesses de l'amour le plus tendre, elle en avait tout l'aveuglement, il vint aisément à bout de la calmer. Il continua ses infidélités, et elle recommença ses reproches. Enfin, il s'impatienta et, peu touché de son amour et de ses larmes, il rompit absolument avec elle, et la laissa livrée à la honte de l'avoir aimé et à la douleur de l'avoir perdu.

— Ma foi, dit le sultan, il fit fort bien de la quitter ; et la preuve de cela, c'est que j'aurais fait de même ! Je sais bien qu'elle était fort belle, qu'elle avait beaucoup de mérite ; mais ce mérite-là m'aurait, moi qui veux qu'on me divertisse, ennuyé tout comme lui. Ce n'est pourtant pas que je sois un Mazulhim, je pense qu'on ne me le reprochera pas ; mais c'est qu'il ne laisse pas d'être plaisant de quitter des femmes, quand ce ne serait uniquement que pour entendre ce qu'elles en disent.

CHAPITRE XI

QUI CONTIENT UNE RECETTE CONTRE LES ENCHANTEMENTS

Trois jours après que j'eus vu Zéphis pour la première fois, Mazulhim arriva seul. À peine avait-il eu le temps de donner des ordres[37], qu'une petite femme dont l'air était vif, indécent, étourdi et pourtant maniéré, entra dans le cabinet. De loin, elle ne manquait pas d'éclat ; de près, ce n'était qu'une figure médiocre et que, sans ses ridicules, ses mines, et cette prodigieuse vivacité qu'elle affectait, on n'aurait seulement pas remarquée. Aussi était-ce la seule chose qui avait fait naître à Mazulhim l'envie de l'avoir.

« Ah ! s'écria-t-il en la voyant, c'eſt vous ! Mais savez-vous bien que vous êtes divine d'arriver de si bonne heure ! »

Cette beauté qui, malgré ses airs enfantins, avait trente ans au moins, s'avança vers Mazulhim avec cette noble indécence qui composait presque toutes ses grâces ; et, sans lui répondre, ni presque le regarder :

« Vous aviez raison, lui dit-elle, de me dire que votre petite maison était jolie ; mais, c'eſt qu'elle eſt charmante ! meublée d'un goût ! d'une volupté ! Cela eſt divin[38] !

— N'eſt-il pas vrai, répondit-il, que c'eſt la plus jolie du faubourg ?

— Ne dirait-on pas à ce propos, répliqua-t-elle, que j'en connais beaucoup ? Ce cabinet-ci eſt charmant, continua-t-elle, galant au possible !

— Je suis, dit-il, charmé de vous y voir et qu'il vous plaise.

— Oh ! pour moi, répliqua-t-elle, je n'ai peut-être pas fait pour y venir toutes les façons que je devais ; ce n'eſt pas que je ne sache aussi bien qu'une autre l'art de filer et de mettre de la décence dans une affaire, mais...

— Vous ne le pratiquez pas, interrompit-il ; oh ! pour cela, l'on vous rend juſtice.

— C'eſt que cela eſt vrai, au moins, reprit-elle, exactement ; je ne suis point fausse. Hier, quand vous me dîtes que vous m'aimiez, et que vous me proposâtes de venir ici... je fus pourtant bien tentée de vous répondre non, mais la vérité de mon caractère ne me le permit point ; je suis franche, naturelle, vous me plaisez, et me voilà. Vous n'en pensez pas plus mal de moi, peut-être ?

— Qui ? Moi ! répondit-il en haussant les épaules ; voilà une belle idée ! J'en penserais mille fois mieux, s'il m'était possible !

— Au vrai, vous êtes charmant, reprit-elle, mais, dites-moi donc, y a-t-il longtemps que vous êtes ici ?

— J'arrivais, repartit-il, et j'en rougis, j'en suis confondu ; mais vous avez pensé être ici la première.

— Cela aurait vraiment été joli, dit-elle, et je n'aurais pas manqué de vous en savoir gré !

— Vous concevez bien, répondit-il, qu'on ne fait pas ces choses-là exprès, et qu'elles peuvent arriver aux gens les plus empressés.

— Oui, oui, reprit-elle, je le conçois bien, je ne l'aimerais pourtant pas. Écoutez donc que je vous dise des nouvelles. Zobéide vient dans la minute de quitter Areb-Cham.

— Ne lui a-t-elle fait que cela ? demanda-t-il.

— Et Sophie, continua-t-elle, vient de prendre Dara.

— N'a-t-elle pris que lui ? » demanda-t-il encore.

Pendant qu'elle parlait, Mazulhim, qui la connaissait trop pour la respecter seulement un peu, prenait avec elle les plus grandes libertés. Loin qu'elle m'en parût plus émue que lui, elle promena ses yeux dans le cabinet avec distraction, puis, les ramenant sur sa montre :

« Mais quelle folie donc, Mazulhim ! lui dit-elle ; est-ce que nous serons seuls tout le jour ?

— Voilà une assez bonne question ! répondit-il. Sans doute nous serons seuls !

— Mais vraiment, reprit-elle, je n'avais pas compté là-dessus ; laissez donc ! » ajouta-t-elle sans aucun désir qu'il finît, ni qu'il continuât (aussi ne s'en embarrassa-t-il pas plus qu'elle) ; « vous êtes, au vrai, d'une folie qui ne ressemble à rien ; et à propos de quoi être seuls, s'il vous plaît ?

— Il me semble », répondit froidement Mazulhim, que cette conversation n'empêchait pas de s'amuser, « que cela était convenu entre nous.

— Convenu ? dit-elle ; quel conte ! Où avez-vous donc pris cela ? Je n'en ai pas dit un mot, je vous jure ; après tout, cela m'est égal, et je saurai bien vous contenir. Ah ! pour cela, laissez donc ! vous avez des façons singulières…

— Pas trop ; il me semble que je ne suis pas plus singulier qu'un autre. D'ailleurs, étant ensemble comme nous y sommes, je dois croire que je n'outre rien. Ah ! Zulica, ajouta-t-il, vous qui avez du goût, dites-moi ce que vous pensez de ce plafond !

— C'était à cela que je rêvais, dit-elle ; je le voudrais moins chargé de dorure. Tel qu'il est, je le trouve pourtant fort beau ! » ajouta-t-elle en s'asseyant sur ses genoux, et, selon toutes les apparences, ce n'était pas pour le déranger. « Quand j'y pense, reprit-elle, il faut que je sois bien folle pour croire que vous me serez fidèle, vous qui ne l'avez encore été à personne.

— Ah ! ne parlons pas de cela, répliqua-t-il en s'occupant toujours et (grâce aux bontés de Zulica) fort commodément ; vous seriez peut-être bien embarrassée si j'étais plus constant que vous ne me soupçonnez de l'être.

— Vous ne voulez donc pas me laisser ? dit-elle en ne faisant pas le moindre mouvement pour lui échapper ou pour le contraindre. À l'égard de la confiance », continua-t-elle aussi froidement que s'il n'eût pas continué, lui, « j'en ai dans le caractère, j'ose le dire.

— Ce n'est pas aujourd'hui une vertu que la constance, tant elle est commune, répondit-il, et l'on peut, sans se vanter, dire qu'on en est capable ; vous avez pourtant, malgré celle dont vous pouvez vous piquer, changé quelquefois…

— Pas tant, n'allez pas croire cela !

— Mais je sais, et vous ne l'ignorez pas, répondit-il, tous les amants que vous avez eus.

— Eh bien ! dit-elle, en ce cas-là vous conviendrez qu'il n'a tenu qu'à moi d'en avoir davantage. Finissez donc ! Vous me tourmentez !

— Beaucoup moins que je ne devrais.

— Mais enfin, répliqua-t-elle, c'est toujours plus que je ne veux.

— Quoi ! lui dit-il, ne m'aimez-vous pas ? Allez-vous avoir un caprice ! N'avons-nous pas tout réglé ?

— Eh ! mais… oui, répondit-elle, mais… Ah ! Mazulhim, vous me déplaisez !

— C'est un conte, repartit-il froidement ; cela ne se peut pas ! »

Alors il la posa doucement sur moi.

« Je vous assure, Mazulhim, lui dit-elle en s'y arrangeant, que je suis outrée contre vous ; je vous le dis, c'est que je ne vous le pardonnerai jamais ! »

Malgré ces terribles menaces de Zulica, Mazulhim voulut achever de lui déplaire. Comme, entre autres choses, il avait la mauvaise habitude de ne s'attendre[39] jamais et qu'elle avait apparemment celle de ne jamais attendre personne, il lui déplut, en effet, à un point qu'on ne saurait imaginer. Cependant, malgré sa colère, elle attendit, et sa vanité lui fit suspendre son jugement. Dans toutes les occasions où elle s'était trouvée (et elles avaient été fréquentes assurément), on ne lui avait jamais manqué ; c'était pour elle une preuve incontestable de ce qu'elle valait. D'ailleurs, ce Mazulhim, qu'elle trouvait si peu digne d'estime, de quels prodiges, si l'on en croyait le public, n'était-il pas capable ? Si (comme la chose lui paraissait assez avérée) elle n'avait rien à se reprocher, par quel hasard Mazulhim, qui, disait-on, n'avait jamais eu tort avec personne, en avait-il avec elle un si singulier ? Elle avait ouï dire à tout le monde qu'elle était charmante ; la réputation de Mazulhim était trop belle pour qu'il ne la méritât pas, au moins par quelque endroit ; donc, ce qui lui faisait faire tant de réflexions n'était point naturel et ne pouvait pas durer.

Avec ces consolantes idées, et d'ouï-dire en ouï-dire, Zulica s'était armée de patience, et cachait son dépit le mieux qu'il lui était possible. Mazulhim, cependant, tenait des propos du monde les plus galants sur les beautés qui semblaient le toucher si peu. Il fallait, disait-il, que pour le rendre tel qu'il se trouvait, tous les magiciens des Indes eussent travaillé contre lui. « Mais, continua-t-il, que peuvent leurs charmes contre les vôtres, aimable Zulica ? Ils en ont différé le pouvoir, mais ils n'en triompheront pas ! »

À tout cela, Zulica, plus fâchée que Mazulhim n'était déconcerté, ne lui répondait que par des souris malins, mais auxquels, de peur de l'achever, elle n'osait donner toute l'expression qu'elle aurait voulu.

« Vous êtes, lui demanda-t-elle d'un air railleur, brouillé avec des magiciens ? Je vous conseille de vous raccommoder avec eux ; des gens capables de jouer de pareils tours sont de dangereux ennemis.

— Ils le seraient moins si vous vous étiez bien mis en tête de leur en donner le démenti, répondit-il, et je doute aussi que malgré leur mauvaise volonté, si je vous aimais avec moins d'ardeur, j'eusse éprouvé…

— Oh ! c'est un propos auquel j'ajoute assez peu de foi, que celui que vous me tenez là », interrompit Zulica, qui, ayant déterminé en elle-même le temps que l'on pouvait rester enchanté, croyait alors avoir accordé assez de répit.

« Je sais bien, reprit-il, que si vous me jugez à la rigueur, vous ne devez pas être contente ; mais moins vous l'êtes, plus vous devriez achever de me mettre dans mon tort.

— Je doute, répliqua-t-elle, que cela fût convenable.

— Je vous croyais moins attachée à la décence », reprit-il, d'un air railleur, « et j'osais espérer…

— Vous prenez assurément bien votre temps pour railler, interrompit-elle. Vous avez raison ; rien n'est si glorieux pour vous que cette aventure !

— Mais, Zulica, reprit-il, ne voudriez-vous donc jamais sentir que le ton que vous prenez ne peut que me nuire et perpétuer mon humiliation ?

— C'est, je vous le jure, dit-elle, ce dont je me soucie le moins.

— Mais, lui demanda-t-il, si vous vous en souciez si peu, de quoi vous fâchez-vous tant ?

— Vous me permettrez de vous dire, monsieur, que c'est une fort sotte question que celle que vous me faites. »

À ces mots, elle se leva, malgré tous les efforts qu'il fit pour la retenir :

« Laissez-moi, lui dit-elle d'un ton aigre ; je ne veux ni vous voir, ni vous entendre !

— Assurément ! s'écria-t-il, j'en ai vu d'aussi malheureuses, mais je n'en ai jamais vu d'aussi fâchées ! »

Cette exclamation de Mazulhim ne plut pas à Zulica ; désespérée de l'accident qui lui arrivait, outrée de l'air froid de Mazulhim, elle s'en prit, dans sa fureur, à un grand vase de porcelaine qu'elle trouva sous sa main, et qu'elle brisa en mille morceaux.

« Hélas ! madame, lui dit Mazulhim en souriant, vous n'auriez rien trouvé ici à briser si toutes les personnes qui n'y ont pas été contentes de moi s'en étaient vengées de la même manière ; au reste, ajouta-t-il en s'asseyant sur moi, je vous conjure de ne pas vous gêner.

— Voilà une femme qui me plaît tout à fait ! dit Schah-Baham ; elle a du sentiment et n'est pas comme cette Zéphis, à qui tout était égal et qui, d'ailleurs, était bien la plus sotte précieuse que j'aie de ma vie rencontrée ! Je sens qu'elle m'intéresse infiniment, et je vous la recommande, Amanzéi, entendez-vous ? Tâchez qu'on ne la chagrine pas toujours.

— Sire, répondit Amanzéi, je la favoriserai autant que le respect dû à la vérité pourra me le permettre.

Mazulhim, en finissant de parler, se mit à rêver d'un air distrait. Zulica, qui était allée s'asseoir dans un coin, et loin de lui, soutint assez bien pendant quelque temps la méprisante indifférence qu'il lui témoignait, et, pour la lui rendre, elle se mit à chanter.

« Ou je me trompe, lui dit-il quand elle eut fini, ou le morceau que madame vient de me chanter est de tel opéra ! »

Elle ne répondit rien.

« Vous avez, continua-t-il, une jolie voix, peu étendue, mais flûtée, et dont les sons vont droit au cœur.

— Il est heureux qu'elle vous plaise ! répondit-elle sans le regarder.

— Vous ne le croyez peut-être pas, repartit-il, mais il est

vrai pourtant que vous pourriez en être flattée, et que peu de gens s'y connaissent aussi bien que moi. Un autre agrément que je vous trouve, et que je vous dirais si je pouvais à présent vous paraître digne de vous louer, c'est une expression charmante, qui ne laisse rien à désirer par sa vivacité, et par sa justesse, et que vos yeux secondent si bien qu'il est impossible de vous entendre sans se sentir remué jusqu'au fond du cœur. Vous allez me répondre encore qu'il est heureux que cela me plaise.

— Non, répondit-elle d'un ton plus doux, je ne suis pas fâchée que vous me trouviez des choses aimables, et plus je vous sais connaisseur, plus vos éloges doivent me flatter.

— Voilà précisément, dit-il, la raison qui me ferait désirer de mériter les vôtres.

— Ah ! sans doute, dit-elle.

— Allez-vous dire que vous ne vous connaissez à rien, répondit-il, et, pour mettre le comble à l'injustice, n'imaginerez-vous pas aussi qu'il m'est indifférent que vous pensiez de moi bien ou mal ? Joindrez-vous cette injure à toutes celles que vous m'avez déjà faites ? Ah ! Zulica, est-il possible que ce qui devrait augmenter votre tendresse ne serve qu'à vous irriter contre moi ?

— Est-il possible aussi, reprit-elle avec emportement, que vous me croyiez assez dupe pour regarder comme une preuve d'amour l'affront le plus sanglant que jamais vous puissiez me faire ?

— Un affront ! s'écria-t-il. Aimable Zulica ! Vous connaissez peu l'amour si vous croyez que nous devions, vous et moi, rougir de ce qui nous est arrivé. Je ne craindrai pas de vous dire plus : les gens que vous avez honorés de votre tendresse vous ont aimée bien peu, si vous ne les avez pas trouvés tous aussi malheureux que moi.

— Oh ! pour cela, monsieur, dit-elle en se levant, finissez, ou je vous quitte ; je ne puis plus soutenir le ridicule et l'indécence de vos propos.

— Je n'ignore pas qu'ils vous blessent, répondit-il, et je suis surpris, je l'avoue, de ce qu'ils font cet effet-là sur vous ; mais, ce dont je ne reviens pas, c'est que vous vous obstiniez à me trouver si coupable. Je trouverais tout simple qu'une femme ordinaire, sans monde[40], sans usage, s'offensât mortellement d'une aventure pareille ; mais vous ! que vous soyez précisément comme quelqu'un qui n'a jamais rien vu ! En vérité, cela n'est pas pardonnable !

— En effet ! dit-elle, il faut être sotte au dernier point pour ne la pas trouver flatteuse, et je m'étonne de ne vous avoir point encore remercié de l'impression singulière que j'ai faite sur vous !

— Raillerie à part », dit-il, en voulant se lever, « je vais vous prouver que je n'ai pas tort.

— Non, monsieur, s'écria-t-elle, je vous défends de m'approcher !

— J'exécuterai vos ordres, tout injustes qu'ils sont, et je prouverai de loin, puisque vous le jugez à propos.

— Oui, répliqua-t-elle, cela vous sera sûrement plus commode ; mais faisons mieux : n'en parlez plus ; aussi bien ne suis-je pas assez imbécile pour que vous puissiez me persuader jamais que plus un amant a de tendresse, moins il peut l'exprimer à ce qu'il aime.

— C'est-à-dire, reprit-il d'un air nonchalant, que vous croyez précisément le contraire, vous ?

— Oui, repartit-elle, précisément ; c'est qu'on ne peut pas être plus persuadée d'une chose que je le suis de celle-là.

— Eh bien ! madame, vous pouvez donc vous vanter d'être la femme la moins délicate qu'il y ait au monde, et si je ne vous aimais au point que je ne connais sous le ciel rien d'assez fort pour m'arracher à vous, je vous avouerais que cette façon de penser m'en éloignerait pour jamais.

— Il serait, en effet, dit-elle, assez étonnant qu'elle vous plût !

— Oh ! non, reprit-il d'un air détaché, je ne suis pas intéressé autant que vous voulez bien me faire l'honneur de le croire, à m'en déclarer l'ennemi ; mais c'est qu'il est décidé de tout temps que plus on a d'amour, moins on a l'usage de ses sens, et qu'il n'appartient qu'à des cœurs grossiers, et incapables de se laisser pénétrer des charmes de la volupté, de se posséder dans les moments où vous m'avez trouvé si loin de moi-même. Si l'espoir du plaisir suffit pour troubler un amant, jugez de ce que doit produire sur lui l'approche de ces instants heureux qu'il a si vivement désirés ; combien son âme doit s'être usée dans les transports qui les précèdent, et si ce désordre que vous me reprochez est aussi désobligeant pour une femme qui sait penser que ce sang-froid dont, faute d'y réfléchir sans doute, vous voudriez que j'eusse été capable. Franchement, ajouta-t-il en s'en allant jeter à ses genoux, serait-ce la première fois que vous…

— Ah ! cessez cette mauvaise plaisanterie ! interrompit-elle. Laissez-moi ; je veux sortir et ne vous voir de ma vie.

— Mais, Zulica », lui dit-il, en la ramenant de mon côté, « ne voudrez-vous donc jamais sentir qu'il semble, à la façon dont vous prenez mon malheur, que vous ne vous croyez pas assez de charmes pour le faire cesser ! »

Soit que les délicates distinctions de Mazulhim eussent déjà disposé Zulica à la clémence, soit que la grande réputation qu'il s'était acquise rendît ce qu'il disait plus vraisemblable, elle se laissa conduire sur moi, en faisant cette légère résistance qui communément enflamme plus qu'elle n'arrête. Peu à peu, Mazulhim en obtint davantage et se retrouva enfin dans la même circonstance où Zulica s'était fâchée.

Déjà troublée par les emportements de Mazulhim, elle commençait à désirer vivement qu'il se laissât moins frapper les sens que la première fois ; déjà même elle espérait, lorsque Mazulhim, plus délicat que jamais, manqua cruellement à ses plus douces espérances. Elle en fut d'autant plus indignée que (vanité à part) il lui aurait alors fait plaisir de se comporter différemment.

— Oh bien ! dit le sultan, qu'il finisse donc aussi, lui ; cela m'ennuie autant qu'elle. Ce n'est pas parce que j'ai pris le parti de Zulica, mais je vous demande s'il y a quelqu'un que cela n'impatientât pas, si la patience d'un derviche y tiendrait ? C'est, parbleu, bien la peine de la faire attendre ! Amanzéi, vous ne m'aviez pas promis cela, au moins ! À la fin, vous me feriez croire que vous en voulez à cette femme-là ; et je vous le dis naturellement, je ne le trouverais pas bon.

— Mais, point du tout, sire ! répondit Amanzéi ; si je faisais un conte à Votre Majesté, il me serait facile d'arranger les objets comme elle le voudrait, mais je raconte ce que j'ai vu, et je ne puis, sans altérer la vérité, donner à Mazulhim des procédés différents de ceux qu'il avait.

— Ah ! le sot que ce Mazulhim ! s'écria Schah-Baham, et que je suis piqué contre lui !

— Mais, dit la sultane, je ne sais pas pourquoi vous lui en voulez tant ; il ne le faisait pas plus exprès que vous.

— Lui ? reprit-il, je n'en sais rien ; c'était un méchant homme !

— D'ailleurs, dit encore la sultane, c'est que cette Zulica qui vous plaît tant était la dernière des…

— Je vous prie, madame, interrompit-il, d'en penser tout

bas ce qu'il vous plaira, et de ne m'en point dire de mal. Je sais bien qu'il suffit que je prenne quelqu'un en amitié pour qu'il vous déplaise ; et cela me choque, je vous en avertis.

— Votre colère ne m'effraie point, répondit la sultane ; et de plus, je ne serais point du tout étonnée que cette Zulica, que vous aimez tant aujourd'hui, vous ennuyât demain mortellement.

— J'en doute ! reprit le sultan ; je ne me préviens pas comme vous, moi ; en attendant que cela arrive, voyons toujours le reste de son histoire.

Zulica rougit de fureur au nouvel affront que Mazulhim faisait à ses charmes :

« En vérité, monsieur, lui dit-elle en le repoussant avec violence, si c'est une préférence que vous me donnez, j'ose dire qu'elle est mal placée.

— Je le dirais tout le premier, répondit-il, si je pouvais imaginer que vous crussiez un seul moment mériter les torts que j'ai avec vous ; mais je n'y vois pas d'apparence, et j'avouerai sans peine que rien ne me justifie.

— C'est que, quand on se connaît d'une certaine façon, dit-elle, l'on doit laisser les gens en repos.

— Ce sera sans doute le parti que je prendrai si ceci a des suites, répliqua-t-il ; vous permettrez pourtant que je me flatte du contraire.

— En vérité, dit-elle, je ne vous le conseille pas. »

Alors elle se leva, prit son éventail, remit ses gants, et, tirant une boîte à rouge, alla vis-à-vis une glace. Pendant qu'avec toute l'attention possible elle tâchait de se remettre comme elle était lorsqu'elle était entrée, Mazulhim, qui était venu derrière elle, en troublant son ouvrage, la priait tendrement de ne se point donner une peine qu'à coup sûr il faudrait qu'elle reprît. Zulica ne lui répondit d'abord que par une mine qui dut lui prouver le peu de foi qu'elle avait à ses prédictions ; mais voyant enfin qu'il continuait à la tourmenter :

« Eh bien ! monsieur, lui dit-elle, ceci sera-t-il éternel, et ne voulez-vous pas que je puisse sortir ? Vous n'avez qu'à dire.

— Mais, autant que je puis m'en souvenir, répondit-il, tout est dit là-dessus ; est-ce que vous ne soupez pas ici ?

— Non pas que je sache, reprit-elle.

— Vous verrez, dit-il en souriant, que vous n'avez pas non plus compté là-dessus.

— Enfin, dit-elle, je suis engagée et il eſt tard.

— Voilà une assez bonne folie ! dit-il en la rejetant sur moi et en voulant encore essayer s'il ne trouverait pas enfin le moyen de lui rendre les heures moins longues.

— Tenez, Mazulhim, lui dit-elle d'un ton doux, vous m'en croirez si vous voulez, je vous le dis sans colère ; mais le personnage que vous me faites jouer eſt insoutenable.

— Plus de bonté de votre part, répondit-il, m'aurait rendu moins à plaindre ; mais vous êtes si peu complaisante !

— En vérité, repartit-elle, il y aurait aussi trop d'inhumanité à vous ôter la seule excuse qui puisse vous reſter. »

Il lui répondit avec fermeté qu'il en courrait volontiers le hasard.

Alors elle entra dans ses raisons pour avoir le plaisir de le combler de tous les torts imaginables. Plus il méritait sa pitié, plus (car elle n'était pas née généreuse) elle se sentait d'indignation. Blessée qu'il eût été si peu sensible à ses charmes, elle semblait l'être encore plus qu'il eût répondu si mal à ses dernières bontés ; sa vanité seule lui faisait soutenir ce qui la blessait si sensiblement. À peine elle s'était flattée du triomphe, qu'elle le voyait s'évanouir. Vingt fois elle fut près de renoncer à un espoir qui ne semblait se présenter à elle que pour la tromper après plus cruellement. Mais quoi ! après tout ce qu'elle a fait pour Mazulhim, l'abandonnera-t-elle à sa deſtinée ? Un moment de plus peut vaincre son ingratitude. S'il eût été plus doux pour elle de devoir tout à la tendresse de Mazulhim, il lui doit être plus glorieux de lui tout arracher.

Ce raisonnement n'était peut-être pas le plus juſte que Zulica pût faire ; mais pour la situation où elle se trouvait, c'était encore beaucoup qu'elle pût raisonner.

Mazulhim, qui sentait, à l'air dont elle le regardait, que, pour résiſter à l'opiniâtre froideur que malgré lui-même il lui témoignait, elle avait besoin d'être soutenue, lui donnait sans cesse les éloges les plus flatteurs sur son caractère compatissant.

« Assurément », s'écria-t-elle à son tour dans un inſtant où peut-être l'impatience, prenant le dessus, lui faisait trouver plus de mérite dans les bontés qu'elle avait pour Mazulhim ; « assurément, il faut convenir que j'ai une belle âme. »

À cette exclamation si bien placée, Mazulhim ne put s'empêcher d'éclater, et Zulica, qui savait combien quelquefois il eſt dangereux de rire, se fâcha fort sérieusement de ce qu'il avait ri.

La gaieté de Mazulhim ne lui fut cependant pas aussi funeste qu'elle l'avait craint. Les enchanteurs qui l'avaient jusque-là si cruellement persécuté commencèrent même à retirer leurs bras malfaisants de dessus lui. Quoiqu'il s'en fallût beaucoup que la victoire qu'elle remportait sur eux ne fût complète, elle ne laissa pas de s'en féliciter tout haut ; ce n'était pas qu'avec les lumières qu'elle avait elle s'y trompât ; mais elle voulait fortifier Mazulhim par la confiance qu'elle semblait avoir : elle le connaissait bien peu de croire qu'il en eût besoin.

À peine Mazulhim, qui était l'homme du monde le plus avantageux, se sentit moins accablé, qu'il porta la témérité jusqu'à se croire capable des plus grandes entreprises. Quelque chose que Zulica, qui était à portée de juger des objets plus sainement que lui, pût lui dire, elle ne put l'arrêter. Soit qu'il imaginât qu'il ne pouvait différer sans se perdre, soit (ce qui est plus vraisemblable) qu'il crût n'avoir besoin de ne rien dire de plus auprès d'elle, il voulut tenter ce qui (et encore par le plus grand hasard du monde) ne lui avait jamais manqué qu'une fois.

Zulica, qui ne s'éblouissait pas facilement, et qui d'ailleurs n'était pas la femme d'Agra qui pensait le moins bien d'elle-même, fut étonnée de la présomption de Mazulhim, et lui fit sur son audace les représentations les plus sensées. Elles ne réussirent pas ; et Mazulhim, s'opiniâtrant toujours par une suite nécessaire de sa confiance en ses charmes, et pour l'humilier, elle ne se refusa pas plus que Zéphis à des idées dont elle ne pouvait assez admirer le ridicule. « Ah ! oui ! » dit-elle d'un air dédaigneux. Tout d'un coup sa physionomie changea et je jugeai à sa rougeur et à son dépit, autant qu'à l'air railleur et insultant de Mazulhim, que ce qu'elle avait annoncé comme impraticable était aisé au dernier point.

— Voyez-vous cela ! s'écria le sultan ; et puis les femmes se plaindront ou feront les merveilleuses[41] ! Cela est bon à savoir.

— Quoi ? lui demanda la sultane ; quelle admirable découverte venez-vous donc de faire ?

— Oh ! je m'entends bien, répondit le sultan ; c'est que si jamais on s'avise de me faire des reproches, je sais à présent ce que j'aurai à répondre. Je suis pourtant bien fâché que cette mortification arrive à Zulica ; elle la méritait certainement moins que personne. Mais poursuivez, émir : il y a de très belles choses dans ce que vous venez de nous raconter, et ceci me donne fort bonne opinion du reste.

Fin de la première partie

SECONDE PARTIE

CHAPITRE XII

LE MÊME, À PEU PRÈS, QUE LE PRÉCÉDENT

Si le désagrément qui arrivait à Zulica la mortifia beaucoup, il ne lui ôta pas la présence d'esprit qui lui était nécessaire dans un accident aussi fâcheux. Elle félicita Mazulhim, se plaignit de tout autre chose que de ce qui la pénétrait de fureur ; et, pour tâcher de sauver sa gloire, ne craignit pas de lui faire un honneur qu'assurément il ne méritait point.

Je ne sais si ce fut pour mortifier Zulica, ou si, contre son ordinaire, il voulait se rendre justice, mais, quelque chose qu'elle fît, il ne voulut jamais croire qu'il fût ce qu'elle disait. Il y avait, disait-il opiniâtrement, des jours malheureux ; des jours que, si on les prévoyait, on mourrait plutôt que de les attendre.

Zulica convenait bien qu'il y en avait qui, en effet, ne commençaient pas d'une façon brillante, mais dont à la fin on trouvait plus à se louer qu'à se plaindre.

« Je vous avoue, ajouta-t-elle avec une tendresse dont en ce moment elle était bien éloignée, que j'ai eu lieu de croire que ce que vous m'avez dit cent fois sur ma beauté n'était pas sincère ou que les choses que vous m'avez paru admirer étaient effacées par des défauts qui vous choquaient d'autant plus que vous les aviez moins prévus ; mais vous m'avez rassurée.

— Ah ! Zulica ! s'écria l'impitoyable Mazulhim, vos craintes étaient donc bien médiocres ! Je sens tout ce que je dois à vos bontés, mais elles ne m'aveuglent pas ; et plus je vous trouve généreuse, plus vous augmentez mes remords.

— Mais, quelle folie ! repartit-elle. N'allez pas au moins vous frapper d'une idée aussi fausse ; rien ne serait plus injuste ! »

En finissant ces mots, ils se mirent à se promener dans la chambre, tous deux fort embarrassés l'un de l'autre, sans amour, sans désirs, et réduits, par leur mutuelle imprudence, et l'arrangement qu'entraîne un rendez-vous dans une petite maison, à passer ensemble le reste d'un jour qu'ils ne paraissaient pas disposés à employer d'une façon qui pût leur plaire. Zulica avait de belles réflexions à faire sur la fausseté des réputations. Ce qui intérieurement la désespérait (car je lisais aisément dans son âme), c'était l'impossibilité de se venger de Mazulhim. « Si je le dis, qui me croira ? se disait-elle, ou si on le croit, la prévention où l'on est pour lui permettra-t-elle de penser qu'il eût eu autant de tort avec moi, si j'avais eu de quoi l'empêcher de l'avoir ? Quelque chose que je fasse, il me sera impossible de désabuser tout le monde. »

Ces idées l'occupaient assez tristement. Pour Mazulhim, il semblait qu'il fût sur cela hors de tout intérêt. Ils se promenèrent quelque temps sans se rien dire ; de temps en temps, cependant, ils se souriaient d'une façon froide et contrainte.

« Vous rêvez ! lui dit-il enfin.

— Vous vous en étonnez ? répondit-elle d'un air prude ; pensez-vous que d'être avec quelqu'un comme je suis avec vous ne soit point, pour une femme raisonnable, une chose extraordinaire ?

— Non, répliqua-t-il ; j'y crois les femmes raisonnables tout à fait accoutumées.

— Il paraît bien, reprit-elle, que vous ignorez ce que cela prend sur elles, et combien, avant que de se rendre, elles éprouvent de combats.

— Ce que vous dites, par exemple, est très probable, répliqua-t-il, car à la façon dont elles les ont abrégés, il fallait qu'ils les fatiguassent cruellement.

— Voilà, s'écria-t-elle, un des plus mauvais propos qu'on puisse tenir. Croyez-vous avoir eu bien de l'esprit quand vous avez dit de pareilles choses ? Savez-vous bien que ce n'est là qu'un vrai discours de petit-maître ?

— Je ne l'en tiendrais pas plus mauvais pour cela, répondit-il.

— Du moins vous le trouveriez bien faux, reprit-elle, si vous saviez ce qu'il m'en a coûté pour vous prendre.

— Quoi, s'écria-t-il, vous y avez rêvé ! Cela m'outrage ; je me flattais du contraire, et je vous sais mauvais gré de m'ôter une erreur à laquelle je gagnais, sans que vous y perdissiez rien dans mon esprit. Eh ! dites-moi, de grâce, Zâdis vous a-t-il autant coûté de réflexions ?

— Que voulez-vous dire ? demanda-t-elle froidement ; qu'est-ce que c'est que Zâdis ?

— Je vous demande pardon, répondit-il en raillant, j'aurais juré que vous le connaissiez.

— Oui, répondit-elle, comme on connaît tout le monde.

— Je crois, tout peu connu qu'il vous est, qu'il serait bien fâché s'il vous savait ici, continua-t-il, et je me trompe fort, ou vos bontés pour moi le chagrineraient beaucoup. Soyez de bonne foi, ajouta-t-il en lui voyant hausser les épaules, Zâdis vous plaisait avant que j'eusse le bonheur de vous plaire, et je parierais même qu'actuellement vous êtes bien ensemble.

— Voilà, répondit-elle, une plaisanterie d'un bien mauvais genre !

— Au fond, continua-t-il, quand vous lui feriez une infidélité, il serait encore trop heureux ; un homme comme Zâdis est peu fait pour être aimé et j'ai toujours été surpris que vive comme vous êtes, et d'une gaieté charmante, vous eussiez pu prendre un amant aussi froid, aussi taciturne.

— Vous vous y trompez, Mazulhim, répondit-elle, il n'est que tendre. Je vous l'ai sacrifié, il serait inutile de vous dire le contraire, mais je crains bien que vous ne me forciez bientôt à m'en repentir.

— Vous étiez légère, répliqua-t-il, et j'avoue que j'étais inconstant ; mais moins nous avons jusqu'ici été capables d'un attachement sérieux, plus nous aurons de gloire à nous fixer l'un l'autre. »

À ces mots, il la conduisit de mon côté, mais d'un air qui faisait aisément connaître que la bienséance seule y guidait ses pas.

« Il est vrai que vous êtes charmante, lui dit-il, et sans un air un peu trop décent que même avec moi vous ne quittez pas, je ne connais personne qui pût mieux que vous faire le bonheur d'un amant.

— J'avoue, répondit-elle, que naturellement je suis réservée ; ce n'est pourtant pas à vous à vous en plaindre.

— Vous me rendez heureux, sans doute, répliqua-t-il ; mais, née sans désirs, vous n'accordez pas assez à ceux que vous faites naître ; je sens de la contrainte dans tout ce que vous faites pour moi : vous craignez sans cesse de vous livrer trop, et entre nous, je vous soupçonne d'être assez peu sensible. »

Mazulhim, en parlant ainsi à Zulica, lui serrait les mains d'un air passionné.

« Quoique l'excès de vos charmes m'ait déjà nui, poursuivit-il, je ne saurais me refuser au plaisir de les admirer encore ; dussé-je même en périr, tant de beautés ne me seront pas cachées plus longtemps ! Dieux ! s'écria-t-il avec transport, ah ! s'il se peut, rendez-moi digne de mon bonheur ! »

Quelque chose que Zulica eût dite de son peu de sensibilité, l'admiration où Mazulhim paraissait plongé, la vivacité de ses transports, les soins qu'il prenait pour les lui faire partager, l'émurent et la troublèrent.

« Vous plaindrez-vous ? » lui dit-elle tendrement.

Il ne lui répondit qu'en voulant lui prouver toute sa reconnaissance ; mais Zulica se souvenait encore du peu de fonds qu'il y avait à faire sur lui, et redoutant tout de l'égarement dans lequel elle le voyait :

« Ah ! Mazulhim, lui dit-elle d'un ton qui marquait toute sa crainte, n'allez-vous pas m'aimer trop ? »

Quoique Mazulhim ne pût s'empêcher de rire de sa terreur, elle se trouva moins aimée qu'elle ne craignait de l'être.

Leur bonheur mutuel leur ôta cette contrainte et cet air ennuyé que depuis quelque temps ils avaient l'un avec l'autre. Leur conversation s'anima ; Zulica, qui croyait avoir délivré Mazulhim des mains des enchanteurs, s'applaudissait de l'ouvrage de ses charmes, et Mazulhim, plus content de lui-même, s'abandonnait aussi à son enjouement.

Comme ils étaient dans ces heureuses dispositions, on vint servir ; leur repas fut gai. Zulica et Mazulhim, qui étaient peut-être les deux plus méchantes personnes qu'il y eût à la cour d'Agra, n'épargnèrent qui que ce pût être.

« Ne pourriez-vous pas me dire, demanda Mazulhim, à propos de quoi Altun-Can a depuis quelques jours pris cet air important que nous lui voyons ?

— Mon Dieu ! sans doute, répondit-elle, est-ce que vous ignorez qu'il est infiniment bien avec Aïscha ?

— Mais ce serait, à ce qu'il me semble, répondit-il, une raison de plus pour être modeste.

— Oui, pour un autre, repartit-elle ; mais est-ce que vous ne le trouvez pas trop heureux, lui ?

— Je vous avouerai que non, repartit-il ; quelque ridicule

que soit Altun-Can, je ne puis m'empêcher de le plaindre ; un homme qui appartient à Aïscha est, sans contredit, le plus malheureux homme du monde.

— Ce qu'il y a de particulier, dit-elle, c'est qu'elle en fait un mystère.

— Ah ! pour le coup, répondit-il, vous cherchez à lui donner un travers ; jamais Aïscha n'a caché ses amants, et je puis vous jurer qu'à l'âge qu'elle a, et de l'énorme figure dont elle est, elle y sera moins disposée que jamais...

— Rien n'est pourtant plus réel que ce que je vous dis.

— Eh bien ! répondit-il, si cela est, c'est qu'Altun-Can lui a demandé le secret.

— Et la petite Mésem, demanda-t-il, il me semble que vous ne la voyez plus ?

— C'est qu'on ne peut plus la voir, répliqua-t-elle en prenant un air prude, et qu'elle a une conduite misérable.

— Vous avez raison, repartit-il fort sérieusement ; rien n'est si important pour une femme qui se respecte que de voir bonne compagnie. Je trouve, continua-t-il, qu'elle embellit.

— Tout au contraire, répondit-elle, elle devient hideuse.

— Je ne suis pas de votre avis, reprit-il ; elle prend depuis quelque temps un fond de jaune, un air d'abattement qui lui sied tout à fait bien ; si elle continue à avoir celui de la mauvaise santé, elle deviendra charmante[1]. »

— Je ne finirais pas, sire, dit alors Amanzéi, en s'interrompant, si je voulais rendre à Votre Majesté tous les propos qu'ils se tinrent.

— Ah ! je le conçois bien, répondit le sultan, et je vous permets de les abréger ; pourtant, quand j'y songe, vous me feriez plaisir de me les redire tous.

— J'oserais représenter à Votre Majesté, reprit Amanzéi, qu'il y en aurait beaucoup qui ne seraient pas assez intéressants pour...

— Oui, justement, interrompit le sultan, cela ne m'intéresserait pas ; mais pourquoi (car j'ai fait vingt fois cette réflexion-là) pourquoi, dans une histoire, ou dans un conte, comme vous voudrez, tout n'est-il pas intéressant ?

— Par bien des raisons, dit la sultane ; ce qui sert à amener un fait ne saurait, par exemple, être aussi intéressant que le fait même ; d'ailleurs, si les choses étaient toujours au même degré d'intérêt, elles lasseraient par la continuité ; l'esprit ne peut pas toujours être attentif, le cœur ne pourrait soutenir d'être toujours ému, et il faut nécessairement à l'un et à l'autre des temps de repos.

— J'entends, répondit le sultan : c'est comme, pour se divertir mieux, il est à propos de s'ennuyer quelquefois. Quand on a un certain jugement, qu'on pense d'une certaine façon, on a beau faire, on devine tout. Enfin donc, Amanzéi ?

Mazulhim, moins touché encore l'après-souper des charmes de Zulica qu'il ne l'avait été dans la journée, entre mille idées d'amusements qu'il lui proposa, ne trouva jamais ce qui aurait pu lui convenir, et Zulica se prépara à sortir, d'un air qui me fit douter de la revoir.

Cependant, malgré la mauvaise humeur de Zulica, et la façon dont Mazulhim l'avait traitée, il osa cependant, avant que de la quitter, lui demander qu'ils se revissent et ajouter avec empressement que ce fût dans deux jours. Quoique en ce moment elle eût, je crois, peu d'envie de lui accorder ce qu'il semblait désirer avec tant d'ardeur, elle lui répondit qu'elle le voulait bien, mais si froidement que je n'imaginai pas qu'elle voulût lui tenir parole.

En cet instant je fis réflexion qu'après le départ de Mazulhim je m'ennuierais dans sa petite maison ; qu'il suffirait que j'y revinsse quand il y reviendrait lui-même, et que je ne pouvais mieux faire, pour m'amuser, et pour m'instruire, que de suivre Zulica chez elle ; je m'abandonnai à cette idée, et montai avec elle dans son palanquin[2]. Aussitôt que je fus dans son palais, j'allai, par le mouvement de l'attraction que Brahma avait mis en moi, me cacher dans le premier sopha qui s'offrit à mes yeux.

Zulica venait, le lendemain, de se mettre à sa toilette, lorsqu'on lui annonça Zâdis ; elle le fit prier d'attendre, soit qu'elle ne voulût paraître à ses yeux qu'avec toute la beauté qu'elle avait ordinairement, lorsqu'elle s'était préparée, ou qu'elle imaginât qu'il serait indécent qu'il la vît dans le désordre où elle était alors. Vu la fausseté de Zulica, cette dernière raison n'était peut-être pas aussi imaginaire qu'elle pourrait le paraître.

Zâdis entra enfin ; quand on ne l'aurait pas nommé, au portrait que la veille j'en avais entendu faire à Mazulhim, je l'aurais reconnu. Il était grave, froid, contraint, et avait toute la mine de traiter l'amour avec cette dignité de sentiment, cette scrupuleuse délicatesse qui sont aujourd'hui si ridicules, et qui peut-être ont toujours été plus ennuyeuses encore que respectables.

Zâdis s'approcha de Zulica avec autant de timidité que s'il ne lui eût pas encore déclaré sa passion ; de son côté, elle le reçut avec une politesse étudiée et cérémonieuse, et un air aussi prude qu'il le fallait pour le tromper toujours.

Tant que les femmes de Zulica furent présentes, ils se parlèrent indifféremment de nouvelles ou d'autres choses aussi frivoles. Zâdis, qui croyait être le seul que Zulica eût aimé, et qui ne trouvait pas que les ménagements les plus grands suffissent à ce qu'elle méritait, ne se permettait pas le moindre regard ; et Zulica, qui, contre toute apparence, trouvait un homme assez imbécile pour l'estimer, imitait sa réserve, ou ne le regardait qu'avec ces yeux hypocrites et couchés que l'on voit communément aux prudes dans quelque occasion qu'elles se trouvent.

Avec quelque soin que Zâdis se contraignît, Zulica crut remarquer dans ses yeux une tristesse différente de celle qu'il y portait toujours ; elle lui demanda vainement ce qu'il avait. À toutes les questions qu'elle lui faisait d'un ton fort doux, il ne répondait que par de profondes révérences, et par des soupirs plus profonds encore.

Lorsqu'elle fut coiffée, ses femmes sortirent.

« Voulez-vous bien, Zâdis, lui demanda-t-elle d'un air d'autorité, me dire ce que vous avez ? Pensez-vous que, m'intéressant à ce qui vous regarde, comme vous savez que je fais, je ne doive pas me fâcher de votre silence ? En un mot, je le veux, répondez-moi ; je ne vous pardonnerai pas si vous vous obstinez à vous taire.

— Vous me pardonneriez peut-être moins d'avoir parlé, répondit-il enfin, et ce qui m'agite ne doit d'aucune façon vous être confié. »

Zulica insista, et d'une façon si pressante qu'il crut que, sans l'offenser, il ne pouvait se taire plus longtemps.

« Le croiriez-vous, madame ? lui dit-il en rougissant de l'absurdité qu'il trouvait dans ce qu'il allait lui dire ; je suis jaloux !

— Vous ! Zâdis, s'écria-t-elle d'un air d'étonnement. C'est moi que vous aimez ! Je vous aime, et vous êtes jaloux ! Y pensez-vous bien ?

— Ah ! madame, répliqua-t-il d'un air pénétré, ne m'accablez point de votre colère ! Je sens tout le ridicule de mes idées ; j'en rougis moi-même. Mon esprit se refuse aux mouvements de mon cœur, et les désavoue ; cependant ils m'entraînent, et tout le respect que j'ai pour vous, toute l'estime que je vous dois n'empêchent pas que je ne sois cruellement tourmenté. La honte enfin que je me fais de mes soupçons ne les détruit point.

— Écoutez-moi, Zâdis, lui répondit-elle d'un air majestueux, et souvenez-vous à jamais de ce que je vais vous dire. Je vous aime, je ne crains point de vous le répéter, et je vais vous donner de mes sentiments une preuve qui, pour vous, doit être sans réplique : c'est de vous pardonner vos soupçons. Peut-être pourrais-je vous dire que ce qu'il vous en a coûté pour me vaincre et la façon dont je vis ne devraient vous laisser aucun lieu de douter de moi, et qu'une personne de mon caractère doit inspirer de la confiance. Je devrais même mépriser vos craintes, ou m'en offenser ; mais il est plus doux pour mon cœur de vous rassurer, et mon amour veut bien descendre jusqu'à une explication.

— Ah ! madame, s'écria Zâdis en se prosternant à ses genoux, je crois que vous m'aimez, et je mourrais de douleur si je pouvais penser que des soupçons, auxquels même je ne me suis pas arrêté longtemps, fussent pour vous une raison de douter de mon respect.

— Non, Zâdis, répondit-elle en souriant, je n'en doute pas ; mais sachons un peu ce qui vous a donné de l'inquiétude !

— Qu'importe, madame, quand je n'en ai plus ? reprit-il.

— Je le veux savoir ! répliqua-t-elle.

— Eh bien ! dit-il, les soins que Mazulhim a paru vous rendre…

— Quoi ! interrompit-elle, c'est de lui que vous étiez jaloux ? Ah ! Zâdis, êtes-vous fait pour craindre Mazulhim, et m'avez-vous assez méprisée pour croire qu'il pût jamais me plaire ? Ah ! Zâdis, dois-je et puis-je jamais vous le pardonner ? »

CHAPITRE XIII

FIN D'UNE AVENTURE ET COMMENCEMENT D'UNE AUTRE

En achevant ces paroles, ses yeux se mouillèrent de quelques larmes, et Zâdis, qui les croyait sincères, ne put s'empêcher d'y mêler les siennes.

« Oui, j'ai tort, lui disait-il tendrement, et, quelque violente que soit ma passion pour vous, je sens qu'elle ne peut pas même me servir d'excuse.

— Ah ! cruel, répondit-elle en sanglotant, soyez jaloux si vous le voulez ; abandonnez-vous à toute votre frénésie, j'y consens ; mais si vous me connaissez assez peu pour vous défier de ma tendresse, du moins ne me soupçonnez pas d'être capable d'aimer Mazulhim.

— Je crois que vous ne l'aimez pas, répliqua-t-il, et je n'ai jamais imaginé que vous pussiez prendre du goût pour lui : mais je n'ai pu, sans frémir, le voir venir ici.

— Et c'est pourtant, répondit-elle, de tous ceux que vous y voyez le moins dangereux pour moi. Quand je n'aurais pas le cœur rempli de la passion la plus vive, que Mazulhim m'adorerait, que le nombre de ses agréments dépasserait, s'il était possible, le nombre de ses vices, il serait encore à mes yeux le dernier des hommes. Comment voudriez-vous qu'une femme (je ne dis pas qui se respecte, mais qui n'a pas perdu toute honte) voulût prendre Mazulhim, lui qui n'a jamais aimé ; qui dit tout haut qu'il est incapable d'une passion, et pour qui le sentiment le plus faible est encore une chimère ; lui enfin qui ne connaît d'autre plaisir que celui de déshonorer les femmes qu'il a ? Je laisse là ses ridicules, ce n'est pas assurément que je n'eusse de quoi m'étendre ; mais, en vérité, je rougirais de vous parler de lui plus longtemps. Au reste, je suis bien aise, quoique je trouve vos soupçons aussi injurieux que déplacés, que vous m'ayez confié le sujet de vos inquiétudes, et je vous réponds que vous ne verrez Mazulhim ici que le temps qui me sera nécessaire pour rompre avec lui sans éclat. »

Zâdis, en lui baisant la main avec transport, lui rendit grâces mille fois de ce qu'elle faisait pour lui.

« De quoi me remerciez-vous donc ? lui demanda-t-elle ; je ne vous fais point de sacrifice.

— Mais, madame, lui dit-il, est-il possible que Mazulhim ne vous ait jamais dit que vous lui paraissiez aimable ?

— Voilà une belle idée ! s'écria-t-elle en souriant ; oh ! non, je vous assure que Mazulhim me connaît mieux que vous ne me connaissez, et que tout étourdi qu'il veut paraître, il ne l'est pas assez pour s'adresser à des femmes d'un certain genre. Au surplus, pourtant, je ne serais pas surprise que, sans m'avoir jamais désirée, et sans m'avoir de sa vie parlé de rien, il dît publiquement quelqu'un de ces jours, ou qu'il a été, ou qu'il eſt avec moi *au mieux*. À la vérité, ajouta-t-elle en riant, il n'y aurait qu'un jaloux comme vous qui pût le croire ; n'eſt-il pas vrai ?

— Non, reprit-il, je puis avoir le ridicule de le craindre quelquefois, mais je vous jure que je n'aurai jamais celui de le croire.

— Et moi je n'en jurerais pas, répondit-elle. De l'humeur dont vous êtes, ce doit être pour vous une chose délicieuse que d'entendre mal parler de votre maîtresse, et de venir lui faire une querelle la plus grande du monde sur les propos du premier fat qui, connaissant votre caractère, aura voulu vous donner de l'inquiétude.

— De grâce ! épargnez-moi, lui dit-il, et songez que la jalousie que vous voulez bien me pardonner...

— Ne sera peut-être pas, interrompit-elle, la dernière d'aujourd'hui ; je ne voudrais, pour vous voir retomber dans vos chagrins, que l'arrivée de Mazulhim.

— Ne parlons plus de lui, répondit-il, et puisque vous m'avez pardonné et que, jusqu'à mes injuſtices, tout vous prouve que je vous adore, ne perdons pas des moments précieux, et daignez me confirmer ma grâce. »

À ces mots, que Zulica comprenait fort bien, elle prit un air embarrassé.

« Que vous êtes incommode avec vos désirs ! lui dit-elle ; ne me les sacrifierez-vous donc jamais ? Si vous saviez combien je vous aimerais si vous étiez plus raisonnable... Cela eſt vrai, ajouta-t-elle en le voyant sourire, je vous en aimerais mille fois plus ; je le croirais du moins, et n'ayant rien à craindre de vous du côté de ce que je hais, vous me verriez livrer avec beaucoup plus d'ardeur aux choses qui me plaisent. »

Tout en disant ces auguſtes paroles, elle se laissait conduire languissamment de mon côté.

« Je vous jure, dit-elle à Zâdis quand elle fut sur moi, que, de ma vie, je ne me brouillerai avec vous.

— Je le voudrais bien, répondit-il ; mais je ne l'espère pas[3] !

— Et moi, répondit-elle, à ce que me coûtent les raccommodements, je commence à le croire ! »

Malgré sa répugnance, Zulica céda enfin aux empressements de Zâdis, mais ce fut avec une décence ! une majeſté ! une pudeur ! dont on n'a peut-être pas d'exemple en pareil cas. Un autre que Zâdis s'en serait plaint sans doute ; pour lui, attaché aux plus minutieuses bienséances, la vertu déplacée de Zulica le transporta de plaisir, et il imita du mieux qu'il put l'air de grandeur et de dignité qu'il lui voyait, et fut d'autant plus content d'elle qu'elle lui témoignait moins d'amour.

Je ne sais pourtant pas comment les choses, à la fin, se tournèrent dans l'imagination de Zulica, mais elle lui proposa de passer la journée avec elle. Pour que personne ne sût qu'ils étaient ensemble, et le temps qu'ils y demeureraient, en un mot plus pour éviter les discours que pour toute autre raison, elle ordonna qu'on dît qu'elle n'était pas chez elle. Zâdis, que sa jalousie n'avait, comme c'est l'ordinaire, rendu que plus amoureux, répondit fort bien aux bontés de Zulica, et malgré sa taciturnité ne l'ennuya pas une minute. Il sortit enfin vers la moitié de la nuit et quitta Zulica persuadé, autant qu'on peut l'être, qu'elle était la femme d'Agra la plus raisonnable et la plus tendre.

J'ai dit que je ne croyais pas, à l'air dont Zulica avait quitté Mazulhim, et beaucoup plus encore à sa façon de penser, qu'elle voulût continuer un commerce peu agréable pour une femme de son caractère, et où ni l'amour, ni les plaisirs ne l'intéressaient ; cependant la curiosité l'emporta sur toutes les raisons qu'elle pouvait avoir. Elle dit à Zâdis, en le quittant, qu'une affaire fort importante l'empêcherait de le voir le lendemain, et le soir marqué pour le rendez-vous fut à peine arrivé qu'elle monta dans son palanquin et prit, avec mon âme qui la suivit, le chemin de la petite maison, où nous ne trouvâmes qu'un esclave qui attendait et elle et Mazulhim.

« Comment donc ! dit-elle à l'esclave d'un ton brusque, il n'est pas encore ici ? Je le trouve charmant de se faire attendre ! Il est admirable que je sois ici la première ! »

L'esclave l'assura que Mazulhim allait arriver.

« Mais, reprit-elle, c'est que ce sont des airs tout particuliers que ceux qu'il se donne ! »

L'esclave sortit, et Zulica vint d'un air colère se mettre sur moi. Comme elle était naturellement impétueuse, elle n'y fut pas tranquille, et en s'accusant tout haut d'être d'une facilité sans exemple, elle jura mille fois de ne plus voir Mazulhim. Enfin elle entendit un char arrêter ; préparée à dire à Mazulhim tout ce que la colère pouvait lui fournir, elle se leva vivement et, ouvrant la porte :

« En vérité, monsieur, dit-elle, vous avez des façons aussi singulières, aussi rares ! Ah ! ciel ! » s'écria-t-elle en voyant l'homme qui entrait.

Je fus presque aussi étonné qu'elle à la vue d'un homme que je ne connaissais pas.

— Quoi ! demanda le sultan, ce n'était pas Mazulhim ?

— Non, sire, répondit Amanzéi.

— Ce n'était pas lui ! dit le sultan, cela est bien particulier ! Et pourquoi n'était-ce pas lui ?

— Sire, répondit Amanzéi, Votre Majesté va l'apprendre.

— Savez-vous bien, reprit le sultan, que rien n'est si comique que cela ? Cet homme-là se trompait apparemment. Ah ! sans doute, il se trompait, on le voit bien. Mais, dites-moi, Amanzéi, pendant que j'y pense qu'est-ce que c'est qu'une petite maison ? Depuis que vous en parlez, j'ai fait semblant de savoir ce que c'était, mais je n'y peux plus tenir.

— Sire, c'est, repartit Amanzéi, une maison écartée, où, sans suite et sans témoins, on va...

— Ah ! oui, interrompit le sultan, je devine, cela est vraiment fort commode. Poursuivez.

La colère et la surprise qui saisirent Zulica à l'aspect de l'homme qui venait d'entrer l'empêchant de parler :

« Je sais, madame, lui dit cet Indien d'un air respectueux, combien vous devez être étonnée de me voir. Je n'ignore pas davantage les raisons qui vous feraient désirer ici, toute autre vue que la mienne. Si ma présence vous interdit, la vôtre ne me cause pas moins d'émotion. Je ne m'attendais pas que la personne à qui Mazulhim m'a prié de porter ses excuses serait celle de toutes à qui (si j'avais eu le bonheur d'être à sa place) j'aurais voulu manquer le moins. Ce n'est pas cependant que Mazulhim soit coupable ; non, madame, il sait tout ce qu'il doit à vos bontés ; il brûlait de venir à vos genoux, vous parler de sa reconnaissance ; des ordres cruels, auxquels même il a pensé désobéir, quelque sacrés qu'ils *lui doivent* être, l'ont arraché à d'aussi doux plaisirs. Il a cru devoir compter sur ma discrétion plus que sur celle d'un esclave, et n'a pas imaginé qu'il fallût mettre au hasard un secret où une personne telle que vous se trouve aussi particulièrement intéressée. »

Zulica était si étonnée de ce qui lui arrivait que l'Indien aurait pu parler plus longtemps sans qu'elle eût la force de l'interrompre. L'embarras où elle était lui faisait même souhaiter qu'il eût encore plus de choses à lui dire. Consternée, et presque sans mouvement, elle baissait les yeux, n'osait le regarder, rougissait de honte et de colère ; enfin elle se mit à pleurer. L'Indien, lui prenant civilement la main, la conduisit sur moi, où, sans prononcer une seule parole, elle se laissa tomber.

« Je le vois, madame, continua-t-il, vous vous obstinez à croire Mazulhim coupable, et tout ce que je puis vous dire pour le justifier semble augmenter la colère où vous êtes contre lui. Qu'il est heureux ! Tout mon ami qu'il est, que j'envie les précieuses larmes qu'il vous fait verser ! Que tant d'amour !...

— Qui vous dit que je l'aime, monsieur ? » interrompit fièrement Zulica, qui avait eu le temps de se remettre. « Ne puis-je pas être venue ici pour des choses où l'amour n'a point de part ? Ne peut-on voir Mazulhim sans concevoir pour lui les sentiments que vous semblez m'attribuer ? Sur quoi enfin osez-vous juger qu'il offense mon cœur ?

— J'ose croire, répondit l'Indien en souriant, que si mes conjectures ne sont pas vraies, au moins elles sont vraisemblables. Les pleurs que vous versez, votre colère, l'heure à laquelle je vous trouve dans un lieu qui jamais n'a été consacré qu'à l'amour, tout m'a fait croire que lui seul avait eu le pouvoir de vous y conduire. Ne vous en défendez pas, madame, ajouta-t-il, vous aimez : faites-vous, si vous le voulez, un crime de l'objet et non de la passion.

— Quoi ! » s'écria Zulica, que rien ne faisait renoncer à la fausseté. « Mazulhim a osé vous dire que je l'aimais ?

— Oui, madame.

— Et vous le croyez ? lui demanda-t-elle avec étonnement.

— Vous me permettrez de vous dire, répondit-il, que la chose est si probable qu'il serait ridicule d'en douter.

— Eh bien ! oui, monsieur, répliqua-t-elle, oui, je l'aimais, je lui ai dit, je venais ici le lui prouver ; l'ingrat avait enfin su m'amener jusque-là. Je ne rougis pas de vous l'avouer, mais le perfide n'aura jamais d'autres preuves de ma faiblesse que l'aveu que je lui en ai fait. Un jour plus tard, ciel ! que serais-je devenue ?

— Eh ! madame ! dit froidement l'Indien, pensez-vous que Mazulhim ait eu assez mauvaise opinion de moi pour ne m'avoir confié que la moitié du secret ?

— Qu'a-t-il donc pu vous dire ? demanda-t-elle aigrement ; a-t-il joint la calomnie à l'outrage, et serait-il assez indigne ?...

— Mazulhim peut être indiscret, répondit-il, mais j'ai peine à le croire menteur.

— Ah ! le fourbe ! s'écria-t-elle ; c'est la première fois que je viens ici.

— Je le veux bien, puisque vous le voulez, répliqua-t-il, et j'aime mieux croire que Mazulhim m'a trompé que de douter de ce que vous me dites. Mais, madame, devant qui vous en défendez-vous ? Si vous vouliez me rendre justice, j'ose me flatter que vous craindriez moins que je fusse le dépositaire de vos secrets. Vous pleurez ! Ah ! c'est trop honorer l'ingrat ! Belle comme vous êtes, vous sied-il de croire que vous ne pourriez pas vous venger ? Oui, madame, Mazulhim m'a tout dit ! Je n'ignore pas que vous avez comblé ses vœux ; je sais même des détails de son bonheur qui vous étonneraient. Ne vous en offensez point, poursuivit-il ; sa félicité était trop grande pour qu'il pût la contenir ; moins content, moins transporté, sans doute, il aurait été plus discret. Ce n'est pas sa vanité, c'est sa joie qui n'a pu se taire.

— Mazulhim ! interrompit-elle avec transport ; ah ! le traître ! Quoi ! Mazulhim me sacrifie ! Mazulhim vous a tout dit ? Il a bien fait, poursuivit-elle d'un ton plus modéré ; je ne connaissais pas encore les hommes, et grâce à ses soins, j'en serai quitte pour une faiblesse !

— Eh ! madame, répondit froidement l'Indien qui feignait de la croire, ce n'est pas vous venger ; c'est vous punir.

— Non, répondit-elle, non, tous les hommes sont perfides, j'en fais une trop cruelle expérience pour en pouvoir douter ; non, ils ressemblent tous à Mazulhim !

— Ah ! ne le croyez pas, s'écria-t-il ; j'ose vous jurer que si vous m'aviez mis à sa place, vous ne l'auriez jamais vu à la mienne.

— Mais, reprit-elle, ces ordres qui l'ont retenu ne sont qu'un vain prétexte, et sans doute il m'abandonne ? Ah ! ne craignez point de me l'apprendre.

— Eh bien ! oui, madame, répondit l'Indien ; il serait inutile de vous le cacher, Mazulhim ne vous aime plus.

— Il ne m'aime plus ! s'écria-t-elle douloureusement ; ah ! ce coup me tue ! L'ingrat ! Était-ce là le prix qu'il réservait à ma tendresse ? »

En finissant ces paroles, elle fit encore quelques exclamations et joua tour à tour les larmes, la fureur et l'abattement. L'Indien, qui la connaissait, ne s'opposait à rien et feignait toujours d'être pénétré d'admiration pour elle.

« Je sens que je me meurs, monsieur, lui dit-elle, après avoir longtemps pleuré ; ce n'eſt point à un cœur aussi sensible, aussi délicat que le mien qu'on peut porter impunément d'aussi rudes coups. Mais qu'aurait-il donc fait, si je l'avais trompé ?

— Il vous aurait adorée, répondit l'Indien.

— Je ne conçois rien, reprit-elle, à ce procédé ; je m'y perds. Si l'ingrat ne m'aimait plus, et qu'il craignît de me l'annoncer lui-même, ne pouvait-il pas me l'écrire ? Romprait-on plus indignement avec l'objet le plus méprisable ? Pourquoi encore faut-il que ce soit vous qu'il choisisse pour me le faire dire ?

— Je ne vois que trop, répliqua l'Indien, que le choix du confident vous déplaît plus encore que la confidence même, et je puis vous jurer que connaissant, comme je sais, votre injuſte aversion pour moi, vous ne m'auriez pas vu ici si Mazulhim m'avait nommé la dame à laquelle il me priait de porter ses excuses. Je doute même (étant pour vous dans des dispositions fort différentes de celles où j'ai le malheur de vous voir pour moi) que je l'eusse cru, s'il m'eût nommé Zulica ; je n'aurais jamais pu penser qu'il y eût au monde quelqu'un qui pût ne pas faire son bonheur d'être aimé d'elle.

« C'eſt donc fort innocemment, ajouta-t-il, que je contribue à vous donner le chagrin le plus sensible que vous puissiez recevoir, et que je me trouve mêlé dans des secrets que sûrement vous aimeriez mieux voir entre les mains de tout autre qu'entre les miennes.

— Je ne sais pas ce qui vous le fait croire, répondit-elle d'un air embarrassé ; les secrets de la nature de celui dont vous vous trouvez aujourd'hui possesseur ne se confient ordinairement à personne, mais je n'ai point de raisons particulières…

— Pardonnez-moi, madame, interrompit-il vivement, vous me haïssez ; je n'ignore pas qu'en toute occasion mon esprit, ma figure et mes mœurs ont été l'objet de vos railleries ou de votre plus sévère critique. J'avouerai même que si j'ai quelques vertus, je les dois au désir que j'ai toujours eu de me rendre digne de vos éloges, ou de vous obliger du moins à me faire grâce de ces traits amers dont, depuis que nous sommes dans le monde, vous n'avez pas cessé de m'accabler.

— Moi ! monsieur, dit-elle en rougissant, je n'ai jamais

rien dit de vous dont vous puissiez être fâché. D'ailleurs à peine nous connaissons-nous ; vous ne m'avez jamais donné sujet de me plaindre de vous, et je ne me crois pas assez ridicule…

— Brisons là, de grâce, madame ! interrompit-il ; une plus longue explication vous gênerait. Mais puisque nous sommes sur ce chapitre, permettez-moi seulement de vous dire que par les sentiments que j'ai toujours eus pour vous (sentiments tels que votre injustice n'a pas pu un moment les altérer), j'étais l'homme du monde qui méritait le plus votre pitié, et le moins votre haine. Oui, madame, ajouta-t-il, rien n'a été capable d'éteindre le malheureux amour que vous m'avez inspiré ; vos mépris, votre haine, votre acharnement contre moi, m'ont fait gémir, mais ne m'ont pas guéri. Je connais trop votre cœur pour me flatter qu'il puisse un jour prendre pour moi les sentiments que je pourrais désirer, mais j'espère que ma discrétion sur ce qui vous regarde vous fera revenir de votre prévention, et que, si elle est au point que vous ne puissiez jamais m'accorder votre amitié, au moins vous ne me refuserez pas votre estime. »

Zulica, gagnée par un discours si respectueux, lui avoua qu'en effet, par un caprice dont elle n'avait jamais pu découvrir la source, elle s'était ouvertement déclarée son ennemie, mais que c'était un tort qu'elle comptait si bien réparer qu'il n'en serait plus question entre eux, et qu'elle l'assurait de son estime, de son amitié et de sa reconnaissance.

Après l'avoir prié de vouloir bien lui garder le secret le plus inviolable, elle se leva dans l'intention de sortir.

« Où voulez-vous aller, madame ? lui dit l'Indien en la retenant. Vous n'avez ici personne à vous ; j'ai renvoyé mes gens, et l'heure à laquelle ils doivent revenir est encore bien éloignée.

— N'importe, répliqua-t-elle ; je ne puis rester dans un lieu où tout me reproche ma faiblesse.

— Oubliez Mazulhim, reprit-il ; cette maison aujourd'hui n'est point à lui, il me l'a cédée ; permettez à l'homme du monde qui s'intéresse le plus véritablement à vous de vous prier d'y commander. Songez, du moins, à ce que vous voulez faire. Vous ne pouvez sortir à l'heure qu'il est sans risquer d'être rencontrée. Que votre colère ne vous fasse pas oublier ce que vous vous devez ! Songez à l'éclat affreux que vous feriez, songez que peut-être demain vous seriez la fable de tout Agra, et qu'avec une vertu et des sentiments que l'on doit respecter, l'on vous croirait personne à qui ces sortes d'aventures sont ordinaires. »

Zulica résista longtemps aux raisons que Nassès (c'était le nom de l'Indien) lui apportait pour la faire rester.

« Tout était préparé ici pour vous recevoir, ajouta-t-il : souffrez que j'y passe la soirée avec vous ; ce que vous êtes, ce que je suis moi-même, tout doit vous répondre de mon respect. Je n'appuie pas sur mes sentiments : si j'ose encore vous en parler, c'est uniquement pour vous faire sentir à quel point je m'intéresse à vous, et pour tâcher de vous ôter les impressions sinistres que l'indiscrétion de Mazulhim me semble vous avoir laissées. »

Après quelque résistance, Zulica, persuadée par ce que lui disait Nassès, consentit enfin à rester.

« Pensant comme vous faites, madame, lui dit-il, vous devez être bien étonnée de vous trouver si sensible ?... »

— Bon ! interrompit le sultan, il ne sait pas ce qu'il dit, car autant que je puis m'en souvenir, c'est toujours cette dame qui était fâchée de ce que Mazulhim n'avait pas de bonnes façons pour elle ?

— Sans doute, dit la sultane, c'est la même.

— Un moment, de grâce ! reprit le sultan ; orientons-nous. Si c'est la même, pourquoi lui dit-il... ce qu'il lui dit ? Vous voyez bien qu'il se trompe. Cette dame-là est accoutumée à avoir des amants, par conséquent il est ridicule qu'il lui dise qu'elle doit être bien étonnée ?

— Ne voyez-vous pas qu'il veut la tourner en ridicule ? répondit la sultane.

— Ah ! c'est une autre affaire, répliqua le sultan ; mais pourquoi ne m'en avertit-on pas ? Où veut-on que j'aille deviner cela ? Ah ! il se moque d'elle, je le vois bien ; mais à propos de quoi s'en moque-t-il ? Voilà ce que je voudrais savoir.

— Et c'est, sans doute, ce qu'Amanzéi vous apprendra, si vous voulez le laisser continuer.

— Soit, dit le sultan ; ce que j'en dis, comme vous le concevez bien, ce n'est pas que cela ne me soit égal ; on parle pour parler, cela amuse, et pour moi je ne hais pas la conversation.

CHAPITRE XIV
QUI CONTIENT MOINS DE FAITS QUE DE DISCOURS

Amanzéi, le lendemain, continua ainsi :

« Pensant comme vous faites, madame, disait Nassès à Zulica, vous devez être bien étonnée de vous trouver si sensible ?

— Cela n'eſt pas douteux, répondit-elle, et c'eſt, je vous assure, une aventure bien singulière dans ma vie que celle qui m'arrive !

— Que vous ayez aimé, reprit-il, ce n'eſt pas ce qui m'étonne ; il y a bien peu de femmes qui se soient sauvées de l'amour, mais que ce soit Mazulhim qui ait triomphé de votre cœur, de ce cœur qui semblait si peu fait pour connaître l'amour ! c'eſt (je vous l'avouerai) ce que je ne comprends point.

— Je ne le comprends pas moi-même, répondit-elle ; et réellement, quand je m'examine, je ne puis concevoir comment il a pu me plaire et me séduire.

— Ah ! madame, s'écria-t-il avec un air pénétré, quelle cruelle deſtinée que la nôtre ! Vous aimez qui ne vous aime plus, et j'aime qui ne m'aimera jamais. Pourquoi, toujours arrêté par cette injuſte aversion que je savais que vous aviez pour moi, ne vous ai-je pas dit à quel point vous m'aviez touché ? Peut-être, hélas ! mes soins, ma conſtance, mon respect vous auraient désarmée !

— Et peut-être aussi, dit-elle, m'auriez-vous traitée comme Mazulhim me traite !

— Non, répondit-il en lui prenant la main ; non, Zulica se serait vue adorée aussi religieusement qu'elle mérite de l'être.

— Mais, repartit-elle, Mazulhim m'a tenu les mêmes discours que vous ; pourquoi croirais-je que vous n'auriez pas fait les mêmes choses que lui ?

— Tout devait vous faire douter de la vérité de ses sentiments, répondit-il. Mazulhim, inconſtant, dissipé, n'a jamais su ce que c'était qu'aimer. Vous ne pouviez pas ignorer qu'il était plus indiscret et plus trompeur qu'il ne nous eſt même permis de l'être. Il eſt vrai, cependant, que quelque infidèle qu'il fût, vous pouviez, sans être accusée de trop d'orgueil, prétendre à la gloire de le fixer. La difficulté de vous plaire, vos charmes, le plaisir si doux, et si rare, de régner dans un cœur qu'avant lui personne ne s'était soumis, tout devait vous faire espérer de sa part une tendresse éternelle. Ce qui en toute autre aurait été une vanité ridicule ne devenait pour Zulica qu'une idée si simple qu'elle ne pouvait s'empêcher de l'avoir.

— Il eſt certain, du moins, répondit-elle modeſtement, que par ma façon de penser, je pouvais mériter quelques égards.

— Des égards ! Vous ! s'écria-t-il ; ah ! des égards vous rendent-ils tout ce qu'on vous doit ? Ainsi donc, pour prix de vos bontés, vous n'exigeriez que ce qu'on doit à la femme même qu'on eſtime le moins ?

— Vous voyez pourtant, reprit-elle, que j'ai encore trop exigé !

— S'il m'était permis de vous parler, repartit Nassès…

— Vous le pouvez, interrompit-elle ; vous ne devez pas douter que ce qui se passe aujourd'hui entre nous, ne doive nous lier de la plus tendre amitié.

— Oui, madame, dit-il vivement de la plus tendre façon ; mais eſt-ce à moi, eſt-ce à Nassès si longtemps haï, que Zulica daigne promettre l'amitié la plus tendre ?

— Oui, Nassès, répondit-elle, c'eſt Zulica qui reconnaît son injuſtice, qui en eſt désespérée, et qui vous jure de la réparer par des sentiments et une confiance à toute épreuve. »

Alors elle le regarda obligeamment. Il était d'une figure fort agréable, et, quoique moins à la mode que Mazulhim, il ne lui cédait en rien.

« Quoi ! s'écria-t-il encore, c'eſt vous qui me promettez de m'aimer ?

— Oui, répliqua-t-elle, mon cœur vous sera ouvert, vous y lirez comme moi-même ; mes moindres sentiments, mes idées, tout vous sera connu.

— Ah ! Zulica, dit-il, en se jetant à ses genoux et en lui baisant la main avec ardeur, que ma tendresse saura bien vous payer de ce que vous ferez pour moi ! Avec quel plaisir ne vous soumettrai-je pas toutes mes pensées ! Maîtresse souveraine de ma vie, vos ordres seuls régleront ma conduite !

— Laissons cela, dit-elle en souriant, et levez-vous ! Je

n'aime pas à vous voir à mes genoux ; revenons à ce que vous vouliez me dire. »

Il se leva, s'assit auprès d'elle et, lui tenant toujours la main, il poursuivit ainsi :

« Je vais vous interroger, puisque vous voulez bien le permettre. Par quelles voies Mazulhim a-t-il pu vous plaire ? Par quel enchantement la femme la plus respectable par ses sentiments et par sa conduite, Zulica enfin, l'a-t-elle trouvé aimable ? Comment un homme aussi vain, aussi impétueux, a-t-il pu convenir à une femme aussi sage, aussi modeste que vous ? Car, qu'il plaise à des femmes de son caractère, à ces femmes frivoles, étourdies, dissipées, à qui aucun objet n'inspire de l'amour, et qui cependant sont vaincues par tous ceux qui se présentent à leurs yeux, qu'il leur plaise, dis-je, cela ne m'étonne pas ; mais vous !

— Pour commencer avec vous le commerce de confiance que je vous ai promis, répondit Zulica, je vous dirai naturellement que je ne devais pas craindre que Mazulhim pût jamais m'être cher. Ce n'était pas que je me crusse incapable de faiblesse. Sans en avoir fait la cruelle expérience, comme je l'ai faite depuis, je n'ignorais pas qu'il ne faut qu'un moment pour plonger la femme la plus vertueuse dans les égarements les plus funestes ; mais, rassurée par mes sentiments, par le temps même qu'il y avait que j'étais dans le monde, sans avoir manqué aux moindres des devoirs qui nous sont prescrits, j'osais me flatter que ce calme serait éternel.

— Sans doute, dit Nassès d'un air fort sérieux, rien ne perd les femmes comme cette sécurité dont vous parlez !

— Cela est vrai, au moins, répondit-elle : une femme n'est jamais plus exposée à succomber que lorsqu'elle se croit invincible. J'étais dans ce calme trompeur, continua-t-elle, lorsque Mazulhim s'est offert à mes yeux ; je ne vous dirai pas comment il a fait pour me séduire. Ce que je sais, c'est qu'après lui avoir résisté longtemps, mon cœur s'est ému, ma tête s'est troublée. J'ai senti des mouvements qui prenaient sur moi, d'autant plus que je n'étais pas dans l'habitude de les éprouver. Mazulhim, qui savait mieux que moi-même de quelle nature était mon trouble, en a profité pour m'engager dans des démarches dont j'ignorais la conséquence ; enfin il m'a amenée au point de me faire venir ici. Je croyais (et il me l'avait promis) qu'il ne voulait que m'entretenir avec plus de liberté que dans le tumulte du monde, nous n'en pouvions espérer. J'y suis venue ; sa présence m'a plus émue que je n'avais pensé ; seule avec lui, je me suis trouvée moins forte contre ses désirs ; sans savoir ce que j'accordais, je n'ai pu lui refuser rien ; l'amour enfin m'a séduite jusqu'au bout. »

En finissant ces paroles, elle avait les yeux à demi mouillés des larmes qu'elle s'efforçait de répandre. Nassès, qui paraissait prendre à sa douleur la part la plus sincère, en feignant de la consoler, lui disait les choses du monde les plus propres à la désespérer. Surtout, il appuyait malignement sur le peu de temps que Mazulhim l'avait gardée.

« Ce n'eſt pas assurément, lui dit-il, que vous n'ayez de quoi rendre un homme heureux, du moins on en doit juger ainsi. Il eſt pourtant vrai que cette inconſtance si prompte de Mazulhim ferait, si c'était toute autre que vous, penser les choses les plus désavantageuses. »

Zulica, à ce propos, fit une mine qui marquait assez à Nassès qu'elle croyait avoir raison de ne se rien reprocher là-dessus.

« On n'ignore pas, reprit Nassès, que les hommes sont assez malheureux pour ne pouvoir pas jouir longtemps de l'objet même le plus aimable sans que leurs désirs se ralentissent : mais au moins on aime trois mois, six semaines, quinze jours même, plus ou moins ; on n'a jamais imaginé de quitter une femme aussi brusquement que Mazulhim vous a quittée, vous ; c'eſt d'un ridicule, d'une horreur même, qu'on ne peut imaginer ! Ah ! Zulica, ajouta-t-il, j'ose encore le répéter, vous m'auriez trouvé plus conſtant ! »

Zulica lui répondit qu'elle en était bien persuadée, mais que, ne voulant plus aimer, ce lui était désormais une chose indifférente que les hommes fussent conſtants ou non, qu'elle désirait même, par la sincère amitié qu'elle avait pour lui, que l'amour qu'il disait sentir ne fût pas véritable, et qu'elle serait extrêmement fâchée qu'il conservât des sentiments qu'il ne pourrait jamais voir récompensés.

« Oui, lui répondit Nassès d'un air triſte, je sens bien tout ce que vous me dites. Je trouve dans votre caractère cette fermeté que j'ai toujours crainte en vous et que je ne puis m'empêcher d'admirer, quoiqu'elle fasse mon malheur. Si vous étiez moins eſtimable, j'en serais beaucoup moins à plaindre ; car enfin, il me serait permis d'imaginer que, puisque vous avez aimé Mazulhim, il ne serait pas impossible que vous m'aimassiez aussi. C'eſt une idée qu'on pourrait concevoir avec toutes les femmes du monde, sans les offenser : mais, malheureusement, vous ne ressemblez à personne, et c'eſt sans tirer à conséquence pour l'avenir que vous avez eu une faiblesse. »

Zulica, qui, sans doute, riait en elle-même de la fausse idée que Nassès semblait avoir d'elle, l'assura qu'il lui rendait juſtice, et s'étendit beaucoup sur l'heureuse façon de penser qu'elle avait reçue de la nature, le peu de disposition qu'elle avait à se laisser toucher, et la froideur dans laquelle ce qui était pour beaucoup d'autres femmes des plaisirs d'une extrême vivacité l'avait laissée, même malgré l'amour violent que lui avait su inspirer Mazulhim.

« Tant pis pour vous ! madame, lui dit Nassès ; plus vous êtes eſtimable, plus vous êtes à plaindre. Votre insensibilité va faire le malheur de votre vie. Toujours Mazulhim sera présent à vos yeux. La façon humiliante dont il vous a quittée ne sortira pas un moment de votre mémoire ; c'eſt un supplice qui vous accablera dans la solitude, et dont la dissipation et les plaisirs du monde ne vous diſtrairont jamais assez.

— Mais que faire, lui demanda-t-elle, pour effacer de mon esprit une idée aussi cruelle ? Je conviens, avec vous, qu'un nouvel amour pourrait m'ôter le souvenir de Mazulhim, mais sans compter les nouveaux malheurs qui, peut-être, y seraient attachés, puis-je croire que mon cœur voudrait s'y livrer autant qu'il le faudrait pour assurer ma guérison ? Non, Nassès, croyez-moi ; une femme qui pense d'une certaine façon ne saurait aimer deux fois.

— Idée fausse ! s'écria-t-il ; j'en connais qui ont aimé plus de six, et qui ne s'en eſtiment pas moins. Vous êtes d'ailleurs dans un cas si cruel qu'il vous met au-dessus des règles, et que, si l'on savait votre aventure, on vous verrait aimer dix hommes à la fois, qu'on trouverait que vous ne vous en dédommageriez pas encore.

— On aurait assurément de la bonté de reſte, répliqua-t-elle en souriant.

— Mais non, repartit-il ; on trouverait cela plus simple que vous ne croyez. Vous concevez bien, au reſte, que ce que j'en dis n'eſt pas pour vous conseiller de les prendre, puisque c'en serait assez d'un pour me faire mourir de douleur.

— Ah ! dit Zulica en rêvant, c'eſt qu'on nous trouve si blâmables quand nous aimons, qu'avec une seule passion, la plus longue et la plus sincère qu'on puisse voir, nous avons encore bien de la peine à échapper au mépris, et que tel eſt notre malheur, que ce que l'on regarde en vous comme des vertus nous eſt toujours compté pour des vices.

— Oui, autrefois on pensait cela, répondit-il ; mais les mœurs ayant changé, nos idées ont changé avec elles[4]. Oh ! non, si ce n'était que la crainte du blâme qui vous retînt, vous pourriez vous livrer à l'amour.

— Dans le fond, reprit-elle, vous avez raison, car qu'importe qu'on occupe son cœur ? Essentiellement, je n'y vois pas le moindre mal.

— Et cependant, répliqua-t-il, avec un esprit qui vous fait discerner si bien le faux du vrai, vous sacrifiez aux préjugés comme quelqu'un qui ne saurait pas raisonner ! Vous voilà déterminée à pleurer toute votre vie votre faiblesse pour Mazulhim, plutôt que de songer sagement à vous en consoler ; vous croyez qu'une femme qui pense d'une certaine façon ne doit aimer qu'une fois. Vous sentez bien intérieurement que le principe d'après lequel vous agissez n'eſt pas vrai ; mais vous résiſtez à vos lumières, pour jouir du noble plaisir de vous affliger et, apparemment aussi, pour qu'on ne cesse pas de dire que c'eſt la perte de Mazulhim que vous voulez pleurer toujours. Ne sont-ce pas là de beaux propos à faire tenir de soi ?

— De moi ? répondit-elle ; mais je me flatte qu'on n'en parlera pas !

— Je le crois bien, répliqua-t-il ; je sais que vous, madame, vous ne direz rien de ceci ; il eſt conſtant que je n'en parlerai pas, moi ; la chose fait assez peu d'honneur à Mazulhim pour qu'il se croie obligé à garder le silence ; et cependant, si vous ne changez point de façon de penser, tout le monde le saura.

— Mais pourquoi ? demanda-t-elle.

— Parbleu ! reprit-il, croyez-vous qu'on vous voie affligée sans qu'on cherche à pénétrer pourquoi vous l'êtes, et que, si on le cherche opiniâtrement, enfin on ne le découvre pas ? Pensez-vous que Mazulhim même, de qui votre douleur flattera la vanité, résiſte au plaisir d'apprendre au public que c'eſt sa perte qui la cause ?

— Cela eſt vrai, dit-elle ; mais, Nassès, eſt-ce donc qu'il dépendrait de moi de n'être plus affligée ?

— Sans doute, répondit-il, cela dépend de vous. Au fond, que regrettez-vous à présent ? Mazulhim. S'il revenait à vous, consentiriez-vous à le recevoir ?

— Moi ! s'écria-t-elle ; ah ! j'aimerais mieux être au dernier des hommes que d'être à lui !

— Si, quelque chose qu'il pût faire, rien ne pourrait lui rendre votre cœur, il eſt donc, reprit-il, bien ridicule que vous le regrettiez. »

— Dites-moi un peu, demanda le sultan, en avez-vous encore pour longtemps ?

— Oui, sire, répondit Amanzéi.

— De par Mahomet ! tant pis, répliqua Schah-Baham ; voilà des discours qui m'ennuient furieusement, je vous en avertis. Si vous pouviez les supprimer, ou les abréger du moins, vous me feriez plaisir, et je n'en serais pas ingrat.

— Vous avez tort de vous plaindre, lui dit la sultane ; cette conversation qui vous ennuie eſt pour ainsi dire un fait par elle-même. Ce n'eſt point une dissertation inutile, et qui ne porte sur rien, c'eſt un fait… N'eſt-ce pas " dialogué " qu'on dit ? demanda-t-elle à Amanzéi en souriant.

— Oui, madame, répondit-il.

— Cette façon de traiter les choses, reprit-elle, eſt agréable ; elle peint mieux, et plus universellement, les caractères que l'on met sur la scène, mais elle eſt sujette à quelques inconvénients. À force de vouloir tout approfondir, ou de saisir chaque nuance, par exemple, on risque de tomber dans des minuties[5], fines peut-être, mais qui ne sont pas des objets assez importants pour que l'on doive s'y arrêter, et l'on excède de détails et de longueurs ceux qui écoutent. S'arrêter précisément où il faut eſt peut-être une chose plus difficile que de créer. Le sultan a tort de vouloir que, dans l'endroit où vous êtes, vous marchiez si rapidement, mais vous l'aurez devant moi et devant toute personne de goût, si la fureur de parler vous emporte et si vous ne savez pas sacrifier de temps en temps les choses mêmes qui vous paraîtront le plus agréables, lorsque vous ne pourriez nous les dire qu'aux dépens de celles que nous attendons.

— Le sultan a tort, dit Schah-Baham, cela eſt bientôt dit ! Et moi, je vous soutiens que cet Amanzéi-là n'eſt qu'un bavard qui se mire dans tout ce qu'il dit et qui, ou je ne m'y connais pas, a le vice d'aimer les longues conversations, et de faire le bel esprit. Cela vous choque, ajouta-t-il en se tournant du côté d'Amanzéi, mais c'eſt que je suis franc, et si vous voulez l'être, je parie que vous avouerez que j'ai raison.

— Oui, sire, répondit Amanzéi ; et, complaisance de courtisan à part, je suis d'autant plus forcé d'en convenir qu'il y a longtemps qu'on me trouve le défaut que Votre Majesté me reproche.

— Corrigez-vous-en donc ! dit Schah-Baham.

— S'il m'avait été aussi facile de m'en corriger qu'il me l'a paru d'en convenir, repartit Amanzéi, Votre Majesté n'aurait pas eu de reproche à me faire.

La force du raisonnement de Nassès frappa Zulica, poursuivit-il.

« Dans le fond, vous avez raison, lui dit-elle ; aussi n'est-ce pas Mazulhim que je pleure, c'est ma faiblesse, c'est de m'être donnée à un homme si indigne de moi.

— J'avoue, répliqua Nassès d'un air simple, que le tour qu'il vous joue ne doit pas le rendre aimable à vos yeux ; cependant, si vous voulez le juger sans prévention, je ne doute pas que vous ne lui trouviez des agréments, car enfin il en a.

— Si vous voulez, répondit-elle dédaigneusement ; d'abord, il n'est pas bien fait.

— Je ne sais pas, reprit-il, mais personne, cependant, n'a plus de grâce que lui ; il a la plus belle tête et la plus belle jambe du monde, l'air noble et aisé, l'esprit vif, léger, amusant.

— Oui, reprit-elle, je ne nie point qu'il ne soit une bagatelle assez jolie, mais après tout, il n'est que cela, et de plus je vous assure qu'il s'en faut beaucoup qu'il soit aussi amusant qu'on le dit. Entre nous, c'est un fat, d'une présomption ! d'une suffisance !...

— Je pardonne un peu d'orgueil à un homme assez heureux pour vous avoir plu, interrompit Nassès ; on en prend à moins, tous les jours.

— Mais, Nassès, répondit-elle, pour un homme qui me dit qu'il m'aime, et qui veut que je le croie apparemment, vous me tenez de singuliers propos.

— Tout odieux que vous est à présent Mazulhim, répondit Nassès, il vous l'est encore moins que moi, et je croirais risquer plus à vous parler d'un amant que vous n'aimerez jamais que je ne fais à vous entretenir d'un que vous avez si tendrement aimé. Il vous occupe encore si vivement que jamais je ne prononce son nom que vos yeux ne se mouillent de larmes ; actuellement encore ils s'en remplissent et vous voulez en vain me les cacher. Ah ! retenez vos pleurs, aimable

Zulica, s'écria-t-il ; ils me percent le cœur ! Je ne puis, sans un attendrissement qui me devient funeste, les voir couler de vos yeux. »

Zulica, qui depuis quelque temps n'avait pas envie de pleurer, ne put entendre ce discours sans se croire obligée de verser de nouvelles larmes. Nassès, qui se divertissait de tout le manège qu'il lui faisait faire à son gré, la laissa quelque temps dans cette douleur affectée. Cependant, pour ne pas perdre ses moments auprès d'elle, il s'amusa à lui baiser la gorge, qu'elle avait extrêmement découverte. Elle fut assez longtemps sans daigner songer à ce qu'il faisait, et ce ne fut qu'après lui avoir laissé là-dessus entière liberté, qu'elle avisa d'y trouver à redire.

« Vous n'y pensez pas, Nassès, lui dit-elle, ayant toujours un mouchoir sur ses yeux ; voilà des libertés qui me blessent vraiment !

— Je le crois, répondit-il ; n'allez-vous pas prendre cela pour une faveur ? Regardez-moi donc, ajouta-t-il, que je voie vos yeux.

— Non, reprit-elle, ils ont trop pleuré pour être beaux.

— Sans vos larmes, répliqua-t-il, vous me paraîtriez bien moins belle. Écoutez-moi, continua-t-il ; l'état où je vous vois m'afflige ; je veux absolument que vous vous en tiriez. Je vous ai prouvé la nécessité où vous êtes d'aimer encore, et je vais, autant qu'il me sera possible, vous prouver actuellement que c'est moi qu'il faut que vous aimiez.

— Je doute, répondit-elle, que vous y réussissiez.

— C'est ce que nous allons voir, reprit-il ; premièrement, vous convenez de m'avoir haï sans sujet ; c'est une injustice que vous ne pouvez réparer qu'en m'aimant à la fureur. *(Elle sourit.)* D'ailleurs, continua-t-il, je vous aime, et tout facile qu'il vous est de faire prendre à qui que ce soit plus d'amour même qu'il ne vous plaira peut-être de lui en inspirer, jamais vous ne trouverez personne aussi disposé que moi à vous aimer avec toute la tendresse que vous méritez.

« Que nous ayons tort ou raison, il est constant qu'en général nous pensons mal des femmes ; nous nous sommes persuadés qu'elles ne sont ni fidèles ni constantes, et sur ce fondement, nous croyons ne leur devoir ni constance ni fidélité. De passions, par conséquent, on n'en voit guère ; il faudrait, pour nous déterminer à en prendre une, que nous sussions qu'une femme mérite des sentiments moins légers que ceux que communément on lui accorde ; examiner son caractère et sa façon de vivre et de penser, et régler là-dessus le degré d'estime que nous pouvons lui devoir...

— Eh bien ? interrompit-elle, qui vous en empêche ?

— Vous vous moquez, madame, répondit-il ; cette étude prend du temps ; pendant que nous en serions occupés, une femme nous préviendrait d'inconstance[6], et c'est un si cruel accident pour nous que, pour n'y pas être exposés, nous la quittons souvent avant de savoir si elle mérite que nous l'aimions plus longtemps.

— Mais, demanda-t-elle, qu'est-ce que tout cela peut conclure pour vous ?

— Le voici, répondit-il, mais ce mouchoir sera-t-il éternellement sur vos yeux ?

— Ne vous ai-je pas regardé ? lui dit-elle.

— Pas assez, répondit-il ; je ne veux plus que ce mouchoir paraisse ou je vous hais, s'il est possible, autant que vous m'avez haï ! »

Alors elle le regarda en souriant, et d'une façon assez tendre.

« Continuez donc, lui dit-elle en se penchant sur lui.

— Oui, répondit-il, en la serrant fortement dans ses bras ; je vais continuer, n'en doutez point. Ce que j'ai vu de vous ici, poursuivit-il, me vaut l'étude dont je vous parlais, vous a acquis toute mon estime, et conséquemment a redoublé mon amour pour vous. Un autre que moi ne peut donc pas vous aimer autant que je vous aime ; il ne verrait de vous que vos charmes, et la beauté de votre âme serait une chose dont il ne pourrait jamais être sûr, puisque rien ne lui prouverait jusqu'à quel point vous portez la délicatesse des sentiments. Il l'apprendrait, direz-vous, en me voyant agir. Eh ! madame (je vais parler mal de nous), pensez-vous qu'un homme dissipé, étourdi, sans mœurs, surtout sur ce qui regarde les femmes, et ne trouvant pas de moyen plus sûr pour les mépriser toujours que de ne leur faire jamais l'honneur de les examiner, pensez-vous, dis-je, qu'il s'aperçoive des choses qui devraient vous assurer son estime, ou qu'il ne vous accuse pas de forcer votre caractère et de vous parer à ses yeux de vertus que vous ne possédez point ?

— Oui, je le crois, dit-elle ; ce que vous dites là, par exemple, est on ne peut plus sensé. »

Nassès, pour la remercier de cet éloge, voulut d'abord lui baiser la main, mais la bouche de Zulica se trouvant plus près de lui, ce fut à elle qu'il jugea à propos de témoigner sa reconnaissance.

« Ah ! Nassès, lui dit-elle doucement, nous nous brouillerons.

— Vous voyez donc bien, poursuivit-il sans lui répondre, que, puisque je suis l'homme du monde qui vous estime le plus, et qui a le plus de raison de le faire, je dois être aussi le seul que vous puissiez aimer.

— Non, répondit-elle, l'amour est trop dangereux.

— Vieille maxime d'opéra, si plate, si usée, répliqua-t-il, qu'on ne la voudrait seulement pas aujourd'hui passer dans un madrigal, et qui, au reste, n'empêchera point du tout que vous ne m'aimiez. Je vous en avertis.

— Si ce n'est pas elle qui m'en empêche, répondit-elle... Mais pourquoi me demander de l'amour ? Ne vous ai-je pas promis de l'amitié ?

— Sans doute, répliqua-t-il, l'effort est généreux ! Il est constant que, si je ne vous aimais pas, je vous tiendrais quitte pour cela, et peut-être même à moins, mais les sentiments que j'ai pour vous ne peuvent être payés que par le plus tendre retour de votre part, et je puis jurer que je n'oublierai rien pour vous inspirer toute l'ardeur que je vous demande.

— Je vous proteste aussi, répondit-elle, que je n'oublierai rien pour m'en défendre.

— Ah ! ah ! dit-il, vous voulez prendre des précautions contre moi, j'en suis charmé ; ce m'est une preuve que vous me croyez dangereux. Vous avez raison. En vous aimant comme je le fais, je le serai pour vous plus que personne. Avec une femme moins estimable que vous, je ne serais pas si sûr de ma victoire.

— Cependant, reprit-elle, plus je suis estimable, plus je résisterai.

— Tout au contraire, répliqua-t-il, les coquettes seules coûtent à vaincre ; on leur persuade aisément qu'elles sont aimables, mais on ne les touche pas de même, et de toutes les conquêtes, la plus aisée est celle d'une femme raisonnable.

— Je ne l'aurais assurément pas cru, dit-elle.

— Rien n'est pourtant plus vrai, répondit-il. Vous ne pouvez pas douter que je ne vous aime, vous, par exemple. Répondez : en doutez-vous ? Soyez de bonne foi !

— Je viens d'être si sottement crédule, repartit-elle, que je crois qu'on ne me persuadera de longtemps.

— Mais, Mazulhim à part, insista-t-il, qu'en croyez-vous ? »

Elle répondit qu'elle croyait qu'il ne la haïssait pas ; il s'obstina et enfin obtint d'elle qu'elle était persuadée qu'il l'aimait.

« Et vous, poursuivit-il, vous ne me trouvez plus odieux ?

— Odieux ! dit-elle ; non, sans doute ; je puis vouloir être indifférente, mais je ne veux plus être injuste.

— Vous croyez que je vous aime ! s'écria-t-il ; vous ne me haïssez pas et vous imaginez que vous me résisterez longtemps ! Vous ! avec cette vérité que vous avez dans le caractère ? vous vous flattez que vous pourrez me rendre malheureux lorsque vos propres désirs vous parleront en ma faveur ! que vous fixerez un temps pour céder, et que ce ne sera que lorsqu'il sera arrivé que vous croirez pouvoir vous rendre avec décence ? Non, Zulica, non ! j'ai meilleure opinion de vous que vous-même. Vous n'aurez point assez de fausseté pour vouloir désespérer un amant que vous aimez ; vous ignorerez l'art perfide de me conduire de faveur en faveur, jusqu'à celle qui doit à jamais combler et ranimer mes désirs ; l'instant où je vous attendrirai sera celui où je mourrai de plaisir entre vos bras, et cette bouche charmante, ajouta-t-il avec transport... »

— Fort bien, cela, fort bien ! interrompit le sultan ; vous me tirez d'une grande peine. Ma foi, je commençais à craindre que cela ne fût jamais. Ah ! la sotte créature que cette Zulica, avec ses façons !

— En effet, dit la sultane, il faut convenir qu'on ne peut pas faire attendre des faveurs plus longtemps. Comment donc ! résister une heure ! Cela est sans exemple !

— Ce qu'il y a de vrai, répondit le sultan, c'est que cela m'ennuyait autant que s'il y eût eu quinze jours, et que pour peu qu'Amanzéi eût encore retardé la chose, je serais mort de chagrin et de vapeurs, mais qu'auparavant il lui en aurait coûté la vie, et que je lui aurais appris à faire périr d'ennui une tête couronnée.

CHAPITRE XV

QUI N'AMUSERA PAS CEUX QUE LES PRÉCÉDENTS ONT ENNUYÉS

— Au silence qui se fit dans cet instant dont Votre Majesté était hier si contente, dit Amanzéi le lendemain, je jugeai que Nassès empêchait Zulica de parler et qu'elle l'empêchait de poursuivre.

« Ah ! Nassès ! s'écria-t-elle dès qu'elle le put, Nassès ! songez-vous à ce que vous faites ? Si vous m'aimiez !... »

Plus Nassès craignait les reproches de Zulica, moins il lui laissait la liberté de lui en faire. Jamais je n'ai mieux qu'en cet instant conçu combien il est avantageux d'être opiniâtre avec les femmes.

« Mais, écoutez-moi, disait Zulica ; Nassès, écoutez-moi ! Voulez-vous donc que je vous déteste ? »

Tous mots, qui, entrecoupés, prononcés faiblement, perdaient leur force et n'imposaient pas. Zulica vit bien qu'il était inutile qu'elle parlât davantage à un homme perdu dans ses transports, et à qui l'on aurait, sans aucun fruit, dit les plus belles choses du monde. Que faire ? Ce qu'elle fit. Après s'être précautionnée contre les entreprises que Nassès, au milieu de son trouble, tentait avec toute la témérité possible, et s'être mise, à cet égard, hors de toute crainte, elle attendit patiemment qu'il fût en état d'entendre les discours qu'elle lui préparait sur ses impertinences. Nassès, cependant, soit pour obtenir plus aisément son pardon, soit qu'en effet Zulica l'eût troublé, ne la laissa en liberté que pour tomber sur son sein et dans un abattement qui ne devait pas le laisser sensible à quelque autre chose qu'à l'état où il se trouvait.

Embarras nouveau pour Zulica, car, à quoi sert-il de parler à quelqu'un qui ne saurait entendre ? Ce qui, en cet instant, pouvait lui rendre moins pénible le silence auquel elle était forcée, c'est qu'il n'y avait pas d'apparence que Nassès eût l'esprit assez libre pour faire dessus des commentaires. Elle tenta pourtant de se retirer tout à fait d'entre ses bras et n'y réussit point. Quand il revint de son trouble, il avait l'air si tendre ! Ses premiers regards errèrent sur Zulica d'une façon si touchante ! Il referma les yeux si languissamment, poussa de si profonds soupirs que, loin de pouvoir lui montrer autant de colère qu'elle s'en était flattée, elle commença, malgré son insensibilité naturelle, à se sentir émue, et à partager ses transports. Cette vertueuse personne était perdue si Nassès eût pu s'apercevoir des mouvements dont elle était agitée. Nassès enfin, rendu à lui-même, saisit la main de Zulica.

« Nassès, lui dit-elle d'un ton colère, est-ce ainsi que vous croyez vous faire aimer ? »

Nassès s'excusa sur la violence de son ardeur qui, disait-il, ne lui avait pas permis plus de ménagement. Zulica lui soutint que l'amour, quand il est sincère, était toujours accompagné de respect, et que l'on n'avait des façons aussi peu mesurées que les siennes qu'avec les femmes que l'on méprisait. Lui, de son côté, soutint qu'il n'y avait qu'à celles qui inspiraient des désirs que l'on manquait de respect, et que rien ne pouvait mieux prouver à Zulica la force du sien que l'emportement qu'elle s'obstinait à condamner en lui.

« Si je vous avais moins estimée, poursuivit-il, je vous aurais demandé ce que je viens de ravir ; mais quelque légères que soient les faveurs que je vous ai dérobées, je n'ignorais pas que vous me les refuseriez. Sûr de les obtenir de vous, je n'aurais pas songé à ne les devoir qu'à moi-même. Plus on pense bien d'une femme, plus on est forcé d'être coupable auprès d'elle de trop de hardiesse, rien n'est si vrai.

— Je n'en crois pas un mot, répondit Zulica ; mais quand ce que vous venez de me dire serait vrai, c'est toujours une règle établie de ne pas commencer l'aveu de ses sentiments par des façons aussi singulières que celles que vous avez.

— Supposez que j'eusse brusqué les choses autant que vous le dites, répliqua-t-il, ce serait encore une attention pour vous, dont vous devriez me remercier.

— Non, reprit-elle avec impatience, vous avez dans l'esprit des opinions d'une bizarrerie dont rien n'approche !

— Il est plaisant, reprit-il, que ces opinions que vous traitez de bizarres soient toutes fondées en raison. Celle que vous me reprochez actuellement est d'une vérité que sûrement je vous ferai sentir, car non seulement vous avez de l'esprit, mais encore vous l'avez juste, mérite assez rare dans votre sexe pour que l'on puisse vous en féliciter.

— Le compliment ne me séduit pas, dit-elle d'un ton brusque, et je vous avertis que je n'en fais que le cas que je dois.

— C'est sans doute un désagrément pour moi, répondit-il, de vous voir si peu sensible aux discours obligeants que je vous tiens.

— En un mot, monsieur, interrompit-elle, pour entreprendre de certaines choses, il faut au moins avoir persuadé ; trouvez bon que je vous le dise.

— Je vous entends, madame, reprit-il ; vous voulez que je vous perde dans le monde, eh bien ! je vous y perdrai. Je voulais vous mettre à portée de m'aimer sans que qui que ce fût s'en doutât, mais puisque ce ménagement de ma part vous déplaît, je vous rendrai des soins, madame ; on saura que je vous aime, et je ne vous épargnerai aucune des tendres étourderies qui pourront apprendre au public quels sont les sentiments que j'ai pour vous.

— Mais que voulez-vous dire ? lui demanda-t-elle ; vous êtes un étrange homme ! C'est par respect pour moi que vous me faites une impertinence que je ne devrais jamais vous pardonner ; c'est par une attention infinie sur ce qui me regarde que vous me brusquez, comme la femme du monde qui mériterait le moins d'égards ! C'est vous qui faites mille choses condamnables et c'est moi qui ai tort ! Dites-moi, de grâce, comment tout cela se peut faire ?

— Si vous étiez moins neuve en amour, répliqua-t-il, vous m'épargneriez toutes ces explications-là. Je vous dirai pourtant que, quelque gênantes qu'elles puissent être pour moi, j'aime, sans comparaison, mille fois mieux vous donner des leçons sur cette matière que de vous voir assez instruite pour n'en avoir pas besoin. Êtes-vous encore à savoir que ce sont moins les bontés qu'une femme a pour son amant qui la perdent que le temps qu'elle les lui fait attendre ? Croyez-vous que je puisse vous aimer et être malheureux sans que mes assiduités auprès de vous, sans que les soins que je prendrai pour vous attendrir échappent au public ? Je deviendrai triste, et (ma discrétion fût-elle extrême) on n'ignorera pas que vos seules rigueurs causent ma mélancolie. Enfin, car il en faut toujours venir là, vous me rendrez heureux. Pensez-vous qu'avec quelque attention que je m'observe, vos yeux, les miens, cette tendre familiarité qui, malgré tous nos efforts, naîtra en nous, ne découvrent pas notre secret ? »

Zulica, par son étonnement et son silence, semblait approuver ce que lui disait Nassès.

« Vous voyez donc bien, poursuivit-il, que, quand je vous presse de me rendre promptement heureux, c'est moins encore pour moi que pour vous que je vous le demande. En suivant mes conseils, si vous m'épargnez des tourments, vous évitez l'éclat qui suit toujours les commencements d'une passion. D'ailleurs, dans la situation où nous avons été ensemble, je ne pourrais, sans tout découvrir, marquer d'abord de l'amour pour vous. D'accord tous deux, nous imposerons au public sur nos affaires tant que nous le jugerons à propos ; persuadé que vous me détestez, il ne pourra jamais imaginer que, d'un sentiment qui lui est si contraire, vous ayez passé si rapidement à l'amour. Il vous sera facile, au reste, d'amener naturellement notre réconciliation.

« À la Cour, ou chez la première princesse où nous nous trouverons ensemble, vous saisirez quelque occasion que ce soit de me faire une politesse ; ne vous inquiétez pas de la conjoncture, j'aurai soin de la faire naître. Je répondrai avec empressement à ce que vous m'aurez dit d'obligeant, je parlerai tout haut de l'envie que j'ai que vous ne me haïssiez plus. Je vous ferai même proposer, par quelqu'un de nos amis communs, de vouloir bien que je vous voie ; vous direz que vous le voulez bien : je me ferai présenter à vous, je retournerai vous voir, je vanterai les charmes de votre commerce et le malheur que j'ai eu d'en avoir été si longtemps privé. Il n'en faudra pas davantage pour justifier mes empressements : ils paraîtront simples, et naturels, et nous aurons d'autant plus de plaisir à nous aimer que nous jouirons de celui de le cacher à tout le monde.

— Non, répondit-elle en rêvant ; si je vous rendais si promptement heureux, je craindrais trop votre inconstance. J'avoue que je ne serais pas fâchée de lier avec vous un commerce fondé sur plus d'estime, de confiance et d'amitié qu'on n'en trouve ordinairement dans le monde ; je vous dirai plus : je ne haïrais pas l'amour si un amant pouvait n'exiger d'une femme que l'aveu de sa tendresse.

— Ce que vous demandez, reprit-il tendrement, est une chose plus difficile avec vous qu'avec quelque femme que ce puisse être. J'avoue aussi que, quelque peu que vous accordiez, on doit en être plus flatté que d'obtenir tout d'une autre. Mais Zulica, croyez-moi, je vous adore ; vous m'aimez ; faites le bonheur de l'homme du monde qui ressent pour vous la passion la plus vive !

— Si vous saviez borner vos désirs, répondit-elle avec émotion, et que ce que l'on pourrait vous accorder ne fût pas pour vous un droit de demander davantage, on pourrait essayer de vous rendre moins malheureux ; mais…

— Non, Zulica, interrompit-il vivement, vous serez contente de mon obéissance ! »

Sur cette parole, que Zulica sentait bien aussi périlleuse qu'elle l'était, elle se pencha nonchalamment sur Nassès, qui, se précipitant sur elle, usa sans ménagement des faveurs qui venaient de lui être accordées.

« Ah ! Zulica, lui dit-il tendrement un moment après, ne sera-ce qu'à votre complaisance que je devrai d'aussi doux instants, et ne voulez-vous donc pas qu'ils le deviennent autant pour vous qu'ils le sont déjà pour moi ? »

Zulica ne répondit rien, mais Nassès ne se plaignit plus. Bientôt il fit passer dans l'âme de Zulica tout le feu qui dévorait la sienne. Bientôt il oublia la parole qu'il venait de lui donner, et elle ne se souvint pas elle-même de ce qu'elle avait exigé de lui. Elle se plaignit à la vérité, mais si doucement que ce fut moins un reproche qu'un soupir tendre que l'espèce de plainte qui lui échappa. Nassès, sentant à quel point il l'égarait, crut ne devoir pas perdre d'aussi précieux instants.

« Ah ! Nassès, lui dit-elle d'une voix étouffée, si vous ne m'aimez pas, que vous allez me rendre à plaindre ! »

Quand les craintes de Zulica sur l'amour de Nassès auraient été aussi vraies et aussi vives qu'elles paraissaient l'être, il y avait apparence que les transports de Nassès les auraient dissipées. Aussi, presque assuré qu'elle ne douterait pas longtemps de son ardeur, il ne jugea pas à propos de perdre à lui répondre un temps qu'il devait employer à la rassurer, et d'une façon plus forte qu'il ne l'aurait pu faire par les discours les plus touchants. Zulica ne s'offensa pas de son silence ; bientôt même (car il ne faut souvent qu'une bagatelle pour faire perdre de vue les choses les plus importantes) elle ne parut plus s'occuper d'une crainte que, sans faire une injure mortelle à Nassès, elle croyait ne pouvoir plus garder. D'autres idées, plus douces sans doute, succédèrent à celles-là. Elle voulut parler, mais elle ne put proférer que quelques mots sans suite et qui n'exprimaient rien que le trouble de son âme.

Lorsqu'il eut cessé, Nassès se jeta à ses genoux.

« Ah ! laissez-moi, dit-elle en le repoussant faiblement.

— Quoi ! répondit-il d'un air étonné, aurais-je eu le malheur de vous déplaire, et serait-il possible que vous eussiez à vous plaindre de moi ?

— Si je ne m'en plains pas, reprit-elle, ce n'eſt pas que je n'eusse de quoi le faire.

— Eh ! de quoi vous plaindriez-vous ? répliqua-t-il ; ne deviez-vous pas être lasse d'une aussi cruelle résiſtance ?

— Je conviens, répondit-elle, que beaucoup de femmes se seraient rendues plus tôt ; mais je n'en sens pas moins que j'aurais dû vous résiſter plus longtemps. »

Alors elle le regarda avec ce trouble, cette langueur dans les yeux qui annoncent et excitent les désirs.

« M'aimez-vous ? lui demanda Nassès aussi tendrement que s'il l'eût aimée lui-même.

— Ah ! Nassès ! s'écria-t-elle, quel plaisir vous ferait un aveu que vos emportements m'ont déjà arraché ? M'avez-vous, là-dessus, laissé quelque chose à vous dire ?

— Oui, Zulica, répondit-il ; sans cet aveu charmant que je vous demande, je ne puis être heureux ; sans lui, je ne puis jamais me regarder que comme un ravisseur. Ah ! voulez-vous me laisser un si cruel reproche à me faire ?

— Oui, Nassès, dit-elle en soupirant, je vous aime[7]. »

Nassès allait remercier Zulica lorsque l'esclave de Mazulhim vint servir ; il en soupira...

— Parbleu ! je le crois bien, interrompit le sultan ; voilà comme sont les valets ! On ne les voit jamais que quand on a le moins besoin de leur présence. N'ayez pas peur qu'il soit venu tantôt pendant que Nassès et Zulica m'ennuyaient tant ! Il faut précisément qu'il vienne interrompre quand j'ai le plus de plaisir à entendre.

— Vous m'avez étonné, vous, lui dit la sultane, de n'avoir rien dit.

— Tubleu, répliqua-t-il, je n'avais garde de les troubler ; j'avais trop d'envie de savoir comment tout ceci finirait. J'en suis fort content, ajouta-t-il en se tournant vers Amanzéi ; voilà ce qui peut s'appeler une situation touchante, j'en ai encore les larmes aux yeux !

— Quoi ! lui dit la sultane, vous pleurez de cela ?

— Pourquoi donc pas ? répondit-il : cela eſt fort intéressant, ou je me trompe fort. C'eſt pour moi comme une tragédie, et, si vous n'en pleurez point, c'eſt que vous n'avez pas le cœur bon !

En achevant ces paroles, qu'il prenait pour une épigramme sanglante contre la sultane, il ordonna d'un air satisfait à Amanzéi de poursuivre :

Nassès soupira de se voir interrompu, poursuivit Amanzéi ; ce n'était pas qu'il fût amoureux, mais il avait cette impatience, cette ardeur qui, sans être amour, produit en nous des mouvements qui lui ressemblent et que les femmes regardent toujours comme les symptômes d'une vraie passion, soit qu'elles sentent combien il leur est nécessaire avec nous de paraître s'y tromper, ou qu'en effet elles ne connaissent rien de mieux. Zulica, qui n'attribuait qu'à ses charmes l'impatience qu'elle remarquait dans Nassès, en avait toute la reconnaissance possible ; mais, pour soutenir ce caractère de personne réservée qu'elle s'était donné, elle lui fit signe, en lui serrant la main, d'avoir devant l'esclave de Mazulhim un peu de circonspection. Ils se mirent à table.

Après le souper…

— Tout doucement, s'il vous plaît ! interrompit Schah-Baham ; je veux, si cela ne vous déplaît pas, les voir souper. J'aime, sur toute chose, les propos de table.

— Vous avez dans l'esprit une inconséquence bien singulière ! lui dit la sultane ; vous vous êtes impatienté mille fois à des discours qui étaient nécessaires, et vous en demandez actuellement qui, absolument hors de l'histoire qu'on vous raconte, ne peuvent que l'allonger !

— Eh bien ! répondit le sultan, si je veux être inconséquent, moi, y a-t-il quelqu'un ici qui puisse m'en empêcher ? Voyons ! je veux bien qu'on apprenne qu'un sultan est fait pour raisonner comme il lui plaît ; que tous mes ancêtres ont eu le même privilège que celui qu'on me dispute ; que jamais femme bel esprit[a] n'a eu le crédit de les empêcher de parler comme ils voulaient, et que ma grand-mère même à qui, je crois, vous n'avez pas l'audace de vous comparer, n'a jamais eu celle de contredire Schah-Riar, mon aïeul, fils de Schah-Mamoun, qui engendra Schah-Techni, lequel… Ce que j'en dis, au reste, continua-t-il plus modérément, c'est plus pour vous faire voir que je sais ma généalogie que pour contrarier personne, et vous pouvez poursuivre, Amanzéi.

« C'est », dit Zulica, un instant après qu'elle se fut mise à table, « une chose bien singulière que la façon dont les événements les plus marqués de notre vie sont amenés ! Qui dirait à une femme : “ Vous aimerez ce soir, à la fureur, un homme, non seulement auquel vous n'avez jamais pensé, mais que même vous haïssiez ", elle ne le croirait pas. Et pourtant, il n'est pas sans exemple que cela arrive !

— Je vous en réponds, repartit Nassès, et je serais bien fâché que cela n'arrivât pas. De plus, il est certain que rien n'est si commun que de voir les femmes aimer violemment quelqu'un qu'elles voient pour la première fois, ou qu'elles ont haï. C'est même de là que naissent les passions les plus vives.

— Et pourtant, reprit-elle, vous trouvez des gens, mais je dis : beaucoup, qui vous soutiennent qu'il n'y a presque point de coups de sympathie.

— Savez-vous, répondit Nassès, qui sont les gens qui soutiennent cela ? Ce sont, ou de jeunes gens qui ne connaissent pas encore le monde, ou des femmes dont l'esprit est prude et le cœur froid ; de ces femmes indolentes qui ne prennent une passion qu'avec toutes les précautions possibles, ne s'enflamment que par degrés, et vous font acheter bien cher un cœur où vous trouvez toujours plus de remords que de tendresse, et dont vous ne jouissez jamais parfaitement.

— Eh bien ! répondit-elle, ces femmes-là, toutes ridicules qu'elles sont, ont encore des partisans ; et, moi qui vous parle, il n'y a pas bien longtemps que je pensais comme elles.

— Vous ! répliqua-t-il, mais savez-vous bien que vous avez tous les préjugés qu'on peut avoir ?

— Cela se peut, reprit-elle, mais actuellement j'en ai un de moins, car je crois aux coups de sympathie.

— Quant à moi, dit-il, je sais qu'ils sont fort communs. Je connais même une femme qui y est si sujette, qu'elle en trouve ordinairement trois ou quatre dans la journée.

— Ah ! Nassès ! s'écria-t-elle, cela n'est pas possible !

— Quand vous diriez simplement que cela n'est pas ordinaire, savez-vous bien, repartit-il, que vous vous tromperiez encore, et qu'une femme qui a le malheur d'être née fort tendre (si pourtant c'en est un) ne peut pas répondre un moment d'elle-même ? Je vous suppose, vous, dans la nécessité de m'aimer : que ferez-vous ?

— Je vous aimerai, répondit-elle.

— Eh bien ! supposez à présent, continua-t-il, une femme qui soit dans la nécessité d'aimer par jour trois ou quatre hommes.

— Je la trouve bien à plaindre, dit-elle.

— Soit ! j'en conviens ; mais que voulez-vous qu'elle fasse ? Qu'elle fuie, me direz-vous ? Mais on ne va pas loin dans une chambre ; quand on s'y est promené quelque temps, on est lassé, il faut se rasseoir. Cet objet, qui vous a frappé, est toujours présent à vos yeux. Les désirs se sont irrités par la résistance qu'on a faite, et la nécessité d'aimer, loin d'en être diminuée, n'en est devenue que plus pressante.

— Mais, répondit-elle en rêvant, en aimer quatre !

— Puisque le nombre vous choque, répliqua-t-il, j'en ôte deux.

— Ah ! dit-elle, cela devient plus vraisemblable, et plus possible même.

— Que de façons pourtant n'avez-vous pas faites, s'écria-t-il, pour n'en aimer qu'un !

— Taisez-vous, lui dit-elle en souriant ; je ne sais où vous prenez tous les raisonnements que vous me faites, et où je prends, moi, toutes les réponses que je vous fais.

— Dans la nature, répondit-il. Vous êtes vraie, sans art ; vous m'aimez assez pour ne vouloir rien me cacher de ce que vous pensez, et je vous en estime d'autant plus qu'il y a bien peu de femmes qui aient autant de vérité dans le caractère. »

Avec tous ces propos, et quelques autres qui ne furent pas plus intéressants, Nassès parvint à gagner le dessert. Il fut à peine servi que se voyant seuls, il se leva avec feu, et se mettant aux genoux de Zulica :

« Vous m'aimez ? lui dit-il.

— Eh ! ne vous l'ai-je pas assez dit ? répondit-elle languissamment.

— Ciel ! s'écria-t-il en se relevant et en la prenant dans ses bras, puis-je trop vous l'entendre dire, et pouvez-vous trop me le prouver ?

— Ah ! Nassès ! » répondit-elle, en se laissant aller sur lui, et sur moi, « quel usage faites-vous de ma faiblesse ! »

— Eh que diable ! dit le sultan, voulait-elle donc qu'il *en fît ? Ceci n'est pas mauvais* ! Elle aurait, je crois, été bien fâchée qu'il l'eût laissée plus tranquille. Non ! les femmes sont d'une singularité… bien singulière ! Elles ne savent jamais ce qu'elles veulent. On ignore toujours comme on est avec elles…

— Quelle colère ! interrompit la sultane ; quel torrent d'épigrammes ! Que vous avons-nous donc fait ?

— Non, dit le sultan, c'est sans colère que je dis tout cela. Est-ce que pour trouver les femmes ridicules, on a besoin d'être fâché contre elles ?

— Vous êtes d'une causticité sans exemple, lui dit la sultane ; et je crains bien que vous qui haïssez tant les beaux esprits, vous n'en deveniez un incessamment.

— C'est cette Zulica qui m'a fâché ! repartit le sultan ; je n'aime point les façons déplacées.

— Que Votre Majesté prenne moins d'humeur contre elle, dit Amanzéi ; elle n'en fit pas longtemps.

CHAPITRE XVI

QUI CONTIENT UNE DISSERTATION QUI NE SERA PAS GOÛTÉE DE TOUT LE MONDE

Après avoir dit ce peu de mots qui ont déplu à Votre Majesté, Zulica se tut.

« Croyez-vous, lui demanda enfin Nassès, que Mazulhim vous aimât mieux que je ne fais ?

— Il me louait davantage, répondit-elle, mais il me semble que vous m'aimez mieux.

— Je ne veux vous laisser aucun lieu de douter de ma tendresse, repartit-il ; oui, Zulica, vous apprendrez bientôt combien Mazulhim m'est inférieur en sentiment.

— Eh quoi ! reprit-elle, quoi !... »

Nassès ne la laissa pas achever, et elle ne se plaignit pas d'avoir été interrompue.

« Ah ! Nassès ! s'écria-t-elle tendrement, que vous êtes digne d'être aimé ! »

Nassès ne répondit à cet éloge qu'en homme qui croyait qu'on le louerait moins sur le présent, si l'on ne prétendait point par là l'encourager sur l'avenir. Il avait attendri Zulica, il parvint à l'étonner ; aussi prit-elle pour lui une considération, même une sorte de respect, qui, vu le motif qui les lui faisait obtenir, devenaient extrêmement plaisants, et qui doivent flatter un homme, d'autant plus qu'elles ne sont pas chez les femmes l'effet de la prévention, comme le sentiment. Nassès, assez content de lui-même, crut qu'il pouvait suspendre pour un moment l'admiration qu'il causait à Zulica. Avoir triomphé d'elle n'était rien pour lui : il la connaissait trop pour en être flatté, et les bontés qu'elle lui marquait, loin de diminuer la haine qu'il lui portait, l'avaient augmentée. Il se sentait pour elle ce mépris profond qui nous rend impossibles la dissimulation et les ménagements avec les personnes qui nous l'inspirent : et dans cette disposition, il ne croyait pas pouvoir lui montrer assez tôt toute l'impression que sa conduite avec lui avait faite sur son âme.

« Vous trouvez donc, lui demanda-t-il, que je ne vous loue pas si bien que Mazulhim ?

— Oui, répondit-elle, mais je trouve en même temps que vous savez aimer mieux que lui.

— Voilà, répliqua-t-il, une distinction que je n'entends pas ; quelle valeur attachez-vous actuellement au mot d'aimer ?

— Celle qu'il a, repartit-elle : je ne lui en connais qu'une, et ce n'est que de celle-là que je prétends parler ; mais vous qui me paraissez aimer si bien, pourquoi me demandez-vous ce que c'est que l'amour ?

— Si je le demande, répliqua-t-il, ce n'est pas que je l'ignore ; mais, comme chacun définit ce sentiment suivant son caractère, je voulais savoir ce qu'en particulier vous entendez, vous, en disant que je vous aime mieux que Mazulhim ne vous aimait. Je ne puis connaître la différence que vous mettez entre lui et moi, si vous ne m'apprenez pas ce que c'était que sa façon d'aimer.

— Mais, répondit-elle en affectant de rougir, c'est qu'il a le cœur épuisé, lui.

— Le cœur épuisé ! reprit-il, voilà une expression qui, selon moi, n'offre point de sens déterminé. Le cœur s'épuise, sans doute, sur une passion trop longue ; mais Mazulhim ne pouvait pas se trouver avec vous dans ce cas-là, puisque pour ses yeux et son imagination vous étiez un objet nouveau. Par conséquent, ce que vous me dites de lui n'est pas ce que vous devriez m'en dire.

— Je n'en dirai pourtant que cela, répondit-elle ; ce que j'en sais, c'est (du moins je m'en doute) qu'il y a peu d'hommes moins faits pour aimer que lui, et ne m'interrogez pas davantage, car je sens que sur cet article je n'ai rien de plus à vous répondre.

— Ah ! je vous entends, répliqua-t-il ; cependant, je ne reconnais point Mazulhim au portrait que vous m'en faites.

— Mais, reprit-elle, il me semble que je ne vous dis rien de lui.

— Ah ! pardonnez-moi ! repartit-il ; on sent aisément ce qu'on reproche à un homme quand on dit de lui qu'il a le cœur épuisé ; c'est une expression modeste et mesurée, mais on l'entend. Je suis surpris pourtant que vous ayez eu à vous plaindre de lui.

— Je ne m'en plains pas, Nassès, répondit-elle ; mais, puisque vous voulez savoir ce que j'en pense, je vous dirai qu'il est vrai que j'en ai été surprise.

— Ah ! ah ! dit-il, quoi ! vous l'avez trouvé ?...

— Cela est étonnant ! reprit-elle, à ce que je crois du moins.

— Oh ! je m'en rapporterais bien à vous.

— Sans doute ! répondit-elle ironiquement, l'expérience m'a donné là-dessus de si grandes lumières !...

— Expérience ou non, répliqua-t-il, on sait ce que doit être un amant quand on veut bien ne lui laisser plus rien à désirer ; il y a là-dessus une tradition établie. Mais j'avoue encore une fois que vous me surprenez, car Mazulhim...

— Eh bien ! Nassès, interrompit-elle, c'est à un point qu'on ne saurait imaginer !

— Je ne saurais revenir de ma surprise, répondit-il ; je sais de lui des choses incroyables, des prodiges !

— Ce sera apparemment lui qui vous les aura contés ? dit-elle.

— Quand ce n'aurait été que par amour-propre, je me serais, repartit-il, défié d'un pareil récit. Non, il ne m'a parlé de rien ; je vous dirai plus : il a là-dessus une vraie modestie.

— Pour modeste, répondit-elle, il ne l'est pas ; mais quelquefois peut-être il se rend justice.

— Madame, madame, lui dit-il, une réputation aussi brillante que celle de Mazulhim doit avoir un fondement, et vous ne me ferez jamais croire que quelqu'un dont toutes les femmes d'Agra pensent bien, soit un homme si peu estimable.

— Eh ! pensez-vous, répondit-elle, qu'une femme mécontente de Mazulhim (s'il est vrai cependant qu'il puisse s'en trouver qui soient sensibles à ce dont nous parlons) dise à qui que ce soit la raison pour laquelle elle en est si mécontente ?

— Précisément oui, reprit-il ; elle ne le dira pas à tout le monde, mais elle le dira à quelqu'un ; et la preuve de cela, c'est que vous me le dites à moi. Je n'ignore pas que je ne dois cette confidence qu'à la façon dont nous sommes ensemble. Mais Mazulhim a plu à d'autres personnes que vous. Après lui, elles ont aimé des gens à qui, sans doute, elles confiaient leurs aventures. Il y a peut-être dans Agra plus de mille femmes qui n'ont pas résisté à Mazulhim ; il y aurait par conséquent quarante mille hommes, ou à peu près, qui sauraient, dans la plus exacte vérité, ce qu'il est, et vous voudriez qu'entre des femmes piquées et des hommes humiliés, un secret de cette nature eût été enseveli ? Cela n'est pas probable ! Non, madame, encore une fois, non, un homme tel que Mazulhim vous a paru n'en aurait pas imposé si longtemps ! Vous dirai-je plus ? Vous connaissez Telmisse ? Elle n'est plus assurément ni jeune, ni jolie ! Il n'y a que dix jours au plus que Mazulhim lui a prouvé toute l'estime possible, et qu'il a mérité et acquis toute la sienne. C'est pourtant un fait. Telmisse le dit à qui veut l'entendre ; ce n'est pas une personne à dire gratuitement du bien de quelqu'un, et nous ne connaissons point de femme de qui le suffrage fasse plus d'honneur et soit plus difficile à obtenir que le sien. Pouvez-vous après cela penser mal de Mazulhim ?

— Non, répondit-elle sèchement ; je crois qu'il est incomparable. C'est ma faute, sans doute, ajouta-t-elle avec un sourire dédaigneux, si je ne l'ai pas trouvé tel.

— Je ne suis pas fait pour le penser, reprit-il, mais il est vrai qu'il y a là-dedans quelque chose d'inconcevable. Au surplus, vous ne croiriez peut-être pas une chose ? Si j'étais femme, les gens de l'espèce dont Mazulhim vous a paru me plairaient infiniment plus que les autres.

— Je crois, répondit-elle, que ce ne serait pas une raison de n'en pas vouloir, ou de les quitter, mais je vous avouerai que je ne vois pas à propos de quoi il faudrait leur donner la préférence.

— Ils aiment mieux, dit-il ; eux seuls connaissent les soins et la complaisance : plus ils sentent qu'on leur fait grâce de les aimer, plus ils s'empressent à mériter de l'être : nécessairement soumis, ils sont moins amants qu'esclaves. Sensuels et délicats, ils imaginent sans cesse mille dédommagements, et l'amour leur doit peut-être ce qu'il a de plus ingénieux plaisirs. Leur arrive-t-il de se transporter ? Ce n'est point à un mouvement aveugle, et par conséquent jamais flatteur pour une femme, qu'elle doit l'ardeur dont leur âme se remplit ; c'est elle seule, ce sont ses charmes qui subjuguent la nature. Peut-il jamais y avoir pour elle de triomphe plus doux et plus vrai ?

— Vous ne m'étonnez point, lui dit Zulica ; vous aimez les opinions singulières.

— Vous pensez trop bien, répondit-il, pour que celle-ci vous paraisse telle, et je sais que plus d'une femme…

— Laissons cela, interrompit-elle, je n'ai jamais disputé sur les choses qui ne m'intéressaient pas. Au reste, c'est, à ce qu'il me semble, moins à vous qu'à Mazulhim à tâcher de faire recevoir cette opinion. »

— Elle a raison, dit le sultan. Quand s'en va-t-elle ?
— Que vous êtes impatient ! répondit la sultane.
— Ce n'est pas que je m'ennuie, reprit le sultan, à beaucoup près, mais quoique je me divertisse fort, il me semble que j'aimerais tout autant entendre quelque autre chose. Je suis comme cela, moi !
— Que voulez-vous dire ? lui demanda la sultane.
— Est-ce que cela ne s'entend pas ? répondit-il ; je me trouve fort clair. Quand je dis que je suis comme cela, c'est que je pense qu'un plaisir quelquefois n'empêche pas qu'on en souhaite un autre. Je vais encore mieux me faire entendre.
— Il y a mille choses qui perdent à être expliquées, interrompit la sultane ; on vous entend, voulez-vous quelque chose de plus ?
— Oui, dit le sultan, je veux qu'Amanzéi finisse son histoire !
— Il faut pour cela qu'il la continue, répondit la sultane.
— Au contraire, reprit Schah-Baham, il me semble que, s'il la laissait là, il la finirait beaucoup plus tôt ; mais comme je suis la complaisance même, je lui permets de poursuivre, à condition pourtant que cela ne tirera pas à conséquence.

« Au surplus, poursuivit Zulica, vous m'obligeriez beaucoup si vous vouliez bien ne me plus parler de Mazulhim.
— Très volontiers, répondit-il ; c'est ce cœur épuisé dont vous avez parlé qui nous a fait tomber sur une dissertation fort inutile, en effet, et que je me reprocherais, puisqu'elle vous a fâchée, si je ne me rappelais que ma tendresse pour vous, et le désir de savoir pourquoi vous croyiez que je vous aimais mieux que Mazulhim, l'ont seuls amenée. Plus les sentiments que vous me marquez me sont chers, moins vous devriez me blâmer d'une curiosité que je n'ai que parce que je vous aime.
— Non, répondit-elle d'un air triste ; il me semble que depuis quelques moments vous ne m'aimez plus autant que vous m'aimiez ; je ne sais pas pourquoi je le crois, mais je le crois enfin, et cette idée m'afflige.
— Je suis enchanté de vous la voir, répliqua Nassès ; ces

sortes d'inquiétudes qui, pour n'avoir pas d'objet, n'en tourmentent pas moins vivement, ne peuvent être senties que par un cœur également tendre et délicat ; vous me faites injustice, mais cette injustice même me prouve combien vous m'aimez, et vous ne m'en êtes que plus chère. Rassurez-vous, poursuivit-il, aimable Zulica. Ciel ! que de plaisirs je trouve à bannir vos craintes ! Zulica ! charmante Zulica ! Ah ! pour votre bonheur et le mien, puissent-elles renaître sans cesse ! »

En disant ces paroles, il prenait Zulica dans ses bras et l'accablait des caresses les plus tendres.

« Que vous me donnez de transports ! s'écria-t-elle ; je sens tous les vôtres passer dans mon cœur ; ils le remplissent, le troublent, le pénètrent ! Ah ! Nassès ! quel plaisir pour moi de vous en devoir de si doux et que je connaissais si peu ! Vous seul !... Oui, vous seul !... Mais, Nassès ! Ah ! cruel !... »

Quoique Zulica ne cessât point de parler, il ne me fut plus possible d'entendre ce qu'elle disait.

— C'est qu'apparemment elle parlait trop bas, dit le sultan.

— Cela est vraisemblable, répondit Amanzéi.

— Et puis, continua le sultan, c'est qu'il est vrai que vous ne perdîtes pas beaucoup à ne plus l'entendre car, ou je suis bien trompé, ou il n'y avait pas le sens commun dans ce qu'elle disait ; du moins, moi, je n'y ai rien compris.

— Je suis de votre avis, sire, reprit Amanzéi ; rien n'était moins clair. Cependant, ou Nassès l'entendait, ou il n'avait pas, en ce moment, plus d'esprit qu'elle, car il disait à peu près les mêmes choses.

— Ne vous le dis-je pas[b] ? repartit le sultan ; ces gens-là n'avaient pas le sens commun

Lorsque Nassès et Zulica furent devenus plus raisonnables, continua Amanzéi, Zulica, en le regardant tendrement :

« Vous êtes charmant, Nassès, lui dit-elle ; ah ! pourquoi ne vous ai-je pas aimé plus tôt !

— Vous devez moins vous en plaindre que moi, répondit-il, moi, dis-je, à qui chaque instant fait sentir que je n'ai commencé de vivre que depuis que vous m'avez aimé. Lorsque je songe à quelles beautés Mazulhim a fermé les yeux, que je le plains ! Quoi ! Zulica, dans ces lieux où nous sommes, dans ces mêmes lieux que vos bontés pour moi me rendent aussi chers que celles que vous y avez eues pour lui me les ont d'abord fait trouver odieux, l'ingrat a pu ne pas rougir d'en avoir aimé d'autres, et renoncer pour jamais à son inconstance ! Quel génie, quel dieu même veillait pour moi, lorsque après l'avoir rendu insensible à tant de charmes, il lui inspira le dessein de me choisir pour vous apprendre sa perfidie ? Ah ! Zulica, quel n'aurait pas été mon malheur s'il vous avait été fidèle, ou si quelque autre que moi…

— Arrêtez ! interrompit majestueusement Zulica : s'il m'avait été fidèle, je n'aurais jamais aimé que lui ; mais, pour le bannir de mon cœur, il ne fallait pas moins que Nassès.

— Je crois, puisque vous m'avez choisi, répondit-il, que j'étais en effet le seul qui pût vous plaire ; mais quand je songe à l'état où vous étiez ici, à ce que pouvait exiger de vous un étourdi que Mazulhim vous aurait envoyé, à quel prix, peut-être, il aurait mis son silence, je ne puis m'empêcher de frémir.

— Je ne vois pas bien pourquoi, répondit-elle. Ne voulant rien accorder, il m'aurait été assez indifférent que l'on eût exigé quelque chose.

— Vous n'en pouvez pas répondre, dit-il ; il y a pour les femmes de terribles situations, et celle où je vous ai vue était peut-être une des plus affreuses…

— Tant qu'il vous plaira, interrompit-elle ; mais je vous prie de croire qu'il est bien moins cruel pour une femme qui a des sentiments d'être abandonnée d'un homme qui l'aime que de se livrer à quelqu'un qu'elle n'aime pas.

— Cela n'est pas douteux, répliqua-t-il ; mais c'est une terrible chose que d'être prise dans une petite maison. Je ne sais pas, si j'étais femme et que cela m'arrivât, ce que je ferais, mais il me semble que je serais bien aise que l'homme qui m'y aurait surprise voulût bien n'en dire mot.

— Vous seriez bien aise ! reprit-elle ; apparemment, cela est tout simple, et moi aussi j'aurais été bien aise, qui que ce fût qui m'eût surprise ici, qu'il n'en eût rien dit. Le beau propos ! Il faut que vous perdiez l'esprit pour en tenir de pareils ! Pensez-vous qu'un honnête homme ait besoin, pour se taire, qu'on l'engage au silence par les choses que vous imaginez, et croyez-vous d'ailleurs qu'on fasse certaines propositions à des femmes d'un certain genre ?

— Certainement oui, répondit-il. Toute femme surprise dans une petite maison prouve qu'elle a le cœur sensible ; on tire là-dessus de terribles conséquences, et communément plus la femme est aimable, moins l'homme est généreux.

— Oh ! c'est un conte, reprit Zulica ; le goût seul, mais je dis le goût le plus vif peut excuser une femme de s'être rendue, et je ne crois pas, quoi qu'on en puisse dire, qu'il y en eût une qui voulût acheter aussi cher que vous le croyez la discrétion dont elle aurait besoin, et l'honneur...

— Bon ! interrompit-il, croyez-vous qu'une femme craigne jamais de sacrifier son honneur à sa réputation ?

— Enfin, répondit-elle, je ne le ferais pas, et je ne connais point de situation, quelque terrible qu'elle fût, qui pût me déterminer à accorder à un homme ce que mon cœur voudrait lui refuser.

— Il faut être bien délicat, reprit-il, pour faire cette distinction, et s'y arrêter ; en attendant que l'on puisse gagner le cœur, on cherche à engager une femme, de façon que ce qu'elle ait de mieux à faire soit de vous le donner, et assez souvent elle est trop heureuse de pouvoir finir par là.

— Je commence à vous entendre, monsieur, lui dit-elle, vous voulez me faire sentir que vous ne croyez me devoir qu'à la situation où vous m'avez trouvée ici, et vous aimez mieux imaginer que vous n'aviez pas de quoi me plaire que de ne pas mal penser de moi. Voilà donc, ajouta-t-elle en pleurant, le bonheur dont je m'étais flattée ? Ah ! Nassès, était-ce de vous que je devais attendre un procédé aussi cruel ?

— Mais, Zulica, répondit-il, croyez-vous que j'aie oublié la résistance que vous m'avez faite, et ce qu'il m'en a coûté pour obtenir de vous mon bonheur ?

— Eh ! pensez-vous, reprit-elle en sanglotant, que je ne sente pas que vous me reprochez de ne m'être pas assez longtemps défendue ? Hélas ! Entraînée par le goût que j'avais pour vous, plus encore que par celui que vous me marquiez, j'ai cédé, sans craindre qu'un jour vous me feriez un crime de n'avoir pas assez longtemps résisté.

— Mais quelle idée est donc la vôtre, Zulica ? répondit-il *en se rapprochant d'elle ; moi ? vous reprocher* d'avoir fait mon bonheur ! Pouvez-vous le croire ? Moi qui vous adore, ajouta-t-il en n'oubliant rien de tout ce qui pouvait lui prouver qu'il disait vrai.

— Laissez-moi ! lui dit-elle en le repoussant faiblement ; laissez-moi ! S'il est possible, oubliez combien je vous ai aimé ! »

La résistance de Zulica était si douce que, quand les empressements de Nassès auraient été moins vifs, ils en auraient encore triomphé.

« Vous ? cesser de m'aimer ! lui disait-il d'un air tendre, en ajoutant à ce discours tout ce qui pouvait le rendre plus persuasif ; vous, qui devez faire éternellement mon bonheur ! Non, votre cœur n'eſt point fait pour me haïr, quand le mien ne garde que pour vous ses plus tendres sentiments !

— Non, répondit Zulica d'un ton qui commençait à ne pouvoir plus marquer de la colère, non, traître que vous êtes ! Vous ne me tromperez plus. Ciel ! ajouta-t-elle plus doucement encore, n'êtes-vous pas le plus injuſte et le plus cruel des hommes ? Ah ! laissez-moi… Non, vous ne me persuadez plus… Je ne dois pas vous pardonner… Que je vous hais ! »

Malgré toutes ces proteſtations de haine que Zulica faisait à Nassès, il ne voulut pas croire un moment qu'il pût être haï, et Zulica, en effet, semblait ne pas se soucier beaucoup qu'il crût qu'il n'était plus aimé.

« Je ne sais pas si je me flatte, lui dit-il enfin, mais je jurerais presque que vous me haïssez moins que vous ne dites.

— Le beau triomphe ! répondit-elle en haussant les épaules ; croyez-vous que je vous en déteſte moins ? Eſt-ce ma faute si… Mais cela eſt vrai, je vous hais beaucoup. Ne riez pas, ajouta-t-elle ; rien n'eſt plus certain que ce que je dis.

— Je vous eſtime trop pour le penser, répondit-il, et cela eſt au point que je vous verrais inconſtante, que je n'en voudrais rien croire. Je suis et je veux être persuadé que vous m'aimez autant que vous pouvez aimer quelque chose.

— En ce cas-là, reprit-elle, je vous aime donc autant qu'il eſt possible ; mon cœur n'eſt point fait pour des sentiments modérés.

— Je le crois bien, répliqua-t-il, et c'eſt aussi ce que je voulais dire. Plus on a de délicatesse, plus on a les passions vives, et, quand j'y songe, une femme eſt bien malheureuse quand elle pense comme vous. En vérité, j'ose le dire, la dépravation eſt telle aujourd'hui, que plus une femme eſt eſtimable, plus on la trouve ridicule ; je ne dis pas que ce soient les femmes seules qui lui fassent cette injuſtice, cela serait tout simple, mais ce que l'on ne conçoit pas, c'eſt que ce sont les hommes ! Eux, qui leur demandent sans cesse des sentiments !

— Cela n'eſt que trop vrai, dit-elle.

— Je le vois dans le monde, continua-t-il ; qu'y cherchons-nous ? L'amour ? Non, sans doute. Nous voulons satisfaire notre vanité ; faire sans cesse parler de nous ; passer de femme en femme ; pour n'en pas manquer une, courir après les conquêtes, même les plus méprisables : plus vains d'en avoir eu un certain nombre que de n'en posséder qu'une digne de plaire ; les chercher sans cesse et ne les aimer jamais.

— Ah ! que vous avez raison ! s'écria-t-elle ; mais aussi c'est la faute des femmes ; vous les mépriseriez moins si toutes pensaient d'une certaine façon, avaient des sentiments qui pussent les faire respecter.

— Je l'avoue à regret, répondit-il, mais il est certain qu'on ne saurait nier que les sentiments ne soient un peu tombés.

— Un peu ! dit-elle avec étonnement ; ah ! dites beaucoup. Il y a encore des femmes raisonnables, assurément, mais ce n'est pas le plus grand nombre. Je ne parle point de celles qui aiment, car je crois que vous les trouvez vous-même plus à plaindre qu'à blâmer, mais pour une que l'amour seul conduit, combien n'en est-il pas qui, loin de pouvoir le prendre pour excuse, font tout ce qu'elles peuvent pour qu'on ne puisse pas seulement les soupçonner de le connaître.

— Il y a, repartit-il, bien peu de femmes assez équitables pour parler comme vous.

— À quoi sert-il de vouloir dissimuler ces choses aussi connues ? répondit-elle. Je vous dirai, pour moi, qu'autant je voudrais qu'on ménageât les femmes raisonnables, autant je voudrais qu'on accablât de mépris celles dont la conduite est du dernier délabrement. Toute faiblesse est excusable ; mais, en vérité ! l'on ne peut trop condamner le vice.

— On le condamne, répliqua-t-il, mais on le tolère ; le vice ne paraît ce qu'il est que dans celles qui ne sont point faites pour inspirer des désirs, et le plus grand agrément peut-être des femmes d'aujourd'hui est cet air indécent qui annonce qu'on en peut facilement triompher.

— Je n'ignore pas, répondit-elle, que ce sont celles-là que vous cherchez le plus ; ce n'est jamais le cœur que vous demandez. Comme vous n'aimez pas, vous ne vous souciez pas d'être aimés, et pourvu que vous triomphiez de la personne, la conquête du reste vous paraît toujours inutile. »

— Un moment, Amanzéi, dit le sultan. Quand est-ce donc qu'il la méprise ?

— L'admirable question ! s'écria la sultane.

— Ce que je dis, répondit le sultan, n'est point par méchanceté. Une question, une fois, c'est une question, et je n'ai pas tort, à ce qu'il me semble, de faire celle-là. On m'ennuie, et l'on ne veut pas encore que je parle ; cela eſt plaisant, oui ! On me donne pour un conte un recueil de conversations où il n'y a le mot pour rire que quand on n'y parle pas, et c'eſt moi qui ai tort ! En un mot comme en mille, Amanzéi, si demain Nassès n'a pas méprisé Zulica… je ne vous dis que cela, mais c'eſt à moi que vous aurez affaire !

CHAPITRE XVII

QUI APPRENDRA AUX FEMMES NOVICES, S'IL EN EST, À ÉLUDER LES QUESTIONS EMBARRASSANTES

— Votre Majeſté, dit Amanzéi le lendemain, se souvient sans doute…

— Oui, interrompit brusquement le sultan, je me souviens qu'hier je mourus d'ennui ; eſt-ce cela que vous me demandiez ?

— Si le conte vous ennuie, dit la sultane, il n'y a qu'à le finir.

— Non pas, s'il vous plaît ! répondit le sultan ; je veux qu'on le continue et qu'on ne m'ennuie pas, si cela se peut, s'entend ; car je ne demande point des choses impossibles.

Amanzéi reprit ainsi la parole :

« Vous, par exemple, continua Zulica, je crains que vous n'ayez fort peu de délicatesse.

— Vous me faites tort, répondit-il d'un air tranquille ; je suis naturellement fort susceptible d'amour. J'avouerai pourtant que j'ai eu plus de femmes que je n'en ai aimées.

— Mais voilà qui eſt infâme ! répliqua-t-elle ; je ne conçois pas comment on peut se vanter de cela !

— Je ne m'en vante pas non plus, repartit-il ; je dis simplement ce qui eſt.

— Je crois, dit-elle, que vous avez trompé bien des femmes.

— J'en ai quitté quelques-unes, et n'en ai point trompé, répondit-il ; elles ne m'avaient point prié d'être conſtant ; par conséquent je ne leur avais pas promis de l'être ; et vous concevez bien que, quand on se prend sans conditions, on n'a d'aucun côté à se plaindre qu'on en ait violé quelqu'une.

— Je serais curieuse au possible, dit Zulica, de savoir tout ce que vous avez fait.

— Vous faut-il, repartit Nassès, une histoire de ma vie bien circonstanciée ? Cela serait long, et je craindrais de vous ennuyer beaucoup. Je puis cependant vous obéir sans risque en supprimant les détails. Il y a dix ans que je suis dans le monde, j'en ai vingt-cinq, et vous êtes la trente-troisième beauté que j'ai conquise en affaire réglée.

— Trente-trois ! s'écria-t-elle.

— Il est pourtant vrai que je n'en ai eu que cela, répondit-il ; mais ne vous en étonnez pas ; je n'ai jamais été à la mode, moi.

— Ah ! Nassès ! dit-elle, que je suis à plaindre de vous aimer, et que difficilement je pourrais compter sur votre constance !

— Je ne vois pas pourquoi, répondit-il ; croyez-vous que pour avoir eu trente-trois femmes je doive vous en aimer moins ?

— Oui, reprit-elle ; moins vous auriez aimé, plus je pourrais croire qu'il vous resterait des ressources pour aimer encore, et qu'enfin vous ne seriez pas absolument usé sur le sentiment.

— Je crois, répliqua-t-il, vous avoir prouvé que je n'ai pas le cœur épuisé ; d'ailleurs, à vous parler avec franchise, il y a bien peu d'affaires où l'on se sert du sentiment. L'occasion, la convenance, le désœuvrement les font naître presque toutes. On se dit, sans le sentir, qu'on se paraît aimable ; on se lie, sans se croire ; on voit que c'est en vain qu'on attend l'amour, et l'on se quitte de peur de s'ennuyer. Il arrive aussi quelquefois qu'on s'est trompé à ce que l'on sentait ; on croyait que c'était de la passion, ce n'était que du goût, mouvement, par conséquent, peu durable, et qui s'use dans les plaisirs, au lieu que l'amour semble y renaître. Tout cela, comme vous voyez, fait qu'après avoir eu beaucoup d'affaires on n'en est *quelquefois pas encore* à sa première passion.

— Vous n'avez donc jamais aimé ? lui demanda-t-elle.

— Pardonnez-moi, répliqua-t-il ; j'ai aimé deux fois à la fureur, et je sens à la façon dont je commence avec vous que si, depuis, mon cœur n'a pas été ému, ce n'était pas, comme je le croyais, qu'il ne dût plus l'être, mais parce qu'il n'avait pas encore rencontré l'objet qui devait lui faire retrouver plus de sentiments qu'il ne craignait d'en avoir perdus. Mais, vous qui m'interrogez, me serait-il, à mon tour, permis de vous demander combien de fois vous vous êtes enflammée ?

— Oui, repartit-elle, et je vous le permettrais encore plus volontiers si je ne vous l'avais pas déjà dit ; vous n'ignorez pas que Mazulhim et vous êtes les seuls qui avez pu me plaire.

— Quand nous nous connaissions moins, reprit-il, il était naturel que vous me tinssiez ce langage. Je n'ai pas même trouvé à redire que, tout impossible qu'il était de me cacher Mazulhim, vous ayez cependant voulu le faire ; mais à présent que la confiance doit être établie et que je n'ai moi-même rien de caché pour vous, il me paraîtrait singulier, je l'avoue, que vous ne me fissiez pas le dépositaire de vos secrets.

— Vous le seriez assurément, répondit-elle, si je m'en étais réservé quelques-uns, mais je vous jure que je n'ai rien à me reprocher là-dessus, et qu'il me paraît même étonnant que, pour le peu de temps qu'il y a que je vous aime, j'aie en vous une aussi grande confiance, et qu'enfin je croie devoir en être aussi sûre que je le suis de moi-même.

— J'en suis charmé, madame, répondit-il d'un air piqué ; j'ose dire cependant qu'après la façon dont je me suis livré, j'étais en droit d'attendre mieux de vous. »

À ces mots, il voulut s'éloigner, mais elle, le retenant : « Quelle est donc cette fantaisie, Nassès ? lui demanda-t-elle tendrement ; comment se peut-il que tantôt vous vous fussiez fait un crime de douter de ce que je vous disais, et qu'à présent il semble que vous vous reprocheriez de me croire ?

— S'il faut vous le dire, madame, répondit-il, tantôt je ne vous croyais pas, mais occupé alors d'un intérêt plus pressant pour moi, j'ai cru qu'il valait mieux travailler à vous persuader que d'entrer dans des détails qui ne pouvaient, en cet instant, que vous déplaire, et que je n'étais pas même en droit d'exiger de vous.

— Mais, Nassès, insista-t-elle, je vous jure que je n'ai à vous dire que ce que je vous ai dit !

— Cela n'est pas possible, madame, interrompit-il brusquement. Depuis plus de quinze ans que vous êtes dans le monde, il n'est pas croyable que vous n'ayez souvent été attaquée, et qu'au moins vous ne vous soyez point quelque*fois rendue.* Vous seriez la première qui, dans un espace de temps aussi considérable, n'aurait eu que deux amants ou vous serez forcée de convenir que le goût de la galanterie vous aurait pris bien tard.

— Cela ne serait pas assez nouveau, monsieur, pour être

trouvé incroyable, répondit-elle, et je suis bien trompée s'il n'est arrivé à d'autres que moi d'être longtemps indifférentes, faute d'avoir rencontré de bonne heure l'objet auquel il était réservé de les rendre sensibles. Je n'ai certainement rien à vous dire ; mais quand il serait vrai que j'eusse, sur cet article, quelque chose à vous confier, la crainte de vous perdre m'empêcherait toujours de le faire. J'ai presque toujours vu le mépris suivre ces sortes de confidences, et, quoique pour avoir autrefois aimé nous ne soyons point coupables envers l'objet qui nous occupe, il est cependant fort rare que sa vanité nous pardonne de n'avoir pas été le premier qui nous ait rendus sensibles.

— Mais, quelle idée ! lui dit-il. Qui ? moi, je vous mépriserais parce que vous me donneriez, en m'avouant tout ce que vous avez fait, une nouvelle preuve de votre tendresse, et peut-être la plus convaincante de toutes, par la peine qu'on a communément à l'obtenir ! Eh bien ! vous avez aimé Mazulhim : cela m'a-t-il étonné ? Vous en estimé-je moins ? Pourquoi voudriez-vous que quelques amants de plus fissent sur moi une impression désagréable ? Ai-je quelque chose à démêler avec ceux qui m'ont précédé ? Est-ce votre faute si le destin ne m'a pas offert à vos yeux le premier ? Non. Zulica, non ! je ne suis pas même de l'avis de ceux qui croient qu'une femme qui a beaucoup aimé n'est plus capable d'aimer encore. Loin que je pense que le cœur s'use en aimant, je suis, au contraire, persuadé que plus on aime, plus on est vif sur le sentiment, plus on a de délicatesse.

— Suivant ce principe, répondit-elle, vous ne seriez donc pas flatté d'être le premier amant d'une femme ?

— J'ose dire que non, répliqua-t-il, et voici sur quoi je fonde une façon de penser qui peut-être vous paraît ridicule.

« Dans cet âge tendre où une femme n'a point encore aimé, si elle désire d'être vaincue, c'est moins encore parce qu'elle est pressée par le sentiment que parce qu'elle désire de le connaître ; elle veut enfin moins aimer que plaire. On l'éblouit plus qu'on ne la touche. Comment la croire quand elle dit qu'elle aime ? A-t-elle, pour s'assurer de la nature et de la force de son sentiment actuel, de quoi le comparer ? Dans un cœur où par leur nouveauté les plus faibles mouvements sont des objets considérables, la moindre émotion paraît trouble et le simple désir transport ; et ce n'est pas enfin quand on connaît si peu l'amour qu'on peut se flatter de le ressentir et qu'on doit le persuader.

— Peut-être, en effet, s'exagère-t-on ses mouvements, répondit Zulica ; mais du moins on ne dit que ce qu'on croit sentir ; et que ce désordre parte du cœur ou qu'il n'existe que dans l'imagination, l'amant en est-il moins heureux ? Non, Nassès, avec quelque désavantage que vous peigniez les premiers sentiments, je vous aimerais, s'il était possible, mille fois plus que je ne vous aime, si j'étais la première à qui vous rendissiez hommage.

— Vous y perdriez plus que vous ne pensez, répliqua-t-il. Je suis à présent mille fois plus en état de sentir ce que vous valez que je ne l'aurais été dans le temps que vous voudriez que je vous eusse aimée. Tout alors m'échappait, esprit, délicatesse, sentiment. Toujours tenté, n'aimant jamais, mon cœur ne s'émouvait point, même dans ces moments où, emporté par mes transports, je n'étais plus à moi-même. Cependant on me croyait amoureux, je croyais l'être aussi. L'on s'applaudissait de pouvoir me rendre si sensible ; moi-même je me félicitais d'être capable d'une aussi délicate volupté ; il me semblait qu'il n'y avait dans la nature que moi d'assez heureux pour sentir aussi vivement les charmes de l'amour. Sans cesse aux pieds de ce que j'aimais, quelquefois languissant, jamais éteint, je trouvais dans mon âme mille ressources dont j'étais étonné de pouvoir faire si peu d'usage. Un seul regard portait le trouble et le feu dans mes sens ; mon imagination toujours bien au-delà de mes plaisirs...

— Ah ! Nassès ! Nassès ! s'écria vivement Zulica, que vous deviez être aimable ! Non, vous n'aimez plus comme vous aimiez alors.

— Mille fois davantage, répliqua-t-il ; dans le temps dont je vous parle, je n'aimais point. Emporté par le feu de mon âge, c'était à lui, non à mon cœur, que je devais tous ces mouvements que je croyais de l'amour, et j'ai bien senti depuis...

— Ah ! interrompit-elle, il est impossible que vous n'ayez point perdu à être désabusé. La jalousie, la défiance, mille monstres qu'alors vous vous seriez seulement fait scrupule d'imaginer, empoisonnent à présent vos plaisirs. Plus instruit, vous avez moins aimé, vous avez donc été moins heureux. Votre esprit n'a pu s'éclaircir qu'aux dépens de votre cœur ; vous raisonnez mieux sur le sentiment, mais vous n'aimez plus si bien.

— Ce raisonnement, répondit-il, serait autant contre vous que contre moi, et je dois croire, en supposant toujours que

Mazulhim a été votre premier amant, que vous ne pouvez pas m'aimer autant que vous l'avez aimé, lui.

— Je ne serais point surprise du tout que vous eussiez cette idée, répliqua-t-elle ; vous ne suivez avec plaisir que celles auxquelles je puis perdre ; mais laissons cela !

— Point du tout, dit-il, ne le laissons pas.

— Au reste, continua-t-elle aigrement, à la façon dont vous avez vécu, il n'est pas bien surprenant que vous pensiez mal des femmes.

— Et si c'était, interrompit-il, la façon dont les femmes vivent qui fût cause que je n'en pense pas bien ? Vous allez dire qu'il est impossible que cela soit.

— Non, je vous jure, reprit-elle d'un air dédaigneux, je n'en prendrai pas la peine !

— Ah ! j'entends, repartit-il, vous craindriez qu'elle ne fût inutile. Vous ne voulez donc pas absolument me dire qui vous avez aimé ?

— Quoi ! s'écria-t-elle, pensez-vous encore à cela ? Si vous m'aimiez, pourriez-vous douter de ce que je vous dis ?

— En vérité ! Zulica, lui dit-il, vous m'en croirez si vous voulez, mais ceci devient du dernier ridicule. »

— Zulica, qui, comme Votre Majesté a pu le voir, dit Amanzéi, cherchait depuis longtemps à détourner la conversation…

— Elle faisait bien, interrompit le sultan ; mais vous auriez, vous, fait beaucoup mieux si vous l'aviez rapprochée, et si vous m'aviez épargné toutes ces dissertations que vous y avez mises à tort et à travers. Vous convenez que vous n'êtes qu'un bavard, et ce n'est que pour en parler plus ! Comment voulez-vous qu'on tienne à ces perfidies-là. En un mot, comme en mille, finissez votre histoire !

Zulica, continua Amanzéi, opposa longtemps encore de mauvaises défaites aux empressements de Nassès. Enfin, elle parut se rendre, et après avoir tiré parole de lui qu'il ne l'en estimerait pas moins :

« Plus je me suis défendue de satisfaire votre curiosité, lui dit-elle, moins à présent j'y devrais céder. Vous me saurez peut-être moins gré de l'aveu qu'enfin vous m'arrachez, que vous ne m'en voudrez de mal de vous l'avoir refusé si longtemps. Vous aurez tort. Vous ne devez pas ignorer qu'il est plus aisé d'inspirer un nouveau goût à une femme que de la faire convenir de ceux qu'elle a eus. Je ne sais si c'est par fausseté que quelques-unes pensent ainsi, mais pour moi, je puis vous jurer que mon silence n'était pas fondé sur un aussi indigne motif. Je crois qu'il est impossible que l'on se rappelle avec plaisir une faiblesse qui, loin de se retracer à votre imagination avec les charmes qu'elle avait autrefois pour vous, ne s'y présente jamais qu'accompagnée des remords qu'elle vous cause ou du souvenir douloureux des mauvais procédés d'un amant.

— Cela est exactement vrai, dit Nassès, une femme délicate est bien à plaindre ! »

— Fort bien ! dit le sultan, mais pour le plaisir que je prends à vous entendre, je désire que vous remettiez à demain la suite (car je n'ose encore dire la fin) de cette inouïe conversation.

CHAPITRE XVIII
REMPLI D'ALLUSIONS FORT DIFFICILES À TROUVER

« Vous saurez donc, continua Zulica, que quand j'entrai dans le monde, je ne laissai pas (sans être pourtant plus belle qu'une autre) de trouver plus d'amants que je n'en désirais, toute sotte que j'étais alors sur ce que l'on appelle l'empire de la beauté. Quand je dis des amants, j'entends cette foule de gens désœuvrés qui disent qu'ils aiment, plus par habitude que par sentiment ; qu'on écoute parce qu'il le faut, et qui parviennent plus aisément à nous faire croire que nous sommes aimables qu'à se le faire trouver eux-mêmes. Ils amusèrent longtemps ma vanité, et ne m'en rendirent pas plus sensible. Née délicate, je craignais l'amour ; je sentais que je trouverais difficilement un cœur aussi tendre, aussi vrai que le mien, et que le plus grand malheur qui puisse arriver à une femme raisonnable est d'avoir une passion, quelque heureuse même qu'elle puisse être. Tant que je dus être indifférente, ces considérations prirent tout sur moi ; mais je connus enfin qu'elles n'avaient retenu mon cœur que parce qu'on n'avait pas encore su le toucher, et que ce calme dont nous nous applaudissons est moins en nous l'ouvrage de la raison que l'effet du hasard. Un moment, un seul moment suffit pour troubler mon cœur ! Voir, aimer, adorer même ; sentir à la fois, et avec une extrême violence, ce que l'amour a de plus doux et de plus cruels mouvements ; être livrée au plus flatteur espoir, retomber de là dans les plus cruelles incertitudes : tout cela fut l'ouvrage d'un regard, et d'une minute. Étonnée, confuse même d'un état si nouveau pour mon âme ; dévorée de désirs qui jusqu'alors m'avaient été inconnus, sentant la nécessité d'en démêler la cause, craignant de la connaître ; absorbée dans cette douce émotion, cette divine langueur qui avait surpris tous mes sens, je n'osais m'aider de ma raison pour détruire des mouvements qui, tout confus, tout inexplicables qu'ils étaient pour moi, me faisaient déjà jouir de ce bonheur qu'on ne peut définir, et quand on le sent, et quand on ne le sent plus.

« Je vis enfin que j'aimais. Quelque empire que ce mouvement eût déjà pris sur moi, j'essayai de le combattre. Les leçons du devoir, la crainte de me perdre dans le monde, soupirs, larmes, remords, tout fut inutile, ou, pour mieux dire, tout augmentait ce sentiment cruel dont j'étais tyrannisée. Ah, Nassès ! quel ne fut pas mon plaisir quand dans les soins respectueux, quoique empressés, de ce que j'adorais, je connus que j'étais aimée ! Quel trouble ! Quels transports ! Avec quel ménagement, quels égards ne m'apprenait-il pas sa passion ! Quelle douleur d'être obligée de contraindre la mienne ! Que vous êtes heureux, Nassès ! de pouvoir, au premier mouvement dont votre âme est agitée, l'apprendre à l'objet qui le cause ; de ne pas connaître cette dissimulation si nécessaire pour nous conserver votre estime, mais si pénible pour un cœur tendre ! Combien de fois, en l'entendant soupirer auprès de moi, soupirais-je de douleur de ne l'oser faire pour lui ! Quand ses yeux s'attachaient tendrement sur les miens, que j'y trouvais cette expression douce et langoureuse, que j'y trouvais l'amour même ! Ah ! comment dans ces instants qui me mettaient si loin de moi avais-je la force de me dérober à cette volupté qui m'entraînait ! Enfin, il parla. Nassès ! vous ignorez le plaisir que donne ce tendre, ce charmant aveu. On ne vous dit qu'on vous aime qu'après vous l'avoir fait désirer, et quelquefois trop longtemps ; qu'après vous avoir fait redire mille fois que vous aimez ; mais voir un amant timide, un amant adoré, mais qui ne sait pas son bonheur ; pénétré de sentiment, de crainte, de respect, venir à vos pieds, vous déclarer tout ce qu'il sent pour vous ; manquer même d'expressions en voulant vous l'apprendre ; tremblant autant de l'émotion que son amour lui donne que de la crainte qu'il ne soit pas agréé ; voler au-devant de ses paroles, se les répéter tout bas, se les graver dans le cœur, en lui répondant qu'on ne les croit pas, se faire intérieurement un crime de son mensonge ; s'exagérer même ce qu'il vous dit ; ajouter à tout l'amour qu'il vous montre celui que vous sentez pour lui ; Nassès ! croyez-moi, de tous les spectacles, de tous les plaisirs, ceux dont je vous parle sont assurément les plus doux.

— Si la vanité suffit pour vous rendre agréable le spectacle que vous me peignez si vivement, répondit Nassès, je conçois que quand l'amour y mêle l'intérêt du cœur, il n'en est pas pour vous de plus satisfaisant. Mais enfin il parla, cet amant, si tendrement aimé ; répondîtes-vous ?

— Peignez-vous mon embarras, répliqua-t-elle ; combattue par l'amour, et par la vertu, si la dernière ne l'emporta pas, du moins elle me servit à masquer l'autre, mais ce ne fut point autant que je le désirais. Livrée trop longtemps à ses discours, mon émotion découvrit le secret de mon cœur, et en croyant ne lui répondre que froidement, ma bouche et mes yeux lui dirent mille fois que ma tendresse égalait la sienne.

— C'est un malheur qui est arrivé à d'autres, répondit froidement Nassès ; eh bien ! Qui était cet homme si dangereux, que le voir et l'aimer ne furent, malgré votre fierté naturelle, qu'une même chose ?

— Que vous importe son nom ? demanda-t-elle ; ne vous dis-je pas ce que vous vouliez savoir ?

— Pas encore, répliqua-t-il, et vous sentez bien vous-même que la confidence n'est pas complète.

— Eh bien ! répondit-elle, c'était le rajah Amagi.

— Amagi ! s'écria-t-il ; quel temps avez-vous donc pris pour l'avoir ? Il est mon ami, ne me cache rien, et je sais que, depuis qu'il est dans le monde, il n'a véritablement aimé que Canzade. Amagi ! répéta-t-il, mais ne vous tromperiez-vous point ?

— Assurément, s'écria-t-elle à son tour, voilà une singulière question ; elle est unique !

— Point du tout, reprit-il ; vous allez voir qu'elle est fort simple. Amagi m'a dit que, malgré son extrême tendresse pour Canzade, et le peu d'envie qu'il avait de lui manquer, il s'était quelquefois amusé ailleurs, parce qu'il y a des femmes qui font des avances si peu ménagées, et que nous sommes si fats, que le mépris qu'elles nous inspirent ne nous empêche pas de leur savoir gré, pour le moment du moins, de ce qu'elles font pour nous. En me parlant des infidélités qu'il avait faites à Canzade, il m'a avoué qu'il se les reprochait d'autant plus que parmi les femmes qui l'avaient quelquefois arraché à elle, il n'en avait pas trouvé une qui méritât de l'eſtime et de l'attachement, et qui ne fît pour lui, par dérèglement de tête seulement, ce qu'il avait été assez ridicule pour attribuer quelquefois à un sentiment si vif qu'il leur avait fait oublier toutes bienséances. Vous n'êtes pas de ces femmes-là, vous ? Par conséquent, je dois croire qu'il ne vous a pas aimée.

— Vous voyez bien qu'il ne vous dit pas tout, répondit-elle, car il m'a aimée plus de trois ans, avec toute l'ardeur possible.

— S'il ne me l'a pas dit, repartit-il, ce n'était pas qu'il voulût m'en faire un myſtère, mais c'eſt qu'apparemment il ne s'eſt pas souvenu de me le dire. Fut-ce vous qui lui fîtes une infidélité ?

— Me ferez-vous longtemps de pareilles queſtions ? lui demanda-t-elle.

— Je vous en demande pardon, reprit-il ; mais vous êtes si peu faite pour être quittée qu'elle ne doit pas vous surprendre. Il vous quitta donc ? Après lui, qui eſt-ce qui vous occupa ?

— Personne, répondit-elle d'un air simple. Longtemps livrée à la douleur de l'avoir perdu, je me flattais que je ne pouvais plus être sensible, mais Mazulhim parut, et je ne me tins point parole.

— Parbleu, s'écria-t-il, les femmes sont bien malheureuses et bien cruellement exposées à la calomnie !

— Cela n'eſt que trop vrai, dit-elle ; mais à propos de quoi vous en souvenez-vous à présent ?

— À propos de vous, repartit-il, à qui, puisqu'il faut vous le dire, on a l'injuſtice de donner un peu plus d'aventures que je vois que vous n'en avez eues.

— Oh ! répondit-elle, cela ne me fâche ni ne m'étonne. Pour peu qu'une femme ne fasse pas peur, on n'imagine point qu'elle ne soit pas plus sensible qu'il ne le faudrait : et ce sont souvent les hommes qu'elle a voulu écouter le moins que le public lui donne le plus ; mais, quoi qu'il en soit, cela ne me fait rien. Ne serait-il donc pas possible de vous obliger à parler d'autres choses ?

— Il n'eſt donc pas vrai que vous ayez eu tous les amants qu'on vous a donnés ? » lui demanda-t-il encore.

Zulica ne répondit à cette nouvelle impertinence qu'en haussant les épaules.

« Ne vous fâchez point de ce que je vous dis, continua-t-il ; si vous étiez moins aimable, je croirais plus aisément que vous ne diminuez rien de votre hiſtoire.

— Pardonnez-moi, répondit-elle aigrement ; j'ai eu toute la terre.

— Enfin, reprit-il, voici ce qu'on m'a dit.

« Vos commencements sont douteux ; on sait pourtant que, dans votre très grande jeunesse, passionnée pour les talents, et persuadée que le meilleur moyen pour en acquérir, et les perfectionner, eſt d'intéresser vivement à nous ceux qui les possèdent, vous ne dédaignâtes pas vos maîtres, et que c'eſt ce qui fait que vous chantez avec tant de goût, et que vous dansez avec tant de grâce.

— Ah ! grand Dieu ! Quelle horreur ! s'écria Zulica.

— Vous avez raison de vous récrier là-dessus, madame, répondit-il froidement, car, en effet, cela eſt horrible. Pour moi, je ne vous condamne pas, et je ne saurais même assez vous eſtimer de ce que dans un âge où les femmes qui, un jour, doivent être le moins réservées, ont tous les préjugés imaginables, vous avez eu assez de force d'esprit pour sacrifier ceux que votre naissance et l'éducation devaient vous avoir donnés. À votre entrée dans le monde, convaincue qu'on ne saurait y être trop fausse, vous cachâtes sous un air prude et froid le penchant qui vous porte aux plaisirs. Née peu tendre, mais excessivement curieuse, tous les hommes que vous vîtes alors piquèrent votre curiosité, et autant que vous le pûtes, vous les connûtes à fond. Quand on a autant d'esprit, et de pénétration que vous, l'étude d'un homme n'eſt pas chose bien difficile, et j'ai ouï dire que celui que vous vous attachâtes le plus à observer ne vous occupa pas huit jours. Ces amusements philosophiques éclatèrent ; on donna un mauvais tour à vos intentions ; sans renoncer à votre curiosité, vous la modérâtes ; cependant ce ne fut pas pour longtemps. Vos occupations particulières n'ayant pas l'aveu de ceux qui en étaient les témoins, vous crûtes devoir vous souſtraire à leurs yeux, vous renonçâtes à la solitude, et vous allâtes porter dans le monde ce penchant naturel qui vous portait à tout connaître.

« La princesse Saheb avait alors Iskender pour amant : vous voulûtes juger par vous-même si l'on pouvait se fier à son goût et vous le lui enlevâtes. Elle ne vous l'a jamais pardonné, et s'en plaint même encore tous les jours.

— Ah ! juste ciel ! s'écria Zulica outrée de fureur ; est-il au monde de plus abominables calomnies ?

— On m'a assuré, continua-t-il avec le même sang-froid qu'il avait commencé, que vous quittâtes bientôt Iskender pour prendre Akébar-Mirza à qui (parce que, tout prince qu'il était, il vous ennuyait) vous associâtes le vizir Alamulk et l'émir Noureddin ; que le prince ne vous entretenant jamais que du mauvais état de sa santé (que vous connaissiez pour être plus déplorable encore qu'il ne disait), le vizir étant trop occupé des affaires de l'État, pour l'être de vos charmes autant qu'il l'aurait dû, et ne vous amusant jamais que des détails de sa profonde politique, et l'émir des grandes actions qu'il avait faites à la guerre, vous vous étiez dégoûtée de trois personnages plus importants qu'aimables.

« On ose ajouter que sachant combien il est dangereux à la Cour de se faire des ennemis, vous leur aviez laissé ignorer vos dispositions à leur égard ; et que, forcée de les ménager, vous vous étiez, avec tout le mystère possible, jetée entre les bras du jeune Vélid, qui, moins grand, moins profond, moins guerrier, mais plus agréable que ses rivaux, vous avait, lui seul, pendant quelque temps, dédommagé de l'ennui qu'ils vous causaient. On dit encore que, voyant Vélid moins amoureux, et ayant besoin pour réveiller son ardeur de lui donner de l'inquiétude, vous aviez pris Jemla ; que Vélid, fâché de se voir un rival, et vous épiant avec soin, avait enfin découvert les trois autres, et que toute cette affaire, jusque-là si judicieusement conduite, avait fini pour vous par l'éclat le plus injurieux et vous avait donné les plus cruelles et les plus publiques mortifications.

— Ah ! c'en est trop ! interrompit Zulica en se levant, et je vais…

— Un moment encore, s'il vous plaît, madame ! » dit Nassès, en la retenant : « on a poussé l'impudence jusqu'à me dire que, voyant que les affaires réglées ne vous réussissaient pas, haïssant l'amour, mais tenant encore aux plaisirs, vous ne vous étiez plus permis que des amusements passagers, assez agréables pour remplir vos moments, mais jamais assez vifs pour intéresser votre cœur. Sorte de philosophie qui, pour le dire en passant, n'a pas laissé de faire quelque progrès dans ce siècle-ci, et dont il serait aisé de démontrer la sagesse et l'utilité, si c'était ici le temps de le faire. »

À la fin de ce récit, Zulica se mit à pleurer de fureur, et Nassès, feignant de ne s'en pas apercevoir, continua ainsi :

« Vous concevez bien que je vous rends trop de justice, que je vous connais trop à présent pour croire absolument tout ce qu'on m'a dit.

— Vous me faites trop de grâces ! répondit-elle.

— Non, reprit-il modestement, ce que je fais pour vous est tout simple, et pour savoir l'opinion que je dois en avoir, je n'ai qu'à consulter la façon dont vous vous êtes rendue à mes désirs ; mais en ne croyant pas tout, vous sentez bien aussi qu'il est impossible que je ne croie rien.

— Pourquoi donc ? lui demanda-t-elle ; tout ce qu'on vous a dit est si probable que je ne puis concevoir que vous vouliez avoir pour moi un ménagement si déplacé.

— Je crois donc seulement…, reprit-il.

— Ah ! croyez tout, monsieur, interrompit-elle, croyez tout, et ne nous revoyons jamais !

— Quand vous le mériteriez, répondit-il, c'est un effort dont je ne serais pas capable ! Jugez si, en vous croyant innocente, je pourrais prendre assez sur moi, être assez barbare pour faire ce que vous semblez me conseiller.

— Non, non, monsieur ! répliqua-t-elle ; vous croyez tout ce qu'on vous a dit, vous le croyez, et vous ne valez pas la peine que je vous désabuse.

— Ainsi donc, reprit-il, nous allons être brouillés ! Une même soirée aura vu naître et finir votre ardeur ; car je ne parle pas de la mienne, ajouta-t-il en soupirant, je ne sens que trop qu'elle sera éternelle !

— Oui, monsieur, répondit Zulica, oui, nous serons brouillés, et pour jamais !

— Pour jamais ! s'écria-t-il, c'est-à-dire que vous me quittez aussi promptement que vous m'avez pris ? C'est, en honneur, une chose que je ne croyais pas possible. Mais comment cette constance si prodigieuse dont vous vous piquez, cette âme si délicate sur le sentiment, peuvent-elles s'accommoder d'un procédé pareil ? Quelle cruelle violence n'allez-vous pas vous faire pour me tenir parole ? Que je vous plains ! Après tout, rien n'est plus heureux pour moi, puisque vous deviez changer, que de vous voir changer si promptement ; un plus long commerce avec vous m'aurait rendu votre inconstance trop douloureuse. Je me flatte pourtant encore que vous ferez vos réflexions, et que, s'il est vrai que votre goût pour moi soit totalement éteint, vous craindrez, du moins, que je ne puisse dire que, comblé de vos bontés les plus particulières, vous, ayant tous les sujets du monde de vous louer de moi, vous n'avez pas pu gagner sur vous d'être constante seulement vingt-quatre heures. Après les petites libertés que vous m'avez permises, on trouvera votre procédé mauvais, je vous en avertis. Non, continua-t-il en s'avançant vers elle et en la serrant tendrement dans ses bras, non, vous ne ferez pas cette injustice à l'amant du monde le plus passionné !

— Qui ? moi ! s'écria-t-elle en se débattant dans ses bras avec violence, moi ! Je serais encore à vous ? »

Elle ajouta à ce propos tout ce qui pouvait marquer vivement à Nassès son indignation contre lui. Ce fut en vain qu'il voulut triompher de ses efforts ; son dépit la servant mieux que n'avait fait cette sévère vertu pour laquelle elle combattait si mal à propos, il fut obligé de disputer contre elle jusqu'à des faveurs si peu importantes qu'il n'avait pas encore cru les lui devoir demander. Elle se défendait toujours contre lui, lorsqu'un char, qu'ils entendirent arrêter, suspendit l'attaque et la résistance.

« Voilà sans doute mes gens, monsieur, lui dit-elle, et je pars. Je ne vous presse pas de réfléchir sur ce qui s'est passé entre nous, cela vous serait inutile ; plus on est capable d'un mauvais procédé, moins on est fait pour le sentir ! »

— En achevant ces paroles, elle se leva, et elle allait sortir, lorsque ce que je dirai demain à Votre Majesté la força de demeurer.

— *Pourquoi demain ? dit le* sultan ; pensez-vous que vous ne me le dissiez pas aujourd'hui, si j'en avais la fantaisie ? Heureusement pour vous, je n'ai sur tout ceci aucune curiosité ; et, soit demain, soit un autre jour, tout cela m'est indifférent.

CHAPITRE XIX
AH ! TANT MIEUX !

Après ce qui s'était passé entre Zulica et Mazulhim, elle devait peu s'attendre à le revoir ; c'était cependant lui qui entrait. Elle recula de surprise en le voyant, et les pleurs succédant à son étonnement, elle se laissa tomber sur moi. Il feignit de ne pas remarquer l'état où sa présence la mettait, et, s'avançant vers elle d'un air libre :

« Je viens, reine, lui dit-il, vous demander pardon. Un enchaînement d'affaires accablantes, affreuses, désespérantes, m'a empêché de me rendre à vos ordres. Quoi ! vous pleurez ? Ah ! Nassès ! cela n'eſt pas bien : vous avez abusé de ma facilité, de mon amitié, de ma confiance !… Mais, mais, au vrai, je ne comprends rien à tout ceci, moi. Vous êtes fâchée ? C'eſt que j'en suis furieux, désolé, je ne m'en consolerai jamais. Ceci fait une aventure unique, étonnante, du premier rare !… Enfin, ne peut-on pas savoir ce que c'eſt que tout cela ? Dites donc, vous autres ! vous ne parlez point ? Ah ! je vois ce que c'eſt ; j'en suis la cause innocente. Vous me croyez infidèle, oui, vous le croyez. Que vous connaissez peu mon cœur ! Je reviens à vous mille fois, je dis : mille fois plus tendre, plus épris, plus enchanté que jamais ! »

Plus Mazulhim feignait de tendresse, plus Zulica, déconcertée, abattue, s'obſtinait au silence. Nassès, qui jouissait malignement de sa confusion, craignait, s'il répondait à Mazulhim, qu'elle ne profitât de ce temps-là pour se remettre, et attendait impatiemment qu'elle répondît elle-même. Ce fut en vain. Ils reſtèrent quelque temps tous trois dans le silence.

« De grâce, éclaircissez-moi ce myſtère ! dit enfin Mazulhim à Nassès. Eſt-ce de vous ou de moi que madame a à se plaindre ? Ne m'aime-t-elle plus ? Vous aime-t-elle ?

— Point du tout ! repartit Nassès : c'eſt moi, puisqu'il faut *vous le dire*, que l'infidèle juge à propos de ne plus aimer. Nous sommes brouillés.

— Ah ! perfide ! dit Mazulhim, après les serments que vous m'aviez faits de m'être toujours fidèle… Quelle horreur !

— Ce n'eſt qu'avec une peine extrême que je suis parvenu

à consoler madame de votre perte, répondit Nassès ; c'est une justice que je lui dois, et pour faire mon devoir jusqu'au bout, je vais, quelque chose qu'il m'en coûte, vous laisser essayer si vous pourrez avec plus de facilité la consoler de la mienne. Adieu, madame ! poursuivit-il en s'adressant à Zulica ; mon bonheur n'a pas duré longtemps, mais je connais trop la bonté de votre cœur pour ne pas espérer qu'un jour vous me rendrez ce que votre prévention me fait perdre aujourd'hui. En cas qu'il vous plaise de vous souvenir de moi, soyez sûre que je serai toujours à vos ordres ! »

Lorsque Nassès fut parti, Zulica se leva brusquement et, sans regarder Mazulhim, voulut sortir aussi.

« Non, madame, lui dit-il, d'un air respectueux ; je ne puis me déterminer à vous quitter sans m'être justifié ; il se pourrait aussi que vous eussiez quelques petites excuses à me faire, et, de quelque façon que ce soit, il me paraît indécent que nous nous séparions sans nous être expliqués. Garderez-vous toujours le silence ? Ne vous souvient-il plus que vous m'aviez promis une constance éternelle ?

— Ah ! monsieur ! répondit-elle en pleurant, n'ajoutez pas à vos autres indignités celle de me parler encore d'un amour que vous n'avez jamais ressenti !

— Eh bien ! répliqua-t-il, voilà les femmes ! On manque malgré soi, on en gémit, on sèche[8], on languit de douleur, et lorsqu'on n'a mérité que d'être plaint, que l'on revient, plein des plus tendres transports, se jeter aux pieds de ce que l'on aime, on se trouve abhorré ! Après tout, vous seriez moins injustes si vous étiez moins délicates. Avec les âmes sensibles on n'a jamais de petits torts. Je vous remercie de votre colère, pourtant ; sans elle, j'aurais peut-être ignoré toute ma vie combien vous m'aimez, et je vous en aurais moi-même aimée moins. Mais, dites-moi donc, ajouta-t-il en s'approchant d'elle familièrement, êtes-vous réellement bien fâchée ? »

Zulica ne répondit à cette question qu'en le regardant avec le dernier mépris.

« C'est qu'au fond, continua-t-il, il me serait bien aisé de me justifier. Mais oui, ajouta-t-il, en lui voyant hausser les épaules, très aisé, je ne dis rien de trop ! Car, voyons, quels sont mes torts avec vous ?

— En vérité ! s'écria-t-elle, j'admire votre impudence ! Me faire venir ici, ne vous y pas rendre ; tout mauvais, tout impertinent, tout méprisable même qu'est ce procédé, vous êtes fait pour l'avoir, il ne m'a point étonnée ; mais y joindre la dernière perfidie ! M'envoyer ici un inconnu que vous instruisez de ma faiblesse, quand vous devriez la cacher à toute la terre !...

— Oui ! la cacher ! interrompit-il ; ce serait un beau mystère, et fort utile au reste, que celui-là ; pensez-vous qu'une affaire entre personnes comme nous puisse s'ignorer ? Mais je suppose que, contre votre expérience même, vous vous fussiez assez aveuglée pour croire qu'on ne vous nommerait pas, en quoi (permettez-moi de vous le demander) vous ai-je exposée ? Notre secret n'est-il pas mieux entre les mains d'un homme d'un certain rang qu'entre celles d'un esclave ? Avais-je même alors, pour vous l'envoyer, celui qui a auprès de moi le détail de ces sortes de choses, et n'était-il pas ici à nous attendre ? Le temps me pressait. J'ai choisi pour vous instruire de ce qui m'arrivait celui de mes amis à qui je sais le plus de mœurs ; Nassès enfin, qui, outre des mœurs, a de l'esprit, est l'homme du monde qui, assurément, mérite le plus d'être vu avec plaisir, et à qui, j'ose le dire, on doit le plus d'estime et de considération.

« Au reste, je prendrai la liberté de vous dire que je ne vois pas bien pourquoi, après les remerciements que vous l'avez si généreusement mis à portée de vous faire, vous vous plaignez de ce que je vous l'ai envoyé. Entre nous, cet article pourrait mériter éclaircissement ; vous ne me le donnerez pourtant qu'en cas qu'il vous plaise de le faire : car, soit dit sans vous fâcher, je ne suis ni aussi curieux, ni aussi incommode que vous.

— Que d'impertinence et de fatuité ! s'écria Zulica.

— Doucement, s'il vous plaît, madame, sur les exclamations de ce genre ! dit vivement Mazulhim ; tel que vous me voyez, il y a mille choses sur lesquelles je pourrais me récrier aussi, et je vous demande en grâce de ne pas m'obliger à prendre ma revanche. Si vous vouliez bien me faire l'honneur de m'en croire, nous nous parlerons amicalement ; peut-être y gagnerez-vous autant que moi. Voyons un peu ! La présence de Nassès vous a fâchée d'abord, je n'en doute pas ; et ce dont je doute aussi peu, c'est que, pour vous mettre à l'aise avec lui, vous l'avez accablé de toutes les faveurs que vous aviez la bonté de me destiner.

— Quand cela serait ? répondit fièrement Zulica.

— J'entends, interrompit-il ; cela est !

— Eh bien ! oui, reprit-elle courageusement, oui, je l'ai aimé.

— N'abusons pas ici des mots, répliqua-t-il ; vous ne l'avez point aimé, mais cela est revenu au même. Convenez, puisque à présent vous le connaissez un peu, que c'est un homme d'un rare mérite.

— Ce que j'en sais, repartit-elle froidement, c'est que, s'il est fat, insolent et sans égards, il a du moins de quoi se le faire pardonner, et que tel qui ose prendre les mêmes tons aurait plus d'une raison pour être modeste !

— Toute détournée qu'est cette épigramme, reprit-il, je sens à merveille qu'elle s'adresse à moi, et je veux bien, sans que cela tire à conséquence, vous donner la petite consolation de me l'entendre avouer. Je pousserai même les égards beaucoup plus loin, et ne me permettrai pas une justification dont peut-être la politesse serait blessée.

— Que vous tenez de misérables propos ! s'écria-t-elle en le regardant d'un air de pitié, et que le ton railleur et léger convient mal à une *espèce*[9] comme vous !

— Vous aurez beau faire, madame, répondit-il, je ne m'écarterai ni du respect que je vous dois, ni du plan sur lequel j'ai résolu de vous entretenir. Je ne serai pas fâché de vous offrir en ma personne un modèle de modération ; peut-être qu'en ne me voyant point me démentir, vous serez tentée de m'imiter.

— Vous l'exercerez donc tout seul, cette modération si vantée, repartit-elle en se levant, car je vais…

— Non, s'il vous plaît, madame, dit-il en la retenant, vous ne me quitterez point ; ce n'est pas ainsi que des gens comme nous doivent finir ; pour votre honneur, pour le mien, nous devons mutuellement nous prêter à un éclaircissement et éviter un éclat qui serait beaucoup plus à craindre pour vous que pour moi. En un mot, Zulica, vous m'écouterez ! »

Soit que Zulica sentît le tort que cette aventure pouvait lui faire si elle se répandait, et qu'elle crût, toutes réflexions faites, ne devoir rien oublier pour engager Mazulhim au silence ; soit que, trop méprisable pour être longtemps fâchée qu'on la méprisât, sa colère commençât à se calmer, elle se rejeta sur le sopha, mais sans regarder Mazulhim, qui, peu touché de cette marque de dépit, reprit ainsi son discours :

« Vous convenez que vous avez pris Nassès ; un autre vous dirait que communément une femme ne s'engage dans une nouvelle affaire que quand celle qu'elle avait est entièrement rompue, et là-dessus il vous accablerait de tout le mépris qu'en apparence semble mériter cette conduite : pour moi, qui ai assez d'usage du monde pour sentir comment cela s'est fait, loin de vous en savoir mauvais gré, je vous en aime davantage.

— Ce n'était cependant pas l'effet que je voulais produire sur votre cœur ! répondit-elle.

— Vous n'en pouvez rien savoir, répliqua-t-il ; dans le trouble où vous étiez, était-il possible que vous démêlassiez les motifs qui vous faisaient agir ? Vous me croyez inconstant, on vous pressait de vous venger ; si vous m'aviez moins aimé, vous ne l'auriez pas fait, et Nassès aurait tenté vainement de vous mener aussi loin qu'il l'a fait. Il n'appartient, croyez-moi, qu'à la passion la plus vive d'inspirer ces mouvements qui ne laissent pas aux réflexions le temps ou la liberté d'agir. Je ne saurais assez m'étonner que Nassès ait été assez peu délicat pour vouloir profiter du moment où vous vous trouviez, ou assez aveuglé pour ne pas voir que, même entre ses bras, vous étiez toute à un autre, et que, sans votre amour pour moi, vous ne l'auriez jamais rendu heureux.

— Oh ! non, répondit-elle, il m'a plu, et je vous ai fait assurément une infidélité dans toutes les règles.

— Vanité toute pure de votre part ! répliqua-t-il ; n'allez pas croire cela ; rien n'est moins vrai !

— Comment donc ! dit-elle, rien n'est moins vrai ? Je trouve assez singulier que vous vouliez savoir mieux que moi ce qui en est.

— Je le sais pourtant si bien que je pourrais vous dire mot à mot comment il s'y est pris pour vous séduire, répondit-il. Nassès vous a trouvée belle, il a mieux aimé vous instruire des désirs que vous lui donniez que de me justifier, et je parierais même que, loin de vous parler en ma faveur, il a…

— Cela n'est pas douteux, interrompit-elle.

— Ne vous dis-je pas ? continua-t-il. Quel misérable triomphe a-t-il remporté là, et qu'il est peu flatteur ! Après tout, il y a des gens à qui il faut pardonner ces petits stratagèmes ; ils en ont besoin pour plaire.

— Quoi ! lui dit-elle avec étonnement, vous oseriez me soutenir que vous n'êtes point infidèle ?

— Assurément, reprit-il, je ne l'étais pas, et c'est ce qui rend votre aventure si plaisante.

— *Vous n'étiez pas coupable* ? répéta-t-elle ; qu'étiez-vous donc devenu ?

— Je ne suis, répliqua-t-il, sorti de chez l'empereur qu'à l'heure à laquelle vous m'avez vu arriver ici, et Zâdis même, à qui, par parenthèse, on a fait mille plaisanteries sur ce qu'il a été hier perdu tout le jour, ne m'a point quitté ; il peut vous le dire. »

Au nom de Zâdis, Zulica frémit et regarda en rougissant Mazulhim qui, sans paraître remarquer aucun de ses mouvements, continua ainsi :

« Quoique j'aie toujours pour vous un goût fort vif, vous concevez bien que nous ne vivrons plus ensemble dans cette intimité que vous m'aviez permise. Ce n'eſt pas que je ne vous pardonne tout, mais un commerce lié ne nous convient plus ; au reſte, nous nous étions pris plus de fantaisie que d'amour ; ce n'était point le sentiment qui nous unissait ; ce qui arrive ne doit ni vous mortifier, ni me déplaire, ni nous empêcher de céder au caprice, si, sans vouloir nous reprendre, nous nous en trouvons quelquefois susceptibles l'un pour l'autre.

— Je me flatte, répondit-elle dédaigneusement, qu'en faisant cet arrangement vous en sentez tout le ridicule, et que vous n'espérez pas de m'y faire consentir.

— Pardonnez-moi, reprit-il ; vous êtes trop raisonnable pour ne pas sentir ce que l'on doit d'égards et de ménagements à ses anciens amis ; d'ailleurs, vous n'ignorez pas qu'aujourd'hui c'eſt un usage établi de former autant d'affaires que l'on peut, et d'accorder tout à ses nouvelles connaissances, sans pour cela retrancher rien aux anciennes. Vous trouverez bon que les choses s'arrangent comme j'ai l'honneur de vous le dire, et que je regarde ce point-là comme très décidé entre nous. »

À ce honteux marché, Zulica, très digne qu'on le fît avec elle, s'offensa pourtant de ce que Mazulhim osait la croire capable de ce qu'elle faisait tous les jours, et voulut le prendre avec lui sur un ton de dignité qui, ne la rendant que plus misérable, ne l'encouragea que plus à ne la pas ménager.

« S'il n'était pas si tard, lui dit-il, je vous prouverais que, loin que vous ayez à vous plaindre de moi, vous avez mille remerciements à me faire. Je n'ignore pas que Zâdis a passé hier chez vous, et, seul avec vous, toute la journée et une partie de la nuit. Plus curieux que je n'étais jaloux, et sûr que vous manqueriez à la parole que vous m'aviez donnée de ne le jamais revoir, je vous ai fait observer tous deux…

— Il n'était pas besoin, interrompit-elle, que vous en prissiez la peine. Je n'ai point prétendu me cacher, et le motif qui m'a fait recevoir hier Zâdis chez moi ne peut jamais que me faire honneur.

— Ah ! ah ! dit-il d'un air surpris, cela eﬆ très particulier !

— Votre air railleur n'empêchera point que je ne dise vrai, répliqua-t-elle ; je n'avais pas encore rompu absolument avec lui, et c'était pour lui annoncer que je ne le verrais jamais...

— Que vous passâtes, interrompit-il, tout le jour et toute la nuit avec lui. Je ne vous contredis pas sur le motif, tout extraordinaire qu'il eﬆ ; car enfin vous avouerez qu'il eﬆ rare qu'une femme se renferme vingt-quatre heures avec un homme quand elle ne veut que se brouiller avec lui. Mais comme une chose, pour être sans exemple, peut n'en être pas moins sensée, je conçois, moi qui ne recherche uniquement qu'à vous juﬆifier, que Zâdis, recevant de vous la confirmation de son malheur, en a pensé mourir de désespoir à vos genoux, et que, touchée de l'abattement où votre inconﬆance le jetait, vous l'avez consolé avec toute l'humanité dont vous êtes capable, sans que vos soins pour lui prissent rien sur la fidélité que vous m'aviez jurée. Un homme désespéré eﬆ peu raisonnable, on a de la peine à l'amener à une conduite sensée ; il faut dire, redire, retourner mille fois la même chose, essuyer des regrets, des reproches, des larmes, de la fureur : rien ne prend plus de temps. Au reﬆe, je vous dirai que vous n'avez pas à regretter celui que vous avez employé à tâcher de calmer Zâdis : il était aujourd'hui d'une gaieté charmante. Zâdis gai ! cela vous paraît-il concevable ? Si, comme je me garderai bien d'en douter, vous me dites vrai, ou vos conseils ont eu bien de l'empire sur lui, ou, pour vous regretter aussi peu qu'il le fait, il fallait qu'il vous aimât bien faiblement. Si l'un fait honneur à votre esprit, l'autre en fait assez peu à vos charmes ; mais je ne vous afflige pas, vous savez à quoi vous en tenir là-dessus. À tout événement, vous deviez bien lui recommander de paraître triﬆe, au moins pour le temps que vous pouviez avoir besoin de me tromper. »

Zulica, à ces paroles, voulut essayer de se juﬆifier ; mais Mazulhim, l'interrompant :

« Tout ce que vous pourriez me dire, madame, lui dit-il, serait inutile. Épargnez-vous une juﬆification que je ne vous demande ni ne veux recevoir, et qui vous coûterait *sans me satisfaire*. Adieu, ajouta-t-il en se levant ; il eﬆ tard, et nous devrions déjà nous être séparés. Ah ! à propos, que ferez-vous de Nassès ? »

Zulica, à cette queﬆion, parut étonnée.

« Ce que je vous demande, poursuivit-il, me paraît sensé.

Vous vous êtes quittés mal, et il me semble qu'en cela vous avez manqué de prudence. Si vous faites bien, vous le reverrez ; croyez-moi, évitez un éclat. Il ne doit pas vous être plus difficile de le garder en le haïssant qu'il ne vous l'a été de le prendre sans l'aimer. Si vous vous obstinez à ne pas le revoir, il parlera peut-être, et, quoique rien assurément ne soit si simple que ce que vous avez fait, il se trouverait des gens assez noirs, assez injustes pour vous donner le tort et pour faire d'une chose tout ordinaire l'histoire la plus singulière et la plus ridicule. Ce n'est pas, dans le fond, ce qu'on en dira qui doit vous inquiéter ; quand on porte un certain nom, qu'on est d'un certain rang, une affaire de plus ou de moins n'est pas une chose à laquelle on doive regarder de si près, mais c'est qu'il faut éviter de se faire des ennemis. Demain, je vous le présenterai.

— Moi ! s'écria-t-elle, je vous reverrais ?

— Eh oui ! répondit-il en lui présentant la main pour descendre, il faudra prendre cela sur vous. Si, par hasard, Zâdis est assez extraordinaire pour le trouver mauvais, comptez sur moi : ou il sera forcé de vous quitter, ou il s'accoutumera à la fin à nous voir vous faire assidûment notre cour. »

En achevant ces paroles, il lui offrit encore la main, et voyant qu'elle s'obstinait à la refuser :

« Quelle misère ! lui dit-il en la lui prenant malgré elle ; vous faites l'enfant à un point qui n'est pas supportable ! »

Alors ils sortirent.

— Ils sortirent ! s'écria le sultan ; ah ! le grand mot ; c'est, à mon gré, le meilleur de votre histoire ! Et ne revinrent-ils pas ?

— Je ne revis plus Zulica, répondit Amanzéi, mais je vis encore longtemps Mazulhim.

— Et toujours, dit le sultan, comme vous savez… Parbleu ! c'était un rare garçon ! Quelle femme eut-il après Zulica ?

— Beaucoup qui ne valaient pas mieux qu'elle, et quelques-unes qui ne méritaient pas de l'avoir et dont le destin me faisait pitié.

— Mais, à propos, demanda Schah-Baham à la sultane, n'avez-vous pas trouvé que Mazulhim traite bien mal cette Zulica ?

— Je la trouve si méprisable, répliqua la sultane, que je voudrais, s'il était possible, qu'il l'eût encore plus punie !

— Il m'a semblé à moi, repartit le sultan, qu'elle était trop douce avec lui ; cela n'est pas dans la nature.

— Et moi, je crois le contraire, dit la sultane ; une femme telle que Zulica n'a point de ressources contre le mépris ; et comme l'ignominie de sa conduite la livre aux plus cruelles insultes, la bassesse de son caractère, et cette honte intérieure dont malgré elle-même elle se sent toujours accablée, ne lui laissent pas la force de les repousser. D'ailleurs, quand il serait vrai qu'Amanzéi eût outré l'humiliation de Zulica, loin de lui en faire des reproches, je lui en saurais bon gré. Ce serait, en quelque façon, donner des préceptes de vice que de le peindre heureux et triomphant.

— Oh, oui ! reprit le sultan, cela est bien nécessaire ! Mais laissons ; la dispute m'aigrit, et je ne doute point que je ne me fâchasse si nous parlions plus longtemps. Quand vous eûtes quitté Mazulhim, où allâtes-vous, Amanzéi ?

CHAPITRE XX
AMUSEMENTS DE L'ÂME

Quelques plaisirs que je trouvasse dans la petite maison de Mazulhim, l'intérêt de mon âme me força de m'en arracher, et, persuadé que ce ne serait pas là que je trouverais ma délivrance, j'allai chercher quelque maison où je fusse, s'il était possible, plus heureux que dans toutes celles que j'avais déjà habitées. Après plusieurs courses, qui n'offrirent à mes yeux que des choses que j'avais déjà vues, ou des faits peu dignes d'être racontés à Votre Majesté, j'entrai dans un vaste palais qui appartenait à un des plus grands seigneurs d'Agra. J'y errai quelque temps ; enfin je fixai ma demeure dans un cabinet orné avec une extrême magnificence et beaucoup de goût, quoique l'un semble toujours exclure l'autre. Tout y respirait la volupté ; les ornements, les meubles, l'odeur des parfums exquis qu'on y brûlait sans cesse, tout la retraçait aux yeux, tout la portait dans l'âme. Ce cabinet enfin aurait pu passer pour le temple de la mollesse, pour le vrai séjour des plaisirs.

Un instant après que je m'y fus placé, je vis entrer la divinité à qui j'allais appartenir. C'était la fille de l'omrah chez qui j'étais. La jeunesse, les grâces, la beauté, ce je-ne-sais-quoi qui seul les fait valoir et qui, plus puissant, plus marqué qu'elles-mêmes, ne peut cependant jamais être défini ; tout ce qu'il y a de charmes et d'agréments composait sa figure. Mon âme ne put la voir sans émotion ; elle éprouva à son aspect mille sensations délicieuses, que je ne croyais pas à son usage. Destiné à porter quelquefois une si belle personne, non seulement je cessai de me tourmenter sur mon sort, mais même je commençai à craindre d'être obligé de commencer une nouvelle vie.

« Ah ! Brahma, me disais-je, quelle est donc la félicité que tu prépares à ceux qui t'ont bien servi, puisque tu permets que les âmes que ton juste courroux a réprouvées jouissent de la vue de tant d'attraits ? Viens, continuais-je avec transport, viens, image charmante de la divinité, viens calmer une âme inquiète, qui déjà serait confondue avec la tienne si des ordres cruels ne la retenaient pas dans sa prison ! »

Il sembla dans cet instant que Brahma voulût exaucer mes vœux. Le soleil était alors à son plus haut point, il faisait une chaleur excessive ; Zéinis se prépara bientôt à jouir des douceurs du sommeil et, tirant elle-même les rideaux, ne laissa dans le cabinet que ce demi-jour si favorable au sommeil, et aux plaisirs, qui ne dérobe rien aux regards et ajoute à leur volupté, qui rend enfin la pudeur moins timide et lui laisse accorder plus à l'amour.

Une simple tunique de gaze, et presque tout ouverte, fut bientôt le seul habillement de Zéinis ; elle se jeta sur moi nonchalamment. Dieux ! avec quels transports je la reçus ! Brahma, en fixant mon âme dans des sophas, lui avait donné la liberté de s'y placer où elle le voudrait ; qu'avec plaisir en cet instant j'en fis usage !

Je choisis avec soin l'endroit d'où je pouvais le mieux observer les charmes de Zéinis, et je me mis à les contempler avec l'ardeur de l'amant le plus tendre et l'admiration que l'homme le plus indifférent n'aurait pu leur refuser. Ciel ! que de beautés s'offrirent à mes regards ! Le sommeil enfin vint fermer ces yeux qui m'inspiraient tant d'amour.

Je m'occupai alors à détailler tous les charmes qu'il me restait encore à examiner et à revenir sur ceux que j'avais déjà parcourus. Quoique Zéinis dormît assez tranquillement, elle se retourna quelquefois, et chaque mouvement qu'elle faisait, dérangeant sa tunique, offrait à mes avides regards de nouvelles beautés. Tant d'appas achevèrent de troubler mon âme. Accablé sous le nombre et la violence de ses désirs, toutes ses facultés demeurèrent quelque temps suspendues. C'était en vain que je voulais former une idée ; je sentais seulement que j'aimais, et sans prévoir ou craindre les suites d'une aussi funeste passion, je m'y abandonnais tout entier.

« Objet délicieux ! m'écriai-je enfin, non, tu ne peux pas être une mortelle. Tant de charmes ne sont pas leur partage ! Au-dessus même des êtres aériens[10], il n'en est point que tu n'effaces. Ah ! daigne recevoir les hommages d'une âme qui t'adore ! Garde-toi de lui préférer quelque vil mortel ! Zéinis ! divine Zéinis ! Non, il n'en est point qui te mérite ; non, Zéinis ! puisqu'il n'en est point qui puisse te ressembler ! »

Pendant que je m'occupais de Zéinis avec tant d'ardeur, elle fit un mouvement et se retourna. La situation où elle venait de se mettre m'était favorable, et malgré mon trouble je songeai à en profiter. Zéinis était couchée sur le côté, sa tête était penchée sur un coussin du sopha et sa bouche le touchait presque. Je pouvais, malgré la rigueur de Brahma, accorder quelque chose à la violence de mes désirs ; mon âme alla se placer sur le coussin, et si près de la bouche de Zéinis qu'elle parvint enfin à s'y coller tout entière.

Il y a sans doute, pour l'âme, des délices que le terme de *plaisir* n'exprime pas, pour qui même celui de *volupté* n'est pas encore assez fort. Cette ivresse douce et impétueuse où mon âme se plongea, qui en occupa si délicieusement toutes les facultés, cette ivresse ne saurait se peindre.

Sans doute notre âme embarrassée de ses organes, obligée de mesurer ses transports sur leur faiblesse, ne peut, quand elle se trouve emprisonnée dans un corps, s'y livrer avec autant de force que lorsqu'elle en est dépouillée. Nous la sentons même quelquefois dans un vif mouvement de plaisir, qui, voulant forcer les barrières que le corps lui oppose, se répand dans toute sa prison, y porte le trouble et le feu qui la dévore, cherche vainement une issue et, accablée des efforts qu'elle a faits, tombe dans une langueur qui, pendant quelque temps, semble l'avoir anéantie. Telle est, à ce que je crois du moins, la cause de l'épuisement où nous jette l'excès de la volupté.

Tel est notre sort que notre âme, toujours inquiète au milieu des plus grands plaisirs, est réduite à en désirer plus encore qu'elle n'en trouve. La mienne, collée sur la bouche de Zéinis, abîmée dans sa félicité, chercha à s'en procurer une encore plus grande. Elle essaya, mais vainement, à se glisser tout entière dans Zéinis ; retenue dans sa prison par les ordres cruels de Brahma, tous ses efforts ne purent l'en délivrer. Ses élans redoublés, son ardeur, la fureur de ses désirs échauffèrent apparemment celle de Zéinis. Mon âme ne s'aperçut pas plutôt de l'impression qu'elle faisait sur la sienne, qu'elle redoubla ses efforts. Elle errait avec plus de vivacité sur les lèvres de Zéinis, s'élançait avec plus de rapidité, s'y attachait avec plus de feu. Le désordre qui commençait à s'emparer de celle de Zéinis augmenta le trouble et les plaisirs de la mienne. Zéinis soupira, je soupirai ; sa bouche forma quelques paroles mal articulées, une aimable rougeur vint colorer son visage. Le songe le plus flatteur vint enfin égarer ses sens. De doux mouvements succédèrent au calme dans lequel elle était plongée.

« Oui ! tu m'aimes ! » s'écria-t-elle tendrement.

Quelques mots, interrompus par les plus tendres soupirs, suivirent ceux-là.

« Doutes-tu, continua-t-elle, que tu ne sois aimé ? »

Moins libre encore que Zéinis, je l'entendais avec transport et n'avais plus la force de lui répondre. Bientôt son âme, aussi confondue que la mienne, s'abandonna toute au feu dont elle était dévorée, un doux frémissement... Ciel ! Que Zéinis devint belle !

Mes plaisirs et les siens se dissipèrent par son réveil. Il ne lui resta plus de la douce illusion qui avait occupé ses sens qu'une tendre langueur à laquelle elle se livra avec une volupté qui la rendait bien digne des plaisirs dont elle venait de jouir. Ses regards, où l'amour même régnait, étaient encore chargés du feu qui coulait dans ses veines. Quand elle put ouvrir les yeux, ils avaient déjà perdu de l'impression voluptueuse que mon amour et le trouble de ses sens y avaient mise, mais qu'ils étaient encore touchants ! Quel mortel, en se devant le bonheur de les voir ainsi, ne serait expiré de l'excès de sa tendresse et de sa joie !

« Zéinis ! m'écriai-je avec transport, aimable Zéinis ! C'est moi qui viens de te rendre heureuse ; c'est à l'union de ton âme et de la mienne que tu dois tes plaisirs. Ah ! puisses-tu les lui devoir toujours et ne répondre jamais qu'à mon ardeur ! Non, Zéinis, il n'en peut jamais être de plus tendre et de plus fidèle. Ah ! si je pouvais soustraire mon âme au pouvoir de Brahma ou qu'il pût l'oublier, éternellement attachée à la tienne, ce serait par toi seule que son immortalité pourrait devenir un bonheur pour elle, et qu'elle croirait perpétuer son être. Si je te perds jamais, âme que j'adore ! Eh ! comment dans l'immensité de la nature, ou accablé de ces liens cruels dont Brahma me chargera peut-être, pourrai-je te retrouver ? Ah ! Brahma ! si ton pouvoir suprême m'arrache à Zéinis, fais au moins que quelque douloureux que me soit son souvenir, je ne le perde jamais ! »

Pendant que mon âme parlait si tendrement à Zéinis, cette fille charmante semblait s'abandonner à la plus douce rêverie, et je commençai à m'alarmer de la tranquillité avec laquelle elle avait pris ce songe, dont quelques instants auparavant je trouvais tant à me féliciter.

« Zéinis, me disais-je, est sans doute accoutumée aux plaisirs qu'elle vient de goûter. Quelque chose qu'ils aient pris sur ses sens, ils n'ont point étonné son imagination : elle rêve, mais elle ne paraît pas se demander la cause des mouvements dont elle a été agitée. Familiarisée avec ce que l'amour a de plus doux et de plus tendres transports, je n'ai fait que lui en retracer l'idée. Un mortel plus heureux a déjà développé dans le cœur de Zéinis ce germe de tendresse que la nature y a mis. C'est son image, non mon ardeur, qui l'a enflammée ; elle connaît l'amour, elle en a parlé ; elle semblait, au milieu de son trouble, être occupée du soin de rassurer un amant qui peut-être est accoutumé à porter entre ses bras et ses craintes et son inquiétude. Ah ! Zéinis ! s'il est vrai que vous aimiez, que, dans l'état où m'a mis la colère de Brahma, mon sort va devenir horrible ! »

Mon âme errait entre toutes ces idées, lorsque j'entendis frapper doucement à la porte. La rougeur de Zéinis à ce bruit imprévu augmenta mes craintes. Elle raccommoda avec promptitude le dérangement où les erreurs de son sommeil l'avaient laissée, et, plus en état de paraître, elle ordonna qu'on entrât.

Ah ! me dis-je avec une extrême douleur, c'est peut-être un rival qui va s'offrir à ma vue ; s'il est heureux, quel supplice ! S'il le devient, que Zéinis soit telle que quelquefois je la suppose, et que ce soit à elle que je doive ma délivrance, quel coup affreux pour moi si je suis forcé de me séparer d'elle après les sentiments qu'elle m'a inspirés !

Quoique par la connaissance que j'avais des mœurs d'Agra, je dusse être rassuré contre la crainte de quitter Zéinis, et qu'il fût assez vraisemblable qu'à l'âge de quinze ans à peu près qu'elle paraissait avoir, elle n'eût pas tout ce que Brahma demandait pour me rendre à une autre vie, il se pouvait aussi que j'eusse tout à craindre d'elle de ce côté-là, et quelque cruel qu'il fût pour moi d'être témoin des bontés qu'elle aurait pour mon rival, je préférais ce supplice à celui de la perdre.

À l'ordre de Zéinis, un jeune Indien, de la figure la plus brillante, était entré dans le cabinet. Plus il me parut digne de plaire, plus il excita ma haine ; elle redoubla à l'air dont Zéinis le reçut. Le trouble, l'amour et la crainte se peignirent tour à tour sur son visage ; elle le regarda quelque temps avant que de lui parler. Il me parut aussi agité qu'elle ; mais à son air timide et respectueux je jugeai que s'il était aimé, on ne le favorisait pas encore. Malgré son trouble, et son extrême jeunesse (car il ne me parut guère plus âgé que Zéinis), il semblait n'en être pas à sa première passion, et je commençai à espérer que je n'aurais de cette aventure que le chagrin que je pouvais le mieux supporter.

« Ah ! Phéléas, lui dit Zéinis avec émotion, que venez-vous chercher ici ?

— Vous, que j'espérais y trouver, répondit-il en se jetant à ses genoux ; vous sans qui je ne puis vivre et qui voulûtes bien hier me promettre de me voir sans témoins.

— Ah ! n'espérez pas, reprit-elle vivement, que je vous tienne parole ! Sortons, je ne veux pas rester plus longtemps dans ce cabinet.

— Zéinis, répliqua-t-il, m'enviez-vous le bonheur de rester seul un moment avec vous, et se peut-il que vous vous repentiez si tôt de la première faveur que vous m'accordez ?

— Mais, répondit-elle d'un air embarrassé, ne puis-je pas vous parler ailleurs qu'ici, et si vous m'aimiez, vous obstineriez-vous à me demander une chose pour laquelle j'ai tant de répugnance ? »

Phéléas, sans lui répondre, lui saisit une main et la baisa avec toute l'ardeur dont j'aurais été capable. Zéinis le regardait languissamment ; elle soupirait, encore émue de ce songe qui lui avait peint son amant si pressant, et où elle avait été si faible ; disposée encore plus à l'amour par les impressions qui lui en étaient restées, chaque fois que ses yeux se tournaient vers Phéléas, ils devenaient plus tendres et reprenaient insensiblement un peu de cette volupté que mon amour y avait mise quelques moments auparavant.

Malgré le peu d'expérience de Phéléas, sa tendresse, qui le rendait attentif à tous les mouvements de Zéinis, les lui laissait assez remarquer pour qu'il ne pût pas douter qu'elle le voyait avec plaisir. Zéinis, d'ailleurs, simple et sans art, ne cachant à Phéléas que par pudeur l'état où sa présence la mettait, en croyant lui dérober beaucoup du trouble dont elle était agitée, le lui montrait tout entier. Phéléas n'en savait pas assez pour triompher d'une coquette dont la fausse vertu, et les airs décents l'auraient effrayé, mais il n'était que trop dangereux pour Zéinis, qui, pressée par son amour, ignorait, même en craignant de céder, la façon dont elle aurait pu se défendre.

Avec quelque plaisir qu'elle vît Phéléas à ses genoux, elle le pria de se lever. Loin de lui obéir, il les lui serrait avec une expression si tendre et des transports si vifs, que Zéinis en soupira.

« Ah ! Phéléas, lui dit-elle avec émotion, sortons d'ici, je vous en conjure !

— Me craindrez-vous toujours ? lui demanda-t-il tendrement. Ah ! Zéinis ! Que mon amour vous touche peu ! Que pouvez-vous craindre d'un amant qui vous adore, qui, presque en naissant, fut soumis à vos charmes, et qui, depuis, uniquement touché d'eux, n'a voulu vivre que pour vous ? Zéinis, ajouta-t-il en versant des larmes, voyez l'état où vous me réduisez ! »

En achevant ces paroles, il leva sur elle ses yeux chargés de pleurs ; elle le fixa quelque temps d'un air attendri, et, cédant enfin aux transports que l'amour et la douleur de Phéléas lui causaient :

« Ah ! cruel ! lui dit-elle d'une voix étouffée par les pleurs qu'elle tâchait de retenir, ai-je mérité les reproches que vous me faites, et quelles preuves puis-je vous donner de ma tendresse si, après toutes celles que vous en avez reçues, vous voulez en douter encore ?

— Si vous m'aimiez, répondit-il, ne vous oublieriez-vous pas avec moi dans cette solitude, et, loin d'en vouloir sortir, auriez-vous quelque autre crainte que celle qu'on ne vînt nous y troubler ?

— Hélas ! reprit-elle naïvement, qui vous dit que j'en aie d'autres ? »

À ces mots, Phéléas, quittant brusquement ses genoux, courut à la porte et la ferma ; en revenant, il rencontra Zéinis qui, devinant ce qu'il allait faire, s'était levée pour l'en empêcher. Il la prit dans ses bras et, malgré la résistance qu'elle lui opposait, il la remit sur moi et s'y assit auprès d'elle.

CHAPITRE DERNIER

Je ne sais si Zéinis imagina que quand une porte eſt fermée il eſt inutile de se défendre, ou si, craignant moins d'être surprise, elle-même se craignît plus ; mais à peine Phéléas fut-il auprès d'elle que, rougissant moins de ce qu'il faisait que de ce qu'elle appréhendait qu'il ne voulût faire, avant même qu'il lui demandât rien, d'une voix tremblante et d'un air interdit, elle le supplia de vouloir bien ne lui rien demander. Le ton de Zéinis était plus tendre qu'imposant, et ne fâcha ni ne contint Phéléas. Couché auprès d'elle, il la serrait dans ses bras avec tant de fureur que Zéinis, en commençant à connaître combien elle devait le craindre, malgré elle partagea ses transports.

Quelque émue qu'elle fût, elle tâcha de se débarrasser des bras de Phéléas, mais c'était avec tant d'envie d'y reſter que, pour rendre ses efforts inutiles, il n'eut pas besoin d'en employer de bien grands. Ils se regardèrent quelque temps sans se rien dire ; mais Zéinis, sentant augmenter son trouble et craignant enfin de ne pouvoir pas en triompher, pria, mais doucement, Phéléas de vouloir bien la laisser.

« Ne voudrez-vous donc jamais me rendre heureux ? lui demanda-t-il.

— Ah ! répondit-elle avec une étourderie que je ne lui ai pas encore pardonnée, vous ne l'êtes que trop, et, avant que vous vinssiez, vous l'avez été bien davantage ! »

Plus ces paroles parurent obscures à Phéléas, plus il lui parut nécessaire d'apprendre de Zéinis ce qu'elles voulaient dire. Il la pressa longtemps de les lui expliquer et, quelque *répugnance qu'elle* eût à parler davantage, il la pressait si tendrement, la regardait avec tant de passion qu'enfin il acheva de la troubler.

« Mais, si je vous le dis, dit-elle d'une voix tremblante, vous en abuserez ! »

Il lui jura que non avec des transports qui, loin de la rassurer sur ses craintes, ne devaient pas lui laisser douter qu'il ne lui manquât de parole. Trop émue pour pouvoir former cette idée, ou trop peu expérimentée pour connaître toute la force de la confidence qu'elle allait lui faire, après s'être encore faiblement défendue contre ses empressements, elle lui avoua qu'un moment avant qu'il entrât, s'étant endormie, elle l'avait vu, mais avec des transports dont elle n'avait jamais eu d'idée.

« Étais-je entre vos bras ? lui demanda-t-il en la serrant dans les siens.

— Oui, répondit-elle en portant sur lui des yeux troublés.

— Ah ! continua-t-il avec une extrême émotion, vous m'aimiez plus alors que vous ne m'aimez à présent !

— Je ne pouvais pas vous aimer plus, répliqua-t-elle, mais il est vrai que je craignais moins de vous le dire.

— Après ? lui demanda-t-il.

— Ah ! Phéléas ! s'écria-t-elle en rougissant, que me demandez-vous ? Vous étiez plus heureux que je ne veux que vous le soyez jamais, et vous n'en étiez pas moins injuste. »

Phéléas, à ces mots, ne pouvant plus contenir son ardeur et devenu plus téméraire par la confidence que Zéinis lui avait faite, se soulevant un peu et se penchant sur elle, fit ce qu'il put pour approcher sa bouche de la sienne. Quelque hardie que fût cette entreprise, Zéinis peut-être ne s'en serait pas offensée, mais Phéléas, uniquement occupé de se rendre heureux, porta son audace si loin qu'elle ne crut pas devoir lui pardonner ce qu'il faisait.

« Ah ! Phéléas ! s'écria-t-elle, sont-ce là les promesses que vous m'avez faites, et craignez-vous si peu de me fâcher ? »

Quelque violents que fussent les transports de Phéléas, Zéinis se défendit si sérieusement et il vit tant de colère dans ses yeux, qu'il crut ne devoir plus s'opiniâtrer à une victoire qu'il ne pouvait remporter sans offenser ce qu'il aimait, et qui, même par la résistance de Zéinis, devenait extrêmement douteuse pour lui. Soit respect, soit timidité, enfin il s'arrêta et, n'osant plus regarder Zéinis :

« Non, lui dit-il tristement, quelque cruelle que vous soyez, je ne m'exposerai plus à vous déplaire. Si je vous étais plus cher, vous craindriez sans doute moins de faire mon bonheur ; mais quoique je ne doive plus espérer de vous rendre sensible, je ne vous en aimerai pas moins tendrement ! »

En achevant ces paroles, il se leva d'auprès d'elle et sortit. *Mortellement* fâchée que Phéléas la quittât et n'osant cependant pas le rappeler, la tête appuyée sur ses mains, Zéinis pleurait et était demeurée sur le sopha. Inquiète pourtant du départ de son amant, elle se levait pour savoir ce qu'il était devenu, lorsque, ramené par sa tendresse, il rentra dans le cabinet. Elle rougit en le revoyant et se laissa retomber sur moi en poussant un profond soupir. Il courut se jeter à ses genoux, lui prit tendrement la main et, n'osant la baiser, il l'arrosa de ses larmes.

« Ah ! levez-vous, lui dit Zéinis sans le regarder.

— Non, Zéinis, lui dit-il, c'est à vos pieds que j'attends mon arrêt ! Un seul mot… Mais vous pleurez ! Ah ! Zéinis ! est-ce moi qui fais couler vos larmes ? »

La barbare Zéinis, en ce moment, lui serra la main, et, tournant vers lui des yeux que les pleurs qu'ils versaient embellissaient encore, soupira sans lui répondre. Le trouble qui régnait dans ses yeux ne fut pas plus obscur pour Phéléas qu'il ne l'était pour moi-même.

« Ciel ! s'écria-t-il en l'embrassant avec fureur, serait-il possible que Zéinis me pardonnât ? »

Zéinis garda encore le silence. Hélas ! Phéléas ne perdit rien de ce qu'il semblait dire, et, sans interroger davantage Zéinis, il alla chercher jusque sur sa bouche l'aveu qu'elle semblait lui refuser encore.

En cet instant, je n'entendis plus que le bruit de quelques soupirs étouffés. Phéléas s'était emparé de cette bouche charmante où mon âme, un instant avant lui… Mais pourquoi rappelé-je un souvenir encore si cruel pour moi ? Zéinis s'était précipitée dans les bras de son amant : l'amour, un reste de pudeur qui ne la rendait que plus belle, animaient son visage et ses yeux. Ce premier trouble dura longtemps. Phéléas et Zéinis, tous deux immobiles, respirant mutuellement leur âme, semblaient accablés de leurs plaisirs.

— Tout cela, dit alors le sultan, ne vous faisait pas grand plaisir, n'est-il pas vrai ? Aussi de quoi vous avisiez-vous de devenir amoureux pendant que vous n'aviez pas de corps ? Cela était d'une folie inconcevable, car, en bonne foi, à quoi cette fantaisie pouvait-elle vous mener ? Vous voyez bien qu'il faut savoir raisonner quelquefois.

— Sire, répondit Amanzéi, ce ne fut qu'après que ma passion fut bien établie que je sentis combien elle devait me tourmenter, et, selon ce qui arrive ordinairement, les réflexions vinrent trop tard.

— Je suis vraiment fâché de votre accident, car je vous aimais assez sur la bouche de cette fille que vous avez nommée, reprit le sultan ; c'est réellement dommage qu'on vous ait dérangé.

Tant que Zéinis avait résisté à Phéléas, dit Amanzéi, je m'étais flatté que rien ne pourrait la vaincre, et lorsque je la vis plus sensible, je crus qu'arrêtée par les préjugés de son âge, elle ne porterait pas sa faiblesse jusqu'où elle pouvait faire mon malheur. J'avouerai cependant que, quand je lui entendis raconter ce songe, que j'avais cru qu'elle ne devait qu'à moi, que j'appris d'elle-même que l'image de Phéléas était la seule qui se fût présentée à elle, et que c'était au pouvoir qu'il avait sur ses sens, et non à mes transports, qu'elle avait dû ses plaisirs, il me resta peu d'espoir d'échapper au sort que je craignais tant. Moins délicat cependant que je n'aurais dû l'être, je me consolais du bonheur de Phéléas, par la certitude que j'avais de le partager avec lui. Quelque chose qu'il eût dite à Zéinis de sa passion, et de la fidélité qu'il lui avait toujours gardée, il ne me paraissait pas possible qu'il fût parvenu à l'âge de quinze, ou seize ans, sans avoir eu au moins quelque curiosité qui l'empêcherait de délivrer mon âme de cette captivité qui m'avait longtemps paru si cruelle, et que je préférais dans cet instant au poste le plus glorieux qu'une âme pût remplir. Tout désespéré que j'étais de la faiblesse de Zéinis, j'en attendis les suites avec moins de douleur, dès que je me fus persuadé que, quelque chose qui arrivât, je ne serais pas contraint de la quitter.

Quelque affreuse que fût pour moi la tendre léthargie où ils s'étaient plongés, et que chaque soupir qu'ils poussaient paraissait augmenter encore, elle retardait les téméraires entreprises de Phéléas, et quoiqu'elle me prouvât à quel point ils sentaient leur bonheur, je priais ardemment Brahma de ne point permettre qu'elle se dissipât. Inutiles vœux ! J'étais trop criminel pour que deux âmes innocentes et dignes de leur félicité me fussent sacrifiées.

Phéléas, après avoir langui quelques instants sur le sein de Zéinis, pressé par de nouveaux désirs que la faiblesse de son amante avait rendus plus ardents, la regarda avec des yeux qui exprimaient la délicieuse ivresse de son cœur. Zéinis, embarrassée des regards de Phéléas, détourna les siens en soupirant.

« *Quoi ! tu fuis mes regards ?* lui dit-il. Ah ! tourne plutôt vers moi tes beaux yeux ! Viens lire dans les miens toute l'ardeur que tu m'inspires ! »

Alors il la reprit dans ses bras. Zéinis tenta encore de se dérober à ses transports, mais soit qu'elle ne voulût pas résister longtemps, soit que se faisant illusion à elle-même, en cédant, elle crût résister, Phéléas fut bientôt regardé aussi tendrement qu'il désirait de l'être.

Quoique les dernières bontés de Zéinis l'eussent jetée dans une tendre langueur peu différente de celle où mes transports l'avaient plongée, et qu'elle regardât Phéléas avec toute la volupté qu'il avait désirée d'elle, elle parut se repentir de s'être trop livrée à son ardeur, et chercha à se retirer des bras de Phéléas.

« Ah ! Zéinis ! lui dit-il, dans ce songe dont vous m'avez parlé, vous ne craigniez pas de me rendre heureux !

— Hélas ! répondit-elle, quel que soit mon amour pour vous, sans lui, sans le trouble qu'il a mis dans mes sens, vous n'en auriez pas tant obtenu ! »

Imaginez, sire, quel fut mon chagrin, lorsque j'ai appris que c'était à moi seul que mon rival devait son bonheur.

« Vous devez être content de votre victoire, continua-t-elle, et vous ne pouvez, sans m'offenser, vouloir la pousser plus loin. J'ai fait plus que je ne devais pour vous prouver ma tendresse, mais…

— Ah ! Zéinis ! interrompit l'impétueux Phéléas, s'il était vrai que tu m'aimasses, tu craindrais moins de me le dire, ou du moins tu me le dirais mieux. Loin de ne te livrer à mon amour qu'avec timidité, tu t'abandonnerais à tous mes transports, que tu ne croirais pas encore faire assez pour moi. Viens », continua-t-il en s'élançant auprès d'elle avec une vivacité qui m'aurait fait mourir, si une âme était mortelle ; « viens, achève de me rendre heureux !

— Ah ! Phéléas ! s'écria d'une voix tremblante la timide Zéinis. Songes-tu que tu me perds ? Hélas ! tu m'avais juré tant de respect ! Phéléas ! Est-ce ainsi qu'on respecte ce qu'on aime ? »

Les pleurs de Zéinis, ses prières, ses ordres, ses menaces, rien n'arrêta Phéléas. Quoique la tunique de gaze qui était entre elle et lui ne le laissât jouir déjà que de trop de charmes, et que ses transports l'eussent remise comme elle était pendant le sommeil de Zéinis ; moins satisfait des beautés qu'elle offrait à sa vue que transporté du désir de voir celles qu'elle lui dérobait encore, il écarta enfin ce voile que la pudeur de Zéinis défendait encore faiblement, et, se précipitant sur les charmes que sa témérité offrait à ses regards, il l'accabla de caresses si vives, et si pressantes, qu'il ne lui resta plus que la force de soupirer.

La pudeur et l'amour combattaient cependant encore dans le cœur et dans les yeux de Zéinis. L'une refusait tout à l'amant, l'autre ne lui laissait presque plus rien à désirer. Elle n'osait porter ses regards sur Phéléas et lui rendait avec une tendresse extrême tous les transports qu'elle lui inspirait. Elle défendait une chose pour en permettre une plus essentielle ; elle voulait, et ne voulait plus ; cachait une de ses beautés pour en découvrir une autre ; elle repoussait avec horreur et se rapprochait avec plaisir. Le préjugé quelquefois triomphait de l'amour, et lui était un instant après sacrifié, mais avec des réserves et des précautions qui, tout vaincu qu'il en avait paru, le faisaient triompher encore. Zéinis avait tour à tour honte de sa facilité, et de ses répugnances. La crainte de déplaire à Phéléas, l'émotion que lui causaient ses transports, et l'épuisement où un combat aussi long l'avait jetée, la forcèrent enfin à se rendre. Livrée elle-même à tous les désirs qu'elle inspirait, ne supportant qu'impatiemment des plaisirs qui l'irritaient sans la satisfaire, elle chercha la volupté qu'ils lui indiquaient et ne lui donnaient point.

En ce moment, outré du spectacle qui s'offrait à mes yeux, et commençant à craindre, à de certaines idées de Phéléas qui me prouvaient son peu d'expérience, qu'il ne chassât mon âme d'un lieu où, malgré les chagrins qu'on lui donnait, elle se plaisait à demeurer, je voulus sortir pour quelques instants du sopha de Zéinis et éluder les décrets de Brahma. Ce fut en vain ; cette même puissance qui m'y avait exilé s'opposa à mes efforts et me contraignit d'attendre, dans le désespoir, la décision de ma destinée.

Phéléas… Ô souvenir affreux ! Moment cruel, dont l'idée ne s'effacera jamais de mon âme ! Phéléas, enivré d'amour et maître, par les tendres complaisances de Zéinis, de tous les charmes que j'adorais, se prépara à achever son bonheur. Zéinis se prêta voluptueusement aux transports de Phéléas, et si les nouveaux obstacles qui s'opposaient encore à sa félicité la retardèrent, ils ne la diminuèrent pas. Les beaux yeux de Zéinis versèrent des larmes, sa bouche voulut former quelques plaintes, et dans cet instant sa tendresse seule ne lui fit point pousser des soupirs. Phéléas, auteur de tant de maux, n'en était cependant pas plus haï ; Zéinis, de qui Phéléas se plaignait, n'en fut que plus tendrement aimée. Enfin, un cri plus perçant qu'elle poussa, une joie plus vive que je vis briller dans les yeux de Phéléas m'annoncèrent mon malheur et ma délivrance ; et mon âme, pleine de son amour et de sa douleur, alla en murmurant recevoir les ordres de Brahma et de nouvelles chaînes.

— Quoi ! c'est là tout ? demanda le sultan. Ou vous avez été sopha bien peu de temps, ou vous avez vu bien peu de chose pendant que vous l'étiez !

— Ce serait vouloir ennuyer Votre Majesté que de lui raconter tout ce dont j'ai été témoin pendant mon séjour dans les sophas, répondit Amanzéi ; et j'ai moins prétendu lui rendre toutes les choses que j'ai vues que celles qui pouvaient l'amuser.

— Quand les choses que vous avez racontées, dit la sultane, seraient plus brillantes que celles que vous avez supprimées, et je le crois (puisqu'il est impossible d'en faire la comparaison), on aurait toujours à vous reprocher de n'avoir amené sur la scène que quelques caractères, pendant que tous étaient entre vos mains, et d'avoir volontairement resserré un sujet qui, de lui-même, est si étendu.

— J'ai tort sans doute, madame, répondit Amanzéi, si tous les caractères sont agréables, ou marqués au même point ; si j'ai pu les traiter tous, sans tomber dans l'inconvénient d'exposer à vos yeux des traits communs ou rebattus, et si j'ai pu m'étendre beaucoup sur une matière qui devait, quelque variété que j'eusse mise dans les caractères, devenir ennuyeuse par la répétition continuelle et inévitable du fond.

— En effet, dit le sultan, je crois que si l'on voulait peser tout cela, il pourrait bien avoir raison ; mais j'aime mieux qu'il ait tort que de me donner la peine d'examiner ce qui en est. Ah ! ma grand-mère ! continua-t-il en soupirant, ce n'était pas ainsi que vous contiez !

Fin

Claude de Crébillon

LA NUIT ET LE MOMENT

OU LES MATINES DE CYTHÈRE

Dialogue

Hæc legite, Austeri, crimen amoris abest.

OVID[1].

La scène est à la campagne, dans la maison de Cidalise.

CIDALISE, *voyant entrer Clitandre en robe de chambre* : Ah bon Dieu ! Clitandre, quoi ! c'est vous !

CLITANDRE : Votre surprise, madame, a de quoi m'étonner ; je vous croyais accoutumée à me voir vous faire ma cour, et je ne comprends pas ce que vous trouvez de si extraordinaire dans la visite que je vous fais.

CIDALISE : C'est que je croyais avoir quelque raison de penser que si vous vouliez bien veiller aujourd'hui avec quelqu'un, ce ne serait pas avec moi, et que, dans les idées que j'avais, votre présence m'a étonnée.

CLITANDRE : Cérémonie à part, ne produit-elle sur vous que cet effet ? Ne vous embarrassé-je pas plus encore que je ne vous surprends ? C'est qu'à la rigueur, cela serait possible au moins.

CIDALISE : Cette idée vous est nouvelle. Me permettriez-vous de vous demander ce qui vous la fait naître ?

CLITANDRE : Mon intention n'est point de vous en faire mystère ; mais voudrez-vous bien me dire aussi pourquoi vous avez été si étonnée de me voir chez vous ce soir, lorsque tant d'autres fois cela vous a paru si simple ?

CIDALISE : Il me le paraissait alors que vous me donnassiez vos moments perdus ; mais je ne vous crois pas aujourd'hui aussi désœuvré que je vous ai vu l'être quelquefois.

CLITANDRE : J'avais sur vous la même idée ; et c'est ce qui fait précisément que je ne suis pas sans quelque sorte d'inquiétude que vous ne trouviez ma visite un peu déplacée.

CIDALISE : Un peu déplacée ! J'admire tout à la fois le ménagement de vos termes, et passez-moi celui-ci, l'extravagance de vos idées. Voudrez-vous bien, au reste, me faire la grâce de me dire pourquoi vous croyez m'incommoder tant aujourd'hui ?

CLITANDRE : Oui, pourvu qu'à votre tour vous vouliez bien m'apprendre pourquoi ma présence ici vous cause tant d'étonnement.

CIDALISE : Vous serez bientôt satisfait.

Elle passe dans sa garde-robe[2], *revient, change de chemise : on la déchausse.*

CLITANDRE : Ah Dieu ! quelle jambe !

CIDALISE : Oh ! finissez, monsieur ; vos éloges ne me font point oublier votre témérité.

CLITANDRE : Je ne sais pas si c'est la première fois que je la loue ; mais ce qu'il y a de sûr, c'est que ce n'est pas la première que je l'admire.

CIDALISE : Allez-vous mettre là-bas, ou sortez.

CLITANDRE : Vous me traitez singulièrement, madame ; mais j'obéis.

Elle se couche, dit à une de ses femmes de rester : Clitandre s'assit sur un fauteuil auprès du lit.

CIDALISE : Quoi ! réellement, Clitandre, vous n'avez de rendez-vous avec personne ?

CLITANDRE : Quoi ! dans le vrai, je ne vous empêche pas de voir Éraste ?

CIDALISE : Éraste ! Mais en vérité, vous n'y pensez pas, mon pauvre comte.

CLITANDRE : Et je vous jure, belle marquise, que je ne pense pas plus à aucune des femmes qui sont chez vous, que vous ne songez à lui.

CIDALISE : Quoi ! pas même à Araminte ?

CLITANDRE : Araminte ! ah, parbleu ! la plaisanterie est délicieuse ! Est-ce parce que vous avez eu la méchanceté de la prier de venir ici, que vous croyez qu'il faut que je l'y amuse ?

CIDALISE : Certes, le tour est fin ! C'est-à-dire que vous voudriez me faire croire que vous ne savez pas pourquoi elle est ici ?

CLITANDRE : Oh ! pardonnez-moi : pour les espérances qu'elle y a, je les devine ; et vous le voyez bien au chagrin que j'ai de ce qu'elle y est. Je ne vous comprends pas ! il faut assurément bien craindre de manquer de monde, pour se charger d'une pareille *espèce*[3] !

CIDALISE : En vérité, Clitandre, voilà une discrétion bien inutile, ou un *persiflage* bien ridicule ! Vous verrez aussi que c'est moi qui vous ai joué le mauvais tour de prier Célimène ; et que c'est encore ma faute si Bélise, Luscinde et Julie se trouvent chez moi en même temps.

CLITANDRE : Oh ! pour celles-là, il ne se peut pas qu'ayant chez vous Cléon, Oronte et Valère, vous pensiez qu'elles y sont pour moi.

CIDALISE : Mais je ne jurerais pas que vous fussiez dans l'honneur qu'elles me font, pour aussi peu que vous le prétendez.

CLITANDRE : Quelle folie ! il y a plus de huit jours que je suis ici : ils y sont eux d'avant-hier, elles y sont d'aujourd'hui ; et il me paraît à cet arrangement que vous ne pouvez pas plus les accuser d'être venues pour moi, que vous flatter de ne les y voir que pour vous.

CIDALISE : Vous ne me croyez pas non plus assez imbécile pour m'en flatter.

CLITANDRE : Vous auriez tort au reste de vous plaindre de Valère, d'Éraste et de Cléon ; ils sont arrivés deux jours avant les femmes qu'ils y attendaient : ils sont dans les grandes règles[4] ; et je parierais qu'ils n'en font pas autant pour tout le monde.

CIDALISE : Je sens toute la politesse de leur procédé ; mais, Clitandre, il est donc bien vrai que ce n'est pas vous qu'elles cherchent ici ?

CLITANDRE : Vous savez ce qu'elles font.

CIDALISE : En sais-je plus ce qu'elles voudraient faire ?

CLITANDRE : Ah, madame ! ce n'est pas, permettez-moi de vous le dire, sur des femmes qui pensent aussi bien que celles-là qu'on peut avoir de pareilles idées.

CIDALISE : En vérité, Clitandre, vous devenez bien ridicule ! Je ne vous presserai pas là-dessus, puisque j'ai lieu de croire que vous ne voulez pas l'être ; mais je ne pardonnerai jamais à Éraste d'être venu me gâter un souper qui devait être si délicieux.

CLITANDRE : Il ne me paraît pas extraordinaire que vous l'y ayez trouvé de trop ; mais je vous avoue que je ne vois pas pourquoi, s'il n'y eût pas été, ce souper aurait été si agréable pour vous ?

CIDALISE : Quoi ! vous ne sentez pas ce que votre embarras au milieu de quatre femmes que vous avez eues, et qui, sans doute, conservent encore des prétentions sur vous, aurait eu de réjouissant pour moi ?

CLITANDRE : Il y aurait à moi de la sottise à vous soutenir

que je n'ai eu aucune d'elles ; mais il y aurait assurément plus que de l'indiscrétion à dire que je les eus toutes ; d'ailleurs en supposant qu'elles m'aient toutes honoré de quelque bonté, qu'est-ce que cela importe aujourd'hui à elles, et à moi ? Comment voulez-vous qu'avec ce qu'on a à faire dans le monde, des gens que le hasard, le caprice, des circonstances ont unis quelques moments, se souviennent de ce qui les a intéressés si peu ? Ce que je vous dis, au reste, est si vrai, que soupant il y a quelque temps avec une femme, je ne me la rappelais en aucune façon, que je l'aurais quittée comme m'étant inconnue, si elle ne m'eût pas fait souvenir que nous nous étions autrefois fort tendrement aimés.

CIDALISE : Je m'étonne que ce soit elle qui vous ait reconnu. L'on prétend que nous oublions beaucoup plus que les hommes ces sortes d'aventures.

CLITANDRE : Je sais qu'on vous en accuse ; mais il m'a paru qu'à cet égard le manque de mémoire est égal dans les deux sexes.

CIDALISE : Il est cependant plus singulier dans une femme que dans un homme.

CLITANDRE : Je crois, tout préjugé à part, que cela doit beaucoup dépendre du plus ou du moins que vous avez à sacrifier. Si, par le plus grand hasard du monde, il se trouvait qu'une femme n'eût pas plus de sacrifices à faire que nous-mêmes, je ne vois pas à propos de quoi l'on voudrait qu'elle se rappelât de certaines choses plus que nous. Il n'est cependant pas aussi commun qu'on l'imagine peut-être, que deux personnes qui ont vécu un peu amicalement l'une avec l'autre, quelque courte qu'ait été leur liaison, quelque peu de sentiment même qu'elles y aient mis, s'en souviennent si peu ; mais en même temps je ne crois pas qu'un oubli total de ces choses-là soit absolument sans exemple.

CIDALISE : Pour moi j'aime à penser que cela n'est pas possible. Vous vous souvenez de Célimène, n'est-ce pas ?

CLITANDRE : Cela est fort différent : notre affaire a été longue ; et je l'ai trop tendrement aimée pour avoir pu l'oublier à ce point.

CIDALISE : Si vous dites vrai, elle est bien heureuse !

CLITANDRE : J'en doute, puisque je ne m'en souviens que pour la mépriser au-delà de tout ce que je pourrais dire.

CIDALISE : Cruel[5] ! j'ai pourtant à vous parler de sa part.

CLITANDRE : De sa part ! à moi ! Après tout, rien ne m'étonne d'elle.

CIDALISE : Elle prétend que vous lui faites les injustices du monde les plus criantes, et que vous vous obstinez à la condamner sans l'entendre.

CLITANDRE : Vous savez mon histoire comme moi-même, madame, et puisque vous ne me trouvez aucun tort, vous voudrez bien que je m'inquiète peu de tous ceux dont elle me charge. Je ne pourrais même m'empêcher d'être surpris que, sachant à quel point vous la connaissez, elle eût osé vous prier de me parler pour elle, si Eraste qui a eu pour vous, et devant moi, les plus condamnables procédés, ne m'avait pas prié aussi de vous parler pour lui.

CIDALISE : Sérieusement, Clitandre, il vous en a parlé ?

CLITANDRE : Oui, madame, et avec une vivacité dont vous auriez sans doute été contente, si vous en aviez été témoin.

CIDALISE : Oh ! très contente ! cela n'est pas douteux ! Et selon toute apparence, il me charge de tous les torts de notre rupture ?

CLITANDRE : Il est naturel qu'il vous en donne quelques-uns ; cependant, à ceux qu'il a lui-même, je le trouve assez modéré sur cet article ; et à votre humeur près, que vous masquez, dit-il, sous le nom de délicatesse pour pouvoir vous y livrer avec moins de scrupule, il dit que vous êtes assez bonne femme[6], et que vous ne manquez absolument pas de principes.

CIDALISE : L'insolent ! je ne dirai sûrement pas de lui la même chose : mais n'avez-vous pas été confondu de l'air léger dont il est venu s'établir ici ?

CLITANDRE : Il est vrai que son apparition m'a un peu surpris ; ce n'est pourtant pas que j'aie cru qu'il vînt ici sans être sûr que vous ne le trouveriez pas mauvais. C'est le moindre des égards que l'on doit à une femme comme vous.

CIDALISE : De mon aveu ! pouvez-vous le croire ! Sept ou huit jours avant mon départ, je soupais avec lui chez la petite *comtesse*[7] ; *il y fut question* du séjour que je comptais faire ici, il eut l'audace de me dire qu'il viendrait m'y faire sa cour. Comme je sais qu'il a des projets sur cette pauvre petite femme, et que jusqu'à présent elle n'entre pas dans ses vues, je crus que pour la déterminer il voulait lui donner de la jalousie, et qu'il me faisait l'honneur de croire que j'ai de quoi l'alarmer ; mais j'avais reçu si froidement sa politesse, que je vous avoue que je me flattais qu'il n'oserait pas venir dans un lieu où il doit être vu avec moins de plaisir que personne ; et que rien ne peut égaler la surprise que j'ai eue en l'y voyant arriver. Aussi l'ai-je traité comme vous avez fait Araminte, à qui il me semble que vous en voulez encore plus qu'à Célimène même.

CLITANDRE : Ma foi ! en cas, comme je vous en soupçonne, que ce soit pour vous procurer quelques scènes agréables que vous avez voulu avoir cette femme, il faut convenir que vous avez bien réussi, et que le souper a été d'une gaieté merveilleuse.

CIDALISE : Je ne crois pas de mes jours en avoir fait un plus embarrassant et plus triste. Vous, entre deux femmes de qui les prétentions vous gênaient (car vous ne pouvez pas disconvenir qu'il n'y en eût au moins deux qui en avaient sur vous). Moi, en face d'Éraste, impatientée plus que je ne puis l'exprimer de ses prétentions, de ses regards et de ses propos ; non ! en vérité ! j'ai cru que j'en mourrais d'ennui et de fureur !

CLITANDRE : On en meurt à moins tous les jours ; et je n'étais pas, je vous jure, plus à mon aise que vous.

CIDALISE : Pour votre sécheresse avec Célimène, je n'en ai pas été bien surprise ; mais à l'égard d'Araminte que vous avez…

CLITANDRE : Moi ! j'ai Araminte ! voilà bien la plus abominable calomnie ?

CIDALISE : Mon Dieu ! ne vous fâchez pas tant contre moi ! Est-ce ma faute si le public vous la donne ?

CLITANDRE : Le public ! le public, avec sa permission, ferait mieux de la garder, que de me la donner comme il fait. Il est encore plaisant le public !

CIDALISE : Clitandre ! vous n'êtes pas de bonne foi ! *(Clitandre lui répond fort bas.)* Il est sûr que si vous continuez à me parler de ce ton-là, il ne me sera pas aisé de vous entendre. La belle fantaisie ! À propos de quoi donc cet air de mystère ?

CLITANDRE, *toujours fort bas* : Eh ! Justine ?

CIDALISE : Eh bien ! que vous fait-elle ?

CLITANDRE : Oh ! rien ! c'est seulement que je n'ai pas déterminé de la mettre dans la confidence, et que je ne puis, tant qu'elle restera dans votre chambre, m'expliquer librement sur certains articles.

CIDALISE : Je ne vois pas pourquoi vous voulez l'en bannir aujourd'hui : tous ces jours derniers elle ne vous y a point paru de trop.

CLITANDRE : Cela se peut ; mais en le supposant comme vous, je n'avais pas les mêmes choses à vous dire. Vous en ferez ce que vous voudrez ; mais il me semble que si vous vouliez bien que nous fussions seuls, cela n'en serait que mieux.

CIDALISE : Voilà une singulière idée ! Justine est une fille fort sûre.

CLITANDRE : Je n'attaque point sa discrétion, et je ne doute point que vos secrets ne soient fort bien entre ses mains ; mais vous ne devez pas trouver extraordinaire que je ne veuille mettre les miens qu'entre les vôtres.

CIDALISE : Elle dort, et sûrement elle ne vous entend pas.

CLITANDRE : Elle peut le feindre, et m'entendre : enfin, madame, qu'elle soit ou non endormie, sa présence m'inquiète et me gêne ; ou permettez-moi de me taire sur ce que vous me demandez, ou consentez que nous soyons seuls.

CIDALISE : Seuls !... Mais pourquoi ?... en vérité ! cela est ridicule ! Non, toutes réflexions faites, je n'y consentirai jamais.

CLITANDRE : Comme il vous plaira, au reste ; mais je vous avoue que j'ai peine à comprendre votre répugnance sur une chose si simple, qui me paraît tirer si peu à conséquence pour vous, et qui m'est à moi si nécessaire.

CIDALISE, *d'un ton piqué* : Enfin, il faut donc faire ce qui vous plaît ; mais assurément vous me ménagez peu ! Justine, Justine ! Voyez comme elle ne dormait pas ! Justine ! vous pouvez vous coucher.

JUSTINE : À quelle heure Madame veut-elle qu'on entre demain ?

CIDALISE, *embarrassée* : Mais voilà une singulière question ! À l'heure ordinaire, apparemment ?

JUSTINE : On attendra que Madame sonne.

Elle sort.

CIDALISE : Eh bien ! monsieur, vous venez de l'entendre ! elle vient de me tenir un joli propos ! Voilà pourtant à quoi vous m'exposez !

CLITANDRE : Mais, madame, daignez donc vous mettre à ma place.

CIDALISE : Mettez-vous vous-même à la mienne, monsieur ; croyez-vous de bonne foi qu'elle sorte de ma chambre sans la plus forte persuasion qu'elle nous y gênait beaucoup, que nous sommes arrangés ; et que ceci qui n'est bien assurément qu'une chose de hasard à laquelle nous n'avons pensé ni vous ni moi ne soit un rendez-vous très décidé.

CLITANDRE : Elle a donc l'esprit bien mal fait, votre Justine !

CIDALISE, *d'un ton un peu brusque* : Elle l'a comme tous les gens de son espèce ; cela ne suffit-il pas ? Vous-même que penseriez-vous si vous appreniez demain qu'un des hommes qui sont ici a passé la plus grande partie de la nuit dans ma chambre ? Auriez-vous la bonté de croire qu'il ne l'aurait employée qu'à me raconter des histoires ?

CLITANDRE : Il est certain que je vous croirais pour cela quelque raison particulière ; mais Justine qui est votre confidente, et qui sait qu'il n'y a rien entre vous et moi, ne doit pas penser là-dessus comme je pourrais faire. Eh ! plût au ciel qu'elle pût me croire l'homme du monde le plus heureux, et que je le fusse autant qu'elle me ferait l'honneur de le croire !

CIDALISE : Son absence vous a rendu bien galant !

CLITANDRE : Non, mais il est assez simple qu'elle m'ait rendu plus libre. Si je n'avais dû rien gagner à son départ, que m'aurait fait qu'elle fût partie ?

CIDALISE, *d'un ton fort sérieux et d'un air un peu alarmé* : Au moins, monsieur…

CLITANDRE : Eh ! madame, vous me connaissez. D'ailleurs, que gagnerais-je à vous manquer, quand vous ne m'accorderiez rien de tout ce que je pourrais vous demander, ou que je vous offenserais, si je voulais tenter quelque chose ?

CIDALISE : Au vrai, Clitandre, vous n'aimez donc pas Araminte ? *(Clitandre hausse les épaules.)* Mais pourtant vous l'avez eue.

CLITANDRE : Ah ! c'est autre chose.

CIDALISE : En effet, on dit qu'aujourd'hui cela fait une différence.

CLITANDRE : Et je crois de plus que ce n'est pas d'aujourd'hui que cela en fait une.

CIDALISE : Vous m'étonnez. Je croyais que c'était une obligation que l'on avait à la philosophie moderne.

CLITANDRE : Je croirais bien aussi qu'en cela, comme en beaucoup d'autres choses, elle a rectifié nos idées ; mais qu'elle nous a plus appris à connaître les motifs de nos actions, et à ne plus croire que nous agissons au hasard, qu'elle ne les a déterminées. Avant, par exemple, que nous sussions raisonner si bien, nous faisions sûrement tout ce que nous *faisons aujourd'hui* ; mais nous le faisions, entraînés par le torrent, sans connaissance de cause, et avec cette timidité que donnent les préjugés. Nous n'étions pas plus estimables qu'aujourd'hui, mais nous voulions le paraître ; et il ne se pouvait pas qu'une prétention si absurde ne gênât beaucoup les plaisirs. Enfin, nous avons eu le bonheur d'arriver au vrai ; eh ! que n'en résulte-t-il pas pour nous ? Jamais les femmes n'ont mis moins de grimaces dans la société ; jamais l'on n'a moins affecté la vertu. On se plaît, on se prend. S'ennuie-t-on l'un avec l'autre ? on se quitte avec tout aussi peu de cérémonie que l'on s'est pris. Revient-on à se plaire ? on se reprend avec autant de vivacité que si c'était la première fois qu'on s'engageât ensemble. On se quitte encore, et jamais on ne se brouille. Il est vrai que l'amour n'est entré pour rien dans tout cela ; mais l'amour, qu'était-il qu'un désir que l'on se plaisait à s'exagérer ? Un mouvement des sens, dont il avait plu à la vanité des hommes de faire une vertu ? On sait aujourd'hui que le goût[8] seul existe ; et si l'on se dit encore qu'on s'aime, c'est bien moins parce qu'on le croit, que parce que c'est une façon plus polie de se demander réciproquement ce dont on sent qu'on a besoin. Comme on s'est pris sans s'aimer, on se sépare sans se haïr ; et l'on retire du moins, du faible goût que l'on s'est mutuellement inspiré, l'avantage d'être toujours prêts à s'obliger. L'inconstance imprévue d'un amant accable-t-elle une femme ; à peine lui laisse-t-on le temps de la sentir. Des raisons de bienséance ou d'intérêt ne lui permettent-elles pas de quitter un amant ennuyeux, ou qui a cessé de paraître aimable, tous ses amis se relaient pour l'étourdir sur le malheur de sa situation. Lui prend-il un caprice, dans la minute il est satisfait. Sommes-nous dans tous les cas dont je viens de faire l'énumération ? Nous trouvons les mêmes ressources dans la reconnaissance des femmes avec qui nous avons un peu intimement vécu ; et je crois, à tout prendre, qu'il y a bien de la sagesse à sacrifier à tant de plaisirs quelques vieux préjugés qui rapportent assez peu d'estime, et beaucoup d'ennui à ceux qui en font encore la règle de leur conduite.

CIDALISE : Assurément, si vous croyez tout ce que vous venez de me dire, vous avez jusqu'à présent agi bien peu d'après vos maximes, vous qui n'êtes pas encore consolé de l'inconstance de Célimène, et qui l'avez si tendrement aimée.

CLITANDRE : Je l'ai adorée, j'en conviens ; mais peut-être aussi est-ce moins ma façon de penser que je viens de vous peindre que celle qu'il semble que quelques personnes ont aujourd'hui.

CIDALISE : Ah ! quelques chagrins que la vôtre vous ait procurés, n'en changez pas. Il est possible, croyez-m'en, que vous rencontriez une femme plus digne de vos sentiments que ne l'a été Célimène ; et vous auriez trop à vous reprocher, si vous cherchiez à vous venger sur une maîtresse eſtimable des affreux procédés de celle-là.

CLITANDRE : Ce n'eſt pas non plus mon intention ; et si vous connaissiez celle que mon cœur désire, vous ne me soupçonneriez pas d'une idée aussi injuſte qu'elle serait barbare.

CIDALISE : Vous n'aimez donc plus du tout Célimène ?

CLITANDRE : Non, je vous le jure ; mais en revanche, je ne connais personne qui m'inspire un si souverain mépris.

CIDALISE : Prenez-y garde, Clitandre, vous croyez la haïr ; et quand on hait encore ce qu'on a tendrement aimé, il s'en faut beaucoup que le cœur soit guéri.

CLITANDRE : Je l'ai haïe, sans doute, et avec une violence qu'il me serait difficile de vous exprimer ; mais il ne me reſte plus à présent pour elle que ce mépris froid et paisible dont personne ne pourrait se dispenser de l'honorer, si tout le monde savait comme moi combien elle en mérite ; ce mépris, enfin, que vous qui la connaissez si bien, avez pour elle.

CIDALISE : Serait-ce Araminte qui l'aurait si absolument bannie de votre cœur ? J'aurais peine à le croire ; et je vous avoue que j'en serais fâchée.

CLITANDRE : Araminte ! Mais de bonne foi cela peut-il se supposer ! Pensez donc du moins une femme que l'on puisse aimer un peu.

CIDALISE : Mais que vient-elle donc faire ici ?

CLITANDRE : Je crois que je m'en doute ; mais cela ne dit pas que je l'aime.

CIDALISE : Pourquoi aussi ne vous sentant point en disposition de la traiter mieux, ne l'avez-vous pas laissée à Paris ? Car, toute plaisanterie à part, c'eſt sans que je l'aie en aucune façon priée, et même sans qu'elle m'ait pressentie, qu'elle eſt venue s'établir chez moi ; et je vous le dis naturellement, elle me ferait plaisir de s'en retourner.

CLITANDRE : Et à moi aussi, je vous le proteſte ; je vous assure de plus, que si elle ne s'en va pas, c'eſt que je m'en irai, moi.

CIDALISE : Non, Clitandre, elle reſtera, et vous ne vous en irez pas.

CLITANDRE : En vérité ! madame, il eſt aussi trop singulier que vous croyiez que l'on puisse reſter dans un lieu où l'on a le malheur de trouver une Araminte, surtout quand elle s'avise d'y être tendre.

CIDALISE : Oh çà ! comte, je suis votre amie, et je crois que vous ne doutez pas de ma discrétion. Puisque le hasard de la conversation nous a portés sur elle, ouvrez-moi votre cœur, et ne me cachez rien de ce qui s'eſt passé entre elle et vous. *(Il rêve.)* Ah ! je vous en prie ! au fond, après être convenu avec moi de l'avoir eue, doit-il tant vous en coûter pour me dire comment elle s'eſt engagée avec vous ?

CLITANDRE : Vous avez raison ; et je sens bien que je ne devrais pas vous refuser ce que vous me demandez ; mais ce sont des choses sur lesquelles, soit principe, soit préjugé, je ne parle pas volontiers : ce n'eſt pas que je ne sache qu'elle mérite peu de ménagements, et que mille autres pourraient dire d'elle ce qu'elle m'a mis à portée d'en savoir ; cependant...

CIDALISE : Le beau scrupule ! Vous l'avez eue, je le sais ; que vous reſte-t-il à m'apprendre que des détails ?

CLITANDRE : Cela eſt vrai ; et c'eſt à cause de cela précisément que je ne conçois pas votre curiosité. Ces sortes d'aventures sont si peu variées, que qui en sait une, en sait mille. Au reſte, puisque vous le voulez, je ne vous cacherai rien.

CIDALISE : Avant tout, ouvrez un peu plus ce rideau, je ne vous vois pas.

CLITANDRE : J'étais allé au commencement de l'été à la campagne, chez Julie. Il y avait beaucoup de monde ; Araminte entre autres, que personne ne désire, et qui se prie partout. Je commençais à perdre beaucoup de la douleur que l'inconſtance de Célimène m'avait causée ; et de jour en jour ma liberté me devenait plus à charge. Je brûlais de me rengager, et si vous me permettez de vous le dire, mon cœur qu'à votre entrée dans le monde vous aviez assez vivement blessé, reprenait pour vous ses premiers penchants ; mais vous aimiez encore Éraſte : je me représentai fortement l'inutilité de mes vœux. La certitude de ne pas réussir, et la crainte de vous ennuyer et de vous déplaire en vous poursuivant avec cette opiniâtreté fatigante que nous croyons nous devoir, quand une fois nous avons expliqué nos désirs, m'obligèrent à garder le silence.

CIDALISE : Vous fîtes fort bien. J'aimais en effet Éraſte avec la plus grande vivacité ; et sûrement vous n'auriez pas eu à vous louer du succès.

CLITANDRE : J'avais aussi quelques raisons de croire que quand même vous auriez été libre, vous ne m'en auriez pas rendu plus heureux. Quoi qu'il en soit, je n'imaginai même pas de vous informer des perfidies qu'il vous faisait tous les jours. J'étais sûr que cette confidence ne ferait que vous tourmenter ; et toutes réflexions faites, je crus devoir me taire et sur mes désirs et sur ses infidélités.

CIDALISE : L'ingrat ! que je l'aimais ! Croiriez-vous bien que depuis qu'il m'a forcée de rompre avec lui, il n'y a que bien peu de temps que je me sens pour lui cette indifférence profonde qu'il n'eſt plus possible de surmonter.

CLITANDRE : En ce cas il eſt donc bien sot de n'avoir pas avancé son voyage ; car, à ne vous rien cacher de ses idées, il n'eſt venu ici que pour se raccommoder avec vous ; et il en a l'espérance.

CIDALISE : Ce n'eſt en lui qu'un ridicule de plus ; mais j'avoue que je voudrais qu'il fût devenu sincèrement amoureux de moi.

CLITANDRE : Ah ! qu'il entre encore d'amour dans ce désir !

CIDALISE : Je conviens que l'on pourrait le soupçonner ; mais je vous donne ma parole d'honneur que c'eſt sans aucune idée, que je doive me reprocher, que je le forme.

CLITANDRE : À vous parler franchement, j'ai tant de peine à croire que vous l'aimiez, que je croirai bien aisément que vous ne l'aimez plus. Mais puisque nous en sommes sur ce chapitre, dites-moi, je vous prie, comment un petit homme si mauvais plaisant, si peu fait pour plaire, d'une si misérable santé[9]…

CIDALISE : Ah ! Clitandre, me feriez-vous l'injure de croire que j'aie pu faire quelque attention à ce dernier article !

CLITANDRE : Non, assurément ! Mais c'eſt qu'un amant malade, pour ainsi dire, de profession, eſt, à ce que je crois, toujours moins amusant qu'un autre. Vous conviendrez du moins que si ce n'eſt pas une raison de rejeter un homme, ce n'en eſt pas non plus une de le prendre.

CIDALISE : Aussi ne fut-ce pas ce qui me détermina en sa faveur. Grand Dieu ! que l'amour eſt un sentiment bizarre ! Quand je vois aujourd'hui ce même objet, qui, il n'y a encore que si peu de temps, avait sur moi tant de pouvoir ; lorsque je juge de sang-froid cet homme qui a été si dangereux pour mon cœur, j'avoue que j'ai peine à comprendre qu'il ait pu me tourner si violemment la tête, et que j'en sens contre moi-même la plus forte indignation.

CLITANDRE : Vous êtes donc bien sûre que vous ne renouerez pas avec lui ?

CIDALISE : Quelle idée ! Dans le temps même que je mourais de douleur de l'avoir perdu, il a tenté vainement de me ramener à lui ; et les dispositions où je me trouve ne me permettent pas de craindre qu'il puisse à présent ce qu'alors il ne put pas.

CLITANDRE, *avec inquiétude* : Est-ce que vous penseriez à en prendre un autre ?

CIDALISE : Non, je vous le jure ; mais s'il était vrai que j'aimasse, je me flatte que je saurais triompher de mon amour, et le laisser même ignorer à celui qui en serait l'objet.

CLITANDRE : Cruelle ! pouvez-vous former de pareils projets !

CIDALISE : Eh ! que vous importe que… Mais reprenez votre histoire.

CLITANDRE : Croyez-vous que je n'eusse rien de plus intéressant à vous dire ?

CIDALISE : Je ne sais ; mais vous ne pouvez me dire rien qui me fasse autant de plaisir.

CLITANDRE : Ce que vous me dites est assez peu poli ; mais vous affligez plus mon cœur que vous ne mortifiez mon amour-propre.

CIDALISE : Finissez donc ! Attendrai-je éternellement ! Vous êtes insupportable !

CLITANDRE : Eh bien ! Araminte en me voyant me destina *in petto* au glorieux emploi de l'amuser. Vous savez avec quelle promptitude elle fait connaissance ; vous connaissez son indécente familiarité, et ses agaceries mille fois plus indécentes encore. Nous sommes libertins : je n'avais rien dans le cœur pour me défendre d'elle. Elle ne me toucha point, mais elle me tenta. Je lui parlai sur le ton qui convenait également à son caractère et à la sorte d'impression qu'elle faisait sur moi. Loin de s'en offenser, les désirs les moins flatteurs pour elle, et les moins tendrement exprimés, lui parurent une passion violente qu'elle ne pouvait récompenser trop tôt. La façon vive et assez peu honnête dont je lui exposai mes intentions acheva de me concilier son estime. Je lui dis des choses très libres, elle les prit pour des galanteries. Je ne voulais pas, comme vous le croyez bien, d'affaire en règle avec elle ; mais je la jugeais bonne pour une passade, et je résolus de m'en amuser tant qu'elle resterait chez Julie. En revenant de la promenade, le hasard nous fit passer par un petit bosquet assez obscur. Par le même hasard, nous nous étions insensiblement séparés de la compagnie. Je trouvai, et le lieu très propre à prendre avec elle les plus grandes libertés, et elle si disposée à me les souffrir, que je ne sais comment elle eut la force de ne m'en pas remercier. En me priant le plus poliment du monde de finir, elle me laissait continuer avec une patience admirable. Cependant une faiblesse lui prit ; et, ce que je me reprocherai toujours, j'eus l'indignité d'abuser de l'état où je l'avais réduite.

CIDALISE : Ah ! grand Dieu ! comment ! vous !…

CLITANDRE : Oui, madame, on ne saurait pousser plus loin le manque de respect ; j'en suis encore d'une honte !

CIDALISE : Mais, Clitandre, avec votre permission, les faits sont-ils bien tels que vous me les racontez ?

CLITANDRE : Ils sont si simples que je m'étonne que vous y trouviez de quoi vous faire une histoire. Vous me connaissez assez pour savoir qu'ordinairement je ne mens pas. D'ailleurs tout cela n'est qu'un coup de foudre ; et ils sont depuis quelque temps devenus aussi communs que l'on prétend qu'ils étaient rares autrefois.

CIDALISE : Je vous avoue que je sais qu'Araminte a eu quelques affaires, et que le public la croit peu cruelle ; mais elle est étourdie, assez méchante ; sa conduite est légère, sa langue ne l'est pas moins ; j'ai cru que la calomnie lui prêtait beaucoup de choses, et qu'elle était dans le fond plus coquette que galante. Vous me confondez ! Après ?

CLITANDRE : Je suis poli, moi ; et quoiqu'elle ne me fît pas de reproches, je crus qu'il était de la bienséance que je lui fisse des excuses. Elle les reçut comme une suite de bons procédés de ma part, et en fut si enchantée qu'elle voulut absolument que j'allasse, quand tout le monde serait couché, les lui réitérer dans sa chambre. Cette affaire, comme vous le voyez, ne commence pas tout à fait sur le ton du sentiment ; et il me semble qu'elle s'était mise elle-même dans le cas de ne m'en pas oser demander. Je lui rends justice ; d'abord elle n'y pensa pas plus que moi. Le souper fut fort gai ; elle m'y honora de toutes les faveurs qu'une femme, qui ne se contraint qu'à un certain point, peut accorder à quelqu'un en assez nombreuse compagnie. Je les reçus comme je le devais, ou plutôt comme je ne le devais pas, puisque j'y répondis. Cependant, par vanité, je la priai de vouloir bien se contenir un peu. Elle fut tout l'après-souper d'une tendresse exécrable. Enfin on alla se coucher, et je passai dans sa chambre le plus tôt qu'il me fut possible.

CIDALISE : Vous y allâtes !

CLITANDRE : Assurément ! Que vouliez-vous donc que je fisse ? Pouvais-je manquer à ma parole ? Elle m'attendait ! Je la trouvai couchée ; et j'avoue que je crus qu'après toutes les

libertés qu'elle m'avait laissé prendre, celle de me mettre dans son lit n'avait rien qui dût la choquer à un certain point. En effet, la seule chose qu'elle me demanda fut de vouloir bien éteindre les bougies, ou de fermer les rideaux. Cela ne me parut qu'un caprice ; je ne les aime pas ; et je lui refusai durement la grâce qu'elle me demandait. Quand elle vit que je ne me prêtais pas à ses intentions, elle eut la complaisance de plier à mes volontés. Les bougies restèrent allumées, et les rideaux ouverts. Nous commençâmes à en agir ensemble familièrement ; et j'étais sur le point de lui avoir encore les dernières obligations, lorsqu'une tendre inquiétude la saisit. Elle se rappela que je ne lui avais pas encore dit que je l'aimais ; et me protesta, si je ne la rassurais pas sur mon cœur, que quelque extraordinaire que fût le goût qu'elle avait pour moi, et quelques preuves même qu'elle m'eût déjà données de sa faiblesse, elle saurait indubitablement la vaincre. Je sentais bien que si elle m'eût aimé, elle n'aurait pas eu lieu d'être contente de ce qu'elle m'inspirait ; mais la bienséance et l'état où j'étais ne me permettaient que de la tromper ; et je lui répondis que je ne concevais pas qu'avec les preuves actuelles que je lui donnais de mes sentiments, elle pût s'obstiner à en douter. Elle avait jusque-là paru ne se livrer à sa tendresse qu'avec contrainte ; mais la certitude d'être aimée bannissant ses scrupules, elle devint d'une tendresse, d'une vivacité, d'une ardeur incompréhensibles ! Ah ! si vous aviez vu, madame ! Non ! C'est que cela était d'une beauté !...

CIDALISE, *sèchement* : Je le crois, monsieur le comte, mais n'en supprimez pas moins ces agréables détails.

CLITANDRE : Enfin, quoique j'eusse dans le fond plus à me plaindre d'elle qu'à la remercier, je crus que la politesse me condamnait à lui faire des remerciements ; et si ce ne fut pas du fond du cœur que je lui en fis, je mis du moins dans les miens tant de galanterie, et elle en fut si contente, qu'elle n'oublia rien pour que je lui en fisse encore. Mon Dieu ! quand j'y songe, que c'est une digne femme ! Cependant, malgré tout ce que je lui devais, et la sorte d'égarement où nous mettent toujours les premières bontés d'une femme, soit que nous devions ou ne devions pas les recevoir avec transport, il m'avait paru que j'aurais été plus heureux encore, et que j'aurais eu moins à prendre sur mon imagination, si elle eût autant à se louer de la nature qu'elle semblait le croire. J'ai le malheur d'être fort curieux ; mon doute me tourmentait ; je la priai donc de le faire cesser. Rien n'était si simple, ni même si galant que cette prière. Vous ne pourriez cependant que difficilement imaginer combien j'eus de peine à la lui faire agréer. Cette proposition blessait mortellement sa pudeur !

CIDALISE : Ah ! quel conte ! Ce scrupule était bien placé !

CLITANDRE : Enfin, elle ne voulait pas, mais je voulais, moi ; et quelque résistance qu'elle m'opposât, je voulus si bien qu'elle fut obligée de céder. Ah ! madame…

CIDALISE : Quoi donc ?

CLITANDRE : Ah ! quel monstre !

CIDALISE : Elle ! vous m'étonnez ! Je ne comprends pas ce que cette femme peut avoir de si horrible ? Sa gorge n'est point parfaite, mais elle n'est pas mal non plus : elle a le bras bien tourné, la main assez jolie, le pied assez bien ; et j'ai ouï dire que tout cela devait faire penser…

CLITANDRE : Eh ! mon Dieu ! madame, si vous saviez combien peu il faut se fier aux règles, et combien tous les jours, soit d'une façon, soit d'une autre, nous y sommes attrapés, vous ne seriez pas si surprise de ce qu'Araminte ne tient pas tout ce qu'elle semble promettre.

CIDALISE : Qu'avant l'aventure du bosquet, vous jugeassiez d'elle comme je faisais tout à l'heure, cela me paraît tout simple ; mais ce que je ne conçois pas, c'est qu'après vous ayez été la trouver dans sa chambre avec autant d'empressement que si vous l'eussiez trouvé charmante.

CLITANDRE : Si j'avais l'honneur d'être un peu plus intimement connu de vous, vous ne me feriez pas cette question. D'ailleurs, après ce qu'elle avait bien voulu faire pour moi, comment vouliez-vous que je lui refusasse d'aller la trouver ? Il ne me restait de parti à prendre, que de la satisfaire, ou de m'enfuir. Le dernier aurait sans doute été le plus sage ; mais malheureusement il ne me vint pas dans l'esprit. Au surplus, je m'étais instruit dans le bosquet moins que vous ne pensez. L'insolence n'a jamais permis l'examen ; et si je n'eus pas de quoi la croire parfaite, du moins ne pus-je pas non plus la trouver aussi détestable qu'elle l'est en effet.

CIDALISE : Ce que je ne comprends pas, c'est qu'une femme telle que vous me dépeignez Araminte soit aussi galante. L'amour-propre devrait au moins lui tenir lieu de principes ; car en supposant qu'elle se fût cru en entrant dans le monde tous les charmes imaginables, il ne serait pas possible que tous les hommes qu'elle a eus se fussent accordés pour servir sa vanité ; ou que s'ils ont eu la politesse de la ménager, ou la fausseté de l'entretenir, que le peu de temps qu'ont duré les liaisons qu'elle a voulu former, et mille autres circonstances aussi propres à nous faire ouvrir les yeux sur nous-mêmes, ne l'eussent pas désabusée.

CLITANDRE : Nous sommes, sur cet article, aussi faux, ou aussi polis que vous le croyez ; et nous quittons ordinairement une femme sans chercher à l'humilier, à moins cependant que notre vanité ne soit intéressée à le faire. Il eſt certain, au reſte, que si j'eusse su combien la noble confiance qu'Araminte a en elle-même eſt mal fondée, je ne l'aurais pas prise ; mais j'étais à cet égard dans le cas du monde le plus cruel. Il y a fort peu de gens qui ne l'aient eue ; mais il n'y a pas un homme d'un certain genre qui ait cru devoir se vanter de l'avoir possédée ; et elle eſt peut-être la femme de France que l'on connaît le plus, et sur laquelle pourtant on trouverait le moins de renseignements. Elle eſt enfin de ces sortes d'espèces dont on ne dit rien, ou par égard pour soi-même, ou par méchanceté pour les autres.

CIDALISE : Vous ne la connaissiez donc point du tout ?

CLITANDRE : Pardonnez-moi. Je la connaissais comme nous nous connaissons tous. Je l'avais trouvée deux fois à l'opéra, dans la loge de Julie ; j'avais soupé avec elle autant de fois, je crois, chez la même ; je l'avais rencontrée à la Cour, chez les princesses : mais dans toutes ces occasions nous nous étions parlé fort peu ; et soit que mon attachement pour Célimène lui imposât, soit qu'elle-même eût à la Cour, contre sa coutume, quelque affaire suivie, elle m'avait regardé avec une indifférence que je voudrais bien qu'elle eût eu la bonté de me conserver.

CIDALISE : Je n'ai pas à présent de peine à le croire. Mais voilà un insupportable rideau, de retomber toujours ! Arrangez-le donc de façon qu'on n'ait pas besoin de l'arranger sans cesse !

CLITANDRE : Si vous le vouliez, je pourrais mieux faire. Vous n'êtes pas prude, je ne suis point impertinent ; je vais m'asseoir sur votre lit.

Elle lui fait place.

CIDALISE : Vous dûtes au moins lui trouver des charmes, qui, en général, vous touchent assez ? Vous m'entendez, sans doute ?

CLITANDRE : À elle ! Elle n'en a point !

CIDALISE : Ah ! pour cela, Clitandre, je ne saurais vous

croire ; après ce que vous m'avez dit de ses transports, de sa vivacité…

CLITANDRE : Vous vous trompez ; tous ces transports n'étaient pas plus causés par ce que vous pensez, que par l'amour même, qui sûrement n'y entrait pour rien. C'était une galanterie qu'elle me faisait gratuitement ; pure générosité de sa part, ou, pour parler plus juste, habitude et fausseté. Elle sait que les femmes qu'il nous est impossible d'intéresser ne nous plaisent pas, et elle ne feignait tant d'ardeur que pour me faire croire qu'elle m'aimait, et pour m'en donner à moi-même.

CIDALISE : Puisqu'elle avait dans le fond si peu de sensibilité, quel besoin avait-elle de vous voir si ardent ?

CLITANDRE : Elle a l'imagination fort vive et fort déréglée ; et quoique l'inutilité des épreuves qu'elle a faites en certain genre eût dû la corriger d'en faire, elle ne veut pas se persuader qu'elle soit née plus malheureuse qu'elle croit que d'autres ne le sont, et elle se flatte toujours qu'il est réservé au dernier qu'elle prend de la rendre aussi sensible qu'elle désire de l'être. Je ne doute même pas que cette idée ne soit la source de ses dérèglements, et de la peine qu'elle prend de jouer ce qu'elle ne sent pas. Ajoutons aussi que ces sortes de femmes sont fort vaines, et que sans avoir besoin en aucune manière qu'un homme soit si singulier, leur amour-propre désire de le voir tel, comme le nôtre quelquefois nous fait faire des efforts qui passent nos forces ou nos désirs. Je dirai plus, c'est qu'aujourd'hui il est prouvé que ce sont les femmes à qui les plaisirs de l'amour sont le moins nécessaires qui les recherchent avec le plus de fureur, et que les trois quarts de celles qui se sont perdues avaient reçu de la nature tout ce qu'il leur fallait pour ne l'être pas.

CIDALISE : C'est une chose que je sais comme vous, et que j'ai encore plus de peine que vous à comprendre.

CLITANDRE : C'est, je vous l'avoue, un fort plaisant siècle que celui-ci, et délicieux à considérer un peu philosophiquement.

CIDALISE : Faisons dans cet instant ce que ce siècle paraît faire toujours : ne réfléchissons point. Cette admirable Araminte vous trouva-t-elle digne de tout ce qu'elle voulait bien faire pour vous ?

CLITANDRE : Il faut que vous me croyiez bien peu vain, et bien vrai, pour me faire une pareille question. Qu'il y a de femmes à qui je mentirais si elles m'en faisaient une pareille !

CIDALISE : Cela serait assez égal avec moi.

CLITANDRE : C'est ce que je pense, et pour vous dire la vérité, si elle eut de quoi ne pas regarder comme perdus les moments qu'elle voulait bien me donner, elle n'eut pas lieu non plus de les regarder comme absolument bien employés. Elle, ne piquant pas à un certain point ma fantaisie, moi n'étant plus assez jeune pour que la vanité me tînt lieu du goût qu'elle ne m'inspirait pas, vous pouvez aisément juger que la conversation languissait quelquefois entre nous. Ne sachant plus que faire de cette grosse femme-là, connaissant assez ses ridicules pour ne pouvoir plus m'en amuser, ne pouvant avec décence la quitter si tôt, et craignant l'ennui, je me divertis à chercher si elle était en effet aussi singulièrement tendre qu'elle se croyait obligée de le paraître ; malgré l'art avec lequel elle jouait ce qu'elle n'était pas, je m'étais fort bien aperçu de ce qu'elle est. Mais comme sur certaines choses, les femmes sont extrêmement capricieuses ; que ce qui ne paraîtrait pas à l'une digne de la plus légère attention est pour l'autre un objet considérable ; qu'il y en a beaucoup qui, par une tournure d'esprit particulière, préfèrent l'illusion à la réalité ; que chacune enfin a ses idées, et même ses manies, je crus, puisque le sérieux l'avait intéressée si peu, qu'il fallait l'essayer par les minuties[10]. Ce parti non seulement était le plus raisonnable, mais encore (ce qui peut-être vous étonnera) c'est qu'il me parut le plus convenable. Devineriez-vous bien, madame, ce que j'eus l'honneur de lui dire ?

CIDALISE : Vous ne vous flattez pas peut-être que je répondrai à cette question. Quel fut le succès de vos soins ?

CLITANDRE : De m'ennuyer à périr, et de me lasser comme un chien. Enfin excédé d'elle, et de ma sotte curiosité, j'allai gagner mon lit, en me promettant bien de ne plus faire de pareilles épreuves, du moins avec si peu de raison de les tenter.

CIDALISE : L'avez-vous eue longtemps ?

CLITANDRE : Plus que je ne devais : cinq ou six jours, à ce que je crois, plus ou moins.

CIDALISE : Quoi ! cette femme que vous trouviez si horrible ! Libertin !

CLITANDRE : Lorsque nous revînmes à Paris, nous en usâmes comme si c'eût été aux eaux[11] que nous nous fussions pris. Nous nous rencontrâmes plus d'une fois sans nous parler de rien, et même, sans qu'elle et moi ne pussions dire la raison, nous n'avions l'un pour l'autre que la plus simple politesse.

Enfin, un mois après, je la trouvai à un souper que Valère nous donnait à sa petite maison. Luscinde, elle, Julie, une petite provinciale, parente de Luscinde, étaient les femmes. Les hommes étaient Valère, Oronte, Philinte et moi. Le souper fut on ne peut pas plus fol. Lorsqu'il fut fini, chacun de nous s'écarta. Nous nous partageâmes le jardin. Araminte, qui, pendant le souper, s'était ressouvenue de m'avoir vu quelque part, et m'avait fait d'assez tendres agaceries, me dit quand nous fûmes seuls qu'elle avait une grande nouvelle à m'apprendre, qu'il lui était arrivé un grand bonheur. Je devinai aisément ce qu'elle voulait me dire, et mon premier mouvement fut de l'en croire sur sa parole ; mais nous étions seuls ; j'avais soupé ; je me souvins qu'il n'y avait rien sur quoi elle méritât d'être crue, et je voulus voir si elle me disait vrai. Croiriez-vous bien, madame, qu'elle m'avait menti ?

CIDALISE : Je m'en doutais. Une si noire perfidie ne vous donna pas apparemment le désir de renouer avec elle ?

CLITANDRE : De renouer ! Je l'aurais battue ! Cependant depuis cette malheureuse nuit, elle a jugé à propos de s'acharner sur moi, a décidé que dans toutes les règles j'étais obligé de l'aimer, m'a suivi, tourmenté, excédé partout. Qu'elle y prenne garde ! on n'a des complaisances pour elle que parce qu'on la croit sans conséquence ; je la perdrai si je parle.

CIDALISE : Mais, Clitandre, ne me supprimez-vous pas quelques soins, quelques lettres tendres, quelques serments d'aimer toujours, mille choses enfin qu'ordinairement les hommes comptent pour rien, et que nous avons toujours le malheur de compter pour trop ? Est-il bien vrai que vous n'ayez pas trouvé dans sa possession plus de charmes, et que sa conquête ne vous ait pas coûté plus de temps que vous ne me l'avez dit ?

CLITANDRE : Non, madame, je vous jure ; le sentiment, le goût et le plaisir ne sont entrés pour rien dans notre affaire ; et ce qu'elle me fait aujourd'hui est d'une injustice affreuse. En arrivant ici, elle m'a signifié avec hauteur qu'elle venait pour me faire expliquer. Je lui ai répondu avec tout le respect que j'ai pour son sexe, et tout le mépris que peut inspirer sa personne, qu'il ne se pouvait pas que nous eussions rien à démêler ensemble. Quand elle m'a vu si bien armé contre la dignité, elle est revenue au sentiment, et m'a demandé en grâce d'aller cette nuit dans sa chambre, ou de la recevoir dans la mienne ; et je l'ai bien cordialement assurée que je ne ferais ni l'un ni l'autre.

CIDALISE : C'était en effet ce que vous pouviez faire de mieux : aussi, dans le fond, n'était-ce pas dans cette chambre-là que je vous croyais des affaires.

CLITANDRE : Je n'en avais, comme vous voyez, que dans la vôtre. Mais à laquelle des femmes qui sont chez vous, votre imagination m'avait-elle donc destiné ?

CIDALISE : À Julie, au moins.

CLITANDRE : À Julie ! Mais est-ce que je l'ai eue donc ?

CIDALISE : Comment, si vous l'avez eue ! En vérité ! la question est admirable !

CLITANDRE : Elle ne me paraît pas, je le confesse, aussi déplacée qu'à vous. Je trouve Julie fort aimable ; mais vous m'étonnez de me croire avec elle d'aussi intimes liaisons, lorsque je ne lui ai jamais rendu de soins.

CIDALISE : Je crois pourtant savoir ce que je dis. Mais qu'avez-vous, Clitandre, vous frissonnez ? Est-ce que vous vous souviendriez d'Araminte ?

CLITANDRE : Je ne serais pas surpris que son idée produisît sur moi cet effet, car véritablement ce n'est jamais sans horreur que je me la rappelle.

CIDALISE : Vous paraissez mourir de froid !

CLITANDRE : Cela n'est pas bien extraordinaire. La nuit devient fraîche ; je n'ai pour tout vêtement que ma robe de chambre, et je commence à la trouver terriblement légère.

CIDALISE : J'en suis fâchée. Je désirais d'apprendre votre histoire avec Julie ; et ce contretemps me choque à un point que je ne puis dire. De quoi aussi vous avisez-vous de n'avoir qu'une robe de chambre de taffetas ? La belle idée ! Mais il ne se peut pas, du moins je me plais à le penser, que dessous vous soyez tout nu.

CLITANDRE : Le plus exactement nu du monde. Eh pourquoi pas ? Nous ne sommes encore qu'au commencement de l'automne ?

CIDALISE, *fort sèchement* : Vous pouvez être dans votre appartement comme il vous plaît ; mais vous me permettrez de vous représenter que pour passer dans le mien, vous vous êtes mis dans un assez singulier équipage.

CLITANDRE, *embarrassé* : Vous me faites faire une réflexion qui me peine ; et je ne saurais vous exprimer à quel point je suis honteux de vous faire penser un instant que j'ai pu avoir l'intention de vous manquer.

CIDALISE, *avec dignité* : Je crois ne mettre dans ceci ni humeur, ni ce qu'aujourd'hui l'on appelle bégueulerie, et qui pourrait

bien être ce que l'on appelait pudeur autrefois ; mais je vous avoue que je ne comprends pas comment vous avez imaginé de paraître devant moi dans l'état où vous êtes.

CLITANDRE, *en lui baisant respectueusement la main* : Ah ! madame, vous me percez le cœur. Je n'étais qu'à demi, s'il faut vous le dire, dans le dessein de passer chez vous. Je le voulais, je ne le voulais pas. Je craignais de prendre mal mon temps ; et, si vous me permettez d'être vrai jusqu'au bout, l'idée du rendez-vous que je vous supposais me tourmentait au-delà de toute expression ; je n'ai jamais pu résister au désir de savoir si en effet vous en aviez donné un. Absorbé dans ma rêverie, je me suis machinalement laissé déshabiller ; je l'étais enfin quand je me suis déterminé à entrer chez vous. La confusion de mes idées, notre conversation qui a commencé sur-le-champ, une forte préoccupation ne m'ont pas permis de songer à l'état ou j'étais, où j'ai le malheur d'être encore, et dont je vous demande autant de pardons que si j'eusse effectivement eu le dessein de vous offenser.

CIDALISE, *avec plus de douceur* : Je suis bien aise d'avoir moins à me plaindre de vous que je ne pensais ; mais vous conviendrez, je crois, que toute autre, à ma place, aurait trouvé votre procédé d'une légèreté inexprimable.

CLITANDRE : Je n'aurais pas été surpris non plus que toute autre que vous m'eût supposé quelque idée qui pouvait prouver assez peu d'estime ; mais vous, madame, vous qui me connaissez, vous qui savez à quel point je vous respecte (quoique vous ignoriez peut-être encore combien il me serait impossible non seulement de vous manquer, mais encore d'en former le désir), comment se peut-il que vous me mettiez dans la nécessité de m'en justifier ?

CIDALISE : Je me sens en effet si peu faite pour être méprisée, qu'il ne vous sera pas bien difficile de me faire croire que vous ne me méprisez pas. Mais laissons cela, parlons d'autres choses. Eh bien ! Julie ?

CLITANDRE : Julie sûrement ne meurt pas de froid comme moi à l'heure qu'il est, et cela ne m'inquiète guère.

CIDALISE : Il m'est assez égal aussi que vous en mouriez, et dans quelque position que vous vous trouviez, je veux, ne fût-ce que pour vous punir, que vous me disiez ce que je vous demandais lorsque vous m'avez forcée de m'interrompre.

CLITANDRE : Vous désirez donc cette histoire bien vivement ?

CIDALISE : Oui, très vivement, je n'en disconviens pas.

CLITANDRE : Eh bien ! puisque c'eſt absolument que vous le voulez, je sais un moyen qui me mettra en état de vous la conter, si vous l'agréez.

CIDALISE : Et c'eſt ?

CLITANDRE : Mais c'eſt que vous ne voudrez peut-être pas ?

CIDALISE : Voyons toujours.

CLITANDRE : C'eſt... de me laisser coucher avec vous.

CIDALISE : Rien que cela ?

CLITANDRE : Pas davantage.

CIDALISE, *d'un air moqueur* : Vous avez perdu l'esprit, Clitandre, de me prendre pour une Araminte.

CLITANDRE : Je n'ai pas une si lourde méprise à me reprocher ; c'eſt, je vous jure, en tout bien et en tout honneur que je vous propose...

CIDALISE : Après tout ce que je viens de vous dire, ce serait à moi une assez belle inconséquence de vous accorder ce que vous me demandez.

CLITANDRE : Eh ! Cidalise, quand il eſt queſtion de sauver la vie à quelqu'un, qu'eſt-ce qu'une inconséquence !

CIDALISE : Allez, Clitandre, vous êtes fol, mais de ceux qu'on enferme !

CLITANDRE : Mais se peut-il que vous doutiez de mon respect pour vous ?

CIDALISE : Non, je veux croire que vous me respectez beaucoup, et comme c'eſt une idée qui me flatte, je ne vous mettrai assurément pas à portée de me la faire perdre.

CLITANDRE : Songez donc à ce que vous me dites. Nous sommes seuls. Tous vos gens sont loin de vous, hors Justine, qui ne vous serait pas d'un grand secours, puisqu'il n'y a au monde personne de si difficile à réveiller. Vous êtes dans un état qui vous livrerait presque sans défense à mes emportements, si j'oubliais assez ce que je vous dois pour oser tenter rien qui vous déplût ; et pourtant vous voyez, que, même vous trouvant plus aimable que quelque femme que ce soit, je ne vous ai seulement pas fait la plus légère proposition. Je ne vois pas bien pourquoi je serais moins sage dans votre lit que je ne l'ai été dessus. Accordez-moi, de grâce, ce que je vous demande, rien ne tire moins à conséquence.

CIDALISE, *en colère* : Oh ! Clitandre, vous m'excédez ! Je n'y consentirai jamais !

CLITANDRE : Eh bien ! madame, il faut donc vous épargner la douleur d'y consentir ?

Ici il ôte sa robe de chambre, la jette dans la ruelle, se précipite dans le lit de Cidalise, et la prend dans ses bras.

CIDALISE, *avec effroi* : Clitandre ! Monsieur ! si vous ne quittez point mon lit ! si vous ne me laissez pas ! si vous ne vous en allez point, je ne vous reverrai de mes jours !

CLITANDRE, *vivement* : Mais, madame, y pensez-vous ! songez-vous que l'on peut entendre vos cris ! Que voudriez-vous, si quelqu'un venait ici, que l'on imaginât de la situation dans laquelle on nous trouverait tous deux ?

CIDALISE, *avec emportement* : Tout ce qu'on voudrait. Il n'y a rien que je ne m'expose à faire penser, plutôt que de me voir réellement victime de votre témérité.

CLITANDRE : Eh, madame ! Lucrèce[12] même ne pensa pas comme vous.

CIDALISE, *avec fureur* : Je crois encore que vous plaisantez !

CLITANDRE : Cela serait assez déplacé dans la colère où j'ai le malheur de vous mettre, et, je vous le proteste, beaucoup plus innocemment que vous ne pensez.

CIDALISE, *toujours du même ton* : Allez, monsieur, il est infâme à vous d'abuser, comme vous faites, de mon estime et de mon amitié. Laissez-moi, je vous abhorre ! Laissez-moi, vous dis-je !

CLITANDRE : Si je vous retenais, c'était beaucoup moins pour vous faire violence que pour vous empêcher de prendre un mauvais parti. Vous voilà libre ! eh bien ! que vous fais-je ! Je suis pourtant avec vous dans le même lit ; à ma sagesse, devriez-vous le croire ?

CIDALISE : Taisez-vous, je vous déteste ! Que voulez-vous que pensent demain mes gens, quand ils verront mon lit ?

CLITANDRE : Rien du tout, madame, car je le referai avant que de m'en aller.

CIDALISE : Ah ! sans doute, ce sera je crois un bel ouvrage !

CLITANDRE : Vous verrez ! Oh çà ! ne m'abhorrez donc plus tant ; rapprochez-vous un peu de moi, et que la tranquillité où vous me voyez auprès de vous, vous rassure.

CIDALISE : Vous pouvez compter que si vous osez tenter la moindre chose, vous serez à jamais l'objet de ma plus cruelle aversion.

CLITANDRE : Soit ! Puissiez-vous en effet me haïr autant que je désire que vous m'aimiez, si vous avez à vous plaindre de moi.

CIDALISE : Je ne pardonne pas même une proposition, quelque modérée qu'elle puisse être.

CLITANDRE : Cela eſt dur, par exemple ! N'importe, je le veux bien, point de proposition ; aussi bien ne serait-ce pour moi qu'une honte de plus.

CIDALISE : Je voudrais bien que vous le crussiez.

CLITANDRE : Je ne sais pas comment les autres pensent sur ces sortes de choses ; mais pour moi, je n'ai jamais trouvé plaisant d'être refusé. N'en étions-nous pas à Araminte ?

CIDALISE : Non, nous l'avions passée. Mais eſt-ce que réellement vous comptez reſter dans mon lit ?

CLITANDRE : Eh, madame ! il me semblait que cela était arrangé, et que nous avions fait nos conditions !

CIDALISE, *riant* : Quoique je sois assurément très fâchée contre vous, il m'eſt impossible de ne pas rire de la singularité de ce qui m'arrive.

CLITANDRE : Dans le fond, je crois qu'il eſt plus sage à vous de vous en faire un objet de plaisanterie qu'un sujet de colère.

CIDALISE : De quoi vous avisez-vous aussi de vous opiniâtrer à entrer dans un lit où l'on ne vous désire pas du tout, lorsqu'il y en a tant ici où je suis sûre que vous auriez été reçu à bras ouverts.

CLITANDRE : Je ne puis pas douter, par exemple, qu'Araminte ne m'eût bien voulu faire cette grâce ; mais je crois qu'elle eſt la seule chez vous de qui je pusse l'attendre.

CIDALISE : Et la seule peut-être de qui vous ne la voulussiez point recevoir. Si Julie, par exemple…

CLITANDRE : Julie actuellement ne me tente pas plus qu'Araminte, ou pour mieux dire, je ne désire pas plus l'une que l'autre ; mais il eſt vrai pourtant que si bien absolument Julie le voulait, je ne lui tiendrais pas rigueur comme à l'espèce de monſtre dont vous me parlez. Eſt-ce que cela ne vous paraît pas tout simple ?

CIDALISE : C'eſt-à-dire que vous avez plus trouvé dans Julie de cette espèce de sensibilité qui vous amuse tant, que l'autre ne vous en a montrée.

CLITANDRE : À mérite égal sur cet important article, n'eſt-il pas vrai que Julie devrait avoir la préférence ?

CIDALISE : Cela n'eſt pas douteux. Mais en supposant que, pour parler comme vous, le mérite ne fût pas égal, je crois que l'on aurait beau jeu à parier contre la plus aimable des deux.

CLITANDRE : Vous êtes donc bien convaincue que cette vertu, quand nous la rencontrons chez une femme, nous tient absolument lieu de tout ?

CIDALISE : Non, mais je suis persuadée qu'elle vous leur fait pardonner beaucoup de choses.

CLITANDRE : Il eſt réel qu'elles nous en plaisent davantage, en général s'entend ; car tous les hommes ne sont pas là-dessus du même avis.

CIDALISE : Autant que j'ai pu le remarquer, vous n'êtes pas moins injuſtes à notre égard sur cet article, que vous ne l'êtes sur beaucoup d'autres. Une femme eſt-elle comme Araminte ? Elle vous ennuie. Joue-t-elle ce qui lui manque ? Elle vous choque. En a-t-elle ? Quelque plaisir qu'il en résulte pour vous, vous la craignez. Comment faut-il donc qu'elles soient à cet égard pour vous plaire, ou pour ne pas vous causer d'inquiétude ?

CLITANDRE : Comme vous, madame ; qu'elles aient cette sensibilité modérée, que l'amant lui-même eſt obligé de chercher, qui n'eſt émue que par sa présence, déterminée que par ses caresses, et que tout autre que lui voudrait vainement éveiller.

CIDALISE : Oserais-je bien vous demander qui vous a donné sur moi de si belles connaissances ?

CLITANDRE : Éraſte, sans doute, puisque je ne vis pas avec Damis.

CIDALISE : L'indigne ! Quoi ! il eſt donc vrai que les hommes se confient ces choses-là ?

CLITANDRE : Oui, quand, ce qui leur arrive souvent, ils n'en ont pas d'autres à se dire.

CIDALISE : Quelle horreur !

CLITANDRE : Je n'aurai pas de peine à convenir que cela n'eſt pas bien ; mais ils n'attaquent presque tous une femme que par vanité ; et la vanité serait-elle satisfaite d'un triomphe qu'on ignorerait ?

CIDALISE : Que nous sommes à plaindre de ne le pas savoir !

CLITANDRE : Je ne lui aurais sûrement pas fait les mêmes confidences, moi.

CIDALISE : Eh ! qui le sait !

CLITANDRE, *vivement* : Quoi ! Cidalise, vous en doutez ? C'eſt quelqu'un que vous honorez de votre eſtime que vous pouvez croire capable d'une pareille indignité ! Quelle réparation ne m'en devriez-vous pas ? Vous ne répondez rien !

CIDALISE : C'eſt que je crois vous avoir assez peu offensé.

J'aime mieux, au reste, avoir à vous demander pardon d'avoir trop mal pensé de vous, que de me mettre dans le cas d'être forcée de me reprocher d'en avoir pensé trop bien.

CLITANDRE : C'est-à-dire que vous ne doutez pas que vous ne fussiez victime de la confiance que vous pourriez prendre en moi ?

CIDALISE : Je crois qu'il vous est assez égal qu'à cet égard je pense de vous mal ou bien ; et moi-même, pour vous dire la vérité, je n'ai pas encore arrangé tout à fait mes idées sur votre compte.

CLITANDRE, *d'un air piqué* : Oh ! pour cela, vous n'aviez pas besoin de me le dire ; il y a longtemps que je ne doute pas que je ne vous sois l'homme du monde le plus indifférent.

CIDALISE : J'aimerais assez que vous m'en fissiez une querelle ; il y aurait à cela bien de la vanité.

CLITANDRE : Je croyais bien que vous y en trouveriez plus que de sentiment ; mais, avec votre permission, cela ne dit pas que vous rencontrassiez juste.

CIDALISE : Ah ! ah ! cela est assez nouveau ! Est-ce que voudriez me faire croire que vous êtes amoureux de moi ?

CLITANDRE, *en s'approchant d'elle, d'un air tendre et soumis* : Mais, de bonne foi, vous-même ne le croyez-vous pas ?

CIDALISE : Non, en honneur !

CLITANDRE, *en s'approchant d'elle un peu plus* : En honneur ! vous me confondez. Je ne me flattais pas de vous trouver reconnaissante ; mais je vous avoue que je vous croyais plus instruite.

CIDALISE, *fort sérieusement* : D'un peu plus loin, je vous prie.

CLITANDRE : Quel sang-froid ! et qu'il est insultant !

CIDALISE, *sèchement* : Je ne sais s'il vous choque ; mais il me semble qu'il ne devrait pas vous surprendre. À ce que je vois, vous avez formé de grands projets, et conçu de terribles espérances !

CLITANDRE : Je ne croyais pas me conduire de façon à mériter de pareils reproches.

CIDALISE : Mon Dieu ! je sais que vous n'en méritez aucun, et je crois aussi ne vous en pas faire ; mais je voudrais bien toujours que vous vous en allassiez.

CLITANDRE : Je vous obéirais sans balancer, puisque j'ai le malheur de vous déplaire où je suis, si je ne trouvais pas de danger pour vous à vous quitter actuellement. Araminte sûrement m'ira chercher ; j'ignore quel temps elle prendra pour me faire sa visite. J'ai à craindre, en ouvrant votre porte, de la trouver à la mienne ; et cette aventure serait d'autant plus affreuse, que, comme vous savez, mon appartement est en face du vôtre.

CIDALISE : Ah ! pourquoi vous a-t-on logé là ?

CLITANDRE : Je n'en sais rien ; mais on ne m'aurait pas sans doute donné cet appartement, si vous ne me l'aviez pas destiné.

CIDALISE : À quelle heure comptez-vous donc me quitter ?

CLITANDRE : Que sais-je, moi ? Demain matin. On ne se lève pas ici de bonne heure ; je m'en irai avant que l'on entre chez vous ; et personne ne pourra se douter que j'ai passé la nuit dans vos bras.

CIDALISE : Dans mes bras !...

CLITANDRE : Hélas ! je me trompe : c'est vous qui êtes dans les miens, et qui ne m'en rendez que plus à plaindre.

CIDALISE : Ah ! ne me rappelez point ce qui se passe entre nous ; j'en suis d'une honte !... Mais, car il faut tout prévoir, si nous nous endormons ? Il est vrai que c'est Justine qui entre toujours la première... Je serais cependant bien fâchée qu'elle vous trouvât ici. Il serait impossible qu'elle imaginât qu'ayant fait une chose aussi singulière que celle de vous laisser coucher avec moi, je n'eusse rien de plus à me reprocher.

CLITANDRE : Véritablement elle ne le devrait pas, et par votre jolie conduite, vous n'aurez pas dormi, vous vous serez ennuyée ; et Justine, par-dessus le marché, me croira l'homme du monde le plus heureux ; et ne gardera peut-être pas ses conjectures pour elle toute seule.

CIDALISE : Non, toutes réflexions faites, je ne puis me prêter à cela. Il est au moins douteux qu'Araminte aille chez vous. D'ailleurs, la nuit s'avance ; si son intention est de vous aller trouver, il y a apparence qu'elle l'a déjà fait ; et vous ne me persuaderez pas qu'elle attende dans le corridor que vous ayez la bonté de lui faire ouvrir. Non, encore une fois, monsieur, il faut que vous vous en alliez ; je le veux, et le veux absolument.

CLITANDRE : Soit, madame, puisque vous en voulez bien courir les risques.

CIDALISE : Ah ! les risques que vous voulez me faire envisager ne sont rien, existassent-ils, au prix de ceux qu'en effet vous me feriez courir, si vous restiez ici.

CLITANDRE : Ah ! que craignez-vous de moi ? Ce n'est pas avec les sentiments que vous m'inspirez, que l'on ose le plus.

CIDALISE, *d'un air moqueur* : Vos sentiments !...

CLITANDRE : C'eſt-à-dire que vous ne croyez pas que je vous aime ?

CIDALISE, *avec humeur* : Non assurément, je ne le crois pas ; mais demain je pourrai peut-être vous dire mieux que ce soir ce que je pense de votre cœur. Vous me ferez, je vous le répète, le plus grand plaisir du monde de sortir de mon lit ; et je voudrais bien n'être plus forcée de vous le redire.

CLITANDRE, *vivement* : Pardonnez si je vous oblige à me le dire encore plus d'une fois ; le bonheur de me trouver avec vous comme j'y suis en cet inſtant eſt si doux pour moi, malgré les bornes que vous y avez mises !... Ah ! madame, quelle idée ! Eſt-il concevable que je sois couché avec la plus aimable femme du monde, et celle de toutes dont les faveurs me flatteraient le plus ! que je la tienne dans mes bras ! que je l'y serre ! qu'il n'y ait entre elle et moi que les obſtacles les plus légers, et qu'elle ne me permette pas de les franchir !

CIDALISE : C'eſt, en effet, à moi une grande cruauté !

CLITANDRE : Eh quoi ! payerez-vous toujours mes soins de cette affreuse indifférence !

CIDALISE : Je n'ai jamais dû croire que vous m'en rendissiez de bien sérieux. Je sais, à la vérité, que quelquefois je vous inspire des désirs ; mais, Clitandre, des désirs ne sont pas de l'amour ; et quoique vous les exprimiez à peu de chose près comme la passion même, j'ai trop d'usage du monde pour m'y méprendre. Non, vous dis-je, vous ne m'aimez pas ; et mille femmes feraient sur vous la même impression que moi.

CLITANDRE : Que vous vous plaisez à le croire ! Cruelle !...

CIDALISE : Clitandre, nous sommes amis depuis trop longtemps pour que j'use avec vous de tous les petits détours que nous croyons ordinairement devoir à la décence de notre sexe, et que, dans le fond, nous ne mettons en œuvre que pour satisfaire notre coquetterie ; de votre côté, faites-moi grâce de ce jargon frivole, et de cette fausseté avec lesquels vous faites tous les jours tant de dupes. Il serait infâme à vous de me parler amour, sans en ressentir ; et je crois pouvoir vous dire que, notre amitié même à part, vous me devez d'autres procédés. Ou vous ne m'aimez pas aujourd'hui, ou (ce que j'ai de fortes raisons pour ne pas croire) vous m'aimez depuis bien longtemps.

CLITANDRE : Oui, madame, je vous aime depuis l'inſtant que mon bonheur vous a offerte à mes yeux.

CIDALISE : Vous conviendrez donc, en ce cas, que vous

vous êtes plu à vous chercher des distractions. Car enfin, sans compter toutes les femmes de l'espèce d'Araminte avec lesquelles vous vous êtes amusé, vous avez eu, depuis que nous nous connaissons, Aspasie et Célimène. Vous les avez toutes deux très tendrement aimées. La mort de la première a pu seule rompre les nœuds qui vous attachaient à elle ; et si l'autre ne vous avait pas fait la plus noire des perfidies, vous y tiendriez encore. Il est, permettez-moi de vous le dire, bien singulier que m'aimant autant que vous me le dites, vous ayez pu vous attacher si fortement à d'autres, et que vous ne m'ayez même jamais parlé de vos sentiments.

CLITANDRE : Eh ! comment vouliez-vous que je fisse ? Lorsque nous nous connûmes, vous aimiez éperdument Damis ; il vous quitta, j'étais en Italie. Quand j'en revins, Éraste s'était attaché à vous. Si vous ne l'aviez pas encore, il vous plaisait déjà. Quel temps donc pouvais-je prendre pour vous parler de ma tendresse ?

CIDALISE : Vous faisiez bien de vous taire, puisque vous me croyiez prise ; mais vous auriez peut-être mieux fait de ne le pas croire si légèrement. Il est encore naturel que je pense que si vous m'aviez aimée, vous auriez tâché de faire diversion ; c'était du moins ce qu'un autre aurait fait ; mais chacun a ses maximes.

CLITANDRE : J'ai là-dessus celles de tout le monde ; et vous m'auriez trouvé pour le moins aussi empressé qu'Éraste, si vous eussiez répondu avec moins de froideur à la lettre que je vous avais écrite de Turin sur l'inconstance de Damis, et que vous eussiez paru faire un peu d'attention à l'offre que je vous y faisais de mon cœur.

CIDALISE : En effet, il est très singulier que dans le temps que je mourais de douleur des infâmes procédés d'un homme à qui j'étais attachée depuis mon entrée dans le monde, je n'aie pas répondu favorablement à des propositions assez tendres, il est vrai, mais que je devais beaucoup plus attribuer à la politesse qu'à l'amour.

CLITANDRE : Vous les auriez attribuées à leur véritable cause, si elles eussent eu de quoi vous plaire. Non, madame, mon amour vous aurait importunée, et sans doute il vous importunerait encore.

CIDALISE : Cela se pourrait ; ma tranquillité me plaît. Les deux épreuves que j'ai faites n'ont pas dû me disposer à un nouvel engagement ; et d'ailleurs, je pense de façon à ne pas vouloir passer perpétuellement des bras d'un homme dans ceux d'un autre. Fort jeune encore, j'ai eu le malheur d'avoir deux affaires ; je m'en méprise. Le public a été indigné de l'inconstance de Damis, que je ne méritais assurément pas ; mais il m'a blâmée d'avoir pris Eraste ; et avec un cœur tendre et vrai, n'ayant été que faible, peut-être on me croit galante, ou du moins née avec de grandes dispositions à le devenir. Je dois, et je veux me laisser oublier.

CLITANDRE : Eh ! madame, quand vous avez pris Éraste, est-ce d'avoir une nouvelle passion que le public vous a blâmée, et pensez-vous que le choix de l'objet n'y soit entré pour rien ? C'est une tyrannie de sa part, peut-être ; mais enfin, il veut que ce qui nous paraît aimable lui plaise, et ne nous pardonne pas d'attacher un certain prix à ce qu'il ne juge point à propos d'estimer, et vous ne pouvez pas ignorer qu'Éraste ne s'est pas acquis son estime. J'oserai même vous dire que si vous m'aviez choisi, l'on n'en aurait point parlé de même. Éraste peut l'emporter sur moi par les agréments ; mais j'ose dire que l'on fait de ma façon de penser un autre cas que de la sienne ; et je n'en veux pour preuve que ce qui arrive à Célimène, plus perdue peut-être pour m'avoir quitté, qu'Araminte ne l'est pour le donner à tout le monde. Les dispositions où vous êtes ne dureront pas toujours. Vous êtes née tendre, et si les malheurs que vous avez éprouvés vous ont fait craindre l'amour, ils n'ont point détruit en vous le besoin d'aimer. Je crois vous devoir l'égard de ne vous pas importuner de mes sentiments ; mais si jamais vous voulez vous rengager, n'oubliez pas, je vous en conjure, que je vous ai demandé la préférence.

CIDALISE : Nous verrons alors. Tout ce qu'à présent je puis, et crois même devoir vous dire, c'est que vous êtes de tous les hommes du monde celui que j'estime le plus ; et que je veux bien même ne pas douter que je n'eusse été aussi heureuse avec vous que je l'ai été peu avec les deux indignes mortels à qui je me suis donnée.

CLITANDRE, *en lui baisant tendrement la main* : Ah ! madame, vous comblez mes vœux ! Je puis donc enfin vous parler de mon amour !

CIDALISE : On ne peut pas moins, à ce qu'il me semble ; vous venez de vous engager tout à l'heure à ne m'en parler jamais ; et c'est une parole que je vous avertis que je ne vous rends pas.

CLITANDRE : Ah ! pouvez-vous penser que je vous l'aie donnée sérieusement, et que je puisse garder le silence sur une passion renfermée si longtemps, lorsque je puis me flatter qu'en le rompant, je ne vous déplairai pas ?

CIDALISE : Je ne crois pas que ce soit cela que je vous ai dit ; mais laissons, de grâce, cette discussion. Vous ne mourez plus de froid à présent, et vous m'obligeriez de vous souvenir que vous me devez l'histoire de Julie.

CLITANDRE : En vérité ! madame, il est affreux pour moi que vous vous souveniez encore qu'elle est au monde. D'ailleurs, je n'ai rien à dire de Julie, moi.

CIDALISE : Ah ! des réserves ! J'en suis bien aise ! vous m'en verrez à votre tour.

CLITANDRE : Encore une fois, madame, je n'ai rien à vous dire de Julie. Si vous saviez de plus à quel point je raconte mal dans un lit, vous ne voudriez sûrement pas m'y transformer en historien.

CIDALISE : Toutes ces excuses sont inutiles. Ou nous parlerons de Julie, ou nous ne parlerons plus de rien. Combien y a-t-il que vous l'avez eue ?

CLITANDRE : Vous êtes, permettez-moi de vous le dire, singulièrement opiniâtre ! Mais en supposant que j'eusse eu Julie, et qu'il y eût dans notre affaire, quelque chose de fort plaisant, et qui la distinguât de toutes les autres de ce genre, ce serait actuellement l'histoire la plus déplacée qu'il y eût au monde.

CIDALISE : Pour vous, peut-être !

CLITANDRE : Et si déplacée, que si l'on écrivait notre aventure de cette nuit, et que dans la position où nous sommes ensemble, on vît arriver cette histoire-là, il n'y aurait personne qui ne la passât sans hésiter, quelque plaisir que l'on pût s'en promettre.

CIDALISE : Ce serait selon le goût et les idées du lecteur.

CLITANDRE : Il n'y en a point, je crois, qui aimât que pour un long narré, l'on vînt lui couper le fil d'une situation qui pourrait l'intéresser.

CIDALISE : Je ne vois pas pour moi ce qu'il y a de si intéressant dans celle où nous nous trouvons. J'avoue qu'elle peut être extraordinaire, et qu'il n'est pas bien commun qu'un homme vienne se mettre d'autorité dans le lit d'une femme qui n'est faite, d'aucune façon, pour qu'on prenne avec elle une pareille liberté ; on ne trouverait pas cela vraisemblable, et l'on ferait bien. Il devrait le paraître moins encore qu'elle l'eût souffert ; mais pour de l'intérêt, et une situation, je ne vois pas…

CLITANDRE : Eh bien ! madame, quand tout ce que vous dites serait vrai, je n'en voudrais pas plus avoir devant moi-même le ridicule de vous faire des histoires, lorsque je ne dois vous parler que de ma tendresse, et tâcher de vous déterminer à y être sensible.

CIDALISE : C'est donc fort sérieusement que vous en avez formé le projet ?

CLITANDRE : Oui, madame, et ce n'est en vérité pas de cette nuit.

CIDALISE : Je croyais avoir quelques raisons de penser le contraire, et si la nuit était moins avancée, je pourrais vous les dire ; mais je sens le sommeil qui m'accable, et je voudrais bien que vous me laissassiez tranquille.

CLITANDRE : Voyez, je vous prie, combien vous êtes inconséquente !

CIDALISE : C'est encore une discussion dans laquelle je ne me soucie pas d'entrer. Inconséquente, injuste même, pis encore si vous le voulez, je conviendrai de tout, pourvu qu'il vous plaise de quitter mon lit.

CLITANDRE : Si vous saviez combien j'aurais d'envie de n'en rien faire !

CIDALISE : À la rigueur, cela se pourrait, mais je ne crois pas que dans cette occasion ce soit ni vos désirs, ni vos répugnances que je doive consulter.

CLITANDRE : Oh çà ! parlons sérieusement. Que voulez-vous me donner pour que je ne dise pas que j'ai couché avec vous ?

CIDALISE : Voilà une très mauvaise bouffonnerie, monsieur ; ne badinons pas, je vous prie, sur cet article. Quand je songe à ma sotte complaisance !...

CLITANDRE : Et moi à mon imbécillité !... Ah ! ce qui m'en console, c'est que, comme effectivement elle est incroyable, personne ne la croira ; et dans une sottise aussi grande que celle que je fais, c'est toujours beaucoup que de pouvoir mettre son honneur à couvert.

CIDALISE : Je vous entends ! C'est-à-dire que vous ne vous tairez pas sur cette aventure, et que vous ne manquerez pas de vous vanter de l'avoir poussée aussi loin qu'il est possible, et de ne m'avoir ménagée en aucune façon.

CLITANDRE : Je ne croyais pas, par exemple, que ce que je viens de dire, pût s'interpréter comme vous faites. Mais, à propos de cela pourtant, s'il vous plaisait de m'accorder quelques faveurs ?

CIDALISE : Quelques faveurs ! Ah ! je n'en accorde pas, ou je les accorde toutes.

CLITANDRE : Toutes ! eh bien, soit.

Ici il perd assez indécemment le respect. Elle se défend avec fureur, et lui échappe.

CIDALISE, *avec une colère froide* : Je vois, monsieur, que quoique vous viviez avec moi depuis longtemps, vous ne m'en connaissez pas davantage. Je n'emploierai point contre vous des cris qui ne feraient que rendre ma sottise publique ; mais comme je ne suis ni prude, ni galante, que les coups de tempérament, et les éclats de vertu ne sont pas à mon usage, je ne ferai pas de bruit ; mais vous ne m'aurez point, et s'il est vrai que vous pensiez à moi, vous aurez le chagrin de me voir rompre avec vous pour jamais. C'est à vous à voir actuellement le parti que vous avez à prendre.

CLITANDRE : Ah ! madame, que je suis loin encore du bonheur que vous aviez semblé me promettre, et que, si vous pensiez sur mon compte comme vous me l'avez dit, vous vous offenseriez peu de tout ce que mon amour pourrait tenter ! Eh ! ne vous ai-je pas donné de mon respect les preuves les plus fortes que vous pussiez jamais en exiger ! Je vous adore ! Quand ma passion pour vous serait moins vive, vous êtes belle, je suis jeune ! La situation où je me trouve avec vous est peut-être la plus pénible situation dans laquelle on puisse jamais se trouver. Je meurs de désirs et vous n'en doutez pas ! Cependant n'ai-je pas été aussi sage que vous m'avez prescrit de l'être ? Mes mains se sont-elles égarées ? Ai-je abusé des vôtres ? Et maître de disposer, du moins à bien des égards, de la plus aimable femme du monde, ne m'avez-vous pas trouvé aussi retenu qu'aujourd'hui je le serais avec cette exécrable Araminte qui m'inspire de si violents dégoûts ? Je veux ne point mériter de récompense, et que vous ne croyiez pas me devoir des faveurs par cette seule raison que je n'ai pas tenté de vous en arracher ; mais qu'au moins l'effort que je me suis fait, trop cruel pour n'être pas l'ouvrage de la passion la plus vive qui fût jamais, vous prouve la vérité de mes sentiments !

CIDALISE : J'admire les hommes, et je considère avec effroi tout ce que le moment[13] peut sur eux ! Vous n'étiez pas venu ici dans l'intention de me marquer tant de tendresse ; et quoiqu'il se puisse que vous ayez toujours eu pour moi une sorte de goût, et que même je doive croire que depuis que vous me voyez libre, il s'est accru, j'ai plus d'une raison de penser que je ne vous inspire pas d'amour. Mais vous êtes désœuvré, seul avec moi la nuit ; et par une imprudence que je ne me pardonnerai jamais, qui n'est presque pas croyable, et dont moi-même je doute encore, j'ai souffert que vous vous missiez dans mon lit. Quand je serais moins bien à vos yeux, je vous inspirerais des désirs, et surtout celui de triompher de moi dans ce moment même, pour avoir une aventure singulière à raconter. Convenez que si je vous prête quelques motifs, je dois du moins beaucoup au moment de cette violente passion que vous voudriez que je vous crusse.

CLITANDRE : Ce n'est pas d'aujourd'hui, madame, que je sais que l'on est aussi ingénieux à trouver des raisons contre ce qui déplaît qu'habile à s'affaiblir celles qui s'opposent à un goût qui nous est cher. Vous n'ignorez pas, quand vous voulez paraître penser de moi si désavantageusement, que je n'ai jamais eu le ridicule d'être homme à bonnes fortunes, ni d'attaquer, pour la seule gloire de les vaincre, des femmes pour qui je ne sentais rien. Vous m'avez autrefois rendu volontairement cette justice ; mais les temps sont changés ; et ce serait en vain qu'aujourd'hui je l'attendrais de vous. Il faudrait pour l'obtenir que je vous aimasse aussi peu que vous le désireriez.

En cet endroit il lui baise la main avec tendresse et respect, et continue jusqu'à ce qu'elle lui réponde. De son côté, elle l'écoute avec une extrême attention, et un air fort embarrassé.

Eh ! madame, pourquoi me chercher des crimes ? pourquoi avoir la cruauté d'ajouter au mépris dont vous payez ma tendresse ? Vous ne m'aimez point ! Est-il possible que vous ne croyiez pas me rendre assez malheureux ! Vous me reprochez mon silence ! Quoi ! c'est parce que je n'ai jamais osé vous dire que je vous aime que vous doutez de mes sentiments. Hélas ! et dans quel temps ai-je pu me flatter que cet aveu ne vous déplairait point ! Ai-je jamais pu, sans vous offenser, vous dire que je vous adorais ? Ignorais-je vos engagements, et devais-je imaginer que vous me pardonneriez de vous croire légère ou perfide ? Je vous vois libre enfin ; et assez heureux pour l'être moi-même, je pouvais, il est vrai, vous parler de ma tendresse, mais trop vivement épris pour ne pas toujours craindre, mes yeux seuls ont osé vous en instruire. J'ai cru qu'avant que de vous la découvrir, je devais travailler à y disposer votre cœur. Vous m'avez vu constam-

ment attaché sur vos pas, vous préférer à tout, ne chercher que les lieux où je me flattais de vous rencontrer, et ne connaître de plaisir que celui de passer ma vie auprès de vous. Eh bien ! madame, continuez donc de me haïr : vous me verrez toujours constant et soumis, préférer toutes les rigueurs dont vous m'accablerez aux faveurs que je pourrais attendre d'une autre. Mon amour vous déplaît, je consens à ne vous en jamais parler, pourvu que vous me permettiez de vous le témoigner sans cesse.

CIDALISE, *avec émotion* : Ah ! traître, serais-je en effet assez malheureuse pour désirer que vous me disiez vrai !

Ici Clitandre la serre dans ses bras, et elle ne se défend que mollement.

CLITANDRE : Cidalise ! charmante Cidalise ! que si vous le vouliez, vous me rendriez heureux !

CIDALISE : Eh ! croiriez-vous longtemps l'être ! Vous donner mon cœur, et tout ce que je sais qu'enfin je vous donnerais avec lui, ne serait-ce pas me remettre volontairement dans l'horrible situation dont je ne fais que de sortir ? Glacée encore par le souvenir de mes peines, je vous avoue que je ne regarde l'amour qu'avec horreur, et que je voudrais vous haïr de ce que vous cherchez à me plaire, et de ce que peut-être ce n'est pas inutilement que vous le cherchez.

CLITANDRE, *en se rapprochant d'elle* : Daignez, de grâce, ne vous pas faire de si tristes idées ; que ce que j'ai été jusqu'ici vous rassure sur l'avenir ; tournez les yeux vers moi, et que, s'il se peut, ils ne s'y arrêtent plus avec peine ! *(Elle soupire.)* Ces craintes cruelles ne se dissiperont-elles point, et paraîtrez-vous toujours désespérée de vous voir dans mes bras ?

Elle soupire encore, le regarde tendrement, s'approche de lui, et ne le trouve pas à beaucoup près aussi respectueux qu'il lui promettait de l'être.

CIDALISE, *en se défendant* : Ah !... Clitandre !... que faites-vous ?... Si vous m'aimez !... Clitandre !... laissez-moi !... je vous l'ordonne.

Il obéit enfin ; elle pleure, et s'éloigne de lui avec indignation.

CLITANDRE, *d'un ton piqué* : Je m'aperçois trop tard, madame, qu'emporté par mon ardeur, me flattant à tort que vous ne la désapprouviez pas, je me suis exposé à vous déplaire. La douleur que vous cause mon audace m'apprend que je suis le dernier des hommes à qui vous voudriez accorder les faveurs que je viens de vous ravir ; et je ne comprends pas en effet comment j'ai pu m'aveugler sur cela si longtemps.

Elle ne lui répond rien ; il se tait aussi, en soupirant ; enfin voyant qu'il ne lui parle plus :

CIDALISE, *sans le regarder, et d'un ton fort sec* : Je crois, monsieur, qu'il serait temps que vous me laissassiez tranquille.

CLITANDRE : Oui, madame, je le pense comme vous ; je ferai même plus que vous ne semblez exiger, et je vais vous quitter pour jamais.

CIDALISE : Allez, monsieur, puissiez-vous oublier mon imprudence, et ne m'en faire un crime ni devant vous, ni devant personne.

CLITANDRE : Eh ! madame, je puis n'être pas digne de votre tendresse ; mais je le serai toujours de votre estime, et vos procédés, tout durs qu'ils sont, n'altéreront jamais dans mon cœur le profond respect que j'ai pour vous.

CIDALISE, *ironiquement* : J'aime à vous l'entendre vanter après la façon dont vous m'avez traitée !

CLITANDRE : Je ne chercherai point à excuser une chose qui vous a déplu, quoiqu'il ne me fût peut-être pas bien difficile de la justifier ; mais vous me voulez coupable ; et je croirais l'être en effet, si j'entreprenais de vous faire remarquer votre injustice. C'est au temps que je laisse à vous la faire sentir ; et plaise au ciel qu'il ne m'en venge pas ! Adieu, madame, je vais…

Il paraît chercher quelque chose.

CIDALISE, *toujours sans le regarder* : Que cherchez-vous donc, monsieur ?

CLITANDRE : Madame, c'est ma robe de chambre. Dans la situation où nous sommes ensemble, je ne crois pas qu'il fût bien décent que je parusse déshabillé à vos yeux.

CIDALISE, *toujours froidement* : Vous vous avisez tard d'observer les bienséances avec moi ; attendez, monsieur, vous l'avez jetée de mon côté, et je vais vous la donner.

CLITANDRE, *se rapprochant d'elle avec transport* : Cruelle ! est-il bien vrai que vous me perdiez avec si peu de regret, et que ce soit l'homme du monde qui vous aime le plus tendrement que vous accabliez de votre haine !

CIDALISE : Hélas ! monsieur, vous ne savez que trop que je ne vous hais pas.

CLITANDRE : Eh bien ! s'il est possible que je me sois trompé, que ces yeux charmants, où je viens de lire une si vive indignation, daignent me parler un plus doux langage ! *(Elle lui sourit tendrement.)* Oui, Cidalise, j'y retrouve quelques traces de cette bonté dont vous aviez bien voulu me flatter ; mais qu'ils sont loin encore de ce sentiment que les miens vous expriment, et que je ne puis parvenir à faire passer dans votre cœur !

CIDALISE, *après quelques instants de silence* : Vous voulez donc absolument que j'aime ! Eh bien ! cruel ! jouissez de votre victoire, je vous adore.

CLITANDRE : Ah, madame !… ma joie me suffoque, je ne puis parler.

Il tombe en soupirant sur la gorge de Cidalise, et y reste comme anéanti.

CIDALISE : Les voilà donc encore revenus dans mon cœur, ces cruels sentiments qui ont fait jusqu'ici tout le malheur de ma vie ! Ah ! pourquoi avez-vous cherché à me les rendre ! Hélas ! j'ignorais, ou plutôt je cherchais à ignorer, la force et la nature du goût qui m'entraînait vers vous ; et peut-être en aurais-je triomphé, si vous n'eussiez pas cherché à me séduire.

CLITANDRE, *avec ardeur* : C'en est trop ! je ne puis plus tenir à tant de charmes ! Venez, que j'expire, s'il se peut, dans vos bras !

CIDALISE : Un moment, de grâce, Clitandre. Vous me connaissez, et puisque enfin je consens à vous livrer mon cœur, vous ne devez pas douter que vous ne soyez un jour maître de ma personne ; mais laissez-moi m'accoutumer à ma faiblesse, et donnez-moi la consolation de ne pas succomber comme la malheureuse de qui vous venez de me raconter les horreurs.

CLITANDRE : Quoi ! vous pouvez craindre que je vous confonde avec elle ?

CIDALISE : Si j'étais assez heureuse pour que vous fussiez mon premier engagement, et que vous connussiez mieux ma façon de penser, vous ne me verriez ni les mêmes scrupules, ni les mêmes craintes ; mais je ne vous apporte pas un cœur neuf, et de quelque prix que le mien puisse vous paraître aujourd'hui, je tremble que vous ne l'estimiez pas toujours autant que vous paraissez le faire, et que le peu qu'il vous a coûté ne vous le rende un jour bien méprisable.

CLITANDRE : Pourriez-vous me soupçonner de penser mal

de vous, et doutez-vous de mon estime ? Mais oui, car vous m'avez dit que je vous prenais pour une Araminte. Il était assurément flatteur pour moi, ce propos-là.

CIDALISE : Je n'ai peut-être rencontré[14] que trop bien ; et la façon dont je me rends…

CLITANDRE : Eh ! comment vouliez-vous ne vous pas rendre ? Vous m'aimez ; quoique vous ne me l'ayez dit que d'aujourd'hui, ce n'est cependant pas de ce moment-ci que je le sais. Votre confiance en moi ; les sacrifices que vous m'avez faits, sans que je vous les eusse demandés, ni que vous-même, peut-être, crussiez m'en faire ; la sorte d'aigreur que, toute douce que vous êtes, vous preniez contre les femmes que je voyais un peu trop souvent, ou que je louais devant vous ; la crainte que vous aviez que je ne vinsse pas ici, l'empressement avec lequel vous m'y avez toujours cherché, la gaieté que je vous y ai vue, l'humeur qui vous a saisie à l'arrivée de toutes ces femmes ; les regards inquiets et troublés qu'en les voyant vous avez jetés sur moi ; tout enfin ne m'a-t-il pas instruit de votre tendresse ? Pouvez-vous croire qu'avec de pareilles dispositions, accoutumée à moi par l'ancienneté de notre liaison, moins en garde par conséquent contre les libertés que je prenais, sûre d'être aimée, pressée également par votre amour et par le mien, vous eussiez pu résister à mon ardeur ; et devez-vous comparer ce qui se passe entre nous, à ce qui s'est passé entre Araminte et moi ?

Il n'est peut-être pas hors de propos d'avertir ici le lecteur que pendant que Clitandre parle, il accable Cidalise de caresses fort tendres, qu'elle ne lui rend point tout à fait, mais auxquelles elle ne s'oppose pas non plus, à un certain point.

CIDALISE, *répondant plus à ce qu'il dit qu'à ce qu'il fait* : À vous parler franchement, on ne peut pas en avoir moins d'envie ; et la seule chose que je puisse actuellement avoir quelque plaisir à croire, c'est que je ne pouvais faire que ce que j'ai fait. Il faut pourtant que je me trompe, car vous ne sauriez concevoir combien j'ai de peine à me le persuader.

CLITANDRE : Vous ne m'en êtes que plus chère ; mais à *quelque point* que j'approuve votre délicatesse, je serais fâché que vous ne l'employassiez qu'à vous tourmenter.

CIDALISE : Hélas ! puis-je être aussi tranquille que vous voudriez que je le fusse, quand je songe qu'un jour, peut-être, vous trouverez plus de raisons pour blâmer ma conduite, que vous ne venez de m'en dire pour que je puisse me l'excuser.

Il ne lui répond qu'en entreprenant ; elle se tait aussi, mais elle résiste.

CLITANDRE : En vérité ! Cidalise, ce que vous faites est de la dernière déraison. Vous ne m'aimez donc point ? *(Elle le serre tendrement dans ses bras.)* Mais comment voulez-vous que je vous croie lorsque je vous vois écouter plus vos craintes que votre tendresse, et démentir par votre conduite tout ce que votre bouche veut bien me jurer ? Accordez du moins quelque chose à mes désirs.

CIDALISE : Vous ne saurez sûrement pas les contenir, et je n'aurai peut-être pas la force de les arrêter.

Ici il lui demande quelque chose, mais presque rien.

CIDALISE : Grand Dieu !... me tiendrez-vous parole, et respecterez-vous mes craintes ?

CLITANDRE : Oui, puisque enfin je ne puis les bannir de votre esprit.

Ici elle consent à ce qu'il lui a demandé ; et comme elle l'a prévu, et espéré peut-être, il lui manque de parole. Le lecteur croira facilement qu'elle s'en fâche.

CIDALISE, *avec assez de majesté, pour l'instant* : Ah ! monsieur, vous savez nos conventions.

CLITANDRE : Hors celle de nous aimer toujours, je ne crois pas que nous en ayons fait aucune ensemble ; mais quittez, de grâce, cet air et ce ton qui ne sont pas faits pour nous. La cérémonie que vous conservez encore avec moi me fait presque douter que vous m'avez dit que vous m'aimez, et je ne saurais vous exprimer à quel point j'en suis blessé.

CIDALISE, *avec transport* : Ah ! vous ne devriez pas pouvoir un moment douter de ma tendresse ; et je serais trop heureuse, si je vous en voyais toujours aussi satisfait, que vous aurez toujours lieu d'en être persuadé.

CLITANDRE : Vous me baisez pourtant sans plaisir, et pendant que mon cœur vole sur vos lèvres, et s'y pénètre de la plus douce des voluptés, je vous vois vous refuser au même bonheur, ou être incapable de le sentir.

CIDALISE : Pourquoi vous plaisez-vous à faire de mes mouvements une peinture si infidèle !... Convenez donc que vous êtes bien injuste !

Les transports de Cidalise autorisant en quelque façon les témérités de Clitandre, il lui demande des complaisances. Comme, sans être les plus fortes que l'on puisse exiger d'une femme, elles ne laissent pas que d'être singulières, elle les lui refuse : il les demande encore ; nouveaux refus : il en est piqué, et use d'autorité avec une insolence que l'on peut dire sans exemple, ou qui du moins n'est pas bien commune, et doit apprendre aux femmes à ne pas laisser mettre quelqu'un dans leur lit si légèrement.

CIDALISE, *désespérée* : Non !... je ne veux pas... vous m'offensez mortellement ! Eh bien ! monsieur, vous voilà !... voilà, pourtant, comme je peux compter sur vous !

Loin que de si violents reproches le contiennent, et que la résistance de Cidalise, qu'il doit croire très réelle, lui donne d'autres idées, il continue d'employer la violence ; elle lui réussit ; car que fera-t-elle, et quelles sont ses ressources ? Ce n'est pas qu'elle ne lui dise qu'il est un impertinent ; mais quand une fois on a pris sur soi d'en être un, il y aurait assez peu de mérite, et moins encore de sûreté peut-être, à cesser d'offenser. Il continue donc d'abuser de la supériorité de ses forces, tout indigne que cela est ; ensuite il la regarde en souriant, et d'un air aussi content que s'il eût fait les plus belles choses du monde ; et veut même lui baiser la main. On n'aura pas de peine à croire qu'après ce qu'on a à lui reprocher, cette marque de reconnaissance, toute respectueuse qu'elle est, est assez froidement reçue.

CIDALISE, *outrée, et d'un ton terrible* : Laissez-moi, je vous prie, monsieur, je suis indignée contre vous ; vos procédés sont odieux.

CLITANDRE : Mais voyez donc quelle est votre injustice ! Avez-vous pu penser, je laisse même l'amour à part, que comblé des caresses d'une femme telle que vous, la modération que vous me prescriviez fût en mon pouvoir ? D'ailleurs, de quoi vous plaignez-vous ? Ne serait-ce pas à moi à m'offenser de vous voir me refuser les complaisances les plus ordinaires ? Vous êtes trop singulière aussi !

CIDALISE : Cela n'est pas douteux ! Je vois bien que j'aurai toujours tort. Ce n'est pas là pourtant ce que vous m'aviez promis.

CLITANDRE : Cessez donc, je vous en conjure, de croire qu'à cet égard j'aie été d'assez mauvaise foi pour vous promettre quelque chose. Songez que dans les termes où nous en sommes ensemble, il n'eſt plus possible que je vous fasse des impertinences ; et lorsque c'eſt vous qui offensez l'amour, n'allez pas croire que je blesse votre dignité.

CIDALISE, *bien plus doucement* : Mais, mon Dieu ! pensez-vous que je m'aveugle au point de croire que je ne ferai pas un jour pour vous plus que vous ne venez d'exiger de moi ? Vous avez raison ! Si ma résiſtance n'était fondée sur rien, elle serait du dernier ridicule ; mais enfin, que les motifs en soient pitoyables ou sensés, vous m'avez, quoi que vous en disiez, promis de les respecter, et je me crois du moins en droit de me plaindre de ce que vous me manquez de parole.

CLITANDRE : Vous êtes donc bien fâchée ? Ah ! revenez dans mes bras, je meurs d'envie de vous pardonner vos injustices ! Venez ! ne vous dérobez pas à ma clémence !

CIDALISE, *en riant* : En vérité ! vous êtes singulièrement ridicule ! Ah, Clitandre ! je vous sens bien !

Apparemment elle a ici quelques raisons pour lui parler comme elle fait.

CLITANDRE : N'allez-vous pas vous fâcher encore ?

CIDALISE : Dans le fond, j'aurais de quoi ; mais je vois bien au train que vous prenez, qu'il faudrait que je ne fisse que cela ; et, ne fût-ce que pour vous attraper, j'ai quelque envie d'être un peu moins cruelle.

CLITANDRE : Pour m'attraper ! Où avez-vous donc pris cela, s'il vous plaît ?

CIDALISE : Eſt-il donc vrai que je sois si injuſte ?

Le lecteur aura ici la bonté de prendre que c'eſt à lui qu'on fait cette queſtion. Si par hasard, et ce qu'on a peine à croire, quelque femme lit cet endroit, elle en doit apprendre à ne jamais insulter personne qu'à bonnes enseignes ; c'eſt-à-dire qu'il faut qu'elle se garde bien de parler dans de certaines occasions, d'après de simples probabilités auxquelles il serait possible qu'elle fût attrapée ; et qu'elle ne saurait, pour montrer des doutes offensants, être trop sûre physiquement que cela ne peut pas tirer à conséquence.

Clitandre prouve donc à Cidalise, qui d'abord lui demande pardon, et qui ensuite se fâche très vivement, qu'elle aurait beaucoup mieux fait de ne lui avoir pas montré de doutes. C'eſt en vain qu'elle lui dit qu'une plaisanterie si simple ne devrait pas avoir des suites si sérieuses. Soit qu'il en soit réellement piqué, ou qu'il la prenne pour prétexte, il eſt certain qu'il s'en venge. Toutes réflexions faites, pourtant, il fallait bien que, de façon ou d'autre, cela finît et qu'elle eût à se plaindre de lui autant que vraisemblablement elle s'en flattait.

En cet endroit Clitandre doit à Cidalise les plus tendres remerciements, et les lui fait. Comme on ne peut pas supposer qu'il y ait parmi nos lecteurs quelqu'un qui ne soit ou n'ait été dans le cas d'en faire, ou d'en recevoir, ou de dire, et d'entendre ces choses flatteuses et passionnées que suggère l'amour reconnaissant, ou que dicte quelquefois la nécessité d'être poli, l'on supprimera ce que les deux amants se disent ici ; et l'on ose croire que le lecteur a d'autant moins à s'en plaindre, que l'on ne le prive que de quelques propos interrompus, qu'il aura plus de plaisir à composer lui-même d'après ses sentiments, ou ses souvenirs, qu'il n'en trouverait à les lire.

Il est bien vrai qu'il peut y en avoir quelques-uns qui ne sachant pas encore ni comment on remercie, ni comment on est remercié, ne seraient pas fâchés de pouvoir ici s'en instruire ; mais on ne veut pas rendre dans l'un la nature artificieuse, et avoir la barbarie d'ôter à l'autre le plaisir de la surprise.

CLITANDRE, *se remettant auprès de Cidalise, qui n'ose pas le regarder, ou ne le regarde qu'avec confusion* : Eh quoi ! charmante Cidalise, voudrez-vous toujours vous reprocher d'avoir fait mon bonheur, ou plutôt me punir d'avoir osé me rendre heureux ? Je suis coupable, sans doute ; mais si vous vouliez vous rendre justice, vous trouveriez non seulement bien des raisons pour me pardonner mon crime, mais même de quoi vous étonner de ce que je ne l'ai pas commis plutôt. *(Elle se tait, soupire, et s'obstine à ne le pas regarder. Il continue.)* Levez donc sur moi vos beaux yeux ; qu'ils me disent, si votre bouche ne veut pas le prononcer, que vous ne me haïssez pas. Je ne puis vivre un instant avec la crainte de vous avoir déplu. Voulez-vous donc me faire mourir de douleur ?

Il lui baise tendrement les mains.

CIDALISE, *toujours fâchée* : Ah ! traître !

CLITANDRE : Eh bien ! accablez-moi de tous les reproches imaginables : il n'y en a point, sans doute, que je ne mérite ; *mais encore une* fois regardez-moi ! Dites-moi donc, de grâce, quelle est l'inquiétude qui vous agite !

CIDALISE : Hélas ! puis-je n'être pas tourmentée de la crainte de vous perdre !

CLITANDRE, *vivement* : Ah ! ne vous livrez pas à de si injustes terreurs ! Je vous adore ! Rien ne m'a jamais été aussi cher que vous ; rien ne me le sera jamais autant.

CIDALISE, *en le regardant avec une extrême tendresse* : Est-il bien vrai que vous m'aimiez encore !

Clitandre ne cherche à bannir les craintes de Cidalise qu'en l'accablant des plus ardentes caresses. Mais comme tout le monde peut n'avoir pas sa façon de lever les doutes, ceux de nos lecteurs à qui elle pourrait ne point paraître commode en prendront une autre, comme de faire dire à Clitandre les plus belles choses du monde, et ce qu'ils croiront de plus fait pour rassurer une femme en pareil cas.

CLITANDRE : Eh bien ! ingrate, êtes-vous rassurée ?

CIDALISE : Ah ! Clitandre, quel dommage que je sache si bien que le désir n'est pas de l'amour !

CLITANDRE : C'est-à-dire que vous doutez encore du mien.

CIDALISE, *en soupirant* : Ce doute serait moins déplacé que vous ne semblez le croire ; mais vous répondez aux miens de façon à me forcer de les renfermer ; pourtant, vous ne les détruisez pas.

CLITANDRE : En croiriez-vous plus à mes serments ?

CIDALISE : Cette façon de me parler de votre tendresse n'amuserait pas tant vos sens, et flatterait moins votre vanité ; mais j'avoue que toute trompeuse qu'elle pourrait être encore, elle calmerait plus mon cœur que les transports que vous mettez à sa place.

CLITANDRE, *tendrement* : Ah ! comment pouvez-vous un instant penser que je ne goûte pas un plaisir extrême à vous parler d'un sentiment qui pénètre mon âme, et qu'à la vivacité dont vous me le rendez, je crois éprouver pour la première fois de ma vie ?

CIDALISE : Non, je vous ai coûté trop peu pour que je sois aussi heureuse que vous me le dites ?

CLITANDRE : En vérité ! vous êtes bien peu raisonnable !

CIDALISE, *en lui baisant la main avec transport* : Vous ne savez pas combien je vous aime ! combien je m'abhorre d'avoir été à d'autres qu'à vous ! combien même je vous hais de m'avoir aimée si tard ! et quand je songe en effet que si vous aviez voulu, je n'aurais pas eu le malheur d'avoir Éraste, puis-je ne pas vous détester de me l'avoir laissé prendre !

CLITANDRE : Éraste ! ne commençait-il pas à vous plaire, quand je revins ?

CIDALISE : Non, il le cherchait encore, et si vous m'aviez

à votre retour confirmé ce que vous m'aviez écrit, il l'aurait cherché vainement.

CLITANDRE : Ah ! si je l'avais cru ! Mais comment pouvais-je vous supposer pour mon amour dans de si favorables dispositions, lorsque je vous voyais plus froide et plus réservée avec moi qu'avec qui que ce fût, et qu'à peine même vous me marquiez de l'amitié ?

CIDALISE : Le désir de fuir tout engagement et la crainte que vous ne nuisissiez plus que personne à mes résolutions furent les premières causes de la froideur que je vous marquai à votre retour ; et la douleur de vous voir reprendre Célimène, lorsque, malgré moi-même, je me flattais que vous n'aimeriez que moi, m'inspira pour vous une haine si violente que je ne sais encore comment elle a pu s'effacer.

CLITANDRE : Je vous avoue que vos sentiments ne m'ont pas tout à fait échappé, et qu'un jour même, sur un mot que vous dîtes à l'Opéra, et qui depuis m'a donné bien à rêver...

CIDALISE, *en le baisant avec fureur* : Tu l'entendis, ingrat ! et tu n'y répondis pas !

CLITANDRE : Que voulez-vous ? Éraste, de qui vous connaissez les ruses, s'apercevant sans doute de l'impression que vous faisiez sur moi, et craignant qu'enfin je ne vous en parlasse, vint le lendemain, avec le plus grand mystère du monde, m'apprendre, plus d'un mois avant que vous le prissiez, qu'il avait tout réglé avec vous ; et ce fut cette fausse confidence qui m'empêcha de vous entendre, et de vous répondre, et qui me fit me rengager avec Célimène.

CIDALISE : Ne parlons plus de lui, je vous en conjure. Vous ne sauriez concevoir à quel point ce souvenir m'afflige, ni combien je me méprise d'avoir eu la faiblesse de me livrer au plus perfide de tous les hommes, et à celui de tous, peut-être, que j'étais le moins faite pour aimer.

CLITANDRE : C'est comme moi qui ne saurais comprendre comment j'ai pris une Araminte, et dix vilaines bêtes de la même espèce.

CIDALISE : Bélise, par exemple.

CLITANDRE : Du moins, elle est jolie.

CIDALISE : J'en conviens ; mais elle est à tout le monde.

CLITANDRE : Oui, un peu, cela est vrai. C'est qu'elle a, malheureusement pour elle, une sorte de nonchalance dans le caractère qui l'expose à l'inconvénient de ne savoir pas résister ; car elle serait sans cela, absolument ou à peu près, comme une autre.

CIDALISE : Comment vous engageâtes-vous avec elle ?

CLITANDRE : M'engager ! moi ! Je la pris, à la vérité, mais ce fut sans avoir un moment l'intention de la garder. C'était tout à la fois la femme de France que je méprisais le plus, et qui me coûtait le moins.

CIDALISE : Vous la prîtes, pourtant.

CLITANDRE : Mais, oui, il le fallait bien. J'allais lui faire une visite que je lui devais depuis assez longtemps. Je ne sais comment elle était disposée, mais elle me fit des agaceries, et de si vives, que tout le mépris qu'en ce moment même elle m'inspirait ne m'empêcha pas d'y répondre. Savez-vous bien que dans le fond cela est horrible !

CIDALISE : Vous croyez rire, mais je vous assure qu'il n'y a rien de plus infâme que de se livrer comme vous faites presque tous à toutes les occasions qui se présentent.

CLITANDRE : Vous ne sauriez imaginer aussi combien nous nous faisons de reproches de ces honteuses fragilités, lorsque nous nous trouvons, comme j'avoue que j'étais alors, avec la plus violente passion du monde dans le cœur, et pour une femme charmante assurément, puisque c'était pour Aspasie.

CIDALISE : Je suis bien sûre, malgré cela, que Bélise ne vous en crut que pour elle.

CLITANDRE : Elle est vaine, je suis ardent ; il était naturel que dans ce moment-là nous nous trompassions tous deux.

CIDALISE : Cependant vous adoriez Aspasie ?

CLITANDRE : Si je l'aimais ! À la fureur !

CIDALISE : Mais comment accordiez-vous votre tendresse pour elle avec les complaisances que vous aviez pour Bélise ?

CLITANDRE : Oh ! je n'avais vis-à-vis de moi-même, ni la mauvaise foi de prétendre les accorder, ni le malheur de m'y méprendre. Comblé des faveurs de Bélise, et dans l'instant même où elles prenaient le plus vivement sur moi, vous ne sauriez imaginer combien elle était loin de mon cœur, et à quel point j'y sentais l'empire d'Aspasie.

CIDALISE : Je le crois. Vous revîtes pourtant Bélise ?

CLITANDRE : Oui. Elle n'avait jamais, à ce qu'elle disait, soupé en petite maison, et elle me demanda en grâce de lui donner une fête dans la mienne. Il ne me parut pas possible, dans les termes où nous en étions ensemble, de ne la pas satisfaire sur cette fantaisie. Je ne vous cacherai même pas qu'elle m'amusa quelque temps, et que tous les reproches que je m'en faisais ne m'empêchèrent pas de la garder un mois. Il est vrai qu'Aspasie en passa plus de la moitié hors de Paris, et qu'alors j'avais réellement besoin qu'une femme, que j'aimais, ne fût pas si longtemps absente.

CIDALISE : Infidèle !... Ah ! laissez-moi donc !

> *Pour bien entendre cette exclamation qui paraît venir à propos de rien, il est nécessaire de savoir que Clitandre tourmente toujours Cidalise, de façon, ou d'autre. Nouvelles propositions, nouveaux refus. Plaintes de Clitandre ; complaisance de Cidalise. Il faut au reste qu'elle se plaigne de se trouver trop sensible, et de paraître craindre que ce ne soit pour Clitandre une raison de se défier de sa confiance. Car sans cela, que voudraient dire les propos qu'on va trouver ci-dessous ?*

CLITANDRE : Vous avez de singulières idées d'imaginer que je vous reprocherai d'être sensible, moi qui avais toutes les peines du monde à pardonner à Célimène de ne l'être pas.

CIDALISE : Cela est plaisant ! À la voir j'en aurais tout différemment jugé.

CLITANDRE : Il y a cependant peu de femmes plus froides qu'elle ; et vous ne sauriez imaginer combien sur cet article il faut peu croire aux physionomies.

CIDALISE : Ai-je l'air d'être sensible, moi ?

CLITANDRE, *en la regardant avec attention* : Mais oui ; vous avez dans les yeux une langueur tendre qui promet passablement.

CIDALISE : Ah ! vous me désespérez ; la chose du monde que je crains le plus, c'est de passer pour être si tendre. Vous ne savez ce que vous dites. Cette langueur que vous me trouvez dans les yeux peut bien annoncer un cœur sensible, mais il me semble que ce n'est que les femmes qui ont une extrême vivacité que vous accusez d'être...

CLITANDRE : Non pas les connaisseurs, et nous laissons aux jeunes gens qui entrent dans le monde à croire que toutes les femmes ont beaucoup de cette sorte de sensibilité, et que surtout c'est chez celles qui ont du feu dans les yeux, une grande vivacité dans leurs actions, et de l'inconsidération dans leur conduite, que l'on en trouve le plus. Pour nous, de la langueur, de l'indolence, de la modestie, voilà nos affiches.

CIDALISE : Vous deviez bien importuner Célimène.

CLITANDRE : Beaucoup moins que vous ne pensez. Soit caprice, soit vanité, la chose du monde qui lui plaît le plus est d'inspirer des désirs : elle jouit du moins des transports de son amant. D'ailleurs, la froideur de ses sens n'empêche pas sa tête de s'animer, et si la nature lui a refusé ce que l'on appelle le plaisir, elle lui a en échange donné une sorte de volupté qui n'existe, à la vérité, que dans ses idées mais qui lui fait peut-être éprouver quelque chose de plus délicat que ce qui ne part que des sens. Pour vous, plus heureuse qu'elle, vous avez, si je ne me trompe, rassemblé les deux.

CIDALISE : Je ne sais pourquoi, mais il me semble que j'aimerais mieux le partage de Célimène que le mien.

CLITANDRE : C'est-à-dire que vous voudriez être moins heureuse de la moitié que vous ne l'êtes. Soyez contente. À quelque point que les idées de Célimène s'enflammassent, et dans quelque volupté qu'elles sussent la plonger, ce désordre ne lui suffisait pas toujours. Quoiqu'elle eût le malheur d'être convaincue que les bornes que la nature lui avait imposées ne pouvaient se franchir, elle n'en désirait pas moins cette jouissance entière que rien ne pouvait lui procurer. Son imagination s'embrasait ; elle se révoltait contre la froideur de ses sens, et mettait tout en usage pour la vaincre. Cette ardeur dont elle se sentait brûler, et qui se répandait dans toutes ses veines, devenait enfin un supplice pour elle, et je l'ai vue plus d'une fois pleurer d'être livrée à des désirs si violents, et de ne pouvoir ni les éteindre, ni les satisfaire.

CIDALISE : Si elle n'a pu parvenir avec vous au bonheur qu'elle cherchait, je ne lui conseille pas de le chercher avec un autre.

CLITANDRE : Je doute, en effet, qu'elle l'ait trouvé dans le nouveau choix qu'elle a fait, puisque c'est une sorte d'Éraste qui m'a banni de son cœur ; aussi ne suis-je pas plus flatté que surpris de la voir se ressouvenir de moi un peu tendrement.

CIDALISE : La reprendrez-vous, Clitandre !

CLITANDRE : Comme vous reprendrez Éraste, de qui je doute qu'à quelque égard que ce puisse être, vous ayez été contente.

CIDALISE, *d'un air assez mécontent* : Ce qui me paraît assez singulier, c'est que vous semblez croire que ce que vous imaginez qu'il est me le rendait insupportable : c'est pourtant lui qui m'a quittée.

CLITANDRE : Je n'en suis pas étonné ; ces sortes d'amants, qui, au reste, ne le sont jamais que par air, après avoir ennuyé beaucoup une femme, finissent toujours par la quitter, et même avec aussi peu d'égards que s'ils n'avaient pas besoin de sa discrétion.

CIDALISE : Il faut, aux propos que vous tenez, que vous ayez vécu avec des femmes bien extraordinaires !

CLITANDRE : N'allez pas croire cela ! Je vous jure que hors Aspasie, et vous, il n'y a jamais rien eu de si ordinaire que les femmes qui m'ont honoré de leurs bontés.

CIDALISE : Mais, à ce que je vois, vous en avez eu quelques-unes ?

CLITANDRE : Mais, oui. Comment voulez-vous qu'on fasse ? On eﬆ dans le monde, on s'y ennuie, on voit des femmes, qui, de leur côté, ne s'y amusent guère : on eﬆ jeune ; la vanité se joint au désœuvrement. Si avoir une femme n'eﬆ pas toujours un plaisir, du moins c'eﬆ toujours une sorte d'occupation. L'amour, ou ce qu'on appelle ainsi, étant malheureusement pour les femmes ce qui leur plaît le plus, nous ne les trouvons pas toujours insensibles à nos soins. D'ailleurs, les transports d'un amant sont la preuve la plus réelle qu'elles aient de ce qu'elles valent. J'ai quelquefois été désœuvré ; j'ai trouvé des femmes qui n'étaient peut-être pas encore bien sûres du pouvoir de leurs charmes ; et voilà ce qui fait que comme vous dites, j'en ai eu quelques-unes.

CIDALISE : Quelle pitié ! Il me semble pourtant que vous m'avez dit plus d'une fois, et cette nuit même encore, que vous n'avez jamais été homme à bonnes fortunes.

CLITANDRE : Je ne l'ai pas du moins été longtemps ; et je puis vous jurer que j'ai aujourd'hui peine à comprendre comment et pourquoi j'ai fait un si pénible et si méprisable métier. Ce fut d'abord malgré moi, et par la fantaisie de quelques femmes qui alors donnaient le ton, que je devins à la mode. La réputation que mes premières affaires me firent m'en attira nécessairement d'autres, et sans avoir formé le projet d'avoir toutes les femmes, bientôt il n'y en eut point dans Paris, de celles que leurs vices encore plus que leurs agréments mettent sur le trottoir[15], qui ne se crussent obligées de m'avoir, et qu'à mon tour, je ne me crusse obligé de prendre. Enfin, que voulez-vous que je vous dise ? La tête me tourna, et si bien que sans Aspasie, que j'attaquai comme alors j'attaquais toutes les femmes, mais de qui je fus forcé de respecter les vertus, et à qui je ne parvins à plaire qu'en tâchant de les imiter, j'aurais peut-être encore tous les travers qui me rendaient en ce temps-là si brillant, et si ridicule.

CIDALISE : Vous vous en croyez donc bien corrigé[16] ?

CLITANDRE : Je le crois peut-être à trop bon marché ; mais en cas qu'Aspasie eût laissé quelque chose à faire, je suis entre vos mains, et je ne connais de plus digne de finir son ouvrage que la seule personne qui, à sa place, aurait pu le commencer.

CIDALISE, *en le baisant* : Ah ! Clitandre ! *(Il la tourmente.)* Finissez donc ! on ne saurait impunément vous remercier de rien.

CLITANDRE : Je suis donc bien insupportable !

Nouveaux transports de Clitandre ; Cidalise s'en fâche d'abord, et finit par les partager.

CIDALISE, *en le voyant sourire* : Ah ! Clitandre, quand je meurs d'amour entre vos bras, ma faiblesse n'eſt-elle pour vous qu'un speċtacle risible !

CLITANDRE : Je n'aurais jamais cru, je vous l'avoue, que vous eussiez trouvé dans mes regards de quoi me faire ce reproche ? Tout ce que je sais, c'eſt que si je trouvais la même expression dans les vôtres, je croirais avoir plus à vous en rendre grâces qu'à m'en plaindre.

CIDALISE : Clitandre, ne me trompez pas, je vous en conjure ! Je ne chercherai point à vous faire l'éloge de mon cœur ; mais si vous saviez combien je suis vraie, et avec quelle vivacité je vous aime, vous rougiriez de ne m'aimer que médiocrement.

CLITANDRE : Non, vous ne m'aimez pas, puisque vous pouvez vous faire sur moi de pareilles inquiétudes.

CIDALISE, *en le baisant avec transport* : Je ne t'aime pas ! Ah Dieu !

CLITANDRE, *en la pressant dans ses bras* : Calmez-vous donc, je vous en conjure à mon tour ; songez que vos craintes me désespèrent. Jouissons tranquillement du bonheur de nous aimer, et que ce soit la seule chose qui nous occupe. Oui ! vos sentiments seuls peuvent égaler les miens, s'il eſt vrai cependant que je puisse jamais vous inspirer autant d'amour que vous m'en faites sentir.

CIDALISE : Ah ! ne doutez pas d'un cœur tout à vous, d'une femme qui se pardonne ses erreurs bien moins facilement que vous-même ne les lui pardonnez, et qui peut-être même n'eſt pas contente de vous voir si tranquille sur l'usage qu'avant que d'être à vous elle a fait de son cœur.

CLITANDRE : Quoi ! vous voudriez que j'eusse l'injuſtice…

CIDALISE : Oui ! je voudrais que l'on ne pût prononcer devant vous le nom d'Éraſte, et de Damis, sans vous faire changer de couleur ; que si j'avais le malheur de les rencontrer, vous ne m'en fissiez pas un moindre crime que si j'eusse cherché à les revoir. Si vous saviez combien les femmes que vous avez aimées, ou avec qui seulement vous avez vécu, me sont odieuses, vous vous reprocheriez sans doute de ne les pas regarder tous deux comme vos plus mortels ennemis.

CLITANDRE : Il serait peut-être encore moins déraisonnable

que dangereux que je leur voulusse tant de mal d'un bonheur qu'ils ne possèdent plus. Je vous adore ! ne me souhaitez pas jaloux ! Si vous saviez jusqu'à quel excès cette passion m'emporterait, vous ne voudriez pas, sans doute, m'en trouver si susceptible.

CIDALISE : Ah ! qu'importe ? Soyez injuste, soupçonneux, emporté ; comblé sans cesse de preuves de mon amour, ne vous croyez jamais assez aimé. À quelque point que vous portiez la jalousie, vous ne me verrez jamais m'en plaindre.

Clitandre, toujours plus honnête que Cidalise ne voudrait, croit devoir encore la remercier des preuves de passion qu'elle lui donne ; mais elle s'oppose si sérieusement à cette politesse qu'il est forcé de renoncer à ses projets. Il la boude ; elle le baise, le raille sur sa prétention, et ose même lui soutenir qu'il n'est pas malheureux pour sa vanité qu'elle ne s'y prête pas. Ce propos le choque, il lui soutient que la vanité n'a pas autant de part qu'elle le pense au désir qu'il aurait de lui rendre grâces des choses obligeantes qu'elle vient de lui dire ; et comme elle s'obstine à ne le pas croire, il croit devoir lui prouver qu'il n'a pas de mensonge à se reprocher. Enfin, elle lui rend justice ; mais loin d'en être plus disposée à le laisser lui marquer sa reconnaissance comme il le désirerait, elle l'assure que tout ce qu'elle peut est de le plaindre. Cette plaisanterie ne lui plaît pas, et il se plaint de la trouver si peu complaisante.

CLITANDRE : Je ne croyais pas, je l'avoue, que l'on pût badiner sur un malheur tel que le mien. Cela est, si vous me permettez de vous le dire, d'une barbarie sans exemple.

CIDALISE : Mauvais plaisant ! J'aurais presque envie pour consoler Araminte du peu de cas que vous avez fait de ses charmes, et des rigueurs dont vous l'accablez ici, de lui conter comme quoi vous avez été cette nuit un des plus galants chevaliers à qui l'on ait oncques octroyé le gentil don d'amoureuse merci. Elle serait, à ce que je crois, bien étonnée ?

CLITANDRE : Non, elle ne vous croirait pas ; et sa vanité, en effet, devrait la rendre très incrédule sur cet article.

CIDALISE : Eh ! Julie, dites-moi, n'a-t-elle pas eu plus à se louer de vous qu'Araminte ?

CLITANDRE : Ah ! nous revoici à Julie à présent ? C'est-à-dire que vous voulez absolument que je l'aie eue ? Je ne crois pourtant pas…

CIDALISE : L'avoir eue, sans doute ?

CLITANDRE : Mais quand j'aurais quelque doute là-dessus,

il serait mieux placé que vous ne croyez ; après tout, je ne l'ai jamais eue qu'une après-dînée. Est-ce là, dans le fond, ce que l'on peut appeler avoir une femme ?

CIDALISE : Comment peut on n'avoir qu'une après-dînée une femme d'une certaine façon ! Julie ! en vérité ! je ne l'aurais jamais cru !

CLITANDRE : Ne la blâmez pas, rien ne serait plus injuste. Il eût été infâme à elle de me garder plus longtemps, et vous-même en conviendrez, quand vous saurez de quelle façon les choses se sont passées. Vous vous souvenez que l'été de l'année dernière fut d'une chaleur extrême. Un de ces jours où l'on étouffait, j'allai la voir ; je la trouvai seule dans un cabinet dont toutes les jalousies étaient fermées ; de grands rideaux tirés par-dessus y affaiblissaient encore la lumière ; elle était sur un sopha, fort négligemment étendue, vêtue plus négligemment encore. Un simple corset dont les rubans étaient à demi dénoués, un jupon fort court étaient ses seuls ajustements. Sa tête était nue, et ses cheveux, ainsi que le reste de sa personne, étaient dans cette sorte de dérangement mille fois plus piquant pour nous que quelque parure que ce soit, quand, comme chez elle, il est soutenu par tout ce que la propreté la plus recherchée, la jeunesse et les grâces peuvent avoir de plus enchanteur. Vous savez combien elle est jolie ; elle m'avait souvent tenté, et je le lui avais quelquefois dit en passant. Il me prit ce jour-là plus d'envie que jamais de le lui dire encore. L'attitude dans laquelle je la surprenais était charmante ; et je conseillerai à toute femme bien faite d'en prendre une pareille, quand elle voudra faire la plus vive des impressions. Son jupon, surtout, lui couvrait assez peu les jambes : elle ne l'ignorait pas sans doute ; mais comme après les vôtres, je n'en connais pas au monde de plus parfaites, mon arrivée ne lui fit rien changer à la position où elle était. Dans l'instant que j'allais lui dire à quel point j'étais frappé de ses charmes, elle mit la conversation sur l'horrible chaud dont nous étions accablés depuis quelques jours. Vous savez qu'elle a fait des cours chez Pagny, et qu'elle donne quelquefois à dîner à quelques Illustres de l'Académie des sciences, et il ne vous paraîtra pas sans doute bien extraordinaire que moyennant tout cela elle croie savoir parfaitement la physique. Je l'avais si souvent plaisantée sur la fantaisie qu'elle avait d'être savante, qu'elle crut devoir saisir une si belle occasion de me prouver qu'elle l'était devenue. Elle entama donc une dissertation sur les effets de la chaleur, et sur la sorte d'anéantissement où elle nous plonge lorsqu'elle est extrême. Ce qu'autant que je puis m'en souvenir, elle prétendait causé par la trop grande dissipation des esprits et par le relâchement des fibres. Je la contredis ; elle s'anima, et si bien qu'elle vint enfin jusqu'à me soutenir que ce jour-là, notamment, il n'y avait point d'homme qui, dans les bras de la femme non seulement la plus aimable, mais encore la plus aimée, ne se trouvât absolument éteint. Je donnais dans le moment même le plus furieux démenti du monde à son opinion ; cependant quelque avantage que j'eusse sur elle, je me contentai de lui dire modestement que je craignais qu'elle ne se trompât. Ma modestie, et la douceur de mon ton, la persuadèrent apparemment que je n'avais pour n'être pas de son avis aucune bonne raison et que je contredisais simplement pour contredire. Cette idée l'armant contre moi d'un nouveau courage, elle me dit fièrement qu'elle était sûre de ce qu'elle avançait, et que les premiers physiciens du monde pensaient comme elle là-dessus. Je lui répondis toujours avec la même douceur qu'il n'était pas impossible que l'on fût excellent physicien et que l'on se trompât pourtant sur cette matière ; qu'il se pouvait que ces grands hommes sur l'autorité de qui elle se fondait n'eussent décidé que d'après eux-mêmes, et que c'était à moi que j'osais appeler de leur jugement.

CIDALISE : Assurément ! vous ne pouviez guère jouer à la physique de tour plus noir.

CLITANDRE : Je devrais bien, par exemple, vous remercier de cela ; mais vous ne voudriez peut-être pas ?

CIDALISE : Cela est à parier : continuez votre histoire.

CLITANDRE : Eh bien : Julie tenant de plus en plus à son idée, et peut-être ayant fait là-dessus quelque expérience secrète dont elle n'osait pas s'appuyer devant moi, mais qui pouvait n'en être pas moins la cause de son opiniâtreté, me dit enfin, d'un air de vanité qui me choqua, je l'avoue, que s'il y avait au monde un homme sur qui le chaud ne prît pas autant qu'elle le soutenait, cet homme-là était un phénomène. Jugez combien, moi qui avais depuis plus d'un quart d'heure, l'honneur d'être ce phénomène, et qui ne m'en croyais guère plus rare, je fus étonné qu'elle prisât tant une chose dont je faisais si peu de cas. Loin toutefois d'en vouloir abuser contre elle, je lui répondis, toujours avec la même humilité, que je ne croyais pas qu'un homme qui aurait en lui-même de quoi n'être pas de son avis, dût s'en estimer beaucoup davantage. Là-dessus elle me dit, mais d'un air qui me faisait aisément juger à quel point elle me croyait éloigné d'avoir de si fortes preuves contre son système, que j'étais comme tous les ignorants, de qui la fantaisie était de disputer contre l'évidence même, et souvent même contre leur sentiment intérieur. Je lui représentai sur cela qu'il pouvait y avoir des miracles, mais je la vis si décidée à n'en pas admettre dans ce genre, qu'enfin je fus obligé de la convaincre que les physiciens pouvaient n'avoir pas toujours raison. Elle fut stupéfaite ; jamais je n'ai vu de philosophe plus humilié. Cependant, soit amour-propre, soit préjugé, les reproches succédèrent bientôt à sa confusion. Sans m'en alarmer, je pris la liberté de lui représenter qu'elle m'avait forcé, en n'admettant aucune de mes raisons, à recourir à une démonstration qui pût la réduire au silence et lui prouver que quelque générale que puisse être une règle, on doit toujours y supposer des exceptions. J'ajoutai que pour l'honneur de la physique, ou pour achever de se convaincre qu'elle avait eu tort, elle ne pouvait se dispenser de pousser l'expérience jusqu'au bout ; que jusque-là je ne prouvais qu'à demi contre son système, et qu'il lui serait honteux de se tenir pour subjuguée, lorsqu'il n'y avait encore contre elle que des apparences qui pouvaient ne pas soutenir une épreuve d'une certaine façon. La crainte de s'être en effet crue trop tôt vaincue, le désir de m'humilier à mon tour, la singularité de la chose, le moment, la preuve déjà offerte, et que les contradictions n'affaiblissaient pas ; plus que tout cela, sans doute, l'envie de s'éclairer, l'emportèrent sur les scrupules vains qui la retenaient encore. Un soupir assez tendre, cette rougeur que le désir et l'attente du plaisir font naître, si différente de celle que l'on ne doit qu'à la seule pudeur, des yeux où brillait l'ardeur la plus vive, et qui trahissaient l'air sévère qu'elle avait pris, tout enfin m'annonça qu'elle ne demandait pas mieux que de s'instruire ; et je ne sais quel air ironique qu'au milieu de tout cela je lui remarquais m'apprit en même temps que je ne viendrais pas aisément à bout de son opiniâtreté. Pour n'être pas troublé dans l'importante leçon que j'avais à lui donner, j'allai fermer la porte, et revins avec ardeur lui prouver la fausseté de son opinion.

CIDALISE : Et vous l'en convainquîtes, sans doute ?

CLITANDRE : Oui, mais ce ne fut pas sans peine. Quelque entêtée qu'elle fût, à la fin elle se rendit. Il est vrai que je la tourmentai cruellement, mais aussi je la désabusai bien.

CIDALISE : Oh ! je m'en rapporte à vous.

CLITANDRE : Cela eſt encore bien obligeant, par exemple !

CIDALISE : Et sans prétention ; c'eſt, peut-être, ce que vous ne croirez point.

CLITANDRE : C'eſt du moins ce que j'aurais le plus grand désir du monde qui ne fût pas ; si, par hasard, vous vous trompiez ?

CIDALISE : Que Julie se trompât en décidant affirmativement ce que les circonſtances peuvent rendre les autres, cela était tout simple ; mais que je m'abuse en sentant ce que je suis, c'eſt ce qui ne peut pas être. Au reſte, et quoi qu'il en soit, je veux que vous acheviez votre hiſtoire. Je l'ai, je crois, assez bien payée, pour que vous ne puissiez sans injuſtice, m'en refuser la fin.

CLITANDRE : Comme, si Julie n'eſt pas bonne physicienne, cela ne l'empêche pas d'être une des plus aimables femmes qu'il y ait au monde, j'aurais extrêmement désiré que le cours que je lui faisais commencer ne se fût pas borné à ce jour-là, et je la pressai très vivement de s'engager avec moi. Plus reconnaissante du soin que j'avais pris de l'éclairer qu'elle n'était fâchée de ce que j'avais eu raison contre elle, je l'y aurais sans doute déterminée, si l'amour extrême dont alors elle brûlait pour Cléon, et la crainte que le commerce savant que je voulais lier avec elle ne lui fût suſpect, ne l'eussent obligée de me refuser. Persuadé cependant qu'après ce qui venait de se passer, je retrouverais sans peine auprès d'elle quelque moment favorable, je n'insiſtai pas jusqu'à me rendre importun, et nous nous quittâmes les meilleurs amis du monde. J'ai cependant en vain cherché depuis ces occasions que je croyais devoir trouver si facilement. Sans avoir avec moi de procédés dont je pusse me plaindre, elle a seulement évité que je ne la trouvasse seule, tant qu'elle m'a vu pour elle une sorte d'empressement. L'hiver dernier pourtant, malgré toutes ses précautions, je la rencontrai seule chez Lucile qui n'était pas encore rentrée. La solitude où nous nous trouvions ranima mes désirs, et l'air contraint qu'elle avait avec moi, et que j'interprétais mal, les encouragea. Je lui demandai, en souriant, si par hasard elle n'aurait point de doutes sur la façon dont le froid opère sur nous. Elle rougit ; je me jetai à ses genoux, et lui dis tout ce que l'on peut imaginer de tendre et de pressant : elle en fut plus embarrassée qu'émue. Les droits qu'elle m'avait donnés, et dont, par les libertés que j'osais prendre en lui parlant, je ne paraissais que trop me souvenir, loin, comme je m'en flattais, de séduire ses sens, ne faisaient que l'affliger. N'osant, après ce qui s'était passé entre nous, s'armer d'une sévérité qui aurait pu me paraître ridicule, et désespérée de la légèreté dont je la traitais, elle se mit à pleurer amèrement. La chose du monde que j'ai toujours le plus détestée, et qui est en effet la plus indigne d'un honnête homme, est de remporter sur les femmes de ces triomphes qui les humilient. Sûr de la vaincre, mais n'en doutant pas davantage qu'en abusant contre elle des raisons qu'elle avait pour ne me pas résister je ne lui causasse la plus vive douleur, je lui demandai pardon de ce que j'avais fait, et renonçai à ce que je voulais faire. Elle fut si touchée d'une générosité que mes entreprises ne lui laissaient pas espérer, que je crois qu'elle m'aurait accordé par reconnaissance plus encore que je n'avais tenté de lui ravir, si, dans le moment même, Lucile ne fût pas rentrée. Les bonnes actions, au reste, ne demeurent jamais sans récompense, et je fus, le soir même, dédommagé par Luscinde du sacrifice que j'avais fait à Julie.

CIDALISE, *avec empressement* : Ah ! Clitandre, je vous en conjure, racontez-moi l'histoire de Luscinde : c'est de toutes les femmes du monde celle que je hais le plus, et je ne puis vous exprimer la joie que je ressens quand j'imagine qu'il lui est arrivé quelque chose de peu digne de la majesté de sentiment dont elle se pique.

CLITANDRE : Je veux bien vous faire ce plaisir ; mais je ne vous conseille pas de croire que je vous donne pour rien une de mes plus belles histoires, surtout lorsqu'elle excite si vivement votre curiosité.

CIDALISE, *tendrement* : Vous êtes un cruel homme !

CLITANDRE : Je conviens que j'abuse un peu du désir que vous me marquez d'entendre cette histoire, et que, dans le fond, cela n'est pas généreux ; mais je me suis arrangé, vous ne l'aurez pas à moins que celle de Julie ; et vous êtes bien heureuse que je ne puisse pas vous la mettre à plus haut prix.

CIDALISE : Eh bien ! si demain vous voulez venir passer la nuit avec moi, nous verrons.

CLITANDRE : Si je le voudrai ! Quoi ! vous en doutez ! Oui ! je coucherai sûrement demain avec vous, puisque vous voudrez bien me recevoir dans vos bras ; mais vous savez quelle gêne cruelle va succéder à mes transports ! mes yeux même n'oseront vous rien dire de ce que je sens, ou du moins ils ne le devraient point ; puis-je vous répondre cependant que mes désirs plus irrités que satisfaits ne me trahiront pas ? Je me sens, et ne vous réponds pas de moi, si je vous quitte dans la fureur où je suis. Songez que nous avons à tromper, sur nos sentiments, des personnes fort méchantes et fort éclairées. Eh ! comment voulez-vous que je puisse dissimuler les miens, quand je ne pourrai vous regarder sans la plus vive émotion ; que vos yeux ne se tourneront pas vers moi, sans pénétrer jusqu'à mon âme ; que je ne vous verrai pas ouvrir la bouche, sans désirer de vous la fermer avec mes lèvres ; qu'enfin tout, en vous voyant, me rappellera sans cesse les plaisirs dont vous m'avez comblé, et me jettera dans l'impatience d'une jouissance nouvelle. Laissez régner dans mon cœur une volupté plus paisible : en me rendant plus tranquille, vous ne m'en verrez pas moins amoureux. Quoi que vous puissiez accorder à mes désirs, il ne m'en restera que trop encore pour mon supplice !

CIDALISE : Eh bien ! sois content !… jouis de toute ma tendresse et des transports que tu m'inspires ! Tu m'apprends qu'avant toi je n'ai pas été aimée ; et je sens avec plus de plaisir encore que jamais je n'ai rien aimé comme toi. Tu troubles… tu pénètres… tu accables mon âme !… Mais, sens-tu comme je t'aime !… Je ne me connais plus, je meurs de ton amour, et du mien.

L'on ne met pas ici la réponse de Clitandre, quelque vive qu'elle puisse être. On n'ignore point que tout ce que se disent les amants n'est pas fait pour intéresser, et que souvent les discours qui les amusent le plus sont ceux qu'il serait le plus difficile de rendre, et qui valent le moins la peine d'être rendus. On supprime donc ici, comme en quelques autres endroits, les propos interrompus qu'ils se tiennent, et l'on n'y rend les deux interlocuteurs que lorsque le lecteur peut, sans se donner la torture, entendre quelque chose à ce qu'ils se disent.

CIDALISE, *voyant que Clitandre la regarde encore avec des yeux menaçants* : Ah ! Clitandre, n'êtes-vous pas honteux de vous faire craindre encore ? Ne me regardez pas comme vous faites, je vous en conjure ; et s'il se peut, laissez-moi jouir paisiblement de vos sentiments et des miens.

CLITANDRE : Quel sujet d'inquiétude vous donné-je donc ?

CIDALISE : Ne pourrais-je pas en trouver dans l'idée où je vous vois que vous me prouvez beaucoup d'amour, et que vous me plaisez singulièrement, lorsque vous ne faites peut-être que m'effrayer.

CLITANDRE : Vous êtes injuste de me prêter cette réflexion :

je vous proteste que je ne la faisais pas. Je me rends simplement à l'impression que font sur moi vos charmes, et ne pense point du tout que la façon dont je vous l'exprime soit, de toutes celles que je pourrais prendre, celle dont vous me devez savoir le plus de gré. Je ne crois pourtant pas, non plus, à vous dire vrai, que ce doive être pour vous une raison de douter de ma tendresse.

CIDALISE : Vous avez de nous, dans le fond, une opinion bien singulière, et je vous avoue que je ne suis pas sans crainte d'en être un jour la victime.

CLITANDRE : Il est si peu vrai que je pense de toutes les femmes de la même façon, que je n'ai point été surpris de ne pas recevoir de vous des compliments sur un mérite qui a paru à la respectable Araminte digne des plus grands éloges.

CIDALISE : Je serais étonnée, en effet, que nous louassions les mêmes choses.

CLITANDRE : Il est juste aussi de dire que sans compter la différence qu'il y a entre votre façon de penser et la sienne, vous n'avez pas les mêmes besoins.

CIDALISE : Que je serais humiliée s'il vous était possible de faire entre nous, sans la plus grande injustice, la plus légère comparaison !

CLITANDRE : Je ne crois point, par exemple, quelque aisément que vous conceviez des terreurs, avoir jamais à vous guérir de celle-là.

CIDALISE : En vérité ! c'est une odieuse femme, et j'aime à croire, pour l'honneur de mon sexe, qu'il y en a peu qui lui ressemblent.

CLITANDRE : Il y en a de son genre, je crois, plus que vous ne pensez, et moins que nous ne disons.

CIDALISE : Mais à propos, vous me devez l'histoire de Luscinde.

CLITANDRE : Non, toutes réflexions faites, elle vous plairait peu, et je vous ai trompée, quand je vous ai dit qu'elle vous amuserait. C'est une chose si simple, si ordinaire, que je doute qu'elle vaille la peine d'être contée. Figurez-vous que c'est une aventure de carrosse, de ces choses que l'on voit tous les jours, une misère enfin.

CIDALISE : N'importe, je veux la savoir.

CLITANDRE : Convenez que vous cherchez encore plus à me distraire qu'à vous amuser.

CIDALISE : Soit ; mais parlez toujours.

CLITANDRE : Oronte, qui le soir même que j'avais rencontré Julie chez Lucile, s'était, en soupant, brouillé, je ne sais pourquoi, avec Luscinde, s'en alla sans l'en avertir. Comme elle comptait qu'il la ramènerait, et qu'en conséquence elle n'avait pas fait revenir son carrosse, elle fut aussi piquée de ce procédé qu'elle devait l'être, et me proposa de la remettre chez elle. Nous nous connaissions depuis longtemps, et même dans une espèce d'intervalle, elle avait paru avoir sur moi quelques vues. Aussitôt que nous fûmes seuls, nous invectivâmes tous deux contre Oronte. Elle me parut si humiliée de ce qui venait de se passer, que je crus qu'étant aussi sincèrement son ami que je l'étais, je ne pouvais me dispenser ni de l'exhorter à la vengeance, ni même de m'offrir en cas qu'elle prît ce parti-là, qu'au reste, je tâchai de lui faire envisager comme le seul qu'elle pût prendre en honneur, après le sanglant affront qu'on lui faisait. Je n'eus pas de peine à lui prouver qu'il était nécessaire qu'elle se vengeât ; mais à quelque point que la colère l'animât, je ne la persuadai pas d'abord, aussi facilement que je m'en étais flatté, qu'il fallait qu'elle se vengeât dans le moment même. Les propos tendres, dont j'entremêlais mes conseils, me parurent aussi lui faire assez peu d'impression. Cependant le temps pressait ; je sentais que si je lui laissais le temps de la réflexion, je la perdrais ; ou en supposant qu'elle ne pardonnât pas à Oronte une brusquerie qui n'avait selon toute apparence que quelque jalousie, ou moins encore peut-être, pour sujet, qu'il faudrait pour la déterminer en ma faveur des soins que je ne me souciais pas de lui rendre. Je me souvins qu'un jour qu'il était question de ce qu'on appelle des impertinences, elle ne s'était pas déclarée contre à un certain point, et qu'elle avait même dit, en plaisantant, qu'elle les trouvait moins offensantes que l'indifférence. Mais quelque espérance que j'eusse qu'une impertinence de ma part pourrait la blesser moins que de la part d'un autre, ce moyen me paraissait un peu violent, et tout pressé que j'étais qu'elle se déterminât, je crus encore devoir lui remontrer le tort qu'elle se faisait en ne se vengeant pas. Soit que le désir me donnât plus d'éloquence que de coutume, soit, comme il n'arrive que trop souvent aux femmes dans un mouvement de dépit, que ses réflexions ne fissent qu'ajouter à sa colère, et que, par cette raison, il me fallût moins pour la persuader, je la trouvai beaucoup plus disposée à me croire qu'elle ne l'était dans le premier moment. D'abord que je la sentis ébranlée, je cherchai à la décider pour moi par des discours plus animés que ceux que je lui avais déjà tenus, et la pressai de ne point permettre que je ne réparasse que le plus léger des torts qu'Oronte avait avec elle. Comme elle ne me répondit point, je crus devoir interpréter son silence en ma faveur, et j'agis en conséquence. Je lui montrais peu de sentiments, mais beaucoup d'ardeur ; et il n'est que trop ordinaire que l'un remplace l'autre, et mène même beaucoup plus loin. Elle me dit d'abord que j'étais un insolent, je le savais bien ; qu'elle crierait ; mais elle ne criait pas ; et quand elle aurait eu recours à quelque chose de si indécent, mon cocher, à moins que je n'eusse crié moi-même, n'aurait pas arrêté. Comme il fallait cependant dire quelque chose à Luscinde, je convins avec elle qu'à la vérité elle pouvait me trouver un peu trop libre, mais que l'amour, le désir (excuses éternelles de toutes les impertinences qui se sont faites, se font, et se feront) devaient me justifier à ses yeux ; qu'au reste, puisque l'un et l'autre m'avaient emporté si loin, et que plus je devenais coupable, plus je trouvais de raisons de m'applaudir de mon crime, je me rendrais criminel jusqu'au bout. Je ne sais si c'est qu'un ton ferme vous impose presque toujours, ou qu'en même temps que je trouvais, comme je lui disais, des raisons pour m'applaudir de mon crime, elle en trouvait pour m'excuser ; mais elle s'adoucit au point de me dire simplement que cela était ridicule. Quand je n'aurais pas senti, par la faiblesse de cette expression, combien la colère qu'elle avait contre moi s'affaiblissait, mon parti était pris, et je n'en aurais pas plus cessé d'être coupable. Elle n'en douta pas apparemment ; mais quelles que fussent là-dessus ses idées, ce qu'il y a de sûr, c'est qu'avant que d'arriver chez elle, elle était vengée.

CIDALISE : Mais il n'y a qu'une rue de chez Julie chez elle ?

CLITANDRE : Cela est vrai, mais elle est longue ; et j'ai un cocher qui a un si prodigieux usage du monde, que je ne remène jamais de femme la nuit, qu'il ne suppose que j'ai des choses fort intéressantes à lui dire, et qu'il ne prenne en conséquence l'allure qu'il croit que je lui commanderais, si je le mettais au fait de mes intentions. Le chemin, par cette attention de sa part, devenait donc beaucoup moins court ; d'ailleurs, elle était d'une colère, et moi d'un emportement qui devaient nécessairement la déterminer, la rue eût-elle même été beaucoup plus courte. Soit cependant qu'elle eût fait quelques réflexions sur la promptitude singulière avec laquelle elle s'était vengée, soit qu'elle craignît qu'Oronte, naturellement ombrageux, n'apprît qu'après l'avoir remenée, j'étais entré chez elle, nous ne fûmes pas plus tôt à sa porte qu'elle reprit le ton majestueux, et me dit que cela était infâme, que de ses jours elle n'irait en carrosse avec moi, et quelle ne m'aurait jamais cru capable d'une insolence pareille avec une femme de sa sorte. Je convins aisément que j'avais été trop vite, que je ne concevais pas moi-même comment j'avais osé lui manquer à ce point-là, que j'en étais d'une honte horrible, d'autant plus que de pareilles façons n'étaient guère plus à mon usage qu'au sien, et que j'osais lui jurer qu'elle était la première avec qui je me fusse oublié à ce point-là. Je me doutais qu'une justification, aussi obligeamment tournée, ne lui plairait pas, et je fus peu surpris de la voir me remercier avec beaucoup d'aigreur de la préférence que je lui avais donnée. L'amour, le tendre amour fut encore mon excuse. Pendant qu'elle me querellait, et qu'entre autres duretés, elle me disait que je la prenais apparemment pour une fille d'opéra, mon carrosse était entré dans sa cour ; et je me préparais à la conduire respectueusement chez elle, lorsqu'elle me dit avec emportement qu'elle ne voulait pas que je descendisse. Je lui représentai, d'abord avec douceur, qu'il serait du dernier ridicule que je ne lui donnasse pas la main ; que ses gens et les miens ne sauraient qu'en penser ; qu'elle ne pouvait même me montrer de la colère, sans s'exposer à les instruire de ce qui était arrivé ; qu'elle se perdrait par cette indiscrétion ; que je lui étais trop sincèrement attaché pour la laisser se livrer à des mouvements qui pouvaient avoir de si fâcheuses suites ; que d'ailleurs il m'était impossible de la quitter sans lui avoir mille fois demandé pardon à ses genoux, et sans avoir par mon respect tâché d'obtenir ma grâce. Elle ne me répondit à tout cela qu'en voulant sortir impétueusement du carrosse. Je la retins, et paraissant en fureur à mon tour, je lui dis que je ne souffrirais pas qu'elle se perdît. Soit qu'elle jouât tous ces mouvements pour se réhabiliter un peu dans mon esprit, ou, ce que j'ai plus de peine à croire, qu'elle fût véritablement fâchée, je fus encore fort longtemps sans pouvoir parvenir à la calmer. Enfin, quand elle fut lasse de feindre de la colère, ou d'en avoir, elle me dit qu'elle voyait bien quel était mon projet ; que le désir de l'outrager encore avait beaucoup plus de part à l'envie que j'avais de descendre avec elle que le désir de ménager sa réputation ; mais qu'elle saurait se dérober à mes insolentes entreprises, et qu'elle ne me parlerait qu'en présence de ses femmes. « Eh bien ! madame, lui répondis-je d'un ton ferme, j'aurai donc le plai-

sir de les avoir pour témoins de tous les transports que vous m'inspirez. » Quoique cette courte réponse et la fermeté de mon ton lui imposassent, elle chercha, mais vainement, à me dérober la peur que je lui faisais, et elle me répondit courageusement : « Nous verrons ! — Eh bien ! madame, répliquai-je avec un feint emportement, vous verrez. » Là-dessus nous descendîmes de carrosse, moi l'appelant marquise, le plus familièrement du monde, et pour ne lui laisser aucun doute sur mes intentions, lui serrant de toutes mes forces la main que je lui tenais. « Oh ! tant qu'il vous plaira, monsieur le comte, me dit-elle tout bas, mais vous n'en partirez pas moins, je vous assure. — En honneur ! lui répondis-je, je ne vous conseille point de me le proposer, si vous ne voulez pas vous exposer à une scène qui pourrait ne vous être pas agréable. » Dans le fond, comme je vous l'ai dit, je l'effrayais ; et la peur qu'elle eut qu'en effet je ne fisse un éclat la détermina, mais avec toute l'humeur imaginable, à passer avec moi dans ce petit cabinet que vous connaissez, et qui donne sur le jardin. Elle se mit d'abord à s'y promener avec une sorte de fureur. Sûr que cette promenade l'ennuierait bientôt, je ne m'y opposai pas ; et debout, les yeux baissés, dans un morne silence, j'attendis qu'elle jugeât à propos de s'asseoir. Enfin, elle tomba dans un grand fauteuil, la tête appuyée sur une de ses mains, et tout à fait dans l'attitude de quelqu'un qui rêve douloureusement. Je ne l'y vis pas plutôt que je courus me jeter à ses genoux. Elle me repoussa d'abord avec assez de violence ; mais enfin, je saisis la main cruelle qui me repoussait, et l'accablai des baisers les plus ardents. Elle fit, pour la retirer, quelques efforts dont, tout exagérés qu'ils étaient, je sentis aisément la mollesse. J'osai alors la serrer dans mes bras, mais plus avec l'affectueuse tendresse de l'amour qu'avec la brusque pétulance du désir. Quoique je ne crusse pas avoir à la ramener de bien loin, et que sa colère m'eût peu alarmé, je ne pouvais, après le manque de respect dont elle se plaignait, et qui, à dire la vérité, avait été un peu violent, ne pas paraître la croire aussi fâchée qu'elle affectait de l'être sans lui donner peut-être contre moi plus de fureur encore qu'elle ne voulait en montrer. Je ne l'aimais pas, mais elle me plaisait ; et quoiqu'elle ne se fût point opposée à l'insolence que je lui avais faite, de façon à me faire penser qu'elle la regardât comme une violence, elle n'y avait pas mis non plus l'aménité et les grâces inséparables du consentement ; enfin, je l'ignorais encore à certains égards, et je ne voulais pas que rien manquât à ma victoire. Un autre, peut-être, n'aurait cherché à excuser son crime qu'en en rejetant sur elle la moitié, mais quoique je susse parfaitement qu'il n'avait tenu qu'à elle que je ne fusse beaucoup moins coupable, je mis tout généreusement sur le compte de mon insolence. Tout en lui faisant des protestations de respect, j'écartais, mais d'une main qui paraissait timide, un mantelet, qui, à ne pas mentir, me dérobait d'assez belles choses. Je ne sais si la façon honnête dont je m'y prenais, et qui en effet annonçait beaucoup d'égards, l'empêchait de s'opposer à mes entreprises, ou si toute à sa colère, elle ne pensait pas à ce que je faisais ; mais enfin, ce mantelet jaloux ne me nuisit plus. J'avais assurément de quoi louer ce qui s'offrait à mes yeux ; mais je crus que des transports lui diraient mieux que des éloges l'impression que j'en recevais ; et je l'en accablai. Je crois bien qu'elle avait peine à concilier le profond respect dont je me vantais pour elle avec mes emportements, et qu'elle voyait aisément à quel point j'étais en contradiction avec moi-même ; mais elle crut apparemment que je le sentais aussi bien qu'elle, et qu'il serait inutile de me le dire ; ou mes transports auxquels je joignais de temps en temps toute la galanterie imaginable, satisfaisant son amour-propre, et peut-être troublant ses sens, elle n'eut la force ni de les arrêter, ni de me faire honte de mon inconséquence. En paraissant toujours me résister, elle commençait à s'abandonner dans mes bras. Toutes mes prières cependant n'avaient pu encore en obtenir un regard ; et quoique je n'eusse pas besoin de lire dans ses yeux pour m'instruire de ses dispositions, et pour m'encourager à en profiter, je voulais, comme vous l'ai dit, que rien ne manquât à mon triomphe ; et je la pressai tendrement de daigner honorer d'un de ses regards un infortuné qui l'adorait. Enfin, j'obtins cette faveur ; et comme je m'en étais douté, je trouvai dans ses yeux plus de trouble que de colère. Ce moment de bonté de sa part ne fut pas plus durable que l'éclair ; je la pressai donc encore de me le rendre, et ne l'en pressai pas vainement. « Ah ! laissez-moi, monsieur, me disait-elle assez tendrement, et s'il se peut, ne vous faites pas haïr davantage. » Avec quelque douceur que ces paroles fussent prononcées, je ne pus tranquillement m'entendre dire que j'étais haï ; et je pris la liberté de lui demander si c'était ainsi qu'elle pardonnait. Un sourire plus tendre peut-être qu'elle ne le croyait elle-même fut toute sa réponse ; et vous n'aurez pas de peine à deviner comment je remerciai sa bouche de ce souris. Elle s'attendait si peu à une familiarité de ce genre qu'elle n'eut pas le temps de s'arranger de façon que je n'obtinsse que les apparences de la faveur que je lui ravissais, et que j'en jouis aussi délicieusement que si elle me l'eût accordée le plus volontairement du monde. Ce nouveau bonheur que je me procurais (car vous pensez bien que dans le carrosse, mille choses avaient été négligées) n'était pourtant pas sans contradiction. Si, de temps en temps, j'avais lieu de me louer de l'indulgence de Luscinde, plus souvent même, elle savait me prouver que je ne lui faisais que violence ; et quoique je sentisse que le désir était en elle plus vrai que la colère, cette alternative me blessait. Cependant comment le lui dire, sans lui rendre une liberté dont elle aurait pu abuser contre moi ? Il aurait fallu essuyer de nouveaux reproches, me jeter dans de nouvelles justifications, et perdre dans ces misères un temps que je pouvais mieux employer. Je crus, toutes réflexions faites, que le meilleur moyen que j'eusse pour triompher de son entêtement était de m'entêter à mon tour ; et bientôt il ne me fut pas possible de douter que je n'eusse pris le meilleur parti. Aussitôt que je la sentis aussi raisonnable que je le désirais, j'achevai de me dépouiller des apparences de respect que je conservais encore à certains égards, et je voulus voir jusqu'où elle porterait la clémence. Je ne la trouvai pas d'abord aussi étendue que j'avais cru devoir m'en flatter, et j'eus encore quelques irrésolutions à combattre. Sa résistance me donnant enfin plus d'impatience que de plaisir, et convaincu que j'avais porté les égards bien au-delà de ce que la situation l'exigeait, je me déterminai en soupirant au seul coup d'autorité qui pût terminer cette discussion, et m'en trouvai parfaitement bien. Il est vrai que Luscinde me fit sentir d'abord qu'elle se croyait encore offensée ; mais je la vis enfin, plus à ce qu'elle était, qu'à ce qu'elle voulait paraître, oublier tout à la fois qu'elle aimait Oronte, et qu'elle ne m'aimait pas, et trouver dans la vengeance tous les charmes qu'on dit qu'elle a.

CIDALISE : Comment, traître ! vous m'aviez dit que cette histoire ne m'amuserait pas, et je la trouve délicieuse !

CLITANDRE : Dans le fond, elle n'est pas absolument mauvaise. Je pense pourtant que Luscinde la trouverait détestable, et voilà comme on ne plaît pas à tout le monde ; mais prouvez-moi, du moins, que vous m'en avez quelque obligation.

CIDALISE : Non.

CLITANDRE : Comment ! non.

CIDALISE : D'ailleurs, elle n'eſt pas finie, cette hiſtoire, et je n'ai pas oublié que je vous l'ai payée d'avance ; encore pourrais-je voir si vous ne m'en deviez plus rien.

CLITANDRE : Mais si je ne veux pas la finir, moi ?

CIDALISE : Je doute que j'y perdisse beaucoup, et que vous ne m'ayez pas raconté ce qu'elle a de plus intéressant.

CLITANDRE : Eh bien ! par exemple, vous vous trompez. Mais quoi qu'il en soit, il n'en eſt pas moins certain que vous n'aurez ce qui en reſte qu'au prix dont vous en avez payé le commencement.

CIDALISE : Ne me parlez pas comme cela, car sérieusement vous me faites peur. *(Il veut la tourmenter.)* Oh ! pour cela non, vous ne m'attraperez plus.

Elle prend contre lui toutes les précautions imaginables.

CLITANDRE : Ah ! cela eſt beau ! voilà d'agréables procédés !

CIDALISE : Je suis fâchée qu'ils vous déplaisent ; mais vous pouvez compter que de la nuit, je n'en aurai pas d'autres. Au lieu de me tourmenter comme vous faites, et d'avoir les prétentions du monde les plus ridicules, que ne me finissez-vous cette hiſtoire ?

CLITANDRE : Allons, je le veux bien, puisque enfin il en faut passer par là. Vous croyez peut-être que je ne suis si doux que parce que cela m'eſt plus commode que de m'obstiner contre vous ? Il eſt pourtant réel…

CIDALISE : Oh ! mon Dieu ! je vous rends là-dessus toute la juſtice possible.

CLITANDRE : C'eſt que je ne voudrais pas que vous crussiez…

CIDALISE : Eh non ! je ne crois rien à votre désavantage, soyez tranquille… En vérité ! je vous dispensais des preuves. Eh bien ! je suis convaincue ; aurai-je enfin le reſte de l'hiſtoire ?

CLITANDRE : Les torts se trouvant assez également partagés entre Luscinde et moi, pour qu'elle ne pût, avec quelque apparence de juſtice, me dire encore que j'étais un impertinent, elle ne fut pas plus tôt revenue de l'erreur où je venais de la plonger, qu'elle baissa les yeux avec les marques de la plus grande confusion. Je sentis que dans le premier moment, ce ne serait point par des transports que je la tirerais d'un état si désagréable, et je crus ne pouvoir mieux lui adoucir les reproches que je voyais qu'elle se faisait, qu'en lui remettant devant les yeux les torts d'Oronte, et en lui représentant vivement à quel point il lui avait manqué ; j'ajoutai que l'on pouvait pardonner à un homme des scènes particulières, mais que quand il s'oubliait assez pour en faire de publiques, et pour ne rien respecter, il était impossible de lui passer des éclats si scandaleux ; et que j'osais assurer que depuis que j'étais dans le monde, je n'avais rien vu d'aussi déplacé que la scène de ce soir-là, et qu'elle était la seule qui eût pu si longtemps garder un amant qui ne savait exprimer son amour que par les jalousies les plus injurieuses, et les plus violents procédés. Ce discours produisit sur elle l'effet que j'en avais espéré ; elle reprit feu, convint que j'avais raison, s'emporta contre lui avec toute la vivacité que vous lui connaissez, et ne fut plus surprise que d'avoir attendu si tard à se venger d'un amant si incommode, et si peu respectueux. À mesure qu'elle cessait de se trouver si coupable, je devenais, comme de raison, fort innocent à ses yeux. Le zèle ardent qu'elle me voyait pour ses intérêts ; je ne sais quelles comparaisons elle s'avisa de faire entre Oronte et moi, et qu'en ce moment elle tournait à mon avantage ; une sorte de goût que peut-être elle prit subitement pour moi, la forcèrent enfin à prendre ce ton tendre et familier que je lui avais jusque-là vainement désiré. J'y répondis de la façon qui pouvait l'encourager le plus ; et quoique à dire la vérité ce ne fût point par le sentiment que dans cette conversation je brillasse le plus, elle trouva que j'étais l'homme de mon siècle qui avait le plus de délicatesse, et même s'étonna fort de ne s'en être pas aperçue plus tôt. Ce qui lui avait paru, avec quelque sorte de raison, la plus énorme des insolences, ne fut bientôt plus qu'une de ces témérités dont l'amant le plus respectueux ne peut pas toujours se défendre ; un de ces moments malheureux où l'on est emporté malgré soi-même, et qu'il est impossible qu'une femme ne pardonne pas, lorsque c'est par l'amour, et non par le désir, qu'on est entraîné. Quoique tous ces propos m'assurassent suffisamment de ma grâce, je voulus qu'elle m'accordât tout ce dont l'impétuosité de ma passion m'avait forcé de me priver, et que, pour effacer jusqu'aux plus légères traces de mon impertinence, nous suivissions toutes les progressions que notre affaire aurait eue, si nous eussions eu le temps de la filer. Je lui dis donc le plus vivement du monde que je l'adorais ; bientôt l'aveu le plus tendre me paya de celui que je venais de faire, et fut suivi de toutes les petites faveurs qui pouvaient le confirmer ; celles-là en amenèrent d'autres ; elle ne m'opposa de résistance que ce qu'il en faut pour ajouter aux plaisirs. L'amour entrait à la vérité, dans tout cela, pour assez peu de chose ; mais nous fûmes longtemps sans nous apercevoir qu'il nous manquât. Quoiqu'elle ait mille choses charmantes, que peu de femmes en rassemblent tant, qu'elle soit vive, sensible, et qu'elle ait pour un amant, ou l'à-peu-près de cela, mille grâces, toutes plus piquantes les unes que les autres, je ne sais par quel caprice de goût elle me paraissait plus faite pour amuser un homme quelque temps que pour le fixer. Nous ne nous en apercevons peut-être pas, mais à quelque point que ce qu'on appelle mœurs, et principes, soit décrédité, nous en voulons encore. Je n'avais donc nulle envie de la garder, à moins que (comme j'ai, lorsque je n'aime point, on ne peut pas moins d'orgueil) elle ne se fût arrangée de façon qu'Oronte, ou même quelque autre, ne m'eût sauvé auprès d'elle, l'embarras de la représentation, et ne m'eût permis de rester dans la foule. Quoique je ne désespérasse pas de l'amener sur cet article à un accommodement, elle me disait des choses si tendres, et prenait si sérieusement pour l'avenir de si grandes mesures, que je ne savais comment lui exposer un projet qui prouvait si peu de sentiment, et même d'estime. Ce n'était pas qu'il ne me fût aisé de lui promettre plus encore qu'elle n'exigeait, mais je ne voulais pas avoir avec elle le mauvais procédé de la faire rompre avec un homme qui était du moins fort nécessaire à sa vanité, lorsque je ne voulais pas le remplacer. Je ne me pressai cependant point de la tirer d'une erreur où, dans cet instant, j'avais besoin qu'elle restât, et qui, en excusant son ardeur, la faisait se livrer à la mienne sans crainte, et même sans scrupule. Quelque vive que fût entre nous la conversation, j'étais assuré qu'elle ne se soutiendrait pas toujours sur le ton où nous l'avions commencée ; et je crus, pour lui exposer mes intentions, devoir attendre qu'elle vînt à languir. Aussitôt que ce moment que, malgré les plaisirs que je goûtais, j'attendais avec impatience fut arrivé, je me mis à lui parler du désespoir où serait Oronte de perdre, et par sa seule faute, la seule femme qui pût rendre un homme parfaitement heureux. Elle me demanda si je croyais qu'il y fût si sensible ; et je lui répondis affirmativement, que je ne doutais pas qu'il n'en mourût de douleur. « Ce sera donc par vanité, reprit-elle, car à sa façon de se conduire, il ne se peut pas que je lui suppose un autre sentiment. — Oh ! pour fort amoureux, répliquai-je, il eſt impossible que vous ne conveniez pas qu'il l'eſt. » Là-dessus, je lui exprimai finement, mais avec autant de feu que d'étendue, tout ce qu'Oronte avait fait pour lui prouver qu'il avait pour elle tout l'amour qu'il eſt possible de sentir ; et en avouant qu'il avait des torts avec elle, je lui fis remarquer qu'il n'en avait aucun qu'elle pût imputer à indifférence ; que depuis quatre ans qu'il l'adorait, elle n'avait à lui reprocher que des jalousies, à la vérité, fort dures, fort offensantes, et qu'elle avait raison de vouloir punir, mais qui n'étaient en lui un crime singulier, que par leur emportement et leur continuité, puisque tout amant en eſt coupable, plus ou moins. Dans l'inſtant où j'avais commencé à lui parler d'Oronte, j'avais vu ses sourcils se froncer, et son visage devenir sévère, comme si elle eût voulu par là me dire de ne lui point parler d'un objet qui lui déplaisait ; mais lorsque j'eus commencé à m'étendre sur l'amour qu'il avait pour elle, et sur tout ce qu'il avait fait pour lui prouver à quel point elle lui était chère, elle prit insensiblement, et malgré elle, l'air de l'intérêt, se mit à rêver profondément, à soupirer de même, et enfin, il lui fut impossible de retenir ses larmes, au portrait qu'en la suppliant de l'oublier, je lui fis de sa tendresse et de ses agréments, et de pouvoir comprendre comment elle avait pu lui faire un moment l'injustice de ne s'en pas croire adorée.

CIDALISE : En vérité ! vous êtes singulièrement méchant !

CLITANDRE : Que vouliez-vous donc que je fisse ? Que je la gardasse ?

CIDALISE : Non, mais que vous ne la prissiez pas.

CLITANDRE : J'aurais mieux fait, sans doute ; mais sans compter qu'elle eſt assez bien pour qu'on puisse être tenté de l'avoir, j'avais à me venger d'Oronte, qui, pendant que j'étais aimé d'Aspasie, avait indécemment fait tout son possible pour me supplanter. Je m'étais bien promis de ne pas manquer la première occasion qui se présenterait de lui en marquer ma reconnaissance ; et je crus ne le pouvoir mieux qu'en lui rendant sa maîtresse, après ce que j'en avais fait.

CIDALISE : Rien n'était assurément ni plus judicieux, ni plus équitable.

CLITANDRE : Mais, oui, c'était, je crois, le seul parti qu'il y eût à prendre. Mes discours cependant embarrassaient Luscinde, d'autant plus qu'en lui exagérant les charmes et la tendresse d'Oronte, je lui parlais avec feu de mes sentiments. Je voyais avec un secret plaisir qu'il s'en fallait peu qu'elle ne crût et l'aimer à la folie, et me haïr fort raisonnablement. Je ne me fus pas plus tôt aperçu de l'un et de l'autre, que je me mis en devoir de reprendre avec elle des libertés, qui, par notre dernier arrangement, devenaient entre nous tout à fait simples ; mais dont, par la nouvelle révolution que son cœur venait d'éprouver, il était impossible qu'elle ne me fît pas un crime. Avec quelque adresse qu'elle cherchât à me dérober son trouble, ses remords, ses nouveaux vœux, et la répugnance avec laquelle elle se livrait encore à des transports, qui, quelques instants auparavant, prenaient tant sur son âme, elle m'inspirait trop peu d'amour, et j'ai trop d'usage de ces sortes de choses, pour qu'elle pût me tromper sur ses mouvements. Elle ne répondait plus, soit à mes caresses, soit à mes protestations, que par ce sourire faux, et cette complaisance froide et forcée que l'on a pour un amant qui ne plaît plus, et à qui l'on n'ose le dire ; muette, les yeux baissés, se refusant même, lorsqu'elle semblait se prêter tout entière à ce même objet qu'elle venait d'oublier si parfaitement ; non, jamais je n'ai vu l'humeur et le dégoût se peindre avec si peu de ménagement, et tant de naïveté. Un moment d'orgueil me fit regretter d'avoir voulu m'en donner le plaisir ; et je fus sur le point d'être assez injuste pour la gronder le plus vivement du monde, de me faire essuyer des humiliations que je m'étais moi-même cherchées. Heureusement pour elle, et pour moi, ce mouvement de fatuité ne fut pas long ; et loin de m'aveugler sur la sorte de chaleur qu'il rendait à mes sens, et de le prendre pour de l'amour, je sus m'en rendre le maître, et me voir tel que j'étais. Ne pouvant sortir que par des reproches de l'embarras où je m'étais mis, je les fis, du moins, décents et modérés, et j'eus tout le soin possible que rien de trop humiliant pour elle ne les empoisonnât pas. J'avais raison, car j'avais assurément plus de tort qu'elle, qui aurait borné tout son ressentiment contre Oronte à se plaindre de lui avec moi, et tout au plus à de simples projets de vengeance, si je n'eusse pas abusé contre elle de l'état violent où elle se trouvait, et que je ne lui eusse pas arraché des faveurs qu'elle n'eût peut-être jamais songé d'elle-même à m'accorder. Ce fut donc sans fiel et sans amertume que je me plaignis qu'elle s'était trompée sur son cœur, lorsqu'elle avait cru que je lui faisais oublier Oronte. Un regard et un soupir, qui m'apprirent combien en effet elle se reprochait de l'avoir cru, furent toute sa réponse. Je lui dis alors tout ce que l'on peut dire d'honnête et de flatteur à une femme par qui l'on est quitté, et l'assurai que j'étais d'autant moins surpris du malheur qui m'arrivait avec elle, qu'au milieu même de tout ce qu'elle avait fait pour moi, elle m'avait fait sentir combien elle tenait encore à l'homme qu'elle semblait me sacrifier. J'ajoutai qu'il me serait, s'il se pouvait pourtant, plus cruel encore de la posséder malgré elle-même, qu'il ne m'aurait été doux de la tenir de son cœur ; que quelque chose que j'en pusse souffrir, je devais cesser de me croire des droits, de l'instant où elle ne les avouait plus, et que j'aimais mieux n'avoir auprès d'elle que le stérile nom d'ami, que de conserver malgré elle le titre d'amant, lorsqu'il ne pourrait servir qu'à faire le malheur de sa vie.

Que quelques femmes sont singulières ! Il est certain qu'après ce qui venait de se passer entre nous deux, et dans la situation où elle se trouvait, il ne pouvait lui arriver rien de plus heureux que la douceur avec laquelle je lui permettais de cesser de m'aimer. J'aurais naturellement dû en attendre des remerciements ; mais elle sentit plus le tort que, par cette facilité à me dégager, je semblais faire à ses charmes, que le sacrifice que je faisais à ses sentiments ; et si elle eut la force de ne pas s'en plaindre, elle n'eut pas celle de me dissimuler le mécontentement de son amour-propre. Je ne sus pendant quelque temps si je paraîtrais l'avoir remarqué, ou si je continuerais à suivre mon objet ; mais la réflexion que je fis, que tout ce que je lui dirais sur cela ne ferait qu'allonger cette scène, et que cru amoureux ou indifférent, elle n'en retournerait pas moins à son premier goût, me détermina pour le second parti. Après quelques tergiversations, de vengeur, je devins confident. Ce second rôle ne flattait pas autant ma vanité que le premier ; mais comme il me convenait davantage, ce fut sans aucun chagrin que je vis Luscinde passer vis-à-vis de moi de toutes les fureurs de l'amour à la plus cruelle froideur. Quelle révolution !

Mais, ô cruel Amour ! ce sont là de tes coups[17] *!*

Luscinde, enfin, poussa l'indifférence si loin, et prit en même temps une si grande confiance en mon amitié, qu'elle ne craignit pas de me consulter sur ce qu'elle avait à faire. Je lui répondis, avec le même sang-froid, que d'abord que je voulais bien me sacrifier, rien n'était moins embarrassant que son affaire ; que je me flattais qu'elle me rendait assez de justice pour ne pas douter de ma discrétion, mais que comme il se pouvait qu'Oronte, qui véritablement est d'une jalousie à désespérer, apprît que j'avais passé la nuit chez elle, et qu'il ne s'en tourmentât, si l'on paraissait vouloir le lui cacher, j'irais ce matin-là même le gronder sur ses caprices, et lui dire que j'avais vainement employé la plus grande partie de la nuit à la prier de les lui pardonner. Elle approuva l'arrangement que je lui proposais, et me promit une amitié éternelle.

CIDALISE : Cela est assurément bien beau de part et d'autre, et cette affaire ne pouvait pas plus noblement se terminer.

CLITANDRE : Se terminer ! Oh ! elle ne l'est pas encore.

CIDALISE : Quoi ! lui arriva-t-il encore de changer d'avis ? En vérité ! je le voudrais.

CLITANDRE : Oh ! que non ! Ce que j'ai encore à vous dire est d'une bien plus grande beauté ; mais tout admirable que cela est, je ne veux pourtant pas trop vous le faire attendre.

Dans l'instant que j'allais quitter Luscinde, et que nous ne nous faisions plus que de très faibles protestations d'amitié, il me parut plaisant d'en obtenir encore des faveurs, malgré l'amour ardent dont alors elle brûlait pour Oronte. Cette idée me parut à moi-même si singulière, et si peu faite pour réussir, moi ne voulant employer ni menaces ni violence, que je crus ne pouvoir trop finement la mettre en œuvre. Je feignis donc de la regarder avec plus d'ardeur que jamais, je poussai de profonds soupirs, levai au ciel des yeux d'une tristesse à faire pleurer. Comme emporté par la force des mouvements qui m'agitaient, je me précipitai à ses genoux, et n'épargnai rien enfin de tout ce qui pouvait lui prouver que j'étais accablé du sacrifice qu'elle me forçait de lui faire, et ne craignis même pas d'ajouter qu'il était assez vraisemblable que je n'y survivrais pas. Quand il aurait été possible que de si grandes plaintes ne l'eussent pas émue, son amour-propre avait été trop piqué de la facilité avec laquelle je m'étais détaché d'elle, pour qu'il ne fût pas infiniment sensible à mon retour. Elle me pria donc bien sérieusement de continuer de vivre. Je la conjurai à mon tour, s'il était vrai qu'elle s'intéressât à ma vie, de me recevoir encore une fois dans ses bras. Cette proposition parut l'étonner ; mais, à ses regards, je jugeai qu'elle ne la trouvait pas si absurde, et même qu'elle ne m'en savait pas absolument mauvais gré. Il se pouvait aussi que la nécessité de me ménager, et la crainte que je ne me vengeasse de ses refus, par quelque malhonnête indiscrétion, entrassent pour beaucoup dans la douceur avec laquelle elle la recevait. Quoi qu'il en soit, elle me répondit seulement, avec toute la bonté que je pouvais attendre d'une amie sincère, que mes regrets n'en seraient que plus cruels, et que si j'étais sage, je devrais bien plus songer à éteindre mon amour qu'à chercher à le rallumer. Je convins qu'elle avait raison ; mais je n'en insistai pas moins ; et le caprice, la crainte, et la vanité lui tenant lieu de tendresse, et même de compassion : « Au moins, Clitandre, me dit-elle en se préparant à me secourir, souvenez-vous que c'est vous qui le voulez ; et si ma complaisance pour vous produit l'effet que j'en crains, ne soyez pas assez injuste pour m'en rendre responsable. » Croyant alors m'avoir suffisamment averti, elle se livra d'assez bonne grâce à mes empressements. Je vous avouerais bien une noirceur que je lui fis ; mais c'est que je crains qu'elle ne vous paraisse trop forte. Dans le fond, ce n'est pourtant qu'une expérience ; et il n'est pas défendu d'en faire.

CIDALISE : Au contraire, elles ne peuvent qu'être utiles ; et d'ailleurs, c'est le goût d'aujourd'hui.

CLITANDRE : C'était, ainsi que vous avez pu le juger par mon récit, non seulement sans amour, mais même avec d'assez faibles désirs, que je l'avais priée de m'accorder une dernière preuve de son amitié. Il était, par conséquent, tout simple que je ne fusse pas ému à un certain point. Son cœur n'était pas, non plus, dans une disposition plus favorable que le mien ; et nous commençâmes tous deux cet entretien sans apporter à ce que nous disions une attention assez marquée pour que nous ne pussions pas voltiger sur d'autres objets. Nous restâmes assez longtemps tous deux dans cette sorte d'indifférence ; enfin, il me parut qu'elle commençait à ne plus voir les choses avec tant de désintéressement. Ce n'était pas qu'elle m'aimât plus qu'elle ne me l'avait promis, mais apparemment elle s'amusait davantage. Il me prit envie de voir s'il est vrai que la machine l'emporte sur le sentiment, autant que bien des gens le prétendent ; et pour m'éclairer sur cela, dans l'instant que Luscinde semblait avoir oublié toute la nature, ou ne plus exister que pour moi : « Ah ! madame, m'écriai-je, pourquoi faut-il que dans des moments si doux, je ne puisse perdre le souvenir de mon rival, ou pourquoi du moins ne puis-je vous le faire oublier ? Car enfin, je ne le vois que trop, l'heureux Oronte peut seul vous occuper. Désespérée de vous voir dans mes bras, vous n'aspirez qu'au bonheur de vous retrouver dans les siens ;

et ce serait en vain que je me flatterais de le bannir un seul instant de votre cœur. — Non, Clitandre, me répondit-elle courageusement, vous ne vous abusez pas, je l'adore. » Et ce qu'il y a de remarquable, c'est qu'en faisant à Oronte une si tendre déclaration, elle m'accablait des plus ardentes caresses, et me donna même les plus fortes preuves de sensibilité qu'en ce moment-là je pusse attendre d'elle.

CIDALISE : Et vous avez conclu de cette épreuve si honnête…

CLITANDRE : Que les femmes disent plus vrai que nous ne croyons, quand elles affirment que les plaisirs les plus vifs ne font point oublier à une femme qui pense, avec une certaine délicatesse, l'objet dont elle a le cœur rempli ; et que quand ce n'est pas lui qui les lui procure, il n'en est pas moins celui à qui elle voudrait toujours les devoir. Ah ! c'est une chose bien vraie que celle-là ! Mais, pour en être convaincu, j'avais réellement besoin d'une expérience comme celle que j'ai faite.

CIDALISE : Ah ! scélérat !

CLITANDRE : Pourquoi donc ? Que peut-on faire de mieux que de chercher à se guérir de ses préjugés, et surtout de ceux auxquels les autres peuvent perdre ? Au reste, pour cesser de vous parler de Luscinde, je lui tins parole dans tous les points ; vous êtes la seule à qui j'aie raconté cette histoire. Je forçai Oronte à s'avouer coupable, et l'envoyai aux pieds de Luscinde lui demander pardon de ses injustices ; j'intercédai même pour lui, et j'eus la gloire de voir mettre dans le traité qu'ils conclurent entre eux que c'était à ma seule considération qu'on lui accordait la paix. Cette aventure, enfin, m'a donné un vrai plaisir ; et je n'y ai depuis jamais songé sans rire.

CIDALISE : Et moi, je ne vous entends pas sans trembler. Vous me paraissez avec les femmes d'un libertinage et d'une mauvaise foi qui me donnent les plus vives terreurs, et qui me font cruellement repentir de ma faiblesse pour vous.

CLITANDRE : Je ne vous conterai plus d'histoires, puisque le seul usage que vous sachiez en faire est de vous tourmenter ; et pour vous faire mettre des bornes à vos craintes, j'en mettrai désormais à ma confiance. Ce que je puis pourtant vous jurer, et avec la vérité la plus exacte, c'est que je suis naturellement fidèle, et que vous serez, j'ose vous le dire, étonnée de ma régularité.

CIDALISE : Hélas ! Dieu le veuille ! *(Elle fait sonner sa pendule.)* Déjà sept heures !

CLITANDRE : Pour moi, je ne me lève ordinairement qu'à dix ; et je doute que ce soit avec vous que j'apprenne à devenir plus matineux. Vous sentez bien, d'ailleurs, qu'il ne se peut pas que je vous quitte sans vous avoir bien rassurée.

CIDALISE, *sortant de son lit* : Et moi, je vous proteste que je sonnerai plutôt Justine que de souffrir que vous me tourmentiez davantage.

CLITANDRE : Ah ! sans doute ! cela serait beau ! Croyez-moi, venez vous recoucher.

CIDALISE : Et mon lit ? Vous m'avez promis de le refaire.

CLITANDRE : Volontiers ; je puis dire, sans trop me vanter, que Justine, toute fameuse qu'elle est, ne fait pas un lit mieux que moi.

Ils refont le lit.

CIDALISE : Hélas ! tant mieux ! Je n'eus jamais plus de besoin d'être bien couchée.

CLITANDRE : C'est-à-dire qu'on ne pourra vous faire sa cour qu'un peu tard ?

CIDALISE : Oh ! très tard, en effet. Et je vous défends, de plus, de parler à aucune des femmes qui sont ici, à Luscinde surtout, que je ne sois levée.

CLITANDRE : Je ne vois pas pourquoi elle vous paraît plus à craindre qu'une autre ; mais ce dont je suis convaincu, c'est que je serais pour elle moins dangereux que personne, et que depuis notre aventure, elle a pensé sur moi absolument comme Julie, quoique j'aie plus d'une fois tenté de la faire vivre avec moi sur le ton de liberté qui aurait à la fois convenu aux désirs qu'elle m'inspirait, et au peu d'amour que j'avais pour elle.

CIDALISE : Il est, en effet, assez singulier qu'elle ne se soit pas prêtée à des vues si raisonnables.

CLITANDRE : Mais oui ; cela est peut-être plus extraordinaire que vous ne pensez. Eh bien ! que dites-vous de votre lit ?

CIDALISE : Que jamais il ne m'a paru mieux fait ; je suis bien surprise de vous trouver ce talent !

CLITANDRE : Il ne vous paraît peut-être rien ; mais je vous jure que jusqu'à un certain âge, il y en a peu qui soient aussi nécessaires que celui-là.

CIDALISE : Vous avez beau le vanter ! je vous jure que je ne vous en estime pas davantage.

CLITANDRE : Je trouve, à ce que vous me dites là, assez peu de reconnaissance ; et je ne sais si, pour vous punir de votre ingratitude, il ne me serait pas permis de gâter un ouvrage dont on me sait si peu de gré.

CIDALISE : Ah ! cela serait horrible, lorsque si vous l'aviez voulu, j'aurais été, sans vous avoir la plus légère obligation, on ne peut pas mieux couchée.

CLITANDRE : Vous m'avez insulté !

CIDALISE : Eh bien ! je veux pousser l'injure jusqu'au bout ; je ne vous crains pas.

CLITANDRE : Je trouve à cela, si vous me permettez de vous le dire, plus de courage que de prudence ; mais ne serait-ce pas pour avoir le plaisir d'être vaincue que vous me défieriez ?

CIDALISE : Non pas absolument ; mais serait-il bien vrai que ma sécurité fût si déplacée ?

CLITANDRE : Je me flattais de vous avoir corrigée de ces doutes-là, par exemple.

CIDALISE : En vérité ! s'il faut vous parler sérieusement, je n'en ai pas.

CLITANDRE : Cela ne serait-il point un peu obscur ? Me rendez-vous justice ? me faites-vous injure ? Ah ! ce doute me tourmente trop pour me le laisser.

Il se venge.

CIDALISE : Ah ! Clitandre, je vous demande pardon.

CLITANDRE : Il est bien temps !

CIDALISE : En vérité ! vous êtes bien vain !... Un lit qui était le mieux fait du monde... Vous êtes réellement insupportable !

CLITANDRE : Trouvez-vous ?...

Le lecteur ne doit pas conclure de ce que lui dit Cidalise que c'est sérieusement qu'elle le gronde. Il est vrai qu'elle a peut-être un peu d'humeur. (Eh ! qui n'en aurait pas à sa place ?) Mais il est, pour le moins, tout aussi vrai qu'elle finit par ne lui en plus montrer.

CIDALISE : Vous en irez-vous, à présent ?

CLITANDRE : Si vous le voulez absolument, il le faut bien ; mais je ne saurais m'empêcher de vous dire qu'en pareil cas, on ne m'a jamais renvoyé de si bonne heure.

CIDALISE : Cela se peut ; mais de grâce, allez-vous-en. *(Il ouvre la porte.)* Ah ! Clitandre, bien doucement, je vous prie.

CLITANDRE : Un autre talent que j'ai, c'est d'ouvrir une porte plus doucement que personne, et de marcher avec une légèreté incompréhensible.

CIDALISE : Hélas ! vous n'avez que trop de talents ; et si cela dépendait de moi, je donnerais volontiers ceux des vôtres dont vous faites peut-être le plus de cas, pour la certitude que vous me serez fidèle.

CLITANDRE : Oh ! sans doute, vous feriez là un beau marché ! Allez, mon ange, je vous la donnerai à moins de frais. *(Il lui baise tendrement la main.)* Adieu, puissiez-vous, s'il se peut, m'aimer autant que vous êtes aimée vous-même.

Elle ne lui répond qu'en lui prouvant qu'elle l'aime.
Ils se séparent.

Gervaise de Latouche

HISTOIRE DE DOM B***, PORTIER DES CHARTREUX

Écrite par lui-même

PREMIÈRE PARTIE

Que c'est une douce satisfaction pour un cœur d'être désabusé des vains plaisirs, des amusements frivoles et des voluptés dangereuses qui l'attachaient au monde ! Rendu à lui-même après une longue suite d'égarements, et dans le calme que lui procure l'heureuse privation de ce qui faisait autrefois l'objet de ses désirs, il sent encore ces frémissements d'horreur, qui laissent dans l'imagination le souvenir des périls auxquels il est échappé ; mais il ne les sent que pour se féliciter de la sûreté où il se trouve : ces mouvements lui deviennent des sentiments chers, parce qu'ils servent à lui faire mieux goûter les charmes de la tranquillité dont il jouit.

Telle est, cher lecteur, la situation du mien. Quelles grâces n'ai-je pas à rendre au Tout-Puissant dont la miséricorde m'a retiré de l'abîme du libertinage où j'étais plongé, et me donne aujourd'hui la force d'écrire mes égarements pour l'édification de mes frères.

Je suis le fruit de l'incontinence des révérends pères célestins de la ville de R.... Je dis des révérends pères, parce que tous se vantaient d'avoir fourni à la composition de mon individu. Mais quel sujet m'arrête tout à coup ? Mon cœur est agité : est-ce par la crainte qu'on ne me reproche que je révèle ici les mystères de l'Église ? Ah ! surmontons ce faible remords : ne sait-on pas que « *Tout homme est homme, et les moines surtout* » ? Ils ont donc la faculté de travailler à la propagation de l'espèce. Hé ! pourquoi la leur interdirait-on ? Ils s'en acquittent si bien.

Peut-être, lecteur, attendez-vous avec impatience que je

vous fasse un récit détaillé de ma naissance. Je suis fâché de ne pouvoir pas sitôt vous satisfaire sur cet article, et vous allez me voir de plein saut chez un bonhomme de paysan que j'ai pris longtemps pour mon père.

Ambroise, c'était le nom du bonhomme, il était le jardinier d'une maison de campagne que les célestins avaient à un petit village à quelques lieues de la ville ; sa femme Toinette fut choisie pour me servir de nourrice : un fils qu'elle avait mis au monde, et qui mourut au moment que je vis le jour, aida à voiler le mystère de ma naissance ; on enterra secrètement le fils du jardinier, et celui des moines fut mis à sa place ; l'argent fait tout.

Je grandissais insensiblement, toujours cru, et me croyant moi-même fils du jardinier, j'ose dire néanmoins (qu'on me pardonne ce petit trait de vanité) que mes inclinations décelaient ma naissance. Je ne sais quelle influence divine opère sur les ouvrages des moines : il semble que la vertu du froc se communique à tout ce qu'ils touchent, Toinette en était une preuve. C'était bien la plus fringante femelle que j'aie jamais vu, et j'en ai vu quelques-unes : elle était grosse, mais ragoûtante : de petits yeux noirs, un nez retroussé, vive, amoureuse, plus parée que ne l'est ordinairement une paysanne. Ç'aurait été un excellent pis-aller pour un honnête homme, jugez, pour des moines.

Quand la coquine paraissait avec son corset des dimanches, qui lui serrait une gorge que le hâle avait toujours respectée, et laissait voir deux tétons qui s'échappaient, ah ! que je sentais bien dans ce moment que je n'étais pas son fils, ou que j'aurais volontiers passé sur cette qualité !

J'avais les dispositions toutes monacales. Guidé par le seul instinct, je ne voyais pas une fille que je ne l'embrassasse, que je ne lui portasse la main partout où elle voulait bien la laisser aller ; et quoique je ne susse pas positivement ce que j'aurais fait, mon cœur me disait que j'en aurais fait plus, si l'on ne m'eût arrêté.

Un jour qu'on me croyait à l'école, j'étais resté dans un petit réduit où je couchais. Une simple cloison le séparait de la chambre d'Ambroise, dont le lit était justement appuyé contre. Je dormais, il faisait une extrême chaleur, c'était dans le cœur de l'été, je fus tout à coup réveillé par les violentes secousses que j'entendis donner à la cloison. Je ne savais que penser de ce bruit, il redoublait ; en prêtant l'oreille, j'entendis des sons émus et tremblants, des mots sans suite et mal articulés. « Ah… doucement, ma chère Toinette, ne va pas si vite ! Ah ! coquine… tu me fais mourir de plaisir, va vite ! eh vite ! Ah… je me meurs ! »

Surpris d'entendre de pareilles exclamations dont je ne sentais pas toute l'énergie, je me rassis : à peine osais-je remuer. Si l'on m'avait su là, j'avais tout à craindre, je ne savais que penser, j'étais tout ému. L'inquiétude où j'étais fit bientôt place à la curiosité. J'entendis de nouveau le même bruit, et je crus distinguer qu'un homme et Toinette répétaient alternativement les mêmes mots que j'avais déjà entendus ; même attention de ma part : l'envie de savoir ce qui se passait dans cette chambre devint à la fin si vive, qu'elle étouffa toutes mes craintes. Je résolus de savoir ce qui en était ; je serais, je crois, volontiers entré dans la chambre d'Ambroise pour voir ce qui s'y passait, aux risques de tout ce qui aurait pu arriver. Je ne fus pas à cette peine ; en cherchant doucement avec la main si je ne trouverais pas quelque trou à la cloison, j'en sentis un qui était couvert par une grande image. Je la perçai, et me fis jour. Quel spectacle ! Toinette nue comme la main, étendue sur son lit, et le père Polycarpe, procureur[1] du couvent, qui était à la maison depuis quelque temps, nu comme Toinette, faisant… quoi ? ce que faisaient nos premiers parents, quand Dieu leur eut ordonne de peupler la terre ; mais avec des circonstances moins lubriques.

Cette vue produisit chez moi une surprise mêlée de joie et d'un sentiment vif et délicieux, qu'il m'aurait été impossible d'exprimer. Je sentais que j'aurais donné tout mon sang pour être à la place du moine : que je lui portais d'envie ! que son bonheur me paraissait grand[2] ! Un feu inconnu se glissait dans mes veines, j'avais le visage enflammé, mon cœur palpitait, je retenais mon haleine, et la pique de Vénus, que je pris à la main, était d'une force et d'une roideur à abattre la cloison, si j'avais poussé un peu fort. Le père fournit sa carrière[3], et en se retirant de dessus Toinette, il la laissa exposée à toute la vivacité de mes regards. Elle avait les yeux mourants et le visage couvert du rouge le plus vif, elle était toute hors d'haleine, ses bras étaient pendants, sa gorge s'élevait et se baissait avec une précipitation étonnante : elle serrait de temps en temps le derrière en se raidissant et en jetant de grand soupirs. Mes yeux parcouraient avec une rapidité inconcevable toutes les parties de son corps ; il n'y en avait pas une sur laquelle mon imagination ne collât mille baisers de feu. Je suçais ses tétons, son ventre ; mais l'endroit le plus délicieux et dessus lequel mes yeux ne purent plus s'arracher, quand une fois je les y eus fixés, c'était... Vous m'entendez ! Que cette coquille[4] avait pour moi de charmes. Ah ! l'aimable coloris ! Quoique couverte d'une petite écume blanche, elle ne perdait rien à mes yeux de la vivacité de sa couleur. Au plaisir que je ressentais, je reconnus le centre de la volupté. Il était ombragé d'un poil épais, noir et frisé. Toinette avait les jambes écartées. Il semblait que sa paillardise fût d'accord avec ma curiosité, pour ne me rien laisser à désirer.

Le moine ayant repris vigueur vint de nouveau se présenter au combat ; il se remit sur Toinette avec une nouvelle ardeur ; mais ses forces trahirent son courage, et fatigué de piquer inutilement sa monture, je lui vis retirer l'instrument de la coquille de Toinette, lâche et baissant la tête. Toinette, dépitée de sa retraite, le prit et se mit à le secouer ; le moine s'agitait avec fureur, et paraissait ne pouvoir supporter le plaisir qu'il ressentait. J'examinais tous leurs mouvements, sans autre guide que la nature, sans autre instruction que l'exemple, et curieux de savoir ce qui pouvait occasionner ces mouvements convulsifs du père : j'en cherchai la cause en moi-même. J'étais surpris de sentir un plaisir inconnu qui augmentait insensiblement, et devint enfin si grand que je tombai pâmé sur mon lit. La nature faisait des efforts incroyables, et toutes les parties de mon corps semblaient fournir aux plaisirs de celle que je caressais. Il tomba enfin de cette liqueur blanche, dont j'avais vu une si grande profusion sur les cuisses de Toinette. Je revins de mon extase, et retournai au trou de la cloison, il n'était plus temps ; le dernier coup était joué, la partie était finie. Toinette se rhabillait, le père l'était déjà.

Je restai quelque temps, l'esprit et le cœur remplis de l'aventure dont je venais d'être témoin, et dans cette espèce d'étourdissement qu'éprouve un homme qui vient d'être frappé par l'éclat d'une lumière étrangère. J'allais de surprise en surprise : les connaissances que la nature avait mises dans mon cœur venaient de se développer, les nuages dont elle les avait couvertes s'étaient dissipés. Je reconnus la cause des différents sentiments que j'éprouvais tous les jours à la vue des femmes. Ces passages imperceptibles de la tranquillité aux mouvements les plus vifs, de l'indifférence aux désirs, n'étaient plus des énigmes pour moi. « Ah ! m'écriai-je ; qu'ils étaient heureux ! la joie les transportait tous deux. Il faut que le

plaisir qu'ils goûtaient soit bien grand ! Ah… qu'ils étaient heureux ! » L'idée de ce bonheur m'absorbait : elle m'ôtait pour un moment tout pouvoir d'y réfléchir. Un silence profond succédait à mes exclamations. « Ah ! reprenais-je aussitôt, ne serai-je jamais grand pour en faire autant à une femme ? Je mourrais sur elle de plaisir, puisque je viens d'en avoir tant. Ce n'est là sans doute qu'une faible image de celui que le père Polycarpe goûtait avec ma mère : mais, poursuivis-je, je suis bien simple : est-il absolument nécessaire d'être grand pour avoir ce plaisir-là ? Pardi, il me semble que le plaisir ne se mesure pas à la taille ; pourvu que l'on soit l'un sur l'autre, cela doit aller tout seul. »

Sur-le-champ, il me vint dans l'esprit de faire part de mes nouvelles découvertes à ma sœur Suzon. Elle avait quelques années plus que moi : c'était une petite blonde fort jolie, qui portait une de ces physionomies ouvertes, que l'on serait tenté de croire niaises, parce qu'elles paraissent indolentes. Elle avait de ces beaux yeux bleus, pleins d'une douce langueur, qu'il semble que l'on tourne sur vous sans intention, mais dont l'effet n'est pas moins sûr que celui des yeux brillants d'une brune piquante, qui vous lance des regards passionnés : pourquoi cela ? Je n'en sais rien ; car je me suis toujours grossièrement contenté du sentiment, sans être tenté d'en pénétrer la cause. Ne serait-ce pas parce qu'une belle blonde avec ses regards languissants semble vous prier de lui donner votre cœur, et que ceux d'une brune veulent vous l'enlever de force ? La blonde ne demande qu'un peu de compassion pour sa faiblesse, et cette façon de demander est bien séduisante ; vous croyez ne donner que de la compassion, et vous donnez de l'amour. La brune au contraire veut que vous soyez faible, sans vous promettre qu'elle le sera. Le cœur se gendarme contre celle-ci, n'est-il pas vrai ?

Je l'avoue à ma honte, il ne m'était pas encore venu dans l'esprit de jeter sur Suzon un regard de concupiscence, chose rare chez moi, qui convoitais toutes les filles que je voyais. Il est vrai qu'étant la filleule de la dame du village, qui l'aimait et la faisait élever chez elle, je ne la voyais pas souvent. Il y avait même un an qu'elle était au couvent. Elle n'en était sortie que depuis huit jours que sa marraine, qui devait venir passer quelque temps à la campagne, lui avait permis de venir voir Ambroise. Je me sentis tout à coup enflammé du désir d'endoctriner ma chère sœur, et de goûter avec elle les mêmes plaisirs que je venais de voir prendre au père Polycarpe, avec

Toinette. Je ne fus plus le même pour elle. Mes yeux sourirent à mille charmes que je ne lui avais pas aperçus. Je lui trouvai une gorge naissante, plus blanche que les lis, ferme, potelée. Je suçais déjà avec un délice inexprimable ces deux petites fraises que je voyais au bout de ses tétons ; mais surtout dans la peinture de ses charmes, je n'oubliais pas ce centre, cet abîme de plaisirs, dont je me faisais des images si ravissantes. Animé par l'ardeur vive et brûlante que ces idées répandaient dans tout mon corps, je sortis, j'allai chercher Suzon ; le soleil venait de se coucher, la brune s'avançait : je me flattais qu'à la faveur de l'obscurité que la nuit allait répandre, je serais dans un moment au comble de mes désirs si je la trouvais ; je l'aperçus de loin qui cueillait des fleurs. Elle ne pensait pas alors que je méditais de cueillir la fleur la plus précieuse de son bouquet : je volai à elle ; la voyant tout entière à une occupation aussi innocente, je balançai dans le moment, si je lui ferais connaître mon dessein : à mesure que j'approchais, je sentais ralentir la vivacité de ma course. Un tremblement soudain semblait me reprocher mon intention. Je croyais devoir respecter son innocence, et je n'étais retenu que par l'incertitude du succès. Je l'abordai, mais avec une palpitation qui ne me permettait pas de dire deux mots sans reprendre haleine. « Que faisais-tu donc là, Suzon », lui dis-je, en m'approchant d'elle, et voulant l'embrasser. Elle s'échappa en riant ; et me répondit : « Comment ? ne vois-tu pas que je cueille des fleurs ?

— Ah, ah, repris-je, tu cueilles des fleurs ?

— Hé, vraiment oui, me répliqua-t-elle ; ne sais-tu pas que c'est demain la fête de ma marraine ? »

Ce nom me fit trembler comme si j'eusse craint que Suzon ne m'échappât. Mon cœur s'était déjà fait (si j'ose me servir de ce terme) une habitude de la regarder comme une conquête sûre, et l'idée de son éloignement semblait me menacer de la perte d'un plaisir que je regardais comme certain, quoique je n'en eusse pas encore goûté. « Je ne te verrai donc plus, Suzon ? lui dis-je, d'un air triste.

— Pourquoi donc ? me répondit-elle, ne viendrai-je pas toujours ici ? Mais, allons, poursuivit-elle d'un air charmant, aide-moi à faire mon bouquet. »

Je ne lui répondis qu'en lui jetant quelques fleurs au visage : aussitôt elle de m'en jeter aussi : « Tiens, Suzon, lui dis-je, si tu m'en jettes davantage, je te… tu me le payeras ! » Pour me faire voir qu'elle bravait mes menaces, elle m'en jeta une poignée. Dans le moment ma timidité m'abandonna : je ne craignais pas d'être vu : la brune, qui empêchait qu'on ne pût voir à une certaine distance, favorisait mon audace. Je me jetai sur Suzon, elle me repousse, je l'embrasse, elle me donne un soufflet, je la jette sur l'herbe, elle veut se relever, je l'en empêche, je la tiens étroitement serrée dans mes bras, en lui baisant la gorge, elle se débat, je veux lui fourrer la main sous la jupe, elle crie comme un petit démon ; elle se défend si bien que je crains de n'en pouvoir venir à bout, et qu'il ne survienne du monde. Je me relevai en riant, et je crus qu'elle n'y entendait pas plus de malice que je voulais qu'elle n'y en entendît. Que je me trompais ! « Allons, lui dis-je, Suzon, pour te faire voir que je ne voulais pas te faire de mal, je veux bien t'aider.

— Oui, oui, me répondit-elle avec une agitation au moins égale à la mienne, va, voilà ma mère qui vient, et je…

— Ah ! Suzon », repris-je vivement, en l'empêchant d'en dire davantage, « ma chère Suzon, ne lui dis rien, je te donnerai… tiens, tout ce que tu voudras. » Un nouveau baiser fut le gage de ma parole. Elle en rit, Toinette arriva, je craignais que Suzon ne parlât : elle ne dit mot, et nous retournâmes tous ensemble souper.

Depuis que le père Polycarpe était à la maison, il avait donné de nouvelles preuves de la bonté du couvent pour le prétendu fils d'Ambroise : je venais d'être habillé tout de neuf. En vérité Sa Révérence avait en cela moins consulté la charité monacale, qui a des bornes fort étroites, que la tendresse paternelle qui souvent n'en connaît pas. Le bon père, par une pareille prodigalité, exposait la légitimité de ma naissance à de violents soupçons. Mais nos manants étaient bonnes gens, et n'en voyaient pas plus que l'on ne voulait leur en faire voir. D'ailleurs, qui aurait osé porter un œil de critique et malin sur le motif de la générosité des révérends pères ? C'était de si honnêtes gens, de si bonnes gens ; on les adorait dans le village, ils faisaient du bien aux hommes, et aimaient l'honneur des femmes : tout le monde était content. Mais revenons à ma figure ; car je vais avoir une aventure illustre.

À propos de cette figure-là. J'avais un air espiègle qui ne prévenait pas contre moi. J'étais mis proprement, des yeux malins, de longs cheveux noirs me tombaient par boucles sur les épaules, et relevaient à merveille les vives couleurs de mon visage, qui, quoiqu'un peu brun, ne laissait pas de valoir son prix. C'est un témoignage authentique, que je me crois obligé de rendre au jugement de plusieurs très honnêtes et très vertueuses personnes à qui j'ai rendu mes hommages. Suzon, comme je l'ai dit, avait fait un bouquet pour Mme Dinville, c'était le nom de sa marraine, femme d'un conseiller de la ville voisine, qui venait à sa terre prendre le lait, pour rétablir une poitrine dérangée par le vin de Champagne et quelques autres causes.

Suzon s'étant mise dans ses petits atours, qui la rendirent encore plus aimable à mes yeux, il fut dit que je l'accompagnerais. Nous allâmes au château. Nous trouvâmes la dame dans un appartement d'été où elle prenait le frais. Figurez-vous une femme d'une grandeur médiocre, poil brun, peau blanche, le visage laid en général ; enluminé d'un rouge champenois, mais des yeux alertes, amoureux, et tétonnière autant que femme au monde. Ce fut d'abord la première bonne qualité que je lui remarquai : ç'a toujours été mon faible que ces deux boules-là. C'eſt aussi quelque chose de si joli, quand vous tenez cela dans la main, quand vous… ah ! chacun le sien, qu'on me passe celui-ci.

Sitôt que la dame nous aperçut, elle jeta sur nous un regard de bonté, et sans changer de situation. Elle était couchée sur un canapé, une jambe dessus et l'autre sur le parquet : elle n'avait qu'un simple jupon blanc, assez court pour laisser voir un genou qui n'était pas assez couvert pour faire penser qu'il serait bien difficile de voir le reſte : un petit corset de la même couleur et un pet-en-l'air[5] de taffetas couleur de rose, bichonnée, d'un petit air négligé, et la main passée sous son jupon, jugez à quelle intention. Mon imagination fut au fait dans le moment et mon cœur la suivit de près : mon sort était de devenir désormais amoureux à la vue de toutes les femmes qui se présenteraient à mes yeux, les découvertes de la veille avaient fait éclore ces louables dispositions.

« Hé ! bonjour, ma chère enfant, dit Mme Dinville à Suzon, hé bien, tu reviens donc me trouver ! Ah… tu m'apportes un bouquet ; mais vraiment je te suis bien obligée, ma chère fille, embrasse-moi donc. » Embrassade de la part de Suzon. « Mais », continua-t-elle, en jetant les yeux sur moi, « quel eſt donc ce beau gros garçon-là ? Comment ! petite fille, vous vous faites accompagner par un garçon, *cela eſt joli !* » Je baissais les yeux, Suzon lui dit que j'étais son frère. Révérence de ma part. « Ton frère, reprit Mme Dinville, allons donc », continua-t-elle, en me regardant, en m'adressant la parole, « baise-moi, mon fils ; oh ! je veux que nous fassions connaissance ensemble. » Aussitôt, pour ébaucher la connaissance, elle me donne un baiser sur la bouche, je sens une petite langue se glisser entre mes lèvres, et une main qui joue avec les boucles de mes cheveux. Je ne connaissais pas encore cette manière de baiser ; elle me mit dans une étrange émotion. Je jetai sur la dame un regard timide, et je rencontrai ses yeux brillants et pleins de feu, qui attendaient les miens au passage, et qui les firent baisser : nouveau baiser de même nature, après lequel je fus libre de me remuer ; car je ne l'étais guère de la façon dont elle me tenait embrassé. Je n'en étais pourtant pas fâché, il me semblait que c'était toujours autant de retranché sur le cérémonial de la connaissance qu'elle disait vouloir faire avec moi. Je ne fus sans doute redevable de ma liberté qu'à la réflexion qu'elle fit sur le mauvais effet que pouvait produire la vivacité de ses caresses, prodiguées avec si peu de ménagement à une première vue. Mais ses réflexions ne furent pas de longue durée, elle reprit la conversation avec Suzon, et le refrain de chaque période était : « Suzon, venez me baiser. » D'abord le respect me faisait tenir écarté. « Hé bien », dit-elle, en m'adressant de nouveau la parole : « ce gros garçon-là ne viendra donc pas aussi me baiser ? » J'avançai et j'appuyai sur la joue, je n'osais encore aller à la bouche, je lui fis un baiser un peu plus hardi que le premier. Je ne fus en reste avec elle que de quelque chose de plus passionné qu'elle mit dans le sien : elle partageait ainsi ses caresses entre ma sœur et moi, pour me donner le change sur le sujet de celles qu'elle me faisait. Sa politique me rendait justice, j'étais plus habile que ma figure ne le promettait. Je me fis insensiblement si bien à ce petit manège, que je n'attendais pas le refrain[6] pour prendre ma part ; peu à peu ma sœur se trouva sevrée de la sienne : je m'établis dans le privilège exclusif de jouir des bontés de la dame, Suzon n'avait plus que les paroles.

Nous étions assis sur le canapé, nous babillions, car Mme Dinville était grande babillarde. Suzon était à sa droite, j'étais à sa gauche, Suzon regardait dans le jardin, et Mme Dinville me regardait : elle s'amusait à me défriser, à me pincer la joue, à me donner de petits soufflets, et moi, je m'amusais à la regarder, à lui mettre la main, d'abord en tremblant, sur le col : ses manières aisées me donnaient beau jeu, j'étais effronté, la dame ne disait mot, me regardait, riait, et me laissait faire. Ma main timide dans les commencements, mais devenue plus hardie par la facilité qu'elle trouvait à se satisfaire, descendait insensiblement du col à la gorge, et s'appesantissait avec délices sur un sein dont la fermeté élastique la faisait tant soit peu rebondir, mon cœur nageait dans la joie, déjà je tenais dans la main une de ces boules charmantes que je maniais à souhait. J'allais y mettre la bouche : en avançant on arrive au but. J'aurais, je crois, poussé ma bonne fortune jusqu'où elle pouvait aller, quand un maudit importun, le bailli[7] du village, vieux singe, envoyé par un démon jaloux de mon bonheur, se fit entendre dans l'antichambre. Mme Dinville, réveillée par le bruit que fit cet original en arrivant, me dit : « Que faites-vous donc, petit fripon ? » Je retirai la main précipitamment : mon effronterie ne tint pas contre un pareil reproche, je rougis, je me croyais perdu ; Mme Dinville, qui voyait mon embarras, me fit sentir par un petit soufflet, qu'elle accompagna d'un sourire charmant, que sa colère n'était que pour la forme, et ses regards me confirmèrent que ma hardiesse lui déplaisait moins que l'arrivée de ce vilain bailli.

Il entra, l'ennuyeux personnage ! Après avoir toussé, craché, éternué, mouché, il fit sa harangue, plus ennuyeuse encore que sa figure. Si nous en eussions été quittes pour cela, ce n'aurait été que demi-mal : mais il semblait que le maraud eût donné le mot à tous les importuns du village, qui vinrent tour à tour faire leur salamalec, j'enrageais. Quand Mme Dinville eut répondu à bien de sots compliments, elle se tourna de notre côté, et nous dit : « Ah çà, mes chers enfants, vous reviendrez demain dîner avec moi, nous serons seuls. » Il me sembla qu'elle affectait de jeter les yeux sur moi en disant ces derniers mots. Mon cœur trouvait son compte dans cette assurance, et je sentis que, sans faire tort à mon penchant, mon petit amour-propre ne laissait pas d'être flatté. « Vous viendrez, entendez-vous, Suzon, continua Mme Dinville, et vous amènerez Saturnin (c'était le nom que portait alors votre serviteur). Adieu, Saturnin », me dit-elle, en m'embrasant. Pour le coup je ne fus en reste de rien avec elle, nous sortîmes.

Je me sentais dans une disposition, qui assurément m'aurait fait honneur auprès de Mme Dinville, sans la visite imprévue de ces ennuyeux complimenteurs ; mais ce que je sentais pour elle n'était pas de l'amour, ce n'était qu'un *désir* violent de faire avec une femme la même chose que j'avais vu faire au père Polycarpe, avec Toinette. Le délai d'un jour que Mme Dinville m'avait donné me paraissait immense :

j'essayai, chemin faisant, de remettre Suzon sur les voies, en lui rappelant l'aventure de la veille. « Que tu es simple, lui dis-je, Suzon ! Tu crois donc que je voulais te faire du mal hier ?

— Que voulais-tu donc me faire ? répondit-elle.

— Bien du plaisir !

— Quoi, reprit-elle, avec une apparence de surprise, en me mettant la main sous la jupe, tu m'aurais fait bien du plaisir ?

— Assurément, si tu veux que je t'en donne la preuve, viens avec moi, lui dis-je, dans quelque endroit écarté. »

Je l'examinais avec inquiétude : je cherchais sur son visage quelques marques des effets que devait produire ce que je lui disais ; je n'y voyais pas plus de vivacité qu'à l'ordinaire : « Le veux-tu bien, dis, ma chère Suzon ? continuai-je en la caressant.

— Mais encore », reprit-elle, sans faire semblant d'entendre la proposition que je lui faisais, « qu'est-ce donc que ce plaisir dont tu me fais tant d'éloge ?

— C'est, lui répondis-je, l'union d'un homme avec une femme qui s'embrassent, qui se serrent bien fort, et qui se pâment en se tenant étroitement serrés de cette façon. »

Les yeux toujours fixés sur le visage de ma sœur, je ne laissais échapper aucun des mouvements qui l'agitaient ; j'y voyais la gradation insensible de ses désirs. Sa gorge bondissait. « Mais », me dit-elle, avec une naïveté curieuse qui me paraissait de bonne augure, « mon père m'a quelquefois tenue comme tu le dis, et je ne sentais pas cependant ce plaisir que tu me promets.

— C'est, repartis-je, qu'il ne te faisait pas ce que je voudrais te faire.

— Eh ! que me voudrais-tu donc faire ? me demanda-t-elle d'une voix tremblante.

— Je te mettrais, lui répondis-je effrontément, quelque chose entre les cuisses, qu'il n'osait pas te mettre. »

Elle rougit, et me laissa par son trouble la liberté de continuer en ces termes : « Vois-tu, Suzon, tu as un petit trou ici, lui dis-je, en lui montrant l'endroit où j'avais vu la fente de Toinette.

— Hé, qui t'a dit cela ? » me demanda-t-elle, sans lever les yeux sur moi.

« Qui me l'a dit, repris-je assez embarrassé de sa question ; c'est que… c'est que toutes les femmes en ont autant.

— Et les hommes ? poursuivit-elle.

— Les hommes, lui répondis-je, ont une machine à l'endroit où vous avez une fente : cette machine se met dans cette fente, et c'est là ce qui fait le plaisir, qu'une femme a avec un homme ; veux-tu que je te fasse voir la mienne ? mais à condition que tu me laisseras toucher à ta petite fente ; nous nous chatouillerons : nous nous ferons bien aise. »

Suzon était toute rouge, les discours que je lui tenais paraissaient la surprendre ; il semblait qu'elle eût peine à m'en croire ; elle n'osait me laisser mettre la main sous sa jupe, dans la crainte, disait-elle, que je ne voulusse la tromper, et que je n'allasse tout déclarer. Je l'assurai que rien au monde ne serait capable de m'en arracher l'aveu, et pour la convaincre de cette différence que je lui disais se trouver entre nous deux, je voulus lui prendre la main, elle la retira, et nous continuâmes notre entretien jusqu'à la maison.

Je voyais bien que la petite friponne prenait goût à mes leçons, et que si je la trouvais encore une fois cueillante[8] des fleurs, il ne me serait pas difficile de l'empêcher de crier : je brûlais d'envie de mettre la dernière main à mes instructions, et d'y joindre l'expérience.

À peine étions-nous entrés dans la maison que nous vîmes arriver le père Polycarpe : je démêlai le motif de sa visite, et je n'en doutai plus, quand Sa Révérence eut déclaré d'un air aisé qu'elle venait prendre le dîner de famille : on croyait Ambroise bien loin ; il est vrai qu'il ne les gênait guère : mais on est toujours bien aise d'être débarrassé de la présence d'un mari, quelque commode qu'il soit ; c'est toujours un animal de mauvais augure.

Je ne doutai pas que je n'eusse cette après-midi le même spectacle que j'avais eu la veille, et sur-le-champ je formai le dessein d'en faire part à Suzon. Je pensais avec raison qu'une pareille vue serait un excellent moyen pour avancer mes petites affaires avec elle ; je ne lui en parlai pas, je remis cette épreuve à l'après-dînée, bien résolu de n'employer ce moyen qu'à l'extrémité, comme un corps de réserve décisif pour une action.

Le moine et Toinette ne se gênaient pas en notre présence : ils nous croyaient des témoins peu dangereux. Je voyais la main gauche du père se glisser mystérieusement sous la table, et agiter les jupes de Toinette, qui lui souriait, et me paraissait écarter les cuisses, pour laisser apparemment le passage plus libre aux doigts libertins du paillard moine.

Toinette avait de son côté une main sur la table ; mais

l'autre était dessous, et rendait vraisemblablement au père ce que le père lui prêtait : j'étais au fait ; les plus petites choses frappent un esprit prévenu. Le révérend père chopinait[9] de bonne grâce, Toinette lui répondait sur le même ton : ses désirs parvinrent bientôt au point d'être gênés par notre présence ; elle nous le fit connaître en nous conseillant, à ma sœur et à moi, d'aller faire un tour dans le jardin : j'entendis ce qu'elle voulait nous dire. Nous nous levâmes aussitôt, et leur laissâmes, par notre départ, la liberté de faire autre chose que glisser les mains sous la table : jaloux du bonheur que notre départ allait les mettre en état de goûter, je voulus encore essayer de venir à bout de Suzon, sans le secours du tableau que je devais offrir à ses regards. Je la conduisais vers une allée d'arbres, dont l'épais feuillage faisait une obscurité, qui promettait beaucoup d'assurance à mes désirs. Elle s'aperçut de mon dessein, et ne voulut pas m'y suivre : « Tiens, Saturnin, me dit-elle ingénument, je vois que tu veux encore m'entretenir de cela ; hé bien, parlons-en.

— Je te fais donc plaisir, lui répondis-je, quand j'en parle ? »

Elle me l'avoua. « Juge, lui dis-je, ma chère Suzon, par celui que mes discours te donnent, de celui que tu aurais… » Je ne lui en dis pas davantage, je la regardais, je lui tenais la main que je pressais contre mon sein.

« Mais, Saturnin, me dit-elle, si… cela allait faire du mal ?

— Quel mal veux-tu que cela fasse ? » lui répondis-je, charmé de n'avoir plus qu'un aussi faible obstacle à détruire. « Aucun, ma chère petite, au contraire.

— Aucun ? reprit-elle, en rougissant, et baissant la vue, et si j'allais devenir grosse ? »

Cette objection me surprit étrangement, je ne croyais pas Suzon si savante, et j'avoue que je n'étais pas en état de lui donner une réponse satisfaisante. « Comment donc, grosse ? lui dis-je, est-ce que c'est comme cela que les femmes deviennent grosses, Suzon ?

— Sans doute ! me répondit-elle d'un ton d'assurance qui m'effraya.

— Eh, où l'as-tu donc appris ? » lui demandai-je, car je sentais bien que c'était son tour à me donner des leçons.

Elle me répondit qu'elle voulait bien me le dire, mais à condition que je n'en parlerais de ma vie. « Je te crois discret, Saturnin, ajouta-t-elle, et si tu étais capable d'ouvrir jamais la bouche sur ce que je vais te dire, je te haïrais à la mort. » Je lui jurai que jamais je n'en parlerais : « Asseyons-nous ici », poursuivit-elle, en me montrant un gazon où l'on n'était à son aise que pour causer sans être entendu ; j'aurais bien mieux aimé l'allée, nous n'y aurions été vus ni entendus : je la proposai de nouveau, elle n'y voulut pas venir.

Nous nous assîmes sur le gazon, à mon grand regret : pour comble de malheur, je vis arriver Ambroise. N'ayant plus d'espérance pour cette fois, je pris mon parti. L'agitation où me mit le désir d'apprendre ce que devait me dire Suzon fit diversion à mon chagrin.

Avant de commencer, Suzon exigea encore de nouvelles assurances de ma part : je les lui donnai avec serment, elle hésitait, elle n'osait encore ; je la pressai si fort qu'elle se détermina. « Voilà qui est fait, me dit-elle, je t'en crois, Saturnin ; écoute, tu vas être étonné de ma science, je t'en avertis. Tu croyais m'apprendre quelque chose tantôt, j'en sais plus que toi, tu le vas voir ; mais ne crois pas pour cela que j'aie moins pris de plaisir à ce que tu m'as dit : on aime toujours à entendre parler de ce qui flatte.

— Comment donc, Suzon, tu parles comme un oracle, on voit bien que tu as été *en couvent* : que cela façonne une fille !

— Oh, vraiment, me répondit-elle, si je n'y avais jamais été, j'ignorerais bien des choses que je sais.

— Eh dis-le-moi donc ce que tu sais, repris-je vivement, je meurs d'envie de l'apprendre.

— Il n'y a pas longtemps, continua Suzon, que pendant une nuit fort obscure, je dormais d'un profond sommeil, je fus réveillée en sentant un corps tout nu, qui se glissait dans mon lit, je voulus crier ; mais on me mit la main sur la bouche, en me disant : “ Tais-toi, Suzon, je ne veux pas te faire de mal, est-ce que tu ne reconnais pas la sœur Monique ? ” Cette sœur venait depuis peu de prendre le voile de novice, c'était ma meilleure amie. “ Jésus, lui dis-je, ma bonne, pourquoi donc me venir prendre dans mon lit ?

« — C'est que je t'aime, me répondit-elle, en m'embrassant.

« — Et pourquoi êtes-vous toute nue ?

« — C'est qu'il fait si chaud que ma chemise même est trop pesante. Il tombe une pluie terrible, j'ai entendu le tonnerre qui grondait, j'en ai bien peur, ne l'entends-tu pas aussi ? Quel bruit il fait ! Ah ! serre-moi bien fort, mon petit cœur, mets le drap par-dessus notre tête pour ne pas voir ces vilains éclairs : là bon, ah ! ma chère Suzon, que j'ai peur ! ”

« Moi, qui ne crains pas le tonnerre, je tâchais de rassurer la sœur, qui, pendant ce temps-là, me passait sa cuisse droite entre les miennes, et sa gauche par-dessous ; et dans cette posture, elle le frottait contre ma cuisse droite en me mettant la langue dans la bouche, et en me donnant de petits coups sur la fesse avec la main ; après qu'elle se fut un peu remuée de cette façon-là, je crus sentir qu'elle me mouillait la cuisse, elle poussait des soupirs, je m'imaginais que c'était la peur du tonnerre qui faisait cela. Je la plaignais ; mais bientôt elle reprit sa posture naturelle : je croyais qu'elle allait s'endormir, et je me préparais à en faire autant, quand elle me dit : " Tu dors donc, Suzon ? " Je lui répondis que non, mais que j'allais bientôt le faire. " Tu veux donc, reprit-elle, me laisser mourir de frayeur ? Oui, je mourrai, si tu te rendors ; donne-moi la main, ma chère petite, donne. " Je me laissai prendre la main, qu'elle porta aussitôt à sa fente, et elle me dit de la chatouiller avec mon doigt dans le haut de cet endroit, je le fis par amitié pour elle. J'attendais qu'elle me dît de finir ; mais elle ne disait mot, écartait seulement les jambes, et respirait un peu plus vite qu'à l'ordinaire, en jetant de temps en temps des soupirs et en remuant le derrière ; je crus qu'elle se trouvait mal, et je cessai de faire aller le doigt. " Ah ! Suzon ", me dit-elle, d'une voix entrecoupée, " achève, je te prie, achève. " Je continuai. " Ah ! ah ! " s'écria-t-elle, en s'agitant bien fort, et en m'embrassant étroitement, " dépêche, ma petite reine, dépêche, ah ! vite, ah... je me meurs. " Au moment qu'elle disait cela, tout son corps se roidit, et je me sentis de nouveau la main mouillée, enfin elle poussa un grand soupir et resta sans mouvement.

« Je t'assure, Saturnin, que j'étais bien étonnée de tout ce qu'elle me faisait faire.

— Et tu n'étais pas émue ? lui dis-je.

— Oh ! que si, me répondit-elle, je voyais bien que tout ce que je venais de lui faire lui avait donné beaucoup de plaisir, et que si elle voulait *m'en faire autant, j'en aurais* beaucoup aussi, mais je n'osais le lui proposer : elle m'avait cependant mise dans un état bien embarrassant. Je désirais, et je n'osais lui dire ce que je désirais, je remettais avec plaisir la main sur sa fente, je prenais la sienne que je portais, que je faisais reposer sur différents endroits de mon corps, sans oser pourtant la mettre sur le seul où je sentais que j'en avais besoin. La sœur qui savait aussi bien que moi ce que je lui demandais, et qui avait la malice de me laisser faire, eut à la fin pitié de mon embarras, et me dit, en m'embrassant : " Je vois bien, petite coquine, ce que tu veux. " Aussitôt elle se couche sur moi, je la reçois dans mes bras : " Ouvre un peu les cuisses ", me dit-elle, je lui obéis : elle me coule le doigt où le mien venait de lui faire tant de plaisir : elle répétait elle-même les leçons qu'elle m'avait données, je sentais le plaisir monter par degrés, et s'accroître à chaque coup de doigt qu'elle donnait. Je lui rendais en même temps le même service, elle avait les mains jointes sous mes fesses, elle m'avait avertie de remuer un peu le derrière, à mesure qu'elle pousserait. Ah ! qu'elle semait de délices dans ce charmant badinage, mais elles n'étaient que le prélude de celles qui devaient suivre. Le ravissement me fit perdre toute connaissance, je demeurai pâmée dans les bras de ma chère Monique, elle était dans le même état, nous étions immobiles. Je revins enfin de mon extase ; je me trouvai aussi mouillée que la sœur, et ne sachant à quoi attribuer un pareil prodige, j'avais la simplicité de croire que c'était du sang que je venais de verser ; mais je n'en étais pas effrayée, au contraire, il semblait que le plaisir que je venais de goûter m'eût mise en fureur, tant je me sentais d'envie de recommencer : je le dis à Monique, elle me répondit qu'elle était lasse, et qu'il fallait attendre un peu ; je n'en eus pas la patience, et je me mis sur elle comme elle venait de se mettre sur moi, j'entrelaçai mes cuisses dans ses cuisses, et me frottant comme elle l'avait fait, je retombai en extase. " Hé bien, me dit la sœur, charmée des témoignages que je lui donnais du plaisir que je ressentais, es-tu fâchée, Suzon, que je sois venue dans ton lit ? Oui, je gage que tu me veux du mal d'être venue te réveiller.

« — Ah ! lui répondis-je, que vous savez bien le contraire ! Que pourrai-je vous donner pour une nuit aussi charmante ?

« — Petite coquine ", reprit-elle, en me baisant, " va, je ne te demande rien, n'ai-je pas eu autant de plaisir que toi ? Ah que tu viens de m'en faire goûter ! Dis-moi, ma chère Suzon, poursuivit-elle, ne me cache rien : n'avais-tu jamais pensé à ce que nous venons de faire ? "

« Je lui dis que non.

« " Quoi, reprit-elle, tu ne t'étais jamais mis le doigt dans ton petit connin[10] ?"

« Je l'interrompis pour lui demander ce qu'elle entendait par ce mot.

« " Hé, c'est cette fente, me répondit-elle, où nous venons de nous chatouiller. Quoi ? tu ne savais pas encore cela ? Ah ! Suzon, à ton âge j'en savais plus que toi !

« — Vraiment, lui répondis-je, je n'avais garde de goûter ce plaisir. Vous connaissez le père Jérôme, notre confesseur, c'est lui qui m'en a toujours empêchée : il me fait trembler quand je vais à confesse, il ne manque pas de me demander exactement si je ne fais pas d'impuretés avec mes compagnes, et il me défend surtout d'en faire sur moi-même, j'ai toujours eu la simplicité de l'en croire, mais je sais à présent à quoi m'en tenir sur ses défenses.

« — Et comment, me dit Monique, t'explique-t-il ces impuretés qu'il te défend de faire sur toi-même ?

« — Mais, lui répondis-je, il me dit, par exemple, que c'est quand on se met le doigt où vous savez, quand on se regarde les cuisses, la gorge ; il me demande si je ne me sers pas de miroir pour m'examiner autre chose que le visage. Il me fait mille autres questions semblables.

« — Ah ! le vieux coquin, s'écria Monique, je gage qu'il ne cesse de t'entretenir de cela.

« — Vous me faites, dis-je à la sœur, prendre garde à certaines actions qu'il fait pendant que je suis dans son confessionnal, et que j'ai toujours prises sottement pour de pures marques d'amitié : le vieux scélérat ! j'en connais à présent le motif.

« — Hé, quelles actions donc ? me demanda vivement la sœur.

« — Ces actions, lui répondis-je, c'est de me baiser à la bouche, en me disant de m'approcher pour qu'il entende mieux, de me considérer attentivement la gorge, pendant que je lui parle, de me mettre la main dessus, et me défendre de la montrer, sous prétexte que c'est une marque de coquetterie, et malgré ses sermons, il ne tire pas la main, qu'il avance de plus en plus sur mon sein, et pousse même quelquefois jusqu'à mes tétons ; quand il l'ôte, c'est pour la porter aussitôt sous sa robe qui remue avec de petites secousses ; il me presse alors entre ses genoux, il m'approche avec sa main gauche, il soupire, ses yeux s'égarent, il me baise plus fort qu'à l'ordinaire, ses paroles sont sans suite, il me dit des douceurs, et me fait des remontrances en même temps.

« “ Je me souviens qu'un jour, en retirant la main de dessous sa robe pour me donner l'absolution, il me couvrit toute la gorge de quelque chose de chaud, qui se répandit par petites gouttes ; je l'essuyai au plus vite avec mon mouchoir, dont je n'ai pas pu me servir depuis. Le père, tout interdit, me dit que c'était de la sueur qui coulait de ses doigts : qu'en pensez-vous, ma chère Monique ? dis-je à la sœur.

« — Je te dirai tout à l'heure ce que c'était, me répondit-elle, ah le vieux pécheur ! Mais sais-tu bien, Suzon, continua-t-elle, que tu viens de me conter ce qui m'est arrivé avec lui.

« — Comment donc, lui dis-je, vous ferait-il aussi quelque chose à vous ?

« — Non assurément, me répondit-elle, car je le hais à la mort, et je ne vais plus à lui depuis que je suis devenue plus savante.

« — Et comment avez-vous donc appris, lui demandai-je, à connaître ce qu'il vous faisait ?

« — Je consens à te le dire, me répondit la sœur, mais sois discrète, car tu me perdrais, ma chère Suzon. "

« Je ne sais, Saturnin, poursuivit ma sœur, après un moment de silence, si je dois révéler tout ce qu'elle m'apprit. » L'envie de savoir une histoire, dont le prélude me charmait, me donna des expressions pour vaincre l'irrésolution de Suzon. Je mêlai les caresses aux assurances, et je vins à bout de la persuader. C'est la sœur Monique qui va s'exprimer par la bouche de Suzon. Quelque emporté que doive paraître le caractère de cette sœur, je crains que mes expressions ne soient encore au-dessous de la réalité : le peu de temps que j'ai passé avec elle m'en a fait concevoir une idée qu'il ne m'est guère possible de rendre fidèlement.

HISTOIRE DE LA SŒUR MONIQUE

Nous ne sommes pas maîtresses des mouvements de notre cœur : séduites en naissance par l'attrait du plaisir, c'est à lui que nous offrons nos premiers sentiments. Heureuses celles dont le tempérament ne s'effraie pas des conseils austères de la raison ; elles y trouvent un secours contre le penchant de leur cœur : mais doit-on leur envier leur bonheur ! Non, qu'elles jouissent du fruit de leur sagesse, elles l'achètent assez cher, puisqu'elles ne connaissent pas le plaisir. Hé, qu'est-ce que cette sagesse après tout, dont on nous étourdit les oreilles ? une chimère, *un mot consacré à exprimer* la captivité où l'on retient notre sexe. Les éloges que l'on fait de cette vertu imaginaire sont pour nous ce qu'est pour un enfant un hochet, qui l'amuse et l'empêche de crier.

Des vieilles que l'âge a rendues insensibles au plaisir, ou plutôt que la retraite leur interdit, croient se dédommager de l'impuissance de le goûter, par les portraits hideux qu'elles nous en font ; laissons-les dire, Suzon, quand on est jeune, on ne doit avoir d'autre maître que son cœur, ce n'est que lui qu'il faut écouter, ce n'est qu'à ses conseils qu'il faut se rendre.

Tu croiras facilement, qu'ayant de pareilles inclinations, il ne fallait pas moins que la contrainte d'un cloître pour m'empêcher de m'y livrer ; mais c'est dans ce lieu même, où l'on voulait étouffer mes désirs, que j'ai trouvé le moyen de les satisfaire.

Toute jeune que j'étais, quand ma mère, après la mort de son quatrième mari, vint demeurer dans ce couvent en qualité de dame pensionnaire, je ne laissai pas d'être effrayée de la résolution qu'elle avait prise : sans pouvoir distinguer le motif de ma frayeur, je sentais qu'on allait me rendre malheureuse. L'âge, en me donnant des lumières, m'éclaira sur la cause de mon aversion pour le cloître. Je sentais qu'il me manquait quelque chose : la vue d'un homme. Du simple regret d'en être privée, je passai bientôt à réfléchir sur ce qui pouvait me rendre cette privation si sensible. « Qu'est-ce donc qu'un homme ? disais-je. Est-ce une espèce de créature différente de la nôtre ? Quelle est la cause des mouvements que sa vue excite dans mon cœur ? Est-ce un visage plus aimable qu'un autre ? Non, le plus ou le moins de charmes que je leur trouve n'excite que plus ou moins d'émotion ; l'agitation de mon cœur est indépendante de ces charmes, puisque le père Jérôme lui-même, tout désagréable qu'il est, m'émeut quand je suis près de lui : ce n'est donc que la seule qualité d'homme qui produit ce trouble ; mais pourquoi le produit-elle ? » J'en sentais la raison dans mon cœur, mais je ne la connaissais pas ; elle faisait ses efforts pour briser les liens où mon ignorance la réduisait : efforts inutiles ! Je n'acquérais de nouvelles connaissances que pour tomber dans de nouveaux embarras.

Quelquefois je m'enfermais dans ma chambre, je m'y livrais à mes réflexions, elles me tenaient lieu des compagnies où je me plaisais le plus. Qu'y voyais-je dans ces compagnies ? Des femmes, et quand j'étais seule, je ne pensais qu'aux hommes, je sondais mon cœur, je lui demandais raison de ce qu'il sentait, je me déshabillais toute nue, je m'examinais avec un sentiment de volupté, je portais des regards enflammés sur toutes les parties de mon corps, je brûlais, j'écartais les cuisses, je soupirais, mon imagination échauffée me présentait un homme, j'étendais les bras pour l'embrasser, mon conin était dévoré par un feu prodigieux : je n'avais jamais eu la hardiesse d'y porter le doigt : toujours retenue par la crainte de m'y faire mal, j'y souffrais les plus vives démangeaisons, sans oser les apaiser. Quelquefois j'étais prête à succomber, mais effrayée de mon dessein, j'y portais le bout du doigt, et je le retirais avec précipitation, je me le couvrais avec le creux de la main, je le pressais ; enfin je me livrai à la passion, j'enfonçai, je m'étourdis sur la douleur pour n'être sensible qu'au plaisir : il fut si grand, que je crus que j'allais expirer. Je revins avec une nouvelle envie de recommencer, et je le fis autant de fois que mes forces me le permirent.

J'étais enchantée de la découverte que je venais de faire, elle avait répandu la lumière dans mon esprit[11] : je jugeai que, puisque mon doigt venait de me procurer de si délicieux moments, il fallait que les hommes fissent avec nous ce que je venais de faire seule, et qu'ils eussent une espèce de doigt qui leur servît à mettre où j'avais mis le mien ; car je ne doutais pas que ce ne fût là la véritable route du plaisir. Parvenue à ce degré de lumières, je me sentis agitée du désir le plus violent de voir dans un homme l'original d'une chose dont la copie m'avait fait tant de plaisir.

Instruite par mes propres sentiments de ceux que la vue des femmes doit réciproquement faire naître dans le cœur des hommes, je joignis à mes charmes tous les petits agréments dont l'envie de plaire a inventé l'usage[12] : se pincer les lèvres avec grâce, sourire mystérieusement, jeter des regards curieux, modestes, amoureux, indifférents, affecter de ranger, de déranger son fichu pour faire fixer les yeux sur sa gorge, en précipiter adroitement les mouvements, se baisser, se relever ; je possédais ces petits talents dans le dernier degré de la coquetterie ; je m'y exerçais continuellement ; mais ici c'était les posséder en pure perte. Mon cœur soupirait après la présence de quelqu'un qui connût le prix de mon savoir, et qui me fît connaître l'effet qu'il aurait fait sur lui.

Continuellement à la grille, j'attendais que mon bonheur m'envoyât ce que je souhaitais depuis si longtemps inutilement : je me faisais amie de toutes les pensionnaires que leurs frères venaient voir. En demandait-on quelqu'une, je ne manquais pas de passer sans affectation devant le parloir, on m'appelait, j'y courais, et j'ose dire que ceux que j'y trouvais ne me voyaient pas impunément.

J'y examinais un jour un beau garçon, dont les yeux noirs et vifs me rendaient avec usure mes regards ; un sentiment délicat et piquant, détaché même du plaisir ordinaire que la présence des hommes me procurait, fixait agréablement mon attention sur lui. L'opiniâtreté de mes regards, qu'il avait d'abord reçus avec assez d'indifférence, anima les siens, il ne les détourna plus de dessus moi. Il n'était rien moins que timide, ou plutôt il était d'une hardiesse qui, soutenue des charmes de sa figure, lui répondait du succès avec toutes les femmes qu'il voudrait attaquer. Il profitait des moments que sa sœur détournait la vue, pour me faire des signes auxquels je ne comprenais rien, mais que ma petite vanité voulait que je fisse semblant d'entendre, et que j'autorisais par des sourires qui l'enhardirent au point de lui faire faire des gestes que je compris parfaitement bien : il porta la main entre ses cuisses, je rougis, et malgré moi j'en suivis du coin de l'œil le mouvement ; il la tira en me faisant signe avec la main gauche, qu'il appuya au-dessus du poignet de la droite ; il ne fallait pas être bien savante pour sentir qu'il voulait dire que ce qu'il venait de toucher était de cette longueur. Son action m'avait mise en feu, la pudeur voulait que je m'éloignasse ; mais la pudeur fait une faible résistance quand le cœur est d'intelligence pour la trahir ; l'amour me faisait rester, je baissais timidement la vue : mais bientôt je reportai sur Verland (c'était son nom) des yeux que je voulais faire paraître irrités, et que le plaisir rendait languissants ; il le sentit, il vit que je l'avais entendu, il vit que je n'avais pas la force de le désapprouver, il profita de ma faiblesse, et pour ne me rien laisser à désirer sur l'ardeur dont ses regards me témoignaient qu'il était animé, il joignit le premier doigt de sa main gauche avec le pouce, il mit dans cette espèce de fente le second doigt de sa main droite, il le poussait, le retirait, et jetait des soupirs : le fripon me rappelait par là des circonstances trop charmantes pour me laisser la force de lui témoigner la colère que méritait ce nouveau manque de respect. Ah ! Suzon, que j'étais contente de lui ! et que je me figurais que je l'aurais bien été davantage, si nous nous fussions trouvés seuls ; mais quand nous l'aurions été, une grille impénétrable eût arrêté nos plaisirs.

Dans le moment on appela ma compagne : elle nous dit qu'elle allait voir ce qu'on lui voulait, et qu'elle ne tarderait pas à revenir. Son frère profita de cet instant pour s'expliquer plus clairement ; il ne me tint pas de grands discours, mais ils signifiaient beaucoup. Quoique le compliment ne fût pas extrêmement poli, il me parut si naturel que je m'en souviens toujours avec plaisir ; nous autres femmes nous sommes plus flattées d'un discours où la nature parle toute seule, quelque peu mesurées que soient ses expressions, que de ces galanteries fades que le cœur désavoue, et que le vent emporte. Revenons au compliment de Verland : le voici : « Nous n'avons pas de temps à perdre, vous êtes charmante, je bande comme un carme[13], je meurs d'envie de vous mettre, enseignez-moi un moyen d'y passer dans votre couvent ? » Je fus si étourdie et de ses paroles et de l'action dont il les dit, que je demeurai immobile, de façon qu'il eut le temps de passer la main au travers de la grille, de me prendre les tétons, de me les manier, et de me dire encore d'autres douceurs de la même force avant que je fusse revenue de ma surprise, et quand j'en revins, je me trouvai si peu en état d'arrêter ses transports, que sa sœur le surprit dans cette occupation ; elle fit le lutin[14], me dit des injures, en dit à son frère, et je ne le revis plus.

Tout le couvent sut bientôt mon aventure : on chuchotait, on me regardait, on riait, on parlait, on se taisait ; je m'en inquiétais fort peu : pourvu que le murmure ne passât pas les pensionnaires : j'étais sûre de la discrétion des jolies, mais je ne l'étais pas trop de celle des laides, et celles-ci, qui étaient sûres de n'avoir jamais de pareilles occasions de pécher, crièrent au scandale, bas d'abord, puis haut, et si haut que les vieilles le surent. J'en avais ri au commencement, je tremblai alors, et j'avais bien raison de trembler ; car les mères discrètes assemblèrent le conseil pour délibérer entre elles sur ce que l'on ferait à une effrontée qui se laissait toucher les tétons ; crime irrémissible aux yeux d'une bande de vieilles momies qui n'avaient plus que des tétasses à jeter sur l'épaule : on trouva le cas grave, toute autre que moi eût été renvoyée ; que je l'aurais souhaité ! mais je devais apporter une bonne dot. Ma mère les avait assurées qu'elle me ferait prendre le voile, on me ménagea, et le résultat du conseil fut qu'on me châtierait. On se mit en devoir de le faire, je l'avais prévu : je m'étais cantonnée dans ma chambre, on força ma porte, on m'attaqua : je mordis l'une, j'égratignai l'autre : je donnai des coups de pied, je déchirai des guimpes[15], j'arrachai des bonnets ; enfin je me defendis si bien que je lassai mes ennemies au point de les faire renoncer à leur entreprise : elles n'emportèrent de leur action que la honte d'avoir fait voir que six mères n'avaient pu venir à bout d'une jeune fille, j'étais une lionne dans ce moment.

La rage et le soin de ma défense m'avaient jusqu'alors occupée tout entière, je ne songeais qu'à donner le démenti aux vieilles ; mais je devins bientôt aussi faible que j'étais hardie et vigoureuse un moment auparavant. La colère fit place au désespoir : moins flattée du plaisir de me voir en sûreté, que pénétrée de l'affront qu'on avait voulu me faire, j'avais le visage baigné de mes larmes. « Comment reparaître dans le couvent ? disais-je. Je vais être moquée, peu me plaindront, toutes me fuiront, ah ! me voilà couverte de honte ! Mais je veux aller trouver ma mère, poursuivais-je, elle pourra me blâmer, mais peut-être me pardonnera-t-elle : un garçon m'a… hé bien, où est donc ce grand crime ? Y ai-je consenti ? » C'est ainsi que je raisonnais. « Oui, continuai-je, je vais la trouver » ; je me levai de dessus mon lit dans ce dessein, et j'y aurais été, si en faisant un pas pour ouvrir ma porte, je n'eusse marché sur quelque chose qui roula et me fit tomber.

Je voulus voir ce qui pouvait m'avoir fait faire cette chute, je cherchai, je trouvai. Figure-toi ce que je devins à la vue d'une machine qui représentait au naturel une chose dont mon imagination m'avait fait souvent la peinture : un vit[16], un vit.

« Hé qu'est-ce que cela ? demandai-je à la sœur.

— Ah, me dit-elle, il ne tiendra qu'à toi de ne pas rester longtemps dans cette ignorance : jolie comme tu es, que d'aimables cavaliers se trouveront heureux de pouvoir t'instruire ! Mais ils n'en auront pas la gloire, c'est à moi qu'elle est réservée. Un vit, ma chère Suzon, est le membre d'un homme : on l'appelle le membre par excellence, parce qu'il est le roi de tous les autres. Ah, qu'il mérite bien ce nom ! Mais si les femmes lui rendaient la justice qu'il mérite, elles l'appelleraient leur Dieu : oui, c'en est un, le con est son domaine, le plaisir est son élément, il va le chercher dans les replis les plus cachés, il pénètre, il sonde, il le trouve, il s'y plonge, il le goûte, il le fait goûter, il y naît, il y vit, il y meurt et renaît aussitôt, pour le goûter encore ; mais ce n'est pas à lui seul qu'il doit tout son mérite. Soumis aux lois de l'imagination et de la vue, sans elles il ne peut rien, il est mou, lâche, petit et n'ose se montrer : avec elles fier, ardent, impétueux, il menace, se lance, brise, renverse tout ce qui ose lui faire résistance.

— Attendez, dis-je à la sœur, l'interrompant, vous oubliez que vous parlez à une novice, mes idées se perdent dans votre éloge, je sens que j'adorerai quelque jour ce Dieu dont vous parlez ; mais il eſt encore étranger pour moi, avant que d'aimer il faut connaître, proportionnez vos expressions à la faiblesse de mes connaissances, expliquez-moi d'une manière simple tout ce que vous venez de me dire.

— Je le veux bien, me répondit la sœur. Le vit eſt mou, lâche et petit quand il eſt dans l'inaction, c'eſt-à-dire quand les hommes ne sont pas excités, ou par la vue d'une femme, ou par les idées qui leur en viennent ; mais offrons-nous à leurs yeux, découvrons la gorge, laissons voir nos tétons, montrons-leur une taille fine, une jambe dégagée : les grâces d'un joli visage ne sont pas toujours nécessaires, un rien les frappe, leur imagination travaille, elle s'exerce, elle perce, elle va pénétrer toutes les parties de notre corps, elle se fait les plus beaux portraits, elle donne de la fermeté à des tétons qui souvent n'en ont guère, elle se présente un sein appétissant, un ventre blanc et poli, des cuisses rondes, potelées, fermes, une petite motte rebondie, un petit conin entouré de tous les charmes de la jeunesse, ils pensent alors qu'ils goûteraient des délices inexprimables, s'ils pouvaient y mettre leur vit : dans le moment ce vit devient gros, s'allonge, se durcit, et plus il eſt gros, plus il eſt long, plus il eſt dur, plus il fait de plaisir à une femme, parce qu'il remplit davantage, il frotte bien plus fort, il entre bien plus avant, il produit des délices, des élancements qui vous ravissent.

— Ah ! dis-je à Monique, que ne vous dois-je pas : je sais à présent les moyens de plaire, et je ne manquerai pas dans l'occasion de me découvrir la gorge, de montrer mes tétons.

— Prends-y garde, me dit la sœur, ce n'eſt pas là le vrai moyen de plaire, il faut plus d'art que tu ne penses, les hommes sont bizarres dans leurs désirs, ils seraient fâchés de devoir à notre facilité des plaisirs, qu'ils ne peuvent pourtant pas goûter sans nous : leur jalousie les indispose contre tout ce qui ne vient pas d'eux-mêmes, ils veulent qu'on ne leur présente les objets que couverts d'une gaze légère, qui laisse quelque chose à faire à leur imagination, et les femmes n'y perdent rien, elles peuvent se reposer sur l'imagination des hommes, du soin de peindre leurs charmes : *libérale* pour ce qui la flatte, elle ne les peindra pas à leur désavantage. Tu ne sais pas que c'eſt cette peinture que les hommes se font, qui fait naître leurs désirs, ou l'amour, c'eſt la même chose ; car quand on dit : “ Monsieur est amoureux de madame ”, c’est la même chose que si l’on disait : “ Monsieur a vu madame, sa vue a excité des désirs dans son cœur, il brûle d’envie de lui mettre son vit dans le con. ” Voilà véritablement ce que cela veut dire : mais comme la bienséance ne veut pas qu’on dise ces choses-là, on est convenu de dire : “ Monsieur est amoureux. ” »

Charmée de tout ce que la sœur me disait, je ne me sentais que plus d’impatience de savoir le reste de son histoire : je la pressai de la continuer. « Volontiers, reprit-elle, nous nous sommes un peu arrêtées ; mais ce détail était nécessaire pour ton instruction. »

Revenons à la surprise que me causa la vue de cette machine que je venais de ramasser. J’avais mille fois ouï parlé de godmiché[17], je savais que c’était avec cet instrument que nos bonnes mères se consolaient des rigueurs du célibat. Cette machine imite le vit, elle est destinée à en faire les fonctions, elle est creuse et s’emplit de lait chaud, pour rendre la ressemblance plus parfaite, et suppléer par ce lait artificiel à celui que la nature fait couler du membre d’un homme : quand celles qui s’en servent se sont mises, par un frottement réitéré, dans la situation d’avoir besoin de quelque chose de plus, elles lâchent un petit ressort, le lait part, et les inonde. Elles trompent ainsi leurs désirs par une imposture dont la douceur leur fait oublier celles de la réalité.

Je jugeai que l’agitation avait fait tomber ce précieux bijou de la poche de quelqu’une des mères qui m’étaient venues attaquer ; je n’étais pourtant pas sûre que ce fût véritablement un godmiché, mais mon cœur me le disait. Cette vue dissipa toute ma douleur, je ne pensai plus qu’à ce que je tenais dans la main, et je voulus sur-le-champ en faire l’essai : sa grosseur m’effrayait à la vérité, mais elle m’animait. Mes craintes cédèrent bientôt à l’ardeur que sa vue m’inspirait, une douce chaleur avant-coureur du plaisir que j’allais goûter se répandit par tout mon corps, il tremblait de l’émotion où j’étais, et je poussais de long soupirs.

Je commençai par bien fermer ma porte, de peur de nouvelle surprise, et sans quitter les yeux de dessus le godmiché, je me deshabillai avec toute l’ardeur d’une jeune mariée, que l’on va mettre dans le lit nuptial. L’idée du secret qui devait ensevelir les plaisirs dont j’allais m’enivrer leur donnait une pointe de vivacité qui m’enchantait. Je me jetai sur mon lit, mon cher godmiché à la main ; mais, ma chère Suzon, quelle fut ma douleur, quand je vis que je ne pouvais pas le faire entrer ! Je me désespérai, je fis des efforts capables de déchirer mon pauvre petit conin, je l'entrouvrais, et appuyant le godmiché dessus, je me faisais un mal insupportable. Je ne me rebutai pas. Je crus que si je me frottais avec de la pommade, cela m'ouvrirait davantage, j'en mis, j'étais en sang, et ce sang, mêlé avec la pommade et ce que la fureur où j'étais faisait sortir de mon con avec un plaisir qui me transportait, aurait sans doute ouvert le passage, si l'instrument n'eût été d'une grosseur prodigieuse : je voyais le plaisir près de moi, et je n'y pouvais atteindre, j'étais forcenée, je redoublais mes efforts, mais inutilement : le godmiché maudit rebondissait, et ne me laissait que la douleur. « Ah ! m'écriai-je, si Verland était ici, l'eût-il encore plus gros, je me sens assez de courage pour le souffrir ! Oui, je le souffrirais, je le seconderais, dût-il me déchirer, dussé-je en mourir, je mourrais contente pourvu qu'il me le mît. S'il me faisait de la douleur, reprenais-je, que les plaisirs qu'il me donnerait rendraient cette douleur bien douce ! Je le tiendrais dans mes bras, je le serrerais étroitement, il me serrerait de même, je collerais sur sa bouche vermeille des baisers enflammés, je les prodiguerais sur ses yeux, ses beaux yeux noirs et pleins de feu, il me tiendrait dans ses bras ! quelle volupté ! il répondrait à mes transports par des transports aussi vifs ! j'en ferais mon idole ! Oui je l'adorerais ! un beau garçon comme lui mérite bien de l'être, nos âmes se confondraient, elles s'uniraient sur nos lèvres brûlantes. Ah ! cher Verland, pourquoi n'es-tu pas ici, quelles délices ! L'amour en inventerait pour nous, je me livrerais à tout ce que ma passion m'inspirerait. Mais hélas, reprenais-je, pourquoi m'abuser par une si douce illusion ? je suis seule, hélas ! je suis seule, et pour comble de douleur, je tiens dans mes mains une ombre, une apparence de plaisir, qui ne sert qu'à augmenter mon désespoir qui m'inspire des désirs sans pouvoir les satisfaire ; instrument maudit », continuai-je, en apostrophant le godmiché, et en le jetant au milieu de ma chambre avec rage, « va faire les délices d'une malheureuse à qui tu peux servir, tu ne feras jamais les miennes, mon doigt vaut mille fois mieux que toi. » J'y eus aussitôt recours, et je me donnai tant de plaisir, que j'oubliai la perte de ceux que je m'étais promis d'avoir avec le godmiché. Je tombai épuisée de lassitude, et je m'endormis en pensant à Verland.

Je ne me réveillai le lendemain que fort tard : le sommeil avait amorti mes transports amoureux, mais n'avait rien changé à la résolution que j'avais prise de sortir du couvent. Les mêmes raisons qui m'avaient déterminée à prendre cette résolution me firent encore sentir avec plus de force la nécessité de l'exécuter. Je me regardai dès lors comme libre, et le premier usage que je fis de ma liberté fut de me tranquilliser au lit jusqu'à dix heures, la cloche eut beau sonner, je ne parus pas ; je m'applaudissais du dépit que ma désobéissance devait causer à nos vieilles. Je me levai à la fin, je m'habillai, et pour me mettre dans l'obligation de suivre mon dessein, je commençai par déchirer mon voile de pensionnaire, que je regardais comme une marque de servitude : je me sentis le cœur plus libre, il me semblait que je venais de franchir une barrière, qui jusque-là s'était opposée à ma liberté. Mais comme j'allais et je venais dans ma chambre, ce maudit godmiché se présente encore à mes yeux. Cette vue me rend immobile, je m'arrête, je le prends ; je vais m'asseoir sur mon lit, je me mets à considérer l'instrument. « Qu'il est beau ! » disais-je, en le prenant avec complaisance dans la main : « qu'il est long ! qu'il est doux ! c'est dommage qu'il soit si gros, à peine ma main peut-elle l'empoigner. Mais il m'est inutile… non jamais il ne pourra me servir », continuai-je, en levant ma jupe, et en essayant de nouveau de le faire entrer dans un endroit qui me faisait encore une douleur cuisante des efforts que j'avais faits la veille ; j'y trouvai les mêmes difficultés, et il fallut encore me contenter de mon doigt. Je travaillai avec tout le courage que la vue de l'instrument m'inspirait, et je poussai les choses au point que les forces me manquant, je demeurai insensible au plaisir même que je me donnais, ma main n'allait plus que machinalement, et mon cœur ne sentait rien. Ce dégoût momentané me fit naître une idée qui me flatta beaucoup : « Je vais sortir, me dis-je, je n'ai plus rien à ménager, sortons avec éclat ; je veux porter cet instrument à la mère supérieure, nous verrons comment elle soutiendra cette vue. »

Je jouissais d'avance en allant à l'appartement de la supérieure, de la confusion que j'allais lui causer en lui montrant le godmiché. Je la trouvai seule, je l'abordai d'un air libre : « Je sais bien, lui dis-je, madame, qu'après ce qui s'est passé hier, et l'affront que vous avez voulu me faire, je ne peux plus rester avec honneur dans votre couvent. » Elle me regardait avec surprise et sans me répondre, ce qui me donna la liberté de continuer : « Mais, madame, sans en venir à de pareilles extrémités, si j'avais fait une faute, et c'est de quoi je ne conviens pas, puisque la violence que l'indigne Verland me faisait m'ôtait la liberté de me défendre ; vous auriez pu vous contenter de me faire une réprimande ; quoique je ne l'eusse pas méritée, je l'aurais soufferte, et je me serais bornée à gémir sans me plaindre, puisque les apparences parlaient contre moi.

— Une réprimande, mademoiselle, me répondit-elle alors sèchement, une réprimande pour une action comme la vôtre ! vous méritiez une punition exemplaire, et sans les égards que nous avons pour madame votre mère, qui est une sainte dame, vous...

— Vous ne punissez pas toutes les coupables, interrompis-je vivement, et vous en avez dans le couvent qui font bien autre chose.

— Bien autre chose, reprit-elle, nommez-les-moi, je les châtierai.

— Je ne vous les nommerai pas, lui répondis-je, mais je sais qu'il y en avait une parmi celles qui m'ont hier traitée avec tant d'indignité.

— Ah ! s'écria-t-elle, c'est pousser trop loin l'effronterie, c'est pousser la corruption du cœur et le dérèglement de l'esprit jusqu'où ils peuvent aller ! Juste ciel ! joindre la calomnie aux actions les plus criminelles, accuser les plus saintes de nos mères, des exemples de vertu, de chasteté et de pénitence : quelle dépravation de cœur ! »

Je lui laissai tranquillement achever son éloge, et quand je vis qu'elle s'arrêtait, je tirai froidement le godmiché de dessous ma robe, et le lui présentant : « Voila », lui dis-je, du même air, « une preuve de leur sainteté, de leur vertu, de leur chasteté, ou du moins de l'une d'elles. » J'examinais pendant ce temps-là le visage de notre bonne supérieure. Elle me regardait, elle rougissait, elle était interdite ; ces témoignages involontaires ne me laissèrent pas douter que le godmiché ne fût à elle ; j'en fus encore plus convaincue par son ardeur à me l'ôter des mains. « Ah, ma chère enfant », me dit-elle (la restitution que je venais de lui faire m'avait réconciliée avec elle), « ah, ma chère fille, se peut-il que dans une maison où il y a tant d'exemples d'édification, il se trouve des âmes assez abandonnées de Dieu pour faire usage d'une pareille infamie ! Ah, mon Dieu, j'en suis toute hors de moi ; mais, ma chère fille, ne dites jamais que vous ayez trouvé cela, je

serais forcée d'user de sévérité, de faire des recherches, et je veux prendre le parti de la douceur ; mais vous, ma chère enfant, pourquoi voulez-vous nous quitter ? Allez, retournez à votre chambre, je raccommoderai tout, je dirai qu'on s'est trompé, comptez sur mon affection, car je vous aime beaucoup. Soyez sûre qu'on ne vous en verra pas de plus mauvais œil, malgré ce qui s'est passé. Je vois bien qu'effectivement nous avons eu tort de vous traiter comme cela, vous n'étiez pas coupable : je parlerai sur le bon ton à Mlle Verland. Jésus mon Dieu, continuait-elle en regardant le godmiché, que le démon est malin ! je crois, le ciel me pardonne, que c'est un… Ah, la vilaine chose ! »

Au moment que la supérieure achevait ces mots, ma mère entra. « Qu'ai-je donc appris, madame ? » dit-elle à la supérieure, et sur-le-champ m'adressant la parole : « Et vous, mademoiselle, pourquoi vous trouvez-vous ici ? » Il fallait répondre, j'étais déconcertée, je rougissais, je baissais les yeux, on me pressa, je bégayai ; la supérieure prit la parole pour moi, elle le fit avec esprit ; si elle ne me donna pas tout à fait le tort dans la conduite qu'on avait tenue avec moi, elle ne me chargea pas assez pour faire croire que je fusse bien coupable. Ma faute passa pour une imprudence où le cœur n'avait eu aucune part, pour une violence de la part d'un jeune téméraire, que l'on promit bien de ne plus laisser revenir à la grille, et on conclut qu'il n'y avait que Mlle Verland de criminelle, puisque c'était elle qui avait fait éclater une chose qu'elle devait taire, si ce n'était pour l'honneur de son frère, du moins pour le mien, qui pourtant n'en souffrirait point, parce que, dit la supérieure, elle voulait réparer l'insulte que l'on m'avait faite. Je n'en pouvais pas souhaiter davantage, je sortais blanche comme neige d'une aventure, où sans me faire injure, on pouvait mettre le tort de mon côté ; mais je n'avais garde d'en tomber d'accord, ma mère me plaignit, et me parla avec une douceur qui me toucha.

Les âmes zélées pour la gloire[18] de Dieu savent tirer profit de tout, il fut arrêté entre la supérieure et ma mère, qu'ayant eu le malheur de scandaliser quoique involontairement mon prochain, je devais me réconcilier avec le Père des miséri*cordes, et m'approcher du très* saint sacrement de la pénitence. On me fit là-dessus bien des exhortations, que je passe pour ne pas t'ennuyer.

Ma mère m'avait presque convertie avec ses sermons ; cependant la peine que je sentais à avouer mes fautes aurait dû me faire douter de ma conversion, et le père Jérôme m'en arrachait la confession plutôt que je ne la lui faisais. Dieu sait quel plaisir il avait, ce vieux pécheur, je ne lui en avais jamais tant dit, encore ne sut-il pas tout ; car je ne crois pas que Dieu puisse faire un grand crime à une pauvre fille de chercher à se soulager quand elle est pressée ; elle ne s'est pas faite elle-même, est-ce sa faute si elle a des désirs, si elle est amoureuse ? est-ce sa faute si elle n'a pas un mari pour la contenter ? Elle cherche à apaiser ces désirs qui la dévorent, ce feu qui la brûle[19], elle se sert des moyens que la nature lui donne, rien n'est moins criminel.

Malgré les petits mystères que j'avais faits au père Jerôme, je ne laissais pas d'être pénétrée. Était-ce repentir ? non, la véritable cause était le refus que le père avait fait de me donner l'absolution. Je craignais qu'il ne fournît une nouvelle matière à la médisance, j'en étais touchée jusqu'aux larmes : je craignais qu'en allant offrir ma confusion aux yeux de mes ennemies, je ne leur donnasse un nouveau sujet de triompher. J'allai me placer sur un prie-Dieu vis-à-vis de l'autel, mes pleurs m'assoupirent, je m'endormis. J'eus pendant mon sommeil le rêve le plus charmant : je songeai que j'étais avec Verland, qu'il me tenait dans ses bras, qu'il me pressait avec ses cuisses ; j'écartais les miennes, je me prêtais à tous ses mouvements, il me maniait les tétons avec transport, les serrait, les baisait : l'excès du plaisir me réveilla, j'étais réellement dans les bras d'un homme, encore tout occupée des délices de mon songe, je crus que mon bonheur changeait l'illusion en réalité, je crus être avec mon amant, ce n'était pas lui : on me tenait étroitement embrassée par-derrière : au moment que j'ouvris les yeux, je les refermai de plaisir, et je n'eus pas la force de regarder celui qui me le donnait. Je me sentis inondée d'une liqueur chaude, et quelque chose de dur et de brûlant, que l'on m'enfonçait en jetant des soupirs ; je soupirais aussi, et dans le moment une liqueur semblable que je sentais s'échapper de toutes les parties de mon corps, avec des élancements délicieux, se mêlant avec celle que l'on répandait une seconde fois, me fit retomber sans mouvement sur mon prie-Dieu.

Ce plaisir qui, s'il durait toujours, serait plus piquant mille fois que celui qu'on goûte dans le ciel, hélas, ce plaisir finit trop tôt. Je fus saisie de frayeur en pensant que j'étais seule pendant la nuit dans le fond d'une église ; avec qui ? je ne le savais pas, je n'osais m'en éclaircir, je n'osais remuer, je fermais les yeux, je tremblais : mon tremblement augmenta encore quand je sentis qu'on me pressait la main, et qu'on la baisait, le saisissement m'empêcha de la retirer, je n'en avais pas la hardiesse ; mais je me rassurai un peu en entendant dire à mes oreilles, d'une voix basse : « Ne craignez rien, c'est moi. » Cette voix, que je me souvenais confusément d'avoir entendue, me rendit le courage, et j'eus la force de demander qui c'était, sans pourtant avoir celle de regarder. « Hé, c'est Martin, me répondit-on, le valet du père Jérôme. » Cette déclaration dissipa ma frayeur, je ne craignis plus de lever les yeux, je le reconnus. Martin était un petit blond, éveillé, joli, amoureux : ah, qu'il l'était ! Il tremblait à son tour, et attendait ma réponse pour fuir ou me baiser encore ; je ne lui en fis pas, mais je le regardai d'un air riant, avec des yeux qui se ressentaient encore du plaisir que je venais de goûter, il vit bien que ce n'était pas un signe de colère, il se jeta dans mes bras avec passion, je le reçus de même, et sans penser que si quelqu'un s'apercevant que je manquais dans le couvent pourrait venir et nous trouver ensemble. Te dirai-je ? l'amour rend tout excusable : sans respect pour l'autel sur les marches duquel nous étions, Martin me pencha un peu, me leva les jupes, me porta la main partout : aussi passionnée que lui, je portai la mienne à son vit ; j'eus, pour la première fois de ma vie, le plaisir d'en manier un. Ah, que le sien était joli ! petit, mais long, et tel qu'il me le fallait. Quel feu, quelle démangeaison voluptueuse se coula sur-le-champ par tout mon corps, j'étais muette, je serrais ce cher vit dans ma main, je le considérais, je le caressais, je l'approchais de mon sein, je le portais à ma bouche, je le suçais, je l'aurais avalé. Martin avait le doigt dans mon con, le remuait doucement, le tirait, le remettait, et renouvelait ainsi mes plaisirs à chaque instant ; il me baisait, me suçait le ventre, la motte et les cuisses. Il les quittait pour porter des lèvres brûlantes sur ma gorge, je fus en un moment toute couverte de ses baisers, je ne pus pas tenir contre ces attaques de plaisirs, je me laissai tomber l'attirant doucement à moi avec mon bras droit, dont je le serrais amoureusement, je le baisais à la bouche, tandis que de la main gauche, tenant l'objet de tous mes vœux, je tâchais de me l'introduire et de me procurer un plaisir plus solide ; un égal transport le fit coucher sur moi, il se mit à pousser. « Arrête, lui dis-je d'une voix entrecoupée par mes soupirs, arrête, mon cher Martin, ne va pas si vite, restons un moment » ; aussitôt me coulant sous lui,

et écartant les cuisses le plus qu'il m'était possible, je joignis les jambes sur ses reins, mes cuisses étaient collées contre ses cuisses, son ventre contre mon ventre, son sein contre mon sein, sa bouche sur ma bouche, nos langues étaient unies, nos soupirs se confondaient : ah ! Suzon, quelle charmante posture, je ne pensais à rien au monde, pas même au plaisir que j'avais, je n'étais occupée qu'à le sentir. L'impatience m'empêcha de le goûter plus longtemps, je fis un mouvement, Martin en fit autant et notre bonheur s'évanouit ; mais avant que de le perdre, nous sentîmes combien il était grand ; il semblait qu'il eût ramassé ses traits les plus vifs et les plus ravissants, pour nous en accabler, nous restâmes sans sentiment, nous n'ouvrîmes les yeux que pour nous presser de nouveau ; le plaisir se refusait à nos efforts.

Il est temps, poursuivit Monique, de t'apprendre, Suzon, ce que c'était que cette eau bénite dont le père Jérôme t'arrosa un jour la gorge en te donnant l'absolution.

Ma première action, quand Martin fut retiré de mes bras, fut de porter la main où j'avais reçu les plus grands coups : le dedans, le dehors, tout était couvert de cette liqueur dont l'effusion m'avait fait tant de plaisir ; mais elle avait perdu toute sa chaleur et était froide alors comme la glace, c'était du foutre[20] : on appelle ainsi une matière blanche et épaisse, qui sort du vit ou du con quand on décharge. La décharge est l'action qui suit ce frottement voluptueux où l'on prélude.

« Comment, dis-je à Monique, c'en était donc que vous répandiez tout à l'heure ?

— Oui vraiment, me dit-elle ; et tu m'en as donné aussi, petite friponne : n'as-tu pas senti ton petit conin tout mouillé ? C'en était ; mais, ma chère petite, le plaisir que tu as senti est mille fois au-dessous de celui qu'on goûte dans les bras d'un homme, car ce qu'il nous donne se mêlant avec ce que nous lui donnons, il rentre, nous pénètre, nous enflamme, nous rafraîchit, nous brûle. Quelles délices, Suzon, ah, ma chère Suzon, elles sont au-dessus de l'expression, au-dessus de l'imagination même ! Mais écoute le reste de mon aventure », *poursuivit-elle.*

J'étais bien chiffonnée, comme tu peux croire, après l'exercice amoureux que je venais de faire : je me remis le mieux qu'il me fut possible, et je demandai à Martin quelle heure il était ? « Oh, il n'est pas tard, me répondit-il, et je viens d'entendre la cloche du souper.

— Je me passerai bien d'y aller, repris-je ; je vais vite me coucher ; mais avant que je te quitte, apprends-moi, mon cher Martin, par quel hasard tu t'es trouvé ici, comment as-tu osé me venir…

— Oh, pardi, me répondit-il, ce n'est pas la hardiesse qui me manque ; mais v'là comme ç'a été. J'étais venu pour parer l'église, car, comme vous savez, c'est demain bonne fête, je vous ai aperçue : m'est avis, ai-je dit à part moi, en vous reluquant, que v'là une demoiselle qui prie bian le bon Dieu ! pardi, ce me suis-je fait, y faut qu'alle ait bian la rage de la dévotion, pour s'en venir à c't'heure-ci dans l'église, pendant que trétoutes prennent leur béquée ? Mais ne dormirait-elle pas aussi, ce me suis-je dit, voyant qu'vous ne bronchiez ni pied ni patte, pardi, je le croirais bian, voyons un peu ça, je me suis c'pendant approché tout fin près de vous, et j'ai vu qu'vous dormiez, je suis resté là un petit bout de temps à vous lorgner, et pendant ce temps-là mon cœur faisait tic toc, tic toc, le guiable est bian fin ! Martin, m'a-t-il corné aux oreilles, alle est bian jolie au moins, v'là un biau coup à faire, mon enfant ; si tu laisses échapper c't'occasion-là, tu ne la retrouveras pas, avise-toi, Martin. Pardi, je me suis avisé tout de suite : j'ai levé tout doucement vot' collerette[21] et j'ai vu deux petits tétons bian blancs, pardi j'ai mis la main dessus, et pis je les ai baisés aussi tout doucement, et pis voyant qu'vous dormiez comme un sabot, j'ai eu envie de faire autre chose, et c't'autre chose-là, je l'ai faite en vous troussant bravement vot' cotillon[22] par-derrière, et pis j'ai poussé et pis dame vous savez le reste. »

Malgré son langage grossier, l'air d'ingénuité avec lequel Martin s'expliquait me charmait. « Hé bien, lui dis-je, mon cher ami, as-tu eu bien du plaisir ?

— Oh pardi, me répondit-il en m'embrassant, j'en ai tant eu que je suis prêt à recommencer, si vous voulez.

— Non, pas pour le présent, lui dis-je, peut-être s'apercevrait-on de quelque chose ; mais tu as la clef de l'église, si tu veux venir demain à minuit, tiens la porte ouverte, je viendrai te trouver, entends-tu, Martin ?

— Oh, morgué, me répondit-il, c'est bian dit, nous nous en donnerons à cœur joie, nous n'aurons pas d'espions à c't'heure-là. »

Je l'assurai que je m'y trouverais. La réflexion me fit

résister à mon envie et aux prières de Martin, qui voulait que nous fissions cela encore une petite fois, disait-il, avant que de nous quitter. Mon refus l'aurait plongé dans la tristesse, si je ne l'eusse consolé par l'espérance du lendemain : nous nous embrassâmes, je rentrai dans le couvent, et je regagnai heureusement ma chambre sans avoir été aperçue.

Tu devineras facilement que je mourais d'impatience de me visiter et de savoir en quel état j'étais après les assauts que je venais d'essuyer. Je sentais une vive cuisson, à peine pouvais-je marcher : j'avais pris une lumière au dortoir, je tirai bien mes rideaux pour n'être vue de personne, et m'étant assise sur ma chaise, une jambe sur mon lit et l'autre sur le plancher, je fis mon examen : quelle fut ma surprise lorsque je trouvai que mes lèvres, qui étaient auparavant si fermes et si rebondies, étaient devenues toutes molles et comme flétries, les poils qui les couvraient d'espace en espace, quoiqu'ils se ressentissent encore de l'humidité, formaient mille petites boucles : l'intérieur était d'un rouge vif et enflammé, il était d'une sensibilité extrême, la démangeaison m'y faisait porter le doigt, et sur-le-champ la douleur me forçait de le retirer, je me frottais contre le bras de mon fauteuil, et je le couvrais des marques de la vigueur de Martin, le plaisir combattait contre la fatigue ; mais mes yeux s'appesantissaient insensiblement ; je me couchai, et je dormis d'un sommeil qui ne fut interrompu que par des songes charmants qui me rappelaient les délices que j'avais goûtées.

On ne me dit rien le lendemain sur mon absence, on la regarda comme un reste du ressentiment que je devais avoir du traitement que l'on m'avait fait. Je gardai un air fier qui confirma cette pensée, j'assistai comme les autres à l'office, toutes mes compagnes communièrent, moi je ne communiai pas, et, à te dire vrai, je m'étais mise au-dessus de la honte de ne pas suivre leur exemple. L'amour dissipe bien des préjugés : la présence de mon petit amant, que je voyais rôder dans l'église, me dédommageait assez. Plus d'une, parmi mes compagnes, aurait bien quitté au même prix la nourriture spirituelle où elles couraient.

Je jetais sur mon amant plus de regards amoureux que je *n'en jetais de dévotion sur l'autel*. Aux yeux d'une femme du monde, Martin n'aurait été qu'un polisson, à mes yeux c'était l'amour même, il en avait la jeunesse, il en avait toutes les grâces : la connaissance de son mérite caché me faisait passer légèrement sur la négligence de son extérieur, je m'aperçus cependant qu'il s'était accommodé ce jour-là, et qu'il tâchait de se donner meilleur air qu'à l'ordinaire. Je lui sus bon gré de son attention, que j'aimai mieux attribuer à l'envie de me plaire qu'au mérite de la fête qu'on célébrait : rien n'échappe aux yeux d'une amante ; je le voyais qui jetait les yeux du côté des pensionnaires et tâchait de me découvrir. Je ne voulais pas qu'il me reconnût, j'avais soin de me cacher, mais j'aurais été fâchée qu'il n'eût pas pris cette peine inutile : que veux-tu, j'en étais amoureuse, mais amoureuse à la rage. Juge si j'attendis avec impatience que la nuit fût venue pour lui tenir la parole que je lui avais donnée.

Elle vint enfin cette nuit si ardemment souhaitée, minuit sonna. Ah ! que je sentis alors de trouble, je ne traversai le corridor qu'en tremblant, et quoique tout le monde fût enfoncé dans le sommeil, je croyais les yeux de tout le monde ouverts sur moi. Je n'avais, pour me conduire, d'autre lumière que celle de mon amour. « Ah », disais-je, en marchant à tâtons dans l'obscurité, « si Martin m'avait manqué de parole, j'en mourrais de douleur ! » Il était au rendez-vous, mon cher Martin, aussi amoureux, aussi impatient que j'avais été ponctuelle. J'étais vêtue fort légèrement, il faisait chaud, et je m'étais aperçue la veille que les jupes, les corps[23], les mouchoirs de gorge, tout cela était trop embarrassant. Sitôt que je sentis la porte ouverte, un tressaillissement de joie me coupa la parole ; je ne la recouvrai que pour appeler mon cher Martin à voix basse ; il m'attendait, il accourut dans mes bras, il me baisait, je lui rendais caresses pour caresses : nous nous tînmes longtemps étroitement serrés, mais revenus de ces premiers mouvements de notre joie, nous cherchâmes réciproquement à en exciter de plus grands, je portai la main à la source de mes plaisirs, il porta la sienne où il savait que je l'attendais avec impatience. Il fut bientôt en état de la contenter, il se deshabilla, me fit un lit de ses habits, je me couchai dessus, nos plaisirs se succédèrent pendant deux heures avec une rapidité, avec des renouvellements de vivacité qui ne me laissaient pas le temps de les désirer. Nous nous y livrions comme si nous ne les eussions pas encore goûtés, comme si nous ne dussions plus les goûter. Dans le feu du plaisir on ne songe guère à ménager les moyens de l'entretenir. L'ardeur de Martin ne répondait plus à la mienne, il fallut s'arracher des bras de l'amour, il fallut se retirer.

Notre bonheur ne dura guère plus d'un mois, et j'y comprends le temps que la nécessité faisait donner au repos ; quoiqu'il ne fût pas rempli par le plaisir de voir mon amant, il l'était par celui de penser à lui et par les agréables idées qui disposaient mon cœur aux délices que sa présence ramenait. Ah ! que les nuits heureuses que j'ai passées dans ses bras ont coulé rapidement, et que celles qui les ont suivies ont été longues !

Redouble ton attention, ma chère Suzon, redouble-moi tes promesses de m'être toujours fidèle, et de ne jamais révéler un secret que je n'ai jamais confié qu'à toi. Ah, Suzon qu'il est dangereux d'écouter un penchant trop flatteur et de s'y livrer sans réflexion. Si les plaisirs que j'avais goûtés étaient délicieux, l'inquiétude qui les suivit me les fit payer bien cher. Que je me repentis d'avoir été trop amoureuse ! Les suites de ma faiblesse se présentèrent à mon imagination avec des circonstances affreuses, je pleurai, je gémis.

« Que vous arriva-t-il donc ? lui demandai-je.

— Je m'aperçus, me répondit-elle, que mes règles ne coulaient plus, il y avait huit jours que le temps de les avoir était passé, elles ne paraissaient pas, j'en fus surprise : j'avais souvent ouï dire que cette interruption était un signe de grossesse ; j'étais continuellement attaquée de maux de cœur, de faiblesses. “ Ah, m'écriai-je, il n'est que trop vrai ! Malheureuse ! Hélas, je le suis, il n'en faut plus douter, je suis grosse ! ” Un torrent de larmes succédait à ces accablantes réflexions.

— Vous étiez grosse ! dis-je à la sœur avec étonnement. Ah, chère Monique, hé, comment avez-vous fait pour en dérober la connaissance à des yeux intéressés ?

— Je n'eus, me répondit-elle, que la douleur de savoir mon malheur, et non celle d'en essuyer les suites. Martin l'avait causé, il m'en délivra. »

La découverte que j'avais faite ne m'empêchait pas de me rendre toujours à nos rendez-vous, j'étais inquiète, j'étais tremblante, mais j'étais encore plus amoureuse, le poids victorieux du plaisir m'entraînait. « Qu'en peut-il arriver *davantage ? disais-je, mon* malheur est à son comble : que ce qui me l'a causé serve du moins à m'en consoler. »

Une nuit, après avoir reçu de Martin ces témoignages d'un amour ordinaire qui ne se ralentissait pas, il s'aperçut que je soupirais tristement et que ma main, qu'il tenait dans la sienne, était tremblante (quand ma passion était satisfaite, l'inquiétude reprenait dans mon cœur la place que l'amour y occupait un moment avant), il me demanda avec empressement la cause de mon agitation, et se plaignit tendrement du mystère que je lui faisais de mes peines. « Ah, Martin, lui dis-je, mon cher Martin, tu m'as perdue ! ne dis pas que mon amour pour toi n'est plus le même, j'en porte dans mon sein une preuve qui me désespère : je suis grosse ! » Une pareille nouvelle le surprit. L'étonnement fit place à une profonde rêverie, je ne savais qu'en penser. Martin était toute mon espérance dans cette circonstance cruelle, il balançait, que devais-je en penser ? « Peut-être », disais-je, abattue par son silence, « peut-être médite-t-il sa fuite, il va m'abandonner à mon désespoir, ah, qu'il reste, j'aime mieux perdre la vie en l'aimant, que mourir faute de le haïr ! » Je versais des larmes, il s'en aperçut ; aussi tendre, aussi fidèle que je craignais de le voir perfide, tandis que je le croyais occupé du soin de se dérober à mon amour, il ne l'était que de celui de tarir mes pleurs en me délivrant de leur cause. Il m'annonça, en m'embrassant avec tendresse, qu'il en avait trouvé le moyen. La joie que me causa cette promesse n'égala pas celle de m'être trompée dans mes soupçons, il me rendait la vie. Charmée des assurances qu'il me donnait, je fus curieuse de savoir quel était ce moyen qu'il prétendait employer pour me délivrer de mon fardeau ; il me dit qu'il voulait me donner d'une boisson qui était dans le cabinet de son maître, et dont la mère Angélique avait fait l'expérience avant moi. Je voulus savoir ce que le père Jérôme pouvait avoir de particulier avec cette mère ; je la haïssais mortellement, parce qu'elle avait paru une des plus animées contre moi le jour de l'aventure de la grille. Je l'avais toujours prise pour une vestale. Que je me trompais ! D'autant plus sévère qu'elle savait mieux déguiser son caractère vicieux, qu'elle voilait sous des apparences de la vertu ses inclinations corrompues, elle était en intrigue réglée avec le père Jérôme : Martin m'en apprit toutes les circonstances ; il me dit, qu'en furetant dans les papiers de son maître, il avait trouvé une lettre où elle lui marquait qu'elle se trouvait, pour l'avoir trop écouté, dans le même embarras où je me trouvais pour avoir trop écouté Martin ; que le père lui avait envoyé une petite fiole de cette liqueur dont je devais user ; que la mère, en recevant le présent, avait paru transportée de joie, et qu'il en avait trouvé une seconde lettre par laquelle elle marquait à son vieil amant, que la liqueur avait fait merveille, qu'on n'avait plus aucune incommodité, et qu'on était prête à recommencer. « Ah, mon cher ami, dis-je à Martin, apporte-moi dès demain de cette liqueur, tu me tireras de toutes mes peines », et portant mes vues plus loin, je crus que par les moyens de ces lettres, je pourrais servir ma vengeance et ma haine contre la mère Angélique ; je les demandai à Martin, qui ne sentant pas combien cette imprudence nous coûterait cher, crut me marquer son amour en me les apportant le lendemain avec ce qu'il m'avait promis.

J'avais fait réflexion que la lumière pourrait me trahir, si on en apercevait dans ma chambre à pareille heure. Je modérai l'impatience où j'étais de lire les lettres de la mère, j'attendis que le jour parût, il vint, je lus, elles étaient écrites d'un style passionné, et aussi peu mesuré, que la figure et les manières de celle qui les avait écrites l'étaient beaucoup : elle y peignait sa fureur amoureuse avec des traits, avec des expressions, dont je ne l'aurais jamais crue capable, enfin elle ne se gênait pas, parce qu'elle comptait que le père Jérôme aurait la précaution, comme elle lui marquait, de brûler ces lettres, il avait eu l'imprudence de n'en rien faire, et je triomphais. Je songeai longtemps de quelle manière je devais me servir de ces lettres pour perdre mon ennemie ; les rendre moi-même à la supérieure, il n'y avait pas d'apparence, c'était une démarche trop dangereuse pour moi ; il aurait fallu rendre compte de la façon dont je les avais eues : les faire rendre par quelqu'un, ç'aurait été l'exposer à des questions, dont il ne serait peut-être pas sorti à son honneur, et qui auraient pu entraîner ma perte. Je choisis un autre parti, qui fut de les porter moi-même à la porte de la supérieure, au moment que je saurais qu'elle devait rentrer. Je m'arrêtai à cette idée, imprudente que j'étais, je devais brûler ces lettres : que de chagrins je m'apprêtais, je m'enlevais mon amant. Cette réflexion, si elle me fût venue, aurait éteint mon ressentiment : quelque douceur que la vengeance me présentât, aurait-elle un moment balancé la douleur de perdre Martin ? Non, il m'était mille fois plus précieux que ce qui me flattait le plus dans ce moment. Je ne remis l'exécution de mon projet que jusqu'au temps que je serais hors de danger : je le fus bientôt. J'avais demandé à Martin une trêve de huit jours, elle n'était pas encore expirée : je crus pouvoir alors exécuter le dessein que j'avais formé, il eut tout l'effet que j'en pouvais attendre, la supérieure trouva les lettres, fit venir la mère Angelique, et la convainquit : peut-être la réflexion eût-elle obtenu sa grâce, si un crime plus grand, et que les femmes ne pardonnent jamais, la rivalité, n'eût rendu sa punition nécessaire pour le repos de la supérieure ; car quoiqu'elle ne manquât pas, comme je te l'ai dit, de ces secours capables d'émousser la pointe des aiguillons de la chair, il est bien difficile quand on a grand appétit de s'en tenir à cette nourriture artificielle, qui charme la faim sans la calmer.

Un godmiché n'est, à proprement parler, qu'un secret pour endormir le tempérament : mais son sommeil n'est pas de longue durée, il se réveille, et furieux de la tromperie qu'on lui a faite, il ne s'apaise que par la réalité.

La supérieure était dans ce cas ; une fille qui a acquis quelque connaissance dans les mystères de l'amour voit clair dans une intrigue. Si les objets lui manquent, l'imagination y supplée, elle s'aigrit des difficultés qu'on lui oppose, elle perce et va quelquefois plus loin que la réalité : mais avec un homme, avec une femme du caractère de la supérieure, du caractère du père Jérôme, je craignais moins d'en trop penser que de n'en pas penser assez. La liaison qui régnait entre eux ne me laissait pas douter que le directeur ne partageât secrètement ses consolations spirituelles entre elle et la mère Angélique. La promptitude du châtiment de celle-ci confirma mes soupçons : elle alla bientôt expier dans la solitude d'une chambre obscure le crime de m'avoir déplu, et d'avoir voulu enlever à la supérieure le cœur d'un amant confirmé dans ses bonnes grâces.

Je ne fus pas longtemps à me repentir de ce que j'avais fait : je m'étais toujours flattée que l'orage ne tomberait que sur la mère Angélique, il alla plus loin. Le directeur, outré de se voir enlever sa maîtresse favorite, soupçonna mon amant d'être la cause de son malheur, il ne pouvait sacrifier que lui à son ressentiment, il le fit, le chassa, et je ne l'ai pas revu depuis.

Voila mon histoire, ma chère Suzon, poursuivit la sœur *Monique* : je ne te recommande pas le secret, tu es intéressée à le garder, te voila associée à mes plaisirs ; hélas, je n'en ai presque pas goûté depuis que j'ai perdu mon amant ! Que n'est-il ici, continuait-elle, en m'embrassant, je le mangerais de caresses !

Le souvenir de Martin l'animait, ses discours avaient produit sur moi le même effet. Nous nous trouvâmes, sans y penser, dans une disposition qui ne nous permit pas d'attendre le lendemain pour célébrer la perte de ce cher amant, je rappelais à Monique les plaisirs qu'elle avait autrefois goûtés avec lui ; trompée par mes caresses, elle oubliait que je n'étais qu'une fille, elle me prodiguait les mêmes noms qu'elle lui prodiguait dans leurs transports, j'étais son ange, j'étais son Dieu. Je n'avais pas encore l'idée d'un bien plus grand que celui dont je jouissais, et Monique dans mes bras comblait tous mes désirs. L'imagination va toujours plus loin que ce que l'on possède : Monique songeant au plaisir que lui avait causé le frottement du poil de Martin quand elle l'avait senti contre ses fesses la nuit de l'aventure du prie-Dieu, m'en promit autant si je voulais le lui procurer encore ; j'y consentis, elle se coucha sur le ventre, j'agissais : nous nous animâmes de façon qu'à force de chercher à nous le procurer à toutes deux en même temps, l'agitation nous fit trouver l'une la tête au chevet du lit et l'autre la tête au pied. Dans cette situation nous nous rapprochâmes, l'une de mes cuisses était sur le ventre de Monique, et l'autre sous ses fesses, mon ventre et mes fesses étaient de même entre ses cuisses, étroitement collées l'une contre l'autre, nous nous pressions en soupirant, nous nous frottions réciproquement, nous nous répandions à chaque instant. Les sources de notre plaisir gonflées par un jaillissement continuel, et qui n'avait d'autre issue que de passer de l'une dans l'autre, étaient comme deux réservoirs de délices, où nous mourions plongées sans sentiment, où nous ne ressuscitions que par l'excès du ravissement. L'épuisement seul mit fin à nos transports. Enchantées l'une de l'autre, nous ne nous quittâmes qu'en nous promettant de recoucher ensemble le lendemain : elle y revint et me rendit encore plus savante à cette seconde entrevue. Ces nuits charmantes n'ont été interrompues que par ma sortie du couvent pour venir ici.

Ce que Suzon venait de me raconter avait si fort agi sur mon imagination, que je n'avais pu refuser à l'énergie de ses discours des marques de sensibilité relatives au sujet. Quoique j'eusse affecté de vouloir lui dérober la vue des larmes qu'elle m'arrachait, le plaisir de les répandre, les regards passionnés que je jetais sur elle en les répandant, m'avaient trahi ; elle s'était aperçue de mes mouvements : mais charmée d'avoir fait sur moi l'impression qu'elle s'était proposé d'y faire, elle

me dissimulait adroitement sa satisfaction, et par une politique mal entendue, elle combattait encore en elle-même le doux penchant qui devait être le prix de l'ardeur qu'elle m'inspirait. Autant ses discours m'avaient causé d'étonnement, autant me donnèrent-ils d'espérance : ces peintures si vives et si animées des situations et des sentiments de la sœur Monique, dans une circonstance à peu près semblable à celle où nous nous trouvions, ne pouvaient partir que d'un cœur pénétré. Elle ne m'avait rien caché de ses propres actions : elle ne m'avait pas déguisé sa sensibilité pour les plaisirs de l'amour, elle avait dit tous les mots, rien n'avait été fardé ; si nous eussions été dans l'allée, elle n'aurait pas dit un mot que je n'en eusse profité, elle n'aurait pas fait une peinture que je n'y eusse joint la représentation au naturel, elle n'avait pas voulu y venir, que devais-je penser de cette résistance ? comment l'accorder avec ce que je venais d'entendre ? Ah ! si j'avais pu lire dans son cœur, que je me serais épargné d'inquiétude. Ferme dans la résolution de suivre mon dessein, mais en garde contre une précipitation qui aurait pu effaroucher Suzon, je pris mes mesures d'une façon détournée ; j'allai chercher, dans le récit même qu'elle venait de me faire, des armes pour la combattre. Je me contentai de lui demander d'abord, avec un air d'indifférence, si la sœur Monique était jolie : « Comme un ange, me répondit-elle ; je ne sais pas ce qu'il faut pour faire une fille qui plaise, mais je m'imagine que, pour plaire, elle doit être faite comme la sœur Monique. Sa taille est fine et bien prise, sa peau est d'une blancheur, d'une douceur parfaite, elle a la plus belle gorge du monde, le visage un peu pâle, mais joli et formé de façon que les plus belles couleurs lui conviendraient moins que cette pâleur, ses yeux sont noirs et bien fendus, mais contre l'ordinaire des brunes elle les a languissants, il n'y reste qu'assez de feu pour faire juger qu'ils seraient brillants, si elle n'était pas si amoureuse.

— Tu me rends compatissant pour elle, dis-je à Suzon, sa passion pour les hommes la rendra malheureuse pour toute sa vie.

— Désabuse-toi, me répondit Suzon, ce n'est que depuis peu, comme je te l'ai dit, qu'elle a pris le voile, encore ne l'a-t-elle fait que par complaisance pour sa mère, le temps de prononcer ses vœux n'est pas encore arrivé : son bonheur dépend de la mort d'un frère, dont sa mère fait son idole. Il court grand risque de ne pas vivre plus longtemps que sa sœur ne le souhaite. Il s'est déjà fait blesser à Paris dans un bordel…

— Un bordel ! hé, qu'est-ce que cet endroit ? » demandai-je à Suzon, par pressentiment sans doute de ce qui devait m'y arriver un jour.

« Je vais t'en dire, me répondit-elle, ce que j'en ai appris de la sœur Monique, qui sait tout ce qui a rapport avec ses inclinations. C'est un lieu où s'assemblent des filles tendres et faciles dont le métier est de recevoir avec complaisance les hommages des libertins, et de se prêter à leurs désirs, sous l'espoir de la récompense : leur penchant les y mène, le plaisir les y fixe.

— Ah », m'écriai-je, en l'interrompant, « que je voudrais être dans une ville où il y eût de ces endroits-là ! Et toi, Suzon ? »

Elle ne me répondit rien, et je compris assez par son silence qu'elle ne serait pas plus cruelle qu'une autre pour son tempérament, et que ce plaisir n'aurait pas moins d'empire sur son cœur que sur celui de ces filles tendres, que l'empressement des hommes érigeait en idoles publiques. « Je crois, ajoutai-je, que la sœur Monique irait là aussi volontiers que son frère ?

— Je t'en réponds, me dit-elle, cette pauvre fille aime les hommes à la fureur, l'idée seule l'en enchante.

— Et toi, petite friponne, repris-je, tu ne les aimes donc pas ?

— Je ne te cache pas, me répondit-elle, que je les aimerais, si ce qu'on fait avec eux n'était pas si dangereux.

— Tu le crois ? lui dis-je, il ne l'est pas tant que tu le penses : va, Suzon, pour faire cela avec une femme, elle ne devient pas toujours grosse : vois, ajoutai-je, cette dame qui est notre voisine, il y a longtemps qu'elle est mariée, elle le fait avec son mari, et cependant elle n'a pas d'enfants. »

Cet exemple parut l'ébranler. « Écoute, ma chère Suzon », poursuivis-je, et comme inspiré par une intelligence au-dessus de mon âge qui me faisait pénétrer dans les mystères de la nature : « la sœur Monique t'a dit que quand Martin lui mettait, elle était toute remplie de ce qu'il lui donnait, c'était sans doute ce qui lui avait fait un enfant.

— Hé bien », dit Suzon, en me regardant fixement, et cherchant dans mes yeux un moyen de satisfaire son envie sans s'exposer aux hasards, « que veux-tu dire par là ?

— Ce que je veux dire, repris-je, c'est que si c'est ce que l'homme répand qui produit cet effet, on peut l'empêcher en se retirant quand on sent que cela va venir[24].

— Hé ! le peut-on faire ? interrompit vivement Suzon. N'as-tu jamais vu deux chiens l'un sur l'autre : on a beau les battre pour les faire finir, ils crient, ils se démènent, ils voudraient se retirer et ne peuvent pas ; ils sont sans doute attachés de façon que cela leur est impossible ; dis-moi, si un homme se trouvait attaché de cette façon à une femme, que quelqu'un vînt, qu'on les surprît ? »

Cette objection me démonta, l'exemple était sensible, il semblait que Suzon eût prévu ce que j'allais lui proposer. L'exemple était pour nous, nous allions nous trouver dans le même cas, si Suzon se rendait. Elle semblait attendre ma réponse avec impatience, et si j'avais pu découvrir ce qui se passait dans son âme, j'aurais vu qu'elle se repentait de m'avoir proposé une difficulté que je n'étais pas en état de résoudre. D'autant plus intéressé à détruire son préjugé, que je ne doutais presque pas que mon bonheur ne dépendît de ma réponse, je cherchais des raisons pour la convaincre, je me souvenais parfaitement que le père Polycarpe n'avait pas eu la veille cette difficulté à se retirer de dessus Toinette. Je lui aurais cité cet exemple, mais j'aimais mieux le lui faire voir. Mes raisonnements ne la persuadèrent pas : mais ses désirs suppléaient à ce qu'ils avaient de défectueux : elle affectait cependant d'insister encore, et je sentis qu'il n'y aurait pas d'autre moyen de la persuader que de lui montrer un exemple du contraire. Dans le moment j'aperçus le bonhomme Ambroise qui sortait de la maison, et qui prenait le chemin de la rue. Je regardai son départ comme l'occasion la plus favorable qui pût se présenter, ne doutant pas que le père et Toinette ne profitassent de la liberté que leur laissait sa *bonhomie* pour réparer le temps que sa présence leur avait fait perdre. Je dis d'un ton assuré à Suzon : « Viens, je veux te faire voir que tu t'es trompée. » Je me levai sur-le-champ et j'aidai Suzon à en faire autant, non sans lui avoir auparavant porté sous la jupe une main qu'elle repoussa en folâtrant : « Où vas-tu donc me mener ? » me demanda-t-elle, voyant que je prenais le chemin de la maison : la petite friponne croyait que j'allais la mener dans l'allée, elle m'y aurait suivi ; que j'aurais bien mieux fait d'y aller ! mais je n'étais pas assez expérimenté pour voir qu'elle ne demandait pas mieux, je craignais quelque nouvelle résistance de sa part, et mon destin m'entraînait. Je lui répondis que j'allais la mener dans un lieu où elle verrait quelque chose qui lui ferait plaisir : « Où donc ? » me répondit-elle avec impatience, voyant que j'avançais toujours vers la maison.

« Dans ma chambre, lui répliquai-je.

— Dans ta chambre ! me dit-elle, oh ! je n'y veux pas aller : tiens, Saturnin, cela est inutile, tu me ferais quelque chose. »

Je lui jurai que non, et je connus, à l'air dont elle consentait à y venir, qu'elle était moins fâchée de m'y suivre, qu'elle ne l'aurait été, si, en lui promettant d'être sage, je ne lui avais pas donné un prétexte pour s'y laisser conduire. Que je me rappelle avec plaisir ces traits charmants de mon enfance ! L'habitude d'accorder tout à mes passions, et l'usage le plus immodéré des plaisirs n'ont point émoussé dans mon cœur ma sensibilité pour ces précieux instants de ma vie.

Nous entrâmes dans ma chambre sans avoir été aperçus : je tenais Suzon par la main, elle tremblait, je marchais sur la pointe des pieds, elle m'imitait : je lui fis signe de ne point parler, et la faisant asseoir sur mon lit, je m'approchai doucement de la cloison : personne n'y était encore. Je dis d'une voix basse à Suzon que l'on ne tarderait pas à venir. « Mais que veux-tu donc me montrer ? » me demanda-t-elle, intriguée par mes façons mystérieuses. « Tu vas le voir », lui répondis-je, et sur-le-champ, en avancement du privilège que je comptais que cette vue allait me donner, je la renversai sur mon lit, en tâchant de lui glisser la main sur les cuisses : je n'en étais pas encore à la jarretière qu'elle se leva avec action et dit qu'elle ferait du bruit si j'étais assez hardi pour la toucher. Elle alla même jusqu'à faire semblant de vouloir sortir : je pris cette grimace pour une marque de colère, et je fus assez simple pour m'imaginer qu'elle voulait effectivement se retirer. J'étais interdit, le cœur me battait, à peine osais-je répondre, et quoique ce ne fût qu'en bégayant, je persuadai facilement une fille qui aurait été bien fâchée que mon silence l'eût mise dans la nécessité de joindre l'effet à la menace ; elle consentit de rester. J'allais désespérer de pouvoir venir à bout de mon entreprise, quand j'entendis ouvrir la porte de la chambre d'Ambroise : le cœur me revint et j'attendais avec impatience que la curiosité de Suzon fît pour moi ce que je n'avais pas pu faire moi-même. « Les voici », lui dis-je, en lui faisant signe de se taire et la remenant sur le lit ; « les voici, ma chère Suzon. » Je m'approchai aussitôt de la cloison, j'écartai l'image qui dérobait à mes regards ce qui se passait dans la chambre, et j'aperçus le père qui prenait sur la gorge de Toinette des gages peu équivoques de sa bonne volonté. Immobiles, serrés étroitement l'un contre l'autre et recueillis en eux-mêmes, il semblait qu'ils voulussent par une profonde méditation, se remplir de la grandeur des mystères qu'ils allaient célébrer. Attentif à leurs mouvements, j'attendais qu'ils les poussassent un peu plus loin, pour faire signe à Suzon d'avancer. Toinette, ennuyée de la longue méditation, se débarrassa la première des bras du moine, et jetant corset, jupe, chemise tout à bas, parut telle que la bienséance du mystère l'exigeait. Ah ! que j'aimais à la voir dans cet état, ma fureur amoureuse, que les combats de Suzon n'avaient fait qu'irriter, redoubla d'un degré à cette vue.

Suzon, que mon attention rendait impatiente, avait quitté le lit, et s'était approchée de moi : j'étais si fort occupé, que je ne m'en étais pas aperçu. « Laisse-moi donc voir aussi », me dit-dit-elle, en me repoussant un peu ; je ne demandais pas mieux, je lui cédai aussitôt mon poste, et je me tins à côté d'elle, à examiner sur son visage les impressions qu'y produirait le spectacle qu'elle allait avoir. Je m'aperçus d'abord qu'elle rougissait ; mais je présumais trop de son penchant à l'amour pour craindre que cette vue ne produisît un effet contraire à celui que j'en espérais : elle resta. Curieux alors de savoir si l'exemple opérait, je commençai par lui couler la main sous la jupe, je ne trouvai plus qu'une résistance médiocre, elle se contentait de me repousser doucement la main avec la sienne, sans cependant l'empêcher de montrer jusqu'aux cuisses, elle les serrait étroitement, et ce n'était qu'aux transports des combattants, que j'étais redevable de la facilité que je trouvais à les desserrer insensiblement ; j'aurais compté le nombre des coups que donnaient ou recevaient le père et Toinette, par celui des pas que ma main plus ou moins pressée faisait sur ses charmantes cuisses. Enfin je gagnai le but : alors Suzon, sans pousser plus loin sa résistance, m'abandonna tout, et écartait elle-même les jambes pour laisser à ma main toute la facilité de se contenter, j'en profitai, je portai le doigt à l'endroit sensible, à peine pouvait-il y entrer : elle tressaillit aussitôt qu'elle sentit que l'ennemi s'était emparé de la place, et ses tressaillissements se renouvelaient au moindre petit mouvement de mon doigt : « Je te tiens, Suzon, dis-je alors, je te tiens. » Je levai aussitôt son jupon par-derrière, et je vis, ah ! je vis le plus beau, le plus blanc, le mieux tourné, le plus ferme, *le plus charmant petit cul*[25] qui soit possible d'imaginer : non, aucun de ceux que j'ai vus dans le cours de ma vie, aucun de ceux à qui j'ai le plus fait de fête, aucun n'a jamais approché du cul de ma chère Suzon ! Fesses divines dont l'aimable coloris l'emportait sur celui du visage ! Fesses adorables sur

lesquelles je collai mille baisers amoureux : pardonnez si je ne vous rendis alors le véritable hommage qui vous était dû ! Oui, vous méritiez d'être adorées, vous méritiez l'encens le plus pur ; mais vous aviez un voisin trop redoutable, je n'avais pas encore le goût assez épuré pour connaître votre véritable valeur, je le croyais seul digne de toute ma passion ! Cul charmant ! que mon repentir vous a bien vengé ! Oui, je conserverai toujours précieusement votre mémoire ! Je vous ai élevé dans mon cœur un autel, où tous les jours de ma vie je pleure mon aveuglement.

J'étais à genoux devant cet adorable petit cul, je l'embrassais, je le serrais, je l'entrouvrais, je m'extasiais ; mais Suzon avait mille autres beautés qui piquaient ma curiosité. Je me levai avec transport, je fixai mes regards avides sur deux petits tétons, durs, fermes, bien placés, arrondis par l'amour lui-même : ils se levaient, se baissaient, haletaient, et semblaient demander une main qui fixât leurs mouvements ; j'y portai la mienne, je les pressais. Suzon se laissait aller mollement à mes transports, rien ne pouvoit l'arracher au spectacle qui l'attachait : j'en étais charmé ; mais son attention était bien longue pour mon impatience, j'étais brûlé d'un feu qui ne pouvait s'éteindre que par la jouissance : j'aurais voulu voir Suzon toute nue pour me rassasier de la vue entière d'un corps dont je baisais, dont je maniais de si charmantes parties : il me semblait qu'il n'y avait que cette vue qui pût suffire à remplir mes désirs. Je fus bientôt en état d'éprouver le contraire, je deshabillai Suzon sans qu'elle s'y opposât. Nu de mon côté, je cherchais tous les moyens possibles d'assouvir ma passion, je n'avais pas assez de force pour la presser : mille et mille baisers répétés, les marques les plus vives de l'amour, étaient mille fois au-dessous de ce que je sentais, je tâchais de lui mettre, mais l'attitude était gênante, il fallait le mettre par-derrière, elle écartait les jambes et les fesses, mais l'entrée était si petite, qu'il m'était impossible d'en venir à bout : j'y mettais le doigt et je l'en retirais tout couvert d'une liqueur amoureuse. La même cause produisait sur moi le même effet : je faisais de nouveaux efforts pour prendre dans ce charmant endroit la même place que mon doigt venait d'y *occuper, et toujours même* impossibilité, malgré les facilités qu'on me donnait. « Suzon », dis-je, enragé de l'obstacle que son opiniâtre attention apportait à mon bonheur, « laisse-les, viens, ma chère Suzon, nous ne pouvons avoir autant de plaisir qu'eux. » Elle tourna les yeux sur moi, ils étaient passionnés. Je la prends amoureusement entre mes bras, je la porte sur mon lit, je la renverse, elle écarte les cuisses, mes yeux se jettent avec fureur sur une petite rose vermeille qui commence à s'épanouir, un poil blond et placé par petits toupets commençait à ombrager une motte[26] dont le pinceau le plus délicat rendait faiblement la blancheur vive et animée. Suzon immobile attendait avec impatience des marques de ma passion plus sensibles et plus satisfaisantes : je tâchai de les lui donner ; je m'y prenais fort mal, trop bas, trop haut, je me consumais en efforts inutiles, elle me le mit elle-même ; ah ! il sentit alors qu'il était dans le véritable chemin. Une douleur, que je ne comptais pas trouver sur une route que je croyais couverte de fleurs, m'arrêta d'abord, Suzon en ressentit une pareille : mais nous ne nous rebutâmes pas, Suzon tâchait de rendre la route plus large, je faisais des efforts plus violents, elle les secondait. Déja j'avais fait la moitié de ma course, Suzon roulait sur moi des yeux mourants, son visage était enflammé, elle ne respirait que par intervalles, elle me renvoyait une chaleur prodigieuse, je nageais dans un torrent de délices ; mais j'en espérais encore de plus grandes, je me hâtais de les goûter. Ô ciel ! des moments si doux devaient-ils être troublés par le plus cruel des malheurs ? Je poussais avec ardeur : mon lit, ce malheureux lit, ce témoin de mes transports et de mon bonheur, nous trahit : il n'était que de sangle, la cheville manqua, nous tombâmes avec un bruit affreux. Cette chute m'eût été favorable, puisqu'elle m'avait fait entrer jusqu'où je pouvais aller, quoique avec une extrême douleur pour tous les deux. Suzon se faisait violence pour retenir ses cris : effrayée, elle tâchait de s'arracher de mes bras ; j'étais furieux d'amour et de désespoir, et je ne la serrais que plus étroitement, mon opiniâtreté me coûta cher.

Toinette avertie par le bruit accourt, ouvre, entre et nous voit. Quel spectacle pour les yeux d'une mère, d'une mère, d'une fille, d'un fils ! La surprise la rendit immobile, et comme si elle eût été retenue par quelque chose de plus puissant que ses efforts, il semblait qu'elle ne pût avancer ; elle nous regardait avec des yeux enflammés plutôt par la lubricité que par la fureur, elle avait la bouche ouverte pour parler, et la voix expirait sur ses lèvres.

Suzon était tombée en faiblesse, ses yeux tendres se fermaient, sans avoir ni le courage ni la force de me retirer. Je jetais les miens alternativement sur Toinette et Suzon, sur l'une avec rage, sur l'autre avec douleur ; enhardi par l'immobilité où l'étonnement semblait retenir Toinette, je voulus en profiter, je poussai, Suzon donna alors un signe de vie, elle jeta un profond soupir, rouvrit les yeux, me serra, donna un coup de cul : Suzon goûtait le souverain plaisir, elle déchargeait, ses ravissements me faisaient envie, j'allais les partager : Toinette se lança sur moi au moment que je sentais les approches du plaisir, elle m'arracha des bras de ma chère Suzon. Ô dieux ! n'avais-je pas assez de force pour me venger ? le désespoir me l'ôta sans doute, puisque je restai immobile dans les bras de cette marâtre jalouse.

Le père Polycarpe, qui n'était pas moins curieux que Toinette de savoir ce qui venait de se passer, accourut dans cet intervalle, et ne demeura pas moins surpris qu'elle, à la vue du spectacle qui s'offrait à ses yeux, surtout de Suzon nue, couchée sur le dos, et qui se passait un bras sur les yeux, en portant la main de l'autre à l'endroit coupable, comme si une pareille posture eût pu dérober ses charmes aux regards d'un moine lascif. Ce fut sur elle qu'il les porta d'abord : les miens y étaient fixés comme sur leur centre, et ceux de Toinette l'étaient sur moi. La surprise, la rage, la crainte, rien ne m'avait fait débander, j'avais le vit décalotté et plus dur que le fer, Toinette le regardait ; cette vue obtint ma grâce, et me réconcilia avec elle : je sentais qu'elle m'entraînait doucement hors de la chambre, j'étais troublé, je ne savais ce que je faisais : nu comme je l'étais, je la suivis sans y penser, et tout cela se fit sans qu'il se fût dit une parole de part ni d'autre.

Toinette me conduisit dans sa chambre : je m'aperçus, quand nous fûmes entrés, qu'elle fermait la porte aux verrous. La crainte me retira alors de mon étourdissement, je voulus fuir ; je cherchais quelque refuge qui pût me dérober au ressentiment de Toinette, n'en trouvant pas, je me jetai sous le lit : Toinette reconnut le motif de ma frayeur, et tâcha de me rassurer : « Non, Saturnin, me dit-elle, non, mon ami, je ne veux pas te faire de mal. » Je ne la croyais pas sincère, et je ne sortais pas de ma place : elle vint elle-même pour m'en retirer, je voyais qu'elle tendait le bras pour m'attraper, je me reculais, mais j'eus beau faire, elle me prit, par où ? par le vit. Il n'y eut plus moyen de me défendre, je sortis au plus tôt, elle m'attira, car elle n'avait pas lâché prise.

La confusion de paraître *in naturalibus* ne m'empêcha point d'être surpris de touver Toinette elle-même toute nue : elle, qui un moment avant s'était offerte à mes yeux, sinon

dans un état décent, du moins avec quelque chose qui cachait le nécessaire, elle ne me lâchait pas le vit qui reprenait dans sa main ce que la crainte lui avait fait perdre de sa force et de sa roideur ; dirai-je mon faible, en la voyant, je ne pensai plus à Suzon : l'objet présent seul m'occupait, je ne savais comment je sortirais de cette scène, mais je bandais toujours à bon compte, mes craintes étaient subordonnées à la passion : Toinette me tenait toujours le vit, et moi je regardais le con de Toinette. Que fit ma ribaude[27] ? Elle se coucha sur son lit, et, par ce mouvement, m'entraîna sur elle. « Viens donc, petit couillon », me dit-elle, en me baisant, « mets-le-moi : là, bon. » Je ne me fis pas prier davantage, et ne trouvant pas beaucoup de difficulté, je lui enfonçai jusqu'aux gardes. Déja disposé par le prélude que j'avais fait avec Suzon, je sentis bientôt un flux de délices, qui me fit tomber sans mouvement sur la lubrique Toinette, qui remuant avec agilité la charnière, reçut les prémices de ma virilité ; c'est ainsi que pour mon premier coup d'essai, je fis cocu monsieur mon père putatif, mais qu'importe ?

Quelle foule de réflexions pour ces lecteurs dont le tempérament froid et glacé n'a jamais ressenti les fureurs de l'amour ! Faites-les, messieurs, ces réflexions, donnez carrière à votre morale, je vous laisse le champ libre, et ne veux vous dire qu'un mot : bandez aussi fort que je bandais, vous foutriez, qui ? le diable. J'allais répéter un aussi charmant exercice, quand nous fûmes interrompus par un bruit sourd qui partait de ma chambre. Toinette, qui vit bien de quoi il s'agissait, se leva en criant au père de finir, elle se rhabilla au plus tôt, me dit de me remettre sous le lit, et courut pour empêcher que les choses ne fussent poussées plus loin. À peine eut-elle le dos tourné, que je volai au trou : j'aperçus le moine qui tenait dans ses bras Suzon, qui s'était rhabillée, mais dont le cotillon et la chemise étaient levés : la jaquette du moine l'était aussi, et je jugeai que le bruit ne venait que de l'extrême grosseur du membre de Sa Revérence, qui faisait sans doute des efforts inutiles pour le faire entrer dans un endroit qui n'était pas fait pour lui. Le débat finit à l'aspect de Toinette ; elle fondit sur les combattants, et arrachant Suzon des bras de l'*incestueux célestin, lui* donna, avec deux ou trois soufflets, liberté de sortir. Il semblait que l'action vigoureuse que Toinette venait de faire, l'eût épuisée, et qu'il ne lui restât plus assez de force pour marquer son mécontement au père Polycarpe. Elle le regardait tout essoufflée : un moine ne manque guère d'impudence ; cependant celle du père ne tint pas contre la honte d'avoir été surpris en flagrant délit, peut-être contre la crainte des reproches, dont il croyait que Toinette allait l'accabler, ou plutôt contre l'idée d'infamie dont il croyait qu'un moine devait être noté, quand il entreprenait d'exploiter une fille sans en venir à bout. Il rougissait, il pâlissait, et n'osait presque regarder Toinette, qui, de son côté, paraissait agitée des mêmes mouvements : moi, de mon trou, je les examinais attentivement, et je m'attendais à être bientôt spectateur de quelque crise violente, je le craignais. Que je les connaissais peu l'un et l'autre ! Le moine paraissait confus, mais il ne débandait : un moine débande-t-il jamais ? Toinette paraissait furieuse, mais elle regardait le vit du moine : son faible était toujours de sacrifier toute sa colère à cette vue, mon exemple devait m'avoir préparé à lui voir une pareille indulgence pour le père, le raccommodement fut bientôt fait. Le moine s'approcha d'elle, et j'entendis qu'il lui disait, en lui mettant en main son joyeux aiguillon : « Si je n'ai pas pu foutre la fille, du moins je foutrai la mère. » Oh, pour cette insulte Toinette était toujours disposée à la lui pardonner : elle s'offrit même de bonne grâce pour victime à la fureur amoureuse du moine, il la saisit, il l'embrassa, et tombant l'un sur l'autre sur les débris de mon lit, ils scellèrent réconciliation par une copieuse décharge, du moins j'ai de le juger aux transports du père, et aux serrements de cul de Toinette.

Pendant ce temps-là, allez-vous demander, que faisait ce petit bougre de Saturnin ? Se contentait-t-il de regarder comme un sot par le trou, sans se joindre du moins aux idées, aux caresses des deux champions ? Belle demande : Saturnin était nu, il était encore en feu des caresses que Toinette lui avait faites : le spectacle qu'il avait devant les yeux l'échauffait encore ; que vouliez-vous qu'il fît ? Il se branlait, il enrageait de voir le moine sur Toinette, sans en pouvoir tirer sa part, et le petit coquin déchargeait au moment que madame sa mère serrait le cul, et que le père se pâmait ; vous voilà instruit, revenons à nos gens.

« Hé bien, dit le moine, trouves-tu que je fasse cela aussi bien que Saturnin !

— Que Saturnin, répondit-elle, moi j'ai fait quelque chose avec Saturnin ! Bon, le petit fripon n'a-t-il pas été se cacher sous le lit où il est encore ; mais patience, laissez venir Ambroise, les étrivières[28] ne lui manqueront pas : il les aura et de la bonne façon. »

J'écoutais ce colloque : jugez si une pareille promesse dut me faire plaisir. Je redoublai mon attention, et j'entendis le père qui répliquait : « Là, là, Toinette, ne nous fâchons pas : vous savez qu'il ne doit pas toujours demeurer ici, il est assez grand à présent, n'est-il pas vrai ? Je prétends l'emmener quand je partirai.

— Mais, reprit Toinette, vous ne songez pas que si ce petit coquin-là reste ici, nous ne pourrons plus rien faire, cela a de la langue, et je me doute presque qu'il nous a découverts : tenez, justement », poursuivit-elle, en apercevant le trou de la cloison ; « ah, mon Dieu ! je n'avais pas encore remarqué ce trou : il aura tout vu par là, le petit chien ! »

Je jugeai qu'elle allait venir vérifier son doute, et vite je me refourrai sous le lit, d'où je n'eus garde de sortir une seconde fois, quelque envie que j'eusse d'entendre le reste d'une conversation qui commençait à m'intéresser si fort. Je me tins clos et couvert, et j'attendis avec impatience le résultat de leurs discours : je n'attendis pas longtemps.

On vint bientôt me tirer de ma prison, j'entendis ouvrir la porte : je tremblais que ce ne fût Ambroise : s'il m'avait vu là, quelle jolie scène pour moi ! C'était Toinette qui m'apportait mes habits, et qui me dit de m'habiller au plus tôt. Je ne la regardais que de travers après ce que je lui avais ouï dire à mon sujet : je me hâtai de faire ce qu'elle me disait ; mais je bravais ses menaces. Je remarquai qu'elle achevait de s'habiller aussi, et qu'elle se mettait même sur son propre ; j'eus bientôt fait de mon côté, elle eut bientôt fait du sien : « Allons, Saturnin, me dit-elle, venez avec moi. » Force me fut de la suivre. Où me mena-t-elle ? Chez M. le curé.

J'avouerai franchement que la vue du presbytère me fit trembler : le pasteur avait eu plusieurs fois l'honneur de me visiter le derrière (chose que, par parenthèse, il ne haïssait pas) et je craignais bien fort que ce ne fût encore pour lui procurer le même divertissement, que l'on me menait chez lui. Je n'osais pas tout à fait laisser voir mes craintes à Toinette : « Si je lui fais sentir que j'ai peur, disais-je, c'est peut-être réveiller le chat qui dort, elle ne manquera pas de saisir l'occasion ; mais pourquoi m'amène-t-elle donc ici ? je n'en sais trop rien : faisons de nécessité vertu, entrons toujours. »

J'entrai, et effectivement j'en fus quitte pour la peur ; car Toinette, en me présentant au saint homme, le pria de vouloir me garder pendant quelques jours chez lui. Cette expression, pendant quelques jours, me rassura : « Bon, dis-je en moi-même, et quand ces quelques jours seront passés, le père Polycarpe m'emmènera avec lui. » Cette espérance me charma, et fit que je me familiarisais plus aisément avec ma retraite, sur le motif de laquelle je n'osais pourtant réfléchir sans me sentir saisi de douleur. « Suzon, chère Suzon, je te perdrai donc pour toujours ? » m'écriais-je dans un coin de la salle où je m'étais d'abord retiré par frayeur, et où je restais par goût, parce que je rêvais à mon aise, à quoi ? à Suzon. L'agitation où j'étais depuis quelques heures n'avait fait que suspendre ce que je sentais pour elle ; mais quand je fus revenu à moi-même, son idée m'occupa tout entier : oui, je me sentais déchirer le cœur, quand je pensais que j'allais la perdre : mon imagination se repaissait de tous ses charmes, elle parcourait toutes les beautés de son corps, c'était ses cuisses, c'était ses fesses, c'était sa gorge, ses petits tétons blancs et durs que j'avais baisés tant de fois. Je me rappelais le plaisir que j'avais eu avec elle, et réfléchissant sur celui que j'avais pris avec Toinette, « qu'aurait-ce donc été, disais-je, si je l'eusse goûté sur Suzon ? Je me suis pâmé sur Toinette, je serais mort sur Suzon ! Ah, je n'aurais pas de regret à la vie si je la perdais dans ses bras ! Mais que sera-t-elle devenue ? Exposée aux fureurs de Toinette, elle va mourir de chagrin ; peut-être pleure-t-elle à présent, peut-être me maudit-elle, Suzon pleure et j'en suis la cause, Suzon me maudit, elle jure de me haïr, pourrai-je vivre si elle me hait, moi qui l'adore, moi qui souffrirais tout au monde pour lui épargner le moindre chagrin. Hélas, elle prévoyait notre malheur, et c'est moi qui l'y ai plongée. » Telles étaient les pensées qui m'agitaient alors ; elles me plongeaient dans une noire mélancolie, dont je ne sortis qu'au son d'une clochette qui m'avertit qu'on avait servi le souper, on vint m'appeler : laissons pour un moment Suzon, nous la retrouverons bien toujours, elle joue un rôle assez important dans ces mémoires. Allons prendre un repas, et faisons connaître quelques vues des originaux avec qui je le pris. Commençons par le chef.

M. le curé était une de ces figures qu'on ne saurait regarder sans avoir envie de rire, haut de quatre pieds, le visage large d'un demi, et enluminé d'un rouge foncé qui ne lui venait pas de boire de l'eau, un nez épaté surmonté de rubis, de petits yeux noirs et vifs, ombragés d'épais sourcils, un front petit, le poil frisé comme un barbet[29], joignez-y un air goguenard et malin : voila M. le curé. Avec cela le coquin avait de bonnes fortunes, plus d'une m'en aurait encore dit des nouvelles dans le village : il cultivait volontiers la vigne du Seigneur ; il faisait le petit céleſtin[30] : ces petits magots-là font d'ordinaire de vigoureux sires à ce jeu, et notre curé ne manquait pas, je crois, de ces talents, qui valent mieux qu'une belle figure quand il eſt permis de les faire valoir.

Passons au second cartouche du tableau céleſtin de la maison de M. le curé, et disons un mot de sa respectable gouvernante.

Mme Françoise était une vieille sorcière plus maline qu'un vieux singe, plus méchante qu'un vieux diable : ôtez cela, c'était la bonté même, son visage portait bien cinquante bonnes années, la coquetterie eſt de tous pays et de toutes conditions, la vieille ne s'en donnait pas trente-cinq ; mais malgré ses discours, elle était très canonique, et si canonique que depuis une quinzaine d'années qu'elle était au service de M. le curé, elle l'avait garanti des retraites incommodes qu'il avait coutume de faire au séminaire au moins deux ou trois fois chaque luſtre : disgrâces qui avaient dégoûté le patron de la jeunesse, et quoique la dame Françoise eût les yeux bordés de rouge, le nez barbouillé de tabac, la bouche fendue jusqu'aux oreilles, et qu'elle n'eût plus dans cette bouche que quelques dents mal assurées, M. le curé, par reconnaissance pour ses services passés, ne démentait en rien son eſtime, et qui plus eſt, ses caresses pour elle. Mme Françoise était la surintendante de la maison, tout passait par ses mains, jusqu'à l'argent des pensionnaires, qui n'en sortait guère. Elle ne parlait jamais de M. le curé qu'en nom collectif ; apportait-on de quoi dire une messe : « Nous vous la dirons » ; donnait-on quelque chose de moins : « Nous ne pouvons pas vous en dire pour ce prix-là.

— Hé, madame Françoise » (« Madame » gros comme le bras, elle se serait offensée qu'on n'eût pas mis cette honorable qualité à la tête de son nom), « hé, madame Françoise, je n'ai pas davantage.

— Néant, comment donc, vous croyez apparemment qu'on nous donne cela à nous, il nous faut du vin, il nous faut des cierges, et notre peine, la comptez-vous pour rien ? »

À l'ombre de l'union qui régnait entre Mme Françoise et M. le curé croissait une fille, soit-disante nièce du paſteur, mais qui lui appartenait de plus près que par la qualité de nièce. C'était une grosse joufflue, un peu picotée de petite vérole, mais fort blanche, et une gorge adorable : un nez tirant sur celui de M. le curé, aux rubis près, qu'elle n'avait pas encore, mais beaucoup de disposition à en avoir un jour ; des yeux petits, mais ardents ; il n'aurait tenu qu'à elle de passer pour rousse, si elle n'avait pas ouï dire que c'était une couleur proscrite, et que le blond était plus séant pour les belles ; comme elle croyait l'être, elle en prenait les attributs. Ce n'est pas que le blond ou le roux eussent fort inquiété certain grand coquin d'écolier de philosophie, qui venait de temps en temps passer huit ou dix jours au presbytère, et qui y venait moins par amitié pour M. le curé, que pour sa charmante nièce, que le maraud serrait de près, et de si près que... mais il n'est pas encore temps de raconter ce qui m'arriva à son sujet.

Mlle Nicole (c'était le nom de cette aimable personne), telle que je viens de vous la présenter, était l'objet des tendres vœux de tous les pensionnaires : les externes voulaient aussi s'en mêler, les grands étaient assez bien reçus, les petits fort mal. Je n'étais pas des plus grands, par malheur pour moi : ce n'est pas que je n'eusse plusieurs fois tenté de pousser ma pointe auprès de cette aimable pouponne ; mais mon âge parlait encore contre moi : on avait toujours eu la cruauté de refuser de m'admettre à la preuve que j'offrais de donner, que je n'étais jeune que par la figure ; et pour achever de me désespérer, on ne manquait pas de confier mes entreprises amoureuses à la dame Françoise, la dame Françoise les confiait à M. le curé, et M. le curé ne me ménageait pas. J'enrageais d'être petit, car je voyais bien que c'était là la cause de tous mes malheurs.

La difficulté de réussir auprès de Nicole m'avait dégoûté : des rebuts de la part de la nièce, les étrivières de la part du curé, il n'y avait pas moyen d'y tenir. Tout cela n'avait pourtant pas éteint mes désirs, ils n'étaient que cachés, la présence de Nicole les ralluma. Il ne manquait plus qu'une occasion qui leur donnât la liberté d'éclater ; elle ne tarda pas à venir, mais l'ordre des faits exige que cette aventure n'aille qu'à son tour, et son tour n'est pas encore venu, c'est celui de Mme Dinville.

Je n'avais pas oublié que cette dame m'avait fait promettre d'aller dîner avec elle le lendemain. Je me couchai dans la résolution de lui tenir parole, et on juge bien que le jour ne changea rien à cette résolution. Si on me demandait si véritablement c'était pour Mme Dinville que je voulais aller au château ? À cela je ne saurais trop que répondre ; en général, je dirais que c'était l'idée du plaisir qui m'y conduisait, mais que je sentais que si ce plaisir m'était présenté par Suzon, il me serait bien plus sensible que si je le recevais de Mme Dinville. L'espérance d'y trouver ma chère Suzon n'était pas sans vraisemblance, et voici comme je raisonnais : « Pourquoi m'a-t'on mis chez M. le curé, c'est, sans doute, parce que le père Polycarpe s'est douté que Toinette m'a donné une leçon qui n'est pas de son goût, et c'est dans la crainte que je ne m'accoutumasse trop aisément à ces leçons, qu'il a jugé à propos de me placer ici. Toinette a bien vu autre chose de la part du père : elle a donc pour le moine autant de raison d'éloigner Suzon du moine que le moine en a eu de m'éloigner de Toinette. Si je trouve Suzon au château, il y a de petits bois dans le jardin, je l'engagerai à y venir ; la petite friponne est amoureuse, elle y viendra, je la tiendrai à l'écart, nous serons seuls, nous n'aurons rien à craindre : ah, que de plaisirs je vais goûter ! » Ces agréables idées me conduisirent jusqu'à la porte du château : j'entrai.

Tout était dans un calme profond chez Mme Dinville, je ne trouvai personne sur mon passage, ce qui me donna la liberté de traverser une longue file d'appartements. Je n'entrais dans aucun sans sentir mon cœur agité par l'espérance de voir Suzon et la crainte de ne la pas trouver. « Elle sera dans celui-ci, disais-je, ah ! je vais la voir » : personne ; dans une autre de même. J'arrivai ainsi jusqu'à une chambre dont je trouvai la porte fermée, mais la clef y était. Je n'étais pas venu si loin pour reculer : j'ouvris. Ma hardiesse fut un peu déconcertée à la vue d'un lit, où je jugeai qu'il devait y avoir quelqu'un couché. J'allais me retirer quand j'entendis une voix de femme demander qui c'était, et en même temps je reconnus Mme Dinville qui ouvrait les rideaux et avançait la tête. J'allais me retirer, si la vue de sa gorge ne m'en eût ôté le pouvoir en me rendant immobile. « Hé ! c'est mon ami Saturnin, s'écria-t-elle, viens donc m'embrasser, mon cher enfant. » Aussi hardi après ces paroles que j'étais timide avant qu'elle eût ouvert la bouche, je courus sans façons me jeter dans ses bras. « J'aime », me dit-elle, d'un air de satisfaction, quand je me fus acquitté d'un devoir où le cœur avait eu plus de part que la politesse, « j'aime qu'un jeune homme se pique d'obéir ponctuellement... » À peine eut-elle achevé ces mots que je vis sortir d'un cabinet de toilette une petite figure minaudière, qui parut en écorchant d'un ton de fausset l'air d'une chanson nouvelle alors, dont il marquait la cadence par des pirouettes qui répondaient à merveille aux bizarres accents de sa voix.

À la brusque apparition de cet Amphion moderne[31], à qui j'entendis donner le nom d'abbé, je rougis pour Mme Dinville des marques indiscrètes de bienveillance qu'elle venait de me donner, et pour mon propre compte, du motif de celles dont j'avais payé les siennes ; mais je me vengeai bientôt du trouble qu'il venait de me causer, par le jugement que je portai sur lui ; la situation où l'on se trouve influe ordinairement sur la façon de penser des choses que l'on voit. Je ne doutai pas que mon arrivée imprévue n'eût dérangé une partie qui ne souffre de tiers qu'à titre d'importun : pouvais-je effectivement penser qu'un homme pût se trouver seul avec une femme sans y faire ce que je sentais que j'aurais fait moi-même ?

Dans la crainte qu'il n'eût pénétré le sujet de ma visite, à peine osais-je jeter les yeux sur lui : si la curiosité me les faisait quelquefois lever, la crainte de rencontrer sur son visage quelque sourire malin me les faisait baisser sur-le-champ ; je n'y trouvai pourtant pas ce que j'appréhendais si fort d'y apercevoir, et perdant l'habitude de le regarder comme un témoin redoutable, mes yeux s'accoutumèrent insensiblement à ne plus voir en lui qu'un importun, qui par sa présence allait gêner les plaisirs dont mon imagination avait fait un portrait si riant à mon cœur.

Je l'examinais avec attention, et réfléchissant sur le nom d'abbé, que je venais de lui entendre donner, je cherchais dans toute sa petite personne quelques marques justificatives de cette qualité qui me paraissait fort mal placée. Je n'avais sur le mot d'abbé que des idées extrêmement bornées. Je m'imaginais que tous les abbés du monde devaient être faits comme M. le curé ou M. le vicaire, et j'avais peine à concilier l'air bonhomme que je leur connaissais, avec les pétulantes extravagances de celui que j'avais devant les yeux.

Ce petit Adonis, nommé l'abbé Fillot, était le fils du receveur des tailles[32] de la ville voisine, homme fort riche, Dieu sait aux dépens de qui. Il revenait de Paris, comme la plupart des sots de sa trempe, plus chargé de fatuité que de doctrine, et il avait accompagné Mme Dinville à sa campagne, pour lui faire passer le temps plus agréablement. Écolier, abbé, tout était bon pour elle.

La dame sonna : on vint ; c'était Suzon. Mon cœur tressaillit à sa vue : j'étais charmé que mes conjectures se trouvassent aussi heureusement. Elle ne m'aperçut pas d'abord, parce que j'étais caché par les rideaux du lit sur lequel Mme Dinville m'avait fait asseoir : situation que, par parenthèse, M. l'abbé commençait à ne pas trouver à son gré. Il avait peine à souffrir la petite liberté que Mme Dinville me donnait, et je voyais qu'il taxait de mauvais goût la complaisance qu'elle me témoignait.

Suzon s'avança : elle me vit dans le moment, ses belles joues s'animèrent des plus vives couleurs, elle baissa les yeux ; l'agitation lui coupa la parole ; j'étais dans un état peu différent du sien, excepté qu'elle baissait les yeux, et que les miens étaient fixés sur elle. Les charmes de Mme Dinville, dont elle ne me ménageait pas la vue, sa gorge, ses tétons et les autres beautés de son corps, dont un drap jaloux dérobait, à la vérité, le spectacle à mes yeux, mais n'en rendait la peinture que plus vive à mon imagination, tout cela avait fait dans mon cœur des impressions qui tournèrent en l'instant au profit de Suzon ; mais la réflexion corrigea bientôt un sentiment trop précipité, et me ramena, non pas tout d'un coup, à mon caractère dominant.

Si j'eusse eu le choix de Suzon ou de Mme Dinville, je n'aurais pas balancé : Suzon avait la pomme, mais on ne me présentait pas l'alternative : la possession de Suzon n'était pour moi qu'une espérance fort incertaine, et la jouissance de Mme Dinville était presque une certitude ; ses regards m'en assurèrent, ses discours, quoique gênés par la présence du petit abbé, ne détruisaient pas l'espoir que ses yeux me laissaient concevoir. Suzon, après avoir été chargée d'avertir une femme de chambre, sortit, et son départ commença à restituer à Mme Dinville des désirs qui lui appartenaient, puisqu'ils étaient son ouvrage.

Je restai cependant si troublé, les mouvements de mon cœur combattus et détruits alternativement par deux causes qui l'intéressaient également, l'une par l'idée du plaisir, l'autre par celle du plaisir accompagné de quelque chose de plus touchant, étaient dans une si grande confusion que je ne m'aperçus pas de la disparition de l'abbé. Mme Dinville l'avait bien vu sortir, mais, s'imaginant que je l'avais vu aussi, elle ne croyait pas qu'il fût besoin de m'en faire souvenir. Elle se penche sur son coussin, et me regardant avec une douce langueur qui me disait inutilement qu'il ne tenait qu'à moi de devenir heureux, elle me prenait tendrement la main, qu'elle me pressait dans la sienne, en la laissant de temps en temps tomber d'un air indifférent sur ses cuisses, qu'elle serrait et desserrait avec un mouvement lascif. Ses regards accusaient ma timidité, et semblaient me reprocher que je n'étais plus le même que la veille. Toujours préoccupé de la pensée que l'abbé nous examinait, je restais dans une défiance niaise qui l'impatienta. « Tu dors, Saturnin ? » me dit-elle. Un galant de profession aurait profité de l'occasion pour débiter une tirade d'impertinences : je ne l'étais pas, je n'en dis qu'une : « Non, madame, je ne dors pas. » Quoique cette réponse innocente diminuât de beaucoup l'idée que mon effronterie de la veille avait pu lui donner de mon savoir, elle ne fit pas de tort à sa bonne volonté pour moi, elle fit un effet tout contraire, elle me donna un nouveau mérite à ses yeux, me fit regarder comme un novice Morceau délicat pour une femme galante, dont l'imagination est voluptueusement flattée par l'idée d'un plaisir d'autant plus vif, que celui qui le lui donne n'en connaît pas tout le prix, et l'aiguise lui-même par des ravissements qu'il n'a jamais éprouvés, par des transports qui augmentent la vivacité de ceux qu'elle ressent : c'est ainsi que pensait Mme Dinville, et n'est-ce pas ainsi que pensent toutes les femmes ? Mon indifférence fit connaître à la dame que sa façon d'attaquer ne faisait que glisser sur moi, et qu'il fallait quelque chose de plus frappant pour m'émouvoir. Elle me lâcha la main, et étendant les bras avec un bâillement étudié, elle m'étala une partie de ses charmes : son action retira mes esprits de l'engourdissement où ils étaient depuis la sortie de Suzon. Je me réveillai, la vivacité reparut sur mon visage, l'idée de Suzon se dissipa, mes yeux, mes regards, mon impatience, tout fut dans l'instant pour Mme Dinville : elle s'aperçut de l'effet de sa ruse, et pour mener mes désirs par degrés, et m'encourager insensiblement à perdre ma timidité, elle me demanda, en jetant les yeux de côtés et d'autres, ce qu'était devenu l'abbé : j'eus beau regarder, je ne le voyais pas ; je sentis ma sottise : « Il est sorti », reprit-elle, et affectant de jeter un peu son drap en se plaignant de la chaleur, elle me découvrit une cuisse extrêmement blanche, sur le haut de laquelle un bout de chemise paraissait mis exprès pour empêcher mes regards d'aller plus loin, et plutôt à dessein d'exciter que de contenter ma curiosité ; malgré l'obstacle qu'elle opposait, j'entrevis quelque chose de vermeil qui me mit dans un trouble dont ses yeux intéressés reconnurent bientôt le motif ; elle recouvrit adroitement un endroit dont la vue avait fait tout l'effet qu'elle en espérait. Je lui pris d'un air timide une main qu'elle m'abandonna sans résistance, je la baisai avec transport, mes yeux, que je fixai sur elle, étaient enflammés, les siens étaient brillants et animés ; les choses se disposaient à merveille ; mais il était écrit que les plus belles occasions s'offriraient sans que je pusse en profiter. Cette maudite femme de chambre que l'on avait dit à Suzon d'avertir arriva dans le temps qu'on n'avait guère besoin d'elle : je lâchai promptement la main que je tenais, la soubrette entra en riant comme une folle, elle se tint un moment à la porte, pour se dédommager, par l'abondance de ses éclats, de la gêne que la présence de sa maîtresse allait leur faire. « Qu'avez-vous donc, extravagante ? » lui dit Mme Dinville, d'un air sec. « Ah, madame, répondit-elle, M. l'abbé…

— Hé bien, qu'a-t-il fait ? » reprit sa maîtresse.

Dans le moment rentra l'abbé en se cachant le visage avec son mouchoir, les ris de la suivante augmentèrent à sa vue : « Qu'avez-vous donc ? lui demanda Mme Dinville.

— Vous voyez », répondit-il, en nous découvrant un visage qui paraissait sortir d'un violent assaut, « voilà l'ouvrage de Mlle Suzon !

— De Suzon ! » reprit Mme Dinville, en éclatant à son tour.

« Voilà ce que coûte un baiser, poursuivit-il froidement, ce n'est pas l'acheter trop cher, comme vous voyez. »

Je ne pus m'empêcher de rire comme les autres, de l'air aisé dont l'abbé nous parlait de son malheur. Il soutint sur le même ton les railleries que Mme Dinville ne lui ménageait pas. Elle s'habilla ; l'abbé, malgré le mauvais état de son visage, fit le coquet à la toilette, dit des impertinences, contrôla la coiffure, fit des contes à Mme Dinville, qui riait de ses balivernes, la suivante pestait contre ses corrections, et moi je riais de la figure du petit homme. Allons dîner.

Nous étions quatre à table, Mme Dinville, Suzon, l'abbé et moi. Qui fit une sotte figure ? ce fut moi quand je me vis placé vis-à-vis de Suzon ; l'abbé qui était à côté d'elle, faisait bonne mine à mauvais jeu, et paraissait bien embarrassé à persuader à Mme Dinville que les traits railleurs dont elle l'accablait n'étaient pas capables de le déconcerter. Suzon n'était guère moins confuse ; cependant je croyais voir dans ses regards furtifs, qu'elle n'aurait pas été fâchée que nous eussions été seuls. Sa vue m'avait encore rendu infidèle à Mme Dinville, et je souhaitais avec impatience que nous fussions sortis de table, dans l'espérance de trouver quelque moyen de nous dérober. Le dîner fini, je fis signe à Suzon : elle m'entendit, elle sortit ; j'allais la suivre, Mme Dinville m'arrêta, en me disant qu'elle voulait que je lui servisse d'écuyer à la promenade : se promener à quatre heures après midi dans l'été ! La proposition parut extravagante à l'abbé, mais ce n'était pas pour avoir son approbation qu'elle la faisait : elle avait ses vues ; elle savait qu'il était trop amoureux de son teint, pour l'exposer avec aussi peu de ménagement à l'ardeur du soleil, aussi prit-il le sage parti de rester. J'aurais bien voulu me dispenser de suivre la dame pour aller rejoindre Suzon ; mais je n'osais proposer un prétexte, et je sacrifiai mon envie à déférence dont je crus devoir payer l'honneur qu'on voulait bien me faire.

Suivis des yeux par l'abbé, dont les éclats de rire extravagants prévenaient notre retour, et se vengeaient par avance de ceux que nous ne lui avions pas ménagés, nous marchions avec une gravité concertée, au milieu des parterres sur lesquels le soleil dardait ses rayons les plus ardents : Mme Dinville ne leur opposait qu'un simple éventail et moi l'habitude. Nous fîmes plusieurs tours avec une indifférence qui désespérait notre railleur. Je ne pénétrais pas encore le dessein de la dame, et je ne concevais pas qu'elle pût résister à une chaleur que je commençais à trouver moi-même insupportable. J'allais m'impatienter de la qualité d'écuyer, et j'y aurais volontiers renoncé ; mais je ne connaissais pas encore toutes les fonctions de cet emploi, et on m'en réservait une qui devait me consoler de l'ennui de la première.

Notre opiniâtreté avait forcé l'abbé de se retirer, nous étions au bout d'une allée, Mme Dinville se lança dans un petit bosquet dont l'agréable fraîcheur ne nous promettait plus qu'une promenade charmante, si nous la continuions dans cet aimable endroit : je le lui dis. « Je n'y suis pas venue pour en sortir si tôt », me répondit-elle, en jetant sur moi des yeux qui cherchaient à pénétrer dans les miens si je n'étais pas au fait du motif de sa promenade : elle n'y trouva rien ; je ne m'attendais pas au bonheur qui m'était préparé. Elle me tenait le bras qu'elle serrait affectueusement, et comme une personne extrêmement fatiguée, elle penchait la tête sur mon épaule, et approchait son visage si près du mien que j'aurais été un sot, si je n'y eusse pas pris un baiser qui se présentait de lui-même. On me laissa faire, je réitérai, même facilité : j'ouvris les yeux. « Oh pour le coup, dis-je en moi-même, si elle le veut, c'est une affaire faite, nous n'aurons pas ici d'importuns. » Il semblait qu'elle eût pénétré ma pensée, car nous étant engagés dans un labyrinthe dont les détours et l'obscurité nous dérobaient aux yeux les plus clairvoyants, elle me dit qu'elle voulait profiter de la fraîcheur du gazon ; elle s'assit à l'abri d'une charmille qui entourait un petit carré où nous étions, rendait l'endroit délicieux pour l'usage auquel elle le destinait. J'en fis autant, et je me mis à côté d'elle ; elle me regarda, me serra la main, et se coucha. Je crus que l'heure du berger[33] allait sonner, et déja je préparais l'aiguille, quand tout à coup elle s'endormit. Je crus d'abord que ce n'était qu'un assoupissement léger causé par la chaleur, et qu'il me serait facile de dissiper ; mais voyant qu'il augmentait, j'eus la simplicité de me désespérer d'un sommeil dont la promptitude et la force devaient m'être suspectes. « Encore, disais-je, si c'était après avoir satisfait mes désirs, je lui pardonnerais, mais avoir la cruauté de s'endormir au moment qu'elle me donne les plus belles espérances ! » Je ne pouvais m'en consoler : je l'examinais avec douleur, elle était dans le même habillement que la veille, elle n'avait rien sur la gorge, mais elle y avait suppléé d'une façon qui en rendait l'impression plus piquante, elle y avait mis son éventail qui suivait les mouvements du sein et se soulevait assez pour m'en laisser entrevoir la blancheur et la régularité. Pressé par mes désirs, je me sentais des envies de la réveiller, qui étaient sur-le-champ détruites par la crainte de l'indisposer, et de faire évanouir, par mon impatience, un reste d'espoir dont son réveil me flattait encore. Je cédai cependant à la démangeaison de porter la main sur sa gorge. « Elle dort d'un sommeil trop profond pour se réveiller, disais-je, et quand elle se réveillerait, mettons les choses au pis, elle me grondera, voilà tout : je l'ai bien fait hier, elle ne l'a pas trouvé mauvais, le trouvera-t-elle aujourd'hui, essayons. » Je portai une main tremblante sur un téton, tandis que je jetais les yeux sur le visage, prêt à finir au moindre signe qu'elle ferait ; elle n'en fit pas, je continuai ; à peine ma main osait-elle s'appesantir, elle ne faisait, pour ainsi dire, que friser la superficie comme une hirondelle qui rase l'eau, en y trempant de temps en temps ses ailes. Bientôt j'ôtai l'éventail, et bientôt je pris un baiser : rien ne la réveillait. Devenu plus hardi, je changeai de posture, et mes yeux animés par la vue des tétons, à faire de nouvelles découvertes, voulurent descendre plus bas : je mis la tête aux pieds de la dame, et collant mon visage contre terre,

je cherchais à pénétrer dans l'obscur pays de l'amour, et je ne voyais rien : ses jambes étaient croisées, et la cuisse droite se trouvant collée sur la gauche, mettait mes regards en défaut. Je voulus du moins me dédommager, en touchant, de l'impossibilité de voir. Je coulai la main sur la cuisse, et j'avançai insensiblement jusqu'au pied de la montagne ; déja je touchais du bout du doigt l'entrée de la grotte, je croyais n'en pas souhaiter davantage, je croyais y borner tous mes désirs. Parvenu à ce point, je ne m'en trouvai que plus malheureux : j'aurais voulu que mes yeux participassent au plaisir de ma main ; je la retirai, et je retournai à ma première place pour y examiner de nouveau le visage de ma dormeuse ; je n'y trouvai aucune altération, il semblait que le sommeil eût versé sur elle ses pavots[34] les plus assoupissants ; j'entrevoyais cependant un œil dont le clignotement m'inquiétait. Je l'examinais avec défiance, et si dans l'instant il ne se fût fermé tout à fait, peut-être me serais-je contenté de ce que j'avais fait, et aurais-je attendu le réveil pour en faire davantage ; mais l'immobilité de cet œil suspect me rendit la confiance. Je retournai à mon poste inférieur, et devenu plus entreprenant par l'espérance de l'impunité, je commençais à lever le jupon le plus doucement qu'il m'était possible ; elle fit un mouvement, je la crus réveillée, je me retirai avec précipitation, et le cœur frappé d'un sentiment de frayeur tel que peut l'avoir un homme qui voit un précipice dont le hasard vient de le sauver. Je me remis en tremblant à ma place sans oser la regarder ; mais je ne restai pas longtemps dans cette contrainte, mes yeux retournèrent sur elle, je reconnus avec plaisir que le mouvement qu'elle avait fait ne venait pas de son réveil, et je crus n'avoir à remercier que la fortune de l'heureuse situation dans laquelle elle venait de la mettre, ses jambes s'étaient décroisées, elle avait le genou droit élevé, et le jupon tombé par ce moyen sur son ventre exposait à mes yeux et ses cuisses et ses jambes et sa motte et son con. Je m'enivrai de ce charmant spectacle ; un bas proprement tiré, noué sur le genou avec une jarretière feu et argent, une jambe faite au tour, un petit pied mignon, une mule la plus jolie du monde, des cuisses, ah ! des cuisses, dont la blancheur éblouissait, rondes, douces, fermes ; un con d'un rouge de carmin, entouré d'une haie de petits poils plus noirs que le jais, et d'où sortait une odeur plus douce que celle des parfums les plus délicieux ; j'y mis le doigt, je le chatouillai un peu (le mouvement qu'elle avait fait avait extrêmement écarté ses jambes), j'y portai aussitôt la bouche en tâchant d'y enfoncer *la langue*. Je bandais d'une force, ah ! les comparaisons l'exprimeraient faiblement : rien ne put alors m'arrêter, réflexion, crainte, respect, tout disparut, mon cœur était devenu la proie des désirs les plus violents et les plus impétueux ; j'aurais foutu la sultane favorite en présence de mille eunuques, le cimeterre nu, et prêts à laver mes plaisirs dans mon sang. Je m'étendis sur Mme Dinville, je l'enconnai, avec la précaution pourtant de ne pas m'appuyer sur elle, de peur que la pesanteur de mon corps ne la réveillât. Appuyé sur mes deux mains, je ne la touchais qu'avec mon vit, je ne la poussais qu'avec un mouvement doux et réglé, qui me faisait avaler à longs traits le plaisir ; je n'en prenais que la fleur.

Les yeux fixés sur ceux de ma dormeuse, je collais de temps en temps ma bouche sur la sienne, la précaution que j'avais prise de m'appuyer sur mes mains ne tint pas contre le ravissement où je me trouvai bientôt ; plus d'attentions, je me laissai tomber sur la dame, il ne fut plus en mon pouvoir de faire autre chose que la serrer et la baiser avec fureur. La fin du plaisir me rendit l'usage de mes yeux, que le commencement m'avait ôté, elle me rendit le sentiment que j'avais perdu ; je ne le recouvrai que pour voir des transports de Mme Dinville que je n'étais plus en état de partager. Ma dormeuse venait de croiser les mains sur mes fesses, et élevant le derrière qu'elle remuait avec une vivacité prodigieuse, elle m'attirait sur elle de toute sa force ; j'étais immobile, et je lui baisais encore la bouche avec un reste de feu, que le sien commençait à rallumer. « Cher ami, me dit-elle à demi-voix, pousse encore un peu, ah, ne me laisse pas en chemin ! » Je me remis à travailler sur de nouveaux frais, plein d'une ardeur qui ne s'éteignit pas si tôt que la sienne ; car à peine eus-je donné cinq ou six coups, qu'elle perdit connaissance. Cette vue ne fit que m'animer davantage, je doublai le pas, je l'atteignis, je tombai sans mouvement dans ses bras, et nous confondîmes nos plaisirs dans nos embrassements mutuels.

Quand l'évanouissement du plaisir nous eut avertis qu'il était temps de changer de posture, je me retirai, et j'avoue que je ne le fis pas sans confusion : je baissais la vue, la dame avait les yeux tournés sur moi, et m'examinait. J'étais sur mon séant, elle me passa une main sur le col, me fit recoucher sur l'herbe, et porta l'autre main à mon vit ; elle se mit à me le chatouiller, à me baiser : « Que veux-tu donc faire, grand innocent, me dit-elle, as-tu peur de me montrer un vit dont tu sais si bien te servir ? Te cachai-je quelque chose, moi ? Tiens, vois mes tétons, baise-les, mets cette main-là dans mon sein, bon, et celle-ci, porte-la à mon con, à merveille. Ah, fripon, que tu me fais de plaisir ! » Animé par la vivacité de ses caresses, j'y répondais avec la même ardeur, mon doigt s'acquittait à merveille de sa fonction, elle roulait des yeux passionnés en m'embrassant et en me poussant de profonds soupirs dans la bouche : elle tenait ma cuisse droite passée dans les siennes, et elle la serrait avec des redoublements de soupirs, qu'elle termina en se laissant tomber sur moi, et en me couvrant des preuves parlantes du plaisir que je venais de lui donner.

Mon vit avait repris toute sa roideur, mes désirs renaissaient avec une nouvelle vivacité. Je me mis à mon tour à l'embrasser, à la serrer dans mes bras, elle ne me répondait que par des baisers, j'avais toujours le doigt dans son con. Je lui écartai les jambes en regardant ce charmant endroit avec complaisance : ces approches du plaisir sont plus piquantes que le plaisir même ; est-il possible d'imaginer quelque chose de plus délicieux que de manier, que de considérer une femme qui se prête à toutes les postures que votre lubricité peut inventer, on se perd, on s'abîme, on s'anéantit dans l'examen d'un joli con, on voudrait n'être qu'un vit pour pouvoir s'y engloutir. Pourquoi n'a-t-on pas la prudence de s'en tenir à ce charmant badinage ? L'homme insatiable dans ses désirs en forme de nouveaux dans le sein des plaisirs mêmes ; plus les plaisirs qu'il goûte sont vifs, plus les désirs qu'ils font naître sont violents : découvrez une partie de votre gorge à votre amant, il veut la voir tout entière ; montrez-lui un petit téton blanc et dur, il veut le toucher ; c'est un hydropique dont la soif s'accroît en buvant. Laissez-lui toucher, il voudra le baiser ; laissez-lui porter la main plus bas, il y voudra porter le vit, son esprit ingénieux à lui forger de nouvelles chimères ne lui laissera pas de repos qu'il ne vous l'ait mis : s'il vous le met, qu'arrive-t-il ? Semblable au chien de la fable, il lâche l'os pour prendre l'ombre, il perd tout en voulant tout avoir. Tout cela est excellent ; mais après tout, il en faut toujours revenir au proverbe : vit bandant n'a point d'arrêt ; et moi-même, qui prêche ici comme un docteur, hélas ! si le ciel l'avait voulu, je serais le premier à faire le contraire de ce que je dis : s'il se présentait une femme dans l'attitude où j'avais mise Mme Dinville, les jambes écartées, me montrant un con rouge et vermeil, où il ne tiendrait qu'à moi de me plonger dans une source de plaisirs, m'amuserais-je à lanterner, à baisoter, à chatouiller, à la foutaise enfin, non parbleu, je la foutrais *fonica*[35]. Jugez si je fus longtemps à coniller autour de ma fouteuse ; je l'enconnai vigoureusement. Elle, vive et infatigable, m'embrassa en répondant avec un mouvement égal aux coups que je lui donnais ; j'avais les mains croisées sous ses fesses, elle avait les siennes croisées sur les miennes, je la serrais avec transport, elle me serrait de même, nos bouches étaient collées l'une sur l'autre, elles étaient deux cons, nos langues se foutaient, nos soupirs poussés et confondus l'un dans l'autre nous causaient une douce langueur qui fut bientôt couronnée par une extase qui nous enleva, qui nous anéantit.

On a grande raison de dire que la vigueur est un présent du ciel. Libéral envers ses fidèles serviteurs, il consent que leurs rejetons participent à cette libéralité, et que la force générale soit héréditaire et passe des moines à leurs enfants ; c'est le seul patrimoine qu'ils leur laissent. Hélas, que je l'ai promptement dissipé ce patrimoine ! Mais n'anticipons pas sur les événements : retarder le récit de son malheur, c'est en adoucir le sentiment.

Toute l'étendue du don du ciel m'était nécessaire pour sortir à mon honneur de l'aventure où j'étais engagé. Si j'avais affaire à forte partie, je pouvais, sans vanité, m'appliquer les paroles du Cid :

Je suis jeune, il est vrai ; mais aux âmes bien nées,
La valeur n'attend pas le nombre des années.

J'en avais jusqu'alors donné les marques les plus vigoureuses à Mme Dinville ; mais il semblait que son courage s'accrût avec ma résistance, et elle s'aperçut bientôt que je ne me battais plus qu'en retraite : elle m'excitait, elle m'animait à lui porter de nouveaux coups, elle s'y présentait, et contribuait par ses caresses à me procurer une nouvelle victoire. Je recommençais à la regarder avec langueur, je retrouvais du plaisir à lui baiser la gorge, je lui grattais le con avec plus de vitesse, je soupirais ; elle s'aperçut de l'heureuse disposition où ses caresses m'avaient mis. « Ah, le fripon », me ditelle, en me baisant les yeux, « tu bandes, qu'il est dur, ton cher vit ! qu'il est gros ! qu'il est long ! Coquin, tu feras fortune avec un vit comme celui-là. Hé bien, veux-tu recommencer ? dis-je. » Je ne lui répondis qu'en la pressant amoureusement de se renverser. « Attends donc, reprit-elle, attends, mon ami, je veux te faire goûter un plaisir nouveau, je veux te foutre à mon tour : couche-toi comme je l'étais tout à l'heure. » Je me couchai aussitôt sur le dos, elle monta sur moi, me prit elle-même le vit, me le plaça, et se mit à pousser. Je ne remuais pas, je lui laissais tout faire, et je n'avais d'autre fatigue que celle de recevoir le plaisir qu'elle me donnait : je la contemplais de temps en temps, elle interrompait son ouvrage pour m'accabler de baisers, ses tétons cédaient avec de petites secousses au mouvement de son corps, et venaient se reposer sur ma bouche où je les suçais : une sensation voluptueuse m'avertit de l'approche du grand plaisir, je joignis mes élancements à ceux de ma fouteuse, je déchargeai, elle déchargea, et je me retrouvai tout couvert du foutre dont elle m'avait inondé.

Excédé, brisé par l'exercice violent, par les assauts que j'avais livrés et reçus depuis près de deux heures, je me sentis accablé par une envie de dormir à laquelle je cédai sans résistance. Mme Dinville me plaça elle-même la tête sur son sein, et voulut que je goûtasse les douceurs du sommeil dans un endroit où je venais de goûter toutes celles de l'amour, et qui était encore brûlant de mes baisers. Elle m'essuya elle-même la sueur de mon visage, et me donnant un baiser : « Dors, me dit-elle, mon cher amour, dors tranquillement, je me contenterai de te voir. » Je m'assoupis bientôt, je dormis d'un profond sommeil, et le soleil s'approchait de l'horizon quand je me réveillai ; je n'ouvris les yeux que pour les porter sur Mme Dinville. Elle me regardait d'un air riant ; elle s'était occupée à faire des nœuds pendant mon sommeil : elle interrompit son ouvrage pour me glisser la langue dans la bouche, et le laissa bientôt dans l'espérance que j'allais l'occuper à faire des nœuds[36] d'une autre espèce. Elle ne me cacha point ses désirs, et me pressa de les satisfaire : j'étais d'une nonchalance qui irritait son impatience. Je n'avais ni dégoût ni envie ; cependant je sentais que s'il eût dépendu de moi j'aurais préféré le repos à l'action : ce n'était pas là le dessein de la dame ; elle me tenait dans ses bras, et m'accablait de caresses brûlantes, peine perdue, j'y étais insensible ; je tâchais moi-même, mais en vain, d'exciter des désirs que je n'avais plus. Elle s'y prit d'une autre façon pour ranimer ma chaleur éteinte ; elle se coucha sur le dos, se troussa : elle connaissait combien une semblable vue avait de pouvoir sur moi, elle remuait le derrière d'une manière lascive, je sentais quelques légères émotions, je portais la main sur ce qu'elle me montrait, mais je la portais d'un air indifférent ; je chatouillais avec plus d'indifférence encore ; elle me tenait pendant ce temps-là le vit, et semblable à un médecin qui tâte le pouls d'un criminel à qui l'on donne la question, et sur sa force ou sa faiblesse règle la dose qu'on doit lui donner, elle me branlait avec plus ou moins de vitesse proportionnément aux degrés de lubricité qu'elle sentait naître. Elle en vint enfin à son honneur, je bandai, elle triomphait, je voyais dans ses yeux pétillants la joie que lui causait le retour de ma virilité : charmé moi-même de l'effet de ses caresses, je voulus sur-le-champ lui donner des marques de ma reconnaissance ; elle les reçut avec une fureur amoureuse dont la vivacité seconda si bien mon zèle, elle me serrait, s'agitait, se lançait avec des mouvements si rapides et si passionnés, que je déchargeai sans presque m'être donné aucune peine, mais avec tant de plaisir, que je voulus du mal à mon vit de l'obstacle qu'il avait apporté par sa lenteur, à une jouissance aussi délicieuse.

Il était temps de quitter ce gazon où nous venions de nous livrer à tous les transports de l'amour. Nous le quittâmes, et pour tromper la pénétration maligne de ceux qui, nous voyant échauffés comme nous l'étions, ne pourraient en soupçonner la cause, nous fîmes quelques tours dans le labyrinthe, et ces tours ne se firent pas sans causer. « Que je suis contente de toi, mon cher Saturnin, me disait Mme Dinville, et toi ?

— Moi, lui répondais-je, je suis enchanté des plaisirs que vous venez de me faire goûter !

— Oui, reprenait-elle, mais je ne suis guère sage de m'être ainsi livrée à tes désirs, sauras-tu avoir de la discrétion, Saturnin ? »

Je lui répliquai que je voyais bien qu'elle ne m'aimait guère, et qu'elle se repentait des bontés qu'elle avait eues pour moi, puisqu'elle me croyait capable d'en abuser. Elle fut si contente de ma réponse que j'en aurais été sur-le-champ payé par le plus tendre baiser, si nous ne nous étions pas trouvés à l'entrée du parterre, et à portée d'être aperçus ; mais, sans me répondre, elle me serra la main contre son cœur, et me regarda d'un air de langueur qui me charma.

Nous allions extrêmement vite, la conversation était tombée, et je m'apercevais que Mme Dinville jetait des yeux inquiets de côté et d'autre : je n'avais garde d'en pénétrer la cause, je ne la soupçonnais pas, vous ne l'auriez pas soupçonnée vous-même, et vous ne vous seriez pas attendu, qu'après avoir travaillé comme nous l'avions fait, la dame ne fût pas contente de sa journée. Ce n'était pourtant que l'envie de la couronner avec honneur, qui la rendait si attentive, et qui la faisait examiner si soigneusement si quelque indiscret domestique ne viendrait pas y mettre obstacle ; mais, direz-vous, il fallait qu'elle eût le diable au cul ? D'accord ; elle venait de sucer ce pauvre petit bougre, il n'en pouvait plus, il était rendu, cela est vrai ; mais comment a-t-elle fait pour le faire bander ? Oh, c'est ce que vous allez voir.

En garçon qui commençait à savoir son monde, puisque j'y venais de faire une entrée assez brillante, j'aurais cru manquer à mon devoir si je n'avais pas remis Mme Dinville dans son appartement ; cela fait, je me préparais à lui tirer ma révérence, et je croyais l'embrasser pour la dernière fois de la journée. « Eh quoi, me dit-elle avec surprise, tu veux t'en aller, mon ami ? il n'est pas huit heures. Va, reste, je ferai ta paix avec ton curé » (je lui avais dit que j'avais changé de demeure, et que j'avais l'honneur d'être un des pensionnaires de M. le curé). L'idée du presbytère me faisait baisser l'oreille, et je n'étais pas fâché que l'obligeante Mme Dinville m'épargnât une heure de dégoût. Elle me fit asseoir sur son canapé, alla fermer la porte de sa chambre, et vint se mettre à côté de moi : aussitôt me prenant une main, qu'elle pressait dans les siennes, elle me regarda fixement et sans me parler. Je ne savais que penser de ce silence : elle le rompit : « Tu ne te sens donc plus d'envie ? » me dit-elle. L'impuissance où j'étais de la satisfaire me rendait muet, l'aveu de ma faiblesse me coûtait à faire, confus et désesperé, je baissais les yeux. « Nous sommes seuls, mon cher Saturnin », reprit-elle, en me baisant avec des redoublements d'amour qui ne me rendaient pas plus amoureux, « personne au monde ne nous peut voir, déshabillons-nous, couchons-nous sur mon lit. Viens, mon fouteur, viens, allons nous mettre tout nus, va, je te ferai bientôt bander. » Elle me prit dans ses bras, et me porta, pour ainsi dire, sur son lit : elle m'aida à me déshabiller, et sa promptitude secondant son impatience, elle me vit bientôt dans l'état qu'elle désirait, nu comme la main : je la laissais faire plutôt par complaisance que par l'idée du plaisir. Elle me renverse sur son lit, et se couchant sur moi, elle me couvrait de ses baisers, elle me suçait le vit, et aurait voulu le faire entrer jusqu'aux couilles dans sa bouche, elle semblait extasiée dans cette posture, elle me couvrait d'une salive blanche semblable à de l'écume ; mais elle employait en vain toute la chaleur de ses caresses pour ranimer un corps glacé par l'épuisement ; à peine mon vit se dressait-il, et c'était si faiblement qu'elle n'en pouvait tirer aucun service : elle courut aussitôt à une cassette d'où elle tira une petite fiole remplie d'une liqueur blanchâtre, qu'elle versa dans le creux de sa main, et m'en frotta les couilles et le vit à plusieurs reprises : « Va, me dit-elle alors avec un air de satisfaction, nos plaisirs ne sont pas encore passés : mon cher Saturnin, tu m'en diras tout à l'heure des nouvelles. » J'attendais avec impatience l'accomplissement de sa prédiction : de petits picotements, que je sentais déja dans les couilles, commençaient à me faire entrevoir quelque possibilité dans la réussite de son secret : pour lui donner le temps d'opérer, elle se déshabillait à son tour ; à peine se fut-elle montrée nue à mes yeux, qu'une chaleur prodigieuse m'enflamma le sang, mon vit banda, mais d'une force effroyable, et telle que je ne l'avais pas encore sentie. Je devins enragé, et m'élançant sur elle, à peine lui donnai-je le temps de se reconnaître, et de se mettre en posture, je la dévorais ; à peine lui laissais-je la respiration libre, je ne voyais plus, je ne connaissais plus rien, toutes mes idées étaient concentrées dans son con. « Arrête, mon cher amour », s'écria-t-elle, en s'arrachant de mes bras, « ne nous pressons pas, mon cher roi, ménageons nos plaisirs, et puisqu'ils ne peuvent durer qu'un instant, rendons-les si vifs et si délicieux que nous ne songions pas à leur durée : mets ta tête à mes pieds et tes pieds à la mienne — je le fis. Mets ta langue dans mon con, ajouta-t-elle, et moi je vais mettre ton vit dans ma bouche : nous y voilà, cher ami, que tu me fais de plaisir ! » Dieux, qu'elle m'en faisait aussi ! Mon corps étendu sur son corps nageait dans une mer de délices, je lui dardais ma langue le plus avant que je pouvais, j'aurais voulu y mettre la tête, m'y mettre tout entier ! Je suçais son clitoris, j'allais jusqu'au fond puiser un nectar rafraîchissant, plus délicieux mille fois que celui que l'imagination des poètes faisait servir sur la table des dieux par la déesse de la Jeunesse, à moins que ce ne fût le même, et que la charmante Hébé ne leur donnât son conin à sucer ; si cela est, tous les éloges qu'ils ont donnés à cette boisson divine sont bien au-dessous de la réalité. Quelque critique de mauvaise humeur m'arrêtera ici tout court, et me dira : que buvaient donc les déesses ? Elles suçaient le vit de Ganymède[37].

Mme Dinville me tenait le derrière serré dans ses bras, et

je pressais ses fesses dans les miens, elle me branlait avec la langue et avec les lèvres, et je lui en faisais autant, elle m'avertissait par de petites secousses, et en écartant les cuisses, du progrès que le plaisir faisait sur elle, et les mêmes signes qui m'échappaient lui faisaient connaître celui qu'il faisait sur moi, modérant ou augmentant la vivacité de nos caresses, nous plongions et nous avancions celui qui devait y mettre le comble ; il vint insensiblement : alors nous roidissant, nous serrant avec plus de force, il semblait que nous eussions ramassé toutes les facultés de notre âme pour ne nous occuper que des délices que nous allions goûter.

Loin d'ici, fouteurs à la glace,
Dont le vit effrayé d'aller jusqu'à deux coups,
Mollit au premier coup et déserte la place ;
Loin d'ici : mes transports ne sont pas faits pour vous.

Nous déchargeâmes, en même temps je pressai, dans ce moment je couvris tout le con de ma fouteuse, je reçus dans ma bouche le foutre qui en sortait, je l'avalai, elle en fit autant de celui qui sortait de mon vit ; le charme se dissipa, et je ne gardai du plaisir que je venais d'avoir, qu'une légère idée, qui, en s'évanouissant comme l'ombre, ne me laissa que le désespoir de ne pouvoir le renouveler : tels sont les plaisirs.

Retombé dans le même état de dégoût et d'affaiblissement dont le secret de Mme Dinville m'avait retiré, je la pressai d'y recourir encore. « Non, mon cher Saturnin, me dit-elle, je t'aime trop pour vouloir te donner la mort, contente-toi de ce que nous avons fait. » Je n'étais pas pressé de mourir, et un plaisir qu'il nous fallait acheter aux dépens de sa vie n'était plus de mon goût : nous nous rhabillâmes.

J'étais trop content de ma journée pour négliger de prendre des assurances d'en passer encore de semblables ; Mme Dinville, qui n'était pas plus mal satisfaite que moi, me prévint : « Quand reviendras-tu ? me demanda-t-elle en m'embrassant.

— Le plus tôt que je pourrai, lui répondis-je, mais jamais assez tôt pour mon impatience : demain, par exemple ?

— Non, me dit-elle en souriant, je te donne deux jours, reviens me voir le troisième, et le jour que tu viendras », continua-t-elle (en ouvrant la même cassette, d'où elle avait tiré cette eau admirable, dont j'avais éprouvé la vertu, et en me donnant quelques pastilles qu'elle y prit), « tu auras soin de manger cela. Surtout, Saturnin, sois discret, ne parle à personne de tout ce que nous avons fait. » Je l'assurai d'un secret éternel, nous nous embrassâmes pour la dernière fois et je la laissai bien persuadée qu'elle venait de recevoir l'offrande de mon pucelage.

Mme Dinville était restée dans son appartement : elle m'avait averti de faire en sorte que l'on ne m'aperçût pas, l'obscurité me favorisait ; je traversais une antichambre, quand je me vis arrêté, par qui ? par Suzon. Sa vue me rendit immobile, il semblait que sa présence me reprochât les plaisirs que je venais de goûter ; mon imagination d'intelligence avec mon cœur pour m'accabler la rendait témoin de tout ce que je venais de faire. Elle me prit la main, et demeura sans parler : la confusion me faisait baisser la vue. Inquiet cependant de son silence, je ne confiai qu'à mes yeux le soin de lui en demander la cause, je les levai sur elle : je m'aperçus qu'elle versait des larmes ; ce spectacle me perça le cœur, Suzon y reprit dans le moment l'empire que les caresses de Mme Dinville lui avaient enlevé. Je ne pouvais concevoir que sa maîtresse eût fasciné mes yeux et mon cœur au point de ne voir qu'elle, de n'être sensible qu'au plaisir d'être avec elle, et j'avais la simplicité de regarder comme l'effet de quelque sortilège ce qui n'était que celui de mon tempérament, et de l'attrait des plaisirs. « Suzon », dis-je à ma sœur, d'un ton pénétré, « tu pleures, ma chère Suzon, tes yeux se couvrent de larmes quand tu me vois, est-ce moi qui les fait couler.

— Oui, c'est toi, me répondit-elle, je rougis de te l'avouer, cruel Saturnin, oui, c'est toi qui me les arraches, c'est toi qui me désespères et qui vas me faire mourir de douleur.

— Moi, m'écriai-je, juste ciel, Suzon, oses-tu me faire de pareils reproches ? Les ai-je mérités, moi qui t'aime ?

— Tu m'aimes, reprit-elle, ah, je serais trop heureuse si tu disais vrai ! Mais peut-être viens-tu de jurer la même chose à Mme Dinville. Si tu m'aimais, l'aurais-tu suivie ? N'aurais-tu pas trouvé un prétexte pour venir me trouver quand je suis sortie ? Vaut-elle mieux que moi ? Qu'as-tu fait avec elle pendant toute l'après-dînée, qu'as-tu dit, pensais-tu à Suzon, à une sœur qui t'aime plus que sa vie ? Oui, Saturnin, je t'aime, tu m'as inspiré pour toi une passion si violente, que je mourrais de douleur si tu n'y répondais pas. Tu te tais, poursuivit-elle, ah, je ne le vois que trop ! Ton cœur ne se faisait pas de violence pour suivre une rivale que je vais haïr à la mort ; car elle t'aime, je n'en saurais douter, tu l'aimes aussi, tu n'étais occupé que du plaisir qu'elle se promettait, tu ne songeais guère à la douleur que tu m'allais causer, j'en suis encore pénétrée, peux-tu la voir sans en ressentir toi-même ? »

Attendri par des reproches dont l'éloquente facilité me faisait reconnaître les impressions de l'amour que je venais moi-même d'éprouver, en exprimant à Mme Dinville des sentiments qui, quoique momentanés, prenaient leur source dans mon cœur, et naissaient de la passion que ses caresses y avaient allumée : « Suzon, répondis-je, tu déchires mon cœur par tes plaintes, cesse-les, n'accable pas ton malheureux frère, tes larmes le désespèrent, je t'aime plus que moi-même, je t'aime plus que je ne peux dire !

— Ah, reprit-elle, tu me rends la vie, ne pense donc plus qu'à moi, depuis hier toi seul m'occupes, ton image me suit partout, sois de même ; mais écoute, Saturnin, si je consens d'oublier l'injure que tu m'as faite, ce n'est que sous la promesse que tu ne verras plus Mme Dinville, as-tu assez d'amour pour moi pour me la sacrifier ?

— Oui, lui répondis-je, je te la sacrifie, tous ses charmes ne valent pas un seul de tes baisers. »

En lui disant cela, je l'embrassais, et elle ne rebutait pas mes caresses : « Saturnin », reprit-elle, en me serrant tendrement la main, « sois sincère ; Mme Dinville aura exigé de toi que tu reviennes la voir : quand t'a-t-elle dit de revenir ?

— Dans trois jours, lui répondis-je.

— Et tu viendras, Saturnin ? me dit-elle tristement.

— Dites-moi ce qu'il faut que je fasse, lui répliquai-je ; si je viens, ce ne sera que pour la désespérer par mon indifférence ; mais si je ne viens pas, qu'il en coûtera à mon cœur d'être si longtemps sans voir ma chère Suzon !

— Je veux que tu reviennes, reprit-elle ; mais il ne faudra pas qu'elle te voie. Je ferai semblant d'être malade, je resterai au lit, nous passerons la journée ensemble ; mais, ajouta-t-elle, tu ne sais pas où est ma chambre, suis-moi, je vais t'y conduire. »

Je me laissai mener : je marchais d'un pas tremblant, averti par un secret pressentiment du malheur qui allait m'arriver. « C'est ici, me dit Suzon, l'appartement que l'on m'a donné : auras-tu regret d'y passer la journée avec moi ?

— Ah, Suzon, lui répondis-je, quelles délices tu me promets ! Nous serons seuls, ma chère Suzon, nous nous verrons continuellement, nous nous abandonnerons à tout notre amour : Suzon, conçois-tu ce bonheur comme moi ! »

Elle se taisait, elle paraissait enfoncée dans une profonde rêverie, je la pressai de s'expliquer : « Je t'entends bien, me répondit-elle d'un ton qui marquait l'agitation de son âme, tandis que nous serons seuls, que nous nous livrerons à tout notre amour, ah, Saturnin, que tu parles de ce jour avec indifférence et que les plaisirs qu'il te promet te touchent peu, si tu as la force de les attendre deux jours ! » Je sentis toute la force de son reproche.

L'impossibilité de lui en prouver l'injustice me mettait au désespoir : une foule de réflexions cruelles vint se présenter à mon imagination, quels tristes retours sur les plaisirs que je venais de goûter avec Mme Dinville ! Je les maudissais, je les détestais, je me désolais : « Ciel ! m'écriais-je au fond de mon cœur, je suis avec Suzon, j'aurais donné mon sang pour jouir de ce bonheur, j'y suis, et je ne puis en profiter, je suis épuisé, je n'ai pas même la force de former un désir ! Hélas, de quoi me servirait-il d'en former, si je n'ai pas celle de les satisfaire ? » Au milieu de cette confusion de pensée, je me ressouvins des pastilles que Mme Dinville m'avait données ; je jugeai que l'effet devait en être semblable à celui de son eau, ne doutant pas qu'il ne fût aussi prompt, j'en avalai quelques-unes. L'espoir de désabuser bientôt Suzon me la fit embrasser avec une ardeur qui nous trompa tous deux : Suzon qui la prit pour un témoignage de mon amour, et moi qui la regardai comme une marque du retour de ma vigueur. Suzon abusée par l'idée du plaisir qu'elle comptait que j'allais lui donner, tomba sur son lit à demi pâmée. Quoique je me défiasse encore de moi-même, j'aurais cru l'accabler de douleur, si je ne m'étais pas mis en état de justifier l'espérance qu'elle venait de concevoir : je me couchai sur elle, et collant ma bouche sur sa bouche, je lui mis mon vit dans la main : il était encore mou, mais je crus que son secours hâtant l'effet des pastilles, il serait bientôt dans l'état où je le souhaitais. Elle le serrait, elle le remuait, elle le branlait, et rien n'avançait. Je fis des efforts cent fois plus grands que ceux que je venais de faire avec Mme Dinville. J'avais beau faire, un froid mortel m'avait glacé le corps. « C'est Suzon, disais-je, c'est ma chère Suzon que j'embrasse, et je ne bande pas ! je baise ses tétons, ses deux charmans tétons que j'idolâtrais hier, ne sont-ils plus les mêmes aujourd'hui ? ils n'ont rien perdu de leur rondeur, de leur dureté, de leur blancheur : cette peau que je touche est aussi douce et aussi belle qu'elle l'était quand sa vue m'enchantait ; ses cuisses, que je presse contre mes cuisses, ne sont-elles pas brûlantes comme elles l'étaient hier ? Elle les écarte, j'ai le doigt dans son con, hélas ! et je n'y peux mettre que le doigt ! » Suzon soupirait de ma faiblesse, je maudissais le funeste présent de Mme Dinville. Je m'imaginais qu'elle avait prévu ce qui devait m'arriver en sortant de chez elle, et que, pour me désespérer, elle avait voulu achever avec ses pastilles l'épuisement où elle m'avait mis. L'opiniâtreté de ma froideur confirma si bien cette pensée, que quelque honte que j'envisageasse à avouer mon impuissance à Suzon, j'étais prêt à le faire, quand je sortis d'embarras d'une manière à laquelle je n'avais pas lieu de m'attendre. On va penser que l'amour fit tout à coup un miracle en ma faveur, que je bandai, que j'enconnai, que je foutis : point du tout ; une main invisible, ouvrant avec fracas les rideaux de son lit, vint m'appliquer le plus épouvantable soufflet que j'eusse senti de ma vie. Effrayé de cet étrange accident, je n'eus pas la force de crier ; à peine eus-je celle d'ouvrir la porte et de fuir, laissant là Suzon exposée à la fureur du spectre, car je ne doutais pas que ce n'en fût un. Je sortis du château en diligence, et je tremblais encore dans mon lit, où je m'étais mis en arrivant chez le curé à qui je fis un récit détaillé d'un spectacle que je n'avais pas eu, et que mon imagination troublée me faisait croire à moi-même véritable. Je n'en imposai au pasteur que sur le lieu de la scène, que je n'eus garde de mettre dans la chambre de Suzon.

La frayeur jointe à l'épuisement me jeta dans un abattement qui me procura un profond sommeil. Je me réveillai le lendemain avec le même accablement : je voulus me lever, il me fut impossible. Surpris d'une lassitude que je ne pouvais attribuer qu'à l'exercice de la veille, quoique alors dissipé par la vivacité de l'action je ne l'eusse pas sentie, je connus pour la première fois combien il est nécessaire de se ménager dans ses transports amoureux, et ce que coûte une complaisance trop aveugle pour les désirs de ces sirènes voluptueuses, qui vous sucent, qui vous rongent, et qui ne vous lâcheraient qu'après avoir bu votre sang, si leur intérêt, soutenu de l'espérance de vous attirer encore par leurs caresses, ne les retenait. Pourquoi ne fait-on ces réflexions qu'après coup ? En amour la raison n'éclaire jamais que notre repentir.

Le repos avait insensiblement effacé de mon esprit l'impression des idées lugubres que la frayeur y avait tracées ; mais devenu tranquille sur mon compte, mon cœur n'en ressentit que plus vivement les inquiétudes que lui causait l'incertitude du sort de Suzon. Je me représentais, avec un frisson d'horreur, l'état où je l'avais laissée. « Elle sera morte, disais-je tristement, timide comme je la connais, il n'en fallait pas tant pour lui donner la mort. Elle n'est donc plus, continuais-je, accablé par cette réflexion cruelle ! Suzon n'est plus ! Ah, ciel ! » Mon cœur, que ces douloureuses pensées avaient serré d'abord, s'ouvrit bientôt après à un torrent de larmes, et j'en versais encore, quand je vis entrer Toinette qu'on avait instruite de ma maladie. Sa vue m'épouvanta : je tremblais qu'elle ne vînt me confirmer un malheur dont je ne doutais plus, et je mourais d'envie de me l'entendre répéter de sa bouche : il n'en fut pas question, et son silence sur ce sujet joint à celui de tout le monde me fit croire que ma douleur pouvait être sans fondement. J'en vins jusqu'à penser que Suzon en avait peut-être été quitte, comme moi, pour la frayeur. Le chagrin que j'avais ressenti de sa mort fit place à la curiosité de savoir ce qui s'était passé dans sa chambre après mon départ ; mais c'était une curiosité que je ne pouvais satisfaire qu'après mon rétablissement.

Les deux jours de repos que Mme Dinville m'avait accordés étaient expirés, nous étions au troisième, et quoique je commençasse à me sentir une vigueur qui m'assurait de ma guérison, je ne fus nullement tenté de lui aller chercher de l'exercice au château : le souvenir de ce qui m'y était arrivé agissait encore si puissamment sur mon imagination, qu'il étouffait mes désirs avant leur naissance. Je ne songeais cependant qu'avec chagrin à l'obstacle que cette funeste aventure avait mis aux plaisirs que je m'étais promis d'avoir avec Suzon. Cette réflexion me fit penser aux pastilles de Mme Dinville, et uniquement dans la vue d'éprouver jusqu'à quel point elles pourraient faire monter ma nouvelle vigueur, j'en mangeai ce qui me restait. Je ne dirai pas si leur effet fut vif ou lent, mais après avoir dormi d'un profond sommeil, occasionné ou non par cette drogue luxurieuse, je me réveillai par la force de l'érection que je sentais. J'en aurais été effrayé, et j'aurais craint que mes nerfs, dont la tension prodigieuse me faisait une vive douleur, ne se rompissent, si je n'eusse éprouvé presque la même chose chez Mme Dinville. J'étais fort embarrassé. Qu'on rie de mon embarras, que l'on me dise, si l'on veut : « Hé quoi, brave dom Bougre, n'aviez-vous pas quatre doigts et le pouce à la main, secours certain et infaillible contre l'intempérance de la chair ? Demandez plutôt à ces cafards[38] de prêtres, à ces hypocrites, qui portent la mortification sur leurs faces blêmes et hideuses, et la luxure, la paillardise la plus sensuelle dans leur cœur corrompu. Comment font-ils ? On ne trouve pas toujours un bordel, une dévote sous sa main ; mais on a toujours un vit, ils s'en servent, ils se branlent jusqu'à se faire venir cette couleur pâle, que les sots prennent pour l'effet de leurs austérités ; que ne vous serviez-vous de la même recette, n'est-elle pas souveraine ? » Je le savais : mais il n'y avait pas longtemps qu'il m'était arrivé de me trouver brisé, moulu, impotent, pour m'en être un peu trop donné ; je me sentais des dispositions à m'en donner encore peut-être un peu plus que de raison, et je n'étais pas fort curieux de me revoir dans le même état. J'étais en garde contre la tentation, je me contentais de me *branloter*, de donner de temps en temps quelques petites secousses, de faire venir le plaisir jusqu'à ma portée, et de m'arrêter tout à coup, puis de recommencer, et cela m'amusait. Le plaisir n'est pas si grand que quand vous faites le cas[39], mais vous avez la faculté de le répéter autant de fois que vous le jugez à propos. Votre imagination se joue, voltige sur tous les objets qui vous ont charmé les yeux : c'est la brune, c'est la blonde, c'est la petite, c'est la grande, avec un coup de poignet vous foutez toute la terre : vos désirs ne connaissent pas l'intervalle des conditions, ils vont jusque sur le trône, et les beautés les plus fières, forcées de céder, vous accordent tout ce que vous leur demandez ; du trône vous descendez rapidement à la grisette ; vous vous représentez une fille timide, qui n'a pas encore essayé des plaisirs de l'amour, qui ne connaît la nature de vos désirs que par ceux qu'elle ressent ; vous lui donnez un baiser sur la bouche, vous la voyez rougir, vous levez sans obstacle un mouchoir qui vous cachait une gorge naissante, qui palpite, qui soupire ; vous descendez plus bas, vous trouvez un petit conin chaud, brûlant, vous lui faites faire une résistance que l'intérêt de votre plaisir augmente, diminue, fait évanouir à son gré.

Le plaisir est d'un naturel vif et sémillant[40]. S'il était possible de le comparer à quelque chose, je le comparerais à ces feux qui sortent brusquement de la terre, et qui s'évanouissent au moment que votre œil, frappé par l'éclat de leur lumière, cherche à en pénétrer la cause. Oui, voilà le plaisir, il se montre et s'échappe, l'avez-vous vu ? Non : les sensations qu'il a excitées dans votre âme ont été si vives, si rapides, qu'anéantie par la force de son impulsion, elle s'est trouvée dans l'impuissance de le connaître. Le vrai moyen de le tromper, de le fixer, de le forcer à demeurer avec vous, c'est de badiner avec lui, de l'appeler, de le considérer, de le laisser échapper, de le rappeler, de le laisser fuir encore pour le retrouver ; enfin en vous livrant tout entier à ses transports.

J'étais dans cette occupation, la nuit était déja fort avancée, j'allais finir mon badinage pour m'abandonner au sommeil, quand, malgré l'obscurité, j'entrevis quelqu'un en chemise qui passait aux pieds de mon lit, et qui disparut dans l'instant. Je fus moins effrayé que réveillé par une pareille vision. Je pensai que c'était cet abbé dont je vous ai parlé dans le portrait de Mlle Nicole : « C'est lui, dis-je en moi-même, oui, c'est lui ; où va ce bougre-là ? foutre Nicole ; ira-t-il tout seul ? Non parbleu, car je le vais suivre. » Je me jette en bas du lit : j'étais en habit de combat, c'est-à-dire en chemise, je savais les êtres[41]. Je gagnai un petit corridor où était la chambre de la belle, je marchais à tâtons, et j'entrai à tâtons dans une chambre dont la porte n'était pas fermée ; je la repoussai, et je m'approchai avec beaucoup de circonspection du lit où je croyais nos amants occupés à prendre leurs ébats. J'allongeai la tête, en prêtant une oreille attentive, j'attendais que leurs soupirs m'apprissent si mon tour tarderait longtemps à venir. J'entendais respirer quelqu'un, mais ce quelqu'un paraissait être seul. « Ne serait-il pas venu ? dis-je alors bien étonné. Non assurément il n'y est pas, poursuivais-je, en redoublant d'attention, il n'y est pas ; oh parbleu, monsieur l'abbé, vous n'en tâterez, ma foi, que d'une dent. » Dans le moment je coulai la main entre les jambes de ma belle dormeuse, et je me hasardai à lui donner un baiser sur la bouche. « Ah, me dit-on, d'une voix basse, que vous vous êtes fait attendre, je dormais, montez donc. » Ma foi je montai dans le lit, et bientôt sur ma Vénus. Elle me reçut assez froidement dans ses bras : je fus sensible à cette marque d'indifférence, qu'elle s'imaginait donner à un amant que je croyais aimé tendrement. Je m'applaudissais de l'heureux succès que la fortune avait pris soin de donner à mes désirs, et je la remerciais du moyen qu'elle me procurait de tirer une vengeance aussi douce des mépris de ma tigresse. Je la baisais à la bouche, je lui pressais les yeux avec mes lèvres, je me livrais à des transports d'autant plus vifs, qu'on leur avait toujours refusé la liberté d'éclater. Je lui maniais les tétons, cette gorge charmante (assurément Nicole en avait une des plus belles), ferme, élevée, grasse, blanche, des tétons bien séparés, bien formés, durs, en un mot : une gorge accomplie. Je nageais sur un fleuve de délices, enfin j'achevai un ouvrage que j'avais souhaité tant de fois faire avec cette divinité. Je lui en donnai une si bonne dose, qu'il me parut par ses hélas, ses exclamations et ses transports, qu'elle ne s'attendait pas d'être si bien régalée. À peine eus-je fourni ma carrière, que ne me sentant que plus animé par cette première course, je repris du champ, et par une seconde, qui ne fut pas moins vigoureuse que la première, je donnai une nouvelle matière à ses éloges : je l'avais mise en goût, et je jugeai, aux caresses, aux noms tendres qu'elle me prodiguait, qu'elle n'attendait qu'une troisième preuve de valeur pour mettre cette nuit au-dessus de toutes celles qu'elle disait que nous avions passées ensemble. Quoique je sentisse encore mon fourniment[42] assez bien garni, pour lui donner cette satisfaction, la crainte d'être surpris par l'abbé amortit un peu mon courage. Je ne savais à quoi attribuer sa lenteur : je ne pouvais en accuser qu'un changement de résolution. Sur cette pensée, je crus que je pouvais reprendre haleine, et ne pas précipiter mes coups comme je venais de le faire.

Deux décharges abattent un peu les fumées de l'amour, l'illusion se dissipe, l'esprit rentre dans ses fonctions, les nuages, dont la force de la passion l'obscurcissait, s'évanouissent, les objets cessent alors d'être ce qu'ils étaient, l'esprit leur assigne leur véritable prix. Les belles y gagnent, les laides y perdent, tant pis pour elles ; je voudrais, en passant, donner un conseil à celles-ci. Laides, quand vous accordez vos faveurs à quelqu'un, ménagez-les, ne l'en accablez pas : quand on n'a plus rien à désirer, on ne désire plus ; la passion s'éteint par une jouissance trop complète. Prenez-y garde, vous n'avez pas les mêmes ressources qu'une belle à qui ses charmes promettent un prompt retour de ces désirs qu'elle vient d'assouvir, qu'elle vient de voir éteindre, et que le moindre sourire, la moindre caresse va rallumer avec plus de feu.

La réflexion que je viens de faire cadre le mieux du monde avec ce que j'éprouvai. Je m'amusais à parcourir avec la main les beautés de ma nymphe, j'étais surpris de trouver une différence dans les mêmes choses que je maniais actuellement, et que j'avais maniées un moment auparavant. Ses cuisses qui m'avaient paru douces, fermes, remplies, unies, étaient devenues ridées, molles, sèches, son con n'était plus qu'une conasse, ses tétons, que des tétasses, ainsi du reste. Je ne pouvais concevoir un pareil prodige, j'accusais mon imagination de s'être refroidie, je voulais du mal à ma main du rapport trop fidèle qu'elle lui faisait ; ce n'est pas que ces témoignages incertains m'eussent empêché de livrer un troisième assaut. J'allais m'y présenter, et déja on se préparait à le recevoir, quand nos oreilles furent frappées par un charivari qui se fit entendre dans la chambre voisine, que je prenais pour celle de la dame Françoise, notre vénérable gouvernante. « Ah le chien, criait une voix enrouée, ah la misérable ! Ah la... » À ces mots ma mignonne, que j'étais prêt d'enconner, me repoussant, me dit : « Ah mon Dieu ! que fait-on à notre fille ? Est-ce qu'on la tue ? Allez donc voir. » Je ne répondais pas, frappé du discours que l'on venait de me tenir, je ne savais où j'en étais : « Notre fille, disais-je, Nicole aurait-elle une fille ? » Le bruit continuait, et l'on continuait de me presser d'aller au secours, je ne m'en remuais pas davantage, on s'impatiente, on court au fusil, on allume de la chandelle, et, à la faveur de la lumière, je reconnais, le dirai-je, la dame Françoise, cette vieille... Ah ! quand je me rappelle ce désagréable moment, je demeure encore pétrifié, comme je le fus à la vue de ce fantôme. Je vis bien que je m'étais trompé de porte, et je me mordais les doigts dans la rage où j'étais de me voir la dupe de ce misérable abbé, ou plutôt de mon impatience qui ne m'avait pas permis de faire attention à la disposition des lieux. Je jugeai que M. le curé, s'étant apparemment trouvé en humeur de s'ébaudir cette nuit-là avec sa gentille chambrière, l'avait avertie de se tenir prête pour la danse, et que c'était ce qui m'avait attiré le tendre reproche que la dame, qui me prenait pour le pasteur, m'avait fait sur ma lenteur à me rendre à mon poste ; que le saint prêtre, pour éviter le scandale, avait attendu que la nuit fût plus avancée pour tenir à sa beauté la parole qu'il lui avait donnée, et que trompé par l'obscurité de la nuit, il était tombé dans la même erreur que moi, ou peut-être que trouvant la porte de la chambre de sa chère nièce ouverte, la tendresse l'avait fait courir à son lit où il l'avait trouvée plus occupée qu'elle ne devait l'être ; que frappé de l'idée d'infamie dont elle couvrait son front respectable, il s'était jeté à travers les combattants, et leur avait dit à tous les deux plus que leur nom, et même donné des témoignages de sa colère plus fort que jeu[43]. Mais le bruit redouble, ils s'étranglent, quel tintamarre effroyable. « Hé !

vite, madame Françoise, volez sur le champ de bataille, l'honneur, l'amour, la curiosité, la tendresse maternelle, tout vous en fait une loi ; allez séparer des ennemis si chers, et dont la mort vous ferait mourir de douleur ; mais au nom de Dieu, laissez la porte ouverte pour que je puisse me sauver. Oh ! la chienne, elle la ferme à double tour ! Malheureux Saturnin, comment vas-tu faire, comment vas-tu t'échapper ? La dame Françoise va s'apercevoir que ce n'est pas avec le curé qu'elle a eu affaire, le curé va entrer ici, il va te trouver, ah, pauvre diable, quel orage de coups va fondre sur ta peau ! Tu payeras pour les autres. » Telles étaient les pensées qui m'agitaient tandis qu'on chamaillait dans la chambre voisine. J'avais essayé d'ouvrir la porte, mais inutilement : réduit à pleurer ma malheureuse situation, je m'y abandonnais lâchement, insensé que j'étais, comme si je n'eusse pas déjà éprouvé que telle est la condition des hommes, que leurs biens et leurs maux ont une liaison si étroite, se suivent de si près qu'au sein du malheur même on ne doit pas désespérer de son bonheur ; que souvent au moment que vous vous croyez accablé par les coups redoublés du fort en courroux, le hasard fait éclore de votre malheur les jours les plus riants et les plus fortunés. Ô divine Providence ! c'est en vertu de tes sages décrets que nous voyons opérer ces merveilles, et cette vicissitude était sans doute nécessaire pour corriger le désordre de nos passions.

Au moment que caché sous le lit, où je m'étais refugié, je me livrais au désespoir, la fortune tournait sa roue ; le bruit n'avait fait qu'augmenter à la vue de ladite Françoise, à qui le chandelier était tombé des mains à l'aspect du curé qu'elle croyait dans sa chambre : elle prit celui qu'elle voyait pour un spectre. Qu'on se peigne cette scène, si j'en avais été témoin, j'en épargnerais la peine ; mais la connaissance des parties me met en état de fournir des idées qui peuvent contribuer à la perfection du tableau. Qu'on se figure, si l'on veut, M. le curé, nu en caleçons, un bonnet gras sur la tête, ses petits yeux étincelants, sa grande bouche écumante, frappant comme un sourd sur l'abbé et sur la nièce. Qu'on se représente ces deux tendres amants, la belle tremblante et s'enfonçant le plus qu'elle peut dans son lit pour se dérober aux coups, l'abbé tantôt se cachant sous la couverture, et tantôt tirant la tête hors du lit, et allongeant de vigoureux coups de poing sur la physionomie du pasteur qui rugit. Qu'on se trace la figure d'une mégère en chemise, qui, la chandelle à la main, s'approche du lit, veut crier, et au même moment demeure interdite, la bouche béante, les yeux égarés, et tombe de frayeur sur une chaise, après avoit laissé tomber sa lumière.

L'abbé, autant que j'en fus juge par le silence qui régna tout à coup, craignant d'être reconnu, s'était élancé hors du lit, et avait voulu gagner le large. Le pasteur l'avait suivi en courant après lui. Dans le moment j'entendis ouvrir ma porte avec précipitation et sur-le-champ la refermer avec la même vitesse. Je tremblais : on vint se coucher sur le lit, nouveau sujet de frayeur : je croyais que c'était Françoise, et que le curé allait bientôt venir. La feuille n'est pas plus agitée par le vent que mon cœur l'était alors par la crainte. Cependant tout était calme, et cette Françoise qui était sur le lit pleurait, et jetait de profonds soupirs. Tout cela mettait mes idées dans une confusion incroyable. « Que penser de ces pleurs ? Pourquoi Françoise pousse-t-elle des soupirs ? Pourquoi est-elle revenue ? Le curé viendra-t-il, ne viendra-t-il pas ? Ah, que l'incertitude est une peine cruelle ! » Il me venait de temps en temps des envies de sortir ; mais la crainte d'être rencontré par le pasteur me retenait toujours dans mon poste : j'en sortis à la fin, j'allais m'évader, le diable m'arrêta, j'entendais quelque chose au fond de mon cœur qui me disait : « Tu vas te coucher, nigaud, et tu bandes encore : tu as le courage d'abandonner Françoise à son chagrin, tu crains de la consoler, c'est bien la moindre chose que tu lui doives : elle t'a accablé de caresses si tendres, refuseras-tu d'essuyer ses larmes ? Elle est vieille, d'accord, laide, soit : mais n'a-t-elle pas un con, nigaud. » Ma foi, seigneur Diable, vous aviez raison.

Un con n'est jamais qu'un con,
Quand on bande tout est bon.

« Va, va, continua la voix intérieure, l'orage est passé, il n'y a plus rien à craindre, remets-toi dans le lit. » Je succombai à la tentation, je m'y remis : je commençai par me coucher avec beaucoup de discrétion sur le bord ; mais toute ma politesse ne put arrêter un cri de frayeur qui partit, et fut dans l'instant étouffé par la crainte d'être entendu : je sentis qu'on se retirait dans le coin du lit. Une pareille façon d'agir augmentait ma surprise : je crus que je la ferais bientôt cesser en expliquant mes intentions, et cette explication fut de porter la main entre les cuisses de ma vieille : elles étaient redevenues tout ce qu'on pouvait les souhaiter pour exciter les plus vives émotions, plus douces et plus fermes qu'elles ne me l'avaient encore paru. Ma main ne s'y arrêta pas longtemps, quelque plaisir qu'elle y sentît ; elle passa au conin, je dis conin, et non pas conasse, parce que ce n'en était plus une, la motte, le ventre, les tétons, la gorge, tout était devenu aussi doux, aussi uni, aussi élastique qu'à une jeune fille : je maniais, on me laissait faire, je baisais, je suçais avec toute la vivacité que l'idée de jeune et de jolie peut inspirer, point de résistance. Au contraire mon feu rallumait celui de la belle : elle cessait de soupirer, et se rapprochait insensiblement de moi, je m'approchais d'elle, je fus bientôt en état de lui faire sentir que je savais changer des soupirs de tristesse en soupirs d'amour. Je l'enconnai. « Ah, me dit-elle alors, mon cher abbé, quel hasard a pu te conduire ici ? Que ton amour va me coûter de larmes ! » Ce tendre discours m'aurait arrêté tout court, si le transport qui m'animait m'eût permis de faire autre chose que sentir, que serrer tendrement ma nymphe, que répondre aux vives caresses dont elle m'accablait par des caresses aussi vives, que confondre mes soupirs avec les siens, et de sceller enfin par des élancements de volupté réciproques les délices qui les avaient précédés.

L'extase finit : je me rappelai les paroles qu'on venait de m'adresser. « Où suis-je ? dis-je alors. Est-ce avec Françoise ? Quelle différence entre le plaisir que je viens de goûter et celui que j'ai déjà goûté ! mais elle me prend pour l'abbé, elle me dit que mon amour va lui coûter des larmes, partagerait-elle avec Nicole les hommages de ce faquin-là ? Elle est apparemment jalouse, la bonne dame : elle croyait posséder toute seule le cœur de son mignon. Pourquoi est-elle vieille, pourquoi est-elle laide ? » Malgré sa laideur, j'eus encore assez de hardiesse pour m'exposer au désagrément de l'examen dont je m'étais si mal trouvé après les premiers coups. Ma main impatiente brûlait de retourner sur son corps sec et décharné, et quoique je sentisse que le dégoût serait le prix de mon imprudence, et que si je voulais encore courir une poste[44], le meilleur parti était d'attendre le retour de ma vigueur sans le précipiter par un badinage qui pourrait bien au contraire l'éloigner. Je hasardai de porter la main ; mais, ô surprise délicieuse ! Je retrouvai partout la même fermeté, le même embonpoint, la même chaleur, la même douceur. « Que veut dire ceci, repris-je alors, est-ce Françoise, ne l'est-ce pas ? Non assurément, ce ne peut-être que Nicole.

Ô ciel ! c'est Nicole ! J'en ai pour garant le plaisir qu'elle m'a déja donné, et la continuation de ce plaisir que je ressens encore à la toucher. Elle se sera échappée de son lit, elle aura profité de la faiblesse de Françoise pour venir se placer ici comme dans un refuge, elle s'imagine que son amant est aussi venu s'y cacher. » Je retrouvais dans cette explication l'interprétation toute naturelle des paroles qu'elle m'avait adressées. Rempli de cette pensée, je sentis les désirs qu'elle m'avait autrefois inspirés renaître avec plus de force : le croira-t-on, j'eus regret aux plaisirs que je croyais n'avoir eus qu'avec Françoise, parce que c'était autant de diminué sur ceux que j'allais goûter avec Nicole. Je me mis bientôt en état de récompenser le temps perdu. « Ma chère Nicole », lui dis-je, en la baisant tendrement, et en tâchant de contrefaire la voix de l'abbé, « de quoi t'occupes-tu ? Peux-tu te laisser aller à la tristesse, quand l'heureux hasard, qui nous rassemble, veut que nous nous livrions à tout notre amour ? Foutons, ma chère enfant, noyons notre malheur dans le foutre.

— Que tu me fais de plaisir », me répliqua-t-elle, en répondant à mes caresses, « ta douleur augmentait la mienne : oui profitons du seul moyen que nous ayons de nous consoler ; arrive tout ce qui pourra, tant que j'aurai cela dans la main », continua-t-elle, en me prenant le vit, « je ne craindrai pas la mort même. N'appréhende pas qu'on vienne nous interrompre, j'ai retiré la clef, ils ne peuvent entrer qu'en jetant la porte en dedans. » Charmé de cette heureuse précaution, qu'il semblait que l'amour même, qui prenait soin de mes intérêts, lui eût inspirée, je la caressai avec un nouveau plaisir. Mon vit, qu'elle tenait toujours dans sa main, était d'une roideur qui l'enchantait : « Vite donc, lui dis-je, mets-le dans ton cher conin, Nicole, que tu me fais languir ! » Elle ne se pressait pas, elle continuait de serrer mon vit, et paraissait surprise de sa grosseur, qu'elle prenait pour l'effet de ses caresses. Je voulus le mettre moi-même. « Attends, mon cher ami », me répondit-elle, en me pressant dans ses bras, « laisse-le devenir encore plus gros et plus long ; ah je ne l'ai jamais vu si beau, est-il augmenté cette nuit ! » (L'abbé n'était pas apparemment si bien partagé que moi des dons de la nature.) J'aurais ri de la pensée de Nicole, si je n'avais pas été en humeur de faire autre chose. « Ah, que je vais avoir de plaisirs ! » reprit-elle, en se le mettant. « Pousse, cher ami, pousse. » Il n'était pas besoin de me le dire, j'enfonçai, et m'appesantissant sur sa gorge, sur son sein, je le couvrais de baisers de feu, je restais immobile, j'y mourais. « Fais donc, me dit Nicole, en se remuant avec des transports qui me tirèrent de mon assoupissement extatique, fais donc. » Je me mis aussitôt à lui allonger des coups de cul, des coups de vit, qui lui allaient, disait-elle, jusqu'au cœur. Que ceux qu'elle me rendait allaient bien plus loin ! Ils portaient le feu, ils me lançaient des torrents de délices jusqu'aux parties les plus reculées de mon corps ! Ô décharge ! tu es un rayon de la divinité, ou plutôt n'es-tu pas la divinité même ! Pourquoi ne meurt-on pas dans tes transports ? La mère du dieu des buveurs ne mourut-elle pas quand Jupiter cédant à ses instances la foutit en dieu ; car ne vous y méprenez pas, messieurs les mythologistes, ce n'est pas l'appareil, l'éclat, ni la majesté du souverain des cieux, qui ravirent le jour à Sémélé[45], c'est le foutre embrasé qui sortait de son vit. Mahomet, je suis ta loi, je suis ton plus fidèle croyant ; mais tiens-moi parole, fais-moi jouir pendant mille ans des embrassements continuels du plaisir toujours renaissant de la décharge délicieuse que tu promets à tes fidèles avec tes *houris*[46] : rouges, blanches, vertes, jaunes, la couleur n'y fait rien, que je décharge, c'est tout pour moi*.

Nicole était enchantée de moi, j'étais enchantée de Nicole. Quelle différence entre une vieille et une jeune ! Une jeune le fait par amour, une vieille ne le fait que par habitude. Vieillards, laissez la fouterie à la jeunesse, c'est un travail pour vous, c'est un plaisir pour elle.

Mon vit plus dur qu'il ne l'était avant l'action restait dans son étui sans s'amollir. Nicole me serrait avec plus de feu, et le même feu qui m'animait me la faisait serrer avec plus de roideur encore : elle ne m'aurait pas lâché pour un trône, je ne l'aurais pas quittée pour l'empire de l'univers. Bientôt un mouvement nous fit recourir après ce que nous venions de perdre ; l'imprudence est le partage de l'amour, le bonheur vous éblouit, vous en êtes trop occupés pour penser qu'il peut s'évanouir. Nous nous trahîmes par nos transports : le lit était appuyé contre la cloison de la chambre voisine, nous ne songions pas que Françoise était dans cette chambre ; qu'elle pouvait se réveiller au bruit que nous faisions par les secousses indiscrètes que nous donnions au lit qui, frappant contre cette cloison, l'eut bientôt mise au fait de ce qui se

* Comme la religion mahométane n'est faite que pour le plaisir de la couille, Mahomet n'a pas oublié de placer dans son paradis des espèces de devizules capables de le procurer ; ce sont ces houris rouges, blanches, jaunes, vertes à discrétion.

passait dans sa chambre. Plus vite que l'éclair, elle accourt à la porte, point de clef ; comment faire ? Appeler Nicole ? Elle le fit. À cette voix terrible, nous fûmes glacés d'effroi, nous nous arrêtâmes tout court, et la vieille cessa de crier ; mais nous cessâmes bientôt d'être sages. Trop animés pour rester longtemps dans une inaction aussi gênante, nous reprîmes notre ouvrage : mais quoique nous le fissions avec toute la discrétion possible, la vieille qui avait l'oreille au guet ne prit pas le change : elle démêla dans le bruit sourd de nos soupirs, et des mots interrompus qui nous échappaient, le motif de notre silence ; nouveau tapage : « Nicole », criait-elle, en frappant contre la cloison, « misérable Nicole, finiras-tu ? » Nouvelles alarmes de notre part ; mais me mettant bientôt au-dessus de la crainte, je dis à Nicole que, puisque nous étions découverts, il était inutile de nous gêner. Elle approuva par son silence cette résolution courageuse, et, me donnant elle-même le premier coup de cul, en me remettant sa langue dans la bouche, elle me piqua d'honneur, et tels que de généreux guerriers, qui, bravant dans leurs lignes le feu d'une artillerie meurtrière braquée contre eux sur un rempart, continuent tranquillement leur ouvrage, et rient du bruit impuissant du canon qui gronde sur leurs têtes, nous travaillâmes intrépidement au bruit des coups que Françoise donnait contre la cloison. Nous achevâmes, et soit que l'interruption, soit que le bruit que la vieille faisait encore, eût donné une pointe de vivacité à nos plaisirs, nous nous avouâmes réciproquement que nous n'en avions pas encore goûté d'aussi vifs.

Le faire cinq fois en fort peu de temps, ce n'était pas mal s'en tirer pour un convalescent, convalescent encore de quelle maladie ! Je sentais cependant que je n'étais pas tout à fait hors de combat : il fallait avoir de la sagesse pour ne pas se laisser aller ; je l'eus cette sagesse, je triomphai de mon envie. Il faut pourtant convenir que la réflexion eut bonne part dans ma modération ; la dame Françoise pourrait à la fin s'impatienter de ce petit manège, des honnêtes remontrances passer aux cris, des cris, que sais-je, sonner le tocsin sur nous, ou peut-être venir faire sentinelle à notre porte ; s'exposer au risque d'être arrêtés au passage, mauvaise affaire ; rester dans la chambre assiégés jusqu'au jour, au bout du compte, il aurait fallu sortir, comment ? nus : cela n'aurait pas été honnête, un jeune homme, une jeune fille dans cet équipage-là. Le parti le plus sûr était de faire une prompte retraite : je la fis ; mais avant que de gagner mon lit, je jugeai prudemment que je ne serais qu'un sot, si je laissais subsister dans l'esprit de Nicole l'opinion trop avantageuse que j'y avais fait naître sur le compte de l'abbé, il en aurait trop coûté à mon amour-propre de faire à ce maroufle[47] le sacrifice de la gloire que je venais d'acquérir sous son nom. De la vanité à moi, cela vous fait rire, lecteur, n'est-il pas vrai ? J'aurais voulu vous voir à ma place. Je vous suppose rival comme je l'étais, et sensible au plaisir de vous venger, je gage que vous auriez été aussi fat que moi, et que vous auriez dit, comme je le fis : « Ma belle Nicole, vous ne devez pas être mécontente de moi ? » Là-dessus elle vous aurait assuré que son cœur était charmé. « N'est-il pas vrai, auriez-vous repris, que vous n'en attendiez pas tant d'un petit drôle, que vous avez toujours méprisé : vous aviez tort, et il ne méritait pas le traitement que vous lui avez fait ; car vous voyez que les petits valent bien les grands ; adieu, ma chère Nicole, je m'appelle Saturnin, pour vous servir. » Vous l'auriez embrassée, et puis vous l'auriez laissée là, bien étourdie de votre compliment ; vous auriez gagné la porte, vous l'auriez ouverte (on avait laissé la clef dans la serrure) et vous auriez été vous recoucher tranquillement dans votre lit. Dieu veuille que vous l'eussiez fait aussi heureusement que moi.

Frappé de la bizarrerie des aventures qui venaient de m'arriver, j'attendais avec impatience que le jour vînt m'apprendre quelles seraient les suites d'une nuit aussi singulière : j'étais charmé du désastre de l'abbé, et de ma bonne fortune. Comme personne (excepté Mlle Nicole sur la discrétion de laquelle je pouvais compter) ne me soupçonnait de rien, je me faisais d'avance une comédie de la figure que je verrais faire à nos acteurs nocturnes, et je me promettais d'autant plus de plaisir, que je serais le seul à qui elle devait être indifférente. « M. le curé, disais-je, aura un air sombre, taciturne, sera de mauvaise humeur, fessera, qu'il fesse, ce ne sera pas moi, ou je jouerai de malheur. Françoise examinera tous les écoliers l'un après l'autre ; avec des yeux dont la fureur rendra l'écarlate plus vif et plus brillant : elle cherchera parmi les grands celui sur qui elle doit se venger, non des plaisirs qu'elle a eus, mais de ceux qu'il a donnés à sa fille : si elle me reconnaît, elle sera bien fine. Nicole n'osera se montrer ; si elle se montre, elle rougira, sera honteuse, me fera la mine, peut-être les yeux doux, que sait-on ? Elle est friande, ferai-je le cruel ? Peut-être l'abbé sera-t-il cassé aux gages[48] ; oh, pour lui, il n'en sera que plus impudent. »

J'étais si fort occupé de toutes ces pensées que je ne songeais pas à dormir, et l'Aurore aux doigts de rose[49] avait déjà ouvert les portes de l'Orient, que je n'avais pas encore fermé l'œil. J'avais pourtant besoin de repos : le sommeil qui semblait avoir respecté mes réflexions vint aussitôt qu'elles furent cessées, et ce ne fut pas sans peine qu'on vint à bout de me le faire rompre au milieu de la journée. Que devins-je à la vue de Toinette, qui placée au pied de mon lit, paraissait attendre mon réveil ? Je pâlis, je rougis, je tremblai, je crus que mon procès était fait et parfait, qu'on avait découvert que j'avais eu part aux désordres de la nuit, et que j'allais les payer. Cette pensée accablante me fit retomber sans force sur mon lit. « Hé bien, Saturnin, me dit Toinette, es-tu encore malade ? » Pas de réponse. « Le révérend père Polycarpe va donc partir sans toi, continua-t-elle, il comptait pourtant t'emmener avec lui. » À ce mot de départ, ma tristesse se dissipa. « Il part, dis-je à Toinette avec vivacité, hé, vraiment, je me porte à merveille. » Dans le moment je m'élançai hors du lit, et je fus habillé avant que Toinette songeât à faire attention au passage subit de la tristesse à la joie que je venais d'éprouver en si peu de temps : je la suivis.

J'étais trop agréablement occupé de la nouvelle que Toinette venait de m'apprendre pour quitter avec regret la maison du pasteur. Je ne pensai pas même que je ne reverrais plus Suzon. Je trouvai le père Polycarpe qui m'attendait, il fut charmé de me revoir. Je passe sous silence les caresses d'Ambroise, les baisers, les larmes même de Toinette : elle en répandit, j'en jetai moi-même. Me voila en croupe sur le cheval du valet de Sa Révérence. Adieu, père Ambroise ; adieu, Mme Toinette, serviteur. Je pars, nous marchons, nous arrivons, nous voilà au couvent.

Fin de la première partie

SECONDE PARTIE

J'entre dans une nouvelle carrière : destiné par ma naissance à augmenter le nombre de ces pourceaux sacrés, que la piété des fidèles nourrit dans l'abondance, j'avais reçu de la nature les plus heureuses dispositions pour cet état, et l'expérience avait déjà commencé à perfectionner ses présents.

La sincérité n'a pas besoin de faire son éloge pour persuader. Il se trouve cependant des faits qui sortent de la règle ordinaire : tels sont ceux que je vais rapporter. Si l'on se plaint que la vraisemblance n'y est pas ménagée, qu'on se souvienne que ce ne sont pas ici de ces jeux de l'imagination que l'on compasse, que l'on manie avec adresse, pour ménager la crédulité du lecteur ; mais qu'ils sont exactement vrais, et que la vraisemblance n'est pas toujours le caractère distinctif de la vérité. Dois-je craindre après tout que l'on ne trouve étrange de voir des moines scélérats, débauchés, corrompus, qui croient qu'on est toujours assez honnête homme quand on n'est pas reconnu pour fripon ; qui rient de la crédulité des peuples, et sous le masque de la religion, dont ils se jouent, ministres infidèles, font de tout ce qu'elle condamne l'objet de leurs plus chères occupations ; non cela ne paraîtra pas extraordinaire, c'est l'usage. Voit-on autre chose ? Les cordeliers, les carmes, les jésuites, et tant d'autres travaillent tous les jours à me justifier : on en fait mille histoires, sans celles que l'on ne sait pas.

Qu'on me permette de placer ici quelques réflexions que j'ai faites, dans ces moments où la suspension du plaisir me rendait à moi-même, et me laissait envisager d'un œil impartial la vie que nous menions. Elles doivent paraître d'autant *moins suspectes, qu*'elles viennent de la part d'un homme que son intérêt engageait à ne les jamais faire.

Quelles raisons assez puissantes ont pu rassembler dans l'enceinte des cloîtres tant de gens si différents par le caractère de leur esprit et de leur cœur ? La paresse, la paillardise, la lâcheté, l'ivrognerie, le mensonge, la perte des biens et de l'honneur.

Pauvres gens qui avez la simplicité de croire que c'est la religion qui peuple ces saintes retraites, que je souhaiterais que vous pussiez en pénétrer l'intérieur ! Indignés des mystères d'iniquité qui s'y commettent, vous rougiriez de votre crédulité, et vous apprendriez à les mépriser autant qu'elles sont méprisables. Je veux lever le bandeau qui vous couvrait les yeux.

Dites-moi, vous qui avez connu le père Chérubin, ce saint homme dont la trogne[1] vermeille ne respire que le plaisir ; vous, dis-je, qui l'avez connu avant qu'il se fût affublé la tête d'un capuchon de serge noire, comment vivait-il ? Il ne se couchait jamais qu'il n'eût sablé ses huit ou dix bouteilles du meilleur, et souvent le jour le retrouvait sous la table, enterré parmi les débris du souper ; il a quitté le monde, Dieu l'a illuminé de sa grâce, il lui a montré le bon chemin, il l'a suivi : je n'examine pas si c'est le ciel, ou si ce sont ses créanciers qui ont fait ce miracle ; mais apprenez que le père Chérubin tiendrait encore tête au plus intrépide buveur, il boirait, il mangerait les revenus du couvent, le couvent même, les moines, l'église, la sacristie, les cloches, le diable ; voilà le père Chérubin, tel vous l'avez connu, tel il est encore aujourd'hui.

Et le père Modeste que vous avez vu parmi vous, bouffi d'arrogance et pétri d'amour-propre, son caractère est-il refondu depuis qu'il a le corps ceint d'un triple cordon ? Vous le croyez, et moi qui le connais, je vous le garantis pour le plus insolent coquin qui jamais ait endossé le harnais monacal : écoutez-le parler, Bourdaloue[2] près de lui ne fait que bégayer : plus subtil que les plus grands théologiens, que saint Thomas, il parle, raisonne, entend, pénètre, perce ; à son avis le père Modeste est un phénix, au vôtre, c'est un sot, au mien, c'en est un encore.

Voyez-vous le père Boniface, ce madré furet qui penche dévotement la tête, qui tourne vers la terre des yeux mortifiés, qui semble, en marchant, composer avec le ciel, et en implorer la fin d'une vie qui paraît pour lui un fardeau pesant ? Prenez garde à lui, c'est un serpent qui se glisse ; il monte chez vous, veillez des yeux votre femme, resserrez vos filles, éloignez vos garçons : bougre, bardache[3], fouteur, il est entré, vous êtes sorti, tâtez-vous le front, visitez votre femme, vos filles, vos fils, tout est foutu, tout est enculé.

Vous avez fait connaissance avec le père Hilaire, serrez

bien les cordons de votre bourse, vous avez affaire au plus adroit fripon. Bientôt aux conversations consolantes, il fera succéder des peintures énergiques des besoins du couvent ; les pauvres pères manquent de tout, ils sont nourris comme des misérables, couchés comme des chiens, leur maison tombe en ruine. Ce pauvre père Hilaire, le souffrirez-vous en cet état ? Non, votre cœur s'attendrit, votre bourse s'ouvre : puisez, père Hilaire, puisez, vous avez trouvé votre dupe, prenez, pillez, volez, emportez, tout est de bonne prise, vous travaillez pour l'Église.

Quelles foules de caractères odieux n'aurais-je pas à tracer, si je voulais vous peindre ceux de tous les moines ! Change-t-on d'inclinations pour changer d'habit ? Non, le buveur est toujours ivrogne, le voleur est toujours voleur, l'impudent toujours impudent et le fouteur est toujours fouteur. Je dis plus : les passions prennent une nouvelle force sous le froc, on les porte dans le cœur, l'exemple les fait éclore, l'oisiveté les nouvelle, l'occasion les augmente : le moyen d'y résister ?

À juger sainement de toutes ces différentes espèces d'animaux qui rampent avec mépris sur la surface de la terre, et connues sous le nom général de moines, il faut les regarder comme autant d'ennemis de la société. Inhabiles aux devoirs que la qualité d'honnêtes gens exigeait d'eux, ils se sont soustraits à sa tyrannie, et n'ont trouvé que le cloître qui pût servir d'asile à leurs inclinations vicieuses.

On pourrait comparer leurs corps à ces fléaux du ciel, à ces nuages de sauterelles qui tombent sur une terre, rongent, mangent, ravagent et laissent les marques les plus funestes de leur passage, ou à ces armées de peuples barbares qui sortirent de leur marais pour inonder l'Europe.

Ils se haïssent, ils se détestent dans le particulier, l'intérêt commun les réunit. Rongés par leurs guerres civiles, ils n'en sont distraits que par les étrangères. Rien n'est mieux ordonné que l'extérieur de leur armée, rien ne l'est moins que l'intérieur. Faut-il élire un général ? que de factions, que de complots, que de brigues : autant que de moines. On crie, on court, on s'agite, on se remue, on se bat, on se tue. S'agit-il de faire quelque incursion sur le monde, d'attenter à la bourse des fidèles, d'inventer quelques nouvelles pratiques de superstition ? c'est le même esprit qui anime, c'est le même zèle qui échauffe, tous concourent au but général : dociles aux ordres de leurs supérieurs, ils se rangent sous leurs drapeaux, montent en chaire, prient, exhortent, persuadent, entraînent des peuples imbéciles, qui suivent aveuglément leurs caprices, et les adoptent comme les règles nécessaires de leur conduite.

J'ajouterai à cet éloge des vers dictés par le bons sens et justifiés par l'expérience.

Tolle autem lucrum, Superos et sacra negabunt,
Ergo sibi non Coelestis haec turba ministrat :
Utilitas facit esse Deos, quâ nempè remotâ,
Templa ruent, nec erunt arae, nec Jupiter ullus[4].

Sur tout ce que j'avais vu faire aux révérends étant chez Ambroise, et en dernier lieu, sur les galanteries du père Polycarpe et Toinette, j'avais conçu les idées les plus riantes de l'état monacal : je croyais que le froc était l'habit sous lequel on eût le plus libre accès dans le temple du plaisir ; mon imagination s'enivrait des chimères agréables qu'elle se forgeait. Elle ne s'arrêtait pas dans les bras de Toinette : elle me représentait les plus aimables femmes des lieux où mon sort me conduirait, se disputant la conquête du père Saturnin, prévenant ses désirs par les attentions les plus tendres, et payant ses bontés par les plus vifs et les plus délicieux. On croira facilement qu'étant dans de pareilles dispositions, je reçus avec joie l'habit de l'ordre, dont le père prieur (qui s'attacha d'abord à moi avec une affection vraiment paternelle) m'honora dès le lendemain de mon arrivée.

J'avais appris assez de latin de mon curé (qui pourtant n'en savait guère) pour figurer avec honneur dans le noviciat. On me louait de quelques dispositions assez heureuses. En ai-je profité ? Hélas non ! À quoi m'ont-elles servi ? À être portier, belle avance !

En écrivain fidèle, je me croirais obligé de mener mon lecteur année par année jusqu'en théologie : on me verrait novice, puis profès[5], enfin un vénérable père. J'aurais mille belles choses à lui dire ; mais les belles choses ne nous plaisent qu'autant qu'elles nous intéressent. Hé, quel intérêt prendrait-on à voir un penaillon[6] disputer envers et contre tous, mettre le bon sens à la raison, à la gêne dans des arguments *en baroco* dans des distinctions subtiles que lui-même n'entendrait pas : j'en fais grâce.

Je sens pourtant que je ne saurais passer crûment sur un si long espace de temps sans entrer dans le détail de quelques bagatelles.

Un séjour de quelques années dans le couvent m'avait

bien fait rabattre des idées dont je m'étais bercé en y entrant. J'avais fait la désagréable expérience que si le plaisir était fait pour les moines, il ne l'était pas pour les moinillons. Flottant entre le repentir de m'être engagé dans un état où je ne trouvais pas les agréments que je m'étais promis d'y avoir, et le désir d'arriver à la prêtrise, que je regardais comme la fin et le terme de cette carrière épineuse où j'étais, et le commencement d'une autre qui ne me promettait que de jours filés par la main des plaisirs, je me laissais endormir par les caresses du prieur qui s'était fait un devoir de me venger par toutes sortes de bons traitements, des mépris que les autres affectaient d'avoir pour moi, dont le prétexte apparent était ma qualité de fils de jardinier, et le véritable, ma supériorité dans les études.

Les reproches que l'on m'avait faits si souvent sur ma naissance m'avaient rendu la maison d'Ambroise odieuse. Toinette était devenue pour moi un fruit défendu, c'est-à-dire que je ne manquais pas de bonne volonté pour elle ; mais toujours entourée par les supérieurs, pouvait-elle être accessible pour un novice ?

Une autre raison bien plus sensible, je ne trouvais plus Suzon : elle n'était plus pour moi. Ma chère Suzon avait disparu de chez Mme Dinville quelque temps après mon entrée chez les célestins : on n'avait appris aucune de ses nouvelles. Sa perte m'avait plongé dans la douleur, je l'aimais, un je-ne-sais-quoi plus fort que son tempérament m'attachait à elle ; la solitude où je vivais avait encore rendu plus vif le chagrin de sa perte. Des lieux où je l'avais entretenue si familièrement, où nos cœurs, encore enfants, avaient fait le premier essai de l'amour, n'étaient propres qu'à m'attrister. S'ils me retraçaient un souvenir agréable, que je le payais cher par l'absence de celle qui me le procurait ! Devenues sans objet ces idées ne m'occupaient plus sans douleur.

Mais voilà un garçon bien désœuvré, dira-t-on, touché de mon état malheureux : à quoi vous occupiez-vous donc, pauvre petit Saturnin ? Hélas, je me branlais, mon vit était toute ma consolation, c'était avec lui que j'oubliais mes peines et mes douleurs.

J'étais un jour dans le fort de mon ouvrage, écarté dans un lieu solitaire, je croyais n'avoir aucun témoin, et je me dulcifiais[7] avec cette indolence voluptueuse que la solitude permet. Un coquin de moine m'observait : il n'était pas de mes amis, au contraire, c'était un de ceux qui avaient

toujours marqué le plus d'éloignement pour moi ; il parut à mes yeux si brusquement, que les bras me tombèrent de surprise, et que je restai dans cet état exposé à la malignité de ses regards. Je me crus perdu, je crus qu'il allait publier partout mon aventure, et la façon dont il m'aborda me fit juger qu'il n'y avait pas de composition à attendre de lui. « Ha, ha, frère Saturnin », en levant les yeux au ciel, et croisant les mains ; « ha, frère Saturnin, je ne vous croyais pas capable de faire de pareilles choses ? Vous, le modèle du couvent, vous, l'aigle de la théologie, vous…

— Hé morbieu, interrompis-je brusquement, finissons ces éloges ironiques : vous avez vu que je me branlais ; je n'ignore pas que vous allez en faire fête à tout le couvent : hé bien, sacre… », continuai-je, en reprenant mon ouvrage, « allez-en rire, amenez qui vous voudrez, je vous attends à la dixième décharge.

— Hé, frère Saturnin, reprit-il avec le même sang-froid, ce que je vous en dis n'est que pour votre bien : pourquoi vous amuser à vous branler comme un coquin ? Nous avons tant de novices, c'est un amusement d'honnête homme.

— Vous vous rangez apparemment dans cette classe, lui répondis-je. Tenez, père André (c'était son nom), vos discours commencent à m'impatienter, vos conseils me déplaisent autant que vos éloges, finissez, décampez, ou je vous… »

La vivacité avec laquelle ces paroles m'échappèrent lui fit rompre son sérieux forcé, il éclata de rire, et me tendant la main : « Va, me dit-il, touche-la, frère, je ne te croyais pas un si bon vivant, je te plains d'être réduit à la dure nécessité de te branler. Ce que je vois te rend digne d'un meilleur sort ; il y a trop longtemps que tu te nourris de cette viande creuse[8], je veux te faire part de quelque chose de plus solide. » Ce discours me désarma, sa franchise excita la mienne, je lui tendis la main à mon tour : « Je ne connais pas, lui dis-je, la défiance quand on en agit comme vous le faites : j'accepte vos offres.

— Allons, reprit-il, parole d'honneur, tantôt je vous prends à minuit dans votre chambre : croyez-moi, boutonnez votre culotte, ne tirez pas votre poudre aux moineaux[9], vous en *aurez besoin cette* nuit. Je ne vous en dis pas davantage, je vous quitte, ne sortez qu'après moi, il ne faut pas qu'on nous voie ensemble, notre réunion pourrait faire causer : à tantôt. »

Je restai dans le dernier étonnement après le départ du moine. Il n'était plus question de branle : uniquement occupé de promesse, j'y rêvais sans la comprendre. « Qu'entend-il donc, disais-je, par cette viande solide dont il veut me faire fête ? Si c'est quelque novice, ma foi il peut le garder pour lui, ce n'est pas là mon gibier. » Je raisonnais en sot, je n'en avais pas goûté : lecteur, êtes-vous plus habile que je ne l'étais alors ? Oui, dites-vous, hé bien, n'est-il pas vrai que ce n'est pas un si mauvais morceau ? Le préjugé est un animal qu'il faut envoyer paître. Il en est d'un garçon comme d'un mets pour lequel on avait du dégoût ; le hasard en fait tâter, on le trouve délicieux. Est-il rien de plus charmant qu'un joli giton, blancheur de peau, épaules bien faites, belle chute de reins, fesses dures, rondes, un cul d'un ovale parfait, étroit, serré, propre, sans poil ? Ce n'est pas là de ces connasses béantes, de ces gouffres où vous entreriez tout botté, fi donc. Je t'aperçois, censeur atrabilaire : tu veux me reprocher que je souffre le froid et le chaud, que j'ai loué le con, et que je chante aujourd'hui les louanges du cul. Apprends, grand innocent, que j'ai pour moi l'expérience : chacun prend son plaisir où il le trouve ; le mien est d'enfiler une femme quand elle se présente ; un beau garçon paraît, lui donnerai-je des coups de pied au cul, non, nigaud, non, des coups de vit. Allez aux écoles de ces fameux sages de la Grèce, allez à celles des plus honnêtes gens de notre temps, vous apprendrez à vivre. Mais mon moine va venir ; minuit sonne : on gratte à ma porte, c'est mon homme, bon, marchons, père, je vous suis : mais où diable me menez-vous donc ? À l'église ! Vous vous moquez de moi, peut-on toujours prier Dieu : serviteur, je ne suis pas des vôtres pour cette nuit, chaque chose a son temps, je vais dormir. Hé, morbieu, suivez-moi donc ; ne voyez-vous pas que je monte dans les orgues ; montez : nous y voilà.

Savez-vous bien ce que je trouvai dans ces orgues ? Une table copieusement fournie de viandes, et garnie d'une pyramide de bouteilles qui réjouissait la vue.

Item, trois moines, trois novices, et une jeune fille de dix-huit à vingt ans, qui me parut jolie comme un ange. Je suivais mon conducteur : le père Casimir était le chef de cette bande joyeuse ; il me reçut d'un air riant : « Père Saturnin, me dit-il, soyez le bienvenu. Le père André » (c'était le nom du moine sous les auspices duquel je paraissais) « m'a fait votre éloge, sa protection le justifie : il a dû vous dire comment nous vivions ici ; foutre, manger, rire et boire, voilà notre occupation, vous sentez-vous des dispositions à faire comme nous ?

— Parbleu, lui répondis-je, mon révérend, vous verrez que je ne suis pas un sujet inutile dans la société, et s'il ne faut que cela, je me flatte de m'en tirer aussi bien qu'un autre, soit dit », continuai-je, en me tournant du côté de l'assemblée, « sans diminuer le mérite de Vos Révérences.

— Allons, reprit le père Casimir, vous êtes de nos gens, commencez par vous placer ici entre cette charmante enfant et moi. Çà, décoiffons une bouteille en l'honneur du père : à vous, tope. »

Et nous voila à flûter, et vous, lecteur, vous ne ferez rien pendant que nous allons vider nos bouteilles, tenez, amusez-vous à lire ce rogaton[10].

Le père Casimir était d'une taille médiocre, brun de visage, portant un ventre de prélat, non prélat de papefiguière, ceux-là, dit maître Jean La Fontaine, sont maudits de Dieu, ont visage mince, taille mingrelette, et ne dorment jamais : mais vrai prélat de papimanie[11], au corps rond, au ventre gros et bien nourri : il avait des yeux qui vous enculaient de cent pas, et dont le regard farouche ne s'attendrissait qu'à la vue d'un joli garçon, alors le bougre entrait en rut, il hennissait. Sa passion pour le cas antiphysique était si bien établie, qu'il était redoutable *aux Savoyards mêmes*[12] ; cependant il ne manquait pas d'adresse pour faire tomber les oiseaux dans ses filets, il était auteur et bel esprit à la mode, censeur caustique, écrivain sec, louangeur fade, plaisant sans légèreté, ironique sans délicatesse. Il s'était fait un nom par quelques ouvrages qui devaient leur réputation plutôt à la sottise de ceux qu'il dénigrait qu'à leur propre mérite ; le succès de ses brochures le consolait des coups de bâton dont les auteurs mécontents payaient quelquefois les *observations* malignes qu'il faisait courir sur leurs *écrits*. Il faut pourtant avouer que ces auteurs avaient tort de faire tomber sur lui leur colère ; car quoique les satires parussent sous son nom, le pauvre père n'y avait souvent d'autre part, que le soin qu'il s'était donné de rédiger les manuscrits de quelques jeunes gens qui travaillaient sous ses yeux. Il cultivait précieusement les petits talents qu'il leur connaissait, leur distribuait la matière, revoyait leur ouvrage, le faisait imprimer, et en recueillait les *fruits, qui* quelquefois étaient bien amers : il n'en était pas moins hardi, et tel que l'avare qui se console des huées du peuple en ouvrant son coffre-fort, les ris qu'il excitait dans le public, aux dépens des auteurs, essuyaient les larmes que ceux-ci lui faisaient verser dans le particulier.

Ses occupations littéraires ne lui faisaient pas perdre de vue les inclinations de son cœur ; mais il avait trouvé le moyen de se satisfaire sans sortir de son cabinet, et ce moyen était de se servir, pour ses plaisirs, de ceux dont il se servait pour ses ouvrages : pour prix de leur complaisance, il leur abandonnait sa nièce, et cette nièce obligeante acquittait volontiers les dettes de son cher oncle. Le portier du couvent était à la dévotion du père, et par cette voie tout entrait aisément : vin, viande, filles, tout y avait un libre accès. Les orgues avaient été choisies préférablement à tout autre endroit, pour le lieu de la scène de ces orgies, « parce que, me dit le père Casimir, on ne nous soupçonnera jamais de passer la nuit dans l'église ; une autre raison, c'est que nous sommes tous portés pour assister aux offices, et cette exactitude ferme la bouche aux babillards ».

Malgré le soin que le père Casimir prenait pour conserver ses élèves, il en perdait toujours quelqu'un ; j'en dirai la raison : quelquefois le souvenir des obligations, au lieu de produire de la reconnaissance, fait des ingrats. Ces déserteurs se servaient, contre le père, des traits qu'il leur avait appris à aiguiser contre les autres. Un d'eux fit sur lui ce sonnet, qui doit passer à la postérité la plus reculée, à côté du fameux sonnet de Des Barreaux[13].

SONNET

Un jour dom Hapceon plus arrogant qu'un coq,
Las de sentir son vit aussi droit qu'une quille,
Sortit de son couvent, enfoncé dans son froc,
Et fut chez la Dupré[14]*, demander une fille.*

Le bougre, qui jamais ne foutait qu'en escroc,
Pour qui cinq ou six coups n'étaient qu'une vétille,
Crut qu'il ne s'agissait que d'essuyer le choc,
Et tira son engin de dessous sa mandille.

Tout beau, dit la putain, rengaine l'instrument ;
On commence d'abord par payer largement :
De foutre on vit ici, comme au Palais d'épices[15].

Le pater étonné de ce foutu cartel[16],
Quitta, faute d'argent, ce pilier de bordel,
Et fut de désespoir enculer deux novices.

Je ne saurais mieux finir, je quitte le pinceau, de nouveaux coups ne feraient qu'affaiblir ma peinture.

La nièce du père Casimir était brune, petite, mais vive et pétillante, le premier coup d'œil ne lui était pas favorable, mais l'examen la vengeait ; elle savait ménager avec tant d'adresse la vue d'une gorge qui n'était pas absolument belle, qu'elle en tirait meilleur parti, qu'une autre ne l'aurait pu faire d'une gorge plus accomplie ; ses yeux étaient petits, mais noirs et animés par le feu de l'amour, ils promenaient sur vous ces regards fins et enjoués, qui paraissaient conduits par l'indifférence, mais qui l'étaient par la coquetterie la plus raffinée ; sa bouche était grande, mais bien bordée, elle riait volontiers, elle croyait ne montrer que la beauté de ses dents, et découvrait des grâces d'autant moins suspectes, qu'elles n'étaient pas étudiées ; elle en enchantait par la vivacité et le sel de ses polissonneries : en un mot, c'était ce qu'on pouvait souhaiter de plus charmant, pour attraper le jour sans s'apercevoir qu'on a passé la nuit.

Aussitôt que je me vis placé à côté de cette aimable fille, je sentis renouveler ces mouvements confus que j'avais autrefois éprouvés, quand le hasard m'avait fait découvrir Toinette et le père Polycarpe. La longue privation du plaisir m'avait formé, pour ainsi dire, une seconde nature, aussi susceptible d'impressions, aussi vives et aussi piquantes ; je recommençai à vivre, parce que je crus que j'allais revivre pour le plaisir. Je regardais ma voisine dont l'air riant et facile me faisait connaître que mes désirs ne languiraient qu'autant de temps que j'aurais la simplicité de ne les pas expliquer. Je sentais bien que ce n'était pas l'envie de faire la vestale qui la faisait trouver au milieu d'une bande de moines ; mais le bonheur qu'elle semblait m'offrir me paraissait si grand, que j'avais peine à le concevoir : j'étais tremblant, et dans la crainte qu'il ne m'échappât, à peine aurais-je pu former le dessein de le demander : j'avais la main sur sa cuisse, que je pressais contre la mienne, je sentis qu'elle me la prenait, et la passait par l'ouverture de son jupon ; je connus son dessein, et je portai bientôt le doigt où elle le désirait. Le toucher d'un endroit dont la possession m'était interdite depuis si longtemps me causa un frémissement de joie qui me fut aperçu de toute la bande, qui me cria : « Courage, père Saturnin, vous y voilà. » Peut-être aurais-je eu la sottise d'être déconcerté de cette exclamation, si Marianne (c'était le nom de notre déesse) ne m'eût sur-le-champ donné un baiser, et déboutonné ma culotte d'une main, tandis qu'elle passait l'autre bras autour de mon col ; elle m'empoigna le vit, il bandait. « Ah, pères », s'écria-t-elle avec transport, en adressant la parole aux autres moines, et en leur découvrant mon vit, qui s'éleva fièrement d'un demi-pied au-dessus de la table ; « vous n'êtes que des embryons, en avez-vous de cette beauté-là ? » Il se fit un brouhaha d'admiration, et chacun félicita Marianne, sur le plaisir qu'elle allait avoir : elle en paraissait enchantée ; alors le père Casimir imposa le silence à toute la troupe, et après avoir aussi complimenté sa nièce sur l'acquisition qu'elle venait de faire, il m'adressa la parole : « Père Saturnin, me dit-il, disposez de Marianne, je vous en ferais l'éloge, si vous ne la voyiez pas, et vos désirs le font mieux que je ne le pourrais faire. Vous lui trouverez la peau la plus douce, les tétons les plus durs et les plus mignons, le con le mieux formé, elle va vous donner tous les plaisirs imaginables ; mais ces plaisirs sont à une condition, elle ne sera pas plus mauvaise pour vous qu'elle l'a été pour ces pères.

— Ah ! lui répondis-je, transporté d'amour. Quelle est-elle cette condition, que faut-il donner, mon sang ?

— Non.

— Quoi donc ?

— Votre cul.

— Mon cul ! Hé que diable en feriez-vous, père ?

— Oh, répondit-il, c'est mon affaire. »

L'envie d'être bientôt sur Marianne fit que je n'insistai pas sur la proposition du père. Je me mis bientôt en devoir d'enconner ma charmante, et mon bougre de m'enculer : elle se coucha sur le banc qui nous servait de siège ; et je m'étendis sur elle, et le père sur moi : quelque douleur que je sentisse, et quoique Casimir me déchirât, le plaisir d'en faire autant à la nièce, dont le con souffrait plus de la grosseur de mon vit, que mon cul ne souffrait de celle du vit de son oncle, me consolait de ma peine. Quand les difficultés de l'entrée furent levées, des deux côtés nous ne trouvâmes plus qu'un chemin semé de fleurs ; quelquefois le plaisir m'arrêtait au milieu de l'ouvrage, mais bientôt Casimir réveillant ma valeur, m'animait à faire aussi bien que lui. Ainsi poussé et poussant, les coups que je recevais de l'oncle allaient comme dans un écho retentir et se perdre dans le con de la nièce ; tantôt immobile

et tantôt furieuse, elle mourait, ressuscitait, me baisait, me poussait, me mordait, me serrait avec des convulsions qu'elle me communiquait, et qui surprenaient toute l'assemblée. Il y avait déjà longtemps que nous avions laissé bien loin derrière nous le révérend Casimir. Surpris lui-même de l'opiniâtreté du combat, qui avait déjà coûté bien du sang aux deux partis, il joignit son admiration à celle de la compagnie, qui, rangée autour de nous, attendait dans un silence respectueux l'issue de la bataille. J'étais furieux que Marianne osât me tenir tête, à moi qui n'avais pas foutu depuis plus de huit ans, à moi qui croyais avoir rassemblé dans ce moment tous les désirs et toutes les forces que j'avais pu acquérir pendant un si long temps : elle était enragée de trouver un moine qui soutînt ses efforts sans s'ébranler, elle qui avait désarçonné les plus vigoureux de la bande : le foutre et le sang confondus ruisselaient sur nos cuisses, nous n'en étions que plus animés. Déjà nous avions déchargé quatre fois, quand je m'aperçus que Marianne, fermant l'œil, baissant la tête, et laissant tomber les bras, attendait sans mouvement que par une cinquième décharge, je lui donnasse le coup de grâce. Elle n'attendit pas longtemps : elle le reçut, et après l'avoir savouré pendant quelques minutes, elle s'échappa de mes bras, et me dit qu'elle se rendait fière de la victoire que je venais de remporter : je pris un grand verre que je lui présentai, et lui versant une rasade, j'en pris autant de mon côté, et choquant ensemble, nous scellâmes notre réconciliation dans le vin.

La fin du combat avait fait remettre chacun à sa place : j'étais entre l'oncle et la nièce, l'objet des caresses de tous les deux, l'un avait la main sur mes fesses, l'autre l'avait sur mon vit. Les éloges que l'on nous donnait firent bientôt place à une conversation plus réglée ; ce fut Casimir qui l'entama : le sujet en fut la bougrerie ; Casimir en prit la défense comme un tendre père prend celle d'un enfant chéri ; il possédait à *fond sa matière*, il s'en acquitta parfaitement bien. Il passa en revue tous les bougres célèbres depuis Adam jusqu'aux jésuites : il y trouva des philosophes, des papes, des empereurs, des cardinaux ; il fit l'éloge de chacun en particulier, et tombant ensuite sur l'injustice et l'aveuglement de ceux qui s'élèvent contre un plaisir adopté, pratiqué par les plus grands hommes, par les plus grands génies, il remonta à l'aventure de Sodome. Il soutint qu'on avait falsifié, par jalousie, ce mémorable événement, et cédant tout à coup à son enthousiasme, il finit son éloge par ces vers.

Taisez-vous, censeurs indociles,
Étourdissez les sots de vos voix imbéciles ;
Mais n'allez pas fouiller dans l'histoire des temps.
Vous osez, ignorants reptiles,
Des écrivains les plus habiles,
Altérer les beautés et corrompre le sens.
Sodome, ce n'est point par un souffle funeste,
Que furent consumés tes heureux habitants ;
C'est par un feu divin, c'est par un feu céleste :
Sodome, que n'étais-je alors de tes enfants !

Le discours du père reçut les applaudissements qu'il méritait, et qu'il était sûr de recevoir des assistants, en traitant un sujet qui leur était si agréable. On foutit encore tant en cul qu'en con, on but, on rit, et l'on se sépara avec promesse de se retrouver à la huitaine, car ces banquets ne se faisaient pas tous les jours : les revenus du père Casimir, qui régalait ordinairement, n'y auraient pas suffi. Nous nous séparâmes les meilleurs amis du monde, Marianne et moi. La pauvre enfant ne tarda guère à s'apercevoir qu'il était dangereux de jouer avec moi, sa ceinture devint bientôt trop courte, on m'en donna la gloire : le père Casimir prit le soin de conduire les choses secrètement ; il était juste qu'il prît sur lui les risques des hasards auxquels il exposait sa chère nièce. Elle en sortit à son honneur, et tout aurait été le mieux du monde, si cette grossesse inattendue n'avait pas mis le désordre dans nos assemblées nocturnes. J'essayai du remède de Casimir, et sur ses traces, je me rendis bientôt redoutable au cul de tous nos novices ; mais je retombai peu de temps après dans mes anciennes erreurs, et les plaisirs du con m'enlevèrent à ceux du cul.

Quelque jour, après avoir chanté ma première messe, le prieur me fit avertir d'aller dîner dans sa chambre : j'y fus, et je trouvai avec lui quelques anciens, qui me reçurent, ainsi que le prieur, avec de vives accolades, que je ne savais à quoi attribuer. Nous nous mîmes à table, et nous fîmes une chère de prieur, c'est tout dire, quand le vin que Sa Révérence avait soin de ne pas choisir dans le plus mauvais cru, eût répandu la gaieté dans la conversation, je fus surpris d'entendre mes doyens, donnant l'effort à leur langue, lâcher les b. et les f. avec une aisance que je n'aurais pas attendue de gens que j'avais toujours vus sous le masque de la réserve. Le prieur, voyant mon étonnement, me dit : « Père Saturnin, nous ne nous gênons plus avec vous, parce qu'il est temps que vous ne vous gêniez plus avec nous ; oui, mon fils, ce temps est arrivé, vous avez reçu le saint ordre de prêtrise : cette qualité vous rend aujourd'hui notre égal, et me met dans l'obligation de vous révéler des secrets importants qui vous ont été cachés jusqu'à présent, et qu'il serait dangereux de confier à de jeunes gens qui pourraient nous échapper et divulguer des mystères qui doivent être ensevelis dans un silence éternel ; c'est pour m'acquitter de cette obligation que je vous ai fait venir ici. »

Cet exorde imposant me disposa à écouter avec attention ce que le prieur allait me dire ; il reprit ainsi la parole : « Je ne vous crois pas de ces esprits faibles que le mot de fouterie effarouche : vous connaissez assez la nature, pour savoir que l'action de foutre est aussi naturelle à l'homme que celle de boire et de manger ; nous sommes moines, mais on ne coupe ni le vit ni les couilles quand nous entrons dans le cloître : l'imbécillité de nos fondateurs et la cruauté des hommes ont voulu nous interdire une fonction aussi naturelle, elles n'ont fait qu'irriter nos désirs. Comment donc apaiser ces flammes que la nature elle-même a allumées dans notre cœur ? Fallait-il, pour exciter la compassion des fidèles, aller nous branler dans les rues et dans les carrefours, fallait-il, pour nous conformer à leurs idées tyranniques, brûler continuellement d'un feu qui ne peut s'éteindre que par la mort ? Non, autant qu'il nous a été possible, nous avons tâché de garder un milieu entre l'austérité, que la qualité de moines semble exiger de nous, et les faiblesses de la nature. Ce milieu est de donner tout à celle-ci dans l'intérieur de nos cloîtres, et le plus que nous pouvons, à l'austérité dans l'extérieur ; pour cet effet dans les couvents bien réglés, on a un certain nombre de femmes avec qui l'on trouve un soulagement contre la concupiscence que nous avons reçue d'Adam, on va dans leurs bras oublier les déboires de la pénitence.

— Vous me surprenez, lui dis-je, mon révérend père ! Ah, pourquoi faut-il qu'une si belle police n'étende pas sa sagesse jusque sur nous ! »

Nos convives s'éclatèrent de rire. À cette exclamation le prieur me répondit : « Comment donc, mon fils, nous croyez-vous plus dupes que les autres, non, nous ne le sommes pas : sachez que nous avons ici un endroit, où, grâce au ciel, nous ne manquons pas de ces secours.

— Ici, repris-je, mon père, et vous ne craignez pas que l'on découvre !

— Non, non, me répliqua-t-il, il eſt impossible de nous découvrir ! Va-t-on déterrer un petit espace de terrain, placé entre la bibliothèque et quelques anciennes chapelles où l'on ne va jamais, et un grand mur qui le couvre du côté du jardin ? le continent de notre maison eſt trop vaſte pour qu'on puisse s'apercevoir de cet endroit, nous sommes en sûreté de tous côtés, et si vous, qui demeurez ici depuis neuf ans, n'en avez seulement pas eu d'idée, comment voudriez-vous que des étrangers s'en aperçussent ?

— Ah, m'écriai-je, quand me sera-t-il permis d'aller avec vous travailler à consoler ces charmantes recluses ?

— Les consolations ne leur manquent pas, me répondit-il en riant, et vous avez à présent le droit de leur en donner ; car pour plus grande sûreté nous n'admettons, comme je viens de vous le dire, que ceux à qui leur propre intérêt impose la discrétion, ceux qui ont reçu la qualité de prêtre : vous êtes de ce nombre, vous y viendrez, quand vous voudrez.

— Quand je voudrai, interrompis-je, ah, mon père, je suis homme à vous sommer de tenir votre parole dès à présent.

— Pour le présent, non, me répondit-il, il faut attendre jusqu'à ce soir ; c'eſt l'heure à laquelle nos frères, pressés de leurs besoins, viennent se rendre ici pour être introduits dans notre piscine[17] ; c'eſt ainsi que nous nommons l'appartement de nos sœurs ; on n'en confie la clef à personne ; il n'y en a que deux, qui reſtent continuellement, l'une entre les mains du père dépensier, l'autre entre les miennes.

« Ce n'eſt pas tout, continua le prieur, l'étonnement que vous venez de faire paraître, père Saturnin, au sujet de notre piscine, tiendra-t-il contre celui que va vous causer la nouvelle d'une chose que vous n'avez jamais soupçonnée ; vous n'êtes pas fils d'Ambroise. » Je demeurai effectivement si interdit à ces mots, que je n'eus pas la force d'ouvrir la bouche. « Oui, poursuivit le prieur, vous n'êtes ni le fils d'Ambroise ni celui de Toinette : vous êtes d'une naissance plus relevée, notre piscine vous a vu naître, une de nos sœurs vous a donné le jour. » Alors il me conta ce que vous avez vu au *commencement de ces mémoires*. « Ah, lui dis-je alors, revenu de ma première surprise, quelque étonnant, mon père, que soit le myſtère que vous venez de m'apprendre, je sens que vous n'aurez pas de peine à m'y faire ajouter foi : oui, j'ai dans le cœur des sentiments qui juſtifient ma naissance, et ces sentiments ne se trouvent pas dans celui du fils d'un jardinier ; mais avant que je me livre à la joie que doit m'inspirer la connaissance de mon origine, permettez-moi de me plaindre d'un défaut de confiance qui m'a souvent fait haïr un état auquel j'étais destiné par ma naissance : pourquoi m'avez-vous toujours envié la douce consolation d'embrasser ma mère, si elle vit encore : craigniez-vous que je n'abusasse d'un secret que j'avais tant d'intérêt de garder ?

— Père Saturnin, me dit le prieur attendri, vos reproches sont justes ; mais soyez persuadé que ce n'est pas par un défaut de tendresse qu'on vous a interdit l'entrée de notre piscine : l'amour que nous avons pour vous, et dont nous vous avons toujours donné des marques, cet amour a longtemps combattu contre la sévérité de nos règles ; mais enfin il faut de l'ordre, et le temps nous met aujourd'hui en état de faire cesser vos plaintes : dès tantôt vous aurez ce plaisir que vous souhaitez, vous embrasserez votre mère, elle vit encore : si vous n'avez pas eu ce plaisir plus tôt, ce n'est pas un bien que vous avez perdu, c'en est un que vous allez trouver.

— Ah, m'écriai-je, que j'ai d'impatience de me voir dans ses bras.

— Modérez-la, me dit-il, le sacrifice ne sera pas long, vous n'y avez plus que quelques heures à attendre : déjà le soleil baisse, la nuit s'avance, et l'heure viendra sans que nous y pensions ; nous souperons à la piscine : on vous y attend, vous ne paraîtrez au réfectoire que pour le *decorum*, et vous viendrez nous retrouver ici. »

Le plaisir de voir ma mère n'était pas le motif le plus pressant qui me fît désirer l'entrée de la piscine, l'espérance d'y goûter sans contrainte toutes les délices de l'amour dans les bras d'un nombre de jolies femmes dévouées à mes désirs offrait à mon cœur une immensité de plaisirs que tous les efforts de mon imagination ne me rendaient que faiblement. « Le voilà donc enfin arrivé, me disais-je, ce temps que j'ai si fort souhaité : heureux Saturnin, plains-toi de ton sort ! Dans quel état de la vie aurais-tu trouvé ce que l'on vient de t'annoncer aujourd'hui ? Regretteras-tu des jours passés dans la tristesse, si ceux qui les vont suivre sont aussi charmants que tu dois te le promettre ? »

L'heure vint, je retournai chez le prieur : j'y trouvai cinq ou six moines, amenés par le même motif que moi. Nous partîmes à la file l'un de l'autre, et dans un profond silence, nous marchâmes jusqu'à ces antiques chapelles qui servaient de rempart à la piscine d'un côté ; nous descendîmes sans lumière dans un caveau, dont l'horreur semblait être ménagée pour préparer un nouveau charme au plaisir qui devait la suivre. Ce caveau, que nous traversâmes à l'aide d'une corde attachée contre le mur, nous conduisit à un escalier qui était éclairé par une lampe. Le prieur ouvrit la porte qui fermait cet escalier ; nous entrâmes par un petit détour dans une salle galamment meublée, autour de laquelle paraissaient quelques lits commodes pour les combats de Vénus : nous y vîmes les apprêts d'un magnifique repas. Personne ne paraissait encore ; mais bientôt au bruit d'une sonnette que le prieur tira, nous aperçûmes une vieille cuisinière qui fut suivie dans le moment de nos sœurs, qui étaient au nombre de six en tout, et qui me parurent charmantes ; chacune d'elles fut se jeter dans les bras de quelqu'un de nos moines, et je restai seul témoin de leurs transports, et piqué de l'indifférence qu'elles affectaient d'avoir pour un nouveau frère qui s'imaginait qu'elles devaient venir lui prodiguer leurs caresses ; mais le nouveau frère eut bientôt son tour, et en fut dédommagé avec usure.

On n'observait pas à la piscine plus scrupuleusement l'intention du fondateur qu'on ne le faisait aux repas du père Casimir : point de maigre, les viandes les plus exquises, servies avec toute la propreté possible, s'y trouvaient en quantité. On se mit à table, chacun à côté de sa chacune mangeait, buvait, patinait, baisait, parlait foutaise avec autant de liberté qu'il y en avait à nos festins des orgues. Je ne me sentais pas d'appétit, on m'en faisait la guerre : je me défendais mal, uniquement occupé du désir de retrouver ma mère, ou, pour parler plus naturellement, du désir de m'escrimer avec quelqu'une de nos sœurs. Je cherchais des yeux celle dont la vigueur monacale m'avait fait le fils, et je leur trouvais à toutes un air de fraîcheur et de jeunesse qui ne me permettait pas de penser que j'eusse cette obligation à aucune d'elles. Quelque occupées qu'elles fussent auprès de leurs pères, elles trouvaient toujours moyen de me lancer des regards dont la passion renversait les conjectures que je pouvais faire : je m'imaginais sottement que je reconnaîtrais ma mère au res*pect et à la tendresse* que la nature m'inspirerait pour elle ; mais mon cœur me parlait également pour toutes, et mon vit bandait sans distinction en l'honneur de chacune d'elles.

Mon inquiétude divertissait toute la compagnie. Quand on eut assez mangé pour mettre un intervalle entre les premiers morceaux et les derniers, il fut question de foutre : dans le moment je vis le feu briller dans les yeux de nos adorables. Comme j'étais nouveau venu, on voulut me donner l'honneur de commencer la danse. « Allons, père Saturnin, me dit le prieur, il faut, mon ami, que tu fasses essai de tes forces avec la sœur Gabrielle, ta voisine. » J'avais déjà commencé à faire connaissance avec elle : nous avions préludé par des baisers donnés et reçus avec feu de part et d'autre, sa main avait même été jusqu'à ma culotte. Quoiqu'elle parût la moins jeune de la compagnie, je lui trouvais assez de charmes pour ne pas envier le sort des autres ; c'était une grosse blonde à qui l'on ne pouvait reprocher d'autre défaut qu'un peu trop d'embonpoint, sa peau était d'une blancheur éblouissante, la plus belle tête du monde, des yeux grands, bleus et bien fendus, la passion les rendait tendres et mourants, mais ils étaient vifs et brillants dans le plaisir ; ajoutez une gorge ferme et bien remplie, des tétons qui formaient, en s'élevant au-dessus du corset, un contour régulier, dont la chaleur, dont les mouvements précipités charmaient les yeux, quand on se contentait de les regarder, et enflammaient quand on y touchait.

L'exhortation du prieur n'avait pas prévenu mes désirs, Gabrielle les avait excités : elle se prêta galamment à les satisfaire. « Viens, mon roi, me dit-elle, viens, je veux avoir ton pucelage, viens le perdre dans un endroit où tu as reçu la vie. » Ce mot me fit trembler. Sans être devenu plus vertueux, j'avais acquis chez les moines des connaissances qui ne me permettaient pas d'être avec Gabrielle ce que j'avais autrefois été avec Toinette. J'étais prêt à enconner : un reste de honte m'arrêta sur le bord du précipice, je reculai. « Ah, ciel ! dit Gabrielle, en se relevant, est-il possible que ce soit là mon fils ? Ai-je pu mettre au monde un lâche tel que lui ? Quoi, foutre sa mère lui fait peur ?

— Ma chère Gabrielle », lui dis-je, en l'embrassant, « contentez-vous de mon amour ; si vous n'étiez pas ma mère, je ferais mon bonheur de vous posséder ; mais respectez une faiblesse qu'il me serait impossible de vaincre. »

L'apparence même de la vertu est respectable aux cœurs les plus corrompus et les plus libertins. Mon action trouva des partisans parmi nos moines : ils convinrent qu'ils avaient eu tort de vouloir me faire une pareille surprise : il n'y eut qu'un coquin d'entre eux qui voulut entreprendre de me convertir. « Pauvre sot, me dit-il, quoi ! tu es assez simple pour t'effrayer d'une action aussi indifférente ; parlons raisonnablement, dis-moi un peu : qu'est-ce que la fouterie ? La conjonction d'un homme et d'une femme : cette conjonction est ou naturelle ou défendue par la nature. Elle est naturelle, puisqu'il est vrai que les deux sexes ont dans le cœur un penchant invincible qui les porte, qui les entraîne l'un vers l'autre ; si ce penchant est dans le cœur de l'homme et de la femme indistinctement. L'intention de la nature était donc qu'on le satisfît indistinctement l'un avec l'autre, et la preuve s'en tire du livre même dicté par le Saint-Esprit. Dieu dit à nos premiers parents : “ Croissez et multipliez. ” Ils étaient seuls : comment Dieu entendait-il que la multiplication se fît ? Adam suffisait-il tout seul pour peupler la terre ? Adam faisait des filles, il les foutait ; Ève avait des fils, ils faisaient avec elle ce que leur père faisait avec leurs sœurs ; ce qu'ils faisaient eux-mêmes quand l'occasion s'en présentait. Descendons au déluge ; il ne restait dans le monde que la famille de Noé : il fallait bien nécessairement que les frères couchassent avec leurs sœurs, les fils avec leur mère, le père avec ses filles, s'ils voulaient repeupler la terre. Allons plus loin ; Loth fuit de Sodome ; ses filles, qui avaient toujours devant les yeux l'intention du Créateur, et qui venaient de voir leur bonne femme de mère changée en statue pour avoir été trop curieuse, s'écrièrent dans l'amertume de leur cœur : “ Hélas, le monde va donc finir ! ” Elles auraient cru se rendre coupables aux yeux du souverain Être si elles n'avaient pas travaillé de tout leur pouvoir à rétablir ce qu'ils venaient de détruire ; Loth lui-même, pénétré de cette vérité, y contribua de tout le sien. Voilà la nature dans sa première simplicité : les hommes soumis à ses lois regardaient l'obligation de les exécuter comme leur premier devoir ; mais bientôt corrompus par leurs passions, il oublièrent la volonté de cette tendre mère, ils ne voulurent pas rester dans l'état heureux où elle les avait placés, ils renversèrent tout, ils se forgèrent des chimères qu'ils qualifièrent de vertus et de vices : ils inventèrent des lois qui, bien loin d'augmenter le nombre de leurs prétendues vertus, n'ont fait qu'augmenter celui de leurs prétendus vices : ces lois ont fait les préjugés, et ces préjugés, *adoptés par les* sots et sifflés par les sages, se font fortifiés d'âge en âge. Il fallait donc que ces impertinents législateurs, en renversant les lois de la nature, refondissent les cœurs qu'elle nous avait donnés, il fallait qu'ils réglassent nos désirs, qu'ils y missent des bornes, et puisqu'ils prétendaient qu'on ne devait goûter les plaisirs de l'amour qu'avec une seule femme, et même après certaines formalités ; il fallait qu'ils restreignissent les désirs de chacun pour un seul objet, qu'ils ne fissent naître ces désirs qu'après certaines formalités, et les conservassent toujours les mêmes. Ils ne l'ont pu faire : la nature au fond de notre cœur réclame contre leur injustice ; en un mot, la fouterie sans distinction est d'institution divine, c'est un précepte gravé par la main du Créateur, et la fouterie distincte est d'institution humaine : et l'une est aussi élevée au-dessus de l'autre, que le ciel l'est au-dessus de la terre. Peut-on, sans se rendre criminel, écouter l'homme préférablement à Dieu ? Non, non, et saint Paul[18], interprète sacré des volontés du ciel, qui connaissait toute l'étendue des devoirs de la nature, a dit : " Plutôt que de brûler, foutez, mes enfants, foutez " : il est vrai que pour ne pas choquer la faiblesse des petits génies, il met un correctif à sa pensée, et se sert de l'expression : " mariez-vous " ; mais au fond, c'est la même chose : on ne se marie que pour foutre. Ah, que je t'en dirais bien davantage, si je ne me sentais pressé de suivre le conseil de saint Paul. » On rit de la saillie du père, et déjà le ribaud se levait, et le braquemart[19] à la main, menaçait tous les cons de la salle. « Attendez », dit une des sœurs, nommée Madelon, « pour punir Saturnin, il me vient une idée excellente.

— Quelle est-elle ? lui demanda-t-on.

— C'est, répondit-elle, de le faire coucher sur un lit, Gabrielle s'étendra sur son dos, et le père, qui vient de parler comme un oracle, exploitera Gabrielle. »

Les ris redoublèrent à cette folie : j'en ris moi-même, et dis que j'y consentais, à condition que pendant que le père foutrait sur mon dos, je foutrais moi avec la donneuse d'avis. « Allons, reprit-elle gaiement, j'y consens pour la rareté du fait. » Chacun applaudit une imagination aussi bizarre : nous nous mîmes en posture ; figurez-vous quel spectacle cela devait faire. Le père ne poussait aucun coup à ma mère qu'elle ne le lui rendît sur-le-champ au triple, et son cul, en retombant sur le mien, me faisait enfoncer dans le con de Madelon : ce qui faisait un ricochet de fouterie tout à fait divertissant pour les spectateurs, non pas pour nous, car nous étions trop occupés pour nous amuser à rire. Il n'eût tenu qu'à moi de me venger de Madelon, en laissant tomber le poids de trois corps sur le sien ; mais elle était trop aimable et trop amoureuse : elle travaillait de trop bon cœur, pour me laisser concevoir une pareille pensée ; je la soulageais autant qu'il m'était possible, elle en eut pourtant la peine ; mais ce fut plutôt un surcroît de volupté pour elle ; car ayant senti les délices de la décharge avant nos fouteurs d'en haut, le plaisir me rendit immobile : Gabrielle le sentit, et les coups de cul qu'elle répétait avec une nouvelle vivacité faisaient pour moi ce que je n'étais plus en état de faire, et en m'agitant allaient donner de nouveaux ébranlements de plaisir à Madelon qui déchargeait aussi. Nos fouteurs finirent leur affaire, et joignirent leur extase à la nôtre : nos quatre corps n'en firent plus qu'un, nous nous mourions, nous nous confondions l'un dans l'autre.

Les éloges que nous fîmes de cette nouvelle façon de goûter le plaisir firent venir l'eau à la bouche des autres moines et sœurs. Les voilà les uns sur les autres à foutre comme des perdus en quatrain (c'est le nom que nous donnâmes à cette posture) et nous à leur donner l'exemple. C'est ainsi que les plus belles découvertes que l'on ait faites dans la nature sont dues au hasard.

Gabrielle était si charmée de cette invention qu'elle avoua qu'elle avait eu presque autant de plaisir qu'elle en avait goûté en me faisant. Comme je n'étais pas moins curieux que les autres de savoir comment la chose s'était passée, on la pria de la raconter. « J'y consens, nous dit-elle, et d'autant plus volontiers que Saturnin ne connaît encore que sa mère, sans savoir d'où elle vient, ni comment elle s'est trouvée ici : permettez-moi, mes révérends, de l'en instruire, et de remonter un peu plus haut que ce jour que vous souhaitez que je vous rappelle. Mon ami, continua-t-elle, en m'adressant la parole, tu ne te vanteras pas d'une longue suite d'aïeux illustres, je n'en ai jamais connu. Je suis fille d'une loueuse de chaise de ce couvent, et sans doute de quelqu'un des pères qui vivaient alors, car elle était trop vive, et trop amie du couvent, pour que je puisse en conscience penser que j'aie l'obligation de ma naissance à son bonhomme de mari.

« À dix ans, je ne démentais pas le sang dont je suis née, et je connaissais l'amour avant que je me connusse. J'étais toujours avec les pères, ils se faisaient un plaisir de cultiver mes heureuses inclinations. Un jeune profès me donna des leçons si touchantes et si sensibles, que j'aurais cru payer les autres d'ingratitude, si je ne leur avais fait connaître que j'étais en état de leur en donner moi-même. Je m'étais déjà acquittée envers chacun d'eux de ce que je lui devais, quand

ils me firent la proposition de me mettre dans un endroit où je serais en liberté de renouveler mes paiements aussi souvent que je le voudrais ; je n'avais pu les faire jusqu'alors qu'à la sourdine, tantôt derrière l'autel, tantôt devant, tantôt dans un confessionnal, et rarement dans les chambres. Cette idée de liberté me flatta, j'acceptai leurs offres, j'entrai ici.

« Le jour de mon entrée, on m'avait fait parer comme une jeune fille que l'on va mener à l'autel. L'idée de mon bonheur répandait un air de sérénité sur mon visage, qui charmait tous les pères. Tous voulaient me rendre leurs hommages, et chacun voulait avoir la gloire de me les rendre le premier. Je vis le moment que le festin de mes noces allait finir comme celui des Lapithes[20]. “ Mes révérends, leur dis-je, votre nombre ne m'épouvante pas ; mais mon courage me fait peut-être trop présumer de mes forces, je succomberais : vous êtes vingt, la partie n'est pas égale. Je veux vous proposer un accommodement ; il faut nous mettre tous nus. ” Et pour leur en donner l'exemple, je commençai par me débarrasser de tous mes ajustements, robe, corset, jupe, chemise, tout partit dans le moment ; je les vis tous dans le même état que moi ; mes sœurs étaient aussi toutes nues. Mes yeux savourèrent un moment le charmant spectacle de vingt vits roides, gros, longs, durs comme le fer, et qui se présentaient fièrement au combat. Ah, si j'avais eu assez de cons pour les recevoir tous à la fois, je l'aurais fait ! “ Allons, repris-je, il est temps de commencer, je vais me coucher sur ce lit, j'écarterai les cuisses assez pour qu'en accourant sur moi le vit à la main, vous puissiez m'enfiler l'un après l'autre, car il faut que le sort règle le pas : les maladroits n'auront pas à se plaindre, puisqu'en me manquant, ils trouveront des cons tout prêts sur qui ils pourront décharger leur colère. Voilà, messieurs, ce que j'avais à vous proposer. ” Ils applaudirent tous avec des battements de main à cet heureux effort de mon imagination, on tire au sort, je tends la bague, on court, un, deux, trois passent sans m'enfiler, et vont tomber sur mes sœurs qui leur font oublier leur malheur par toutes sortes de plaisirs ; un quatrième vient, c'était vous, père prieur : ah, je payai votre adresse par les transports les plus vifs, et si c'est le plaisir que l'on goûte dans une décharge mutuelle qui fait concevoir, vous ne devez partager qu'avec quatre ou cinq de ceux qui vous suivirent la gloire d'avoir fait Saturnin ! Oui, mon ami », continua-t-elle, en m'adressant la parole, « tu as cet avantage au-dessus des autres hommes : ils peuvent bien dire le jour de leur naissance, mais non pas celui où ils ont été faits. »

Telles étaient les conversations que nous avions dans la piscine, tels étaient les plaisirs que nous y goûtions : on juge que je n'étais pas des derniers à m'y rendre. Toutes les nuits j'allais chez le prieur ou chez le dépensier : j'étais infatigable, et c'était toujours moi qui conduisais la bande joyeuse, j'étais l'âme de la piscine, j'en étais les délices, et tout, jusqu'aux vieilles qui servaient, tout y tâta de mon vit.

La réflexion cependant perçait quelquefois au milieu de mes plaisirs ; toutes nos sœurs me paraissaient charmées de leur sort. Je ne pouvais concevoir que des femmes, dont le naturel est vif et dissipé, eussent pu sans frayeur concevoir le dessein de passer leur vie dans une pareille retraite, y vivre sans dégoût, et être sensibles à des plaisirs achetés par un esclavage éternel. Elles riaient de mon étonnement et ne pouvaient elles-mêmes concevoir que je pusse avoir de pareilles idées : « Tu connais bien peu notre tempérament », me disait un jour une d'entre elles extrêmement jolie, et que le libertinage, fruit trompeur d'une éducation cultivée, avait fait jeter dans les bras de nos moines. « N'est-il pas vrai, me disait-elle, qu'il est plus naturel d'être sensible au bien qu'au mal ? » J'en convenais. « Ferais-tu difficulté, reprenait-elle, de sacrifier une heure du jour à la douleur, si l'on t'assurait que l'heure suivante se passerait dans une extrême joie ?

— Non assurément, lui disais-je.

— Hé bien, poursuivit-elle, au lieu d'une heure, mets un jour, de deux l'un sera pour le chagrin, et l'autre pour le plaisir, je te crois trop sage pour refuser un pareil parti, si on te l'offrait. Je dis plus : l'homme le plus indifférent ne le refuserait pas, et la raison en est bien naturelle. Le plaisir est le premier mobile de toutes les actions des hommes : il est déguisé sous mille noms différents, suivant les différents caractères. Les femmes ont de commun avec vous tous les caractères possibles ; mais elles ont au-dessus l'impression victorieuse du plaisir de l'amour : leurs actions les plus indifférentes, leurs pensées les plus sérieuses, naissent toutes dans cette source, et portent toujours, quoique déguisée, la *marque du fond* d'où elles sortent. La nature nous a donné des désirs bien plus vifs, et par conséquent bien plus difficiles à satisfaire que les vôtres : quelques coups suffisent pour abattre un homme, et ne font que nous animer : mettons-en six, une femme ne recule pas après douze. Le sentiment du plaisir est donc au moins une fois aussi vif dans une femme qu'il l'est dans un homme, et si tu te croirais heureux de payer un jour de joie par un jour de chagrin, trouverais-tu étrange que j'en donnasse deux ; serais-tu surpris que je passasse les deux tiers de ma vie dans la peine, pour passer l'autre tiers dans le plaisir. J'ai mis les choses égales entre nous ; quand tu nous vois continuellement occupées de ce qui fait le souverain bonheur des femmes, quand nous sommes continuellement dans vos bras, dis-moi, crois-tu que nous puissions songer à la peine, qu'elle ait quelque empire sur nous ? Ne trouveras-tu pas notre condition mille et mille fois plus heureuse que celle de ces filles imprudentes, qui nées avec des inclinations aussi violentes que celles des autres femmes, viennent porter dans le fond de la solitude des désirs qui ne seront jamais apaisés par les embrassements d'un homme ? Ah, qu'une pareille réflexion rendrait nos désirs bien plus vifs, s'il était possible que nous nous refroidissions ! Tu me demandes si nous n'avons pas de retour vers le monde : nos cœurs enchantés ont-ils le temps de le regretter, et qu'y regretterions-nous ? la liberté ? elle n'est pas un bien quand elle est gênée dans le plus doux de ses droits ; est-ce vivre qu'être continuellement exposées à tous les caprices des hommes, est-ce vivre qu'être continuellement dans les tourments d'une chasteté involontaire ? Une fille brûle d'amour, et un préjugé fatal la note d'infamie quand elle fait les premières avances : si elle accorde une faveur, son amant se détache ; si elle la refuse, il se rebute ; si elle veut faire valoir une grâce : si elle veut, par quelques difficultés, irriter sa passion, il s'échappe. Ainsi toujours languissante, entraînée par l'amour, retenue par la bienséance, elle ne trouve que deux écueils également terribles pour elle : si elle se livre à l'amour une indiscrétion peut la perdre, ses plaisirs sont toujours empoisonnés par la crainte du *qu'en-dira-t-on* ; si elle reste dans les bornes de la sagesse, il faut que son bonheur lui amène un mari ; s'il ne vient pas, le temps fuit, les années se passent, ses charmes se flétrissent, elle meurt vierge et martyre. Mais je veux que son bonheur le lui amène, ce mari, la voilà pour toujours attachée à un homme, un seul homme, qui peut à peine suffire à la moitié de ses désirs et dont l'humeur bizarre fera peut-être de chacun de ses jours autant de jours de supplice. Ici, avons-nous quelque chose de semblable à craindre ? Libres des inquiétudes de la vie, nous n'en connaissons que les charmes, nous ne prenons de l'amour que les agréments, et nous en laissons les chagrins à celles qui croient n'en prendre que ce qu'il a de plus délicat : tous vos moines sont nos amants, le couvent eſt pour nous un sérail qui se peuple tous les jours de nouveaux objets dont le nombre ne se multiplie que pour multiplier nos plaisirs. Nous ne remarquons la différence des jours que par la diversité des agréments qu'ils nous procurent. Ah, père Saturnin, désabuse-toi, si tu nous crois malheureuses ! Telle d'entre nous eſt ici depuis bien longtemps qui ne s'eſt pas encore avisée de penser au temps qu'elle y a passé, et pour t'épargner la peine de chercher cette heureuse mortelle, je t'avouerai que c'eſt moi. »

Je ne m'attendais pas à trouver tant de raisonnements, des pensées aussi juſtes, des réflexions aussi suivies, une résolution fondée sur des motifs aussi sensibles, dans une fille que je ne croyais que capable de sentir le plaisir. Tout autre que moi aurait plaint la société de la perte d'un sujet qui en aurait pu faire les délices, si son tempérament le lui avait permis ; mais je ne songeai dans le moment qu'à profiter de l'heureux penchant qui me la livrait, et à réparer par mes transports un temps qu'elle avait employé à me prouver qu'elle n'était née que pour les goûter.

L'homme n'eſt pas né pour un bonheur durable. Plongé dans tout ce que mon cœur pouvait désirer de plus satisfaisant pour lui, je devins inquiet, je devins rêveur, j'ose le dire, j'étais en fouterie ce qu'Alexandre était en ambition : je désirais de foutre toute la terre, et après j'aurais été chercher un nouveau monde dans l'espérance d'y trouver de nouveaux cons.

Depuis six mois je jouissais de la gloire inconteſtable d'avoir toujours remporté le prix dans nos combats amoureux, mais du plus brave que j'étais, je devins bientôt le plus lâche. Je ne foutais plus que comme les autres se branlent faute de pouvoir faire mieux, l'habitude du plaisir en avait émoussé la pointe, et j'étais avec nos six sœurs comme un mari l'eſt avec sa femme. Le mal de mon esprit influa bientôt sur mon corps, et ma langueur fut suivie d'une impuissance totale pour ce qui avait fait autrefois mon plus cher amusement. On s'en aperçut, on m'en fit des reproches ; mais tout ce qu'on put me dire ne fit que glisser sur mon cœur : j'allais rarement à la piscine, il ne fallut pas moins que toute la tendresse du prieur pour m'y faire aller ; il engagea nos sœurs à travailler à ma guérison, et elles n'épargnèrent

rien pour y réussir : non seulement elles employèrent tous leurs charmes naturels, mais elles y joignirent encore ce que l'art le plus consommé peut suggérer à une vieille coquette fouteuse, pour rappeler un jeune cœur entraîné par la vivacité de ses passions. Tantôt se rangeant en cercle autour de moi, elles offraient à ma vue les tableaux les plus lascifs : l'une mollement appuyée sur un lit laissait voir négligemment la moitié de sa gorge, une petite jambe faite au tour et des cuisses plus blanches que l'albâtre me promettaient le plus beau con du monde ; l'autre les genoux élevés, et dans l'attitude d'une femme qui se présente au combat, étendait les bras, soupirait, et marquait par sa langueur et son agitation l'ardeur qui la consumait ; d'autres dans des postures toutes différentes, la gorge découverte, les jupes levées, se chatouillaient diversement le con, en s'agitant avec fureur, et en exprimant par leurs soupirs et leurs exclamations le plaisir qu'elles ressentaient, marque assurée de celui qu'elles feraient ressentir. Tantôt toutes se mettaient nues et me présentaient la volupté dans tous les points de vue qu'elles croyaient pouvoir me flatter : l'une le visage appuyé sur un canapé me montrait le revers de la médaille, et passant sa main par-dessous son ventre, elle écartait les cuisses et se branlait, de manière qu'à chaque mouvement que faisait son doigt, je pouvais voir l'intérieur de cette partie, qui m'avait autrefois causé de si vives émotions ; une autre sur un lit de satin noir, couchée sur le dos, et les jambes pendantes et écartées, me présentait à l'endroit la même image que la précédente ne m'offrait qu'à l'envers. Une troisième me faisait coucher par terre entre deux chaises, et mettant ensuite un pied sur l'une et un pied sur l'autre, elle s'accroupissait, et son con se trouvait perpendiculairement sur mes yeux. Dans cette situation, elle travaillait avec un godmiché, pendant qu'une autre placée devant moi foutait de toutes ses forces avec le plus vigoureux de nos moines, nu comme elle, et posé de façon que je voyais tous les mouvements et du con de la sœur et du vit de Sa Révérence, qui semblable à ces béliers que l'on suspendait autrefois aux portes d'une forteresse pour les enfoncer, tombait avec impétuosité sur le ventre de la sœur : enfin on offrait à ma vue les images les plus lubriques, tantôt toutes à la fois et tantôt successivement.

Quelquefois on me couchait tout nu sur un banc, une sœur se mettait à califourchon sur ma gorge de sorte que mon menton était enveloppé dans le poil de sa motte, une autre s'y mettait sur mon ventre, une troisième qui était sur mes cuisses tâchait de s'introduire mon vit dans le con, deux autres étaient placées à mes côtés, de façon que je tenais un con de chaque main, une autre enfin, et celle qui avait la plus belle gorge était à ma tête, et s'inclinant, elle me pressait le visage entre ses tétons, toutes étaient nues, toutes se grattaient, toutes déchargeaient, mes mains, mes cuisses, mon ventre, ma gorge, mon vit, tout était inondé, je nageais dans le foutre, et le mien refusait de s'y joindre : cette dernière cérémonie, qu'on appelait par excellence la question extraordinaire, fut aussi inutile que les précédentes ; on me tint pour un homme confisqué, et l'on abandonna la nature à elle-même.

Tel était mon état, quand en me promenant un jour dans le jardin seul, rêvant au malheur de ma destinée, je rencontrai le père Siméon, homme profond, qui avait blanchi dans les travaux de Vénus et de la table, et tel que le vieux Nestor[21], avait vu plusieurs fois renouveler le couvent. Il vint à moi, et m'embrassant tendrement, me dit : « Ô mon fils, votre douleur est grande, je le vois, mais que le sujet ne vous en alarme point : mes longues méditations et mon expérience consommée m'ont fait découvrir un moyen de faire renaître en vous ce sentiment vif pour le plaisir, cette ardeur voluptueuse qui caractérise le bon moine, votre mal est grand ; mais aux maux désespérés il faut de violents remèdes.

« La nature marâtre ne nous a donné des forces que jusqu'à un certain degré : j'avoue qu'elle nous traite nous autres moines en enfants chéris ; mais la trop grande dissipation dans un moine peut faire ce qu'une moindre fera dans un homme ordinaire, et c'est cette dissipation qui fait votre mal, c'est elle qui a causé votre dégoût. Il ne s'agit que de réveiller votre appétit malade par quelque mets succulent, et je ne connais pas de meilleur qu'une dévote. » Je ne pus m'empêcher d'éclater du ton flegmatique dont Sa Révérence m'enseignait un pareil secret. « Comment donc, reprit-il, je vous parle très sérieusement, ce n'est point ici un paradoxe que je vous avance ; tudieu, je vois bien que vous êtes encore jeune : vous ne connaissez pas les dévotes, vous ne savez pas qu'elles ont des ressources infaillibles pour rallumer les chaleurs éteintes ; elles possèdent l'art de se faire contenter par l'homme du tempérament le plus usé ; elles savent tirer parti de tout ; je l'ai éprouvé, moi qui vous parle. Oui, mon fils, j'en ai foutu et plus d'une. Temps heureux, où je faisais retentir les voûtes du couvent en frappant avec mon vit. Hélas, qu'êtes-vous devenu ! On ne parle plus du vigoureux père Siméon, ce n'eſt plus qu'un vieillard cassé, son sang eſt glacé dans ses veines, sa voix eſt tremblante, la respiration lui manque, ses jambes lui refusent leur secours, ses couilles sont sèches, son vit eſt disparu, tout meurt. » J'avais toutes les envies du monde d'éclater aux exclamations originales du vénérable père Siméon, mais la crainte de l'indisposer de nouveau me retint. « Ô, mon fils, poursuivit-il, vous êtes encore dans cet âge heureux, fait pour les plaisirs, profitez-en, j'en ai profité, mais il n'eſt plus temps d'y penser, un soin plus important doit m'occuper à présent, c'eſt celui de la vie éternelle : je ne refuse pourtant pas mes avis à ceux qui, comme vous, peuvent en avoir besoin ; on n'eſt bon à rien quand on n'eſt bon que pour soi, je vous le répète. Le seul moyen de vous tirer de votre léthargie eſt de vous mettre au régime, c'eſt-à-dire d'avoir recours à une dévote, et celui d'y parvenir eſt d'obtenir la liberté de confesser pour ce dernier article : je m'en charge ; Monseigneur me fait l'honneur de m'eſtimer : le meilleur usage que je puisse faire de son amitié eſt de l'employer à votre soulagement, l'autre article dépend de vous. » Je remerciai le père de ses offres obligeantes, et sans avoir beaucoup de foi à l'efficacité de son secret, je le priai de vouloir s'y employer ; il me le promit.

« Ce n'eſt pas tout, continua-t-il, avant que vous entriez dans cette carrière, il vous faut un guide pour y conduire vos pas. Je veux vous en servir ; asseyons-nous sur ce banc, nous y serons plus à notre aise. » Nous nous assîmes, et Sa Révérence ayant toussé une bonne fois pour n'y plus revenir, reprit ainsi la parole.

« Vous n'êtes pas à savoir, mon fils, que l'heureuse manie que l'on qualifie du nom de confession, doit son origine à nos ancêtres, quand je dis nos ancêtres, j'entends parler des prêtres et des moines qui vivaient dans ces temps reculés où remonte cette pratique du chriſtianisme ; je peux bien leur donner ce nom puisqu'ils nous ont laissé le plus bel héritage que des pères puissent laisser à leurs enfants ; héritage dont les revenus sont assignés sur la crédulité des peuples, payeurs exacts, fermiers toujours fidèles, qui ne laissent jamais accumuler les arrérages.

« J'ai toujours admiré la profondeur du génie de ces illuſtres fondateurs. Dans ces siècles sévères les prêtres ne connaissaient pas les richesses, les pauvres moines attendaient le ventre creux que la charité des fidèles pourvût à leurs nécessités ; on établit la confession, tout change de face, les biens fondent sur nous, bientôt nous quittons nos déserts[22], nous venons dans les villes renouer avec les humains, nos richesses ne font qu'augmenter à l'ombre de ce tribunal auguste. Loués soient mille et mille fois les heureux inventeurs de cette méthode pieuse, sur laquelle Dieu verse ses bénédictions depuis tant de siècles. *Amen.*

« Je ne vous parlerai pas de l'excellence du poste de confesseur, vous verrez par vous-même que la direction des consciences n'est pas la culture d'un terroir ingrat, quand on fait allier la connaissance du cœur humain, des ressorts qui le font agir, des passions qui l'animent avec un air composé et dévot, un roulement d'yeux étudié, beaucoup de discrétion, beaucoup de douceur, quelque condescendance pour les faiblesses qu'il faut pardonner à la nature : vous attirez les bénédictions du peuple, les éloges, les caresses des femmes, elles vous adorent ; le Dieu, dont elles viennent implorer la miséricorde par votre ministère, est moins leur Dieu que vous. Je ne vous dirai pas quel parti vous devez tirer de ces heureuses dispositions par rapport à votre fortune, votre intérêt seul vous le dictera ; mais le conseil que j'ai à vous donner, c'est de plumer impitoyablement ces vieilles douairières, ces vieilles bigotes qui viennent à votre confessionnal, moins pour se réconcilier avec Dieu que pour voir un beau moine. Je ne vous demande grâce que pour les jolies, parce que je la leur ai faite ; mais je me faisais payer d'une autre monnaie.

« Une jeune fille, par exemple, ne peut faire de présent ; mais elle peut donner quelque chose de bien plus précieux, son pucelage. Il faut user d'adresse pour lui enlever ce charmant bijou ; fixez-vous à ces jeunes dévotes ; je prévois qu'il n'y a qu'elles qui puissent vous guérir : gardez-vous cependant de vous livrer sans ménagements à la vivacité que pourrait vous inspirer l'espérance de votre guérison : on court moins de risque à expliquer ses sentiments à une femme que l'usage a aguerrie, qu'à une jeune personne chez qui la passion n'a pas encore triomphé des préjugés de l'éducation. Une femme vous entend à demi-mot, son cœur a déjà fait la moitié du chemin avant que votre bouche lui ait appris vos désirs ; il n'en est pas de même d'une jeune fille ; mais s'il est plus difficile de la vaincre, la victoire en est bien plus douce. Je vais vous en tracer la route.

« Dans toutes vous trouverez un penchant naturel pour

tous les plaisirs de l'amour. Le grand art est de savoir manier ce penchant : telle qui paraît sous un habit modeste, sous un air mortifié, les yeux baissés, et la démarche composée, couvre un feu caché sous la cendre, toujours prêt à s'allumer au premier vent de l'amour ; parlez : sûres de trouver dans un pareil commerce, dont le mystère met leur réputation à l'abri de la médisance, toutes les douceurs qui peuvent les consoler de leur défaite, elles n'opposeront qu'une faible résistance à vos premières attaques ; pressez : votre victoire est certaine.

« D'autres, dont le tempérament est moins vif, moins impétueux, donneront plus d'exercice à votre adresse : avec celles-ci mêlez les caresses de l'amant aux remontrances du directeur, échauffez leur naturel par des discours débités avec art, informez-vous adroitement des progrès qu'elles ont faits dans la science de se procurer du plaisir, levez imperceptiblement à leurs yeux le voile qui leur cachait des voluptés inconnues, découvrez-leur tous les mystères de l'amour, faites-leur-en des peintures vives et riantes, qui piquent, qui échauffent leur sensualité, montrez-leur le plaisir dans les attitudes les plus séduisantes, et dans les situations les plus favorables pour exciter leurs désirs.

« Vous m'objecterez peut-être qu'il est difficile de réussir dans la pratique d'un art aussi dangereux ; point du tout, il ne faut que de l'adresse. Je conviens avec vous qu'il serait dangereux d'encenser ouvertement leurs désirs, quelque persuasifs que fussent les raisonnements que leur cœur leur ferait en faveur de votre morale ; car le premier sentiment est pour ce qui nous flatte, mais la réflexion ramène à la raison. Cette raison sévère qui n'adopte que des maximes sévères comme elle leur ouvrirait les yeux sur le péril qu'elles pourraient courir en vous écoutant ; mais il est mille moyens de concilier leur cœur et leur raison ; que les portraits que vous leur ferez des plaisirs paraissent faits moins pour les engager à s'y livrer que dans la vue de les en détourner ; insistez sur les plaisirs, soyez court sur les conséquences, la raison s'opposera vainement aux impressions que vos discours feront dans leur cœur, ces impressions seront toujours dominantes, on s'en occupera, on les caressera, on voudra goûter de ces plaisirs, on craindra de succomber, on reviendra à vous ; voilà le moment décisif : plaignez-les, flattez leur faiblesse, attendrissez-vous avec elles, plus de morale, rassurez leur cœur du côté du ciel, détruisez leurs préjugés, du côté du monde, faites-leur envisager que ce n'eſt pas un si grand mal que de céder à son penchant, que les faveurs qu'une fille tendre peut accorder à son amant ne sont rien quand elles sont ensevelies dans l'ombre du secret, qu'elles n'en rendent la beauté que plus vive et plus piquante par les nouveaux attraits dont elles l'embellissent, qu'il eſt dangereux de garder trop longtemps une fleur qui se fane tous les jours, qu'il eſt si doux de la laisser cueillir, que sa perte n'eſt qu'idéale, qu'un mari, quelque habile qu'il soit, fût-il éclairé par les yeux de la jalousie même, n'en saurait avoir le moindre soupçon ; ajoutez, d'une manière détournée, qu'il eſt mille secrets pour empêcher ce que les filles craignent tant, la grossesse, que vous en savez. Arrêtez-vous alors, examinez leur visage, vous le verrez enflammé, leurs yeux, vous les verrez étincelants, vous les verrez chancelantes, laissez tomber négligemment votre main sur leurs tétons, pressez-les, serrez-leur tendrement la main, lancez-leur des regards passionnés, bientôt vous entendrez leurs soupirs, fidèles interprètes des sentiments de leur cœur, joignez vos soupirs aux leurs, appliquez un baiser sur leur bouche, offrez-vous alors pour consolateur de leurs peines : l'aveu de ce qui se passe dans leur cœur établit la confiance, on ne rougit plus d'être faible avec un homme qui connaît votre faiblesse, et qui, par la sienne, vous console de la vôtre. »

Le discours du père Siméon m'avait si fort échauffé l'imagination, il avait été porter à mon cœur de si douces émotions, que presque convaincu, je ne voulus plus douter de la possibilité d'une chose que je n'avais d'abord regardée que comme un badinage. Je réitérai mes inſtances auprès du père avec plus de vivacité que je ne l'avais fait la première fois, et bientôt par son canal, j'obtins ce que je demandais.

Il me tardait de me voir érigé en médiateur entre les pécheurs et le père des miséricordes. Je me faisais une peinture charmante du plaisir que j'allais avoir à entendre la confession d'une jeune fille timide, qui n'aurait pas laissé de donner à son tempérament les petites satisfaćtions qu'il aurait exigées d'elle. Je fus au confessionnal prendre possession de mon poſte.

On dit qu'un grand philosophe avait la faiblesse de rentrer chez lui et d'y reſter toute la journée quand, en sortant le matin, une vieille était la première personne qui s'offrît à ses yeux. Si l'exemple du philosophe avait été une règle pour moi, j'aurais sur-le-champ déserté le confessionnal ; cependant je tins bon, et je m'armai de courage contre l'ennui méritable que devait me causer la confession d'une vieille qui se présenta pour ma première pratique.

J'essuyai patiemment un déluge de balivernes, que je payai par des maximes de morale si consolantes, par un patelinage[23] si adroit, que ma vieille, charmée, m'aurait sur-le-champ donné des marques de sa satisfaction, si heureusement le grillage ne s'était trouvé entre nous ; mais pour me dédommager, elle me voua un attachement à l'épreuve de toutes les tentatives que les autres directeurs pourraient faire pour la détacher de moi. Je lui passai son transport en faveur du profit que j'en pourrais tirer ; car lui voyant un air aisé, je la mis sur-le-champ dans la classe de ces vieilles douairières, dont le père Siméon m'avait parlé : « Allons, dis-je en moi-même, *bon pour plumer.* » Pour cela il fallait sonder le terrain. Elle était grande babillarde ; je la mis adroitement sur le chapitre de sa famille : grandes invectives d'abord contre un traître de mari qui portait ailleurs un bien qui lui appartenait ; la bonne dame paraissait blessée dans l'endroit sensible ; autres invectives contre un fripon de fils qui suivait l'exemple de ce mari perfide. Tous ses éloges furent pour sa fille, c'était toute sa consolation, une fille d'une dévotion édifiante, d'une pureté de mœurs angélique, une fille toujours retirée dans sa chambre pour être plus éloignée de tout commerce avec le monde, une fille dont toute l'occupation, tous les plaisirs étaient le travail et la prière, qui ne sortait que pour venir à l'église. « Ah, ma chère sœur, m'écriai-je alors d'un ton de tartufe, que vous devez être charmée de vous voir revivre dans une pareille fille ; mais cette sainte âme vient-elle à notre église ? Que je serais heureux si j'étais édifié par son exemple !

— Vous la voyez tous les jours ici, me répondit la vieille : quelle que soit sa dévotion, sa beauté est encore plus frappante ; mais dois-je parler de beauté devant vous qui êtes des saints : vous méprisez cela.

— Ah, ma chère sœur, repris-je, nous croyez-vous assez injustes pour refuser une admiration légitime à la beauté des ouvrages du Créateur, surtout quand ce qu'ils ont de mondain se trouve réparé par tant de vertus célestes ? »

Là-dessus ma vieille, enthousiasmée du tour que je venais de donner à ma curiosité, me fit le portrait de sa sainte, et je la reconnus pour une brune piquante qui se trouvait régulièrement à tous nos offices. « Père Siméon, me dis-je alors, voilà de nos dévotes, ménageons celle-ci, elle pourrait bien vous rendre prophète. » J'aurais peut-être effarouché la mère, si dans la première conversation je l'avais engagée à faire ranger sa fille au nombre de mes pénitentes : je remis cela à une seconde séance, et pour gagner ma vieille, je lui donnai une absolution générale, tant pour le passé que pour le présent ; je l'aurais même donnée pour l'avenir, si elle avait voulu ; cela ne coûte rien. Je l'engageai cependant à venir se rafraîchir souvent dans les eaux de la pénitence ; ainsi finit ma première expédition.

Il me semble que je vous entends crier : « Allons dom Bougre, vous voilà dans le bon chemin, vous êtes en train de vous guérir, à ce qui paraît. » Oui, lecteur, oui, la sainteté du caractère dont je viens d'être revêtu commence à opérer ; Dieu soit loué, que la grâce est puissante ! Je bande déjà assez pour me faire croire que je banderai bientôt davantage.

Je ne manquai pas le lendemain d'aller à l'office : on s'imagine bien à quelle intention. Je vis ma brune qui priait Dieu de tout son cœur. « La voilà, me dis-je, cette charmante enfant, ce modèle de toutes les vertus ! Ah, quel plaisir de croquer un morceau aussi délicat ! Quel ravissement de donner à cela la première leçon du plaisir amoureux : *vivat*, je suis guéri, je bande comme un carme : pourquoi ne pas dire comme un célestin, valent-ils moins que les autres ? mais ma dévote me regarde, sa mère lui aurait-elle parlé de moi ? Ah vite, apaisons le feu que sa vue nous inspire, branlons-nous » : le roulement des yeux, que me causait le plaisir, fut pris pour un excès de dévotion.

Le plaisir que j'avais en me branlant à l'intention de ma dévote m'était un garant sûr de celui que j'aurais, si j'en pouvais faire davantage. J'attendais de mon adresse un bonheur que le hasard me procura quelques jours après.

J'étais un jour sorti du couvent. Le portier, quand je rentrai, me dit, en m'ouvrant la porte, qu'une jeune dame m'attendait au parloir depuis deux heures, et voulait absolument me parler. J'y courus : quelle fut ma surprise en reconnaissant ma dévote ; sitôt qu'elle me vit, elle vint avec précipitation se jeter à mes pieds : « Ayez pitié de moi, mon père, me dit-elle, en versant des larmes dont l'abondance l'empêcha d'en dire davantage.

— Qu'avez-vous donc, ma chère fille ? » lui demandai-je, en la relevant avec empressement. « Parlez avec confiance, le Seigneur est bon, il voit vos larmes, elles ont eu leur effet, et déjà il vous a fait miséricorde, ouvrez votre cœur à son ministre. »

Elle voulut parler, ses sanglots l'en empêchèrent, elle tomba évanouie entre mes bras ; embarrassé de cet accident, j'aurais été assez sot pour aller chercher du secours ; déjà même j'avais fait quelques pas, la réflexion me fit revenir : « Où vas-tu, me dit-elle, attends-tu une plus belle occasion ? » Je m'approchai de ma dévote, je la délaçai, je lui découvris la gorge : jamais plus beau sein ne s'était offert à ma vue ; en écartant sa robe et sa chemise, je crus ouvrir le paradis. Je fixai mes yeux sur deux globes gros, blancs et fermes comme le marbre : j'avais beau les presser, je ne pouvais les faire toucher, je les baisais, je les pressais contre mes joues, je collais ma bouche sur sa bouche, je réchauffais son souffle. Sur-le-champ emporté par un mouvement dont je n'aurais pu me rendre raison à moi-même, je courus à la porte de la rue : j'affectai de l'ouvrir et de la refermer, comme si je venais de conduire quelqu'un dehors, je revins à ma dévote, je la pris dans mes bras, je la pressai amoureusement : une palpitation subite me saisit, je la quittai, je restai tremblant à la considérer, et tout à coup soufflant ma lumière, je repris ma chère dévote dans mes bras : « Amour, m'écriai-je, seconde-moi. » Je gagnai ma chambre avec ce cher fardeau. Dieux, qu'il était léger ! Je le mets sur mon lit, je ferme ma porte, je rallume ma bougie, et je reviens plus tremblant que je ne l'avais encore été, considérer ma proie, tous mes mouvements ne lui avaient pas fait reprendre ses esprits. Je découvre toute sa gorge, je lève ses jupes, j'écarte ses cuisses, un sentiment délicieux combat contre ma lubricité : je m'arrête, j'examine, j'admire ! Quel voluptueux spectacle ! L'Amour et les Grâces se trouvaient sur toutes les parties de son corps : blancheur, embonpoint, fermeté, délicatesse, tout y charmait, tout était fait au tour. Le blanc parsemé de petites veines bleues, qui montraient la finesse de la peau, le noir d'un poil plus doux que le velours, le vermeil d'un con ménagé avec les nuances les plus heureuses, formaient un contraste parfait, et me faisaient douter laquelle de ces couleurs contribuait le plus à la perfection d'un tableau qui m'enchantait. Apelle[24], toi qui travaillas pendant dix ans à rassembler les traits des beautés les plus parfaites de la Grèce, si ma dévote s'était offerte à tes yeux, tu l'aurais peinte, et la divinité que tu voulais représenter en eût été jalouse.

Las d'admirer sans jouir, je portai la bouche et les mains

avec fureur sur ce que je venais de voir ; mais à peine y eus-je touché que mon aimable dévote poussa un grand soupir et commença à donner un signe de connaissance en portant sa main où elle sentait la mienne. Je la baise, ma bouche reste collée sur sa bouche : ma dévote veut se débarrasser, elle me repousse ; surprise, effrayée de se trouver sur un lit dans une chambre, elle jette des regards inquiets, elle cherche à pénétrer en quel lieu elle est, elle veut parler, sa langue est embarrassée. L'ardeur qui me brûle produit sur moi le même effet, je ne la quitte pas : elle fait ses efforts pour s'arracher de mes bras, je lui résiste, je la renverse, elle se relève furieuse, elle se jette à mon visage, elle veut le déchirer, elle mord, elle frappe, tout son corps s'agite, la sueur coule sur ses joues animées. Rien ne m'arrête ; j'appuie ma poitrine sur sa poitrine, mon ventre sur son ventre, je tâche par mon poids de la fixer sous moi, je laisse faire à ses mains tout ce que la fureur et l'ardeur de se défendre lui inspirent, j'emploie les miennes à lui écarter les cuisses, elle les serre opiniâtrement, je désespère de triompher, la rage augmente ses forces, la passion diminue les miennes, je m'excite, je les réunis, j'écarte les cuisses, je lâche mon vit, qui ne sent pas plutôt que j'ai déboutonné ma culotte, qu'il s'échappe avec la même impétuosité qu'un arbre se redresse quand on coupe la corde qui le tenait courbé vers la terre, je l'approche du con, je pousse, il entre : toute la fureur de ma dévote s'évanouit, elle me serre entre ses bras, me baise, ferme les yeux et tombe pâmée : je ne me connais plus, rien ne m'arrête, je pousse, je repousse, j'approche du but, je l'atteins, j'y touche, j'inonde le fond de son con d'un torrent de feu : elle redécharge, nous restons sans connaissance ; nos esprits avaient abandonné le reste de notre corps pour se porter dans un endroit où le plaisir régnait avec un sentiment si vif.

L'aimable compagne de ma volupté revint bientôt à elle-même ; mais ce ne fut que pour m'inviter par ses caresses à la replonger dans le même état : elle me passe les mains autour du col, elle me baise tendrement, j'ouvre les yeux, je les fixe sur elle : les siens sont languissants, ils se troublent, ils s'égarent, son con s'enflamme, c'est une fournaise ; mon vit brûle. « Ah, me dit-elle, le plaisir me suffoque, je meurs ! » Ses membres se roidissent, elle donne un coup de cul, j'en rends deux : nous déchargeons encore.

Nous répétâmes sans discontinuer, jusqu'à ce que la nature, trop faible pour l'ardeur de nos désirs, refusât d'y répondre, et nous forçât de lui donner quelque relâche. Je profitai de ce moment pour courir à la cuisine, où l'on me donna sur ce qui devait aller à l'infirmerie de quoi réparer les forces de plus d'un malade ; je dis que je l'étais : je revins à ma chambre. Je trouvai ma chère dévote plongée dans la tristesse : je la dissipai par mes caresses, et j'attendis que nous eussions satisfait un besoin plus pressant pour m'informer du sujet de son chagrin. Nous soupâmes le plus commodément qu'il nous fut possible, et sans faire beaucoup de bruit, de crainte qu'on ne s'aperçût du trésor que je cachais, et qu'il ne fût confisqué au profit de la piscine, suivant les règles de l'ordre.

Comme nous étions tous deux extrêmement fatigués, nous songeâmes plutôt à nous reposer qu'à causer. Quand nous eûmes fini notre repas, nous nous mîmes au lit ; mais nous ne nous vîmes pas plutôt nus, que le repos s'enfuit bien loin de nous : je portai la main au con de ma dévote, source et tombeau des délices que j'avais goûtées : elle porta la sienne à mon vit, et admirant sa grosseur, sa longueur, la fermeté de mes couilles. « Ah, me dit-elle, je ne suis plus surprise que tu m'aies réconcilié avec un plaisir que j'avais résolu de haïr. » Je songeai moins à lui en demander la cause qu'à lui faire sentir, en le lui faisant goûter de nouveau, qu'elle avait eu tort de former une pareille résolution. Elle me reçut avec une vivacité qui m'aurait ranimé dans les bras de la mort même, nos culs se levaient et se baissaient comme des flots agités par l'orage, nos corps étaient comme deux barres d'acier qui sortent de la fournaise, nous nous tenions si étroitement embrassés qu'à peine pouvions-nous respirer : il semblait que nous craignissions que le moindre intervalle n'anéantît nos plaisirs, le lit ne pouvait plus soutenir nos secousses, il suivait l'impression de nos corps, il craquait effroyablement. Une douce ivresse succéda bientôt à nos efforts, et nous nous endormîmes couchés l'un sur l'autre, étroitement serrés, langues en bouches et vit en con.

L'aurore nous trouva dans la même posture où nous nous étions endormis, et soit que l'imagination agissant sur nos corps pendant le sommeil eût fait distiller cette eau délicieuse qui annonce par sa quantité le degré du feu intérieur, soit que nous eussions déchargé machinalement, nous nous réveillâmes tout trempés, les draps étaient inondés, et le matelas même avait participé à nos plaisirs. Nous ne fûmes pas longtemps à les renouveler : le repos m'avait rendu assez de forces pour vous faire penser que je m'en acquittai monacalement ; je ne dirai pas combien de fois : je n'eus pas la peine d'enconner. Je passe rapidement à vous informer du sujet qui avait jeté ma dévote entre mes bras.

Je lui voyais un air d'inquiétude et de tristesse qui me pénétrait. Je la priai tendrement de s'expliquer, et d'être persuadée que je remédierais à sa douleur à quelque prix que ce fût. « Perdrai-je ton cœur, cher Saturnin », me dit-elle, en me regardant languissamment, « quand je t'avouerai que tu n'es pas le premier qui m'ait fait goûter les plaisirs de l'amour ? Rassure-moi, mon cœur, contre une crainte dont il ne peut se défendre, et qui vient malgré moi de répandre sur mon visage une tristesse que je n'ai pu te cacher. Oui, c'est cette seule crainte qui m'inquiète à présent, celle de mon sort ne m'occupe plus, puisque je suis avec toi.

— Oses-tu, lui répondis-je, te défier des charmes que tu étales à mes yeux ? Que tu en connais peu le prix, si tu doutes de leur effet : oui, l'ardeur qu'ils m'inspirent est trop forte, pour ne pas s'indigner d'une pareille crainte : que tu me connais peu ! Si un préjugé ridicule a mis une différence entre une fille foutue et une fille à foutre, ce préjugé n'est pas ma règle. La beauté, pour en avoir charmé d'autres, doit-elle perdre le droit de nous charmer ? Quand tu l'aurais fait avec toute la terre, n'es-tu pas toujours la même, n'es-tu pas toujours une fille adorable, en serais-tu moins précieuse à mes yeux ? Les plaisirs que tu as donnés à d'autres ont-ils altéré la vivacité de ceux que tu viens de me donner ?

— Tu m'enlèves, me répondit-elle, je ne fais plus de difficulté de t'apprendre des infortunes que tu viens de faire cesser. »

SUITE DE L'HISTOIRE DE LA SŒUR MONIQUE

Mon malheur a sa source dans mon cœur dans un penchant insurmontable que la nature m'a donné pour le plaisir, l'amour est mon centre, c'est ma divinité, je suis faite, je ne respire que pour lui : une mère injuste et cruelle s'était imaginé que sa volonté devait me tenir lieu de vocation pour le cloître. Trop timide pour oser mettre mon goût en concurrence avec ses ordres absolus, je ne fis parler que mes larmes, elles ne l'attendrirent pas : j'entrai, je pris le voile. Le moment fatal où je devais prononcer l'arrêt de ma mort approchait : je frémis à la vue du serment que j'allais faire. L'horreur d'une prison telle que le couvent et le désespoir d'être éternellement privée de mon unique bien me plongèrent dans une maladie qui aurait terminé mes peines, si ma mère, touchée enfin de mon état malheureux, ne s'était reproché sa dureté : elle était elle-même pensionnaire dans le couvent où elle voulait que je prisse l'habit. Un projet de retraite, qu'elle avait conçu sans consulter son cœur, l'y avait amenée, la réflexion l'en retira : les femmes, quelque vertueuses qu'elles soient, ne renoncent pas au plaisir, ne se voient pas vieillir sans chagrin ; un sentiment naturel que leurs efforts peuvent bien dissimuler, mais qu'ils n'arracheront jamais de leur cœur. Ma mère jugeant, par la violence que son tempérament lui faisait, de celles que je devais essuyer du mien, consentit à me tirer de mon cachot, et reparut bientôt dans le monde sur le pied d'une femme qui se consolerait aisément de la perte du défunt dans les bras d'un cinquième mari.

Connaissant le génie de ma mère, je jugeai sagement qu'il serait dangereux pour moi de me trouver en rivalité avec elle : j'étais bien persuadée, et je pouvais l'être sans vanité, qu'un amant qui se présenterait ne balancerait pas entre nous deux, et c'était cette préférence que je redoutais. Je compris que les plaisirs de l'amour, quoique goûtés dans le mystère, n'en étaient ni moins vifs ni moins piquants, que la retraite pouvait me procurer ces plaisirs aussi aisément que le grand monde ; je ne pensai plus, je n'agis plus qu'en conséquence de ce système, et je passai bientôt pour une dévote du premier ordre. J'étais charmée du progrès de mon stratagème, et je ne songeai qu'à nouer quelque intrigue secrète à l'ombre de cette haute réputation de vertu où je m'étais mise.

Cette réputation parut équivoque à un jeune homme que j'avais autrefois vu à la grille : il m'était arrivé une aventure cruelle à son sujet.

J'interrompis en cet endroit ma dévote : je me rappelais ce que Suzon m'avait autrefois appris de la sœur Monique, son aversion pour le couvent, sa passion pour l'amour, la scène qu'elle avait eue avec Verland, le caractère, le séjour que sa mère avait fait dans le couvent, je confrontais le portrait de cette sœur avec le charmant minois que j'avais devant les yeux ; j'allai plus loin. Je me ressouvenais que

Suzon m'avait dit que la sœur avait le clitoris un peu long : dans l'espérance de trouver à ma dévote ce dernier signe qui devait confirmer mes soupçons, je la fis coucher sur le dos, et lui examinant le con avec une attention que la passion ne m'avait pas encore permise, j'y trouvai ce que je cherchais, un petit clitoris vermeil, un peu plus long que les femmes ne l'ont ordinairement, et qui semblait n'être placé dans cet endroit charmant que pour augmenter les plaisirs qu'il donnait.

Ne doutant plus que ce ne fût elle, je l'embrassai avec un nouveau transport : « Chère Monique, lui dis-je, aimable sœur, est-ce toi que mon bonheur m'envoie ? » Elle se débarrassa de mes bras, et me regardant avec une surprise inquiète, elle me demanda qui pouvait m'avoir appris le nom qu'elle portait au couvent ? « Une fille, lui répondis-je, dont la perte m'a coûté bien des larmes, et à qui tu n'avais caché aucun de tes secrets.

— Ah, s'écria-t-elle, je reconnais Suzon à ce portrait, elle m'a trahie !

— Oui, lui répondis-je, c'est elle ; mais c'est un secret qu'elle n'a jamais révélé qu'à moi, et pour t'engager davantage à lui pardonner, je t'avouerai que ce n'est qu'à mes importunités que je dus la confiance de cette chère sœur.

— Comment, reprit Monique, tu es le frère de Suzon ? Ah, je ne me plains plus d'elle, et si je le faisais, je me mettrais dans la nécessité de la défendre contre les plaintes que tu en pourrais faire à ton tour ; car elle ne m'a pas caché ce qui lui était arrivé avec toi. »

Nous nous attendrîmes ensemble sur le sort de notre malheureuse Suzon, et la sœur Monique reprit ainsi le fil de son discours.

Puisque Suzon t'a tout dit, qu'elle t'a conté mon aventure avec Verland, tu dois te douter que c'est de lui que je veux te parler à présent. Ma métamorphose l'avait surpris : il m'avait vue à la grille vive, ardente, coquette : une absence de plusieurs années ne m'avait pas fait sortir de son souvenir. Le bruit que faisait ma dévotion était dans toute sa force, quand il revint : il ne voulut en croire que ses yeux sur ce prétendu changement ; il me vit à l'église, et l'amour lui fit bientôt un devoir d'une exactitude à m'y suivre, qu'il n'avait prise d'abord que pour un simple mouvement de curiosité.

Ma feinte dévotion ne m'empêchait pas de lancer à la

dérobée des regards curieux sur qui m'environnait ; je l'aperçus, je sentis les plus vives émotions, je rougis à la vue d'un homme qui avait autrefois été témoin de toute ma faiblesse, et je rougis encore plus de ne pouvoir lui cacher les dispositions où mon cœur était de retomber dans la même faute. L'âge, en tempérant sa vivacité, n'avait rendu ses grâces que plus mâles et plus touchantes : sa présence ralluma mes désirs, ils m'entraînaient tous les jours au même endroit, et tous les jours je l'y voyais aussi attentif à me regarder, et aussi tendre dans ses regards. Je m'étais fait violence pour contraindre les miens la première fois que je l'avais vu : son assiduité me rendit à la fin cette violence impossible, je ne lui cachai plus ce qui se passait dans mon cœur, et mes yeux lui firent sentir combien j'étais mécontente de sa lenteur à m'apprendre de bouche les mouvements du sien ; il m'entendit, et profitant un jour du moment que j'allais sortir de l'église, au désespoir de l'inutilité de mes avances, il me suivit dans un détour obscur et solitaire par où j'allais passer : il m'aborda d'un air timide, et me dit : « Charmante Monique, un homme qui pour la première fois qu'il a eu le bonheur de vous voir a mérité votre colère, peut-il aujourd'hui, sans courir le même risque, se présenter à vos yeux ? Ah, si le repentir le plus vif peut me faire oublier ma faute, vous devez me voir sans indignation ! » Sa voix était tremblante. J'eus pitié de lui, je lui répondis que le galant homme faisait oublier l'imprudence du jeune homme. « Vous ne connaissez pas toutes mes fautes, reprit-il ; votre bonté vient de me pardonner un crime ; j'ai plus besoin que jamais de cette bonté, puisque je me suis rendu coupable d'une nouvelle offense. » Il se tut après ces mots, et quoique je l'entendisse, je lui répondis que je ne connaissais pas cette nouvelle offense dont il voulait me parler. « Celle de vous adorer », me répliqua-t-il, en collant un baiser sur ma main, que je n'eus pas la force de retirer. Je lui fis connaître par mon silence que ce nouveau crime n'était pas inexcusable, et dans la crainte de m'ouvrir trop à une première entrevue, je le quittai charmée de l'aveu d'un amour que le mien avait déjà prévenu.

J'étais persuadée que si Verland était sincère, il trouverait facilement l'occasion de m'en donner de nouvelles assurances. Il pénétra le motif de ma retraite, et n'affecta pas de la troubler par une obstination qui pourrait me déplaire : il me laissa partir en souriant, j'entendis ses soupirs, et les miens lui répondaient au fond de mon cœur.

Que te dirai-je ? Une seconde entrevue lui valut l'aveu d'une tendresse réciproque, et mon consentement aux démarches, qu'il me demanda la permission de faire auprès de ma mère, pour en obtenir ma main ; elle la refusa, j'en fus au désespoir, son refus irrita mon amour ; Verland en était accablé : nous nous étions ôté, par une démarche imprudente, toute espérance, et pour comble d'horreur, ma mère était devenue ma rivale. Elle se trahit elle-même par les éloges continuels qu'elle faisait de Verland. Le caractère de dévote qu'il fallait soutenir m'ôtait la liberté de lui demander la raison du refus qu'elle avait fait d'un homme à qui elle trouvait tant de perfections ; ainsi, triste victime de la dévotion et de l'amour, j'étais réduite à la dure nécessité de dévorer ma douleur, et de ne laisser paraître sur mon visage qu'une indifférence qui rendait mes peines plus cruelles. Je n'y pus pas résister ; j'étais furieuse contre ma mère, j'étais furieuse contre moi-même, mon amour était devenu capable de tout entreprendre. On ne me soupçonnait pas de voir Verland, et je le voyais tous les jours, je ne pouvais plus vivre sans lui, il ne pouvait plus vivre sans moi. Croiras-tu que jusqu'alors j'eus assez de pouvoir sur moi-même pour ne pas céder à ses instances, et pour rejeter (quoique ce fût le but de tous mes désirs) le seul moyen de mettre ma mère à la raison ; mais attendrie par les larmes de mon amant, pressée par mon amour, vaincue par mon penchant, je prêtai l'oreille à la proposition qu'il me fit de m'enlever, nous convînmes du jour, de l'heure, et des moyens.

La violence de mon amour ne me laissait voir que les plaisirs que je goûterais avec mon amant. L'antre le plus affreux me paraissait un lieu enchanté, pourvu que j'y fusse avec lui. Le jour arriva, je me disposais à m'aller jeter dans ses bras, j'allais sortir, un bras invisible m'arrêta, ma passion avait jonché de fleurs la route du précipice où j'allais m'abîmer ; mais quand je fus arrivée sur le bord, quand j'eus porté les yeux sur sa profondeur, elle m'effraya. Je reculai, étonnée, et rougissant de mon peu de courage, je voulus vaincre ma timidité, je voulus étouffer ma raison, elle triompha, je cédai, je rentrai, mes larmes coulèrent alors en abondance ; indignée de ma lâcheté, je faisais de nouveaux efforts, je m'encourageais, et je m'effrayais ; mon âme était dans un accablement qui ne peut être comparé qu'à celui que je prouvai hier. Cependant l'heure avançait, il fallait me déterminer. Quel parti prendre ? Hélas ! j'étais dans un désespoir stupide, qui m'ôtait jusqu'à la liberté de penser. Un rayon de lumière m'éclaira dans le moment, et me rendit toute ma tranquillité ; je vis un moyen d'être à mon amant, et de tirer de ma mère une vengeance qui ne laisserait rien à désirer à mon cœur. Hélas ! à quoi m'a servi tant de prudence ? à me plonger dans l'abîme où je craignais de tomber. Peut-être aurais-je été plus heureuse dans une terre étrangère, où, toute à moi-même, n'ayant pour guide que mon cœur, pour principe que mon amour pour un mari qui m'aurait adorée, je n'aurais pas connu la contrainte, je n'aurais pas été esclave de ces apparences qui m'ont perdue ! Mais pourquoi m'abuser ? J'aurais porté dans un climat étranger le même cœur, la même fureur pour l'amour, et ce caractère m'y aurait perdue comme il l'a fait ici.

Je fis à Verland le signe dont nous étions convenus, en cas que je ne pusse pas exécuter le projet. Je remis à la première entrevue à l'informer de mes raisons, et cette entrevue ne fut différée que jusqu'au lendemain. Nous nous trouvâmes à l'église ; il m'aborda sans pouvoir me dire un mot, mais son visage exprimait tout ce qu'il sentait ; j'en fus effrayée : « M'aimez-vous ? lui dis-je.

— Si je vous aime ? me répondit-il avec un transport de désespoir qui l'empêcha d'en dire davantage.

— Verland, repris-je, mon cher Verland, je lis votre douleur dans vos yeux, mon cœur en est lui-même déchiré, plaignez-moi, plaignez-vous d'un défaut de courage, qui nous arracherait pour toujours à notre passion, si le désespoir ne m'avait fait trouver un moyen de nous conserver l'un à l'autre. Quand je vous demande si vous m'aimez, ce n'est pas que je doute de votre amour, mais je tremble que vous ne vouliez pas m'en donner la seule preuve qui puisse m'en assurer ; arrêtez », lui dis-je, voyant qu'il voulait parler, « vous voulez me faire des reproches, vous ne m'en feriez que d'injustes ; je vous le répète, je ne doute pas de votre amour, vous ne doutez pas du mien, mais hélas ! de quoi nous servira-t-il de brûler d'une flamme inutile, puisqu'une mère cruelle nous refuse la satisfaction que nous lui demandons ? Ah Verland ! le rouge qui me couvre le visage ne vous dit-il pas quel est le moyen que je prétends employer ?

— Chère Monique », me dit-il, en me serrant tendrement le bras contre la bouche, « ton amour te fait-il enfin sentir la nécessité d'une chose que j'ai proposée tant de fois inutilement ?

— Oui, lui répondis-je, votre amour n'aura plus de plaintes à me faire, il n'est plus temps de vous déguiser la force de mes désirs, ils sont à leur comble : mais pour nous rendre heureux, je n'attends qu'un mot de votre bouche.

— Parlez, interrompit-il vivement, que faut-il faire ?

— Épouser ma mère », lui répondis-je.

La surprise lui coupa la parole : il me regardait avec des yeux égarés. « Épouser votre mère, me dit-il enfin, Monique, que me proposez-vous ?

— Une chose », lui répondis-je, irritée de son étonnement, « dont je suis au désespoir de vous avoir parlé. Je vois, par la froideur avec laquelle vous recevez une proposition qui m'a coûté des torrents de larmes, ce que je dois penser de votre amour : votre indifférence m'éclaire sur l'indignité de ma passion. Ciel ! ai-je pu concevoir de pareils sentiments pour un homme que sa lâcheté en rend indigne !

— Monique », reprit-il, tristement, « ma chère Monique, aie pitié de ton amant, à quoi veux-tu le réduire ?

— Ingrat, lui répondis-je, quand j'ose surmonter l'horreur que m'inspire la pensée de te voir dans les bras de ma rivale, quand pour tromper une mère barbare, pour me livrer à tes désirs avec plus de facilité, pour jouir continuellement du plaisir de te voir, pour recevoir à tout moment tes caresses, je sacrifie ma gloire, j'immole à ton bonheur ce que j'ai de plus cher, je suis insensible aux fureurs de la jalousie, j'étouffe les remords de mon cœur, tu trembles, ai-je plus de force que toi ? Non, mais tu n'as pas tant d'amour.

— C'en est fait, me dit-il alors, tu triomphes, j'ai honte de mon irrésolution, les remords ne sont pas faits pour des cœurs aussi passionnés que les nôtres. »

Charmée de son courage, je ne dus qu'au lieu seul où nous étions, et à la crainte d'être surprise, la force de lui refuser un témoignage de ma reconnaissance, que je ne remis qu'au jour de son mariage ; peut-être n'aurais-je pas eu la force de l'attendre, si l'impatience de ma mère n'eût pas été aussi vive que la mienne. Verland lui avait offert ses vœux, ravie d'une conquête qu'elle croyait ne devoir qu'à ses charmes, elle se hâta d'en recueillir les fruits. Ils n'étaient pas faits pour elle. Le mariage se célébra, la joie que j'en témoignai m'attira de ma mère mille caresses, que je payai par d'autres qui étaient moins sincères. Mon cœur se soûlait d'avance des plaisirs de l'amour et de la vengeance. Verland parut, il était adorable, mille grâces nouvelles animaient toutes ses actions : le moindre sourire m'enchantait, les paroles les plus indifférentes m'enflammaient ; à peine pouvais-je contenir les désirs qui m'entraînaient dans ses bras. Au milieu du tumulte, il trouva moyen de s'approcher et de me dire : « J'ai tout fait pour l'amour, ne fera-t-il rien pour moi ? » Un coup d'œil fut ma réponse. Je sortis de la salle : il s'échappa, tout favorisait notre fuite, j'entre dans ma chambre, il m'y suit, je m'élance sur mon lit, il se précipite sur moi, ma voix s'affaiblit, l'expression me manque, les peintures se refusent à mon imagination : dispense-moi de te faire le récit des plaisirs que je goûtai ; un mot suffit pour te les faire connaître : toi seul, cher père, toi seul as été plus loin. « Ô, ma mère, m'écriai-je au milieu de nos transports, que ton injustice va te coûter cher ! »

Mon amant était un prodige, une heure que nous restâmes ensemble ne vit pas un moment d'intervalle. En vain les forces lui manquaient : semblable à Antée[25] qui, luttant avec Hercule, ne faisait que toucher la terre pour réparer les siennes, mon amant me touchait, et revenait à la charge avec plus de vigueur.

On nous cherchait déjà depuis longtemps : on était même venu frapper à ma porte ; il fallut nous séparer, de peur de nous rendre suspects. Verland se glissa dans le jardin et fit semblant de dormir sur le gazon où on le trouva, comme il l'avait prévu. On lui fit la guerre, on le railla : un feint étourdissement vint à son secours ; il dit que pour ne point troubler les plaisirs, il s'était retiré sans parler : la fatigue de l'exercice qu'il venait de faire, en lui donnant un air un peu abattu, aidait à faire croire ce qu'il disait.

Ne doutant pas que l'on ne vînt encore me chercher, et que si on apercevait quelque jour à ma porte on ne manquerait pas d'en profiter pour voir si j'étais dans ma chambre, je dérangeai la portière qui bouchait le trou de la serrure, et entendant venir quelqu'un, je me mis à genoux à demi prosternée vis-à-vis d'un crucifix. Cela fit l'effet que j'en avais espéré : on crut que la dissipation des plaisirs n'avait pas été capable de déranger mes exercices de piété ordinaire : on en conçut une nouvelle estime, j'ose dire, une espèce de vénération pour moi ; enfin, assez remise de mes travaux amoureux pour ne donner aucun soupçon, je fus rejoindre la compagnie, et j'affectai de me prêter par complaisance à des divertissements dont le plus doux avait déjà été pour moi.

Dès que j'eus formé le projet de marier ma mère avec mon amant, je m'appliquai à disposer tout pour nous faciliter les moyens de nous voir, et pour prévenir toute surprise lorsque nous serions ensemble, j'affectai un redoublement de dévotion, et de ne vouloir pas être interrompue dans mes exercices. J'accoutumai tout le monde à ne point frapper à ma porte, dès que la clef n'y était pas. Verland de son côté accoutuma ma mère à ne le pas voir fort assidu auprès d'elle : il prétextait des affaires et se coulait dans ma chambre. Nos plaisirs, enfants de la contrainte et du mystère, ne se sentaient pas encore après un an des dégoûts, fruits ordinaires de la liberté ; je les aurais crus éternels, j'aurais juré que tous les hommes ensemble n'y pouvaient rien ajouter, un moment me détrompa.

Je rencontrai un jour une jeune personne que j'avais connue autrefois : je lui demandai ce qu'elle faisait en cette ville ; elle me dit qu'elle n'y était attachée à personne. Je la pris à mon service en qualité de femme de chambre ; mais, cher père, est-ce avec toi que je dois feindre ? Je me reproche déjà cette dissimulation, apprends que cette prétendue femme de chambre n'était autre que Martin, dont ta sœur a dû te parler en te contant mon histoire.

Je ne l'avais pas vu depuis notre séparation : il était encore aussi joli, aussi aimable, son menton était à peine couvert de quelques petits poils follets blonds que j'avais grand soin de lui couper exactement. Martin était une jolie fille aux yeux de tout le monde, et ce n'était que pour moi qu'elle était un homme d'un prix inestimable.

Je n'avais pas fait mystère à Martin de mon intrigue avec Verland. Trop heureux de me posséder, il ne s'embarrassait pas de partager ma possession avec un second : j'étais charmée de sa docilité, je l'étais encore plus de sa vigueur. J'avais arrangé sagement mes plaisirs ; Verland avait le jour et Martin la nuit. Ainsi les jours se levaient pour moi sereins et délicieux, et ils ne disparaissaient que pour faire place à des nuits aussi voluptueuses. Jamais mortelle n'a joui d'une félicité plus parfaite ; mais le sort des plaisirs est d'être de peu de durée, et leur mesure est celle des tourments dont leur perte vous accable.

Martin, comme je te l'ai dit, pouvait passer pour une fille jolie sous son habillement. L'ingrat Verland, hélas ! pourquoi le traiter d'ingrat, n'étais-je pas moi-même la première coupable, et si mon inconstance était inconnue, mon cœur en était-il moins criminel ? Verland trouva des charmes à ma prétendue femme de chambre, et négligea sa maîtresse. Dédom-

magée par les plaisirs de la nuit, je ne m'étais pas encore aperçue du vuide que l'indifférence de Verland commençait à mettre dans ceux du jour. Mes jeûnes se multipliaient insensiblement : Verland possédait si bien l'art de me persuader que je me croyais trop heureuse qu'il voulût bien m'alléguer des motifs de son absence ; je voulais quelquefois le gronder, il paraissait, un sourire, un baiser, une caresse faisaient évanouir ma colère. Un jour de repos me le rendait plus vigoureux ; il en vint jusqu'à me faire croire que l'intérêt de notre plaisir rendait ses absences nécessaires. J'y consentis, et l'infatigable Martin remplissait ces jours de relâche.

Hier, jour infortuné, et dont je ne dois me souvenir que pour le détester, hier était un jour de repos pour Verland. Renfermée seule avec Martin, et n'ayant pour témoin que l'amour, nous n'écoutions que ses conseils : j'étais couchée sur mon lit, la gorge nue, les jupes levées et les cuisses écartées, j'attendais que Martin reprît ses forces : il était nu, et pressant ma cuisse droite entre ses cuisses, me tenait d'une main les tétons, et de l'autre caressait ma cuisse gauche. Tandis que ses yeux et sa bouche cherchaient à rallumer son ardeur, Verland, que nous n'attendions pas, entra, et nous surprit dans cette attitude. Il eut le temps de fermer la porte, et d'accourir à nous avant que la frayeur nous eût permis de changer de posture. « Monique, me dit-il, je ne blâme pas tes plaisirs ; mais tu dois avoir la même complaisance pour moi. J'aime Javotte » (c'était le nom que Martin avait pris), « je me sens des forces suffisantes pour vous contenter toutes deux. » Dans le moment il veut embrasser Martin, il le tire de mes bras, il porte la main, et trouve… quelle surprise ! Sans lâcher Martin, il me jette un regard d'indignation, il n'ose faire éclater contre moi sa colère ; mais tout le poids en retombe sur la cause innocente. Son amour venait de se tourner en rage, il frappait impitoyablement le malheureux Martin, et c'était moi qu'il frappait dans l'endroit le plus sensible.

Je me jette entre ces deux rivaux : « Arrêtez, dis-je à Verland, en l'embrassant, mon cher Verland, respectez sa jeunesse, au nom de notre amour, au nom de nos transports, Verland ayez pitié de sa faiblesse, soyez sensible à mes larmes. » Il s'arrête ; mais Martin, qui avait eu le temps de se reconnaître, était devenu furieux à son tour : il se saisit de l'épée de Verland, il se lance sur lui. Je fuis à cette vue, je me sauve par un escalier dérobé, j'accours ici : tu sais le reste.

Monique ne put achever sans verser un torrent de larmes. « Hélas, s'écria-t-elle, à quel sort dois-je m'attendre ?

— Au plus heureux, lui dis-je : rassure-toi, chère Monique, ce qui fait couler tes pleurs est peut-être sans objet : si c'est la perte de tes plaisirs, des plaisirs plus grands la répareront bientôt. »

J'avais reconnu l'impossibilité de la garder plus longtemps dans ma chambre sans être découvert ; si je l'eusse été, j'avais tout à craindre. Je crus qu'il n'y avait de meilleur parti à prendre que celui de la présenter à la piscine, et sans entrer dans aucun détail avec elle, je voulais la surprendre agréablement. Je ne craignais pas de lui promettre trop en l'assurant que les plaisirs qu'elle avait eus jusqu'alors n'étaient qu'une faible peinture de ceux qui lui étaient réservés. Un semblable endroit devait être un séjour divin pour un tempérament tel que le sien. « Cher ami », me dit-elle, en m'embrassant, « ne m'abandonne pas, dis-moi si je peux me flatter de rester avec toi : ton consentement ou ton refus vont décider mon sort : si je te perds, je suis éternellement malheureuse. » Je l'assurai que nous ne nous quitterions jamais. « Je n'ai plus, reprit-elle, qu'une inquiétude, pardonne ce dernier effort à un amour dont tu vas devenir l'unique objet. » Je sentis ce qu'elle n'osait m'avouer : je lui offris d'aller m'instruire du sort de ses amants, et de l'effet que sa fuite avait produit. Elle m'en remercia : je la laissai dans ma chambre, et je sortis en lui promettant de revenir au plus tôt.

Je courus la ville, je m'informai partout de ce qu'il pouvait y avoir de nouveau. J'allai jusque dans le voisinage de Verland : rien n'avait transpiré, et je jugeai que tout le désordre s'était borné à la fuite de Monique, dont on avait prudemment dérobé la connaissance au public. Je revenais annoncer cette nouvelle à ma dévote, j'allais rentrer, quand j'aperçus un domestique du couvent, qui accourut à moi, et me dit que le révérend père André lui avait ordonné de m'attendre, de me rendre une lettre et un petit sac d'argent, où je trouvai environ vingt pistoles ; je crus que ce père voulait me charger de quelque commission dont la lettre allait apparemment m'instruire : je l'ouvre, et j'y trouve ces paroles.

Vous vous êtes trahi par les précautions que vous avez prises pour vous cacher, on vous a soupçonné, on a ouvert la porte de votre chambre, on a découvert le trésor dont vous ne vouliez pas faire part à vos frères, on s'en est saisi, on a mis cette personne à la piscine : vous connaissez le génie des moines ; fuyez, père Saturnin, fuyez, dérobez-vous aux horreurs d'une prison qui ne finirait peut-être qu'avec votre vie.

LE P. ANDRÉ.

La foudre, en tombant à mes pieds, m'aurait moins étonné que la lecture de cette lettre. Un accablement mortel m'ôta tout à coup le sentiment : je ne revins que pour sentir la pesanteur du coup dont j'étais frappé. « Ô ciel, m'écriai-je, que devenir ? dois-je aller m'exposer à la vengeance d'une troupe de barbares ? fuirai-je ? Malheureux j'hésite ! Ah, fuyons ; mais où fuir ? où me sauver de leur fureur ? » Dans le moment la maison d'Ambroise s'offrit à mon esprit éperdu, comme l'asile le plus sûr contre la crainte présente : je pris une résolution courageuse ; trop heureux que la générosité du père André me mît à portée de me dérober au ressentiment des moines.

Ce ne fut pas sans verser des larmes de douleur que je sortis d'une ville où je laissais mon repos, mes plaisirs et mon bonheur. Je pleurai la perte de Monique ; mais son sort essuya mes larmes. Déchiré par mes remords, abattu par mon désespoir, j'arrivai chez Ambroise : je n'y trouvai que Toinette, je lui contai mon malheur, elle en fut attendrie, j'en reçus tous les secours que son état lui permettait de me donner ; elle me couvrit d'un des habits d'Ambroise, et je résolus de partir le lendemain pour Paris, flatté de l'espérance d'y trouver un état qui pourrait me dédommager de la perte de celui que je venais de quitter.

Je partis après avoir secoué, comme les apôtres, la poussière de mes souliers sur mon ingrate patrie, et marchant à pied, un bâton blanc à la main, et presque toujours de nuit, pour dérober ma route, j'arrivai enfin dans cette capitale de la France.

Je crus pouvoir braver alors la fureur monacale : le présent que le père André m'avait fait et ce que j'avais reçu de Toinette pouvaient me conduire pendant quelque temps. Mon dessein était de chercher d'abord un poste de précepteur, en attendant que la fortune voulût m'en procurer un meilleur. Quelques connaissances que j'avais à Paris auraient pu m'y servir ; mais il était dangereux de les employer.

Moyennant un retour raisonnable, j'avais troqué à la friperie mon habit de paysan contre un plus honnête. Heureux, si en quittant le froc, j'avais aussi quitté les inclinations qui le dominent. Le noir chagrin qui me dévorait me faisait croire que j'étais venu à bout de déraciner cette mauvaise tige, ou que j'en triompherais aisément. Je l'avais même juré : je voulais m'enchaîner par un serment, moi que les liens les plus respectables n'avaient pu retenir. Que l'homme est faible !

Aujourd'hui dans un casque et demain dans un froc,
Il tourne au moindre vent et tombe au premier choc.

Je tombai, le choc ne fut pas bien violent, puisque ce ne fut qu'un coup de coude qu'une coquine me donna, en me disant : « Monsieur l'abbé, voulez-vous payer une salade ? — Plutôt deux », répondis-je, emporté par un mouvement naturel.

La réflexion vint aussitôt à mon secours, mais trop tard : j'étais trop engagé pour reculer.

Nous entrâmes dans une allée obscure et étroite, et je pensai mille fois me rompre le col dans un escalier tortueux dont les marches glissantes et inégales me faisaient trébucher à chaque pas. Ma donzelle me tenait par la main, j'avouerai naturellement que ne m'étant jamais trouvé en pareil cas, je ne pouvais me défendre d'un certain effroi qui parut de bon augure à ma conductrice ; elle en aurait ri, si elle eût connu ma qualité. Nous arrivâmes enfin avec bien de la peine à la porte du temple ; nous frappâmes : une vieille, plus vieille que la sibylle de Cumes[26], vint ouvrir, en entrebâillant la porte. « Mon petit roi, me dit-elle, il y a du monde, attends un moment, monte plus haut. » Monter plus haut était bien difficile, à moins que de vouloir monter au ciel : une porte se présenta sous ma main, elle s'ouvrit d'elle-même : j'allais me retirer dans la crainte de trouver quelqu'un, et de faire soupçonner ma probité : l'odeur me rassura.

Abandonné à moi-même dans un endroit affreux, au bout du monde, dans un pays perdu, avec des gens inconnus, je me sentis saisi d'une horreur subite. Le danger que je courais s'offrit à mes yeux. « Profitons, dis-je en moi-même, de ce moment de clarté, sauvons-nous. » Quelque chose de plus puissant que la réflexion m'arrêta ; il semblait qu'une mer immense se présentât à mes yeux, et m'empêchât de gagner le rivage : je m'élançais, et je me retenais aussitôt. Le ciel a-t-il gravé dans nos cœurs des pressentiments de ce qui doit nous arriver ? Oui sans doute, et je l'éprouvais ; dans le moment on ouvre la porte fatale, on m'appelle, je descends : infortuné, je courais à ma perte ; mais quelle joie délicieuse devait la précéder !

J'entre d'un air timide à la lueur tremblante d'une lampe : je vais m'asseoir sans parler sur une chaise, j'appuie le coude sur une table mal assurée, je me couvre les yeux avec la main, comme si j'eusse voulu me dérober aux réflexions qui venaient en foule m'assaillir. Une quêteuse infernale s'avance : je lui donne le premier argent qui me tombe sur la main ; elle me remercie d'une générosité si peu commune. Sans faire attention à ses discours, je ne m'occupais que de ma douleur. Un maintien aussi triste dans le temple de la joie en surprit les prêtresses : la vieille sibylle s'approche de moi pour m'en demander le sujet, je la repousse brutalement, elle s'en plaint : « Laissez, madame, lui dit la plus jeune, on peut avoir du chagrin. »

Le son d'une voix qui ne m'était pas inconnue alla jusqu'à mon cœur : un tremblement subit s'empare de tout mon corps, je crains de me livrer à la douce espérance qui me flatte, je crains que l'illusion ne se dissipe, je crains de porter les yeux vers l'endroit d'où vient de partir cette chère voix ; je les ferme, je ne veux m'occuper que des mouvements qu'elle vient de réveiller ; mais bientôt je me reproche mon indifférence, je veux m'éclairer, je rouvre les yeux, je me lève, je m'approche : dieux, c'était Suzon ! Ses traits, quoique changés par l'âge, étaient trop bien imprimés dans mon cœur pour les méconnaître. Je tombe dans ses bras sans avoir la force de parler, mes yeux se remplissent de larmes, mon âme est sur mes lèvres prête à s'envoler sur celles de Suzon, qui veut se débarrasser : « Chère sœur, lui dis-je d'une voix altérée, tu ne reconnais plus ton frère ? » Elle jette un cri, et tombe évanouie.

La vieille étonnée accourt, et veut secourir Suzon, je la repousse : je colle mes lèvres sur les lèvres de ma chère sœur, je ne veux que le feu de mes baisers pour lui rendre la chaleur, je la presse contre mon sein, j'arrose son visage de mes larmes : elle ouvre des yeux humides de pleurs. « Laisse-moi, Saturnin, me dit-elle, laisse une malheureuse !

— Chère sœur, m'écriai-je, la vue de Saturnin t'inspire-t-elle de l'horreur ? Tu lui refuses tes baisers, tu lui refuses tes caresses. »

Sensible à mes reproches, elle donna les marques les plus vives de sa joie : la gaieté reparut sur son visage ; elle se répandit jusque sur la vieille, à qui je donnai de nouvel argent pour nous apprêter à souper. J'aurais donné tout : je retrouvais Suzon, n'étais-je pas assez riche ?

On préparait le souper : je tenais toujours Suzon dans mes bras. Nous n'avions pas encore eu la force d'ouvrir la bouche pour nous demander quelles aventures pouvaient nous rassembler si loin de notre patrie : nous nous regardions, nos yeux étaient les seuls interprètes de nos âmes, ils versaient des larmes de joie et de tristesse, nous n'étions occupés que de ces deux passions, notre cœur était si rempli, notre esprit si occupé, que notre langue était comme liée, nous soupirions ; si nous ouvrions quelquefois la bouche, nous ne prononcions que des paroles sans suite, tout nous ramenait à la réflexion du bonheur d'être ensemble.

Je rompis enfin le silence : « Suzon, m'écriai-je, ma chère Suzon, c'est toi que je retrouve. Par quel heureux hasard m'es-tu rendue ? Mais dans quel lieu ! Ah, ciel !

— Tu vois, me répondit-elle avec un visage accablé, une fille malheureuse qui a éprouvé toutes les alternatives de la fortune. Presque toujours l'objet de sa fureur, et forcée de languir dans un libertinage que sa raison condamne, que son cœur déteste ; mais que la nécessité lui rend indispensable. Je vois que ton impatience ne te permet pas d'attendre plus longtemps le récit de mes malheurs : puis-je donner un autre nom à la vie que j'ai menée depuis que je t'ai perdu. Moins sensible à la honte de te révéler mes dérèglements, qu'au plaisir de répandre ma douleur dans ton sein, je vais te faire un aveu sincère de mes peines : te le dirai-je, c'est toi qui les a causées ; mais mon cœur était de moitié ou plutôt lui seul a tout fait, lui seul a creusé l'abîme où je suis plongée. Je t'ai toujours aimé. Te souviens-tu encore de ces temps heureux où tu me faisais une peinture si naïve de ta passion naissante : je t'adorais dès ce temps-là, quand je te racontais les aventures de Monique, quand je te découvrais nos mystères les plus cachés, je voulais t'enflammer, je voulais t'instruire, je voyais avec plaisir l'effet de mes discours. J'ai été témoin de tes transports avec Mme Dinville, les caresses que tu lui faisais étaient autant de coups de poignard que tu portais à Suzon. Quand je t'entraînai dans ma chambre, j'étais dévorée par un feu que tu ne pouvais plus éteindre ; c'est ici l'époque de mes infortunes.

« Tu as toujours ignoré la cause de ce bruit affreux que nous entendîmes ; c'était l'abbé Fillot, ce scélérat vomi par les enfers, pour faire le supplice de mes jours. Il avait conçu pour moi un amour qu'il voulait satisfaire à quelque prix que ce fût : il avait choisi la nuit pour l'exécution de son dessein, il s'était caché dans la ruelle du lit, il profita de ta fuite pour venir se mettre à ta place. Hélas ! il eut bon temps d'une malheureuse que la frayeur avait fait évanouir : il fit ce qu'il voulut. Ranimée par le plaisir et trompée par ma passion, je crus le recevoir de mon cher Saturnin : j'accablai de plaisir un monstre que j'accablai de reproches quand je le reconnus. Il voulut m'apaiser par ses caresses, je le repoussai avec horreur ; il me menaça de révéler à Mme Dinville ce que j'avais fait avec toi. L'indigne employait contre moi les mêmes armes dont je pouvais me servir contre lui ; il obtint par ses menaces ce que j'avais refusé à ses transports. Ainsi j'accordais tout à un homme que je détestais, et la fortune arrachait de mes bras celui que j'adorais.

« Je ne fus pas longtemps sans sentir les fruits amers de mon imprudence : je cachai ma honte aussi longtemps que je le pus ; mais je me serais trahie par un silence trop obstiné. J'avais chassé l'abbé Fillot ; il se consolait dans les bras de Mme Dinville. La nécessité me le fit rappeler : je lui découvris mon état, il feignit d'y être sensible, il m'offrit de m'emmener avec lui à Paris, il ne manqua pas de me dire qu'il m'y ferait le sort le plus heureux ; il ajouta qu'il ne demandait, pour prix de ses services, que de vouloir souffrir qu'il me le rendît. Je ne voulais qu'être en un lieu où je pusse me délivrer de mon fardeau, comptant bien ne me servir ensuite de son crédit que pour me placer auprès de quelque dame. Je me laissai gagner par ses promesses ; je consentis de le suivre, et je partis avec lui sous le déguisement d'abbé.

« Les attentions qu'il eut pour moi sur la route ne me firent pas repentir de ma confiance ; mais que le traître cachait la scélératise de son cœur sous des apparences bien trompeuses ! Les secousses du carrosse avaient trompé mon calcul, et je mis au monde, à une lieue de Paris, le gage odieux de l'amour d'un misérable. Tout le monde criait au prodige et riait. Mon indigne compagnon de voyage disparut aussitôt, et m'abandonna à mes douleurs et à ma misère : une dame plus compatissante que lui eut pitié de mon état ; elle prit un carrosse, m'emmena à Paris, et me mit à l'Hôtel-Dieu. Elle me tira des bras de la mort ; mais ce fut pour me laisser dans ceux de l'indigence. Je ne l'aurais sentie que trop tôt, si je n'eusse lié connaissance avec une fille, que les hasards du même métier que celui que je fais aujourd'hui avaient rendue compagne de mon sort : la misère me tint lieu de penchant.

« N'en exige pas davantage : la vie de ta malheureuse Suzon n'a plus été qu'un enchantement de plaisirs et de chagrins ou plutôt que des chagrins continuels. Si le plaisir s'est fait sentir quelquefois à mon cœur, il n'a fait que colorer le fond de tristesse qui le rongeait : cessera-t-elle cette tristesse ? Ah, puisque je te retrouve, je ne dois plus me plaindre ; mais toi, mon cher frère, ne me fais pas languir, es-tu sorti de ton couvent ? Quel hasard te conduit à Paris ?

— Un malheur semblable au tien, lui répondis-je, et que m'a causé ta meilleure amie.

— Ma meilleure amie, reprit-elle en soupirant, en ai-je encore dans le monde ? Ah, ce ne peut être que la sœur Monique !

— Elle-même, lui répliquai-je ; mais ce récit nous tiendrait trop de temps : soupons. »

Je fis à côté de Suzon le repas le plus délicieux de ma vie ; mais l'envie de me voir seul avec elle, et de son côté celle d'apprendre mes aventures, nous fit sortir promptement de table. Nous nous retirâmes dans sa chambre, où, sans témoin, sur un lit, digne meuble de l'endroit où nous étions, et qui assurément n'avait jamais servi à deux amants aussi tendres, tenant ma chère sœur sur mes genoux, et mon visage presque toujours collé sur son visage, je lui racontai ce qui m'était arrivé depuis ma sortie de chez Ambroise.

« Je ne suis donc plus ta sœur, s'écria-t-elle, quand j'eus fini.

— Ne regrette pas, lui dis-je, une qualité que le sang donne et rarement le cœur : si tu n'es plus ma sœur, tu es toujours ma chère Suzon, tu es toujours l'idole de mon cœur. Chère âme, continuai-je, en la pressant tendrement entre mes bras, oublions nos malheurs, et commençons à compter notre vie du jour qui nous a rassemblés. »

En lui disant ces mots, j'appliquais des baisers ardents sur sa gorge ; j'allais la renverser, j'avais déjà la main entre ses cuisses : « Arrête », me dit-elle, en s'échappant de mes bras. « Arrête ? cruelle ! m'écriai-je : quelles grâces aurai-je donc à rendre à la fortune, si tu rebutes les témoignages de mon amour ?

— Étouffe, me répondit-elle, des désirs que je ne pourrais

écouter sans être criminelle : fais un effort sur ta passion, je t'en donne l'exemple.

— Ah, Suzon, lui répliquai-je, tu n'as guère d'amour, si tu peux me conseiller d'étouffer le mien, et dans quelles circonstances ! quand rien ne s'oppose à notre bonheur !

— Rien ne s'oppose à notre bonheur, reprit-elle, ah, que ne dis-tu vrai ! » Dans le moment je vis des larmes couler sur son visage ; je la pressai de m'en expliquer la cause : « Voudrais-tu, me dit-elle, partager avec moi le triste prix de mon libertinage, et quand tu le voudrais, aurais-je la cruauté d'y consentir ?

— Tu crois, lui répondis-je, m'arrêter par une raison aussi faible : je partagerais la mort avec ma Suzon, et je craindrais de partager ses malheurs ! »

Sur-le-champ je la renverse sur le lit, et je me mets en état de lui prouver que je ne crains pas le danger. « Ah, cher Saturnin, s'écrie-t-elle, tu vas te perdre !

— Je me perdrai », lui dis-je, transporté d'amour ; « mais ce sera dans tes bras. »

Elle cède, je pousse ; qu'on me permette d'imiter ici ce sage Grec, qui peignant le sacrifice d'Iphigénie, après avoir épuisé sur le visage des assistants tous les traits qui caractérisaient la douleur la plus profonde, couvrit celui d'Agamemnon d'un voile, laissant habilement aux spectateurs le plaisir d'imaginer quels traits pouvaient caractériser le désespoir d'un père tendre qui voit répandre son sang, qui voit immoler sa fille. Je vous laisse, cher lecteur, le plaisir d'imaginer ; mais c'est à vous que je m'adresse, vous qui avez éprouvé les traverses de l'amour, et qui, après un long temps, avez vu votre passion couronnée par la jouissance de l'objet aimé : rappelez-vous vos plaisirs, poussez votre imagination encore plus loin, s'il est possible, elle demeurera toujours au-dessous de mes délices ; mais quel démon jaloux de ma tranquillité me présente sans cesse un souvenir que j'arrose de larmes de sang ? Ah, finissons, je succombe à ma douleur !

Le jour vint avant que nous nous fussions aperçus que la nuit avait disparu. Dans les bras de Suzon, que je n'avais pas quittée depuis que nous étions couchés, j'avais oublié mes chagrins, j'avais oublié l'univers entier. « Ne nous quittons jamais, mon cher frère, me disait-elle : où trouverais-tu une fille plus tendre, où trouverais-je un amant plus passionné ? » Je lui jurais de vivre toujours avec elle : je le lui jurais. Hélas ! et nous allions nous quitter pour ne nous jamais revoir.

L'orage grondait sur notre tête, et le charme de l'illusion le dérobait à nos yeux : « Sauvez-vous, Suzon, vint nous dire une fille épouvantée, sauvez-vous, fuyez par l'escalier dérobé ! » Surpris, nous voulûmes nous lever, il n'était plus temps : un archer féroce entrait au moment que nous nous levions : Suzon tremblante et éperdue se jette dans mes bras : il l'en arrache, malgré mes efforts il l'entraîne. Ô dieux ! Cette vue me rendit furieux, la rage me prêta des forces, le désespoir me rendit invincible, un chenet, dont je me saisis, devint dans mes mains une arme mortelle. Je m'élance sur l'archer : « Arrête, malheureux Saturnin ! » Il n'eſt plus temps, le coup eſt porté, l'indigne ravisseur de Suzon tombe à mes pieds : on se jette sur moi, je me défends, je succombe, je suis pris. On me lie, à peine me laisse-t-on la liberté de prendre la moitié de mes habits : « Adieu, Suzon », m'écriai-je, en lui tendant les bras, « adieu, ma chère sœur, adieu. » On me traînait inhumainement sur l'escalier ; la douleur que me causaient les coups des marches contre lesquelles ma tête frappait me fit bientôt perdre connaissance.

Dois-je finir ici le récit de mes malheureuses aventures ? Ah, lecteur, si votre cœur eſt sensible à la compassion, suspendez votre curiosité, arrêtez-vous, contentez-vous de me plaindre ; mais quoi, le sentiment de ma douleur prévaudra-t-il toujours sur celui de ma félicité ? N'ai-je pas assez versé de pleurs : je suis dans le port, et je regrette encore les dangers du naufrage. Lisez, et vous allez voir les suites effroyables du libertinage ; heureux, si vous ne le payez pas plus cher que moi !

Je ne revins de ma faiblesse que pour me voir dans un misérable lit, au milieu d'un hôpital. Je demandai où j'étais. « À Bicêtre, me répondit-on.

— À Bicêtre ! m'écriai-je. Ciel, à Bicêtre ! »

La douleur me pétrifia, la fièvre me saisit, et je n'en guéris *que pour tomber* dans une maladie bien plus cruelle, la vérole. Je reçus sans murmurer ce nouveau châtiment du ciel : « Suzon, me dis-je, je ne me plaindrais pas de mon sort, si tu ne souffrais pas le même malheur. »

Mon mal devint insensiblement si violent que pour le chasser on eut recours aux plus violents remèdes : on m'annonça qu'il fallait me résoudre à souffrir une petite opération. Il faut vous épargner ce speſtacle de douleur : que puis-je vous dire ? Je tombai dans une faiblesse que l'on prit pour le dernier moment de ma vie ; que ne l'était-il, j'aurais été trop heureux ! La douleur qui m'avait causé mon évanouissement m'en retira. Je portai la main où je sentais la douleur la plus vive. « Ah, je ne suis plus homme ! » Je poussai un cri qui fut entendu jusqu'aux extrémités de la maison. Mais bientôt revenant à moi-même, et tel que Job sur son fumier, pénétré de douleur, et soumis aux ordres du ciel, je m'écriai dans l'amertume de mon cœur : *Deus dederat, Deus abstulit*[27].

Je ne souhaitais plus que la mort : j'avais perdu le pouvoir de jouir de la vie, l'anéantissement était le but de tous mes désirs. J'aurais voulu me cacher éternellement ce que j'avais été, je ne pouvais penser sans horreur à ce que j'étais. « Le voilà donc, disais-je au fond de mon cœur, le voilà cet infortuné père Saturnin, cet homme si chéri des femmes, il n'est plus : un coup cruel vient de lui enlever la meilleure partie de lui-même : j'étais un héros, et je ne suis plus qu'un... Meurs, malheureux, meurs, peux-tu survivre à cette perte, tu n'es plus qu'un eunuque. »

La mort fut sourde à mes cris ; ma santé revint, je me rétablis ; mais ma débilité fit juger qu'on ne tirerait pas de moi les services qu'on en avait attendus, et auxquels on m'avait destiné : on me déclara que j'étais libre. « Je suis libre, répondis-je au supérieur qui me l'annonçait, hélas, à quoi va me servir cette liberté que vous me donnez ? Dans l'état cruel où je suis, c'est le présent le plus funeste que vous puissiez me faire ; mais, monsieur, oserai-je vous demander le sort d'une jeune personne que l'on doit avoir amenée ici le même jour que moi ?

— Il est plus heureux que le vôtre, me répondit-il brusquement, elle est morte dans les remèdes.

— Elle est morte », repris-je, accablé de ce dernier coup, « Suzon est morte ! Ah, ciel, et je vis encore ! »

J'aurais dans le moment terminé mes jours, si l'on n'avait arrêté l'effet de mon désespoir. On me sauva de ma propre fureur, et l'on me mit dans le chemin de profiter de la permission que l'on venait de me donner, c'est-à-dire à la porte.

Je restai un moment anéanti : mes yeux seuls, en répandant des torrents de larmes, témoignaient que je vivais encore : j'étais au dernier degré du désespoir et de la rage. Couvert d'un malheureux habit, ayant à peine de quoi vivre un jour, ne sachant où aller, je m'abandonnai dans les bras de la Providence. Je prenais le chemin de Paris, j'aperçus les murs des chartreux : la profonde solitude qui y règne fit briller à mon esprit un trait de lumière. « Heureux mortels, m'écriai-

je, qui vivez dans cette retraite à l'abri des fureurs de la fortune, vos cœurs purs et innocents ne connaissent pas les horreurs qui déchirent le mien ! » L'idée de leur félicité m'inspira le désir de la partager. J'allai me jeter aux pieds du supérieur : je lui contai mes infortunes. « Ô, mon fils », me dit-il, en m'embrassant avec bonté, « louez Dieu, il vous réservait ce port après tant de naufrages : vivez-y, et vivez-y heureux, s'il est possible. »

J'y restai pendant quelque temps sans emploi ; mais bientôt on m'en donna : je montai par degrés au poste de portier, et c'est sous ce titre qu'on m'a connu.

C'est ici que mon cœur se fortifie dans la haine qu'il a conçue pour le monde : j'y attends la mort sans la craindre ni la désirer, et je prétends que quand elle m'aura tiré du nombre des vivants, on grave en lettres d'or sur mon tombeau : *HIC SITUS EST DOM BOUGRE ; FUTUTUS, FUTUIT*[28].

Fin

Appendice iconographique

GRAVURES DE L'ÉDITION DE 1748

MÉMOIRES DE SATURNIN
FRONTISPICE

GRAVURES DES *MÉMOIRES DE SATURNIN*

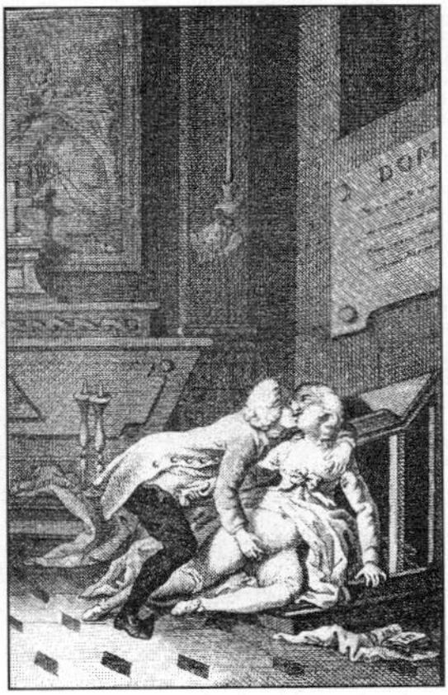

Godard d'Aucour

THÉMIDORE

AVERTISSEMENT

Lorsqu'on entre chez un curieux, non seulement on est charmé d'observer ses collections[1], mais on est encore flatté de savoir dans quel esprit elles ont été recueillies : l'histoire du cabinet intéresse en faveur des morceaux qu'il renferme. C'est précisément le cas où se trouvent ceux entre les mains desquels ces mémoires se rencontrent. Il est juste de satisfaire leurs désirs.

L'auteur des aventures que l'on communique ici au public est un conseiller au Parlement ; il est inutile d'exposer son nom ; comme son ouvrage paraît sans son consentement, ce serait lui déplaire que de l'en faire connaître pour l'auteur.

M. Thémidore est un jeune homme riche, beau, bien fait, d'un excellent caractère, plein d'esprit, et qui aime éperdument le plaisir ; avec ces qualités, il n'est pas étonnant qu'il ait recherché les occasions de s'amuser et qu'il les ait rencontrées. Sensible à la vanité, comme il convient à son âge, il serait très singulier, qu'outre le soin qu'il a dû prendre de *raconter* à Paris ses bonnes fortunes de vive voix, il eût manqué de les transmettre par écrit à ses amis qui par leur éloignement ne pouvaient autrement en avoir la confidence. Ainsi c'est en partie à son amour-propre que l'on est redevable des descriptions que renferment ces deux parties de mémoires. M. le marquis de Doncourt à qui ils sont adressés les a lus avec plaisir, et me les a envoyés pour m'en amuser : ils ont fait sur moi l'impression qu'ils avaient faite sur lui, ils méritent de plaire à tout le monde.

Ce n'est point ici un *comte* imaginaire, qui en donnant ses prétendues *confessions*, ment hardiment à confesse[2] ; c'est un jeune homme qui entre à peine dans le monde, et qui s'imagine souvent que le plaisir est une découverte de son invention, et qui en conséquence en entretient les autres avec transport ; c'est un jeune homme qui par l'usage qu'il a de parler exactement, écrit de même, qui réfléchit quelquefois, et donne à ses pensées une tournure qui lui est propre ; enfin, c'est un esprit un peu impétueux, et qui n'ayant pas encore eu le temps de devenir sage, fait avec feu l'éloge de l'égarement, et peint avec force les occasions où il a pu se livrer à la volupté : ses portraits sont d'après nature, et méritent une place dans le recueil des miniatures galantes.

Nous avons jugé à propos de déguiser le nom de ceux dont on fait mention, ce soin sera approuvé de toutes les personnes raisonnables. Nous ne conseillons point aux âmes scrupuleuses de jeter les yeux sur ces aventures, elles sont quelquefois chatouilleuses et capables d'exciter des idées extrêmement éveillées ; elles ne sont faites que pour être lues par les esprits revenus de la bagatelle[3], ou qui vivent avec elle ; ainsi ne doit-on communiquer l'histoire d'un naufrage qu'à ceux qui en sont échappés, ou à ceux qui sont dans le cas de s'y exposer. Au reste ces mémoires sont écrits avec retenue, il n'y a aucun mot qui puisse blesser la modestie, mais on ne répond pas des idées qu'ils peuvent faire naître. Ils sont semés de sentences très sages et aisées à retenir, ils sont dans le goût actuel du public, puisqu'ils ne contiennent que d'aimables bagatelles bien dictées et plus propres à amuser l'esprit qu'à nourrir le cœur.

PREMIÈRE PARTIE

Togatos
Cum Venere in molli gramine bella decent.
Ovid. Eleg. 5. Lib. 3[1].

Ce que je désirais depuis si longtemps, cher marquis, s'est offert de lui-même ; et je n'ai pas fait les avances du hasard. Enfin j'ai possédé la belle Rozette. Voici son portrait : jugez si je sais attraper la ressemblance.

Elle a de l'esprit, du jugement, de l'imagination, et se plaît dans l'exercice de ses talents. Faisant tout avec aisance, elle fait faire aux autres tout ce qu'elle veut. Extérieur éveillé, démarche légère, bouche petite, grands yeux, belles dents, grâces sur tout le visage, voilà celle qui a fait mon bonheur : prude par accès, tendre par caractère, dans un moment son caprice vous désespère, dans un autre sa passion vous enivre des idées les plus délicieuses. Rozette entend au mieux le coup d'œil, elle part à votre appel, et vous rend aussitôt votre déclaration. Elle folâtre avec le plaisir, mais elle l'éloigne le plus qu'elle peut de sa véritable destination : goût singulier, d'aimer mieux caresser un beau fruit, que d'en exprimer la liqueur !

Trois jours s'étaient passés depuis votre relation de la prise de Menin[2], lorsque plein de vous, et inquiet de votre santé, cher marquis, je reçus de vos nouvelles. Je fus au Palais-Royal[3] les communiquer à nos amis, et ensuite me promenai dans une allée un peu écartée. Je vis arriver le président de Mondorville[4]. Il était pimpant à son ordinaire ; la tête élevée, l'air content : il s'applaudissait par distraction, et se trouvait charmant par habitude. Il badinait avec une boîte d'or d'un nouveau goût, et y prenait quelques légères couches de tabac, dont, avec certaines minauderies, il se barbouillait le visage. « Je suis à vous, me dit-il en passant, je cours au Méridien[5]. » Il y fut ; je fis en l'attendant quelques tours seul, et considérai avec un plaisir critique un groupe original de nouvellistes[6], qui politiquaient profondément sur des choses qui ne doivent jamais arriver. Je m'approchai d'un vieux militaire qui parlait fort haut et fort bien, chose assez rare à son espèce : il fit noblement le panégyrique de notre illustre monarque[7], et peut-être, pour la première fois de sa vie, il ne trouva point de contradicteur.

Le président revint du Méridien, en grondant de ce que sa montre retardait de quelques minutes : il promit que jamais Julien Le Roy[8] ne travaillerait pour lui, et qu'il ferait venir exprès de Londres une douzaine de répétitions[9]. Tel qui ne veut pas que sa pendule se dérange d'une seconde est perpétuellement en contradiction avec lui-même.

« Mon cher conseiller, me dit-il, une prise d'espagnol[10] ? C'est ce marchand arménien qui est là-bas sous ces arbres qui me l'a vendu. C'est un nouveau converti : on le dit bon chrétien ; mais ma foi, il est arabe avec les curieux. Vous voilà beau comme l'amour ; on vous prendrait pour lui, si vous étiez aussi volage ; mais on sait que la jeune baronne vous tient dans ses chaînes. Votre père eſt à la campagne. Divertissons-nous à la ville. Quel désert que Paris ! Il n'y a pas dix femmes : ainsi celles qui veulent se faire examiner ont des yeux à choisir.

« Je vous fais dîner avec trois jolies filles ; nous serons cinq, le plaisir sera le sixième, il sera de la partie puisque vous en êtes. J'ai renvoyé mon équipage, et Laverdure doit m'amener une *remise*[11].

« Argentine eſt du dîner, c'eſt une fille adorable, au libertinage près, elle a les meilleures inclinations du monde. »

Ne reconnaissez-vous pas bien là, cher marquis, le président ? Il a du génie, de l'honneur, mais il tient furieusement au plaisir. La nuit au bal, à sept heures du matin au palais : il n'eſt ni pédant en parties[12], ni dissipé à la Chambre. Charmant à une toilette, intègre sur les fleurs de lys, sa main joue avec les roses de *Vénus*, et tient toujours en équilibre la balance de la *Juſtice*.

Nous sortîmes insensiblement du jardin. Laverdure n'était pas encore arrivé. Depuis quelque temps, nous entendions les propos de deux jeunes gens qui se confessaient mutuellement leurs bonnes fortunes, mais qui, à leur air, m'avaient bien celui de mentir au tribunal.

Nous apercevions à leurs fenêtres plusieurs veſtales[13], dont la réputation eſt excellente dans le quartier, et embaume tout le voisinage ; elles étaient parées comme pour des myſtères, nous jugeâmes qu'elles ne pouvaient allumer que des feux d'artifice.

Nous considérions d'un côté de la place le café de la Régence[14], si brillant autrefois ; nous plaignions la maîtresse de ce lieu, qui a été forcée de fuir un époux qui ne sera jamais choisi pour servir le neƈtar à la table des dieux.

De l'autre côté nous apercevions le café des Beaux-Arts[15], café nouveau, orné très galamment, bien fréquenté, et qui, s'il continue, ne sera pas sitôt le café des Arts défendus.

La maîtresse de ce cabinet* était sur sa porte en négligé. Souvent il y a plus d'art dans cette simplicité que dans les ornements précieux. Elle eſt prévenante et gracieuse. Sans être belle, on plaît quand on lui ressemble. Elle eſt bien faite, a la peau fort blanche, parle avec aisance, et l'esprit accom-

* Elle se nomme Mme Morin.

pagne ses reparties. À sa façon propre de se mettre, on imagine qu'elle doit être sensuelle dans le particulier. Sa jambe eſt fine et déliée à ce qui parait. Je connais un autre sens que la vue qui aurait plus de satisfaction à en décider.

Cependant arriva Laverdure : il descendit de carrosse : nous y montâmes. « Tout eſt prêt, dit-il, Mlle Laurette et Mlle Argentine vous attendent, mais Mlle Rozette eſt indisposée, et vous fait ses excuses. » Cette nouvelle, que Rozette devait être de la partie, et n'en serait pas, me rendit chagrin. J'ignorais la surprise qu'elle nous ménageait. On s'afflige souvent de ce qui nous doit être le plus agréable dans la suite.

Le président ne déparla pas jusqu'au logis de nos demoiselles. Il eſt permis de ne pas garder le silence, quand on s'exprime avec sa variété. Il n'y a pas un petit-maître[16], ou une petite-maîtresse, qu'il ne connaisse, par nom, surnom, intrigues, qualités, mœurs et aventures : il sait la chronique médisante de tout Paris.

« Voici, me disait-il, ce grand Flamand au teint pâle, qui joue si gros jeu. Il eſt au-dessus et au-dessous de nous de toute sa tête. Voyez-vous le sage Damis au regard ingénieux et spirituel, on croirait qu'il pense, il donne bonne idée de lui lorsqu'il ne dit mot, sa physionomie eſt une menteuse, et cet homme-là n'eſt bon qu'à être son portrait.

« Vous voyez le petit duc dans son équipage ? Il joue le galant et le passionné auprès des dames, mais on sait son goût, et l'on eſt persuadé qu'il triche toujours en de telles parties.

« N'avez-vous pas aperçu la comtesse de Dorigny, elle eſt toujours dans son *vis-à-vis*[17] seule, elle court de maison en maison pour annoncer une pièce que l'on donnera ce soir aux Italiens, pour la première fois : elle dit à tout le monde qu'elle en eſt très contente, et ne l'a pas lue ; c'eſt le secrétaire de son frère qui en eſt auteur, elle en jugera en faisant des *nœuds*[18]. *Voici* le jeune Poliphonte, il court à toute bride dans son phaéton[19] bleu céleſte ; fils d'un riche marchand de vin, il se croit un Adonis, il eſt bien le favori de Bacchus[20], mais il ne le sera jamais de l'Amour.

« Je n'ose, continuait-il, regarder la porte d'Hébert*[21], il me vend toujours mille choses malgré moi, il en ruine bien d'autres en bagatelles. Il fait en France ce que les Français

* Marchand bijoutier, rue Saint-Honoré, vis-à-vis le Grand-Conseil.

font à l'Amérique, il donne des colifichets pour des lingots d'or. »

Nous arrivâmes à la porte de nos demoiselles ; après avoir attendu assez longtemps, Laverdure descendit avec elles.

Pensez-vous comme moi, marquis ? Je n'aime pas qu'un domestique soit si fort dans la confidence de mes secrets ou de mes plaisirs. En gardant un bijou, on le regarde, en le regardant de trop près on en est tenté, et quelquefois le gardien devient larron : d'ailleurs une fille qui se vend à vous par intérêt peut se donner par goût à votre confident.

Laurette et Argentine montèrent avec nous ; les stores tirés, nous partons. Le président de prendre les mains à nos compagnes ; elles de lui recommander d'être sage ; lui de les embrasser, elles de se défendre ou d'en faire la cérémonie. Bientôt j'eus fait connaissance à l'exemple de mon ami : nous badinons, le temps s'écoule, nous nous trouvâmes à la Glacière[22].

Le dîner était préparé. Donnez vos ordres à un domestique entendu, qu'il soit le maître de votre bourse, il en fera les honneurs par-delà vos vœux ; plus vous serez content, plus il y aura trouvé son avantage. Qui est-ce qui n'est pas industrieux sur le plaisir, lorsque les frais en sont faits par un autre ?

La maison où nous étions est louée par le président ; on y trouve toutes les commodités désirables. L'extérieur n'en est pas brillant, mais l'intérieur vous en dédommage. C'est au-dehors la forge de Vulcain[23], mais le dedans est le palais de Vénus.

Ces petites maisons-là[24] sont d'une idée charmante, le mystère en est l'inventeur, le goût les construit, la commodité les dispose, et l'élégance en meuble les cabinets. On ne rencontre là que le simple nécessaire, mais c'est ce nécessaire cent fois plus délicieux que tous les superflus. On ne trouve jamais là de parents au degré prohibé, ainsi jamais de trouble. La sagesse est consignée à la porte, et le secret qui fait sentinelle ne laisse entrer que le plaisir et l'aimable libertinage.

Le dîner servi nous en profitâmes. Passez-m'en la description. Imaginez ce que peut offrir la volupté, quand la finesse vous sert à petits plats. Je me plaçai auprès de Laurette, et le président choisit Argentine. Laverdure nous fit attendre après la *bisque* ; cet intervalle fut rempli par une dispute qui s'éleva sur le savant et ennuyeux opéra de *Dardanus*[25]. Déjà nous étions animés lorsqu'on nous présenta deux entrées, auxquelles Martiolo*[26] eût donné un nom très appétissant. Ce service calma notre ardeur, et nous remit dans notre assiette et sur notre assiette.

Vous ne connaissez pas beaucoup nos deux convives ; en voici une esquisse.

Laurette eſt encore jeune, mais moins qu'elle ne le dit, et moins aussi qu'elle ne le pense ; la bonne foi des femmes eſt admirable sur cet article. Elle eſt une de ces grandes filles bien découplées, dont la taille et la jambe dénotent des dispositions excellentes pour plus d'une danse. Elle eſt brune, très sémillante, et se pique de faire naître des désirs.

Argentine eſt une grosse maman ragoûtante qui a le nez un peu retroussé, la bouche jolie, la main potelée, et une gorge en faveur de laquelle la nature n'a pas été ménagère. Le plaisir eſt sa divinité chérie, aussi lui sacrifie-t-elle le plus souvent qu'il lui eſt possible. Leur conversation se ressemble assez ; elle eſt brillante lorsqu'elle roule sur la bagatelle ; ces filles-là possèdent bien leur matière.

Le dîner se passa assez tranquillement ; j'en fus surpris, connaissant l'humeur impétueuse du président. J'ai toujours soupçonné que pendant un moment d'absence avec Argentine, sous prétexte de rendre visite à un cabinet nouvellement meublé de perse[27], il s'était précautionné contre les effets du vin de Champagne. Au reſte, je le plains, s'il a été si longtemps sage sans préparation. Pour moi je m'aperçus bien que l'on n'eſt pas réservé quand on le veut. Eſt-ce un si grand mal de n'avoir pas un empire absolu sur la nature ? On dit qu'il y a de la gloire à prendre sur elle ; je trouve qu'il y a plus de plaisir à lui laisser prendre sur nous.

Déjà les propos enjoués avaient animé notre repas ; quelques couplets de chansons assez libres avaient fait naître des désirs agréables, plusieurs baisers avaient, en conséquence, effleuré les charmes de nos convives, qui ne résiſtaient qu'autant qu'il en fallait pour se donner une réputation de s'être défendues. Nous ne songions à personne lorsque Laverdure nous annonça que l'on pensait très fort à nous, et nous remit une lettre de la part de Rozette.

Le président la décacheta avec empressement, elle était badine, et nous félicitait sur l'aimable désordre où elle supposait que nous devions être, et nous avertissait qu'avant

* Fameux cuisinier.

une demi-heure, elle partagerait nos amusements. On but à sa santé ; je le fis d'une façon trop marquée. Le cœur se trahit aisément, *on le prend sur le fait* à chaque rencontre. Cette façon découvrit à Argentine et à Laurette que je lui donnais la préférence. Toute femme eſt jalouse ; les filles du genre de ces demoiselles ne le sont pas précisément et en forme, mais elles ne sont point insensibles ; pourquoi, ayant des agréments, l'orgueil ne serait-il pas aussi leur apanage ? Sans se dire mot, elles se le donnèrent pour empêcher que Rozette à son arrivée ne profitât de ce qu'elles avaient mérité, comme premières occupantes. Ce syſtème ne portait pas à faux. En punissant l'amour que j'avais pour Rozette, elles avaient deux satisfactions : la première de se procurer de l'amusement, la seconde d'en priver une rivale ; ce dernier motif suffisait : les femmes font quelquefois le mal pour le mal, mais leur malice eſt bien induſtrieuse lorsqu'elle doit être récompensée par le plaisir.

On remit le dessert à l'avènement de Rozette. J'ai oublié de vous dire, cher marquis, que c'était elle-même qui avait apporté la lettre ; et que de concert avec Laverdure, elle s'était cachée dans un appartement voisin, d'où elle était témoin de ce qui se passait dans le nôtre. Que n'en fus-je informé ? J'aurais été mettre le secret de sa retraite à contribution : bien différents de vous autres militaires, nous n'en levons que dans les pays qui nous sont les plus chers.

Quelques raisons ayant obligé Argentine à sortir, le président lui donna la main ; nous reſtâmes seuls Laurette et moi.

Argentine était en robe détroussée[28] de moire citron, avec une coiffure qui demandait à être chiffonnée. Laurette était parée, avait du rouge et un ajuſtement des plus leſtes. La simplicité embellissait Argentine, et Laurette trouvait mille avantages dans sa parure. Rien ne peut enlaidir une jolie femme ; et on peut se flatter d'être passable, quand on n'eſt point changée par l'affectation de la parure.

Le président tardait un peu dehors. Nous en badinâmes et rîmes entre nous, de ce qui probablement ne les désespérait pas alors. Suivant le caractère des absents, nous jugions que l'emploi de leur temps était leur plus sérieuse affaire ; et *que, s'ils avaient quelque compte à rendre*, ce ne serait pas d'y avoir laissé un grand vuide à remplir.

Ceux qui badinent des autres sont toujours punis. En critiquant son prochain, on agit souvent de même ; la morale eſt très faible vis-à-vis le plaisir. « Ôtez cette palatine[29], dis-je à Laurette, elle doit vous gêner ; cette garniture de robe eśt bien gaie. Il faut avouer que la Duchap*[30] a un grand goût pour ces riens-là, si elle a le talent de vous les vendre au poids de l'or. Que vous êtes charmante ! continuai-je, le vin de Chablis vous a mis un feu divin dans les yeux. Votre gorge eśt toute couverte de poudre, que je l'ôte. » J'y portai le doigt légèrement ; j'aurais voulu alors être un autre Jonathas**[31]. « Que je voie votre bague ? Vous avez les doigts bien pris. » Je saisis sa main, je la baisai ; elle prit la mienne, elle la serra : une main qui serre veut quelque chose, je lui donnai un baiser de tout mon cœur, et redoublai à plusieurs reprises en faveur d'une belle bouche qui s'offrait toujours à mon passage. Mon ardeur augmentait, son feu se communiquait au mien, déjà nos yeux fixés les uns sur les autres se demandaient ce qu'ils ne peuvent qu'indiquer ; nous nous approchâmes d'un *canapé* qui était auprès de nous, et vers lequel le parquet ciré conduisit, peut-être malicieusement, nos sièges. Ce fut alors que sans rien détailler je m'occupai essentiellement de mon devoir. Je m'oubliai comme elle, nous nous égarâmes ensemble, ce que je sais, c'eśt que nous tombâmes dans une espèce de précipice où elle aidait à m'ensevelir, et dans lequel je serais encore, si, au contraire de ce qui arrive ordinairement, il ne fallait pas être extrêmement fort pour y demeurer longtemps. Nous sortîmes de notre léthargie, et en rougissant de ce que nous sentions, nous désirions d'en sentir encore d'avantage. C'eśt bien là le temps d'avoir de la pudeur, vous me la passez, cher marquis, il n'eśt pas permis à un homme de robe de penser aussi généreusement qu'un colonel de hussards. Nous rîmes un inśtant après d'avoir été si fous ; mais nous en fûmes si peu fâchés, que par un baiser mutuel nous convînmes de recommencer au premier moment à perdre la raison.

Argentine rentra en bon ordre, elle était en habit de combat et se mit à éclater de rire en regardant la robe de Laurette qui avait l'air d'avoir été de quelque partie. La physionomie n'eśt pas toujours trompeuse. Elle plaisanta sur ses yeux, sur les miens, et se tournant vers le canapé et l'examinant avec soin, elle assura que si je faisais une carte des lieux où j'aurais combattu, celui-ci serait marqué en rouge. « Pourquoi,

* Marchande de modes vis-à-vis l'Opéra.

** Rois 3.

disait-elle d'un ton ironique, n'a-t-on point de faiblesses sans que les autres s'en aperçoivent ? La faute se peint dans les yeux ; voyez les miens, ne sont-ils pas le miroir de l'innocence ? » Apparemment que pour cette fois Argentine nous avait fait faire un jugement téméraire, ou plutôt qu'elle n'était troublée que lorsqu'elle avait combattu dans les règles. « Défaites-vous de ces ajustements superflus, dit-elle à Laurette, restez en corset, comme je m'y suis mise, puisque nous passons ici la journée, il ne faut point de cérémonies : vos grâces en seront plus aimables en négligé. Montez en haut et arrangez proprement tout sur le lit, mais de grâce ne réveillez pas le président qui repose sur la *duchesse*[32]. » Laurette suivit le conseil, comme il était bon elle s'aperçut qu'on ne le lui avait donné que par quelque intérêt. Quelle est la femme qui soit bien aise que sa rivale soit plus brillante, et aide à la rendre telle ? Aussi en nous quittant, retourna-t-elle malicieusement la tête à plusieurs reprises. Les maîtres dans un art en savent tous les secrets.

« C'est à moi à qui vous avez affaire maintenant, beau conseiller », dit alors Argentine, sans autre préambule. Elle avait déjà fermé la porte, et fait un petit saut de caractère[33]. « Je vous aime, le temps est court, le président n'a fait qu'effleurer la matière, il a commencé le combat, il faut que vous vainquiez pour lui. Ce canapé n'a-t-il pas été témoin de votre courage ? Il est poudreux, mais je crains peu la poussière, elle est honorable lorsqu'elle est prise au champ de bataille. » Elle dit, elle m'embrasse, je lui rends avec vivacité, elle m'entraîne où j'allais assurément très volontiers. Rien n'est tel qu'une femme qui a du tempérament, et qui a été frustrée dans son attente. Ce n'est plus goût, c'est passion, ce n'est plus transport, c'est fureur, je ne crois pas qu'il y ait quelque chose dans le monde de plus vif que la possession d'un objet de ce genre. Bref, j'attaquai une place qui s'était offerte à moi ; combattant avec courage, et vainqueur avec gloire, j'étendis mes conquêtes dans un climat dont on m'avait facilité les entrées. Argentine et moi sortîmes de notre état très satisfaits, et si elle ne fut pas surprise de ma valeur, elle eut lieu de s'en glorifier. « Que Rozette vienne présentement, disait-elle, je lui souhaite beaucoup de satisfaction, nous serons amies ensemble, et je vous prie même de lui témoigner combien je l'aime. » Jugez, cher marquis, si Argentine m'avait laissé les moyens de lui témoigner quelque chose.

Cependant arriva Laurette. « Ce canapé est contagieux, on

ne peut en approcher sans s'en ressentir, dit-elle ; voyons aussi vos yeux, Argentine ? et les vôtres, conseiller ? Cela suffit : il faut avouer que ma bonne amie eſt bien tranquille ; elle ressemble au Grand Condé[34], qui n'était jamais d'un plus grand sens-froid[35] qu'au milieu d'une bataille. Le président repose, vuidons cette bouteille de Frontignan[36] pendant son sommeil. Vous êtes pensif, cher conseiller ? Vous avez un air respectueux ; il ne faut marquer du respect aux dames que lorsque vous ne pouvez pas leur en manquer. »

Cependant la conversation tomba sur la lecture, ressource d'un homme fatigué, et de femmes qui n'ont pas encore songé à médire. On parla beaucoup du roman d'*Acajou**[37], je trouvai que l'épître dédicatoire au public était ce qu'il y avait de plus raisonnable dans le livre. Nos demoiselles firent l'éloge de l'auteur, louèrent sa facilité à parler, et son esprit sur toutes sortes de matières ; Argentine qui eſt de ses amies, dans les transports de son affection pour lui, nous assura que par cascade, elle avait assez de crédit pour le faire recevoir à l'Académie française[38].

La conversation eſt bientôt épuisée lorsqu'elle roule sur le mérite d'un auteur. Nous discourûmes de mode, de dentelles, d'étoffes, et par gradation, nous commencions à mettre Rozette sur le tapis lorsqu'elle entra elle-même et nous surprit agréablement par sa présence. Je me levais pour aller au-devant d'elle, elle m'arrêta ; et après un salut de joie, elle fit le tour de la table, et nous donna à tous un baiser sur le front avec un certain petit bruit des lèvres, qui eſt ordinairement l'écho du plaisir.

Elle nous découvrit tout le myſtère, et nous apprit qu'il y avait longtemps qu'elle était dans la chambre voisine ; elle nous récita nos propos, et nous décrivit nos aventures, elle compta même les minutes que j'avais occupées avec Argentine ; et en connaisseuse, elle m'assura que j'avais été trop longtemps pour peu, et trop peu pour beaucoup : on en fit juge Argentine, un seul mot de sa part fit mon éloge.

Rozette était sans panier[39] avec le plus beau linge du monde ; une chaussure fine, et une jambe dont elle sait tirer mille avantages. « Le président dort ? s'écria-t-elle. Veillons. Le dessert a été réservé pour mon arrivée ; remplissons sa deſtination ; tâchons qu'il n'en reſte rien ; et que, pour la première

* Tout le monde sait que ce roman eſt de M. Duclos de l'Académie des inscriptions.

fois, le juge n'ait que les écailles de l'huître[40]. » Nous suivîmes son avis. Une heure se passa à badiner, à chanter, à faire partir les bouchons, et à casser des verres et quelques porcelaines. C'eſt le goût des dames de condition* : depuis le départ des officiers pour l'armée, elles font les petites-maîtresses, et se plaisent dans des soupers où l'on fait *carillon*[42] ; elles trouvent un esprit infini à briser un miroir ou une table, ou à jeter des chaises par les fenêtres : les filles du monde[43] n'ont-elles pas droit de copier dans ces expéditions les jeunes marquises, puisque celles-ci les copient dans leurs intrigues ? Je tirai de ma poche ma flûte ; Laurette s'en saisit, et comme elle en joue passablement, elle préluda par des roulades et nous donna des airs assez touchants. Rozette prit cet inſtrument à partie, et soutint que la façon d'en tirer des sons était indécente, elle blâma les coups de langue, et soutint que jamais le sexe ne devait toucher à une flûte en compagnie. Où la morale allait-elle se loger ? Dans le fond, il eſt vrai de dire qu'il eſt certaines choses dont une femme ne doit jamais faire savoir qu'elle sait faire usage.

Rozette, après ses réflexions sur ma flûte, parla de son état. C'eſt l'ordinaire qu'après certaines parties, lorsqu'on a pour ainsi parler épuisé le plaisir, on se jette sur les embarras de la vie, ou sur les obligations de la nature, et ses malheurs. Quelle deſtinée pour la philosophie d'être fille en quelque sorte du libertinage ! Rozette fit une comparaison de ses pareilles avec les abbés qui n'était pas sans ressemblance.

« Les uns, disait-elle, débutent dans le monde par un air de modeſtie et de pudeur ; les autres par une affectation de cagoterie. Nous regardons les hommes à la dérobée, les abbés dévorent les femmes sous leurs grands chapeaux. Les hommes viennent nous chercher ; les femmes se glissent vers nos messieurs. Nous ruinons nos amants, ils font fortune par le moyen de leurs maîtresses. Nous sommes dans l'opulence tant que nous sommes jeunes, les autres ne deviennent à leur aise qu'en vieillissant. Nous sommes sages et quelquefois *saintes* sur la fin de nos jours, les abbés au contraire sont plus libertins sur le déclin des leurs. La nécessité fait notre vocation, l'intérêt fait presque toujours la leur ; on ne donne au *monde* que ce qu'il y a de mieux ; et l'*Église* a ordinairement le rebut de la nature. Nous sommes dans l'état, deux êtres indéfinissables

* Mmes de *** étant à la Rapée au mois de juillet y firent ces extravagances[41].

qui ne tiennent à rien et se trouvent partout, qui ne sont pas nécessaires, et dont on ne peut se passer. » Elle nous détailla ensuite quelques aventures qu'elle avait eues avec de très graves ecclésiastiques, et qui nous amusèrent beaucoup. Je les passe sous silence, cher marquis, ayant un frère chanoine, et un autre abbé commendataire[44], je ne veux pas qu'il soit dit que j'ai révélé le secret de l'Église.

Le président se réveilla, descendit, et vit Rozette avec surprise. Il vola vers elle, l'embrassa, et se mit vis-à-vis pour la contempler à son aise.

Le repos l'avait rafraîchi : un verre de liqueur le remit en humeur, la compagnie lui donna de l'audace ; et se sentant fort, il défia ma faiblesse. Je fus humilié, je le confesse, Argentine et Laurette triomphaient intérieurement. Mes yeux se tournèrent du côté de Rozette, et lui demandaient pardon de ce qui m'arrivait, ou plutôt de ce qui ne m'arrivait pas ; elle en parut touchée, un malheur qui arrivait en sa compagnie l'en rendait presque participante.

On me badina, on me tourna en ridicule. Le président jouissait de mon trouble ; et fier d'un instant de valeur, orgueilleux dans la prospérité, il me félicitait ironiquement sur mes exploits du canapé.

Rozette se sentit piquée en ma personne, et vit bien que les deux convives défiaient ses charmes. Elle eût bien voulu faire un coup décisif ; mais après ce qu'elle avait vu de moi, elle appréhendait pour son honneur ; la plaisante circonstance que celle où on le perd en le gardant ! Elle ne savait pas si, nouvelle Aurore[45] pour les attraits, elle en aurait la puissance en faveur d'un nouveau Titon* qu'elle n'avait pas réduit à cet état de faiblesse.

Elle me fit un souris pour tenter l'entreprise, j'y répondis, elle examina mes yeux, et surprit dans mon regard le présage de sa gloire à venir. Elle but à la déesse de la Jeunesse, prononça quelques mots mystérieux, et après trois mouvements magiques elle fit voir son triomphe. On lui donna de grandes louanges et on convint, malgré la jalousie, que la fleur qu'elle avait fait éclore lui appartenait, et qu'elle en devait faire un bouquet pour mettre à son côté.

On se leva de table. Après quelques tours de jardin on fit

* On sait la fable de Titon et de l'Aurore, et personne n'ignore la façon galante dont M. de Moncrif l'a traitée dans son *Rajeunissement inutile*[46].

un *médiateur*[47]. Le président gagna beaucoup, il jouait d'un bonheur sans égal. Rozette en était outrée : ce n'est pas aux cartes où elle est belle joueuse, elle nous répéta souvent qu'elle était en péché mortel, parce qu'elle ne voyait pas un as noir. Cependant elle trichait suivant le talent qu'elle en avait reçu. Argentine, que je conseillais, l'imitait au mieux. Le président s'en apercevait et en riait sous cape ; il sait comme vous et moi que toute femme triche, et que même lorsqu'elles veulent être fidèles, l'habitude supplée à leur intention. Le souper fut délicat. Notre cuisinier se surpassa, et le président en tira vanité. En effet c'est là ce qu'on appelle un homme essentiel : n'est-il pas plus estimable qu'un bel esprit mathématicien qui pique régulièrement votre table : celui-ci vous mange, et l'autre vous fait manger.

Rozette et Argentine firent l'amusement du repas, par une infinité de chansons plus jolies les unes que les autres, qu'elles débitaient à l'envi. Laurette excitait à boire et faisait circuler la joie avec la mousse qu'elle excitait dans les verres.

Il est des bornes à tout, même à la folie. Le président devint rêveur, Laurette le fit sortir pour le distraire et le conduisit au jardin. Semblable guide était propre à l'égarer. Apparemment qu'ils se fourvoyèrent en chemin, et tombèrent dans quelques broussailles, car nous remarquâmes que la rosée avait gâté la robe de celle qui, je crois, n'était point sortie pour examiner les étoiles.

Je ne réussis pas à engager Rozette de venir avec moi, elle savait que je tenais d'elle mon rajeunissement, et elle ne voulait pas que je lui remisse son bienfait. Qu'un cœur né généreux souffre lorsqu'on lui interdit les moyens de témoigner sa reconnaissance !

Le souper fini nous montâmes en carrosse, le président était revenu de ses vapeurs. Il le prit sur un ton gai, et nous dit de très plaisantes choses. Son libertinage est ordinairement à fleur d'esprit.

À peine étions-nous placés, arrivent dix personnes et un grand bruit avec elles. On appelait le président par son nom, et on lui demandait de loin sa protection. Je mets la tête à la portière : le président regarde aussi. « Ah ! monseigneur, s'écria un vieillard avec une voix cassée, voici ma femme » (c'était une grosse laide toute bourgeonnée autant que je pus voir à la lumière de deux lanternes), « nous nous recommandons à votre bonne justice. Notre procès se juge demain, il s'agit… » Le vieux plaideur n'allait-il pas nous détailler son affaire, et ses voisins qui l'accompagnaient n'allaient-ils pas aussi tous crier ensemble, lorsque le président leur dit en fureur : « Qui diable vous a donné l'idée de venir ici ?

— Pardon, s'écria la troupe, monseigneur, nous vous avons reconnu pendant que vous étiez dans le jardin, et nous sommes tous montés au grenier pour avoir l'honneur de vous voir. Voici un mémoire dressé à la hâte, monseigneur, continuait le Neſtor[48] de ce village, j'espère en votre bonté.

— Donnez, donnez, reprit le président, bonjour, et fouette cocher !

— Le Seigneur vous maintienne en santé, s'écria la bande importune, et qu'il vous donne une longue vie ! »

L'écho du voisinage selon sa coutume répéta, à faire rire, pendant un quart d'heure les dernières syllabes du souhait. « Que le diable vous emporte, ajoutait le président : voilà-t-il pas une belle heure pour entendre des causes ? » La chicane vient nous déterrer dans des endroits où je serais très fâché que la Juſtice me rencontrât jamais.

Argentine se trouva assise sur mes genoux. Rozette m'avait rétabli dans mes anciens droits, et je m'en apercevais bien dans la position présente. Elle était à mon côté et veillait de près à ma conversation. Argentine eſt méchante, malgré les amitiés qu'elle faisait à Rozette, elle ne fut pas contente qu'elle n'eût ravi, même à perte, à sa rivale ce qui lui appartenait à titre de droit féodal. La nuit me cacha ce qui se passait entre Laurette et mon ami, ainsi je serai aussi discret que son ombre. Descendus chez nos demoiselles qui ce soir couchaient dans la même maison, nous les vîmes se mettre au lit, et après quelques jeux de mains très superficiels, nous leur souhaitâmes un bonsoir verbal, et nous nous retirâmes chez nous. En embrassant Rozette, je lui fis promettre qu'elle me recevrait bien le lendemain.

De quatre jours je ne vis le président. Ce qui m'eſt arrivé pendant cet intervalle n'eſt pas indifférent ; sans être romanesque il a le singulier des aventures de ce genre.

Toutes les fois que je songe à Rozette, je ne puis comprendre comment on peut aimer par inclination une fille qui par son état eſt obligée de se livrer au premier qui en essaie la conquête[49]. Je ne comprends pas aussi par la même raison, comment une honnête femme peut s'attacher à un jeune homme, qui certainement ne cherche qu'à voler de conquête en conquête et s'attache rarement même à celle qui a le plus de mérite. Le cœur de l'homme eſt bien aveugle, il sent qu'il l'est, et qu'il lui faut un conducteur, il va chercher l'amour qui est aussi aveugle que lui, et tous deux se précipitent dans l'abîme.

J'étais fatigué en rentrant chez moi. Je me couchai et rêvai de Rozette pendant toute la nuit. Ma première occupation à mon réveil fut d'envoyer savoir des nouvelles de sa santé, en quoi je fis mal ; cet ordre que je donnai à un domestique que je ne connaissais pas à fond coûta pour quelque temps la liberté à ma nouvelle amie et pensa me faire à moi-même de très mauvaises affaires. J'en reçus pour réponse qu'elle était en parfaite santé ; et comme elle n'imaginait pas que je fusse assez imprudent pour me servir d'un laquais dont je ne serais pas sûr, elle me fit dire qu'elle m'attendait avec impatience, mais à condition que je serais aussi modéré que si je sortais du carrosse avec Mlle Argentine. Lafleur me rendit mot pour mot ce qu'il tenait de Rozette, il profita de ce qu'il avait appris, et dans le temps qu'il faisait mes affaires auprès de la maîtresse il poussa les siennes auprès de sa suivante, et fut cause de beaucoup de malheurs, vous apprendrez par la suite le tour qu'il me joua, comment, pris en flagrant délit, il fut conduit en une maison de force où je veux qu'il reste encore plus de deux années révolues. Vos domestiques sont toujours vos espions, il faut quelquefois être le leur.

Charmé de la réponse de Rozette, je montai dans mon carrosse et me fis conduire au Luxembourg[50], je renvoyai mes gens, et un instant après m'enfermai dans une chaise à porteurs et arrivai où j'étais attendu. Rozette était à sa fenêtre, dès qu'elle m'eut aperçu, elle vint au-devant de moi. Quand on est amoureux une bagatelle est sensible, une prévenance de la part d'une jolie femme est quelque chose de divin pour un jeune homme.

Rozette était coiffée en négligé et avait un désespoir[51] couleur de feu, un corset de satin blanc par-dessous une robe brodée des Indes pressait un peu sa gorge, et la faute d'une épingle en laissait apercevoir tous les charmes. Je me jetai à son col, je l'embrassai avec transport. Nous nous reposâmes un moment, et je ne pouvais me lasser de lui donner des marques de mon amour. Ses mains, sa bouche, sa gorge, tout eut un compliment et mille baisers. Sa satisfaction mit le comble à la mienne.

« Dînons-nous ? lui dis-je.

— Sans doute », reprit-elle, et fit venir sa cuisinière à qui elle recommanda la propreté et la promptitude.

Cependant je pris ma bonne amie sur mes genoux. Mes mains ardentes s'émancipaient-elles ? Elle réprimait soudain leur ardeur. « Vous vous fatiguez, mon cher ami, me disait-elle, soyez sage ; voilà mes jeunes gens, leur feu part comme un coup de pistolet et s'évapore en fumée. Soyez plus modéré, mon cher cœur, dans peu vous aurez besoin de ces transports. » Sa voix me persuadait ; je restais tranquille, elle me donnait un baiser pour récompenser mon obéissance, et ce baiser m'en faisait manquer à l'heure même. La situation où nous étions était singulière. Vous vous souvenez, marquis, du temps où nous travaillions en salle d'armes chez Dumouchel*[52]. Supposez que Rozette est le maître et moi l'élève.

Toujours les armes en état, je me présentais de bonne grâce : j'avançais, elle badinait contre mes appels ; quelquefois elle se laissait effleurer ou le sein, ou le bras, ou le côté ; tierce, quarte, seconde, elle était à tout, et riait en prévenant toutes les feintes dans mes yeux. Tantôt elle rompait la mesure et allait rapidement à la parade ; plus d'une fois, elle courut au désarmement. Jamais je ne pus la toucher à l'endroit où j'avais fixé mon triomphe. Je sortis fort fatigué de cet assaut où j'avais à la fin perdu beaucoup sans qu'elle en profitât. Cela s'appelle un combat en blanc, il n'y a que des enfants, ou des poltrons qui puissent s'en amuser.

Nous nous mîmes à table. Je me piquai contre elle, et fus vingt fois sur le point de me retirer. J'attribuais à mépris de sa part son peu de complaisance. Je la haïssais ; je la détestais ; elle me regardait, et j'en redevenais passionnément amoureux.

Je ne restai pas longtemps à table, j'avais mon dessein, le voyageur curieux d'arriver ne s'amuse pas à considérer les prairies qui se trouvent sur son passage.

Rozette savait la carte de mon voyage, elle m'avait vu mettre le doigt sur l'endroit où je prétendais arriver, et avait résolu de me donner quelque distraction en chemin. Sans m'avertir elle avait fait venir une de ses bonnes amies qui, en pareille rencontre, avait coutume de lui servir de second. C'est la première fois qu'une femme ait choisi une autre femme pour lui faire la galanterie d'une bonne fortune qui lui appartenait.

Nous rentrâmes dans le cabinet, Rozette me devançait. Nous en étions aux explications, et une glace qui répétait

* Fameux maître d'armes, rue de la Comédie.

notre attitude me la rendait plus chère en en doublant la perspective. Un de ses bras était derrière ma tête, la sienne penchée sur mon estomac[53], son autre main était saisie de ce qu'elle craignait, les miennes errantes s'amusaient à des emplois qui ne se décrivent pas. Ses jambes badinaient auprès d'un ennemi qui n'en était pas un pour elle. Avez-vous vu, marquis, un tableau de Coypel*[54], dans lequel une nymphe couchée sur un lit de fleurs auprès de Jupiter se plaît à manier son foudre[55]. Nous étions une copie de ce chef-d'œuvre. J'étais dans une position si agréable que je n'osais en sortir, et elle était si voluptueuse qu'elle me faisait sentir qu'il y en avait une autre qui l'était davantage. Je la demandai, on me la refusa, je voulus la ravir, on me disputa la victoire ; j'allais triompher lorsque Mlle de Noirville entra. « Vous ne pouvez être sage », me dit alors Rozette, en élevant la voix et feignant d'avoir été surprise, « savez-vous que je me fâcherai à mon tour ? » Je m'étais levé par politesse, elle s'esquiva alors, et en fermant la porte à la clef elle me laissa avec la nouvelle venue dans un déshabillé qui annonçait ce que j'avais voulu faire. Je fus un peu surpris. Mlle de Noirville me pria de n'être point troublé, mais surtout de ne lui en pas vouloir sur son arrivée, qui semblait ne me pas mettre à mon aise. Je n'y étais que trop ; mais c'est qu'on n'y est jamais avec les personnes que l'on ne connaît pas. Je me laissais toucher par la douceur de sa voix, je l'envisageai, et mes regards tombèrent sur une des plus jolies brunes de Paris. Le désordre où j'étais présentait de lui-même le sujet de la conversation : elle le saisit et le tournant en fille d'esprit, à mon avantage, elle me félicita sur ce que sans doute j'avais exécuté avec Rozette. Ses discours sincères et ambigus, gracieux et ironiques me mirent dans l'embarras de m'expliquer ; mais comme elle continuait de parler, je fus forcé par politesse de lui répondre. On n'est pas hardi quand on a quelque chose sur la conscience. Je n'étais plus dans un état présentable, et mes réponses se sentirent de ma faiblesse. Je m'en aperçus moi-même. Il est des moments critiques où les plus grands guerriers font mauvaise contenance. Insensiblement notre conversation tomba sur ce qui venait de m'arriver, mes yeux sur les appas de la nouvelle nymphe, et ses regards sur un endroit qui était alors extrêmement respectueux. De propos en propos elle m'avoua

* Antoine Coypel, fameux peintre.

qu'elle ne reconnaissait point Rozette dans cette conduite, et ne concevait point ses idées de chagriner un galant homme, dont la figure seule était capable de désarmer la plus cruelle, et qui certainement était fait pour remplir le présage de sa bonne mine. Cette fille était bien dressée, elle parlait à l'esprit avec art, et ses charmes se rendaient maîtres de mon cœur. Les louanges qu'elle me donnait tombaient sur un article dont tout le monde est charmé de se prévaloir. Détaillant le caractère de sa bonne amie, elle en faisait par forme de conversation une critique approchant de la satire. Elle en vint à me confesser que vis-à-vis de moi en telle situation, si sa faiblesse ne pliait pas, l'espoir certain du plaisir déterminerait son obéissance, la gloire d'être inexorable ne valant pas la joie intérieure que l'on goûte à ne la pas être. Elle embellit cette morale en fille qui en espérait du fruit. Cependant elle s'était approchée de moi, et en regardant mon ajustement : « Serrez, monsieur, dit-elle, ce que j'entrevois là-dessous, vous m'exposez là une tentation et à une tentation. » Et en voulant elle-même écarter cette tentation, elle en fit naître en moi pour elle une des mieux conditionnées. De degré en degré Mlle de Noirville me mit hors de moi-même. Je prends feu aisément : la moindre étincelle embrase une matière combustible, et l'embrasement consume indifféremment tout ce qui se trouve à son passage. Bref, Mlle de Noirville remplit la place de Rozette, en tint presque lieu chez moi dans des embrassements que ferrait la passion, je ne songeai qu'au sacrifice, et peu à la divinité ; ce que j'éprouvai, c'est qu'à quelque dieu de l'univers que l'on adresse ses vœux, il y a une satisfaction sensible à mettre des présents sur un autel.

Rozette rentra alors et Mlle de Noirville que j'ai connue depuis, qui était venue là comme une machine, s'en retourna de même. La plaisante figure que celle que je faisais alors en présence de Rozette ! Elle savait ce qui était arrivé, et elle avait d'avance *calculé cette éclipse*. Elle était à un coin de la chambre, et moi à l'autre. Nous n'osions nous approcher. Qu'étaient devenus ces moments où nous nous serions si volontiers confondus ensemble ? Elle me fit mille reproches ; mais avec cet air sévère et gracieux et de ce ton insinuant qui vous peint votre faute sans vous la nommer ; elle m'offrait à penser, et me prêtait un cadre vuide où je pouvais moi-même placer mes solides réflexions. Elle me fit remarquer que les femmes étaient bien folles de compter sur le cœur des hommes dont l'unique but n'est jamais que de satisfaire leurs passions. Qui n'aurait pas goûté cette morale dans sa bouche ? Mais la façon dont elle la débitait excitait en moi pour elle les mêmes passions contre lesquelles elle déclamait avec tant de grâces.

De la morale au plaisir il n'eſt souvent qu'un pas. Au milieu des avis que me prodiguait si libéralement Rozette, je lui demandai si le soir je pourrais venir souper avec elle, et pour déterminer son consentement, je lui fis la galanterie d'une navette[56] garnie d'or. Elle aime à faire des nœuds, ainsi elle reçut mon présent et me confessa que, malgré mes infidélités, elle m'aimait toujours ; un bijou présenté à temps attendrit bien une âme : si les dieux se gagnent par des offrandes, pourquoi de simples mortelles y seraient-elles insensibles ?

Je la quittai avec peine. Retourné à la maison, j'y trouvai mon père auquel je fis un détail de ce que je n'avais pas vu la veille à l'Opéra et le soir aux Tuileries[57]. Il sut en un moment l'hiſtoire circonſtanciée de mille aventures qui n'étaient certainement point arrivées. En pareilles circonſtances il faut d'autant plus raconter de choses qu'on en a moins vu. Je lui dis que j'étais prié à souper en ville, et que la partie était indispensable. Je lui nommai une maison qu'il ne connaissait point ni moi non plus. Mon père eſt bon, peu défiant, s'en rapporte à moi, et m'aime extrêmement comme étant le dernier fruit de son amour avec ma mère à qui ma naissance a coûté la vie. Je me fis conduire au Marais, renvoyai mon équipage et ordonnai au cocher de se trouver à côté de l'hôtel de Soubise à une heure du matin au plus tard. J'espérais effectivement m'y rendre. Ne comptons jamais sur l'avenir. Les domestiques partis, je monte dans un fiacre[58]. Je ne sais pourquoi le coquin, qui était cependant sur la place, ne voulait point marcher : je fus obligé d'en venir à des extrémités. Il me servit enfin. Il était marqué au numéro 71 et à la lettre X.

Vous verrez, cher marquis, que ce numéro va jouer un grand rôle, ainsi ne soyez pas étonné que je m'en souvienne si bien.

En passant par-devant un café ce nombre impair fit perdre une grosse somme à des particuliers qui jouaient à pair et non sur la chiffre du premier fiacre qui passerait. Avant que le fiacre fût à portée de laisser voir son numéro, on eut celle de considérer celui qui était dedans. Les perdants et les gagnants se ressouvinrent du chiffre et de la lettre, et n'oublièrent pas celui qui était dans la voiture. Ainsi, cher marquis, les événements de la vie dépendent d'une circonſtance à laquelle on n'a jamais pensé, et qu'il est impossible au plus fin de prévoir.

J'arrivai chez Rozette qui commençait à s'impatienter de mon délai. Elle me reçut avec empressement ; soit qu'elle eût pris de l'amitié pour moi, soit que ma libéralité lui eût plu, elle se préparait à une généreuse reconnaissance. Elle m'obligea de mettre la robe de chambre que j'avais fait porter chez elle, et voulut que je me misse à mon aise, étant dans le pays de la liberté. Elle s'était coiffée de nuit, et sa garniture de dentelles en pressant un peu ses joues faisait un office qui lui donnait de belles couleurs. Un mouchoir politique couvrait sa gorge, mais il était placé d'un air qui demandait qu'on ne le laissât pas à sa place. Elle n'avait qu'un corset de taffetas blanc et un jupon de même étoffe et de pareille couleur, sa robe aussi de taffetas bleu flottait au souffle des zéphyrs.

Le souper n'était pas encore prêt. Nous entrâmes dans sa chambre. Les rideaux du lit étaient fermés, et les bougies placées sur la toilette, de sorte que la lumière ne réfléchissait pas sur toute la chambre. Nous passâmes vers le côté obscur. Je me jetai sur un fauteuil, et la tenant entre mes bras, je lui tenais les discours les plus tendres. Elle y répondait par de petits baisers et par des caresses délicates : ainsi peint-on les colombes de Vénus. « Tu veux donc », dit-elle, après quelques instants de recueillement, « que je te donne du plaisir ? Petit libertin !

— N'allez pas faire venir Mlle de Noirville, lui répliquai-je.

— Non, non, ajouta-t-elle : ce n'est plus le temps, j'ai eu mes raisons pour le faire ; *d'autres circonstances exigent d'autres soins.* »

En discourant ainsi et badinant toujours, nous gagnâmes le lit, je l'y poussai délicatement en la serrant entre mes bras. « Approchez ces deux chaises, dit-elle, puisque vous le voulez absolument. » J'obéis. Elle mit ses deux jambes dessus, l'une d'un côté, l'autre de l'autre, et sans sortir de la modestie, sinon par la situation, elle m'agaça par mille figures.

Mes mains ardentes écartaient déjà le voile qui… « Tout doucement, beau conseiller, dit-elle ; donnez-moi ces mains-là. Je les placerai moi-même. » Elle les mit sur deux pommes d'albâtre, avec défense d'en sortir sans permission. Elle voulut bien elle-même arranger le bouquet que je destinais pour son sein. Elle m'encouragea alors avec un signal dont vous vous doutez ; je croyais qu'elle agissait de bonne foi.

En conséquence je me donnais une peine très sincère pour parvenir à mes fins ; elle faisait semblant de m'aider : la simplicité était chez moi, et la malice dans toute sa conduite.

Fatigué, je la nommais cruelle, barbare. Nouveau Tantale, le fruit et l'onde fuyait à mon approche.

« Cruelle ? Barbare ? reprenait-elle. Vous serez puni tout à l'heure. » Alors elle se saisit du bouquet que je lui destinais : « Puisque l'on m'insulte, continuait-elle, en prison tout à l'heure. » Effectivement elle l'y conduisit, mais je ne sais si ce fut de chagrin ou par quelque autre motif, le prisonnier, à peine entré, se mit à pleurer entre les deux guichets.

Nous entendîmes qu'on avait servi et nous nous transportâmes sans dire mot, où la volupté nous attendait avec ses apprêts. Notre conversation fut assez vague et sage. Quand dans un tête-à-tête deux personnes comme nous s'entretiennent de choses indifférentes, c'est une preuve qu'il s'en est passé qui ne l'étaient pas.

Le souper fini je ne jugeai pas à propos de m'en retourner, et sans me soucier de mon équipage qui m'attendait, ni de mon père ni de personne, je demandai à Rozette une retraite pour cette nuit ; elle me l'accorda en me faisant jurer que je serais sage. Ne savait-elle pas bien qu'un jeune homme ne peut contracter vis-à-vis une jolie femme avec qui il doit passer la nuit ?

Cependant Rozette était devenue extrêmement gaie, et faisait mille folies dans sa chambre. Tantôt elle montait sur la commode, et voulait que je la portasse sur mes épaules, tantôt elle sautait d'une chaise à l'autre et contrefaisait les tours des danseurs de corde. Tantôt levant son jupon jusqu'aux genoux elle passait un entrechat et me priait d'examiner sa jambe, qui effectivement est faite à ravir. Elle découvrait de loin sa gorge, puis la recouvrait et, faisant l'éloge de ce qui était caché, elle me promettait que je n'en profiterais jamais. Puis, elle prenait son chat, et lui tenait les discours les plus plaisants et les plus singuliers. Elle allait ensuite chercher des liqueurs, m'en présentait, en buvait, n'en buvait pas, me prenait entre ses bras comme un enfant, et me couvrait de caresses. En un mot elle fit mille folies que les Grâces ne désavoueraient point. Le lit se trouva préparé et nous invita à prendre du repos. La lumière retirée, les rideaux fermés, croyez-vous, cher marquis, que je me sois abandonné au sommeil ? Pétrone[59] fait la description d'une nuit qu'il passa délicieusement ; celle-ci est fort au-dessus. Quand ce ne serait que parce qu'un honnête homme n'ose pas se vanter de l'une, et qu'il faut être bien homme pour avoir goûté autant de plaisir que j'en ai eu pendant l'autre. Tout ce que l'art peut inventer fut mis en usage ; nous avions la nature à nos ordres. Le moindre obstacle eût nui à nos empressements, on écarta tout, nous donnâmes l'exclusion à une feuille de rose.

Nous entrâmes en conversation. Rozette, malgré ses promesses, n'essayait-elle pas encore d'éluder mes entreprises ? J'allais uniment à mon but, et elle voulait m'y conduire par des détours.

Hors d'elle-même, comme je m'en apercevais bien, elle n'en perdait cependant pas la tête, et après avoir épuisé six fois mon ardeur, elle n'en avait éprouvé superficiellement que l'élixir. Sans avoir joui précisément, j'avais eu le plaisir de la possession. Je ne pouvais me glorifier d'avoir obtenu ce que je désirais, je ne pouvais être fâché de ne l'avoir pas obtenu, l'art de Rozette m'avait fait illusion ; c'est une vraie magicienne en amour.

Le jour arriva et Morphée me procura du repos. À mon réveil je trouvai la table couverte ; je dînai de grand appétit. Les fatigues de la nuit m'avaient épuisé. Souvent on est plus incommodé d'une promenade que d'un long voyage.

L'après-dîner se passa encore en badineries. Les amants ne s'ennuient jamais, le temps fuit, et leurs plaisirs renaissent.

Cependant on était fort inquiet chez mon père. Une affaire arrivée à un jeune homme de famille dans une maison de jeu faisait appréhender quelque chose de semblable à mon égard. Mon absence était d'autant plus singulière que je n'avais encore donné aucune occasion au reproche que l'on pouvait ici me faire. Un père tendre craint tout pour un fils dont il n'a jamais reçu aucune occasion de craindre. Un ami nouvelliste de profession, et qui racontait ordinairement toutes les anecdotes de Paris, fut chargé de s'informer si on n'avait pas entendu parler de moi. Il s'acquitta de sa commission. On lui dit, dans le café par-devant lequel j'avais passé, que dans le numéro 71 qui courait à toute bride, on avait aperçu un jeune homme, et qu'au train dont il allait, il y avait quelque partie fine au bout de la course. Quoiqu'on ne pût faire le portrait de celui qui était dans le fiacre, cet ami soupçonna à tout hasard que c'était moi, le rapporte à mon père qui en fut persuadé.

Sans perdre de temps, mon père et son ami montent en carrosse, vont de place en place demander le numéro 71 et ne le rencontrent nulle part ; il était allé à Saint-Cloud, d'où il ne devait revenir que le soir. Un embarras ne va jamais sans un autre, et les inconvénients font une chaîne. La ressource de mon père fut d'attendre que le fiacre fût de retour à son logis, on le lui avait enseigné au bureau.

Lafleur dès le matin avait été chargé de me déterrer, il se doutait du lieu de ma retraite et s'en inquiétait peu sachant que j'étais chez quelque amie. Il avait reçu un louis pour les frais de la recherche, il l'employa à se divertir, au lieu de venir me donner avis de ce qui se passait et d'épargner par là à mon père et à moi la douleur de ce qui arriva par la suite. Cependant il vint chez Rozette, sa suivante lui avait plu. Je lui demandai comment il avait appris où j'étais et pourquoi il venait, si mon père n'avait point d'inquiétude de mon absence. Il répondit à tout très juste, m'assura qu'il avait fait mes affaires au mieux, qu'il avait dit que j'étais rentré à quatre heures, et que sur les dix heures du matin Mme la comtesse de Mornas m'avait envoyé prier de passer à sa toilette et que probablement, à ce que le valet de chambre lui avait dit, j'y passerais la journée et serais d'un grand souper à Auteuil ; que mon père avait dîné chez le premier président et qu'il devait y assister à un conseil pour une affaire survenue de la part de la Cour. Je fus content de ce qu'il me disait, je le regardai comme un domestique impayable ; il reçut un louis pour ses soins ; et ordre de m'attendre à cinq heures du matin à la porte du jardin où je lui promis de me trouver. Le scélérat me remercia, me donna même quelques avis, et fut dans le moment trouver mon père. Ce qui est véritable, c'est que Lafleur ne m'avait pas dit un mot de vrai que mon père avait été dans une impatience cruelle, et qu'il me cherchait comme vous avez vu.

J'ai trouvé un grand nombre de domestiques coquins, méchants, ornés de toutes les qualités de leur état, mais je ne croyais pas que quelqu'un fût ainsi méchant sans intrigue ni profit. Il était bas-normand, et je ne suis point surpris de sa conduite. Arrivé chez mon père, il lui dit qu'il ne savait pas précisément le lieu de ma retraite mais qu'on l'avait assuré que j'étais avec une fille nommée Rozette dont j'étais passionné et qui me ruinait, que je devais l'enlever, pour l'épouser en pays étranger. Pour confirmer son avis il montra le signalement de Rozette et le remit à mon père. Mon père se transporta aussitôt chez M. le lieutenant de police[60], à qui il fit part de ce qu'il venait d'apprendre. Il s'emporta contre moi, et lui demanda un ordre pour me faire arrêter partout où je serais, ainsi que la fille qui me dérangeait[61]. Ce père qui m'aime tant, hors de lui-même alors, ne respirait que punition et vengeance.

Son ardeur surprit le magistrat, il avait peine à concevoir qu'un homme d'un âge mûr, et grave par caractère, se laissât ainsi emporter. Il lui représenta que cette affaire ferait de l'éclat et que cet éclat était le plus grand mal. Qu'il s'agissait de taire cette aventure qui peut-être, peu considérable dans le fond, serait tournée autrement par la calomnie. Enfin qu'il était d'avis qu'on fît ce qui était nécessaire pour me retrouver, et que l'on aviserait aux moyens d'empêcher que la demoiselle en question ne me vît plus par la suite. Cet avis était très sensé, le magistrat qui le donnait est très éclairé, il ne s'occupe que de son devoir et à rendre service à ses concitoyens dont il est un des meilleurs[62].

Mon père ne profita point de ses remarques. M. le lieutenant de police lui accorda ce qu'il demandait, c'est-à-dire un ordre pour faire arrêter Rozette et main-forte, en cas de résistance de ma part ; un exempt l'accompagna, et monta en carrosse avec lui. Mon père eut bien lieu de se repentir de sa démarche ; un homme sage ne peut pas répondre qu'il ne perdra jamais la tête.

Minuit était sonné que le fiacre n'était point de retour. Jugez de l'embarras dans lequel se trouvait mon père. Cependant mon domestique, sans que j'en fusse informé, vint trouver la femme de chambre de Rozette et lui tint compagnie durant la nuit : le coquin ne prenait-il pas bien son temps ?

Avant le souper Rozette était devenue un peu triste ; sans en pouvoir rendre raison elle sentait des sujets de chagrin. On a dans son cœur un pressentiment de son infortune. Je ne suis point superstitieux, cependant je crois qu'il y a quelque chose autour de nous qui nous avertit de l'avenir. Ceux qui ont les yeux perçants ne découvrent-ils pas le nuage qui précède le tonnerre ? Je fis mon possible pour distraire Rozette et j'y réussis. Insensiblement ses yeux se ranimèrent, la joie rentra dans son imagination et le plaisir dans son cœur. Nous préludâmes par ces amusements folâtres, qui n'effleurent que la superficie de la volupté, qui vous font sentir mille mouvements délicieux, et qui à chacun d'eux vous avertissent que ce n'est pas là le lieu de se fixer. Ce monde n'est qu'un pèlerinage, il faut faire durer ses provisions jusqu'au bout de la carrière.

Nous nous étions donné parole de nous conserver pour la nuit, mais sans y penser nous empruntâmes sur l'avenir. Ce fut alors qu'elle ne me refusa rien. Elle me conduisit de plaisirs en plaisirs, et sema de fleurs les avenues du palais, où pour cette fois, je fus reçu avec tous les honneurs.

Ah ! cher marquis, dans quel abîme de volupté mon âme ne fut-elle pas plongée ! Je ne sentais rien pour trop sentir ; je mourais, je renaissais pour mourir encore et Rozette, pleine de tendresse, approchait sa belle bouche pour recueillir mes derniers soupirs. Plus j'avais attendu, plus je goûtais la récompense de mon attente. L'amour s'applaudissait de notre union et se faisait honneur de ce qu'alors nous n'avions qu'une âme.

Le repas que nous prîmes remit un peu les forces que nous avions perdues. Nous nous ménageâmes sur le vin de Champagne, et pour ne rien dérober à la sensualité, nous y suppléâmes par de petits verres de liqueur propres à raffermir contre la tentation du repos.

Nous passâmes quelque temps à la fenêtre, et nous y restâmes, dans des attitudes de préparation à une nuit amusante.

Rozette, feignant un désir ou un besoin de sommeil, s'approcha de sa toilette et de là se retira dans son alcôve. Victime de l'amour, elle était ornée de bandelettes et avait eu soin de se purifier dans une onde parfumée.

Sur un autel simple par sa construction et fait de bois de myrte[63], s'élevaient plusieurs larges coussins de soie et de coton : un voile de fin lin en couvrait la superficie et un tapis de taffetas couleur de roze piqué en lacs[64] d'amour, et roulé sur une des extrémités, attendait qu'on voulût l'employer à couvrir quelque cérémonie. Une bougie à la main, je m'approchai de ce lieu respectable. Rozette elle-même s'était placée sur l'autel : ses mains étaient jointes sur sa tête mais sans la presser. Ses yeux fermés, sa bouche un peu ouverte comme pour demander quelque offrande. Une rougeur naturelle et fraîche couvrait ses joues, le zéphyr avait caressé tout son extérieur ; une mousseline transparente couvrait la moitié de sa gorge, et l'autre moitié se montrait en négligé aux regards : d'un côté l'examen était permis, et de l'autre, sous l'air d'être défendu, il devenait plus piquant. Ses bras paraissaient avec tout leur embonpoint et leur blancheur. Ses jambes croisées dérobaient ce que j'aurais voulu envisager, mais fournissaient à l'imagination une belle prairie à s'égarer. Rozette dormait en disposition de se réveiller aisément et en position voluptueuse et de voluptueuse. Je m'arrêtai à contempler mon bonheur. Je m'avançai avec une tendresse respectueuse, et gardant un silence sacré, je posai mon offrande sur l'autel. Dieux ! Que la victime donnait de courage au sacrificateur !

Le fiacre au numéro 71 était enfin arrivé. On ne lui donna pas le temps de conduire ses chevaux à l'écurie, on le saisit, on le met dans une chambre, on l'interroge, on lui fait questions sur questions. Il ne répondit rien, parce qu'il était effrayé, et que comme il se trouvait dans l'exercice actuel de sa profession, il était raisonnablement ivre. Mon père fit venir du café, lui en fit prendre plusieurs tasses, et enfin il tira de lui que la veille il avait mené un monsieur habillé de noir au faubourg Saint-Germain. Mon père le fit monter dans son carrosse avec l'exempt et le commissaire du quartier, et ordonna à une compagnie de guet[65] à cheval de le suivre. Les ordres du magistrat de police étaient qu'on obéît ponctuellement à mon père, d'ailleurs la place de président qu'il tient lui donnait une certaine autorité. La compagnie arrive près de l'académie de M. de Vandeuil*[66], où le fiacre avait indiqué ; mais il ne put jamais reconnaître la maison ; après avoir cherché et examiné, il se fit conduire vers les *Petites-Maisons*[67], mais il ne fut pas plus heureux ; ce ne fut qu'après bien des courses pareilles qu'il avoua qu'il ne se souvenait plus de la rue, que cependant il en avait quelque idée et que ce pouvait bien être près de la Comédie. Il fallut bien y aller, et les plaintes et les mauvaises humeurs n'abrégèrent point la route. Il reconnut la porte, c'était celle d'un café connu par le nombre infini des inutiles de Paris qui s'y rencontrent[68]. On frappe, refrappe, enfin descend un laquais qui, en se frottant les yeux, demande ce qu'on lui veut. On lui répond que de la part du roi il faut qu'il dise où est M. Thémidore, il jure sur ses grands dieux que jamais personne de ce nom n'est entré chez son maître. On monte, on fait la visite par toute la maison et l'alarme courait d'étage en étage. Point de Thémidore. Le commissaire, ayant aperçu près du grenier une petite porte basse et une lumière qui passait au travers des planches mal jointes, y frappa rudement et l'enfonça presque : vint à lui un grand fantôme pâle et sec, en habit de nuit, avec un bonnet affreux sur sa tête et une petite lampe à sa main. On entre, on visite, on ne trouve que

* Écuyer du roi, près Saint-Sulpice.

quelques cahiers de musique, une épée sans garde, quelques nouvelles à la main[69], et la vie de M. de Turenne[70]. L'habitant de *cet antre aérien* fut fort effrayé, et excita la commisération. Mon père lui donna deux écus de six livres en lui disant adieu, et lui demandant excuses de son importunité : c'est la première fois qu'une visite de gens de robe ait apporté de l'argent dans un logis. Le commissaire dont j'ai appris tout ceci et le reste de l'aventure jusqu'à ma découverte m'a assuré cette nuit-là avoir été témoin de visions qui n'étaient pas fantastiques et dont on dresserait de plaisants procès-verbaux à Cythère.

Enfin on trouva ce jeune homme qui la surveille était vêtu de noir. C'était un poète*, qui ce jour-là avait été en cérémonie présenter à un sous-fermier[72] une épître en vers libres sur la mort de son singe, et qui tremble encore d'avoir vu sur son Parnasse des gens dont la profession est de faire la guerre aux Muses. Mon père se fâcha sérieusement contre le fiacre, lui soutint qu'il s'entendait avec moi. L'autre jurait qu'il était innocent ; après bien des interrogations, le cocher leur dit à tous qu'il était bien conducteur du carrosse au numéro 71 mais que c'était pour la première fois qu'il en était chargé, que l'on s'était mal expliqué avec lui ; qu'il connaissait celui qui avait mené le 71 depuis six mois, mais qu'il demeurait à la Villette[73], était malade des coups que lui avait donnés un officier, qui eût mieux fait de les aller porter aux *pandours*[74] de la reine de Hongrie.

Il enseigna très juste la demeure de son camarade, et on fut obligé de l'aller trouver. En vérité, ne se donnait-on pas bien de la peine pour troubler un galant homme dans son bonheur ? Le cocher du numéro 71 fut enfin découvert. On monte chez lui, il était assez mal. Plus d'une contusion à la tête et par tout le corps lui faisaient jeter des cris peu soulageants pour lui et très désagréables à la compagnie.

Cependant il répondit bien et trop bien à ce qu'on lui demandait. Il avait de bonnes raisons pour se souvenir de moi ; il fit mon portrait d'après nature, sans oublier les deux soufflets dont j'avais apostrophé son insolence[75]. Il indiqua le quartier de l'Estrapade et une maison blanche, dans une grande porte jaune. Nouvelle course. On arrive au lieu indiqué. Il n'y avait personne dans les rues. Le commissaire s'adresse à un garde-française[76] qui était en sentinelle, et lui

* D. auteur de la tragédie de *Pantapouff*[71].

demande s'il ne connaît point Mlle Rozette ; le drôle était un résolu, qui moitié en riant, moitié en gognardant[77] en exigea le portrait, on le lui fit : « Elle est vraiment très jolie, dit-il, mais je vois bien que vous en voulez à ses charmes : votre serviteur, messieurs. Je ne connais ni Roze ni Rozette. » Ces messieurs ont à juste titre réputation d'être les protecteurs du sexe d'un certain genre et s'intéressent fort à son honneur, s'ils ne contribuent pas à sa réputation.

De porte en porte on frappa à un hôtel garni, la plupart de ces endroits sont entretenus aux dépens de ce qui se passe dans leur enceinte. Le maître vint en tremblant ouvrir, et protesta sur son honneur que la seule personne qui demeurait chez lui était une fille sans scandale, et que même elle passait dans le voisinage pour une dévote. Le commissaire monta indépendamment des attestations de sagesse de M. l'hôte de *la Providence*. La porte de la chambre fut enfoncée dans le moment, ceux qui y étaient ayant tardé à l'ouvrir. On ne vit personne. On fut droit au lit ; mais comme la fenêtre se trouva ouverte, on se douta que quelqu'un avait pu se sauver par là. Cette idée se trouva confirmée par un bruit, que l'on entendit dans les feuilles d'une treille, qui était posée contre la muraille. On s'approche, on voit un homme en bonnet de nuit et en chemise qui se débattait pour se débarrasser du milieu d'une infinité de fagots sur lesquels il était tombé. L'exempt, homme alerte, descend au jardin avec une lumière, et ayant aperçu cette figure en un état très immodeste cria aux archers de venir voir un buisson où il croissait de plaisants fruits sauvages.

Cependant mon père avait considéré cette fille. Au signalement qu'on lui avait donné de Rozette, il ne l'avait pas reconnue. L'une étant une beauté, et celle-ci, un petit monstre, aux yeux chassieux, au teint jaunâtre et d'un blond hasardé.

La visite de la chambre fut bientôt expédiée. À l'ouverture d'une armoire, on trouva une perruque large et mal peignée, une robe de chambre d'homme percée par les coudes. En même temps un archer tira de dessous le chevet du lit un haut-de-chausses, duquel, en glissant sans y songer ses mains dans le gousset, il tira une longue discipline. Vous voyez bien, cher marquis, que ce lieu était une école de l'amour, que la belle blonde était écolière : son précepteur était un maître de pension[78] du voisinage nommé M. Damon, celui chez qui nous avons demeuré ensemble, et qui criait perpétuellement contre les femmes, et qui nous étrillait si souvent pour des bagatelles. Le pauvre maître de pension fut conduit en présence de l'assemblée. Je ne pus m'empêcher de rire lorsque le commissaire me fit la peinture des contorsions que faisait le nouvel Adam pour couvrir son honneur. Celui du plus honnête homme n'eſt pas fort considérable en pareille rencontre. Il ne tient pas une grande place dans le monde. Presque dans l'état de pure nature, avec une chemise extrêmement courte, les menottes aux mains, il eût été très satisfait de profiter des feuilles de figuier qui servirent à nos premiers pères.

On n'abusa point de l'état où était ce pédagogue, on lui reſtitua ses vêtements, et mon père lui fit une mercuriale très sévère suivant l'exigence du cas, et blâma fort l'exempt qui par forme de correction fraternelle avait détaché plusieurs coups de discipline sur le poſtérieur du patient, peut-être lui rendait-il ce qu'il en avait reçu autrefois.

Cette scène finit en s'informant à la dévote si elle n'avait point entendu parler de Rozette. Qui les dévotes ne connaissent-elles pas ! Elle enseigna ce qu'on lui demandait ; et se voyant délivrée, par le plus affreux caractère, elle fit le récit de la conduite de Rozette et la peignit avec les plus noires couleurs. Il n'y a qu'une dévote capable d'une semblable noirceur. Elle fut assez hardie pour s'offrir d'y conduire mon père, ce qu'elle fit. Je la tiens maintenant enfermée la malheureuse, elle y demeurera longtemps et ma vengeance se fera une satisfaction de ses pleurs. On renvoya le pédant, et on lui dit de venir chercher sa discipline chez M. le lieutenant de police s'il en était curieux. Elle reſtera longtemps au greffe. Comme il n'y avait rien là à gagner pour le commissaire, il ne fit point de procès-verbal, et dirigea ses pas vers la maison désignée, il y arriva avec son cortège.

L'Aurore montée sur son char de pourpre et d'azur ouvrait dans l'Orient les portes du jour, et les oiseaux commençaient leurs concerts amoureux : il était quatre heures du matin. Les songes voltigeaient dans les alcôves, et Rozette entre mes bras goûtait le repos dont les fatigues d'une nuit voluptueuse lui avaient mérité l'usage. Ne vous attendez pas, cher marquis, que je vous fasse ici la description de cette nuit. Mille fois j'expirai de plaisir, mille fois je fus rappelé à la vie, et mille fois je mourus afin de revivre encore. Jamais je n'eus une ferveur plus sincère. Mon culte s'adressait à toutes les parties de ma divinité, tout en elle était le sujet d'un éloge et d'une offrande, tout en moi était pour elle un présent agréable et était récompensé par une faveur. Transportés, je crois, dans le royaume des enchantements nous changions mutuellement de sort ; elle devenait sacrificateur et moi victime ; je goûtais presque la satisfaction d'être immolé, et hors le couteau sacré qui ne me perçait pas le flanc, il ne me manquait rien de ce que doit éprouver une victime. Nos moments ne coulaient plus, ils étaient fixés, et des années entières ainsi consumées ne seraient pas un point dans la vie la plus courte. Combien de fois dans ces égarements qu'on ne peut que sentir, ai-je oublié que j'existais, ou ai-je désiré d'être anéanti dans ce que je sentais. Pourquoi la nature a-t-elle borné nos forces, et étendu si loin nos désirs ? Ou plutôt pourquoi ne se rencontrent-ils pas à raison égale ?

Épuisés de fatigue Rozette et moi, nous voulions nous avertir de terminer nos transports, mais ses lèvres étaient collées sur les miennes, et les organes de nos voix, embarrassés l'un par l'autre, étaient occupés si délicieusement, qu'ils ne pouvaient former le moindre son pour nos oreilles. C'est dans cette position que nous avions attendu le sommeil et qu'il nous avait couronnés de ses pavots. Enfin, nous dormions, la volupté était entre Rozette et moi, et la vengeance veillait pour nous faire sentir les horreurs d'un affreux réveil. Hélas ! Qu'alors un songe officieux envoyé par l'amour tenait mes sens dans une attente flatteuse ! Quel bruit vint me tirer de cette aimable illusion ?

Mon père, le commissaire, l'exempt et quelques cavaliers étaient entrés dans la maison et s'étaient informés si Mlle Rozette n'y était pas, et quelle était sa compagnie. Ils surent tout, et on fut sûr par le portrait qui fut tracé de ma figure, que j'étais celui qui s'amusait depuis deux jours avec la nymphe de ce palais. On monte, on frappe à la porte ; la femme de chambre vint porter l'alarme dans notre appartement, et effrayée des menaces qu'elle entendait, elle ouvrit à des personnes qui entrèrent avec un grand nombre de lumières. Rozette fut saisie de peur ; une femme seule en tel cas est hors d'elle-même, mais elle est bien autrement tremblante quand elle se trouve alors entre les bras de son amant. Je me levai, je saisis deux pistolets, dont je suis toujours muni quand je vais en parties ; j'attendais en bonne contenance que quelqu'un se présentât : pensais-je que mon père dût se trouver ainsi à mon lever ? Un sentinelle est placé dans l'antichambre, un autre à la porte de notre cabinet, et plusieurs gardaient l'escalier.

Le commissaire se présente avec l'exempt : « N'avancez pas, messieurs », leur criai-je. Ils virent mes armes et furent très dociles. Mon père entra. « Que faites-vous ici, monsieur ? » me dit-il, d'un ton ferme. « Il y a deux jours que vous me désespérez. » Il s'avance vers moi, m'ôte les deux pistolets et commande aux archers de faire leur devoir. Les rideaux du lit furent tirés, et l'on aperçut la belle Rozette qui était tombée en défaillance. On la fit revenir avec peine. Son premier regard se tourna vers moi, elle implorait un secours que j'étais hors d'état de lui procurer. Elle demanda tristement ce qu'on voulait faire d'elle, mon père lui répondit avec un air dur que sa destination était marquée sur un ordre qu'on lui fit voir. La douleur l'accabla, et un torrent de larmes inonda ses beaux yeux ; ses charmes devinrent plus séduisants et touchèrent toute l'assemblée qui n'était pas venue dans cette idée. Elle se jeta aux pieds de mon père pour lui demander grâce. Je l'imitai, mais cet homme inflexible détourna son visage, et m'ordonna sèchement de le suivre.

Le commissaire s'empara de Rozette, elle m'appela d'une voix entrecoupée, je ne lui répondis que par un soupir. Un fils, quelque résolu qu'il soit, est bien faible vis-à-vis de son père qui est dans son droit, et en présence d'une amante malheureuse. L'amour reste dans le silence et l'inaction, et la nature nous fait sentir tout son pouvoir.

Déjà nous étions sur l'escalier, lorsqu'un archer s'avisa de regarder dans le lit de la femme de chambre. Il y découvrit une figure humaine qui s'enfonçait dans la ruelle et se couvrait avec les draps. On tire la couverture et on force le quidam à se montrer ; il le fit. On lui demande son nom, sa qualité, qui il est. Nous rentrons : quelle fut notre surprise, lorsque nous reconnûmes le coquin de Lafleur. J'oubliai à sa vue tous mes chagrins et j'allais le tuer dans ma fureur, si on ne m'eût arrêté le bras. Je racontai sincèrement que c'était lui qui était cause de mon malheur ; il fut saisi, lié, garrotté, traîné en prison, de là au château de Bicêtre[79] où il expiera amplement ses perfidies.

Rozette fut conduite à Sainte-Pélagie[80], par l'exempt et le guet, qui eurent lieu d'être satisfaits de la générosité de mon père. Le commissaire monta avec nous dans le carrosse. On le remit chez lui.

Arrivé à la maison, je passai au travers de tous les domestiques qui étaient inquiets de moi et se réjouirent en me voyant. Il n'y en a pas un qui ne me soit attaché, mon principe fut toujours de traiter avec humanité des gens au-dessus desquels nous ne nous trouvons que par hasard. Accablé de chagrin et de lassitude je me retirai dans ma chambre, et m'étant jeté sur mon lit, je m'endormis dans les bras de l'inquiétude. Je ne rêvai que de Rozette. Une maîtresse heureuse enflamme, enchante un amant, une maîtresse infortunée lui devient plus chère et plus adorable. Vous saurez, cher marquis, dans la seconde partie de ces mémoires ce qui arriva à Rozette, sa situation fut extrêmement dure, et la description en a coûté des soupirs à mon cœur lorsqu'elle me l'a faite.

Après avoir sommeillé, ou plutôt après avoir été assoupi assez longtemps, je sortis de cet état et songeai aux moyens de délivrer ma chère amie.

Deux heures étaient sonnées et le dîner servi, on vint m'en avertir ; comme je tardais, l'ami nouvelliste monta à ma chambre, et après un compliment assez fade sur mon retour il m'apprit avec une joie orgueilleuse qu'il avait été le principal instrument de ma découverte. Apparemment qu'il ignorait tout le chagrin que j'avais alors : mais il y a des gens qui ne peuvent pas s'empêcher de discourir, et qui aiment mieux dire des riens que de ne rien dire et qui parlent à tout hasard. Ils disent tout ce qu'ils pensent et ne pensent jamais à ce qu'ils disent. Je le regardai avec des yeux de mépris ; il voulut m'engager à descendre, mais il le faisait si pesamment et si mal, que m'ayant échauffé l'imagination, peu s'en fallut que je n'en vinsse à des extrémités avec sa chevalerie. Il se retira promptement et fit bien. Le sort me ménageait une occasion de vengeance qui me devait être plus douce et qui lui aurait été plus sensible, s'il en eût été informé. Ce chevalier se nomme Dorville, il est du pays du Maine, gentilhomme d'une ancienne race. Il a servi longtemps, s'est retiré avec les honneurs militaires, et jouit d'un bien considérable. C'est un de ces honorables parasites qui sont toujours bien hors de chez eux. Son métier est de débiter des nouvelles et de les dire autant de fois que vous le voulez. C'est une montre à répétition qui sonne aussi souvent que vous la poussez avec le pouce. Il n'a pas l'esprit de faire du bien, ni de malice pour faire du mal ; c'est le Manceau, le moins Manceau qui fût jamais[81]. Il est marié depuis plusieurs années, est un peu jaloux : personne ne connaît sa femme, parce qu'il ne l'a jamais présentée en compagnie, et qu'aucun de ses amis ne sait où il loge ; son adresse est au Palais-Royal sous l'arbre de *Cracovie* ou sur le banc de *Mantoue*[82].

On m'avertit plusieurs fois de la part de mon père de venir dîner, mais en vain, je fis toujours la sourde oreille sans l'avoir. On me servit dans ma chambre. Quoique triste, je pris quelque nourriture. Le besoin a une voix qui se fait puissamment entendre et qui est aisément écoutée.

Cependant j'avais écrit une grande lettre à Rozette, dans laquelle je lui marquais en termes passionnés mon amour, et le désespoir où m'avait plongé son infortune. Je l'encourageais à avoir bonne espérance, et l'assurais que je ne négligerais rien pour la tirer de l'injuste captivité où elle était cruellement retenue. Je finissais en la conjurant de m'aimer toujours, de ne point m'imputer ses chagrins, et la priant de recevoir dix louis que je lui envoyais pour subvenir à ses nécessités. Cette lettre était simple, mais touchante ; on a le cœur tendre dans la douleur, et je me souviens que l'amour me dictait des expressions qu'il n'eût pas désavouées lui-même.

La lettre était sur mon *secrétaire*, je ne découvrais aucun moyen pour la faire tenir à sa destination. Je n'osais me confier à personne depuis la perfidie de Lafleur. D'ailleurs, dans ces premiers moments, la moindre démarche est suspecte et presque toujours hasardée. Je résolus de faire avertir le président. Il est, comme vous savez, cher marquis, homme de plaisir, mais de bon conseil : capable de vous mettre dans des affaires galantes, mais en état de vous tirer des plus embarrassantes. Je lui écrivis de venir me trouver pour une affaire d'importance. Je chargeai un des cochers de la maison de ce message, dont il fut content et moi aussi.

M. le président n'était point chez lui. Laverdure, son laquais affidé, instruit que la lettre venait de ma part, soupçonna quelque chose, et en garçon intelligent, il se transporta chez moi. Je fus ravi de son arrivée. Voilà de ces domestiques sans prix ; heureux qui en rencontre de semblables ! Je ne lui cachai rien, il apprit en un moment toute mon aventure, et sans faire le moraliste, il me plaignit, me blâma, et fit briller quelque espérance à mes yeux. Je lui parlai de la lettre que j'écrivais à Rozette, et lui avouai l'embarras où j'étais de la lui faire tenir. D'abord il n'y trouvait aucune difficulté, croyant qu'elle était renfermée dans l'endroit où l'on met d'ordinaire les pénitentes de ce genre, qui ne sont jamais repentantes[83]. Mais lorsque je lui eus assuré que Rozette était à Sainte-Pélagie, il fut déconcerté. Son découragement m'alarma, je demeurai dans cette situation accablante, où l'on ne fait que sentir stupidement son malheur. Laverdure fit plusieurs tours dans la chambre, et après une méditation profonde, il me dit qu'il tenterait, qu'il ne garantissait rien, mais qu'avant huit heures du soir il me rendrait une réponse très positive. Je fus transporté d'allégresse. Je voulus lui remettre les dix louis qui étaient les seuls qui me restassent, mais il prit simplement la lettre en me disant que l'argent m'était nécessaire, que je gardasse celui-là, qu'il avancerait la somme. Il se contenta de recevoir quatre pistoles pour les frais de sa commission. Il partit, je demeurai entre la crainte et l'espérance.

N'êtes-vous pas étonné, cher marquis, de mon attachement pour une maîtresse de quelques jours ? Je l'aimais, je l'aime encore, et l'amour est extrême en tout. Quand elle m'eût été moins chère, ma vanité se serait roidie contre ceux qui voulaient me l'enlever. N'était-ce pas un devoir de ma part de ne pas abandonner une fille libertine à la vérité, mais charmante, et qui n'était dans la tristesse que pour s'être tournée sur tous les sens pour me procurer du plaisir.

Le bruit de mon aventure s'était répandu, elle servait de conversation aux convives qui se trouvèrent ce jour-là chez mon père. Chacun en dit son mot ; quelques douairières ne m'épargnèrent pas, surtout une certaine dame de Dorigny à qui j'avais autrefois conté mes raisons, et qui par scrupule avait refusé de m'entendre. Les femmes sont plaisantes : elles sont choquées de ce que l'on obtient d'une autre femme ce qu'on leur a demandé à elles-mêmes, et qu'elles ont toujours refusé. Je me vengeai de toutes par la suite et d'une façon très plaisante, comme vous verrez. Au sortir de table, quelques amis vinrent me visiter. Visites qui ne se font jamais que par curiosité ou par méchanceté : on veut savoir l'histoire d'un homme de sa bouche, ou bien jouir du spectacle de sa misère ; aussi je reçus assez impoliment tous les compliments. Mon père étant aussi venu avec les autres sortit fort à propos dans le temps que ma fureur contre lui allait m'emporter au-delà des bornes du respect.

On me laissa seul. Dans le transport où j'étais, je résolus de faire quelque coup d'éclat qui désespérât mon père. Je ne m'embarrassais pas de mon honneur, si je pouvais lui faire de la peine. J'étais outré de ce que je n'avais pas le cœur méchant. Le sort m'offrit ce que je désirais, me sauva du hasard d'un coup d'éclat, et fut cause que j'eus un plaisir d'autant plus singulier, qu'il se trouva rempli à titre de vengeance. Voici le fait, cher marquis, je serai plus long à le raconter que je n'ai été à l'expédier. C'est un impromptu de cabinet[84].

Depuis quelque temps, j'étais à ma fenêtre, lorsque je vis un fiacre s'arrêter à notre porte. Pour le coup, marquis, celui-ci ne me porta pas malheur, au contraire il m'apportait une bonne fortune. Depuis que le numéro 71 a été cause de ma disgrâce, je n'aperçois point de semblable voiture sans en examiner la lettre et le numéro. Aussi me souviens-je de la marque de celui-ci à merveille. Il était au numéro 1 et à la lettre B. Si j'eusse pensé à examiner cette espèce d'emblème, j'aurais trouvé qu'elle me pronostiquait mon aventure. La *connaissance des fiacres* serait une chose qui devrait être éclaircie par l'Académie des sciences, et un bon traité sur cette matière serait aussi utile que celui qu'a fait Mathieu Lansberg sur celle des temps[85]. La matière au moins est aussi sujette à conjectures.

Le laquais qui était derrière le carrosse, après s'être informé au suisse si mon père y était, avait donné le bras à une dame vêtue de noir ; à cet habillement, je devinai sans peine que c'était une solliciteuse. La curiosité me prit de savoir qui elle était, ce qu'elle demandait, et surtout si elle était jolie. Mon chagrin n'avait pas entièrement fermé mon cœur à l'amour du plaisir. On l'avait conduite dans la salle de compagnie sur l'air de distinction qu'elle avait. Là elle attendit l'audience de mon père. Je descendis par un escalier dérobé, en robe de taffetas, en bonnet de nuit et en pantoufles, et m'étant introduit doucement dans le cabinet qui a vue sur la salle, je considérai au travers de la porte vitrée les agréments de la solliciteuse ; elle en avait. C'était une femme de vingt-six à vingt-huit ans, ni grande ni petite, des yeux assez éveillés, de belles dents, un teint un peu brun, une gorge passable, un ensemble de physionomie capable d'animer ; sa jambe dans sa façon n'était pas indifférente ; elle était dans le sopha étendue négligemment, et dans ces attitudes que l'on croit indifférentes, qui le sont rarement, et qui n'ont pas été inventées par la modestie. Elle se considérait dans les glaces, et répétait devant elles les grâces avec lesquelles elle devait se présenter devant mon père.

Toute femme aime à plaire ; mais toutes ne sont pas coquettes ; celle-ci l'était : jeune ; femme d'un vieux officier ; suivie de près ; que de titres pour l'être ! Une coquette cherche à charmer les autres ; qui aime à charmer n'est pas loin de se laisser surprendre ; essayez de vous rendre maître d'une telle nymphe, brusquez l'affaire, je vous réponds de la victoire. Tout cela se suit : logique de galanterie, direz-vous ! Je la soutiens meilleure que celle de Nicole et de Crouzas[86].

Rien n'excite plus les passions que la vue d'une personne qui ne se croyant pas examinée fait devant un miroir l'exercice de la coquetterie. Mon tempérament est impétueux, son feu se trouva encore animé par le désir que j'avais de faire un coup d'éclat. Je fermai les yeux et me livrai à tout événement. Je sortis brusquement du cabinet, feignant d'être surpris de rencontrer quelqu'un, je demandai excuse à la dame de ce que je paraissais ainsi en déshabillé devant elle. Elle me répondit poliment ; je m'informai qui elle était et pourquoi elle venait : elle m'apprit qu'elle ne sollicitait point pour elle, et que quoique née à Caen en France, elle n'avait jamais eu de procès, mais qu'elle venait pour une de ses sœurs actuellement fort mal, dont la cause devait être portée dans quelques jours à l'audience. Elle ajouta qu'elle n'avait pas l'honneur d'être connue de moi, mais que son époux était tous les jours à la maison, et qu'il se nommait le chevalier Dorville. Je la regardai fixement. « Comment, madame, repris-je, cet homme est votre époux ? C'est mon ennemi mortel, il m'a joué un tour sanglant, sans doute que vous en étiez complice ; puisque j'en trouve le moment, il faut que je me venge. » Aussitôt je la saisis entre mes bras ; je la serre, je la pousse sur le canapé : elle veut crier : « Criez, criez, lui dis-je, oui, madame, le plus haut que vous pourrez, faites éclat, c'est ce que je veux. » Je lui mis le poignard dans le sein, elle perdit connaissance ; sans songer aux fenêtres et aux portes ouvertes, sans me soucier du bruit que faisait le froissement de nos robes de taffetas, je combattis, j'attaquai, je triomphai ; je ne sais si pour être plus tôt libre, Mme Dorville n'aida pas à la victoire ; je me vengeais de son époux, peut-être voulait-elle aussi s'en venger ? Quelle est la femme qui n'ait pas sujet de mécontentement dans son ménage !

Semblable à un *pandour*, j'arrive, j'attaque, je pille, je tire mon coup de pistolet, et je suis déjà décampé. En une minute tout fut expédié, et j'étais déjà à ma chambre que la solliciteuse n'avait pas eu le temps de remarquer si j'étais encore auprès d'elle.

Personne ne survint, et Mme Dorville eut tout le temps de se remettre à sa toilette. De plus d'une heure mon père ne sortit de son cabinet. Arrivé dans mon appartement, je me mis à rire comme un fou, et passai près d'une demi-heure à en méditer les circonstances. Je sais actuellement que penser de cette étourderie.

Mon père arriva enfin. Il était depuis longtemps en conférence avec un ecclésiastique nommé M. Le Doux, son confesseur ordinaire et mon directeur honoraire. Il tire beaucoup d'argent de mon père pour les pauvres, entre lesquels je crois qu'il se met au premier rang et pour plus d'une part ; ce consolateur monta chez moi, et vint me débiter bénignement une morale assurément très épurée.

Mme Dorville se présenta devant mon père, qui attribua un reste de trouble qui était dans ses yeux à la modestie d'une dame qui rougit nécessairement de demander quelque grâce à un homme. Toute autre que Mme Dorville eût été aussi embarrassée, car jamais chute n'a été plus précipitamment amenée. Si les dames saisissaient ainsi le moment à propos, elles ne courraient pas risque de leur honneur : ce qui les perd, est-ce ce qu'elles accordent ? Non, c'est le temps qu'elles perdent à le faire attendre.

L'épouse du chevalier exposa à mon père le sujet de sa visite. Après une audience assez longue, il se trouva que mon père n'était point juge dans ce procès ; mais qu'il était pendant à une des enquêtes dont j'ai l'honneur d'être membre, et que c'était moi que l'on devait solliciter.

Mon père me fit appeler. Je ne voulus pas descendre, ce ne fut qu'après un ordre précis que j'obéis. Je refusais d'autant plus qu'on me disait que c'était pour une dame qui avait un grand procès. Je crus d'abord que hors d'elle-même, Mme Dorville avait découvert à mon père mon imprudence ; mon feu était tombé et l'esprit de vengeance s'était un peu radouci. Où était donc alors, cher marquis, la parfaite connaissance que j'ai du sexe ? Une femme se vante-t-elle jamais de pareille aventure ? elle s'en applaudit intérieurement, elle sait bien *qu'on n'est malhonnête homme* qu'avec une jolie personne ; et elle ne peut vouloir du mal à qui lui a donné du plaisir. Dans le vrai, ne doit-on pas savoir gré à quelqu'un qui vous délivre du cérémonial ? Lucrèce se tua[87], mais après coup ; et peut-être de désespoir de ce qu'elle craignait ne pouvoir plus recommencer.

Je parus. Je saluai Mme Dorville avec respect comme si je ne l'eusse pas connue, *cognoveram*[88]. Elle ne se démonta point, et m'expliqua son affaire assez intelligiblement. Mon père sortit ; Mme Dorville entra en fureur contre moi ; elle se servit des termes les plus forts et les plus énergiques pour me reprocher ma hardiesse ; elle pleura même. Façons, cher marquis ; je connaissais trop la marche du cœur du sexe pour être alarmé : une femme souvent n'est jamais plus près de sa chute que lorsqu'elle fait plus d'efforts pour s'en défendre. Je lui laissai exhaler son courroux. Je pris la parole, m'excusai sur ses charmes, mon excuse posait sur un bon fondement, je lui promis un secret inviolable, et moi qui avais été regardé comme un tyran, je devins insensiblement un consolateur dont on écoutait tranquillement les avis. Quand on est sûr du secret, on craint moins pour sa vertu. Je rétablis la paix dans l'âme de Mme Dorville, je la vis dans ses yeux ; ce fut là où je fus convaincu qu'Hannibal se serait rendu maître de Rome s'il ne se fût pas amusé aux délices de Capoue. Elle se leva, je la reconduisis, et en sortant elle me serra la main d'une façon à me faire entendre qu'elle était moins fâchée, et qu'elle me pardonnerait mon audace, aux conditions, que je ne serais pas assez imprudent pour m'exposer sur la bonne foi des fenêtres et des portes ouvertes. Je lui fis mille politesses et je l'assurai que je goûtais infiniment la bonté de sa cause.

Elle remonta en carrosse et moi dans mon appartement. J'y avais laissé M. Le Doux. En mon absence il avait fait la visite de ma bibliothèque, et en furetant, il n'avait pas oublié certains pots de confitures qui étaient sur une tablette écartée. Il m'en parla comme d'une chose indifférente à moi qui étais un homme du monde, et qui serait d'une grande utilité à un directeur comme lui, qui assistait un grand nombre de malades. Il n'eut point ce qu'il demandait ; car sur le chapitre des confitures et des douceurs, j'ai l'âme la plus ecclésiastique qui fût jamais[89].

Il me gronda amicalement sur plusieurs livres, surtout, à l'occasion des romans. Je fis la controverse sur cet article, il ne brilla pas ; il m'avoua que son fort n'était pas la dispute, qu'il était persuadé que les romans étaient mauvais, mais qu'il n'en avait jamais lu, et qu'ainsi il n'en pouvait pas juger[90]. Il me conseilla de brûler mes miniatures, et mes estampes ; sur ce que je lui représentai que cet assemblage valait plus de deux cents louis, il me dit que la somme n'était pas assez considérable pour se damner pour elle ; j'insistais sur la valeur des choses : « Hé bien, dit-il, vendez toutes ces infamies à quelque conseiller constitutionnaire[91], ces gens-là n'ont point d'âme à perdre. » Je lui promis d'y penser, et le janséniste me crut déjà dans la bonne voie.

De matière en matière, nous parlâmes de mon aventure. Il n'est pas étonnant que le saint homme fût curieux. Je lui racontai tout, et l'intéressai si bien que c'est lui qui a le plus contribué à la délivrance de Rozette, comme vous le verrez, et que c'est par son moyen que j'ai tout obtenu de mon père.

N'ayez point mauvaise opinion de lui sur la conduite que vous lui remarquerez. M. Le Doux n'est point un hypocrite, il est droit, bon ecclésiastique, mais simple, aisé à tromper, il a toutes les minuties de son état, mais n'en a pas les intrigues secrètes. S'il a fait quelque faute, j'en suis la cause. On n'est véritablement coupable que lorsqu'on l'est par le cœur.

Il était près de huit heures, M. Le Doux était retourné chez lui, et m'avait laissé le temps de revenir au sujet de mes inquiétudes. Je me promenais dans ma chambre à grands pas, je regardais par la fenêtre ; Laverdure ne revenait point. J'excusais son retardement sur la différence des horloges : j'étais dans une cruelle impatience. Entre subitement dans ma chambre une figure empaquetée dans une cape de camelot, qui sans me parler jette une lettre sur mon bureau, et se jette dans un canapé. Je lis l'adresse, je reconnus l'écriture de Rozette ; sans différer, je l'ouvre ; je la dévore, et je suis enchanté. Je vais vous en donner une copie après vous avoir mis au fait des moyens par lesquels elle était parvenue jusqu'à moi, comment s'y était pris mon commissionnaire, et quelle était la personne qui était entrée chez moi dans cet équipage. Cette intrigue est assez bien conduite, et Laverdure m'a avoué que c'était son chef-d'œuvre.

Fin de la première partie

SECONDE PARTIE

Dum licet, in rebus jucundis vive beatus.

Mor. Lib. I. Ep.[1].

Laverdure lui-même avait été le commissionnaire de Rozette. Embarrassé comment il pourrait s'introduire à Sainte-Pélagie, il avait imaginé de se travestir en femme. La nature avait fait en sa faveur la moitié des frais de ce déguisement. Il est petit, maigre, sa voix est faible, sa taille menue, et il a très peu de barbe : passable en homme, il avait en femme une physionomie très singulière. Sans doute il hasardait beaucoup en cette rencontre, mais il y a des choses que l'on fait pour d'autres, auxquelles on ne penserait peut-être pas pour soi-même. Dans les occasions critiques on a meilleure idée de la fortune de son ami que de la sienne propre. Je ne vous ferai pas, cher marquis, la description de l'ajustement de Laverdure, pour se dédommager de la peine qu'il avait eue à le disposer, il me contraignit d'en admirer successivement le comique assemblage. Quoique je ne fusse pas en position de rire, je ne pus m'empêcher de le trouver très plaisamment imaginé. La capote dont il était couvert le masquait au mieux ; la pluie qui dura pendant toute la journée la lui avait fait prendre ; le mauvais temps désespéra bien des personnes, mais je puis dire qu'il ne pouvait y en avoir de plus beau et de plus favorable pour notre stratagème.

Laverdure se transporta d'abord au couvent. Après quelques préambules avec une tourière[2] curieuse, selon son état, et qu'il trompa suivant le sien, il fut admis au parloir de la mère supérieure. Les premiers compliments épuisés, il lui expliqua modestement le sujet de sa visite, et lui dit qu'il était la parente très proche d'une jeune fille nommée Rozette, qui par ordre du roi et pour son bien avait été conduite dans la maison depuis le matin ; qu'il venait se réjouir de ce que la Providence l'avait adressée dans un *port de salut*, où les bons exemples ne lui manqueraient pas, et pourraient la faire rentrer dans le chemin de la vertu, dont elle ne s'était que trop longtemps écartée. Qu'il était charmé que de bonnes âmes l'eussent obligée à se repentir, et l'eussent fait enfermer ; qu'il y avait déjà plusieurs mois qu'il aurait fait cette action de charité, si ses moyens lui en eussent permis l'exécution. Enfin Laverdure joua la parente si pathétiquement que la supérieure en fut attendrie : il se mit à pleurer ; le don des larmes est un don de comédien, notre drôle l'est au parfait. Les larmes sont un mal qui se gagne ; qu'une femme pleure, une autre pleurera ainsi que toutes celles qui viendront, et cela à l'infini. La conversation se termina en disant à la mère prieure qu'il désirait parler un moment à Rozette ; que quoique ce fût une fille dérangée, il l'aimait cependant encore assez pour ne la pas entièrement désespérer, et qu'il venait lui apporter quelque soulagement. Alors il tira de sa poche deux louis, et en remit un à la dame en la priant de le distribuer par parties à Rozette à proportion qu'elle s'acquitterait bien de son devoir, et qu'il aurait soin chaque mois de lui remettre pareille somme. Cette générosité eut son effet ; la supérieure admira le bon cœur de la prétendue parente, et lui en faisant un compliment assez poli, elle l'assura que dans peu Rozette se trouverait à portée de profiter de ses avis et de ses bontés. Laverdure sans y penser fit une révérence d'homme assez marquée, ce manque d'attention devait le trahir ; mais tout réussit à qui est en bonheur ; on fut édifié au contraire de ce que la modestie ne lui permettait pas d'imiter ces révérences mondaines qui dans le fond sont très indécentes, et qui ne sont entretenues que par un esprit secret de libertinage.

En attendant l'arrivée de Rozette, Laverdure, qui sait que l'oisiveté est la mère de tout vice, s'occupa à examiner les tableaux qui décoraient le parloir. Il fut fort édifié des sujets qui y étaient représentés, il n'y en avait aucun qui ne fût très régulier, mais il m'a avoué que quoiqu'il ne soit pas autrement scrupuleux, il avait été scandalisé d'y voir des figures toutes nues de beaux jeunes hommes bien proportionnés et faits à ravir, et qui sous prétexte d'être des anges n'en étaient pas moins capables de donner à tout le couvent des tentations très peu archangéliques.

La tourière amena Rozette. Jugez, cher marquis, de son état. Encore fatiguée des plaisirs de la nuit, pleine de chagrins, les yeux baignés de larmes, et qu'elle osait à peine lever ; la coiffure chiffonnée, manquant de la moitié de ses ajustements, et dans un déshabillé qui n'était pas de commande, elle s'avança tristement, et eut beaucoup de peine à reconnaître Laverdure sous sa physionomie empruntée. Sa surprise fut extrême, et elle la témoigna en reculant en arrière. La tourière la rassura ; elle ignorait, la bonne fille, le sujet de l'étonnement, et lui dit d'un air assez sec qu'une demoiselle de son état ne devait pas voir avec effroi une parente qui avait la charité de venir la consoler dans son malheur. Un mot suffit à qui a de l'intelligence. Rozette se douta du tour, et pensa que la tourière n'était que l'écho de ce que Laverdure lui avait raconté. Elle se mit à pleurer : l'idée de sa captivité en présence de celui qui l'avait vue si triomphante dans le monde la désespérait : à peine, selon ce qu'elle m'a avoué depuis, put-elle soutenir sa présence. Laverdure sans se troubler ni perdre son sang-froid, d'un ton grave, lui fit une leçon très vive sur sa conduite passée, la lui peignit avec des traits forts et nerveux, puis insensiblement radoucissant sa voix, il conclut, comme finissent tous les parents, par donner de la consolation à l'infortunée : il dit qu'il avait quelque argent à lui remettre, et que la mère prieure avait bien voulu se charger d'une somme pour subvenir à ses nécessités, si cependant elle se comportait avec prudence. Il donna alors à Rozette un louis, et lui glissa en même temps ma lettre, elle la prit avec ardeur, la cacha dans son sein. Ah ! que l'auteur eût bien voulu être à la place de son ouvrage ! Laverdure exigea qu'elle écrivît à sa mère (qu'il feignit être à Paris) qu'elle était contente dans la retraite où la Providence l'avait placée, et qu'elle ferait ses efforts pour en devenir meilleure. La tourière fut chercher du papier et de l'encre ; Laverdure profita de son absence pour remettre à Rozette le reste de la somme et pour l'assurer qu'on ne négligerait rien pour la délivrer au plus tôt ; il lui ordonna de lire promptement la lettre qu'elle avait reçue ; le peu de diligence de la tourière leur donna le temps d'une conversation assez étendue. Rozette munie enfin des choses nécessaires pour écrire, après avoir simulé quelque répugnance, se mit sur une table qui était à son côté. Elle ne fut pas longue à son expédition ; le commissionnaire s'en chargea et sortit du couvent après avoir fait un petit présent de quelques tablettes de chocolat à la bonne sœur qui avait été si complaisante. Il ne tarda pas à arriver au logis ; j'admirai la présence d'esprit de ce garçon, et n'ayant rien alors à lui donner pour récompense, je le comblai de mille remerciements. Voici la réponse de Rozette.

J'ai reçu votre lettre, cher ami ; je reconnais votre bon cœur dans votre conduite. Faut-il que je sois malheureuse, pour avoir adoré un homme qui mérite si fort de l'être ? Je ne sais encore comment je suis ici, je n'ai pas eu le temps de me reconnaître ; donnez-moi de vos nouvelles, je m'en rapporte à vous pour ma délivrance. Laverdure est un garçon impayable, il m'a remis l'argent que vous m'envoyez. Adieu, je vais pleurer mon malheur, je vous aimerai éternellement,

ROZETTE.

Vous ne sauriez croire, cher marquis, à quelles réflexions je me livrai alors. Je ne songeai plus qu'aux moyens les plus prompts pour délivrer Rozette ; je congédiai Laverdure qui me promit de ne me point abandonner. On vint m'avertir que le souper était servi ; je descendis. La compagnie était assez bien composée. Plusieurs dames s'y trouvèrent, qui dans d'autres temps m'eussent paru charmantes et qui l'étaient en effet. La brillante Mme Ducœurville et son aimable compagne s'y étaient donné rendez-vous, elles n'étaient que deux de leur parti, mais l'amour qui les embellissait faisait en leur faveur un tiers dont elles n'avaient pas lieu de se plaindre. La sage Rozalie y avait suivi son époux ; la vertu qui eſt dans son cœur eſt peinte dans ses yeux. On adorerait toujours la vertu si elle avait le talent de se placer ainsi à son avantage. La coquette Mme de Blazamond avait apporté toutes ses minauderies, mais ce soir-là elle leur donna un jeu si nouveau que j'en fus surpris comme d'une nouvelle décoration dont on nous ferait la galanterie à l'Opéra.

Les deux petites sœurs ne contribuaient pas peu à l'ornement du souper ; l'une chanta à ravir, et l'autre enleva tous les cœurs par ses saillies ingénieuses. Nous avions en hommes le président et le chevalier de Mirval ; ils s'attaquèrent quelque temps à la grande satisfaction de l'assemblée et pour la gloire de leurs esprits épigrammatiques. *Le gros géomètre* nous fit beaucoup d'extraits de vin de Champagne, et l'abbé Desétoiles nous parodia toutes les dames de la sous-ferme. Bref, je me serais fort réjoui sans le chagrin qui s'était emparé de mon âme. L'homme serait trop heureux s'il pouvait à son gré disposer des situations de son cœur ! Que le mien était mal à son aise ! M. Le Doux s'y trouva aussi, mon père avait gagné sur lui cet extraordinaire[3], afin de le raccommoder avec la vieille comtesse de Saint-Étienne. Vous avez cent fois entendu parler de cette insupportable dévote. Jadis assez jolie et coquette affichée, maintenant bigote avec le même éclat, ainsi que beaucoup de ses semblables, elle s'eſt rangée sous la direction de notre saint homme qui les conduit assez vertement dans le chemin de la vie éternelle. Entre les gens dévots, cher marquis, ainsi que parmi les personnes du monde, il eſt certains moments d'indifférence ou de ralentissement de ferveur ; quelquefois même il s'élève de saintes piques qui, dans la suite, ne servent qu'à donner une nouvelle pointe à la charité ; ce fut du fond d'une bouteille de champagne que sortit la réconciliation entre des personnes qui se disaient ennemis des sens.

Le président de Mondorville arrivait de campagne, et il ne savait rien de mon aventure. Il n'était pas temps de la lui raconter, et le lieu ne paraissait pas convenable à un pareil récit. L'ignorance où il en était lui fit tenir de très jolis propos à mon sujet qui étaient d'autant plus plaisants qu'ils étaient plus juſtes. Toute la compagnie en riait, j'étais intérieurement fâché contre lui, mais sans lui en vouloir ; et je puis dire qu'en cette circonstance, le président avait un esprit infini sans le savoir.

Après le souper, je pris en particulier M. Le Doux, et le priai de me faire l'honneur de me rendre une visite le lendemain matin, parce que j'avais une affaire importante à lui communiquer ; il s'imagina qu'il s'agissait de quelque cas de conscience, ou même de ma conversion : ces messieurs ne s'imaginent pas qu'il y ait d'autres choses plus intéressantes dans l'univers. Il m'assura qu'il se rendrait chez moi sur les neuf heures. Je lui promis de l'attendre avec une tasse de chocolat qu'il accepta, après que je lui eus persuadé que le mien était préférable à celui dont il usait ordinairement.

Le président monta à une chambre peu de temps après, je lui racontai mon aventure ; il me demanda excuse des plaisanteries dont il avait diverti la compagnie et me promit qu'il ferait sortir Rozette dès le lendemain si je le voulais ; il y eût réussi, son crédit est sans bornes pour certaines choses auprès des ministres. Il était en pointe de joie. Je le priai de n'en parler à personne et d'attendre que nous en eussions conféré ensemble à tête reposée. Il y consentit, et se retira après m'avoir croqué plusieurs histoires plus amusantes les unes que les autres.

Il me fut impossible de dormir. Rozette revenait sans cesse à mon imagination. Pour me distraire je me fis donner mes cartons à estampes et j'en commençai une revue générale. À proportion qu'elles étaient libres ou plaisantes je me rappelais les situations dans lesquelles je m'étais trouvé avec celle qu'on venait de m'enlever. Ce souvenir étourdissait au moins ma douleur.

Enfin la nature se trouva accablée, un sommeil languissant s'empara de moi et me surprit au milieu de mes estampes éparses sans ordre sur toute la surface de mon lit. J'ai quelquefois dormi entre les bras de la réalité ; mais alors l'illusion était entre les miens.

À peine était-il sept heures du matin qu'un domestique vint me réveiller, parce que la gouvernante de M. Le Doux m'apportait une lettre, et qu'elle voulait absolument me parler de la part de son maître. Je donnai ordre qu'on l'introduisît. Elle fit quelque bruit en entrant pour avertir de son arrivée. J'avançai la tête, et par l'ouverture de mes rideaux, j'entrevis un minois très gracieux. J'ai toujours été heureux au coup d'œil. Je me levai, et remuant ma couverture je fis tomber plusieurs estampes. La jeune fille les ramassa par propreté, et ne croyant pas être vue, les examina par sensualité. J'en augurai bien pour la satisfaction d'un de ces désirs qui naissent à l'instant, dont l'effet était alors prodigieux en moi et que pour tout jeune homme la beauté fait galamment éclore. Je crus apercevoir que ce qu'elle avait examiné, quoique très rapidement, avait fait sur elle une agréable impression. Un rien trahit la passion dominante, et il n'y a personne qui n'en ait une ; un signe sur le visage développe les replis de l'âme la mieux sur la défensive. Nanette, c'était son nom, me fit une révérence simple et gracieuse, et me présenta sans affectation la lettre qui m'était adressée, je jetai les yeux dessus, et sur celle qui me la remettait, elle méritait bien les regards d'un galant homme.

Imaginez-vous, cher marquis, une grande fille d'une taille ordinaire, mais bien tournée, déliée et ferme sur ses jambes, de grands sourcils noirs, de belles dents, un teint qui était disposé à recevoir des couleurs, et qui pour lors ne jouissait que de la blanche. Une gorge qui ne paraissait pas, mais qui, cachée avec affectation, disait aux curieux qu'elle était digne de faire leur admiration et leur plaisir. Sa coiffure et son habillement répondaient à la simplicité de tout son extérieur ; elle me parut une dévote aisée, et qui âgée de vingt-huit à trente ans ne prendrait de parti que suivant les circonstances. Je la fis asseoir, et je lus la missive. M. Le Doux me marquait qu'il était au désespoir de ne pouvoir se trouver chez moi à neuf heures selon sa promesse, parce qu'il était obligé d'aller visiter les pauvres prisonniers du Petit Châtelet[4] avec une dame qui depuis deux jours avait renoncé solennellement au monde : que sur les deux ou trois heures, aussitôt qu'il aurait pris son café, il ne manquerait pas à se rendre au logis.

Je complimentai Nanette, sur ce qu'elle était la gouvernante de M. Le Doux qui était un très honnête homme et mon ami particulier. Elle me répliqua uniment qu'il était fort bon maître, et que depuis trois ans qu'elle était à son service elle n'avait qu'à se louer de son égalité et de sa douceur. Comme elle ne s'étendit pas extrêmement sur son panégyrique, je conclus qu'il n'y avait aucune liaison déterminée entre eux. Pendant que je lui demandais pourquoi elle s'était attachée à M. Le Doux, moi-même sans m'en apercevoir, je m'attachais très fort à elle. Enfin, de discours en discours, je conduisis la conversation sur ces matières que les femmes aiment si fort à traiter, et dont elles font semblant de rougir.

Les fleurs naissent sous les pas de ceux qui courent dans cette carrière, il y a toujours quelqu'un qui en cueille.

Cependant le feu me montait au visage, je m'approche de cette belle fille qui se levait de son siège sans avoir trop envie de sortir ; je lui prends la main que je trouve blanche à ravir, je lui répète qu'elle eſt charmante, qu'elle eſt adorable, je lui donne un léger baiser qui eſt suivi par un second auquel elle se dérobait autant qu'il en fallait pour qu'il ne fît pas une impression trop marquée sur ses lèvres. Je ne sais si c'eſt la dévotion qui apprend ces délicatesses, si cela eſt, je veux m'y livrer pour mon plaisir. L'état dans lequel j'étais excusait de ma part un peu de hardiesse ; on n'a jamais exigé qu'un homme en robe de chambre soit aussi retenu et aussi sage que lorsqu'il eſt empaqueté dans les ornements de sa magiſtrature. Mes mains, devenues entreprenantes par degrés, osèrent lever le voile qui cachait à mes yeux des trésors ; alors me nommant par mon nom, Nanette me reprocha qu'autrefois je n'avais pas daigné la regarder lorsqu'elle était fille de boutique chez Mme Fanfreluche cour Dauphine. « Quoi c'eſt vous, ma charmante, m'écriai-je ; que je vous rendais peu de juſtice alors, que je répare ma faute, et que je vous embrasse de tout mon cœur ! » Effectivement, marquis, elle était la compagne d'une petite-maîtresse que j'ai eue dans ma jeunesse, que j'aimais à l'adoration, et que j'ai quittée ainsi que beaucoup d'autres. Deux mots de mes intrigues passées me donnèrent lieu de passer aux siennes, et me mirent en une espèce de droit d'y faire un supplément à mon goût : je commençai.

En vain me représentait-elle qu'elle était presque dévote depuis trois ans, que j'allais la chiffonner : sa dévotion excitait mon ardeur, et les trois années de sagesse qu'elle m'objectait me rassurant contre la crainte du danger me donnaient de nouvelles forces : je n'étais pas embarrassé de rétablir son ajuſtement. Une vertu qui ne se débat plus que sur un arrangement de plis eſt bien prête à être dérangée elle-même. Nanette le fut. Je la pressai, elle soupira, et après les façons usitées en tel cas, j'ôtai à cette belle commissionnaire toute connaissance excepté celle du plaisir. Dans le feu de nos embrassements, elle me fit soupçonner qu'il n'y avait pas extrêmement longtemps qu'elle avait perdu la charmante habitude de les varier à l'infini. Soupçon ridicule, réflexion impertinente ! comme si on avait besoin d'exercice pour pratiquer parfaitement les choses qui ne sont que de nature ? Mes eſtampes répandues sur le lit jouèrent leur personnage et joignirent leur petit murmure à un certain bruit occasionné par la pratique de ce qu'elles représentaient pour la plupart. Mlle Nanette, libre enfin de l'embarras où j'avais mis sa dévotion et sa robe, s'étant elle-même raccommodée dans le miroir, me salua malignement et gracieusement : je la reconduisis et lui promis une coiffure de fantaisie et de l'aller voir souvent, parce que j'aurais certainement besoin de sa protection. Elle se retira avec le contentement dans les yeux, mais avec le besoin autre part, car je ne suis pas assez orgueilleux pour croire que j'aie pu en un moment combler le vide que trois années d'abstinence avaient laissé dans son âme. N'est-il pas vrai, cher marquis, que je suis un garçon d'un violent tempérament ? Si je ne trouvais de temps à autre quelque occasion de me réjouir, je périrais de chagrin.

J'aurais cru que cette fille auprès de M. Le Doux était peu sage ; point du tout ; il est des tempéraments qui ressemblent à ces machines qui n'ont de violence que lorsqu'elles sont montées. Elle m'a assuré depuis cent fois que son maître était un homme sur qui la nature ne s'était réservé aucun droit, et dont l'unique occupation était de se mêler des affaires des autres, de diriger des vieilles, de les prêcher ou de les endormir.

Je fus au palais où je trouvai le président ; l'audience levée nous fûmes ensemble chez lui, où ayant quitté nos robes, nous fîmes la partie d'aller rendre une visite de passage à Mlle Laurette. Elle se mit à rire en nous voyant, elle savait le malheur de Rozette, elle m'entreprit sur cet article, me reprocha mon peu de prudence et avec un ton orgueilleusement plaintif, elle m'assura qu'elle était touchée du sort de sa bonne amie. Elle nous offrit à dîner, nous la remerciâmes ; ses charmes et l'air dont elle en faisait parade nous invitaient à leur faire compagnie, mais mon feu avait eu son essor le matin, et le président sans s'être trouvé dans ma première position se trouvait par habitude dans la seconde.

Nous passâmes chez la belle bijoutière de la rue Saint-Honoré d'où après avoir examiné, critiqué, contrôlé, marchandé mille choses différentes, nous sortîmes sans en emporter une seule. Je revins dîner à la maison et j'y restai jusqu'à l'arrivée de M. Le Doux. Il tint sa promesse et me rendit sa visite un peu avant trois heures. Il salua mon père, leur conférence fut très courte ; il me joignit au jardin, et après m'avoir lu un article des *Nouvelles ecclésiastiques* où on traitait très plaisamment un évêque constitutionnaire[5], et m'avoir informé de quelques anecdotes sur le chapitre de deux autres, il me demanda quel était le sujet de la confidence que je lui destinais. Je lui répondis que je ne pouvais m'ouvrir que chez le président de Mondorville, que mon carrosse était dans la cour à nous attendre et que nous irions s'il y consentait. Nous partîmes ; comme je serais fâché, cher marquis, qu'on ne me prît pas pour un jeune conseiller, je vais toujours dans Paris à toute bride, mes chevaux y sont accoutumés. M. Le Doux, qui ne monte en équipage qu'avec des dévotes et des vieilles, fut effrayé de mon train et me pria d'ordonner à mes gens de ne se pas tant précipiter. Il m'ajouta qu'il n'était pas séant qu'on vît un ecclésiastique courir comme un jeune homme ; il me cita même un passage latin d'un concile de Jérusalem qui défend aux cochers d'obéir aux maîtres qui leur commandent d'aller plus vite que le pas.

Je vous avoue, marquis, que je fus bien humilié dans ma route ; je rencontrai plusieurs seigneurs qui n'avaient que de très mauvais chevaux et qui se faisaient un honneur infini par leur course rapide. Notre conversation pendant le chemin fut peu intéressante, je ris seulement de ce que M. Le Doux fit un signe de croix en passant par-devant l'Opéra[6]. Le président nous reçut d'un air enjoué et après avoir obligé M. Le Doux à prendre des rafraîchissements, nous entrâmes en matière. Quand on est en compagnie on se sent plus de hardiesse. Je lui exposai que j'aimais Rozette, que j'étais cause de son malheur et que si mon père la retenait encore longtemps, je me porterais à des extrémités ; que je consentais à ne la plus revoir, mais qu'aussi je voulais être certain qu'elle n'était pas dans l'état le plus déplorable. Le saint homme m'écouta très pacifiquement, et contre mon attente, il s'étendit fort peu sur la morale, et me fit grâce d'un bel et beau sermon qu'il était en droit de débiter. Après un préambule grave, sur la sagesse de mon père et la légèreté de ma conduite, il me dit qu'il lui était impossible selon Dieu et sa conscience de se mêler de cette affaire. En vain lui fis-je diverses représentations ; sourd à mes prières il me pria très sérieusement à son tour de ne lui jamais parler dans ce genre. J'étais sur le point de me retirer le désespoir dans le cœur, lorsque le président laissa échapper comme par hasard : « C'est dommage en vérité, car cette fille-là pense bien sur les affaires du temps, et même elle a eu des convulsions en conséquence[7]. »

Rozette, cher marquis, n'a jamais rien pensé sur ces

matières, parce qu'elle ne les connaît pas ; pour des convulsions elle n'en a jamais éprouvé qu'en amour. Ce mot du président me servit beaucoup, puisque dans la suite il fut cause de l'élargissement de Rozette qui n'eût point réussi sans M. Le Doux.

Notre saint homme avait un faible, et ce faible était un zèle sans bornes lorsqu'il s'agissait de servir quelqu'un qui avait seulement un vernis de jansénisme. Je le tenais par l'endroit critique, et je ne négligeai rien pour venir à bout de mon entreprise. On fait faire aux hommes ce que l'on veut, dès qu'on a trouvé l'art de mettre en mouvement certains ressorts qui conduisent toute leur machine.

M. Le Doux après avoir réfléchi quelque temps nous demanda si nous étions certains de ce que nous assurions sur le compte de Rozette. Fûmes-nous assez simples pour ne pas le lui confirmer authentiquement ? Sa charité se trouva assez bien disposée, son cœur s'attendrit, et il nous donna sa parole que dans peu il aurait une conférence plus étendue avec nous dans laquelle il nous communiquerait ses réflexions. Il sortit. Mon équipage le conduisit à une assemblée de piété et celui du président nous mena droit à l'Opéra ; on y donnait, je crois, *L'École des amants*[8]. Nous augurâmes bien du succès de notre affaire, puisque M. Le Doux s'en mêlait. Le spectacle n'eut pas grande part à notre attention, nous ne nous y amusâmes qu'à examiner la parure de plusieurs dames dont nous devions cruellement médire le soir.

Dès le lendemain j'écrivis à Rozette l'idée qui nous était venue de la faire passer pour une fille attachée au parti anticonstitutionnaire. Je lui recommandai d'être prête à jouer ce rôle si on l'exigeait. Que ne doit-on pas exécuter pour se mettre en liberté ? Je lui envoyai même quelques livres à ce sujet, surtout un qui est l'abrégé de l'histoire de tout cet événement. Le maudit livre coûta cher à ma nouvelle néophyte. Il va se rencontrer du comique dans cette aventure. Je lui mandai que j'étais obligé d'aller avec mon père à la campagne pour quelques semaines et qu'elle ne se désespérât pas, que Laverdure lui donnerait souvent de mes nouvelles.

Notez, cher marquis, que je n'avais pas voulu confier au président que son domestique se travestissait pour mon service. Cette remarque sera nécessaire par la suite.

Nous partîmes pour la terre de mon père. Rozette cependant lisait avec avidité les livres que je lui avais envoyés. Elle se préparait au rôle dont je lui avais indiqué l'idée dans ma dernière lettre. Elle n'eut que trop le temps de s'y exercer, et de pleurer sur cette malheureuse invention. Mais n'anticipons point sur les faits.

La terre où j'accompagnai mon père, cher marquis, est en Picardie : l'air y est serein, le pays assez beau, et notre maison très bien disposée. Elle est un peu ancienne, mais elle ressemble à certaines femmes de la Cour qui ont perdu la fleur de leur jeunesse, mais qui sont cultivées parce qu'elles sont profitables en des rencontres. Pendant quelques jours nous ne vîmes personne. Nous ne nous soucions pas de compagnie puisque mon père n'avait entrepris ce voyage que pour arranger ses affaires dans ce pays. Insensiblement divers gentilshommes des environs nous honorèrent de leurs visites ; la politesse ne nous permit pas de demeurer en reste. Nous les avions trop bien traités, ils se piquèrent de nous rendre la pareille. Les Picards en général sont de bonnes gens, francs pour l'ordinaire, estimables quand ils donnent du bon côté, mais malins et fourbes plus que les Normands, quand ils quittent leurs inclinations natales.

Les différents endroits où nous fûmes reçus ne méritent pas que je vous en parle. Là c'était un vieux officier qui habitait un reste de château, échappé à la fureur du déluge, et qui ayant à peine le nécessaire, dédaignait avec orgueil le commerce de ses voisins qui eussent pu lui rendre service, et cela parce que, comme lui, ils n'avaient pas eu un de leurs ancêtres tué auprès de Philippe à la bataille de Bouvines[9]. Ici je rencontrais une maison assez bien ornée, quoique les tapisseries en parussent avoir été travaillées par les mains du temps, lorsqu'il était encore en son enfance. On m'y recevait avec aisance, mais je n'y rencontrais que des bégueules provinciales qui n'avaient lu et admiré que le conte assez gentil de *Ververt*[10]. Dans un autre côté je me rencontrais avec des moines qui me faisaient des fêtes superbes ; elles m'eussent plu, si tout ce que font ces gens-là n'avait toujours un goût de froc qui m'est insupportable. Enfin, cher marquis, pendant six semaines je ne fus occupé qu'à parcourir tantôt tout seul, tantôt en la compagnie de mon père des gentilhommières où je ne découvrais que bon cœur sans délicatesse, ou politesse sans goût, et telle que la pratiquaient nos bons aïeux. Un de nos petits soupers d'hiver vaut une éternité de ces plaisirs champêtres. En vain voulus-je chercher quelque aventure amusante, les circonstances ne se présentaient pas, et quelquefois lorsque je croyais en avoir trouvé de favorable à mes désirs, justement les plus jolies Picardes n'avaient que la tête chaude.

Comme ceux qui aiment les fleurs en surprennent partout, je me saisis de quelques-unes par occasion, mais je ne m'en fais pas gloire ; d'ailleurs elles n'étaient pas choisies dans des parterres qui pussent comme à Paris donner un certain lustre à celles qui sont les plus communes. Voici la seule rencontre où je me sois un peu amusé. Les Picards sont simples, et si la foi était perdue dans l'univers, on la rencontrerait chez eux ; ils lui sont dévoués ainsi qu'à la superstition, l'une est bien voisine de l'autre.

Un jeune homme fils d'un riche fermier était amoureux de la fille d'un gentilhomme de son voisinage. Il l'adorait, et elle voyait avec plaisir son adorateur. Le père n'eût pas souffert que sa fille aimât un roturier ; aussi ne lui en fit-on point confidence. La demoiselle croyait tous les cœurs de condition lorsqu'ils pensaient bien ou qu'ils aimaient ; elle souhaitait fort s'unir avec son jeune ami dont sans doute elle était sûre. Il n'avait aucun titre de noblesse, il ne possédait que ceux de quelques terres très fertiles, et peut-être un fonds de cinquante mille livres, mais il était écrit sur la porte de son père : *« En mariage tu ne convoiteras qu'un gentilhomme seulement. »* Le tempérament l'avait emporté, et elle avait trouvé le moyen depuis deux ans de faire rencontrer à des rendez-vous le tiers état avec la noblesse. Sans entrer dans le détail de ses aventures, il en vint à la république un sujet : l'affaire était encore nouvellement répandue à notre arrivée. Le père n'ayant pu cacher les passe-temps de sa fille, plutôt que de la marier avec celui qui sans son ordre était entré dans sa famille, aima mieux répandre le bruit qu'un cordon-bleu[11] de Versailles, en passant par chez lui, en avait été l'auteur. Ainsi Romulus était fils du dieu Mars ; ainsi beaucoup d'autres, qu'on a encore faits de meilleure famille, n'ont-ils eu pour père que des Jérôme Blutot, tel était le nom du jeune homme.

Depuis ses couches Mlle des Bercailles ne pouvait plus souffrir celui à qui elle avait l'obligation de la maternité : elle l'avait congédié : j'ai su qu'elle avait rempli sa place en fille sage et qui ne changeait que pour trouver mieux.

Le pauvre garçon qui n'était pas si intelligent se désespérait ; il en parla à un fermier de ses amis qui lui donna la connaissance d'un berger qui suivant l'attestation de toute la nation picarde était sorcier et avait un grimoire comme un curé. C'est une remarque certaine et infaillible : moins les peuples sont sorciers, plus il s'en trouve parmi eux. Blutot fut le trouver. Le drôle, après s'être fait prier, supplier, conjurer et payer, lui donna dans une fiole une liqueur, et lui ordonna de la mêler dans la boisson de celle dont il voulait regagner le cœur. Notre fermier se saisit de l'ampoule, et attendait avec impatience le moment de s'en servir ; il se présenta enfin.

Une fête de paroisse étant arrivée, le curé y invita toute notre maison, et pour nous faire honneur rassembla quelques gentilshommes, plusieurs curés, et M. Blutot s'y trouva ainsi que son ancienne maîtresse. Le dîner fut servi copieusement, et nous nous assîmes environ vingt-cinq personnes à table : le pasteur ne se contenait pas de joie. Comme il n'y avait de femme ou fille que Mlle des Bercailles de jolie, les autres étant toutes passées, je la mis entre le curé et moi, bien résolu d'en tirer parti, sachant que la poulette n'était pas novice.

Son amoureux eût bien voulu être à ma place ; mais si l'épée cède le pas à la robe, un villageois ne doit pas seulement avoir contre elle de la jalousie. Blutot qui avait apporté sa fiole amoureuse cherchait à en verser dans le pot duquel on devait servir à boire à mon aimable compagne. Il ne put choisir, et comme l'homme perd souvent la tête à propos de rien, il se précipita si fort, qu'il vida toute sa bouteille dans une grande cruche de six à huit pintes qui devait servir au dessert. Le repas fut assez tumultueux, le clergé mangea beaucoup, et but de même, déclama contre les hérétiques et fit l'éloge de la bière ; je pris soin d'en conter à ma compagne, et je n'eus pas de peine à lui faire goûter mes raisons. Elle avait de l'expérience ; une fille dans ce cas avec un peu de tempérament vous devance dans la carrière de plaisir. Nous en étions au point, que sans la compagnie qui commençait à s'émanciper insensiblement, nous nous serions recueillis dans quelque allée du jardin. Ce ne fut que partie différée. Le dessert venu, redoublement de joie. Rien n'est plus divertissant à voir, une seule fois en sa vie, que ces assemblées. Vous y reconnaissez l'âge d'or, ce bel âge où les hommes sans finesse et sans goût s'enivraient de voluptés sans les sentir.

On servit à toute la compagnie un grand verre de la liqueur renfermée dans cette cruche en question, c'était une espèce de ratafia[12] propre à faire couler la bière. Mon père ni ma voisine ni moi n'en bûmes point, ayant toujours usé de vin de Bourgogne que nos domestiques avaient apporté. Bien nous en prit : M. le prédicateur se repentit d'en avoir trop peu ménagé la dose. Nous sortîmes et fûmes à l'église. Ma bonne amie était à mes côtés ; ce n'était pas trop là la situation où je l'aurais voulue, mais celle-là était encore assez pour le lieu.

Le prédicateur commença au mieux, son texte fut heureux et comme il faisait le panégyrique d'une vierge, son sermon devait être une exhortation à la chasteté. Il ne l'acheva pas.

Il est à propos de remarquer que la liqueur qui était dans ce vase mentionné avait eu le temps de fermenter et de s'insinuer dans toutes les parties du prétendu ratafia : c'était une composition d'une force extraordinaire qui avait deux effets, l'un de mettre le sang en fureur et d'exciter un amour violent, l'autre d'égaler la médecine la plus purgative ; le tout plus promptement ou plus lentement suivant la constitution des corps.

Déjà l'orateur chrétien s'échauffait, se battait les flancs, et nous endormait, lorsque le ratafia commença à opérer en lui. Il y résista quelque temps : l'autre effet de la même liqueur fermentait, et s'animait par degrés chez la plupart des curés, et de ceux qui avaient été au dîner ; rien ne m'a tant amusé que de voir de saints ecclésiastiques se tourmenter sur leurs chaises et rouler leurs yeux d'une façon injurieuse à l'aimable vertu de continence dont l'orateur entamait déjà le panégyrique. Les paysans riaient intérieurement de ce qu'ils voyaient et leur malignité naturelle n'avait alors aucun respect pour leurs directeurs : il fut encore bien moindre dans la suite.

Le Chrysostome[13] de village, ayant fait un effort violent en poussant un de ces « hélas[14] » pathétiques qui ébranlent jusqu'aux voûtes des temples, ne fut pas assez heureux pour contenir en lui-même la malignité du ratafia cruel, et la laissa échapper avec impétuosité. Ce malheur l'étonna ; il perd la voix, on court, on vole à son secours, une sueur froide coule de tous ses membres, on le croit mort, mais dans l'instant ceux qui aident à le ranimer s'aperçoivent bien qu'il est très vivant, et soit par esprit de joie, soit par quelque autre principe, ils ordonnent que très précipitamment on en offre de l'encens au Ciel et que l'on parfume l'église.

Tout le monde rit de l'aventure, et ceux qui en parurent le plus réjouis donnèrent eux-mêmes à rire aux autres à leur tour. Cependant on commença l'office, et mon père qui était présent ne put s'empêcher de me demander si je me souvenais de l'aventure de Constantin Copronyme*[15].

À peine était-on au tiers du premier psaume que les deux chantres, pressés par le témoignage intérieur de leur besoin, quittent rapidement leurs chapes et sont déjà dans le cimetière. Leur espèce de fuite étonne, on se regarde : deux curés prennent les places vacantes, ils n'ont pas fait dix tours dans le chœur que les vêtements contagieux, semblables à la robe de Nessus[16], les embrasent, ils les quittent, fuient de l'église et sont suivis de dix de leurs confrères qui sont dans les mêmes tourments ; tout le reste de l'assemblée de rire et de s'emporter en éclats. Le seul curé de la paroisse demeura immobile, en vain le ratafia fit-il tout son effet ; en vain était-il inondé des restes précieux de cette liqueur, il demeura ferme en sa place et imita ces anciens sénateurs qui au milieu du sac de Rome par les Gaulois restèrent tranquilles dans leurs chaises curules et y reçurent la mort[17].

Les peuples anciens reconnaissaient les dieux à la bonne odeur qui naissait sous leurs pas : je réponds que pas un de ceux qui avaient dîné avec nous n'eût eu des autels chez les païens.

L'effet du ratafia, ou plutôt du philtre, n'avait pas borné son pouvoir à donner de la fluidité aux corps hétérogènes avec lesquels il s'était trouvé ; il avait aussi mis en feu la concupiscence des particuliers dans lesquels il s'était introduit. Nous en vîmes plusieurs qui dans leurs transports amoureux embrassaient sans distinction toutes les femmes ou filles qui s'offraient à leurs yeux : sans doute ils désiraient davantage et le faisaient voir, mais il y avait un trop grand concours, la honte les enchaînait. La nature est une sotte de se cacher toujours pour faire son plus agréable ouvrage : c'est précisément lorsqu'on a le moins de modestie qu'on en veut le plus avoir. Nous fûmes témoins qu'un vieux chapelain de plus de soixante ans, qui sans doute avait doublé la mesure de la liqueur, ou qui était dans une certaine habitude, se mit à poursuivre une bergère assez laide et âgée, au travers d'un pré, et dans un déshabillé fort peu honnête : on cria après lui ; la nymphe fuyait, le nouvel Apollon était prêt à enlever sa chère Daphné, lorsqu'elle se précipita dans une mare

* Constantin surnommé Copronyme, parce que lorsqu'on le baptisait, il souilla les eaux dans lesquelles il était plongé suivant l'usage.

d'eau bourbeuse où tomba à sa suite le dieu ecclésiastique, dont on le tira lui et sa nymphe bien couverts de boue dans laquelle ils étaient presque métamorphosés. Quel comique spectacle, cher marquis ! Que Callot n'était-il là[18] ? Il en eût fait une de ses plus jolies fantaisies. C'était pourtant l'amour qui causait tout ce désordre. Si d'un côté il troublait l'office de l'église, il ne dérangeait pas d'un autre mes petites intrigues particulières. Ainsi jamais personne ne perd qu'un autre ne gagne.

Je m'étais écarté avec dessein de ne me pas perdre. Mlle des Bercailles me vint joindre. C'était dans une allée d'un bosquet extrêmement couvert. Là, pourrais-je vous dire, le lierre amoureux s'unissait à l'ormeau ; là une jeune vigne tapissait des murs de tilleuls et de sycomores ; on y entendait le murmure d'une onde argentée et les concerts des oiseaux qui soupiraient leurs tendres soucis : je pourrais charger ce tableau et vous répéter toutes ces descriptions usées que les poètes se donnent de main en main, mais n'ayant pas perdu de temps à mon expédition, dois-je vous en faire perdre en y ajoutant des circonstances ? Nous arrivons, l'herbe était grande, nous nous y jetons ; la belle était animée, j'étais plein d'ardeur, Vénus donne le signal, la pudeur s'envole, l'amour nous couvre de ses ailes ; le temps nous pressait ; nous ne le fîmes pas attendre ; le nuage se forme, le ciel s'obscurcit, le tonnerre gronde, il tombe et tout est consommé.

Nous regagnâmes la maison du curé et en chemin ma belle nymphe me répéta qu'elle était charmée de ce que j'étais gentilhomme. Ma foi, marquis, sans vanité, avec elle, j'avais valu le paysan le plus vigoureux. On ne s'informa pas d'où nous venions, chacun était occupé à faire son paquet pour partir : je vis la chambre du curé ouverte, j'y entre, Mlle des Bercailles m'y suit : le lit était bien fourni, bien mollet et semblait inviter à quelque chose. Sans doute il avait une vertu particulière, ou peut-être avait-il tâté du ratafia, mais à son aspect je devins comme un des curés : ma voisine s'en aperçut ; les fenêtres se ferment, les rideaux se tirent, la porte est barrée, et je commence à pratiquer ce que dans tel cas telles *précautions engagent de faire. Le lieu*, la position y fait beaucoup ; je goûtai mille plaisirs ; je ne faisais que les demander, on me les variait, je m'en enivrais, et en me plongeant dans cette douce volupté, je la voyais naître dans les yeux de celle qui en était la mère. Quel surcroît de satisfaction de jouir d'un fruit défendu, et dans un lieu où une chose même permise aurait une pointe particulière ; que je donnai de louanges à la jeune demoiselle ! Qu'elle me donna de contentement ! Nous descendîmes après avoir bien ri de l'aventure du clergé et nous être promis que ce ne serait pas la dernière fois que nous parlerions d'affaires intéressantes. L'histoire de cette paroisse fit beaucoup de bruit dans le canton, on s'en divertit comme il convenait, et depuis on demande aux curés qui sont à semblables fêtes s'ils y boiront du ratafia.

Pendant huit à dix jours que je restai encore dans le pays, je n'en passai aucun sans m'entretenir avec mon père de cette farce et sans rendre visite à M. des Bercailles ; le bon gentilhomme venait exactement chez nous faire sa cour au vin de Bourgogne en y amenant son héritière à qui je faisais quelque chose de plus ; enfin nous partîmes et après avoir témoigné à plusieurs reprises à ma jeune maîtresse le déplaisir que j'avais de la quitter, lui avoir fait quelques présents, je la laissai peut-être avec l'ébauche d'un petit conseiller qui dans son temps pourra être regardé par M. le gentilhomme comme la galanterie de quelque prince du sang ou de quelque monarque.

Me voici à Paris. Revenons à Rozette et à son étude des livres que je lui avais envoyés et du rôle qu'elle devait jouer. Aussitôt que je fus arrivé j'envoyai chercher Laverdure pour être instruit de ce qu'il avait exécuté en mon absence.

Rozette qui n'avait eu rien tant à cœur que de sortir du lieu où elle était enfermée, et qui s'était imaginé que l'étude des livres que je lui avais adressés devait y contribuer infiniment, s'y était donnée tout entière. Elle en a profité d'une façon marquée. Un jour qu'elle était absorbée dans cette méditation, entra une religieuse. Ces filles-là sont encore plus curieuses mille fois que les femmes du monde ; moins elles devraient savoir de choses, plus elles sont impatientes d'en apprendre. Est-il étonnant qu'il soit difficile aux religieuses de vivre heureuses ! Elle voulut apprendre quel était le livre qui était le sujet des réflexions profondes que Rozette semblait former avec tant de soin. Rozette fit difficulté ; la sœur n'en eut que plus de désirs ; elle le demanda avec empressement, on le lui refusa par plaisanterie ; sa curiosité s'en fâcha et fut poussée au point que dans son transport elle fit ce qu'elle put pour arracher le livre. On le lui refusa alors très nettement, et elle eut le désespoir de se voir même méprisée. Ah ! que la sainte vengeance va bien faire son devoir ! La sœur Sainte-Monique, c'était son nom, va mettre l'alarme dans le couvent, raconte à toutes celles qu'elle rencontre qu'elle a vu quelque chose qui fait trembler (elle n'avait rien vu certainement), que la fille renfermée dans la chambre rouge avait été surprise par elle à lire un livre affreux, abominable, couvert de noir avec des flammes jaunes dessus, que ce livre était un livre de magie, qui contenait la fin du monde, qui faisait venir le diable, que c'était le *Grand Albert*[19] ou peut-être même un rituel ou un grimoire. La supérieure tremble à ce récit, tout le couvent est dans l'effroi, on sonne la cloche, on assemble la communauté, on parle, on discute, on délibère, on opine, on décide : sur quoi ? sur rien absolument, parce qu'il n'avait été rien proposé ; on fait avertir un grand vicaire, il vient, on lui dit le cas, il en sourit, et monte chez Rozette, lui demande ses livres, elle les remet, et l'on trouve entre ses mains un ouvrage janséniste ! On lui demande si elle est du parti des appelants, elle répond que oui fermement, et qu'elle en sera toujours. Elle croyait, la pauvre fille, que celui qui l'interrogeait de la sorte était du parti, qu'il était temps de jouer son rôle. Le grand vicaire, homme d'esprit, lui dit qu'il était charmé de ses sentiments et que le parti des appelants était fort bien soutenu par des personnes de réputation comme elle dans le monde, et d'un ton ironique lui demanda si parmi ses compagnes elles étaient un grand nombre attachées à la bonne cause. Rozette vit sa méprise, et donna une réplique qui ne déplut pas à l'ecclésiastique ; il ordonna qu'on eût soin d'elle et qu'on ne lui donnât que de bons livres : il se saisit des volumes jansénistes et les emporta.

Cependant les religieuses n'avaient pas encore su ce que c'était que ce grimoire, sujet de leurs alarmes. Elles firent ce qu'elles purent pour l'apprendre de Rozette, celle-ci pour les désespérer refusa absolument de les satisfaire : elles entrèrent dans une fureur extraordinaire, et lui auraient dès ce jour interdit tout soulagement, si le grand vicaire en sortant ne leur eût recommandé de ne point inquiéter leur pensionnaire. On ne lui promettait cependant pas de laisser ce mépris sans une vengeance marquée. D'abord on refusa à Laverdure l'entrée du couvent, pendant plusieurs jours : ce ne fut qu'après *en avoir appris la cause qu'il* demanda à parler à la sœur Monique et il lui dit que c'était lui qui avait apporté les livres que Rozette lisait et que ces livres étaient les *Voyages* de Paul Lucas[20], que c'était un entêtement de sa part de n'avoir pas voulu les montrer, que preuve que ce n'était pas de mauvais ouvrages, c'eſt que M. le grand vicaire n'y avait rien trouvé de fort blâmable. La curiosité de la sœur ainsi remplie par l'adresse de Laverdure, on lui permit de parler à Rozette qui commençait à s'impatienter : ce n'était pas encore le temps.

Depuis plusieurs jours Laverdure s'était absenté de chez son maître qui s'en était aperçu. Le président en avait voulu savoir la raison, et quelle intrigue avait son domeſtique ; il n'avait pu rien tirer de la vérité. Enfin il s'avisa de le faire suivre, et après bien des soins il fut informé qu'il se traveſtissait en femme et qu'il allait de temps à autre dans la communauté de Sainte-Pélagie. M. de Mondorville affecte un air aisé avec Laverdure, et prend la résolution de lui donner une belle peur. Pour cet effet, il lui dit un matin qu'il était le maître de se promener toute la journée après lui avoir donné quelques commissions, et qu'il n'avait qu'à se trouver le soir chez la marquise de Saint-Laurent à l'attendre. Le domeſtique profita de la liberté qui lui était accordée et vers son heure accoutumée il se disposa à aller rendre visite à Rozette. Le président qui avait un espion affidé fut averti que son drôle revêtu de son équipage féminin était en route pour se rendre à Sainte-Pélagie ; il écrit aussitôt à la supérieure qu'il y avait un homme déguisé en femme qui s'était introduit dans sa communauté et que le loup pouvait causer un grand ravage dans la maison du Seigneur. Que cet homme commettait un si grand crime depuis plusieurs semaines. La prieure reçoit cet avertissement, et tremble en le lisant, elle fait avertir le commissaire, celui-ci se transporte au plus tôt au couvent accompagné d'archers et on se saisit de six personnes qui étaient alors au parloir. Malheureusement il s'en trouva une qui à son air peu féminin fut soupçonnée d'avoir voulu déguiser son sexe. On la prend, on la saisit malgré sa résiſtance et les proteſtations qu'elle fait qu'elle eſt femme d'honneur et n'a rien fait qui la puisse mettre entre les mains d'un commissaire. On la traîne dans un endroit secret : il fallait entendre les cris que poussait cette nouvelle Lucrèce lorsqu'un sergent se mit en devoir de vérifier l'accusation intentée contre elle. En pareille rencontre, il n'y a pas de personnes qui se défendent mieux que celles à qui il serait impossible de rien prendre. Enfin l'examinateur avec un grand cri assura à toute l'assemblée que Mme Bourut (c'était son nom) n'était point un homme et que sa physionomie en avait imposé. Pour cette fois le commissaire ne fit pas une plus ample perquisition et se dispensa volontairement d'une descente sur les lieux. On fit la visite de la maison, on ne trouva rien de suspect et toute la justice se retira après avoir averti la supérieure que dans de pareilles occurrences il ne fallait pas trop s'alarmer, et que sur un simple avis on ne mettait pas tant *d'honnêtes gens* en alarme pour une affaire où l'on ne tirait pas ses frais. La compagnie se retira et M. le président informé de la rumeur qui était arrivée à Sainte-Pélagie attendait qu'on vînt le demander de la part de Laverdure, lorsqu'il entra avec son air tranquille et délibéré et rendit compte de ce dont il avait été chargé. M. de Mondorville ne lui parla de rien, et n'en était pas moins curieux de savoir comment il s'était tiré de ce mauvais pas. Sans doute vous avez la même curiosité, cher marquis ; il n'avait eu aucune peine à se délivrer de l'embarras, il ne s'y était point trouvé. Voici le fait. Un petit malheur de hasard nous sauve très souvent de grandes infortunes.

Laverdure déguisé à son ordinaire était en chemin pour rendre sa visite à Rozette. Il est bon que vous remarquiez, cher marquis, que le drôle en était un peu amoureux, et qu'en faisant exactement mes affaires, il croyait qu'il avançait les siennes ; deux motifs bien puissants le conduisaient, l'intérêt et l'amour ; il n'est point étonnant qu'il fût si animé à exécuter mes ordonnances. Dans sa route il fut rencontré par deux jeunes gens qui, la tête encore un peu échauffée du vin de Champagne dont ils avaient abondamment éprouvé les piquantes douceurs, l'arrêtèrent et après l'avoir considéré quelque temps s'imaginèrent avoir trouvé en lui une déesse des plus charmantes et en conséquence voulaient que sa divinité les conduisît dans un temple où ils pussent lui faire des offrandes proportionnées à ses mérites. Vous voyez, marquis, que le bandeau que Bacchus met sur les yeux des mortels est plus épais encore que celui de l'amour : l'un empêche de voir, mais l'autre fait voir trouble ; rien n'est plus pernicieux qu'une fausse lumière.

Laverdure se défendit en vain, il essuya les compliments les plus flatteurs, se vit donner les épithètes les plus tendres, il m'a avoué que quoique d'un sexe qui n'entend pas ordinairement de fadeurs et qui ne fait qu'en débiter, il avait senti la tentation à laquelle on expose une jolie femme en lui *détaillant des fleurettes*. Ne pouvant se débarrasser de leurs mains et craignant qu'en affectant trop la femme d'honneur, on ne vînt à examiner de trop près cet honneur-là, qui comme tout autre perd souvent l'examen, il invita ces messieurs à venir se reposer chez lui ; ces jeunes entreprenants lui avaient demandé cette faveur, de façon que ce qu'il avait alors de mieux à faire était de la leur accorder. Ils montèrent en fiacre, et le cocher eut ordre de les conduire dans un endroit qu'il nomma. Ne songeons pas pour un moment que Laverdure eſt un domeſtique et imaginons que cette affaire arrive à un de nos amis. Elle nous intéressera davantage.

La plaisante figure que faisait alors notre homme ! Je m'imagine voir ces jeunes gens le caresser, l'embrasser, lui tenir de galants propos ; lui se défendre d'un baiser de l'un, écarter les mains libertines de l'autre, quoiqu'il eût pu les rendre très sages, en leur laissant une minute toute liberté de ne le pas être. Il était très plaisant aux uns de se croire en possession de jolies choses, et de vouloir s'en emparer, et à l'autre de défendre très sérieusement ces jolies choses, qu'il n'aurait pas si bien défendues s'il en eût été le possesseur. On fait pour le mensonge ce qu'on n'aurait pas le courage de faire pour la réalité.

Enfin la compagnie arriva au lieu marqué, c'était à l'endroit où Laverdure avait coutume de prendre ses habits de déguisements ; une de ses cousines, à la mode de Paris, y demeurait qui reçut fort bien ces nouveaux venus, et qui leur fit perdre en un moment la passion violente qu'ils avaient conçue pour le bel Adonis de rencontre. On proposa des rafraîchissements, ces messieurs en avaient besoin et ils en firent suffisamment les frais. Cependant comme les tentations qui les avaient accompagnés dans l'équipage étaient augmentées, on voulut à la faveur de la collation badiner sur ce qui y donnait lieu, et de là, en traiter à fond la matière. Laverdure s'était bien promis de pousser l'aventure, mais jusqu'au point que sa parente ne serait point forcée à enfreindre les bienséances. Voyant néanmoins qu'elle serait bientôt dans le cas de se défendre à force ouverte, et connaissant qu'une femme n'a jamais l'avantage lorsque l'attaque eſt de longue durée, il se retira dans la chambre voisine et ayant alors abandonné son ajuſtement féminin il reparut aux yeux de la compagnie en homme, et par sa présence subite effraya les convives. Armé d'une espèce de couteau de chasse qui n'y avait jamais servi, il s'avance vers ces messieurs et avec des paroles emportées leur commande de sortir promptement sous peine de se voir étendus sur le pavé. Notre homme eſt brave, cher marquis, et si je l'en crois, il fit trembler ces deux jeunes gens qui descendirent en diligence d'une maison où on leur préparait une si mauvaise récompense des frais qu'ils avaient faits pour y être bien reçus. Laverdure, qui ment peut-être, et fait le généreux[21] après coup, m'a protesté qu'il les avait poursuivis jusque dans la rue ; peut-être était-ce de parole, alors le fait devient assez vraisemblable. En un mot il se tira d'intrigue de la part de ces jeunes gens, sa prudence et le hasard lui sauva pour cette journée le malheur que son maître lui avait machiné.

Le président piqué de n'avoir point réussi continua à le faire épier. Dès le lendemain Laverdure fut trouver Rozette à qui il raconta son aventure et lui amplifia sans doute sa hardiesse et son courage. Après la victoire le soldat le plus lâche a droit de faire son éloge. Il resta ce soir-là moins longtemps qu'à l'ordinaire et par son bonheur, il esquiva une visite que les gens de la maison firent, sur un second avis anonyme, qui leur était envoyé par le président. Pendant plusieurs jours il ne put être découvert ; s'il se fût douté qu'on lui préparait quelque tour jamais on n'y aurait réussi. La vengeance veille, et la simplicité s'endort sur la foi de son innocence.

Enfin le président, outré de ne pouvoir réussir, suivit lui-même son domestique et l'ayant vu entrer au couvent fit avertir le commissaire, la supérieure, et une compagnie du guet, et découvrit que c'était à Rozette à qui on en voulait. On ne douta plus de rien. Laverdure ayant voulu sortir aperçut quelque tumulte et qu'on le considérait de près, il soupçonna que la visite faite dans le couvent quelques jours avant et dont il avait entendu parler pouvait le regarder ; il craignit, mais sans perdre la tête, il imagina que ce tour venait de la part de son maître, et en rapprochant diverses circonstances, il en fut convaincu. Il pensa à se sauver, et ensuite à s'en venger. En un instant il eut quitté son ajustement de femme et il se trouva en petite camisole blanche et ayant par hasard un bonnet brodé dans sa poche, il le mit sur sa tête et passa au milieu de la garde et des religieuses comme quelqu'un qui était entré par curiosité, ou comme un jardinier de la maison ; s'étant même abouché avec un sergent il lui dit en confidence que celui qui s'était introduit était un homme de condition, et lui avoua sous le secret qu'il se nommait le président de Mondorville qui était amoureux d'une religieuse. Le sergent le dit au commissaire qui, sur cet avis, trancha toute difficulté, fit ouvrir les portes, se retira en recommandant aux religieuses le secret sur cette affaire ; les gens de robe n'aiment point à avoir de discussion les uns avec les autres. Sans ce stratagème, Laverdure restait dans le couvent et il eût pu être découvert. Ce prétendu secret se divulgua, et on fut d'autant mieux persuadé de la vérité de la chose, que l'on avait vu le carrosse du président arrêté dans une rue voisine précisément pendant cette expédition. Laverdure dissimula avec son maître qui n'osa lui parler de cette aventure.

Les religieuses, dont la curiosité avait été si cruellement tourmentée par Rozette, profitèrent de l'occasion, et ayant un sujet de la punir le saisirent avidement : on avait trouvé les habits en queſtion dans le parloir et on avait reconnu ce déguisement sous lequel quelqu'un depuis longtemps venait faire la cour à Rozette ; la pauvre fille fut enfermée dans une chambre obscure au pain et à l'eau et y demeura jusqu'à ce qu'enfin par le moyen de M. Le Doux elle en sortît, pour n'y rentrer sans doute de ses jours.

Le président ne put se contenir ayant entendu dans le monde que l'on affirmait qu'il s'était traveſti pour enlever une fille de Sainte-Pélagie, et que les religieuses le publiaient : il se fâcha d'abord et en rit après. Ce fut alors qu'il voulut savoir tout de son domeſtique ; celui-ci le lui raconta fidèlement ; le drôle trouvait son orgueil flatté à tracer ses avantages contre son maître : il en reçut son pardon ; mais le président eut beaucoup de difficulté à ne se pas brouiller avec moi, parce que je ne lui avais pas confié mon secret, et que je l'avais exposé à des démarches qui avaient tourné à son désavantage. Ah ! cher marquis, qu'il était piqué de n'avoir pu réussir ! Autant qu'il était sérieux lorsqu'on lui parlait de sa prétendue expédition conventuelle, autant je m'en divertissais à ses dépens. Ainsi souvent ceux qui veulent jouer les autres sont-ils joués eux-mêmes. On ne hasarde point à faire du bien à quelqu'un, il y a tout à appréhender à lui préparer des embûches.

L'état affreux où je savais qu'était Rozette me désespérait. J'eus recours à M. Le Doux. Je le pris en particulier et, lui ayant abandonné certains rayons de mes tablettes remplis de pots de confitures, je lui exposai mes chagrins. Le ton pathétique que j'employai le toucha. Les dévots ont l'âme tendre, et quand on a une fois trouvé le chemin de leur cœur, on eſt assuré de leur faire exécuter les choses les plus difficiles. Je lui déclarai d'abord que puisqu'il était ami de mon père, et de notre famille, il devait le faire voir à cette occasion en empêchant quelque coup d'éclat que j'étais résolu de hasarder. Voyant que mon discours ne faisait pas une impression assez vive sur son esprit, je lui racontai comment Rozette était actuellement dans l'état le plus affreux. Je ne lui dissimulai point que c'était à cause de moi, mais profitant de la circonstance des livres pris chez elle et de la confession qu'elle avait faite de son attachement au parti des appelants, je fis entendre à M. Le Doux que l'on avait été charmé d'avoir trouvé la rencontre de Laverdure pour la punir de la première aventure, et que cette fille alors souffrait pour la bonne cause. Pour achever de déterminer mon dévot, je le priai de s'informer de la vérité de ce que j'avançais, et lui donnai tous les éclaircissements nécessaires ; il m'assura que sa protection serait le fruit de la vérité que je lui aurais exposée. Il promit que sans faute il me rendrait réponse dans trois jours. Je l'embrassai : je lui fis plaisir ; et en me remerciant il me dit qu'il serait bienheureux s'il pouvait gagner une si belle âme au Seigneur, et qu'il m'en désespérait pas.

Lorsqu'il s'agit du soulagement de leurs frères, tous les gens de parti sont très ardents. M. Le Doux fut en me quittant constater la vérité de ce dont je l'avais entretenu ; n'ayant pu être instruit de tout en un jour il n'abandonna pas sa résolution.

Pendant ces recherches instituées et suivies en faveur de Rozette, je m'amusai auprès d'une dame assez connue dans le monde par sa grande ferveur, et qui quoique à vingt-neuf ans, a déjà affiché la plus éminente dévotion.

Je passe à une femme de cinquante ans qui a l'orgueil de vouloir se faire remarquer d'abandonner le rouge et les mouches, de se mettre sous la direction d'un homme célèbre, enfin de faire semblant de vouloir abandonner le monde. Mais je ne pardonne pas à une veuve qui n'est pas encore dans sa trentième année, qui a de l'esprit, du bien, des grâces, de la beauté, qui peut faire les charmes du public, d'aller se renfermer dans une société de bigotes ou de directeurs. Qu'arrive-t-il ? Telle femme dit au monde qu'elle le quitte, afin que le monde l'engage à rester : eh bien, ce monde-là la prend au mot, et elle se trouve obligée à jouer par pique, ce que dans le fond du cœur elle est au désespoir de pratiquer à l'extérieur ; aussi, cher marquis, semblable vertu est *bien sujette à se démentir : un souffle* la dérange, et accoutumée à ne se soutenir que par la vue de ceux qui l'admirent, si elle se trouve seule avec elle-même, elle chancelle ; je réponds, moi, qu'elle est tombée, si jamais elle se rencontre vis-à-vis le plaisir.

Mme de Dorigny* depuis un an était un exemple d'édification : la bonne odeur de sa charité était répandue dans tout le Marais. Je la voyais depuis quelque temps, et même elle avait eu la bonté de me mener aux sermons choisis du père Regnault[22], à ces sermons qui se prêchent aux extrémités de Paris où on choisit exprès une petite église afin d'y faire foule.

Un soir que j'avais collationné avec elle, elle se mit à médire de plusieurs dames de ma connaissance d'une façon qui me parut indigne. J'oubliai alors les charmes de ses yeux, les agréments de sa personne, et je ne vis qu'avec une espèce d'indignation la plus belle main du monde qu'elle affectait de me faire remarquer en prenant un soin particulier de me servir à diverses reprises les mets le plus délicats. Je commençai dès lors à jeter les fondements d'une punition qui pût lui être d'autant plus sensible qu'elle la privait pour un temps d'une satisfaction, pour la jouissance de laquelle elle avait sacrifié son appareil de vertu et ces beaux dehors dont il n'y a que les sots qui soient dupes. Ne sachant trop où aller après avoir quitté M. Le Doux, je me fis conduire chez elle ; son portier me dit que Madame n'était pas visible. J'insistai, on fut lui dire mon nom. J'eus permission d'entrer ; elle vint au-devant de moi en robe courte, mais d'une étoffe des plus belles, en garniture simple, mais de points d'Angleterre et avec des manchettes semblables, quoique à un seul rang ; la fraîcheur de son visage et la sérénité qui y régnait était l'image de la paix de son cœur ; le trouble devait bientôt y exciter une cruelle tempête. Elle tenait en ses mains un gros livre relié en maroquin noir, elle me dit qu'avec ma permission elle allait achever ses petites heures[23] : elles me parurent bien longues. En attendant j'examinai l'ameublement qui était d'un goût exquis. Je parcourus des yeux ce cabinet où il brillait un luxe étudié, et où je voyais partout des meubles qui n'avaient pas été inventés par la mortification. Il n'y a que les mondains qui ignorent l'art de se procurer les véritables commodités de la vie.

L'office fini, mon aimable dévote vint me rejoindre, et par un air presque étourdi, elle semblait me dire que pour être une sainte, elle n'en était pas moins charmante[24]. Notre conversation roula sur la conduite qu'on tenait dans le monde, sur

* J'en ai déjà parlé page 537 de la première partie ; c'était une de celles qui avaient insulté à mon malheur.

les spectacles, les cercles, les parties, etc. Le tout pour avoir occasion d'en médire, et cependant d'en entendre faire l'histoire. On mit sur le tapis les aventures galantes de Mme de Brépile, de Mme de Selrez et de quelques autres, on parla des miennes, et on me dit d'un air d'amitié qu'en conscience je ne pouvais pas porter ma figure, parce qu'elle était capable de faire naître des désirs. J'en avais effectivement déjà excité chez Mme de Dorigny, ses yeux me le disaient, et dès ce jour il n'eût tenu qu'à moi d'en avoir une confirmation ; ses regards me signifièrent qu'elle m'aimait, qu'elle me le déclarait, les miens furent assez barbares pour ne lui pas rendre sa déclaration. Elle me parla d'un livre qui, à ce qu'elle disait avoir entendu dire, faisait un grand bruit dans le monde ; elle me le demanda, je lui répondis que je l'avais, mais qu'il était écrit trop librement et qu'elle en serait scandalisée ; elle parut de mon avis, mais elle revint à son but par un détour en s'informant si tout le livre était du même style. Je lui répliquai qu'il y avait des endroits que toute personne pouvait lire : « Ce sont ces endroits-là que je veux examiner, reprit-elle, afin de décider si cet ouvrage est aussi bien dicté que le publie la renommée qui exagère toujours. » Je n'exagère point, moi, lorsque je vous affirme, cher marquis, que ma dévote n'était plus maîtresse d'elle-même. Je lui promis de le lui envoyer le lendemain ; elle l'exigea pour le soir. Je le lui fis tenir et par malice, je glissai dedans deux estampes capables de rallumer des feux, qu'une jeune veuve doit ressentir avec plus de violence, parce qu'elle en a encore les dernières étincelles en son âme.

Je retournai le lendemain en sortant du palais savoir si mon livre avait plu ; je le savais à n'en pas douter ; on me dit qu'on n'en avait encore parcouru que quatre pages, mais qu'on en était assez contente ; elle ne m'en imposait pas avec son ingénuité, je suis trop convaincu qu'une femme est sans réserve lorsqu'elle entre dans la carrière de l'amusement[25]. Je fus invité à dîner. Je ne me fis point prier : je renvoyai mon carrosse. On me vanta beaucoup l'esprit d'un certain ecclésiastique qui devait nous faire compagnie. Il vint ; je ne trouvai qu'une espèce de béat ; sans doute qu'il ne brillait que quand il était à table tête à tête ; son esprit n'était pas un esprit de trois couverts.

Notre dîner fut des plus sensuels ; le café qui le suivit m'embaumait : si j'étais à mon particulier, je voudrais une main dévote pour m'apprêter tous mes besoins. Un tiers nuisait à la conversation que nous devions avoir, Mme de Dorigny et moi ; elle écarta pieusement le saint homme en l'envoyant porter à l'autre extrémité de Paris du soulagement à quelques malades. D'une main la jeune veuve[26] répandait des bienfaits, de l'autre elle appelait le plaisir et écartait les obstacles. Les passions ont toutes leur politique particulière, mais la plus sûre est celle qui est couverte de l'extérieur de la réforme.

J'étais assis auprès de Mme de Dorigny ; soit par négligence, ou soit par la faute d'une épingle, on apercevait au-dessous de son mouchoir de col l'extrait d'une gorge d'une blancheur éblouissante. Je lui en fis compliment ; elle rougit ; sa mule de couleur noire était si petite qu'à peine pouvait-elle lui servir ; un mouvement léger causa sa chute, je la ramassai et ne pus m'empêcher de me récrier sur une jambe dont j'avais aperçu toute la finesse. On me pria de glisser sur ces choses. De la jambe à la gorge, de la gorge à la main, de la main à la taille, toute sa personne était pour moi l'occasion d'un éloge : insensiblement notre conversation s'anima, et chaque chose dont je faisais le panégyrique servait à trouver dans telle ou telle dame de notre connaissance un défaut opposé à cette perfection : j'en fus choqué, et si je jouai le passionné, ce fut pour punir cette belle médisante. Enfin de propos en propos, après avoir baisé sa main, j'osai m'approcher de sa gorge et de son visage, elle voulut détourner le coup, mais sa bouche vermeille qui n'entendait rien à telle défense reçut les marques de mon ardeur qui ne lui étaient pas destinées. Un baiser en exige un second, le second trouva moins de résistance ; après m'être donné tout le temps d'amener une attaque éclatante, avec la plus mauvaise volonté du monde et la plus grande malignité, je redoublai mes efforts : ne gardant plus de mesure, j'enlève Mme de Dorigny entre mes bras, je la transporte sur un lit de repos dans son cabinet, j'en ferme la porte et je lui demande à genoux le pardon d'une offense dont jamais femme ne s'est offensée. La belle ouvrit mollement les yeux, la faiblesse les lui referma, et poussant un soupir, elle me dit d'une voix tendre : « Ah ! cher conseiller, je me damne !

— Et moi je me sauve », m'écriai-je, et aussitôt je cours à la porte pour sortir.

Ce mot la réveilla. Jugez dans quel fureur elle entra alors : en un moment le feu pétilla dans ses yeux, la colère fermenta dans son cœur ; s'étant relevée avec fureur, elle s'avança vers moi pour m'accabler de reproches. Je n'avais pu ouvrir le cabinet, parce qu'il y avait un ressort secret. Je fis de cette nécessité une ressource ; je me retourne vers elle et lui dis en riant que ce que j'en avais fait était une plaisanterie ; comme elle n'écoutait pas mes raisons, et qu'elle exigeait une réparation, je la regardai tendrement : elle m'envisagea de même, des larmes coulèrent de ses yeux. Quel cœur n'eût pas été attendri ? Je m'approche d'elle, je la reprends entre mes bras, et dans les effusions de mon repentir, je lui fis goûter que c'était un bonheur pour elle que j'eusse failli et que ma faute était la plus heureuse du monde. Ah ! cher marquis, que j'éprouvai de délices ! Que je bénis mille fois ce fortuné ressort qui m'avait forcé à jouir de mon bonheur. Deux heures se passèrent à gémir sur ma faute, et je ne quittai ma belle qu'après en avoir obtenu mon pardon en doublant et triplant mes œuvres satisfactoires[27].

Je me retirai vers le soir avec promesse de revenir. Je n'y ai pas manqué depuis, le plus souvent que j'en ai trouvé l'occasion ; j'ai conservé du goût pour la pénitence, et Mme de Dorigny en garde pour la volupté, la critique et la simagrée. Après tout, j'aurais été un grand sot de n'avoir pas profité de mon aventure : j'aurais puni la médisance, et je n'aurais pas détruit le mal, et je me serais privé d'un plaisir inexprimable : profitons de l'occasion, et pour mortifier les autres, ne nous interdisons pas le plaisir, sa fleur ne dure qu'un jour, insensé qui la laisse périr sans en avoir éprouvé les douceurs.

M. Le Doux était enfin sûr de l'exactitude de mon rapport, et ne doutait plus que je ne lui eusse accusé juste. Il avait trouvé le moyen de parler à Rozette qui pour cette fois ne s'étant pas livrée tout d'un coup, par ses réponses en avait donné assez à entendre à son futur libérateur, qui lui promit de la revenir voir. Ce fut dans cet esprit de contentement que le saint homme vint me trouver et me protester qu'il me rendrait service, en m'assurant que le soir il serait en état de porter de bonnes nouvelles à la prisonnière. M. Le Doux avait obtenu par amis un ordre de M. le lieutenant de police pour parler à Rozette à sa volonté. Cependant il en avait touché quelque chose auprès de mon père qui n'avait point voulu absolument y entendre. M. son directeur en cette circonstance n'avait pas eu plus de privilège qu'un simple ami.

La visite devait se faire le soir même, je fis ce que je pus pour déterminer mon protecteur à me laisser l'accompagner, afin de m'entretenir avec Rozette, il me refusa, et si j'en vins à mon honneur, ce fut malgré lui, et j'en eus obligation à Laverdure.

J'étais triste et rêveur après le dîner. Le président m'envoya son domestique affidé pour me demander si je voulais faire un médiateur chez Mme de L'Écluse. Vous la connaissez, cher marquis, c'est la femme soi-disant d'un officier, qui donne à jouer pour l'amusement des autres et pour son profit[28]. Il s'y rencontre assez bonne compagnie en hommes et assez libertine en femmes. Il ne se passe rien dans cette maison, mais il est bien commode d'avoir quelques endroits dans Paris où on puisse voir aisément de jolies personnes sans scandale, et en choisir à son gré sans avoir la réputation et l'air d'en chercher par besoin. Je fis faire réponse que je m'y rendrais sur les huit heures. J'étais instruit qu'il s'y trouvait depuis peu une jeune provinciale qui venait solliciter un procès à Paris. Tel est mon cœur, il est avide de tout, et ressemble en amour et en volupté à ces enfants qui ont envie de tout ce qu'ils voient.

Cependant je m'étais entretenu avec Laverdure des moyens de voir Rozette. Je lui avais parlé de la visite que lui devait faire ce jour même M. Le Doux. Il ne trouva rien de si simple que de l'y accompagner et m'ouvrit son sentiment. On s'imaginerait que ce garçon avait la tête remplie de stratagèmes, et que, nouveau Mascarille[29], ses ressources se variaient à l'infini. Point du tout. Il n'a qu'un seul chemin ; il ne connaît qu'une seule façon de se tirer d'intrigue : quoique ce soit toujours la même, la même lui réussit toujours ; avec lui on n'a pas la surprise de l'invention, on n'a que celle de la réussite. Je m'abandonnai à lui. Il s'était travesti pour parler à Rozette, il jugea à propos que je me déguisasse aussi pour jouir de la même faveur. Il me conseilla de m'habiller en ecclésiastique et de me mettre dans le même appareil que M. Le Doux, n'étant point embarrassé comment il se conduirait pour le reste. Le parti accepté, j'écrivis aussitôt à un abbé de mes amis docteur de Sorbonne de m'envoyer une soutane, un manteau long, un rabat et le reste de l'ajustement : sans soupçonner l'usage que j'en espérais faire et même sans daigner s'en informer, il me fit tenir ce que je lui avais demandé. Le tout porté dans la chambre de Laverdure, je m'équipai en ecclésiastique, la perruque qui couvrait mes cheveux avait un air modeste, mais était peignée et arrangée comme par les mains de la régularité : la calotte qui en couvrait une partie était très luisante et brillait avec affectation ; enfin mon extérieur était uni et recherché, et j'avais, sauf mes yeux qui sont toujours libertins, la représentation d'un saint directeur, jeune à la vérité, mais qui n'en est que plus chéri des bonnes âmes.

Je ne me trouvai point du tout emprunté sous cette nouvelle forme, j'ai porté le petit collet[30] à Saint-Sulpice plusieurs années, et les médisants ont attribué à cela le fond de galanterie qui fait mon apanage. Je m'enfonçai dans une chaise à porteurs et Laverdure me suivit à Sainte-Pélagie. Il s'informa s'il n'y avait point un ecclésiastique de telle et telle façon qui fût entré, on lui dit qu'il y était depuis une demi-heure. Il demanda ensuite si son maître n'y était pas, on lui répliqua qu'on ne connaissait pas son maître, alors feignant d'être embarrassé, il dit qu'il serait grondé ; que son maître était M. l'abbé de Calamort, abbé d'une abbaye qu'il institua subitement et qui devait être avec cet ecclésiastique qui était entré, puisqu'il avait une permission de M. le lieutenant de police pour visiter aussi le couvent. Il dit et sortit pour m'avertir d'entrer.

Il me précéda en disant à la tourière : « Ma sœur, voici mon maître, conduisez-le au parloir où est monsieur le digne prêtre qui est déjà entré. » La bonne fille ouvrit la porte. J'avançai non sans trembler, et sans rire en même temps. Sur mon passage je fus examiné par plusieurs religieuses ou pensionnaires que je ne regardai pas par crainte ; le couvent en fit honneur à ma modestie. Quelle fut la surprise de M. Le Doux en me voyant ! « Que faites-vous, monsieur le conseiller, s'écria-t-il, vous voulez donc nous perdre ? » Heureusement il n'y avait personne qui pût nous entendre. Rozette fut transportée de joie : sans ce que venait de faire le saint homme elle eût eu peine à me reconnaître. « Paix, dis-je au directeur, la chose est consommée, il s'agit de ne pas faire de bruit. » Il voulut me haranguer, mais je lui fis sentir l'inutilité de son sermon et combien il serait mal placé. Je dis à Rozette les choses les plus vives, et les plus expressives, je lui glissai une lettre qui était toute prête dans laquelle je l'avertissais que le lendemain je reviendrais si je pouvais réussir. M. Le Doux qui était sur les épines termina la conversation et la visite en donnant parole à Rozette que dans trois jours elle *ne coucherait pas à Sainte*-Pélagie et en l'exhortant à rentrer en elle-même et à se conserver dans ses bons sentiments. « Il y a toujours de la ressource avec les personnes d'esprit, me disait M. Le Doux, je ne désespère que des sots, cette fille a beaucoup d'intelligence. »

Nous sortîmes, et en sortant je fus considéré par quelques religieuses qui apparemment avaient du goût pour les ecclésiastiques de figure revenante[31]. Je renvoyai mes porteurs et montai en fiacre. Ce fut alors qu'il me fallut essuyer les remontrances les plus raisonnables et les plus légitimes. M. Le Doux, quittant le caractère de son nom, me traita durement, me reprocha que je profanais l'habit de l'Église, que je le rendais complice d'un crime affreux, et que puisque je n'avais pas plus de tête, ni de religion, il ne me verrait plus, qu'il avertirait mon père de ma conduite, et qu'il abandonnait Rozette. Ce dernier article me touchait plus que tous les autres.

Je lui demandai excuse, je lui promis d'être plus retenu et je fis tant par mes caresses qu'il s'adoucit, surtout lorsque je lui eus reproché qu'il n'était pas juste qu'une fille qui souffrait pour la vérité fût malheureuse plus longtemps par mon imprudence.

Je le descendis chez lui. Je changeai promptement d'habits aussitôt que je fus arrivé chez Laverdure. Ce qui est plaisant, c'est que le cocher que je payais libéralement me dit, en me saluant d'un air malin, que je n'étais pas si méchant qu'un certain jour où je l'avais bien battu, et que le Seigneur m'avait fait une grande grâce de me faire prêtre : et en montant sur son siège il ajouta qu'il me souhaitait une bonne cure. C'était ce coquin de fiacre[32] qui m'avait conduit chez Rozette deux mois auparavant, et que mon père avait trouvé dangereusement malade à la Villeneuve[33].

Il était près de neuf heures lorsque je rendis ma visite à Mme de L'Écluse ; j'y trouvai de jolies femmes, et le président qui était fort occupé auprès d'une. Content et joyeux de la réussite de l'entreprise que je venais d'exécuter, je communiquais ma joie à toute la compagnie. Je fis même des folies, jusqu'à un point qu'une dame de plus de quarante ans et très grave devint amoureuse de moi. Elle en fut pour ses avances, car ma foi je n'avais pas la moindre petite tentation d'y répondre ; le temps viendra où pour mon malheur je me trouverai dans le même cas : alors sans espoir pour l'avenir, je m'amuserai du passé, et cette considération pour un vieillard équivaudra aux espérances de la jeunesse ; un retour sur ce qui a précédé ne vaut-il pas un prospectus[34] de ce qui peut arriver quelque jour ?

Je refusai ce soir-là plusieurs soupers fort bien composés et devant faire le lendemain une folie, je voulus m'y préparer par la sagesse. Je demeurai à la maison, et fis compagnie à mon père assez tard, après quoi je me retirai à mon appartement, où je reposai tranquillement toute la nuit.

Dès le lendemain matin je vis arriver Laverdure qui s'informa de la façon dont tout s'était passé ; je la lui racontai : il m'encouragea à y retourner le soir ; je lui promis de n'y pas manquer. Je lui ordonnai de dire à son maître que je le retenais pour souper le surlendemain absolument, et qu'il ne s'engageât à rien avec personne.

En même temps je reçus une lettre de Mme de Dorigny qui me priait de passer chez elle. Cette lettre était écrite de façon à pouvoir être lue du plus sévère casuiste, et cependant des plus expressives pour quelqu'un qui comme moi avait la clef de ses sentiments et de son cœur. Je fis réponse que je m'y transporterais dans l'instant. Je montai en carrosse, et quoique en robe de palais, je lui fis ma visite excusant mon habillement sur la passion que j'avais de lui faire ma cour. Elle me reçut à sa toilette, les dévotes en ont une moins brillante que celles des coquettes du monde, mais plus choisie, et mieux composée. Les odeurs qui remplissaient les boîtes n'étaient pas fortes et en grande quantité, mais elles étaient douces et répandaient un parfum suave qui embaumait légèrement la chambre et vous flattait délicieusement l'odorat ; son linge de nuit garni d'une dentelle petite, mais fine, était travaillé avec goût, sa robe de perse, son jupon de satin piqué, ses bas extrêmement fins, ainsi que sa chaussure, enfin tout son déshabillé accompagnait bien sa taille et sa figure ; ses yeux se fixèrent sur moi tendrement, les miens lui rendirent ce qu'ils inspiraient, et pendant qu'on nous préparait un chocolat voluptueux je m'approchai d'elle et cueillis sur sa bouche un nectar tel que celui qui était préparé pour les dieux.

Je ne fus point tenté alors de me sauver. Je contemplais l'heureuse situation dans laquelle elle était, mais un miroir me faisait apercevoir qu'en perruque longue et en robe je ne pouvais me hasarder sans péril. Je l'embrassais néanmoins : ses belles mains me serraient avec transport ; animés tous les deux elle voulut bien pour cette fois seulement, après avoir tiré des rideaux de damas qui dérobaient presque la lumière, se prêter à ma commodité, ou plutôt à la nécessité : oui, cher marquis, dans un lieu embelli par le goût, disposé par la délicatesse et le plaisir, je contemplai sans obstacle la divine Mme de Dorigny.

Placé sur un sopha violet, et elle à mes côtés, exerçant en cette attitude la fonction de juge, ayant mis un bandeau sur mes yeux et couvrant les siens de mille baisers, je rendis à ses charmes toute la justice qui leur était due. Quel bonheur de prononcer un arrêt, quand on le met ainsi soi-même à exécution !

Ne pouvant demeurer plus longtemps parce que l'heure du palais me pressait, je la quittai avec peine et courus où mon devoir m'appelait, mais où il ne me devait pas causer tant d'amusement. Cher marquis, si vous devenez sensuel, délicat, et raffiné en plaisirs, prenez-moi une dévote pour amie, vos vœux seront comblés, elles seules ont la clef du bonheur, il faut qu'elles vous introduisent elles-mêmes dans son temple.

Mon premier soin vers les quatre heures du soir fut de me transporter chez Rozette. À mon habillement, et à la visite de la veille on me laissa entrer. Une mère vint m'entretenir en attendant l'arrivée de celle que j'avais demandée ; je ne m'ennuyai pas, parce qu'elle me laissait voir un visage frais et une gorge qui s'élevait de temps à autre avec une grande envie de se faire remarquer. Le bruit s'était répandu dans la communauté qu'il y avait un ecclésiastique au parloir Saint-Jean, qui était beau comme l'amour ; les filles de couvent outrent tout.

Là-dessus les mères, novices, sœurs, pensionnaires vinrent successivement me regarder sous prétexte qu'on les demandait à la grille, j'eus la satisfaction de voir de jolies physionomies. Quel dommage de tenir en cage des oiseaux si charmants et qui ne demanderaient qu'à voltiger ! Rozette arrivée me remercia de ma visite, nous nous dîmes mille tendresses, nous nous embrassâmes autant que nous le pouvions au travers des grillages ; je lui protestais que je la tirerais de sa captivité dans peu, elle me protestait un amour éternel. Pendant que nous étions collés pour ainsi dire contre les barreaux, une religieuse qui nous vit crut que je la confessais, et le dit à ses compagnes.

Depuis près d'une heure que j'étais avec ma chère amie, mon tempérament était devenu extrêmement violent ; il était encore animé par l'obstacle. Celui de Rozette qui se reposait depuis longtemps était au moins égal au mien ; n'entendant venir personne, nous nous hasardâmes à une entreprise difficile.

Je montai sur une chaise, elle fit de même de son côté ;

malgré l'embarras de mon habit, la crainte qu'il ne vînt quelqu'un, et les barreaux maudits, par son adresse et la mienne je touchais au séjour de l'amusement ; dix fois j'y eusse trouvé mon bonheur en tout autre lieu, mais soit que la visite que j'avais rendue le matin très amplement à Mme de Dorigny me nuisît alors, soit que ce grillage fût funeste par sa fraîcheur, je ne profitais pas de ma position ; cependant j'étais justement sur le point de conclure mes projets ; déjà un petit frémissement secret, avant-coureur du succès, m'avertissait de ma félicité ; déjà Rozette y avait contribué deux fois, et pour la troisième s'y livrait encore, lorsque nous entendîmes du bruit ; tout fut perdu, nous nous remîmes en notre place. Le destin des entreprises ne dépend jamais que d'un instant. Une imagination comme la vôtre, cher marquis, se représente aisément combien était plaisante notre attitude.

J'ai beaucoup d'estampes très gaillardes, mais aucune des miennes ne copie une situation dans ce goût. C'est bien là un sujet à burin ; si je voulais plaisanter, je vous dirais que je ne comprends pas comment toute la grille n'a pas fondu se trouvant ainsi entre deux feux.

C'était une tourière, dont la marche heureusement pesante nous avertit de son arrivée. Elle me dit que deux mères et trois sœurs me demandaient au confessionnal. Il est bon de savoir que, lorsque quelque prêtre vient souvent dans une communauté, et qu'il a le bonheur de plaire, il est accablé par les religieuses, qui veulent lui ouvrir l'intérieur de leur conscience. Un directeur de vingt-quatre ans ne serait pas mal le fait d'une douzaine de cloîtrées. Une douzaine de gentilles cloîtrées ne le seraient que trop d'un directeur de cet âge.

Je répondis à la commissionnaire que je ne pouvais pour le présent, que j'en étais fort mortifié, mais que le lendemain à la même heure je donnerais à ces dames le temps qu'elles exigeraient, que je me ferais un honneur de me rendre à leurs ordres. On porta ma réponse, on me pria de ne pas manquer à ma parole, et l'on me demanda mon adresse, au cas que quelqu'une des mères se trouvât incommodée ; je donnai celle de mon ami, docteur de Sorbonne. Craignant d'être encore importuné je me retirai. J'ai oublié de dire que depuis deux jours Rozette était un peu mieux, et qu'à cause du bonheur qu'elle avait eu, disait-on, d'aller à confesse à moi, chacune voulut lui rendre visite ce soir-là. Il y eut même quelques religieuses qui désiraient être filles du monde, pour avoir la satisfaction de raconter leurs aventures à un confesseur aussi doux que je semblais l'être. Rozette eut soin de dire à celles qui lui parlaient de moi que ma physionomie était trompeuse (cela était vrai dans un autre sens) et que sous mon extérieur doux et politique j'avais un cœur qui était très rigide pour les pécheresses. La malicieuse se jouait de la simplicité de ces béguines[35].

Au sortir de Sainte-Pélagie, ayant repris mes habits je fus trouver M. Le Doux qui arrivait très fatigué, et qui depuis le matin avait couru pour intéresser plusieurs saintes âmes à la délivrance de ma maîtresse. Il me confia que le lendemain elle sortirait malgré mon père, s'il ne voulait pas y consentir, que ses amis le lui avaient promis, et que quand il se mêlait de quelque chose, il réussissait absolument et malgré tous les obstacles. Il me dit que le soir il souperait au logis et qu'il ne fallait pas que je m'y trouvasse ; je le remerciai et suivant ses ordres je fus chercher compagnie : pour la première fois de ma vie je la cherchai raisonnable. On fut étonné en me voyant arriver chez le comte de Montvert, on m'en fit compliment : je m'y entretins de choses très intéressantes soit de la guerre soit de la politique particulière. Je mêlai mes éloges à ceux qu'on faisait de notre auguste monarque duquel, cher marquis, vous me parlez dans toutes vos lettres avec tant de respect, d'admiration et d'amour. Je vous dirai que je vous estime d'autant plus que vous rendez plus de justice à un prince qui égale dès maintenant les Louis XII par son cœur paternel et les Philippe Auguste par sa valeur.

Le destin est ordinairement favorable à ceux qui se comportent sagement, du moins il le fut pour moi en cette rencontre. Après le souper on joua pour passer un moment. M. le comte, qui est d'une santé infirme, s'étant retiré, le jeu s'échauffa, on proposa un lansquenet, j'y hasardai quelques louis. La fortune me favorisa, plus d'un particulier se piqua, et insensiblement sans presque avoir manqué une seule *réjouissance*[36], je me trouvai avoir gagné plus de deux cent vingt louis. La séance finit à mon grand contentement. J'employai une partie de la nuit à songer à mon bonheur et à remercier le ciel de m'avoir envoyé cette somme dans un temps où elle m'était extrêmement nécessaire.

Le lendemain matin encore une lettre de Mme de Dorigny, nouvelle invitation au chocolat. M. Le Doux vint m'apprendre que mon père ne voulait pas absolument que Rozette sortît, et que leur dispute à ce sujet avait été extrêmement vive, qu'il était embarrassé ; comme il me décrivait ses inquiétudes, entra mon père, qui, voyant chez moi son directeur, se douta du sujet qui l'y avait conduit : sans autre préambule, d'un ton ferme et mâle, il nous dit que Rozette ne sortirait de dix ans de sa prison, et que je me repentirais de mes démarches. M. Le Doux ayant voulu faire quelques représentations, mon père répliqua un peu durement. M. le directeur lui ayant dit d'un ton bénin[37] et imposant qu'on la ferait bien sortir sans lui, mon père l'en défia et le piqua d'honneur. Il n'en fallut pas davantage, il n'était pas nécessaire d'être fin pour apercevoir qu'un dévot n'est jamais défié en vain. Il sortit, réunit toutes ses batteries, et intéressa surtout Mme de Dorigny. Une heure après je me rendis chez cette même dame : son carrosse était prêt, et elle était déjà descendue ; mon apparition la fit remonter : elle me dit qu'elle n'avait qu'un moment à m'entretenir, parce qu'il fallait qu'elle se trouvât avec deux dames de la première condition, pour obtenir du ministre qui était alors à Paris l'élargissement d'une honnête fille enfermée à Sainte-Pélagie, qui lui était recommandée par un saint ecclésiastique. Je ne lui dis point que je savais ce dont il s'agissait, je l'exhortai à cette bonne œuvre, et voulus prendre congé d'elle, pour ne la pas arrêter plus longtemps.

Les bonnes œuvres ne passent jamais qu'après le plaisir. Elle m'engagea à rester un moment : sous un vain prétexte elle entra dans son cabinet : je n'étais point comme la veille en robe. Je l'embrassai, et en ménageant sa coiffure et ses habits, je la poussai sur son lit. Là dans les transports de ma reconnaissance je lui prodiguai des satisfactions incroyables ; comme elle n'est pas ingrate, dans le même moment elle tâchait de me les rendre pour ne pas demeurer en reste. Elle se releva avec des couleurs charmantes, et telles que l'art ne peut les appliquer : rien n'égale celles qui sont broyées par l'amour, et que la volupté dispense sans affectation.

Je me transportai chez le président, à qui j'annonçai que peut-être dès le soir même nous souperions avec Rozette. Il se chargea de préparer la fête, nous fûmes au Palais-Royal nous entretenir de ce que nous pouvions faire pour la rendre brillante. Il fut conclu que nous irions à son jardin, que le chevalier de Bourval s'y trouverait, qu'il y conduirait sa maîtresse, que lui, président, y amènerait la petite tante de l'Opéra-Comique[38], et que j'aurais Rozette pour ma compagnie. La chose étant comme faite, nous nous séparâmes, et

Laverdure eut ordre d'aller tout préparer. J'obtins du président que je ferais les frais de la fête, puisqu'elle était faite pour moi. Nous nous séparâmes. Pour lors je me trouvais dans une grande inquiétude.

Pendant que j'étais à dîner avec mon père, il lui vint un exprès avec une lettre. Le secrétaire du ministre lui écrivait qu'il le priait de donner son consentement à la sortie d'une nommée Rozette enfermée à Sainte-Pélagie, parce que le ministre ne pouvait refuser son élargissement à des personnes de la première considération. Mon père vit bien ce que cela signifiait : après le dîner, il me fit venir dans son cabinet ; et pour n'en pas avoir le dessous, il me dit qu'il voulait bien faire ce que je désirais, que je n'avais qu'à venir avec lui, qu'il m'allait rendre Rozette, qu'il me demandait en grâce, si je l'aimais, de ne plus revoir cette fille et de prendre le parti qu'on me proposait, qui était une héritière de condition, vertueuse, jeune et belle : je l'embrassai et lui promis de lui donner toute satisfaction à l'avenir.

Nous montâmes en carrosse, fûmes chez M. le lieutenant de police, qui remit à mon père l'ordre de délivrance de Rozette. Mon père pour me donner la satisfaction en entier me permit de l'aller retirer, et se doutant bien que je souperais avec elle, il me prévint qu'il ne serait pas le soir au logis. Quel père ! cher marquis, je ne puis vous exprimer tout ce que je sentais pour lui en cette rencontre.

Je volai à Sainte-Pélagie. Je demandai à parler à la mère supérieure, elle vint assez promptement, mais trop lentement au gré de mon impatience. Je lui montrai l'ordre dont j'étais saisi. Après l'avoir tourné et retourné, elle me demanda qui j'étais ; je le lui expliquai, elle s'informa si je n'avais pas un frère ecclésiastique, je lui dis que non ; elle était en extase qu'il y eût quelqu'un dans le monde qui pût me ressembler si bien, elle ne soupçonnait pas que j'eusse été effectivement ce directeur aimable à qui toute la communauté voulait confier ses peines de conscience. On fit venir Rozette, je lui dis que j'avais l'ordre de sa délivrance, et qu'elle n'avait qu'à aller faire son paquet.

Cependant arriva fort embarrassé mon ami le docteur de Sorbonne dont j'avais donné l'adresse. Il avait reçu dix lettres le matin des religieuses qui le demandaient au confessionnal ; il faut remarquer que cet ami confesse quelquefois, mais rarement et qu'il est laid à faire peur. On le produisit à la grille où on l'attendait. Dès qu'il se fut nommé on lui dit qu'il se trompait, que ce n'était pas son nom et que celui qu'on demandait était bien d'une autre figure. Il en fut pour sa course. L'ayant rencontré en sortant, je le mis au fait de l'aventure, il est homme d'esprit, quoique docteur de Sorbonne : il en rit et monta en carrosse avec moi. Survint aussi M. Le Doux qui me voyant me dit d'un air triste que la pauvre Rozette ne sortirait point, qu'il venait la consoler. « Comment, lui répliquai-je, qu'est devenu votre pouvoir ? » Il soupira. C'est dans le temps où l'on croit que certaines personnes n'ont aucun crédit, et qu'elles le pensent elles-mêmes, qu'elles réussissent davantage. Je le remerciai de ses peines, et lui appris que Rozette allait venir avec moi. « Dieu soit loué », dit le saint homme. Rozette parut ; quoique en linge sale et assez mal mise, la joie lui avait donné des couleurs charmantes ; elle embrassa la supérieure, la tourière, et ne fit qu'un saut de la porte du couvent dans le carrosse. Quelqu'un qui nous aurait vus aurait bien mal pensé des deux ecclésiastiques qui m'accompagnaient : Rozette fit la sage devant eux et je lui en sus bon gré.

Après avoir remis mes deux messieurs chez eux, je fus chez Rozette où sa femme de chambre par mon ordre avait tout préparé pour la recevoir.

J'envoyai dire au président que ma maîtresse était libre. Avec quel transport ne revit-elle pas son appartement ! elle eût embrassé, si elle eût osé, tous ses meubles. Plusieurs mois de captivité rendent la liberté bien chère, il faut l'avoir perdue pour en goûter tout le prix. Son premier soin fut de prendre un bain promptement et de finir une toilette complète. Ce fut alors qu'après s'être habillée le plus galamment qui lui fût possible, elle vint me sauter au col, et en m'embrassant avec toute l'effusion de son cœur, elle me remerciait de mes soins.

Vous entendez bien, cher marquis, par quelles marques je lui prouvai la joie que je goûtais de sa délivrance. Deux mois de loisir n'avaient pas fait perdre à Rozette son art à diversifier le plaisir : il fut mis dans toute sa force, et en moins d'une heure nous offrîmes plusieurs sacrifices de reconnaissance à la belle Vénus qui certainement avait été notre protectrice : il me sembla qu'elle avait répandu ses faveurs sur moi, car jamais je ne fus si ardent et si prodigue dans mes offrandes religieuses. Ah ! charmante Rozette, que la déesse de Cythère vous a d'obligation, et que vous êtes bien digne de partager les présents qu'on lui consacre !

Après m'être informé des facultés[39] de ma bonne amie, elle me dit qu'elle avait encore sept des louis que je lui avais envoyés ; elle voulut me les rendre en m'ouvrant un coffre qui en contenait plus de deux cents, sans plusieurs contrats bien conditionnés. Je ne voulus pas les recevoir et y en ajoutai vingt autres pour elle, et vingt pour payer le souper que nous devions faire, elle s'en acquitta au mieux, et nous régala parfaitement.

Nous arrivâmes bientôt au rendez-vous. On nous y attendait ; Rozette fut embrassée de toute la compagnie avec transport ; la petite tante, son ancienne amie, et la maîtresse du chevalier de Bourval qui la connaissait, avaient pris part à sa détention et en prenaient beaucoup à sa délivrance. Le président ne pouvait se rassasier d'embrasser la nouvelle arrivée. Enfin nous nous mîmes à table ; ce fut une satisfaction très grande pour les convives de voir avec quel appétit Rozette dévorait tout ce qui lui était présenté ; tout était de son goût, et à chaque mets elle faisait un commentaire de comparaison avec la nourriture qu'on lui apportait dans son ermitage. Le dessert venu, elle commença à chanter, et un verre de champagne à la main, elle but à la santé de son libérateur ; nous fîmes chorus. Elle tint toute la conversation à nous décrire la façon dont elle était traitée en sa retraite.

Elle nous peignit une vieille mère âgée de soixante et dix ans, directrice de toutes les pécheresses et qui obligeait toutes les nouvelles venues à lui raconter leurs aventures. Elle nous fit connaître un tartufe de confesseur qui la trouvant à son goût s'était efforcé de la convertir. Enfin depuis la première jusqu'à la dernière, elle les contrefit toutes, déchira la sœur Monique, cette curieuse impertinente, et ne regretta qu'une jeune professe avec laquelle elle nous avoua que, contre sa coutume, et uniquement par besoin, elle avait passé des moments assez gracieux.

L'histoire finie, la petite tante s'évertua[40], elle nous apprit pourquoi elle ne voulait pas remonter sur le théâtre de l'Opéra-Comique ; elle fit la satire de la charmante petite Brillant[41] qui vaut mieux qu'elle du côté de la nature et qui lui est inférieure à certains égards. La maîtresse du chevalier de Bourval commença par des airs libres, elle embrassa son voisin, sa voisine en fit autant, et ainsi comme de main en main le libertinage prit une espèce de circulation. Le vin de Champagne excitait les esprits, chacun dit à l'envi les plus jolis propos du monde et chanta les vaudevilles[42] les plus éveillés : successivement Vénus se mit de la partie ; le président fut faire un tour, le chevalier le suivit ainsi que sa bonne amie, je restai seul avec Rozette : « Ils sont bien occupés, me dit-elle, et nous, cher conseiller, resterons-nous dans l'oisiveté ? Elle est la mère de tout vice. » Elle se leva, se mit sur mes genoux et en me tenant le visage entre ses deux mains, elle m'embrassait légèrement et dérobait des baisers sur ma bouche, qu'elle enflammait par ce manège. Le feu était partout. Après les réjouissances que nous avions faites chez elle, elle en parut surprise. Sa première idée fut d'en profiter. « Encore une fleur », dit-elle, en la touchant avec sensualité, « je croyais avoir tout moissonné ? Qu'elle est fraîche ! que je la mette à mon côté. » Elle l'y mit en effet, et cette fleur, comme enchantée de se trouver si bien placée, se préparait à lui prodiguer ses trésors ; déjà la belle lui avait fait part des siens. Alors Rozette, par un esprit d'économie, fit un pas en arrière et me dit qu'elle réservait pour la nuit un cadeau qu'elle me voulait faire ; elle me remit mon bouquet et m'exhorta à le conserver jusqu'à ce temps. On se remit à table et les liqueurs finies nous remontâmes, Rozette et moi, dans mon carrosse et fûmes prendre du repos. Nos autres convives ne jugèrent pas à propos d'en faire autant, et continuèrent jusqu'au matin à se divertir. Je passai la nuit auprès de Rozette, elle se dédommagea amplement de la diète qu'elle avait été forcée de garder pendant son séjour de retraite, et malgré ce que j'avais exécuté pendant la journée, je fus assez heureux de la satisfaire.

Rozette, au sortir du couvent, était un Protée, elle se changeait entre mes bras ; elle était lion pour le feu, serpent pour l'art de s'insinuer, onde et fleuve pour se dérober, et finissait par être une mortelle au-dessus de toutes les déesses.

Enfin après avoir passé une nuit des plus voluptueuses, je la quittai le lendemain de très grand matin ; elle pleura en me voyant partir. Depuis ce temps, cher marquis, selon que je l'avais promis à mon père, je ne l'ai point vue d'habitude, excepté les quinze premiers jours. Cette fille est rentrée en elle-même, j'ai même contribué à son arrangement. Comme elle avait une douzaine de mille francs, elle s'est établie, a épousé un marchand de la rue Saint-Honoré, riche, sans enfants, qui l'a prise pour compagne. Elle est maintenant attachée à son commerce, est heureuse avec son mari qu'elle aime et qui lui rend la pareille. C'est une union de gens qui ont vu le monde. Je la vais visiter quelquefois et je suis avec elle comme avec une amie, je l'estime même assez pour ne lui plus parler de galanterie.

M. Le Doux me prophétisait juste lorsqu'il me disait que cette fille rentrerait en elle-même, parce qu'il y avait toujours à espérer des personnes d'esprit. Rozette devrait servir d'exemple aux filles jeunes et jolies qui sont assez malheureuses pour se livrer au libertinage. Elles devraient dans leurs beaux jours se ménager une ressource, comme elle, au lieu de dissiper, mais comment espérer de la prudence de personnes assez folles pour s'abandonner à leurs passions sans réserve ?

Pour moi, cher marquis, j'ai rendu à Laverdure ses dix louis, lui en ai donné dix autres. J'ai tiré mon coquin de domestique de Bicêtre ; je suis les avis de mon père, et je suis actuellement épris d'une aimable demoiselle avec laquelle je serai peut-être assez heureux pour m'unir par les liens sacrés du mariage. Je compte que cet hiver cette affaire sera terminée : comme tu seras à Paris, j'aurai la satisfaction de t'y embrasser, tu viendras joindre les lauriers qui couvrent ton front, aux myrtes que la belle Vénus et l'Amour préparent à ton ami. Mon bonheur sera parfait, puisque je serai certain que tu y prendras part. Adieu, cher marquis, je t'embrasse, te souhaite à ton arrivée autant de satisfaction que j'en ai goûtée pendant ton absence.

Fin de la seconde partie

PAGE DE TITRE
DE L'ÉDITION DE 1747

THÉMIDORE

......*Togatos*
Cum Venere in molli gramine
bella decent.

Ovid. Eleg. 5. Lib. 3.

PARTIE. I

A LA HAYE.
Aux dépens de la Compagnie.
M. DCC. XLVII.

FRONTISPICE (IIe PARTIE) D'UNE ÉDITION DE L'AN V [1797]

Meusnier de Querlon

LA TOURIÈRE DES CARMÉLITES

servant de pendant au « P. des C. »

À Constantinople
Chez l'Imprimeur du Moufti
1700

LETTRE
de M. T..... à M. D...[a]

Non, Monsieur, *La Tourière des carmélites* qui vous a coûté tant de recherches inutiles n'est point un être de raison : cet ouvrage fait pour servir de pendant au *P. des C.* existe depuis trois ou quatre ans ; mais n'est point sorti des mains de l'auteur, qui m'est fort connu. Il a pour titre : *Sainte Nitouche, ou la Tourière des carmélites, Histoire véritable, écrite par elle-même, et adressée à la sœur Geneviève, supérieure de la maison de force, à la Salpêtrière.* Le manuscrit que j'ai vu peut faire un petit in-12. L'ouvrage est écrit purement et plus soutenu que *Dom B.* quoique aussi libertin que ce dernier livre, puisque c'est proprement l'histoire d'un mauvais lieu, il n'y a pas un seul mot obscène ou grossier. Je ne vous dirai rien de l'auteur qui est particulièrement mon ami, et dont la personne et le nom sont un secret inviolable pour moi, sinon qu'il est fort au-dessus de cette misère, comme il l'appelle. C'est une petite débauche d'esprit qu'il a faite pour son propre amusement, et pour essayer, à ce qu'il m'a dit, jusqu'où l'on pouvait porter la licence, sans user de termes licencieux : ce qui est faire, à mon avis, la censure de tous nos sottisiers modernes ; il n'a donc jamais eu dessein en composant cet ouvrage, je ne dis pas de le publier (ce qu'il est inutile d'attendre) mais seulement de le montrer ; car ce n'est pas sans beaucoup de peine qu'il m'en a fait la confidence, et que j'en ai obtenu la lecture. Il est vrai que je l'ai lu chez lui tout à mon aise, à deux ou trois reprises ; mais ce n'est que depuis un mois qu'à force de persécutions il m'a permis d'en faire un extrait, que j'ai fait même sous ses yeux, mais le plus ample que j'ai pu.

Comme il n'a rien exigé de moi en m'abandonnant ce morceau, je consens à vous en faire part ; il vous donnera du moins une idée exacte de l'ouvrage entier. Vous en verrez le dessein, le génie, la conduite ; vous pourrez même juger du style et de la manière d'écrire de l'auteur, par quelqu'uns des principaux traits du roman que j'ai eu soin de représenter.

J'ai l'honneur, etc.

À Versailles ce…

ÉPÎTRE DÉDICATOIRE, À LA SŒUR GENEVIÈVE

Ma très chère sœur,

Les vies édifiantes ne sont pas toujours les plus utiles, il est bon d'avoir devant les yeux des modèles de vertu pour les suivre ; mais il n'est pas moins important de voir quelques tableaux du vice[1] pour en concevoir de l'horreur. Pleine de ce principe, dont j'ai l'expérience, j'ai formé le projet le plus singulier qui puisse entrer dans la tête d'une fille, et c'est d'écrire mon histoire. Grâce à la Providence, après tous mes égarements, je suis dans un asile paisible, où j'ai tout le loisir qu'il me faut pour repasser dans les vifs regrets de mon cœur tous les moments de ma voluptueuse jeunesse. Dévouée autrefois tout entière aux sales plaisirs du public, et maintenant inutile au monde, j'ai cru devoir travailler à son instruction ; je ne cacherai rien des circonstances de ma vie, je veux me montrer telle que j'ai été, et l'on verra mon âme toute nue. Je rougirai sans doute moi-même des excès que je vais décrire ; mais je ne dois point m'épargner cette confusion salutaire : et plus la peinture de ma vie lubrique aura de force et de vérité, plus je m'imagine la rendre utile à moi premièrement, et ensuite aux autres. Si l'on trouve que je n'ai point assez ménagé l'imagination des lecteurs, j'ai du moins respecté les yeux et les oreilles ; c'est tout ce qu'on demande aujourd'hui, et pourvu que les objets soient voilés, la gaze n'est jamais trop fine, même au gré de notre sexe. Au surplus, il en est de cette naïve histoire comme d'une infinité d'autres livres, dont tout le danger ne consiste que dans les dispositions de ceux qui les lisent. Quant à moi, dans l'état de pénitence où je suis, je me devais cette espèce de confession publique. Je prie mes lecteurs de l'entendre avec toute la simplicité d'intention que j'ai eue en l'écrivant, et c'est dans ce même esprit, ma chère sœur, que j'ai pris la liberté de vous dédier cet écrit.

Je suis avec un profond respect,
Ma très chère sœur,
Votre très humble et très obéissante servante,

AGNÈS P....

LA TOURIÈRE DES CARMÉLITES,

servant de pendant au « P. des C. »

Ma naissance annonçait ce que je ferais un jour, et ce que je suis ; je veux dire, mon goût pour le plaisir, et ma vocation pour la retraite ; ma mère née de fort honnêtes gens, mais d'une médiocre fortune, et la cadette de trois sœurs, était fort jolie, et à l'âge de dix-sept ans ne songeait à rien moins qu'à être religieuse, lorsque des arrangements de famille la forcèrent à prendre le voile chez les Ursulines de la ville de N... On ne consulta dans cette disposition ni son goût, ni son tempérament. Elle était extrêmement éveillée, et pour peu qu'on eût examiné sa complexion[2], tout protestait contre la violence qu'on lui faisait ; elle n'était même plus maîtresse de son penchant, et un jeune homme du voisinage possédait entièrement un cœur tout profane, que l'on voulait donner à Dieu malgré soi. On devine aisément les suites de cet engagement forcé.

Sœur Radegonde eut[b] une maladie de langueur, qui épuisa inutilement toute la science des médecins, et qui la conduisit au bord du tombeau ; on ne savait plus que lui faire quand un médecin de Paris s'avisa, pour dernière ressource, d'ordonner les eaux de Forges[3]. On se porta d'autant plus volontiers à ne lui pas refuser ce secours, que la prieure de la maison, percluse d'une partie de son corps, était condamnée depuis longtemps à faire ce voyage.

L'amant de Radegonde qui avait toujours entretenu un commerce de lettres avec elle en fut averti, et ne manqua pas de se trouver sur la route. Ils se virent à Forges tout à leur aise, et leurs fréquentes entrevues furent plus efficaces que les eaux : sœur Radegonde se trouva guérie, et la prieure vint reporter ses os au couvent.

Ma mère *(reprend l'historienne)* qui n'avait goûté avec Duvilly les premières douceurs de l'amour que pour les regretter plus vivement, crut être inconfortable[c] de cette séparation, et roulait mille projets de sortir du couvent, lorsqu'elle y trouva un consolateur plus énergique que son amant. Le père Arlot, vigoureux mathurin[4], âgé de quarante ans, avait succédé au père Colard, qui était hors de combat depuis un an. Bientôt il démêla[5] la sœur Radegonde, et lui connut du tempérament, dont il résolut de profiter. *Amours de Radegonde et du mathurin*[d]. Ma mère *(continue la tourière)* ne s'en tint pas là. Le jardinier de la maison, gros garçon très rustre, mais qui promettait encore plus que le père Arlot, lui parut propre à remplir le vuide que les besoins de quelqu'autres sœurs et la charité du bon mathurin rendaient inévitables ; et elle s'en servit avec succès.

Je fus formée dans le cours de ces divers incidents ; car ma mère devint grosse de moi six semaines après son retour de Forges ; en sorte que la paternité est restée depuis indécise entre Duvilly, le père Arlot et le jardinier. Quoi qu'il en soit, j'appartiens sûrement à un des trois, à moins qu'on ne me veuille donner trois pères : je ne poursuis point la vie de ma mère, il ne s'agit ici que de la mienne *etc. Accouchement de sœur Radegonde. On mit l'enfant sur le compte du mathurin, qui se crut en conscience chargé de son sort, et ajusta tout avec la prieure.*

Agnès (c'est le nom de la tourière) est mise en nourrice. Soins paternels du père Arlot. Première éducation d'Agnès. À dix ans on trouve à propos de lui faire prendre l'air natal, et elle entre dans le couvent de sa mère sur le pied de[6] *sa nièce. Portrait d'Agnès*[e].

La nature, *dit-elle*, m'avait formée de la figure la plus trompeuse, et la plus propre à cacher tous les excès du vice sous l'apparence de la vertu. Un air de candeur et de modestie, pour peu que j'eusse aidé mon visage, m'aurait fait passer pour un ange, et l'on m'appelait sainte Nitouche[7], nom que j'ai toujours retenu depuis ; et je l'avouerai, le seul trait que j'ai conservé du couvent.

La faute de ma mère était oubliée, tout avait été conduit dans un grand secret : elle entra dans les emplois de la maison, et j'y fus regardée comme une fille à qui on voulait inspirer le goût du cloître.

Sainte Nitouche reste deux ans dans l'habit séculier : elle entrait dans sa treizième année quand un incident lui découvrit le secret de sa naissance. Le père Arlot s'était retiré, et s'était déchargé du soin de sa fille sur la mère, qui était alors prieure. Nouvelle intrigue de Radegonde avec le chapelain de la maison, gros séminariste, qui avait succédé au mathurin.

Je me défiais, *dit la tourière*, de ce qu'elle allait faire si souvent avec le chapelain dans la salle des hôtes ; et comme la curiosité n'a jamais été mon moindre défaut, je m'y cachai un jour, à dessein de l'épier, sous une table couverte d'un grand tapis. La prieure et le chapelain ne tardèrent pas à s'y rendre. Une bergère des plus commodes était le théâtre de leurs plaisirs. Bientôt je vis le saint homme dans la posture où le prophète Élisée[8] se mit pour ressusciter l'enfant de la veuve.

« Ménage-moi, cher ami, disait-elle, ne gâtons rien par notre imprudence, il m'en a déjà coûté cher… » À ce mot, le chapelain s'arrêta, il voulut la faire expliquer sur ce qu'il ne savait déjà que trop : elle se défendit quelque temps, et enfin elle lui raconta sa faiblesse pour Duvilly, et toute l'aventure de Forges. Elle voulut poursuivre l'histoire de ses amours avec le père Arlot ; le chapelain avait tout appris de ce religieux, et la prévint en lui rappelant nombre d'anecdotes dont à peine elle se souvenait. Il ajouta qu'il lui avait résigné sa personne avec le confessionnal. « Mais le bon père Arlot, reprit-il, était un peu jaloux de votre jardinier : il me reste à savoir ce qui s'est passé entre vous. Vous me devez la vérité à ce tribunal encore plus qu'à l'autre. »

Ma mère avoua à M. Adam l'usage qu'elle avait fait du *mazette*[9], et ils reprirent leur premier entretien. Ma mère, tout en exhortant le prêtre à la ménager, le secouait vivement, sa bergère s'agitait, craquait et pliait. M. Adam voulut se retirer ; je vis dans ce moment ma mère le serrer vigoureusement, et former pour le retenir une double chaîne de ses bras passés à son col, et de ses jambes entrelacées dans les siennes. Elle lui disait d'une voix mourante : « Mon cher, achève… Ah ! plus doucement… achève donc… vite… achève avec moi… » Je ne sais point ce qu'acheva le prêtre, du moins je l'ignorais alors ? Je peins ce que je vis, et ce qui me donna les premières idées de l'amour : je fis dans cette heureuse journée deux découvertes importantes, l'une que j'étais fille de la prieure que j'avais prise jusque-là pour ma tante ; l'autre des moyens auxquels je devais ma naissance.

Pendant cette scène intéressante j'étais presque agitée des mêmes mouvements que ma mère, du moins je n'en perdais aucun ; et rien sous mon tapis n'échappait ni à mes yeux ni à mes oreilles : la posture où je m'étais mise était un peu gênante, je voulus en prendre une plus commode, pour entendre la suite de leur entretien ; et je fis en me remuant un bruit qui effaroucha les amours, et glaça nos amants de frayeur. Ma mère tremblante pressa le chapelain, qui n'était guère plus assuré qu'elle, d'aller regarder sous la table, et l'on découvrit l'embuscade. *Inquiétude et perplexité de sœur Radegonde. Questions plaisantes qu'elle fait à sa fille, pour s'assurer de ce qu'elle avait vu ou entendu. Réponses naïves d'Agnès où l'on entrevoit pourtant un peu de malice, ce qui donne lieu au chapelain de dire à la mère : « Entendez-vous, chère Ève, la petite masque*[10]*. Je gage qu'un pépin de la pomme, dont nous avons goûté tant de fois, a déjà germé dans son cœur ? » Embarras de Radegonde, incertaine du parti qu'elle doit prendre à l'égard de sa fille. Après avoir bien raisonné sur cet incident, ils concluent à la mettre dans leur mystère ; et la reconnaissance entre la fille et la mère se fait dans toutes les règles du théâtre.*

Depuis ce temps Agnès n'est plus occupée qu'à chercher les moyens de faire à son tour l'expérience des douceurs qu'elle a vu goûter à sa mère. J'avais tout remarqué, *dit-elle*, postures, attitudes et mouvements ; mais j'étais encore loin du but, et ma pénétration n'allait pas jusqu'à la différence des sexes ? Je couchais quelquefois avec une fille à peu près de mon âge, et il suffit à des filles de coucher ensemble pour être bientôt inséparables ? Une recrue de pensionnaires nous mit à l'étroit pour quelques jours, et j'eus ma compagne de couche. Je voulus essayer dès la première nuit ce que j'avais vu faire à ma mère ; et comme il m'avait paru que les impressions du plaisir étaient les plus vives chez elle, sans faire la distinction de l'agent ou du patient, je fis mettre ma bonne amie à peu près dans l'attitude où était le prêtre, et je contrefis de mon mieux ma mère. Mais après nous être inutilement échauffées pendant plus d'une heure, sans avoir su même nous procurer les plaisirs que deux femmes peuvent se donner, le peu de succès de notre entreprise et les réflexions qu'il nous donna lieu de faire vinrent m'éclaircir sur ma sottise... Il y avait un petit garçon attaché depuis six mois à la maison, pour faire les commissions de la ville, et qui avait ses entrées libres dans la clôture.

Le petit Michel (c'est son nom) venait d'être habillé assez proprement, il avait la tête jolie ; et quoiqu'il ne parût qu'un enfant à cause de sa petitesse, il avait au moins quinze à seize ans.

Ce fut sur ce champion que je jetai les yeux, pour tirer de lui les services que M. Adam rendait à ma mère. Sa jeunesse ne m'empêchait point de penser qu'il n'eût, aussi bien qu'un homme fait, tous les avantages de son sexe ; et c'est tout ce que je demandais ? Il allait et venait librement partout ; c'était à moi à ménager le moment de nous trouver seuls, et je l'eus bientôt trouvé.

Avance d'Agnès au petit Michel, qu'elle tâche d'instruire : elle le fait bander, et il la rate après deux ou trois tentatives. Enfin à force d'essayer toutes sortes d'attitudes, il vient à bout de la dépuceler. (Cette description trop longue pour être transcrite est un des plus forts morceaux de l'ouvrage.) Embarras du petit Michel, à la vue du sang qui a été répandu dans le combat : ils se mettent tous deux à pleurer.

Ce coup d'essai leur avait trop bien réussi pour en rester là ; leurs entrevues deviennent fréquentes, et bientôt ils se voient avec si peu de précaution qu'ils sont un jour surpris par la dépositaire[11]*. Portrait de cette vieille religieuse qui n'avait pas toujours été irréprochable, et qui avait fait même un enfant. Récit plaisant qu'elle fait de cette découverte à la supérieure qui reconnaît son sang, dit l'historienne. La prieure fait venir sa fille et le petit Michel et, après les avoir interrogés sur faits et articles, défend au dernier l'entrée de la clôture. Nos jeunes amants trouvent le secret de se voir par le tour de la sacristie, et enfin ils s'en donnent tant que le petit Michel tombe malade. Situation d'Agnès. On attribue sa maladie à leur séparation, et la bonne prieure consent à lui faire voir sa chère Agnès. Effets de cette vue sur ces jeunes amants. Le petit Michel guérit, et Agnès éprouve les premiers symptômes d'une autre maladie, qui est le fruit de la sienne. La prieure s'aperçoit de sa grossesse, et ne* *l'a pas plutôt vérifiée qu'elle chasse le faiseur d'enfants. L'enflure d'Agnès parvenue au point de ne pouvoir plus se cacher, malgré toutes les précautions de sa mère, elle est mise en pension chez une sage-femme, et elle accouche secrètement. Un jeune chirurgien, neveu de la matrone, découvre et voit par hasard Agnès, ils prennent bientôt du goût l'un pour l'autre ; et Agnès, avant d'être relevée, a de nouveaux gages de fécondité, qu'elle ignore : la voilà bien rétablie en apparence et réhabilitée fille, à ce qu'elle croyait ; car la faiblesse qu'elle avait eue pour ce nouvel amant ne lui paraissait pas tirer à conséquence dans les suites d'une couche ; et le jeune chirurgien, en homme de métier, l'avait bien rassurée sur cela. La prieure juge à propos de la faire revenir au couvent et de lui faire prendre le voile, bien résolue de l'observer si bien que, si elle avait du tempérament, elle n'aurait jamais les moyens de le satisfaire : c'était le seul parti qu'il y avait à prendre ; car, abandonnée à ses soins, qu'en eût-elle fait dans le monde, n'ayant d'autre patrimoine à lui donner que sa guimpe, et une vocation des plus équivoques. Au bout de deux mois de clôture, Agnès retombe au même état que l'avait mis le petit Michel. Inquiétude et perplexité de la bonne prieure, qui s'en aperçoit au premier symptôme, et qui ne saurait concevoir comment avec toutes les précautions qu'elle a prises, sa fille a pu tâter une seconde fois du fruit défendu. Elle lui donne à ce sujet la question, elle lui fait avouer enfin que cette nouvelle grossesse est le fruit du séjour qu'elle a fait chez la sage-femme, et qu'un sien neveu a fait ce miracle. Le cas devenait plus embarrassant que la première fois à cause du voile, mais Agnès heureusement n'était que novice : on feint que, dégoûtée du couvent, elle demande à rentrer dans le monde, et on la remet chez la sage-femme qui avait pris la précaution d'envoyer son neveu faire des enfants à Paris. Agnès accouchée et bien dûment relevée, sa mère, ne sachant plus qu'en faire, l'adresse à Paris comme une orpheline à une tante fort dévote et fort riche, qu'elle charge tout à la fois de sa fortune et de sa conduite. Agnès est reçue par la tante, et mise entre les mains de sa femme de chambre pour lui être subordonnée et se mettre en état de lui succéder un jour. Dégoût d'Agnès pour une condition qui lui paraît d'autant plus dure qu'elle envisage dans sa maîtresse une parente dont elle ne peut se faire avouer. Ces sentiments d'élévation sont bientôt étouffés par une passion dominante : elle devient amoureuse du petit laquais de la maison, et devient grosse pour la troisième fois. La grand-tante s'en étant aperçue écrit à sa nièce, dans le dessein de lui envoyer Agnès. Une telle fécondité fait frémir sa mère ; mais indulgente pour son sang, à force de prières, elle obtient de sa tante de ne point abandonner Agnès pour cet accident.*

La bonne tante, touchée du sort de cette orpheline, la fait accoucher hors de chez elle ; et aussitôt qu'elle est rétablie, elle la met en apprentissage chez une lingère du palais, en lui recommandant bien de veiller sur sa conduite[f]. Dès que je parus au palais *(dit l'historienne)* j'emportai tous les cœurs et tous les suffrages : on abandonna toutes les autres filles, et je devins l'objet des agaceries de tous les fureteurs galants que la chicane ou la curiosité y attire. J'étais placée pour l'étalage au milieu d'une brillante boutique ; gens de robe et d'épée allaient et venaient continuellement pour reconnaître la place, et Dieu sait comment j'étais lorgnée. Un jeune et galant clerc eut l'honneur de m'immatriculer[12] au palais, et me fit faire mes premières armes ; mais notre commerce dura peu. La lingère qui avait été un peu trop facile, vieille alors, était sévère à proportion, et nous punissait, trois filles que nous étions à peu près du même âge, d'être plus jeunes qu'elle. Je fus instruite dès le second ou le troisième jour de toute sa vie par une de mes compagnes, qui la savait par tradition de celle qu'elle avait remplacée, cette dernière l'avait apprise de son ancienne. Notre pédante avait été célèbre dans tous les ordres. La noblesse, le clergé, la robe et le tiers état, avaient partagé les moments d'une jeunesse utilement employée et prolongée même au-delà des bornes ordinaires. Toute son austérité ne m'empêcha point de pousser assez loin dans la cléricature, et je mis toute la basoche[13] à contribution. Plus je servais l'amour, plus il me semblait me récompenser de mon culte par de nouveaux charmes : trois couches qui s'étaient suivies de si près n'avaient fait que m'embellir. La lingère, malgré ses scrupules, avait été jusqu'alors assez indulgente, et avait passé sur toutes mes dissipations ; mais je gardai si peu de mesures que pour réprimer ma coquetterie, elle résolut de me confiner pour quelque temps au magasin[14]. Je ne sais si elle ne me traitait point en rivale, du moins c'est l'esprit de toutes les vieilles femmes qui ont été galantes. Celle-ci de plus était un peu dévote ; qualité qui achève le ridicule : me voilà donc condamnée au bout de deux mois à l'obscurité du magasin. Les soupirants disparurent en même temps, la boutique devint déserte, et le débit se ressentit de mon éclipse. L'intérêt fit ouvrir les yeux à ma maîtresse ; quoique bornée aux clercs, j'attirais toujours quelque emplette. Elle compta donc avec elle-même et, s'apercevant de sa solitude, elle résolut de me rendre au spectacle, sauf tout ce qui en pourrait arriver.

Je parus après cette petite retraite, qui n'avait servi qu'à me reposer le teint, plus piquante et plus jolie que jamais. Du jour que je fus réintégrée[15] (passez-moi ce mot, ma chère mère, je parle la langue du pays), du jour donc que je repris ma place, la boutique ne désemplit point ; les jeunes avocats y vinrent en foule, et firent bientôt déserter les clercs. Aux avocats succédèrent les sénateurs. Et déjà lorgnée par un président, j'allais m'élever à la haute robe, lorsqu'un vieux pilier du palais, doyen de tous les intendants[16] du monde, me fit de solides propositions, et m'offrit de me mettre dans mes meubles. J'acceptai sans balancer le parti, le nom de fille entretenue me revenait beaucoup ; je me faisais une agréable idée de cette condition. Ainsi je quittai sans regret ma lingère, et je renonçai à tous les honneurs que le palais m'offrait en perspective, pour avoir le plaisir de plumer ce paillard qui en avait tant plumé d'autres.

Agnès vit environ six mois en assez bonne intelligence avec l'intendant, et pour son coup d'essai le mène grand train ; la fille de théâtre la plus expérimentée n'aurait pas mieux fait. Il est vrai, *dit-elle*, que par moi-même j'aurais eu assez de peine à réussir aussi bien que je fis, et que je profitai bien des lumières d'un gendarme[17] que j'avais pris pour amant, et avec qui je partageais les libéralités de son vieux rival.

L'intrigue d'Agnès avec le gendarme est découverte par l'intendant, il médite de la quitter et de lui reprendre tout ce qu'il lui a donné. Instruite de son dessein par le tapissier qu'elle avait mis dans ses intérêts, elle le prévient, et plie la toilette ; elle change de quartier et de nom, et s'établit avec son gendarme. Ils vivent assez paisiblement tant que leurs fonds durent, mais malheureusement le gendarme jouait un peu et buvait beaucoup ; Agnès de son côté aimait la dépense. Deux mois virent la fin de leur caisse et de leur bonne intelligence. Les meubles et les nippes[18] furent vendus peu à peu pour subsister, et la brouillerie entre ces amants s'introduisit dans leur ménage avec la misère.

Agnès réduite à une seule robe, et retombée dans un état pire que celui d'où l'avait tiré l'intendant, est obligée d'abandonner le gendarme. Conseils désintéressés qu'il lui donne en la quittant, comme de ne s'attacher à personne, de bien piller tout ce qui tombera dans ses mains, et de se mettre au-dessus des faiblesses dont il avait tant profité lui-même.

Agnès, qui se trouve toute nue, n'était malheureusement guère en état de profiter de ces utiles avis ; elle ne connaissait point encore de ces femmes commodes qui retirent charitablement les filles qui sont sans feu ni lieu, comme elle était alors. Que faire dans cette extrémité ? La profession de lingère lui avait réussi ; elle trouva moyen d'entrer chez une grosse marchande de modes, rue Saint-Honoré, où il y avait un régiment de filles. Là venaient en foule, *dit-elle*, vieux milans[19] ; blancs-becs, jeunes étourneaux, tous les oiseaux de proie du quartier ; mais quoique dans le plan de vie que je m'étais fait mon tempérament entrât pour beaucoup, je commençais à être intéressée, et la misère où je m'étais vue me faisait sentir le prix de l'argent que l'abondance fait ignorer. Je me laissais moins prendre les yeux, et mon point de vue était de fixer quelque honnête homme d'un âge mûr, de ces gens faits pour être dupes des femmes, et non de ces aimables trompeurs, dont la plupart des femmes sont dupes. Je couchais en joue un gros caissier qui approchait de soixante ans, et qui venait tous les jours chez nous acheter quelques galanteries pour avoir lieu de m'entretenir ; il me fit quelques propositions, mais je fis trop la réservée, ou je marchandai trop avec lui : le papa n'aimait point à soupirer longtemps, une de mes camarades sut bien à propos saisir un moment de dépit, et me l'enleva. Cet incident me corrigea bien, et me fit tomber dans une extrémité contraire. J'étais toujours comme à l'affût, et j'outrai tellement la coquetterie que ma trop grande facilité écarta nombre de gens qui paraissaient m'en vouloir. On me crut plus d'expérience que je n'en avais, et tout ce que je gagnai dans cette boutique après deux mois d'attente et d'agaceries fut de mettre aux champs quelques appareilleuses[20] qui me jugèrent propre à rétablir leur commerce. Deux des plus célèbres entre autres se disputèrent mon acquisition, et voulurent me dérober aux yeux du public pour me mettre en détail à contribution. Elles me firent chacune à part leurs propositions, et je passai sous la discipline de celle qui me persuada le mieux.

Ici commence, ma chère sœur, le tissu malheureux d'une vie dont vous avez chez vous mille tableaux vivants.

Voilà Agnès initiée et femme du monde[21]. *L'honnête femme qui la produisait eut soin de son ajustement qui n'était point en trop bon état : on ne lui laissait point voir de jeunes gens, on l'annonçait mystérieusement sous la qualité d'une jeune femme qui trompait la vigilance de son mari. Bientôt sous ce nouveau personnage elle fut extrêmement employée, et fit couler l'or abondamment chez la patronne.*

Quelle vie, ma chère sœur ! *s'écrie-t-elle ici.* Quelle agréable condition[g] ! Objet de nouveaux feux qu'on éteint et que l'on rallume sans cesse, les plaisirs de la table et ceux de l'amour se succèdent ou se confondent vingt fois par jour. Quel état charmant, s'il était durable ! Comme j'avais le corps extrêmement beau, j'étais continuellement exposée à tous les caprices de l'imagination, à tous les raffinements de la volupté ; et j'épuisais bientôt tous les crayons de *Clinchetel*[22].

Je me souviens d'un gros prieur qui, pour soulager son

embonpoint monstrueux, s'était avisé de cet expédient*. Il me faisait coucher toute nue sur un lit de sangle dans ma posture naturelle ; deux filles des plus souples qu'on pouvait trouver se mettaient sous le lit, et par secousses réitérées de leur dos nous donnaient une élasticité merveilleuse.

Mais il n'est point de plaisirs purs, et la vie la plus voluptueuse est toujours mêlée de quelques disgrâces.

Un jour cinq mousquetaires entre deux vins vinrent fondre dans le réduit d'Agnès. Je tenais, *dit-elle*, un petit traitant[23], dont par des caresses forcées j'achevais de vuider la bourse. Un parti de hussards qui surprend un couvent de religieuses ne leur cause guère plus d'alarmes que cette jeunesse mutine en donne aux femmes de notre profession. Le traitant, homme pacifique et mûr, voulut se retirer sur-le-champ. Un mousquetaire le prit par le bras et lui dit que, loin de vouloir troubler ses plaisirs, ils étaient venus pour les partager, et qu'enfin ils voulaient boire avec lui. Le bourgeois les laissa maîtres du champ de bataille et fit prudemment sa retraite. Voilà nos étourdis en possession de la place. Comme il était tard et qu'en ce moment j'étais seule avec la patronne, je fus seule à la merci de leur pétulance. Ils firent venir force vin pour s'achever ; et je fus bientôt en butte à leur fougue. Trois des plus échauffés me saisirent et, m'ayant fait mettre toute nue sur un lit, se partagèrent ainsi leurs postes : l'un, suivant les expressions de ces libertins, était par-devant à la sape[24], l'autre qui travaillait par-derrière attachait le mineur à la place, et le troisième qui instrumentait dans ma bouche les contreminait[25] ; un quatrième battait la mesure pour régler leurs mouvements, de façon que les trois décharges se firent en même temps : et bientôt je fus inondée de la sève qui fermentait chez eux depuis les pieds jusqu'à la tête.

Ce nouveau genre de débauche me donna quelque goût pour les plaisirs recherchés. J'imaginai depuis plusieurs attitudes qui m'ont fait quelque honneur dans le monde, et que je n'ai point la vanité de décrire ici.

Tout allait bien jusque-là, quand nos mousquetaires à force de boire s'achevèrent si bien que, la nuit étant avancée, il ne fut plus possible de s'en défaire. L'un d'eux, ivre mort, tombe en vomissant au milieu de la chambre, et sans pouvoir se relever s'endort, nageant dans les flots de vin ; un autre en

* Trait de Pétrone.

lutinant à terre la patronne qu'il voulait dépuceler, disait-il, fut aussi surpris du sommeil ; un troisième répandu sur une bergère ronflait de tout son cœur le verre à la main, inondé du vin qui distillait sur lui ; un quatrième, après s'être échafaudé sur moi, s'endort sur le métier où il s'était si bien incrusté que j'eus toutes les peines du monde à le désarçonner ; enfin le cinquième, enivré des camouflets[26] qu'il avait donnés à ses camarades, s'endormit à son tour sur la table. Représentez-vous, s'il se peut, ce coup d'œil, digne du crayon de *La Fage*[27]. Pour la patronne et moi nous passâmes la nuit tantôt à pester contre les mousquetaires, et tantôt à rire de leur figure. Le jour vint, et le distributeur des camouflets, qui fut le premier éveillé, tonna le boute-selle[28], en mettant tout sans dessus dessous. Ses camarades se levèrent, mais aussitôt qu'ils aperçurent leurs habits et leurs chapeaux qui traînaient parmi les débris de leur souper, cette vue les mit de très mauvaise humeur ; je ne pus retenir un ris indiscret que cet affreux tableau m'arracha, et je fus payée sur-le-champ d'un énorme soufflet. La maîtresse du logis voulut leur représenter doucement le scandale de cette impolitesse, et en reçut deux ou trois pour sa part. C'était une Picarde vive, très peu docile, et aguerrie à de pareilles scènes. Elle ne voulut pas rester sans réplique, et se saisit aussitôt d'une chaise pour la jeter au souffleteur. Ce mouvement les souleva tous. Bientôt les glaces, le lit, la commode, la table et les chaises furent en cannelle[29]. Je me mis imprudemment à crier par une fenêtre ; le guet qui se retirait alors accourt au bruit, force la porte de la rue et monte : on prie poliment nos cinq mousquetaires de vouloir bien se retirer pour se reposer des fatigues de la nuit, et l'on nous mène chez le commissaire. Il nous envoya à *Saint-Martin*[30], et peu de jours après nous sommes conduites dans votre communauté. Voilà, ma chère sœur, l'époque de notre connaissance. Je fus de cette première fois trois mois en assez bonne compagnie dans votre maison, et je profitai bien de cette retraite. Je m'étais bien promis pourtant de changer tout mon plan de vie, mais résolution frivole. De quel changement étais-je capable ? Accoutumée comme j'étais aux douceurs d'une vie oisive et voluptueuse, les disgrâces qui l'accompagnaient ne m'effrayaient plus, par l'expérience que j'en avais faite ; et je sortis enfin de chez vous un peu plus corrompue qu'auparavant.

Agnès, avant de sortir de la Salpêtrière, était arrhée par trois célèbres appareilleuses qu'elle y avait trouvées. Elle rentre dans le monde et va s'établir au faubourg Saint-Germain ; sa vie publique pendant cinq mois, succession de misère et de prospérité. Tantôt bien élevée au-dessus de sa condition, tantôt rabaissée aux laquais, elle parcourt sous différents noms dont elle changeait comme de gîte tous les réduits galants du faubourg, comme un écolier que le goût passager du cloître jette dans un froc, vole de couvent en couvent sans pouvoir fixer son inconstance. Il ne m'arrive pendant tout ce temps, *continue Agnès*, que les petites aubaines ordinaires inséparables de notre commerce. Mais à force de prodiguer mes faveurs, je contractai la lèpre contagieuse que toutes les eaux du Jourdain ne sauraient laver ; au reste, je l'avais bien méritée, car si grand nombre de mes semblables qui gémissaient de leur état ne continuaient que par nécessité ou par habitude, le tempérament m'emportait. Je n'ai jamais vu un homme bien conformé qui ne m'ait fait de vives impressions ; et le nombre, au défaut du choix, remplissait toujours agréablement mon cœur. Il fallait que la nature m'eût douée d'un merveilleux fonds de sentiment, pour qu'il ne fût point encore émoussé, comme je le remarquais dans bien des filles qui, beaucoup plus jeunes que moi, avaient aussi bien moins de service.

Un jour dans un célèbre atelier où j'étais établie de la veille, il vint un homme bien mis et de bonne mine qui, après avoir passé en revue toute la communauté, s'arrêta à me considérer avec une sorte de surprise. J'eus le mouchoir[31], et quand nous fûmes seuls, il me fit cent questions sur ma naissance, mon état, mon pays.

Je crus que c'était un *entreteneur*, comme nous appelons ces messieurs, et je lui dis sur ce fondement tous les mensonges qui pouvaient m'être utiles, sans lui cacher les vérités dont je crus tirer quelque avantage. Il me fit entre autres une question qui m'embarrassa, il me demanda si je n'avais point une tante religieuse en province ; je crus me donner quelque considération en lui confessant que j'avais en effet une tante ursuline à N…, à laquelle je ressemblais beaucoup. Il m'en demanda des nouvelles, je ne sus que lui répondre, et je me mis à pleurer. Il ajouta qu'il l'avait connue dans sa jeunesse, et qu'ils s'étaient rencontrés aux eaux de Forges dans les commencements de sa profession. Je l'envisageai mieux sur cette ouverture, je me rappelai Duvilly et toute la conversation de ma mère avec le chapelain. Je ne doutai plus que ce cavalier ne fût le héros de l'histoire que j'avais entendue ; et je trouvai ma mère de très bon goût. Cependant pour ne pas perdre de temps à des explications inutiles qui m'attendrissaient et qui renouvelaient à chaque instant mes remords, je changeai tout à coup d'entretien, et je me mis en devoir de faire mon métier. Je n'eus point de peine à le mettre en humeur[b]. Ce commencement de connaissance, quoique mal éclairci de ma part, lui donnait quelque goût pour moi : il voulut coucher au logis, et donna ses ordres pour le souper. Mille scrupules alors vinrent m'agiter ? je fus extrêmement triste à table, malgré les caresses et la gaieté de chaque convive. L'incertitude de mon origine à laquelle il avait bonne part, et l'idée de la paternité que mon cœur lui déférait pourtant avec une secrète satisfaction, empoisonnaient d'avance toutes les douceurs que sa figure me promettait ; il fallut terminer l'aventure. Je me couchai, fort irrésolue sur le parti que j'avais à prendre, et j'étais prête à mettre un frein à ses brûlants désirs, quand mon cruel tempérament vint à son secours. À peine eus-je senti ses approches que j'allai au-devant de ses transports, je l'embrassai avec une fureur que je n'ai jamais sentie. Si la nature me fit alors éprouver quelques mouvements, ils se confondirent dans ceux de l'amour. Et (je le dis avec horreur), peut-être, hélas ! ne firent-ils qu'augmenter la vivacité. Il faisait chaud, nous nous mîmes tout nus. Que mon cher père était aimable, s'il est possible que ce fût mon père ; il baisa mille fois toutes les parties de mon corps, et mille fois ma bouche parcourut le sien. Pardonnez-moi, ma sœur, un peu de faiblesse, encore quelques coups de crayon. Je ne saurais peindre trop vivement un crime dont je dois sans cesse rougir. Ô Myrrha[32] ! quelque idée que nous donne la fable de votre emportement pour le beau Cynire, il ne pouvait approcher du mien. Après m'être plongée dans un torrent de délices, des remords importuns succèdent. Hélas ! pour le plaisir que me donnait Duvilly, je lui faisais un présent bien funeste ; le venin coulait avec le miel. Je lui préparais sur un lit de roses de cruelles épines, et le poison que je distillais faisait des impressions d'autant plus profondes qu'il était assaisonné par un plaisir plus vif. La nuit, qui fut courte, fut bien employée, un léger assoupissement amena le jour. Duvilly fut alerte de grand matin et, pressé de se retirer, m'embrassait pour me dire adieu, lorsqu'il me vint une idée singulière. Je me fis d'une robe d'étamine que portait une de mes compagnes un habit de religieuse, j'y ajoutai la guimpe et le voile, et dans cet état sautant à son col, je le serrais amoureusement dans mes bras. Il me trouva jolie sous cette mascarade, et frappé plus vivement encore que la veille de la ressemblance qu'il me trouvait avec ma mère, je vis avec un secret plaisir tout l'effet que cette idée fit sur lui. Je voulais que sous cet habillement il me donnât les derniers gages de son amour, il me parut reculer d'horreur. Je me précipitai sur lui, et l'ayant entraîné sur le lit à force de caresses, je l'amenai à mon but. Je goûtai dans ce moment, à ce qu'il me semble, encore plus de plaisir que la nuit, et je m'aperçus que son imagination l'avait admirablement servi. Nous nous séparâmes très contents l'un de l'autre, avec promesse de renouer la partie. Je ne sais pas quelles auraient été les suites de cette aventure, mais je fus enlevée deux jours après par ordre du roi.

Un jeune homme de quinze à seize ans, fils d'un homme d'affaires, qui avait vu Agnès trois ou quatre fois, et avec qui elle avait partagé les fruits de ses amoureux travaux, fut obligé de confesser à sa famille d'où lui venait cette aubaine ; et ayant bien désigné le nom, la demeure et la profession d'Agnès, on obtint un ordre du roi pour la faire mettre à l'hôpital. Cependant comme dans l'état où j'étais *(dit-elle)* avant de respirer l'air de ce salutaire séjour, il faut passer par la *piscine*[33] *probatique*, on m'envoya préalablement à Bicêtre[34]. *Peinture affreuse de cette maison. Description des suites de la vérole*[i].

Dans tous les incidents de ma vie, *continue Agnès*, je n'avais point encore fait de réflexions ; mais combien ne déplorai-je point mon état, quand je me vis confondue sous l'archet[35], avec les plus viles prostituées. Je leur voyais payer le tribut amer des plaisirs qu'elles avaient donnés, la plupart sans les partager comme je faisais ; et peut-être étais-je la plus coupable ou la plus justement punie. *Au sortir de Bicêtre, où elle est trois mois, Agnès est remise à la Salpêtrière : quoiqu'elle y fût en pays de connaissance, elle s'y déplaît encore plus que la première fois, et prend une sérieuse résolution de changer de vie. Le temps de sa pénitence expire, elle cherche les moyens d'entrer parmi les sœurs grises*[36]*, elle en vint à bout, et prend l'habit.*

Pendant six mois de séjour dans cette communauté, elle se lie avec une sœur fort aimable, qui était bâtarde de la Fillon[37] *; bientôt elles deviennent amants et maîtresses. La dernière la fortifie dans l'éloignement où elle semble être alors pour tous les hommes en général, et dans la fuite du monde (conversion à ce sujet, où l'on voit un mélange de dévotion et de libertinage).*

Agnès, devenue « tribade » et « tribade » outrée, croit avoir entièrement oublié les hommes, quand un jeune prêtre qu'on lui donne pour confesseur devient amoureux d'elle. Leurs fréquentes entrevues au confessionnal lui redonnent insensiblement du goût pour notre sexe, elle se refroidit de jour en jour pour sa compagne, et ayant confié sa faiblesse au prêtre, il achève bientôt sa conversion. Ce nouvel amant, en homme expérimenté, craignant une rechute, lui fait quitter les sœurs grises, et la met en chambre ; ils vivent assez paisiblement quelques mois ensemble : elle ne voyait que des dévotes et elle l'était elle-même. Ces liaisons la conduisent à faire connaissance avec des convulsionnistes[38]*. Une petite veuve, initiée depuis six mois, affectionne Agnès, son directeur malheureusement était moliniste*[39] *; la convulsionnaire entreprend de la détacher et en vient à bout ; elle lui donne un amant janséniste, et bientôt elle devient convulsionnaire elle-même.*

Disgressions plaisantes sur les convulsions, descriptions de quelques scènes où elles servent de voile au libertinage. Agnès se rend célèbre sous le nom de sœur Pétronille. Aventures qui lui arrivent. On vient pour l'arrêter, elle se sauve. Cet incident, joint au discrédit où sont tombées les convulsions, la dégoûte de ce genre de vie, elle prend la résolution de se rendre au monde et de rentrer dans la carrière. Elle quitte son amant janséniste, et déménage sans trompette. Elle s'associe avec une ancienne amie de collège, et elles ouvrent boutique à frais communs. Les commencements de leur commerce ne sont pas brillants, il fallut se borner d'abord à la livrée, mais on s'éleva peu à peu jusqu'au bourgeois. Elle erre ainsi sous différents noms dans les quartiers les plus vivants de Paris, changeant tous les deux ou trois mois de logis ; enfin ayant pris le goût et l'esprit du commerce, elle se sépare de son associée, dans le dessein de lever elle-même une boutique et de travailler pour son compte. Elle se meuble convenablement de l'argent qu'elle avait amassé et s'établit. Sa réputation et sa bonne conduite lui firent en peu de temps une brillante maison. Elle avait sept à huit filles du premier ordre pour la jeunesse et la beauté, sans compter les femmes mariées qui venaient travailler chez elle. Elle avait eu soin de s'abonner avec le commissaire du quartier qui était son pensionnaire, et deux exempts[40] *qui avaient leur franc-salé*[41] *chez elle, étayaient de leur appui celui de l'enquêteur.*
J'avais mis, *dit-elle*, une police admirable chez moi, j'avais de petits appartements très commodes, cabinets, dégagements, escaliers dérobés, rien ne manquait. Je recevais peu de militaires et de jeunes gens, si ce n'était quelques enfants de finance, dont la sagesse m'était connue, mais beaucoup de robins ou gens du palais, de bons pères de famille et de gros marchands. J'avais surtout force ecclésiastiques, c'est-à-dire peu ou point de séminaristes, car ils sont presque aussi mutins que des mousquetaires ; mais de bons prieurs et nombre de chanoines, quant aux moines, je recevais peu de cordeliers (ils sont tapageurs), mais des jacobins, des prémontrés, des victorins, des célestins[42], etc.

Je fournissais encore quelques fermiers généraux, et une

bonne partie de nosseigneurs du clergé. Oh ! que de pucelages vendus, refaits et payés encore plus cher la dixième fois que la première. Combien de filles, après dix ans de service, données et employées pour neuves, j'aurais fait passer une furie pour un morceau de prince ! Que de femmes mariées dont le goût pour les plaisirs commodes contribuait encore à grossir le tribut que je tirais du public, et qui après avoir partagé chez moi les travaux et la fatigue du jour, m'abandonnaient généreusement leurs honoraires. *Histoire de la Duchapt, célèbre marchande de modes*[j].

Je conduisais ainsi ma petite barque à merveille, et j'étais à la veille d'aller plus loin que *la Pâris, la Maupoint, la Florence*[43], lorsqu'un accident renversa toute ma fortune. Je vivais avec un officier de milice, qui s'était dit-on réformé lui-même, et qui m'avait prise sous sa protection. Il n'avait que le défaut de s'enivrer et d'être un peu brutal quand il avait bu, à cela près c'était le meilleur enfant du monde ; et pourvu qu'on le laissât à table, on le menait comme un mouton. Un jour il vint chez moi des jeunes gens qui me furent envoyés par une femme du monde, dont j'avais débauché une bonne pratique ; c'était un vieux notaire très riche, et qui payait comme un milord pour être amusé seulement. Ils étaient un régiment en deux ou trois bandes. Je voulus d'abord leur faire refuser la porte, ils forcèrent le domestique, et se mirent en possession du logis : nous n'étions que des femmes alors. Deux honnêtes ecclésiastiques, un directeur d'une communauté, et l'autre célèbre prédicateur, venaient d'entrer, ils s'esquivèrent à la vue de ces libertins. La pétulante cohue fut d'abord choquée qu'on eût fait difficulté de l'introduire ; je les menaçai du commissaire. À peine eus-je prononcé le nom qu'ils s'attaquèrent à mes meubles, et se mirent à briser tout ce qu'ils rencontrèrent : menaces, prières, caresses, rien n'arrêtait ces furieux. Un brutal sur quelques représentations que je voulus faire, parce qu'il extramaçonnait[44] contre mes glaces, tourna sa fureur contre moi, et me mit le visage en pièces. Mon pauvre officier de milice, conduit par sa mauvaise étoile, arrive au milieu de tout ce désastre ; et comme il n'était pas le plus fort, malgré l'état où il me voyait, il prenait de lui-même le parti de la conciliation : on le veut faire sauter par la fenêtre, avec les meubles qui commençaient à prendre cette route. À force de le harceler, il tire l'épée et blesse un jeune homme, trois autres aussitôt tombent sur lui et le laissent étendu sur la place : voilà toute la maison et le voisinage en rumeur. Que faire dans cette extrémité ? Je ne pense plus qu'à mon salut, je prends sur moi ce que j'avais d'argent, et je me dérobe à la faveur du tumulte : le commissaire et les archers viennent et l'on verbalise.

Je ne sais plus ce que devint cette affaire, après m'être cachée pendant deux mois à l'extrémité du faubourg Saint-Jacques. Défigurée comme j'étais, je fis heureusement connaissance avec des dévotes du quartier, je les priai de me procurer quelque retraite honnête ; elles avaient des habitudes aux carmélites, et me proposèrent d'y entrer sur le pied de tourière. Il en manquait une, et ma mauvaise mine, caution de ma sagesse, n'effraya point ces bonnes filles. C'est là où depuis près de quarante-cinq ans je passe tranquillement mes jours, et que je donne à Dieu les restes d'une vie fort inutile au monde. En vérité, ma chère sœur, vous ne pourriez jamais me reconnaître, hélas ! c'est tout ce que je regrette que ma figure ; mon printemps était passé, je l'avoue, mais pouvais-je m'attendre à voir sitôt terminer ma carrière* ?

APPORTS DE LA VERSION DE 1830

I. HISTOIRE DE LA DUCHAPT, CÉLÈBRE MARCHANDE DE MODES

[L'édition de 1745 annonce une « Histoire de la Duchapt, célèbre marchande de modes *», sans procurer le texte de ce récit enchâssé, qui a peut-être été cartonné*[1]. *Nous le reproduisons d'après l'édition de 1830, où il est inséré entre : « Que de femmes mariées [...] », et : « Je conduisais ainsi ma petite barque [...] » (voir p. 606).]*

Parmi les femmes mariées qui venaient chez moi, était la femme d'un employé, qui avait été marchande de modes. Son histoire, qu'elle me raconta, me parut si plaisante que je veux vous la rapporter ici, certaine, ma sœur, qu'elle ne vous déplaira pas.

HISTOIRE DE LA DUCHAPT

Je suis d'une famille honnête, mais ruinée par des procès. À douze ans, me trouvant orpheline, je me réfugiai chez une tante où j'étais frugalement nourrie et mincement vêtue : bonnet rond, fichu de grosse indienne, corset de siamoise[2] avec une jupe de serge, voilà ma toilette du dimanche. Ce n'est pas que je me plaigne, car la pauvre vieille avait bien de la peine à vivre de ses *petites rentes ; mais* le mal c'est que, pensant à se débarrasser de moi plutôt qu'à me conserver dans les principes d'honnête que j'avais reçus, elle me mit en apprentissage chez certaine marchande de modes nommée Mlle V... remplie de complaisance pour ses amies, et elle en avait beaucoup. Nous étions six nymphes qui faisions alternativement le service du dedans et celui du dehors. Le matin on nous conduisait chez les gens de robe et de finance, l'après-midi nous avions les épiciers et les petits collets[3].

Ceux-ci furent les premiers dont je fixai les regards lascifs. « Elle est vraiment gentille, se disaient-ils entre eux ; en la façonnant l'on en fera quelque chose. » « Petite, me disait un abbé lorgnette en main, il faut se tenir droite », puis il relevait mon menton, puis il appuyait dévotement l'autre main sur ce qu'il appelait *les pommes d'Ève*. Les conseils qui flattent notre coquetterie sont ceux que nous suivons de meilleur cœur. Cent fois le jour j'allais me redresser devant un miroir, et je m'y trouvais à mon goût (car je n'ai pas besoin de dire qu'en arrivant, on m'avait déshabillée, lavée, musquée et pomponnée de la tête aux pieds).

Un matin, mademoiselle V… me fit asseoir à côté de son lit, et me dit : « Adèle, vous n'êtes pas riche, et il faut profiter des avantages que vous devez à la nature ; ce serait vous rendre indigne que de ne pas les faire valoir.

« J'ai dessein de vous obliger ; je veux que vous me deviez votre fortune. Voyez, ma chère enfant, si vous pouvez correspondre à mes bontés. »

Je ne répondis que par des soupirs et j'avouerai naturellement qu'ils n'ont eu jamais une si belle cause.

« Il ne s'agit point de faire la sotte, reprit la V…, il faut penser à vous, le temps presse, l'occasion se présente, saisissez-la promptement. M. Mondor, riche financier, est le meilleur de mes amis. Il vous a vue, et se chargera volontiers de vous faire un sort si vous voulez être sage.

— L'honneur est ce que je chéris le plus au monde, répondis-je.

— À l'honneur, interrompit-elle en riant, et les honneurs, et les richesses, et les plaisirs. Nous allons faire aujourd'hui une partie charmante ; nous irons à la campagne ; vous verrez un château magnifique, des meubles superbes, des jardins délicieux, et nous y ferons un excellent déjeuner.

— Ah ! tant mieux, tant mieux, m'écriai-je en sautant, j'aime tout cela à la folie. »

Je courus au dortoir, où mes camarades s'occupaient à préparer tous mes ajustements. Une d'elles s'empara de ma tête, releva mon chignon avec un peigne garni d'or, le reste de mes cheveux retombait sur mon front, elle forma de petits nochers[4], qui me servaient, pour ainsi dire, de lunettes. « Voilà, disait-elle en s'applaudissant, un minois à faire fortune. » Une autre me passa au cou une chaîne d'or, tandis qu'une troisième accrochait à mes oreilles de superbes boucles en coques garnies de diamants ; j'oubliais de vous dire, qu'avant tout cela mon minet aussi avait eu sa toilette faite complètement ; l'eau de lavande ne lui avait pas été épargnée ; celle qui s'était chargée de cette opération ne tarissait pas d'éloges ; elle parcourait de la main tous les contours de ce petit réduit : « Quel poil doux et frisé, s'écriait-elle. Ah ! Adèle, Adèle, Adèle, il y a dans ce petit bijou une mine inépuisable de richesses si tu sais en tirer parti. »

« Prends bien garde, me dirent mes autres compagnes quand je fus habillée, à ne point démentir ce ton d'élégance ; défais-toi surtout de cet air emprunté, il faut des manières aisées, certains petits tours de tête, certains regards agaçants. Les hommes aiment des yeux qui les assassinent. » Je ne les écoutai pas ; je n'eus rien de plus pressé que d'aller au miroir, où je prenais tant de plaisir à me voir qu'il fallait m'en arracher pour me couvrir de la plus belle parure du magasin.

Arrive Mlle V… très richement mise, quoique en négligé du matin. Elle fut frappée d'admiration à mon aspect. « Cette petite morveuse-là est trop jolie, dit-elle à ses filles, aucune de vous n'a une figure pareille. Viens, ma belle, la voiture nous attend, il n'y a pas de temps à perdre. » En voulant la suivre, mes pieds s'entortillent dans la queue de ma robe, qui se déchire ; mais malgré l'enthousiasme où j'étais, j'eus assez de présence d'esprit pour cacher la catastrophe. Enfin, nous montons en voiture, et fouette cocher.

Pendant le chemin, Mlle V… me donna toutes les leçons de l'art. « Surtout, me dit-elle, quand votre *monsieur* paraîtra, il faudra courir à lui, l'embrasser. Puis vous me laisserez le temps de lui parler en particulier, et lorsqu'il vous rejoindra, vous répondrez poliment à tout ce qu'il vous dira et vous vous prêterez à tout ce qu'il exigera de vous. Exécutez exactement ce que je vous recommande, ajouta-t-elle, et prenez bien garde de le dégoûter, car les hommes sont des animaux qu'il faut caresser pour mieux les plumer. »

Comme elle m'instruisait encore, le carrosse arrêta. La grande porte s'ouvre. On siffle et deux domestiques nous donnent la main pour descendre.

Dans une vaste cour s'élève d'un côté un superbe bâtiment ; de l'autre, une grille ornée de dorure nous ouvre l'entrée d'un jardin à l'anglaise dont les détours sont palissadés de roses et de jasmins ; plus loin est un rocher factice imitant parfaitement la nature, d'où jaillit une nappe d'eau servant de source à une petite rivière qui circule au milieu d'un tapis de verdure émaillé de fleurs. Là nous trouvons une femme de chambre qui nous fait asseoir sous une belle draperie bleue brodée en argent pour nous garantir du soleil.

Occupée de toutes ces merveilles, je n'aperçus pas M. Mondor qui nous lorgnait de dessus le rocher. « Adèle, me dit Mlle V…, voilà ton monsieur : fais bien l'agréable, tiens tes bras en avant, les yeux en coulisse, la bouche riante. » Je la regarde et je tâche d'imiter toutes ses grimaces. M. Mondor me répond par un signe. « Il nous appelle, dit la V…, viens vite et n'oublie pas de l'embrasser comme je te l'ai dit. » Elle me conduisit à un grand escalier où la femme de chambre nous attendait ; aussitôt paraît le rond financier. « Eh ! bonjour ma chère enfant », s'écria-t-il, en m'enveloppant de ses larges bras et m'appuyant un massif baiser qui m'ôtait la respiration. Il me lâche aussitôt pour traverser une enfilade d'appartements.

Nous le suivons jusque dans un cabinet richement orné. « Asseyons-nous », dit-il, en se jetant sur un sopha. « Enfin, voilà la créature en question ? Venez ici mon chou », puis il frappe plusieurs fois son genou, comme s'il appelait un petit chien.

« Allez donc puisque Monsieur vous le permet », me dit Mlle V…

J'y allais un peu malgré moi ; à peine fus-je assise sur cet automate parlant qu'il recommença ses lourdes caresses.

« C'est-il du neuf, dit-il à la V…, a-t-elle ceci ferme ? » (Il passait la main dans mon corset.) « Ah ! voyons », reprit-il, en faisant d'un air maussadement galant quelques excursions sur mon individu et voulant me trousser les jupes.

« Finissez, monsieur, m'écriai-je, en faisant geste de lui donner un soufflet.

— Tudieu ! quelle harengère », s'écria-t-il à son tour, en se levant. « Eh ! que veux-tu que je fasse de cela ?

— Vous demandez du neuf, répondit la V…, où voulez-vous qu'on en trouve ? Ce ne sera pas chez les bourgeoises, elles en sont venues au point de nous damer le pion.

— Allons, allons, cela ne me convient pas, cela ne vaut pas une décharge. »

Il dit, et nous ferme la porte sur le nez.

« Voilà de vos sottises, me dit Mlle V…, petite imprudente ! » Et me serrant le bras avec fureur : « Détalons au plus vite, je vous parlerai quand nous serons à la maison. » Je sortis tremblante de crainte et de douleur ; elle me poussa rudement dans la voiture et nous partîmes.

Pendant le voyage, elle ne souffla pas le mot ; je pleurais, je me désolais, et ses regards étaient pour moi autant de coups de poignard.

Arrivées à la maison : « Allez-vous déshabiller, foutue sotte », me dit-elle, avec une fureur bien prononcée. « Quittez cette parure dont vous êtes indigne, et reprenez tout à l'heure vos guenilles. »

J'avais lu dans quelques livres que la vertu toute nue n'en était que plus belle. J'eus l'audace de le lui répéter. « Taisez-vous, mauvais sujet, me répond-elle, et ne vous remontrez pas devant moi. »

Mes compagnes avaient été témoins de la catastrophe et voyant que j'allais m'en retourner chez ma tante, elles m'engageaient à rompre un projet qui m'éloignait d'elles. Une nommée d'Arminville, celle qui avait fait la toilette à mon minon et que j'aimais le plus depuis qu'elle avait flatté ma coquetterie, prit sur elle de faire ma paix avec Mlle V… Elle avait de l'esprit et je l'écoutais volontiers.

« Adèle, me dit d'Arminville, j'ai beaucoup lu et j'ai vu que de tous les systèmes, il n'y a rien de vrai ; une même chose a deux faces et c'est la façon dont on l'envisage qui lui donne du mérite ou qui l'avilit à nos yeux ; cet honneur dont tu te fais une divinité, parce que tes parents te l'ont présenté comme tel, n'est qu'un mot vide de sens, qu'un fantôme qui s'évanouit quand on veut s'assurer de son existence. Dis-moi, ma chère, crois-tu que toutes celles qui s'arrogent la qualité de femmes honnêtes se privent pour cela de plaisirs, ou soient exemptes de désirs. Non, Adèle, non, la nature exerce sur nous le même empire que sur les hommes ; et, s'il est quelques femmes sans amants, c'est qu'elles n'ont pas assez de mérite pour en captiver. Nous naissons avec le goût du plaisir et nous nous y livrons presque toutes par vanité, par tempérament ou par intérêt. La femme de condition a un amant par ton[5], la bourgeoise par amusement, l'indigente par besoin. De tous les motifs qui peuvent nous déterminer, l'intérêt eſt le plus sensé. Je te conseille donc d'accepter ce financier, il te vengera du deſtin, tu quitteras ce commerce qui t'aura enrichi et tu feras mieux que les autres ; un jour, tu deviendras honnête femme sans reſtriction.

— Quoi, lui dis-je, l'honneur ne sert donc à rien ?

— Écoute, Adèle, reprit-elle, quelle comparaison y a-t-il à ne pouvoir se revêtir que d'un méchant corset de siamoise, ou se défaire d'un préjugé pour se décorer de beaux ajuſtements, avoir des meubles magnifiques, des bijoux éblouissants, une femme de chambre, des laquais, un carrosse.

— Oui-dà, m'écriai-je, j'aurais un carrosse ?

— Mais, répondit-elle, celui de M. Mondor dès demain sera le tien si tu veux l'écouter.

— S'il ne s'agit que de l'écouter, j'aimerais bien son carrosse, mais pour sa personne je ne le pourrai jamais. Il eſt gros et court, il a le front étroit, les yeux petits, la bouche grande, les joues plates, le rire bête.

— Mais qui te dit de l'aimer ? Il faut s'attacher aux hommes pour les ruiner. Si tu veux te prendre d'amour, tu choisiras quelqu'un qui en mérite la peine et que tu paieras pour t'amuser. Mais tiens, de bonne foi, de tous les amants qu'on peut avoir, le meilleur n'en vaut rien excepté celui qui donne de l'or. »

De si riches conseils répandirent un air de satisfaction sur ma physionomie, qui lui attira de nouveaux admirateurs. Dès la même soirée, mon abbé, un garde du corps[6] et un avocat me firent les yeux doux. Le garde monta la conversation sur le ton qui convenait à un homme de son état ; l'abbé la soutint de même par goût, et l'avocat par occasion. On me prit les mains, on me prit encore autre chose, on me caressa. Nous fîmes maintes folies ; cela dura ainsi plusieurs jours, et je fus bien dédommagée des mauvaises humeurs de la V…, qui d'ailleurs était revenue sur mon compte, d'après ce que lui avait dit de moi d'Arminville.

Un matin, la V… ouvrant les rideaux de mon lit : « Adèle, me dit-elle, à tout péché miséricorde, voici une lettre qui s'adresse à vous. » Je me hâtai de la lire ; elle était conçue en ces termes :

Mon enfant,

Un étourdi vous ferait des reproches, moi, je vous offre cent louis pour coucher avec vous. Je suis franc en amour ; je parle clair, et vous dis tout rondement que vous me tournez la tête, et rien ne me coûte pour acheter l'objet de mes désirs.
Au revoir,

MONDOR.

Je trouvai ce poulet[7] assez grossier. Mlle V… me dit que je devais le regarder comme une lettre de change, qui ne me coûterait que quelques moments de complaisance. À ces mots, je repris ma bonne humeur, qui ne fit que s'accroître par l'influence de mes courtisans.

Saint-Prix, mon garde du corps, y mit le comble en s'expliquant naturellement sur sa passion, et il le fit d'une manière enjouée et cavalière, qui eſt plus agréable aux femmes que ne le sont les soupirs les plus langoureux.

Cela me donna occasion de lui montrer la lettre du financier Mondor : « *C'eſt une éponge à presser au besoin*, me dit mon amant ; et loin que cela puisse traverser nos amours, je pense au contraire qu'ils en auront plus de succès ; le bonhomme paiera les violons et nous danserons sans lui. Prends ce gonze-là[8], ma chère Adèle », ajouta-t-il en me donnant sur la bouche un baiser des plus voluptueux, et me faisant couler la langue entre les dents. Je soupirai et me laissai aller nonchalamment dans ses bras ; il m'assit sur ses genoux, me passa une main dans le corset et mit l'autre en meilleure place. « Ah ! monsieur, que faites-vous ? dis-je en bégayant.

— Ce que je dois, ma petite, répond-il en riant et me portant sur le meuble le plus utile de la maison.

— Finissez », m'écriai-je.

Il me clôt la bouche avec la sienne, puis il se met en devoir de s'excuser par la faute même.

« Eh ! mon honneur !

— Je le cherche », dit Saint-Prix.

Et je sens un dard enflammé, qui, glissant entre mes jambes et mes cuisses, vient se heurter à la porte des plaisirs. Je n'eus plus le courage de faire aucune résiſtance.

« Va, chère Adèle, disait Saint-Prix, l'honneur n'eſt rien, l'amour eſt tout. » Il me le prouva, et jamais preuves ne me furent plus sensibles ; je fus bientôt de son avis.

Je fus très surprise de voir cet amant répondre à mes pleurs par des éclats de rire en sortant de mes bras.

« Méchant ! vous riez de ma faiblesse.

— Non parbleu ; je ris de ton ignorance ; tu as fais cela comme si tu avais eu affaire à ton financier. »

Ce qu'il me disait était de l'algèbre pour moi. « Mets-toi là, me dit-il, que je t'inſtruise. » Je m'assis sur lui, et il m'apprit les différents exercices amoureux dont nous devions nous servir suivant les espèces de gens à qui nous avions affaire.

L'entreteneur devait être traité avec plus d'égards, le favori avec plus de passion, le vieillard avec plus de travail, l'homme à sentiment avec plus de difficulté. « Il faut mettre de l'art dans tout, dit ce singulier maître, et chaque métier a son esprit. Je te verrai souvent ; compte que je prendrai soin de t'inſtruire et de te faire répéter tes rôles. » Je le vois prêt à me quitter, je saute à son cou, et je lui dis : « Vous m'abandonnez déjà, Saint-Prix ?

— Tu n'es pas la seule affaire que j'aie, répond-il en pirouettant. Adieu, Adèle ; pense à notre bonheur. »

Ce jour était celui de mes conquêtes. Le garde du corps fut à peine sorti que le porte-collet entra. Il m'apporta un bouquet, et se chargea lui-même de le placer.

Je refusai d'abord, mais on pense bien que je n'avais plus la force de résister. Saint-Prix m'avait mise en goût. Je me laissai aller dans une bergère ; l'abbé en fit autant, persiste dans ses hardiesses, et vainquit ma résistance.

« Non, ma petite, me dit-il, je ne te quitte pas ; il faut que je t'apprenne ce que c'est que le vrai bonheur. »

Je veux me défendre, mais c'est en vain, déjà il avait à moitié délacé mon corset, mon mouchoir n'était plus sur mon cou, à son aise il contemplait mes tétons.

« Ah ! ma mie, sens-tu le feu qui me dévore ; ah ! laisse-moi baiser ces jolis trésors », et il me prenait ce qu'il appelait ses petits boutons de rose ; il les suçait, les mordait, les baisait. Tous mes efforts pour me défendre davantage sont inutiles, il est déjà arrivé au lieu des plaisirs ; les baisers et toutes les attitudes que les amants ont inventées allumèrent en lui une passion si violente que me serrant étroitement contre lui, il donnait à sa passion tout l'essor possible. Rien n'était à l'abri de ses regards. Il aurait été ridicule dans une amante de feindre une pudeur mal placée, aussi je le laissai satisfaire sa curiosité sans aucune répugnance. Quatre fois nous reitérâmes ce jeu délicieux, quatre fois nous répandîmes cette liqueur dont le doux chatouillement nous ravit au ciel. J'étais contente, rien ne pouvait égaler ma félicité, et, dans l'extase de mes jouissances : « Non, non, non, m'écriai-je, le véritable bonheur, ce bonheur si recherché des mortels ne peut exister que dans les bras d'un amant chéri. »

Je laisse le séduisant abbé pour introduire mon avocat, qui le remplacera bientôt d'une manière assez plaisante à nous autres femmes du monde pour être décrite. J'essaie de faire son portrait avant.

Une tête immobile soutenait avec soin de longs cheveux artistement accommodés et plaqués sur les épaules de ce jeune homme. Un habit d'un noir lustré, un jabot arrangé en cœur. Il eut la complaisance de sourire en entrant et de soupirer à mon approche. « Hélas ! bonjour ma chère, me dit-il d'une voix langoureuse ; comment vous portez-vous ?

— Fort joliment, lui répondis-je sur le ton badin qui m'était naturel et qui convenait à mon nouvel état.

— Vous riez, reprit-il en portant ses bras nonchalants sur mes mains ; pouvez-vous rire quand je me meurs ?

— Vous mourez, répondis-je, et de quoi donc s'il vous plaît ?

— D'amour, ma reine.

— Vous badinez ; moi j'éprouve tout le contraire, mon goût pour la vie s'accroît avec mes dispositions pour l'amour.

— Eh quoi ! cruelle, vous avez la barbarie de me l'avouer. Non, je ne croirai jamais que ce ne soient que des dispositions, le fait est trop réel ; vous aimez, tout me l'assure, votre âge, vos regards ; mais qui m'assurera que je suis l'objet de votre amour ?

— Ah ! dame, vous m'interloquez ; je n'en sais pas si long.

— Voyez, reprit ce langoureux amant, si vous daignez me faire de pareilles questions.

— Oh, Dieu ! m'écriai-je, cet amour-là est un catéchisme. Eh bien ! monsieur, comment m'aimez-vous s'il vous plaît ?

— De tout mon cœur, de toute mon âme, répondit-il vivement en se jetant à mes pieds. Oui, belle Adèle, vous m'occupez tout entier ; je vous suis attaché par le lien le plus délicat, l'atteinte la plus forte ! Je vous aime, je vous adore par sentiment.

— Comment, mais c'est un sort, répondis-je ; et que faut-il que j'y fasse ?

— Ce qu'il faut que vous fassiez ! Ce que l'amour inspire, ce que mon cœur désire ; ce que mes yeux expriment. Allons, ma chère Adèle, jurez-moi que vous m'aimez et que vous m'aimerez toujours. Ne vous opposez plus à mon bonheur, mettez-le à son comble. »

J'ai toujours eu le cœur tendre : l'expression langoureuse de ses yeux excita ma pitié ; j'allai nonchalamment au premier champ de mes victoires, il me suivit et se mit en devoir d'en remporter une avec moi ; mais le pauvre diable avait glacé son courage, on n'aurait jamais soupçonné qu'il en fût capable. Ce dard, que j'avais vu chez Saint-Prix et chez l'abbé si droit, si ardu, était chez lui tout émoussé et dans le plus déplorable état. Cette découverte ne me satisfit pas trop. Je cherchai à me rendre la victoire personnelle, j'y mis du mien, il s'y aida de son mieux, et notre attente fut aussi longue que vaine.

Je me rappelai les leçons de Saint-Prix ; j'opposai des difficultés, mais elles vinrent trop tard et n'eurent qu'un mauvais succès. Enfin je me déterminai à traiter mon athlète en vieillard, et je ne fus pas plus heureuse.

La coquetterie nous est naturelle ; j'éprouvai du dépit sans réfléchir sur l'affront. Je quittai la place et fus m'asseoir à l'autre bout de la chambre. Mon pauvre avocat s'appliqua à ensevelir sa… honte, se tint quelques instants contre une fenêtre et vint me demander si j'étais toujours fâchée. Je lui répondis par un de ces gestes de coude que je conservais encore de mon premier état.

Pour se disculper de sa faute, il usa de ces belles phrases dont les femmes ne sont plus dupes et qui ne firent pas plus d'impression sur moi que sur une autre. Il se retira aussi mortifié que j'étais piquée et promit de tout faire au monde pour réparer ses torts.

Le lendemain, Mlle V… introduisit dans ma chambre le gros financier Mondor ; il avait l'air aussi maussadement conquérant que peut l'avoir un homme de sa sorte. « À la fin, je te tiens », me dit-il, en m'embrassant. « Me mettrai-je là ? me dit-il avec des yeux étincelants. Allons tout cela est à moi, moyennant les cent louis, et en vérité c'est bien payé », ajouta-t-il, en permettant certaines libertés à ses mains. Je fis quelques résistances autant par manège que par dégoût. « Comment, tu joues le scrupule ! s'écria-t-il. Oh ! la folle, à quoi tout cela mène-t-il ? Il faudra toujours en venir là ; me persuaderas-tu qu'une femme puisse tenir contre cent louis ! Adèle, ma fille, dépêche-toi… je sens… je sens… qu'il faut… » À ces mots, il s'interrompait, appuyait sa tête contre mon sein ; il venait de mettre son membre en évidence et me lançant un regard enflammé, il me disait en grimaçant un sourire : « Cent louis et du plaisir, tu refuserais tout cela ! » Il agissait déjà comme s'il eût été persuadé du contraire. Pour moi, mon antipathie faisait honneur à mon rôle. Je défendais avec autant de rigueur qu'il attaquait. Mais soit que ce rôle ne nous fût pas naturel, ou que sa persévérance fût opiniâtre, il remporta une victoire dont il me paya les palmes par une des plus copieuses éjaculations qu'ait jamais répandue financier.

La V… ne manqua pas d'exagérer le bonheur de mon gros amant. On parla de l'assurer, on prit à cet effet des mesures en déjeunant.

Dès le lendemain, je changeai d'état, de demeure et de nom : je fus *Madame* gros comme le bras, et Madame à laquais, à femme de chambre. On pense bien que je soutins comme de coutume mon nouvel état : valets, amis, parents, tout fut traité avec hauteur et la suffisance la plus décidée.

La vanité fut ce qui m'occupa pendant les premiers jours de ma fortune ; je les employai à faire des acquisitions qui pussent sinon me satisfaire, du moins flatter mon ambition, mais la volupté a bien autant d'empire sur les femmes de ma sorte que la coquetterie. Je commençai à m'ennuyer de l'absence de mon garde du corps, je pouvais lui écrire ou l'aller voir, l'un et l'autre avaient des difficultés, mais le plaisir devait être le prix du dernier expédient, je m'y arrêtai ; je m'habille de grand matin, j'allie sans goût le négligé avec la parure, je prends un fiacre, je lui donne l'ordre à la porte pour le Palais marchand[9] et je le change en route pour aller chez Saint-Prix.

Il ne m'attendait pas et se dédommageait de mon absence dans les bras d'une grisette. Quel coup de théâtre pour moi, j'ouvre les rideaux du lit et je me vois sacrifiée à une petite fillette ! « Ô scélérat ! dis-je à Saint-Prix, est-ce donc ainsi que vous m'aimez ? » Il s'éveille, se frotte les yeux, me regarde et se retourne du côté de sa compagne.

« Je vous le disais bien, lui dit-il, que ma faiblesse me serait funeste. » Puis, il se lève avec promptitude et vient se précipiter à mes genoux : son attitude et son négligé m'intéressent en sa faveur, mais sa trahison et la présence de ma rivale renouvellent mon courroux.

Cependant il persiste à me faire ses excuses, me prend les mains, les arrose de larmes, les couvre de baisers. Je vois percer dans ses yeux tout à la fois l'expression du sentiment avec celle du plaisir. Cette dernière, on le croira sans peine, fut celle qui me toucha le plus. Il s'en aperçut, se relève et me dit : « Adèle, tu es bonne, je t'aime ; que de raisons pour me pardonner ! » En disant ces mots, il me pousse contre la commode, il m'y suit, me trousse, et j'ai la satisfaction de jouir de mon triomphe sous les yeux de ma rivale.

Outrée de dépit et chargée de confusion, la grisette se lève et s'habille à la hâte, elle nous regarde avec fureur, pousse des soupirs, murmure tout bas et se retire. Sa disparition nous procure les moyens de sceller notre réconciliation de mille plaisirs. Saint-Prix veut faire succéder ceux de la table à ceux de l'amour. Il fait galamment les honneurs d'un déjeuner dont il me laisse tout uniment payer les frais. Le condrieux coulait à grands flots, nous fîmes monter les huîtres ; sept heures sonnent et M. Mondor m'avait donné parole pour cinq ; nous fîmes une dernière fois la *douce affaire* et je quittai Saint-Prix après être convenus ensemble des moyens de nous revoir.

En rentrant chez moi, je trouvai mon financier qui s'impatientait fort de m'attendre. Il me reprocha mon absence et me fit sentir crûment que j'étais payée pour rester chez moi et l'amuser.

L'art de dissimuler si naturel aux filles du monde, secondé du peu de leçons que j'avais reçues chez la V…, m'aida à lui en imposer par quelques menteries et à le désarmer par maintes caresses ; il les voulut payer des siennes, mais je les éludai de manière à lui faire croire que c'était pour le punir des soupçons d'infidélité qu'il avait osé former sur moi.

Il prétendit au moins me faire chanter pour se dédommager par cette petite complaisance de celle que je lui refusais : je chantai à ma manière, c'est-à-dire sur un ton ordinaire dont je n'avais encore pu me défaire.

« Il te faut un maître de musique, petite, dit-il, car il est affreux qu'étant à moi, tu chantes de cette sorte. Je t'en enverrai un tantôt. Adieu, rends-toi digne de mes bontés et sois sage. »

Dès le jour même, vint le maître de musique de la part de M. Mondor. C'était l'homme le plus maniéré, l'être le plus frivole, en un mot le maître le plus à la mode qu'on pût avoir. Ce jour-là, il ne me montra que la gamme, et la musique fut ce qui nous occupa le moins. Tout en me donnant ma leçon, il me dit les folies et les impertinences requises, passa de là aux privautés les plus décidées. L'obtention de nos faveurs est approchant comme le prix de la bague, ce n'est qu'en tournoyant qu'on l'obtient. Ce fut à peu près ainsi que mon musicien obtint les miennes, en passant successivement de ma main à ma bouche, de ma bouche à ma gorge, de ma gorge à autre chose… Il répétait négligemment ses leçons et nous répétâmes exactement nos plaisirs.

Ils ne firent aucun tort à ceux que je me procurais ailleurs, le ciel a mis dans les femmes un réservoir de jouissance qui ne tarit jamais. Entraînée par cette idée qui fut longtemps le mobile de mes actions, j'ai négligé de rendre compte de la visite de mon avocat.

« Enfin », me dit-il, dès qu'il m'aperçut, « mademoiselle, vous avez immolé l'honneur à l'intérêt, vous voilà au rang de ces filles dont les charmes deviennent un honteux trafic. » J'étais nonchalamment couchée sur mon canapé et j'écoutais d'un air moqueur les leçons de mon triste galant. « Croyez-moi, mademoiselle, reprenait-il, d'un ton de prud'homie[10], le vice n'a jamais qu'un succès passager, il est toujours trop peu prudent dans ses desseins, trop peu prudent dans leur exécution pour mener à un bonheur solide. Dites-moi, mon cœur », reprenait-il, avec un air de pitié, « pourquoi avez-vous pris ce parti ? Répondez-moi, ma chère amie ?

— Parce qu'il m'a plu », lui dis-je, avec cet air mutin que nous employons pour charmer et persécuter les hommes.

« Mais encore un coup, où voulez-vous que cela vous mène ?

— J'aime qu'on m'amuse et non qu'on me sermonne. »

Il allait encore répliquer, je me levai et courus d'un pas léger pirouetter devant la glace. Je chantai les sept notes de musique que je savais ; je regardai mon singulier galant, je lui fis un sourire, je raccommodai mes girandoles[11], et lui demandai ce qu'il en pensait. « Ne suis-je pas charmante ? continuai-je en me caressant et en relevant mon estomac hors de mon corset.

— Cette glace, reprit-il, ne peut vous en donner de plus grande certitude que mon cœur.

— Je m'en doutais bien, dis-je encore sur le même ton folâtre, tout le monde me l'assure.

— Et sans doute aussi que tout le monde vous dit qu'il vous aime, mais en vérité, ma chère Adèle, personne ne peut le faire avec plus de délicatesse que moi. Personne ne pourrait vous en donner des preuves plus sensibles. »

À ces mots, je lui jetai un regard ironique qui lui coupa la parole. J'allais la reprendre quand il fit un de ces soupirs, où le désir a plus de part que le sentiment. Ce soupir ne fut que le prélude d'un tendre baiser qui acheva de me désarmer, ou plutôt de m'attendrir ; je m'abandonnai nonchalamment à la conduite de ce jeune homme, il me fit asseoir sur mon ottomane, il y joua encore quelque temps le rôle d'écolier et ce rôle, tout sot qu'il était, me parut ne me préparer que des plaisirs plus vifs ; ils le furent en effet ; cette fois, les désirs de mon amant ne furent pas trompés ; trois fois il fournit sa carrière en véritable athlète, trois fois je sentis couler dans mon sein la liqueur rafraîchissante dont le feu brûlant qui me dévorait me faisait sentir le besoin et, l'avouerai-je ? ce singulier mélange du plaisir et du sentiment qu'il lui plaisait de mettre en jeu dans cette occasion tourna au profit de la volupté et l'amant eut à ma lubricité ce qu'il croyait devoir à son mérite ; crois-moi, ma chère Agnès, il y a dans le monde bien des dupes de cette espèce.

Les hommes s'aveuglent aisément sur leur mérite ; celui-ci voulut me donner une quatrième fois des preuves du sien, mais je craignis qu'il ne se mît en défaut et je voulus lui épargner l'affront ; ainsi je le congédiai, avec promesse d'agréer toujours ses visites quand il voudrait m'en honorer. Nous nous quittâmes ce jour-là parfaitement contents l'un de l'autre.

De tous mes amants, celui qui me plaisait le plus était le petit abbé, aussi lui accordais-je souvent des nuits entières.

Une fois, au moment où l'amour nous enivrait de plaisirs, nous entendîmes heurter à coups redoublés. Plus on a de torts, plus on éprouve d'alarmes ; nous nous levons précipitamment. L'abbé veut s'habiller à la hâte, mais je lui dis d'emporter ses hardes. Je m'empresse de lui en faire un paquet ; je lui donne et le presse de fuir dans mon cabinet de toilette. Tandis qu'il s'y précipite, je cours ouvrir la porte.

Il n'y a qu'un massif entreteneur qui pût ainsi venir indiscrètement à une heure de nuit troubler une jolie femme, ou compromettre son amour-propre. Son indiscrétion me donna de l'humeur, je la lui fis bientôt sentir.

« Quoi ! vous êtes sans lumière, me dit-il.

— Je n'en avais pas besoin pour éclairer vos sottises, lui répondis-je.

— Ah ! Mme Adèle se fâche.

— Oui, monsieur, et très sérieusement ; on n'a jamais vu venir à une pareille heure perdre une femme de réputation dans son voisinage.

— Réputation eſt bien là, continua-t-il sur son ton grossièrement badin ; je croyais que tu n'avais plus rien à démêler avec elle depuis que tu étais à moi.

— Ce n'eſt point à une fille de ma sorte qu'on tient ce propos.

— Le diable m'emporte si cela ne devient pas comique ; je te crois vraiment en colère, je ne veux pourtant pas te quitter fâchée. Allons, Adèle, ma fille, ma fille, sois raisonnable ; mets-toi là, et faisons la paix sans bruit ni lumière. »

En disant ces mots, il commençait à fourrager mes appas. Je me défendais, je fuyais ; il combattait et me poursuivait en soufflant comme un bœuf. Dans nos débats, il s'approcha du cabinet ; je craignais que quelque soupçon ne l'engageât à y entrer. Ma crainte redoubla au mouvement qu'il fit pour l'ouvrir.

« Où voulez-vous aller ? » lui demandais-je d'une voix entrecoupée. « Faut-il que tout le monde vous entende ?

— Mais un rien te fâche, ne vois-tu pas que je vais chercher un bonnet de nuit ?

— C'eſt inutile, car je ne veux pas que vous couchiez ici.

— Ah ! tu ne veux pas ! Attends, je vais te faire changer de ton ; c'eſt aussi par trop loin pousser l'impudence », ajouta-t-il en ouvrant la porte.

Alors, me voyant presque convaincue d'infidélité, je courus à lui pour lui faire mes excuses !

« Ah ! mon cher ami, dis-je en prenant ses mains, ne me perdez pas ; je conviens de ma faute, et je vous en demande pardon.

— Il n'y a pas d'excuses à cela, reprit-il, et tu n'auras plus tort dès que tu me laisseras faire.

— Faites donc, dis-je, un peu remise, surtout ne faites pas de bruit.

— Sois tranquille et ne t'inquiète pas, mais laisse-moi chercher mon bonnet.

— Oh ! vous serez assez maladroit pour ne pas le trouver.

— Tu as encore raison. »

Alors je m'offris à le chercher moi-même, et nous tendions tous les deux les mains sur la toilette. « Il doit se trouver cependant », disait mon stupide galant. J'étais sûre du contraire, car je savais l'avoir donné à l'abbé. Comme nous nous occupions à le chercher à tâtons et que mes mains concentraient celles du financier :

« Qu'est-ce que cela ? le voilà, et ce n'est pas toi qui me le tends.

— Et qui voulez-vous que ce soit ? » dis-je en le poussant de toutes mes forces.

En même temps, je sentis alors une main se couler sous ma chemise, le long de mes cuisses ; je compris que l'abbé s'était caché sous la toilette, et que c'était de là qu'il avait voulu mettre le bonnet sur la table.

L'esprit d'une femme est toujours subtil à tromper. « Il faut pourtant que je vous aime bien pour souffrir toutes vos extravagances : et, Dieu merci, ce soir vous en faites assez, mais je les reçois comme une preuve de l'amour que je partage avec vous, et je vous les pardonne.

— Que tu es gentille, me dit-il, en me serrant dans ses bras. Vois un peu, ma chère Adèle, comme ma passion me tourne la tête ; tout à l'heure, j'aurais juré sentir une autre main que la tienne.

— Ah ! que vous êtes fou, lui dis-je en riant.

— … teur », répondit-il, en faisant sur ce que je venais de lui dire un jeu de mots suggéré par l'idée des plaisirs qu'il se proposait de goûter, puis il me prit la main et me reconduisit à ma chambre. Il me força de me recoucher précipitamment et suivit bientôt mon exemple.

Las de ses travaux ou plutôt de ses efforts, mon financier dormait profondément quand j'entendis ouvrir la première porte de mon appartement. Je savais que ce ne pouvait être que Saint-Prix, à qui j'avais donné une double clef pour lui fournir les moyens de s'acquitter d'une tabatière d'or dont je lui avais fait présent, et cet événement me surprit moins qu'il m'embarrassa. Si je me levais, je courais les risques d'éveiller M. Mondor, je craignais qu'il ne me suivît. Si je restais, l'approche de Saint-Prix pouvait exciter d'autres inconvénients ; en vérité la difficulté de jouir des plaisirs y met un grand prix. J'étais encore dans cette perplexité quand le garde du corps s'approche de moi. Il voulut d'abord m'embrasser, mais je lui dis tout bas : « Mon monsieur est ici.

— À d'autres, répond-il ; je sais qu'il n'y couche plus, et j'entends que celui qui y est déloge.

— Mais, Saint-Prix, repris-je, je vous dis que c'est mon monsieur.

— Allons, allons, sans tant de façons, qu'on me cède la place, dit le garde du corps d'une voix haute.

— Vous m'allez perdre tout à l'heure, mon cher.

— Il y a longtemps que vous l'êtes, ma mie.

— Saint-Prix, mon ami.

— Il n'y a pas de Saint-Prix ni d'ami qui tienne, il me faut une oreille de votre galant, dit mon homme en éclatant ; point de quartier, qu'il choisisse laquelle des deux il veut que je lui coupe. »

À ce bruit Mondor se réveille. « Qui est là ? demande-t-il tout ému.

— C'est le maître d'ici, et qui vient t'en chasser.

— Me chasser, moi !

— Allons, allons, mons le faquin, dit le garde du corps en ouvrant les fenêtres, il n'y a pas haut, et le voyage en sera moins long. »

Je me lève, je cours aux genoux de ce furieux. « Ôtez-vous, mademoiselle, me dit-il ; j'aime les exercices du corps, et votre galant va me servir de ballon. »

Jamais financier ne fut téméraire ; le mien était le modèle de la prudence. Saint-Prix ne l'eut pas plutôt découvert qu'il s'enveloppa dans les plis des rideaux. Mondor voulut crier au voleur, mais la peur lui coupait la voix, et la colère des femmes n'éclate pas toujours contre leurs propres intérêts. Loin de montrer tout mon ressentiment à mon impudent, je tâchais au contraire de l'attendrir.

Pouvait-il résister à la séduction d'une fille de mon état ? Il me rendit les armes et permit au financier de s'habiller. Celui-ci, tout saisi d'effroi, le fait à la hâte.

Le vainqueur, glorieux de sa victoire, veut jouir de la vue de celui qui la lui abandonne, il appelle mes gens et demande de la lumière : il ouvre toutes les portes, parcourt tout l'appartement, il n'y a pas jusqu'au cabinet où était l'abbé qu'il ne visite.

Ce dernier prend l'alarme, il croit déjà se voir enfilé par la terrible rapière du spadassin. Il se lève de sa cache et tente l'impossible pour se sauver par une porte vitrée qui donne dans l'antichambre.

Tandis qu'il fait des efforts aussi inutiles que funestes, mon laquais apporte de la lumière, je l'entends qui s'arrête dans l'antichambre, où il rit aux éclats. Piquée d'une gaieté aussi déplacée, je cours pour savoir ce qui l'occasionne, et je vois… Ah ! ma chère Agnès, je ris encore de ce tableau quand je me le représente, je vois mon pauvre abbé dont la tête était prise dans un carreau, comme un rat dans une trappe ; plus il se démène et s'efforce de s'en tirer, plus il s'y embarrasse.

« Quoi, morbleu, dit le garde du corps, le faquin se sauve, il se méfie de ma bonne foi. Eh ! par où a-t-il passé ? » dit-il en entrant dans ma chambre. « Parbleu ! le champagne me fait donc voir double ; ah ! ah ! s'écrie-t-il en approchant de plus près, c'est donc là votre monsieur, mademoiselle l'impudente, et depuis quand s'est-il fait abbé ? »

Cette exclamation du garde du corps était fondée sur la méprise du financier, qui avait endossé, dans la frayeur et l'obscurité, l'habit de l'abbé pour le sien, parce que les mêmes causes m'avaient fait d'abord prendre des hardes à moi pour celles du petit collet. Saint-Prix, persuadé que c'était l'abbé, exerce sur lui la force et la vigueur de ses bras de la façon la plus invincible.

« Eh ! je ne suis point abbé, criait Mondor ; pour Dieu, je demande *grâce.*

— Alors, tu es donc le diable », répond le garde du corps en continuant son gaillard exercice.

Des trépignements de pieds et des cris que nous entendîmes dans le cabinet de toilette nous forcent d'y porter nos pas, nous voyons le pauvre mignard qui avait déjà passé la moitié du corps à travers le carreau de vitre et dont l'autre était couverte par un de mes jupons (sans doute de crainte de se blesser).

« Ah ! parbleu, dit le garde du corps, voici ma belle ; nous allons jouer à un joli petit jeu. Mettez-vous là, mignonne », ajouta-t-il, en me faisant passer à la gauche de l'abbé, « et tenez ce flambeau. »

On ne contrarie pas impunément un garde du corps, j'obéis à celui-ci, il recommença alors un exercice dont l'abbé fut celui qui s'amusait le moins. Il lui mit les fesses à découvert en levant le jupon et le fustigea de toute sa force avec la plus scrupuleuse attention.

Jamais fantaisie de Callot ne fut aussi comique que cette scène ; la larme à l'œil, le rire sur les lèvres, je me prêtais d'une façon équivoque aux cruelles polissonneries de Saint-Prix.

Partagé entre la fureur et la joie, Mondor faisait une grimace que son habillement semi-laïque, semi-ecclésiastique, rendait encore plus drôle.

Saint-Prix, l'habit déboutonné, l'estomac découvert, frappait en mesure d'un air tranquille et goguenard qui contrastait avec son ivresse. Mon laquais et ma femme de chambre qui se tenaient les côtés de rire, à quelques pas de là formaient le fond de ce ridicule tableau.

Heureusement pour l'abbé, les bras du militaire n'étaient pas infatigables. « Voilà ma partie finie », dit-il, en s'étendant dans mon fauteuil de toilette, « j'en abandonne l'enjeu à qui le voudra. » Mes gens firent cesser ses plaisanteries en en détruisant la cause. On brisa la porte pour débarrasser le pauvre abbé, on lui rendit son collet et son habit, puis il s'enfuit, emportant la certitude qu'il n'était pas venu en bonne fortune.

Tu t'attends, sans doute, ma chère Agnès, à la fin de cette aventure. Saint-Prix se dégrisa et se repentit des gaillardises de son ivresse. Mondor devint plus courageux à mesure qu'il se sentit plus fort.

J'étais l'auteur de ce tintamarre, je devais en être la victime. Quand il fut grand jour, que le garde du corps fut bien tranquille, le financier lui dit : « Monsieur, si j'étais méchant, je tirerais vengeance de ce que vous m'avez fait ; mais je vous pardonne vos petites vivacités et vous abandonne de grand cœur la créature qui en est cause. Je ne vous dispute nullement vos droits sur elle, emmenez-la et pour Dieu videz ensemble la maison au plus tôt.

— Emportes-tu tes bijoux ? » me demanda Saint-Prix.

L'économe financier me dispensa de répondre. « Oh ! pour ce qui est de cela, je m'y oppose, dit-il, rien de ce qui est ici n'en sortira.

— En ce cas, reprit le garde du corps, il est inutile que tu viennes avec moi ; il vaut mieux quitter ses amis que de rester spectateur inutile de leur misère, je n'ai que des vœux à t'offrir et je te souhaite une meilleure fortune. »

À ces mots il fait un éclat de rire, une pirouette et nous quitte.

Je crois que jamais financier ne se piqua de délicatesse. Celui-ci ne se fit pas un scrupule d'insulter à mon malheur et y mit le comble, je n'ose le dire, en me faisant chasser par mes propres domestiques. On eût dit que cette valetaille voulait par là se venger des mauvaises façons que j'avais eues pour elle.

Quel champ de morale ! quel sujet de réflexions pour une âme mélancolique. Mais que dirai-je sur l'instabilité de la fortune, sur l'ingratitude des amis, que tu ne saches, ma chère Agnès, aussi bien que moi. Me voilà à la rue et il est essentiel de m'en tirer. Où aller, ce ne sera pas chez ma tante. Mlle V… était trop serviable pour douter de son empressement à me recevoir et à travailler au rétablissement de ma fortune. Il me vint une idée de passer chez mon avocat, mais je craignais ses morales. J'ai toujours pensé que les disgrâces valaient des leçons.

J'arrive chez la V…, je lui conte mon désastre, elle me plaint de l'aventure, mais elle rit de ses circonstances. « Je me suis doutée, me dit-elle, que cet homme-là en agirait mal, aussi tu as eu tort, on conduit mieux sa barque. Que ne donnais-tu tes rendez-vous ici ? Il t'en aurait coûté quelques repas, mais tu aurais épargné ta boîte d'or. » L'amitié de Mlle d'Arminville fut pendant les premiers jours ce qui m'aida à supporter le poids de mes infortunes. Heureux si elle eût suffi pour m'en épargner de nouvelles.

Tandis que la V… s'efforce d'excuser en ma présence les imprudences de ma jeunesse, elle se récrie en mon absence sur le libertinage de ma conduite, elle insulte même à mon caractère. Me voit-elle dans sa salle, elle m'étouffe de caresses ; me sait-elle ailleurs, elle m'accable d'invectives.

Mlle d'Arminville m'aida à développer le caractère de la V… « Tu as manqué, me dit-elle un jour, à un préalable nécessaire ; tu n'as rien donné pour ta rançon à cette femme. Elle t'a noircie dans l'esprit de Mondor, elle lui a inspiré des soupçons que, malheureusement pour toi, ta conduite a réalisés, et tu l'as mise à même de regagner avec une autre ce qu'elle perdait avec toi. Cette autre te succède et sera bientôt remplacée de même.

— Mais quels fonds dois-je donc faire sur ses promesses ?

— Beaucoup plus que tu ne crois ; elle gagne autant à te faire du bien que du mal, et elle fera toujours l'un et l'autre avec empressement ; prends ton parti, profite de ses services et défie-toi de ses trahisons. »

La V… avait parlé pour moi, dit-elle, à un seigneur qui devait venir me voir dès le même soir. Il fallut me mettre en état de le recevoir, de préparer avec le même soin et mon ajustement et ma conversation.

Le goût de ce seigneur servit également à l'un et à l'autre.

Il aimait les airs indécents, les propos libertins, je ne pouvais que *le bien servir ; il* en fut assez content pour entrer en marché dès le jour même.

« Il faut faire nos conventions, me dit-il, et voir si elles vous plaisent ; je n'entends point qu'une fille que j'entretiens se prenne de belle passion pour moi, je veux qu'elle se borne à m'amuser, qu'elle ne voie que moi, qu'elle soit toujours gaie, complaisante et sédentaire.

« Il est encore d'autres choses sur lesquelles je veux vous prévenir. Il faut que vous sachiez que je suis obligé de ménager mon épouse dont la sagesse mérite au moins des égards extérieurs, que je ne puis refuser mes soins à une femme de rang avec laquelle j'ai lié une intrigue sérieuse, et que vous ne me serviez précisément qu'à me distraire de ces petites occupations, et qu'à satisfaire mon goût pour les plaisirs. »

Ce dernier article était le seul qui pût me rendre ce seigneur supportable.

Nous convînmes que quelques jours après, j'irais prendre possession, non de son cœur, mais de sa fortune et de l'appartement qu'il me promettait.

Mlle V… n'aimait pas le temps perdu ; elle m'engagea à bien employer cet intervalle. Il y avait alors à Paris un homme d'un goût singulier et qui payait cher ses bizarres plaisirs ; elle me trouva propre à y contribuer et m'engagea à aller chez lui. Le goût de ce vieillard montrera assez le rôle que je jouai avec lui. Il voulait qu'une femme lui persuadât qu'elle était sage et parût être riche tout en faisant une démarche qui prouvait le contraire ; le bonhomme n'était pas d'âge à abuser de cette complaisance, et tournait au profit de sa délicatesse prétendue ce qui n'était qu'un effet de son impuissance réelle.

La vue était le seul sens qu'il pût et dût satisfaire, et il le faisait avec la lubricité et la bizarrerie des gens de son espèce.

Le soir, en me couchant, je rêvais encore à ce baudet de Plutus, quand on vint me chercher pour me conduire chez mon nouvel amant, ou plutôt mon nouveau maître. Je m'habille à la hâte, j'embrasse la V…, je m'élance dans le carrosse, et je pars accompagnée de deux hommes qui m'y attendaient.

« Vous êtes sans doute bien contente, ma belle enfant, me dit l'un d'eux, en me prenant les mains.

— Je ne me sens pas de joie, répondis-je.

— Oh ! vous vous remettrez », reprit-il.

L'autre nous regardait d'un air goguenard et riait de notre conversation sans l'interrompre. Je trouvai la course longue et je commençais à m'impatienter de n'être point encore arrivée ; je regardai par la portière et je dis : « C'est donc hors de Paris que nous allons ?

— Oui, mon cœur, répondit un de ces messieurs, on veut travailler à votre santé, on vous mène pour quelque temps à la campagne.

— Quelle complaisance ! m'écriai-je.

— Oh ! nous en sommes pétris, reprirent-ils ; mais l'air vous incommodera, fermons les portières. »

Quoi que je leur dise, ils s'obstinèrent à les fermer, et continuèrent leurs propos ironiques et leurs regards malins. Bientôt après, je compris au détour de la voiture que nous entrions dans la maison qui m'était destinée, et je m'empressai à vouloir descendre.

« Oh ! les gros ne descendent pas ainsi dans la première cour, me dirent mes conducteurs, attendez que nous soyons au perron et l'on vous donnera la main. » Enfin le fiacre arrêta, on ouvrit la portière et je vis… Ô ciel ! j'en frémis encore… Je jugeai sur les apparences que j'étais à l'hôpital ; je commençai à soupçonner que j'étais victime d'un complot entre la V… et M. Mondor ; des soupçons je passai à la certitude, des gardes vinrent me prendre et m'enfermèrent dans cet affreux séjour où je restai six mois.

Informé de mon malheur, l'abbé qui, malgré ce qui lui était arrivé chez moi, me conservait quelque attachement, employa des protections pour me faire sortir de captivité. L'avocat se joignit à lui, ils obtinrent mon élargissement à force de démarches.

Telle est, ma chère Agnès, la narration que me fit la Duchapt. Maintenant revenons à moi.

II. [LES GROSSESSES D'AGNÈS]

[Nous donnons ici, d'après l'édition de 1830, le texte développant la note de régie qui figure dans l'édition de 1745, entre : « Avance d'Agnès au petit Michel […] » *(voir p. 595), et :* « La bonne tante, touchée du sort de cette orpheline, la fait accoucher hors de chez elle […] » *(voir p. 596).]*

L'innocence où était encore le petit Michel me força à lui faire toutes les avances pour en être comprise, je l'instruisis donc du mieux qu'il me fut possible, mais las ! après deux ou trois tentatives et lorsque je croyais à force de manier son instrument lui avoir donné toute la raideur nécessaire pour venir à bout de l'œuvre que nous avions entreprise, j'eus le chagrin de le voir mollir et cracher à la porte ; mais nous ne nous décourageâmes pas ; enfin à force d'essayer toutes sortes d'attitudes, mon petit soldat d'amour parvint à entrer dans la place et à m'enlever mon pucelage. On se figurera difficilement l'effroi qui nous saisit à la vue du sang que nous avions répandu dans le combat. Nous nous mîmes tous deux à pleurer, mais en définitive le plaisir avait été plus fort que la douleur et ce coup d'essai nous avait trop bien réussi pour en rester là. Nos entrevues devinrent fréquentes et bientôt nous nous vîmes avec si peu de précaution qu'un jour que nous étions étroitement unis l'un à l'autre, nous fûmes surpris par la dépositaire[1]. Cette vieille religieuse, que je savais n'avoir pas été toujours irréprochable et qui avait même fait un enfant, n'eut rien de plus pressé que d'aller conter le tout à ma mère ; celle-ci ne put méconnaître son sang à ma précocité, elle me fit venir ainsi que le petit Michel, et après nous avoir interrogés sur nos faits et gestes, elle défendit à ce dernier l'entrée de la clôture ; mais nous trouvâmes bientôt le secret de nous voir par le tour de la sacristie, enfin nous nous en donnâmes tant que le petit Michel tomba malade, ce dont je fus bien chagrine. Ma mère, naturellement bonne, attribua la maladie de Michel à notre séparation et consentit à nous réunir de nouveau ; mon jeune amant guérit, mais moi, je ne tardai pas à éprouver les premiers symptômes d'une grossesse ; ma mère se repentit alors de sa tolérance et elle chassa le faiseur d'enfant.

Mon enflure parvenue au point de ne pouvoir plus se cacher, malgré les précautions de la prieure, je fus mise en pension chez une sage-femme où j'accouchai secrètement.

Là venait un jeune chirurgien, neveu de la matrone ; il me vit par hasard ; comme il était fort joli garçon, nous prîmes bientôt du goût l'un pour l'autre et le résultat en fut qu'avant même d'être relevée, j'eus de nouveaux gages de fécondité que j'ignorais.

Me voilà bien rétablie en apparence et réhabilitée fille à ce que je croyais, du moins, car la faiblesse que j'avais eue pour mon nouvel amant ne me paraissait pas tirer à conséquence dans les suites d'une couche, et le jeune chirurgien en homme de métier m'avait bien rassurée sur cela. Ma mère jugea à propos de me faire revenir au couvent et de me faire prendre le voile, bien résolue à m'observer si bien, que, si j'avais du tempérament, je n'aurais jamais les moyens de le satisfaire.

C'était le seul parti qu'il y avait à prendre ; abandonnée à ses soins, qu'eût-elle fait de moi dans le monde, n'ayant d'autre patrimoine à me donner qu'une guimpe et une vocation des plus équivoques ? Au bout de deux mois de clôture je retombai au même état où m'avait mise le petit Michel ; qu'on juge de l'inquiétude et de la perplexité de la bonne prieure qui s'en aperçut au premier symptôme ; elle ne pouvait concevoir comment, avec toutes les précautions qu'elle était sûre d'avoir prises, j'avais pu goûter une seconde fois du fruit défendu ; elle me donna à ce sujet la question et force me fut d'avouer enfin que cette nouvelle grossesse datait de chez la sage-femme, et que c'était un sien neveu qui avait fait ce beau miracle ; le cas devenait plus embarrassant que la première fois à cause du voile. Heureusement je n'étais que novice et on feignit que, dégoûtée du couvent, je demandais de rentrer dans le monde ; on me remit chez la sage-femme qui, sur l'intimation de ma mère, prit la précaution au préalable d'envoyer son neveu faire des enfants à Paris.

Cette fois accouchée et bien dûment relevée, ma mère ne sachant plus que faire de moi, m'adressa à Paris comme orpheline, à une tante fort dévote qu'elle chargea tout à la fois de ma fortune et de ma conduite ; je fus reçue par ma tante et remise entre les mains d'une sienne femme de chambre, pour lui être subordonnée et me mettre en état de lui succéder un jour ; je conçus du dégoût pour cette condition qui me parut d'autant plus dure, que j'envisageais dans ma maîtresse une parente dont je ne pouvais me faire avouer ; mais ces sentiments d'élévation furent bientôt chassés et étouffés par une passion dominante ; je devins éperdument amoureuse d'un petit laquais de la maison et devins grosse pour la troisième fois. Ma grande-tante s'en étant aperçue écrivit à sa nièce dans le dessein de me renvoyer à elle ; mais une telle fécondité fit frémir ma mère ; toutefois indulgente pour son sang, elle obtint de sa tante de me garder et de ne pas m'abandonner pour cet accident.

Ma bonne parente touchée de mon sort me fit accoucher hors de chez elle et aussitôt que je fus rétablie, elle me mit en apprentissage chez une dame du palais en me recommandant de bien veiller dorénavant sur ma conduite ; il ne m'en coûtait rien de lui promettre, c'est aussi ce que je fis.

Voisenon

LE SULTAN MISAPOUF, ET LA PRINCESSE GRISEMINE

PREMIÈRE PARTIE

DISCOURS PRÉLIMINAIRE

Vous m'avez non seulement demandé, madame, un conte de fées[1], vous avez même exigé qu'il fût fait avant mon retour à Paris ; vous m'avez de plus ordonné d'éviter toute ressemblance avec tous ceux qui paraissent depuis quelque temps. Croyez-vous, madame, qu'il soit aussi facile de vous donner un conte de fées d'un tour neuf, et d'un style moins commun que celui qui semble affecté à ces sortes d'ouvrages ; qu'il est aisé à messieurs les auteurs des *Étrennes de la Saint-Jean* et des *Œufs de Pâques* d'ajouter chaque jour un nouveau chapitre à ces chefs-d'œuvre d'esprit et de bon goût[2] ? Quoi qu'il en soit, l'obéissance étant une vertu que votre sexe préfère peut-être à toutes les autres, je me suis mis à l'ouvrage, et je vous envoie tout ce que j'ai pu tirer de mon imagination. Vous vous apercevrez par le ton différent qui règne dans le cours de ce petit ouvrage que mon imagination a peu de suite, et change souvent d'objet. Elle dépend si fort de ma santé et de la situation de mon esprit, que tantôt elle est triste, tantôt bizarre, quelquefois gaie, brillante ; mais en général toujours mal réglée, et ayant peu de suite. Par exemple, le commencement de ce conte est singulier, le récit du sultan est vif, naïvement conté ; et je crois assez plaisant jusqu'au désenchantement de la princesse Trop-est-trop. L'épisode du bonze[3] Cerasin fournit encore un plus grand comique. Mais tout à coup arrive une description d'un temple et des différents cintres qui le composent ; cet endroit auquel on ne s'attend pas est ce me semble intéressant ; c'est dommage qu'il ne m'ait pas été possible de faire dire tout cela à un autre qu'au sultan Misapouf, qui véritablement doit être étonné lui-même de tout ce qu'il débite de beau et de la délicatesse des sentiments que je lui donne tout à coup. Les métamorphoses qui suivent, la fin de l'enchantement de la princesse ne produisent rien de vif, ni de bien piquant ; mais le sultan ayant annoncé au commencement de son histoire qu'il a été lièvre, lévrier et renard, il a bien fallu lui faire tenir sa parole. S'il ne lui est rien arrivé de plaisant sous les deux premières formes, c'est en vérité la faute de mon imagination et du peu de connaissance que j'ai de la façon de vivre et de penser de messieurs les lièvres ; comme renard, il devait, sans doute, étaler toute la souplesse et la ruse qu'on attribue à cette espèce d'animal.

Au lieu de cela je lui fais préférer une petite poule à une douzaine de gros dindons. Cette bévue, si peu digne d'un renard avisé, produit une catastrophe qui fait honneur à nos plus grands romans, et que le ton de ce conte ne promet sûrement pas. À l'égard de l'histoire de la sultane, je n'entreprendrai ni de la justifier, ni d'en faire la critique. Elle est moins originale que celle de Misapouf ; et par là elle plaira moins à certaines gens, et sera plus du goût de beaucoup d'autres. Pour moi, je vous avouerai que j'en fais moins de cas que de celle du sultan, et que ce n'est pas ma faute si elle diffère de genre, de style et de ton. Pourquoi est-elle venue la dernière ? Mon imagination s'est épuisée en faveur de Misapouf[4], et j'ai été obligé d'avoir recours à ma mémoire, pour me tirer de cette dernière histoire. Je souhaite que le tout ensemble puisse vous amuser un moment. Je serai suffisamment payé de ma peine et de mon travail. Vous trouverez sans doute que ce conte est un peu libre, je le pense moi-même ; mais ce genre de conte étant aujourd'hui à la mode, je profite du moment ; bien persuadé qu'on reviendra de ce mauvais goût, et qu'on préférera bientôt la vertu outrée de nos anciennes héroïnes de romans à la facilité de celles qu'on introduit dans nos romans modernes. Il en est de ces sortes d'ouvrages comme des tragédies, qui ne sont pas faites pour être le tableau du siècle où l'on vit. Elles doivent peindre les hommes tels qu'ils doivent être et non tels qu'ils sont. Ainsi ces contes peu modestes, où l'on ne se donne pas souvent la peine de mettre une gaze légère aux discours les plus libres et où l'on voit à chaque page des jouissances finies et manquées, passeront à coup sûr de mode avant qu'il soit peu.

Vous serez étonnée qu'avec une pareille façon de penser,

je me sois livré si franchement au goût présent et que j'aie même surpassé ceux qui m'ont précédé dans ce genre, que je désapprouve ; mais je vous le répète, c'est moins pour me conformer à la mode que pour profiter du temps où elle est en règne, et ruiner, s'il est possible, ceux qui voudront écrire après moi sur un pareil ton. Le conte que je vous envoie est si libre et si plein de choses qui toutes ont rapport aux idées les moins honnêtes que je crois qu'il sera difficile de rien dire de nouveau dans ce genre. Du moins je l'espère ; j'ai cependant évité tous les mots qui pourraient blesser les oreilles modestes ; tout est voilé ; mais la gaze est si légère que les plus faibles vues ne perdront rien du tableau.

LE SULTAN MISAPOUF ET LA PRINCESSE GRISEMINE, OU LES MÉTAMORPHOSES

Conte

« Ah ! dit un jour en soupant le sultan Misapouf, je suis las de dépendre d'un cuisinier, tous ces ragoûts-là sont manqués[5], je faisais bien meilleure chère quand j'étais renard.

— Quoi, seigneur, vous avez été renard ! s'écria en tremblant la sultane[6] Grisemine.

— Oui, madame, répondit le sultan.

— Hélas ! dit Grisemine en laissant échapper quelques larmes, ne serait-ce point Votre auguste Majesté qui pendant que j'étais lapine aurait mangé six lapereaux, mes enfants ?

— Comment, dit le sultan effrayé et surpris, vous avez été lapine !

— Oui, seigneur, répliqua la sultane, et vous avez dû vous apercevoir que le lapin est un mets dont je m'abstiens exactement ; je craindrais toujours de manger quelques-uns de mes cousins ou neveux.

— Voilà qui est bien singulier, repartit Misapouf ; dites-moi, je vous prie, étiez-vous lapin d'Angleterre ou de Caboue[7] ?

— Seigneur, j'habitais une garenne de Norvège, répondit Grisemine.

— Ma foi, dit le sultan, j'étais un renard du Nord, et il se peut sans miracle que ce soit moi qui aie mangé vos six enfants ; mais admirez la justice divine : j'ai réparé ce crime en vous faisant six garçons, et je vous avouerai sans fadeur que malgré ma gourmandise et mon goût pour les lapereaux, j'ai eu plus de plaisir à faire les uns qu'à manger les autres.

— Seigneur, vous êtes toujours galant, répliqua Grisemine, cela me fait espérer que Votre sublime Majesté voudra bien me raconter ses aventures.

— Volontiers, dit le sultan ; mais à charge de revanche.

« Je commence par vous avertir que mon âme a passé dans le corps de plusieurs bêtes, non par transmigration, c'est un système de Chacabout auquel je ne crois pas[8] ; c'est par la malice d'une injuste fée que tout cela m'est arrivé. Avant d'entrer en matière, je crois devoir détruire cette pernicieuse doctrine de la métempsycose[9].

— Seigneur, dit la sultane, cela est inutile, votre érudition serait en pure perte, je n'y comprendrais rien, je crois sur votre parole la métempsycose une erreur ridicule ; dites-moi seulement quelles sortes de bêtes vous avez été.

— À la bonne heure, dit le sultan. Premièrement j'ai été lièvre, ensuite lévrier, puis renard, et je dois, dit-on, finir par être un animal que je ne connais point, qu'on appelle capucin[10].

— Seigneur, dit la sultane, Votre savante Majesté n'a-t-elle jamais vu son âme éclipsée sous la forme de quelque être inanimé ?

— Oui, sans doute, répliqua Misapouf, j'ai été baignoire.

— C'est, je le vois, la conformité de nos destinées, reprit Grisemine, qui nous a unis : j'ai passé comme vous par bien des formes différentes, j'ai d'abord été barbue.

— Mais vous ne l'êtes pas mal encore, dit le sultan.

— Vous êtes bien poli, seigneur, répondit Grisemine ; j'ai donc été barbue et lapin.

— Vous nous conterez tout ce qui vous est arrivé sous ces deux métamorphoses, *dit le sultan.* Vous m'avez demandé mon histoire, écoutez-la, si vous pouvez, sans m'interrompre. »

HISTOIRE DU SULTAN MISAPOUF

« Je ne sais si vous avez entendu parler du grand Hyaouas, qui était de l'illustre famille de Lâna[11].

— Oui, seigneur, dit Grisemine, ce fut lui qui conquit les royaumes de Laüs, de Tonquin et de Cochinchine, desquels est sorti l'empire de Gânan[12].

— Vous avez raison, répondit Misapouf, et pour une sultane cela s'appelle savoir l'histoire. »

Le célèbre Tonclukt était descendu de cet Hyaouas, et moi je suis arrière-petit-fils de ce Tonclukt. Tout cela ne fait rien, me direz-vous, à mes aventures, d'accord ; mais j'ai été bien aise de vous dire un mot de ma généalogie pour vous faire voir que dans ma maison nous ne sommes pas renards de père en fils.

Mon père était un petit homme gros et court, sa taille était l'image de son esprit, de sorte que les sourds pouvaient juger de son esprit par sa taille, et les aveugles de sa taille par son esprit. Je n'en dirai pas davantage, parce que je pourrais m'échapper, et il ne faut pas mal parler de son père quand on veut vivre longtemps.

Mon père, donc, devint amoureux d'une princesse qui avait les cheveux crépus et l'âme sensible, ces deux choses-là, dit-on, se suivent ordinairement : cette sensibilité en question me fit naître quelques mois avant leur mariage ; je n'en fus cependant pas plus heureux, et vous verrez par mes aventures que j'ai fait mentir le proverbe. La première femme de mon père qui avait les cheveux blonds, et qui était aussi vive que si elle les avait eus crépus, informée de ma naissance par quelques-uns de ces méchants esprits de cour, au lieu de se venger en se faisant faire un enfant légitime par un autre que son mari, s'avisa de me prendre en guignon[13] et pria la fée Ténébreuse d'honorer de sa protection l'antipathie qu'elle avait pour moi. Cette vilaine fée qui avait le caractère de la couleur de son nom, promit de me mener beau train, et jura que je ne serais sultan qu'après avoir délivré deux princesses de deux enchantements les plus extraordinaires du monde et les plus opposés. Ce n'eſt rien encore que cette terrible nécessité ; il fallait, pour être quitte de sa haine, que j'étranglasse mes amis, mes parents, et mes maîtresses.

Grisemine frissonna à cet endroit de la narration du sultan ; il s'en aperçut et lui dit : « Ne craignez rien, madame, tout cela eſt fait ; il fallait outre cela que je mangeasse une famille entière dans un seul jour. Vous m'avouerez qu'il faut être enragée pour inventer une pareille deſtinée en faveur d'un honnête homme. »

Ma propre mère, loin de me plaindre, parut envier le sort qui m'était réservé, et dit : « Voilà un petit garçon trop heureux, il verra bien des choses. » J'avais à peine quinze ans lorsqu'elle me remit entre les mains de la fée Ténébreuse, pour commencer le cours de mes singulières aventures. « Petit bonhomme, me dit la fée, vous ignorez les obligations que vous m'allez avoir ; s'il eſt vrai que la connaissance du monde forme l'esprit, il n'y aura personne de comparable à vous. » Je voulus lui témoigner ma reconnaissance. « Trêve de compliments, me dit-elle, ne me remerciez pas d'avance, je vais vous mettre en état de commencer votre brillante carrière. » En finissant ces mots, elle me toucha de sa baguette, et je devins une baignoire. Ce premier bienfait me surprit, je l'avoue. Sous ma nouvelle forme je conservais, pour mes péchés, la faculté d'entendre, de voir et de penser. La fée appelle ses femmes et leur dit : « Lâchez les robinets. » Dans l'inſtant je me sentis inondé d'eau chaude, j'eus une telle frayeur d'être brûlé tout vif qu'il m'eſt toujours reſté depuis ce temps-là une aversion singulière pour l'eau chaude, et même pour l'eau froide. Quand j'eus un peu repris mes sens, j'entendis la fée dire d'un ton aigre : « Qu'on me déshabille ! » Cet ordre fut exécuté promptement et je ne tardai pas à me voir chargé d'un poids énorme. Mes yeux, dont la fée par malice m'avait conservé l'usage, me firent connaître que ce fardeau était un gros derrière noir et huileux appartenant à la fée.

« Seigneur, dit Grisemine en interrompant le sultan, cette fée était bien dépourvue d'amour-propre, il me semble que…

— Il vous semble », reprit Misapouf, fâché d'avoir été interrompu, « que toutes les femmes doivent avoir autant d'amour-propre que vous en avez, et en cela vous avez tort ; la méchanceté l'emporte en elles sur tout autre sentiment, et je suis certain que si la fée eût pu trouver un plus vilain derrière que le sien, elle n'eût pas manqué de l'emprunter pour me faire enrager. Quoi qu'il en soit, elle fit durer mon supplice une heure et demie ; mon esprit devait commencer à se former, car en peu de temps je vis bien du pays. »

Misapouf, regardant la sultane, à ces mots s'aperçut qu'elle se mordait les lèvres pour s'empêcher de rire.

« Je crois, madame, lui dit-il, que mes malheurs, loin de vous toucher, vous donnent envie de rire.

— Il eſt vrai, seigneur, répondit Grisemine, j'ai peine à vous cacher la joie que je sens en voyant qu'ils sont finis.

— Ma foi, c'eſt s'en retirer avec esprit, répliqua le sultan. Je ne vous ai fait cette queſtion embarrassante que pour vous donner occasion de briller. »

Enfin la fée sortit du bain. Je goûtais à peine la satisfaction d'en être délivré, que je l'entendis ordonner à son maudit eunuque[14] noir de se baigner dans sa même eau.

Le sultan s'interrompant à cet endroit dit à Grisemine : « Savez-vous, madame, exactement comment eſt fait un eunuque noir ?

— Seigneur, lui répondit Grisemine, il n'y a point de ces gens-là parmi les lapins, et je n'ai, que je sache, jamais vu d'autre homme en déshabillé que Votre sublime Majeſté.

— Cela n'eſt pas trop vraisemblable, dit le sultan. Quoi qu'il en soit, vous saurez que c'eſt la plus vilaine, la plus dégoûtante chose que l'on puisse envisager. »

Je fus si frappé d'horreur à l'aspect de ce monſtre que je m'évanouis. Heureusement qu'une baignoire ne change pas de visage. Ainsi on ne s'en aperçut point. Je ne revins que pour voir ce déteſtable objet faire mille impertinences pour amuser les femmes de la fée. Si je veux jamais beaucoup de mal à quelqu'un, je lui souhaiterai d'être eunuque noir.

« Pourquoi pas d'en devenir la baignoire ? dit la sultane.

— Parbleu, madame, avec tout votre esprit, vous n'êtes qu'une sotte ! répliqua le sultan. Une baignoire, comme vous le savez par expérience, peut redevenir homme ; il n'en n'eſt pas de même d'un eunuque.

— Votre Majeſté a raison, reprit Grisemine, c'eſt moi qui

ai tort ; mais oserais-je vous demander, seigneur, combien de temps vous avez demeuré sous cette métamorphose ?

— Huit jours, madame, dit le sultan, qui me parurent huit ans. »

Le neuvième, la fée me rendit ma figure humaine en me disant : « Mon enfant, je suis contente de vous, vous avez bien fait votre métier de baignoire ; je crois que vous n'êtes pas fâché de tout ce que je vous ai fait voir en si peu de temps. Allez, poursuivez vos brillantes aventures, et souvenez-vous de moi. » Me croyant dispensé d'un remerciement, je lui tournai le dos et je la quittai promptement. Je courais à travers champs comme un fol, m'imaginant toujours avoir la physionomie d'une baignoire : j'usai deux douzaines de mouchoirs à force de m'essuyer le visage. Sur le soir je me trouvai dans une forêt, j'aperçus une fontaine et une assez belle femme qui se baignait : ce spectacle d'eau et de bain me rappelant mes malheurs me fit prendre la fuite sur nouveaux frais, malgré les cris de la dame qui me répétait de toutes ses forces : « Arrêtez ! chevalier, la fée aux Bains vous en conjure. » Ces mots me firent redoubler ma course. « Ah ! cruel, continua-t-elle, puisque tu ne veux pas m'entendre, cours au moins délivrer le nez de mon mari. » Vous croyez bien que c'est de quoi j'étais fort peu tenté ; j'étais trop satisfait d'avoir délivré le mien pour m'embarrasser de celui d'un autre. Au bout d'une heure d'une marche fatigante, je m'arrêtai et je ne tardai pas, malgré mon inquiétude, à m'endormir. Au point du jour je fus réveillé par un bruit qu'un reste de sommeil me faisait paraître éloigné ; je sentis en même temps une main qui défaisait mon pourpoint et me prenait le petit doigt ; j'entendis une voix douce qui disait : « Je n'en ai jamais vu un si petit, j'espère qu'il pourra délivrer ma fille. » J'ouvris tout à fait les yeux et j'aperçus une princesse d'une beauté à laquelle on ne peut comparer que la vôtre. Elle était dans un palanquin, entourée d'un grand nombre de gardes montés sur des chameaux ; elle me fit monter dans sa voiture et me plaça à sa gauche. Je pensai tomber à la renverse en découvrant la figure exorbitante qui était à sa droite ; *c'était un homme ou plutôt un démon qui* avait dix pieds neuf pouces de haut. Je crus d'abord que c'était le Colosse de Rhodes ; je levai les yeux pour le considérer, comme si j'avais voulu examiner les étoiles ; je l'aperçus qui jetait sur moi des regards dédaigneux et moqueurs. Je regardai ensuite la princesse. Elle m'honora d'un sourire admirable, qui eſt toujours demeuré gravé dans ma mémoire. Vous m'en avez souvent rappelé le souvenir, madame, et ne vous en êtes pas mal trouvée. Je reviens à mon géant : j'eus peur pour la princesse qu'il ne fût son mari ; c'eût été un meurtre, j'étais bien persuadé qu'il n'était pas son amant. Je ne pus résiſter à ma curiosité, je lui demandai à l'oreille si c'était là monsieur son mari.

« Non, dit-elle.

— Au moins, continuai-je, vous n'avez aucun dessein sur lui, ce n'eſt point un prétendant ?

— Non, répondit-elle encore.

— Ne serait-ce point, lui dis-je, le chef de vos eunuques ? »

Il fallait que cet animal de géant eût l'oreille aussi fine qu'elle était grande, car je parlais très bas ; cependant il m'entendit et me donna un coup de pouce sur la joue qui me jeta à la renverse sans connaissance.

« Seigneur, dit la sultane, cela pourrait s'appeler un soufflet.

— Eh, vous n'y pensez pas, madame, répondit Misapouf, un soufflet se donne avec toute la main.

— Je vois bien que je me trompais, dit Grisemine.

— Mais vraiment c'eſt un de vos talents ! » répliqua le sultan.

La princesse me pinça, me chatouilla pour me faire revenir, tout fut inutile ; elle trouva un ruisseau et me répandit une telle quantité d'eau sur le visage que j'ouvris les yeux avec un effroi terrible. Je crus fermement que j'étais encore transformé en baignoire. Après m'être remis de mon trouble, j'imaginai devoir dire à mon donneur de coups de pouce : « Monsieur, voilà une fort mauvaise plaisanterie.

— Petit bonhomme, me répondit-il, c'eſt pour vous apprendre à demander si je suis eunuque.

— Ignorez-vous, ajouta la princesse, que de soupçonner quelqu'un d'être de ces gens-là, ou quelque chose d'approchant, c'eſt lui faire une offense cruelle ? Ainsi vous auriez dû vous dispenser d'une semblable queſtion sur le compte du seigneur Zinpuziquequoazisi. »

« Ah ! bon Dieu, dis-je en moi-même, voilà un nom qui eſt aussi grand que lui. »

« Je vois bien ; princesse, poursuivis-je, que monsieur eſt de vos amis.

— Non, me répondit-elle, je ne le connais que depuis une

heure, et il n'a d'autre avantage sur vous que celui de m'avoir appris son nom.

— Le mien, dis-je alors, chargera moins votre mémoire. Je m'appelle Misapouf tout court.

— Vous en avez bien l'air », me dit le géant.

Je ne répondis point à cette agréable plaisanterie, pour éviter une nouvelle querelle.

« Je vais vous apprendre, me dit la princesse, ce qui vous procure le hasard de me voir ; il faut pour cela vous faire une partie de mon histoire.

« Je suis la reine Zémangire[15]. Mon mari est roi de ces vastes forêts, et c'est pour cela qu'il se nomme le roi Sauvage.

« Son bonheur aurait été parfait s'il n'eût pas été traversé par la fée Ténébreuse.

— Que je le plains, madame, vous connaissez cette…

— Doucement, morbleu, dit le géant, n'en dites pas de mal, car je suis son fils.

— Ce n'est pas ce que vous faites de mieux », reprit la reine. Ce trait-là me fit voir qu'elle avait beaucoup d'esprit.

« Mais puisque vous êtes le fils de la fée Ténébreuse, continua la princesse, faites-moi raison des deux enchantements qu'elle a faits contre mes filles.

— Quels sont ces enchantements ? demanda le géant. Ma chère mère ne m'instruit pas de tout ce qu'elle fait ; je ne suis encore ni magicien ni génie.

— Pour le dernier, on le voit bien, dit la reine en souriant. Je vais vous informer du malheur de mes deux filles et de ce qui l'a causé. La fée Ténébreuse devint amoureuse de mon époux.

— Cela ne me surprend point, dit le géant ; on dit qu'elle est sujette à cela.

— Je crois, continua la princesse, qu'elle est aussi fort sujette à n'être pas aimée. Le roi, qui me chérit de toute son âme, reçut très mal sa déclaration et les avances qu'elle lui fit : il lui représenta qu'elle n'était ni d'âge ni de figure à pouvoir le rendre infidèle. " Puisque tu es assez sot, dit la fée, pour refuser mes faveurs, je m'en vengerai. La reine est grosse, elle accouchera de deux filles ; tu ne pourras les marier que lorsque tu auras trouvé pour chacune un petit doigt convenable à ces deux anneaux que tu vois et que je leur destine : il y en a un aussi petit que l'autre est prodigieux, il dépendra de moi de les placer et de les distribuer comme je le jugerai à propos. "

« La prédiction de la fée fut accomplie : je mis au jour deux filles ; l'une devint grande, belle et bien faite, l'autre resta d'une petitesse excessive. La fée qui leur a fait présent des deux anneaux en question n'avait eu aucun égard à la différence de leurs tailles ; elle avait, au contraire, pris plaisir à contrarier la nature ; elle usurpa encore le droit de les nommer ; et conséquemment à la bizarrerie de ses dons, elle appela ma grande fille Trop-est-trop, et l'autre, la princesse Ne-vous-y-fiez-pas. Depuis que mes filles sont en âge d'être mariées, elles en ont autant d'envie que si elles avaient un anneau fait comme les autres. Il s'est présenté plusieurs partis pour la princesse Ne-vous-y-fiez-pas : mais inutilement. Je vous confierai cependant que ce qui augmente mon chagrin, c'est que je la crois grosse à présent.

— Eh bien, dis-je, tant mieux. En voilà déjà une de mariée, il ne s'agit plus que de trouver un parti à l'autre ; le seigneur Zinpuziquequoazisi sera son affaire.

— Hélas ! je ne suis pas si heureuse, reprit la reine en versant quelques larmes, ce sont deux petits princes de trois pieds et deux pouces au plus qui ont déshonoré ma fille Ne-vous-y-fiez-pas, et qui ont ensuite disparu. J'ai consulté l'oracle, il m'a répondu qu'il n'y avait qu'un certain nez qui fût capable de découvrir ces princes, que ce nez-là en pâtirait et qu'il n'y aurait qu'un géant qui pourrait délivrer ce nez, et que la grande princesse était destinée au prince porteur du plus petit doigt du monde. Je n'ai pas encore rencontré le nez qui nous est nécessaire ; mais en attendant j'ai trouvé son libérateur dans la personne du seigneur Zinpuziquequoazisi, et le fait du petit anneau dans la personne de Misapouf tout court. »

La bizarrerie de ces enchantements et la curiosité si naturelle qu'on a de voir des choses extraordinaires triomphèrent de la répugnance que je sentais à me rendre à la cour du roi Sauvage. Nous y arrivâmes au bout de quelques heures.

« Seigneur, dit Zémangire au roi son époux, voilà deux personnages que j'ai rencontrés, dont les petits doigts pourront convenir aux deux anneaux enchantés, il n'y a qu'un nez que je n'ai pu vous amener.

— Oh ! répondit le roi, ne soyez point inquiète du nez, il est dans son étui.

« Depuis votre départ il est arrivé des choses bien singulières à la princesse Ne-vous-y-fiez-pas. Vous savez la faiblesse qu'elle avait pour ces deux petites marionnettes de princes ;

c'est sans doute à cause de sa facilité que la fée Ténébreuse l'a nommée Ne-vous-y-fiez-pas.

— Je m'en suis doutée, dit la reine, lorsque je l'ai vue grosse.

— C'est avoir bien de la pénétration, continua le roi ; mais vous auriez mieux fait de vous en douter auparavant. Je n'ai jamais vu une femme si prodigieusement grosse, son ventre touche à son menton ; ce qui vous surprendra encore plus, c'est qu'on entend parler distinctement dans son ventre ; je crois, en vérité, qu'elle accouchera d'un régiment de Lilliputiens.

— Seigneur, ce que vous racontez est incroyable, reprit la reine.

— C'est un fait, madame. Votre accoucheur a voulu examiner de près ce phénomène, on lui a jeté au visage une grêle de noyaux de cerises dont un l'a malheureusement éborgné.

— Monsieur, dit la reine, il faut que la tête vous ait tourné pendant mon absence.

— Eh ! non, madame, encore un coup, reprit le roi avec aigreur, vous me feriez donner au diable avec vos doutes.

— Ah ! j'ai tort, répondit Zémangire, de ne pas croire bonnement que ma fille est grosse d'un cerisier.

— Eh, qui diable vous dit cela, madame ? Il n'est question que de mangeurs de cerises et des noyaux qu'ils jettent. Le grand bonze Cerasin, continua le roi, a offert des sacrifices au Pagode[16], il est venu prêter l'oreille où vous savez, pour s'assurer par lui-même si on entendait réellement des conversations suivies dans le ventre de ma fille.

— Eh je gage, dit la reine, qu'on n'y disait pas un mot.

— Pas un mot, répliqua le roi. Voilà comme vous êtes toujours, madame, vous doutez de tout. On y jouait aux échecs, et on y disputait vivement : " C'est là mon pion, c'est là le mien, échec à la dame, vous êtes échec et mat. " Eh bien, qu'avez-vous à répondre à cela ?

— Mais, répondit la reine, que ma fille fait bien de s'y prendre de bonne heure pour faire enseigner tous les jeux à ses enfants.

— Le bonze surpris, comme vous croyez bien, poursuivit le roi, approchait de plus en plus sa grande oreille. Apparemment qu'elle ôtait le *jour aux joueurs*, car on la lui a pincée si fort qu'il a pris la fuite, en criant comme un enragé.

« Il est arrivé sur ces entrefaites un chevalier au grand nez. Tout ce que la renommée publiait sur le compte de mes deux filles avait excité sa curiosité, il venait de fort loin pour la satisfaire. Comme je me crois obligé de faire les honneurs de ma maison, je l'ai mené le même jour de son arrivée chez la princesse Ne-vous-y-fiez-pas, il s'est approché fort près de l'endroit en question : mais quelle a été sa surprise et la nôtre, lorsque nous avons vu son pauvre nez pris comme dans un piège. Il a eu beau crier, on n'a point lâché prise, et il y est encore retenu au moment que je vous parle. Tous les étrangers qui passent dans la ville vont le voir pour la rareté du fait, et la princesse leur dit en riant : " Ne le plaignez pas, messieurs. Voilà ce qui arrive à ceux qui mettent leur nez où ils n'ont que faire. "

— C'est sans doute ce nez-là, dis-je, qu'on m'a prié de délivrer.

— Cet honneur, répondit la reine, ne peut regarder que le seigneur Zinpuziquequoazisi puisque selon l'oracle il n'y a qu'un géant qui puisse en venir à bout ; mais transportons-nous sur les lieux pour mieux examiner la chose.

— C'est bien pensé », dit le roi.

Nous allâmes donc chez la princesse Ne-vous-y-fiez-pas. Je la pris en aversion au premier coup d'œil ; je vis une très petite femme qui tenait emprisonné un fort grand chevalier ; on n'apercevait point le visage de ce malheureux chercheur d'aventures ; il était couvert par l'anneau, au travers duquel avait passé son pauvre nez qui était la partie souffrante.

« Seigneur chevalier, dit le roi, j'espère que nous allons enfin briser vos fers ; nous avons trouvé un petit doigt plus gros que votre nez.

— Eh bien, seigneur, dit aussitôt le prisonnier (en parlant du nez comme vous croyez bien), faites-moi l'honneur de le mesurer et de le comparer avec cet auguste et magnifique petit doigt.

— Non, parbleu, je ne le souffrirai pas, dit le géant ; mais voyez cet impertinent avec son fichu nez.

— Il faudra bien, répliqua le roi, que de gré ou de force vous nous prêtiez le meuble dont nous avons besoin.

— C'est ce que nous verrons », répondit le géant, en cachant ses mains dans ses culottes.

La reine interrompit cette conversation qui commençait à devenir un peu aigre.

« Je sais le respect que je vous dois, dit-elle au roi, mais avec votre permission, vous n'avez pas le sens commun, vous n'avez pas compris l'oracle, ou il se contredit. Comment voulez-vous que le plus énorme petit doigt qui se soit vu convienne à cette princesse, et qu'en même temps elle épouse le petit Misapouf ?

— Mon Dieu, madame, cela se voit tous les jours. Ne dirait-on pas qu'on observe exactement les proportions de ceux qu'on marie. Le seigneur Misapouf sera dans le cas de bien d'autres maris. »

À ce mot de « Misapouf » on entendit deux voix souterraines qui criaient : « Eh, bonjour, mon cher cousin Misapouf, comment va votre santé ?

— Qu'est-ce que cela signifie ? dis-je à la princesse. Je crois, madame, que votre personne sert de logement à mes cousins. Voyons un peu de près ce qui en est.

— Ne vous y fiez pas, ne vous y fiez pas, s'écrièrent encore les deux voix.

— Eh bien, leur criai-je de mon côté, je sais que c'est le nom de la princesse que l'on veut me faire épouser.

— Gardez-vous-en bien, dirent-ils plus haut, ne vous y fiez pas. »

Pendant cette conversation je voyais la princesse rougir et pâlir successivement.

« Hélas ! dit-elle en s'adressant à moi, vos deux petits cousins Colibry et Niny[17] m'ont abusée ; ils se sont enfuis après m'avoir fait les enfants qui ont l'honneur de vous parler.

— Elle vous trompe, cria de toute sa force Colibry, elle dit qu'elle est grosse, pour sauver sa réputation ; mais il n'en est rien. Voici le fait. Nous imaginions, mon cousin et moi, que cette petite princesse était porteuse du petit anneau. Comme nous étions sûrs d'être porteurs du petit doigt (vous savez, mon cousin, que c'est un mal de famille), nous crûmes donc pouvoir la désenchanter. Nous courûmes tous deux avec une vitesse égale, et nous entrâmes tout entiers dans l'anneau prodigieux de cette petite créature. Voilà pourquoi la fée l'a nommée la princesse Ne-vous-y-fiez-pas.

— Ah ! qu'il y a de petites femmes dans le monde, dit le roi, qui mériteraient un pareil nom. Nous voilà éclaircis, c'est le seigneur géant qui doit délivrer le nez et épouser la princesse. »

Il s'en défendit d'abord et soutint que cela était impossible, attendu la différence de taille. La princesse Ne-vous-y-fiez-pas lui dit qu'il fallait au moins essayer ; qu'on verrait ensuite à prendre un parti. Il se laissa persuader, on les enferma ensemble, et je fus conduit chez sa sœur. Je fus surpris de sa grandeur, elle avait près de six pieds, cependant elle n'en n'était pas moins belle et agréable.

« Merveille de nos jours », lui dis-je, en lui serrant tendrement le bout du pied gauche, « est-il possible que je sois l'heureux mortel destiné à… !

— Prince, répondit-elle, je souhaite de tout mon cœur que vous veniez à bout d'une entreprise si difficile. »

Dans cet instant je vis entrer le grand bonze Cerasin entouré de tous les bonzes du pays ; il tenait dans ses mains un livre couvert de plaques d'or. Après nous avoir fait, ainsi que son cortège, une profonde révérence, il récita quelque chose, moitié bas, moitié haut, lut dans ce livre et, s'adressant à moi, il me tint ce discours : « La princesse va se placer sur ce sopha, alors vous pourrez tenter l'aventure qui vous est réservée. Une pareille fortune n'arrivera jamais à un pauvre prêtre ; mais il faut se soumettre à la volonté du sort. Je dois vous avertir d'une chose essentielle, c'est de ne rien forcer à l'anneau de la princesse ; car la fée a mis une si grande correspondance de la personne avec l'anneau que les efforts que vous feriez maladroitement feraient souffrir une douleur horrible à la princesse. Je dois être présent à cette épreuve. J'observerai les yeux et les mouvements de la princesse, et suivant ce que je verrai, je vous avertirai de vous arrêter ou de poursuivre. »

En finissant ces mots, il me fit signe que je pouvais commencer. Je voulus suivre ce conseil sans perdre de temps ; mais je crois que la fée avait enchanté mon petit doigt ; car il grossissait à mesure que je l'approchais de l'anneau ; cela m'inquiéta, cependant je tentai l'aventure. Dès le premier effort la princesse dit : « Vous me faites mal. » Cerasin aussitôt me cria : « Arrêtez-vous donc, n'entendez-vous pas que la princesse dit : “ Vous me faites mal ” ? » Malgré cet avertissement je fis une seconde tentative un peu plus forte.

« Ah ! je n'en puis plus, dit la princesse.

— Voulez-vous bien n'être pas si brutal, maudit nain que vous êtes ? » me cria encore le grand bonze.

Malgré cette seconde remontrance, je crois que j'allais triompher, lorsque tout à coup mon petit doigt, qui s'était gonflé d'une manière étonnante, redevint dans un état tout contraire. Je m'arrêtai, fort surpris de ce changement. « Allons donc, dit Cerasin, la princesse se morfond, est-elle faite pour attendre votre commodité ? Qu'est-ce que ce petit paresseux ! » Pendant tout ce dialogue, mon petit doigt redevint tel qu'il était un moment auparavant. Je profitai de l'instant, la princesse fit un cri douloureux, et puis dit en soupirant :

« Ah ! mon ami, vous m'avez tuée. » Ce mot d'ami me fit plaisir, il me parut venir d'un bon caractère ; je fis de nouveaux efforts, mais ils étaient inutiles. La princesse dit en me regardant tendrement : « Le charme est rompu. » Le grand bonze répéta en chœur avec tous ses satellites : « Gloire soit au petit doigt de Misapouf, le charme est rompu. » Je fus au comble de la joie ; je vous avouerai que depuis ce fortuné moment je n'ai point peur des grandes femmes, je me défie beaucoup plus des petites. La nature sur cet article est presque aussi bizarre que la fée Ténébreuse, elle se plaît à faire le contraire de ce que la raison semble exiger.

J'étais dans l'ivresse de ma victoire, lorsque la maudite fée Ténébreuse descendit dans son char des Brouillards. « Taisez-vous, prêtrailles, s'écria-t-elle, je vais vous apprendre à chanter des hymnes à mon préjudice. » Elle dit, et toucha de sa baguette Cerasin et ses grands vicaires ; ils tombèrent les uns sur les autres ; mais en se relevant, ô surprise ! ô spectacle effrayant ! je les vis et ne les reconnus pas ; leurs bouches étaient transformées en anneaux. On ne peut s'imaginer à quel point cela changeait leur physionomie, il faut l'avoir vu pour le croire. Le pauvre Cerasin me disait d'un air humilié : « Ayez pitié de moi. » Tous les autres prêtres répétaient la même chose en chœur ; ils m'étourdirent tant, que je les renvoyai : ils sortirent avec leurs anneaux barbus. On les aurait pris pour des capucins.

Cerasin, qui était un petit-maître[18], se regarda dans son miroir en arrivant chez lui et se fit horreur. Il ne concevait pas comment il se pouvait faire qu'un anneau, qu'il avait toujours trouvé une jolie chose, pût le rendre si vilain : cela prouve que le principal mérite de tout consiste à être à sa place. Enfin, il prit le parti d'envoyer chercher son barbier, qui lui dit en entrant : « Je viens savoir ce que vous souhaitez, monseigneur ; j'ai eu l'honneur de raser ce matin Votre Grandeur.

— Oh ! vraiment, répondit Cerasin, ma grandeur est passée à ma barbe. Regardez-moi, ne suis-je pas un joli garçon ?

— Ah ! Grand Pagode, s'écria le barbier en reculant trois pas, quelle bouche, *quelle barbe ! Cela* tient du miracle, et je ne sais si Monseigneur fait bien de vouloir se la faire abattre. Je croirais presque que c'est notre sacré singe qui a voulu vous marquer sa bienveillance, en vous donnant le bas de son visage.

— Ne laissez pas, répondit Cerasin, que de me bien savonner. »

Le barbier obéit et savonna Monseigneur ; mais quand Monseigneur fut savonné et rasé, il était encore plus laid qu'auparavant. Il tomba dans la désolation, en se voyant une bouche en cul de poule ; il disait avec fureur : « Mais on n'a jamais vu une bouche de cette façon-là.

— Du moins, répondit le barbier avec un air respectueux, j'ose assurer, monseigneur, que si on en a vu, ce n'a jamais été au-dessous d'un nez.

— Ah ! je n'ai pas besoin de vos remarques, reprit Cerasin. Tenez, vous voilà payé, allez-vous-en.

— Ah ! monseigneur, dit humblement ce barbier, vous avez trop de conscience pour ne payer que pour une simple barbe ; celle-ci en vaut deux ; ayez la bonté de tâter comme les poils de Votre Grandeur sont durs, il m'en a coûté un rasoir. »

Sa Grandeur, qui était avaricieuse, le renvoya brutalement, et le barbier, pour s'en venger, publia aussitôt l'aventure, dont toute la Cour se divertit.

La princesse et moi nous en riions encore le soir en nous mettant au lit ; mais notre joie ne dura pas longtemps. Car dès que je présentai mon petit doigt à l'anneau, je fus mordu bien serré. Je poussai un cri perçant et j'entendis un grand éclat de rire ; j'en fus piqué, et je dis à la princesse : « Madame, je ne vois pas qu'il y ait là de quoi rire si fort.

— Moi, répondit-elle, je ne ris point et n'en ai nulle envie.

— Il est fort bon, repris-je, de me soutenir cela. Mon Dieu ! poursuivis-je, cela n'est pas bien fin ; vous riez par vanité ; vous êtes enchantée que je me sois blessé. »

Je voulus faire un second essai, je fus mordu encore plus vivement ; mes cris augmentèrent à proportion, et le rire augmenta par éclats. Je ne fus pas maître de moi, je poussai la princesse hors du lit : elle tira toutes les sonnettes en fondant en larmes. Les femmes apportèrent des lumières, et furent très surprises de ne voir que deux personnes, dont l'une pleurait et l'autre grondait, et d'entendre, malgré cela, rire à pâmer. Ce fut là le cas, ou jamais, de soupçonner qu'il y avait quelque chose là-dessous ; aussi ne manquai-je pas de le dire, et même d'y regarder. Mais quelle fut ma surprise de trouver, au lieu de l'anneau, une bouche véritable, à laquelle malheureusement il ne manquait pas une dent, et qui me riait au nez impudemment[19]. La princesse jeta les hauts cris.

« Madame, lui dis-je, il ne s'agit point ici de perdre tête, il faut tout simplement mander l'arracheur de dents de Sa Majesté.

— Hélas ! monsieur, répondit-elle, il aura oublié son métier, car il y a dix ans que mon père a perdu sa dernière. »

Malgré cela, on alla le chercher ; il voulut, comme de raison, visiter la bouche de la princesse ; mais je lui dis : « C'est un peu plus bas, monsieur.

— Qu'appelez-vous un peu plus bas ? répondit-il. N'est-ce pas pour la princesse qu'on m'a mandé ?

— Sans doute, répliquai-je.

— Eh bien, poursuivit-il, que voulez-vous me dire ? Allons, madame, ayez la bonté de vous placer. »

La princesse s'étendit sur un canapé.

« Madame, dit l'opérateur, ce n'est point là la situation de quelqu'un qui se fait arracher une dent.

— Monsieur, repartis-je, c'est la façon de la princesse.

— Je ne puis pas, répondit-il, la blâmer absolument ; mais ce n'est pas dans le cas présent. »

Enfin je l'instruisis du fait, qu'il regarda comme une fable. Il demanda de la lumière et fit sa visite.

« Ah ! le beau râtelier, s'écria-t-il d'abord.

— J'en conviens, lui dis-je, mais comme c'est une beauté déplacée, ce sont précisément ces dents-là qu'il faut arracher l'une après l'autre.

— Arracher ces dents-là ! reprit-il avec colère. Ah ! monsieur, ce serait un meurtre. Je vois bien, poursuivit-il, que vous me prenez pour ces dentistes qui ne sentent pas le prix d'une dent ; mais vous vous trompez. S'il n'avait été question que d'en plomber quelqu'une, encore passe, il n'aurait point été étonnant qu'il y en ait eu une, au moins, qui fût creuse ; mais ayez la bonté d'y regarder vous-même, tout ce que je puis faire, c'est de les limer.

— Eh bien, dis-je, essayons ce moyen-là. »

Aussitôt il commença sa besogne avec grâce, et me demanda si je ne savais pas des nouvelles. Dans cet instant il fut bien étonné de voir la lime se casser. Il en tira une autre qui eut le même sort, il en rompit six de suite. « Ah ! parbleu, s'écria-t-il avec fureur, vous me donnez à limer des dents de diamant. »

Alors on entendit une voix prononcer ces paroles : « Cette bouche demeurera où elle est avec toutes ses dents, jusqu'à ce que la princesse Ne-vous-y-fiez-pas soit désenchantée. »

Je ne perdis pas un moment ; j'allai voir où en était le géant, qui, en me voyant, m'éclata de rire au nez. Je ne fis pas semblant de m'en apercevoir, parce qu'il est inutile d'être querelleur, et j'allai à l'anneau de la princesse ; mais il n'y était plus. « Je vois votre étonnement, me dit-elle, mon anneau vient de s'envoler avec vos deux petits cousins, comme un char d'opéra. Je ne sais point en quel climat de la nature on l'a transporté. Allez, cherchez-le, et songez que vous n'aurez celui de ma sœur que lorsque le charme du mien sera rompu. »

J'allai consulter Cerasin et le prier d'implorer la bienveillance du Pagode. Depuis qu'il s'était fait faire la barbe il vivait fort retiré ; cependant il voulut bien me donner audience. Il rougit en me voyant et me demanda si je ne le trouvais pas bien changé.

« Pas trop, lui répondis-je, je vous trouve seulement l'air un peu efféminé.

— Vous venez, me reprit-il, me consulter sur votre voyage, je vous y accompagnerai. Le Pagode m'a révélé que les anneaux ne seraient désenchantés que lorsque ma bouche, que j'ai perdue, viendrait sur mes épaules. Je ne serai point fâché de la retrouver ; car vous sentez bien que je ne puis pas honnêtement me présenter en bonne compagnie avec celle que vous me voyez.

— Ah ! » lui dis-je, pour le consoler, « elle n'est pas si mal, je suis simplement fâché que vous vous soyez fait raser.

— Oh ! répondit-il, j'ai commandé une espèce de petite perruque qui aura l'air d'une grande barbe.

— Cela sera fort bien, repris-je. Demain matin nous partirons ensemble. »

Nous nous mîmes en chemin à la pointe du jour. Cerasin s'approchait de chaque femme qu'il rencontrait et lui disait : « Madame, par hasard, n'auriez-vous point ma bouche ? » Moi, de mon côté, je disais : « Madame a bien la mine de porter l'anneau de la princesse Ne-vous-y-fiez-pas. » On nous prenait pour deux fous, et l'on ne nous répondait point. Vers le soir, nous trouvâmes une vieille dans une simple cabane ; elle nous dit qu'elle se nommait la fée aux Dents ; nous éclatâmes de rire, parce qu'elle n'en avait pas une dans la bouche, et nous croyions que c'était par ironie qu'on la nommait ainsi. Elle fit approcher des sièges ; mais comme ses meubles n'étaient pas neufs, le pied de l'escabeau sur lequel elle était assise rompit et la fit tomber à la renverse. Aussitôt je vis Cerasin fondre sur elle, en criant de toute sa force : « Ah ! voilà ma bouche. Ah ! voilà mes dents. » La vieille se débattait et faisait des grimaces effroyables. À la fin elle s'accrocha à la barbe postiche de Cerasin qui lui disait : « Voulez-vous bien laisser ma barbe ! » L'autre lui répondit : « Laissez mes dents vous-même. »

À force de se tirailler tous deux, une dent de la vieille resta dans les mains de Cerasin, et la petite perruque de bouche demeura dans les mains de la vieille.

« Fi le vilain, s'écria-t-elle, qui a la barbe d'autrui ; il faut être ecclésiastique pour aimer à ce point-là le bien de son prochain.

— N'avez-vous pas de honte, lui répondit Cerasin, d'avoir volé ma bouche, et de l'avoir placée dans votre garde-meuble ? »

Il allait cependant faire un échange de prisonniers. Cerasin était sur le point de rendre la dent pour ravoir la perruque, lorsque nous vîmes paraître une fée dans un char brillant fait en ovale, qui nous cria : « Gardez-vous bien de vous défaire de cette dent, elle est enchantée[20]. Elle appartient à cette vieille fée, qui est sœur de la fée Ténébreuse ; et c'est cette dent seule qui peut vous ouvrir les portes de mon temple.

— Madame, lui dis-je, j'ai beaucoup de respect pour votre temple ; mais s'il ne mène à rien, je ne me soucie pas d'y entrer.

— Je vois bien, reprit-elle, que vous ne connaissez pas la fée aux Anneaux. C'est moi qui ai fait tous ceux qui animent l'univers.

— Madame, répondis-je, vous avez bien de la conscience ; car il y en a beaucoup auxquels vous n'avez pas épargné l'étoffe. »

Nous montâmes dans son char et nous laissâmes la vieille fée crier aux dents.

« Oh ! que cela est plaisant, dit Grisemine en interrompant le sultan, et que fîtes-vous chez la fée aux Anneaux avec votre dent à la main ?

— Parbleu, madame, je n'y puis plus tenir, vos questions sont impertinentes ; ma foi je m'en vais me coucher, je ne suis pas d'humeur de satisfaire votre curiosité pour le présent ; je verrai demain si je vous raconterai le reste de mes aventures. »

Fin de la première partie

SECONDE PARTIE

Conte

Le lendemain Grisemine ne manqua pas de se présenter devant Misapouf et de le prier de lui finir l'histoire de sa vie. Il la reprit en ces termes.

Nous arrivâmes bientôt au temple ; ce fut alors que j'éprouvai l'enchantement de la dent arrachée. Elle prit tout à coup la forme d'un petit doigt assez considérable. « Je vois votre étonnement, dit la fée ; c'est par le moyen de cette métamorphose que vous allez pénétrer dans la première enceinte. Ce meuble porte ici le nom d'un passe-partout. » En effet, la grande porte s'ouvrit. Ce temple était un fort beau vaisseau, composé de trois cintres séparés. La voûte du premier était garnie d'une grande couronne d'anneaux ; je vis plusieurs chevaliers qui tournaient autour. J'imaginais que c'était une course de bagues.

« Ces anneaux, dit la fée, font les revenus de celles à qui ils appartiennent. Remarquez que les chevaliers qui n'ont qu'une lance de bois ou de fer n'en attrapent aucun. Voyez-vous, au contraire, ce gros vilain financier, il n'en manque pas un, parce qu'il a une lance d'or.

— Il est vrai, répondis-je, mais je remarque en même temps que ces mêmes anneaux s'échappent aussitôt qu'il les a touchés.

— C'est la règle, répliqua la fée, ce sont des commerçants *qui ne* s'enrichissent qu'en courant.

« Passons dans le second cintre », poursuivit-elle.

Les anneaux qui le garnissaient avaient chacun un cœur placé derrière eux. Souvent je voyais un anneau disparaître, et le cœur demeurer seul.

« Expliquez-moi, dis-je à la fée, ce que signifie cette séparation ?

— C'est, répondit-elle, l'anneau d'une fille qu'on vient de marier ; il est vendu et livré, mais le cœur reste, parce qu'il n'y a qu'elle qui peut le donner.

« Vous voyez encore, poursuivit-elle, des cœurs sans anneaux ; ceux-là paraissent secs et flétris. Ce sont les cœurs de ces femmes méprisables et estimées, qui ont le maintien froid, l'esprit dur et le sang chaud ; qui sans avoir d'âme ont beaucoup de tempérament ; qui établissent leurs plaisirs sur la jouissance de l'un, et leur réputation sur le défaut de l'autre ; comme c'est le caprice seul ou la vivacité qui attire leurs anneaux, leurs cœurs ne sont jamais à la suite, et restent seuls pour faire parade d'une vertu dont il n'y a que les sots qui soient les dupes.

— Ah ! m'écriai-je, je ne veux point rester dans ce cintre-là ; je me flatte que l'anneau de ma princesse n'y est pas. Pénétrons dans le troisième.

— Volontiers, dit la fée, c'est là que votre destin sera éclairci. »

Je fus très étonné de n'y voir qu'une couronne de cœurs et pas un seul anneau.

« Voilà, dit la fée, le cercle des cœurs qu'on méprise sans raison, qu'on devrait estimer souvent, et plaindre toujours. Ce sont ces femmes qui n'ont de faiblesse que parce qu'elles ont une âme ; qui sont trop sincères pour n'être pas crédules, et trop tendres pour n'être pas aimées. Leurs cœurs cachent leurs anneaux ; on n'a jamais le dernier que par le moyen du premier, et c'est là ce qui fait les passions voluptueuses et durables.

« Elles résistent longtemps à l'amour qui ne veut que leur bonheur. Le préjugé les tient trop en garde contre le charme du sentiment ; enfin elles s'y livrent. Elles avouent leur penchant, et veulent reculer leur défaite, mais en vain ; car, comme vous venez de le voir, quand c'est l'anneau seul qui porte la parole, le cœur peut fort bien ne pas répondre ; mais quand c'est le cœur qui parle, il est bien difficile que l'anneau ne se mêle pas un peu de la conversation. »

Je sentis la vérité de ce discours, j'en fus attendri, et dans ce même instant je vis un cœur qui se déplaçait et qui vint se coller contre le mien. Un anneau charmant était à sa suite. « Ah ! dis-je avec transport, voilà l'anneau de ma princesse. » Cerasin, qui était brutal comme un carme[21], se jeta dessus ; il s'en était déjà *emparé lorsque la fée lui dit :* « Insolent, je vais te punir de ta témérité. » Elle lui donna un coup de baguette sur le nez, qui le changea aussitôt en un bidet[22] de faïence de Saint-Cloud[23] ; il n'y eut que ses jambes dont elle lui conserva l'usage. Le bidet Cerasin s'en servit et galopa à bride abattue tout autour du temple ; les anneaux des trois cintres firent de grands éclats de rire, et même j'en remarquai beaucoup qui n'avaient pas le rire joli. La fée aux Dents parut alors, et se mit à cheval sur Cerasin qui éternua beaucoup, sans que la fée lui dît : « Dieu vous bénisse. » La fée Ténébreuse se montra aussitôt et s'écria : « Ah ! ma sœur, que faites-vous ?

— Je veux, répondit-elle, me venger de Cerasin, et je vais le faire galoper dans les terres labourées.

— Et ne voyez-vous pas, reprit la fée Ténébreuse, que vous venez de me faire perdre mon pouvoir sur l'anneau de la princesse ? Le destin a déclaré qu'il se rejoindrait au petit doigt de Misapouf lorsque la bouche de Cerasin serait sur ses épaules. Voilà l'oracle accompli, puisque c'est cette bouche qui vous sert d'anneau et qu'elle porte à plomb sur le dos de ce vilain bonze. »

Elle n'eut pas plutôt fini ce discours que le chevalier au Nez parut et me dit qu'enfin il était délivré, et qu'il allait rejoindre sa femme, la fée aux Bains. Mes deux petits cousins Colibry et Niny le suivaient, et étaient tout en nage. « Grand merci Misapouf, s'écrièrent-ils, nous allons prendre l'air ; car nous avons bien chaud. »

Le géant fut obligé d'épouser la princesse Ne-vous-y-fiez-pas, et Cerasin est encore bidet de la fée, en punition du goût qu'il avait presque toujours contraire au beau sexe. Il a sans cesse le chagrin de voir son ennemie et de lui être soumis. Je croyais toucher à la fin de mes peines, mais il fallait remplir ma destinée et subir l'enchantement que la fée avait formé contre moi. Sans être attendri par les larmes de ma belle princesse, ni par mes prières et mes soumissions, elle me toucha de sa baguette ; je fus transformé à l'instant en lièvre. Quelle douleur pour un prince courageux de se voir sous la forme de l'animal du monde le plus poltron[24] ! Conséquemment à mon nouveau naturel, mon amour s'évanouit pour faire place à une frayeur extrême. Je m'enfuis de toute la vitesse dont j'étais capable, et ne m'arrêtai qu'à cinq ou six lieues de là. Je demeurai tout le lendemain sur mes quatre pattes ; je ne savais pas encore me faire un gîte, mais l'instinct qui est propre à chaque espèce d'animaux ne tarda pas à me l'apprendre. J'oubliais de vous dire que la maudite fée, en me changeant en lièvre, m'avait coupé les deux oreilles, ce qui augmentait encore mon chagrin et ma honte.

En rencontrant d'autres animaux, surtout ceux de mon espèce, je croyais toujours qu'ils se moquaient de moi. Je me souvenais d'avoir vu des lièvres sans oreilles, et je me rappelais avec désespoir le changement que cela produisait sur leur physionomie. J'attendis le jour en faisant des réflexions aussi tristes qu'humiliantes ; j'en faisais encore de plus affligeantes sur la princesse mon épouse, car j'étais inquiet de sa douleur et du traitement qu'elle recevait. Une heure après le lever du soleil, j'entendis beaucoup de chiens qui aboyaient, et d'hommes qui parlaient ensemble ; je crus même distinguer la voix de mes ennemis ; je voulais les éviter, mais aussitôt je fus étourdi par ce cri, répété cent fois : « Velau ! velau ! velau[25] ! » Je retournai la tête et je vis, au moins, cinquante chiens, douze ou quinze chevaux, et trois cors de chasse ; ils sonnèrent la vue, j'en savais l'air, et je le reconnus. Je redoublai de vitesse, et je ne philosophai jamais tant sur la folie d'ameuter un si grand nombre d'hommes et d'animaux après une bête aussi misérable que j'étais. Mais comme le géant n'était pas philosophe, il poursuivait toujours ma philosophie à bride abattue. Je donnai plusieurs crochets aux chiens, je fis des détours, je revins sur mes pas, je les fis tomber en défaut. À la fin, je sentis que mes pattes commençaient à perdre le jeu de leurs ressorts et je vis que j'allais être forcé : je me réfugiai dans une roche creuse ; j'y attendis la mort avec autant de fermeté que les sénateurs de je ne sais plus quel endroit, qui restèrent sur leurs sièges les bras croisés, tandis que la ville était exposée au meurtre et au pillage[26]. Toute la chasse arriva, les piqueurs empêchèrent les chiens de m'étrangler. Le géant et la fée s'avancèrent ; je reconnus le char, mais je n'y vis point la petite princesse, ce qui me fit répandre des larmes. Mon ennemi les imputa à la crainte. « Oh ! le lâche, dit-il, qui a peur de mourir, il ne sera pas si heureux. » Ils me donnèrent cinq ou six croquignoles[27], ce qui me mortifia beaucoup, et me dirent : « Adieu, monsieur Misapouf, jusqu'à demain matin. » Je ne doutai pas que le lendemain je n'eusse une pareille aubade ; je cherchai quelque endroit écarté ; je trouvai le creux d'un chêne, je m'y crus en sûreté ; mais les abominables chiens, conduits par la piste, découvrirent bientôt ma nouvelle habitation, et me menèrent le même train que le jour précédent. En un mot, je fus couru, forcé, croquignolé et raillé pendant neuf jours ; ensuite on me laissa tranquille. Je n'aime pas la solitude ; ainsi, mon premier soin fut de chercher à faire des connaissances ; mais je m'aperçus avec chagrin que les lièvres ne vivaient point en société, et que chacun restait tristement dans son gîte comme un vrai reclus ; je voulus en conter à quelques hases qui me parurent d'humeur vive et facile. Mes oreilles coupées excitèrent leurs rires, et j'eus beaucoup de peine à les accoutumer à ma figure. Mais je ne dois point oublier le plus grand de mes malheurs. Sous cette forme nouvelle, la fée m'avait, par noirceur, conservé mon petit doigt tel qu'il était quand j'étais homme. Les choses n'ont de valeur que par comparaison. Ce qui est peu de chose pour une femme est un prodige pour une jeune hase. Aussi tous mes transports furent-ils sans effet ; tous les lièvres femelles du canton vinrent par curiosité faire l'essai de ce phénomène et eurent le chagrin de n'en pouvoir profiter. J'étais furieux quand je faisais réflexion à ce nouveau raffinement de méchanceté ; mais je n'étais pas à la fin de mes malheurs. Le géant et son exécrable mère vinrent un beau matin me trouver ; mon chagrin m'avait tellement abattu que je ne songeai point à les fuir : la fée me toucha de sa baguette, me changea en lévrier, et me ramena dans sa maison. Admirez, madame, le pouvoir du penchant naturel de chaque individu, et cela prouve bien que l'homme même n'est rien moins que libre dans ses actions : un pouvoir supérieur le détermine et le fait agir. J'eus la douleur, sous cette nouvelle forme, d'étrangler en huit jours mes connaissances, mes amis et plusieurs de mes inutiles maîtresses ; et de ne point voir la princesse. J'étais fort ennuyé de cet état, on ne m'épargnait ni les injures ni les coups. Un jour en revenant de la chasse, la fée me changea en renard[28].

« Je vois que votre cœur s'attendrit…

— Seigneur, répondit Grisemine, il est vrai que je ne puis entendre ce nom-là sans être vraiment touchée ; je doute même que je vous eusse jamais rien accordé, si j'avais su que vous aviez été renard : car enfin j'ai toujours eu des entrailles, et je regretterai toute ma vie mes six pauvres enfants.

— J'en conviens, lumière de ma vie, dit Misapouf, vous devez me vouloir un peu de mal de vous en avoir privé ; mais enfin, si j'étais renard, vous étiez lapine. D'ailleurs, je vous avouerai que j'ai toujours regardé le lapereau comme un joli manger, surtout dans la nouveauté, et je me souviens très bien que messieurs vos enfants n'étaient pas encore demis[29]. Mais il est temps d'essuyer vos larmes et de faire couler les miennes. »

Le lendemain vous fûtes bien vengée. Je ne vous cacherai pas que ce jour-là, je fus très content de ma chasse ; j'allai dans mon terrier, je me couchai sans souper : sous quelque forme que j'aie été, mon estomac a toujours été faible, et je n'ai jamais pu faire qu'un bon repas. Je sortis de ma retraite à l'aube du jour ; l'Aurore aux doigts de rose[30] commençait à colorer les airs d'une lumière tendre, et répandait des perles sur la pointe des prés, et sur les boutons des fleurs. J'ignorais que la naissance d'un si beau jour dût en être un si funeste pour moi. J'avais passé une nuit tranquille sans faire aucun rêve de mauvais augure, et je me promenais dans une route, en renard qui, si cela peut se dire, ne pense pas à malice. Mon appétit fut ouvert par le chant de plusieurs coqs : le gibier que j'avais mangé m'avait affriandé pour la volaille. Je me glissai le long d'un mur où j'aperçus dans la cour d'une ferme deux coqs, quatorze poules et douze dindonneaux. L'eau me vint à la bouche, et mes yeux errèrent longtemps, incertains du choix. Enfin ils se fixèrent sur une petite poulette noire, tachetée de blanc. Je me jetai au milieu de la troupe et j'emportai le morceau marqué. Comme je suis naturellement né gourmand, je ne m'aperçus point que ma petite poule ne se débattait pas et ne jetait aucun cri ; je ne songeais qu'au plaisir de la manger. Dès que je fus dans le fort du bois, et que je me crus en sûreté, j'appliquai, sans pitié, le coup de la dent meurtrière… Ah ! j'en frissonne encore… Et mes sanglots interrompent mon récit : le sang n'eut pas plutôt coulé que j'entendis une voix douce et toujours présente à mon cœur, qui dit : « Ah ! je me meurs. La fée Ténébreuse est bien vengée. Hélas ! mon cher Misapouf, puisses-tu ignorer que ta tendre et fidèle épouse est dévorée par un malheureux renard. » À ces mots funestes tous mes sens se glacèrent, je laissai tomber de ma gueule ensanglantée mon innocente proie : je vis alors, je vis la poule perdre sa forme et reprendre la figure de ma chère princesse. Le sang sortait à gros bouillons de sa gorge d'albâtre, je m'évanouis à ce spectacle affreux. Je ne revins à moi que par un coup de baguette de la fée, et je me retrouvai sous les traits de l'amant le plus coupable et le plus à plaindre. « Ah ! ciel, s'écria la princesse, je meurs de la dent de Misapouf… » Elle me serra la main et ferma les yeux pour jamais.

« Me voilà contente, dit la fée Ténébreuse, tu as rempli ton sort. » Je sortis de mon caractère de douceur et lui dis mille injures ; mais elle me rit au nez, et s'envola dans son char. Accablé de désespoir et n'ayant plus rien de mieux à faire que d'être sultan, je revins chez mon père ; je le trouvai expirant, je fus déclaré son successeur. Le poids de ma couronne ne diminue point celui de mon chagrin : j'ai étranglé mes amis, j'ai mangé votre famille, j'ai fait mourir ma maîtresse ; je ne puis maintenant avoir d'autre plaisir que celui de vous en procurer. Puissé-je souvent, dans vos bras, étourdir vos douleurs et les miennes, expier mes crimes, vous traiter en sultane comme j'ai traité vos enfants en lapereaux, et attendre patiemment le moment où je dois devenir capucin, sans jamais cesser d'être un saint musulman !

Le sultan Misapouf finit ainsi son histoire, en poussant un soupir très considérable, et en lorgnant Grisemine, d'une façon tout à fait touchante. Grisemine, après y avoir répondu par un demi-sourire et un regard tendre, lui tint ce discours : « Seigneur, votre histoire m'a intéressée ; mais je m'attendais toujours que vous me reparleriez de la fée aux Bains, du chevalier au Nez, du roi Sauvage, de la reine son épouse et de la princesse Ne-vous-y-fiez-pas, leur fille.

— Et pourquoi vous imaginiez-vous tout cela ? répondit Misapouf. Voilà une belle idée, vous me croyez donc bien babillard ?

— Non, seigneur, répliqua la sultane ; mais Votre sublime et toujours victorieuse Majesté doit savoir que la première règle d'un récit est à la fin de rendre compte de tous les personnages intervenus pendant le cours de la narration.

— Comment diable, reprit poliment Misapouf, voulez-vous que je vous rende compte de tous ces gens-là, puisque je ne les ai point revus ? Faut-il pour la régularité de mon histoire que je leur envoie exprès un ambassadeur pour m'informer de l'état de leur santé, et leur demander la suite de leurs histoires ? Je crois qu'ils sont à présent ce qu'ils étaient alors : la fée aux Bains, une criarde, que son chevalier a rejointe, et qu'elle doit sans doute mener par *le nez* ; *le roi Sauvage*, un bonhomme qui sait dire une brusquerie, et ne sait pas soutenir une opinion ; la reine son épouse, une jolie femme, mais trop commère ; et la princesse leur fille, une attrape-nigauds. Voilà tout ce que j'en puis dire.

— Seigneur, dit la sultane, je puis vous donner de plus grands éclaircissements sur ce qui les regarde.

— Je vous en dispense, répondit Misapouf.

— Puisque vous êtes si peu curieux, répliqua Grisemine,

je ne vous apprendrai point que la fée Ténébreuse s'eſt fait faire un manchon avec la peau que vous aviez étant renard.

— Comment donc, dit le sultan, cela doit lui faire un beau manchon ; car je me souviens que j'avais une peau fort argentée, et je commence à croire que c'eſt par avarice qu'elle m'a fait redevenir homme. Eh ! de qui tenez-vous cette nouvelle-là ?

— C'eſt de la fée aux Bains, répondit Grisemine…

— Ah ! ah, c'eſt-à-dire que vous avez été chez elle, dit le sultan, et par quel hasard ? Je m'imagine que sa maison doit être très humide.

— Seigneur, répliqua la sultane, si vous voulez savoir mon hiſtoire, il faut que Votre illuſtre Majeſté m'accorde un moment d'audience.

— Très volontiers, répondit le sultan ; si elle eſt trop longue, je pourrai bien m'endormir ; mais ce n'eſt pas un grand malheur. Commencez donc, madame. »

HISTOIRE DE LA SULTANE GRISEMINE

Je suis née en Finlande[31] ; je ne suis ni reine ni princesse ; mais je puis assurer Votre Majeſté que je suis bien demoiselle : car j'ai trouvé dans mes papiers une lettre d'un duc de Laponie[32] à mon grand-père, qui lui mettait le *très humble et très obéissant serviteur*.

« Oh ! cela ne veut rien dire, reprit Misapouf ; car tous ces ducs lapons sont de très petits ducs. Ce n'eſt pas que je doute de votre noblesse, ajouta-t-il.

— J'en ai encore une preuve plus certaine, dit la sultane, c'eſt que le roi de Finlande n'aurait pas voulu se mésallier ; et sans mes voyages je l'aurais épousé.

— C'eſt vraiment un fort bon parti que vous avez manqué là, dit le sultan. Il était donc devenu amoureux de vous ?

— Non, seigneur, répondit Grisemine.

« Le trône de Finlande avait été occupé autrefois par des princes de la maison de Zélande. Les ducs de Nortingue l'usurpèrent ; ce petit accident occasionna de grandes guerres entre ces deux maisons. Enfin on trouva un expédient pour faire retourner la couronne à la maison de Zélande, sans l'ôter à celle de Nortingue.

— Comment cela ? dit le sultan.

— On a, répondit la sultane, imposé une condition au roi, aujourd'hui régnant, qui l'empêchera d'avoir des enfants.

— J'entends, dit le sultan, on a exigé de lui qu'il ne se marierait point.

— Non, seigneur, dit la sultane ; c'eût été une injustice, on lui a laissé cette permission.

— Ah ! je sais ce que c'est, reprit Misapouf, il faut que je sois bien sot pour ne l'avoir pas deviné. On veut que sa femme soit hors d'âge de lui donner des successeurs.

— C'est tout le contraire, répliqua Grisemine ; il pourra choisir une femme dans toutes les princesses du monde et dans toutes les demoiselles de son royaume. Mais celle-là seule pourra l'épouser qui lui apportera cette ignorance si précieuse aux yeux d'un mari.

— En vérité, dit le sultan, vos princes de Zélande n'ont pas le sens commun ; cette condition-là n'a jamais empêché une femme d'avoir des enfants.

— Votre Majesté, dit la sultane, ne m'a pas laissée achever ; j'allais avoir l'honneur de lui raconter qu'il fallait, pour épouser le roi de Finlande, qu'une fille voyageât pendant quatre ans, qu'elle partît à l'âge de douze ans, étant très ignorante et qu'elle revînt à seize tout aussi peu instruite.

— Oh ! cela change la thèse, s'écria Misapouf ; je fais réparation à ces princes, je suis bien certain qu'ils régneront.

— Le roi, reprit Grisemine, a signé ce traité à dix-huit ans, il en aura ce mois-ci soixante et dix-neuf, et il est encore garçon. Vous jugez bien cependant qu'il n'y a point de gentilhomme qui ne se tue à faire des filles et qui ne se ruine à les faire voyager. Mon père en fournit un exemple ; j'ai eu douze sœurs qui se sont dispersées ; leur temps s'est écoulé sans qu'aucune soit revenue en état d'être reine.

— Comment, dit le sultan, vous êtes la treizième ?

— Oui, seigneur, répondit Grisemine.

— Allons, répondit Misapouf, parlez-moi avec franchise. Qu'est-ce qui vous a épargné les frais du retour ? Je ne vous en aimerai pas moins. Car enfin je ne trouve pas que cette ignorance soit quelque chose de si merveilleux.

— Je vais, dit la sultane, obéir à Votre toujours auguste Majesté, en lui parlant sans déguisement. »

Dès que j'eus douze ans, ma mère me fit partir, après m'avoir appris le sujet et la condition de mon voyage : je me crus déjà reine de Finlande, et la tête me tourna comme à un maître des requêtes qui devient intendant[33]. Ma mère, pour me préserver des enchantements, me donna un valet de chambre sorcier. On croyait cette précaution nécessaire, et d'ailleurs c'était le bon air.

« Comment, un valet de chambre sorcier ! s'écria Misapouf. C'était pour vous empêcher d'être reine dès la première journée.

— Non, seigneur, répondit Grisemine, car il était de l'espèce de l'eunuque de la fée Ténébreuse.

— Ah ! ne me parlez pas de ce vilain-là, dit le sultan.

— Je n'ai point lieu de me plaindre de celui qui m'accompagnait, répliqua Grisemine, il s'est sacrifié pour moi, sans me faire perdre mes droits à la couronne. »

Nous nous embarquâmes dans un vaisseau marchand, j'eus le malheur, comme cela arrive toujours, de plaire au capitaine. Il voulait me le prouver parce qu'il ne savait pas me le dire ; mais mon cher sorcier Assoud[34] me changea tout à coup en barbue. Je m'échappai des mains de mon brutal, et je sautai dans la mer. Assoud me suivit après s'être transformé en merlan[35]. Nous gagnâmes promptement le rivage ; car quoique la barbue soit un bon poisson, j'aimai encore mieux être fille. Nous reprîmes notre forme ordinaire. Nous errâmes longtemps dans les forêts, où je commençais à mourir d'inanition ; car tous les sorciers n'ont pas le pouvoir de se faire apporter à manger.

« J'en suis étonné, dit le sultan, car on dit toujours d'un mauvais plat : voilà un ragoût du diable. »

Assoud avait aussi bon appétit que moi ; mais il ne plaignait que moi seule. Un jour il me tint ce discours : « Mademoiselle, je crois que vous aimez mieux vivre que mourir. Je n'ai qu'un moyen de vous faire faire un bon repas.

— Quel qu'il soit, mon cher Assoud, lui répondis-je, je l'accepterai.

— Le voici, reprit-il ; vous venez d'être barbue, et je pense que vous ne serez pas plus déshonorée d'être lapin. Voilà du serpolet qui vous paraîtrait délicieux. Je ne parle pas de plusieurs autres petites douceurs qui pourraient vous récréer, comme de faire des lapereaux... »

« Adieu la royauté, dit le sultan.

— Non, seigneur, répondit la sultane, ce n'était qu'en qualité de fille que je devais être reine. Ainsi en passant dans le corps d'une lapine j'aurais pu peupler une garenne entière sans en être moins digne d'épouser le roi. »

J'acceptai la proposition d'Assoud, et par le moyen de son art, la métamorphose réussit. Il y avait trois mois qu'elle était faite ; j'avais eu de la complaisance pour un lapin, quoique je ne me sentisse aucun goût pour lui ; mais je craignais de passer pour une bégueule. Vous savez les chagrins que j'ai ressentis, puisque c'est vous qui les avez causés. J'étais dans le plus vif de ma douleur, lorsqu'elle fut augmentée encore par le spectacle le plus attendrissant. Je vis revenir Assoud tout ensanglanté qui se traînait vers moi. « Je vous trouve à propos, me dit-il, d'une voix faible, je n'ai plus qu'un moment à vivre ; un chasseur vient de me réduire dans cet état, et s'il m'avait tué sur la place vous seriez toujours demeurée lapine ; je n'ai que le temps de rompre votre enchantement. » Il marmotta quelques paroles, me toucha de sa patte et je redevins fille ; c'est depuis ce temps que je me suis fait nommer Grisemine. « Je meurs content, dit Assoud ; comme je ne pourrai plus veiller à votre sûreté, je vous conseille de prendre mes habits au lieu des vôtres ; vous paraîtrez, il est vrai, un fort joli garçon, mais vous n'allumerez des passions que dans le cœur des femmes et ce ne seront jamais elles qui vous empêcheront d'être reine. » À ces mots, il rendit son dernier soupir. Vous connaissez mon bon cœur ; ainsi vous pouvez vous représenter mes regrets. J'allai dans une espèce de grotte où nous avions laissé nos habits ; je pris celui d'Assoud. Je m'avançai vers le rivage, je découvris un bâtiment, je fis signe avec mon mouchoir : une chaloupe fut détachée et me conduisit vers le vaisseau. Le capitaine me fit beaucoup de politesses et me demanda où je voulais aller. Je lui répondis que je n'avais aucun objet déterminé, ayant quitté ma patrie pour voyager. « Si cela est, dit-il, vous ne serez pas fâché d'aller avec nous au palais des Éternuements.

— Je vous avoue, lui répondis-je, que je n'en ai jamais ouï parler, on doit y dire bien souvent : " Dieu vous bénisse. "

— C'est un lieu, reprit-il, habité par la fée Transparente. Elle distribue une poudre qu'on prend comme du tabac, et qui fait éternuer de l'esprit.

— Vous m'étonnez, m'écriai-je.

— Oui, me répondit-il, lorsqu'on a éternué cinq ou six fois on débite aussitôt une vingtaine d'épigrammes, et deux douzaines de maximes.

— Voilà, dis-je, qui est admirable. Monsieur le capitaine, faites redoubler de rames, car je meurs d'envie d'éternuer.

— Mon enfant, reprit-il, tous ceux qui sont dans mon bord ont la même impatience ; car depuis quelque temps l'envie d'éternuer est devenue une fureur. Voyez-vous cette jeune femme étique, elle a entendu dire que lorsqu'on était maigre, on était obligé en honneur d'avoir de l'esprit, elle a tout aussitôt entrepris le voyage. Cette autre qui devient trop grasse est persuadée que l'esprit la maigrira, elle veut en avoir pour conserver sa beauté plus que pour y suppléer. J'ai au moins trente auteurs qui soupirent après l'éternuement et qui croient que l'esprit les dispensera d'avoir de l'imagination et du talent. Enfin, poursuivit le capitaine, il n'y a pas jusqu'à ce vilain capucin-là qui ne veuille éternuer. »

« Ah, ah ! dit Misapouf, vous avez donc vu un capucin ? Dites-moi, je vous prie, comment cela est fait ?

— Seigneur, répondit Grisemine, c'est une espèce d'animal qui tient le milieu entre le singe et l'homme, qui a autant d'orgueil que d'incapacité et qui pue le moine à faire vomir.

— Diable, s'écria le sultan, ce portrait-là n'est pas appétissant, il n'y a que l'orgueil qui puisse en faire la consolation ; car lorsqu'on en a, on se passe de tout. Continuez, je vous prie. »

— Seigneur, dit Grisemine, le troisième jour de navigation nous découvrîmes le palais où nous allions ; il avait une si belle apparence, que je le pris d'abord pour la demeure d'un roi.

Nous descendîmes du vaisseau avec précipitation. La fée était à une tribune et jetait des *petits paquets* à ses courtisans, *qui se les* arrachaient et qui éternuaient à toute outrance ; la rage de parler les saisissait, ils faisaient des questions sans qu'on leur répondît, et souvent des réponses sans qu'on les questionnât ; on admirait pour être admiré ; on critiquait pour être craint ; on plaisait moins qu'on n'étonnait. Les paradoxes éblouissaient, les sophismes persuadaient, la maigre envie satirisait, l'amour-propre boursouflé donnait des louanges trompeuses, la malignité des mauvais conseils et le faux discernement d'injustes approbations ; je fus bientôt excédée de cette cohue. Je gagnai la porte en réfléchissant sur ce que dans ce palais on ne pensait que par secousses, que l'esprit ressemblait à un accès de fièvre, que tout ce qui s'y produisait ne pouvait former qu'un assemblage de lambeaux et jamais un tout. Je jugeai qu'il fallait attendre l'esprit et se donner l'agrément qui est toujours aux ordres de ceux qui le cherchent ; qu'on amuse un moment avec quelques traits ; mais qu'on plaît toujours lorsqu'on est aimable ; les bons mots sont des hasards, et les agréments sont des titres.

Je suivis la route la plus frayée. Sur le soir je trouvai un jeune homme qui voyageait ainsi que moi sans suite, et sans équipage : je fus d'abord saisie de quelque crainte, et je remarquai aussi que ma présence lui causait quelque inquiétude. Nous nous rassurâmes ; il me raconta son histoire, qu'il inventa peut-être, et que je vais vous répéter…

« Non, s'il vous plaît, dit le sultan, je m'embarrasse fort peu de savoir ce qui est arrivé à quelqu'un que je n'ai jamais vu, et que je ne suis pas tenté de voir.

— Si vous saviez, répondit la sultane, quel était ce garçon-là, vous parleriez différemment.

— C'était peut-être un garçon comme vous, dit Misapouf.

— Précisément, répondit Grisemine ; mais nous fûmes longtemps dans l'erreur, nous voulions nous faire des avances de politesse dont nous arrêtions aussitôt l'essor ; nous étions à tout moment sur le point de nous prévenir et nous nous attendions toujours. »

La nuit vint et nous arrivâmes à une *petite maison* qui servait, dit-on, à loger les passants ; nous y entendîmes un grand bruit d'instruments mêlé de chansons douces. J'entrai sans qu'on m'aperçût, je parlai sans qu'on m'entendît, je vis beaucoup de monde et fort peu de chambres.

« Je m'attends, dit le sultan, que vous aurez été forcée de coucher plusieurs ensemble et que votre couronne aura fait naufrage dans cette maudite auberge-là.

— Seigneur, répondit la sultane, vous avez l'esprit bien pénétrant. »

Dans le temps que je faisais des questions inutiles, j'entendis à la porte un grand bruit d'équipages et de domestiques, et je vis une grande femme, belle comme la personne qu'on aime. Cet événement suspendit la joie de la maison. Celui qui en était le maître vint et parla ainsi : « Sans doute Madame vient pour passer la nuit ici ; mais je crains qu'elle ne soit bien mal couchée ; car j'ai marié ma fille aujourd'hui, et je n'ai que deux chambres ; l'une appartient de droit aux nouveaux époux ; il ne reste plus que l'autre pour Madame ; mais je ne sais où je logerai ces deux messieurs, dit-il en nous montrant.

— Mon ami », dit cette dame, après nous avoir considérés, « votre chambre est-elle à deux lits ?

— Oui, répliqua l'hôte.

— Eh bien, répondit-elle, nous pouvons nous accommoder. J'en occuperai un, et ces deux jeunes gens qui se connaissent ne seront, sans doute, pas en peine de coucher dans l'autre. »

C'était là précisément ce que nous craignions, sans oser nous le communiquer.

« Vous aviez grand tort, dit le sultan ; car cela n'était pas dangereux. »

Je pris la parole, et je dis à la dame que nous n'osions prendre la liberté de coucher dans la même chambre qu'elle. Mais elle me répondit : « Vous avez tort, je ne crains point les hommes et je suis accoutumée à être sage avec eux, sans les éviter. Je ne fais pas cas de ces femmes qui craignent toutes les occasions ; la vertu qui fuit manque souvent de jambes. » Comme nous voulions partir le lendemain, nous nous couchâmes de bonne heure ; j'eus la précaution, en me mettant au lit, de me tenir absolument sur le bord ; mon compagnon eut la même prudence : deux personnes auraient pu aisément se placer entre nous. Je fus surprise de ne sentir aucun trouble, aucune émotion, en me sachant couchée avec quelqu'un que je croyais un homme. J'étais seulement atteinte d'un petit mouvement de curiosité ; mais l'ambition de devenir reine y mit aussitôt un frein. Je crus que le plus sûr moyen d'y résister était d'attendre que la jeune dame fût endormie, de sortir doucement de mon lit et de me glisser encore plus doucement dans le sien. J'exécutai ce projet, et je me levai sans bruit ; je gagnai le lit de la dame, elle dormait, je me coulai à côté d'elle, sans qu'elle parût se réveiller. Mais ce sommeil n'était qu'une feinte ; car un quart d'heure après elle me tint ce discours : « Mon beau garçon, j'ai bonne opinion de la délicatesse de vos sentiments ; car vous n'êtes pas venu à mes côtés pour me laisser dormir, je suis sensible à vos desseins, et la reconnaissance exige que je dissipe votre erreur, je suis assurée que vous ne me trahirez pas. » Ce début m'offensa, je lui promis une discrétion à toute épreuve, et je la priai de poursuivre. « Eh bien donc, me dit-elle, je veux bien vous apprendre un petit malheur, en vous confiant que vous vous trompez si vous comptez à présent être couché avec une femme ; car je suis un garçon. » Ces paroles me confondirent.

« Oh ! je l'avais deviné, dit le sultan.

— Il eſt vrai, seigneur, poursuivit Grisemine, que le désordre qui se passa alors en moi me dit que j'étais avec un homme.

— Mais, dit le sultan, que ne sortiez-vous du lit ?

— C'était mon projet, répliqua Grisemine, mais je voulais savoir son hiſtoire.

— Bonne chienne de curiosité ! s'écria Misapouf.

— C'eſt ainsi, reprit la sultane, qu'il la commença. »

« Je suis fils de la fée aux Bains et du chevalier au Nez. Réellement, dit-il, je n'en ai jamais vu un si grand que le sien. Cela n'empêcha pas ma mère de devenir grosse. »

« Voilà une belle réflexion, dit le sultan ; où ce garçon-là avait-il pris que le nez d'un homme l'empêche de faire un enfant à sa femme ?

— Seigneur, répondit la sultane, il n'avait pas encore d'expérience.

— Quel était donc son nom ? dit le sultan.

— Seigneur, il se nommait Ziliman.

— Cela m'eſt égal, répondit Misapouf, poursuivez votre hiſtoire. »

La sultane continua ainsi :

« Mon père, dit Ziliman, était fort amoureux de la fée aux Bains, et regardait avec indifférence toutes les beautés qui venaient se baigner ; mais sa vanité pensa le perdre, et fut cause de mes malheurs. Il entendit parler de la princesse Ne-vous-y-fiez-pas, de son anneau et de l'enchantement qui y était attaché. (Je ne vous répéterai point, dit la sultane, tout ce que vous m'avez conté avec tant d'éloquence sur ces anneaux.) Persuadé, continua Ziliman, que personne n'avait un si gros petit doigt que lui, sans rien dire à ma mère, il partit pour délivrer cette princesse. Cela prouve qu'il avait autant d'humanité que d'amour-propre. La fée imputa son absence à son infidélité ; elle accoucha de moi pendant ce temps fatal, elle jura dans la haine qu'elle portait aux hommes que je porterais un habillement de fille jusqu'à ce que je fusse marié. À quinze ans, je lui dis que je voulais voyager. " J'y consens, me répondit-elle ; mais surtout ne te marie point, je fais serment que tu ne garderas ta femme que lorsqu'elle aura été quinze jours devant mes yeux tout grands ouverts sans que je l'aperçoive. " » Il allait continuer lorsque nous entendîmes le bruit de la noce qui amenait les nouveaux mariés dans le lit nuptial. Cet événement augmenta encore mon trouble, j'étais tentée d'aller rejoindre mon compagnon ; mais le lit de Ziliman était plus près de celui des jeunes époux, et j'avais des idées si confuses sur le mariage que je n'étais pas fâchée de m'en éclaircir un peu, en prêtant attentivement l'oreille à ce qui se passerait.

« Je vous avoue à ma honte, dit Ziliman, que cette cérémonie m'est absolument nouvelle : vous vous moquerez de moi quand je vous dirai que je suis ignorant au point de ne pas savoir la différence qui est entre ce jeune homme et sa femme.

— Je puis vous jurer, lui répondis-je, que je suis tout aussi peu instruite que vous.

— Si cela est, reprit-il, profitons de cette occasion, gardons un profond silence. J'ai remarqué que les deux lits ne sont séparés que par une tapisserie, nous ne perdrons rien de cette scène. »

J'acceptai la proposition de tout mon cœur, et notre conversation fut dès lors interrompue ; car lorsqu'on voyage, on est trop heureux de s'instruire.

Sans doute on s'attend que ces deux époux, d'accord ensemble, se félicitèrent d'être débarrassés du monde qui les importunait, et que leurs sentiments, gênés jusqu'à cet instant, s'échappèrent avec transport. Mon imagination attentive travaillait pour se représenter les effets de cette intelligence ; l'ignorance de Ziliman le tourmentait au moins autant que moi. Nous entendîmes Thaïs et Fatmé se mettre au lit. Thaïs dit aussitôt : « Enfin nous voilà seuls, il y a longtemps que je désire de prouver à ma chère Fatmé combien je l'aime. » Apparemment qu'il jouait ce qu'il disait ; car Fatmé lui répondit : « Que veulent dire ces manières-là ? Où avez-vous appris à vivre ? » Thaïs, qui vraisemblablement était un bel esprit, lui répliqua : « Belle Fatmé, n'étant occupé que du plaisir de vous voir, je n'ai appris qu'à aimer.

— Eh bien, dit-elle, tenez-vous-en là, et n'apprenez pas à insulter.

— Ces insultes-là, dit Thaïs, sont les politesses de la bonne compagnie, vous m'en remercierez avant peu. »

Je juge qu'il voulut encore tenter quelque entreprise ; car Fatmé s'écria : « Thaïs, si vous continuez je vais appeler ma mère ; Thaïs, vous êtes un insolent, je ne suis point faite à ces façons-là.

— Mais en vérité, Fatmé, je ne vous conçois pas, dit Thaïs. Pourquoi vous imaginez-vous donc que je vous ai épousée ? Votre résistance marque une ignorance qui m'est bien précieuse, mais vous devez avoir de la confiance en moi. Allons, ma chère Fatmé, rendez-vous à mon ardeur, je vous en conjure.

— Oh ! non, dit-elle naïvement, ma mère m'a cent fois défendu de me laisser faire ce que vous voulez me faire.

— Sans doute, belle Fatmé, quand vous étiez fille ; mais tout doit m'être permis, puisque vous avez reçu ma foi en présence de l'iman[36].

— Je me moque de l'iman, reprit Fatmé ; la chose est bonne ou mauvaise en soi ; si elle est bonne, on n'a pas besoin d'un iman pour y être autorisée, et si elle est mauvaise, la permission de l'iman ne peut pas la rendre bonne. »

Thaïs, qui perdait trop de temps à raisonner, prit le parti d'employer les effets au lieu de tant de paroles inutiles. Fatmé poussait des cris que Thaïs étouffait : toute notre chambre était ébranlée de la révolte qui se passait dans l'autre.

« Je crois, dit le sultan, que Ziliman et vous étiez encore moins tranquilles que les chambres.

— Il est vrai, répondit la sultane, que je ne puis exprimer ce qui se passait en moi. »

Ma curiosité et ma crainte étaient égales ; j'entendais des plaintes qui dégénéraient en soupirs. Enfin, il y en eut un qui fut suivi d'un long silence. Ziliman me dit alors : « Ah ! mon ami, je ne conçois pas ce qu'ils peuvent faire ; mais je suis dans un état épouvantable. Je voudrais bien savoir si cette scène a produit sur vous les mêmes effets. » Il me prit la main, et je fus effrayée. « Ah ! bon Dieu, lui dis-je, qu'eſt-ce que cela ! Ne serait-ce pas par hasard le nez de monsieur votre père ? » Apparemment que sa main s'avança aussi ; car il fit un cri de frayeur, et il dit avec surprise : « Oh ! Ciel, comment avez-vous donc fait cet homme-là ? » Je soupçonnai alors que le sujet de notre étonnement était le point de notre ignorance ; je voulus l'empêcher de faire un éclat, et je lui avouai ingénument que j'étais fille. Sa surprise se changea en transport de joie ; il se jeta dans mes bras, je n'eus pas la force de m'en dérober. Dans ce moment les plaintes et les soupirs de Fatmé recommencèrent ; mais je fus bientôt forcée d'en faire autant. Fatmé s'imagina que nous voulions la contrefaire, car elle dit : « Voilà qui eſt beau de se moquer ainsi du pauvre monde. Je voudrais bien, ajouta-t-elle, qu'on vous en fît autant, pour voir ce que vous diriez ! » Ziliman et moi, nous ne pûmes nous empêcher de rire, et nous ne laissâmes pas de faire des progrès dans la science. Je lui racontai mon hiſtoire, et je lui jurai que je renonçais de tout mon cœur à la couronne de Finlande. Le jour parut. « Belle Grisemine, me dit-il, vous savez que pour être ma femme, il faut que vous soyez quinze jours devant les yeux de ma mère sans qu'elle vous voie ; sans cela je vous perdrais et j'en mourrais de chagrin. Je ne sais qu'un moyen, c'eſt d'aller chez la fée Porcelaine, elle eſt ma marraine, elle nous protégera et nous donnera peut-être un expédient pour engager ma mère à ratifier notre bonheur. » Je lui promis de ne le pas quitter, et nous partîmes après avoir pris congé de mon compagnon, qui m'avoua qu'elle était fille, et qu'elle était dans son cours de voyage pour être reine. Je lui déclarai qu'elle avait en moi une rivale de moins. Elle en fut très contente, et nous nous séparâmes en nous embrassant cordialement ; car les femmes s'embrassent par coutume en se trouvant, et par plaisir en se quittant. Nous arrivâmes en deux jours chez la fée Porcelaine. Ziliman lui confia son mariage, me présenta et lui demanda si elle avait vu sa mère depuis peu. « Elle vint hier, répondit la fée, et me dit qu'elle vous avait défendu de vous marier : mais comme elle s'imagine que vous êtes aussi fragile que ma maison, elle eſt persuadée que sous un habit de fille vous ne pourrez pas vous empêcher de vous découvrir.

— Mais enfin, ma mère est-elle toujours dans la même résolution ? dit Ziliman.

— Oui, dit la fée, elle m'a informée des conditions qu'elle avait juré de vous faire remplir.

— Hélas ! m'écriai-je, je vois trop qu'il faudra que je perde mon cher Ziliman.

— Ah ! me répliqua la fée, si vous vouliez vous prêter à mon projet, nous pourrions la tromper.

— Il n'y a rien que je ne fasse, lui dis-je, pour être toujours avec quelqu'un que j'aime autant.

— Eh bien, reprit la fée, si cela ne vous répugne point, je vous donnerai la forme d'un meuble dont, sans doute, vous vous servez souvent. »

« Ah ! dit le sultan, voilà cette métamorphose que vous m'avez fait attendre si longtemps.

— Il est vrai, seigneur, que mon amour me fit consentir à tout. »

La fée voulut me donner, sous cette forme, toute la grâce que peut avoir un pot de chambre[37]. Le lendemain Ziliman me mena chez la fée aux Bains ; sa mère fut contente de le revoir si tôt ; il lui dit qu'il se déterminait à passer sa vie avec elle, plutôt que de voyager toujours avec un habillement si honteux pour un homme. La fée l'écouta avec plaisir, et lui dit qu'elle avait eu assez bonne opinion de ses sentiments pour espérer de l'embrasser peu de temps après son départ. Elle voulut savoir le récit de ses voyages. Il en supprima tous les événements intéressants. Le soir en soupant elle lui demanda s'il n'avait pas rapporté quelque curiosité. « J'ai, répondit-il naïvement, un meuble de garde-robe à la mode ; sans doute vous en avez vu ?

— Non », dit-elle.

On m'apporta dans sa chambre ; elle trouva cette dernière invention si fort de son goût qu'elle me garda ; j'y étais depuis quatorze jours, lorsque la fée Ténébreuse, avec son manchon de Votre Majesté, vint faire une visite de voisinage à la fée aux Bains. On parla de moi après les premiers compliments ; car en meubles de cette espèce, une mode nouvelle est un événement. La fée Ténébreuse fut si fort enchantée qu'elle me destina à son usage.

« Eh bien, dit le sultan, n'eſt-il pas vrai que c'eſt une chose épouvantable que l'anneau de cette vilaine-là ?

— Ah ! épouvantable, seigneur », reprit Grisemine.

Un jour en se servant de moi, elle me brisa en mille pièces ; et comme l'enchantement était rompu par ce malheur, je parus à ses yeux sous ma forme naturelle. Je la priai de ne pas me perdre ; mais elle était furieuse, parce qu'elle prétendait que je l'avais coupée ; elle me conduisit dans l'appartement de la fée aux Bains, et lui conta mon aventure. Je me jetai à ses genoux, en lui disant : « Ah ! ma chère belle-mère, ne m'enlevez pas mon époux Ziliman. » Ce discours la fit entrer dans un courroux violent ; je fus chassée, et je ne sais ce que je serais devenue si Votre clémente Majeſté ne m'eût pas prise sous sa puissante protection.

« Madame, dit le sultan, en faveur de votre sincérité, je vous pardonne de vous être donnée pour fille, tandis que vous n'étiez rien moins que cela ; je m'aperçus bien de quelque chose la première nuit de nos noces ; je crus, je vous l'avoue, que c'était la faute de mon petit doigt ; mais je vois à présent que c'était celle de ce benêt de Ziliman. Quoi qu'il en soit, oublions toutes nos infortunes passées, et ne songeons qu'aux biens présents. Tâchez de me trouver de meilleurs cuisiniers. Nos enfants sont déjà grands ; marions nos filles avant de les faire voyager ; nous songerons demain à ce que nous devons faire des garçons ; il eſt tard aujourd'hui. Allons nous coucher, en attendant que je sois capucin. »

Fin de la dernière partie

ROMANS ET CONTES DE M. L'ABBÉ DE VOISENON
FRONTISPICE DE L'ÉDITION DE L'AN VI [1798]

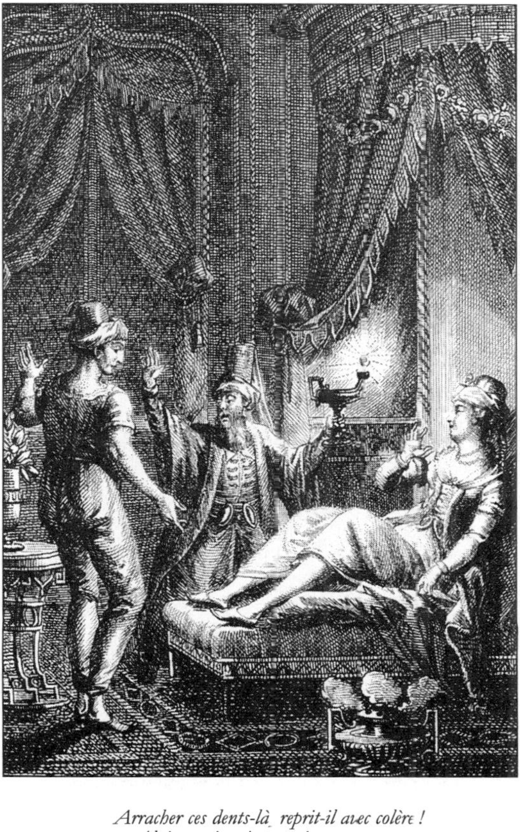

Arracher ces dents-là, reprit-il avec colère !
Ah ! monsieur ! ce serait un meurtre.

La Morlière

ANGOLA

Histoire indienne

Ouvrage sans vraisemblance

À Agra[1]
Avec privilège du Grand-Mogol

M.DCC.XLVI.

PREMIÈRE PARTIE

... Non si quid turbida Roma
Elevet, accedas : examenve improbum in illa Castiges trutina.

Pers., Sat. I[1].

ON DONNERA DANS PEU LA PRÉFACE

... Quid rides ! mutato nomine, de te fabula narratur.

Horace, Sat. I, Lib. I[2].

... Un carrosse brillant s'arrête devant la porte de la comtesse de S..., un jeune homme mis magnifiquement en sort, et se fait annoncer en composant ses grâces. « Quoi ! il est jour ici, s'écrie-t-il en entrant dans l'appartement de la comtesse ; mais est-ce que je me serais trompé, n'avez-vous pas passé la nuit à P..., à ce *souper divin*[3] dont j'étais prié, et que je suis furieux d'avoir manqué ?

— Eh bien, dit la comtesse, qu'est-ce que cela prouve ?

— Ah ! dit le marquis, je n'imaginais pas vous trouver hors du lit, je comptais sur les fatigues de la nuit dernière, voilà qui est d'une *perfidie* horrible, vous vous avisez d'être diligente fort mal à propos ; j'avais mille choses à vous dire, je m'étais figuré d'être introduit à votre ruelle, et en conséquence je m'étais arrangé pour mettre beaucoup de tendresse dans notre entretien, vous me jouez là le tour *le plus sanglant*...

— Que vous êtes fou ! interrompit la comtesse, en minaudant. Où avez-vous pris, s'il vous plaît, qu'on ne puisse pas être levée à trois heures après midi ? Je vous trouve d'ailleurs fort admirable de paraître outré à l'excès d'une chose qui vraisemblablement vous est fort indifférente.

— Je suis fait pour me soumettre à tous vos sentiments, reprit le marquis d'un ton sérieux, et effectivement vos grâces sont à l'épreuve des veilles et des soupers les plus longs et les plus *élégants* ; vous avez *la fraîcheur de la dévote la plus reposée*...

— Mais non, dit la comtesse, n'allez pas croire cela, je ne

suis point du tout bien depuis quelques jours, j'ai un fond d'abattement qui me fait peur.

— Quelle idée, reprit le marquis. En vérité vous êtes *au mieux*, et vous m'inspirez des choses… À propos, madame, pourrais-je espérer de savoir de vous à quelle fin vous me supposez ce fond d'indifférence pour tout ce qui vous regarde ? Pour moi *je n'en reviens pas*, je vous croyais persuadée de la vivacité de mes sentiments, et il me paraissait fort sensé que nous puissions nous arranger en conséquence.

— Mais par exemple, interrompit la comtesse, ce que vous dites là est d'une *noirceur* abominable ; je sais que la petite présidente de M… vous a *subjugué* : vous êtes partout avec elle, vous l'avez menée au ballet de Versailles, on vous a vus aux Français et aux Italiens ensemble, et je crois que vous terminerez tout cela par vous montrer au bal : en vérité rien n'est plus *affiché* que ces sortes de choses, et je suis *désespérée* que vous me croyiez faite pour vous servir de prétexte.

— Pour cela, dit le marquis, voilà des griefs si étranges que j'en suis *anéanti* : se peut-il que vous donniez dans des pièges aussi grossiers ? Il est vrai que j'ai paru *avoir pris* la petite présidente, mais c'était pour faire ma cour à son mari qui est un de mes juges et à qui on ne peut rendre un service plus essentiel que de le débarrasser de sa femme : d'ailleurs, rien n'est si superficiel que notre connaissance, et vous avez des droits si puissants sur mon cœur… En vérité vous avez là un tour de gorge d'une beauté *miraculeuse*.

— Finissez donc, marquis, reprit la comtesse *quelques minutes après*, vous devenez *d'une folie qui ne ressemble à rien*.

— Ah ! point du tout, madame », dit-il, en continuant son examen, « je suis, je vous jure, *le garçon de France le plus respectueux*… Comme elle est faite », ajouta-t-il, se laissant aller de plus en plus à ses distractions, et tâchant de vérifier ses remarques.

« Oh ! pour cela, dit la comtesse en revenant à elle, je suis outrée de vous voir *jouer la comédie* aussi impunément. Gardez ce rôle pour la présidente, et dispensez-vous de feindre des empressements dont vous seriez fort en peine de prouver la vérité si j'étais assez folle pour m'y rendre.

— Madame, dit le marquis avec vivacité, si j'étais dans ce cas-là, vous êtes moins faite que personne pour me servir d'excuse, mais, grâce au ciel, ma réputation *de ce côté-là* est sans tache, et si j'étais assez heureux pour que vous voulussiez vous éclaircir si ce n'est point à tort que je m'en fais accroire là-dessus…

— Oh ! vous me parlez *heureux*, interrompit la comtesse, et vous avez un langage si *entortillé* que je ne me crois point du tout faite pour vous deviner.

— Parbleu, dit le marquis, vous avez là une garniture de cheminée superbe, ces cabinets de la Chine sont charmants, est-ce *de la rue du Roule*[4] ? Pour moi je suis fol de cet homme-là, tout ce qu'il vend est d'une cherté et d'un rare…

— Mais oui, dit la comtesse, cela est assez bien choisi.

— Comment, dit le marquis, il y a un goût divin dans tout cela. Voilà des magots de la tournure la plus frappante, entre autres celui-ci : il ressemble comme *deux gouttes d'eau* à votre benêt de mari.

— Ah ! paix, dit la comtesse, respectons sa mémoire. J'ai une affaire entamée avec lui qui fait que je le vois depuis quelques jours, j'ai *boudé*, j'ai eu des *vapeurs*, j'ai feint d'être grosse. Enfin je crois que cela me vaudra un attelage de six chevaux, *soupe de lait*[5], dont je suis *folle* à en perdre le boire et le manger.

— Ah ! vous me désespérez, madame, reprit le marquis, vous rouvrez une plaie encore saignante. À propos de chevaux, il m'est mort hier un de mes coureurs qui était bien la meilleure bête… Je l'avais gagné *au cavagnol*[6].

— Quelle folie ! dit-elle, depuis quand joue-t-on des chevaux *au cavagnol* ?

— Mais cela n'est point neuf, reprit le marquis, d'où venez-vous donc pour ignorer qu'à la Cour, quand l'argent manque (ce qui ne laisse pas que d'arriver quelquefois), nous jouons tout, terres, équipages, chevaux, nos femmes même, quand on veut bien se contenter de *semblable monnaie* ?

— Cela est d'autant plus plaisant, dit la comtesse, que dans ce cas-là vous jouez souvent ce qui n'est déjà plus à vous.

— Oh ! nous sommes là-dessus, dit le marquis, *d'une philosophie* dont rien n'approche ; mais, que vois-je ! Une brochure ! *Angola, histoire indienne* ! Ah ! vraiment, voilà du neuf, je n'ai pas l'honneur de la connaître.

— Je n'ai pas non plus cet avantage, reprit la comtesse, on me l'a apportée ce matin, et je ne sais trop si je dois la lire.

— Il est bien décidé, dit le marquis, que c'est *une misère*, comme toutes les autres qui ont paru. Je n'en sais pas un mot, et je vais gager de vous dire ce que c'est, d'un bout à l'autre : apparemment qu'il est question de quelque fée qui protège un prince pour lui aider à faire des sottises, et de quelque génie qui le contrarie pour lui en faire faire un peu davantage ; ensuite des événements extravagants où tout le monde aura la fureur de trouver *l'allégorie* du siècle, et tout cela terminé par un dénouement bizarre, amené par des *opérations de baguette*, et qui, sans ressembler à rien, alambiquera l'esprit des sots qui veulent trouver un *dessous de cartes* à tout[7].

— En vérité, dit la comtesse, cela est défini *au mieux*, il n'est pas concevable combien ce que vous venez de dire est *frappant*. Pour moi j'en suis si pénétrée que je vais la jeter au feu.

— Non, pas cela, reprit le marquis. En convenant avec vous du frivole de ces sortes d'ouvrages, je vous avouerai que je les lis avec plaisir, je m'attache à la façon de conter, et plus ces sortes de fond sont stériles par eux-mêmes, plus je sais gré à l'auteur de les rendre intéressants par la tournure qu'il a l'adresse d'y donner, et je trouve la lecture de ces bagatelles bien moins *funeste* que celle d'un redoutable *in-folio* où l'auteur *affiche* impunément au commencement de son livre *l'art de penser*, et paraît tout le long de son maudit ouvrage moins un homme qui pense *qu'un bœuf qui rumine* : aussi n'y tiens-je pas, et j'abandonne le *perfide in-folio* aux vers et à la poussière dont il doit être nécessairement la pâture.

— Eh bien, dit la comtesse, voyons si nous soutiendrons la brochure jusqu'à la fin.

— Comment diable, interrompit le marquis, je crois, si je ne me trompe, que voilà deux parties. Assurément cela est respectable. Ah ! le bourreau d'auteur ! En vérité, madame, c'est une *trahison*, il devrait y avoir une bonne défense à tous ces *animaux-là* de s'aviser de s'ériger en deux volumes. Comment, je crois que bientôt ils viseront à *l'in-quarto*, ma foi, madame, je n'ai point une poitrine à l'abri de cela, et à moins que vous n'ayez *toute la guimauve de l'univers* à mon service, je ne crois pas franchement que je puisse…

— Ah ! marquis, vous vous êtes engagé, reprit la comtesse, et je vous avoue que vous *m'indisposeriez cruellement* si vous ne lisiez pas, car pour moi, vous connaissez ma santé, et vous concevez bien que je ne pourrais…

— Allons, madame, dit le marquis, dussé-je être réduit à l'état le plus *déplorable*, je vais remplir ma destinée. Mais faites défendre votre porte, *je vous prie*, je ne suis point accoutumé à *parler en public*, et d'ailleurs vous concevez bien que s'il y a des choses dans ce livre sur lesquelles il soit nécessaire que nous *dissertions*, il n'est point à propos que ceci soit ouvert à tout le monde comme une *conférence*.

— Effectivement, dit la comtesse, qu'on dise que je n'y suis pas, et pour que le *sacrifice soit complet*, si mon mari se présente, qu'on l'assure très positivement que je suis *malade à périr*, que je n'ai pas fermé l'œil, et que je suis au désespoir de ne pouvoir recevoir sa visite. Allons, marquis, vous pouvez commencer.

— J'attends vos ordres, madame, avec la résignation que vous me connaissez, reprit le marquis, et dont j'espère que vous voudrez bien ne pas douter, j'ai même anticipé un peu ma lecture. Comment!... je crois que l'auteur *fait l'agréable*. Voilà *une épître aux petites-maîtresses*. Quoique cela ne soit point du tout fait pour vous, je crois que vous la trouverez assez singulière. Il semble qu'il ait deviné notre position, il faudra tâcher qu'il ne se trompe dans aucune de ses conjectures. Il s'avise même d'allier la tendresse avec la plaisanterie. *(Il lit.)* Fort bien... Oh, pour celui-là nous l'espérons... Ah, ah, *le bon sire* aime les récidives.

— Oh! marquis, vous *m'impatientez*, reprit la comtesse. Quoique ce qui est adressé aux petites-maîtresses soit fort éloigné de mon genre, comme je les *abhorre*, et que je suis leur *ennemie jurée*, je suis bien aise de voir comment on les *drape*[8].

— Il n'est rien moins que cela, interrompit le marquis, on leur offre de l'encens. Écoutez avec attention, et j'espère que bientôt, pour avoir part aux honneurs qu'on leur rend, vous serez tentés d'en augmenter le nombre. »

AUX PETITES-MAÎTRESSES

C'est à vous à qui je dédie ce livre, à vous qui êtes l'élixir précieux du beau sexe que j'adore, qui avez hérité si parfaitement des grâces enchanteresses dont je trace une légère esquisse. Ce livre est votre bien, puissiez-vous le regarder comme tel et le traiter comme un enfant bien-aimé! Vous seules pouvez faire sa destinée. Quel mortel assez ennemi de soi-même pourrait s'élever contre lui quand il aura votre suffrage? Qu'il parvienne en vos mains à votre réveil, après une nuit passée voluptueusement entre les bras d'un amant chéri, ou qu'il vous surprenne à la fin d'un songe agréable dans lequel votre imagination aura procuré des plaisirs moins solides, mais au-dessus peut-être de la réalité ! Qu'il soit lu à une toilette aimable, et qu'il soit interrompu par les espiègleries d'un abbé coquet ou par les tendres transports d'un guerrier entreprenant ! Qu'il soit témoin de l'aimable désordre et de l'air chiffonné qui règne dans le déshabillé du matin ; de cette façon de se défendre des entreprises amoureuses, de cette façon tendre de gronder qui ressemble à des remerciements, et qui invite à recommencer la faute ; des impatiences de vos femmes, qui, ne pouvant arranger une coiffure, se retirent en souriant et laissent à l'amour des moments qui ne sont pas faits pour elles ! Livre trop fortuné, qui sera témoin des plus tendres transports ! Si vous l'ouvrez dans ce moment, peut-être y trouverez-vous des endroits à réaliser. Heureux le mortel qui sera de moitié dans ces charmantes épreuves ! Il se perdra dans le délire le plus aimable, il se rassasiera de ces précieuses faveurs qui ne paraissent être défendues que pour en augmenter le prix, il franchira les obstacles que la volupté, plus que la vertu, a imaginés, et qui tourmente sans cesse au profit de la première. Que mon livre voie tout, mais qu'il se taise. Quel bonheur s'il faisait revenir la discrétion à la mode ! Je réponds de son sort s'il sait prendre son temps pour paraître à vos regards : puissiez-vous après le plus tendre égarement l'ouvrir pour y chercher de nouvelles leçons, et y répandre un souffle léger de cette volupté divine qui compose votre essence, et qui est ici-bas l'âme de la nature ! Orné de ce don précieux, quels défauts ne seront pas effacés ! Qui pourra se défendre de sa séduction ? Que de droits pour plaire ! Puisse-t-il en communiquer quelques-uns à son auteur ! Si c'en est un que de vous adorer et d'être votre plus zélé partisan personne ne m'égale. Que ne suis-je admis aux preuves ! Qu'il m'en coûterait peu pour vous convaincre à quel point je, etc.

ANGOLA

Histoire indienne

CHAPITRE PREMIER

INTRODUCTION PLUS NÉCESSAIRE QU'AMUSANTE

Dans une contrée fertile des grandes Indes, dont l'extrême exactitude de nos géographes modernes est parvenue, en dépit de Strabon[9] et de Ptolomée, à nous faire perdre la véritable situation, régnait jadis un roi puissant nommé Erzeb-can, dont les manières et la conduite étaient en tout opposées à celles des souverains de ce temps-là : il gouvernait ses États lui-même, et qui plus est ses ministres ; n'entreprenait que des guerres justes et les soutenait avec fermeté, ne mettait sur ses États que les impôts absolument nécessaires, et communiquait familièrement avec ses sujets. La chronique scandaleuse[10] disait même qu'il n'était pas *absolument invisible* aux sujettes, ce qu'on admirait comme un excès de prudence en lui, puisque par ce moyen il réunissait les suffrages entiers et unanimes des deux sexes, était généralement adoré, le savait, et en faisait son bonheur.

Parvenu à cet âge où les souverains doivent au bonheur de leurs peuples un choix que la politique règle ordinairement plus que l'inclination, il épousa la princesse Arsénide, parente *du côté gauche* de la fée Lumineuse, reine d'un pays voisin. Dans ce temps-là il n'en allait pas comme à présent : les protections et les alliances puissantes rectifiaient et déterminaient les unions les plus bizarres ; aujourd'hui cela paraîtrait monstrueux.

Quoique cet hymen, regardé comme une affaire de convenance de part et d'autre, fût déterminé depuis un certain temps, comme on était alors esclave de la forme, on envoya des ambassadeurs et on choisit à cet effet non les plus capables, mais les plus riches seigneurs de la Cour, à qui on eut soin de donner des secrétaires entendus chargés de régler les articles du contrat et les intérêts des deux États. On laissa aux ambassadeurs le soin d'avoir des habits superbes, une livrée immense, des équipages *au plus leste*, et de se ruiner si bon leur semblait, pourvu qu'ils fissent honneur à leur maître par un luxe excessif ; pour de la capacité on les en tint quitte.

Ils partirent avec un cortège nombreux, arrivèrent à la cour de la fée Lumineuse et firent la demande d'une chose accordée depuis quelques années, qu'on leur accorda de nouveau après les formalités requises. Ensuite ce ne furent que bals, comédies, opéra, illuminations, feu d'artifice, enfin toutes ces réjouissances excessives qui ailleurs se font aux dépens du peuple, mais qui ne coûtaient à la reine de ce pays-là qu'un coup de baguette, si grand était son pouvoir.

Aussi avait-elle la Cour la plus magnifique et la plus galante de ce temps-là : les modes du pays donnaient le ton dans toutes les cours voisines. Quant aux manières et à l'éducation, elles y étaient du *premier bon*, et tous les princes étrangers assez heureux pour être connus de la fée y envoyaient leurs enfants faire leur académie[11], pour percer ensuite à la Cour, et y acquérir l'air du monde et de l'*extrêmement* bonne compagnie.

Après quelques jours donnés aux fêtes et aux adieux de la jeune princesse, elle partit après avoir reçu de la fée un *trousseau* magnifique et mille tendres assurances de protection pour elle et pour ses enfants. Elle l'assura qu'elle allait consulter Agrippa et Nostradamus[12] pour savoir la destinée du premier enfant qui naîtrait de son hyménée, et corriger s'il était nécessaire la mauvaise influence de sa planète. « Allez, ma chère fille, lui dit-elle en l'embrassant, je vous souhaite un mari raisonnable, c'est tout ce que peut désirer une femme d'une certaine façon. Il a été à ma cour étant jeune, *et il y avait assez bien pris* ; au reste je le crois trop homme du monde pour que vous ne soyez pas extrêmement heureuse avec lui. Je vous donne un équipage *et un cortège digne de moi*, mais surtout, ma chère petite, n'oubliez pas d'emmener une femme de chambre coiffeuse et une couturière, vous allez dans un pays et chez des peuples qui, quoique d'ailleurs les meilleurs gens du monde, sont d'une maladresse achevée. Jamais ouvrière n'y a su monter une blonde, ni attacher un falbala, ou des quilles[13] ; tout ce qu'elles font est *d'une maussaderie et d'un gauche insoutenable*, ainsi prenez vos mesures. »

Après cette courte instruction elle lui renouvela ses caresses. Ensuite elle joua un attendrissement léger, et qui ne sort point de la dignité, en un mot tel qu'il convient à des personnes de haut rang, qui ne doivent point s'affliger comme le commun des hommes. Pour la princesse, moins consommée dans l'art de se composer, elle fut attendrie véritablement, elle monta dans sa gondole[14] le cœur serré, et sans proférer un seul mot ; la douleur pensa lui faire oublier son panier à ouvrage et une petite chienne gredine qui ne la quittait jamais. Enfin, ayant remis tout en place, elle baissa les stores et on partit.

CHAPITRE II

QU'ON A SÛREMENT PRÉVU

On eut grand soin d'envoyer sur la route des courriers de jour à autre au roi Erzeb-can pour modérer son impatience et l'assurer que la princesse était exempte de vapeurs, de fluxions et autres incommodités qu'une femme bien née n'osait pas se dispenser d'avoir, surtout en route ; car dans ce temps-là rien n'était *si ignoble* que d'avoir une bonne santé. Enfin elle arriva à la cour d'Erzeb-can, et fut reçue de ce prince avec tous les témoignages de la joie la plus vive, et la plus véritable. En effet, elle était d'une figure extrêmement revenante, elle était d'ailleurs très *maniérée*, et avait cet air séant et aisé qu'elle avait reçu à la cour de Lumineuse, et qu'on ne prenait que là. Ce ne furent pendant quelque temps que fêtes magnifiques de toutes les espèces, qui, sans avoir peut-être tout le faux brillant de celles de la cour de la fée, marquaient plus sensiblement la véritable joie d'un peuple qui aimait son maître, et qui prenait une part sincère à son bonheur.

Le génie de la nation étant tourné à la poésie, quelle qu'elle fût, on ne doit pas douter qu'ils ne fussent accueillis d'un nombre infini de pièces de vers faites à ce sujet, épithalames ou odes, dans lesquelles les poètes de ce temps-là, par des licences usitées, après avoir loué *à outrance* une union aussi bien assortie, descendaient jusqu'à une postérité encore fort incertaine, et l'accablaient de louanges et de prédictions favorables *en avancement d'hoirie*[15]. De cette troupe impitoyable de *persifleurs*[16], on récompensa ceux qui se distinguèrent des autres par des ouvrages plus modestes et moins ampoulés, et on laissa le gros de la troupe s'enrouer dans les antichambres, à réciter leurs vers à des oreilles subalternes, qui seules pouvaient goûter leurs extravagantes hyperboles.

Cet hymen fut formé sous les plus heureux auspices, le roi trouva tant de charmes dans la possession de l'aimable Arsénide qu'il fit divorce avec toutes les *menues intrigues* qu'il avait dans sa cour pour se donner tout entier à une épouse aussi charmante. Il ne se pouvait pas faire qu'une assiduité aussi exacte n'eût dans peu son effet. Bientôt après, au travers des bavardages des médecins, suivis de ceux du public, on apprit la grossesse de la reine, qui acheva de mettre le comble à la joie du roi et des peuples.

Ce prince envoya aussitôt des courriers à la fée Lumineuse et aux autres fées de ses amies pour leur donner avis de la grossesse de la reine, et les prier de venir présider à la naissance de l'être mâle ou femelle *qui en résulterait*, bien attendu qu'elles travailleraient de toutes leurs forces à le douer de toutes les choses imaginables. En attendant leur arrivée, il s'empressa de procurer à la reine tous les amusements et toutes les douceurs imaginables, et surtout à lui passer toutes ses fantaisies, entre autres il lui en coûta un jour cent mille écus pour un *coulis d'œuf de colibri*[17], que la Reine eut envie de prendre.

CHAPITRE III

ON NE PEUT PAS CONTENTER TOUT LE MONDE

Enfin le temps des *couches de la reine arriva*, et quelques jours d'avance les fées invitées arrivèrent à la file. La fée Lumineuse se distinguait, parmi toutes les autres, par la richesse de son équipage et de son ajustement, elle avait envoyé ses gens devant à petites journées ; pour elle, elle se transporta en un clin d'œil, par son absolu pouvoir, aux portes de la capitale d'Erzeb-can et, ayant trouvé *son monde* qui l'attendait pour faire son entrée dans la ville, elle monta dans sa diligence peinte en camaïeux d'un bleu obscur : les endroits les plus tendres et les plus voluptueux des *Métamorphoses* d'Ovide étaient exprimés sur les panneaux, les moulures étaient d'un or rembruni du dernier goût, elle était doublée d'un velours à la reine lilas, brodée en chenilles[18] couleur de rose, et traînée par six chevaux isabelle à crin noir des plus fringants, nattés en bleu et les cocardes de même. Le postillon, encore enfant, et d'une figure charmante, ressemblait assez à l'Amour qui mène le char de sa mère[19] ; pour le cocher, il était énorme, ainsi que son plumet, son manchon et ses moustaches, en un mot tel qu'il le faut pour être dans les règles les plus étroites de la mode. Quatre coureurs des mieux tournés précédaient cet équipage, et quatre heiduques[20] d'une taille démesurée l'entouraient ; derrière étaient *huchés* cinq ou six grands laquais de figure choisie, et tous l'air insolent selon les règles.

La fée était dans son équipage, plus parée de ses propres charmes que de son ajustement, quoiqu'il fût des plus galants et des mieux entendus. Elle avait une robe ouverte couleur de rose et argent, garnie de falbala et de quilles ; la coiffure et les manches de point d'Angleterre d'un goût achevé, la petite oie[21] entière de la façon de la … d'une élégance parfaite. *La coiffe* avancée, peu de rouge, *jouant* la physionomie abattue, qui convient à une femme de qualité qui est censée avoir fait un voyage, elle tenait d'une main une brochure nouvelle, et de l'autre sa lorgnette, et avait sur ses genoux deux ou trois chats, ou chiens, qui montraient leur museau à la portière.

Elle arriva au palais d'Erzeb-can au milieu des acclamations de tout le peuple, qui connaissait sa puissance et l'amitié qu'elle avait pour le roi. Elle fut reçue de ce prince avec des démonstrations de joie extraordinaires ; toutes les fées qui étaient arrivées depuis quelques jours vinrent lui rendre visite chez elle, où elle resta trois jours, pour réparer ses forces, sur sa duchesse à faire des nœuds[22], sans être obligée de *reconduire* ce qui est *excédent* pour une jolie femme.

La fée Mutine fut la seule qui ne la vit point chez elle. Elle était arrivée quelques jours auparavant et trouva fort singulier que la fée Lumineuse, la dernière arrivée, ne fût point venue la voir et se fût contentée de se faire écrire à sa porte[23].

C'était une femme d'un caractère altier et féroce, esclave des égards les plus superficiels. Le roi l'avait invitée plutôt par crainte de la désobliger en l'oubliant que par envie de l'avoir. Déjà piquée de la préférence qu'il marquait pour la fée Lumineuse, et de la différence de l'accueil qu'il lui avait fait avec celui qu'elle-même en avait reçu, elle résolut de ne pas laisser passer cette fête sans y apporter quelque trouble.

Le roi, pour se concilier tout à fait la bienveillance des fées qui étaient venues dans son palais, imagina les fêtes les plus galantes : bal, comédie, opéra, tout fut employé, et Lumineuse eut la politesse de les trouver admirables et aussi beaux que ceux de son royaume. Ces plaisirs furent suivis d'une loterie galante, où l'on donna à toutes les fées des billets qui amenaient chacun des bijoux de grand prix. Le malheur voulut que le lot qui échut à la fée Mutine fût un miroir de poche garni de pierreries ; elle était hideuse *au possible*, elle avait une espèce de physionomie à l'envers, où rien ne perçait qu'une malignité noire et funeste, des yeux caves et éraillés, un nez épaté, une bouche mal meublée, et qui ne semblait être fendue horriblement que pour qu'il en sortît davantage de sottises, une façon de s'exprimer basse et commune, un corps mal fait, point d'air, de taille, ni de contenance. La fée Lumineuse, au contraire, à quelques minauderies près, était *pétrie* de grâces, petite-maîtresse par état et par choix, elle ne perdait pas une occasion de railler.

À peine vit-elle le miroir entre les mains de Mutine que s'approchant d'elle d'un air fin, et avec un sérieux affecté : « Le sort n'a point été aveugle, lui dit-elle, madame, en faisant tomber entre vos mains un meuble qui vous convient si bien. Il vous retracera fidèlement des charmes dont tous les cœurs sentent les atteintes, et vous disposera à avoir pitié d'eux en jugeant par vous-même de la force des chaînes qu'ils portent.

— Quels que soient mes charmes, repartit Mutine d'un ton aigre, ils sont exempts d'artifice et de minauderie, et je ne sais si certaines gens, qui se piquent de beauté, pourraient se vanter de semblable chose. »

Le roi s'avança, ayant entendu ces dernières paroles, et comme il aimait infiniment l'une et craignait beaucoup l'autre, il voulut apaiser cette petite dispute. Mais au travers des discours les plus modérés qu'il put employer, sa préférence pour la fée Lumineuse se faisait voir si distinctement que Mutine crut que le miroir ne lui était point échu par le sort et que c'était une pièce où le roi avait bonne part ; elle dissimula adroitement son dépit, résolue de tirer une vengeance éclatante de cet affront.

L'instant des couches de la reine étant arrivé, toutes les fées se rendirent dans sa chambre. Elle donna la naissance à un prince plus beau que le jour ; Lumineuse le prit entre ses bras, et les fées et elle, à l'envi, le douèrent de toutes les bonnes qualités qui font estimer les hommes et adorer les souverains : vertu, courage, esprit, beauté, tout lui fut prodigué. Déjà Erzeb-can nageait dans la joie, quand la furieuse Mutine s'approchant tout d'un coup : « Vous avez doué le prince de toutes les vertus, dit-elle d'un ton terrible, mais vous avez oublié la patience, c'est celle dont il aura le plus de besoin », et s'approchant de l'enfant, qu'elle toucha de sa baguette : « Tu aimeras, lui dit-elle, et ce qui fait le bonheur des autres fera tes plus cruels tourments, les chagrins les plus cuisants te dévoreront, tu verras l'objet de ton amour passer entre les bras d'un autre, tu seras forcé d'y consentir, les doutes les plus affreux te déchireront, et j'espère qu'une certitude plus cruelle encore achèvera ma vengeance ! » À ces mots elle monta dans un char, attelé de *six chats-huants*, qui parut tout à coup aux yeux de l'assemblée, et disparut dans les lambris, laissant après elle une odeur empestée, et le roi et toute la Cour plongés dans la dernière consternation.

CHAPITRE IV

À QUELQUE CHOSE MALHEUR EST BON

Erzeb-can ne pouvait revenir du saisissement que lui avait causé le discours de la cruelle Mutine, mais la fée Lumineuse, en qui il avait beaucoup de confiance, prit la parole et le rassura : « Ne vous laissez pas accabler, lui dit-elle, par le chagrin qui vous dévore, ces terribles menaces ne sont pas sans remède. Je ne puis, il est vrai, détruire ce qu'une intelligence égale à la mienne a fait ou prévu, mais je puis en adoucir la rigueur, et par les bons conseils, et l'attention que je donnerai au prince votre fils, lui épargner une partie des malheurs dont il est menacé. Je veux qu'il soit nommé Angola, qui signifie “ *Sémillant*[24] ”. Élevez-le avec grand soin, et quand il aura atteint quinze ans, âge où la nature semble vouloir secouer le joug des ténèbres de l'enfance, je le transporterai dans ma cour. Tous ses malheurs doivent avoir pour principe un attachement sérieux et tendre, ma cour est l'*antidote* le plus excellent contre cette sorte de poison. La variété des plaisirs tiendra son cœur dans une espèce d'équilibre qui pourra lui faire éluder en partie sa mauvaise destinée, et peut-être, osé-je prévoir l'avenir le plus heureux… Il ne m'est pas permis d'en dire davantage ; bannissez vos craintes, vous avez en moi une amie tendre et fidèle. »

Les autres fées, chacune selon leur pouvoir, promirent aussi au roi leur protection et leur assistance pour le prince son fils, et quelques jours après, elles s'en retournèrent dans leurs États. La fée Lumineuse resta encore quelques jours pour achever de remettre l'esprit du roi et, sa présence étant nécessaire dans son royaume, elle se sépara de lui et de la reine, après avoir embrassé tendrement le petit prince et le leur avoir recommandé pressément, et leur réitérant la promesse de venir le prendre à quinze ans, elle disparut à leurs yeux.

Erzeb-can prit un soin extrême de l'éducation de son fils, la reine l'aimait avec la dernière tendresse. Ils réunirent d'autant plus aisément toute leur affection sur le petit prince qu'il fut l'unique fruit de leurs amours. Mais si jamais enfant ne fut plus chéri, jamais enfant ne mérita mieux de l'être. Dans ses plus tendres années, des grâces naïves et touchantes perçaient au travers de l'épaisseur des organes de l'enfance : un air de douceur et de sérénité joint sur son visage à une beauté parfaite donnaient les plus heureux présages de son caractère ; mais, lorsqu'il eut atteint l'âge de douze ans, et que la raison commença à se développer, quel esprit ! quelle justesse de raisonnement ! que d'agréments répandus dans ses moindres actions ! Une solidité *précoce* dans sa façon de penser faisait aisément connaître les dons puissants et efficaces d'une intelligence céleste.

Bientôt on lui donna les gouverneurs qui passaient pour les plus excellents dans le royaume. La plupart d'entre eux (car ils ne ressemblaient pas à ceux d'aujourd'hui) s'acquittèrent fort mal de leur emploi, mais ils avaient affaire à un naturel si heureux et à un esprit si perçant qu'il devinait toujours au-delà de ce qu'ils voulaient lui apprendre, en dépit des termes pédantesques et des phrases obscures dont ils hérissaient leurs leçons. L'un, chargé de l'instruire dans la morale, au lieu de lui en rendre la conception aisée par une diction et une tournure de mot pure et naturelle, *s'alambiquait* l'esprit pour l'accabler d'un torrent de phrases élégamment obscures, d'une foule de mots barbares *échafaudés* l'un sur l'autre, et qui ne renfermaient aucun sens. Et après avoir travaillé horriblement pour se rendre inintelligible, était dans le dernier étonnement de voir le jeune prince, par un effort de son heureux génie, lui répéter en quatre mots naturels et bien amenés une chose que lui-même n'avait pu éclaircir, en *y suant à grosses gouttes* pendant deux heures.

Un autre, chargé de lui communiquer ces heureux talents de la danse et de la musique qui animent les grâces du corps et caractérisent une bonne éducation, arrivait d'un air affairé, passait le temps de sa leçon à sortir successivement tous ses bijoux de sa poche, ou à se mirer avec fadeur dans tous les trumeaux[25] des appartements, y faire des *entrechats* et des *gargouillades*[26], ou repasser quelque contredanse nouvelle du bal de l'Opéra, ou autres sottises semblables. L'autre, se regardant avec complaisance devant un clavecin, cherchait plutôt à faire briller sa main qu'à former celle de son disciple, fredonnait un morceau d'opéra à la mode, s'interrompait dix fois pour tirer cinq ou six montres différentes, *jouait l'affairé* et feignait d'être *asservi à la minute*. C'était Mme Unetelle qui l'attendait, qui avait la fureur de ne chanter jamais qu'au lit ; il devait dîner chez la duchesse de … et avait promis de passer l'après-dîné à la grille du couvent de … Il serait obligé de manquer de parole à l'une ou à l'autre, *car on n'est pas de fer* ; quant au souper, il était clandestin, au fond d'un faubourg, avec de jolies femmes dont on était la coqueluche, et tout cela était dit avec un sourire du coin de la bouche et un air de mystère affecté qui mettait le comble au *faquinisme* du personnage ; il se levait ensuite, raccommodait sa coiffure et son jabot dans le trumeau, et finissait par apprendre au prince, d'un air précieux, des couplets méchants et obscènes qui faisaient pour lors les plus chères délices des ruelles, les lui faisait répéter, en lui demandant le secret, l'assurait qu'il avait la main brillante, la voix *flûtée*, la cadence *perlée*, enfin des dispositions *uniques* ; que pour lui il renoncerait incessamment à lui donner des leçons, qui devenaient désormais inutiles, et qu'il se bornait à lui faire respectueusement sa cour ; et après l'avoir accablé de fadeurs de cette nature, il sortait en lui prodiguant des *courbettes prosternées*, espèce de révérence fort à la mode en ce temps-là, et qui avait été inventée pour faire le contraste de ceux qui saluaient en financiers, c'est-à-dire avec une légère inclination de tête et qui, quoiqu'elle parût extérieurement et au premier coup d'œil plus respectueuse, n'était pas moins marquée au coin de la fatuité que la première, vu l'intention des trois quarts des gens de cette espèce.

Le prince, excédé à la mort de toutes les sottises de ces gens-là, était prêt quelquefois à les faire jeter par les fenêtres, mais comme il aurait fallu en bonne justice que son châtiment se fût étendu sur toute *l'espèce*, et qu'il fallait en avoir absolument ; ceux-là ou d'autres, il prenait patience, et ses heureuses dispositions perçaient au travers de tous les obstacles que lui faisait naître l'impertinence de ces maîtres, qui, gâtés par les seigneurs de la Cour, qui dans ce temps-là avaient la manie de se familiariser avec eux, oubliaient peu à peu leur profession et leur origine. Soutenus par la fureur de la mode, il ne se faisait point de soupers *élégants* dont ils ne fussent ; il était du bon ton de les avoir ; les jolies femmes se jetaient à leur tête, et ils n'avaient d'embarras que le choix des plaisirs ; du reste, faisant fort peu de cas de leurs écoliers, et croyant les honorer infiniment de laisser voir leurs vis-à-vis[27] (car ils en avaient) à leurs portes.

Ceux qui liront cette histoire plaindront à juste titre le prince d'être tombé entre les mains de ces impertinents, ils seront étonnés avec raison de la prodigieuse différence de la conduite des maîtres de ce temps-là avec celle de nos maîtres d'aujourd'hui, qui passent avec justice pour les premiers hommes du monde, et dont la vigilance, l'application et surtout la modestie ne laissent rien à désirer pour l'éducation de la jeunesse ; mais enfin la nature a dépéri par tant d'endroits qu'il faut bien qu'elle gagne de quelque côté.

En dépit de tous ces inconvénients, le prince devint un prodige d'esprit et de talents. La main invisible de la fée Lumineuse le soutenait et répandait sur lui avec profusion tous les dons qui caractérisent un homme aimable. Erzebcan et la reine ne pouvaient se lasser de l'admirer et de l'accabler de caresses, tendresse d'autant plus juste qu'elle ne ressemblait pas à celle de ces parents aveugles qui adorent tout dans leur enfants, jusqu'à leurs défauts les plus marqués et leurs inclinations les plus vicieuses, complaisance fatale qui ordinairement est la cause de la perte de l'idole, et quelquefois de ceux qui l'encensent.

Enfin le prince approcha de l'âge de quinze ans. Le roi et

la reine se souvenant des promesses de la fée, et certains de la satisfaction que lui causerait la vue du jeune Angola, virent avec plaisir approcher l'instant de son arrivée.

CHAPITRE V

NOUVEAU MONDE

Erzeb-can et Arsénide attendaient avec impatience l'arrivée de Lumineuse. Exacte à ses promesses, elle parut un jour tout à coup dans leur appartement. Ils la reçurent avec la joie la plus vive ; une aimable sérénité brillait sur son visage, quelque chose au-dessus de l'humain caractérisait en elle une intelligence céleste et bienfaisante. « Je sais, dit-elle, en s'adressant au roi, tous les soins que vous avez pris d'Angola, quoique naturels dans un père, je vous en tiens compte. Je ne l'ai pas perdu de vue un seul instant. L'intérêt que je prends à lui augmente à mesure que son mérite se développe et le rend plus digne de mes soins, c'est à moi d'achever ce que la nature et vos soins ont si heureusement commencé. Je vais le transporter dans un nouvel élément, dans une cour brillante et tumultueuse, où j'avoue que le vrai et le faux sont difficiles à distinguer. L'un se pare sans cesse des couleurs de l'autre et y ajoute peut-être des nuances qui ne servent qu'à en rendre l'attrait plus dangereux. Attentive à tout ce qui pourra contribuer à son éducation, je le conduirai à travers tous ces dangers agréables et ces illusions voluptueuses, et ne lui en laisserai prendre que la fleur, chose indispensablement nécessaire pour former un jeune homme à l'usage du grand monde, et éloigner de lui les préjugés grossiers dont les gouverneurs de la jeunesse remplissent leurs leçons pédantesques. Ne craignez pas au reste que *le commerce des femmes* le corrompe et lui gâte le cœur, c'est un axiome rebattu qui ne trouve plus créance dans ce qu'on appelle grand monde et dont vos lumières doivent vous faire aisément découvrir la fausseté.

« Le commerce des femmes polit un jeune homme, fait *sortir* ses talents et les met dans un jour favorable, le défait de cette timidité stupide et déplacée qui dépare tous les avantages de la jeunesse. La nécessité de plaire et de se rendre aimable fait disparaître cette rudesse d'écolier, cette politesse cérémonieuse, lui donne cet air aisé et aimable, fait pour la bonne compagnie, et qu'on n'acquiert qu'en la fréquentant.

« Ne craignez point, au reste, pour lui d'attachement sérieux. La coquetterie des femmes de ma cour le met à l'abri de ce danger. Peu sensibles à un amour où il n'entre que du sentiment, et qu'elles trouvent cent fois plus absurde que respectable, elles n'exigent qu'une flamme vive et *entreprenante*, qui ait tous les agréments par où finissent les grandes passions, sans avoir les ennuis qui en composent le cours. Avec elles votre fils ne s'engagera qu'autant qu'il le faut pour son plaisir et jamais assez pour qu'il soit suivi de peines, et tant qu'il ne se permettra pas de passion plus sérieuse, je le crois très à l'abri des prédictions de Mutine. Mais je languis d'impatience de voir mon aimable élève, ne me dérobez pas ce plaisir plus longtemps, que j'aie la satisfaction de partager avec lui les marques de la tendresse que je vous ai vouée. »

Le roi charmé des preuves d'amitié de la fée ordonna qu'on fît venir le prince. Il parut aux yeux de Lumineuse. Elle fut enchantée de sa figure : une taille haute et bien prise, un air noble et séant désignaient au premier coup d'œil son illustre naissance ; son visage était d'une beauté parfaite, ses traits d'une régularité achevée, un je-ne-sais-quoi de tendre et de touchant répandu sur sa physionomie, mêlé aux fleurs de l'aimable jeunesse, donnait à ses grâces ce prix touchant, mille fois au-dessus de la beauté. Enfin sa personne était une esquisse merveilleuse de toutes les perfections, auxquelles il ne manquait que cet air du grand monde, qu'il eût bientôt acquis ; la fée ne put le voir sans émotion, et elle sentit qu'il en coûtait à son cœur pour se renfermer dans les bornes de l'amitié ; elle fut aussi contente de son esprit et de ses réponses, vives et justes, qu'elle l'avait été de sa figure. Angola fut à son tour charmé de celle de Lumineuse ; elle était dans la première jeunesse (les fées ne vieillissent jamais). Pétrie de grâces et d'attraits, elle y ajoutait ce brillant singulier qui régnait à sa cour et dont elle était le parfait modèle.

Angola ne fut pas insensible à tant de charmes ; son âme, peu faite à être remuée aussi puissamment, éprouvait un frémissement inconnu, avant-coureur certain de l'empire que cette passion prendrait un jour sur son âme ; et si le respect ne fut venu à propos modérer ses mouvements, peut-être son cœur aurait-il fait bien du chemin en peu de temps mais, bientôt revenu de son premier trouble, il s'imposa à lui-même de ne regarder la fée que comme un guide éclairé dont il se fit une loi de suivre aveuglément tous les avis ; il ne sentit en lui-même aucune de ces répugnances qu'on a d'ordinaire pour les mentors, son cœur lui faisait cette espèce de trahison sans qu'il s'en aperçût.

On donna quelques jours aux préparatifs du départ du prince. Le roi et la reine lui prodiguèrent les plus tendres caresses. Les adieux furent touchants et sincères, ils ne pouvaient se lasser de recommander à la fée ce cher fils, leur unique espérance ; elle compatit en véritable amie à leur tendresse alarmée, et après leur avoir renouvelé ses promesses et les avoir embrassés tendrement, elle monta avec le prince dans son char attelé de six colombes, et se perdit dans les airs.

Elle arriva bientôt dans son palais et, traversant invisiblement tous ses appartements, elle sut se renfermer avec lui dans son cabinet pour lui donner quelques instructions nécessaires avant que de le produire à sa cour.

« Vous voici dans un nouvel élément, mon cher Angola, lui dit-elle d'un ton affectueux. Les objets qui vont frapper vos regards, les coutumes, les manières, tout est différent de la cour du roi votre père ; vous saurez un jour les raisons importantes qui l'ont engagé à me confier l'éducation de votre jeunesse ; vous êtes dans l'âge où les passions les plus vives vont se disputer l'entrée de votre cœur, leur résister absolument serait une entreprise au-dessus de vos forces, et à laquelle je n'ai pas l'injustice de vous exhorter ; mais tout dépend de ne pas se laisser maîtriser par elles. L'amour surtout va se présenter à vous sous les formes les plus agréables et les plus dangereuses ; mais prenez garde à vous y laisser assujettir, les plus cruels malheurs suivraient de près votre imprudence. Ne le rejetez pas absolument, mais n'en prenez que la fleur ; accoutumez-vous à ne le regarder que comme le sel des plaisirs, ils n'en deviendront que plus piquants. Que votre cœur, au milieu des plus tendres égarements, conserve toujours de l'empire sur lui-même ; jouissez, soyez heureux, mais libre.

— Je ne connais point encore, adorable fée, répondit Angola, les dangers que vous me faites redouter. J'espère que ma docilité à suivre vos avis m'en garantira, mais si je dois absolument y succomber, quelle autre que… »

Il ne put achever, sa langue s'embarrassa, la parole expira sur ses lèvres, une rougeur aimable vint se marier aux roses de son teint, il leva sur la fée des regards interdits qu'il baissa précipitamment. Lumineuse, peut-être plus émue que lui, craignant ou n'osant le deviner, se hâta de terminer la conversation. « Voici, dit-elle au prince, l'heure de mon lever, ma cour va se rendre en foule dans mes appartements. Je vais vous produire comme un prince nouvellement arrivé, fils d'un roi mon allié. Vous allez être accablé de politesses et de marques d'amitié ; ce sera à vous à discerner les vraies d'avec les fausses, car c'est ici le pays des *protestations et des grimaces*. Ne vous livrez qu'à ceux dont vous croirez connaître le cœur, et vivez poliment avec le général. Je connaîtrai dans peu si vous avez le cœur bien fait, et je mesurerai mon affection aux moyens que vous emploierez pour vous en rendre digne. »

À ces mots elle tendit au prince une main charmante ; sa timidité le fit hésiter mais, un mouvement plus fort que lui l'emportant, il y imprima un baiser si tendre, qu'il aurait pu lui servir d'interprète vis-à-vis de quelqu'un de moins éclairé que la fée. Elle ressentit quelque émotion et espéra qu'il ne lui serait pas difficile de l'élever *et d'en faire quelque chose*, mais elle remit ce soin à des occasions plus favorables, et appelant ses huissiers du cabinet, elle ordonna qu'on ouvrît et qu'on fît entrer toute la Cour.

CHAPITRE VI

QUI N'EST QU'UNE SUITE DE L'AUTRE

Lumineuse était adorée dans sa cour. Plus flattée d'inspirer de l'amour que la crainte, elle ne faisait sentir son empire à ses sujets qu'en les accablant de bienfaits ; elle les traitait avec une familiarité douce et aimable, qui adoucissait la fierté du sceptre sans en faire disparaître les droits. Ennemie de la violence et des vices, fruits ordinaire d'une puissance sans bornes, maîtresse du cœur de ses sujets par les droits qu'on acquiert sur les cœurs reconnaissants, sa cour était un lieu de délices d'*où étaient bannis la* crainte, la *défiance, l'esprit de révolte* : en un mot cet amas de cabales funestes, suites inévitables d'un règne injuste et qui font même, avant que d'éclore, le supplice des mauvais rois ; on ne respirait dans cette heureuse cour que la magnificence et les plaisirs, agréables impostures, qui seules peuvent nous étourdir sur les misères de notre condition.

La fée avait été absente quelques jours. Les transports les plus sincères de la part de ses sujets lui prouvèrent la vivacité de leur affection. Elle les reçut avec une complaisance et une affabilité qui prouvaient combien ils étaient essentiels à son bonheur. Les principales dames et les seigneurs de sa cour s'étant approchés d'elle, elle fit paraître Angola : « Voici, dit-elle, le fils du roi Erzeb-can, mon ami et mon allié. Il m'a confié l'éducation de sa jeunesse, et ce dépôt précieux servira à resserrer les liens qui nous unissent ; il a des droits puissants sur mon affection et je souhaite qu'il soit assez heureux pour acquérir la vôtre ; je prendrai sur mon compte les égards et les attentions qu'on aura pour lui, et personne ne peut mieux me prouver son attachement qu'en lui en vouant un semblable. » Dans toutes les cours du monde un tel discours aurait suffi pour décider l'accueil qu'aurait reçu le prince ; à plus forte raison dans celle-ci, où les lois d'une souveraine adorée étaient reçues comme des sages conseils d'amie. Le prince fut accablé dans l'instant d'un *déluge* de politesses de cour, peu sincères à la vérité ; mais sa douceur et une figure intéressante commencèrent dès lors à lui gagner les cœurs ; il fut examiné curieusement de la part des deux sexes. Les hommes à la mode de la Cour, forcés de rendre justice à sa figure, frémirent en eux-mêmes d'avoir un rival aussi dangereux ; cependant ils espérèrent que son esprit n'y répondrait pas et qu'il lui manquerait cet air de cour, cette aisance dans le jargon qui a pris la place du véritable esprit, et qui est en possession de subjuguer les trois quarts des femmes. En attendant de pouvoir juger de son esprit, ils s'amusèrent à lui trouver l'air étranger et emprunté, quelque chose de gêné dans la figure ; ensuite il était trop délicat et trop beau pour un homme, ce qui donnait lieu à cent plaisanteries *du plus mauvais genre*. Les femmes le vengèrent de cette injustice ; la plupart d'entre elles furent éblouies de sa figure. Trop connaisseuses pour que la moindre de ses grâces leur échappât, elles virent qu'il ne lui manquait que cette action tendre et voluptueuse qu'une première passion communique, et dont le germe se laissait voir au milieu de ses regards timides et embarrassés. Elles soupirèrent tout bas, et il n'y en eut pas une d'entre elles qui ne désirât vivement d'avoir les premiers fruits d'une si belle plante.

Angola, peu fait à un spectacle aussi brillant, fut quelque

temps comme hors de lui-même. La cour du roi son père n'avait rien qui approchât, ni qui eût pu le préparer au coup d'œil de celle-ci, où régnait une magnificence excessive, mêlée au goût le mieux entendu. Ses regards, après avoir erré indistinctement sur tous les objets en général, tombèrent par une propension naturelle sur un cercle de femmes charmantes, que leur rang ou leurs charges approchaient le plus de la personne de la fée. Que de perfections et de beautés réunies ! quelle richesse ! quel goût dans leurs ajustements ! Chacune semblait lui demander son cœur ; une émotion vive, mille désirs tumultueux s'élevaient dans son âme. Né sensible et voluptueux, il éprouvait d'avance cette douce fureur qui caractérise les premières passions de la jeunesse ; il ne savait à laquelle s'arrêter. Son cœur, en proie à l'impulsion la plus vive, se perdait dans cette incertitude aimable qui précède les passions, et peut-être n'en fait pas un des moindres agréments. Il eût voulu les posséder toutes, et cet excès de désirs l'empêcha d'être subjugué par aucune.

La toilette de la fée interrompit sa douce rêverie ; les propos les plus galants, la conversation la plus légère et la plus spirituelle succédèrent aux premiers compliments. Les hommes et les femmes y firent briller à l'envi leur esprit et leur enjouement, les uns dans l'envie de surpasser le prince, les autres dans le désir de faire sa conquête ; tous cependant se réunirent dans un point, qui fut d'examiner son esprit et de juger s'il répondait à sa figure. L'étonnement des uns et la satisfaction des autres furent extrêmes ; dès qu'il se mêla à la conversation, une éloquence naturelle prêtait de la grâce à ses moindres paroles ; une naïveté aimable, ouvrage de la simple nature, régnait dans ses discours ; il s'énonçait avec noblesse, et, quoiqu'il n'eût pas encore le talent supérieur de tourner *ces riens de cour* qui brillaient souvent aux dépens du bon sens, il se prêta au frivole de la conversation avec une complaisance modeste qui lui gagnait tous les cœurs ; il est vrai qu'on parlait de choses où il n'était pas absolument juge compétent, mais ses lumières naturelles y suppléaient. On y passa en revue toutes les modes ; tous les jours on apportait à la reine une poupée de chaque sexe pour qu'elle fût au fait du changement qui s'était fait la veille dans les habillements. Ces sortes de décisions ordinairement émanaient d'un soupé de petites-maîtresses, de la toilette de quelque coquette, de la loge de quelque actrice de l'Opéra, ou de la boutique de quelque marchande de modes, et on avait soin de les porter à la reine afin qu'elle les rectifiât selon la supériorité de son intelligence.

À ce propos intéressant succédait le récit d'une aventure galante, arrivée récemment, que quelque seigneur des mieux auprès de la reine lui racontait à demi bas, de façon que tout le monde l'entendait, ce qui causait quantité de plaisanteries entre les jeunes seigneurs et beaucoup de rougeurs *préméditées* parmi les dames, et pour lors les éventails étaient d'un grand secours : on minaudait, on se cachait le visage, car à la Cour *ne rougit pas qui veut*, et il est très disgracieux pour une femme de l'avoir entrepris sans y réussir.

C'était ensuite quelque vaudeville[28], ou quelque couplet des plus vifs et des plus méchants, qu'on se donnait de l'un à l'autre avec un mystère affecté ; on faisait cependant si bien que le papier finissait par tomber entre les mains de la reine, qui ne voulait pas le voir, et dans la minute le lisait, et, *jouant la distraction*, faisait semblant de n'y rien entendre, et cependant le trouvait charmant et bien tapé[29]. Toutes les femmes de la Cour ne manquaient pas de suivre son exemple et d'en sentir fort bien les beaux endroits, quoiqu'elles fussent censées n'y avoir rien compris.

La toilette de la fée triompha cependant de toutes ces minuties ; il est vrai que, n'ayant rien à réparer, le soin de sa parure n'exigeait d'elle qu'une légère attention, et ses grâces naturelles étaient à l'épreuve de toutes ses distractions, et de celles de ses femmes. Elle parut enfin dans tout son éclat, parée de ce goût singulier et brillant qui n'était qu'à elle seule, que plusieurs femmes de sa cour imitaient, et que le grand nombre défigurait cruellement en le portant à un excès ridicule. Elle sortit en s'appuyant, d'un air tendrement nonchalant, sur le bras d'Angola, et cette préférence, déjà si décidée, excita la jalousie des deux sexes, mais par des motifs bien différents.

CHAPITRE VII
PEU À PEU NOUS ARRIVONS

On fut prendre le plaisir de la promenade dans les jardins délicieux du palais de la fée. Ce serait ici le lieu de m'étendre impitoyablement sur leur description, de promener le lecteur dans des parterres, des bosquets, des labyrinthes ornés des jets d'eau les plus rares et des statues des plus grands maîtres, et cent mille autres minuties de cette nature qui ne serviraient qu'à *le mener au supplice* par le chemin le plus long. Je me contenterai de dire que c'étaient *des jardins de romans* ; si cette idée ne suffit pas pour les imaginations stériles, ces sortes de gens n'ont qu'à ouvrir le premier de ces livres qui se rencontrera sous leur main, ils y trouveront de ces descriptions que je leur défie de lire sans *expirer d'angoisse* à moitié chemin. Pour moi je leur épargne une aussi rude épreuve.

On se dispersa dans différentes allées, et il resta auprès de la reine quelques dames de celles qu'elle chérissait le plus et quelques seigneurs de la Cour. La conversation devint moins générale, et par conséquent plus intéressante ; la nouveauté de tous ces objets, et l'air de volupté qui y était répandu avait donné aux yeux du prince une impression de tendresse qui était aisée à démêler. La fée prit de là son texte : elle parlait volontiers galanterie, et cette sorte de conversation n'ennuyait pas *autrement* les dames de sa cour. « Vous avez l'air rêveur, dit-elle au prince. Que signifie cette physionomie *en dessous* que vous avez adoptée ? Est-ce de l'ennui, ou quelque chose de plus embarrassant ? Vous ne répondez pas ? En vérité je serais portée à vous croire amoureux, et je voudrais de tout mon cœur connaître l'heureux objet qui a opéré une si étrange conversion, je le féliciterais d'une conquête si inopinée. » Elle disait ces paroles d'un air si tendre qu'il était aisé à distinguer qu'elle aurait été bien au désespoir que les félicitations se fussent adressées *à une autre* qu'à elle. « Je ne sais, dit une femme de la Cour nommée Zobéide, si une conquête si précipitée pourrait réjouir extrêmement celle qui l'aurait faite ; elle pourrait paraître si flatteuse qu'elle exciterait l'envie de tout le monde, et les alarmes où l'on serait continuellement de la perdre feraient payer avec usure les doux moments que pourrait procurer une tendresse réciproque. » Angola, qui jusque-là, à force d'avoir attention à tout, n'avait rien remarqué en particulier, ne put s'empêcher de considérer avec intérêt celle qui lui marquait une crainte si obligeante : que d'agréments et que d'attraits il vit réunis dans une seule personne. Zobéide, âgée à peine de dix-huit ans, joignait à toutes les grâces enfantines de son âge les airs du grand monde de la femme *la plus faite*. Belle comme le jour, elle n'avait besoin d'aucun art pour l'être et ignorait les supercheries inventées par ces beautés *délabrées et décrépites* dès leur jeunesse ; sa parure, il eſt vrai, était des plus *élégantes*, mais elle ne servait qu'à développer la richesse de sa taille et la beauté de ses traits, et n'usait d'aucun artifice pour en relever l'éclat. Des grâces si touchantes firent leur effet. Le prince ne put les voir sans la plus tendre émotion, et ses désirs errants se fixèrent dans l'inſtant. Il profita du moment qu'un miniſtre vint présenter à la reine une feuille d'emplois vacants à signer, qu'il assurait sur son honneur avoir remplie des sujets les plus capables. La fée, qui se serait fait un scrupule d'en douter après une pareille promesse, le signa dans l'inſtant sans le lire, et s'étant écartée avec lui pour lui donner quelques ordres, le prince saisit cet inſtant pour s'approcher de Zobéide : « Que je serais heureux, madame, lui dit-il d'une voix basse et tremblante, si la crainte obligeante que vous avez marquée tout à l'heure était réelle, et que je serais flatté de vous l'inspirer.

— Ce que j'ai dit, lui répondit-elle d'un ton fort ému, n'était simplement que pour répondre au discours de la reine. Il eſt vrai qu'en général je crois qu'il n'eſt guère de situation plus cruelle que celle d'une femme qui, se croyant en droit de compter sur la tendresse d'un homme par l'excès de la sienne, se voit à tous moments en danger de le perdre.

— Que vous me désabusez cruellement, interrompit le prince d'un air conſterné, et que vous me prouvez bien le tort que j'ai eu d'oser un inſtant me faire une application aussi flatteuse. Illusion charmante, que vous avez peu duré !

— Je ne me persuade pas, reprit Zobéide, que vous soyez fort sensible à sa perte, et je n'ai point assez de vanité pour croire qu'elle vous intéresse à ce point ; mais vous voulez prendre *le ton* de notre cour. Il eſt de *l'état* d'un homme à la mode d'adresser partout ses vœux, et peut-être n'ai-je d'autre mérite à vos yeux que de m'y être offerte la première.

— Pourquoi me désespérer, dit Angola, par des doutes aussi cruels ! Que ne puis-je, par les serments les plus forts…

— Arrêtez », dit Zobéide, déjà à demi persuadée de ce qu'elle souhaitait avec ardeur, « le temps et votre conduite me prouveront mieux que toute votre sincérité. J'ai été insensible jusqu'ici, cet état est trop charmant pour y renoncer aisément ; cependant je ne sais… Mais la reine vient à nous, évitons ses regards curieux. Ou je m'y connais mal, ou je crois qu'elle n'approuverait point entre nous ces sortes de confidences. »

En effet, l'heure du repas approchait, et toute la Cour rentra pour y assister. L'après-dîné, il fut question de jeux, on proposa un biribi et un cavagnol ; chacun adopta celui qui lui plaisait davantage ; on présenta les tableaux. Les valets de chambre eurent une peine infinie à arranger les parties, par le désordre étudié qui régnait dans les salles et les caprices continuels des joueurs, qui voulaient tantôt être à une table, tantôt à l'autre. Enfin, on se mit au jeu avec beaucoup de désordre et de distraction ; on le continua sur le même ton, quoique avec beaucoup d'avarice ; on regarda les yeux, on tricha ; on fut emporté dans la perte et insolent dans le gain. Les jeunes gens qui ne jouaient pas, couchés plutôt qu'adossés sur le fauteuil des dames, leur contaient à l'oreille cent sornettes, voyaient le jeu de leurs voisins, les conseillaient, ensuite marmottaient quelques couplets gaillards ; pour lors on leur donnait des coups d'éventails pour la forme. Enfin tout fut dans les règles.

Le reste de la soirée et les journées suivantes se passèrent à peu près dans les mêmes plaisirs et les mêmes occupations. Le prince se fit estimer de plusieurs hommes, et aimer de toutes les femmes ; mais son cœur penchant pour Zobéide et ce penchant contrebalancé par les charmes de la fée le rendaient insensible à tout autre objet. Il était dans une de ces incertitudes amoureuses où l'occasion détermine et où l'objet, au profit de qui elle tourne, tout puissant qu'il est, ne peut empêcher quelque réminiscence favorable à sa rivale ; en un mot, il avait dans le cœur le germe de ce qui compose un homme à la mode et un parfait petit-maître. On verra s'il remplit sa destinée.

Parmi les jeunes gens de la Cour qui s'étaient attachés à lui, il s'était prévenu d'inclination pour Almaïr, jeune homme de la plus haute naissance et un des seigneurs de la Cour les plus à la mode. Il ne pouvait tomber en de meilleures mains pour cultiver les heureuses dispositions que la nature avait mises en lui ; il ne tarda pas à ressentir l'effet de ses leçons. On lui avait vanté les spectacles et surtout l'Opéra du pays ; il attendait avec impatience *le premier vendredi*. Ne pouvant se résoudre à le voir *en robe de chambre*[30], il pria Almaïr de l'y accompagner, ayant beaucoup de questions à lui faire sur des choses qui lui étaient absolument inconnues, et qu'il était du bon ton de ne pas ignorer.

CHAPITRE VIII

SPECTACLES, PROFIT QU'ON EN TIRE

Le prince fut exact les jours suivants à faire sa cour à la fée. Peu à peu il s'accoutuma au brillant et aux manières évaporées qui triomphaient pour lors ; il commença à les trouver plus supportables, et ce sentiment le conduisait nécessairement à un autre qui était de désirer de les prendre. Il vit Zobéide ; sa naïveté le servit peut-être mieux dans cette occasion que n'auraient fait les discours les mieux étudiés ; elle fit une impression plus puissante. Zobéide, flattée d'avoir subjugué un cœur neuf et d'en avoir les agréables prémices, lui laissa voir une partie de sa sensibilité. Charmée d'être convaincue d'une chose dont elle aurait été au désespoir de douter, mais ne pouvant cependant renoncer au *manège usité* à la Cour, elle lui marquait des incertitudes et des craintes qu'un autre plus aguerri que lui aurait cherché à calmer par les plus tendres transports, mais qui paraissaient aux yeux du prince encore novice des obstacles insurmontables.

Enfin le jour de l'opéra étant arrivé, la reine s'y rendit avec une cour nombreuse et brillante. Le prince, qui voulait connaître à fond ce genre de spectacle, s'y était rendu des premiers. Arrivé dans les coulisses avec Almaïr, ils s'approchèrent de quelques-unes de ces divinités qui recevaient d'un air distrait et enfantin les éloges de quelques jeunes gens, fades adorateurs de leurs *attraits postiches*. Celle-ci s'enflait à perdre la respiration pour constater l'évidence d'une gorge *reteinte et étayée*, et qui parfois, par sa docilité naturelle, trahissait l'intention de sa maîtresse dès qu'elle cessait d'être un moment sur ses gardes. Celle-là, feignant de repasser un pas de ballet, cherchait à mettre au jour une jambe, et même quelque chose de plus, pour dédommager l'assistance de la tournure hideuse *de son buste*. Telle enfin se voyait fêtée, et à l'enchère, dans ce pays d'enchantement, qui peu de temps auparavant plongé dans la crapule la plus indigne, avait servi de *plastron*[31] et de pis-aller à la plus basse débauche. Le théâtre retentissait, longtemps avant le commencement de la pièce, de plusieurs fredonnements différents, par où ces *sirènes plâtrées* tâchaient d'attirer les sots dans leur filets. Surtout l'encens des étrangers fumait assidûment sur leurs autels ; elles leur pardonnaient volontiers, en faveur de leurs *truchements sterling*, ce qui leur manquait du côté de la politesse et de l'esprit. Dès qu'elles virent Angola, elles désirèrent de faire cette prise, mais bientôt informées de son rang et le voyant accompagné d'Almaïr, un des plus sanglants caustiques de la Cour, elle désespérèrent d'y réussir.

Le prince, pour être en règle et par les avis d'Almaïr, *rôda* beaucoup dans les coulisses, se montra par la fente du milieu de la toile et ensuite par les deux côtés du balcon, fut aperçu par la reine, qui le reconnut et le lorgna après *par bienséance*, ensuite lui fit des mines avec son éventail, auxquelles il répondit de son mieux avec un bouquet qu'il avait dans la main. Mais Almaïr, s'apercevant tout à coup qu'il n'avait point de lorgnette, le lui fit remarquer comme une furieuse *incongruité* : il n'y avait rien de si bourgeois et de si plat que d'avoir la vue bonne ; tous les gens d'une certaine façon *clignotaient* et ne voyaient pas à quatre pas, et sans cela il n'y aurait pas eu moyen d'y tenir, il aurait fallu saluer tout le genre humain.

Le prince, au désespoir de cette faute, appela un de ses gens pour lui en apporter une au plus tôt ; et en attendant, Almaïr lui montra la façon de s'en servir. L'orchestre, qui commença alors à préluder, les interrompit. Ils furent se placer dans les balcons ; on jouait *H… et A…*[32]. L'ouverture la plus brillante et la plus harmonieuse annonçait le talent supérieur du grand maître qui l'a composée. En vain les partisans de la musique antique, plus radoteurs que respectables, s'efforçaient de trouver des défauts dans un morceau si excellent, tantôt en disant que sa musique ne flattait point l'oreille, ou que le génie de notre langue ne lui convenait pas ; forcés de lui rendre justice, ils étaient obligés de convenir *en enrageant* que cet homme divin était maître de la nature comme de l'art, qu'il excellait dans les morceaux simples et touchants comme dans les plus travaillés. Les plus raisonnables se rendaient et on renvoyait les plus entêtés se désennuyer avec les ponts-neufs[33] du siècle passé.

Le prince fut quelque temps hors de lui-même par la nouveauté et le brillant enchanteur de ce spectacle ; peu à peu il reprit ses esprits et fut en état d'examiner plus de sang-froid les talents supérieurs qui parurent à ses yeux. Il écoutait *bourgeoisement* l'opéra, c'est-à-dire qu'il y donnait toute son attention, tandis qu'Almaïr, plus *usagé* que lui, minaudait, *braquait* sa lorgnette impitoyablement sur toutes les femmes, changeait à tout moment de posture, était couché et non assis sur le balcon, et chantait à demi-voix ce que l'acteur chantait sur le théâtre. Le prince, *désolé* de ce mouvement perpétuel, lui dit : « Je croyais qu'on venait au spectacle pour l'entendre, mais apparemment que ce n'est pas la mode, car vous êtes d'une distraction qui ne vous permet pas sûrement d'en remarquer les beautés ni les défauts.

— *Fi donc !* vous moquez-vous ? reprit Almaïr. On a sa réputation à garder, et rien n'est si maussade que d'écouter une pièce comme le *marchand du coin* ou comme un provincial qui débarque ; nous autres gens d'une certaine façon, nous sommes censés tout savoir. On vient ici pour voir les femmes, pour en être vu ; on entend tout au plus deux ou trois morceaux consacrés par la mode, et à la fin on loue à l'excès ou l'on blâme hardiment toute la pièce. C'est l'affaire des auteurs de gagner d'avance notre suffrage, puisque c'est nous qui décidons de leur sort, et qu'il est bien constant qu'ils ne peuvent avoir aucun mérite quand ils n'ont pas le bonheur de nous plaire.

— De cette façon, dit le prince, puisque vous n'avez point d'attention à leur prêter, vous m'obligerez beaucoup de m'instruire sur les principaux sujets qui brillent ici.

— Je vais vous satisfaire, dit Almaïr.

« Cet acteur que vous voyez arriver, qui fait le rôle du jeune prince, est un de ces sujets que les dieux n'accordent que rarement aux mortels. Son organe divin rassemble en lui les sons les plus harmonieux, l'éclat le plus brillant et les cadences les mieux frappées et les plus touchantes ; maître dans l'art de remuer les cœurs, il nous enlève à nous-mêmes et nous met de moitié de tous les sentiments différents qu'il éprouve. C'est à cette supériorité de talents que la chronique attribue des aventures qui l'ont mis vis-à-vis des premiers de la Cour ; et quoique peut-être cette concurrence lui ait été fatale, il est toujours glorieux pour quelqu'un de son état d'être entré en lice, d'avoir eu pour lui le cœur des dames et d'avoir *débusqué*[34] des gens qui ne s'attendaient pas à être réduits à une pareille comparaison. Au reste, sa voix est un de ses moindres talents ; il est aimable, fait pour la bonne compagnie, la voit, et ce qui est plus étonnant, ne s'y méconnaît pas. »

Le premier acte fini, Almaïr fit remarquer au prince qu'il était de la bienséance de paraître un instant dans la loge de la reine. Ils se présentèrent, et Angola fut reçu d'elle avec sa bonté ordinaire, au travers de laquelle perçaient quelques coups d'œil tendres, à qui le prince n'osa donner que la moitié de leur signification. Angola fut ébloui de sa beauté. Couverte de l'habillement le plus riche et des diamants les plus rares, elle leur prêtait plus d'éclat qu'elle n'en recevait d'eux. Le souvenir de Zobéide s'affaiblit dans l'esprit du prince pour se livrer tout entier à l'objet présent, dont les tendres regards, malgré le peu de disposition qu'il avait à se flatter, lui laissaient dans l'avenir concevoir quelque espérance. La fée s'aperçut de l'impression que sa vue faisait sur le prince et elle trouva moyen dans la conversation de lui *glisser de ces petits mots* qui ne peuvent être entendus ni interprétés que par deux personnes qui ont intérêt de se deviner, et entre lesquelles il y a déjà une *sympathie d'organes* établie qui les éclaire sur leurs sentiments mutuels ; façon d'agir qui deviendrait dangereuse avec un homme expérimenté, en lui donnant trop d'avantage, mais qui ne sert tout au plus qu'à encourager un novice.

La conversation fut interrompue par l'arrivée de l'actrice fameuse qui réunissait tous les suffrages du public. Cette femme, unique dans son espèce, joignait à l'organe *le plus inouï* le talent le plus supérieur de la déclamation lyrique ; sa voix d'une étendue immense, forte ou adoucie selon la nécessité, ses inflexions rapides *ou flûtées*, mais toujours également surprenantes, donnaient l'exemple du plus haut point de perfection où puisse atteindre ce talent ; elle joignait à cela l'art de peindre les passions de quelque espèce qu'elles fussent ; une expression vraie, une action vive et passionnée caractérisaient son chant ; tantôt par un air gai et léger, elle versait la joie dans l'âme des spectateurs ; tantôt dans un morceau tendre et touchant, nous traçant fidèlement les transports d'une amante au désespoir, elle s'emparait de toutes les facultés de l'âme, excitait un doux frémissement dans le cœur, arrachait de ces larmes que les cœurs sensibles versent avec tant de volupté et qui les affectent davantage que les transports de la joie la plus vive. Son chant fut terminé par une danse exécutée par deux gens inimitables dans leur genre. L'un, d'une taille haute et parfaite, traçait les danses les mieux caractérisées ; son agilité dérobait souvent aux regards la perfection et la justesse de ses opérations ; ses pas, ses attitudes avaient un langage muet dont l'éloquence enlevait les cœurs. Il peignait au vif les passions, et on les ressentait sans avoir honte d'*être affecté par la mécanique*[35].

L'autre, c'était une femme, avec la légèreté d'un oiseau, et la précision la plus admirable, exécutait des choses jusqu'alors crues impossibles, s'élevait dans les airs, y paraissait soutenue par les zéphyrs. Ses sauts merveilleux et son agilité incroyable traçaient aux danseuses une route nouvelle qu'aucune d'elles n'est tentée de suivre. Pendant les applaudissements qu'on leur prodiguait à juste titre, Almaïr aperçut dans une petite loge en *clavecin*[36] Zobéide avec Aménis, autre dame de la Cour. Il fit faire cette remarque au prince qui, partagé entre la fée et elle, ne sut à quoi se déterminer ; mais Zobéide, les ayant aperçus et *lorgnés*, leur fit signe de son éventail, et Almaïr ayant représenté au prince qu'il y aurait une impolitesse marquée à n'y pas aller, cela acheva de fixer ses irrésolutions et ils disparurent de la loge de la reine.

Arrivés au corridor de l'amphithéâtre, ils furent introduits dans le clavecin où ils y trouvèrent Zobéide et Aménis couchées nonchalamment et occupées à faire des nœuds ; elles étaient en robe ouverte et sans panier, enfin dans toutes les règles de l'*incognito*. « J'ai été malade à mourir toute la journée, dit Zobéide d'un ton languissant et regardant tendrement le prince ; la chère Aménis a bien voulu amuser ma solitude, et je suis venue ici pour dissiper des vapeurs *qui m'excèdent*. Je ne sais mais je ne suis point dans mon assiette naturelle : les plaisirs bruyants de la Cour m'ennuient, et je préférerais un réduit aimable, avec une compagnie choisie où l'on pût…

— Cette vocation est admirable, s'écria Almaïr. J'aime en vous, madame, cet esprit de recueillement ; je sens que votre exemple opère, et dès ce moment je me jette dans la retraite. Je vais tâcher d'inspirer mes sentiments à Aménis, je vous charge de la conversion du prince, mais comme ces sortes de choses ne doivent point s'arranger devant des tiers, souffrez que j'instruise madame en particulier, tandis que vous aurez la complaisance de faire la même chose à l'égard du prince. Je suis bien trompé si sa vocation n'eſt bonne et telle que vous la pouvez désirer. »

Almaïr, consommé dans l'art du monde et des femmes, avait deviné au premier coup d'œil les prétentions de Zobéide sur le prince, et les désirs timides du prince pour Zobéide. Pour épargner à ces deux amants des longueurs qui pourraient impatienter l'une et rebuter l'autre, il avait résolu de leur rendre le service important d'abréger bien des cérémonies, en les mettant *vis-à-vis l'un de l'autre et à leur aise.* Outre cela, il était résolu à la première occasion d'inſtruire le prince de la façon de traiter l'amour à la Cour, et d'éviter les longueurs fades et plates qui étaient confinées dans le fond des provinces. D'ailleurs il avait une *affaire arrangée* avec Aménis, avec qui il n'était pas fâché d'avoir quelque moments d'entretien.

Ainsi, dès qu'il proposa la conversation particulière, Zobéide commença par plaisanter avec ses grâces ordinaires sur cet esprit d'arrangement et finit par en profiter de très bon cœur. Bientôt il se forma des deux côtes une conversation où l'amour fut traité à la moderne, c'eſt-à-dire qu'on le dépouilla de *phébus*[37] et de ces proteſtations ennuyeuses qu'il n'eſt pas en son pouvoir de tenir. On se trouvait réciproquement aimable, on se le dit, ou on se le laissa deviner, il n'y a pas loin de là à la reconnaissance et au désir de s'acquitter.

Ils étaient au plus tendre de leur entretien quand Almaïr, sévère observateur des bienséances, les fit apercevoir qu'on était au cinquième aƈte ; et comme il n'y a rien de *si indécent* que d'attendre la fin d'une pièce, quand même toutes les beautés y feraient renfermées, ils sortirent. Almaïr donna la main à Aménis, et le prince à Zobéide. « Avez-vous un souper arrangé ? dit-elle à Angola.

— Je ne m'en prévois pas, répondit-il tout ému.

— Aménis et Almaïr voudront bien être des nôtres, dit-elle en haussant la voix.

— Je suis furieuse de vous refuser, dit Aménis, mais j'ai une migraine qui me tue, *je suis ce soir d'une sottise rebutante*, et je vais m'ennuyer sur ma duchesse ; et puis je n'ai qu'un vis-à-vis. Ma petite, comment ajuſter tout cela ?

— Je dois avoir mes gens à la porte, dit Zobéide.

— Je vais m'en éclaircir », dit Almaïr, et il revint dans la minute dire qu'ils ne paraissaient pas.

Zobéide *joua la courroucée* : « En vérité, dit-elle, cela eſt impatientant ! J'aurais été charmée de vous rassembler ce soir chez moi, mais tout cela me paraît bien difficile à arranger.

— Rien n'est plus simple, dit Almaïr ; je n'imagine pas que nous puissions passer la soirée ensemble ; d'ailleurs, madame, dit-il en parlant d'Aménis, est malade, et outre cela elle a encore quelques doutes à me proposer, que je suis bien aise de résoudre. Elle aura la bonté de me remener dans son vis-à-vis, et le prince voudra bien vous rendre le même service.

— Adieu, reine, lui dit Aménis ; je suis outrée d'être obligée de vous quitter », et en disant cela, elle donna la main à Almaïr et monta dans son vis-à-vis, où il la suivit ; et après avoir dit adieu au prince et à Zobéide avec un souris malin, ils partirent.

« Mais quelle extravagance, dit Zobéide d'un air à demi fâché. Pourquoi ne pas venir tous au logis ? Pour cela *ils sont d'une folie qui ne ressemble à rien*. La place n'est pas tenable (elle était à l'entrée du cul-de-sac). Voudrez-vous bien, dit-elle au prince, me remener ? »

Le prince ne répondit rien, mais il lui offrit la main, qu'il lui serra de façon à lui donner quelques espérances. Elle monta dans son équipage ; il y monta après elle, et il ordonna qu'on menât au logis de Zobéide.

CHAPITRE IX

QU'IL NE FAUT COMPTER SUR RIEN

Angola, étant dans son vis-à-vis avec Zobéide, se trouva dans un état nouveau qu'il aurait eu bien de la peine à définir. Peu fait à la conduite des tête-à-tête, il éprouvait à la vérité une sensation délicieuse inconnue pour lui jusqu'alors, mais il ne savait comment l'exprimer. Trop jeune encore et trop peu expérimenté pour croire que son aventure fût avancée, à peine se croyait-il permis de parler ouvertement de son amour. La violence de ses passions aurait pu, il est vrai, produire un de ces quarts d'heure vifs et entreprenants où un novice devient, par la vérité de ses transports, plus dangereux pour une femme du monde que l'homme le plus *maniéré* ; mais ces transports n'étant point soutenus par une façon de penser décidée sur les femmes, et formée par l'expérience, le moindre regard ou le moindre discours sérieux de Zobéide, qui n'aurait fait qu'encourager quelqu'un d'expérimenté, aurait anéanti le prince de façon à lui faire perdre tous ses avantages.

L'attitude où un homme et une femme se trouvaient nécessairement dans ces sortes d'équipages avait je ne sais quoi de voluptueux qui rendait l'un plus entreprenant et l'autre plus facile à vaincre. Les genoux et les jambes se trouvaient entrelacés l'un dans l'autre ; les visages, vis-à-vis et très près l'un de l'autre, se renvoyaient mutuellement la chaleur de la passion qui les animait. Séparés du reste du monde et se regardant comme dans une entière solitude, tout disposait à la volupté et contribuait à diminuer les égards d'un côté, et à faire perdre les scrupules de l'autre. Heureuse invention, et dont l'artiste devait être un des plus chers favoris de l'amour ! Combien de femmes, en effet, après avoir résisté aux occasions les plus délicates, étaient venues *échouer décemment* dans un vis-à-vis ? Combien d'amants ne devaient leur bonheur qu'à son attitude voluptueuse et à la nécessité du tête-à-tête ? Mais Angola ignorait tout le prix de sa situation. Il ne connaissait encore aucun des avantages précieux attachés à *reconduire*, avantages qui avancent plus une passion que six mois de soins, parce que les premières approches, ordinairement si difficiles, se trouvant faites naturellement, les préliminaires ennuyeux, par où il faut passer, pour vaincre une *coquetterie étudiée*, se trouvaient nécessairement bannis. Le prince, peu maître de son trouble et ne devinant point l'occasion, ne lui tint que des discours sans suite, qui la flattèrent davantage par le caractère de passion qu'ils portaient que l'éloquence la plus persuasive. Ses désirs étouffés par la timidité rendaient sa respiration vive et précipitée. Il serrait une main que Zobéide lui abandonnait comme par distraction mais, n'osant entreprendre davantage, et confus même de sa hardiesse, il employa à craindre de l'offenser un temps précieux que Zobéide passa à craindre *qu'il ne se mît pas dans le cas d'avoir besoin de pardon*. Enfin ils arrivèrent chez elle, lui croyant ses affaires fort peu avancées, et elle songeant comment elle pourrait avec décence mettre cette aventure à fin.

Angola lui donna la main jusque dans son appartement, et comme il n'aurait jamais osé espérer de souper tête à tête avec elle, et qu'il croyait la partie rompue par l'absence d'Almaïr et d'Aménis, après quelques propos généraux, il voulut prendre congé. « Pourquoi donc ? dit Zobéide. Où voulez-vous aller à l'heure qu'il est ? J'avais compté, il est vrai, vous procurer la compagnie d'Almaïr et d'Aménis, *j'en suis furieuse* ; mais enfin vous mangerez un morceau ici ; nous causerons, et vous me permettrez de vous renvoyer de bonne heure. Je suis malade à *périr*, et je n'imagine pas que je doive vous paraître amusante, *car je suis faite à faire peur.* » Cela se disait en se raccommodant d'un air nonchalant dans un trumeau. Ensuite elle se mit sur sa duchesse pour ne perdre aucune des prérogatives de la mauvaise santé. « Assoyez-vous », dit-elle à Angola, en lui montrant un fauteuil vis-à-vis d'elle, et posté de façon qu'il ne perdait aucune des grâces que lui prêtait son attitude.

Elle était couchée négligemment, *et par décence faisait des nœuds.* Son déshabillé galant et léger laissait voir une partie de ses charmes et semblait ne cacher l'autre que pour augmenter les désirs. Une robe ouverte, un corset garni d'une échelle de rubans couleur de rose, noué galamment, laissait voir une gorge adorable, d'un embonpoint et d'une blancheur parfaite ; sa jupe tant soit peu relevée, soit par l'ouvrage du hasard, soit à dessein, offrait aux yeux un pied d'une délicatesse et d'une tournure achevée, et le bas d'une jambe charmante, qui donnait sur le reste *les préjugés les plus avantageux.* Son attitude était voluptueuse et ne dérobait aucun des charmes de sa taille ; ses regards doux et languissants, sa physionomie animée et touchante, portaient une impression de volupté qui aurait remué les cœurs les plus insensibles.

Dans quel état se trouva le prince à la vue de tant de charmes ! Il éprouvait des mouvements indéfinissables ; un trouble inconnu et puissant le maîtrisait au point de lui ôter la liberté de s'exprimer. Il levait sur Zobéide des regards où les désirs et la timidité se combattaient, et qu'il baissait précipitamment dès qu'il rencontrait les siens. Il avait l'air rêveur et agité. « Je ne sais, lui dit Zobéide en souriant tendrement, si c'est par compassion pour ma maladie, ou par l'ennui qui saisit vis-à-vis des malades, que vous avez une physionomie si triste. Quoi qu'il en soit, ce n'est point là l'espèce de remède ni de soulagement que j'attends de votre présence ; mon indisposition vient en partie d'être excédée du fracas de la Cour, et j'imagine qu'une conversation tendre et pleine de confiance, avec quelqu'un qui me conviendrait, dissiperait mes vapeurs et me remettrait l'esprit dans mon assiette naturelle.

— Peut-être aussi, interrompit Angola d'une voix tremblante, que cette cure pourrait devenir fatale à celui qui l'entreprendrait.

— Je ne vois pas votre idée », reprit Zobéide, en jetant sur lui *un de ces regards en dessous*, armes les plus dangereuses des femmes.

« Ah ! madame, s'écria le prince d'un ton passionné, quel mortel assez heureux pourrait être choisi de vous pour ces dangereuses conversations, pourrait être insensible à ces épanchements de confiance et de tendresse dont vous parlez, et que de maux ne se préparerait-il pas, si, après avoir opéré votre guérison, vous aviez la cruauté de ne pas vouloir vous prêter à la sienne ?

— La reconnaissance mène quelquefois plus loin qu'on ne croit, reprit Zobéide, et le cœur fait bien souvent des trahisons si aimables qu'il ne laisse pas même la force de se les reprocher ; mais je ne vois pas pourquoi votre imagination travaille à se tracer des maux, dont je vous crois fort éloigné, et auxquels, quand ils seraient réels, on ne pourrait être sensible sans courir tous les risques inséparables des défauts des jeunes gens.

— Qui mieux que vous est capable de les faire disparaître ? s'écria Angola. Ah ! madame, par pitié n'augmentez pas les obstacles qui m'épouvantent, j'en ai assez à redouter dans votre indifférence ! Je n'ai de mérite à vos yeux que l'amour le plus violent. »

Un mouvement passionné le précipita aux genoux de Zobéide, il était hors de lui-même ; on voyait couler sur ses joues de ces douces larmes, preuve de la vivacité d'une passion, attendrissement aimable et dangereux fait pour gagner les cœurs les plus sévères, et qui conduit sûrement au bonheur ceux qui sont assez heureux pour le ressentir, et qui savent en faire usage.

Zobéide n'était pas moins émue que lui. Elle n'avait vu, depuis qu'elle était dans le monde, que les transports étudiés des gens de cour, *tendresse de grimace*, et qui devient insupportable dès qu'on cesse un instant de se prêter à l'illusion. Elle n'avait pas eu de la peine à défendre son cœur de ces sortes de séductions, dont elle sentait parfaitement le ridicule. Elle se trouvait donc ici dans une situation neuve pour elle. La vérité des transports du prince, la candeur qui régnait dans ses protestations les plus tendres, la difficulté de résister à l'objet aimé, l'occasion, tout était contre elle. Cet aveu charmant, qui devait décider de leur bonheur, était prêt à lui échapper ; le prince embrassait ses genoux, *et cette posture, imaginée par le respect, n'est pas toujours fidèle à l'intention du fondateur.* Ses yeux se seraient dessillés peu à peu, lorsqu'on vint les avertir qu'ils étaient servis. Le prince se releva avec promptitude et, s'étant remis tous deux de leur émotion, ils furent se mettre à table avec un air composé, pour échapper aux regards curieux et aux conjectures des laquais, *espèce maudite,* qui dans ce temps-là passaient leur vie à espionner leurs maîtres.

Il ne fut question pendant le repas que de choses indifférentes. Le prince, qui n'était pas encore défait absolument de l'éducation unie et grossière de son pays, mangea *comme un vrai académiste*[38] de tout, et beaucoup. Pour Zobéide, elle vécut bien plus décemment, elle laissa les bonnes choses, *ne mangea que des drogues*[39]*, des têtes, des pattes de petits pieds et un léger morceau d'entremets, joua la mauvaise poitrine,* et cependant au dessert s'humanisa avec le vin de Champagne et la crème des Barbades, faisant cependant une grimace agréable, et les trouvant d'une force horrible, seulement pour la forme. Ils parlèrent peu et se lâchèrent quelques-uns de ces mots entrecoupés, qui dédommagent de la contrainte où l'on est devant des tiers incommodes.

Ils sortirent de table. « Vous avez, sans doute, lui dit Zobéide, demandé votre équipage de bonne heure ; quoique charmée de vous avoir, *les veilles me tuent,* et je crois de bonne foi que je vais me mettre dans le régime.

— Je sacrifierai toujours mes plaisirs aux vôtres, répondit le prince ; et quoique je n'imagine pas que mes gens puissent tarder, si j'avais le moindre soupçon de vous incommoder, j'aimerais mieux…

— Non pas cela, interrompit Zobéide ; avec un homme aussi modeste que vous, on ne doit point craindre de se relâcher, mais tous les jeunes gens ne vous ressemblent pas. »

En disant cela, ils passèrent dans un cabinet reculé au fond de l'appartement, plus voluptueusement meublé que tout ce que le prince avait vu jusque-là. Il était revêtu de glaces, et on voyait sur les panneaux des aventures galantes, rendues avec une expression parfaite ; aucune d'elles ne peignait les rigueurs, elles étaient bannies, même en peinture, de ce lieu de plaisir. Tout y respirait l'amour content, un lit de repos en niche, de damas couleur de rose et argent, paraissait comme un autel consacré à la volupté, un grand paravent *immense* l'entourait, le reste de l'ameublement y répondait parfaitement : des consoles et des coins de jaspe, des cabinets de la Chine, chargés de porcelaines les plus rares, la cheminée garnie de magots à gros ventre de la tournure la plus neuve et la plus bouffonne, des écrans en découpures[40] travaillés par les mains de Zobéide et des hommes les plus savants de la Cour, et les bougies placées derrière des rideaux de taffetas vert, qui semblaient être faits pour rompre la trop grande clarté, et qui ne laissaient que ce demi-jour qui paraissait avoir été inventé pour éclairer les entreprises de l'amour, ou pour ensevelir la défaite de la vertu.

Zobéide se coucha sur le lit de repos, et le prince se mit sur un fauteuil auprès d'elle. « Que je crains bien, madame, lui dit-il d'un air timide, que votre prévention contre les jeunes gens ne soit absolue et sans exception. Mais quelle serait votre injustice si vous me confondiez avec eux. Mes sentiments méritent de vous une distinction que j'avoue ne pouvoir espérer par mon mérite.

— Je n'ai point prétendu, dit Zobéide, les condamner absolument tous ; une règle si générale serait un excès de ridicule de ma part, dont je suis fort éloignée. Il est vrai qu'en général on doit se défier d'eux, qu'ils se *gâtent les uns les autres*, et qu'il est devenu à la mode aujourd'hui d'avoir des mauvais procédés avec les femmes, de penser détestablement sur leur compte, d'en tenir les propos les plus outrés et les plus indécents ; de sorte que quelqu'un d'entre eux, qui aura par sa propre expérience trouvé de quoi se convaincre de la fausseté de ce système, est obligé de cacher avec soin une façon de penser proscrite, parmi les jeunes gens *du bel air*[41], et qui l'exposerait à passer pour un homme sans monde et sans expérience. Ils ne conviennent même de l'existence de la vertu que pour se donner la gloire de l'anéantir partout où ils se présentent ; il faut en effet qu'elle soit bien faible pour être vaincue sans cesse par de pareils adversaires.

« Je vous avouerai, continua-t-elle, que je vous ai reconnu un fond de candeur et de sincérité qui me persuade que vous êtes exempt de ces vices de mode ; vous avez un *caractère de vérité* dans votre façon de vous exprimer qui séduit et porte à vous croire ; et si on osait... »

Elle mit sa main sur son visage pour dérober une rougeur aimable ; une langueur tendre parut dans ses yeux.

« Pourquoi vous arrêter ? s'écria le prince transporté. Pourquoi, madame, me laisser dans une incertitude si cruelle ? Quoi ! la vivacité de mes sentiments ne peut-elle mériter de vous un aveu qui ferait tout mon bonheur ? Achevez, dites un seul mot », poursuivit-il en se jetant à ses genoux, et en imprimant sur ses mains mille baisers pleins de flamme ; « faites le bonheur d'un prince qui vous adore, et qui ne peut être heureux s'il n'est payé du plus tendre retour !

— Que me demandez-vous, ingrat ? lui dit Zobéide d'une voix étouffée. Que voulez-vous de plus ? Quel aveu plus certain vous faut-il de ma tendresse, que la complaisance avec laquelle je reçois les assurances de la vôtre ?

— Vous la reprochez-vous ? reprit le prince avec vivacité. Ah ! mon triomphe n'est pas certain, puisque les remords trouvent place en votre cœur.

— Vous ne le croyez pas ? » reprit Zobéide, emportée par sa passion, et serrant avec tendresse la tête du prince contre son sein. « Vous possédez mon cœur. Puissé-je être maîtresse du vôtre, et, coulant les jours les plus heureux dans une union parfaite, voir nos plaisirs renaître à chaque instant. »

Un mouvement qu'elle fit en achevant ces paroles approcha son visage de celui du prince. Enhardi par la certitude d'être aimé, il y cueillit le baiser le plus ardent. Bientôt plongé dans le plus doux égarement, il tomba sur le lit de repos avec elle. Zobéide était dans un déshabillé si léger que ses moindres mouvements découvraient une partie de ses charmes. Le prince, enivré d'amour, porta sa main sur une gorge charmante, qu'on abandonna à ses transports. Dieux, que d'attraits ! quelle blancheur ! quelle fermeté ! quel embonpoint ! quelle finesse de peau ! Bientôt il osa y mettre la bouche et se rassasier de charmes faits pour les dieux mêmes. « Arrêtez, cher prince, s'écria Zobéide ; n'abusez pas de ma faiblesse ! L'excès de mon amour ne peut me faire dans l'instant *renoncer à ma vertu* ; laissez le soin au temps et à votre tendresse d'amener des choses que je ne vous défends pas d'espérer, mais que je ne dois pas prévoir. Épargnez-moi, je vous en conjure. » Le prince, perdu dans les transports les plus vifs, ne l'écoutait point ; elle-même, en proie à des désirs qui la mettaient hors d'elle, éprouvait les plus grandes contradictions. Tantôt emportée par sa tendresse, elle se précipitait sur lui et l'accablait des plus tendres caresses ; et dans l'instant où le prince, encouragé par des marques d'amour si décidées, devenait plus entreprenant, les remords, prenant le dessus, la forçaient à le repousser avec violence.

Dans l'agitation de ces divers mouvements, leurs attitudes avaient été si peu ménagées que Zobéide, dont le déshabillé était fort léger et la jupe fort courte, offrit aux yeux du prince cette jambe adorable dont il avait vu l'échantillon avant le souper, et qu'il revit pour lors tout entière, avec le commencement de *quelque autre chose d'infiniment plus attrayant*, et dont elle n'était que l'avant-goût. Il avait si peu d'obstacles à lever pour s'en procurer la vue entière, qu'il les eut bientôt surmontés. Dieux, que de beautés s'offrirent à sa vue ! L'imagination ne peut rien se peindre de plus parfait ; jamais on n'avait sacrifié à l'amour dans un plus beau temple. Le prince, perdu dans des ravissements inexprimables, hors de lui-même, ne pouvait articuler que des sons confus. Toutes les facultés de son âme étaient réunies à accabler de caresses les charmes divins qui étaient devenus sa proie ; il portait des mains avides dans les endroits qui recèlent les plus chers trésors de l'amour ; il les baisait avec fureur, et y retouchait encore, comme s'il eût douté que des charmes si parfaits existassent réellement et pussent appartenir à une mortelle.

Bientôt il chercha à se procurer des plaisirs plus solides. Zobéide, en proie elle-même à la volupté, n'avait plus la force de rien défendre : elle partageait ses transports et l'accablait des plus tendres caresses. Cependant dès qu'elle connut qu'il voulait pousser jusqu'au bout son triomphe, une *étincelle de vertu* la porta à s'y opposer encore. Il n'était plus possible de se méprendre à ses desseins : maître de ses beautés et d'elle-même, par le genre d'attitude qu'il s'était procuré, sa timidité avait fait place à la passion la plus emportée. « Cher prince, s'écria-t-elle d'une voix entrecoupée, arrêtez… Quel est votre dessein ? N'abusez pas de ma tendresse… Est-ce là cette passion respectueuse, que vous m'avez juré… arrêtez, cruel… » Elle voulait continuer, les transports du prince l'en empêchèrent. Il lui couvrit la bouche de baisers enflammés. « Ne vous opposez pas à mon bonheur, lui dit-il, ne vous irritez pas contre une ardeur qui est votre ouvrage…

— Non, je n'y consentirai jamais, reprit Zobéide… Arrêtez, cher amant… Volupté, que tu es puissante… Dieux ! je meurs… »

À ces mots le plaisir lui ôta l'usage de la voix. « *Idole de mon cœur* », s'écria le prince, qui touchait au comble de la volupté, « attends… je vais unir *mon âme à la tienne*… je te suis… je ne vis que dans toi[42]… » En effet il allait être heureux. Déjà la voix lui manquait, déjà il touchait au but fortuné de tous les désirs, lorsqu'il s'aperçut que Zobéide paraissait privée de tout sentiment et plongée dans l'évanouissement le plus profond. La tristesse succéda aux plaisirs ; il l'appela plusieurs fois en vain, elle ne donnait aucun signe de vie. Alarmé de son état et trop peu instruit des usages du monde pour savoir quelle espèce de secours est propre *aux évanouissements des dames*, il lui fit respirer un flacon d'*eau des Carmes*[43], qui n'opéra pas davantage. Alors, fort embarrassé, après avoir réparé de son mieux les désordres que ses transports avaient causés dans l'ajustement de Zobéide, il tira les cordons des sonnettes, et il entra à l'instant quelques-unes de ses femmes, à qui il donna à entendre qu'il fallait que ce fût une suite de son indisposition. On fut chercher dans son cabinet *des gouttes du général La Mothe et de celles d'Angleterre*[44], et à force de soins elle reprit ses esprits. Le premier objet qui frappa ses yeux fut le prince, qui, le visage consterné, paraissait fort empressé à la secourir. Elle prit l'instant que ses femmes arrangeaient sa toilette de nuit, et s'approchant de lui : « Je vous dispense de vos soins, lui dit-elle d'un petit air piqué ; le peu de succès qu'ils ont eu quand nous étions seuls me met en droit de douter de leur efficacité. Vous ne me paraissez pas fort expert à secourir les femmes, c'est cependant une science fort utile à la Cour ; je vous conseille en amie de l'apprendre, et je vous permettrai de me faire part de vos découvertes. » On vint avertir le prince que son carrosse était arrivé. Il sortit sans répondre un seul mot, commençant trop tard à connaître sa sottise, et se retira chez lui plein de dépit d'avoir laissé échapper une si belle occasion à pure perte.

CHAPITRE X

AVENTURE IMPRÉVUE

Le prince parut le lendemain au lever de la reine. Un des premiers qui s'offrit à ses regards fut Almaïr, qui s'approchant de lui d'un air gai : « Peut-on vous demander des nouvelles de votre conversion ? lui dit-il. Les moyens qu'on a employés pour l'opérer n'ont pas, je crois, *refroidi la pénitente*. » Le prince le reçut d'un air embarrassé et contraint. « Que vois-je, dit Almaïr, et que dois-je penser de cette physionomie équivoque ? Je ne crois pas, continua-t-il, qu'une discrétion mal placée vous porte à me déguiser vos affaires ;

d'ailleurs vous pouvez être sûr de moi et compter que je choquerai tous les usages de la Cour pour vous garder le secret, et vous prouver mon attachement, si cela est nécessaire pour le bonheur de votre intrigue ; car je n'imagine pas que Zobéide *ait fait la bégueule*, et que par des façons maussades et déplacées elle ait prétendu vous faire acheter des faveurs qui ne sont précieuses que quand elles sont accordées sur-le-champ, et à titre de grâce, et qui perdent leur prix et sont regardées comme un tribut, quand on ne les doit qu'à ses persécutions.

— Non, mon cher Almaïr, dit le prince, ce n'est point une discrétion mal entendue, ni les sujets de plaintes que j'ai contre Zobéide, qui me jettent dans l'embarras où vous me voyez. Vous avez pénétré mon attachement, et vous n'avez fait par là que prévenir[45] l'envie que j'avais d'avoir un confident tel que vous. J'ai besoin de vos avis sur une infinité de choses que j'ignore ; d'ailleurs, je n'ai à me plaindre que de moi, et vous me voyez *pétrifié* par l'aventure la plus cruelle qui pût m'arriver. »

À l'instant il lui raconta son souper avec Zobéide, l'amour qu'elle lui avait marqué, les transports qu'il lui avait fait paraître, la façon dont elle s'en était défendue, sa tendresse mêlée de scrupules, et enfin son évanouissement ; les secours inutiles qu'il lui avait donnés, qui l'avaient obligé d'avoir recours à ses femmes, et le discours qu'elle lui avait tenu avant son départ. « Quelle *misérable conduite* », s'écria Almaïr, quand il eut fini. « Comment peut-on être neuf à ce point-là ? Quoi ! Une jolie femme vous aime, vous le dit tête à tête, vous accable de caresses, vous prie de vous en tenir là et *s'évanouit prudemment*, et vous n'en profitez pas ? Que demandez-vous donc de plus ? Savez-vous que c'est peut-être une des meilleures choses que les femmes aient imaginées depuis qu'elles existent, et qu'on ne peut assez admirer leur *esprit d'arrangement* dans cette invention ? Je ne suis point surpris du tout de la colère de Zobéide, rien n'est si cruel pour une jolie femme que de s'être évanouie en vain. Vous voilà dans un furieux *discrédit* auprès d'elle ; nous tâcherons cependant de *rajuster* tout cela, mais que cet exemple vous serve de leçon, afin que, quand une femme *s'évanouira à votre intention*, vous sachiez y appliquer les remèdes convenables ; autrement vous vous déshonoreriez sans retour dans leur esprit. »

Angola convint de bonne foi de ses torts, et, instruit sur le point important des évanouissements, il résolut d'étudier exactement les femmes pour n'être pas dans le cas de leur manquer dans d'autres occasions. Ils furent ensemble faire leur cour à la fée, qui était à sa toilette. Elle les reçut avec ses grâces ordinaires, et regardant fixement le prince : « Vous disparûtes bien promptement hier, lui dit-elle, l'opéra vous ennuyait sans doute, ou plutôt Almaïr vous a procuré des plaisirs plus vifs.

— On n'ose pas quelquefois se livrer à tout ce qui nous flatterait davantage, répondit Angola, et la crainte de vous incommoder fit qu'Almaïr et moi avons pris le parti d'aller souper ensemble, où nous avons passé la soirée à parler de bien des choses dont j'ai besoin d'être instruit.

— J'aime en vous, reprit Lumineuse, cette modestie et cette envie d'apprendre ; mais vous ne devez pas vous borner aux mœurs de cette cour. Il est des choses, poursuivit-elle en s'approchant de lui, qu'il est plus flatteur d'entendre et que vous saurez dès que vous vous rendrez digne de cette confiance. »

Le prince, sur qui l'objet présent avait toujours ses droits, et à qui la beauté touchante de la fée faisait perdre le souvenir de Zobéide, était prêt de répondre avec toute la tendresse possible à un discours si obligeant, mais la fée, qui ne jugeait pas l'endroit favorable, éleva la voix et rendit la conversation générale.

La journée se passa dans les divertissements ordinaires et continuels de cette heureuse cour. Le soir, Lumineuse fit un brelan, et le prince, que son inquiétude naturelle empêchait de goûter ces plaisirs, vint se mettre pendant la partie derrière le fauteuil de la fée. L'attitude avantageuse où il était lui découvrait des beautés adorables dont la fée ne cherchait point à lui dérober la vue. Se penchant au contraire de son côté, et ayant toujours quelque chose à lui dire, elle étalait à ses yeux des charmes qui lui *restituèrent* peu à peu tous les désirs qui leur étaient dus. Elle connut l'impression qu'elle faisait sur le prince et craignant d'être prévenue par quelque beauté de sa cour, elle résolut de ne pas différer davantage le dessein qu'elle avait de jouir de si rares prémices.

Le jeu fini, elle fut à son souper, où Angola l'accompagna. « J'ai à vous parler ce soir, lui dit-elle ; rendez-vous à mon appartement, nous y ferons ensemble la lecture d'une brochure qui paraît depuis peu ; je suis bien aise de voir si vous en connaîtrez les beautés.

— Si elle traite d'amour, répondit le prince, ce n'est point d'elle de qui je voudrais en recevoir les leçons, et je connais des maîtres…

— Paix, dit la fée en lui mettant la main sur la bouche ; si vous avez tant d'envie d'apprendre, on pourra trouver des gens qui se chargeront de vous instruire pourvu que vous joigniez à une grande docilité pour les leçons la discrétion de n'en faire part à personne. Je connaîtrai en temps et lieu jusqu'à quel point on peut compter sur vous. »

À ces mots, elle rompit la conversation et se mit à table.

Lumineuse lança au prince pendant le souper de ces regards auxquels on peut *sans fatuité* donner une interprétation favorable. Consommée dans la coquetterie la plus raffinée, elle la conduisait pour ainsi dire *pas à pas* à deviner ses bontés et à lui épargner la mortification de faire les avances. Avec quelqu'un plus instruit qu'Angola, elle aurait couru risque de lui rendre sa conquête moins précieuse en la lui montrant trop facile ; mais ces agaceries, quoique extrêmement décidées, n'avaient point encore porté dans l'âme du prince ce coup de lumière qui vous éclaire sur votre bonheur et vous porte à tout entreprendre pour l'obtenir. Après le souper la fée congédia sa cour. Prête à rentrer dans son appartement, le prince lui présenta la main pour l'y conduire, qu'elle reçut d'un air sérieux et distrait. « *Mais quelle folie !* lui dit-elle. Est-ce que vous ne vous retirez pas ? Mais, à propos, j'ai quelque chose à vous communiquer de la part du roi votre père, et je veux bien vous souffrir quelques instants. » À ces mots tous les courtisans se dispersèrent et elle rentra dans son appartement.

Lumineuse s'appuyait avec tendresse sur le bras du prince. Sa beauté était si touchante qu'Angola, toujours entraîné par l'objet présent et esclave de ses désirs, oublia Zobéide pour se livrer tout entier à l'objet qui semblait s'offrir à lui. Emporté par un mouvement inconnu, il ne put s'empêcher de lui serrer la main en soupirant ; et dans l'instant, effrayé de sa hardiesse, il baissa les yeux avec précipitation, craignant de rencontrer ceux de la fée et d'y lire la condamnation de sa témérité. Bientôt il osa la regarder et vit dans ses yeux, au lieu de la sévérité qu'il y craignait, une impression de tendresse qui lui promettait les choses les plus favorables. Ils arrivèrent dans l'appartement dans cet état inquiet de deux cœurs qui se devinent déjà et qui cherchent comme à l'envi l'occasion de se découvrir mutuellement leur tendresse.

Ce fut dans ses petits appartements où la fée se retira avec le prince ; ce lieu charmant était destiné à ces parties fines et choisies où les souverains aiment à se dépouiller de leur grandeur et se remettent, *pour l'intérêt de leurs plaisirs*, au niveau de ceux qu'ils y admettent. C'était là où Lumineuse passait les moments les plus agréables de sa vie. Le fracas de la Cour en était banni, un petit nombre de gens choisis, ministres de ses plaisirs secrets, en avaient seuls l'entrée ; tout y respirait la volupté. Plus de goût que de magnificence dans les meubles, mais le premier y était porté au suprême degré. C'était une enfilade de petites pièces charmantes, qui semblaient avoir été imaginées pour donner une idée naturelle de toutes les différentes gradations de la volupté, par les différentes sortes de plaisirs auxquels elles étaient propres. L'une, destinée aux plaisirs de la table, paraissait garnie avec une profusion délicate de tout ce que le goût le plus raffiné a pu imaginer en faveur de cette sensualité ; l'autre, faite pour les plaisirs de la musique, était ornée de tous les trophées de cet aimable amusement, de tous ces instruments charmants dont l'harmonie séduit les cœurs et les dispose à une passion plus douce encore, et faite pour les asservir ; et la dernière enfin était destinée aux plaisirs de l'amour et pouvait en être regardée comme le sanctuaire. Ce fut dans celle-ci que se retirèrent la fée et le prince. Quel cœur assez sauvage aurait pu résister à une occasion aussi pressante ? Tout invitait à l'amour dans ce séjour dangereux. L'ameublement, inventé par la mollesse, portait un caractère de volupté difficile à rendre ; beaucoup de glaces, des peintures tendres et sensuelles, une duchesse, des bergères, des chaises longues, *semblaient tacitement désigner l'usage auquel elles étaient destinées*. Les tabourets, *enfants du respect*, étaient bannis de ce lieu charmant, où l'amour égalisait tout. La fée, débarrassée de toute contrainte, espéra que la liberté du tête-à-tête adoucirait la majesté du trône et pourrait enhardir le prince. En effet, le lieu, l'heure, l'air tendre de la reine, tout devait l'éclairer sur son bonheur ; mais, peu fait à ces sortes d'aventures, s'il osa espérer de réussir, ce ne fut qu'en imaginant une multiplicité de gradations, dont un peu plus d'expérience aurait pu lui épargner la meilleure partie. Lumineuse se mit sur sa duchesse. « Voici, dit-elle au prince, la brochure dont je vous ai parlé. Les situations en sont, à ce qu'on dit, intéressantes ; l'auteur connaît le cœur *et en manie adroitement tous les ressorts*. L'amour y est traité délicatement et sans *galimatias* ; l'amant sait choisir un instant favorable et devient heureux si à propos que sa maîtresse n'a ni le temps ni l'envie de se reprocher sa faiblesse.

— Qu'il est heureux, s'écria le prince d'un air troublé, et qu'une situation si digne d'envie fait bien sentir le contraste affreux de celle de quelqu'un qui aime sans espoir, et que le respect oblige au silence !

— Je crois, dit Lumineuse, *qu'un respect si opiniâtre n'existe plus que dans Cassandre*[46] ; aujourd'hui il devient ridicule quand il est poussé hors des bornes ; une jeunesse extrême peut seule le faire excuser. Les jeunes gens ordinairement ne sont pas incorrigibles sur cet article ; d'ailleurs, une femme ne peut en être flattée ; outre que ce n'est pas toujours ce qu'elle cherche le plus à inspirer, souvent la timidité y a la plus grande part, et pour lors une femme y perd tout d'un côté sans que son amour-propre puisse la dédommager de l'autre. Je n'imagine pas, par exemple, poursuivit-elle, que vous soyez dans un cas pareil, et je crois que si vous aviez de tendres sentiments pour quelqu'un, vous ne seriez pas assez ennemi de vous-même pour garder un silence obstiné qui peut devenir même une injure pour une femme, puisqu'on semble par là vouloir l'obliger à faire les avances.

— Je ne conseillerais à personne d'envier ma situation, reprit le prince, et mon audace est peut-être si grande que ce qui pourrait encourager les autres me devient inutile par une disproportion qui m'effraie sans pouvoir me guérir.

— Voyons, dit la fée en ouvrant la brochure, peut-être trouverons-nous ici quelque situation ou quelque conseil dont vous pourrez profiter. Votre état me touche, et je désire véritablement que vous puissiez trouver un soulagement à vos maux. Peut-être les remèdes sont plus aisés que vous ne pensez, et que c'est uniquement votre obstination au silence qui les cause.

— Que je serais bientôt puni d'avoir parlé, dit le prince, et qu'un repentir amer suivrait de bien près mon imprudence infructueuse !

— Mais *que d'enfantillage* ! dit la fée en le regardant avec tendresse. Ne vous déferez-vous jamais de cette timidité outrée ? Car enfin, quel peut en être le motif ? Je ne vous suppose pas un amour-propre assez ridicule pour regarder comme une humiliation déplacée l'aveu que vous feriez de vos sentiments à celle qui les aurait fait naître, et vous ne devez pas non plus vous mettre dans l'esprit qu'une femme regarde un pareil aveu comme un outrage si cruel qu'il lui paraisse absolument impardonnable ; il n'arrive même que trop souvent que les femmes (je dis quelques-unes) reçoivent avec assez de douceur ces sortes de discours de la part des hommes, qui d'ailleurs leur conviennent le moins, et quoique cela ne soit rien moins que général, cela doit cependant diminuer à vos yeux la difficulté d'une entreprise que votre façon de penser vous fait paraître trop impraticable.

« Mais si vous ne pouvez absolument, continua-t-elle, vous résoudre à découvrir vos sentiments à celle qui a fait votre conquête, vous pouvez m'en faire la confidence ; je pourrai vous donner des conseils utiles, et même en instruire l'objet pour lequel vous soupirez, lui vanter votre constance, votre retenue ; en un mot vous épargner une démarche qui vous paraît si redoutable.

— Pourquoi vous plaisez-vous à me désespérer ? dit le prince. Ce n'est pas là l'espèce de confidence que je désirerais vous faire ; et d'ailleurs comment pourriez-vous vous charger de dire à une autre des choses que je soupçonne que vous recevriez fort mal si elles s'adressaient à vous-même ?

— Vous vous servez là d'une tournure dont je ne vous aurais pas soupçonné, dit la reine, et je ne vois pas pourquoi il est question de moi dans une chose où je n'imagine pas que j'aie aucune part ; mais voyons ce livre, ajouta-t-elle, peut-être nous sera-t-il utile à tous deux en nous donnant des moyens à vous pour sortir d'une situation aussi embarrassante, et à moi pour vous rendre plus sincère et moins dissimulé. »

Le prince soupira de douleur de voir retarder l'exécution de ses desseins et commença sa lecture. Les situations en étaient intéressantes, le style pur, les événements vraisemblables et bien amenés. L'histoire de deux amants surtout y était peinte avec les couleurs les plus séduisantes. Ils étaient heureux et s'aimaient de cet amour aisé et agréable, débarrassé du fatras et des longueurs mortelles des anciens romans. Le prince soupirait après un état si heureux ; sa voix était entrecoupée, son visage enflammé. Il cessa de lire sans s'en apercevoir et, regardant tendrement la fée, il semblait puiser dans ses yeux une nouvelle ardeur. La fée s'aperçut de son trouble, et celui qui l'agitait elle-même ne fit qu'augmenter. « Qu'ils sont heureux ! s'écria le prince ; que leur état est digne d'envie !

— Pourquoi enviez-vous, lui dit la fée, un sort que vous n'avez pas la hardiesse de vous procurer ? Je ne puis donc enfin vous arracher cet important secret ? La façon dont je vous traite et dont je vis avec vous me mettrait cependant en droit d'exiger plus de confiance.

— Ah ! madame, s'écria Angola, j'ai dans le cœur des sentiments peut-être plus vifs que vous ne les exigeriez. Ce sont ces mêmes bontés, ces bontés si charmantes, et en même temps si dangereuses, qui ont causé mon égarement... Vous seule pouvez remédier à des maux...

— Pourquoi toujours me mettre en jeu, interrompit Lumineuse, sans qu'il y ait rien dans tout ceci qui me regarde personnellement ? Vous avez des droits sur mon amitié qui me portent à vous servir utilement auprès de celle à qui s'adressent vos vœux.

— Que vous me faites voir bien cruellement, par votre attention à les éluder, dit le prince, combien peu ils vous flatteraient en s'adressant à vous !

— Laissons là toutes ces vaines conjectures, dit la fée ; ce que je penserais en pareil cas vous est je crois fort indifférent ; et d'ailleurs, mon cœur n'est pas fait pour se décider sur un discours vague, auquel je crois que vous n'attachez aucun sens.

— Eh bien, dit le prince emporté par sa passion et se précipitant à ses genoux, connaissez donc toute mon audace ! C'est à vous que s'adressent ces vœux timides que je n'ai point encore osé déclarer ; c'est votre cœur que j'ai osé désirer, c'est lui seul qui peut faire le bonheur de ma vie ; daignez excuser une faute dont je ne puis me repentir ; mon crime est dans vos yeux, c'est là que je veux en lire le pardon. »

Il embrassait les genoux de la fée en lui parlant ainsi. Son expression était passionnée, la tendresse la plus vive animait tous ses mouvements ; ses discours paraissaient trop sincères pour ne pas faire impression sur un cœur que sa bonne fortune avait déjà prévenu d'avance en sa faveur. Lumineuse était dans cet état charmant d'une femme qui se voit au comble de ses désirs, après avoir presque désespéré d'y atteindre. L'amour, les transports du prince, tout l'enchantait ; elle les regardait comme son ouvrage et les recevait avec la complaisance qu'on a d'ordinaire pour les choses dont on se croit le premier objet. Le prince, délivré d'un fardeau aussi pesant que celui d'une déclaration, plus heureux qu'il n'aurait osé l'espérer de ne voir aucune colère dans les regards de la fée, et de ce qu'elle recevait avec complaisance les assurances de sa passion, craignant de nuire à ses desseins, pour vouloir trop les précipiter, renfermait ses désirs et, n'osant s'abandonner à leur violence, se contentait d'accabler de baisers deux mains charmantes qu'on abandonnait comme par distraction à ses transports. La fée, voyant son irrésolution et ne pouvant se résoudre à lui faire des avances plus marquées, qui auraient pu refroidir sa tendresse, imagina un expédient qui ne manque jamais de faire son effet sur les jeunes gens, en leur mettant devant les yeux des charmes cachés dont leur imagination novice ne leur fait qu'un faible portrait, et qui prennent d'autant plus d'empire sur leurs sens qu'ils sont moins accoutumés à de semblables aventures ; *manège habile* qui fait disparaître la timidité la plus enracinée pour faire place à cette passion vive et emportée qui fait un des aimables défauts de cet âge.

CHAPITRE XI

DROITS D'AUBAINE PAYÉS. FIN DU NOVICIAT

« Je suis d'une lassitude extrême, lui dit-elle ; *ma duchesse m'excède* et m'ennuie à la mort. Je ne voudrais pas vous renvoyer ; il est de bonne heure, et puis j'ai encore mille choses à vous dire. Vous voudrez bien me permettre de me mettre au lit ; j'imagine que je m'y porterai beaucoup mieux. Je vous permettrai de rester quelques instants à ma ruelle ; il me paraît essentiel que nous ne nous séparions pas que vous ne m'ayez donné des éclaircissements sur bien des choses qui m'intéressent, et dont il m'est important d'être instruite. » En disant cela, elle sonna, et il entra une de ses femmes à qui elle ordonna de la déshabiller. Le prince voulait par bienséance passer dans une autre pièce. « Oh ! vous pouvez rester, lui dit-elle *en minaudant* ; on aura soin de ne pas effaroucher votre modestie, et il y a une façon de faire toutes ces fortes de choses par où on peut mettre en défaut les regards les plus curieux. » Le prince, qui en feignant de sortir aurait été bien fâché d'être pris au mot, ne se fit pas répéter un ordre si agréable. « Ne vous imaginez pas, au reste, continua Lumineuse, m'avoir de grandes obligations ; on peut mettre des bornes si étroites à cette faveur que vous n'aurez pas lieu de vous en féliciter. » Cela se disait en défaisant devant un trumeau une échelle de rubans et un corset qui, entièrement lâché, laissait voir les trésors d'une gorge adorable, plus blanche que la neige, d'un embonpoint achevé, et qui, *contre la coutume des trois quarts de celles de la Cour*, était soutenue par la nature et par sa propre élasticité, sans avoir besoin d'aucune de ces supercheries qui, bien plus que la modestie, ont interdit aux hommes d'assister à l'habillement des femmes.

Lumineuse voyait dans un trumeau le trouble que causait au prince la vue de ses charmes, et, pour augmenter ses désirs par la difficulté, paraissant comme fâchée de les avoir laissés un instant à découvert, elle y portait sa main précipitamment et relevait son tour de gorge qu'elle savait bien ne pouvoir se tenir en place de lui-même. Bientôt elle l'abandonnait pour porter la main à sa coiffure et laissait voir de nouveau au prince les beautés qui l'avaient charmé.

On se prépara à lui ôter sa chaussure ; elle s'assit dans une chaise longue, et feignait de tourner le dos à Angola pour lui dérober la vue d'un pied et d'une jambe charmante ; et dans l'instant, sous prétexte de lui dire quelque chose, elle se tournait de son côté, comme sans y penser, et la lui laissait voir tout entière ; et tout à coup, paraissant confuse de son étourderie, elle se retournait avec précipitation. Elle passa ensuite dans sa ruelle pour prendre sa chemise ; et là, comme enhardie par l'obscurité qui y régnait, quoique sûre dans le fond que les regards du prince perceraient jusque-là, elle disposa si bien son temps et ménagea si bien ses attitudes que sans qu'il parût qu'il y eût de sa faute, elle laissa voir presque en entier au prince un corps d'une perfection achevée et des charmes sur lesquels aucun mortel n'avait porté sa vue jusque-là. Ensuite elle se mit au lit, et ayant fait approcher sa table et ses bougies de nuit : « Nous avons une lecture à achever, dit-elle au prince, et je vous permets de rester quelques instants. Qu'on voie si son équipage est arrivé, dit-elle, et qu'on dise à ses gens de l'attendre. » À ces mots, elle congédia sa femme de chambre et fit asseoir le prince dans la ruelle de son lit.

Angola était dans un état difficile à décrire ; il portait une vue troublée sur la fée et sur les voiles envieux qui lui cachaient les trois quarts de ses charmes. « Il faut avouer que je suis bien bonne, lui dit-elle, de vous garder ici à l'heure qu'il est, et il faut *que je compte excessivement* sur votre retenue, car enfin, être seule ici avec un homme de votre âge, *cela est bien scabreux*[47]. Nous avons une lecture à achever, mais je crois de bonne foi que nous ferions mieux de la laisser. Nous étions prêts du dénouement. Il promet d'être rendre, et je ne le crois pas fort propre à inspirer le respect que je désire que vous me conserviez.

— N'aurions-nous pas de meilleures leçons à prendre de lui ? reprit le prince. Et est-il donc défendu d'espérer de les mettre en pratique ?

— Lisez, lui répondit la fée, vous devenez d'une curiosité insoutenable, et je ne sais où vous prenez toutes les extravagances *que vous me débitez*, et que je serais peut-être assez bonne pour croire. »

Après avoir lu quelques pages, il arriva à l'endroit intéressant. C'était un tête-à-tête, il était vif, les deux amants, assurés de leur tendresse mutuelle, s'en donnaient les preuves les moins équivoques. Cet endroit était trop bien touché pour ne pas remuer Angola. Il était hors de lui-même, il lisait d'une voix tremblante et portait à chaque instant des regards sur Lumineuse, interprètes des désirs les plus vifs.

La fée, feignant d'être incommodée de la chaleur, éloignait ses couvertures et découvrait à ses yeux des charmes au-dessus de l'expression. « Quelle situation que celle de ces deux amants, madame ! dit le prince d'une voix entrecoupée. La maîtresse persuadée ne défend plus rien ; l'amant vainqueur ose tout entreprendre. Il baise mille fois des mains charmantes qu'on abandonne à ses transports. » Le prince en même temps, *par imitation*, dévorait de baisers celles de la fée. « Heureuse hardiesse ! continua Angola ; il ose prendre sur la bouche de sa maîtresse des gages encore moins équivoques de son amour. » En même temps, le prince, entraîné par *la contagion de l'exemple*, ose approcher sa bouche de celle de la fée et y prendre des baisers charmants, qu'on ne refuse qu'autant qu'il faut pour y mettre le dernier prix. « Peu satisfait encore, dit le prince en continuant sa lecture, la gorge de sa maîtresse n'est pas à l'abri de ses transports. » Et dans l'instant le prince, *toujours fidèle à son modèle*, se précipite sur la fée, porte ses mains et sa bouche sur un sein d'albâtre et l'accable de ses brûlantes caresses. Angola faisait des progrès étonnants dans l'imitation ; son exactitude à suivre les leçons qu'il avait sous les yeux le menait insensiblement à son but. La fée, dominée par sa tendresse, avait elle-même la faiblesse de seconder ses transports ; elle lui abandonnait tous ses charmes, ou si elle feignait de lui défendre quelque chose, c'était pour lui en livrer un autre plus aimable. Bientôt Angola abandonna sa lecture, et Lumineuse ne lui en rappela pas le souvenir. Assez instruit par les leçons qu'il avait commencé à mettre en pratique, et devinant à peu près à quoi devaient aboutir de pareils commencements, *il prit sur le compte de ses propres lumières* de profiter de ces avantages, pendant le cours de sa lecture et des leçons qu'il avait réduites en pratique. Il s'était approché du lit de la fée, de façon qu'ayant commencé par appuyer modestement un bras il en était venu insensiblement à le partager, pour ainsi dire, avec elle. Disposé à tout entreprendre par une attitude aussi voluptueuse, il porta des mains avides sur des beautés dont la vue ne lui était pas encore permise. Lumineuse s'opposa faiblement à ses entreprises. Heureux Angola ! préludes délicieux qui préparent aux plus doux plaisirs ! L'agitation de leurs mouvements écarta peu à peu les voiles qui cachaient les charmes de la fée. Que de beautés réunies s'offrirent à ses regards ! Ses mains et sa bouche ne suffisaient pas pour exprimer ses transports ; maître de tout, il ne savait ce qui méritait préférablement ses louanges. Peu fait à ces sortes de victoires, il savait mieux vaincre qu'en profiter.

Son amour l'éclaira cependant sur ses avantages et sur ce qui leur manquait. Les transports les plus vifs éclatèrent et lui ouvrirent *la route des plaisirs*. « Cher prince, disait la reine d'une voix étouffée, vous voyez ma tendresse, puissiez-vous en être digne ! Puissiez-vous m'aimer toujours ! Non je ne doute pas de votre amour, mais que faites-vous… ? cruel… arrêtez… que me faites-vous éprouver ?… Quel sentiment inconnu m'enlève à moi-même ?… amour… plaisir… je ne puis vous résister… » Elle tomba entre les bras du prince qui, égaré lui-même dans des ravissements indéfinissables, arriva bientôt au comble des plaisirs. Il fut heureux, et il semblait que la volupté eût ramassé tous ses attraits les plus piquants pour les lui faire éprouver. Ces deux amants, plongés dans un anéantissement digne d'envie, ne conservaient que des regards mourants qui exprimaient l'excès où les avait portés leur passion mutuelle. Bientôt revenus de cet état, ils se prodiguèrent de nouveau les plus tendres caresses ; ensuite il se forma entre eux une conversation tendre et animée, où la confiance et l'amour prirent la place de la timidité et de la contrainte. Ils se communiquaient mutuellement ces heureux épanchements de cœur qui partagent le temps avec les plus doux plaisirs, et qui ont peut-être autant d'agréments qu'eux. La fée, permettant désormais tout à sa tendresse, laissait le prince en entière liberté de parcourir tous ses charmes, et le prince, dont les transports renaissaient sans cesse, se plongea dans de nouvelles délices et l'entraîna dans de nouveaux égarements. La volupté épuisa tous ses traits dans cette nuit charmante. Angola donna les preuves *les plus réitérées* de la tendresse la plus forte. Lumineuse, contente à l'excès de ses transports, ne pouvait se lasser de se féliciter d'un si heureux choix. Enfin, après avoir employé une partie de la nuit à tout ce que l'amour peut inspirer de plus tendre à deux amants aussi contents l'un de l'autre, Lumineuse, *exacte sur les bienséances*, ayant regardé à sa pendule, et vu qu'il était près de quatre heures du matin, heure à laquelle les gens de qualité sont censés devoir se retirer, elle congédia le prince qui se revint chez lui très content de sa première aventure, et résolut de ne s'en pas tenir là.

CHAPITRE XII

CONVERSION SUBITE, DETTE ACQUITTÉE

Cet événement imprévu décida en quelque façon le changement du prince. Éclairé par ce succès sur la conduite qu'il devait avoir dans de semblables occasions, il ne craignait plus d'en perdre aucune par sa faute. Il fit, le courant de la nuit, des réflexions sensées qui développèrent *le germe* qui était en lui. Sa timidité disparut, et il se promit bien à lui-même de donner dans l'excès contraire, plutôt que de retomber dans ses premières erreurs. Ces heureuses dispositions semblèrent prêter de nouvelles grâces à sa figure. Il parut le lendemain à la Cour d'un air aisé et satisfait, qui fut de bon augure aux yeux de la fée. Elle lui fit des signes obligeants et lui lança des regards expressifs, auxquels il répondit en homme *qui avait de grandes dispositions à parvenir à l'art de minauder supérieurement.* Almaïr s'aperçut aussi d'une plus grande aisance dans ses manières et l'attribuant intérieurement à ses leçons, il s'approcha de lui. « Vous paraissez d'une humeur charmante aujourd'hui, lui dit-il ; puis-je espérer que vous voudrez bien nous faire part de ce qui cause cette sérénité à laquelle vous ne nous avez pas encore accoutumés.

— La nouveauté des objets, reprit le prince d'un air gai, m'en imposait les premiers jours ; je m'y accoutume peu à peu ; les manières de cette cour me plaisent et m'enchantent, et en attendant que je puisse les acquérir, je m'amuse infiniment d'en être le témoin.

— Nous devons nous féliciter, reprit Almaïr, d'avoir acquis un pareil prosélyte, et avec une vocation si décidée ; je me trompe fort si vous n'êtes bientôt en état d'en faire d'autres. Mais qu'êtes-vous donc devenu ? On ne vous a point vu hier, il n'a pas été possible *de vous déterrer* ; j'ai couru en vain les spectacles et les promenades. Sans doute que, retiré dans quelque endroit agréable, vous répétiez avec quelque objet nouveau les leçons dont vous avez besoin auprès de Zobéide, et que, dans l'intention de réparer *efficacement* vos torts, vous vous instruisiez à fond des choses.

— Je vous assure, interrompit Angola, confus de cette cruelle plaisanterie, que vos leçons m'ont suffi pour me corriger d'une faute aussi impardonnable. Ma journée hier a été *des plus unies* : j'ai assisté au souper de la reine qui m'a appelé un instant dans son appartement pour me communiquer quelque chose qui concerne le roi mon père, et qui m'a congédié de bonne heure. Je me suis rendu chez moi où j'ai passé la nuit à rêver aux moyens de faire oublier mon manque d'usage à Zobéide, et regagner par mes soins des faveurs précieuses que j'ai perdues par ma faute.

— Écoutez, dit Almaïr, en le regardant fixement, je ne veux point deviner quelle espèce de confidence peut avoir à vous faire la reine, ni quelle affaire secrète assez pressée peut lui faire choisir une heure aussi singulière pour vous voir tête à tête dans son appartement ; j'avoue même que la discrétion ridicule entre amis à l'égard de toute autre femme peut avoir lieu quand il est question de quelque chose d'aussi élevé ; mais sans approfondir de quelle nature sont vos liaisons avec la reine, je dois vous dire que rien ne peut vous faire rompre votre affaire avec Zobéide, jusqu'à ce qu'elle ait lieu d'être contente de vous, et que vous ayez réparé *l'affront insigne* que vous lui avez fait. Je m'en suis fait une affaire capitale, et il serait cruel à vous de ne pas faire tout ce qui convient dans cette occasion.

— Vous me trouverez toujours, dit le prince en souriant, prêt à faire tout ce qui sera nécessaire pour rétablir ma réputation. Je serais charmé de vous avoir l'obligation de m'en faire naître le moment, je vous promets de m'y livrer avec une ardeur dont elle aura lieu d'être contente.

— Rien n'est plus aisé, dit Almaïr. Après le dîner de la reine, nous irons manger un morceau chez moi ; de là nous nous rendrons à la promenade, elle ne manquera pas d'y venir avec Aménis son amie.

— Pourquoi ne dites vous pas la vôtre ? interrompit Angola. Je crois qu'elle peut prétendre à ce titre.

— Aménis, dit Almaïr d'un air dégagé, est une femme qui mérite des égards et pour qui je ne saurais *me refuser* d'en avoir ; d'ailleurs c'est une passion tranquille, qui ne me ferme point les yeux sur le mérite des autres femmes.

— C'est précisément ces sortes de passions que je veux dorénavant adopter, dit le prince ; je les trouve moins *respectables*, mais bien plus commodes sans doute que les attachements véritables.

— Je suis fort de votre avis, dit Almaïr, et je me réjouis sincèrement de voir que votre façon de penser se forme avec tant de promptitude. »

Avec de semblables propos ils virent arriver le dîner de la reine ; et quand il fut fini, ils furent dîner chez Almaïr, où ils passèrent une partie de la journée à s'entretenir de semblables choses. Almaïr donna encore au prince des préceptes qui ne servirent pas peu à l'instruire dans la science du monde, et à l'affermir dans son nouveau système.

L'heure de la promenade étant arrivée, ils montèrent en carrosse et s'y rendirent. La journée commençait à baisser, c'était le temps où la grande allée était la plus brillante, car, quoique la promenade fût belle deux heures auparavant, il n'était pas *de la décence* d'y venir plus tôt. Le coup d'œil était charmant. Cette foule diversifiée de personnes des deux sexes, les habillements du goût le plus riche et les différentes sortes de parures formaient une perspective charmante. D'un côté, c'était des petites-maîtresses mises du dernier éclat, chargées d'aigrettes, de girandoles, *et de rivières de diamants* ; le rouge n'y était point oublié. Leur marche était disposée de façon que quatre paniers bouchaient toute la grande allée. Elles marchaient d'un air distrait et enfantin, et rendaient légèrement et en tournant la tête les révérences qu'on leur prodiguait. D'un autre côté, pour y servir de contraste, on voyait une seconde espèce de femmes qui venaient *promener leur nonchalance ou leur mauvaise santé.* Elles étaient en déshabillé et en robe ouverte, la jupe *comblée de falbalas*, et courte de façon à laisser voir un pied mignon chaussé d'une mule blanche, et le commencement d'une jambe qui paraissait tenir à quelque chose de fort séduisant ; le panier à ouvrage à la ceinture, *et le petit chien sous le bras*, une coiffure avancée, peu de rouge, enfin tout ce qui eſt du ressort *de la petite toilette*. On y voyait aussi de ces *antiveſtales*, trophées ambulants de la lubricité des financiers, qui venaient faire étalage de leurs *appas recrépis* et attacher à leur char quelques jeunes gens qui allaient chez elle les *berner, et ainsi du reſte*, et finissaient par leur donner des nasardes. Tous ces groupes différents étaient croisés et froissés sans cesse par quelques bandes de jeunes étourdis qui marchaient à pas précipités, la tête haute, *coudoyant toute la terre*, regardant toutes les femmes sous le nez, se vantant des faveurs de celle-ci et mettant une taxe infâme à celles de l'autre. Ils saluaient sans cesse et ne paraissaient jamais plus impertinents qu'alors par l'air de proteƈtion qu'ils adoptaient ; ils projetaient tout haut mille soupers, mille parties de plaisir qui ne devaient jamais avoir d'effet, restaient à la promenade jusqu'à neuf heures du soir avec un air de myſtère, et sortaient encore plus myſtérieusement pour aller passer la soirée à s'ennuyer dans leur chambre.

À travers cette foule innombrable de désœuvrés, Angola et Almaïr aperçurent Zobéide et Aménis. Ils les approchèrent et la conversation roula quelque temps sur les objets qui frappaient leurs regards. Enfin le prince s'approchant de l'oreille de Zobéide : « Vous voyez un criminel repentant, lui dit-il, madame, qui eſt résolu de ne rien épargner pour avoir sa grâce.

— Je serais assez portée à l'indulgence, dit Zobéide avec un sourire tendre, si je ne craignais d'être exposée à de nouvelles offenses.

— Ma conduite vous prouvera l'envie que j'ai de réparer mes torts, reprit Angola ; d'ici à ce temps, daignez vous ressouvenir des droits que me donne un amour aussi tendre que le mien. »

Ils ne poussèrent pas plus loin cet entretien : les hommes et les femmes du bon ton ne pouvaient y avoir de conversation suivie, à peine l'aurait-on passé à un bourgeois qui se serait promené avec sa femme. Les gens de qualité ne se parlaient que par monosyllabes, se quittaient et se rejoignaient *dix fois*. Tout, jusqu'à la vieillesse, affeƈtait dans ces lieux un air léger et dissipé.

Enfin, la nuit arriva. On fit quelques tours de bassin, et peu à peu tout le monde disparut. Zobéide et Aménis étant restées des dernières avec Almaïr et le prince : « Que ferons-nous, *reines*, s'écria Almaïr, comment passer cette soirée ?

— Il serait naturel, dit Zobéide, que vous vinssiez souper chez moi et réparer ce qui fut impraticable l'autre jour.

— *Oh ma foi*, dit Almaïr, *cela est trop uni*, et puis il fait le plus beau temps du monde, et s'aller renfermer, *cela me suffoque.*

— Si nous allions souper à la campagne ? dit le prince.

— Parbleu, dit Almaïr, n'y sommes-nous pas ? On va *fermer le pont tournant*[48], nous serons ici seuls et en pleine liberté. Qui nous empêche de souper chez le Suisse[49], et de passer ici la nuit la plus délicieuse ?

— Cela est *imaginé au mieux* », dit Aménis ; et tout de suite Almaïr fut renvoyer les équipages et ordonner le souper.

Il revint peu après, et bientôt ils se trouvèrent seuls. Alors Almaïr, résolu de favoriser le prince, et ayant de son côté ses affaires avec Aménis, la sépara insensiblement d'eux et gagna une autre allée. Ils étaient convenus auparavant, tout bas avec le prince, de se rassembler chez le Suisse à un certain signal. Bientôt ils se perdirent dans les ténèbres qui régnaient dans les allées. « Je ne sais, dit Zobéide au prince, pourquoi je m'abandonne avec tant de confiance à votre conduite.

— Ah ! madame, interrompit le prince, qu'avez-vous à redouter avec un amant qui vous adore ? Vous n'avez d'égarements à craindre que ceux où il désire vous plonger en les partageant avec vous. »

Cette conversation s'anima peu à peu et prit enfin un ton de tendresse décidée. Le lieu, la nuit, la solitude et l'occasion, tout fit espérer au prince d'obtenir son pardon, et tout portait Zobéide à le lui laisser acheter. Après s'être promenés longtemps, Zobéide fatiguée s'assit sur le gazon. Le prince se mit auprès d'elle ; il soupirait, elle était émue ; il lui baisait les mains, elle le souffrait ; il poussa ses entreprises plus avant. La bouche de Zobéide, sa gorge entièrement découverte, et livrée à ses transports, fut en un instant couverte de ses baisers. Ses mains cherchèrent de nouveaux attraits. Zobéide résistait assez pour augmenter et non pour empêcher ses plaisirs. Enfin elle lui abandonna ses charmes adorables ; il se rassasia de délices ; Zobéide n'y fut pas insensible, les mouvements qu'elle se donna pour diminuer sa victoire mirent le dernier comble à leur volupté.

Le prince était trop amoureux *et trop bien en fonds d'ailleurs* pour s'en tenir là. Sa tendresse semblait à chaque instant reprendre des nouvelles forces, et ils passèrent quelques heures ensemble dans une continuité rapide de plaisirs, qui les leur fit paraître bien courtes. Enfin, ayant entendu le signal, dont Almaïr était convenu avec lui pour le souper, ils se rendirent chez le Suisse.

Ils trouvèrent Almaïr et Aménis qui les attendaient. Une rougeur aimable répandue sur le visage de Zobéide, un air de satisfaction qui brillait sur celui du prince, mit Almaïr *au fait de l'aventure*. Un coup d'œil d'intelligence qu'il jeta au prince acheva d'assurer ses conjectures ; et comme il regardait cela comme son ouvrage, il ne se permit pas même ces plaisanteries innocentes qui se tolèrent en pareil cas entre gens *d'un certain monde*. Le souper fut délicat et extrêmement animé ; les femmes y furent charmantes ; on y chanta, on y but du vin de Champagne et on termina par des glaces. On tint table longtemps et on se leva pour se promener encore. « À quelle heure avez-vous demandé nos équipages ? dit Zobéide à Almaïr.

— Mais, de bonne heure, répondit-il d'un air sérieux ; ils seront ici à quatre heures du matin.

— Quelle extravagance ! dit Zobéide. Quoi, nous passerons ici la nuit ? *Pour cela, Almaïr, vous avez une inconséquence dans vos façons qui impatiente.* »

En disant ces mots, elle se laissait entraîner par le prince qui la sépara insensiblement des deux autres.

Qui pourrait décrire les ravissements qu'ils éprouvèrent pendant cette heureuse nuit ? Tous les endroits du jardin furent témoins de leur passion : que de vérité, que de tendresse dans leurs transports ! Tout leur parut des autels propres à sacrifier à l'amour, et le jour seul interrompit *la multiplicité* de leurs sacrifices ; s'étant retrouvés tous quatre, ils se séparèrent après s'être promis de se rejoindre, et le prince se retira si content de cet essai qu'il résolut de ne pas s'arrêter en si beau chemin.

Fin de la première partie

SECONDE PARTIE

CHAPITRE PREMIER

RECETTE CONTRE LE DÉGOÛT DONT IL EST BON DE FAIRE USAGE

Angola, enhardi par deux bonnes fortunes aussi rapides, parut à la Cour avec un air conquérant et décidé qui relevait infiniment ses grâces. Sachant confusément que les malheurs dont il était menacé devaient avoir pour principe un attachement sérieux et constant, et entraîné d'ailleurs par la vivacité de son tempérament, il résolut de ne se permettre aucune passion *d'un certain genre*, et d'empêcher par une inconstance utile que son cœur ne se mît trop de la partie et ne le fît tomber dans les pièges qu'il voulait éviter. Il s'appropria un certain air de coquetterie à la mode qui ne promet pas aux femmes *d'infiniment* bons procédés ; mais la nécessité et la perversion des temps les ont mises dans le cas de faire semblant de s'y tromper ; autrement les hommages qu'elles recevraient seraient bien rares. Lumineuse s'aperçut du changement qui s'opérait dans le prince, et loin d'en être alarmée, comme c'était une impression des manières de sa cour, sur lesquelles elle avait désiré qu'il se formât, elle le trouva infiniment plus aimable. Pour lui, il répondit à *ses mines*, de façon à lui laisser espérer qu'elle seule aurait la gloire de *l'éduquer*, tandis que dans le fond[1] il était résolu de ne pas s'en tenir absolument à ses lumières.

Il vit Almaïr, qui s'approchant de lui : « Je mériterais du moins quelques remerciements, dit-il, pour mon arrangement d'hier au soir, car j'imagine que vous avez réparé votre faute avec usure et que vous avez profité en habile homme d'une partie aussi bien conduite.

— N'en doutez pas, dit le prince, je vous ai l'obligation de mon bonheur ; j'ai été heureux, mon cher Almaïr, et je crois pouvoir me flatter d'avoir autant d'obligation à la tendresse de Zobéide qu'à la faveur de l'occasion. Que d'attraits ! quels transports ! Non, je ne puis vous faire une peinture fidèle des plaisirs que j'ai goûtés pendant cette heureuse nuit.

— Je me le persuade aisément, reprit Almaïr. Les premières passions sont toujours accompagnées de cet excès d'ardeur qui en rend le charme délicieux. Votre imagination se fera peu à peu à ces sortes d'images, leur impression en deviendra moins sensible, et vous serez obligé d'avoir recours *au spécifique* dont je me sers pour la ranimer ; le changement vous deviendra nécessaire, et entraîné par l'exemple et autorisé par la conduite des femmes, vous parviendrez à regarder les passions comme *une affaire de convenance.* C'est le bon ton d'aujourd'hui, et j'ai des espérances certaines de vous y voir bientôt conformé. Au reste, Zobéide est charmante ; je vous conseille de la garder tant que cela vous amusera l'un et l'autre. Faites-en même votre affaire principale ; ce qui ne vous empêchera pas de vous livrer à ces petites infidélités de passage qu'on se pardonne volontiers entre gens qui ont un certain usage du monde.

— Mais non, dit le prince d'un air distrait, Zobéide me plaît fort, et je ne vois pas que je puisse rien faire de mieux que de la garder. Après tout, dit-il, je ne crois pas qu'on soit absolument maître des mouvements de son cœur ; et s'il se refusait à un certain point, je me verrais obligé *de finir cette affaire avec décence* ; mais je ne vois cela que dans l'éloignement.

— Et moi je le prévois et je l'attends, dit Almaïr. Je regarde les jolies femmes comme *des effets qui sont dans le commerce* et où chacun peut prétendre. J'ai eu envie de Zobéide avant vous, j'ai deviné vos prétentions et je vous l'ai cédée, bien résolu de faire revivre les miennes dès que votre fantaisie en serait passée.

— Et Aménis, dit le prince, qu'en ferez-vous ? Comment supportera-t-elle votre changement ?

— Je n'ai jamais eu, reprit Almaïr, des liaisons d'une certaine vivacité avec Aménis. Nous nous sommes pris par convenance ; nous nous sommes gardés sans conventions et j'imagine que nous nous quitterons sans peine. Au reste, si le cas y échoit, vous ne seriez point trop mal d'entreprendre sa guérison ; vous y travailleriez, je crois, très efficacement et même vous pourriez vous féliciter de cette cure. Aménis est extrêmement aimable ; votre préoccupation pour Zobéide vous a empêché peut-être d'y faire attention. Avec autant de charmes qu'elle, elle a l'esprit infiniment plus *usagé* et plus amusant ; elle a cette tournure de cour frivole et légère qui est si à la mode aujourd'hui ; en un mot, elle est excellente *pour former un jeune homme* ; et quand la possession vous aura lassé de Zobéide, il me paraît *décent et utile* pour vous d'avoir Aménis quelque temps.

— Nous verrons, dit le prince, je la trouve fort bien ; elle a cet air que j'adore dans les femmes, qui est très propre à encourager la jeunesse, et peut-être qu'avec le temps je m'arrangerai pour lui rendre quelques soins.

— Vous la trouverez toujours prête à les recevoir, reprit Almaïr, et je ne ferai jamais de difficulté de vous céder tous mes droits par l'envie que j'ai de succéder aux vôtres. »

Après cette conversation ils se séparèrent et furent jurer un amour éternel à celles dont ils pensaient déjà à se défaire.

Le prince, qui acquérait tous les jours une nouvelle expérience et se consommait de plus en plus dans *le faux* de la Cour, vécut pendant quelque temps si adroitement avec la fée et Zobéide que chacune d'elles s'imagina régner seule dans son cœur ; et, profitant de leur erreur, il en obtint beaucoup de rendez-vous, où elles le comblèrent de leurs faveurs les plus précieuses, et où il lui fut d'autant plus aisé de les tromper que son amour avait les dehors ardents qui ont le talent de persuader les femmes. Enfin, peu à peu il se vit dans cet état d'indolence d'un homme qui, rassasié de faveurs, sent ralentir sa vivacité. Il trouvait un vuide dans lui-même étonnant, et déjà il cherchait un remède à sa langueur, quand Almaïr se présenta à ses regards un matin qu'il était encore dans son appartement. « Comment donc ! dit Almaïr. Que signifie cet air rêveur et chagrin qui obscurcit vos grâces ? Mes prédictions seraient-elles sur le point de s'accomplir et auriez-vous déjà besoin du remède dont je vous ai vanté l'efficacité ?

— Je ne sais, dit le prince, ce qui cause l'altération que vous me voyez, mais je suis *d'un ennui à périr* ; la Cour m'excède, les promenades m'impatientent. En vain je cours tous les spectacles, j'y porte l'ennui qui me dévore.

— Et moi je vous en apporte le remède, dit Almaïr. Nous avons une partie de campagne charmante, je viens vous la proposer. Nous y aurons de jolies femmes, *pas l'ombre d'un mari* ; nous y passerons les nuits, nous nous y réjouirons à merveille. C'est près de la ville dans un endroit délicieux et je ne crois pas que vous me refusiez, j'ai compté sur vous.

— Et vous avez très bien fait », interrompit le prince, en se levant vivement. « Partons, mon cher Almaïr, vous êtes un excellent médecin, et je m'abandonne avec confiance à vos conseils.

— Doucement, reprit Almaïr ; je viens vous demander à dîner, et après cela nous nous rendrons chez Aménis, où *notre monde* doit se trouver pour partir ensemble. »

Ils se rendirent l'après-dîné chez Aménis où ils trouvèrent grande compagnie en hommes et en femmes. Le prince y fut reçu avec les distinctions les plus flatteuses. Déjà connu d'Aménis, elle lui fit de ces politesses attentives qui même dans une jolie femme peuvent paraître quelque chose de plus. Il la regarda avec plus d'attention qu'il n'avait encore fait et fut surpris de n'avoir pas jusqu'alors rendu plus de justice à ses charmes. Elle était de la taille la plus avantageuse ; ses cheveux d'un blond cendré admirable, et plantés dans la perfection, accompagnaient merveilleusement un visage dont les traits étaient de la dernière délicatesse ; elle avait dans les yeux une impression de tendresse qui laissait concevoir au prince les plus flatteuses espérances ; elle était dans un déshabillé de campagne qui laissait voir en partie une gorge et une peau d'une blancheur divine. Toutes ses grâces étaient infiniment relevées par cet air *du grand monde* et par ce ton de cour qu'elle possédait au suprême degré, et auquel même elle donnait de nouveaux agréments par la tournure délicate de son esprit. Ses paroles étaient pleines de feu, et l'envie qu'elle avait depuis quelque temps de faire la conquête d'Angola lui donna de nouveaux charmes et la mit dans cette aimable pointe de vivacité qui dans les femmes fait tout l'agrément et tient même quelquefois lieu de la beauté.

Après quelques propos généraux, il fut question de partir. Almaïr, qui fut chargé de l'arrangement des équipages, s'y prit si adroitement que sans affectation les calèches se trouvèrent remplies, et il ne s'en trouva plus qu'une à deux places pour Aménis et le prince. Après s'être récriés pour la forme sur l'étourderie d'Almaïr, ils y montèrent fort contents dans le fond de cet arrangement.

Angola, plus instruit dans les tête-à-tête, en profita habilement pour *préparer les voies* : « Je ne sais, madame, dit-il à Aménis, si je dois avoir une véritable obligation à Almaïr de l'heureuse situation qu'il me procure ; le danger où il m'expose peut devenir si grand que peut-être serai-je dans le cas de le regarder comme la vengeance d'un ennemi.

— Je ne vois point ici de danger à redouter pour vous », dit Aménis, en le regardant tendrement ; « et d'ailleurs je vous suppose des sentiments qui vous en garantiraient, et vous avez des engagements à l'abri d'épreuves bien plus dangereuses.

— Qu'on oublie aisément tout devant vous ! reprit le prince avec vivacité. Mon cœur ne me le dit que trop, et s'il pouvait se flatter de la moindre espérance, il porterait bien volontiers de nouvelles chaînes.

— Si on en croyait de certains mouvements, dit Aménis en baissant les yeux, on pourrait les rendre si légères qu'il n'aurait pas lieu de s'en plaindre.

— J'en courrai bien volontiers les risques, dit le prince ; mais, madame, oserai-je vous dire que vos bontés m'autorisent à me flatter de quelque retour, et que ne ferai-je pas pour m'en rendre digne !

— Il m'eſt peut-être plus aisé de faire votre conquête, dit Aménis, que de la conserver, et je crains bien que Zobéide ne reprenne des droits dont elle ne supportera pas aisément la perte.

— Je ne pense qu'à vous, dit le prince, et l'univers entier ne pourrait m'en diſtraire ; l'espoir de vous rendre sensible me ferme les yeux sur toutes les difficultés que je puis avoir à craindre. »

CHAPITRE II

CHOSE INOUÏE. ON LA PASSERA SI ON VEUT

Pendant cette conversation, ils arrivèrent à la maison de campagne d'Aménis. Elle était assez près de la ville pour qu'on ne pût pas s'en croire entièrement *isolé*, et elle en était assez éloignée pour se souſtraire au fracas et au tumulte ; la situation en était admirable, les promenades charmantes, les appartements bien diſtribués et commodes : on apportait dans cet heureux séjour cet air de liberté qu'inspire la campagne, et qui eſt en si bonne intelligence avec l'amour. En effet, combien de passions qui n'auraient jamais réussi sans ces sortes de parties ! La vertu, qui dans les villes eſt soutenue par les préjugés *et hérissée* de bienséances, oppose tous ces fantômes au plaisir et souvent le fait disparaître. Mais à la campagne, dénuée de ces armes chimériques, la liberté, l'occasion, la solitude, *les promenades dans les bosquets*, tout est contre elle ; elle succombe et ne laisse souvent après elle que le regret de ne s'en être pas défait plus vite.

Ils passèrent quelques jours dans ce beau lieu à goûter tous les plaisirs les plus diversifiés. Il y eut des soupers charmants, une chère choisie et délicate. Les femmes y furent gaies et complaisantes. On pria celles qui avaient de la voix de chanter, elles étaient toutes enrhumées ou avaient mal à la poitrine, comme il convient à des femmes d'une certaine façon. Et cependant elles chantèrent merveilleusement, méritèrent des applaudissements et les reçurent en assurant qu'elles avaient la voix éteinte et le gosier embarrassé, *et qu'elles chantaient à faire peur.* Les hommes s'en mêlèrent aussi. On y chanta quelques couplets nouveaux un peu moins *gazés*, qui furent trouvés d'une folie... On minauda, on se fit rougir, on baissa les yeux, *on joua la distraction* et on n'en perdit pas un mot.

Almaïr, qui s'était aperçu d'un *commencement d'affaire* entre Angola et Aménis, charmé de voir réussir son idée, s'attacha autant qu'il put à les favoriser en leur procurant les moments favorables dont il savait bien que le prince profiterait. On se promena beaucoup, et le prince, se trouvant souvent seul avec Aménis, avança ses affaires de façon qu'il lui arracha l'aveu du penchant qu'elle avait pour lui. Il le reçut avec mille transports ; elle lui marqua des craintes et des défiances sur sa sincérité, qu'il chercha à dissiper par ces expressions outrées si à la mode alors et qui signifiaient d'autant moins qu'elles disaient davantage. Aménis en fut contente, ou fit semblant de l'être : on n'y regardait pas de si près dans ce temps-là.

Il ne manquait à ces deux amants qu'un tête-à-tête favorable pour se donner des marques de leur tendresse mutuelle ; l'un le cherchait avec ardeur et l'autre ne semblait pas s'en éloigner. Cet événement fut retardé par une fantaisie imprévue qui prit un après-dîné à toute la compagnie. On envoyait tous les jours un laquais à la ville pour apporter les nouvelles à la main, tous les couplets et les brochures qui paraissaient. Il vint un jour annoncer qu'on jouait, à la comédie, *M...*[2] À ce nom, toute la compagnie fit un cri ; et quoiqu'il n'y eût personne là qui ne l'eût vue plusieurs fois, il fut résolu d'une commune voix qu'on irait. On envoya retenir des loges, on fit mettre les chevaux aux calèches. On voyait régner dans la compagnie ce tumulte aimable qui suit ordinairement les parties impromptues. Les femmes *abrégèrent* leurs toilettes, et après avoir assuré cent fois qu'*elles étaient faites comme des folles*, elles parurent dans un ajustement *moitié ville, moitié campagne*. Dégagé de cette grande recherche et qui, éblouissant moins les sens, cause une émotion tendre qui touche davantage le cœur, on monta en calèche et on partit.

Arrivées à la porte de la comédie, elles furent fort regardées par la jeunesse brillante qui occupait le balcon et l'escalier. *On joua l'incognito*, on se cacha le visage avec l'éventail, et on fut fort aise d'être vu. Enfin, au travers des regards curieux des uns et des propos galants des autres, elles parvinrent à la loge.

L'assemblée était brillante et nombreuse. Quoique cette pièce n'eût plus les grâces de la nouveauté, la constance avec laquelle elle était suivie prouvait évidemment son mérite solide et le cas que le public faisait de son illustre auteur. On voyait dans les loges un mélange pompeux des femmes les plus charmantes, couvertes des habillements les plus somptueux. Quelques-unes venaient pour écouter la pièce et en admirer les beautés, d'autres pour en faire le semblant et jouer l'esprit et la connaissance : espèce de femmes bien plus insupportables que celles qui sont ignorantes de bonne foi et sans s'en faire accroire, elles décident de tout et pour louer une pièce, elles commencent à dire que les acteurs étaient bien habillés, ou que telle actrice était mal mise, que sa coiffure était trop reculée, ou sa parure mal assortie. Le plus grand nombre était là pour étaler leurs charmes dans ce demi-jour de spectacle, dans cette réflexion éloignée des bougies si favorable aux attraits surannés, et qui ne fait qu'augmenter l'éclat des autres.

On voyait sur le théâtre, pour servir d'opposition à ce tableau, une quantité d'hommes parmi lesquels à peine en aurait-on compté un très petit nombre vrais appréciateurs du mérite d'une pièce. Ceux-là, en gens sensés, ne se livraient point en spectacle au public et attendaient paisiblement dans leur place que leur plaisir commençât avec la tragédie ; mais ce qu'on appelle les gens *du bel air* avaient une façon de penser bien autrement élevée. Ils s'embarrassaient fort peu de la pièce et il leur arrivait bien souvent de demander au cinquième acte ce qu'on avait joué. Couchés immodestement plutôt qu'appuyés sur le théâtre, ils étalaient leurs charmes séducteurs, *braquaient* continuellement leur lorgnette, *caressaient leurs jabots*, badinaient avec un bouquet, sifflaient un air nouveau, faisaient des signes d'intelligence aux actrices qui souvent ne les connaissaient pas ; et enfin, après avoir épuisé tous les lieux communs d'une coquetterie qui aurait paru décente dans les femmes les plus décidées, ils attendaient le moment de l'endroit le plus intéressant pour traverser le théâtre en regardant leur montre, dérangeaient les acteurs, sortaient d'un air étourdi et affairé, se précipitaient dans leurs équipages et allaient se montrer dans tous les autres spectacles et y commettre les mêmes indécences et les mêmes étourderies.

Toute cette jeunesse brillante se montrait sur le théâtre quand on avertit qu'on allait commencer ; et, ce qui n'est pas une petite preuve de la réputation supérieure de la pièce, les minauderies, le désordre, et le caquet cessèrent, et on se prépara à écouter avec attention cet admirable chef-d'œuvre.

Tout y caractérisait le génie profond et les talents uniques du grand maître qui l'a composée, une contexture parfaite, des situations heureuses, des caractères bien nuancés, une poésie nerveuse et sonore, des sentiments dignes des plus grands héros ; toutes ces différentes perfections formaient un ensemble merveilleux. On y admirait surtout une reconnaissance, morceau à la mode, dont tous les auteurs tragiques *avaient la rage de farcir leurs pièces* dans ce temps-là, et qui réussissait à si peu d'entre eux. Celle-ci était parfaite en tout genre, bien amenée, vraisemblable et intéressante. Elle formait le plus beau coup de théâtre qu'on pût désirer. Une mère attendrie et tremblante versait des larmes sur le sort d'un fils infortuné. Ce rôle, joué par la première actrice de ce temps-là, semblait acquérir un nouvel intérêt par la façon dont il était rendu. Cette femme admirable en ce genre, maîtresse de la déclamation, lui donnait un caractère de vérité qui enlevait l'âme des spectateurs, leur arrachait des larmes et leur faisait partager sa douleur et son désespoir.

La pièce fut applaudie *à tout rompre*, juste récompense du mérite supérieur de son illustre auteur. Il y était présent, et, comme un père qui s'intéresse au sort d'un enfant chéri, il voyait avec tendresse un succès aussi constant. Ce génie inimitable recevait avec modestie les marques vives de la reconnaissance du public, qui n'acquittait pas à beaucoup près les obligations que lui avait son siècle. Et en effet, en quel genre n'avait-il pas réussi ? Philosophe profond, il avait dépouillé les systèmes anciens de ces obscurités et de ces contradictions qui les rendaient plus ennuyeux qu'utiles ; il avait enrichi notre langue d'un nouveau mille fois plus sensé, et l'avait rendu pour ainsi dire palpable et à la portée de tout le monde. Sa muse, encore au berceau, avait osé chanter les héros et les combats, et on voyait briller dans cet ouvrage cette énergie, cette poésie rapide et élevée qui met l'homme au-dessus de lui-même, et que les Homère et les Virgile n'avaient acquis qu'à force de travaux. Bientôt il avait *chaussé le cothurne*, et l'avait relevé de l'état languissant où il était par la mort de deux grands maîtres[3], possédant au premier degré l'art de remuer les spectateurs. Tous les sujets devenaient d'une égale beauté dans ses heureuses mains. S'il peignait la hauteur farouche d'un sultan[4], la matière s'amollissait pour ainsi dire en ses mains et devenait susceptible d'amour et de vertu. S'il peignait les incertitudes d'une princesse élevée dans l'erreur, remuée puissamment par des circonstances touchantes, combattue par les remords, mais brûlant d'un feu coupable qu'elle ne pouvait vaincre, ce rôle, rendu par une actrice adorable pour qui il semblait être fait, arrachait aux spectateurs des larmes délicieuses et les intéressait jusque dans ses erreurs.

S'il représentait les forfaits inouïs d'un héros de l'Antiquité plus malheureux que coupable[5], sa muse, par d'heureuses nuances, adoucissait l'horreur des crimes par la pitié qu'inspirent les fautes involontaires. Ce malheureux, en proie aux transports les plus vifs, assemblage horrible de forfaits et de vertus, donnait par son exemple affreux une horreur secrète pour le crime. Il périssait vertueux, puisque l'intention seule fait le crime, et qu'un homme peut l'être malgré un destin cruel ; le coupable disparaissait et ne laissait dans l'âme des spectateurs qu'une tendre pitié pour ses malheurs.

Ce grand homme possédait tous les talents dans un degré trop éminent pour être à l'abri de l'envie. Quelques mauvais auteurs, gens diffamés, sans mœurs et noircis de crimes indicibles, s'étaient acharnés contre lui ; mais comme rien n'aurait été si humiliant pour lui que d'avoir leur suffrage, puisque cela aurait pu faire soupçonner quelque ressemblance entre eux, la haine qu'ils lui marquaient, loin de nuire à sa réputation, achevait de la décider, mettait tous les honnêtes gens de son parti et donnait un lustre ineffaçable à son génie, le plus beau du siècle.

La tragédie fut suivie de l'*O*...[6], petite pièce dans le goût des contes des fées, où l'auteur, par une peinture heureuse et naïve, développait adroitement les différentes impulsions de la nature dans un cœur novice, les gradations insensibles par où s'introduit l'amour et le penchant de la jeunesse à céder à ses artificieuses séductions. Ce rôle était rendu *au mieux* par une actrice charmante, en possession de plaire au public, initiée depuis longtemps aux mystères de l'amour; elle avait un *air agnès et enfantin*[7] dont on était la dupe malgré soi, et jouait dans le dernier naturel une innocence dont on était tenté vivement de triompher, *et dont elle avait tiré grand parti il y avait longtemps*. Elle attachait avec un ruban et menait comme en laisse un prince qui se soumettait à ses chaînes, pour l'amener peu à peu à les partager. Ce rôle était rendu par un acteur qui avait de la figure et des talents. Le mal est qu'il paraissait en être *exactement informé*. Il excellait dans le comique, surtout dans les rôles de petit-maître ou d'amoureux, qui, selon *l'optique* du théâtre, doivent toujours être un peu outrés pour faire leur effet; il y réussissait d'autant mieux que l'opinion publique était qu'il se jouait lui-même sans s'en apercevoir.

La pièce finie, Aménis et sa compagnie restèrent quelque temps dans leur loge pour donner le temps *de déboucher*[8]. Enfin elles parvinrent sur l'escalier; elles y furent lorgnées, examinées, et regardées effrontément sous le nez par une troupe de jeunes éventés qui assiégeaient le passage et critiquaient toute la terre. Ils prêtaient des aventures à celle-ci, marquaient des désirs indécents à l'autre assez haut pour qu'elle les entendît, déchiraient tout en général. Aucune femme n'avait leur approbation que celles qui étaient assez malheureuses pour l'avoir achetée à leurs dépens. En un mot, il aurait semblé qu'ils avaient été mis là pour combattre et détruire les ridicules, s'ils n'en avaient été eux-mêmes pétris. Aménis passa devant ce tribunal redoutable, dont le bon sens casse souvent les arrêts, avec cet air délibéré qui caractérise les femmes de la Cour qui sont au-dessus des préjugés. Elle savait qu'on ne leur en imposait que par une effronterie supérieure à la leur. Elles descendirent, et au travers de la confusion, *et faisant la sourde oreille aux* paroles énergiques des cochers et des laquais qui assiègent la porte, elles gagnèrent leurs calèches et partirent.

Les soins d'Almaïr pour favoriser la passion du prince pour Aménis continuant avec la même adresse, la disposition des équipages fut faite si adroitement que le prince, sans qu'il y parût la moindre affectation, se trouva placé naturellement avec Aménis dans la même calèche. « Vous voyez, lui dit Almaïr, avec quelle ardeur je vous devine et je vous sers ; nous verrons, en temps et lieu, l'espèce de récompense que j'exigerai de vous, et si vous imiterez mon désintéressement. Pour le présent songez à vous, et mettez-vous dans la tête qu'il ne nous arrive pas aussi souvent que nous le voudrions d'être deux heures seuls avec une jolie femme dans un équipage, que ce sont de ces occasions qu'il faut prendre aux cheveux, qu'un homme du monde ne peut guère se dispenser décemment de faire *quelque proposition*, et que les trois quarts des femmes qui ont commencé par crier beaucoup contre cette hardiesse ont fini par s'y accoutumer, de telle sorte qu'un homme d'une certaine façon n'ose pas y manquer sans s'exposer à passer pour un sot. On a même remarqué que les femmes qui se déchaînent le plus contre de pareils compliments sont celles qui sont le moins faites pour les essuyer, et qui portent une figure qui doit servir d'excuse à la timidité la plus outrée. »

Le prince n'eut pas le temps de lui répondre. Tout le monde étant remonté en carrosse, il entra dans la calèche avec Aménis, bien résolu de profiter des avis d'Almaïr.

La conversation roula quelque temps entre Aménis et le prince sur la beauté de la pièce qu'ils venaient de voir et sur les différents genres de ridicules qui s'étaient offerts à leurs yeux ; mais Angola, qui avait des intérêts plus pressants, la fit tomber adroitement sur l'amour et lui renouvela avec transport les assurances de sa passion. « En vérité, dit Aménis, si vous continuez encore sur le même ton, je crois que je serai assez bonne pour me laisser persuader. Je m'étais figuré que ce que vous m'aviez dit à ce sujet était de ces propos qu'on ne se croit pas dispensé de tenir à une femme, qui sont faits pour avoir leur place dans le frivole de la conversation et qui, ordinairement, ne signifient pas davantage et ne doivent pas se prendre plus à la lettre que les trois quarts des choses qui se disent dans le monde.

— Ah ! madame, dit le prince, jugez mieux des impressions que vous faites. Elles sont trop vives pour s'effacer aussi aisément, et le bonheur dont vous m'avez permis de me flatter est d'un trop grand prix pour que j'y puisse renoncer. »

En disant ces paroles, il lui baisait les mains avec transport, et cette faveur qui aurait peut-être paru considérable dans une autre circonstance devenait par le genre de l'occasion une de ces choses convenues et simples sur lesquelles on ne s'amuse pas à *chicaner*. « Quel mortel serait plus heureux que moi, madame, disait Angola, si vous daigniez partager des transports qui sont votre ouvrage, et dont je ne puis soutenir la violence. »

En même temps il la serrait dans ses bras. Elle ne disait mot, et le prince, s'imaginant que ce silence était causé par des doutes injurieux pour lui, trouva le moyen de la convaincre avec adresse de la vérité des choses dont il se plaignait sans la révolter : *par une évidence trop frappante*, elle se rendit intérieurement à de si bonnes raisons, mais rien ne pouvant la faire renoncer à la décence, si elle se prêta à ses transports, ce fut dans l'intention de les arrêter à un certain point. Il y entrait aussi une espèce de curiosité de savoir comment il s'y prendrait pour les satisfaire. Ce motif est puissant chez les femmes, et les mène quelquefois plus loin qu'elles ne pensent. Le prince devenait pressant, il n'y avait plus moyen de lui faire entendre raison ; et puis comment en donner aux autres quand elle manque à soi-même ? « Laissez-moi, dit-elle à Angola d'une voix entrecoupée ; je suis persuadée de votre tendresse, réservez-en les témoignages pour une autre occasion.

— Non, dit le prince tout en feu, je ne puis différer à vous donner des marques de mon amour ; la vérité de mes transports me répond de vous les voir partager, et m'assure de votre tendresse.

— Vous avez des idées bien singulières, dit Aménis, et quand j'aurais la bonté de m'y prêter, elles n'en seraient pas moins infructueuses ; car enfin, dit-elle (se laissant aller comme par distraction à quelque complaisance), il y a de certaines choses dont l'impossibilité est tellement reconnue qu'il est *absurde* de se proposer d'en venir à bout.

— Rien n'est impossible à une ardeur comme la mienne », disait le prince, en gagnant du terrain, « et les situations les plus singulières ne servent, selon moi, qu'à aiguiser les plaisirs. »

Il se procurait en même temps et en se glissant adroitement une attitude *singulière*, qu'il jugeait à vue de pays pouvoir le mener à ses fins ; et Aménis, dont les doutes et l'incrédulité commençaient à diminuer, ne s'opposa point à leur entière destruction, à laquelle le prince travaillait avec ardeur.

Bientôt une émotion plus vive rendit sa complaisance plus décidée, et le prince profita habilement de ce moment pour lui procurer une *espèce de triomphe*, qui, en lui imposant *des devoirs pénibles*, ne pouvait que la flatter infiniment. Pour lui, il se soumit de bon cœur à l'humiliation de *son poste* et borna ses soins à partager avec tant d'ardeur les travaux d'Aménis qu'il put lui en adoucir les rigueurs en lui épargnant quelques-unes des peines. Les soins importants dont ils étaient occupés prenaient tout leur temps, et toute leur attention, de façon à leur laisser à peine le temps de se dire quelques paroles entrecoupées, par lesquelles ils se témoignaient combien ils étaient charmés mutuellement de leur complaisance. Ensuite venaient de ces moments heureux d'anéantissement qui suivent et couronnent les tendres caresses, qui en sont même les seuls fruits, et qui, par leur courte durée, ne mériteraient pas d'être mis au nombre des plaisirs. Il est à croire qu'ils ne firent pas des réflexions aussi *sensées*, car leur ardeur, loin de diminuer, les plongea dans de nouveaux égarements. Aménis trouva les raisons du prince admirables ; elle se serait fait un scrupule de lui marquer encore des doutes, après *la façon convaincante* avec laquelle il s'était attaché à les dissiper. Enfin ils arrivèrent, elle très contente des éclaircissements qu'elle avait reçus, et lui très satisfait de ne lui avoir pas trouvé une incrédulité insurmontable.

On arriva à la campagne, et on se mit à table *décemment*, c'est-à-dire à minuit. Le souper fut très gai. Aménis, qui avait ses raisons pour être satisfaite, fut charmante. Le prince, qui n'était pas autrement tyrannisé par ses rigueurs, y répondit fort bien, et Almaïr conçut que le temps avait été employé et espéra par là de voir réussir ses desseins sur Zobéide. On passa encore quelques jours dans ce beau lieu, dans tous les divertissements qui pourraient mériter ce nom s'ils étaient pris avec une certaine modération, mais qu'on pourrait appeler différemment par l'excès auquel on les portait. Aménis et le prince trouvèrent différentes occasions de se témoigner leur tendresse. Au milieu du plus grand tumulte des plaisirs, ils faisaient de ces éclipses dont tout le monde s'aperçoit et que personne parmi les gens d'un certain monde ne fait semblant de remarquer, par le besoin qu'on a de pareilles indulgences et la nécessité où l'on est de se passer mutuellement ces sortes de choses. Almaïr, qui avait ses raisons pour partir, profita un jour d'un moment que la conversation roulait sur quelque événement nouveau qu'on avait appris, qui faisait du bruit à la ville. « En vérité, dit-il, c'est trop longtemps s'enterrer ; la retraite commence à *m'excéder*, on ne sait ici rien de rien. Quand nous retournerons à la ville, on nous prendra pour des gens *de l'autre monde*, nous ne connaîtrons plus personne, nous serons habillés à la vieille mode, et nous serons obligés *de faire main basse*[9] *sur notre garde-robe*. Si vous m'en croyez, nous partirons. »

Ce parti fut accepté avec joie sans en savoir la raison. Enfin, après avoir passé quelques jours à être à table, ou à jouer jusqu'à s'excéder, à passer les nuits sans nécessité, en se protestant qu'on ne s'était jamais si bien amusé, qu'on était faits les uns pour les autres et qu'il fallait souvent faire de semblables parties, on revint à la ville avec le même empressement qu'on en était parti. On se sépara en apparence avec un regret mortel et dans le fond ennuyés les uns des autres, et on fut chercher avec ardeur à se dissiper par d'autres plaisirs, qui n'affectèrent pas davantage des gens à qui ils coûtaient trop peu pour qu'ils pussent les ressentir.

CHAPITRE III

AUSSI INCROYABLE QUE LE PRÉCÉDENT

Le prince, à son retour, fut faire sa cour à Lumineuse qui le gronda tendrement de son absence, afin de donner lieu à un raccommodement. Elle lui marqua des doutes sur sa fidélité, sachant bien le langage qu'il emploierait pour la rassurer, et elle fut obligée de se rendre *à la force et à l'énergie* des expressions dont il se servit. Il continua de vivre avec elle dans cet état heureux et indolent d'un homme qui possède quelque chose d'infiniment aimable, mais dont l'amour, n'étant plus animé par les désirs ou par les difficultés, perd nécessairement cette pointe de vivacité qui en fait le principal agrément. Il vit rarement Zobéide, et il eut la satisfaction de la trouver assez raisonnable pour se prêter aux soins d'Almaïr, et bientôt elle sut de lui qu'il avait lieu de se louer de ses procédés, et qu'elle ne faisait point *la ridicule*. Il s'échappa quelquefois de la Cour pour faire quelques soupers fins chez Aménis, et les points importants qu'on avait traités dans la calèche furent remis sur le tapis et *discutés* avec plus d'exactitude selon la commodité des temps et des lieux. Aménis était fort aimable, elle possédait au suprême degré ce *manège utile* qui bien plus que la beauté retient un homme dans l'esclavage et ne lui donne pas le temps de projeter des infidélités. Elle voyait fort bonne compagnie chez elle, persuadée que deux amants ne se suffisent pas toujours l'un à l'autre, et que les passions les plus vives ont des moments de vuide où quelques tiers choisis ne servent qu'à ranimer les désirs par la nécessité où l'on est de les contraindre devant eux. Elle tenait le prince *comme en haleine* par une conduite si adroite, et retardait du moins le penchant qu'il avait à la légèreté.

Lumineuse tenait cependant toujours la première place dans son cœur, soit que ce fut l'éclat d'une bonne fortune si flatteuse, soit qu'effectivement elle eût plus de charmes, le prince goûtait avec elle des plaisirs plus vifs et la quittait avec plus de regret que les autres.

Un jour que, profitant de la liberté extrême qu'elle lui avait accordée, il était entré dans son appartement dans le temps qu'elle était au conseil, il s'amusa à regarder une quantité de bijoux et de tableaux rares qui ornaient son cabinet. Il trouva sur une cheminée une boîte d'or garnie de diamants, il l'ouvrit avec un frémissement inconnu, elle renfermait un portrait. Dieux ! en quel état le jeta la vue de cette peinture. Elle représentait une jeune personne qui paraissait âgée d'environ dix-huit ans. Toutes les expressions les plus fortes ne pourraient rendre que faiblement des charmes aussi puissants. Une régularité de traits achevée, une beauté touchante, des grâces naïves répandues sur son visage, un air modeste et retenu donnaient à sa physionomie et à toute sa personne des armes trop dangereuses pour pouvoir y résister. Le peintre avait ménagé heureusement une draperie légère qui laissait voir les grâces d'une taille charmante, un bras et une main faits au tour et d'une blancheur éblouissante.

Le prince, saisi et hors de lui-même au spectacle imprévu, demeura immobile quelques instants. Il regardait avidement cette peinture et avalait à longs traits le poison qui se glissait dans son cœur ; il éprouvait des mouvements différents et bien supérieurs à tout ce qu'il avait ressenti jusqu'alors. Effectivement, toutes les inclinations qu'il avait eues à la Cour n'étaient pour ainsi dire que *des affaires de convenance*, où il avait été entraîné plus par la force de l'occasion et des avances qu'on lui faisait que par aucun amour qu'il eût ressenti. Il y avait été lui-même trompé le premier et avait pris pour de l'amour ce qui n'était que le feu d'une jeunesse avide de plaisirs. Ce qu'il ressentait à la vue de ce portrait était tout *d'un autre genre* ; c'était un amour timide qui n'osait se flatter d'aucune espérance et, ce qui n'est pas moins difficile à croire, il était accompagné de beaucoup de respect.

La reine le surprit dans cette agréable occupation. « Votre curiosité est extrême, lui dit-elle en l'abordant ; craignez qu'elle ne vous coûte cher. Peut-être avez-vous déjà rendu les armes à ces traits dangereux ; soyez persuadé qu'en ce cas vous m'indisposeriez contre vous pour plus d'une raison, et qu'outre les droits que j'ai sur votre cœur, et que j'imagine être bien fondés, j'ai les raisons du monde les plus fortes pour que votre attention ne se porte pas sur un objet dont la destinée a une liaison de malheurs avec la vôtre. » En disant ces mots, elle reprit le portrait des mains du prince, qui le lui rendit avec une indifférence affectée dont elle fut la dupe.

Expert dans l'art de cacher ses mouvements, il lui déguisa avec soin des désirs qui l'auraient offensée et se borna à lui demander, du ton le plus froid qu'il put affecter, le nom de l'original de cette peinture. « C'est, lui répondit Lumineuse, le portrait de Luzéide, princesse de Golconde[10]. Le roi son père avait résolu de l'envoyer à ma cour et de me confier le soin de son éducation. Effrayé par quelques prédictions qu'on lui a faites sur la destinée de sa fille, et prévenu que l'amour doit causer ses malheurs, il l'élève dans la solitude et éloignée du commerce des hommes. Il m'a priée de la recevoir à ma cour et de prendre le soin de lui donner cette tournure qu'on n'acquiert point dans les pays étrangers. D'ailleurs il se persuade avec raison que ma puissance pourrait la mettre à l'abri des malheurs dont elle est menacée ; et, quoique je ne puisse m'opposer aux arrêts du destin, je me serais déjà rendue à ses instances, et je l'aurais déjà fait venir ici, si je ne croyais entrevoir un certain rapport dans vos destinées qui m'effraye et qui me fait craindre qu'en vous exposant à la vue l'un de l'autre, une sympathie cruelle ne justifie mes appréhensions.

— Pouvez-vous concevoir de pareilles défiances, dit le prince en affectant un air tendre, et ne voudrez-vous jamais, pour notre bonheur commun, vous persuader qu'un mortel épris de vos charmes, et assez heureux pour les posséder, devient nécessairement insensible pour tous les objets les plus séduisants ? »

Il ajouta à ces paroles flatteuses des caresses qui ne coûtaient pas encore assez à son cœur pour n'avoir pas toutes les grâces de la sincérité. La reine, flattée de ces témoignages d'une tendresse qu'elle payait de toute la sienne, les reçut avec cet empressement aimable qui engage à les redoubler, par la crainte qu'on a de n'en pas montrer assez. Ils passèrent ensemble de ces moments heureux qui ne devraient être faits que pour les vrais amants, et dont eux seuls devraient connaître le prix.

Le prince se retira chez lui dès qu'il put, et s'occupa toute la nuit à repasser dans son esprit les charmes de l'incomparable Luzéide. Éclairé sur ses sentiments par un retour exact sur lui-même, il connut la différence de l'amour qu'il ressentait avec ce goût de passage qui l'avait livré jusqu'alors avec rapidité à toutes les femmes *qu'il avait trouvées sous sa main*. « Quelle était mon erreur ! s'écriait-il avec transport. J'ai cru aimer : se peut-il que j'aie donné ce nom à des désirs tumultueux nés dans le caprice et soutenus par le feu du tempérament ? Que ce que je ressens est bien différent ! J'ai vu des femmes, j'ai obtenu leurs faveurs les plus précieuses, et je ne les ai dues, sans doute, qu'au même motif qui m'a attaché à elles. Ai-je désiré un moment la possession de leur cœur ? Enivré de plaisirs, je n'ai jamais porté mes vues plus loin ; c'est là sans doute le principe fatal du vuide étonnant qui se retrouvait dans les temps de ma jeunesse, où mes intrigues m'occupaient davantage. Cherchons la possession d'un cœur, cela seul peut me rendre heureux, et je sens que cela seul désormais pourra flatter ma délicatesse. »

Il était encore enseveli dans ses rêveries le lendemain au matin quand Almaïr vint dans son appartement. Il fut surpris de l'air agité et inquiet répandu sur son visage. « Que vois-je, s'écria-t-il, et que me présage cet air *nébuleux* ? En vérité *je m'y perds*, vous avez une mine *qui m'anéantit*, et je vous cherche dans vous-même sans vous reconnaître.

— Ah ! mon cher Almaïr », dit le prince.

Il ne put en dire davantage ; son embarras redoubla. « Oh ! parbleu ! dit Almaïr, voilà un soupir *qui me confond* ; on n'y tient pas. Mais expliquez-vous clairement. Ceci me paraît sérieux, et je vous avoue sincèrement *que je suis pétrifié de la cruelle angoisse* où je vous vois. Je n'imagine pas qu'il y ait quelqu'une de nos femmes de la Cour assez *bégueule* pour vous réduire à l'assiéger dans les formes et vous faire soupirer après des faveurs qu'elles ont la bonté d'offrir à ceux qui les recherchent le moins ; et je ne suppose pas qu'à votre âge vous ayez d'autres affaires assez sérieuses pour vous plonger dans la tristesse qui vous accable quel qu'en soit le motif. Je crois avoir mérité votre confiance, et notre amitié me met en droit de l'exiger.

— Eh bien ! apprenez, dit le prince, mon malheur et la cruauté de ma situation. »

Il lui raconta ensuite sa dernière conversation avec la reine, la vue du portrait de Luzéide et l'effet singulier qu'il avait fait sur son cœur. Il accompagna ce récit des expressions les plus vives et les plus passionnées. Le cœur parlait, et il s'exprimait avec tant de feu qu'Almaïr fut surpris d'une impression aussi extraordinaire. Il ne lui avait jamais vu tant d'empressement pour aucune des femmes pour qui il lui avait connu du goût. Il l'interrompit d'un air sérieux : « En vérité, lui dit-il, vous êtes plus malade que vous ne pensez ; je ne vous aurais jamais cru homme à vous repaître de chimères ; j'imaginais que mes leçons, le monde, l'expérience auraient décidé votre façon de penser sur les femmes et vous auraient appris que rien n'est si misérable que le rôle *d'un héros de roman*. Vous me donniez de bonnes espérances : vous preniez *le bon ton à vue d'œil*. J'avais vu avec plaisir votre éducation entre les mains des deux femmes de la Cour les plus faites pour former un jeune homme. Je comptais que vous ne vous en tiendriez pas là, et que vous en tiendriez quelques autres qui achèveraient de vous perfectionner. Vous détruisez mon ouvrage *dans la minute, et, affichant* une constance aussi chimérique que votre passion, vous allez devenir la fable de la Cour, et une conduite aussi ridicule vous fera *railler sans miséricorde*.

— Je sens la justice de vos raisons, dit Angola ; je me livre à regret à un ridicule dont j'ai été le plus grand ennemi, mais mon penchant m'entraîne et si vous aviez vu un instant le portrait de la charmante princesse de Golconde, vous cesseriez de me combattre aussi cruellement.

— Je cesserais donc d'être votre ami ? reprit vivement Almaïr. Je ne vous défends pas de trouver Luzéide aimable, mais que votre goût soit asservi à la raison et aux circonstances. La reine, dites-vous, doit la faire venir auprès d'elle ; cherchez à vous dissiper d'ici à ce temps-là ; vous pourrez à son arrivée vous livrer à vos sentiments. Quand elle aura respiré l'air de la Cour, elle en adoptera sûrement le système, et peut-être aura-t-elle autant d'envie de vous donner des chaînes que vous en avez de les recevoir. En cas d'une résistance inusitée, on avisera aux moyens les plus efficaces pour *extirper cette hérésie* et la mettre à la raison ; mais *il est absurde* que vous vous consumiez d'amour d'avance, fondé sur l'imagination d'un peintre. Encore deux nuits passées dans *la macération* comme celle-ci, vous ne seriez *en honneur pas présentable.* Mais tâchons de vous égayer par des objets plus riants. Il paraît depuis quelques jours à la ville une jeune femme nommée Clénire ; elle est mariée à un vieux officier qui, après avoir passé sa jeunesse à manger son bien au service[11], s'est imaginé que c'était un droit pour demander une récompense. On a reçu sa demande comme une *mauvaise plaisanterie*, et on y a répondu du même ton. Enfin, après avoir *valeté*[12] inutilement dans les antichambres des ministres, ennuyé d'une poursuite vaine, il s'est avisé adroitement d'épouser Clénire et de l'envoyer solliciter pour lui. À l'aspect d'une figure si charmante, tous les commis des bureaux (chose que la postérité ne croira jamais) ont pris un air poli et lui ont rendu sa révérence. Elle a percé jusqu'aux cabinets des ministres ; on a quitté à sa vue *les lunettes, les loupes et les lettres de recommandation* ; les fronts se sont déridés, on l'a écoutée en la regardant, on lui a répondu *sans tenir d'autres papiers à la main* et avec l'esprit présent, et enfin elle a obtenu un gouvernement et est sortie sans qu'on la congédiât. La reine a voulu la voir, et a été si charmée de sa figure qu'elle l'a retenue pour lui donner une charge dans son palais. On a envoyé le mari dans son gouvernement sur les confins de la Chine, et Clénire reste à la Cour. Elle est adorable, *pétrie de grâces.* Elle aurait besoin d'un homme décidé qui se chargeât de la former et de lui donner *un certain ton*, cela est vraiment fait pour vous. L'attachement d'un homme de votre rang *lui donnera de la considération* et la *mettra à même de se tourner au grand.* Elle vous devra de la reconnaissance, et je la crois très propre à vous faire attendre sans impatience l'arrivée de Luzéide.

— Je n'ai point l'esprit assez libre, dit le prince, pour me charger de semblable soin, et je crois que vous êtes très fait pour me remplacer.

— Allons à la Cour, dit Almaïr ; j'espère qu'à sa vue vos résolutions s'affaibliront. »

CHAPITRE IV
QUI NE SERA PAS ENTENDU DE TOUT LE MONDE

Ils arrivèrent au dîner de la reine, et le prince y apporta un air sombre et rêveur dont il tâchait en vain de se défaire. La fée le considéra attentivement, et la crainte qu'il eut de lui faire naître des idées le porta à se faire violence pour déguiser son trouble. Il vit Clénire et malgré sa présomption il la trouva charmante. C'était une beauté sans artifice, parée des dons de la nature, elle ignorait les secours que l'art lui prête, et qui ne l'imitent jamais que grossièrement ; à peine savait-elle qu'elle était belle, et quoiqu'il ne manquât pas de gens qui eussent pu l'en informer, elle n'avait point encore pris cet air de suffisance qui suit de près cette opinion et qui révolte assez pour ôter l'envie d'en triompher. En un mot elle était adorable et causa bien du ravage et des infidélités à la Cour, mais le prince n'y fit pour lors qu'une légère attention, et dès qu'il put disparaître décemment il fut porter ailleurs l'inquiétude qui le dévorait.

Il errait au hasard dans le palais lorsqu'il se trouva à la porte de la bibliothèque de la reine. Il y entra et fut surpris de sa beauté ; il se reprocha de n'avoir pas eu la curiosité de la voir plus tôt. Ses yeux se portèrent d'abord sur un tas de gros livres qui servent nécessairement de base à un cabinet. Ils sont regardés *comme les fondements d'un édifice*, qui ordinairement sont inhabitables et ensevelis dans la terre, et ne servent qu'à soutenir des appartements plus commodes. La poussière dont ils étaient couverts décidait leur réputation. Il parcourut ensuite de l'œil ces amas de lois et de coutumes dont la fraude tire si grand parti et qu'on a l'indulgence de nommer justice. Il vit les anciens romans, ces *chaos de doucereuses fadaises*, où on faisait l'amour en prenant ses grades, comme dans un cours de théologie ; où l'amant et la maîtresse *disputaient à l'envi d'ennui et d'absurdité*, et n'accordaient et ne recevaient des faveurs que *géométriquement et par date* ; il se garda bien d'en ouvrir aucun[13].

Il passa ensuite aux poètes, parmi lesquels il vit quelques

génies brillants qui avaient élevé au plus haut point la gloire du siècle. Le nombre en était petit. Ils étaient entourés d'une infinité *d'insectes du Parnasse*, espece de race singulière, qui se croyait arrivée à l'immortalité à la faveur de quelques madrigaux ou de quelques ballades plates et doucereuses, fruit dégoûtant d'une imagination stérile, qui ne pouvaient flatter que les oreilles grossières d'un libraire assez sot pour se ruiner en les imprimant. Il admira les beautés des premiers et se garda sagement de s'exposer à la lecture des autres.

Il vint ensuite aux auteurs du siècle. Le champ était vaste, et le choix difficile : le clinquant imitait si bien l'or qu'il pouvait mettre en défaut les gens les plus pénétrants et le plus sur leurs gardes. D'abord il passa rapidement une foule d'écrivains *à la grosse*, auteurs d'un tas de nouvelles plates, mal ourdies et sans intérêt. L'un[14] faisait et distribuait des romans comme des gazettes (et on en faisait à peu près le même cas), ne savait ni imaginer, ni peindre, ni écrire. Son style sec et décharné se ressentait de l'abstinence de son *famélique* auteur. Il avait voulu rétablir sa réputation en donnant un livre dont le titre en avait imposé au public ; il avait d'abord eu de la vogue par le ton d'irréligion qui y régnait et qui flattait la jeunesse ; il mordait *à belles dents* les bonzes, mais sans esprit et sans délicatesse et, s'il y avait quelque chose de vrai à leur reprocher, il n'avait pas eu assez d'esprit pour le découvrir, et le dire avec cette finesse qui autorise la bonne plaisanterie et qui ne va jamais jusqu'à la grossièreté de l'invective. Bientôt les connaisseurs, revenus de l'illusion, avaient méprisé cette *vile rhapsodie* de contes sur les bonzes *dont on berce les petits enfants*, et qui ne pouvait plaire que dans le pays que l'auteur avait choisi pour asile, où régnait une licence effrénée et une insolence condamnable qu'on décorait du nom de liberté. Ils avaient connu clairement que ce qu'il y avait de bon dans ce livre était pillé mot à mot d'un célèbre auteur[15] du siècle passé, à qui la langue du pays avait des obligations essentielles et qui dans ses autres ouvrages avait répandu une façon de penser qu'il était trop dangereux d'analyser.

À côté étaient quelques ouvrages d'un auteur qui ne manquait pas d'imagination. Il trouvait des situations intéressantes qu'il ne savait point mettre en œuvre. Sa diction était négligée, il s'énonçait communément, ses expressions étaient triviales ; en vain disait-il, pour s'excuser, que sa naissance le dispensait de châtier son style. L'oubli dans lequel il était tombé devait lui faire connaître clairement qu'il n'y a point de raisons assez fortes pour autoriser un auteur à négliger de plaire au public.

Angola vit avec plaisir les ouvrages d'un autre auteur[16], homme de beaucoup d'esprit. On lui reprochait même d'en mettre, pour ainsi dire, trop dans ses ouvrages, ou du moins de faire parler à l'esprit une langue inconnue. Son style, qui au premier coup d'œil se parait d'une grande naïveté, paraissait après la réflexion d'une affectation outrée : il avait trouvé le moyen singulier de se rendre *guindé* et obscur avec les termes les plus clairs et les plus communs, d'ailleurs affectant de représenter pour être neuf des images basses et triviales qui ne pouvaient intéresser que médiocrement. Au reste, il avait des talents supérieurs, et le théâtre lui avait de grandes obligations.

On y voyait aussi des ouvrages d'un auteur dont l'état ne s'accordait guère avec les productions de sa plume[17]. Il était homme d'esprit, son style était beau, noble et châtié, la tournure harmonieuse de ses phrases flattait l'oreille, et quoiqu'il ne se fût pas également soutenu, ses ouvrages étaient estimés. On lui reprochait une imagination noire qui se plaisait à promener son lecteur dans les situations les plus funestes ; on était saisi d'horreur, mais on le lisait dans l'impatience de voir hors de péril son héros pour qui il trouvait le secret de vous intéresser.

Le prince trouva heureusement auprès de lui, et pour lui servir de correctif, les ouvrages charmants du premier auteur du siècle en ce genre[18]. Cet homme, dans l'âge le plus tendre, avait connu le cœur et avait donné un ouvrage qui en développait les plus secrets ressorts. Un style noble, pur, aisé, et orné de grâces inimitables, régnait dans ses écrits ; il peignait les mœurs du siècle avec un naturel qui n'appartenait qu'à lui. Il s'était égayé dans des tableaux un peu plus frappants ; il décrivait l'amour et ses situations les plus tendres avec une expression vraie qui portait à croire qu'il ne parlait que d'après l'expérience. Estimé des hommes pour la pureté de ses mœurs et la beauté de son génie, comment devait-il être regardé des femmes, et quelle est celle qui ne devait pas désirer de recevoir des leçons de l'*amour de la part d'un* homme qui savait si bien en décrire les charmes ? Ses ouvrages, *marqués au bon coin*, étaient à l'abri des vicissitudes de la mode et des bizarreries d'un peuple inconstant.

Assez près de là, mais quelques degrés au-dessous, Angola

trouva les écrits d'un homme à qui on ne pouvait refuser ni de l'esprit ni des talents[19]. Il avait débuté par deux ouvrages dont l'un avait réussi par son propre mérite, et l'autre, malgré le superficiel qui y régnait, avait plu au public quoiqu'il y fût traité fort cavalièrement, et que l'auteur témoignât se mettre assez peu en peine de son suffrage. Heureux s'il s'en fût tenu là, et que, pour mériter un titre dont il était décoré, il n'eût pas entrepris de *recrépir* une vieille histoire, écrite déjà plusieurs fois, très peu intéressante aujourd'hui par l'éloignement des temps, et qui n'est qu'un *ramassis* de cent vieilles chroniques que tout le monde sait, d'ailleurs, son style, trop fleuri, ne convient point à des événements trop graves pour être susceptibles d'enjouement et de légèreté.

Le prince, rempli de ces différentes images, était prêt à se retirer, quand il trouva sous ses pieds un livre qui semblait avoir été foulé exprès par tous ceux qui venaient dans ce cabinet. Il le ramassa et, à travers la *crasse* dont il était couvert, il reconnut les ouvrages d'un homme dont l'état, qui semblait combattre son caractère, ne servait qu'à en augmenter le fiel. Cet homme[20], ou plutôt cette furie, abusant de l'esprit et écrivant sans sel et sans délicatesse, s'attachait comme *une sangsue* à tous les auteurs les plus célèbres. Ennemi du mérite, les noirs serpents de l'envie le déchiraient : il faisait des *observations* sur tous les écrits, où régnait, en place d'une critique fine et délicate, des invectives atroces, une plaisanterie basse et du plus mauvais genre. Tout dans cet ouvrage désignait *l'âme de boue* de son auteur, donnant perpétuellement dans le faux, et soutenant son sentiment avec une opiniâtreté classique, et des sophismes plats et rebattus. Méprisé de tout le monde sans être craint de personne, il était regardé comme un chien hargneux et recevait souvent le même salaire. Au reste, homme sans mœurs et adonné aux crapules les plus détestables, le seul avantage qu'il avait était que ses vices étaient de nature à n'en pouvoir faire mention. Il périssait comme il avait vécu ; sa fin était celle d'un homme sans mœurs et sans principes et il n'emportait en mourant ni l'estime de l'honnête homme, ni les regrets du libertin.

Le prince se donna à peine le temps de lire quelques pages de ce *misérable* livre que, connaissant l'indigne caractère de l'auteur, il le jeta loin de lui avec colère et le rendit à son premier sort, qui était d'être foulé aux pieds par tous ceux qui entraient dans cet appartement.

CHAPITRE V
IL ÉTAIT BIEN TEMPS

Le prince sortit du cabinet et fut dans les jardins promener ses rêveries. Il comprit aisément que la moindre différence qu'il laisserait remarquer dans son humeur pourrait donner des lumières à la reine, et peut-être lui faire deviner le principe de ses inquiétudes. Il frémit des suites que pourraient avoir de pareilles conjectures et résolut de se rendre maître de lui-même, de façon à ne laisser aucun soupçon dans son esprit. La dissipation naturelle de la jeunesse, qui ne peut lui permettre de s'arrêter longtemps sur des objets affligeants, le servait peut-être mieux que toutes ses résolutions. Il fut à la Cour et se para autant qu'il lui fut possible de cet air aisé et coquet qui lui avait été si facile à acquérir, contre lequel les trois quarts des femmes crient et se déchaînent sans cesse, et qui cependant tous les jours est en possession de leur faire *tourner la cervelle*. Lumineuse le trouva adorable, et Aménis fut très aise de passer *pour lui appartenir* ; elle minauda, le tira à part, lui parla à l'oreille pour lui demander comment il se portait, affecta, dans sa façon de lui parler, une familiarité significative ; enfin elle fit autant d'efforts pour découvrir et *constater* son intrigue avec lui qu'une autre en aurait fait pour la dérober aux yeux du public qui n'a jamais besoin d'être éclairé quand il est question de méchanceté.

Il soutint ce rôle si naturellement que la reine oublia entièrement ses idées au sujet du portrait. Il se fit même violence au point de le revoir plusieurs fois sans paraître y prendre aucun intérêt ; d'ailleurs il vivait avec elle de façon à dissiper toutes ses craintes, et son cœur n'était pas encore assez préoccupé pour que ce rôle lui parût bien difficile à jouer. Un jour qu'ils étaient ensemble dans un de ces entretiens de confiance qui suivent les tendres caresses, et souvent les font renaître : « Le roi de Golconde, lui dit la fée, me fait de nouvelles instances pour envoyer la princesse sa fille à ma cour, et je ne vois pas comment je pourrai m'en défendre davantage. Je crois que je serai obligée d'y consentir ; d'ailleurs, j'ai assisté à sa naissance, et je prends un tendre intérêt à ce qui la regarde. Je vais fixer le jour de son départ, et bientôt vous la verrez paraître à ma cour. » Le prince eut de la peine à dissimuler la joie que lui causait ce discours, mais il prit assez sur lui pour faire une réponse indifférente et affecta même de changer de conversation. Cette conduite persuada à la reine qu'elle pouvait sans aucun risque se rendre aux prières du roi de Golconde, et bientôt elle annonça à sa cour l'arrivée de la princesse Luzéide.

On avait entendu parler de son extrême beauté ; ainsi cette nouvelle causa beaucoup de joie surtout aux petits-maîtres de la Cour qui se promirent bien intérieurement de faire *l'essai de leurs charmes* sur un sujet aussi intéressant.

Quelques jours après, son arrivée fut annoncée par une foule de domestiques ; *un tas d'inutiles* qui suivent ou précèdent les grands seigneurs, qui ne leur sont d'aucune utilité, qu'ils ne connaissent seulement pas, et qui ne servent qu'à désoler tout le monde dans les endroits où ils passent, et à *crever des chevaux de poste*.

La reine la reçut avec les distinctions les plus flatteuses et les marques de l'amitié la plus tendre. Elle fut enchantée de sa figure. Elle était, il est vrai, habillée d'un très mauvais goût ; sa coiffure était maussade, sa figure était déparée par cet air d'innocence qui est toujours raillé à la Cour, parce que personne n'a le bonheur de le posséder. Tout cela fut exactement remarqué par la jeunesse brillante de la Cour ; mais sa beauté lui obtint sa grâce auprès des hommes et, comme les femmes ne jugèrent pas à propos de *toucher cette corde*[21], il était aisé de voir ce qu'elles en pensaient : leur silence leur servait de conviction.

Le prince fut un des plus empressés à l'examiner. Il lui offrit la main au sortir de son équipage, et il eut le temps en traversant les appartements de se rassasier de cette vue dangereuse, qui acheva l'impression que le portrait avait faite dans son cœur. Il la conduisait d'un air rêveur et embarrassé, qui n'aurait pas échappé à la pénétration de Lumineuse si elle n'avait été occupée du soin de la recevoir.

La fée, voyant combien des habillements aussi étrangers et aussi maussades déparaient la beauté de Luzéide, fit venir à l'instant des coiffeuses et des couturières, à qui on demanda tout ce qu'il y avait de plus moderne. Elle l'amena au palais et chez les marchandes de modes choisir les dentelles et *les petites oies les plus élégantes*. Elle passa ensuite Au chagrin de

Turquie[22] et se fournit d'aigrettes, de girandoles, de boucles d'oreilles, d'esclavages[23] et de rivières de diamants. Elle commença par trouver tout détestable, et finit par prendre tout ce qu'on lui avait vanté pour être le plus beau, demeura trois heures chez le marchand, changea cent fois d'avis sur le choix des pierreries, lui fit mille questions sur les diamants qu'il vendait aux femmes de la Cour, lui demanda avec distraction le prix de ceux qu'elle avait choisis, ne fit aucune attention à sa réponse, dont le marchand ne manqua pas de profiter pour la voler impunément, quoique avec toute l'humilité et le respect possibles.

Toutes ces courses amusaient extrêmement la reine ; car, outre les droits que les *affiquets*[24] ont sur l'esprit des femmes, dans ce temps-là il n'en allait pas comme aujourd'hui, et les souverains, au milieu des plaisirs de leur cour, avaient des quarts d'heure où ils étaient fort empêchés de leur personne, et où ils étaient obligés de descendre à des amusements vulgaires.

Luzéide, parée de ces habillements superbes, où le goût surpassait la richesse, parut comme un astre brillant qui obscurcit tous les autres. Elle était coiffée en cheveux avec des fleurs et des diamants placés artistement dans sa frisure, *un soupçon de bonnet, et le chignon relevé* comme on le portait alors ; sa robe était d'une étoffe du dernier goût, blanc, gris de lin et or, avec des dessins en pagodes et en figures chinoises, la polonaise et les parements assortis *en chenilles et en soucis de hanneton*, un corset garni de pierreries, et des manchettes à trois rangs du point d'Angleterre *le plus exquis*.

Les femmes de la Cour s'étudièrent à lui trouver des défauts, mais leurs recherches ne furent pas autrement heureuses. L'une lui trouvait trop peu de rouge, l'autre la trouvait coiffée *trop reculée* ; celle-ci disait que les dessins de sa robe étaient trop chargés, que la petite oie était mal assortie ; celle-là, que ses diamants étaient mal montés, *n'avaient point de jeu, qu'ils n'étaient pas d'une belle eau*, qu'ils ressemblaient à *du strass*[25] ; d'autres disaient qu'elle avait l'air étranger, qu'elle ne savait pas placer ses mouches[26], ni tenir son éventail : en un mot, qu'elle avait quelque chose de gauche et d'emprunté dans sa contenance.

Mais les hommes, qui ne font attention aux habillements et ne s'amusent à les critiquer que quand la figure ne les intéresse guère, pensaient bien différemment sur son compte, étonnés de voir tant de perfections réunies. Leurs louanges avaient un air de vérité qui devait d'autant plus la flatter que leur défaut n'était pas de l'employer souvent. Elle réunissait tous les suffrages sans les demander, et sans employer pour les obtenir *ce manège indécent* qui révolte, et qui peut tout au plus séduire les sens sans que le cœur y ait la moindre part.

On s'attacha à examiner son esprit et on vit, au travers de son langage uni et proscrit à la Cour, une solidité et une justesse de façon de penser qui étonnait dans un pays où *un langage entortillé* et un certain nombre d'expressions bizarres tenaient, la plupart du temps, lieu de raisonnement et de justesse ; d'ailleurs, elle avait un grand fond de douceur dans le caractère et une grande idée de la cour où elle arrivait, et cela semblait devoir faire craindre qu'elle n'en adoptât trop tôt les manières.

Le prince, ayant la liberté de la voir à chaque instant et de connaître toutes ses qualités, sentait redoubler son amour. Il cherchait avec soin l'occasion de le lui faire connaître ; mais, dominé par une timidité qu'il ne pouvait vaincre, il la laissait échapper sans oser en tirer aucun avantage.

Il fut pendant quelque temps réduit à cette horrible contrainte. Sa passion augmentait par les difficultés, mais la froideur et l'indifférence avec laquelle la princesse recevait toutes *les galanteries d'usage* dont on l'accablait, son adresse même à les éviter, lui faisait désespérer de la rendre sensible. Il se livrait à sa rêverie et cherchait les endroits les plus solitaires pour être tout entier à sa passion. Almaïr vint un jour l'interrompre au plus fort de ses distractions : « Eh bien ! lui dit-il, voilà donc enfin ce conquérant devenu esclave lui-même, et les charmes novices d'un enfant, dénué de cette âme qui en fait tout l'agrément, ont opéré ce miracle. En vérité je ne vous conçois pas. Savez-vous bien que vous allez tomber dans l'état le plus déplorable où puisse être réduit un galant homme, et à quoi cela vous mènera-t-il ? Car enfin il faudra toujours en venir à une déclaration, au hasard d'attirer sur vous *les foudres et les carreaux*[27] de ce redoutable objet. Le plus sensé, selon moi, serait de vous tirer au plus vite de ce mauvais pas. Je n'imagine pas qu'on vous *arrache les yeux* ; d'ailleurs quand on voit qu'il est absolument impossible de réussir, un homme du monde se retire prudemment et ne s'expose point à servir de trophée aux caprices d'une femme, qui souvent ne refuse vos hommages que pour en accepter qui ne les valent en aucune façon.

— Qu'il vous est bien facile de débiter votre morale, dit

le prince, et que je voudrais bien qu'il me fût aussi aisé de la suivre. Je sens la justesse de vos raisons, mais mon cœur n'est pas assez libre pour m'en rendre la pratique aisée. Il n'est plus ici question de ces goûts rapides qui m'ont entraîné successivement dans les chaînes de plusieurs femmes de la Cour ; je ne connaissais pas l'amour, et mon peu d'expérience me faisait donner ce nom à des mouvements tumultueux qui prennent leur source dans le dérèglement des passions. Que j'en reconnais bien la différence ! Les charmes adorables à qui j'ai rendu les armes excitent dans mon cœur des transports tout d'un autre genre ; c'est la possession du cœur de Luzéide que je désire, et cette passion n'est mêlée d'aucun de ces désirs qui caractérisent celles de la jeunesse, qui laissent toujours un vuide dans le cœur et ne doivent flatter en aucune façon la femme à qui elles s'adressent.

— *Langage de roman*, interrompit Almaïr, et qui n'empêche pas qu'au fond votre but ne soit le même. Soyez sûr même que les femmes qui feignent de vous en croire sur votre parole seraient bien fâchées dans le fond d'y compter et de ne pas espérer que vous leur en manqueriez ; et puis, en admettant votre système, sauf après à le mitiger, il est bien constant que rien n'est plus *infructueux* que de se consumer de soupirs et de tendresse *en pure perte*. Si vous voulez même que je vous fasse part de mes découvertes, car je ne risque rien avec un homme aussi peu avantageux que vous, ou je suis bien trompé ou la princesse n'a pas autrement d'éloignement pour vous. Je crois avoir surpris des regards, qu'elle vous adressait à la dérobée, et qui n'étaient rien moins que marqués au coin de l'indifférence, et je me persuade qu'en vous donnant les soins convenables, vous pourrez triompher de sa modestie et mettre vos affaires *dans un état décent*. Croyez-moi, ne lui donnez pas le temps de se prévenir peut-être en faveur de quelque autre ; vous regretteriez, mais trop tard, le temps que vous auriez perdu à faire des réflexions toujours inutiles en semblable occurrence. J'aperçois la reine qui vient prendre le plaisir de la promenade avec toute sa cour. Je ne vous parle plus de Clénire, son temps n'est pas arrivé ; cependant, ou mes prédictions sont fausses ou vous rendrez un jour hommage à ses charmes, mais votre goût est tourné du côté de Luzéide. Je vous conseille de pousser *votre pointe* et de ne pas laisser passer une occasion si favorable sans savoir à quoi vous en tenir. »

CHAPITRE VI

MOMENT SAISI, OBSTACLE IMPRÉVU

Ils s'approchèrent en même temps de la reine et de la Cour. « Que signifie, dit Lumineuse, cette conversation sérieuse où je vous vois engagés ? En vérité, cela me surprend beaucoup ; je n'imagine pas que vous vous occupiez des intérêts de mon royaume, et je ne vois pas quel autre genre d'entretien peut vous donner un air si grave.

— Nous *dissertions* sérieusement sur l'amour, madame, répondit Almaïr, et sur tous les inconvénients où on s'expose en s'y livrant ; et nous convenions, le prince et moi, que ce n'eſt qu'en le fuyant, ou en le traitant *cavaliѐrement*, qu'on peut se souſtraire à sa tyrannie.

— Cette morale, dit la reine, ne me surprend point du tout de votre part, mais je ne sais si le prince pense absolument de même ; je crois qu'il ignore jusqu'au nom de l'amour, et je lui suppose très peu de curiosité de s'en inſtruire. »

Elle lança en même temps à Angola un regard tendre, par où il semblait qu'elle cherchait à être rassurée sur ce dont elle feignait de douter. Le prince, occupé alors auprès de Luzéide, fit peu d'attention à cette agacerie et trouvant un moment favorable : « Cette conversation ne paraît pas vous intéresser infiniment », lui dit-elle d'une voix tremblante, « et sans doute que vous faites trop peu de cas de l'amour pour daigner dire votre sentiment sur les choses qui le regardent.

— Je ne le connais point, répondit Luzéide en rougissant et baissant les yeux précipitamment, et les couleurs sous lesquelles on me l'a dépeint ne m'en donnent pas une idée favorable ; il eſt ordinairement suivi de tant de mauvais procédés qu'il ne me paraît point *sensé* de s'y exposer.

— Qu'on serait heureux de vous désabuser, reprit le prince d'une voix basse et passionnée, et que les sentiments que vous inspirez ont un caractère bien différent ! J'en connais dont la vérité et l'ardeur pourraient vous satisfaire, si votre cœur n'était d'une insensibilité à toute épreuve.

— C'eſt du moins comme je désire qu'il soit, reprit Luzéide

d'un ton ému, et j'emploierai tous mes efforts pour le conserver en cet état et me mettre par là à l'abri des perfidies qu'on éprouve de la part des gens qui nous jurent le plus d'attachement. »

La reine, qui se trouva alors auprès d'eux, empêcha le prince de répondre et le laissa accablé de douleur des sentiments que Luzéide lui avait fait paraître. Il entreprit cependant de lui faire changer d'avis et espéra que la promenade lui fournirait quelque occasion de renouer une conversation qui l'intéressait si fort. La Cour se dispersa en diverses allées, et le prince prit si bien son temps qu'après beaucoup de tours inutiles il joignit Luzéide dans le temps qu'elle était arrêtée dans un bosquet à considérer un groupe de statues de marbre d'une rare perfection. C'était Apollon et Daphné. Les attitudes étaient parfaites, l'amour était peint sur le visage du dieu et animait sa course, la frayeur régnait sur celui de la nymphe, un mouvement inconnu ralentissait l'ardeur de sa fuite, elle élevait les mains et demandait au ciel un secours *qu'elle se serait peut-être dans la suite consolée de n'avoir pas obtenu.* L'Amour, indigné de son obstination, la regardait d'un ton menaçant et semblait vouloir s'opposer à son dessein. La princesse examinait ce morceau avec attention lorsque Angola s'approcha d'elle : « Venez-vous, lui dit-il, chercher ici de nouveaux exemples d'inhumanité et tâcher de vous affermir dans les sentiments rigoureux que vous m'avez découverts tantôt ?

— Ma façon de penser ne dépend pas de semblables objets, répondit Luzéide, et d'ailleurs je ne crois pas qu'elle vous intéresse assez pour qu'il vous soit si important d'en être instruit.

— L'intérêt essentiel que j'y prends est aussi certain que mon malheur, reprit Angola. Je vois le sort que je me prépare, mais mon amour est trop fort pour admettre aucune réflexion ; je ne vois que trop l'insensibilité de votre cœur, rien ne peut m'arrêter. Connaissez mon crime, il est votre ouvrage, poursuivit-il en se jetant à ses genoux, je m'expose à votre courroux, mais rien n'est capable de me faire renoncer à des sentiments qui feront désormais le bonheur de ma vie. »

Son attitude était touchante : quelques larmes coulaient avec grâce le long de ses joues, le cœur parlait, et son langage avait un caractère de vérité qui ne pouvait manquer de faire impression sur un cœur qui était déjà gagné par une heureuse sympathie. « Levez-vous, lui dit Luzéide d'une voix attendrie, et cessez de m'entretenir de choses que je dois ignorer, pour votre repos et pour le mien

— Eh bien ! dit le prince, achevez donc de m'accabler. Je ne le vois que trop, une haine barbare sera le prix de ma tendresse, et votre cœur trop cruel pour s'ouvrir à la pitié...

— Levez-vous, répéta Luzéide extrêmement émue. Je ne vous hais point et je souhaite m'en tenir toujours à des sentiments si raisonnables.

— Permettez-moi donc, dit le prince en se levant, de vous parler de la tendresse de mes sentiments et d'espérer qu'un jour les vôtres pourront y répondre.

— Je ne devrais pas vous l'accorder, dit la princesse en le regardant timidement, mais on ne se souvient pas toujours de ce qu'on devrait redouter davantage ; c'est un reproche de plus que je veux bien avoir à me faire ; ce n'est que par une conduite extrêmement retenue que vous pourrez m'empêcher de me repentir de ma complaisance. »

La reine et la Cour, qui arrivèrent alors, interrompirent ces amants et forcèrent le prince à renfermer dans son cœur la joie qui le transportait. « Je viens de recevoir, dit la fée, des nouvelles qui m'annoncent que je verrai bientôt ici le génie Makis. C'est un grand seigneur qui voyage pour se former et qui vient à ma cour pour prendre des manières dont je ne le soupçonne pas fort susceptible. Il est parent de la fée Mutine ; et quoique la différence de nos caractères n'ait jamais permis de liaison entre elle et moi, les égards, dont rien ne peut nous dispenser dans le rang que nous tenons, m'engageront à lui faire l'accueil dû à son rang et à sa naissance. » Quelques courtisans, qui avaient voyagé et qui avaient vu le génie à la cour de la fée Mutine, n'en firent pas un portrait bien avantageux, et ceux qui ne le connaissaient pas, charmés du nouveau genre de ridicule qu'ils se promettaient, attendirent son arrivée avec impatience.

Le lendemain la reine était à sa toilette quand on vint lui annoncer l'arrivée du génie. Elle lui avait fait préparer un appartement dans le palais ; elle chargea quelques seigneurs de sa cour de l'y conduire. La plupart des courtisans furent au-devant de lui pour jouir de ce spectacle. Il descendit de son carrosse avec une espèce de secrétaire qui lui lisait *les énigmes du « Mercure »* pour le désennuyer. Son déshabillé n'était pas avantageux, et cela, joint à la disgrâce de sa figure, ne faisait pas en sa faveur une impression bien avantageuse. Il ressemblait assez à ces marchands anglais qui viennent voyager en France, et qui en arrivant à Calais prennent la qualité de milord au sortir du paquebot. Il traversa la foule des courtisans en les saluant d'un air haut, quoique gauche et embarrassé, et fut dans l'appartement qui lui était destiné tâcher de *ravitailler ses grâces*.

La jeunesse de la Cour s'amusa quelque temps à critiquer ses équipages, qui avaient effectivement un air étranger et de mauvais goût : c'était de vieilles berlines dorées à l'antique, avec de grands écussons, et des armes écartelées à seize quartiers, et embrouillées à lasser la patience du généalogiste le plus opiniâtre. Elles étaient doublées *de velours d'Utrecht* ; les harnais y répondaient, et les chevaux qui étaient de grands colosses de Flandre n'avaient jamais mérité ni ruban ni cocarde et auraient déparé *la plus misérable remise*. Les cochers, les postillons et les laquais étaient petits, vieux et mal bâtis, couverts de livrées tranchantes et d'habits faits à toute taille. Enfin tout cet équipage avait un *vernis* provincial et ridicule qui caractérisait, au premier coup d'œil, la tournure du maître à qui il appartenait. Quelque temps après le génie fit demander audience à la reine, et il parut à la Cour avec cet air de hauteur qui devient plus insupportable quand il n'est pas accompagné d'une certaine aisance dans les façons. Il fit à la reine un compliment étudié qui n'en valait pas mieux, auquel elle répondit avec ses grâces ordinaires. Il *lorgna* beaucoup Luzéide, la loua hautement et avec indécence, prit feu pour elle dans l'instant, et fit si bien que dans deux heures personne à la Cour ne l'ignorait. Le prince l'apprit comme les autres et, quoique dans le fond il le regardât comme un rival méprisable, il ne put se défendre d'une inquiétude qui semblait lui présager ses malheurs. Le génie passa quelques jours à visiter toutes les raretés de la capitale, et Luzéide fut délivrée par là de ses persécutions. Quand sa curiosité fut satisfaite, il revint à la Cour, et, profitant de la première occasion qui se présenta, il fit à la princesse une déclaration brusque et sans ménagement. Il lui vanta les grâces de sa personne, son rang, ses richesses, et surtout sa puissance, et conclut par lui dire qu'il voulait bien s'abaisser jusqu'à une mortelle, et qu'il la destinait à l'honneur de son hymen. Quand la princesse n'aurait pas eu une autre passion dans le cœur, le ridicule insupportable d'un pareil discours ne l'aurait pas frappée moins vivement. Elle reçut ses propositions avec la fierté qu'elles méritaient, et le traita d'une façon si dédaigneuse qu'elle se délivra pour un temps de son importunité.

CHAPITRE VII
L'ORAISON DE SAINT JULIEN

Les divertissements les plus vifs occupaient toujours la meilleure partie du temps dans cette aimable cour. Il fut question un jour d'une partie de chasse. La reine accompagnée des principales dames de sa suite, habillées en amazones, s'y rendirent à cheval ou dans des calèches superbes. Les seigneurs, montés avantageusement, les suivaient. Luzéide était adorable : cet habillement lui prêtait de nouvelles grâces, et le prince ne pouvait se lasser de la regarder. Il trouva quelques moments favorables pour lui parler de sa passion et elle y répondit de façon à ne pas lui ôter toute espérance. Le génie les interrompit plusieurs fois et troubla la douceur des moments qu'ils passaient ensemble. Il était monté sur un fort beau cheval qu'il menait de fort mauvaise grâce ; et pour faire voir qu'il était homme à tout, *il parlait chiens, cerfs et sangliers* avec un enthousiasme qui en toute autre occasion aurait pu amuser la princesse, mais la conversation d'Angola l'intéressait davantage, et rien ne pouvait l'en dédommager.

Ils arrivèrent au rendez-vous, et le génie, emporté par son ardeur, les délivra de son ennuyeuse présence. Le prince par décence fut obligé de quitter Luzéide. Il rencontra Almaïr et ils se jetèrent ensemble dans le bois. « Comment vont vos affaires avec la princesse ? dit Almaïr. Avez-vous enfin *rompu la glace* et vos préliminaires sont-ils réglés ?

— La princesse, répondit Angola, souffre que je lui parle de ma passion, mais elle ne m'a point encore laissé voir la sienne ; elle est d'une réserve extrême là-dessus, et j'ai fait de vains efforts pour arracher d'elle un aveu de ses sentiments.

— Vous n'êtes pas aisé à contenter à ce qu'il paraît, reprit Almaïr. Une femme qui souffre sans colère l'aveu de vos sentiments, qui vous permet de les lui retracer à chaque instant, n'est pas loin, je crois, d'en ressentir de semblables, et on peut se flatter sans présomption de voir bientôt arriver le moment de son triomphe. Vos affaires, il est vrai, auraient été plus vite avec Clénire ; je lui soupçonne de l'inclination pour vous, j'ai eu occasion de parler de vous avec elle. Elle m'en a laissé assez voir pour donner lieu à mes conjectures ; ou je m'y connais mal, ou vous n'auriez pas des difficultés insurmontables à essuyer, si vous étiez favorisé par l'occasion. Après tout, ce sont de ces petites infidélités qui ne doivent pas produire de remords et qui n'empêchent pas que vous ne fassiez toujours de Luzéide votre affaire principale. Mais à propos de cela, Clénire est-elle à la chasse ?

— *Je ne me persuade pas*[28] l'y avoir vue, dit Angola.

— Effectivement, reprit Almaïr, elle ne paraît pas à la Cour depuis quelques jours ; je suis bien trompé si cette retraite ne cache quelque mystère qu'il ne sera peut-être pas impossible de découvrir. »

Leur conversation fut interrompue par un cerf qui passa, poursuivi par les chiens et suivi d'une grande partie de la chasse. Le prince et Almaïr se mêlèrent parmi les chasseurs et s'enfoncèrent dans la forêt. Ils avaient poursuivi longtemps avec ardeur, quand Angola, enfoncé dans sa rêverie, s'engagea dans un sentier détourné, qui le sépara du reste de la chasse. Il marcha fort longtemps sans s'apercevoir de son erreur et, quand il la reconnut, il ne sut comment la réparer. Il suivit au hasard le premier chemin qui se présenta à lui et, comme le jour commençait à baisser, il se trouva à la vue d'une très jolie maison. Il s'avança dans l'idée de demander le chemin et, se trouvant près des murs d'un parc, il aperçut une porte ouverte. Il descendit de cheval et, l'ayant attaché à un arbre, il s'avança dans des bosquets bien percés et qui terminaient à un jardin fort bien *tenu* : ils étaient coupés par de belles eaux et enrichis de statues. L'allée où il s'était engagé le mena insensiblement à un pavillon situé au coin du jardin dans des charmilles fort épaisses et à l'abri des ardeurs du soleil. Il était couvert à la chinoise, des portes-fenêtres de glace régnaient tout autour du haut en bas, hormis d'un seul côté. Angola s'en approchait sans précaution, lorsque, fixant la vue sur le dedans du pavillon, il crut y voir du mouvement. Il se glissa le long des charmilles et, s'approchant jusqu'au vitrage, il vit que c'était une femme qui prenait le bain dans ce lieu délicieux. Elle avait la tête tournée ; il ne put distinguer son visage, mais les beautés qui s'offrirent à sa vue servirent à l'en dédommager. Le moindre mouvement que faisait cette personne lui en découvrait de nouvelles. Il se rassasia pendant quelque temps de la vue d'un objet si attrayant ; il éprouvait des désirs inséparables de son âge, et qui le maîtrisaient absolument. Entraîné par l'occasion, il oubliait tout l'univers et ne songeait qu'au moyen de jouir des beautés qui s'offraient à ses regards. Cette personne se leva pour sortir du bain, et acheva de l'embraser en laissant à découvert ses beautés les plus cachées, et que l'eau lui avait dérobées jusque-là. En sortant du bain, elle se retourna et, ayant aperçu la tête du prince au travers des vitres, elle fit un grand cri et gagna précipitamment une alcôve où était un petit lit en niche. Quelle fut la surprise du prince quand il reconnut cette personne pour cette même Clénire dont Almaïr lui avait parlé, et dont l'absence les surprenait si fort ! Il tourna précipitamment ses pas du côté de la porte du pavillon et entra en lui demandant pardon de son indiscrétion, *et se proposant d'en commettre de plus grandes.*

Elle était encore presque toute déshabillée, et la précipitation avec laquelle elle voulait se mettre dans un état plus décent ne servait qu'à retarder ce soin et laissait voir au prince des charmes au-dessus de l'expression. Elle le reconnut, et son embarras ne fit qu'augmenter. « Je ne sais, lui dit-elle, quel est le motif qui vous amène ici, mais j'ai à me plaindre de votre indiscrétion.

— Le hasard seul m'y a conduit, dit le prince, et quelles grâces n'ai-je pas à lui rendre ! Ne m'enviez pas, madame, poursuivit-il en s'approchant d'elle, un bonheur si précieux ; quel mortel assez ennemi de soi-même se serait refusé d'admirer des charmes adorables dont les dieux mêmes seraient envieux !

— Cessez des louanges qui m'embarrassent, reprit Clénire d'un ton ému. Je rougis que vous soyez à portée de me les donner, et d'ailleurs, je me persuade que vous les prodiguez à tant d'objets différents, qu'elles ne doivent pas me paraître bien sincères.

— Rendez-vous plus de justice, madame, dit le prince, et croyez que vous faites des impressions trop vives pour qu'il soit nécessaire de se parer d'une fausse ardeur. La mienne est inexprimable », poursuivit-il en se jetant à ses genoux et se servant de toutes ces expressions de cour avec lesquelles on est convenu de se tromper mutuellement. La vivacité de ses désirs, la force de l'occasion, les charmes qu'un déshabillé peu exact offrait à ses regards, tout donnait à ses transports ce caractère de passion véritable dont la source n'était pas dans le cœur, mais dont l'extérieur était le même. Clénire déjà sensible, et prévenue pour lui, commençait à partager son émotion. Le jour qui s'affaiblissait rendait Angola plus entreprenant et mettait Clénire dans le cas d'avoir moins à rougir. *C'est toujours autant de pris sur l'embarras de ces sortes d'occasions.* La situation était commode et voluptueuse ; le prince poussait adroitement ses entreprises ; il dérobait un baiser, il portait la main sur une gorge adorable ; on le grondait, il demandait pardon de sa faute, et l'instant après, il se rendait plus coupable ; on défendait une chose, on en accordait une autre. Déjà on n'entendait que des soupirs confus. Le prince, emporté par sa passion, parvint *par gradation* aux plaisirs les plus vifs.

Les beautés les plus touchantes furent en proie à ses caresses. Clénire résistait encore, mais c'était cette résistance aimable qui mettait le comble à leurs plaisirs. Enfin elle céda à l'amour et à un amant aimé. Angola, l'heureux Angola, se plongea dans les plus grandes délices. Noyé dans un torrent de plaisirs, il ne pouvait plus faire autre chose que la baiser et la serrer avec fureur. Elle l'accablait à son tour de caresses et croyait jamais ne lui en faire assez. Ses transports ne se ralentissaient pas. Il se perdait dans de nouveaux égarements. Les beautés dont il avait la possession lui semblaient mériter chacune un hommage particulier. Il se précipitait de nouveau sur elle, et son âme cherchait à se confondre avec la sienne. Clénire partageait ce désordre voluptueux. De moment en moment plus charmés l'un de l'autre, ils ne pouvaient cesser de s'en donner les preuves les plus fortes. Les plaisirs se succédèrent avec une rapidité incroyable, et ils quittèrent cet aimable lieu pour se retirer dans la maison de Clénire, qui offrit au prince d'y rester jusqu'au lendemain. Ils soupèrent ensemble et gardèrent le sérieux nécessaire pour en imposer aux gens qui les servaient. Après le repas ils entrèrent dans un appartement charmant. Tout les invitait à se livrer de nouveau à leur tendresse. Bientôt Angola chercha la même volupté, et Clénire se prêtant à ses transports, après une résistance légère, *dont une femme qui sait son monde ne doit jamais se dispenser*, elle se laissa conduire vers une alcôve obscure où les plaisirs les plus vifs la suivirent de près. Le prince la tenait dans ses bras, un lit de repos se présenta : *on succomberait à moins, et bien des femmes se rendent qui n'ont pas de si bonnes raisons à donner de leur chute.* Angola sut en profiter ; il retrouva les mêmes charmes qui l'avaient séduit dans le salon du bain. Tout lui était permis, *dans l'espoir qu'il abuserait de la permission.* Il ne trompa point l'attente de Clénire. Leurs plaisirs furent inexprimables, et les moments si bien partagés, que la réflexion ni les remords n'y trouvèrent point de place à occuper. Dans un de ces instants où l'amour le plus vif est obligé de reprendre haleine, Clénire avoua au prince qu'elle s'était senti au premier coup d'œil de l'inclination pour lui, mais que, s'étant aperçue qu'il adressait ses vœux à Luzéide, elle avait combattu son penchant, et qu'enfin jugeant, par la peine qu'elle avait à y réussir, que l'absence était le seul remède dont elle pût attendre du repos, elle avait pris le parti depuis quelques jours de se retirer à sa maison de campagne pour fortifier ses résolutions. « Vous êtes venu les faire évanouir, dit-elle au prince avec une langueur aimable, et je devrais être bien irritée contre vous d'avoir troublé le repos dont je commençais à jouir. » Le prince, charmé d'un aveu si flatteur, comprit que c'était une *nouvelle dette* qu'il venait de contracter avec elle, et il l'acquitta avec une exactitude si scrupuleuse, qu'elle eut lieu d'en être contente. Enfin, après avoir passé la nuit la plus délicieuse, ils se quittèrent en s'accablant de ces protestations sur lesquelles ils ne comptaient pas intérieurement plus l'un que l'autre. Le prince remonta à cheval et s'en retourna à la ville.

CHAPITRE VIII

NÉCESSAIRE QUOIQUE ENNUYEUX

Angola, après avoir passé quelques moments chez lui à réparer les désordres que les travaux de la dernière nuit avaient faits dans sa personne et dans son ajustement, parut à la Cour de peur qu'une plus longue absence ne donnât matière à de mauvais discours. Plusieurs personnes de la chasse s'étaient aperçues de son absence. Il essuya quelques plaisanteries auxquelles il répondit d'un air naturel qui les fit cesser insensiblement, mais il ne put user de la même dissimulation avec Almaïr. « Me permettrez-vous, dit-il à Angola en le tirant à part, de porter un peu plus loin mes conjectures sur votre égarement ? Il ne me paraît pas naturel qu'il ait été aussi long sans dessein prémédité. Je vous soupçonnerais volontiers d'être mieux avec Luzéide que vous ne voulez me le faire croire, et cette éclipse subite pourrait bien cacher quelque rendez-vous secret qui, je crois, ne vous aura pas été inutile.

— Je désirerais, répondit Angola avec confusion, que vos conjectures fussent vraies. J'adore Luzéide, et cette partie que vous imaginez avoir été faite de concert avec elle m'accable de remords et devient à mon égard la plus cruelle des offenses.

— Expliquez-vous plus clairement, dit Almaïr. Tout ceci *me confond*, et j'avoue de bonne foi que ma pénétration est en défaut.

— Apprenez donc, dit le prince, mon crime et mes égarements. Je m'étais écarté de la chasse, le hasard m'a conduit dans une maison de campagne ; j'y ai trouvé une femme seule prenant le bain. Dieux ! qu'elle était belle ! Mais ce qui vous paraîtra bien singulier, c'était cette même Clénire dont la retraite vous surprenait. Que voulez-vous, dit le prince en rougissant, l'occasion était scabreuse. On m'aimait, et on me fuyait, on me l'a avoué, je ne me suis pas senti la fermeté de suivre un si bel exemple, on offrait à mes regards des beautés faites pour émouvoir les dieux mêmes ; on m'en laissait espérer la possession. J'ai cédé à une illusion aussi puissante, et nous avons passé la nuit dans une rapidité de plaisirs auxquels je ne devrais pas donner ce nom, tandis que les remords qui me déchirent me les font regarder comme un criminel égarement et une offense cruelle à Luzéide dont mon repentir la venge assez.

— Je vous avoue, dit Almaïr, que l'air *consterné* dont vous racontez une aventure aussi agréable me paraît bien singulier. Quoi ! le hasard vous a servi assez heureusement pour vous procurer les faveurs d'une femme charmante, et que toute la Cour *idolâtre*, et vous allez *imaginer* de raconter d'un ton *lamentable* ce qui devrait vous combler de gloire, et cela pour vous parer d'une fidélité ridicule et proscrite parmi les gens d'une certaine façon ! En vérité, je ne vous conçois pas, et vous avez dans votre caractère un mélange de *lueurs* d'homme de cour et de façons de penser triviales qui forment un contraste unique. Où avez-vous pris, s'il vous plaît, qu'entre gens d'un certain rang on y regarde de si près ? Vous imaginez-vous que *l'admirable* Luzéide, que je crois *pétrie* de la même sorte que les autres femmes, voulût en vous *cherchant chicane* sur des minuties semblables se mettre dans le cas de n'oser vous rendre la pareille, chose dont je ne la crois pas plus disposée à se priver que le reste de ses semblables ? Mais, à propos de cela, le génie Makis *l'obsède prodigieusement* ; il pousse sa pointe avec une ardeur qui la fait trembler ; et, ce que j'entrevois de plus fatal, il parle de mariage, et une alliance de cette nature pourrait bien éblouir la reine et la décider en sa faveur. Vous devez vous imaginer combien une semblable liaison effraye la malheureuse Luzéide. On ne se fait point à la figure ni aux manières d'un homme aussi extraordinaire. Et, s'il faut que ce mariage ait lieu, j'entrevois pour elle un avenir très malheureux et très funeste.

— On m'arrachera la vie auparavant, dit Angola, car enfin, mon cher Almaïr, il faut vous découvrir mes desseins : Luzéide a fait sur mon cœur une impression toute différente des autres femmes à qui j'ai été attaché jusqu'ici ; c'est son caractère et ses vertus que j'aime, et j'ai résolu d'unir son sort au mien du consentement de la reine.

— Quoique je sois fâché de vous voir prendre de si bonne heure un parti dont on se repent souvent, dit Almaïr, et qui nous expose à jouer un *fort sot personnage*, je ne puis vous refuser mes conseils dans une occasion aussi importante pour vous. Premièrement, il n'est pas question *de faire le gladiateur*[29], ni d'user de violence vis-à-vis d'un homme qui d'abord est trop prudent pour s'y prêter, et qui, outre cela, ayant un pouvoir immense, s'en servirait pour vous punir selon sa colère, et le moins qui pourrait vous en arriver serait d'être enchanté pendant mille ans, jusqu'à ce que quelque chevalier errant, *né dans le cerveau creux de quelque romancier*, vînt vous délivrer en le *pourfendant*, lui et tous les monstres qui vous serviraient de gardiens. Il serait disgracieux d'être obligé d'attendre votre délivrance de quelque chose d'aussi extravagant ; il vaut mieux prendre un parti plus sage et moins dangereux. Makis, qui cherche toutes sortes de moyens pour gagner l'affection de la princesse, doit donner dans peu un bal *masqué*, où la reine, Luzéide et les dames de la Cour ne manqueront pas d'assister. Il sera aisé de s'informer de quelle façon elles seront déguisées. Et quoique j'imagine que les yeux d'un amant n'ont pas besoin de ce secours, par ce moyen vous connaîtrez Luzéide, et vous profiterez de la liberté du bal et de la bonté qu'elle vous témoigne pour lui expliquer vos intentions et prendre ensemble les mesures convenables pour les faire réussir. Pendant ce temps, je ferai remarquer à la reine les défauts de la personne et du caractère du génie. Je lui ferai sentir combien Luzéide serait malheureuse si on exigeait d'elle un pareil sacrifice, et ensuite je l'amènerai insensiblement à reconnaître combien cette union serait mieux assortie si elle vous regardait. Je sonderai adroitement ses dispositions, et nous réglerons là-dessus les mesures que nous avons à prendre pour réussir.

— Cela est imaginé *au mieux*, reprit Angola, et j'espère beaucoup de la solidité de cet arrangement. Je me repose sur votre pénétration pour ce qui regarde Lumineuse et je n'épargnerai rien pour m'assurer du cœur et des résolutions de Luzéide. »

Le prince passa les jours suivants à chercher toutes les occasions de parler à la princesse ; mais, obsédée éternellement par le génie, à peine put-il trouver quelques moments pour lui dire quelques mots entrecoupés, auxquels elle répondait par des regards obligeants. Il est vrai qu'il voyait dans ses yeux une impression de tristesse qui semblait naître de la contrainte qu'elle essuyait, et qui le consolait en quelque façon de son malheur, par la part qu'elle semblait y prendre. Le génie, enhardi par sa puissance, parlait de son amour hautement et comme d'une chose dont Luzéide devait se tenir fort honorée, et toute la Cour, éclairée sur ses ridicules, gémissait du sort qui attendait la princesse dans une union aussi bizarre. Lumineuse n'était point aveuglée sur le compte de Makis, aucun de ses défauts n'échappait à sa pénétration ; mais la grandeur de la puissance du génie, qui devait donner l'immortalité à Luzéide, et le désir de se réconcilier avec la fée Mutine par cette alliance la faisaient pencher de son côté et lui fermaient les yeux sur toutes les raisons qui auraient pu l'en détourner.

CHAPITRE IX
BAL DU TEMPS PASSÉ, FORCE DE L'HABITUDE

Enfin le jour du bal arriva, et toute la jeunesse des deux sexes de la Cour s'empressa à y paraître avec éclat. Le génie, dans le dessein de plaire à Luzéide et de lui donner une idée de sa magnificence, avait porté la somptuosité au dernier excès. La façade de son palais était illuminée et garnie de lampions et de pots à feu. Il avait donné des ordres admirables pour que tout se passât dans les règles ; cependant (ce qui paraîtra bien surprenant aujourd'hui) on eut toutes les peines du monde à arriver en équipage jusqu'à la porte. Les gardes du bal, destinés à maintenir l'ordre et empêcher le tumulte, étaient tous ivres et augmentaient le bruit loin de l'apaiser. On refusait la porte à quantité d'honnêtes gens et, dans le même instant, il s'y introduisait tout ce qu'il y a de plus vil dans les ordres inférieurs. Les rafraîchissements, qui avaient coûté des sommes immenses, les vins les plus rares de l'Asie, devinrent la proie des esclaves et autres gens de cette espèce, et les gens de distinction, pour qui tout paraissait devoir être destiné, y manquaient de tout. Un pareil désordre paraîtra incroyable aujourd'hui, où toutes ces sortes de fêtes se passent avec un ordre singulier, par la *perspicacité des lumières* de ceux qui en sont chargés ; mais en ce temps-là, il n'en était pas de même, un extérieur imposant était tout ce qu'on cherchait dans ces sortes de gens. Quant à la capacité pour les affaires, on les dispensait volontiers de faire leurs preuves.

D'ailleurs le bal fut comme il faut qu'il soit pour être trouvé beau par les gens du *bon air*. On ne pouvait pas s'y remuer ; et comme il n'y a rien de *si misérable* que de danser au bal et rien de *si absurde* que d'y venir à cette intention, ils étaient servis à leur goût, car à peine avaient-ils la liberté de respirer. Du reste, le lieu était magnifique ; c'était une enfilade de grandes pièces meublées superbement, dont quelques-unes étaient destinées à toutes sortes de ces jeux inventés pour se ruiner, et auxquels on se livrait en ce temps-là avec une fureur qui déshonorait l'humanité. La rage extrême de ceux qui perdaient et les transports insensés de ceux qui jouaient heureusement formaient un tableau utile qui tenait les gens sensés en garde contre un égarement aussi dangereux.

Dans les salles à danser, on voyait une foule innombrable de masques des deux sexes, habillés magnifiquement, et qui présentaient le coup d'œil le plus brillant et le plus diversifié. Angola et Almaïr y arrivèrent, *pour la décence*, à deux heures après minuit. Ils eurent beaucoup de peine *à percer*. Enfin, après mille travaux, ils parvinrent à une pièce où la compagnie était un peu plus choisie. Ils s'approchèrent et virent une troupe de masques parmi lesquels ils crurent reconnaître la reine et Luzéide qui dansaient *le carillon de Dunkerque*[30]. Angola s'était informé de la façon dont serait masquée Luzéide. On l'avait averti qu'elle serait *en blanc avec des réseaux d'or*[31]. Il se mit derrière une femme vêtue de cette façon, qui était de la contredanse, et lui débita beaucoup de *fadaises* dans cet aimable fausset, qui était consacré pour le bal, et qu'il entendait parfaitement. Elle y répondit dans le même goût, le *lutina* beaucoup, le trouva insupportable, se plaignit *de sa folie outrée*, lui leva plusieurs fois le taffetas de son masque, lui fit quelques-unes de ces questions qu'on applique à tout le monde, le reconnut, n'en fit pas semblant, *joua la personne déroutée*, feignit d'être ennuyée *au possible de lui et de ses propos* et, après la contredanse, le tira à part pour le gronder de ses persécutions, et bien résolue dans le fond *à s'exposer à de plus essentielles*.

Ils se retirèrent ensemble dans un coin, et Angola, persuadé que c'était Luzéide, l'assura qu'il la connaissait et la conjura de se démasquer. Il lui jura que son cœur ne pouvait le tromper et y joignit ses protestations d'amour les plus tendres dont il put s'aviser. Le masque les recevait avec une froideur dont il était surpris. Il redoubla ses instances pour la faire démasquer ; mais quelle fut sa surprise lorsque, s'étant rendue à ses persécutions, elle défit son masque et offrit à ses yeux, au lieu des traits de Luzéide, ceux de Clénire à laquelle il ne songeait nullement. Il fut un instant *pétrifié*, mais il avait trop *de monde*, et par conséquent trop de fourberie, pour ne pas réparer promptement sa faute. « Ingrat », lui dit-elle, en jetant sur lui des regards remplis d'amour et de colère, « c'est donc là le prix de mes bontés, et ce serait peu pour toi de me trahir lâchement, si tu n'y ajoutais encore le plaisir cruel de me rendre témoin de ta perfidie. » Elle se leva brusquement et voulut le quitter, lorsque Angola, qui avait eu le temps de se remettre, fit un éclat de rire si peu ménagé qu'elle put le prendre pour une nouvelle insulte. Sa fureur augmentait, lorsque le prince, l'arrêtant avec un souris malin : « Avouez que je vous ai fait payer bien cher la peine que j'ai eue à vous faire démasquer. Je vous avais reconnue *dans la minute* ; et pour me venger de votre obstination j'ai imaginé de feindre de vous prendre pour Luzéide, à qui je viens de parler dans l'instant et que j'ai laissée dans une autre salle. Au reste je me réjouis de vous avoir fait cette *mauvaise plaisanterie*, puisqu'elle a servi à me prouver combien ma perte vous serait sensible, et la satisfaction qu'elle me cause m'empêche de me repentir du chagrin qu'elle a pu vous donner.

— Que vous connaissez bien ma faiblesse, reprit Clénire, et qu'il vous est aisé d'abuser un cœur qui n'est que trop porté à vous croire innocent !

— Mais *quelle idée* ! dit Angola. Pourquoi vous mettre des choses semblables en tête ? *Au vrai* je vous aime beaucoup. Croyez-en mes transports, continua-t-il en s'approchant d'elle : plus que mes discours, ils sont extrêmes et je désirerais que vous puissiez les partager.

— Vous n'en faites parade, peut-être, dit Clénire, que parce que le lieu et notre situation m'empêche de m'en convaincre, et je crois que Luzéide seule peut se flatter de les exciter. »

Effets surprenants de la vanité et des excès où elle entraîne les jeunes gens ? Il eſt conſtant qu'Angola adorait Luzéide, et qu'il n'avait plus pour Clénire que ces sentiments affectueux, mais languissants, qu'on a pour une femme qui nous a comblé de ses plus chères faveurs et qui n'a point eu avec nous de mauvais procédés. Cependant le discours de Clénire lui parut une plaisanterie *cruelle* et insupportable qui lui fit oublier ses remords et ses serments. Il se connaissait des raisons capables de la convaincre ; *il les mit en avant* en les couvrant d'un voile favorable qui en diminuait l'éclat *éblouissant* sans leur ôter rien de leur force. Il aurait tenté vainement d'en rendre les conséquences utiles à tous deux ; dans l'impossibilité d'y réussir, il gagna assez sur la tendresse de Clénire pour l'engager à se convaincre par elle-même de la vérité. En vain voulait-elle se refuser à des raisons aussi *palpables*. Elle commença à s'y prêter avec une complaisance diſtraite ; elle ne put révoquer en doute une évidence aussi *conſtatée*. Bientôt un mouvement de générosité et l'envie de faire éclater son désintéressement aux yeux d'Angola l'obligea de continuer ses bons procédés. Elle voulut même, par un excès de délicatesse, voir à quoi cela aboutirait. Le prince n'abusa point de sa patience ; ses raisons étaient bonnes, la présence de Clénire leur donnait une nouvelle ardeur. Bientôt elles attirèrent toute son attention et l'obligèrent enfin de se rendre à leur énergie, regrettant amèrement de ne pouvoir pas lui en opposer de semblables.

Le prince lui témoigna sa reconnaissance dans les termes les plus forts ; il ne pouvait assez louer l'intégrité et le désintéressement qu'elle avait fait paraître dans la discussion de leurs intérêts. Il passa encore quelque temps avec elle et acheva de remettre le calme dans son esprit, ensuite ils se levèrent et rentrèrent dans la foule, elle tâchant à se persuader quelle était aimée, et le prince, accablé de remords du passé et plein d'inquiétude pour l'avenir, fut faire ses efforts pour découvrir Luzéide. Il y parvint aisément ; elle était démasquée et dansait un menuet avec le génie. Angola fut charmé de sa grâce et de sa justesse. Quoiqu'on jouât le menuet de Cupis[32] elle ne perdait pas un instant la mesure et faisait le pas de *Marcel*[33] avec une précision singulière. Un domino[34] blanc, garni de réseaux d'or, une coiffure dans le même goût, beaucoup de diamants, une frisure d'une élégance parfaite, un goût infini répandu dans son ajustement relevaient infiniment sa beauté. Quant au génie, il n'était là que pour servir d'ombre au tableau. Le prince attendit avec impatience de pouvoir danser avec elle. Ils demandèrent le menuet de *Lavau*[35] et ils s'en acquittèrent de façon à s'attirer les applaudissements de l'assemblée. Quand ils eurent fini, la princesse lui prit le bras pour faire quelques tours de salle, et le prince profita de ce temps pour ce qu'il avait médité. « Que je payerais bien cher, madame, lui dit-il d'une voix basse, les doux moments que je passe avec vous, et qu'ils vont être suivis de peines bien cruelles ! J'ai appris les prétentions du génie, et je ne puis assez redouter leur réussite.

— Elles pourraient en être fort éloignées, dit Luzéide, et son caractère odieux ne serait peut-être pas le plus grand obstacle qu'il rencontrerait.

— Qu'il est heureux, reprit Angola, de pouvoir montrer hardiment son amour, tandis que, obligé de garder un silence cruel, je languis sans oser concevoir la moindre espérance !

— N'enviez pas sa situation, dit la princesse, je vous haïrais, et je sens qu'un pareil sentiment me coûterait trop s'il devait vous regarder. »

En parlant ainsi ils se trouvèrent insensiblement dans une salle assez déserte. Ils remirent leurs masques pour être plus libres et, ne croyant pas être observés, ils continuèrent leur conversation dans leur ton de voix naturel sans se servir du *fausset* usité dans le bal.

« Vous auriez de la peine à me haïr, dit Angola en continuant leur conversation. Ah, madame ! l'ardeur de mes sentiments mérite quelque chose de plus ; c'est de l'amour seul qui peut payer une passion aussi parfaite que la mienne, mais vous faites gloire d'une insensibilité cruelle qui met le comble à mes malheurs.

— Vous mériteriez pour vous punir que je vous le laissasse croire, répondit Luzéide.

— Votre cœur est bien libre, puisque vous êtes encore maîtresse de vous déterminer, reprit Angola. Le mien est dans un état bien différent. Je vous adore, je vous perds sans pouvoir y remédier, je ne puis mériter votre tendresse. Que de maux réunis ! et comment ne pas y succomber ? »

Le prince, en parlant ainsi, laissait tomber quelques larmes. Le cœur agissait, et son expression était trop vraie pour ne pas attendrir. « Pourquoi me montrer ce désespoir ? dit Luzéide d'un ton ému. Les dispositions de mon cœur ne me parlent que trop pour vous ; peut-être devrais-je y résister davantage. Rendez-vous digne d'un penchant si favorable et ne craignez point la concurrence du génie ; le sort le plus affreux me paraîtrait agréable plutôt que d'être unie à lui.

— Permettez donc, dit le prince, que je fasse pressentir la reine sur notre hymen : c'est l'objet de tous mes vœux, et laissez-moi espérer qu'en attendant le succès de mes soins, vous écouterez l'inclination qui vous parle en ma faveur, et que vous résisterez à toutes les instances du génie.

— Je me sens autant de haine pour lui que de penchant pour vous, dit Luzéide, en lui présentant la main. Je préférerais la mort à un sort si affreux. Je serai à vous ou je ne serai à personne. »

Le prince, pénétré d'une promesse aussi flatteuse, se jeta sur une de ses mains, qu'il baisa avec le plus doux transport, faveur légère, mais qui avait à ses yeux un prix bien plus grand que toutes celles qu'il avait obtenues des autres femmes. La princesse, quoique entraînée par son penchant, se défendait avec une retenue modeste qui en augmentait le prix ; elle se déroba à sa tendresse, et ils rentrèrent dans le bal sans soupçonner le cruel malheur dont ils étaient menacés.

Entièrement occupés d'eux-mêmes dans un entretien aussi vif, ils n'avaient point fait attention qu'ils étaient écoutés par un masque *en domino noir*, qui, retiré dans un coin et feignant de dormir, n'avait pas perdu un mot de leur conversation. C'était le terrible génie. Il les avait suivis dans le bal, et les premiers mots de leur conversation l'avaient intéressé assez pour chercher à être informé du reste de leur entretien. Il avait été témoin de leur tendresse mutuelle, et de la manière odieuse et méprisante dont ils s'étaient expliqués sur son compte. Transporté de fureur, il eut beaucoup de peine à en contenir les mouvements et, s'il prit assez sur lui pour se contraindre, ce fut en formant le dessein barbare qu'il exécuta dans l'instant. Le bal était prêt à finir, les bougies diminuaient, les musiciens, ivres ou endormis, ne faisaient plus usage de leurs instruments. La foule était dissipée, tout le monde était démasqué, le blanc et le rouge coulaient *à grands flots* sur les visages *recrépis* et laissaient voir des peaux *livides, flasques et couperosées*, qui offraient aux yeux le spectacle dégoûtant *d'une coquetterie délabrée*. Déjà on entendait parler de *soupes à l'oignon et de chapons au gros sel*[36]. Lorsque la reine et la princesse songèrent à se retirer, les dames, avant que de se séparer, se firent cent compliments, aussi faux que fades, louèrent mutuellement leur déguisement et leur beauté, et dans le fond se trouvèrent *détestables* l'une et l'autre. Enfin, après toutes les *misères* usitées en pareille occasion, la reine partit la première, menée par Angola. Le génie, qui attendait ce moment pour exécuter son dessein, présenta la main à Luzéide. *Un équipage gris*, des gens sans livrée se présentèrent ; elle y monta sans la moindre défiance. Il la mena avec la dernière diligence à la porte de la ville ; elle reconnut son malheur et voulut pousser des cris. Il la frappa de sa baguette, la plongea dans l'assoupissement, la mit dans son char et disparut avec elle dans les airs.

CHAPITRE X

QUI MÈNE À DE GRANDES CHOSES

Le bruit de l'enlèvement de Luzéide se répandit bientôt à la Cour, et Angola ne tarda pas à en être informé. D'abord on ne sut sur qui arrêter des soupçons, mais l'absence du génie détermina toutes les conjectures. Le prince, transporté de fureur, courut au logis de Luzéide et trouva ses gens dans la consternation. N'en pouvant tirer aucun éclaircissement, il fut au palais de Makis ; tout ce qu'il put découvrir fut que le génie était absent, sans avoir mis personne au fait du mystère de son voyage. Angola, désespéré, ne sachant à qui avoir recours, se rendit au palais. Il y trouva tout le monde informé de cette cruelle aventure ; on commençait à soupçonner le génie d'y avoir part, et on tenait là-dessus cent discours différents qui ne satisfaisaient point l'impatience du prince. Il se fit introduire dans le cabinet de la reine et, se précipitant à ses genoux avec tous les transports de la douleur la plus amère : « On enlève Luzéide, madame, lui dit-il. Le cruel génie commet à vos yeux, et dans votre cour, le crime le plus affreux : le laisserez-vous impuni, et souffrirez-vous que cette malheureuse princesse ait réclamé en vain votre protection ?

— Je connais, dit la reine, toute la bassesse de l'action du génie, et je donnerai à Luzéide le secours qu'elle est en droit d'attendre de mon amitié. Mais vous me paraissez prendre un intérêt bien vif à son malheur, et vous me faites soupçonner des choses sur lesquelles j'ai tâché de m'aveugler jusqu'ici.

— Que me servirait-il de vous les dissimuler davantage ? dit Angola. J'adore la princesse, et j'ose vous montrer des sentiments que vous ne devez pas désapprouver. J'aspire à être uni à elle, et vous savez que je ne pouvais me flatter du même avantage avec vous. Dans la nécessité où mon rang me met de faire un choix, j'ai consulté le penchant de mon cœur. J'espérais assurer mon bonheur en vous le faisant approuver ; jugez de mon désespoir et de la cruelle situation ou je suis. Me refuserez-vous votre secours, dit-il en embrassant ses genoux et en versant des larmes, et pourrez-vous voir l'excès de ma douleur, sans y apporter les remèdes qui sont en votre pouvoir ?

— Voilà donc, s'écria la reine, l'effet des cruelles prédictions de Mutine ! Vous vous plongez dans des malheurs que je voulais vous faire éviter. Ingrat, poursuivit-elle d'un air de dépit, la possession de mon cœur ne pouvait donc pas vous suffire ? et dans le temps que je me croyais maîtresse du vôtre, vous ne songiez qu'à me tromper !

— Accusez-en, reprit Angola, la force de mon étoile, qui me fait renoncer à un sort digne d'envie pour me livrer à une passion *malheureuse* qui ne me promet qu'un avenir funeste. Je ne puis résister à ma destinée. Ne refusez point votre secours à deux malheureux amants qui attendent tout de votre appui.

— Vous excitez ma pitié, dit la fée. Puisque rien n'est capable de vous détourner de votre dessein, je vais vous donner les moyens de délivrer Luzéide des mains du génie, et peut-être qu'en vous servant je mettrai le comble à vos malheurs. Partez, et suivez sans vous détourner le chemin de la Chine. L'essieu de votre chaise rompra à point nommé à l'endroit où vous devez vous arrêter. C'est dans ce lieu que le génie a transporté Luzéide. Il a fait jusqu'ici des efforts inutiles pour vaincre ses rigueurs. Voilà, dit-elle, une boîte à bonbons que je vous donne, il y a du cachou, des pastilles ambrées, au safran et à la violette ; vous aurez soin de les distribuer aux monstres qui s'opposeront à votre passage, et vous vous épargnerez par là la peine de soutenir des combats dont le succès serait incertain. Faites mettre dans les coffres de votre chaise quelques bouteilles *d'excellent vin de Brie*, que vous ne manquerez pas d'oublier chez le Suisse. Quant aux laquais et autres domestiques qui sont dans les appartements, vous laisserez tomber adroitement *quelques jeux de cartes et quelques ponts-neufs nouveaux*, et vous vous délivrerez par là de leur attention. Au reste, si par quelque événement imprévu, vous aviez besoin de mon assistance, vous n'aurez qu'à m'appeler à votre secours, mais que ce ne soit qu'à la dernière extrémité. Le destin a ordonné que je ne pourrai vous secourir qu'une fois ; et si vous avez recours à moi pour quelque occasion légère, je vous déclare que vous rendrez inutile toute ma bonne volonté, et que vous perdrez à jamais la malheureuse Luzéide. Une raison si importante vous empêchera sans doute d'implorer mon aide légèrement, et de me mettre dans le cas des fées mes compagnes, qui ne vont jamais au secours des princes que pour leur aider à dire ou à faire des sottises et partager le ridicule dont ils se couvrent. »

La reine, après ce discours, embrassa tendrement le prince. Il prit congé d'elle, il fut se déshabiller chez lui, monta dans sa *dolente*[37], se mit au lit, prit un bouillon, et ordonna qu'on partît.

Son voyage fut heureux. Il dormit tout d'un somme et ne fut point *cahoté*. Dans ce temps, les chemins étaient admirables dans tout le royaume ; les intendants de la reine y tenaient la main avec beaucoup d'exactitude ; aussi étaient-ils tous pauvres, et on ne pouvait se lasser d'admirer leur probité et leur désintéressement. Il eut même de bons chevaux de poste, et fut servi exactement, ce qu'on aura peine à croire. Enfin, après avoir marché plusieurs jours, il arriva une après-midi à la vue d'une assez jolie ville. L'essieu de sa chaise rompit en arrivant à la porte. Il ne manqua point de gronder beaucoup son valet de chambre et, après avoir donné des ordres pour qu'elle fût prête dans l'instant, il se mit à sa toilette et fit monter le maître de la maison pour prendre de lui quelques éclaircissements. « Monseigneur », lui dit le maître, qui n'avait pas manqué de questionner les domestiques du prince qui lui en avaient dit plus qu'il n'en voulait savoir, « c'est ici une des maisons de plaisance du puissant génie

Makis. Il passe en cette ville une partie de la belle saison. Il y eﬆ arrivé il y a quelques jours, avec une jeune personne qui avait l'air fort affligée ; il la dérobe aux regards de tout le monde et, pour ôter toute envie de tenter de la voir, il a rempli les cours de son château de griffons, d'autruches, de loups-garous et de *coquecigrues*[38] qui en défendent l'entrée. Cependant je suis persuadé qu'une pareille précaution ne peut pas regarder un homme de votre rang, et je crois qu'en vous faisant annoncer vous y serez reçu au mieux. » Il entama ensuite une longue conversation pour raconter au prince toutes les *espiègleries* du génie. Angola, s'étant défait de lui avec beaucoup de peine, s'avança vers le château.

Arrivé à la porte, il demanda si le génie était visible. Le suisse, à moitié ivre, lui répondit qu'il n'y avait personne ; mais le valet de chambre qui le suivait, ayant dit tout bas le rang de son maître et laissé voir adroitement quelques bouteilles cachetées qu'il portait avec lui, le suisse, gagné par une si puissante amorce, lui demanda pardon, et tout de suite il *siffla*, et le prince s'avança dans la cour. Il rencontra sur son passage les monﬆres différents dont on lui avait parlé. Il ne manqua pas de leur diﬆribuer ses bonbons, et ils ne manquèrent point de se jeter dessus ; surtout il firent grande fête *aux paﬆilles ambrées*, car la fureur de la mode avait passé jusqu'à eux. Il parvint aux appartements par un très bel escalier et, arrivé dans l'antichambre, il rencontra une foule de laquais qui le regardèrent sous le nez, le chapeau sur la tête. Il laissa tomber adroitement les jeux de cartes et les ponts-neufs nouveaux, qui furent ramassés dans l'inﬆant et devinrent l'objet de l'attention de toute l'assiﬆance, de sorte que personne ne répondit à ses queﬆions. Il ne s'en trouva pas un de qui il put obtenir de l'annoncer, et il fut obligé d'entrer tout de suite. Il traversa une longue enfilade d'appartements très bien meublés et garnis des portraits des ancêtres du génie, qui étaient tous *censés* avoir été les plus grands hommes de leur temps. Makis était fort rigide sur sa noblesse et faisait gloire de *mettre à Malte* et dans tous les *chapitres*[39]. Enfin il parvint à la pièce du fond et, s'étant débarrassé avec peine de plusieurs portières mises l'une sur l'autre, il s'introduisit dans la chambre. Trois ou quatre chiens vinrent l'aboyer et lui sauter aux jambes. Après avoir fait le tour d'un paravent immense, il aperçut Luzéide couchée dans une chaise longue et plongée dans le dernier abattement. Elle fit un cri mêlé de surprise et de joie : « Quoi ! c'eﬆ vous ! lui dit-elle d'une voix touchante. Par quel heureux hasard avez-vous pu percer jusqu'à mon appartement, sans succomber aux périls qui en défendent l'entrée ?

— Quels dangers n'aurais-je pas bravés, dit le prince attendri et se précipitant à ses genoux, pour vous soustraire à la tyrannie d'un barbare ? Je laverai sa perfidie dans son sang, et son pouvoir immense ne peut le soustraire à ma fureur.

— Toute votre valeur vous serait inutile, cher prince, dit Luzéide, et ne servirait qu'à hâter nos malheurs. J'ai eu les plus cruelles persécutions à essuyer de la part du génie ; son absence me laisse enfin quelques moments de repos. Il est parti pour se rendre, dans le Ginnistan[40], à une assemblée où il est obligé d'assister, et il m'a avertie de me disposer à répondre à sa flamme à son retour ; mais la mort la plus cruelle ne saurait me faire manquer à la foi que je vous ai donnée. Vous seul aurez mon cœur et ma main.

— Je saurai vous délivrer de ces inquiétudes, dit le prince. J'ai pénétré jusqu'à votre appartement, et j'ai surmonté tous les obstacles par le secours de Lumineuse. » Il lui raconta en même temps comment il s'était délivré des monstres et des domestiques du génie. « La reine, poursuivit-il, est instruite de nos sentiments mutuels. Elle donnera aisément les mains à notre union. Partons, madame, dans l'instant. Ma chaise va être prête. Nous pouvons feindre une promenade dans les jardins, et nous dérober à la vigilance de ceux qui vous gardent. »

Le prince pendant cette conversation s'était assis sur un fauteuil, auprès du lit de repos de Luzéide, et il tomba sans le savoir dans un piège que le génie avait tendu. Comptant fort peu sur la princesse, et d'ailleurs généralement prévenu contre les femmes, il avait jugé à propos, avant de s'éloigner d'elle, de s'assurer de sa fidélité par un moyen puissant qui pût tranquilliser sa défiance. Il avait composé un talisman dont l'effet devait être fort singulier. Il s'était servi à cet effet *de quelques odes nouvelles, de deux volumes du « Mercure » et de deux panégyriques* et, après les conjurations nécessaires, il y avait attaché une vertu soporifique qui ne devait faire son effet que dans l'instant où l'amant, autorisé par l'aveu de sa maîtresse, voudrait *achever son bonheur.* Un assoupissement profond devait interrompre ses tendres caresses, et se renouveler toutes les fois qu'il voudrait tenter la même entreprise. Le prince s'assit sur le talisman sans le savoir, et dans l'instant, telle était la force des choses qui le composaient, quoiqu'il fût au milieu d'une phrase fort tendre qu'il adressait à Luzéide, il bâilla trois fois et ses yeux s'appesantirent. La princesse l'attribua à la fatigue du voyage. Il lui réitéra ses instances pour l'obliger à partir, et elle y consentit enfin, pressée par l'amour qu'elle ressentait pour lui et par la crainte que le génie lui avait inspirée. Elle sortit en *petite robe* comme elle était et *en mules*. À peine se donna-t-elle le temps de jeter sur ses épaules *un mantelet couleur de rose, doublé de martre*. Ils traversèrent les salles ; les laquais et les femmes de chambre, occupés à leur jeu et à leurs chansons, ne s'opposèrent point à leur passage. Ils descendirent et firent quelques tours de jardin. De là ils se rendirent dans la cour et, ayant trouvé les mêmes monstres, qui avaient toujours *le même appétit*, il leur distribua le reste de sa provision de bonbons, qu'ils eurent bientôt expédiée. *Ils auraient, je crois, avalé toute la rue des Lombards*[41]. Le prince ne leur donna pas le temps de se reposer ; et, ayant trouvé les suisses dans leur état ordinaire, c'est-à-dire un peu plus que *morts ivres*, ils sortirent heureusement. La chaise du prince se trouva raccommodée et fut l'attendre à la porte de la ville ; ils furent la rejoindre par des chemins détournés et, étant montés dedans, ils prirent avec rapidité le chemin des États de Lumineuse.

CHAPITRE XI

NOCES SANS EFFET, RESSOURCES DE L'AMOUR-PROPRE

L'amour du prince qui, pour cette fois, se trouva accompagné de respect, l'empêcha de se mettre dans le cas de connaître le sort fatal que le talisman lui avait jeté. Après un voyage passé agréablement, et s'être donné toutes les marques innocentes d'une véritable tendresse, ils arrivèrent à la cour de Lumineuse et y furent reçus avec tous les transports de la joie la plus vive. La fée leur fit des caresses infinies. Quoiqu'elle ne pût perdre le cœur du prince sans regret, l'impossibilité de le conserver et la joie de voir une union aussi bien assortie lui firent prendre son parti en femme raisonnable. Elle fit beaucoup de questions à Luzéide sur les persécutions qu'elle avait du essuyer du génie, et lui parla avec amitié de son inclination pour le prince, qu'elle témoigna approuver beaucoup. Angola profita des dispositions favorables qu'elle lui montrait, et la pria de vouloir bien hâter leur bonheur mutuel, en les unissant par des liens indissolubles. « Je ne m'oppose point à votre satisfaction, dit la fée, mais je crains quelque revers fatal, suite des prédictions de Mutine. Vous n'avez point encore atteint l'âge auquel les destinées ont fixé la fin de vos malheurs. Différez, si vous m'en croyez, modérez vos empressements, et ne formez pas un hymen sous de malheureux auspices.

— Quel plaisir prenez-vous, dit Angola, à me causer de nouvelles peines, et quelle foi devons-nous ajouter à des prédictions vagues que la colère a dictées à une femme, plutôt qu'une science certaine de l'avenir ?

« Ne retardez pas davantage mon bonheur, madame, continua-t-il, et daignez fixer le jour heureux qui doit combler tous mes désirs. »

Lumineuse ne peut résister à tant d'instances, et elle donna ses ordres pour les préparatifs du mariage et les fêtes qui devaient les suivre. On envoya demander le consentement du roi Erzeb-can, et du père de Luzéide, qu'ils donnèrent avec plaisir, charmés réciproquement de l'alliance qu'ils contractaient. Enfin l'heureux jour arriva qui devait couronner la tendresse de ces deux amants. La reine, les deux époux et toute la Cour se rendirent au temple, couverts des habillements les plus superbes. Ils furent unis aux acclamations de tout le peuple. On remarqua seulement que le prince répandit de l'encre en signant son nom et qu'il donna la bague à Luzéide de la main gauche. Mais, quoique ces présages fussent terribles, tout le monde chercha à s'étourdir là-dessus, et on ne songea qu'à se livrer aux divertissements qui se pratiquent dans ces sortes d'occasions. Le prince jetait des regards ardents, à la dérobée, sur Luzéide, et il aurait bien voulu se procurer un quart d'heure d'entretien avec elle pendant la journée, mais l'étiquette du pays ne permettait pas *ces sortes d'éclipses*, et il fut forcé d'attendre avec impatience que la nuit lui permît de se livrer à ses transports. Il reçut les compliments d'Almaïr sur son mariage. Ils ressemblaient plutôt à des compliments *de condoléances* qu'à des félicitations. Il ne put s'offenser de cette agréable plaisanterie, ni blâmer une façon de penser qui avait été longtemps la sienne. Il fut le premier à badiner avec lui sur son changement et à lui faire part de son impatience.

Le soir on fit un cavagnol, et le prince, qui aimait ce jeu à la fureur, joua avec une distraction qui fut remarquée par Luzéide, et qui la plongea dans un état pareil. Il soupa peu, contre sa coutume, ce qui apprêta à rire aux plaisants de la Cour. Les époux furent obligés de paraître au bal et même de se masquer. Il résista longtemps et ne voulut jamais se mettre autrement qu'en *chauve-souris*. Il trouva le bal mal éclairé, l'orchestre détestable, *les menuets ennuyeux, les contredanses insipides*, tous les masques gauches et mal vêtus. Un masque voulut s'aviser, pour divertir Son Altesse, de danser *la mariée*[42]. Le prince, qui craignait tout ce qui pouvait prolonger la séance, et qui d'ailleurs ne se rappelait pas d'avoir entendu cet air depuis qu'il était au monde, demanda ce que c'était et, l'ayant appris, il lui prit envie d'envoyer le masque *à la Bastille* repasser les pas de sa danse. Enfin, minuit étant arrivé heureusement pour lui et pour la compagnie qu'il ennuyait fort, il disparut avec Luzéide, et ils se retirèrent dans leur appartement pour s'y livrer aux douceurs qui les y attendaient. Angola et Luzéide furent accompagnés par la reine et les principaux de la Cour qui leur prodiguèrent les fades plaisanteries usitées en pareille occasion et qui sont faites pour impatienter les gens les plus retenus. Aussi le prince n'y tenait pas et était prêt à les mettre dehors par les épaules, quand Lumineuse, s'apercevant de son impatience, se retira en leur souhaitant une heureuse nuit, et toute la Cour suivit son exemple. Angola renvoya à l'instant les femmes destinées à déshabiller la princesse. Il se chargea volontiers de ce soin et ferma les verrous pour se mettre à l'abri de tous les *bavardages* dont ils eussent été accablés. Enfin, se voyant libre de se livrer à sa tendresse, il s'approcha de Luzéide avec empressement et commença à la déshabiller avec une précipitation dont ses dentelles et ses habillements se ressentirent, et qui la flatta peut-être davantage que le sang-froid le plus réfléchi. Il interrompait à chaque instant son ouvrage pour l'accabler de caresses. L'amour et la pudeur combattaient dans le cœur de la princesse, mais le premier était plus fort que l'autre et était prêt à l'anéantir absolument. Bientôt il la mit dans un état où elle ne pouvait lui cacher quelques charmes sans lui en laisser voir d'autres. Il ne se rassasiait point de les admirer, il la baisait et la serrait avec emportement. Enfin, l'ayant absolument déshabillée, il la porta avec rapidité dans le lit et, s'étant défait de ses habits avec une promptitude extrême, il se précipita auprès d'elle et se livra à toute la violence des transports qui l'agitaient.

Son amour éclata d'abord par les plus tendres caresses et Luzéide, comme enhardie par l'obscurité, s'y abandonnait avec complaisance et les lui rendait avec vivacité. Il parcourut des charmes adorables dont la possession lui était assurée. Luzéide, en proie à des désirs inconnus, ne faisait plus qu'une légère résistance, et semblait attendre des éclaircissements sur bien des choses *qui lui paraissaient assez singulières pour mériter sa curiosité*. Déjà ces deux amants, unis étroitement l'un à l'autre, n'avaient plus la force que de pousser des soupirs confus. Angola enflammé chercha à rompre cet obstacle aimable, *qu'on serait bien fâché de ne pas trouver*, mais à la première tentative qu'il fit pour le surmonter, un assoupissement subit s'empara de ses sens. Il abandonna Luzéide qu'il tenait serrée dans ses bras, et resta auprès d'elle enseveli dans un profond sommeil.

Cet événement imprévu surprit la princesse. En vain voulut-elle l'attribuer aux fatigues de la journée ; elle sentait bien qu'il y avait quelque chose d'extraordinaire dans un changement aussi subit. Sans être éclairée sur ces sortes de matières, le prince lui avait fait voir des transports qu'elle ne trouvait point du tout compatibles avec la fatigue et le sommeil ; et, sans savoir précisément à quoi ils devaient aboutir, elle imaginait *en gros* que, s'ils devaient être suivis du repos, *ils devaient auparavant servir à des choses qui, à vue de pays, les mettaient dans le cas de le mériter*. Il lui fut même aisé de reconnaître que le sommeil du prince ne les avait pas absolument anéantis, et qu'il s'était *endormi sur ses lauriers*. Elle passa un temps considérable à peser toutes ces choses dans son esprit, et elle n'était pas encore bien d'accord avec elle-même, quand Angola s'éveilla. D'abord il ne pouvait concevoir ce qui lui était arrivé, et sa surprise ne diminua point quand il se fut procuré quelques éclaircissements. Sans être avantageux, il se connaissait *des qualités* qui ne *cadraient* point du tout avec une semblable aventure. Il se perdait dans les idées que cela lui faisait naître. Forcé enfin de rejeter cet incident sur la fatigue de la journée et du bal, il chercha à réparer avantageusement le temps qu'il avait perdu si mal à propos. Ses transports étaient les mêmes ; il accablait Luzéide des caresses les plus vives, et il la mettait dans le cas de tout espérer de ses favorables dispositions. Il était même *dans le cas* d'oser *sans fatuité* s'en promettre les plus heureuses suites.

Enflammé par ces préludes charmants, plus piquants peut-être que le plaisir même, il parvint avec la même vivacité jusqu'aux obstacles qu'ils n'avaient pas eu le temps de surmonter. « Quel est mon bonheur ! dit-il d'une voix étouffée. Recevez, ma chère princesse, des marques d'un amour que rien n'est capable de… » À ces mots la parole expira sur ses lèvres, les forces lui manquèrent ; il retomba dans l'assoupissement le plus profond. Luzéide, *confondue* de ce nouvel accident, et frustrée *de certaines espérances confuses* qu'elle n'osait encore démêler, eut besoin de toute *sa grandeur d'âme* pour soutenir ce terrible revers. Elle resta quelque temps abîmée dans une rêverie triste et funeste. Enfin, craignant que ces assoupissements réitérés ne fussent les symptômes de quelque indisposition, *elle prit assez sur sa modestie* pour oser réveiller le prince. « Votre état m'inquiète, mon cher Angola, lui dit-elle en l'éveillant. Votre sommeil ne me paraît point du tout naturel ; ou je serais fort trompée ou vous ne vous y attendez pas vous-même *dans de certaines circonstances.*

— Ah ! ma chère princesse, dit Angola en se réveillant, l'ardeur de mon amour devrait me mettre à l'abri de pareils événements. Si c'était l'ouvrage de la nature, *vous voyez que je n'ai point de reproches à lui faire.* Un destin barbare nous poursuit, et les obstacles qui nous séparent sont au-dessus de nos forces, mais rien n'est capable de ralentir mon ardeur, poursuivit-il en lui prodiguant de nouvelles caresses, et je veux achever de me rendre certain de ma perte, ou n'épargner rien pour mériter mon bonheur. »

Bientôt il se retrouva au point fatal où il avait échoué. La princesse, pour remplir scrupuleusement ses devoirs, n'épargnait rien pour lui donner *des facilités* qui lui auraient paru *injurieuses* dans une autre occasion. Un mouvement plus fort que lui l'approcha de son bonheur, et précipita son infortune. Saisi de nouveau d'un assoupissement fatal, il s'endormit sur *des lauriers qu'il n'avait pas encore cueillis.* Il se réveilla peu de temps après, pour se livrer aux transports de sa rage. Trop certain de son malheur, et ne sachant à quoi l'attribuer, puisqu'il avait tout lieu *de se féliciter de certains côtés,* il chercha vainement dans son esprit les causes de son désastre et le moyen de le réparer. *Ses exploits passés* revenaient à sa mémoire et augmentaient l'amertume de ses sentiments. « Par quel sort affreux, s'écriait-il, suis-je si différent de moi-même dans une occasion où j'eusse voulu me surpasser ? Hymen fatal que devait éclairer l'amour le plus ardent et où ont présidé les noires furies ! » Son désespoir était monté à un si haut point, *par l'humiliation qui eſt attachée à ces sortes d'aventures*, que la princesse se vit obligée de faire tous ses efforts pour le consoler. Ses bontés aigrissaient les malheurs d'Angola. Cependant il était trop reconnaissant pour ne pas essayer encore de les mériter. La princesse se prêta à ses entreprises avec une *défiance* qui fut juſtifiée par l'événement. Elles furent suivies du même succès, et la nuit entière se passa dans des *vicissitudes* de cette espèce. Le jour les surprit plongés dans une rêverie amère. Luzéide, persuadée de l'amour du prince, et convaincue d'ailleurs sur *certains points* qui parlaient en sa faveur, sentait une pitié tendre pour des malheurs qu'il paraissait mériter si peu et le prince, confus de son aventure, qu'il comparait à ses triomphes passés, avait besoin de toute sa modération pour mettre un frein à sa douleur. L'heure du lever étant arrivée, on entra dans leur appartement et ils furent accablés d'un déluge de fades plaisanteries, que le prince reçut avec un air sombre qui fut regardé par les *agréables* de la Cour comme une suite infaillible du mariage. Pour l'embarras qu'on remarqua dans Luzéide, c'était une chose toute simple qui ne fit rien soupçonner, et qu'on augmenta encore par mille queſtions plaisantes qui paraissaient l'intriguer d'autant plus qu'elle était moins *dans le cas* d'y répondre. Almaïr vint aussi leur faire sa cour. Dès que le prince l'aperçut, il l'appela, et le tirant à part avec des yeux où la douleur et la rage étaient peintes : « Vous me voyez furieux, lui dit-il, et hors de moi-même par l'aventure la plus inouïe. » Il lui raconta en même temps tous les événements de la nuit dernière. « Vous me connaissez, lui dit-il, et vous savez que ma réputation eſt faite *de certain côté*, de façon à pouvoir aller *tête levée*. Eſt-il rien de plus cruel que ce qui m'arrive vis-à-vis d'une femme que j'adore et à qui j'aurais voulu le moins *manquer* !

— Je suis *anéanti*, dit Almaïr, *des faits* que vous me racontez. Il eſt cependant consolant de n'avoir rien à se reprocher dans *de certains cas*, mais c'eſt qu'il y a des *eſprits mal faits*, et qu'un assoupissement qui paraîtrait *extrêmement simple* après trois mois de mariage perdrait un galant homme de réputation dans cette circonſtance-ci. Pour moi, *cela me passe*, d'autant que vous me dites que *votre gloire s'eſt soutenue d'ailleurs.*

— Oh ! pour cela, dit le prince, j'ai l'esprit bien tranquille là-dessus, et je me rappelle peu d'occasions dans ma vie où j'aie pu me promettre plus de triomphe.

— Écoutez, dit Almaïr, ou je suis bien trompé ou *il y a du Makis dans tout ceci.* Voyez la reine, et qu'elle vous conseille ce que vous avez à faire. Ne perdez point de temps, les choses qui regardent *aussi essentiellement la réputation* ne souffrent aucun délai. »

Le prince, selon ses conseils, se rendit chez la reine. Il lui demanda un entretien particulier, et il était en peine en quels termes lui raconter *sa disgrâce*, lorsqu'elle le prévint : « Je sais vos malheurs, lui dit-elle. Ce matin j'ai consulté mes livres pour connaître les auspices sous lesquels votre hymen a été formé et quelles en seraient les suites ; j'ai découvert le sort cruel qui vous poursuit. La vindicative Mutine et le cruel Makis causent votre désastre, et je n'y sais qu'un seul remède, le voici.

« Dans l'Arabie Heureuse, il demeure un génie nommé Moka[43]. Il possède une liqueur mystérieuse qui a la force de venir à bout des assouplissements les plus opiniâtres ; il se prêtera à votre guérison, pourvu que vous souteniez l'épreuve qui y est jointe. La princesse doit vous accompagner, afin que vous puissiez, avant que de sortir de son palais, vous convaincre de votre guérison. Partez sans différer, et comptez sur mon amitié. J'espère dans peu vous revoir dans une situation plus tranquille. » Le prince la remercia beaucoup de ses bontés et, après avoir pris quelques éclaircissements nécessaires pour son voyage, il fut rejoindre la princesse, et disposer tout pour leur départ.

Ils prirent la poste le même jour et firent une extrême diligence. Toutes les nuits qu'ils couchèrent en chemin ne se passèrent point sans qu'Angola éprouvât de nouveau jusqu'où pouvait aller la rigueur de sa destinée. Mais cela ne lui réussit pas mieux, et ils arrivèrent enfin très las mutuellement de ces sortes d'épreuves et très aises de les voir prêtes à finir.

CHAPITRE XII

REMÈDE PIRE QUE LE MAL. COMMENCEMENT DES MALHEURS, ET FIN DE L'HISTOIRE

La ville où le génie Moka faisait sa résidence était riante et fort bien peuplée. L'usage que les habitants faisaient de cette liqueur bienfaisante leur donnait un air vif et léger. Le génie seul, il est vrai, avait le pouvoir d'y attacher une vertu secrète, telle qu'elle était nécessaire pour guérir *l'infirmité* d'Angola ; mais ses sujets en faisaient usage pour éloigner le sommeil qu'ils regardaient comme un temps dérobé aux plaisirs. La ville n'était presque remplie que d'endroits où on débitait cette agréable boisson, et c'était le rendez-vous de gens de toutes espèces. On y voyait de vieux seigneurs ruinés qui passaient leur vie à fronder le gouvernement et les ministres, et à regretter le temps passé, où le mérite était récompensé avec plus de soin ; d'un autre côté, c'était des nouvellistes et des politiques qui pacifiaient l'Asie, et trouvaient des moyens infaillibles pour concilier les intérêts des princes ; ils débitaient du plus grand sang-froid des nouvelles *apocryphes* qui prenaient naissance dans leur imagination *creuse et dérangée*, et qu'ils finissaient par croire à force de les débiter. Ils mettaient des îles en terre ferme, faisaient passer le Gange en Égypte, faisaient battre des armées qui étaient à cent lieues l'une de l'autre, et qui ne devaient jamais se rencontrer, et étaient prêts à se prendre aux cheveux pour des querelles imaginaires qu'ils attribuaient à des princes qui auraient fort peu récompensé leur zèle. On y voyait de ces abbés sans bénéfice, de ces magistrats sans charge, à qui il ne restait de leur état passé que le *caractère d'inutilité* qu'ils en avaient conservé, et qu'ils avaient grand soin d'entretenir par une vie qui répondait à leurs inclinations. On y voyait beaucoup d'officiers réformés, qui avaient sauvé quelques lambeaux de leur corps des fureurs de la guerre, et en avaient à peine rapporté de quoi les couvrir. Ils passaient le reste de leur vie à *traîner leurs béquilles* et à manger une modique pension en disant *pis que pendre* de ceux qui la leur donnaient.

Quelques-uns de ces endroits étaient affectés à des gens *soi-disant* beaux esprits, qui s'arrogeaient le droit de juger de tous les ouvrages nouveaux. Malheureusement pour eux, le public *prenait comme à tâche* de casser toutes leurs décisions. Cela n'empêchait pas qu'ils ne fussent maîtres dans leur tribunal. Ils avaient *des poumons admirables* et malheur à qui voulait disputer avec eux ! Il est vrai qu'ils avaient le talent singulier de ne dire rien en parlant beaucoup ; mais en revanche, *ils hurlaient les sophismes et les paradoxes*, mettaient *le poing sous le nez à la raison*, décidaient de tout sans juger de rien, excitaient un vacarme et une dispute *classique* qui mettaient en fuite les gens assez malheureux pour avoir le sens commun.

Le prince, dans un autre temps, se serait fort amusé *d'un grotesque* aussi parfait. Mais, occupé de son malheur et du soin de le réparer, il se fit conduire au palais du génie à qui il exposa en peu de mots son état et le secours qu'il attendait de lui. Moka le reçut avec un sérieux affecté au travers duquel perçait un souris malin : « Vous me paraissez fatigué, lui dit-il, et hors d'état de soutenir le remède, je vous conseille d'aller vous reposer, et demain je travaillerai à votre guérison. » En même temps il le fit conduire dans un appartement superbe qui lui était destiné. On voulut mener la princesse dans un autre, mais ils n'y voulurent pas consentir. En vain on leur représenta que rien n'était *si misérable* que de coucher ensemble, que cela était du *dernier bourgeois*, surtout ayant *si peu de chose à y faire*. Le prince *glissa* sur cette mauvaise plaisanterie et ne voulut absolument point se séparer de Luzéide. On fut obligé de se rendre à leurs volontés, et ils se retirèrent dans leur appartement.

Il est nécessaire, pour l'intelligence de cette véritable histoire, de savoir que Moka était intime ami du génie Makis, qui lui avait confié ses desseins sur Luzéide, la part qu'il avait à l'aventure du prince et le dessein qu'il avait d'en profiter. Moka se prêta volontiers à ses desseins, et il eut peu de peine à réussir dans sa perfidie. Le prince et Luzéide, peu après être rentrés dans leur appartement, se mirent au lit. Le génie Makis, attentif à leurs démarches, s'était introduit invisiblement dans la chambre et s'était caché dans une pendule. Il vit déshabiller la princesse, et cette vue redoubla son ardeur. À peine furent-ils couchés que, se servant de son absolu pouvoir, il se plaça sur le chevet de leur lit. De là il se glissa dans l'échelle de rubans qui nouait le corset de nuit de la princesse, et attendit le moment favorable pour exécuter son infâme dessein.

Le prince était ce soir-là plus éveillé que de coutume ; il tenait à la princesse les discours les plus passionnés ; elle y répondait avec complaisance. Le moment l'emporta ; il crut être à la fin de ses malheurs. « Quels transports vous me faites éprouver ! dit-il en la baisant avec tendresse. Leur ardeur me fait tout espérer. Daignez les partager, ma chère princesse, poursuivit-il en les redoublant. Peut-être surmonterai-je un destin cruel. » Au même instant, emporté par sa passion, il recommença les entreprises qui lui avaient si mal réussi. « Arrêtez, dit Luzéide à demi vaincue. Pouvez-vous oublier nos malheurs et les obstacles funestes…

— Je me flatte…, dit le prince (et en même temps il tomba dans un sommeil profond).

— … de les surmonter », poursuivit dans l'instant le génie qui, reprenant son corps et se rendant sensible, se trouva naturellement à la place du prince, et se prépara à consommer son crime.

« Oui, je l'espère, poursuivit-il d'une voix entrecoupée et contrefaite. Daignez recevoir les marques de l'amour le plus violent », et dans l'instant il poussa à bout ses criminelles entreprises. Il avait succédé au prince si adroitement que Luzéide ne s'aperçut point de son malheur. « Cher prince », disait-elle au génie, croyant parler à Angola, « que me faites-vous éprouver ? Quel plaisir inconnu ! L'amour seul peut l'exciter… »

Le perfide génie profita de son erreur ; il fut heureux, si l'on peut l'être par un crime. Il l'accablait des plus vives caresses, qu'elle lui rendait de bonne foi. Enfin il passa une partie de la nuit avec elle et se rassasia de délice. Les charmes adorables de Luzéide furent la proie d'un perfide, tandis que le malheureux Angola, plongé dans le sommeil, n'avait aucun soupçon de son malheur. Enfin il se réveilla, et le génie se déroba adroitement, et fut se placer dans une table de nuit, d'où il pouvait entendre la conversation de ces deux amants et les soupçons cruels qui pouvaient suivre son crime. Il manquait ce plaisir barbare à sa vengeance. « Nos malheurs sont toujours les mêmes, dit Angola, et je n'ai plus d'espérance que dans le secours de Moka.

— Nous aurions pu nous dispenser de faire ce voyage, dit Luzéide, et les marques d'amour que j'ai reçues de vous m'en prouvent l'inutilité.

— Qu'elles sont légères, dit Angola, en comparaison de celles que je brûle de vous donner !

— Je ne sais, dit la princesse, ce que vous réservez, mais les transports que vous me faites paraître, et que je partage depuis quelques heures sans relâche, ne me laissent pas porter mon imagination plus loin.

— Je ne croyais pas mériter de vous une *aussi cruelle plaisanterie*, dit le prince, et je ne me serais jamais imaginé que vous voulussiez me rendre responsable des fautes d'un destin cruel.

— Que vous les avez bien réparées, reprit Luzéide, et qu'il est difficile de vous refuser un pardon que vous méritez si bien ! Je craignais un sommeil dont vous avez su vous garantir, et la tendresse que je vous ai marquée par un entier abandon de moi-même ne saurait assez payer la vôtre. Partons, cher prince, et renonçons au remède de Moka ; il vous est désormais inutile : je vous croirais plutôt dans le cas d'avoir besoin du contraire.

— Ô ciel ! qu'entends-je, dit Angola consterné. Quel est ce mystère affreux que je ne saurais pénétrer ? Quoi, Luzéide, vous avez goûté les plaisirs de l'amour, et je les ai partagés ! Quoi, dans ce lit, témoin de la continuité de mon infortune ! Au nom des dieux, expliquez-vous, je ne puis croire qu'un songe, qui d'ailleurs serait flatteur sur moi, ait pu *prendre assez sur votre esprit* pour produire une illusion aussi puissante. Quant à moi, il est certain qu'hier au soir mon amour me fit tenter ce qui m'a échoué si souvent ; que, sur le point de franchir les obstacles qui m'ont toujours arrêté, un sommeil profond m'a saisi, et que je me réveille actuellement.

— Quoi, dit Luzéide, fondant en larmes, vous désavouez des transports qui faisaient mon bonheur ! N'est-ce pas vous, cruel, que j'ai accablé des plus tendres caresses, à qui j'ai accordé tout ce que j'ai de plus précieux, et qui sembliez ne pouvoir vous lasser de prendre de nouvelles assurances de mon amour ? Est-il possible qu'un autre que vous ait cueilli des fruits si précieux, et qui vous étaient réservés par mon amour et par vos *droits* ? Cher prince, ne continuez point à me désespérer par une incertitude aussi accablante.

— Luzéide, dit le prince, il y a ici quelque chose d'extraordinaire. Il est aisé de s'éclaircir ; un songe ne peut avoir laissé *de certaines marques* qui n'appartiennent qu'à la réalité. »

En même temps il tâcha de se mettre au fait des changements qui pouvaient s'être opérés dans les lieux qui l'intéressaient davantage. Luzéide permettait à ses recherches une liberté qu'elle ne croyait pas pouvoir la rendre coupable.

Effectivement, soit que les traces d'une intelligence céleste fussent différentes de celles d'un homme, soit que *ces sortes de conjectures* soient toujours obscures par elles-mêmes, s'il ne trouva pas de quoi se rassurer, il ne trouva rien non plus qui pût *constater* absolument son infortune. Si quelque chose peut augmenter sa douleur, ce fut de reconnaître dans Luzéide une certaine docilité pour des choses auxquelles quelques heures auparavant elle ne pouvait se résoudre. Ils passèrent le reste de la nuit dans cette cruelle incertitude et, le jour étant venu, le génie Makis, après avoir joui du barbare plaisir de leur peine, fut raconter à Moka le succès de sa trahison.

L'heure de voir le génie Moka étant arrivée, ils furent introduits dans son appartement. Le génie fit apporter au prince la liqueur mystérieuse à laquelle était attachée sa guérison. Il la prit en plusieurs doses, et, pour qu'il ne lui restât aucun doute sur son efficacité, on fit lire devant lui par un secrétaire du génie, qui était affligé d'un bégaiement ridicule, *deux discours de l'Académie et trois oraisons funèbres.* Le prince pensa succomber plusieurs fois, mais la vertu du breuvage le préserva et il en fut quitte pour quelques bâillements. Moka l'assura que, puisqu'il avait résisté à cette épreuve, il pouvait désormais se croire fort à l'abri de dormir hors de propos, et lui promit que Luzéide aurait lieu de s'apercevoir de l'efficacité du remède. Il lui offrit d'en faire l'épreuve dans le palais et d'y coucher encore la nuit suivante. Angola, à cette proposition, frémit d'horreur mais, déguisant son trouble et feignant d'avoir des affaires pressantes à la cour de Lumineuse, il prit congé du génie et sortit pour aller donner ses ordres pour son départ. Il rencontra dans les appartements le génie Makis qui donnait la main à la fée Mutine. Il ne put se dispenser de leur faire de ces politesses qui sont d'usage entre les gens du monde. Ils les reçurent d'un air léger et y ajoutèrent quelques plaisanteries *détournées*[44] qu'il sentit assez pour se retracer l'idée des malheurs qu'il soupçonnait. Il eut beaucoup de peine à modérer la fureur qui le saisit à la vue du génie et, quoiqu'il ne connût pas la fée Mutine, sa figure la lui fit deviner dans l'instant. Elle lui fit compliment sur son mariage et ajouta d'un air ironique qu'il n'avait pas tenu à elle de lui lever *tous les obstacles.* Makis, de son côté, adressa à la princesse quelques discours à double sens auxquels elle ne daigna pas répondre. Enfin Angola, ne pouvant faire éclater une colère infructueuse, et qui d'ailleurs n'avait point de fondement apparent, perdu dans mille idées qui se croisaient l'une et l'autre, prit congé d'eux brusquement et se retira dans son appartement avec Luzéide. Il n'eut rien de plus pressé que de s'assurer de sa guérison. Si la princesse ne s'y prêta pas avec une expérience bien décidée, du moins en montra-t-elle assez pour redoubler ses inquiétudes. Quant aux *autres difficultés*, qui auraient dû le rassurer, il avait trop d'amour-propre pour ne s'en pas adresser *les premiers compliments*.

Après avoir donné quelques moments à leur tendresse mutuelle, ils partirent et arrivèrent en peu de temps à la cour de Lumineuse. Elle fut charmée de les revoir et de les savoir délivrés de leur infortune. Le prince, toujours en proie à ses inquiétudes, en fit part à Almaïr qui, en homme prudent, quoiqu'il vît à peu près le nœud de l'affaire, *joua* l'incrédulité et s'attacha à tranquilliser l'esprit du prince. Le crédit qu'il avait sur lui et la tendresse extrême que Luzéide lui marquait lui firent perdre peu à peu ses noires idées, et leur union devint tranquille et fortunée. Il n'y a pas apparence qu'Angola et Luzéide aient eu des lumières sur cette aventure, et le sort du prince fut en cela plus heureux que celui de bien des maris, qui sont obligés de dissimuler des certitudes bien plus affligeantes.

Ce trait ne serait même jamais parvenu jusqu'à nous si on ne l'avait su de Makis lui-même, qui le découvrit dans sa vieillesse en racontant *l'histoire intéressante* de ses bonnes fortunes. Si la fée Lumineuse, par la supériorité de ses lumières, en découvrit quelque chose, elle savait trop bien son monde pour en faire part à personne. Ces heureux époux passèrent leur jeunesse à la cour de Lumineuse. Almaïr fut toujours en grande faveur auprès du prince, et peut-être lui fit-il faire quelques *faux bonds à l'hymen* qui ne sont pas venus jusqu'à nous. Quoi qu'il en soit, ils passèrent des jours fort heureux, et après la mort du roi Erzeb-can, ils furent prendre possession de son royaume, gouvernèrent sagement leurs peuples, et firent des actions dignes d'être écrites et qu'une autre plume que la mienne se chargera sans doute de transmettre à la postérité.

FIN DE L'HISTOIRE

« Grâce au ciel, s'écria la comtesse, nous voilà arrivés au bout de notre carrière ! Pour ça, voilà de sottes gens que les auteurs. Remarquez même que ce n'est jamais que dans ces *petites misères-là* que nous sommes si maltraitées. En vérité on devrait une fois pour toutes mettre ordre à cet abus.

— Pourquoi, interrompit le marquis, montrer tant d'aigreur contre eux ? Ils ne parlent que des défauts qui vous rendent les plus chers à nos yeux. Pour moi, je les aime fort ; d'ailleurs cette vertu est quelque chose de *si ignoble*… À propos, madame, mais nous devons être *assez joliment* ensemble, et si vous vouliez…

— Ah ! finissez, marquis ! reprit la comtesse. L'exemple ne me séduit pas ; j'ai de l'humeur *comme un dogue*, et je vais courir tous les spectacles pour y décrier cet impertinent ouvrage. Il tombera sur ma parole, je vais en dire tant de mal…

— J'entre dans votre sentiment, madame, répondit le marquis. Si les femmes n'ont pas sujet d'être contentes de lui, il nous impose à nous des devoirs si pénibles qu'il est de notre intérêt d'empêcher qu'il ne prenne à un certain point. Il est bien aisé à messieurs les auteurs, du fond de leur cabinet, de subvenir à tant de bonnes fortunes : s'ils étaient à notre place… En vérité, on n'y tient pas… Et pour moi je suis dans un état… »

Le reste de cette intéressante conversation n'est pas tombé entre les mains de l'éditeur, et il est au désespoir que le public en soit privé.

Fin de la dernière partie

Appendice iconographique

GRAVURES DE L'ÉDITION DE 1751

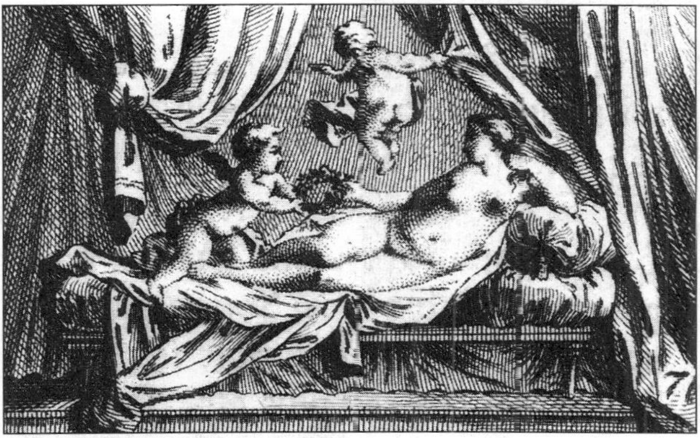

Fougeret de Monbron

MARGOT LA RAVAUDEUSE

Voici enfin cette *Margot la ravaudeuse*, dont le général de la pousse*, sollicité par le corps des catins et de leurs infâmes suppôts, voulut faire un crime d'État à son auteur. Comme on ne l'accusait pas moins que d'avoir attaqué dans cet ouvrage la religion, le gouvernement et le souverain, il s'est déterminé à le mettre au jour, craignant que son silence ne déposât contre lui, et qu'on ne le crût réellement coupable. Le public jugera qui a tort ou raison.

☆

Ce n'est point par vanité, encore moins par modestie, que j'expose au grand jour les rôles divers que j'ai joués pendant ma jeunesse. Mon principal but est de mortifier, s'il se peut, l'amour-propre de celles qui ont fait leur petite fortune par des voies semblables aux miennes, et de donner au public un témoignage éclatant de ma reconnaissance, en avouant que je tiens tout ce que je possède de ses bienfaits et de sa générosité.

Je suis née dans la rue Saint-Paul, et c'est à l'union clandestine d'un honnête soldat aux Gardes[2] et d'une ravaudeuse que je suis redevable de mon existence. Ma mère, naturelle-

* Le lieutenant de police[1].

ment fainéante, m'instruisit de bonne heure dans l'art de ressertir et rapetasser proprement des chausses, afin de se débarrasser le plus tôt qu'il lui serait possible du soin de la profession sur moi. J'avais atteint ma treizième année, lorsqu'elle crut pouvoir me céder son tonneau* et ses pratiques, aux conditions pourtant de lui rendre chaque jour un compte exact de mon gain. Je répondis si parfaitement à ses espérances qu'en moins de rien je devins la perle des ravaudeuses du quartier. Je ne bornais pas mes talents à la seule chaussure, je savais aussi très bien raccommoder les vieilles culottes et y remettre des fonds ; mais ce qui ajoutait à mon habileté, et me rendait le plus recommandable, c'était une physionomie charmante dont la nature m'avait gratifiée. Il n'y avait personne des environs qui ne voulût être ravaudé de ma façon. Mon tonneau était le rendez-vous de tous les laquais de la rue Saint-Antoine. Ce fut en si bonne compagnie que je pris les premières teintures de la belle éducation et du savoir-vivre, que j'ai beaucoup perfectionnés depuis, dans les différents états où je me suis trouvée. Ma parentèle m'avait transmis par le sang et par ses bons exemples un si grand penchant pour les plaisirs libidineux que je mourais d'envie de marcher sur ses traces, et d'expérimenter les douceurs de la copulation. M. Tranche-Montagne (c'était mon père), ma mère et moi, nous occupions, au quatrième étage, une seule chambre meublée de deux chaises de paille, de quelques plats de terre à moitié rompus, d'une vieille armoire, et d'un grand vilain grabat sans rideaux et sans impériale[3], où nous reposions tous trois.

À mesure que je grandissais, je dormais d'un sommeil plus interrompu, et devenais plus attentive aux actions de mes compagnons de couche. Quelquefois ils se trémoussaient d'une manière si vigoureuse que l'élasticité du châlit me forçait à suivre tous leurs mouvements. Alors ils poussaient de gros soupirs en articulant à voix basse les mots les plus tendres que la passion leur suggérât. Cela me mettait dans une agitation insupportable. Un feu dévorant me consumait, j'étouffais, j'étais hors de moi-même. J'aurais volontiers battu ma mère, tant je lui enviais les délices qu'elle goûtait. Que pouvais-je faire en pareille conjoncture, sinon de recourir à la récréation des solitaires ? Heureuse encore dans

* La plupart des raccommodeuses de bas à Paris sont dans des tonneaux.

un besoin aussi pressant de n'avoir pas la crampe au bout des doigts. Mais, hélas ! en comparaison du réel et du solide, la pauvre ressource ! et qu'on peut bien l'appeler un jeu d'enfant ! Je m'épuisais, je m'énervais en vain ; je n'en étais que plus ardente, plus furieuse. Je pâmais de rage, d'amour et de désirs : j'avais, en un mot, tous les dieux de Lampsaque[4] dans le corps. Le joli tempérament pour une fille de quatorze ans ! mais, comme l'on dit, les bons chiens chassent de race.

Il est aisé de juger qu'impatiente et tourmentée de l'aiguillon de la chair, ainsi que je l'étais, je songeai sérieusement à faire choix de quelque bon ami, qui pût éteindre, ou du moins apaiser la soif insupportable qui me desséchait.

Parmi la nombreuse valetaille dont je recevais incessamment les hommages, un palefrenier jeune, robuste et bien découplé, me parut être digne de mes attentions. Il me troussa un compliment à la palefrenière, et me jura qu'il n'étrillait jamais ses chevaux sans songer à moi. À quoi je répondis que je ne rapetassais jamais une culotte que l'image de M. Pierrot (c'était son nom) ne me trottât dans la cervelle. Nous nous dîmes très sérieusement une infinité d'autres gentillesses de ce genre, dont je ne me rappelle pas assez l'élégante tournure pour les répéter au lecteur. Il suffit qu'il sache que Pierrot et moi nous fûmes bientôt d'accord, et que peu de jours après nous scellâmes notre liaison du grand sceau de Cythère, dans un petit cabaret borgne vers la Rapée[5]. Le lieu du sacrifice était garni d'une table étayée de deux tréteaux pourris, et d'une demi-douzaine de chaises disloquées. Les murs étaient remplis de quantité de ces hiéroglyphes licencieux que d'aimables débauchés en belle humeur crayonnent ordinairement avec du charbon. Notre festin répondait au mieux à la simplicité du sanctuaire. Une pinte de vin à huit sols, pour deux de fromage, et autant de pain ; le tout, bien calculé, montait à la somme de douze. Nous officiâmes néanmoins d'aussi grand cœur que si nous eussions été à un louis par tête chez Duparc*. On ne doit pas en être surpris. Les mets les plus grossiers, assaisonnés par l'amour, sont toujours délicieux.

Enfin, nous en vînmes à la conclusion. L'embarras fut d'abord de nous arranger ; car il n'était pas prudent de se fier ni à la table, ni aux chaises. Nous prîmes donc le parti de

* Traiteur de l'Hôtel-de-Ville[6].

rester debout. Pierrot me colla contre le mur. Ah ! puissant dieu des Jardins[7] ! Je fus effrayée à l'aspect de ce qu'il me montra. Quelles secousses ! quels assauts ! La paroi ébranlée gémissait sous ses prodigieux efforts. Je souffrais mort et passion. Cependant de mon côté je m'évertuais de toutes mes forces, ne voulant pas avoir à me reprocher que le pauvre garçon eût supporté seul la fatigue d'un travail si pénible. Quoi qu'il en soit, malgré notre patience et notre courage mutuels, nous n'avions fait encore que de bien médiocres progrès, et je commençais à désespérer que nous pussions couronner l'œuvre, lorsque Pierrot s'avisa de mouiller de sa salive la foudroyante machine. Ô nature ! nature, que tes secrets sont admirables ! Le réduit des voluptés s'entrouvrit ; il y pénétra : que dirai-je de plus ? Je fus bien et dûment déflorée. Depuis ce temps-là je dormis beaucoup mieux. Mille songes flatteurs présidaient à mon repos. M. et Mme Tranche-Montagne avaient beau faire craquer le lit dans leurs joyeux ébats, je ne les entendais plus. Notre innocent commerce dura environ un an. J'adorais Pierrot, Pierrot m'adorait. C'était un garçon parfait, auquel on ne pouvait reprocher aucun vice, sinon qu'il était gueux, joueur et ivrogne. Or, comme entre amis tous biens doivent être communs, et que le riche doit assister le pauvre, j'étais le plus souvent obligée de fournir à ses dépenses. On dit proverbialement qu'un palefrenier mangerait son étrille, quand même il aurait affaire à la reine[8]. Celui-ci, tout au contraire, pour ménager la sienne, me mangea mon fonds de boutique et mon tonneau. Il y avait déjà longtemps que ma mère s'apercevait du dépérissement de mes affaires, et qu'elle m'en faisait d'austères réprimandes. La renommée lui apprit bientôt que j'avais mis le comble à mon dérangement. La bonne maman dissimula ; mais un beau matin que je dormais d'un sommeil léthargique, elle s'arma de l'âme[9] d'un balai neuf ; et m'ayant traîtreusement passé la chemise par-dessus la tête, elle me mit les fesses tout en sang avant que je pusse me débarrasser. Quelle humiliation pour une grande fille comme moi, de se voir ainsi flageller ! J'en étais si outrée que je résolus sur-le-champ de m'émanciper, et d'aller tenter fortune où je pourrais. L'esprit plein de mon projet, je profitai de l'instant que ma mère était dehors : je me vêtis à la hâte de mes atours des dimanches, et dis un éternel adieu au domicile de Mme Tranche-Montagne. J'enfilai au hasard le chemin de la Grève, et côtoyant la rivière jusqu'au Pont-Royal, j'entrai dans les Tuileries. Je fis d'abord presque le tour du jardin sans songer à ce que je faisais. Enfin, un peu revenue de mes premiers transports, je m'assis sur la terrasse des Capucins[10]. Il y avait un demi-quart d'heure que j'y rêvais au parti que je prendrais lorsqu'une petite dame, vêtue assez proprement, et d'un maintien décent, vint se mettre à côté de moi. Nous nous saluâmes réciproquement, et liâmes conversation par les lieux communs ordinaires de gens qui ont envie de jaser, quoiqu'ils n'aient rien à se dire. « Ah ! mon Dieu, mademoiselle, ne sentez-vous pas qu'il fait bien chaud ?

— Excessivement chaud, madame.

— Heureusement il fait un peu d'air.

— Oui, madame, il en fait un peu.

— Oh ! mademoiselle, que de monde il y aura demain à Saint-Cloud[11] si ce temps-ci continue !

— Assurément, madame, il y aura beaucoup de monde.

— Mais, mademoiselle, plus je vous considère, et plus je crois vous connaître. N'ai-je point eu le plaisir de vous voir en Bretagne ?

— Non, madame, je ne suis jamais sortie de Paris.

— En vérité, mademoiselle, vous ressemblez si parfaitement à une jeune personne que j'ai connue à Nantes que l'on vous prendrait l'une pour l'autre. Au reste, la ressemblance ne vous fait aucun tort : c'est une des plus aimables filles qu'on puisse voir.

— Vous êtes bien obligeante, madame, je sais que je ne suis point aimable ; et c'est un effet de votre bonté. Après tout, que me servirait-il de l'être ? »

En prononçant ces derniers mots, il m'échappa un soupir, et je ne pus m'empêcher de laisser tomber quelques larmes. « Eh ! quoi, ma chère enfant », me dit-elle d'un ton affectueux, en me pressant la main, « vous pleurez ? Qu'avez-vous donc qui vous chagrine ? Vous est-il arrivé quelque disgrâce ? Parlez, ma petite poule ; ne craignez pas de m'ouvrir votre cœur : comptez entièrement sur la tendresse du mien, et soyez sûre que je suis prête à vous servir en tout ce qui dépendra de moi. Allons, mon ange, allons au bout de la terrasse, nous déjeunerons chez Mme La Croix*. Là, vous me ferez part du sujet de votre affliction : peut-être vous serai-je plus utile que vous ne pensez. »

* Elle tenait le café des Tuileries[12].

Je me fis d'autant moins prier que j'étais encore à jeun ; et je la suivis, ne doutant pas que le ciel ne l'eût envoyée pour m'aider de ses sages conseils, et m'arracher au danger de rester sur le pavé. Après m'être muni l'estomac de deux tasses de café au lait et d'un couple de petits pains, je lui avouai ingénument mon origine et ma profession ; mais pour le reste, je ne fus pas si sincère. Je crus qu'il était plus prudent de mettre le tort du côté de ma mère que du mien. Je la peignis le plus à son désavantage qu'il me fut possible, afin de justifier la résolution que j'avais prise de la quitter. « Vierge Marie ! s'écria cette charitable inconnue, quel meurtre c'eût été qu'une aussi charmante enfant que vous fût demeurée dans une condition si basse, exposée toute l'année à l'air, souffrant le chaud, le froid, accroupie dans un demi-tonneau, et condamnée à raccommoder les chausses de toute sorte de peuple. Non, ma petite reine, vous n'étiez pas faite pour un semblable métier, car il est inutile de vous le cacher : quand on est belle, comme vous l'êtes, il n'est rien à quoi l'on ne puisse aspirer ; et je répondrais bien qu'avant peu, si vous étiez fille à vous laisser diriger…

— Ah ! ma bonne dame, m'écriai-je, parlez, que faut-il que je fasse ? aidez-moi de vos avis : je me jette entre vos bras.

— Eh bien, reprit-elle, nous vivrons ensemble. J'ai quatre pensionnaires, vous ferez la cinquième.

— Quoi ! madame, répondis-je précipitamment, avez-vous déjà oublié que, dans la misère où je suis, il me serait impossible de vous payer le premier sou de ma pension ?

— Que cela ne vous inquiète point, répliqua-t-elle ; tout ce que je vous demande à présent, c'est de la docilité, et de vous laisser conduire. Du reste, je vous associerai à un petit négoce que nous faisons, et je me flatte, s'il plaît à Dieu, qu'avant la fin du mois vous serez non seulement en état de me satisfaire, mais encore de fournir amplement à votre entretien. »

Peu s'en fallut que, dans les transports de ma reconnaissance, je ne me jetasse à ses pieds pour les arroser de mes larmes. Il me tardait d'être agrégée à cette bienheureuse société. Grâce à ma bonne étoile, mon impatience ne dura guère. Midi sonna, et nous sortîmes par la porte des Feuillants. Un vénérable fiacre qui se trouva là nous reçut dans sa noble voiture ; et ayant gagné les boulevards au grand petit trot de ses modestes bêtes, nous conduisit à une maison isolée vis-à-vis la rue Montmartre[13].

Cela faisait une espèce d'ermitage entre cour et jardin, dont le coup d'œil agréable me prévint si favorablement pour les personnes qui l'habitaient que je bénis *in petto* la manière scandaleuse dont j'avais été éveillée le matin, puisqu'elle était l'occasion de ma bonne rencontre. Je fus introduite dans une salle basse, assez proprement meublée. Mes compagnes s'y rendirent bientôt. Leur ajustement coquet et galant, quoique négligé, leur air délibéré[14], l'assurance de leur maintien, m'interdit d'abord au point que je n'osais lever les yeux, et ne faisais que bégayer en voulant répondre à leurs civilités. Ma bienfaitrice, soupçonnant que la simplicité de mes habits pouvait être la cause de mon embarras, me promit qu'elle me ferait incessamment changer de décoration, et que je ne serais pas moins parée que ces demoiselles. Je m'étais trouvée, en effet, fort humiliée de me voir couverte d'un petit chiffon de grisette[15] parmi des personnes qui faisaient leur déshabillé des plus belles étoffes des Indes et de France. Mais une chose qui piquait ma curiosité et ne m'inquiétait pas peu, c'était de savoir la nature du négoce auquel j'allais être associée. Le luxe de mes compagnes m'étonnait. Je ne concevais pas comment elles pouvaient soutenir de semblables dépenses. J'étais si bouchée, ou plutôt si neuve encore, qu'il ne me vint jamais en pensée de deviner ce qui tombait de soi-même sous les sens. Cependant, tandis que je me creusais l'imagination à développer cette prétendue énigme, on servit le potage, et nous nous mîmes à table. Quoique la chère ne fût pas mauvaise, l'appétit et la bonne humeur des convives y servit d'épices et en rehaussa les apprêts. Nous officiâmes toutes de manière à faire perdre aux subalternes l'espérance de notre desserte. Aussi, de peur d'étouffer, nous avions de temps en temps la précaution de détremper les vivres. Tout allait au mieux jusque-là. Mais deux de nos demoiselles ayant outrepassé les bornes de la tempérance, et les fumées bachiques leur ayant tout à coup offusqué le chef, l'une assena sur le mufle de la seconde un coup de poing, auquel celle-ci riposta d'un coup d'assiette. Dans l'instant la table, les plats, les ragoûts et les sauces furent éparpillés par terre. Voilà la guerre déclarée. Mes deux héroïnes s'élancent l'une sur l'autre avec une fureur égale. Mouchoirs de cou, escoffions[16], manchettes, tout en une minute est en lambeaux. Alors la maîtresse s'étant avancée pour interposer son autorité, on lui colle par mégarde une apostrophe[17] sur l'œil. Comme elle ne s'attendait pas à être caressée de la sorte, et que d'ailleurs ce n'était pas son défaut d'être endurante, il ne fut plus question de paix. Elle donna sur-le-champ des preuves de son savoir suprême dans l'art héroïque du pugilat. Cependant les deux autres, qui avaient gardé la neutralité jusqu'à ce moment, crurent ne devoir pas demeurer oisives plus longtemps ; de façon que l'affaire s'engagea de plus belle et devint générale. Dès le commencement je m'étais retranchée toute tremblante dans un coin de la salle, d'où je ne branlai pas tant que dura le chamaillis[18]. C'était un spectacle effrayant, et burlesque tout à la fois, de voir ces cinq créatures échevelées culbutant et roulant les unes sur les autres, se mordant, s'égratignant, jouant des pieds et des poings, vomissant toutes les horreurs imaginables, et montrant scandaleusement leur grosse et menue marchandise. La bataille n'avait pas l'air de finir si tôt, si un grison[19] qui avait vieilli sous le harnois ne se fût avisé d'annoncer un baron allemand. On sait en quelle considération ces messieurs-là, et surtout les milords, sont auprès des filles du monde[20]. Au seul mot de « baron », tout acte d'hostilité cesse. Les combattantes se séparent. Chacune raccommode à la hâte les débris de son ajustement. On s'essuie, on se frotte ; et ces physionomies, auparavant méconnaissables et hideuses à voir, reprennent à l'instant même leur douceur et leur sérénité naturelle. La maîtresse sort précipitamment pour amuser M. le baron, et les demoiselles volent à leur chambre, afin de se mettre en état de le recevoir d'une façon décente.

Le lecteur, plus éclairé que moi, a deviné il y a longtemps que je n'étais pas dans une maison des mieux réglées de Paris. Ainsi, sans le lui répéter, il saura seulement que notre hôtesse était une des plus achalandées du métier et s'appelait Mme Florence[21]. Quand elle eut appris que M. le baron n'avait été annoncé que pour faire cesser les voies de fait, elle revint me trouver d'un air content et satisfait : « Çà, mignonne, me dit-elle en me donnant un baiser sur le front, n'allez pas mal penser de nous au sujet du petit démêlé dont vous venez d'être témoin. Ce sont de petites vivacités qu'un rien occasionne et que la moindre chose apaise. On n'est pas toujours maître des premiers mouvements. Et puis chacun est plus ou moins sensible ; cela est naturel. Marchez sur un ver, il se remuera. Au reste, si vous connaissiez ces demoiselles, vous seriez charmée de la douceur de leur caractère : ce sont les meilleurs cœurs du monde. Leur colère est un feu de paille aussitôt éteint qu'allumé. Tout est oublié dans la minute. Pour moi, Dieu merci, je ne sais ce que c'est que rancune, et je n'ai pas plus de fiel qu'une colombe. Malheur à qui me veut du mal ; car je n'en veux à personne. Mais laissons ce propos, et parlons de vous.

« Il n'y a qui que ce soit, ma chère fille, qui ne convienne qu'on fait une fort triste figure en ce monde lorsqu'on n'est pas riche. Point d'argent, dit le proverbe, point de suisse[22]. On peut bien dire aussi point d'argent, point de plaisir, point d'agrément dans la vie. Or, comme il est tout simple d'aimer ses aises et le bien-être, ce qu'on ne saurait se procurer sans argent, vous conviendrez, je crois, que l'on est bien dupe de refuser d'en gagner quand on est à même de le faire ; surtout si les moyens que l'on emploie pour cela ne nuisent pas à la société ; car alors ce serait un mal, et Dieu nous en garde ; oui, certes, mon enfant, Dieu nous en garde. Mais j'ai la conscience nette à cet égard, et je défie qu'on me reproche jamais d'avoir fait tort à autrui d'une obole. *Item*[23] ; on n'est pas ici parmi des Arabes : on a une âme à sauver. Le principal est d'aller droit. Du reste, il n'est pas défendu de gagner sa vie de façon ou d'autre ; le métier n'y fait rien, l'essentiel est qu'il soit bon. Je vous disais donc que l'on est bien dupe de négliger de se tirer du pair[24] quand on le peut. Eh ! qui peut mieux s'en tirer que vous avec les ressources que la nature vous a données ? Vous a-t-elle faite belle pour l'être en pure perte ? Que de demoiselles du monde* je connais, qui, douées de bien moins d'appas que vous, ont trouvé le secret de se faire de bonnes rentes ! Il est vrai, sans vanité, que je n'ai pas nui à leur fortune, quoiqu'elles ne m'en aient pas plus d'obligation, mais Dieu convertisse les ingrats. Il ne faut pas que cela nous dégoûte de faire plaisir.

— Ah ! ma bonne dame, lui dis-je avec précipitation, j'espère que vous ne vous plaindrez jamais de mon ingratitude.

— Ne répondons de rien, répliqua-t-elle, toutes m'ont tenu le même langage, et toutes l'ont oublié. Les honneurs changent les mœurs. Si vous saviez combien il y a de demoiselles à l'Opéra dont j'ai ébauché l'éducation, et qui ne font pas semblant de me connaître aujourd'hui, vous seriez forcée d'avouer que la reconnaissance est une vertu que l'on ne pratique guère dans le siècle où nous sommes. Quoi qu'il

* C'est le terme lénitif pour signifier « catin ».

en soit, il est toujours beau d'obliger. À propos, petit chat*, jolie comme vous êtes, n'avez-vous jamais obligé personne ?

— Qui, moi, madame ? lui répondis-je d'un ton hypocrite. Et qui aurais-je pu obliger dans la triste condition où j'ai été jusqu'à présent ?

— Vous ne m'entendez pas, reprit-elle ; il faut vous parler plus intelligiblement. Avez-vous encore votre pucelage ? » À cette question inattendue, le rouge me monta au visage, et je fus un peu décontenancée. « Je vois bien, dit-elle, que vous ne l'avez plus. N'importe, nous avons des pommades miraculeuses[25] ; nous vous en referons un tout neuf. Il est pourtant bon que je sache par moi-même l'état des choses ; c'est une cérémonie qui ne doit pas vous faire de peine. Toutes les demoiselles qui se destinent au monde subissent indispensablement un semblable examen. Vous sentez bien que le marchand est obligé de connaître sa marchandise. »

En me prêchant ainsi, Mme Florence m'avait déjà troussée au-dessus des hanches. Je fus virée et revirée de tout sens ; rien n'échappa à ses regards experts. « Bon, dit-elle, je suis contente. Le dommage que l'on a fait ici n'est pas si grand qu'il ne soit facile à réparer. Vous avez, grâce à Dieu, un des beaux corps que l'on puisse voir, et dont vous pourrez tirer de gros avantages un jour à venir. Cependant il ne suffit pas d'être belle ; on doit être encore attentive sur soi : un des devoirs indispensables de notre profession, c'est de ne point épargner l'éponge. Il y a apparence que vous n'en connaissez pas trop l'usage : venez, que je vous le montre, tandis que nous en avons le temps. » Aussitôt elle m'introduisit dans une petite garde-robe ; et m'ayant fait mettre à califourchon sur un bidet, elle m'y donna la première leçon de propreté. Nous employâmes le reste de la journée en une infinité d'autres minuties peu essentielles à narrer. Le lendemain on me métamorphosa de la tête aux pieds, selon la promesse qui m'en avait été faite. J'avais une robe d'un taffetas couleur de rose, ornée de falbalas, avec un jupon de mousseline, et une montre de pinchbeck[26] à la ceinture. Je me trouvais d'un éclat ravissant en ce nouvel accoutrement et, sensible pour la première fois aux aiguillons flatteurs de la vanité, je me regardais avec une sorte de complaisance, de respect et d'admiration.

* Mot de douceur consacré parmi le petit monde.

Il faut rendre justice à Mme Florence : c'était un des plus grands génies d'ordre et de détail qu'il y eût alors parmi les abbesses de Cythère[27]. Elle pourvoyait à tout. Outre les pensionnaires qu'elle entretenait toujours à la maison, afin de n'être point prise au dépourvu, quand on voulait être servi promptement, elle avait aussi des corps de réserve en ville pour les cas extraordinaires et les parties de conséquence. Ce n'est pas tout : on trouvait encore chez elle un magasin de robes de toutes sortes de couleurs et de tailles, qu'elle louait aux nouvelles et pauvres prosélytes telles que moi ; ce qui ajoutait considérablement à ses honoraires.

Mme Florence, de crainte que je ne perdisse mon étalage[28], avait fait avertir dès la veille quelques-uns de ses meilleurs chalands de la bonne trouvaille qu'elle avait faite. Au moyen d'une si sage précaution, nous ne languîmes pas dans l'expectative. M. le président de …, plus ponctuel à se trouver à de pareilles assignations qu'aux audiences de sept heures, arriva justement comme je venais de finir ma toilette. Je vis une manière d'homme de stature médiocre, vêtu de noir, étayé sur deux jambes grêles, droit, roide et engoncé, ayant sur la tête, qui ne tournait qu'avec le corps, une perruque artistement marronnée[29], surchargée de poudre à la maréchale, dont l'abondante superfluité enfarinait les trois quarts de son habit ; ajoutez à cela qu'il exhalait une odeur d'ambre et de musc à faire évanouir les gens les plus aguerris aux parfums.

« Ah ! pour le coup, Florence, s'écria-t-il en jetant les yeux sur moi, voilà ce qui s'appelle du beau, du délicieux, du divin. Franchement, tu t'es surpassée aujourd'hui. Je te le dis au sérieux, Mademoiselle est adorable : oui, cent piques au-dessus[30] du portrait que tu m'en as fait. Sur mon honneur, c'est un ange. Je te parle vrai : foi de magistrat, j'en suis émerveillé. Mais, vois donc le bel œil, il faut que je le baise : je n'y saurais tenir. »

Mme Florence jugeant, au train que prenaient les choses, que la présence d'un tiers devenait inutile, se retira secrètement et nous laissa seuls. Aussitôt M. le président, sans déroger à la majesté de son état, m'étendit sur le canapé, et s'étant récréé quelques moments à considérer et palper mes appas les plus secrets, il me mit dans une attitude tout opposée à celle que j'étais habituée de tenir avec Pierrot. On m'avait recommandé d'être complaisante ; je ne le fus que trop. Le traître me fit ce que les libertins se font entre eux. Je perdis mon autre pucelage. Les contorsions que j'avais faites dans cette antinaturelle opération, jointes à quelques cris qui m'étaient échappés malgré moi, firent comprendre à M. le président que je n'avais nullement partagé ses plaisirs. Aussi, pour me récompenser et me faire oublier mes souffrances, il me glissa deux louis dans la main. « Ceci, dit-il, est de surérogation[31] ; n'en parlez point à la Florence ; je lui payerai en outre ses épices[32] et les vôtres. Adieu, petite reine, que je baise auparavant cette charmante fossette : çà, j'espère que nous nous reverrons l'un de ces jours. Oui, nous nous reverrons ; je suis trop content de vous et de vos bonnes manières. » En même temps il sortit à petits pas précipités, faisant siffler le plancher de la pointe de l'escarpin sans plier le genou. Ce qui venait de m'arriver m'étonnait au point que je ne savais que penser. Je crus, ou que M. le président s'était mépris, ou que c'était l'usage chez les gens d'un certain ordre de s'y prendre de cette façon. « Si c'est la mode, me disais-je à moi-même, il faudra bien tâcher de m'y conformer. Je ne suis pas plus délicate qu'une autre. Les premiers essais en tout genre sont un peu rudes ; mais il n'est rien à quoi l'on ne puisse s'habituer à la longue. Je me suis bien habituée au tracas de Pierrot, et cependant ce n'a pas été sans peine dans les commencements. » J'étais occupée à ce soliloque intéressant, lorsque la Florence rentra. « Eh bien ! petite mère, me dit-elle en se frottant les mains, n'est-il pas vrai que M. le président est un aimable homme ? Vous a-t-il donné quelque chose ?

— Non, madame, répondis-je.

— Tenez, reprit-elle, voilà un louis d'or qu'il m'a chargée de vous remettre. J'espère que ce ne sera pas la seule marque que vous éprouverez de sa générosité ; car il m'a paru extrêmement satisfait de vous. Au reste, ma chère enfant, il ne faut pas croire que toutes nos pratiques soient aussi bonnes, et paient si grassement. Dans toute sorte de négoce il y a gain et perte, le bon récompense le mauvais, n'est pas marchand qui toujours gagne. On doit prendre les bénéfices avec les charges. Vraiment notre métier serait un Pérou[33] sans les fausses passades. Mais, patience, les assemblées du clergé commenceront bientôt ; je me flatte que vous verrez rouler l'argent ici. Vanité à part, ma maison n'est pas mal famée. Si j'avais autant de mille livres de rente que j'ai reçu chez moi de prélats et d'abbés de conséquence, je serais en état de faire la figure d'une reine. Après tout, j'aurais tort de me plaindre. J'ai, Dieu merci, de quoi vivre, et je pourrais me passer de travailler ; mais qui n'est bon que pour soi n'est bon à rien. D'ailleurs, il faut une occupation dans la vie. L'oisiveté, dit-on, est mère de tous vices. Si chacun était occupé, personne ne songerait à mal faire. »

Tandis que Mme Florence était en train de me débiter ces sentencieux et ennuyeux propos, je ne cessais de bâiller. Elle s'en aperçut enfin, et m'envoya à ma chambre, me recommandant, sur toute chose, la cérémonie du bidet. Je ne puis m'empêcher de dire ici, par manière d'apostille, que les honnêtes femmes nous ont bien de l'obligation. Non seulement elles nous sont redevables d'un meuble si utile et si nécessaire, mais encore d'un nombre prodigieux d'autres découvertes charmantes pour les commodités de la vie, et d'un goût exquis dans l'art de rehausser les charmes de la nature, et d'en réparer ou dérober aux yeux les imperfections. C'est nous qui leur avons appris le secret de multiplier les grâces, de les combiner à l'infini par les différentes façons de nous parer ; et surtout par l'air aisé de nos démarches, de notre port, de notre maintien. Nous sommes en tout les objets de leur attention et de leur étude. C'est de nous qu'elles reçoivent les modes et tous ces petits riens charlatans dont on est enchanté et qu'on ne saurait définir. En un mot, on a beau nous décrier : les femmes de bien ne sont aimables qu'autant qu'elles savent nous copier, que leur vertu prend l'odeur du péché, et qu'elles ont le jeu et les manières un peu catins. Puisse cette digression tourner à la gloire de notre corps, et forcer l'envieuse prévention à nous rendre la justice que nous méritons et à nous faire réparation d'honneur ! Je reprends mon histoire.

Mme Florence, qui venait de se déclarer si éloquemment contre l'oisiveté, ne me laissa pas le temps d'entretenir de mauvaises pensées. Elle reparut tout à coup. « Petit cœur », me dit-elle, d'un ton affectueux, « ce n'était pas mon dessein de vous importuner si tôt, mais vos compagnes sont toutes occupées avec une bande de plumets[34] étourdis, que je me serais fait conscience de vous faire connaître, d'autant plus que ce sont de mauvaises paies, et que mon intention n'est pas de vous employer gratuitement. Il y a là-bas un sous-fermier de mes amis. C'est une vieille pratique qui m'apporte exactement ses deux louis par semaine. Je voudrais bien ne le pas désobliger. Qu'en pensez-vous, maman ? Deux louis ne sont point à mépriser, surtout quand ils coûtent si peu à gagner.

— Pas si peu que vous croyez, madame, lui répondis-je, si vous aviez éprouvé ce que j'ai souffert et ce que je souffre encore (car je me sentais tout excoriée).

— Oh ! interrompit-elle, tout le monde n'eſt pas aussi redoutable que M. le président. Celui que je vous propose s'en tient au simple badinage et rien de plus. Je vous garantis que ses caresses ne sont ni longues ni fatigantes ; d'ici là, son affaire eſt faite. »

Mme Florence, enfin ayant obtenu mon consentement, me présenta la plus assommante figure de maltôtier[35] qu'il soit possible de voir. Qu'on se peigne une tête carrée adhérente à des épaules de portefaix, des yeux hagards et féroces ombragés d'un sourcil fauve, un petit front sillonné, un large et triple menton, un ventre en poire, soutenu sur deux grosses jambes arquées, terminées par deux pieds plats en forme de pattes d'oie. Toutes ces parties réunies ensemble, et chacune exactement en sa place, composaient ce mignon de finance. J'avais été si surprise à l'aspect d'un semblable automate que je ne m'étais point aperçue de la disparition de notre mère prieure. « Eh bien ! me dit le sous-fermier d'un ton brutal, sommes-nous ici pour demeurer les bras croisés ? Vous voilà plantée comme un échalas. Allons, allons, morbleu, approchez, je n'ai pas le loisir de reſter en contemplation. On m'attend à notre assemblée. Expédions. Où sont vos mains ? Prenez ceci. Que vous êtes gauche ! Serrez les doigts. Remuez le poignet. Comme cela. Un peu plus fort. Arrêtez. Plus vite. Dou-ce-ment. Voilà qui eſt bien. » Cet agréable exercice étant achevé, il me jette un couple de louis et se sauve de la même ardeur que quelqu'un qui fuit ses créanciers.

Quand je fais réflexion aux épreuves cruelles et bizarres où se trouve réduite une fille du monde, je ne saurais m'imaginer qu'il y ait de condition plus rebutante et plus misérable. Je n'en excepte point celle de forçat ni de courtisan. En effet, qu'y a-t-il de plus insupportable que d'être obligée d'essuyer les caprices du premier venu ; que de sourire à un faquin que nous méprisons dans l'âme ; de caresser l'objet de l'aversion universelle ; de nous prêter incessamment à des goûts aussi singuliers que monſtrueux ; en un mot, d'être éternellement couvertes du masque de l'artifice et de la dissimulation, de rire, de chanter, de boire, de nous livrer à toute sorte d'excès et de débauche, le plus souvent à contrecœur et avec une répugnance extrême ? Que ceux qui se figurent notre vie un tissu de plaisirs et d'agréments nous connaissent mal ! Ces esclaves rampants et méprisables qui vivent à la cour des grands, qui ne s'y maintiennent que par mille bassesses honteuses, par les plus lâches complaisances et un déguisement éternel, ne souffrent pas la moitié des amertumes et des mortifications inséparables de notre état. Je ne fais pas difficulté de dire que si nos peines pouvaient nous être méritoires et nous tenir lieu de pénitence en ce monde, il n'y en a guère de nous qui ne fût digne d'occuper une place dans le martyrologe, et ne pût être canonisée. Comme un vil intérêt est le mobile et la fin de notre prostitution, aussi les mépris les plus accablants, les avanies, les outrages en sont presque toujours le juste salaire. Il faut avoir été catin pour concevoir toutes les horreurs du métier. Je ne saurais, sans frémir, me rappeler la dureté du noviciat que j'ai fait, et cependant combien en est-il qui ont plus pâti que moi ! Telle que l'on voit aujourd'hui triomphante dans un équipage doré, orné des plus charmantes peintures et verni par Martin[36] ; telle, dis-je, qui, traînant partout avec elle un luxe révoltant, affiche insolemment le goût pervers et crapuleux de son bienfaiteur, qui croirait qu'elle fut autrefois le rebut des laquais ? que cette même personne fut le triste objet des incartades et de la brutalité de la plus vile canaille ; en un mot, qu'elle porte peut-être encore les marques des coups qu'elle en a reçus ? Je le répète, tout agréable, tout attrayant que paraisse notre état, il n'en est ni de plus humiliant, ni de plus cruel.

On ne saurait s'imaginer, sans l'avoir expérimenté, à quel excès les hommes portent la débauche dans le délire de leurs passions. J'en ai connu nombre qui mettaient toute leur volupté à battre ou être battus, de façon qu'après que j'avais souffleté, rossé, étrillé, j'étais souvent obligée de subir la même peine à mon tour. Il doit paraître, sans doute, bien étonnant qu'il se trouve des filles assez patientes pour soutenir un pareil genre de vie ; mais que ne font point faire le goût du libertinage, l'avarice, la paresse et l'espoir d'un avenir heureux !

Pendant environ quatre mois que je demeurai chez Mme Florence, je puis me vanter d'avoir fait un cours complet dans la profession de fille du monde, et que, lorsque je sortis de cette excellente école, j'avais assez d'acquis pour le disputer à tous les luxurieux anciens et modernes dans l'art profond de varier les plaisirs, et dans la pratique de toutes les possibilités physiques en matière de paillardise.

Une petite aventure qui mit ma patience à bout me fit prendre la résolution de travailler pour mon compte, et de vivre en mon particulier. Voici ce que c'est. Nous eûmes un jour la visite d'une escouade de mousquetaires, aussi pétulants que peu pécunieux[37]. Las de sacrifier au nourrisson de Silène[38], il leur avait pris fantaisie de rendre leurs hommages à Vénus. Malheureusement, nous n'étions alors que deux à la maison ; et pour surcroît de disgrâce, ma compagne prenait depuis quelque temps une tisane réfrigérative[39], qui la mettait hors d'état d'être d'aucune utilité à ces messieurs. De façon que je me trouvai seule contre tous. Je leur fis vainement mes respectueuses représentations sur l'impossibilité de fournir aux besoins de tant de monde : il fallut, bon gré, mal gré, me prêter à ce qu'ils voulurent. Enfin, je souffris trente assauts dans l'espace de deux heures. Que de dévotes auraient voulu être en ma place, et se voir forcées d'essuyer des manières si brutales pour le salut de leur âme ! Quant à moi, chétive pécheresse, j'avoue que, loin d'avoir pris la chose en patience, et d'avoir chrétiennement béni mes assaillants, je ne cessai de vomir contre eux toutes les imprécations imaginables tant que la scène dura. Au fond, trop est trop. Je fus, pour ainsi dire, si gorgée de plaisirs que j'en eus une espèce d'indigestion.

Après cette rude épreuve, Mme Florence vit bien qu'elle tâcherait en vain de me retenir. Elle consentit donc à notre séparation, aux conditions néanmoins de me représenter à son domicile toutefois et quand le bien du service l'exigerait. Nous nous quittâmes pénétrées d'estime et d'affection l'une pour l'autre. J'achetai quelques chiffons de meubles[40], dont je garnis un petit appartement, rue d'Argenteuil[41], croyant par là me soustraire à la juridiction des commissaires. Mais que sert la prudence humaine quand le sort se déclare contre nous ! L'envieuse calomnie vint ruiner la paix de ma solitude, et renverser mes projets au moment que je m'y attendais le moins.

Parmi les débauchés honteux que je recevais discrètement chez moi, il s'en trouva un qui, dans sa mauvaise humeur, voulut me rendre responsable de certaine indisposition critique qui lui était survenue tout à coup. Je reçus ses reproches avec hauteur. Il le prit d'un ton plus haut, et me traita d'une façon si scandaleuse que deux ou trois vieilles catins du voisinage, jalouses de mes petits succès, furent flétrir ma réputation à la police, et firent si bien qu'une belle soirée je fus enlevée et conduite à Bicêtre[42]. La première cérémonie qu'il m'y fallut essuyer fut d'être examinée et patinée par quatre ou cinq carabins de Saint-Côme[43], lesquels concluant, d'une voix unanime, que j'avais le sang vicié, me condamnèrent, sans appel, à faire quarantaine *hic et nunc*. Après avoir été dûment préparée, c'est-à-dire saignée, purgée et baignée, je fus ointe de cette graisse efficace[44] où sont enveloppés mille petits corps globuleux qui, par leur action et leur pesanteur, divisent et raréfient la lymphe[45], et lui rendent sa fluidité naturelle.

On ne doit pas être surpris que les termes de l'art me soient si familiers. Je n'ai eu que trop le temps de les apprendre pendant plus d'un mois que j'ai été entre les mains des dégraisseurs. Au reste, nous autres filles du monde, de quoi ne sommes-nous pas capables de parler, tenant notre éducation du public ? Est-il quelque profession, quelque métier dans la vie dont nous n'ayons incessamment occasion d'entendre discourir ? Le guerrier, le robin, le financier, le philosophe, l'homme d'Église, tous ces êtres divers recherchent également notre commerce. Chacun d'eux nous parle le jargon de son état. Comment, avec tant de moyens de devenir savantes, serait-il possible que nous ne le devinssions pas ?

Pendant mon séjour à Bicêtre, j'ai eu l'honneur de faire connaissance avec plusieurs demoiselles que je ne nommerai point, de peur de déplaire aux premiers du royaume, dont elles sont devenues les idoles. Il est des personnes qu'on doit respecter, même jusque dans la dépravation de leurs goûts. Ce n'est point à nous qu'il appartient de contrôler la conduite des grands. S'ils préfèrent de méprisables et infâmes créatures à ce qui mériterait les adorations de quiconque a le sentiment délicat, c'est leur affaire.

Quand je me vis hors de la piscine[46] de M. Saint-Côme, l'impatience me prit de sortir de captivité. J'écrivis à tous mes prétendus amis dans les termes les plus pressants pour les engager à solliciter mon élargissement. Mes lettres ne parvinrent pas jusqu'à eux, ou plutôt ils ne firent pas semblant de les avoir reçues. J'étais désespérée de l'abandon où chacun me laissait, lorsque je me ressouvins du président qui m'avait dépucelée par la voie prohibée. J'implorai son assistance : ce ne fut pas en vain. Quatre jours après que je lui eus fait tenir ma requête, on m'annonça que j'étais libre. Je me sentis tellement pénétrée de joie et de reconnaissance pour le service que me rendait ce généreux magistrat que je lui aurais sacrifié encore vingt autres pucelages plus bizarres, s'il les eût exigés.

J'avais plus lieu que jamais, en rentrant dans le monde, de présumer de mes appas. Il semblait que le minéral qui m'avait roulé dans les veines m'eût donné un nouvel être. J'étais devenue belle à ravir. Cependant le principal me manquait ; je veux dire, l'entregent et les manières, le secret ineffable de faire valoir les agréments de la nature par le secours de l'art. Je croyais sottement qu'il suffisait d'avoir du teint, des traits, de la figure pour plaire. Ignorante encore, et sans nulle expérience du manège, du charlatanisme des femmes du bel air[47], je me reposais sur mon joli minois du soin de me faire rechercher, et d'avoir des adorateurs. Mais, loin d'attirer les moindres regards vers moi, j'avais la mortification de me voir effacer par des visages usés de débauches et tout couverts de blanc de céruse et de rouge. Enfin, ne voulant pas courir le risque de retomber dans le triste état d'où je venais de sortir, je fus contrainte, pour subsister, de servir de modèle aux peintres.

Pendant à peu près six mois que j'exerçai cette belle profession, j'eus l'honneur d'être l'objet des études et des récréations de tous les Apelles[48] et barbouilleurs de Paris. Il n'est guère de sujets profanes et sacrés qu'ils n'aient épuisés sur moi. Tantôt je représentais une Madeleine pénitente, tantôt une Pasiphaé. Aujourd'hui j'étais sainte, demain catin, selon le caprice de ces messieurs, ou l'exigence des cas. Quoique j'eusse un des plus beaux corps et des mieux articulés qu'il fût possible de voir, une jeune lavandière, connue alors sous le nom de Marguerite, maintenant sous celui de Mlle Joly, m'éclipsa tout à coup, et m'enleva mes chalands. La raison de cela, c'est qu'on me savait par cœur, et que Marguerite, ne me cédant rien du côté des perfections corporelles, avait sur moi le mérite de la nouveauté. Néanmoins on ne tira pas de ses charmes tout le parti qu'on avait lieu d'en espérer. Elle était d'une si grande vivacité qu'il n'était presque pas possible de lui faire garder une attitude. Il fallait, pour ainsi parler, la saisir au vol. Voici un de ses traits d'étourderie qui la caractérise parfaitement. M. T..... la peignait un jour en chaste Suzanne[49], *c'est-à-dire en état* de pure nature. Il fut obligé de la quitter un instant. Sur ces entrefaites une procession des carmes billettes[50] vint à passer. Cette folle, oubliant son personnage actuel, courut étaler au balcon ses appas obscènes. La populace, plus scandalisée que les révérends de l'indécence d'un semblable procédé, la salua d'une grêle de pierres. Cette aventure pensa attirer de fâcheuses affaires à M. T..... On voulait le prendre à partie. Heureusement il en fut quitte pour l'excommunication.

Cependant, le crédit que Marguerite acquérait journellement dans notre métier commun me fit prêter l'oreille aux propositions d'un mousquetaire gris[51], dont je devins la pensionnaire, à raison de cent francs par mois. Nous établîmes nos foyers dans la rue du Chantre[52]. M. de Mez... (c'était mon bienfaiteur) m'aimait à l'adoration, je l'aimais de même ; ce que l'on doit regarder comme un phénomène chez une fille entretenue, d'autant que l'aversion la plus insurmontable est la récompense ordinaire des entreteneurs. Quoi qu'il en soit, je ne lui avais pas voué une fidélité si scrupuleuse que je ne m'en tinsse qu'à lui seul. Un jeune garçon perruquier et un mitron à larges épaules étaient alternativement ses substituts. Le premier, sous prétexte de me friser, avait le privilège d'entrer familièrement dans ma chambre quand il voulait. Le second, à titre de mon pourvoyeur de pain, s'était acquis le même droit, sans que M. de Mez... en conçût le moindre ombrage. Tout jusque-là semblait concourir à ma félicité. Si la fortune ne me fournissait qu'un honnête nécessaire, l'amour me donnait au-delà de mes besoins libidineux. J'avais lieu d'être contente de ma condition, je l'étais en effet lorsqu'un maudit quiproquo bouleversa notre petit ménage. La Cour étant allée à Fontainebleau, M. de Mez... avait été du détachement, et devait rester à son quartier tout le temps du voyage. Mon hôtesse, se fiant sur son absence, me pria de lui prêter ma chambre pour un particulier et sa femme, qui ne comptaient s'arrêter que deux ou trois jours à Paris. Je ne fis nulle difficulté de lui accorder ce qu'elle souhaitait, et nous convînmes de coucher ensemble, pendant que ces étrangers occuperaient mon lit. Les bonnes gens vinrent en prendre possession le même soir, espérant s'y dédommager des mauvaises nuits qu'ils avaient essuyées dans la route.

M. de Mez..., pressé, selon les apparences, du désir de copulation, arriva justement à l'heure que tout le monde dormait. Il avait un passe-partout de la maison et une clef de ma chambre. Il entre à petit bruit, mais de quel étonnement son âme ne fut-elle pas saisie quand un ronflement en basse-contre vint frapper son oreille ! Cependant il approche de mon lit, frissonnant de crainte et de rage : il tâtonne et sent deux têtes sous sa main. Alors le démon de jalousie, l'esprit de vengeance s'emparant de ses sens, il tombe à grands coups de canne sur le couple endormi, et casse un bras au pauvre diable d'époux, qui tâchait de garantir sa moitié d'un traitement si brutal. Il est aisé de penser qu'une semblable scène ne se passa point dans le silence. Bientôt toute la maison et le voisinage furent éveillés aux hurlements de ces infortunés conjoints. On crie de toute part au meurtre, à l'assassin. Le guet[53] arrive, et M. de Mez..., reconnaissant trop tard sa méprise, est arrêté et conduit à l'Hôtel. Comme c'était à mon occasion qu'on avait fait ce beau vacarme, je ne crus pas qu'il fût prudent d'attendre quelle en serait l'issue. Je mis à la hâte un petit jupon avec un pet-en-l'air[54] et, à la faveur du charivari, je me réfugiai furtivement chez un chanoine de Saint-Nicolas[55], domicilié sous le même toit.

Il y avait longtemps que le saint homme me convoitait. Dieu sait s'il fut fâché de trouver une si belle occasion de satisfaire le lubrique appétit qui le dévorait. Il me reçut d'une façon toute chrétienne ; et après m'avoir fait avaler un verre de ratafia confortatif[56], dont il eut aussi la sage précaution de se mettre un coup sur la conscience, le maître paillard m'introduisit charitablement dans sa couche canoniale. Certes, ce n'est pas sans raison que l'on exalte les talents de ces mangeurs de potage à l'eau bénite. Les gens du monde ne sont que des mirmidons auprès d'eux. Le bon prêtre fit pendant toute la nuit et fort avant dans la journée des miracles de nature. Lorsque énervé, outré[57] de fatigue, il semblait prêt à succomber sous le plaisir, aussitôt son imagination luxurieuse, inépuisable en ressources, lui prêtait de nouvelles forces. Chaque partie de mon corps était pour lui un objet d'adoration, de culte et de sacrifice. Jamais Arétin ni Clinchtel*[58], avec tout leur savoir, ne furent capables d'inventer la moitié des attitudes et des postures qu'il me fit tenir ; et jamais les mystères de l'amour ne furent célébrés de meilleure grâce, ni de tant de manières différentes.

Je gagnai si bien l'intimité de M. le chanoine dans cette occasion qu'il m'offrit de manger avec moi les deniers de la prébende, qui, à la vérité, n'était pas grand-chose ; mais les circonstances embarrassantes où je me trouvais alors ne me

* Peintre fort célèbre autrefois à Paris pour les obscénités.

permettant pas de faire la renchérie[59], j'acceptai son offre de très grand cœur.

Le soir même, entre chien et loup, il me prêta une vieille culotte, où avaient reposé dix ans ses deux respectables témoins[60] ; et m'ayant enharnachée d'une crasseuse soutanelle d'aussi ancienne date, d'un petit manteau de voile en filigrane, et d'un paroli* au menton, nous sortîmes paisiblement, sans que personne nous dît mot. Le diable, en effet, ne m'aurait pas reconnue sous ce travestissement burlesque. J'étais si défigurée que je ressemblais moins à une fille qu'à un de ces pauvres Ibernois[62] grêlés, qui tirent leur subsistance quotidienne de leurs messes. On ne devinerait pas où mon nouveau maître me conduisit. Dans la rue Champ-Fleuri[63], au cinquième étage, chez une nommée Mme Thomas, crieuse de vieux chapeaux[64]. Cette honnête personne avait été quelques années auparavant gouvernante du chanoine. Elle s'en était séparée pour épouser un porteur d'eau du quartier ; lequel avait passé de cette vie à l'autre peu de temps après les épousailles : et comme il n'avait assigné de préciput à la susdite Mme Thomas que sur les brouillards de la rivière[65], son unique domaine, elle s'était enrôlée par besoin dans le corps des revendeuses de vieilles nippes. Enfin, ce fut à la garde de cette vénérable bourgeoise que mon prêtre me confia, en attendant qu'il m'eût trouvé un logement convenable.

Mme Thomas était une grosse camuson[66], chargée de viande. Néanmoins, à travers son excessif embonpoint, on découvrait des traits qui faisaient soupçonner qu'elle n'avait pas été, en son temps, d'une figure indifférente. Aussi la bonne maman entretenait-elle encore un commerce clandestin avec un frère quêteur de l'ordre séraphique de Saint-François, qui venait sacrifier à ses gros appas lorsque l'aiguillon de la chair le tourmentait.

C'est une chose inconcevable que les moyens bizarres dont la fortune se sert pour opérer ses miracles, et conduire les mortels où il lui plaît. S'imaginerait-on jamais que ce serait chez une crieuse de vieux chapeaux que cette divinité fantasque dût me tendre une main bienfaisante ? Rien n'est pourtant plus vrai. La protection du frère Alexis m'a tirée de la poussière, et a été la première source de l'état d'opulence

* Rabat[61].

dont je jouis aujourd'hui. Mais ce qu'il y a de plus étonnant dans les combinaisons du sort, et ce qui confond l'entendement humain, c'est que souvent les voies du bonheur ne nous sont ouvertes que par les plus fatals événements. On roue de coups de bâton un pauvre étranger, qui se croit en sûreté dans ma chambre : on lui casse un bras. De crainte qu'on ne me veuille rendre responsable de cette tragique aventure, je me sauve chez mon voisin le chanoine, qui me mène en secret chez Mme Thomas : ce n'est pas tout ; pour comble de disgrâces, j'apprends le lendemain que le prébendier[67] lui-même avait été écrasé et enseveli sous les ruines de son église* ; et par cette mort imprévue me voilà réduite, sans aucune apparence de ressource, à la merci de ma nouvelle hôtesse.

Le sentiment effrayant de ma situation présente m'arracha des larmes, que Mme Thomas crut que je donnais au défunt. Nous pleurâmes toutes deux de compagnie quelques minutes ; après quoi, la bonne femme, naturellement ennemie des longues afflictions, essaya de me consoler, et y réussit mieux par ses propos burlesques que n'aurait fait un docteur[69] avec tout le pathétique de sa morale chrétienne. « Allons, mademoiselle, me disait-elle, il faut se faire une raison : quand nous pleurerons jusqu'au jugement, il n'en sera ni plus ni moins. La volonté de Dieu soit faite. Au bout du conte[70], ce n'est pas nous qui l'avons tué. C'est bien sa faute s'il est mort ; et oui, vraiment. Que diable avait-il besoin aujourd'hui d'aller à matines, lui qui dans le courant de l'année n'y allait pas quatre fois ? A-t-on jamais plus mal pris son temps pour être dévot ? Demandez-moi si l'on n'aurait pas bien chanté les matines sans lui. Les chantres ne sont-ils pas payés pour cela ? Ah ! comme dit ma commère Michaut, la mort est bien traîtresse ! C'est justement lorsque nous y pensons le moins qu'elle nous accroche. Qui aurait dit hier au pauvre défunt : " Monsieur le chanoine, nous avons une bonne oie pour demain, mais on vous en ratisse[71] ; vous n'en tâterez point. " Il lui aurait donné le démenti et aurait juré sa foi qu'il en mangerait sa part. Voilà pourtant comme on se trompe tous les jours. C'est, en vérité, grand dommage ; car c'est une oie à *servir à la table de la reine* : çà, çà tenons-nous

* Il y a quinze ou seize ans que ce malheur est arrivé. Plusieurs chanoines eurent le même sort[68].

le cœur gai, aussi bien tout le chagrin du monde ne payerait pas un sou de dettes. Entre nous soit dit, vous ne perdez pas grand-chose. C'était un enjôleur de filles qui leur promettait plus de beurre que de pain ; et puis le drôle ne se faisait pas conscience de les planter là pour reverdir[72] quand il en était regoulé[73]. Il avait aussi le défaut d'être un peu sujet à son ventre : il s'enivrait fréquemment, et devait à tout son voisinage. Tenez, que servirait-il de vous cacher la vérité maintenant qu'il n'eſt plus ? Ma foi, il ne valait pas les quatre fers d'un chien. »

Mme Thomas me convainquit par cette oraison funèbre de son ancien maître que nos domeſtiques sont des espions et des censeurs de notre conduite, d'autant plus dangereux qu'ils n'ont pas d'ordinaire assez de discernement pour apercevoir nos bonnes qualités, et qu'ils ont toujours trop de malice pour ne pas découvrir nos faiblesses et nos imperfections. Elle me tint un langage bien différent au sujet du frère Alexis. Il eſt vrai qu'il était d'une tournure à mériter les éloges de toute connaisseuse. Je dis ceci en passant, parce que j'eus la fantaisie d'expérimenter son savoir-faire, et que j'ai souvent regretté que tant de mérite fût en quelque façon anéanti sous l'humble haillon d'un pauvre récollet.

J'aurais dû, afin d'éviter le reproche que l'on pourrait me faire d'écrire sans ordre et de déplacer les choses, laisser arriver le frappart[74] chez Mme Thomas avant de m'étendre sur son chapitre. Mais le mal n'eſt pas si grand ; faisons-le entrer, tandis que la bonne femme eſt occupée à trousser l'oie dont elle veut le régaler. On saura donc que je vis un grand coquin des mieux découplés, nerveux[75], membru, barbu, ayant le teint frais et vermeil, des yeux vifs et perçants, pleins d'un feu dont les étincelles sympathiques faisaient sentir plus bas que le cœur des démangeaisons qu'on ne soulage pas avec les ongles.

Mme Thomas le mit d'abord au fait de mon hiſtoire. Il avait appris, chemin faisant, la triſte aventure du chanoine et s'en était consolé ainsi que nous, comme font les gens raisonnables d'un malheur auquel il n'y a point de remède. Le drôle ne bornait pas ses talents au seul métier de quêteur. Il avait trouvé le secret d'être utile à la société, et encore plus à son couvent, par les services qu'il rendait à l'un et l'autre sexe. Personne ne savait mieux que lui ménager de douces entrevues, rompre des obſtacles, éluder la vigilance des Argus[76], tromper des maris jaloux, émanciper de jeunes pupilles, et affranchir de timides tourterelles de l'empire tyrannique des père et mère. En un mot, le frère Alexis était le roi des proxénètes, et conséquemment fort accrédité parmi le monde galant.

Après les premières courtoisies de part et d'autre, Mme Thomas nous laissa ensemble pour aller faire cuire au four la principale pièce de notre festin. À peine était-elle descendue un étage que le moine, sans cérémonie, m'appuie un coup de bec sur la bouche, et me renverse sur le lit.

Quoique je trouvasse le procédé aussi brusque qu'étrange, le besoin que je prévoyais avoir de lui, et la curiosité de voir ce qu'il cachait sous sa robe, ne me fit faire de résistance que ce qu'il en fallait pour l'enflammer davantage, et ne point passer dans son esprit pour une abandonnée des rues. Dès qu'il m'eût postée à sa guise, il releva sa jaquette au-dessus de ses hanches, et tira d'un grand caleçon de cuir gras le plus beau, le plus superbe morceau… enfin, une machine plutôt faite pour meubler une culotte royale que la dégoûtante et crasseuse braguette d'un chétif fantassin de la milice de saint François. Ah ! madame Thomas, que de femmes auraient voulu être en votre place, et crier de vieux chapeaux à pareil prix ! La reine des amours elle-même, l'adorable Cythérée, aurait sacrifié Mars et Adonis pour avoir la jouissance d'un meuble si précieux. Je crus que Priape et toutes ses dépendances m'entraient dans le corps. La douleur aiguë que l'intromission de ce monstre, à jamais vénérable, me causa m'aurait arraché les hauts cris, si je n'avais appréhendé de donner l'alarme au voisinage. Néanmoins, le mal fut bientôt oublié par les délicieuses agonies où il me plongea. Que ne puis-je exprimer les ravissantes convulsions, les charmantes syncopes, les douces extases que j'ai éprouvées alors ! Mais notre imagination est toujours trop faible pour peindre ce que nous sentons si fortement. Doit-on en être surpris, puisque l'âme, en ces délectables instants, est en quelque manière anéantie, et que nous n'existons plus que par les sens ?

J'aurais couru risque de suffoquer de plaisirs, si la grosse voix de Mme Thomas, conversant avec son chien sur l'escalier, ne nous eût fait quitter prise. Il ne lui aura pas été difficile, je crois, de deviner ce qui s'était passé : l'émotion où nous étions encore, et le dérangement du lit, ne déposait que trop contre nous. Quoi qu'il en soit, elle n'en fit rien paraître, et quand l'oie fut arrivée, nous nous mîmes à piler des dents chacun de notre mieux. Les libations ne furent pas épargnées. Entre la poire et le fromage, le frère Alexis tira de sa besace un saucisson de Boulogne et un flacon de ratafia, que des filles de bien qui avaient passé la nuit en débauche à Neuilly lui avaient donné. Mme Thomas, trouvant cette liqueur de son goût, en avala plus des deux tiers à sa part, ce qui la mit de si bonne humeur que les yeux lui roulaient dans la tête comme ceux d'une chatte en chaleur qui appète[77] le matou. À la façon dont elle se trémoussait sur sa chaise, on aurait juré qu'elle avait une botte de chardons au derrière, tant les esprits du ratafia fermentaient en cette partie-là. Il lui prenait des saillies de tendresse et de fureur tout à la fois. Elle embrassait le moine, elle le pinçait, le suçait, le mordait, le chatouillait. La pauvre femme à la fin me fit pitié. Je me retirai dans un trou de cabinet fermé d'une simple cloison, dont les planches écartées d'un bon pouce les unes des autres étaient calfeutrées avec des bandes de papier. Au moyen d'une petite ouverture que j'y pratiquai, il me fut aisé de les voir manœuvrer en plein.

Si le lecteur judicieux se souvient que j'ai peint Mme Thomas comme une grosse gaguie[78], surchargée de cuisine, il ne se scandalisera point de l'attitude que le frère Alexis lui fit prendre. La bonne dame avait un si terrible ventre qu'il n'était pas possible de l'attaquer de ce côté-là. Le cure-dent d'un étalon de Mirebalay* n'y aurait jamais atteint. Elle s'appuie donc des deux coudes sur le lit, le nez contre la couverture, et présente son immense postérieur à la discrétion du frère. Le paillard au même instant lui jeta jupe, jupon et chemise par-dessus les épaules, et découvrit un *duplicata* de fesses, qui, à leur prodigieux volume près, faisaient plaisir à voir par leur blancheur éblouissante. Alors ayant atteint de dessous sa grande mandille[80], à moitié retroussée, le séraphique goupillon, dont il m'avait si bien aspergée, il s'élança avec une vigueur inexprimable à travers le taillis épais qui ombrageait l'entre-deux du susdit fessier, et se perdit dans les broussailles.

Au fort de l'opération, Mme Thomas hurlait et reniait comme un damné. L'excès du plaisir la rendait aussi furieuse qu'aurait pu faire la douleur la plus aiguë. Il lui arrivait pourtant de se radoucir par intervalles. « Ah ! mon gros boudin,

* Pays de la Bretagne où les ânes sont réputés les meilleurs[79].

s'écriait-elle d'une voix entrecoupée de soupirs, arrête-toi, je me meurs ! Mon menon[81], que je t'aime ! Que tu fais bien cela ! Courage, cher cœur, bijou de mon âme !… Ah ! double fils de putain ! Chien ! Boug… tu me crèves… Jeanf… finiras-tu ? Pardon, mon doux ami, épargne-moi… je n'en puis plus. » J'avoue que je n'eus pas la force de voir de sang-froid une scène si luxurieuse. Je voulais user de la mince ressource de mon index pour me soulager lorsque j'aperçus un bout de cierge sur une méchante tablette. Je l'empoignai avec rage et me l'introduisis le plus avant qu'il me fut possible, les yeux toujours fixés sur mes deux acteurs. Si je n'éteignis pas le feu dont je me sentais dévorée, au moins le calmai-je en partie.

On ne doit pas être surpris que Mme Thomas ait eu assez peu de vergogne pour commettre cet acte incongru, me sachant si près d'elle, et pouvant bien soupçonner que je verrais la chose. Premièrement, elle n'était guère alors en état de réfléchir aux règles de la bienséance ; et d'ailleurs, quand elle l'aurait pu, rien ne l'obligeait à se contraindre devant moi, étant suffisamment instruite de la profession que j'exerçais. Aussi, soit qu'elle voulût me donner une preuve de sa parfaite confiance et de son amitié, ou qu'il lui prît envie de se récréer par le spectacle lubrique d'une scène semblable à celle qu'elle venait de jouer, elle retira du caleçon du frère Alexis le monstre encore fumant de rage, et me le mit en main. Quand j'aurais voulu faire la honteuse, je n'en aurais pas eu le temps. Le frappart me poussa sur le lit, et me fit tout à coup un masque de ma chemise. Son redoutable brandon ayant porté à faux un peu au-delà du but me donna une si terrible bourrade au bas du ventre que je crus qu'il m'allait faire sortir les entrailles. La charitable Mme Thomas, touchée de la douleur que je souffrais, eut la complaisance de m'assister ; et tirant de toutes ses forces le rebelle instrument à elle, le fit heureusement tomber dans la mortaise. Comme il n'était guère possible alors que je lui témoignasse, de vive voix, ma reconnaissance pour le bon office qu'elle me rendait, les coups de croupe précipités que je lâchai sans interruption ne la laissèrent pas douter que je ne fusse extrêmement satisfaite de son procédé.

Le frère, inébranlable sur ses arçons, répondit à tous mes mouvements par des secousses si vives qu'en toute autre occasion j'aurais tremblé que le plancher ne s'abîmât sous nous, mais le plaisir m'avait rendue intrépide. Le feu eût été à la maison que je ne m'en serais nullement inquiétée, tant il est vrai qu'il y a des instants où les femmes sont bien courageuses. Je ne me souviens pas d'avoir été de mes jours si mutine dans le déduit[82], et il ne fallait pas moins qu'un champion tel que le frère Alexis pour triompher de la fureur de mes transports. J'étais une vraie démoniaque. J'avais croisé mes jambes par-dessus ses jarrets, et lui serrais si étroitement les reins de mes deux bras qu'on m'aurait plutôt mise en pièces que de me faire quitter prise. La gloire de me vaincre n'était réservée qu'à lui. Ce qui doit paraître bien étonnant, et presque incroyable, c'est que, sans reprendre haleine, il me fit goûter trois fois distinctement les joies du paradis de Mahomet. Apprenez, orgueilleux mondains, à vous humilier vis-à-vis de ces honnêtes gens de Dieu, et reconnaissez après de tels efforts de virilité votre insuffisance et les vertus miraculeuses du froc.

Le frère Alexis, sur l'épreuve qu'il venait de faire de mes talents, conçut de moi les plus hautes idées, et m'assura d'un ton prophétique que je ferais fortune : « Je pourrais aisément, me dit-il, vous procurer un entreteneur, mais cela ne mène à rien de solide, ni de brillant. Vous êtes de figure et de taille à ne point rester dans un état de médiocrité. Tout bien considéré, l'opéra est votre vrai ballot[83]. Je me fais fort de vous y faire entrer. La question est de savoir si vous avez du goût pour le chant, ou des dispositions pour la danse.

— Je crois, répondis-je, que je réussirais mieux dans la danse.

— Je le crois aussi », reprit-il, en me découvrant la jambe au-dessus du genou, « voilà un membre fait pour cet exercice, et qui sur ma parole occupera bien des lorgnettes dans le parterre. »

Le frère Alexis ne s'en tint point à de vagues promesses. Il me donna au même instant une lettre de recommandation pour le sieur Gr… M…, qui tenait alors en sous-ferme les appas des filles du théâtre lyrique[84]. Le lendemain, Mme Thomas m'ayant procuré des nippes d'emprunt, je m'ajustai de mon mieux, et fus vers le midi porter mon épître à son adresse.

Je vis un grand homme sec de couleur tannée, flegmatique, et d'un abord froid à morfondre les gens. Il était en robe de chambre volante et sans culotte. Les zéphyrs badinant avec sa chemise découvraient par intervalles deux grandes cuisses livides et racornies, au bas desquelles pendaient tristement les flasques débris de sa virilité.

Je m'aperçus qu'en lisant la lettre, il jetait attentivement les yeux sur moi, et que son visage austère se déridait par gradation. J'en tirai un augure favorable pour mes affaires, et ne me trompai point. M. de Gr… M… me fit asseoir à côté de lui, et me dit que, jolie et faite comme je l'étais, je n'avais besoin d'aucune recommandation ; que néanmoins il embrassait avec joie l'occasion de faire sa cour au public, en présentant un sujet tel que moi à l'Opéra.

Cependant, tandis qu'il me débitait de si belles choses, il faisait l'inventaire de mes appas les plus secrets ; et l'esprit de débauche réveillant petit à petit sa luxure, le ruffien[85] me mit en main ses déplorables reliques. Ce fut alors que j'eus besoin de tout le savoir que j'avais puisé dans l'école de Mme Florence pour ressusciter cette masse informe et la retirer de l'état d'anéantissement où elle était ; insensible et rebelle aux secousses que je lui donnais et au frottement de ses deux lâches témoins, que je pressais l'un contre l'autre, je commençais à désespérer du succès de mon travail lorsque je m'avisai pour dernière ressource de lui chatouiller le périnée et de le socratiser[86] du bout du doigt. L'expédient réussit à miracle. La machine assoupie sortant tout à coup de son repos léthargique se développa d'une façon si merveilleuse qu'il me parut qu'elle prenait un nouvel être. Alors pour profiter de cet instant précieux et couronner mon chef-d'œuvre, je remuai le poignet avec tant de souplesse et de rapidité que le monstre vaincu par les plus délicieuses sensations répandit un torrent de larmes dans l'excès de sa joie.

Enfin, M. de Gr… M…, charmé de mes bonnes manières, s'habilla à la hâte et me mena sur-le-champ chez M. Thuret[87], en ce temps-là directeur de l'Opéra. Je fus assez heureuse pour qu'il me trouvât aussi de son goût. Il m'agrégea sans hésiter au corps sémillant des demoiselles de l'Académie royale de musique*, et nous retint à dîner.

Comme j'aime à varier mes descriptions et mes tableaux, je ne dirai rien de ce qui se passa entre M. Thuret et moi le même jour. Il suffit de savoir que le bon homme était aussi paillard que M. de Gr… M… et n'était guère moins difficile à mettre en train. Je retournai coucher chez la bonne Mme Thomas, impatiente de lui faire part de l'effet qu'avait produit la lettre du frère Alexis. Et le lendemain je repris

* L'Opéra.

possession de mon domicile, n'ayant plus rien à redouter des gens de police[88].

Outre les leçons du magasin* auxquelles je ne manquais jamais, Malterre le Diable[90] m'en donnait encore de particulières. Je fis de si rapides progrès qu'en moins de trois mois je me trouvai en état de me tenir sur mes jambes d'une façon supportable dans le ballet.

Le jour de mon début fut marqué par une époque assez plaisante. On surprit sous le théâtre une de nos compagnes en péché mortel. Le conclave féminin n'en eut pas plus tôt connaissance, qu'il exigea que punition exemplaire en fût faite à toute rigueur[91]. La délinquante parut au tribunal de M. Thuret pour y être jugée. Le contrôleur La Chamarée[92] aurait bien voulu l'excuser ; mais la présidente Cartou, ayant pour assesseurs Fanchon Chopine, la Desaigles et la mère Carville[93], dit qu'il était de la plus dangereuse conséquence de pardonner de semblables fautes, que les novices encouragées par l'impunité d'une débauche si crapuleuse tomberaient bientôt dans les excès licencieux et les débordements des filles de l'Opéra-Comique. Elle ajouta qu'il serait honteux et infamant qu'on souffrît des prostitutions de cette nature sur un théâtre qui avait toujours été depuis son établissement l'école de la galanterie la plus délicate et la plus épurée ; et qu'enfin si l'on ne sévissait contre la coupable, il n'y aurait pas désormais une honnête fille qui voulût entrer à l'Opéra. Fanchon Chopine donna ses conclusions à ce qu'elle fût immédiatement rayée du tableau, les autres opinèrent du bonnet ; et M. Thuret voyant que ses remontrances ne serviraient de rien avec de pareilles cervelles la déclara déchue de tous ses honneurs et prérogatives, et privée sans appel du droit de promener dorénavant sa figure chinoise sur les planches.

Il y avait environ quinze jours que je traînais la semelle parmi les élèves de Terpsichore** lorsqu'un matin à mon lever je reçus un poulet[94], dont voici la substance :

Mademoiselle, je vous vis hier à l'Opéra. Votre physionomie me plut. Si vous vous sentez d'humeur à prendre des arrangements avec un homme qui abhorre les difficultés en amour, et ne soupire que l'argent à la main, ayez la bonté de me le mander promptement. Je suis, etc.

* Maison où sont les machines et décorations, et où l'on instruit les surnuméraires[89].
** Muse qui préside à la danse.

Quoique je n'eusse pas encore un assez grand usage du monde pour connaître les gens à leur style, je devinai, sans peine, par la tournure concise et brusque de ce billet, que j'avais touché le cœur d'un financier. Des connaissances de cette espèce sont trop précieuses pour les rejeter lorsqu'elles se présentent, aussi ne fis-je point la sotte. Je lui répondis à l'instant que je ressentais vivement l'honneur qu'il me faisait de me donner la préférence sur tant d'aimables personnes de l'Opéra ; que ce serait mal répondre à ses bontés, et m'en rendre indigne que de ne point accepter ses offres ; et que, s'il était impatient de me voir, je ne l'étais pas moins de l'assurer personnellement de mon profond respect.

Une heure après ma réponse, il arriva dans un équipage des mieux étoffés, et qui, sans être brillant, annonçait l'opulence du maître. Je fus le recevoir en cérémonie sur le palier. Pour faire son portrait en trois mots : c'était un petit homme trapu, effroyablement laid, et d'environ soixante ans. Il me bredouilla en entrant cinq ou six phrases galantes, que je n'aurais pu comprendre sans un rouleau de cinquante louis qu'il me glissa discrètement dans la main. Il n'est pas de si maussades propos qu'on ne trouve admirables et des plus sublimes quand ils sont accompagnés de procédés aussi généreux. Non seulement ce qu'il me dit me parut très ingénieusement exprimé, mais même je crus découvrir dans ses traits un air de distinction et de noblesse qui m'avait échappé au premier coup d'œil. Voilà ce que produisent les belles manières : on est toujours sûr de plaire quand on débute ainsi.

J'étais dans un déshabillé plus agaçant que coquet. L'art que j'y avais mis était si voisin de la nature que mes charmes ne semblaient rien emprunter de mon ajustement. J'avais tout lieu de présumer de leur pouvoir. Mon financier me trouvait adorable. L'avidité de ses regards, l'impatience de ses mains ne me laissaient pas douter que je ne touchasse au dénouement de la pièce. Cependant, qu'arriva-t-il ? Après un badinage de trois quarts d'heure, je fus ratée comme une reine. Cette humiliante aventure me mortifia d'autant plus que je l'éprouvais pour la première fois. Je tremblais qu'il n'eût découvert en moi *quelque imperfection* que j'avais ignorée jusqu'alors. Heureusement il me rassura, en m'avouant qu'il était sujet à de pareils accidents. En effet, le bonhomme me disait vrai ; car pendant un an que je vécus avec lui, il ne manqua pas de me rater régulièrement deux fois la semaine.

Quoi qu'il en soit, bien des filles se seraient trouvées fort heureuses en ma place aux mêmes conditions. Il m'avait meublé un appartement dans la rue Sainte-Anne[95], il défrayait ma maison, et me donnait outre cela cent pistoles par mois. J'étais en train de faire ma fortune avec lui, quand le dérangement imprévu de la sienne rompit mes mesures et notre tendre commerce.

Tout dépend à l'Opéra de s'établir une certaine réputation. Rien ne fait tant honneur à une actrice que d'occasionner quelques banqueroutes, et d'envoyer ses adorateurs à l'hôpital. La chute de mon financier me mit dans un crédit étonnant. Une foule d'aspirants de tous états se présentèrent. Néanmoins je ne voulus pas me décider sans consulter M. de Gr… M… et le frère Alexis, à qui j'avais des obligations si essentielles. J'insérerai ici, par manière de parenthèse, les salutaires conseils que j'en ai reçus, comme un monument de ma gratitude envers eux, et comme le guide le plus sûr pour les filles qui veulent mettre à profit leurs appas.

AVIS À UNE DEMOISELLE DU MONDE[96]

Toute personne du sexe qui veut parvenir doit, à l'imitation du marchand, n'avoir en vue que ses intérêts et le gain.

Que son cœur soit toujours inaccessible au véritable amour. Il suffit qu'elle fasse semblant d'en avoir, et sache en inspirer aux autres.

Que celui qui la paie le mieux ait la préférence sur ses rivaux.

Qu'elle transige le moins qu'elle pourra avec les gens de qualité : ils sont la plupart hautains et escrocs. De gros financiers renforcés sont plus solides et plus aisés à gouverner ; il n'y a que manière de les prendre.

Si elle est sage, elle éconduira les greluchons[97] : outre que ce sont des animaux qui n'apportent aucun profit à la maison, ils en éloignent souvent ceux qui la soutiennent.

Lorsqu'il se présentera pourtant quelque bonne passade, qu'elle ne se fasse pas scrupule d'une infidélité : c'est le casuel[98] du métier.

Qu'elle imite autant qu'il lui sera possible la frugalité de

Mlle Durocher*, et ne se permette les bons morceaux que quand ils ne lui coûteront rien.

Qu'elle ait soin de placer son argent à mesure qu'il lui viendra, et s'en fasse de bonnes rentes.

Si un étranger et un Français, également à leur aise, se trouvent en concurrence auprès d'elle, qu'elle n'hésite pas à se déclarer en faveur du premier. Indépendamment de ce que la politesse le requerre, elle y trouvera mieux son compte, surtout si elle a affaire à quelques milords de la Cité** de Londres. Ce sont des gens qui, quoique des cancres[100] au fond, sont capables de se ruiner par orgueil pour qu'on les croie plus riches que nous.

Elle fera très prudemment, pour le bien de sa santé, d'éluder la connaissance des Américains, Espagnols et Napolitains, eu égard à la maxime : *Timeo Danaos et dona ferentes****[101].

Enfin et pour conclusion, qu'elle n'ait point de caractère à elle, mais qu'elle étudie avec soin celui de son amant, et sache s'en revêtir comme si c'était le sien propre.

Signé GR... M... ET LE FRÈRE ALEXIS.

Puissent toutes les filles de la profession se graver profondément dans la mémoire cette espèce de code, et en faire un aussi bon usage que moi.

La première dupe qui remplaça le financier fut un baron, fils d'un gros marchand de Hambourg. Je ne crois pas qu'il soit jamais sorti de la Germanie un plus sot et plus désagréable animal. Il était haut d'une toise, cagneux et roux, bête au dernier degré, et ivrogne à toute outrance. Ce gentilhomme, l'espoir et l'idole de sa famille, voyageait pour joindre aux heureuses qualités dont la nature l'avait comblé celles que l'on acquiert en pratiquant le beau monde. La seule bonne maison qu'il connût dans Paris était celle de son banquier, qui avait ordre de lui compter tout l'argent qu'il voulait. Ses liaisons se bornaient à deux ou trois écornifleurs[102] complaisants, et quelques plastrons du sérail de la Lacroix****[104].

* Autrefois entretenue par Milord Weymouth[99].

** Quartier des négociants.

*** Qu'on se souvienne que Margot, comme élève du public, doit savoir toutes sortes de langues.

**** Appareilleuse aussi célèbre que la Florence et la Pâris[103].

M. de Gr… M…, toujours aussi zélé pour nos intérêts que pour les siens, jugea que ce serait dommage qu'un pareil pigeonneau échappât à notre colombier. Il lui fit comprendre qu'il était indécent qu'un seigneur de sa sorte ne vécût pas relativement à sa haute naissance, et à la figure qu'il était en état de faire ; que rien ne mettait plus à la mode un homme de distinction et ne lui faisait tant honneur que d'avoir une demoiselle de théâtre sur son compte ; qu'en un mot, c'était dans un semblable commerce que nos jeunes gens de qualité, et nos robins de la première classe, puisaient leurs jolies manières et prenaient le vrai ton de la bonne compagnie.

M. le baron, goûtant un avis si raisonnable, lui avoua qu'il y avait longtemps qu'il désirait avoir une intrigue à l'Opéra, et qu'il s'estimerait bien heureux que ce pût être avec moi. « Peste, répondit M. de Gr… M…, vous avez déjà autant de goût que s'il y avait dix ans que vous fussiez ici. Savez-vous bien que, de mémoire d'homme, il n'a point paru une plus charmante personne sur nos planches ? Il n'y a pas un mois qu'elle est vacante, et maintenant elle ne sait à qui répondre. On l'assiège de tous côtés. Mais laissez-moi faire ; je me charge de négocier la chose : le succès n'en sera peut-être pas impossible ; ce qui me le fait espérer, c'est que, soit dit entre nous, elle a un faible de tous les diables pour les étrangers. Il est bon que vous sachiez encore que l'intérêt est ce qui la gouverne le moins ; et qu'elle serait fille à aimer sérieusement quelqu'un qui aurait d'honnêtes procédés pour elle. Vous ne sauriez croire combien elle était attachée à son dernier amant ; il est vrai qu'il en était digne, et que jamais on ne s'est comporté avec une maîtresse d'une façon plus noble et plus distinguée. Elle tâchait en vain de lui dissimuler ses besoins (car vous sentez bien qu'une jolie personne en a toujours de manière ou d'autre). Il avait une pénétration surprenante pour les découvrir ; et c'était alors entre eux des combats de désintéressement et de générosité les plus touchants du monde. »

Le baron, émerveillé des éloges que M. de Gr… M… lui faisait de moi, le pria avec instance d'employer tous ses soins pour conclure cette affaire au plus tôt, et à quelque prix que ce fût. Je résolus, à dessein d'irriter ses désirs, de ne rien précipiter, et de laisser passer quelques jours avant de lui faire une réponse positive. Enfin, notre première entrevue se fit à l'Opéra dans une répétition de *Jephté*[105], où il eut le bonheur de me baiser respectueusement la main derrière les coulisses.

Je n'étais point fâchée qu'il me vît à une répétition, parce que c'est ordinairement là que ces demoiselles paraissent avec toute la pompe, toute la splendeur et la dignité de leur état, et qu'elles s'efforcent à l'envi les unes des autres d'étaler la sotte prodigalité et les honteuses faiblesses de leurs imbéciles amants.

Quoique je n'eusse encore ruiné qu'un seul homme, j'avais déjà assez de bijoux et de précieuses nippes pour pouvoir tenir mon rang parmi nos principales sultanes, et occuper comme elles une chaise* au bord de l'orchestre, la jambe nonchalamment croisée sur le genou. Il faisait froid alors. Jamais on ne se montra dans un négligé plus fastueux et plus imposant. Mollement enveloppée sous l'hermine et la marte zibeline, j'avais les pieds dans une boîte couverte d'un velours cramoisi, doublée de peau d'ours, dont une boule d'étain pleine d'eau bouillante augmentait la chaleur. Dans cet orgueilleux appareil, je faisais d'un air distrait des nœuds avec une navette d'or[106]. Quelquefois je regardais à ma montre et la faisais sonner. J'ouvrais toutes mes tabatières l'une après l'autre, et me portais de temps en temps au nez un superbe flacon de cristal de roche pour des vapeurs que je n'avais pas. Je me penchais pour dire des riens à mes compagnes, afin que les lorgneurs curieux pussent juger de la tournure élégante de mes membres. En un mot, je commis ce soir-là cent impertinences, dont les benêts de spectateurs étaient enchantés. C'était à qui rencontrerait mes yeux pour me faire une profonde et respectueuse révérence, à laquelle on se trouvait bien honoré que je répondisse par un imperceptible petit coup de tête.

Il n'était pas possible en ces moments de triomphe que je me rappelasse le souvenir de ma première condition. Le luxe qui m'environnait et les bassesses de ceux qui me faisaient la cour en avaient effacé de mon cerveau jusqu'aux moindres traces. Je me croyais une divinité. Et comment ne l'aurais-je pas cru, quand je me voyais, en quelque manière, déifiée par les adorations et l'aveugle idolâtrie des personnes du plus haut rang ? Franchement, c'est aux hommes et non pas à nous qu'il faut reprocher notre insolence et nos grands airs : ce sont eux qui nous tournent la tête par leurs lâches soumissions, leurs flatteries et leurs fadeurs. Pourquoi ne nous

* C'est à cette distinction que l'on reconnaît celles qui sont entretenues.

oublierions-nous pas, quand ils nous en donnent l'exemple et sont les premiers à s'oublier eux-mêmes ? Je ne puis m'empêcher de l'avouer à la honte des uns et des autres, tout notre mérite ne consiste que dans l'imagination déréglée, et la bizarrerie du goût de nos adorateurs. Pardonnez-moi, mes bonnes amies, la hardiesse que je prends de m'expliquer si nettement sur votre chapitre : ma franchise ne saurait nuire à vos intérêts ; je le voudrais en vain : tant qu'il y aura des hommes au monde, vous ne manquerez jamais de dupes.

Revenons à M. le baron. Je m'aperçus avec plaisir que mes gentillesses l'avaient plongé dans une espèce de ravissement extatique, et que c'en était fait de sa liberté. Depuis le commencement jusqu'à la fin de la répétition, il eut ses deux gros yeux fixés sur moi ainsi qu'un chien d'arrêt, et semblait jouir intérieurement de mes charmes à la manière des bienheureux. Je lui fis la grâce en sortant d'accepter une place dans son carrosse, et de l'inviter à souper. M. de Gr... M..., qui était demeuré derrière pour quelques affaires de la communauté, vint nous rejoindre un quart d'heure après. Comme je ne voulais pas démentir les bonnes idées qu'il avait données de moi au baron, je me comportai ce soir-là avec beaucoup de retenue, et jouai d'un air si naturel la fille à sentiments que le pauvre idiot me crut sincèrement capable de me prendre de belle passion.

La nature compense presque toujours le tort qu'elle fait aux sots par une dose plus forte d'amour-propre : plus ils sont ridicules et désagréables, plus ils se croient de mérite. Tel était le faible de mon héros ; il ne douta pas que je ne fusse aussi éprise de ses charmes qu'il l'était des miens. Je tâchai de l'entretenir dans cette flatteuse opinion par tous les petits soins et les prévenances que je lui marquai pendant le souper, et lorsqu'il se retira je lui dis, en le regardant avec des yeux où l'on aurait juré qu'il y avait de l'amour, que je l'attendais le lendemain entre dix et onze pour prendre du chocolat avec moi. (C'était précisément le temps où je voulais faire le premier essai de sa générosité.) Il fut si ponctuel que j'étais encore couchée quand on vint me l'annoncer. Je pris à la hâte une robe de chambre, et n'ayant point à craindre, comme la plupart de nos demoiselles, de me montrer sans avoir substitué l'art à la nature et m'être forgé des appas de toilette, je le reçus dans un négligé des plus simples, néanmoins avec toutes les grimaces et les lieux communs d'usage en ces sortes d'occasions.

« Cela eſt fort joli, monsieur le baron, de surprendre ainsi les gens. Eh ! mais, mon Dieu ! quelle heure eſt-il donc ? Sûrement votre montre avance : il ne saurait être si tard. Miséricorde ! comme je suis bâtie ! Je me fais peur à moi-même. Avouez que vous me trouvez affreuse, horrible. Je suis outrée que vous me surpreniez dans un pareil désordre. Savez-vous bien que je n'ai pas fermé l'œil de toute la nuit ? Actuellement que je vous parle, j'ai une migraine qui me désespère. Quoi qu'il en soit, je me flatte que le plaisir de vous voir la dissipera. Allons, Lisette, dépêchons, qu'on fasse le chocolat, et souvenez-vous surtout que je ne l'aime pas léger[107]. »

Mes ordres furent exécutés dans la minute. Tandis que nous régalions notre odorat et notre palais du parfum agréable de ce liquide mousseux, on vint m'avertir que mon joaillier demandait à me parler. « Quoi ! toujours des importuns ? m'écriai-je. Ne saviez-vous pas que je n'étais au logis pour personne ? Les domeſtiques sont d'étranges gens. On a beau les prêcher, ils n'en font qu'à leur tête. Cela me met dans des colères... Mais, avec la permission de M. le baron, sachons ce qu'il me veut. Faites-le entrer... Eh ! bonjour, mon cher monsieur de La Frenaye[108] ; qui vous amène, je vous prie, si matin dans nos quartiers ? Comment va le commerce ? Je gage que vous avez quelque chose de nouveau à me montrer.

— Madame*, répondit-il, c'eſt juſtement ce qui m'a fait prendre la liberté de vous interrompre : j'ai cru, me trouvant dans votre voisinage, que vous ne me sauriez pas mauvais gré de vous faire voir, en passant, une croix à la dévote, qu'une financière de la place Vendôme[109] m'a commandée. Je puis dire, sans vanité, que depuis longtemps il ne s'eſt fait ici un plus joli ouvrage.

— Vraiment, monsieur de La Frenaye, vous êtes un galant homme de ne point oublier vos amis ; je suis fort reconnaissante de cette marque d'attention de votre part. Voyons donc, puisque vous avez tant de complaisance. Ah ! monsieur le baron, que cela eſt beau ! La monture en eſt charmante. En vérité, c'eſt un morceau d'un goût admirable. Les pierres en sont superbes, et taillées au parfait. Ne

* Les demoiselles de l'Opéra se donnent entre elles le titre de madame pour éviter les équivoques.

trouvez-vous pas que cela jette un feu surprenant ? Ces impertinentes financières portent aujourd'hui ce qu'il y a de plus magnifique. Franchement j'ai regret qu'une si belle pièce soit destinée à une femme de cette farine. Et de quel prix cela est-il, s'il vous plaît ?

— Madame, repartit La Frenaye, de huit mille francs au dernier mot.

— Si j'étais en argent, repris-je, je ne souffrirais pas que vous l'emportassiez.

— Vous savez, madame, que tout ce que j'ai est à votre service. Pour peu que vous en ayez fantaisie…

— Oh ! non, ce n'est point ma coutume de rien prendre à crédit. »

Le baron, comme je l'avais prévu, ravi de trouver une si belle occasion de me faire sa cour, se saisit de la croix, dont il donna immédiatement soixante louis comptant, avec son billet du reste payable le lendemain. Je fis d'abord toutes les simagrées d'une fille sérieusement fâchée, et qui pense d'une façon noble et désintéressée : « En bonne foi, monsieur le baron, vous n'êtes pas raisonnable ; c'est passer les bornes de la générosité ; je vous le dis au vrai, vous ne me faites point plaisir. Je conviens qu'il n'est pas défendu de recevoir des bagatelles d'une personne qu'on estime et pour laquelle on se sent du goût. Mais franchement, ceci est trop fort ; je ne saurais me résoudre à l'accepter. » Tout en disant cela, mon benêt me pendit la croix au cou. Alors j'entrai par distraction dans ma chambre ; il m'y suivit, et sans le faire languir davantage, je lui donnai sur le pied du lit une reconnaissance de ses huit mille francs ; toutefois avec un dehors apparent de tendresse si naturel que le nigaud crut moins devoir mes faveurs au présent qu'il me faisait qu'à ses bonnes qualités et à mon penchant.

M. de Gr… M…, que j'avais averti la veille de la saignée que je voulais faire à la bourse de cet honnête gentilhomme, vint nous trouver sur le midi, et eut pour son droit de courtage une boîte d'or à la Maubois[110]. Comme il n'y avait pas opéra ce jour-là, nous dînâmes ensemble ; et chacun de nous ayant lieu d'être content du marché qu'il avait fait, la gaieté fut l'âme de notre festin. M. le baron principalement se mit en si belle humeur qu'à force de nous baragouiner de grosses plaisanteries germaniques et de s'humecter les amygdales il perdit la petite quantité de bon sens dont il était pourvu. Tellement que nous le renvoyâmes ivre mort à l'hôtel. Après cet essai de sa magnificence, je crus que j'en tirerais meilleur parti en ne prenant aucun arrangement fixe avec lui, et continuant à jouer la femme à belle passion. Cette conduite me réussit au-delà de mes espérances. Le mois à peine expiré, j'en attrapai un service complet en vaisselle plate. Quoi qu'il soit constamment vrai que les bienfaits d'autrui nous inspirent plus d'indifférence que d'amour, peu s'en fallut qu'à force d'en faire les grimaces je ne devinsse sérieusement amoureuse de M. le baron.

L'habitude nous familiarise, nous naturalise même, si j'ose m'exprimer de la sorte, avec les défauts des gens que nous pratiquons. Tout maussade, tout sot qu'était mon Hambourgeois, je commençais à le trouver moins désagréable lorsqu'une horrible incongruité de sa part me donna une aversion insurmontable pour lui. Il avait, ainsi que je l'ai dit ci-dessus, la louable coutume de s'enivrer ; et malheureusement il ne se sentait jamais plus d'amour qu'en ces circonstances. Un soir, après avoir passé toute la journée à table en assez mauvaise compagnie, il arriva comme j'allais me mettre au lit. Le glouton en entrant heurta du pied contre le seuil de la porte et, perdant l'équilibre, il tomba le nez sur le carreau. Sa chute ne pouvant être légère dans l'état où il était, on le releva presque sans mouvement, le visage tout ensanglanté. Si j'avais eu le temps de m'évanouir, je l'aurais fait infailliblement ; mais le secours pressant, je volai à mon cabinet de toilette, et revins munie de trois ou quatre flacons de différentes eaux. Comme je le crus plus dangereusement blessé qu'il n'était, je ne me contentai pas de lui laver et bassiner le museau, je voulus aussi lui faire avaler une cuillerée d'eau d'arquebusade[111] : mais à peine le salope[112] en eut-il quelques gouttes sur les lèvres qu'il lui prit un hoquet effroyable, et au même instant il me lança dans la bouche les trois quarts de son dîner. J'essayerais vainement d'esquisser la peinture de cette désagréable scène ; il suffit de savoir que je vomis presque jusqu'au sang, que je changeai de tout, et dépensai la valeur de plus de quatre louis de quintessence à me parfumer et me gargariser.

Dans la colère où j'étais, je le fis jeter dehors, avec injonction à ses gens de lui dire de ne mettre jamais les pieds chez moi. Le lendemain à son réveil, ayant appris toutes les circonstances de son aventure et mes intentions, peu s'en fallut qu'il ne se désespérât. Il m'écrivit plusieurs lettres que je refusai de recevoir. Enfin, sa dernière ressource fut de recourir à M. de Gr… M… C'était justement se livrer à la griffe du renard. Le rusé proxénète, loin d'essayer à calmer ses inquiétudes, lui exagéra sa faute, et la jugea irrémissible. Le pauvre baron, dans l'excès de son affliction, pleura, gémit, hurla et commit tant d'extravagances que Gr… M…, craignant à la fin qu'il ne fût homme à se pendre et que nous n'en fussions les dupes, crut nécessaire de changer de ton.

« Vous avez affaire, lui dit-il, au meilleur cœur et à la fille la plus généreuse du monde. C'est un grand avantage dans le cas où vous êtes. Tout horrible qu'est l'offense que vous lui avez faite, je ne désespère pas que vos regrets et vos soumissions ne l'apaisent tôt ou tard. Je suis d'autant plus fondé à le croire que je sais, à n'en point douter, qu'elle vous aime à la rage, et que de quelque fierté qu'elle s'arme pour vous dissimuler ses vrais sentiments, le penchant perce toujours et la trahit incessamment en votre faveur. Hier encore… mais, *motus*, n'allez pas me faire jaser ; hier, dis-je, elle ne put s'empêcher de laisser couler des larmes lorsque je la mis sur votre chapitre. Elle m'avoua même que jamais qui que ce soit ne lui avait inspiré tant de tendresse que vous ; ce qu'il y a de bien sûr, c'est que la pauvre enfant n'a pas dormi quatre heures depuis qu'elle vous boude ; et voyez jusqu'où va son guignon ; tandis qu'elle succombe sous le poids des chagrins que vous lui causez, un pendard de tapissier veut lui faire vendre ses meubles pour une misérable somme de deux mille écus qu'elle lui doit.

— *Vivat*, s'écria le baron en l'embrassant, vous me procurez, sans y penser, l'occasion la plus charmante de faire ma paix. Je me charge de la dette. Le faquin sera payé dès demain ou il n'y aura pas un sou dans Paris.

— Ma foi, répondit Gr… M…, voilà ce que c'est que d'avoir de l'esprit. Cette idée-là, quoique toute simple, ne me serait pas venue en cent ans. Elle est assurément bien digne d'un seigneur tel que vous, et de l'aimable personne qui en est l'objet. Oui, je suis de votre avis : vous ne pouviez imaginer un moyen plus sûr de vaincre son ressentiment. Elle a le cœur trop délicat pour n'être pas pénétrée jusqu'au fond de l'âme de la noblesse d'un semblable procédé. Dépêchez-vous seulement de faire la somme, et venez me trouver : je vous réponds du reste. »

Enfin, l'innocent fit tant de diligence que, les vingt-quatre heures révolues, Gr… M… me l'amena, muni de deux cent cinquante beaux louis neufs. Au son mélodieux de ses espèces un torrent de pleurs coula immédiatement de mes yeux. Cette situation l'attendrit au point qu'il se mit à beugler comme un veau, de manière que notre réconciliation fut touchante à pâmer de rire.

Il fallait être aussi flegmatique que l'était Gr… M… pour garder son sérieux à la vue d'un tableau si comique. Après ce beau rapatriement, l'amour et la générosité du baron augmentèrent de telle façon que je l'aurais congédié sans chemise, si son bonhomme de père, instruit à temps de ses dépenses excessives, ne fût venu lui-même me l'arracher d'entre les bras. Ainsi finit mon histoire avec cet Adonis échappé du Holstein.

Alléchée par les grandes contributions que je venais de lever sur le pays ennemi, je résolus de me dévouer tout à fait aux affaires étrangères, pour brusquer la fortune, n'étant pas d'humeur à vieillir dans le métier. Selon mon calcul, deux ou trois nigauds encore de l'espèce du dernier me faisaient rouler carrosse le reste de ma carrière. Mais de si bons hasards ne se trouvant pas toujours sous la main, je pris le parti, pour n'être pas oisive, de faire des excursions sur nos compatriotes, en attendant l'opportunité de remplacer convenablement M. le baron.

C'est un usage établi parmi nos sultanes de se faire voir plus fréquemment en public, quand leurs entreteneurs les ont quittées, pour avertir les chalands que la place est vide, et qu'elles sont à louer. Suivant cette sage coutume, je me produisis dans les lieux les plus fréquentés, hormis aux Tuileries, où nous ne paraissons pas volontiers depuis la mortifiante aventure de Mlle Durocher*.

Le Palais-Royal[113] étant un territoire dont la propriété semble nous être acquise par une prescription aussi ancienne que l'établissement de l'Opéra, c'est dans cette espèce de jardin de franchise que nous usons en toute liberté du droit de faire les femmes de conséquence, et de braver impunément l'œil du spectateur par nos grands airs et notre orgueilleux étalage. En vain certains censeurs caustiques osent dire qu'on n'y voit généralement que des usuriers, des Mercures[114] et des catins : leurs jalouses et noires insinuations n'empêchent pas la belle jeunesse désœuvrée de Paris, les gens à la mode,

* On voulut la jeter dans le bassin pour avoir eu l'effronterie de faire parade de son luxe vis-à-vis d'une princesse du sang.

plumets, robins et petits collets de s'y rassembler chaque jour, surtout les soirs avant et après l'opéra. Une multitude infinie de jolies femmes de toute espèce en font un des principaux ornements. Les espaliers qu'elles forment sur des sièges le long des arbres de la grande allée offrent à l'œil émerveillé un spectacle aussi pompeux que riant et récréatif, et dont l'admirable variété est au-dessus de toute description. Mille petits amours, métamorphosés en moineaux, y font respirer un air de lascivité qu'on ne sent point ailleurs. Mais qu'y a-t-il de surprenant en cela ? S'il est vrai que nous soyons l'âme des plaisirs, s'il est vrai qu'ils nous suivent partout, les lieux où nous présidons ne doivent-ils pas être les plus agréables du monde ?

En effet, le don miraculeux de charmer et d'égayer tout ce qui nous environne est tellement inséparable de nos personnes que la volupté et la galanterie nous accompagnent même jusque dans le sanctuaire. Témoin l'église des Quinze-Vingts. Nous jouissons du privilège d'y commettre autant d'indécence qu'au Palais-Royal et sur notre théâtre. Aussi, Dieu sait la foule de dévots qu'on y voit les fêtes et dimanches. Nous y sommes assiégées de mines, de révérences, de coups de lorgnettes ; on fait plus : on nous y fredonne à l'oreille des airs de ruelle. Nous répondons à tant de gentillesses par des propos folâtres et badins, et quelquefois par des éclats de rire que nous étouffons à moitié, en nous couvrant le visage de notre éventail. Cependant le sacrifice s'achève, sans nous être aperçues de la lenteur du prêtre, souvent même sans avoir pris garde s'il était à l'autel ou non ; et la fin de notre pieuse conduite est d'arranger une partie de souper dans une petite maison, ou de conclure un marché.

Il m'arriva un jour d'y en conclure un dont je fus la dupe d'une façon bien mortifiante. Un de ces chevaliers aimables, *qui n'ont pour* tout bien que leur industrie, et qui par la négligence impardonnable du chef de la pousse* *brillent et* font fracas dans Paris aux dépens des honnêtes gens qu'ils dépouillent ; un de ces fripons-là, dis-je, dont les grands airs et la dépense en imposaient à tout le monde, avait trouvé le secret d'être de tous nos plaisirs. Était-il question d'une partie du bois de Boulogne, d'un souper à la Glacière[115] ?

* Le lieutenant de police.

On s'y serait ennuyé à mourir si M. le chevalier n'en eût point été.

J'observerai ici en passant que le commerce de cette méprisable espèce est d'autant plus dangereux qu'ils sont la plupart d'un caractère doux et liant, qu'ils joignent à une humeur souple les manières les plus polies et les plus engageantes, et qu'en un mot, ils possèdent au suprême degré ce que l'on appelle abusivement le ton de la bonne compagnie. J'ajouterai encore que l'expérience m'a appris qu'on ne saurait être généralement trop en garde contre les personnages outrés en matière de politesse : il est rare qu'ils soient honnêtes gens.

Je reviens à mon aventurier. Il y avait déjà longtemps que je convoitais un superbe diamant qu'il portait au doigt. Le fourbe m'avait souvent répété qu'il croirait me sacrifier bien peu de chose si je voulais l'accepter au prix de mes plus légères faveurs. Quoique je fisse semblant de ne point ajouter foi à ses paroles, néanmoins j'avais trop bonne opinion de ma figure pour croire qu'il plaisantât. De façon que je ne doutai point que la bague ne fût à moi tôt ou tard. Je n'attendais que l'occasion de la lui accrocher ; je crus l'avoir trouvée un dimanche étant à la messe aux Quinze-Vingts. En effet, mon homme m'ayant abordée, et déployant son éloquence à me conter des douceurs, je lui répondis que j'aurais lieu d'être bien glorieuse des discours flatteurs qu'il me tenait si je pouvais me persuader que le cœur les lui inspirât. « Ah ! » s'écria-t-il en lâchant un soupir que je crus sincère, tant il était bon comédien, « n'aurez-vous jamais des yeux et du discernement que pour découvrir le mérite d'autrui, sans oser connaître le vôtre ?

— Mais, lui repartis-je, supposé que j'aie quelque mérite et que je ne l'ignore pas, en suis-je moins fondée à me défier des serments des hommes ? N'en trompent-ils pas tous les jours qui valent mieux que moi ? Ah ! monsieur le chevalier, si on exigeait de vous des assurances de la sincérité de vos sentiments, vous seriez, peut-être, bien embarrassé.

— Quoi, reprit-il, me croiriez-vous assez double ?...

— Je vous croirais, interrompis-je, comme les autres, qui disent les trois quarts du temps ce qu'ils ne pensent pas et promettent souvent ce qu'ils n'ont nulle envie de tenir. Par exemple (au moins, ceci n'est que pour badiner) avouez que vous auriez été un peu déconcerté, si je vous avais pris au mot, quand vous m'offrîtes votre diamant.

— Madame, répliqua-t-il d'un ton presque piqué, avant de

former des jugements au désavantage des gens, il me semble qu'on devrait les mettre à l'épreuve.

— Que voulez-vous ? lui dis-je en souriant. Il faut que le bon pâtisse pour le mauvais. Les hommes, en général, sont si faux qu'on ne vous fait point une grande injustice de n'avoir pas meilleure opinion de vous que de vos semblables. Cependant, comme je n'ai pas de raison essentielle qui m'oblige à vous juger trop rigoureusement, je veux bien faire une exception en votre faveur, et croire que vous n'avez rien de commun avec votre sexe que les qualités qui le rendent estimable. Mais il n'est pas décent de métaphysiquer ici sur pareille matière : venez manger ma soupe, et nous la discuterons à notre aise. »

C'était où m'attendait le traître. La première chose qu'il fit en entrant chez moi fut de me mettre la bague au doigt. Le ravissement où me jeta la possession d'un si précieux bijou ne me permit pas de rien refuser à ses désirs. Je lui donnai, avant et après le dîner, autant de marques de reconnaissance qu'il voulut. Enfin, que croirait-on que j'aie gagné à ce beau marché ? Le diamant était faux. Je me trouvai une boîte d'or de moins, que le filou m'escamota, et je n'eus de profit réel qu'une de ces incommodités pour lesquelles messieurs de Saint-Côme ordonnent communément une boisson composée d'ingrédients rafraîchissants et diurétiques[116].

Ce qu'il y eut de plus désolant dans cette aventure, c'est que loin d'oser me venger et me plaindre du tour infâme de cet escroc, je tremblais qu'il ne le divulguât ; et je crois que j'aurais été femme à le payer encore pour l'engager au secret. J'eus donc la prudence d'avaler doucement la pilule et de me mettre à la petite diète sans souffler le mot ; et afin que la tisane opérât plus efficacement, je prétextai un mal de poitrine, au moyen de quoi M. Thuret me dispensa de danser Je ne manquais pourtant pas un opéra ; mais j'affectais d'y garder l'*incognito* au milieu de l'amphithéâtre, toujours vêtue d'un air négligé et coiffée en devant.

Mon Dieu ! le joli recueil de bêtises dont j'enrichirais le public si je lui faisais part des fades et assommants propos qu'il me fallait essuyer à droite et à gauche, d'un essaim de bavards qui me bourdonnaient aux oreilles ! Est-il possible que les hommes soient si frivoles, si minutieux ? Est-il possible que nous soyons si avides des louanges plates et de la basse adulation pour prendre plaisir à leur entendre débiter tant d'inepties ?

Entre un si grand nombre de sots personnages, certain financier blafard, de stature colossale, me grasséait[117] avec une confiance inexprimable les galanteries les plus absurdes qui puissent sortir de la bouche d'un imbécile. Un vieux commandeur[118] édenté, complimenteur jusqu'à faire évanouir les gens d'ennui, s'évertuait de son côté à m'inspirer du goût pour ses jolis petits yeux ridés, par une multitude de phrases doucereuses, détachées du roman d'*Astrée*[119]. À quelque distance de ces matadors[120], de jeunes fats, me lançant discrètement des regards passionnés, se disaient les uns aux autres, d'un ton si bas qu'ils m'étourdissaient, que j'étais charmante, d'une beauté divine, au-dessus des anges, plus brillante que les astres ; et si je jetais la vue sur eux, ils baissaient modestement les yeux, pour tâcher de me convaincre que la justice qu'ils rendaient à mes charmes était d'autant moins suspecte de flatterie qu'ils n'auraient pas voulu que je les entendisse.

Quand je songe à tant d'impertinences, je suis tentée de croire que les créatures de notre sorte ont des attraits bien puissants, ou que les hommes sont des animaux bien aveugles. Quoi qu'il en soit, la manie que l'on a en France pour nous autres est si grande qu'on est généralement plus flatté d'avoir affaire aux filles de théâtre qu'aux femmes du royaume les plus distinguées par leur mérite personnel et par leur naissance. Ne pourrait-on pas imputer une pareille folie à la vanité, à un sot désir de faire parler de soi ? En effet, il semble que nous donnions l'être à nos amants. Tel qui aurait toujours été confondu et comme anéanti dans la foule, dès qu'il est attaché à notre char, il n'est plus permis de l'ignorer, c'est un homme à la mode. Combien de méprisables publicains[121] qui n'auraient jamais été connus, s'ils ne nous avaient point fait part de leurs rapines et de leurs concussions ? C'est nous qui tirons ces gens-là de l'obscurité, et consacrons leurs noms par les dépenses exorbitantes où nous les plongeons. N'est-ce pas à Mlle Pélissier que d'Ulysse[122] doit sa réputation ? car il est des réputations de tous genres. C'est, sans contredit, cette incomparable sirène qui a enrichi nos fastes de l'histoire de ce célèbre israélite. Grâce au vol qu'elle lui a fait de ses diamants, et aux aventures qui en ont été les suites, sa mémoire sera éternelle. On saura non seulement qu'un tel homme a existé, qu'il fut puissamment riche, mais encore que le pauvre diable est mort, pour ainsi dire, sur la paille. Tel est le glorieux avantage que l'on obtient à se laisser prendre dans nos filets. Si l'on se déshonore, si l'on se ruine à nous fréquenter, au moins en eſt-on dédommagé par ce que la renommée en publie, et par le plaisir de faire du bruit dans le monde.

Revenons à ce qui me concerne. Il y avait déjà trois semaines que je me rafraîchissais le sang avec une infusion de racines de fraisier, de nénuphar et de sel de nitre, lorsqu'une revendeuse à la toilette me proposa, par *interim*, les services d'un député du clergé. Quoique je me portasse alors passablement bien, ma guérison était encore un peu équivoque ; et il n'était pas trop sûr de s'approcher de mon rosier sans courir risque de s'y piquer.

S'il se fût agi de transiger avec un laïque, je me serais fait scrupule de l'exposer au hasard d'un repentir ; mais considérant que j'avais affaire à un prêtre, je ne songeai qu'à le plumer sans me mettre en peine des événements. À corsaire, corsaire et demi. Comme la profession de ces gens-là eſt d'en imposer en tout et partout sous le voile hypocrite des vertus chrétiennes et sociales ; comme les cagots[123] nous prêchent souvent pour un écu ce qu'ils ne voudraient pas pratiquer pour cent mille ; en un mot, comme les fourbes ne se proposent d'autre fin en ce monde que de s'engraisser inhumainement de notre propre subſtance et de rire à nos dépens, je crus que je ferais un acte plus méritoire que répréhensible, si, par cas fortuit, je donnais à un tel homme sujet de se plaindre de moi. Ainsi, tout mûrement pesé, je consentis à le recevoir, bien résolue de lui manger jusqu'à son dernier rabat le plus tôt qu'il me serait possible.

Qu'on se figure une espèce de satyre aussi velu que Lycaon[124], dont le visage pâle et maigre annonçait un tempérament des plus lascifs. L'incontinence et la lubricité perçaient à travers l'hypocrisie de ses regards… Mais n'achevons pas son portrait, de crainte que mes crayons n'occasionnent des applications injuſtes, et que le lecteur malin ne prenne Gautier pour Garguille[125]. Je n'aurais jamais espéré d'un homme de sa robe une galanterie semblable à celle qu'il me fit la première fois que nous nous vîmes. C'était une montre à répétition de Julien Le Roy[126], guillochée d'un goût admirable et tout enrichie de diamants. J'avoue à son honneur que jamais églisier n'a mieux démenti le proverbe qui dit « cancre comme un prêtre[127] ». Il était, au contraire, si sottement prodigue qu'en moins de quinze jours je lui fis vendre un bénéfice de mille écus de rentes. Il aurait été homme à vendre tout le clergé pour moi, si je ne lui avais communiqué mon indisposition. Dès qu'il s'en aperçut, son amour se convertit en rage, et dans l'excès de sa colère peu s'en fallut qu'il n'en vînt aux voies de fait.

Ce fut alors que j'eus recours à l'effronterie et l'impudence dont les femmes de notre profession sont capables. Je lui dis, d'un ton de fermeté qui l'ébranla, que je le trouvais bien hardi d'oser me faire un pareil outrage ; qu'il mériterait que je le fisse jeter par les fenêtres ; que si j'avais quelque chose à me reprocher, c'était d'avoir eu de la faiblesse pour lui ; que je voyais à merveille qu'on ne disait que trop vrai, quand on taxait les gens de son état d'être la plupart des libertins et des débauchés ; que, sans doute, il s'était accommodé de la sorte dans quelque infâme maison. J'ajoutai que, si un reste de pitié ne me retenait, je le citerais à l'official[128], et aurais assez de crédit pour le faire mettre en un lieu où le châtiment et la pénitence seraient proportionnés à ses déportements. Cette véhémente et laconique vesperie[129] eut tout l'effet que je pouvais en attendre. Le pauvre apôtre fut si abasourdi, si humilié, qu'il décampa sans souffler le mot et onc depuis je n'en ai eu de nouvelles.

Que ceci serve de leçon aux ecclésiastiques, et leur apprenne que les disgrâces, l'opprobre et le mépris sont d'ordinaire la récompense de leur scandaleuse conduite. Qu'ils sachent se respecter eux-mêmes, s'ils veulent être respectés. On n'est que trop convaincu que la pureté des mœurs n'est point attachée à l'habit, et que les passions ne sont pas moins vives sous la robe d'un zénobite[130] que sous l'ajustement d'un séculier, mais on passe à l'homme du siècle ce que l'on ne passe point à l'homme d'église : celui-ci est assujetti à des bienséances dont l'autre est dispensé. Qu'un prêtre s'applique à sauver les apparences ; qu'il sache couvrir ses vices, ses appétits, sous un extérieur vertueux et dévot ; qu'il fasse sa principale étude de fasciner chrétiennement les yeux d'autrui ; il a rempli ses devoirs. En exiger davantage, ce serait demander l'impossible, et contrecarrer les intentions de la nature : c'est à elle seule, et non pas à son ouvrage, qu'il appartient de faire des miracles. Que l'églisier donc évite de donner prise sur lui ; que le vernis de la sagesse brille dans toutes ses actions extérieures ; qu'il trompe, en un mot, le prochain, puisqu'il est payé pour cela ; du reste, laissons-le jouir en paix.

Le *memento* cuisant que j'avais laissé de mes faveurs à M. l'abbé me fit prendre plus de soin de ma santé que jamais. J'observais si scrupuleusement les ordonnances de mon chirurgien que je fus bientôt en état de contracter un nouveau mariage. Je n'attendis pas longtemps.

Un milord, ou plutôt un milourd, vint me présenter ses hommages sterling et ses vapeurs[131]. C'était une sorte d'individu court et ramassé, qui ressemblait parfaitement à un gros orteil, marchant comme un canard, et traversé d'une épée à la catalane, où pendait un gros gland qui lui flottait sur la cheville. Les qualités de son esprit répondaient si bien à celles du corps, que l'un semblait fait pour l'autre, et que l'on eût été fort embarrassé auquel donner la préférence. On sera, peut-être, surpris que je n'aie jamais eu sous mes lois que des animaux indécrottables ; mais il faut observer que les gens de mérite ne sont pas toujours les plus opulents, ni ceux qui recherchent le plus notre commerce ; et qu'il n'y a guère que des sots et de maussades figures embarrassés de leur argent qui s'adressent à nous. D'ailleurs, on doit savoir que l'intérêt seul nous gouvernant, un barbet, un singe qui viendrait nous trouver, muni d'une bonne bourse, serait sûr d'être mieux accueilli que le plus aimable cavalier du monde. Tel est le charme puissant de l'espèce qu'elle nous fait voir toujours à leur avantage ceux qui en ont beaucoup. Les guinées de Milord avaient métamorphosé sa personne : c'était un Céladon[132] à mes yeux. Il me fit observer un genre de vie bien étrange pendant que j'eus l'honneur d'être à ses appointements. Nous ne mangions les trois quarts du temps que des tranches de bœuf grillées, des côtelettes de mouton, du veau rôti nageant dans une sauce au beurre, avec des feuilles de chou vertes, telles qu'on les donne aux bêtes de basse-cour. Quelquefois (et c'était son plat favori) une pièce de porc avec une marmelade de pommes. Il n'était pas d'un goût plus délicat pour sa boisson. Le bourgogne et les meilleurs vins de France lui faisaient mal au cœur. Il lui fallait de cette ripopée[133] qui pique et gratte le gosier, dont les crocheteurs s'enivrent. On pense bien que le punch* ni les pipes n'étaient pas oubliés, car un véritable Anglais ne croirait pas avoir dîné sans cela. Enfin, quand Milord s'était gorgé de ce breuvage mixtionné ; quand il avait fumé tout son soûl, et roté comme un pourceau, il s'endormait les jambes sur la table.

Je ne me serais pas volontiers habituée à tant de crapule

* Sorte de boisson composée de citron, d'eau-de-vie, de sucre et d'eau.

et de saloperie[134], si je n'y avais pas trouvé un avantage considérable. Quoique Milord ne fût rien moins que généreux, j'en tirais tout ce que je voulais. Il n'était question que de décrier mes compatriotes, de boire au roi George, et de donner à tous les diables le pape et le Prétendant[135]. Moyennant ce petit trait de complaisance, j'avais la liberté de lui vuider toutes ses poches. J'en attrapai un jour la valeur de plus de trois cents louis en marchandise, pour une couple de santés que je bus. Je lui dis que je voulais me faire faire une espèce de déshabillé de fantaisie, et que comme je lui connaissais le goût excellent, je le priais de m'accompagner dans quelque boutique de la rue Saint-Honoré.

« Oh ! de tout mon cœur, répondit Milord. C'est très bien pensé, *yes, yes, very well* : votre idée est fort bonne, *extremely good*. Mon avis ne vous sera pas inutile, *by God*, du premier coup d'œil je vous dirai ce qui vous convient. » On ne devinerait pas ce que j'eus la modestie de prendre ? Deux pièces d'étoffes de trente aunes chacune : la première en argent pour le pet-en-l'air, et l'autre en or pour les parements.

Ceci n'est rien auprès des dépenses prodigieuses où je trouvais incessamment occasion de le plonger. Je n'avais qu'à lui citer quelques traits éclatants de la générosité de nos entreteneurs, aussitôt, par une jalouse émulation, il s'efforçait à les surpasser, ne pouvant souffrir qu'il fût dit qu'aucun mortel pût égaler en magnificence un citoyen de la Grande-Bretagne. Son sot orgueil me valut, dans le courant de quatre mois, cinq mille livres sterling, tant en bijoux qu'en bonnes espèces sonnantes.

Est-il possible qu'il y ait des gens si bêtes que de se disputer l'avantage de manger leur bien avec une catin pour l'honneur de la patrie ? Comme si la gloire d'un peuple était attachée aux extravagantes profusions de quelques-uns de ses membres. Milord, quoique d'une tournure à ne pas trop prévenir les gens en sa faveur, ne laissait pas d'avoir très bonne opinion de son massif individu. Il prétendait que personne en France ne faisait ses exercices avec plus de grâce, de force et d'agilité que lui. Le saut, la lutte, les armes, la danse et le cheval, tout était de sa compétence, et il croyait s'en acquitter également bien. Quoi qu'il en soit, le malheur voulait toujours que l'exécution ne tournât pas à son avantage. Souvent il s'amusait chez moi à faire assaut contre M. de Gr… M… qui lui détachait, du plus grand sang-froid du monde, des bottes à tuer un bœuf, et que Milord soutenait n'avoir pas reçues. Enfin, ils convinrent un jour, pour éviter d'inutiles contestations, de marquer le bout des fleurets. Cet accord passé, M. de Gr… M… délaya dans un petit vase du noir de cheminée avec de l'huile, et en fit une espèce de pommade, dont chacun graissa le bouton de son arme. Immédiatement après, voilà mes gens qui s'allongent des bottes de longueur, et Milord en reçoit une justement au milieu de l'estomac. Il n'y avait pas moyen de contester celle-ci. La marque bien empreinte sur son jabot faisait une conviction[136] trop authentique pour que la négative eût lieu. Il se contenta de dire qu'il n'avait pas tenu la garde assez haute. Cependant, outré jusqu'au fond de l'âme d'avoir reçu un si terrible *mea culpa*, il se remit à ferrailler de plus belle, la gueule béante : mais M. de Gr… M…, lâchant un peu la mesure, le bras tendu, lui enfonça un pied de fleuret dans le gosier. Ce que cette aventure eut de plus désagréable pour Milord, c'est qu'en crachant un sang aussi noir que celui de la Gorgone*, il fit expurgation de deux de ses meilleures dents. Néanmoins rien n'étant capable de le corriger, ni de réfréner son courage, quand il croyait pouvoir se faire admirer, il nous donna bientôt après une autre scène non moins risible et burlesque.

Nous avions fait une partie carrée au bois de Boulogne, en calèche découverte. Milord, plein du noble désir d'étaler son adresse à mener une voiture, fit mettre le cocher derrière, et se plaça lestement sur le siège. Tant que le terrain fut large, sans ornière et sans embarras, il alla tout au mieux, mais s'étant mal à propos engagé dans une route trop étroite, besoin lui fut de sa dextérité pour faire place à un carrosse qui venait au grand trot vers nous. La promptitude que requérait le cas pressant où il se trouvait lui fit oublier qu'il parlait anglais à ses chevaux. Par malheur, c'étaient de bons Limousins, qui avaient peu pratiqué le monde, et n'entendaient pas les langues étrangères. Ils firent tout le contraire de ce qu'il leur demandait. Les sottes bêtes se jetèrent brusquement sur l'équipage en question, et s'accrochèrent par les petites roues. L'autre cocher, prenant Milord à la mine pour quelque chétif apprenti du métier, lui fit, sans cérémonie, une cravate de son fouet, et le jeta par terre. Notre Phaéton[137], fort mécontent de sa chute, et plus encore de la

* Méduse.

caresse qu'il venait de recevoir, quitte promptement sa perruque et son habit, et fait un défi à ce brutal. Le drôle, qui était fort et nerveux, l'accepte de tout son cœur. Cependant Milord, plus intrépide que Mars, se met en garde un pied en arrière, et les poings croisés en avant : l'autre, sans y entendre tant de finesse, veut l'apostropher d'une gourmade[138] sur la hure : mais le coup est paré et riposté d'une mornifle à travers le museau, puis d'une seconde et d'une troisième du même poids. Ce genre d'escrime, auquel le Français n'était pas stylé, lui ébranla si fort le chef qu'il en perdit le point d'appui, et chut à la renverse. Néanmoins, après s'être pressé les cartilages du nez et bien essuyé la moustache, il se releva pour prendre sa revanche. Le héros breton, aussi ferme qu'un roc, se préparait à lui pétrir de nouveau la ganache[139], et lui pocher un œil ou deux, quand M. La Violette[140] le gratifia, à l'improviste, d'un grand coup de talon au milieu du ventre, et l'étendit comme une grenouille sur l'arène. Milord se relevant dans une colère affreuse s'écria que le coup n'était pas bon, et nous demanda son épée pour la passer à travers le corps du traître. Nous ne concevions pas l'équité de sa plainte, d'autant que le coup nous avait paru aussi bon qu'un coup de pied puisse l'être. Enfin, sa première fougue passée, il nous apprit que les lois du noble pugilat défendaient très sévèrement les coups de pied. On vint à bout de l'apaiser en lui assurant qu'on avait toujours ignoré ces lois en France, et que l'on n'avait jamais eu l'esprit de croire qu'il fût malhonnête de faire usage de ses quatre membres dans de semblables cas. Satisfait de nos raisons, Milord remonta gaiement sur son siège, pouvant à peine contenir la joie qu'il ressentait d'avoir remporté à nos yeux une victoire si brillante. Il est vrai qu'il remplit les spectateurs d'admiration ; mais c'est un talent naturel aux Anglais ; et nous ne saurions, sans leur faire la plus criante des injustices, leur disputer l'honneur d'être les plus grands hommes du monde dans l'art distingué d'appuyer dextrement des coups de poing.

Peu de temps après cette martiale aventure, des affaires domestiques rappelèrent Milord en Angleterre. Comme il ne doutait pas que je ne fusse extrêmement affligée de le perdre, il me protesta, pour me consoler et flatter mon amour-propre, qu'il ne regrettait en quittant Paris que moi et le combat du taureau.

Je me voyais, au départ de Milord, un capital assez considérable pour pouvoir tenir maison, et filer délicieusement mes jours dans l'abondance et le repos, mais j'ai expérimenté que la soif d'acquérir augmente à proportion de nos gains, et que l'avarice et l'épargne sont presque toujours compagnes des richesses. L'envie d'être plus à son aise, l'espoir de jouir plus parfaitement reculent sans cesse le temps de la jouissance. Nos besoins se multiplient à mesure que notre fonds grossit ; et nous nous trouvons dans la disette au sein même de l'opulence. J'avais déjà douze mille livres de rente ; je ne voulais pas songer à la retraite que je n'en eusse vingt. Il eſt vrai que pour une fille aussi achalandée que moi, ce n'était pas fixer à la fortune un terme déraisonnable. Les nouvelles faveurs qu'elle me fit prouvent bien que je pouvais ambitionner davantage. En effet, mon Anglais n'était pas encore à Douvres qu'un membre de l'académie* des quarante de l'hôtel des Fermes arriva pour le remplacer. Je le reçus avec les marques de respeƈt et de diſtinƈtion dues à son coffre-fort. Néanmoins, sans être éblouie de l'honneur qu'il me faisait, je lui dis que, m'étant consacrée aux affaires étrangères, je ne pouvais accepter ses offres qu'à condition que, dès qu'un étranger se présenterait, notre bail serait nul. Il y consentit et l'accord fut signé.

C'était un grand homme, passablement bien fait et d'assez bonne mine ; du reſte, un animal insupportable, comme sont d'ordinaire les gens de cette profession. La terre ne semblait pas digne de le porter. Il avait un mépris souverain pour tout le monde, excepté pour lui-même. Il se croyait un génie universel : il parlait de tout d'un ton absolu, il contredisait éternellement et malheur à qui l'aurait contredit ; il voulait qu'on l'écoutât, sans vouloir écouter personne. En un mot, le bourreau mettait le pied sur la gorge aux gens raisonnables, et prétendait être applaudi.

Ce qu'il fit de mieux en entrant chez moi, ce fut de réformer le mauvais goût que Milord avait introduit dans ma cuisine et d'y subſtituer le luxe et la délicatesse des repas financiers. J'avais, soir et matin, une table de huit couverts dont six étaient régulièrement occupés par des poètes, des peintres et des musiciens, lesquels, pour l'intérêt de leur ventre, prodiguaient en esclaves leur encens mercenaire à

* L'auteur emploie cette expression ironique parce que les fermiers généraux sont quarante, comme les académiciens français.

mon Crésus. Ma maison était un tribunal où l'on jugeait aussi souverainement les talents et les arts que dans la gargote littéraire de Mme T.....[141]. Tous les bons auteurs y étaient mis en pièces et déchirés à belles dents comme chez elle ; on ne faisait grâce qu'aux mauvais, souvent même on les plaçait au premier rang. J'ai vu cette vermine oser déprimer les *Lettres* inimitables de l'auteur du *Temple de Gnide**, et pétarder[143] le bon abbé Pellegrin[144], pour avoir soutenu que les *Lettres juives* n'étaient qu'un ramas monstrueux de pensées extraites de Bayle, de la *Bibliothèque universelle de Le Clerc*, de *L'Espion Turc*[145], etc., toutes pitoyablement défigurées, et sentant le terroir provençal à chaque ligne. Ce pauvre prêtre, qui n'avait contre lui que beaucoup de misère et de malpropreté, qui logeait une très belle âme dans un corps très salope ; ce pauvre homme, toute sa vie en butte aux injustes sarcasmes, avait une judiciaire[146] exquise ; et je dois dire à sa gloire que si j'ai quelque goût pour les bonnes choses ; que si je me suis garantie de la fièvre contagieuse du bel esprit, je n'en suis redevable qu'à ses conseils. C'est lui qui, m'ayant ouvert les yeux sur le peu de valeur et la petitesse de nos frelons du Parnasse, m'a fait connaître que le véritable esprit était un feu pur et divin ; un don du ciel qu'il n'était pas au pouvoir des hommes d'acquérir ; qu'il fallait bien se garder de confondre les génies heureux doués de ce feu sacré avec cette multitude méprisable de petits écrivains qualifiés du sobriquet de bel esprit ; qu'un pareil titre était regardé chez les honnêtes gens comme une espèce d'opprobre ; et que, quoique la profession des Lettres fût la plus noble de toutes, il était presque honteux de les cultiver aujourd'hui, à cause du mauvais renom que ces insectes leur avaient donné dans le monde. « Vous ne devineriez pas, me dit-il un jour, pourquoi Paris est infecté de cette maudite engeance. C'est que le métier n'exige ni esprit, ni talent. Pour vous en convaincre, faites apprendre une douzaine de mots du *Dictionnaire néologique*[147] à votre cocher, et envoyez-le au café de Procope[148] pendant un mois ou deux ; je vous le garantis, à son retour, aussi bel esprit que les autres. Hélas ! ajouta-t-il en lâchant un profond soupir, c'est à la cruauté de mes parents que je dois toute la misère et le ridicule dont je suis accablé depuis si longtemps. Les barbares dès ma tendre jeunesse me firent

* Les *Lettres persanes* par M. de Montesquieu[142].

entrer de force dans l'ordre des Frères servites[149]. La répugnance que j'avais montrée pour l'état monacal s'accrut avec l'âge ; je gémis plusieurs années sous le froc ; j'y serais mort de désespoir si je n'avais trouvé moyen de me faire séculariser. Mais, sans amis, sans argent, dénué de tout, la liberté me devint bientôt un fardeau : peu s'en fallut que je ne regrettasse les misérables liens dont j'avais été garrotté jusqu'alors. Enfin, ne sachant quel parti prendre, mon irrésolution m'amena ici. J'ai subsisté dans les commencements du produit de mes messes et de quelques sermons composés en poste, que je vendais aux ordres mendiants. La nécessité et le désœuvrement ne m'avaient pas permis d'être trop difficile sur le choix de mes connaissances. Je fréquentais une petite tabagie près de la foire Saint-Germain[150], où se rassemblaient des danseurs de corde, des joueurs de marionnettes, quelques acteurs de l'Opéra-Comique, et entre autres le sieur Colin, célèbre moucheur de chandelles de la comédie. Tous ces messieurs, dont j'avais eu le bonheur de capter la bienveillance, me donnèrent mes entrées à leurs spectacles. Bientôt la démangeaison de barbouiller du papier me prit : je hasardai quelques mauvaises scènes, qui me furent payées au-delà de leur valeur. J'aurais bien voulu pouvoir concilier l'Église et le théâtre, et continuer à tirer mon tribut quotidien de l'autel ; mais M. l'archevêque jugea à propos de me priver de cette petite douceur en m'interdisant les fonctions de prêtre. Je perdis quinze sous par jour, que me valait la messe qui était mon plus clair revenu. Pour réparer cette perte, je levai boutique de poète, et me mis à composer des comédies, des opéras, des tragédies, que je faisais jouer sous le nom de mon frère le chevalier, ou que je vendais à quiconque avait la manie d'être auteur. Je faisais, outre cela, trafic en gros et en détail de tout ce qui était du ressort de l'esprit. Voulait-on des bouquets, des épithalames, des cantiques spirituels, des sermons de carême ? On en trouvait dans mon magasin de toutes les sortes et à juste prix. Je vous avouerai même, sous le secret, que maint illustre membre de la pétaudière du vieux Louvre* n'a pas dédaigné de recourir à moi pour son discours de réception. Qui ne croirait pas qu'un commerce si considérable eût dû me faire rouler carrosse ? Cependant jugez de l'avantage que j'en ai tiré par

* L'Académie française.

l'état où vous me voyez. Depuis plus de cinquante ans j'ai composé des millions de vers, et je n'ai pas de culotte. »

Si l'air de candeur et de naïveté avec lequel le bonhomme Pellegrin s'expliqua me convainquit que de tous les métiers le plus ingrat et le plus frivole eﬆ celui de bel esprit, son mérite réel me convainquit aussi qu'il y a des heureux dans la profession des Lettres comme dans toutes les autres, et qu'il eﬆ une infinité d'écrivains qui doivent plus leur réputation à leur étoile qu'à leurs talents. Combien ai-je vu de faux célèbres dans Paris, dont on n'aurait jamais parlé sans la protection de quelque important de cour ou de quelque catin en crédit ? Combien en connais-je à qui l'autorité a déféré les premières places parmi les disciples d'Apollon, qui n'auraient pas été capables de tirer de leurs cerveaux ﬆériles la centième partie des bonnes choses que l'abbé Pellegrin a faites ? Sauve toute comparaison odieuse, le pauvre diable ressemblait assez au Paillasse[151] de la Foire, qui eﬆ la risée du public et le jouet éternel de ses confrères, quoique au fond il soit infiniment plus habile qu'eux. Concluons de là que le mérite eﬆ en pure perte, quand il n'eﬆ point étayé de la fortune. C'eﬆ à elle seule qu'il appartient de faire les grands hommes ; la nature ne fait que les ébaucher.

Je reviens à mon cordon bleu[152] de finance. Sa compagnie l'ayant élu pour aller en tournée, c'eﬆ-à-dire pour voir si les commis étaient exacts à opprimer et piller le peuple, et si l'on ne pourrait pas inventer quelque honnête moyen de le fouler encore davantage, nous rompîmes amicalement notre contrat, et je me retrouvai libre.

Il y a longtemps que j'aurais dû répondre à une queﬆion que mes lecteurs m'ont indubitablement faite plus d'une fois en eux-mêmes. Comment eﬆ-il possible que Margot, qui eﬆ née avec un tempérament de Messaline, ait pu se contenter de gens qu'elle ne voyait que par intérêt, et qui la plupart n'étaient rien moins que des Hercules dans les travaux libidineux ?

Rien n'eﬆ mieux fondé que cette objection, et il eﬆ juﬆe d'y satisfaire. Sachez donc, messieurs, qu'à l'exemple des duchesses de la vieille Cour et de plusieurs de mes compagnes, j'ai toujours eu à mes gages… *Mais que ceci*, je vous prie, soit sous le secret. J'ai toujours eu un jeune et vigoureux laquais, et je m'en suis si bien trouvée, que tant que l'âme me battra au corps, je ne changerai point de méthode. Indépendamment de ce que les drôles sont sans conséquence, ils vous servent dans la minute, et ne vous ratent pas comme font les honnêtes gens ; ou du moins quand la chose arrive, c'est après de si fortes épreuves qu'il y aurait de l'injustice et de la cruauté à leur en faire un crime. Deviennent-ils insolents ? il est aisé d'y remédier. On leur donne quelques coups de bâton ; on les paie, et on les renvoie : cela ne fait pas le moindre petit pli. Il est vrai que je n'en suis jamais venue à ces extrémités, parce que j'ai toujours eu la précaution de les prendre tout neufs, exactement de la tournure d'esprit et de corps du paysan que l'ingénieux et élégant M. de Marivaux[153] nous a peint d'un coloris si naïf et si gai. Je me donne la satisfaction de les éduquer moi-même, et de les plier à ma fantaisie. Surtout, je ne souffre pas qu'ils aient aucune liaison avec leurs semblables, de peur que les coquins ne corrompent leur innocence et ne les débauchent. Je les tiens, pour ainsi dire, à la tâche ; du reste, rien ne leur manque quant au *victum et vestitum*[154]. Ils sont proprement entretenus, et nourris comme des poulets à l'épinette[155], ou, pour parler moins métaphoriquement, comme de bienheureux directeurs de nonnes, lesquels n'ont d'autre soin en ce monde que de faire dévotement de bon chyle[156] et ce qui s'ensuit. Voilà, messieurs, puisque vous étiez curieux de le savoir, la recette dont je me sers journellement pour modérer les feux de l'incontinence. Au moyen d'un système si raisonnable, mes plaisirs ne sont point mêlés d'amertume. Je jouis en paix et à petit bruit, sans redouter les caprices et la mauvaise humeur d'un amant impérieux qui me traiterait en esclave, et, me faisant peut-être acheter ses caresses au prix de mes épargnes, me réduirait un jour à la mendicité. Je ne suis pas de ces grues-là. S'entête qui voudra de belle passion et de tendresse platonique ; je ne me repais point de vapeurs : les sentiments épurés et alambiqués de l'amour sont des mets qui ne conviennent pas à ma constitution ; il me faut des nourritures plus fortes. Vraiment, M. Platon était un plaisant original avec sa façon d'aimer. Où en serait aujourd'hui le genre humain si l'on eût suivi les idées creuses de ce gâte-métier ? Il y a grande apparence que la nature ne l'avait pas mieux partagé qu'Origène, ou qu'on lui avait fait quelque soustraction à l'instar de celle que l'on fit au doucereux amant d'Héloïse[157]. Au moins, ce qu'il y a de bien sûr, c'est que son maître Socrate, qui avait les pièces sans lesquelles on ne saurait être pape[158], ne lui a pas prêché cette métaphysique. Il a suivi tout uniment le grand chemin, et s'il s'en est écarté, ç'a été de bien peu de chose. Reprenons notre histoire.

À peine la renommée eut-elle publié dans Paris mon veuvage que je me vis obsédée par une multitude de dupes de toute espèce et de tous rangs. Un ambassadeur extraordinaire me délivra fort à propos de leurs importunités. Je ne pus me dissimuler à moi-même la joie que je ressentis alors d'avoir fait une conquête de cette importance. Quel triomphe flatteur pour ma vanité ! et que je m'imaginais de satisfaction de voir à mes pieds une personne qui, par son adresse à ménager les esprits, par la sagacité de ses lumières et une parfaite connaissance des intérêts divers des souverains, peut de son cabinet changer tout le système des affaires de l'Europe, et contribuer également au bien général et à la gloire de sa patrie ! Tel était le tableau favorable que je me faisais de M. l'ambassadeur avant de l'avoir vu. Je ne doutais pas qu'il ne joignît à ces rares et sublimes talents mille autres belles qualités, ne concevant pas que l'on pût jamais remplir des emplois de cette conséquence sans être doué d'un génie supérieur. Ce qui me confirma surtout dans la haute idée que je m'en étais faite, ce fut la façon singulière dont il s'y prit pour traiter avec moi. Notre accord se fit par voies de négociations. Des agents secrets vinrent me trouver de sa part ; je lui en députai de la mienne ; ils s'abouchèrent ensemble ; les offres proposées furent écoutées, examinées, débattues. Chacun, cherchant les avantages de son parti, multipliait les difficultés ; on rencontrait des inconvénients partout ; on en faisait naître où il n'y en avait pas. S'accordait-on sur un point ? on différait sur l'autre. Cependant, après plusieurs conférences rompues et renouées, nos plénipotentiaires signèrent heureusement les articles, et l'échange du double traité fut fait à notre contentement réciproque.

Comme il y a tout lieu de croire que le lecteur est impatient de connaître Son Excellence, je vais, sans le faire attendre plus longtemps, lui en crayonner le portrait.

M. l'ambassadeur avait une de ces figures que l'on peut appeler insignifiantes et, par conséquent, assez difficile à définir. Il était d'une taille au-dessus de la médiocre, ni bien, ni mal fait : il avait la *jambe d'un homme de qualité*, c'est-à-dire grêle et décharnée. Il affectait un air de noblesse que son visage trivial démentait. Il portait la tête haute, en se gonflant les joues, et jetait sans cesse un œil de complaisance sur l'ordre dont il était décoré. Du reste, à sa mine grave, silencieuse et intérieure, on l'aurait cru absorbé dans de très profondes méditations, et minutant les plus vastes desseins. Il ne parlait presque pas, pour donner à entendre qu'il pensait beaucoup, et que son caractère lui prescrivait d'être circonspect et mesuré dans ses discours. Le questionnait-on ? il répondait par quelque léger mouvement de tête, accompagné d'un coup d'œil mystérieux ou d'un imperceptible petit sourire. Qui croirait que sur un extérieur si bizarre et des apparences si équivoques je fus près d'un mois la dupe de ma préoccupation pour M. l'ambassadeur ? Je ne me serais pas ôté de la cervelle qu'il ne fût le plus grand homme du monde, sans la peinture charitable que m'en fit son secrétaire. J'ai déjà observé ci-dessus que nous n'avons pas de plus rigoureux et de plus redoutables censeurs que nos domestiques. Si, malgré leur ignorance, nos défauts ne leur échappent pas, comment pourrions-nous espérer d'échapper aux traits mordants de leur langue, quand ils ont de la pénétration ? Celui-ci était trop éclairé pour se laisser éblouir par la morgue et le sérieux étudié de son maître. Quoi qu'il en soit, j'ai trouvé ses observations si judicieuses que je crois faire ma cour au lecteur de les lui communiquer. C'est le secrétaire qui parle :

« Souvenez-vous, me dit-il, pour ne vous y jamais tromper, que les grands ne sont généralement grands que par notre petitesse ; et que c'est le respect aveugle et pusillanime qu'un ridicule préjugé nous inspire pour eux qui les élève à nos yeux. Osez les envisager ; osez faire abstraction du faux éclat dont ils sont environnés, le prestige s'évanouira. Vous connaîtrez immédiatement leur valeur intrinsèque, et verrez que ce que vous avez pris si souvent pour grandeur et dignité n'est autre chose qu'orgueil et bêtise. Une maxime surtout qu'il ne faut pas oublier, c'est que le mérite personnel n'est pas plus relatif à l'importance du poste qu'on occupe que la bonté d'un cheval à la richesse du harnais qui le couvre. Bridez une rosse à son avantage, caparaçonnez-la, chargez-la du plus fastueux équipage ; tous ces ornements ne sauraient la métamorphoser : ce ne sera jamais qu'une rosse. À l'application. Un génie étroit tel que Son Excellence s'imagine qu'un air de discrétion, un dehors grave et composé, une contenance impérieuse et altière, sont les seules qualités qui constituent et caractérisent le ministre. Je dis, moi, que cela ne caractérise qu'un fat. Il a beau se gourmer, se panader[159] et se rengorger sous le poids imposant de sa mission, l'on verra toujours à travers sa contrainte et ses efforts qu'il a les reins trop faibles pour un si pesant fardeau. Aussi ne manque-t-il pas de s'en débarrasser sur nous, dès qu'il peut se dérober à l'œil du public. Et alors que croyez-vous qu'il fasse, tandis que nous suons à déchiffrer les dépêches et à y répondre ? Il polissonne avec ses domestiques, son singe et ses chiens ; il fait des découpures ; il fredonne ; joue de la flûte, se jette dans un fauteuil, s'étend, bâille et s'endort. N'allez pourtant pas vous figurer que tous les ministres soient taillés sur un si pitoyable modèle. Il en est dont le mérite est infiniment supérieur aux éloges qu'on pourrait en faire. J'en connais plusieurs qui joignent aux talents qu'exige leur état celui de se concilier l'affection et l'estime générale et qui, bien différents de leurs postiches confrères, savent être recueillis dans le cabinet, et dissipés dans le monde, d'autant plus adroits politiques en cela que l'air de confiance et de franchise qu'ils témoignent à l'extérieur fait qu'on ne s'en méfie pas, et que personne ne songe à se boutonner devant eux. »

M. le secrétaire me dit encore une infinité d'excellentes choses, que je pourrais insérer ici, mais comme il n'est rien qui n'ennuie à la longue, j'aime mieux laisser le lecteur sur la bonne bouche.

L'admiration et le respect que j'avais eu jusqu'alors pour Son Excellence dégénéra bientôt en mépris. Malgré sa magnificence et ses largesses, j'aurais été capable de lui faire quelque incartade pour m'en délivrer, si le dérangement soudain de ma santé ne nous eût fourni un prétexte réciproque de rupture. Je tombai dans une langueur et une mélancolie qui furent l'écueil du savoir des plus célèbres disciples d'Esculape. Chacun d'eux, également ignorant du mal réel dont j'étais attaquée, m'en prêtait un de son imagination, et me le prouvait par des syllogismes si concluants que, me croyant tous les maux ensemble, je prenais des remèdes de toute main, et faisais de mon corps une boutique d'apothicaire. Cependant je diminuais à vue d'œil, et n'étais plus qu'une triste image, qu'une ombre déplorable de ce que j'avais été. Je m'efforçais en vain de remplacer la fraîcheur naturelle de mon teint, mes couleurs et mon embonpoint par les secrets illusoires de l'art. Le vermillon, la pommade, le blanc et les mouches n'étaient pas capables de retracer à mon miroir le joli minois de Margot. À peine retrouvais-je, dans la profonde méditation et la pénible étude de deux heures de toilette, un seul petit trait qui me rappelât le souvenir de mon ancienne beauté. J'étais presque dans le cas d'une décoration de théâtre qui, par la magie de la perspective, est admirable de loin, et qu'on ne saurait voir de près sans être révolté. Les couches diverses de fard dont je me surchargeais le visage me prêtaient un certain éclat à quelque distance, et donnaient à mes yeux de la vivacité, mais m'approchait-on, l'on ne voyait plus qu'un amas confus et bizarre de couleurs grossières, dont la rudesse offensait la vue, et sous lesquelles il n'était pas possible de démêler ma ressemblance. Hélas ! que de sujets d'affliction et de désespoir quand je me rappelais le temps heureux où Margot, parfaitement ignorante des ruses et du raffinement de la parure, était riche de son propre fonds, et n'empruntait ses charmes que d'elle-même ! Enfin, pendant qu'immolée à mes ennuis et aux ordonnances des médecins je traînais un reste de vie, j'entendis parler d'un empirique, auquel on avait donné le sobriquet de Vise-à-l'œil[160], parce qu'il prétendait connaître la nature de tout mal dans les yeux. Quoique je n'eusse jamais eu grand-foi aux miracles des gens à secrets, la faiblesse où j'étais réduite m'avait insensiblement disposé l'esprit à la crédulité. Et comme il n'y a rien qu'on se persuade plus aisément que ce que l'on souhaite avec plus d'ardeur, je fis prier M. Vise-à-l'œil de passer chez moi, ne doutant pas qu'il ne me rendît bientôt la santé. Au premier abord sa physionomie me plut. Je lui trouvai un air ouvert et gracieux, au lieu de ce caractère effrayant qui est empreint sur le front de la plupart des médecins et des charlatans. Il commença par exiger de ma franchise une brève confession de ma vie passée avant de tomber malade, et du régime que l'on m'avait fait observer depuis. Après quoi, m'ayant fixée attentivement l'espace de deux ou trois minutes, sans faire le moindre mouvement ni proférer un seul mot, il rompit le silence en ces termes : « Mademoiselle, vous êtes fort heureuse que les médecins ne vous aient point tuée. Votre mal, auquel ils n'ont rien connu, n'est point une affection du corps, mais un dégoût de l'esprit, causé par l'abus d'une vie trop délicieuse. Les plaisirs sont à l'âme ce que la bonne chère est à l'estomac. Les mets les plus exquis nous deviennent insipides par habitude : ils nous rebutent à la fin, et nous ne les digérons plus. L'excès de la jouissance vous a, pour ainsi dire, blasé le cœur et engourdi le sentiment. Malgré les charmes de votre condition actuelle, tout vous est insupportable. Les soucis accablants vous suivent au milieu des fêtes, et le plaisir même eſt un tourment pour vous. Voilà votre état. Si vous voulez suivre mon avis, fuyez le commerce bruyant du monde, ne faites usage que d'aliments salubres et subſtantiels, couchez-vous de bonne heure et soyez matinale, prenez de l'exercice, ne fréquentez que des personnes dont l'humeur cadre à la vôtre, ayez toujours quelque occupation pour remplir les vuides de la journée. Surtout ne faites aucun remède, et je vous garantis dans six semaines aussi belle et aussi fraîche que vous l'ayez jamais été. »

Le discours de M. Vise-à-l'œil fit sur mes sens un effet si merveilleux que, pour peu que j'eusse eu foi au grimoire, je l'aurais soupçonné de m'avoir touchée d'une baguette magique. Il me semblait que je sortisse d'un sommeil profond, pendant lequel j'avais rêvé d'être malade. Persuadée que M. Vise-à-l'œil m'arrachait d'entre les bras de la mort, je lui sautai au cou par excès de reconnaissance, et le congédiai avec un présent de douze louis.

Dans la résolution d'observer à toute rigueur son ordonnance, mon premier soin fut de signifier ma sortie à l'Opéra. Quoiqu'on soit obligé d'y servir six mois encore après cette formalité, M. Thuret voulut bien m'en exempter. Je ne me vis pas plutôt libre qu'il me parut que je pensais pour la première fois. Depuis le jour que je m'étais éclipsée du domicile de mes parents, je n'avais pas plus songé à eux que s'ils n'eussent jamais exiſté et que je fusse tombée des nues. Mon changement de situation les rappela dans ma mémoire. Je me reprochai mon ingratitude envers eux, et songeai à la réparer au plus tôt, supposé qu'ils vécussent encore. Mes perquisitions furent assez longtemps infructueuses. Enfin, un vieux marchand de tisane m'apprit que M. Tranche-Montagne avait fini ses jours, commandant une rame sur les galères de Marseille, et que ma mère se trouvait actuellement resserrée à la Salpêtrière, après avoir reçu au préalable une petite correction publique de la main de M. de Paris*.

Je fus sensiblement touchée de leur sort et, loin de blâmer la conduite qui les y avait entraînés, je ne pus m'empêcher de les juſtifier en mon cœur, me rappelant cette judicieuse réflexion de l'avocat Patelin[161], qu'il eſt bien difficile d'être honnête homme quand on eſt gueux. En effet, que de gens

* On nomme ainsi par dérision le bourreau.

qui passent pour la probité même, parce que rien ne leur manque, qui auraient fait pis s'ils s'étaient trouvés en pareille situation ! Il n'y a rien en ce monde, comme l'on dit, qu'heur et malheur. Ce sont les infortunés que l'on pend ; et sans doute, si tous ceux qui le méritent étaient punis de la hard[162], l'univers serait bientôt dépeuplé.

Fondée sur cette opinion vraie ou fausse, je m'employai de tout mon crédit pour tirer ma mère de captivité, ne doutant pas que le changement de condition ne la rendît bientôt aussi honnête femme qu'une autre. Dieu merci ! je ne m'abusai point. C'est aujourd'hui une des plus raisonnables personnes que l'on puisse voir. Elle a bien voulu se charger du soin de mes affaires domestiques ; et j'avoue, à sa louange, que ma maison n'a jamais été mieux réglée. En un mot, si j'ai contribué à son bonheur, je puis dire qu'elle n'a pas moins contribué au mien par la tendre affection qu'elle me porte, et le zèle sincère avec lequel elle vole au-devant de tout ce qui peut flatter mes désirs.

Nous partageons notre temps entre la ville et la campagne, et jouissons, parmi un petit nombre d'habitudes (car les amis sont pure chimère), de ce que la vie a de plus délicieux dans tous les genres. Pour ce qui est de ma santé, elle est très bonne maintenant, à une légère insomnie près. Mais, comme M. Vise-à-l'œil m'a expressément défendu les remèdes, j'ai imaginé de lire tous les soirs quelques lambeaux des œuvres narcotiques du marquis d'Argens, du chevalier de Mouhy, et de plusieurs excellents écrivains de cette classe, moyennant quoi je dors comme une marmotte. J'exhorte ceux qui sont attaqués de semblable indisposition de se servir du même expédient : sur ma parole, ils s'en trouveront bien.

Il me reste à répondre au reproche qu'on me fera peut-être d'avoir été un peu trop libre dans mes tableaux. Voici ce qui m'y a engagée. J'ai cru que le moyen le plus sûr de décrier les filles publiques était de les peindre avec les couleurs les plus odieuses, et de les faire passer par les degrés les plus infâmes du métier. Au reste, quel que soit là-dessus le sentiment du lecteur, je me flatte que les traits obscènes de ces mémoires seront rachetés par l'avantage que les jeunes gens qui entrent dans le monde pourront tirer des réflexions que je fais sur le manège artificieux des catins, et le danger évident qu'il y a de les fréquenter. Si le succès répond à mes intentions, tant mieux. Sinon, je m'en lave les mains.

Appendice iconographique

FRONTISPICE DE L'ÉDITION DE 1800 [1750]

FRONTISPICE DE L'ÉDITION DE 1775

FRONTISPICE DE L'ÉDITION DE 1784

Il n'y avait personne des environs
Qui ne voulût être raccommodé à ma façon.

FRONTISPICE DE L'ÉDITION DE 1868

Boyer d'Argens

THÉRÈSE PHILOSOPHE,

OU

MÉMOIRES POUR SERVIR À L'HISTOIRE DU P. DIRRAG, ET DE MLLE ÉRADICE[1]

La volupté et la philosophie font le bonheur de l'homme sensé.
Il embrasse la volupté par goût, il aime la philosophie par raison.

EXPLICATION DES SEIZE ESTAMPES CONTENUES DANS CET OUVRAGE

PREMIÈRE PARTIE

SECONDE PARTIE

PREMIÈRE PARTIE

TABLE DES MATIÈRES DE LA PREMIÈRE PARTIE

Fin de la table de la première partie

☆

Quoi, monsieur, sérieusement vous voulez que j'écrive mon histoire, *vous désirez que je vous* rende compte des scènes mystiques de Mlle Éradice avec le très révérend père Dirrag ; que je vous informe des aventures de Mme C… avec l'abbé T…, vous demandez d'une fille qui n'a jamais écrit des détails qui exigent de l'ordre dans les matières ?

Vous désirez un tableau où les scènes dont je vous ai entretenu, où celles dont nous avons été acteurs, ne perdent rien de leur lascivité ; que les raisonnements métaphysiques conservent toute leur énergie ? En vérité, mon cher comte, cela me paraît au-dessus de mes forces. D'ailleurs, Éradice a été mon amie ; le père Dirrag fut mon directeur ; je dois des sentiments de reconnaissance à Mme C... et à l'abbé T... Trahirai-je la confiance de gens à qui j'ai les plus grandes obligations, puisque ce sont les actions des uns et les sages réflexions des autres qui, par gradation, m'ont dessillé les yeux sur les préjugés de ma jeunesse ? Mais si l'exemple, dites-vous, et le raisonnement ont fait votre bonheur, pourquoi ne pas tâcher de contribuer à celui des autres par les mêmes voies, par l'exemple et par le raisonnement ? Pourquoi craindre d'écrire des vérités utiles au bien de la société ? Eh bien ! mon cher bienfaiteur, je ne résiste plus : écrivons ; mon ingénuité me tiendra lieu d'un style épuré chez les personnes qui pensent ; et je crains peu les sots. Non, vous n'essuierez jamais un refus de votre tendre Thérèse ; vous verrez tous les replis de son cœur dès sa plus tendre enfance ; son âme tout entière va se développer dans les détails des petites aventures qui l'ont conduite, comme malgré elle, pas à pas, au comble de la volupté.

Imbéciles mortels ! Vous croyez être maîtres d'éteindre les passions que la nature a mises dans vous, elles sont l'ouvrage de Dieu. Vous voulez les détruire, ces passions, les restreindre à de certaines bornes. Hommes insensés ! Vous prétendez donc être de seconds créateurs plus puissants que le premier ? Ne verrez-vous jamais que tout est ce qu'il doit être ; et que tout est bien, que tout est de Dieu, rien de vous ; et qu'il est aussi difficile de créer une pensée que de créer un bras, ou un œil.

Le cours de ma vie est une preuve incontestable de ces vérités. Dès ma plus tendre enfance, on ne m'a parlé que d'amour pour la vertu et d'horreur pour le vice. « Vous ne serez heureuse, me disait-on, qu'autant que vous pratiquerez les vertus chrétiennes et morales : tout ce qui s'en éloigne est le vice ; le vice nous attire le mépris, et le mépris engendre la honte et les remords qui en sont une suite. » Persuadée de la solidité de ces leçons, j'ai cherché de bonne foi, jusqu'à l'âge de vingt-cinq ans, à me conduire d'après ces principes : nous allons voir comment j'ai réussi.

Je suis née dans la province de Vencerop[1]. Mon père était

un bon bourgeois, négociant de …, petite ville jolie, où tout inspire la joie et le plaisir ; la galanterie semble y former seule tout l'intérêt de la société. On y aime, dès qu'on pense, et on n'y pense que pour se faciliter les moyens de goûter les douceurs de l'amour. Ma mère, qui était de …, ajoutait à la vivacité de l'esprit des femmes de cette province, voisine de celle de Vencerop, l'heureux tempérament d'une voluptueuse Venceropale. Mon père et ma mère vivaient avec économie d'un revenu modique et du produit de leur petit commerce. Leurs travaux n'avaient pu changer l'état de leur fortune ; mon père payait une jeune veuve, marchande dans son voisinage, sa maîtresse ; ma mère était payée par son amant, gentilhomme fort riche, qui avait la bonté d'honorer mon père de son amitié. Tout se passait avec un ordre admirable : on savait à quoi s'en tenir de part et d'autre, et jamais ménage ne parut plus uni.

Après dix années écoulées dans un arrangement si louable, ma mère devint enceinte, elle accoucha de moi. Ma naissance lui laissa une incommodité qui fut peut-être plus terrible pour elle que ne l'eût été la mort même. Un effort dans l'accouchement lui causa une rupture[2] qui la mit dans la dure nécessité de renoncer pour toujours aux plaisirs qui m'avaient donné l'existence.

Tout changea de face dans la maison paternelle. Ma mère devint dévote ; le père gardien des capucins remplaça les visites assidues de M. le marquis de …, qui fut congédié. Le fond de tendresse de ma mère ne fit que changer d'objet : elle donna à Dieu par nécessité ce qu'elle avait donné au marquis par goût et par tempérament.

Mon père mourut et me laissa au berceau. Ma mère, je ne sais par quelle raison, fut s'établir à Volnot[3], port de mer célèbre ; de la femme la plus galante, elle était devenue la plus sage, et peut-être la plus vertueuse qui fût jamais.

J'avais à peine sept ans lorsque cette tendre mère, sans cesse occupée du soin de ma santé et de mon éducation, s'aperçut que je maigrissais à vue d'œil. Un habile médecin fut appelé pour être consulté sur ma maladie : j'avais un appétit dévorant, point de fièvre, je ne ressentais aucune douleur. Cependant ma vivacité se perdait, mes jambes pouvaient à peine me porter. Ma mère, craintive pour mes jours, ne me quitta plus, et me fit coucher avec elle. Quelle fut sa surprise lorsqu'une nuit, me croyant endormie, elle s'aperçut que j'avais la main sur la partie qui nous distingue des

2

hommes, où par un frottement bénin, je me procurais des plaisirs peu connus d'une fille de sept ans, et très communs parmi celles de quinze. Ma mère pouvait à peine croire ce qu'elle voyait. Elle lève doucement la couverture et le drap ; elle apporte une lampe qui était allumée dans la chambre ; et, en femme prudente et connaisseuse, elle attend constamment le dénouement de mon action. Il fut tel qu'il devait être ; je m'agitai, je tressaillis, et le plaisir m'éveilla. Ma mère, dans le premier mouvement, me gronda de la bonne sorte ; elle me demanda de qui j'avais appris les horreurs dont elle venait d'être témoin ? Je lui répondis, en pleurant, que j'ignorais en quoi j'avais pu la fâcher, que je ne savais ce qu'elle voulait me dire par les termes d'*attouchements*, d'*impudicité*, de *péché mortel*, dont elle se servait. La naïveté de mes réponses la convainquit de mon innocence, et je me rendormis : nouveaux chatouillements de ma part, nouvelles plaintes de celle de ma mère. Enfin, après quelques nuits d'observation attentive, on ne douta plus que ce ne fût la force de mon tempérament qui me faisait faire, en dormant, ce qui sert à soulager tant de pauvres religieuses en veillant. On prit le parti de me lier étroitement les mains, de manière qu'il me fût impossible de continuer mes amusements nocturnes[4].

Je recouvrai bientôt ma santé et ma première vigueur. L'habitude se perdit, mais le tempérament augmenta. À l'âge de neuf à dix ans je sentais une inquiétude, des désirs dont je ne connaissais pas le but : nous nous assemblions souvent, de jeunes filles et garçons de mon âge, dans un grenier ou dans quelque chambre écartée. Là nous jouions à de petits jeux : un d'entre nous était élu le maître d'école, la moindre faute était punie par le fouet. Les garçons défaisaient leurs culottes, les filles troussaient jupes et chemises ; on se regardait attentivement ; vous eussiez vu cinq à six petits culs admirés, caressés et fouettés tour à tour. Ce que nous appelions *la guigui* des garçons nous servait de jouet ; nous passions et repassions cent fois la main dessus, nous la pressions à pleine main, nous en faisions des poupées, nous baisions ce petit instrument, dont nous étions bien éloignés de connaître l'usage et le prix. Nos petites fesses étaient baisées à leur tour : il n'y avait que le centre des plaisirs qui était négligé ; pourquoi cet oubli ? Je l'ignore, mais tels étaient nos jeux, la simple nature les dirigeait, une exacte vérité me les dicte.

Après deux années passées dans ce libertinage innocent,

ma mère me mit dans un couvent, j'avais alors environ onze ans. Le premier soin de la supérieure fut de me disposer à faire ma première confession. Je me présentai à ce tribunal sans crainte, parce que j'étais sans remords. Je débitai au vieux gardien des capucins, directeur de conscience de ma mère, qui m'écoutait, toutes les fadaises, les peccadilles d'une fille de mon âge. Après m'être accusée des fautes dont je me croyais coupable : « Vous serez un jour une sainte, me dit ce bon père, si vous continuez de suivre, comme vous avez fait, les principes de vertu que votre mère vous inspire ; évitez surtout d'écouter le démon de la chair ; je suis le confesseur de votre mère, elle m'avait alarmé sur le goût qu'elle vous croit pour l'impureté, le plus infâme des vices ; je suis bien aise qu'elle se soit trompée dans les idées qu'elle avait conçues de la maladie que vous avez eue il y a quatre ans ; sans ses soins, mon cher enfant, vous perdiez votre corps et votre âme. Oui, je suis certain présentement que les attouchements dans lesquels elle vous a surprise n'étaient pas volontaires, et je suis convaincu qu'elle s'est trompée dans la conclusion qu'elle en a tirée pour votre salut. »

Alarmée de ce que me disait mon confesseur, je lui demandai ce que j'avais donc fait qui eût pu donner à ma mère une si mauvaise idée de moi ? Il ne fit aucune difficulté de m'apprendre, dans les termes les plus mesurés, ce qui s'était passé, et les précautions que ma mère avait prises pour me corriger d'un défaut dont il était à désirer, disait-il, que je ne connusse jamais les conséquences.

Ces réflexions m'en firent faire insensiblement sur nos amusements du grenier dont je viens de parler. La rougeur me couvrit le visage, je baissai les yeux comme une personne honteuse, interdite ; et je crus apercevoir, pour la première fois, du crime dans nos plaisirs. Le père me demanda la cause de mon silence et de ma tristesse ; je lui dis tout. Quels détails n'exigea-t-il pas de moi ? Ma naïveté sur les termes, sur les attitudes et sur le genre des plaisirs dont je convenais servit encore à le persuader de mon innocence. Il blâma ces jeux avec une prudence peu commune aux ministres de l'Église ; mais ses expressions désignèrent assez l'idée qu'il concevait de mon tempérament. Le jeûne, la prière, la méditation, le cilice, furent les armes dont il m'ordonna de combattre par la suite mes passions. « Ne portez jamais, me dit-il, la main ni même les yeux sur cette partie infâme par laquelle vous pissez, qui n'est autre chose que la pomme qui a séduit Adam, et qui a opéré la condamnation du genre humain par le péché originel ; elle est habitée par le démon ; c'est son séjour, c'est son trône ; évitez de vous laisser surprendre par cet ennemi de Dieu et des hommes. La nature couvrira bientôt cette partie d'un vilain poil, tel que celui qui sert de couverture aux bêtes féroces, pour marquer, par cette punition, que la honte, l'obscurité et l'oubli doivent être son partage. Gardez-vous encore avec plus de précaution de ce morceau de chair des jeunes garçons de votre âge, qui faisait votre amusement dans ce grenier ; c'est le serpent, ma fille, qui tenta Ève, notre mère commune. Que vos regards et vos attouchements ne soient jamais souillés par cette vilaine bête, elle vous piquerait et vous dévorerait infailliblement tôt ou tard.

— Quoi ! serait-il bien possible, mon père, repris-je tout émue, que ce soit là un serpent et qu'il soit aussi dangereux que vous le dites ? Hélas ! Il m'a paru si doux ! il n'a mordu aucune de mes compagnes ; je vous assure qu'il n'avait qu'une très petite bouche et point de dents, je l'ai bien vu…

— Allons, mon enfant, dit mon confesseur en m'interrompant ; croyez ce que je vous dis ; les serpents que vous avez eu la témérité de toucher étaient encore trop jeunes, trop petits, pour opérer les maux dont ils sont capables ; mais ils s'allongeront, ils grossiront, ils s'élanceront contre vous : c'est alors que vous devez redouter l'effet du venin qu'ils ont coutume de darder avec une sorte de fureur, et qui empoisonnerait votre corps et votre âme. »

Enfin, après quelque autre leçon de cette espèce, le bon père me congédia en me laissant dans une étrange perplexité.

Je me retirai dans ma chambre, l'imagination frappée de ce que je venais d'entendre, mais bien plus affectée de l'idée de l'aimable serpent que de celle des remontrances et des menaces qui m'avaient été faites à son sujet. Néanmoins j'exécutai de bonne foi ce que j'avais promis ; je résistai aux efforts de mon tempérament, et je devins un exemple de vertu.

Que de combats, mon cher comte, il m'a fallu rendre jusqu'à l'âge de vingt-cinq ans, temps auquel ma mère me *retira de ce maudit couvent ! J'en* avais à peine seize lorsque je tombai dans un état de langueur qui était le fruit de mes méditations ; elles m'avaient fait apercevoir sensiblement deux passions dans moi, qu'il m'était impossible de concilier. D'un côté j'aimais Dieu de bonne foi ; je désirais de tout mon cœur de le servir de la manière dont on m'assurait qu'il voulait être servi. D'autre côté je sentais des désirs violents dont je ne pouvais démêler le but. Ce serpent charmant se peignait sans cesse dans mon âme, et s'y arrêtait malgré moi, soit en veillant ou en dormant. Quelquefois, tout émue, je croyais y porter la main, je le caressais, j'admirais son air noble, altier, sa fermeté, quoique j'en ignorasse encore l'usage ; mon cœur battait avec une vitesse étonnante, et dans le fort de mon extase ou de mon rêve, toujours marqué par un frémissement de volupté, je ne me connaissais presque plus : ma main se trouvait saisie de la pomme, mon doigt remplaçait le serpent. Excitée par les avant-coureurs du plaisir, j'étais incapable d'aucune autre réflexion ; l'enfer entrouvert sous mes yeux n'aurait pas eu le pouvoir de m'arrêter : remords impuissants ! Je mettais le comble à la volupté.

Que de troubles ensuite ! Le jeûne, le cilice, la méditation, étaient ma ressource : je fondais en larmes. Ces remèdes, en détraquant la machine, me guérirent à la vérité tout à coup de ma passion ; mais ils ruinèrent ensemble mon tempérament et ma santé : je tombai enfin dans un état de langueur qui me conduisait visiblement au tombeau, lorsque ma mère me retira du couvent.

Répondez, théologiens fourbes ou ignorants, qui créez nos crimes à votre gré : Qui est-ce qui avait mis en moi les deux passions dont j'étais combattue, *l'amour de Dieu et celui du plaisir de la chair* ? Est-ce la nature ou le diable ? Optez. Mais oseriez-vous avancer que l'une ou l'autre soient plus puissants que Dieu ? S'ils lui sont subordonnés, c'est donc Dieu qui avait permis que ces passions fussent en moi ; c'était son ouvrage. Mais, répliquerez-vous, Dieu vous avait donné la raison pour vous éclairer. Oui, mais non pas pour me décider. La raison m'avait bien fait apercevoir les deux passions dont j'étais agitée : c'est par elle que j'ai conçu par la suite que tenant tout de Dieu, je tenais de lui ces passions dans toute la force où elles étaient ; mais cette même raison qui m'éclairait ne me décidait point. Dieu, cependant, continuerez-vous, vous ayant laissée maîtresse de votre volonté, vous étiez libre de vous déterminer pour le bien ou pour le mal. Pur jeu de mots. Cette volonté et cette prétendue liberté n'ont de degrés de force, n'agissent que conséquemment aux degrés de force des passions, et des appétits qui nous sollicitent. Je parais, par exemple, être libre de me tuer, de me jeter par la fenêtre. Point du tout : dès que l'envie de vivre est plus forte en moi que celle de mourir, je ne me tuerai jamais. Tel homme, direz-vous, est bien le maître de donner aux pauvres, à son indulgent confesseur, cent louis d'or qu'il a dans sa poche. Il ne l'est point ; l'envie qu'il a de conserver son argent étant plus forte que celle d'obtenir une absolution inutile de ses péchés, il gardera nécessairement son argent. Enfin chacun peut se démontrer à soi-même que la raison ne sert qu'à faire connaître à l'homme quel est le degré d'envie qu'il a de faire ou d'éviter telle ou telle chose, combiné avec le plaisir et le déplaisir qui doit lui en revenir. De cette connaissance acquise par la raison, il résulte ce que nous appelons *la volonté et la détermination*. Mais cette volonté et cette détermination sont aussi parfaitement soumises aux degrés de passion ou de désir qui nous agitent qu'un poids de quatre livres détermine nécessairement le côté d'une balance qui n'a que deux livres à soulever dans son autre bassin.

Mais, me dira un raisonneur qui n'aperçoit que l'écorce, ne suis-je pas libre de boire à mon dîner une bouteille de vin de Bourgogne ou une de Champagne ? Ne suis-je pas le maître de choisir pour ma promenade la grande allée des Tuileries, ou la terrasse des Feuillants ?

Je conviens que dans tous les cas où l'âme est dans une indifférence parfaite sur sa détermination, que dans les circonstances où les désirs de faire telle ou telle chose sont dans une balance égale, dans un juste équilibre, nous ne pouvons pas apercevoir ce défaut de liberté : c'est un lointain dans lequel nous ne discernons plus les objets : mais rapprochons-les un peu ces objets, nous apercevrons bientôt distinctement le mécanisme des actions de notre vie, et dès que nous en connaîtrons une, nous les connaîtrons toutes, puisque la nature n'agit que par un même principe.

Notre raisonneur se met à table, on lui sert des huîtres : ce mets le détermine pour le vin de Champagne. Mais, dira-t-on, il était libre de choisir la Bourgogne. Je dis que non : il est bien vrai qu'un autre motif, qu'une autre envie plus puissante que la première, pouvait le déterminer à boire de ce dernier vin : hé bien, en ce cas, cette dernière envie aurait également *contraint sa prétendue liberté*.

Notre même raisonneur, en entrant aux Tuileries, aperçoit une jolie femme de sa connaissance sur la terrasse des Feuillants ; il se détermine à la joindre, à moins que quelque autre raison d'intérêt ou de plaisir ne le conduise dans la grande allée. Mais quelque côté qu'il choisisse, ce sera toujours une raison, un désir qui le décidera invinciblement à prendre l'un ou l'autre parti qui contiendra sa volonté.

Pour admettre que l'homme fût libre, il faudrait supposer qu'il se déterminât par lui-même : mais s'il eśt déterminé par les degrés de passion, dont la nature et les sensations l'affectent, il n'eśt pas libre ; un degré de désir plus ou moins vif le décide aussi invinciblement qu'un poids de quatre livres en entraîne un de trois.

Je demande encore à mon dialogueur, qu'il me dise qu'eśt-ce qui l'empêche de penser comme moi sur la matière dont il s'agit ici, et pourquoi je ne peux pas me déterminer à penser comme lui sur cette même matière. Il me répondra sans doute que ses idées, ses notions, ses sensations le contraignent de penser comme il fait. Mais de cette réflexion qui lui démontre intérieurement qu'il n'eśt pas maître d'avoir la volonté de penser comme moi, ni moi celle de penser comme lui, il faut bien qu'il convienne que nous ne sommes pas libres de penser de telle ou de telle manière. Or si nous ne sommes pas libres de penser, comment serions-nous libres d'agir, puisque la pensée eśt la cause, et que l'action n'eśt que l'effet ? Et peut-il résulter un effet *libre* d'une cause qui n'eśt pas *libre* ? Cela implique contradiction.

Pour achever de nous convaincre de cette vérité, aidons-nous du flambeau de l'expérience. Grégoire, Damon et Philinte sont trois frères qui ont été élevés par les mêmes maîtres jusqu'à l'âge de vingt-cinq ans. Ils ne se sont jamais quittés : ils ont reçu la même éducation, les mêmes leçons de morale, de religion. Cependant Grégoire aime le vin ; Damon aime les femmes ; Philinte eśt dévot. Qui eśt-ce qui a déterminé les trois différentes volontés de ces trois frères ? Ce ne peut-être ni l'acquis, ni la connaissance du bien et du mal moral, puisqu'ils n'ont reçu que les mêmes préceptes par les mêmes maîtres ; chacun d'eux avait donc en lui différents principes ; différentes passions qui ont décidé ces diverses volontés, malgré l'uniformité des connaissances acquises. Je dis plus : Grégoire, qui aimait le vin, était le plus honnête homme, le plus sociable, le meilleur ami lorsqu'il n'avait pas bu ; mais dès qu'il avait goûté de cette liqueur enchanteresse, il devenait médisant, calomniateur, querelleur, il se serait coupé la gorge par goût avec son meilleur ami. Or, Grégoire était-il maître de ce changement de volonté qui se faisait tout à coup dans lui ? Non, certainement, puisque de sang-froid il détestait les actions qu'il avait été forcé de commettre dans le vin. Quelques sots cependant admiraient l'esprit de continence dans Grégoire, qui n'aimait point les femmes ; la sobriété de Damon, qui n'aimait point le vin ; et la piété de Philinte, qui n'aimait ni les femmes ni le vin, mais qui jouissait du même plaisir que les deux premiers par son goût pour la dévotion. C'est ainsi que la plupart des hommes sont dupes de l'idée qu'ils ont des vices et des vertus humaines.

Concluons. L'arrangement des organes, les dispositions des fibres, un certain mouvement des liqueurs donnent le genre des passions, les degrés de force dont elles nous agitent, contraignent la raison, déterminent la volonté dans les plus petites comme dans les plus grandes actions de notre vie. C'est ce qui fait l'homme passionné, l'homme sage, l'homme fou. Le fou n'est pas moins libre que les deux premiers, puisqu'il agit par les mêmes principes ; la nature est uniforme. Supposer que l'homme est libre et qu'il se détermine par lui-même, c'est le faire égal à Dieu.

Revenons à ce qui me regarde. J'ai dit qu'à vingt-trois ans ma mère me retira presque mourante du couvent où j'étais. Toute la machine languissait, mon teint était jaune, mes lèvres livides ; je ressemblais à un squelette vivant. Enfin la dévotion allait me rendre homicide de moi-même, lorsque je rentrai dans la maison de ma mère. Un habile médecin envoyé de sa part à mon couvent avait connu d'abord le principe de ma maladie. Cette liqueur divine qui nous procure le seul plaisir physique, le seul qui se goûte sans amertume, cette liqueur, dis-je, dont l'écoulement est aussi nécessaire à certains tempéraments que celui qui résulte des aliments qui nous nourrissent, avait reflué des vaisseaux qui lui sont propres dans d'autres qui lui étaient étrangers ; ce qui avait jeté le désordre dans toute la machine.

On conseilla à ma mère de me chercher un mari comme le seul remède qui pût me sauver la vie. Elle m'en parla avec douceur ; mais infatuée que j'étais de mes préjugés, je lui répondis sans ménagement que j'aimais mieux mourir que de déplaire à Dieu, par un état aussi méprisable, qu'il ne tolérait que par un effet de sa grande bonté. Tout ce qu'elle put me dire *ne m'ébranla point, la nature* affaiblie ne me laissait aucune espèce de désirs pour ce monde, je n'envisageais que le bonheur qu'on m'avait promis dans l'autre.

Je continuais donc mes exercices de piété avec toute la ferveur imaginable. On m'avait beaucoup parlé du fameux père Dirrag ; je voulais le voir, il devint mon directeur ; et Mlle Éradice, sa plus tendre pénitente, fut bientôt ma meilleure amie.

Vous connaissez, mon cher comte, l'histoire de ces deux célèbres personnages ; je n'entreprendrai point de vous répéter tout ce que le public en sait et en a dit ; mais un trait singulier, dont j'ai été témoin, pourra vous amuser, et servir à vous convaincre que, s'il est vrai que Mlle Éradice se soit enfin livrée avec connaissance de cause aux embrassements de ce cafard[5], il est du moins certain qu'elle a été longtemps la dupe de sa sainte lubricité.

Mlle Éradice avait pris pour moi l'amitié la plus tendre, elle me confiait ses plus secrètes pensées ; la conformité d'humeur, de pratique de piété, peut-être même de tempérament, qui était entre nous, nous rendait inséparables. Toutes deux vertueuses, notre passion dominante était d'avoir la réputation d'être saintes, avec une envie démesurée de parvenir à faire des miracles. Cette passion la dominait si puissamment qu'elle eût souffert, avec une constance digne des martyrs, tous les tourments imaginables, si on lui eût persuadé qu'ils pouvaient lui faire ressusciter un second Lazare ; et le père Dirrag avait, par-dessus tout, le talent de lui faire croire tout ce qu'il voulait.

Éradice m'avait dit plusieurs fois, avec une sorte de vanité, que ce père ne se communiquait tout entier qu'à elle seule ; que, dans les entretiens particuliers qu'ils avaient souvent ensemble chez elle, il l'avait assurée qu'elle n'avait plus que quelque pas à faire pour parvenir à la sainteté ; que Dieu le lui avait ainsi révélé dans un songe, par lequel il avait connu clairement qu'elle était à la veille d'opérer les plus grands miracles, si elle continuait de se laisser conduire par les degrés de vertu et de mortification nécessaires.

La jalousie et l'envie sont de tous les états, celui de dévote en est peut-être le plus susceptible.

Éradice s'aperçut que j'étais jalouse de son bonheur, et que même je paraissais ne pas ajouter foi à ce qu'elle me disait. Effectivement je lui témoignai d'autant plus de surprise de ce qu'elle m'apprenait, de ses entretiens particuliers avec le père Dirrag, qu'il avait toujours éludé d'en avoir de semblables avec moi, dans la maison d'une de ses pénitentes mon amie, qui était stigmatisée ainsi qu'Éradice. Sans doute que ma triste figure et que mon teint jaunâtre n'avait pas paru au révérend père être pour lui un restaurant propre à exciter le goût nécessaire à ses travaux spirituels. J'étais piquée au jeu, point de stigmates ! Point d'entretien particulier pour moi ! Mon humeur perça, j'affectai de paraître ne rien croire. Éradice d'un air ému m'offrit de me rendre dès le lendemain matin témoin oculaire de son bonheur. « Vous verrez, me dit-elle avec feu, quelle est la force de mes exercices spirituels, et par quels degrés de pénitence le bon père me conduit à devenir une grande sainte ; et vous ne douterez plus des extases, des ravissements, qui sont une suite de ces mêmes exercices. Que mon exemple, ma chère Thérèse, ajoute-t-elle en se radoucissant, ne peut-il opérer dans vous, pour premier miracle, la force de détacher entièrement votre esprit de la matière par la grande vertu de la méditation, pour ne le mettre qu'en Dieu seul ! »

Je me rendis le lendemain à cinq heures du matin chez Éradice, comme nous en étions convenues. Je la trouvai en prière, un livre à la main : « Le saint homme va venir, me dit-elle, et Dieu avec lui ; cachez-vous dans ce petit cabinet, d'où vous pourrez entendre et voir jusqu'où la bonté divine veut bien s'étendre en faveur de sa vile créature, par les soins pieux de notre directeur. » Un instant après on frappa doucement à la porte. Je me sauvai dans le cabinet dont Éradice prit la clef. Un trou large comme la main, qui était dans la porte de ce cabinet, couverte d'une vieille tapisserie de Bergame très claire, me laissait voir librement la chambre en son entier, sans risquer d'être aperçue.

Le bon père entra. « Bonjour, ma chère sœur en Dieu ! lui dit-il. Que le Saint-Esprit et saint François soient avec vous ! » Elle voulut se jeter à ses pieds, mais il la releva et la fit asseoir auprès de lui. « Il est nécessaire, lui dit le saint homme, que je vous répète les principes sur lesquels vous devez vous guider dans toutes les actions de votre vie. Mais parlez-moi auparavant de vos stigmates. Celui que vous avez sur la poitrine est-il toujours dans le même état ? Voyons un peu. » Éradice se mit d'abord en devoir de découvrir son téton gauche, au-dessous duquel il était. « Ah ! ma sœur ! Arrêtez, lui dit le père, arrêtez : couvrez votre sein avec ce mouchoir (il lui en tendait un[6]), de pareilles choses ne sont pas faites pour un membre de notre société : il suffira que je voie la plaie que saint François y a imprimée ; ah ! elle subsiste. Bon ! dit-il, je suis content. Saint François vous aime toujours ; la plaie est vermeille et pure ; j'ai eu soin d'apporter encore avec moi le saint morceau de son cordon ; nous en aurons besoin à la suite de nos exercices. Je vous ai déjà dit, ma sœur, continua-t-il, que je vous distinguais de toutes mes pénitentes vos compagnes, parce que je vois que Dieu vous distingue lui-même de son saint troupeau, comme le soleil est distingué de la lune et des autres planètes. C'est pour cette raison que je n'ai pas craint de vous révéler ses mystères les plus cachés. Je vous l'ai dit, ma chère sœur : *oubliez-vous et laissez faire*. Dieu ne veut des hommes que le cœur et l'esprit. C'est en oubliant le corps qu'on parvient à s'unir à Dieu, à devenir sainte, à opérer des miracles. Je ne puis vous dissimuler, mon petit ange, que dans notre dernier exercice, je me suis aperçu que votre esprit tenait encore à la chair. Quoi ! ne pouvez-vous imiter en partie ces bienheureux martyrs qui ont été flagellés, tenaillés, rôtis, sans souffrir la moindre douleur, parce que leur imagination était tellement occupée de la gloire de Dieu qu'il n'y avait dans eux aucune particule d'esprit qui ne fût employée à cet objet ? C'est un mécanisme certain, ma chère fille ; nous sentons, et nous n'avons d'idées du bien et du mal physique, comme du bien et du mal moral, que par la voie des sens. Dès que nous touchons, que nous entendons, que nous voyons, etc., un objet, des particules d'esprit se coulent dans les petites cavités des nerfs qui vont en avertir l'âme. Si vous avez assez de ferveur pour rassembler, par la force de la méditation sur l'amour que vous devez à Dieu, toutes les particules d'esprit qui sont en vous, en les appliquant toutes à cet objet, il est certain qu'il n'en restera aucune pour avertir l'âme des coups que votre chair recevra ; vous ne les sentirez pas. Voyez ce chasseur ; l'imagination remplie du plaisir de forcer le gibier qu'il poursuit, il ne sent ni les ronces, ni les épines, dont il est déchiré en perçant les forêts. Plus faible que lui, dans un objet mille fois plus intéressant, sentirez-vous de faibles coups de discipline, si votre âme est fermement occupée du bonheur qui vous attend ? Telle est la pierre de touche qui nous conduit à faire des miracles ; tel doit être l'état de perfection qui nous unit à Dieu. Nous allons commencer, ma chère fille : remplissez bien vos devoirs, et soyez sûre qu'avec l'aide du cordon de saint François, et votre méditation, ce pieux exercice finira par un torrent de délices inexprimables. Mettez-vous à genoux, mon enfant, et découvrez ces parties de la chair qui sont les motifs de colère de Dieu : la mortification qu'elles éprouveront unira intimement votre esprit à lui. Je vous le répète : *oubliez-vous et laissez faire*. »

Mlle Éradice obéit aussitôt sans répliquer. Elle se mit à genoux sur un prie-Dieu, un livre devant elle. Puis, levant ses jupes et sa chemise jusqu'à la ceinture, elle laissa voir deux fesses blanches comme la neige et d'un ovale parfait, soutenues de deux cuisses d'une proportion admirable. « Levez plus haut votre chemise, lui dit-il, elle n'est pas bien ; là, c'est ainsi. Joignez présentement les mains et élevez votre âme à Dieu : remplissez votre esprit de l'idée du bonheur éternel qui vous est promis. » Alors le père approcha un tabouret sur lequel il se mit à genoux derrière et un peu à côté d'elle. Sous sa robe, qu'il releva et qu'il passa dans sa ceinture, était une grosse et longue poignée de verges, qu'il présenta à baiser à sa pénitente.

Attentive à l'événement de cette scène, j'étais remplie d'une sainte horreur ; je sentais une sorte de frémissement que je ne puis décrire. Éradice ne disait mot. Le père parcourait, avec des yeux pleins de feu, les fesses qui lui servaient de perspective ; et comme il avait ses regards fixés sur elles, j'entrouïs qu'il disait à basse voix, d'un ton d'admiration : « Ah ! la belle gorge ! Quels tétons charmants ! » Puis il se baissait, se relevait par intervalles en marmottant quelques versets : rien n'échappait à sa lubricité. Après quelques minutes, il demanda à sa pénitente si son âme était entrée en contemplation ? « Oui, mon très révérend père, lui dit-elle ; je sens que mon esprit se détache de la chair, et je vous supplie de commencer le saint œuvre.

— Cela suffit, reprit le père, votre esprit va être content. »

Il récita encore quelques prières ; et la cérémonie commença par trois coups de verges qu'il lui appliqua assez légèrement sur le derrière. Ces trois coups furent suivis d'un verset qu'il récita, et successivement de trois autres coups de verges un peu plus forts que les premiers. Après cinq à six versets récités et interrompus par cette sorte de diversion, quelle fut ma surprise, lorsque je vis le père Dirrag, déboutonnant sa culotte, donner l'effort à un trait enflammé qui était semblable à ce serpent fatal qui m'avait attiré les reproches de mon ancien directeur ! Ce monstre avait acquis la longueur, la grosseur et la fermeté prédite par le capucin ; il me faisait frissonner. Sa tête rubiconde paraissait menacer les fesses d'Éradice qui étaient devenues du plus bel incarnat, le visage du père était tout en feu. « Vous devez être présentement, dit-il, dans l'état le plus parfait de contemplation : votre âme doit être détachée des sens. Si ma fille ne trompe pas

3

mes saintes espérances, elle ne voit plus, n'entend plus, ne sent plus. » Dans ce moment, ce bourreau fit tomber une grêle de coups sur toutes les parties du corps d'Éradice qui étaient à découvert. Cependant elle ne disait mot, elle semblait être immobile, insensible à ces terribles coups ; et je ne distinguais simplement dans elle qu'un mouvement convulsif de ses deux fesses, qui se serraient et se desserraient à chaque instant. « Je suis content de vous », lui dit-il, après un quart d'heure de cette cruelle discipline ; « il est temps que vous commenciez à jouir du fruit de vos saints travaux. Ne m'écoutez pas, ma chère fille, mais laissez-vous conduire : prosternez votre face contre terre ; je vais, avec le vénérable cordon de saint François, chasser tout ce qui reste d'impur au-dedans de vous. »

Le bon père la plaça en effet dans une attitude humiliante à la vérité, mais aussi la plus commode à ses desseins. Jamais on ne l'a présenté plus beau ; ses fesses étaient entrouvertes, et on découvrait en entier la double route des plaisirs.

Après un instant de contemplation de la part du cafard, il humecta de salive ce qu'il appelait *le cordon*, et en proférant quelques paroles, d'un ton qui sentait l'exorcisme d'un prêtre qui travaille à chasser le diable du corps d'un démoniaque, Sa Révérence commença son intromission.

J'étais placée de manière à ne pas perdre la moindre circonstance de cette scène ; les fenêtres de la chambre où elle se passait faisaient face à la porte du cabinet dans lequel j'étais renfermée. Éradice venait d'être placée à genoux sur le plancher, les bras croisés sur le marchepied de son prie-Dieu, et la tête appuyée sur ses bras. Sa chemise, soigneusement relevée jusqu'à la ceinture, me laissait voir à demi-profil des fesses et une chute de reins admirables. Cette luxurieuse perspective fixait l'attention du très révérend père, qui s'était mis lui-même à genoux, les jambes de sa pénitente placées entre les siennes, ses culottes basses, son terrible cordon à la main, marmottant quelques mots mal articulés. Il resta pendant quelques instants dans cette édifiante attitude, parcourant l'autel avec des regards enflammés, et paraissant indécis sur la nature du sacrifice qu'il allait offrir. Deux embouchures se présentaient, il les dévorait des yeux, embarrassé sur le choix : l'une était un friand morceau pour un homme de sa robe ; mais il avait promis du plaisir, de l'extase à sa pénitente. Comment faire ? Il osa diriger plusieurs fois la tête de son instrument sur la porte favorite à laquelle il heurtait légèrement, mais

enfin la prudence l'emporta sur le goût. Je lui dois cette justice, je vis distinctement le rubicond Priape de Sa Révérence enfiler la route canonique, après en avoir entrouvert délicatement les lèvres vermeilles avec le pouce et l'index de chaque main. Ce travail fut d'abord entamé par trois vigoureuses secousses, qui en firent entrer près de moitié : alors tout à coup la tranquillité apparente du père se changea en une espèce de fureur. Quelle physionomie ! Ah, Dieu ! Figurez-vous un satyre les lèvres chargées d'écume, la bouche béante, grinçant parfois les dents, soufflant comme un taureau qui mugit ; ses narines étaient enflées et agitées ; il soutenait ses mains élevées à quatre doigts de la croupe d'Éradice, sur laquelle on voyait qu'il n'osait les appliquer pour y prendre un point d'appui : ses doigts écartés étaient en convulsion et se formaient en patte de chapon rôti. Sa tête était baissée ; et ses yeux étincelants restaient fixés sur le travail de la cheville ouvrière, dont il compassait les allées et les venues de manière que, dans le mouvement de rétroaction, elle ne sortît pas de son fourreau, et que dans celui d'impulsion, son ventre n'appuyât pas aux fesses de la pénitente, laquelle par réflexion aurait pu deviner où tenait le prétendu cordon. Quelle présence d'esprit ! Je vis qu'environ la longueur d'un travers de pouce du saint instrument fut constamment réservée au-dehors et n'eut point de part à la fête. Je vis qu'à chaque mouvement que le croupion du père faisait en arrière, par lequel le cordon se retirait de son gîte jusqu'à la tête, les lèvres de la partie d'Éradice s'entrouvraient et paraissaient d'un incarnat si vif qu'elles charmaient la vue. Je vis que, lorsque le père, par un mouvement opposé, poussait en avant, ces mêmes lèvres, dont on ne voyait plus alors que le petit poil noir qui les couvrait, serraient si exactement la flèche qui y semblait comme engloutie qu'il eût été difficile de deviner auquel des deux acteurs appartenait cette cheville, par laquelle ils paraissaient l'un et l'autre également attachés.

Quelle mécanique ! Quel spectacle, mon cher comte, pour une fille de mon âge, qui n'avait aucune connaissance de ce genre de mystère ! Que d'idées différentes me passèrent dans l'esprit, sans pouvoir me fixer à aucune ! Il me souvient seulement que vingt fois je fus sur le point de m'aller jeter aux genoux de ce célèbre directeur, pour le conjurer de me traiter comme mon amie. Était-ce mouvement de dévotion ? Était-ce mouvement de concupiscence ? C'est ce qu'il m'est encore impossible de pouvoir bien démêler.

Revenons à nos acolytes. Les mouvements du père s'accélérèrent ; il avait peine à garder l'équilibre. Sa posture était telle qu'il formait à peu près, de la tête aux genoux, un *S* dont le ventre allait et venait horizontalement aux fesses d'Éradice. La partie de celle-ci qui servait de canal à la cheville ouvrière dirigeait tout le travail, et deux énormes verrues, qui pendaient entre les cuisses de Sa Révérence, semblaient en être comme les témoins. « Votre esprit est-il content, ma petite sainte ? dit-il en poussant une sorte de soupir. Pour moi, je vois les cieux ouverts, la grâce suffisante[7] me transporte : je…

— Ah ! mon père ! s'écria Éradice. Quel plaisir m'aiguillonne ! Oui, je jouis du bonheur céleste ; je sens que mon esprit est entièrement détaché de la matière : chassez, mon père, chassez tout ce qui reste d'impur dans moi. Je vois… les… an… ges ; poussez plus avant… poussez donc… Ah !… Ah !… bon… saint François ! ne m'abandonnez pas ; je sens le cor… le cor… le cordon… je n'en puis plus… je me meurs. »

Le père, qui sentait également les approches du souverain plaisir, bégayait, poussait, soufflait, haletait. Enfin, les dernières paroles d'Éradice furent le signal de sa retraite : et je vis le fier serpent devenu humble, rampant, sortir couvert d'écume de son étui.

Tout fut promptement remis dans sa place, et le père, en laissant tomber sa robe, gagna à pas chancelants le prie-Dieu qu'Éradice avait quitté. Là, feignant de se mettre en oraison, il ordonna à sa pénitente de se lever, de se couvrir, puis de venir se joindre à lui, pour remercier le Seigneur des faveurs qu'elle venait d'en recevoir.

Que vous dirai-je enfin, mon cher comte ? Dirrag sortit ; et Éradice, qui m'ouvrit la porte du cabinet, me sauta au cou en m'abordant. « Ah ! ma chère Thérèse, me dit-elle, prends part à ma félicité : oui, j'ai vu le paradis ouvert, j'ai participé au bonheur des anges. Que de plaisirs, mon amie, pour un moment de peine ! Par la vertu du saint cordon, mon âme était presque détachée de la matière. Tu as pu voir par où notre bon directeur l'a introduit dans moi. Eh bien ! je t'assure que je l'ai senti pénétrer jusqu'à mon cœur, un degré de ferveur de plus, n'en doute point, je passais à jamais dans le séjour des bienheureux. »

Éradice me tint mille autres discours avec un ton, avec une vivacité, qui ne purent me laisser douter de la réalité du bonheur suprême dont elle avait joui. J'étais si émue qu'à peine lui répondis-je pour la féliciter ; mon cœur étant dans la plus vive agitation, je l'embrassai et je sortis.

Que de réflexions sur l'abus qui se fait des choses les plus respectables établies dans la société ! Avec quel art ce penaillon[8] conduit sa pénitente à ses fins impudiques ! Il lui échauffe l'imagination sur l'envie d'être sainte ; il lui persuade qu'on n'y parvient qu'en détachant l'esprit de la chair. De là il la conduit à la nécessité d'en faire l'épreuve par une vigoureuse discipline : cérémonie qui était sans doute un restaurant du goût du cafard, propre à réveiller l'élasticité usée de son nerf érecteur. « Vous ne devez rien sentir, lui dit-il, rien voir, rien entendre, si votre contemplation est parfaite. » Par ce moyen il s'assure qu'elle ne tournera pas la tête, qu'elle ne verra rien de son impudicité. Les coups de fouet qu'il lui applique sur les fesses attirent les esprits dans le quartier qu'il doit attaquer ; ils l'échauffent ; et enfin la ressource qu'il s'est préparée par le cordon de saint François, qui par son intromission doit chasser tout ce qui reste d'impur dans le corps de sa pénitente, le fait jouir sans crainte des faveurs de sa docile prosélyte ; elle croit tomber dans une extase divine, purement spirituelle, lorsqu'elle jouit des plaisirs de la chair les plus voluptueux.

Toute l'Europe a su l'aventure du père Dirrag et de Mlle Éradice ; tout le monde en a raisonné ; mais peu de personnes ont connu réellement le fond de cette histoire qui était devenue une affaire de parti entre les M… et les J…[9]. Je ne répéterai point ici ce qui en a été dit ; toutes les procédures vous sont connues, vous avez vu les factums, les écrits qui ont paru de part et d'autre, et vous savez qu'elle en a été la suite. Voici le peu que j'en sais par moi-même, au-delà du fait dont je viens de vous rendre compte.

Mlle Éradice est à peu près de mon âge. Elle est née à Volnot, fille d'un marchand auprès duquel ma mère se logea lorsqu'elle alla s'établir dans cette ville. Sa taille bien prise, sa peau d'une beauté singulière, blanche à ravir, ses cheveux noirs comme jais, de très beaux yeux, un air de Vierge. Nous avons été amies dans l'enfance ; mais lorsque je fus mise au couvent, je la perdis de vue. Sa passion dominante était de se distinguer de ses compagnes, de faire parler d'elle. Cette passion, jointe à un grand fonds de tendresse, lui fit choisir le parti de la dévotion comme le plus propre à son projet. Elle aima Dieu comme on aime son amant. Dans le temps que je la retrouvai pénitente du père Dirrag, elle ne parlait que de méditation, de contemplation, d'oraisons ; c'était alors le style de la gent mystique de la ville, et même de la province. Ses manières modestes lui avaient acquis depuis longtemps la réputation d'une haute vertu. Éradice avait de l'esprit ; mais elle ne l'appliquait qu'à parvenir à satisfaire l'envie démesurée qu'elle avait de faire des miracles ; tout ce qui flattait cette passion devenait pour elle une vérité incontestable. Tels sont les faibles humains : la passion dominante dont chacun d'eux est affecté absorbe toujours toutes les autres : ils n'agissent qu'en conséquence de cette passion ; elle leur empêche d'apercevoir les notions les plus claires qui devraient servir à la détruire.

Le père Dirrag était né à Lôde[10]. Lors de son aventure il avait environ cinquante-trois ans ; son visage était tel que celui que nos peintres donnent aux satyres. Quoique excessivement laid, il avait quelque chose de spirituel dans la physionomie. La paillardise, l'impudicité étaient peintes dans ses yeux. Dans ses actions il ne paraissait occupé que du salut des âmes et de la gloire de Dieu. Il avait beaucoup de talent pour la chaire, ses exhortations, ses discours étaient pleins de douceur, d'onction. Il avait l'art de persuader. Né avec beaucoup d'esprit, il l'employait tout entier à acquérir la réputation de *convertisseur* ; et en effet un nombre considérable de femmes et de filles du monde ont embrassé le parti de la pénitence sous sa direction.

On voit que la ressemblance des caractères et des vues de ce père et de Mlle Éradice suffisait pour les unir. Aussi, dès que le premier parut à Volnot où sa réputation était déjà parvenue avant lui, Éradice se jeta, pour ainsi dire, dans ses bras. À peine se connurent-ils qu'ils se regardèrent mutuellement comme des sujets propres à augmenter leur gloire réciproque. Éradice était certainement d'abord dans la bonne foi ; mais Dirrag savait à quoi s'en tenir : l'aimable figure de sa nouvelle pénitente l'avait séduit ; et il entrevit qu'il séduirait à son tour et tromperait facilement un cœur flexible, tendre, rempli de préjugés, un esprit qui recevait avec la docilité et la persuasion la plus entière le ridicule des insinuations et des exhortations mystiques. De là il forma son plan tel que je l'ai peint plus haut. Les premières branches de ce plan lui assuraient bien de l'amusement voluptueux de la fustigation, et il y avait quelque temps que le bon père en usait avec quelques autres de ses pénitentes : c'était jusqu'alors à quoi s'étaient bornés ses plaisirs libidineux avec elles, mais la fermeté, le contour, la blancheur des fesses d'Éradice avaient tellement échauffé son imagination, qu'il résolut de franchir le pas. Les grands hommes percent à travers les plus grands obstacles : celui-ci imagina donc l'introduction d'un morceau du cordon de saint François, relique qui par son intromission devait chasser tout ce qui resterait d'impur et de charnel dans sa pénitente, et la conduire à l'extase. Ce fut alors qu'il imagina les stigmates imités de ceux de saint François. Il fit venir secrètement à Volnot une de ses anciennes pénitentes qui avait toute sa confiance et qui remplissait ci-devant, avec connaissance de cause, les fonctions qu'il destinait intérieurement à Éradice. Il trouvait celle-ci trop jeune et trop enthousiasmée de l'envie de faire des miracles pour aventurer de la rendre dépositaire de son secret.

La vieille pénitente arriva et fit bientôt connaissance de dévotion avec Éradice, à qui elle tâcha d'en insinuer une particulière pour saint François, son patron. On composa une eau qui devait opérer des plaies imitées des stigmates ; et le Jeudi saint, sous le prétexte de la Cène, la vieille pénitente lava les pieds d'Éradice, et y appliqua de cette eau, qui fit son effet.

Éradice confia deux jours après à la vieille qu'elle avait une blessure sur chaque pied. « Quel bonheur ! Quelle gloire pour vous ! s'écria celle-ci. Saint François vous a communiqué ses stigmates : Dieu veut faire de vous la plus grande sainte. Voyons si, comme votre grand patron, votre côté ne sera pas aussi stigmatisé. » Elle porta de suite la main sous le téton gauche d'Éradice, où elle appliqua pareillement de son eau : le lendemain, nouveau stigmate.

Éradice ne manqua pas de parler de ce miracle à son directeur qui, craignant l'éclat, lui recommanda l'humilité et le secret. Ce fut inutilement ; la passion dominante de celle-ci étant la vanité de paraître sainte, sa joie perça : elle fit des confidences ; ses stigmates firent du bruit, et toutes les pénitentes du père voulurent être stigmatisées.

Dirrag sentit qu'il était nécessaire de soutenir sa réputation, mais en même temps de tâcher de faire une diversion qui empêchât les yeux du public de rester fixés sur la seule Éradice. Quelques autres pénitentes furent donc aussi stigmatisées, par les mêmes moyens : tout réussit.

Éradice cependant se voua à saint François ; son directeur l'assura qu'il avait lui-même la plus grande confiance en son intercession ; il ajouta qu'il avait opéré nombre de miracles par le moyen d'un grand morceau du cordon de ce saint, qu'un père de la Société lui avait rapporté de Rome, et qu'il avait chassé, par la vertu de cette relique, le diable du corps de plusieurs démoniaques, en l'introduisant dans leur bouche, ou dans quelque autre conduit de la nature, suivant l'exigence des cas. Il lui montra enfin ce prétendu cordon, qui n'était autre chose qu'un assez gros morceau de corde de huit pouces de longueur, enduit d'un mastic qui le rendait dur et uni. Il était recouvert proprement d'un étui de velours cramoisi qui lui servait de fourreau ; en un mot, c'était un de ces meubles de religieuses que l'on nomme *godemichés*[11]. Sans doute que Dirrag tenait ce présent de quelque vieille abbesse, de qui il l'avait exigé. Quoi qu'il en soit, Éradice eut bien de la peine d'obtenir la permission de baiser humblement cette relique que le père assurait ne pouvoir être touchée sans crime par des mains profanes.

Ce fut ainsi, mon cher comte, que le père Dirrag conduisit par degrés sa nouvelle pénitente à souffrir pendant plusieurs mois ses impudiques embrassements, lorsqu'elle ne croyait jouir que d'un bonheur purement spirituel et céleste.

C'est d'elle que j'ai su toutes les circonstances, quelque temps après le jugement de son procès. Elle me confia que ce fut un certain moine (qui a joué un grand rôle dans cette affaire) qui lui dessilla les yeux. Il était jeune, beau, bien fait, passionnément amoureux d'elle, ami de son père et de sa mère, chez qui ils mangeaient souvent ensemble. Il s'attira sa confiance ; il démasqua l'impudique Dirrag ; et je compris sensiblement, à travers de tout ce qu'elle me dit, qu'elle se livra alors de bonne foi aux embrassements du luxurieux moine : j'entrevis même que celui-ci n'avait pas démenti la réputation de son ordre, et par une heureuse conformation, comme par des leçons redoublées, il dédommagea amplement sa nouvelle prosélyte du sacrifice qu'elle lui fit des supercheries hebdomadaires de son vieux druide.

Dès qu'Éradice eut reconnu l'illusion du feint cordon de Dirrag par l'application amiable du membre naturel du moine, l'élégance de cette démonstration lui fit sentir qu'elle avait été grossièrement dupée. Sa vanité se trouva blessée, et la vengeance la porta à tous les excès que vous avez connus, de concert avec le fier moine qui, outre l'esprit de parti qui l'animait, était encore jaloux des faveurs que Dirrag avait surprises à son amante. Ses charmes étaient un bien qu'il croyait créé pour lui seul ; c'était un vol manifeste qu'il prétendait lui avoir été fait, dont il se flattait d'obtenir une punition exemplaire ; la grillade[12] seule de son rival, qu'il méditait, pouvait assouvir son ressentiment et sa vengeance.

J'ai dit que lorsque le père Dirrag fut sorti de la chambre de Mlle Éradice, je me retirai chez moi. Dès que je fus rentrée dans ma chambre, je me prosternai à genoux pour demander à Dieu la grâce d'être traitée comme mon amie. Mon esprit était dans une agitation qui approchait de la fureur, un feu intérieur me dévorait. Tantôt assise, tantôt debout, souvent à genoux, je ne trouvais aucune place qui pût me fixer. Je me jetai sur mon lit. L'entrée de ce membre rubicond dans la partie de Mlle Éradice ne pouvait sortir de mon imagination, sans que j'y attachasse cependant aucune idée distincte de plaisir, et encore moins de crime. Je tombai enfin dans une rêverie profonde, pendant laquelle il me sembla que ce même membre, détaché de tout autre objet, faisait son entrée dans moi par la même voie. Machinalement je me plaçai dans la même attitude que celle où j'avais vu Éradice, et machinalement encore, dans l'agitation qui me faisait mouvoir, je me coulai sur le ventre jusqu'à la colonne du pied du lit, laquelle se trouvant passée entre mes jambes et mes cuisses, m'arrêta, et servit de point d'appui à la partie où je sentais une démangeaison inconcevable. Le coup qu'elle reçut par la colonne qui la fixa me causa une légère douleur, qui me tira de ma rêverie sans diminuer l'excès de la démangeaison. La position où j'étais exigeait que je levasse mon derrière pour tâcher d'en sortir ; de ce mouvement que je fis, en remontant et coulant ma *moniche*[13] le long de la colonne, il résulta un frottement qui me causa un chatouillement extraordinaire. Je fis un second mouvement, puis un troisième, etc., qui eurent une augmentation de succès : tout à coup j'entrai dans un redoublement de fureur. Sans quitter ma situation, sans faire aucune espèce de réflexion, je me mis à remuer le derrière avec une agilité incroyable, glissant toujours le long de la salutaire colonne. Bientôt un excès de plaisir me transporta, je perdis connaissance, je me pâmai et m'endormis d'un profond sommeil.

Au bout de deux heures je m'éveillai, toujours ma chère colonne entre mes cuisses, couchée sur mon ventre, mes fesses découvertes. Cette posture me surprit : je ne me souvenais de ce qui s'était passé que comme on se rappelle le tableau d'un songe. Cependant, me trouvant plus tranquille, l'évacuation de la céleste rosée me laissant l'esprit plus libre, je fis quelques réflexions sur tout ce que j'avais vu chez Éradice, et sur ce qui venait de se passer dans moi, sans en pouvoir tirer aucune conclusion raisonnable. La partie qui avait frotté le long de la colonne, ainsi que l'intérieur du haut de mes cuisses qui l'avait embrassée, me faisaient un mal cruel : j'osai y regarder malgré les défenses qui m'avaient été faites par mon ancien directeur du couvent ; mais jamais je n'osai me déterminer à y porter la main, cela m'avait été trop expressément interdit.

Comme je finissais cet examen, la servante de ma mère vint m'avertir que Mme C… et M. l'abbé T… étaient au logis, où ils devaient dîner, et que ma mère m'ordonnait de descendre pour leur faire compagnie : je les joignis.

Il y avait quelque temps que je n'avais vu Mme C… Quoiqu'elle eût bien des bontés pour ma mère à qui elle avait rendu de grands services, et qu'elle eût la réputation d'une femme très pieuse, son éloignement marqué pour les maximes du père Dirrag, pour ses exhortations mystiques, m'avaient fait cesser de la fréquenter, afin de ne pas déplaire à mon directeur ; il n'était pas traitable sur l'article, et ne voulait point que son troupeau se confondît avec celui des autres directeurs, ses concurrents ; il craignait sans doute les confidences, les éclaircissements. Enfin c'était une condition préalable très recommandée par Sa Révérence, et très exactement observée par tout ce qui formait son troupeau.

Cependant nous nous mîmes à table. Le dîner fut gai. Je me sentais beaucoup mieux que de coutume. Ma langueur avait fait place à la vivacité : plus de maux de reins, je me trouvais tout autre. Contre l'ordinaire des repas de prêtres et de dévotes, on ne médit point de son prochain à celui-ci. L'abbé T…, qui a beaucoup d'esprit et encore plus d'acquis, nous fit mille jolis petits contes, qui sans intéresser la réputation de personne, portèrent la joie dans le cœur des convives.

Après avoir bu du champagne et pris le café, ma mère me tire en particulier pour me faire de vifs reproches sur le peu d'attention que j'avais eue depuis quelque temps à cultiver l'amitié et les bonnes grâces de Mme C… « C'est une dame aimable, me dit-elle, à qui je dois le peu de considération dont je jouis dans cette ville. Sa vertu, son esprit, ses lumières, la font estimer et respecter de toutes les personnes qui la connaissent ; nous avons besoin de son appui ; je désire et je vous ordonne, ma fille, de contribuer de tous vos efforts à l'engager de nous le conserver. » Je répondis à ma mère qu'elle ne devait pas douter de ma soumission aveugle à ses volontés. Hélas ! la pauvre femme ne soupçonnait guère la nature des leçons que je devais recevoir de cette dame, qui jouissait en effet de la plus haute réputation.

Nous rejoignîmes, ma mère et moi, la compagnie. Un instant après je m'approchai de Mme C… à qui je fis mes excuses sur mon peu d'exactitude à lui rendre mes devoirs ; je la priai de me permettre de réparer cette faute. J'essayai même d'entrer dans le détail des raisons qui me l'avaient fait commettre, mais Mme C… m'interrompit, sans me permettre d'achever. « Je sais, me dit-elle avec bonté, tout ce que vous voulez me dire, n'entrons pas en matière sur des sujets qui ne sont point de notre ressort. Chacun croit avoir ses raisons, peut-être sont-elles toutes bonnes. Ce qui est certain, c'est que je vous verrai toujours avec grand plaisir ; et pour commencer à vous en convaincre, ajouta-t-elle en élevant la voix, je vous emmène souper ce soir avec moi. Vous le voulez bien ? dit-elle à ma mère. À condition que vous serez de la partie avec M. l'abbé : vous avez l'une et l'autre vos affaires, nous vous y laisserons vaquer. Pour moi, je vais me promener avec Mlle Thérèse ; vous savez l'heure et le lieu du rendez-vous. » Ma mère fut enchantée ; les maximes du père Dirrag n'étaient point du tout de son goût : elle se flatta que les conseils de Mme C… changeraient mes dispositions pour le quiétisme[14] dont on le soupçonnait ; peut-être même agissaient-elles de concert. Quoi qu'il en soit, elles réussirent bientôt au-delà de leurs espérances.

Nous sortîmes donc, Mme C… et moi. Mais je n'eus pas fait cent pas que la douleur que je ressentais devint si vive que j'avais peine à me soutenir. Je faisais des contorsions horribles, Mme C… s'en aperçut. « Qu'avez-vous, me dit-elle, ma chère Thérèse ? Il semble que vous vous trouviez mal. » J'eus beau dire que ce n'était rien, les femmes sont naturellement curieuses. Elle me fit mille questions, qui me jetèrent dans un embarras qui ne lui échappa point. « Seriez-vous, me dit-elle, du nombre de nos fameuses stigmatisées ? Vos pieds ont peine à vous porter, et vous êtes toute décontenancée. Venez, mon enfant, dans mon jardin où vous pourrez vous tranquilliser. » Nous en étions peu éloignées. Dès que nous y fûmes rendues, nous nous assîmes dans un petit cabinet charmant, qui est sur le bord de la mer.

Après quelques discours vagues, Mme C… me demanda de nouveau si effectivement j'avais des stigmates et comme je me trouvais de la direction du père Dirrag. « Je ne puis vous cacher, ajouta-t-elle, que je suis si étonnée de ce genre de miracle que je désire ardemment de voir par moi-même s'il existe en effet. Allons, ma chère petite, dit-elle, ne me cachez rien. Expliquez-moi de quelle manière et quand ces plaies ont paru. Vous devez être assurée que je n'abuserai pas de votre confiance ; et je pense que vous me connaissez assez pour n'en pas douter. »

Si les femmes sont curieuses, les femmes aiment aussi à parler : j'avais un peu ce dernier défaut ; d'ailleurs quelques verres de vin de Champagne m'avaient échauffé la tête, je souffrais beaucoup : il n'en fallait pas tant pour me déterminer à tout dire. Je répondis d'abord tout naturellement à Mme C… que je n'avais pas le bonheur d'être du nombre de ces élues du Seigneur, mais que ce même matin j'avais vu les stigmates de Mlle Éradice, et que le très révérend père Dirrag les avait visités en ma présence. Nouvelles questions empressées de la part de Mme C… qui, de fil en aiguille, qui, de circonstances en circonstances, m'engagea insensiblement à lui rendre compte non seulement de ce que j'avais vu chez Éradice, mais encore de ce qui m'était arrivé dans ma chambre, et des douleurs qui en résultaient.

Pendant tout ce narré singulier, Mme C… eut la prudence de ne pas témoigner la moindre surprise : elle louait tout, pour m'engager à tout dire. Lorsque je me trouvais embarrassée sur les termes qui me manquaient pour expliquer les idées de ce que j'avais vu, elle exigeait de moi des descriptions, dont la lascivité devait beaucoup la réjouir dans la bouche d'une fille de mon âge et aussi simple que je l'étais. Jamais peut-être tant d'infamies n'ont été dites et ouïes avec autant de gravité.

Dès que j'eus fini de parler Mme C… parut plongée dans de sérieuses réflexions ; elle ne répondit que par monosyllabes à quelques questions que je lui proposai. Revenue à elle-même, elle me dit que tout ce qu'elle venait d'entendre avait quelque chose de bien singulier, qui méritait beaucoup d'attention ; qu'en attendant qu'elle pût m'apprendre ce qu'elle en pensait et quel était le parti qu'il convenait que je prisse, je devais d'abord songer à soulager la douleur que je ressentais, en bassinant avec du vin chaud les parties qui avaient été meurtries par le frottement de la colonne de mon lit. « Gardez-vous bien, me dit-elle, ma chère enfant, de rien dire à votre mère ni à qui que ce puisse être, et encore moins au père Dirrag, de ce que vous venez de me confier. Il y a dans tout ceci du bien et du mal. Rendez-vous chez moi demain vers les neuf heures du matin ; je vous en dirai davantage ; comptez sur mon amitié, l'excellence de votre cœur et de votre caractère vous l'ont entièrement acquise. Je vois votre mère qui s'avance ; allons au-devant d'elle, et parlons de toute autre chose. »

M. l'abbé T… entra un quart d'heure après. On soupe de bonne heure en province, il était alors sept heures et demie, on servit, nous nous mîmes à table.

Pendant le souper Mme C… ne put s'empêcher de lâcher quelques traits satiriques sur le père Dirrag : l'abbé en parut surpris, il l'en blâma avec délicatesse. « Pourquoi, poursuivit-il, ne pas laisser tenir à chacun la conduite qui lui convient, pourvu qu'elle n'ait rien de contraire à l'ordre établi ? Jusqu'à présent nous ne voyons rien du père Dirrag qui s'en éloigne ! Permettez-moi donc, madame, de n'être pas de votre avis, jusqu'à ce que des événements justifient les idées que vous voulez me donner de ce père. » Mme C…, pour ne pas être obligée de répondre, changea adroitement le sujet de la conversation. On quitta la table vers les dix heures. Mme C… dit quelque chose à l'oreille à M. l'abbé, qui sortit avec ma mère et moi, et nous reconduisit chez nous.

Comme il est juste, mon cher comte, que vous sachiez ce que c'est que Mme C… et M. l'abbé T…, je pense qu'il est temps de vous en donner une idée.

Mme C… est née demoiselle. Ses parents l'avaient contrainte d'épouser à quinze ans un vieil officier de marine, qui en avait soixante. Celui-ci mourut cinq ans après son mariage, et laissa Mme C… enceinte d'un garçon, qui en venant au monde faillit à faire perdre la vie à celle qui lui donnait le jour. Cet enfant mourut au bout de trois mois, et Mme C… se trouva, par cette mort, héritière d'un bien assez considérable. Veuve, jolie, maîtresse d'elle-même à l'âge de vingt ans, elle fut bientôt recherchée de tous les épouseurs de la province ; mais elle s'expliqua si positivement sur le dessein où elle était de ne jamais courir les risques dont elle avait échappé comme miraculeusement, en mettant au monde son premier enfant, que même les plus empressés abandonnèrent la partie.

Mme C… avait beaucoup d'esprit ; elle était ferme dans

ses sentiments, qu'elle n'adoptait qu'après les avoir mûrement examinés. Elle lisait beaucoup, et aimait à s'entretenir sur les matières les plus abstraites. Sa conduite était sans reproche. Amie essentielle, elle rendait service dès qu'elle le pouvait. Ma mère en avait fait d'utiles expériences. Elle avait alors vingt-six ans. J'aurai l'occasion par la suite de vous faire le portrait de sa personne.

M. l'abbé T…, ami particulier et en même temps directeur de conscience de Mme C…, était un homme d'un vrai mérite. Il était âgé de quarante-quatre à quarante-cinq ans, petit, mais bien fait, une physionomie ouverte, spirituelle, soigneux observateur des bienséances de son état, aimé et recherché de la bonne compagnie, dont il faisait les délices. À beaucoup d'esprit il joignait des connaissances étendues. Ses bonnes qualités généralement reconnues lui avaient fait obtenir le poste qu'il remplissait, et que je dois taire ici. Il était le confesseur et l'ami des gens de mérite de l'un et de l'autre sexe, comme le père Dirrag l'était des dévotes de profession, des enthousiastes, des quiétistes et des fanatiques.

Je retournai le lendemain matin chez Mme C… à l'heure convenue. « Eh bien ! ma chère Thérèse, me dit-elle en entrant, comment vont vos pauvres petites parties affligées ? Avez-vous bien dormi ?

— Tout se porte mieux, madame, lui dis-je, j'ai fait ce que vous m'avez prescrit. Tout a été bien bassiné. Cela m'a soulagée ; mais j'espère au moins de n'avoir pas offensé Dieu. » Mme C… sourit ; et, après m'avoir fait prendre du café : « Ce que vous m'avez confié hier, me dit-elle, est de plus grande conséquence que vous ne pensez. J'ai cru devoir en parler à M. T…, qui vous attend actuellement à son confessionnal. J'exige de vous que vous alliez le trouver, et que vous lui répétiez mot à mot tout ce que vous m'avez dit. C'est un honnête homme et de bon conseil, vous en avez besoin. Je pense qu'il vous prescrira une nouvelle façon de vous conduire, qui est nécessaire à votre salut et à votre santé. Votre mère mourrait de chagrin si elle apprenait ce que je sais, car je ne puis vous cacher qu'il y a des horreurs dans ce que vous avez vu chez Mlle Éradice. Allez, Thérèse, partez et donnez une confiance entière à M. T…, vous n'aurez pas lieu de vous en repentir. »

Je me mis à pleurer, et je sortis toute tremblante pour aller trouver M. T… qui entra dans son confessionnal dès qu'il m'aperçut.

Je ne cachai rien à M. T..., qui m'écouta attentivement jusqu'au bout, sans m'interrompre que pour me demander de certaines explications sur les détails qu'il ne comprenait pas. « Vous venez, me dit-il, de m'apprendre des choses étonnantes. Le père Dirrag est un fourbe, un malheureux, qui se laisse emporter à la force de ses passions ; il marche à sa perte et il entraînera celle de Mlle Éradice : néanmoins, mademoiselle, il faut les plaindre plutôt que de les blâmer. Nous ne sommes pas toujours maîtres de résister à la tentation ; le bonheur et le malheur de notre vie se décide souvent par les occasions. Soyez donc attentive à les éviter : cessez de voir le père Dirrag et toutes ses pénitentes, sans parler mal des uns ni des autres ; la charité le veut ainsi. Fréquentez Mme C..., elle a pris de l'amitié pour vous ; elle ne vous donnera que de bons conseils et de bons exemples à suivre.

« Parlons présentement, mon enfant, de ces chatouillements excessifs que vous sentez souvent dans cette partie qui a frotté à la colonne de votre lit, ce sont des besoins de tempérament aussi naturels que ceux de la faim et de la soif : il ne faut ni les rechercher, ni les exciter. Mais dès que vous vous en sentirez vivement pressée, il n'y a nul inconvénient à vous servir de votre main, de votre doigt, pour soulager cette partie par le frottement qui lui est alors nécessaire. Je vous défends cependant expressément d'introduire votre doigt dans l'intérieur de l'ouverture qui s'y trouve ; il suffit, quant à présent, que vous sachiez que cela pourrait vous faire tort un jour dans l'esprit du mari que vous épouserez. Au reste, comme ceci, je vous le répète, est un besoin que les lois immuables de la nature excitent en nous, c'est aussi des mains de la nature que nous tenons le remède que je vous indique pour soulager ce besoin. Or, comme nous sommes assurés que la loi naturelle est d'institution divine, comment oserions-nous craindre d'offenser Dieu en soulageant nos besoins par des moyens qu'il a mis en nous, qui sont son ouvrage, surtout lorsque ces moyens ne troublent point l'ordre établi dans la société. Il n'en est pas de même, ma chère fille, de ce qui s'est passé entre le père Dirrag et Mlle Éradice. *Ce père a trompé* sa pénitente : il a risqué de la rendre mère en substituant à la place du feint cordon de saint François le membre naturel de l'homme qui sert à la génération. Par là il a péché contre la loi naturelle qui nous prescrit d'aimer notre prochain comme nous-mêmes. Est-ce aimer son prochain que de mettre, comme il l'a fait, Mlle Éradice dans le hasard d'être perdue de réputation et déshonorée pour toute sa vie ? L'introduction, ma chère enfant, et les mouvements que vous avez vus de ce membre du père dans la partie naturelle de sa pénitente, qui est la mécanique de la fabrique du genre humain, n'est permise que dans l'état du mariage : dans celui de fille, cette action peut nuire à la tranquillité des familles, et troubler l'intérêt public, qu'il faut toujours respecter. Ainsi, tant que vous ne serez pas liée par le sacrement du mariage, gardez-vous bien de souffrir d'aucun homme une pareille opération en quelque sorte d'attitude que ce puisse être. Je vous ai indiqué un remède qui modérera l'excès de vos désirs, et qui tempérera le feu qui les excite. Ce même remède contribuera bientôt au rétablissement de votre santé chancelante et vous rendra votre embonpoint. Votre figure aimable ne manquera pas de vous attirer alors des amants qui chercheront à vous séduire. Soyez bien sur vos gardes, et ne perdez point de vue les leçons que je vous donne. C'en est assez pour aujourd'hui, ajouta ce sensé directeur ; vous me trouverez ici dans huit jours à la même heure. Souvenez-vous au moins que tout ce qui se dit dans le tribunal de la pénitence doit être aussi sacré pour le pénitent que pour son confesseur, et que c'est un péché énorme d'en révéler la moindre circonstance à personne. »

Les préceptes de mon nouveau directeur avaient charmé mon âme ; j'y voyais un air de vérité, une sorte de démonstration soutenue, un principe de charité, qui me faisaient sentir le ridicule de ce que j'avais ouï jusqu'alors.

Après avoir passé la journée à réfléchir, le soir avant de me coucher, je me préparai à bassiner les parties meurtries : tranquille sur les regards et sur les attouchements, je me troussai, et m'étant assise sur le bord de mon lit, j'écartai les cuisses de mon mieux et m'attachai à examiner attentivement cette partie qui nous fait femmes. J'en entrouvrais les lèvres et, cherchant avec le doigt l'ouverture par laquelle le père Dirrag avait pu enfiler Éradice avec un si gros instrument, je la découvris, sans pouvoir me persuader que ce fût elle ; sa petitesse me tenait dans l'incertitude, et je tentais d'y introduire le doigt, lorsque je me souvins de la défense de M. T... Je le retirai avec promptitude, en remontant le long de la fente. Une petite éminence que j'y rencontrai me causa un tressaillement, je m'y arrêtai, je frottai, et bientôt j'arrivai au comble du plaisir. Quelle heureuse découverte pour une fille qui avait dans elle une force abondante de la liqueur qui en eﬆ le principe !

Je nageai pendant près de six mois dans un torrent de volupté, sans qu'il m'arrivât rien qui mérite ici sa place.

Ma santé s'était entièrement rétablie : ma conscience était tranquille par les soins de mon nouveau direﬆeur, qui me donnait des conseils sages, et combinés avec les passions humaines. Je le voyais régulièrement tous les lundis au confessionnal et tous les jours chez Mme C... Je ne quittais plus cette aimable femme. Les ténèbres de mon esprit se dissipaient : peu à peu je m'accoutumais à penser, à raisonner conséquemment. Plus de père Dirrag pour moi, plus d'Éradice.

Que l'exemple et les préceptes sont de grands maîtres pour former le cœur et l'esprit ! S'il eﬆ vrai qu'ils ne nous donnent rien et que chacun ait en soi les germes de tout ce dont il eﬆ capable, il eﬆ certain du moins qu'ils servent à développer ces germes et à nous faire apercevoir les idées, les sentiments dont nous sommes susceptibles, et qui, sans l'exemple, sans les leçons, reﬆeraient enfouis dans leurs entraves, et dans leurs enveloppes.

Cependant ma mère continuait son commerce en gros, qui réussissait mal : on lui devait beaucoup, et elle était à la veille d'essuyer une banqueroute de la part d'un négociant de Paris capable de la ruiner. Après s'être consultée, elle se détermina à faire un voyage dans cette superbe ville. Cette tendre mère m'aimait trop pour me perdre de vue pendant un espace de temps qui pouvait être fort long, il fut résolu que je l'accompagnerais. Hélas ! la pauvre femme ne prévoyait guère qu'elle y finirait ses triﬆes jours, et que je retrouverais dans les bras de mon cher comte la source du bonheur des miens.

Il fut déterminé que nous partirions dans un mois, temps que j'allai passer avec Mme C... à sa maison de campagne, éloignée d'une petite lieue de la ville. M. l'abbé y venait régulièrement tous les jours et y couchait, lorsque ses devoirs le lui permettaient. L'un et l'autre m'accablaient de caresses ; on ne craignait plus de tenir devant moi des propos assez libres, de parler de matières de morale, de religion, de sujets métaphysiques, dans un goût bien différent des principes que j'avais reçus. Je m'apercevais que Mme C... était contente de ma façon de penser et de raisonner, et qu'elle se faisait un plaisir de me conduire, de conséquence en conséquence, à des preuves claires et évidentes. Quelquefois seulement j'avais le chagrin de remarquer que M. l'abbé T... lui faisait signe de ne pas pousser si loin ses raisonnements sur certaines matières. Cette découverte m'humilia ; je résolus de tout tenter pour être instruite de ce que l'on voulait me cacher. Je n'avais pas jusqu'alors formé le moindre soupçon sur la tendresse mutuelle qui les unissait. Bientôt je n'eus plus rien à désirer, comme vous allez l'entendre.

Vous verrez, mon cher comte, quelle est la source d'où j'ai puisé les principes de morale et de métaphysique que vous avez si bien cultivés, et qui, en m'éclairant sur ce que nous sommes dans ce monde, comme sur ce que nous avons à craindre de l'autre, assurent la tranquillité d'une vie dont vous faites tout le plaisir.

Nous étions alors dans les plus beaux jours de l'été. Mme C... se levait ordinairement vers les cinq heures du matin pour aller se promener dans un petit bosquet au bout de son jardin. J'avais remarqué que l'abbé T... s'y rendait aussi lorsqu'il couchait à la campagne ; qu'au bout d'une heure ou deux ils rentraient ensemble dans l'appartement où couchait Mme C..., et qu'enfin l'un et l'autre ne paraissaient ensuite dans la maison que vers les huit à neuf heures.

Je résolus de les prévenir dans le bosquet et de m'y cacher de manière à pouvoir les entendre. Comme je n'avais pas l'ombre du soupçon de leurs amours, je ne prévoyais point du tout ce que je perdrais en ne les voyant pas. Je fus donc reconnaître le terrain et m'assurer une place commode à mon projet.

Le soir, en soupant, la conversation tomba sur les opérations et sur les productions de la nature. « Mais qu'est-ce que c'est donc que cette nature ? dit Mme C... Est-ce un être particulier ? Tout ne serait-il pas produit par Dieu ? Serait-elle une divinité subalterne ?

— En vérité vous n'êtes pas raisonnable de parler ainsi », répliqua vivement l'abbé T..., en lui faisant un clin d'œil. « Je vous promets, dit-il, dans notre promenade, demain matin, de vous expliquer l'idée que l'on doit avoir de cette mère commune du genre humain : il est trop tard pour toucher cette matière. Ne voyez-vous pas qu'elle accablerait d'ennui Mlle Thérèse, qui tombe de sommeil ? Si vous voulez m'en croire l'une et l'autre, allons nous coucher ; je vais finir mes heures, et je suivrai de près votre exemple. » Le conseil de l'abbé fut rempli : chacun se retira dans son appartement.

Le lendemain, dès la pointe du jour, j'allai me camper dans mon embuscade. Je me plaçai dans des broussailles qui étaient derrière une espèce de bosquet de charmille, orné de bancs de bois peints en vert et de quelques statues. Après une heure d'impatience mes héros arrivèrent et s'assirent précisément sur le banc derrière lequel je m'étais gîtée. « Oui en vérité, disait l'abbé en entrant, elle devient tous les jours plus jolie ; ses tétons sont grossis au point de remplir fort bien la main d'un honnête ecclésiastique ; ses yeux ont une vivacité qui ne dément pas le feu de son tempérament, car elle en a un des plus forts, la petite friponne de Thérèse. Imagine-toi qu'en profitant de la permission que je lui ai donnée de se soulager avec le doigt, elle le fait au moins une fois tous les jours. Avoue que je suis aussi bon médecin que docile confesseur ; je lui ai guéri le corps et l'esprit.

— Mais, abbé, reprit Mme C..., auras-tu bientôt fini avec ta Thérèse ? Sommes-nous venus ici pour nous entretenir de ses beaux yeux, de son tempérament ? Je soupçonne, monsieur l'égrillard, que vous auriez bien envie de lui éviter la peine qu'elle prend de s'appliquer elle-même votre recette. Au reste tu sais que je suis bonne princesse, et j'y consentirais volontiers, si je n'en prévoyais pas le danger pour toi. Thérèse a de l'esprit ; mais elle est trop jeune, et n'a pas assez d'usage du monde pour oser s'y confier. Je remarque que sa curiosité est sans égale. Il y a de quoi faire par la suite un très bon sujet ; et, sans les inconvénients dont je viens de parler, je n'hésiterais pas à te proposer à la mettre de tiers dans nos plaisirs ; car convenons qu'il y a bien de la folie à être jaloux ou envieux du bonheur de ses amis dès que leur félicité n'ôte rien à la nôtre.

— Vous avez bien raison, madame, dit l'abbé. Ce sont deux passions qui tourmentent en pure perte tous ceux qui ne sont pas nés pour savoir penser. Il faut distinguer cependant l'envie de la jalousie. L'envie est une passion innée dans l'homme ; elle fait partie de son essence : les enfants au berceau sont envieux de ce qu'on donne à leurs semblables. Il n'y a que l'éducation qui puisse modérer les effets de cette passion que nous tenons des mains de la nature. Mais il n'en est pas de même de la jalousie considérée par rapport aux plaisirs de l'amour. Cette passion est l'effet de notre amour-propre et du préjugé. Nous connaissons des nations entières où les hommes offrent à leurs convives la jouissance de leurs femmes comme nous offrons aux nôtres le meilleur vin de notre cave. Un de ces insulaires caresse l'amant qui jouit des embrassements de sa femme : ses compatriotes l'applaudissent, le félicitent. Un Français, en même cas, fait la moue ; chacun le montre au doigt et se moque de lui. Un Persan poignarde l'amant et la maîtresse ; tout le monde applaudit à ce double assassinat. Il eſt donc évident que la jalousie n'eſt pas une passion que nous tenions de la nature, c'eſt l'éducation, c'eſt le préjugé du pays qui l'a fait naître. Dès l'enfance une fille à Paris lit, entend dire qu'il eſt humiliant d'essuyer une infidélité de son amant. On assure à un jeune homme qu'une maîtresse, qu'une femme infidèle blesse l'amour-propre, déshonore l'amant ou le mari. De ces principes sucés, pour ainsi dire, avec le lait, naît la jalousie, ce monſtre qui tourmente les humains en pure perte, pour un mal qui n'a rien de réel.

« Diſtinguons néanmoins l'inconſtance de l'infidélité. J'aime une femme dont je suis aimé : son caractère sympathise avec le mien ; sa figure, sa jouissance fait mon bonheur ; elle me quitte : ici la douleur n'eſt plus l'effet du préjugé, elle eſt raisonnable, je perds un bien effectif, un plaisir d'habitude que je ne suis pas certain de pouvoir réparer avec tous ses agréments. Mais d'une infidélité passagère, qui n'eſt que l'ouvrage du plaisir, du tempérament, quelquefois celui de la reconnaissance, ou d'un cœur tendre et sensible à la peine ou au plaisir d'autrui, quel inconvénient en résulterait-il ? En vérité, quoi qu'on dise, il faut être peu sensé pour s'inquiéter de ce qu'on nomme à juſte titre *un coup d'épée dans l'eau*, d'une chose qui ne nous fait ni bien ni mal.

— Oh ! je vous vois venir, dit Mme C... en interrompant l'abbé T... Ceci m'annonce tout doucement que par bon cœur ou pour faire plaisir à Thérèse, vous seriez homme à lui donner une petite leçon de volupté, un petit clyſtère aimable, qui, selon vous, ne me ferait ni bien ni mal. Va, mon cher abbé, continua-t-elle, j'y consens avec joie ; je vous aime tous deux. Vous gagnerez l'un et l'autre par cette épreuve, à laquelle je ne perdrai rien : pourquoi m'y opposerais-je ? Si je m'en inquiétais, tu conclurais avec raison que je n'aime que moi, que ma satisfaction particulière, qu'à l'augmenter aux dépens même de celle que tu peux goûter ailleurs ; et c'eſt ce qui n'eſt point : je sais faire mon bonheur indiſtinctement de tout ce qui peut contribuer à augmenter le tien. Ainsi tu peux, mon cher ami, sans craindre de me désobliger, houspiller de ton mieux la moniche de Thérèse : cela fera grand bien à cette pauvre fille. Mais, je te le répète, prends garde à l'imprudence…

— Quelle folie ! reprit l'abbé. Je vous jure que je ne pense point à Thérèse. J'ai voulu simplement vous expliquer le mécanisme par lequel la nature…

— Eh bien ! n'en parlons plus, répliqua Mme C… Mais, à propos de *nature*, tu oublies, ce me semble, la promesse que tu m'avais faite de me définir ce que c'est que cette bonne mère. Voyons un peu comment tu te tireras de cette démonstration, car tu prétends que tu démontres tout.

— Je le veux, répondit l'abbé ; mais, ma petite mère, tu sais ce qu'il me faut auparavant ; je ne vaux rien quand je n'ai pas fait la besogne qui affecte le plus vivement mon imagination. Les autres idées ne sont pas nettes et se trouvent toujours absorbées, confondues par celle-ci. Je t'ai déjà dit que lorsqu'à Paris je m'occupais presque uniquement de la lecture et des sciences les plus abstraites, dès que je sentais l'aiguillon de la chair me tracasser, j'avais une petite fille *ad hoc*[15] comme on a un pot de chambre pour pisser, à qui je faisais une ou deux fois la grosse besogne, dont il vous plaît de ne vouloir pas tâter de ma façon. Alors l'esprit tranquille, les idées nettes, je me remettais au travail. Et je soutiens que tout homme de lettres, tout homme de cabinet, qui a un peu de tempérament, doit user de ce remède aussi nécessaire à la santé du corps qu'à celle de l'esprit. Je dis plus : je prétends que tout honnête homme qui connaît les devoirs de la société devrait en faire usage, afin de s'assurer de n'être point excité trop vivement à s'écarter de ces devoirs en débauchant la femme ou la fille de ses amies, ou de ses voisins.

« Présentement vous me demanderez, peut-être, madame, continua l'abbé, comment doivent donc faire les femmes et les filles ? Elles ont, dites-vous, leurs besoins comme les hommes, elles sont de même pâte, cependant elles ne peuvent pas se servir des mêmes ressources : le point d'honneur, la crainte d'un indiscret, d'un maladroit, d'un faiseur d'enfant, ne leur permet pas d'avoir recours au même remède que les hommes. D'ailleurs, ajouterez-vous, où en trouver de ces hommes tout prêts, comme l'était votre petite fille *ad hoc ?* Eh bien, madame, continua T…, que les femmes et les filles fassent comme Thérèse et vous ; si ce jeu ne leur plaît pas assez (comme en effet il ne plaît pas à toutes), qu'elles se servent de ces ingénieux instruments nommés *godemichés* ; c'est une imitation assez naturelle de la réalité. Joignez à cela que l'on peut s'aider de l'imagination. Au bout du compte, je le répète, les hommes et les femmes ne doivent se procurer que les plaisirs qui ne peuvent pas troubler l'intérieur de la société établie. Les femmes ne doivent donc jouir que de ceux qui leur conviennent, eu égard aux devoirs que cet établissement leur impose. Vous aurez beau vous récrier à l'injustice, ce que vous regardez comme injustice particulière assure le bien général, que personne ne doit tenter d'enfreindre.

— Oh ! je vous tiens, monsieur l'abbé, répliqua Mme C..., vous venez me dire présentement qu'il ne faut pas qu'une femme, qu'une fille, se laissent faire ce que vous savez par les hommes, ni qu'un honnête homme trouble l'intérêt public en cherchant à les séduire ; tandis que vous-même, monsieur le paillard, m'avez tourmentée cent fois pour me mettre dans ce cas, et qu'il y a longtemps que ce serait une besogne faite, sans la crainte insurmontable que j'ai toujours eue de devenir grosse ; vous n'avez donc pas craint, pour satisfaire votre plaisir particulier, d'agir contre l'intérêt général que vous prônez si fort.

— Bon ! nous y voilà encore ! reprit l'abbé. Tu recommences donc toujours la même chanson, ma petite mère ? Ne t'ai-je pas dit qu'en agissant avec de certaines précautions, on ne risque point cet inconvénient ? N'es-tu pas convenue avec moi que les femmes n'ont que trois choses à redouter, la peur du diable, la réputation et la grossesse ? Tu es très apaisée, je pense, sur le premier article ; je ne crois pas que tu craignes de ma part l'indiscrétion ni l'imprudence, qui seules peuvent ternir la réputation ; enfin on ne devient mère que par l'étourderie de son amant. Or, je t'ai déjà démontré plus d'une fois, par l'explication du mécanisme de la fabrique des hommes, que rien n'était plus facile à éviter : répétons donc encore ce que nous avons dit à ce sujet. L'amant, par la réflexion ou par la vue de sa maîtresse, se trouve dans l'état qui est nécessaire à l'acte de la génération : le sang, les esprits, le nerf érecteur, ont enflé et roidi son dard. Tous deux d'accord, ils se mettent en posture : la flèche de l'amant est poussée dans le carquois de sa maîtresse, les semences se préparent par le frottement réciproque des parties. L'excès du plaisir les transporte ; déjà l'élixir divin est prêt à couler : alors l'amant sage, maître de ses passions, retire l'oiseau de son nid ; et sa main, ou celle de sa maîtresse, achève par quelques légers mouvements de provoquer l'éjaculation au-dehors. Point d'enfant à craindre dans ce cas.

L'amant étourdi et brutal pousse au contraire jusqu'au fond du vagin, il y répand sa semence ; elle pénètre dans la matrice, et de là dans ses trompes où se forme la génération.

« Voilà, madame, continua M. T…, puisque vous avez voulu que je le répétasse encore, quel est le mécanisme des plaisirs de l'amour. Me connaissant tel que je suis, pouvez-vous me croire du nombre de ces derniers imprudents ? Non, ma chère amie, j'ai fait cent fois l'expérience du contraire ; laisse-moi, je te conjure, la renouveler aujourd'hui avec toi. Regardez dans quel état de triomphe est mon drôle : tu le tiens ; oui ; serre-le bien dans ta main ; tu vois qu'il te demande grâce, et je …

— Non pas, s'il vous plaît, mon cher abbé, répliqua à l'instant Mme C…, il n'en sera rien, je vous jure ; tout ce que vous m'avez dit ne peut me tranquilliser sur mes craintes ; et je vous procurerais un plaisir que je ne pourrais pas goûter, cela n'est pas juste. Laissez-moi donc faire : je vais mettre ce petit effronté à la raison. Eh bien ! poursuivit-elle, es-tu content de mes tétons et de mes cuisses ? Les as-tu assez baisés, assez maniés ? Pourquoi trousser ainsi mes manchettes au-dessus du coude ? Monsieur aime sans doute à voir les mouvements d'un bras nu ? Fais-je bien ? Tu ne dis mot ! Ah ! le coquin ! qu'il a de plaisir ? »

Il se fit un instant de silence. Puis tout à coup j'entendis l'abbé qui s'écria : « Ma chère maman, je n'en puis plus ; un peu plus vite, donne-moi donc ta petite langue, je t'en prie : ah ! il cou… le ! »

Juge, mon cher comte, de l'état où j'étais pendant cette édifiante conversation. J'essayai vingt fois de me lever, pour tâcher de trouver quelque ouverture par où je pusse découvrir les objets ; mais le bruit des feuilles me retint toujours. J'étais assise : je m'allongeai de mon mieux, et pour éteindre le feu qui me dévorait, j'eus recours à mon petit exercice ordinaire.

Après quelques moments, qui furent employés sans doute à réparer le désordre de M. l'abbé : « En vérité, dit-il, toute réflexion faite, je crois, ma bonne amie, que vous avez eu raison de me refuser la jouissance que je vous demandais : j'ai senti un plaisir si vif, un chatouillement si puissant, que je pense que tout eût coulé à travers choux, si vous m'eussiez laissé faire.

« Il faut avouer que nous sommes des animaux bien faibles, et bien peu maîtres de diriger nos volontés.

— Je sais tout cela, mon pauvre abbé, reprit Mme C… Tu ne m'apprends rien de nouveau ; mais dis-moi, est-il bien vrai que dans le genre des plaisirs que nous goûtons, nous ne péchions pas contre l'intérêt de la société ? Et cet amant sage, dont tu approuves la prudence, qui retire l'oiseau de son nid, et qui répand le baume de vie au-dehors, ne fait-il pas également un crime ? Car il faut convenir que les uns et les autres nous supprimons à la société un citoyen qui pourrait lui devenir utile.

— Ce raisonnement, répliqua l'abbé, paraît d'abord spécieux ; mais vous allez voir, ma belle dame, qu'il n'a cependant que l'écorce. Nous n'avons aucune loi humaine ni divine qui nous invite, et encore moins qui nous contraigne, de travailler à la multiplication du genre humain. Toutes ces lois permettent le célibat aux garçons et aux filles, à une foule de moines fainéants et religieuses inutiles : elles permettent à l'homme marié d'habiter avec sa femme grosse, quoique les semences alors répandues le soient sans espérance de fruit. L'état de virginité est même réputé préférable à celui du mariage. Or, ces faits posés, n'est-il pas certain que l'homme qui triche, et ceux qui, comme nous, jouissent des plaisirs de la petite oie[16], ne font rien de plus que ces moines, que ces religieuses, que tout ce qui vit dans le célibat ? Ceux-ci conservent dans leurs reins en pure perte une semence que les premiers répandent en pure perte : ne sont-ils donc pas les uns et les autres précisément dans un cas égal, eu égard à la société ? Ils ne lui donnent tous aucun citoyen ; mais la saine raison ne nous dicte-t-elle pas qu'il vaut mieux encore que nous jouissions d'un plaisir qui ne fait tort à personne, en répandant inutilement cette semence, que de la conserver dans nos vaisseaux spermatiques, non seulement avec la même inutilité, mais encore toujours aux dépens de notre santé et souvent de notre vie. Ainsi vous voyez, madame la *raisonneuse*, ajouta l'abbé, que nos plaisirs ne font pas plus de tort à la société que le célibat approuvé des moines, des religieuses, etc., et que nous pouvons aller notre petit train. »

Sans doute qu'en suite de ces réflexions l'abbé se mit en devoir de rendre à Mme C… service, car j'entendis un instant après que celle-ci lui disait : « Ah ! finis, vilain abbé, retire ton doigt, je ne suis pas en train aujourd'hui ; je me ressens encore de nos folies d'hier, remettons celle-ci à demain. D'ailleurs tu sais que j'aime à être à mon aise, bien étendue sur mon lit : ce banc n'est point commode. Finis encore un coup :

je ne veux de toi présentement que la définition que tu m'as promise sur dame Nature : vous voilà tranquille, monsieur le philosophe, parlez, je vous écoute.

— Sur dame Nature ? reprit l'abbé. Ma foi vous en saurez bientôt autant que moi. C'est un être imaginaire, c'est un mot vuide de sens. Les premiers chefs des religions, les premiers politiques, embarrassés sur l'idée qu'ils devaient donner au public du bien et du mal moral, ont imaginé un être entre Dieu et nous, qu'ils ont rendu l'auteur de nos passions, de nos maladies, de nos crimes. Comment, en effet, sans ce secours, eussent-ils concilié leur système avec la bonté infinie de Dieu ? D'où eussent-ils dit que nous venaient ces envies de voler, de calomnier, d'assassiner ? Pourquoi tant de maladies, tant d'infirmités ? Qu'avait fait à Dieu ce malheureux cul-de-jatte, né pour ramper sur la terre pendant toute sa vie ? Un théologien nous dit à cela : *Ce sont des effets de la nature.* Mais qu'est-ce que c'est que cette nature ? Est-ce un autre Dieu que nous ne connaissons pas ? Agit-elle par elle-même et indépendamment de la volonté de Dieu ? Non, dit encore sèchement le théologien. Comme Dieu ne peut pas être l'auteur du mal, le mal ne peut exister que par le moyen de la nature. Quelle absurdité ! Est-ce du bâton qui me frappe dont je dois me plaindre ? N'est-ce pas de celui qui a dirigé le coup ? N'est-ce pas lui qui est l'auteur du mal que je ressens ? Pourquoi ne pas convenir une bonne fois que la nature est un être de raison, un mot vuide de sens ; que tout est de Dieu, que le mal physique qui nuit aux uns sert au bonheur des autres ; que tout est bien ; qu'il n'y a rien de mal dans le monde eu égard à la Divinité ; que tout ce qui s'appelle *bien* ou *mal* moral n'est que relatif à l'intérêt des sociétés établies parmi les hommes, mais relatif à Dieu, par la volonté duquel nous agissons nécessairement d'après les premières lois, d'après les premiers principes du mouvement qu'il a établi dans tout ce qui existe ? Un homme vole, il fait du bien par rapport à lui, du mal par son infraction à l'établissement de la société, mais rien par rapport à Dieu. Cependant je conviens que cet homme doit être puni, quoiqu'il ait agi nécessairement, quoique je sois convaincu qu'il n'a pas été libre de commettre ou de ne pas commettre son crime ; mais il doit l'être parce que la punition d'un homme qui trouble l'ordre établi fait mécaniquement, par la voie des sens, des impressions sur l'âme qui empêchent les méchants de risquer ce qui pourrait leur faire mériter la même punition, et que la peine que subit ce malheureux pour son infraction doit contribuer au bonheur général, qui est préférable dans tous les cas au bien particulier. J'ajoute encore que l'on ne peut même trop noter d'infamie les parents, les amis et tous ceux qui ont eu des habitudes avec un criminel, pour engager par ce trait de politique tous les humains à s'inspirer mutuellement entre eux de l'horreur pour les actions, et pour les crimes qui peuvent troubler la tranquillité publique. Tranquillité que notre disposition naturelle, que nos besoins, que notre bien-être particulier nous portent sans cesse à enfreindre. Disposition, enfin, qui ne peut être absorbée dans l'homme que par l'éducation ; qu'au moyen des impressions qu'il reçoit dans l'âme, par la voie des autres hommes qu'il fréquente ou qu'il voit habituellement, soit par le bon exemple, soit par les discours ; en un mot par les sensations externes, qui, jointes aux dispositions intérieures, dirigent toutes les actions de notre vie. Il faut donc aiguillonner, il faut nécessiter les hommes à s'exciter entre eux à ces sensations utiles au bonheur général.

« Je crois, madame, ajouta l'abbé, que vous sentez présentement ce que l'on doit entendre par le mot de *nature*. Je me propose de vous entretenir demain matin de l'idée qu'on doit avoir des religions. C'est une matière importante à notre bonheur ; mais il est trop tard pour l'entamer aujourd'hui. Je sens que j'ai besoin d'aller prendre mon chocolat.

— Je le veux, dit Mme C… en se levant. Monsieur le philosophe a sans doute besoin d'une réparation physique pour les pertes libidineuses que je lui ai fait faire. Cela est bien juste, continua-t-elle. Vous avez fait et vous avez dit des choses admirables : rien de mieux que vos observations sur la nature ; mais trouvez bon que je doute fort que vous puissiez me faire voir aussi clair sur le chapitre des religions, que vous avez touché diverses fois avec beaucoup moins de succès. Comment donner en effet des démonstrations dans une matière aussi abstraite, et où tout est article de foi ?

— C'est ce que nous verrons demain, répondit l'abbé.

— Oh ! ne comptez pas en être quitte demain pour des raisonnements, répliqua Mme C… Nous rentrerons, s'il vous plaît, de bonne heure dans ma chambre, où j'aurai besoin de vous et de mon lit de repos. »

Quelques instants après ils prirent l'un et l'autre le chemin de la maison. Je les y suivis par une allée couverte. Je ne restai qu'un moment dans ma chambre pour y changer de robe, et je me rendis de suite dans l'appartement de Mme C… où je craignais que l'abbé n'entamât encore l'article des religions, que je voulais absolument entendre ; celui de la nature m'avait frappée : je voyais clairement que Dieu et la nature n'étaient qu'une même chose, ou du moins que la nature n'agissait que par la volonté immédiate de Dieu. De là je tirai mes petites conséquences, et je commençai peut-être à penser pour la première fois de ma vie.

Je tremblais en entrant dans l'appartement de Mme C… Il me sembla qu'elle devait s'apercevoir de l'espèce de perfidie que je venais de lui faire et de diverses réflexions dont j'étais agitée. L'abbé T… me regardait attentivement ; je me crus perdue ; mais bientôt je l'entendis qui disait à demi bas à Mme C… : « Voyez si Thérèse n'est pas jolie ? Elle a des couleurs charmantes ; ses yeux sont perçants et sa physionomie devient tous les jours plus spirituelle. » Je ne sais ce que Mme C… lui répondit ; ils souriaient l'un et l'autre. Je fis semblant de n'avoir rien entendu, et j'eus grand soin de ne pas les quitter de toute la journée.

En rentrant le soir dans ma chambre, je formai mon plan pour le lendemain matin. La crainte où j'étais de ne pas m'éveiller d'assez bonne heure fut cause que je ne dormis point. Vers les cinq heures du matin je vis Mme C… gagner le bosquet où M. T… l'attendait déjà ; suivant ce que j'avais ouï la veille, elle devait bientôt rentrer dans sa chambre à coucher où était le lit de repos dont elle avait parlé. Je n'hésitai pas de m'y couler et de me cacher dans la ruelle de son lit, où je m'assis sur le plancher, le dos appuyé contre le mur à côté du chevet, j'avais le rideau du lit devant moi, que je pouvais entrouvrir au besoin pour avoir en entier le spectacle du petit lit qui était dans le coin opposé de la chambre, où l'on ne pouvait pas dire un mot sans que je l'entendisse.

Ainsi postée, l'impatience commençait à me faire appréhender d'avoir manqué mon coup, lorsque mes deux acteurs rentrèrent. « Baise-moi comme il faut, mon cher ami, disait Mme C… en se laissant tomber sur son lit de repos. La lecture de ton vilain *Portier des chartreux* m'a mise tout en feu ; ses portraits sont frappés ; ils ont un air de vérité qui charme : s'il était moins ordurier, ce serait un livre inimitable dans son genre. Mets-le-moi aujourd'hui, abbé, je t'en conjure, ajouta-t-elle ; j'en meurs d'envie, et je consens *d'en risquer l'événement.*

— Non pas moi, reprit l'abbé, pour deux bonnes raisons : la première, c'est que je vous aime et que je suis trop

honnête homme pour risquer votre réputation et vos justes reproches par cette imprudence, la seconde c'est que Monsieur le docteur n'est pas aujourd'hui, comme vous voyez, dans son brillant ; je ne suis pas gascon, et…

— Je le vois à merveille, reprit Mme C…, cette dernière raison est si énergique que vous eussiez pu en vérité vous dispenser de vous faire un mérite de la première. Çà, mets-toi donc du moins à côté de moi, ajouta-t-elle en s'étendant lascivement sur le lit, et chantons, comme tu dis, le petit office.

— Ah ! de tout mon cœur, ma chère maman », reprit l'abbé qui était alors debout, découvrant méthodiquement la gorge de Madame.

Ensuite il troussa sa robe et sa chemise jusqu'au-dessus du nombril ; puis il lui ouvrit les cuisses, en élevant tant soit peu ses genoux, de manière que ses talons, qui se rapprochaient quelque peu de ses fesses, étaient presque joints l'un à l'autre, appuyés sur les pieds du lit.

Dans cette attitude, en partie cachée pour moi par l'abbé, qui baisait alternativement toutes les beautés du corps de sa chère maîtresse, Mme C… paraissait immobile, recueillie, méditant sur la nature des plaisirs dont elle sentait déjà les prémices : ses yeux étaient moitié fermés, la pointe de sa langue se montrait sur le bord de ses lèvres vermeilles, et tous les muscles de son visage étaient dans une agitation voluptueuse. « Finis donc tes baisers, dit-elle à l'abbé T… Ne vois-tu pas que je t'attends ? Je n'en puis plus. »

Le complaisant directeur ne se fit pas répéter deux fois ce qu'on exigeait de lui. Il se glissa par le pied du lit entre Mme C… et la muraille, sa main gauche fut passée sous la tête de la tendre C… qu'il pressait, la baisant bouche à bouche avec les petits mouvements de langue les plus voluptueux. Son autre main fut occupée à l'action principale : elle caressait artistement, frottant cette partie qui distingue notre sexe, et que Mme C… a très abondamment garnie d'un poil frisé et du plus beau noir. Le doigt de l'abbé jouait ici le rôle le plus intéressant.

Jamais tableau ne fut placé dans un jour plus avantageux, eu égard à ma position. Le lit de repos était disposé de façon *que j'avais pour point de vue la toison* de Mme C… Audessous se montraient en partie ses deux fesses, agitées d'un mouvement léger de bas en haut, qui annonçait la fermentation intérieure, et ses cuisses, les plus belles, les plus rondes, les plus blanches qui se puissent imaginer, faisaient avec ses genoux un autre petit mouvement de droite et de gauche, qui contribuait sans doute aussi à la joie de la partie principale que l'on fêtait et dont le doigt de l'abbé, perdu dans la toison, suivait tous les mouvements.

J'entreprendrais inutilement, mon cher comte, de vous dire ce que je pensais alors : je ne sentais rien pour trop sentir. Je devins machinalement le singe de ce que je voyais ; ma main faisait l'office de celle de l'abbé ; j'imitais tous les mouvements de mon amie. « Ah ! je me meurs, s'écria-t-elle tout à coup. Enfonce-le, mon cher abbé, oui… bien avant, je t'en conjure, pousse fort, pousse, mon petit. Ah ! quel plaisir ! je fonds… je… me pâ… me ! »

Toujours parfaite imitatrice de ce que je voyais, sans réfléchir un instant à la défense de mon directeur, j'enfonçai mon doigt à mon tour ; une légère douleur que je ressentis ne m'arrêta pas, je poussai de toute ma force, et je parvins au comble de la volupté.

La tranquillité avait succédé aux emportements amoureux, et je m'étais comme assoupie malgré ma situation gênante, lorsque j'entendis Mme C… s'approcher du lieu où j'étais cachée. Je me crus découverte ; mais j'en fus quitte pour la peur. Elle tira le cordon de sa sonnette et demanda du chocolat que l'on prit en faisant l'apologie des plaisirs qu'on venait de goûter. « Pourquoi ne sont-ils pas entièrement innocents ? dit Mme C… Car vous avez beau dire qu'ils ne blessent point l'intérêt de la société ; que nous y sommes portés par un besoin aussi naturel à certains tempéraments, aussi nécessaire à soulager que le sont les besoins de la faim et de la soif : vous m'avez très bien démontré que nous n'agissons que par la volonté de Dieu, que la nature n'est qu'un mot vuide de sens, et n'est que l'effet dont Dieu est la cause. Mais la religion, qu'en direz-vous ? Elle nous défend les plaisirs de concupiscence, hors de l'état du mariage. Est-ce encore là un mot vuide de sens ?

— Quoi, madame, répondit l'abbé, vous ne vous souvenez donc pas que nous ne sommes point libres, que toutes nos actions sont déterminées nécessairement ? Et si nous ne sommes pas libres, comment pouvons-nous pécher ? Mais entrons, puisque vous le voulez, sérieusement en matière sur le chapitre des religions. Votre discrétion, votre prudence me sont connues ; et je crains d'autant moins de m'expliquer, que je proteste devant Dieu de la bonne foi avec laquelle j'ai cherché à démêler la vérité de l'illusion. Voici le résumé de mes travaux et de mes réflexions sur cette importante matière.

« Dieu est bon, dis-je : sa bonté m'assure que, si je cherche avec ardeur à connaître s'il est un culte véritable qu'il exige de moi, il ne me trompera pas ; je parviendrai à connaître évidemment ce culte, autrement Dieu serait injuste : il m'a donné la raison pour m'en servir, pour me guider. À quoi puis-je mieux l'employer ?

« Si un chrétien de bonne foi ne veut pas examiner sa religion, pourquoi voudra-t-il (ainsi qu'il l'exige) qu'un mahométan de bonne foi examine la sienne ? Ils croient l'un et l'autre que leur religion leur a été révélée de la part de Dieu, l'une par Jésus-Christ, l'autre par Mahomet.

« La foi ne nous vient que parce que des hommes nous ont dit que Dieu a révélé de certaine vérités. Mais d'autres hommes en ont dit de même aux sectaires des autres religions, lesquels croire ? Pour le savoir, il faut donc examiner ; car tout ce qui vient des hommes doit être soumis à notre raison.

« Tous les auteurs des diverses religions répandues sur la terre se sont vantés que Dieu les leur avait révélées ; lesquels croire ? Examinons quelle est la véritable : mais comme tout est préjugé de l'enfance et de l'éducation, pour juger sainement, il faut commencer par faire un sacrifice à Dieu de tout préjugé et examiner ensuite avec le flambeau de la raison une chose de laquelle dépend notre bonheur ou notre malheur pendant notre vie et pendant l'éternité.

« J'observe d'abord qu'il y a quatre parties dans le monde ; que la vingtième partie, au plus, d'une de ces quatre parties est catholique ; que tous les habitants des autres parties disent que nous adorons un homme, du pain, que nous multiplions la Divinité ; que presque tous les Pères se sont contredits dans leurs écrits ; ce qui prouve qu'ils n'étaient pas inspirés de Dieu.

« Tous les changements de religions depuis Adam, faits par Moïse, par Salomon, par Jésus-Christ, et ensuite par les Pères, démontrent que toutes ces religions ne sont que l'ouvrage des hommes. Dieu ne varie jamais ! Il est immuable.

« Dieu est partout. Cependant, l'Écriture sainte dit que Dieu chercha Adam dans le paradis terrestre, *Adam ubi est*[17] ? Que Dieu s'y promena, qu'il s'entretint avec le diable au sujet de Job.

« La raison me dit que Dieu n'est sujet à aucune passion :

cependant, dans la Genèse, chapitre VI, on y fait dire à Dieu qu'il se repent d'avoir créé l'homme, que sa colère n'a pas été inefficace. Dieu paraît si faible dans la religion chrétienne, qu'il ne peut pas réduire l'homme au point où il le voudrait : il le punit par l'eau, ensuite par le feu, l'homme est toujours le même ; il envoie des prophètes, les hommes sont encore les mêmes ; il n'a qu'un fils unique, il l'envoie, le sacrifie ; cependant les hommes ne changent en rien. Que de ridicules la religion chrétienne donne à Dieu !

« Chacun convient que Dieu sait ce qui doit arriver pendant l'éternité ; mais Dieu, dit-on, ne connaît ce qui doit résulter de nos actions qu'après avoir prévu que nous abuserions de ses grâces et que nous commettrions ces mêmes actions ; il résulte néanmoins de cette connaissance que Dieu, en nous faisant naître, savait déjà que nous serions infailliblement damnés et éternellement malheureux.

« On voit dans l'Écriture sainte que Dieu a envoyé des prophètes pour avertir les hommes et les engager à changer de conduite. Or, Dieu qui sait tout, n'ignorait pas que les hommes ne changeraient point de conduite. Donc l'Écriture sainte suppose que Dieu est un trompeur. Ces idées peuvent-elles s'accorder avec la certitude que nous avons de la bonté infinie de Dieu ?

« On suppose à Dieu, qui est tout-puissant, un rival dangereux dans le diable, qui lui enlève sans cesse malgré lui les trois quarts du petit nombre des hommes qu'il a choisis, pour lesquels son fils s'est sacrifié, sans s'embarrasser du reste du genre humain. Quelles pitoyables absurdités !

« Suivant la religion chrétienne, nous ne péchons que par la tentation : c'est le diable, dit-on, qui nous tente. Dieu n'avait qu'à anéantir le diable, nous serions tous sauvés : il y a bien de l'injustice ou de l'impuissance de sa part.

« Une assez grande partie des ministres de la religion catholique prétend que Dieu nous donne des commandements, mais soutient qu'on ne saurait les accomplir sans *la grâce*, que Dieu donne à qui lui plaît ; et que cependant Dieu punit ceux qui ne les observent pas ! Quelle contradiction ! Quelle impiété monstrueuse !

« Y a-t-il rien de si misérable que de dire que Dieu est vindicatif, jaloux, colère ; de voir que les catholiques adressent leurs prières aux saints, comme si ces saints étaient partout ainsi que Dieu, comme si ces saints pouvaient lire dans les cœurs des hommes et les entendre ?

« Quelle ridiculité de dire que nous devons tout faire pour la plus grande gloire de Dieu ! Est-ce que la gloire de Dieu peut être augmentée par l'imagination, par les actions des hommes ? Peuvent-ils augmenter quelque chose en lui ? Ne se suffit-il pas à lui-même ?

« Comment des hommes ont-ils pu s'imaginer que la divinité se trouvait plus honorée, plus satisfaite, de leur voir manger un hareng qu'une mauviette, une soupe à l'oignon qu'une soupe au lard, une sole qu'une perdrix ; et que cette même divinité les damnerait éternellement si dans certains jours ils donnaient la préférence à la soupe au lard ?

« Faibles mortels ! Vous croyez pouvoir offenser Dieu ! Pourriez-vous seulement offenser un roi, un prince, qui seraient raisonnables ? Ils mépriseraient votre faiblesse et votre impuissance. On vous annonce un Dieu vengeur, et on vous dit que la vengeance est un crime. Quel contradiction ! On vous assure que pardonner une offense est une vertu, et on ose vous dire que Dieu se venge d'une offense involontaire par une éternité de supplices !

« S'il y a un Dieu, dit-on, il y a un culte. Cependant, avant la création du monde, il faut convenir qu'il y avait un Dieu et point de culte. D'ailleurs, depuis la création il y a des bêtes qui ne rendent aucun culte à Dieu. S'il n'y avait point d'hommes, il y aurait toujours un Dieu, des créatures et point de culte. La manie des hommes est de juger des actions de Dieu par celles qui leur sont propres.

« La religion chrétienne donne une fausse idée de Dieu ; car la justice humaine, selon elle, est une émanation de la justice divine. Or nous ne pourrions, suivant la justice humaine, que blâmer les actions de Dieu envers son Fils, envers Adam, envers les peuples à qui on n'a jamais prêché, envers les enfants qui meurent avant le baptême.

« Suivant la religion chrétienne il faut tendre à la plus grande perfection. L'état de virginité, suivant elle, est plus parfait que celui du mariage : or il est évident que la perfection de la religion chrétienne tend à la destruction du genre humain. Si les efforts, les discours des prêtres réussissaient, dans soixante ou quatre-vingts ans le genre humain serait *détruit. Cette religion peut-elle* être de Dieu ?

« Est-il rien de si absurde que de faire prier Dieu pour soi par des prêtres, par des moines, par d'autres personnes ? On juge de Dieu, comme on juge des rois.

« Quel excès de folie de croire que Dieu nous a fait naître

pour que nous ne fassions que ce qui est contre nature, que ce qui peut nous rendre malheureux dans ce monde, en exigeant que nous nous refusions tout ce qui satisfait les sens, les appétits qu'il nous a donnés ! Que pourrait faire de plus un tyran acharné à nous persécuter depuis l'instant de sa naissance jusqu'à celui de notre mort ?

« Pour être parfait chrétien, il faut être ignorant, croire aveuglément, renoncer à tous les plaisirs, aux honneurs, aux richesses, abandonner ses parents, ses amis, garder sa virginité, en un mot faire tout ce qui est contraire à la nature. Cependant cette nature n'opère sûrement que par la volonté de Dieu. Quelle contrariété la religion suppose dans un être infiniment juste et bon !

« Puisque Dieu est le créateur et le maître de toutes choses, nous devons les employer toutes à l'usage pour lequel il les a faites, et nous en servir suivant la fin qu'il s'est proposée en les créant ; autant que par raison, par les sentiments intérieurs qu'il nous a donnés, nous pouvons connaître son dessein et son but, et les concilier avec l'intérêt de la société établie parmi les hommes, dans le pays que nous habitons.

« L'homme n'est pas fait pour être oisif : il faut qu'il s'occupe à quelque chose qui ait pour but son avantage particulier, concilié avec le bien général. Dieu n'a pas voulu seulement le bonheur de quelques particuliers ; il veut le bonheur de tous. Nous devons donc nous rendre mutuellement tous les services possibles, pourvu que ces services ne détruisent pas quelques branches de la société établie : c'est ce dernier point qui doit diriger nos actions. En conservant, dans ce que nous faisons, dans notre état, nous remplissons tous nos devoirs ; le reste n'est que chimère, qu'illusion, que préjugés.

« Toutes les religions, sans en excepter aucune, sont l'ouvrage des hommes ; il n'y en a point qui n'ait eu ses martyrs, *ses prétendus miracles. Que prouvent de* plus les nôtres que ceux des autres religions ?

« Les religions ont d'abord été établies par la crainte : le tonnerre, les orages, les vents, la grêle, détruisaient les fruits, les grains qui nourrissaient les premiers hommes répandus sur la surface de la terre. Leur impuissance à parer ces événements les obligea à avoir recours aux prières envers ce qu'ils reconnaissaient être plus puissant qu'eux, et qu'ils croyaient disposé à les tourmenter. Par la suite, des hommes ambitieux, de vastes génies, de grands politiques, nés dans différents siècles, dans diverses régions, ont tiré parti de la crédulité des peuples, ont annoncé des dieux souvent bizarres, fantasques, tyrans, ont établi des cultes, ont entrepris de former des sociétés dont ils pussent devenir les chefs, les législateurs : ils ont reconnu que, pour maintenir ces sociétés, il était nécessaire que chacun de leurs membres sacrifiât souvent ses passions, ses plaisirs particuliers au bonheur des autres. De là la nécessité de faire envisager un équivalent de récompenses à espérer et de peines à craindre, qui déterminassent à faire ces sacrifices. Ces politiques imaginèrent donc les religions. Toutes promettent des récompenses et annoncent des peines, qui engagent une grande partie des hommes à résister au penchant naturel qu'ils ont de s'approprier le bien, la femme, la fille d'autrui ; de se venger, de médire, de noircir la réputation de son prochain, afin de rendre la sienne plus saillante. L'honneur fut associé par la suite aux religions. Cet être aussi chimérique qu'elles, aussi utile au bonheur des sociétés, et à celui de chaque particulier, fut imaginé pour contenir dans les mêmes bornes, et par les mêmes principes, un certain nombre d'autres hommes.

« Il y a un Dieu, créateur et moteur de tout ce qui existe, n'en doutons point ; nous faisons partie de ce tout et nous n'agissons qu'en conséquence des premiers principes du mouvement que Dieu lui a donné. Tout est combiné et nécessaire, rien n'est produit par le hasard. Trois dés, poussés par un joueur, doivent infailliblement donner tel ou tel point, eu égard à l'arrangement des dés dans son cornet, à la force et au mouvement donné. Le coup de dés est le tableau de toutes les actions de notre vie. Un dé en pousse un autre, auquel il imprime un mouvement nécessaire ; et de mouvement en mouvement, il résulte physiquement un tel point. De même l'homme, par son premier mouvement, par sa première action, est déterminé invinciblement à une seconde, à une troisième, etc. Car dire que l'homme veut une chose parce qu'il la veut, c'est ne rien dire, c'est supposer que le néant produit un effet. Il est évident que c'est un motif, une raison qui le détermine à vouloir cette chose : et de raisons en raisons, qui sont déterminées les unes par les autres, la volonté de l'homme est invinciblement nécessitée de faire telles et telles actions, pendant tout le cours de sa vie, dont la fin est celle du coup de dés.

« Aimons Dieu, non pas qu'il l'exige de nous mais parce qu'il est souverainement bon ; et ne craignons que les hommes et leurs lois. Respectons ces lois, parce qu'elles sont nécessaires au bien public, dont chacun de nous fait partie.

« Voilà, madame, ajouta l'abbé T..., ce que mon amitié pour vous m'a arraché sur le chapitre des religions. C'est le fruit de vingt années de travail, de veilles et de méditations, pendant lesquelles j'ai cherché de bonne foi à distinguer la vérité du mensonge.

« Concluons donc, ma chère amie, que les plaisirs que nous goûtons vous et moi sont purs, sont innocents, puisqu'ils ne blessent ni Dieu, ni les hommes, par le secret et la décence que nous mettons dans notre conduite. Sans ces deux conditions, je conviens que nous causerions du scandale et que nous serions criminels envers la société : notre exemple pourrait séduire de jeunes cœurs destinés par leurs familles, par leur naissance, à des emplois utiles au bien public, dont ils négligeraient peut-être de se charger, pour ne suivre que le torrent des plaisirs.

— Mais, répliqua Mme C..., si nos plaisirs sont innocents, comme je le conçois présentement, pourquoi au contraire ne pas instruire tout le monde de la manière d'en goûter du même genre ? Pourquoi ne pas communiquer le fruit que vous avez tiré de vos méditations métaphysiques, à nos amis, à nos concitoyens, puisque rien ne pourrait contribuer davantage à leur tranquillité et à leur bonheur ? Ne m'avez-vous pas dit cent fois qu'il n'y a pas de plus grand plaisir que celui de faire des heureux ?

— Je vous ai dit vrai, madame, reprit l'abbé ; mais gardons-nous bien de révéler aux sots des vérités qu'ils ne sentiraient pas, ou desquelles ils abuseraient. Elles ne doivent être connues que par gens qui savent penser, et dont les passions sont tellement en équilibre entre elles qu'ils ne sont subjugués par aucun. Cette espèce d'hommes et de femmes est très rare ; de cent mille personnes, il n'y en a pas vingt qui s'accoutument à penser ; et de ces vingt, à peine en trouverez-vous quatre qui pensent en effet par elles-mêmes, ou qui ne soient pas emportées par quelque passion dominante. De là il faut être extrêmement circonspect sur le genre de vérités que nous avons examiné aujourd'hui. Comme peu de personnes aperçoivent la nécessité qu'il y a de s'occuper du bonheur de ses voisins pour s'assurer de celui que l'on cherche soi-même, on doit donner à peu de personnes des preuves claires de l'insuffisance des religions, qui ne laissent pas de faire agir et de retenir un grand nombre d'hommes dans leurs devoirs, et dans l'observation des règles qui, dans le fond, ne sont utiles qu'au bien de la société, sous le voile de la religion, par la crainte des peines et l'espérance des récompenses éternelles, qu'elle leur annonce. Ce sont cette crainte et cette espérance qui guident les faibles ; le nombre en est grand : ce sont l'honneur, les lois humaines, l'intérêt public qui guident les gens qui pensent ; le nombre en est en vérité bien petit. »

Dès que M. l'abbé T… eut cessé de parler, Mme C… le remercia dans des termes qui marquaient toute sa satisfaction. « Tu es adorable, mon cher ami ! lui dit-elle, en lui sautant au col. Que je me trouve heureuse de connaître, d'aimer un homme qui pense aussi sainement que toi ! Sois assuré que je n'abuserai jamais de ta confiance, et que je suivrai exactement la solidité de tes principes. »

Après quelques baisers, qui furent encore donnés de part et d'autre, et qui m'ennuyèrent beaucoup, à cause de la situation gênante où j'étais, mon pieux directeur et sa docile prosélyte descendirent dans la salle où l'on avait coutume de s'assembler. Je gagnai promptement ma chambre, où je m'enfermai. Un instant après, on vint m'appeler de la part de Mme C… Je lui fis dire que je n'avais pas dormi de toute la nuit, et que je la priais de me laisser reposer encore quelques heures. J'employai ce temps à mettre par écrit tout ce que je venais d'entendre.

Nos jours s'écoulaient dans cette campagne en témoignages réciproques d'amitié, lorsque ma mère vint subitement un matin m'annoncer que notre voyage de Paris était fixé pour le lendemain. Nous dînâmes encore ma mère et moi chez l'aimable Mme C…, que je quittai en versant un torrent de larmes. Cette femme adorable, peut-être unique dans son espèce, m'accabla de caresses et me donna les conseils les plus sages, sans y mêler des petitesses accablantes et inutiles. L'abbé T… était allé dans une ville voisine où il devait passer huit jours. Je ne le vis point. Nous retournâmes coucher à Volnot. Tout était préparé pour notre voyage. Nous nous mîmes le lendemain dans une chaise qui nous voitura jusqu'à Lyon, d'où la diligence nous conduisit à Paris.

J'ai dit que ma mère s'était déterminée à faire ce voyage, parce qu'il lui était dû une somme considérable par un marchand de sa connaissance, et que du paiement de cette somme dépendait toute notre fortune. D'autre part ma mère était endettée, son commerce languissait. Avant de partir de Volnot, elle avait laissé toutes ses affaires entre les mains d'un avocat, son parent, qui acheva de les perdre. Ma mère apprit que tout était saisi chez elle le même jour que, pour comble d'infortune, on vint lui annoncer que son débiteur de Paris, obéré et pressé trop vivement par une multitude de créanciers, venait de faire une banqueroute frauduleuse et complète. On ne résiste pas à tant de chagrins à la fois ; ma pauvre mère y succomba, une fièvre maligne l'emporta en huit jours.

Me voilà donc au milieu de Paris, livrée à moi-même, sans parents, sans amis, jolie, à ce qu'on me disait, instruite à bien des égards, mais sans connaissance des usages du monde.

Ma mère, avant de mourir, m'avait remis une bourse dans laquelle je trouvai quatre cents louis d'or : étant d'ailleurs assez bien en linge et en habits, je me croyais riche. Mon premier mouvement fut cependant de me jeter dans un monastère et de me faire religieuse ; mais les réflexions que je fis sur ce que j'avais souffert autrefois dans un pareil gîte, jointes aux conseils d'une dame ma voisine, avec qui j'avais ébauché un commencement de connaissance, me détournèrent de ce fatal dessein.

Cette dame, qui se nommait Bois-Laurier, avait un appartement à côté de celui que j'occupais dans un hôtel garni. Elle eut la complaisance de ne me presque point quitter pendant le premier mois qui suivit la mort de ma mère, et je lui dois une reconnaissance éternelle des soins qu'elle se donna pour soulager l'affliction dont j'étais accablée. Mme de Bois-Laurier était, comme vous l'avez su, une de ces femmes que la nécessité avait contrainte pendant sa jeunesse de servir au soulagement de l'incontinence du public libertin et qui, à l'exemple de tant d'autres, jouait alors *incognito* le rôle d'honnête femme, à l'aide d'une rente viagère qu'elle s'était assurée de l'épargne de ses premiers travaux.

Cependant l'affliction qui me dévorait fit place aux réflexions. L'avenir me fit peur : je m'en ouvris à mon amie ; je lui confiai l'état de mes finances et ce que j'envisageais d'affreux dans ma situation. Elle avait un esprit solide et affermi par l'expérience. « Que vous êtes peu sage, me dit-elle un matin, de vous inquiéter aussi vivement d'un avenir qui n'est pas plus certain pour les plus riches, que pour les plus pauvres, et qui doit vous paraître moins critique qu'à un autre ? Est-ce qu'avec du mérite, une taille, une mine comme celle que vous portez là, une fille est jamais embarrassée, pour peu qu'elle y joigne de prudence et de conduite ? Non, mademoiselle ; ne vous inquiétez point : je vous trouverai ce qu'il vous faut, peut-être même un bon mari ; car il me paraît que votre manie eſt de vouloir tâter du sacrement. Hélas, ma pauvre enfant ! Vous ne connaissez guère la juſte valeur de ce que vous désirez là. Enfin, laissez-moi faire : une femme de quarante ans, qui a l'expérience d'une de cinquante, sait ce qui convient à une fille comme vous. Je vous servirai de mère, ajouta-t-elle, et de chaperon pour paraître dans le monde : dès aujourd'hui je vous présenterai à mon oncle B... qui doit venir me voir ; c'eſt un riche financier, un honnête homme, qui vous trouvera bientôt un bon parti. »

Je sautai au col de la Bois-Laurier que je remerciai de tout mon cœur, et j'avoue de bonne foi que le ton d'assurance avec lequel elle me parlait me persuada que ma fortune était certaine.

Qu'une fille sans expérience, avec beaucoup d'amour-propre, eſt sotte ! Les leçons de l'abbé T... m'avaient bien dessillé les yeux sur le rôle que nous devons jouer ici-bas eu égard à Dieu et aux lois des hommes ; mais je n'avais aucune espèce de connaissance de l'usage du monde. Tout ce que je voyais, ce qu'on me disait, me paraissait rempli de la probité que j'avais trouvée dans Mme C... et dans l'abbé T... et je croyais le seul Dirrag un méchant homme. Pauvre innocente ! Que je me trompais grossièrement !

Le financier B... arriva chez Mme Bois-Laurier, vers les cinq heures du soir. On employa sans doute les premiers quarts d'heure de cette visite à tout autre chose qu'à s'entretenir de moi. La nièce était trop fine pour ne pas mettre l'oncle dans un état de tranquillité qui ne lui laissât rien à redouter de l'effet de mes charmes, qu'elle disait être dangereux. La besogne fut longue. Vers les sept heures je fus présentée à M. B..., à qui je fis, en entrant, une profonde révérence sans qu'il daignât se lever. Il me fit asseoir cependant sur une chaise à côté d'un fauteuil dans lequel il était à demi couché, poussant un gros ventre en avant, qui n'était couvert que de sa chemise ; et il me reçut avec l'air et les manières de la plupart des gens de son état : tout m'en parut néanmoins admirable, jusqu'aux louanges qu'il donna à la fermeté de ma cuisse, sur laquelle il appuya brutalement sa main en serrant de toute sa force, au point de me faire jeter un cri. « Ma nièce m'a parlé de vous », me dit-il, sans faire attention à la douleur qu'il m'avait causée. « Comment, diable ? Vous avez des yeux, des dents, une cuisse dure ! Oh ! nous ferons quelque chose de vous. Dès demain je vous fais dîner avec un de mes confrères qui a de l'or plein cette chambre. Je connais son humeur, il sera d'abord amoureux : ménagez-le. Je vous réponds que c'est un bon vivant, dont vous serez contente. Adieu mes chers enfants, ajouta-t-il en se levant et boutonnant sa veste ; embrassez-moi toutes deux, et me regardez comme votre père. Toi, ma nièce, envoie dire à ma petite maison[18] qu'on nous y prépare à dîner. »

Aussitôt que notre financier fut sorti, Mme Bois-Laurier me témoigna combien elle était charmée qu'il m'eût trouvée de son goût. « C'est un homme sans façon, me dit-elle, un cœur excellent et un ami essentiel. Laissez-moi faire : j'ai pris pour vous une sincère amitié. Suivez seulement mes conseils, surtout ne faisons pas la bégueule, et je vous réponds de votre fortune. »

Je soupai avec mon nouveau mentor qui sonda adroitement qu'elle était ma façon de penser et la conduite que j'avais tenue jusqu'alors.

Son épanchement de cœur pour moi excita le mien. Je jasai plus que je ne voulais. On fut d'abord alarmé d'apprendre que je n'avais jamais eu d'amants ; mais on se rassura dès qu'on fut persuadé, par les réponses qu'on m'arracha finement, que je connaissais la valeur des plaisirs de l'amour, et que j'en avais tiré un honnête parti. La Bois-Laurier me baisa, me caressa : elle fit tout ce qu'elle put pour m'engager à coucher avec elle. Je la remerciai, et je rentrai chez moi, l'esprit très occupé de la bonne fortune qui m'attendait.

Les Parisiennes sont vives et caressantes. Dès le lendemain matin mon obligeante voisine vint me proposer de me friser, de me servir de femme de chambre, de faire ma toilette ; mais le deuil de ma mère m'empêcha d'accepter ses offres, et je restai dans mon petit bonnet de nuit. La curieuse Bois-Laurier me fit mille polissonneries, et parcourut tous mes charmes, des yeux et de la main, en me donnant une chemise, qu'elle voulut me passer elle-même. « Mais, coquine ! me dit-elle par réflexion ; je crois que tu prends ta chemise sans avoir fait la toilette à ton minon ! Où est donc ton bidet ?

— Je ne sais en vérité, lui répondis-je, ce que vous voulez me dire, avec votre *bidet*.

— Comment ? dit-elle, point de bidet ! Garde-toi bien de te vanter d'avoir manqué d'un meuble qui est aussi nécessaire à une fille du bon air que sa propre chemise. Pour aujourd'hui, je veux bien te prêter le mien ; mais demain, sans plus tarder, songe à l'emplette d'un bidet. »

Celui de la Bois-Laurier fut donc apporté ; elle me campa dessus, et malgré tout ce que je pus dire et faire, cette femme officieuse, tout en riant comme une folle, lava elle-même abondamment ce qu'elle nommait mon *minon*. L'eau de lavande ne lui fut pas épargnée. Que je soupçonnais peu la fête qui lui était préparée et le motif de cet exact *lavabo*[19] !

Vers le midi un honnête fiacre nous conduisit à la petite maison de M. B… où il nous attendait avec M. R…, son confrère et son ami. Celui-ci était un homme de trente-huit à quarante ans, d'une figure assez passable, richement habillé, affectant de montrer tour à tour ses bagues, ses tabatières, ses étuis, jouant l'homme d'importance. Il daigna néanmoins s'approcher de moi, et me prenant par les mains, en me considérant attentivement face à face : « Elle est parbleu jolie ! s'écria-t-il. D'honneur, elle est charmante, et je veux en faire ma petite femme.

— Oh ! monsieur, vous me faites bien de l'honneur, répliquai-je, et si…

— Non, non, reprit-il, ne vous embarrassez de rien, j'arrangerai tout cela de façon que vous serez contente. »

On annonça qu'on avait servi, on se mit à table. La Bois-Laurier, qui connaissait le jargon, les propos usités dans ces sortes de repas, y fut charmante. Elle eut beau m'agacer, j'étais totalement déplacée, je ne disais mot, ou si je parlais, c'était dans des termes qui parurent si maussades aux deux financiers, que la première vivacité de R… se perdit : il me regardait avec des grands yeux qui annonçaient l'idée qu'il concevait de mon esprit : on ne paraît ordinairement en avoir qu'avec les personnes qui pensent et qui agissent comme nous. Cependant quelques verres de vin de Champagne réparèrent bientôt dans l'imagination de R… les torts que la stérilité de ma conversation y avaient faits.

Il devint plus pressant, et moi plus docile. Son air d'aisance m'en imposa. Ses mains larronnesses voltigeaient un peu partout ; et la crainte de manquer à des égards que je croyais d'usage m'empêchait d'oser lui en imposer sérieusement. Je me croyais d'autant plus autorisée à laisser aller les choses leur train que je voyais sur un sopha, à l'autre bout de la salle, M. B… parcourant encore un peu plus cavalièrement les appas de Madame sa nièce. Enfin je me défendis si mal

des petites entreprises de R… qu'il ne douta pas de réussir, s'il en tenait de plus sérieuses. Il me proposa de passer sur un lit de repos qui faisait face au sopha. « Je le veux bien, monsieur, lui dis-je bonnement ; je pense que nous ferons mieux, et je crains que vous ne vous fatiguiez trop dans la situation où vous êtes là, à mes genoux » (il venait en effet de s'y mettre). Aussitôt il se lève et me porte sur le petit lit.

Dans ce mouvement, je m'aperçus que M. B… et sa nièce sortaient de l'appartement ; je voulus me relever pour les suivre ; mais l'entreprenant R…, me disant en quatre mots qu'il m'aimait à la folie, et qu'il voulait faire ma fortune, avait troussé d'une main ma chemise jusqu'à la ceinture, et de l'autre sortait de sa culotte un membre roide et nerveux. Son genou était passé entre mes cuisses qu'il ouvrait le plus qu'il lui était possible, et il se disposait à assouvir sa brutalité, lorsque, portant les yeux sur le monstre dont j'étais menacée, je reconnus qu'il avait à peu près la même physionomie que le goupillon dont le père Dirrag se servait pour chasser l'esprit immonde du corps de ses pénitentes. Je me souvins, en ce moment, de tout le danger que M. l'abbé T… m'avait fait envisager dans la nature de l'opération dont j'étais menacée. Ma docilité se changea sur-le-champ en fureur ; je saisis le redoutable R… à la cravate et, le bras tendu, je le tins dans une posture qui le mit hors d'état de prendre celle qu'il s'efforçait de gagner. Alors, tenant la vue fixée, de peur de surprise, sur la tête de l'ennemi dont je craignais l'enfilure, j'appelai de toutes mes forces à mon secours Mme Bois-Laurier, qui, de moitié ou non des projets de R…, ne put se dispenser d'accourir et de blâmer son procédé. Furieuse de l'affront que je venais de recevoir de la part de R…, j'étais au moment de lui arracher les yeux ; je lui reprochais sa témérité dans les termes les plus vifs. B… avait joint la Bois-Laurier : tous deux ensemble ne retenaient qu'avec peine les efforts que je faisais pour leur échapper et tomber sur R…, lorsque celui-ci, après avoir remis tranquillement le meuble critique dans son gîte, rompit tout à coup le silence par un éclat de rire désordonné. « Parbleu, la petite provinciale ! », dit-il, en affectant le mauvais plaisant, « convenez que je vous ai fait grand-peur. Vous avez donc cru sérieusement que je voulais… ? Oh ! la singulière chose qu'une fille de province qui n'a pas le soupçon des usages du beau monde ! Imagine-toi, mon cher B…, continua-t-il, que j'ai couché Mademoiselle sur le lit, j'ai levé ses jupes, je lui ai montré mon… La petite bégueule ne s'est-elle pas imaginé qu'il y avait quelque chose d'irrégulier dans ce procédé ? Elle fait *du lutin*[20], vous êtes venus, voilà toute l'histoire qui met ce bel enfant dans les convulsions que vous voyez : n'y a-t-il pas là de quoi mourir de rire ? » ajouta-t-il en redoublant ses éclats. « Mais, la Bois-Laurier ! reprit-il tout à coup avec un grand sérieux, je vous prie de ne me plus mettre avec de pareilles sottes ; je ne suis point fait pour être maître d'école, ni professeur de civilité ; et vous ferez fort bien d'apprendre à vivre à Mademoiselle, avant de la présenter en compagnie de gens comme B… et moi. »

Les bras, je vous l'avoue, m'étaient tombés pendant cette singulière harangue. J'écoutais R… la bouche béante ; je le regardais avec des yeux hébétés, et je ne disais mot.

B… disparut avec R… sans que, pour ainsi dire, je m'en aperçusse ; et je restai, comme une stupide, entre les bras de la Bois-Laurier, qui marmottait aussi entre ses dents certains petits mots qui visaient à me faire entendre que je ne laissais pas d'avoir quelque tort. Nous montâmes dans notre fiacre, et nous retournâmes chez nous.

Je ne résistai pas longtemps à l'agitation de mes sens. En arrivant je versai un torrent de larmes. Ma chaste compagne, qui n'était pas tranquille sur les idées qui me resteraient de mon aventure, ne me quitta point : elle chercha à me persuader que les hommes étaient toujours curieux de sonder jusqu'à quel point une fille qu'ils ont en vue d'épouser connaît les plaisirs de l'amour. La conclusion de ce beau raisonnement fut que la prudence aurait dû m'engager à affecter plus d'ignorance et qu'elle voyait avec chagrin que ma vivacité m'avait peut-être fait manquer ma fortune. Je lui répondis avec feu que je n'étais pas assez peu instruite pour ignorer ce que l'indigne R… voulait faire de moi. J'ajoutai assez sèchement que la plus haute fortune ne me tenterait jamais à ce prix-là. Emportée par mon agitation, je lui contai ensuite ce que j'avais vu du père Dirrag et de Mlle Éradice, les leçons que j'avais reçues à ce sujet de M. l'abbé T… et de Mme C… Enfin de propos en propos, la rusée Bois-Laurier sut tirer de moi toute mon histoire. Ce détail la fit changer de ton ; si je lui avais paru peu instruite des manières, des usages du monde, elle ne fut pas peu surprise de mes lumières dans la morale, la métaphysique et la religion.

La Bois-Laurier a le cœur excellent. « Que je suis enchantée, me dit-elle en m'embrassant étroitement, de connaître une fille telle que toi. Tu viens de me dessiller les yeux sur des myſtères qui faisaient tout le malheur de ma vie : les réflexions que je ne cessais de faire sur ma conduite passée en troublaient le repos ! Qui eſt-ce qui devait plus appréhender que moi les châtiments dont on nous menace pour des crimes que tu m'as démontré être involontaires ? Le commencement de ma vie a été un tissu d'horreurs ; mais quoi qu'il en coûte à mon amour-propre, je te dois confidence pour confidence, leçon pour leçon. Écoute donc, ma chère Thérèse, le récit de mes aventures, en t'inſtruisant des caprices des hommes, qu'il eſt bon que tu connaisses pour contribuer aussi à te confirmer qu'en effet le vice et la vertu dépendaient du tempérament et de l'éducation. » Et tout de suite cette femme commença ainsi son hiſtoire.

Fin de la première partie

SECONDE PARTIE

HISTOIRE DE MME BOIS-LAURIER

Tu vois en moi, ma chère Thérèse, un être singulier. Je ne suis ni homme, ni femme, ni fille, ni veuve, ni mariée. J'ai été une libertine de profession, et je suis encore pucelle. Sur un pareil début, tu me prends sans doute pour une folle ; un peu de patience, je te prie, tu auras le mot de l'énigme. La nature, capricieuse à mon égard, a semé d'obſtacles insurmontables la route des plaisirs qui font passer une fille de son état à celui de femme : une membrane nerveuse en ferme l'avenue avec assez d'exactitude pour que le trait le plus délié que l'amour ait jamais eu dans son carquois n'ait pu atteindre le but[1], et ce qui te surprendra davantage, on n'a jamais pu me déterminer à subir l'opération qui pouvait me rendre habile aux plaisirs, quoique pour vaincre ma répugnance on me citât à chaque inſtant l'exemple d'une infinité de filles qui, dans le même cas, s'étaient soumises à cette épreuve. Destinée dès ma plus tendre enfance à l'état de courtisane, ce défaut, qui semblait devoir être l'écueil de ma fortune dans ce honteux métier, en a été au contraire le principal mobile. Tu comprends donc que lorsque je t'ai dit que mes aventures t'instruiraient des caprices des hommes, je n'ai pas entendu parler des différentes attitudes que la volupté leur fait varier, pour ainsi dire à l'infini, dans leurs embrassements réels avec les femmes : toutes les nuances des attitudes galantes ont été traitées avec tant d'énergie par le célèbre Pierre Arétin[2], qui vivait dans le quinzième siècle, qu'il n'en reste rien à dire aujourd'hui. Il n'est donc question, dans ce que j'ai à t'apprendre, que de ces goûts de fantaisie, de ces complaisances bizarres, que quantité d'hommes exigent de nous, et qui, par prédilection ou par certain défaut de conformation, leur tiennent lieu d'une jouissance parfaite. J'entre présentement en matière.

Je n'ai jamais connu mon père ni ma mère. Une femme de Paris, nommée la Lefort, logée bourgeoisement, chez laquelle j'avais été élevée comme étant sa fille, me tira un jour mystérieusement en particulier pour me dire ce que tu vas entendre. (J'avais alors quinze ans.)

« Vous n'êtes point ma fille, me dit Mme Lefort, il est temps que je vous instruise de votre état. À l'âge de six ans, vous étiez égarée dans les rues de Paris : je vous ai retirée chez moi, nourrie et entretenue charitablement jusqu'à ce jour, sans avoir jamais pu découvrir quels sont vos parents, quelque soin que je me sois donné pour cela.

« Vous avez dû vous apercevoir que je ne suis pas riche, quoique je n'aie rien négligé pour votre éducation. C'est à vous présentement à être vous-même l'instrument de votre fortune. Voici, ajouta-t-elle, ce qui me reste à vous proposer pour y parvenir. Vous êtes bien faite, jolie, plus formée que ne l'est ordinairement une fille de votre âge. M. le président de …, mon protecteur et mon voisin, est amoureux de vous : il s'est déterminé à vous faire plaisir et à vous entretenir honnêtement, pourvu que de votre part vous ayez pour lui toutes les complaisances qu'il exigera de vous. Voyez, Manon, ce que vous voulez que je lui dise ; mais je ne dois pas vous taire que si vous n'acceptez pas sans restriction les offres qu'il m'a chargé de vous faire, il faut vous déterminer à quitter ma maison dès aujourd'hui, parce que je suis hors d'état de vous nourrir et de vous habiller plus longtemps. »

Cette confidence accablante et la conclusion de Mme Lefort, qui l'accompagnait, me glaça d'effroi. J'eus recours aux larmes. Point de quartier, il fallut me décider. Après quelques explications préliminaires, je promis de faire tout ce qu'on exigeait ; au moyen de quoi Mme Lefort m'assura qu'elle me conserverait toujours les soins et le doux nom de mère.

Le lendemain matin elle m'instruisit amplement des devoirs de l'état que j'allais embrasser et des procédés particuliers qu'il convenait que j'eusse avec M. le président. Ensuite elle me fit mettre toute nue, me lava le corps du haut en bas, me frisa, me coiffa, et me revêtit d'habits beaucoup plus propres que ceux que j'avais coutume de porter.

À quatre heures après midi, nous fûmes introduites chez M. le président. C'était un grand homme sec, dont le visage jaune et ridé était enfoui dans une très longue et très ample perruque carrée. Ce respectable personnage, après nous avoir fait asseoir, dit gravement, en adressant la parole à ma mère : « Voilà donc la petite personne en question ? Elle est assez bien ; je vous avais toujours dit qu'elle avait des dispositions à devenir jolie et bien faite ; et jusqu'à présent ce n'est pas de l'argent mal employé. Mais êtes-vous sûre au moins qu'elle a son pucelage ? ajouta-t-il. Voyons un peu, madame Lefort. » Aussitôt ma bonne mère me fit asseoir sur le bord d'un lit ; et, me couchant renversée sur le dos, elle releva ma chemise et se disposait à m'ouvrir les cuisses, lorsque M. le président lui dit d'un ton brusque : « Hé ! ce n'est pas cela, madame ; les femmes ont toujours la manie de montrer des devants. Hé, non ! Faites tourner…

— Ah ! monseigneur, je vous demande pardon, s'écria ma mère ; je croyais que vous vouliez voir… Çà, levez-vous, Manon, me dit-elle ; mettez un genou sur cette chaise, et inclinez le corps le plus que vous pourrez. » Moi, semblable à une victime, les yeux baissés, je fis ce qu'on me prescrivait. Ma digne mère me troussa dans cette attitude jusqu'aux hanches ; et M. le président s'étant approché, je sentis qu'elle ouvrait les lèvres de mon …, entre lesquelles Monseigneur tentait d'introduire le doigt, en tâchant, mais inutilement, de pénétrer. « Cela est fort bien, dit-il à ma mère, et je suis *content : je vois qu'elle est* sûrement pucelle. Présentement faites-la tenir ferme dans l'attitude où elle est : occupez-vous à lui donner quelques petits coups de votre main sur les fesses. » Cet arrêt fut exécuté. Un profond silence succéda. Ma mère soutenait de la main gauche mes jupes et ma che-

mise élevées, tandis qu'elle me fessait légèrement de la droite. Curieuse de voir ce qui se passait de la part du président, je tournai tant soit peu la tête, je l'aperçus posté à deux pas de mon derrière, un genou en terre, tenant d'une main sa lorgnette braquée sur mon postérieur, et de l'autre secouant entre ses cuisses quelque chose de noir et de flasque, que tous ses efforts ne pouvaient faire guinder[3]. Je ne sais s'il finit ou non sa besogne ; mais enfin, après un quart d'heure d'une attitude que je ne pouvais plus supporter, Monseigneur se leva et gagna son fauteuil, en vacillant sur ses vieilles jambes étiques. Il donna à ma mère une bourse dans laquelle il lui dit qu'elle trouverait les cent louis d'or promis ; et après m'avoir honorée d'un baiser sur la joue, il m'annonça qu'il aurait soin que rien ne me manquât, pourvu que je fusse sage ; et qu'il me ferait avertir lorsqu'il aurait besoin de moi.

Dès que nous fûmes rentrées au logis ma mère et moi — continua Mme Bois-Laurier —, je fis d'aussi sérieuses réflexions sur ce que j'avais appris et vu depuis vingt-quatre heures, que celles que vous fîtes ensuite de la fustigation de Mlle Éradice par le père Dirrag. Je me rappelais tout ce qui s'était dit et fait dans la maison de Mme Lefort depuis mon enfance, et je rassemblais mes idées pour en tirer quelque conclusion raisonnable, lorsque ma mère entra et mit fin à mes rêveries. « Je n'ai plus rien à te cacher, ma chère Manon, me dit-elle en m'embrassant, puisque te voilà associée aux devoirs d'un métier que j'exerce avec quelque distinction depuis vingt ans. Écoute donc attentivement ce que j'ai encore à te dire ; et par ta docilité à suivre mes conseils, mets-toi en état de réparer le tort que te fait le président. C'est par ses ordres, continua ma mère, que je t'ai enlevée il y a huit ans. Il m'a payé depuis ce temps une pension très modique, que j'ai bien employée, et au-delà, pour ton éducation. Il m'avait promis qu'il nous donnerait à chacune cent louis lorsque ton âge lui permettrait de prendre ton pucelage ; mais si ce vieux paillard a compté sans son hôte, si son vieil outil, rouillé, ridé et usé, le met hors d'état de tenter cette aventure, est-ce notre faute ? Cependant il ne m'a donné que les cent louis qui me regardent ; mais ne t'inquiète pas, ma chère Manon, je t'en ferai gagner bien d'autres. Tu es jeune, jolie, point connue : je vais, pour te faire plaisir, employer cette somme à te bien nipper ; et si tu veux te laisser conduire, je te ferai faire à toi seule le profit que faisaient ci-devant dix ou douze demoiselles de mes amies. »

Après mille autres propos de cette espèce, à travers lesquels j'aperçus que ma bonne maman débutait par s'approprier les cent louis donnés par le président, les conditions de notre traité furent qu'elle commencerait par m'avancer cet argent qu'elle retirerait sur le produit de mes premiers travaux journaliers et qu'ensuite nous partagerions consciencieusement les profits de la société.

La Lefort avait un fonds inépuisable de bonnes connaissances dans Paris. En moins de six semaines, je fus présentée à plus de vingt de ses amis, qui échouèrent successivement au projet de recueillir les prémices de ma virginité. Heureusement que par le bon ordre que Mme Lefort tenait dans la conduite de ses affaires, elle avait exactement soin de se faire payer d'avance les plaisirs d'un travail qui était impraticable. Je crus même un jour qu'un gros docteur de Sorbonne, qui s'obstinait à vouloir gagner les dix louis qu'il avait financés, y mourrait à la peine, ou qu'il me *désenchanterait*.

Ces vingt athlètes furent suivis de plus de cinq cents autres, pendant l'espace de cinq ans. Le Clergé, l'Épée, la Robe et la Finance me placèrent tour à tour dans les attitudes les plus recherchées : soins inutiles ; le sacrifice se faisait à la porte du temple, ou bien la pointe du couteau s'émoussant, la victime ne pouvait être immolée.

Enfin la solidité de mon pucelage fit trop de bruit, et parvint aux oreilles de la police, qui parut vouloir faire cesser le progrès des épreuves. J'en fus avertie à temps ; et nous jugeâmes, Mme Lefort et moi, que la prudence exigeait que nous fissions une petite éclipse à trente lieues de Paris.

Au bout de trois mois le feu s'apaisa. Un exempt de cette même police, compère et ami de Mme Lefort, se chargea de calmer les esprits, moyennant une somme de douze louis d'or que nous lui fîmes compter. Nous retournâmes à Paris avec de nouveaux projets.

Ma mère, qui avait insisté longtemps sur ce que l'opération du *bistouri* me fût faite, avait bien changé de système ; elle trouvait dans la difformité de ma conformation un fonds inaltérable qui produisait un gros revenu sans être cultivé, sans craindre des *orvales*, point d'enfants, point de *rhumes ecclésiastiques*[4] à redouter. Quant à mes plaisirs, je me repaissais, ma chère Thérèse, par nécessité, de ceux dont tu sais te contenter par raison.

Cependant, poursuivit la Bois-Laurier, nous prîmes de nouvelles allures, et nous guidâmes sur de nouveaux principes. En arrivant de notre exil volontaire, notre premier soin fut de changer de quartier ; et, sans dire mot au président, nous nous transplantâmes dans le faubourg Saint-Germain.

La première connaissance que j'y fis fut celle d'une certaine baronne qui, après avoir pendant sa jeunesse travaillé utilement et de concert avec une comtesse sa sœur aux plaisirs de la jeunesse libertine, était devenue directrice de la maison d'un riche Américain, à qui elle prodiguait les débris de ses appas surannés qu'il payait bien au-delà de leur juste valeur. Un autre Américain, ami de celui-ci, me vit et m'aima : nous nous arrangeâmes. La confidence que je lui fis du cas où j'étais l'enchanta, au lieu de le rebuter. Le pauvre homme sortait d'entre les mains du célèbre Petit[5] : il sentait qu'entre les miennes il était assuré de ne pas craindre la rechute. Mon nouvel amant d'outre-mer avait fait vœu de se borner aux plaisirs de la *petite oie* ; mais il mêlait dans l'exécution un tic singulier. Son goût était de me placer assise à côté de lui sur un sopha, découverte jusqu'au-dessus du nombril ; et tandis que j'empoignais et que je donnais de légères secousses au rejeton de la racine du genre humain il fallait que j'eusse la complaisance de souffrir qu'une femme de chambre qu'il m'avait donnée s'occupât à couper quelques poils de ma toison. Sans ce bizarre appareil, je crois que la vigueur de dix bras comme le mien ne fût pas venue à bout de guinder la machine de mon homme, et encore moins d'en tirer une goutte d'*élixir*.

Du nombre de ces hommes à fantaisie était l'amant de Minette, troisième sœur de la baronne. Cette fille avait de beaux yeux, elle était grande, assez bien faite, mais laide, noire, sèche, minaudière, jouant l'esprit et les sentiments sans avoir ni l'un ni l'autre. La beauté de sa voix lui avait procuré successivement nombre d'adorateurs. Celui qui était alors en fonction n'était ému que par ce talent ; et les seuls accents de la voix mélodieuse de cet Orphée femelle avaient la vertu d'ébranler la machine de cet amant et de l'exciter au plus grand des plaisirs.

Un jour, après avoir fait entre nous trois un ample dîner libertin pendant lequel on avait chanté, on m'avait plaisantée sur la difformité de mon ..., on avait dit et fait toutes les folies imaginables. Nous nous culbutâmes sur un grand lit. Là nos appas sont étalés, les miens sont trouvés admirables pour la perspective, l'amant se met en train ; il campe Minette sur le bord du lit, la trousse, l'enfile et la prie de chanter. La

docile Minette, après un petit prélude, entonne un air de mouvement à trois temps coupés ; l'amant part, pousse et repousse toujours en mesure ; ses lèvres semblent battre les cadences, tandis que ses coups de fesses marquent les temps. Je regarde, j'écoute, en riant aux larmes, couchée sur le même lit. Tout allait bien jusque-là lorsque la voluptueuse Minette, venant à prendre plaisir au cas, chante faux, détonne, perd la mesure : un *bémol* est substitué à un *bécarre*. « Ah ! chienne, s'écrie sur-le-champ notre zélateur de la bonne musique ! Tu as déchiré mon oreille : ce faux ton a pénétré jusqu'à la cheville ouvrière, elle se détraque ; tiens, dit-il en se retirant ; regarde l'effet de ton maudit *bémol.* » Hélas ! le pauvre diable était devenu *mol*, le meuble qui battait la mesure n'était plus qu'un chiffon.

Mon amie désespérée fit des efforts incroyables pour ranimer son acteur ; mais les plus tendres baisers, les attouchements les plus lascifs furent employés en vain. Ils ne purent rendre l'élasticité à la partie languissante. « Ah ! mon cher ami, s'écria-t-elle, ne m'abandonne pas : c'est mon amour pour toi, c'est le plaisir qui a dérangé mon organe. Me quitteras-tu dans cet heureux moment ? Manon ! ma chère Manon ! secours-moi : montre-lui ta petite moniche ; elle lui rendra la vie, elle me la rendra à moi-même ; car je meurs s'il ne finit. Place-la, mon cher Bibi, dit-elle à son amant, dans l'attitude voluptueuse où tu mets quelquefois la comtesse ma sœur ; l'amitié de Manon pour moi répond de sa complaisance. »

Pendant toute cette singulière scène, je n'avais cessé de rire jusqu'à perdre la respiration. En effet, a-t-on jamais vu faire pareille besogne en chantant, et battre la mesure avec un pareil outil, et jamais a-t-on pu imaginer qu'un *bémol* au lieu d'un *bécarre* dût faire rater et rentrer aussi subitement un homme en lui-même.

Je concevais bien que la sœur de la baronne se prêtait à tout ce qui pouvait plaire à son amant, moins par volupté que pour le retenir dans ses liens par des complaisances qu'elle lui faisait payer chèrement ; mais j'ignorais encore quel avait été le rôle de la comtesse que l'on me priait de doubler. Je fus bientôt éclaircie : voici quel il fut.

Les deux amants me couchent sur le ventre, sous lequel ils mettent trois ou quatre coussins qui tiennent mes fesses élevées, puis ils me troussent jusqu'au-dessus des hanches, la tête appuyée sur le chevet du lit. Minette s'étend sur le dos, place sa tête entre mes cuisses, ma toison jointe à son

front, auquel elle servait comme de toupet. Bibi lève les jupes et la chemise de Minette, se couche sur elle et se soutient sur les bras. Remarque, ma chère Thérèse, que dans cette attitude, M. Bibi avait pour perspective, à quatre doigts de son nez, le visage de son amante, ma toison, mes fesses et le reste. Pour cette fois il se passa de musique : il baisait indistinctement tout ce qui se présentait devant lui, visage, cul, bouche, et nulle préférence marquée, tout lui était égal : son dard, guidé par la main de Minette, reprit bientôt son élasticité et rentra dans son premier gîte. Ce fut alors que les grands coups se donnèrent : l'amant poussait, Minette jurait, mordait, remuait la charnière avec une agilité sans égale ; pour moi, je continuais de rire aux larmes, en regardant de tous mes yeux la besogne qui se faisait derrière moi. Enfin, après un assez long travail, les deux amants se pâmèrent et nagèrent dans une mer de délices.

Quelque temps après, je fut introduite chez un évêque, dont la manie était plus bruyante, plus dangereuse pour le scandale et pour le tympan de l'oreille le mieux organisé. Imagine-toi que, soit par un goût de prédilection, soit par un défaut d'organisation, dès que Sa Grandeur sentait les approches du plaisir, elle mugissait, et criait à haute voix : *haï ! haï ! haï !* en forçant le ton à proportion de la vivacité du plaisir dont il était affecté ; de sorte que l'on aurait pu calculer les gradations du chatouillement que ressentait le gros et ample prélat par les degrés de force qu'il employait à mugir *haï ! haï ! haï !* Tapage qui, lors de la décharge de Monseigneur, aurait pu être entendu à mille pas à la ronde, sans la précaution que son valet de chambre prenait de matelasser les portes et les fenêtres de l'appartement épiscopal.

Je ne finirais pas, si je te faisais le tableau de tous les goûts bizarres, des singularités que j'ai connues chez les hommes, indépendamment des diverses postures qu'ils exigent des femmes dans le *coït*.

Un jour je fus introduite par une petite porte de derrière chez un homme de nom et fort riche à qui, depuis cinquante ans, tous les matins, une fille nouvelle pour lui rendait pareille visite. Il m'ouvrit lui-même la porte de son appartement. Prévenue de l'*étiquette* qui s'observait chez ce paillard d'habitude, dès que je fus entrée, je quittai robe et chemise. Ainsi nue, j'allai lui présenter mes fesses à baiser dans un fauteuil où il était gravement assis. « Cours donc vite, ma fille », me dit-il, tenant d'une main son paquet qu'il secouait de toute

01

11

sa force, et de l'autre une poignée de verges dont mes fesses étaient simplement menacées. Je me mets à courir, il me suit : nous faisons cinq à six tours de chambre, lui criant comme un diable : « Cours donc, coquine, cours donc… » Enfin il tombe pâmé dans son fauteuil ; je me rhabille, il me donne deux louis et je sors.

Un autre me plaçait assise sur le bord d'une chaise, découverte jusqu'à la ceinture. Dans cette posture, il fallait que par complaisance, quelquefois aussi par goût, je me servisse du frottement de la tête d'un *godemiché* pour me provoquer au plaisir. Lui, posté dans la même attitude vis-à-vis de moi à l'autre extrémité de la chambre, travaillait de la main à la même besogne, ayant les yeux fixés sur mes mouvements, et singulièrement attentif à ne terminer son opération que lorsqu'il apercevait que ma langueur annonçait le comble de la volupté.

Un troisième (c'était un vieux médecin) ne donnait aucun signe de virilité qu'au moyen de cent coups de fouet que je lui appliquais sur les fesses, tandis qu'une de mes compagnes, à genoux devant lui, la gorge nue, travaillait avec ses mains à disposer le nerf érecteur de cet *Esculape* moderne, d'où exhalaient enfin les esprits qui, par la fustigation, mis en mouvement, avaient été forcés de se porter dans la région inférieure. C'est ainsi que nous le disposions, ma camarade et moi, par ces différentes opérations, à répandre le baume de vie. Tel était le mécanisme par lequel ce docteur nous assurait qu'on pouvait restaurer un homme usé, un impuissant, et faire concevoir une femme stérile.

Un quatrième (c'était un voluptueux courtisan, usé de débauches) me fit venir chez lui avec une de mes compagnes. Nous le trouvâmes dans un cabinet environné de glaces de toutes parts, disposées de manière que toutes faisaient face à un lit de repos de velours cramoisi, qui était placé dans le milieu. « Vous êtes des dames charmantes, adorables, nous dit affectueusement le courtisan ; cependant vous ne trouverez pas mauvais que je n'aie pas l'honneur de vous… Ce sera, si vous le trouvez bon, un de mes valets de chambre, garçon beau et bien fait, qui aura celui de vous amuser. Que voulez-vous, mes beaux enfants ! ajouta-t-il. Il faut savoir aimer ses amis avec leurs défauts ; et j'ai celui de ne goûter de plaisir, que par l'idée que je me forme de ceux que je vois prendre aux autres. D'ailleurs, chacun se mêle de… Eh ! ne serait-il pas pitoyable que gens comme moi soyons les singes d'un gros vilain paysan. » Après ce discours préliminaire, prononcé d'un ton mielleux, il fit entrer son valet de chambre, qui parut en petite veste courte de satin couleur de chair, en habit de combat. Ma camarade fut couchée sur le lit de repos, bien et dûment troussée par le valet de chambre, qui m'aida ensuite à me déshabiller nue de la ceinture en haut. Tout était compassé et se faisait avec mesure. Le maître, dans un fauteuil, examinait, et tenait son instrument mollet à la main. Le valet de chambre, au contraire, qui avait descendu ses culottes jusque sur ses genoux et tourné le bas de sa chemise autour de ses reins, en laissait voir un des plus brillants. Il n'attendait pour agir que les ordres de son maître, qui lui annonça qu'il pouvait commencer. Aussitôt, le fortuné valet de chambre grimpe ma camarade, l'enfile et reste immobile. Les fesses de celui-ci étaient découvertes. « Prenez la peine, mademoiselle, dit notre courtisan, de vous placer à l'autre côté du lit, et de chatouiller cette ample paire de c… qui pendent entre les cuisses de mon homme, qui est, comme vous voyez, un fort honnête Lorrain. » Cela exécuté de ma part, nue, comme je vous ai dit, de la ceinture en haut, l'ordonnateur de la fête dit à son valet de chambre qu'il pouvait aller son train. Celui-ci pousse sur-le-champ, et repousse avec une mobilité de fesses admirable : ma main suit leurs mouvements, ne quitte point les deux énormes *verrues*. Le maître parcourt des yeux ses miroirs qui lui rendent des tableaux diversifiés selon le côté dont les objets sont réfléchis. Il vint à bout de faire raidir son instrument qu'il secoue avec vigueur : il sent que le moment de la volupté s'approche. « Tu peux finir », dit-il à son valet de chambre. Celui-ci redouble ses coups ; tous deux enfin se pâment et répandent la liqueur divine.

Chère Thérèse — dit la Bois-Laurier, en poursuivant ses propos —, je me rappelle fort à propos d'une plaisante aventure qui m'arriva ce même jour avec trois *capucins* ; elle te donnera une idée de l'exactitude de ces bons pères à observer leurs vœux de chasteté.

Après être sortie de chez le courtisan, dont je viens de te parler, et avoir dit adieu à ma compagne, comme je tournais le premier coin de rue pour monter dans un fiacre qui m'attendait, je rencontrai la Dupuis, amie de ma mère, digne émule de son commerce, mais qui en exerçait les travaux dans un monde moins bruyant. « Ah ! ma chère Manon, me dit-elle en m'abordant, que je suis ravie de te rencontrer ! Tu

12

sais que c'eſt moi qui ai l'honneur de servir presque tous nos moines de Paris. Je crois que ces chiens-là se sont tous donné le mot aujourd'hui pour me faire enrager : ils sont tous en *rut.* J'ai, depuis ce matin, neuf filles en campagne pour eux en diverses chambres et quartiers de Paris, et je cours depuis quatre heures, sans en pouvoir trouver une dixième pour trois vénérables capucins, qui m'attendent encore dans un fiacre bien fermé sur le chemin de ma petite maison. Il faut, Manon, que tu me fasses le plaisir d'y venir : ce sont de bons diables, ils t'amuseront. » J'eus beau dire à la Dupuis qu'elle savait bien que je n'étais pas un gibier de moines, que ces messieurs ne se contentaient pas des plaisirs de fantaisie, de ceux de la petite oie, mais qu'il leur fallait au contraire des filles dont les ouvertures fussent très libres. « Parbleu ! répliqua la Dupuis, je te trouve admirable de t'inquiéter des plaisirs de ces coquins-là ! Il suffit que je leur donne une fille ; c'eſt à eux à en tirer tel parti qu'ils pourront. Tiens, voilà six louis qu'ils m'ont mis en mains : il y en a trois pour toi, veux-tu me suivre ? » La curiosité autant que l'intérêt me détermina. Nous montâmes dans mon fiacre, et nous nous rendîmes près de Montmartre à la petite maison de la Dupuis.

Un inſtant après entrent nos trois capuchons qui, peu accoutumés à goûter d'un morceau aussi friand que je paraissais l'être, se jettent sur moi comme trois dogues affamés. J'étais dans ce moment debout, un pied élevé sur une chaise, nouant une de mes jarretières. L'un avec une barbe rousse et une haleine infectée, vint m'appuyer un baiser sur *la parole*, encore cherchait-il à chiffonner avec sa langue. Un second tracassait grossièrement sa main dans mes tétons ; et je sens le visage du troisième, qui avait levé ma chemise par-derrière, appliqué contre mes fesses tout près du trou mignon. Quelque chose de rude comme du crin, passé entre mes cuisses, me farfouillait le quartier de devant ; j'y porte la main : qu'eſt-ce que je saisis ? La barbe du père Hilaire qui, se sentant pris et tiré par le menton, m'applique, pour m'obliger à lâcher prise, un assez vigoureux coup de dent dans une fesse. J'abandonne en effet la barbe, et un cri perçant que ma douleur m'arrache en imposa heureusement à ces effrénés et me tira pour un moment de leurs pattes. Je m'assis sur un lit de repos près lequel j'étais ; mais à peine eus-je le temps de m'y reconnaître que trois inſtruments énormes se trouvent braqués devant moi. « Ah ! mes pères,

13

m'écriai-je, un moment de patience, s'il vous plaît : mettons un peu d'ordre dans ce qui nous reste à faire. Je ne suis point venue ici pour jouer la vestale : voyons donc avec lequel de vous trois je… ?

— C'est à moi », s'écrièrent-ils tous ensemble, sans me donner le temps d'achever.

« À vous, jeunes barbes ? reprit l'un d'eux en *nasillant*. Vous osez disputer le pas à père Ange, ci-devant gardien de… Prédicateur du carême de…, votre supérieur ! Où est donc la subordination ?

— Ma foi ce n'est pas chez la Dupuis, reprit l'un d'eux sur le même ton ; ici, père Anselme vaut bien père Ange.

— Tu en as menti », répliqua ce dernier en apostrophant un coup de poing dans le milieu de la face du très révérend père Anselme.

Celui-ci, qui n'était rien moins que manchot, saute sur père Ange : tous deux se saisissent, se collettent, se culbutent, se déchirent à belles dents : leurs robes relevées sur leurs têtes laissent à découvert leurs misérables outils qui, de saillants qu'ils s'étaient montrés, se trouvaient réduits en forme de lavettes. La Dupuis accourut pour les séparer ; elle n'y réussit qu'en appliquant un grand seau d'eau fraîche sur les parties honteuses de ces deux disciples de saint François.

Pendant le combat, père Hilaire ne s'amusait point à la moutarde[6]. Comme je m'étais renversée sur le lit, pâmée de rire et sans forces, il fourrageait mes appas, et cherchait à manger l'huître disputée à belles gourmades[7] par ses deux compagnons. Surpris de la résistance qu'il rencontre, il s'arrête pour examiner de près les *débouchés* ; il entrouvre la coquille, point d'issue. Que faire ? Il cherche de nouveau à percer : soins perdus, peines inutiles. Son instrument, après des efforts redoublés, est réduit à l'humiliante ressource de cracher au nez de l'huître qu'il ne peut gober.

Le calme succéda tout à coup aux fureurs monacales. Père Hilaire demande un instant silence : il informe les deux combattants de mon irrégularité et de la barrière insurmontable qui fermait l'entrée du séjour des plaisirs. La vieille Dupuis essuya de vifs reproches, dont elle se défendit en plaisantant ; et en femme qui sait son monde, elle tâcha de faire diversion par l'arrivée d'un convoi de bouteilles de vin de Bourgogne, qui furent bientôt sablées.

Cependant les outils de nos pères reprennent leur première consistance. Les libations bachiques sont interrompues de temps à autre par des libations à Priape. Toutes imparfaites qu'étaient celles-ci, nos frappards[8] semblent s'en contenter, et tantôt mes fesses, tantôt leur revers servent d'autel à leurs offrandes.

Bientôt une excessive gaieté s'empare des esprits. Nous mettons à nos convives du rouge, des mouches : chacun d'eux s'affuble de quelqu'un de mes ajustements de femme : peu à peu je suis dépouillée toute nue et couverte d'un simple manteau de capucin : équipage dans lequel ils me trouvent charmante. « N'êtes-vous pas trop heureux, s'écria la Dupuis qui était à moitié ivre, de jouir du plaisir de voir un minois comme celui de la charmante Manon ?

— Non, ventrebleu ! répliqua père Ange d'un ton bachique. Je ne suis point venu ici pour voir un minois : c'est pour f… un c… que je m'y suis rendu ; j'ai bien payé, ajouta-t-il ; et ce v… que je tiens en mains n'en sortira ventredieu pas qu'il n'ait f… fût-ce le diable. »

Écoute bien cette scène — me dit la Bois-Laurier en s'interrompant —, elle est originale : mais je t'avertis (peut-être un peu tard) que je ne puis rien retrancher à l'énergie des termes, sans lui faire perdre toutes ses grâces.

(La Bois-Laurier avait trop élégamment commencé pour ne pas la laisser finir de même ; je souris ; elle continua ainsi le récit de cette aventure.)

« Fût-ce le diable ! répéta la Dupuis, en se levant de dessus sa chaise et élevant sa voix du même ton nasillant que celui du capucin. Eh bien ! B… », dit-elle, en se troussant jusqu'au nombril, « regarde ce c… vénérable, qui en vaut bien deux, je suis une bonne diablesse ; f…-moi donc, si tu l'oses, et gagne ton argent. » Elle prend en même temps père Ange par la barbe et l'entraîne sur elle en se laissant tomber sur le petit lit. Le père n'est point déconcerté par l'enthousiasme de sa Proserpine, il se dispose à l'enfiler, et l'enfile à l'instant.

À peine la sexagénaire Dupuis eut-elle éprouvé le frottement de quelques secousses du père que ce plaisir délicieux, qu'aucun mortel n'avait eu la hardiesse de lui faire goûter depuis plus de vingt-cinq ans, la transporte et lui fait bientôt changer de ton. « Ah ! mon papa, disait-elle en se démenant comme une enragée, mon cher papa, f… donc…, donne-moi du plaisir…, je n'ai que quinze ans, mon ami, oui, vois-tu ? Je n'ai que quinze ans… sens-tu ces allures ?… va donc, mon petit chérubin !… tu me rends la vie… tu fais une œuvre méritoire… »

Dans l'intervalle de ces tendres exclamations, la Dupuis baisait son champion, elle le pinçait, elle le mordait avec les deux uniques *chicots* qui lui restaient dans la bouche.

D'un autre côté le père, qui était surchargé de vin, ne faisait que *haniquiner*[9] ; mais ce vin commençant à faire son effet, *la galerie*, composée des révérends pères Anselme, Hilaire, et de moi, s'aperçut bientôt que père Ange perdait du terrain, et que ses mouvements cessaient d'être régulièrement périodiques. « Ah ! B..., s'écria tout à coup la connaisseuse Dupuis, je crois que tu déb..., chien, si tu me faisais un pareil affront... » Dans l'instant l'estomac du père, fatigué par l'agitation, fait *capot*[10], et l'inondation, portant directement sur la face de l'infortunée Dupuis au moment d'une de ses exclamations amoureuses qui lui tenait la bouche béante, la vieille se sentant infectée de cette *exlibation*[11] infecte, son cœur se soulève, et elle paie l'agresseur de la même monnaie.

Jamais spectacle plus affreux et plus risible en même temps. Le moine s'appesantit, s'écroule sur la Dupuis : celle-ci fait de puissants efforts pour le renverser de côté, elle y réussit. Tous deux nagent dans l'ordure : leurs visages sont méconnaissables. La Dupuis, dont la colère n'était que suspendue, tombe sur père Ange à grands coups de poings : mes ris immodérés et ceux des deux spectateurs nous ôtent la force de leur donner du secours. Enfin nous les joignîmes et nous séparâmes les champions. Père Ange s'endort : la Dupuis se nettoie : à l'entrée de la nuit, chacun se retire et gagne tranquillement son manoir.

(Après ce beau récit, qui nous apprêta à rire de grand cœur, la Bois-Laurier continua à peu près dans ces termes.)

Je ne te parle point du goût de ces monstres qui n'en ont que pour le plaisir *antiphysique*[12], soit comme *agent*, soit comme *patient.* L'Italie en produit moins aujourd'hui que la France. Ne savons-nous pas qu'un seigneur aimable, riche, entiché de cette frénésie, ne put venir à bout de consommer son mariage avec une épouse charmante, la première nuit de ses noces, que par le moyen de son valet de chambre, à qui son maître ordonna, dans le fort de l'acte, de lui faire même introduction par-derrière que celle qu'il faisait à sa femme par-devant.

Je remarque cependant que Messieurs les antiphysiques se moquent de nos injures et défendent vivement leur goût, en soutenant que leurs antagonistes ne se conduisent que par les mêmes principes qu'eux. « Nous cherchons tous le

14

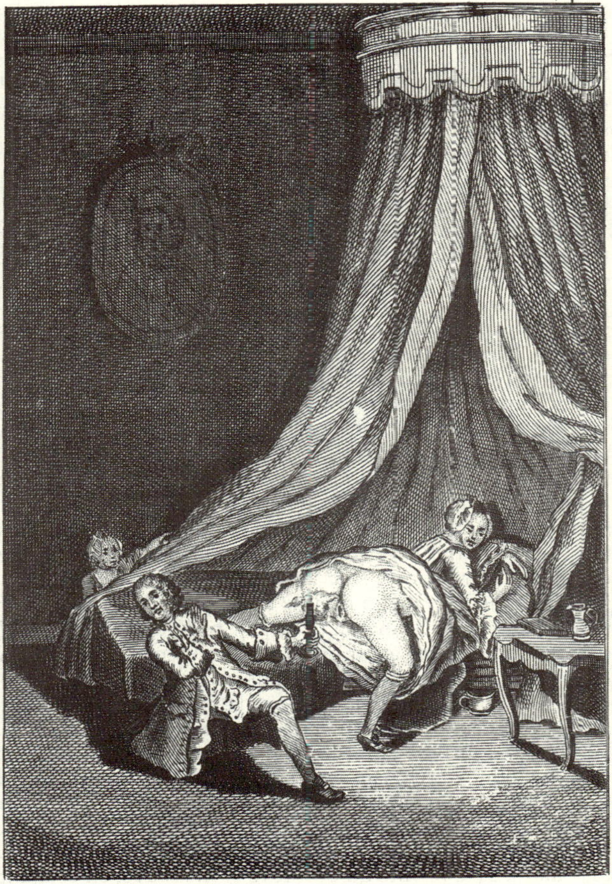

plaisir, disent ces hérétiques, par la voie où nous croyons le trouver. C'est le goût qui guide nos adversaires ainsi que nous. Or vous conviendrez que nous ne sommes par les maîtres d'avoir tel ou tel goût. Mais, dit-on, lorsque les goûts sont criminels, lorsqu'ils outragent la nature, il faut les rejeter. Point du tout : en matière de plaisirs, pourquoi ne pas suivre son goût ? Il n'y en a point de coupables. D'ailleurs il est faux que l'*antiphysique* soit contre nature, puisque c'est cette même nature qui nous donne le penchant pour ce plaisir. Mais, dit-on encore, on ne peut pas procréer son semblable, continuent-ils. Quel pitoyable raisonnement ! Où sont les hommes, de l'un et de l'autre goût, qui prennent le plaisir de la chair dans la vue de faire des enfants ? »

Enfin — continua la Bois-Laurier —, Messieurs les antiphysiques allèguent mille bonnes raisons pour faire croire qu'ils ne sont ni à plaindre, ni à blâmer. Quoi qu'il en soit, je les déteste ; et il faut que je te conte un tour assez plaisant que j'ai joué une fois en ma vie à un de ces exécrables ennemis de notre sexe.

J'étais avertie qu'il devait venir me voir ; et quoique je sois naturellement une terrible péteuse, j'eus encore la précaution de me farcir l'estomac d'une forte quantité de navets, afin d'être mieux en état de le recevoir suivant mon projet. C'était un animal que je ne souffrais que par complaisance pour ma mère. Chaque fois qu'il venait au logis, il s'occupait pendant deux heures à examiner mes fesses, à les ouvrir, à les refermer, à porter le doigt au trou, où il eût volontiers tenté de mettre autre chose, si je ne m'étais pas expliquée nettement sur l'article : en un mot, je le détestais. Il arrive à neuf heures du soir ; m'ayant fait coucher à plat ventre sur le bord d'un lit : puis, après avoir exactement levé mes jupes et ma chemise, il va, selon sa louable coutume, s'armer d'une bougie dans le dessein de venir examiner l'objet de son culte. C'est où je l'attendais. Il met un genou en terre et, approchant la lumière et son nez, je lui lâche à brûle-pourpoint un vent moelleux, que je retenais avec peine depuis deux heures : le prisonnier, en s'échappant, fit un bruit enragé et éteignit la bougie. Le curieux se jette en arrière en faisant, sans doute, une grimace de tous les diables : la bougie tombée de ses mains fut rallumée ; je profite du désordre et me sauve, en éclatant de rire, dans une chambre voisine où je m'enfermai, et de laquelle ni prières ni menaces ne purent me tirer, jusqu'à ce que mon homme au camouflet eût vuidé la maison.

Ici Mme Bois-Laurier fut obligée de cesser sa narration par les ris immodérés qu'excita en moi cette dernière aventure. Par compagnie elle riait aussi de tout son cœur ; et je pense que nous n'eussions pas fini sitôt, sans l'arrivée de deux messieurs de sa connaissance que l'on vint nous annoncer. Elle n'eut que le temps de me dire que cette interruption la fâchait beaucoup, en ce qu'elle ne m'avait encore montré que le mauvais côté de son histoire, qui ne pouvait que me donner une fort mauvaise opinion d'elle ; mais qu'elle espérait me faire bientôt connaître le bon et m'apprendre avec quel empressement elle avait saisi la première occasion qui s'était présentée de se retirer du train de vie abominable dans lequel la Lefort l'avait engagée.

Je dois en effet rendre justice à la Bois-Laurier : si j'en excepte mon aventure avec M. R..., dont elle n'a jamais voulu convenir d'avoir été de moitié, sa conduite n'a rien eu d'irrégulier pendant le temps que je l'ai connue. Cinq ou six amis formaient sa société ; elle ne voyait de femme que moi, et les haïssait. Nos conversations étaient décentes devant le monde : rien de si libertin que celles que nous tenions dans le particulier depuis nos confidences réciproques. Les hommes qu'elle voyait étaient tous gens sensés. On jouait à de petits jeux de commerce, ensuite on soupait chez elle presque tous les soirs. Le seul B..., ce prétendu oncle financier, était admis à l'entretenir en particulier.

J'ai dit que deux messieurs nous avaient été annoncés : ils entrèrent ; nous fîmes un quadrille[13], nous soupâmes gaiement. La Bois-Laurier, qui était d'une humeur charmante et qui peut-être était bien aise de ne me pas laisser seule, livrée aux réflexions de mon aventure du matin, m'entraîna dans son lit. Il fallut coucher avec : on hurle avec les loups, nous dîmes et nous fîmes toutes sortes de folies.

Ce fut, mon cher comte, le lendemain de cette nuit libertine, que je vous parlai pour la première fois. Jour fortuné ! sans vous, sans vos conseils, sans la tendre amitié et l'heureuse sympathie qui nous lia d'abord, je coulais insensiblement à ma perte. C'était un vendredi ; vous étiez, il m'en souvient, dans l'amphithéâtre de l'Opéra, presque au-dessous d'une loge où nous étions placées, la Bois-Laurier et moi. Si nos yeux se rencontrèrent par hasard, ils se fixèrent par réflexion. Un de vos amis, qui devait être le même soir l'un de nos convives, nous joignit : vous l'abordâtes peu de temps après. On me plaisantait sur mes principes de morale ; vous parûtes curieux de les approfondir, et ensuite charmé de les connaître à fond. La conformité de vos sentiments aux miens réveilla mon attention. Je vous écoutais, je vous voyais avec un plaisir qui m'était inconnu jusqu'alors. La vivacité de ce plaisir m'anima, me donna de l'esprit, développa en moi des sentiments que je n'y avais pas encore aperçus. Tel est l'effet de la sympathie des cœurs, il semble que l'on pense par l'organe de celui avec qui elle agit. Dans le même instant que je disais à la Bois-Laurier qu'elle devait vous engager à venir souper avec nous, vous faisiez la même proposition à votre ami. Tout s'arrangea ; l'opéra finit, nous montâmes tous quatre dans votre carrosse pour nous rendre dans votre petit hôtel garni, où après un quadrille dont nous payâmes amplement les frais par les fautes de distraction que nous fîmes, on se mit à table et on soupa. Enfin, si je vous vis sortir avec regret, je me sentis agréablement consolée par la permission que vous exigeâtes de venir me voir quelquefois, d'un ton qui me convainquit du dessein où vous étiez de n'y pas manquer.

Lorsque vous fûtes sorti, la curieuse Bois-Laurier me questionna, et tâcha insensiblement de démêler la nature de la conversation particulière que nous avions eue vous et moi, après le souper. Je lui dis tout naturellement que vous m'aviez paru désirer de savoir quelle espèce d'affaire m'avait conduite et me retenait à Paris ; et je convins que vos procédés m'avaient inspiré tant de confiance, que je n'avais pas hésité à vous informer de presque toute l'histoire de ma vie et de l'état de ma situation actuelle. Je continuai de lui dire que vous m'aviez paru touché de mon état, et que vous m'aviez fait entendre que par la suite vous pourriez me donner des preuves des sentiments que je vous avais inspirés. « Tu ne connais pas les hommes, reprit la Bois-Laurier, la plupart ne sont que des séducteurs et des trompeurs, qui, après avoir abusé de la crédulité d'une fille, l'abandonnent à son malheureux sort. Ce n'est pas que j'aie cette idée du caractère du comte personnellement ; au contraire, tout annonce en lui l'homme qui pense, l'honnête homme, qui est tel par raison, par goût et sans préjugés. »

Après quelqu'autres discours de la Bois-Laurier, qui visaient à me servir de leçons, propres à m'apprendre à connaître les différents caractères des hommes, nous nous couchâmes, et dès que nous fûmes au lit, nos folies firent place au raisonnement.

Le lendemain matin la Bois-Laurier me dit en s'éveillant : « Je vous ai conté hier, ma chère Thérèse, à peu près toutes les misères de ma vie ; vous avez vu le mauvais côté de la médaille : ayez la patience de m'écouter, vous en connaîtrez le bon.

Il y avait longtemps — poursuivit-elle —, que mon cœur était bourrelé, que je gémissais de la vie indigne, humiliante, dans laquelle la misère m'avait plongée, et où l'habitude et les conseils de la Lefort me retenaient, lorsque cette femme, qui avait eu l'art de conserver sur moi une sorte d'autorité de mère, tomba malade et mourut. Chacun me croyant sa fille, je restai paisible héritière de tout. Je trouvai, tant en argent comptant qu'en meubles, vaisselle, linge, de quoi former une somme de trente-six mille livres : en me conservant un honnête nécessaire, tel que vous le voyez aujourd'hui, je vendis le superflu, et dans l'espace d'un mois j'arrangeai mes affaires de manière que je m'assurai trois mille quatre cents livres de rente viagère. Je donnai mille livres aux pauvres, et je partis pour Dijon, dans le dessein de m'y retirer et d'y passer tranquillement le reste de mes jours.

Chemin faisant, la petite vérole me prit à Auxerre, qui changea tellement mes traits et mon visage qu'elle me rendit méconnaissable. Cet événement, joint au mauvais secours que j'avais reçu pendant ma maladie dans la province que je m'étais proposé d'habiter, me fit changer de résolution. Je compris aussi, retournant à Paris, et m'éloignant des deux quartiers que j'avais habités pendant mes deux caravanes, que je pourrais facilement y vivre tranquille dans un autre, sans être reconnue. J'y suis donc de retour depuis un an. M. B… est le seul homme qui m'y connaisse pour ce que je suis : il veut bien que je me dise sa nièce, parce que je me fais passer pour une femme de qualité. Vous êtes aussi, Thérèse, la seule femme à qui je me sois confiée, bien persuadée qu'une personne qui a des principes tels que les vôtres est incapable d'abuser de la confiance d'une amie que vous vous êtes attachée par la bonté de votre caractère et par l'équité qui règne dans vos sentiments

Fin de l'histoire de la Bois-Laurier et suite de celle de Thérèse

Lorsque Mme Bois-Laurier eut fini, je l'assurai qu'elle devait faire fond sur ma discrétion ; et je la remerciai de bon cœur de ce qu'elle avait vaincu en ma faveur la répugnance que l'on a naturellement à informer quelqu'un de ses dérèglements passés.

Il était alors près de midi. Nous en étions aux politesses mutuelles, la Bois-Laurier et moi, lorsqu'on m'annonça que vous demandiez à me voir. Mon cœur tressaillit de joie. Je me levai, je volai auprès de vous : nous dînâmes et passâmes ensemble le reste de la journée.

Trois semaines s'écoulèrent, pour ainsi dire, sans que nous nous quitassions, et sans que j'eusse l'esprit de m'apercevoir que vous employiez ce temps à connaître si j'étais digne de vous. En effet, enivrée du plaisir de vous voir, mon âme n'apercevait aucun autre sentiment dans moi, et quoique je n'eusse d'autre désir que celui de vous posséder toute ma vie, il ne me vint jamais dans l'idée de former un projet suivi, pour m'assurer ce bonheur.

Cependant la modestie de vos expressions, et la sagesse de vos procédés avec moi, ne laissaient pas de m'alarmer. « S'il m'aimait, disais-je, il aurait auprès de moi les airs de vivacité que je vois à tels et tels qui m'assurent qu'ils ont pour moi l'amour le plus vif. » Cela m'inquiétait. J'ignorais alors que les gens sensés aiment avec des procédés sensés, et que les étourdis sont des étourdis partout.

Enfin, cher comte, au bout d'un mois, vous me dîtes un jour assez laconiquement que ma situation vous avait inquiété dès le jour même que vous m'aviez connue ; que ma figure, mon caractère, ma confiance en vous vous avaient déterminé à chercher des moyens qui pussent me tirer du labyrinthe dans lequel j'étais à la veille d'être engagée. « Je vous parais sans doute bien froid, mademoiselle, ajoutâtes-vous, pour un homme qui vous assure qu'il vous aime. Cependant rien n'est si certain ; mais comptez que la passion qui m'affecte le plus est celle de vous rendre heureuse. » Je voulus en ce moment vous interrompre pour vous remercier. « Il n'est pas temps, mademoiselle, reprîtes-vous ; ayez la bonté de m'écouter jusqu'à la fin. J'ai douze mille livres de rente : je puis, sans m'incommoder, vous en assurer deux mille pendant votre vie. Je suis garçon, dans la ferme résolution de ne jamais me marier, et déterminé à quitter le grand monde, dont les bizarreries commencent à m'être trop à charge, pour me retirer dans une assez belle terre que j'ai à quarante lieues de Paris. Je pars dans quatre jours. Voulez-vous m'y accompagner comme amie ? Peut-être par la suite vous déterminerez-vous à vivre avec moi comme ma maîtresse : cela dépendra du plaisir que vous aurez à m'en faire ; mais comptez que cette détermination ne réussira qu'autant que vous sentirez intérieurement qu'elle peut contribuer à votre félicité.

« C'est une folie, ajoutâtes-vous, de croire qu'on est maître de se rendre heureux par sa façon de penser. Il est démontré qu'on ne pense pas comme on veut. Pour faire son bonheur, chacun doit saisir le genre de plaisir qui lui est propre, qui convient aux passions dont il est affecté, en combinant ce qui résultera de bien ou de mal, de la jouissance de ce plaisir, et en observant que ce bien et ce mal soient considérés non seulement eu égard à soi-même, mais encore eu égard à l'intérêt public. Il est constant que, comme l'homme, par la multiplicité de ses besoins, ne peut être heureux sans le concours d'une infinité d'autres personnes, chacun doit être attentif à ne rien faire qui blesse la félicité de son voisin. Celui qui s'écarte de ce système fuit le bonheur qu'il cherche. D'où on peut conclure avec certitude que le premier principe que chacun doit suivre pour vivre heureux dans ce monde est d'être honnête homme et d'observer les lois humaines, qui sont comme les liens des besoins mutuels de la société. Il est évident, dis-je, que ceux ou celles qui s'éloignent de ce principe ne peuvent être heureux ; ils sont persécutés par la rigueur des lois, par les remords, par la haine, et par le mépris de leurs concitoyens.

« Réfléchissez donc, mademoiselle, continuâtes-vous, à tout ce que je viens d'avoir l'honneur de vous dire : consultez, voyez si vous pouvez être heureuse en me rendant heureux. Je vous quitte : demain je viendrai recevoir votre réponse. »

Votre discours m'avait ébranlée. Je sentis un plaisir inexprimable à imaginer que je pouvais contribuer à ceux d'un homme qui pensait comme vous. J'aperçus en même temps le labyrinthe dont j'étais menacée et sur lequel votre générosité devait me rassurer. Je vous aimais ; mais que les préjugés sont puissants et difficiles à détruire ! L'état de fille entretenue, auquel j'avais toujours vu attacher une certaine honte, me faisait peur. Je craignais aussi de mettre un enfant au monde : ma mère, Mme C... avaient failli de périr dans l'accouchement. D'ailleurs, l'habitude où j'étais de me procurer par moi-même un genre de volupté que l'on m'avait dit être égal à celui que nous recevons dans les embrassements d'un homme amortissait le feu de mon tempérament ; et je ne désirais jamais rien à cet égard, parce que le soulagement suivait immédiatement les désirs. Il n'y avait donc que la perspective d'une misère prochaine ou l'envie de me rendre heureuse en faisant votre bonheur qui pussent me déterminer. Le premier motif ne fit qu'effleurer ; le second me décida.

Avec quelle impatience n'attendis-je pas votre retour chez moi, dès que j'eus pris mon parti ! Le lendemain vous parûtes ; je me précipitai dans vos bras. « Oui, monsieur, je suis à vous, m'écriai-je, ménagez la tendresse d'une fille qui vous chérit : vos sentiments m'assurent que vous ne contraindrez jamais les miens. Vous savez mes craintes, mes faiblesses, mes habitudes. Laissez agir le temps et vos conseils. Vous connaissez le cœur humain, le pouvoir des sensations sur la volonté. Servez-vous de vos avantages pour faire naître en moi celles que vous croirez les plus propres pour me déterminer à contribuer sans réserve à vos plaisirs. En attendant je suis votre amie, etc. »

Je me rappelle que vous m'interrompîtes à ce doux épanchement de mon cœur. Vous me promîtes que vous ne contraindriez jamais mon goût et mes inclinations. Tout fut arrangé. J'annonçai le lendemain mon bonheur à la Bois-Laurier, qui fondit en larmes en me quittant ; et nous partîmes enfin pour votre terre, le jour que vous aviez fixé.

Arrivée dans cet aimable séjour, je ne fus point étonnée du changement de mon état, parce que mon esprit n'était occupé que du soin de vous plaire.

Deux mois s'écoulèrent sans que vous me pressassiez sur des désirs que vous cherchiez à faire naître insensiblement dans moi. J'allais au-devant de tous vos plaisirs, excepté de ceux de la jouissance dont vous me vantiez les ravissements que je ne croyais pas plus vifs que ceux que je goûtais par habitude, et que j'offrais de vous faire partager. Je frémissais au contraire à la vue du trait dont vous menaciez de me percer. « Comment serait-il possible, me disais-je, que quelque chose de cette longueur, de cette grosseur, avec une tête aussi monstrueuse, puisse être reçu dans un espace où je puis à peine introduire le doigt ? D'ailleurs, si je deviens mère, je le sens, j'en mourrai. Ah ! mon cher ami, continuais-je, évitons cet écueil fatal ; laissez-moi faire. » Je caressais, je baisais ce que vous nommez votre *docteur* : je lui donnais des mouvements, qui, en vous dérobant, comme malgré vous, cette liqueur divine, vous conduisaient à la volupté et rétablissaient le calme dans votre âme.

Je remarquais que, dès que l'aiguillon de la chair était émoussé, sous prétexte du goût que j'avais pour les matières de morale et de métaphysique, vous employiez la force du raisonnement pour déterminer ma volonté à ce que vous désiriez de moi.

« C'est l'amour-propre, me disiez-vous un jour, qui décide de toutes les actions de notre vie. J'entends par amour-propre cette satisfaction intérieure que nous sentons à faire telle ou telle chose. Je vous aime, par exemple, parce que j'ai du plaisir à vous aimer. Ce que j'ai fait pour vous peut vous convenir, vous être utile ; mais ne m'en ayez aucune obligation. C'est l'amour-propre qui m'y a déterminé : c'est parce que j'ai fixé mon bonheur à contribuer au vôtre ; et c'est par ce même motif, que vous ne me rendrez parfaitement heureux que lorsque votre amour-propre y trouvera sa satisfaction particulière. Un homme donne souvent l'aumône aux pauvres, il s'incommode même pour les soulager : son action est utile au bien de la société, elle est louable à cet égard ; mais par rapport à lui, rien moins que cela. Il a fait l'aumône, parce que la compassion qu'il ressentait pour ces malheureux excitait en lui une peine, et qu'il a trouvé moins de désagrément à se défaire de son argent en leur faveur qu'à continuer de supporter cette peine excitée par la compassion ; ou peut-être encore que l'amour-propre, flatté par la vanité de passer pour un homme charitable, est la véritable satisfaction intérieure qui l'a décidé. Toutes les actions de notre vie sont dirigées par ces deux principes : se procurer plus ou moins de plaisir, éviter plus ou moins de peine. »

D'autre fois vous m'expliquiez, vous étendiez les courtes leçons que j'avais reçues de M. l'abbé T... « Il vous apprit, me disiez-vous, que nous ne sommes pas plus maîtres de penser de telle et de telle manière, d'avoir telle ou telle volonté, que nous sommes les maîtres d'avoir ou de ne pas avoir la fièvre. En effet, ajoutiez-vous, nous voyons, par des observations claires et simples, que l'âme n'est maîtresse de rien, qu'elle n'agit qu'en conséquence des sensations et des facultés du corps ; que les causes qui peuvent produire du dérangement dans les organes troublent l'âme, altèrent l'esprit ; qu'un vaisseau, une fibre dérangée dans le cerveau, peuvent rendre imbécile l'homme du monde qui a le plus d'intelligence. Nous savons que la nature n'agit que par les voies les plus simples, que par un principe uniforme. Or, puisqu'il est évident que nous ne sommes pas libres dans de certaines actions, nous ne le sommes dans aucune.

« Ajoutons à cela que si les âmes étaient purement spirituelles, elles seraient toutes les mêmes. Étant toutes les mêmes, si elles avaient la faculté de penser et de vouloir par elles-mêmes, elles penseraient et se détermineraient toutes de la même manière dans des cas égaux. Or c'est ce qui n'arrive point. Donc elles sont déterminées par quelque autre chose, et ce quelque autre chose ne peut être que la matière, puisque les plus crédules ne connaissent que l'esprit et la matière.

« Mais demandons à ces hommes crédules ce que c'est que l'esprit ? Peut-il exister et n'être dans aucun lieu ? S'il est dans un lieu, il doit occuper une place ; s'il occupe une place, il est étendu ; s'il est étendu, il a des parties ; et s'il a des parties, il est matière. Donc l'esprit est une chimère, ou il fait partie de la matière.

« De ces raisonnements, disiez-vous, on peut conclure avec certitude, premièrement, que nous ne pensons de telle ou telle manière que par rapport à l'organisation de nos corps, jointe aux idées que nous recevons journellement par le tact, l'ouïe, la vue, l'odorat et le goût ; secondement, que le bonheur ou le malheur de notre vie dépendent de cette modification de la matière et de ces idées ; qu'ainsi les génies, les gens qui pensent, ne peuvent trop se donner de soins et de peines pour inspirer des idées qui soient propres à contribuer efficacement au bonheur public, et particulièrement à celui des personnes qu'ils aiment. Et que ne doivent pas faire à cet égard les pères et les mères envers leurs enfants, les gouverneurs, les précepteurs envers leurs disciples ? »

Enfin, mon cher comte, vous commenciez à vous sentir fatigué de mes refus, lorsque vous vous avisâtes de faire venir de Paris votre bibliothèque galante, avec votre collection de tableaux dans le même genre. Le goût que je fis paraître pour les livres et encore plus pour la peinture vous fit imaginer deux moyens qui vous réussirent. « Vous aimez donc, mademoiselle Thérèse, me dîtes-vous en plaisantant, les lectures et les peintures galantes ? J'en suis ravi : vous aurez du plus saillant ; mais capitulons, s'il vous plaît : je consens de vous prêter et de placer dans votre appartement ma bibliothèque et mes tableaux pendant un an, pourvu que vous vous engagiez de rester pendant quinze jours sans porter même la main à cette partie, qui en bonne justice devrait bien être aujour-

16

d'hui de mon domaine, et que vous fassiez sincèrement divorce au *manuélisme*[14]. Point de quartier, ajoutâtes-vous, il est juste que chacun mette un peu de complaisance dans le commerce. J'ai de bonnes raisons pour exiger celle-ci de vous : optez ; sans cet arrangement, point de livres, point de tableaux. »

J'hésitai peu, je fis vœu de continence pour quinze jours. « Ce n'est pas tout, me dîtes-vous encore ; imposons-nous des conditions réciproques : il n'est pas équitable que vous fassiez un pareil sacrifice pour la vue de ces tableaux ou pour une lecture momentanée. Faisons une gageure, que vous gagnerez sans doute. Je parie ma bibliothèque et mes tableaux, contre votre pucelage, que vous n'observerez pas la continence pendant quinze jours, ainsi que vous le promettez.

— En vérité, monsieur », vous répondis-je, d'un air un peu piqué, « vous avez une idée bien singulière de mon tempérament, et vous me croyez bien peu maîtresse de moi-même.

— Oh ! mademoiselle, répliquâtes-vous ; point de procès je vous prie ; je n'y suis pas heureux avec vous. Je sens au reste que vous ne devinez point l'objet de ma proposition : écoutez-moi. N'est-il pas vrai que toutes les fois que je vous fais un présent, votre amour-propre paraît blessé de les recevoir d'un homme que vous ne rendez pas aussi content qu'il pourrait l'être ? Eh bien ! la bibliothèque et les tableaux, que vous aimez tant, ne vous feront pas rougir, puisqu'ils ne seront à vous que parce que vous les aurez gagnés.

— Mon cher comte, repris-je, vous me tendez des pièges ; mais vous en serez la dupe, je vous en avertis. J'accepte la gageure, m'écriai-je, et je m'oblige, qui plus est, à ne m'occuper toutes les matinées qu'à lire vos livres et à voir vos tableaux enchanteurs. »

Tout fut porté par vos ordres dans ma chambre. Je dévorai des yeux, ou pour mieux dire, je parcourus tour à tour pendant les quatre premiers jours l'histoire du *Portier des chartreux*, celle de *La Tourière des carmélites*, *L'Académie des dames*, *Les Lauriers ecclésiastiques*, *Thémidore*, *Frétillon*[15], etc., et nombre d'autres de cette espèce, que je ne quittai que pour examiner avec avidité des tableaux où les postures les plus lascives étaient rendues avec un coloris et une expression qui portaient un feu brûlant dans mes veines.

Le cinquième jour, après une heure de lecture, je tombai dans une espèce d'extase. Couchée sur mon lit, les rideaux ouverts de toutes parts, deux tableaux (*Les Fêtes de Priape*, *Les Amours de Mars et de Vénus*) me servaient de perspective. L'imagination échauffée par les attitudes qui y étaient représentées, je me débarrassai des draps et des couvertures ; et sans réfléchir si la porte de ma chambre était bien fermée, je me mis en devoir d'imiter toutes les postures que je voyais. Chaque figure m'inspirait le sentiment que le peintre y avait donné. Deux athlètes, qui étaient à la partie gauche du tableau des *Fêtes de Priape*, m'enchantaient, me transportaient, par la conformité du goût de la petite femme au mien. Machinalement ma main droite se porta où celle de l'homme était placée, et j'étais au moment d'y enfoncer le doigt, lorsque la réflexion me retint. J'aperçus l'illusion, et le souvenir des conditions de notre gageure m'obligea de lâcher prise.

Que j'étais bien éloignée de vous croire spectateur de mes faiblesses, si ce doux penchant de la nature en est une, et que j'étais folle, grands dieux, de résister aux plaisirs inexprimables d'une jouissance réelle ! Tels sont les effets du préjugé : ils sont nos tyrans. D'autres parties de ce premier tableau excitaient tour à tour mon admiration et ma pitié. Enfin je jetai les yeux sur le second. Quelle lascivité dans l'attitude de Vénus ! Comme elle, je m'étendis mollement ; les cuisses un peu éloignées, les bras voluptueusement ouverts, j'admirais l'attitude brillante du dieu Mars. Le feu dont ses yeux, et surtout sa lance, paraissaient être animés passa dans mon cœur. Je me coulais sur les draps, mes fesses s'agitaient voluptueusement, comme pour porter en avant la couronne destinée au vainqueur. « Quoi ! m'écriai-je, les divinités même font leur bonheur d'un bien que je refuse ! Ah ! cher amant, je n'y résiste plus. Parais, comte, je ne crains point ton dard : tu peux percer ton amante ; tu peux même choisir où tu voudras frapper, tout m'est égal, je souffrirai tes coups avec constance, sans murmurer ; et pour assurer ton triomphe, tiens ! voilà mon doigt placé. »

Quelle surprise ! quel heureux moment ! Vous parûtes tout à coup, plus fier, plus brillant que Mars ne l'était dans le tableau. Une légère robe de chambre qui vous couvrait fut arrachée. « J'ai eu trop de délicatesse, me dîtes-vous, pour profiter du premier avantage que tu m'as donné : j'étais à ta porte d'où j'ai tout vu, tout entendu ; mais je n'ai pas voulu devoir mon bonheur au gain d'une gageure ingénieuse. Je ne parais, mon aimable Thérèse, que parce que tu m'as appelé. Es-tu déterminée ?

— Oui, cher amant ! m'écriai-je, je suis toute à toi ; frappe-moi, je ne crains plus tes coups. »

À l'instant vous tombâtes entre mes bras ; je saisis, sans hésiter, la flèche qui jusqu'alors m'avait paru si redoutable, et je la plaçai moi-même à l'embouchure qu'elle menaçait ; vous l'enfonçâtes, sans que vos coups redoublés m'arrachassent le moindre cri ; mon attention fixée sur l'idée du plaisir ne me laissa pas apercevoir le sentiment de la douleur.

Déjà l'emportement semblait avoir banni la philosophie de l'homme maître de lui-même, lorsque vous me dîtes avec des sons mal articulés : « Je n'userai pas, Thérèse, de tout le droit qui m'est acquis : tu crains de devenir mère, je vais te ménager ; le grand plaisir s'approche ; porte de nouveau ta main sur ton vainqueur, dès que je le retirerai, et aide-le par quelques secousses à… il est temps, ma fille ; je… de… plaisirs…

— Ah ! je meurs aussi, criai-je, je ne me sens plus, je… me… pâ… me. »

Cependant j'avais saisi le trait, je le serrais légèrement dans ma main qui lui servait d'étui, et dans laquelle il acheva de parcourir l'espace qui le rapprochait de la volupté. Nous recommençâmes, et nos plaisirs se sont renouvelés depuis dix ans, dans la même forme, sans trouble, sans enfants, sans inquiétude.

Voilà, je pense, mon cher bienfaiteur, ce que vous avez exigé que j'écrivisse des détails de ma vie. Que de sots, si jamais ce manuscrit venait à paraître, se récrieraient contre la lascivité, contre les principes de morale et de métaphysique qu'il contient ! Je répondrais à ces sots, à ces machines lourdement organisées, à ces espèces d'automates accoutumés à penser par l'organe d'autrui, qui ne font telle ou telle chose que parce qu'on leur dit de les faire ; je leur répondrais, dis-je, que tout ce que j'ai écrit est fondé sur l'expérience, et sur le raisonnement détaché de tout préjugé.

Oui, ignorants ! la nature est une chimère. Tout est l'ouvrage de Dieu. C'est de lui que nous tenons les besoins de manger, de boire, et de jouir des plaisirs. Pourquoi donc rougir en remplissant ses desseins ? Pourquoi craindre de contribuer au bonheur des humains en leur apprêtant des ragoûts variés, propres à contenter avec sensualité ces divers appétits ? Pourrais-je appréhender de déplaire à Dieu ni aux hommes en annonçant des vérités qui ne peuvent qu'éclairer sans nuire ? Je vous le répète donc, censeurs atrabilaires, nous ne pensons pas comme nous voulons. L'âme n'a de volonté,

15

n'est déterminée que par les sensations, que par la matière. La raison nous éclaire ; mais elle ne nous détermine point. L'amour-propre (le plaisir à espérer, ou le déplaisir à éviter) sont le mobile de toutes nos déterminations. Le bonheur dépend de la conformation des organes, de l'éducation, des sensations externes ; et les lois humaines sont telles que l'homme ne peut être heureux qu'en les observant, qu'en vivant en honnête homme. Il y a un Dieu ; nous devons l'aimer parce que c'est un Être souverainement bon et parfait. L'homme sensé, le philosophe doit contribuer au bonheur public par la régularité de ses mœurs. Il n'y a point de culte, Dieu se suffit à lui-même : les génuflexions, les grimaces, l'imagination des hommes, ne peuvent augmenter sa gloire. Il n'y a de bien et de mal moral que par rapport aux hommes : rien par rapport à Dieu. Si le mal physique nuit aux uns, il est utile aux autres : le médecin, le procureur, le financier vivent des maux d'autrui ; tout est combiné. Les lois établies dans chaque région, pour resserrer les liens de la société, doivent être respectées : celui qui les enfreint doit être puni, parce que, comme l'exemple retient les hommes mal organisés, mal intentionnés, il est juste que la punition d'un infractaire contribue à la tranquillité générale. Enfin, les rois, les princes, les magistrats, tous les divers supérieurs, par gradations, qui remplissent les devoirs de leur état, doivent être aimés et respectés, parce que chacun d'eux agit pour contribuer au bien de tous.

Fin

TABLE DES MATIÈRES DE LA SECONDE PARTIE

Fin de la table des matières de la seconde et dernière partie

Appendice iconographique

SECOND FRONTISPICE D'UNE DES ÉDITIONS DE 1748

GRAVURES DE L'ÉDITION DE 1780 [?]

·PL·O·

·PL·D·

·PL·X·

·PL·A·

·PL T·

·D·

·PL X·

·PL H·

·PL·Q·

·PL·U·

GRAVURES DE L'ÉDITION DE 1785

Guillard de Servigné

LES SONNETTES,

OU

MÉMOIRES

DE MONSIEUR LE MARQUIS D'***

À MONSIEUR LE D***[1]
qui a inventé la manière de poser les sonnettes, etc.

Monsieur,

Ce n'est ni l'intérêt ni la flatterie qui vous dédie cet ouvrage. Je ne vous connais que par l'ingénieuse enseigne qui vous a acquis une réputation si brillante et si bien méritée. Toute l'Europe retentit de votre nom, autant que de vos sonnettes. L'art de les placer vous doit sa perfection ; par la force de votre génie, jointe à un grand nombre d'expériences, vous êtes venu à bout de les poser dans le lieu le plus difficile. Si je ne craignais de blesser votre modestie, je m'étendrais sur l'utilité de votre talent. Je ne parlerais pas seulement des malades et des paresseux à qui vos sonnettes apportent tant de soulagement, je m'attacherais surtout aux avantages qu'en retirent nos dames, soit pour se défaire d'un amant importun, soit pour feindre de résister aux entreprises d'un amant chéri. Mais il est rare que vos sonnettes servent pour le premier cas ; on sait à quoi s'en tenir sur cette façon de parler : « Finissez donc, je vais sonner. »

Je vous dois en mon particulier, monsieur, une éternelle reconnaissance. J'ai profité de votre idée, mes sonnettes sont votre bien, il est juste que je vous en rende un hommage public.

J'ai l'honneur d'être, Monsieur, Votre très humble et très obéissant serviteur,

D***.

PRÉFACE

Qu'on déclame tant que l'on voudra contre les préfaces, l'usage en subsiste ; il en est comme des préjugés toujours combattus et toujours suivis.

Celui-là même qui hait les préfaces, en fait une, quand il dit qu'il n'en veut point faire.

Il me semble que les esprits, comme les sens, veulent être préparés. Retranchons de l'architecture les vestibules et les portiques ; détruisons les avenues de ce château superbe ; ôtons à la musique et à l'amour ces préludes charmants, qui valent souvent mieux que ce qui les suit : n'aurons-nous pas perdu de nos plaisirs ?

Les préfaces, dites-vous, sont ennuyeuses ; c'est que peu de livres n'en ont pas, et que peu de livres sont bons.

Il y aurait, selon moi, deux règles à suivre dans une préface ; ce serait de ne point blesser l'amour-propre des lecteurs, en prenant avec eux le ton d'avis et d'instruction ; ce serait de faire en sorte que l'amour-propre de l'auteur se montrât sans excès et sans fausse modestie.

Au contraire, un auteur, pour peu qu'il croie mériter l'attention du public (et il le croit toujours), prend le soin de nous instruire des plus petites circonstances qui ont fait éclore son ouvrage, ou bien *ce sont des promesses qu'il remplit en le publiant* : que fait-on de tout ce qu'il a d'intéressant à nous dire ? il parle longtemps de lui-même ; le plaisir qu'il y trouve l'arrête délicieusement : *il compte sur notre indulgence* ; mais, d'un autre côté, il augure si mal de notre sagacité qu'il nous fait essuyer jusqu'à *l'explication des frontispices, des fleurons et des vignettes.*

S'il est vrai que Montaigne ait plu, en nous donnant l'histoire de son cœur ; s'il est constant que la plupart des écrivains se soient peints dans leurs ouvrages, pourquoi me refuserais-je ici la satisfaction de dire que j'ai suivi en ce point mes maîtres et mes modèles ? Le sentiment a conduit ma plume ; c'est lui qui m'a guidé, tantôt dans des routes fleuries, tantôt dans des endroits propres à rêver ; c'est lui qui est dans le cœur de mes lecteurs, et qui me rassure contre les fautes que j'ai pu faire.

PREMIÈRE PARTIE

Ma maison établie depuis plusieurs siècles dans la province de Bourgogne y possède des biens considérables. Quatre frères que j'avais, ayant pris le parti des armes, convenable à leur naissance, ont péri successivement depuis la bataille de Fontenoy[2]. Le baron d'***, frère de mon père, a vu son fils unique enlevé par le même sort à la fleur de ses années. Ces coups funestes, qui se sont suivis rapidement, ont porté la désolation dans le sein de notre famille.

La nouvelle de la mort de mon dernier frère détermina mon père à me rappeler de Paris, où je faisais mes exercices. Il fallut obéir, quoique j'en pressentisse les suites. Le séjour de la province dont j'étais menacé pouvait bien me faire regretter celui d'une ville qui est regardée comme le centre du goût et des arts, pleine de beautés de mille genres, pour lesquelles je commençais à avoir des yeux. Mais l'image d'un père accablé de douleur me fut seule présente. Je songeai qu'il n'avait que moi pour essuyer ses larmes, et dans quel état le trouvai-je ? La tristesse lui avait fait une telle impression qu'il en était tombé malade dangereusement. Je frémis, je me crus au moment de tout perdre, quand j'aperçus le péril où l'auteur de mes jours était exposé. Souvenir de ma douleur, que vous m'êtes cher ! et que j'aime à me rappeler les vives émotions dont je fus agité ! Je ne crains point que l'on nomme faiblesse des sentiments si capables de faire honneur à la nature.

Nos soins redoublés, des médecins, mais, sans doute plus que tout le reste, la bonté du tempérament me rendit mon père, et il fut bientôt hors de danger. Sa tendresse me retenait continuellement auprès de lui ; je trouvais une douce satisfaction à m'acquitter de ce devoir. Un jour qu'il était encore mieux qu'à l'ordinaire, et que je lui en marquais ma joie : « Vous voyez, me dit-il, mon fils, à quels dangers je viens d'échapper. Le mal a pensé consommer ce que le seul chagrin aurait dû faire ; mais c'est en vain que nous fuyons notre terme, ce même chagrin, en hâtant la vieillesse, va bientôt me ramener au point que vous croyez reculé : n'espérez pas que je survive longtemps à des pertes si sensibles. C'était peu d'avoir versé presque tout mon sang pour mon pays, il fallait encore en perdre de plus précieux. J'ai vu les miens périr l'un après l'autre ; le sort cruel a compté les coups qu'il me portait, vous seul me restez, mon cher fils. Mais pourrai-je vous conserver ? Vos frères vous ont tracé une route funeste ; vous irez, comme eux, chercher la gloire et la mort. Gloire vaine ! à laquelle on sacrifie les sentiments les plus chers, et qui nous rend victimes à notre tour de passions étrangères. Puis-je attendre que quelqu'un me fermera les yeux…

— Ah ! mon père, lui dis-je, avez-vous cru que votre fils vous abandonnât jamais ? Vous que j'aime uniquement, et que j'ai tant de raison d'aimer ! Ce serait m'arracher à moi-même, ce serait outrager la nature, et cesser d'être votre fils ; ma première gloire est d'avoir un cœur sensible : vivez, et puissé-je contribuer à votre bonheur, en égalant votre tendresse par la mienne ! »

Les assurances que je donnai à mon père de rester auprès de lui ne servirent pas peu à le rétablir. Le calme de l'âme et la joie sont un baume qui distille sur tous les maux. Le baron d'***, mon oncle, que la lenteur des juges, et les détours artificieux d'un adversaire, avaient longtemps retenu au parlement de …, arriva dans ces temps, et vint se réjouir avec mon père de sa convalescence ; dans la suite, il ne crut pouvoir mieux faire que de vivre avec nous, et nous ne fîmes plus qu'une maison. Le baron était un homme de cinquante ans, d'une humeur égale et enjouée ; il avait ce bon sens assaisonné de pénétration, qu'on devrait nommer esprit, si on n'abusait pas des termes. Sa conversation amusait en instruisant, sans qu'il prétendît ni l'un ni l'autre ; chez lui la science était aimable, et la probité sans rudesse. Il avait autrefois vécu à la Cour, et c'est faire son éloge que de dire qu'elle ne l'avait point gâté : quoiqu'il eût mille fois souffert de la méchanceté de ses ennemis, et de l'ingratitude de ses amis, il n'avait pas cessé d'être bon et généreux. Les qualités de mon père, quoique moins brillantes, s'accordaient aux siennes ; et la plus tendre amitié unissait ces deux frères, que l'intérêt aurait pu diviser suivant l'usage. Le baron parut content de moi, et de l'emploi de mon temps à Paris. J'avais fait entrer dans mon éducation la plupart des connaissances dont mon âge était susceptible. L'étude des langues polies et la lecture des meilleurs ouvrages m'avaient utilement occupé ; j'en avais acquis la facilité de m'énoncer : la musique, la peinture et la poésie variaient mes amusements ; mon extérieur était décent, et je me présentais de bon air, grâce aux leçons de mes maîtres. Depuis la mort de son fils, le baron me regardait comme le sien ; je lui devins plus cher encore quand il me connut : dès lors il se fit une affaire principale d'éclairer ma jeunesse, et de donner les derniers traits à mon éducation. Il savait que la route du cœur est celle de la persuasion, et que les conseils des personnes que nous aimons, sont toujours les mieux suivis. Il n'épargna rien de ce qui pouvait le faire chérir, s'il ne l'eût été déjà. Il étudiait mes désirs et mes penchants, et il s'empressait à les satisfaire. Il me portait à entretenir des correspondances à Paris pour le nouveau dans tous les genres. « Le goût, disait-il, est une faveur du ciel, comme les grâces ; mais si l'art bien entendu peut ajouter aux grâces, le goût naturel n'a pas moins besoin de culture ; il se raffine par le commerce du bon et du beau. Jamais on n'a pensé plus délicatement que dans notre siècle ; mais nos ouvrages ont moins de force que ceux des Anciens[3].

Jamais les sciences n'ont été enseignées d'une méthode plus claire, ni plus simple ; mais nous sommes moins heureux en découvertes. Il est bon qu'aux modèles de l'Antiquité vous joigniez les productions nouvelles, pour apprécier les uns et les autres, et pour juger avec sûreté de l'état présent des beaux-arts, de leurs progrès et de leurs décroissements[4]. Il n'y a peut-être point de plaisir plus sensible pour l'esprit que celui de la comparaison, point de voie d'instruction plus facile. »

C'est à peu près ainsi que le baron me rendait les sciences agréables, non qu'il voulût faire un savant, il voulait quelque chose de mieux. Je touchais à cet âge critique où le germe des passions se développe dans le cœur. Le baron connaissait de quelle vanité fut toujours le projet de les détruire ; il tenta seulement de faire changer d'objet à ces passions, et de tourner au profit de l'étude des désirs et des mouvements inséparables de notre être. De même, un chimiste industrieux se rend maître de l'élément dont il attend ses richesses ; sans l'étouffer, et sans permettre qu'il s'évapore, il lui fournit des aliments, et captive son action pour la rendre utile à ses desseins.

Mon père seconda les intentions du baron : il fut résolu que nous passerions une partie de la belle saison à S. C… Cette terre, située à dix lieues de la ville, est le plus aimable désert[5] qui puisse consoler de l'absence du monde, si pourtant on doit regarder comme désert un lieu où nous étions entourés des beautés de la nature. Là elle s'offrait à nos regards avides sous mille figures différentes ; ou si elle voulait encore nous cacher quelques trésors, les sciences que nous appelions pouvaient bientôt écarter ses voiles. L'ingénieux Tournefort, Réaumur, Pluche[6], et tous ces hommes célèbres qui ont appris à leurs égaux à voir et à connaître l'univers, venaient au secours de notre curiosité, la contenter et l'exciter de nouveau sur des merveilles dignes d'occuper incessamment nos esprits. Là nous pensions profondément, ici nous jouissions de l'heureuse liberté de ne penser à rien ; dans un autre temps nous nous livrions aux amusements champêtres. Un ciel pur et serein, un enchaînement de coteaux tapissés de vignobles, un ruisseau qui serpente dans les fleurs, des arbres touffus, dont les bras entrelacés forment un ombrage éternel, le ramage varié des habitants de l'air, le bêlement et les jeux des troupeaux, je ne sais quoi de divin qui anime les campagnes dans les beaux jours : voilà les images riantes qui m'entretenaient. C'étaient mes passions et mes richesses. Plaisirs des premiers âges, présentés par l'innocence, et goûtés avec tranquillité ; ancien patrimoine de l'homme, qu'il a négligé pour des acquisitions plus brillantes et moins sûres.

Je passai quelque temps de la sorte, entre la nature, mon père et le baron, me livrant tour à tour à des objets aussi chers, sans qu'aucun désir vînt m'apprendre qu'il y avait ailleurs d'autres biens pour moi. Tout genre de vie, adopté par l'habitude, nous devient nécessaire ; je vantais les douceurs de notre retraite au baron, je le priais de les prolonger. « Il eſt à craindre, me dit-il, que vous ne preniez trop de goût pour la vie privée ; en convenant de ses avantages, il faut dire aussi que son uniformité peut conduire à l'indifférence et à la paresse. Que deviendront les devoirs mutuels qui enchaînent tous les hommes ? Les êtres qui ont les mêmes besoins doivent être unis par leurs propriétés : le commerce, âme universelle, eſt pour eux un bien aussi précieux que l'existence, puisqu'il fait leur conservation. Citoyen du monde, vous n'êtes pas né pour y reſter speƈtateur inutile, vous vous devez à vos pareils, qui vous entourent, et ils ont droit d'exiger l'emploi des facultés dont vous êtes doué. Pour que cette obligation parût moins dure, celui qui a formé nos cœurs y a mis des passions dont les nuances sont aussi diversifiées que nous. L'amour, l'amitié, l'ambition, la gloire, nous forcent, quoique librement, à faire de bonnes actions ; de là les tendres noms de père, d'époux et d'ami : les titres de héros, de père de la patrie, de grand général et de sage ministre. Il faut donc qu'entre les états, vous choisissiez le plus conforme à la solide gloire et à votre naissance : suivant les idées de la nation, il paraît que vous n'avez qu'un parti, celui des armes...

— Ah ! monsieur, lui dis-je, souffrez que je vous interrompe, le parti des armes, quelque beau qu'il semble, ne sera jamais de mon goût. Je sais que mes idées à ce sujet vous paraîtraient singulières ; si je les rendais publiques, on pourrait me soupçonner de faiblesse d'âme, ou ceux qui me verraient attaquer de front un préjugé si ancien, m'accuseraient de folie tout au moins. Je ne dis point, comme nos prétendus politiques[7], toujours extrêmes et toujours mécontents, que la guerre est une source de maux sans nombre, un prétexte à mille impôts, un jeu entre les souverains qu'ils font durer autant que leur avarice, leur luxe et leurs autres passions l'exigent, un moyen d'établir le despotisme en tenant la noblesse dans la dépendance, et les peuples dans la misère. Je me garde de traiter cette matière d'après de semblables principes, et je me borne à en parler comme tout homme privé peut le faire, à proportion de l'intérêt qu'il a dans les affaires publiques. La crainte qui a formé les premières sociétés, et qui est l'origine des lois, cette crainte qui a fait les dieux, pour me servir figurément des paroles d'un Ancien, c'est cette même crainte qui a fait les armes, la gloire, et les triomphes. Il est nécessaire de donner un frein à la cupidité ; et, dans ce sens, je conviens qu'il faut des guerriers en un État ; qu'il en faudrait même dans une société particulière et uniquement composée d'hommes raisonnables, à moins qu'ils ne fussent séparés des autres hommes, et transplantés dans une île inaccessible. Mais moi, qui juge du bien et du mal suivant l'état actuel du monde, moi qui vois, en ouvrant l'histoire de tous les siècles, tant de malheurs produits par les guerres et presque pas un bon effet, moi, dis-je, qui en descendant en moi-même, trouve que la barbarie est inséparable de ces meurtres, de ces contributions, ou, ce qui est la même chose, de ces rapines, je décide que mon cœur ne pourrait jamais accorder avec tant de vices le désintéressement et l'humanité, et je veux prendre un état dont les devoirs conformes à mes sentiments en deviennent pour moi plus faciles à remplir.

— Je ne chercherai point, dit le baron, à combattre votre

répugnance. Laissons ce premier parti ; votre choix peut s'étendre à d'autres états aussi glorieux. N'y a-t-il donc que des ennemis étrangers ? Dans notre propre sein nous en renfermons ; crimes, trahisons, concussions, injustices, voilà les ennemis du royaume pour un magistrat zélé ; sujet d'autant plus essentiel à l'État, que son ardeur infatigable s'exerce en tout temps. Le ministre court une carrière encore plus vaste ; œil de son maître, il connaît tout au-dedans et au-dehors ; tranquille dans son cabinet, il forme les projets qui doivent changer la face de l'Europe. Il réfléchit des plans dont l'exécution est confiée à la valeur ; elle fait des conquêtes, et la prudence les conserve. Dans l'intérieur, il favorise les arts et les sciences ; par cette nouvelle manière de conquérir, les autres peuples deviennent tributaires de nos goûts et de notre industrie ; il applique utilement les finances, il diminue les charges publiques ; et les richesses du roi et des sujets s'en trouvent augmentées. Le négociateur, en partageant la gloire du souverain qu'il représente, y contribue, et lui ajoute l'éclat de ses propres talents : versé dans la connaissance des intérêts, il fait servir ceux de nos voisins aux nôtres ; son éloquence le rend maître des cœurs qu'il fait amener imperceptiblement à ses fins. Il fait avorter les traités contraires, il en conclut d'avantageux, et préside à ces hyménées qui scellent le bonheur et l'amitié de deux nations. »

Ces tableaux étaient capables d'exciter l'amour-propre ; mais c'est à la seule inclination que l'on se rapporte communément, quand il s'agit de travailler au bonheur de sa vie. Incertain encore de savoir à quel état je devais m'arrêter, doutant même si j'en devais prendre, je fus seulement sensible à l'intérêt que le baron me montrait ; et, plus touché que persuadé, je lui promis de m'abandonner à ses conseils. Ma déférence et les éloges que je lui donnai m'attirèrent de nouvelles caresses de sa part. « Il est temps, me dit-il, que vous entriez dans le monde, je vous juge en état d'y paraître ; ce n'est pas à vous qu'il faut parler des dangers qu'on y rencontre. Tant d'ouvrages prétendent servir d'école à la jeunesse ; les exemples présents vous instruiront davantage que tous nos déclamateurs modernes. La plupart de ces auteurs n'ont point vu le monde dont ils parlent, parce qu'ils n'y sont pas propres ; sous l'enveloppe du pédantisme qui les défend, ils décochent des traits inutiles ; leurs portraits faux et ridicules, n'ayant point d'originaux, ne corrigent personne. Vous verrez par vous-même que le monde est sage et fou, amusant et ennuyeux, humain et méchant, et que, tout compensé, il eſt d'assez bon commerce ; qu'enfin dans cette matière, comme dans quelques autres, il faut prendre le parti d'une tolérance raisonnable. Votre beau naturel vous garantira des fautes grossières ; je laisse le reſte à votre bonheur. »

Nous voilà de retour à la ville de ... On pourrait décrire les mœurs de ses habitants par deux traits : l'abondance y a consacré le luxe, et les femmes y sont charmantes. C'eſt un de ces endroits fortunés de la terre que l'Amour a regardé de tout temps avec complaisance ; nulle part le sexe aimable n'a mieux mérité le nom de beau sexe ; il y a une espèce de succession d'agréments établie entre les mères et les filles. Les droits des unes et des autres s'exercent paisiblement sans se nuire : les premières sont complaisantes, pour que les dernières le soient. Parmi ces mères adorables, Platon aurait trouvé plus d'une Archéanasse[3] digne d'arrêter les Grâces et le Temps, et dont les rides n'auraient pas effrayé les Amours. Dans ce pays heureux, le seul myſtère assaisonne des plaisirs, dont on eſt ailleurs redevable aux fâcheux et à la contrainte ; les hommes y sont doux et polis, parce qu'ils voient les femmes ; point de rivalité entre eux, parce qu'ils savent se rendre juſtice. Sans se punir eux-mêmes d'une infidèle, ils se consolent promptement par un autre choix ; ces règles rendent l'amour raisonnable et, en l'affranchissant d'une constance qui n'eſt point dans la nature, elles engagent les amants à se conserver leurs conquêtes par des soins continuels qui sont eux-mêmes le prix de l'amour.

Ce ne fut point à cette école que je reçus les premières leçons de sensibilité ; ma défaite devait être plus prompte ; sans sortir de chez moi, à peine arrivé, je trouvai mon vainqueur. Sciences respectables, vous êtes bien loin de nous à la présence d'un bel objet ; reconnaissez un pouvoir plus grand, et contentes de commander aux esprits, laissez l'empire du cœur à ses souverains légitimes. Le soir de mon retour, un livre nouveau m'avait fait presser le moment de me retirer ; j'avais renvoyé mes domeſtiques avec l'impatience d'un homme de mon âge, et qui va dévorer une lecture intéressante. Ma chambre était sur le derrière de l'hôtel ; un petit bruit me fait tourner la tête, j'aperçois dans un des appartements d'un hôtel voisin une beauté charmante, et qui semblait âgée au plus de seize ans : elle entra en chantant et en folâtrant. Une femme de chambre portait devant elle deux bougies ; j'éteignis les miennes, et j'ouvris doucement ma fenêtre. Quelque chose de plus fort que la curiosité me faisait souhaiter de discerner exactement tout ce que je voyais. Ah ! je n'en vis que trop ! Qu'on se figure un jeune homme assailli de désirs qu'il ne connaît pas, qu'il veut démêler, et qui se confondent ; qu'on le mette à ma place, et qu'il essuie le charmant supplice de voir déshabiller en détail le plus beau corps qui ait été jamais. On ôte la robe, la finesse de la taille en devient mieux marquée. Le mouchoir, ce gardien aussi jaloux que le dragon des Hespérides[9], ne cache plus les pommes du jardin de l'Amour : à mesure que l'on délace le corset, les grâces s'échappent, elles ne sont plus couvertes que d'un voile léger : cette chaussure galante laisse bientôt voir une jambe faite au tour, et d'une blancheur à éblouir. Qui ne se serait pas alors trouvé heureux d'embrasser ses genoux, et de lui jurer une flamme aussi réelle que le prix des objets[10] ? Mes yeux faisaient mille larcins, et me donnaient l'idée confuse de mille autres ; ma séduction et mon délire étaient au comble. Cependant elle se met au lit ; mon bonheur voulut qu'il fît une extrême chaleur, les fenêtres restèrent ouvertes, les rideaux ne furent point tirés, et la femme de chambre sortit, après avoir approché du lit une table avec les lumières. Ma jeune déesse prit sous son chevet une brochure, et l'ouvrit. Il me fut aisé de juger que cette lecture l'attachait : que ne voient pas les yeux d'un amant ? car, sans doute, je l'étais devenu. Je crus apercevoir une expression de langueur, répandue dans toute sa personne. Quelques moments après sa tête se penche, le livre lui échappe, elle étend ses beaux bras, sa respiration devient précipitée, son sein timide et naissant s'élève et s'abaisse, et ses yeux fermés me font craindre qu'elle n'ait perdu l'usage des sens. J'en suis touché au point que j'éprouve les mêmes périls ; un trouble inconnu s'empare de moi, un feu subtil se répand dans tout mon corps, mon âme captive veut s'exhaler, et ne pouvant trouver d'issue, elle étend avec violence les liens de sa prison, j'en cherche la cause, je tourne encore les yeux vers le lit fatal à mon repos, je ne vois plus, je n'en puis plus, je tombe sur un fauteuil, dans des ravissements inexprimables.

Le sentiment, que son excès m'avait fait perdre, revient par degrés, je savoure le plaisir, et il s'évanouit. Le charme se dissipe, le calme renaît, il ne me reste que le souvenir d'une émotion qui était si puissante il n'y a qu'un instant. Que n'aurais-je pas donné pour la perpétuer ! Mes yeux retournent à la source de cette divine émotion, ils retrouvent l'adorable nymphe, et dévorent de nouveau les appas qui leur sont offerts : comment en décrire d'autres, dont je n'avais pas même osé désirer la vue ? Mon pinceau refuse de les dessiner ; ils sont de la nature des mystères des Anciens, objets de vénération qui ne voulaient pas être exposés à des yeux vulgaires. Je suis forcé de me servir d'emblèmes, et de faire entrevoir des beautés que je ne puis dévoiler.

DESCRIPTION DE L'ÎLE D'AMOUR

Vers ces beaux lieux, où l'aurore naissante
Aux mortels annonce le jour,
Il est une île florissante
Que l'on nomme l'île d'Amour.

Au fond d'un bois, en perspective, à l'ombre,
S'élève un temple somptueux ;
On y voit accourir sans nombre
Les Amants, les Voluptueux.

Là sont offerts les tendres sacrifices
De mille et mille cœurs contents ;
Vénus, en ce lieu de délices
Les plaisirs comptent vos instants.

Heureux, Déesse, heureux celui qui touche
De plus près vos brillants autels !
Un sourire de votre bouche
Élève au rang des Immortels.

Ce Temple aimé, séjour de préférence
Renferme vos plus chers trésors,
Et votre faveur les dispense
Aux vœux ardents, aux doux efforts.

Mon aimable inconnue, qui avait fait la découverte de ce temple, s'appliquait à en trouver l'accès ; elle s'enfonça dans les avenues ; sa piété allait jusqu'à une espèce de fureur, et je crus qu'elle ferait un défi sanglant aux gardes qui en défendaient l'entrée. Les obstacles augmentèrent, une main divine la repoussa. Elle ignorait qu'il était réservé à un seul amant de lui ouvrir les portes du temple, et d'y présenter les offrandes de tous les deux. L'ombre du bonheur vint alors la consoler de ses vaines tentatives, et lui remit dans les mains la brochure qu'elle avait abandonnée : elle y puisa de nouveaux sujets de rêverie, de trouble et d'illusion. Par un effet de cette correspondance intime de sentiments qui m'unissait à elle, je la suivis dans toutes ses erreurs, je les partageai, je m'y plongeai avec joie ; j'eus l'avant-goût des plaisirs véritables. Prête ensuite à céder au sommeil, elle éteignit ses lumières, et tout le spectacle qui m'avait enchanté disparut ; mais les traces en restèrent empreintes dans mon imagination, et l'agitèrent au point que je ne pus prendre aucun repos, symptôme assuré de passion. Je fus le reste de la nuit occupé des projets de faire réussir mon amour, rempli de désirs et de craintes ; que devenais-je si son cœur était prévenu ? Quelle félicité si je la rendais sensible !

Le matin je sonnai plus tôt qu'à l'ordinaire. Dubois, mon valet de chambre, satisfit bien à propos ma curiosité ; il m'apprit que l'inconnue était fille de la comtesse de Mongol, veuve d'un officier de marque, et qu'elles occupaient depuis un mois l'hôtel voisin ; je lui dis de tâcher de prendre langue avec la femme de chambre. Dubois avait été à plusieurs jeunes gens de la Cour ; il m'exagérait la nécessité de se rendre singulier le succès du ton décisif, et les victoires attachées aux airs avantageux : il voulut ce jour-là présider à ma parure, et rendre ma philosophie plus galante qu'à l'ordinaire. En sortant des mains de Dubois, je me rendis à la chambre du baron : dans la conversation, je lui rappelai ses promesses de me produire dans les compagnies ; et, sans trop lui marquer d'empressement, je lui parlai de la comtesse de Mongol : nous arrêtâmes que nous commencerions par elle.

La plus grande vitesse est lente auprès du désir ; qu'un seul matin me parut long ! Je ne pouvais plus vivre loin de ce que j'aimais. Enfin le moment fortuné arriva ; et par un sentiment dont les seuls amants peuvent comprendre la bizarrerie, je commençai à craindre ce moment autant que je l'avais désiré : les incertitudes sur le sort de mon amour se renouvelèrent ; et ce ne fut qu'avec le plus grand trouble que j'entrai dans l'appartement de Mme de Mongol. Nous la trouvâmes avec sa charmante fille ; je me tirai, sans doute, fort mal des premiers compliments ; je sortis de l'espèce d'éblouissement où j'étais, pour considérer Mlle de Mongol : qu'elle était belle ! Son air noble et modeste m'enchantait. Je lui adressai en tremblant quelques paroles ; elle y répondit presque sur le même ton ; mais elle était accoutumée à penser finement, et l'esprit lui était naturel : les grâces naïves prenaient soin d'orner ses discours ; le son de sa voix allait au cœur, et l'effet qu'elle fit sur moi augmenta tellement mon ardeur que je m'imaginais ne l'avoir point encore aimée. Je m'aperçus enfin que Mme de Mongol m'examinait. La dernière réflexion fut pour elle : je fus contraint de répondre à ses questions et d'entrer en conversation réglée. C'était une femme de trente-cinq ans et qui avait assez d'agréments pour soutenir l'éclat de sa fille. Elle me dit tout ce que les finesses de l'usage peuvent suggérer de plus flatteur, je crus même entrevoir chez elle des sentiments que j'aurais souhaité trouver ailleurs, au prix de tout ce qui m'était le plus cher, et je ne lui remarquai que de la politesse pour le baron, quelque attention qu'elle parût témoigner à ses discours. Entre deux hommes d'un mérite bien inégal, les femmes décident toujours en faveur de la jeunesse et des agréments ; leur cœur juge pour elles avant qu'elles s'en aperçoivent : voilà la cause des injustes préférences qu'on leur impute ; et c'est la même cause qui me fit préférer au baron par Mme de Mongol. Mon oncle pourtant valait mieux que moi, si l'on eût compté les agréments réels : c'était un homme aimable, et je commençais à l'être. Heureusement pour son repos, le baron ne fut pas prévenu d'abord d'une inclination violente pour la comtesse. Il avait dans sa jeunesse beaucoup aimé ; les premières ardeurs émoussent, pour ainsi dire, notre sensibilité ; les goûts impétueux appartiennent plus aux âges qu'aux personnes. Le baron était dans cette situation où l'on est presque maître de soi, et où l'on ne craint plus les surprises du cœur ; état heureux, qui nous permet d'écouter la raison dans le silence des passions. Ce ne fut donc que par degrés que son attachement pour Mme de Mongol se forma : s'accoutumant à la voir, il prit l'habitude de l'aimer. Mlle de Mongol et moi fîmes en moins de temps beaucoup plus de chemin. L'envie de plaire me fit employer auprès d'elle tout ce que j'avais de talents agréables ; moins agité, j'aurais pu remarquer l'impression que faisaient mes soins sur elle, la gaieté qui l'animait quand nous nous revoyions, l'attention qu'elle donnait aux moindres paroles que je lui disais, les aimables rêveries où quelquefois elle tombait, le chagrin qui paraissait malgré elle quand nous nous séparions. J'aurais pu voir qu'un cœur sans art me parlait dans tant de circonstances : il ne manquait que le nom d'amour à ce que nous éprouvions tous deux.

Peu de jours s'étaient écoulés depuis notre première entrevue. La vivacité de ce que je sentais me dicta une lettre des plus passionnées : je choisis un moment pour la glisser dans les mains d'Éléonore. Le lendemain je la trouvai plus sérieuse avec moi ; et quand nous pûmes nous parler, elle affecta de ne me dire que des choses indifférentes. Jamais ses yeux n'avaient été si brillants, et elle ne les tournait plus que rarement sur moi : j'ignorais comment je devais interpréter sa contrainte. La comtesse et le baron se mirent à jouer ; ce fut une occasion dont Mlle de Mongol profita. « Je ne sais, me dit-elle, comment j'ai reçu la lettre d'hier ; mais puisque je l'ai pu recevoir, je dois vous la rendre. » En me disant ce peu de paroles, elle mit dans mes mains un papier, et fut se placer auprès de la comtesse, sans qu'il me fût possible de la rejoindre. Mon embarras était grand ; je flottais entre le chagrin et le doute, j'avais peine à me persuader ce qui m'arrivait, et qu'elle m'eût rendu ma lettre : je sortis pour m'en assurer ; et quand je me vis sans témoins, j'ouvris avec précipitation ce papier. Que devins-je ? c'était une réponse de l'objet de mon amour dans ces termes :

Votre lettre m'a jetée dans un trouble que je ne puis dire ; en la lisant, des mouvements nouveaux pour moi, une espèce de surprise s'emparait de mon cœur, je n'ai jamais rien lu de pareil. De l'amour ! Il y a du bonheur à aimer, je l'ai toujours pensé, quoique je n'en eusse qu'une idée imparfaite, et vous m'en parlez avec une vivacité qui me le persuade ; mais cette vivacité m'étonne ; il vous est donc permis de dire librement ce que vous sentez ? Comment l'accorder avec les bienséances et la réserve dont on m'a si souvent parlé ? Je ne dois seulement pas vous dire que vous m'avez plu la première fois que je vous vis, et vous m'en dites mille fois davantage. Sans doute, il faut se contraindre, quoique je ne comprenne pas comment ce qui fait plaisir d'un côté puisse de l'autre devenir une faute. Il me semble que, dans l'entrevue que vous me demandez, vous sauriez me tranquilliser, vous m'expliqueriez la cause de l'émotion que vous me montrez et que j'ai peut-être partagée. Je vous croirais : mais je ne songe pas que cette entrevue serait une faute encore plus grande.

ÉLÉONORE.

Je n'ai point d'expressions pour peindre ma joie à cette lecture : ma chère Éléonore s'en aperçut quand je rentrai dans l'appartement ; mais je ne pus lui parler. Le jeu était fini, et le baron fit une autre partie avec Mlle de Mongol, de sorte que la comtesse et moi nous restâmes à nous-mêmes. J'ai oublié de dire que cette dame n'avait pas guéri à me voir de son inclination pour moi ; c'était nouvelle agacerie de sa part tous les jours, et nouvelle raison de me montrer réservé ; ce jour-là fut encore plus malheureux pour elle. La satisfaction nous fait faire des choses extraordinaires, et auxquelles nous n'aurions jamais pensé. Me trouvant à ses côtés, et engagé à l'entretenir, je ne sais ce qui m'excita à lui dire de ces bagatelles amusantes, qui consistent dans un pur badinage de l'esprit, et qui, sans être des douceurs, leur ressemblent. Il est vrai que tout autre que moi aurait pu, avec la même indifférence, lui tenir le même langage ; c'est un tribut que l'on paye sans conséquence aux jolies femmes, et qui ne les oblige pas plus à nous croire épris que nous à les aimer. Mais on se souvient peu des usages quand les passions parlent ; les moindres apparences se tournent en réalités. Mme de Mongol voulait que je l'aimasse, et elle prit mes louanges sur sa beauté pour une déclaration ; rien de si tendre que la façon dont elle me répondit : je me reprochai vivement dans la suite d'y avoir donné lieu, et de voir mes fleurettes trop bien payées. Le trouble m'empêcha de répliquer ; la comtesse le prit pour une suite de mon amour. Et nous allions nous trouver dans le plus grand embarras du monde, quand un coup à juger entre Éléonore et le baron vint me tirer d'affaire. Je me tins spectateur le reste de la partie et quand nous sortîmes, je laissai la mère et la fille persuadées toutes deux que je les aimais.

Je rentrai chez moi dans l'agitation que l'on peut se figurer : « Comment faire ? me dis-je alors. Dois-je flatter l'erreur de la comtesse, ou l'en tirer cruellement ? Malheureux que je suis ! mon imprudence m'a perdu. Si je lui déclare sans détour que je suis insensible à ses bontés, et que je ne puis y répondre, il n'y a plus d'Éléonore pour moi. L'amour méprisé se change en haine, n'espérons pas d'obtenir un bonheur dont sa jalousie devra me priver ! Pourrais-je m'avilir par un partage honteux de mon cœur ?… la seule idée m'en fait frémir. Je sais que dans des siècles où les mœurs et la pudeur étaient proscrites, on a vu des hommes aimer à la fois plusieurs objets liés par le sang. Mais l'horreur que de pareils monstres ont inspirée m'est-elle nécessaire pour me détourner d'actions si infâmes ? La nature n'est pas plus forte que mon amour ; cet amour pur souffrirait-il seulement que je m'abaissasse à une indigne feinte ? »

Bien des réflexions m'amenèrent à penser qu'il n'y avait d'autre remède à mon malheur qu'un tête-à-tête avec Éléonore. Ce tête-à-tête, que je désirais si ardemment, devint à mes yeux une ressource : c'est ainsi que nous prenons souvent notre cœur pour la raison. Dubois m'avait gagné Justine, femme de chambre d'Éléonore. Cette fille remit à sa maîtresse une lettre où j'insistais sur la nécessité de nous voir, et où je lui marquais que le bonheur de ma vie en dépendait, par les détails dont elle serait informée. Justine me servit bien, et leva tous les scrupules ; la seule difficulté qui restait sur les moyens de procurer ce tête-à-tête fut bientôt écartée. Je ne sortis point ce jour-là, ayant prétexté une indisposition : Justine et Dubois furent nos courriers, je reçus cette lettre d'Éléonore :

Me laisserez-vous longtemps ignorer ce qui m'a empêchée de vous voir aujourd'hui ? Il y a moins de curiosité que d'intérêt dans mon inquiétude. Vous me mandez que le bonheur de votre vie dépend de ma présence, et vous me fuyez, tandis qu'il ne tient qu'à vous de passer tant de moments auprès de moi. Si dans le cercle il n'est pas permis de dire tout ce que l'on voudrait, du moins on est ensemble, on se voit, on lit dans les yeux ce que la bouche n'exprimerait que faiblement. Ah ! que vous entendez mal votre bonheur ! Je ne consens à l'entrevue de ce soir que pour vous faire les reproches que mérite votre absence.

À minuit je me rendis à une porte du jardin de l'hôtel d'Éléonore : Justine m'y attendait ; elle me conduisit dans l'obscurité à l'appartement de sa maîtresse. J'entre, et je la vois : mon premier mouvement fut de me jeter à ses pieds ; elle me releva, et me fit asseoir à côté d'elle. Je lui dis que Mme de Mongol était sa rivale, elle en fut surprise ; mais les vives assurances de ma passion ne la laissèrent pas longtemps dans cet état. « Voilà, lui dis-je, ce qui m'a résolu à me priver de vous voir ; dois-je être la victime de ma constance ? C'est l'amour qui fait mes peines, c'est à l'amour de m'en dédommager ; qu'il promette de me payer », ajoutai-je, en lui donnant un baiser : ce baiser fut le plus délicieux de ma vie. « Mais, me dit avec un souris Éléonore en me repoussant, il me semble que vous vous payez par vos mains.

— Ce ne sont, lui dis-je, que des acomptes sur une dette considérable. »

L'enjouement se mit de la partie pour quelques instants ; la tendresse reprit le dessus. Jamais Mlle de Mongol ne m'avait paru si touchante ; l'art ne plaît qu'autant qu'il se rapproche de la nature. Son déshabillé laissait voir une gorge à demi nue, une robe ouverte n'empêchait point d'admirer sa taille ; ses cheveux étaient en désordre ; ce spectacle m'animait, et faisait couler dans mon cœur le feu des désirs. La discrète Justine s'était retirée… Que je devins tendre et passionné ! La vérité des sentiments que j'éprouvais passait dans mes discours : on n'a jamais le don de la parole à un plus haut degré que lorsqu'à la place des paroles, on pourrait employer quelque chose de mieux. À mes louanges, à mes serments de l'aimer toujours, je mêlais les plus vives caresses ; je la couvrais de mes baisers, son émotion augmentait avec la mienne ; elle m'aimait, j'en prenais l'aveu sur sa belle bouche. Je me rejetai à ses genoux, posture favorable à l'amour, inventée pour prouver le respect, et qui sert à en manquer le plus souvent. Bientôt je me relevai et, la serrant dans mes bras, je tentai de nous rendre heureux. Quels obstacles j'eus à combattre ! la nature, de précieuses larmes, et ma propre douleur ; Éléonore était sans vie. Aussi cruel qu'Attis[11], qui fit périr ce qu'il aimait, mon délire me fit croire que je serais tendre en manquant de pitié ; je mis le comble à mon crime. Éléonore reprend l'usage des sens, elle ouvre les yeux et les referme ; ses plaintes et ses caresses, nos âmes et nos corps se confondent.

Ses beaux yeux se rouvrent. La volupté s'y était fixée en nous quittant, le pur amour y régnait ; un reste de fierté se réveille dans son cœur, elle soupire, elle veut se dégager de mes bras, et rompre les nœuds qui nous unissent. Je fais des efforts pour me conserver ma conquête ; elle cède, et partage avec moi le plaisir de mon nouveau triomphe.

Mes succès réitérés parlaient en ma faveur ; Éléonore ne faisait plus de résistance que sa faiblesse ne la trahît. Enfin, convaincue de la réalité de mes feux, ne pouvant contraindre les siens, elle me montra son âme entière. Ciel ! que de noms tendres me furent prodigués ! avec quelle ardeur elle allait au-devant de mes transports ! quels jeux et quels contentements ! que l'école du bonheur est douce et facile !

Il n'y a point de plaisir plus grand que celui que deux cœurs savourent dans le même instant au même degré. Ce plaisir est comme une voix harmonieuse qui, dans un lieu rempli d'échos, augmente à mesure qu'elle est répétée. Mais pourquoi épuiser mes faibles crayons sur cette matière ? C'est au sentiment seul de peindre le plaisir.

Éléonore n'avait plus de charmes qui ne m'appartinssent ; les plus secrètes beautés étaient la proie de mes yeux, je reconnaissais, que dis-je ? je possédais tout ce que ces mêmes yeux avaient dévoré le soir du spectacle nocturne. Je réalisais les idées que j'avais conçues alors, je contentais des désirs passés et présents ; toutes mes facultés se réunissaient dans un seul point. Je n'étais plus capable que de sentir. « Cher amant, me dit Éléonore, quelque délicieuse que soit l'ivresse où tu me plonges, suspends l'excès de ton ardeur, je ne puis y suffire, laisse-moi goûter ma félicité. C'est d'aujourd'hui que je commence à vivre, le voile qui obscurcissait mes yeux est tombé. Voilà donc ces plaisirs des sens qu'on m'ordonnait de craindre, et dont on fait de si fausses peintures ! Serions-nous seuls à connaître ces charmants plaisirs ? ou comment se peut-il que les hommes soient contraires à eux-mêmes, au point de se les interdire ?

— Ma chère Éléonore, lui dis-je, la folie et la vanité ont bien des traits de ressemblance, et souvent les mêmes effets ; il y a des hommes assez fous pour se priver de la vie : il y en a eu d'assez vains, et d'assez fous à la fois, pour imaginer que les plaisirs, ces causes et ces liens de la vie, étaient des maux. Il leur a paru beau de séparer l'homme de l'homme, et de le réduire à la classe des êtres insensibles. Plus un système est absurde, et plus il semble divin à des yeux fanatiques, mais ce système de destruction des plaisirs est aussi insensé que le serait le projet de vivre sans respirer l'air qui nous environne, ou qu'il le serait de défendre à un corps sonore de résonner quand il reçoit des vibrations. L'auteur de notre être nous a donné des besoins à satisfaire, notre conservation en dépend ; il a attaché des plaisirs à remplir nos besoins. S'il trouvait mauvais que nos cœurs se livrassent à ces plaisirs nécessaires, il voudrait en même temps que nous fussions et que nous ne fussions pas ; il renverserait les lois de notre existence, il condamnerait dans nos désirs des flammes qu'il a lui-même allumées. Aussi voyons-nous que les idées contraires, empruntées du stoïcisme, ont très peu de cours. Nous avons toujours les mêmes organes et les mêmes passions ; le monde n'a point changé, preuve certaine qu'il ne *devait pas changer. Ce qu'il y a de plus remarquable*, c'est que les défenseurs de ces chimères morales sont inutiles, et même à charge à la société ; fourbes, avares, méchants, vindicatifs, mille fois plus imparfaits que ceux dont ils font des censures amères ; et pour comble d'imposture, en fait de plaisirs de tous les genres et de raffinements étudiés, ils démentent en secret leurs opinions fastueuses par une pratique constamment opposée. »

La nuit finissait ; il ne fallait pas que l'aurore sût rien de nos voluptés ; je les couronnai par l'adieu le plus tendre et le plus expressif ; et je m'arrachai aux délices qui me retenaient, après être convenus que nous nous reverrions la nuit suivante. À peine rendu chez moi, un sommeil tranquille enchaîna mes sens, ce sommeil, récompense des travaux et ressource des plaisirs. Je me réveillai avec le souvenir et l'attente des biens dont l'amour m'avait rendu possesseur. Ces idées m'occupèrent tout le jour, et furent les compagnes agréables de ma solitude. Justine m'avait remis la clef du jardin ; à l'instant marqué, je volai dans les bras de ce que j'aimais. Nous ne nous étions point vus, nous avions songé l'un à l'autre tout un jour : c'était un fonds inépuisable de tendresse. Éléonore s'était couchée ; elle s'élança à moitié du lit vers moi, nous nous serrâmes, nous restâmes muets ; le cœur s'accommode de cette façon d'exprimer.

Il y gagne plus qu'on ne pense ;
Par un aimable changement,
Il trouve dans le sentiment
Ce qu'il perd avec le silence.

Le seul langage des soupirs fut notre interprète, nos sens s'égarèrent, nous nous livrâmes à leurs erreurs ; nous tombâmes dans cette extase qui fait mourir, revivre, et mourir. Je brûlais de partager le lit d'Éléonore : elle y consentit. Je me déshabillai avec une vivacité extrême, je me précipitai aux côtés de ma chère maîtresse. On peint, on sculpte les Grâces nues ; mais ce n'est que de la toile ou de la pierre ; il faut, pour connaître ce qu'elles étaient, posséder comme moi un beau corps sans défauts et sans voile, et que l'amour en soit l'âme. Nos ravissements recommencèrent et changèrent pour nous, par une succession rapide, les heures en moments[12]. La continuité de ces épanchements de nos cœurs ne doit pas étonner. On n'a feint l'amour immortel que parce que les feux qu'une vraie tendresse anime sont une source intarissable de plaisirs, dans les commencements d'une passion.

Quand nous eûmes diversifié nos amusements en assez de manières pour que d'autres eussent cru dans les mêmes circonstances les avoir épuisés, nous passâmes à ces charmants entretiens que l'esprit d'Éléonore me faisait adorer, et où son âme se déployait, sérieuse et enjouée, grande et naïve tour à tour. « Apprends-moi, me dit-elle, pourquoi je t'ai cédé si promptement et sans honte ; pourquoi ce fantôme de pudeur, en s'éloignant de moi, ne m'a point laissé de remords. La satisfaction que je goûte est pure et sans mélange de trouble ; ton bonheur et le mien sont devenus les dieux et les lois de mon cœur. Les sentiments qui s'opposaient à ce que je t'ai accordé ne m'ont été de quelque prix que parce qu'ils ont augmenté la douceur du sacrifice que mon amour t'en a fait.

— Divine Éléonore, lui répondis-je, vous faites sans y songer le plus digne éloge de nos plaisirs ; leur pureté, l'impression qu'ils laissent prouvent l'excellence de leur nature. On les reconnaît à leurs traces. C'est ainsi que nous jugeons des causes par les effets qu'elles produisent ; d'une action généreuse et belle, par l'émotion intérieure et flatteuse qui lui succède. Nous n'avons pas d'autres règles ni de plus sûres pour nous conduire ; règles inaltérables et sévères, qui proscrivent sans détour tout ce qui est contraire au bien, et qui sont en même temps les lois et la peine de quiconque les blesse. Pour nous, qu'avons-nous fait que d'accepter des biens que la nature nous conseille et nous donne ? L'ordre civil, qui ne s'accorde pas chez toutes les nations avec ces idées primitives, n'est autre chose que des conventions entre les hommes ; ces conventions peuvent être changées, et ne durent qu'autant que les volontés qui en sont les fondements. C'est à cet ordre civil, introduit par la force et l'intérêt, qu'il faut rapporter l'origine de tous les préjugés dont on charge notre enfance ; l'âme encore simple en est imbue, insensiblement ils se tournent en sa propre substance ; de là vient ce trouble passager, cette pudeur que vous avez crainte, et qui n'était, comme vous l'avez dit, qu'un vain fantôme que rien ne suivait. La véritable pudeur, celle qui doit être si précieuse aux hommes, est un mur entre la vertu et le crime. »

Ma philosophie roulait presque toujours sur des matières qui avaient rapport au sentiment. Emporté par la chaleur avec laquelle je soutenais mes opinions, je me trouvai engagé à prouver par des exemples nouveaux la bonté de ma morale ; j'en mis dans le cœur d'Éléonore une conviction parfaite, je jouis du bonheur de lui voir adopter toutes mes idées, et de nous rencontrer juste dans les points les plus importants. Ainsi finit la seconde nuit. Rien ne manquait à mon bonheur, et je ne faisais des vœux que pour le voir assuré ; mais ce bonheur est d'une nature fragile, et l'on verra dans la suite quels incidents en vinrent troubler la possession.

Fin de la première partie

SECONDE PARTIE

Est-il besoin de traverses pour goûter le repos, et ne pouvons-nous être heureux qu'aux dépens de notre bonheur ? Une fâcheuse expérience nous apprend qu'il faut s'éloigner de ce qui nous est le plus cher, pour qu'il nous le soit longtemps. Mais qui peut se soumettre à cet exil volontaire ? Un cœur, accoutumé aux sensations vives, craint de les voir finir ; il saisit tout ce qui a rapport à elles, et ses propres ardeurs le consomment.

À l'heure marquée, je m'étais rendu à l'appartement d'Éléonore : je l'entrevois dans l'obscurité, je vole dans ses bras, et, sans dire une parole, je me plonge en un fleuve de délices ; nous répétons de si charmants accords ; nos sens et nos désirs font un concert parfait. Enfin, je veux entretenir l'objet de ma flamme, ses réponses ne sont que des soupirs ; je presse, je prie, de nouveaux soupirs font l'effet de mes instances. Mon émotion redouble. « Voulez-vous me désespérer, cruelle Éléonore ? » lui dis-je, tout hors de moi-même ; « pourquoi vous obstiner à me cacher votre chagrin ? En serais-je la cause ? Vous ne dites rien… Je n'en puis douter, je fais votre malheur ; je suis indigne de vivre », ajoutai-je, en me jetant à ses genoux avec précipitation. Ma chère maîtresse, étonnée de tant de vivacité, craint que je n'en veuille à mes jours ; elle veut saisir mon épée, au lieu d'elle un objet moins cruel se trouve dans ses mains : la porte de l'appartement s'ouvre. Ciel ! Éléonore entre elle-même ! Je l'aperçois à la lumière d'une bougie, et nous restons tous trois pétrifiés.

On devinera peut-être que la fausse Éléonore n'était autre chose que Justine. Cette fille, par une présence d'esprit admirable, nous tira d'embarras. « Venez, dit-elle avec un grand éclat de rire, venez, mademoiselle, m'aider à sauver le marquis de sa propre fureur ; il arrivait, il m'a prise pour vous, il m'a vivement pressée, et il n'eût tenu qu'à moi de faire les plus belles choses du monde. Que vous êtes venue à propos ! Il allait se tuer dans son désespoir, j'ai tenté de l'en empêcher.

— Mais que penser, dit Éléonore, de l'état extraordinaire…

— Eh ! mademoiselle, répliqua Justine, voudriez-vous me reprocher une faute, quand j'ai voulu faire une bonne action ? L'intention justifie tout, et je vous assure, ajouta-t-elle en me regardant, que je ne me repens de rien. L'obscurité est la cause de la double méprise que nous avons faite.

— Vous êtes une folle, dit Éléonore, et le marquis est encore plus fou, je devrais m'offenser.

— Et vous ne le pouvez », dit en sortant Justine.

Je me remettais de mon trouble, je faisais à Éléonore de tendres plaintes du retardement qui avait occasionné mon erreur et sa surprise. « Il ne m'a pas été possible de faire autrement, dit-elle ; le souper a été plus long que je n'avais cru, et j'ai compté avec ennui tous les moments qui me séparaient de vous. Si j'avais feint une indisposition, Mme de Mongol serait peut-être venue ici, et nous aurions été perdus. » C'est ainsi que ma chère Éléonore s'excusait de ce qui m'avait rendu coupable. Je me reprochai à mon tour d'employer si mal de si précieux moments ; cette idée, à ce qu'il me semblait, devait réveiller toute ma sensibilité. Je parus empressé, vif, insatiable ; j'excitai dans mon cœur les transports ; l'imagination me fournit des ressources pour la première fois ; j'eus des plaisirs bien inférieurs à ceux que j'avais jusqu'alors éprouvés ; les productions de l'art portent toujours un caractère de faiblesse. Je commençai, par une triste philosophie, à distinguer les désirs qui naissent des besoins d'avec les simples désirs : les premiers nous rendent infailliblement heureux ; les derniers nous empêchent de l'être. Ils proviennent du regret et du souvenir qui nous mettent sans cesse devant les yeux les biens dont nous avons été possesseurs. L'esprit, qui embrasse leurs chimères, croit remplacer ce qu'il a perdu ; il se replie sur lui-même, et tous ses efforts ne parviennent jamais à nous donner cette satisfaction pleine et entière, qui est l'ouvrage du cœur : cependant, par une inconséquence marquée, on ne se rend point aux épreuves ; on se trouve réduit à l'ombre de la volupté, à ces émotions passagères et momentanées, qui troublent plus qu'elles n'affectent, à ces dédommagements puérils, auxquels une personne raisonnable ne peut s'arrêter longtemps. Le bonheur, qui est une matière si sérieuse, devient un badinage frivole. Je me sauvai d'un pas aussi dangereux à la faveur de l'enjouement et des bagatelles ; ne pouvant conserver une figure constante, je fus un Protée pour l'amusement. Léger et superficiel, je ne fis que voltiger, et prendre la fleur des sujets, sans qu'Éléonore pût m'amener aux raisonnements solides. C'est pourquoi je ne dirai rien des entretiens de cette nuit, dont la fin me débarrassa d'un personnage assez difficile.

Le matin, j'étais encore au lit quand je vis entrer dans ma chambre Justine, qui, sous le prétexte de quelques livres de musique, venait me rendre visite. « Vous êtes étonné, me dit-elle, monsieur, de ma démarche ; mais, puis-je être en repos depuis qu'un amour insensé me tourmente ? Je me suis efforcée inutilement de rappeler mon peu de raison, vous ne pourrez me rien dire que je n'aie eu le chagrin de penser. Votre idée est la plus forte, je l'ai combattue par ce qui m'était le plus sensible, jusque-là que j'ai favorisé votre goût pour Mlle de Mongol, et vous avez cru que vous en deviez le succès aux soins de Dubois. La même folie m'a fait changer tout d'un coup d'objet, quand je me vis hier seule avec vous ; je crus pouvoir guérir et me dégager par ce qui m'a plus attachée encore : je suis la victime de ma passion, et sans doute de votre mépris. Que n'ai-je plus d'esprit pour vous exprimer plus de tendresse ! Peut-être réussirais-je à exciter du moins votre pitié et à vous prouver que, dans les conditions les plus viles, on trouve souvent des cœurs dignes de l'amour. » En disant ces paroles elle fondait en larmes : peut-on voir de pareilles situations sans attendrissement ? D'ailleurs, Justine ne manquait pas de beauté ; tout autre, comme moi, eût été ému. Je l'attirai sur mon lit, j'essuyai ses pleurs, je lui montrai tout l'effet qu'elle pouvait faire sur moi ; enfin elle aurait eu lieu d'être contente, si mes soins pour la consoler n'eussent été de nature à l'attacher davantage. « Je sens, me dit-elle, que la pure générosité vous intéresse à mon chagrin : pourquoi ce chagrin a-t-il tant de pouvoir sur mon esprit ? Je devrais y être accoutumée ; ma vie n'a été qu'un tissu de malheurs. » Ces dernières paroles excitèrent ma curiosité, et je la pressai de me dire son histoire, ce qu'elle fit à peu près en ces termes.

Mon père était un riche laboureur des environs de Strasbourg, qui m'avait élevée conformément à mon état. On disait qu'entre les filles de notre village je n'étais pas celle qui manquait le plus d'agréments et de vivacité. J'avais quinze ans, et un jeune homme de ma sorte me recherchait en mariage, quand le prince Charles de Lorraine[13] passa le Rhin. Notre maison fut pillée par un parti ; mon père et tous nos gens massacrés. Quelques soldats, me trouvant à leur gré, par malheur, me conservèrent ; je fus leur proie, épargnez-moi le reste. Pendant qu'ils dormaient, ensevelis dans le vin, je me sauvai, et je quittai en pleurant ma pauvre patrie. J'avais quelque argent, ce fut une ressource dans mon infortune. Je fus de bourg en bourg assez avant dans le pays, et, quand je me crus en sûreté, il me survint un autre embarras, je ne savais que devenir. J'avais entendu parler de Paris, comme d'une ville grande et riche ; je résolus d'y aller. Peut-être, dis-je, la Providence, qui prend soin des malheureux, m'y prépare-t-elle un sort que je n'attends pas. J'arrivai avec bien de la peine à Paris ; le bruit et les embarras qui y règnent toujours, cette foule d'habitants, si différents entre eux, tout m'étonnait ; j'étais perdue dans le tumulte. Après avoir longtemps marché dans des rues qui me semblaient immenses, mes forces m'abandonnaient, et je regardais de tous côtés, comme une personne qui ne sait où donner de la tête. La Providence voulut que mon habit étranger attirât sur moi les yeux d'une dame bien vêtue. Après m'avoir quelque temps considérée, sans doute qu'elle prit intérêt à ma figure, et en s'approchant de moi : « Que cherchez-vous, me dit-elle, ma belle enfant ? Vous me paraissez dans l'inquiétude, puis-je vous en tirer ?

— Hélas ! madame, lui répondis-je en assez mauvais français, je suis de bien loin d'ici, et je n'y connais personne. Vous êtes la première à qui j'aie encore parlé ; ce qui m'a fait quitter mon pays est trop long pour vous le raconter, et me ferait trop de peine, ajoutai-je en pleurant.

— Eh bien ! me dit cette dame, venez chez moi, je tâcherai de vous consoler, et nous demeurerons ensemble tant que vous le voudrez. »

Je serrai les *mains de la dame inconnue*, et je la suivis. Nous entrâmes à deux pas de là dans une maison dont les appartements étaient des plus brillants ; je me voyais de tous côtés dans les glaces : quelle comparaison avec les meubles de nos maisons rustiques ! Je vis plusieurs autres dames parées extraordinairement, et quelques hommes avec elles ; on m'entoura, on se mit à m'examiner avec une attention qui me fit rougir. On me tournait comme quelque chose de curieux qu'on n'a jamais vu. Les femmes dirent tout haut les défauts que j'avais ; les hommes me trouvèrent jolie, et félicitèrent ma protectrice de l'acquisition qu'elle avait faite. Un d'eux voulut me caresser, et me dire quelques paroles ; mais la dame, qui m'avait introduite, l'écarta, et me fit sortir pour me conduire à une petite chambre éloignée, où elle me laissa, après m'avoir dit qu'elle me reverrait dans la journée, et que je ne manquerais de rien. Une vieille fille, quelques moments après, m'apporta à manger ; je lui demandai où j'étais : « Comment, dit-elle, vous ne savez pas que vous êtes chez Mlle C***[14], doyenne des chœurs et conseil de l'Opéra ! C'est ici un des meilleurs bureaux de Paris ; votre fortune est faite si notre maîtresse vous prend en affection, comme il le paraît : elle m'a recommandé d'avoir de vous tous les soins possibles. »

Cette fille me fit des questions ; elle semblait s'intéresser à moi, je lui racontai mon histoire sans déguisement. De temps en temps elle levait les yeux et les bras au ciel, et me montrait autant d'étonnement que de pitié. Elle m'avait crue toute neuve sur de certaines matières. « Ma chère fille, me dit-elle, bénissez le Ciel de vous avoir adressée à une aussi bonne maison ; je vous rendrai ce que vous avez perdu, et je vous le rendrais tout autant de fois que vous le perdriez, sachant votre malheur et vous aimant comme je fais. Avez-vous conté à Mlle C*** ce que vous venez de me dire ?

— Non, répondis-je, je ne l'ai vue que deux moments.

— Fort bien, reprit-elle, dites-lui tout, excepté l'histoire des soldats. Que cela soit toujours caché ; elle ne vous regarderait plus, et changerait absolument de vues sur votre compte. »

La charitable Duclos[15] (c'était son nom) me donna bien d'autres instructions, telles que vous pouvez imaginer : elle tira enfin de sa poche un spécifique[16] qu'elle portait, dit-elle, toujours, et elle me remit en même et pareil état qu'auparavant l'irruption du prince Charles en Alsace. À peine était-elle sortie que ce jeune homme dont j'ai parlé, et qui avait été sèchement rebuté par la C***, entra furtivement dans ma chambre, et vint se jeter à mes genoux. Cela me surprit. « Quelle offense m'avez-vous faite, lui dis-je, pour m'en demander pardon ? » Ma naïveté augmenta ses transports ; il me baisait ardemment les mains, la bouche et les yeux ; je ne pus m'empêcher de soupirer de plaisir. Devenu plus entreprenant par mon trouble, il m'engagea à m'asseoir sur une chaise longue, et détruisit, non sans peine mais entièrement, l'ouvrage du spécifique. Il allait récidiver quand la Duclos rentra, et, furieuse de ce qu'elle voyait, elle pensa lui arracher les yeux. Ils commencèrent une dispute où ils se rendirent justice l'un à l'autre : enfin il sortit, avec promesse de revenir accompagné, pour faire un tapage convenable. Quand la Duclos n'eut plus d'objet sur qui elle pût répandre sa bile, elle tourna son humeur contre moi, et me traita comme mon imprudence le méritait. Depuis qu'elle était entrée, je ne cessais de pleurer ; à la fin elle s'apaisa, elle me rendit ses bontés, le spécifique, et la faculté de perdre une troisième fois ce que j'avais si peu gardé. J'étais seule et livrée à mes réflexions, quand Mlle C*** vint me revoir ; je lui détaillai avec simplicité les malheurs qui avaient affligé mon pays. Elle parut aussi touchée que l'avait été la Duclos, et me dit de compter sur son amitié, pourvu que je fusse docile à ses conseils : « Par exemple, ajouta-t-elle, je vous présenterai ce soir à un prélat de la plus grande considération, un homme de bien, qui est en état de prendre soin de vous, et qui le fera ; mais ce ne peut être qu'au prix de votre soumission. Il faut avoir les dernières complaisances pour un homme dont on attend tout ; ainsi préparez-vous à souffrir sans murmure ce qu'il exigera. Vous me remercierez mille fois des conseils que je vous donne. » Elle appela ensuite la Duclos ; on m'apporta le plus beau linge, je fus parfumée et ajustée. Quand on eut mis mes charmes dans tout leur avantage, la C*** me conduisit à un appartement que je n'avais point encore vu ; nous y attendîmes quelque temps. Enfin le prélat arriva par une porte qui donnait sur un escalier dérobé. C'était un grand homme, beau et bien fait, parlant bien et se présentant de même, malgré son état, qui admet rarement les grâces. J'ai su depuis qu'il avait été capitaine de dragons ; son air militaire perçait au travers des bienséances auxquelles il avait été forcé de s'accoutumer. Au reste, il était homme de cour ; sa richesse et son ambition l'y avaient conduit, et son esprit, qu'il avait fait connaître, l'y soutenait. Il devait beaucoup aux femmes ; amusant, enjoué, entreprenant, né pour l'intrigue, il faisait servir ses plaisirs à ses autres passions. Vous serez peut-être en peine de savoir d'où je l'ai si bien connu, vous le verrez bientôt. Il dit mille choses fines et agréables à la C***, mille autres encore plus flatteuses sur ma beauté.

La C*** sortit pour ordonner le souper : l'adroit prélat saisit l'occasion. Et sans perdre le temps en vains préludes, il mit en œuvre avec moi des talents peu communs. Je jouai à merveille la surprise, la crainte, les cris et les larmes : nous naissons comédiennes ; une seule répétition développe notre art, et nous fait imaginer tout ce qu'il faut pour faire illusion. De son côté le prélat trouvait à la pièce un nœud plein de difficultés, qui rendaient la situation des plus intéressantes. Enfin, de la terreur, je passai à l'attendrissement, et ce fut le signal du dénouement, qui nous satisfit à un point égal tous les deux : il y prit plaisir, et sans sortir du théâtre, nous jouâmes un autre morceau, qui tenait plus du comique tendre que du premier. La C***, qui s'annonçait de loin en chantant, rentra ; elle lut dans les yeux de son convive un plein contentement, et fit servir aussitôt le souper : il fut des plus fins, sans doute ; mais je n'y connaissais rien encore, et je mangeais sans réflexion. Vous pensez bien que Justine, villageoise et Alsacienne, parla fort peu ; en revanche, je laissai dire à mes yeux tout ce qu'ils voulurent : je souriais ou je soupirais assez à propos pour enflammer mon nouvel amant, que la C*** entretint de reste. Avant de se lever de table, ils conclurent le traité suivant lequel j'appartenais au prélat : il nous quitta, enchanté de sa bonne fortune. La C*** me mit dans une chambre voisine, qu'elle me dit être la mienne. Je tombais des nues, je n'avais jamais eu de rêve pareil ; cette chambre était aussi belle que les appartements qui m'avaient surprise en entrant. Je dormis dans un lit magnifique, et meilleur encore. Le lendemain la C*** me réveilla en m'apportant un écrin de pierreries, dont elle m'enseigna l'usage ; mon amant me les envoyait. Je me levai, on prit sur moi la mesure d'un habit superbe, que je mis dès le soir même. J'eus des maîtres de musique, de danse, et tous ceux enfin qui sont nécessaires pour suppléer à l'éducation du village, et pour enseigner les bagatelles agréables qui forment les femmes. Que vous dirai-je ? Dans six mois leurs leçons, et celles de l'habile C***, la conversation de mon amant, ces soupers délicats, l'envie de plaire, qui nous est si naturelle, me rendirent telle que je croyais avoir changé d'être. Le prélat était tendre et constant ; je répondais à ses sentiments parce que je ne voyais que lui. La C***, née pour prêcher la friponnerie en amour et les infidélités, fut religieuse au point de ne faire aucune infraction au traité, chose qu'on ne verra de longtemps, et qui ne tire point à conséquence. L'évêque jouit du privilège exclusif dans toute son étendue ; il s'attacha sérieusement à moi ; mais, par une fatalité jointe à mon sort, il fut obligé de quitter Paris, pour aller résider. Il m'en fit part et à la C***. On n'imagina qu'un seul expédient pour me conserver à sa tendresse : ce fut de me travestir en homme ; j'acceptai sans balancer. L'évêque fit lui-même cette vêture, plus agréable pour lui qu'aucune autre cérémonie. Le jour fixé pour mon départ, après avoir remercié la C***, à qui je croyais avoir les plus grandes obligations, je dis adieu en cavalier à cette fille, chez laquelle j'avais si souvent changé d'état. Je suis brune, mon teint me servait dans cette circonstance. Je passai, dans le voyage et en province, pour le valet de chambre de Sa Grandeur ; mais il fut plus le mien que je ne fus le sien. Ma chambre était à côté de la sienne, à cause des emplois que j'avais auprès de lui. Que je lui faisais aimer la solitude ! Il passait avec moi bien des jours que l'on croyait donnés aux affaires, et toutes les nuits que l'on croyait qu'il passait seul. Notre ardeur nous trompa. De quelques ménagements que nous eussions fait usage, je m'aperçus que je portais un fruit de l'incontinence de l'évêque. Sa douleur était au comble, à ce qu'il me parut. Il me garda tant qu'il lui fut possible de le faire sans donner des soupçons, et enfin il me fit partir en chaise de poste pour cette ville, avec une adresse à une femme de confiance. Je descendis chez elle, et mis au monde le fils de l'évêque, dont cette femme se chargea. J'étais disposée à retourner auprès de mon amant, quand j'appris qu'il était parti pour L... en conséquence d'ordres supérieurs. Il n'y avait pas d'apparence que je fusse l'y chercher, et je compris, après bien des lettres inutiles, que ma fécondité malheureuse avait été la source de son dégoût : ce sont des fautes que ne pardonnent point les amants sacrés. Je me livrai à l'affliction, mais de quels maux est-elle le remède ? La nécessité de songer à ma subsistance pour l'avenir fit diversion à tous mes regrets. Cette femme, chez qui je demeurais, par pitié pour moi, me fit présenter à Mme de Mongol, auprès de laquelle je suis depuis quelques années. Je jouissais d'un peu de tranquillité, quand votre vue a rallumé dans mon cœur les feux mal éteints du plaisir, ou plutôt vous m'avez fait connaître l'amour pour la première fois : et quel amour que celui que la raison prive d'espérance ! Ciel ! qui m'avez produite pour me persécuter, je dois donc toujours passer du malheur à l'infamie, de l'infamie au malheur !

Justine méritait que je la plaignisse. Je savais qu'il y a des passions qui nous emportent loin de nous, sans que la rapidité des sentiments qu'elles inspirent nous permette de former un seul raisonnement : ce sont ces passions combinées avec des circonstances fortuites qui font les destins que Justine accusait. Les destins sont des chimères, l'avenir n'est rien, et ne peut être prévu par qui que ce soit. Pouvais-je, d'ailleurs, reprocher à Justine le goût qu'elle avait pour moi ? Il semble que tous les cœurs soient égaux en amour, et de ceux que l'on possède sans partage, il n'en est point qui ne soit précieux. « Je suis touché, lui dis-je, autant qu'on peut l'être, de l'amour que vous me montrez. Vous savez que je ne puis le payer de retour, la certitude que vous en avez vous ôte l'espoir ; l'inconstance de notre nature achèvera de vous dégager, et vous rendra le repos du cœur. Si je savais, ajoutai-je en l'embrassant, un autre remède à vos chagrins…

— Non, me dit-elle en me repoussant faiblement, tout autre remède ne fait qu'aigrir mes maux ; vous m'apprenez inutilement le prix d'un bien qui ne peut être à moi. Quelle complaisance !… Dieux !… pour la dernière fois… »

La douleur et le plaisir se combattaient mutuellement, et lui ôtaient la parole. Revenue à elle-même, elle se dégagea de mes bras et sortit.

Le baron vint me voir quelques moments après. « Je ne sais, me dit-il, ce qui vous a fait suspendre vos visites chez Mme de Mongol ; vous aviez paru la voir avec plaisir, elle y répondait. Vous dirai-je plus ? Depuis votre absence, l'inquiétude qu'elle a montrée sur ce qui pouvait en être la véritable cause, son habitude de me parler de vous et de ramener la conversation sur votre compte, son humeur enfin m'a appris qu'elle vous aimait : les changements dans l'humeur sont des effets certains de l'amour. Mais vous, marquis, ne vous en êtes-vous point aperçu le premier ? Votre conduite me l'a fait croire ; je ne puis m'imaginer que vous ayez été indifférent aux douceurs de son commerce, et aux distinctions qu'elle vous a prodiguées. Peut-être, par un sentiment généreux, vous faites-vous violence ; vous cédez vos droits à un rival que vous aimez, vous avez démêlé ma passion pour la comtesse.

— Monsieur, lui répondis-je, il est beau que vous le pensiez, et il m'est bien doux que vous en jugiez mon cœur capable ; mais je ne vous ferai point un sacrifice imaginaire, ce serait une espèce de vol à vos sentiments. Les principes des actions louables sont ceux de la sincérité. Je vous avouerai donc que j'évite la comtesse, parce que je vois ailleurs ce qui seul peut faire ma félicité : son aimable fille possède mon cœur et m'a donné le sien. Les assurances que j'en ai augmentent mon ardeur, loin de la ralentir ; il me faudrait sa main pour me rendre le plus fortuné des hommes. J'ai étudié son caractère, son esprit, ses qualités ; j'ai, pour ainsi dire, épié les premiers sentiments que la nature a fait éclore chez elle ; j'ai connu tout ce qu'elle vaut. La possession et les faveurs d'une beauté aussi touchante ne sont pas, dans les circonstances où je me trouve, ce qu'elle me fait désirer avec le plus d'empressement ; jugez de l'empire qu'elle a sur moi : l'inclination de la comtesse, que j'ai trop remarquée, vient traverser toutes mes espérances.

— Que je suis heureux, dit le baron, que nos intérêts se trouvent unis ! Les obstacles sont grands, mais ils ne sont pas insurmontables. Vous avez fait prudemment de fuir dès les commencements Mme de Mongol ; et une occasion se présente pour servir de prétexte à une absence plus longue. Le duc D***[17], sous les ordres duquel j'ai servi, m'écrit pour m'engager à l'aller voir à sa terre ; le président P*** et le vicomte de L***, qui s'y rendent aussi, devaient me venir prendre après le dîner : vous me remplacerez. Pendant ce temps, je chercherai les moyens d'arranger ici nos affaires communes. »

J'acceptai le parti ; sans tarder, j'écrivis une lettre à Éléonore pour l'informer de mon départ et des raisons qui m'arrachaient à elle. Je lui mandai que c'était un mal nécessaire, et l'unique voie de procurer notre union ; qu'elle me plaignît et qu'elle m'aimât toujours. Elle me fit cette réponse sur-le-champ :

Si je n'étais que raisonnable, j'approuverais tout ce que vous avez dessein de faire ; mais je vous aime, et la séparation dont vous me parlez doit me sembler injuste et cruelle. Le baron a trop de prudence ; il n'aurait pas résolu pour lui-même ce qu'il vous a conseillé. Son propre intérêt, sans qu'il le croie, l'empêche de voir quel coup sensible il me porte : je ne me plains que de lui, quoique je pusse accuser quelqu'un de plus cher. Vous me parûtes hier au soir moins tendre qu'à l'ordinaire, et aujourd'hui vous vous déterminez facilement à me quitter. Ah ! marquis, n'aurais-je pas quelque raison de vous croire inconstant ? Mais non, j'éloigne de moi ces idées, je ne vous ferai point une pareille injustice. Vous m'aimez : ne sais-je pas quelle douleur font de simples soupçons ? Comment se résoudre à causer la moindre peine à l'objet de son amour ? Je voudrais vous cacher jusqu'à l'affliction où va me plonger votre absence. N'y songez que pour vous assurer de ma tendresse : puisque vous me quittez pour moi-même, je dois m'efforcer de vous consoler.

J'éprouvai mille différents mouvements à la lecture de cette lettre ; je ne pouvais soutenir l'idée de ma chère Éléonore abandonnée à la douleur : je doutais encore si je devais aller chez le duc, quand un carrosse s'arrêta à la porte de l'hôtel. Le président et le vicomte en sortirent, et, avant que je les visse, mon oncle les avait déjà prévenus que je tiendrais sa place. Ils me promirent des plaisirs sans nombre, et, ne pouvant m'en défendre, je partis avec eux, après avoir recommandé au baron les intérêts de mon amour.

[Dans les premiers moments du départ, mon chagrin parut malgré moi ; mais il diminua peu à peu. Je me livrai à la bonne humeur de mes compagnons de voyage. La conversation tomba sur les démêlés que les systèmes d'école ont causés depuis plus d'un siècle en France ; partis que quelques-uns embrassent sincèrement (car il y a des dupes de tous les genres), et que d'autres, avec des vues plus fines, font servir de couleur à leur ambition. Nous passâmes en revue toutes les pratiques et les menées de ces gens qui trafiquent en mystères, les conjurations et les haines de ces personnages pieux qui se parent du ciel quand on les offense. Nous n'eûmes garde d'oublier la consternation qui frappe un parti quand quelqu'un de ses membres donne au public de ces scènes qui attirent les plaisanteries ; par exemple, dis-je, le déguisement de l'abbé de M***[18], à l'Opéra, qui fut chansonné, et dont tout le royaume a retenti, fit dans son temps diversion à l'aventure plus sérieuse du père G***. Mais laissons en paix l'ombre de cet honnête G***[19]. « Que voulez-vous dire ? interrompit le vicomte ; le père G*** vit encore et il peut être tout aussi honnête qu'il l'ait jamais été. » Nous fûmes surpris de ce qu'avançait le vicomte. « L'opinion commune est, lui dîmes-nous, que le père G*** est mort depuis longtemps, et, de plus, enterré dans le même lieu que la C***, ce qui a donné lieu à de plaisantes épitaphes.

— Désabusez-vous, reprit-il, il est ce qu'il était, à quelques changements près. Apprenez qu'il a, sous un autre nom, une cure, à une lieue de S. L... ; je le connais, et nous nous voyons. Il ne vit pas bien avec son troupeau : un sermon sur Madeleine, où il fit des descriptions trop nues et trop vives, révolta ses auditeurs, au point qu'il se vit contraint de descendre de la chaire ; il fut assiégé dans la sacristie, on voulait le lapider. Il a toujours le même goût pour la retraite. Comme il est dans un pays où l'on fait des dentelles, il occupe chez lui sept ou huit filles à ces ouvrages. Je parle de ce que j'ai vu. Ce qu'il y a de singulier, et qui doit être regardé comme l'effet du hasard, c'est qu'elles sont toutes jeunes et parfaitement belles. Il les élève dans une grande solitude, pour leur inculquer avec plus de succès le goût du travail et de la piété. Il est leur père, leur gardien et leur portier. Ses ennemis ont voulu donner un mauvais tour à ses intentions ; ils avaient même réussi à l'éloigner de ce séjour ; mais il y a été réintégré avec éclat, et il y est actuellement à l'abri d'une autorité respectable. »

Ce fut en tenant de semblables propos que[a]] nous arrivâmes au château du duc. Cette belle maison est située au pied d'un coteau, des jardins enchantés l'accompagnent ; il y a des terrasses en amphithéâtre, des eaux, des bois, un parc immense. Le duc me reçut très bien ; j'y trouvais une compagnie nombreuse de l'un et de l'autre sexe : il me parut qu'il y régnait une liberté aimable, et que tous les habitants de ce charmant endroit ne respiraient que la joie. Avant que je dise de quelle façon je passai mon temps, il ne sera pas inutile de dire ce que c'était que le duc.

Ce seigneur, qui était sur le déclin de l'âge, avait beaucoup d'esprit ; esclave toute sa vie des plaisirs auxquels il avait sacrifié de grands biens dans sa jeunesse ; mais des successions considérables l'avaient toujours mis en état de satisfaire ses goûts. Affaissé sous le poids de son bonheur, il ne formait plus de désirs ; tout son esprit ne pouvait réparer à cet égard les pertes qu'il avait faites. L'art et le raffinement dans la science des voluptés l'en avaient privé. À peu près comme nous voyons un homme, habitué aux ragoûts recherchés, ne pouvoir plus revenir aux mets naturels et salutaires. Il avait dissipé le fonds précieux de la santé et de la vigueur : il se cherchait et ne se retrouvait plus*. Cependant il n'épar-

* « Moi-même je me cherche, et ne me trouve plus » (Hippolyte dans *Phèdre*[20]).

gnait aucuns soins pour atteindre ou pour imiter du moins l'état heureux où il s'était vu. Il attirait chez lui, par les invitations les plus polies, et encore plus par des fêtes presque continuelles, les dames et les seigneurs des environs. Il y avait dans le château trente ou quarante chambres propres à recevoir les étrangers. Le duc, qui entrait dans les plus simples détails, disposait les chambres occupées par les hommes et par les femmes dans un ordre alternatif. Ce mélange était le même partout : les clefs des chambres étaient communes, les verrous étaient inconnus. Par une imagination dont on découvrira l'objet dans la suite, les lits destinés aux dames avaient été faits pliants et élastiques, mais à un certain point ; de sorte qu'il fallait deux poids égaux, chacun à celui d'une personne ordinaire, pour mettre en action le ressort des lits. Sous chacun de ces lits était placée une bascule ; une des extrémités touchait au-dessous du lit, et y était attachée à l'endroit du centre de gravité. L'autre bout répondait entre le chevet et la muraille. À cette dernière extrémité des bascules, on avait ajusté des fils d'archal[21], qui, au moyen d'autres petites bascules de renvoi, telles qu'on en use pour les sonneries des horloges, allaient remuer, dans un appartement éloigné, des sonnettes correspondantes. Cet appartement, séparé des autres, était celui du duc. Les sonnettes étaient placées à l'entour ; chacune avait son étiquette et portait le nom des dames qui occupaient alors les chambres. Les tons étaient distincts et en accord ; dans le silence de la nuit, leur variété et leurs rencontres différentes faisaient un carillon si agréable qu'on eût cru entendre des hymnes à l'amour. Les sons étaient une vive représentation des mouvements qui les occasionnaient : au commencement mesurés, ensuite rapides, peu après confondus, plus marqués enfin, se ralentissant et cessant par degrés. Le duc arrêtait à son gré l'effet de ces sonnettes : comme il était sujet aux insomnies, il avait inventé ce jeu pour se récréer. Entre les bras d'un amour inutile, son imagination, et cette harmonie qui signifiait tout ce qu'il voulait, lui rendaient quelquefois des étincelles de sentiment.

Je donnai à ma chère Éléonore les premiers instants de mon séjour. Notre sensibilité augmente à mesure que nous nous éloignons de ce qui nous est cher : je lui écrivis une lettre que le tendre Amour aurait avouée. Quand je me fus satisfait à cet égard, je rejoignis la compagnie du château, et les plaisirs qui s'empressaient à remplir nos moments en devinrent mille fois plus piquants pour moi. Nous fîmes grande chère au souper ; le duc l'aimait et son luxe était bien entendu. Je m'aperçus dès le soir que chacun des convives s'était arrangé ; il n'y avait presque point de cœurs désassortis : le duc présidait encore à ces distributions, et marquait à table les places suivant l'ordre des appartements. Quant à moi, je me trouvai près de la présidente D. B***[22]. C'était une femme d'une taille avantageuse ; son corset renfermait des appas formés et bien conservés. Elle avait de ces grands yeux noirs qui entrent d'abord en conversation, qui disent et qui font mille choses dans un instant*. Par une espèce de libertinage d'esprit, je m'accoutumai à ses yeux, et bientôt une intelligence parfaite fut établie entre nous, de façon que je me trouvais comme en pays de connaissance. Nous étions au dessert, et les domestiques s'étaient retirés ; je mis en avant avec elle de ces propos, enfants de la liberté, qui peignent le sentiment d'une manière confuse, et dont les esquisses doivent être animées par des coups pleins de vie et de force. Pour les employer il ne me manquait que le lieu et l'occasion : je tâchai de l'en convaincre ; je lui fis toucher du doigt la vérité de ce que j'avançais ; elle me trouva en état d'exécuter mes idées. Pour m'assurer si son goût s'y prêterait entièrement, je pris une voie détournée, qui me conduisit à une légère épreuve ; elle sentit mon adresse, et comme je persistais, elle prit le parti de s'en amuser. Mais bientôt je lui parus dangereux : il lui survint un tremblement dans les mains, son trouble augmenta et la fit balancer sur sa chaise : je suivis le même mouvement, et, en nous prêtant un secours mutuel, nous tombâmes tous deux à la renverse.

Cet événement attira les yeux de tous les convives, qui n'en avaient pas soupçonné la cause, chacun étant à peu près occupé de la même façon que nous. On se remettait de part et d'autre de son dérangement, et on s'empressait en foule d'aller nous relever. Le duc criait : « Eh ! mesdames, ce n'est pas au marquis qu'il faut courir, il se porte bien, j'en suis sûr, il est d'un fort tempérament. C'est Mme la présidente qui se trouve mal ; messieurs, je vous la recommande. »

La présidente, quand elle tomba, se trouvait au fort de son évanouissement. Ses yeux, après avoir roulé quelques instants, se fermèrent : on n'en pouvait tirer d'autres signes de vie que des soupirs et quelques mouvements. Les dames

* *Patrantes oculos,* Pétrone[23].

lui jetaient malicieusement de l'eau sur le visage ; elle reprit ses esprits : « Ah ! marquis », dit-elle.

Je m'étais trouvé très embarrassé ; il n'y a pas de personnes qui serrent plus étroitement que celles qui s'évanouissent. Enfin je m'étais soustrait ; la présidente ayant lâché prise, ma serviette m'avait aidé à cacher mon trouble, et je m'étais relevé en soutenant le voile qui couvrait ma disgrâce. Cette situation donnait à penser, quoiqu'elle ne fût pas absolument des plus développées : elle fournit au duc matière à de nouvelles plaisanteries, qui excitèrent les ris et rendirent la conversation générale, jusqu'au moment où on se leva. La main de la présidente m'appartenait à bien des titres ; je la conduisis à son appartement, qui était, suivant l'ordre, à côté du mien. Je m'étais imaginé que notre aventure lui donnerait un peu d'humeur, mais je m'étais trompé ; elle avait pris la chose en femme du monde, et sa gaieté n'en fut point altérée. « Madame, lui dis-je, le hasard et l'amour sont aveugles, tous deux m'ont fait commettre une faute. Me permettriez-vous de la réparer ?

— Il n'est rien, me répondit-elle, à quoi je ne consentisse pour votre justification.

— Et il n'est rien, repris-je, que je désire plus violemment que de trouver grâce auprès de vous. »

Nous convînmes que dans deux heures je me rendrais chez elle pour me justifier. Pendant les deux heures que je passai seul, je fus toujours, par une illusion de l'esprit assez rare, dans le même état que si je n'avais pas dû être seul : je me figurais être encore à côté de la présidente, et dans la même position qui avait occasionné notre chute, tant une imagination échauffée a de pouvoir.

Tout était dans un silence profond, et un plus long délai aurait fait monter indubitablement mon impatience à l'excès, quand je passai chez la présidente. Une petite lampe ne fournissait qu'une faible lueur pour indiquer le lit où je trouvai cette dame. Elle m'admit auprès d'elle, et à toutes les justifications que je désirais : je fus le moins criminel et le plus heureux des hommes. D'abord j'avais voulu reprendre l'histoire de notre chute, et je lui en expliquais la cause. « Laissons, me dit-elle, un accident qui ne pouvait nous intéresser que quelques instants, et dont j'ai ri la première. Parlons un peu de votre esprit, marquis, je vous en ai trouvé un d'une justesse et d'une solidité… Dès le moment que je vous ai vu, j'ai désiré de passer avec vous un quart d'heure ; vous avez de ces figures intéressantes qui promettent beaucoup, et vous tenez davantage, si j'en crois mon discernement.

— L'esprit que vous m'accordez, madame, lui répondis-je, consiste chez moi dans une contention qui dure presque toujours, et dont votre mérite seul pourrait me rendre capable ; par tempérament je suis réfléchi, j'entends assez bien le sentiment, et je réussis à l'inspirer mieux que vous ne le savez encore.

— Oh ! je n'en doute point, reprit-elle, on ne connaît pas son monde, à le voir en public, où l'on est ordinairement dissipé, et c'est (ajouta-t-elle en se tournant de mon côté tout à fait), c'est précisément dans une confidence réciproque telle que la nôtre, que l'on n'a rien de caché…

— Je l'éprouve, madame, interrompis-je, et par une reconnaissance également douce et facile, je veux vous faire part de quelques-unes de mes productions ; trop heureux si elles sont de votre goût. Par exemple, madame, celle-ci ; c'est *le pouvoir de l'amour*. L'amour est fils de la vue et du désir, il s'insinue adroitement dans un cœur, avec peine d'abord… Quand il y est, il s'étend, il remplit le vuide qui est partout sans lui… On voudrait le chasser, mais en vain ; il est maître de la place, et les charmes qu'il emploie sont si forts, qu'après l'avoir repoussé, on l'attire sans le vouloir… Ces combats jettent le trouble dans l'âme, et, par leurs secousses réitérées… la rendent avide de plaisir… Enfin l'ivresse succède, un épanchement délicieux… Sentez-vous cela, madame ? la mémoire me manque…

— Ah !… oui… marquis, que vous avez d'esprit ! je sens… poursuivez… quel plaisir !

— Dans ces circonstances, madame, le cœur fait un effort et chasse l'Amour. Mais ce dieu en sortant laisse des traces et des effets qui le font regretter ; la voie est frayée… la brèche reçoit le vainqueur. Il revient à la charge plus animé que jamais… Il remet tout sous son obéissance… Le bonheur le précède, les plaisirs dictent de nouveau les lois, et poussent des cris de joie dans la place… Une extase… un délire… Dieux !…

— C'est cela ! ah !… marquis ! que vous peignez bien ! répétez… j'y suis… »

La matière que je traitais était inépuisable ; je ne pouvais tout dire, et la présidente, à qui mes réflexions en avaient fait naître de nouvelles, prit à son tour ma place. Qu'elle la remplit bien ! l'essor qu'elle donnait à son éloquence et la rapidité de son débit marquaient parfaitement combien le sujet lui était cher. Elle voulait me convaincre qu'en fait de sentiment, l'habileté eſt le partage du sexe, et que, dans cette carrière, nous ne pouvons tout au plus que le suivre. Je lui sus bon gré des peines qu'elle se donna pour m'en persuader ; je lui prêtai pendant ses discours une attention qui lui donna tout le contentement imaginable ; et j'appris dans cette occasion que, quand deux personnes ont les mêmes principes et les mêmes opinions, il n'y a guère moins de plaisir à écouter qu'à parler. « Revenons à votre esprit, marquis, dit la présidente ; il me convient fort, et je le préfère à tous ceux qu'un peu d'usage m'a fait connaître. Vous êtes vif et modéré quand il le faut ; il n'y a rien de si rare dans le monde que l'à-propos. J'ai vu des jeunes gens qui, par une trop grande précipitation, font perdre la moitié de ce qu'ils disent ; ce sont de bonnes choses pourtant ; mais le moyen de goûter un homme qui balbutie ? D'autres ont un ſtyle décousu, qui ne se conforme aux idées de personne ; le charme de la conversation consiſte à disputer et à se réfuter également, et à tomber enfin d'accord de quelque chose. J'en connais d'autres (et le président D. B*** eſt du nombre) qui ont l'esprit d'une lenteur… d'une sécheresse ! Pour les animer et tirer d'eux quelque parole, il faudrait, je crois, les traiter comme des enfants paresseux. »

Je laissai la présidente très satisfaite de mon esprit, et je retournai vers le jour à mon appartement. Je dormais encore quand un valet de chambre vint me dire que le duc voulait me parler. Je m'habillai promptement, et me rendis chez lui. « Comment donc, me dit-il, vous êtes un héros ! la présidente doit se féliciter de votre séjour ici. Quelle nuit pour elle ! » Ces paroles me surprirent ; je ne savais qui pouvait avoir appris au duc l'emploi que j'avais fait de la nuit. « Cessez d'être étonné, reprit-il en riant, je sais une partie de ce qui se passe chez moi, en vertu d'un talisman que fit un habile enchanteur en bâtissant ce château. » Le duc me dit ensuite à quelle heure j'avais commencé d'entrer en conversation avec la présidente, et de combien d'incidents notre entrevue avait été mêlée. Ma surprise augmentait ; je retrouvais la vérité dans tout. Enfin, le duc tirant les cordons d'un petit rideau qui régnait autour de sa chambre, je vis cette multitude de sonnettes dont j'ai parlé, avec les étiquettes. Le duc m'expliqua leurs dispositions, le mécanisme des lits, et l'usage des clefs communes. « Outre la nécessité, dit-il, d'avoir fait les lits élastiques, pour l'effet que vous voyez qui en résulte, vous devez encore avoir senti la bonté qui provient de leur ressort.

— Monsieur, lui demandai-je, comment se fait-il que vous ne vous trompiez point ? Un autre que moi pouvait se trouver avec la présidente.

— Votre réflexion est bonne, me répondit-il, mais la chute d'hier au soir suffisait pour me faire rencontrer juste ; d'ailleurs, l'air de liberté dont on jouit chez moi, et un peu de discernement, m'aident beaucoup à découvrir les intrigues. Si je manquais de ces secours, il me serait aisé d'y suppléer, en faisant ajuster de nouvelles bascules aux portes des chambres. Je saurais à point nommé que Monsieur est entré chez Madame ; mais je n'ai pas besoin de perfectionner l'invention. Pour prix des plaisirs que l'on goûte, je n'exige qu'un peu de bonne foi, et la complaisance de me faire l'histoire de la nuit. Marquis, détaillez-moi, je vous prie, comment tout s'est passé. »

Quand j'aurais voulu m'en défendre, le duc n'en était pas moins dans ma confidence, malgré moi ; je ne crus pas devoir lui refuser la satisfaction qu'il me demandait. Je lui fis donc un récit véritable, et je n'omis aucun des détails, parce qu'il m'en parut extrêmement jaloux ; ma façon de narrer lui plaisait, il ne me fit grâce de presque pas une circonstance. Quand j'eus fini : « Pour reconnaître, dit-il, votre sincérité, je veux que vous changiez ce soir d'appartement ; j'ai invité la femme de mon bailli[24], elle doit coucher au château ce soir, vous serez voisins, et je crois que le bailli ne s'en trouvera pas si bien que sa femme. » Le duc me dit ensuite que, quand il invitait des dames, il n'invitait pas les maris ; que si pourtant ils accompagnaient leurs femmes, il les logeait séparément, ce qui s'accordait avec l'usage, et qu'il se gardait bien d'apprendre aux maris le mystère des sonnettes ; que ceux qui l'avaient su avant l'hymen n'en venaient pas moins le voir, mais sans leurs femmes. Qu'enfin, par la discrétion des hommes, ce secret n'avait point jusqu'alors été divulgué.

Sans doute, on dira que je mets le caducée[25] dans les mains du duc ; mais, sans avoir recours aux exemples illustres qui pourraient le justifier, n'est-il pas constant que c'est la nature de l'intérêt *qui fait la honte ? Le duc n'*avait d'autre intérêt que d'établir un commerce de plaisir entre lui et ceux qui venaient le visiter.

La femme du bailli arriva le matin même : c'était une beauté touchante, d'une blancheur parfaite ; des yeux bleus et languissants, tels qu'on en donne à la Volupté ; des lèvres d'un vif incarnat, voilà ce qui me charma chez elle. Elle n'avait que six mois d'hymen, de sorte qu'à tous égards elle méritait des soins. L'état de son mari et peut-être ses agréments empêchèrent les dames de lui faire beaucoup d'accueil. Ce fut une occasion pour moi de me distinguer par mon empressement à l'amuser : j'eus des rivaux dans ce projet ; mais je réussis mieux à me faire écouter. La bonne humeur et un ton de gaieté naturelle ne peuvent manquer de plaire : les amours sont des enfants qui aiment toujours à rire. Peu à peu j'engageai la baillive à parler ; je connus la portée de son génie, j'y proportionnai mes louanges et mon entretien. Quoiqu'elle n'eût pas assez d'usage et de pénétration pour s'apercevoir de mon dessein, elle répondit à mes vues ; le cœur et l'inclination firent les frais de tout, et furent de moitié avec moi pour m'aider à la séduire. J'étais placé à table à côté d'elle, par un nouvel arrangement ; je ne cessai de fixer son attention. Elle montrait du goût pour mes plaisanteries, elle prêtait une oreille avide à mes contes, et ne détournait pas la tête à l'encens que j'y mêlais avec adresse. Le duc nous examinait et souriait. La présidente me minaudait de loin. Au dessert je rendis mon rôle plus intéressant. La joie du repas qui s'anime alors, et le champagne pétillant apprivoisent les cœurs les plus farouches ; c'est l'instant privilégié pour les tendres aveux, et où l'on jette les fondements des bonnes fortunes. J'en profitai, j'exagérai mon ardeur ; la baillive se livrait à la douceur de penser que je l'aimais, je voulus m'insinuer d'une façon plus particulière, et prendre une espèce de possession des biens que je désirais ; j'étais dans la route quand on voulut m'arrêter. « Songez, madame, lui dis-je, que vos refus sont injustes, et que le moindre mouvement fera soupçonner ce que vous voulez empêcher. » La raison ou plutôt l'innocence me cédait le terrain pas à pas, et mes affaires prenaient le meilleur tour du monde, quand la compagnie se leva, à l'exemple du duc. Cette petite disgrâce me mortifia extrêmement. J'ai su depuis que la baillive n'en avait pas été moins touchée.

La journée était belle, on se dispersa dans les jardins : la baillive, que les fumées du champagne avaient un peu troublée, s'appuyait sur moi. Parvenus insensiblement à un labyrinthe, nous nous y enfonçâmes. La baillive se plaignait d'un mal de tête violent ; je la fis s'asseoir sur un banc de gazon, pour y prendre du repos. Sa tête était appuyée sur une palissade de tilleuls ; je me mis à ses côtés, elle ferma bientôt les yeux. Je la considérai quelque temps, ses couleurs animées m'enchantaient ; quand je la crus endormie, j'appliquai mes lèvres sur les siennes, je glissai même entre elles un organe adroit et flexible. D'autres charmes enlevaient mon âme aux premiers. Un sein d'un contour admirable, et qui semblait en soupirant appeler tout Cythère à son secours, eut l'hommage de mes baisers sans nombre. Ce badinage m'enflammait. Je portai plus loin mes vues, j'écartai les obstacles qui s'opposaient à mon entreprise, je voyais l'aurore du bonheur ; et il allait luire pour moi, quand j'entendis du bruit derrière la palissade. « Ah ! marquis, se peut-il que vous fassiez un pareil usage de votre esprit ! » C'était la présidente qu'une maligne curiosité avait conduite sur nos pas. Je remis promptement tout dans l'ordre ; la baillive s'était réveillée, et nous nous éloignâmes sans rien dire.

Mes friponneries méritaient bien ces désagréments, et j'en aurais pu convenir si la violence de mes désirs, si cruellement trompés, m'eût permis d'être tranquille. Je m'aperçus que les yeux de la baillive se mouillaient de pleurs, ma peine en fut augmentée. « Je ne sais, me dit-elle, quel était votre dessein, et quelle surprise vous me vouliez faire ; mais cette dame vous a vu ; elle est méchante, et me rendra la fable du château.

— Détrompez-vous, madame, lui répondis-je ; la présidente n'oserait me causer ce chagrin : j'ai en main de quoi me venger, et je saurais faire retomber sur elle l'effet de sa malice. Au reste, le moyen de déconcerter les mauvais plaisants, c'est de payer d'assurance. Il est permis de se défendre contre eux et de tout nier avec mépris, tant qu'ils ne sont pas en état de nous convaincre ; c'est moins trahir la vérité que repousser une injure. »

Je parvins de la sorte à tranquilliser son esprit ; mais à notre retour au château, quand elle vit notre surveillante, elle ne put s'empêcher de rougir. Je m'approchai de la présidente : « Petit perfide ! me dit-elle.

— On ne peut pas, lui dis-je, être infidèle, quand on n'a fait aucun serment de fidélité.

— Quoi ? *dit-elle, ce serment n'est-il* pas entendu, quand on s'est montré du goût l'un pour l'autre ? qu'on se l'est prouvé ; et quand d'ailleurs, ajouta-t-elle d'un air piqué, je puis dire avec confiance que, de mon côté, je ne me connais aucun prétexte…

— Vous ne pouvez, interrompis-je, madame, être plus contente de vous que je le suis. J'ai senti le pouvoir de vos charmes ; mais le don de plaire ne fut jamais le partage d'une seule : le plaisir qui nous a unis m'attache à tous les objets aimables, et me défend de vous oublier. Oui, je vous le prouverai en toute occasion, et je vous rapporterai un cœur que vous voulez bien regretter. Vous avez trop de connaissance pour ignorer qu'on ne peut pas en user mieux, et vous ne me ferez point de tracasseries inutiles. »

La présidente allait répliquer ; je la quittai. Le vicomte de L*** l'entreprit, et je vis bientôt qu'il était désigné mon successeur.

J'avais rejoint la baillive ; je lui proposai de jouer jusqu'au souper. Occupés l'un de l'autre plus que de tout le reste, nous reprîmes notre gaieté. La table l'augmenta ; mais, sans perdre de vue mon principal objet, je mettais de la tendresse dans tout. La baillive paraissait charmée de moi, elle avalait à longs traits le poison de mes discours ; je hasardai de reprendre avec elle les droits qu'elle m'avait accordés au dîner ; les contretemps que nous avions essuyés lui laissaient de la défiance, elle voulut me résister. « Quoi, madame, lui dis-je, refuser si peu de chose à tant d'amour ? restera-t-il sans récompense ? que lui accorderez-vous donc ?...

— Tout », dit-elle, en fixant sur moi des yeux qui nageaient dans le plaisir.

Pendant ce combat, qui dura peu, j'étais parvenu au point fixe du sentiment : dans toute autre circonstance, et avec des moyens différents, je ne l'aurais pas si facilement trouvé. Si je ne puis m'exprimer avec plus de clarté, c'est que le sentiment que je traitais était obscur. Le prix que j'avais obtenu surpassait de beaucoup mes idées ; mon étonnement en fut au comble, mon agitation redoubla, de sorte que, couvert d'un côté des marques de la victoire, et cédant secrètement moi-même, je fus vainqueur et vaincu.

La promptitude avec laquelle tout ceci s'était passé aurait trompé les yeux d'un Argus. Le sentiment est un éclair quand après avoir été contraint il s'échappe. La vivacité qu'il avait acquise ne lui fait rien perdre par une irruption subite. Deux gouttes d'eau ne peuvent éteindre un bûcher ; c'est ce que nous ressentîmes dans peu d'instants. Sur ces entrefaites le souper finit, et j'en conçus les plus grandes espérances ; mais le duc, qui vit l'action avec laquelle je me levais, se plut à m'arrêter : il proposa un pharaon, et dit qu'il le donnerait avec moi ;

on l'accepta. Nous ruinâmes les pontes[26], nous leur tînmes jeu bien avant dans la nuit, et mon bonheur fut d'une constance à me faire maudire cent fois les jeux et leurs inventeurs.

Les dames s'étaient retirées avant nous ; je n'avais pu rien arranger avec la baillive, et je craignais de me tromper d'appartement ; un domestique me l'enseigna, en me conduisant à celui qui m'était nouvellement destiné. Je n'observai point un long délai, et, dans un état à faire le moindre bruit qu'il me serait possible, je gagnai la porte désirée, que j'ouvris avec la clef commune dont je m'étais muni. J'entrai et je refermai avec beaucoup de précaution.

Je prêtai l'oreille pour essayer si je n'entendrais point respirer, ce fut inutilement. Je pris à gauche, après avoir fait quelques pas, je trouvai un rideau, je l'écartai avec vivacité, et j'avançai la main ; mais je ne rencontrai qu'une fenêtre. En continuant mes voyages, je trouvai ce que je ne cherchais point, des tables, une cheminée. Je donnai du pied dans un fauteuil, je chancelai et je tombai au milieu dans les cercles d'un panier. Ceci me fut de bon augure, j'espérai de rencontrer enfin celle à qui le panier appartenait. Effectivement le lit était proche, je reconnus les environs du chevet, et de peur de plus mauvaise aventure, je me hâtai de me glisser aux côtés de la femme du bailli. Elle dormait ; la fraîcheur de mon voisinage la réveilla, elle ne se rappela point qu'elle fût au château. Encore à moitié endormie : « Mon cher mari, me dit-elle, tu t'es bien fait attendre. » Sa méprise me réjouit, et, sans la tirer d'erreur, je pris le parti de contrefaire le bailli. Je m'établis en conséquence, et je donnai tous mes soins à le remplacer. Un ton de voix plus mâle sans doute que celui du bailli ne me permettait pas de feindre longtemps, la baillive en sentit la différence : « Mais…, dit-elle, cela n'est pas possible, il y a de l'extraordinaire dans cela… » Moitié chagrine, moitié surprise de la nouveauté du cas, elle tenta de déconcerter mon projet. Alors, quittant un masque inutile, et qui ne pouvait m'être avantageux : « Madame, lui dis-je, pouvez-vous méconnaître un homme qui vous adore, et qui défie en ardeur tous les maris du monde ? Ce n'est point à l'hymen de payer l'amour. Je vais cesser (ajoutai-je en continuant toujours), je vais cesser de poursuivre un bien qui fait tous mes vœux, si je ne le reçois de vous-même.

— Quoi ? c'est vous ? me répondit-elle, comment vous trouvez-vous ici ? Ah !… que je me fais bon gré… »

Mon discours avait fait sur elle l'impression que je pouvais désirer ; nous étions au point d'être également attendris et satisfaits : il n'y avait point de *reconnaissance* mieux conduite ni plus touchante. Mais quand les mouvements pathétiques se furent ralentis, ma délicatesse me fit trouver mauvais que la baillive eût cru se réveiller dans les bras d'un mari ; il me parut que ce titre pouvait me rendre jaloux avec succès. Je lui fis sentir à ce sujet tous les traits de dissemblance d'un époux et d'un favori. « En eſt-il de ces époux (ajoutai-je avec un nouveau transport), en eſt-il un qui vous aimât ainsi ? »

Je persuadais à la baillive que le droit était de mon côté ; elle ne négligea rien pour m'apaiser, elle fut au-devant de mes reproches, et me témoigna le plus vif repentir à différentes fois. Cependant, par opiniâtreté de sentiment, après des excuses qui m'avaient fait tant de plaisir et dont tout autre eût été fléchi, je tenais rigueur à la baillive, je ne pouvais lui pardonner de m'avoir confondu avec son mari. Elle désespéra de parvenir à me désarmer. « Je n'ai jamais vu tant de rancune, me dit-elle, et à quel propos ? Il me semble que ce mari, à qui vous en voulez, aurait un peu plus de raison de se plaindre. Rien ne vous peut toucher, j'y renonce. » Elle me dit ces paroles d'un ton de dépit, et me tourna le dos. J'avais été singulier, et je voulus l'être jusqu'au bout ; charmé de me trouver à lieu de prendre une route qui ne me fût point commune avec les maris, je saisis cette situation, je fus humble et soumis ; j'y gagnai beaucoup, et, au lieu qu'en ne voulant pas pardonner, j'avais occasionné notre rupture, en obtenant mon pardon, je rendis notre union intime, et notre plaisir accompli. Par une réflexion qui me survint alors, je portais envie à ces heureux inseɛtes que la chaleur du printemps fait éclore, qui ne déploient leurs ailes que pour se chercher mutuellement dans les airs, dont le sort enfin eſt de vivre et de mourir étroitement unis ; symboles de raison et de sagesse, seuls exemples du vrai bonheur. Quand ils ont rencontré ce bonheur, qui eſt la fin principale de leur être, il leur eſt permis de le goûter, autant qu'ils exiſtent ; aucun regret, aucune faiblesse ne rompent leur chaîne, le dernier inſtant de leur vie se perd dans le sein de la volupté. Ce que la nature indulgente, me disais-je à moi-même, leur accorde pour une si grande portion de la vie, elle ne fait que nous le montrer pour quelques inſtants. Si nous portons les lèvres à la coupe des plaisirs, ce ne peut être que par intervalles. Que ne nous laissez-vous, grands dieux, nous enivrer à cette coupe, et mourir dans l'ivresse ! Mais sans doute nous ne mourrions point ; le bonheur, porté au comble par sa continuité, épurerait notre nature, nous deviendrions dieux et immortels.

Je ne faisais jamais de réflexions que quand le cœur épuisé ne pouvait plus me fournir de sentiments ; le dégoût, quelques efforts que je fisse pour l'écarter, vint m'assiéger dans les bras de la possession : les agréments que j'avais idolâtrés s'évanouissaient, mes désirs s'étaient écoulés comme un torrent, je me trouvais seul, quoique avec la baillive, et accablé de ses caresses. Que devenait-elle à mon esprit ? Une femme ordinaire, imprudente, facile à vaincre, cédant par vanité autant que par faiblesse, et moins voluptueuse que livrée aux sens. Quel génie avait-elle ? Quelles ressources dans son entretien monotone ? La présidente savait mieux l'égayer, son esprit avait du tour, elle ne laissait jamais de vuides dans les amusements, elle prenait cent figures pour le badinage, sa variété la rendait presque toujours nouvelle. Il est vrai que l'intérêt de ses plaisirs, plus que la tendresse, était l'âme de ses mouvements. Elle mettait trop d'art où le beau naturel doit dominer, et l'on remarquait aisément qu'elle rapportait tout à elle. Coquette, et plus que coquette, on commençait avec elle par le plaisir, on continuait par l'illusion ; la connaissant mieux, on finissait par le mépris. Quelle comparaison je faisais de ces deux femmes avec mon aimable Éléonore ! Que le regret de leur avoir sacrifié était cruel à mon cœur ! Les transports qu'elles avaient excités en moi, les émotions que j'avais ressenties pour elles, me semblaient autant de crimes contre ma passion. Ah ! disais-je, ces preuves de tendresse, ces hommages qu'il m'a si peu coûté de prodiguer, ne devaient-ils pas être réservés pour le pur amour, pour le seul objet qui en est digne !

J'étais plein de l'idée d'Éléonore ; je me la représentais avec tous les charmes dont elle était pourvue ; ces yeux qui me reprochaient d'avoir oublié leur pouvoir, ce beau corps qui, en sortant des mains de la nature, avait été ma conquête, ces douceurs secrètes, ces faveurs sans prix, dont ma flamme avait été récompensée. Le sentiment de mon ingratitude ne fut pas le seul qui s'éleva dans mon âme, le véritable amour y rentrait dans tous ses droits ; j'éprouvai sa présence, je fus tout à coup embrasé ; je croyais être aux pieds d'Éléonore, je lui marquais, je lui prouvais le repentir de mes infidélités ; j'oubliais mes erreurs dans un abîme de plaisir… et j'étais dans les bras de la baillive ; mon retour à Éléonore était un nouveau crime.

La baillive recevait le tribut qui ne lui était pas destiné, et profitait d'une distraction qui aurait dû lui être si désavantageuse. Elle était comme ces parasites qui, se trouvant, par hasard, à une table qui n'était point préparée pour eux, dévorent les mets qu'un palais fin et délicat aurait savourés. L'avidité de la baillive me tira de l'imagination qui m'occupait. Ciel ! comment exprimer le dégoût, l'étonnement et le regret qui furent le fruit de mon réveil ! Une seule pensée me consolait. « Chère Éléonore, me disais-je, c'est votre idée qui vient de me rendre infidèle. » Mais, craignant que cette idée ne me fît d'autres surprises, je m'arrachai brusquement aux caresses de la baillive, et le jour paraissait quand je rentrai dans mon appartement.

Je fus à mon réveil voir le duc : « De mieux en mieux, dit-il, marquis. Vous êtes un homme prodigieux, on n'entend que le bruit de vos actions.

— Je viens, monsieur, lui dis-je, vous demander les Invalides[27].

— Il faut, reprit-il, me dire à cet effet vos moyens, et me faire le récit de vos dernières campagnes. »

Quand je lui en eus rendu un compte exact : « Marquis, me dit-il, je sais que des fatigues multipliées peuvent diminuer l'ardeur pour la gloire ; mais elles ne doivent pas y faire renoncer. Le sexe aurait trop de plaintes à me porter, si je vous accordais ce que vous me demandez ; tout ce que je puis, c'est de vous mettre en quartier de rafraîchissement auprès de la baronne de ***. Je ne crois pas que vous voulussiez faire tort à mon aumônier, dont vous occuperez la chambre. » Je remerciai le duc. Il plaignit l'état où je me disais réduit, et regretta fort qu'il n'y eût point de dévote au château. « À ce propos-là, marquis, il n'y a pas de remède plus souverain ; quand il ne réussit pas, les médecins doivent abandonner le sujet : il sort des dévotes une vertu qui régénère, c'est la véritable huile de Vénus. Au reste, on ne doit pas rougir d'une faiblesse à votre âge, ce n'est point dans cette saison qu'elles tirent à conséquence ; les jeunes gens renaissent de leurs cendres ! J'en connais de plus malheureux », ajouta-t-il en soupirant. À cette occasion il me fit l'histoire de ses propres faiblesses, et de tous les palliatifs dont il usait. « Jusqu'où va, dit-il, mon infortune ! Je ne cherche plus de consolation que dans le récit des plaisirs d'autrui ; semblable à ces vétérans qui, au coin de leurs foyers, entendent le détail d'un siège où ils n'ont pu se trouver, leur joie est mêlée d'amertume. La mienne est de cette nature. »

Il me proposa ensuite de me rendre auditeur des aventures nocturnes qu'on lui racontait. Je l'acceptai, et je me cachai sous une tapisserie quand on annonça le vicomte de L*** à qui j'avais résigné la présidente.

Le duc l'étonna autant qu'il m'avait moi-même étonné, par l'explication du mystère des sonnettes. L'ayant ensuite pressé de subir la loi ordinaire, le vicomte y satisfit ainsi : « Vous savez, monsieur, qu'on ne se trouve pas impunément vis-à-vis de la présidente ; elle a un manège de coquetteries sur lequel toutes ses actions, ses paroles, et ses regards sont concertés. Le goût du plaisir, qui est vif en moi, suffisait d'ailleurs pour m'engager dans une affaire avec elle. Rien n'a été si uni que de nouer entre nous, et de dénouer l'intrigue ; ce sont de ces galanteries de plain-pied, qui ne donnent pas la moindre difficulté ; mais la présidente voulait qu'il y en eût eu de ma part ; c'est une querelle assez bizarre qu'elle me fit d'abord dans le tête-à-tête. " Madame, lui dis-je, vous ne vous rendez pas justice, jamais les obstacles ne doivent être de notre côté ; je ne sais point me faire valoir plus que je ne vaux ; j'ai peu de mérite, les personnes avec lesquelles j'ai des liaisons y suppléent avec bonté ; vous avez sans doute connu des gens faits autrement que moi, qui vous ont donné des sentiments contraires ; je ne blâme point ces sentiments, mais il m'est impossible de m'y conformer. Tel que je suis, je vous prie de ne me pas dédaigner. " Peu à peu, la présidente goûta ma façon de penser, et même se gêna jusqu'à la trouver raisonnable. Les sonnettes vous ont appris le reste ; elles auront dit peu de chose, notre entretien a été assez court. Je suis ennemi des tracasseries. La présidente et moi ne nous convenant pas, nous nous sommes quittés sans regret, comme nous nous étions pris sans plaisir. »

Je fus charmé que le vicomte eût mortifié la présidente, et qu'elle eût été trompée dans ce qu'elle chérissait le plus. Le même matin j'entendis successivement de mon réduit plusieurs autres histoires, égales quant au fond, mais différentes par la tournure et les incidents. Comme elles n'ont point de rapport à la mienne, je les passe sous silence, me réservant d'en faire par la suite un recueil séparé.

Je reçus deux lettres, l'une d'Éléonore et l'autre du baron. Je tressaillis de joie quand je reconnus les caractères de la première ; elle contenait ce qui suit :

Vous dire que je vous aime, que rien n'égale mon ennui, depuis votre départ, que je n'ai jamais trouvé les jours si longs que les tristes jours où je ne vous vois plus, c'est ne dire qu'une même chose. Je ne me plains pas seule, vous avez les mêmes peines à souffrir ; elles sont moindres sans doute, puisque nous les partageons : mais quand finiront-elles ? quand rejoindrai-je mon corps à mon âme ? Vous êtes la mienne, vous êtes ma pensée, ma douleur et mon espérance. Que je suis attachée au baron ! Il approuve notre amour ; après vos lettres, je n'en ai jamais lu aucune avec tant de plaisir, ni tant de fois que celles où il me flatte que je me verrai enfin unie à vous. Quand je parle à ma mère, c'est du baron, et pour lui vanter ses bonnes qualités ; mais, dans tout cela, cher amant, c'est vous qui m'occupez, c'est vous que j'ai perdu, et que je brûle de retrouver. Ah ! que vous me charmez cette nuit ! aimable et tendre, comme le jour que je vous cédai, vous me répétiez mille fois, je vous aime ! Je vous écoutais, je vous voyais, vous égariez mes sens, vous m'enleviez tout ce que je voudrais vous donner au moment que je vous écris.

La lettre du baron me fit presque autant de plaisir.

On vous aime ici plus que jamais, et on vous aime beaucoup moins. C'est à vous d'expliquer cette énigme dans le sens le plus avantageux. Je m'applique à m'établir dans le cœur de la comtesse, et je remarque le progrès de mes soins. Mon rôle, dans tout ceci, n'est pas le moins intéressant, je travaille au bonheur de plusieurs. Encore quelques intervalles, et je ferai jouer d'autres machines. La comtesse sera bien difficile, si elle ne se rend à tout ce que je me propose de faire pour vous.

Je fis à ces deux lettres les réponses que me dicta ma joie. Dégoûté des intrigues, il me vint dans l'esprit de rédiger ces mémoires : puis-je mieux employer, me disais-je, un temps passé loin d'Éléonore, qu'à lui faire l'histoire de mon cœur ? Elle y verra quelque jour tout l'amour que j'eus pour elle ; elle y verra le pur sentiment, dès l'instant que je la connus, naître en moi, s'y fortifier par ses faveurs, y souffrir des altérations et des combats avec des passions tumultueuses quand je m'éloignai d'elle, et triompher enfin des mêmes passions, par le seul pouvoir de son idée. C'est à cette occupation que je donnais chez le duc les moments que je pouvais dérober au tourbillon des plaisirs sans cesse renaissants ; et j'étais parvenu à cet endroit de mes mémoires, quand un courrier du baron m'apporta la lettre suivante :

Soyez content, mon cher marquis, soyons-le tous deux ; nous allons posséder ce que nous aimons. La comtesse m'avait écouté, quand je lui avais offert mon cœur. Pour la déterminer, j'ai proposé de lui faire, et à sa fille, une donation égale de mes biens ; l'avantage considérable qu'il y avait pour elle dans cette proposition lui prouvait la force de mon amour, et la portait à me récompenser. Mais elle a voulu savoir quels motifs m'engageaient à frustrer mes héritiers, en donnant une partie de mes biens à sa fille ; elle me faisait même à ce sujet des représentations. J'ai saisi une occasion si favorable de lui découvrir votre amour pour Éléonore ; et, ne voulant pas, m'a-t-elle dit, être moins généreuse que moi, elle vous donne sa fille. Venez, mon cher marquis, on n'attend que vous pour un double hymen.

Je fus quelque temps immobile de plaisir. Reprenant mes sens, je volai chez le duc le remercier et je me jetai dans une chaise de poste.

J'arrive chez moi, j'embrasse mon père et le baron ; je cours à l'hôtel de Mme de Mongol, je la trouve, je veux lui rendre mille tendres actions de grâces ; je les interromps, parce que je vois entrer ma chère Éléonore ; nous tombons dans les bras l'un de l'autre, sans pouvoir proférer une parole.

Le baron entre, il voit ce spectacle, la comtesse et lui en sont attendris : aucun art, aucune expression ne peuvent atteindre ces scènes muettes.

Enfin les cérémonies s'accomplissent. L'amour allume deux flambeaux : puissent-ils brûler autant que je vivrai ! puis-je mieux achever la peinture du bonheur que par un désir[b] ?

Fin

Appendice iconographique

FRONTISPICE DE L'ÉDITION DE 1751

GRAVURES DE L'ÉDITION DE 1751

FÉLIX OU LE JEUNE AMANT
ET LE VIEUX LIBERTIN
FRONTISPICE DE L'ÉDITION DE L'AN XI [1803]

Que ne voient pas les yeux d'un amant ? Je l'étais déjà.

NOTICES, NOTES ET VARIANTES

GODARD DE BEAUCHAMPS

On sait peu de choses de la vie de Pierre-François Godard de Beauchamps. Né en 1689 à Paris et mort dans cette même ville en 1761, il fut surtout connu à son époque comme auteur dramatique. En témoignent la place que lui accorde la *Petite bibliothèque des théâtres* parue en 1787, et la notice biographique suivante : « On ne sait rien du tout sur sa famille, ni sur les trente premières années de sa vie ; ce ne fut qu'après avoir passé cet âge qu'il se fit connaître dans la carrière dramatique. Depuis 1718 jusqu'à 1731, il donna onze pièces, dont une à l'Opéra et dix au Théâtre-Italien.

« En 1733 [1743], il publia une traduction libre des *Amours d'Ismène et d'Isménias, roman grec*, attribué à Eustathius, évêque de Thessalonique, qui vivait dans le XIIe siècle, et qui a laissé d'excellents commentaires grecs sur Homère et sur Denys le Géographe[1].

« *Les Amours d'Ismène et d'Isménias* sont une espèce de poème épique en prose rempli d'aventures très intéressantes, parties tragiques et parties plaisantes. La traduction française en est fort répandue et a été réimprimée plusieurs fois[2].

« Beauchamps donna ensuite des *Recherches sur les théâtres de France*. Cet ouvrage parut en 1735, en un volume in-4 et en trois in-8[3]. Il y divise l'art

1. L'auteur est en fait Eustathius Macrembolite, dignitaire byzantin qui vécut au XIIe siècle, et non pas l'évêque de Thessalonique dont parle cette notice.

2. De 1729 à 1797, on n'en note pas moins de douze éditions différentes, dans les publications en séries de romans à la mode : *Bibliothèque de campagne*, *Bibliothèque universelle des dames*, *Bibliothèque des romans grecs*. Le roman imité ou traduit du grec bénéficie d'un engouement constant depuis les premières traductions d'Amyot au XVIe siècle. *Les Amours d'Ismène et d'Isménias*, bien que très inférieur aux modèles antérieurs qu'il copie en plus mal — à savoir *Les Éthiopiques* d'Héliodore et *L'Histoire de Leucippe et Clitophon* d'Achille Tatius — a été traduit et connu plus tôt que ceux-ci. En publiant ce roman, ainsi que *Les Amours de Rhodante et de Dosiclès*, Beauchamps suit cette tradition. Il adapte très librement dans les deux cas les versions françaises antérieures que Guillaume Colletet publia au XVIIe siècle. Théodore Prodromus (« le Fantassin ») est contemporain de Macrembolite (voir la bibliographie, p. 1040).

3. Le privilège que l'on trouve dans l'exemplaire in-4 des *Recherches sur les théâtres de France, depuis l'année onze cent soixante-un jusqu'à présent* (Paris, 1735) est daté du 18 novembre

dramatique chez nous en quatre âges : le premier, depuis Jodelle vers le milieu du XVIe siècle jusqu'à Garnier en 1573 ; le second, depuis Garnier jusqu'à Hardy en 1622 ; le troisième, depuis Hardy jusqu'à Pierre Corneille en 1637 ; le quatrième, depuis Pierre Corneille jusqu'à nos jours. Il remonte jusqu'aux mystères et aux moralités, et même jusqu'aux poètes provençaux, connus sous le nom de troubadours. Son dernier âge est ensuite subdivisé en Théâtre-Français, Théâtre de l'Opéra et Théâtre-Italien. Chaque partie est précédée d'un discours sur l'origine du genre qu'il y traite[1] ; et tout l'ouvrage contient des précis historiques et chronologiques sur les auteurs, l'époque de la première représentation de chacune de leurs pièces, la date de leurs éditions et quelques notices sur les principaux acteurs des différents théâtres. Nous avons continuellement occasion de consulter cet ouvrage et de le citer. Il est très utile à notre travail, ainsi qu'il peut l'être à tous les gens de lettres qui s'occupent d'art dramatique.

« Le dernier ouvrage que Beauchamps a publié, c'est une imitation en vers français des *Lettres d'Héloïse et Abailard*. Il la fit imprimer en 1737[2], en un volume in-8.

« Il avait encore composé onze comédies, qui ne furent jamais représentées, ni imprimées. [...]

« Nous ne croyons pas qu'il ait jamais été peint, ni gravé ; mais si son portrait avait été fait, on pourrait mettre en vers au bas :

Après avoir longtemps, non pas sans quelque gloire,
Cultivé le théâtre, en peignant nos travers,
Consacrant à cet art tous ses talents divers,
Beauchamps voulut encore en esquisser l'Histoire[3]. »

Devant la faible qualité de l'œuvre dramatique de Godard de Beauchamps, nous nous limiterons à quelques remarques. Notons, parmi ses premières œuvres, un *Ballet de la jeunesse* représenté à l'occasion du huitième anniversaire de Louis XV au palais des Tuileries le 16 février 1718 et exécuté « sous les ordres du duc d'Aumont, premier gentilhomme de la Chambre du roi, en exercice, et en présence de la duchesse de Berry, de Madame, du duc d'Orléans, régent, du duc de Chartres, du duc du Maine, du maréchal duc de Villeroy et des principaux princes et princesses, seigneurs et dames de la Cour[4] ». L'allégorie y est extrêmement

1728. Il évoque « notre bien-aimé sieur Pierre-François de Beauchamps, secrétaire de notre très cher cousin le maréchal duc de Villeroy » et porte sur « les œuvres diverses de sa composition, tant en proses [*sic*] qu'en vers ».

1. Par exemple : « Discours sur l'origine des spectacles en France » (Ire partie), « Discours sur la comédie française » (IIe partie), etc. Ces discours historiques ne brillent guère par la profondeur de leur vues et l'ensemble est surtout le fruit d'une patiente compilation. L'auteur assure ne pas avoir évoqué un ouvrage qu'il n'ait lui-même consulté. La *Biographie universelle* de Louis-Gabriel Michaud souligne à l'article « Beauchamps » « qu'il n'y fait guère *que copier servilement La Croix du Maine et Duverdier* ; et, pour les temps plus rapprochés, les gazettes littéraires » (t. III).

2. Mais la première édition date de 1714. Voir la bibliographie, p. 1041.

3. « Chefs-d'œuvre de Beauchamps », *Petite bibliothèque des théâtres*, contenant un recueil des meilleures pièces du théâtre français, tragique, comique, lyrique et bouffon, depuis l'origine des spectacles en France jusqu'à nos jours, Paris, 1787, p. 1-13.

4. *Ibid.*, p. 4.

simple : la Jeunesse et les Plaisirs entrent en scène, puis des bergers et des bergères ; la Folie fait l'objet de la troisième entrée, puis la Jeunesse accepte à la quatrième que celle-ci soit chassée par la Sagesse. Dans ses *Recherches sur les théâtres de France*, Beauchamps lui-même précise que « les auteurs de ce ballet l'avaient fait uniquement pour amuser le Roi dans son cabinet, et ne croyaient pas que l'on en dût faire un spectacle public » et qu'ils n'eurent « pas même le temps d'y rien changer[1] ».

La plupart des pièces de Beauchamps sont ainsi des comédies conventionnelles, d'un conformisme de style et d'intrigue reflétant l'élégante fadeur habituelle aux productions contemporaines du genre. D'ailleurs Beauchamps ne semble guère avoir été touché par le manque de succès de plusieurs de ces pièces. Dans l'Avis au lecteur de *La Mère rivale*, comédie en trois actes créée le 31 janvier 1729 au Théâtre-Italien et imprimée la même année, il écrit : « Le succès de cette comédie a été malheureux. J'ai fait voir, en la retirant dès la première représentation, que je savais me soumettre au public, dont tout auteur doit dire : " J'adore, en périssant, la raison qui l'aigrit. " S'il en coûte peu ou beaucoup à celui qui fait ce sacrifice, la chose le regarde seul[2]. »

En 1787, la notice de la *Petite bibliothèque des théâtres* juge encore bon de rééditer quatres comédies de Godard de Beauchamps (*Le Portrait*, *Les Effets du dépit*, *Les Amants réunis* et *L'Amant, auteur et valet*), et termine sa notice en mentionnant encore onze titres (parmi lesquels *Arlequin bel esprit*, *Arlequin qui ne veut rien être*, *Le Dissimulé*, etc.[3]). Il conclut néanmoins en disant « qu'on ne sait rien de plus sur toutes ces pièces[4] ».

Si rien de toute cette production ne manque vraiment d'esprit, aucun de ces textes ne présente un intérêt comparable à l'*Histoire du prince Apprius*. Il n'en est pas tout à fait de même du roman *Funestine* — « roman assez ingénieux » selon la *Biographie universelle* de Michaud. Cette histoire exotique du prince Formose — c'est-à-dire « beau » — et de la princesse Funestine — née extrêmement laide — fait la critique, sous les masques du conte de fées, de l'arbitraire du prince et des mœurs courtisanes — critique bien légère en l'occurrence, en parfait accord avec la futilité délibérée de l'intrigue. On ne s'étonnera pas d'entendre le narrateur, au début de la seconde partie, entonner l'air de la critique des mœurs et du peu de sérieux des productions du temps, mais sur un ton qui non seulement n'engage en rien l'auteur du récit, mais de plus absout d'avance ce qu'il est censé dénigrer : « On se plaint tous les jours du trop grand nombre de livres futiles qui inondent la ville et les provinces, on a raison de s'en plaindre. Que renferment-ils pour la plupart ? Des riens allongés en plusieurs parties, des idées vagues, des intrigues rebattues, où l'ima-

1. Le livret écrit par Beauchamps est conservé à la Réserve de la BNF (Rés. Yf. 1859), dans une plaquette de quinze pages publiée en 1718 « par exprès commandement de sa Majesté ». Il se termine par ces vers, s'adressant au jeune roi : « Profite aimable enfant des plaisirs de ton âge / Tandis que consacrant ses soins à tes Etats / Un Héros affermi soutient ton Diadème. »

2. « Chefs-d'œuvre de Beauchamps », p. 10.

3. Voir la bibliographie, p. 1040.

4. Ajoutons que pour établir cette liste le rédacteur de la notice s'appuie dans ses recherches sur l'étude de Beauchamps lui-même, puisque l'auteur des *Recherches sur les théâtres de France* n'a pas oublié de s'accorder une place dans son ouvrage.

gination manque autant que le jugement, et dont la lecture n'a rien qui dédommage du temps qu'on perd à les parcourir. On néglige l'instructif pour l'agréable. Qu'en arrive-t-il ? On reste ignorant, et l'on s'ennuie. Il faut moins s'en prendre aux auteurs qu'au goût général. Tel ne fait que des bagatelles, qui serait capable de faire d'excellentes choses ; mais il veut être lu, peut-être aussi veut-il vivre. Un ouvrage sérieux n'est guère connu que de son auteur ; les seules frivolités sont à la mode, le sexe les aime et les dévore, le petit-maître les apprend et les débite, le magistrat en fait son étude, le guerrier s'en délasse, le philosophe… j'ai honte de le dire, le philosophe s'en amuse. Je suis entraîné par le torrent, je fais un conte de fées. Je le donne, sauf à ne pas attendre qu'on me blâme en me blâmant moi-même le premier[1]. »

Tour à tour attrayant et ennuyeux, ce conte est écrit dans un style très proche de celui de l'*Histoire du prince Apprius*. Godard de Beauchamps y fait un usage similaire des procédés allégoriques et des anagrammes, sans aller jusqu'à faire dépendre l'ensemble du récit d'un jeu d'écriture, comme c'est le cas dans notre texte. Certains épisodes de *Funestine* ressemblent fortement aux aventures d'Apprius[2]. Ce conte est en fait une interminable suite d'intrigues entres bons et mauvais génies, dont la narration est si décousue que l'histoire en devient proprement irracontable — tout comme le serait l'*Histoire du prince Apprius* si le texte n'était pas structuré par les principes que nous dégageons dans notre Notice. Cependant, sous ces apparences de frivolité, il n'en est pas moins moralisant, puisque c'est par l'ouvrage de Vertu que Funestine devient belle, et peut alors subjuguer Formose en quelques pages faciles. On pourrait donc considérer cette allégorie des facultés et des passions travestie en fiction[3] comme un reflet inversé de l'allégorie priapique.

On voit donc que, d'un texte à l'autre, Godard de Beauchamps maintient certains procédés d'écriture, mais qu'il abandonne apparemment l'obscénité pour la vertu. Une telle ambiguïté n'a rien d'exceptionnel pour l'époque. Il suffit de penser à Claude de Crébillon, censeur royal[4], qui distribue les approbations, les privilèges et toute une gamme de permissions nécessaires à la publication officielle d'un ouvrage.

Quoi qu'il en soit, Godard de Beauchamps semble prendre plaisir à changer de masque. C'est déjà s'avancer masqué que de présenter l'histoire du prince Apprius comme étant de la plume d'un certain Messire Esprit. Ce faisant, il brouille sciemment les pistes, puisque le nom renvoie à Jacques Esprit (1611-1678), ami intime de La Rochefoucauld et auteur d'un traité moraliste, *La Fausseté des vertus humaines*, qui parut l'année de sa mort[5].

1. *Funestine*, Paris, 1737, p. 85-87.
2. Comme l'épisode de la campagne du roi Embarcès (p. 248 et suiv.), qui ressemble à s'y méprendre aux campagnes guerrières du prince Apprius.
3. C'est le cas du discours moraliste de *Docilité révélant son caractère* à Funestine au *début de la troisième* partie (p. 195-207) sous le mode d'un petit traité des passions utilisable en toute occasion ; ou de la seconde partie, qui contient une « Histoire de Vertu et d'Imagination » dans « un pays délicieux que l'on appelle Thyas » (p. 87).
4. Voir la notice sur Claude de Crébillon, p. 1068.
5. Le masque a fait long feu, puisque le Catalogue général imprimé de la BNF attribuait encore ce texte à Godard de Beauchamps il y a peu de temps. Nous disposons d'une réédition du texte, précédée d'une préface de Pascal Quignard (Aubier, 1996).

À défaut d'avoir écrit ce traité de moraliste qu'on lui a longtemps attribué, Godard de Beauchamps commence dans les années 1730 une nouvelle carrière de censeur. Un ordre du roi daté du 24 juin 1737 le nomme inspecteur de la Librairie, ce qui revient à le promouvoir à l'inspection générale de la censure. Le texte de la nomination dit que « Sa Majesté étant informée qu'il se commet plusieurs abus dans le commerce des livres, même dans la visite des balles, ballots et paquets qui se fait en la Chambre syndicale des Imprimeurs et Libraires de Paris, tant par des particuliers que par les syndics et adjoints de la Librairie, soit par défaut d'attention de leur part, soit qu'ils profitent de la liberté qu'ils ont de visiter seuls lesdites balles ; ce qui donne lieu à l'introduction et à la vente et distribution d'une infinité de livres prohibés par des règlements, [...] a commis et commet le sieur de Beauchamps pour être présent à l'ouverture de toutes les balles, ballots et paquets contenant des ouvrages d'impression et à la visite qui en sera faite par lesdits syndics et adjoints les mardi et vendredi de chaque semaine, lequel rendra compte à la fin de chaque visite au sieur lieutenant général de police des livres qui se seront trouvés dans lesdites balles[1]. »

Il semble d'ailleurs que Beauchamps ne s'acquitte pas de sa tâche comme il le devrait. Sa nomination ne fait guère le bonheur des censeurs inspectés et elle n'est pas sans remous. Ceux-ci reprochent à Beauchamps d'avoir été nommé par « motif d'intérêt » et de mal accomplir ses fonctions : « Communément fatigué par des excès de quelques long repas, il se livre à l'assoupissement, quelquefois se dispense de la visite. » Et même d'avoir « à plusieurs fois offert à prix d'argent sa protection pour imprimer certains livres prohibés[2] ». Un rapport du 12 mars 1751 laisse d'ailleurs entendre le peu d'efficacité inhérente à son rôle, « soit par la négligence de l'inspecteur qui n'est pas fort exact aux assemblées [...], soit par l'adresse des officiers qui le trompent alors même qu'il est présent[3] ».

C'est tout ce que l'on peut savoir de la vie de l'auteur de l'*Histoire du prince Apprius*, qui mérite donc moins d'être retenue que le livre lui-même, dont l'intérêt transcende bien autrement les circonstances de son écriture que l'existence de l'auteur celles de son époque.

JEAN-PIERRE DUBOST.

1. Cité par Françoise Weil dans *L'Interdiction du roman et la Librairie. 1728-1750*, Aux Amateurs de livres, 1986, p. 183 et suiv. Dans cet ouvrage, on trouve aussi des documents sur le fonctionnement de cette inspection, qui consistait à contrôler les ballots de livres entrant à Paris de province ou de l'étranger.

2. *Ibid.*, p. 186.

3. *Ibid.*

BIBLIOGRAPHIE

ŒUVRES DE GODARD DE BEAUCHAMPS

Œuvres romanesques.

Histoire du prince Apprius, etc. Extraite des Fastes du monde, depuis sa Création. Manuscrit persan trouvé dans la bibliothèque de Shah-Hussain, roi de Perse, détrôné par Mamouth en 1722. Traduction française par Messire Esprit, gentilhomme provençal servant dans les troupes de Perse. Imprimé à Constantinople [Paris]. L'an 1728.

Funestine, Paris, Prault père, 1737. Nouvelle édition : Genève, 1786.

Les Amours de Rhodante et de Dosiclès, traduction du grec de Theodorus Prodromus, s.l., 1746. Nouvelle édition dans la *Bibliothèque des romans traduits en français*, Paris, de l'Imprimerie de Guillaume, an V [1797].

Les Amours d'Ismène et d'Isménias, À La Haye [Paris], 1743. Nouvelle édition : Genève, 1782.

Œuvres dramatiques.

Les Effets du dépit, comédie en un acte, créée à l'Hôtel de Bourgogne, le 21 avril 1717. Paris, G. Desprez, 1778.

Ballet de la jeunesse, représenté devant le Roi, dans le palais des Tuileries, au mois de février 1718, de la composition de M. de Beauchamps pour les paroles, de MM. Matot et Alarius pour la musique, et de M. Ballon pour la danse. Paris, Balland, 1718.

Le Bracelet, comédie en un acte, en prose, représentée au Théâtre-Italien le 20 décembre 1727, non imprimée. (Selon le *Mercure de France* de ce même mois, deux représentations seulement auraient eu lieu, dont « aucun historien dramatique, pas même Beauchamps, n'a parlé ».)

Le Jaloux, comédie en trois actes, en prose, précédée d'un prologue, représentée par les Comédiens italiens ordinaires du Roi, le 23 décembre 1723. Paris, Briasson, 1732.

Le Portrait, comédie en un acte, en prose, créée au Théâtre-Italien, le 9 janvier 1727. Paris, G. Dupuis, 1728.

Les Amants réunis, comédie en trois actes, en prose, créée au Théâtre-Italien, le 26 novembre 1727. Paris, G. Dupuis, 1728.

La Mère rivale, comédie en trois actes, en prose, créée au Théâtre-Italien, le 31 janvier 1729. Paris, Simart, 1729.

La Fausse Inconstance, comédie en trois actes, en prose, créée au Théâtre-Italien, le 14 février 1731, non imprimée.

Au dire de Godard de Beauchamps lui-même (*Recherches sur les théâtres de France*), il aurait encore composé un certain nombre de comédies qui n'ont « jamais été représentées ni imprimées : *Arlequin bel esprit* ; *Les Exilées* ; *Arlequin, Gusman d'Alfarache* ; *L'Heureuse Surprise* ; *Arlequin qui ne veut rien être* ; *Il n'y a qu'un ménage de gâté* (proverbe en un acte, en vers) ; *Œdipe, sixième du nom, parodie de l'« Œdipe » de La Motte* (un acte, en vers) ;

Elvire et don Pedre ou la Force des premières inclinations ; *Le Dissimulé* ; *Prométhée* (un acte, vers libres, avec divertissements) ; *L'Empereur du Japon* ».

Œuvres littéraires et essais.

Lettres d'Héloïse et d'Abailard mises en vers français, Paris, J. Étienne, 1714. Nouvelles éditions : Paris, 1721, 1737, 1777, an IX [1795], 1820, 1841.
Recherches sur les théâtres de France, depuis l'année onze cent soixante-un jusqu'à présent, Paris, Prault père, 1735.

Éditions de l'« Histoire du prince Apprius ».

Histoire du prince Apprius, etc. Extraite des Fastes du monde, depuis sa création. Manuscrit persan trouvé dans la bibliothèque de Shah-Hussain, roi de Perse, détrôné par Mamouth en 1722. Traduction française par Messire Esprit, gentilhomme provençal servant dans les troupes de Perse. Imprimé à Constantinople [Paris]. L'an 1728. Édition sans clef, BNF, cote Enfer 233. C'est l'édition retenue. Une main a annoté sur la page de titre les mots suivants : « de Beauchamps ». Selon Françoise Weil (*L'Interdiction du roman et la Librairie*, p. 443), cet exemplaire pourrait provenir d'une imprimerie parisienne.
Histoire du prince Apprius [...]. À Constantinople [Lyon ?]. L'an 1728. Édition sans clef, Londres, British Library, cote 12330. bb. 20.
Histoire du prince Apprius [...]. À Constantinople [Lyon ?], 1729. Clef renversée, BNF, cote Enfer 234 et Bibliothèque municipale de Rouen, cote Leber 2507.
Histoire du prince Apprius [...]. À La Haye, chez Jacques van den Kieboom, 1729. Avec une clef.
Histoire du prince Apprius [...]. À Constantinople. L'année présente. Avec une « clef des Mots » manuscrite, British Library, cote 1093 f. 7 et Bibliothèque municipale de Lyon, cote B 508 778. Cette édition date peut-être de 1730 selon S. P. Jones (*A List of French Prose Fiction. From 1700 to 1750*, New York, 1939). Ici aussi, une main a annoté sur la page de titre de l'exemplaire de la British Library : « de Beauchamps ».
Histoire du prince Apprius [...]. À La Haye, chez Jacques van den Kieboom, 1748. Avec une clef, British Library, cote 1607/3321. La Bibliotheque municipale de Lyon en possède un exemplaire, cote 357006, ainsi que celle de Dijon, cote 8048.
Histoire du prince Apprius [...]. À La Haye, chez Jacques van den Kieboom, 1763.
Histoire du prince Apprius [...]. À La Haye, chez Jacques van den Kieboom, 1764. Avec une clef, British Library, cote 12512. b. 20.
Histoire du prince Apprius, dans *Les Aphrodisiaques, recueil de romans libres, rares et singuliers*, Paris, Mercier, 1797.

Notons l'existence d'une traduction anglaise : *History of King Apprius*. Traducted from the Persian Manuscrits found in the Library of Shah-Hussain by a Gentleman who serv'd in the Persian Armies, Dublin, G. Faulkner & J. Hoey, 1728.

ÉTUDES SUR GODARD DE BEAUCHAMPS

DUBOST (Jean-Pierre), « Anagramme des Begehrens : *Histoire du prince Apprius* », *Eros und Vernunft. Literatur der Libertinage*, Francfort, Athenäum, 1988, p. 68-75. Il n'existe à ce jour aucune étude concernant la vie et l'œuvre de Godard de Beauchamps, mis à part ce chapitre consacré à l'*Histoire du prince Apprius*.

WEIL (Françoise), *L'Interdiction du roman et la Librairie, 1728-1750*, Aux amateurs de livres, 1986. Le contexte dans lequel Godard de Beauchamps a exercé ses fonctions de censeur est parfaitement décrit (p. 183 et suiv.).

HOBOHM (Hans Christoph), *Roman und Zensur zu Beginn der Moderne. Vermessung eines sozio-poetischen Raumes. Paris 1730-1744*, Francfort et New York, Campus Verlag, 1992. Cette thèse sur la censure dans la première moitié du XVIIIe siècle contient quelques renseignements supplémentaires sur l'activité de censeur de Godard de Beauchamps.

HISTOIRE DU PRINCE APPRIUS

NOTICE

En cette année 1728, où paraît anonymement l'*Histoire du prince Apprius*, l'abbé Prévost publie le premier volume des *Mémoires d'un homme de qualité* ; une édition de *La Henriade* de Voltaire a lieu à Londres. Un an auparavant est parue la traduction des *Voyages de Gulliver*. Marivaux semble infatigable[1]. Montesquieu a publié en 1721 les *Lettres persanes*, en 1725 *Le Temple de Gnide*, en 1727 son *Essai sur le goût*. L'*Histoire de Gil Blas de Santillane* est en gestation, et il y a neuf ans déjà que la parution des *Réflexions critiques sur la poésie et la peinture* de l'abbé Dubos ont inauguré une nouvelle ère de la sensibilité esthétique et intellectuelle. Le XVIIIe siècle est donc bien engagé, et l'histoire du roman est en train de subir une mutation dont témoignent les ouvrages ci-dessus évoqués.

Mais que lit-on et à quoi s'intéresse-t-on en cette fin des années 1720 ? On pourrait croire que la nouvelle sentimentale et historique, que le conte de fées, apparus dans les deux dernières décennies du siècle précédent, sont désormais passés de mode[2]. Peut-être faudrait-il dire plus justement que le genre du conte est en train de s'adapter à de nouveaux contenus : mode orientale, critique des institutions, ton et contenus

1. *Le Spectateur français* paraît de 1721 à 1724, et de 1722 à 1730 une dizaine de ses pièces sont créées, de *La Surprise de l'amour* au *Jeu de l'amour et du hasard*.

2. En ce qui concerne les contes de fées, Antoine Adam écrit dans son *Histoire de la littérature française au XVIIe siècle* : « […] rapidement, la mode tomba. En 1702, elle n'était plus qu'un souvenir » (t. V, p. 318).

« galants ». Jacques Rosel de Beaumont exprime parfaitement ce dernier trait quand il écrit au début de l'Avertissement de ses *Œuvres mêlées* que « les recueils de contes n'annoncent d'ordinaire que des aventures galantes[1] ». On pourrait dire que cela n'est pas nouveau, puisque les *Contes* de La Fontaine ont paru bien plus tôt, au XVIIe siècle. Mais le ton galant se généralise à ce genre littéraire, dans le premier tiers du XVIIIe siècle, comme le montre d'ailleurs la grande fortune de ces *Contes* tout au long de l'âge classique, et surtout le soin que l'on a mis à les illustrer. Parallèlement, l'audience des contes de fées ne faiblit pas, et les multiples rééditions en série des œuvres de Perrault ou de Mme d'Aulnoy dans *Le Cabinet des fées* le prouvent. L'*Histoire du prince Apprius* s'inscrit dans un rapport d'imitation et de transformation de la mode du conte.

Il suffit d'ouvrir l'*Histoire d'Hypolite, comte de Duglas*, de Mme d'Aulnoy, à l'endroit où est insérée l'histoire de l'Île de la Félicité, laquelle a précisément inauguré en 1690 la mode des contes de fées, pour s'apercevoir que Godard de Beauchamps a repris certaines situations, et qu'il a délibérément voulu provoquer chez son lecteur la surprise en le conduisant d'abord sur un terrain connu. Comparons par exemple cet extrait de l'*Histoire d'Hypolite* : « Un jour qu'il [le prince Adolphe] y était avec une grande suite, il se laissa tellement emporter à sa belle ardeur que se trouvant dans la forêt et courant des routes différentes, enfin il se perdit ; il s'aperçut qu'il était tard, qu'il ne connaissait point le lieu où il était [...]. Il jeta les yeux de tous côtés et il aperçut dans un lieu élevé quelque lumière, il y tourna ses pas [...][2]. » Et celui-ci, de notre texte : « En attendant qu'il fût de retour le roi se fit donner un cheval pour aller à la promenade. Insensiblement il s'écarta de sa suite : un orage le surprit. Quelques arbres s'offrirent, il fut s'y mettre à couvert. Il n'y avait pas été un quart d'heure que, le ciel étant éclairci, il aperçut à quelques pas de lui une grotte d'une structure singulière qui excita sa curiosité. Il s'en approcha[3] [...] »

Mais le texte fait signe par bien d'autres aspects encore vers le contexte des productions narratives dans lesquelles il s'inscrit, ou, pour mieux dire, dans lesquelles il tente de se fondre — ne serait-ce que par son titre, qui est bien dans l'air du temps : les histoires de princes et de princesses abondent dans les deux premières décennies du XVIIIe siècle — *Le Prince de Maurétanie* (1697) de Perrault, l'*Histoire de la princesse Estime* (anonyme, 1709), *Les Aventures du prince d'Éthiopie* (1708) de Le Noble, etc. Les princes du jour sont persans, arabes, napolitains, maurétaniens, vandales, tartares. L'exotisme fait bon ménage avec la galanterie, et toutes ces histoires sont des histoires d'ailleurs, elles renvoient à ce qui n'est ni ici, ni maintenant — à un *u-topos* que le récit préfère exposer sous le mode de l'aventure, du voyage, du déplacement. C'est pourquoi les histoires de princes bizarres abondent autant que les relations géographiques et historiques de terres et de royaumes lointains, fictives ou non. Victor Segalen le souligne dans son *Essai sur l'exotisme* : l'exotisme peut être dans

1. *Œuvres mêlées contenant diverses pièces en prose et en vers et un grand nombre de contes*, Amsterdam, 1722.
2. *Histoire d'Hypolite, comte de Duglas*, Bruxelles, 1699, p. 263.
3. Voir p. 20.

le temps et dans l'espace culturels, et il se condense dans la sexualité[1]. Qui ne sait mettre en balance l'ailleurs et la mode, ménager frivolité et érudition, ne peut guère espérer se faire une place au soleil. Il faut donc à la fois amuser, séduire, pervertir un peu, et répondre à la demande de savoir — de *lumières*.

La gent libertine (appelons-la ainsi, faute de concept capable d'en exprimer les nuances) occupe dans ce jeu une place tout à fait originale. Elle se fait un défi de maîtriser à la fois la séduction et la science, mais chez elle la « volonté de savoir », que Michel Foucault désigne à juste titre comme la figure positive de la sexualité occidentale, est en tout dépendante de la séduction. *Se-ducere*, mener son lecteur au but par un détour, mais en faisant du détour le but de la manœuvre, telle est la méthode. Le but est la sexualité comme savoir, mais le détour est à la fois méthode stratégique, stratégie sociale de camouflage et de clandestinité et, en fin de compte, finalité suprême. Séduire et instruire, voilà la devise, au lieu du très classique « plaire et instruire ».

Déjà, le deuxième poème des *Carmina Priapea*[2] annonçait la méthode :

C'est en jouant que j'écris, Priape, tu m'en es témoin.
Ces poèmes, dignes d'un jardin
Et non d'un livre,
Sans grande peine […].

L'impératif de désinvolture est, depuis l'Antiquité, le maître mot d'un art poétique de l'expression érotique mêlée de dérision. Il en est le fil rouge, malgré toutes les grandes ruptures culturelles et historiques, de Lucien à l'Arétin, jusqu'au libertinage érotique de l'âge classique, souterrain au XVIIe siècle[3] puis de plus en plus tapageur au XVIIIe siècle. Avec lui, l'érotisme devient profondément sophiste, et le rapport du savoir et de la volonté de savoir est placé sous le signe d'une écriture ludique et iconoclaste.

Mais de qui et de quoi s'agit-il dans cette *Histoire du prince Apprius* ? Rien de plus révélateur que le point de vue des contemporains. On trouve dans la *Bibliothèque universelle des romans* de février 1786 un compte rendu critique de l'*Histoire du prince Apprius* que nous reproduisons ici : « Laissons encore pour un instant les historiettes d'amour : c'est toujours la même chose, toujours un jeune héros beau comme le jour, et une héroïne plus charmante que Cypris, qui entrent en scène. Un coup d'œil réciproque suffit d'abord pour vaincre ces deux fiers courages ; et soudain chaque sexe prend le caractère qui lui convient. Le héros ayant plus à gagner, devient entreprenant ; la belle ayant plus à craindre, se met sur

1. *Essai sur l'exotisme. Une esthétique du divers*, Fontfroide-le-Haut, Fata Morgana, 1978, p. 19 et suiv.

2. On a l'habitude de nommer par ce nom un recueil de poèmes priapiques de l'époque hellénistique longtemps considéré comme provenant de plusieurs auteurs, mais que les spécialistes attribuent aujourd'hui à un seul auteur anonyme. C'est nous qui traduisons à partir de l'édition de Christiane Goldberg, Carl Winter Universitäts Verlag, Heidelberg, 1992.

3. Voir Michel Loude, *Littérature érotique et libertine au XVIIe siècle*, Lyon, Aléas, 1994, et mon *« Académie des dames » ou la Philosophie dans le boudoir du Grand Siècle*, Philippe Picquier, 1999.

la défensive. La force l'emporte toujours ; et le vaincu, qui n'est pas trop fâché de sa défaite, se rend d'assez bonne grâce. À ce fond banal, joignez le grand art de l'intérêt, un peu de jalousie, quelques situations ; parsemez la carrière d'obstacles ; mêlez à tout cela quelques coups d'épée, un père difficile, et tous les détails banaux que personne n'ignore, vous ferez un roman qui ressemblera à beaucoup d'autres.

« Le genre allégorique est un peu difficile, mais il est froid : il faut se donner de la peine pour l'entendre, et c'est ce que nous n'aimons point. Cependant nous osons annoncer d'avance deux allégories anciennes, écrites en latin, et qui n'ont jamais paru en français. Ces deux ouvrages-là étonneront sûrement nos lecteurs ; nous n'en disons pas d'avantage à présent : quant à celle-ci, nous ne pouvons que l'indiquer. En effet, voici ce que l'abbé Lenglet en dit, page 321 de la *Bibliothèque des romans*[1], t. II : " On attribue cette petite pièce à un galant homme qui s'en défend. C'est l'histoire du dieu Priape ; mais il faut, ajoute-t-il, en avoir la clef ; sans quoi ce n'est rien. " C'est du moins un ouvrage très libre, et plein d'équivoques grossières.

« À ces mots seuls, on sent que notre analyse sera courte, ou plutôt que nous n'en ferons point[2]. »

L'auteur de ce compte rendu n'a pas tort : le « contenu » de l'histoire est d'une grande banalité. En effet, si le sens que masque le récit n'était pas ce qu'il est, c'est-à-dire l'évocation de Priape dans tous ses états, le texte ne serait qu'un mélange des genres, évoqués plus haut, les plus en vogue en ce premier tiers du siècle. Il ne serait qu'un brillant pot-pourri, un de ces récits insipides fort courants, où le summum de la dextérité revient à exacerber le culte du « petit rien ». Godard de Beauchamps lui-même n'a-t-il pas cédé aux facilités du genre en écrivant *Funestine*[3] ?

Que « raconte » alors ce récit d'Apprius, prince du royaume des Sicers et de la province des Celulois — ou plutôt que raconterait-il s'il n'était que cela ? Apprius commence par céder à l'insouciance d'une jeunesse comblée. Mais ni la perfection de sa personne ni le luxe de son état ne peuvent lui donner ce qui est la valeur suprême du siècle, à savoir le bonheur. Son conseiller Danbre lui suggère d'aller à la découverte de l'île de Taliélaré. À la suite d'un naufrage, le prince se trouve accueilli par la reine Mina, au royaume des Dotigs. Mina essaie de retenir Apprius, en vain. Celui-ci s'égare en chassant sur les terres de Brularnes, puis devient l'otage du prince Lucanus. Mais Apprius s'ennuie de l'hospitalité trop pressante de Lucanus et finit par quitter son royaume sur l'incitation de Lugane entrevue comme en songe. Celle-ci lui fait comprendre que son bonheur est dans les bras de la princesse Monilne. Apprius quitte le royaume de Lucanus qui a essayé de le retenir en lui proposant le commandement de ses troupes. Lucanus donne ordre de poursuivre Apprius et, après avoir mis en déroute leurs ennemis et surmonté toutes sortes de cabales, Monilne et Apprius se marient.

Jamais notre attention n'aurait été attirée sur ce texte, si le récit n'était

1. Il ne s'agit en fait pas de la *Bibliothèque universelle des romans*, d'où provient ce compte rendu, mais de la seconde partie de l'ouvrage de l'abbé Lenglet-Dufresnoy, paru en 1734 sous le pseudonyme Gordon de Percel, et plus connu sous le titre : *De l'usage des romans.*
2. *Bibliothèque universelle des romans*, février 1786, p. 179-181.
3. Voir p. 1037.

que l'habile habillement d'une intrigue aussi commune. Mais, précisément, un tel résumé ne servira en rien à la compréhension du texte, puisque le procédé d'écriture sur lequel il repose fait que l'*Histoire du prince Apprius* est tout autre chose qu'une histoire banale, dont le bien-dire rachèterait la pauvreté d'intrigue. C'est là un jugement sévère : non pas que le texte se lise sans intérêt, mais il n'y a pas d'autre intérêt à cette histoire — tant que l'on ne prend pas en compte la duplicité qui découle du jeu d'écriture, et qui en est la raison d'être — que l'habileté avec laquelle Godard de Beauchamps s'amuse à pratiquer les redites, même si le *glissando* grâce auquel les nombreuses récurrences finissent par tisser l'essentiel de cette histoire dénote un certain talent. En effet, le récit ajoute bout à bout de petits pastiches si finement alignés que l'on risquerait bien d'en être dupe.

Voici d'abord le ton des chroniques des Grands, le genre des anecdotes galantes de la vie de cour et des histoires secrètes, genre essentiellement représenté par Courtilz de Sandras, Catherine Bédacier-Durand, Mlle de La Roche Guilhem, etc., et fort prisé au moment où paraît le texte : « À peine eut-il douze ans que les courtisans, toujours les yeux ouverts sur leurs princes, toujours attentifs à suivre, à étudier leurs démarches pour en profiter, s'aperçurent qu'il était capable de se laisser gouverner par un favori. Il y eut de tous côtés des brigues secrètes, des sollicitations ouvertes pour cette place importante. Le roi cependant ne se déterminait point. Son indécision tenait les esprits en suspens ; les biens qu'on attend agitent presque autant que les maux qu'on souffre. Tel était l'état de la Cour, lorsqu'on fut tout étonné qu'un matin à son lever on sut qu'il avait choisi le prince Danbre. Ce fut aux aspirants à se soumettre à la volonté du maître et à rechercher les bonnes grâces du favori. / Ce prince, fils de Livacguver et de Plecuanissa, était souverain de la province des Celulois, nation indépendante des Siders, mais leur alliée, et qui de tout temps servit de troupes auxiliaires dans leurs armées[1]. »

Puis l'on passe sans transition à l'imitation du récit de voyage. « Les Celulois sont petits, mais vigoureux, presque toujours en colère et en action ; l'activité de leur tempérament les ride et les vieillit de bonne heure. Il y a une union si parfaite, une dépendance si nécessaire entre eux et le prince, qu'ils ne peuvent rien sans lui, qu'il ne peut rien sans eux. L'amitié est d'un si grand usage chez ce peuple qu'il est inouï qu'un Celulois ait abandonné son ami. La mort seule ou la violence peut les séparer. Toujours l'un avec l'autre, ils partagent leurs fatigues et leurs plaisirs. Cette intelligence fait leur gloire et leur force[2]. »

Mais c'est pour verser de nouveau dans le genre de la nouvelle historique et sentimentale : « La jalousie suit de près la faveur. On disait de lui qu'il n'avait que le mérite de la nouveauté ; que c'était un jeune audacieux qui ne voyait rien d'impossible, un étourdi qui n'écoutait que sa folie, que son emportement ; qu'il précipiterait le roi dans quelque excès nuisible à sa santé, ou honteux à sa gloire ; que Gatimonnilia (car c'était elle qui, non contente de l'avoir introduit à la Cour, l'avait fait *connaître* à Apprius) serait la première à se repentir de son ouvrage ; qu'il

1. Voir p. 6-7.
2. Voir p. 7.

la détruirait dans l'esprit du prince pour y régner seul. On se trompa. Il a toujours vécu parfaitement bien avec elle ; il servit toujours si bien son maître qu'il en fut aimé sans interruption jusqu'à la mort, et que sa perte lui coûta des regrets infinis. Touchons quelque chose de son caractère[1]. »

Ce serait être injuste de dire que Godard de Beauchamps se contente de coller bout à bout des centons. Car on perçoit que son but, loin de viser la reconnaissance grâce à un ouvrage conforme au ton à la mode, est de soutenir le défi d'un pari d'écriture du début à la fin. En ce sens, réhabilitons ce littérateur de peu d'envergure. Le coup de génie de ce texte est de s'être donné une contrainte, qui pourrait être formulée en ces termes : « Imitez les intrigues des contes dont le public est si friand, mais faites en sorte que le récit se lise de la première à la dernière phrase indifféremment comme un texte obscène particulièment cru ou comme le plus anodin des récits d'aventure amoureuse et guerrière. N'en dites rien surtout, et faites dépendre le rapport du premier au second registre d'un jeu d'anagrammes. »

Car enfin, Apprius c'est Priapus, Danbre bander, Lucanus cul-anus, les Siders sont les désirs, Taliéraré la réalité, etc. Sous ses apparences de futilité il s'agit d'un texte « très libre », tellement libre que l'auteur du compte rendu cité plus haut préfère s'en tenir au silence. Il fut donc considéré comme un livre condamnable et fut l'objet de la censure. Ce qui ne l'empêchera pas de largement circuler[2].

Quel grief a-t-on pu invoquer pour interdire la publication de l'*Histoire du prince Apprius* : ses obscénités subliminales ? ou ce qui semble être un attentat à l'honneur du duc d'Orléans, le Régent caricaturé sous les traits d'Apprius ? Depuis Joseph-Marie Quérard[3] jusqu'à Pascal Pia[4], le texte est en effet traditionnellement interprété comme un pamphlet politique, opinion que ne partageait pas Charles Nodier. Dans le *Catalogue des livres rares et précieux et de la plus belle condition composant la bibliothèque de M. G. de Pixerécourt*, on trouve en effet la notice suivante signée par Paul Lacroix : « Beauchamps s'est toujours défendu d'être l'auteur de ce roman satirique, qui fut poursuivi et supprimé lors de sa publication. Nous avions cru trouver une allusion au Régent dans le personnage de Priapus ou Apprius » ; et en note : « Nous citerons à l'appui de cette supposition

1. *Ibid.*

2. On peut lire les registres des saisies de la chambre syndicale et voir ainsi à la date du 9 novembre 1728 : « Arrêté du même jour 150 *Aprius* venus dans la malle de M. le marquis de Ricardi, avec un Racine 4° de Londres mal conditionné » ; puis en ajout : « Brûlé en l'exécution de l'ordre de M. Chauvelain à nous donné par M. Galliot dont nous avons dressé un procès-verbal le même jour. » À la date du 15 novembre 1729 : « Arrêté sur M° L'Allemant de Ber 6 *histoires du Prince Aprius* (avec entre autres 1 *Comtes* de Bocace et 6 *Avantures de Pomponius, chevalier romain*). » À la date du 29 décembre 1733 : « 2 *Princes Aprius* *[illisible]*, lesquels livres conformément au *[illisible]* et suivant le procès-verbal de M. le comte Lépiny ont été transportés en la chambre syndicale pour y être supprimés » ; et en ajout : « supprimé le 18 juillet 1735. » Une dernière mention date de 1739 : « Arrêté le 18 décembre 1739 sur Monsieur l'abbé Gallier : *Le Prince Apprius* » (BNF, ms. fr. 21931, f° 233 et suiv.). Notons bien qu'à cette époque Godard de Beauchamps est censeur puis inspecteur de la Librairie (voir p. 1039).

3. *La France littéraire ou Dictionnaire biographique des savants, historiens et gens de lettres de la France*, Maisonneuve et Larose, 1965.

4. *Les Livres de l'Enfer*, col. 641, Fayard, 1998.

deux romans allégoriques du même genre, l'*Histoire de Pomponius, chevalier romain* et l'*Histoire du prince Papyrius*, composées contre Philippe d'Orléans ; mais nous croyons ne pouvoir avancer qu'à l'aide d'un commentaire raisonné une opinion que notre maître, M. Ch. Nodier, ne paraît pas approuver[1]. »

L'*Histoire du prince Papyrius, comte de Pillargent, gouverneur des Francs Sots*, rédigé vers 1721[2], est un écrit satirique visant le système de Law et l'utilisation du papier-monnaie. Selon Étienne Gabriel Peignot, qui se fie à l'*Histoire littéraire de la congrégation de Saint-Maur* de dom Tassin (1770), *Les Aventures de Pomponius* serait dû à un bénédictin nommé dom Labadie. Là aussi, la plupart des noms apparaissent sous la forme d'anagrammes et les allusions au duc d'Orléans (Relosan) sont transparentes[3]. Godard de Beauchamps s'en serait-il inspiré ?

Quoi qu'il en soit, notre censeur, qui semble, jusqu'à preuve du contraire, être l'auteur de l'*Histoire du prince Apprius*, ferait donc partie de ces nombreux érotographes dont le siècle est riche. Selon les bibliographes, son roman serait à mettre au nombre des libelles qui, du XVIIe siècle à la Révolution, ont dans une violence de ton surprenante et souvent non sans mauvaise foi utilisé l'arme pornographique à des fins politiques, préparant cet inquiétant alliage de terreur et de pornographie qui éclatera au grand jour dans de multiples pamphlets libertins de la Révolution française[4]. Mais on chercherait en vain, selon nous, des allusions politiques dans cette histoire, et c'est ailleurs qu'il faut en trouver l'intérêt.

★

Notre texte, tout frivole et badin qu'il peut paraître, représente une introduction idéale à la littérature libertine ou, plus précisément, à son mode d'écriture. Il ne se lit en effet pas en fonction de son histoire, mais de la signification cryptée des personnages. Sous les apparences d'un conte se cache une allégorie érotique dont le contenu dépend entièrement du procédé d'écriture.

L'intérêt de l'épisode libertin (il aura duré plus de cent cinquante ans,

1. *Catalogue des livres rares et précieux et de la plus belle condition composant la bibliothèque de M. G. de Pixerécourt*, notice nº 1323, Paris, Crozet, 1838. Ajoutons qu'une série de pamphlets politiques aux titres similaires a pu créer une confusion avec celui de l'*Histoire du prince Apprius* : outre les ouvrages évoqués plus haut, existent en effet une *Histoire du prince Érastus* (1709), une *Histoire du prince Titi* (1735), conte qui reçut l'approbation de Godard de Beauchamps, et une *Histoire du prince Adonistus* (1738).

2. La plupart des écrits de ce genre, rédigés après la mort du Régent, n'ont pas été imprimés, sans doute à cause de la censure. Ils nous sont connus à partir de copies manuscrites, publiées ensuite en recueil.

3. Voir Étienne Gabriel Peignot, *Précis historique, généalogique et littéraire de la maison d'Orléans*, Paris, Crapelet, 1830, p. 52.

4. Voir sur ce point l'ouvrage de Chantal Thomas sur les pamphlets contre Marie-Antoinette, *La Reine scélérate*, Le Seuil, 1989 ; ainsi que mon article « Vertu révolutionnaire et terreur libertine », *Les Cahiers des para-littératures*, 4, Liège, Éd. du CLPF, 1993. On pourra voir aussi *Fictions of the French Revolution*, éd. Bernadette Fort, Evanston, Northwestern University Press, 1991. Enfin, concernant la tradition des libelles dans la « bohème littéraire » des Lumières, les travaux de Robert Darnton sont essentiels (voir notamment *Bohème littéraire et révolution. Le monde des livres au XVIIIe siècle*, Gallimard / Le Seuil, 1983).

du milieu du XVIIe à la fin du XVIIIe siècle) tient, pour dire l'éros, plus à la fiction qu'au discours. Si le nom générique de « libertinage » recoupe à l'époque une multitude de désignations et de connotations, et si la fiction relevant de ce nom recèle une très grande diversité d'attitudes (hédonisme badin, intensivisme du plaisir, dévalorisation du dualisme chrétien, frivolité nihiliste, volonté de savoir, despotisme du désir, etc.), si enfin, de l'Arétin à Sade en passant par *L'Académie des dames*, il a existé de nombreux contextes et pratiques, l'expression textuelle de l'érotisme libertin a pourtant été sans cesse travaillée par une aporie profonde : comment donner à voir ce qui correspond certes à une demande nouvelle, à la « volonté de savoir » qui caractérise la sexualité moderne, mais qui, dès que le récit — ou les illustrations qui l'accompagnent — l'expose, risque de décevoir la promesse d'excitation propre à l'exhibition. Toute l'écriture libertine est travaillée par cette difficulté, qui pourrait en ruiner les effets. Il lui faut donc transformer ce risque en atout, et tirer de cette impossibilité structurelle une vitalité nouvelle. Ce qu'elle réalise par l'invention de feintes. Ce sont d'ailleurs ces feintes et la fuite en avant à laquelle elles condamnent la fiction érotique libertine qui font pour nous, aujourd'hui encore, tout son intérêt.

Afin de répondre à la demande de savoir, l'érotisme libertin doit exhiber des preuves. Mais il sait aussi que la vérité de l'éros qu'il promet de montrer est habitée d'une profonde *vanitas*, comme elle l'est depuis *Le Banquet* de Platon et dans tous les dialogues qui, de l'Antiquité à la Renaissance, le récrivent soit dans une perspective métaphysique, soit sur le mode lucianique de la dérision. Il en résulte au XVIIIe siècle une dualité dans l'intertexte libertin, lequel se scinde en deux mondes. Soit la badinerie est de règle, et alors le double langage, l'ambiguïté du contenu, le rôle de l'allusion et de la suggestion l'emportent, et le texte peut alors pousser la dévalorisation du sens très loin tout en cultivant l'ambiguïté — c'est le cas de notre texte ; soit la réalité que promet ce nouveau savoir est mise en lumière, exposée, détaillée et alors l'obscène fait irruption dans la fête galante. Au terme de la période libertine, Nerciat, Mirabeau et Sade sauront dialectiser ces deux modalités. Mais, en ce premier tiers du siècle, c'est la veine badine et les jeux de l'ambivalence qui prédominent.

De fait, l'écriture libertine privilégie deux figures rhétoriques habituellement contraires, l'allusion et l'hypotypose. Rappelons que l'hypotypose — *hypotyposis* en grec, *demonstratio* ou *evidentia* en latin — est la présentation vivante d'un événement évoqué : l'auditeur doit avoir l'impression de voir ce que l'orateur évoque. L'hypotypose est un état limite du discours érotique. Cependant ici, l'allusion en est un aussi — elle en est même l'état subliminal. *L'Histoire du prince Apprius* articule ces deux figures de façon exemplaire. En effet, de deux choses l'une : ou bien le lecteur, qui ne peut que buter sans cesse sur des anagrammes interdisant au récit son glissement quasi naturel, ne cherche pas à en décoder la signification, et dans ce cas il lit un texte inexistant — qui n'est que le pré-texte du texte véritable —, ou, cédant à sa légitime curiosité, il décodera le sens de l'anagramme et comprendra le « sens » de ce « texte », à condition qu'il accepte d'imaginer l'obscénité que camoufle le récit au premier degré. Le décodage des anagrammes donne certes à voir et à savoir ce que le pré-texte de l'histoire cachait comme un paravent, mais il arrête en même temps le regard sur une scène virtuelle, en obligeant le lecteur à désirer voir ce que précisément l'univocité des mots l'empêche de voir et de savoir. Car le mot obscène n'est pas en lui-même porteur de sens, il est le furet du sens. Si Godard de Beauchamps n'est pas le seul à choisir l'anagramme, puisque Rabelais et bien d'autres encore l'ont précédé, et que bien d'autres suivront, son texte manifeste une fois de plus que les noms de l'éros sont aussi fuyants que son être. Ce que la tradition des Banquets, de Platon à Marsile Ficin, ont tenté de dire philosophiquement, la littérature libertine le dit maintenant *littérairement*, c'est-à-dire *littéralement*. Peu importe le procédé. Qu'il s'agisse de métaphore, de métonymie ou d'anagramme, l'écriture libertine se plaît à jouer sur la lettre de l'éros, qu'elle le fasse à la façon des précieuses[1] ou sur un mode plus gaillard.

Le battement entre l'allusion (donner du sens mais le cacher aussi) et l'hypotypose (donner à voir par le langage) oblige donc le lecteur à effectuer un parcours en zigzag qui le conduit sans cesse du récit premier, qu'il a sous les yeux, à la représentation de ce que celui-ci dissimule et permet en même temps de comprendre. Ainsi, la brusque irruption d'une tempête, vieux *topos* romanesque, que tout livret d'opéra qui se respecte est à l'epoque tenu de contenir, n'est ici rien d'autre que l'évocation d'une masturbation : « Danbre, Gatimonnilia et les deux Celulois étaient seuls dans la chambre du roi et s'efforçaient de l'amuser pendant une nagivation longue, quoique heureuse. Quelquefois il entrait dans leurs entretiens, mais le plus souvent emporté par sa rêverie ou cédant à son impatience il passait des journées entières à regarder la mer et à soupirer. Le temps changea, le ciel se couvrit de nuages, le vent grossit et devint contraire, la tempête se forme, elle éclate, les pilotes se déconcertent, les vaisseaux se dispersent, l'orage redouble ; on est menacé d'un orage prochain : Apprius immobile garde un profond silence, les deux Celulois imitent leur maître, Danbre et Gatimonnilia se querellent, l'équipage jette des cris lamentables, le vaisseau s'ouvre, les flots l'engloutissent, le Roi, soutenu par ses menins qui l'aident à nager, est jeté à demi mort sur le sable[2]. » Et que dire du portrait du prince[3] ?

★

Une fois entré dans le jeu, le lecteur sera en droit de se demander quelle peut bien être la raison de ce jeu d'oscillations. Ne lui fait-on pas payer un peu trop cher sa curiosité ? Et que veut-on lui dire en fait ? Pourquoi tant de silences feints ?

L'écriture libertine met en suspens l'opposition entre le *secret* des passions — matière par excellence à mettre en évidence, en tableau, en discours et plus tard, au XIXe siècle, une fois l'écriture libertine épuisée, à promouvoir au rang de théorie scientifique — et la *vérité* du sexe. Le récit au premier degré semble parler de sentiments et reconduit tous les poncifs des situations narratives censées en exposer les remous et les

1. C'est en effet sur le mode de la devinette précieuse que sont évoqués les doigts (voir p. 12).
2. Voir p. 11.
3. Voir p. 8-9.

conflits. Mais comme le récit au second degré que les anagrammes décodées invitent à imaginer en empêche l'éclosion, la mise en évidence des passions que l'on aurait pu attendre du récit au premier degré tourne court, et le récit au second degré — récit virtuel, rappelons-le, qui ne peut être que le produit de l'imagination du lecteur — fait alors apparaître la « vérité » de l'objet du texte. Si le texte accuse et dématérialise en même temps son objet, c'est parce qu'il travaille au revers de la rhétorique religieuse et de la « police » — donc de la régulation — des passions, occupée à encercler et à fixer l'objet de sa réprobation (ou de son refoulement) par tous les moyens dont la persuasion rhétorique dispose[1].

L'on n'a peut-être pas encore mesuré le formidable enjeu qui, tout au long de l'âge classique, se joue autour de cette question, surtout pour les jésuites. Il s'agit en effet de s'appuyer sur la puissance des images et des figures du discours, non pas pour censurer les passions, mais pour éconduire ces séducteurs que sont les romanciers, et en même temps renverser la direction des images, *ad majorem gloriam dei*. Les aventures du prince Apprius, c'est-à-dire l'expression d'une sexualité revendiquant avec de plus en plus d'effronterie maîtrise et souveraineté, se dissimulent derrière autant d'anagrammes, parce que d'une part il faut sauver l'honneur de cet innommable banni par les pratiques d'une sophistique religieuse[2] partie à la reconquête de l'imagination et préoccupée d'en canaliser les puissances, et que d'autre part il faut montrer qu'il ne sert à rien de cacher ce qui se montre d'autant plus qu'on brûle de ne pas le voir.

Préoccupée à son tour de regagner le terrain des images et de dévoyer l'imagination, la représentation libertine se condamne par sa propre dynamique à une interminable fuite en avant. Les épisodes s'enchaînent comme le temps, ou comme la longue série des amours donjuanesques. Rien n'arrête le libertin dans sa course folle, si ce n'est la désinvolture d'un *non-finito*, qu'il faut moins considérer comme la marque d'une faiblesse de composition que comme la seule solution narrative pour exprimer ce mauvais infini auquel le désir moderne se voue désormais. Qu'Apprius, conformément à la bonne conclusion des contes, renonce à ses « pulsions partielles » et s'unisse à Monilne, ne doit pas nous abuser. Cette conclusion est plaquée, à l'instar de la fin grinçante du *Dom Juan* de Molière, dont les apparences de punition morale parviennent mal à effacer l'impiété. Apprius, dans sa quête impossible de l'île de Taliélaré, s'essouffle à représenter l'iconographie libertine par excellence, ce « rien à voir » que Lugane, en abyme et en songe, représente. Car avouons que le statut ontologique de cette île de Taliélaré est bien instable. Que l'on

1. La « police des romans » a été à l'âge classique l'affaire des jésuites (essentiellement Huet, Morvan de Bellegarde, Bougeant, Porée et Lenglet-Dufresnoy). Comme le dit le titre du traité de l'abbé Lenglet-Dufresnoy — *De l'usage des romans* (voir p. 1045, n. 1 en bas de page —, il ne s'agit pas de simplement condamner le roman, mais d'en déterminer le bon usage. L'exutoire romanesque est admis, à condition que l'âme ne s'y dévoie pas. Mais c'est surtout le bon usage des (bonnes) images qui saura la détourner des tentations que les mauvaises lui font subir incessamment.

2. J'emprunte le terme « sophistique religieuse » à Marc Fumaroli, qui montre dans *L'Âge de l'éloquence* (Genève, Droz, 1980) à quel point le recours à l'hypotypose et à l'*ekphrasis* (ou description) ont fait partie de la panoplie rhétorique jésuite. Voir aussi mon article « Loyola & Co. Einige Bemerkungen zur jesuitischen Mediengesellschaft », *Mannheimer Analytika*, 8, 1989.

remette son nom en place, et voilà que l'île s'évanouit, car la réalité n'est justement pas l'*u-topos* auquel on aspire, mais bien le lieu d'où l'on s'embarque. D'autre part, les Siders (les désirs) déclarent qu'elle n'est qu'une chimère[1], reprenant à leur compte le scepticisme des Lumières envers les fantômes de l'imagination. Qui a raison, le Sider, qui usurpe ici le rôle du philosophe, ou le véritable rationaliste, pour lequel le renversement des fausses images devrait conduire aux vraies représentations ? Et d'ailleurs, qu'irait faire Apprius sur cette île ? Dans la logique des contes, c'est sur une île que la reine désirée habite un merveilleux palais. Mais les États de Monilne sont ailleurs, et c'est Lugane (la langue) qui donne à Apprius la clé du bonheur : « [...] n'espérez pas parvenir à l'île de Taliélaré sans la reine Molnine[2]. » Réponse sage, mais ambiguë, presque de l'ordre de l'oracle. Et d'ailleurs, il n'en est plus question bientôt, le récit oublie tout cela, comme si la narration elle-même n'avait été auparavant qu'un mirage.

Cette « réalité »-là (flottante comme les îles des contes) n'existe donc qu'à condition d'être en miroir, démembrée voire oblitérée, comme la représentation libertine, toujours métaphorique, métonymique ou anagrammatique, toujours objet de quête et jamais objet vraiment (re)présentable. Et c'est ce que ce texte, sous ses apparences de futilité, exhibe remarquablement. On comprend pourquoi le prince de Ligne, qui s'y connaissait en contes autant qu'en galanterie, a su l'apprécier à sa juste valeur, jusqu'à lui consacrer la *Suite d'« Apprius*[3] *»*.

J.-P. D.

NOTE SUR LE TEXTE

Le texte des diverses éditions de l'*Histoire du prince Apprius* ne varie quasiment pas. Cependant, ces éditions divergent quant à la syntaxe, la typographie, la ponctuation, la page de titre, l'onomastique et les anagrammes. C'est ainsi, entre autres exemples, que notre prince Lucanus a hérité de Medoso et de Ghervomo et non de Modose et Ghorrome (Sodome et Gomorrhe) comme dans les versions de 1748 et 1764 ; tandis que le royaume de Monilne est peuplé notamment de Sirlapis (plaisirs), de Pecnèdes et de Laceroniades, et non de Serlapis comme en 1764, de Pesnèdes (dépenses) comme en 1748, et de Lactroniades (déclarations) comme en 1728 (version conservée à la British Library), en 1730 (date supposée), en 1748 et en 1764.

Afin de satisfaire la curiosité du lecteur, ou tout simplement lui permettre de comprendre les allusions, les libraires et les imprimeurs ont, à partir de l'édition de 1729, ajouté une « clef », c'est-à-dire une liste de la signification des anagrammes. En effet, si certaines sont faciles à comprendre — Celulois pour « couilles » —, d'autres le sont moins — comme

1. Voir p. 5.
2. Voir p. 22.
3. Voir l'Appendice, p. 37.

Alesopariel, « la saloperie », Celtiquteora, « la coquetterie », Cornidétis, « discrétion », Lusicotéria, « la curiosité », ou Péguirèle, « le préjugé ». D'une édition à l'autre, leur composition peut changer. Nous avons unifié la graphie des anagrammes récurrentes à partir de celle qui, telle qu'elle apparaît au moins une fois dans notre texte de référence, nous semble exacte.

Toutes les impressions du texte ayant été clandestines (sauf la reprise tardive du texte en 1797 dans un recueil de textes licencieux[1]), leur provenance est très difficile sinon impossible à établir. De plus, la date donnée par la page de titre ne correspond pas nécessairement à la date réelle de l'émission, et l'ouvrage peut être postdaté de plusieurs mois s'il paraît en fin d'année. Inversement, deux ouvrages portant la même date et le même lieu d'émission peuvent être le produit de tirages distincts.

L'édition que nous avons retenue est celle de 1728 conservée à la Réserve de la BNF, sous la cote Enfer 233. Elle se compose de 74 pages in-12. Selon Françoise Weil (p. 443-444[2]), elle proviendrait d'une imprimerie parisienne. Joseph-Marie Quérard, dans *La France littéraire*, écrit qu'elle peut être datée « vers 1722 ». Cette date, souvent reprise, reste très incertaine. Dans *Les Livres à clef*, Fernand Drujon[3] écrit que l'imprimeur de la première édition aurait été condamné « au bannissement et à une forte amende », tandis que Françoise Weil cite (p. 444) un catalogue de 1740 du collectionneur lyonnais Amadoli, indiquant sous le titre *Histoire du prince d'Apprius* : « (Lyon) Constantinople 1729, in-12 un volume très rare. Le nommé Guerrier imprimeur à Lyon qui en fit la seconde édition fut poursuivi en justice et se sauva à Genève. »

Les éditions de l'*Histoire du prince Apprius* mentionnées dans la bibliographie nous ont servi à établir les variantes du texte. Nous n'avons retenu que les modifications syntaxiques les plus significatives. Nous n'avons pas maintenu l'italique des noms fantaisistes.

Sigles utilisés.

1728 (BNF)	notre texte
1728 (BL)	British Library
1729	BNF et Bibliothèque municipale de Rouen
1730 (?)	British Library et Bibliothèque municipale de Lyon
1748	Bibliothèques municipales de Lyon, de Dijon et British Library
1764	British Library

NOTES ET VARIANTES

a. Lusicoteria, fille de Celpidutia *1730 (?)* ◆◆ *b.* tout étonné d'apprendre qu'un matin à son lever Apprius avait choisi *1730 (?)* ◆◆ *c.* Siders, leurs alliés, *1729, 1730 (?)* ◆◆ *d.* où bon lui semblerait et la

1. Voir la bibliographie, p. 1041.
2. Voir la bibliographie, p. 1042.
3. *Les Livres à clef*, col. 454, Paris, 1868, t. I.

congédia. *1748* ◆◆ *e*. le premier à attaquer ; comme depuis peu *1764* ◆◆ *f.* est *1729* ◆◆ *g.* barbare *1748, 1764* ◆◆ *h.* Ses sujets ne la voient qu'à travers un voile, *1764* ◆◆ *i.* elle en met un second nommé nopui, et un troisième qu'on appelle olloctin *1730 (?)* : elle en met un second ou un troisième qu'on appelle tolloctin *1764* ◆◆ *j.* ne soient *1729* ◆◆ *k.* elle se nomme les généraux *1728 (BNF) ; nous suivons ici 1729*. ◆◆ *l.* le *1728 (BNF) ; nous suivons ici 1729*.

1. Nous sommes en pleine mode persane, sept ans après les *Lettres persanes* de Montesquieu, et un an avant les *Anecdotes persanes* de Mme de Gomez.

2. De quel mot le nom de Monilne est-il l'anagramme ? Les clefs des différentes éditions nous induiraient plutôt en erreur, en donnant comme solution « le monin ». Mais ce serait plutôt « le minon », synonyme de « minou », et équivalent de tant d'autres termes pouvant désigner le sexe féminin. Il n'est pas sans intérêt de rappeler une expression de l'époque, « entendre bien chat sans qu'on puisse dire minon » (entendre quelque chose à demi-mot).

3. Le texte annonce donc d'emblée que cette érotographie sera une topographie imaginaire. Il sera suivi en ce sens par plusieurs autres textes érotiques et libertins. Notamment la *Description topographique, historique, critique et nouvelle du pays et des environs de la Forêt-Noire, situés dans la province du Merryland.* Traduction très libre de l'anglais. À Boutentativos, chez les veuves Sulamites, aux Petits Appartements de Salomon, l'an du Monde 100, 7000, 7000, 000 [1770, date fictive : le texte date de la fin du siècle]. Et *Lyndamine ou l'Optimisme des pays chauds*, sur l'imprimé de Londres. À Larnaka, chez Giovanna della Rosa, s.l.n.d.

4. Il faut comprendre ici *hiéroglyphe* au sens de symbole sacré : « Il y a des hiéroglyphes dans la théologie païenne, dans la juive et dans la chrétienne, parce ce sont seulement des images des choses divines, sacrées ou surnaturelles, comme les symboles le sont des choses sensibles et naturelles » (*Furetière*).

5. Comme au début du texte, ces allusions renvoient plus à Éros qu'à Priape. L'érudition cachée de ce paragraphe ne contient pas seulement quelques références disparates et plus ou moins appropriées ici (le « rameau d'or » renvoie au rite cruel analysé par Frazer dans son célèbre *Rameau d'or*, qui n'est pas en rapport avec Priape mais plutôt avec Diane, le terme de « monstre » aux mythes d'après lequels Aphrodite, mère de Priape, est effrayée devant la laideur de l'enfant qu'elle vient de mettre au monde et veut s'en séparer, le « phénix » à la croyance égyptienne de résurrection, tandis que le « pépin de raisin » fait allusion aux pauvres offrandes que les horticulteurs faisaient à Priape, dieu des Jardins. Mais il est aussi et surtout, malgré le ton sérieux en apparence de ce petit essai d'« anthropologie » historique, une parodie réactualisée de la définition platonicienne de l'éros, que les divers personnages du *Banquet* reprennent et retournent à tour de rôle, jusqu'à empêcher toute signification définitive. À la suite de Platon, la problématique du dieu protéiforme (Éros est changeant, instable, vagabond et insaisissable) ne cesse d'être reprise, mais sur deux modes différents. Si par exemple Xénophon veut avec son *Banquet* compléter Platon, Lucien récrit dans son Banquet (*Lapithai*) le texte philosophique sur le mode parodique. De même, à la Renais-

sance, les textes d'inspiration lucianique (comme *Le Débat de Folie et d'Amour* de Louise Labé) répondent sur un mode ludique au discours néo-platonicien du *De Amore* de Marsile Ficin. Qu'Éros soit ici devenu Priape, mais un Priape sans *fascinosum*, comme l'était celui des Romains (voir Pascal Quignard, *Le Sexe et l'Effroi*, Gallimard, 1994), cela est parfaitement conforme à la logique de fétichisation inhérente à la frivolité libertine.

6. Hercule, en fait Héraclès, est parfois affilié dans la mythologie et dans la statuaire grecques à Priape, de même qu'il est associé à Dionysos. Surtout, Hercule est déjà, depuis le XVIIe siècle, l'un des noms les plus codifiés de la virilité. Par métonymie, la massue d'Hercule devenait alors l'équivalent du phallus. Vers la fin du XVIIIe siècle, chez Sade par exemple, un Hercule veut tout simplement dire un « fameux fouteur ». Et à l'époque révolutionnaire paraît un texte libertin : *Les Travaux d'Hercule ou la Rocambole de la fouterie* (voir Patrick Wald Lasowski, *La Science de l'amour. Manuels révolutionaires*, Philippe Picquier, 1998).

7. C'est tout à fait dans la droite ligne de l'apologue antique (voir la célèbre fable de La Fontaine « Les Membres et l Estomac » (III, II). L'analogie entre la souveraineté et le phallisme s'éclaire lorsqu'on considère que la volonté libertine est la souveraineté sans partage de la volonté, le désir du désir. Ce n'est donc pas un hasard si ici l'emblème phallique reprend à son compte la théorie d'une harmonie des pouvoirs entre le prince et ses sujets.

8. Dans les éditions de 1748 et de 1764, *menin* est chaque fois remplacé par « gimnon », anagramme de « mignon ».

9. Le *détail* joue un rôle primordial dans la représentation libertine, et particulièrement chez Sade. Godard de Beauchamps feint ici de respecter à la fois le code de la représentation des Grands et les clichés rhétoriques du genre du portrait (« le pinceau le plus vif rendrait mal [les] couleurs »), afin de glisser insensiblement du tableau du prince au détail érotique.

10. Allusion à la bonté légendaire de Titus, notamment à la suite de l'éruption du Vésuve en 79 et lors de l'incendie et de l'épidémie de peste qui eurent lieu à Rome en 80.

11. Ce tableau représente de manière exemplaire ce qu'est l'hypotypose libertine du bonheur, sur laquelle repose la tradition de la poésie hédoniste et badine de l'époque, celle des Gentil-Bernard, Dorat, Grécourt, Jean-Baptiste Rousseau et autres, qui en ont codifié le genre et les *topoi* essentiels. Ce libertinage-là, « en mineur », est d'une innnocence édénique.

12. La *Lucanie* était une région de l'Italique ancienne, qui correspond de nos jours au Basilicate italien. Les Lucaniens avaient mauvaise réputation, ils passaient pour être « d'intraitables pillards qui n'aimaient que le vol et le ravage » (Michelet, *Histoire romaine*, 1831, t. I, p. 36).

13. Cette *chasse aux érases* semble avoir posé un problème d'interprétation aussi bien aux lecteurs qu'aux éditeurs des différentes éditions de l'ouvrage. Une annotation manuscrite dans notre édition indique « arcées ou érections ». L'exemplaire de 1729 donne dans sa clef, en miroir, « seesar », donc « rasées », tandis que la clef manuscrite de l'exemplaire présumé de 1730 mentionne « arsée ou érection ». Le mot pourrait provenir de *ars, arse*, participe passé du verbe « arcer ». Mais sans doute

y a-t-il aussi interférence avec le verbe « se raser », terme de chasse se disant du gibier qui s'étend à ras le sol pour ne pas être vu (« une perdrix rasée »).

14. *Cistones* : la signification de ce nom énigmatique s'éclaire quand on sait que « conneau », « connil » et « connin » étaient quelques-uns des innombrables mots désignant le sexe féminin. Voir *Histoire de dom B****, n. 10, p. 352.

15. La plupart des éditions portent la leçon *défier*, sauf l'édition présumée de 1730 et celle de 1764, qui corrigent en « déifier ».

16. *Frigalia* n'est pas non plus une anagramme. Dans notre édition est ajouté en marge à la main : « le doigt frigalisant ». L'édition présumée de 1730 indique dans la « clef des mots » ajoutée à la main à la suite du texte : « le doigt fringand ». Ces deux éditions donnent la même explication : « la branlote des femmes » dans la première, « la branlotte des femmes » dans la seconde. Peut-être faut-il faire un lien avec « fricarelle », « fricatrice », synonymes de lesbienne. L'édition de 1748 ne donne aucune indication en face du mot dans la clef, tandis que la clef de l'édition de 1764 ne le mentionne pas. — *Galler* n'est pas une anagramme. « Galer » est un verbe qui apparaît au XIIIe siècle, dont « galant » est le participe présent. « Gale » au sens de « réjouissance » est attesté chez Rutebeuf. Au Moyen Âge une « gaalise » était un lieu de prostitution.

17. *Bratides* est devenu Bratildes dans la version présumée de 1730. La clef manuscrite ajoutée au texte imprimé donne « Tribaldes » (*sic*), qui renvoie à tribadisme. (La version de 1764, elle, porte « Bradides » et « Bredis » puis le texte, et « Bretids » dans la clef.)

18. On remarquera le parallèle avec l'épisode de Lugane (voir p. 20-22). Tout comme Apprius doit à l'apparition de Lugane la connaissance de Monilne, Monilne est détournée de son inconstance et poussée vers Apprius par Momelis (sommeil).

19. Entendons « ne vont pas jusqu'à » ou « ne suffisent pas à ».

Appendice

SUITE D'« APPRIUS »

La *Suite d'« Apprius »* que nous reproduisons ici est de la plume du prince de Ligne (1735-1814). Elle se trouve dans la troisième partie d'un *Recueil de poésies légères* fort rare imprimé au château du prince à Belœil vers 1788. Une réimpression de cette édition devenue introuvable a été effectuée, en 1867, à 70 exemplaires sous le titre *Sans devant derrière*. L'éditeur de cette réimpression le justifie ainsi dans l'avant-propos : « Le titre général de *Poésies légères* s'applique bien à l'ensemble du recueil en question ; celui de *Poésies libertines* conviendrait mieux au troisième volume, dans lequel le prince a rejeté, de parti pris, ses péchés de jeunesse ; mais comme ce volume contient, avec des chansons, satires et épigrammes, une suite en prose du fameux roman *Histoire du prince Apprius (ou Priapus)*, dont la préface est placée en postface, nous

nous sommes permis de le décorer de l'intitulé gaillard *Sans devant derrière*[1]. »

Un siècle et demi après sa parution, le jeu de furet que représente l'*Histoire du prince Apprius* continue donc jusque dans cet « intitulé gaillard ». Cette suite, que le prince de Ligne traite lui-même dans sa préface de « mauvaise plaisanterie », convient parfaitement à la désinvolture de son écriture. Si elle est tout à fait dans le style de ses propres contes, elle est encore et surtout parfaitement conforme à ce nouveau ton de frivolité qui, à la fin du siècle, renoue avec l'écriture de la Régence et dont Andréa de Nerciat est sans conteste le maître artisan. Le surcroît de futilité qu'on y décèle (ne serait-ce que dans le sous-titre) signale le moment ultime de l'écriture libertine, inévitablement essoufflée au terme d'un long processus de dévalorisation dont Sade saura dégager une énergie nouvelle et incomparable. En ce sens, la *Suite d'« Apprius »* est donc tout à fait représentative de l'évolution de la littérature libertine.

Un tel surcroît de frivolité était-il nécessaire ? En un certain sens, non. Le fait que le prince de Ligne ait besoin de surenchérir sur la frivolité de cette écriture prouve précisément qu'ici la narration n'obéit nullement à la logique de la quête de la valeur. Même si le prince trouve en fin de compte ce qui lui convient, le récit ne s'arrête pas sur un accomplissement et ne conduit ni à une réconciliation ni à l'appropriation de l'objet de désir. Même si Cleon[2] et Apprius, déplorant l'égarement des humains qui ne cessent de se faire la guerre, parviennent finalement, contrairement à l'*Histoire du prince Apprius*, à faire que Mina, les Gémidoches, Lucanus, les Ebugors, les Chedabars, etc. signent un traité de paix. Quoi qu'il arrive, rien n'est jamais véritablement de l'ordre du réel, mais plutôt du fantasme, sans cesse relancé.

1. *Galles* : notons qu'on appelait galles (du grec *gallos*, latin *gallus*) les prêtres de Cybèle, déesse de la Fécondité. Il s'agissait souvent d'eunuques.
2. Il s'agit du recueil de pièces lyriques *Sans devant derrière* dans lequel est inséré ce texte. Voir p. 1056.
3. L'éditeur de 1867 ajoute cette note : « Sans doute le traité qui termina la guerre de Sept Ans et assura à Frédéric II la Silésie (1763). »

CLAUDE DE CRÉBILLON

Crébillon père, rapporte Favart dans ses *Mémoires*, « adorait le sexe et ne l'estimait point. Il n'a jamais respecté que deux sœurs, filles d'un apo-

1. *Sans devant derrière* par le Prince de... Sur l'imprimé de Belœil, sans titre, sans nom d'auteur, sans nom de lieu, sans doute. BNF, cote Enfer 1606.
2. La plupart des noms anagrammatisés sont ici modifiés. Et Monilne échange le sien avec celui de Cleon. Le prince de Ligne n'invente rien en choisissant cette anagramme. Un *Cléon, rhéteur cyrénien, ou Apologue d'une partie de l'histoire naturelle* est déjà paru en 1750.

thicaire nommé Péage ; il leur fit deux enfants par délicatesse de sentiment. Le père, qui ne connaissait pas ce raffinement-là, prétendit que l'honneur de sa famille était blessé et qu'il fallait que Crébillon épousât tout au moins une des deux, en lui laissant la liberté du choix. Le hasard en décida, et notre auteur se maria à la mère de M. Crébillon fils ; l'autre devint ce qu'elle put[1]. » Le mariage avec Marie-Charlotte, grosse de huit mois, a lieu par discrétion à la campagne, dans une église de la Villette, le 31 janvier 1707, et légitime *in extremis* l'enfant qui naît à Paris le 14 février, et qui est baptisé dès le lendemain sous les prénoms de Claude-Prosper à Saint-Étienne-du-Mont, paroisse parisienne du maître apothicaire-épicier de la place Maubert. Le grand-père Melchior, dont le patronyme est Jolyot, greffier en chef de la Chambre des comptes de Bourgogne et de Bresse, peu favorable au mariage, estime qu'il s'agit d'une mésalliance : les Péaget sont bourgeois alors que lui-même se vante d'être noble[2]. Noble aussi Prosper Jolyot (Crébillon père), qui se fera appeler de Crébillon — du nom d'un petit fief, Crais-Billon, acheté par Melchior sur le territoire d'un village situé à six kilomètres de Dijon — et revendiquera parfois un titre nobiliaire, lequel est aux yeux de l'auteur libertin pure affabulation. « Ma famille est, dit-on, fort ancienne, écrit celui-ci dans une lettre au président de Brosses. Mais cela peut être sans qu'elle soit plus noble. Mon père se berce — et compte me bercer aussi — de je ne sais combien de grandes idées que je crois plus poétiques que vraies[3]. » Crébillon père n'est pourtant pas dupe de ces « grandes idées », moins poétiques que nécessaires lorsque l'anoblissement dispense d'être soumis à la taille, facilite la fréquentation des Grands, ces mécènes qu'il faut intéresser et divertir pour s'assurer leur protection. Claude de Crébillon lui-même ne négligera d'ailleurs pas d'exhiber à l'occasion de rutilantes armoiries.

Crébillon père, rapporte toujours Favart, « ne goûta pas longtemps les douceurs du mariage ; il fut si affligé de la mort de son épouse[4] qu'il cherchait partout des consolations. Dans l'espérance où il était de pouvoir trouver une femme aussi estimable que celle qu'il avait perdue, il mettait à l'essai toutes celles qu'il rencontrait[5] ». « La passion qu'il ressentait pour les femmes n'était balancée que par celle qu'il avait pour les animaux domestiques. Il a laissé, à son décès, dix chats et vingt-deux chiens[6]. » Casanova, que « le vieux Crébillon » forme aux subtilités de la langue française, compte de son côté dans l'appartement « dix huit ou vingt chats » avec lesquels Crébillon père se divertit « la plus grande partie du jour[7] ».

1. Charles Simon Favart, *Mémoires et Correspondance littéraire, dramatique et anecdotique*, Paris, 1808, p. 7. L'acte de mariage mentionne le nom de Péaget, et non celui de Péage (voir Amédée Jal, *Dictionnaire critique de biographie et d'histoire*, Paris, 1867, p. 455).

2. La famille Jolyot, selon Amédée Jal, a été anoblie par lettres de Philippe le Bon en 1442.

3. Lettre au président de Brosses du 4 février 1750, citée par Hans-Günter Funke dans *Crébillon fils als Moralist und Gesellschaftskritiker*, Heidelberg, Carl Winter Universitäts Verlag, 1972, p. 334-335.

4. La mère de Crébillon meurt le 12 février 1711. Il perdra également en 1713 un jeune frère, Pierre, né en 1709.

5. *Mémoires et Correspondance littéraire*, p. 8.

6. *Ibid.*

7. Giacomo Casanova, *Histoire de ma vie*, III, VIII, Robert Laffont, coll. « Bouquins », 1993, t. I, p. 568.

D'autres témoins évoquent encore la présence d'un étrange corbeau devant lequel l'auteur tragique a pris l'habitude d'improviser ses vers, avant d'essayer sa voix devant son fils, avec qui il partage longtemps ses appartements au milieu de cette extravagante ménagerie.

Dans les coulisses de la Comédie-Italienne.

Entre Bourguignons la solidarité est active dans la capitale. L'intervention des frères Pâris, amis banquiers originaires de la région de Dijon, et admirateurs du dramaturge enrichi puis ruiné par Law, permet à Claude de Crébillon d'entrer à l'internat du collège Louis-le-Grand[1]. Modèle de l'enseignement classique, tenu par les jésuites qui y administrent une discipline inflexible, le collège est affecté à l'éducation des nobles — financiers et riches bourgeois cherchant à placer leurs fils dans un lieu où la confraternité scolaire les met en relation avec ceux de l'aristocratie. Enseignants recherchés, les jésuites ont l'art d'inculquer le goût des lettres aux élèves, de les initier aux savoir-faire de la rhétorique et de l'éloquence, aux ruses de la dialectique ; ils se sont acquis aussi la réputation de travailler tout particulièrement à leur formation morale. Lecture de manuels de vertu religieuse et civile, apprentissage des usages du monde qui permettent de briller en société, représentation d'œuvres dramatiques relevant du répertoire « héroïque » : rien n'est négligé pour encourager le zèle des élèves. Le père supérieur Tournemine, séduit par les qualités intellectuelles de Crébillon, aimerait qu'il entre dans la Compagnie ; mais l'indépendance d'esprit de son élève l'en dissuade finalement. La littérature de boudoir recueillera les talents du casuiste subtil, la puissance d'exhortation du confesseur manqué devenu confident de la mondanité galante. Lorsqu'il deviendra directeur de *La Bigarrure*, journal éphémère publié à La Haye à partir de 1749, Crébillon écrira, en hommage à ses premiers maîtres et à propos de leur morale pratique, si proche de celle des libertins de son œuvre, que les jésuites ont le « grand art de lever tous les scrupules et de faire disparaître tous les péchés[2] ».

Au sortir du collège, Crébillon fils obtient grâce à son père ses entrées gratuites à la Comédie-Française. Très vite cependant, au Théâtre-Français, à ses tragédies et ses drames, le jeune Crébillon préfère l'animation des planches de la Comédie-Italienne qui a réintégré au début du siècle l'Hôtel de Bourgogne[3]. Crébillon se lie d'amitié avec le fils du directeur, François Riccoboni, et les acteurs Jean-Antoine Romagnesi et Pierre François Biancolelli, plus connu sous le nom de Dominique. Esprit porté à la satire, il compose avec eux couplets, vers et chansons,

1. Dans l'édition de *La Nuit et le Moment* et du *Hasard du coin du feu* qu'il a établie, Jean Dagen mentionne que Crébillon aurait été confié, avant d'entrer au collège, dans le cours de l'année 1716-1717, à un certain « sieur Thomas, maître ès arts en l'Université de Paris » (Flammarion, coll. « GF », 1993, p. 231).

2. *La Bigarrure ou Mélange curieux, instructif et amusant de nouvelles, de critique, de morale, de poésie*, La Haye, 1749, p. 29.

3. Expulsés en 1697 pour avoir interprété *La Fausse Prude*, dans laquelle, de l'avis des censeurs, était visée Mme de Maintenon, les Comédiens italiens ont été rétablis dans leurs droits en 1716 par le Régent, Philippe d'Orléans, qui a fait appeler d'Italie leur directeur, Riccoboni.

collaborant de manière anonyme à l'écriture collective des parodies que les comédiens rédigent souvent eux-mêmes, qu'ils doivent mettre en scène et apprendre à jouer en moins d'une semaine. S'inspirant de l'actualité des spectacles, de thèmes et de personnages de la vie mondaine — petits-maîtres et marquises —, la Comédie-Italienne s'est spécialisée, avec le théâtre de la Foire, dans la parodie satirique. Des *Indes galantes*, opéra de Jean-Philippe Rameau (1735), devenu *Les Indes dansantes* (1751, parodie de Favart), aux tragédies de Voltaire, en passant par les comédies de Destouches, il suffit qu'une pièce se joue dans Paris ou à Versailles pour que les Comédiens italiens la parodient[1]. Les pièces représentées par les « Romains » — c'est le surnom donné aux comédiens du Théâtre-Français — sont leur cible privilégiée. C'est durant cette période que Crébillon travaille au *Sylphe*, le premier texte qu'il écrit seul, publié anonymement en août 1730, en édition séparée. Il est remarquable qu'au cours de cette année-là les genres élémentaires se popularisent tant à la scène que dans le roman. Peut-être le manuscrit du *Sylphe* est-il lu par certains, lançant alors la vogue[2]. Le nom de l'auteur apparaîtra cinq ans plus tard dans une édition contemporaine de la réédition des *Lettres de la marquise de M*** au comte de R**** (publié initialement en 1732), qui révèlent en Crébillon un écrivain habile à développer les raisons du cœur, les blessures intimes chez une femme amoureuse et délaissée.

Crébillon s'est mis entre-temps à fréquenter les salons littéraires où son esprit et la souplesse de ses manières le font vite remarquer. Il se plaît à retrouver le soir les coulisses et le parterre des Italiens en compagnie de ses amis Panard et Collé[3], et de Gallet, figure originale de la bohème littéraire. De son père, Pierre Gallet a hérité, rue de la Truanderie, une boutique d'épicier droguiste, maion prospère dont l'insouciance de Gallet provoquera la banqueroute en 1751. Chansonnier et auteur dramatique à ses heures, Gallet est aussi un généreux « mécène » qui a pris l'habitude de ramener chez lui, après les spectacles, ses nouveaux amis pour leur donner un festin jusque tard dans la nuit. Alexis Piron est venu grossir la petite bande originelle avec Sallé et Fuzelier[4]. Tandis que Panard et Collé font débauche de couplets obscènes, joyeux convive lui-même, Crébillon observe cependant une certaine sobriété, qui ne le quittera pas « au milieu même des plus folles orgies » de ses

1. Voir *Les Parodies du nouveau Théâtre-Italien ou Recueil des parodies représentées sur le théâtre de l'Hôtel de Bourgogne par les Comédiens italiens ordinaires du roi*, Paris, 1731.

2. Voir la Notice sur *Le Sylphe*, p. 1075-1076.

3. Charles François Panard est un chansonnier et vaudevilliste à succès. Dramaturge lui aussi et ami fidèle de Crébillon qui en fera son exécuteur testamentaire, Charles Collé dit, à la première page de son *Journal et Mémoires sur les hommes de lettres, les ouvrages dramatiques et les événements les plus mémorables du siècle de Louis XV* (Paris, édition de 1868), avoir rencontré Crébillon à l'âge de dix-sept ans, vraisemblablement au collège Louis-le-Grand. Son *Théâtre de société* (1768) le rendra célèbre, ainsi que ses chansons gaillardes.

4. Jacques-Antoine Sallé écrit des farces et des parades pour l'enclos Saint-Germain ; avocat au parlement de Paris et poète, il deviendra le secrétaire et rédacteur des *Mémoires* du comte de Maurepas qu'il suivra dans son exil provincial après sa disgrâce à la Cour. Directeur d'une loge à la foire Saint-Germain, Louis Fuzelier est l'un des principaux organisateurs des spectacles forains, l'un des meneurs de la résistance qui oppose les comédiens de la Foire à la Comédie-Française, dont il aura à subir les interminables tracasseries. Son œuvre la plus connue, *Les Indes galantes*, est surtout célèbre aujourd'hui grâce à la musique de Jean-Philippe Rameau.

amis, selon le témoignage prêté à Collé par Grimm dans sa *Correspondance littéraire*[1]. Outre ces réunions improvisées, pourquoi ne pas se retrouver régulièrement dans un cabaret, pour perpétuer la tradition inaugurée chez l'épicier droguiste, chacun contribuant au partage des frais ? C'est ainsi que sera adopté à l'unanimité, carrefour de Buci, faubourg Saint-Germain, le cabaret tenu par le traiteur Landel. Il a pour enseigne Au Caveau, une excellente cave de vins bourguignons et l'avantage d'être situé à proximité des salles de spectacle, théâtres et loges de la Foire.

Les dîners du Caveau.

La société, fondée en 1729, organise ses premiers dîners au cours de l'année 1733 ; ils deviendront vite célèbres. S'y rencontrent, outre les habitués de la rue de la Truanderie gens de lettres — Duclos, Gentil-Bernard, Moncrif, Saurin et son fils —, et artistes — Boucher, Rameau et son librettiste La Bruère —, tous membres fondateurs du Caveau, « gens habiles à l'épigramme, et qui avaient décidé que lorsqu'il en paraissait parmi eux une nouvelle, si elle était bonne, la victime était condamnée à boire un verre d'eau ; et si elle était jugée faible, ce châtiment était réservé à son auteur[2] ». Cet usage fait l'objet de l'article premier des statuts, rédigés par Crébillon et Saurin ; le règlement prévoit une présidence tournante le 1er et le 16 de chaque mois, jours fixés pour les rencontres, et l'exclusion des femmes, pour permettre une plus grande liberté dans les conversations. Participe aussi aux tournois épigrammatiques de ces « soupers républicains[3] », jamais à court d'histoires, Crébillon père, « très gai à table, un peu grivois », admis au Caveau dans l'espoir qu'il se montrera plus généreux avec son fils, lequel, « chaque fois qu'il lui demandait de l'argent recevait, pour toute réponse : quand tu auras fini tes *Égarements du cœur et de l'esprit*[4] » (les deux premières parties ont été publiées en 1736). On soupçonne d'ailleurs Crébillon père de n'être pas le père des ouvrages dramatiques qui portent son nom. « Quelle est, selon vous, la meilleure de vos œuvres ? » lui demande un jour Duclos. Crébillon père se tournant alors vers son fils : « Je ne sais, mais il me semble que voilà bien la plus mauvaise. » La réplique du fils ne se fait pas attendre : « Pas tant d'orgueil, Monsieur, s'il vous plaît, attendez qu'il soit prouvé que tous vos ouvrages sont de vous[5]. »

« La gaieté n'était pas le seul avantage de cette douce association. Les gens de lettres, qui travaillaient pour le théâtre, y trouvaient les ressources d'une critique franche, loyale, judicieuse et motivée[6]. » Réservant surtout leurs critiques à la « comédie larmoyante », genre que Nivelle de La Chaussée vient de créer sur la scène, les convives écrivent souvent

1. Melchior Grimm, *Correspondance littéraire*, juin 1777, dans *Correspondance littéraire, philosophique et critique par Grimm, Diderot, Raynal, Meister, etc.*, Paris, 1877-1882, t. V, p. 4.
2. *Ibid.*, p. 306.
3. *Le Nécrologe des hommes célèbres de France*, Paris, 1778, t. XIII, p. 18.
4. *Ibid.*
5. L'anecdote est rapportée par Pierre Lanjon, membre du Caveau, dans *Œuvres choisies* (Paris, édition de 1809, t. VI, p. 230) et par Pierre Clément dans *Les Cinq Années littéraires ou Nouvelles littéraires, etc. Des années 1748, 1749, 1750, 1751 et 1752* (La Haye, 1754, t. I, p. 113-114).
6. *Le Nécrologe*, p. 16, n. 19.

ensemble des pièces destinées au théâtre de la Foire. Le succès même de ces joyeux dîners sera la cause de leur abandon. Crébillon prendra la décision de les supprimer — des « fâcheux » de plus en plus nombreux, petits-maîtres et courtisans à Versailles, étant venus les « gâter » par leur prétention à vouloir faire de l'esprit. Le Caveau disparaît donc en 1739, mais non pas la vie mondaine et animée de Crébillon. Dans le même temps qu'il se montre assidu au Caveau, il fréquente la société du Bout-du-Banc qui se réunit jusqu'en 1755 chez le comte de Caylus. Il y a aussi les jeudis, chez Mlle Quinault, la fille de l'acteur célèbre de la Comédie-Française, Quinault-Dufresne. Fidèle à son « engagement hebdomadaire[1] » à partir de 1743, Crébillon y fait la connaissance de l'auteur des *Lettres d'une Péruvienne*, Mme de Graffigny. Admiratrice des *Égarements*, dont la troisième partie a été publiée en 1738, Mme de Graffigny est séduite par l'« élégance facile et naturelle » de celui que, dans sa correspondance, elle appelle parfois « le Grand Garçon », parfois « le Petit » : « Je n'ai jamais trouvé tant de politesse dans l'esprit, tant de douceur et d'agrément. Plus je le vois, plus il me charme, et il vaut encore bien mieux dans l'espèce de tête-à-tête où nous étions hier qu'au milieu des autres[2]. » Ces « autres » du Bout-du-Banc sont ceux que Crébillon retrouvera à partir de 1750, le mercredi, chez le fermier général Pelletier : Voisenon[3], Destouches, Grimod de La Reynière, Helvétius, Boissy, Suard, Gentil-Bernard, Sterne. Et Marmontel, qui témoigne en ces termes : « [...] les têtes les plus folles étaient Collé et Crébillon fils. C'étaient entre eux un assaut continuel d'excellente plaisanterie ; et se mêlait du combat qui voulait. Le personnel n'y était jamais atteint ; l'amour-propre du bel esprit y était seul attaqué, mais il était sans ménagement, et il fallait s'en détacher et le sacrifier en entrant dans la lice. Collé y était brillant au-delà de toute expression et Crébillon, son adversaire, avait surtout l'adresse de l'animer en l'agaçant[4]. » Un écritoire enregistre traits d'esprit et improvisations. Certaines d'entre elles, rédigées par le comte de Caylus, La Chaussée, Moncrif et Crébillon, seront données de manière collective dans *Les Étrennes de la Saint-Jean* (1742), recueil d'historiettes et de galanteries ; les plus gaillardes se sont perdues dans les couplets de Collé, ou les recueils composés d'anecdotes et de « bons mots » que les lecteurs provinciaux ou étrangers réclament continuellement aux libraires, pour y « prendre l'air de la capitale ».

Dès les années 1730, la renommée, dès lors grandissante, de Claude de Crébillon est redevable à *Tanzaï et Néadarné, histoire japonaise* (« À Pékin, Chez Lou-chou-chu-la, Seul Imprimeur de Sa Majesté chinoise pour les langues étrangères »), un tableau satirique des mœurs galantes de la Cour. Tanzaï, impuissant lors de sa nuit de noces, sorte de Priape grotesque à la recherche de sa guérison, ne retrouvera sa virilité qu'après avoir été déniaisé par la fée Concombre et initié à la vie mondaine par un génie libertin. Néadarné, sa jeune épouse, connaît un sort identique : d'abord inaccessible aux assauts du prince, elle ne sera disponible

1. Lettre du 16 ou 17 mars 1744, dans *Trois lettres inédites de Crébillon fils à Mme de Graffigny*, présentées par Vera L. Grayson, dans *Dix-huitième siècle*, 28, 1996, p. 226-227.
2. Lettre du 18 septembre 1744, *ibid.*, p. 228.
3. Voir la notice sur Voisenon, p. 1191.
4. Jean-François Marmontel, *Mémoires*, VI, Paris, édition de 1807, t. II, p. 138.

qu'après sa rencontre avec le génie Jonquille. Crébillon fait des ruses et des détours de l'initiation amoureuse l'objet de prédilection de ses analyses. À l'image du livre parvenu du fond des âges au lecteur contemporain après de multiples traductions qui l'ont fait passer de main en main, d'une langue à une autre — japonais, chinois, hollandais, latin, vénitien, français — le sexe est propriété collective, et bientôt anonyme ; confondant la présence réelle des corps et les illusions du fantasme, il est expérience fondamentale de la dépossession et apprentissage de l'altérité, de l'autre débusqué en soi. Le livre connaît un succès de scandale. « Plusieurs de nos dames de Cour et autres galantes sont folles du conte de *L'Écumoire*[1]. [...] Ce que Juste Lipse a écrit de Pétrone convient à M. de Crébillon par rapport à cet ouvrage : *purissimae impuritatis auctor est* », écrit le rédacteur anonyme du *Journal littéraire*, ajoutant que le livre est extrêmement connu et qu'il se vend cher, « un louis d'or en cachette, à cause que le débit en est rigoureusement défendu[2] ». Les grands de la Cour se sont reconnus dans les personnages et leurs tribulations allégoriques : le jeune Louis XV est parvenu vierge à son mariage en 1725 avec Marie Leszczynska, elle-même peu préoccupée par le sexe. Le parti janséniste a réclamé la nullité du mariage après le fiasco de la nuit de noces. Mais c'est surtout parce qu'il tourne en ridicule les querelles théologiques qui agitent le débat parlementaire autour de la bulle *Unigenitus*[3] que *Tanzaï et Néadarné* vaut à Crébillon d'être emprisonné quelques jours au donjon de Vincennes sur l'ordre du cardinal de Fleury. « Crébillon (le fils) — entré le 8 décembre 1734, ordre contre-signé Philippeaux —, sorti le 13 décembre 1734, ordre contre-signé Philippeaux », mentionne le registre des prisonniers à Vincennes, rédigé par les geôliers du donjon[4]. C'est une lectrice, la princesse de Conti, pourtant directement visée par la satire, mais acquise au parti janséniste, qui a fait sortir Crébillon de Vincennes. « L'*Histoire japonaise*[5] m'a fort réjoui dans ma solitude, je ne sais rien de si fou que ce livre, et rien de si sot que d'avoir mis l'auteur à la Bastille [*sic*][6] », écrit Voltaire, qui a pris plaisir à ce joyeux éreintement du principe d'autorité — pape, rois et princes, l'auteur lui-même du roman, personnage illustre de l'antique Chéchian, dépossédé de « son » livre par ses nombreux traducteurs —, et tout aussi bien à l'évocation des fées, génies et maléfices, prodiges et substitutions de hasard qui peuplent l'univers de ce « grand enfant de Crébillon », comme son entourage avait coutume de l'appeler. À l'inverse, le roman indigne Bouhier, président à mortier du parlement de Dijon : « Eh bien, j'ai tenu et lu enfin l'*Histoire japonaise* ; mais quoiqu'on ne puisse nier qu'il n'y ait quelques endroits

1. L'ouvrage paraîtra aussi sous le titre *L'Écumoire, histoire japonaise*. Voir la bibliographie, p. 1071.

2. *Journal littéraire*, La Haye, 1734, t. XXII, p. 469 et 472.

3. Le pape Clément XI condamne en septembre 1713, par la Constitution *Unigenitus Dei Filius*, cent une propositions jansénistes extraites des *Réflexions morales sur le Nouveau Testament* du père Quesnel. Soutenue par le roi et une partie du haut clergé, attaquée par les parlements les plus gallicans, dont celui de Paris, la bulle va opposer, pendant le siècle, partisans et adversaires du jansénisme.

4. Cité par Jean Delort, *Histoire de la détention des philosophes et des gens de lettres à la Bastille et à Vincennes*, Paris, 1829, t. III, p. 262.

5. Le livre est plus communément appelé par son sous-titre au XVIIIe siècle.

6. Lettre au comte d'Argental du 4 janvier 1735, *Œuvres complètes*, vol. XXXIII, *Correspondance*, t. I, Paris, 1880, p. 472.

assez bien tournés, surtout en ce qui regarde le génie Jonquille, je ne me résoudrai jamais à donner mon approbation à cet impertinent ouvrage, dussé-je être condamné au supplice de l'écumoire[1]. »

Connaissance du monde.

Les femmes reçoivent dans les salons. Chez la duchesse d'Egmont, dans les salons des marquises de Broglie, de Cambris et de Caraman, ou dans celui de Mme de Boufflers, où le charme des conversations est tout en petits mots, en allusions fines et impertinentes : « Sans esprit, sans élégance, sans la science du monde, des anecdotes, des mille riens qui composent les nouvelles, il ne faut pas songer à être admis dans ces réunions pleines de charmes. Là seulement on cause. On cause sur les sujets les plus légers ; c'est une véritable mousse qui s'évapore et qui ne laisse rien après elle, mais dont la saveur est pleine d'agrément. Une fois qu'on en a goûté, le reste paraît fade[2]. » Les femmes sont donc nombreuses à recevoir chez elles des « sociétés » ou « bureaux de l'esprit », souvent plusieurs fois dans la semaine. Le salon de Mme de Lambert, reflet de la solennité du Grand Siècle, de ses bienséances et de son respect des convenances, est rigide, trop prétentieux, et bientôt monotone. La conversation est plus libre chez Mme de Tencin. « Elle avait, écrit Pierre Clément à l'annonce de sa mort, en 1749, un certain nombre de gens de lettres, qu'elle appelait ses *bêtes*, à qui elle donnait à dîner le mardi et le dimanche, et le premier jour de l'an une culotte de velours. Ils vont maigrir et s'enrhumer si quelqu'autre bonne âme ne s'en charge. Heureusement il nous en reste plus d'une qui aspire à sa succession onéreuse[3]. » Les *bêtes* — d'Alembert, Caylus, Morellet, Fontenelle, Caraccioli, Marmontel, Montesquieu, Claude de Crébillon et ses amis anglais, Horace Walpole et Laurence Sterne — passent alors dans le salon de Mme Geoffrin, qui offre à dîner aux artistes, peintres et musiciens le lundi, et aux gens de lettres le mercredi. Préférée à sa rivale Mme du Deffand, devenue acariâtre avec l'âge.

Dans une lettre adressée à son fils qu'il conseille dans l'art d'acquérir, par la fréquentation assidue des salons, souplesse et civilité dans les manières, Lord Chesterfield s'informe de ses progrès : « Comment vont vos affaires avec l'aimable petite Blot ? Se prête-t-elle à vos fleurettes ? Êtes-vous censé être sur les rangs ? Mme de *** est-elle votre Mme de Lursay, et fait-elle quelquefois des nœuds[4] ? Seriez-vous son Meilcour[5] ? » La lettre fait allusion aux principaux protagonistes des *Égarements du cœur et de l'esprit* ou *Mémoires de Meilcour*, où un adolescent timide encore, ignorant tout du sexe, est séduit par une initiatrice plus âgée. Les aventures qui se succèdent dans le monde, l'expérience qui apporte peu à peu aisance et savoir-faire, les facilités du sexe par temps de galan-

1. Lettre du président Bouhier à Marais, cité par François Ravaisson, *Archives de la Bastille*, Paris, 1881, t. XII, p. 167-168.
2. Mme d'Oberkirch citée par Feuillet de Conches, dans *Les Salons de conversation au XVIIIe siècle*, Paris, 1891, p. 56.
3. *Les Cinq Années littéraires*, lettre XLIV, décembre 1749, t. II, p. 17.
4. Sur cette expression, voir *Histoire de dom B****, n. 36, p. 409, et *Thémidore*, n. 18, p. 507.
5. *Lettres de Ph. Dormer Stanhope, comte de Chesterfield à son fils Ph. Stanhope, écuyer*, lettre CCXXI du 6 mai 1751, Amsterdam, 1777, t. III, p. 202.

terie : tout achève bientôt de le « corrompre ». Dans sa préface, Crébillon annonce quatre parties ; trois paraîtront. Quelque trente ans après la publication des *Égarements*, Laurence Sterne évoque encore son retentissement dans l'un des épisodes du *Voyage sentimental*, comme une invitation, peut-être adressée à l'auteur, l'ami rencontré chez Pelletier, à leur donner une suite. Meilcour deviendra-t-il l'*homme du jour* recherché dans les salons, le petit-maître à la mode livré aux charmes des rencontres fugitives et du plaisir hédoniste ? Revenu de ses égarements, finira-t-il par connaître la vérité du sentiment dans l'intimité partagée avec la belle inconnue, aperçue à l'Opéra ? Tel qu'il est cependant, dans son inachèvement voulu qui laisse à l'amour sa part rituelle d'imprévisible, le roman de Crébillon prolonge les « relations d'incertitude » que connaît le héros tout au long de cette éducation sentimentale et mondaine. Le roman transposerait la liaison de Crébillon avec Mme Margny rencontrée à l'hôtel de Surgères. On connaît peu de conquêtes féminines dans la vie de Crébillon. Marais évoque une aventure de jeunesse avec la Gaussin, à la fin de 1734 ; il raconte que le mariage pourtant conclu, contrat en poche, n'aboutit pas, la comédienne ayant trouvé amant plus riche… Faut-il imaginer la vie de Crébillon à l'image de celle des libertins romanesques ? Si *affaires en règles* il y a, dans ces salons, elle sont en tout cas entourées d'une discrétion qui les réduit au quasi-néant biographique. Une lettre indignée de la Beauvoisin[1], dont le nom circule à travers la chronique scandaleuse et cité dans les *Mémoires secrets* de Bachaumont, laisse supposer alors que « l'affaire » a tourné court : « Pédant, vilain pédant, tu es si pédant, si sérieux, si sec et si gourmé, si composé, si empesé et si ennuyeux, que je ne veux pas que tu viennes souper avec nous chez Monticourt ; les demoiselles Avrillet ont dit à Collé que tu n'avais pas trouvé autre chose à leur dire que : *"J'ai l'honneur de vous présenter mon très humble hommage…"* ou bien *"Mes devoirs les plus respectueux"* pour changer. Va donc, tu n'es qu'un manche à balai galonné, tu ne fais pas autre chose que des révérences à la vieille mode[2]. » « Il [M. de Clêmes] est, comme vous l'avez remarqué très bien, sec, pédant et gourmé[3] » : on retrouvera les termes mêmes de l'insulte dans *Le Hasard du coin du feu*, que Crébillon compose vers 1742 (et qui sera publié en 1763) et lit, comme à son habitude, à ses amis. Est-ce alors lui qui, par auto-ironie, aurait intégré l'insulte dans son texte ? Ou faut-il imaginer un tour joué par ses amis qui l'auraient relevée dans le manuscrit, lesquels amis seraient les véritables auteurs du billet supposé écrit par cette amante délaissée ? Quoi qu'il en soit, Crébillon s'est acquis la réputation de réagir en personnage d'un autre siècle au milieu des débordements et des excès de ses contemporains, de conserver devant leur comédie amoureuse réserve et distance critique. Grimm, si souvent injuste dans ses jugements, corrobore le portrait : « M. de Crébillon ne ressemblait guère à ses écrits. Ses premiers succès le firent rechercher d'abord avec beaucoup d'empressement ; mais, passé ce premier moment, il vécut peu dans le monde. Sa conversation n'était ni très facile, ni très piquante, elle

1. Cette ancienne courtisane et danseuse de l'Opéra, dont elle a été chassée, tient une maison de jeu.
2. Octave Uzanne, *Contes dialogués de Crébillon fils*, Paris, 1879, p. XXXVI.
3. *Le Hasard du coin du feu*, Paris, « Collection des petits-maîtres galants », 1936, p. 253.

avait souvent de la pesanteur ; il faisait de longues phrases et les faisait avec prétention, il portait ce caractère jusque dans l'intimité des coteries où il vivait le plus habituellement[1]. »

La publication du *Sopha, conte moral* en février 1742 révèle en Crébillon un critique impitoyable et subtil de la dissimulation et de l'hypocrisie mondaines. Rapidement célèbre, le livre suscite la réaction des dévots, des femmes qui se sont reconnues dans le personnage de Zulica, la fausse prude et authentique débauchée du roman. Comme se sont retrouvés dans Nassès et Mazulhim les ducs de Richelieu et de Nivernais qui ont, semble-t-il, obtenu du ministre d'État, le chancelier d'Aguesseau, et du cardinal de Fleury un ordre d'exil contre Crébillon. Chargé de son exécution, le lieutenant général de police, Feydeau de Marville, exile Crébillon à trente lieues de Paris. Rappelé le 8 juillet 1742, au bout de trois mois, Crébillon vient de faire une fois encore l'expérience de la difficile condition de l'écrivain satirique sous la monarchie — esprit fort mais sans réelle indépendance, contraint de solliciter faveurs, grâces et protections, ou de revendiquer, comme Jean-Jacques Rousseau, le *devoir d'ingratitude*. Améliorant ses maigres ressources financières, le roman lui vaut, avec le témoignage renouvelé de l'amitié de Voltaire, l'estime du philosophe anglais David Hume ; son succès consacre, après Tanzaï et Néadarné, la célébrité du fils Crébillon dont le nom occupe toujours le haut de l'affiche des tragédies données à la Comédie-Française.

Crébillon père et fils.

Chez Crébillon père, les coups de théâtre sont terrifiants et les haines familiales brutales. On lui reproche son goût pour la cruauté et les sujets funèbres. « Je n'avais pas à choisir, réplique-t-il, Corneille avait pris le ciel, Racine la terre ; il ne me restait plus que l'enfer : je m'y suis jeté à corps perdu[2]. » D'une œuvre à l'autre, du père au fils, les lits et sofas voluptueux de l'alcôve et du boudoir se sont substitués, avec l'avènement de la Régence, aux « lits de mort » du théâtre tragique. Au père, « le génie, et point d'esprit ; son fils, au contraire, a de l'esprit, et point de génie[3] », assure le successeur de Crébillon père à son fauteuil de l'Académie française en 1762, l'abbé de Voisenon.

Citons Palissot et ses *Mémoires* : « Par la force de son génie, M. de Crébillon s'est rendu l'égal de nos meilleurs poètes tragiques, sans les imiter. Il ouvrit au théâtre une route nouvelle. Il n'éleva point l'âme comme Corneille ; il ne parla point au cœur comme Racine, mais la terreur devint entre ses mains le premier ressort de la tragédie [...]. Il a laissé un fils dont les écrits n'ont pas moins de grâces et de légèreté que ceux de son père avaient de rigueur et d'énergie[4]. » Crébillon fils « était taillé comme un peuplier, haut, long, menu ; il contrastait avec la taille forte et le poitrail de Crébillon le tragédiste. Jamais la nature ne fit deux êtres plus voisins et plus dissemblables[5] ». Certes, les divergences de

1. *Correspondance littéraire*, t. V, p. 480-481.
2. Cité par Clément dans *Les Cinq Années littéraires*, p. 54.
3. Voisenon, *Anecdotes littéraires*, Paris, édition de 1880, p. 78.
4. Charles Palissot, *Mémoires pour servir à l'histoire de notre littérature depuis François Ier jusqu'à nos jours*, Paris, édition de 1803, p. 51.
5. Louis Sébastien Mercier, *Tableau de Paris*, DCCLXXIV, Amsterdam, 1782-1789, t. X, p. 25.

goût et de comportement — « crapuleux » ici, selon Voisenon, galant là — sont réelles. Cependant, les relations entre le père et le fils sont étroites ; une solide amitié les unit que ne rompt jamais le peu d'empressement de Crébillon père à venir matériellement en aide à son fils. Celui-ci choisit d'occuper longtemps de modestes chambres garnies plutôt que de renouveler l'expérience de vivre chez un protecteur, comme comme il l'avait fait en 1744 chez Mme Alléon Dupré de Saint-Maur[1].

Alors que la légende veut que Marie Henriette de Stafford ait traversé la Manche pour se déclarer, c'est à Paris que se sont rencontrés Crébillon et sa future femme, et à Arcueil qu'ils se marient le 23 avril 1748. « Elle est louche et d'une laideur choquante, assure Collé ; elle avait fait la connaissance de Crébillon chez Mme Saint-Maur. Cette fille, qui était dévote, et qui ne connaissait pas le monde, tomba subitement amoureuse de Crébillon, et n'en est pas encore relevée ; en sorte que malgré l'inégalité des conditions, elle a fait ce mariage, singulier chez nous, et commun en Angleterre. Sa famille a été cause qu'il n'a pas été tenu secret, par les mauvais propos que les parents de cette demoiselle répandirent sur Crébillon et sur elle, dans le temps qu'ils jouissaient des douceurs d'une fornication pure et simple[2]. » Le fruit de cette « fornication » : un enfant de sexe masculin né deux ans plus tôt et que le mariage vient légitimer[3]. La singularité de ce mariage étonne aussi l'abbé Raynal, parce qu'il unit un auteur d'ouvrages libertins, et écrivain sans fortune, à la fille du secrétaire et grand chambellan de Marie d'Este, la reine d'Angleterre exilée à Saint-Germain-en-Laye avec Jacques II, le dernier des Stuarts. « C'est au reste une bien bonne créature, fort douce, fort polie et ne manquant pas de sens ; elle n'est pas riche », ajoute Collé, corrigeant ce que son portrait comporte de trop abrupt. La dot, peu élevée, ne résiste pas à l'installation du ménage ; les difficultés d'argent s'accumulent.

Dans une lettre de mars 1749 au lieutenant général de police Berryer, Crébillon s'étonne que son père lui préfère un certain M. Rousseau pour le seconder dans ses fonctions de censeur, alors que lui-même l'aide depuis « dix ans », et qu'il ne « lui demande rien[4] ». En 1750, le couple Crébillon déménage à Sens, pour des raisons d'économie. « Vous serez peut-être surpris, écrit-il en septembre au président de Brosses, du choix du lieu, les amusements n'y fourmillent pas ; et pour parler un peu bourguignon, la ville est assez *peûte* ; mais on y vit à bon marché, et l'on est près de Paris. Ces deux raisons m'ont déterminé[5]. » Crébillon y travaille le texte des *Heureux Orphelins*, qui paraîtra en 1754 ; il avance aussi dans la rédaction d'un texte dans la maniere du *Sopha* : *Ah, quel conte !* Les sept premières parties seront aussi publiées en 1754 à Bruxelles. « Il paraît la huitième partie du roman de M. de Crébillon fils : *Ah, quel conte !* La neu-

1. Mme de Graffigny se réjouit de ce départ dans une lettre : « La nouvelle de Paris est la séparation du Petit avec sa dame. Il est en chambre garnie depuis deux jours. Cela est bon pour nous. Elle le tenait si fort à l'attache qu'il ne faisait rien. À présent il travaillera » (*Trois lettres inédites*, p. 228).
2. *Journal et Mémoires*, t. I, p. 124.
3. L'enfant meurt en janvier 1750 et la femme de Crebillon en novembre 1755.
4. Cité par Funke, p. 334.
5. Lettre du 4 septembre 1750, citée par Funke, p. 334.

vième et dernière doit la suivre de près. C'est toujours la même chose[1] », commente Grimm dans sa *Correspondance littéraire* en avril 1755. Productions médiocres, elles font de l'ombre à la réception de ce qui est sans doute le chef-d'œuvre de Crébillon, le dialogue qu'il aura le plus longtemps gardé en portefeuille, *La Nuit et le Moment ou les Matines de Cythère*, lu en public en 1745 et publié en 1755. « Et l'on aime bien mieux les folies du jeune Crébillon dans de jolis in-12 en maroquin, que les œuvres de Bossuet en basane ou en veau », écrit en 1759 le marquis de Caraccioli dans *Le Livre à la mode*[2]. La marquise de Pompadour obtient la même année pour Crébillon la charge de censeur royal.

Censeur royal.

À la mort de son père, en juin 1762, Crébillon hérite de ses pensions allouées pour ses activités de censeur. Celles-ci consistent, pour les quelque cinq cents censeurs royaux recrutés principalement parmi les gens de lettres, à accorder ou refuser, après examen des manuscrits, « l'approbation » qui autorise leur impression. Pour offense aux bonnes mœurs que l'auteur a oublié de *consulter*, selon l'expression en usage, parce qu'ils font l'apologie de l'irréligion et de la libre pensée, les nombreux textes refusés se font imprimer en Hollande, où l'activité des presses est intense grâce à la quasi-inexistence de la censure et à des coûts d'édition bien moindres qu'ailleurs en Europe. Attribuée par le marquis d'Argens à la « sage police[3] » du pays, la liberté des presses procède aussi du libéralisme économique encouragé par les Hollandais. La circulation des livres qui n'ont reçu ni approbation ni privilèges officiels est tolérée en France, mais leur impression demeure interdite. « Singulière nation », s'étonne Casanova, où l'on nomme encore censeur royal pour les belles-lettres un auteur d'ouvrages libertins, réputé obscène par les esprits dévots, mais écrivain au jugement sûr, et conseiller avisé.

« Simple comme un enfant, *et un bon enfant*, sans fiel, sans jalousie, [Crébillon] n'a cherché dans un âge plus avancé, et surtout dans les vingt dernières années de sa vie, qu'à obliger les gens de lettres, et même à les aider de ses lumières et de son travail. Il leur a dit toujours la vérité sur leurs ouvrages avec une franchise qui n'appartenait qu'à lui[4]. » Louis Sébastien Mercier a laissé du censeur un précieux témoignage dans son *Tableau de Paris* : « Crébillon fils était censeur royal et censeur de la police. Il approuvait tous les ponts-neufs[5] et tous les vers imprimés sur des feuilles volantes. On en faisait alors une quantité effroyable ; les Héroïdes pleuvaient. Il approuvait tout cela avec un sang-froid et une politesse charmante. Jamais Crébillon fils ne fit attendre un auteur, fût-il chansonnier du Pont-Neuf. Il était toujours prévenant, affable et facile ; il me dissuada d'écrire en vers.

1. *Correspondance littéraire*, t. III, p. 11.
2. Louis Antoine, marquis de Caraccioli, *Le Livre à la mode*, Paris, 1759, p. 62. Cet ouvrage est imprimé en vert, couleur de perroquet et couleur favorite du petit-maître, et en rouge, tel celui que les comtesses et les marquises se mettent sur le visage et les lèvres.
3. Boyer d'Argens, *Mémoires de M. le marquis d'Argens*, Paris, édition de 1807, p. 413.
4. *Le Nécrologe*, p. 14-15.
5. Sur ce mot, voir *Angola*, n. 33, p. 703.

« Comme il ouvrait journellement sa porte à une multitude de versificateurs et d'auteurs débutants, il me dit un jour : “ Restez avec moi jusqu'à midi trois quarts ; voici l'heure que les poètes arrivent pour m'apporter leurs manuscrits : restez. ”

« Je m'assieds. Un coup de sonnette part ; Crébillon ouvre ; un auteur paraît ; il est vif et sémillant ; il se présente avec assez de grâce, parle de même ; il prend une chaise, tire un manuscrit de sa poche. La conversation s'engage, et notre auteur dit des choses spirituelles. “ De quel pays êtes-vous ? lui demanda Crébillon, qui approuvait par an quarante à cinquante mille vers. — Des environs de Toulouse, reprit l'auteur. — Bon, laissez-moi votre manuscrit ; envoyez ou repassez après demain, et l'approbation sera en règle. ”

« Quand l'auteur fut sorti, Crébillon tenant le manuscrit en main, me dit : “ Je ne sais ce qui est là-dedans ; vous avez entendu ce jeune homme ; il parle avec facilité ; il a de l'esprit. Voulez-vous gager avec moi que son ouvrage n'a ni rime ni raison ? — Eh pourquoi ce jugement précipité ? — Vous le saurez ; lisons, mon ami. ” En effet, la pièce présentée à la censure n'avait pas le sens commun.

« Part un second coup de sonnette ; c'est un nouvel auteur : Crébillon ouvre. L'auteur s'arrête à la porte ; il ne sait ni entrer, ni parler, ni s'asseoir, il est gauche, et tout d'une pièce ; il manque de renverser une petite table où était le déjeuner de son censeur. C'est un opéra que de le faire asseoir ; il recule à chaque instance ; enfin il est assis ; il veut parler, et il bégaie ; il répond mal à ce qu'on dit. Après avoir regardé pendant six minutes sa poche gonflée de son manuscrit, il le tire gauchement, laisse tomber sa canne et son chapeau en le présentant, cherche de l'œil son parasol, comme si on le lui avait volé, blesse ma jambe du bout de son épée en remuant mal à-propos, et parvient enfin à dire : “ Je vous prie, monsieur, de m'expédier, car on m'a dit que vous étiez fort obligeant. ” Crébillon prend le papier avec son aménité ordinaire, le met à son aise autant qu'il est possible, et lui fait la même interrogation. “ De quel pays êtes-vous, monsieur ? — Des environs de Rouen. — C'est bon, monsieur ; dans trois jours j'aurai approuvé votre manuscrit. ” Il le reconduit, l'aide à retrouver son parasol. La porte ne semble pas être assez large pour la sortie du poète, car il donne à gauche, fait un faux pas sur le palier, et tombe à la première marche. Il avait repoussé quatre ou cinq fois son censeur avec la main, et tout par civilité normande. La porte enfin se referme. “ Quel lourdaud ! m'écriai-je ; et cela écrit ! — Eh bien, me dit Crébillon, vous l'avez vu, vous l'avez entendu. Voulez-vous gager avec moi que son œuvre n'est pas sans mérite ? — Oh ! oh ! vous le connaissez donc ? — Pas plus que l'autre ; je ne l'ai jamais vu ; lisons. ” Nous lisons. Il y avait dans le manuscrit du lourd Normand des idées, du style ; et c'était un ouvrage très estimable. Comme je demeurais surpris de l'esprit de divination qui avait saisi notre censeur, il me dit : “ Une expérience de plusieurs années m'a démontré que sur vingt auteurs qui arrivent du midi de la France, il y en a dix-neuf qui sont détestables ; et que sur le même nombre qui arrive du Nord, il y en a la moitié au moins qui ont le genre de talent, et qui sont susceptibles de perfection. Les plus mauvais vers possibles se font depuis Bordeaux jusqu'à Nîmes. Telle est la latitude des plats versificateurs. Tous ces écrivains-là en général n'ont que du vent dans la tête, tandis que ceux qui viennent des provinces septentrionales ont du sens, et un talent inné qui ne demande que de la culture[1]. " »

Crébillon, qui est aussi depuis 1766 « membre non-résident » de l'Académie des sciences, arts et belles-lettres de Dijon, se voit confier, un an avant sa mort, le poste de « censeur de la police », en charge du théâtre. Vivant le plus souvent seul chez lui, oublié du public auquel il a donné en 1768 dans une indifférence quasi générale les *Lettres de la duchesse de *** au duc de **** et les *Lettres athéniennes* en 1771, il voit paraître en 1772, à Londres, la première édition de ses œuvres complètes. L'éditeur publie, en tête, un avis : « Il a peint les mœurs de son siècle, les vices, les défauts, jusqu'aux ridicules, si difficiles à saisir, de ses contemporains ; et le temps, qui voit changer les mœurs, respectera toujours les ouvrages dans lesquels l'ancienne maxime de penser et d'agir est fidèlement exprimée[2]. » Témoin d'un âge décidément révolu, contemporain d'un libertinage de cour débordé par la débauche et le cynisme évoqués, entre lucidité et amertume, dans les *Lettres athéniennes*, Crébillon confiait déjà à Mercier, dix ans plus tôt, « regretter le temps de la Régence comme l'époque des bonnes mœurs en comparaison des mœurs régnantes[3] ».

« Crébillon demeurait rue du Chantre — une horrible petite rue, qui a disparu au moment de l'achèvement du Louvre — vis-à-vis l'hôtel du Saint-Esprit ; il était là déjà en 1759, quand on lui donna une charge de " censeur royal pour les belles-lettres[4] ". » C'est là aussi qu'il meurt, le 12 avril 1777 à neuf heures du matin, « entre les bras de M. Collé son ami, qu'il nomma son exécuteur testamentaire, et qui s'est acquitté de ce triste devoir avec tout le zèle, toute l'intégrité qui lui ont acquis, depuis longtemps, l'estime publique[5] ». Crébillon est inhumé discrètement, sans cérémonie, à Saint-Germain-l'Auxerrois.

Un fermier général appose les scellés dans l'appartement. Avocat, médecin, chirurgien et apothicaire, tailleur d'habits, chacun se presse à la porte de l'appartement, réclame les sommes dues. L'importante bibliothèque de Crébillon est mise en vente aux enchères publiques dans la semaine du 26 mai au 2 juin 1777. Les manuscrits, un portrait de son père et de lui-même sont légués à Collé. Parmi les nombreux livres mis en vente — d'histoire et de botanique, de zoologie, essais littéraires et romans, *Les Mille et Une Nuits* par Galland ou *Les Contes de fées* par Mme d'Aulnoy, brochures, mémoires, voyages, Satires de Perse et de Juvénal, *Théâtre de la Foire* par Lesage et d'Orneval, fables et contes, *L'Âne d'or* d'Apulée, *L'Histoire secrète des femmes galantes de l'Antiquité*, *Les Jeux et Plaisirs de l'enfance* par Jacques Stella. Noyé au milieu de la bibliothèque d'un parfait « honnête homme » du XVIIIe siècle, le livre aura accompagné tout au long de sa vie ce « grand enfant de Crébillon » — dit encore, par les historiens de la littérature, Crébillon le jeune.

ROMAN WALD-LASOWSKI.

1. *Tableau de Paris*, p. 26-28.
2. *Collection complète des œuvres de M. de Crébillon, fils*, Londres, 1772, t. I, p. vj.
3. *Tableau de Paris*, p. 26.
4. Amédée Jal, *Dictionnaire critique de biographie et d'histoire*, p. 456.
5. *Le Nécrologe*, p. 16.

BIBLIOGRAPHIE

ŒUVRES DE CLAUDE DE CRÉBILLON

Éditions anciennes.

*Le Sylphe ou songe de Mme de R*** écrit par elle-même à Mme de S****, Paris, Louis-Denis Delatour, 1730.

*Lettres de la marquise de M*** au comte de R****, La Haye, Henri Scheurleer, 1734.

Tanzaï et Néadarné, histoire japonaise. À Pékin [Paris]. Chez Lou-chou-chu-la, Seul Imprimeur de Sa Majesté chinoise pour les langues étrangères, 1734. Les éditions postérieures ont pour titre *L'Écumoire, histoire japonaise* ou *L'Écumoire ou Tanzaï et Néadarné, histoire japonaise.*

Les Égarements du cœur et de l'esprit ou Mémoires de Meilcour, Paris, Prault fils, 1736 (Ire partie), 1738 (IIe partie).

Le Sopha, conte moral. À Gaznah. De l'Imprimerie du très-pieux, très-clément et très-auguste sultan des Indes. L'an de l'Hégire M.C.XX. [1742]. Avec privilège du susdit.

Atalzaïde, ouvrage allégorique. Imprimé où l'on a pu, 1745.

Les Amours de Zeokinizul, roi des Kofirans [Louis XV, roi des Français]. Ouvrage traduit de l'arabe du voyageur Krinelbol [Crébillon]. À Amsterdam. Aux dépens de Michel, 1746.

Ah, quel conte ! conte politique et astronomique, Bruxelles, Frères Vasse, 1754.

Les Heureux Orphelins, histoire imitée de l'anglais, Bruxelles, Frères Vasse, 1754. « La première partie est la traduction de *The Fortunate Foundlings*, 1754 ; le reste du roman est nouveau. Il est possible que la femme de Crébillon, Henrietta Maria Stafford Howard, ait contribué à l'ouvrage. / L'ouvrage français a été traduit en anglais par Edward Kimber : *The Happy Orphans*, 1759 » (Angus Martin, Vivienne G. Mylne, Michaud Frantschi, *Bibliographie du genre romanesque français, 1751-1800*, Mansell London-France Expansion, 1977).

La Nuit et le Moment, ou les Matines de Cythère, dialogue, Londres, 1755.

Le Hasard du coin du feu, dialogue moral, [s.n.], La Haye, 1763.

*Lettres de la duchesse de *** au duc de ****, Liège, 1768.

Lettres athéniennes extraites du portefeuille d'Alcibiade, Londres, Elsmy, et Paris, Delalain, 1771.

Collection complète des œuvres de M. de Crébillon, fils, Londres, 7 vol., 1772, Koninklijke Bibliotheek, cote 298 F 12-18. Tome I : *Les Égarements* ; *La Nuit et le Moment.* Tome II : *L'Écumoire* ; *Lettres de la marquise* ; *Le Sylphe.* Tome III : *Le Sopha*, *Le Hasard du coin du feu.* Tome IV : *Ah, quel conte !* Tome V : *Les Heureux Orphelins.* Tomes V et VI : *Lettres athéniennes.* Tome VII : *Lettres de la duchesse.* Nouvelles éditions : Londres, 1777 ; Maastricht, 1779.

Éditions récentes des « Œuvres complètes » de Crébillon.

Œuvres de Crébillon fils, édition de Pierre Lièvre, Paris, Le Divan, 5 tomes, 1929-1930. Tome I : *La Nuit et le Moment.* Tome III : *Le Sopha.* Tome V : *Le Sylphe.*
Œuvres, édition partielle dirigée et établie par Ernest Sturm et Stéphane Pujol, François Bourin, 1992.
Œuvres complètes, édition dirigée par Jean Sgard, Classiques Garnier Multimédia, 1999. Tome I : *Le Sylphe* ; *Lettres de la marquise* ; *Tanzaï et Néadarné* ; *Les Amours de Zeokinizul.*

Éditions anciennes du « Sylphe ».

*Le Sylphe ou Songe de Mme de R*** écrit par elle-même à Mme de S****, Paris, Louis-Denis Delatour, 1730, BNF, cote Y2 9365. C'est l'édition, anonyme, retenue pour ce volume.
Le Sylphe [...], Paris, Prault fils, 1735. Édition avec le nom de l'auteur.
Le Sylphe, édition établie par Victor Develay, Paris, Librairie des bibliophiles, 1873.

Éditions récentes du « Sylphe ».

Le Sylphe, Le Promeneur, coll. « Le Cabinet des lettrés », 1992.
Sylphes et Sylphides, anthologie (Montfaucon de Villars, Crébillon, Marmontel, etc.) établie et présentée par Michel Delon, Desjonquères, 1999.

Éditions anciennes du « Sopha ».

Le Sopha, conte moral. À Gaznah. De l'Imprimerie du très-pieux, très-clément et très-auguste sultan des Indes. L'an de l'Hégire M.C.XX. [1742]. Avec privilège du susdit. BNF, cote Y2 68984 / 85. C'est l'édition que nous avons retenue.
Le Sopha, conte moral. Imprimé sur la véritable copie de Gaznah, et se trouve à La Haye, chez F. H. Scheurleer, 1742. Cette édition est identique à la nôtre.
Le Sopha, conte moral, par M. Crébillon, fils, se trouve en Hollande, chez les libraires, 1745, Koninklijke Bibliotheek, cote 2207 F 16. Les deux parties du roman ont été réunies en un volume par F. H. Scheurleer.
Le Sopha. À Pékin. Chez l'Imprimeur de l'Empereur, 1749.
Le Sopha, À Gennes [*sic*]. Aux dépens du public, 1751.
Le Sopha. À Pékin, 1764.
Le Sopha, conte moral, nouvelle édition revue, corrigée et augmentée d'une introduction historique par M. J. D. C. [M. Jolyot de Crébillon]. À Pékin. Chez les libraires associés, 1000, 700, 60, 14 [1774], Koninklijke Bibliotheek, cote 863 F 31.
Le Sopha, Paris, Les Principaux Libraires, 1831.

Éditions récentes du « Sopha ».

Le Sopha, présentation d'Albert-Marie Schmidt, UGE, coll. « 10 / 18 », 1966.
Le Sopha, préface de Jean Sgard, Desjonquères, 1984. Rééd. : 1993.
Le Sopha, conte moral, édition établie et présentée par Françoise Juranville, Flammarion, coll. « GF », 1995.

Éditions anciennes de « La Nuit et le Moment ».

La Nuit et le Moment, ou les Matines de Cythère, dialogue, Londres, 1755. Avec 6 gravures, BNF, cote Y2-56980. C'est l'édition que nous avons retenue.
La Nuit et le Moment, […], Londres et Amsterdam, 1764. Avec figures.
La Nuit et le Moment, […], dans *Contes dialogués de Crébillon fils*, notice bio-bibliographique d'Octave Uzanne, avec portrait, planches et figures gravés, Paris, A. Quantin, 1879.

Éditions récentes de « La Nuit et le Moment ».

La Nuit et le Moment, préface de Henri Coulet, Desjonquères, 1983. Rééd. : 1992.
La Nuit et le Moment, édition établie et présentée par Jean Dagen, Flammarion, coll. « GF », 1993.
La Nuit et le Moment, édition établie et présentée par Roman Wald-Lasowski, Le Livre de poche, coll. « Classique », 1995.
La Nuit et le Moment, texte choisi et présenté par Michel Delon, Mercure de France, coll. « Le Petit Mercure », 2000.

ÉTUDES SUR CLAUDE DE CRÉBILLON

CHERPACK (Clifton), *An Essay on Crébillon fils*, Durham, Duke University Press, 1962.
DAY (Douglas A.), « Crébillon fils, ses exils et ses rapports avec l'Angleterre », *Revue de Littérature comparée*, 33, 1959.
DORNIER (Carole), *Le Discours de maîtrise du libertin, étude sur l'œuvre de Crébillon*, Klincksieck, 1994.
FUNKE (Hans-Günter), *Crébillon fils als Moralist und Gesellschaftskritiker*, Heidelberg, Carl Winter Universitäts Verlag, 1972.
FORT (Bernadette), *Le Langage de l'ambiguïté dans l'œuvre de Crébillon fils*, Klincksieck, 1979.
GIARD (Anne), *Savoir et récit chez Crébillon fils*, préface de Jean Sgard, Champion, 1986.
STEWART (Philip), « Crébillon : une dénonciation scandaleuse », *Le Masque et la Parole, le langage de l'amour au XVIIIe siècle*, José Corti, 1973, p. 148-184.
VERSINI (Laurent), *Laclos et la tradition*, Klincksieck, 1968. L'auteur traite longuement de Crébillon dans cet ouvrage sur le libertinage, dans la troisième partie du chapitre I.
WALD-LASOWSKI (Roman), *Crébillon fils et le libertinage galant* (thèse), Université de Nimègue, 1984.

LE SYLPHE

NOTICE

Dans une de ses lettres d'Italie, le président de Brosses évoque longuement sa découverte de la célèbre sculpture du Bernin dans l'église romaine de Sainte-Marie-la-Victoire. Le spectacle de la « Transverbération » de sainte Thérèse enchante l'amateur d'art, l'influent président de l'Académie des sciences, arts et belles-lettres de Dijon ; il suscite aussi l'ironie de l'homme d'esprit : « c'est ici l'amour divin, je le connais ; on en voit ici-bas maintes copies d'après nature[1] ». Aux extases sublimes des grandes mystiques, rapts et épanchements dont l'âge baroque s'est enivré, l'avènement de la Régence a substitué en effet ses filles de l'esprit et de la volupté à travers l'abandon résolument terrestre — les langueurs — des marquises. Assiégées par un libertin ou s'abandonnant à leurs fantasmes dans leurs étreintes solitaires, duchesses et marquises se livrent, ou invitent tout en repoussant, à l'image de la sainte figurée par le Bernin.

Si le XVIIIe siècle en fait un modèle, il en sature également son environnement, exaltant le spectacle de la jouissance féminine sur le dessin de ses porcelaines, dans ses vignettes et gravures libertines, comme aux plafonds des palais et des petites maisons. Intercesseurs idéals de ces jouissances supérieures, les angelots et les amours aériens — multitude d'êtres flottants, volants, animant l'eau et l'air — entraînent la déesse, les yeux révulsés vers le ciel, dans le vaste tableau décoratif peint par Noël Nicolas Coypel, *L'Enlèvement d'Europe* (1727). Dans le salon ovale de l'hôtel de Soubise, Charles Natoire figure Psyché et Cupidon dont la Régence redécouvre les amours légendaires dans *L'Âne d'or ou les Métamorphoses* du poète latin Apulée. Le motif de Mercure ou Cupidon conduisant Psyché au ciel s'impose dans la poésie et la peinture, envahit la statuaire. Et tandis que chez Watteau et Fragonard s'élance toujours plus haut dans le ciel la frondaison des arbres, Philippe Bertrand (1664-1724) choisit de représenter *L'Air* dans une sculpture, et arrache le bronze à la pesanteur à travers le mouvement ascensionnel, le dynamisme des figures.

Comme un reflet de lui-même tout entier dévolu à la grâce et à la légèreté, au flux brillant des apparences, le siècle galant n'en finit pas de se chercher et de se reconnaître dans les voluptés de ce « monde en l'air[2] » que ses modes, ses mœurs et ses œuvres visitent continuellement. « Tels sont communément les Français. *Ils semblent*, dit une femme de beaucoup d'esprit, *s'être échappés des mains du créateur au moment où il n'avait pas*

1. *Lettres familières sur l'Italie*, Paris, édition de 1931, t. II, p. 68. (Écrites en 1739 et 1740, les lettres ont été publiées pour la première fois à Paris en 1795.)

2. L'expression est de Panard et Fagan dans leur opéra-comique *Le Sylphe supposé* (*Théâtre et œuvres diverses*, 1963, t. III). Voir p. 1075.

encore assemblé pour leur formation que l'air et le feu », ironise l'abbé Trublet[1]. Au milieu du *Ballet des éléments*, divertissement donné le 23 décembre 1748 sur le théâtre privé des petits appartements du roi à Versailles, zéphyrs, aquilons et souffles animés par les sylphes mènent la danse, président aux amours passagères qui mûrissent, éclosent et disparaissent dans l'instant — « autant en emporte le vent », chante Favart dans l'un de ses vaudevilles donnés à l'Opéra-Comique. La Pompadour y tient le premier rôle, celui de la *fille de l'air*.

Avec ses grands rideaux, son lit vide et enveloppé de coussins et de nuages, *Le Lit d'apparat* de Fragonard semble figurer le théâtre d'un songe, restituer une scène d'apparition divine, confondant extases et envolées célestes : illustration d'une petite scène intime qui a inspiré tout au long du siècle, entre lyrisme et ironie, entre illusion et réalité, une mythologie galante dont Claude de Crébillon a été avec *Le Sylphe* le premier à fixer le décor dans la littérature et l'imaginaire libertins. Ténue et légère, la première en date des œuvres de Crébillon s'impose comme un chef-d'œuvre de l'érotisme galant. Une simple miniature, mais où se résume déjà tout entier l'esprit de la galanterie, les tours et les détours d'une érudition qui suscitent continuellement sa malice ; où l'œuvre à venir affirme, en un condensé stylisé, la diversité de ses formes, la variété de ses registres d'écriture : lettres, contes merveilleux et dialogues galants.

Publié à Paris, en 1730 sans nom d'auteur, *Le Sylphe* est passé inaperçu au moment de sa parution. C'est au théâtre, aux Italiens avec *La Sylphide*, comédie en un acte et en prose des acteurs Dominique et Romagnesi ou sur les tréteaux de la foire Saint-Germain où Panard et Fagan créent *Le Sylphe supposé*, qu'évoluent et se font connaître du public au cours de l'année 1730 ces petits êtres aériens popularisés par le succès du livre de Montfaucon de Villars, *Entretiens sur les sciences secrètes. Le Comte de Gabalis*. En satiriste insolent et désinvolte, matérialiste épicurien et libertin, amateur de vin, de rêves et de nymphes, l'abbé de Villars y démythifiait en 1670 la science occulte héritée de la cabale[2] et des traités noircis d'exégèses où Paracelse[3], le célèbre alchimiste du XVIe siècle, explore la matière

1. « De la politesse », *Essais sur divers sujets de littérature et de morale*, Paris, 1754, t. II, p. 164.

2. Curieux d'en savoir plus sur une matière qui le laisse sceptique, le narrateur et rédacteur des cinq entretiens qui composent cet ouvrage de l'abbé de Villars entre en relation avec un « Allemand grand seigneur et grand cabaliste » qui lui rend visite lors d'un passage à Paris. S'engage alors entre le savant, le comte de Gabalis, et son interlocuteur un dialogue mi-sérieux mi-badin au sujet des sciences secrètes et de la cabale. L'entretien tourne vite autour de la réalité supposée des génies élémentaires, esprits intermédiaires entre la nature divine et humaine, à la recherche d'un corps terrestre complémentaire avec lequel ils attendent de s'accoupler en des noces spirituelles et mystiques pour acquérir l'immortalité, rétablir l'état primordial de l'*être absolu*. Unité pure et non soumise à la dualité, réalisée à travers la fusion des principes masculin et féminin, cet *être primordial* rappelle l'androgyne dont Platon évoque le mythe dans *Le Banquet*.

3. Philippus Aureolus Theophrastus Bombastus von Hohenheim dit Paracelse (1493-1541), philosophe et alchimiste, père de la médecine hermétique, traite de ces sujets dans ses nombreux ouvrages. Ainsi dans le *Traité des maladies invisibles*, il évoque incubes et succubes. De ces explorations savantes dans les mondes parallèles, Montfaucon de Villars aura pris le parti de rire et, selon la légende qui entoure les circonstances restées inexpliquées de sa disparition, de braver la mort : on le retrouva un soir sans vie sur le bas-côté d'un chemin de campagne, victime, croit-on au XVIIIe siècle, de la vengeance des sectateurs de la cabale et des sciences occultes, qui se sont sentis ridiculisés par son livre.

subtile des éléments et les esprits supposés leur correspondre : salamandres ou ministrants du feu, ondines ou démons de l'eau, gnomes ou gardiens des cavernes et des trésors, sylphes enfin, ces génies de l'air et des tempêtes, entraînés au gré des vents, ballottés au hasard des souffles et des soupirs qu'ils habitent aussitôt. Montesquieu, en 1721, dans une de ses *Lettres persanes*, rappelle leur popularité dans les premières années du siècle, les trafics d'argent auxquels leur mode a donné lieu parmi les esprits crédules : « À Paris, mon cher Rhedi, il y a bien des métiers. / Là un homme obligeant vient, pour un peu d'argent, vous offrir le secret de faire de l'or. / Un autre vous promet de vous faire coucher avec les Esprits aériens, pourvu que vous soyez seulement trente ans sans voir de femmes[1]. » Les rose-croix et les alchimistes, les charlatans illusionnistes et les magiciens écumant l'Europe, tels le comte de Saint-Germain ou Giuseppe Balsamo, plus connu sous le nom de comte de Cagliostro, promettront tout au long du siècle la régénérescence physique et morale à travers horoscopes, consultation des oracles, recherche de la pierre philosophale, commerce avec les intelligences célestes, fontaines de jouvence, profusion de talismans et de philtres insoupçonnés ayant soudain trouvé le pouvoir d'effacer les rides les plus profondes d'un siècle prématurément vieilli par le scepticisme. « La grande chimère de Mme d'Urfé, rapporte Casanova, était celle de croire à la possibilité de parvenir au colloque avec les esprits élémentaires. Elle aurait donné tout ce qu'elle possédait pour y parvenir[2]. » La marquise d'Urfé n'épargne rien, dépense sans compter — dîners fastueux, réceptions avec tout ce que l'Europe compte alors de savants versés dans les sciences occultes — pour communiquer avec les esprits. Et particulièrement avec celui « qui ne lui parle que la nuit », confie-t-elle à Casanova, si proche lui-même à ses yeux de ces créatures d'une « espèce entre la divine et l'humaine », qui savent traverser si vite l'air d'un bout à l'autre du continent.

« Un sylphe attaché à la belle prolongeait son repos, et avait conduit à son lit le songe du matin, qui voltigeait sur sa tête et la couvrait de ses ailes. » La traduction par le comte de Caylus, en 1728, du poème héroï-comique de Pope, lecteur de Montfaucon de Villars qu'il cite dans la dédicace de son *Rape of the Lock*[3], a consacré la dignité littéraire de ces « aimables créatures » avec lesquels on peut aisément lier commerce, mais « à une certaine condition, qui à la vérité ne convient pas à tout le monde : c'est d'être chaste ». Une boucle de cheveux de femme lentement s'élève, monte au firmament, enlevée par un cortège, tourbillonnant de sylphes ; son apothéose la transforme en étoile, orientant le voyageur dans le ciel de la galanterie. L'identité de l'argument initial — un sylphe supposé, aux allures de petit-maître, suscite un songe à une belle endormie, plongée ici dans sa rêverie — laisse penser que le jeune Crébillon a découvert Pope dans la traduction de 1728. Cependant, là où le poème de l'écrivain anglais s'échappe vers le fantastique et le merveilleux romanesques, Crébillon s'attarde surtout sur le dialogue qui s'installe entre le génie et sa confidente. *Le Sylphe* affirme une originalité d'écriture que la proximité

1. Lettre LVIII, *Œuvres complètes*, Bibl. de la Pléiade, t. I, p. 215-216.
2. *Histoire de ma vie*, V, v, t. II, p. 96.
3. Alexander Pope, *The Rape of the Lock*, 1712, publié en français sous le titre *La Boucle de cheveux enlevée*, traduit par le comte de Caylus, Paris, 1728.

du texte de Pope, les innombrables variations littéraires sur le thème du phallus ailé, les démangeaisons de la *puce à l'oreille* ou la question de savoir *comment l'esprit vient aux filles* ont longtemps contribué à masquer. Ainsi, dans leurs commentaires sur Crébillon, devenu célèbre au milieu du siècle avec la parution du *Sopha*, Grimm, Collé, Raynal ou Palissot oublient-ils de mentionner *Le Sylphe*. « Ce fut le premier ouvrage de l'auteur. Il était encore jeune[1] », écrit Bricaire en 1768 dans *Les Deux Âges du goût et du génie français*, lorsqu'il évoque *Le Sylphe*. Longtemps ignoré du public et connu sans doute des seuls initiés, le livre est tenu pour négligeable par la critique. Le *Sylphe* circule de façon anonyme puis reparaîtra, après une seconde édition (séparée) en 1735 signée de son nom, dans le tome II de la première édition de ses *Œuvres complètes* publiée à Londres en 1772. *Le Sylphe* aura su ainsi cultiver l'art de ne pas se faire remarquer pour mieux rebondir, plus tard, dans son œuvre. *Le Sylphe* affirme d'emblée un style : une langue, une situation, des thèmes que l'œuvre ne cessera plus d'explorer. Dans une chambre ou un boudoir, étendus sur un sofa ou couchés dans un lit, un homme et une femme dialoguent. Gens du monde et libertins par convention, par conformisme aux mœurs régnantes, ils se découvrent progressivement, se séduisent l'un l'autre à travers leur badinage ; parlent du plaisir, de la conversion récente des esprits et des corps à l'hédonisme, du bonheur qu'on lui doit. Pourtant, la réhabilitation des plaisirs faciles du sexe durant la Régence n'a pas fait disparaître tous les obstacles qui interdisent à une femme de s'y livrer simplement, mais par détours et dissimulations. Ayant délaissé son séjour aérien pour la seconder dans ce difficile combat intérieur, le sylphe s'est insinué dans son intimité, libertin sans corps, pur esprit seulement entraperçu, éclipse ravissante d'une vision trop brève.

Tels les incubes et les succubes logés chez les mystiques du Grand Siècle, sur lesquels s'acharne le démon de la chair, les génies élémentaires aiment se produire dans des endroits isolés, loin du monde, de ses agitations, de ses fièvres. Un bruit, l'éclat d'une lumière un peu trop vive, le froissement d'un drap : un rien suffit à les faire fuir. C'est au plus profond de ces séminaires des rêveries, que sont au XVIIIe siècle les boudoirs et les chambres solitaires, qu'ils aiment se manifester, attirés par l'atmosphère enveloppante de ces lieux où l'écoute du corps et la perception des mouvements infimes de la sensibilité ne sont pas envahies par la rumeur du dehors. Scène intimiste — « on garde sa chambre pour changer de scène, comme on court à l'opéra[2] » —, théâtre privé du désir où s'affrontent les troubles de l'imaginaire, du corps et de l'esprit, la chambre de Mme de R***, située à la campagne, fixe un décor propice à leur apparition. Tant est grand en Mme de R*** le désir de les rencontrer, dans son mépris affiché « pour les hommes », dans son rejet des occupations frivoles et des plaisirs superficiels de la vie mondaine.

« J'étais, un des derniers jours de la semaine passée, retirée dans ma chambre : la nuit était chaude, j'étais couchée d'une façon modeste, pour quelqu'un qui se croit seul, mais qui ne l'aurait pas été si j'eusse cru avoir

1. *Les Deux Âges du goût et du génie français sous Louis XIV et sous Louis XV*, Paris, 1768, p. 367.
2. Marquis de Caracciolo, art. « Garder la chambre », *Dictionnaire critique, pittoresque et sentencieux*, Lyon, 1768.

des spectateurs. Ennuyée d'une compagnie provinciale qui m'avait obsédée toute la journée, je cherchais quelque dédommagement dans un livre de morale, lorsque j'entendis prononcer distinctement, quoique à demi-bas, et avec un soupir, “ Ô Dieu que d'appas[1] ! ” » Mme de R*** succombe donc à l'hommage du sylphe, un ouvrage de morale dans les mains. Le livre est-il un traité d'ésotérisme, une « sage » étude de mœurs, l'un de ces essais équivoques dont on ne sait qui du moraliste, du prédicateur jésuite ou du libertin l'a rédigé ? Que ce soit grâce à la vertu incitative du modèle, à travers le catalogue des postures, ou encore de façon indirecte et plus persuasive, tandis que l'ennui de la lecture prédispose à la distraction, qu'il insinue la rêverie érotique, le livre s'impose comme un médiateur essentiel de la scène galante. Il signale également un ensemble de motifs et de thèmes autour desquels les textes libertins vont se nouer, s'attirer, et reconnaître mutuellement leurs influences dans leur appartenance à un genre commun : la littérature de divertissement, qui est aussi *divertissement* et détournement continuel de textes. C'est à partir des livres, des vertiges de l'érudition, que la littérature libertine, par dérivation et parodie, se constitue en effet dans les premières années de la Régence, et qu'elle continue de se développer sur cette lancée tout au long du siècle[2]. Si l'esprit a répondu à l'appel dans la chambre crébillonnienne, s'il est bien là, illusion ou réalité, il l'est d'abord dans l'entrebâillement des pages ouvertes — émanation livresque de toute une culture transmise pour être mieux offerte aux jeux de l'ironie libertine.

Car, plus loin que Montfaucon de Villars et Pope, plus loin que Paracelse, on peut remonter à la tradition platonicienne de l'esprit souffleur[3]. « […] nous connaissons toutes ses faiblesses, et quand elle pousse un soupir d'amour, que la nature dans un moment de distraction se trouve la plus forte, nous la saisissons ; en un mot, la plus légère idée de tentation devient par nos soins tentation violente, et bientôt satisfaite[4]. » De la nature d'un soupir, s'identifiant avec l'aveu surpris d'une lectrice brusquement consciente de sa nudité, entraînée au milieu du labyrinthe de ce qui l'obsède — énigmes mystérieuses du corps, de la pudeur et du désir —, le sylphe s'est échappé de la gorge de Mme de R*** pour la soumettre aux dérobades et aux feintes de sa propre voix. Un spectacle dont le sylphe, dans son badinage ironique sur l'inconstance naturelle des femmes, est tout à la fois l'acteur, le témoin et le régisseur tyrannique. Débat, échange de répliques et de sophismes brillants qu'impose comme autant de vérités la force culturelle du préjugé : ils ne cessent d'irriter au fil du dialogue le conflit dans lequel, entre vanité et

1. Voir p. 54.

2. Dans son étude sur la littérature de l'âge baroque dont l'influence est si présente chez Crébillon, Jean Rousset écrit qu'elle est un « art d'illusions et de mots de passe, de variations sur un thème reçu, une littérature à partir de la littérature, une poésie qui est d'abord esprit et bel esprit » (*La Littérature de l'âge baroque en France. Circé et le paon*, José Corti, 1965, p. 242).

3. Nous renvoyons pour une étude de cette tradition aux articles de Robert Klein recueillis dans *La Forme et l'Intelligible*, Gallimard, coll. « Tel », 1983. Dans *Isabelle et Gertrude ou les Sylphes supposés* (Paris, 1765, p. 7) de Favart, les deux sources livresques de la vogue des sylphes sont posées sur le guéridon d'un petit salon (sc. II) : *Notes sur « Le Comte de Gabalis », où l'on traite de la réalité et de l'apparition des substances aériennes*, et « *L'Androgyne* » *de Platon, ou Maximes intellectuelles qui prouvent que le véritable amour consiste simplement dans l'union des âmes*.

4. Voir p. 56.

résistance, entre sentiment de culpabilité et plaisir, la féminité mûrit à l'écoute des passions du corps, de prophétiser la *chute* inévitable d'une femme finalement rattrapée par la rumeur envahissante du sexe et du monde. Repoussant les avances des salons et du boudoir, duchesses, marquises, ou bourgeoises, nulle n'échappe à son sylphe, à l'un de ces esprits migrateurs et espiègles, toujours à l'affût, *spiritelli* selon les poètes italiens de la Renaissance, *corps subtil de l'âme* chez les philosophes néo-platoniciens, pour lesquels l'imagination établit ces sortes de contacts surnaturels qui provoquent stupeur, effroi et fascination mêlés chez celles que la curiosité égare dans leur rêve de fusion, de satisfaction immédiate de leurs fantasmes... Avant qu'un ultime soupir ne vienne interrompre le cours de l'imagination et dénouer cette dramaturgie du désir devenu spectacle, extase sous l'apparence « palpable » du : « —Ah mon sylphe ! m'écriai-je, que je crains votre présence ! / — Que ne la souhaitez-vous ! » dit-il en soupirant. / Je ne répondis moi-même que par un soupir. En ce moment une lueur extraordinaire remplit ma chambre, et je vis au chevet de mon lit le plus bel homme qu'il soit possible d'imaginer, des traits majestueux, et l'ajustement le plus galant et le plus noble[1]. » Divine lumière de l'ange, fantôme admirable logé au bout de la voix, vite dissipé par le bruit d'une porte qui s'ouvre brusquement pour laisser entrer avec la femme de chambre la clarté extérieure du jour. « *Mirabile visione* » que célèbre la *Vita nuova* de Dante.

Dans l'égarement et la confusion des sens, une vision subtile flotte au-devant du désir qui est d'abord apparition, présence fugitive d'un *beau corps*. Corps lumineux que l'imagination féminine tisse elle-même *ex elementorum vaporibus*. Visiteur d'un soir et passeur clandestin de rêves, d'images sublimes, le sylphe finit par recueillir l'esprit de la rêveuse dans sa matérialité : la livrant à l'extase d'une étreinte solitaire — tel un incomparable miroir tendu pour mieux vanter les prestiges de sa propre beauté.

C'est pour aller à la rencontre d'un reflet d'elle-même, écho de sa propre voix avant d'être reflet du corps, que l'inaccessible Mme de R***, depuis toujours dévorée de curiosité pour son sylphe, s'est exclue de la sociabilité mondaine, préférant à la platitude des galanteries de salon l'enchantement des *variations sur ses propres soupirs*. Image actualisée qui n'a d'autre objet que de jouir d'elle-même et de se mettre en scène, le sylphe est essentiellement une figure du discours : la métaphore d'un désir de femme de s'entendre parler à travers l'autre débusqué en soi-même, et de s'entendre répéter, selon un scénario indéfiniment reconduit dans l'œuvre de Crébillon, qu'elle est *désirable*, tout à la fois sujet désirant et objet de son désir. Elle le serait ainsi non seulement aux yeux du libertin, mais aussi de ses rivales, de cette amie, la destinataire du conte épistolaire, peut-être inconsciemment désirée.

« Vous me reprochez mon goût pour la solitude ; si vous saviez combien j'ai été agréablement occupée dans la mienne, vous viendriez avec moi prendre part à mes amusements, quelque peu réels qu'ils soient peut-être[2]. » Le songe raconté par Mme de R*** à sa correspondante, dont on imagine qu'elle lui adresse le reproche de trop céder aux occupations de

1. Voir p. 65-66.
2. Voir p. 53.

la vie oisive et à la flatterie des petits-maîtres, est peut-être une invitation à venir la rejoindre. Il s'agit d'une lettre prétendument envoyée par une femme à une autre femme, puis d'un sylphe qui, tel un nouveau Mercure galant, apparaît comme l'agent discret d'une correspondance et comme le médiateur finalement effacé d'un désir de séduction féminine. À travers son badinage, c'est bien la figure de la femme que Crébillon interroge. Or de plus, tout sylphe, avant d'être sylphe, a d'abord été femme, assure Pope. Au milieu du récit d'un songe et de son insolite géométrie érotique et triangulaire, la lettre de Mme de R*** déploie ses charmes, invite son amie, Mme de S***, à se les représenter à distance. *Le Sylphe ou Songe de Mme de R*** écrit par elle-même à Mme de S**** : le titre intégral a été trop souvent abandonné dans les éditions ultérieures. Le nom de Mme de R*** semble évoquer le chevalier d'Her, nom que Fontenelle donne, avant de livrer ses *Entretiens sur la pluralité des mondes célestes et aériens*, au héros épistolier des *Lettres du chevalier d'Her**** (1685) : la quatorzième de ces lettres badines et spirituelles sur l'amour, le mariage et la galanterie, est adressée à Mme D*** qui « prétendait avoir entretenu quatre heures un esprit familier qui parlait par la bouche d'une petite fille, à laquelle il s'était attaché[1] ». Mme de S*** rappellerait quant à elle cette « Lettre à Mme de S*** » par laquelle Jean du Castre d'Auvigny concluait en 1724 son roman sur *L'Histoire et les Amours de Sapho de Mytilène*. L'auteur y passe longuement en revue ses sources historiques et littéraires[2]. Avec la figure de Sapho, identifiée au chant passionné du désir dans l'indétermination longtemps entretenue de sa sexualité, c'est le discours de la passion féminine que la fiction romanesque met ainsi en scène à partir du XVIIe siècle, invoquant le modèle d'écriture féminine illustré par Ovide dans ses *Héroïdes*, collection d'épîtres fictives adressées par des femmes à des hommes qui les ont trahies et délaissées. C'est dans cette tradition de la fiction du féminin que s'inscrit Crébillon. Les « stéréotypes féminins[3] » ont en effet attiré aux XVIIe et XVIIIe siècles la plupart des jeunes écrivains tentés par le roman. *Le Sylphe*, les *Lettres de la marquise* ou celles de *la duchesse* (1768) témoignent chez Crébillon de sa passion du féminin, de sa vision du désir conçu comme un processus continu, sans fin, et fondé sur une éternelle absence de réciprocité.

On ne sait donc si l'érotisme dans *Le Sylphe* relève de l'auto-érotisme et des désirs homosexuels suggérés, ou de la peur et du désir de l'autre sexe à travers la chasteté apparente de l'intrigue. On ne sait pas non plus si la rencontre avec le génie aérien est ou non une mascarade, une farce montée par un petit-maître vengeur échappé d'un salon parisien après avoir été éconduit par la belle Mme de R***. Analysant le merveilleux dans la perspective critique des Lumières, le père Desmolet soutient dans ses *Mémoires de littérature* (1749) qu'il repose sur un phénomène naturel dont la cause n'est pas connue[4]. Et assurément ignorée de

1. *Lettres galantes de M. le Chevalier d'Her****, Paris, édition de 1708, p. 42.
2. Voir Joan Dejean, *Sapho, les fictions du désir : 1546-1937*, Hachette, 1994, p. 114.
3. *Ibid.*
4. Pierre-Nicolas Desmolets distingue cependant deux causes du merveilleux : né du sentiment de la culpabilité, le merveilleux est « une appréhension où sont les hommes coupables que Dieu ne les punisse », suscitant ainsi eux-mêmes les fantômes qui les tourmentent. Il est encore l'expression d'une dépendance de l'homme à l'égard de ses propres pensées et sensations.

Mme de R***, prompte à se faire des histoires au point qu'elle n'a pas vu malice dans le livre de Montfaucon de Villars : « Quelle ignorance, dit le comte en riant et haussant les épaules, de ne pas savoir que pour être invisible il ne faut que mettre devant soi le contraire de la lumière[1]. » Comme de se cacher par exemple sous un lit ou derrière un rideau tout en donnant la réplique ; d'attendre qu'une porte finalement s'ouvre avant de s'éclipser avec la complicité de la femme de chambre !

Illusion ou réalité — l'ambiguïté finalement demeure, qui fait du sylphe l'une des figures les plus séduisantes de l'œuvre de Crébillon. Et puis, écrit Boyer d'Argens dans ses *Lettres cabalistiques* à propos de ces génies ailés qui savent si bien remplir le vide redoutable des espaces aériens : « Pourquoi ne pas y croire ? Cela ne fait-il pas une nouvelle connaissance de plus[2] ? »

R. W.-L.

NOTE SUR LE TEXTE

L'approbation, inscrite en dernière page de l'édition in-12 originale, date du 8 août 1730 : « Je soussigné, Maître Essarts, en l'Université de Paris, ai lu par ordre de M. le lieutenant général de police, un manuscrit intitulé *La Nuit sylphique, ou le Songe de Mme R**** dont on peut permettre l'impression. » *La Nuit Sylphique* est-il le titre sous lequel le manuscrit aurait circulé ?

Quoiqu'il en soit, cette page nous apprend encore que le permis d'imprimer date du même jour et que l'approbation est « registrée sur le Livre de la Communauté des Imprimeurs et Libraires de Paris, numéro 1963, conformément aux Règlements et notamment à l'Arrêt de la Cour du Parlement du 3 décembre 1705 ».

Nous avons corrigé les erreurs et coquilles de cette version relativement fautive ; celles-ci ne l'ont pas empêché pour autant de servir de référence aux autres éditions.

NOTE SUR LA GRAVURE

La gravure que nous reproduisons (p. 67) provient d'une édition parue à Leipzig en 1781[3]. On reconnaît le style très caractéristique des gravures de Binet. La position du personnage n'est pas sans évoquer quelque ex-voto naïf, et donne à la composition une atmopshère un peu mystique, ce qui correspond d'ailleurs parfaitement au récit : la comtesse n'entend-elle pas des voix, n'est-elle pas « visitée » par le sylphe qui s'insinue bientôt dans son âme et la « convertit » au plaisir, avant de disparaître brusquement ?

1. *Le Comte de Gabalis*, quatrième entretien, p. 120.

2. *Lettres cabalistiques ou Correspondance philosophique, historique et critique, entre deux cabalistes, divers esprits élémentaires, et le seigneur Astaroth*, La Haye, 1737, lettre I, p. 3.

3. D'après le *Dictionnaire des œuvres érotiques*, Mercure de France, 1971, p. 470.

L'image « fixe » l'instant de l'apparition, matérialisée par un cupidon mi-ange mi-papillon. On notera la présence d'une seconde figure féminine au plafond du baldaquin. Juchée sur une nuée, elle semble guider le sylphe dans sa descente sur Terre, à l'instar de ces représentations religieuses où l'on voit le Père éternel guider un ange dans son vol, ou indiquer à son Fils le chemin de l'incarnation.

J.-P. D.

NOTES

1. Le terme *sénateur* désigne des petits-maîtres, jeunes seigneurs brillants et dissolus, issus de la noblesse de robe.

2. Le respect des bienséances et des usages — ainsi que leur dépassement, l'art de savoir les « oublier » le moment venu au boudoir ou dans la chambre — est l'un des articles essentiels de la galanterie. Ménageant vanité et amour-propre, les bienséances s'inscrivent dans un contexte amoureux et érotique qui expose continuellement les partenaires aux regards des autres, aux égards qu'ils continuent à se devoir à eux-mêmes à l'intérieur de la civilisation aristocratique de cour.

3. « *Il y a apparence* : il est probable, vraisemblable. Il régit *que* et l'indicatif quand la phrase est affirmative ; et avec le subjonctif quand le sens est négatif ou interrogatif » (abbé Féraud, *Dictionnaire critique de la langue française*, Marseille, 1786).

4. C'est là une des exclamations favorites des petits-maîtres et des petites-maîtresses, dont le jargon inspiré du langage de la préciosité du XVIIe siècle se signale particulièrement par l'abus de l'hyperbole.

5. *Le Comte de Gabalis* évoque à deux reprises la présence de sylphides et de sylphes en Espagne. Dans le cinquième entretien, un sylphe ingénieux, qui a pris la figure de l'amant d'une femme de Séville, est « rebuté » d'abord, puis finalement « heureux » (p. 132-133).

6. *Ennuyer*, c'est agacer, faire perdre patience.

7. « Renoncez aux inutiles et fades plaisirs qu'on peut trouver avec les femmes ; la plus belle d'entre elles est horrible auprès de la moindre sylphide », lit-on dans *Le Comte de Gabalis* (second entretien, p. 54).

8. On lit dans *Le Comte de Gabalis* : « [...] les sylphes, les gnomes, les nymphes et les salamandres, par l'alliance qu'ils peuvent contracter avec l'homme, peuvent être faits participants de l'immortalité. Ainsi une nymphe ou une sylphide devient immortelle et capable de la béatitude à laquelle nous aspirons, quand elle est assez heureuse pour se marier à un sage ; et un gnome ou un sylphe cesse d'être mortel du moment qu'il épouse une de nos filles » (second entretien, p. 52).

LE SOPHA

NOTICE

Dans les rues marchandes de la Romancie, le pays imaginé en 1733 par Bougeant dans son *Voyage merveilleux du prince Fan-Férédin*, règne une étrange fièvre. Imprimeries, boutiques et manufactures du livre ont envahi les rues, limitant les activités du pays au commerce exclusif de la librairie. Cramponnés à longueur de journée à leur pupitre, dans le tourbillon des plumes, des pages et des encres, le dictionnaire de la langue romancienne sous la main, les auteurs s'affairent pour répondre à l'attente du client. L'enseigne de la boutique des *Mille et Une Nuits*, logée à proximité de celle du faiseur de lanternes magiques, attire le chaland, suscite les convoitises. Un ouvrier y travaille sans relâche, et « comme son enseigne a eu [du] succès, quelques autres ouvriers n'ont pas manqué de l'imiter, dans l'espérance de réussir également. L'un a pris *Les Mille et Un Jours* ; l'autre a pris *Les Mille et Une Heures* ; un autre *Les Mille et Un Quarts d'heure*[1] » — les artisans du livre de la Romancie ayant fini par se placer sous la même enseigne pour mieux se copier les uns les autres, rivaliser d'ingéniosité et de nouveautés. Du pays imaginaire au pays réel, l'activité se poursuit avec une égale intensité. Depuis que Galland a traduit du syrien les célèbres contes orientaux (entre 1703 et 1717), les imitations n'en finissent pas de se répandre, imposant auprès du public le goût de la mascarade, des travestissements du sexe à l'orientale. Gueulette fait paraître dès 1715 *Les Mille et Un Quarts d'heures, contes tartares*, suivi par Mouhy et ses *Mille et Une Faveurs* (1740), Cazotte et ses *Mille et Une Fadaises* ; Duclos — plus modeste ou plus ingénieux — attend le milieu du siècle pour publier *Les Cinq Cents Matinées et demie, contes syriens*, avant que Nougaret ne donne à son tour, en 1771, ses *Mille et Une Folies*. Le goût dans les arts et la littérature pour l'orientalisme donne lieu à une chatoyante confusion des exotismes — pays arabes, Indes, Chine et Japon rassemblés sous la bannière commune d'un Orient de fantaisie. Associé à la volupté des sens et à la jouissance érotique, l'imaginaire fantasmatique du harem a envahi la littérature de divertissement, alors que l'époque Régence s'est prononcée pour la multiplicité des partenaires amoureux, en attendant que la Pompadour pourvoie en beautés nouvelles le Parc-aux-Cerfs[2].

1. Guillaume Hyacinthe Bougeant, *Voyage merveilleux du prince Fan-Férédin dans la Romancie, contenant plusieurs observations historiques, géographiques, physiques, critiques et morales*, Paris, 1733, p. 198.

2. La petite maison, située au numéro 4 de la rue Saint-Médéric dans l'ancien quartier du Parc-aux-Cerfs, à Versailles, était officiellement réservée à l'éducation religieuse et morale des jeunes filles distinguées par le roi. Gonflée exagérément par la rumeur populaire, la tradition historique en a fait une sorte de harem dans lequel Louis XV aurait consommé la virginité d'un grand nombre de jeunes filles enlevées dans toutes les régions de France par les entremetteurs à la solde de Le Bel, le valet de chambre du roi.

Dans la rencontre du fantasme exotique et de la débauche du sexe devenue la norme dans les milieux de l'aristocratie, le XVIIIe siècle galant se plaît aux récits de ses mille et une nuits recréées à partir d'un Orient voluptueux. Invraisemblances, extravagances et fantaisies érotiques ont libre cours, pour amuser le lecteur et l'inciter au plaisir avant d'occuper l'oisiveté dans le demi-jour des toilettes et des boudoirs.

Parmi tant d'autres, Crébillon illustre à son tour la forme du conte oriental dans *Tanzaï et Néadarné* en 1734, ajoutant à l'orientalisme tout le merveilleux continental du conte de fées à la Perrault, ses génies, ses philtres et ses enchantements. Le livre assure à son auteur une réputation d'écrivain satirique et frivole, que *Le Sopha* confirme dès sa publication, en février 1742. La première édition fait figurer le titre intégral, suivi du lieu et de la date fantaisistes de son impression : *Le Sopha, conte moral.* À Gaznah. De l'Imprimerie du très-pieux, très-clément et très-auguste sultan des Indes. L'an de l'Hégire M.C.X.X. Une édition ultérieure, en 1749, situera son impression à Pékin, « chez l'Imprimeur de l'Empereur ». Gaznah ou Pékin : s'il ménage les susceptibilités de la censure en se jouant de l'actualité et des contemporains visés, l'alibi géographique ne trompe évidemment personne ; derrière le sultan de la lointaine Gaznah, derrière ses vizirs et ses eunuques, ses singes et ses perroquets que l'ennui fait bâiller au sérail, derrière Pékin, son empereur, ses imprimeurs, le conte évoque le libertinage des *gens du monde.* La reine, la favorite en titre, les courtisans en vue : leur présence est constante dans les contes galants inspirés des *Mille et Une Nuits. Le Sopha* s'inscrit dans cette actualité historique qui se joue du côté de Versailles et de Trianon. Le sultan est amateur d'histoires indiscrètes concernant ses sujets, et assoit son autorité sur cette curiosité, tout comme Louis XV se fait lire chaque matin par ses lieutenants de police la chronique scandaleuse de la nuit.

Le succès de la satire est immédiat, durable, il inspire aussitôt quantité d'imitateurs. « Le succès de Crébillon a tourné la tête à mille sots qui ont voulu faire des romans dans son genre[1]. » Les situations où parler de sexe fait partie de l'érotisme se multiplient. « Et de toutes nos modes si brillantes et si passagères, il en est peu qui aient aussi bien pris à Londres que le conte du *Sopha* », témoigne Grimm[2]. David Hume, le philosophe anglais, en glisse un exemplaire sur les rayons austères de l'Advocates Library d'Édimbourg, dont il est le directeur. Horace Walpole voue au conte un véritable culte, tout en déplorant dans une lettre à Gray l'espèce de décadence qu'a entraînée sur le continent, au milieu du siècle, la mode philosophique en plongeant le petit-maître dans l'oubli : « Je pensais que nous étions tombés bien bas, mais ils [les Français] sont tombés dix fois plus bas […] Les *petits-maîtres* sont obsolètes… *Tout le monde est philosophe*[3]. » Palissot, en France, est l'un des premiers, avec d'Alembert, à admirer chez Crébillon « l'art singulier avec lequel il a su dire les choses

1. Abbé Raynal, *Nouvelles littéraires,* avril 1755, dans *Correspondance littéraire, philosophique et critique par Grimm, Diderot, Raynal, Meister, etc.*, Paris, 1877-1882, t. III, p. 198.
2. *Correspondance littéraire,* juin 1777, *ibid.*, t. V, p. 480.
3. Lettre à Gray du 19 novembre 1765, dans *Horace Walpole's Correspondance,* New Haven, Yale University Press, 1948, t. XIII-XIV, p. 144-145. (Nous traduisons — sauf la dernière phrase, en français dans le texte.)

les plus libres et présenter les images les plus voluptueuses[1] ». Godefroy, en une jolie formule qu'imposera la critique pour qualifier le style de Crébillon et sa manière allusive d'évoquer le sexe, parle pour sa part, dans son *Histoire de la littérature française*, de cet « art si facile de gazer les plus fortes obscénités[2] ». En dépit des jugements bientôt défavorables dus aux revirements du goût, le succès de Crébillon, et avec lui celui du conte oriental, ne se démentira pas tout au long du siècle parmi des lecteurs longtemps partagés entre les fadeurs du sentimentalisme et le « coloris brillant et séducteur[3] » des ouvrages libertins. Si, témoigne Bricaire en 1768, « le goût de la morale semble aujourd'hui avoir prévalu, ces piquantes productions ne sont pas, toutefois, oubliées. Elles occupent dans les bibliothèques le même rang que certains tableaux dans le cabinet de l'amateur. Il ne les offre point à tous les regards, il les couvre d'un voile, mais il va souvent lui-même tirer ce voile[4] ». Écarter, tirer le voile sur *Le Sopha*, c'est révéler ce que le sexe dérobe aux regards plus qu'il ne montre ; exposer, à travers la corruption des mœurs, toute l'étendue des pouvoirs de la dissimulation et des fausses réputations : ce sont les oppositions entre le visible et l'invisible, entre la rumeur publique et la vérité des caractères entraperçue dans l'intimité qui déterminent ici le ressort narratif.

C'est pourquoi on aurait tort de croire Crébillon seulement frivole et grivois. « Au reste, un reproche encore très sérieux qu'on me fait », écrit-il à Lord Chesterfield à propos de son livre, « c'est d'avoir promis un conte, et de donner un livre où l'on trouve de la morale et de la peinture de la vie humaine. Des idées bizarres et folles, des enchantements, des coups de baguette, voilà ce qu'on attendait. Je me flatte, Mylord, que les critiques de Londres ne tomberont pas sur ce dernier article, et qu'on voudra bien m'y pardonner de n'avoir pas été aussi frivole que je semblais l'avoir fait croire[5]. » À travers l'Orient érotique, simple décor anecdotique et concession au genre à la mode, *Le Sopha* est en fait, au milieu des mensonges et du cynisme qui corrompent les mœurs et le sexe en cette première moitié du XVIIIe siècle, la recherche d'une expression vraie de l'amour. Loin de juger cependant ses personnages en moraliste, Crébillon manifeste avant tout, en romancier, ironie et détachement. L'analyse des mœurs libertines doit à ces qualités finesse et précision, et la satire tient d'elles toute son efficacité.

« [...] mais s'il est vrai qu'il y ait peu de héros pour les gens qui les voient de près, je puis dire aussi qu'il y a, pour leur sopha, bien peu de femmes vertueuses[6]. » Et assurément, du point de vue insolite qui a été le sien, le courtisan Amanzéi sait de quoi il parle, lui dont Brahma a condamné l'âme, en raison de ses débordements passés, à habiter ce meuble essentiel des boudoirs et des petites maisons, à passer, sans en

1. *Mémoires pour servir à l'histoire de notre littérature*, p. 227.
2. Cité par Ernest Sturm dans son édition critique de *L'Écumoire ou Tanzaï et Néadarné, histoire japonaise*, Nizet, 1976, p. 88.
3. Bricaire, *Les Deux Âges du goût et du génie français sous Louis XIV et sous Louis XV*, Paris, 1768, p. 366.
4. *Ibid.*, p. 367.
5. Lettre à Lord Chesterfield du 23 février 1742, citée par Funke, p. 334-335.
6. Voir p. 80.

pouvoir jouir, des bras d'une femme dans ceux d'une autre. Son âme ne réchappera du sofa que lorsque deux personnes échangeront sur lui « leurs prémices ». La peine infligée est cruelle, mais la chance tourne finalement alors que la délivrance paraissait sans espoir, et promise au déroulement sans fin des cycles de la métempsycose… Ayant retrouvé une enveloppe charnelle à la cour de Schah-Baham, Amanzéi rapporte au sultan ce qu'il a vu et entendu quand il était « sopha [...] couleur de rose, brodé d'argent ». Son expérience passée en faisant un témoin particulièrement averti des mœurs d'Agra, informé « dans les choses que l'on croirait le plus cachées », Amanzéi raconte donc, sans oublier de conforter le point de vue du despote, ses préjugés sur la fausseté et la perversité naturelles des femmes. Qu'il raconte, mais en évitant les digressions morales, commentaires et raisonnements — en un mot, tout ce qui « fait de la longueur » : en allant par conséquent, et directement, droit au *fait*. Un conte, et s'il le faut avec toute la liberté, l'extravagance et la libre fantaisie que voudra y mettre le conteur, mais du genre de « ce qu'on appelle entre gens sensés un peu gaillar[d] ».

Dès lors, comme autant de petites scènes savoureuses de la vie galante, les intrigues s'enchaînent et se chevauchent au fil des chapitres, selon le principe, librement adapté par Crébillon, des *Mille et Une Nuits*. Dans le boudoir, lieu consacré, défilent ainsi tour à tour Fatmé et son esclave Dahis, un jeune brahmine[1], la douce Phénime et le timide Zulma, Almaïde et Moclès, le petit-maître impuissant Mazulhim, Zéphis, Zulica la débauchée, Nassès, etc. La ronde des rencontres et des rendez-vous galants est illimitée. Et ceux-ci élargissent, dans le renouvellement des partenaires, le cercle privé des entretiens aux dimensions d'un véritable *théâtre de société*, tel un reflet symbolique des mœurs du temps. Les couples se forment ; se séparent ; ils se retrouvent avant de se séparer à nouveau, ne cessent de s'affronter verbalement sur le sofa, suscitant bientôt l'impatience et l'incrédulité du sultan. D'érections blanches en extases feintes, si timidement suggérées sous le voile des allusions qu'elles en sont impénétrables même pour l'intelligence du sultan, le conteur ne cherche-t-il pas à dissimuler ce qu'il a vu au-delà de ce que les voluptés stéréotypées des romans de la préciosité lui ont appris ? Malgré ses dénégations répétées, ne cherche-t-il pas à dérober le spectacle, le contour réel de ce qu'il s'obstine à appeler des « objets[2] », et qu'il limite à l'évocation d'une jambe, ou d'une main de femme posée sur une gorge dont elle protège théâtralement l'accès ? Qu'une femme soit « divinement » belle et sa blancheur « incomparable » ne font pas un corps visible, encore moins un corps sensible ! « Propos de *caillette* », lance le sultan p. 75 et, à travers lui, Crébillon, en juge et critique amusé de ses propres procédés stylistiques, du tour subtil et enveloppant de sa phrase, un Crébillon auquel Marivaux reprochait déjà dans *Le Paysan parvenu* (1734-1735) la syntaxe « embarrassée », et à qui Diderot donnera dans *Les Bijoux indiscrets* le surnom de « Girgiro l'entortillé ». « Rempli d'allusions fort difficiles à trouver », ironise Crébillon en intitulant ainsi

1. Selon le *Grand Larousse encyclopédique* (XXe siècle), la brahmine est la femme du brahmane. Cependant, on trouve bra(h)mine comme autre nom pour brahmane jusqu'au début du XIXe siècle.

2. Voir n. 32, p. 138.

le chapitre XVIII de son roman… Le conteur ne fait-il pas enfin traîner inutilement en longueur les conversations au-delà de ce que la vraisemblance autorise ? « […] et, si vous vouliez bien y penser, vous verriez que ce qu'Amanzéi ne nous a dit qu'en un quart d'heure ne dut pas suspendre deux minutes leurs résolutions[1]. » Constamment interrompu, sa manière de dire faisant l'objet de critiques et de commentaires incessants, Amanzéi est tout sauf ce qu'il veut paraître et qu'on lui demande d'être à la Cour : un conteur. Il fait au mieux, tel l'auteur, un bavard incorrigible qui ne parvient pas à « s'arrêter précisément où il faut », — « chose plus difficile que de créer[2] ». Or ce sont précisément les longueurs dans les dialogues, les détours et les digressions de la narration qui font, à nos yeux, tout le prix du texte et de l'érotique de Crébillon, tout l'intérêt de ces liaisons nées de l'ennui et de la satiété, ainsi que du désir chez les partenaires de cacher, au milieu de leurs égarements sur le sofa, ce qu'ils sont : des libertins qui se dupent eux-mêmes en donnant aux autres le change sur leur respectabilité, sur les vertus que leur état suppose ou que l'hypocrisie mondaine feint de leur croire.

L'invisibilité d'Amanzéi est d'une étonnante ressource. Dans un siècle si préoccupé de reconnaître l'autre, de le connaître dans sa vérité et ses mensonges comme dans la comédie qu'il se joue, elle révèle toute la distance qu'il y a entre les « occupations publiques » et les « amusements privés », plaisirs inavoués du sexe et « lectures coupables ». « Je ne fus pas longtemps à voir que je m'étais trompé sur tout ce que j'avais imaginé[3] » : la remarque d'Amanzéi ponctue au fil du récit les coups de théâtre renouvelés du *désabusement* — plaisir du voyeur qui est aussi celui du lecteur ainsi mis dans la confidence. Fatmé, la fausse dévote, est « l'exemple et la terreur de toutes celles [les femmes] d'Agra, qu'elles haïssaient toutes, et que toutes voulaient cependant imiter[4] ». L'intérieur modeste d'Amine laissait supposer une âme ingenue : il couvre les activités d'une courtisane, cyniquement dirigée par sa mère, qui monnaie ses charmes à ses nombreux clients de passage. La maison d'Almaïde a l'air « paisible », semblant mettre son occupante « à l'abri de tout soupçon[5] » ; les sophismes d'un dévot auront raison d'une *vertu* soutenue artificiellement par l'orgueil et la volonté de *paraître*. Couvert des femmes que la rumeur lui donne, porté par les « triomphes » qui précèdent sa réputation dans le public — « toujours trompeur, et n'en trouvant pas moins à tromper[6] » —, le petit-maître Mazulhim multiplie dupes et victimes dans Agra ; qui soupçonnerait devant tant d'aplomb et de vanité que ce parfait petit-maître, dont le sens de la délicatesse et du *détail* en amour est incomparable, fait un bien pitoyable amant menacé de fiascos à répétition ? Inversement, l'esclave indien de Fatmé ne connaît pas « l'art de les [désirs] satisfaire par degrés, ignorant la galanterie, ne sentant point de certaines choses, ne détaillant rien mais s'occupant essentiellement de tout[7] ». Et comment témoigner, faire savoir dans le

1. Voir p. 131.
2. Voir p. 187.
3. Voir p. 104.
4. Voir p. 84.
5. Voir p. 48.
6. Voir p. 148.
7. Voir p. 89.

monde que Mazulhim, « l'homme d'Agra le plus recherché[1] », a vite le « cœur épuisé », quand dénoncer l'imposture c'est avouer qu'on se rend *incognito* dans les petites maisons ? Entre cynisme et hypocrisie, le monde de la galanterie ne fait tomber un instant les masques que pour mieux affirmer la solidarité active des esprits et des corps libertins. Jeux renouvelés de dupes qui sont avant tout sur le sofa de Crébillon jeux de mots, rivalité de sophismes et d'équivoques habilement entretenus.

« N'abusons pas ici des mots [...] ; vous ne l'avez point aimé, mais cela est revenu au même[2] », réplique, en observateur cynique, Nassès à Zulica à propos de l'un de ses amants passés, déjouant les ruses de celle-ci en prétextant l'amour, alors même que l'abus des mots a vidé ce sentiment de sa substance. La galanterie corrompt tout, jusqu'au langage ; vouée à la superficialité du *goût*, à la mauvaise foi ou à la fatalité de l'erreur sincère, elle expose les lignes de fracture d'une forme factice et ritualisée du discours amoureux, simple prétexte au rapprochement des corps. Si Crébillon multiplie ainsi l'équivoque et généralise dans *Le Sopha* l'emploi de la périphrase, installant au cœur du texte libertin et de sa réflexion sur le langage la figure de l'*indirect*, c'est qu'il retranscrit, à travers une syntaxe perverse, les mensonges de la mauvaise foi ; l'écriture se fait retorse pour mieux pénétrer l'imposture, pour la surprendre fugitivement dans le miroir qu'elle lui tend. « Alors elle [Zulica] se leva, prit son éventail, remit ses gants, et, tirant une boîte à rouge, alla vis-à-vis une glace[3]. »

Dissimulé à l'intérieur d'un sofa pour mieux révéler tout ce que recèlent le langage et le jeu trompeur de la galanterie, Amanzéi aura pu mesurer l'écart qu'il y a entre le geste et la parole, entre ce que l'on fait sur le sofa et ce que l'on dit ; ce que l'on dit et que, très souvent, l'on *manque* au-delà des paroles où le dialogue s'éternise, où il devient une fin en soi, un substitut du sexe ou une manière de ne pas s'y confronter.

Comédie du paraître, manège du *monde* et de ses arrangements scélérats, *Le Sopha* semble suggérer cependant que la réconciliation des mondes amoureux est possible ; qu'indépendamment de ses grimaces, l'amour existe dans l'exercice d'une liberté qui rejetterait les conventions et les masques sociaux. De quoi réjouir l'âme d'Amanzéi enchaînée dans son sofa, et qui pourtant n'en réchappe pas à l'épreuve des amours de Phénime et de Zulma. Fait de respect, d'attendrissement et d'estime réciproques, leur amour est un « vrai délire », « une douce fureur[4] » ; leurs larmes se confondent au milieu des baisers échangés. Et si « on ne saurait nier que les sentiments ne soient un peu tombés[5] », l'amant jeté aux genoux de celle qu'il aime restitue le spectacle touchant des sentiments authentiquement partagés, que les amants se donnent ou non, comme ici, leurs « prémices ». La vertu et la candeur du sentiment dissimulaient, dans l'esprit d'Amanzéi impatient de sortir, l'absence de virginité réelle... D'errances en expiations nouvelles, son âme finira cependant par désirer ce qui cause son désespoir : rester, et pour longtemps, prisonnière d'un sofa.

1. Voir p. 148.
2. Voir p. 228-229.
3. Voir p. 161.
4. Voir p. 115.
5. Voir p. 211.

« Quelles mœurs ! m'écriais-je quelquefois : non, Brahma, qui les connaît, m'a flatté d'une espérance vaine ; il n'a pas cru qu'avec ce goût effréné des plaisirs qui règne dans Agra, et ce mépris des principes qui y est si généralement répandu, je puisse jamais trouver deux personnes, telles qu'il les demande, pour m'appeler à une vie[1] ! » Zéinis et Phéléas l'y appellent finalement. Ils le délivrent de son sortilège dans l'ardeur et l'innocence de leur jeunesse : « Enfin, un cri plus perçant qu'elle poussa, une joie plus vive que je vis briller dans les yeux de Phéléas m'annoncèrent mon malheur et ma délivrance[2] […]. » La captivité du sofa, les jouissances offertes au regard par tant de beautés suggérées sous une simple tunique de gaze, « presque tout ouverte », enveloppant Zéinis endormie étaient en effet si désirables.

La chaleur au-dehors, le soleil voilé… Mais, dans l'éveil soudain des sens, le récit s'anime, l'imagination du conteur s'échauffe. C'est que *Le Sopha* est aussi, au-delà des mascarades du sentiment, l'évocation brûlante et ludique d'une nostalgie érotique. Un sofa qui tombe fou amoureux révèle une âme désireuse de se fondre dans un corps, comme si elle cherchait à reprendre possession d'elle-même après tant de pérégrinations bavardes dans Agra, à forcer les lois de la nature dans cette conjonction proprement insensée d'un meuble et d'un corps soudain mêlés dans un même délire et une volupté commune, dans la jouissance immédiate du *fantasme* : « Pendant que je m'occupais de Zéinis avec tant d'ardeur, elle fit un mouvement et se retourna. La situation où elle venait de se mettre m'était favorable, et malgré mon trouble je songeai à en profiter. Zéinis était couchée sur le côté, sa tête était penchée sur un coussin du sopha et sa bouche le touchait presque. Je pouvais, malgré la rigueur de Brahma, accorder quelque chose à la violence de mes désirs ; mon âme alla se placer sur le coussin, et si près de la bouche de Zéinis qu'elle parvint enfin à s'y coller tout entière. / Il y a sans doute, pour l'âme, des délices que le terme de *plaisir* n'exprime pas, pour qui même celui de *volupté* n'est pas encore assez fort. Cette ivresse douce et impétueuse où mon âme se plongea, qui en occupa si délicieusement toutes les facultés, cette ivresse ne saurait se peindre[3]. » Après l'auto-érotisme éthéré du *Sylphe*, Crébillon invite ainsi le lecteur à rêver à des étreintes plus brûlantes. Le sofa Amanzéi se métamorphose donc : il ne passe pas seulement de l'état de témoin et de voyeur à celui d'amant actif, il ne récupère pas seulement son corps de jeune homme, il se souvient aussi de celui de la femme qu'il fut dans l'une de ses vies antérieures. Les incarnations successives de l'âme démultiplient la confusion fantasmée des sexes. Ces vertiges de l'identité et de la différence des sexes ne sont-ils pas une façon d'évoquer, là aussi, le fantasme masculin pour l'homosexualité féminine ? L'érotisme chez Crébillon est fait d'ambivalence. Le corps est essentiellement féminin. Sa passivité inhérente fait qu'il attend d'être révélé par les jeux raffinés de la galanterie.

R. W.-L.

1. Voir p. 118.
2. Voir p. 247.
3. Voir p. 236.

NOTE SUR LE TEXTE

Immense succès de librairie dès sa parution, en 1742, aussitôt traduit en anglais, publié au cours de la même année, puis une nouvelle fois en 1745, à La Haye par l'imprimeur « ayant droit de copie », F. H. Scheurleer, qui le diffuse dans l'importante communauté des Français résidant aux Pays-Bas, *Le Sopha* est aussi rapidement connu en Italie et en Allemagne. La première édition allemande, datée de 1765, paraît sous le titre *Der Sopha* ; celles qui se succèdent au XIXe siècle hésitent entre *Der Sofa, Das Sofa* ou encore *Das Sopha.*

De toutes les œuvres de Crébillon, *Le Sopha* est celle qui a été le plus souvent rééditée. « Vingt-cinq éditions du conte se sont succédé en France au XVIIIe siècle, dix-huit en Angleterre. On ne compte plus, depuis le XVIIIe siècle, tant en France qu'à l'étranger, les éditions de luxe rehaussées de gravures et de vignettes, de bois originaux réservées aux amateurs bibliophiles », écrit Douglas A. Day[1].

Nous reproduisons les deux volumes de l'édition in-12 de 1742, en corrigeant certaines erreurs que comportait cette première version ; nous avons indiqué en variante celles qui nous semblaient poser question. À l'inverse, nous avons maintenu quelques bizarreries, que donnent certaines éditions postérieures, comme les locutions suivantes : « soupé tête à tête » (p. 98), « me sauva une idée fausse » (p. 139) ; ou comme le participe présent « empêchant » (p. 175) là où on attendrait un verbe conjugué. Nous avons bien sûr conservé la graphie « sopha » (que l'on retrouve dans le présent volume notamment dans l'*Histoire de dom B****, *Thémidore*, *Le Sultan Misapouf*), qui, depuis le XVIIe siècle (d'après le *TLF*), coexiste avec « sofa[2] ».

Enfin, c'est nous qui signalons en italique les indications scéniques du narrateur premier, lesquelles interrompent le récit d'Amanzéi, ou narrateur second.

Sigles utilisés.

1742	notre texte
1745	Koninklijke Bibliotheek
1772	*Collection complète* (Koninklijke Bibliotheek, cote 298 F 15)
1774	Koninklijke Bibliotheek

1. Voir la bibliographie, p. 1073.

2. Dans « sopha », on peut entendre une parenté graphique et phonétique avec « Sapho ». Il est vrai que l'orientalisme et l'homosexualité féminine sont associés dans l'imaginaire occidental : « Les femmes orientales ont toujours passé pour *tribades.* [...] On les empêche d'y satisfaire tant qu'on peut parce qu'on prétend que cela diminue leurs appas et les rend moins désirables à l'amour des hommes », écrit Jean Chardin, dans *Journal du voyage en Perse et aux Indes orientales, par la mer Noire et par la Colchide* (XII, Londres, 1686, t. II, p. 280) dont l'érudition documentée et nourrie d'anecdotes sur l'histoire, la religion et les mœurs des Orientaux inspirera les artistes et les gens de lettres.

NOTES ET VARIANTES

Introduction.

1. *Ne prennent rien* : qui sont sans effet, ne font aucune impression sur le vulgaire.

2. C'est le pays imaginaire des djinns et des génies dans les contes orientaux.

3. La misogynie affichée par le narrateur est traditionnelle dans la littérature grivoise, au bord de laquelle se situe *Le Sopha*, où l'indécence est toujours voilée. La ménagerie de singes et de perroquets, réputés pour leur faculté d'imitation, renvoie bien sûr à l'entourage courtisan du roi. Le marquis de Caraccioli raconte d'ailleurs, et nous apprend ainsi l'origine anecdotique de la couleur verte caractéristique du courtisan, que « le premier petit-maître qui s'avisa d'endosser un habit vert, il y a environ vingt ans, fut poursuivi dans les Tuileries, et presque insulté par une foule innombrable. On le nomma perroquet pendant quelques jours ; mais bientôt ce perroquet en fit d'autres, et tout Paris fut vert une semaine après » (*Le Livre à la mode.* À Verte-Feuille [Paris]. De l'Imprimerie du Printemps, au Perroquet. L'Année nouvelle [1759], p. 12).

4. *Découpures* : passe-temps en vogue dans les salons consistant à découper des estampes détachées des livres, puis à les colorier et à les coller sur un écran, des paravents et des abat-jour, en composant de petites scènes par rapprochement des sujets, des couleurs et des personnages.

5. *Caillette* : femme frivole et bavarde. Le mot s'emploie aussi au XVIIIe siècle au sujet d'un homme.

Première partie.

a. qu'à elle *1742, 1772 ; nous suivons ici 1774.* ◆◆ *b.* hypocrisies *1742 ; nous suivons ici 1745, 1772 et 1774.* ◆◆ *c.* tête-à-tête *1774*

1. Inspirés par la lecture de Rabelais, ces titres burlesques annoncent la matière d'un chapitre et contribuent à relier leur contenu entre eux en relançant la curiosité du lecteur. Ils accusent également, comme ici, à la faveur du dénigrement feint, la frivolité attachée à l'exercice d'un genre littéraire dans lequel Crébillon s'est imposé depuis la parution de *Tanzaï et Néadarné* en 1734.

2. Montesquieu dans son *Histoire véritable* (*Mélanges inédits*, posthume, 1892), imitée de Lucien, a déjà pris pour thème la transmigration d'une âme dans des corps étrangers. L'idée de la faire voyager dans un meuble particulièrement suggestif est de Crébillon ; elle sera également exploitée par Fougeret de Monbron dans *Le Canapé couleur de feu* publié en 1741 — des copies du *Sopha* circulent avant cette date — et par Voisenon, notamment dans *Le Sultan Misapouf* où une baignoire abrite les regards très sensibles d'un corps métamorphosé (voir p. 636). Sur la métempsycose, voir ce dernier texte, n. 9, p. 634.

3. Qui avale ou digère tout.

4. *Fin* est lexicalisé au masculin dans l'expression « le fin d'une affaire », pour signifier le point décisif et principal.

5. Femme tendre, coquette ou galante, dévote, prude ou bégueule : cette typologie féminine, entreprise par le génie séducteur du *Sylphe* (voir p. 57), est présente chez Crébillon à la manière d'un *topos* galant, expression des connaissances acquises sur les femmes par le libertin dans sa maîtrise de la « science du monde ».

6. *Sensible* : capable d'être impressionné, ému (voir p. 167). L'adjectif signifie souvent « sensuel » dans les textes de Crébillon, qui entretient, à travers ce mot, la confusion entre les sens et le sentiment.

7. *Galimatias* : le terme s'emploie au XVIIIe siècle aussi comme adjectif avec le sens d'« obscur », « inintelligible ». Comme le sont souvent elles-mêmes les nombreuses allusions érotiques, les phrases malicieusement « entortillées » de Crébillon.

8. *D'abord que* : dès que.

9. La *propreté* qualifie la sobriété dans l'élégance vestimentaire et le raffinement d'une personne.

10. Il faut comprendre qu'au milieu des loisirs que lui laisse le désœuvrement très occupé d'une femme de condition, Fatmé devient ici plus « active ».

11. Elle avait prévenu le mariage : c'est-à-dire qu'elle s'était déjà fait son idée (sur le mariage).

12. *Pour jouer aux cartes.* Les jeux de cartes (ceux de hasard et d'argent : biribi, cavagnol et brelan) occupent les salons de l'aristocratie ; leur succès dure jusqu'à la fin du siècle en dépit des condamnations morales dont ils sont l'objet, et des mesures de police qui visent à les interdire ou à les réglementer. Le jeu, chez Crébillon, est métaphorique des joutes verbales et érotiques qui entraînent les partenaires dans le jeu de la séduction, avec ses retournements de situation, ses hasards favorables, qui permettent au libertin d'emporter finalement la *donne* après avoir abattu l'*atout-maître* — l'aveu d'amour —, lui-même aussitôt accompagné des preuves qui attestent que le détenteur de cette carte majeure à de quoi suivre, de quoi fournir.

13. « Depuis que la duchesse de *** osa la première se rougir comme une roue de carrosse, les toilettes parurent des ateliers de peinture. On ne se contenta pas de paraître vermeil, on voulut devenir incarnat ; il est bien juste, selon la remarque d'un bon missionnaire, que des visages qui ne savent plus rougir de pudeur, rougissent au moins par artifice » (marquis de Caraccioli, *La Critique des dames et des messieurs à leur toilette*, s.l., édition de 1770, p. 6-7).

14. Au sens propre de qui n'est pas issu de la noblesse, qui témoigne d'une origine roturière.

15. Allusivement suggérés dans *La Nuit et le Moment* à travers l'évocation des villes d'eaux où séjourne le libertin (voir p. 272), insinués dans les romans de la galanterie mondaine particulièrement discrets sur les ravages qu'ils exercent dans la société du XVIIIe siècle, ces dangers liés aux plaisirs désignent les maladies vénériennes.

16. « C'est un cabinet à bonne fortune qu'un cabinet de toilette, et c'est là que la galanterie, comme dans son trône, reçoit des billets doux, les renvoie, introduit l'amour et le congédie, le caresse et le gronde,

l'agace et l'arrête ; c'est là que le marquis dispute avec le chevalier de la conquête de la jolie veuve ou de la divine comtesse et qu'on fait assaut de bel esprit ; c'est là que des perroquets, des serins et des chiens se succèdent pour venir se faire admirer, baiser et lécher ; c'est là que des femmes de chambre toutes tremblantes sont renvoyées, rappelées et toujours grondées, et qu'un pauvre coiffeur, le peigne en l'air pendant deux heures, attend qu'une tête de girouette se fixe pour pouvoir enfin faire une boucle à la dérobée […] » (marquis de Caraccioli, *La Critique des dames et des messieurs à leur toilette*, p. 3).

17. Serrer signifie « mettre quelque chose en un lieu où il ne soit ni exposé ni à être volé, ni à s'égarer, ni à se gâter », selon l'*Académie* (1740).

18. Crébillon joue sur le double sens de conversation et de rapprochement physique entre les partenaires : par métaphore et calembour, on ne cesse de chercher à « s'entre-tenir », s'enlacer.

19. *Omrah* : « titre des grands seigneurs de la cour du Mogol » (*Académie*, 1762).

20. *Cadi* : fonctionnaire musulman chargé de régler les différends civils et religieux.

21. *Guèbre* : « nom que portent les restes de l'ancienne nation persane, épars aujourd'hui en diverses contrées de la Perse et des Indes, où ce peuple esclave des mahométans, l'objet du mépris de ses maîtres, conserve encore la religion de Zoroastre » (*Académie*, 1762). Chardin consacre de nombreuses pages à leur doctrine religieuse et philosophique dans son *Voyage en Perse* (1686).

22. *S'échapper* : s'emporter.

23. *Le commerce* : « on appelle *commerce de la galanterie* le commerce criminel qui est entre un homme et une femme » (*Académie*, 1740).

24. Sur le *moment*, voir la Notice sur *La Nuit et le Moment*, p. 1100-1101.

25. Définie par Clitandre dans *La Nuit et le Moment* (p. 261), cette distinction entre le *goût* et l'*amour* est centrale chez Crébillon. L'*amour* dit à la fois la passion sentimentale et le désir physique ; le *goût* relève de la solidarité de caste transmise par la mode et le langage. La galanterie, soutient Clitandre, n'est qu'une affaire de *goût*, de papillonnement et d'errance sexuels. Au chapitre XVII, Nassès définit à son tour devant Zulica les « affaires » suscitées par le goût, en des termes voisins de ceux employés par Clitandre (voir p. 213).

26. « Encore assez bien », la « fille […] de quarante ans » — c'est également l'âge de Mme de Lursay dans *Les Égarements du cœur et de l'esprit* — n'a plus « l'excuse » de la jeunesse dans un siècle où la longévité des femmes n'excède pas cinquante ans

27. « Plus les choses nous sont défendues, plus cette défense irrite nos désirs, et plus ces désirs sont violents, plus nous goûtons de délices à les satisfaire », écrit le rédacteur, vraisemblablement Crébillon, de *La Bigarrure*, journal éphémère publié à La Haye en 1749.

28. *Susceptibles* : « Sans régime, il signifie sensible » (abbé Féraud, *Dictionnaire critique de la langue française*, Marseille, 1786).

29. Le terme qualifie un petit-maître dans les romans de la mondanité galante.

30. *Neuf* : « appliqué aux personnes signifie entrepris, embarrassé, étonné par défaut d'usage » (abbé Féraud, *Dictionnaire critique de la langue française*).

31. Invoquées avec la plus parfaite mauvaise foi par ces tartuffes du boudoir, objets de la satire de Crébillon, les leçons de l'expérience situent également la galanterie dans ce vaste mouvement de l'*expérimentation* qui soumet à l'examen critique tous les domaines de l'activité humaine au XVIIIe siècle. Ce n'est que sur preuves, au regard de la rationalité ambiante qui traverse jusqu'aux murs des petites maisons et des appartements privés, qu'il est permis de décider ou de trancher.

32. *Objets* : désigne au XVIIIe siècle non seulement tout ce qui frappe, de l'extérieur, les regards, mais aussi les pensées et les images qui se présentent à l'esprit ; objets sont ainsi la femme désirée ou encore les parties désirables du corps voilées par le récit chez Crébillon. « En style de poésie et de galanterie, les amants appellent leurs maîtresses *l'objet de leurs désirs, l'objet de leurs soupirs, l'objet de leur flamme, l'objet de leurs vœux, l'objet de leur amour* ; ou simplement, sans aucune addition, *divin objet, charmant objet* » (*Académie*, 1740). « *L'objet émeut la puissance* signifie que la présence de l'objet excite le désir » (Le Roux, *Dictionnaire comique, satyrique, critique, burlesque, libre et proverbial*, Lyon, édition de 1735).

33. Situées dans des rues « détournées », discrètes, de la capitale ou dans les environs de Paris, à Passy, Saint-Cloud, Chaillot, les petites maisons sont parmi les hauts lieux du libertinage. Elles abritent les rendez-vous galants, avec leurs petits soupers et parties fines, au milieu d'un luxe mobilier et décoratif spécialement aménagé pour la volupté, pour réanimer les désirs éteints, usés par l'abus des plaisirs. La mode de posséder une petite maison se répand tout au long du XVIIIe siècle parmi les grands seigneurs et les gens de la finance. Les salons, chambres et boudoirs y sont richement décorés de glaces, lambris et peints de scènes champêtres et galantes. Jean-François de Bastide consacre en 1758 à la description de leur intérieur une courte nouvelle, intitulée précisément *La Petite Maison*, témoignage précieux sur les arts décoratifs de l'époque. C'est dans l'une d'elles, rue de Clichy, que le duc de Richelieu inaugure ses fameux repas « adamiques » auquels les convives participent nus.

34. L'italique souligne le jargon à la mode utilisé par les petits-maîtres dont Malzulhim déploiera plus tard dans le roman les codes et les stéréotypes avec Zulica (voir p. 153).

35. *Et si* : et pourtant.

36. Un *carreau* est un « coussin carré dont on se sert pour s'asseoir ou pour se mettre à genoux » (*Académie*, 1740).

37. C'est-à-dire de prendre, pour la soirée, l'initiative de donner des ordres à la domesticité employée dans la petite maison.

38. Ce jargon des petits-maîtres et de la préciosité mondaine (qui a laissé de nombreux termes comme « impressionner », « bavardage », « mettre en valeur », « tomber amoureux »), dont *Angola* de La Morlière offre la plus exacte imitation (voir p. 1228, n. 4 en bas de page), est caractérisé essentiellement par l'abus de l'hyperbole. « Divin », « jolie », « charmant », « d'une folie qui ne ressemble à rien », « galant au possible » (p. 154), etc. : l'univers de la mondanité ouvre sur un continuel enchantement, une sphère d'existence idéale, soutenue artificiellement par un langage décoratif et vide.

39. « *S'attendre* signifie aussi compter sur quelqu'un, sur quelque chose » (*Le Grand Vocabulaire français*, Paris, 1768).

40. Avoir du *monde*, c'est être rompu aux usages du monde, des gens de bonne compagnie.

41. *Feront les merveilleuses* : feront les petites-maîtresses, c'est-à-dire les prétentieuses.

Seconde partie.

a. femme Bel-Esprit *1745* : femme bel-esprit *1772, 1774* ◆◆ *b.* Nous vous dis-je pas ? *1742, 1745, 1772 ; nous suivons ici 1774.*

1. Afficher une mauvaise santé fait partie des exigences du bon ton. Dans *Angola*, La Morlière écrit : « dans ce temps-là rien n'était *si ignoble* que d'avoir une bonne santé » (p. 685).

2. *Palanquin* : « sorte de chaise portative dont les personnes considérables se servent dans les Indes pour aller d'un lieu à un autre » (*Le Grand Vocabulaire français*). Elle est parfois portée à dos de chameau ou d'éléphant.

3. *Je ne l'espère pas* : j'ai peur de ne pas pouvoir l'espérer.

4. Crébillon insiste dans *Les Égarements du cœur et de l'esprit* et dans *La Nuit et le Moment* (voir « On sait aujourd'hui que le goût seul existe », p. 261), notamment, sur le bouleversement opéré dans les mœurs au cours des premières années du XVIIIe siècle ainsi que sur le dépassement des « préjugés gothiques » liés à une conception idéaliste de l'amour.

5. Les *minuties* sont des bagatelles.

6. C'est-à-dire nous devancerait dans l'infidélité, serait inconstante avant nous. Voir la note 11, p. 85, où « prévenir » revêt un sens différent.

7. L'ensemble de la scène qui oppose Nassès à Zulica joue sur l'équivoque du verbe « aimer » que les partenaires interprètent dans un sens exclusivement physique, tout en mobilisant et en dévoyant le vocabulaire noble de la passion amoureuse : « cœur », « sentiment », « adorer ». L'« aveu d'amour » est comme le point d'orgue de cette confusion longtemps entretenue ; il achève le portrait de la femme galante convaincue de mensonge et de fausseté, en dégradant définitivement le personnage joué par Zulica, victime du persiflage continuel de Nassès.

8. *On manque* à ses devoirs face à quelqu'un. Il faut comprendre que la « passion » fait oublier d'observer les usages du monde, qu'elle perturbe le respect strict des codes de la décence et des bienséances. — On dit au sens figuré qu'un homme *sèche* quand « il se consume d'ennui, qu'il est accablé de tristesse, d'affliction, et, par plaisanterie, on dit la même chose d'une fille lorsqu'on la fait attendre plus qu'elle ne voudrait pour la marier » (*Académie*, 1740).

9. *Espèce* : le terme appartient au jargon des petits-maîtres ; il qualifie une personne méprisable, généralement une courtisane ou une fille d'opéra.

10. Ces *êtres aériens*, évoquant bien sûr *Le Sylphe*, sont des esprits célestes qui viennent hanter les fantasmes érotiques des femmes.

LA NUIT ET LE MOMENT

NOTICE

Il faut d'abord au libertin un espace où ses talents s'exercent. À défaut du salon parisien, à défaut du boudoir, l'indication initiale sur laquelle s'ouvre *La Nuit et le Moment* installe le dialogue dans son lieu : « *La scène est à la campagne, dans la maison de Cidalise.* » Alors que le roman libertin ne cesse de déployer les fastes du boudoir — étoffes somptueuses, duchesses et sofas, lustres, girandoles, tous les agréments des arts et des techniques dévoués au plaisir —, Crébillon n'évoque que le lit, meuble nécessaire à la cérémonie qui se prépare : le support de la conversation galante, le pivot essentiel du rituel. L'écrivain se concentre sur cet objet aussi capital que le rideau qu'il faut arranger sans cesse, à chaque fois qu'il retombe, inscrivant ainsi dans le texte le stimulus érotique des jupes qu'on lève et des écrans qui dérobent au lecteur la scène où s'activent les partenaires. Sans doute l'on saura que Clitandre participe à la vie mondaine, qu'il est familier de la Cour et de l'Opéra, qu'il a été probablement victime d'un accident vénérien soigné dans une ville d'eaux, mais ce n'est qu'incidemment, au détour d'une réplique. De même, c'est avec réticence que le romancier nous informe que nous sommes au début de l'automne : les nuits sont fraîches. Intellectualisme ou malice, l'écriture est comme détachée de la matière, toute de réserve et de concision.

Ce théâtre, reclus dans l'intimité quasi intemporelle de la chambre, peut sembler dépouillé. Mais l'essentiel est assuré : dans son abstraction, l'exposition allusive du contexte situe le dialogue dans l'espace et le temps du récit, où se reconnaissent aussitôt les membres de la meilleure compagnie. Société aristocratique repliée sur elle-même, impatiente de s'abandonner aux deux plaisirs majeurs à travers lesquels elle se définit : l'art de la conversation et la pratique de l'amour — pour autant que « si avoir une femme n'est pas toujours un plaisir, du moins c'est toujours une sorte d'occupation[1] ». Le lecteur n'apprendra rien des traits physiques des personnages. Le corps est rhétorique ; il suffit qu'une jambe soit « bien faite », qu'un bras soit « bien tourné » et qu'on s'« anéantisse » sur une gorge. Par-dessus tout, l'écrivain privilégie la mule et le pied, saisis par intermittence dans le registre du fétiche sexuel, mais aussi comme un révélateur physique et social, un lieu sensible du corps où se reconnaît une marque tout aristocratique. Au boudoir, duchesses et marquises se montrent étendues sur un sofa. Elles exhibent au bas de leur robe la pointe d'une mule, qui prendra bientôt plaisir à tomber, pour signifier — par l'appel du pied nu — le rituel des éloges et des caresses. Ou bien les voici transportées dans un carrosse qui les préserve des

1. Voir p. 303.

peines du commun, en leur évitant de marcher. Tel est, vu par Crébillon, l'aristocrate libertin, qui vante ainsi les beautés d'une jambe : « Ah Dieu ! quelle jambe ! [...] Je ne sais pas si c'est la première fois que je la loue ; mais ce qu'il y a de sûr, c'est que ce n'est pas la première fois que je l'admire[1]. » Miracle des privilèges : ils ont donné à la jambe le temps de se former, ils donnent au libertin *tout le loisir* de s'extasier. De là ces personnages réduits à leur titre (le comte, la marquise), ces emplois, ces noms de convention empruntés au théâtre (Clitandre, Cidalise) : les libertins de Crébillon se livrent à l'exercice du dialogue, et au respect des règles qui y sont attachées. Ils sont les servants de la conversation, au terme de laquelle, à la faveur du *moment*, présence de corps et présence d'esprit finissent par se confondre.

« Clitandre et Cidalise sont absolument sans caractère ; on ignore absolument à quelle espèce de gens on a affaire. Tout est vague, indéterminé[2] », observe Melchior Grimm. Mais ce « vague » est revendiqué — qu'il s'agisse des informations relatives au décor ou aux personnages, ou de la représentation du corps, morcelé, disséminé dans le texte, jusqu'au sexe lui-même, confisqué par la pudeur. Clitandre jette au pied d'un fauteuil sa robe de chambre de taffetas pour occuper vivement le lit convoité. Petit ballet des nudités voilées, cachées aussitôt qu'entrevues. Il appartient au lecteur d'exercer son imagination à partir de ces frôlements suggestifs, dans la sorte d'indétermination généralisée à laquelle se livre Crébillon dans son roman.

D'ailleurs est-ce bien un roman ? L'échange des répliques nous porte aux frontières du théâtre et du récit, et le glissement des formes littéraires affirme une esthétique originale, libérée des obligations du code romanesque auxquels recouraient *Tanzaï et Néadarné* ou *Le Sopha*. Tel est le dialogue : *La Nuit et le Moment* ouvre un espace de jeu, entre le fait et le discours, entre la préciosité du langage et l'évidence brutale de la situation, entre le désir de mettre les corps à nu et le plaisir du voile suggestif. Du reste, « de toutes les formes, le dialogue est la plus difficile[3] », écrit l'abbé Raynal dans la *Correspondance littéraire* d'avril 1755, en faisant le compte rendu de *La Nuit et le Moment*. À cette date, le récit est récemment paru. Auparavant, il a été lu aux amis, dans les cercles et les salons familiers : Crébillon a en effet continuellement repris *La Nuit et le Moment*, conservant pendant plus de dix-huit ans en portefeuille « ce qu'il a fait de mieux dans sa vie[4] ».

Le dialogue répond à la sociabilité du XVIIIe siècle. Les Lumières se grisent de l'échange, de la circulation, de l'affrontement des idées : tout ce qui entretient la controverse et renouvelle l'esprit d'examen — arraché à l'introspection religieuse pour servir l'exercice de la raison critique. Le champ de la discussion recrée le lien social. À travers les correspondances, les salons, les académies, les cafés, les cabarets — comme celui du Caveau où Crébillon et son ami Collé ont fondé la société du même nom[5] —, la

1. Voir p. 252.
2. Grimm, *Correspondance littéraire*, mai 1755, dans *Correspondance littéraire, philosophique et critique par Grimm, Diderot, Raynal, Meister, etc.*, Paris, 1877-1882, t. III, p. 17.
3. Grimm, avril 1755, *ibid.*, p. 16.
4. Rapporté par Grimm, *Correspondance*, mai 1755, *ibid.*, p. 18.
5. Voir la notice sur Crébillon, p. 1061.

parole circule. Le public est à l'écoute, puissance despotique, avide et impérieuse : rien n'échappe à sa vigilance, c'est pour lui que se colportent les nouvelles du jour[1], les vies secrètes, les rapports de police.

Il s'agit de dialoguer en toutes occasions, d'entretenir à tout prix le commerce des idées, de la parole, et du sexe, versé aux fonds communs du groupe social. Voilà ce qui caractérise le siècle — et le libertinage, qui en est l'agent le plus actif. Tout est public. Les intrigues amoureuses, divulguées, participent à la constitution d'un grand corps collectif. Les acteurs sont solidaires, qui cherchent à préserver, dans la satisfaction des caprices individuels, l'intérêt général.

« CLITANDRE : Moi ! j'ai Araminte ! voilà bien la plus abominable calomnie ? / CIDALISE : Mon Dieu ! ne vous fâchez pas tant contre moi ! Est-ce ma faute si le public vous la donne ? / CLITANDRE : Le public ! le public, avec sa permission, ferait mieux de la garder, que de me la donner comme il fait. Il est encore plaisant le public[2] ! » Le sexe est le sujet favori de la rumeur, qui retourne à l'intimité de la chambre, d'où elle était issue. Comment maîtriser les échos, les bruits qui règlent eux-mêmes le ballet des amours fugitives ? Liaisons, coups de foudre, affaires en règle, passades : les jeux de la galanterie appartiennent au domaine public. Le public fixe ainsi l'échelle des réputations, et vérifie la liste des conquêtes que tiennent par vanité le petit-maître ou l'homme à bonnes fortunes. Qu'importe qu'elles soient vraies ou fausses, elles contribuent au déploiement de la fiction collective. C'est là qu'intervient la nuit de Clitandre et de Cidalise. Retirés à la campagne, ils n'en relèvent pas moins de l'ensemble social, lequel conduit précisément les amants libertins à faire de l'amour l'objet de leur dialogue.

On se souvient des « parleries » qui faisaient le charme des bains publics romains, des établissements orientaux, des chambres d'amour médiévales ou des ruelles de la préciosité. Le libertin y raisonne, lève les résistances : la recherche de volupté est commune au courtisan et au courtisé. Car, pressante, persuasive, la parole se fait également désirable. « On se plaît, on se prend. S'ennuie-t-on l'un avec l'autre ? on se quitte avec tout aussi peu de cérémonie que l'on s'est pris. Revient-on à se plaire ? on se reprend avec autant de vivacité que si c'était la première fois qu'on s'engageât ensemble. On se quitte encore, et jamais on ne se brouille. Il est vrai que l'amour n'est entré pour rien dans tout cela ; mais l'amour, qu'était-il qu'un désir que l'on se plaisait à s'exagérer ? Un mouvement des sens, dont il avait plu à la vanité des hommes de faire une vertu[3] ? » L'amour n'a plus cours. Le goût est le mouvement avec lequel le libertinage cherche à se confondre. Il assure la ronde des partenaires, le renouvellement des étreintes. La mode et la socialilité imposent d'abandonner la passion, les préjugés, les « mœurs gothiques » ; il faut être de son temps. Au moment où il les met lui-même en pratique, le libertin interroge ainsi les règles qui régissent les comportements amoureux. Les bougies doivent être allumées, les rideaux doivent rester ouverts, pour mener dans la pleine lumière l'examen des mensonges du sexe et des illusions de

1. Sur les « nouvellistes de bouche », qui assurent la diffusion (officieuse) des informations, voir *Thémidore*, n. 6, p. 505.

2. Voir p. 258.

3. Voir p. 261.

l'amour. Le libertin s'applique à vérifier « s'il est vrai que la machine l'emporte sur le sentiment, autant que bien des gens le prétendent[1] ». Il démontre la distance du cœur et des sens ; il distingue rigoureusement les motifs. Il vérifie l'indépendance des sens à l'égard de l'esprit. Que l'on soit amoureux, par exemple, n'empêche rien. « Dans l'instant que j'allais quitter Luscinde, et que nous ne nous faisions plus que de très faibles protestations d'amitié, il me parut plaisant d'en obtenir encore des faveurs, malgré l'amour ardent dont alors elle brûlait pour Oronte[2]. » Sur le modèle de l'expérimentation scientifique qui se consacre à l'électricité, à la chaleur, à l'identification des esprits animaux, le libertin éprouve la pertinence des maximes qu'il a tirées de sa pratique : « pour nous de la langueur, de l'indolence, de la modestie, voilà nos affiches[3] »…

Cette science libertine du monde — c'est-à-dire des femmes — s'impose comme un nouvel art d'aimer, qui inclut aussitôt tout le savoir-faire, tout le talent érotiques : « Je lui montrais peu de sentiments, mais beaucoup d'ardeur ; et il n'est que trop ordinaire que l'un remplace l'autre, et mène même beaucoup plus loin[4]. » Clitandre tient sa méthode, et file jusqu'au bout la nuance, habité par la certitude de ses conclusions. Puisque le goût a remplacé l'amour, puisque l'amour n'est qu'une vapeur suscitée par les sens, puisque le désir est lui-même un besoin, d'ordre physiologique. Le lecteur avance ainsi dans *La Nuit et le Moment* par reprises et disjonctions qui mènent au rigoureux départ entre le mot et la chose. Le dialogue est le lieu où s'opère cette dissection, menée avec la cruauté de qui veut avoir le dernier mot et enfin la main sur la réalité du désir : amener le langage à en faire l'aveu, tout au long de la démonstration où Clitandre entraîne sa partenaire, tous deux acteurs de la bienséance, complices avertis.

Le libertin invoque la vitesse et les facilités des liaisons nouées et dénouées dans l'instant ; il revendique la plus grande liberté, une extrême désinvolture, les protocoles de la séduction réduits à l'acquiescement mutuel. Et pourtant, que de formalités ! Combien Clitandre prend-il de soin à respecter le code ! Il poursuit auprès de Cidalise une démonstration de savoir-dire qui témoigne de la distinction particulière de son libertinage, confondu avec l'exercice des lois de la politesse. « On sait aujourd'hui que le goût seul existe ; et si l'on se dit encore qu'on s'aime, c'est bien moins parce qu'on le croit, que parce que c'est une façon plus polie de se demander réciproquement ce dont on sent qu'on a besoin[5]. » *Poli* est le mot. Aucune tromperie, aucune humiliation : Clitandre se donne comme l'héritier d'un idéal classique de l'honnêteté. Le libertin est ici le garant d'une sorte de puritanisme et de civilité, qui s'interdit aussi bien la violence que l'ardeur impétueuse, l'emportement du désir. Pas de déclaration intempestive, pas de fantaisie spectaculaire : Clitandre ne cherche pas à augmenter le catalogue des postures érotiques ; condamnant la fébrilité des amants novices dans le métier, il met

1. Voir p. 328.
2. Voir p. 327.
3. Voir p. 302.
4. Voir p. 315.
5. Voir p. 261.

toute son attention à demeurer le plus civil possible, à obéir scrupuleusement aux codes qu'il s'est fixés. La galanterie est l'« art de s'aider mutuellement[1] ». Elle réclame l'égalité des partenaires : appartenant au même monde, menant ensemble les pourparlers qui vont vaincre la distance — si légère — qui les sépare, et réaliser les conditions de leur rapprochement.

Le XVIIe et le XVIIIe siècles voient se répandre les traités de rhétorique et les manuels de politesse mondaine : arts de dire, de chanter, de faire des compliments, d'écrire des lettres, de solliciter, de converser dans les salons. L'autre, chaque fois, est visé à travers le dispositif stratégique qui permet de l'assujettir, de le faire plier. Rompu aux subtilités de la rhétorique, aux exigences de la civilité qui sortent confortées de leur transgression, le libertin négocie le *moment*. Il traite avec sa partenaire les conditions d'un abandon mutuel, le marché sexuel fixé dans le jeu des résistances et des suppositions, des équivoques malicieuses, du lexique de la chasse et de la guerre, et du langage de l'économie. C'est que le libertin veut savoir ce qu'il lui en coûte de céder. Ne pas se livrer à bon marché, préserver ses « intérêts », monnayer ses complaisances, savoir voler un baiser, fixer le prix d'une confidence galante : le libertin discipline le désir, en le soumettant aux lois de cette économie érotique. C'est comme s'il ne voulait rien perdre des prescriptions de la morale, des règles de l'étiquette, des petites gênes et des complications délicieuses qui restituent au cœur de la scène galante le souvenir de la respectabilité. Jouant de l'incompatibilité entre la recherche de jouissances immédiates et le sentiment de la faute, le souci de l'honneur, le libertin marque cette prévenance essentielle à l'égard du langage, en retournant l'impatience du désir en une simulation parodique, en une joute insolite fortement ritualisée. Tel est ce « duel truqué d'artifices[2] », où il faut repousser méthodiquement — en l'ayant présent à l'esprit — tout ce que l'on doit à la décence. Le libertin affecte ainsi lui-même le code de la coquetterie féminine : « Je suis poli, moi ; et quoiqu'elle ne me fît pas de reproches, je crus qu'il était de la bienséance que je lui fisse des excuses[3]. » La galanterie se résume dans ce ménagement constant de la vanité et de l'amour-propre : il y va du narcissisme des partenaires[4].

L'office nocturne célébré dans ces « Matines de Cythère » favorise le *moment*, le moment étant lui-même l'enjeu de la nuit. « Qu'est-ce que le moment, et comment le définissez-vous ? », demandera Célie dans *Le Hasard du coin du feu*. Le duc, son partenaire, lui répond avant de saisir à son tour l'*occasion* : « Une certaine disposition des sens aussi imprévue qu'elle est involontaire, qu'une femme peut voiler, mais qui, si elle est aperçue, ou sentie par quelqu'un qui ait intérêt d'en profiter, la met en danger du monde le plus grand d'être un peu plus complaisante qu'elle ne croyait ni devoir, ni pouvoir l'être[5]. » Atout essentiellement masculin,

1. Voir *Le Sopha*, p. 130.

2. L'expression est d'Ernest Sturm, dans l'introduction à son édition (en collaboration avec Marie-Clothilde Hubert) de *L'Écumoire ou Tanzaï et Néadarné, histoire japonaise*, Nizet, 1976, p. 30.

3. Voir p. 266.

4. Voir, sur ce sujet, Julia Kristeva, « Le Rituel galant », dans *La Politesse, vertu des apparences*, *Autrement*, 2, février 1991.

5. *Œuvres*, François Bourin, 1992, p. 833.

le moment est décisif pour la victoire du séducteur, dont l'art consiste à susciter et à reconnaître chez sa partenaire l'éclipse momentanée de la conscience et de la volonté ; cette fraction de temps où l'on s'oublie soi-même, qui concilie la durée du moment présent et la suspension de l'instant, est, avec l'égarement, l'un des thèmes privilégiés du libertinage chez Crébillon. Tout commande à la femme de résister. Un certain temps, *jusqu'à un certain point.* Entre la crainte d'être réputée galante et celle de passer pour bégueule, la bienseance réclame encore de la femme d'être discrète sur son désir. Doit-elle seulement savoir qu'elle est désirable ? C'est aux hommes de prendre l'initiative des avances. La distribution des rôles, fixée par la culture, conduit le libertin à demeurer maître du jeu. Promoteur des confidences et des aveux, il est l'instigateur d'une parade qui doit permettre aux deux partenaires de s'expliquer leurs désirs — chacun tenant sa partie et connaissant son rôle, le meneur étant désigné par convention.

Il ne s'agit que d'interpréter la différence sexuelle selon l'être de chacun, en s'appropriant ironiquement le style des romans courtois et de la préciosité[1]. Le libertin ménage respectueusement le charme d'un rituel et d'une langue qui viennent s'exténuer, à travers mille variations, sérieuses et frivoles, sur la scène galante. « Soit qu'elle jouât tous ces mouvements pour se réhabiliter un peu dans mon esprit, ou, ce que j'ai plus de peine à croire, qu'elle fût véritablement fâchée[2] ». Ayant montré qu'il n'est pas dupe, le libertin s'esquive avec désinvolture. Libre à chacun d'interpréter, de tirer ses conclusions, le travail de l'ironie se poursuit. Le lecteur n'aura pas d'autre réponse : « CIDALISE, *en le regardant avec une extrême tendresse* : Est-il bien vrai que vous m'aimiez encore ! // *Clitandre ne cherche à bannir les craintes de Cidalise qu'en l'accablant des plus ardentes caresses. Mais comme tout le monde peut n'avoir pas sa façon de lever les doutes, ceux de nos lecteurs à qui elle pourrait ne point paraître commode en prendront une autre, comme de faire dire à Clitandre les plus belles choses du monde, et ce qu'ils croiront de plus fait pour rassurer une femme en pareil cas*[3]. » Crébillon intervient dans le dialogue, commente l'action érotique, donne son opinion, ouvre des hypothèses, qui, toutes, témoignent d'un feint détachement de l'écrivain à l'égard de son texte. Que le lecteur s'engage à son tour et comble les vides par les ressources de son imagination ! Qu'il trouve lui-même le moyen de débrouiller sa lecture, entre l'exposition attendue d'une figuration érotique et l'enveloppement du dialogue qui la lui dérobe sans cesse. Voilà la malice d'une écriture qui se défend et se joue d'elle-même, en gardant constamment cet air de dignité qui conduit à pratiquer la surenchère dans l'allusion. Et puisque la représentation se perd dans les méandres allusifs, c'est dans la langue elle-même, à travers l'usage des règles de la grammaire et de la syntaxe classiques, que le corps du désir est mis en jeu. Au lecteur de « *composer lui-même d'après ses sentiments, ou ses souvenirs*[4] ». L'écrivain fait passer le geste dans la ponctuation de la conversation, dans ses suspensions, à travers les ellipses. Art du

1. Voir par exemple p. 306.
2. Voir p. 316.
3. Voir p. 299.
4. Voir p. 298.

retrait et de la concision, plaisir de la litote ; le libertin de Crébillon met tout son talent à savoir effacer les traces des désordres de la nuit : « CIDALISE : Et mon lit ? Vous m'avez promis de le refaire[1]. »

Le lit est l'un des enjeux majeurs de la civilité lorsqu'elle en dénie la dimension sexuelle. Tous les manuels du XVIIe siècle prescrivent d'en effacer rigoureusement les rides chaque matin. Le libertin joue de l'interdit, retournant la règle contre son intention. En effet, Citandre respecte l'interdit en « gazant » ce qui relève du domaine de la nuit, mais il le fait en mauvais esprit libertin, en esprit frondeur du classicisme. Il ironise jusqu'au bout, en invitant le lecteur à se prononcer lui-même sur cette situation « si déplacée, que si l'on écrivait notre aventure de cette nuit, et que dans la position où nous sommes ensemble, on vît arriver cette histoire-là, il n'y aurait personne qui ne la passât sans hésiter[2] ». La subversion est dans l'observation de la bienséance dans le contexte qui lui est le plus contraire. Ainsi se trouve initié, dans la pudeur, un libertinage plein de réserve, promis bientôt aux plus grands troubles. Rien n'est plus propre à ruiner l'esprit de sérieux qui fonde le classicisme, ses principes moraux, ses codes sociaux, voire ses principes dramaturgiques qu'il reprend ici.

Le langage le plus poli, le plus classique, conduit à manquer élégamment à la parole promise, en épargnant à l'autre « la douleur d'y consentir[3] », au *moment* du consentement. Le moment, la politesse et le goût sont ainsi solidaires dans l'effritement des valeurs du Grand Siècle.

R. W.-L.

NOTE SUR LE TEXTE

L'édition in-12 que nous avons retenue ici est la version originale de 1755, que les éditions postérieures ont reproduite sans modifications significatives. L'éditeur faisait figurer un errata que nous ne reproduisons pas — nous avons corrigé les quelques erreurs portant peu à conséquence.

NOTE SUR LES GRAVURES

Les six illustrations non signées que nous reproduisons dans le corps du texte proviennent de l'exemplaire in-12 de l'édition originale (BNF, cote Y2 56980).

Leur facture maladroite et la raideur de marionnettes des personnages — surtout dans le cas de la deuxième et de la troisième figure (p. 255 et 267) — créent un écart particulièrement visible entre le dialogue de Crébillon, où tout est détour et allusion, et sa traduction iconogra-

1. Voir p. 330.
2. Voir p. 286.
3. Voir p. 277.

phique[1]. La première gravure (p. 253) est en ce sens éloquente, puisque le thème du déshabillage rappelle celui de la célèbre gravure de Moreau et Simonet d'après *Le Coucher de la mariée* de Baudouin, dont nous avons souligné la force provocatrice dans la Notice sur les gravures. Mais l'emprunt fait à la gravure galante se fait ici d'une manière lointaine et affadie. Nous sommes bien loin de l'exploitation systématique de l'allusion qui la caractérise[2].

Seule la quatrième gravure (p. 275) fait exception à la monotonie de la série. Le motif des pieds dépassant du rideau d'une alcôve provient d'une illustration de l'édition de 1718 de *Daphnis et Chloé*. Connu sous le nom de « petits pieds », on le retrouve sous diverses variations, notamment dans une illustration des *Bijoux indiscrets* de Diderot (édition de 1748[3]).

J.-P. D.

NOTES

1. « Lisez, censeurs rigides, il n'y a point ici d'amour criminelle. » Ce vers est une invention de Crébillon, sur le modèle de *L'Art d'aimer* d'Ovide.

2. « On entend par ce mot le linge, les habits, et généralement tout ce qui sert au vêtement et à la parure. La garde-robe d'une personne élégante doit être un magasin de curiosités, c'est-à-dire l'assemblage de ce que les marchands ont de plus cher et de plus nouveau » (marquis de Caraccioli, *Dictionnaire critique, pittoresque et sentencieux*, Lyon, 1768). *Garde-robe* est déjà utilisé au XVIIIe siècle pour dédigner la pièce où sont rangés les vêtements.

3. *Espèce* : voir *Le Sopha*, n. 9, p. 229. *Espèce*, comme *persiflage* (p. 254), tous les deux signalés par l'italique, sont de création récente. Ils appartiennent au langage à la mode que répandent les petits-maîtres.

4. Ils sont soucieux de préserver et de respecter les usages.

5. Voir *Le Sylphe*, n. 4, p. 55.

6. Au XVIIIe siècle, *bonne femme* est d'un usage moins familier qu'aujourd'hui. Il désigne une femme simple, de peu d'esprit, dépourvue de malice.

7. *Comtesse* : « Nom souvent romanesque qu'on donne à des femmes de moyenne vertu » (marquis de Caraccioli, *Dictionnaire critique*).

8. Sur le *goût*, voir *Le Sopha*, n. 25, p. 118.

9. Clitandre continue de lancer ses flèches en prenant pour cible, à travers Éraste, le petit-maître à la mode, souffreteux, sacrifiant au bon ton de « se plaindre de son estomac, faire le vieux » (marquis de Caraccioli, Paris, *Le Livre à la mode*, 1759).

10. Sur les *minuties*, voir *Le Sopha*, n. 5, p. 137.

1. Parmi les illustrations du *Sopha*, dont nous donnons un exemple dans la Notice sur les gravures (fig. 1), on retrouve ce même contraste entre le ton badin du texte et l'attitude des personnages, en l'occurrence plutôt solennelle et théâtrale.

2. Voir sur ce point la Notice sur les gravures.

3. Voir l'analyse du motif et de ses déclinaisons par Philip Stewart, dans *Engraven Desire : Eros, Image and Text in the French Eighteenth Century*, Durham, Duke University Press, 1992, p. 280.

11. Romans, correspondances et mémoires du temps témoignent de l'importance de ces villes d'eaux où l'on prend le temps de se refaire une santé.

12. S'estimant deshonorée, Lucrèce (VIe siècle) se suicida à Rome après avoir été violée par Sextus.

13. Sur le *moment*, voir la Notice, p. 1099-1100.

14. « *Rencontrer* signifie encore dire un bon mot, qui ait du sel, et qui soir à propos. En ce sens, il se met absolument » (*Académie*, 1740). Le sens serait plutôt « deviner » ici, que ne mentionne pas l'*Académie*, ou « comprendre intuitivement ». Du contexte on induit la nuance d'une réflexion faite à-propos.

15. Terme familier. *Se mettre sur le trottoir* c'est, pour les femmes du monde, entrer dans la compétition de la galanterie, afficher qu'elles cherchent à faire fortune par tous les moyens, et notamment par le sexe. Ce n'est qu'au siècle suivant, avec l'aménagement des trottoirs dans Paris, que l'expression désignera la prostitution de rue.

16. Il s'agit probablement d'une allusion au *Petit-maître corrigé*, la comédie de Marivaux (1734). Plus haut déjà, la « fausse confidence » d'Éraste nous renvoyait au dramaturge, dont Crébillon avait critiqué le style dans *Tanzaï et Néadarné.*

17. Est-ce une citation ? Quoi qu'il en soit, ce vers est un nouvel exemple de la parodie que Crébillon fait du style classique.

GERVAISE DE LATOUCHE

Un auteur mystérieux.

Une « Lettre de Paris du 1er juin 1741 », sans nom d'auteur, annonce dans *Les Amusements du cœur et de l'esprit* « une nouvelle édition d'un livre qui renchérit sur toutes les horreurs que la licence de la presse a répandues depuis quelques années. Vous devinez bien à ce caractère qu'il s'agit du *Portier des chartreux*[1] ». On dit aussi que l'auteur est « un monstre dans la société et un empoisonneur public ». C'est à peu près tout ce qu'on peut dire de Jean-Charles Gervaise de Latouche. Car ni la rumeur orale ni les poursuites engagées contre tous ceux qui, imprimeurs, libraires, graveurs, colporteurs, ont assuré la diffusion de l'*Histoire de dom B****, n'ont pu établir définitivement son identité.

On trouve dans les Archives de la Bastille deux dossiers contenant les pièces de police relatives à l'affaire de l'*Histoire de dom B****[2]. Mais ces

1. *Les Amusements du cœur et de l'esprit*, La Haye, 1742, t. IV, p. 549.
2. Bibliothèque de l'Arsenal, ms. 11505 et 11694. Toutes les citations des pièces de police proviennent de ces dossiers.

dossiers sont incomplets. Sans doute quelques-uns des éléments ont-ils été dispersés lors de la prise de la Bastille. Surtout, et si l'on en croit une note du 5 septembre 1753 indiquant qu'il a été « remis au lieutenant de police [Berryer] des pièces où il était parlé de Gervaise de Latouche comme soupçonné d'être auteur du *Portier* », certains autres, compromettants, ont été retirés par Berryer[1] lui-même cette année-là, soit douze ans après les premières poursuites, vraisemblablement sur l'injonction de protecteurs, haut placés, de Gervaise de Latouche. Cependant, le catalogue Mommerqué (Paris, 1861) signale, à propos du *Dictionnaire critique, littéraire et bibliographique des principaux livres condamnés au feu, supprimés ou censurés* de É.-G. Peignot (Paris, 1806), « une lettre autographe dénonçant au lieutenant de police de Marville[2], comme auteurs de *Dom Bougre. Portier des chartreux*, Billard et Gervaise, clercs du Palais, et portant en tête neuf noms des auteurs présumés de ce livre ». C'est donc que le nom de Gervaise de Latouche, né à Amiens en 1716, a pu, très rapidement, être l'objet de suspicions.

Paru à la fin de l'année 1740, le livre a en effet aussitôt déchaîné les poursuites. Dès le 17 décembre, le colporteur Auchereau est arrêté pour « débit de livres obscènes, entre autres *Dom B..., Portier des chartreux* ». Cela signifie-t-il que le texte que nous reproduisons, datant de janvier 1741, n'en constituerait pas la première version ? Celle-ci est en tout cas introuvée à ce jour : peut-être fut-elle saisie et détruite, peut-être n'a-t-elle jamais existé. En effet, rien ne nous permet d'affirmer qu'Auchereau vendait une édition antérieure à celle de janvier. Il est en effet d'usage qu'un ouvrage soit postdaté de quelques semaines, lorsqu'il est imprimé en fin d'année. Aussi considérerons-nous la version de janvier 1741 (« À Rome, Chez Philotanus ») comme l'édition originale.

Entre février et juin 1741, douze personnes[3] sont emprisonnées à la Bastille puis transférées à Bicêtre, « accusées et prévenues d'avoir composé, vendu, colporté, imprimé et débité un livre plein d'estampes indécentes, qui a pour titre *Dom B..., Portier des chartreux*, et plusieurs autres ouvrages contraires à la religion et aux bonnes mœurs ». C'est le commissaire Regnard l'aîné, aidé de Dubut, exempt de la prévôté générale des Monnaies, qui est chargé d'empêcher l'impression et la diffusion du livre, et d'en découvrir l'auteur. Quatre autres personnes sont ensuite également « enquêtées », parmi lesquelles figure « le nommé Gervaise, clerc de procureur ». Les dénonciations anonymes relancent l'enquête. Ici l'on avertit la police que « l'auteur de *Dom B.* demeure dans une maison à côté de la Comédie. Il est âgé d'environ vingt-deux ans, ne porte point d'épée, porte habit noir, perruque nouée blonde. On le dit avocat ». Une lettre apporte de nouvelles précisions ; l'exempt en charge du dossier en est informé par ses supérieurs : « M. Dubut, exempt, est averti qu'un de ceux dont il a des lettres de cachet pour l'ouvrage du *P. des chartreux*, nommé Billard, voltige continuellement et que ce soir il est allé chez M. Desportes le jeune, peintre qui demeure cloître St-Nicolas vis-à-vis la boutique du portier, il a dit que demain sur

1. Notons que Berryer, en charge de 1747 à 1757, était dévoué à la Pompadour.
2. Feydeau de Marville, lieutenant de police en charge au moment de la parution du livre, et jusqu'en 1747.
3. Voir plus bas, p. 1107-1109.

les 8 heures il irait à la campagne, il est actuellement en la demeure susdite[1]. »

Le soupçon se resserre ensuite autour de Gervaise de Latouche. Une note au dos du résumé d'un interrogatoire de l'abbé Nourry[2], arrêté pour avoir écoulé des exemplaires, nous renseigne en effet : « On sait qu'il [le manuscrit] a été vendu 4 à 500 livres et que c'est le nommé Gervaise, clerc de M. Lambotte, qui l'a vendu, on sait aussi que ledit Gervaise s'en est repenti sur les recherches qu'il a vu que l'on en faisait. » Mais, à partir du début du mois d'avril, tout indique qu'il n'est pas simplement soupçonné d'avoir servi d'intermédiaire dans la vente du manuscrit. L'auteur est, en termes de police, « localisé ». Il loge à coup sûr chez le procureur Lambotte. Cependant, la police hésite entre deux clercs. Le 8 avril 1741, Dubut écrit à son supérieur, le policier Duval : « Monsieur, j'ai l'honneur de vous rendre compte, qu'en conséquence de vos ordres, je me suis informé du contenu de la lettre qui vous a été adressée ce matin. J'ai appris que les nommés Billard et Gervaise demeurent chez le sieur Lambotte, procureur, qu'ils y sont clercs. L'avis qui vous est donné par cette lettre paraît d'autant plus sûr que c'est la même maison qui a été indiquée depuis longtemps, pour être le domicile de l'auteur de *Dom B.*, que ledit auteur a été aussi indiqué pour être clerc, et demeurer chez un homme du Palais où il y avait d'autres clercs que lui. La seule raison qui vous a empêché de prendre un parti a été la crainte que l'on arrêtât l'un pour l'autre, ne sachant point le nom dudit auteur. » Le lieutenant de police rend compte à son tour au ministre, le comte de Maurepas. On s'active. Le 14 avril, Feydeau de Marville signe l'ordre de perquisition : « En conséquence des ordres du Roi, M. le commissaire se transportera dans la chambre des sieurs Gervaise et Billard, clercs de sieur Lambotte, procureur, à l'effet d'y faire perquisition et la saisie des manuscrits et imprimés contraires à la religion, à l'État et aux bonnes mœurs, qui pourraient s'y trouver dont le sieur Commissaire dressera procès-verbal. »

On ne trouve aux dossiers aucune pièce témoignant de la perquisition. Mais, le 15 avril, Dubut note : « M. de Marville juge à-propos de prendre ordre du Roi, pour arrêter les nommés Gervaise et Billard clercs du procureur, pour avoir composé un livre obscène, et qui a pour titre *Le dom B... portier des chartreux*. »

Le cardinal de Fleury, chef du gouvernement, est alors informé par le lieutenant de police de l'arrestation de Billard : « C'est un clerc de procureur qui est auteur du livre intitulé *Dom B. portier des chartreux*, ouvrage des plus obscènes. Je l'ai fait conduire à la Bastille le 19 avril 1741. Il est nécessaire qu'il soit expédié un ordre en forme du même jour. Je pense qu'il conviendrait aussi d'y faire conduire le nommé Gervaise son camarade qui a travaillé avec lui à cet ouvrage. » Le cardinal annote : « Bon. »

L'incertitude demeure pourtant. Interrogé le 24 avril au sujet des auteurs, l'abbé Nourry répond « qu'il ne les connaissait pas, que tantôt il

1. Claude-François Desportes, fils d'un peintre de l'Académie royale, et lui-même membre de l'Académie, peintre ordinaire du roi, était spécialisé dans la peinture de natures mortes. Il avait écrit une pièce en 1721, *La Veuve coquette*.

2. L'abbé Charles Nourry, né à Paris en 1696, clerc tonsuré, sacristain des Carmes de Cluny, est le frère de Mme d'Alainville, chez qui sont saisis des exemplaires du livre (voir plus bas, p. 1108).

a ouï dire que c'était un nommé Morand ci-devant notaire ayant une maison à Villeneuve-Saint-Georges, que même c'est le sieur Morand qui a fait les fonds pour l'impression de l'ouvrage, qu'il a aussi entendu nommer d'autres comme Destouche[1] et Gervaise, mais qu'il n'est pas sûr ». Billard, de son côté, est libéré après avoir passé vingt jours à la Bastille. « Le nommé Billard a été conduit à la Bastille par ordre du Roi du 19 avril 1741 parce qu'il était violemment soupçonné d'être auteur d'un livre intitulé *Le Dom B*... Comme il paraît n'avoir eu aucune part à cet ouvrage, j'ai signé un ordre pour le rendre libre le 9 mai 1741. » Le cardinal : « Bon pour la liberté. »

Tandis qu'on continuera de poursuivre les éditeurs et les colporteurs, il ne sera désormais plus question de Billard, et pas davantage de Gervaise de Latouche. On ne sait ni si le premier a été interrogé et ce qu'il a dit, ni pourquoi l'ordre d'arrêter le second ne fut pas signé. Mais il est tout à fait probable que, comme nous l'avons dit, Gervaise de Latouche ait disposé de la protection d'alliés puissants, parmi lesquels Maurepas lui-même. Dès 1741, ces appuis au plus haut niveau de l'État ont pu éviter au futur avocat la lettre de cachet, et faire sortir rapidement de la Bastille son ami Billard.

Le doute demeure donc. Les deux clercs ont-ils effectivement collaboré à l'ouvrage (c'est l'hypothèse que retient, par exemple, Louis Perceau[2]) ? Rien ne permet de l'affirmer. Dans les *Mémoires secrets*, Bachaumont, quant à lui, attribue la paternité de l'*Histoire de dom B**** au seul Gervaise de Latouche. Il écrit le 30 novembre 1782, soit deux jours après la mort de notre auteur présumé : « Monsieur Gervaise, l'auteur du *Portier des chartreux*, livre si fameux et qui lui avait procuré tant de chagrin, vient de mourir. Il s'était livré depuis tout entier au barreau, où il faisait des mémoires très graves, très scientifiques, bien opposés à cette première production. Il avait un extérieur froid, qui contrastait merveilleusement avec la chaleur prodigieuse de l'ouvrage cité ci-dessus, chef-d'œuvre original dans son genre, où, à côté des tableaux les plus licencieux et les plus obscènes, se trouve quelquefois la morale la plus exquise.

« M. Gervaise commençait à vieillir, il avait placé tout son pécule chez le prince de Guéménée [sic], et l'on prétend que la nouvelle de cette banqueroute lui a porté le coup de la mort[3]. »

*L'édition de l'« Histoire de dom B*** » à travers ses poursuites policières.*

Les éditeurs de l'*Histoire de dom B**** sont le marquis Le Camus et sa maîtresse, une demoiselle Ollier, comédienne. Détail piquant : l'exempt Dubut les signale comme « jansénistes auteurs et débiteurs de livres prohibés ». Ils apparaissent, en effet, comme faisant habituellement le

1. D'aucuns ont cru en effet que « Gervaise de Latouche » cachait deux noms — Gervaise et Destouche (ou Latouche) — et de ce fait cherché un coauteur, tout trouvé en la personne de Billard.
2. Dans sa préface à l'édition de 1924 (voir bibliographie, p. 1111).
3. *Mémoires secrets pour servir à l'histoire de la République des Lettres en France depuis 1762 jusqu'à nos jours*, Londres, 1783, t. XXI, p. 210.

commerce des livres prohibés, qu'il s'agisse d'ouvrages jansénistes ou de livres obscènes. Le marquis a fait imprimer le texte du côté de Blois, grâce aux fonds (5 000 livres) avancés par un notaire nommé Morand, habitant à Villeneuve-Saint-Georges[1]. Ce commanditaire n'est pas inquiété. Et le marquis pas davantage. La demoiselle Ollier, quant à elle, est conduite à la Bastille le 8 mars. C'est elle qui a loué chez Mme d'Alainville un cabinet, rue de la Comédie-Française, où la police vient saisir, en feuilles, une partie de l'édition imprimée : il s'agit, vraisemblablement, des 28 figures libres qui devaient illustrer le texte[2]. Un rapport de Dubut en date du 21 mars indique que le marquis ne quitte plus l'abbé Nourry — le frère de Mme d'Alainville —, et que tous deux font des démarches pour faire libérer Mlle Ollier. La comédienne est relâchée le 22 juin et exilée à Toulouse. Et l'abbé, qui s'est chargé « pour rendre service au marquis Le Camus, à la demande de Mme d'Alainville sa sœur », de vendre pour un louis l'*Histoire de dom B**** aux colporteurs, est mis à la Bastille le 14 avril ; il en sort le 5 juillet, à la demande du cardinal d'Auvergne, avant d'être exilé à l'abbaye de Saint-Rambert, diocèse de Lyon.

Sur les 1 400 à 1 500 exemplaires de l'édition que l'on peut dater de janvier 1741, un nommé Stella en a envoyé 700 en Hollande, par l'intermédiaire d'un imprimeur de Rouen, Jean-Baptiste Machuel. Le destinataire est le libraire Paupie, de La Haye. Le policier Duval charge son collègue Potcarré, de Rouen, d'arrêter au passage la grosse balle de livres contenant l'*Histoire de dom B****. Cette surveillance n'aboutit pas. Par ailleurs, une autre partie de l'édition est entreposée à Versailles, chez le commis Maillard, valet de chambre tapissier du duc de Tallard. Maillard est d'abord détenu à l'Hôtel de Ville, puis transféré à Bicêtre le 10 avril. Sans doute a-t-on saisi chez lui les exemplaires qui y étaient déposés, mais le dossier est muet à ce sujet, ainsi que sur la date de sa libération.

Il faut encore mentionner deux autres complices : le nommé Blangy, tapissier, et Philippe Lefèvre, peintre et graveur au burin. Blangy avait entrepris, à la demande du marquis, dès 1738, de faire graver les planches de l'*Histoire de dom B****. Il en avait chargé Philippe Lefèvre[3]. Le dossier n'indique pas le nom du dessinateur. Cependant, on a vu que Billard fréquentait Desportes le jeune : serait-ce lui ? Mais le tapissier s'aperçoit que Lefèvre a tiré pour son compte 400 exemplaires des planches, et que les imprimeurs Benoit et Jacques Thevenard les ont mises en vente après y avoir imprimé, au bas des vers, « pose tige » (pastiche). Le marquis s'en faisait livrer, lui, 2 000 exemplaires. Toujours est-il que Blangy, révolté de l'indélicatesse de Lefèvre, avait abandonné l'entreprise « depuis plus de deux ans ». Il n'avait pas gagné 50 livres, et le marquis lui en devait 48 !

Un rapport de Dubut du 21 mars donne par ailleurs cette indication : « Je viens d'apprendre que c'est Stella qui a fait graver pour le marquis

1. Voir plus haut la déposition de l'abbé Nourry du 24 avril 1741, p. 1106-1107.
2. Voir la Note sur les gravures, p. 1121.
3. Blangy a fait graver 18 planches par Lefèvre ; on ne sait pas qui était chargé de graver les 10 autres : il devait en effet y avoir 28 gravures. On n'a pu retrouver aucun exemplaire de l'édition originale avec ces 28 figures.

Le Camus et la Ollier, les planches de *Dom B.*, qu'il est en grande liaison avec eux, il est parti aujourd'hui pour l'Espagne et a recommandé au nommé Lefèvre d'aller chez M. le comte de Caylus, le prier de solliciter la révocation de sa lettre d'exil. » On voit ici la raison pour laquelle plusieurs bibliographes attribueront la gravure des planches au comte de Caylus. Ce dernier aurait-il gravé les dernières planches à la demande de Stella ? Beaucoup plus vraisemblablement, c'est parce qu'il est connu comme protecteur des artistes, qu'il est lui-même peintre, graveur et auteur de récits libertins, que Lefèvre est invité à solliciter sa protection. Incarcéré à la Bastille le 28 février, Lefèvre n'en sort que le 6 juillet, malgré plusieurs interventions. Blangy et sa femme sont arrêtés le 28 février. Elle est libérée le 15 avril, son mari le 13 mai.

Dès le mois de juin 1741, la rumeur se répand qu'une nouvelle édition de l'*Histoire de dom B**** est en cours[1]. À nouveau, l'exempt Dubut est alerté. Il signale le 10 juin : « J'ai arrêté et conduit au château de la Bastille les nommés Domeret et Guillou, dit le jeune, et la nommée Michelle Neveu pour avoir vendu un livre intitulé *Dom B...* et être du complot de la seconde édition dudit livre. » Une autre note sans date dénonce le nommé Minet (en réalité Thominet) comme « l'un de ceux qui a fait réimprimer *le Dom B...* Ils sont six. » C'est Thominet qui les vendait à Domeret, désigné comme graveur, on ne sait pourquoi[2]. À la suite des interventions du marquis de La Luzerne et de sa femme, Domeret est libéré avec ses deux complices le 11 août. Cette deuxième édition est accompagnée d'une suite d'estampes « des plus nues » vendue séparément.

La liste des embastillés est longue. Y figure aussi le libraire Charles Guillaume, installé secrètement quai des Augustins. Il aurait vendu plus de 40 exemplaires de la deuxième édition du *Portier des chartreux* « qu'il tenait de celui qui l'a fait imprimer. On ne sait même s'il n'a pas eu part à l'édition mais on n'est pas sûr de cette circonstance ». Pourtant, une dénonciation signée Domet, et datée du 11 juillet, impute l'impression du livre à un nommé François : « On m'assure que le nommé François imprimeur imprime actuellement *D. B.* et le fait débiter dans Paris par une nièce qui a un petit savoyard qu'elle fait marcher devant elle avec un sac rempli de ce livre et d'autres de même espèce. »

Le 11 juillet, on parle encore de l'impression de la deuxième édition. Une lettre anonyme du 20 septembre en signale la vente par Boudelot, « fameux colporteur ». En décembre enfin, deux musiciens — qui chantent dans les cafés « des chansons des plus dissolues » — sont impliqués dans la vente du livre, et enfermés.

Nouvel émoi en 1749. En janvier, Simon Viélard, cordonnier, et Simon Le Clerc, gagne-petit, sont embastillés « pour s'être mêlés du *Portier* ». Depuis le 20 octobre 1748, on était sur la piste d'une nouvelle édition. Une surveillance qui n'aboutit pas avait été établie rue et faubourg Saint-Jacques, au voisinage du magasin de la veuve Bruyère, où,

1. Cette édition est annoncée dans *Les Amusements du cœur et de l'esprit* (voir p. 1104). Aucun exemplaire n'en a été retrouvé à ce jour.

2. La dénonciation anonyme visant Domeret est datée du 3 juin. Antoine Domeret payait les exemplaires 7 ou 8 livres. Michelle Neveu était une fille adoptée par Domeret et sa femme, elle les aidait dans leur commerce de livres.

tous les mardis et vendredis, un courrier apportait deux grands paniers recouverts de toile cirée et contenant des papiers. Le 2 février 1749, on interroge François-Xavier d'Arles (ou Darles) de Montigny, quarante-sept ans, natif de Besançon, écuyer demeurant rue Traversière. Cet homme, agent secret à Liège, a profité de son séjour dans la métropole flamande pour entreprendre l'impression de livres obscènes. C'est lui qui assumera les frais de l'édition originale de *Thérèse philosophe*[1] (1748) et de cette nouvelle édition du *Portier des chartreux* (« Chez J.-J. Trotener »). À la Bastille, d'Arles de Montigny dénonce ses complices : l'imprimeur est Delorme Latour, libraire à Liège, et le relieur Michel Ganache, à Paris. Un nommé Louvet avait proposé à Ganache de faire entrer dans Paris les douze ballots contenant 1 200 exemplaires du *Portier des chartreux*. Louvet avait alors remis à Ganache une carte à jouer, le valet de cœur, marquée d'un signe. Ganache se rendit à Versailles chez le voiturier Lalonde, qui lui exhiba un valet de cœur et son signe de reconnaissance et lui remit les douze ballots. Ganache les entreposa au château de Versailles dans une chambre du deuxième étage, près de la chapelle. Une note du 26 juillet 1749 adressée à M. d'Argenson et conservée au dossier nous apprend que la police a retrouvé les douze ballots du *Portier des chartreux* à Versailles dans la chambre du prédicateur du roi. Jean Lacasse est compromis dans cette affaire et embastillé. Arrêté le 17 mai 1750, Ganache est relâché le 9 juillet. D'Arles de Montigny n'est libéré que le 16 août. Ses dénonciations lui ont peu servi.

Enfin, pour clore ici l'histoire d'un texte étroitement mêlée à celle des poursuites engagées contre lui, citons la « dédicace satirique » au lieutenant de police Gabriel de Sartine[2], figurant dans l'édition de 1771 : « Au Sieur Sartine qui sous le titre spécieux de lieutenant de police est la quintessence de la méchanceté, que l'enfer vomit sur la terre et le vrai bourreau des libraires.

« L'attachement décidé que Paris et toute la France sait que vous avez pour tout crime indifféremment et pour toute paillardise exige que je vous fasse hommage de la dédicace de cet ouvrage. Comme il flatte en plein votre goût, vous devez naturellement lui laisser son libre débit et fermer les oreilles aux lâches insinuations de votre sordide avarice, qui saisit avidement toute espèce de livre, même avec privilège pour les faire ensuite vendre impunément pour votre seul profit par des bandes de voleurs, des assassins, des filoux [*sic*], des débauchés et des scélérats à vingt-quatre carats dont Paris, grâce à votre encouragement, fourmille, dont votre bien-aimé émissaire Émery [*sic*, pour d'Hémery] est la porte-enseigne et dont vous êtes avec horreur le chef.

« Je suis s'il vous plaît bien loin de vos pattes.

« Sieur Sartine.

« Autant honnête homme que vous coquin fieffé.

« L'Éditeur. »

ALAIN CLERVAL.

1. Voir la notice sur Boyer d'Argens, p. 1279, et la Notice sur *Thérèse philosophe*, p. 1290.
2. De 1759 à 1774.

BIBLIOGRAPHIE

*Éditions anciennes de l'« Histoire de dom B*** ».*

*Histoire de dom B***, portier des chartreux, écrite par lui-même.* À Rome. Chez Philotanus, [janvier 1741]. BNF, cote Enfer 326. Avec figures. C'est l'édition que nous avons choisie de reproduire.

*Histoire de dom B***, [...].* À Francfort. Chez J.-J. Trotener, Imprimeur-Libraire, aux Cigognes, 1748. BNF, cote Enfer 328. Avec 1 frontispice et 20 gravures.

*Histoire de dom B***, [...].* À Rome. Chez Philotanus, [1771]. Avec une dédicace satirique à M. de Sartine, lieutenant de police.

*Histoire de dom B***, [...].* À Rome. Aux dépens des Chartreux, [1777]. Nouvelle édition, revue et augmentée sous les yeux du Saint-Père. Avec 21 gravures en taille-douce.

Le Portier des chartreux. À Grenoble. Imprimerie de la Grande Chartreuse, [1786]. Avec 1 frontispice et 11 gravures libres. Il s'agit de la première partie du roman ; la seconde forme un volume séparé, intitulé : *Histoire de Gouberdom, portier des chartreux.* À Rome, [1786]. Nouvelle édition, revue et augmentée [d'un conte en vers : *Chapitre général des cordeliers* de Piron] sous les yeux du Saint-Père.

Mémoires de Saturnin, écrits par lui-même. À Londres. Cazin, 2 vol., 1787-1786 [*sic*]. BNF, cote Enfer 889. Avec 1 frontispice et 23 gravures.

Histoire de Gouberdom, Versailles, 1790. Avec 20 gravures et une épître dédicatoire à Marie-Antoinette.

Le Portier des chartreux, ou Mémoires de Saturnin, écrits par lui-même. Amsterdam, 1867. Avec figures.

Histoire de Saturnin, portier des chartreux, écrite par lui-même. Paris, 1908. BNF, cote Enfer 1289. Version complète originale collationnée sur le manuscrit nº 412 B de la bibliothèque de l'Arsenal (Fonds de la Bastille) et purgée des addenda et variantes apocryphes contenus dans les éditions modernes. Cette édition serait due au libraire Hirsch ; elle mentionne en page de titre : J.-Ch. Gervaise de Latouche, Avocat au Parlement de Paris.

Le Portier des chartreux ou Mémoires de Saturnin, écrits par lui-même. G. Lebaucher, Montréal, s.d. [*ca* 1910].

Histoire de dom Bougre, portier des chartreux. Chez le sacristain des Carmes, s.d. [*ca* 1924]. Nouvelle édition revue sur le texte original, augmentée de tous les passages supprimés dans toutes les éditions modernes, et précédée d'une préface par Helpey, bibliographe poitevin [Louis Perceau].

*Éditions récentes de l'« Histoire de dom B*** ».*

*Histoire de dom ***, portier des chartreux, écrite par lui-même.* Le premier janvier 1771, avec figures, Villetaneuse, Imprimerie française des Arts graphiques, 1960. Il s'agit en fait d'un fac-similé sans figures, publié pour les sociétaires du Cercle du livre précieux. L'ouvrage, non broché, est présenté dans un emboîtage en carton avec : Pascal Pia,

Histoire d'un livre traqué : « Le Portier des chartreux », augmenté de nombreuses pièces inédites extraites des Archives de la Bastille.

Histoire de dom Bougre, portier des chartreux, préface de Hubert Juin, *L'Enfer de la Bibliohtèque nationale*, t. III, Fayard, 1985.

Le Portier des chartreux : histoire de dom Bougre écrite par lui-même, lecture de Roger Bozzetto et Geneviève Gouiber-Robert, Arles, Actes Sud, 1993.

HISTOIRE DE DOM B***

NOTICE

À s'en tenir simplement à l'histoire des trois premières éditions du *Portier des chartreux* (janvier 1741, juin 1741 — non retrouvée — et 1748), on mesure, à travers les recherches policières, le retentissement immédiat d'un texte qui s'imposera jusqu'à la fin du siècle comme le plus « infernal » des romans obscènes[1]. L'*Histoire de dom B**** relance au XVIIIe siècle le grand air de la fouterie. Et engendre une nombreuse descendance, tel : *Mémoires de Suzon, sœur de D.. B..... portier des chartreux, écrits par elle-même* (« À J'enconne, Rue des Déchargeurs, Aux dépens de la Gourdan ») en 1778, *Histoire de Marguerite, fille de Suzon, nièce de D.. B.....* en 1784. La suspension du nom du héros éponyme cache évidemment mal le mot « bougre », nom que l'on donnait de manière infamante aux hérétiques de la doctrine cathare, notamment les albigeois. Par extension, l'usage a seulement retenu l'allusion aux pratiques sodomites dont on accusait ces derniers, que Gervaise de Latouche, lui, attribue à la vie conventuelle. Le titre du roman constitue ainsi à soi seul une offense intolérable pour l'Église. En outre, porté par le matérialisme des discours et des situations, le roman produit un immense fracas dès sa parution. L'obscénité gagne au sublime : « Il y a, écrit Pierre Clément, une grossièreté élégante et même sublime, ou, si vous voulez, une sublimité de tour qui fait disparaître la grossièreté, témoin quelques morceaux du *Portier des C…* et la fameuse *Ode* qui doit un jour fermer la porte de l'Académie au poète Piron[2]. »

L'Art de foutre, ou Paris foutant, la pièce que Baculard d'Arnaud fait jouer chez la Lacroix, célèbre tenancière de maison de filles, le 1er janvier 1741, est imprimé dans le courant de l'année « Chez dom Bougre, Imprimerie de tous les fouteurs et de tous les cocus du Royaume ».

L'*Histoire de dom B**** annonce aussi la virulence du sans-culotte. La

1. À s'en tenir aux textes de ce volume, le sous-titre de *La Tourière des carmélites* — « *servant de pendant* au " P. des C. " » — est, à cet égard, éloquent (voir p. 587). Par ailleurs, le livre fait partie de la bibliothèque que le comte met à disposition de Thérèse (voir *Thérèse philosophe*, p. 964).

2. *Les Cinq Années littéraires ou Nouvelles littéraires, etc. Des années 1748, 1749, 1750, 1751 et 1752*, lettre VII, avril 1748, La Haye, 1754, t. I, p. 54. Il s'agit de l'*Ode à Priape*, œuvre de jeunesse de Piron (1689-1773).

Révolution prendra en effet Saturnin, le héros du livre, à son service. Plus vigoureux que jamais, voici *Dom Bougre aux États-Généraux ou Doléances du portier des chartreux*, « Par l'auteur de *La Foutromanie*, À Foutropolis, Chez Braquemart, libraire, Rue Tire-Vit, À la Couille d'Or, Avec permission des supérieurs » (1789). Auquel succèdent rapidement *Le Nouveau dom Bougre à l'Assemblée Nationale ou l'abbé Maury au bordel*, suivi de *Doléances au dieu Priape*, et d'une ode *Aux Bougres*, par l'auteur du *Bordel national* (s.l.n.d. [1790][1]). C'est parfois au nom de dom Bougre que les pamphlets dénoncent le roi et l'aristocratie et les appels au peuple et à l'insurrection. Foutre et Bougre sont constamment à la première page du *Père Duchesne* d'Hébert, qui mobilise ainsi les sections révolutionnaires[2].

Le notaire qui établit le catalogue de la bibliothèque du comte de Sade (père de l'écrivain), au château de Lacoste, le 12 avril 1769, désigne pudiquement le *Portier des chartreux* par ses initiales et le range sous la rubrique des « romans libres ». Le marquis, quant à lui, cite clairement le livre dans l'*Histoire de Juliette*. En se plongeant dans la bibliothèque d'un moine libertin, Juliette ne dissimule pas sa joie devant le nombre de livres obscènes qu'elle contient, parmi lesquels *L'Académie des dames*, *Thérèse philosophe* et *Le Rideau levé, ou l'Éducation de Laure* (1788).

Le *Portier des chartreux* attire ainsi son attention : « production plus polissonne que libertine, et qui, néanmoins, malgré la candeur et la bonne foi qui y règne, donna, dit-on, au lit de la mort des repentirs à son auteur[3]... » Par la bouche de Juliette, Sade s'indigne du repentir tardif de Gervaise de Latouche, ce « lâche dont la postérité doit flétrir la mémoire ». Feinte indignation, qui dissimule la dette contractée à l'égard du *Portier des chartreux* dont Sade prolonge la tradition et exploite toutes les virtualités en considérant « l'excès » comme une limite incertaine que le libertin peut déplacer à son gré, jusqu'aux plus extrêmes transgressions. La virulence du *Portier des chartreux*, c'est-à-dire son érotisme conçu comme l'enjeu souterrain des comportements, la clef interdite des conduites sociales, la vérité ultime des paroles et des actes, est pourtant proche de celle de l'œuvre de Sade. Et comme celle-ci, le *Portier des chartreux* développe une technique romanesque qui privilégie hyperboliquement certaines parties du corps, de manière à faire éclater l'évidence au croisement d'un regard et d'un « ob et partiel » — un attribut du corps féminin, un fragment de corps érotisé que découpe un voyeur fasciné. Tel Saturnin, découvrant à travers une fente le spectacle d'une étreinte amoureuse.

1. Rétif de la Bretonne fut accusé d'être l'auteur de *Dom Bougre aux États-Généraux*. Le poème *La Foutromanie* est généralement attribué à Sénac de Meilhan, bien qu'il l'ait été aussi à Mercier de Compiègne. Élu à l'Académie en 1785, député du clergé de Péronne, défenseur de l'Ancien Régime, l'abbé Maury est la cible des pamphlets révolutionnaires. *Doléances au dieu Priape* est un autre titre pour l'*Ode à Priape*. *Le Bordel national sous les auspices de la Reine à l'usage des confédérés provinciaux, dédié et présenté à Mlle Théroigne, Présidente du district des Cordeliers et du Club des Jacobins, auteur de cet établissement patriotique*, À Cythère, et dans tous les bordels de Paris (1790) est l'un des nombreux pamphlets de l'époque.

2. Sur la régénérescence physique et morale qu'incarne le sans-culotte, voir Antoine de Baecque, *Le Corps de l'histoire : métaphores et politiques, 1770-1800*, Hachette, 1993. Sur l'idée d'« énergie », voir Michel Delon, *L'Idée d'énergie au tournant des Lumières (1770-1820)*, PUF, 1988. Sur le retentissement du mot « foutre », voir Patrick Wald Lasowski, préface à *La Science pratique de l'amour, Manuels révolutionnaires érotiques*, Philippe Picquier, 1998.

3. *Histoire de Juliette*, dans *Œuvres*, Bibl. de la Pléiade, t. III, p. 590.

Alors, la machinerie des corps se superpose à celle du récit pour empoigner le lecteur et relancer l'attention. L'histoire de dom Bougre contient le récit de Suzon, l'histoire de la sœur Monique, puis la suite de l'histoire de la sœur Monique. Le passage d'un récit à l'autre épouse le rythme de la pulsion libidinale. Lorsque Saturnin est exténué par ses prouesses, le protocole narratif permet de passer le relais à un tiers qui, à son tour, raconte ses plaisirs.

La mise en scène spectaculaire confère aux séquences érotiques successives un état paroxystique, qui témoigne que la révélation du plaisir sexuel frappe comme la foudre. Elle fait défaillir les élus touchés par la grâce. Comment ne pas être saisi par la proximité du vocabulaire érotique et des écrits mystiques, par la confusion entre l'élévation du catéchumène et la découverte du plaisir des sens qui fait progresser Saturnin, jusqu'à lui faire découvrir sa véritable origine ?

On peut, en effet, lire le récit de Saturnin comme une quête de l'origine. C'est par les hasards impénétrables de la providence que Saturnin retrouvera « ses pères » et sa mère, Gabrielle, dans le bordel mystique où elle continue d'officier. L'inceste — dont l'interdit, sans cesse menacé, pimente obsessionnellement la rêverie érotique — est pressenti à travers la plupart des relations imaginaires ou vécues de Saturnin. La constellation œdipienne, qui se glisse derrière toutes les dispositions amoureuses, fixe la source du désir dans un roman familial qui commande au développement inconscient de la sexualité. Elle renvoie à l'image d'une félicité innocente, à l'idée d'un âge d'or qui s'impose comme un thème — en forme de mirage — partagé par la majorité des écrivains du XVIIIe siècle, de Diderot à Rousseau, de d'Alembert à Condorcet.

Quête de l'origine, retour à l'individu originel vivant au plus près d'une nature bonne par essence, roman d'éducation dans lequel le savoir consiste à se libérer du mensonge, histoire d'un « déniaisement » : c'est, parallèlement, sur ces divers registres que se développent les aventures de Saturnin. Ainsi, dans ce livre fondateur, coexistent la satire, l'irréligion, l'irénisme philosophique, qui appartiennent pleinement à l'idéologie des Lumières, avec le genre du traité ou du manuel d'expérimentation sexuelle, que seul Mirabeau poussera plus loin dans *Le Rideau levé*.

On rencontre dans le *Portier des chartreux* tous les arguments « philosophiques » que l'esprit encyclopédique utilisera contre l'aveuglement imposé par l'enseignement religieux pour interdire l'accès naturel au bonheur. Dès le prologue romanesque, les prémisses intellectuelles sont induites par la sensualité, et confortées par les leçons de la raison qui permettent de déjouer la doctrine élaborée par l'Église pour détourner les fidèles du libre usage de leurs dispositions les plus évidentes à l'épanouissement physique et moral. « [...] les connaissances que la nature avait mises dans mon cœur venaient de se développer, les nuages dont elles les avaient couvertes s'étaient dissipés. Je reconnus la cause des différents sentiments que j'éprouvais tous les jours à la vue des femmes. Ces passages imperceptibles de la tranquillité aux mouvements les plus vifs, de l'indifférence aux désirs, n'étaient plus des énigmes pour moi[1]. » Telle est la révélation réservée à Saturnin. Pour maintenir son empire, la

1. Voir p. 339.

religion a toujours spéculé sur la crédulité, l'ignorance, et la peur. Comment masquer, semble se demander l'auteur, les connaissances innées de l'homme, inséparables du développement sexuel, sinon en jetant l'opprobre sur la nature et sur les cycles naturels qui sont pourtant à l'origine des progrès de l'espèce humaine ? Comment la religion et la morale pourraient-elles être en contradiction avec les attributs qui permettent à l'espèce de se reproduire, tel que Dieu l'a voulu dans sa bonté infinie ? À partir des Lumières, le roman d'éducation s'emploie à renverser les rapports entre la religion et la morale, entre l'enseignement et l'expérience originelle, formatrice par définition, que représente l'initiation sexuelle.

Les idées philosophiques et les situations romanesques développées dans le *Portier des chartreux*, jusqu'à la représentation des figures érotiques, ressortissent à un trésor commun dans lequel les écrivains libertins ont abondamment puisé pour étayer la leçon philosophique qui justifie l'usage de la pornographie. Au XVIIIe siècle, les philosophes (La Mettrie, d'Holbach, Helvétius, etc.) inspirent une vision mécaniste, qui se réclame abusivement de la « glande pinéale » dont s'était servi Descartes pour surmonter le dualisme du corps et de l'esprit. L'horlogerie des corps, la cinétique des fluides et des humeurs, l'alambic des sensations accréditent la toute-puissance d'une sexualité purement organique, par rapport à laquelle le jeu des sentiments et des émotions n'est qu'une simple émanation physique. En recourant à la pornographie, l'auteur du *Portier des chartreux* souscrit ainsi au dessein encyclopédique d'une cosmogonie du savoir expérimental. Saturnin parcourt les différents degrés d'une initiation fondée sur la découverte, l'observation et la mise à l'épreuve des parties les plus sensibles de notre constitution. Comment pourrait-on mieux faire l'inventaire des richesses concrètes de la nature humaine ?

La référence à la morale naturelle sous-tend la propédeutique sexuelle en la plaçant toujours en parallèle avec le progrès de l'entendement et de la sagesse. La scène primitive se dévoile à Saturnin par effraction, à travers un trou pratiqué dans le mur et par lequel il peut observer les ébats de Toinette, sa mère adoptive, avec un moine paillard, qui fait office de préfet des études. De ce point de vue, le *Portier des chartreux* déborde la leçon qu'offrait avant lui *L'École des filles* (anonyme, attribué à Michel Millot et à Jean L'Ange, 1655), lui-même issu d'une longue tradition qui remonte aux dialogues de l'Arétin et aux *erotica* de l'Antiquité grecque et romaine. On y décrit, avec un accent faussement naïf (que l'on retrouvera dans les conversations de Saturnin et de Suzon), l'apprentissage érotique d'une adolescente, Fanchon, par Suzanne, sa cousine plus experte. Si au XVIIe siècle la crudité des descriptions érotiques correspond aux intentions du manuel d'érotologie ou d'anatomie sexuelle, au XVIIIe siècle le propos érotique se double toujours d'une leçon philosophique sur le bonheur dans ses rapports avec la nature et avec Dieu. Condamné au siècle précédent par l'Église et violemment réprimé par la censure royale, le libertinage érudit de Gassendi et de l'épicurisme athée, qui donnera naissance au sensualisme de Condillac, s'attaque directement, au XVIIIe siècle, à l'hypocrisie religieuse et dénonce la corruption morale des moines que l'habit ecclésiastique ne protège pas du dévergondage. La réfutation du dogme cesse de se jouer des contradictions de la doctrine, pour se déplacer sur un terrain toujours plus concret, nourrissant une dissertation philosophique d'autant plus scandaleuse qu'elle opère un renversement du discours évangélique en plaçant l'érotisme au cœur de la création, et également au cœur de la société.

À la différence de la littérature picaresque, en effet, où l'allégresse du récit n'aveugle jamais sur la possibilité de redresser les vices de l'ordre social que le héros détourne à son profit, le roman érotique obéit à une visée subversive, parce qu'il subordonne la contestation des préjugés à la description et à la satire des mœurs. Par ailleurs, la tradition grivoise des fabliaux et des farces médiévales met rarement en question les fondements de l'ordre établi. Elle profite au contraire de l'inégalité des conditions, des relations boiteuses entre les êtres, pour développer des situations comiques liées aux rapports entre maîtres et valets, hommes d'Église et fidèles. Leur commerce ludique parodie une vassalité que la transgression érotique confirme à sa manière. L'obscénité résulte alors d'une dérision du rituel féodal dont l'essence d'inspiration sacrée ne peut être contestée fondamentalement. À l'inverse, le *Portier des chartreux* est traversé de part en part par une obscénité dont l'énormité emporte le livre au-delà de la dénonciation et de la dérision, au-delà de la farce et de la satire.

Le *Portier des chartreux* concentre ainsi son intrigue dans les alcôves, les salons, les cellules, et conduit à travers de nombreues péripéties d'une chaumière paysanne chez une grande dame, chez un abbé de cour, puis dans un couvent qui est un bordel inversé (on y découvre l'envers crapuleux des indulgences), avant la maison de passe parisienne où dom Bougre retrouve Suzon. Au cours de ce périple initiatique, Saturnin rencontre la vérité scandaleuse des appétits charnels. La société est mise à nu. Les *Mémoires de Saturnin* (titre de l'édition Cazin de 1787-1786) développent un parallélisme évident entre la cure de vérité que la sexualité administre à ceux qui la vivent pleinement et la corrélation du bonheur et de la liberté propre aux Lumières. Saturnin pose donc un regard neuf et ingénu sur le monde, et, dans ce monde, sur le sens véritable de la vie conventuelle. Pour l'auteur du *Portier des chartreux*, le bonheur est une idée neuve dont la seule énonciation fait frémir les « honnêtes gens », les dévots et les fripons. Tel est le scandale, telle est la bonne nouvelle : l'homme n'a nul besoin de l'arsenal savant de la théologie et des écritures saintes pour monter au ciel. Chevillée au corps de l'homme, l'exploration des mystères et des plaisirs du sexe permet d'aborder aux merveilles du monde, et de rétablir cette harmonie préétablie entre l'esprit de Dieu et la nature dont se moque si bien Pangloss.

Derrière la façade de respectabilité des institutions les plus prestigieuses (la noblesse, le clergé, etc.), Saturnin démasque les vices, qui n'apparaissent tels que parce que la religion refuse d'accorder toute leur place à la nature et à la raison. L'un des enseignements du livre tend à prouver que le refus de l'instinct est à l'origine du dévoiement de tendances naturelles que légitiment le cœur, le corps et l'esprit, alors que les *préjugés et l'obscurantisme* religieux en détournent l'objet vers une perversion — qu'elles ont ensuite beau jeu de dénoncer hypocritement.

Cependant, l'évocation rétrospective par Saturnin des plaisirs de sa jeunesse ne s'apparente pas seulement à une remémoration nostalgique du « vert paradis » des premières amours. Elle se prolonge sur une inquiétude métaphysique qui assombrit l'éloge de la nature retrouvée en montrant que les limites physiologiques du plaisir des sens sont en elles-mêmes un frein assez puissant pour nous ramener à la conscience de notre condition. Et la quête de ses origines ne parviendra pas, en fin de compte, à lever le voile sur le mystère d'une naissance inconnue. Le récit, marqué alors par la déception et la conscience de la finitude de l'homme, prépare le retour de la part nocturne des Lumières, qui avaient occulté si résolument la négativité inscrite au cœur de la nature. En témoigneront à la fin du siècle le succès populaire du roman gothique, et les vertiges de la Terreur. La mise en jeu de la violence érotique ouvre sur les abîmes de la nature humaine. Le livre expose avec une étonnante hardiesse l'inavouable d'une société si policée qu'elle en est venue à ne plus pouvoir distinguer le détachement du cynisme, la liberté de la violence, l'exquise politesse de la corruption.

L'expérience personnelle de Saturnin n'éclaire qu'un fragment de la société ; cependant la précision du détail — dénonciateur — élargit ausitôt l'enjeu du roman, qui ne cherche pas seulement à scandaliser, mais à faire œuvre de justice en dénonçant ce que la paresse des conventions refuse de reconnaître. En vérité, il nous semble que ce n'est pas simplement l'obscénité qui fit de ce livre un objet de délit traqué par la police du royaume, mais le décalage entre la limpidité d'un regard d'adolescent et le mensonge des adultes préposés à sa formation. À travers l'innocence première de Saturnin, le milieu du couvent et des chartreux réfléchit une image si déviante de la réalité sociale que le lecteur est invité à débusquer la vérité du monde — et le sens de l'existence — derrière les attitudes, les conventions, les principes affichés.

Il en va de même en ce qui regarde l'éducation des femmes. Comme le dit la sœur Monique dans le récit qu'elle fait à Suzon, « Nous ne sommes pas maîtresses des mouvements de notre cœur : séduites en naissance par l'attrait du plaisir, c'est à lui que nous offrons nos premiers sentiments. Heureuses celles dont le tempérament ne s'effraie pas des conseils austères de la raison ; elles y trouvent un secours contre le penchant de leur cœur : mais doit-on leur envier leur bonheur ! Non, qu'elles jouissent du fruit de leur sagesse, elles l'achètent assez cher, puisqu'elles ne connaissent pas le plaisir. Hé, qu'est-ce que c'est que cette sagesse après tout, dont on nous étourdit les oreilles ? une chimère, un mot consacré à exprimer la captivité où l'on retient notre sexe[1]. » Tous les personnages féminins, aussi bien Mme Dinville que Suzon, Toinette ou Monique, prennent sans honte des initiatives qui les placent sur le même plan que les hommes dans la recherche d'un plaisir où la réciprocité des échanges est destinée autant à augmenter celui du partenaire qu'à jouir de son propre corps. À l'inverse de Rousseau, dont il partage tant de vues sur la bonté naturelle, le *Portier des chartreux* évacue la culpabilité et l'illusion d'une sentimentalité qui serait l'enveloppe du bonheur des sens. Et c'est parce qu'il rabat l'éloge de la nature sur l'apologie du corps, et inscrit la finalité de ce dernier dans le seul épanouissement de la sexualité, que se pose la question de savoir si la littérature érotique est un dévoiement — un effet — de la philosophie des Lumières, ou si elle en est, au contraire, le fondement.

1. Voir p. 354.

Car s'il fait incontestablement partie du mouvement des Lumières, en fondant l'apologie du plaisir des sens sur les clartés de l'entendement libéré des préjugés et de la tyrannie exercée par l'Église, le *Portier des chartreux* pressent que la philosophie hédoniste, par une exaltation démesurée du plaisir, pourrait être, à son tour, à l'origine d'un nouvel esclavage. Comme l'ont déjà fait remarquer plusieurs commentateurs du texte[1], si la pétition de principe dont la littérature érotique se réclame révoque toute idée de transcendance pour lui préférer le sensualisme, qu'en est-il alors du bonheur au-delà des sens ? Qu'en est-il de l'utopie républicaine d'une créature réconciliée avec la nature, une fois dissipés les leurres ou les mensonges forgés par la société ? Apparaissent, alors, les sophismes de la raison et la menace de voir l'obscurantisme social remplacé par un autre obscurantisme, celui des révolutionnaires soucieux de faire advenir, sur les décombres de l'ordre ancien, un homme neuf, abstraction chimérique à l'encontre d'une humanité réduite à ses vices et à ses faiblesses.

Les rapports entre le champ de la réflexion philosophique et l'expérimentation du roman libertin sont complexes. La philosophie et le libertinage sont de fait solidaires, et militent pour la même cause. Il n'existe pas moins entre les deux une distance, à la fois stratégique et nécessaire. On comprend que Voltaire s'indigne dans sa correspondance de voir son nom associé à celui de Gervaise de Latouche. Il écrit au duc de Richelieu, au moment de l'affaire du chevalier de La Barre : « Il faut que je vous dise une chose bien singulière. On a affecté de mettre dans l'arrêt qui condamne le chevalier de La Barre qu'il faisait des génuflexions devant le *Dictionnaire philosophique* ; il n'avait jamais eu ce livre. Le procès-verbal porte qu'un de ses camarades et lui s'étaient mis à genoux devant le *Portier des chartreux*, et l'*Ode à Priape* de Piron : ils récitaient les *Litanies du Con*[2], ils faisaient des folies de jeunes pages, et il n'y avait personne de la bande qui fût capable de lire un livre de philosophie[3]. »

Si peu de penseurs de l'époque, sauf peut-être La Mettrie et Helvétius, placent comme prémisses de la philosophie la licence de donner libre cours aux instincts, l'auteur du *Portier des chartreux*, renversant les termes de la dialectique de l'époque (qui déduit de la raison les vertus naturelles), pose comme préalable de sa vision du monde un matérialisme athée. On comprend que Sade ait pu compter ce livre au nombre des ouvrages qui contibuèrent à la formation de son esprit. Le même acharnement « émancipateur » se retrouve chez Gervaise de Latouche : il consiste à légitimer le comble du bonheur par la transgression — la souffrance et la joie entrant tour à tour dans la connaissance et l'exploration d'un état-limite. « […] je recommençai à vivre, parce que je crus que j'allais revivre pour le plaisir[4] », dit Saturnin.

À travers son cynisme et son parti pris naturaliste (qui s'exprime, par exemple, dans la repésentation du milieu de la prostitution, en écho au

1. Voir par exemple Hubert Juin, préface à l'*Histoire de dom* Bougre, dans L'*Enfer de la Bibliothèque nationale*, t. III, Fayard, 1985.

2. *Tiers livre* (XXVI).

3. Voltaire, lettre au duc de Richelieu du 19 août 1766, *Correspondance*, Bibl. de la Pléiade, t. VIII, p. 593.

4. Voir p. 442.

roman picaresque ou au roman anglais), le roman soutient l'idée que la circulation du plaisir passe par l'échange. L'enfermement symbolisé par l'existence conventuelle apparaît comme la suprême offense faite à l'esprit d'une époque qui croit à l'expansion, à la propagation du bonheur à travers la circulation des idées et des richesses, à travers l'ardeur à embrasser les connaissances et les corps. La réussite littéraire du *Portier des chartreux* tient, entre autres, au renversement scandaleux qui inscrit dans l'enceinte réservée à la prière le foyer d'une ardeur blasphématoire entretenue par l'exaspération de la clôture : l'incandescence du désir tourne vers des objets profanes l'action de grâces qui devrait s'adresser à Dieu. Le redoublement onirique ou fantastique des scènes érotiques et l'effet de sublimation que provoquent l'articulation d'un récit enchâssé à l'autre font ainsi l'originalité du texte.

De plus, le réalisme social qui caractérise la peinture des personnages et des milieux rencontrés par Saturnin lève le voile de la bienséance qui, dans la tradition littéraire du XVIIIe siècle, s'inscrit à la fois comme une convention esthétique héritée de l'âge classique et un « usage du monde » selon lequel les règles du goût sont le reflet d'une société façonnée par l'art de vivre aristocratique. Loin du travail de l'allusion cher à Crébillon, ce réalisme descriptif — ce « mauvais goût » — montre comment la sexualité, observée sous tous ses aspects, dans la diversités de ses postures, fait de l'homme une « machine désirante ».

Il s'en faudrait de peu que la condamnation de toute métaphysique ne veuille reconnaître de bonté en l'homme que produite par ses organes physiques, tant sont dangereuses les tentatives pour élever la nature humaine vers une transcendance accusée d'avoir engendré toutes les horreurs du fanatisme. Voilà ce qui peut rendre compte de la logique paradoxale du châtiment qui frappe : diverses maladies vénériennes conduisent Saturnin à Bicêtre, où on l'ampute de sa virilité. Alors que l'Église verrait dans cette punition la conclusion normale d'une vie de dissipation et d'athéisme, Gervaise de Latouche présente l'humiliation de Saturnin comme le dérèglement mécanique d'un organisme qui n'a pas su mettre un frein à ses appétits. De même que, selon le *Supplément au Voyage de Bougainville* (rédigé en 1772) de Diderot, c'est l'idée du mal et du partage social qui entache la création à l'état sauvage et non l'instinct de la nature, le déséquilibre entre les deux parties du livre montre que c'est la conscience du mal qui rend l'homme pervers, mais non la droiture de l'instinct.

La première partie, la plus longue, transmet avec intensité l'éblouissement que procure à Saturnin une leçon de choses improvisée sur les mystères et les trésors de la sexualité. C'est là l'intuition enfantine d'un âge d'or antérieur à la faute et à la chute. La seconde donne à entendre le discours désabusé de Saturnin, mutilé dans sa virilité, que le regret des jours heureux conduit au ressassement, alors que le spectacle du plaisir l'entretient dans un *taedium vitae* figuré par sa castration et par l'horreur scélérate des moines. La dissymétrie des deux moitiés du récit introduit ainsi dans la composition du *Portier des chartreux* la fracture que la religion et l'idée du mal logent au cœur de la nature pour en corrompre la pureté originelle. L'amertume du portier convainc le lecteur que la perte du plaisir est le pire des châtiments. Pourquoi l'homme écouterait-il l'anathème de l'Église contre la chair, alors que chaque jour sans plaisir est privé de sens ?

La seconde partie du livre, en donnant la parole au même homme infirme et impuissant, semble ainsi renverser la perspective euphorique du récit en prolongeant l'irénisme philosophique par une interrogation métaphysique sur la finitude et le manque. Mais elle élargit en fait le propos initial (le plaisir débridé) en réintroduisant la Loi, c'est-à-dire l'image du père, dans la recherche du bonheur.

Surtout, il faut considérer le caractère retors de la leçon sur les fins dernières de la sexualité que donne le texte. La confession, dont le père Siméon décrit les multiples ressources à l'intention de Saturnin, témoigne de l'intensité subversive de cette rétorsion. Puisqu'une pratique qui repose sur la contrition est détournée de son office initial, elle est désormais le moyen d'amener le pécheur par les voies du repentir à commettre les plus graves sacrilèges et à succomber à la tentation dont l'aveu devait prévenir le retour. Comme le recommande le père Siméon à l'intention de Saturnin : « rassurez leur cœur du côté du ciel, détruisez leurs préjugés, du côté du monde[1] ». Toute l'ironie de l'*Histoire de dom B**** est dans le renversement des préceptes religieux, détournés de leur sens pour servir de bréviaire profane.

Union de la pornographie et du roman noir, croisements du roman gothique et du récit sensuel, où scènes d'alcôve et cachots échangent leurs sortilèges… c'est l'invraisemblance des coups de théâtre associée à une dramaturgie annonciatrice du roman noir qui peut aussi expliquer la fascination que l'*Histoire de dom B**** — en attendant *Le Moine* de Lewis — exerce sur le lecteur. Le piment de l'érotisme associé au feuilleton connaîtra une fortune immense au siècle suivant, en autorisant le romancier à forcer les serrures d'une société surprise dans la révélation conjuguée de ses vices et de ses bas-fonds. L'effondrement de la symbolique morale, institutionnelle et religieuse qui avait cimenté la société d'Ancien Régime permet le développement anarchique d'une littérature libérée de toute entrave formelle et morale, qui innove en brisant les conventions esthétiques et en mettant la réalité « à genoux ». Le *Portier des chartreux* inaugure un genre où l'obscénité est en même temps une arme de combat, une description de l'état des mœurs, une revendication égalitaire, au nom d'une philosophie de la nature qui fait éclater l'imposture et l'artifice des inégalités.

Dans cette perspective, les romans érotiques du XVIIIe siècle contribueront à saper le système de croyances qui soutient l'édifice de la royauté. Toute la symbolique du pouvoir monarchique est menacée. À la transcendance de la toute-puissance divine qui légitime l'absolutisme, l'*Histoire de dom B**** objecte cette mêlée sexuelle, ce tableau de groupe où les corps envahissent tout l'espace, jusqu'à ne plus former qu'un seul corps, à travers une seule et même jouissance. Le commerce social est réduit à la joute de l'espèce. L'image idéalisée du corps social — que fonde l'eucharistie monarchique d'essence divine — est mise à mal par l'amalgame *organique* qui triomphe de tous les leurres idéalistes.

A. C.

1. Voir p. 467-468.

NOTE SUR LE TEXTE

L'*Histoire de dom B**** a fait l'objet d'une vingtaine d'éditions au XVIIIe siècle. Celle que nous avons retenue est l'édition de janvier 1741. Elle se compose d'un seul volume in-12. C'est, précise la Bibliographie Gay[1], l'édition la plus ancienne qui soit parvenue jusqu'à nous. Elle n'est citée que dans le catalogue manuscrit du marquis de Paulmy (n° 6060), mais un autre exemplaire figure dans la collection d'un certain M. B., toujours selon la Bibliographie Gay, assertion confirmée par des recherches de Louis Perceau et Pascal Pia. Est-ce la première édition, ou la deuxième ? Certains éléments des rapports de police laissent supposer qu'une édition antérieure de quelques mois aurait pu faire l'objet d'une saisie et être supprimée[2].

Nous n'avons relevé que des variantes minimes entre les différentes éditions, toujours fautives. Ainsi, si nous confrontons l'édition de janvier 1741 avec celle de 1748, on ne voit, sauf coquilles abondantes dans la première et corrigées ici, aucune différence susceptible de les distinguer l'une de l'autre. Nous rectifions, en l'occurrence d'après l'édition de 1777, des erreurs comme : « mes craintes étaient subornées à la passion », au lieu de « subordonnées » (p. 390). Nous conservons à l'inverse des solécismes qui ressemblent à des effets de style populaire (telles les concordances de temps incorrectes de « ferais » et « croirais », p. 342 et 459).

NOTE SUR LES GRAVURES

L'*Histoire de dom B**** a été, au XVIIIe siècle, abondamment illustré, au fil de ses nombreuses éditions. Nous reproduisons ici deux jeux entiers d'estampes ayant illustré le texte.

Le premier, placé dans le corps du texte, provient de l'édition originale non datée [janvier 1741]. Il comprend 18 gravures anonymes, dont 2 dépliants — leur format excède deux fois le livre ouvert ; c'est la raison pour laquelle nous les avons reproduits à l'italienne. Comme dans le cas de *Thérèse philosophe*, les illustrations ont pour objet, la plupart du temps, de commenter tel ou tel épisode du roman. Mais pas seulement. Deux d'entre elles (p. 341 et 379) font penser à la suite d'estampes dite d'Annibal Carrache, évoquée dans la Notice sur les gravures[3]. Celle de la page 403 est calquée sur une gravure illustrant un conte de La Fontaine (« Le Villageois qui cherche son veau »), que l'on trouve dans l'édition des *Contes* de 1762 dite des Fermiers Généraux. Et la suivante (p. 404) brode sur un motif des *Amours des dieux*[4]. Mais même la gravure de la

1. Jules Gay, *Bibliographie des livres relatifs à l'amour, aux femmes, au mariage [...]*, Paris, 1894-1900.
2. Voir la notice sur Gervaise de Latouche, p. 1105.
3. Voir p. XC.
4. Voir *Didon et Énée* de Coiny dans la Notice sur les gravures (fig. 15), et la première gravure des *Mémoires de Saturnin*, p. 499.

page 483, qui semble pourtant ne donner qu'une traduction réaliste de l'épisode concerné (l'irruption de Verland) rappelle, en ce qui concerne l'attitude de Monique et de Martin, certaines compositions d'Augustin Carrache, dont le style caractéristique a été ici quelque peu imité. Cette cohabitation de la citation et du commentaire prouve que la gravure, au XVIIIe siècle, hésite à s'émanciper de patrons antérieurs. Elle est aussi révélatrice de la position ambiguë de l'iconographie libertine, partagée entre le donner à voir et le donner à revoir.

Le second jeu, placé en appendice (p. 497), est constitué de gravures provenant de deux éditions différentes. Nous donnons d'abord un échantillon des figures de l'édition en un volume in-12 de 1748. Puis quelques-unes des gravures de l'édition Cazin de 1787-1786 (2 vol. in-8), publiée sous le titre : *Mémoires de Saturnin*. Ces dernières figures sont dues à Borel et Elluin. Elles comptent parmi les meilleures illustrations de textes libertins.

Le dessinateur Antoine Borel et le graveur François-Roland Elluin ont illustré en collaboration, pour le compte de l'éditeur rémois Cazin, plusieurs classiques libertins : *Thérèse philosophe*[1] (édition de 1785), *La Bibliothèque des paillards ou choix de poésies érotiques* (s.d.), *Le Meursius français ou Entretiens galants d'Aloysia*[2] (1782), *Parapilla* (1782), la traduction française des *Mémoires de Fanny Hill* de 1776 (parue sous le titre *Nouvelle traduction de « Woman of pleasur* [*sic*] *» ou Fille de joie*), *La Confédération de la nature ou l'Art de se reproduire* (1790), *La Foutromanie* (édition de 1780), *Félicia ou Mes fredaines* d'Andréa de Nerciat (1782) ainsi que le très célèbre *Arétin français* (*L'Arétin français par un membre de l'Académie des dames. J'appelle un chat un chat. Boileau*, 1787). Ce dernier ouvrage est moins un texte libertin illustré que l'une des nombreuses séries d'estampes se situant dans la tradition de l'imitation et l'adaptation des différentes séries des *Amours des dieux*[3].

Malgré cette abondante production, qui témoigne d'une rare « spécialisation » et qui fait de Borel et Elluin les illustrateurs par excellence du genre érotique et libertin, on sait très peu de choses sur les deux associés, dont les dates de naissance et de mort coïncident à peu près : Borel est né en 1743 et meurt en 1810, tandis qu'Elluin, né en 1745, meurt la même année. Il fut l'élève de son père[4].

Les premières œuvres de Borel ne laissent nullement présager de la suite de ses activités. S'il est aujourd'hui essentiellement connu pour ses illustrations d'ouvrages libertins, on lui doit aussi des estampes, entre autres exemples, pour les œuvres complètes de Plutarque (Cussac, 1783-1805), ou pour *Les Amours de Psyché* de La Fontaine (les figures n'ont pas été publiées). À l'instar de Queverdo, il s'est aussi adonné à la gravure politique pendant la période révolutionnaire. La plupart de ses dessins se trouvent aujourd'hui conservés dans des collections privées.

L'évolution d'Elluin est parallèle. Arrivé à Paris en 1765, il se serait mêlé, semble-t-il, à la bohème littéraire et aurait colporté des libelles. Il

1. Voir la Note sur les gravures de *Thérèse philosophe*, p. 1299.
2. Autre titre pour *L'Académie des dames* (1680), de Nicolas Chorier.
3. Voir, dans la Notice sur les gravures, les reproductions de *L'Arétin français* (fig. 6 et 38).
4. Karl Heinrich von Heineken, dans son *Dictionnaire des artistes dont nous avons des estampes avec une notice détaillée sur leurs ouvrages gravés* (Leipzig, 1789, t. III, p. 176), ne distingue d'ailleurs pas leurs œuvres respectives et leur consacre une seule et même notice.

commença sa carrière par des scènes de genre, comme *La Bergère attentive* d'après Boucher, *Les Enfants surpris* d'après Greuze, *Le Bon Ménage* d'après Lettelier, *L'Offrande à l'Amour* d'après Dugoure, etc. Il a aussi exécuté de nombreux portraits d'acteurs et d'actrices.

Le style des illustrations de Borel et Elluin se caractérise par une nette tendance à faire jouer les images entre elles, afin d'en dégager un dynamisme tout à fait particulier. Un lecteur qui s'amuserait à parcourir du regard leurs séries, en laissant aller rapidement le regard d'une gravure à l'autre, est naturellement conduit à repérer des affinités dans la posture des personnages, d'autant plus que la position des corps évoque souvent l'amorce d'un mouvement ou d'un basculement. En faisant abstraction des corps et en ne considérant que le mouvement, on est alors en présence d'une illusion cinétique. Le choix de ces agencements ne peut pas être le seul produit du hasard, et il faudrait plutôt y voir une intention délibérée de dynamiser le rapport du texte et de l'image par un jeu d'incitations visuelles. Voilà qui confirme la nature combinatoire du récit libertin et en dégage des potentialités imaginaires, en le libérant de la monotonie de son enchaînement narratif. C'est pour les mêmes raisons que Borel condense parfois fortement une séquence narrative dans une image, alors qu'ailleurs il vise à être ponctuel — c'est-à-dire à capter le « *punctum* » d'une phrase dans la composition.

Le procédé n'est pas si courant qu'on pourrait le croire dans le genre de l'illustration libertine[1]. Tout cela est parfaitement ludique et aboutit à dédramatiser le jeu de la représentation érotique, à créer des combinaisons libres dont le frontispice (p. 498) nous semble représentatif. L'équilibre harmonieux de la composition, l'agencement machinique des corps et l'obsession cyclique pré-sadienne de l'image vont de pair avec l'innocente sérénité de la provocation. Même les scènes d'orgie faisant pendant aux gravures de l'édition originale, reproduites pages 444, 455 et 456, prennent avec Borel des allures de ballet.

Ces figures donnent un aperçu exemplaire de la manière dont Borel et Elluin expérimentent librement, tout en maintenant un équilibre de ton particulier entre l'insouciance hédoniste de l'image galante et le conformisme provocateur de l'obscénité libertine. Ce faisant, ils révèlent l'essence même de l'illustration libertine, qui ne retient de la tradition que les citations dont elle a besoin et dont le langage, exclusivement mâle et voyeur, évolue dans un monde clos, enfermé dans l'exiguïté de ses contraintes. Rares ont été, en vérité, les illustrateurs libertins à mettre dans l'expression de ce peu de liberté autant de grâce que Borel et Elluin.

J.-P. D.

1. En revanche, les illustrations de l'édition de 1785 de *Thérèse philosophe* (p. 977) en font un usage systématique (voir la Note sur les gravures qui lui est consacrée, p. 1301).

NOTES

Première partie.

1. « Dans les ordres religieux, procureur général, le religieux chargé des intérêts de tout l'ordre » (*Littré*).

2. On reconnaît ici les exclamations typiques des fables de La Fontaine dont est parodiée la naïveté enfantine. Or ces fables peuvent être lues comme des récits initiatiques : Saturnin semble s'en souvenir ici, au moment de sa propre initiation sexuelle.

3. On disait *fournir sa carrière* à propos d'un cheval de manège qui a bien accompli sa course. Le Roux écrit à l'article « Carrière » : « Se donner carrière, se divertir, se réjouir, se donner du bon temps, prendre ses ailes et ses plaisirs » (*Dictionnaire comique, satyrique, burlesque, libre et proverbial*, Amsterdam, édition de 1786).

4. *Coquille* : « Dans le sens libre signifie à mots couverts la nature d'une femme » (*ibid.*).

5. Le *pet-en-l'air* est une robe de chambre, d'une étoffe légère, qui ne descend que jusqu'au bas des reins. Plus généralement : une robe courte s'arrêtant aux genoux.

6. C'est-à-dire : « je devance les événements, je n'ai pas besoin d'en savoir plus long pour entrer en besogne ».

7. Le *bailli* est d'abord un « officier royal d'épée, au nom duquel la justice se rend dans l'étendue d'un certain ressort, et qui a droit de commander la noblesse de son district lorsqu'elle est convoquée pour l'arrière-ban » (*Académie*, 1718). Mais la fonction perd de son importance. Le bailli est désormais un officier de robe « qui rend la justice au nom d'un seigneur ». Certains ressortissent immédiatement au parlement, d'autres à des justices royales. Le personnage du bailli est souvent associé à la province, dans un contexte parfois désuet, ou familier.

8. L'accord en genre du participe présent était, depuis le XVIIe siècle, prohibé par l'Académie. Mais l'usage a perduré.

9. *Chopiner* : « Mot vulgaire et bas, pour dire boire chopine sur chopine, faire la débauche au cabaret, grenouiller » (Le Roux, *Dictionnaire comique*).

10. Dans *Le Moyen de parvenir, œuvre contenant la raison de tout ce qui a été, est et sera* (1610), Béroalde de Verville distingue, selon les âges de la vie, « connin », « connant », « con », « connasse ». La langue décline le mot, qui donne aussi « connichon », « conneau », ou « connil ». Le mot « connil » désignait le lapin au XIIe siècle, du latin *cunniculus*, sans rapport avec *cunnus* (d'où vient « con »).

11. Le brusque passage de l'aveuglement à la lumière est un motif récurrent des romans libertins : c'est le moment capital de la connaissance réelle du monde, le héros entrant dans le terrain de l'expérience, où les sens et la raison travaillent ensemble à renverser toutes les vérités imposées.

12. Le développement sur la science de la toilette et les artifices de la coquetterie féminine est constant dans la littérature du XVIIIe. Marivaux,

tout particulièrement, multiplie dans son théâtre et dans ses œuvres narratives les réflexions sur la coquetterie. Dans l'acte I, scène III de *La Double Inconstance* (1723), la pose d'« une mouche galante » est le départ d'un débat entre Flaminia et Lisette sur les agréments et les impertinences de la séduction féminine.

13. *Bander comme un carme* : l'expression était d'usage fréquent au XVIIIe siècle, conformément à une vieille tradition antireligieuse, qui, dès le Moyen Âge, attribue aux moines des vertus viriles exceptionnelles. Après les chartreux, les cordeliers et les capucins, elle met ici en cause les carmes, religieux d'un ordre mendiant fondé en Syrie au XIIe siècle.

14. *Faire le lutin* : « faire le petit diable, agacer par de petites taquineries » (*Académie*).

15. La *guimpe* est la toile dont les religieuses se couvrent la gorge. Plus généralement, le mot désigne une espèce de fichu, une chemisette en mousseline, en tulle ou étoffe fine, généralement froncée ou plissée, qui se porte avec les robes décolletées et qui monte jusqu'au cou.

16. *Vit*, du latin *vectis*, « levier », barre de porte ou d'un pressoir. « Mot qui vient du grec, selon quelques-uns, ou du latin et qui ne se dit jamais par un honnête homme sans enveloppe. C'est la partie qui fait les Empereurs et les Rois, c'est la partie de l'homme qui fait la garce et le cocu » (Le Roux, *Dictionnaire comique*). On en connaît de nombreux dérivés : « vicon », « vitache », « vitaud » ou « vitelotte ».

17. *Godmiché* : l'étymologie probable serait *gaude mihi* (réjouis-moi), devenu *gaude michi* en latin médiéval (*TLF*). Cette graphie est aussi répandue que la graphie « godemiché ».

18. Souvenir du *Traité de la concupiscence* (1693-1694) de Bossuet et des grands orateurs de la chaire : c'est l'éloquence chrétienne que paraphrase cette fois l'auteur.

19. Le glissement du discours mystique vers l'exaltation des sens sert plus à dénoncer l'imposture de la religion qu'à associer, d'un point de vue ontologique, l'extase et la jouissance.

20. *Foutre* : dans les fabliaux du Moyen Âge, dans les poésies « satyriques » du XVIe et du XVIIe siècle et tout au long de la Révolution, le mot témoigne de l'énergie du langage à défier le monde. Puissance provocatrice et insurrectionnelle, « foutre » sera le mot favori du sans-culotte, qui donne encore « foutou », « foutaise », « foutimasser », « foutinnabuler », « foutatif », « foutromane ».

21. *Collerette* : tour de cou qui couvre en partie le dessus de la gorge, collet de linge fin, le plus souvent en batiste brodée.

22. *Cotillon* : cotte ou jupe de dessous, jupon des paysannes. De l'expression fort répandue *trousser le cotillon*, on glisse à « cotillon » pour désigner la femme elle-même.

23. Il s'agit des tissus ou des vêtements épais, fort incommodes par temps de chaleur. « Corps se dit aussi en parlant de la solidité et de l'épaisseur de certaines choses qui sont ordinairement un peu minces. *Ce parchemin, ce papier n'a pas de corps* [...] » (*Académie*).

24. Dans *Le Rideau levé, ou l'Éducation de Laure* (1788), Mirabeau suggère de tremper une petite éponge dans de l'esprit-de-vin pour prévenir, grâce à son introduction dans le sexe féminin, tout risque de grossesse.

25. Cet « éloge du cul féminin » s'inscrit dans une longue tradition : blasons de la Renaissance, débats du XVIIe siècle qui disputent des plus

beaux attraits du corps féminin (voir l'*Histoire comique de Francion* (1622) de Sorel). Dans le roman libertin, il renvoie à la préférence accordée ou non à la sodomie, parmi les pratiques érotiques.

26. Par analogie, le mont de Vénus, éminence recouverte d'une toison, est devenu la *motte* dans le discours obscène. À l'article « Motte », Le Roux écrit : « C'est ce qu'on appelle en termes d'anatomie, le pénil ; et en langage vulgaire, le petit peloton de chair qui est au-dessus de la nature des femmes et qui est garni de poil. Et au figuré, le mont de Vénus » (*Dictionnaire comique*).

27. « En ancien et moyen français, *ribaud* était un terme d'injure général appliqué à un débauché, un méchant, un scélérat, voire un simple vagabond. Il lui arrivait de désigner un amant coupable d'adultère ou d'inceste. [...] Passant du jugement moral négatif — d'abord sexuel — à la dépréciation sociale, il s'est employé [...] pour désigner, du temps de Saint Louis, les gens de peine tels que les portefaix et les crocheteurs. [...] Le féminin *ribaude*, moins général, concerne surtout les femmes de mauvaise vie » (Alain Rey éd., *Dictionnaire historique de la langue française*).

28. L'*étrivière* est la courroie à laquelle est suspendu l'étrier. Dès le XVIe siècle, les coups d'étrivière sont un mode de châtiment, auquel s'ajoute du mépris envers celui qui est battu. L'*Académie* cite les expressions suivantes : *« Il faut donner les étrivières, cent coups d'étrivières à ce coquin-là. Ce palefrenier, ce laquais a mérité les étrivières. »*

29. Par métonymie, un barbet (chien à poil long et frisé) désigne un escroc qui, sous prétexte de rechercher un chien égaré, s'introduit chez les gens pour les détrousser. « *Chercheur de barbets.* Pour filou, fripon » (Le Roux, *Dictionnaire comique*).

30. Un *petit célestin*, c'est un personnage qui fait l'important et le sot, ou bien un homme « divertissant ou ridicule » (*Littré*).

31. Amphion et Zéthos sont deux frères jumeaux, fils de Zeus et d'Antiope. Cette dernière, aimée de Zeus, était fille du roi de Thèbes Nyctée. C'est par crainte de celui-ci que, s'étant enfuie lors de sa grossesse, elle avait trouvé refuge chez Épopée de Sicyone, qui l'épousa. Nyctée, qui avait désigné son frère Lycos pour lui succéder à sa mort, avait chargé celui-ci de faire la guerre à Épopée pour ramener Antiope de force. Épopée perdit la vie et Antiope accoucha sur le mont Cythère de ses jumeaux. Obligée, ensuite, de les abandonner, Antiope servit comme esclave dans la maison de Lycos. Elle s'enfuit de Thèbes et fut vengée par ses enfants, qui tuèrent Lycos et s'emparèrent du pouvoir.

32. La *taille* est l'impôt sur les biens ou sur les personnes qui ne sont ni nobles, ni ecclésiastiques. Ce fut, jusqu'à la fin du XVIIe siècle, le seul impôt direct. Les receveurs généraux, puis les receveurs ordinaires — il s'agit d'un office vénal placé sous les ordres de la ferme générale — sont chargés du prélèvement de l'impôt, pour lequel on s'efforçait de fixer des critères de taxation plus rigoureux. Calculée arbitrairement, la taille entraînait souvent des inquisitions et des abus insupportables.

33. L'*heure du berger* est « l'heure favorable à un amant pour gagner sa maîtresse » (*Furetière*).

34. La vertu médicinale du *pavot* est de soigner l'insomnie. Sa consommation en légère quantité plonge le dormeur dans un rêve qui passe pour engendrer des figures lascives. L'usage du pavot fait partie

des artifices qu'une pharmacopée ingénieuse met à la disposition du séducteur, décidé à vaincre la résistance d'une partenaire réticente. Une médecine légendaire s'est développée sous l'Ancien Régime, du duc de Richelieu au marquis de Sade, à laquelle participe également l'usage intensif des cantharides.

35. *Fonica* : pour *fornica*, qui appelle fornication. Le mot est issu du latin *fornicari :* « fréquenter les prostituées ».

36. Dans les *Parnasse satyrique* du XVIIe siècle, le *nœud* désigne le gland, comme aujourd'hui. Le mot se retrouve fréquemment dans une série d'expressions argotiques. Il permet au libertin d'entendre immédiatement mille sous-entendus à la mode répandue dans les salons de faire des nœuds, avec une navette, souvent de grand prix.

37. Hébé, déesse grecque de la Jeunesse, fille de Zeus et d'Héra, épouse d'Héraclès après son apothéose. Elle servait le nectar aux dieux de l'Olympe avant d'être remplacée dans son rôle d'échanson par Ganymède. En effet, comme Ganymède, fils de Tros et de son épouse Callirhoé, était le plus beau des mortels, Zeus l'enleva

38. *Cafard* : faux dévot. On dirait aujourd'hui un tartuffe.

39. C'est-à-dire « quand vous êtes en position de faire réellement l'amour » : suppléer par l'imagination à l'absence d'une femme réelle permet de prolonger l'exercice du plaisir.

40. *Sémillant* : remuant, extrêmement vif, issu de l'ancien français *sémillier*, « s'occuper, s'ingénier », le terme remonte au latin *semen*, « semence ». « Il est du style familier » pour l'*Académie*. Depuis la Régence, cette épithète est à la mode. Elle est associée au monde de la mignardise, à la fortune sociale et littéraire que connaît alors la figure du petit-maître. Par essence, pour ainsi dire, le petit-maître est *sémillant*. Il y a une vertu philosophique, un héroïsme du sémillant : « Je ne conçois pas comment Mme du Deffand peut être si gaie et si sémillante après avoir perdu la vue », écrit Voltaire le 18 février 1771 au duc de Richelieu (*Correspondance*, Bibl. de la Pléiade, t. X, p. 629).

41. Savoir les *êtres* (qu'on écrit aussi « aîtres ») d'une maison, c'est connaître les lieux.

42. Le *fourniment* était l'étui à poudre que portaient les mousquetaires à pied au XVIIe siècle. Le mot désigne également la poire à poudre des chasseurs, puis, à partir du XVIIIe siècle, la buffleterie, l'objet d'équipement d'un soldat. On trouve chez Agrippa d'Aubigné cette phrase à laquelle le *Portier des chartreux* pourrait faire ironiquement écho : « Je pris plaisir à voir un Carme reformé qui portoit son fourniment dans le derriere du froc » (*Les Avantures du baron de Fœneste*, IV, XIII, dans *Œuvres*, Bibl. de la Pléiade, p. 809). Dans la littérature érotique, le fourniment, comme la boîte à poudre, s'applique immédiatement aux attributs sexuels.

43. C'est-à-dire une colère qui n'est pas feinte.

44. *Courir la poste* renvoie aux courriers en berline qui devaient changer de monture à des relais fixes. L'expression signifie généralement hâter son chemin, précipiter son allure. À l'article « Poste », Le Roux écrit : « Dans le sens libre et de débauche de femme, ce mot signifie coup, décharge, injection, lorsque l'homme achève le plaisir qu'il prend avec une femme. *Faire une poste*, c'est, en termes de débauche, f... un coup » (*Dictionnaire comique*).

45. Sémélé, princesse thébaine, fille de Cadmos et d'Harmonie, fut aimée de Zeus. Héra prit la forme de la nourrice de Sémélé et conseilla à la jeune fille de demander à Zeus de lui apparaître dans toute sa splendeur divine. Zeus accepta et Sémélé fut foudroyée. Zeus réussit cependant à sauver son fils Dionysos dont Sémélé était enceinte.

46. Les houris sont les beautés célestes qui, selon l'Alcoran, seront dans le paradis les épouses des Musulmans fidèles.

47. Terme de mépris qui se dit d'un homme grossier. Pour le *Dictionnaire comique* de Le Roux, maroufle est une « injure qu'on dit à une personne qu'on querelle ou menace, vaurien, coquin, manant, fripon, gueux ».

48. « *Casser aux gages*, c'est ôter à quelqu'un son emploi ; et les appointements qui y sont attachés. On le dit aussi au figuré, en parlant de quelques autres disgrâces » (*Trévoux*, 1771).

49. Sur *Aurore aux doigts de rose*, voir *Thémidore*, n. 45, p. 515.

Seconde partie.

1. « Mot burlesque, pour dire le visage, mais surtout le visage de ceux qui aiment un peu trop le vin » (Le Roux, *Dictionnaire comique*). Le mot *trogne* est un indicateur : les portraits qui suivent se développent sur le mode burlesque, dans le souvenir des fabliaux, de Rabelais, des *Parnasse satyrique* et des contes de La Fontaine (voir particulièrement « Les Frères de Catalogne », *Contes et Nouvelles en vers*, dans *Œuvres complètes*, Bibl. de la Pléiade, t. I, p. 612).

2. Louis Bourdaloue (1632-1704), après avoir enseigné chez les jésuites, prêcha devant la Cour, où il acquit une grande notoriété. Ses sermons, s'appuyant sur une fine analyse psychologique, fustigeant les péchés en évoquant par allusion des personnes réelles, furent toujours très courus.

3. *Bardache* est formé d'après l'italien *bardassa*, « jeune garçon ». Dans la langue obscène, le mot signifie éphèbe, mignon, giton.

4. Fausse citation en latin, d'une correction très approximative : « Retire les richesses et l'honneur, ils nieront les dieux et la religion. / C'est donc elle-même et non le ciel que cette plèbe honore : / La nécessité fait les dieux, qu'elle soit supprimée. / Les temples seront ruinés, plus d'autels, non plus que Jupiter. »

5. *Profès, professe* : religieux ou religieuse qui a prononcé les vœux par lesquels on est admis dans un ordre contemplatif, au terme du noviciat. Le mot se dit dans un sens analogue à propos des ordres de chevalerie.

6. *Penaillon* : appellation méprisante d'un moine.

7. *Dulcifier* est un terme de l'ancienne chimie minérale. Plus généralement, le mot est employé dans le sens d'adoucir ou de tempérer l'âcreté d'un liquide. Ici, il s'agit d'apaiser sa frustration ou sa colère.

8. *Viande creuse* « se dit des choses qui se mangent par friandise, et qui ne rassasient pas beaucoup. [...] On le dit figurément des violons, de la *musique, des récits* de vers, et d'autres choses qui réjouissent, et qu'on ne mange point » (*Trévoux*).

9. « Tirer sa *poudre* aux moineaux, c'est bien faire de la dépense pour une chose qui ne le mérite pas, travailler en vain » (*Trévoux*).

10. *Rogaton*, terme familier, en usage au XVIIe siècle, pour désigner une

supplique, une requête en vers (d'après le latin *rogare*, « demander », « solliciter »). Un porteur de rogatons est celui qui porte des vers, des sonnets, des placets à de grands seigneurs pour tâcher d'obtenir d'eux quelque faveur. Le mot se dit ironiquement (souvent chez Voltaire) d'une pièce en vers ou en prose dont le mérite est mince. Le sens croise alors celui de restes de repas, débris, ou haillons.

11. Les *papimanes* et les *papefigues* sont des mots forgés par Rabelais (*Quart livre*, XLV). Les premiers désignent les défenseurs du Vatican, tandis que les seconds sont des hérétiques, ainsi nommés depuis que l'un d'eux a « fait la figue » (profané) le portrait du pape. La Fontaine emprunte ainsi *papefiguière* à Rabelais, dans « Le Diable de papefiguière » (*Nouveaux contes*, dans *Œuvres complètes*, Bibl. de la Pléiade, t. I, p. 828) auquel il est fait ici allusion.

12. « Les Savoyards sont décrotteurs, scieurs de bois et ramoneurs », écrivent Hurtaut et Magny, à l'article « École des Savoyards » de leur *Dictionnaire historique de la ville de Paris et de ses environs* (Paris, 1779). Il s'agit des enfants savoyards qui font le plus souvent le métier de ramoneur. Leur misère était telle qu'on avait fondé en 1732 une école de charité pour leur instruction religieuse.

13. Jacques Vallée Des Barreaux (1599-1673) était un libertin notoire, ami de Théophile de Viau, Saint-Amant, Boisrobert, etc. Après avoir vécu une vie dissipée, il tira leçon de l'arrestation de Théophile et se désolidarisa de son ancien ami. Il se convertit quelques années avant sa mort. L'un de ses sonnets chrétiens le rendit particulièrement célèbre : *Grand Dieu, tes jugements sont remplis d'équité.* Voltaire contestait la paternité de ce « fameux sonnet » à Des Barreaux : il l'attribuait à l'abbé de Lavau (*Correspondance*, Bibl. de la Pléiade, t. VIII, n. 1, p. 829). De la part de Gervaise de Latouche, qui prend pour cible ce qui consacre la postérité du poète, c'est une manière de rappeler le converti à sa jeunesse libertine.

14. *Dom Hapceon* : l'édition de 1787-1786 (vol. II, p. 24), qui corrige en « dom Happecon », encourage à lire dans ce nom toutes sortes de jeux de mots grivois. — Une Dupré, actrice, alimentait la chronique scandaleuse. Cependant, il s'agit ici plus vraisemblablement de son homonyme, une proxénète établie rue Saint-André-des-Arts.

15. Selon le *Trévoux*, *épices* « se dit au Palais des droits en argent qui appartiennent au rapporteur et aux juges pour l'examen et le jugement d'un procès par écrit ».

16. *Cartel* est d'abord une provocation en duel, un défi en vue d'un tournoi. Le terme s'applique ensuite au règlement entre parties belligérantes, en particulier lorsqu'il s'agit d'établir la rançon des prisonniers.

17. *Piscine* : « Petit étang ou vivier où l'on pêche et où on l'on garde du poisson. *Piscina vivarium.* Ce mot n'est en usage qu'en cette phrase de l'Écriture : la piscine probatique, le lavoir où se fit le miracle du paralytique » (*Trévoux*). Le dictionnaire évoque aussi le bassin proche d'une mosquée, chez les Turcs, et en usage dans quelques monastères en France : « la fontaine du réfectoire où les religieux vont se laver les mains, soit avant, soit après le repas ». Il s'agit ici du « vivier » des sœurs, considéré comme un nouveau sérail. Le mot peut avoir une charge plus ironique encore (quand on pense à la phrase de l'Écriture), puisque la piscine désigne aussi la baignoire où les malades de la vérole étaient

plongés dans un bain mercuriel, pendant leur traitement à Bicêtre (sur cet hôpital, voir *Thémidore*, n. 79, p. 534).

18. Saint Paul, dans la première épître aux Corinthiens (VII, 8-9) : « Je dis aux célibataires et aux veuves qu'il leur est bon de demeurer comme moi. / Mais s'ils ne se dominent pas, qu'ils se marient. Mieux vaut se marier que brûler. » C'est aussi lui qui prononce le fameux : « Croissez et multipliez » ; ce qui n'empêche pas sa première épître d'être une condamnation de la fornication.

19. Le *braquemart* est un sabre, ou une épée courte, large, plate, effilée aux deux tranchants, qui permet de fendre d'un coup la tête de l'ennemi. Le mot est très vite passé dans le domaine du vocabulaire érotique. Pour Le Roux, braquemart se dit « Pour membre viril, ou pour celui de quelque animal » (*Dictionnaire comique*).

20. Les Lapithes sont, dans la mythologie grecque, une famille thessalienne qui fut engagée dans le combat contre les Centaures, êtres fabuleux mi-hommes, mi-chevaux, durant les noces de Pirithoos.

21. Nestor, héros de la légende grecque, fils de Nélée et de Chloris, roi de Pylos. Ses onze frères périrent en combattant Héraclès. Il participa à de nombreux combats et amena à Troie un contingent de quatre-vingt-dix vaisseaux. Lors de la guerre de Troie, il se distingua surtout par la sagesse de ses conseils et par son éloquence.

22. « En termes de spiritualité, *désert*, c'est solitude, retraite ; ou d'esprit seulement, c'est-à-dire recueillement, méditation, contemplation ; ou de corps et d'esprit, comme lorsqu'on se retire ; ou pour quelques jours qu'on se dérobe à ses affaires, à ses occupations, pour vaquer à Dieu et à son salut ; ou pour toujours lorsqu'on quitte ses emplois, etc. » (*Trévoux*).

23. *Patelinage* : un patelin est un « grand parleur, trompeur, flatteur, insinuant, fourbe » (Le Roux, *Dictionnaire comique*). Le patelin, qui signifie d'abord le langage, le parler, a subi l'influence du personnage de Maître Pathelin, qui trompe par de belles et douces paroles, dans *La Farce de Maître Pierre Pathelin* (1464).

24. Peintre grec, contemporain d'Alexandre le Grand. Il était considéré comme le plus grand artiste de son temps. Alexandre lui passa commande d'un tableau représentant sa maîtresse et le peintre en tomba amoureux. Mais l'œuvre de l'artiste était si belle qu'Alexandre le Grand laissa à Apelle sa maîtresse en échange du tableau.

25. Roi de Libye, fils de Poséidon et de Gaia, Antée était un géant. Il obligeait tous les étrangers à se mesurer à lui et sortait toujours vainqueur de la lutte, car il retrouvait de nouvelles forces en touchant la terre (sa mère). Seul Héraclès réussit à le vaincre en le soulevant du sol et en l'étouffant.

26. Les sibylles étaient mortelles, mais souvent très âgées, comme la sibylle de Cumes, qui aurait atteint l'âge de mille ans.

27. « Ce que Dieu avait donné, Dieu l'a repris. »

28. « Ci-gît dom Bougre, foutu, fouteur. »

GODARD D'AUCOUR

À la date du 17 décembre 1716, dans les registres d'état civil de la ville de Langres, on lit : « Le même jour a été baptisé Claude né d'hier fils légitime de Claude Godard marchand de drap et de Marguerite Petitjean ses père et mère[1]. » Il semble, d'après le témoignage de l'abbé de Voisenon, que Claude est « le neveu de Barbier d'Aucour, avocat, qui fut de l'Académie française, et qui eut plus de célébrité que de bonheur[2] ». Né à Langres de parents pauvres vers 1640, Jean Barbier d'Aucour (ou Daucour) vint à Paris après avoir fait ses études à Langres et sa philosophie à Dijon. Il se fit connaître par des écrits satiriques ou critiques contre les jésuites et leurs partisans : un *Onguent pour la brûlure* (pour empêcher de brûler les livres) en 1664 ; une *Réponse à la première lettre de Racine contre Port-Royal* en 1666 ; et surtout les *Sentiments de Cléanthe sur les entretiens d'Ariste et d'Eugène*, critique subtile des *Entretiens d'Ariste et d'Eugène* du père Bouhours, en 1671. Aussi bien comme avocat que comme précepteur d'un fils de Colbert, et malgré son entrée à l'Académie française en 1683, Barbier d'Aucour fut peu favorisé par la fortune. Il mourut sans enfant, le 13 septembre 1692. Quel que soit le degré exact de parenté entre eux, c'est de Jean Barbier d'Aucour que Claude Godard aurait repris le nom, partageant avec lui la disposition à la satire, comme le désir de s'illustrer par la littérature et d'entrer à l'Académie.

Claude Godard d'Aucour passe son enfance à Langres. Il suit ses études dans le collège de jésuites de la ville où Diderot, son aîné de trois ans, gagne couronnes et prix. Ses œuvres témoigneront de solides études classiques fondées sur la connaissance du grec et du latin, la pratique des auteurs et des formes poétiques de l'Antiquité, la confusion de l'histoire et de la mythologie — à quoi s'ajoutent les moralistes du XVIIe siècle et bientôt les romanciers à la mode.

La petite ville de Langres, repliée à l'abri des remparts qui dominent l'immense plaine, permet alors à une bourgeoisie avisée de s'enrichir rapidement. L'affermage des terres épiscopales, des grandes abbayes d'Auberive ou de Clairmont, des prieurés de Varennes ou de Saint-Geosmes, des seigneuries de Choiseul ou Clefmont est source d'importants bénéfices. Quelques-uns font fortune dans la fabrication du fer, amassant dans les forges un bien considérable qui permet l'achat d'un office et l'entrée — à la génération suivante — dans la magistrature. Surtout, les « affaires du roi » offrent l'occasion de nombreuses spécula-

1. Nous corrigeons ainsi une erreur constamment reproduite : c'est le 16 et non le 26 décembre qu'est né Godard d'Aucour.

2. *Anecdotes littéraires, historiques et critiques sur les auteurs les plus connus*, dans *Œuvres complètes de M. l'abbé de Voisenon*, Paris, 1781, t. IV, p. 250.

tions. La région est souvent traversée par l'armée qui y fait étape. Le ravitaillement des troupes royales procure des « profits très substantiels[1]. » Claude Godard le père, élu de la ville, marchand de drap, se montre habile « étapier », excellent munitionnaire. En 1721, Louis XV confirme les privilèges de la ville.

Diderot part en 1728 poursuivre ses études dans la capitale, quittant les Langrois dont il aime l'esprit, la gaieté et la vivacité. Godard d'Aucour laissera aussi le milieu familial pour se griser de Paris. Fut-il recommandé à un parent, comme le fut Diderot lui-même ? S'émancipa-t-il aussitôt de toute tutelle pour mener joyeuse vie ?... On sait seulement que Claude Godard d'Aucour se montre très vite, en vrai provincial qui découvre la capitale du royaume, plus parisien que nul autre.

Le jeune homme dut sûrement fréquenter les lieux à la mode. Des Tuileries au Palais-Royal, des boutiques de la rue Saint-Honoré aux cafés les plus célèbres, entre le Procope et le café de la Régence, il y a de quoi se laisser disperser. Godard d'Aucour connaît les académies d'armes et les manèges, envisage peut-être une carrière militaire, lit avec avidité les romans qui font fureur, Prévost, Claude de Crébillon. Les lettres l'attirent, c'est le moyen d'être célèbre, fêté dans les salons : en 1742 Claude Godard d'Aucour publie sans nom d'auteur (comme sera publié l'ensemble de ses œuvres[2]) les *Lettres du chevalier Danteuil et de Mlle de Thélis*, récit des mésaventures du chevalier qui, écrivant sous le nom de marquis de Chavigny, est bientôt pris au piège de cette double identité.

Mais c'est à un autre roman que Godard d'Aucour doit son premier succès, en 1743 : *Mémoires turcs, avec l'Histoire galante de leur séjour en France.* Rapportés « par un auteur turc, de toutes les Académies mahométanes, licencié en droit turc, et maître ès arts de l'Université de Constantinople » pour la première partie, « par Achmet Dely-Azet, bacha à trois queues, Turc de la suite de Saïd-Effendi, ambassadeur extraordinaire du Grand-Seigneur », pour la seconde. Le roman sera de nombreuses fois réédité tout au long du XVIIIe siècle. En profitant de la mode orientale lancée par *Les Mille et Une Nuits*, en retrouvant le regard critique de *L'Espion du Grand-Seigneur* de Marana (traduit en français en 1684), en associant à la satire des *Lettres persanes*[3] la volupté des romans de Crébillon, Godard d'Aucour bénéficie encore de l'effet d'actualité de l'ambassade turque à Paris en janvier 1742 : « Méhémet [Saïd-] Effendi, ambassadeur extraordinaire de Turquie, pacha à trois queues, fils de l'ambassadeur, qui est venu en France il y a vingt et un ans, et qui y vint avec son père, est enfin arrivé dans le mois de décembre au faubourg Saint-Antoine, dans la maison de M. Titon, que l'on lui avait préparée[4]. » L'ambassadeur avait fait son entrée officielle à Paris le 7 janvier, à Versailles le 11, s'installant à l'hôtel des Ambassadeurs extraordinaires rue de Tournon, pour se rendre à l'Opéra et à la Comédie-Française. Le romancier inscrit directement dans son roman les circonstances, lieux,

1. G. Viard, *Tradition et Lumières au pays de Diderot. Langres au XVIIIe siècle*, Langres, D. Guéniot, 1985, p. 245.

2. À l'exception des éditions tardives du *Berceau de la France* de 1780 et 1788.

3. Voir Marie-Louise Dufrenoy, *L'Orient romanesque en France. 1704-1789*, Montréal, Éditions Beauchemin, 1946 ; les pages 180 à 191 sont consacrées aux *Mémoires turcs*.

4. E.-J. Barbier, *Chronique de la Régence et du règne de Louis XV* (ou *Journal de Barbier*), janvier 1742, Paris, 1885, t. III, p. 333.

dates et éléments précis de l'ambassade turque, intégrant dans le récit quelques-unes des révolutions politiques du royaume de Perse.

La seconde partie du roman, dont l'action se déroule à Paris, mêle constamment les aventures galantes, les tableaux voluptueux et la critique des mœurs. Les financiers tout-puissants, les petits abbés en ruban, « en robe de chambre de damas, en mules de maroquin rouge », les actrices de l'Opéra à la voix « tendre et luxurieuse », les riches seigneurs qui entretiennent et abandonnent les filles, les comtesses alanguies, tous offrent l'occasion de sentences frappées, de petites moralités. Le jeune romancier — qui se projette dans chacune de ses œuvres, dans chacun de ses héros — garde le souvenir de Langres. Quand Dely, héros de la première partie, retrouve enfin sa mère : « Ce fut près de Dijon que vous vîtes le jour pour la première fois[1] », lui apprend-elle.

Godard d'Aucour s'est lié d'amitié avec quelques « pays », originaires comme lui de Langres ou de Dijon ; il a fréquenté à travers ses compagnons de plaisir les milieux des financiers, les magistrats, les parlementaires de noblesse récente qui prétendent tenir le rôle de petits-maîtres à la mode. Dans cette connaissance intime de la ville, Godard d'Aucour garde l'œil critique. Nourri des satiriques romains et des moralistes du XVIIe siècle, il relève les scènes burlesques, les vices et « les ridicules de la nation », conscient du spectacle, de la comédie perpétuelle qu'on se donne à Paris les uns aux autres.

Le monde du théâtre l'attire irrésistiblement. Il assiste aux représentations de l'Opéra, de la Comédie-Française, du Théâtre-Italien, découvre le prestige caressant des actrices, applaudit aux parodies de l'Opéra-Comique. C'est là vraisemblablement — à moins que ce ne soit en suivant comme lui des cours de droit — qu'il fait la connaissance d'Antoine Bret. Né à Dijon en 1717, celui-ci se destine à être avocat, mais abandonnera bientôt la magistrature pour les lettres (il donnera, entre autres pièces, *Le Jaloux*, *Le Faux Généreux*, *Le Vieux Coquet* inspiré de Shakespeare, ainsi que des *Contes moraux et dramatiques* et des *Fables orientales*). Godard d'Aucour rencontre également Claude Villaret, né en 1715, lui aussi étudiant le droit, lui aussi captivé par le *theatrum mundi*, au point de tomber amoureux d'une actrice, de se faire comédien sous le nom de Dorval, directeur de troupe à Liège — avant de s'imposer comme un brillant historien après son retour à Paris. Comme bien des spectateurs alors, Godard d'Aucour tombe sous le charme de Mlle Gaussin interprétant Lucinde dans la comédie de *L'Oracle* de Germain François Poullain de Saint-Foix, représentée pour la première fois le 22 mars 1740, et très souvent reprise. Il ne partage pas l'enthousiasme que suscite la *Mérope* de Voltaire qui, le 20 février 1743, connaît un triomphe. Il assiste au succès de *Paméla en France ou la Vertu mieux éprouvée* de Louis de Boissy, comédie en trois actes et en vers donnée aux Italiens, le 4 mars 1743 ; et à l'échec de la *Paméla* de Nivelle de La Chaussée représentée à la Comédie-Française le 6 décembre. Possédé par le démon de la satire, Godard d'Aucour écrit en quelques jours une parodie, *La Déroute des Paméla*, qui met en scène Arlequin, la Paméla française[2], la Paméla italienne, et la

1. *Mémoires turcs*, Paris, M. Glomeau, 1927, t. II, p. 26.
2. « Je voudrais qu'une parodie / De quelques-uns de vos auteurs / Pût me rappeler à la vie » (sc. IV).

Mère Bleue (la Veuve Oudot, libraire à Troyes, célèbre par la Bibliothèque Bleue). La pièce, en un acte et en vers, est donnée au Théâtre-Italien le 23 décembre 1743 dans le feu de l'actualité.

Porté par l'accueil qu'ont rencontré ses *Mémoires turcs*, Godard d'Aucour se consacre aux lettres plus que jamais. Il a vingt-sept ans. L'année 1744 sera celle de sa plus intense production.

Son premier roman (*Lettres du chevalier Danteuil et de Mlle de Thélis*) est réédité sous le titre de l'*Histoire et aventures de *** par lettres*. Godard d'Aucour publie à Paris *Le Berceau de la France*, où il mêle histoire, mythologie, allégorie, pour recréer l'origine mythique de la capitale : Parisis et la nouvelle Memphis, marquant ainsi — comme il le fera encore à travers le personnage de Parisien, héros de *L'Académie militaire*, ou dans sa *Pariséide* — le rayonnement de Paris dans son imaginaire.

S'opposant à Voltaire, et indigné du succès de *Mérope*, Godard d'Aucour écrit un « conte allégorique et critique », *La Naissance de Clinquant et de sa fille Mérope*, qui met en scène Voltaire sous les traits de Clinquant. Critique virulente qui raconte « les voyages de Clinquant dans les espaces imaginaires », les moyens mis en œuvre par Bel-Esprit, Intriguante et Cabale pour soutenir *Mérope* contre la fée Bon-Goût. Le travestissement de la féerie sert l'intention polémique.

Mais les débats, les conflits qui agitent nos auteurs s'interrompent, se déplacent devant l'urgence de l'Histoire. La mort de l'empereur Charles VI, le 20 octobre 1740, a conduit la France à soutenir la candidature de Charles-Albert, Électeur de Bavière, au trône du Saint Empire, contre celle de Marie-Thérèse, fille de l'empereur défunt. La guerre de Succession d'Autriche commence, laquelle, à travers le jeu des alliances, oppose la France à la reine de Bohême et de Hongrie. Après une série de revers (en particulier la défaite du duc de Noailles à Dettingen en juin 1743), l'armée de Flandre entre en campagne et Louis XV rejoint ses troupes le 3 mai 1744. L'image du roi est alors tout à fait favorable. Après avoir longtemps inquiété par sa « chétivité », son caractère peu assuré, son manque d'empressement auprès des femmes de la Cour qui ne demandaient qu'à le rendre « poli », Louis XV montre courage et détermination. Débarrassé de la longue tutelle du cardinal de Fleury (mort en janvier 1743), il préside lui-même le Conseil ; à Mme de Mailly a succédé sa sœur, la comtesse de Châteauroux, maîtresse royale. L'arrivée du roi en Flandre exalte l'opinion. Et ce sont bientôt, au mois de juin, les victoires de Menin et d'Ypres que Paris fête solennellement. Louis XV commande un *Te Deum*, le lieutenant de police prescrit d'illuminer les maisons le 12 juillet. Gravement malade à Metz, le roi est cependant contraint de rompre publiquement avec la comtesse de Châteauroux qui l'avait rejoint aux armées. Enfin guéri après une longue convalescence, il rentre le 13 novembre à Paris fêté par tous, ayant gagné le surnom que lui donne Panard au théâtre de la Foire : *Le Bien-Aimé*.

Nombreux sont alors les odes, poèmes héroïques, pièces de vers en tout genre qui célèbrent les conquêtes ou la convalescence de Louis XV. Godard d'Aucour y sacrifie à son tour. Il publie le poème *Louis XV* où, sous l'invocation des Muses de son enfance, il chante les victoires du roi :

Que vois-je, LOUIS *en personne,*
Tout fuit, tout cède, il court avec Bellone
Ypres s'ébranle, il est rendu[1].

Mais sa verve satirique s'irrite de la multitude de poèmes médiocres consacrés à la gloire du prince, et Godard d'Aucour écrit encore une « allégorie ». *Bien-Aimé* — « Imprimé d'un coup de baguette par la Fée de la Librairie, Dans les espaces imaginaires » — revient sur les combats de Flandre, et règle quelques comptes. Après avoir présenté Souveraine et les fées subalternes de la Cour, la violence des combats conduits par les Croates et les pandours[2], la Fée Convalescence entre les bras de l'Espérance, l'allégresse publique devant le nom chéri du roi « écrit sur toutes les maisons, gravé dans tous les cœurs », Godard d'Aucour représente Louis XV curieux de découvrir quelques-uns des auteurs de ces panégyriques qui viennent de lui être consacrés. Un coche tout chargé d'ouvrages permet l'évocation de Gresset avec son *Vair vert* (1734), de Charles Pinot-Duclos avec *Acajou et Zirphile* (1744) ; il offre l'occasion de critiquer vivement Pesselier, Desfontaines, Pellegrin, Baculard d'Arnaud ou Fréron. Godard d'Aucour ne néglige pas le plaisir de s'exhiber dans chacune de ses œuvres : le conteur met en scène « l'auteur du *Poème de Louis XV* », qui se présente au roi… Reste à visiter, à se moquer de l'Académie française que gouverne Dialectos, la Fée de la langue française, à passer en revue tous les théâtres de la capitale, sans oublier les théâtres de la Foire.

L'allégorie s'achève sur l'évocation d'une dernière victoire militaire et le retour du roi. C'est au moment de la prise de Menin que commence *Thémidore*, petit chef-d'œuvre qui paraît en octobre ou, plus certainement, novembre 1744. Comme à l'accoutumée, l'actualité des spectacles, la vie parisienne, les effets de la mode s'inscrivent dans le texte avec aisance et vivacité. La critique et la satire ne sont pas en reste : les personnages permettent d'introduire dans la fiction quelques personnalités, quelques traits véridiques, ou des mésaventures dont l'auteur fut témoin. Ce qui vaut au roman et au libraire chargé de sa vente quelques ennuis : « Ce livre, dans lequel on trouve l'histoire du président Dubois, non conformiste, a fait mettre à la Bastille le libraire Mérigot[3]. »

Le Dubois en question est sans doute Pierre-Alexis Dubois, né en 1690, originaire du Poitou, appartenant à la bourgeoisie des grandes charges de finance. Après avoir été receveur général à Poitiers, conseiller au parlement de Metz, puis reçu à la Seconde Chambre des enquêtes du parlement de Paris, il est président de chambre aux requêtes du palais à partir de 1733, anobli par la charge de secrétaire royal depuis 1718, seigneur de Courval, seigneur vicomte d'Anisy. Le président Dubois s'est-il reconnu dans le personnage du président de Mondorville qui paraît aux premières pages du roman, petit-maître du palais, amateur de

1. *Louis XV, poème*, Paris, 1744, p. 22-23.
2. Sur ce mot, voir n. 74, p. 530.
3. Note manuscrite de l'abbé Pierre-Jacques Sepher, citée par Fernand Drujon, dans *Les Livres à clef*, Paris, 1888, t. II ; et par Antoine Alexandre Barbier, dans *Dictionnaire des ouvrages anonymes*, Paris, 1872, t. IV.

parties fines, familier de tous les lieux à la mode ? Ou bien — sans interdire l'hypothèse de plusieurs raisons conjuguées — a-t-il cru retrouver quelques traits de son histoire familiale ? C'est que le président Dubois a deux fils, dont l'aîné, Alexis Dubois d'Anisy, né en 1717, est à partir de 1738 conseiller à la Première Chambre des requêtes du Parlement, comme Thémidore lui-même. Du même âge (à une année près) que Godard d'Aucour, les deux hommes, qui partageaient la passion des coulisses, avaient pu se rencontrer à Paris. Passion excessive aux yeux du président qui ne tolère pas que son fils ajoute aux joies du mariage « le ragoût d'entretenir une petite actrice de l'Opéra-Comique nommée Nanette », qu'il fait enfermer à la Salpêtrière en octobre 1741[1], comme Rozette est enfermée à Sainte-Pélagie sur l'intervention du père de Thémidore. À partir de ce schéma commun, le président Dubois n'aura aucun mal à reconnaître dans les éléments annexes — propos tenus, lieux de l'action, personnages secondaires, etc. —, sa propre vie. Il est d'autant plus sensible que son fils vient d'être impliqué dans une affaire en avril 1742 qui met en cause six jeunes conseillers au Parlement. Ces « assez mauvais sujets », qui font des lettres de change, mènent une conduite scandaleuse, sont menacés de devoir se défaire de leurs charges. Le Parlement conservera finalement M. Dubois d'Anisy, « à condition néanmoins de [le] faire voyager pendant quelque temps[2] ». C'est ainsi que le président Dubois intervient contre *Thémidore* qui, en dépit de ses louanges au roi, du portrait très flatteur du lieutenant de police, n'a pas demandé le permis d'imprimer.

La police — qui le connaît depuis longtemps pour un éditeur d'ouvrages clandestins — fait une perquisition chez Mérigot, quai des Augustins, sur le quai de la Volaille, le 5 décembre 1744. « État des livres et manuscrits saisis chez le sieur Mérigot, dans une perquisition faite chez lui de l'ordre du roi par le sieur commissaire L'Épinay, accompagné de Perault [*sic*], officier de police[3]. » Entre autres ouvrages sont ainsi saisis *Bien-Aimé* et deux volumes en brochure « d'un ouvrage qui a pour titre *Thémidore*, imprimé à La Haye dont il a déclaré avoir cent exemplaires dont partie sont en feuillets et desquels il s'est chargé par le procès-verbal de faire la représentation. Il prétend ne les avoir pas fait imprimer mais seulement qu'ils lui ont été remis par un particulier qu'il ne connaît pas, pour les plier et brocher, ce qui n'est nullement vraisemblable ». De sorte que le lieutenant de police de l'époque, Feydeau de Marville, délivre le « Bon pour la prison » : « Ayant été informé que le nommé Mérigot, libraire, avait chez lui des manuscrits et imprimés prohibés, j'ai fait faire une perquisition par le commissaire de Lespinay [*sic*] accompagné du sieur Perrault lieutenant de la monnaie et il s'y est trouvé effectivement beaucoup d'ouvrages imprimés sans permission. » La conclusion s'impose : « Je l'ai fait conduire en prison de l'ordre du roi le 15 décembre 1744. » Mérigot restera au For-l'Evêque (et non à la Bastille) jusqu'au 30 décembre. Mérigot, père et fils, ne manqueront pas de figurer régulièrement dans les rapports de police, voyageant en Alle-

1. Voir Jacques Élie Gastelier, *Lettres sur les affaires du temps. 1738-1741*, octobre 1741, H. Duranton éd., Champion, 1993, t. I, p. 641.
2. *Journal de Barbier*, avril 1742, t. III, p. 344.
3. Archives de la Bastille, bibliothèque de l'Arsenal, ms. 11555, f° 304.

magne, en Hollande, d'où ils continuent de « rapporter de mauvais livres » en défiant la censure.

En se liant, pour son allégorie satirique comme pour son roman, avec Mérigot, « le plus fier marronneur que nous ayons[1] », Godard d'Aucour montre que le Paris des auteurs et des ouvrages clandestins n'a — si on en doutait encore — aucun secret pour lui. Dubois d'Anisy (son lointain « modèle »), Godard d'Aucour (l'auteur dissipé qui se représente lui-même à travers son héros), Mérigot (son libraire, et vraisemblablement imprimeur) : voilà autant de « mauvais sujets » que *Thémidore* enchaîne l'un à l'autre.

En cette année 1744, il reste à Godard d'Aucour, jouant toujours avec l'actualité, de donner à la Comédie-Française, en collaboration avec Antoine Bret et Claude Villaret, *Le Quartier d'hiver*, comédie en un acte et en vers. Cette intense production (conforme, il est vrai, à la pratique du temps, et fort inégale) témoigne d'un bonheur et d'une urgence. Bonheur de ces années 1742-1746 où Godard d'Aucour écrit, publie, vit à Paris, au moment où s'affirme la figure de Louis XV qui, après Mme de Mailly et Mme de Châteauroux, sa sœur, prendra pour maîtresse Jeanne Antoinette Poisson, mariée à Le Normant d'Etioles : la future Pompadour. Années d'urgence aussi : on s'impatiente au pays qu'il s'engage dans la carrière — finance ou magistrature —, et qu'il cesse de mener sa vie dissolue parisienne.

C'est à nouveau la guerre de Succession d'Autriche qui inspire le romancier. En 1745, *L'Académie militaire ou les Héros subalternes* met en scène Parisien dont l'aventure commence, à l'âge de dix-neuf ans, par « une retraite de huit à quinze jours, avec quelques louis qui me restaient, chez une actrice de l'Opéra-Comique, nommée Cidalise[2] ». Hésitant entre les « belles-lettres et la guerre » pour gagner la gloire, Parisien commence par être auteur. Puis il fait à Lille la rencontre de Picard, Normand, Breton, Champenois, Bourguignon, auxquels se joindra encore Jolycœur. Héros « subalternes », de ceux dont on ne parle jamais, ils réclament leur part de gloire dans le triomphe des armées[3] :

Alors qu'il se trouve en première ligne, Parisien fait un beau rêve où passe le souvenir de *Thémidore* : « J'étais un de ces petits-maîtres dans le beau, et sur ce qu'on appelle le grand ton de la bonne compagnie ; je sortais de l'Opéra en fredonnant un air nouveau [...][4]. » Pressé de retrouver « quelque brune piquante », il renvoie son carrosse, et se trouve à table avec la plus jolie femme de Paris « qui sablait le champagne on ne peut mieux ». Délicat, Parisien prend le temps, dans son rêve, d'« assaisonner [l'amour] de mille petits préliminaires ». Mais le désir est le plus fort : « Enfin, je me précipite sur elle avec tant de vivacité, que serrant trop mon fusil que je tenais tout bandé, le coup part ; le bruit m'éveille, et adieu Paris, mon équipage, le vin de Champagne, la

1. Rapport de police de septembre 1747, bibliothèque de l'Arsenal, ms. 10300.
2. *L'Académie militaire ou les Héros subalternes*, Amsterdam, édition de 1749, Ire partie, p. 6.
3. Voir sur ce point A. Corvisier, « Les " Héros subalternes " dans la littérature du XVIIIe siècle et la Réhabilitation du militaire », *Revue du Nord*, LXVI, 261-262, avril-septembre 1984.
4. *L'Académie militaire*, IIe partie, p. 45.

table, et ma princesse[1]. » Le petit-maître se retrouve militaire en campagne, bien éveillé, entouré de pandours qui se disputent l'honneur de lui abattre la tête. « Quel coup de théâtre ! »

D'un coup de fusil à l'autre, Godard d'Aucour expose les deux scènes qui le hantent, et que se partage également *Thémidore* : la tranchée aux armées, le combat au boudoir. *Thémidore* commence en critiquant directement *Les Confessions du comte de **** de Duclos, paru en 1741 avec un grand succès. Dans *L'Académie militaire*, l'attaque se poursuit. Dès les premières pages, Parisien se plaint du héros de Duclos : « Passé la rue Saint-Honoré et Auteuil, qui connaîtrait M. Pichon, mon oncle, mon tuteur et mon parrain, si le comte de *** ne lui avait fait l'honneur de le déshonorer dans ses *Confessions*, en avouant confidemment au public qu'il avait coiffé cet honnête marchand, en reconnaissance de ce qu'il avait habillé son régiment[2]. » Mme Pichon est effectivement chez Duclos une des conquêtes du comte[3]. Échange, glissement d'une œuvre à l'autre, passages de l'œuvre à la « réalité » : c'est à travers eux que se constitue en propre le romanesque au XVIIIe siècle. La rivalité que Godard d'Aucour entretient avec Duclos (à la source de laquelle est sans doute un événement biographique, la tension jalouse de deux provinciaux, bons garçons « au libertinage près », qui voudraient bien entrer à l'Académie) se lit encore à travers le conte parodique et licencieux que Godard d'Aucour fait paraître en 1746. *La Gaudriole* reprend en partie *Acajou et Zirphile* de Duclos, qu'évoquait Thémidore en compagnie des filles.

Amoureuse du beau Zamor — le prétendant de la princesse Arthénie —, la fort laide Gaudriole le conduit dans l'Isle-Grise pour le soumettre à d'humiliantes métamorphoses. La princesse y part à la recherche de son promis, dont elle rassemble tous les membres épars. De son côté, le mauvais génie Moragrandy, l'époux de Gaudriole, profite de ses talents pour approcher le corps d'Arthénie : si elle prend un bain, il se change en eau ; la voici qui repose, et le génie se métamorphose en un rideau de moire rose. Au corps à peu près reconstitué de Zamor, il semble qu'il manque pourtant une pièce essentielle. Mais Arthénie ne l'ayant jamais vue, comment la reconnaîtrait-elle ?... « C'était un Onyny, arbrisseau chinois qui portait un seul fruit d'une forme singulière[4]. » Le fruit est dans un triste état, il s'agit de l'enlever à Gaudriole. Bientôt la princesse « touche de loin ce fruit admirable : il renaît aussitôt et s'embellit sous la main qui le flatte[5] ». N'ayant pas manqué au passage de tourner en dérision critiques et auteurs, les membres de l'Académie française, ces « quarante têtes dans un même bonnet », le conte peut désormais s'achever ; le corps est restauré. Entre *Acajou et Zirphile* et *Le ***** [Bidet], histoire bavarde* d'Antoine Bret (1749), *La Gaudriole* affirme cette part essentielle de l'imaginaire libertin qui s'exprime à travers le conte parodique.

1. *Ibid.*, p. 48.
2. *Ibid.*, Ire partie, p. 4.
3. « C'était une riche marchande de la rue Saint-Honoré, qui se nommait Mme Pichon » (Duclos, *Les Confessions du comte de ****, dans *Romanciers du XVIIIe siècle*, Bibl. de la Pléiade, t. II, p. 235).
4. *La Gaudriole, conte*, La Haye [Paris], 1746, p. 145-146.
5. *Ibid.*, p. 171.

C'est aussi avec *La Gaudriole* que Godard d'Aucour achève ses années de production littéraire. De même que Thémidore acceptait de renoncer aux filles au terme du roman, pressé par son père, il choisit d'entrer dans la finance en épousant le 14 janvier 1747 Claire Poisson, fille du receveur des fermes de Clefmont, cousine de la marquise de Pompadour, belle-sœur de Bouret d'Érigny qui sera fermier général en 1751. Associée au triomphe de la maîtresse du roi, la vie de Godard d'Aucour témoigne de la prospérité de ceux qui auront eu la sagesse de renoncer aux lettres pour faire carrière dans la ferme.

Déjà la frénésie financière avait saisi la Régence, mettant cyniquement en évidence le rôle social de l'argent. Mme de Prie, maîtresse du duc de Bourbon, était fille de financier. La marquise de Pompadour poursuit ce vaste mouvement d'ascension des financiers enrichis, de récente noblesse, dont l'influence dans l'État — par leur pouvoir propre et les alliances avec les Grands — est considérable[1]. Les chansons satiriques dénoncent la favorite, « fille d'une sangsue et sangsue elle-même », qui ne songe qu'à se « rendre maître de toutes les affaires », qu'à introduire ses « créatures » dans la compagnie des fermiers généraux. Intervenant dans le domaine politique et militaire à travers ses partisans à la Cour, la marquise met en place le réseau des financiers qui la sert, délivrant les places convoitées, source d'immenses profits.

Sans doute Godard d'Aucour est-il d'abord associé par son père à ses affaires dans les vivres et dans la fourniture de l'armée. Lui qui, dans ses *Mémoires turcs*, se moquait des « favoris de Plutus », le voici fermier général en 1754 et, anobli par sa charge de secrétaire royal en 1756, marquis de Plancy en 1764 par l'achat en Champagne d'une terre de 630 000 livres : ses armes sont de gueules, à cinq fusées d'argent, rangées en bande, accompagnées de deux bars d'or. Propriétaire d'un hôtel particulier dans la rue Vivienne et du château d'Ivry, il sera baron de Saint-Just, seigneur d'Étrelles et de Longueville. On le retrouve receveur général des Finances à Alençon en 1785.

Le *Guide des amateurs* de Luc-Vincent Thiéry témoigne, à sa manière, de la prospérité de Godard d'Aucour : « Les maisons les plus considérables d'Ivry sont celles de M. Daucourt [*sic*], de M. le duc de Croÿ et de Mme Vieillard.

« Près la porte d'entrée de l'ancien château appartenant aujourd'hui à M. Daucourt, receveur général des Finances d'Alençon, est une petite chapelle sous le titre de Notre-Dame-des-Champs, dont le titulaire est à la nomination du seigneur. Elle sert de chapelle à cette maison dont l'entrée est fermée de fossés. On y arrive par une avenue. La cour est fort grande, les appartements sont vastes et beaux. Les parterres font face à la maison, ils sont terminés par une grotte ornée de rocailles et de coquillages : on y voit une statue de Vénus en pierre de tonnerre. Elle est debout sur une grande conque formée par des coquillages, ainsi que les chevaux marins qui sont sur les côtés. Il existe derrière le treillage près de cette grotte à gauche un souterrain considérable dont les voûtes sont à arêtes comme les anciennes constructions gothiques. Ce souterrain se prolonge assez loin sous la montagne. On ignore quand il a été construit

1. Voir Yves Durand, *Les Fermiers généraux au* XVIII*e siècle*, PUF, 1971.

et quelle était sa destination. Comme ce souterrain pouvait servir de retraite à des gens mal intentionnés, M. Daucourt prudemment vient d'en faire murer l'entrée. Tout auprès est une voûte qui passe sous une rue, et sert de communication à un très grand terrain clos de murs, qui dépend encore de ce jardin[1]. »

De son mariage avec Claire Poisson, Godard d'Aucour aura huit enfants. Le jeune Thémidore a oublié Langres, abandonné les courses en compagnie des filles, les soirées à l'Opéra-Comique et les publications clandestines, pour recevoir ses amis du monde des arts et de la finance dans les salons de son hôtel parisien.

En janvier 1773, cependant, « M. d'Aucourt [*sic*], fermier général, vient de publier, en deux parties in-8, *La Pariséide, ou Pâris dans les Gaules*, poème en prose et en douze livres[2] », signale Grimm dans sa *Correspondance littéraire*. À travers le mélange de la mythologie et de la féerie, le dernier ouvrage de Godard d'Aucour revient sur la capitale du royaume. Nouveau mythe d'origine, *La Pariséide* met en scène Pâris et six héros « subalternes », qui sont cette fois (après ceux de *L'Académie militaire*) Manethon, Frivolides, Amasius, Locuples, Eusemus et Hippomenis. C'est encore le moyen de découvrir au lecteur les coutumes, usages et préjugés contemporains, le monde du spectacle, les courtisanes et l'état de la littérature. « C'est Paris tel qu'il est aujourd'hui », écrit le *Mercure de France* dans son compte rendu[3]. « M. Daucour [*sic*], anciennement connu par plusieurs productions estimables, et surtout par *L'Académie militaire ou les Héros subalternes*, les *Mémoires turcs* et *Le Berceau de la France*, souvent réimprimés, n'a donc fait ici qu'un roman », souligne le *Journal encyclopédique*[4]. À Grimm revient le jugement le plus sûr : « Je ne vous promets pas que vous souteniez la lecture de *La Pariséide* comme celle de *L'Énéide* ; je n'exhorte même personne à en faire l'essai[5]. »

La sixième édition de ses *Mémoires turcs* en 1776 permet encore à Godard d'Aucour — toujours « très fâché de n'avoir pas obtenu le fauteuil académique, qu'il croit avoir mérité à plus d'un titre[6] » — d'introduire une longue, brillante, persiflante « Épître dédicatoire à Mlle D. T. [Duthé] », courtisane fameuse, qui nourrit les rapports de police, alimente la chronique amoureuse de la Cour et de la ville, scandalise par ses dépenses et par le luxe qui lui est attaché. Zulime, Atalide, Zélie, Thérèse, les héroïnes du roman, rencontrent ainsi la vestale du jour…

Mais désormais le soin des finances, le développement de sa fortune, le souci de sa famille occuperont jusqu'à sa mort l'auteur de *Thémidore*. Il meurt à Paris le 1er juillet 1795. Vivant Denon et Cambacérès suivent le convoi funèbre[7].

Il revient aux enfants de poursuivre. L'un de ses petits-fils, Adrien

1. *Guide des amateurs et des étrangers voyageurs à Paris*, Paris, 1787, t. II, p. 185-196.
2. Melchior Grimm, *Correspondance littéraire*, janvier 1773, dans *Correspondance littéraire, philosophique et critique, par Grimm, Diderot, Raynal, Meister, etc.*, Paris, 1877-1882, t. X, p. 177.
3. *Mercure de France*, avril 1773, p. 83-95.
4. *Journal encyclopédique*, août 1773, p. 445-458.
5. *Correspondance littéraire*, p. 177.
6. C'est Grimm qui le rappelle dans le compte rendu de cette nouvelle édition des *Mémoires turcs* (*Correspondance littéraire*, juillet 1776, t. XI, p. 297).
7. Voir la préface (non signée) de *Thémidore*, Paris, édition de 1921, p. 18.

Godard d'Aucour de Plancy, sera comte d'Empire, préfet de Seine-et-Marne ; son fils Claude abandonne la magistrature pour composer — sous le nom de Saint-Just — des livrets d'opéras et d'opéras-comiques que Boieldieu met en musique. Parmi de nombreuses œuvres, le théâtre Favart donne *Zoraïme et Zulnar* en 1798, le théâtre Montansier *La Prisonnière* en 1799, l'Opéra-Comique *Le Calife de Bagdad* en septembre 1800. Du père au fils, entre Zulime et Zoraïme, entre les *Mémoires turcs* et *Le Calife de Bagdad*, entre Rozette enfermée à Sainte-Pélagie et *La Prisonnière*, le provincial achève son parcours. Essentiellement « parisien » (nul ne l'est davantage qu'un librettiste à la mode), le fils est revenu à l'Opéra-Comique dont Claude Godard d'Aucour, au sortir de Langres, a tant chéri les actrices.

PATRICK WALD LASOWSKI.

BIBLIOGRAPHIE

ŒUVRES DE GODARD D'AUCOUR

Œuvres romanesques.

Lettres du chevalier Danteuil et de Mlle de Thélis, s.l., 1742. Nouvelle édition, sous le titre : *Histoire et aventures de *** par lettres*, s.l., 1744.

Mémoires turcs, avec l'Histoire galante de leur séjour en France, par un auteur turc, de toutes les Académies mahométanes, licencié en droit turc, et maître ès arts de l'Université de Constantinople [Ire partie], par Achmet Dely-Azet, bacha à trois queues, Turc de la suite de Saïd-Effendi, ambassadeur extraordinaire du Grand-Seigneur [IIe partie]. Paris, en l'Hôtel de son Excellence, rue de Tournon, 1743. Nouvelle édition augmentée d'une « Épître dédicatoire à Mlle D. T. [Duthé] » : Amsterdam, 1776.

Le Berceau de la France, La Haye [Paris]. Chez Isaac Beau-Regard, dans le Hoog-Strart, 1744.

La Naissance de Clinquant et de sa fille Mérope, conte allégorique et critique, s.l., 1744.

Thémidore, La Haye [Paris], Aux dépens de la Compagnie, 1744.

L'Académie militaire ou les Héros subalternes, par P***, auteur suivant l'armée, Amsterdam, 1745.

La Gaudriole, conte, La Haye [Paris]. Chez Isaac Beau-Regard, dans le Hoog-Strart, 1746.

La Pariséide, ou Pâris dans les Gaules, Paris, Veuve Pissot, 1773.

Œuvres poétiques.

Louis XV, poème, Paris, David jeune, 1744.

Bien-Aimé, allégorie, imprimé d'un coup de baguette par la Fée de la Librairie, dans les espaces imaginaires, [s.l.], 1744.

Œuvres dramatiques.

La Déroute des Paméla, comédie en un acte, en vers, créée au Théâtre-Italien, le 23 décembre 1743. Paris, Veuve Pissot, 1744.

Le Quartier d'hiver [en collaboration avec A. Bret et C. Villaret], comédie en un acte, en vers, créée à la Comédie-Française, le 4 décembre 1744. Paris, Veuve Pissot, 1745.

L'Amour second, comédie en un acte, en vers, créée au Théâtre-Italien, le 2 août 1745. Non imprimée.

Éditions anciennes de « Thémidore ».

Thémidore, La Haye [Paris], Aux dépens de la Compagnie, 1744. Bibliothèque de l'Arsenal, cote 8° NF37590. C'est l'édition retenue. Nouvelles éditions : Par la Compagnie des librairies, 1745, 1747, 1748, 1758, 1760, 1772, 1775, 1776.

Thémidore, La Haye, Par la Compagnie des Libraires, 1763.

Thémidore, Lyon, 1764.

Thémidore ou mon histoire et celle de ma maîtresse, Londres [Cazin], 1781. Nouvelles éditions : 1782, 1785.

Thémidore ou mon histoire et celle de ma maîtresse, Paris, Pigoreau, an V [1797]. Avec 2 figures.

Thémidore ou mes fredaines, Paris, Dentu, an V [1797]. Avec 2 figures.

Thémidore ou mon histoire et celle de ma maîtresse, Bruxelles, Kistemaeckers, 1882. Nouvelle édition : 1883, avec une préface de Guy de Maupassant.

Thémidore ou mon histoire et celle de ma maîtresse, Paris, Carrington, 1908, préface de J. de Marthold. Avec des planches gravées par A. Besse d'après les dessins d'A. Plauzeau.

Thémidore ou mon histoire et celle de ma maîtresse, Paris, Lemerre, coll. « Bibliothèque des Joyeusetés littéraires », préface non signée, 1921.

Éditions récentes de « Thémidore ».

Thémidore ou mon histoire et celle de ma maîtresse, Paris, Eryx, 1948.

Thémidore ou mon histoire et celle de ma maîtresse, préface de G. Albert-Roulhac, Paris, Éditions de la Vieille France, coll. « Les Petits-maîtres érotiques », 1950.

Thémidore ou mon histoire et celle de ma maîtresse, préface d'Y. Gandon, postfaces de J. de Marthold et de J. Haumont, Paris, Au Cercle du livre précieux, coll. « Le Second Rayon », 1958.

Thémidore ou mon histoire et celle de ma maîtresse, suivi de *Le Sultan Misapouf et la Princesse Grisemine ou les Métamorphoses* [de Voisenon], Paris, C. Bertrand, 1969.

Thémidore ou mon histoire et celle de ma maîtresse, préface de J. Suffel, Paris, Lattès, coll. « Les Classiques interdits », 1980.

Thémidore ou mon histoire et celle de ma maîtresse, textes établis et présentés par R. Trousson, dans *Romans libertins du XVIIIe siècle*, Robert Laffont, coll. « Bouquins », 1993.

ÉTUDES

Sur Godard d'Aucour.

HENRIOT (Émile), « Godard d'Aucour », *Les Livres du second rayon. Irréguliers et libertins*, Paris, Le Livre, 1926.
UZANNE (Octave), introduction aux *Mémoires turcs*, coll. « Petits conteurs du XVIIIe siècle », Paris, A. Quantin, 1883.

Sur « Thémidore ».

MONSELET (Charles), « *Thémidore* ». *Les Galanteries du XVIIIe siècle*, Paris, Michel-Lévy frères, 1862.

THÉMIDORE

NOTICE

« Enfin j'ai possédé la belle Rozette. Voici son portrait : jugez si je sais attraper la ressemblance[1]. » Ainsi commence le récit de Thémidore — « jeune homme riche, beau, bien fait, d'un excellent caractère, plein d'esprit, et qui aime éperdument le plaisir[2] ». Le désir de posséder Rozette, la connaissance du plaisir s'affichent aussitôt comme le thème et le mobile qui entraînent le héros dans un mouvement, une effervescence continus. D'entrée — à l'encontre de l'*animal triste post-coïtum* que connaissent nos moralistes —, Thémidore célèbre son *Gaudeamus* après l'amour. De sorte que, de « la ressemblance », l'allégresse du récit s'offrira seule en garantie ; c'est dans l'éclat d'une partie de plaisir que le roman livre la vérité de ses portraits et la justesse de son rythme. *Thémidore* se lit d'un trait. De tous les romans libertins du XVIIIe siècle, c'est l'un des plus heureux, habité, emporté par cet « éloge de l'égarement » auquel, d'un bout à l'autre, se livre le héros.

Sans doute les épreuves ne manquent pas. Conseiller au Parlement, amateur de parties de plaisir, Thémidore oublie l'heure entre les bras de la belle Rozette, la jeune femme galante dont il est épris. Inquiet de l'absence de son fils — à une époque où les jeunes gens de bonne famille sont trop souvent entraînés au jeu, excessivement séduits par les actrices —, le père de Thémidore obtient l'appui de la police. Après avoir cherché les amants coupables tout au long de la nuit, il fait enfermer Rozette à Sainte-Pélagie. Dès lors le héros met tout en œuvre pour la

1. Voir p. 504.
2. Voir p. 503.

délivrer, associant à son entreprise un domestique plein de ressource, une belle dévote, et un prêtre janséniste qu'il est parvenu à convaincre que Rozette est du parti, qu'elle est persécutée pour sa foi… Tout s'arrange finalement : Rozette recouvre la liberté. Après avoir exprimé sa reconnaissance, la fille galante rentre « en elle-même[1] ». Thémidore, au terme de ses égarements, épouse celle que lui destine son père.

Tout contribue au bonheur du récit, qui s'ouvre et s'achève sur une partie de plaisir, dans la célébration de « l'aimable libertinage ». Petites maisons, soupers fins, soirées à l'Opéra, le monde brillant des petits-maîtres à la mode invite au « badinage ». Thémidore possède au plus haut point le sens de la bagatelle, courant d'égarement en égarement, de distraction en distraction, sans perdre le but : « et badinant toujours, nous gagnâmes le lit[2] ».

Ni violence, ni douleur, ni humiliation dans les rapports amoureux : l'univers du libertinage réclame ici les vaudevilles éveillés et les vins de Champagne, le chiffonnage des coiffures et des toilettes, un désespoir[3] couleur de feu, un corset de taffetas blanc. Les « mains ardentes » du héros écartent tous les voiles. Les tableaux voluptueux s'offrent d'eux-mêmes : « J'ai toujours été heureux au coup d'œil[4]. » Vive, hardie, insouciante et gaie, la belle Rozette engage Mlle de Noirville à redoubler les plaisirs de son amant — à la façon dont Mme de Mailly et Mme de Lauraguais augmentent alors ceux de Louis XV, qui « couchait quelquefois entre les deux sœurs, et le contraste de l'une à l'autre lui paraissait piquant[5] ». Non seulement le tempérament impétueux de Thémidore répond à chacun de « ces désirs qui naissent à l'instant, dont l'effet était alors prodigieux en [lui] et que pour tout jeune homme la beauté fait galamment éclore[6] ». Mais s'y ajoutent encore le supplément de sensibilité (qui le conduit à s'attendrir sur le sort de la fille du monde « obligée de se livrer au premier qui en essaie la conquête[7] »), le sens de la satire sociale (qui valut au roman les poursuites du président Dubois[8]), les petites sentences, réflexions et moralités qui ponctuent régulièrement les scènes de plaisir : « C'est l'ordinaire : qu'après certaines parties, lorsqu'on a pour ainsi parler épuisé le plaisir, on se jette sur les embarras de la vie, ou sur les obligations de la nature, et ses malheurs. Quelle destinée pour la philosophie d'être fille en quelque sorte du libertinage[9] ! »

Les revers de fortune n'empêchent rien. L'intervention du père qui, avec tout l'appareil de l'autorité policière, frappe d'interdit la liaison des deux amants, dynamise et resserre l'intrigue. La conquête de la liberté de Rozette entraîne le récit, obligeant le héros — et Laverdure, le valet qui lui vient en aide — à concevoir mille stratagèmes, combinaisons et travestissements, pour pénétrer au couvent, communiquer avec la

1. Voir p. 582.
2. Voir p. 523.
3. Sur ce mot, voir n. 51, p. 518.
4. Voir p. 547.
5. *Mélanges historiques, satiriques et anecdotiques de M. de B*** [Bois] Jourdain*, Paris, 1807, t. II, p. 212.
6. Voir p. 548.
7. Voir p. 517.
8. Voir la notice sur Godard d'Aucour, p. 1135-1136.
9. Voir p. 514.

prisonnière et obtenir sa libération. Épreuves, aventures nouvelles qu'anime plus que jamais « le feu du désir ».

L'attachement de Thémidore et de Rozette est bien réel, comme l'émotion des amants séparés, l'humiliation de la prison, la soumission à la toute-puissance du chef de famille. Pas un instant Thémidore ne songe à « abandonner une fille libertine à la vérité, mais charmante, et qui n'était dans la tristesse que pour s'être tournée sur tous les sens pour me procurer du plaisir[1] ». Mais la circulation du plaisir commande de se livrer à toutes les occasions — et le jeune conseiller ne manque ni Mme Dorville, belle solliciteuse dans le cabinet de son père, ni la jolie Nanette, gouvernante de M. Le Doux, ni Mme de Dorigny, dévote sensuelle, ni Mlle des Bercailles, tout imbue de sa noblesse antique. Thémidore est — à l'image du siècle — infatigable. Il se dévoue au hasard, au jeu des circonstances, à chacune de ces rencontres qui font monter le feu au visage et assurent, au cœur des conventions sociales, le triomphe de l'ardeur et de la galanterie : « [...] j'ôtai à cette belle commissionnaire toute connaissance excepté celle du plaisir[2]. »

C'est de la même manière que la vérité politique et sociale du XVIIIe siècle s'inscrit dans le roman, exposée, cueillie, traversée au passage par la fougue du désir et le tempérament. Qu'il s'agisse des conflits entre le père et le fils — dépendance, menaces et lettres de cachet. Qu'il s'agisse de la représentation du milieu des parlementaires, solidaire dans le partage du pouvoir et des plaisirs. Qu'il s'agisse de l'opposition fondamentale entre jésuites et jansénistes qu'utilise Thémidore au profit de ses amours. Et de toute l'actualité parisienne : l'attente impatiente de nouvelles de la campagne de Flandre, les bijoutiers et les traiteurs célèbres, la représentation de la nouvelle version de *Dardanus* de Rameau (le 23 avril 1744) ou celle de *L'École des amants* de Fuzelier et de Niel (le 11 juin), la publication d'*Acajou et Zirphile* de Duclos... On pourrait multiplier les exemples de cette sorte d'aisance et de facilité avec lesquelles le roman libertin mobilise le réel, et avec lesquelles l'auteur libertin se projette dans son roman.

Le roman répond ainsi à l'appel du dehors, sensible au mouvement, à la circulation de l'air. Contre tous les enfermements que réclame la pratique érotique (châteaux écartés, petites maisons, boudoirs, bordels, verrous et portes closes), Godard d'Aucour montre son héros posté à la fenêtre. Préliminaires amoureux en compagnie de Rozette, attente de Laverdure, curiosité des plaignantes vêtues de noir qui rendent visite à son père : la fenêtre favorise le coup d'œil, l'échange des situations et des corps. Elle stimule le désir, appelle une scène nouvelle. Contre l'avis général, Thémidore s'expose à l'épreuve des fenêtres ouvertes[3], activant le partage généralisé du plaisir dans une protestation spontanée, insouciante, contre toutes les clôtures.

Les amants se montrent « animés tous les deux ». À travers le grillage du couvent, le tempérament du héros est « encore animé par

1. Voir p. 537.
2. Voir p. 549.
3. Mme Dorville « me pardonnerait mon audace, aux conditions que je ne serais pas assez imprudent pour m'exposer sur la bonne foi des fenêtres et des portes ouvertes » (p. 541).

l'obstacle[1] »… On bouge beaucoup dans *Thémidore*. Le libertinage est fait de cette constante animation des corps, qui gagne aussitôt l'ensemble du récit : le mouvement de l'écriture comme l'impatience des personnages, leurs allées et venues tout au long du roman, la multiplication des déplacements dans Paris. Fouette, cocher ! Roulez, carrosses… *Thémidore* est un petit traité du transport. Sous l'autorité de Priape, au caprice d'Éros.

Dès les premières pages du récit, le président de Mondorville sacrifie à la semi-clandestinité des parties de plaisir. Il abandonne sa voiture personnelle pour une remise, le carrosse de louage qui conduit toute la compagnie à la petite maison. Thémidore à son tour, en visite chez Rozette, renvoie ses gens et s'enferme dans une chaise à porteurs. Le même soir : « Je me fis conduire au Marais, renvoyai mon équipage et ordonnai au cocher de se trouver à côté de l'hôtel de Soubise à une heure du matin au plus tard[2]. » Le changement de voiture est le premier signe du passage vers le monde du plaisir. Sans qu'on puisse mesurer à quoi il nous expose, où il nous mène, tant il favorise l'emballement romanesque.

« Dans un roman frivole aisément tout s'excuse ; / C'est assez qu'en courant la fiction s'amuse », écrit Boileau dans son *Art poétique*. Godard d'Aucour met à nu le mobile du roman libertin. Le siècle va vite ; il veut la circulation des livres, des idées, des corps ; il est habité par une urgence dont la littérature libertine fait sa caractéristique. Si le sexe est le séjour de l'amusement, c'est « en courant » que la fiction s'en approche : la vérité de la fiction est dans le mouvement, dans le transport que commande le plaisir.

C'est ainsi que fiacres et cochers ont dans *Thémidore* une fonction singulière[3]. Seul ou en compagnie, pour retrouver Rozette ou hâter sa libération, on ne cesse de monter ou descendre de voiture. Tandis que le fiacre est anonyme et fugitif, le carosse particulier trahit son propriétaire[4]. Les cochers sont chargés de porter les messages. Les représentants de l'ordre et de l'autorité partent à la recherche du celui qui a conduit Thémidore chez sa trop séduisante maîtresse…

La modernité du roman réside dans cette quête fiévreuse : tout au long de la nuit, le père de Thémidore, assisté du commissaire de police, parcourt Paris, passant devant l'académie de cheval de M. de Vandeuil, aux Petites-Maisons, près de la Comédie-Française… On tourne en rond. À la ronde des intrigues amoureuses répond ce manège nocturne, où le burlesque touche à la folie, dans la difficulté de retrouver un homme dans une grande ville. Il y a erreur sur le cocher. À l'horizontalité des rues parcourues en voiture se superposent les multiples étages — « On monte chez lui[5] » — que la compagnie gravit dans le tumulte. Sans succès : « Point de Thémidore. » Mouvement, vivacité, tumulte que le rythme de la phrase éprouve à merveille : « Nouvelle course. On arrive au lieu indiqué. Il n'y avait personne dans les rues[6]. »

1. Voir respectivement p. 574 et 575.
2. Voir p. 522.
3. Sur le fiacre, voir n. 58, p. 522.
4. Le président est soupçonné d'intrigue : « on avait vu le carrosse du président arrêté dans une rue voisine » (p. 565).
5. Voir p. 530.
6. *Ibid.*

Voilà toute une exploration romanesque de Paris, qui suppose un regard nouveau porté sur les choses, une attention particulière aux signes que multiplient les capitales modernes, que la littérature policière reconnaîtra bientôt comme autant de marques, de traces, d'indices. Ce qui rend possible la recherche du cocher est le numéro du fiacre, relevé par des témoins qui pariaient sur les numéros des voitures : « Il était marqué au numéro 71, et à la lettre X[1]. »

L'indication est simple, et mystérieuse, comme un foyer d'excitation (qui déclenche la recherche), une réserve de sens (qui stimule l'interprétation). C'est le monde du jeu qui s'inscrit dans le roman : biribi, pharaon[2], pair et impair ! ceux qui lancent le dé, battent les cartes, amateurs des tripots et des académies ; tous les passionnés de loterie qui jouent des numéros apparus en rêve, les lettres du prénom de leur enfant ou d'une maîtresse, multipliant les calculs sympathiques, invoquant les lois cabalistiques. Le XVIIIe siècle aime les logogriphes et les énigmes du *Mercure de France*. Il est obsédé par la question du code secret, du chiffre, qui résonne également dans le texte, qui intéresse la littérature. Libre alors au lecteur de décrypter l'immatriculation des fiacres[3].

Le mouvement général, la structure du récit oblige les retrouvailles : au moment où sa maîtresse est libérée, Thémidore ne manque pas de retrouver le fameux cocher, « ce coquin de fiacre qui m'avait conduit chez Rozette deux mois auparavant[4] ». Thémidore se hâte : « Je me transportai chez le président, à qui j'annonçai que peut-être dès le soir même nous souperions chez Rozette[5]. » Rozette est ravie : « Avec quel transport ne revit-elle pas son appartement[6] ! » Les amis partagent son enthousiasme : « Rozette fut embrassée de toute la compagnie avec transport[7] ». Et, couronnant le tout, Thémidore, qui a remercié comme elle le méritait Mme de Dorigny — « Là dans les transports de ma reconnaissance je lui prodiguai des satisfactions incroyables[8] » —, reçoit de sa maîtresse les mêmes démonstrations : « Le feu était partout[9]. »

Le transport est le même, sur lequel, d'un bout à l'autre, repose la fiction romanesque. Le cocher et l'amant ont partie liée dans l'emportement qui conduit le récit. Circulation des fiacres et manèges érotiques : ils répandent partout le feu du désir.

À la figure du roué maître de lui-même et qui garde la tête froide en toutes circonstances (précisément quand le commun s'embrase), *Thémidore* oppose la spontanéité d'un désir qui s'exprime aussitôt, l'enthousiasme et l'ardeur avec lesquels le héros se livre au plaisir : « Je m'oubliai comme elle, nous nous égarâmes ensemble [...][10]. » Au desti-

1. Voir p. 522.
2. Sur ces jeux de cartes, voir *Les Sonnettes*, n. 26, p. 1022.
3. Une hypothèse : si l'on décompose « 71 », *7* équivaudrait peut-être à la lettre *G* et *1* à *A*, pour « Godard d'Aucour ».
4. Voir p. 573.
5. Voir p. 575.
6. Voir p. 580.
7. Voir p. 581.
8. Voir p. 578.
9. Voir p. 582.
10. Voir p. 511.

nataire du récit — qui participe aux victoires de Flandre —, le feu du combat ; au jeune conseiller, les campagnes du boudoir : « Semblable à un *pandour*, j'arrive, j'attaque, je pille, je tire mon coup de pistolet, et je suis déjà décampé. En une minute tout fut expédié [...][1]. » Manœuvres de guérilla, attaques par surprise — et souvenir des grands maîtres de l'Antiquité, fins stratèges et plumes habiles, enseignés au collège. Le libertinage de Thémidore précipite le désir à sa conclusion. Seuls la frappe et le battement rhétorique de la phrase attestent la possession, dans la sorte de vertige, de prouesse, de ponctualité mécaniques qui habitent le héros : il lui faut être présent aux circonstances, et qu'à la minute tout soit expédié ! À la pratique des longs préliminaires, des « distractions » savantes, suaves, en compagnie de Rozette, s'opposent ces instantanés du plaisir. Thémidore est coutumier du fait, c'est-à-dire (au-delà des métaphores convenues de l'acte sexuel) du rythme. À Paris, « je combattis, j'attaquai, je triomphai[2] » ; pendant le séjour en Picardie, « le nuage se forme, le ciel s'obscurcit, le tonnerre gronde, il tombe et tout est consommé[3] ». Le temps d'une phrase, qu'enchaînent quelques verbes.

Il arrive cependant que les sofas gardent la trace des exploits accomplis. Ils ajoutent à la communication mutuelle du désir — « Mon ardeur augmentait, son feu se communiquait au mien[4] » — leur pouvoir de persuasion : « Ce canapé est contagieux, on ne peut en approcher sans s'en ressentir [...][5]. » Le roman de Godard d'Aucour est sensible au travail incessant de la contagion amoureuse, qui s'exerce jusqu'au parloir du couvent décoré des figures toutes nues de beaux jeunes hommes, qui « sous prétexte d'être des anges, n'en étaient pas moins capables de donner à tout le couvent des tentations très peu archangéliques[6]. » Les miniatures, les estampes — « À proportion qu'elle étaient libres ou plaisantes[7] » — jouent leur rôle tout au long du récit. Répandues sur le lit de Thémidore, elles tombent aux pieds de Nanette qui les examine avec concupiscence. Glissées dans le livre prêté à la dévote Mme de Dorigny, elles ont tôt fait de la convaincre. Et l'on comprend que, lorsqu'il cherche à posséder Rozette à travers la grille du parloir, Thémidore rivalise avec le monde des images : « J'ai beaucoup d'estampes très gaillardes, mais aucune des miennes ne copie une situation dans ce goût[8]. » L'image accompagne ainsi le libertin, présente encore quand le couple s'enlace à travers le supplément sonore qu'elle offre incidemment : « Mes estampes répandues sur le lit jouèrent leur personnage et joignirent leur petit murmure à un certain bruit occasionné par la pratique de ce qu'elles représentaient pour la plupart[9]. »

Thémidore passe de la pratique du plaisir à sa représentation, intègre dans la guirlande des conquêtes tressée par le récit la revue générale de

1. Voir p. 539.
2. *Ibid.*
3. Voir p. 558.
4. Voir p. 511.
5. Voir p. 512-513.
6. Voir p. 544.
7. Voir p. 547.
8. Voir p. 576.
9. Voir p. 549-550.

ses cartons d'estampes. Il s'étend de l'une à l'autre sans difficulté. Tel est le pas qui le conduit. Du palais au boudoir, du libertinage à la philosophie, du roman mondain au récit burlesque — comme d'une fille aimable à une dévote sensuelle et raffinée : « De la morale au plaisir il n'est souvent qu'un pas[1]. » On glisse.

C'est en quoi consiste la malice ces rites de la séduction. Il en va comme du parquet ciré qui conduisait — « peut-être malicieusement » — les sièges vers un canapé voisin. Si une mule tombe, c'est pour retrouver l'ordre du glissement : « [...] je la ramassai et ne pus m'empêcher de me récrier sur une jambe dont j'avais aperçu toute la finesse. On me pria de glisser sur ces choses. De la jambe à la gorge, de la gorge à la main, de la main à la taille, toute sa personne était pour moi l'occasion d'un éloge [...][2]. » Thémidore n'aura fait que répondre à l'injonction, glissant de la mule au pied, du pied à la jambe, de la jambe au sexe possédé.

Le roman de Godard d'Aucour est toujours apparu comme le triomphe de « l'aimable libertinage », parce qu'il assure un désir facilement transmis, échangé et partagé (comme la fréquence, dans le texte, du mot « libertin » lui-même en témoigne). De sorte que, si la fin du récit moralise les aventures du héros et de sa maîtresse (chacun ici « rentre en soi-même »), la partie de plaisir qui fête le retour de Rozette enseigne une loi plus profonde : « La maîtresse du chevalier de Bourval commença par des airs libres, elle embrassa son voisin, sa voisine en fit autant, et ainsi comme de main en main le libertinage prit une espèce de circulation[3]. »

P. W. L.

NOTE SUR LE TEXTE

Après la première édition in-12 de 1744, que nous reproduisons ici, le roman de Godard d'Aucour a été considérablement corrompu au fil de ses éditions successives. Saisi par la police à l'instigation du président Dubois, il sera recherché tout au long du siècle (on le trouve, par exemple, saisi à La Rochelle le 14 novembre 1766 dans une balle adressée au libraire Mérigot[4]). Et la Cour royale de Paris le condamne à la destruction pour outrages aux bonnes mœurs et à la morale publique, le 19 mai 1815 ainsi que le 16 novembre 1822, avant qu'il ne soit mis à l'Index, par mesure de police, le 15 octobre 1826. Jules Janin en publie une version absurdement tronquée dans la *Revue de Paris* sous le titre de *Rosette*[5].

Très rapidement, alors que les deux parties du roman s'ouvrent dans l'édition originale sur deux citations latines différentes, seule la première citation a été reproduite, pour servir également d'exergue à la seconde partie, et finalement être abandonnée. Les coquilles, déjà nombreuses, se

1. Voir p. 522.
2. Voir p. 569.
3. Voir p. 581.
4. BNF, ms. fr. 21932, f° 85v°, et ms. fr. 21912, f° 108v°.
5. *Rosette, histoire du* XVIII*e siècle*, dans *Revue de Paris*, Paris, 1832, t. XXXVIII, p. 223-239.

sont multipliées. Surtout, les notes de l'auteur en bas de page — qui renvoient les événements de la fiction à l'actualité de l'époque — ont été supprimées. Enfin, en 1781 (édition Cazin), un sous-titre est ajouté au titre original : « ou mon histoire et celle de ma maîtresse ». En outre, à la division du roman en deux parties est substitué un découpage en six chapitres successifs. Dès lors, c'est dans ce dernier état (titre accompagné du sous-titre, suppression des exergues et des notes de l'auteur, découpage en six chapitres, reproduction de nombreuses coquilles) que le roman a été généralement publié[1].

NOTE SUR LES GRAVURES

La page de titre de l'édition de 1747 reproduite ici (p. 585) provient de la bibliothèque de l'Arsenal (cote 8° BL 35561), et le frontispice de la deuxième partie du roman (p. 586), extrait de l'édition Pigoreau de l'an V [1797], d'un exemplaire de la Bayerische Staatsbibliothek de Munich (cote Rem. IV 2880).

La position des personnages représentés dans le médaillon de la page de titre renvoie à diverses estampes de la seconde série des *Amours des dieux* de Jacopo Caraglio, dont les attitudes tendres mais sans passion ont fait l'objet de reprises et variations de la part de plusieurs peintres du XVIIIe siècle, sous les titres divers de *Jupiter et Junon* (Bernard Lépicier), *Jupiter et Danaé* (Jean-Baptiste Poilly), *Jupiter et Alcmène* (Nicolas Tardieu). Quant à celle des personnages du frontispice, elle reconduit un vieux motif que l'on trouve dans des entailles et camées antiques, et repris à l'envi de la Renaissance au XVIIIe siècle.

On comparera par exemple cette gravure aux deux médaillons antiques reproduits dans *Vénéréides antiques*, publié au XVIIIe siècle avec les commentaires d'Adrien Joly[2]. On s'aperçoit que le schéma d'origine est simplement cité, sans être réactivé. Les personnages sont habillés, et leurs mouvements manquent de vigueur. À cette sorte de calque des silhouettes se surajoute le topos de l'irruption d'une tierce personne, qui vient directement des scénarios de l'estampe de mœurs. Mais ce montage manque de provocation (provocation que, dans des compositions semblables, notamment dans l'avant-dernière illustration de la suite exécutée pour les *Mémoires de Saturnin*, Borel et Elluin avaient au contraire su maintenir et accuser[3]).

J.-P. D.

1. C'est ainsi que de nombreuses erreurs se sont maintenues : on trouve généralement 1745 pour la date de la première édition (au lieu de 1744).
2. Voir la Notice sur les gravures, fig. 32-33.
3. Sur cette suite, voir la Note sur les gravures de l'*Histoire de dom B****, p. 1122-1123.

NOTES

Avertissement.

1. Godard d'Aucour renvoie à la mode des collections particulières qui, tout au long du XVIIIe siècle, conduit de riches amateurs à rassembler dans leur cabinet des œuvres d'art, des témoignages de leur passion pour la peinture, l'archéologie, la physique ou la numismatique.

2. Allusion brutale à l'œuvre de Duclos, *Les Confessions du comte de* ***, parue en 1741 avec un succès considérable. Ayant usé le monde, l'amour et ses plaisirs, le comte de *** rapporte, sous la forme d'une série de portraits féminins, son itinéraire : celui d'un jeune noble qui devient, de conquête en conquête, l'homme à la mode. Le milieu social et le caractère de Thémidore, le mouvement général de son récit marquent effectivement la distance avec le roman de Duclos, plus resserré, plus classique dans l'exposition des caractères. Il reste que de nombreux rapprochements sont possibles entre *Thémidore* et *Les Confessions du comte de* ***, non seulement par la fatalité des lieux (la petite maison…) et des personnages (la fausse dévote…) qui appartiennent à l'univers du roman libertin, mais parce que Thémidore aime à tirer la morale des rencontres, des comportements, à semer le récit « de sentences très sages et aisées à retenir ». À travers les différences, les moralistes du XVIIe siècle constituent une source commune.

3. *Bagatelle* reviendra souvent sous la plume de Thémidore : « Chose de peu de prix et peu nécessaire », « chose frivole et de peu d'importance » (*Académie*, 1718). « Petite chose, ou chose frivole, à laquelle les petits-maîtres, et les gens oisifs donnent un prix infini », écrit Louis Antoine de Caraccioli dans son *Dictionnaire critique, pittoresque et sentencieux* (Lyon, 1768). Le paradoxe tient au fait qu'aussi bien dans l'univers des objets, des curiosités, que dans la sphère des plaisirs amoureux — le sens d'amusement galant, d'amour physique, date de la fin du XVIIe siècle —, la bagatelle est à la fois peu de chose et fort recherchée : hors de prix.

Première partie.

1. « Aux citoyens romains conviennent les joutes amoureuses dans les tendres prairies. » Nous n'avons pu retrouver, malgré la référence, la citation que Godard d'Aucour attribue à Ovide. S'il a écrit des poèmes d'inspiration élégiaque, Ovide n'a du reste pas écrit d'œuvre qui porte le titre d'*Élégies*. Pour le lecteur du XVIIIe siècle, le nom du poète latin est une indication, une promesse : c'est la séduction, les plaisirs et les ruses du combat amoureux qu'annonce *Thémidore*.

2. La ville de Menin, assiégée par Louis XV pendant la guerre de Succession d'Autriche, se rend le 4 juin 1744. Louis XV écrit à l'archevêque de Paris pour faire chanter un *Te Deum*. Ypres capitulera à son tout le 25 juin. Godard d'Aucour célèbre ces deux victoires dans son *Louis XV, poème* (1744). Non seulement les gazettes, mais aussi les correspondances privées multiplient les relations de la campagne militaire.

3. Le Palais-Royal fut la résidence du Régent, avant d'être celle du futur Philippe Égalité. Ses jardins, plantés de tilleuls, de marronniers, sont la promenade à la mode. Dans la littérature romanesque, le Palais-Royal répand une atmosphère de flânerie, de galanterie : petits soupers, achats de bibelots, recherche des filles. C'est le lieu de rencontre idéal, le rendez-vous obligé des petits-maîtres de la capitale. À la fin du siècle, le Palais-Royal est devenu l'un des lieux les plus marqués de la prostitution et du jeu. Il sera appelé Palais-Égalité pendant la Révolution.

4. Président au Parlement, où Thémidore est lui-même conseiller.

5. On pouvait observer depuis l'allée du Méridien un cadran solaire au fronton d'une maison de la rue des Bons-Enfants. L'usage était de s'y rendre à midi.

6. Au Palais-Royal, aux Tuileries, au Palais de Justice, au Luxembourg, sur le Pont-Neuf se rencontrent les *nouvellistes de bouche* qui répandent les nouvelles de la Cour et des armées, les anecdotes du jour, les traits satiriques, la chronique des liaisons galantes. Ils sont les révélateurs des effets de mode, ils commentent l'actualité politique et militaire, et rien ne leur échappe. À tel point qu'ils sont considérés dangereux par le pouvoir, et parfois embastillés.

7. Le roman s'ouvre et s'achève avec l'éloge du roi : Godard d'Aucour n'y manque pas. Chacune de ses productions de l'année 1744 rend hommage à Louis XV. Climat d'époque qui à la faveur de la guerre a révélé la bravoure du roi ; habileté, diplomatie du futur fermier général.

8. Né à Tours, Julien Le Roy (1686-1759) est l'un des plus grands maîtres dans l'art de l'horlogerie, qui connaîtra de nombreux progrès tout au long du siècle. Horloger du roi en 1739, il est souvent mentionné dans la littérature romanesque. La montre est alors objet à la mode.

9. Montres dotées d'un mécanisme particulier : « On appelle *pendule à répétition, montre à répétition*, une pendule, une montre qui répète l'heure qu'elle a sonnée la dernière fois, quand on tire une petite corde, ou que l'on pousse un petit ressort » (*Académie*).

10. L'*espagnol* est un tabac en poudre, fait de feuilles de tabac pulvérisées de La Havane.

11. La *remise* est d'abord le lieu réservé dans une maison pour mettre un carrosse à couvert. De là, le terme (qu'on trouve également au masculin) désigne une voiture de louage, non numérotée, qui stationne à l'abri, sous une remise — à la différence des voitures de place qui stationnent directement sur la voie publique. Elle peut être louée à la demi-journée, à la journée, à la semaine, au mois ou à l'année. Le changement de voiture, signe de discrétion, témoigne ici que la partie de plaisir s'engage.

12. *Partie* : divertissement (parties de plaisir, parties fines, parties carrées).

13. *Vestale* : au XVIIIe siècle, le terme désigne souvent par antiphrase les filles du monde, femmes galantes et prostituées.

14. Fondé en 1681, le café de la Place du Palais-Royal prit en 1718 le nom de café de la Régence. C'est l'un des plus célèbres cafés de Paris, que fréquentent comédiens, écrivains, philosophes, et joueurs d'échecs comme le célèbre Philidor. On y pourra rencontrer, au long du siècle, Lesage, Diderot, Grimm, Voltaire, Marmontel ou Rousseau, autour desquels gravitent aussitôt ces *mouches* inopportunes, le ballet des espions de

police. Les propriétaires successifs du café sont Lefèvre, Leclerc et Rey. Les limonadières sont réputées être galantes. À la peu farouche Mme Lefèvre succède ainsi Mme Leclerc, surnommée « la déesse du café », que ses aventures amoureuses conduisent à gagner l'Angleterre.

15. Il s'agit ici du café des Arts, place du Palais-Royal, « le rendez-vous des habitués et des artistes de l'Opéra » (F. Fosca, *Histoire des cafés de Paris*, Firmin-Didot, 1934, p. 32). — Rivalisant avec Mme Leclerc, Mme Morin (voir la note de l'auteur) semble avoir eu son heure de gloire. On trouve en effet une chanson *Sur la dame Moraine, cafetière des Arts, vis-à-vis le cul-de-sac de l'Opéra* : « D'un point ou deux à la grande Moraine, / Je voulais rétrécir… je n'ose dire quoi ; / Mais j'ai changé d'avis ; et savez-vous pourquoi ? / C'est qu'il est trop usé pour que le point y tienne » (*Recueil de chansons dit de Maurepas*, 1865, t. VI, p. 106).

16. « Il y a, écrit La Bruyère, un certain nombre de jeunes magistrats que les grands biens et les plaisirs ont associés à quelques-uns de ceux qu'on nomme à la Cour de *petits-maîtres* : ils les imitent, ils se tiennent fort au-dessus de la gravité de la robe, et se croient dispensés par leur âge et par leur fortune d'être sages et modérés » (*Les Caractères*, « De la ville », 7, Bibl. de la Pléiade, p. 205). L'expression, apparue au XVIe siècle, s'impose un siècle plus tard pour désigner les jeunes gens de la haute noblesse, élégants, raffinés, de l'entourage de Condé et de son frère, le prince de Conti, quand la cabale des petits-maîtres remplace celle des frondeurs. « On ne donna d'abord ce titre qu'à des jeunes gens d'une haute naissance, d'un rang élevé, d'une figure aimable, d'une imagination brillante, d'une valeur fine, et remplis de grâces et de travers. […]. On en voit peu qui soient dignes de le soutenir de sorte qu'aujourd'hui il est relégué dans des classes subalternes ou dans les provinces ; on le donne par abus ou par dérision, à de plats sujets qui ne sont pas faits pour des ridicules de cette distinction » (Duclos, *Mémoires pour servir à l'histoire des mœurs du XVIIIe siècle*, 1751, Desjonquères, 1986, p. 62). Très vite, en effet, petit-maître désigne — dans le contexte de la frivolité, et de la galanterie — le jeune homme à la mode, désinvolte, méprisant.

17. Le *vis-à-vis* est une voiture légère à quatre roues comprenant deux sièges d'une seule place se faisant face pour les passagers, et un autre pour le cocher.

18. Faire, au moyen d'une navette, des *nœuds* de rubans pour la toilette est l'occupation à la mode, qui se substitue à la couture, à la broderie ou à la tapisserie, trop « antiques ». Le mauvais esprit libertin ne manque pas de s'interroger sur l'origine et l'usage de ce passe-temps innocent. Voir aussi *Histoire de dom B****, n. 36, p. 409.

19. Le *phaéton* est une voiture haute et découverte, à deux sièges parallèles pouvant porter chacun deux personnes. *Phaéton* désigne aussi le conducteur.

20. Adonis était d'une telle beauté qu'Aphrodite et Perséphone en devinrent amoureuses. — Est-il besoin de souligner que la plupart des romans du XVIIIe siècle nomment Bacchus, divinité de la Vigne, et l'Amour « les dieux du libertinage » ? La rivalité entre ces deux divinités est traditionnelle.

21. Hébert est un célèbre bijoutier, dont les prix sont effectivement fort élevés.

22. En gelant l'hiver, les étangs de la Bièvre se transformaient en pati-

noires fort courues ; la glace pouvait être conservée pour l'été dans des cavités naturelles, des puits en maçonnerie recouverts de terre. De là, le nom de la Glacière donnée à l'ensemble du quartier.

23. Fils de Zeus et de Héra, Héphaïstos — à qui Vulcain, introduit à Rome par Titus Tatius, est assimilé — est le dieu du Feu.

24. Sur la *petite maison*, voir *Le Sopha*, n. 33, p. 139.

25. *Dardanus*, tragédie lyrique en cinq actes et un prologue, de Rameau, sur un livret de La Bruère, fut créé le 19 novembre 1739.

26. Il faut certainement entendre ici François Massialot dont *Le Cuisinier royal et bourgeois* (Paris, 1691) et la *Nouvelle instruction pour les confitures, les liqueurs et les fruits, avec la manière de bien ordonner un dessert* (Paris, 1692) furent très souvent réédités pendant la première moitié du XVIIIe siècle. Cuisine moderne et roman nouveau font, à cette époque, cause commune.

27. Les *perses* sont des toiles peintes, ou imprimées, qu'on croyait fabriquées en Perse, alors qu'elles étaient originairement importées des Indes. Fort à la mode, certaines étaient très luxueuses.

28. *Détrousser* : « Défaire une chose troussée et la laisser pendre en bas. [...] On le dit des personnes. Dans les visites de cérémonie, les dames se *détroussent*. On dit aussi : venir voir quelqu'un en robe *détroussée*, c'est-à-dire en cérémonie » (*Trévoux*, 1771).

29. La *palatine* est « une fourrure que les femmes mettent sur le cou en hiver » (*Trévoux*). La mode en avait été inventée par une dame de la suite de la princesse Palatine, belle-sœur de Louis XIV.

30. *La Duchap*, ou Duchapt, est une « célèbre marchande de modes » (voir *La Tourière des carmélites*, notule de l'Appendice I, p. 1186), qui revient souvent dans les mémoires et les correspondances du temps. Glissant dans l'univers romanesque, son nom — comme *Le Roy*, *Hébert*, *l'Opéra*, *vin de Champagne* et *petites maisons* — connote immédiatement le monde du luxe et de la galanterie. La marchande de modes est un personnage clef du libertinage : c'est une entremetteuse avisée, pourvoyeuse de filles qu'éblouit l'éclat des parures et qui rêvent toutes de faire une carrière brillante dans le monde de la galanterie.

31. Fils de Saül, Jonathan — appelé Jonathas dans la Vulgate — mène héroïquement la guerre contre les Philistins. Au cours de la guerre contre ces derniers, Jonathas traverse une forêt dans laquelle des essaims d'abeilles font leur miel au creux des arbres. Jonathas y trempe le bout de son bâton, et le porte à la bouche. Alors, reposé des fatigues du combat, « ses yeux furent éclaircis ».

32. « On appelle aujourd'hui *duchesse* une espèce de lit de repos qui a un dossier comme un fauteuil, et sur lequel se mettent les dames incommodées, ou qui relèvent de maladie. Madame est sur sa *duchesse*. Elle a reçu ses visites sur sa *duchesse* » (*Trévoux*).

33. Le *saut de caractère* est fréquent dans la pantomime pour incarner la danse des démons.

34. C'est Louis II de Bourbon, prince de Condé (1621-1686). Entré dans les armes à l'âge de dix-sept ans, il défait les Espagnols à Rocroi le 19 mai 1643. Après la Fronde, où il prend pourtant le parti de la Cour, Condé est enfermé pour avoir raillé Mazarin. Libéré, il marche sur Paris, affronte Turenne, offre ses services à l'Espagne. La paix des Pyrénées lui permet de servir à nouveau Louis XIV. Habile stratège, conscient de sa

gloire, audacieux, violent dans l'action. Condé incarne le grand chef de guerre du XVIIe siècle.

35. « Bon sens », « sens commun » entraînent fréquemment *sens-froid*, alors que la locution « de froid sang » est utilisée dès le XIVe siècle, avant « de sang froid ». Le nom commun « sang-froid » est attesté au XVIIe siècle.

36. Dans le Languedoc, sur le lac de Maguelone, entre Montpellier et Agde, *Frontignan* est « connu par ses bons vins muscats » (*Trévoux*).

37. En 1741, le comte de Tessin, ambassadeur de Suède en France, avait écrit un conte de fées, *Faunillane ou l'Infante jaune*, illustré par des dessins de Boucher, qui ne fut édité qu'à quelques exemplaires. Après le départ du comte pour la Suède, Boucher montre les dessins à la société du Bout-du-Banc (voir la notice sur Crébillon, p. 1062) où Caylus, Duclos et Voisenon s'engagent à écrire un conte. Voisenon en aurait même écrit deux. Celui de Duclos fut considéré comme le meilleur : *Acajou et Zirphile* paraît en 1744. Dans son conte *La Gaudriole* (1746), Godard d'Aucour s'inspire directement du conte de Duclos.

38. Duclos sera effectivement élu à l'Académie française le 22 septembre 1746.

39. Succédant aux vertugadins, le *panier* est une armature légère formée de cerceaux, de cannes et de baleines, cousue à un jupon de toile qui se portait sous la robe pour la maintenir circulaire, élargie dans le bas. La mode des paniers couvrit tout le XVIIIe siècle. Leur largeur était souvent source d'inconfort, et de difficulté. L'imagination libertine ne manque pas d'« habiter » le panier, dans le roman comme sur la scène. *Le Ballet des vingt-quatre heures* de Le Grand et mis en musique par Aubert, en 1722, propose une comédie des *Paniers*, dans laquelle Mme Vertugadin permet à un amant, caché sous son panier, d'enlever sa maîtresse.

40. Dans « L'Huître et les Plaideurs » de La Fontaine (IX, IX), Perrin Dandin, pris pour juge par deux « pèlerins » qui viennent de découvrir une huître, « la gruge » — et ne leur laisse qu'une écaille à chacun, délivrant la sentence « d'un ton de Président ».

41. Nombreuses sont les femmes de la noblesse qui, dans l'entourage du Régent, s'encanaillent, font tapage, cherchent « la vérité dans le vin » et se montrent souvent ivres. Après Le Moulin de Javelle, Le Pot à l'Anglais, Le Petit Père noir ou L'Épée de bois, les guinguettes de la Courtille et des Porcherons où elle se rendent sont alors à la mode. On vient à la Rapée en belle humeur. C'est ainsi que Mme de Boufflers, Mme du Châtelet, Mme de La Popelinière, les marquises de Mailly, de Gouvernet et du Deffand se retrouvent un soir à l'auberge de La Maison-Rouge, à Chaillot : « On les entendait rire et chanter [...]. Elles ne songèrent à quitter La Maison-Rouge qu'après cinq heures du matin » (*Mémoires de Longchamp*, dans *Mémoires sur Voltaire*, Paris, 1826, t. II, p. 127).

42. « *Carillon de verres* : terme bachique, *bruit de verres*, lorsque plusieurs personnes les choquent les uns contre les autres, pour boire une santé. *Faire carillon* : Faire du bruit, quereller, faire tapage, exciter du vacarme, faire le diable à quatre » (Le Roux, *Dictionnaire comique, satyrique, burlesque, libre et proverbial*, Amsterdam, édition de 1750).

43. *Filles du monde*, « c'est le nom que ces filles entretenues se donnent entre elles », explique Chevrier dans une note du *Colporteur, histoire morale*

et critique (« À Londres [La Haye], L'an de Vérité [1761] », p. 82). L'expression est fréquente depuis la Régence, et se retrouve aussi bien dans les romans que dans les chansons et les écrits satiriques. C'est en qualité de fille du monde que Margot la ravaudeuse s'adresse au public, au lecteur (le roman de Fougeret de Monbron contient du reste un « Avis à une demoiselle du monde », qui donne les leçons du métier ; voir p. 833).

44. Un *abbé commendataire* est « un ecclésiastique séculier, qui est nommé par le roi, et pourvu par le pape d'une abbaye, ou d'un prieuré, avec permission de disposer des fruits à son profit pendant sa vie » (*Trévoux*). C'est originairement « en commende », dans l'attente d'un titulaire, qu'étaient ainsi confiés le dépôt et l'administration des revenus d'un bénéfice.

45. *Aurore* — dont les doigts « couleur de rose » ouvrent les portes du ciel au char du Soleil — tomba amoureuse du Troyen Tithonos, d'une grande beauté. Elle l'emmena en Éthiopie. Ayant obtenu de Zeus qu'il assure à Tithonos l'immortalité, l'Aurore oublie cependant de demander pour lui la jeunesse. Et Tithonos vieillit, accablé d'infirmités. On prétend qu'il perdit l'aspect d'un homme pour devenir une cigale desséchée. Le mythe fut souvent le thème de ballets lyriques.

46. François Augustin Paradis de Moncrif (1687-1770), qu'on disait habile escrimeur, dut à cette adresse d'être introduit dans les sociétés brillantes, où son amabilité et son désir de plaire lui attirèrent la protection du grand prieur d'Orléans, du comte de Maurepas et du comte d'Argenson. Dans sa pièce en vers *Le Rajeunissement inutile ou les Amours de Thiton et de l'Aurore* (s.l.n.d.), Moncrif imagine l'Aurore implorant Jupiter pour qu'il accorde une nouvelle jeunesse à son amant vieilli. Le roi des dieux accepte, et lui donne l'âge de quinze ans, sachant que chaque fois qu'ils se donneront l'un à l'autre, « D'un lustre tout à coup cet amant vieillira ».

47. Jeu de cartes fort à la mode, toléré par la police. Comme il y a malice à tout, le marquis d'Argenson note qu'« on a remarqué que la nouvelle *prétintaille* de quadrille [les nouvelles règles du jeu de cartes] intitulée *le médiateur* a été instituée en dérision de ce que le cardinal [de Fleury] prétend être le médiateur universel de l'Europe [...] » (*Mémoires et journal inédit*, 19 janvier 1741, Paris, édition de 1857, t. II, p. 207).

48. Nestor, roi de Pylos, vécut jusqu'à un âge extrêmement avancé par la grâce d'Apollon. Il est dans l'*Iliade* le plus âgé des chefs grecs. Éloquent, vaillant, entouré de respect, il incarne le vieillard plein de sagesse qui multiplie les conseils, parfois inefficaces, et raconte longuement les récits d'un lointain passé.

49. Le héros des *Mémoires turcs* (dans la première partie du roman) dénonce la secte de Jatab, faux disciple de Mahomet, qui oblige les filles à s'offrir à ses ministres à l'âge de quinze ans, puis à se livrer à tout homme qui le leur demandera. Prostitution sacrée ou profane : sous les dehors de la satire religieuse comme dans le cadre de la galanterie, Godard d'Aucour alimente à son tour la réflexion et le fantasme devant celles qui s'offrent « au premier venu ».

50. Il s'agissait à l'origine d'« une grande maison accompagnée de jardins » que Robert de Harley de Sancy racheta au conseiller Alexandre de La Tourette en 1564. Cédée au duc de Piney-Luxembourg, puis à son

fils, qui agrandit les jardins et lui donna son nom, l'hôtel passa en 1612 à Marie de Médicis, qui, à son tour étendit considérablement le terrain et, à côté de l'ancien hôtel (le Petit Luxembourg), confia la construction du palais à Salomon de Brosse, « lui ordonnant d'imiter autant que le terrain le pourrait permettre, le dessin du palais Pitti, où le grand-duc de Toscane fait sa demeure » (Hurtaut et Magny, *Dictionnaire historique de la ville de Paris et de ses environs*, Paris, 1779). Décoré des toiles de Rubens, avec ses jardins ouverts au public, le palais fut habité au XVIIIe siècle par les filles du Régent, et par le comte de Provence.

51. Le *désespoir* appartient à l'histoire de la mode : « C'est le nom d'un ruban que les dames portent à leur tête, lorsqu'elles sont coiffées en négligé. Le *désespoir* forme une boucle sur le haut de la tête. Il descend des deux côtés sur le derrière de la tête, il s'y croise et revient en devant où on le noue négligemment, et les deux bouts viennent pendre jusqu'à la ceinture. On porte des *désespoirs* de toutes les couleurs » (*Trévoux*).

52. *Dumouchel*, ou Dumonchelle, fut « le plus habile maître sans contredit qui ait jamais existé », d'après Danet (*L'Art des armes*, Paris, 1767, p. 98). Celui-ci, rue du Chantre, Du Coudray Le Perche, rue de Tournon, et Texier de La Boësserie, rue de la Draperie, donnèrent également, au long du siècle, des cours réputés que suivait la bourgeoisie riche.

53. « Il se prend aussi pour la partie extérieure du corps qui répond à la poitrine et à l'estomac » (*Académie*).

54. Soutenu par le Régent, Antoine Coypel (1661-1772) fut nommé premier peintre du roi en 1716. Il fut l'élève de son père, Noël-Nicolas Coypel, qu'il accompagna à Rome, où il rencontra le Bernin. De la fresque des plafonds aux toiles de chevalet, des sujets mythologiques aux scènes de genre, à travers l'influence de la peinture italienne et le goût des couleurs flamboyantes héritées de Rubens, Coypel fait le lien entre le baroque et le rococo.

55. *Foudre*, « exhalaison enflammée qui sort de la nue avec éclat et violence », est substantif masculin et féminin. Comme exemples d'usage au masculin, l'*Académie* donne « le foudre vengeur, être frappé du foudre » ; et, au sens figuré, « un grand foudre de guerre », qui survit encore.

56. Sur la *navette*, voir n. 18, p. 507.

57. En 1564, Catherine de Médicis confia à Philibert Delorme, puis à Jean Bullant, la construction d'un palais à proximité du Louvre, sur l'emplacement d'anciennes fabriques de tuiles, où déjà François Ier avait fait construire une maison de campagne. Mais la reine, « infatuée de l'astrologie, se laissa persuader que tous les lieux et toutes les personnes qui portaient le nom de Saint-Germain, devaient lui être funestes. Il n'en fallut pas davantage pour lui faire abandonner le séjour du château des Tuileries qui était situé dans la paroisse de Saint-Germain-l'Auxerrois » (Hurtaut et Magny, *Dictionnaire historique de la ville de Paris*). Après la réunion du Louvre au palais des Tuileries, Louis XIV en acheva la construction. Louis XV l'habita de 1715 à 1722, avant de partir à Versailles. L'Opéra et la Comédie-Française s'y installèrent pour un moment : « C'est de cette époque que datent les appellations « côté cour » et « côté jardin » dans le milieu théâtral pour indiquer les deux côtés de la scène : à gauche en regardant le public, le côté cour (du Carrousel) ; à droite, le

côté jardin (des Tuileries) » (Jacques Hillairet, *Dictionnaire historique des rues de Paris*, Éditions de Minuit, 1960). Les jardins, tracés par Le Nôtre, furent ouverts au public à l'instigation de Charles Perrault.

58. Le *fiacre* est un carrosse de louage : « Le premier de ces carrosses qui ait paru à Paris », écrivent Hurtaut et Magny à l'article « Fiacre » de leur *Dictionnaire historique de la ville de Paris*, « appartenait et était conduit par un nommé Fiacre, qui demeurait rue Saint-Fiacre, et à l'image Saint-Fiacre, d'où le nom est resté depuis à ces sortes de voitures. » Sera également évoquée l'hypothèse d'un moine du couvent des Petits-Pères, célèbre et vénéré, qui serait mort au moment de l'apparition des voitures de louage, et dont, pour plaire au public, l'entrepreneur aurait peint le portrait à la portière de ses carrosses. Fort nombreux au XVIIIe siècle, leur nombre ira diminuant tout au long du siècle suivant, tant par la multiplication des voitures particulières que par la cherté des fourrages. Le tarif était de vingt-cinq sols pour la première heure, vingt sols pour les suivantes, à l'intérieur des barrières de Paris. Les fiacres étaient marqués d'un numéro (« pour que dans le cas où l'on y oublierait quelque chose, on puisse avoir recours au n° pour en faire la réclamation »), d'une lettre de l'alphabet et d'un double P sur un rond blanc. — Saint Fiacre est lui-même un anachorète irlandais, mort vers 670. D'illustre famille, il s'installa en France pour se consacrer à la prière dans une forêt de la Brie. Il fut l'objet d'une vénération particulière. Bien que dispersées, ses reliques opéraient des miracles. Patron des jardiniers (qui l'honorent le 30 août), saint Fiacre préside à la génération. Aussi Dulaure ne manque-t-il pas de s'y arrêter : « L'Antiquité avait fait de Priape un dieu ; le Moyen Âge en a fait un saint sous plusieurs noms. » Et il rappelle dans son ouvrage, *Des divinités génératrices ou Du culte du phallus* (Puiseaux, s.d.), que la chaire de l'église du village de Saint-Fiacre, près de Monceaux, formait une pierre sur laquelle s'asseyaient les femmes stériles. De sorte que l'enseigne de saint Fiacre figure secrètement un phallus antique.

59. Caïus Petronius Arbiter, admis dans l'intimité de Néron, figure, selon le témoignage de Pline et de Tacite, le courtisan voluptueux, raffiné, l'*elegantiæ arbiter*. Son *Satiricon* rapporte les aventures d'Encolpe, Ascylte et Giton, et particulièrement leur nuit passée au festin de Trimalchion, riche affranchi qui fait avec vulgarité étalage de ses richesses.

60. Alors que les fonctions de la justice et de la police étaient jusque-là confiées à un seul magistrat, le lieutenant civil de la prévôté de Paris, la charge de lieutenant général de police est créée le 12 mars 1667 pour assurer le partage des responsabilités. Le lieutenant de police, au milieu du XVIIIe siècle, est à la tête d'une « machine » composée de 48 commissaires assistés par des inspecteurs, aidés par 3 000 espions appointés, disposant d'une force armée de 3 000 hommes d'armes et 400 exempts (officiers subalternes). En tant que directeur de la Librairie, il exerce la censure. Hérault (1725-1739), Marville (1740-1747), Berryer (1747-1757), Bertin (1757-1759), Sartine (1759-1774), Le Noir (1774-1775 ; 1776-1785), Albert (1775-1776), Crosne (1785-1789) occupèrent cette fonction jusqu'à la Révolution.

61. *Déranger* doit s'entendre comme une menace majeure : les jeunes gens débauchés, qui fréquentent les académies de jeu, se prennent d'oisiveté, de vin et de sexe féminin, troublent le bon ordre.

62. C'est en vain que Godard d'Aucour cherche à flatter Feydeau de

Marville, lieutenant général de police de 1740 à 1747 : le lieutenant de police fit poursuivre *Thémidore* et arrêter Mérigot le libraire (voir la notice sur Godard d'Aucour, p. 1136).

63. Tout le passage baigne dans l'inspiration de l'érotique de l'Antiquité. « Les anciens païens tenaient que le myrte était consacré à Vénus ; et le myrte est encore pris aujourd'hui pour le symbole de l'amour, comme le laurier pour le symbole de la victoire. Ainsi on dit poétiquement d'un homme qui est heureux en amour et en guerre, qu'il est couvert de myrtes et de lauriers » (*Académie*).

64. Les *lacs d'amour*, fort répandus, sont des fils tressés, « des cordons passés l'un dans l'autre d'une certaine manière » (*Académie*).

65. Le *guet*, « c'est-à-dire l'espèce de milice établie pour la garde et la sûreté de Paris. On dit le *guet à pied* et *le guet à cheval* : le premier est proprement l'infanterie de cette milice, et l'autre la cavalerie » (*Encyclopédie*).

66. Rue des Canettes, à l'angle de la place Saint-Sulpice, se trouvait l'Académie royale de manège, ou Académie d'équitation, que dirigeait alors M. de Vandeuil.

67. Fondée par la ville de Paris en 1497, la maladrerie de Saint-Germain, rue de Sèvres, traitait les victimes du mal de Naples (la vérole). Supprimé en 1544, l'établissement devint en 1657 l'hôpital des Petites-Maisons, « pour les pauvres infirmes, pour les enfants malades de la teigne, pour les femmes sujettes au mal caduc, pour les fous et les insensés ». Dans leur *Dictionnaire historique de la ville de Paris*, Hurtaut et Magny expliquent « qu'on nomme cet hôpital, *les Petites-Maisons*, parce que les cours qui le composent, sont entourées de petites maisons fort basses ». L'hôpital aura passé du traitement de la syphilis à celui de la folie.

68. C'est le Procope, rue de la Comédie, à proximité de l'ancien jeu de paume de l'Étoile, où s'installa la Comédie-Française en 1689. D'origine sicilienne, après avoir commencé carrière à la foire Saint-Germain où il contribua à répandre le goût et l'usage nouveaux du café, Francesco Procopio dei Coltelli fit de son établissement le lieu de rencontre des amateurs de théâtre : auteurs, critiques et spectateurs, beaux esprits et protecteurs des actrices, maîtres de la claque et « nouvellistes du Parnasse ». Les philosophes s'y retrouvent, Voltaire a sa table habituelle.

69. S'informant auprès des laquais, des portiers, des soldats ou des cochers, reprenant les informations répandues dans les correspondances littéraires et les journaux officiels, s'inspirant des écrits satiriques parus à l'étranger, les *Nouvelles à la main* diffusent, pour leurs abonnés, les dernières anecdotes de la Cour et de la ville. Poursuivis par la police, ces bureaux de feuilles volantes pratiquent la clandestinité, inventant au besoin les nouvelles du jour.

70. Après le Grand Condé, voici Henri de La Tour d'Auvergne, vicomte de Turenne, qui participa à la guerre de Trente Ans. Rallié au camp du roi pendant la Fronde, il s'opposa à Condé passé au service de l'Espagne. Maréchal général, Turenne reconquit l'Alsace pendant la guerre de Hollande et meurt à la bataille de Sasbach. Après *La Vie et la Mort du vicomte de Turenne* par Fléchier en 1675 paraissaient à quelques années d'intervalle l'*Histoire du vicomte de Turenne* de Ramsay (1735) et une *Histoire de Turenne* par Raguenet (1738).

71. Nous n'avons pu retrouver *La Tragédie de Pantapouff*. Il s'agit très

vraisemblablement d'une parodie du théâtre de la Foire, d'une pièce burlesque, parade non imprimée. Il pourrait s'agir également de la pièce en vers consacrée à la mort du singe (Pantapouff) du sous-fermier évoquée dans le texte. Sur le modèle de ces innombrables pièces de vers publiées périodiquement dans le *Mercure de France* ou *Les Amusements du cœur et de l'esprit* (auxquels des auteurs comme Desmahis ou Baculard d'Arnaud ne manquaient pas de collaborer) : « Épître à mon singe » (février 1739) ; « Vers sur la mort d'une fort belle chienne, écrasée par un carosse » (septembre 1741), etc.

72. Réorganisée en 1726, la Ferme générale collecte les impôts indirects : traites, gabelles, aides, entrées, puis poudres et tabacs. Quarante fermiers généraux garantissent par un cautionnement considérable la perception de l'impôt, et tirent de leur charge d'énormes profits. Il leur est possible de sous-traiter à des *sous-fermiers* une partie de la perception de l'impôt. Bien qu'elle évolue, l'image sociale du fermier général est profondément négative : haï par le peuple, il est la cible des écrivains qui dénoncent la grossièreté, la vanité du personnage. Cependant nombreux seront les fermiers généraux qui soutiendront les artistes, ayant à cœur de tenir dans l'État un rôle de mécènes.

73. Le quartier de la *Villette* était appelé autrefois la Villette-Saint-Lazare pour le distinguer de la Villette-Saint-Denis qui en était très proche. Se développant à l'origine à partir d'une dépendance de l'hôpital de Saint-Lazare (fondé au XIIe siècle), le village présentait des terres labourées et des jardins, quelques maisons de plaisance dès le XVIe siècle.

74. Les *pandours*, du nom de Pandour, ville de Hongrie, sont soldats de corps francs, alors réputés — comme les Turcs, les Croates ou les Prussiens — pour leur cruauté. Tout au long de la guerre de Succession d'Autriche, les gazettes et les nouvellistes multiplieront les exemples de leur barbarie : « Mais pendant ce temps-là, note Barbier dans son *Journal*, le prince Charles s'est avancé et s'est emparé de Saverne et y a fait son quartier. Ses houssards et pandours ont mis à contribution une partie de la basse Alsace, ravagé toute la récolte, brûlé des villages, coupé toute la forêt de Haguenau, dont ils se sont fait des retranchements, tué et massacré, violé des couvents de religieuses qu'ils renvoyaient toutes nues au milieu des champs, et mille cruautés de toute espèce » (août 1744, Paris, 1885, t. III, p. 532).

75. Les fiacres et les cochers de carrosses ont très mauvaise réputation au XVIIIe siècle : pris de vin, ils se montrent insolents, violents, mauvais conducteurs, réclamant plus que leur dû. La littérature romanesque expose fréquemment le héros — que l'on se souvienne de des Grieux, par exemple — au mauvais vouloir d'un cocher dont l'entêtement menace de faire échouer toute l'entreprise.

76. Les soldats du régiment des gardes françaises, créé en 1563, aidant au XVIIIe siècle la police de Paris.

77. *Gognarder* est la forme vieillie de « goguenarder ».

78. Les pensions d'éducation sont tenues par des maîtres ès arts qui ont été reçus par l'Université, et autorisés à accueillir des élèves pensionnaires et externes. Les maîtres de pension enseignaient l'histoire, la géographie, les mathématiques, le grec et le latin — par opposition aux maîtres des petites écoles, qui se limitaient à enseigner à lire et à écrire, à l'étude du calcul et de la grammaire.

79. Louis XIII avait fait élever à la place du château de Bicêtre un hôpital, un refuge pour les militaires blessés aux armées. Louis XIV en fit une dépendance de l'Hôpital-Général pour les menciants et les invalides. Au XVIIIe siècle, à côté de l'hôpital et de l'hospice, on y enfermait les « libertins » et ceux qui, par leur mauvaise conduite, s'étaient attiré des « affaires », soit à la demande de leur famille (qui alors payaient pension), soit par ordre de l'autorité. C'est aussi à Bicêtre qu'on soignait les prisonniers, hommes et femmes, atteints de maladies vénériennes.

80. Rue du Puits-de-l'Ermite, près de la place Maubert, Sainte-Pélagie, reconnue par lettres patentes de Louis XIV en 1665, servait à la fois de refuge et de couvent : on pouvait distinguer celles qui y étaient enfermées sur ordre du lieutenant de police, coupables de débauche et de libertinage ; et les filles volontaires qui se retiraient de plein gré, marquant ainsi leur repentir. Les deux communautés ne communiquaient pas.

81. Au-delà de l'image traditionnelle des habitants du Mans, c'est le rapport qu'entretient *Thémidore* avec *Le Roman comique* de Scarron, chanoine du Mans, qui s'avoue ici, ainsi que le goût du burlesque de Godard d'Aucour. Que l'on compare simplement le réveil de Thémidore et Rozette (« L'Aurore montée sur son char de pourpre et d'azur ouvrait dans l'Orient les portes du jour, et les oiseaux commençaient leurs concerts amoureux : il était quatre heures du matin », p. 532) avec la première page du *Roman comique* (1651-1657) : « Le soleil avoit achevé plus de la moitié de sa course et son char, ayant attrappé le penchant du monde, roulloit plus vite qu'il ne vouloit. [...]. Pour parler plus humainement et plus intelligiblement, il estoit entre cinq et six quand une charette entra dans les Halles du Mans » (*Romanciers du XVIIe siècle*, Bibl. de la Pléiade, p. 532).

82. Dans les jardins du Palais-Royal ouverts au public, dans l'allée d'ormes parallèle à la rue de Richelieu, c'est autour du *banc de Mantoue* et d'un vieux marronnier appelé l'*arbre de Cracovie* que s'assemblent les nouvellistes (voir n. 6, p. 505). Le 11 mars 1742, Panard donne un opéra-comique : *L'Arbre de Cracovie.* — Le nom pourrait provenir de la ville de Cracovie, renvoyant à une époque où la guerre de Pologne faisait l'objet d'intenses discussions, ou plus sûrement de « craque », « craquerie », qui exprime familièrement l'idée de mensonge, de fausse nouvelle (comme aujourd'hui encore).

83. Louis XIII fonde la Salpêtrière — qui doit son nom au salpêtre qu'on y fabriquait auparavant —, que Louis XIV réunit à l'Hôpital-Général, destiné aux femmes débauchées.

84. Sachant que l'impromptu désigne un « ouvrage fait sans préparation, et sur-le-champ, par la vivacité de l'esprit » — épigramme, bon mot, poésie —, « il y a des gens qui font passer pour des impromptus des ouvrages médités, et c'est pour cela qu'on dit en raillant un *impromptu* fait à loisir ». C'est ce qu'est un *impromptu de cabinet*.

85. C'est à l'interprétation des signes que se réfère ici Thémidore. Dans son *Almanach supputé sur le méridien de Liège*, en 1635, le chanoine Mathieu Lansberg, ou Laensbergh, faisait avec autorité des « pronostics du beau et du mauvais temps ». En 1737 parurent deux almanachs fort courus, vendus fort cher : l'*Almanach du Diable, contenant des prédictions très curieuses et absolument infaillibles, pour l'année 1737* (de l'abbé Quesnel) et

l'*Almanach des Fous ou Calendrier des Fous* (« À Stultomanie, Chez Mathurin Petit-Maître, Imprimeur et Libraire juré des Petites-Maisons, dans la rue des Écervelés. À l'enseigne de la Femme sans tête, L'an depuis qu'il y a des fous ») de L. Coquelet. L'abbé Quesnel et le sieur Coquelet (également auteur de l'*Éloge de Rien, dédié à personne*) furent emprisonnés.

86. Pierre Nicole enseigna aux Petites Écoles de Port-Royal, et défendit vigoureusement le jansénisme dont il fut l'un des principaux représentants. Il eſt l'auteur de la *Logique, ou l'Art de penser, contenant outre les règles communes, plusieurs observations nouvelles propres à former le jugement* (1662), en collaboration avec Antoine Arnauld qu'il rejoignit aux Pays-Bas, après la reprise des persécutions contre le mouvement. Jean-Pierre de Crouzas, philosophe et mathématicien suisse, publia la *Logique ou Syſtème de réflexions qui peuvent conduire à la netteté et à l'étendue de nos connaissances* (1712).

87. La figure de la chaſte Lucrèce a souvent inspiré les écrivains et les peintres qui tirent profit de l'association de la plus grande violence sexuelle et de la plus grande vertu. La malice libertine n'a pas manqué de renouveler totalement l'interprétation de la scène.

88. *Cognoscere*, connaître, ici au plus-que-parfait : « Terme de l'Écriture. Connaître une femme, avoir avec elle un commerce charnel. " Joseph n'avait point connu Marie quand elle enfanta son fils premier-né ", *Nouveau Teſtament*, Saint Matthieu, chap. 1 » (*Littré*). C'eſt particulièrement dans le livre des Rois que le terme apparaît à travers le latin de la Vulgate.

89. C'eſt conformément à la théorie des tempéraments et des humeurs que le dévot (sincère ou hypocrite) a « le teint gras et la bouche vermeille », aimant par-dessus tout les sucreries, le chocolat, les confitures. Si confire eſt « assaisonner et faire cuire des fruits, des fleurs ou des légumes, et les faire tremper dans certain suc, ou dans certaine liqueur qui pénètre tout à fait la subſtance et qui s'y incorpore », « on dit aussi qu'*une personne eſt toute confite en dévotion*, pour dire qu'elle eſt dans les grandes pratiques de la dévotion » (*Académie*).

90. La querelle sur le roman eſt fort ancienne, inhérente au genre. Au XVIIIe siècle, les jésuites poursuivent l'offensive. Sur le plan moral, comme sur le plan eſthétique, au nom du goût et de la vraisemblance, et pour protéger la vertu, on condamne le roman. En 1736, Charles Porée le dénonce comme un poison mortel « susceptible d'introduire dans l'organisme les germes nuisibles des maladies » (*De libris qui vulgo dicuntur romanses oratio*, Paris, 1736). En 1755, l'abbé Jacquin publie ses *Entretiens sur les romans* : « Les leçons de volupté que l'amour nous dicte dans ces ouvrages, sont encore plus puissantes et plus efficaces que la peinture. Le langage muet que présente cet art ne frappe ordinairement que ses favoris ; le théâtre n'eſt ouvert que dans la capitale, ou tout au plus dans quelques grandes villes ; les assemblées, les bals n'ont qu'un temps limité. Les romans au contraire sont à la portée de tout le monde ; ils sont l'amusement de la campagne comme de la ville, et ne sont point sujets à la révolution des temps. Pour rendre encore la séduction plus puissante, on prête aux fictions romanesques un secours étranger, en les remplissant de gravures lascives » (Paris, 1755, p. 330). À partir de 1740, les janséniſtes relayèrent, sur ce point, les jésuites.

91. En 1713, la Conſtitution *Unigenitus* du pape Clément XI

condamne cent une propositions extraites des *Réflexions morales sur le Nouveau Testament* (1671) du père Quesnel, devenu aux Pays-Bas le successeur d'Arnauld (voir n. 86). Contre le pouvoir, qui défend le pape, quatre évêques (La Broux, Soanen, Colbert, de L'Angle) forment un appel de la bulle, auquel se rallie le cardinal de Noailles, archevêque de Paris : une partie du clergé et le Parlement, les *appelants*, s'opposent ainsi au pouvoir royal, aux *constitutionnaires*, trop soumis à leurs yeux à l'autorité de Rome. Dès lors l'opposition religieuse structure une opposition politique, sociale, plus profonde, qui divise Paris et le royaume.

Seconde partie.

1. Horace, *Satires*, II, VI, v. 96. Il s'agit de la fable du « rat des villes et du rat des champs » (en réalité *mus rusticus*, le mulot, et *mus urbanus*, la souris). Le premier dit à l'autre : « En conséquence, mon bon, tant que tu le peux encore, vis heureux au milieu des délices », et continue : « vis sans oublier combien est court le temps de ton existence » (Les Belles Lettres, 1989, p. 196).

2. Voir la Notice sur *La Tourière des carmélites*, p. 1177, n. 1 en bas de page.

3. « *Extraordinaire* est aussi substantif, et signifie ce qui ne se fait pas ordinairement. *C'est un extraordinaire. Vous soupez aujourd'hui, vous faites un extraordinaire* » (*Académie*).

4. Ce *châtelet* — le mot est dérivé de *castelletum*, diminutif de *castellum* — fut d'abord une tour fortifiée sur le bord de la Seine pour défendre le Petit-Pont. Érigé par les Romains, réparé par Robert le Pieux et Charles V qui y renfermèrent une partie de leurs trésors, réédifié en 1369 par le prévôt Hugues Aubriot qui en fit une forteresse massive, le Petit Châtelet subsista comme prison jusqu'en 1782, où il fut démoli.

5. Les *Nouvelles ecclésiastiques ou Mémoires pour servir à l'histoire de la Constitution Unigenitus* commencèrent à paraître en février 1728. Leur rôle fut considérable : non seulement le jansénisme y affirmait la doctrine, tournait en dérision les jésuites et leurs défenseurs, mais la résistance des *Nouvelles* aux arrestations, aux perquisitions, etc., marquait la vitalité du mouvement en un défi permanent contre le pouvoir. Les *Nouvelles ecclésiastiques* traversèrent en effet tout le siècle. Jacques Fontaine de Roche — mort en 1761 — en fut l'un des principaux rédacteurs. Voir n. 91, p. 541.

6. L'*Opéra*, ou Académie royale de musique, est l'un des lieux privilégiés où le monde galant rayonne, au XVIIIe siècle, dans tout son éclat. Dès qu'elles y sont inscrites, les filles échappent à l'autorité parentale. Danseuses et chanteuses forment le premier cercle des filles entretenues par les grands seigneurs et les fermiers généraux, les sous-fermiers, les petits-maîtres et les étrangers de passage à Paris.

7. C'est en 1728 qu'apparaissent les premiers miracles sur la tombe du diacre Pâris, enterré l'année précédente au cimetière Saint-Médard. Dans la lutte contre la bulle *Unigenitus*, le diacre Pâris s'impose comme la figure emblématique du janséniste intègre, résistant au pouvoir. À sa mort, c'est une effervescente dévotion qui s'organise autour de sa tombe où les femmes et les jeunes filles entrent en *convulsions*. Les malades s'allongent sur la tombe du saint diacre dans l'attente de la guérison, la terre

qui y est prélevée sert à des tisanes miraculeuses. Le ministère interdit l'accès du cimetière en 1732.

8. Il ne s'agit pas de *L'École des amants*, comédie en trois actes, en vers, d'A.-F. Jolly, représentée au Théâtre-Français en octobre 1718, mais d'un opéra-ballet, paroles de Fuzelier, musique de Niel, représenté pour la première fois le 11 juin 1744.

9. Dans la lutte de la monarchie française contre les Plantagenêts, alors que Jean sans Terre venait d'être battu à la Roche-aux-Moines, près d'Angers, le 2 juillet 1214, ses alliés — l'empereur d'Allemagne Othon IV et les comtes de Flandre et de Bourgogne — furent écrasés par Philippe-Auguste à Bouvines le 27 juillet 1214. *Bouvines* est ici évoqué dans le contexte des généalogies burlesques : Thémidore fera plus glorieusement le rapprochement entre Louis XV et Philippe-Auguste à la fin du roman.

10. *Vair vert*, *Ververt* ou *Ver-Vert*, est le célèbre conte en vers de Jean-Baptiste Gresset : *Vairvert, ou les Voyages du perroquet de la Visitation de Nevers, poème héroï-comique* (La Haye, 1734). Auteur de nombreuses épîtres et pièces fugitives, et au Théâtre-Français de la tragédie d'*Édouard III* (1740), de *Sidney* (1745), de la comédie du *Méchant* (1747), Gresset entra à l'Académie française en 1748. Tout au long du siècle, *Vert-Vert* reste dans les mémoires. Dès sa publication, « tout le monde s'est accordé à louer cet ouvrage ingénieux », écrit Dubuisson (*Lettres du commissaire Dubuisson au marquis de Caumont. 1735-1741*, août 1735, Paris, s. d., p. 95).

11. Alors que le cordon rouge est le ruban couleur de feu de l'ordre de Saint-Louis, « on appelle *cordon bleu* le ruban large et bleu auquel est attachée la croix de l'ordre du Saint-Esprit. *Le Roi lui a donné le cordon bleu ; il porte un cordon bleu*. Et l'on appelle ordinairement un chevalier de Saint-Esprit *un cordon bleu* » (*Académie*). L'ordre avait été fondé par Henri III le jour de la Pentecôte. L'expression s'emploie pour désigner des personnes de qualité, d'importance.

12. Le *ratafia* est une « boisson faite d'eau-de-vie, dans laquelle on fait infuser soit des cerises, soit des abricots, soit des pêches, etc., avec du sucre et de la cannelle » (*Académie*). On trouve souvent « ratafiat », comme l'écrit Ménage, qui l'estime « un mot des Indes orientales » (*Origines de la langue française*, 1650). On avance également l'étymologie *rata fiat* (*conventio*), le verre de liqueur ratifiant un contrat.

13. *Chrysostome*, « bouche d'or », peut qualifier tout brillant orateur, mais renvoie particulièrement à Jean Chrysostome qui, né à Antioche vers 354, fut l'un des réformateurs de l'Église. Maître dans l'art de la controverse, pédagogue inspiré, ses homélies sont des monuments de l'art oratoire chrétien.

14. *Hélas* : « On l'emploie quelquefois dans le substantif. *Il fit de grands hélas* » (*Académie*). Cet usage est attesté depuis le XVe siècle. L'interjection était fréquemment utilisée dans le style oratoire, pour rendre l'auditoire sensible à la faiblesse de la condition humaine.

15. Constantin V, empereur byzantin de 741 à 775. Violemment iconoclaste, il dispersa les moines et confisqua leurs biens, ce qui lui valut des surnoms insultants. Celui de *Copronyme*, « l'Ordurier » — du grec *kopros*, « excrément » —, lui fut donné pour la raison expliquée par l'auteur en note.

16. Chassé par Héraclès, Nessus le Centaure faisait fonction de

passeur au bord de la rivière Événos, lorsque le héros, passant la rivière en compagnie de Déjanire, la confia au Centaure. Nessus tente alors de la violer ; Hercule le perce d'une flèche. Et c'est en mourant que le Centaure remet à Déjanire le liquide — mélange de son sang et de sa semence versée pendant la tentative de viol — dans lequel elle devra tremper un vêtement d'Héraclès. Lorsque le héros revêtira la tunique imprégnée, elle s'attachera si fort à son corps qu'il ne pourra l'enlever qu'en arrachant des lambeaux de sa peau.

17. À Rome, les magistrats les plus élevés, censeurs, consuls, préteurs, les deux édiles « curules », avaient le droit d'occuper la *sella curulis*, la « chaise curule », symbole de leur autorité. Il s'agissait à l'origine d'une sorte de siège mobile qui, en Étrurie, placé sur le char royal, servait au roi à rendre la justice. Thémidore renvoie à l'épisode célèbre de l'histoire de Rome, quand, en 390 av. J.-C., les Gaulois firent le sac de la ville (voir Tite-Live, *Histoire romaine*, V, XLI).

18. Jacques Callot (1592-1635) entre au service des Médicis, à Florence, en 1614. Son génie de graveur s'affirme avec la série des *Caprices* : *Caprici di varie figure* (1619), puis à travers *Les Gueux* (1622), *Les Misères de la guerre* (1633), *Les Supplices* (1634). L'héritage maniériste est, dans l'œuvre de Callot, mis au service d'une sorte d'expressionnisme du trait aussi bien dans la dénonciation des misères que dans les scènes comiques. La référence à Callot est fréquente dès que la scène verse dans le comique satirique.

19. Né à la fin du XIIe siècle à Lauingen, Albert le Grand, dominicain, enseigna la théologie à l'université de Paris où Thomas d'Aquin fut son élève. Il s'appliqua particulièrement au commentaire d'Aristote, laissant entre autres ouvrages une *Summa de Creaturis*, un *Commentaire des Sentences*, une *Summa theologica* inachevée. Mêlant théologie, philosophie et alchimie, convaincu de la transmutation des métaux en or, il fit figure de magicien. On lui attribua des grimoires (*Les Secrets du grand Albert*), une réputation de sorcellerie. — On suppose que la place Maubert (*Magister Albertus*) lui doit son nom.

20. Paul Lucas (1664-1737). Le commerce de joaillerie l'attira d'abord à Constantinople, en Syrie, en Haute-Égypte, aux cataractes du Nil. Il effectua ainsi de nombreux voyages, ramenant en France de multiples curiosités : pierres, médailles, manuscrits. Il eut bientôt pour mission officielle de rechercher des « monuments de l'Antiquité » ; c'est désormais avec le brevet d'antiquaire, accordé par Louis XIV, qu'il parcourut le Levant. En 1736, Philippe V d'Espagne le chargea de son cabinet de médailles. Ses *Voyages* — *Voyage au Levant* (1704), *Voyage dans la Grèce, l'Asie Mineure, la Macédoine et l'Afrique* (1710), *Voyage dans la Turquie, l'Asie, Sourie, Palestine, haute et basse Égypte* (1719) — furent souvent réédités.

21. *Généreux*, tel que l'entend le XVIIe siècle : noble, et vaillant, courageux au combat.

22. Le père Regnault, ou Renaud, prêtre de la Congrégation de l'Oratoire, avait « un talent si rare pour la prédication, que dans son dernier Carême qu'il a prêché en 1753 dans l'Église de Notre-Dame de Paris, on fut obligé d'étendre ce vaste auditoire au-delà des bornes ordinaires ; encore n'y avait-il pas de place pour tous ceux qui allaient l'entendre. Sa voix est si claire et si perçante que quelque éloigné que l'on

soit de la chaire, on ne perd pas un mot de ce qu'il dit. Son geste est beau, naturel, vif et animé » (*Dictionnaire portatif des prédicateurs français*, Lyon, 1757). C'est au père Renaud que se confia Mme de Mailly, la maîtresse de Louis XV, lorsqu'elle fut abandonnée par le roi. Au sermon du vendredi saint de l'année 1743, il lui faut s'interrompre à cause de « l'indécente attention de son auditoire » : « Il prétend que plusieurs femmes de la même société s'étaient liguées pour lui donner des distractions, et cela parce qu'une de leurs amies [Mme de Vernouillet], bonne janséniste, entêtée des Pères de l'Oratoire, avait soutenu que la vertu d'un oratorien n'était pas sujette à des faiblesses ordinaires, et qu'en vain une jolie femme tenterait-elle de la démentir » (*Journal de Barbier*, avril 1743, t. III, p. 260).

23. « *Heure* signifie encore certaines prières qu'on fait à l'église en certaines parties du jour » (*Trévoux*). Par opposition aux matines, vêpres, laudes ou complies, qui contenaient plus de prières, les *petites heures* sont les prières de prime, tierce, sexte et none. L'obligation pour les prêtres de réciter les heures remonte au commencement du IXe siècle.

24. « Ah ! pour être dévot, je n'en suis pas moins homme ; / Et lorsqu'on vient à voir vos célestes appas, / Un cœur se laisse prendre, et ne raisonne pas » (*Tartuffe*, III, III, v. 966-968).

25. L'*amusement* a le sens de distraction, de divertissement agréable ; mais évoque également — chez La Bruyère, par exemple — l'idée d'aventure amoureuse, de galanterie. La littérature des « gaîtés » et « joyeux devis » associe expressément « l'amusement » au plaisir sexuel. Plus généralement, l'*amusement* est de l'ordre de la récréation : *Amusements sérieux et comiques* de C. Dufresny (1699), *Amusements philologiques, ou Mélange agréable de diverses pièces* (D.-E. Choffin, 1749), *Amusements historiques* (J. du Castre d'Auvigny, 1735), *Amusements mathématiques* (A.-J. Panckoucke, 1749), etc. Le marquis d'Argens propose ses *Lectures amusantes, ou les délassements de l'esprit* (1739). Et Godard d'Aucour devait sans doute lire *Les Amusements du cœur et de l'esprit* qui paraît chaque année à La Haye.

26. *La jeune veuve* : si l'expression renvoie à un type social et romanesque, elle revient avec une insistance qui exprime le prestige, les séductions qu'exerce une femme délivrée de l'autorité maritale, connaissant le plaisir et — selon la leçon de La Fontaine et des satiriques anciens — n'attendant que l'occasion de s'y livrer.

27. Les *œuvres satisficatoires* sont les œuvres de pénitence susceptibles de réparer les fautes commises. Elles supposent le rachat des péchés, à quoi Luther et Calvin opposent l'impossibilité de fléchir Dieu : dès lors ne seraient absolument satisficatoires que les souffrances endurées par le Christ dans sa passion.

28. Les femmes jouent un rôle essentiel dans les académies de jeu au XVIIIe siècle. Célibataires ou mariées, veuves très souvent, elles tiennent le tripot. Et, particulièrement, les femmes de militaires, séparées de leur époux pendant les périodes de service, familiarisées avec les jeux de garnison, menant une vie mondaine avec des revenus fort modestes souvent grevés par les dettes du mari.

29. Le nom dérive de l'italien *maschera*, ou de l'espagnol *máscara*, qui désigne le loup, le demi-masque des mascarades ; c'est en portant un masque que Molière interprétait le rôle de Mascarille. Il a repris le personnage à la *commedia dell'arte* : le type du valet fourbe, audacieux,

fertile en ruses et stratagèmes, qui dans *L'Étourdi* (1655) refuse de se déclarer vaincu en dépit des maladresses de son maître ; qui dans *Les Précieuses ridicules* (1659) se fait annoncer sous le nom de marquis de Mascarille.

30. *Collet* est d'abord « cette partie de l'habillement qui est au tour du cou » (*Académie*). C'est aussi « un ornement de linge qu'on met sur le collet de pourpoint pour la propreté. A l'égard des hommes, on l'appelle rabat » (*Furetière*). Il poursuit : « En ce sens on appelle *petit collet* un homme qui s'est mis dans la réforme, dans la dévotion, parce que les gens d'Église portent par modestie de petits collets, tandis que les gens du monde en portent de grands ornés de points et de dentelles ». « Prendre le petit collet » signifie prendre l'état ecclésiastique.

31. *Revenir* a ici le sens de « plaire » (pensons à « avenante ») : une figure revenante est une figure « qui plaît, qui revient » (*Académie*).

32. C'est à partir du début du XVIIIe siècle que *fiacre* s'emploie par métonymie pour désigner le cocher.

33. Coquille de l'imprimeur ou étourderie du romancier ? Godard d'Aucour avait d'abord situé à la Villette le logis du cocher (voir n. 73, p. 530). La *Villeneuve* est un quartier de Paris proche du faubourg Saint-Denis, qui se développa particulièrement sous Louis XIII, le roi ayant accordé la franchise à tous les artisans qui s'y installeraient.

34. *Prospectus*, du latin *prospectus* (de *pro* et de *specere*, « regarder devant, au loin »). Le terme s'emploie particulièrement dans la Librairie pour désigner « le programme donnant le plan et la description d'un ouvrage avant sa parution (notamment le célèbre *Prospectus* de l'*Encyclopédie*) ; le sens équivaut alors à " projet, programme " » (Alain Rey éd., *Dictionnaire historique de la langue française*, 1992).

35. *Béguines* : précisément, il ne s'agit ni de celles qui appartiennent à la secte des Béguins, hérétiques du XIVe siècle, ni des membres des sociétés de filles dévotes établies en Flandre ou en Picardie. « On appelle aussi quelquefois en général *béguine* toute religieuse ou fille de communauté, de quelque ordre ou congrégation que ce soit ; et il a encore en ce sens quelque chose de méprisant. Ce sont des *béguines*, disent les gens du monde en parlant des religieuses, qui paraissent s'attacher à des choses qui leur semblent petites et légères, qui sont des vétilles à leurs yeux » (*Trévoux*). C'est que le terme est d'usage familier au XVIIIe siècle pour désigner une femme dénuée d'esprit, sotte, puérile, ou simplement taxée de bigoterie.

36. C'est par métonymie que le *lansquenet* — introduit en France par les *lansquenets*, mercenaires allemands, au XVe siècle — désigne un jeu de cartes. — La carte de *réjouissance*, dans le jeu du *lansquenet*, est la carte « sur laquelle tous les coupeurs et les autres peuvent mettre de l'argent » (*Littré*).

37. Dès le XVIIe siècle, *bénin* (forgé à partir du latin *benignus*), avec le sens d'indulgent, doux, bienveillant, a une connotation désuète, et souvent ironique : le *Trévoux* cite Molière — « les maris sont ici les plus bénins du monde ». Le sens de propice, favorable — « astres bénins », « influences bénignes », comme le relève l'*Académie* — garde au contraire une certaine vitalité ; et l'on parlera également d'un remède bénin pour « un remède qui purge doucement ». Dans l'emploi qu'en fait Godard d'Aucour, le contexte lui-même (l'abbé fait montre de fermeté), comme

l'usage d'« imposant », corrige le caractère vieilli ou ironique du mot. Le ton du directeur de conscience est conforme à son identité : bénin convient à Le Doux.

38. En mai 1697, la troupe des Comédiens-Italiens est renvoyée par Louis XIV à l'instigation de Mme de Maintenon qui se croyait insultée par *La Fausse Prude* mise à l'affiche. La Veuve Maurice, cependant, traite en 1708 avec l'Académie royale de musique l'autorisation de produire de petites pièces mêlées de couplets aux spectacles de la Foire (la foire Saint-Germain et la foire Saint-Laurent). Cette permission, accordée d'abord pour une année, est bientôt transformée en privilège, jusqu'à ce que la Comédie-Française interdise tous les spectacles forains en 1719. Nouvel accord, nouveau privilège : à la foire Saint-Laurent de 1724, le spectacle que dirige Maurice Honoré prend le nom d'Opéra-Comique. Jaloux du succès remporté par les acteurs de la Foire, la Comédie-Française et les Comédiens italiens interviennent régulièrement pour en obtenir l'interdiction. L'histoire de l'Opéra-Comique est faite de ces difficultés suscitées par les théâtres royaux, et des stratagèmes adoptés par les forains pour se défendre : à l'interdiction des dialogues répondent les monologues, à l'interdiction de parler sur la scène répondent les pièces à écriteaux. À travers ses pantomimes et vaudevilles, l'Opéra-Comique — auquel collaborent Lesage, Panard, Piron, Favart, Vadé, Sedaine… — s'impose comme le théâtre de la gaieté, de la dérision, de la parodie. C'est en 1762 que la Comédie-Italienne (rappelée par le Régent en 1716) obtiendra qu'il lui soit rattaché. — La littérature romanesque, les libertins du siècle rencontrent souvent les « coquines » qui trouvent refuge à l'Opéra-Comique. Comme une réserve de « belle humeur » dans Paris, l'air libre qui circule à la Foire convient aux parties de plaisir.

39. Parmi les nombreuses acceptions du mot, « *facultés*, au pluriel, se dit encore au palais des biens d'une personne. [...] Quand on présente une caution en justice, on est obligé de donner un état de ses biens et *facultés* » (*Trévoux*). C'est ici le jeune conseiller qui parle.

40. *S'évertuer* : « S'exciter soi-même et s'efforcer pour se porter à quelque chose de bon, de louable, de convenable. *Il s'est évertué pour se tirer de la misère où il était. Il languissait dans l'oisiveté, mais à la fin il s'est évertué* » (*Académie*). Tous les exemples donnés par ce dictionnaire sont orientés « moralement », alors que le mot s'est formé par dérivation de *vertu* au sens d'activité, d'ardeur à l'ouvrage.

41. Les rapports de police ont peine à retracer la carrière de Marie-Jeanne Le Maignen ou Lemaignan, *la Brillant* : « Mlle Brillant est la fille d'un couvreur de Paris. À l'âge de quatorze ans, elle fut débauchée par un maçon, puis elle tomba dans les mains du sieur Beaulieu de Roblastre qui trouva le secret de la faire entrer à l'Opéra-Comique en 1741 » (C. Piton, *Paris sous Louis XV, Rapports des inspecteurs de police du roi*, Paris, 1911-1914, t. IV, p. 179). Après M. Monteau, M. de Morancé, le sieur Bureau, petit hautbois de l'Opéra-Comique — dont « elle s'amouracha » —, elle accompagne la troupe de Parmentier dans l'armée de Flandre, où elle rencontre le maréchal de Lowendal qui fut longtemps son protecteur. Multipliant les aventures, elle suivit la troupe de Monnet à Londres, fut engagée à Paris au Théâtre-Français, où elle donna la réplique à Mlle Clairon.

42. Le *vaudeville* est une chanson satirique, chanson à boire où Vénus n'est pas oubliée. « On dit *vaudeville* pour *vaudevire.* Ces sortes de chansons furent inventées par Olivier Basselin, foulon de Vaudevire, qui est un bourg sur la rivière de Vire en Basse-Normandie ; c'est pourquoi on les appela d'abord *Vaudevire.* » (*Furetière*).

MEUSNIER DE QUERLON

Anne Gabriel Meusnier de Querlon naît à Nantes le 15 avril 1702, de l'union de Jean-Baptiste de Querlon, capitaine de vaisseau, et de Marie-Anne Perment. La famille est peu fortunée, mais alliée à d'anciennes familles de la province où l'on compte des notables de bailliage, de petits commerçants et des juristes.

Après avoir commencé ses études à Nantes, Meusnier de Querlon les achève à Paris où il est reçu avocat en 1723. Il y sera inscrit au barreau pendant quatre ans. Entraîné irrésistiblement vers les lettres, notamment par la familiarité acquise lors de ses années de droit avec les auteurs grecs et latins, il donne au *Mercure de France* quelques articles que remarque le responsable des manuscrits à la Bibliothèque du roi, l'abbé Sallier[1]. C'est sur sa recommandation que Meusnier de Querlon est attaché à la Bibliothèque royale en qualité de correspondant, ayant la garde du dépôt des manuscrits. Huit années dans cette fonction, de 1727 à 1735, lui permettent d'approfondir une érudition qu'il va ensuite déployer en établissant des éditions savantes, anciennes et modernes. On le voit alors intervenir sur les sujets les plus divers, multipliant lettres, répliques, réfutations ; éditeur et compilateur infatigable, prodigue en notes et éclaicissements, amateur de mémoires, de récits historiques et de récits de voyage, il collabore à de vastes projets de librairie, traduit des textes latins et préface des œuvres anciennes et contemporaines.

Mais le gardien des manuscrits de la Bibliothèque du roi participe aussi à l'actualité des lettres. C'est ainsi qu'il s'engage dans la polémique suscitée par *Les Dons de Comus ou les Délices de la table* (Paris, 1739). Attribué à François Marin, maître d'hôtel du maréchal de Soubise, préfacé par les pères Pierre Brumoy et Guillaume Hyacinthe Bougeant, le livre défend un parti pris moderniste dans l'art culinaire, que combat aussitôt, au nom de « la rustique simplicité de nos pères », la *Lettre d'un pâtissier anglais au nouveau cuisinier français, avec un extrait du « Craftsman »* (s.l., 1739). Meusnier de Querlon intervient à son tour en écrivant une *Apologie des modernes, ou réponse du cuisinier français, auteur des « Dons de Comus », à un pâtissier anglais* (s.l., 1740).

Il reste que Meusnier de Querlon manifeste tout au long de sa vie

1. Celui-ci avait étudié les langues anciennes, le grec, le latin, le syriaque et l'hébreu, mais aussi l'italien, l'espagnol et l'anglais. Il s'était vu confier en 1719 la chaire d'hébreu au Collège royal. En 1729, il est reçu à l'Académie française.

« une pure, modeste et besogneuse existence de savant[1] ». À travers les projets auxquels il participe, et outre l'abbé Prévost dont il est l'ami, il rencontre un grand nombre de savants et de chercheurs, membres des académies de Paris ou de province, qui assurent le développement des travaux d'érudition tout au long du XVIIIe siècle — Jean Capperonnier, titulaire de la chaire de grec du Collège de France, éditeur de César, Plaute et Quinte-Curce ; Louis Poinsinet de Sivry, dramaturge célèbre, mais aussi traducteur de Tacite et d'Aristophane, etc. Après Lucrèce, Phèdre ou Anacréon, après avoir proposé une anthologie des meilleurs écrits anciens et modernes à la louange des Grâces, c'est à l'*Histoire naturelle* de Pline qu'il travaillera dans les dernières années de sa vie.

Déjà en 1740, Meusnier de Querlon avait traduit le poème écrit en latin par François Pierre de Marsy, *Pictura*. En 1753, il publie *L'École d'Uranie, ou l'Art de peindre*, où, après avoir revu et annoté la traduction faite par Roger de Piles du poème latin de Charles Alphonse Dufresnoy, il redonne *La Peinture* dans sa traduction de l'abbé de Marsy.

Bien d'autres sujets retiennent l'attention de l'éditeur : il se charge encore de l'*Éloge de la folie* d'Érasme (1751) et, plus tard, de l'*Utopie* de Thomas More (1777). Il serait fastidieux de tout relever : on sait peu de choses de Meusnier de Querlon, et l'on peut être tenté de substituer à sa biographie une immense bibliographie. Notons toutefois qu'on lui doit, parmi les nombreuses éditions d'ouvrages historiques, les *Mémoires de M. de ***, pour servir à l'histoire du XVIIe siècle* (Amsterdam, 1760), ainsi qu'un mémoire consacré à l'histoire de la chanson française, en ouverture de l'*Anthologie française ou Chansons choisies depuis le XIIIe siècle jusqu'à présent*, par Jean-Louis Monnet, directeur de l'Opéra-Comique (Paris, 1763).

En décembre 1765, la *Correspondance littéraire* de Grimm annonce la poursuite de l'*Histoire générale des voyages* de Prévost, ami de Meusnier de Querlon, en 1746 : « MM. de Querlon et de Surgy proposent au public de continuer l'histoire des voyages entreprise par feu l'abbé Prévost d'après une compilation anglaise. Les conditions de la souscription sont exposées dans un prospectus publié à ce sujet. Je ne connais pas M. de Surgy. M. de Querlon a travaillé jusqu'à présent à des journaux. Ce n'est pas un aigle, mais il écrit sensément[2]. » La *Continuation de l'« Histoire générale des voyages », ou Collection nouvelle : 1. des relations de voyages par mer… omises dans celle de feu M. l'abbé Prévost ou publiées depuis cet ouvrage ; 2. des voyages par terre faits dans toutes les parties du monde…* paraîtra ainsi, à Paris, en 1768-1789.

Quelques années plus tard, c'est d'une autre histoire de voyages qu'il s'agit, bien plus importante au regard de sa carrière d'éditeur. Grimm rapporte, en mai 1772, les circonstances dans lesquelles a été découvert un manuscrit ignoré de Montaigne[3]. Le public lettré, d'abord sceptique, en reconnaît bientôt l'authenticité, attestée par Capperonnier. Il s'agit bien de l'autographe du *Journal du voyage de Michel de Montaigne en Italie par la*

1. Olivier de Gourcuff, « Essai d'une bibliographie des ouvrages de Meusnier de Querlon », *Revue de Bretagne, de Vendée et d'Anjou, publiée par la Société des Bibliophiles bretons*, Paris-Nantes, t. IV, octobre 1890, p. 294.

2. *Correspondance littéraire, philosophique et critique par Grimm, Diderot, Raynal, Meister, etc.*, Paris, 1877-1882, t. IX, p. 455.

3. *Ibid.*, t. X, p. 507.

Suisse et l'Allemagne (dans les années 1580 et 1581). Meusnier de Querlon publie le texte en 1774, avec un discours préliminaire et des notes.

Sans doute est-ce la passion d'éditer qui, tout au long de ces années, tout au long d'une vie, le conduit dans ses recherches. Mais Meusnier de Querlon doit aussi subvenir aux besoins de sa famille. Marié une première fois en 1744 avec Marie-Anne Rolland, dont il a deux enfants morts en bas âge, il épouse ensuite Marie-Jeanne Fromentin, fille d'un maître ès arts de l'université de Paris. De ce second mariage naît une fille en 1769.

Du reste, les travaux commandés par les libraires ne suffisent pas ; Meusnier de Querlon exerce également ses talents dans le journalisme. Il collabore ainsi à la *Gazette de France*, l'ancienne *Gazette* fondée par Renaudot en 1631, qui rapporte les nouvelles des différentes villes étrangères. D'abord hebdomadaire jusqu'en 1761, le journal aura ensuite deux livraisons par semaine. En 1751, Louis Dominique Le Bas de Courmont et Denis Louis de Rabiot, seigneur de Meslé, se sont associés pour en obtenir le privilège. C'est le chevalier de Meslé qui sollicite Meusnier de Querlon, et en fait l'un des rédacteurs du journal à partir de 1752[1]. Raynal l'annonce à son correspondant l'année suivante : « M. Meusnier de Querlon, un des auteurs de la *Gazette de France*, ouvrage le plus sec, le plus froid et le moins instructif que je connaisse, vient de donner la traduction de deux poèmes latins faits en France sur la peinture[2]. »

On le voit participer brièvement au *Journal économique* dans les années 1751 et 1758, au *Journal étranger* entre 1757 et 1762. Meusnier de Querlon y fait paraître plusieurs de ses travaux ; il en est le directeur d'avril 1757 à décembre 1758. « Je vous ai dit, ce me semble, que le *Journal étranger* était depuis le mois de mai entre les mains de M. de Querlon, et qu'il est beaucoup mieux fait. Tout le monde pense de même. Cependant il n'a pas encore grand cours[3]. » On le retrouve encore attaché au *Journal encyclopédique* pendant quelques mois en 1761.

En 1760, Querlon figure parmi les fondateurs de *L'Avant-coureur, feuille hebdomadaire, où sont annoncés les objets particuliers des sciences et des arts, le cours et les nouveautés des spectacles et les livres nouveaux en tout genre*. Le journal se consacre aux domaines de la vie économique, technique et culturelle : livres nouveaux, vie des académies, comptes rendus des spectacles de théâtre et de musique. Meusnier de Querlon y collabore jusqu'à la cessation du journal, en 1773. Mais c'est surtout aux *Affiches de province* qu'il s'illustre. *Affiches de Paris et avis divers* prend en 1751 le titre d'*Annonces, affiches et avis divers*. Le journal se divise l'année suivante pour créer une publication séparée : les *Affiches de province*. Succédant à l'abbé Aubert, Meusnier de Querlon en obtient la responsabilité. De janvier 1754 jusqu'en 1776, il anime le journal, beaucoup plus littéraire que les *Affiches de Paris*. Dans les *Affiches de province*, les livres ne sont pas simplement

1. Voir l'Introduction de Jochen Schlobach à la *Correspondance littéraire de Mannheim. 1754-1756* de Pierre Rousseau, Paris-Genève, Champion-Slatkine, 1992, p. 7-11.

2. *Inédits de correspondances littéraires, G. T. Raynal (1751-1753), N. M. Chompré (1774-1780)*, Paris-Genève, Champion-Slatkine, 1988, t. III, p. 56. L'ouvrage évoqué est *L'École d'Uranie* (1753).

3. *Correspondance passive de Formey. Antoine Claude Briasson et Nicolas Charles Joseph Trublet. Lettres adressées à Jean Henri Samuel Formey (1739-1770)*, Paris-Genève, Champion-Slatkine, 1996, p. 238.

annoncés, mais commentés ; des textes littéraires sont publiés ; les spectacles qui connaissent le succès sont signalés ; une rubrique de littérature étrangère est créée.

La Harpe porte un jugement sévère : « Ce Querlon est un bavard qui écrit, d'un style platement bourgeois ou ridiculement burlesque, des annonces de livres à acheter ou de maisons à vendre[1]. » Palissot insiste au contraire sur le mérite exceptionnel du rédacteur : « Il est malheureux qu'il ait été forcé de se charger des *Petites* [*sic*] *Affiches de province.* Cependant il a trouvé moyen, dans ce travail ingrat, et si fort au-dessous de lui, de donner d'excellentes leçons à la plupart des gens de lettres. Si l'on en détachait presque tous les articles qui concernent les ouvrages nouveaux, on aurait peut-être le meilleur journal qui ait paru en France. Du moins n'en connaissons-nous aucun qui suppose de meilleurs principes, ni dont on pût faire un extrait plus digne d'être accueilli par les gens de goût[2]. »

Éditeur érudit, journaliste reconnu, Meusnier de Querlon s'est aussi distingué comme auteur d'œuvres de fiction. *Les Soupers de Daphné* est paru en 1740. En 1748, c'est *La Courtisane philosophe*, suivi des *Hommes de Prométhée.* L'inspiration antique nourrit encore *Les Impostures innocentes* qui rassemblera en 1761 la majeure partie de la collection des œuvres légères de Querlon. À Smyrne, Psaphion — nourrie des « tendres poésies » de Sapho et des « molles élégies » d'Antimaque — « entre dans l'art de Laïs » et « vend ses prémices » au plus offrant. Dans les bras de l'esclave Sunnion, ses sens connaissent « le voluptueux murmure » et « l'amoureuse extase » du plaisir, avant qu'elle ne s'impose dans la carrière comme l'égale d'Aspasie… Fille d'un statuaire de Sycione, « née tendre et sensible », Cinname est l'objet d'un concours entre le peintre Pausias et le sculpteur Charès. Celui qui en fera le plus beau portrait emportera la plus belle fille d'Athènes…

Dans une langue qu'il veut chargée de périphrases voluptueuses, Meusnier de Querlon recrée ainsi une Antiquité vouée au plaisir, couronnée des fleurs d'Aphrodite et de Vénus. Des *Soupers de Daphné* Nodier écrira en 1834 : « Dans une catégorie assez large et où notre malignité française aime à s'exercer, je m'en tiendrai, par exemple, à cette satire toute parfumée de fleurs attiques, parce qu'elle a du moins en sa faveur, à travers un peu de molle afféterie et de grâces maniérées, l'avantage d'être bien écrite. J'aime d'ailleurs à dire un mot de Querlon, le seul des littérateurs du XVIIIe siècle pour lequel je puisse avancer sans orgueil quelque sympathie d'étude et de destinée. C'était un honnête homme, formé à de bonnes et utiles recherches qu'il savait résumer en un bon style, et que j'approuverais en tout point, si la manie des raretés philologiques n'avait quelquefois entraîné cet esprit naïf à l'exploration de certains auteurs que la décence condamne. Lorsqu'il s'agit d'une langue morte, c'est un petit défaut dans lequel l'abbé de Rancé et le grand aumônier Jacques Amyot étaient tombés avant lui. L'habitude de ce travail, si précieux pour les langues, le conduisit, presque malgré lui, à une imitation de Pétrone où il ne manque que le nerf éloquent et le cynisme

1. *Correspondance littéraire adressée à son A. I. Mgr le Grand-Duc, aujourd'hui empereur de Russie,* Genève, Slatkine, 1968, t. I, p. 129. Voir aussi p. 313.
2. *Œuvres complètes de M. Palissot*, Liège, 1778, t. IV, p. 249.

du modèle. [...] Ces obscénités élégantes ne méritent pas plus d'indulgence que les autres ; mais elles auront beaucoup de prix un jour pour les linguistes. *Les Soupers de Daphné* sont un joli pastiche français du *Satyricon* et c'est comme cela qu'il faut les voir[1]. »

Érudition érotique, érotique érudite. Le savant chercheur, l'amateur de livres anciens, rencontre les filles du monde de Smyrne et d'Athènes. Mais il ne craint pas non plus de se frotter à la réalité des coulisses des théâtres parisiens où brillent et s'émancipent comédiennes et filles d'opéra, tel qu'en témoigne sa *Réponse au factum publié sous le nom de la dlle Petit, ci-devant actrice de l'Opéra* (4 pages, s.l., 1741). Marie-Antoinette Petit avait été surprise en flagrant délit amoureux, sous le théâtre, avec M. de Bonnac. Dénoncée par une chanteuse, elle avait été renvoyée par le directeur de l'Opéra. L'abbé de La Marre rédige un *Factum* pour sa défense, Meusnier de Querlon entre dans le débat. Cette étonnante connaissance des personnes, des coutumes et des mœurs de l'Opéra, il la prouve encore dans son *Règlement pour l'Opéra de Paris* (1743), plein d'humour et de malignité.

Tel est le rapport intime des belles-lettres aux filles de plaisir. Dans son *Code de Cythère ou Lit de justice d'amour*, Jean-Pierre Moët fait remonter au Moyen Âge cette familiarité : « En un même logis demeuraient des professeurs de grec et des régentes de plaisir : dans les chambres hautes on enseignait les belles-lettres ; dans les basses on tenait école de débauche : de la vertu au vice, il n'y avait qu'un escalier à descendre[2]. » Sans qu'on puisse du tout soupçonner Meusnier de Querlon d'avoir effectivement fréquenté les filles d'opéra, son œuvre ne manque pas, quant à elle, de nouer commerce avec le sexe.

Il traduit sous le titre de *Problème sur les femmes* (Amsterdam, 1744) le traité latin attribué à Valens Acidalius, *Disputatio nova contra mulieres (qua anonymus probare nititur mulieres homines non esse)*. Il donne la traduction du *Concubitus sine Lucina, ou le Plaisir sans peine* (s.l., 1750), de l'Anglais Richard Roë[3]. Il procurera en 1774 une nouvelle édition des *Aloisiæ Sigeæ Toletanæ Satyra sotadica, de Arcanis Amoris, et Veneris. Aloisia Hispanicè scripsit. La tinitate donavit Joannes Meursius* (1660), le célèbre ouvrage de Nicolas Chorier, alias Aloysia Sigea, plus connu sous le titre de *L'Académie des dames* (1680).

On comprend dans ces conditions que Meusnier de Querlon ait pu, glissant des fragments érotiques traduits du grec aux tableaux des mœurs de son temps, écrire en 1745 *La Tourière des carmélites, servant de pendant au « Portier des chartreux »*. Le livre, publié anonymement, est aussitôt célèbre et repris dans les listes d'ouvrages interdits[4], qu'il s'agisse des listes de

1. Cité par Adam Van Bever, dans son introduction à *Psaphion* et à *Cinname*, dans *Contes et Facéties galantes du XVIIIe siècle*, Paris, Louis Michaud, s.d. [1910], p. 171.

2. *Code de Cythère ou Lit de justice d'amour*. À Érotopolis. Chez le dieu Harpocrates. À l'enseigne de la Nuit. L'an du monde 7746 [1746], p. II.

3. *Concubitus sine Lucina* est une réponse au *Lucina sine concubitu ou la Génération solitaire* d'Abraham Johnson, satire contre la Société royale de Londres qui, selon le compte rendu de Raynal dans ses *Nouvelles littéraires*, veut prouver « qu'une femme peut concevoir et accoucher sans avoir de commerce avec aucun homme ». (Il est intéressant de noter que cette parodie a pu être attribuée à Jean-Pierre Moët, dont les travaux croisent souvent ceux de Meusnier de Querlon.) Les deux textes ont été réédités par J. Assézat, Paris, 1865.

4. Il figure, par exemple, dans le catalogue clandestin des ouvrages disponibles en 1775 diffusé par la Société typographique de Neuchâtel, sous la rubrique « Livres philosophiques » (voir Robert Darnton, *Édition et sédition*, Gallimard, 1991, p. 244).

commandes adressées aux imprimeurs, des saisies policières, ou des romans libertins qui prennent plaisir à exposer eux-mêmes la série dans laquelle ils s'inscrivent.

Alors que ses contemporains retiendront l'image de l'érudit, c'est par ce petit roman que nous connaissons aujourd'hui Meusnier de Querlon. Pourtant, il n'aura pas permis au polygraphe de s'enrichir, non plus que ses autres travaux. À la fin de sa vie, alors qu'il est prêt à vendre ses livres pour subvenir à ses besoins, l'abbé Barthélemy Mercier de Saint-Léger intervient pour lui faire obtenir la charge de la bibliothèque du financier Beaujon[1]. Pourvu en outre d'une pension du ministre Maurepas, c'est dans l'hôtel particulier de Nicolas Beaujon, ancien banquier de la Cour et receveur général des Finances, fondateur de l'hospice qui porte son nom, que Querlon trouve un dernier asile.

Meusnier de Querlon s'éteint le 12 avril 1780. Il incarne, par son désintéressement, son acharnement au travail et sa science, le véritable apostolat d'une foule innombrable d'hommes de culture et de savants, dont la renommée débordait rarement le cercle des sociétés savantes et des académies de province, mais qui constituèrent le terreau des Lumières.

ALAIN CLERVAL ET PATRICK WALD LASOWSKI.

BIBLIOGRAPHIE

ŒUVRES DE MEUSNIER DE QUERLON

Nous n'indiquons ici ni les traductions (de textes latins principalement), ni les éditions d'ouvrages antiques ou modernes réalisées par Meusnier de Querlon, ni les ouvrages collectifs (compilations de textes) auxquels il a participé. Nous mentionnons seulement les textes dont il est l'auteur.

Œuvres romanesques.

Les Soupers de Daphné et les Dortoirs de Lacédémone. Anecdotes greques [*sic*] ou fragments historiques publiés pour la première fois et traduits sur la version arabe imprimée à Constantinople, l'an de l'Hégire 110 et de notre Ère 1731 [1740]. À Oxfort [*sic*] [Paris].

La Tourière des carmélites, servant de pendant au « P. des C. ». À Constantinople. Chez l'Imprimeur du Moufti, 17000 [1745].

La Courtisane philosophe, première partie, suivie des *Hommes de Prométhée*, deuxième partie, Cologne, 1748. Réimprimé la même année sous le titre : *Psaphion ou la Courtisane de Smirne* [*sic*]. Fragment érotique traduit du grec de Mnaseas sur un manuscrit de la bibliothèque de Lord B***, où l'on a joint *Les Hommes de Prométhée*, Londres [Paris], Thomson.

1. Mercier de Saint-Léger est lui-même bibliothécaire de Sainte-Geneviève, et collaborateur au *Journal de Trévoux*, à *L'Année littéraire* ou au *Journal des savants.*

*Les Impostures innocentes, ou les Opuscules de M****, première partie, Magdebourg [Paris], 1761. Le recueil comprend une *Lettre de l'auteur à M. B. académicien de N.*; *Le Point de vue de l'Opéra*; *Psaphion ou la Courtisane de Smyrne*; *Les Hommes de Prométhée*; *Serpile et Lilla, ou le roman d'un jour*, traduit de l'original italien d'Anneo Molinari ; *Cinname, histoire grecque*. Il n'y eut pas de deuxième partie.

Œuvres littéraires et historiques.

Réponse au factum publié sous le nom de la dlle Petit, ci-devant actrice de l'Opéra, pour Mlle Jacquet, accusée d'imposture et de calomnie, s.l., 1741.

Réfutation d'un écrit intitulé : « Lettre sur l'oraison funèbre du cardinal de Fleury » [de Fréron], *ou défense du P. de Neuville, adressée à Mme la marquise de B****, s.l., 1743.

Règlement pour l'Opéra de Paris. À Utopie, avec des notes historiques, chez Th. Morus, 1743. Nouvelle édition sous le titre : *Le Code lyrique, ou Règlement pour l'Opéra de Paris, avec des éclaircissements historiques*. À Utopie, chez Th. Morus. À l'enseigne des Terre australes, 1743.

Testament littéraire de messire Pierre François Guyot, abbé Desfontaines, trouvé après sa mort parmi ses papiers, La Haye [Paris], 1746.

*Lettre d'un avocat de Rouen à M. V***, avocat au parlement de Paris, au sujet de feu M. l'abbé Desfontaines*, s.l., 1746.

*Lettre de M. D*** licencié en droit, à Fréron, directeur de l'« Année littéraire » et du « Journal étranger »*. En date du 20 janvier 1756, s.l.

*Mémoires de M. de ***, pour servir à l'histoire du* XVIII*e siècle*, Amsterdam, Arkstée et Merkus, 1760.

Journal historique de la campagne de Dantzick, en 1734, par M***, alors officier dans le régiment du Blaisois, Amsterdam et Paris, Le Prieur, 1761.

Éditions de « La Tourière des carmélites ».

La Tourrière des carmélites, servant de pendant au « P. des C. ». À Constantinople. Chez l'Imprimeur du Moufti, 17000 [1745]. BNF, cote Enfer 1585. C'est l'édition retenue dans ce volume.

Histoire de la Tourière des carmélites, d'après l'Original de l'Auteur, La Haye, Pierre Marteau, 1745.

La Tourière des carmélites, servant de pendant au « P. des C. », Avignon, 1748.

La Tourrière des carmélites, servant de pendant au « P. des C. ». Augmentée d'une pièce bien corrigée [*L'Origine des cons sauvages et européens*]. À Constantinople. Chez l'Imprimeur du Moufti, 17000 [*ca* 1757].

Histoire galante de la tourière des carmélites, servant de pendant au « P. des C. », Paris, M. Clavilord, 1770.

Histoire galante de la tourière des carmélites, ouvrage fait pour servir de pendant au « Portier des chartreux », s.l., 1774.

La Tourière des carmélites, servant de pendant à « Dom Bougre, portier des chartreux », Constantinople, Imprimerie du Moufti, 1783.

Sainte Nitouche, ou Histoire galante de la tourrèire [*sic*] *des carmélites*. Suivie de l'« Histoire de la Duchapt, célèbre marchande de mode », publiée pour la première fois au grand complet sur le manuscrit autogrphe [*sic*] de l'auteur, pour servir de pendant au « Portier des chartreux ». Londres, 1830. BNF, cote Enfer 384.

Sainte Nitouche, ou Histoire galante de la tourrière [*sic*] *des carmélites*. Suivie de l'« Histoire de la Duchapt, célèbre marchande de mode », publiée pour la première fois au grand complet sur le manuscrit autographe de l'auteur, pour servir de pendant au « Portier des chartreux », édition publiée exclusivement pour les Bibliophiles aphrodiphiles de Copenhague et non autres. Londres [Bruxelles], 1830 [*ca* 1880].

Sainte Nitouche, ou la Tourière des carmélites, servant de pendant au « Portier des chartreux ». Augmentée d'une pièce bien corrigée, et très relative au sujet. Paris, au Palais-Royal, 1891.

ÉTUDES SUR MEUSNIER DE QUERLON

Journal encyclopédique, Bouillon, 15 novembre 1761, p. 30-48.

Le Nécrologe des hommes célèbres de France, Paris, 1781, t. XVI, p. 301-316.

GOURCUFF (Olivier de), préface des *Œuvres badines* [romans « grecs »] *de Meusnier de Querlon*, Bruxelles, Kistemaeckers, 1883.

—, « Essai d'une bibliographie des ouvrages de Meusnier de Querlon », *Revue de Bretagne, de Vendée et d'Anjou, publiée par la Société des Bibliophiles bretons*, Paris-Nantes, t. IV, octobre 1890, p. 293-299 et 353-361.

FRÉRON (Élie), *Lettres sur quelques écrits de ce temps*, lettre XII, Nancy, Duchesne, t. IX, p. 273-284.

VAN BEVER (Adam), « Meusnier de Querlon », introduction à *Psaphion* et à *Cinname*, dans *Contes et Facéties galantes du XVIIIe siècle*, Paris, Louis Michaud, s.d. [1910], p. 169-171.

LA TOURIÈRE DES CARMÉLITES

NOTICE

La Tourière des carmélites sert « de pendant au “ *Portier des chartreux* ” ». Si Meusnier de Querlon, l'auteur anonyme de ce récit, se réfère à *Histoire de dom B***, portier des chartreux* dont le succès retentissant[1] vaut mieux, dans l'esprit d'un lecteur averti, qu'une lettre d'introduction, et le prépare à retrouver des situations familières relevant d'un corpus érotique riche et éprouvé, c'est également pour inscrire son récit dans l'ordre d'une réelle filiation. Immédiatement, en invoquant le *Portier des chartreux*, le récit bat pavillon.

Le texte relève ainsi de deux registres : celui de la parodie d'un titre, de la poursuite d'un texte assez connu pour que le redoublement d'épisodes ou de postures traités auparavant fasse l'économie de plus longs développements ; celui d'une satire éprouvée envers les mœurs des moines et des sœurs abîmés dans les plaisirs. Exploitation d'une recette qui a fait ses preuves, qui profite d'une curiosité infatigable entrenue par

1. Voir la Notice sur l'*Histoire de dom B****, p. 1112.

la rumeur, la chronique scandaleuse, et les indiscrétions échappées des rapports de police.

La référence transparente à un texte antécédent joue sur le velours, en guise d'ouverture et de caution. Elle affiche sans ambiguïté les intentions d'un prosélyte habile à tirer bénéfice de la réprobation à l'endroit d'une dissipation morale que les écrits libertins font si souvent rejaillir sur la Cour, le gouvernement, la noblesse et les parlementaires, intéressés à la perpétuation d'un état des mœurs propice à leurs plaisirs. L'incognito de l'auteur, la substitution des personnages d'un texte à l'autre — le narrateur n'étant plus un homme mais une femme repentie —, la trame ténue de l'intrigue, le renvoi spéculaire d'un texte second à un texte initial plus substantiel, la reprise quasi littérale des épisodes initiatiques, qui jalonnent la « déchéance » de l'héroïne : tout contribue à faire lire *La Tourière des carmélites* comme le raccourci parodique des aventures de dom Bougre, la répétition sur un mode mineur d'un récit déjà connu.

L'autobiographie de la sœur Agnès, entrée à quarante-cinq ans aux carmélites comme tourière[1], tire son surnom, Sainte-Nitouche, de l'air d'innocence qu'elle avait au temps de sa jeunesse — jeunesse passée au couvent, parce qu'elle était née des amours clandestines de la prieure, peu regardante quant au choix et au nombre de ses amants. Le père d'Agnès est-il Duvilly, l'amant en titre ? Le père Arlot, « vigoureux mathurin » ? Le jeune jardinier de la maison, « gros garçon très rustre[2] » ? Il faudra une série d'aventures et de péripéties amoureuses pour que la jeune fille ait enfin la révélation de son origine.

C'est qu'en effet Agnès prend soin de ne rien omettre de ses écarts et turpitudes. Afin de parfaire sa tâche édificatrice, elle suivra la voie tracée par sa mère, qu'elle découvre étroitement unie avec M. Adam, « gros séminariste » et chapelain du couvent. La « scène » est si « intéressante[3] » qu'elle ne résiste pas à la réaliser à son tour : avec le jeune Michel attaché au couvent, avec un jeune chirurgien, auquel succède un petit laquais. Chacune de ses rencontres lui vaut d'être enceinte. C'est alors qu'Agnès, l'innocente ingénue formée à la nouvelle école des femmes, se lance vraiment dans la carrière des filles du monde. Elle en connaît toutes les tribulations : tantôt généreuse, tantôt dégoûtée par les violences et les humiliations du métier, changeant de nom, changeant de gîte, attrapant la vérole, avant de reconnaître Duvilly pour son véritable père en couchant avec lui. Elle fait également plusieurs séjours à Bicêtre, nous faisant passer de la « *piscine*[4] » du *Portier des chartreux*, lieu de délices où se retrouvent les moines et les sœurs, à la « piscine » de l'hôpital, le bain mercuriel dans lequel sont plongés les malades de la vérole. Devenue sœur grise, elle passera au tribadisme, tâtera successivement du prêtre et du janséniste, avant d'ouvrir elle-même une maison de plaisirs. La fille a ainsi fait le tour du monde.

1. Le tour est à l'origine « une espèce d'armoire ronde et tournante, qui est posée dans l'épaisseur du mur, et qui sert aux religieuses pour faire passer ce qu'elles reçoivent du dehors, ou ce qu'elles y envoient » selon l'*Académie* (1718). La sœur tourière est donc la religieuse chargée des relations avec l'extérieur : c'est la portière de la communauté.

2. Voir p. 592.

3. Voir p. 594.

4. Sur ce mot, voir *Histoire de dom B****, n. 17, p. 448.

Et puis elle rencontre la Duchapt, « *célèbre marchande de modes*[1] », qui elle-même raconte son histoire — histoire, seulement annoncée ici, qui apparaît dans l'édition de 1830[2] —, conformément à un procédé déjà utilisé dans le *Portier des chartreux*, lequel multiplie les épisodes enchâssés, creusant en permanence en abyme le récit de Saturnin. Tout est programmé.

Et la même pente, nécessité et fatalité de la fille du monde, conduira la Duchapt à multiplier les amants, jusqu'au jour où l'intrusion nocturne et violente de trois individus causera la perte de sa fortune. Celle qui ne songeait qu'à « plumer » ses victimes est défaite à son tour au terme de ses aventures. La ronde infernale du plaisir s'achève de la même manière que dans le *Portier des chartreux* : par un désastre matériel et moral suscité par la luxure, jusqu'à la ruine physiologique.

Agnès aura emprunté à Saturnin son goût du plaisir et de la transgression, l'inversion de la règle monastique et le vagabondage picaresque. De même que la Moll Flanders de Defoë est une aventurière qui fait profession de plaire pour « parvenir », et se prouver à elle-même qu'elle peut disputer aux hommes le génie de l'intrigue et de l'ascension sociale, Agnès est une aventurière qui marie de fortes dispositions au plaisir à l'ambition d'échapper à une condition médiocre, que l'Église prétend racheter en faisant miroiter la béatitude de la vie éternelle.

On le voit : ce récit doit être apprécié en regard du *Portier des chartreux*, dont il paraphrase le contenu narratif avec désinvolture. Prendre sa suite revient de plus à adopter une certaine ironie à l'encontre de l'histoire littéraire. C'est en effet d'un usage propre aux séries héroïques chères au XVIe et au XVIIe siècle qu'il relève. On pense par exemple à *L'Astrée* d'Honoré d'Urfé, prolongé en 1627 par une suite posthume attribuée à Baro, lequel prétendait avoir composé la fin des aventures du berger Céladon à partir de fragments inachevés laissés par le châtelain du Forez, en sa demeure de la Bastie.

Mais l'imitation parodique n'a pas ici la valeur d'un témoignage ou d'une consécration posthume. Il s'agit davantage d'un phénomène de vulgarisation liée à la transformation de l'édition, à l'apparition d'un public nouveau, dans le contexte de la littérature clandestine. Le roman érotique prend plaisir à la série, favorisée par l'anonymat des auteurs et des imprimeurs qui brochent rapidement des textes sur le mode de la contrefaçon, sans mention d'origine, autour d'un canevas connu du lecteur. On aura ainsi en 1778 les *Mémoires de Suzon, sœur de D.. B..... portier des chartreux* ; et en 1784 l'*Histoire de Marguerite, fille de Suzon, nièce de D.. B.....*[3]. Chacune à son tour entre dans la confrérie. *La Tourière des carmélites* devient en quelque sorte un classique de la littérature érotique, dans l'ombre de l'*Histoire de dom B****, comme on le voit par exemple dans *Thérèse philosophe*, où le livre est cité aux côtés de ce dernier texte et de *L'Académie des dames*[4]. Il est aussi mentionné dans le *Code de Cythère ou Lit de justice d'amour*. L'ouvrage de Jean-Pierre Moët paraît anonymement

1. Voir p. 606. Voir aussi l'Appendice I où nous reproduisons l'« Histoire de la Duchapt », p. 609, et sa Notice, p. 1186.
2. Voir la bibliographie, p. 1175, et la Note sur le texte, p. 1181.
3. Voir la Notice sur l'*Histoire de dom B****, p. 1112.
4. Voir p. 964.

en 1746. Il y défend aux mères directrices de la maison de plaisir, dont il rédige les statuts, de permettre aux filles « ces mauvais livres, qui ne sont faits que pour donner des désirs à qui déjà n'en manque pas ; ce serait jeter l'huile au feu ; parmi ces livres prohibons, entre autres, *L'Académie des dames*, *La Religieuse en chemise*, *L'École des filles*, *Le Moine au parloir*[1], *Le Sopha*, *Le Portier des chartreux*, et *La Tourière des Carm......*[2] ».

Agnès, Suzon, Marguerite succèdent à Saturnin. L'attribution du récit à un personnage féminin ajoute immédiatement à la revendication d'égalité sexuelle, qu'expriment la plupart des romans érotiques. Il n'est pas de libertinage sans parité d'initiatives dans la rétribution du plaisir. Et Agnès pousse l'audace jusqu'à enchérir dans l'ordre de la transgression, en revendiquant l'inceste auquel le portier, quant à lui, se refusait !

Pourtant, il est vrai que, plus généralement, *La Tourière des carmélites* innove peu et se maintient en deçà de l'audace blasphématoire du *Portier des chartreux*. Est évacuée ici toute la violence de la dénonciation antireligieuse, qui servait de justification, dans ce dernier texte, à la licence érotique. Comment ne pas s'étonner que l'auteur, dans son propos, n'ait retenu que le génie de l'intrigue en le détachant de la revendication « matérialiste », de la contestation philosophique qui caractérise, tout au long du livre, le *Portier des chartreux* ?

Tel est le mystère d'un texte publié quelques années après celui-ci et se réclamant d'un parrainage illustre pour le vider de sa substance première sous les espèces de la « bagatelle » ironique et burlesque. Alors s'explique la « Lettre de M. T..... à M. D... » de l'édition originale de 1745 : le signataire de cette lettre, à qui l'auteur de *La Tourière des carmélites* aurait soi-disant confié son texte, avoue que son dessein a été d'explorer jusqu'où l'on pouvait pousser la licence, sans offusquer le bon goût, comme atténuant de lui-même l'enjeu et la portée de son livre. Mais faut-il se fier à cette lettre ? Ne relève-t-elle pas du topos du manuscrit retrouvé d'une part, de l'ironie typique du libertinage d'autre part ? Que ce M. T..... dise vrai ou contribue à l'élaboration de la fiction, l'essentiel est de considérer le roman sous le signe de la rhétorique[3].

Évidemment, et contrairement à ce qu'annonce la lettre, on voit dès la première ligne du récit que prêtres, prieurs, capucins, éducateurs, sont prêts à troquer leurs vœux de chasteté et le bénéfice de la vie éternelle contre les plaisirs immédiats d'une débauche terrestre. Le premier des péchés réside dans la confusion qu'un priapisme désordonné ne laisse pas d'entretenir autour de la filiation de sœur Agnès : la succession ininterrompue des amants dans la vie de sa mère rend impossible de voir clair dans les desseins de la Providence. Ainsi se trouve occultée la nécessité la plus sacrée, qui doit faire découler la naissance d'un père

1. *Vénus dans le cloître ou la Religieuse en chemise* (Cologne, 1719) est de l'abbé Barrin sous le pseudonyme de l'abbé Du Prat. *L'École des filles* (1655) est anonyme, attribué à Michel Millot et à Jean L'Ange. *Les Entretiens de la grille, ou le Moine au parloir* (Cologne, 1682) est attribué à François de Chavigny de la Bretonnière.

2. *Code de Cythère ou Lit de justice d'amour*. À Érotopolis. Chez le dieu Harpocrates. À l'enseigne de la Nuit. L'an du monde 7746 [1746], p. 24.

3. L'édition de 1830 étant notablement différente de l'originale, tout en affirmant être « publiée pour la première fois au grand complet sur le manuscrit autogrophe [*sic*] de l'auteur », la question, sans doute ludique, de l'authenticité du texte se pose de nouveau quelque quatre-vingt-cinq ans après la première édition. Voir la Note sur le texte, p. 1181.

et d'une mère identifiables. La nature sème le désordre, et entretient le brouillage des identités.

Et de même, comme le dit Agnès, « la nature [...] m'avait formée de la figure la plus trompeuse, et la plus propre à cacher tous les excès du vice sous l'apparence de la vertu[1] ». Aveu touchant d'une sainte nitouche. La pureté angélique d'un visage ne tient pas ses promesses. La loi du plaisir se joue des apparences. *La Tourière des carmélites* comporte une leçon, abondamment illustrée dans la littérature romanesque du XVIIIe siècle, qui veut que la transparence naturelle des traits masque la propension à la débauche et, au-delà, les pires turpitudes, jusqu'à devenir l'instrument dévoyé de la luxure ou du calcul. Peut-être est-ce l'ambivalence profonde de la philosophie des Lumières, qu'à tant vouloir exorciser les ténèbres en affirmant la rationalité et l'équilibre, l'obscurité et la noirceur du « refoulé » fassent retour avec une violence capable des pires excès.

Qui paraît l'ange fait la bête ! On pourrait faire tenir dans cette formule la philosophie de ce bref récit : réduites à leur simple expression, les aventures de dom Bougre reproduites par Agnès soulignent le scandale d'une pureté dévoyée au cœur de la vie conventuelle, qui condamne les jeunes novices à l'alternative d'être « prisonnières » tout au long de leur vie, ou transformer la liberté hors du cloître en l'exercice du vice et de la soumission aux caprices des puissants.

C'est pourquoi l'intérêt de *La Tourière des carmélites* repose essentiellement sur la grivoiserie de situations qui s'enchaînent à la diable, une ronde perverse entraînant dans une danse au-dessus des abîmes Agnès — et la Duchapt —, qu'un goût trop prononcé pour les plaisirs précipite dans cet emportement fatal. En refusant toute justification philosophique dans la peinture des dévoiements de l'Église, Meusnier de Querlon ouvre son récit aux rebondissements du roman-feuilleton. Trépidations, mésaventures, violences, déboires... on voit déjà ici poindre les premières lueurs du roman noir.

A. C. ET P. W. L.

NOTE SUR LE TEXTE

Nous reproduisons l'édition in-12 de 1745 de *La Tourière des carmélites*, dont le marquis de Paulmy attribue la paternité à Meusnier de Querlon au n° 6073 de son catalogue.

Curieusement, la « Lettre de M. T..... à M. D... » qui ouvre l'édition de 1745 présente l'ouvrage comme un « extrait » : « [...] il [l'auteur] m'a permis d'en faire un extrait, que j'ai fait même sous ses yeux, mais le plus ample que j'ai pu » (p. 589). De fait, le texte ne semble pas complet ; alors qu'Agnès est la narratrice de la majeure partie de l'histoire, des « notes de régie », rédigées à la troisième personne, interrompent le cours du récit pour annoncer, souvent de façon lapidaire, des épisodes non

1. Voir p. 593.

publiés. Fiction — une variante de ce lieu commun qu'est le manuscrit retrouvé et (partiellement) livré au lecteur — ou réalité[1] ? Il n'est pas facile de le savoir.

En effet, alors que le texte varie peu dans les éditions publiées au XVIIIe siècle, en 1830 paraît une édition qui se donne, dès la page de titre, comme la première fidèle au manuscrit : « publiée pour la première fois au grand complet sur le manuscrit autogrophe [*sic*] de l'auteur ». Les notes de régie, ainsi que des incises, qui émaillaient le texte de 1745 ont *presque* toutes disparu de cette édition. (On ne manquera pas de s'interroger sur le fait que l'une d'entre elles a été maintenue : figurait-elle sur le « manuscrit autographe » ? Ou bien l'édition de 1830 ne serait-elle qu'une fiction seconde, trop hâtivement brochée sur une première fiction, élaborée quatre-vingt-cinq ans plus tôt ?) Leur contenu a été intégré au récit et, souvent, développé. Le développement le plus important concerne l'« Histoire de la Duchapt, célèbre marchande de modes » ; alors que ce récit enchâssé n'existe en 1745 que sous forme d'intitulé, il occupe plusieurs dizaines de pages dans l'édition de 1830. Un tel développement pourrait laisser penser que l'édition originale a subi un important cartonnage[2] ; mais nous sommes, en l'occurrence, réduits aux hypothèses.

Comment éditer une telle œuvre ? Publier le texte le plus complet, celui qui paraît cinquante ans après la mort de Meusnier de Querlon, en 1830, c'est admettre que cette édition posthume est bien, comme elle le prétend, fidèle au manuscrit de l'auteur. C'est possible, non certain. Si l'on veut être assuré de disposer d'un texte écrit au XVIIIe siècle et diffusé du vivant de son auteur, il faut retenir l'édition de 1745, tout en étant conscient qu'elle a peut-être été censurée — notamment en ce qui concerne l'« Histoire de la Duchapt ».

Considérant que, quel que soit le rôle de la censure dans son élaboration, l'édition de 1745 constitue un objet littéraire digne d'intérêt, nous avons choisi de la reproduire intégralement. Les « notes de régie » ont naturellement été maintenues, en leur lieu et place : elles sont ici composées en italique. On trouvera en variante les modifications significatives apportées en 1830 au texte de 1745 (voir notamment var. *e*, p. 593).

L'« Histoire de la Duchapt », telle qu'elle apparaît dans le volume paru en 1830, est publiée ici en appendice (p. 609-626), ainsi qu'un développement relatif aux grossesses d'Agnès (p. 626-628) : ces deux textes constituent les principales additions de l'édition de 1830 ; à défaut de pouvoir nous prononcer sur leur origine, nous avons jugé utile de les mettre sous les yeux du lecteur.

Sigles utilisés.

1745	notre texte
1830	édition de Londres

1. Voir p. 1179.
2. C'est-à-dire qu'on aurait placé un carton à l'endroit du texte, pour substituer les pages correspondantes aux pages originales.

NOTES ET VARIANTES

a. Cette « Lettre » ne figure pas dans 1830. ◆◆ *b.* Sœur Radegonde, ce fut le nom que prit ma mère au couvent, eut *1830* ◆◆ *c.* inconsolable *1830.* inconfortable *peut être une coquille de 1745.* ◆◆ *d. Cette note de régie ne figure pas dans 1830, qui ne contient aucun développement sur les amours de Radegonde et du mathurin.* ◆◆ *e. Nous reproduisons ici un passage développé dans 1830 et comportant des modifications syntaxiques mineures par rapport à 1745 (rédaction des phrases nominales, conjugaison des verbes à l'infinitif, correction de la concordance des temps, etc.). Cet extrait vaut comme exemple pour une douzaine d'occurrences similaires, que nous ne signalerons plus par la suite. On lit dans 1830, depuis* etc. *[p. 592] jusqu'à* Portrait d'Agnès. *[p. 593] :* Après l'accouchement de sœur Radegonde, on mit l'enfant sur le compte du mathurin, qui se crut en conscience chargé de son sort, et ajusta tout avec la prieure. / En conséquence, je fus mise en nourrice et le père Arlot eut pour moi les soins les plus paternels. À dix ans, on trouva à propos de me faire prendre l'air natal, et on me fit entrer dans le couvent de ma mère sur le pied de sa nièce. ◆◆ *f. 1830 développe ces trois paragraphes en un texte reproduit p. 626 : voir l'Appendice II.* ◆◆ *g.* Quelle position ! *1830* ◆◆ *h. Le passage de* Je ne doutai *[p. 602] jusqu'à* humeur. *[p. 603] ne figure pas dans 1830* ◆◆ *i. Peinture [...] la vérole 1830, qui reproduit donc cette note de régie sans la modifier.* ◆◆ *j. 1830 développe l'« Histoire de la Duchapt, célèbre marchande de modes », reproduite p. 609 : voir l'Appendice I.* ◆◆ *k.* mais devais-je si tôt terminer ma carrière ! *1830*

1. Le mot « tableau » désigne fréquemment au XVIIIe siècle la représentation vive et naturelle d'une chose, soit en action, soit de vive voix, soit par écrit. Le *tableau du vice* est la représentation des effets et des conséquences physiques et morales de la débauche et du libertinage.

2. *Complexion* : « Habitude, disposition naturelle du corps. *Corporis habitus, constitutio.* Les médecins doivent appliquer les remèdes suivant les différentes complexions de leurs malades » (*Trévoux*, 1771). La médecine du temps distingue quatre complexions : la sanguine, qui répond à l'air — chaude et humide, elle en a les qualités ; la flegmatique, qui tire son nom de la pituite ou du flegme — froide et humide, elle répond à l'eau ; la bilieuse — chaude et sèche, elle est de la nature du feu ; la mélancolique — froide et sèche, elle répond à la terre. Plus généralement, « complexion » signifie aussi humeur, inclination.

3. Forges-les-Eaux est une station thermale réputée depuis le XVIe siècle, fréquentée en raison de sa proximité de Paris, où les rhumatisants allaient en cure. Les *eaux de Forges*, connues pour leurs propriétés ferrugineuses, constituent encore de nos jours un traitement efficace contre l'arthrose. La précision de Meusnier de Querlon n'a pas seulement une portée anecdotique : elle met implicitement en parallèle les maux spirituels et les douleurs temporelles.

4. *Mathurin* : « Religieux d'un ordre institué par Innocent III pour la rédemption des captifs. *Maturinus.* Il est vêtu de blanc, et a une croix

rouge et bleu sur l'estomac, dont la figure est composée de huit arcs de cercle » (*Trévoux*).

5. *Démêler* : « Tirer et séparer les choses qui sont mêlées ensemble » (*Académie*, 1718). Le mot signifie aussi, comme aujourd'hui, « distinguer ». Du moins, le père Arlot a-t-il su démêler les dispositions au plaisir sous le voile de la sœur.

6. Se mettre *sur le pied de* faire quelque chose, c'est en prendre l'habitude ou s'arroger le droit de le faire. On dirait aujourd'hui : « en qualité de ».

7. Faire la *sainte Nitouche* « pour faire l'hypocrite, le bon apôtre, faire le bigot, prendre un air humble et soumis, affecter un dehors simple et innocent, contrefaire le sage et le dévot » (Le Roux, *Dictionnaire comique, satyrique, critique, burlesque, libre et proverbial*, Pampelune, édition de 1786).

8. *Élisée* est un prophète biblique, disciple du prophète Élie — l'édition de 1830 corrige d'ailleurs Élisée en Élie —, lequel, en lui laissant son manteau avant de s'élever au ciel dans un char de feu, lui transmet son esprit et ses pouvoirs. Comme Élie, Élisée accomplit des miracles. Hébergé un jour chez une femme de Shounem, il ressuscite son fils, mort peu auparavant : « Il monta ensuite se coucher sur l'enfant et mit sa bouche sur sa bouche, ses yeux sur ses yeux, ses paumes sur ses paumes, il resta penché sur lui et la chair de l'enfant se réchauffa » (II Rois, IV, 34).

9. *Mazette* : « Petit cheval ou cheval ruiné qu'on ne saurait faire aller, ni avec le fouet, ni avec l'éperon » (*Trévoux*). Dans le langage familier, « mazette » est aussi un terme de mépris, « dont on se sert principalement contre un homme qui ne sait pas jouer à quelque jeu d'esprit ou d'adresse » (*ibid.*).

10. *Masque* se dit au féminin, dans le langage familier, pour désigner soit la laideur et la vieillesse du visage d'une femme, soit — c'est le cas ici — pour souligner sa malice.

11. Le *dépositaire* est chez les religieux et les religieuses celui ou celle qui a la garde des archives, des titres et de l'argent.

12. *Immatriculer* appartient au langage de la jurisprudence — relativement à un acte d'inscription sur un registre ; il se dit aussi métaphoriquement « pour mettre dans un certain état, dans un certain rang » (*Trévoux*).

13. *Basoche* : le terme désigne tous ceux qui, avocat, greffier, notaire, huissier, magistrat, occupent une fonction ou une charge dans l'appareil judiciaire et contribuent au fonctionnement de la Justice.

14. Le *magasin* est l'arrière-boutique, ou la « chambre d'en haut », où l'on range les marchandises.

15. *Réintégrée* se dit, en termes de jurisprudence, d'une personne qui rentre en possession de ses biens ou de sa position.

16. *Intendant* : au milieu du XVIIe siècle, l'intendant — qui réunit les pouvoirs de justice, de police et de finance — devient administrateur, bientôt à poste fixe, à raison de un par généralité (la circonscription financière où s'effectue le prélèvement des impôts). Le rôle de l'intendant est considérable dans ces trois domaines. Le terme s'emploie aussi pour désigner des « administrateurs » dans des charges moins importantes, ou même dans des fonctions privées.

17. *Gendarme* : cavalier armé. Les compagnies des gardes du corps, les

mousquetaires et les chevau-légers de la Maison royale tenaient lieu de gendarmes.

18. *Nippe* : « Terme général qui se dit tant des habits que des meubles, et de tout ce qui sert à l'ajustement et à la parure » (*Trévoux*). Il y a de bonnes et de méchantes nippes.

19. Le *milan* est un oiseau de proie à queue fourchue. L'expression populaire désigne, affublé de l'épithète « vieux », les galantins sur le retour qui sont toujours à rôder autour des filles, et disposés à acheter la vertu des plus jeunes.

20. *Appareilleuse* : « Se dit en mauvaise part d'une femme qui forme et conduit des intrigues et des commerces d'amour, et qui prépare les plaisirs des autres » (*Trévoux*).

21. Sur *femme du monde*, voir *Thémidore*, n. 43, p. 514.

22. Charles Gustave Klingstedt (ou Klingstel, ou Clinchetet, ou encore Clinchetel), né à Riga en 1657, mort à Paris en 1734, fut d'abord soldat. Il s'adonna ensuite à la peinture de sujets galants : *Vénus, Mars et Cupidon surpris par le char du Soleil* ; *Suzanne et les vieillards* ; *La Main-chaude* ; *Satyres, femmes et enfants* ; ou encore — et le titre convient idéalement à toutes ses œuvres — *Scène galante de deux personnages*. On le surnomma « le Raphaël des tabatières ». Le nom de Klingstedt circule dans la littérature romanesque du temps, associé aux productions du luxe, aux raffinements des arts qui entretiennent la volupté. Voir par exemple *La Promenade du sceptique ou les Allées* (écrit probablement en 1746-1747) de Diderot.

23. *Traitant* : fermier général chargé de lever les impôts royaux.

24. La *sape* est un terme militaire, qui désigne l'action de saper, ou l'ouvrage lui-même qu'on fait en sapant.

25. Dans le langage des artilleurs et de la stratégie militaire, la *contre-mine* est une mine pratiquée sous les défenses d'une place pour faire sauter les assaillants.

26. *Camouflet* : figurément et dans le langage familier, affront, mortification donnée ou reçue. Le mot se disait d'abord d'une fumée épaisse qu'on soufflait au visage de quelqu'un par le moyen d'un cornet de papier allumé par un bout. En correspondance avec les expressions militaires utilisées ci-dessus, il s'agit d'un « terme de guerre » : « donner un *camouflet*, c'est chercher à étouffer le mineur ennemi dans sa galerie [en l'asphyxiant] » (*Trévoux*).

27. Raymond La Fage, ou Lafage, est un peintre et graveur français (1656-1690). « Plein de fougue et de verve, il excellait à représenter des sujets libres ou grandioses, des bacchanales, des batailles, la chute des anges rebelles, etc. » (*Larousse du XIXe siècle*). Il était réputé pour s'enivrer au cabaret. L'édition de 1830 transfomre La Fage en Le Tage, qu'on n'a pas retrouvé.

28. *Boute-selle* : « Terme de guerre, signal qui se donne avec la trompette pour avertir de monter à cheval » (*Académie*).

29. *Cannelle* : morceau de bois creux, petit tuyau de bois, roseau qu'on charge de fil ou de soie pour faire la trame d'une étoffe.

30. À côté du prieuré de Saint-Martin-des-Champs, rue Saint-Martin, se trouvait une prison qui dépendait de la justice royale. Cette prison *Saint-Martin* avait deux destinations : l'incarcération des jeunes gens à la demande de leurs parents, et le dépôt où l'on conduisait les filles publiques de Paris arrêtées dans la ville. Une ordonnance du 20 avril 1684

avait créé la police des mœurs, chargée d'arrêter de jour et de nuit les filles dont le comportement troublait le voisinage.

31. « *Honneur du mouchoir.* Manière de parler, qui tire son origine des empereurs turcs, qui lorsqu'ils vont à leur sérail voir leurs femmes, ont coutume de jeter un mouchoir à celle qui leur revient le plus, et avec laquelle ils ont envie de se divertir » (Le Roux, *Dictionnaire comique*).

32. *Myrrha*, dans la légende grecque, est la fille de *Cynire* (Cinyras), roi de Chypre (qui passe pour être le fondateur du célèbre sanctuaire d'Aphrodite à Paphos). Elle est aussi Smyrna. À cause d'une relation incestueuse avec son père, ou, selon une autre tradition, punie pour sa négligence, elle fut changée en arbre à myrrhe par Aphrodite. De cet arbre, après neuf mois, naquit Adonis.

33. Sur la *piscine*, voir *Histoire de dom B****, n. 17, p. 448.

34. Sur *Bicêtre*, voir *Thémidore*, n. 79, p. 534.

35. « On dit figurément et proverbialement qu'un homme a passé sous l'archet, lorsqu'il a passé par le grand remède [c'est-à-dire qu'il a subi le traitement au mercure des maladies vénériennes], qu'il a été obligé de suer ; et cela à cause de la manière dont est fait le bois de lit où on met à coucher ces sortes de malades » (*Trévoux*, 1721).

36. *Sœurs grises* : nom qu'on a donné quelquefois aux sœurs hospitalières du tiers ordre de Saint-François.

37. La Fillon est sans doute l'une des plus célèbres entremetteuses du siècle. Fille d'un porteur de chaise, elle « était une courtisane d'un assez bas étage, dont le mérite était de procurer des filles aux jeunes gens qui s'adressaient à elle pour cela » (*Mélanges historiques, satiriques et anecdotiques de M. de B*** [Bois] Jourdain*, Paris, 1807, t. III, p. 426). Elle avait prévenu l'abbé Dubois — à qui elle était fort liée — de la conspiration de Cellamare, l'ambassadeur d'Espagne, contre le Régent. Philippe d'Orléans l'appelait sa « bonne amie ». On la surnommait « la présidente », à la suite d'un quiproquo avec l'épouse du président de l'élection d'Alençon, venu s'installer à Paris.

38. Sur les *convulsionnistes* (néologisme parodique de « convulsionnaire »), voir *Thémidore*, n. 7, p. 551.

39. Les molinistes suivent l'enseignement du jésuite espagnol Luis Molina (1535-1600). Selon eux, le salut ne peut être effectif sans la grâce, mais celle-ci est donnée à tous ; il ne dépend pas seulement de la miséricorde de Dieu, comme le pensent les jansénistes, et c'est donc librement que l'homme tente de le mériter.

40. Il s'agit ici des *exempts* des gardes de la Prévôté, officiers de police « chargés de notifier les ordres du roi, et de faire les captures, soit en exécution de ces ordres, soit en vertu de quelque contrainte par corps » (*Trévoux*).

41. « *Franc-salé* est un privilège que le roi accorde à quelques officiers, communautés et provinces, de prendre le sel sans payer d'impôts, et d'être exemptés de la gabelle. On appelle encore *franc-salé*, ou droit de franc-salé, une certaine provision de sel, qui est accordée gratis à quelques officiers royaux, pour leurs provisions, ou à quelques compagnies, par un privilège particulier » (*Trévoux*).

42. *Jacobins* : religieux et religieuses de l'ordre de Saint-Dominique, dits jacobins en raison de l'église de Saint-Jacques qu'on leur donna à Paris et près de laquelle ils bâtirent leur couvent. — *Prémontrés* : nom d'un

ordre religieux de chanoines réguliers, fondé vers l'an 1120 par saint Norbert, archevêque de Magdebourg, et dont la principale abbaye était à Prémontré, près de Laon. — *Victorins* : chanoines réguliers de l'ordre de Saint-Victor, dont l'abbaye fut fondée à Paris par Louis le Gros, en 1113. — *Célestins* : ordre religieux institué vers l'an 1254 par Pierre de Moron, futur pape sous le nom de Célestin V.

43. *La Pâris, la Maupoint, la Florence* : appareilleuses fort célèbres, qu'on retrouve dans les romans du temps, les correspondances et les chansons. Leurs aventures, et celles des filles de leurs maisons, nourrissent la chronique scandaleuse et les rapports de police.

44. *Estramaçon* : à la fois l'arme et le coup donné par le tranchant d'une épée ou d'un cimeterre. Estramaçonner, c'est « se battre à coups d'estramaçon » (*Trévoux*).

Appendices

APPORTS DE L'ÉDITION DE 1830

I. HISTOIRE DE LA DUCHAPT, CÉLÈBRE MARCHANDE DE MODES

« Donnez à une jeune fille qui ait du goût et qui méprise la mode, des rubans, de la gaze, de la mousseline et des fleurs ; sans diamans, sans pompons, sans dentelle elle va se faire un ajustement qui la rendra cent fois plus charmante que n'eussent fait tous les brillans chiffons de la Duchapt[1] », écrit Jean-Jacques Rousseau dans l'*Émile* (1762). La Duchapt, marchande de modes, est si « célèbre » qu'elle est en quelque sorte légendaire. Installée près de l'Opéra, c'est là que Rousseau la découvrit : « [...] tous ces jeunes gens contoient leurs aventures galantes avec autant de licence que de grace, et les contes de filles manquoient d'autant moins que le magasin était à la porte : car l'allée par où l'on alloit chez Mad^e^ la Selle étoit la même où donnoit la boutique de la Duchapt célèbre marchande de modes qui avoit alors de très jolies filles avec lesquelles nos Messieurs alloient causer avant ou après diner. Je m'y serois amusé comme les autres si j'eusse été plus hardi. Il ne falloit qu'entrer comme eux ; je n'osai jamais[2]. »

Le nom de la Duchapt revient dans les écrits du temps avec un air de familiarité qui évoque aussitôt le milieu de la mode et de la galanterie[3]. Dans *L'École des mères* de Nivelle de La Chaussée (comédie en vers libres créée le 27 avril 1744), le valet La Fleur rend compte de ses courses à son maître (sc. VI) :

1. *Œuvres complètes*, Bibl. de la Pléiade, t. IV, livre V, p. 714.
2. *Les Confessions*, *ibid.*, Bibl. de la Pléiade, t. I, livre VII, p. 344.
3. Voir aussi *Thémidore*, n. 30, p. 511.

Après j'ai, sans aucun délai,
Été chez la Duchapt et puis chez la Boutray :
Leurs filles sont après à garnir vos deux vestes.
L'une est en petit jaune et l'autre en petit bleu.

Voltaire l'évoque à plusieurs reprises dans sa correspondance, et, pour la première fois, en 1752. Annonçant à la marquise du Deffand une nouvelle édition du *Siècle de Louis XIV*, il écrit : « Vous verrez deux morceaux singuliers de la main de Louis XIV. C'était avec ses défauts un grand roi et son siècle un très grand siècle. Mais n'avons-nous pas aujourd'hui la Duchappe [*sic*][1] ? » Après avoir vanté les mérites de la mode et de la dépense dans la conquête du bonheur lorsqu'il écrivait *Le Mondain* (1736), Voltaire ne cesse de diffuser le motif du Grand Siècle contre le siècle galant. Il se plaint ainsi à Gabriel Cramer : « Les belles-lettres sont au tombeau, les Français ne seront plus que des Welches. Ils auront la Duchap [*sic*], l'opéra-comique, et des arrêts du parlement. C'est assez pour eux. Candide et Martin avaient bien raison de ne pas se soucier d'aller à Paris[2]. »

Appendice I.

1. Voir la Note sur le texte, p. 1181, n. 2 en bas de page.
2. *Siamoise* : « étoffe mêlée de soie et de coton, qu'on a vue pour la première fois en France quand les amabassadeurs du roi de Siam y vinrent sous le règne de Louis XIV » (*Trévoux*).
3. *Petits collets :* voir *Thémidore*, n. 30, p. 572
4. *Nochers* désigne des accroche-cœur, c'est-à-dire des boucles ou des nœuds, qui forment visière et couvrent le haut du visage et les yeux.
5. *Par ton* : pour se donner un genre, parce que c'est à la mode.
6. Sur les *gardes du corps*, voir n. 17, p. 598.
7. « Se dit aussi d'un billet de galanterie. *Écrire un poulet, des poulets. Écrire des poulets, recevoir des poulets, du papier à poulet.* Il commence à vieillir » (*Académie*, 1718).
8. *Gonze* : le mot est emprunté à l'argot italien *gonzo*, « niais », « lourdaud ». Très rapidement, il prend le sens général d'individu, d'homme quelconque, selon le *Dictionnaire historique de la langue française* (Alain Rey éd.).
9. *Palais marchand* : « Endroit où l'on rend la justice, et où des espaliers de galanteries fixent les yeux de tous les passants ; car avant que d'arriver au sanctuaire de Thémis, il faut passer sous les âmes d'un nombre infini de jeunes marchandes qui vous appellent d'une voix trompeuse », écrit le marquis de Caraccioli à l'article « Palais » (*Dictionnaire critique, pittoresque et sentencieux*, Lyon, 1768). La grand-salle du Parlement, actuel Palais de Justice, communiquait avec la Sainte-Chapelle par la galerie des Merciers, où se trouvaient de nombreuses librairies et des merceries.

1. Lettre à la marquise du Deffand du 23 septembre 1752, *Correspondance*, Bibl. de la Pléiade, t. III, p. 791.
2. Lettre à Gabriel Cramer, vers le 15 avril 1764, *ibid.*, t. VII, p. 658.

10. La *prud'homie*, au sens classique, c'est l'honnêteté, la droiture.

11. *Girandole* : chandelier à sept branches que l'on met sur une table, sur un haut guéridon. Mais on appelle ausi girandole « un assemblage de diamants ou d'autres pierres précieuses, qui sert de parure aux femmes » (*Trévoux*).

Appendice II.

1. Voir n. 11, p. 595.

VOISENON

D'une santé abominable, « toujours mourant, toujours charmant », celui qui sera surnommé au théâtre « l'archevêque de la Comédie-Italienne », à l'Académie française « l'aimable successeur du sombre Crébillon [le père] », l'abbé Claude-Henri de Fusée de Voisenon sauve par le feu de l'esprit le manque de liaison qu'il montre dans sa vie comme dans ses ouvrages. Incapable de se fixer, faisant des épigrammes à tout propos, perdant la tête, l'abbé oublie sa leçon et change de parti. Mais sa légèreté lui vaut d'être fêté partout, son inconséquence le met à l'abri des reproches. « Quoi qu'il en soit, écrit Grimm en mai 1771, M. l'abbé *Misapouf* est une si drôle de chose et quelque chose de si aimable qu'il n'y a pas moyen de se fâcher sérieusement contre lui[1]. »

Tel est le personnage. Il avait « les yeux vifs et pétillants d'esprit. Sa conversation y répondait, c'était un feu d'artifice continuel[2] ». Voisenon naît à Partis, quartier Saint-Gervais, le 21 juillet 1708[3]. Son parrain est l'abbé Terray, sa marraine « la bonne Mme Doublet » qui, avec Bachaumont, réunira dans son salon, dans sa « paroisse », les rédacteurs des célèbres *Mémoires secrets*. Deux ans après sa naissance, sa mère, Marie-Anne Depalerme, meurt de langueur. L'enfance se déroule dans le domaine familial des comtes de Voisenon, à proximité de l'abbaye du Jard. Château, fermes et moulins. Les armes sont d'azur, aux trois fusées d'or rangées de fasce. Parmi les ancêtres figurent des conseillers du roi à la Chambre des comptes, des capitaines gentilhommes ordinaires de la Maison du roi. Louis-Claude de Fusée, le père de l'abbé, est page du roi dans sa petite écurie. À sa mort, en 1747, il transmet le titre de comte à son fils aîné, Louis-Victor.

Claude-Henri de Voisenon est toujours souffrant et « d'une santé si chancelante, qu'on lui a souvent entendu dire que la nature l'avait sûre-

1. Melchior Grimm, *Correspondance littéraire*, mai 1771, dans *Correspondance littéraire, philosophique et critique par Grimm, Diderot, Raynal, Meister, etc.*, Paris, 1877-1882, t. IX, p. 312.

2. Pidansat de Mairobert, dans *L'Observateur anglais ou Correspondance secrète entre Milord All' eye et Milord All' ear*, lettre XXIII, Londres, 1779, t. II, p. 341.

3. Sur la date et le lieu de naissance de Voisenon, voir Th. Lhuillier, « À propos de Voisenon », *L'Amateur d'autographes*, octobre-décembre 1881.

ment formé dans un moment de distraction. Son enfance fut une maladie continuelle, dont chaque jour semblait devoir être le dernier[1] ». En revanche, l'enfant est vif, frondeur, pétillant d'esprit. Il a la manie des vers, il en fait à tout propos. La malice est le génie qui l'habite : « Je ne puis me déterminer à lui en savoir mauvais gré, témoigne son père, ce garçon-là ne peut se refuser une épigramme ; quand il ne trouve personne sous sa main, il en fait contre lui-même. Et en cas de besoin, il en ferait sur le crucifix[2]. »

Dès l'âge de onze ans, Voisenon envoie quelques-unes de ces premières rimes à Voltaire, qui lui répond : « Vous aimez les vers ; je vous le prédis, vous en ferez de charmants ; soyez mon élève, et venez me voir[3]. » Poursuivant ses études à Paris, au collège de Boncourt[4] — où il ne reçoit que six francs par mois pour ses menus plaisirs —, il se lie d'amitié avec M. de Montessu (futur conseiller au Parlement) et Jean-Jacques Lefranc de Pompignan (futur président de la cour des aides de Montauban, poète et académicien, ennemi des philosophes). Ensemble ils composent de nombreux « petits ouvrages », parmi lesquels, dans la tradition du collège, une tragédie de *Didon* en un acte. S'acheminant vers la carrière ecclésiastique, Voisenon rencontre également Louis Sextus de Jarente (le futur évêque de Digne et d'Orléans) et Martin Du Bellay (futur évêque de Fréjus). Les trois amis sont « plus occupés du soin de leurs plaisirs que de commenter les Pères de l'Église[5] ».

Bientôt Voisenon est reçu et recherché dans les salons, où il fait la connaissance de l'abbé de Bernis. Aimable, trop aimable, vrai héros de toilette, Voisenon multiplie les bons mots, épîtres et bouts-rimés. Il achève de se dissiper. Étroitement lié à Marc-Antoine Le Grand, acteur et auteur du Théâtre-Français — souvent sifflé par le parterre pour le plaisir d'entendre ses reparties —, Voisenon développe auprès de lui son goût pour la comédie. Le Grand écrit en effet pour la Comédie-Italienne et le théâtre de la Foire, montrant dans ses parodies du théâtre classique une grande « gaieté ». C'est, cependant, sur le ton du théâtre galant, sur le mode de la comédie de salon, que Voisenon, alors âgé de vingt ans, écrit en 1728 *L'Heureuse Ressemblance*, en un acte et en vers, dont l'intrigue, fondée sur le quiproquo et le travestissement — pour obtenir l'aveu qu'il est aimé, un jeune homme échange ses vêtements avec sa sœur jumelle —, reprend une aventure dont il fut témoin. Petite production de circonstance à laquelle applaudit le public des salons.

1. *Précis historique de la vie de M. l'abbé de Voisenon*, par Mme la comtesse de Turpin, en tête des *Œuvres complètes de M. l'abbé de Voisenon*, 1781, t. I, p. VI. Les éléments biographiques développés par la comtesse de Turpin, amie intime de Voisenon dans ses dernières années, doivent être confrontés à *La Vie de l'abbé de Voisenon, rédigée sur des mémoires plus authentiques que ceux sur lesquels a été écrite la notice placée en tête de ses œuvres*, an VIII [1800], mémoires anonymes d'un familier des Voisenon publiés par Ad. Van Bever et Ch. Martyne dans le *Mercure de France* (16 février 1916, p. 648-674 ; et 16 mars 1916, p. 284-310), sous le titre *La Vie authentique de M. l'abbé de Voisenon. Mémoires inédits d'un contemporain.*

2. *La Vie authentique de M. l'abbé de Voisenon*, p. 662.

3. Cité par la comtesse de Turpin dans *Œuvres complètes*, p. VII. Cette première correspondance de Voltaire et Voisenon n'a pas été retrouvée.

4. Le collège de Boncourt, sur la montagne Sainte-Geneviève, à Paris, fondé en 1353, avait été réuni en 1638 au collège de Navarre — avec lequel il communiquait par un pont traversant la rue Clopin — par lettres patentes de Louis XIII.

5. *La Vie authentique de M. l'abbé de Voisenon*, p. 653.

Il est possible qu'une grave rechute de sa maladie ait alors précipité les choses et hâté son entrée au séminaire[1] — au sortir duquel Mgr Henriau, son parent, évêque de Boulogne-sur-Mer depuis 1724, l'ordonne prêtre. L'évêque nomme Voisenon chanoine et doyen de la cathédrale en 1731, grand vicaire en 1733. Il a vingt-cinq ans.

À Boulogne-sur-Mer, Voisenon s'acquitte de sa charge en se ménageant de nombreux séjours à Paris. Il rédige les mandements de son évêque, instructions pastorales, homélies. En peignant la grâce douce et bienveillante, l'Évangile aimable, débarrassé des couleurs de l'enfer, il suscite l'indignation de paroissiens trop zélés, scandalise les membres du chapitre, avec lesquels il entre en conflit. Fêté dans toutes les sociétés de la ville, gourmand, galant, il reçoit souvent Lesage, retiré à Boulogne chez son fils cadet, lui-même secrétaire de Mgr Henriau et chanoine de la cathédrale. Le fils « savait imperturbablement son théâtre de la Foire, et le chantait encore mieux que la Préface[2] ». Lesage offrait à Voisenon l'image de l'écrivain selon son cœur : du Théâtre-Français au théâtre de la Foire, entre pièces et romans, légèreté du style et franche gaieté, causticité d'esprit et imagination romanesque.

En exerçant son ministère, Voisenon n'a pas renoncé au théâtre. S'il bénit le mariage de son frère le 8 juin 1739, le grand vicaire donne anonymement *L'École du monde* à la Comédie-Française le 14 octobre. Comédie en un acte et en vers, la pièce met en scène Julie et Damon qui s'ennuient de la Sagesse et cèdent aux appels de l'Apparence, de l'Inclination, de l'Inégalité, avant de revenir à leurs premières leçons.

Après la mort de Mgr Henriau, en janvier 1738 (Voisenon lui administre les derniers sacrements), une députation du clergé et de la ville de Boulogne-sur-Mer aurait demandé au cardinal de Fleury, alors détenteur de la feuille des bénéfices, d'accorder le siège vacant à l'abbé de Voisenon. Qu'il ait décliné cet honneur[3], que (plus vraisemblablement) le ministre ait eu d'autres vues, c'est en tout cas en qualité de doyen du chapitre que Voisenon reçoit le nouvel évêque de la ville, Augustin César d'Harvilly. Voisenon obtient pour sa part le prieuré de La Bloutière, dans la Manche, et en janvier 1742 l'abbaye du Jard.

Il se démet alors de ses charges et dignités antérieures. L'abbaye du Jard lui offre mille facilités. Mitoyenne du château des Voisenon — elle renferme dans une des chapelles la sépulture familiale —, elle n'oblige pas à résidence. À proximité de Paris, libre d'y séjourner, le nouvel abbé du Jard ne manquera pas d'en profiter. Voisenon est rendu à lui-même.

« S'il était vrai que dans ce siècle l'esprit et la frivolité décident en dernier ressort du rang que doivent occuper les hommes, l'abbé de

1. Selon le témoignage des *Lettres de L. B. Lauraguais à Madame* [la duchesse d'Urssel], Paris, an X [1802].

2. *Voisenon, notice sur Lesage*, dans *Anecdotes littéraires, historiques et critiques sur les auteurs les plus connus* (posthume, *Œuvres complètes*, t. IV , p. 54). La préface est « cette partie de la messe qui précède immédiatement le canon » (*Académie*, 1718).

3. Mme de Turpin rapporte que Voisenon, ayant appris la démarche, « court chez le ministre pour lui demander comme une grâce de rejeter le vœu des Boulonnais : “ Eh ! comment, lui disait-il, veulent-ils que je les conduise, lorsque j'ai tant de peine à me conduire moi-même ? ” » (p. XI.)

Voisenon obtiendrait sans doute une des premières places[1]. » À Paris, l'abbé se multiplie, sans doute ivre de sa propre disposition à faire preuve d'esprit, animer les salons, être l'homme du jour. Dans toutes les sociétés qu'il fréquentera jusqu'à sa mort, à la ville comme à la Cour, au Bout-du-Banc ou chez la marquise de Pompadour, au théâtre et à l'Académie, Voisenon saisit l'occasion. « Dans un siècle où la fureur de l'esprit absorbe tout », où l'on préfère « ce qui est brillant à ce qui est sensé », il s'agit de « livrer un feu d'artifice continuel[2]. » Voisenon sacrifie à la demande. Il rime par-dessus tout : étrennes, épigrammes, chansons, couplets, placets, *À Mme de ***, qui m'apportait une recette pour ma poitrine*, *À Mme de ***, sur un papillon qu'elle avait attrapé*, *À M. de T***, en lui donnant une robe de chambre*, épîtres et bouquets *À Chloris* (Mme de Pompadour), pour mettre au bas de son portrait, pour célébrer l'amitié, pour la remercier d'une coupe de bois qu'elle lui a fait accorder dans son abbaye…

Vers sur la pointe d'une aiguille : on ne saurait mieux désigner la bagatelle. Fugitives, ironiques — comme le seront ses contes, ses pièces, ses discours —, ces productions légères sont écrites sur la pointe en effet. Elle s'offrent comme « le sac de sous qu'on donne dans les paiements[3] » : à côté des chefs-d'œuvre, de l'or sans mélange, le supplément qui sert à faire l'appoint assure le mouvement continu, fait en sorte que le réseau fonctionne, que les œuvres circulent.

Voisenon est familier de la marquise du Châtelet, avec qui il s'entretient de Voltaire. On le rencontre à Étiolles chez Mme de Pompadour, à Sceaux dans les nouvelles fêtes de la duchesse du Maine. Il participe aussi aux soirées du duc d'Orléans (petit-fils du Régent) au Palais-Royal, aux fêtes de Bagnolet qu'organise Charles Collé pour le duc, à Bagatelle chez la marquise de Mauconseil. On l'attend à Champs, au château de Montrouge du duc de La Vallière.

Voisenon, surtout, participe activement aux dîners du Bout-du-Banc organisés chez le comte de Caylus, ou parfois, le jeudi, chez Mlle Quinault, la maîtresse du comte[4]. C'est là que, l'esprit échauffé par l'émulation, les membres de cette société littéraire s'acquittent à tour de rôle d'un conte licencieux ou parodique. *Pot-Pourri, ouvrage nouveau de ces dames et de ces messieurs* (1748) est l'un des recueils collectifs de ces « facéties », dont on ne saurait démêler avec exactitude la part respective de chacun. La comtesse de Turpin le fait pourtant, qui attribue à Voisenon *Quelques aventures des bals des bois* et *Les Fêtes roulantes*[5] — selon l'éditeur des *Œuvres badines complètes* de Caylus (1787), le mérite reviendrait à Caylus. N'im-

1. Grimm, *Correspondance littéraire*, novembre 1775, t. XI, p. 150.

2. Ces expressions sont de Voisenon, dans sa préface aux *Mariages assortis*, dans *Œuvres complètes*, t. II, p. 218.

3. Lettre de Voisenon à Voltaire du 4 décembre 1773 (D. 18661, *Correspondance de Voltaire*, Théodore Besterman éd., t. III, p. 321-323).

4. Voir la notice sur Claude de Crébillon, p. 1062.

5. La comtesse écrit dans l'« Avertissement de l'éditeur » des *Œuvres complètes* (t. III, p. 341) : « Ces facéties n'ont jamais été imprimées. J'ai cru que les *Recueils de ces Messieurs* étant encore fort recherchés, on verrait avec plaisir ces deux pièces qui y manquent, et qui en sont une suite nécessaire. » Les *Quelques aventures des bals des bois* (1745) se rapportent aux fêtes offertes par la Ville de Paris, en février 1745, en l'honneur du mariage du dauphin avec l'infante Marie-Thérèse de Bourbon. Dans *Les Fêtes roulantes* (1747), il s'agit du second mariage du dauphin, avec Marie-Josèphe de Saxe.

porte : Guillaume le cocher, Culbas le colporteur, Pierre Bagnolet, Guillaume l'Engelé, Jérôme Dubois ont un air de famille et se donnent d'une œuvre à l'autre bourrades, pieds de nez, coups de chapeau : sous les traits de ces personnages, les auteurs se mettent en scène les uns les autres, sans jamais céder à la tentation du portrait explicite.

De même que Mlle Quinault donne le sujet du *Préjugé à la mode* à La Chaussée, celui de *L'Enfant prodigue* à Voltaire, elle incite l'abbé à revenir au théâtre, abandonné depuis 1739. Pour la Comédie-Française ou le Théâtre-Italien, elle lui souffle le thème de *La Coquette fixée* (1746), la meilleure de ses pièces : « Le caractère de la Coquette fait honneur à M. de Voisenon, il est approfondi. Cette pièce renferme des traits d'un extrêmement bon comique[1]. » Suivront *Le Réveil de Thalie* (1750), *La Fausse Prévention* (1751), *La Jeune Grecque* (1756), ou *La Coquette incorrigible* (1757).

« Incorrigible » est le mot. Comment Voisenon pourrait-il « se fixer » ? C'est alors qu'il publie ses contes et romans, en volume ou en revue : *Zulmis et Zelmaïde* (1745), *Le Sultan Misapouf, et la Princesse Grisemine* (1746), *Histoire de la Félicité* (1751), *Il eut raison, conte moral* (1755), *Il eut tort, histoire vraisemblable* (1755), *Trop long, conte très court* (1757, repris dans ses *Œuvres complètes* sous le titre *Ni trop ni trop peu, conte moral*), *Tant mieux pour elle* (1760), etc. À quoi s'ajoutent *Les À-propos*, *Histoire de deux frères*, *La Navette d'amour*, *Aphanor et Bellamire*, *Histoire tirée des annales du Pérou*, et tant de contes en vers répandus dans les mémoires secrets, les correspondances littéraires, les journaux historiques. Les chansons et placets ne tarissent pas, et Voisenon y laisse percer sa malice : ici un *Madrigal sur les limbes*, là quelques vers *À Mme la duchesse de Choiseul*, « En lui envoyant des boîtes de bergamote pleines de bonbons, sur lesquels était peint l'amour ».

C'est avec la même inconséquence apparente qu'il fait ses vers et vit ses aventures. Le pas est vite franchi vers le libertinage — de corps ou d'esprit —, quand Voisenon regarde la plupart de ses productions « comme des enfants trouvés qu'on abandonne aussitôt après la naissance, sans s'embarrasser de ce qu'ils deviendront par la suite[2] ». C'est d'ailleurs parce qu'il les abandonne que ses œuvres circulent. « Le peu de consistance qu'on a reproché à son caractère et à ses sentiments ajoute infiniment à l'agrément de son esprit. Alternativement libertin et dévot, mais toujours aimable, il a passé sa vie entre son confesseur, le P. Saint-Jean, jésuite, et Mme Favart, de la Comédie-Italienne, et il a fait avec remords beaucoup d'ouvrages remplis de sottises[3]. »

Voisenon jubile à marquer chez les auteurs auxquels il consacre une anecdote le passage d'un état à un autre, conforme à sa propre désinvolture. Rabelais « fut d'abord cordelier et s'en dégoûta ; de franciscain, il se fit bénédictin. Il quitta l'ordre de Saint-Benoît ». Gresset « commença par être jésuite ; il quitta l'Ordre, et fit son entrée dans le monde ». Brueys, voyant que « le rôle évangélique n'était pas son fort, se fit abbé et composa des comédies ». Fontenelle porta « pendant sept ans l'habit de l'Ordre [de Saint-Bernard] ; son père le fit avocat. Il plaida une cause et la perdit ; il renonça au barreau, comme à Saint-Bernard. Il composa

1. Compte rendu des *Œuvres complètes*, dans *L'Année littéraire*, lettre x, 1782, p. 234.
2. *La Vie authentique de M. l'abbé de Voisenon*, p. 663.
3. Grimm, *Correspondance littéraire*, février 1763, t. V, p. 224.

la tragédie d'*Aspar* ; elle fut sifflée : il renonça au tragique comme au barreau[1] ». Changements d'états, échanges d'attributs : passages à l'écriture.

La vie de Voisenon participe activement à l'espace de jeu qui interdit — par la vitesse, la juxtaposition, l'irrévérence — l'édification bourgeoise du sujet. Chasseur, gourmand, volage, Voisenon décline la proposition de l'évêque de Mirepoix, Jean-François Boyer, qui, maître de la feuille des bénéfices à la mort du cardinal de Fleury (en 1743), lui promet un siège important, pourvu qu'il mène pendant quelque temps une vie exemplaire.

De sorte que parmi de nombreuses « aventures à la traverse », l'abbé ne saurait s'arrêter qu'au foyer du théâtre, là où il rencontre les actrices de la Comédie-Italienne, les chanteuses de l'Opéra : « On sait qu'il est fort attaché à Mlle Le Maure, et que Mlle Le Maure ne le hait pas […][2]. » Entrée en 1719 comme choriste, soliste en 1721, éternelle rivale de Marie Pélissier, Catherine Nicole Le Maure est première actrice à l'Opéra. La « beauté transcendante » de sa voix enchante le Concert-Spirituel[3] et la Chambre du roi. Quittant régulièrement la scène avec fracas — et le jour même de la représentation de *Jephté* de l'abbé Pellegrin, le 28 février 1732, ce qui lui vaut une nuit d'emprisonnement au For-l'Évêque —, elle alimente par ses aventures et ses caprices la chronique scandaleuse. Il fallait cette voix merveilleuse, cette actrice petite, « mal faite », capricieuse, despotique comme une fée échappée d'un conte libertin, pour s'attacher un moment « l'aumônier de Cythère ».

Il restait cependant à l'abbé à trouver une sorte de point d'ancrage dans le tourbillon perpétuel des fêtes et des salons. C'est alors qu'il fait la rencontre de Charles Simon Favart et de son épouse, la célèbre Chantilly. Né en 1710, Favart, fils de pâtissier et pâtissier lui-même[4], est au théâtre de la Foire — avec Lesage, Fuzelier, Panard et Piron — l'un des plus importants auteurs de l'Opéra-Comique. Directeur du théâtre en 1744, il engage comme actrice, danseuse et chanteuse, Marie-Justine-Benoîte Gentilly, surnommée Mlle Chantilly, et l'épouse en 1745. Le rôle de Laurence des *Fêtes publiques* (Favart, Laujon, Parvi) comme celui du petit berger de la pantomime des *Vendanges de Tempé* lui valent un succès considérable. À Bruxelles, où Favart dirige la Comédie de la ville après la fermeture de l'Opéra-Comique, le maréchal de Saxe s'éprend de Mme Favart qu'il veut compter dans son sérail, et qu'il appelle « la fée Jantillesse ».

Au sommet de sa gloire militaire, le maréchal mène toujours grand train. Après avoir menacé Favart d'une lettre de cachet, il installe la Chantilly à Paris dans une petite maison — où elle accouche d'un garçon (fils du maréchal) —, et la fait entrer à la Comédie-Italienne en juillet 1749. Il obtient, pour une nuit, l'enfermement au For-l'Évêque d'Hippolyte de Langellerie, claveciniste accompagnateur et amant de la

1. *Anecdotes littéraires*, dans *Œuvres complètes*, t. IV, respectivement p. 101, 31, 57 et 81.

2. E.-J. Barbier, *Chronique de la Régence et du règne de Louis XV* (ou *Journal de Barbier*), 24 avril 1743, Paris, 1885, t. VIII, p. 268.

3. Le Concert-Spirituel est un concert payant donné aux Tuileries les jours de fermeture de l'Opéra pour raison religieuse.

4. Voir la notice sur Claude de Crébillon, p. 1057-1058.

chanteuse. Enfin « le Mars de la France » meurt le 30 novembre 1750. Entre les bras de la Chantilly, dit la rumeur publique.

Le couple Favart s'est reformé. L'Opéra-Comique a rouvert en 1752. Favart en est à nouveau le directeur (jusqu'à sa fusion avec la Comédie-Italienne en 1762). Il multiplie les succès avec *La Fée Urgèle* (1758), *Soliman II, ou les Trois Sultanes* (1761), *Annette et Lubin* (1762), *L'Anglais à Bordeaux* (1763), *Cythère assiégée* (1765), *Isabelle et Gertrude* (1765), *Les Moissonneurs* (1768)... La carrière de la Chantilly marque l'histoire du théâtre lorsque elle apparaît les bras nus, en sabots, dans *Bastien et Bastienne* (aux Italiens, en 1753), lorsque, poursuivant la vérité du costume, elle adopte un habit oriental dans *Les Trois Sultanes*.

Voisenon s'est lié d'amitié avec les Favart qu'il pouvait rencontrer à la Foire, à la Comédie-Italienne, et plus intimement à Bagatelle chez la marquise de Mauconseil. Leur complicité est bientôt telle qu'on chante dans Paris « Monsieur Favart, sa femme, / Et brochant sur le tout, / Avec eux l'abbé fou[1] ». L'abbé collabore avec le mari, grand fumeur de pipes, qu'il appelle son neveu Brûle-Gueule, son neveu Fumichon. Il entreprend avec l'actrice, sa « petite nièce Pardine », une longue liaison qui durera jusqu'à sa mort. Abbé volage, amant chétif, Voisenon succède dans les bras de Justine à « l'Hercule français », alias le maréchal de Saxe. Le 15 mars 1753, dans l'une de ses *Lettres sur quelques écrits de ce temps*, Fréron exalte les talents de Mme Favart qui « joue avec une finesse et une gaieté inexprimables », qui « danse avec autant de volupté que de force et d'agilité », et « avec quel enjouement et quelle vérité son gosier brillant, léger et badin fredonne les chants bouffons d'Italie[2] ! » L'abbé se laisse séduire par la voix, cède au chant de ses maîtresses. « Quant à l'abbé de Voisenon », écrit à Voltaire, en avril 1756, le duc de La Vallière, « hélas ! dans ce moment-ci c'est une brebis égarée ; l'amour me l'a ravi ; plus épris qu'un jeune écolier, il ne quitte plus l'objet de sa tendresse, et je crains d'autant plus pour sa santé que je ne crois point du tout qu'elle soit d'accord ni avec son ardeur ni avec son bonheur. Deux accès d'asthme ne me l'ont point encore ramené ; il touche au troisième ciel[3]. »

Au théâtre, Voisenon glisse tout naturellement des pièces pour la Comédie-Française à l'exercice de la parodie. Il donne en 1756 *Les Magots*, parodie de *L'Orphelin de la Chine* de Voltaire, en 1757 *La Petite Iphigénie, parodie de la Grande* (*Iphigénie en Tauride* de Guimond de La Touche), une parodie de *Tancrède* en collaboration avec Favart, sous le pseudonyme de Desvalières, pour ne pas froisser Voltaire[4].

L'amitié de Favart et Voisenon n'a pas manqué de susciter le soupçon — régulièrement démenti par l'abbé — que Favart « fait les carcasses des

1. Dans une *Chanson à l'endroit d'une femme auteur, dont la pièce est celle d'un abbé*, Marmontel brocarde ainsi Voisenon et les Favart à propos d'*Annette et Lubin* (chanson reproduite dans les *Mémoires secrets pour servir à l'histoire de la République des Lettres en France depuis 1762 jusqu'à nos jours*, 2 avril 1762, Londres, 1780, t. I, p. 63-64).

2. Élie Fréron, *Lettres sur quelques écrits de ce temps*, lettre XIV, Nancy, 1753, t. VIII, p. 331.

3. Lettre à Voltaire du 22 avril 1756, citée par Longchamp, dans *Mémoires sur Voltaire*, Paris, 1826, t. II, p. 535.

4. Voir Théodore Besterman (*The Complete Works of Voltaire*, D. 14482, Institut et Musée Voltaire, Genève, Les Délices, 1971), qui reproduit une lettre de Favart à Mme Duchêne à ce propos.

pièces, et que l'abbé de Voisenon habille la poupée[1]. » Lorsque *Les Moissonneurs* — parodie de la tragédie *Mahomet second* de J.-B. Sauvé, dit La Noue — est représenté au Théâtre-Italien, Claude Pougin de Saint-Aubin signale que « la pièce a très bien réussi, mais on croit que son aide, l'abbé Voisenon, n'y a pas nui. À chaque ouvrage qui paraît à présent sous le nom de Favart, on demande si c'est du bon Favart ; jusqu'à l'enfant dont sa femme vient d'accoucher (quoiqu'elle ait bien sa quarantaine d'années et par-delà), on demande toujours si c'est du bon Favart[2]. »

Voisenon, de son côté, multiplie les petites productions : comédies mêlées d'ariettes, pastorales, divertissements, ballets, féeries pour la Cour, les Italiens ou les théâtres privés, *L'Amour et Psyché*, *Hylas et Zélis*, *Coulouf*, *Mirzèle*, *Zémis et Zélie*, *Zélénide*, bien d'autres encore, mises en musique par Mondonville ou Bury.

Casanova, lors d'un de ses séjours parisiens[3], fait une suggestion à Voisenon : « C'est de moi qu'il conçut l'idée de faire des oratoires en vers, qui furent alors pour la première fois chantés au Concert-Spirituel aux Tuileries dans les peu de jours de l'année où la religion ordonne qu'on tienne les théâtres fermés[4]. » En mars 1758, Casanova entend ainsi *Les Israélites sur la montagne d'Oreb*[5], mis en musique par Mondonville sur un poème de Voisenon — qui écrira d'autres drames lyriques tirés de l'Écriture sainte : *Le Jeune Macchabée*, *La Chute des anges rebelles*, *Les Fureurs de Saül*, *Samson*…

Voisenon accompagne la duchesse de Choiseul qui part prendre les eaux (de juin à octobre 1761), il fait des gambades aux bains tous les matins, se gonfle de pâtisseries — sa gourmandise est légendaire — qui augmentent le teint jaune que lui valaient déjà ses fréquentes jaunisses, rapporte dans ses lettres ses crises de goutte, d'asthme, d'indigestion.

Après son retour à Paris, toujours soutenu par la maîtresse du roi et le duc de Choiseul, Voisenon est chargé d'écrire des essais historiques que Louis XV souhaite propres à former l'esprit de ses petits-fils. Il est reçu par le roi, bénéficie pour cette charge nouvelle de 6 000 livres de pension sur les Affaires étrangères, au moment où, le 4 décembre 1762, en dépit d'une certaine opposition, il est élu à l'Académie française au fauteuil de Crébillon le père. Succédant au tragique, au sombre Crébillon, l'aimable Misapouf prononce son discours de réception le 22 janvier suivant : « De l'attachement pour mes devoirs, de l'amour

1. *Mémoires secrets*, 15 février 1762, t. I, p. 42. Voir aussi au 30 octobre 1765, t. II, p. 252. Cette opinion est partagée par Voltaire, que Voisenon doit alors corriger. En réalité, c'est surtout pour *La Fée Urgèle*, *L'Amitié à l'épreuve*, *Le Jardinier supposé*, *Les Moissonneurs* que Favart et Voisenon auront collaboré.

2. *Correspondance littéraire de Karlsruhe*, Paris-Genève, Champion-Slatkine, 1995, p. 279.

3. Casanova est à Paris de juillet à octobre 1750, entre 1757 et 1759, puis pour de brefs séjours en 1761, 1763, 1767, 1783.

4. *Histoire de ma vie*, III, x, Robert Laffont, coll. « Bouquins », 1993, t. I, p. 605.

5. Voltaire écrit à Voisenon en mars 1758 au sujet de cette pièce : « […] on ne peut mieux demander à boire ; c'est dommage que Moïse n'ait donné à boire que de l'eau à ces pauvres gens ; mais je me flatte que vous ferez pour Pâques prochain au moins une noce de Cana ; ce miracle est bien au-dessus de l'autre, et rien ne vous manquera plus quand vous aurez apaisé la soif des buveurs de l'Ancien et du Nouveau Testament » (*Correspondance*, Bibl. de la Pléiade, t. V, p. 105).

pour les lettres, du respect pour ceux qui les enrichissent : voilà mes titres[1]. » L'opposition qu'il dresse de la véritable et de la fausse gloire, l'hommage rendu à Crébillon, à Voltaire, comme au roi, lui valent un certain succès. L'Académie le chargera de complimenter le prince de Brunswick en 1766, celui du Danemark en 1768. Il répond à l'évêque de Senlis le 4 mars 1771, en faisant l'éloge des lettres et de l'amitié, en fustigeant la poésie épigrammatique : « La poésie est devenue une coquette ; elle a changé son ingénuité contre des minauderies ; elle n'a plus que de l'esprit, et l'esprit tout seul n'est que la fausse monnaie du talent[2]. » Le même mois, sa réponse au prince de Beauvau divise les hommes en quatre classes : les gens d'esprit, les gens de goût, les envieux et les sots — et fait à travers l'évocation du président Hénault un autoportait idéal…

Voltaire, qui a pris connaissance de son discours de réception, remercie Voisenon de l'hommage public, renouvelle son invitation : « Mon cher confrère, je ne souhaite plus qu'une chose, c'est que vous soyez bien malade, que vous ayez besoin de Tronchin, et que vous veniez nous voir[3]. » Bien malade, il l'est en effet. Les crises d'asthme, les crachements de sang, les débordements de bile sont chroniques. « Il était valétudinaire mais il n'y avait pas plus de fonds à faire sur ses maladies que sur toute autre chose de lui. Il était à la mort aujourd'hui, et demain à l'Opéra. Un jour qu'il se crut fort mal, il se confessa, et le prêtre exigea de lui qu'il jetât au feu tous ses manuscrits. Un de ses amis vint et lui en fit des reproches : " Ne vous fâchez pas, dit-il, Favart en a une copie[4]. " »

Le pressant *in articulo mortis*, son confesseur exige de Voisenon qu'il restitue ses bénéfices perçus pendant toutes les années où il n'a pas lu son bréviaire. Voisenon en appelle au pape, qui accorde l'absolution, fixe à 2 000 écus le montant de la restitution, et l'invite à souscrire désormais à ses obligations : « Allait-on le prendre chez lui pour souper ensemble et coucher à Montrouge, son vieux laquais de comédie ne manquait pas de dire : " Monsieur l'abbé a-t-il mis son bréviaire dans son sac de nuit[5] ? " »

Si l'on s'accorde sur le persiflage de Voisenon, à défaut de s'entendre sur son caractère ou sa réputation, c'est que le reste fait défaut. « Étant malade, son médecin lui ordonna de prendre, dans la matinée, une pinte d'eau légèrement purgative. Il revint le soir, et demanda quel effet avait produit le remède. " Aucun, lui répondit-on. — Avez-vous tout pris ? — Non, seulement la moitié. " Le docteur se fâcha sérieusement. " Eh ! mon ami, ne vous emportez pas, dit l'abbé : comment voulez-vous que j'avale une pinte ? Regardez-moi bien ; je ne tiens qu'une chopine[6]. » L'effacement d'un corps souffrant, dénué d'épaisseur — au point que

1. Ce discours est reproduit dans *Discours prononcés dans l'Académie française le samedi 22 janvier 1763*, Paris, 1763.

2. « Réponse de M. l'abbé de Voisenon au discours de M. l'Évêque de Senlis », *Discours prononcés dans l'Académie française le lundi 4 mars 1771*, Paris, 1771, p. 17.

3. Lettre de Voltaire à Voisenon du 23 février 1763, *Correspondance*, Bibl. de la Pléiade, t. VII, p. 129.

4. La Harpe, *Correspondance littéraire adressée à son A. I. Mgr le Grand-Duc, aujourd'hui empereur de Russie*, lettre XXXVI, Genève, Slatkine, 1968, t. I, p. 294-295.

5. *Lettres de L. B. Lauraguais*, p. 120.

6. Dugast de Bois-Saint-Just, *Paris, Versailles et les provinces au XVIIIe siècle*, Paris, édition de 1818, t. II, p. 280.

Mme de Vernage en plaisante l'abbé, et « veut engager le coureur du maréchal [de Richelieu] à le porter à Paris, attendu qu'il n'a ni corps ni âme, qu'il ne pèse rien[1] » — permet à l'esprit de tirer tout le bénéfice.

Après la chute du duc de Choiseul, Voisenon, rayé par le roi de la liste des bénéfices, trouve dans le duc d'Aiguillon un nouveau protecteur qui le fait, en 1771, ministre (ambassadeur) à Paris du prince-évêque de Spire. « Je vous félicite, mon cher confrère, lui dit Duclos le secrétaire de l'Académie française, vous allez donc enfin avoir un caractère[2]. » Un mot malheureux lâché en novembre de la même année, lors d'une fête donnée par la comtesse de Valentinois, laisse croire que Voisenon se retourne contre Choiseul dans sa disgrâce, et le fait accuser d'ingratitude. Le prince de Conti et le prince de Condé lui tournent le dos ; le public est « indigné ». Voisenon s'en défend, se plaint à ses confrères qu'on lui prête bien des travers. « Tant pis, monsieur l'abbé, lui aurait répondu M. de Saint-Lambert, on ne prête qu'aux riches[3]. » L'épigramme est amère pour celui qui a toujours fait preuve de fidélité en amitié.

Puis c'est la Chantilly qui meurt le 21 avril 1772. Les dernières années de Voisenon sont assombries par le deuil de sa chère amie. « Vous êtes Jean qui rit, et je suis Jean qui pleure », écrit-il à Voltaire. Il ne reçoit de consolation que d'une liaison nouvelle avec la comtesse de Turpin. Fille du maréchal de Lowendal, épouse du comte Lancelot Turpin de Crissé, Constance de Turpin tient elle-même un salon, la petite Académie de la Société de la Table ronde où Voisenon, Boufflers, Favart, le jeune poète Guillard se retrouvent, et écrivent ensemble *La Journée de l'Amour ou les Heures de Cythère* (1776).

Mais l'abbé, de plus en plus souffrant, se retire en septembre 1775 au château de Voisenon où on l'a vu si souvent chasser lapins et perdrix. Entouré de son frère et de son neveu, capitaine de cavalerie, possédé par la peur du diable, fustigeant la bonne santé de ses proches gagnée aux dépens de l'esprit, Voisenon éprouve de grandes douleurs pendant ses dernières semaines. Il reçoit le cardinal de Luynes, livre une ultime épigramme, et meurt le 22 novembre 1775.

On ne peut que regretter que Voisenon n'ait pas consacré une anecdote à sa belle-sœur, la comtesse de Voisenon, Bombarde de Beaulieu, si extravagante, à la fois galante et dévote, tantôt soignée pour la vérole et entichée de médecine, inconstante dans ses études comme dans ses attachements. « L'être le plus indéfinissable qu'il soit possible de rencontrer », écrit Pidansat de Mairobert[4]. Rivalisant de sarcasmes et d'épigrammes avec l'abbé, mystifiée par lui, qu'elle aurait voulu voir mourir à telle ou telle de ses rechutes : « Ma foi, l'abbé, j'ai cru que vous alliez tortiller de l'œil, et j'étais bien aise de voir comment vous vous y prendriez. — J'en suis fâché pour vous, madame, mais je crois pouvoir vous assurer que c'est partie remise[5]. »

1. Charles Collé, *Journal et Mémoires sur les hommes de lettres, les ouvrages dramatiques et les événements les plus mémorables du siècle de Louis XV*, avril et mai 1772, Paris, édition de 1868, t. III, p. 350.
2. *Mémoires secrets*, 1er août 1771, Londres, p. 290.
3. Grimm, *Correspondance littéraire*, novembre 1775, t XI, p. 151.
4. *L'Observateur anglais*, lettre XXIII, p. 345.
5. *Ibid.*

Parmi les multiples épitaphes consacrées à l'abbé de Voisenon, Voltaire compose, à la demande de la comtesse de Turpin, les vers suivants :

Ici gît ou plutôt frétille
Voisenon, frère de Chaulieu.
À sa muse vive et gentille
Je ne prétends point dire adieu ;
Car je m'en vais au même lieu
Comme cadet de la famille[1].

« *Frétiller* : Pour remuer, donner du plaisir à une femme, la chatouiller, la faire pâmer d'aise dans l'action vénérienne », dit le *Dictionnaire comique, satyrique, critique, burlesque, libre et proverbial*[2] de P. J. Le Roux. Après la mort, le frétillement se poursuit. *Les Exercices de dévotion de M. Henri Roch avec Mme la duchesse de Condor*[3] sont attribués à « feu l'abbé de Voisenon, de joyeuse mémoire et de son vivant membre de l'Académie ». La préface de Meusnier de Querlon rappelle la mémoire du défunt : « Nous le trouvâmes un jour sur le chemin de Saint-Germain : " Je descends, nous dit-il, de Luciennes [où s'est retirée la comtesse du Barry] ; je viens de lire *Sultan Misapouf* à la belle comtesse, pendant qu'elle était dans son bain[4]. » M. Roch soigne les vapeurs de la duchesse de Condor, qui se laisse tomber sur une ottomane « et sans perdre de temps commence à dire *pour l'amour*, et M. Henri Roch de son côté à reprendre *de Dieu.* Quiconque eût écouté, eût pendant une demi-heure entendu ce pieux concert : *pour l'amour — de Dieu — pour l'amour — de Dieu — pour l'amour, pour l'amour, pour l'amour — de Dieu, de Dieu, de Dieu*[5]. »

Le 16 octobre 1777 on joue pour la première fois chez Nicolet *L'Amour quêteur* de l'abbé Robinet, « ingénieuse et piquante bagatelle, écrit *L'Observateur anglais*, digne d'un autre lieu et qu'on croirait de l'abbé de Voisenon, s'il ne fût mort longtemps avant[6]. » On ne prête qu'aux riches. De joyeuse mémoire, Voisenon continue.

PATRICK WALD LASOWSKI.

BIBLIOGRAPHIE

ŒUVRES DE VOISENON

Nous ne mentionnons pas ici la totalité des contes et romans (rassemblés dans les diverses éditions de ses œuvres complètes), ou des pièces et poèmes de Voisenon, et ne citons pas les œuvres collectives du

1. Grimm, *Correspondance littéraire*, novembre 1775, t. XI, p. 150.
2. Amsterdam, 1750.
3. S.l.n.d. [Paris, vers 1780], puis Vaucluse, 1786.
4. Dans l'édition du Vaucluse, p. VIII.
5. *Ibid.*, p. 31.
6. *L'Observateur anglais*, lettre I, p. 8.

Bout-du-Banc auxquelles Voisenon a collaboré — elles sont évoquées dans la notice sur l'auteur (voir aussi la note 2, p. 631).

« Œuvres romanesques ».

Zulmis et Zelmaïde, conte, Amsterdam [Paris], 1745.
Le Sultan Misapouf, et la Princesse Grisemine, Londres [Paris], 1746.
Histoire de la félicité, conte moral, Amsterdam [Paris], 1751.
Tant mieux pour elle, conte plaisant, il y a un commencement à tout, s.l.n.d. [1760]. Nouvelles éditions : À Ville-Neuve, Imprimerie de l'Hymen, cette année [1760] ; Liège, 1760.
Romans et contes de M. de ***, À Londres [Paris et Amsterdam pour les trois derniers contes], 1767.
Romans et contes de M. de Voisenon, Londres [Paris], 1775. Nouvelle édition : 1777.
Les Exercices de dévotion de M. Henri Roch avec Mme la duchesse de Condor, [attribué à Voisenon], s.l.n.d., [Paris, vers 1780]. Nouvelle édition : Vaucluse, 1786.
Œuvres complètes de M. l'abbé de Voisenon, publiées par la comtesse de Turpin de Crissé, 5 tomes, Paris, Moutard, 1781. Le tome IV contient les *Anecdotes littéraires, historiques et critiques sur les auteurs les plus connus* et le tome V les *Romans et contes attribués à M. l'abbé de Voisenon*, avec l'indication : Amsterdam, 1781.
Romans et contes de M. l'abbé de Voisenon, nouvelle édition, considérablement augmentée et seule conforme à l'édition in-8 des *Œuvres* de l'auteur, publiée d'après ses manuscrits, Paris, Bleuet Jeune, an VI [1798], bibliothèque de l'Arsenal, cote 16°K 2660. Avec des figures de Queverdo et un portrait par Vigée gravé par Delaunay.
Contes de l'abbé de Voisenon et poésies fugitives du même auteur, précédés d'une notice de J. Renneval, Paris, Garnier-Frères, s.d.
Contes de l'abbé de Voisenon, notice bio-bibliographique d'Octave Uzanne, Paris, A. Quantin, coll. « Petits conteurs du XVIIIe siècle », 1878. Cette édition ne comprend pas *Le Sultan Misapouf*.
Contes de Voisenon. Tant mieux pour elle, Le Sultan Misapouf, La Navette d'amour, notice d'A. Bonneau, Paris, I. Lisieux, 1879.
Contes légers, [suivis des] *Anecdotes littéraires*, Paris, Dentu, 1885.

Œuvres dramatiques.

L'École du monde, dialogue en un acte, en vers, précédé du Prologue de *L'Ombre de Molière* [de Brécourt], créé à la Comédie-Française, le 14 octobre 1739. Amsterdam, 1739.
Le Retour de l'ombre de Molière, comédie en un acte, en vers libres, créée à la Comédie-Française, le 21 novembre 1739. Paris, Chaubert, 1740.
Les Mariages assortis, comédie en trois actes, en vers, créée au Théâtre-Italien, le 10 février 1744. Paris, David le Jeune et de Lormel [*sic*], 1744.
La Coquette fixée, comédie en trois actes, en vers, créée au Théâtre-Italien, le 10 mars 1746. Paris, J. Clousier, 1746.
Le Réveil de Thalie, comédie en un acte, en vers, créée au Théâtre-Italien, le 19 juin 1750. Paris, Veuve Delormel et Fils, 1750.

La Jeune Grecque, comédie en trois actes, en vers libres, créée au Théâtre-Italien, le 16 décembre 1756. Paris, Duchesne, 1762.
Fleur d'Épine, comédie en deux actes, en prose, créée au Théâtre-Italien, le 22 août 1776. Paris, Veuve Duchesne, 1776.

Poèmes bibliques.

Les Israélites à [*sic*] *la montagne d'Oreb, poème*, Paris, Les Frères Estienne, 1758.
Les Fureurs de Saül, poème sacré, Paris, Veuve Delormel et Fils, 1759.

Éditions anciennes du « Sultan Misapouf ».

Toutes les éditions des œuvres complètes de Voisenon mentionnées parmi ses « Œuvres romanesques » comprennent *Le Sultan Misapouf* (mis à part l'édition de 1878). Au XVIIIe siècle, seules l'édition originale et ses réimpressions sont parues séparément :

Le Sultan Misapouf, et la Princesse Grisemine, Londres [Paris], 1746, BNF, cote Y2 70785 6, et bibliothèque de l'Arsenal, cote A 8°BL 19187. C'est l'édition retenue pour ce volume. Nouvelles éditions : 1748, 1760 (sans le « Discours préliminaire »), 1767.
Le Sultan Misapouf et la princesse Grisemine ou les Métamorphoses, Paris, M. Glomeau, 1927. Avec des illustrations en couleurs de P. Rousseau.

Éditions récentes du « Sultan Misapouf ».

Les Dévotions de M. Henri Roch. Le Sultan Misapouf. Tant mieux pour elle, Paris, Éd. L. D., 1967.
Le Sultan Misapouf et la Princesse Grisemine ou les Métamorphoses, précédé de *Thémidore ou mon histoire et celle de ma maîtresse* [de Godard d'Aucour], Paris, C. Bertrand, 1969.
Le Sultan Misapouf et la Princesse Grisemine ou les Métamorphoses, dans *Contes parodiques et licencieux du XVIIIe siècle*, textes réunis et présentés par R. Robert, Presses universitaires de Nancy, 1987.
Le Sultan Misapouf et la Princesse Grisemine ou les Métamorphoses, dans *Romans libertins du XVIIIe siècle*, textes établis et présentés par R. Trousson, Robert Laffont, coll. « Bouquins », 1993.

ÉTUDES SUR VOISENON

BONHOMME (H.), « L'Abbé de Voisenon, d'après des documents nouveaux », *Revue britannique*, 6, 1879.
BONNEAU (A.), « Les Contes de Voisenon », *Curiosa, essais critiques de littérature ancienne, ignorée ou mal connue*, Paris, I. Lisieux, 1887.
COMOY (J.), U*n abbé de cour sous Louis XV. M. de Voisenon. 1708-1775*, Paris, La Science historique, 1959.
DESNOIRESTERRES (G.), « Les Originaux. Voisenon », *La Revue française*, II, 1855.
—, « Favart et Voisenon », *Épicuriens et lettrés*, Paris, G. Charpentier, 1879.

HELLEGOUARDC'H (J.), préface à *Nouvelles françaises du XVIIIe siècle*, Le Livre de poche, coll. « Bibliothèque classique », 1994.
HENRIOT (É.), « Voisenon », *Les Livres du Second Rayon Irréguliers et libertins*, Paris, Le Livre, 1926.
HOUSSAYE (A.), « Voisenon », *Galerie du XVIIIe siècle*, vol. III, Paris, L. Hachette, 1858.
ROBERT (R.), *Le Conte de fées littéraire en France de la fin du XVIIe siècle à la fin du XVIIIe siècle*, Presses universitaires de Nancy, 1981.
TAPHANEL (A.), « Voisenon à Cauterets », *Mémoires de la Société de Seine-et-Oise*, XI, 1878.
VAN BEVER (A.), introduction aux contes de Voisenon (*Tant mieux pour elle*, *La Navette d'amour*) dans son anthologie des *Contes et Facéties galantes du XVIIIe siècle*, Paris, L. Michaud, 1910.
WALD LASOWSKI (P.), « Deux ou trois papillons » [Voisenon, Boufflers, Dorat, Cubières], *L'Ardeur et la Galanterie*, Gallimard, 1986.
—, « Fusée, fumées, bombardes », *La Métis*, 5, hiver 1991.

LE SULTAN MISAPOUF

NOTICE

Le conte est à la mode. À la fin du XVIIe siècle, Mme d'Aulnoy, Perrault, Mlle de La Force ou Mme de Murat ont multiplié *Les Contes de fées* (1697), les *Histoires ou Contes du temps passé avec des moralités* (1697), *Les Fées, contes des contes* (1692), *Les Nouveaux Contes de fées* (1698)... Récits folkloriques, contes galants, histoires sublimes : ce ne sont que chevaliers errants, princes et princesses merveilleux, parfaites amours parfaitement contrariées, fées de tous les ordres, génies furieux ou familiers, forêts ténébreuses et fontaines magiques, oracles, énigmes, dons : mille métamorphoses à travers lesquelles jeunes gens et jeunes filles sont initiés au monde, à l'amour.

Le public est enchanté, réclame ces recueils où se lit secrètement l'angoisse du désir dans le ballet des figurations — subtiles ou grossières — de l'un et l'autre sexe que commande la baguette des fées. Et cette vogue rencontre bientôt le succès que connaît la publication des *Mille et Une Nuits*[1].

Le premier volume de la traduction de Galland paraît en 1704, s'ouvrant sur l'infidélité de la reine de la Grande-Tartarie que le roi Schahzenan fait décapiter, sur celle de la sultane des Indes que Schahriar, à son tour, fait étrangler. Celui-ci est résolu à épouser chaque nuit une femme exécutée le lendemain — avant qu'il rencontre Schéhérazade, « inépuisable dans [ses] petits contes » : la fille du grand vizir a si bien

1. Voir sur cette question Marie-Louise Dufrenoy, *L'Orient romanesque en France. 1704-1789*, Montréal, Éditions Beauchemin, 1946.

piqué la curiosité du sultan que son exécution est sans cesse reportée. De 1710 à 1712, Pétis de La Croix donne, en collaboration avec Lesage, sa version des *Mille et Un Jours, contes persans.* L'abbé Bignon publie *Les Aventures d'Abdalla, fils d'Hanif* (1712-1714) ; Gueulette *Les Mille et Un Quarts d'heures, contes tartares* (1715), *Les Mille et Une Soirées, contes mogols* (1732), *Les Mille et Une Heures, contes péruviens* (1733) ; Moncrif *Les Mille et Une Faveurs ou Aventures de Zéloïde et d'Amanzarifdine, contes indiens* (1716), etc. Le goût pour le conte se renouvelle grâce à ces mille et une histoires orientales qui peuplent l'imaginaire du siècle et diffusent dans Paris les charmes voluptueux de l'exotisme.

On ne compte plus les contes chinois, japonais, siamois, conchinchinois, indiens, qui mettent en scène le sultan et sa favorite se racontant l'un à l'autre, pour se distraire, les aventures de la capitale, les échos du sérail. Les enchantements monstrueux, les sectes fanatiques, le sabre, le cordon, les eunuques effroyables, les mokas délicieux, les jardins suspendus, les yeux de gazelle des odalisques par-dessus le voile.

La peinture, les arts décoratifs, la toilette comme le monde du théâtre, se sont depuis longtemps appropriés le motif. Mascarades, turqueries sur le mode raffiné ou grotesque, trivial ou vaporeux : la féerie est toute à l'Orient, dans un rapport constant à l'actualité.

La fondation de la Compagnie de la Chine (1660), la création de la Compagnie des Indes orientales (1665), l'ambassadeur de la Porte reçu par Louis XIV en 1669, celui du Siam en 1684 et 1686, les délégations françaises envoyées en retour auprès du roi de Siam (dont le *Voyage de Siam des Pères jésuites envoyés par le Roi aux Indes et à la Chine* de G. Tachard, 1686, rapporte le récit), les ouvrages historiques (l'*Histoire des États du Grand Mogol* de F. Bernier, 1670-1671, ou l'*Histoire de la Révolution de Siam arrivée en l'année 1688* de Vollant des Verquains, 1691), les multiples relations de voyage — de Tavernier, de Chardin, de Lucas… — assurent une présence, une culture, une connaissance de l'Orient que confirme l'importance de la *Bibliothèque orientale, ou Dictionnaire universel contenant généralement tout ce qui regarde la connaissance des peuples de l'Orient* de d'Herbelot (1697). Or, cet Orient est emporté par l'imaginaire et toujours débordé par la fiction.

Quand Méhémet-Effendi, l'ambassadeur du Grand-Seigneur, est à Paris en 1721, Marais note aussitôt « une histoire d'une galanterie qu'il a eue en chemin, qu'il a partagée avec son fils, son interprète et son maître d'hôtel, et où on a nombré follement jusqu'à quatre-vingt-sept retours de leur passion amoureuse en quatre jours[1] ». En 1742, Saïd-Effendi, « ambassadeur extraordinaire de Turquie, pacha à trois queues, fils de l'ambassadeur, qui est venu en France il y a vingt et un ans », fait à son tour l'objet des mêmes attentions de la part du public. Et Barbier retranscrit dans son *Journal* les chansons que l'on fredonne sur l'air *De la Béquille du père Barnabas*, ou de *Réveillez-vous, belle endormie* :

À mon mari je suis fidèle
Mais je tremble pour mon honneur !
J'ai jour et nuit dans la cervelle
Les trois queues de l'ambassadeur[2] *!*

1. Mathieu Marais, *Journal et Mémoires*, Paris, 1864, t. II, p. 102.
2. *Journal de Barbier*, janvier 1742, Paris, 1857, t. III, p. 333.

D'une ambassade à l'autre, du père au fils, l'affabulation se perpétue, couronnée par et les *Mémoires turcs, avec l'Histoire galante de leur séjour en France* de Claude Godard d'Aucour (1743). Le siècle ne se lasse pas.

Les prouesses sexuelles du sérail relaient les petits-maîtres épuisés. L'Orient favorise l'exercice de la raison critique en mettant à nu les lois, les mœurs, les coutumes du royaume. Politique et philosophies mêlées, la dénonciation des pouvoirs s'effectue à travers l'œil étonné du Persan. *L'Espion turc*, les *Lettres persanes* engendrent des *Lettres turques, juives, arabes, iroquoises, sauvages.* Et tandis que la promenade du voyageur oriental exhibe nos misères, simultanément, chez nos pamphlétaires, romanciers et satiriques, le roi de France est un nouveau sultan, un autre satrape : dans les *Mémoires secrets pour servir à l'Histoire de Perse* (1745), Louis XIV est Cha-Abas I, le Régent Ali-Homajou, Louis XV se nomme Cha-Sephi I. Dans *Les Amours de Zeokinizul, roi des Kofirans, ouvrage traduit de l'arabe du voyageur Krinelbol* attribué à Crébillon (1746), Louis XV est ce Zeokinizul. Il sera Mangogul dans *Les Bijoux indiscrets* de Diderot en 1748.

C'est dans ce contexte, dans lequel se mêlent le conte folklorique et le conte oriental d'une part, l'exaltation romanesque et la critique philosophique d'autre part, que la parodie trouve à s'affirmer[1]. Hamilton en donne l'exemple avec *Le Bélier* et l'*Histoire de Fleur d'Épine* qui, écrits au début du siècle, paraissent en 1730[2]. Quatre ans plus tard, *Tanzaï et Néadarné* de Crébillon lance véritablement la mode. Désormais, les contes parodiques rivalisent de malice et d'ingéniosité. De sorte qu'en 1742 — l'exemple est entre mille — Cazotte pourra faire paraître son *Nouveau canapé*, ses *Mille et Une Fadaises, contes à dormir debout* (« À Baillons, Chez l'Endormy, À l'image du Ronfleur ») : à l'inverse de l'argument oriental, c'est un abbé qui doit faire des contes pour guérir une femme insomniaque. Pour mieux l'endormir.

Ce ne sont en effet que *fadaises, sornettes, sottises* : « Mon dessein a été de faire une sottise », écrit Duclos dans l'« Épître au public » d'*Acajou et Zirphile* (1744). En en reprenant précisément la structure, en utilisant chacun des éléments qui le constituent, la parodie voue le conte à la malice de l'esprit. Au cœur du dispositif, la grimace vise à l'exténuation du genre, ainsi tourné en dérision, poussé — pour ainsi dire — jusqu'à ses ultimes inconséquences.

Accélérer la décomposition, aller de mal en pis, voilà ce que se disent l'un à l'autre, l'un après l'autre, comme un refrain, nos auteurs parodiques : « Qui croirait, écrit Antoine Bret dans une « Façon de préface », après une condamnation si précise de notre mauvais goût pour les contes, que j'eusse jamais pensé à en bâtir un sans doute plus mauvais encore que ceux que je prescrivais[3] ? »

1. Sur l'apparition du conte parodique, ses formes, son développement, voir R. Robert, *Le Conte de fées littéraire en France de la fin du XVIIe siècle à la fin du XVIIIe siècle*, Presses universitaires de Nancy, 1981. Voir également J. Barchilon, *Le Conte merveilleux français de 1690 à 1790*, Champion, 1975 ; et F. Couderc, « Le Conte merveilleux : une clef du libertinage au XVIIIe siècle », *Littérature*, 22, 1990.

2. Voisenon prend le relais, lorsqu'il écrit *Fleur d'Épine* (1776).

3. *Le ***** [Bidet], histoire bavarde*, Londres, 1749, repris dans *Contes parodiques et licencieux du XVIIIe siècle*, réunis et présentés par R. Robert, Presses universitaires de Nancy, 1987, p. 154.

Quelques années plus tôt, en 1746, dans son « Discours préliminaire », Voisenon lui-même confie que, s'il se livre à ces contes peu modestes, c'est moins pour se conformer à la mode que pour « ruiner, s'il est possible, ceux qui voudront écrire après [lui] sur un pareil ton[1] ».

1746 est la bonne année. Au moment où Prévost entreprend l'immense *Histoire générale des voyages*, paraissent en 1746 les *Anecdotes secrètes pour servir à l'histoire galante de la Cour de Pékin* et *Les Manteaux* de Caylus, *Bi-Bi* de Chevrier (« Conte traduit du chinois par un Français, Première et peut-être dernière édition, Mazuli, Chez Khi-lo-Khula, L'an de Sal-Chodaï 623. Et de l'âge du traducteur 24[2] »), *Brochure nouvelle* de Gautier de Montdorge, *Angola, histoire indienne* de La Morlière, *La Gaudriole* de Godard d'Aucour, ou encore *Le Prince Francmaçon et la Princesse Zelbine, conte des fées où l'on voit l'origine et les progrès de la maçonnerie* (anonyme). Gloire au sultan, hommage à la princesse : Voisenon à son tour s'inscrit dans la série avec *Le Sultan Misapouf, et la Princesse Grisemine.*

L'un des paradoxes du *Sultan Misapouf* est qu'il est signé de son auteur (jusque dans la dissémination dans le texte de chacun des éléments qui composent son nom : Claude-Henri de Fusée de Voisenon), et qu'il se donne cependant pour un « ouvrage de société ». Il faut en effet croire Voisenon quand il décrit dans son « Discours préliminaire » les circonstances « mondaines » qui constituent les conditions de rédaction du *Sultan Misapouf.* Un jeu, une gageure, qui invoque les écrits collectifs de la société du Bout-du-Banc[3] : il s'agit, à la demande d'une dame, d'enlever rapidement un conte de fées, piquant, d'un tour neuf. *Tant mieux pour elle* (qui paraîtra en 1760) se présente ainsi, selon le témoignage de Favart, comme « un petit roman de féerie, imprimé furtivement et débité sous le manteau. L'auteur, homme respectable par ses mœurs autant que par son état, fut obligé de faire cette débauche d'esprit dans sa jeunesse, par complaisance pour une dame de la première condition, qui avait exigé de lui un ouvrage dans le goût de *Mizapouf* [*sic*], du *Sopha*, des *Bijoux indiscrets*, etc.[4] ». Les ouvrages libertins se recommandent l'un de l'autre, dans l'enchaînement continu des « débauches d'esprit ».

La présence de la commanditaire — Mlle Quinault, la marquise de Mauconseil, la duchesse du Maine, ou la marquise de Pompadour ? — parodie la dédicace solennelle des œuvres du Grand Siècle, déresponsabilise Voisenon, érotise la lecture. Dans le jeu du privé et du public, dans le glissement du langage de l'honnêteté à l'obscénité des tableaux, la malice consiste à compromettre, à entraîner toujours plus loin, à consommer la perte de l'innocence du lecteur. Relevant un nouveau défi (toujours reconduit, comme le désir lui-même renaît après la possession), l'auteur parodique rivalise de virtuosité dans la surenchère de

1. Voir p. 633.
2. 1746 est, pour la publication de *Bi-Bi*, une date incertaine.
3. *Voir la notice sur* Voisenon, p. 119.
4. Favart, ami fidèle, poursuit, en essayant de minorer la responsabilité de Voisenon : « Il ne s'attendait pas que cette plaisanterie vît jamais le jour ; elle paraît, j'en suis la cause innocente ; j'étais possesseur de son manuscrit. Un coquin de libraire me le vola il y a six ans [...]. Il vient de le faire publier à Liège » (lettre à M. le comte de Durazzo du 17 septembre 1760, dans *Mémoires et Correspondance littéraires, dramatiques et anecdotiques*, Paris, 1808, t. II, p. 95).

chacun de ses effets. Mais tel est son talent : l'extrême maîtrise des procédés, les innombrables références qui habitent le texte, la critique que fait Voisenon des faiblesses de son imagination ou de l'inégalité de son récit, augmentent l'attachement au héros, et le plaisir de la surprise. L'extrême lucidité de celui qui entend finesse — l'auteur libertin à qui on ne la fait pas — n'empêche rien : l'intelligence du secret sexuel exposé au grand jour recrée de l'inconscient.

Il y a de bonnes chances que Voisenon ait lu *Zest, Pouf, historiette du temps* (anonyme, 1711), qui met en scène un jeune époux ne répondant à sa femme, le soir de ses noces, que par « Zest » ou « Pouf » pendant deux heures (il en a fait auparavant le pari). « Pouf » évoque à l'oreille enfantillage et bonhommie, ainsi que la chute du héros dans le vide : « *Pouf* : terme indéclinable et populaire, qui sert à exprimer quelque grand bruit, quelque chute. On entendait siffler les mousquetades qui faisaient *pouf, pouf*. Son cheval s'étant cabré, *pouf*, voilà mon vilain par terre. On dit aussi d'un fanfaron qui est bien vêtu, qu'il fait *pouf*, pour dire qu'il fait bien du bruit, qu'il tire vanité de son habit », nous apprend le *Dictionnaire universel contenant généralement tous les mots français* d'Antoine Furetière (1701). « Misapouf » dit ce mélange de bruit et de chute que peut accompagner un éclat de rire, ce fou rire étouffé qui court d'un bout à l'autre du récit.

Les rapports — amitié, rivalité, sociabilité — entre Caylus et Voisenon sont ici déterminants. C'est que le comte de Caylus a lui-même donné deux volumes de *Féeries nouvelles* en 1741, y livrant les aventures de ses princes et princesses : Courtebotte et Zibeline, Muguet et Zaza, Tourlou et Rirette, etc. À quoi s'ajoutent notamment les *Contes orientaux* (1743) et les productions du Bout-du-Banc : *Les Écosseuses, ou les Œufs de Pâques* (1739), *Les Étrennes de la Saint-Jean* (1742), *Les Manteaux* (1746).

Que l'on compare simplement les premières lignes du *Sultan Misapouf* et du conte intitulé *Le Manteau de lit*. On s'aperçoit que le rythme des récits est similaire :

Le Manteau de lit : « " Mon père, dit un jour Zizaldi au roi Claude-le-Petit, je m'ennuie d'être au collège, et je veux me marier. "

« À ces mots, le monarque tomba dans la rêverie, mit la main sur son front, leva les yeux sur son fils en soupirant, et s'écria avec un air de dépit : " Je ne crois pas qu'on me rattrape à être manteau de lit, j'aimerais mieux être le temple de la gloire. Aussi de quoi m'avisai-je de devenir amoureux ? Étant amoureux, de quoi m'avisai-je de me marier ? M'étant marié, de quoi m'avisai-je d'être jaloux ? Et devenu jaloux, de quoi m'avisai-je de vouloir être manteau de lit[1] ? " »

Le Sultan Misapouf : « " Ah ! dit un jour en soupant le sultan Misapouf, je suis las de dépendre d'un cuisinier, tous ces ragoûts-là sont manqués, je faisais bien meilleure chère quand j'étais renard.

— Quoi, seigneur, vous avez été renard ! s'écria en tremblant la sultane Grisemine.

— Oui, madame, répondit le sultan.

— Hélas ! dit Grisemine en laissant échapper quelques larmes, ne serait-ce point Votre auguste Majesté qui pendant que j'étais lapine aurait mangé six lapereaux, mes enfants ?

1. *Féeries nouvelles*, dans *Œuvres badines complètes* du comte de Caylus, Amsterdam, 1787, t. VI, p. 417.

— Comment, dit le sultan effrayé et surpris, vous avez été lapine[1] ! " »

Transformé par la fée Manto en manteau des Indes « bien garni d'édredon », le roi Claude-le-Petit subit bien des épreuves. Chiffonné de toutes les manières, il sert à couvrir les reins de Balandrin, l'amant de sa femme, quand les amants se retrouvent : « Qu'on imagine, s'il est possible, l'humiliation de mon emploi » (p. 422). De la même manière, chez Voisenon, les catastrophes s'accumulent, la fée Ténébreuse condamne Misapouf à être métamorphosé en baignoire — pour lui imposer la vue de son « gros derrière noir et huileux[2] » ; en lièvre — « l'animal du monde le plus poltron[3] » ; en lévrier et en renard — pour étrangler amis, parents et maîtresses, et accomplir l'oracle.

Ici et là, le lecteur retrouve Voisenon. C'est l'auteur lui-même qui, pour le plaisir du lecteur, fait son Misapouf, son Claude-le-Petit. Avec cette disposition, cette malice toute particulière que montre chacun de ses héros à s'« humilier », pour mieux rire et se moquer des puissances et des autorités. Au géant Zinpuziquequoazisi, le sultan se présente : « " [...] Je m'appelle Misapouf tout court. / — Vous en avez bien l'air ", me dit le géant[4]. »

Si le conte est à l'évidence une satire politique et religieuse, il ruine plus profondément tout ce qui constitue le principe d'identité. Les métamorphoses de Misapouf (de Grisemine, de Cerasin) donnent le vertige ; les généalogies sont frappées de soupçon ; le récit (on sait combien l'ordre du récit est essentiellement identitaire) se dérobe. Précipitations du rythme, déliaison, désinvolture, indifférence vraie et feinte : pour mieux comprendre le défi du conte parodique, il faut le comparer aux bouts-rimés qu'on propose dans les salons — les rimes sont imposées, il s'agit de « remplir ». Tel est le rôle de l'oracle qui fait de Misapouf un nouvel Œdipe. D'emblée, comme au hasard d'un coup de dés, sont fixées les contraintes du conteur : « le sultan ayant annoncé au commencement de son histoire qu'il a été lièvre, lévrier et renard, il a bien fallu lui faire tenir sa parole[5] », plaide celui-ci dans son « Discours préliminaire ».

L'écriture ouvre sur le vide. Course folle. D'une métamorphose à l'autre, d'un état à l'autre, *Le Sultan Misapouf* lève le lièvre qui gît dans la langue : de *lièvre* à *lévrier*, c'est l'anagramme qui commande ; entre *lièvre*, *lévrier* et *renard*, c'est le renversement permanent, la réversibilité des mérites qualités : chassé, chasseur, naïf et malicieux, innocent et coupable. Et ces animaux créés pour la course sont toujours plus rapides l'un que l'autre : « Je redoublai de vitesse », « je donnai plusieurs crochets aux chiens, je fis des détours[6] », se souvient l'animal fugitif. Comme Voisenon lui-même en écrivant ses contes, il pratique le « zigzag ». À la condition de prendre en compte toute la charge érotique du *z*, et du zigue/zague dans la littérature du temps[7].

1. *Voir p. 633.*
2. Voir p. 636.
3. Voir p. 653.
4. Voir p. 640.
5. Voir p. 632.
6. Voir p. 654.
7. Sur l'importance du *z* dans l'œuvre de Voisenon, voir n. 15, p. 640.

« […] tous ces ragoûts-là sont manqués[1] », soupire Misapouf aux premières lignes du conte. Mais qu'est-ce qu'un ragoût ? de quelle sorte de cuisine s'impatiente le sultan ? « Ragoût », écrit Furetière, est « sauce, assaisonnement pour donner de l'appétit à ceux qui l'ont perdu, ou pour le réveiller ou pour le chatouiller. » Les Anciens, rappelle-t-il, « faisaient un *ragoût* qu'ils appelaient *garum*, de la pourriture des tripes d'un certain poisson, qu'on gardait jusqu'à ce que la corruption le fît fondre. C'était chez eux une friandise si estimée que son prix égalait celui des plus excellents parfums, à ce que dit Pline ». Le plus incarné, la matérialité des entrailles, l'intimité décomposée, pourrissante, des viscères, rencontre l'évanescence subtile du parfum…

Mais ragoût se dit aussi « des choses qui renouvellent d'autres désirs que ceux de l'appétit ». « Une jeune femme est un *ragoût* qui renouvelle la vigueur d'un vieillard » (*Furetière*). On pense à Louis XV, quand il se détachera de la marquise de Pompadour : « Le roi se livre à la nature, et cherche à se ragoûter par de petites filles très neuves qu'on lui fait venir de Paris[2]. » Devant la lassitude et l'ennui qui menacent, Misapouf n'en demande pas moins. Le sultan s'en remet au récit de ses aventures, au souvenir de ses métamorphoses, pour exciter l'appétit.

Tel est le propre du conte. C'est le lecteur qui réclame ces sauces, ces épices nouvelles, toute la cuisine de la fiction — l'art des mélanges, du passage à l'image, qui, selon Huet, définit le roman : « Et comme dans l'abondance, pour satisfaire à notre plaisir, nous quittons souvent le pain et les viandes ordinaires, et nous cherchons des ragoûts : de même lorsque nos esprits connaissent la vérité, ils en quittent souvent l'étude et la spéculation, pour se divertir dans l'image de la vérité, qui est le mensonge : car l'image et l'imitation, selon Aristote, sont souvent plus agréables que la vérité même[3]. » Les cuisiniers sont gâte-sauce. Et puisque la jouissance sexuelle est au fond l'origine, le principe et le modèle de tous les ragoûts, quand la saveur vient à manquer, c'est en faisant du rapport sexuel l'enjeu de toutes les tribulations que Voisenon recrée une cuisine nouvelle.

Ce ne sont en effet que bouches, anneaux et petits doigts. De toutes les tailles, pour tous les goûts, soumis à toutes les épreuves, exposés jusqu'à l'extrême saturation sous les yeux du lecteur. La géante Trop-est-trop a un anneau fort petit, sa sœur Ne-vous-y fiez-pas, présentée comme une naine, a un anneau immense dans lequel s'engouffrent et se perdent les deux cousins de Misapouf. Bientôt le sultan voit son petit doigt se transformer, « car il grossissait à mesure que je l'approchais de l'anneau[4] » ; les bouches se changent en anneaux, tandis qu'au lieu de l'anneau apparaît « une bouche véritable[5] » ; quelques anneaux s'envolent ; la dent de la sorcière prend « tout à coup la forme d'un petit doigt assez considérable » ; et l'on découvre les voûtes du temple garnies d'an-

1. Voir p. 633.
2. D'Argenson, *Mémoires et journal inédit*, 14 février 1756, Paris, 1857, t. II, p. 265.
3. *Zayde, histoire espagnole*, par M. de Segrais. Avec un *Traité de l'Origine des romans* par M. Huet, 1670, p. 81.
4. Voir p. 645.
5. Voir p. 647.

neaux que veulent attraper des chevaliers la lance au poing… Immense ou minuscule, le sexe féminin est l'attrape-nigauds où donnent, tête baissée, les héros du conte : vagin vorace aux dents aiguës, ventre de la baleine, grotte de misère et de merveilles, quartier d'été, quartier d'hiver. Le sexe masculin est « enchanté », changeant d'état, tantôt glorieux, et tantôt déconfit, passe partout universel et toujours menacé : rien ne se prête mieux à être tranché.

La métamorphose capitale, qui commande toutes les autres — ressort récurrent dans les contes de fées —, la première tribulation, le premier enchantement est celle d'un sexe qui passe phallus. Il ne reste plus au conteur qu'à redoubler le principe de la métamorphose par l'exercice de la division (corps découpé, sexe séparé), par la pratique du glissement (de la bouche au vagin, entre phallus, nez et petit doigt). Le sexe dérive à la surface du corps.

Voisenon retrouve toute l'obscénité des fabliaux du Moyen Âge, quand *Le Moine*, *Le Sohait des Vez*, *Les Quatre Souhais*, *Le Dit des Cons*, *Le Débat du Con et du Vit* montrent des corps soudainement couverts de sexes, imaginent des foires où se procurer vagins et phallus, auxquels ils donnent la parole, dont ils détaillent longuement les qualités et les mérites. Le fabliau fait l'article. La langue du Moyen Âge puise gaieté et vigueur, toute sa *vis comica*, dans la présence de l'objet majeur qui se donne aussitôt comme l'enjeu du récit, nommé et renommé, exhibé, exposé sous toutes les coutures. Raillé, railleur, maître de toutes les railleries. Rabelais, le Cabinet Satyrique (et ses innombrables *Éloges du con*), l'*Histoire comique de Francion* (dont la « pièce du milieu » n'aime rien tant que « la coquille »), le théâtre de la Foire (dont Voisenon est familier) forment, parmi bien d'autres, quelques-uns des relais qui mènent au *Sultan Misapouf*.

Le retour à l'imaginaire médiéval donne l'*Histoire de Geoffroy, surnommé à la grand'dent, sixième fils de Mélusine* par François Nodot (pseudonyme de François Naudot, 1700) — comme il conduira en 1747 l'abbé de Bernis à raconter « en vieux françois » l'histoire du « chevalier qui faisoit parler les C... et les C... », dans son *Nocrion, conte allobroge*. Princes et sultanes, châteaux gothiques et oasis, baldaquins et sofas logent à la même enseigne : Mouhy publie en 1740 *Les Mille et Une Faveurs, contes de cour tirez de l'ancien gaulois par la reine de Navarre*[1]. Or, Voisenon corrige doublement ce retour, à travers la satire, aux romans de chevalerie : *Le Sultan Misapouf* reprend les mythes fondateurs de l'Antiquité. La langue de Voisenon (et sa malice particulière) n'est en rien celle du fabliau.

Qu'il s'agisse de la dévirginisation sacrée, de la séparation du phallus, de l'oralisation du vagin (et de la vaginisation de la bouche), de la mère dévorante, du vagin denté et du pénis tranché, des formes de la personnification des deux sexes, de la dent magique ou de l'antre du ventre, Voisenon rejoue à merveille les aventures d'Ouranos, de Gaia, de Cronos[2] : toute la scène mythologique est restituée à travers les anneaux et petits doigts. Mais une mythologie emportée par la désinvol-

1. À ne pas confondre avec *Les Mille et Une Faveurs ou Aventures de Zéloïde et d'Amanzarifdine* (1716) de Moncrif.

2. Voir G. Devereux, *Femme et Mythe*, Flammarion, 1982 ; et R. Gersain, « Le Vagin denté », *Psychanalyse*, 3, 1957.

ture et l'ironie, une épopée démentie par la déconfiture du héros — qui est elle-même, comme elle le fut pour Voisenon, toujours chétif, toujours souffrant, une forme de conjuration du mauvais sort.

Et l'on comprend que le jugement que Grimm portera sur *Tant mieux pour elle*, évoquant dans sa *Correspondance littéraire* de février 1763 les romans « remplis de sottises » du très aimable, du très charmant abbé de Voisenon, puisse convenir également au *Sultan Misapouf* : il est, écrit Grimm, « plein d'obscénités et d'ordures[1] ».

Obscénité, ordure valent pour les actions comme pour les paroles. « Se dit particulièrement des paroles sales, et impudiques. Il faut bien se garder de dire des *ordures* devant les femmes », recommande Furetière. L'ordure est la chose, est le mot, est la prononciation du mot devant les femmes. Furetière cite Saint-Évremond : « Pétrone a trouvé l'art d'envelopper les *ordures* d'une manière très fine et délicate. » Dès lors, si *Le Sultan Misapouf* est, selon les termes du « Discours préliminaire », « plein de choses qui toutes ont rapport aux idées les moins honnêtes », comment les envelopper ?... À ce que le XVIIIe siècle appelle « l'usage du mot propre » (comme à l'archaïsme pittoresque du « vieux françois », ou au recours aux points de suspension), Voisenon préfère métaphores et périphrases, et toute la stratégie suggestive du « langage voilé ». Mais le récit travaille à ruiner la distance de l'un à l'autre. La gaze n'a jamais été aussi transparente[2] ; les situations reconduisent le motif des anneaux —, anneau perdu, anneau volé, anneau denté ; le rapport sexuel obsède à ce point le récit que la gaze perd ses vertus supposées. En dépit du piètre appareil de Misapouf — son doigt est le plus petit du monde —, l'obscénité est acquise.

Tel est l'hymen, la dernière résistance, dont triomphe l'abbé de Voisenon : la « décence » du voile verse dans « l'ordure ». La cuisine parodique, cuisine coquine (*De re coquinaria*, dit Apicius), a produit en riant ce ragoût nouveau.

P. W. L.

NOTE SUR LE TEXTE

Publié en 1746 (2 vol. in-12), *Le Sultan Misapouf, et la Princesse Grisemine* — souvent réédité, le plus souvent dans les éditions des contes et romans de l'abbé de Voisenon — ne fut pas poursuivi par la censure au XVIIIe siècle, mais mis à l'Index par mesure de police en 1825. Octave Uzanne, dans son édition des *Contes de M. l'abbé de Voisenon* (1878), jugera le conte trop libre pour être reproduit.

C'est le texte de l'édition de 1746 que nous reproduisons, après en avoir corrigé les nombreuses coquilles. Toutes les éditions du *Sultan Misapouf*, du vivant de l'abbé de Voisenon, reprennent le même texte. Des différences apparaissent uniquement dans l'édition posthume des

1. *Correspondance littéraire*, février 1763, t. V, p. 224.
2. Voir les derniers mots du « Discours préliminaire », p. 633, et aussi p. 632.

Œuvres complètes, publiées par la comtesse de Turpin (1781). On ne sait si la comtesse a commencé son travail d'éditeur en collaboration avec Voisenon, bien entendu avant sa mort. Par conséquent, ces modifications sont à considérer avec prudence. Nous en proposons ici une rapide synthèse. Par désinvolture, oublieux du titre, Voisenon écrit « la sultane Grisemine » (p. 633 et 658), erreur que l'édition de 1781 corrige en « la princesse Grisemine ». Les autres modifications du texte sont beaucoup plus aléatoires. On aura ainsi : « beau train » (p. 635) corrigé par « bon train » ; « c'est s'en retirer » (p. 637) par « c'est s'en tirer » ; « en me disant » (p. 638) par « en disant » ; « impudemment » (p. 647) par « impunément », etc.

NOTE SUR LES GRAVURES

Nous reproduisons ici le frontispice de l'édition de l'an VI [1798] des *Romans et contes de M. l'abbé de Voisenon*, dans lequel est inséré *Le Sultan Misapouf*, d'après l'exemplaire que conserve la bibliothèque de l'Arsenal (cote 16° K 2660).

Cette gravure est signée François Marie Isidore Queverdo (1748-1797), qui fut l'élève de Joseph Longueil[1]. Queverdo a illustré l'édition de Kehl (1789) de *La Henriade* de Voltaire et collaboré, dans le genre sublime, à l'illustration du *Voyage pittoresque ou Description du Royaume de Naples et de Sicile* de l'abbé de Saint-Non. Il a aussi illustré plusieurs œuvres de Florian, les *Œuvres complètes* d'Ovide (1799), *Les Aventures de Télémaque* (1796), mis la main à l'illustration du *Don Quichotte* de l'édition Didot aîné (1799).

En association avec Jean Dambrun (1741-après 1808), il a d'abord gravé de nombreux sujets galants (*La Nouvelle du bien-aimé*, *Le Coucher de la mariée dédié aux jeunes époux par l'ami du beau sexe*[2], *Le Lever de la mariée*, *La Jouissance*, *L'Occasion favorable*, *Le Dangereux Modèle*[3], etc.). Puis Queverdo change de ton pendant la période révolutionnaire en se consacrant désormais aux sujets les plus patriotiques : *Régénération de la Nation française* (1789), *La Tyrannie révolutionnaire écrasée par les amis de la Constitution de l'an III*, etc. Après avoir composé pour des almanachs du genre galant[4], avec Dambrun encore il illustre ensuite de nombreux calendriers républicains.

1. Longueil fut lui-même l'élève de Le Bas. Il a exécuté des vignettes pour *La Henriade* de Voltaire et l'édition dite des Fermiers Généraux des *Contes* de La Fontaine.

2. À ne pas confondre avec l'estampe du même titre de Baudouin.

3. Comme c'est souvent le cas pour ce type d'estampe, le ton oscille entre galanterie et moralisme. On y voit un jeune paysan en train d'entreprendre sa belle et de tenter de la séduire, alors que dans le coin gauche de l'estampe s'accouplent un coq et une poule. La composition, qui n'est pas non plus sans rappeler une assez longue tradition, est explicitée par la légende, qui renvoie elle-même au titre : « Du coq et de la poule en te montrant les jeux / Ce galant sur ton cœur fonde son espérance / Ah crains de partager un désordre et des feux / Qui ne vaudront jamais ta paisible innocence. »

4. « La vraie spécialité de Queverdo, son triomphe, c'est le petit almanach. C'est pour ce minuscule carnet de quelques pages, relié en maroquin rouge, fermé par un crayon, et dont la reliure enchâsse quelquefois une glace, qu'il compose et qu'il grave à l'eau-forte des séries de douze petites vignettes. Combien en a-t-il illustré, de ces *Étrennes galantes*, de ces

Queverdo était particulièrement à l'aise avec les petits formats. Il ne fait pas partie des grands graveurs du XVIIIe siècle, et les historiens de l'estampe sont en général sévères envers lui, le jugement le moins indulgent étant sans doute celui de Loys Delteil quand il écrit : « Queverdo est encore plus incolore que Le Barbier : il laisse le souvenir de compositions galantes ultra-maniérées qui firent place, à l'époque de la Révolution, à des allégories politiques avancées et à des almanachs nouveau-style[1]. »

Comme on peut aisément le voir, la gravure reproduite ici ne correspond à aucune de ces deux manières, et, plus encore que dans le cas du *Sopha*[2], on ne peut qu'être frappé par l'écart entre le ton enjoué et satirique du récit de Voisenon et ce frontispice qui, loin d'en traduire le style et la tournure, s'inscrit au contraire dans la tradition de l'illustration sérieuse et dramatique — celle des épopées et des tragédies, dont le style très caractéristique consiste à transposer dans le domaine de la gravure les postures déclamatoires des acteurs. Seul le décor de boudoir et le style orientaliste maintiennent ici le lien avec le conte. On retrouve dans les trois autres gravures du volume le même contraste entre le style de Voisenon et le code iconographique choisi. On n'aperçoit donc pas d'emblée le rapport entre le commentaire et le texte, même si l'image illustre fidèlement le récit.

J.-P. D.

NOTES

1. C'est dans les mêmes conditions, selon le témoignage de Favart (voir *Mémoires et Correspondances littéraires, dramatiques et anecdotiques*, Paris, nouvelle édition de 1808), que Voisenon aurait écrit *Tant mieux pour elle* (et sans doute, un grand nombre de ses contes et pièces de théâtre) Les circonstances sociales de la rédaction du conte parodique sont déterminantes. Voir la Notice, p. 1204.

2. Il s'agit ici des recueils collectifs du Bout-du-Banc : *Les Écosseuses, ou les Œufs de Pâques* (1739), *Les Étrennes de la Saint-Jean* (1742). À quoi s'ajoutent le *Recueil de ces Messieurs* (1745), *Les Manteaux* (1746), et quelques autres. Caylus, Voisenon, le chevalier d'Orléans, Moncrif, Crébillon étaient les principaux auteurs de ces ouvrages.

3. *Bonzes* : « Philosophes et ministres de la religion chez les Japonais », « et si l'on en croit un jésuite, auteur de l'histoire de l'église du Japon, ils ont disputé avec autant de force que de subtilité contre nos plus savants missionnaires » (*Encyclopédie*). Rappelant celle des moines, des capucins, la réputation des bonzes est fort sujette à caution : « Les auteurs sont

Étrennes du sentiment, de ces *Journées d'une jolie femme* et autres poésies à l'usage des courtisanes ? Beaucoup, certainement, mais nul ne pourrait dire au juste combien, car rien n'est devenu plus rare que ces fadaises » (Portalis et Béraldi, *Les Graveurs du XVIIIe siècle*, 1880-1882. Rééd. : New York, Burt Franklin, 1970, t. III, p. 369).

1. *Manuel de l'amateur d'estampes du XVIIIe siècle*, Paris, 1910, p. 203-204.

2. Voir la Notice sur les gravures, fig. 1.

fort partagés sur ce qui concerne leurs mœurs : les uns nous dépeignent les *bonzes* comme des cyniques abandonnés aux plus infâmes désordres ; d'autres au contraire assurent qu'ils gardent la continence, vivent en commun, et qu'il y a des couvents de filles de leur ordre. »

4. Derrière l'épuisement de son imagination, c'est à ses crises d'asthme que Voisenon fait ici référence. L'asthme est chez lui directement associé à la mobilité, l'inégalité de l'esprit, comme au caractère « mal réglé » des mœurs.

5. Sur l'importance de cette ouverture culinaire, sur l'importance du ragoût, voir la Notice, p. 1207.

6. L'édition posthume des *Œuvres complètes* de 1781 corrige ici (ainsi que p. 658), légitimement, « sultane » en « princesse ».

7. Le *lapin d'Angleterre* est le cochon d'Inde, le *lapin de Caboue* correspond à « cobaye ». Le *Trévoux* (1721) distingue les lapins de Garenne, excellents à manger, les lapins buissonniers, un peu moins bons, les lapins de clapier, détestables. Le souvenir de cunniculus, du *conil*, associe immédiatement le lapin à la pratique sexuelle, comme à la fécondité : « On dit vulgairement d'une femme qui fait beaucoup d'enfants que c'est une *lapine*, une vraie *lapine*. » Voir *Histoire de dom B****, n. 10, p. 352.

8. *Chacabout* (ou Xacabout) : « Nom d'une secte établie dans le royaume de Siam, dans une partie du Japon et dans le Tonquin, par un solitaire nommé Chacabout, dont les sectateurs ont pris le nom. Tavernier, qui en parle dans son *Voyage des Indes*, dit que ce *Chacabout* donna dix préceptes à ses disciples ; qu'il enseigna la métempsycose [...] ; qu'il promettait aux fidèles observateurs de la loi une joie éternelle, dans laquelle ils entreraient immédiatement après leur mort ; qu'il menaçait les transgesseurs d'un supplice éternel [...]. » Le *Trévoux* voit dans l'enseignement de Chacabout une sorte de christianisme défiguré.

9. « Car les Siamois croyant la transmigration des âmes dans d'autres corps ne tuent point d'animaux, de peur d'en chasser, disent-ils, les âmes de leurs parents qui pourraient bien s'y loger », écrit l'abbé Tachard dans son *Voyage de Siam des Pères jésuites envoyés par le Roi aux Indes et à la Chine* (1686, p. 201). — Aux articles « Métempsychose » [*sic*] et « Transmigration des âmes », l'*Encyclopédie* (qui insiste sur son « ancienneté et universalité ») note que cette doctrine « régna non seulement par tout l'Orient, mais en Occident chez les Druides et les Pythagoriciens » ; que les cabalistes « gardent encore cette ancienne erreur » : « ils prétendent que les âmes humaines passent d'un corps dans un autre, au moins trois fois [...] » (« Transmigration des âmes »). On distingue le passage de l'âme dans les corps de différents animaux, du plus noble au plus vil ; le passage dans une plante ou un arbre ; le passage dans un autre corps humain.— Dans l'« Histoire du prince Entendement et de la princesse Vipérine » (dans *Les Soirées bretonnes*, 1712) de Gueulette, le roi lit un ouvrage de Pythagore qui lui apparaît pour lui révéler « la formule nigromantique ». La métamorphose est l'un des ressorts du conte parodique, que reprend le roman libertin. Le héros change de sexe (comme le sexe change d'état) ; il devient animal, mais aussi canapé, sofa, bidet. Témoin privilégié, il est à même de découvrir mille secrets : la métempsycose sert le dispositif du voyeurisme.

10. *Capucin* : religieux de l'ordre de Saint-François. « On leur donna ce nom par rapport à la réforme extraordinaire de leur capuchon. Ils

sont vêtus d'une grosse robe, d'un manteau, et d'un capuce d'un gros drap gris ; portent la barbe, des sandales, et une couronne de cheveux » (*Encyclopédie*). Furetière souligne qu'« ils vont toujours nu-pieds, jamais en carrosses, et les hommes ne rasent jamais leur barbe ». La littérature satirique en tire l'image de grossièreté, associée à la débauche, aux indélicatesses de tous les ordres.

11. *Lâna* (ou Lân-na) est l'ancien royaume thaï créé dans le nord de la Thaïlande actuelle à la fin du XIIIe siècle, par un chef thaï venu de Chine. Le royaume disparut après l'invasion des Birmans (1578).

12. *Laüs* (ou Lao) : « *Laum Regnum*. C'est un royaume de l'Inde, delà le Gange. Il est borné au Levant par celui du Tunquin ; au Midi par celui de Cambodge ; au Couchant, par ceux de Siam et de Pegu ; et au Nord par les peuples qu'on nomme Gnai. Les peuples sont païens, et croient la transmigration des âmes » (*Trévoux*). — *Tonquin* (on écrit aussi Tunquin, Tunking, Tonkin) : « Royaume de l'Inde au-delà du Gange vers la Chine, touche du côté de l'Orient à la province de Canton, et du côté de l'Occident le royaume de Brama ; et est borné au septentrion par les provinces de Quanfi et de Junnan ; et au midi par la Cochinchine » (Louis Moréri, *Le Grand Dictionnaire historique*, édition de 1759). — *Gânan* (ou Gannam ou Anam) : « Nom propre de royaume. Le Royaume de Gannam. *Annanum*, ou *Annamaticum regnum*. C'est la partie orientale de la presqu'île de l'Inde par-delà le Gange » (*Trévoux*). — Voisenon tire profit de la vogue du Siam qui, depuis les grandes ambassades reçues à la cour de Louis XIV, inspire la mode des chinoiseries (figures de porcelaines, magots et pagodes, tissus, singes, oiseaux des Indes...) et la littérature : *Amusements sérieux et comiques d'un Siamois* par Dufresny (1699), *Lettres siamoises* par Landon (1751), *Minakalis, fragment d'un conte siamois* de Chevrier (1752), etc. Déjà, dans *Zulmis et Zelmaïde* (1745), Zulmis est fils d'un roi de la Cochinchine.

13. *Prendre en guignon* : l'expression s'explique par « guigner », au sens de « regarder de travers », « lorgner sur ». Il s'agit ici de jeter un œil noir sur et prendre quelqu'un en aversion, lui jeter un mauvais sort.

14. On sait l'importance de l'*eunuque* dans l'imaginaire du sérail tout au long du XVIIIe siècle : « Garçons châtrés par la main des hommes, ou nés ainsi. Il y en a de blancs et de noirs à la cour du Grand Seigneur. Les blancs sont au service du sultan, et les noirs servent dans le sérail des femmes. On choisit pour ce sérail les plus difformes de tous les nègres de l'Afrique » (Moréri, *Le Grand Dictionnaire historique*).

15. Avec Zémangire, Zinpuziquequoazisi, Ziliman, Zulmis, Zelmaïde, Zémis, Zélie, Zirzis, Myrza et tant d'autres personnages de ses œuvres, Fusée de Voisenon est de ceux qui abusent de l'usage de la lettre *z*. Cet usage est décrié par les moralistes et les censeurs, qui assimilent le *z* à la futilité des mœurs et à la légèreté des petits-maîtres.

16. L'*Encyclopédie* considère le mot comme masculin dans cette acception : « Les plus beaux *pagodes* sont ceux des Chinois et des Siamois. »

17. Dans *La Gaudriole* de Godard d'Aucour (1746), le chapitre V est consacré à « L'Onyny, fruit chinois ». Le fruit est « d'une forme singulière » ; fort sensible au toucher, il grandit sous les doigts de la princesse qui s'en empare pour achever la reconstitution du corps démembré de son amant. — On trouve encore la forme « colibry » au XVIIIe siècle, oiseau tropical, de petite taille, au plumage brillant.

18. Sur le *petit-maître*, personnage essentiel de la littérature du temps, voir *Thémidore*, n. 16, p. 507.

19. Dans *Tanzaï et Néadarné* (1734) de Crébillon, le sexe de la princesse devient une mâchoire armée de dents.

20. Symbole évident, la quête de la dent magique se retrouve fréquemment dans la littérature populaire — comme dans le conte parodique. Dans *La Gaudriole* de Godard d'Aucour, la fée Gaudriole montre « l'unique dent jaune qu'étale une bouche mal placée et mal fendue ».

21. C'eſt à la vigueur proverbiale des carmes que Voisenon fait allusion : « Je bande comme un carme » était, en effet, passé en proverbe. Les ordres mendiants, et les carmes tout particulièrement, avaient depuis longtemps la réputation de céder à toutes les débauches. Voir *Hiſtoire de dom B****, n. 13, p. 358.

22. Dans « Le Prince Périnet ou l'Origine des pagodes » (*Le Nouveau Recueil de Contes de fées*, anonyme, 1731), le prince eſt transformé en pot à thé ; dans *Acajou et Zirphile* de Duclos (1744), Acajou devient pot de chambre. On se doute de ce qui attend le héros dans *Le ***** [Bidet], hiſtoire bavarde* d'Antoine Bret (1749).

23. La manufacture de Saint-Cloud était fort célèbre. Il y avait également plusieurs manufactures de faïence à Paris, au faubourg Saint-Antoine particulièrement. Par arrêt du Conseil d'État, en 1706, la communauté des émailleurs, des verriers, des patenôtriers, avait été réunie à celle des faïenciers (qui avait obtenu ses ſtatuts de Henri IV).

24. À travers la métamorphose de Misapouf en lièvre, Voisenon donne la petite comédie de l'abbé chétif et poltron. Tout à l'opposé du maréchal de Saxe, dont il prendra la place entre les bras de Mme Favart ; ou de son frère et de son neveu, militaires de carrière. Voir la notice sur Voisenon, p. 1194.

25. *Velau* (ou vélaut, ou véloo) : « Terme de chasse, dont on se sert pour exciter les chiens, lorsqu'on voit le lièvre. *Vide, vide illum* » (*Trévoux*). « Tayaut » exiſte également ; c'eſt le cri du chasseur « quand il appelle les chiens pour les lancer après la bête ». On voyait souvent dans sa campagne l'abbé de Voisenon chasser le lièvre entre deux crises d'aſthme.

26. L'allusion à cet épisode célèbre de l'hiſtoire romaine (l'attitude des hauts magiſtrats pendant le sac de la ville par les Gaulois en 390 av. J.-C.) eſt fréquente dans les romans du XVIIIe siècle. On la trouve, par exemple, dans *Thémidore* de Godard d'Aucour (voir n. 17, p. 557).

27. Misapouf n'a droit qu'aux « coups de pouce » (voir p. 639), qu'aux *croquignoles*. « C'eſt une espèce de chiquenaude ou de nasarde. C'eſt un coup qui se donne sur le visage, en lâchant avec violence un doigt qu'on a posé sur un autre » (*Trévoux*). Le mot appartient à la littérature comique (*Trévoux* cite Molière), au conte parodique (avec ses princes Croquignolets), aux petites humiliations (croquignole contre soufflet) auxquelles Voisenon soumet ses héros.

28. Le renard dit aussitôt toute la malice de l'animal rusé par excellence. L'*Encyclopédie* souligne qu'il a « le museau effilé comme le lévrier », qu'il eſt d'ailleurs « infatigable, et doué d'une souplesse et d'une légèreté supérieure ». Il va le nez au vent — car « c'eſt le nez qui eſt le principal organe de leurs connaissances » —, comme on imagine l'abbé lui-même, prompt à la repartie, croquant bêtises et naïvetés. Du reſte en pharmacologie, le poumon du renard, réduit en poudre, eſt regardé comme

spécifique des maladies du poumon, est recommandé aux asthmatiques d'après le principe des signatures... En héraldique, l'animal a sa queue levée perpendiculairement, par opposition au loup figuré la queue pendante. Il y est symbole de la subtilité.

29. *Demis* : le jeune lapin est lapereau jusqu'à six mois. La chair des lapereaux, particulièrement succulente, était recherchée comme un plat fin. Il s'agit donc ici de lapereaux qui n'ont pas atteint l'âge de six mois, à partir duquel ils changent d'état, et sont engraissés artificiellement.

30. Le conte parodique ne saurait manquer de faire un sort aux images homériques que, traditionnellement, la littérature burlesque tourne en dérision. Voir *Thémidore*, n. 45, p. 515.

31. La *Finlande* « a eu autrefois ses rois particuliers, maintenant elle a titre de duché, et dépend de la couronne de Suède, depuis 1384, qu'Éric, roi de Suède, la subjugua » (*Trévoux*). Abo en était la capitale. Convoitée par la Suède, le Danemark, la Russie, la Finlande appartient à l'exotisme du Nord, si vivace tout au long du siècle à travers contes de fées, opéras, récits de voyage.

32. Regnard, après son retour de captivité en Algérie, se rendit à Copenhague, puis à Stockholm d'où il s'embarqua le 23 juillet 1681 pour la mer Glaciale, achevant son voyage vers le pôle au sommet de la montagne Metavara. Il écrivit un *Voyage de Suède, voyage de Laponie.*

33. Au sein du parlement de Paris, la Chambre des requêtes reçoit les requêtes des plaideurs et saisit, par lettres de justice, les autres chambres du Parlement. Les maîtres des requêtes forment un corps puissant au sein duquel le roi choisit les intendants, administrateurs dans les domaines de la justice, de la police et de la finance. Voir aussi *La Tourière des carmélites*, n. 16, p. 598.

34. *Assoud*, en ces terres finnoises, rappelle Voisenon à l'exotisme oriental que le récit a délaissé. La confusion des exotismes est aussi, très certainement, un souvenir des voyages de Regnard (à qui Voisenon consacre une belle anecdote), entre le séjour en Algérie et le voyage en Laponie (voir n. 32, p. 658).

35. Parodique et licencieux, *Le Sultan Misapouf* fait directement écho aux contes de fées du temps. Et, entre autres, à tous ceux que publia Mlle de Lubert. Pour ne prendre qu'un seul exemple, on trouve dans *La Princesse Camion*, autour du prince Zirphil, le roi des Merlans et la méchante fée Marmotte.

36. *Iman* (ou imam) : « Terme de relation et d'histoire mahométane, ministre de la religion mahométane qui répond à un curé parmi nous. » (*Trévoux*). Le mot existe dans un emploi absolu. Le *Trévoux* cite d'Herbelot (*Bibliothèque orientale*) : « Lorsque l'on parle absolument de l'imam de la religion mahométane, l'on entend toujours le véritable et légitime successeur de Mahomet [...]. »

37. La métamorphose en pot de chambre est déjà présente dans *Acajou et Zirphile*, dont Voisenon et Caylus avaient écrit chacun une version, s'inclinant devant celle, plus réussie, de Duclos. Le conte parodique — dans une langue toute différente — retrouve le burlesque de la Foire.

LA MORLIÈRE

Dans *Les Trois Siècles de notre littérature* par l'abbé Sabatier de Castres, le chevalier de La Morlière est le plus brièvement traité, sommairement exécuté. En gardien de la moralité publique et pourfendeur déclaré du vice, Sabatier de Castres s'y montre, il est vrai, tout particulièrement intraitable avec les écrivains libertins : « MORLIÈRE (*Jacques Auguste*) chevalier de l'ordre de Christ, en Portugal, né à Grenoble, en 17…

« On ne doit pas parler de ses romans, par respect pour les mœurs, et on doit se taire sur ses ouvrages, par respect pour la bonne littérature[1]. »

Nette, brutale et sans détour, la condamnation ne mentionne le nom de La Morlière que pour mieux effacer sa mémoire, et, à la date de publication des *Trois Siècles de notre littérature*, en 1772, discréditer l'infatigable chevalier d'industrie alors toujours en vie, voué depuis quelques années à la misère et à l'obscurité, mais encore la cible privilégiée, dans Paris, des filatures du lieutenant de police, M. de Sartine[2]. C'est que La Morlière n'aura rien négligé, jusque tard dans sa vieillesse, pour établir sa réputation d'escroc et de libertin, convaincre ses contemporains qu'il est décidément un fort *mauvais sujet*, apparu sous ces traits dans le siècle et jeté au milieu de ses excès pour en précipiter la décomposition morale.

Naissance, rang, fortune, confinement dans la province lointaine, tout destinait pourtant Jacques Rochette de La Morlière, né le 22 avril 1719, et fils d'un conseiller maître à la Cour des comptes de cette ville, à occuper une charge officielle dans l'administration de l'État, à défendre les privilèges de sa caste. Son père, Joseph, « bon gentilhomme[3] » selon Charles Collé, a épousé en 1715 Anne de Bucher, descendante d'un procureur général au Parlement qui a joué lui-même un rôle important dans les affaires de la ville de Grenoble au XVIe siècle. Appartenant de longue date à la noblesse de robe, la famille est matériellement aisée, fort estimée. Par tradition familiale, le robin Joseph Rochette envisage pour son fils le barreau au sortir de ses années de collège où il a déjà eu l'occasion de manifester une indépendance d'esprit qui a suscité l'inquiétude. La Morlière est confié vers l'âge de dix-huit ans à un procureur à la Cour pour y faire son apprentissage de clerc. Il s'y révèle très vite irrégulier dans ses études, préférant à la vie réglée et sédentaire de la magistrature l'animation des tripots et des cafés, ainsi que les expéditions nocturnes dans Grenoble. « Il se livra à toutes sortes de folies, devint la terreur des

1. *Les Trois Siècles de notre littérature ou Tableau de l'esprit de nos écrivains depuis François Ier jusqu'en 1772*, Amsterdam, 1772, t. II, p. 426.
2. Sur Sartine, voir la notice sur Gervaise de Latouche p. 1110.
3. Charles Collé, *Journal et Mémoires sur les hommes de lettres, les ouvrages dramatiques et les événements les plus mémorables du siècle de Louis XV*, Paris, édition de 1868, t. I, p. 382.

bourgeois dont il séduisait les femmes et les filles, eut de nombreux duels avec les officiers de la garnison et remplit la ville du bruit de ses frasques[1]. » Première d'une longue série d'escroqueries à l'amour, La Morlière compromet l'épouse d'un vieux conseiller, assesseur de la gabelle. Le scandale secoue la petite société de province ; l'assesseur menace le conseiller à la Cour des comptes de traduire son fils en justice. Un compromis est finalement trouvé. Jacques, qui vient, à l'exemple de Casanova, de « vérifier par cette action la signification de [son] nom ; car Jacob voulait dire en langue hébraïque *le supplanteur*[2] », est envoyé à Paris chez les mousquetaires dans l'espoir que la vie dans cette compagnie d'élite saura le réformer. Le corps des mousquetaires est surtout pour La Morlière une école propice, inespérée, de déformation. Les parades militaires et les fastes des uniformes y entretiennent à merveille, au milieu de l'habitude des plaisirs, une culture de l'arrogance et de la vanité chez ces jeunes nobles loin des champs de bataille et réduits à l'inaction. *Le Passe-temps des mousquetaires*[3], recueil d'histoires gaillardes réunies par Gabriel Mailhol, où défilent maris cocus et femmes adultères, est comme le miroir des activités ordinaires du mousquetaire, des plans de campagne déjà expérimentés par La Morlière dans sa province natale.

S'il suffit donc d'entrer, sans éclat et sans gloire véritable, dans les chambres des hôtels particuliers de la noblesse et de la grande finance, d'y paraître « sous un uniforme dont la réputation était fameuse au temple des jouissances », « sans faire faux bond à la soubreveste[4] », se souvient La Morlière dans les *Espiègleries d'un mousquetaire* (publication posthume), la porte des maisons bourgeoises défend une pratique des vertus honnêtes dont le chevalier a vite fait de voir tout le parti qu'il peut tirer. Une nouvelle affaire de mœurs, suffisamment sérieuse pour entraîner le renvoi d'un corps militaire, peu scrupuleux sur le chapitre de la morale, le fait chasser des mousquetaires[5]. L'affaire a éveillé cependant l'attention de la police, qui dès lors ne le perdra plus de vue.

« Ma foi, vive la vie, surtout celle que l'on mène à Paris[6] », s'exclame le narrateur des *Espiègleries d'un mousquetaire*, Rastignac flamboyant sous son vaste chapeau à plumet et à cocarde lancé à la conquête de la capitale. Ville populeuse et agitée, accueillant le petit monde interlope de la marginalité, Paris est un théâtre rêvé pour arriver et se faire un nom, ou se fondre dans la foule et échapper à la vigilance des agents du guet. Occupant les lieux, les remplissant bruyamment de sa présence partout où il s'agit avant tout de voir et d'être vu — salles de théâtre, tréteaux des foires, cafés et tripots du boulevard fréquentés par la bohème littéraire, boudoirs, mais aussi, un temps, la Cour —, le chevalier de La Morlière ne passe pas inaperçu. « C'était un fort bel homme, d'une tournure élégante, doué d'un certain esprit et surtout d'une imperturbable assu-

1. Alphonse Rochas, *Biographie du Dauphiné*, Paris, 1860, t. II, p. 25.
2. Giacomo Casanova, *Histoire de ma vie*, I, 1, Robert Laffont, coll. « Bouquins », 1993, t. I, p. 19.
3. Gabriel Mailhol, *Le Passe-temps des mousquetaires ou le Temps perdu*, La Haye, 1760.
4. *Espiègleries d'un mousquetaire novice à dix-neuf ans, maintenant homme de lettres, histoire véritable (écrite par lui-même)*, Paris, an XI [1803], p. 5 et 19.
5. Rapporté par Collé, dans *Journal et Mémoires*, sans plus de détails, p. 382.
6. *Espiègleries d'un mousquetaire*, p. 77.

rance ; effronté, libertin, grand hâbleur, ne doutant de rien, portant à ses côtés une longue épée qui lui battait ses talons et sur ses habits la croix de l'ordre du Christ de Portugal, qu'il s'était probablement octroyée », dit de lui un rapport de police[1]. L'épée au côté, battant le pavé des rues où il en impose aux passants par son audace et son ton d'autorité — « c'est un homme qui ne parle que de coups d'épée, jusqu'au moment qu'on lui donne des coups de bâton[2] », écrit Collé. Diderot n'est pas plus tendre dans *Le Neveu de Rameau* : « Ce chevalier de La Morlière, qui retape son chapeau sur son oreille, qui porte la tête au vent, qui vous regarde le passant par-dessus l'épaule, qui fait battre une longue épée sur sa cuisse, qui a l'insulte toute prête pour celui qui n'en porte point, et qui semble adresser un défi à tout venant, que fait-il ? Tout ce qu'il peut pour se persuader qu'il est un homme de cœur ; mais il est lâche. Offrez-lui une croquignole sur le bout du nez, et il la recevra en douceur. Voulez-vous lui faire baisser le ton ? Élevez-le. Montrez-lui votre canne ou appliquez votre pied entre ses fesses ; tout étonné de se trouver un lâche, il vous demandera qui est-ce qui vous l'a appris, d'où vous le savez. Lui-même l'ignorait le moment précédent ; une longue et habituelle singerie de bravoure lui en avait imposé ; il avait fait tant de mines qu'il se croyait la chose[3]. » La Morlière sait faire parler de lui. « Beaucoup se montrer, beaucoup courir, aller dans toutes les maisons de l'univers ; être amoureux de toutes les femmes qu'on trouve sous ses pas » : le conseil donné à un petit-maître, dans sa pièce *Le Gouverneur* (1751), est celui d'un expert ; il résume le programme d'une vie. Programme exigeant, coûteux — sa réalisation nécessite des moyens matériels appropriés, à la hauteur de l'ambition fixée. Or, les plaisirs sont venus rapidement à bout du petit patrimoine hérité d'une mère morte entre-temps. Troquant dans l'esprit, et aussitôt dans les faits, son titre nobiliaire contre celui de « chevalier d'industrie[4] », La Morlière vivra donc d'expédients. Avec 32 000 filles publiques pour 600 000 habitants, la prostitution officielle et clandestine est un commerce particulièrement prospère dans Paris. Du bordel de luxe, celui de l'hôtel du Roule tenu par la Pâris ou la maison célèbre de la Gourdan, à la gargote joyeuse des faubourgs, les repaires de la débauche ne manquent pas dans la capitale, sans compter la multitude d'appartements ouverts aux clients de passage, alors qu'il est d'usage, dans certains quartiers de Paris, d'entrer chez toutes les femmes qu'on aperçoit aux fenêtres. Longtemps sans domicile fixe, La Morlière a trouvé gîte provisoire dans l'un de ces appartements, objets de la surveillance policière. Une note de police mentionne simplement qu'il « demeure rue des Postes chez la fille Robustel, sa maîtresse[5] ». Il faut comprendre que la Robustel abrite chez elle un souteneur, un amant habile du moins à tirer ses revenus du sexe, de façon crapuleuse ici, et bientôt un auteur de romans libertins à succès.

1. Cité par Rochas, p. 25.
2. *Journal et Mémoires*, p. 382.
3. *Œuvres*, *Bibl.* de la Pléiade, p. 426.
4. « Tous ces escrocs, consommés en ruses habiles, prennent le titre de *Comte*, de *Marquis*, de *Baron*, et surtout de *Chevalier*. Voilà pourquoi l'on dit de tel homme qui vit sans revenus, *c'est un Chevalier d'industrie* », écrit Louis Sébastien Mercier, dans *Tableau de Paris*, XXI, Amsterdam, 1782-1789, t. I, p. 55.
5. Cité par Rochas, p. 26.

Participant, avec les progrès de la pensée matérialiste, au vaste mouvement de réhabilitation du corps, la littérature libertine s'est imposée depuis le début du siècle dans le goût du public. La parution, en 1734, de *Tanzaï et Néadarné* de Crébillon, puis du *Sopha* en 1742, a contribué à illustrer un genre dont la vitalité éditoriale exceptionnelle, inconnue jusqu'alors dans le commerce du livre, a encouragé le zèle des imitateurs, la vocation de tous ces « apprentis satiriques qui attendent pour écrire qu'un autre ait écrit[1] ». Libellistes multipliant les satires contre les pièces de théâtre, tels Charles Palissot et Charles de Fieux, le chevalier de Mouhy, auteur de *La Paysanne parvenue* (1735), avec qui La Morlière s'est lié dans les cafés, critiques, compilateurs en tous genres, parodistes et romanciers, ils sont nombreux à venir grossir la troupe impatiente et endémique de ceux qu'anime, avec la fureur d'écrire, le désir d'obtenir leurs entrées dans les salons et de se voir consacrés par les académies littéraires.

Le premier récit de La Morlière, publié en 1745 de manière anonyme, comme le seront la plupart de ses textes, *Le Siège de Tournai*, le définit déjà tout entier, en surnuméraire cynique de la littérature romanesque, parfait parasite des autres comme de lui-même. L'histoire raconte la passion contrariée d'un chevalier — cadet de famille écarté de l'héritage et destiné à l'ordre de Malte — pour une jeune fille, Adélaïde, promise au mariage avec un vieux comte. Les lettres échangées entre les amants sont sanctifiées par le spectacle de la tendresse alors que la vie, de part et d'autre, s'étire dans « l'habitude de la douleur[2] ». Mais la fidélité du chevalier est héroïque, et le dénouement heureux scelle le mariage : c'est tout le roman sentimental à la Richardson, à la Prévost, le roman picaresque et comique que La Morlière traverse ainsi rapidement, alignant comme à la parade poncifs et lieux communs, multipliant dans son texte, et sans vergogne, les redites. La Morlière affectionne tout particulièrement une posture, celle du *mouche* (qu'il fut sans doute occasionnellement), et surtout celle qu'il emprunte à Crébillon dans *Les Égarements du cœur et de l'esprit* (1736-1738) : la posture du voyeur, de l'amant passionné et intéressé par surprise — calcul romanesque chez La Morlière — à une conversation entre femmes qui le concerne. La Morlière ne se lasse pas. La scène, ouvertement inspirée de Crébillon[3], se répète quatre fois dans le roman, mettant, chaque fois, en jeu les mêmes personnages. Là où cependant le jeune Meilcour, héros de Crébillon, s'obstine, par éducation et respect des convenances, à cultiver le doute et la discrétion, celui de La Morlière aussitôt se précipite aux pieds de celle qu'il aime, lui déclare une passion éternelle au milieu des larmes et des chantages à la mort, dans la plus pure tradition du genre « mélo » avant la lettre : « Arrachez-moi donc la vie, cruelle ! m'écriai-je, en me montrant et tom-

1. Mercier, CXXXVIII (« Des demi-auteurs, quarts-d'auteurs, enfin métis, quarterons, etc. »), *Tableau de Paris*, t. II, , p. 68.

2. *Histoire du chevalier de R***, anecdotes du siège de Tournai*, publié dans la *Bibliothèque choisie et amusante*, Paris, 1749, t. I, p. 191.

3. Dans *Les Égarements du cœur et de l'esprit*, Meilcour, le héros du roman, retrouve par surprise l'inconnue qu'il a aperçue à l'Opéra. En conversation avec une amie derrière une charmille du jardin des Tuileries, celle-ci confie avoir été elle-même troublée par un inconnu. S'agit-il de Meilcour lui-même, ou de Germeuil, le rival supposé ? Le doute agite longtemps le héros au cours de ses nuits sans sommeil.

bant à ses pieds ; voilà le malheureux qui va expirer de douleur, si vous ne lui pardonnez une faute dont il ne peut se repentir.[1] » Dès ce premier récit, le ton est donné : l'outrance burlesque et l'invraisemblance, l'exagération parodique, procédés et formules romanesques saturant la page, exposant ouvertement l'artifice, la surenchère factice.

Angola, qui paraît l'année suivante, en 1746, consacre immédiatement la célébrité de La Morlière en tant que plagiaire. « Il est plus connu, écrit Raynal, par le roman *Angola*, qui a eu du succès pour faire honneur à son auteur parce qu'on n'y trouve qu'un brigandage éternel ; on y rencontre surtout beaucoup de romans de Crébillon qu'il n'a déguisés qu'autant qu'il le fallait pour le défigurer[2]. » Fréron à son tour s'indigne, dénonce, dans une lettre à Voltaire, « cet usurpateur du petit royaume d'*Angola*[3] ». Bien que Favier s'emploie à faire justice de l'originalité du roman dans un long compte rendu paru dans *Le Spectateur littéraire*[4], l'accusation de plagiat est générale. Nombreux sont aussi les lecteurs, critiques et auteurs dramatiques, victimes de ses sarcasmes, qui lui dénient la paternité du roman. Ainsi Raynal, en 1751 : « M. de La Morlière prétend avoir fait *Angola*, roman assez agréable, et il est sûr qu'il est l'auteur des *Lauriers ecclésiastiques*, satire insipide, plate et burlesque [...][5]. » Publié en 1747, *Les Lauriers ecclésiastiques* se vend et circule rapidement sous le manteau. « Le livre est nouveau, très libertin, très cher et très défendu, voilà tout son mérite. Il y a une grossièreté élégante et même sublime, ou, si voulez, une sublimité de tour qui fait disparaître la grossièreté ; témoins quelques morceaux du *P. des C...* [*Portier des chartreux*] et la fameuse *Ode* [*à Priape*] qui doit fermer un jour la porte de l'Académie au poète Piron. Mais il faut avoir l'imagination bien jeune et l'esprit bien brut pour trouver quelque goût à la lecture des *Lauriers ecclésiastiques*[6] [...]. » Sans autre prétention que celle d'amuser aux dépens du clergé et de la noblesse — « je ne fus jamais auteur, prévient le narrateur dans un préambule au récit ; de plus j'écris à un militaire, voilà, je pense, d'assez bonnes excuses : des faits, de la vivacité ; c'est tout ce que vous êtes en droit d'attendre[7] », *Les Lauriers ecclésiastiques* est un livre pourtant d'une drôlerie insolente, alerte, d'un érotisme qui confond joyeusement l'imagerie galante et les situations obscènes : « Tout était DUCHESSE OU SOPHA pour nous ; les situations les plus incommodes ne faisaient qu'irriter le feu dévorant dont nous étions consumés [...][8]. » Tout « cela est croqué, point châtié, passé au gros sas, enfin de page en page, sans savoir comment j'ai vu le bout[9] », écrit avec désinvolture, se jouant de son propre

1. *Histoire du chevalier de R****, p. 142.
2. Abbé Raynal, *Nouvelles littéraires*, 19 août 1754, dans *Correspondance littéraire, philosophique et critique par Grimm, Diderot, Raynal, Meister, etc.*, Paris, 1877-1882, t. II, p. 174.
3. Lettre de Fréron aux lecteurs de *L'Année littéraire*, 27 juillet 1760, citée dans *Le Dossier Fréron*, Droz, Genève, 1975, p. 287.
4. « Nourri de ces lectures, il a pu enrichir son imagination du butin de sa mémoire, sans être pour cela plagiaire », écrit-il dans *Le Spectateur littéraire ou Réflexions désintéressées sur quelques ouvrages nouveaux, adressées à M. le président de *** en province*, Paris, 1746, t. I, p. 49-50.
5. *Nouvelles littéraires*, 13 décembre 1751, p. 21.
6. Pierre Clément, *Les Cinq Années littéraires ou Nouvelles littéraires, etc. Des années 1748, 1749, 1750, 1751 et 1752*, lettre VII, La Haye, 1754, t. I, p. 53-54.
7. *Les Lauriers ecclésiastiques ou les Campagnes de l'abbé de T****. À Luxuropolis, 1748, p. 6.
8. *Ibid.*, p. 60.
9. *Ibid.*, p. 164.

personnage d'auteur, le narrateur, un petit abbé au service d'un vieil oncle archevêque, toujours vert, mais imperturbablement digne. Dirigé contre l'abbé Terray[1] dont La Morlière prétend raconter les amours de jeunesse, *Les Lauriers ecclésiastiques* mobilise le clergé contre leur auteur, mais aussi la noblesse ridiculisée dans le roman, particulièrement celle de province dont est issu La Morlière. Sur l'intervention du cardinal de Fleury, ordre est donné au chevalier de quitter Paris ; de savoir, du moins, s'y faire oublier quelque temps.

Rouen, où il arrive dès 1747 et dont il fréquente les lieux interlopes sans rien changer à ses habitudes parisiennes, est avant tout pour La Morlière un nouveau théâtre où exercer ses escroqueries, démontrer, comme l'écrit Chevrier dans *Le Colporteur*, à qui le portrait s'applique également, qu'il est bien « l'un de ces merveilleux qui ont l'agréable talent de tromper, de ruiner et de déshonorer toutes les femmes[2] ». Bachaumont rapporte dans les *Mémoires secrets* des anecdotes qui le montrent en action à Rouen, puis plus tard à Paris : « M. de La Morlière est un excellent comédien. Il y a quelques années qu'étant retourné à Rouen, où il avait un tailleur pour créancier, celui-ci le rencontre, l'aborde, et lui demande sa dette. Le chevalier le regarde avec indignation, lui baragouine de l'allemand, au point d'en imposer à cet homme, qui lui demande pardon et s'en va. « Le chevalier continue son rôle de baron allemand, s'introduit chez un conseiller du Parlement, séduit sa fille et lui fait un enfant, lui promettant de l'épouser. La grossesse reconnue, le conseiller est obligé de consentir au mariage. Dans cet intervalle, le chevalier fait écrire au père, par un de ses amis de Paris, qu'il se défie d'un certain baron allemand, qui n'est autre chose que La Morlière. Étonnement du conseiller, qui se met en garde. Les couches se font sourdement, et, sous quelque prétexte, on renvoie le prétendant. Celui-ci continue ses assiduités auprès de la fille, qui veut à toute force l'épouser. Dans cet intervalle, il se présente un parti qu'on propose au père : il accepte, mais il ne peut déterminer sa fille. La Morlière tient bon, se présente toujours pour tenir sa parole, et fait arriver lettres sur lettres, qui confirment que c'est un imposteur, qu'on craigne tout de lui, qu'il est homme à déshonorer une fille et à le publier ; qu'il faut éconduire un pareil scélérat à prix d'argent. Le père le tire à part, lui déclare qu'il lui donnera dix mille francs, s'il veut se désister, tenir le secret et laisser faire le mariage de sa fille. Il éloigne bien loin la proposition : dix mille francs à un homme comme lui ! Bref, on lui en offre trente, qu'il accepte, et il déloge[3]. »

Habile à se tirer d'affaire, La Morlière ne se retrouve pas toujours hors d'atteinte. S'il lui arrive de connaître la prison, comme à son retour de Rouen, en échappant cependant aux tribunaux grâce à l'internement administratif réclamé par les familles et permis par la lettre de cachet, sa détention est de courte durée. Sans oublier la protection dont il bénéficie

1. Ecclésiastique connu pour ses menées antiparlementaires avec Maupéou et d'Aiguillon. Pour réduire le déficit, il usa, pendant qu'il était contrôleur général des Finances de 1769 à 1774, de mesures impopulaires qui le firent surnommer « Vide-Gousset ».

2. François Antoine Chevrier, *Le Colporteur, histoire morale et critique*, Paris, édition de 1914, p. 7.

3. Bachaumont, *Mémoires secrets pour servir à l'histoire de la République des lettres en France depuis 1762 jusqu'à nos jours*, 8 novembre 1763, Paris, édition de 1830, t. I, p. 226-227.

dans la police avec laquelle il collabore parfois. La Morlière est d'origine noble ; il s'en prend aux bourgeois, exploitant les rivalités montantes qui opposent la noblesse au tiers état, ses nantis, sa « canaille ». Intrigues de cour, division du clergé en partisans de Rome et gallicans, grands bourgeois de la finance et artisans de Paris, les rivalités entre gens de lettres, et particulièrement entre auteurs dramatiques, sont elles-mêmes fertiles en provocations et manœuvres visant à discréditer une réputation ou à la gonfler artificiellement. Amateur frénétique de spectacles, La Morlière saisit l'occasion et entrera dans la petite histoire anecdotique du théâtre français du XVIIIe siècle. La voix portant haut et fort, le geste péremptoire, le jugement décisif, c'est en chef de cabales, en régisseur du succès ou du fiasco des pièces données à la Comédie-Française et à la Comédie-Italienne que La Morlière a choisi de se faire connaître de ses contemporains. Les suffrages de la claque à sa solde — plus « de cent cinquante conspirateurs[1] », selon Favart —, qu'il recrute parmi les jeunes habitués du café Procope, se monnaient cher auprès des auteurs dramatiques. En cas de refus de l'auteur, et sur un signe de La Morlière, le tumulte aussitôt se propage dans les rangs de la claque mercenaire, placée au milieu de la salle, sous le lustre[2] : bruits et sifflements envahissant la salle, quand ce ne sont pas des bâillements contagieux[3]. Telle est la petite trouvaille qui gagne le parterre dont, en manipulateur avisé, La Morlière s'est acquis la gérance par une sorte d'impôt pris sur les billets. Voltaire lui-même, avide de popularité, cède à son chantage, achète ses applaudissements à l'occasion de la première représentation de *Sémiramis* au Théâtre-Français (29 août 1748).

La Morlière ne se contente pas d'exciter le public, encadré par plusieurs rangées de soldats qui font ressembler les salles de théâtre à des prisons gardées à vue ; il publie ses critiques et ses jugements dans de minces brochures distribuées dans les cafés ou à la porte des théâtres. L'accusation de plagiat est de bonne ressource auprès de critiques et d'écrivains qui ont mis au cœur de leurs réflexions sur la littérature la question si sensible, brûlante au XVIIIe siècle, de *l'imitation*. La tragédie de Marmontel *Denis le tyran* (février 1748) est donc « d'un vil plagiaire », écrit La Morlière avec un parfait cynisme dans ses *Très humbles remontrances à la cohue*, tout en s'excusant de devoir entreprendre « la triste décomposition de la pièce » : « Messieurs les admirateurs, il y a de fort beaux vers, il y a de belles pensées, de grands sentiments ; oui-da j'en conviens, mais j'en ai indiqué ci-dessus les sources, il y a dans cette pièce dont la beauté vous étonne, plus de cinq cents vers retournés de *Mérope*, de *Mahomet*, de *Brutus* et de *Gustave*, et cela je le prouverai papier en main, à ceux qui viendront à me connaître, et à M*** même s'il était possible que je me trouvasse vis-à-vis de lui, ce qui vraisemblablement n'arrivera

1. Charles Simon Favart, *Mémoires et correspondances littéraires, dramatiques et anecdotiques*, 15 août 1762, Paris, 1808, p. 21.

2. D'où le surnom donné aux membres de la claque de « chevaliers du lustre ».

3. « Lorsqu'une sage police l'empêcha de huer ou de siffler, il se fit une manière de bâiller éclatante et prolongée, qui produisait le double effet de faire rire et de communiquer le même mouvement au diaphragme de ses voisins. Un jour la sentinelle l'avertit de ne pas faire de bruit : *Comment, mon ami*, lui dit-il, *vous qui paraissez un homme de sens et qui avez l'habitude du spectacle, est-ce que vous trouvez cela beau ? — Je ne dis pas cela*, lui répondit le soldat un peu adouci ; *mais ayez la bonté de bâiller plus bas* », écrit François Metra (*Correspondance littéraire secrète*, 15 décembre 1785, Nieuwed, non paginé).

pas ; il n'habite, dit-on, que les cafés, il y étourdit tout l'univers de son caquet, et de ses disputes ; tans pis pour qui l'endure, je ne fréquente point ces endroits-là[1]. » La Morlière, au contraire, ne ménage pas son admiration à Voltaire dans le compte rendu de *L'Orphelin de la Chine* (1755) destiné à une « femme qui ne peut quitter la campagne », et dont il espère, jouant sur l'équivoque, quelque avantage en espèces — « Je connais trop le prix de pouvoir être agréable aux personnes qu'on estime[2] » : « Je ne vous parle pas, Madame, de la diction de la pièce ; elle est de M. de Voltaire, c'est assurément tout dire. Vous connaissez son coloris. J'appellerais volontiers l'auteur, le *Rubens* de la poésie » ; « Quoi qu'il en soit, de toutes les critiques qu'on fera sur la pièce nouvelle, puissions-nous avoir toujours des Voltaire[3]. » Manipuler l'opinion, exercer sa tyrannie sur le parterre ne lui suffisant plus, La Morlière entreprend d'écrire lui-même des pièces et de les faire jouer, perdant de ce jour son autorité dans les salles de théâtre. L'insuccès total de ses tentatives lui fait perdre définitivement son crédit de chef de cabale en retournant les sifflements de la salle contre lui. Fréron lui porte le premier coup dans sa critique du *Gouverneur*, représenté en 1751[4] ; Raynal lui retourne une nouvelle fois l'accusation de plagiat : « C'est une imitation misérable de *La Gouvernante* de M. de La Chaussée, et de la *Cénie* de Mme de Graffigny. Toute la différence qu'il y a entre la copie et les originaux, c'est que dans ceux-ci la mère élève sa fille, au lieu que dans M. de La Morlière, le père élève un jeune homme qu'il marie à sa fille[5]. » Raynal cite cette épigramme qui circule alors sur La Morlière :

On vous sait bon gré, La Morlière,
Vous qui condamnez tout auteur,
D'avoir produit un gouverneur,
Pour vous donner les étrivières[6].

La Créole, pièce représentée le lundi 12 août 1754 au Français, est une nouvelle occasion pour La Morlière de se les faire donner, mais aussi, et peut-être surtout, de faire parler une nouvelle fois de lui : « Dans la comédie de *La Créole* de cet auteur, témoigne Chevrier, un valet après avoir fait à son maître le détail d'une fête, lui demande ce qu'il en pense : *Que tout cela ne vaut pas le diable*, répond le maître ; le parterre, en chorus, répéta ces mots et la pièce ne fut pas achevée[7]. » Charles Collé rend compte d'une nouvelle pièce qui connaît le même sort : « Je fus à la Comédie-Française voir la première et dernière représentation de *L'Amant déguisé*, comédie en deux actes et en prose de M. le chevalier de la Morlière ; elle était si ennuyeuse que par des claquements de mains ironiques le parterre empêcha qu'elle ne fût achevée[8]. »

1. *Très humbles remontrances à la cohue, au sujet de la tragédie de « Denis le tyran »*, s.l., 1748, p. 8.
2. *Analyse de la tragédie de « L'Orphelin de la Chine »*, La Haye et Paris, 1755, p. 1.
3. *Ibid.*, p. 10 et 23-24.
4. La Morlière riposte par un pamphlet, *Le Contrepoison des feuilles, ou Lettre à M. de ***, retiré à ***, sur le Sr Fréron*, s.l., 1745.
5. Raynal, *Nouvelles littéraires*, décembre 1751, t. II, p. 129.
6. *Ibid.*, p. 128.
7. *Le Colporteur*, p. 217.
8. Collé, *Journal et Mémoires*, 28 juin 1758, t. II, p. 145.

Auteur dramatique ridiculisé, chef de cabale discrédité mais toujours actif au milieu du parterre, La Morlière est bientôt expulsé de la Comédie-Italienne ; les gardes ont reçu l'ordre du lieutenant de police, M. de Sartine, en mai 1765, de lui interdire également l'accès de la Comédie-Française. Avec l'expulsion des salles de spectacle s'achève sa période de gloire, « l'espèce de célébrité » qu'il a due « à la prépondérance que la force de ses poumons et l'énergie de ses mouvements lui ont donnée[1] ».

Les années qui précèdent sa mort seront alors celles d'une progressive déchéance dans la misère et le vice, devenu sordide avec la vieillesse. On perd sa trace, de garnis meublés en chambres d'appartement provisoires où il habite le plus souvent sous de faux noms ; seuls ses démêlés avec la police permettent encore, de loin en loin, de le situer. « Le chevalier de La Morlière plus connu par ses escroqueries, son impudence et sa scélératesse que par ses ouvrages, vient enfin d'être mis à Saint-Lazare : sa famille a obtenu cette grâce, de crainte qu'un jour il ne la déshonorât par un supplice ignominieux[2] ». Le nom du « scélérat » réapparaît le 11 décembre de la même année dans les *Mémoires secrets* : « M. le Chevalier est sorti de Saint-Lazare, et se montre avec un front d'airain[3]. » Une note de police, plus tardive, et complaisante alors dans les termes choisis, assure qu'il « a fait un mauvais tour à un jeune homme dont il a vendu des tableaux pour mille écus, et prétend n'en avoir reçu que mille livres[4] ». C'est que La Morlière a obtenu entre-temps, en 1768, le privilège envié d'une invitation à souper avec la maîtresse du roi, la comtesse du Barry, à qui il a dédié *Le Fatalisme*, recueil d'anecdotes qui sont un « tableau des faiblesses[5] » des hommes, tandis que la vertu s'y voit finalement récompensée, après avoir été durement éprouvée. Sensible à la dédicace, attendrie par le sort de La Morlière, la du Barry lui fait adresser le lendemain un sac de cent louis. Poussant le cynisme jusqu'à la naïveté, le chevalier récidive deux ans plus tard, mais sans succès cette fois, en publiant *Le Royalisme ou Mémoires de du Barri de Saint-Aunez et de Constance de Cézelli, sa femme*. Le livre comprend à la première page un portrait en médaillon de la du Barry, avec ce texte au-dessous :

Plaire n'est pas l'unique soin pour elle,
Un goût plus vrai, l'occupe tout le jour ;
Sensible aux maux d'autrui jusqu'au sein de la Cour,
C'est pour obliger qu'elle est belle[6].

Il est vrai qu'en s'improvisant généalogiste de la nouvelle maîtresse en titre, La Morlière, comme à son habitude, en fait trop ; la demande indirecte d'argent et la flatterie sont grosses, proches de l'offense,

1. Metra, *Correspondance littéraire secrète*, 10 février 1785.
2. *Mémoires secrets*, 13 août 1762, t. I, p. 85.
3. *Ibid.*
4. Cité par Rochas, p. 27.
5. *Le Fatalisme, ou Collection d'anecdotes pour prouver l'influence du sort sur l'histoire du cœur humain*, Londres et Paris, 1769, p. Xij.
6. *Le Royalisme ou Mémoires de du Barri de Saint-Aunez et de Constance de Cézelli, sa femme. Anecdotes héroïques sous Henri IV*, Paris, 1770.

comme sont injurieuses pour la comtesse, née Bécu, ces « anecdotes héroïques sous Henri IV » qui retracent de façon totalement fantaisiste « la fidélité la plus héroïque de deux sujets pour leur roi » et celle de leur fils, Hercule du Barri, ancêtres lointains et brumeux de la « Maison » de la courtisane, dont le zèle exemplaire a été récompensé par une « seigneurie », et l'octroi d'une rente généreuse. Jouant déjà sur la corde sensible avec ses deux jeunes enfants pitoyables, victimes d'un naufrage et captifs des Turcs, longtemps perdus de vue, finalement réunis, le roman dédié à la duchesse de La Vallière, nouveau pastiche des romans de l'abbé Prévost, *Mirza-Nadir ou Mémoires et aventures du marquis de Saint-T**** (La Haye, 1749), n'avait pas eu davantage de succès sur les revenus aléatoires de La Morlière. À défaut de pouvoir encore approcher les grands de la Cour, professeur, un temps, de déclamation, trafiquant de manuscrits volés, inopinément retrouvés, restitués à leurs auteurs moyennant compensation, le chevalier se contentera de vivre dans les dernières années de sa vie avec une femme du nom de Denise, vielleuse de son état, et pour qui il organisera vraisemblablement des rencontres avec de vieux paillards.

Metra affirme qu'il écrit, peu avant sa mort, survenue le 8 février 1785 rue du Four-Saint-Germain, dans la chambre de Denise, une importante histoire du théâtre français en huit volumes. Cet ouvrage, qui aurait assurément favorisé au milieu des commentaires critiques l'évocation de ses propres exploits au théâtre, dans la salle et sur la scène, n'a jamais vu le jour. La Morlière laisse cependant deux livres publiés de façon posthume : *Le Misanthrope et les Conseils du Ch. de La M. à un jeune littérateur qu'il avait adopté pour fils*, dans lequel il se met en scène en « Narcisse moderne » se faisant gloire d'être enfin devenu misanthrope, revenu de ses prétentions à se faire un nom dans la « vaste carrière » des lettres[1], et les *Espiègleries d'un mousquetaire*[2]. Le livre n'est qu'une reprise, à peu près mot pour mot, des *Lauriers ecclésiastiques* : le petit abbé de cour, vieilli dans l'intervalle, est redevenu le fringant mousquetaire des débuts de La Morlière à Paris. Toujours et encore, avec les scènes de voyeurisme renouvelées, l'expression héroïque d'un vœu pieux qui n'aura pas résisté à l'épreuve de la réalité dans un siècle où, au milieu des rites de la sociabilité, leur partage est décidément la règle : et « je me promis bien de renoncer aux femmes des autres[3] ».

ROMAN WALD-LASOWSKI.

1. *Le Misanthrope et les Conseils du Ch. de La M. à un jeune littérateur qu'il avait adopté pour fils, ou Étrennes aux journalistes*, Amsterdam et Paris, 1786, p. 8-9.
2. Voir p. 1217.
3. *Espiègleries d'un mousquetaire*, p. 93.

BIBLIOGRAPHIE

ŒUVRES DE LA MORLIÈRE

Œuvres romanesques et critiques.

Le Siège de Tournai, Paris, 1745. Le livre paraît la même année sous le titre : *Le Chevalier de R… anecdotes du siège de Tournai*, 1745. Puis en 1749 sous le suivant : *Histoire du chevalier de R***, anecdotes du siège de Tournai*, Paris, dans la *Bibliothèque choisie et amusante*, t. I.

*Le Contrepoison des feuilles, ou Lettre à M. de ***, retiré à ***, sur le Sr Fréron*, s.l., 1745.

Angola, histoire indienne. Ouvrage sans vraisemblance. À Agra, [s.l.], 1746.

Réponse au soi-disant « Spectateur littéraire » [de Favier], *au sujet de son avis désintéressé sur « Angola »*, s.l., 1746.

Milord Stanley, ou le Criminel vertueux, Cadix [Paris], 1747.

*Campagnes de l'abbé de T****, s.l., 1747. Le livre paraît en 1748 sous le titre : *Les Lauriers ecclésiastiques, ou les Campagnes de l'abbé de T****. À Luxuropolis.

Très humbles remontrances à la cohue, au sujet de la tragédie de « Denis le Tyran » [de Marmontel], s.l., 1748.

*Mirza-Nadir, ou Mémoires et aventures du marquis de Saint-T***, gouverneur pour le roi de Perse de la ville et du pays de Candahan*, La Haye, 1749.

Réflexions sur la tragédie d'« Oreste », où se trouve placé naturellement l'essai d'un parallèle de cette pièce avec l'« Électre » de M. de C[rébillon], s.l., 1750.

*Réponse de M. M*** à M. Racine fils, après la première représentation des « Héraclides »*, Paris, 1752.

*Antifeuilles ou Lettres à Mme de *** sur quelques jugements portés dans « L'Année littéraire » de Fréron* [avec G. Sellius et Du Jardin]. Paris, 1754.

Lettre d'un sage à un homme très respectable et dont il a besoin, sur la musique française et italienne, Paris, 1754.

Analyse de la tragédie de « L'Orphelin de la Chine », par M. le Chev. de La M., La Haye et Paris, 1755.

Le Fatalisme, ou Collection d'anecdotes pour prouver l'influence du sort sur l'histoire du cœur humain, par M. le Chev. de La M., Londres et Paris, 1769.

Le Royalisme ou Mémoires de du Barri de Saint-Aunez et de Constance de Cézelli, sa femme. Anecdotes héroïques sous Henri IV. Par M. de L… [attribué à La Morlière ou à Limairac], Paris, 1770.

Le Misanthrope et les Conseils du Ch. de La M. à un jeune littérateur qu'il avait adopté pour fils, ou Étrennes aux journalistes, Amsterdam et Paris, 1786.

Espiègleries d'un mousquetaire novice à dix-neuf ans, maintenant homme de lettres, histoire véritable (écrite par lui-même), Paris, an XI [1803].

Œuvres dramatiques.

Le Gouverneur, comédie en trois actes, en prose, 1751. Paris, Quillau fils, 1752.

La Créole, créé à la Comédie-Française, le 12 août 1754.
L'Amant déguisé, comédie en deux actes en prose, créée à la Comédie-Française, le 26 juin 1758.

Éditions anciennes d'« Angola ».

Angola, histoire indienne. Ouvrage sans vraisemblance. À Agra [s.l.], 1746, BNF, cote Y2 9234.
Angola, histoire indienne, suivi de la *Critique d'« Angola »*, à Agra [s.l.], 1746.
Angola, histoire indienne. Ouvrage sans vraisemblance. Nouvelle édition revue et corrigée. À Agra, avec privilège du Grand-Mogol, s.l., 1747.
Angola, histoire indienne. Ouvrage sans vraisemblance. À Agra [Paris], avec privilège du Grand-Mogol, 1751.
Contes du chevalier de La Morlière. Angola, notice bio-bibliographique d'Octave Uzanne, Paris, A. Quantin, coll. « Petits conteurs du XVIIIe siècle », 1879.
Angola, histoire indienne. Ouvrage sans vraisemblance, précédé d'une étude bio-bibliographique de Fernand Mitton, Paris, Aux Éditions d'art de l'intermédiaire du bibliophile, coll. « Les Prosateurs libertins du XVIIIe siècle », 1930.

Éditions récentes d'« Angola ».

Angola, histoire indienne. Ouvrage sans vraisemblance, Grenoble, Roissard, 1967.
Angola, histoire indienne. Ouvrage sans vraisemblance, édition établie et présentée par Jean-Paul Sermain, Paris, Desjonquères, 1991.
Angola, histoire indienne, dans *Romans libertins du XVIIIe siècle*, textes établis et présentés par R. Trousson, Robert Laffont, coll. « Bouquins », 1993.

ÉTUDES

Sur La Morlière.

JAL (Amédée), *Dictionnaire critique de biographie et d'histoire*, Paris, 1872.
MICHAUD (Louis-Gabriel), *Biographie universelle*, Paris, C. Delagrave, 1870-1872.
MONSELET (Charles), « Le Chevalier de La Morlière » dans *Oubliés et dédaignés*, Paris, 1857, p. 251-311.
ROCHAS (Adolphe), *Biographie du Dauphiné*, Paris, 1856-1860. Fac-similé : Genève, Slatkine, 1971.
TROUSSON (Raymond), « Le Chevalier de La Morlière. Un aventurier des lettres au XVIIIe siècle », *Bulletin de l'Académie royale de langue et de littérature françaises*, LXVIII, 3-4, 1990, p. 218-299.

Sur « Angola ».

VERSINI (Laurent), « Néologies et tours à la mode dans *Angola* », *Travaux de linguistique et de littérature*, XIII, 2, 1975.

ANGOLA

NOTICE

Au cours de l'été 1750, les petits-maîtres auraient pu venir au Théâtre-Italien applaudir le spectacle de leur propre condition devant *Momus philosophe*. La pièce fait partie de ces innombrables œuvres dramatiques de l'époque aussi vite montées que disparues de l'affiche. Le Médecin, le Censeur, le Poète tragique, le Petit-maître défilent sur scène ; celui-ci fait l'éloge du libertinage à sa compagne, et lui vante les mérites des spectacles qui savent si bien remplir le vide d'une existence oisive. « LE PETIT-MAÎTRE : J'aime ces romans où l'on pense. Les Anglais sont profonds. / LA PETITE-MAÎTRESSE : Oui, je crois qu'*Angola* est traduit de l'anglais[1]. »

Honoré parmi les romans à la mode — Fielding et Richardson —, *Angola* est pourtant bien français de langue et d'esprit : parce qu'il correspond au goût pour la superficialité, qu'il fait lui-même la part belle au vertige satirique de sa propre mise en scène, à la vie des spectacles et à l'*existence comédienne*. À travers le prétexte de la fable et de l'argument romanesque, c'est en effet toute une dramaturgie que découvre progressivement *Angola* : celle de la vie galante, avec ses acteurs traditionnels, ses premiers et ses seconds rôles qui évoluent sur le théâtre de la mondanité.

Le roman est rapidement devenu le livre favori des boudoirs[2], assurant à son auteur la réputation d'un plagiaire[3]. La Morlière ne prétendait cependant pas à l'originalité d'une formule déjà largement illustrée par les meilleurs auteurs de la littérature galante — Claude de Crébillon, Duclos, Voisenon. Multipliant les allusions au contexte littéraire et culturel et les signes de connivence avec le milieu galant, le succès d'*Angola* procède de ce qu'il est écrit ouvertement sous influence : directement inspiré des livres lus et parodiés, d'une actualité à laquelle le livre se réfère à travers l'évocation du courtisan petit-maître dont il restitue la physionomie familière, dans son décor, ses occupations rituelles tout à la fois convoitées et exécrées, son art frivole de vivre et d'aimer identifié à la civilisation de cour[4].

1. Boulanger de Rivery, *Momus philosophe*, dans *Bibliothèque des théâtres*, Paris, 1784, t. XXX.
2. « J'ai vu plus d'une fois *Angola* sur une toilette, tandis que La Bruyère n'avait pu traverser l'antichambre ; il est vrai que ce dernier est déjà vieux, et qu'on n'aime plus guère un auteur qui met le bon sens partout », fait dire Jacob Vernes à l'un de ses personnages, dans *Cléon ou le Petit-maître, esprit fort, anecdote morale*, Paris, 1757, p. 17.
3. Voir la notice sur La Morlière, p. 1220.
4. *Angola* est, à cet égard, un document lexicographique de la mondanité galante du milieu du siècle (Laurent Versini en définit les principales caractéristiques ; voir la bibliographie, p. 1227). Ce jargon, riche de néologismes et aujourd'hui passé dans la langue courante, se caractérise surtout par les tours superlatifs et hyperboliques cumulés dans une même phrase ou un même syntagme, tels : « le plus sanglant », « malade à périr », ou « rien

« … Un carrosse brillant s'arrête devant la porte de la comtesse de S..., un jeune homme mis magnifiquement en sort, et se fait annoncer en composant ses grâces. » C'est sur cette phrase que s'ouvre *Angola*, en affichant son appartenance au genre littéraire de la mondanité galante, avec ses stéréotypes et ses clichés aussitôt identifiés. La phrase est habile, efficace : elle est conforme à l'ordre romanesque d'un mouvement qui théâtralise la fiction ; elle a surtout pour but d'accrocher l'intérêt de l'amateur d'ouvrages galants, qui retrouve ses repères : carrosse, comtesse et grâces annoncées… Le choix de la date de publication est également habile. Lorsque le roman paraît, au cours de l'année 1746, le règne de Louis XV est en effet à son apogée, il connaît sa période la plus *brillante* — mot fétiche dont La Morlière ne se lasse pas dans *Angola*, après l'avoir disposé dès l'ouverture du texte à la manière d'un signe de reconnaissance, qui renvoie aux lecteurs contemporains une image flatteuse d'eux-mêmes. Le siège de Tournai et la victoire de Fontenoy, en 1745, ont consacré le prestige des armées. « Jamais Louis XV n'avait paru si grand que durant cette campagne[1] », témoigne son biographe, Mouffle d'Angerville, tandis que l'hiver de 1745 à 1746 s'est passé en réjouissances et en fêtes nombreuses au milieu des *entrées* triomphales du roi dans les principales villes de Flandre. Avec les beaux jours et la paix, les spectacles recommencent à Versailles : « Il y aura musique, lundi et samedi ; comédie française, mardi, et jeudi tragédie ; comédie italienne, mercredi, vendredi, et dimanche jeux[2] ». Ce règlement de la Maison du roi, en date de février 1737, ne suffit presque plus à canaliser les réjouissances sans cesse renouvelées qu'apportent les temps nouveaux. C'est que Versailles s'est mis à vivre à l'heure de la marquise de Pompadour, nommée officiellement maîtresse du roi au cours de la semaine de Pâques 1745[3]. Converti depuis quelques années à la galanterie, le roi s'est déclaré publiquement à la marquise de Pompadour au grand bal masqué donné à l'Hôtel de Ville de Paris à l'occasion du mariage du dauphin avec Marie-Thérèse de Bourbon. Apothéose de la civilisation de cour avec son étalage insolent de luxe, ses folies ruineuses qui ont mis en délire un peuple innombrable, le mariage a donné lieu dans tout le royaume à des feux d'artifice, des représentations théâtrales, etc. Le souvenir tout proche de l'éclat de ces fêtes est vif encore dans les esprits lorsque paraît *Angola*, et particulièrement dans celui de La Morlière, exclu par ses frasques du cercle enchanté de l'existence de cour.

Le conte oriental connaît lui-même sa période la plus faste. *Le Sopha*,

de si indécent ». *Angola* épingle ainsi le lexique et la syntaxe de la surenchère (« funeste », « déplorable », « cruellement », « abhorrer », etc.), expression d'une civilisation affadie, exténuée. Un exemple : dans le chapitre II de la seconde partie, p. 740, le public applaudit « à tout rompre » à l'Opéra. Or, le *Dictionnaire comique, satyrique, burlesque, libre et proverbial* de Le Roux (Amsterdam, édition de 1750) révèle que l'expression s'emploie aussi pour dire « tout au plus » : « à tout rompre » est donc minoré, et finit par signifier « sans plus ».

1. *Vie privée de Louis XV, ou Principaux événements, particularités et anecdotes de son règne*, Londres, 1781, t. I, p. 256.

2. *Mémoires du duc de Luynes*, cité par François Bluche, dans *La Noblesse française au XVIIIe siècle*, Hachette, coll. « La Vie quotidienne », 1995, p. 80.

3. La cérémonie consiste à rendre à la nouvelle maîtresse « les honneurs du Louvre », c'est-à-dire à la présenter à la reine pour en recevoir un baiser et lui permettre de s'asseoir, au milieu des « dames titrées », sur un tabouret à sa droite.

en 1742, a consacré la réputation de Crébillon ; Duclos et Godard d'Aucour publient respectivement en 1744 *Acajou et Zirphile* et *Thémidore* ; Voisenon *Zulmis et Zelmaïde* en 1745, puis, l'année suivante, son *Sultan Misapouf*, avant que Diderot ne donne au début de l'année 1748 *Les Bijoux indiscrets*. *Angola*, quant à lui, relève d'un exotisme hétérogène résolument ludique, puisque le nom du héros, avant de donner par extensions successives son nom à la colonie portugaise d'Afrique dès 1484, désigne le roi de Dongo portant le titre de N'gola (selon le *Larousse du XIXe siècle*), et que le sous-titre, « histoire indienne », évoque un tout autre continent.

Mais avant que les ressorts narratifs éclairent tant de fantaisie, La Morlière fait attendre le lecteur. L'écriture libertine est de nature dilatoire ; retardant l'action érotique, elle se joue de la patience du public. Comme le sultan dans *Le Sopha* de Crébillon, le lecteur réclame des faits et veut couper court aux hésitations du héros, aux digressions et commentaires. Les titres du chapitre reprennent d'ailleurs le ton de ceux du *Sopha* : « Peu à peu nous arrivons » annonce le chapitre VII (première partie), « Il était bien temps », affirme le chapitre V (seconde partie). En outre, la mise en abyme du récit retarde l'action. N'agitant que des questions frivoles, liées à une actualité littéraire et mondaine au faîte de ses prestiges, *Angola* est d'abord le parfait miroir, l'image de la vie des courtisans petits-maîtres, de leurs occupations, de leurs loisirs : jeux et chasse, fréquentation des salles de théâtre, plaisirs d'alcôve. Le livre fait partie des accessoires du boudoir, il est un témoin et un tiers nécessaire, un partenaire complice des voluptés du sofa. Dans le cadre de liens resserrés entre l'activité du sexe et la lecture du texte libertin, il est un modèle propédeutique de l'action érotique, favorisant « *la contagion de l'exemple*[1] ».

« […] mais, que vois-je ! Une brochure ! *Angola, histoire indienne* ! Ah ! vraiment, voilà du neuf, je n'ai pas l'honneur de la connaître. / — Je n'ai pas non plus cet avantage, reprit la comtesse, on me l'a apportée ce matin, et je ne sais trop si je dois la lire[2]. » Aussitôt ouvert, et sondé par endroits par le petit-maître qui éveille ainsi la curiosité de sa partenaire en jouant l'étonnement, en affectant, de façon retorse et incitative, le dénigrement auprès d'une mondaine rompue aux plaisirs de la médisance, le roman de La Morlière théâtralise d'emblée sa réception. À l'exemple des boniments que font les bateleurs au théâtre pour attirer la clientèle avant la représentation, il organise sa propre parade, sa propre *claque*, selon des procédés de mise en valeur qui sont suscités par le mode particulier de circulation et de diffusion des ouvrages libertins. Littérature de colportage, vendue sous le manteau dans la rue ou à la porte des appartements, son succès repose sur la persuasion du vendeur, son habileté à captiver l'attention et à savoir mobiliser, devant l'abondance des ouvrages publiés, tout l'art paradoxal, toutes les ressources ironiques de la contre-publicité. Si, de l'aveu du marquis invité chez la comtesse, *Angola* ne présente aucun argument nouveau susceptible de renouveler un genre dont toutes les voies paraissent avoir été déjà explorées, le livre a l'avantage d'être neuf, il a le mérite d'avoir paru le jour même. Roman

1. Voir p. 725.
2. Voir p. 677.

du jour, arrivé au matin dans la chambre de la comtesse, tout juste sorti des ateliers de fabrication, comment ne susciterait-il pas l'intérêt d'un lecteur habitué au papillonnement du désir et à l'usure rapide des jouissances ? *Angola* affirme ainsi un *désir d'édition*. Il s'agit de *paraître* : la rivalité des prétendants est grande au sein de la société monarchique, comme au sein de la communauté littéraire. Arts et techniques de l'étiquette, de la fatuité et de la vanité courtisane : ils légitiment en effet la civilisation de cour dans ses façons d'être ou ses réalisations artistiques. Le texte de La Morlière mime ainsi le désir perpétuel de « monstration » dont il trouve le modèle à la Cour.

La Cour est ici féerique. Le prince Angola y *paraît*. Le récit, longtemps fécondé par sa mise en perspective, engendre ainsi le rejeton typique des romans de la galanterie mondaine, un être doué, comme il se doit, de toutes les qualités grâce à l'intervention des fées — « vertu, courage, esprit, beauté, tout lui fut prodigué[1] ». Mais, vexée d'un affront dont elle s'imagine être la victime, la fée Mutine le menace de souffrir en amour. Les plaisirs — « l'*antidote* le plus excellent contre cette sorte de poison » qu'est « un attachement sérieux[2] » — qui l'attendent à la Cour de la fée Lumineuse n'y feront rien : Angola n'échappera pas à son destin, mais pour mieux rebondir finalement, après son mariage avec la princesse Luzéide, et se permettre les « *faux bonds à l'hymen* » qu'un futur biographe — l'auteur — saura assurément recueillir au-delà du roman et de ses péripéties.

Angola étant né, le récit peut alors commencer, préludant à cette seconde naissance, plus essentielle et urgente : celle du petit-maître pris dans le tourbillon des plaisirs de la vie oisive. « Les principales dames et les seigneurs de sa cour s'étant approchés d'elle, elle fit paraître Angola[3] [...]. » C'est en arrivant à la cour de Lumineuse que le prince fait vraiment son entrée dans la vie : celle du *monde* et de ses bonnes fortunes. Pas de meilleure école, pas d'académie plus merveilleuse que cette cour où il importe avant tout de ne s'attacher sérieusement à rien — discussions ou spectacles, femmes rencontrées ; où l'amour se traite « à la moderne », dépouillé de toutes « ces protestations ennuyeuses qu'il n'est pas en son pouvoir de tenir[4] ». En élève précoce, doué naturellement pour la liberté, Angola y fait des progrès rapides. Bousculant joyeusement les codes de la galanterie, ignorant dans sa précipitation à jouir l'art des gradations, il développe très vite les « germes » qui sont en lui ; *sémillant*, vif et agité à l'excès, il essaime autour de lui le désir, les convoitises. Une première occasion manquée au pied d'un sofa l'ouvre à cette science fort utile à la Cour qui consiste à savoir « quelle espèce de secours est propre *aux évanouissements des dames*[5] ». La lecture de *Tanzaï et Néadarné* (1734) de Claude de Crébillon, évoqué ici par l'emploi de l'italique, le lui a déjà enseigné. Et ce n'est qu'après avoir été initié au bon usage du sexe par la lecture d'une œuvre libertine, à proximité de

1. Voir p. 687.
2. Voir p. 688.
3. Voir p. 695.
4. Voir p. 706.
5. Voir p. 715.

Lumineuse à qui il revient de le dépuceler dans la chambre royale, que le prince saura comment désormais ne pas laisser s'échapper l'occasion « à pure perte », de quelle façon mettre en pratique les leçons théoriques. Dès lors, ses liaisons commencent là où finissent les grandes passions ou celles longuement négociées par les libertins de Crébillon ; conclues rapidement dans les lits de rencontre ou les vis-à-vis[1], elle fixent, dans l'instant, les désirs des partenaires. Le hasard d'une rencontre, l'échange des regards à la Cour, la simple proximité physique des visages suffisent à susciter le désir chez cet amant comblé, « asservi à la raison et aux circonstances[2] ». Il suffit que l'occasion se présente, que le partenaire soit là, à portée du regard et de la main. Dans cet univers livré au pouvoir des fées, à la matérialité sans énigme de *l'amour fait*, livré dans la disponibilité du plaisir à la mécanique des pulsions, l'aisance dans les rencontres tient proprement de la féerie. De cette impatience à jouir qui écarte les risques de l'aliénation amoureuse, le prince sera finalement puni — mais pour rire — en tombant amoureux du portrait[3] de Luzéide, et en faisant avec elle l'épreuve très passagère, romanesque, de la jalousie. Tel un enfant très libre dans ses jeux amoureux, insouciant et *insolent*, Angola est bien le plus superficiel des amants. À travers sa précipitation à jouir, interprétant la litote érotique de l'écriture de Crébillon dans le sens de l'euphémisme obscène, c'est des romans de la galanterie dont se joue la satire de La Morlière, exhibant les conventions du genre par le parti pris burlesque et caricatural de la surenchère.

« Erzeb-can, dont les manières et la conduite étaient en tout opposées à celles des souverains de ce temps-là », « dans ce temps-là rien n'était *si ignoble* que d'avoir une bonne santé », « dans ce temps-là il n'en allait pas comme aujourd'hui[4] » : l'expression « dans ce temps-là » revient souvent et manifeste l'intention satirique. En mettant à distance l'exploration des mœurs de la Cour, ses plaisirs du lit et de la table avec son surprenant « *coulis d'œuf de colibri*[5] » consacré par la « nouvelle cuisine », l'ironie favorise une intervention critique ambiguë : l'évocation de la civilisation de cour entre ainsi dans un *processus de mythologisation*. Avec le sens de sa propre mise en scène, l'originalité du roman procède en effet de ce regard critique et railleur, mais fasciné, du narrateur devant une courtisanerie devenue inaccessible — mythe fabuleux qui lui échappe comme il échappe au peuple, tiers exclu et voyeur de « toutes ces réjouissances excessives qui ailleurs se font [à ses] dépens[6] ». Si ce n'est qu'à partir des années 1750 que vont se multiplier dans Paris séditions et émeutes

1. Sur ce mot qui désigne une voiture, voir n. 27, p. 690.
2. Voir p. 750.
3. Médailles, effigies, le XVIIIe siècle a la passion des « têtes ». Le « portrait » y est l'objet d'un véritable engouement. On se plaît à se faire « anatomiser », notamment par le peintre Jean-Marc Nattier, le spécialiste du genre ; on s'envoie et s'échange les « portraits » par la poste, encadrés ou non montés.
4. Voir p. 681, 683 et 758.
5. Voir p. 684. Auteur du *Cuisinier moderne* (1735), Vincent de la Chapelle est à l'origine *de La* « *nouvelle* cuisine », qui a lancé la vogue des recettes évoquant l'Orient de fantaisie apprécié à l'époque : plats à la polonaise ou à l'indienne, sauces espagnoles, etc. Son style, tout en raffinements — petits morceaux, filets et roulades —, se signale également par la recherche de ses appellations : « veau à la crotte d'Inde roulé à la Kleuteau », « sauce au singe vert ».
6. Voir p. 682.

populaires, que l'on y parle de plus en plus ouvertement d'aller brûler le château de Versailles élevé, dit-on, « aux dépens du peuple » : l'expression chez La Morlière est simple écho de la rue. « La fortune est l'objet de la vénération publique ; on ne réussit guère à la tourner en ridicule : depuis que les auteurs font la satire des carrosses, ils n'ont encore rien persuadé, si ce n'est qu'ils n'en avaient point[1] », observe Favier dans *Le Spectateur littéraire*.

Épopée joyeuse d'un libertinage qui a l'inconséquence d'un jeu, représentation fantasmée de la cour de Louis XV, *Angola* est l'illustration littéraire d'une culture ludique qui a installé le sarcasme au cœur de ses réflexions sur elle-même. La dérision n'y épargne pas l'écrivain lui-même, hôte impatient de son livre. L'identification de l'auteur et d'Angola affleure constamment, en effet, dans le texte. C'est ainsi qu'il faut que La Morlière, habitué des théâtres, paraisse lui-même dans cette comédie des voluptés ; qu'il exprime directement, avec une affectation naïve, superbe dans la fanfaronnade, ces passions élémentaires qui mobilisent l'énergie créatrice chez l'écrivain : désir de renommée et d'argent, désir de séduction. Il ne saurait manquer de se faire l'interprète des qualités de son roman dans l'épître « aux petites-maîtresses » : « Qui pourra se défendre de sa séduction ? Que de droits pour plaire ! Puisse-t-il en communiquer quelques-uns à son auteur[2] ! » La Morlière dans ses œuvres, au centre de son œuvre, jamais plus lui-même que lorsqu'il s'agit de s'ériger en critique, de distribuer ses applaudissements et ses censures, décidant du mérite des uns, de l'insuffisance et de l'incompétence des autres. Voltaire se distingue tout particulièrement dans la scène de la comédie (deuxième partie, chap. II), « l'auteur de *M...* » (*Mérope*) : il est naturellement « le plus beau [génie] du siècle[3] ». Tandis que la critique la plus virulente se déchaîne sur l'abbé Desfontaines, connu pour ses démêlés avec Voltaire et pour son *Dictionnaire néologique à l'usage des beaux esprits du siècle* dont La Morlière s'est pourtant vraisemblablement inspiré : « [...] il faisait des *observations* sur tous les écrits, où régnaient » en place d'une critique fine et délicate, des invectives atroces, une plaisanterie basse et du plus mauvais genre, « homme sans mœurs et adonné aux crapules les plus détestables », « Il périssait comme il avait vécu ; sa fin était celle d'un homme sans mœurs et sans principes et il n'emportait en mourant ni l'estime de l'honnête homme, ni les regrets du libertin[4]. » À travers ce portrait qui épingle le plagiaire et qui prophétise la déchéance prochaine du libertin, c'est un portrait de La Morlière par lui-même que le texte donne ainsi à lire. L'auteur, ses personnages, la Cour, ses libertins et ses équipages : tous en scène pour une invraisemblable, une « merveilleuse » parade, où La Morlière s'affirme, en exhibitionniste glorieux, comme l'un des écrivains les plus représentatifs de la culture de la vanité et de l'ostentation courtisanes.

R. W.-L.

1. Favier, *Le Spectateur littéraire*, p. 251.
2. Voir p. 680.
3. Voir p. 741.
4. Voir p. 755.

NOTE SUR LE TEXTE

L'édition de 1746, en deux volumes in-12, que nous reproduisons est relativement fautive et imprimée avec peu de soin. Les éditions ultérieures en diffèrent très peu. Nous corrigeons les coquilles, bien sûr, mais conservons fidèlement les mots ou syntagmes en italique, dont l'emploi est ici, le plus souvent, caractéristique du lexique galant.

NOTE SUR LES GRAVURES

Les illustrations reproduites ici proviennent de l'édition in-18 parue en 1751. L'ouvrage comporte une vignette sur la page de titre, que nous n'avons pas reproduite, une vignette en tête de chaque partie et deux figures dans chacun des deux tomes.

Il existe deux versions différentes de cette même édition, comme le montrent les vignettes placées en tête de la seconde partie. Nous avons consulté les deux exemplaires, et remarqué des divergences : sans doute deux tirages ont-ils été faits successivement. Dans l'édition que possède la bibliothèque de l'Arsenal (cote 8° BL 18540), les vignettes placées en tête de la première et de la seconde partie sont identiques (p. 797, en haut). Elles représentent une Vénus entourée de deux amours[1]. Tandis que dans la seconde version (Forschungs und Landesbibliothek Gotha, cote 624/5 (2)), la vignette placée en tête de la seconde partie représente les deux amants dans un carrosse (p. 797, en bas).

Ces deux gravures ont été exécutées d'après les dessins de l'un des plus talentueux illustrateurs du XVIIIe siècle, Charles Eisen. Né à Valenciennes en 1720, mort en 1778 à Bruxelles, il était le fils du peintre François Eisen, célèbre pour ses scènes mythologiques, religieuses et allégoriques, ainsi que pour ses scènes de genre. Il fut d'abord son élève, entra ensuite à l'atelier de Le Bas, qui fut, selon l'expression des frères Goncourt, « la véritable académie et la grande pension de la gravure contemporaine[2] ». Protégé par Mme de Pompadour, dont il devint le professeur de dessin, il obtint le titre de peintre du Cabinet du roi et obtint une place de professeur à l'académie de Saint-Luc, où il exposa de 1751 à 1774.

Avec Pater, Boucher, Lorrain et d'autres il a collaboré à la célèbre édition in-folio des *Contes* de La Fontaine de 1762, dite édition des Fermiers Généraux. Il a aussi illustré (en collaboration avec Gravelot, Choffard et Moreau) la remarquable édition de 1767-1771 des *Métamorphoses* d'Ovide, ainsi que *Les Baisers*, précédé du *Mois de mai* de Dorat (La Haye et Paris,

1. Cette vignette s'inspire des différentes versions du motif de Vénus et l'Amour qui, depuis Michel-Ange et Titien et jusqu'au XVIIIe siècle, a fait l'objet d'innombrables reprises et variations.

2. Jules et Edmond de Goncourt, *L'Art du XVIIIe siècle*, I, édition de 1906, t. III, p. 7. Outre Eisen, on compte parmi les élèves de Le Bas Cochin, Moreau, Le Mire et Longueil.

1770[1]), *L'Art d'aimer* de Gentil-Bernard (édition de 1775), *Le Temple de Gnide* de Montesquieu (édition de 1772), *Tarsis et Zélie* (édition de 1774), ainsi qu'une édition d'Anacréon, Sapho, Bion et Moschos de 1773 contenant de très fins culs-de-lampe et vignettes gravés par Massart. Enfin, comme son père, il a aussi composé de nombreuses scènes de genre dans le ton galant. Mais à côté de toute cette production galante, Eisen a aussi été l'illustrateur d'importants traités : *Le Cours de Belles-Lettres* (1753) et *Les Beaux-Arts réduits à un même principe* (édition de 1775) de Batteux, l'*Émile* de Rousseau et l'*Introduction à l'histoire moderne* (1753-1759) de Pufendorf.

Plus qu'aucun autre, peut-être, Eisen se situe à la frontière entre l'illustration galante et l'illustration libertine, avec toutes les ambivalences que cela comporte[2]. Quoi qu'il en soit, Eisen est surtout un vignettiste[3], et en ce sens particulièrement représentatif de l'art de la gravure au XVIIIe siècle[4], et plus précisément de la « gravure en petit[5] ». On est en droit de le considérer comme l'un des meilleurs illustrateurs de son époque.

Les vignettes et gravures reproduites pages 798 et 799 sont dues à différentes collaborations : Eisen et Aveline[6] pour le volume I, p. 112 (p. 798, en bas), Eisen et Tardieu[7] pour le volume II, p. 111 (p. 799, en haut), Eisen et Maisonneuve[8] pour le volume II, p. 153 (p. 799, en bas) ainsi que pour les deux vignettes d'en tête. La figure du volume I, p. 13 (p. 798, en haut) n'est pas signée. Elle serait peut-être due aussi à la collaboration d'Eisen et de Tardieu.

Deux de ces gravures appellent un commentaire. La composition de la deuxième estampe de la page 798 (en bas) — Zobéide s'évanouit

1. Roger Portalis ne tarit pas d'éloges sur l'ouvrage, « vrai chef-d'œuvre du genre [...], vrai bijou admiré à notre époque, mais très apprécié déjà des contemporains qui en faisaient richement relier les exemplaires. Il faut avoir vu ce volume débordant de gravures, il faut avoir admiré ces lascives petites figures amoureusement entrelacées, ces paresseuses Aurores, ces voluptueuses nymphes des eaux, ces Amours couchés dans les blés, ces couples renversés qui semblent se consumer d'amour assouvi, ces boudoirs où flotte le rêve dans une atmosphère de volupté, pour se faire une idée complète du livre le plus galamment illustré de la fin du règne de Louis XV » (*Les Dessinateurs d'illustrations au XVIIIe siècle*, Paris, 1887. Reprint : G. W. Hissing & Co., Amsterdam, 1970, p. 202-203).

2. Voir sur ce point la Notice sur les gravures

3. Mais il a malgré tout peint quelques tableaux en grand format.

4. « La vignette est la gloire du XVIIIe siècle ; les dessinateurs ont su trouver, de l'avis unanime, une formule délicieuse qu'aucune époque et qu'aucun pays n'avaient encore entrevus [*sic*] : frontispices, titres, en-têtes, fleurons, culs-de-lampe, ils surent, Choffard ou Cochin, Moreau ou Eisen, Marillier ou Boucher, adapter avec un goût exquis ces petits riens aux exigences de la typographie : aussi les livres illustrés du XVIIIe siècle sont-ils le plus bel ornement d'une bibliothèque bien choisie » (Loys Delteil, *Manuel de l'amateur d'estampes du XVIIIe siècle*, Paris, 1910, p. 278).

5. Sur la « gravure en petit », voir la Notice sur les gravures.

6. On doit à François-Antoine Aveline (1718-1762 ou 1780 ?) de nombreux portraits et vignettes. On lui doit notamment quatre gravures d'après Jean Mondon (actif entre 1736 et 1745) pour *Les Heures du jour* et des en-têtes pour les *Œuvres* de Boileau (édition de 1747).

7. Pierre-François Tardieu (1711-1771) était le neveu de Nicolas-Henri Tardieu qui fut le plus remarquable artiste d'une célèbre lignée de graveurs Le neveu était loin d'avoir le talent de son oncle. Il a notamment exécuté une suite pour les *Fables* de La Fontaine (édition in-folio de 1755-1759).

8. On ne sait quasiment rien sur Louis Maisonneuve (né en 1719), si ce n'est qu'il a gravé quelques vignettes pour *Les Amours d'Abrocome et d'Anthia* de Xénophon (édition de 1748), et quelques figures pour les *Œuvres* de Voltaire (édition de 1751).

et Angola s'avance vers elle, un flacon d'eau des Carmes[1] à la main — emprunte au célèbre motif de Psyché et Cupidon, repris et transposé de très nombreuses fois durant le siècle. Dans l'édition Cazin des *Amours de Psyché et Cupidon* de 1782 (illustrée par Marillier et Dupecher), le motif originel est respecté : Psyché pénètre dans la chambre de Cupidon endormi dont le corps à moitié nu apparaît à la lumière de la lampe de Psyché. Eisen l'a repris ici, ainsi que dans une très belle vignette illustrant le poème « L'Abeille justifiée » dans *Les Baisers* de Dorat. C'est un motif que l'on retrouve d'ailleurs dans des contextes très divers. Ainsi, Marillier s'en est directement inspiré pour le frontispice des *Sacrifices de l'amour* de Dorat[2]. Moreau illustre également une chanson de Laborde en 1763 en reproduisant à peu de chose près la même scène, qu'il transpose dans un jardin[3]. Mais il y a encore bien d'autres exemples[4].

La première gravure de la page 799 s'insère elle aussi dans une longue tradition de scènes de voyeurisme. Elle représente le thème, qui remonte à la Renaissance italienne, de la femme surprise nue à son bain : elle renverrait plutôt au mythe de Diane et d'Actéon, qui a évidemment connu une fortune considérable[5], et dans lequel on retrouve la plupart du temps deux éléments ici présents : l'eau et la fuite de la femme surprise, représentée de dos ou, comme ici, de trois quarts. Dans un burin d'Augustin Carrache intitulé *Diane surprise au bain par le chasseur Actéon*, l'attitude de Diane est très proche de celle que cette gravure donne au personnage de Clérine. Eisen lui-même a réutilisé ces ingrédients pour illustrer le chant II de *Zélis au bain* de Masson de Pézay[6].

J.-P. D.

NOTES

1. Situé à Agra, dans les Indes, le lieu d'édition évoque le théâtre fantaisiste des pérégrinations érotiques de l'âme d'Amanzéi dans *Le Sopha* de Crébillon, paru quelques années plus tôt (1742). Le récit de La Morlière affiche ainsi directement sa filiation : il s'écrit au lieu même où se déroule l'action du célèbre conte de Crébillon, s'inscrivant dans l'espace de l'imitation satirique d'un genre littéraire voué lui-même à la satire des mœurs.

1. Voir, sur cette expression, la note 43, p. 715.
2. Marillier et Duclos, dans *Les Sacrifices de l'amour ou Lettres de la vicomtesse de Sénanges et du chevalier de Versenai*, Amsterdam et Paris, 1771.
3. *La Dormeuse*, dans Jean-Benjamin de Laborde, *Choix de chansons*, Paris, 1763, vol. I, p. 26.
4. Philip Stewart en analyse un certain nombre dans le chapitre « The Passive Vessel », *Engraven Desire : Eros, Image and Text in the French Eighteenth Century*, Durham, Duke University Press, 1992, p. 177-198.
5. Voir le chapitre « Diana, or the Voyeurs », *Engraven Desire*, p. 133-173.
6. *Zélis au bain*, Genève, 1763.

Première partie.

1. « Si Rome dans son désarroi juge une œuvre de peu de poids, tu ne vas pas l'approuver ou redresser l'aiguille faussée de cette balance », Perse, *Satires*, I.

2. « Tu ris ? change le nom, cette fable est ton histoire », Horace, *Satires*, I, 1.

3. Signalé par l'emploi de l'italique, comme le sont de très nombreuses expressions dans le récit, *divin* est l'un des adjectifs le plus communément usité par les petits-maîtres. Voir la Notice, p. 1228, n. 4 en bas de page.

4. Adresse à la mode dans Paris pour le commerce des chinoiseries.

5. « Nom qu'on donne à la couleur d'un cheval dont le poil est mêlé de roux et de blanc, de sorte qu'elle ressemble à celle d'un bon potage à lait », selon l'abbé Prévost (*Manuel lexique ou Dictionnaire portatif des mots français dont la signification n'est pas familière à tout le monde*, Paris, 1750).

6. *Cavagnol* : venu d'Italie, ce jeu est une sorte de combinaison de la roulette et du loto ; il est très en faveur à la Cour et dans les salons, comme le biribi (voir p. 700) et le brelan (voir p. 717) qui en est une variante, importée également d'Italie. Voir *Le Sopha*, n. 12, p. 87.

7. La Morlière a très vraisemblablement ici à l'esprit *Tanzaï et Néadarné*, le roman de Crébillon (1734). Succès considérable de librairie, ce conte féerique est apparu à de nombreux contemporains comme une allégorie de la cour de Versailles, du roi et de son entourage. Voir la notice sur Crébillon, p. 1063.

8. *Draper* : « Pour tourner quelqu'un en ridicule, railler, mener par le bout du nez, berner » (Le Roux, *Dictionnaire comique, satyrique, critique, burlesque, libre et proverbial*, Amsterdam, édition de 1750).

9. Strabon, géographe grec, « le premier géographe grec sous le rapport historique et littéraire. Sa *Géographie*, dont la majeure partie nous est restée, est un des ouvrages les plus importants que l'Antiquité nous ait transmis. Il y traite de l'origine des peuples, de leurs migrations, de la fondation des villes, des républiques et des empires, des personnages célèbres, et l'on y trouve une foule de détails qu'on chercherait vainement ailleurs » (*Larousse du XIXe siècle*).

10. La chronique de Louis XV avait déjà pris ce titre de *chronique scandaleuse* à laquelle les débordements de la Régence imposeront comme un genre journalistique et littéraire à part entière. À partir de 1735, une forme de journalisme manuscrit prend un développement important sous le nom de *Nouvelles à la main* (voir p. 738 et *Thémidore*, n. 69, p. 530). Louis XV a pris l'habitude à Versailles de s'en faire lire chaque jour avec les rapports de ses lieutenants de police qu'informe une multitude de *mouches*. — Les *Mémoires secrets* de Bachaumont sont des nouvelles à la main que celui-ci rédige, dans le salon littéraire de Mme Doublet, sous la dictée des habitués (l'ouvrage sera continué, à sa mort, en 1771, par Pidansat de Mairobert et Mouffle d'Angerville).

11. C'est « le lieu où la noblesse apprend à monter à cheval, et les autres exercices qui lui conviennent » (*Académie*, 1760).

12. Cornelius Heinrich Agrippa von Nettesheim (1486-1535), médecin, philosophe et cabaliste allemand. — Médecin lui-même et

astrologue, Michel de Nostre-Dame, dit Nostradamus (1503-1566), s'est rendu célèbre par ses fameuses prédictions recueillies en 1555 dans les *Centuries astrologiques*.

13. *Quilles* : ornements de cette forme sur une robe, à l'imitation de certains uniformes militaires.

14. Le moyen de transport relève de la libre fantaisie du conteur. « Ouvrage sans vraisemblance », porte en sous-titre le roman.

15. « Ce qui est donné d'avance à l'héritier », précise l'abbé Prévost dans son *Dictionnaire portatif*.

16. *Persiflage* : « Terme nouveau qui s'est accrédité tout d'un coup à Paris. Je l'ai défini, dans un autre endroit, *l'art*, ou l'action de railler agréablement un sot par des raisonnements et des figures qu'il n'entend pas, ou qu'il prend dans un autre sens. Ainsi, *persifler* quelqu'un, c'est le railler sans qu'il s'en aperçoive. Cependant, il me semble que sous ce mot on comprend aussi tout badinage d'idées et d'expressions qui laisse du doute ou de l'embarras sur leur véritable sens » (*ibid.*).

17. Sur le *colibri*, voir *Le Sultan Misapouf*, n. 17, p. 644.

18. *Velours à la reine* : velours en provenance d'Italie. — *Chenilles* : « tissu de soie velouté qui imite la chenille et dont on se sert dans les broderies et dans d'autres ornements » (*Académie*).

19. Tel le char de Vénus, entraîné par Éros, dont *Les Métamorphoses* d'Ovide raconte la course à travers le ciel avec le retour du printemps et le renouveau de l'amour.

20. *Heiduques* : fantassins de la milice hongroise. Le terme désigne aussi, par extension, des domestiques habillés à la hongroise, le sabre au côté.

21. La *petite oie* désigne ici les accessoires d'un costume, chapeau, gants, bijoux et parures. Par ailleurs, la *petite oie* c'est aussi « les petites faveurs qu'accordent les femmes à leurs amants, comme petits baisers tendres, attouchements, et autres badineries qui conduisent insensiblement plus loin » (Le Roux, *Dictionnaire comique*). Voir *Thérèse philosophe*, n. 16, p. 911.

22. Sur les *nœuds*, voir *Histoire de dom B****, n. 36, p. 409, et *Thémidore*, n. 18, p. 507.

23. On se *fait écrire à la porte de quelqu'un pour dire* « se faire écrire dans la liste du portier, afin que le maître sache qu'on y a été » (*Académie*).

24. Sur *sémillant*, voir *Histoire de dom B****, n. 40, p. 419.

25. Le *trumeau* désigne ici un panneau décoré ou une glace, appelée « trumeau glace » (abbé Prévost, *Dictionnaire portatif*), entre deux fenêtres ou au-dessus d'une cheminée ou d'une porte.

26. L'*entrechat* est un pas de danse comique réservé à l'Opéra aux entrées des Vents, des Démons et des esprits élémentaires. — La *gargouillade*, traditionnelle sur les tréteaux de la Foire, consiste en un demi-tour ou une demi-pirouette rapide sur les pieds.

27. *Vis-à-vis* : voiture légère suspendue, à deux fonds et à quatre roues, garnie de glaces et recouverte comme la berline, d'une capote mobile, *mais où il n*'y a qu'une seule place dans chaque fond, deux sièges en *vis-à-vis* pour deux personnes. Elle est le vecteur idéal du « rendez-vous » galant au gré des cahots du voyage qui précipitent le passager dans les bras de son vis-à-vis. Le *Dictionnaire d'amour* atteste le mot dans ce sens : « ce mot nouvellement introduit dans la galanterie a la même

signification qu'amant. Voyez AMANT. » (*Dictionnaire d'amour dans lequel on trouvera l'explication des termes les plus usités dans cette langue*, par M***, Osnabrug, 1741).

28. Sur le *vaudeville*, voir *Thémidore*, n. 42, p. 582.

29. Le mot vient du jargon à la mode. « On dit *taper* les cheveux, pour dire les arranger et les relever avec le peigne, d'une certaine manière qui les renfle et les fait paraître davantage » (*Académie*). Le terme s'emploie également au figuré pour qualifier un portrait particulièrement réussi et ressemblant, ou un couplet bien tourné.

30. *En robe de chambre*, c'est-à-dire en néophyte ignorant les usages, et qui n'aurait pas quitté encore la chambre pour explorer le monde.

31. « On dit qu'un homme est le plastron des railleries de tout le monde pour dire qu'il est en butte aux railleries, aux brocards de tout le monde » (*Académie*). Une femme sert quant à elle de *plastron* lorsque elle n'est considérée que comme un objet sexuel.

32. Il s'agit de l'opéra-ballet de Jean-Philippe Rameau *Hippolyte et Aricie*, demeuré célèbre pour la querelle esthétique durable qu'il a provoquée au XVIIIe siècle. La première représentation à l'Opéra, dans la salle du Palais-Royal, le 1er octobre 1733, a divisé le public en partisans de Lully, gardiens de la tradition, fidèles à la « musique française », et ramistes, ou « ramoneurs », acquis au renouveau musical introduit par Rameau. Plus de dix ans plus tard, La Morlière se fait encore l'écho de cette querelle orageuse, en partisan inconditionnel de Rameau.

33. *Ponts-neufs* : chansons populaires et triviales sur un air connu. Le mot fait allusion au pont le plus ancien de Paris, commencé sous Henri III, en 1578, et achevé en 1603 par Henri IV. Il est le lieu où se réunissent les chansonniers, lesquels utilisent le plus souvent des airs en vogue, voire des airs d'opéra, pour servir de support à leurs textes. On y chante de tout : complaintes criminelles, romances, chansonnettes grivoises, chansons politiques.

34. *Débusquer* : le terme est emprunté au vocabulaire de la vénerie. Au figuré, il signifie chasser, supplanter, contraindre à quitter la place. Ici donc, chasser des rivaux.

35. *Mécanique* : ce substantif, dont l'usage courant est récent à l'époque, fait écho à la pensée matérialiste et sensualiste illustrée par Jean Offray de La Mettrie (1709-1751), pour qui « l'âme » dépend essentiellement du jeu des sensations et des organes du corps avec lesquels « elle se forme, se développe et décroît ».

36. *Loge en clavecin* : à la Comédie-Française, loge située dans la coulisse de chaque côté de la scène.

37. *Phébus* : « C'est un langage affecté, obscur et ridicule, un galimatias de mots tirés par les cheveux, et qui n'ont ni sens, ni suite, ni signification, ni agrément » (Baron, *Le Coquet trompé*, cité par Le Roux). — « Parler phébus, parler avec affectation, d'une manière confuse et brouillée » (Le Roux, *Dictionnaire comique*).

38. Voir n. 11, p. 682.

39. *Droguerie* est un « terme de mer, qui se dit de la pêche et de de la préparation du hareng » d'après *Furetière*. Il s'agit ici de harengs séchés (*droog*, en hollandais, et *drigan*, en anglo-saxon, signifient « sécher », d'après *Littré*).

40. Sur les *découpures*, voir *Le Sopha*, n. 4, p. 75.

41. *Le bel air*, comme le bon ton, est essentiel au XVIIIe siècle : « C'est un mot à la mode parmi certaines personnes de Paris, comme précieuses, abbés, petits-maîtres, et autres personnes ridicules qui mettent leur unique application à estropier le beau langage. [...] *Écouter une comédie, cela n'est pas du bel air.* Pour dire cela n'est pas à la mode, cela n'est pas de qualité » (Le Roux, *Dictionnaire comique*). On lit dans l'*Académie* (1740) : « On dit les gens du bel air, les gens du grand air, et cela ne se dit ordinairement qu'en raillerie, en parlant de ceux qu'on prétend qui se veulent distinguer des autres par des manières plus recherchées, plus polies, ou même plus libres, dans leurs habits et dans leurs façons de faire. »

42. La scène de séduction galante entre le prince et la fée est une imitation, une parfaite interprétation du texte de Crébillon. Conclusion attendue des échanges : elle « dérape » ici, mais très allusivement, et, conformément à la manière imposée par Crébillon, sur un à-peu-près qui fait entendre derrière l'union idéale des âmes la fusion bien réelle des corps, la pénétration du sexe.

43. *L'eau des Carmes*, ou *aqua carmelitarum*, est un cordial à base de mélisse dont la fabrication était le secret des carmélites.

44. Remèdes contre l'apoplexie, la léthargie, la petite vérole, etc., à la formule étonnante : à base de crâne d'un homme pendu et de sang humain.

45. *Prévenir*, dans le sens ici, fréquent dans la langue classique, de « devancer ». (Voir p. 717.)

46. Célèbre roman de La Calprenède (1610-1663), l'un des auteurs les plus lus du Grand Siècle. Ses trois romans, *Cassandre*, *Cléopâtre* et *Faramond*, mêlant l'héroïsme, la galanterie et l'anachronisme, restent la réalisation la plus aboutie du roman chevaleresque en France, avec ceux d'Honoré d'Urfé et de Mlle de Scudéry.

47. *Scabreux* se dit ordinairement au XVIIIe siècle au figuré pour qualifier des affaires périlleuses, difficiles à manier, mais aussi dans le sens actuel de « libre », « indécent ».

48. *Pont tournant* : sorte de pont « qui tourne sur un pivot » ; son mécanisme le distingue, entre autres, du pont-levis, « qui s'élève et qui s'abaisse » ou du pont-dormant, « qui est fixe » (abbé Prévost, *Dictionnaire portatif*).

49. *Le Suisse* désigne ici très probablement une auberge située à proximité du jardin des Tuileries. Plus généralement, le suisse est un domestique recruté parmi les Suisses, et chargé de garder la porte d'une maison (voir p. 781).

Seconde partie.

1. *Dans le fond* : l'expression est habituelle sous la plume de Crébillon (dans *La Nuit et le Moment*, voir notamment p. 266, 297, 307 et 328), à la manière d'un véritable tic d'écriture — évoquant le jeu trompeur des apparences dissimulant la vérité des opinions et des sentiments derrière le langage superficiel de la mondanité. La Morlière l'adopte, sans doute inconsciemment, à plusieurs reprises.

2. *Mérope*, tragédie de Voltaire créée en février 1743.

3. Corneille et Racine.

4. Orosmane, soudan de Palestine dans *Zaïre* (1732) de Voltaire.

5. Dans *Œdipe* (Voltaire), créé en novembre 1718.

6. *L'Oracle*, comédie en un acte du dramaturge et historien Poullain de Saint-Foix (1699-1776), dont la première eut lieu le 22 mars 1740.

7. Allusion à l'héroïne de *L'École des femmes* (1662) de Molière. — « AGNÈS. Signifie une fille ou femme idiote, innocente, simple et stupide, facile à persuader, niaise, novice, et qui n'a point vu le monde » (Le Roux, *Dictionnaire comique*). Le *Dictionnaire d'amour* nuance ce point de vue : « [...] on renvoie le lecteur à la comédie de *L'École des femmes*, et à ce couplet : " Feindre une ignorance profonde / Pour mieux endormir la maman / Se dérober aux yeux du monde / Pour lire à son aise un roman, / Rougir d'un mot à double entente, / Puis en rire sous un écran / C'est le tran, tran, tran, tran, tran / Des Agnès qu'on nous vante. " »

8. *Déboucher* : mot appartenant au vocabulaire militaire. Se dit pour sortir d'un défilé, d'une gorge et d'un col de montagne.

9. *Faire main basse* : terme militaire qui signifie « ne pas faire de quartier ».

10. *Golconde* était la capitale de l'un des cinq sultanats musulmans du Deccan aux Indes. Dévastées en 1687 par les hordes mongoles d'Aurangzeb, la ville et sa région étaient réputées pour leurs mines de diamants et leurs pierres précieuses accumulées par ses sultans. Le terme est l'équivalent au XVIIIe siècle du Pérou ou de l'Eldorado romantique : terre d'évasion, de rêve et de simplicité, de sensualité naturelle. Un conte célèbre du chevalier de Boufflers, publié en 1761, l'inscrit dans son titre : *Aline, reine de Golconde*.

11. C'est-à-dire : le noble, engagé dans les armées et la vie militaire, pourvoit lui-même à l'entretien de son équipement et à celui des hommes à son service.

12. *Valeter* : « Avoir une assiduité basse et servile auprès de quelqu'un par intérêt » (*Académie*, 1760).

13. La visite de la bibliothèque est l'occasion pour La Morlière de passer en revue un certain nombre d'ouvrages littéraires et de se livrer à l'une de ses activités favorites : le commentaire critique. À la manière des logogriphes, charades et énigmes proposés aux lecteurs du *Mercure de France* (voir p. 763) chaque semaine, le chapitre aligne une succession de commentaires descriptifs et critiques sur des auteurs dont La Morlière tait le nom, qu'il invite le lecteur contemporain à découvrir. Ces livres, que se garde ici d'ouvrir Angola, visent les grands romans précieux du XVIIe siècle — Scudéry, d'Urfé, La Calprenède.

14. Le passage évoque le marquis d'Argens qui s'était établi en Hollande (1735). Voir la notice sur Boyer d'Argens, p. 1281.

15. Pierre Bayle, l'auteur du *Dictionnaire historique et critique* (1697), l'un des maîtres du marquis d'Argens.

16. Il s'agit très vraisemblablement de Marivaux.

17. L'abbé Prévost.

18. Claude de Crébillon.

19. Charles Pinot-Duclos.

20. L'abbé Desfontaines.

21. Dans le *Dictionnaire comique* de Le Roux, il s'agit d'un proverbe qui s'emploie à la forme négative — « ne touchez pas cette corde-là » — pour dire : ne pas parler de cette affaire-là.

22. Adresse en vogue à Paris pour le commerce des bijoux.

23. *Esclavages* : colliers de diamants retombant sur la poitrine.

24. *Affiquets* : « Ce mot sert à exprimer plaisamment les différents et ridicules ustensiles de la parure des femmes » (Le Roux, *Dictionnaire comique*).

25. *Strass* : ce verre incolore que l'on peut teinter pour imiter les pierres précieuses est une invention du XVIIIe siècle, d'un emploi par conséquent récent dans la langue. L'abbé Prévost, qui orthographie le mot avec un *e*, en donne la définition suivante dans son *Dictionnaire portatif* : « Nom d'une grosse soie qui est la bourre ou le rebut de la bonne. On nomme aussi strasses de faux diamants d'une composition inventée par un joaillier inconnu ».

26. Les *mouches*, petits morceaux de taffetas noir de tailles et de formes diverses, et rangées dans des boîtes à miroir, jouent un rôle considérable dans l'art de la séduction. Les mouches rondes étaient particulièrement recommandées : on les appelait mouches « assassines ».

27. « On appelle *pierre de foudre* ou *carreau* une pierre qui est communément de quinze ou dix-huit pouces, très liée, et de la figure d'une carpe, mais pointue des deux côtés, qui passe dans l'opinion vulgaire pour être tombée du ciel avec la foudre » (abbé Prévost, *Dictionnaire portatif*).

28. Extension du sens de *se persuader* jusqu'à l'impropriété pour signifier : ne pas se souvenir.

29. *Gladiateur* : « [...] pour querelleur, ferrailleur, bretteur, qui aime à se battre, et à mettre à tout bout de champ l'épée à la main » (Le Roux, *Dictionnaire comique*).

30. *Carillon de Dunkerque* : danse où l'on tourne en rond en battant des mains ou des pieds.

31. Les *réseaux d'or*, filets tressés d'or, ornent les cheveux des femmes.

32. Marie-Anne de Cupis de Camargo (1710-1770) fut une danseuse protégée à ses débuts par le prince de Ligne, et qui triompha dans les opéras et les opéras-ballets de Campra, Destouches, Mouret. Sa virtuosité lui fit battre entrechats et cabrioles, pas jusqu'alors réservés à la danse masculine ; elle s'opposa ainsi au style, plein de grâces, de sa rivale Marie Sallé.

33. « Danseur français, mort en 1759. Grand, bien fait, d'une belle physionomie, il dut à ses avantages extérieurs plus qu'à son talent une assez grande célébrité, devint en 1726 maître de danse du roi et composa plusieurs ballets, depuis longtemps oubliés » (*Larousse du XIXe siècle*).

34. Un *domino* est un déguisement de robe à capuchon en usage depuis 1739. « Espèce de robe que les prêtres portent pendant l'hiver pardessus leur surplis, et qui a servi de premier modèle pour l'habit de bal et de mascarade » (abbé Prévost, *Dictionnaire portatif*).

35. Nicolas Lavaux fut maître de musique du prince de Carignan.

36. *La soupe à l'oignon* et les *chapons au gros sel* sont des plats que les gens du monde en veine de s'encanailler vont déguster dans les cabarets populaires des environs de Paris.

37. *Dolente* : voiture équipée d'un lit, comme la célèbre dormeuse du cardinal de Richelieu.

38. *Coquecigrues* : animaux fabuleux des contes de fées. « Terme du style familier par lequel on exprime des frivolités, des chimères, des pué-

rilités » (*Académie*, 1740). — « Ce mot est fort en usage parmi le peuple de Paris. Demande-t-on quelque chose ? On répond en raillant : *vous aurez des coquecigrues*. [...] C'est aussi une injure très piquante, lorsqu'on appelle quelqu'un de la sorte » (Le Roux, *Dictionnaire comique*).

39. *Mettre* [sa noblesse] *à Malte et dans tous les chapitres* [des ordres militaires], c'est en fournir les preuves incontestées.

40. Sur le *Ginnistan*, voir *Le Sopha*, n. 2, p. 73.

41. *Avaler toute la rue des Lombards*, c'est être friand de bonbons, par évocation de la rue où on les trouve à Paris.

42. *La mariée* : danse interprétée au cours des noces.

43. *Moka* : café en provenance d'Arabie ; il doit son nom à un port situé aujourd'hui au Yémen et réputé autrefois pour le commerce des épices et du café. Introduit en France, à Marseille, au milieu du XVIIe siècle, le café connaît un succès considérable au cours du XVIIIe siècle, notamment dans les milieux de la noblesse. On le prend dans des établissements spécialisés, dont le plus célèbre, rue des Fossés-Saint-Germain, est le café public Procope, mais aussi dans les salons où il est un *must* de l'élégance et du raffinement mondains. L'usage de cette boisson y devient une mode au même titre que les chinoiseries ; prétexte à parade, il se boit dans une vaisselle fine que l'on sort pour la circonstance. La légende veut que Mahomet ait été guéri de sa léthargie grâce à ce breuvage.

44. *Détournées*, c'est-à-dire équivoques, par passage récent du sens concret au sens figuré et abstrait.

FOUGERET DE MONBRON

C'est une étrange vie que celle de Louis Charles Fougeret de Monbron, qui s'affirme dans la rupture, dans la manie du voyage et du déplacement, elle-même relancée par la rumeur et les rapports de police. C'est un étrange caractère que le sien, qui puise dans un ressentiment universel l'énergie philosophique, le sens et le goût du burlesque nécessaires à faire tomber les masques, les préjugés — jusqu'à opposer la singularité d'un « caractère » aux séductions de l'homme d'esprit.

Dans la seconde moitié du XVIIe siècle, Jean Fougeret achète une charge dans l'administration des impôts, à Ormeaux dans le Nivernais. Son plus jeune fils, également prénommé Jean, s'établit à Péronne vers 1695[1]. Il y occupe une charge modeste dans la collecte des taxes. L'ascension des Fougeret commence avec la rencontre de la veuve de

1. La biographie de Fougeret de Monbron doit beaucoup aux travaux de F. Venturi et, plus encore, aux recherches approfondies de J. H. Broome qui a eu accès aux actes notariés (Minutier central, Archives de la Somme) relatifs à la famille Fougeret (voir la bibliographie, p. 1256). Nous avons à notre tour, après eux, dépouillé les manuscrits de la bibliothèque de l'Arsenal, des Archives nationales et de la BNF.

Jean Dequan de Fourmentel, greffier de la ville, mère de deux enfants, que Jean Fougeret le fils épouse en septembre 1699. Aux deux enfants s'ajoutent bientôt les fruits du nouveau mariage : Marie-Françoise, Jean-Pierre, Louis Charles — né le 19 décembre 1706 — et Charles, le dernier.

La prospérité passe par la fourniture aux armées : Jean Fougeret est trésorier pour l'extraordinaire des guerres. Alors veuf, en charge de six enfants, il tire profit en 1720 du système de Law. Porté par un sens remarquable de la spéculation, il achète un grand nombre de propriétés, parmi lesquelles celles de Saint-Creen, de Montpreuil, et de Monbron. Il ne reste plus alors à la nouvelle génération qu'à conquérir la capitale.

Déjà Marie-Françoise, largement dotée, a épousé en 1723 François Triboulet qui, à Paris, mène carrière dans les milieux financiers. En 1733, Jean-Pierre, d'abord directeur des aides à Étampes, s'installe à son tour dans la capitale, suivi par Charles, intéressé dans les Fermes du roi. En 1742, la fortune que laisse à sa mort Jean Fougeret (devenu audiencier en la chancellerie près le conseil provincial d'Artois) contribue à affermir et développer la puissance de ces nouveaux « financiers », avides de pouvoir, et reconnaissants envers la monarchie de leur ascension étourdissante… Jean-Pierre achètera un vaste domaine dans l'Orléanais, et ses deux fils s'engageront résolument contre la Révolution : le premier, seigneur de Château-Renard, sera guillotiné ; le second, militaire de carrière, mourra au combat dans les rangs des soldats émigrés.

Louis Charles, quant à lui, est à Paris dès l'âge de vingt ans (en 1726 ou 1727) au régiment des gardes du corps, dans la compagnie du duc de Noailles. Il quitte le service quatre ans plus tard. On perd alors sa trace jusqu'en septembre 1735[1], au moment où Jean Fougeret achète pour lui la charge de valet de chambre ordinaire du roi. Mais le jeune Parisien s'écarte à nouveau du chemin tracé, et revend son office au printemps 1739. C'est qu'à l'image de la réussite sociale offerte par ses frères, Louis Charles oppose une indépendance d'esprit intraitable, une vie dissolue et un « mauvais caractère » entretenus comme un défi à la face du monde, de toutes les autorités.

Pendant toutes ces années parisiennes, Fougeret de Monbron fréquente en effet les filles d'opéra, les maisons closes et les cafés, l'Académie de musique et les coulisses de la Foire. Il ne s'agit pas d'un jeune provincial qui s'abandonne aux délices de la ville avant de faire une fin : c'est un esprit satirique qui cherche dans la proximité des filles et des « mauvais sujets » la vérité du monde et de son train. On commence à le connaître parmi la bohème littéraire dont il est familier, où il multiplie les charges contre l'Église et les financiers, prompt à reconnaître les grimaces du pouvoir et du désir.

Dans une lettre, à la date du 5 avril 1739, Dubuisson relève parmi livres et brochures nouveaux *Le Canapé couleur de rose*. Il précise cependant : « Je n'ai point vu non plus le *Canapé couleur de rose*, je sais seulement, en gros, que c'est une production libertine de Crébillon le fils[2]. »

1. J. H. Broome signale sa présence à Péronne en 1732, et au mariage de son frère à Paris en mai 1733 (« " L'Homme au cœur velu " : the Turbulent Career of Fougeret de Monbron », *Studies on Voltaire and the Eighteenth Century*, XXIII, 1963).

2. *Lettres du commissaire Dubuisson au marquis de Caumont. 1735-1741*, A. Rouxel éd., Paris, s.d., p. 543. C'est en fait sous le titre *Le Sopha couleur de rose* que le manuscrit de Crébillon a circulé, avant de s'intituler *Le Sopha, conte moral*.

On glisse de l'un à l'autre. C'est ainsi que *Le Sopha* de Crébillon et *Le Canapé* de Fougeret de Monbron s'échangent leurs prestiges dans l'imaginaire du temps ; il est vrai que le roman de Crébillon a circulé sous forme de copies manuscrites, et que Fougeret de Monbron a pu en prendre connaissance, en fréquentant un moment la société du Bout-du-Banc. Il faut en réalité attendre la fin de l'année 1741 pour voir paraître l'ouvrage de Fougeret de Monbron. D'abord sous le titre *Le Canapé* ; puis sous le titre *Le Canapé couleur de feu*. Le roman se donne comme le double burlesque et grimaçant qui hante *Le Sopha*. « J'ai lu *Le Canapé*, écrit Jacques Élie Gastelier, ouvrage nouveau d'un auteur qui ne doit jamais se faire connaître s'il a quelque réputation d'esprit ou de mœurs à conserver. Il ne rachète par aucun trait les grossièretés qu'il débite ni la faiblesse de son style. Il a imaginé son sujet d'après un petit ouvrage de M. de Crébillon fils qui a pour titre : *Le Sopha couleur de rose*. Il est si éloigné des grâces et de la diction de son original qu'on ne peut le regarder que comme une plate et mauvaise parodie d'une excellente pièce. Ce nouvel auteur est inconnu et heureusement pour lui l'accueil qu'on a fait à sa production ne doit pas lui donner la démangeaison de se démasquer. Cependant cette drogue s'est vendue deux louis, et en huit ou dix jours il est tombé au petit écu. Encore ne s'en débite-t-il guère[1]. » Quant au *Sopha* de Crébillon, il paraît peu après, au début de 1742[2].

À la subtilité, à l'élégance de la langue, à la représentation d'un milieu raffiné, Fougeret de Monbron oppose la grossièreté de la satire, sa force de provocation. Le chevalier Commode — qui a été transformé en canapé pour n'avoir pu répondre aux exigences lubriques de l'énorme Crapaudine — commence par se moucher et cracher avant d'entreprendre son récit. De nombreuses scènes burlesques accusent les ridicules de la robe et les vices du clergé (un « pieux ribaud » dépucelle une fille, un abbé se fait fouetter « pour réveiller en lui la partie brutale », quatre moines se retrouvent chez la Fillon[3], célèbre tenancière de maison close). *Le Canapé couleur de feu* dénonce les fanatiques jansénistes comme autant de « farceurs » habiles à tromper les crédules, tourne en ridicule une dévote bourgeoise et son confesseur amateurs de lavements malodorants. Au terme de ses péripéties, après avoir éprouvé mille « secousses », Commode sera nommé par la fée Grand Sarbacanier de la Couronne, « à cause des talents extraordinaires qu'il avait montrés autrefois pour le noble exercice de la sarbacane[4] ».

Cependant, l'attribution du *Canapé couleur de feu* à Fougeret de Monbron est parfois contestée. Déjà en janvier 1740 Dubuisson signalait à son correspondant un certain *Essai sur la volupté*, qu'il n'a pas été possible d'identifier — et son auteur prompt à tirer le fer : « Il y a un *Essai sur la*

1. J. É. Gastelier, *Lettres sur les affaires du temps, 1738-1741*, lettre du 14 décembre 1741, H. Duranton éd., Champion, t. I, 1993, p. 673.

2. « Enfin *Le Sopha couleur de rose*, de Crébillon fils, paraît imprimé, depuis lundi seulement. [...] Il est moins mauvais que le *Canapé* à cause du style, mais à cela près il ne vaut guère davantage », écrit encore Gastelier dans une lettre du 1[illegible] février 1742. (Cette citation m'a été aimablement communiquée par H. Duranton, le tome II des *Lettres sur les affaires du temps* de Gastelier qu'il dirige étant à paraître.)

3. Sur la Fillon, voir *La Tourière des carmélites*, n. 37, p. 60[illegible].

4. *Le Canapé*, La Haye, s.d. [1741], p. 115.

volupté, par un ancien garde du corps, que je n'ai point lu, et que, selon les apparences, je ne lirai point, par crainte de le trouver mauvais, et de me faire une affaire avec l'auteur, car il ne veut répondre aux critiques qu'avec l'épée[1]. » On est tenté de reconnaître ici le « mauvais caractère » de Fougeret de Monbron qui, sourcilleux, provocant, n'a abandonné le service du roi que pour défendre ses œuvres l'épée à la main[2]. Cependant, rien ne nous assure qu'il s'agit bien d'un ouvrage écrit de sa main[3].

Aux yeux de sa famille, Fougeret de Monbron est devenu objet de scandale. La vente de sa charge lui a procuré une réelle aisance financière. Libre d'aller et venir, il conclut sa condamnation des mœurs parisiennes par la nécessité d'un exil volontaire[4] : au printemps 1742, il s'embarque pour l'Angleterre à la recherche de « l'homme de Diogène ». Il ne cessera plus de voyager.

Ce premier séjour à Londres ne dure que six semaines. Fougeret de Monbron est ravi, et en repart plus anglais que nature. Aussi est-ce pour rendre hommage à l'Angleterre et à son peuple, « fier, inquiet, indépendant », qu'il traduit la *Chronique des rois d'Angleterre* de Robert Dodsley, qui paraît à Londres en 1743. Il passe par la république des Provinces-Unies, porte sur les Hollandais un jugement totalement négatif : « L'intérêt, dit-on, est leur dieu, le gain leur volupté, et l'épargne sordide leur vertu capitale[5]. » De retour à Paris, Fougeret garde le souvenir nostalgique de Londres. Il apparaît partagé entre l'amertume du ressentiment et l'énergie de la révolte : « Je revins à Paris tout à fait Jacques Rost-Beef, à la petite perruque près [...]. Enfin, ma manie pour l'Angleterre était augmentée au point que tout m'était insupportable en France, même jusqu'à l'air que j'y respirais : je regardais les Français en pitié, et comme une espèce d'animaux usurpateurs de la qualité d'homme[6]. »

Paris retentit alors des fastes de l'ambassade turque[7] qui inspire à Fougeret de Monbron le désir de voir Constantinople. Il espérait prendre le même bateau que Saïd-Effendi qui s'embarque à Toulon en juin 1742, mais doit se contenter d'un « chétif navire marchand ».

1. *Lettres du commissaire Dubuisson*, p. 617.

2. *La France littéraire* de Delaporte (1769, t. II, p. 81) lui en donne encore la paternité. Et dans ses *Essais sur l'histoire de Péronne* (Paris, 1866, p. 429), Sachy attribue également à Fougeret de Monbron un *Discours sur la volupté* (*L'École de la volupté* de La Mettrie paraîtra en 1747). Si l'on peut admettre aisément une confusion de la part de Delaporte ou de Sachy, conduisant à attribuer à l'écrivain satirique l'œuvre du philosophe, l'évocation par Dubuisson, à la date de 1740, est plus troublante. Ce n'est que l'une des nombreuses difficultés que suscite la bibliographie de Fougeret de Monbron, à travers les rumeurs qu'alimente nécessairement la publication clandestine des textes au XVIIIe siècle.

3. Les deux *Canapé* portent, sous leur titre, la mention « par M. de ... » et *Margot la ravaudeuse* « par M. de M... ». Ce genre de mention, fréquent dans les romans libertins, est destinée à garantir l'anonymat de l'auteur. Évidemment, c'est aussi une invitation à l'identifier : Monbron se cacherait-il mal derrière son initiale ?

4. « Chassé autrefois de Paris par l'ennui et la préoccupation, je conçus le désir de visiter les habitants de la Grande-Bretagne, dont quelques bilieux enthousiastes m'avaient conté des merveilles », écrit-il dans *Le Cosmopolite ou le Citoyen du monde*, suivi de *La Capitale des Gaules ou la Nouvelle Babylone* (Ducros, 1970, p. 35).

5. *Ibid.* p. 36.

6. *Ibid.*

7. Voir la Notice sur *Le Sultan Misapouf*, p. 1202.

Le « plaisir de voir du nouveau » efface tout. Il reste que Fougeret de Monbron se partagera toujours : tantôt c'est le sens de la dégradation qui l'emporte — le « séjour délicieux » de Cythère est devenu une « misérable lapinière » ; tantôt l'exaltation le conduit à travers les « beaux coups d'œil » qu'offre le Bosphore. Arrivé à Constantinople en septembre, il reprend la mer trois mois plus tard après avoir rencontré le célèbre comte de Bonneval passé au service de la Sublime Porte, et l'abbé MacCarthy converti à l'islam.

L'*Heureux* le ramène à Toulon en janvier 1743. Il s'installe à Paris, rue Croix-des-Petits-Champs, dans le quartier Saint-Eustache, entre la rue Saint-Honoré et la place des Victoires. L'héritage que lui laisse la mort de son père permet à Fougeret de Monbron de retrouver la bohème parisienne. « Attaqué d'une fièvre maligne, occasionnée sans doute par quelque esprit pestilentiel qui s'était glissé dans [s]on sang pendant [s]on séjour à Constantinople[1] », il se soigne et trompe son ennui en écrivant une *Ode dans le goût des autres* qui tourne en dérision les innombrables poèmes adressés à Louis XV en 1744, pendant la convalescence du roi[2], bientôt suivie d'un *Discours prononcé au Roi, par un paysan de Chaillot*, signé Guillot Le Bedaut :

Vous vous portez mieux, Guieu-marci :
Je nous portons fort bian aussi.
Jésus ! que j'avons eu d'allarmes,
Et que j'avons versé de larmes,
Quand la gazette nous apprit
Que vous étiais malade au lit[3].

Porté par cette veine satirique, Fougeret de Monbron publie en 1745 *La Henriade travestie en vers burlesques*, qui révèle au lecteur les dessous de l'histoire, les petites et grandes misères de nos princes. C'est ainsi que Henri rencontre à Londres Élisabeth :

Le Héros va trouver la Reine
En vieux pourpoint de Tiretaine,
Un de ses bras [sic] rapetassé,
Et son haut-de-chausses percé
De façon que sans sa chemise,
On pouvait voir sa marchandise[4].

De la même manière que *Le Canapé couleur de feu* offrait l'image inversée du *Sopha* de Crébillon, de même que ses *Ode* et *Discours* se moquent des poèmes ampoulés et du lyrisme courtisan, Fougeret de Monbron prend cette fois pour cible la poésie épique de Voltaire. L'exposition de la royale marchandise, grosse et menue, les traits lancés

1. *Le Cosmopolite*, p. 57-58.
2. On pourra se reporter à la notice sur Godard d'Aucour, p. 1134, lequel croise à bien des égards l'itinéraire de Fougeret de Monbron. Il est vrai que le premier rentrera dans la Ferme, tandis que le second maintiendra jusqu'au bout son refus de toute ambition à faire carrière.
3. *Discours prononcé au Roi, par un paysan de Chaillot*, s.l., 1744, p. 3-4.
4. *La Henriade travestie en vers burlesques*, Berlin, 1745, chant Ier, p. 14.

par Cupidon — « ce fils de putain, / Vrai crocodile, vrai lutin » —, les attaques contre les « animaux porte-soutane », les jurons de toutes sortes, ripailles et diarrhées, courent tout au long du poème que couvre « l'affreux tintamarre » de la mort à la Saint-Barthélemy : c'eſt tout le tapage du comique satirique souligné par l'usage de l'argot — dont Fougeret de Monbron prend soin d'expliquer en note les termes les plus rares. Dans *L'Année littéraire* du 15 mars 1756, Fréron rapportera que « M. de Voltaire lui-même avait ri en lisant cette parodie[1] ». Elle aura dans tous les cas un grand succès jusqu'à la fin du siècle, ayant connu de fort nombreuses éditions.

C'eſt également pendant ce séjour parisien qu'il travaille à son roman *Margot la ravaudeuse*. Mais il eſt pressé par le désir de reprendre la route. Le citoyen du monde eſt de nouveau sur les chemins. Avril 1745 : « Le sort me mena en Italie[2]. »

Le séjour à Rome offre mille occasions nouvelles d'approfondir son aversion pour le genre humain[3]. Retrouvant le souvenir des *Lettres persanes*, Fougeret de Monbron note avec sa verve ordinaire que le pape eſt « une espèce d'enchanteur » qui subjugue les princes et le peuple « par son charlatanisme », qu'il eſt doté d'un « tic fort singulier lorsqu'il paraît en public : c'eſt de fendre et de chasser continuellement l'air avec deux doigts comme si les mouches l'incommodaient[4] ». Il cède aux plaisirs que proposent de nouveaux compagnons de débauche. De sorte qu'il gagne à Rome « un fort vilain mal, lequel j'ai fait circuler depuis dans le cours de mes voyages par esprit d'économie, pour n'y pas revenir à plusieurs fois[5]. »

Après Rome puis Naples, c'eſt ensuite Lorette, Bologne, et le bateau de poſte de Ferrare — où, trompé par l'obscurité, Fougeret de Monbron glisse une main impatiente sous ce qu'il croit être la robe d'une camuson ragoûtante, avant de reconnaître le sale cotillon d'un capucin. Venise lui apparaît comme « l'endroit au monde où l'on peut le plus agréablement tirer parti de la vie[6] ».

Au printemps 1746, Fougeret de Monbron eſt rentré à Paris. Le temps de régler quelques affaires, et « la rage de courir » le mène vers le Brandebourg à la quête du Salomon du Nord. Fougeret de Monbron développera longuement dans *Le Cosmopolite* ses tribulations à la cour de Frédéric II où il rencontre l'hoſtilité déclarée du marquis d'Argens — « Juif errant, soi-disant littérateur », « misérable regrattier d'écrits[7] » — et le manque de soutien de l'ambassadeur de France, le marquis de Valory. Les « jaloux sont en campagne ». Se sentant menacé, Fougeret quitte précipitamment Berlin pour Dresde.

Fougeret de Monbron retrouve Paris au début de l'année 1747. Mais à nouveau l'ennui le saisit. S'arrêter eſt ce qu'il craint le plus. Cette mobilité impétueuse eſt son orgueil. « Peu de temps après mon retour de

1. *L'Année littéraire*, lettre xv, Amſterdam et Paris, t. I, p. 95.
2. *Le Cosmopolite*, p. 58.
3. « C'eſt mon lot d'être sincère ; et mon ascendant, quoi que je fasse, eſt de haïr les hommes à visage découvert » (*ibid.*, p. 59).
4. *Ibid.*, p. 63.
5. *Ibid.*, p. 65.
6. *Ibid.*, p. 110.
7. *Ibid.*, p. 103.

Saxe, je résolus d'aller promener mes ennuis du côté de l'Espagne, voulant connaître par moi-même un pays dont j'avais ouï généralement tant de mal[1]. » Il est à Barcelone en mai 1747 où selon son témoignage, très romanesque, une prostituée parisienne se rappelle à lui. « Oh ! je vois bien, interrompis-je, que tu me connais parfaitement : çà, ma reine, rappelle-moi donc où nous nous sommes vus ; est-ce chez la Florence, chez la Pâris, ou la Lacroix ? est-ce chez la Carlier ? — Justement, dit-elle, ce fut chez cette dernière que tu me jouas un tour pendable[2]. » Fougeret affiche le souvenir de ses débauches au pays de l'Inquisition, des moines et des reliques.

Après Barcelone, Saragosse et Madrid cette fois, il quitte le pays de « la superstition et de l'ignorance » pour Lisbonne où, là aussi, les « détailleurs d'eau bénite, gras et brillants de santé, insultant à la misère publique[3] », imposent leur loi. Mais, pressé de quitter le pays en pleine guerre de Succession d'Autriche, Fougeret de Monbron veut garder la neutralité entre la France et l'Angleterre. Plus cosmopolite que jamais, il demande à l'ambassadeur français et au représentant de la Grande-Bretagne un passeport qui lui permet de prendre la mer et d'aborder Portsmouth en septembre 1747.

L'Angleterre tant admirée apparaît bien différente aux yeux « dessillés » de Fougeret de Monbron. Les « mangeurs de roast-beef » ne l'impressionnent plus. Il se veut désormais impartial, et le soupçon généralisé porté sur le genre humain n'épargne plus les insulaires. Plus encore, dans son *Préservatif contre l'anglomanie* (qui paraîtra en 1757), Fougeret se montrera très violent à l'encontre du mythe anglais.

Il est à Paris au mois d'août 1748. C'est alors que le voyageur impénitent voit s'abattre sur lui l'autorité. Pour avoir écrit *Margot la ravaudeuse*, Fougeret de Monbron sera arrêté et incarcéré à la prison de For-l'Évêque.

De toute évidence, dès son retour à Paris Fougeret est sous surveillance policière. Le 21 septembre 1748, Bonnin et La Marche font le rapport de police suivant[4] : « le sieur de Montbron [*sic*] rue du Chantre à l'hôtel du St-Esprit leur a remis un manuscrit pour imprimer intitulé *Margot la ravaudeuse ou la Tribade* [*sic*], ouvrage très libre et impudique. Ce Montbron en est auteur et c'est Ventes relieur qui l'a amené à Bonnin. Montbron a fait *Le Canapé couleur de rose* [*sic*] en 1744. Dans *Margot la ravaudeuse* il est question de la Florence et d'un Président qui au sortir de chez elle va chez Petit passer les remèdes. On a défendu d'imprimer ce manuscrit. »

Certes, ses nombreux déplacements à l'étranger en temps de guerre, ses œuvres satiriques et son mauvais caractère, ainsi que ses manuscrits suspects ont pu rendre la police vigilante : « D'Hémery [lieutenant de police] dit que le Sr Montbron dont on a parlé plus haut arrive d'Angleterre depuis deux mois, qu'il fréquente les spectacles, et les promenades, qu'il est l'auteur de *La Henriade travestie* et qu'il est natif de

1. *Ibid.*, p. 111.
2. *Ibid.*, p. 114.
3. *Ibid.*, p. 120.
4. Tous les extraits cités, sauf indication contraire, proviennent de la bibliothèque de l'Arsenal, cote ms. 10300.

Péronne, ajoute qu'il a été garde du corps, ensuite valet de chambre du roi, place qu'il a été obligé de quitter par son mauvais caractère après qu'il a été dans différentes cours à la suite des ambassadeurs en qualité de poète, se faisant connaître et redouter par ses satires[1]. » Tandis que « Ventes fait courir le bruit que c'est La Marche qui a fait arrêter l'auteur de *Margot la ravaudeuse* parce qu'il n'y avait eu que lui à qui on eût montré le manuscrit[2] », « Bocheron a dit à la femme La Marche qu'on lui avait dit que son mari avait fait prendre l'auteur de *Margot la ravaudeuse*, ce qui fait voir que les soupçons augmentent[3] ».

Qu'il ait été ou non dénoncé par l'abbé d'Allainval comme il le prétend[4], Fougeret de Monbron fait une cible idéale. Le lieutenant général de police Berryer, le commissaire Rochebrune, chargé de la censure, et son adjoint d'Hémery attendent la première occasion pour l'arrêter. « Un commissaire et un limier de police vinrent un matin me souhaiter le bonjour au nom du roi, et me prier de trouver bon qu'ils examinassent mes papiers[5]. » C'est le jeudi 7 novembre 1748 que la perquisition est effectuée rue du Chantre. Suivie de l'arrestation, et d'un interrogatoire conduit par Rochebrune, au For-l'Évêque, l'après-midi. Fougeret de Monbron se défend de s'être « jamais mêlé de décrier ni critiquer la conduite des Grands », « qu'il n'a jamais fait de libelles ni de satires parce que ces sortes d'ouvrages sont contraires au caractère d'honnête homme dont il a toujours fait profession ». Quant à *Margot la ravaudeuse* et un autre manuscrit, *Histoire de Mlle*...[6], qui lui sont reprochés, il reconnaît avoir « composé ces deux histoires uniquement pour se délasser sans avoir jamais eu dessein de les publier, et qu'il leur réservait le sort qu'il a fait subir à plusieurs enfants de son imagination en les jetant au feu[7] ».

En prison, Fougeret de Monbron cède à l'obligation humiliante d'écrire au « général de la pousse », pour lui demander sa libération. Il le fait dans une lettre du 15 novembre où, sans désavouer ses manuscrits, il avance qu'il n'a jamais pensé « exposer aux yeux du public ces ouvrages avortons[8] ». Il doit cependant attendre le 5 décembre pour être libéré, avec obligation de quitter Paris, et interdiction d'en approcher à moins de cinquante lieues.

Fougeret de Monbron n'a évidemment pas manqué de vouloir faire publier son manuscrit. *Margot la ravaudeuse* a-t-il été imprimé, et la pre-

1. *Ibid.*, 10 et 14 octobre 1748.
2. *Ibid.*, 23 novembre 1748.
3. *Ibid.*, 27 novembre 1748.
4. « Je fis la sottise d'en faire confidence à un misérable auteur, couvert du petit uniforme de prêtre » (*Le Cosmopolite*, p. 126). L'abbé Soulas d'Allainval (1700-1753) était célèbre par ses petites comédies : *L'Embarras des richesses* (1725), *Le Tour de carnaval* (1726), *L'École des bourgeois* (1728)... Il eut quelques démêlés avec la police (on lui reprocha par exemple, en 1738, un commerce de lettres où figuraient des « réflexions malignes », avec Jacques Élie Gastelier).
5. *Le Cosmopolite*, p. 125.
6. Nous ne savons rien de ce manuscrit ni qui est cette Mlle... Il est cependant curieux de noter que l'*Histoire de Mlle Brion, dite comtesse de Launay* (« Imprimée aux dépens de la *Société des Filles* du bon ton », s.l., 1754) rapporte, suivant le modèle de *Margot la ravaudeuse*, l'itinéraire d'une fille du monde. Fille du cocher Maclou Launay, elle commence ses aventures en entrant chez La Verne, « qui tenait la Maison la plus renommée de Paris » (p. 7).
7. Archives nationales, cote Y 15792.
8. BNF, cote ms. fr. 22109.

mière édition saisie et détruite comme le donnent à penser plusieurs témoignages ? Ou le manuscrit a-t-il été enlevé avant l'impression comme Gastelier le note à l'intention de son correspondant : « Nous n'avons rien de nouveau en littérature qu'une brochure intitulée *Margot la ravaudeuse* par M. des Fougerais de Montbron [*sic*], ci-devant garde du corps. Cet ouvrage enlevé de chez l'imprimeur dès avant sa naissance contient à ce qu'on dit bien des ordures et qui visent des portraits fort satiriques et qui attaquent beaucoup d'honnêtes gens, et entre autres le curé de St-Sulpice. Aussi ce M. de Montbron pour ce roman a été mis au For-l'Évêque où il est encore pour quelque temps[1]. »

On trouve trace de ses séjours clandestins à Paris pendant l'année 1749, mais c'est en Angleterre que, tout naturellement, Fougeret de Monbron se réfugie. Il y achève la rédaction du *Cosmopolite* : « Aujourd'hui je suis à Londres, peut-être dans six mois serai-je à Moscou, à Pétersbourg, que sais-je enfin ? Ce ne serait pas miracle que je fusse un jour à Ispahan ou à Pékin[2]. » Le livre est publié en 1750 : « Tout est singulier et original dans cette brochure. Style, façon de penser, aventures, réflexions, et jusqu'aux expressions mêmes tout y est extraordinaire[3]. » De son côté, Pierre Clément, dans ses *Cinq Années littéraires*, reconnaît en l'auteur l'être bilieux par excellence : « C'est bien le *Citoyen* de la plus mauvaise humeur que je connaisse, et vous allez voir comme il s'est formé dans ses voyages : le plus grand fruit qu'il en ait tiré, à ce qu'il nous assure, est d'avoir appris à nous haïr par raison autant qu'il nous haïssait par instinct[4]. » Un nouveau misanthrope est nommé dans Paris. « C'était un de ces auteurs qui ne peuvent vivre avec eux-mêmes ni avec les autres, frondant tout, n'approuvant rien, médisant de tout le genre humain [...] », pourra écrire Eustache de Sachy[5].

Fougeret de Monbron prépare une nouvelle édition de *Margot la ravaudeuse*, défiant Berryer dans sa préface, qui l'a fait incarcérer. Étant donné l'évidente proximité des deux héroïnes, Margot et Fanny, on lui attribue la traduction du célèbre roman de Cleland, *Memoirs of a Woman of Pleasure* (1748-1749), qui paraît en 1751 sous le titre de *La Fille de joie, ouvrage quintessencié de l'anglais*[6]. C'est ainsi que le marquis de Paulmy fera relier pour son propre compte les trois ouvrages — *La Fille de joie*, *Margot la ravaudeuse* et *Le Cosmopolite* —, qu'une note manuscrite sur l'exemplaire dont dispose la bibliothèque de l'Arsenal présente comme les « œuvres

1. *Lettres sur les affaires du temps*, 21 novembre 1748. (Citation communiquée par H. Duranton.)

2. *Le Cosmopolite*, p. 130.

3. *La Bigarrure, ou mélange curieux, instructif et amusant de nouvelles, de critique, de morale, de poésie*, juin 1750, La Haye, t. IV, p. 55.

4. *Les Cinq Années littéraires ou Lettres de M. Clément sur les ouvrages de littérature qui ont paru dans les années 1748, 1749, 1750, 1751 et 1752*, novembre 1750, lettre LXIV, Berlin, 1754, t. I, p. 375.

5. *Essais sur l'histoire de Péronne*, p. 429. Sachy utilise l'expression qui figure, telle quelle, dans le *Dictionnaire universel, historique, critique et bibliographique* de L.-M. Chaudon (Paris, 1810-1812).

6. L'attribution à Fougeret reste problématique. La traduction a été également attribuée (par Barbier notamment) à Lambert, fils d'un banquier de Paris. Il s'agit ici du fils de sir John Francis Lambert (mort en 1755), baron anglais et banquier à Paris (le père et le fils figurent dans la liste des souscripteurs des *Cinq Années littéraires* de Pierre Clément). Casanova, dans ses *Mémoires*, évoque l'épouse du banquier, Lady Mary (Marie Lenieps), qui était célèbre dans le monde de la galanterie.

de M. Fougeret de Monbron, qui ont occasionné son exil à Paris en 1749, et sa détention à la Bastille en 1755[1] ».

Fougeret est à Paris au printemps 1753. Il est déjà reparti quand son arrestation est ordonnée. Jamais sa réputation de « mauvais sujet » n'a été aussi grande, et la police, défiée, s'informe et s'active. Il est en Hollande, où on lui attribue la publication d'une *Épître à M. F. de Voltaire pendant son séjour à Mayence*, et une curieuse cantate : *La Voix des persécutés, cantate précédée d'un discours, aux protecteurs de l'innocence*, imprimée à Amsterdam chez J. La Caze (qui a déjà *Le Cosmopolite* dans son catalogue). Le ton emphatique du poème, la défense exaltée des protestants, les nombreuses citations tirées de la Bible rendent douteuse l'attribution[2]. Et pourtant de nombreux traits (dans le discours et dans les notes) expliquent que l'on ait cru reconnaître Fougeret de Monbron. L'avertissement final en appelle à la Vérité contre toutes les délations :

Guidé par le trafic de l'adulation
Si quelque noir flatteur, quelque malin Espion
S'arrête sur ces vers, qu'il sache
Que l'Auteur ne craint plus la hache,
La Bastille, l'Enfer, ni l'Inquisition[3].

On le croit arrêté à Amsterdam : il est en novembre 1753 à Moscou où, très vite, ses saillies provoquent des « disputes très indécentes[4] » à la Cour. Fougeret de Monbron provoque le monde. Il met au jour, d'une cour à l'autre, à travers toute l'Europe, par tous les climats, les mêmes formes d'autorité et de pouvoir. Ses « propos indécents sur la personne du roi [Louis XV][5] » vérifient la solidarité des puissants ligués contre lui. Le cosmopolite défend sa réputation, et donne libre cours à sa langue. Les réactions sont désormais très vives. Avertis, les ambassades, les gazettes, les espions de police multiplient relations et rapports. On cherche de nouveau à le faire arrêter, à Spa où l'évêque et prince de Liège reçoit des plaintes contre le sieur de Monbron. D'Argenson réclame la séquestration de ce « très mauvais sujet ».

Mais c'est à Toulouse que, le 14 mars 1755, Fougeret de Monbron est arrêté, pour être embastillé le 12 avril. Relativement bien traité, il y restera jusqu'au 25 septembre. Il revient alors à Péronne où il loge chez son demi-frère, l'abbé Dequan, chanoine de Saint-Fursi. Il ne manque pas d'y laisser sa marque : « Toujours inconséquent, Monbron ridiculi-

1. Bibliothèque de l'Arsenal, cote Rés. 8° B 35542.
2. Selon F. Venturi, il s'agirait d'une brochure de Louis-Joseph de La Rochegevault, également enfermé à la Bastille et à Vincennes pour ses écrits (« Fougeret de Monbron », *Belfagor*, II, 1947, p. 186). Signalons cependant que la police trouvera parmi les ouvrages saisis par la police dans « le coffre et le porte-manteau du Sr de Montbron », lors de son arrestation en 1755, *Les Plaintes des Protestants cruellement opprimés dans le royaume de France* de Jean Claude, qui témoigne de l'intérêt porté par Fougeret à toutes les victimes de la monarchie et de la papauté. Nous ignorons si Fougeret de Monbron et La Rochegevault ont pu se rencontrer. Il est vrai qu'ayant fait l'expérience de la prison et de l'exil, Fougeret partage « objectivement » la situation des opposants religieux.
3. *La Voix des persécutés*, Amsterdam, 1753, p. 27.
4. *Gazette d'Utrecht*, 18 janvier 1754.
5. Correspondance diplomatique de Hollande citée par J. H. Broome, « " L'Homme au cœur velu " », p. 205.

sait ce qu'il avait approuvé le moment d'auparavant. Il n'eut jamais d'amis, ni même ce qu'on appelle de vraies connaissances, et quand il en aurait eu, il ne les aurait non plus épargnées que les autres, s'ils lui eussent donné la moindre occasion de lâcher un bon mot contre eux. Il fut quelquefois généreux par boutade. Un pauvre l'ayant rencontré un jour sur la place de Péronne, lui demandait la charité en lui promettant de prier pour lui. Monbron, sans daigner le regarder, tourne ses pas ailleurs ; mais le pauvre, pressé par la misère et vraiment digne de compassion, ne crut pas devoir lâcher prise. Il se mit à poursuivre Monbron, qui de son côté s'ennuyait fort d'être ainsi importuné par ce gueux qu'il traînait après lui. L'un et l'autre n'avaient pas fait dix pas que Monbron se retournant commença à vomir contre son homme une grêle d'injures et de sarcasmes, qui continuèrent jusqu'à ce qu'enfin poussé à bout, il s'arrêta, et levant la main ou sa canne comme pour le frapper, il se retint et lui dit : " Que demandes-tu donc ? — L'aumône pour l'amour de Dieu ! et je le prierai bien pour vous. — Un gueux comme toi prier Dieu pour moi ! ne voilà-t-il pas un plaisant intercesseur ! " et en disant cela il tire un louis de sa poche, ajoutant d'un ton aussi ferme qu'impie : " Tiens ! mais ne t'avise pas de prier pour moi, prie pour toi-même[1]. " »

Seul l'emportement du voyage faisait échapper Fougeret de Monbron à la crispation de ses propres hantises : fixé quelque part, le citoyen du monde devient nécessairement antisocial, l'« anti-citoyen » que les philosophes condamnent.

Mais Péronne eſt une autre Baſtille. La province offre une scène trop pitoyable. Fougeret revient à Paris, rue de la Harpe. Alors que la France eſt en guerre contre l'Angleterre paraît en 1757 une « brochure bien propre à enfler la vanité française et à humilier la fierté anglaise ; elle eſt de M. de Montbron, connu par des romans licencieux et satiriques, mais plus encore par son *Cosmopolite* ; elle eſt intitulée *Préservatif contre l'anglomanie*. Son but eſt de faire voir que c'eſt à tort que bien des gens en France ont une haute idée du mérite des talents des Anglais et pensent qu'ils sont supérieurs en tout aux Français[2] ». Saccageant le mythe, interpellant Voltaire dont il condamne l'arbitrage souverain sur l'opinion publique, Fougeret ne reconnaît plus aux Anglais que l'excellence de leurs chevaux et de leurs chiens… Et puis, « ils n'ont ni moines ni loups ».

La Capitale des Gaules, ou la Nouvelle Babylone, deux ans plus tard, défait un autre mythe : celui de Paris centre des arts, des plaisirs et des grâces. « Quiconque eſt indigent et vertueux ne doit pas vivre à Paris. Cette ville immense renferme dans son sein trois États dominants. Le corps des financiers, le corps innombrable des femmes galantes, et celui des intrigants[3]. » Fougeret s'inspire du *Discours sur l'origine de l'inégalité* (1755) de Jean-Jacques Rousseau pour condamner la corruption économique, politique et morale du luxe : « Le luxe eſt la gangrène de tout corps politique[4]. » De là le déséquilibre du royaume : « On conviendra donc que

1. *Essais sur l'hiſtoire de Péronne*, p. 431-432.
2. *Gazettes écrites de Paris à Caroline Louise margrave de Bade*, de Morand, Maillet Duclairon, Pougin de Saint-Aubin, Aubert, 15 février-1er mars 1757. Cité dans *Correſpondances littéraires inédites*, Paris-Genève, Champion-Slatkine, 1987, p. 271.
3. *La Capitale des Gaules ou la Nouvelle Babylone*, p. 133.
4. *Ibid.*, p. 142.

Paris ne doit réellement sa splendeur et ses richesses qu'à la disette et à l'épuisement des provinces que les régnicoles affament[1]. » La *Lettre à d'Alembert sur les spectacles* (1758) confirme ses développements contre le théâtre : « Le libertinage et la corruption générale doivent leur première origine à l'établissement des spectacles[2]. » Fougeret n'aime plus les cafés, les promenades, les théâtres, la débauche des filles. Le cynique a lu Rousseau ; le satirique abandonne le récit burlesque et préfère le pamphlet au « discours », pour donner corps à ses polémiques nouvelles. Chacun s'empresse — l'*Observateur littéraire*, le *Journal encyclopédique*, *L'Année* — à retrouver la bile et la mélancolie à la source de cette invective universelle. Ange Goudard y répond avec *L'Anti-Babylone ou Réponse à l'auteur de « La Capitale des Gaules »* (Londres, 1759).

Installé rue du Bac, Fougeret tombe malade, et meurt hydropique le 16 septembre 1760 après avoir livré, à travers son testament, une ultime comédie. Il laisse en effet huit mille livres à sa servante Marie-Françoise Duval — à qui il a déjà légué son mobilier et une maison à Péronne —, moins un don destiné aux pauvres de sa ville natale. Il parachève le scandale en accordant dix livres à chacun des membres de sa famille, frères et neveux. L'un d'entre eux intente, puis abandonne le procès engagé pour annuler le testament.

Dernier trait. Fin de partie. Ainsi meurt l'« homme au teint jaune, aux sourcils noirs et touffus, à l'œil féroce et couvert », celui que Diderot appelait le « tigre à deux pieds[3] » (il écrit aussi de lui qu'il a « beaucoup de fiel et peu, très peu de talent »). Il fallait un neveu à Rameau, à Voltaire une *Henriade travestie*. Avec Fougeret de Monbron, les philosophes bienveillants, les amis des hommes auront eu leur cynique. Diogène et Margot partagent un même tonneau.

PATRICK WALD LASOWSKI.

BIBLIOGRAPHIE

ŒUVRES DE FOUGERET DE MONBRON

Œuvres romanesques.

Le Canapé, par M. de ..., La Haye, Papi, s.d. [1741].
Le Canapé couleur de feu, par M. de ..., Amsterdam, Compagnie des libraires, 1741.
Margot la ravaudeuse, Hambourg, 1800 [1750].
La Capitale des Gaules ou la Nouvelle Babylone, La Haye [Paris], 1759.

1. *Ibid.*, p. 143.
2. *Ibid.*, p. 145.
3. Voir *Satire I, sur les Caractères et les Mots de Caractère, de profession, etc.*, où Diderot rapporte le souvenir d'une rencontre à l'Opéra. Fougeret de Monbron n'y est pas sensible à la musique : « Je ne sens pas cela. — Vous ne sentez pas cela ? — Non ; j'ai le cœur velu… / Je frissonne ; je m'éloigne du tigre à deux pieds » (*Œuvres*, Bibl. de la Pléiade, p. 1188-1189).

Œuvres poétiques.

Ode dans le goût des autres, s.l.n.d. [1744].
Ode comme les autres, s.l., 1744.
Discours prononcé au Roi, par un paysan de Chaillot [sous le pseudonyme Guillot Le Bedaut], s.l., 1744.
La Henriade travestie en vers burlesques, Berlin, 1745.

Œuvres littéraires et philosophiques.

Le Cosmopolite, ou le Citoyen du monde, s.l. Aux dépens de l'auteur, 1750.
Épître à M. F. de Voltaire pendant son séjour à Mayence, s.l., 1753.
Préservatif contre l'anglomanie, Minorque, 1757.

Traductions.

Chronique des rois d'Angleterre. Écrite en anglais selon le style des anciens historiens juifs, par Nathan Ben Saddi, prêtre de la même nation ; et traduite en français dans le même style, de R. Dodsley, Londres, Th. Cooper, 1743.
La Fille de joie, ouvrage quintessencié de l'anglais, de J. Cleland, Lampsaque, 1751.

Éditions anciennes de « Margot la ravaudeuse ».

Margot la ravaudeuse, par M. de M..., Hambourg, 1800 [1750], BNF, cote Enfer 324. C'est l'édition retenue pour ce volume. Nouvelles éditions (avec un frontispice de C. F. Fritzsch, sauf en 1775) : 1750, 1772, 1773, 1774, 1775, 1777, 1782, 1784, 1793, 1798.
Margot la ravaudeuse et ses aventures galentes, Paris, Lenoire, 1784. Avec une figure.
Margot la ravaudeuse, dans *Les Aphrodisiaques, recueil de romans libres, rares et singuliers*, Paris, Mercier, 1797.
Margot la ravaudeuse, Bruxelles, [Poulet-Malassis], 1868. Avec un frontispice de Félicien Rops.
Margot la ravaudeuse et ses aventures galantes, Hambourg [Paris], 1750-1910 [1910]. Sans nom d'éditeur, cette édition appartient certainement à la Bibliothèque des curieux.
Margot la ravaudeuse, imprimé sur la copie de Hambourg pour quelques bibliophiles, s.l. [Chartres], 1934. Avec 12 gravures sur cuivre.

Le même roman sous un autre titre :

Fanchette, danseuse de l'Opéra, suivi du *Quart d'heure d'une jolie femme* [de Chevrier], Londres, 1796.

Éditions récentes de « Margot la ravaudeuse ».

Margot la ravaudeuse, postface de M. Saillet, Jean-Jacques Pauvert, 1958.
Margot la ravaudeuse, suivi de *Fanny Hill* de J. Cleland, Cercle européen du livre, coll. « Chefs-d'œuvre interdits », 1972.

Margot la ravaudeuse, postface de M. Saillet, Tchou, 1981.
Margot la ravaudeuse, préface de M. Delon, Toulouse, Zulma, 1992.
Margot la ravaudeuse, dans *Romans libertins du* XVIIIe *siècle*, textes établis et présentés par R. Trousson, Robert Laffont, coll. « Bouquins », 1993.
Margot la ravaudeuse, Le Poiré-sur-Vie, Chardon bleu, 1997.

ÉTUDES

Sur Fougeret de Monbron.

BROOME (Jack Howard), « Byron et Fougeret de Monbron », *Revue de littérature comparée*, XXXIV, 1960, p. 337-353.
—, « Voltaire and Fougeret de Monbron : a *Candide* Problem reconsidered », *Modern Language Review*, LV, 1960, p. 509-518.
—, « " L'Homme au cœur velu " : the Turbulent Career of Fougeret de Monbron », *Studies on Voltaire and the Eighteenth Century*, XXIII, 1963, p. 179-213.
CHARTIER (Roger), « Libertinage littéraire et tensions sociales dans la littérature de l'Ancien Régime : de la *Picara* à la *Fille de joie* », *Revue de littérature comparée*, 46, 1972, p. 35-45.
COULET (Henri), « Monde et libertinage dans le roman français du XVIIIe siècle », dans *Literaturgeschichte als geschichtlicher Auftrag*, In memoriam Werner Krauss, Berlin, Akademie-Verlag, 1978.
SACHY (Eustache de), *Essais sur l'histoire de Péronne*, Paris, Auly, 1866.
VENTURI (Franco), « Fougeret de Monbron », *Belfagor*, II, 1947.
WALTER (Éric), « *Picards au cœur velu* : la cavale de Fougeret de Monbron », *In'Hui*, Maison de la culture d'Amiens, 17, 1981.

Sur « Margot la ravaudeuse ».

ANGELI (Giovanna) éd., *Margot la rammendatrice*, Florence, Le Lettere, 1991.
NORBERG (Kathryn), « The Libertine Whore : Prostitution in French Pornography from Margot to Juliette », dans *The Invention of Pornography. Obscenity and the Origins of Modernity, 1500-1800*, Lynn Hunt éd., New York, Zone Books, 1993, p. 225-252.
PIZZORUSSO (Arnaldo), « Situations and Environment in *Margot la ravaudeuse* », *Yale French Studies*, 40, 1968.
—, « La filosofia della cortigiana, *Margot la ravaudeuse* », *Letterature di romanzi. Saggi sul romanzo francese del Settecento*, Bologne, Il Mulino, 1990.

MARGOT LA RAVAUDEUSE

NOTICE

C'est d'abord, c'est avant tout une chanson. L'air qui se répand et habite la mémoire sans même qu'on le sache, va, vient, se plie aux circonstances, entre les musiques de la Foire et les airs du vaudeville, cris et chansons des rues, couplets satiriques, chansonniers populaires. Essentiellement destinée à circuler, réalisant la solidarité, la cohésion d'une culture, la chanson fait le lien, assure le relais, s'offre à la rencontre de l'actualité. Cela se donne ainsi, le titre et le timbre[1] confondus : *Sur l'air de Margot la ravaudeuse.* Déjà l'ancienne chanson française fait paraître Margot :

Margot un jour estant à ses esbas,
Dit à Robin qui branslait laschement :
« De votre force à présent je rabas
Si vous n'allez un peu plus vistement [...][2]. »

À travers les nombreuses chansons qui la mettront en scène — « Un jour d'hyver, Margot oyoit crier / Quelque gaillard, housseur de cheminée[3] » ; « Margoton va à l'iau / Avecque son cruchon[4] » —, il faut entendre Margot interpeller son amant, son compère, un passant, un ami. La fille prend l'initiative de la parole : « Margot dit... ».

Sans qu'il soit possible de lui attribuer un auteur, ni de le dater avec précision, c'est à partir des années 1720-1725 que se répand le timbre *Margot la ravaudeuse*[5], qui nous retiendra d'autant plus qu'il est immédiatement annexé par la satire.

C'est ainsi qu'au mois de juin 1724 la Cour prépare le voyage du jeune Louis XV à Chantilly : « On veut tâcher de donner au roi du goût pour les femmes, écrit Barbier, et de lui faire perdre son pucelage avec un c...

1. « Timbre » : « Premier vers d'un vaudeville connu, qu'on écrit au-dessus d'un vaudeville parodié pour indiquer sur quel air il doit être chanté » (*Littré*).
2. *L'Ancienne Chanson populaire en France (XVIe et XVIIe siècle)*, Paris, 1887, p. 300.
3. *Ibid.*, p. 474.
4. Ballard, *Brunettes ou Petits airs tendres*, Paris, 1711.
5. Le « Fichier des timbres de P. Coirault » relève les diverses sources où ce timbre apparaît à la bibliothèque de l'Arsenal, au département des Manuscrits de la BNF, au département de la Musique (fonds Weckerlin) ; de même que « Le Répertoire des timbres et chansons du XVIIIe siècle » que G. Delarue a établi pour son usage. Ils font apparaître deux timbres concurrents. Nous ne retenons, pour le citer plus loin, que celui qui fut manifestement le plus répandu (voir, par exemple, fonds Weckerlin, BNF, cote ms. fr. 12 675, C. 193, p. 45 ; ou encore : *Théâtre de la Foire*, Paris, 1737, t. IX, air 134). L'autre mélodie est retranscrite dans *Le Recueil de chansons galantes badines et à boire* constitué pour le duc de Castries, 1738, t. I, air n° 41, bibliothèque Mazarine, cote ms. 3973). Nous remercions vivement S. Wallon et G. Delarue pour l'aide précieuse apportée dans la consultation de ces fichiers.

On espère que cela le rendrait plus traitable et plus poli[1]. » Mais c'est partie remise, le projet échoue. Et Barbier note au mois d'août : « Tous les préparatifs des femmes, qui croyaient pouvoir débaucher le roi, ont donné le lieu à ce couplet sur l'air de *Margot la ravaudeuse* :

Margot la rôtisseuse
Disait à son ami :
« Que fait-on de ces gueuses
Qu'on mène à Chantilly ?
Quoi ! pour un pucelage,
Fallait-il tout ce train
De dix-sept putains[2] ? »

Mathieu Marais transcrit à la même date la même chanson :

Margot la ravaudeuse
A dit à son ami :
« Qu'est-c'que toutes ces gueuses
Qu'on mène à Chantilly[3] ? »

Et le recueil de Maurepas confirme cette popularité. Voici ce qu'on pouvait entendre (à travers les multiples variantes affectant les couplets satiriques[4]) :

Margot la ravaudeuse verse dans la satire. Avec cette immédiateté que donne un air célèbre, l'actualité du temps passe au crible de la chanson.

1. E.-J. Barbier, *Chronique de la Régence et du règne de Louis XV* (ou *Journal de Barbier*), juin 1724, Paris, 1857, t. I, p. 362.
2. *Ibid.*, août 1724, p. 365-366.
3. *Journal et Mémoires*, juillet 1724, Paris, 1864, t. III, p. 120.
4. Le texte de la chanson transcrite dans le *Recueil de chansons dit de Maurepas* (Leyde, 1865, t. III, p. 330-331) comprend sept couplets. Nous ne citons ici, avec le timbre fourni par le fonds Weckerlin, que le cinquième.

C'est à nouveau, en effet, « sur l'air de *Margot la ravaudeuse* » que le recueil de Maurepas garde pour mémoire, en 1724 :

Margot la chiffonnière
A dit à Feuillade :
« Prends ta vieille rapière
Et retourne à Turin [...][1]. »

Ou encore, à l'attention du maréchal de Villars, en 1734 :

Villars, ce pauvre hère,
Toujours très bien vêtu,
N'a jamais rien pu faire
Que de tourner le cu [sic]
Au régent, à du Maine,
Aux laquais favoris,
Et aux ennemis [...][2].

On retrouve le même air en 1738 lancé contre le cardinal d'Auvergne :

Une vieille poupée,
Pour ébaubir un peu
Sa mine constipée,
Met du couleur de feu,
Et dit à sa livrée :
« Le coup d'œil est joli,
Pour mon favori [...][3]. »

Les situations sont diverses, son état peut changer. Ravaudeuse, rôtisseuse, chiffonnière, qu'elle s'adresse à Papillon, à son mari, à son amant, de toutes les manières Margot répand à l'encontre des puissants tout son mauvais esprit.

Au théâtre de la Foire, la chanson est utilisée comme timbre dans *Les Trois Commères* (Lesage, d'Orneval et Piron) en 1723, et dans *Le Prix de Cythère* de Favart en 1742. La voici à nouveau pour servir aux *Adieux de Voltaire à la marquise du Châtelet* (1735) :

Adieu, belle Émilie,
En Prusse, je m'en vas
Étaler ma folie
Et promener mes rats [...][4].

Mais il est une autre célébrité qui répand le nom de Margot dans Paris. « Mie Margot » fut en effet la reine du panier, ayant trouvé le moyen de fournir des paniers plus légers, moins coûteux, en natte, en baleines rattachées par des filets ou des rubans. Grécourt compose en 1735 une

1. *Recueil de chansons dit de Maurepas*, p. 335-336.
2. *Ibid.*, t. IV, p. 75.
3. *Ibid.*, p. 108-109.
4. BNF, cote ms. fr. 12 634.

Histoire véritable et divertissante de la naissance de Mie Margot et de ses aventures jusqu'à présent, où l'abbé la montre fille d'« un simple rémouleur de couteaux d'ancienne fabrique » et d'une « tripière en détail », abandonnant Amboise et la maison paternelle pour loger au faubourg Saint-Germain et casser les bouteilles dans les guinguettes de Paris. Nombreuses sont alors les chansons nouvelles qui lui sont consacrées. L'*Almanach de cabinet pour l'année bissextile 1736 dédié à très illustre dame ma mie Margot* la représente à travers une gravure au-dessous de laquelle figurent quelques quatrains : « Voici l'aimable objet des vœux de tout Paris, / Margot l'amusement de nos plus beaux esprits [...]. »

C'est cependant à la figure de la ravaudeuse, popularisée par la chanson, que revient le comte de Caylus, quand il donne, en collaboration avec la société du Bout-du-Banc, une petite comédie en un acte, dans le style des poissards de la Halle : *Le Porteur d'iau, ou les Amours de la Ravaudeuse*[1]. Margot, la jolie ravaudeuse, est enceinte, et annonce la nouvelle à Poitevin : « Oh bien, je ne veux pas m'affliger tout seul ; je vais avertir Champagne, Bourguignon, la Fleur... » Car à son avis, « le four n'a pas chauffé pour [lui] tout seul ».

Autant d'expressions à travers lesquelles Margot prépare son entrée[2]. Le personnage, à sa manière, occupe la scène. La ravaudeuse attend d'être couronnée. On comprend dans ces conditions comment le roman de Fougeret de Monbron entre aussitôt en résonance avec les chansons, les vaudevilles, les gravures du temps, comment le romancier a pu lui-même, pendant toutes ses années à Paris, se laisser imprégner. Développant en lui les dispositions au burlesque, à la satire, « sur l'air de *Margot la ravaudeuse* ».

« Je m'étais amusé dans mes moments oisifs à jeter sur le papier quelques idées burlesques que j'avais cousues ensemble », écrit Fougeret de Monbron dans *Le Cosmopolite*[3]. C'est du roman qu'il s'agit, c'est *Margot la ravaudeuse* qui se donne ainsi sous le signe du burlesque, et de la rhapsodie. Margot ressertit, rapetasse les vieilles culottes. Le récit raccommode le délié des scènes, la diversité des milieux et des états que traverse la fille du monde, la succession des amants, toute une vie couturée de querelles, de coups, de déboires et de triomphes, de jouissances.

Au coin des rues, dans son tonneau, la ravaudeuse assiste au train du monde. Elle en connaît les dessous, petits accrocs et grandes déchirures à travers lesquels le monde est mis à nu. Travail du fil et de l'aiguille : la petite main de la couturière expose cette nudité en recousant. Sa malice a bientôt reconnu le mensonge de l'habit, l'alternance des parures élégantes et des vêtements de fortune, les brillants « étalages » (le mot revient souvent dans le roman) qui versent au saccage.

« C'était un spectacle effrayant, et burlesque tout à la fois, de voir ces cinq créatures échevelées culbutant et roulant les unes sur les autres, se

1. Publié dans *Les Écosseuses, ou les Œufs de Pâques* (1739).

2. Ajoutons encore, mais l'on ne saurait relever toutes les pièces, dans *Leclusade ou le Déjeuné de la Rapée* (1748), en style poissard, cet « Adieu Margot la proffiteuse [*sic*] rebus [*sic*] de Mlle Margot la Mal-Peignée Reine de la Halle et marchande d'Oranges » (*Les Suppléments aux « Écosseuses »*, 1749).

3. *Le Cosmopolite*, p. 125.

mordant, s'égratignant, jouant des pieds et des poings, vomissant toutes les horreurs imaginables, et montrant scandaleusement leur grosse et menue marchandise[1]. » C'eſt que le monde ne sait pas garder la pose. Et, en effet, tout au long du récit on assène des coups de poing sur le mufle. Des apoſtrophes se collent sur l'œil. Tantôt « une gourmade sur la hure », tantôt « une mornifle à travers le museau[2] ». Les poings en avant, Milord se jette sur un cocher qui lui casse deux dents. Ici on vomit des horreurs, des injures, là un baron allemand lance les trois quarts de son dîner dans la bouche de Margot. Pour la noblesse anglaise, « quand il avait fumé tout son soûl, et roté comme un pourceau, il s'endormait les jambes sur la table[3] »... Tout le *chamaillis*, tout le charivari du monde : les corps culbutent et roulent les uns sur les autres, jusqu'au moment où, au milieu du tapage général, apparaît scandaleusement « la grosse marchandise » : le monde tel qu'il eſt montre le cul.

Après quoi, « [c]hacune raccommode à la hâte les débris de son ajuſtement[4] ». Il en va toujours ainsi. *Margot la ravaudeuse* expose le corps burlesque entre deux ajuſtements. C'eſt après avoir subi trente assauts d'une escouade de mousquetaires ivres — « je ne cessai de vomir contre eux toutes les imprécations imaginables tant que la scène dura[5] » —, que Margot quitte la maison de la Florence. Elle échappe à la police sous le « traveſtissement burlesque » d'une « crasseuse soutanelle » prêtée par un chanoine. Quand celui-ci meurt, « écrasé et enseveli sous les ruines de son église », rien ne saurait mieux la consoler que les « propos burlesques » de Mme Thomas, revendeuse de vieilles nippes. L'une rachète et vend, l'autre racoutre, comme on disait alors. D'un vêtement à l'autre, Mme Thomas présente le vigoureux frère Alexis à Margot, aussitôt curieuse « de voir ce qu'il cachait sous sa robe[6] ».

Le burlesque pose le désordre, l'agitation et son vacarme. On crie les vieux chapeaux, on crie dans le plaisir. C'eſt par l'ouïe que Margot vient à la connaissance de la sexualité. La puce eſt à l'oreille. Les parents « se trémouss[ai»ent d'une manière si vigoureuse », poussent de tels soupirs, font tellement « craquer le lit[7] », que la jeune fille eſt alertée. Le roman assure à la sexualité son retentissement ; les corps s'étreignent, se possèdent avec violence. Prenant le relais des disputes, le sexe couvre tous les discours, et participe au vaſte chahut du monde. Le plaisir rend Margot intrépide, indifférente à tout, uniquement préoccupée du mouvement de la machine. Qu'il s'agisse de Pierrot le palefrenier : « Quelles secousses ! Quels assauts ! La paroi ébranlée gémissait sous ses prodigieux efforts[8]. » Qu'il s'agisse de frère Alexis, qui « répondit à tous mes mouvements par des secousses si vives qu'en toute autre occasion j'aurais tremblé que le plancher ne s'abîmat sous nous[9] ». Qu'à cela ne tienne ! le lit, la paroi, le plancher, la chambre gémissent, craquent, sur le

1. Voir p. 810.
2. Voir p. 852.
3. Voir p. 849.
4. Voir p. 810.
5. Voir p. 818.
6. Voir p. 826.
7. Voir p. 804 et 806.
8. Voir p. 806.
9. Voir p. 828.

point de s'effondrer. Avec eux, les convenances sont ébranlées. Telle est la première leçon de philosophie expérimentale que connaît Margot. Les individus se rendent à cette violente agitation. Solidaires, la satire et le sexe partagent la même vocation : ils secouent le monde.

Il appartiendra à la prostituée d'en faire profession, « remua[nt] le poignet » contre espèces sonnantes pour satisfaire prélats et financiers, s'efforçant de réveiller les membres « rebelle[s] aux secousses[1] » qu'elle leur donne.

On comprend qu'aux gravures tirées de l'Arétin, aux œuvres de Klingstedt[2], Fougeret de Monbron préfère les graffiti, les « hiéroglyphes licencieux[3] » crayonnés avec du charbon sur les murs des cabarets borgnes de la Rapée, parmi les tables branlantes et les chaises disloquées — Priapes érigés, et aux traits outranciers. Voilà ce qui assure le triomphe de frère Alexis quand il exhibe « le plus beau, le plus superbe morceau… enfin, une machine plutôt faite pour meubler une culotte royale que la dégoûtante et crasseuse braguette d'un chétif fantassin de la milice de saint François[4] ». Margot écrit de mémoire : c'est la mémoire du corps, quand tout se résout dans la vigueur du membre roi et du plaisir qu'actualise le récit.

Les filles du monde livrent leurs mémoires, font le récit de leurs aventures. En rapportant leurs tribulations, en livrant l'itinéraire de leur ascension sociale, elles assurent dans les années 1740 l'apparition d'une parole nouvelle qui doit beaucoup à la tradition picaresque des romans espagnols[5]. Après le *Gil Blas* de Lesage, après *Jacob* de Marivaux, l'héroïne est ici une femme qui dit son désir, qui dénonce la puissance de l'argent et d'une société violemment hiérarchisée, où la rigueur des lois et des préjugés donne à l'homme la meilleure part. Toutes les femmes sont impliquées. Toutes devraient protester et revendiquer une liberté que leur refusent le pouvoir et le caprice des hommes. Parce qu'elle est de naissance modeste, parce qu'elle a été considérée avec mépris comme un simple objet de plaisir, contrainte de se soumettre, de se plier aux fantaisies des puissants, la fille du monde met au jour cette demande. Sans doute n'ira-t-elle pas jusqu'à contester le système social — c'est pour avoir su habilement entrer dans le jeu qu'elle triomphe —, mais le regard lucide qu'elle porte sur le monde, le cynisme dont elle fait preuve à son tour, l'exaltation de ses plaisirs comme la mise à nu de l'hypocrisie dominante contribuent à « donner l'exemple ».

Claude Villaret avec son *Anti-Paméla, ou Mémoires de M** D**** (Londres, 1742), Antoine Bret avec *La Belle Allemande*[6], Jean-Baptiste Gimat de Bonneval avec *Fanfiche ou les Mémoires de Mlle de ****[7] (1748),

1. Voir p. 830.
2. Sur Klingstedt, ou Clinchetel, voir *La Tourière des carmélites*, n. 22, p. 599.
3. Voir p. 805.
4. Voir p. 826.
5. Voir Roger Chartier, « Libertinage littéraire et tensions sociales dans la littérature de l'Ancien Régime : de la *Picara* à la *Fille de joie* », *Revue de littérature comparée*, 46, 1972, p. 35-45.
6. *La Belle Allemande, ou les Galanteries de Thérèse*, s.l.n.d. [1745], également attribué à Villaret. Le roman sera réimprimé sous les titres suivants : *Les Galanteries de Thérèse* (1745), *La Belle Alsacienne ou Telle mère telle fille* (1797), *Adeline, ou la Belle Strasbourgeoise, sa vie privée et l'histoire de ses aventures galantes* (1797).
7. Réimprimé sous le titre *Mémoires et Amours de Mlle de Fanfiche*, Amsterdam, 1750.

l'*Histoire de Mlle Brion, dite comtesse de Launay*[1] (1754), Jacques Antoine René Perrin et ses *Égarements de Julie* (Amsterdam et Paris, 1755) participent — avant et après la parution de *Margot la ravaudeuse* — à ce développement du roman de la prostitution. Avant qu'il n'influence lui-même ceux qui lui succéderont, c'est sans doute de *La Belle Allemande* que Fougeret de Monbron (qui a pu connaître personnellement Bret — ou Villaret — à Paris) s'est le plus inspiré.

Fanfiche est fille d'un savetier et d'une boutiquière, Margot est le fruit illégitime de l'union d'un soldat et d'une ravaudeuse, la belle Allemande est, par sa mère, petite-fille d'un perruquier de Colmar. Pour le père de cette dernière, le doute se porte sur sept personnes, entre lesquelles sa mère n'ose se prononcer. C'est qu'elle est femme de plaisir et se partage entre la robe, l'épée et la finance, ne dédaignant pas de se prêter aux situations les plus viles, pour augmenter ses lumières. Le jour de son mariage, elle trompe ainsi son mari avec un procureur, dans une grande huche où l'on délaye ordinairement la farine. À treize ans, l'héroïne à son tour entre dans la carrière galante… Même appel au public ; même feu du tempérament ; même désordre des sens et goût pour le plaisir ; même itinéraire quand à Paris elle se plie aux exigences de Mme G… [la Gourdan], où les pratiques pitoyables succèdent aux amants éphémères ; même étalage dans une loge à l'Opéra ou à la Comédie-Italienne pour attirer le regard des « agioteurs de Cythère » ; mêmes réflexions philosophiques sur l'aveuglement des préjugés, sur les misères que vaut aux filles « la chevalerie errante de la galanterie » ; mêmes accidents vénériens dont l'héroïne se sert pour se venger d'un usurier (Margot le fait pour humilier l'Église). Mêmes déplacements incessants, les héroïnes changeant de demeure dès qu'elles changent de protecteur. Le récit est rythmé par ces déplacements : ils témoignent d'une sorte de réalisme brut qui fait, pour ainsi dire, l'économie de la représentation, en passant par l'occupation immédiate, la pleine habitation des lieux. Les filles s'approprient Paris.

Il est vrai que Fougeret de Monbron situe précisément l'action du roman en impliquant, en plus de la topographie parisienne, les faits de l'actualité : on peut ainsi fixer en 1740 l'entrée de Margot à l'Opéra, après la mort de son amant le chanoine, victime d'un accident qui eut lieu le 15 décembre 1739[2]. C'est en 1740 que Marie-Antoinette Petit en est chassée, qu'est repris l'opéra de *Jephté* sous la direction de Thuret, tous événements que mentionne le récit[3]… Comme si le réel était éprouvé, vérifié, emporté par le roman : accompli par lui, justifié, authentifié et couronné par les aventures et les exigences de Margot. La fille qui ne s'en laisse jamais conter, qui n'aime pas les plaisirs solitaires — trop pauvre ressource « en comparaison du réel et du solide[4] » —, est au plus près du réel, de la vérité du sexe et de la société, qu'elle se charge tous les jours de tester.

1. Réimprimé sous le titre *La Nouvelle Académie des dames, ou Histoire de Mlle B****, Cythère, 1774.

2. Voir n. 55, p. 822.

3. Sur Marie-Antoinette Petit, Thuret et *Jephté*, voir n. 91, p. 831, n. 87, p. 830 et n. 105, p. 835.

4. Voir p. 805.

Comment ne pas penser aux rapports de police que multiplient les inspecteurs chargés de la surveillance des filles, à la réalité de la misère et de la gloire des danseuses de l'Opéra pendant tout le XVIIIe siècle, comme aux « factums », aux « facéties », aux brèves « histoires » qui circulent alors à leur sujet, et que consignent mémoires et journaux. En bref, on fait à l'époque une étonnante publicité des filles galantes : elles sont au centre de tous les regards.

C'est cet échange de la réalité et de la fiction qu'encourage de son côté, à sa manière, la littérature anglaise. Voici *Heurs et malheurs de la fameuse Moll Flanders* (1722) de Defoë, *L'Opéra du gueux* (1728) de Gay *avec les chansons sur les airs anglais* (traduit par M. A. Hallam, Londres, 1750) et les romans de Fielding, toutes œuvres qui ne craignent pas de développer des « sujets bas », de mettre en scène des filles de joie, des voleurs, des receleurs, à l'encontre des étroites bienséances qui dominent encore la scène littéraire française[1]. Il faudrait supposer que Fougeret de Monbron ait pu avoir connaissance, pendant son séjour en Angleterre, du manuscrit des *Memoirs of a Woman of Pleasure* de Cleland (annoncé à Londres en novembre 1748, au moment où le manuscrit de *Margot* est saisi à Paris par la police) pour affirmer qu'il s'en soit inspiré ; il le traduit en tout cas en 1751[2]. Il n'importe. Là encore Fanny et Margot partagent bien des points communs, l'une et l'autre issues du peuple, prostituées, livrées au pouvoir des entremetteuses et de leurs clients, avant de se libérer.

Les différences, cependant, sont notables : le rapport à l'argent, le cynisme, la lucidité de Margot font la différence. Contrairement à la plupart des héroïnes évoquées, elle ne cède pas au dénouement sentimental et le roman ne s'achèvera pas par un mariage. Margot la ravaudeuse ne cherche pas à faire une fin dans la vertu.

Margot est l'autre nom de la pie, l'oiseau qui jase, volontiers querelleur. Parmi ses sens familiers, ravauder « signifie aussi maltraiter de paroles ». Le *Furetière* ajoute que « le mot est bas dans toutes ces significations ». Et en effet la discordance, le désaccord, le branle est dans la langue. Les parodies du style noble, la diversité des tons, le changement de registre des proverbes populaires aux expressions savantes, le recours au lexique de la magistrature ou de la finance, les métaphores culinaires ou guerrières, le rappel du *Roman comique*, l'usage de l'argot, font de la langue de *Margot la ravaudeuse* une langue indéfinissable.

Combien de termes qui, à se rapporter aux dictionnaires du temps, sont tous marqués de l'infamie du « familier », du « trivial », du « style bas ». « Bassesse » de la naissance et de l'extraction — pour dire qu'elle est vile. Un homme de « basse étoffe ». « Bas » se prend encore pour ce qui est inférieur et de moindre dignité. « On dit qu'*un mot est bas, qu'une expression est basse*, pour dire qu'il n'y a que le peuple qui s'en serve. On

1. La question est longuement développée dans *Les Cinq Années littéraires* : « Rien n'est trop bas dans la nature pour un être vraiment noble, et c'est avec une fierté bien supérieure à la vôtre que j'ose admirer les tableaux de prison, de cabaret, de potence, de scélérats à rouer, de geôliers à pendre, de gens de justice à pilorier [*sic*] [...] » (1er janvier 1752, lettre XCI, t. II, p. 196). Voir aussi 30 décembre 1750, lettre LXVII, t. I, p. 389-397.

2. Voir la notice sur Fougeret de Monbron, p. 1251.

appelle *style bas*, un style rempli de manières de parler populaires et triviales » (*Académie*, 1718). Mais c'est aussi les parties inférieures du corps et leurs mystères qui se trouvent concernés. Margot ravaude essentiellement les chausses, autrement dit les bas. Surtout, « le bas » est, dans la langue des *Parnasse satyrique* du XVIIe siècle, le sexe féminin.

Qui raconte en effet ? Qui se donne ici une chance de prendre la parole ? Il arrive souvent que Margot s'interroge sur l'être de la prostituée, qui n'est rien, alors que les filles galantes font l'homme à la mode, au point qu'« il semble [qu'elles donnent] l'être à [leurs] amants[1] ». Il lui est interdit d'avoir un caractère, puisqu'il s'agit de prendre celui du protecteur, de parler allemand avec l'Allemand, anglais avec l'Anglais, la langue de la finance avec le traitant, celle de la diplomatie avec l'ambassadeur… Il n'y a pas de condition plus misérable puisqu'il faut chaque jour adopter le « masque de l'artifice et de la dissimulation[2] ». Un instant modèle des peintres, Margot figurait un jour une sainte, et demain une catin ; fille du monde, il lui faut encore représenter.

La revanche est dans la langue. Margot revendique une langue discordante qui n'appartient qu'à elle, qui n'est ni celle du peuple (à qui on n'a jamais laissé la parole), ni celle, pittoresque, de la Halle poissarde, ni celle de la parodie et de ses travestissements. Dans la traversée des registres divers, le mouvement d'ascension de la fille entraîne le récit.

C'est là que réside la supériorité de *Margot la ravaudeuse* sur les romans qui lui sont proches. Dès lors, s'il a pu se laisser influencer, Fougeret de Monbron à son tour laisse sa trace. On la retrouve particulièrement dans la très amusante *Histoire de Mlle Brion*, dont le texte imprimé se présente comme un manuscrit respectant l'orthographe approximative, fautive, de la narratrice. Fille d'un cocher et d'une bouquetière, elle connaît des aventures qui font en tous points écho à celles qu'offre Fougeret de Monbron, comme une autre Margot. La voici encore dans *L'Enfantement de Jupiter, ou la fille sans mère* (Amsterdam, 1763) de François Charles Huerne de La Mothe, dont l'héroïne est partagée entre trois mères : une vivandière, une domestique et une ravaudeuse appelée Margot[3].

En attendant de futures confusions et déclinaisons — tel *Manon la ravaudeuse*[4], comédie-vaudeville de Desaugiers, Servières et Henrion (Paris, an XI) —, voici aussi la petite brune de seize à dix-sept ans que Pigault-Lebrun montre dans son tonneau, ses cheveux arrêtés par un bavolet, « son juste percé au corps » : la jolie Fanchon de *L'Enfant du carnaval* (1796) qui garde « un œil sur un livret accroché devant elle, et l'autre sur une semelle de drap vert qu'elle attachait à un bas de fil gris ».

Elles reprisent, elles recousent encore, percées au coude, et faufilant le monde. Si nettement inscrites dans la mémoire du lecteur.

P. W. L.

1. Voir p. 846.
2. Voir p. 816.
3. Le roman sera réimprimé à Genève en 1775, sous le titre *Histoire nouvelle de Margot des Pelotons*.
4. Qui est aussi le titre d'un roman de M. Perrin (Paris, 1860).

NOTE SUR LE TEXTE

Nous éditons le roman de Fougeret de Monbron d'après le texte de l'édition in-12 dite de 1800 [1750], qui fut très souvent réimprimée, et ce, fidèlement à l'originale, tout au long du XVIIIe siècle. Le roman a seulement parfois changé de titre[1].

Il est très probable qu'une première édition ait vu le jour en 1748 avant d'être saisie et supprimée par la police. Dans l'adresse au public de 1750, Fougeret de Monbron rappelle l'opposition du lieutenant de police à la publication de son œuvre (voir p. 803). Sa destruction a été ordonnée au XIXe siècle pour outrages aux bonnes mœurs, par arrêt de la Cour royale de Paris en date du 19 mars 1815 et du 16 novembre 1822, ainsi que par jugement du tribunal correctionnel de la Seine le 25 juin 1869.

NOTE SUR LES GRAVURES

Les éditions de *Margot la ravaudeuse* ne contiennent pas, au XVIIIe siècle, d'autres illustrations que les quelques frontispices que nous avons rassemblés ici.

La bibliothèque de l'Arsenal possède un exemplaire (cote Rés. 8° B 35542) de l'édition originale (dite de 1800) qui contient un frontispice. Nous le reproduisons ici, page 865. Il est dû au graveur hambourgeois (rappelons que la page de titre mentionne Hambourg comme lieu de publication) Christian Friedrich Fritzsch[2]. Nous y avons joint (p. 865) le frontispice de l'édition de 1775, qui en est un doublet, mais qui n'est pas de Fritzsch.

Le frontispice (p. 866) de l'édition in-12 de Lenoire, en 1784[3], intitulée *Margot la ravaudeuse et ses aventures galantes*, reprend le motif classique : Margot y représentée dans son tonneau en train de ravauder. Mais, fait non négligeable, elle a ici un client. On voit que le frontispice de l'édition in-18 de Poulet-Malassis datant de 1868[4] s'en est inspiré (p. 866).

Le thème de la ravaudeuse assise dans son tonneau n'est pas directement lié au texte. On le retrouve pourtant dans plusieurs estampes du XVIIIe siècle, comme par exemple dans une des nombreuses figures de la deuxième série des *Contemporaines* de Rétif de la Bretonne (*Les Contemporaines du commun*, édition in-12 en treize volumes publiée à Leipzig et à

1. Voir la bibliographie, p. 1255.
2. Né en 1719 et mort avant 1774, Fritzsch a surtout travaillé pour des éditeurs d'Amsterdam. Il est connu pour ses nombreux portraits.
3. Il provient d'un exemplaire de la Bayerische Staatsbibliothek de Munich, cote 174 S.
4. Bibliothèque royale Albert-Ier de Bruxelles, cote Rés. précieuse, LP 531 A.

Paris en 1782-1783). Elle illustre la nouvelle 101, au tome XVIII. La composition est de Binet[1].

J.-P. D.

NOTES

1. On dit pousse-cul « pour archer, ou ce qu'on appelle vulgairement à Paris des sergents ; ou des archers de l'écuelle, qui voient d'un côté et d'autre pour prendre les gueux » (Le Roux, *Dictionnaire comique, satyrique, critique, burlesque, libre et proverbial*, Pampelune, édition de 1786). Dans la langue argotique, la pousse désigne la police. — Le général de la pousse est en réalité le lieutenant de police Nicolas René Berryer de Ravenoville (1703-1762).

2. *Honnête* vaut comme un qualificatif convenu, entraînant, dans la généalogie de la fille galante. Les soldats du régiment des gardes françaises avaient au contraire fort mauvaise réputation.

3. Pour l'*Académie* (1718), *l'impériale* désigne « le dessus d'un carrosse [...]. On dit aussi, *l'impériale d'un lit* ».

4. *Lampsaque* : ancienne ville de l'Asie Mineure célèbre pour sa corruption, et où l'on situait la naissance de Priape. Entre « Luxuriopolis » et « Tribaldis », nombreux sont les livres libertins du XVIIIe qui, comme le sera du reste *La Fille de joie, ouvrage quintessencié de l'anglais* en 1751, s'affichent édités « À Lampsaque ». On trouvera encore à la fin du siècle *Le Cabinet de Lampsaque ou Choix d'épigrammes érotiques des plus célèbres poètes français*, Paphos, 1784.

5. *La Rapée* : faubourg Saint-Antoine, le quai ou le port de la Rapée commençait au pont de Bercy. L'entrepôt des vins en provenance de Bourgogne et le port au plâtre — où l'on chargeait pierres, moellons, bois de charpente — entretenaient une importante activité. Le quai de la Rapée était célèbre pour ses nombreux cabarets où la noblesse et les gens de lettres avaient pris l'habitude de se rendre.

6. Le statut des *traiteurs*, lesquels font partie de la corporation des cuisiniers, est supérieur à celui des marchands de vin, des cabaretiers, des rôtisseurs, plus proches du peuple et de la petite bourgeoisie.

7. Sur *Priape*, le dieu des Jardins, voir *Histoire du prince Apprius*, n. 5, p. 5.

8. *Manger son étrille* : l'étrille est la plaque de fer emmanchée, munie des lames dentelées qui permettent de nettoyer la peau du cheval. Nous n'avons pas retrouvé le proverbe évoqué. « Manger son étrille » fait écho avec « manger son pain blanc », « manger son blé en vert », « manger son revenu », « manger son commerce », comme le souligne Margot elle-même à la phrase suivante.

1. Louis Binet (1744-1800) a été l élève de Beauvarlet et s'est essentiellement consacré à l'illustration. Outre *Les Contemporaines*, il a aussi illustré d'autres ouvrages de Rétif (*La Malédiction paternelle*, *Le Paysan perverti*). Il a aussi exécuté un certain nombre de planches d'après Greuze, Van Loo, Vernet, etc. Le style de ses composition est tout à fait singulier et ses œuvres, surtout ses dessins, sont aujourd'hui très recherchés.

9. « On appelle populairement *l'âme d'un fagot*, le menu bois, les menues branches qui sont au milieu d'un fagot » (*Académie*).

10. Colbert fit couper par le milieu l'ancienne terrasse du jardin des Tuileries, de sorte qu'il était entouré par deux terrasses, l'une du côté du manège et de la rue Saint-Honoré, l'autre du côté de la Seine. La *terrasse des Capucins* désigne celle qui donne dans la rue Saint-Honoré où se trouvait le couvent des Capucins. Sur les *Tuileries* (p. 806), voir *Thémidore*, n. 57, p. 522.

11. « Saint-Cloud est un gros bourg des plus peuplés du royaume, et celui peut-être où il y a le plus de mouvement, à cause du concours du peuple de Paris, qui s'y rend les fêtes et les dimanches » (Hurtaut et Magny, *Dictionnaire historique de la ville de Paris et de ses environs*, Paris, 1779).

12. C'est à la terrasse des Feuillants que se trouve le café où déjeunent Margot et la Florence. Il fut connu au long du siècle sous des noms divers : le café des Tuileries, le café Hottot, le café Payen.

13. La rue Montmartre commençait à la pointe Saint-Eustache et finissait au coin des rues Neuve-Saint-Eustache et des Fossés-Montmartre. C'était à l'origine le chemin qui menait de Paris à l'abbaye de Montmartre.

14. *Délibéré* « est aussi adjectif, et signifie hardi, résolu » (*Académie*).

15. *Grisette* se dit à la fois d'un « habit d'étoffe grise de peu de valeur que portent les femmes », et d'« une jeune fille ou d'une jeune femme de basse condition » (*Académie*).

16. *Escoffion* : « Espèce de coiffe de femme, sorte de cornette de nuit, certain ornement dont on se couvre la tête » (Le Roux, *Dictionnaire comique*).

17. *Apostrophe* : « Pour soufflet, coup de poing sur le visage » (Le Roux, *Dictionnaire comique*). On trouvera p. 852 « apostropher d'une gourmade ».

18. *Chamaillis* : « Action par laquelle on chamaille. *Conflictus*. Ce mot n'est plus guère en usage » (*Trévoux*, 1771). De l'univers du combat, de la chevalerie, le mot a dérivé dans le burlesque.

19. « On appelle aussi *grison* un homme de livrée qu'on fait habiller de gris pour l'employer à des commissions secrètes » (*Académie*).

20. Les *filles*, les *demoiselles du monde* c'est, explique Fougeret lui-même p. 811, en note, « le terme lénitif pour signifier " catin " ». Sur cette expression, voir *Thémidore*, n. 43, p. 514.

21. Avec la Fillon (voir *La Tourière des carmélites*, n. 37, p. 604), la Gourdan (voir n. 95, p. 833), la Pâris, la Lacroix (voir n. 103 et 104, p. 834), Césarine Florence, dite Mme Florence, est l'une des plus célèbres maquerelles du XVIIIe siècle. Elle tenait son établissement avec ordre, et changea plusieurs fois d'adresse, s'établissant rue Cadet ou rue Jean-Saint-Denis.

22. « *Point d'argent, point de suisse*. Pour dire qu'on ne donne rien pour rien » (Le Roux, *Dictionnaire comique*).

23. *Item*, adverbe, « est un terme de pratique dont on se sert pour distinguer les articles d'un inventaire, d'un compte » (*Trévoux*).

24. « On dit [...] qu'un homme s'est tiré hors du *pair*, quand il s'est tiré d'une affaire qui était dangereuse » (*Dictionnaire portatif des proverbes français et des façons de parler comiques, burlesques et familières*, Utrecht, édition de 1751).

25. L'usage de telles pommades ou de produits destinés aux mêmes fins est bien attesté ; voir par exemple « La pommade astringente de Du Lac » qu'évoque Théveneau de Morande dans *Le Philosophe cynique pour faire suite aux « Anecdotes scandaleuses de la cour de France »*, 1771), « l'eau de pucelle » de Guilbert de Préval ou « l'eau de myrte » évoquée par Diderot dans le chapitre I des *Bijoux indiscrets*.

26. *Pinchbeck* (on trouve parfois Peinchebeck, chez Buffon par exemple) est un terme de métallurgie, du nom de son inventeur, l'Anglais Pinchbeck. Il s'agit d'un alliage de zinc et de cuivre, qui imite l'or.

27. L'*abbesse de Cythère*, comme la *bonne Maman* et la *supérieure du couvent*, sont parmi les expressions qui désignent le plus fréquemment la maquerelle. La relation entre les prostituées du bordel et les sœurs, les nonnes du couvent, est fort ancienne. Dès le Moyen Âge, nombreux sont contes et fabliaux qui s'en jouent.

28. Avec l'idée de montre, d'exposition avec ostentation, *étalage* se dit au figuré de « l'ajustement, la parure, principalement des femmes » (*Académie*). Voir aussi p. 842.

29. *Marronner*, c'est, selon le *Trévoux*, « friser en grosses boucles ». *Littré* atteste encore l'un des sens anciens de marron : « Il s'est dit d'une grosse boucle de cheveux ronds et nouée avec un ruban. »

30. « On dit familièrement qu'un homme est noyé de dettes, qu'il en a *cent piques* par-dessus la tête. Vous croyez avoir trouvé le mot de l'énigme, vous en êtes à cent piques » (*Trévoux*).

31. *Surérogation* « signifie littéralement le par-dessus, ce qu'on donne au-delà de ce qu'on doit, au-delà de ce qu'on a promis » (*Trévoux*).

32. Sur le *palais d'épices*, voir *Histoire de dom B****, n. 15, p. 441.

33. Depuis longtemps les mines d'or du Pérou font rêver. Dans *Les Fausses Confidences*, à Dorante qui se plaint de n'avoir pas de fortune suffisante pour séduire Araminte, Dubois rétorque aussitôt : « Point de bien ! Votre bonne mine est un Pérou » (I, II).

34. *Plumet* « Se dit aussi d'un jeune homme qui porte des plumes : et ordinairement il ne se dit en ce sens qu'en raillerie ou par mépris » (*Académie*).

35. *Maltôtier* : « Celui qui exige des droits qui ne lui sont pas dus, ou qui ont été imposés sans autorité légitime. *C'est un maltôtier*. Il se dit aussi par abus de ceux qui recueillent toute sorte de nouvelles impositions. Il est bas » (*Académie*). Le terme est généralement utilisé comme synonyme burlesque de sous-fermier, de collecteur d'impôts.

36. Les quatre frères Martin étaient passés maîtres dans l'art de la laque, du vernis, inséparable de l'art de la Régence, du style Louis XV. Ils étaient extrêmement célèbres Leur nom circule dans la littérature romanesque comme un signe de luxe et de raffinement, toujours associé au monde de la galanterie, aux filles d'opéra. Voir Diderot, *Les Bijoux indiscrets*, chap. XIV.

37. L'irruption de *mousquetaires* — qui nourrit aussi bien les chansons que les rapports de police — s'impose comme un poncif dans les romans de filles. Leur arrivée déclenchait déjà le drame dans *La Tourière des carmélites* (voir p. 600).

38. Le *nourrisson de Silène* est Dionysos, ou Bacchus, le dieu du Vin.

39. *Réfrigératif* : « Qui rafraîchit les parties intérieures du corps. Il ne se

dit que des aliments et médicaments comme tisanes, lavements, potions, etc. » (*Furetière*).

40. *Chiffon* se dit, en effet, selon le *Trévoux*, pour toute « chose de nulle valeur ».

41. La rue d'Argenteuil se trouvait dans le quartier du Palais-Royal. Cependant la rue Saint-Lazare (mieux connue alors sous le nom de rue des Porcherons), dans le quartier Montmartre, était aussi appelée rue d'Argenteuil « parce qu'elle conduit à ce bourg » (Hurtaut et Magny, *Dictionnaire historique de la ville de Paris*).

42. Sur la prison de *Bicêtre*, voir *Thémidore*, n. 79, p. 534.

43. Saint Côme est le patron des chirurgiens. Les *carabins de Saint-Côme*, les *messieurs de Saint-Côme* sont les chirurgiens, et les étudiants de l'Académie royale de chirurgie.

44. La *graisse efficace* est la pommade mercurielle qui constitue le traitement essentiel des vénériens enfermés à Bicêtre. Nombreux sont les médecins, les empiriques, les charlatans qui proposeront de nouveaux remèdes tout au long du siècle.

45. *Lymphe* : « Ce mot signifie proprement une eau courante. On entend par lymphe une humeur aqueuse du sang qui ressemble au blanc d'œuf, et se peut coaguler » (*Dictionnaire raisonné d'anatomie et de physiologie*, Paris, 1766).

46. Sur la *piscine*, voir *Histoire de dom B****, n. 17, p. 448.

47. Sur le *bel air*, voir *Angola*, n. 41, p. 712.

48. Sur Apelle, voir *Histoire de dom B****, n. 24, p. 471.

49. Il s'agit de l'épisode de la Bible (Daniel, XIII), où la femme de Joakim est surprise au bain par deux vieillards. Pour se venger de ses refus, ils l'accuseront d'adultère. Suzanne au bain contemplée par les vieillards est, depuis la Renaissance, un thème de prédilection dans la peinture.

50. C'est en 1631 que fut passé un contrat entre la congrégation des Carmes réformés et celle des Frères de la Charité de Notre-Dame, dite des *Billettes* : l'église, le prieuré et le couvent étaient cédés aux Carmes, qui prirent alors le nom de Carmes Billettes. « Le nom de *billettes* vient aussi vraisemblablement d'un petit morceau de drap long et carré [...] dont les religieux de l'ordre des Carmes se servaient alors en forme de scapulaire » (Hurtaut et Magny, *Dictionnaire historique de la ville de Paris*).

51. On distinguait deux compagnies des mousquetaires recrutés parmi les gentilhommes, d'après la couleur de leurs chevaux : les mousquetaires gris et les mousquetaires noirs.

52. Margot change à nouveau de quartier. Elle s'installe dans celui du Louvre, où la *rue du Chantre* conduit d'un côté dans la rue Saint-Honoré, et de l'autre dans la place du Vieux-Louvre. C'est Fougeret lui-même qui pointe derrière le personnage de Margot : l'écrivain habitait en effet rue du Chantre en 1748 (voir la notice sur l'auteur, p. 1250).

53. Sur la compagnie du *guet*, voir *Thémidore*, n. 65, p. 529.

54. Sur le *pet-en-l'air*, voir *Histoire de dom B****, n. 5, p. 344.

55. Il s'agit ici de l'église collégiale de Saint-Nicolas-du-Louvre, voisine de l'église paroissiale de Saint-Thomas-du-Louvre. Les deux chapitres furent réunis en 1740 à la suite d'un accident tragique, celui dans lequel le protecteur de Margot trouvera la mort. La voûte du chœur de Saint-Thomas demandait à être restaurée, de nombreux travaux étaient

en cours, lorsque le 15 décembre 1739, à onze heures du matin, tout un côté de l'église s'effondra, entraînant les chanoines qui étaient au chapitre. Six d'entre eux furent ensevelis sous les ruines.

56. Sur le *ratafia*, voir *Thémidore*, n. 12, p. 555.

57. Le premier sens d'*outrer* est « accabler, surcharger de travail » (*Académie*).

58. Les *Ragionamenti* et les *Sonetti lussuriosi* de l'Arétin (Pietro Bacci Aretino, 1492-1556) sont une référence réelle et mythique dans la littérature libertine. Pas un libertin qui n'ait ces œuvres dans sa bibliothèque, qui n'ait, surtout, son « Arétin gravé dans la cervelle ». — Sur *Clinchtel*, ou Clinchetel, voir *La Tourière des carmélites*, n. 22, p. 599.

59. « On dit *faire le renchéri* pour dire *faire le difficile* » (*Académie*). Le *Trévoux* précise « qu'une femme fait la *renchérie*, quand elle est vaine et dédaigneuse ».

60. « Tesmoin se dit quelquefois burlesquement des testicules. [...] Cela est fondé sur l'équivoque du mot latin *testes* » (*Trévoux*). (Nous ne corrigeons pas l'édition originale, qui écrit bien « témoin », sans le *s*.)

61. *Paroli* est un terme de jeu : « Le double de ce qu'on a joué la première fois. Faire *paroli* à la chance » (*Trévoux*). On comprend ainsi l'image : double mise, double carte — et rabat. Le *Trévoux* ajoute : « On appelle aussi *paroli*, la corne qu'on fait à la carte sur laquelle on joue. »

62. L'Hibernie (*Ivernia*) est l'ancien nom de l'Irlande. « Vous savez que, de tout temps, Paris a été inondé d'une multitude presque innombrable de pauvres prêtres irlandais qui n'apportent, de leur pays, d'autre talent, ni d'autre revenu, que des lettres de prêtrise, et le pouvoir de dire la messe ; ce qui fait ici leur unique gagne-pain » (*La Bigarrure*, t. VII, 1750, p. 129).

63. La rue Champ-Fleuri, toujours dans le quartier du Louvre, donnait d'un bout dans la rue Saint-Honoré et de l'autre au coin de la rue de Beauvais. Au Moyen Âge, quand les filles publiques commencèrent à avoir un statut, on leur avait assigné pour demeures les rues Fromenteau, Pavée, Glatigny, Tiron, Chapon, Tire-Boudin, Brisemiche, du Renard, du Heurleur, de la Vieille-Bouclerie, de l'Abreuvoir, Mâcon, Champ-Fleuri.

64. La *crieuse de vieux chapeaux* vend et achète vieux habits, vieux galons, vieilles défroques, qu'elle annonce à forte voix.

65. Le *préciput* est, en cas d'héritage, l'avantage « qu'un des cohéritiers, ou de ceux qui sont en communauté, a droit de prendre avant le partage » (*Académie*). Dans *Le Roman bourgeois* de Furetière (1666), on retrouve cette expression *sur les brouillards de la rivière* associée au même contexte vénal : Lucrèce « passait pour un parti qui avait, disait-on, quinze mille écus : mais ils étaient assignés sur les brouillards de la rivière de Loire, qui sont des effets à la vérité fort liquides, mais qui ne sont pas bien clairs » (Gallimard, coll. « Folio », 1981, p. 46-47).

66. *Camuson* est le diminutif familier, burlesque, de l'adjectif « camus ».

67. *Prébendier* : « Ecclésiastique qui en certaines affaires sert au chœur au-dessous des chanoines » (*Académie*).

68. Voir n. 55, p. 822.

69. *Docteur* au sens de docteur en théologie, habile au discours, qui a l'habitude d'enseigner, de prêcher.

70. Tel est bien le texte de l'édition de 1750. L'expression « au bout du compte » est attestée depuis longtemps. Il s'agit vraisemblablement d'une simple coquille, mais le style burlesque pourrait faire admettre l'hypothèse d'un jeu de mots délibéré avec « compte ».

71. Au sens figuré, l'expression populaire *on vous en ratisse* marque un refus, et signifie : « vous n'aurez pas ce dont il est question ».

72. « On dit proverbialement *Planter là quelqu'un pour reverdir*, pour dire laisser quelqu'un en quelque endroit sans le venir reprendre comme on le lui avait promis » (*Académie*).

73. *Regouler* : « Il ne se dit que dans le style bas, et il signifie rabrouer, repousser avec des paroles rudes et fâcheuses un homme qui dit, qui propose quelque chose » (*Académie*).

74. Frère *frappart* se dit d'un moine libertin et débauché. On trouve aussi l'orthographe « frappard », comme dans *Thérèse philosophe* (p. 951).

75. *Nerveux* : au sens de « qui a beaucoup de force dans les tendons des nerfs » (*Académie*).

76. « Ce mot, au figuré, dit autant que jaloux, surveillant, garde austère qui épie et examine toutes les actions et toutes les démarches d'une personne. Signifie aussi un mari soupçonneux et méfiant, qui tient sa femme de court, craignant le croissant » (Le Roux, *Dictionnaire comique*).

77. *Appéter* : « Désirer par instinct, par inclination naturelle, indépendamment de la raison » (*Académie*).

78. *Gaguie* « dans le style comique, signifie une fille. *Une bonne grosse gaguie* (Théâtre-Italien) » (Le Roux, *Dictionnaire comique*). Le *Trévoux* précise : « Terme populaire qui se dit d'une femme qui a de l'enjouement et de l'embonpoint. »

79. Les ânes de Mirebalais étaient fort réputés. Dans la « Somme dédicatoire » qui fait suite au « Catalogue des livres de Mythophilacte », dans *Le Roman bourgeois* de Furetière, on peut lire : « Des diverses contrées où naissent les vrais Mecenas, et que les meilleurs se trouvent en Flandres et en Allemagne, comme les meilleurs melons en Touraine, et les meilleurs asnes en Mirebalais » (p. 236).

80. La *mandille* est « une sorte de casaque que les laquais portaient autrefois » (*Académie*). On disait, en termes de mépris, pour rappeler à quelqu'un ses origines modestes, qu'il avait porté la mandille.

81. On trouve généralement, dans le langage courant, minon ou minette : « Nom que les enfants donnent aux chats quand ils les appellent » (*Académie*).

82. Le *déduit* : « faire le déduit », « être habile au déduit » désignent depuis longtemps la pratique et le plaisir sexuels.

83. « On dit fig[urément] *Voilà votre vrai ballot*, pour dire : Voilà ce qui vous est propre, voilà votre fait » (*Académie*).

84. Pourrait-il s'agir, derrière ces initiales, du sieur Grandmaison, que dans son *Règlement pour l'Opéra de Paris* (« À Utopie, Chez Th. Morus », 1743), Meusnier de Querlon nomme « assesseur » auprès du Second Tribunal ou Chambre souveraine qu'il propose d'instituer ? Ou bien encore de Maximilien Gruer, qui obtint le privilège exclusif de l'Opéra en 1730, après avoir promis à la Cour « de soutenir et même d'augmenter considérablement la magnificence de ce spectacle et d'en payer toutes les dettes » (selon les termes du Conseil d'État du 1er juin 1730) ? Gruer

perdit son privilège en 1731 au bénéfice de Le Comte, auquel succéda enfin Thuret, directeur de l'Opéra de 1733 à 1744. Il est possible que Fougeret mêle le souvenir de la débauche de Gruer, restée dans les mémoires, avec l'administration de Thuret, en charge au moment où Margot entre à l'Opéra... Voir n. 87, p. 830.

85. Au XVIIIe siècle, « ruffien » se dit pour « maquereau » (Le Roux, *Dictionnaire comique*).

86. « Tous les libertins savent qu'on appelle ainsi l'action de mettre un ou plusieurs doigts dans le trou du cul du patient » (Sade, *La Nouvelle Justine*, Bibl. de la Pléiade, t. II, p. 416).

87. Louis Armand Eugène de Thuret, ancien capitaine d'infanterie, passait pour être un enfant naturel du Prince Eugène. Il obtint le privilège de la direction de l'Opéra en 1733 (voir n. 84, p. 829), et le garda jusqu'en 1744.

88. En s'inscrivant sur les registres de l'Opéra, les filles galantes échappaient en effet à l'autorité des parents et du mari, et pouvaient se soustraire ainsi à l'action de la police. Casanova évoque souvent l'itinéraire des filles qui cherchent à obtenir la protection de J.-B. Lany, maître de ballet de l'Opéra. Il faut ajouter que l'état de danseuse assure une carrière rapide dans le monde de la galanterie.

89. Le *magasin* de l'Opéra avait été construit en 1712 dans la rue Sainte-Nicaise, qui commençait à la rue Saint-Honoré et finissait dans la rue des Orties. On y entreposait les décors de l'Opéra, alors au Palais-Royal. C'est également là que se trouvait son école de danse, considérée généralement comme « une école de galanterie ».

90. Il y avait trois Malterre, ou Malter, à l'Opéra : Malterre l'aîné, dit le Diable, parce qu'il excellait dans le rôle des démons, entré à l'Opéra en 1714 ; Malterre cadet, surnommé l'Oiseau pour sa légèreté, entré en 1722 ; et Malterre troisième, frère ou cousin des précédents, appelé l'Anglais, entré en 1734. Malterre le Diable succéda à Dupré comme maître de ballet en octobre 1743. Il sera mis en pension le 1er octobre 1748, Lany lui succédant à son tour.

91. On ne compte plus tout au long du siècle les scandales que fournissent au public les « aventures gaies » arrivées au magasin de l'Opéra, sur la scène ou dans les coulisses. Dans la *Requeste de la Pâris, maquerelle, à M. de Marville, lieutenant général de police* (reproduite dans le *Recueil de chansons dit de Maurepas*, Leyde, 1865, t. VI, p. 36 et suiv.), la célèbre maquerelle se plaint des désordres impunis des filles d'opéra. Une note de la *Seconde Requeste* (*ibid.*, p. 40) mentionne précisément deux de ces actrices surprises : « La Petit a été prise en flagrant délit sous le théâtre avec M. de Bonnac, et la Minot dessus avec le comte d'Espinoy. » C'est très certainement de l'aventure de Marie-Antoinette Petit, entrée en 1722 à l'Opéra, que s'inspire Fougeret de Monbron. Elle eut en effet un grand retentissement. Louise Jacquet, chanteuse, prétendit avoir surpris la Petit en situation délicate, et en rendit compte à « M. de T... [huret], galant, mais subordonné ». La Petit fut effectivement chassée de l'Opéra en 1740. Elle serait réintégrée en 1742, et quitterait définitivement l'Opéra en 1746.

92. Dans son *Règlement pour l'Opéra de Paris*, Meusnier de Querlon nomme, au Tribunal de l'Opéra qu'il imagine, le sieur La Chamarée en tant que « substitut chargé en outre par commission du cérémonial de l'Opéra » (art. XXXVI, p. 52), membre du Parquet.

93. Marie-Claude Nicole Cartou, ou Carton, chanteuse des chœurs, était fort célèbre pour ses bons mots, que rapportent correspondances, nouvellistes et journaux. Dans son *Règlement pour l'Opéra de Paris*, Meusnier de Querlon souligne l'importance de la « spirituelle Cartou » : « Voluptueuse, enjouée, plaisante, saillies, bons mots, idées singulières, agréable licence : tout coule de source » (p. 26). Il la nomme présidente du Premier tribunal ou Chambre des Foyers (art. XXXVI, p. 51). — Fanchon Chopine est le surnom d'une demoiselle Antier — qu'il ne faut pas confondre avec la célèbre chanteuse Marie Antier (1711-1747) — dont on retrouve la trace dans les *Archives de la Bastille* publiées par F. Ravaisson (Paris, 1881, t. XII, p. 353) : « une franche ivrognesse »… — Jeanne Lefébure, dite la Desaigles, chanteuse à l'Opéra, fut comme la Cartou l'une des nombreuses maîtresses du maréchal de Saxe. — La mère Carville : Fougeret de Monbron connaissait personnellement Marie-Émilie Duneboc. Selon les rapports de police, elle avait les yeux bleus, elle était « blonde, grande et bien faite ». Entrée à l'Opéra de Paris, elle prend pour amant Dupré, maître de ballet, puis un garde du Trésor royal qui quitte pour elle la Desaigles, s'endette, se ruine au point d'être obligé de vendre sa charge. Après une alternance de succès et de revers, elle finira par amasser un bien considérable de l'un de ses derniers amants, maître des requêtes, Peyrenc de Cypière.

94. Sur le *poulet*, voir l'Appendice I de *La Tourière des carmélites*, n. 7, p. 613.

95. Il y eut en effet, dans la *rue Sainte-Anne* (quartier du Palais-Royal), de très beaux hôtels particuliers tout au long du XVIIIe siècle. Fatalité de la galanterie : Mme Gourdan, l'une des plus célèbres entremetteuses du siècle, y habita également.

96. Les chansons satiriques connaissent la vogue de ces « avis » et « règlements » qu'on retrouve également dans le roman. On peut en lire, sous forme de 80 articles ou préceptes de la vie galante, dans *Le Portefeuille de Mme Gourdan, dite la comtesse, pour servir à l'histoire des mœurs du siècle, et principalement de celles de Paris* (attribué à Théveneau de Morande, 1783).

97. Le *greluchon* est l'amant de cœur d'une fille galante, d'une fille entretenue. Selon le *Trévoux*, le mot vient de « grelu », pour pauvre, misérable, gueux. On évoque encore le souvenir de saint Greluchon, ou Guerluchon, à qui les femmes demandaient fécondité.

98. *Casuel* « se dit du revenu casuel d'une terre, ou d'un bénéfice » (*Académie*). Le terme se retrouve souvent dans la littérature burlesque ou satirique.

99. Marie Durocher faisait partie du personnel de l'Opéra où elle était figurante. — Le premier qui porta le titre de Lord Weymouth fut Henry Thynne (1640-1714). Lui succéda dans le titre Thomas Thynne (1710-1751), petit-fils de Henry Frederick Thynne, le frère cadet du précédent : c'est notre Milord. Il ne peut s'agir ici que du second Lord Weymouth.

100. Le *cancre* est une « espèce d'écrevisse de mer ». C'est aussi « un terme d'injure qui se dit d'un homme indigne et méprisable » (*Académie*). Le *Trévoux* ajoute que cancre désigne une personne « méprisable par son avarice ».

101. *Timeo Danaos et dona ferentes* : « Je crains les Danaens même quand

ils portent des offrandes » (*Énéide*, II, v. 49). La vérole — le « mal de Naples », qu'on dit importé d'Amérique par les Espagnols — se donne, dans la littérature satirique et burlesque, comme les « galanteries », les petits présents qui se font en société.

102. *Écornifleur* : « Pour parasite, coureur de franche-lippées, qui va gueusant et escroquant partout des repas gratis » (Le Roux, *Dictionnaire comique*).

103. Le sérail de Justine Pâris — de son vrai nom Françoise Bienfait, veuve de Louis Voisin — était extrêmement célèbre. Collé l'évoque dans son *Journal historique*, Clément en parle dans ses *Cinq Années littéraires*. Casanova lui rendra visite dans son hôtel du Roule, dans le haut de la rue Saint-Honoré.

104. La Lacroix tenait « magasin de filles » à La Barrière blanche, rue de Clichy, dans le quartier des Porcherons.

105. *Jephté*, opéra en cinq actes de Pellegrin et Montéclair, représenté pour la première fois le 28 février 1732, souvent repris (1733, 1734, 1735, 1737, 1738, 1740, 1744...).

106. Sur les *nœuds*, voir *Histoire de dom B****, n. 36, p. 409.

107. Le chocolat signifie luxe et gourmandise. Il est à la fois associé aux fausses dévotes voluptueuses qui en font grand usage en compagnie d'abbés mondains, comme aux filles galantes qui connaissent ses vertus d'échauffement.

108. La Fresnaye, célèbre bijoutier de l'époque, que Diderot met en scène dans *Les Bijoux indiscrets* sous le nom de Frénicol.

109. De nombreux fermiers généraux, traitants et financiers, trésoriers du roi, receveurs des Finances (ou leurs descendants immédiats) avaient fait construire au début du siècle de magnifiques hôtels particuliers sur la place Vendôme.

110. L'expression renvoie à Jean Maubois qui était fort célèbre comme tourneur en métaux à la fin du XVIIe siècle. Il ouvrageait, guillochait, ciselait l'or, l'argent, l'acier, le marbre, le bois... Sa fille devint aussi habile que lui et enseigna l'art du tour à Louis XV et au comte de Clermont.

111. L'*eau d'arquebusade* est « une eau composée de plusieurs plantes vulnéraires distillées avec le vin blanc, dont on se sert contre les coups de feu » (*Trévoux*). L'eau d'arquebusade était fort populaire, fort usitée bien au-delà des plaies d'arquebusade, des blessures dues aux coups de feu.

112. *Salope* est d'abord « adjectif de tout genre », et signifie « qui est sale et malpropre. *Il est salope*. Il est du style familier » (*Académie*). Le terme est aussi substantif : « *C'est un salope, une vraie salope.* »

113. Sur le *Palais-Royal*, voir *Thémidore*, n. 6, p. 505 et n. 14 et 15, p. 506.

114. *Mercure* : « Pour messager d'amour, qui porte les billets doux de deux amants, maquereau, commode, maquignon de chair humaine, comme le Dieu Mercure l'était de Jupiter » (Le Roux, *Dictionnaire comique*).

115. Sur le quartier de la *Glacière*, voir *Thémidore*, n. 22, p. 508.

116. Cette *incommodité* est de nouveau un accident vénérien. Sur ces *messieurs de Saint-Côme*, voir n. 43, p. 319.

117. Pour « grasseyait ».

118. *Commandeur* : « Chevalier d'un ordre militaire ou hospitalier,

revêtu d'un bénéfice du même ordre, qui lui donne le titre de commandeur » (*Académie*).

119. *L'Astrée*, le roman d'Honoré d'Urfé (1607-1627), continue d'avoir de nombreux lecteurs au XVIIIe siècle. Mais le roman est également, depuis longtemps, tourné en ridicule, sa préciosité condamnée au nom des Modernes, au nom du goût nouveau. Dans *Margot*, c'est à travers *Le Roman bourgeois* de Furetière (qui fait la satire de *L'Astrée*) que Fougeret de Monbron en rappelle le souvenir.

120. *Matador*, au sens figuré et familier d'homme considérable dans son état et dans son corps.

121. On appelait *publicains*, parmi les Romains, « les fermiers des deniers publics ». L'*Académie* ajoute : « Aujourd'hui dans le style familier, on appelle publicains les traitants et les gens d'affaires, mais toujours en mauvaise part. »

122. Née en 1707, Marie Pélissier, l'une des cantatrices les plus célèbres du siècle, rivale de Nicole Le Maure, débuta à l'Académie royale de musique en 1722. Elle y remporta les plus grands succès entre 1726 et 1741, le moment où elle se retira, quelques années avant sa mort, survenue le 2 mars 1749. — François Lopès Dulis (ou Du Lis), Juif né à Amsterdam, s'en amouracha. Le marché fut conclu moyennant de nombreux diamants, que la Pélissier obtint ainsi de son nouvel entreteneur. Averti qu'elle le trompait avec le musicien François Francœur, Dulis voulut récupérer ses pierres, et chargea son valet de chambre de donner le bâton au célèbre violoniste. Le complot fut découvert ; Dulis et son domestique furent condamnés à être roués vifs en place de Grève. — Le jeu de mots sur Dulis et Ulysse se retrouve fréquemment (par exemple dans les *Mémoires anecdotes pour servir à l'histoire de M. Duliz, fameux juif portugais à La Haye, et la suite de ses aventures après la catastrophe de celle de Mlle Pélissier, actrice de l'Opéra de Paris*, de Desforges, Londres, 1739).

123. *Cagot* : « Pour bigot, hypocrite, ou pour sot, ignorant, malotru » (Le Roux, *Dictionnaire comique*).

124. Lycaon fut transformé en loup par Zeus.

125. *Prendre Gautier pour Garguille* — alors qu'il s'agit d'une seule et même personne (un célèbre comédien du XVIIIe siècle) — c'est se méprendre.

126. Sur Julien Le Roy, célèbre horloger, voir *Thémidore*, n. 8, p. 505.

127. Sur *cancre*, voir n. 100, p. 834.

128. L'*official* est un « juge de Cour, d'Église » (*Académie*). Le *Trévoux* précise : « Lieutenant ou vicaire de l'évêque, juge d'Église commis par un prélat, ou un évêque, ou par un chapitre ou un abbé. » L'officialité est la juridiction de l'official, ou le lieu où la justice est rendue.

129. *Vesperie* : « Le dernier acte de Théologie ou de Médecine, que soutient un Licencié avant que de prendre le bonnet de Docteur, et où celui qui préside donne quelques avis, quelques instructions au répondant. *Soutenir une vesperie* » (*Académie*). Le dictionnaire ajoute que le mot « se prend quelquefois fig[urément] pour réprimande ».

130. *Zénobite* pour cénobite, « Moine qui vit en communauté » (*Académie*).

131. Le jeu sur les mots *milord* et *milourd* est ancien. Un *milord* désigne un homme gros et lourd. On disait aussi « bilourd ». — La mélancolie, le *spleen*, les vapeurs sont ce qui caractérisent l'Anglais au XVIIIe siècle.

132. Céladon est le héros de *L'Astrée*. Il apparaît comme le type du galant doucereux, de l'amant « à sentiments », qui s'exprime avec préciosité. « On dit d'un homme à beaux sentiments, en matière de galanterie, que c'est un *Céladon* » (*Trévoux*).

133. Le mot *ripopé* est généralement donné comme masculin (le féminin peut venir d'une attraction avec « ripaille ») : « *Du ripopé*. Petit et mauvais vin, vin mince, sans force, du guinguet » (*Académie*).

134. L'*Encyclopédie* définit la *crapule* (p. 849) : « Débauche habituelle ou des femmes ou du vin ». Sur la *saloperie*, voir n. 112, p. 840.

135. George II (1683-1760), roi d'Angleterre, Électeur de Hanovre, accéda au trône en 1727. — Charles-Édouard Stuart, dit le Prétendant ou le prince Édouard (1720-1788), fils de Jacques-Édouard-François Stuart, prétendait reconquérir le trône des Stuarts. Soutenu par la France, il s'embarqua pour l'Écosse en juillet 1745. Après quelques victoires, il fut vaincu et dut battre en retraite dans le nord de l'Écosse, où il trouva refuge dans les montagnes, avant de rentrer en France en octobre 1746.

136. Une *conviction* est d'abord la « preuve évidente et indubitable d'un fait » (*Académie*).

137. Sur *Phaéton*, voir *Thémidore*, n. 19, p. 507.

138. *Gourmade* : coup de poing. Le *Trévoux* précise que le terme « n'est guère en usage que parmi les écoliers, les laquais et les gens de basse condition ».

139. La *ganache* est « la mâchoire inférieure du cheval. On dit qu'*un cheval est chargé de ganache*, qu'*il a la ganache lourde, pesante*, quand il a l'os de la mâchoire inférieure fort gros et revêtu de chair. On dit fig[urément] d'un homme qui a l'esprit pesant, qu'*il est chargé de ganache, qu'il a la ganache pesante* » (*Académie*).

140. Le nom La Violette renvoie à la couleur de la livrée que portaient les domestiques. Rappelons que La Violette est au service de dom Juan, dans la pièce de Molière (IV).

141. Claudine Alexandrine Guérin, marquise de Tencin (1682-1749), connut une jeunesse fort tumultueuse. Religieuse malgré elle, elle rompit ses vœux et mit au monde, en 1717, un enfant qu'elle abandonna sur les marches de l'église Saint-Jean-le-Rond à Paris : le futur d'Alembert. Elle tint un salon réputé que fréquentaient Fontenelle, Montesquieu, Marivaux, Duclos, Crébillon, etc. Elle écrivit des romans : *Mémoires du comte de Comminge* (1735), *Le Siège de Calais* (1739), *Les Malheurs de l'amour* (1747).

142. Montesquieu avait publié sans nom d'auteur les *Lettres persanes* en 1721, rencontrant aussitôt un succès considérable. Il fit paraître *Le Temple de Gnide* en 1725.

143. *Pétarder* : « Faire jouer un pétard contre une porte. *Pétarder une porte, pétarder une ville* » (*Académie*).

144. Simon Joseph Pellegrin (1663-1745) s'engagea dans l'ordre de Cluny, puis fut sécularisé. Fixé à Paris, il tint boutique d'épigrammes et de madrigaux, et composa des tragédies, des livrets d'opéra, des pièces pour l'Opéra-Comique. L'archevêque de Paris l'ayant mis en demeure de choisir entre la messe et l'Opéra, l'abbé choisit le théâtre et fut interdit. Il faisait alors attribuer à son frère Jacques un certain nombre de ses œuvres.

145. Voir la notice sur Boyer d'Argens, p. 1281. — Pierre Bayle, auteur célèbre, et influent, des *Pensées diverses sur la Comète* (1682) et du

Dictionnaire historique et critique (1697). — Jean Leclerc (1657-1736), philosophe, historien et critique, voyagea à travers tout l'Europe et se lia avec les esprits éclairés de son temps, Locke, Fontenelle, Vico. Il fut particulièrement célèbre pour ses publications périodiques : la *Bibliothèque universelle et historique* (1686-1693, qui eut une suite de 1703 à 1713), la *Bibliothèque ancienne et moderne* (28 volumes, 1714 à 1727). — *L'Espion du Grand-Seigneur* (1684), de Jean-Paul Marana (1642-1692), exerça une influence considérable sur les *Lettres persanes* de Montesquieu et, au-delà, suscita la vogue des romans épistolaires et des espions, chinois ou anglais, qui font la critique des mœurs françaises à travers le regard d'un étranger visitant Paris.

146. *La judiciaire*, c'est, dans le style familier, « la faculté de juger. *Cet homme a la judiciaire fort bonne, fort excellente* » (*Académie*).

147. Le *Dictionnaire néologique à l'usage des beaux esprits du siècle* (1726), de l'abbé Desfontaines (1685-1745), est l'occasion pour son auteur de s'en prendre aux Modernes qu'il tourne en dérision, dont il prétend dénoncer les abus en se référant à l'autorité des classiques.

148. Sur le café Procope, voir *Thémidore*, n. 68, p. 529.

149. *Servites* : « Ordre de religieux suivant la règle de saint Augustin, qui s'attachent au service de la Vierge » (*Trévoux*).

150. Fort populaire au XVIIIe siècle, la *tabagie* est « un lieu destiné pour fumer du tabac » (*Académie*), mais aussi pour boire de l'eau-de-vie. — Les abords de la Foire avaient mauvaise réputation. Sur l'importance de la Foire dans l'imaginaire du temps, voir *Thémidore*, n. 38, p. 578. C'est à la Foire qu'est né l' Opéra-Comique dont le succès ne cessa de grandir tout au long du siècle.

151. Ce personnage de la farce, bouffon, souffre-douleur — qu'on retrouve dans la tradition du théâtre populaire italien — doit son nom au fait qu'il était habillé d'une toile de paille.

152. Sur le *cordon bleu* de l'ordre du Saint-Esprit, voir *Thémidore*, n. 11, p. 554.

153. Il s'agit du célèbre héros de Marivaux, Jacob, le narrateur du *Paysan parvenu* (1735-1736), qui raconte son ascension sociale.

154. *Victum et vestitum* : la nourriture et le vêtement.

155. L'*épinette* est une cage en bois dans laquelle on enfermait les volailles pour les engraisser.

156. Le *chyle* est le contenu liquide de l'intestin, formé par les aliments digérés et prêts à être absorbés par le sang.

157. On sait qu'Origène (v. 185-v. 254) se châtra volontairement, tandis qu'Abélard (1079-1142) subit ce sort sur l'ordre de l'oncle d'Héloïse, le chanoine Fulbert.

158. Allusion aux rites en vigueur dans l'Église depuis l'élection de la légendaire papesse Jeanne, et qui obligent à vérifier la virilité du pape nouvellement élu : « *Duas et bene pendentes* [*habet*] » (il en a deux et qui pendent bien).

159. *Se gourmer* : « Expression figurée qui s'emploie dans le discours familier, pour dire affecter un maintien composé et trop grave, faire l'homme d'importance » (*Trévoux*). — Selon le *Trévoux*, *panader*, qui n'est d'usage que dans le style bas et familier, vient du mot paon, « vu que c'est le propre de cet oiseau de marcher superbement quand il regarde sa queue, comme si on disait paonader ». Se panader signifie en effet

« marcher avec un air d'ostentation et de complaisance comme un paon quand il fait la roue ».

160. Le personnage appartient, comme tous les barbiers, chirurgiens, médecins et surtout apothicaires, à la tradition burlesque de la farce et de la Foire.

161. Il s'agit de la célèbre *Farce de Maître Pierre Patelin* (ou *Pathelin*, 1464) : *Les Tromperies, finesses et subtilités de Maître Pierre Pathelin, avocat à Paris*, jouée à Paris vers 1470, citée comme le modèle des farces. L'abbé Brueys en avait tiré une comédie en cinq actes, *L'Avocat Patelin*, représentée pour la première fois à la Comédie-Française le 4 juin 1706, qui remit en mémoire le souvenir de l'avocat habile à faire des dupes.

162. On trouve plus souvent *la hart* : « La corde dont on étrangle les criminels, mais en ce sens il n'a guère d'usage qu'en certaines formules qu'on emploie dans les ordonnances *À peine de la hart* » (*Académie*).

BOYER D'ARGENS

Le verdict de la postérité a été terrible pour Jean-Baptiste de Boyer d'Argens. Bien que fort lu à son époque (ses ouvrages sont très vite traduits en anglais et en allemand[1]), il a rejoint le nombre des auteurs oubliés du XVIIIe siècle[2]. Son œuvre philosophique, la plus importante, est largement inconnue. Son œuvre romanesque ne reçoit aucune attention. Serait-ce parce qu'elle est somme toute mauvaise ? Boyer d'Argens n'est plus associé qu'à un célèbre roman, *Thérèse philosophe*, qu'il ne signe pas. Cet ouvrage est particulier — il s'agit d'un récit érotique —, et n'appartient pas au canon littéraire. Fourni en maximes philosophiques, il n'est pas pour autant reconnu par le canon philosophique. Par ailleurs, on l'a attribué à d'autres, par exemple à d'Arles (ou Darles) de Montigny[3], ou à Diderot, dont les écrits libertins et philosophiques sont déjà connus[4]. Seule l'injustice semble expliquer cet oubli sévère, non seulement de l'homme, mais plus encore de ses ouvrages.

Boyer d'Argens est issu de la noblesse de robe ; sa famille compte parmi les plus anciennes et les plus distinguées de Provence. Il naît à Aix le 27 juin 1703. Son père, Pierre Jean de Boyer, marquis d'Argens,

1. Entre autres exemples, la traduction anglaise des *Lettres juives* (1736-1738) date de 1739 et la traduction allemande de 1764-1766 ; la traduction anglaise de *La Philosophie du bon sens* (1737) date de 1753 et la traduction allemande de 1756.

2. Oubli qui semble même advenir de son vivant, puisque Casanova, qui lui rend une visite respectueuse en Provence en 1769, alors que le marquis est déjà vieux, remarque dans ses mémoires, en 1790 : « Ce marquis fameux à cause de la constante amitié avec laquelle le défunt Frédéric II l'a honoré, plus que par ses ouvrages que personne ne lit plus » (*Histoire de ma vie*, Wiesbaden, Brockhaus, 1962, t. XI, p. 57).

3. Voir p. 1290.

4. Diderot est arrêté pour les *Pensées philosophiques* (1746), *Les Bijoux indiscrets* (1748) et *L'Oiseau blanc, conte bleu* (posthume, 1798).

seigneur d'Éguilles, est procureur au parlement d'Aix et souhaite une carrière semblable pour son fils aîné. Mais le jeune Jean-Baptiste lui préfère celle d'officier et veut profiter des avantages d'un métier héroïque. Dans des *Mémoires* qu'il publiera en 1735, il expliquera ainsi ce choix de jeunesse : « L'état qu'on me voulait faire prendre me paraissait affreux. Je le regardais comme le tombeau des plaisirs. La vie voluptueuse d'un officier avait pour moi des charmes bien plus brillants que le pénible soin d'instruire et de juger les procès d'autrui[1]. »

S'ouvre dès lors le chapitre de ses frasques. Le marquis commence une vie de jeune homme dissipé, rompant à tous les coups avec son héritage familial et prend, comme il le dit lui-même, « les manières d'un petit-maître[2] » : il aime hors de sa condition. Sa carrière amoureuse, romanesque, semble puiser son inspiration chez un héros littéraire du XVIIIe siècle, le fameux chevalier Des Grieux de l'abbé Prévost, aristocrate déclassé, amateur de jeunes filles légères.

Ainsi, d'Argens tombe follement amoureux d'une certaine Sylvie, une comédienne dont la troupe est de passage à Aix. Il lui promet de l'épouser et l'oblige à partir avec lui pour l'Espagne. Mais, repéré par un proche de sa propre famille, il est arrêté, et interné à la citadelle de Perpignan, sous lettre de cachet. Plus tard, il se réconcilie avec sa famille et s'attache au futur ambassadeur de Constantinople, M. d'Andrezel, en 1724. Il visite dans l'euphorie Alger, Tunis, Constantinople. Sans doute son goût pour le voyage naît-il à ce moment. Le jeune homme se montre anthropologue avant la lettre, s'intéressant autant aux religions, qui le fascinent, qu'aux femmes juives et turques, qui l'attirent. Folie exotique et esprit de conquête le conduisent à vivre quelques aventures. Il n'en oublie pas pour autant de s'instruire, et le successeur de d'Andrezel, le marquis de Bonnac, honnête homme et brillant esprit, l'introduit dans la haute société turque : c'est dans ce milieu qu'il discute de religion, de poésie, de philosophie.

De retour en Provence, peut-être au printemps de 1725, d'Argens est dans les meilleurs termes avec sa famille. Il souhaite même faire plaisir à son père : il accepte de se faire avocat. Son père lui achète une charge et d'Argens plaide avec succès quelques causes. Applaudi au barreau, flatté de son nouveau talent, il rêve un moment de persévérer dans ce métier. « Je résolus même, écrit-il, de m'y adonner entièrement. Romans, historiettes, tout fut banni de mon cabinet. Locke succéda à Mme de Villedieu, Gassendi et Rohault à *Clélie* et à l'*Astrée*[3]. » Cette période de tranquillité ne devait pas durer cependant. D'Argens renoue avec son passé turbulent et multiplie ses aventures (la Catalane, Mlle de Besaudin, la Motille, etc.). On le trouve à Marseille, à Rome, puis à Marseille encore. C'est là qu'il rencontre Chichote, chanteuse à l'Opéra, qu'il ramène avec lui à Aix puis à Paris. Ses devoirs d'officier le rattrapant tout de même, il participe aux sièges de Kehl et de Philipsbourg en 1734. L'expérience militaire offre d'ailleurs au jeune Jean-Baptiste des modèles héroïques à admirer : le duc de Richelieu, le duc de Vaujour, le prince de Conti. Mais un grave accident de cheval interrompt cette carrière ; d'Argens quitte donc l'armée.

1. *Mémoires de M. le marquis d'Argens*, Londres, édition de 1737, p. 2.
2. *Ibid.*, p. 3.
3. *Ibid.*, p. 125.

Et renonce finalement au droit. Durant l'année 1730-1731, un procès, qui oppose le père Girard et sa pénitente Marie-Catherine Cadière, a « décidé de [son] sort et de [son] état[1] ». Jean-Baptiste Girard, jésuite et recteur du séminaire des aumôniers de la marine de Toulon, est accusé de sorcellerie, d'inceste spirituel et d'abus sexuel par cette jeune dévote de vingt ans, encline à l'extase et aux visions. L'arrêt rendu le 12 octobre 1731[2] acquitte (à une seule voix de majorité) l'imprudent religieux, et la pauvre Cadière est renvoyée à sa mère. L'émotion populaire est alors à son comble[3], tandis que le parlement d'Aix est transformé en champ de bataille. Source de tourments pour le père, alors procureur général, cette affaire convainc le fils de se détourner d'une profession si accablante[4].

De cette jeunesse impétueuse, il faut retenir la quête de liberté et d'indépendance qui éloigne d'Argens du modèle paternel. Ses parents, se désintéressant de lui, semblent d'ailleurs vouloir le sevrer financièrement. Le jeune marquis part en 1735 pour la Hollande.

Il s'établit à La Haye où il décide de commencer une nouvelle vie : une carrière d'homme de lettres, inaugurée cette même année par ses *Mémoires de M. le marquis d'Argens*. De son imagination romanesque (mais aussi sans doute d'une plume en quête de subsistance) sortira une longue série de romans[5] sous forme de mémoires et pour la plupart écrits dans le goût de la Régence, à la manière de Prévost, de Marivaux et de Crébillon. Dans *Le Solitaire philosophe*, le héros, qui parcourt avec son ami le comte de Poncil la bibliothèque de la maison où il s'est retiré, remarque quelques « romans nouveaux » : le *Cleveland*, *Le Paysan parvenu*, *Les Égarements du cœur et de l'esprit*. Les romans de d'Argens n'ont pourtant pas les qualités de ceux de ces prédécesseurs qu'il admire. Ses histoires galantes, historiettes (souvent enchâssées) composées d'aventures libertines, d'intrigues amoureuses et de récits de voyages, manquent dans l'ensemble de cohérence narrative.

La révélation de Boyer d'Argens a lieu ailleurs. C'est dans des genres plus sérieux qu'il dévoile son talent ainsi qu'une culture historique étonnants. Il suit la « révolution sociologique » inaugurée par Montesquieu dans les *Lettres persanes* et rédige une série de *Lettres* dans lesquelles il mélange des sujets littéraires, philosophiques, religieux. La série commence avec les *Lettres juives*, puis viendront les *Lettres cabalistiques*, et les *Lettres chinoises*. D'Argens conçoit ces trois œuvres, comme une « critique générale des mœurs et des coutumes des peuples anciens et modernes[6] ». Quant au genre philosophique, et en hommage au Locke de l'*Essai sur l'entendement humain*, il publie *La Philosophie du bon sens* (1737).

1. *Ibid.*, p. 172

2. Il existe une *Relation abrégée de ce qui s'est passé le jour du jugement à Aix*, dans *Recueil général des pièces concernant le procès entre la demoiselle Cadière, de la ville de Toulon, et le père Girard, jésuite, recteur du Séminaire royal de la Marine de ladite ville*, La Haye, 1731.

3. Innombrables sont les chansons satiriques, les pamphlets et gravures qu'a suscités l'histoire du père Girard et de Marie-Catherine Cadière, référence obligée tout au long du siècle. On en trouve des exemples dans le *Recueil de chansons dit de Maurepas, pièces libres, chansons, épigrammes sur divers personnages des siècles de Louis XIV et Louis XV*, t. IV, Leyde, 1865.

4. « Je me servais de certains mouvements de dépit que je voyais en lui, pour le dégoûter de me mettre dans la robe, et peu à peu je réussis, comme on le verra dans la suite de ces Mémoires » (*Mémoires*, p. 191-192).

5. Voir la bibliographie, p. 1286.

6. *Lettres cabalistiques*, La Haye, édition de 1754 ; t. I, p. II.

Voltaire, qui commence une correspondance avec le marquis après la parution des *Lettres juives* (d'Argens y prend son parti contre le poète Jean-Baptiste Rousseau), va découvrir en lui un disciple (d'Argens est, dans la lutte conte « l'Infâme », son compagnon d'impiété) et lui recommandera de rejoindre la « coterie » de Frédéric II[1]. « Établissez-vous à Berlin, lui écrit-il ; la raison, l'esprit, la vertu y vont renaître. C'est la patrie de quiconque pense [...]. [...] Mon cher ami, allez dans ce temple qu'il [le roi de Prusse] élève aux arts[2]. » D'Argens, quittant la protection de la duchesse de Wurtemberg qu'il a servie de 1740 à 1742, arrive à Berlin en juillet sur l'invitation du roi de Prusse. Il est nommé chambellan du roi et rejoint la compagnie de Maupertuis, Formey, La Mettrie, Algarotti, Voltaire. Il est bientôt nommé directeur de la classe des Belles-Lettres de l'Académie récemment fondée par Frédéric.

À Berlin, d'Argens, finalement conforté par les pensions, continue l'œuvre commencée en Hollande. Il est désormais, pour ses contemporains, un écrivain sérieux. Après la série des lettres viennent des réflexions critiques — sur le goût, sur les écoles de peinture[3] —, des essais et, vers la fin de son séjour berlinois, des traductions et des commentaires remarqués — *L'Âme du monde* de Timée de Locres (1763), la *Défense du paganisme* de l'empereur Julien (1764).

S'étonnera-t-on que cette évolution ne l'ait pas détaché de ses habitudes libertines, singulièrement tournées vers les actrices (le théâtre, comme il écrit, lui est « fatal[4] ») ? Barbe Cochois, avec qui il se découvre des goûts communs pour les arts, la musique et les lettres, réussit à le « fixer ». Ils écrivent ensemble plusieurs livres. Et se marient secrètement à Berlin en 1749.

D'Argens ne quittera Potsdam qu'après vingt-cinq années de service auprès de Frédéric II, à qui il est resté généralement fidèle, malgré ses railleries et ses persiflages. Le roi, qui supporte mal l'hypocondrie du marquis mais se montre peu indulgent pour la vieillesse de son pensionnaire, accepte finalement de le laisser partir en 1769. Le marquis finira ses jours dans sa Provence natale, auprès de son frère, le président d'Éguilles, dont il est toujours resté proche. Il se fait construire, près du château d'Éguilles, une maison de campagne qu'il baptise « Mon repos ». Il meurt près de Toulon, chez sa sœur, la baronne de La Garde, à qui il rendait visite, ce 12 janvier 1771.

On l'a dit, seul *Thérèse philosophe* fait aujourd'hui toute la célébrité de Boyer d'Argens, et cela, alors même que l'attribution de l'œuvre au marquis est contestée. Certes, ce roman érotique ne trouve pas avec évidence sa place dans la production littéraire ou philosophique de d'Argens. Le point de départ de notre enquête sur sa paternité est ce procès de Marie-Catherine Cadière contre Jean-Baptiste Girard dont le romancier offre une version dans *Thérèse*, et que le marquis raconte lon-

1. Sur l'histoire de la relation entre d'Argens et Voltaire, voir Raymond Trousson, « Voltaire et le marquis d'Argens », *Studi francesi*, X, 29, 1966, p. 226-239. Et les *Lettres juives*, lettre LXIV, La Haye, 1738, t. II, p. 209-211.

2. Voltaire, lettre du 2 octobre 1740, *Correspondance*, Bibl. de la Pléiade, t. II, p. 423-424.

3. Voir la bibliographie, p. 1287.

4. *Mémoires*, p. 125.

guement au livre IV de ses *Mémoires*. On sait qu'il a pu le suivre au plus près grâce à son père : « Pendant la durée de cette affaire, j'ai pu, toutes fois et quand je l'ai voulu, voir les procédures les plus cachées. J'ai parlé moi-même à la plupart des principaux témoins, et rien n'a pu échappper à ma curiosité[1]. » Et ses comptes rendus ne vont pas sans agacement : « La médisance, la calomnie, le mensonge, la fourbe, tout fut mis en usage. Il ne s'agissait plus ni de la Cadière, ni du père Girard, mais de deux partis qui divisent l'État[2]. » Il déplore l'effervescence contagieuse de la cabale : « La division augmentait de jour en jour. Tout était en combustion dans les familles. Chacun se déchirait par les médisances les plus atroces[3]. » L'affaire ne cesse de revenir dans son œuvre sous des commentaires et des scénarios divers, souvent avec le schéma érotique qui sera développé dans *Thérèse*. En fait, d'Argens voit essentiellement, dans ce qu'il appelle cette « fable bizarre[4] », l'imposture religieuse par excellence, le délire superstitieux. Elle est pour lui la version infamante des « grimaces » qui accompagnent le culte religieux. Mais on peut se demander si le père Girard, que d'Argens défend contre Marie-Catherine Cadière, n'exerce pas sur lui une fascination mêlée de répulsion. De là viendrait l'ambivalence avec laquelle il traite le personnage, tantôt prenant parti contre lui et reformulant les accusations portées à son égard, tantôt dénonçant la cabale religieuse à laquelle le procès sert de prétexte et dont Girard aurait été le bouc émissaire ; tantôt il refuse même de reconnaître chez la pénitente la victime d'un abus réel, l'accusant au contraire de machination vengeresse avec le père Nicolas, janséniste, son nouveau directeur et amant. Aussi est-ce dans les termes d'un conflit entre jansénistes et jésuites qu'il interprète cette affaire[5].

C'est dans ses *Lettres juives* que d'Argens change de ton à l'égard du père jésuite. Désormais il voit moins la vengeance amoureuse et le conflit politique, mais insiste sur la mascarade religieuse et la superstition généralisée. Aaron, dans une lettre à son correspondant Isaac Onis, rabbin de Constantinople, pourfend la « nation mystique », et dénonce le pouvoir abusif des directeurs de conscience ravis d'être à la tête d'un « bataillon de jeunes filles[6] ». Il s'amuse à octroyer une série de livres imaginaires au confesseur imprudent : un recueil contenant les principales maximes de son instruction, *Recueil des Lettres du révérend père Girard*, destiné à « la sœur Cadière sa pénitente favorite », un *Commentaire philosophique* du même père sur les fameuses paroles : « Abandonnez-vous et laissez faire[7] », auquel il joint, par « plaisanterie », un *Avis du père Sabatier, ami de cœur de l'illustre*

1. *Ibid.*, p. 172-173.
2. *Ibid.*, p. 188-189.
3. *Ibid.*, p. 190.
4. *Ibid.*, p. 184.
5. Sur ce point, voir la *Chronique de la Régence et du règne de Louis XV* (ou *Journal de Barbier*), Paris, t. II, 1885. Edmond-Jean Barbier (1689-1771), avocat et chef du conseil du garde des Sceaux d'Argenson, rapporte les faits du procès mais aussi les bruits et rumeurs qui traversent Paris. Voir aussi n. 9, p. 892.
6. Parmi ces sœurs aisément influençables, Aaron remarque particulièrement « celles de l'ordre du cordon de saint François » (*Lettres juives*, lettre LXXXVIII, t. III, p. 71). Dans *Thérèse philosophe*, le cordon de saint François, qui est l'insigne des franciscains, est un godemiché utilisé par le père Dirrag (voir p. 895), mais il est surtout l'outil imaginaire qui masque son membre à Éradice.
7. Dans *Thérèse*, la formule devient : « *oubliez-vous et laissez-faire* » (voir p. 885).

P. Girard, à l'utilité des directeurs mystiques : ouvrage dans lequel on apprend aux jeunes directeurs les expédients nécessaires pour éviter les suites qui peuvent naître de l'indiscrétion des révérendes sœurs associées au sublime quiétisme[1].

Dans les *Lettres cabalistiques*, le prêtre imprudent fait plusieurs apparitions. D'Argens met en scène son illustre « damné » dans un dialogue avec Diogène[2]. Le cynique reprend contre son partenaire les accusations de sorcellerie, de sodomie, d'ensorcèlement, d'athéisme. Il traite le père de scélérat, il juge ses « impudiques désirs ». Sa condamnation est même implacable : « […] vous les stigmatisiez [vos pénitentes] dans un endroit où il eût été impossible que le séraphique saint François eût pu l'être[3]. » Dans les mêmes *Lettres*, le sylphe Oromasis rapporte au cabaliste Abukibak une confession entre un moine et sa pénitente à laquelle il a assisté en cachette et qui ressemble étrangement au dialogue impudique entre Éradice (Cadière) et Dirrag (Girard), les personnages anagrammatisés de *Thérèse philosophe*. Le moine invite sa pénitente à goûter au quiétisme avec son amant : « […] vous pensez aux choses célestes, vous ne prenez aucune part spirituellement. […] Ainsi votre âme dans ces moments, détachée en quelque manière du corps, n'en contracte point les souillures ; l'esprit reste pur, il ne reçoit aucune impression de la matière[4]. » Mais, en attendant, il propose de prendre la place de l'amant et de faire avec elle l'essai d'un « amour tendre et réciproque ».

Enfin, dans *Le Solitaire philosophe*, d'Argens raconte l'histoire d'une religieuse dont la mise en scène anticipe le théâtre érotique de *Thérèse philosophe*. Dorothée, malade, reçoit les soins du médecin Montigni. Mais la cure se transforme vite en ébats amoureux. Une religieuse amie, Angélique, à travers une serrure, surprend le médecin et sa patiente[5] ; elle prend bientôt auprès du médecin la place de Dorothée. Peu de temps après, les deux se découvrent enceintes et donnent naissance à la progéniture de Montigni.

La présence récurrente du procès Girard-Cadière dans l'œuvre de d'Argens autorise à associer son nom et *Thérèse philosophe* : soit l'auteur du roman a lu d'Argens, soit d'Argens est cet auteur. Pour Guillaume Pigeard de Gurbert, la paternité de *Thérèse philosophe* ne fait aucun doute. Il établit une liste des concordances littérales entre les *Mémoires de M. le marquis d'Argens* et *Thérèse*[6].

Il y aurait aussi, déjà signalées par Antoine Alexandre Barbier[7],

1. *Lettres juives*, lettre LXXXVIII, t. III, p. 75.
2. *Lettres cabalistiques*, lettre XIV, t. I, p. 156-169.
3. *Ibid.*, p. 166.
4. *Lettres cabalistiques*, lettre CI, t. IV, p. 260.
5. Thérèse assiste aussi secrètement aux leçons de piété données par Dirrag à Éradice. Elle les aperçoit à travers un trou fait dans la porte (voir p. 884). On peut peut-être trouver l'ébauche du scénario voyeuriste dans les *Mémoires*, lorsque l'auteur rapporte que le père Girard s'enfermait avec la pénitente pour observer ses stigmates, et que la servante de Marie-Catherine Cadière « était curieuse de savoir ce que sa maîtresse faisait enfermée dans sa chambre, et […] l'examinait par le trou de la serrure » (p. 178-179).
6. *Thérèse philosophe*, « Lecture », Arles, Actes Sud, 1992, p. 154. Nous retiendrons l'exemple suivant : « *Mémoires* : " Toute l'Europe a raisonné sur cette matière. Mais peu de gens ont su réellement de quoi il était question. " / *Thérèse philosophe* : " Toute l'Europe a su l'aventure du Père Dirrag et de Mlle Éradice ; tout le monde en a raisonné ; mais peu de personnes ont connu réellement le fond de cette histoire " » (voir notre texte, p. 892).
7. Voir l'article « Thérèse philosophe » de son *Dictionnaire des ouvrages anonymes*, t. IV, édition de 1879, p. 708-709.

des traces, dans *Thérèse philosophe*, des *Doutes sur la religion dont on cherche l'éclaircissement de bonne foi*, ouvrage clandestin mais dont le marquis possédait un exemplaire, si l'on se fie à ses *Mémoires*[1]. D'Argens y aurait pris l'essentiel de sa critique des religions. Mais c'est surtout dans les énoncés théoriques concernant sa politique érotique que le critique aperçoit la signature cachée de d'Argens. La philosophie de ce dernier veut en effet réconcilier les devoirs sociaux et la satisfaction individuelle des plaisirs.

Gurbert met ainsi en parallèle *Thérèse philosophe* et les *Lettres chinoises*. Dans celles-ci d'Argens défend la pratique chinoise de la prostitution qui évite la corruption des femmes mariées, en même temps qu'elle soulage les désirs libertins des maris. Les catins rendent service à la monogamie... En outre, les thèses matérialistes, que l'on peut reperer dans *La Philosophie du bon sens* et dans l'*Histoire de l'esprit et du cœur* — domination des passions sur la volonté, co-origine des sensations et de la pensée, souci du réel —, *Thérèse philosophe* les radicalise du côté de l'épicurisme de d'Argens.

L'épicurisme est sans doute la meilleure preuve de l'originalité de Boyer d'Argens[2]. Autrement, il reste condamné à l'anticipation (Sade) ou à l'influence et la copie (Voltaire, Prévost, Marivaux). Son « plaisir », il faut l'avouer, est bien loin de l'immoralisme que Sade, son admirateur et compatriote, décrète à son propos, reconnaissant chez lui le sens de la luxure et de l'impiété[3]. La pensée de d'Argens reste plus réellement conservatrice, tendue vers l'utilité du « bien social » qu'il ne cesse de défendre. L'immoralisme n'atteint jamais chez lui la sphère publique ; il demeure confiné au domaine du privé. La volupté est égoïste, intimiste, bourgeoise. Elle reste « intéressée », utilitariste.

Raymond Trousson a raison de rappeler la singularité du radicalisme de d'Argens dans *Thérèse philosophe*. Ailleurs, en effet, d'Argens est modéré. Il maintient la nécessité régulatrice de l'Être suprême. Raymond Trousson cite le cas du *Législateur moderne* où s'affirme sans ambiguïté le déisme du philosophe : « [il] soutient l'existence d'une cause première, éternelle, intelligente et sage, la nécessité de la prière, l'existence de l'âme immatérielle et éternelle, la croyance aux peines et aux récompenses, le libre arbitre[4]. » *Thérèse philosophe* même exprime un déisme rassurant, accordé avec la foi sociale : « Aimons Dieu, non pas qu'il l'exige de nous mais parce qu'il est souverainement bon ; et ne craignons que les hommes et leur lois. Respectons ces lois, parce qu'elles sont nécessaires au bien public, dont chacun de nous fait partie[5]. »

Ainsi peut-on dénoncer les rigueurs du canon, lesquelles ne retiennent pour la postérité que les œuvres univoques et les auteurs irrépréhensibles ; on pourra toujours les trouver injustes à l'égard de Boyer

1. *Mémoires*, p. 115. Les *Doutes* sont aussi connus sous le titre *Examen de la religion dont on cherche l'éclaircissement de bonne foi*. L'ouvrage, dont on a accordé la paternité à nombre d'auteurs (entre autres, Saint-Évremond, Boulainvilliers, Mirabaud) est désormais attribué à Le Vilain de La Varenne, ami de Prosper Marchand, l'éditeur à La Haye des *Mémoires* du marquis. Voir l'introduction de Raymond Trousson à *Thérèse philosophe*, dans *Romans libertins du XVIII*^e^ *siècle*, Robert Laffont, coll. « Bouquins » p. 564-565.
2. Casanova appelle d'Argens un « épicurien décidé » (*Histoire de ma vie*, p. 157).
3. Voir la Notice sur *Thérèse philosophe*, p. 1289, n. 1 en bas de page.
4. Introduction à *Thérèse philosophe*, p. 565.
5. Voir p. 922-923.

d'Argens. Car il s'essaye à des discours divers, sans toujours les maîtriser ; il compile, (se) répète. Son œuvre d'historien et de critique littéraire tend à la boursouflure, à l'indigestion. Certes, il a eu une carrière étonnante. De « l'officier débauché » qu'il était, pour reprendre les mots de Voltaire[1], à l'écrivain prolixe et lettré qu'il deviendra, nul n'osera contester la puissance de sa détermination d'écrire et de vulgariser. Sans doute l'oubli est-il une sanction dure pour une telle énergie et une si vaste culture. Mais le temps obéit peut-être lui aussi au principe épicurien : il ne garde que ce qui sert à son (bon) plaisir.

PIERRE SAINT-AMAND.

BIBLIOGRAPHIE

ŒUVRES DE BOYER D'ARGENS

Œuvres romanesques.

Mémoires de M. le marquis d'Argens avec quelques lettres sur divers sujets, Londres, 1735.

Les Enchaînements de l'amour et de la fortune ou les Mémoires du marquis de Vaudreville, La Haye, 1736.

Mémoires de la comtesse de Mirol, ou les Funestes Effets de l'amour et de la jalousie, histoire piémontaise, La Haye, 1736.

Mémoires de Mlle de Mainville, ou le Feint Chevalier, La Haye, 1736.

Mémoires du marquis de Mirmont, ou le Solitaire philosophe, Amsterdam, 1736.

Le Mentor Cavalier, ou les Illustres Infortunés de notre siècle, Londres, 1736.

Histoire du roi de Campanie et de la princesse Parfaite, Paris, 1736.

Le Fortuné Florentin, ou les Mémoires du comte della Valle, La Haye, 1737.

Mémoires du comte de Vaxère, ou le Faux Rabbin, Amsterdam, 1737.

Le Philosophe amoureux ou les Mémoires du comte de Momméjan, La Haye, 1737.

Le Législateur moderne, ou les Mémoires du chevalier de Meilcourt, Amsterdam, 1739.

Le Triomphe de la vertu ou Voyages sur mer et aventures de la comtesse de Bressol, La Haye, 1741.

Thérèse philosophe, ou Mémoires pour servir à l'histoire du P. Dirrag et de Mlle Éradice, La Haye, 1748.

Œuvres philosophiques et littéraires.

Lettres juives ou Correspondance philosophique, historique et critique, entre un juif voyageur à Paris et ses correspondants en divers endroits, La Haye, 1736-1738.

Lettres cabalistiques ou Correspondance philosophique, historique et critique, entre deux cabalistes, divers esprits élémentaires, et le seigneur Astaroth, La Haye, 1737-1738.

1. Voltaire, lettre du 2 janvier 1739, *Correspondance*, Bibl. de la Pléiade, t. II, p. 6.

Lettres morales et critiques sur les différents états et les diverses occupations des hommes, Amsterdam, 1737.
La Philosophie du bon sens, ou Réflexions philosophiques sur l'incertitude des connaissances humaines, à l'usage des cavaliers et de beau sexe, Londres, 1737.
Mémoires secrets de la République des Lettres, ou le Théâtre de la vérité, Amsterdam, 1737 et suiv. Nouvelle édition : Paris, 1743. Fac-similé : Genève, Slatkine, 1967.
Lectures amusantes, ou les Délassements de l'esprit, La Haye, 1739.
Lettres chinoises ou Correspondance philosophique, historique et critique, entre un Chinois voyageur à Paris et ses correspondants en divers endroits, La Haye, 1739-1740.
Réflexions historiques et critiques sur le goût et sur les ouvrages des principaux auteurs anciens et modernes, Amsterdam, 1743. Fac-similé : Genève, Slatkine, 1970.
Lettres philosophiques et critiques par Mlle Co[chois] avec les réponses de M. d'Arg[ens], La Haye, 1744.
Histoire de l'esprit et du cœur, La Haye, 1745.
Mémoires pour servir à l'histoire ancienne et moderne, Berlin, 1746.
Songes philosophiques, Berlin, 1746.
Critique du siècle, ou Lettres sur divers sujets, La Haye, 1746.
Réflexions critiques sur les différentes écoles de peinture, Paris, 1752. Nouvelle édition sous le titre : *Examen critique des différentes écoles de peinture*, Berlin, 1768. Fac-similé : Genève, Minkoff, 1972.
Histoire de l'esprit humain, ou Mémoires secrets et universels de la République des Lettres, Berlin, 1765-1768.

Traductions.

L'Âme du monde, de Timée de Locres, Berlin, 1763.
Défense du paganisme, de l'empereur Julien, Berlin, 1764.

Éditions anciennes de « Thérèse philosophe ».

Thérèse philosophe, ou Mémoires pour servir à l'histoire du P. Dirrag, et de Mlle Éradice, La Haye, [1748], BNF, cote Enfer 402. Avec 16 figures. C'est l'édition retenue pour ce volume.
Thérèse philosophe [...], [Paris ?], [1780 ?], BNF, cote Enfer 404. Avec figures.
Thérèse philosophe [...], Londres, 1782-1783, BNF, cote Enfer 1584. Avec figures.
Thérèse philosophe [...]. Nouvelle édition augmentée d'un plus grand nombre de figures que toutes les précédentes, Londres, [vers 1785], BNF, cote Enfer 406-407.
Thérèse philosophe [...], Londres, 1796.
Thérèse philosophe [...]. À Cythère. Chez l'Amour. Au Palais des Grâces, 1797.

Éditions récentes de « Thérèse philosophe ».

Thérèse philosophe, préface de Pascal Pia, Lattès, 1979.

Thérèse philosophe, présentation de Jacques Duprilot, Genève, Slatkine, 1981.

Thérèse philosophe, préface de Philippe Roger, *L'Enfer de la Bibliothèque nationale*, t. V, Fayard, 1986.

Thérèse philosophe, suivi de la « Lecture » de Guillaume Pigeard de Gurbert, Arles, Actes Sud, 1992.

Thérèse philosophe, dans *Romans libertins du XVIIIe siècle*, textes établis et présentés par Raymond Trousson, Robert Laffont, coll. « Bouquins », 1993.

ÉTUDES

Sur le marquis d'Argens.

Actes du colloque « Le Marquis d'Argens », Aix-en-Provence, 1988, édition de Jean-Louis Vissière, Publications de l'université de Provence, 1990.

FESTA (Georges), « D'Argens / Sade : convergences d'une esthétique », *Studies on Voltaire and the Eighteenth Century*, 284, 1991, p. 363-369.

GRANDEROUTE (Robert), « À propos du marquis d'Argens », *Le Journalisme d'Ancien Régime*, P. Rétat éd., Lyon, Presses universitaires de Lyon, 1982, p. 315-331.

JOHNSTON (Élise), *Le Marquis d'Argens : sa vie et ses œuvres. Essai biographique et critique* (thèse de doctorat), Imprimerie d'Art Voltaire, 1929 ; rééd., Genève, Slatkine, 1971.

MOLINO (Jean), *Le Bon Sens du marquis d'Argens. Un philosophe en 1740* (thèse de doctorat), Université de Paris IV-Sorbonne, 1972.

TROUSSON (Raymond), « Les Opinions littéraires du marquis d'Argens », *Romanische Forschungen*, LXXVII, 3-4, 1965, p. 293-331.

—, « Voltaire et le marquis d'Argens », *Studi francesi*, X, 29, 1966, p. 226-239.

Sur « Thérèse philosophe ».

BARBIER (Antoine Alexandre), « *Thérèse philosophe* », *Dictionnaire des ouvrages anonymes*, Paris, t. IV, 1879, p. 708-709.

CRYLE (Peter), *Geometry in the Boudoir. Configurations of French Erotic Narrative*, Ithaca et Londres, Cornell University Press, 1994, p. 43-48.

CUSSET (Catherine), « 1748 : Thérèse, ou la raison », *Les Romanciers du plaisir*, Honoré Champion, 1998, p. 61-83.

DARNTON (Robert), *Édition et sédition. L'univers de la littérature clandestine au XVIIIe siècle*, Gallimard, 1991, p. 180-188.

—, « Philosophical Pornography », *The Forbidden Best-Sellers of Pre-Revolutionary France, New York, Norton, 1995*, p. 85-114.

DELON (Michel), « De *Thérèse philosophe* à *La Philosophie dans le boudoir*, la place de la philosophie », *Romanistische Zeitschrift für Literaturgeschichte*, VII, 1-2, 1983, p. 76-88.

MAINIL (Jean), « Comment peut-on être persane ? Femmes et corps dans un dialogue philosophique érotique », *Dans les règles du plaisir :*

théorie de la différence dans le discours obscène, romanesque et médical de l'Ancien Régime, Kimé, 1996, p. 141-173.
RICHARDOT (Anne), « *Thérèse philosophe* : les charmes de l'impénétrable », *Eighteenth-Century Life*, XXI, 2, 1997, p. 89-99.

THÉRÈSE PHILOSOPHE

NOTICE

Dans l'*Histoire de Juliette*, l'héroïne de Sade, fouillant le manoir du carme Claude, découvre un trésor de livres obscènes. *Thérèse philosophe* est le seul dont elle fait l'éloge. Elle le compare à d'autres érotiques célèbres, mais pour établir sa supériorité immorale : le *Portier des chartreux* est une « production plus polissonne que libertine », *L'Éducation de Laure*, dont l'auteur est jugé un « trembleur », est une œuvre timide, s'arrêtant à moitié devant l'inceste, les « goûts cruels », « les scènes luxurieuses ». Seul d'Argens montre la voie, mêle « la luxure à l'impiété » et donne réellement « l'idée d'un livre immoral ». Sade mesure donc, en 1797, combien *Thérèse philosophe* anticipe son grand projet libertin. Il estime son auteur de la même « trempe » que lui : d'Argens a le sens de la luxure, et conçoit l'importance de la nature[1].

Sade est en tout cas affirmatif quant à l'attribution de ce roman, alors qu'elle reste aujourd'hui incertaine (même si d'Argens demeure l'auteur putatif le plus souvent retenu[2]). La date généralement avancée pour la première édition, 1748, n'est même pas sûre. Raymond Trousson, qui n'entend pas résoudre l'énigme, signale seulement que la rédaction de *Thérèse philosophe* ne peut être antérieure à 1748, à cause des lectures que fait la narratrice : *La Tourière des carmélites* de Meusnier de Querlon (1745), *Thémidore* de Godard d'Aucour (1744), *Les Lauriers ecclésiastiques* de La Morlière (1747[3]).

Quoi qu'il en soit, *Thérèse philosophe* connaît tout de suite un très ample succès. Pascal Pia signale que le roman a dû être imprimé une vingtaine de fois durant le siècle[4]. Jacques Duprilot maintient le chiffre d'une dizaine d'éditions illustrées avant la Révolution[5].

À cette incertitude bibliographique s'ajoute un imbroglio extraordinaire concernant la fabrication de l'ouvrage. Il implique la police et des

1. « *Thérèse philosophe* figurait ; ouvrage charmant du marquis d'Argens, le seul qui ait montré le but, sans néanmoins l'atteindre tout à fait ; l'unique qui ait agréablement lié la luxure à l'impiété, et qui, bientôt rendu au public, tel que l'auteur l'avait primitivement conçu, donnera enfin l'idée d'un livre immoral » (*Histoire de Juliette*, *Œuvres*, Bibl. de la Pléiade, t. III, p. 591).
2. Voir p. 1282.
3. Voir son introduction à *Thérèse philosophe*, p. 563.
4. Voir sa préface à *Thérèse philosophe*, Lattès, 1979, p. 7.
5. Voir sa présentation de *Thérèse philosophe* (édition présumée de 1780), Genève, Slatkine, 1981, p. 1.

éditeurs contrebandiers. Jacques Duprilot raconte comment se déroule la saisie des exemplaires de *Thérèse philosophe*, à la mi-novembre 1748, lorsque le lieutenant général de police Berryer, grâce à deux imprimeurs dénonciateurs, descend chez une ouvrière nommée « Catin le Cocq », et chargée de l'assemblage du livre[1]. La confiscation du roman est suivie de l'arrestation de « l'âme de cette affaire », son bailleur de fonds : d'Arles de Montigny, grand imposteur, faussaire en identités, et connaisseur de la librairie clandestine[2]. Il restera embastillé jusqu'en août 1750.

L'affaire continue pourtant. Sept ans plus tard, le 1er août 1755, l'inspecteur de la Librairie, d'Hémery, confie au lieutenant général de police Berryer qu'un exemplaire du livre aurait été en possession d'un certain Pierrot, relieur et colporteur. L'inspecteur réclame l'interrogation du Pierrot en question, « car il n'est pas concevable qu'il y en ait encore après les précautions que vous avez fait prendre au sujet de l'édition, à moins que ceux qui ont été employés à cette opération, n'en aient mis à l'écart une quantité, ce qui est assez vraisemblable par le nombre d'exemplaires qu'il y en a eu de vendus depuis ce temps[3] ». On en conclut que le livre est parvenu à survivre à sa saisie, voire qu'il a bénéficié des mécanismes de la diffusion clandestine. Robert Darnton écrit d'ailleurs que *Thérèse philosophe* fait partie des « livres qui firent les belles heures du marché de l'ombre », et même des « classiques de la littérature prohibée[4] ». Cet historien montre que, d'après les archives de la Société typographique de Neuchâtel, *Thérèse philosophe* figure en quinzième position sur la liste des meilleures ventes (entre 1772 et 1780) de cette maison d'édition suisse qui, comme tant d'autres, fait le commerce d'ouvrages légaux et illégaux[5].

Le titre, *Thérèse philosophe*, pourrait ne pas dénoncer d'emblée son caractère érotique, quoique le terme « philosophique » soit à l'époque, selon Robert Darnton, le « mot de passe » pour désigner, même dans les édits du Conseil d'État, les livres interdits et parfois spécifiquement érotiques. Dans cette mesure, le titre trahit le caractère de l'œuvre. Ce qui est sûr, c'est la volonté subversive que recèle l'association d'un personnage féminin et de la philosophie. Ce titre laisse envisager une héroïne émancipée, passée maître dans le domaine de la pensée : Thérèse est sujet de son histoire comme de sa raison.

Le sous-titre du roman, *Mémoires pour servir à l'histoire du P. Dirrag, et de Mlle Éradice*, précise aussi l'intention de scandale de l'auteur. C'est une affaire vieille de dix-sept ans que d'Argens utilise comme matériau de son roman, celle du procès Girard-Cadière[6]. Pascal Pia rappelle que cette

1. Jacques Duprilot a rassemblé dans sa présentation du roman les pièces importantes du dossier et fournit une chronologie. Il cite particulièrement les *Archives de la Bastille* de François Ravaisson, t. XII, Paris, 1881.

2. Voir aussi la notice sur Gervaise de Latouche, p. 1110.

3. *Cité par Ravaisson*, p. 427.

4. *Édition et sédition. L'univers de la littérature clandestine au XVIIIe siècle*, Gallimard, 1991, p. 180 et 82. Lettres de colporteurs (voir p. 70 et 74), commandes de libraires (p. 147), saisies de police (p. 91-92) procurent des données chiffrées, comparables à d'autres titres interdits, concernant la production et la diffusion de *Thérèse philosophe*.

5. *Ibid.*, p. 164-167.

6. Voir p. 1281 et 1282.

affaire a été le sujet de multiples réflexions[1]. Les factums rédigés par les avocats des deux parties ont été largement répandus. Il est clair que d'Argens s'en est inspiré. Mais il ne cherche aucunement à faire une relation authentique[2]. Au contraire, il en exploite allègrement le capital scandaleux, sans souci d'exactitude, en anagrammatisant les noms des personnages et des lieux[3]. D'Argens transfère tout ce matériel historique à la fiction, en exploitant ce qui a pu exciter l'imagination paillarde du public. Mais il le soumet à un programme fantasmatique, à un ordre du désir, à une débauche calculée de l'imagination.

L'histoire devient chez d'Argens l'occasion de construire une belle initiation libertine, de composer des mémoires d'infamies. Thérèse, fille d'un modeste négociant et d'une mère dévote, raconte sa vie à la demande d'un comte qu'elle a rencontré à l'Opéra. Leur entente spontanée repose autant sur l'intelligence que sur la sensualité. Le comte, qui apparaît à la fin du récit, devient ainsi son généreux bienfaiteur et le premier homme avec qui elle fait l'amour. Thérèse marque distinctement les étapes de son progrès dans la connaissance de la sexualité et de la philosophie. En effet, divers modèles lui ont été donnés à considérer : le couple sacrilège du père Dirrag et de la pénitente Éradice, au couvent où sa mère l'envoie pour la guérir de mauvaises habitudes nocturnes, le couple libertin de Mme C… et l'abbé T… qui se charge de son édification philosophique, enfin la Bois-Laurier, à Paris, qui veut faire son éducation mondaine et lui raconte son passé de prostituée.

Le roman suit deux voies bien précises, que Sade raffinera plus tard à la perfection. La narratrice va de la « scène » au « raisonnement », du dispositif imaginaire au dispositif théorique. D'un côté, donc, la lascivité des actes, la séduction des gestes, l'appel imaginal au désir et, de l'autre, le réseau des thèses, l'appareil doctrinal. D'un côté, la séduction des tableaux, de l'autre, la persuasion des principes[4]. C'est ici que l'exposé matérialiste est mis au jour avec ses références et dans sa logique. Le romancier développe le même protocole en juxtaposant « exemple » et « raisonnement ». La scène doit en effet inviter le lecteur à la répétition des gestes. L'exemple est d'abord un fantasme. C'est un modèle d'action, une maquette — les estampes et gravures qui accompagnent le texte dans les différentes éditions illustrent encore mieux cet aspect. L'écriture du roman concilie ces deux exigences : le parfait calibrage des tableaux et celui des discours. Tout comme Sade, mais à un moindre degré, d'Argens fait alterner scènes de luxure et dissertations et crée entre les deux des effets d'érotisation réciproque : exposer des principes philosophiques échauffe l'abbé, et Mme C… est électrisée par l'intelligence de son partenaire.

1. *Thérèse philosophe*, Lattès, p. 10-11.
2. Voir p. 892 : « Je ne répéterai point ici ce qui en a été dit […]. Voici le peu que j'en sais par moi-même, au-delà du fait dont je viens de vous rendre compte. »
3. Voir p. 1284. Voir aussi n. 1, p. 867, n. 1, p. 873, n. 3, p. 874 et n. 10, p. 893.
4. Sur le « tableau » dans le récit érotique, voir Jean-Marie Goulemot, *Ces livres qu'on ne lit que d'une main*, Aix-en-Provence, Alinéa, p. 61-62 et 142-147.

Les âges de Thérèse.

Le roman s'organise selon la trame typique d'un roman de formation du XVIIIe siècle ; mieux, il est la version pornographique du roman d'*explication*, l'héroïne atteignant progressivement l'étendue de ses capacités innées[1]. Il évolue selon trois moments précis : un premier moment qu'on pourrait qualifier de *spéculaire* : les épisodes avec Dirrag permettent à Thérèse de s'identifier à Éradice. Le second moment du roman, correspondant à l'histoire de Mme C… et de l'abbé T…, est proprement *spéculatif.* Il prolonge le mécanisme d'identification imaginaire (les scènes libidineuses entre l'abbé et sa maîtresse attisent le désir de Thérèse), mais s'y ajoute une dimension théorique. Thérèse prend plaisir aux leçons philosophiques de l'abbé. Le discours matérialiste du prêtre fait tout son effet sur la narratrice. Elle « assimile » bien les principes qui vont contribuer à sa formation intellectuelle, et commence sa véritable initiation[2]. Les dernières parties qui concluent le roman sont *effectives.* La narratrice y fait l'épreuve de la réalité. Thérèse va pouvoir maintenant s'autonomiser, et se lancer seule dans la pratique sexuelle.

D'Argens ouvre son roman sur un épisode programmatique, une véritable « scène primitive ». Il place sa narratrice devant Dirrag et Éradice occupés au « saint œuvre[3] ». Les ébats des deux religieux ont pour mission de stimuler l'imagination de Thérèse. Il s'agit du moment pornogénétique par excellence, du premier tableau luxurieux que la narratrice est invitée à admirer. Dans le répertoire érotique (surtout emprunté aux aventures monastiques), cette scène vaut la confession sadienne[4]. En effet, l'exercice spirituel auquel Dirrag soumet Éradice juxtapose deux domaines qui s'excluent, celui de l'élévation et celui de la jouissance. La cérémonie dispose d'un côté Éradice en prière et de l'autre le père entièrement dévoué à ses activités lascives. La narratrice, tapie dans un petit cabinet et invitée à assister à la leçon de piété de Dirrag, est placée exactement comme le lecteur ; au lieu même de la transgression, dans un espace qui annule la séparation théologique entre l'âme et la chair. Car Thérèse entend à la fois le discours religieux qui conduit Éradice à l'extase, et la parole obscène prononcée « à basse voix[5] ». Elle voit alterner sur le visage du « cafard » la feinte dévotion et les signes charnels du plaisir[6]. C'est ainsi qu'elle assiste à la fausse transfiguration de son membre en objet mystérieux.

En effet, Dirrag fait croire à sa pénitente à l'existence d'un cordon de saint François, relique supposée miraculeuse, et capable, par son intromission dans la bouche ou « quelque autre conduit de la nature[7] », de mener à

1. Le concept « roman d'explication » est inauguré par Leo Spitzer qui le définit ainsi : « un roman dans lequel s'explicite une force intérieure congénitale » (*Études de style*, Gallimard, 1970, p. 373). On pourrait oser ce mauvais jeu de mots et dire que dans le roman érotique, cette force est tout simplement… génitale.

2. Claude Reichler dirait qu'elle passe du *préjugé* à la *nature*, selon le schéma classique du parcours initiatique libertin (*L'Âge libertin*, Éditions de Minuit, 1987, p. 51).

3. Voir p. 886.

4. Voir l'analyse de Roland Barthes dans *Sade, Fourier, Loyola*, Le Seuil, 1971, p. 149.

5. Voir p. 886.

6. Voir p. 890. Pour le sens du mot « cafard », voir *Histoire de dom B****, n. 38, p. 418.

7. Voir p. 895.

la béatitude. Le père insiste sur la nécessité d'oublier le corps, de le rendre absent. Il s'agit pour lui de créer chez sa victime la plus forte disposition imaginaire, la plus grande disponibilité au fantasme. Éradice doit faire l'exercice de ce détachement, pour se préparer aux visions. Sa dévotion spirituelle est avant tout une « discipline[1] » de l'imagination. Cependant, Dirrag *instrumentalise* Éradice, pour qu'elle lui renvoie, en miroir, son propre plaisir. Il se comporte comme le sujet absolu qui usurpe le droit à la jouissance de sa pénitente, mais, en même temps, il devient lui-même l'objet-instrument qui prend une possession absolue du corps de celle-ci.

Le cordon fantôme auquel Dirrag substituera son « dard » prend dans cet épisode une dimension imaginaire spectaculaire, puisque son existence est feinte tout le temps des leçons et qu'il fait tardivement son apparition. Il s'agit du godemiché le plus fantastique de la littérature pornographique : « [...] ce prétendu cordon [...] n'était autre chose qu'un assez gros morceau de corde de huit pouces de longueur, enduit d'un mastic qui le rendait dur et uni. Il était recouvert proprement d'un étui de velours cramoisi qui lui servait de fourreau[2] ». L'association du membre naturel à la fameuse « relique » fait en tout cas de l'objet réel le fétiche par excellence. Thérèse en rêve : elle l'imagine détaché, dans une mobilité folle, prêt à la pénétrer. Identifié dans sa forme, il est associé à un objet analogue : Thérèse l'assimile à la colonne du pied de son lit, qui devient tout aussi fonctionnelle.

Le texte fait l'étalage des dérivés passifs de l'imagination — rêverie, mysticisme, enthousiasme, quiétisme[3]. Éradice est la victime du délire auquel sa nature la prédispose. Elle est présentée comme « un esprit qui recevait avec la docilité et la persuasion la plus entière le ridicule des insinuations et des exhortations mystiques[4] ». C'est donc une superstitieuse, facilement éprise de choses absentes. Thérèse, par association, subit le même délire, la même contagion mystique. Sa tête pleine d'allégories du mal, elle devient, comme son « amie », la dupe de la séduction frauduleuse du père. Elle tombe dans la rêverie érotique et reproduit le scénario fantasmatique tel qu'il lui est offert. Nous verrons cependant que la narratrice évoluera précisément sur ce chapitre, et qu'elle profitera d'un matériel figuratif plus excitant. Elle fera alors l'expérience de l'imagination active propre au libertin.

Sade expliquera les ressorts de cette imagination. Le corps sadien ne se prête à l'utilisation érotique que lorsque le raccord est fait par l'*esprit*. Les grands libertins ont l'imagination fertile et sont capables d'une jouissance de *tête* (on pense à Saint-Fond, à la Durand, à M. de Noirceuil, au comte de Belmor ou Juliette[5]). L'imagination sadienne n'ouvre pas à l'irrationnel, à l'illusion et au fantastique. Au contraire, elle libère l'homme, le rend à la nature ; elle lui permet de retrouver des capacités modifiées par la répression sociale. Elle devient l'organe impur du libertin et laisse le champ libre à la création des êtres les plus lubriques, aux « fantômes » les plus inconcevables — ceux qui ont pu demeurer jusqu'ici inimaginables.

1. Voir p. 892.
2. Voir p. 895.
3. Voir p. 898.
4. P. 893.
5. *Histoire de Juliette*, dans *Œuvres*, Bibl. de la Pléiade, t. III.

Le goût et la raison.

On a pu croire le roman de d'Argens écrit par Diderot. Cette attribution peut se justifier en partie par la perspective sensualiste et matérialiste du texte. Cette nouvelle philosophie fournit au roman concepts et métaphores[1]. Le texte reprend les énoncés sensualistes. Rappelant les leçons édifiantes de l'abbé, Thérèse assène : « l'âme n'est maîtresse de rien, [...] elle n'agit qu'en conséquence des sensations et des facultés du corps[2] ». Elle réduit tout à la sensibilité physique : « on peut conclure avec certitude, premièrement, que nous ne pensons de telle ou telle manière que par rapport à l'organisation de nos corps, jointe aux idées que nous recevons journellement par le tact, l'ouïe, la vue, l'odorat et le goût ; secondement, que le bonheur ou le malheur de notre vie dépendent de cette modification de la matière et de ces idées[3] ». Le sensualisme de d'Argens anticipe celui d'Helvétius, dans *De l'esprit* (1758), ou de Condillac, qui condensera les premières grandes idées sensualistes dans son *Traité des sensations* (1755[4]). Philippe Roger confirme aussi le matérialisme « logique » du marquis (proche de celui de Sade). Il le montre en conflit avec les partisans d'une compréhension scolastique de la nature. D'Argens, selon lui, se rallie plutôt à la mise au point faite par l'*Encyclopédie :* « Quand on parle de la nature, on n'entend plus autre chose que l'action des corps les uns sur les autres, conformes aux lois du mouvement établies par le Créateur. C'est en cela que consiste tout le sens du mot, qui n'est qu'une façon abrégée d'exprimer l'action des corps, et qu'on exprimerait peut-être mieux par le mot de *mécanisme* des corps[5]. »

Thérèse est en effet exposée progressivement à différents stimuli : depuis les affections qui marquent le corps (humeurs et sentiments) jusqu'aux stimuli de cognition (pensées). Le réseau des principes sensualistes est impliqué dans l'éducation de la jeune novice : Thérèse est invitée à imiter et à copier le couple libertin. La prescription mimétique est une des premières étapes dans le chemin de l'apprentissage des plaisirs : « Je devins machinalement le singe de ce que je voyais ; ma main faisait l'office de celle de l'abbé ; j'imitais tous les mouvements de mon amie[6]. » Mme C…, qui se charge du progrès affectif de Thérèse, évoque sa « curiosité […] sans égale[7] ». L'effet que les nombreux raisonnements de l'abbé provoquent sur elle est patent : « […] je tirai mes petites conséquences, et je commençai peut-être à penser pour la première fois de ma

1. Sur les emprunts théoriques courants dans ce genre d'écrits, voir Michel Delon, « De *Thérèse philosophe* à *La Philosophie dans le boudoir*, la place de la philosophie », *Romanistische Zeitschrift für Literaturgeschichte*, VII, 1-2, 1983, p. 85-86.

2. Voir p. 961.

3. Voir p. 962.

4. Voir John O'Neal, concernant Helvétius (« Le Principe fécond de la sensibilité physique chez Helvétius », *Corpus*, 14-15, 1990, p. 111-128) et Condillac (« Condillac's Contribution to Eighteenth-Century French Aesthetics », *Studies on Voltaire and the Eighteenth Century*, 264, 1989, p. 1064-1066).

5. Cité par Philippe Roger dans sa préface à *Thérèse philosophe*, *L'Enfer de la Bibliothèque nationale*, t. V, Fayard, 1986, p. 27.

6. Voir p. 917.

7. Voir p. 906.

vie[1]. » Thérèse a en tout cas le « tempérament » qui convient, c'est-à-dire une prédisposition au plaisir et à l'activité sexuelle. Elle ne manque pas par la suite de recréer elle-même les scenes, de reproduire les rôles de ses modèles. Elle se crée par là un répertoire de « trucs », un stock de fantasmes et d'*événements* libidineux. Thérèse va même au-devant des actions de ses mentors, anticipe leurs ébats et prévoit ainsi son plaisir. Son voyeurisme n'est plus passif, comme dans les premiers épisodes, il est au contraire agile et mobile. Elle a le talent de fabriquer chaque fois la scène d'où elle admire ses « instituteurs ». D'où l'élaboration imaginative et inventive de toute une scénographie[2].

Par ailleurs, le matérialisme fait une entrée vigoureuse dans le roman de d'Argens. La mécanisation de la nature est admirablement adaptée à la trame de *Thérèse philosophe*. Ce texte compte parmi les plus représentatifs du courant pornographique, lequel accueille le matérialisme mécanique du début du siècle[3]. L'érotisation de la matière, les exploits des corps en mouvement trouvent un espace favorable à l'expérimentation des nouvelles théories de la philosophie naturelle. La littérature pornographique est donc effectivement *philosophique* ; elle se propose comme un laboratoire idéal, où viennent confluer science et métaphysique. L'imaginaire littéraire montre en tout cas qu'on avait trouvé dans ces nouvelles théories un réservoir d'images et des possibilités fantastiques de mettre les corps en mouvement. Les corps sont saisis au plus près des contacts, dans l'intimité des rencontres fortuites. La littérature érotique est atomiste, elle est faite de collisions et de chocs. Le hasard des aventures fournit l'occasion de relancer chaque fois le devenir de la matière, de propulser les corps dans de nouvelles chaînes réactives, d'exploiter toutes les lois du plaisir.

Le cadre de *Thérèse philosophe* devient un microcosme où sont expérimentés l'activation des corps, leur interaction et leur déplacement. La série d'épisodes qui composent l'histoire de la Bois-Laurier en déclinent les illustrations. Les postures se multiplient à l'envi. L'espace est exploité dans toutes ses combinaisons ; les corps se livrent sans contrainte et sous tous les angles. Ils sont offerts à l'autre « visage, cul, bouche, et nulle préférence marquée », tout se terminant toujours en « une mer de délices[4] ». Les glaces ajoutent souvent à cette matérialité (plutôt qu'à la surenchère imaginaire), insistant sur l'objectivité des corps. Le miroir sadien, comme modalité du tableau, est une machine à multiplier (à dénombrer les plaisirs des autres, à exhiber les corps et leurs combinaisons possibles[5]). Et comme chez Sade, le tableau de d'Argens est fondamentalement vivant — par introjection constante du mouvement, par

1. Voir p. 914.
2. Thérèse décrit minutieusement le dispositif qui lui permet d'observer, depuis la « ruelle [du] lit » de Mme C..., le couple s'ébattre dans la chambre à coucher (voir *ibid.*).
3. Voir Margaret C. Jacob, « The Materialist World of Pornography », *The Invention of Pornography. Obscenity and the Origins of Modernity. 1500-1800*, Lynn Hunt éd., New York, Zone Books, 1993, p. 157-202. (Signalons aussi que dans ce livre Michel Delon consacre un texte à la répression des livres libertins et des œuvres philosophiques, p. 79.)
4. Voir p. 942.
5. Voir Marcel Hénaff, *Sade. L'Invention du corps libertin*, PUF, 1978, p. 129. On devrait également lire les pages sur le tableau sadien, « L'Espace du tableau et l'Imaginable », p. 119-135 (sur ce sujet, voir aussi p. 1291, n. 4 en bas de page).

adjonction de nouveaux acteurs[1]. En d'autres termes, le regard place les corps des acteurs en « perspective ». Cependant, cette projection géométrique, ce cadre, n'est pas seulement un système de représentation ; il est aussi une « machine », où les partenaires s'investissent dans une variété de mouvements, dans une *performance*.

L'érotisme de *Thérèse philosophe* est également matérialiste par son organisation perceptive. Le texte privilégie, au début, la vision, donnant dans le voyeurisme commun au roman pornographique. La scène du petit cabinet qui abrite Thérèse, et d'où elle contemple les ébats du père Dirrag et d'Éradice, fonctionne comme une parfaite machine oculaire, une merveilleuse chambre avec vue. Plus tard, les épisodes centrés autour de l'abbé T… et de Mme C… confirment le rôle de la main, dont Thérèse apprend à se servir. Quand l'abbé prend la relève de Dirrag auprès de la jeune libertine, il lui enseigne les vertus du doigt et en fait « artistement » la démonstration sur la personne de sa maîtresse. Chez d'Argens, la main est donc toujours, pour adopter l'expression de l'abbé T…, « des mains de la nature ». Elle est non seulement le centre réactif et hyperactif des sensations, mais aussi une extension extrêmement mobile et érogène du corps.

L'exercice des passions.

Thérèse *incarne* à la fin toutes les scènes qu'elle a pu voir et tous les préceptes qu'elle a entendus. La narratrice n'est plus une simple spectatrice. Elle est actrice sur la scène du vice, elle est directement impliquée par ses mentors. La Bois-Laurier joue à la fois le rôle de mère adoptive, de partenaire sexuelle et de maquerelle. Elle putanise sans tarder sa nouvelle protégée (il est vrai sans succès), et l'introduit délicieusement à la débauche des sens. Tandis que Thérèse a encore beaucoup à apprendre de l'expérience sexuelle, son nouveau modèle en sait moins que la narratrice sur le chapitre de la philosophie : « […] si je lui avais paru peu instruite des manières, des usages du monde », écrit-elle à propos de la Bois-Laurier, « elle ne fut pas peu surprise de mes lumières dans la morale, la métaphysique et la religion[2]. » D'Argens inverse intelligemment les rôles, et la Bois-Laurier peut alors révéler son histoire à Thérèse. Elle lui présente, à travers une variété d'épisodes, un catalogue fantastique de postures baroques, de scénarios délirants : coups de fouet, accompagnement musical, godemiché, miroirs, travestissement… Tout se passe comme si d'Argens voulait montrer la jouissance rare et difficile, et très dépendante de l'imagination. On comprend pourquoi, dans la même veine, la Bois-Laurier est barrée[3]. Aussi détourne-t-elle ses partenaires de l'habitude (naturelle) du coït, en les forçant à trouver des façons plus inventives de jouir.

À la fin, c'est le comte qui combine devant Thérèse les talents du philosophe et du libertin. Il prend la relève glorieuse de l'abbé T…, dont il poursuit les leçons matérialistes. Thérèse se pâme devant son

1. Il est, dirait Barthes, *production* (*Sade, Fourier, Loyola*, p. 160).
2. Voir p. 931.
3. Comme la Durand de Sade, elle se trouve équipée d'une « barrière insurmontable qui fermait l'entrée du séjour des plaisirs » (p. 950).

intelligence et son expérience érotique. C'est lui qui la conduit patiemment à la jouissance finale. Mais avant cela, le vieux libertin doit instruire sa nouvelle compagne. Dans le cadre d'un pari qui met en jeu la virginité de Thérèse, son bienfaiteur met à sa diposition quelques tableaux ainsi que sa bibliothèque galante, qui met en abyme le roman : le livre donne ses références et d'Argens inscrit son écriture dans une intertextualité particulière. Les lectures du *Portier des chartreux*, de *La Tourière des carmélites*, de *L'Académie des dames*, de *Thémidore*, etc., préparent Thérèse à l'apothéose des sens.

La disposition imaginaire de la narratrice est reconfirmée, mais cette fois par des représentations plus puissantes. Les scénarios fournis par les romans n'y suffiront d'ailleurs pas : le mimétisme de Thérèse, jusqu'alors passif et frustré, trouve dans la peinture la plus forte adaptabilité imaginaire. Thérèse pousse l'identification jusqu'au bout[1]. En regardant *Les Amours de Mars et de Vénus*, elle adopte les postures de la déesse. Elle manque de se perdre dans la volupté et hallucine la pénétration : « Comme elle, je m'étendis mollement ; les cuisses un peu éloignées, les bras voluptueusement ouverts, j'admirais l'attitude brillante du dieu Mars. Le feu dont ses yeux, et surtout sa lance, paraissaient être animés passa dans mon cœur[2]. »

Revenue de ses rêveries, Thérèse est finalement prête à passer à l'acte. Le coït longtemps différé l'attend désormais, et se substituera à la masturbation compulsive : « la flèche » de l'ami finit par remplacer le doigt obstiné. La main, jusqu'alors seul agent des plaisirs, ne redeviendra outil que pour servir la cause anticonceptionnelle : « porte de nouveau ta main sur ton vainqueur, dès que je le retirerai, et aide-le par quelques secousses[3] », recommande le comte, en écho aux paroles de l'abbé T... On se souvient de ses conseils : « [...] l'amant sage, maître de ses passions, retire l'oiseau de son nid ; et sa main, ou celle de sa maîtresse, achève par quelques légers mouvements de provoquer l'éjaculation au-dehors[4]. » Une telle maîtrise de la volupté devient la consécration de la liberté. La masturbation n'est plus ce « petit exercice » machinal, elle ne répète plus non plus le désir coupable (infantile), elle devient utilitariste, rejoint une doctrine. La nouvelle jouissance aussi est une jouissance de tête : Thérèse, en pleine extase, a son « attention fixée sur l'idée du plaisir[5] ». Le coït recherché est l'aboutissement d'une rencontre préparée par une communauté d'intelligence, une conformité de « sentiments », c'est-à-dire de pensées.

Ainsi s'achève la carrière de Thérèse, dans l'intellection de la chair, l'équilibre des passions, la consécration esthétique et le renouvellement sans risque de la volupté. La narratrice réunit finalement le plaisir et la philosophie. Elle reste autonome, maîtresse d'elle-même et de son destin pervers, échappant aux contraintes auxquelles la culture a réduit les femmes. Elle connaît le sexe, dans une harmonie forgée avec le monde, dans la tranquillité de la jouissance hédoniste.

1. « [...] je me mis en devoir d'imiter toutes les postures que je voyais. Chaque figure m'inspirait le sentiment que le peintre y avait donné », lit-on p. 965.
2. *Ibid.*
3. Voir p. 966.
4. Voir p. 909.
5. Voir p. 966.

Le vrai triomphe de Thérèse demeure cependant dans l'(auto-) affirmation narrative, parce qu'elle répond à la gageure par laquelle elle ouvrait son récit : « écrivons[1]. » Elle arrive effectivement au « comble de la volupté », en assumant le récit de ses vices. La maîtrise discursive est progressive chez elle. Alors que Thérèse donnait d'abord la parole à ses mentors[2], elle surmonte enfin tous les interdits, laisse s'exclamer la voix de son plaisir. Elle atteint le moment éblouissant de la maturité, où elle cesse de « penser par l'organe d'autrui[3] ». Thérèse rit à tue-tête : elle a trouvé l'organe de l'expression immorale, de l'humeur libertine. Elle s'est dégagée de toute pudeur, elle tombe dans la jouissance de l'obscène et de sa liberté de parole. Elle abandonne les préjugés aux « sots », à « ces machines lourdement organisées[4] ». Le discours affirmatif, *éclairé*[5], ne cesse plus : elle insiste sur le message philosophique de son récit, opère un véritable matraquage des thèses, en adepte éloquente du matérialisme. Son *je* narratif manifeste son autorité et revendique sa « lascivité ». Thérèse contemple son devenir positif. Elle possède maintenant *son* histoire, dont elle clame la force de corruption. Elle a découvert la radicale légèreté de l'être.

Par les références au *Portier des chartreux*, à *L'Académie des dames* et aux tableaux licencieux, d'Argens institutionnalise la littérature érotique, en lui accordant une réelle portée symbolique et culturelle. Il brave la censure, pour affirmer une écriture capable d'inventer un lexique, une grammaire, des images et des formes. Il la rend capable d'être reconnue pour son élévation philosophique, sa capacité de représenter la turbulence des choses, donc la vie elle-même.

P. S.-A.

NOTE SUR LE TEXTE

Nous reproduisons l'édition dite de La Haye, volume in-8 datant de 1748, considérée comme la première édition du roman.

Nous avons gardé l'italique, démarche typographique caractéristique du discours pornographique pour signaler l'insistance amusée et redoubler la transgression du texte.

Le texte demeure identique dans ses différentes éditions tout au long

1. Voir p. 873.
2. On pourrait dire que le roman de d'Argens continue pourtant de valoriser le savoir des hommes : Mme C... prépare l'instruction de Thérèse mais la transmet tout de suite à son confesseur ; les leçons érotiques de la Bois-Laurier finissent par faire place à des discussions entre les deux amies, préparant Thérèse à la sagesse du comte, qui lui-même succède à l'abbé philosophe. On peut même ajouter que Thérèse ne légitime son discours que dans sa proximité à celle du premier maître, le loquace abbé. De même, sur le plan de la pratique, l'épisode lesbien avec la Bois-Laurier est suivi de l'accouplement hétérosexuel, seul capable de mener à la vraie jouissance. Pour une discussion politique de ces problèmes de *genre*, voir Peter Cryle, *Geometry in the Boudoir*, Ithaca et Londres, Cornell University Press, 1994, p. 28-29 et 43-48.
3. Voir p. 966.
4. *Ibid.*
5. Thérèse appartient en effet aux Lumières.

du siècle. Nous ne sommes intervenus que pour corriger « détourna » en « détournèrent » (p. 925).

L'évolution du livre est en revanche remarquable quant aux gravures qui illustrent les versions successives[1].

NOTE SUR LES GRAVURES

Comme nous l'avons déjà évoqué dans la Notice sur les gravures, *Thérèse philosophe* est le roman libertin qui a donné lieu au plus grand nombre d'illustrations. Celles que nous donnons ici dans le texte, aussi fidèlement qu'il est possible à leur place originale, proviennent de l'édition de 1748 conservée à la BNF, sous la cote Enfer 402, et sont anonymes.

Les 16 gravures de cette édition originale constituent le fonds dans lequel toutes les autres éditions puiseront ensuite. Comme toujours, des tirages différents ayant pu exister à partir d'une même version, on ne trouve pas, d'un exemplaire à l'autre, le même jeu de gravures. Ainsi, les illustrations reproduites dans *Ars erotica*[2] ne correspondent pas exactement à celles de l'exemplaire Enfer 402, dans lequel manque la septième estampe — reproduite ici page 935. De même, le sacrifice priapique que représente le second frontispice, reproduit page 971 en appendice, provient d'une réimpression contemporaine de l'originale. Ce frontispice et la gravure manquante sont extraits d'*Ars erotica*.

Dans les divers tirages de l'édition de 1748, les deux dernières gravures (15 et 16) ont toujours été interverties par erreur, bien que la seizième (p. 963) reprenne le motif de Mars et Vénus, issu des *Amours des dieux* dont Thérèse contemple une reproduction[3]. Nous avons rétabli l'ordre correct, d'ailleurs indiqué dans l'« Explication des seize estampes contenues dans cet ouvrage », en tête du roman.

Nous donnons aussi dans l'Appendice iconographique un choix de gravures de diverses provenances : d'une édition de 1748 (mentionnée ci-dessus) ; de l'édition prétendue de 1780 (cote Enfer 404) ; de l'édition Cazin de 1785.

Comme l'originale, l'édition cotée Enfer 404, dont Cohen attribue les illustrations à Delcroche, n'est pas datée. Cependant, le style des encadrements et les costumes[4] des planches X et Y (p. 975 et 973) laisseraient penser qu'il s'agit d'une édition parisienne (ou peut-être genevoise) des années 1770 ou 1780. Une comparaison synoptique des différentes versions permet de le confirmer. En effet, proviennent de l'édition originale le motif des enfants jouant sous les combles (fig. 2 dans l'origi-

1. Voir la Note sur les gravures, plus bas.

2. Le jeu iconographique accessible le plus complet est celui que l'on trouve au tome II de *Ars erotica* (Dortmund, Harenberg, 1983). Y sont reproduites les figures que l'on trouve dans les exemplaires cotés Enfer 402 et Enfer 404 de la BNF (avec, pour le jeu d'une édition de 1748, le frontispice supplémentaire reproduit ici p. 971), celles de l'édition Cazin, celles de l'édition coloriée de 1773 (« À Glascow » [*sic*]), ainsi que celles de l'édition de 1782-1783.

3. Voir p. 965.

4. Voir sur ce point l'introduction de Jacques Duprilot à *Thérèse philosophe*, p. II.

nale, p. 875, maintenu au début de la série dans les trois éditions ; voir p. 973 et 977) ; celui de la flagellation (fig. 3 dans l'originale, p. 887, en troisième position également dans Enfer 404 — planche A, p. 973 —, en quatrième position dans l'édition Cazin, p. 977) ; l'épisode de la sodomisation (fig. 4 dans l'originale, p. 889, et dans l'édition Cazin, p. 977, en onzième position dans Enfer 404), etc. Finalement, si la totalité des motifs de l'originale se retrouvent dans l'édition Cazin, cela est moins vrai concernant Enfer 404 (par exemple : les planches H et X, p. 975, qui constituent une paire autonome ; la planche D, p. 973, et le motif de Mars et Vénus, planche Q, p. 976). Mais encore et surtout, certaines estampes présentes dans Enfer 404, et non pas dans l'originale ni dans l'édition Cazin, font l'objet de reprises et de variations dans la très belle édition dite de Londres de 1782-1783[1], comme le motif de Cupidon et Psyché de la planche O (p. 973) et la scène du banquet de la planche U (p. 976). En conclusion, tout concourt à montrer que Enfer 404 est, de beaucoup, postérieur à l'originale.

Même si les différentes éditions se situent dans la continuité de l'iconographie originale, on constate que certaines similitudes de composition repérables entre Enfer 404, l'édition dite de Londres et l'édition Cazin ne renvoient plus à cette source commune. Lorsque l'on compare d'ailleurs ces deux éditions, on est frappé de voir que quelques-unes des gravures sont très ressemblantes, mis à part la surenchère de décors et de détails que l'on observe dans l'édition dite de Londres. Or, l'édition Cazin datant de 1785, il est permis de penser que Borel et Elluin, auteurs des gravures, s'en sont inspirés, et qu'ils ont pris le parti d'en simplifier l'ornementation au profit de la dynamique des mouvements, de l'harmonie de la composition et du galbe des corps.

Une même méthode synoptique, effectuée par exemple grâce à *Ars erotica*, atteste aussi que la série de figures de l'édition de 1748 contemporaine de l'originale a inspiré les séries de l'édition de 1773 (« Glascow » [*sic*]) et de 1774 (Paris) : douze des quinze gravures de l'édition de 1773 proviennent de l'originale, la quinzième reproduisant le motif du second frontispice ; quant aux douze gravures de l'édition de 1774, elles sont toutes directement liées à celles de 1748, sauf la troisième qui correspond à la planche A d'Enfer 404 (p. 973).

En ce qui concerne la suite de l'édition originale, il est intéressant de constater que l'illustration accompagne de très près le récit. Ainsi, la gravure numérotée 2, page 875, évoque avec réalisme l'épisode raconté par Thérèse. Il en est de même des gravures 3 (p. 887) et 4 (p. 889), qui commentent avec exactitude les « confessions » du père Dirrag. Il s'agit donc véritablement d'illustrations, au sens que nous donnons aujourd'hui à ce terme et qui apparaît progressivement dans le courant du XIXe siècle — au XVIIIe siècle, on hésite encore entre illustrer le récit et reprendre des codes antérieurs.

De plus, cette suite confirme la tendance de l'illustration érotique libertine à perpétuer la tradition italienne. Ainsi, deux estampes correspondent *à certaines attitudes* codifiées de la tradition des *Amours des dieux* : la cinquième (p. 915), qui renoue avec l'éternel motif de Jupiter et Sémélé[2],

1. Nous en donnons une reproduction dans la Notice sur les gravures, fig. 40.
2. Voir la Notice sur les gravures et la fig. 15.

et surtout la « seizième » (p. 963), qui, exceptionnellement, abandonne toute référence au récit et se présente sans fard comme une nouvelle variante du thème de Jupiter et Olympias[1].

On ne s'étonnera pas de retrouver dans l'édition Cazin les éléments esthétiques que nous avons soulignés à propos de l'Appendice iconographique de l'*Histoire de dom B****[2] : Borel et Elluin font preuve ici de la même qualité « cinétique » de l'image ; ils emploient le même jeu délibéré d'une image à l'autre, permettant ainsi une lecture cursive, ainsi qu'une réinterprétation visuelle des mouvements et des dynamismes au hasard de la lecture.

J.-P. D.

NOTES

1. Éradice est l'anagramme de Cadière ; Dirrag est l'anagramme de Girard.

Première partie.

1. *Vencerop* est l'anagramme de Provence.
2. *Rupture* : déchirement de la membrane qui sépare le vagin de l'anus.
3. *Volnot* est l'anagramme de Toulon.
4. Le docteur Tissot publie son traité *L'Onanisme* en 1760. Il faudra attendre longtemps avant que la masturbation ne soit plus jugée dangereuse pour la santé. Voir, sur la masturbation féminine, l'article de Théodore Tarczylo, « Prêtons la main à la nature. *L'Onanisme* de Tissot », et celui de Jean-Marie Goulemot, « Fureurs utérines », dans *Dix-huitième siècle*, 12, 1980.
5. Sur *cafard*, voir *Histoire de dom B****, n. 38, p. 418.
6. Allusion évidente au « Couvrez ce sein que je ne saurais voir » de Tartuffe, modèle par excellence du faux dévot, sortant son mouchoir pour couvrir le sein de Dorine (*Tartuffe*, III, II, v. 860).
7. La grâce est en théologie le secours naturel accordé par Dieu aux hommes pour leur salut. On distingue la grâce *efficace*, qui atteint son but par elle-même, indépendamment de la volonté humaine et des œuvres ; elle est dite *suffisante* quand elle est seulement possible et que l'homme peut la refuser.
8. Sur *penaillon*, voir *Histoire de dom B****, n. 6, p. 435.
9. *Les molinistes et les jansénistes.* Pour les jansénistes, partisans de la doctrine de Jansénius, évêque d'Ypres, l'homme est entraîné au mal depuis la chute d'Adam et ne peut être sauvé que par une grâce gratuite (efficace) de Dieu. Les molinistes, qui suivent l'enseignement du jésuite Luis Molina, soutiennent au contraire qu'une grâce suffisante accordée par Dieu permet à l'homme, inchangé dans sa nature après la faute, de faire le bien ; libre à lui d'utiliser ce concours. Sur la grâce suffisante et la grâce efficace, voir n. 7, p. 891.

1. *Ibid.*, fig. 16.
2. Voir la Note sur les gravures qui lui est consacrée, p. 1122-1123.

10. Lôde est l'anagramme de Dole, ville natale du père Girard.

11. Sur *godemiché* (ou *godmiché*), voir *Histoire de dom B****, n. 17, p. 361.

12. *Grillade* : soumission au feu. Ici : envoi au bûcher.

13. *Moniche* : nom argotique du sexe de la femme.

14. Le quiétisme est une doctrine religieuse du XVIIe siècle élaborée par le théologien espagnol Miguel de Molinos et rendue célèbre en France par les traités spirituels de Mme Guyon et l'*Explication des maximes des saints sur la vie intérieure* (1697) de Fénelon. Elle exalte le sentiment mystique, l'union continuelle de l'âme avec Dieu, et fut condamnée par Innocent XI en 1687.

15. *Petite fille « ad hoc »* : prostituée.

16. *Le Petit Glossaire du langage érotique aux XVIIe et XVIIIe siècles* de Marie-Françoise Le Pennec (Borderie, 1979) définit ainsi *petite oie* : « préludes à l'acte de chair ». *Le Petit Citateur. Notes érotiques et pornographiques* (1881) précise : « masturbation ». Le contexte du récit justifie cette dernière définition. Voir aussi *Angola*, n. 21, p. 683.

17. « Adam, où es-tu ? » (Genèse, III, 9).

18. Sur la *petite maison*, voir *Le Sopha*, n. 33, p. 139.

19. *Lavabo* : « je laverai », en latin ; prière que dit le prêtre en se lavant les mains (*Lavabo manus meas inter innocentes*). Le mot désigne ensuite le linge dont se sert le prêtre pour essuyer ses doigts, et enfin le meuble de toilette. L'usage de ce mot est ici clairement sacrilège.

20. *Faire du lutin* : faire du bruit. « On dit prov[erbialement] d'un jeune enfant qui fait continuellement du bruit que c'est un lutin, un vrai lutin, qu'il fait le lutin » (*Académie*, 1740). Voir aussi *Histoire de dom B****, n. 14, p. 358.

Seconde partie.

1. Nous trouverons aussi chez Sade des personnages dont l'hymen est barré : la Durand, dans l'*Histoire de Juliette*, mais aussi la Martaine, dans *Les Cent Vingt Journées de Sodome*. Voir p. 1296, n. 3 en bas de page.

2. Sur Pietro Aretino, dit l'Arétin (1492-1556), voir *Margot la ravaudeuse*, n. 58, p. 822.

3. *Faire guinder* : mener à l'érection.

4. *Orvales* : *Littré*, qui cite le mot au singulier, renvoie à « ovaille », « terme très répandu dans la Suisse française, pour dire un dégât causé par la gelée, la grêle, une ravine, un éboulement ». Les orvales signifieraient-ils, au figuré, des ennuis ? C'est aussi une variété de sauge (étymologiquement : la plante qui vaut de l'or), plante médicinale, appelée « tout bonne ». — Les *rhumes ecclésiastiques* désignent la gonorrhée (Le Pennec, *Le Petit Glossaire*), ancienne appellation de la blennorragie.

5. Il doit s'agir de Jean-Louis Petit (1674-1750), célèbre chirurgien français, fondateur de l'Académie de chirurgie. Il est l'auteur d'une série de mémoires de pathologie chirurgicale. Il se distingua dans la guérison des ruptures du talon d'Achille (Éloy, *Dictionnaire historique de la médecine ancienne et moderne*, Mons, 1778).

6. *S'amuser à la moutarde* : « On dit encore qu'un homme s'amuse à la moutarde pour dire qu'il fait de petites affaires tandis qu'il néglige les grandes », d'après *Furetière* (étant entendu que la moutarde est accessoire à un plat).

7. Sur *gourmade*, voir *Margot la ravaudeuse*, n. 138, p. 852.

8. Sur *frappard* (ou frappart), voir *Margot la ravaudeuse*, n. 74, p. 825.
9. Le mot *haniquiner* ne se trouve pas dans les dictionnaires. On peut le rapprocher de « hennequiner » que signale *Le Petit Citateur* : « Baiser en chien, par secousses. »
10. *Faire capot* : c'est chavirer (terme de marine, d'après le *Littré*, qui indique aussi l'utilisation du mot propre au jeu de cartes — « ne faire aucune levée »).
11. *Exlibation* : fait de répandre un liquide vers l'extérieur, vomissement.
12. *Antiphysique* : désigne l'acte sodomite. L'adjectif est aussi substantivé.
13. *Quadrille* : espèce de jeu d'hombre (jeu de cartes espagnol) qui se joue à quatre.
14. *Manuélisme* : synonyme de masturbation.
15. Cette liste des écrits pornographiques énumère certains des succès de la fin de l'Ancien Régime. Précisons, seulement pour ceux qui ne figurent pas dans ce volume, que *L'Académie des dames* (1680) est de Nicolas Chorier ; que *Les Lauriers ecclésiastiques* (1747) est de La Morlière (voir sa bibliographie, p. 1226) ; que *Frétillon* est l'*Histoire de la vie et des mœurs de Mlle Cronel, dite Frétillon* (1739), de Gaillard de La Bataille.

GUILLARD DE SERVIGNÉ

On lit dans les *Notices chronologiques* de Miorcec de Kerdanet les lignes suivantes consacrées à Jean-Baptiste Marie Guillard (ou Guiard, ou Guiart) de Servigné : « Avocat à Rennes, travaillait et buvait tour à tour : huit jours dans le vin et huit jours au palais. Il étonnait par sa facilité à saisir les affaires les plus compliquées et par la justesse avec laquelle il les présentait sous leur véritable point de vue.

« Il a laissé deux poèmes en prose, *Les Sonnettes*, 1749, in-12 ; *Le Rhinocéros*, 1749, in-8, et des *Mémoires à consulter*, qui ont couru toute la Bretagne et ont été admirés par nos meilleurs jurisconsultes. On y remarquait un style concis, de la force et de l'érudition[1]. »

Nous savons peu de choses de Guillard de Servigné. Dans son édition des *Sonnettes* (1885), Horace du Boueix rappelle qu'il est né à Rennes en 1723, où son père, René-Jacques Guillard, était conseiller du roi, premier juge du siège royal de la Monnaie. Jean-Baptiste Marie héritera de la terre de Servigné, qui appartenait à son grand-père maternel, Jean-Baptiste Besnard, lui-même conseiller du roi, priseur et receveur des deniers d'octroi et patrimoniaux de la ville de Brest.

Issu d'une famille de gens de robe, de parlementaires avisés dans l'achat des charges importantes, Guillard de Servigné entre à son tour dans la carrière. Il devient rapidement avocat au parlement de Rennes.

1. *Notices chronologiques sur les théologiens, jurisconsultes, philosophes, artistes, littérateurs, poètes... de la Bretagne, depuis le commencement jusqu'à nos jours*, Brest, 1818, t. IV, p. 277.

Et au début de l'année 1749, à Rouen où il est contrôleur général des Domaines, il compose son premier roman, *Les Sonnettes*, qui le montre fort au fait de la vie littéraire et sociale de la capitale. Les mœurs de l'Opéra, les « vestales[1] » à la mode, les anecdotes du jour, les chansons satiriques qui courent la ville passent dans son récit. Guillard de Servigné y prend pour cible le duc de Richelieu, qui a obtenu la lieutenance des chasses royales de Gennevilliers et rencontre alors de grands succès : exploits militaires, aventures galantes, et l'amitié du roi.

Aussitôt le roman achevé, Guillard de Servigné se rend à Paris pour le faire imprimer. Il s'installe à l'hôtel de Picardie, rue des Poirées, dans le quartier Saint-André-des-Arts, à proximité de la rue Saint-Jacques. Ami intime de François-Joachim Duport du Tertre, il lui offre un exemplaire des *Sonnettes* dès que le livre est paru. Jésuite défroqué, né à Saint-Malo en 1715, l'abbé du Tertre a fréquenté Collé et Claude de Crébillon. Esprit ironique, surveillé par la police, il collabore aux feuilles périodiques de Fréron[2], et fera paraître en 1755 une *Bibliothèque amusante et instructive, contenant des anecdotes intéressantes et des histoires curieuses.*

Guillard de Servigné profite de son séjour parisien pour fréquenter les spectacles. Le 16 juin 1749, Voltaire donne *Nanine* à la Comédie-Française, comédie en vers, en trois actes, dont le sujet est tiré de *Paméla*, qui avait déjà inspiré Boissy et Nivelle de La Chaussée en 1743. Guillard de Servigné n'y résiste pas. Comme tant d'autres qui, avant lui, se sont frottés à Voltaire pour être reconnus, il écrit une *Lettre à l'auteur de « Nanine »* (1749). Invoquant le souvenir de Boissy et de La Chaussée, faisant minutieusement l'analyse de la pièce, le nouveau critique ironise et console Voltaire : « Il y en a qui ont pensé que votre comédie ne serait pas goûtée par les femmes de condition [...]. On voit bien que vous n'avez pas voulu plaire à cette noble espèce. Mais en récompense, les beautés reléguées aux troisièmes loges vous applaudissaient de tout leur cœur, et disaient en regardant quelques cordons-bleus :

Quoi ? la villageoise Nanine
N'ayant pour tout bien que sa mine,
Auprès d'un comte a réussi ?
Monsieur Arouet, grand merci,
Nous pourrons en tâter aussi[3]. »

Guillard de Servigné date sa *Lettre* de juin 1749. Le 25 juillet, à minuit, Miché de Rochebrune, commissaire au Châtelet de Paris, se transporte à l'hôtel de Picardie. Il consulte « le livre des chambres garnies », et monte dans la grande chambre du second étage (il trouve Guillard de Servigné au lit) « à effet de faire en sa présence perquisition et saisie des papiers qui s'y trouveront contraires à la Religion, à l'État et aux bonnes mœurs et d'en dresser procès-verbal », suivant l'ordre signé par Berryer, le lieutenant général de police[4].

1. Sur ce mot, voir T*hémidore*, n. 13, p. 506.
2. Son périodique *Lettres de la comtesse* a changé de titre le 1er janvier 1749, pour s'intituler *Lettres sur quelques écrits de ce temps.*
3. *Lettre à l'auteur de « Nanine »*, s.l.n.d. [juin 1749], p. 13-14.
4. Sur Berryer, voir la notice sur Gervaise de Latouche, p. 1105.

En effet, les portraits des *Sonnettes* ont conduit la police à rechercher l'auteur pour le punir de sa verve satirique. Le commissaire Rochebrune, accompagné du lieutenant d'Hémery qui l'assiste généralement, fouille en vain les armoires. Il n'y trouve « aucuns papiers qui fussent contraires à la Religion, à l'État et aux bonnes mœurs ». Mais « attendu que le sieur d'Hémery est porteur d'ordres de Sa Majesté contre ledit sieur Guillard de Servigné, il l'a conduit en prison du For-l'Évêque pour l'y écrouer de l'ordre du roi[1]. » Rochebrune reçoit alors l'ordre de se transporter pour interroger le détenu : « Savoir principalement qui a imprimé *Les Sonnettes*, qui les vend, où est le magasin, si l'abbé du Tertre a pris part à la composition. »

Guillard de Servigné a beau soutenir qu'il a écrit son roman « sans aucune mauvaise intention », le commissaire poursuit ses investigations : « Interrogé s'il n'a point été aidé dans la composition de ce livre :

« — a dit que non, qu'il en est seul l'auteur.

« Interrogé à qui il s'est adressé pour faire imprimer ledit manuscrit :

« — a dit que le nommé Clouzier, libraire à Paris, que le répondant alla voir en arrivant à Paris, examina avec beaucoup d'attention ledit manuscrit dont, après la vente que lui en fit le répondant, il raya bien des choses comme ne lui paraissant point convenables, et qu'il s'est chargé de faire imprimer ledit manuscrit pour que le répondant sache celui qui en a été l'imprimeur.

« Interrogé qui est ce qui [*sic*] a adressé le répondant au sieur Clouzier :

« — a dit que le nommé Duchesne demeurant rue Saint-Jacques chez le sieur Cailleau libraire refusa le manuscrit sous prétexte qu'il n'avait point le temps de le lire, que le répondant sur ce refus alla trouver ledit sieur Clouzier, que le répondant connaissait de nom, pour avoir lu des livres qui se débitaient chez ce libraire.

« Interrogé si ledit Clouzier a fait imprimer ce manuscrit pour son compte ou pour celui du répondant :

« — a dit que ledit Clouzier, à qui le répondant a vendu ce manuscrit trente pistoles sur lesquelles il a reçu cinquante livres d'argent comptant et des billets à ordre pour le restant, s'est chargé de faire imprimer pour son compte ledit manuscrit auquel ledit sieur Clouzier a fait ou fait faire plusieurs changements de son chef. »

Le procès-verbal rapporte encore qu'au lieu des douze exemplaires du livre promis, Guillard de Servigné n'en a reçu que quatre, qu'il a offerts à ses amis, sans s'adresser « à quelques colporteurs pour faire des exemplaires du livre », sans en poster d'exemplaires « dans quelque maison pour les soustraire aux perquisitions qui en ont été faites ». « Interrogé si le sieur abbé Dutertre [*sic*] n'a pas eu part dans la composition de ce manuscrit :

« — a dit que non. »

Guillard de Servigné ne reste que peu de temps emprisonné. Avant de se partager, à Rennes, entre le vin et la plaidoirie, le jeune avocat doit aux *Sonnettes*, le seul roman qu'il a écrit, toute sa réputation.

1. Nous avons trouvé aux Archives nationales (cote Y 15794) le « procès-verbal de perquisition de la chambre du sieur Guillard de Servigné en exécution des ordres de Sa Majesté du 23 juillet 1749 ». L'interrogatoire de police, daté du 29 juillet, le procès-verbal de la perquisition chez le sieur Clouzier (daté du 13 août), ainsi que la correspondance entre le lieutenant général et le commissaire figurent dans le même dossier.

Il publie pourtant en 1750, à peine relaxé, *Le Rhinocéros, poème en prose divisé en six chants*, sous la signature de Mlle de ***. Invoquant Martial cité en exergue, l'ouvrage s'ouvre sur une lettre qui en fait la critique (« Lettre de M. de B**** à l'auteur »), suivie d'une « Épître à Mlle J*** ci-devant actrice de l'Opéra-Comique », et d'une préface enfin, avant que ne commencent les aventures de trois génies, Ganadoumouri (« c'est-à-dire Amour du gain »), Gasmeser (« ou Messager ») et Tésicuriola (« c'est-à-dire la curiosité »), qui enlèvent un rhinocéros exhibé à Amsterdam pour le transporter à Paris. Peinture des mœurs de la capitale, visite des cafés, tableau de la Foire, description des beautés parisiennes, éloge de l'imprimerie, origine des coiffures à la rhinocéros : les six chants développent une satire amusante jusqu'au moment où les sylphes, ennemis des génies, enlèvent le rhinocéros dans les airs.

Tout s'achève heureusement : « On raconte même que le Destin ne voulant point que le peuple français perdît le souvenir du Rhinocéros qui avait fait si longtemps son admiration, permit à l'âme matérielle de cet animal de se diviser et d'aller habiter dans les corps des poètes et des romanciers sans nombre qui sont répandus dans la capitale[1]. » Un rhinocéros attira effectivement la curiosité des foules parisiennes en mars 1749. L'animal à la mode suscita alors des poèmes et des chansons. Casanova lui-même, entouré de deux marquises, le découvre à la foire Saint-Germain, pour vingt-quatre sous.

On s'étonne que Guillard de Servigné n'ait pas persisté, et publié d'autres romans et satires. Sans doute fut-il rappelé à Rennes par sa famille, par ses charges et ses obligations. Il y fait bonne figure, selon le témoignage de Miorcec de Kerdanet, montrant de la facilité dans l'analyse des dossiers, une justesse de jugement, et — sans aucun doute — un bel esprit critique.

Il meurt en 1780, le 5 février. Voici l'extrait du registre d'état civil de la paroisse de Saint-Aubin de Rennes : « M. Maître Jean-Baptiste-Marie Guillard, ancien avocat au parlement, commensal, premier juge, garde des Monnaies de Rennes, âgé de cinquante-sept ans, décéda hier rue Saint-Louis en cette paroisse. Son corps a été inhumé dans le cimetière le six février 1780. »

PATRICK WALD LASOWSKI.

1. *Le Rhinocéros, poème en prose divisé en six chants*, s.l., 1750, p. 79-80.

BIBLIOGRAPHIE

Œuvres littéraires et poétiques.

Lettre à l'auteur de « Nanine », s.l.n.d. [juin 1749].
Le Rhinocéros, poème en prose divisé en six chants, par Mlle de ***, s.l., 1750.

Éditions anciennes des « Sonnettes ».

*Les Sonnettes, ou Mémoires de M. le marquis d'****, Utrecht [Paris], [Clouzier], 1749, BNF, cote Y2 68982. C'est l'édition que nous avons retenue.

Les Sonnettes, [...], Berg-op-Zoom [Londres], F. de Richebourg, 1751. Nouvelle édition, corrigée et augmentée de pièces neuves et intéressantes, avec de jolies figures en taille-douce. (Les pièces ajoutées sont : « Lettre sur la folie à M. le marquis D*** T*** », « Épître aux Grâces par M. l'abbé de B*** », « Envoi de l'Épître aux Grâces de M. L. D. B. à Mad. D. M. par M. L. C. de S. P. » Et les figures sont : 1 frontispisce gravé et 3 gravures.)

Les Sonnettes, [...], Utrecht [Paris], 1771.

Les Sonnettes, [...], Londres, [Cazin], 1781.

Les Sonnettes [...]. Sur l'imprimé à Londres, Bruxelles, Gay et Doucé éditeurs, 1882.

Les Sonnettes [...], Paris, Cercle de l'esprit gaulois, s.d. [1885], avec une étude sur l'auteur et son œuvre de Horace du Boueix, BNF, cote 8 Y2 8810. Eaux-fortes et vignettes de E. Mesplès.

Les Sonnettes [...], Paris, Bibliothèque des curieux, s.d., avec une introduction et un essai bibliographique de Guillaume Apollinaire.

Les Sonnettes [...], Paris, Éd. du Fureteur, 1926, notice et éclaircissements de Jean d'Herbenoire. Avec 14 eaux-fortes et de nombreux dessins de Gaston Smit.

Le même roman sous un autre titre :

Félix ou les Aventures d'un jeune officier, Vire, 1799.

Félix ou le Jeune Amant et le Vieux Libertin, suivi de *L'Assassin par amour* [de Mme Laugier], Paris, an XI [1803].

Éditions récentes des « Sonnettes ».

*Les Sonnettes, ou Mémoires de M. le marquis d'****, Tchou, s.d. [1967]. Il s'agit de la réédition de la version publiée par la Bibliothèque des curieux.

Les Sonnettes, [...], présentation de Michel Delon, Toulouse, Zulma, 1995.

P. W. L.

LES SONNETTES

NOTICE

« Le nom de J.-B. M. Guillard (ou Guiart de Servigné) n'est guère connu que par son ouvrage *Les Sonnettes*, qui le fit mettre à la Bastille[1]. » C'est en ces termes qu'Apollinaire ouvre son introduction à l'édition du roman dans la Bibliothèque des curieux. Apollinaire suggère que la source d'inspiration de l'auteur provient de sa fascination pour les mêmes montages mécaniques qu'avait fait réaliser le duc de Richelieu[2], ce « grand libertin de la Régence ». Il est évident que l'auteur a écrit ce roman comme un hommage ironique à ce personnage. Il pousse l'humour jusqu'à faire une dédicace pleine de doubles sens « à M. Le D***, qui a inventé la manière de poser les sonnettes, etc » : on suppose qu'il s'agit du serrurier Le Dru, qui a effectivement travaillé pour Richelieu. Ce ton humoristique est reconduit dans la préface, laquelle est précisément un texte sur les préfaces. Guillard de Servigné justifie la sienne grâce à une métaphore architecturale — ce genre de paratexte est aussi utile qu'un vestibule — et même érotique — les préludes. Dans l'aisance de son écriture on pressent un contemporain, injustement méconnu, de Claude de Crébillon.

Cependant il nous faut admettre assez vite que la composition de l'ouvrage est déroutante. L'auteur a-t-il manqué de maîtrise ou bien faut-il comprendre autrement sa stratégie d'apprivoisement d'un lecteur supposé non prévenu ?

Le titre de ce roman est à lui seul une promesse et une sorte d'énigme ; ou bien, plus modestement, disons qu'il fait l'effet d'une devinette[3], laquelle dure jusqu'au dernier tiers du récit : jusqu'à ce que ces fameuses sonnettes se mettent à tinter, et se déclenche le « carillon d'amour » (l'expression est d'Apollinaire) tant attendu.

Le récit semble tout d'abord construit selon le modèle bien établi du roman de formation ; il s'agit ici de l'éducation d'un jeune homme, de son initiation amoureuse. Ce jeune initié est aussi le narrateur. On a donc un récit à la première personne, mode d'énonciation qui, en général, fonctionne comme une garantie de l'authencité des faits et des sentiments.

Ainsi, un jeune noble raconte comment, à la suite de la mort de ses

1. *Les Sonnettes, ou Mémoires de M. le marquis d'****, Tchou, s.d. [1967]. Il s'agit de la version publiée par la Bibliothèque des curieux. Voir la bibliographie, p. 1307.

2. Sur le duc de Richelieu, voir n. 17, p. 1010.

3. Il faut faire résonner les « sonnettes » avec les « sonnets » des *Sonnets luxurieux* de l'Arétin, qui sont dans toutes les mémoires, et avec les « sottises » des *Sottises du temps*, l'ouvrage de Pierre Clément qui paraîtra à La Haye en 1754 : avec, en somme, toute la sottise du monde, qui est au cœur des récits parodiques, de l'ironie, de la satire de l'abbé de Voisenon, de Crébillon ou de Collé. En attendant *Le Grelot* de Baret (1754).

quatre frères aînés à la guerre, il se rend chez son père en Bourgogne pour le consoler ; comment il débat avec lui sur la voie à suivre dans la vie ; comment il retrouve son oncle paternel qui, ayant perdu également un fils à la guerre, le prend en affection et le conseille ; comment il tombe éperdument amoureux d'une jeune fille, Éléonore de Mongol, dont la mère semble, quant à elle, s'intéresser à lui ; comment sa jeune amoureuse cède innocemment à ses insistances mais le trouve un soir dans les bras de sa servante Justine qui s'est substituée à sa maîtresse à la faveur de la nuit, événement sans conséquence puisque l'erreur est pardonnée, mais qui donne lieu à la narration détaillée de la vie de cette « intéressante fille ». Enfin, le narrateur se rend, à la demande de son oncle et à sa place, à une invitation au château du duc D*** où il subit et honore les avances successives de deux femmes ; il découvre à cette occasion que le maître des lieux a suivi ses ébats grâce à un ingénieux système de fils, de poulies et de contrepoids qui rattachent les lits à des clochettes installées dans les appartements du vieux libertin. Notre héros s'en amuse mais reste obsédé par le souvenir de sa chère Éléonore ; il retourne auprès d'elle, l'obtient en mariage tandis que son oncle épouse la mère.

Telle est, rapidement rappelée, la trame du récit. Le caractère assez bancal de cette construction frappe d'emblée. On peut s'étonner des changements d'orientation du foyer narratif. On est en effet d'abord invité à entrer dans un monde très moral, celui de la piété filiale et des considérations sérieuses sur le choix de carrière d'un jeune homme. Puis, sans que cette relation privilégiée au père ait donné lieu à des événements particuliers, survient la découverte de l'amour, un amour d'abord très idéalisé (encore que né au cours d'une scène étonnante de voyeurisme), suivi d'une liaison très sensuelle entre deux jeunes gens qui pratiquent le libertinage ingénu de ceux qui s'abandonnent avec fougue à leur première passion.

On pourrait s'attendre ici que le récit se concentre sur cette découverte réciproque, se construise (comme dans *Manon Lescaut*) autour de cette perversité dans l'innocence, ou du moins se resserre autour de ce couple, introduise des événements ou des personnages capables de dramatiser cette liaison. Il n'en est rien ou si peu. Le seul épisode romanesque et même rocambolesque est la scène de quiproquo avec la servante Justine.

Reste l'ensemble des derniers épisodes, ceux qui se déroulent au château et qui légitiment le titre du roman, mais relativement peu ses intentions érotiques : les débauches manquent de générosité et de fantaisie, malgré les deux aventures du marquis. Pourquoi une idée si ingénieuse est-elle exploitée par l'auteur avec tant de parcimonie, avec une telle retenue d'imagination ? Dans les *Nouvelles littéraires*, au mois d'août 1749, l'abbé Raynal rend compte de l'ouvrage et conclut, avec déception : « Cette imagination aurait pu fournir, je crois, des incidents assez agréables ; mais le jeune auteur, appelé M. Guillard, en a mal profité. Les trois quarts de son ouvrage sont des lieux communs qui n'ont aucun rapport avec le sujet qu'il traite, et les sonnettes n'occupent que quelques pages à la fin du livre. Le style est plutôt mal que bien, et le ton est d'un homme qui connaît mal le monde[1]. » Est-ce vraiment par défaut de

1. *Nouvelles littéraires*, août 1749, dans *Correspondance littéraire, philosophique et critique par Grimm, Diderot, Raynal, Meister, etc.*, Paris, 1877-1882, t. II, p. 331-332.

talent ou bien faut-il tout simplement admettre que ce roman obéit à une autre économie narrative ?

L'absence de construction de ce récit pouvait sans doute apparaître, pour ses contemporains, moins gênante qu'à nos yeux habitués à la maîtrise narrative du roman moderne. Reprenons un à un ces moments qui semblent, à première vue, assez décousus. La première orientation morale du récit laisse donc croire qu'il avancera sous le signe des bonnes intentions. Le libertinage ne sera pas présenté comme l'effet d'un projet délibéré ou d'une philosophie explicite : il émergera progressivement comme une sorte de possibilité *naturelle*. L'auteur a donc choisi ce style narratif, ce ton particulier, très répandu du reste à l'époque, où les épisodes osés, voire licencieux, semblent survenir aux personnages malgré eux. L'avantage est double : désarmer la censure, non seulement celle des institutions mais aussi — et d'abord — celle du lecteur ; le héros subissant les événements, et protestant parfois contre eux, la mise en scène de la passivité peut passer pour une dénonciation de ce qui lui arrive. Deuxième avantage : cette innocence dans l'excès, cette candeur dans la débauche appartiennent aux raffinements mêmes de la perversité. Plus le personnage est ingénu ou cherche à l'être, plus les événements paraîtront, par contraste, piquants, excitants pour le lecteur. Ce sera là une des composantes essentielles de la narration sadienne et de ce qui ensuite a été défini comme sadisme[1].

Cette présentation moralisante du héros fait donc partie des mises en scène du libertinage, de l'art de présenter la débauche comme une possibilité inhérente aux dispositions de la nature humaine. Bref, il s'agit de laisser entendre qu'on peut être un bon fils, affectueux, sincère, respecteux, et n'en être pas moins attiré par des plaisirs dont la nature même a déposé les germes en nos cœurs.

On comprend donc la raison narrative de ce début. On comprend moins l'épisode de la servante Justine : cette aventure fondée sur une méprise, le pardon trop facile de l'amante, tout cela est si peu vraisemblable que le lecteur s'étonne de tant de négligence. Mais il faudrait alors mettre en cause la plupart des romans libertins du XVIIIe siècle, ceux de Sade inclus. Le critère du vraisemblable n'est sans doute pas pertinent pour un type de récit qui se rapproche plus souvent du conte que du roman. En fait, il s'agit pour l'auteur, dans ce cas encore, d'introduire un élément nouveau de libertinage sur le mode de l'*accident*. L'élément neuf, ici, c'est la figure de Justine, soubrette alerte, sentimentale et délurée : l'image inversée de la naïve Éléonore. Justine est amoureuse du jeune marquis, c'est elle qui provoque le quiproquo et en tire tout le bénéfice. Le héros ne cherche pas à la séduire et se montre embarrassé de sa méprise. Et quand, plus tard, Justine, le surprenant au lit, un matin, lui déclare explicitement sa passion et obtient, cette fois, des faveurs plus librement consenties, ce qui le détermine à céder n'est pas une visée

1. Une des plus subtiles définitions est sans doute celle que donne Proust, dans *Du côté de chez Swann*, à propos de la scène de profanation du portrait paternel par Mlle Vinteuil : « Ce n'est pas le mal qui lui donnait l'idée du plaisir, qui lui semblait agréable ; c'est le plaisir qui lui semblait malin » (*À la recherche du temps perdu*, Bibl. de la Pléiade, t. I, p. 162) ; « il n'y a guère que le sadisme qui donne un fondement dans la vie à l'esthétique du mélodrame » (*ibid.*, p. 161).

libertine mais une sorte de compassion amoureuse : « En disant ces paroles elle fondait en larmes : peut-on voir de pareilles situations sans attendrissement ? D'ailleurs, Justine ne manquait pas de beauté ; tout autre, comme moi, eût été ému. Je l'attirai sur mon lit, j'essuyai ses pleurs, je lui montrai tout l'effet qu'elle pouvait faire sur moi ; enfin elle aurait eu lieu d'être contente, si mes soins pour la consoler n'eussent été de nature à l'attacher davantage[1]. » Le tour rhétorique de cet aveu ne manque pas de saveur. Telle est la figure originale du roman : le libertin sans le savoir, ou le libertin malgré lui.

Mais précisément ce discours de la restriction, et cette absence de projet pervers font toute la perversité de ces situations. Ce choix cependant comporte un risque : celui de faire languir ou même chuter le récit, ou du moins de le priver des ressources multiples dont disposerait une volonté déclarée de libertinage. C'est pourquoi c'est à ce point que se situe le récit de la servante : modèle réduit d'un roman de formation, récit enchâssé dans l'histoire principale, comme cela se pratiquait beaucoup à l'époque. Cette histoire de Justine (nous savons que ce nom sera promis à un bien autre destin chez un autre auteur) appartient du reste à un genre consacré dont *La Vie de Marianne* de Marivaux est un des meilleurs exemples : celui de la jeune fille jetée malgré elle dans les tourbillons de la vie et s'en tirant au mieux grâce à ses ruses et à ses charmes. Tel est bien le cas de cette Justine, fille honnête de campagne, orpheline à quinze ans, capturée par des soldats, victime de leurs outrages, qui s'enfuit et se retrouve à Paris où elle est recueillie par une « bienfaitrice » ; cette dernière en fait une fille entretenue par un évêque jusqu'à ce que, enceinte, elle soit rejetée et obligée de partir, pour finalement se retrouver servante chez Mme de Mongol. Un tel récit ne pouvait pas rester sans récompense ; il vaut en effet à Justine une ultime faveur du jeune marquis : « “ [...] Quelle complaisance !... Dieux !... pour la dernière fois... ” / La douleur et le plaisir se combattaient mutuellement, et lui ôtaient la parole. Revenue à elle-même, elle se dégagea de mes bras et sortit[2]. » En quittant cette chambre elle disparaît du roman. On aurait pu pourtant penser qu'après cette liaison avec le héros et cette narration détaillée de ses aventures, un sort particulier lui serait promis dans la suite du récit. Il n'en est rien. Tout se passe comme si elle devenait soudain narrativement inutile. En fait, cette histoire dans l'histoire a une fonction et une seule : constituer une pièce supplémentaire en vue de la mise en place d'un climat libertin qui n'est pas évident jusqu'alors. Cette rencontre non recherchée par le héros suivie d'embrassements qui le sont davantage mais dans une sorte d'emportement momentané, ce récit *d'une suite d'épisodes* scandaleux au regard de la morale et de l'« ordre civil[3] », à la fois subis et acceptés, tout cela permet *d'étoffer une histoire* qui s'écrit sous le signe de la réserve et offre un prétexte parfait pour alimenter la demande supposée du lecteur. Cela sert également de pièce intermédiaire, de passerelle légère entre le récit du début (celui, édifiant, de la dévotion au père, suivi de celui, assez leste, du rapport à l'amante) et le récit plus franchement libertin des événements de la dernière partie

1. Voir p. 1003.
2. Voir p. 1009.
3. Voir p. 1000.

du texte, avant que, dans les pages finales, ne triomphe le premier amour, consécration simultanée de la passion sensuelle et de la moralité familiale.

Cette technique du déguisement — cet air de débauche sans en avoir l'air — est sans doute une tentative de diversion de la part de l'auteur, comme cela était fréquent dans les romans libertins de l'époque. Pourtant la censure ne s'y trompait pas qui envoyait à Vincennes ou à la Bastille les auteurs assez imprudents pour ne point se couvrir de l'anonymat. Guillard de Servigné l'apprit à ses dépens. Reconnaissons donc dorénavant à son roman une certaine cohérence. Tout se passe comme si la stratégie narrative ici déployée obéissait à cette exigence : faire naître la figure d'un libertin qui s'ignore.

Cette stratégie narrative, qui joue sur des conventions tacites et sur des présupposés admis, est d'ailleurs en accord explicite avec toute une philosophie proclamée à plusieurs reprises et qui peut se résumer dans cette maxime : la nature nous a donné l'idée du bonheur à la seule fin que nous consacrions nos jours à le chercher et recourions aux meilleurs moyens pour l'atteindre.

C'est ce naturalisme moral qui sert, en tout premier lieu, de fonds de légitimation à la conduite du jeune marquis. Il s'agit, en somme, de rendre non seulement acceptable mais même admirable son choix de ne pas suivre la trace héroïque de ses quatre frères, de ne pas embrasser le métier des armes, de ne pas entrer au service du roi comme l'exigerait son appartenance à l'aristocratie.

Dans un premier temps, ce choix est présenté comme un geste de piété filiale. L'auteur fait ici entendre la voix du père, voix infiniment respectable en vertu des douleurs subies et du sacrifice consenti à la patrie, voix capable de cautionner une décision qui, en d'autres circonstances, eût pu sembler lâche et indigne d'une famille noble : « J'ai vu les miens périr l'un après l'autre ; le sort cruel a compté les coups qu'il me portait, vous seul me restez, mon cher fils. Mais pourrai-je vous conserver ? Vos frères vous ont tracé une route funeste ; vous irez, comme eux, chercher la gloire et la mort. Gloire vaine ! à laquelle on sacrifie les sentiments les plus chers, et qui nous rend victimes à notre tour de passions étrangères. Puis-je attendre que quelqu'un me fermera les yeux…[1] »

L'habileté de l'auteur consiste à mettre dans la bouche d'un vieil aristocrate une philosophie qui s'est développée tout d'abord dans les milieux de la bourgeoisie éclairée. Le message est clair : les temps héroïques sont passés, la « gloire », récompense des héros, est une chimère. Il faut noter que cette crise des valeurs aristocratiques agite déjà le XVIIe siècle, comme l'a fort bien montré Paul Bénichou[2]. Cette question est au centre de la critique pascalienne de la vanité et même de l'analyse de l'amour-propre chez un grand seigneur comme La Rochefoucauld. L'adhésion aux thèses du jansénisme est ce qui rassemble celui-ci et Pascal, auprès de qui on ne s'étonne pas de retrouver Racine — pour

1. Voir p. 984.

2. « La réduction de la gloire à une idée fausse et irréelle a joué un rôle capital dans la dissolution de la morale héroïque » (*Morales du Grand Siècle*, Gallimard, coll. « Folio », 1986, p. 108).

l'un, la philosophie est d'abord une critique des illusions ; pour l'autre, la tragédie des sentiments se substitue à celles des devoirs de caste. Cela permet sans doute de comprendre la collusion toujours renaissante entre jansénisme et critique bourgeoise de la monarchie, et on ne peut non plus s'étonner que celle-ci se soit acharnée avec la plus grande rigueur contre les tenants de ce mouvement.

Or, les valeurs de l'aristocratie sont contestées au nom de la vérité de la nature. Le droit au bonheur, que tous réclament comme une exigence universelle et évidente, devient une arme critique majeure pour délégitimer des dispositifs de croyances et d'obligations : en les ramenant à de pures productions locales, à des inventions de groupes de pression en faveur de leurs intérêts.

Au XVIIIe siècle, de telles convictions gagnent partout du terrain. Les valeurs familiales bourgeoises (primauté de la tendresse individuelle, consécration aux affaires, soins accordés aux enfants, vie centrée sur l'espace intérieur[1]) infiltrent les milieux aristocratiques. Ce qui explique la réponse du jeune marquis à l'exhortation paternelle : « Ah ! mon père, [...], avez-vous cru que votre fils vous abandonnât jamais ? Vous que j'aime uniquement, et que j'ai tant de raison d'aimer ! Ce serait m'arracher à moi-même, *ce serait outrager la nature*, et cesser d'être votre fils ; *ma première gloire est d'avoir un cœur sensible :* vivez, et puissé-je contribuer à votre *bonheur*, en égalant votre tendresse par la mienne[2] ! » On voit à quel point le retournement est complet. Nul ne l'a montré de manière plus érudite que Robert Mauzi, qui explique comment se sont multipliés les ouvrages visant à démontrer que la seule et véritable fin de l'homme est son bien-être, matériel et moral[3]. L'argument étant toujours que cette fin est indiquée par la nature et constitue le programme même de la raison. D'où son universalité : il ne s'agit donc pas d'une visée égoïste, mais de la plus haute tâche assignable à qui se préoccupe de la chose publique, à qui se donne l'ambition de refonder les institutions politiques. Il faut bien voir, cependant, que c'est sous le couvert de cette nouvelle légitimité, devenue une nouvelle priorité, que se développe et prospère un hédonisme franchement individualiste et bientôt franchement libertin. La plasticité et l'indétermination de l'idée de bonheur autorisent toutes les interprétations. C'est exactement sur ce glissement ou ce détournement de sens que joue, habilement, l'auteur des *Sonnettes*.

En effet, quand le jeune marquis proclame : « [...] ma première gloire est d'avoir un cœur sensible[4] », on comprend que le fils est désormais exonéré, au nom du père, de l'obligation de risquer sa vie au combat ; du coup le voici justifié à s'exposer à des dangers moins meurtriers : ceux du cœur et des joutes amoureuses. Mais une autre leçon lui est encore nécessaire, que lui administre son oncle le baron, homme supposé expert en ce dernier domaine. Lorsque le jeune marquis discute avec le baron des choix qu'il doit faire, ce dernier le rappelle d'abord aux obligations de sa condition : « Il faut donc qu'entre les états, vous choisissiez

1. Voir Philippe Ariès, *L'Enfant et la Vie familiale sous l'Ancien Régime*, Plon, 1973.
2. Voir p. 984. Nous soulignons.
3. Voir *L'Idée de bonheur dans la littérature et la pensée françaises au* XVIIIe *siècle*, Armand Colin, 1965.
4. Voir p. 984.

le plus conforme à la solide gloire et à votre naissance : suivant les idées de la nation, il paraît que vous n'avez qu'un parti, celui des armes...[1] » Mais le jeune homme a déjà, conformément aux vœux de son père, exclu cette option ; il soutient alors le bien-fondé de sa décision en démontrant l'absurdité des guerres et leur source impure : « La crainte qui a formé les premières sociétés, et qui est l'origine des lois, cette crainte qui a fait les dieux, [...], c'est cette même crainte qui a fait les armes, la gloire, et les triomphes[2]. » Notre marquis récite la leçon des philosophes, qui n'est pas celle de la tradition aristocratique. Il peut revendiquer sans culpabilité un état plus conforme à ses convictions et surtout qui soit apte à assurer « le bonheur de [sa] vie[3] ». Son oncle, en dépit de son premier conseil, s'empresse de le rassurer en lui expliquant qu'il existe, hors du métier des armes, mille façons de se rendre utile à l'État. Il remarque surtout que son neveu se doit avant tout de passer par une période propédeutique : « Il est temps, [...], que vous entriez dans le monde, je vous juge en état d'y paraître [...]. Vous verrez par vous-même que le monde est sage et fou, amusant et ennuyeux, humain et méchant, et que, tout compensé, il est d'assez bon commerce [...][4]. » « Entrer dans le monde », c'est d'abord fréquenter la société de ses pairs, se faire connaître dans les salons, c'est aussi, et de manière non moins essentielle, entrer dans le jeu des intrigues amoureuses et découvrir le pouvoir des femmes.

Voilà ce qui importait à l'auteur : convaincre le lecteur que le héros n'est pas un lâche et encore moins un traître aux devoirs de sa caste. Même si, jeté dans des expériences nouvelles, lancé dans la société élégante, il découvre l'amour et les jeux de la séduction comme un bourgeois cultivé et soucieux de la tranquille jouissance de ses talents et de ses privilèges, et non pas comme un aristocrate traditionnellement ambitieux.

Un des signes de cette mutation est l'infléchissement de la figure du médiateur. Au cours de son périple, le héros des romans de formation rencontre son maître : celui qui se charge de l'initier à un art de vivre et de séduire révèle les secrets du monde où il va entrer, prodigue les conseils et les recommandations utiles à son jugement, énonce les règles d'une stratégie de maîtrise des êtres et des situations. Cette figure du médiateur est ancienne comme les contes et légendes. Dans les romans de formation antérieurs, ceux où prévaut encore l'idéal aristocratique, l'initiateur revendique le ton grand seigneur, la flamboyance du stratège dont la préoccupation majeure n'est plus le terrain des batailles sanglantes mais le territoire incertain des cœurs. Le prototype en est probablement le Versac des *Égarements du cœur et de l'esprit* ; l'univers de Crébillon est encore strictement celui de la noblesse.

En comparaison, le baron des *Sonnettes* est étonnamment sage. C'est un initiateur doux, aimable, parfaitement raisonnable. Rien en lui du roué ni du pervers qui se ferait une joie d'entraîner un néophyte vers des expériences troublantes ou interdites. Du moins rien de tel n'apparaît dans ses propos. Il se contente d'envoyer à sa place son neveu au châ-

1. Voir p. 987.
2. *Ibid.*
3. Voir p. 996.
4. Voir p. 988-989.

teau du duc, où il sait bien que des occasions de débauches se présenteront. Mais il n'en dit mot. Sur ce point encore, une telle discrétion peut révéler, de la part de l'auteur, la volonté de minimiser le ton libertin et surtout de faire apparaître les aventures du jeune homme comme une suite d'événements subis en toute innocence. Si bien que la dernière exhortation du baron pourrait être celle des édifiants bienfaiteurs des drames bourgeois : « Votre bon naturel vous garantira des fautes grossières ; je laisse le reste à votre bonheur[1]. » Ne doutons pas qu'un siècle ou deux auparavant le baron eût probablement dit : « je laisse le reste à votre sens de l'honneur et au sentiment de vos devoirs. » Entre-temps, le bonheur est devenu une « idée neuve en Europe ».

C'est bien là, il faut le redire, la pensée qui s'infiltre partout dans ce récit traversé par l'utopie bucolique d'une nature complice que baigne une lumière d'été : « Un ciel pur et serein, un enchaînement de coteaux tapissés de vignobles, un ruisseau qui serpente dans les fleurs, des arbres touffus, [...], le ramage varié des habitants de l'air, le bêlement et les jeux des troupeaux, je ne sais quoi de divin qui anime les campagnes dans les beaux jours : voilà les images riantes qui m'entretenaient[2]. » On croirait lire *La Nouvelle Héloïse*, et pourtant quand paraît ce roman Rousseau n'a pas encore publié le *Premier Discours*. Ce texte de Guillard, qu'on peut tenir pour représentatif de beaucoup d'autres, montre à quel point ce qu'on a appelé le « rousseauisme » attendait, bien avant dans le siècle, un nom propre pour se constituer en théorie.

En revanche, ce qui n'annonce en rien Rousseau, c'est la collusion de l'idée de bonheur et du libertinage. Le courant « naturaliste » du siècle se divise en deux branches. L'une va vers l'affirmation du bonheur simple — l'amour conjugal, les joies familiales — et scrute les signes de la fraîcheur et de la vertu ; l'autre, plus tourmentée, plus complexe, plus baroque, voit la nature parler dans l'affirmation des passions et dans la négation des interdits (ceux-ci étant présentés comme les produits des préjugés religieux et des superstitions locales). Cette nouvelle conception des passions tranche de manière remarquable avec toute la pensée morale issue de l'Antiquité classique et surtout avec celle du Moyen Âge chrétien. Ce changement de paradigme, Albert Hirschman l'a retracé dans *Les Passions et les Intérêts* : à partir de la Renaissance émerge une sorte de consensus chez les philosophes pour s'abstenir de condamner moralement les passions, plus particulièrement les passions sociales, et proposer, tout au contraire, de les considérer comme des forces de la nature humaine qu'il importe d'équilibrer entre elles, de neutraliser réciproquement, ou mieux encore de mobiliser en vue d'un but supérieur. L'ordre social et politique, au lieu de s'établir contre elles, pourra s'instituer grâce à elles, par une gestion et une régulation appropriée. C'est une idée formulée clairement par Bacon : « Il faut mettre affection contre affection et maîtriser l'une par l'autre, tout de même que nous avons coutume de chasser les bêtes avec les bêtes et voler l'oiseau avec l'oiseau[3]. » Le même

1. Voir p. 989.
2. Voir p. 986.
3. Cité par Albert Hirschman, dans *Les Passions et les Intérêts*, PUF, 1980, p. 26. Précisons que « voler l'oiseau », dans le lexique de la fauconnerie, c'est le chasser au moyen d'un oiseau de proie.

argument revient sans cesse chez Spinoza : « Un sentiment ne peut être contrarié ou supprimé que par un sentiment contraire et plus fort que le sentiment à contrarier[1]. » L'idée d'un jeu de balance entre les passions deviendra un des lieux communs de la pensée morale de l'âge classique. C'est en fait à la physique ou à la chimie que l'on demande le plus souvent de fournir un modèle de cette régulation. Telle est la philosophie qui s'exprime dans *Les Sonnettes* : « Le baron connaissait de quelle vanité fut toujours le projet de les [les passions] détruire ; il tenta seulement de faire changer d'objet à ces passions, et de tourner au profit de l'étude des désirs et des mouvements inséparables de notre être. De même, un chimiste industrieux se rend maître de l'élément dont il attend ses richesses ; sans l'étouffer, et sans permettre qu'il s'évapore, il lui fournit des aliments, et captive son action pour la rendre utile à ses desseins[2]. » Voilà donc légitimée la tolérance vis-à-vis des impulsions que la morale traditionnelle jugeait sévèrement sous le nom de vices. L'auteur des *Sonnettes* atteint son but : que son héros, maintenant armé de toutes les garanties d'une philosophie raisonnable, puisse s'adonner aux plaisirs de la galanterie sans qu'un lecteur, fût-il sourcilleux, y trouve à redire.

Au XVIIIe siècle a lieu un phénomène qui n'avait eu auparavant ni cette insistance ni cette ampleur : le rôle des machines dans les récits, dans les métaphores, dans les considérations philosophiques. Non pas que les machines aient été ignorées dans les époques antérieures ; il en est déjà fortement question au siècle précédent et même durant toute la Renaissance. Mieux encore : l'Antiquité a légué un riche fonds d'histoires relatives aux découvertes des ingénieurs d'Alexandrie. On sait par exemple que, dans le théâtre de l'Antiquité grecque et romaine, étaient exploitées des mécaniques complexes et toutes sortes de techniques destinées à produire des effets spectaculaires : explosions, tempêtes, vols d'oiseaux, surgissements de monstres. Sans parler de la machinerie des décors. Précisément, comme le remarque Jean-Pierre Vernant, la machine dans la culture antique reste liée à l'idée de jeu et de fabrication d'illusions, non pas à celle de travail et de production[3].

C'est pourquoi pendant longtemps le monde des machines est resté partagé entre, d'une part, l'univers de l'artisanat — tours de potier, scies et marteaux mécaniques, moulins, rouets, etc. — et celui du divertissement — machines à jeux d'eau, à éclairages, machineries de théâtre, automates musiciens, etc. Désormais, une conjonction commence à s'opérer entre les deux univers. Cela à la fois au plan des représentations — le monde est vu comme une mécanique réglée par l'ingénieur divin —, et au plan des pratiques sociales — multiplication des machines-outils et banalisation de leur utilisation dans les ateliers et les fabriques, particulièrement dans le domaines du textile, de la métallurgie, de la menuiserie et de la construction. Apparaît donc à cette époque un univers technique conçu non plus comme un ensemble séparé, mais comme un environ-

1. *Éthique*, IVe partie, proposition VII, *Œuvres complètes*, Bibl. de la Pléiade, p. 496.
2. Voir p. 985.
3. Voir « Travail et pensée chez les Grecs », dans *Mythe et pensée dans la Grèce ancienne*, François Maspéro, 1965. Voir aussi Françoise Frontisi-Ducroux, *Dédale. Les Mythes de l'artisan dans la Grèce ancienne*, François Maspéro, 1975.

nement. Les machines sont partout, sous une forme ou sous une autre ; et partout les hommes vivent en leur compagnie ou plutôt en liaison et interaction avec elles. Elles sont comme des organes du corps extériorisés, amplifiés, transformés ou transposés et surtout suppléés. Elles savent faire autre chose autrement, mieux et plus rapidement. Elles possèdent une relative autonomie (sans même aller jusqu'au cas plutôt symbolique des automates récréatifs). En somme, les machines existent comme une sorte de population particulière, une population d'intermédiaires. Ces êtres étranges rassurent et inquiètent : ils rassurent parce qu'ils sont produits par les savoir-faire humains et leur restent soumis ; ils inquiètent quand ils semblent se détacher de l'homme et revendiquer une sorte de vie propre. Dans l'imaginaire de l'époque, ils commencent à prendre la place des esprits invisibles, ils sont une forme de transcendance — mais matérielle et utile — des temps modernes. Les machines initient donc leur existence sociale ; elles ne sont plus des objets soit trop spécialisés soit purement ludiques. C'est sans doute parce qu'on assiste à cette émergence que la curiosité et l'excitation intellectuelles sont si grandes. Les machines, mobilisées dans toutes sortes de production de fiction, apparaissent alors inévitablement dans les représentations du corps amoureux, soit que les corps imitent les machines, soit que celles-ci se substituent aux corps, soit encore que les deux s'imbriquent en des combinaisons complexes.

Le roman de Guillard de Servigné trouve sa place dans le fil de cette histoire des techniques. Ce dispositif de sonnettes qu'il imagine (ou que lui inspirent les trouvailles du duc de Richelieu et de son serrurier) est en fait assez limité et bien spécifique[1]. Il ne s'agit pas, à propos de ces sonnettes, de montage directement lié aux corps (chose possible, mais compliquée), ni même de faire de plusieurs corps un dispositif machinique (comme Sade s'y emploiera constamment). Il ne s'agit pas non plus de faire intervenir ces sonnettes dans l'excitation érotique des partenaires (il aurait alors fallu que le carillon se produise dans le lieu même de l'action). Ici, le mécanisme transmet à distance une image sonore des mouvements amoureux, à l'insu des acteurs et au bénéfice d'un auditeur privilégié. On assiste ainsi à un phenomène analogue, dans le domaine de l'ouïe, à celui que constitue le voyeurisme dans le domaine du regard. Entre les amants et les sonnettes, le lit détient la fonction de capteur. Point n'est besoin d'augmenter le plaisir desdits amants, mais seulement de susciter celui de leur pervers « auditeur ». Ce ne sont ni les mouvements de leurs corps, ni les manifestations de leurs voix qui sont l'objet d'une écoute indiscrète. Ce sont seulement les ébranlements du lit transmis aux sonnettes : le mécanisme sert à traduire. Mais la traduction est purement ludique, incongrue, qu'aucune utilité ne justifie. Elle s'opère dans une sorte d'ironisation de la fonction de contrôle de la

1. On retrouvera, durant le siècle, ce motif du lit à sonnettes. Mais le mécanisme n'est pas maîtrisé : dans *Le Neveu de Rameau* de Diderot (lors de la mésaventure de Bertin avec sa maîtresse Mlle Hus), dans *Les Amours de Charlot et de Toinette* (anonyme, 1779), pamphlet où Marie-Antoinette est sans cesse interrompue dans ses plaisirs par son domestique à cause d'une sonnette coincée entre deux coussins, dans *Les Faiblesses d'une jolie femme, ou Mémoires de Mme de Vilfranc* (1779) de Jean-Baptiste Nougaret, où il arrive à l'héroïne les mêmes désagréments.

sonnette — laquelle agit généralement à distance, soit pour avertir d'une présence, soit pour faire connaître un ordre. Le plaisir du libertin est dans l'équation que la machine peut établir entre le tintement des sonnettes et l'agitation amoureuse. Elle tient même plus encore à l'ensemble du mécanisme, à son aspect symphonique, puisque les mouvements partent de toutes les chambres et que la multiplicité des sonnettes compose à chaque fois des carillons d'amour originaux.

Ces *Sonnettes*, finalement, mettent en scène un libertinage joyeux associé à des techniques plus bricoleuses que savantes. Elles n'en témoignent pas moins d'un intéressant et significatif mouvement de pensée à l'aube de la civilisation industrielle[1], selon lequel les machines, avec leurs capacités à transformer, à transposer, à suppléer, à accélérer, à innover, sont des instruments nouveaux et surprenants pour l'invention romanesque. Elles produisent, dans l'ordre de l'action, des effets analogues à ceux des tropes dans l'ordre du discours. Le goût des écrivains libertins pour ces auxiliaires étranges, mi-vivants, mi-inertes, signale une érotisation très nouvelle des objets. Cet amour des machines donne lieu à des attirails sexuels mécanisés ou tout simplement à l'élaboration de machines d'amour.

MARCEL HÉNAFF.

NOTE SUR LE TEXTE

Le roman de Guillard de Servigné a beaucoup souffert au cours de ses éditions successives. Dès la deuxième édition (1751), l'éditeur ajoute des pièces étrangères au texte, et modifie les dernières lignes du roman pour introduire un poème ajouté. En 1799 et 1803, le titre est changé, la division originale en deux parties est abandonnée pour un découpage en dix-huit chapitres, le nom des personnages est modifié : le baron d'*** devient M. de Lancival ; la comtesse de Mongol, la comtesse de Baltimor ; la Duclos, la Dupré ; le duc D***, le banquier Chrysopole ; le président D. B***, M. de Bonnaire.

D'autre part, dès la première édition (1749), Clouzier, l'imprimeur du roman, retranche un passage du manuscrit que lui a vendu Guillard de Servigné. Au cours du voyage qui les mène à la maison du duc, les personnages évoquent quelques affaires du temps : l'affrontement des

1. À la différence du « Lit de la Merveille » des romans de chevalerie, il n'y a plus ici ni combats, ni prouesses, ni enchantements, mais les rouages bien réglés grâce au nouveau héros moderne : le serrurier. Dans *Perceval ou le Conte du Graal* de Chrétien de Troyes, Gauvain, en effet, pénètre dans le palais des maléfices au milieu duquel se trouve un lit : « En ce qui concerne ce lit, je ne fabule pas ; à chaque nœud du sommier était suspendue une cloche ! » (*Œuvres complètes,* Bibl. de la Pléiade, v. 7697-7699, p. 874). Or, sur ce lit magnifique, muni de quatre roues, il est défendu de se reposer. Car là réside la menace, sous le regard des « demoiselles », « reines » et « dames » cachées pour jouir du spectacle. Mais Gauvain n'a cure de tous les avertissements. Il faut que le héros passe l'épreuve. À peine est-il assis que les cordes gémissent et que tintent les cloches avec un bruit épouvantable. Flèches et traits d'arbalète volent contre Gauvain, avant qu'un lion enragé ne se jette sur lui…

jésuites et des jansénistes, le scandale suscité par l'abbé de Montempuis[1], l'affaire du père Girard et de Marie-Catherine Cadière[2]. En 1885, pour son édition des *Sonnettes*, où il introduit par ailleurs de nombreux archaïsmes, Horace du Boueix a eu connaissance de ce manuscrit (porté également au « Catalogue raisonné d'une collection d'anciens manuscrits[3] ») : « Plus heureux que nos devanciers, nous avons aujourd'hui sous la main [...] l'original de la copie de la première édition, imprimée à Utrecht, en 1749, ou plutôt à Paris. Sur le premier feuillet, en marge, on lit la note suivante :

« N.B. Cecy est le mst original sur lequel l'Ouvrage a été imprimé. Il m'a été remis par Simon, imp. du Parlement, le 16 août 1749. Il y a dans ce mst plusieurs choses qui ont été retranchées dans l'imprimé.

« Ce manuscrit provient de la bibliothèque Lamoignon, dont il porte le sceau au troisième feuillet[4]. »

Notre texte est celui de la première édition de 1749 en deux volumes in-12, dans lequel nous avons réintroduit le passage supprimé afin de faciliter la lecture. Ce passage a été placé, dans la présente édition, entre crochets droits (p. 1011-1012).

P. W. L.

NOTE SUR LES GRAVURES

Les quatre gravures reproduites ici pages 1029 à 1031 proviennent de l'édition de 1751, publiée dans le *Recueil de pièces fugitives* (BNF, cote Enfer 1269). La cinquième figure que nous donnons page 1032 est le frontispice de l'édition de l'an XI [1803], parue sous un titre différent : *Félix ou le Jeune Amant et le Vieux Libertin* (BNF, cote Y2 34129).

Dans l'édition de 1751, les gravures en taille-douce sont anonymes. On remarque les erreurs de perspective, la maladresse du dessin et la grossièreté de la composition, qui sont représentatives de l'état dégradé de l'iconographie érotique et libertine dans certaines éditions de mauvaise qualité. L'estampe de la première partie (p. 1031) reprend un motif voyeuriste récurrent[5] : un personnage regarde à travers une ouverture (cloison, fenêtre, etc.). Il suffit de comparer cette image avec la manière dont Borel et Elluin tirent parti de la même situation dans l'*Histoire de dom B**** et dans les *Mémoires de Saturnin*[6] pour mesurer l'écart qu'il y a entre leur savoir-faire et la raideur malhabile de ces figures.

La scène de la gravure placee en bas de la page 1030 reproduit le motif courant à l'époque — aussi bien dans la gravure galante que dans les illustrations libertines — des amours de Psyché et Cupidon[7]. Dans

1. Voir n. 18, p. 1011.
2. Voir la Notice sur *Thérèse philosophe*, p. 1290.
3. Paris, 1862, n° 178.
4. « Sur *Les Sonnettes* et leur auteur », p. XI-XII.
5. Voir, dans l'Appendice iconographique d'*Angola*, la gravure d'Eisen, p. 799, en haut.
6. Voir p. 497, en bas, ainsi que la deuxième et la troisième figure, p. 499.
7. On pourra la comparer à la gravure d'Eisen et Aveline illustrant *Angola*, p. 798, en bas.

une figure ultérieure exécutée par l'illustrateur Monnet et le graveur Godefroy pour *Les Liaisons dangereuses*[1], et nettement plus élaborée que celle-ci, on retrouve la même attitude et la même position des deux personnages.

Quant au frontispice de *Félix* (p. 1032), il rappellera aux connaisseurs la célèbre estampe de Lavreince et Helman[2], *Le Roman dangereux*, où la position ambivalente du bras et de la main illustrent le topos des livres « qu'on ne lit que d'une main ». Ce genre de scène, exploité depuis le XVIIe siècle[3], a parfois été repris au XVIIIe siècle sur un mode plus explicitement obscène. C'est le cas par exemple d'une estampe des *Mémoires de Suzon* (1778) et d'une autre se trouvant dans *Le Diable au corps* attribué à Andréa de Nerciat (1803), où l'attitude de la femme est à peu près identique, à cette différence près que l'on voit un caniche lui lécher l'entrejambe[4].

J.-P. D.

NOTES ET VARIANTES

a. Tout le passage (p. 1011-1012) relatif au voyage jusqu'à la maison du duc, ici entre crochets droits, n'existe pas dans les premières éditions des « Sonnettes », où le paragraphe commence par : Nous arrivâmes au château du duc. *Ce passage a été rétabli en 1885 par Henri du Boueix, d'après le manuscrit. Voir la Note sur le texte, p. 1319.* ◆◆ *b. Dans l'édition de 1751, l'éditeur ajoute ces lignes :* Et l'envoi de l'épître suivante, qui dépeint si bien ma chère Éléonore : car on peut à juste titre l'appeler la mère des Grâces. *Il s'agissait d'introduire une pièce de vers, « Épître aux Grâces par M. l'abbé de B*** », parmi les différentes pièces ajoutées (qui ne sont pas de Guillard de Servigné) figurant dans cette édition. Voir la bibliographie, p. 1307.*

1. Dans le chapitre XXXVI du *Tableau de Paris*, « L'Orthographe publique », Louis Sébastien Mercier écrit : « L'ignorance produit quelquefois des rapports bizarres, et dont on s'amuse parce que les riens ont droit avant tout d'intéresser les Parisiens. Un nommé *Ledru* a fait sa fortune avec l'inscription de son enseigne, laquelle portait : *Ledru pose des sonnettes dans le cul de sac.* L'écrivain, perché sur sa haute étoile, avait mis

1. *Les Liaisons dangereuses*, Londres, 1796, t. I, p. 192. Cette gravure illustre l'arrivée de Valmont dans la chambre de la servante de Mme de Tourvel (lettre XLIV). L'estampe a été reproduite dans l'ouvrage de Philippe Stewart, *Engraven Desire : Eros, Image and Text in the French Eighteenth Century*, Durham, Duke University Press, 1992, p. 197.

2. Stanislas Isidore Helman (1743-1809). Élève de Le Bas. On lui doit de célèbres estampes révolutionnaires (*Le Serment du Jeu de Paume* d'après Monnet, *L'Assemblée nationale*, *La Journée du 10 août 1792*, *La Mort de Louis XVI*, *La Mort de Marie-Antoinette*).

3. Une estampe anonyme du XVIIe siècle, où l'on voit une jeune femme allongée dans une attitude quasiment semblable, comporte la légende suivante : « Vous vous pâmez, jeune Isabelle / Est-ce à quelque trait du roman ? / C'est bien plutôt à l'aspect du modèle / Que vous ne pouvez imiter sans amant » (BNF, Cabinet des Estampes, cote Ae 10).

4. *Mémoires de Suzon, sœur de D.. B..... portier des chartreux, écrits par elle-même*, BNF, cote Enfer 705, p. 28. L'estampe porte en légende : « Le bienfaiteur des dames ». *Le Diable au corps*, t. I, p. 1, BNF, cote Enfer 427-429.

un gros point après le mot *cul*, et avait rejeté *de sac* à l'autre ligne, ce qui parut facétieux ; et tout le monde voulut employer le sieur Ledru, qui *posait des sonnettes dans le cul*. Il n'en fallut pas davantage pour lui attirer la vogue. » L'anecdote est souvent reproduite dans les ouvrages du temps. Ils confirment la célébrité de Ledru à qui le roman est « tout naturellement » dédié. C'est à la fin du règne de Louis XIV que les sonnettes font leur apparition. Leur usage se développera rapidement tout au long du XVIIIe siècle. Le privilège de poser les sonnettes appartient à la confrérie des serruriers.

2. Le 11 mai 1745, la bataille de Fontenoy, village de Belgique, est le point culminant de la guerre de Succession d'Autriche, qui oppose les troupes françaises aux Anglais et aux Hollandais. Elle donna lieu à cet étonnant échange de courtoisie qui fait dire au comte d'Auteroche, à l'adresse des Anglais : « Messieurs, nous ne tuons jamais les premiers ; tirez vous-même. » Sous les yeux du roi et du dauphin, le maréchal de Saxe, le duc de Biron et le comte de Lowendal emportèrent la victoire qui permit la conquête de la Flandre.

3. La référence à la querelle des Anciens et des Modernes est constante dans la première moitié du siècle. On y retrouve l'écho des débats suscités par *Le Siècle de Louis le Grand* (1687) ou les *Parallèles des Anciens et des Modernes* de Perrault (1688-1697), la *Digression sur les Anciens et les Modernes* de Fontenelle (1687), les *Réflexions sur Longin* de Boileau (1694), renouvelés à travers les positions de Montesquieu, de Marivaux et la part prise par les salons, les journaux, les cafés qui répandent les éléments d'une discussion dont l'enjeu est à la fois littéraire, politique, social. Dans *La Fausse Suivante* (I, 1), Marivaux y revient une fois encore (voir *Théâtre complet*, Bibl. de la Pléiade, t. I, p. 334).

4. *Décroissement* signifie d'abord « diminution sensible d'un corps en sa propre substance », comme pour un sirop ou une décoction. Le mot, ajoute le *Trévoux* (1771), « se dit aussi au figuré, pour toute forme de diminution ».

5. Sur *désert*, voir *Histoire de dom B****, n. 22, p. 266.

6. Joseph Pitton de Tournefort (1656-1708) est l'un des plus illustres botanistes du XVIIIe siècle. Professeur au Jardin du roi et grand voyageur, il développe de nouveaux principes de classification du règne végétal. Ses œuvres principales sont les *Éléments de botanique, ou Méthode pour connaître les plantes* (1694), *Histoire des plantes qui naissent aux environs de Paris, avec leurs usages dans la médecine* (1698), *Relation d'un voyage du Levant* (1717). — René Antoine Ferchault de Réaumur (1683-1757), naturaliste et physicien, présente à l'Académie des sciences dont il est membre de multiples travaux sur des questions diverses (les coquillages, la porcelaine, la suspension des voitures, la soie des araignées, etc.), parmi lesquels, en 1722, un *Traité sur l'art de convertir le fer forgé en acier et l'art d'adoucir le fer fondu*. En juillet 1737, Voltaire demande à Bonaventure Moussinot des thermomètres « selon les principes de M. de Réaumur » (*Correspondance*, Bibl. de la Pléiade, t. I, p. 999). Il établit en effet en 1731 une graduation différente de celle de Fahrenheit. — L'abbé Noël-Antoine Pluche (1688-1761) sera souvent inquiété pour ses prises de position contre la bulle *Unigenitus*. Il enseigne la physique au fils de Lord Stafford, qui apparaîtra sous le nom de chevalier de Breuil dans le *Spectacle de la nature, ou Entretiens sur l'histoire naturelle et les sciences* (1732), rapidement célèbre et

traduit en plusieurs langues. Son *Histoire du ciel considéré selon les idées des poètes, des philosophes et de Moïse* (1739) essuie quelques critiques.

7. *Politique* : « Celui qui sait l'art de gouverner ; qui est habile dans les négociations, dans les intrigues d'État ». Mais le *Trévoux* signale également, dans un sens moins spécialisé, ceux qui observent, commentent, analysent les décisions du gouvernement — les « politiques chagrins qui murmurent et grondent contre ceux qui gouvernent ». Ce nom commun désigne également tous ceux qui contribuent au développement de l'opinion publique : les nouvellistes (voir *Thémidore*, n. 6, p. 505), et surtout les philosophes.

8. « Je retrouve Archéanassa de Colophon, la courtisane, dont les rides mêmes abritaient le doux Amour. Vous qui avez cueilli la fleur nouvelle de sa jeunesse, amants, quel incendie vous avez traversé ! » (« Épigramme d'Asclépiade », *Anthologie palatine*, texte établi par P. Waltz, Les Belles Lettres, 1938, t. IV, p. 149). D'après les témoignages d'Athénée et de Diogène Laërce, Archéanasse a été la maîtresse de Platon à Colophon. Elle incarne la beauté de la femme âgée. Les amours d'Archéanasse — qui avait si bien su « embabouiner le divin Platon » — sont évoquées dans le *Traité de la bonté et mauvaisetié des femmes* (1564) de Jean de Marconville.

9. Les Hespérides, « nymphes du couchant », filles de la Nuit (on les dit également filles de Zeus, et aussi d'Atlas) veillaient dans le jardin des dieux sur les pommes d'or dont la Terre avait fait présent à Héra, à l'occasion de ses noces avec Zeus. Un dragon, Ladon, les aidait dans cette tâche.

10. Les *objets* sont ici les parties du corps d'Éléonore qui, progressivement dévoilées, éveillent le désir (sur ce mot, voir *Le Sopha*, n. 32, p. 138).

11. Attis (ou Atys) est associé au culte de Cybèle, dont les prêtres, notamment les galles, sont des eunuques. On raconte que Cybèle, amoureuse d'Attis, lui confia son culte en exigeant qu'il reste chaste. Si bien que lorsqu'il épousa la nymphe Sangaride, Cybèle le rendit fou : Attis tua sa bien-aimée ; puis elle lui rendit la raison : c'est alors qu'il se castra. Attis ayant cherché à se suicider, Cybèle le transforma en pin.

12. *Moments* : voir la Notice sur *La Nuit et le Moment*, p. 1100.

13. Le prince Charles Alexandre de Lorraine (1712-1780) est le fils du duc de Lorraine, Léopold Ier, et d'Élisabeth Charlotte d'Orléans. Avant d'être gouverneur des Pays-Bas, il mène une brillante carrière à la tête des troupes de Marie-Thérèse, s'illustrant contre les Turcs et les armées françaises.

14. Sur la doyenne des chœurs de l'Opéra, Mlle C***, c'est-à-dire la Cartou, voir *Margot la ravaudeuse*, n. 93, p. 831.

15. Faut-il voir ici une allusion malveillante à Marie-Anne de Châteauneuf, dite Duclos, célèbre actrice du Théâtre-Français où elle est entrée en 1693 ? La Duclos devait y rencontrer le succès pendant plus de quarante ans. Elle prend en effet sa retraite en 1736, et meurt dans un âge très avancé en 1748. Mais une tout autre dame Duclos tenait à Paris un magasin de filles, rue des Nonaindières (Nonains-d'Hyères), et rue de Richelieu : c'est d'elle qu'il s'agit ici.

16. Sur les divers *spécifiques* en usage en pareil cas, voir *Margot la ravaudeuse*, n. 25, p. 812.

17. C'est Louis François Armand de Vignerot du Plessis, duc de Richelieu (1696-1788), que vise ici Guillard. Petit-neveu du Cardinal, le duc s'illustre dans les carrières diplomatique et militaire, mais surtout de séducteur libertin. Il est à l'origine de scandales retentissants : duels, adultères, parties fines, inventions ingénieuses ou cruelles au service de ses plaisirs. Les fêtes qu'il organise dans sa maison de chasse de Gennevilliers restent dans les mémoires, comme sa morgue de grand seigneur. Le comte de Sade écrit ainsi à Mme de Longeville : « Il n'y a que les sots de constants. [...] M. de Richelieu ne serait qu'un homme médiocre s'il n'avait eu qu'une femme. Quand on le court, croyez-vous que c'est lui, que c'est cette pomme ridée qu'on court ? Non c'est l'amant de cent femmes ! » (lettre du 31 décembre 1758, *Bibliothèque Sade* (t. I), dans *Papiers de famille*, Fayard, 1993, p. 816). Nombreux sont ceux qui, comme Chamfort, voient dans la figure du duc de Richelieu l'accomplissement de la corruption des mœurs de l'Ancien Régime. Ami de Voltaire qui s'en servait pour se protéger, qui lui avait prêté de fortes sommes d'argent, Richelieu partageait avec le philosophe un certain air d'ancienne cour. — Un autre exemplaire de l'originale (1749, BNF, cote Rés. Z. 3215 (3)) comporte une note manuscrite (IIe partie, p. 44) qui identifie le duc D*** comme étant le duc de Gesvres. Il s'agit de François Joachim Bernard Potier, duc de Gesvres, qui, plus de vingt ans auparavant, s'était vu intenter un procès pour impuissance par sa femme, née Mascrani, unique héritière d'un maître des requêtes.

18. Chanoine de Notre-Dame, recteur de l'Université, professeur de philosophie au collège du Plessis, l'abbé de Montempuis voulut profiter d'« un billet de vingt sous » en se rendant à l'Opéra déguisé en fille. Surpris par la police, il est conduit chez le lieutenant. « Damoiselle Montempuis », « le chanoine hermaphrodite » est alors chansonné dans Paris. Après avoir publié en 1747 des *Observations sur l'édition des Mémoires de Sully* qu'avaient fait paraître les jésuites, il en donna en 1762 une nouvelle édition sous le titre de *Supplément aux Mémoires de Sully*.

19. Allusion au père Girard, jésuite accusé d'avoir séduit sa pénitente, Mlle Cadière. Voir la Notice sur *Thérèse philosophe*, p. 1290.

20. Extrait de la célèbre déclaration d'Hippolyte à Aricie : « Tout vous livre à l'envi le rebelle Hippolyte. / Moi-même pour tout fruit de mes soins superflus, / Maintenant je me cherche, et ne me trouve plus » (*Phèdre*, II, II, v. 546-548).

21. Dans *Origines de la langue française* (Paris, 1650), Ménage consacre un long article au *fil d'archal* : « De *filum* et de *auricalchum* qu'on a dit au lieu d'*oricalchum* » (à cause d'un vice de prononciation chez les Latins par attraction d'*aurum*, « or », alors qu'il s'agit en grec d'*oreichalkos*, « laiton »). Le mot « archal » n'est en usage que dans l'expression « fil d'archal » selon l'*Académie* (1718). Le fil sert à de multiples usages : « On en fait des treillis de fenêtres et de tablettes à livres, des cordes de clavecin, et mille autres choses », selon le *Trévoux*.

22. On peut reconnaître dans le président D. B*** (qui apparaît plus loin, p. 1017) Pierre-François Doublet de Bandeville, fils aîné de Pierre Doublet de Crouÿ. C'est en 1741 que Doublet de Bandeville achète à M. de Lubert la charge de président à la Troisième Chambre des requêtes. Il a épousé en secondes noces, en 1738, Marie Bigot de Graveron, célèbre pour ses collections d'art et d'histoire naturelle.

23. *Patrare* marque l'idée d'accomplissement, d'exécution, de consommation — qu'il s'agisse d'une promesse à remplir, d'une guerre à livrer, d'un crime à perpétrer. Il eſt souvent associé à la sexualité, à Priape, dans les satires : *patrare coïtum*, ou, absolument, *patrare*. On trouve également chez Perse l'expression *patrans ocellus* : l'œil peut être aƈtif et pénétrant, comme dans l'*Hiſtoire de dom B**** à propos du père Casimir (« il avait des yeux qui vous enculaient de cent pas, et dont le regard farouche ne s'attendrissait qu'à la vue d'un joli garçon », p. 440) et comme ici lorsque le marquis écrit : « Mes yeux faisaient mille larcins », p. 990.

24. Sur le *bailli* (dont l'épouse eſt la *baillive* ; voir p. 1019), voir *Hiſtoire de dom B****, n. 7, p. 346.

25. *Caducée* : « Verge accolée de deux serpents, que les poètes attribuent à Mercure. [...] On appelle caducée, le bâton couvert de velours, et de fleurs de lys d'or que portent le roi d'armes et les hérauts d'armes dans les grandes cérémonies » (*Académie*).

26. Le *pharaon* (p. 1021, dernière ligne) eſt avec le biribi le jeu de hasard qui suscite le plus d'engouement dans la seconde moitié du siècle. Il remplace le hoca qui, d'origine italienne, se joue sur une table marquée de trois numéros, avec des boules numérotées. Le pharaon invite les parieurs à miser sur une ou plusieurs cartes, puis le banquier en tire deux, une qu'il pose à sa droite, l'autre à sa gauche. La première rapporte à la banque la totalité des enjeux, la seconde l'oblige à doubler la mise au profit des joueurs. — *Ponte* « se dit aussi de celui ou de celle qui met de l'argent sur des cartes contre le banquier » (*Académie*).

27. *Demander les Invalides* : demander d'être accueilli aux Invalides, créés sous Louis XIV pour accueillir les soldats blessés.

INDEX DES NOTES DE VOCABULAIRE

TABLE

NOTICES, NOTES ET VARIANTES

TABLE DES COPYRIGHTS

Alinari, Rome :
Figure 16, p. LXXIII.
Bayerische Staatsbibliothek, Munich :
Pages 586, 866 (en haut).
Bibliothèque de l'Arsenal, Paris :
Pages 585, 671, 865 (en haut).
Bibliothèque nationale de France, Paris :
Figure 8, p. LXIX ; fig. 10, p. LXX ; fig. 12, p. LXXI ; fig. 13, p. LXII ; fig. 17, p. LXXIV ; fig. 20, p. LXXV ; fig. 22, p. LXXVI ; fig. 26 et 27, p. LXXX ; fig. 28, p. LXXXVII ; fig. 29, 30 et 31, p. LXXXVIII et LXXXIX ; fig. 32 et 33, p. XCI ; fig. 35, p. XCII ; fig. 39, p. XCIV ; fig. 41, p. XCVI ; fig. 42, p. XCVII.
Pages 253, 255, 267, 275, 290, 317, 339, 341, 369, 379, 385, 389, 403, 404, 423, 437, 444, 455, 456, 461, 462, 483, 495, 498, 499, 500, 797 (en haut), 798, 799 (en bas), 868, 875, 887, 915, 929, 939, 941, 943, 944, 947, 949, 953, 963, 967, 972, 973, 974, 975, 976, 1029, 1030, 1031, 1032.
Bibliothèque royale Albert-Ier, Bruxelles :
Page 866 (en bas).
Collection Karl Ludwig Leonhardt, Hambourg
Figure 40, p. XCV.
Pages 889, 935, 971.
Forschungs und Landesbibliothek Gotha, Allemagne :
Pages 797 (en bas), 799 (en haut).
Istituto Archeologico Germanico, Rome, © Koppermann, *nég. 63.148* :
Figure 2, p. LXVI.
Université de Leipzig, biblioteca Albertina :
Figure 1, p. LXII.

Ce volume, portant le numéro
quatre cent soixante-douze
de la « Bibliothèque de la Pléiade »
publiée aux Éditions Gallimard,
a été mis en page par CMB *Graphic*
à Saint-Herblain
et achevé d'imprimer
sur Bible des Papeteries Bolloré Technologies
le 25 octobre 2000
par Aubin Imprimeur
à Ligugé
et relié en pleine peau,
dorée à l'or fin 23 carats,
par Babouot à Lagny.

ISBN : 2-07-011329-9.
N° d'édition : 63952 - N° d'impression : L *60680.*
Dépôt légal : octobre 2000.
Imprimé en France.